U0601561

宋文鑑

上册

〔宋〕吕祖謙 編
齊治平 點校

中華書局

图书在版编目(CIP)数据

宋文鑑/(宋)吕祖谦编;齐治平点校.—2版.—北京:中华书局,1992.3(2021.6重印)
ISBN 978-7-101-12758-4

Ⅰ.宋…　Ⅱ.①吕…②齐…　Ⅲ.中国文学-古典文学-作品综合集-宋代　Ⅳ.I214.41

中国版本图书馆CIP数据核字(2017)第203386号

初版责编：王秀梅

本版责编：朱兆虎

宋　文　鑑

(全三册)

〔宋〕吕祖谦 编

齐治平 点校

*

中 华 书 局 出 版 发 行

(北京市丰台区太平桥西里38号　100073)

http://www.zhbc.com.cn

E-mail:zhbc@zhbc.com.cn

北京瑞古冠中印刷厂印刷

*

850×1168毫米 1/32 · 75印张 · 6插页 · 1600千字

1992年3月北京第1版　2018年1月北京第2版

2021年6月北京第4次印刷

印数:3901-4800册　定价:320.00元

ISBN 978-7-101-12758-4

前言

我國古代總集中，有網羅一代詩文而加以編選的，如《唐文粹》、《宋文鑑》等。二書先後成於宋代，在這一類書中出現較早，體例比較完善，因此也較爲人所知。

《宋文鑑》是吕祖謙奉宋孝宗趙眘之命編選的。他蒐採公私藏書，所得文集凡八百家，斟酌去取，拔尤選粹，歷時一年之久，成書一百五十卷。在吕氏編書之初，趙眘即命人傳諭：「令專取有益治道者。」及書成奏進，頗蒙趙眘嘉奬，并賜名爲《皇朝文鑑》。這顯然是有意仿效《資治通鑑》命名的故事，由此也可以見出此書的内容及其宗旨。趙彦适跋以爲：「文以鑑名，非爲標題設也。以銅爲鑑，則可以別妍醜；以古爲鑑，則可以審興衰；以人爲鑑，則可以正得失；至於以文爲鑑，則又不可以別妍醜、審興衰、正得失盡之也。」這段話對吕氏編選《文鑑》的用意也是頗得要領的。

吕祖謙（一一三七——一一八一），字伯恭，浙江金華人，學者稱東萊先生。就學術思想而言，他與朱熹、張栻齊名，並稱「東南三賢」，是理學家一流；但朱熹則認爲他「合陳君舉（傅良）、陳同甫（亮）二人之學問而一之。」（《朱子語類》卷一二二）可見他又是浙東學派的主要代表人物。今人蒙文通先生（已故）認爲：「北宋之學，洛、蜀、新三派鼎立。浙東史學主義理，重制度，疑其來源即合北宋三派以冶于一爐也。黄晉卿（溍）言：婺之學，陳氏（亮）先事功，唐氏（仲友）尚經制，吕氏（祖謙）善理性。王道甫（自中）

合于陳氏，陳君舉與唐氏合，葉正則（適）與呂氏同，于此可謂三派六宗乎！袁伯長（桷）亦言：婺女史學之盛，有三家焉，東萊之學據經以考同異，龍川陳同甫急于當時之利害，説齋與政（唐仲友）禮樂天人圖書之會粹。黄、袁之説同，似浙東史學者，此三其卓卓者。」（《致柳翼謀先生書》，見《中國歷史文獻研究集刊》第二集）鄧廣銘先生亦謂：「北宋學術分三派，爲伊洛二程之心性，爲眉山之文章，爲王安石之新學。浙東之學，實鎔性理、經制、文史三事爲一爐，舊所謂『浙東得中原文獻之傳』，必如此解釋乃得。若僅謂其上接伊洛，是未見其全也。」（《浙東學術探源》）蓋宋室南渡以後，建都臨安（杭州），浙東爲肘腋之地，一時文物皆會粹于此，而呂氏又是北宋初年以來的世家望族，蟬聯遞嬗以至祖謙，家學淵源，師友漸染，故能繼承北宋三派學術傳統而自成一家之學。他在與陳亮書中説：「某竊謂若實有意爲學者，自應本末並舉；若有體而無用，則所謂體者，必參差鹵莽無疑也。」（《東萊文集》卷五）他主張爲學要體用兼賅，而尤重在用，這正是浙東學派的特色。

呂祖謙主張治經史以致用，所以他對社會政治非常關心。他認爲南宋當時的情勢是「敵寇陸梁而國仇未雪，民力殫盡而邦本未寧，法度具存而穿穴蠹蝕，實百弊俱極之時。」在這種情勢下，要抗戰雪仇，必須進行政治改革，增强國力民力，而不可輕舉妄動。關于抗戰，他認爲「恢復大事也，規摹當定，方畧當審，始終本末當具舉，緩急難易當預謀」，一定要君臣同心，共籌大計。關于改革，他認爲不應由皇帝「獨運萬機」，使大小羣臣不敢逐層負責，而要選用人才，「明揚賢儁，各還其職，公議而公行之。」（文集卷一《淳熙四年輪對劄子二首》）此外，針對當時「民力殫盡，邦本未寧」的現實，他更剴切陳詞，希望減輕人民的負擔，特别提出「丁鹽錢絹，出於一切，本非常賦……民不聊生，此賦不除，永無息肩之日。」（文集卷一《爲張嚴州作乞免丁錢奏狀》）以上各項主張，説明他的政治態度是積極和進步的。

浙東學派諸人，從他們的學術、政治見解出發，在文章寫作方面也形成了一種特色。元代蘇天爵指出，自呂祖謙以下，同時有聲者，「亦各能自名家，皆有文以表現于世。其爲文也，本諸聖賢之經，考求漢唐之史，凡天文、地理、井田、兵制、郊廟之禮樂，朝廷之官儀，下至族姓、方技，莫不稽其沿襲，究其異同，參繆誤以質諸文，觀會通以措諸用。」（《柳待制（貫）文集序》）他們都言之有物，重視文章的思想内容和社會功用。呂祖謙在《太學策問》中提出：「今日所與諸君共訂者，將各發身之所實然者，以求實理之所在，夫豈角詞章，博誦説，事無用之文哉？」（文集卷二）他所謂「實理所在」的文章，也就是載道致用的文章。因此他是站在宋代古文運動方面，反對華而不實的文風的。《文鑑》中選了柳開、穆修、石介、孫復、尹洙諸人的文章，以及歐陽修爲孫、尹、石等人所作的墓誌等，記述了他們的事蹟和議論。這些人都是宋代古文運動的先驅，在理論方面有所建樹，至于歐陽修及其門下則都是著名的古文作家了。另外他還編選了《古文關鍵》二卷，輯韓、柳、歐、蘇等人的文章凡六十餘篇，各標舉其命意布局之處，并于卷首冠以看文、作文之法，示學者以門徑。這可見他對古文一道也是下過一番細緻工夫的。

以上學術思想、政治態度及文學見解三者，是呂祖謙學問抱負的一個極簡單的概括，也是他從事編選《宋文鑑》的主觀條件和出發點。在編選過程中，除了照顧全面以外，也主要貫徹了自己的主張。

封建統治者爲維護和鞏固其統治秩序，當然希望有所借鑑，以求避免失敗與衰亡；然而其本身的階級屬性，則又必然使他們對鑑昏然，視而不見，收不到預期的效果。趙昚雖然命吕祖謙「專取有益治道者」編集《文鑑》，而吕氏也按照他的意旨和自己的抱負完成了任務；但當有人密奏：「《文鑑》所取之詩，多言田里疾苦之事，是乃借舊作以刺今，又所載章疏，皆指祖宗過舉，尤非所宜」；特别是當趙昚自己看到《文鑑》所收奏疏有議論官廷之作的時候，就立刻改變原來獎許的態度，將《文鑑》擱置起來，不令其鋟板行世了。在我們今天看來，《文鑑》所取詩文，多言田里疾苦和指斥北宋皇帝的過舉，正是此書的精華所在，也是吕氏本人進步的政治思想之間接反映。

由於社會的需要，《文鑑》終於在書坊印行了。當時見到此書的人也頗多議論，有褒有貶。貶之者説它對「前輩名人之文蒐獮殆盡，有通經而不能文辭者，亦以表奏厠其間，以自矜其黨同伐異之功，薦紳公論皆疾之。」褒之者則以爲「此書編次，篇篇有意。每卷卷首，必取一大文字作壓卷，如賦則取《五鳳樓賦》之類。其所載奏議，皆係一代政治之大節，祖宗二百年規模，與後來中變之意思，盡在其間，讀者着眼便見。」這是朱熹晚年對此書的評價，自當比較中肯。另外，葉適以爲「自古類書未有善於此」，並在所著《習學記言序目》中特立專卷，討論此書所收詩文，既對吕氏的緒論有所發揮，也提出自己的獨得之見，頗有參考價值，因此我們將它列入了本書的附録。

古人所謂「文」，較今天的文學作品的概念廣泛得多，吕祖謙從載道和經世的觀點出發，故《宋文鑑》所輯，除文學作品以外，舉凡有關政治、經濟、文化、軍事，旁及科學技术等文字，無所不包，而以論學論政之文爲主。因此它除作爲文學總集以外，更爲我們提供了豐富的北宋文獻資料，爲研治宋代文史者所必須參考。

此次整理本書，以《四部叢刊》影宋本《皇朝文鑑》爲底本，這是現在通行的最早最好的本子。但此本有許多卷係清代張蓉鏡所抄配，字迹雖極工整醒目，而訛誤頗多，空白處尤屢見不鮮，是其最大缺點。用來校勘底本的有以下各本：

（一）《皇朝文鑑》　宋嘉泰四年新安郡齋刻，宋元遞修本（簡稱殘宋本）；

（二）《皇朝文鑑》　明抄本，有顧之逵、黄丕烈跋；

（三）《宋文鑑》　明嘉靖五年晉藩養德書院刻本（簡稱明晉本）；

（四）校正重刊官板《宋朝文鑑》　明五經堂刻本，有傅增湘校。

上列各本，均藏北京圖書館善本部，其中以殘宋本爲最早，惜僅存二十四卷，即此二十四卷中亦多殘蝕漫漶之處，今已盡量採擇，録入校記。其次是明抄本，此本亦名《皇朝文鑑》，可見其所據當係宋本，用以通校全書，訂訛補缺，裨益甚大。明晉藩本與五經堂本，除少數不同異文分別標明以外，凡兩本相同的異文通稱明刻本，以免繁瑣。以上一明抄本、兩明刻本在校勘上應用最多，也解決了大部分問題。除此以外，所見尚有明（天順刻，弘治重修）本一種，曾重點地用以參校；清江蘇局本後出，所據當係明刻本，校勘上價值不大，但亦偶加採摘。

古人選本，往往自出手眼，對篇什常加删改。吕氏《宋文鑑》亦然，如卷二十選謝逸《閨恨》詩，「削去曼語，一歸之正。」（吴子良《林下偶談》卷一語）又卷一百十三謝絳《游嵩山寺寄梅殿丞書》删去「既而與諸君議，欲見誦《法華經》汪僧」一段，大約也因其爲僧徒揄揚，不合正道之故。舉此一詩一文，可見呂氏筆削的一斑。因此在校勘時，主要以《文鑑》各本互校；遇有疑難之處，再取各文作者本集及他書參校，將異文寫入校記，對原文盡量不加改動，以存《文鑑》之真。至於全書篇目編次，悉仍其舊，唯將書前呂喬年《太史成公編皇朝文鑑始末》、沈有開等人的跋及呂祖謙的劄子、謝表等移置書後，編爲附録一。《文鑑》一書，在南宋印行時已經「訛缺猶未能免」，今天參校各本，也只能做到訂譌補缺，力求文從字順，使它成爲一個比較完善可讀的本子而已。

此書篇章較富，問題亦較多，限於校點者的學力水平，錯誤及不足之處自必不少，敬希讀者、專家指正！

齊治平

皇朝文鑑序

中奉大夫、試禮部尚書、兼翰林學士、兼侍讀、兼太子詹事、兼脩國史、管城縣開國子、食邑五百户、賜紫金魚袋、臣周必大奉聖旨撰

臣聞：文之盛衰主乎氣，辭之工拙存乎理。昔者帝王之世，人有所養而教無異習，故其氣之盛也，如水載物，小大無不浮；其理之明也，如燭照物，幽隱無不通。國家一有殊功異德卓絶之跡，則公卿大夫下至於士民，皆能正列其義，被飾而彰大之，載於書，詠於詩，略可考已。後世家異政，人殊俗，剛大之不充，而委靡之習勝；道德之不明，而非僻之説入。作之弗振也，索之易窮也，譬之盪舟於陸，終日馳驅，無以致遠；摶土爲像，丹青其外，而中奚取焉！此豈獨學者之罪哉？上之教化，容有未至焉爾。時不否則不泰，道不晦則不顯。天啓藝祖，生知文武，取五代破碎之天下而混一之，崇雅黜浮，汲汲乎以垂世立教爲事。列聖相承，治出於一。援毫者知尊周孔，游談者羞稱楊墨，是以二百年間，英豪踵武。其大者固已羽翼六經，藻飾治具，而小者猶足以吟詠情性，自名一家。蓋建隆、雍熙之間，其文偉；咸平、景德之際，其文博；天聖、明道之辭古，熙寧、元祐之辭達。雖體制互興，源流間出，而氣全理正，其歸則同。嗟乎，此非唐之文也，非漢之文也，實我宋之文也，不其盛哉！皇帝陛下，天縱將聖如夫子，焕乎文章如帝堯。萬幾餘暇，猶玩意於衆作，謂篇帙繁夥，難於徧覽，思擇有補治道者，表而出之，乃詔著

作郎吕祖謙，發三館四庫之所藏，裒縉紳故家之所録，斷自中興以前，彙次來上。古賦詩騷，則欲主文而譎諫；典册詔誥，則欲温厚而有體；奏疏表章，取其諒直而忠愛者；箴銘贊頌，取其精慤而詳明者；以至碑記論序書啓雜著，大率事辭稱者爲先，事勝辭則次之，文質備者爲先，質勝文則次之。復謂律賦經義，國家取士之源，亦加采掇，略存一代之制。定爲一百五十卷。規模先後，多本聖心。承詔於淳熙四年之仲冬，奏御於六年之正月，賜名曰《皇朝文鑑》，而命臣爲之序。臣待罪翰墨，才識駑下，固無以推原作者，闡繹隆指。抑嘗竊讀《大雅》之《詩》，而知祖宗所以化成天下者矣。《棫樸》官人也。《旱麓》受祖也。辭雖不同，而俱以「遐不作人」爲言。蓋「魚躍于淵」氣使之也；「追琢其章」理貫之也。況夫「雲漢」昭于上，「豈弟」施於下，濟濟多士，其有不覩感而化者乎？是則祖宗啓之，陛下繼焉。樂文王之「壽考」，申太王王季之「福禄」，人才將至於不可勝用，豈止乎能文而已。臣雖不肖，尚當執筆以頌作成之效云。臣謹序。

宋文鑑目録

卷第一

賦

卷第二

賦

卷第三

賦

卷第四

賦

卷第五

賦

卷第六

賦

卷第七

賦

卷第八

賦

卷第九

賦

卷第十

賦

卷第十一

律賦

卷第十二

詩

四言

卷第十三

詩

樂府歌行雜言附

卷第十四

詩

樂府歌行雜言附

五言古詩

卷第十五

五言古詩

卷第十六

五言古詩

卷第十七

五言古詩

卷第十八

五言古詩

卷第十九

五言古詩

卷第二十

五言古詩

卷第二十一

七言古詩

卷第二十二

五言律詩

卷第二十三

五言律詩

卷第二十四

七言律詩

卷第二十五

七言律詩

卷卷二十六

五言絶句

六言

卷第二十七

七言絶句

卷第二十八

七言絶句

卷第二十九

詩

雜體

卷第三十

騷如騷者亦附

卷第三十一

詔

卷第三十二

勑

赦文

册

卷第三十三

御札

批答

卷第三十四

制

卷第三十五

制

卷第三十六

制

卷第三十七

誥

卷第三十八

誥

卷第三十九

誥

卷第四十

誥

卷第四十一

奏疏

卷第四十二

奏疏

卷第四十三

奏疏

卷第四十四

奏疏

卷第四十五

奏疏

卷第四十六

奏疏

卷第四十七

奏疏

卷第四十八

奏疏

卷第四十九

奏疏

卷第五十

奏疏

卷第五十一

奏疏

卷第五十二

奏疏

卷第五十三

奏疏

卷第五十四

奏疏

卷第五十五

奏疏

卷第五十六

奏疏

卷第五十七

奏疏

卷第五十八

奏疏

卷第五十九

奏疏

卷第六十

奏疏

卷第六十一

奏疏

卷第六十二

奏疏

卷第六十三

表

卷第六十四

表

卷第六十五

表

卷第六十六

表

卷第六十七

表

卷第六十八

表

卷第六十九

表

卷第七十

表

卷第七十一

表

卷第七十二

牋

箴

卷第七十三

銘

卷第七十四

頌

卷第七十五

贊

卷第七十六

碑文

卷第七十七

碑文

記

卷第七十八

記

卷第七十九

記

卷第八十

記

卷第八十一

記

卷第八十二

記

卷第八十三

記

卷第八十四

記

卷第八十五

序

卷第八十六

序

卷第八十七

序

卷第八十八

序

卷第八十九

序

卷第九十

序

卷第九十一

序

卷第九十二

序

卷第九十三

論

卷第九十四

論

卷第九十五

論

卷第九十六

論

卷第九十七

論

卷第九十八

論

卷第九十九

論

卷第一百

論

卷第一百一

論

義

卷第一百二

策

卷第一百三

策

卷第一百四

策

卷第一百五

議

卷第一百六

議

卷第一百七

説

卷第一百八

説

戒

卷第一百九

制策

卷第一百一十

制策

卷第一百一十一

制策

説書

卷第一百一十二

書

卷第一百一十三

書

卷第一百一十四

書

卷第一百一十五

書

卷第一百一十六

書

卷第一百一十七

書

卷第一百一十八

書

卷第一百一十九

書

卷第一百二十

書

卷第一百二十一

啓

卷第一百二十二

啓

卷第一百二十三

啓

卷第一百二十四

策問

卷第一百二十五

雜著

卷第一百二十六

雜著

卷第一百二十七

雜著

卷第一百二十八

對問

卷第一百三十

題跋

卷第一百三十一

題跋

卷第一百三十二

樂語

哀辭誄附

卷第一百三十三

祭文

卷第一百三十四

祭文

卷第一百三十五

祭文

謚議

卷第一百四十一

墓誌

卷第一百四十二

墓誌

卷第一百四十三

墓誌

卷第一百四十四

墓誌

卷第一百四十五

墓表

神道碑表

卷第一百四十六

神道碑銘

卷第一百四十七

神道碑銘

卷第一百四十八

神道碑

卷第一百四十九

傳

卷第一百五十

傳

露布

附録一

附録二

宋文鑑卷第一

賦

五鳳樓賦

梁周翰

伊京師之權輿也，遐哉邈乎！驗河圖之象，按輿地之書。宅《禹貢》豫州之域，距天文辰馬之墟。因四履建侯之地，爲六代興王之居。城浚而都，泝河而渠。結坤之絡，振乾之樞。星甍櫛堵，我民之廬。海漕山儈，我田之租。勢雄跨胡，氣王吞吴。茫茫萬國，魚貫而趨。惟聖皇之受命，應期運而握符。光潛躍於龍德〔一〕，踐元亨於帝衢。道德何師？尊盧赫胥。揖讓何比？陶唐有虞。英略神武，威憚八區。封豕必誅，長鯨盡刳。虎皮包刃，鵠板搜儒。墜典皆索，闕政咸鋪。成天下之大務，若雷奮而風驅。乃顧京室，時行聖謨。陋宸極之非制，稽紫垣之舊圖。且曰不壯不麗，豈傳萬世！禹之卑宮，蓋勿暇之計；堯之茅茨，非經久之制。矧象魏之縣法，伊億兆之所視。况我力如天，我貲如地。不漁爾民，不牟爾利。一毫之費，差足爲易。乃詔共工，度景之中，因舊謀新，庀徒僝功。臺卑者崇，屋卑者豐。棟易而隆，椽斲而礱。去地百丈，在天半空。五鳳翹翼，若鵬運風。雙龍蟠首，若鼇載宫。丹楯霞繞，神光何融。朱楹虹植，晴文始烘。繡楣焜燿，雕栱玲瓏。椒壁塗赭，綺窗暈紅。雙闕偶立，突然如峯，平見千里，深映九重。奔星墜而交觸，靈景互而相逢。門呀洞缺，若天之裂。縱舉百武，橫駕六轍。金鋪爍人，光景明滅。舞陽之力，莫得而排；叔梁之力，胡可以抉〔二〕？其下則冠蓋葳蕤，劍佩陸離。車如流水，待漏而馳。鴛肩排踵，兼蠻渾夷。萬衆紛錯，魚龍尊卑。咸去來之由此，競奔湊於玉墀。亶皇風之無外，豈朝盈之有時。三事庶尹，乃拜表蕭牆，謁帝未央，以落大壯，登歌永昌。曰：「元聖明兮帝道昌，威四海兮君萬方。峙高闕兮冠百常，赫宋德兮垂無疆。瞻天顔兮獻壽觴，願君王兮長樂康。」帝曰：「俞哉！爾觴且置，當聽朕言，庶曉朕意。頃於戎馬之暇，詳窺歷代之紀。乃知乎夏德之衰，璇室自庇；商政之壞，傾宫大侈；楚王章華，一身何寄；秦皇阿房，二世而棄；漢武柏梁，孽火隨熾；陳后三閣，義師尋至。豈非乎禍生於漸，欲起於恣？亦如崇飲不已，必至昏醉；嗜色不已，必至乏瘁；遷怒不已，必絶人紀〔三〕；窮兵不已，必暴人胔；甘諛不已，必杜忠義；溺讒不已，必斥賢智。亡國之君，未嘗不爾。朕皆知之，得以趨避。溺於土木，雅不如是。美其成功，良以爲愧。不舉君觴，恐驕朕志。其大者天地，所重者神器。尾虎足冰，終日惴惴。當共重之，勿使顛墜。謹謝公卿，無忘納誨！」群臣乃退，咸呼萬歲。

籍田賦

王禹偁

臣謹按周制：孟春之月，天子親載耒耜，躬耕籍田，所以事天地、山川、社稷、先王，醴酪粢盛，于是乎取之，恭之至也。自周德下衰，禮文殘缺，故宣王之時，有虢公之諫。秦皇定覇，鮮克由禮。漢祖龍興，日不暇給。孝文、孝景，始復行焉。昭帝弄田，亦其義也。後漢永平中，明帝東廵，耕于懷縣，非古制焉。魏氏親耕，闕百官之禮，蓋草創爾。晉武太始之年，略修墜典。宋文元嘉之代，亦舉舊章。齊用丁亥之辰，梁以建卯之月。後魏、北齊，沿革有異。隋朝、唐室，文物可觀。太宗行之于前，明皇繼之于後。自茲已降，廢而不行。將煥先農，必待真主。皇家享國三十載，陛下嗣統十四年，武功已成，文理已定，乃下明詔，耕于東郊。百執悦隨，三農知勸。禮官博士，蹈舞而草儀；甸師嗇夫，歌詠而供職。右拾遺直史館王禹偁，再拜而颺言曰：耕藉之義大矣哉！千畝之田，三推之禮，所以教諸侯而事上帝，率人力而成歲功，實邦國之彝章，皇王之大典。昔潘安仁賦之于晉，岑文本頌之于唐。今王道行矣，王籍修矣，神功帝業，焕其有光，宜暢頌聲，以播樂府。謹上《籍田賦》一章，雖不足形容盛德，亦小臣勤拳之至也。其詞曰：十四年兮，帝業遐宣，寰區晏然，乃順考於古道，將躬耕乎籍田。務本勸農，稽前文而備矣；事神教養，奉墜典以行焉。萬國歡心而懌懌，百官供職以虔虔。章儀注於有司，議沿革於遺編。築壇墠之三陛，開阡陌之百廛。文物聲明，合禮經而有度；旌旗衣服，應方色而不衍。既而届孟春，擇元日，太史先奏，天子將出。是月也，遒人徇路，星鳥中律，當東郊之迎春，是東作之平秩。皇帝於是卽齋宫，辭帝室，戒錫鸞，嚴警蹕，乘青輅以有威，儼朱紘而無逸。佩乎玉也，懸黎之色蒼蒼，載其旂焉，干吕之雲鬱鬱。屬車負播殖之器，後宫獻穜稑之實。紅縻黛耜，服葱犗以陸離；縹軛紺幰，駕蒼龍而飄欻。太常之禮具舉，司農之屬各率。甸師掌舍，警御陌以惟嚴；封人野廬，設壝宫而靡失。于國之東，千官景從。風清塵而習習，雨洒道以濛濛。時也木德盛，陽氣充。耆芒甲坼，青青兮葱葱；春土脉起，油油兮溶溶。冠蓋蔽野，珮環咽風，狀浮雲兮隨應龍。旂幟張日，車徒塞空，若衆星兮環紫宫。修農事以惕惕，襲春服之重重。爾乃配少皞，祠先農，尸祝無媿，豆籩以供。太牢之牲，薦之而肥腯；太簇之樂，奏之而春容。于是脩帝籍，勞聖躬，撫御耦以無怠，履游場而有蹤。將循乎千畝之制，豈止乎數步之中。耕鈎盾之弄田，但矜兒戲；脩建康之春籍，未焕農功。有以見萬乘之尊，三推而舍。或五或九，降殺之義有倫；爾公爾侯，貴賤之班相亞。嗇夫灑種以斯畢，庶人終畝而告罷。千耦其耕，焕乎禮成。播百穀兮率人力〔四〕，歌《載芟》兮揚頌聲。將見乎餘糧棲畝，腐粟如京，神倉令納乎黍稷，以備粢盛。廩犧氏收其藁秸，用飼犧牲。親畎畝兮化被，重民天而教行。自得訓農之實，非貪慕古之名。然後下青壇，歸絳闕。百姓知勸，群后咸謁。在鎬之宴啓，歌虞之音發。獻萬壽兮懽呼，奏九韶兮鏗越。開三面以行惠，宥五刑而審罰。恩流於孝悌力田，德被於雕題辮髮〔五〕。興五土之利〔六〕，固必躬而必親；同三代之風，復不矜而不伐。大矣哉！籍田之禮，豈三年而不爲；躬耕之義，將百代而可知。我所以舉久廢之禮，定不刊之儀。慮弗勤於四體，將有害於三時。務農桑兮爲政本，興禮節兮崇教資。民乃力穡，歲無阻饑。神農斲木之功，我其申矣；后稷播時之利，我得兼之。供秬鬯以斯在，介豐年而有期。丕顯事天之禮，誕歌祈社之詩。祀山川兮，神鑒明矣，配祖考兮，德馨遠而。永錫純嘏，用光孝思〔七〕。乃作頌曰：倬彼東郊，公田是闢。大君戾止，言耕其籍。帝籍既脩，乃及公侯，親爾耒耜，勤爾田疇。言采黍稷，祀于圜丘。億萬斯年，以承天休。又曰：倬彼東郊，耕壇其崇。大君戾止，言訓其農。農功既督，乃知榮辱。爾家以給，爾人以足。言奉烝嘗，遍于比屋。億萬斯年，以介景福。

端居賦

种放

予嘗闔扉而居，不樂他游，未嘗以一詞輒干公侯，以借浮譽。門外苔封草織，非知己之深者，無一造其居。或罪予曰："嗟乎明逸！上有明天子、賢執事，子獨貧且賤，恥也。又《易》稱：『君子以貞凶。』子其有是乎！"予退而作《端居賦》。

山鳥寂寂，梧陰晝碧。窮居退夫，耿然不懌。精神沮而徜徉，冠屨陋而踧踖。類沈酣而未醒，豈執迷而莫析。固貽譏於獨善，尚多言而自釋。鯨鵬雖大，無風波而何益？胡粵萬里，捨舟車而奚適？在聖賢雖有志于下民，孰能無位而立辟？況予才不迨於往哲，名器敢期於苟得？在得喪不忘於明聖，顛沛必思於正直。終皮弁以自守，惡鶡冠以假飾。進不妄而嘻嘻，退不怨而戚戚。故孟軻有言：雖有鎡基，不如逢乎有年，顏氏幾聖，樂在陋巷，亦將育乎令德。兹窮通之自信，匪古今之可尤。顧竊位而擇肉兮，予誠自羞。寧守道而食芹兮，中心日休。予將息萬競，消百憂，養浩氣於蓬茅之下，飲清源於淵默之流，侶鸞鵠兮雲霓之表，終焉泯衆議之啾啾。

大蒐賦

丁謂

司馬相如、楊雄，以賦名漢朝。後之學者多規範焉，欲其克肖，以至等句讀，襲徵引，言語陳熟，無有己出。觀《子虚》《長楊》之作，皆遠取傍索靈奇瑰怪之物，以壯大其體勢；撮其辭彩筆力，恢然飛動今古而出入天地者無幾。然皆人君敗度之事，又於典正頗遠。今國家大蒐，行曠古之禮，辭人文士不宜無歌詠，故作《大蒐賦》。其事實本之於《周官》，歷代沿革制度參用之，以取其麗則。奇言逸辭，皆得之於心；相如、子雲之語，無一似近者。彼以好樂而諷之，此以勤禮而頌之，宜乎與二子不類。辭曰：仲冬，天子嚴祀事，答神祐。佇農隙，謹蒐狩。踵教本，稽典舊〔八〕。禮容左右，武事前後。等尊第卑，上長下幼。人民豐濃，物色繁富。蓋亦閱軍實於介胄，非徒恣遊畋於禽獸者哉！前期，命虞人以萊莽薈，芟擁遏。草木躶枯，原隰砥闊。視軍衆寡，度地本末。高表四立，坦場中豁。限田防而蘭織，志轅門而旌揭。青龍白虎，擁護乎行在之所；左罕右畢，分張乎侍衞之列〔九〕。風蕭蕭而野鳴，雲陰陰而晝結。麕鹿狼狽以投林，狐狸踉蹌而遷穴。由是司馬舉職，群吏咸秩。各有司存，皆給名物。備小駕而六龍集〔一〇〕，開武庫而五兵出。輅車金玉，旂章日月。戟牙刺舉，旄頭雪密。畫蚩尤於旆顛，匣干將於劍室。騠駃妥貼以負軛，驌驦徘徊而轉軑。召佽飛以前導，命玄武而殿卒。目恍羅列，神驚比櫛。師勑戰法，帥董戎律。始建旗以誓衆，亦斬牲而戒失。所畋之野，備物咸畢。外事尚剛，戊日惟吉。上乃乘七騶，擁六軍，白旄方下於北極，黄纛已搴於應門。服章天地，車駕風雲。日隨月侍，嶽走川奔。列缺收聲而聽蹕，豐隆鼓力以扶輪。隊仗乎八百諸侯，殿呼乎七十二君。煙霞錯雜以垂地，河漢顛倒而失源。靈祇懾慄，怪物驤騫。顓帝蒼黄而廢職，元冥倏閃以馳魂。儼方離於大内，盛已列於平原。禡表云已，御杈而前。虵陣翼張，虎賁環匝。鼓以三闋，圍不四合。律戎索以濟濟，飭軍威而燁燁。鐶再振而鐃再鳴，弓斯張而矢斯挾〔一一〕。爾乃驅百獸，當一人。弓工操軒轅之弧奉御，羅氏設商湯之網擁群。熊羆之爪距摧折，虎豹之心肝分裂。射必三獸，發則五豝。雹逆毛羽，星飈角牙。肉墮庖丁之刃〔三〕，血濺魯陽之戈。諸侯卒事以儼雅，百姓突圍而交加。上方斂綏以慘愴，衆乃靡旗而諠譁。圍開一方，憫盡殺也。捨順取逆，彰懷來也。出表不顧，恥逐奔也。等別三殺，貴宗廟也。得匪上以顯孝思，下以不僭乎！鳥獸之肉，不登器者無取；貔虎之士，罔用命者有誅。警進退於鉦鼓，習威儀於卒徒。戎事同，鑾輅迴。軍聲振而方國聳立，天仗指而九門洞開。郊饁獸而禮之勤也，廟獻禽而神其享哉！以勞飲至，以能策勳，刑必加於共棄，爵乃及乎衆尊。如是則不曰暴天物，不曰教民戰，于以辨名號而訓仁義，于以昭文章而明貴賤也。下臣竊詳三代之書，頗究二王之典。大閲之制，昭然義見。軍旅之事，闕教則失利；癸薦之物，非理則不獻。施信賞，率怠倦，使夫民知方，兵識變，莫若示蒐畋而敦大勸也。後之王者，反禮叛經。荒樂誅殺，放懷蕩情。借如漢武，於古詳明。博搜聖書，廣召文英。講評謨訓，華飭聲明〔三〕。凡曰大樂，闕焉不行。乃窮畋極獵，誇國耀兵。隔蜀羅設，跨秦戈橫。麛卵夭死，獝狘愁聲。以至欺猛狂而手格，喜暴惡以力争。豈殘忍之足恥，唯豪勇之所京。下垂歷代，不能變更。魏晉而下，離合寰瀛。咸局促以僅守，曷禮樂之能興！粤抵李唐，時惟會昌。彼文、明二帝，實驅馳百王。大畋之義，猶或廢亡。若陛下，自膺寶命，臨萬方，動必法度，舉皆故常。緝犧、軒之絶緒，新姬孔之舊章。郊焉而五帝肅肅，享焉而百神洋洋。九年三月，升于紺壇〔四〕。十有三年，躬耕籍田。心以民本，事由禮先。謫王滿嗜慾乎馳騁，斥帝徹瞽瞶乎神仙。故天地不能藏祥而祕瑞，日月無以示譴而戒愆。甘露降而區宇澤，景星燭而氛祲蠲。總治本，操化源。措慮寂爾，存神泊然。是以發狂之心，無自入焉。下臣以謂，大蒐之典，周公制於往古，陛下行于今玆。中間數千餘祀，咸杳昧而不知。彼唐漢之士，修崇禮儀。封禪之徵誕，明堂之説奇。此數事不詳於堯、舜、文、武之書，臣寧敢狂斐而陳諸？所以賦大蒐而歌盛禮也，俾千古知至德之巍巍。

洞庭賦　夏侯嘉正

楚之南有水曰洞庭，環帶五郡，淼不知其幾百里。臣乙酉夏使岳陽，抵湖上，思作賦。明目披襟而觀之〔一五〕，則翼然動，促然跂〔一六〕，慄然駭，愕然眙。恍若駕春雲而軾霓，浩若浮汗漫而朝躋。退若據太山之安，進若履千仞之危。懵若無識，智若通微，跛若不倚，蹌若將馳。耳不及掩，目不暇逃，情悸心嬉。二三日而後神始宅，氣始正。若此不敢以賦爲事者二年，然眷眷不已。一日，登崇丘，望大澤，有雲崒兮興，欻兮止。興止未霽，忽若有遇。由是漬陽輝，沐芳澤，覩一異人，于巖之際，霞爲裾，雲爲袂，冰膚雪肌，金玦玉佩，浮丘羨門，斯實其對。因言曰：「若非好辭者也〔一七〕？」臣曰「然。」「然則若智有所不通，識有所不窮，用不通不窮而循乎無端之紀，若得無殆乎？」臣又曰：「然。」「然志極則物應〔一八〕，思精則道來。嘉若之勤，無譁無談，吾爲若稱云：太極之生，曰地曰天，中含五精，五精之用，而水居一焉。水之疏，邇則爲江兮，遠則爲河；積則爲瀦兮，總則爲湖。若今所謂洞庭者，傑立而孤，廓然如無區，其大無徒。含陽字陰，元神之都。曖曖昧昧，百川不敢逾〔一九〕。有若臣者，有若賓者，有若僕者，有若子者，有若附庸者，有若娣姒者。有若禹會塗山〔二〇〕，武巡牧野，千出百會，咸處麾下。每六合澄静，中流迴睨，莽莽蒼蒼，纖靄不翳。太陽望舒，出没其間，萬頃咸沸。彊而名之爲巨澤，爲長川，爲水府，爲太淵。縱之不踰，跼之不卑〔二一〕，乍若賢人，以重自持。誘之不前，犯之愈堅，又若良將，以謀守邊。澎澎濞濞，浩爾一致，又若太始，未有仁義。沖沖漠漠，二氣交錯，又若混沌，凝然未鑿。此乃方輿之心胸，溟海之郛郭也〔二二〕。三代之前，其氣濩落。浩浩滔天，與物迴薄。滅木襄陵，無際無廓。上帝降鑒，巨人斯作。乃命玄夷，授禹之機。隧山堙谷，滌源暢微。然後若金在鎔，若木在工，流精成器，夫何不通。是澤之設，允執厥中。既巽其性，遂得其正。有升有降，有動有静。」臣應之曰：「升降動静，可得聞乎？」神曰：「水之性，非圓非方，非柔非剛，非直非曲，非玄非黄。畫象爲《坎》，本乎羲皇。外婉而固，内健而彰。降以《姤》始，升以《復》張。其静處陰，其動隨陽。六府之甲，萬化之綱。式觀是澤，乃知天常。若乃四序之變，九夏攸處〔二三〕。烘然而炎，沸然而煮。群物澒洞，爍爲隆暑。澤之作，頎然其容。若去若住，若茹若吐。靈趣怪覲，杳不可覩。蒸之爲雲，散之爲雨。倏忽萬象，如還太古。真可嘉也！若乃秋之爲神，素氣清泚。肅肅翛翛，羣籟四起。澤之動，黝然其姿。若挺若倚，若行若止。巽宫離離，爲之騰風。蒼梧崇崇，爲之供雲。四顧一色，黯然氤氲。其聲瀰瀰，若商非商，若徵非徵。東湊海門，一浪五千里〔二四〕。又足畏也！言其狀，則石然而骨，岸然而革，氣然而榮，洚戶江切然而脉〔二五〕。有山而心，有洞而腹，有玉而體，有珠而目。穹鼻孤島〔二六〕，呀口萬谷。臂帶三吴，足跬荆巫。或跂然而望，或翼然如趨〔二七〕。彭蠡、震澤，詎可云乎？」臣又問曰：「澤之態已聞命矣，水之族將如何居？」神曰：「大道變易，或文或質。沉潛自遂，其類非一：或被甲而遭，或曳裾而娱〔二八〕，或秃而跋，或角而蜿，或吞而呀，或呿而牙，或心以之蟹，或目以之蝦，或脩臂而立，或横騖而疾，或髮於首，或髯於肘，或儼而莊，或毅而黝。彪彪玢玢，若太虚之含萬彙，各備其生而合乎群者也〔二九〕。」臣又問曰：「若神之資，其品何如也？」神曰：「清矣静矣，麗矣至矣，邈難知矣。肇于古，古有所未達；形于今，今有所未察。非希非夷，合其心於自然。然後上天入地，把三根六。况水居陸處，夫何不燭？彼鞚鯉之賢，轡龍之仙，乃吾之肩也。其餘海若、天吴，陽侯、神胥，齪齪而遊，曾不我儔。」臣又問曰：「《易》稱『王公設險』，是澤之險，可以爲固，而歷代興衰，其義安取？」神曰：「天道以順不以逆，地道以謙不以盈。故治理之世，建仁爲旌，聚心爲城，而弧不暇弦，矛不暇鋒，四海以之而大同。何必恃險阻？何必據要衝？若秦得百二而帝，齊得十二而王。其山爲金，其水爲湯。守之不義，欻然而亡。水不在大〔三〇〕，恃之者敗；水不在微，怙之者危。若漢疲於昆明，桀困於酒池，亦其類也。故黄帝張樂而興，三苗棄義而傾。則知洞庭之波，以仁不以亂，以道不以賊，惟賢者觀之而後得也。」於是盤旋徙倚，凝精流視。罄以辭對，倏然而晦。

矮松賦

王　曾

齊城西南隅矮松園，自昔之閒館，此邦之勝槩。二松對植，卑枝四出，高不倍尋，周且百尺。輪囷偃亞，觀者駭目。蓋莫知其年祀，亦靡記其本原〔三一〕，真造化奇詭之絶品也。曾咸平中，忝鄉薦，登甲科，蒙被寵靈，踐歷清顯，幾三十載，前歲秋，始罷冢司，出守青社。下車之後，省閭里，訪故舊，則曩之耆耋悉淪逝，童冠皆壯老，邑居風物，觸目遷變，惟彼珍樹，依然故態。竊謂是松也，匪獨以後凋克固歲寒，抑由擁腫支離，不爲世用，故能宅茲阜壤，免於斤斧。向若負構厦之材，竦凌雲之幹，必將爲梁棟，戕伐無餘；又安得保其天年，全其生理哉？感物興歎，聊爲賦云：惟中齊之舊國，乃東夏之奥區。有囿游之勝致，直壥閈之坤隅。偉茂松之駢植，軼衆木而特殊。上輪囷以夭矯，旁翳薈而紛敷。廣庭廡之可庇〔三二〕，高尋常之不踰。枝擁閼兮横亘〔三三〕，根蹙縮兮盤紆。徒觀其前瞻林嶺，却顧康衢。宅寶勢兮葱鬱，據右地兮膏腴。類蟠蟄兮蛟蜧，訝騰倚兮虎貙。將拏攫兮未奮，忽伏竄兮争趨。色鬬鮮兮欲滴，形詭俗兮難圖〔三四〕。遠而望之〔三五〕，蔚兮若搏鵬之出滄海；迫而察之，黕兮若方輿之承寶蓋。矗洞口之歸雲，堆巘阿之宿靄。談揮麈兮何多，被集翠兮增汰。度朔吹兮飀飀，含陽暉兮晻藹。吾不知其幾千歲，起毫末而碩大。昔去里兮離邦，攀緑條兮彷徨；今剖符兮臨郡，識奇樹兮青蒼。怵光景兮遄邁，嘉歲寒兮益彰。葉毿毿兮不改，情眷眷兮難忘。異古人之歎柳，協予志之恭桑。信矣夫，卑以自牧，終然允臧。效先哲之俯僂，法幽經之伏藏。願蹋影於澗底，厭争榮於豫章。鄙直木兮先伐，懼秀林兮見傷。幸高梧之垂蔭，愧脩竹之聯芳。鸞乍迷於枳棘，鷃每悮於榆枋。媿周《雅》之「蹐地」，符羲《易》之「巽牀」。既交讓以屈節，復善下而同方。自儲精於甘露，不受命於繁霜。客有系而稱曰：材之良兮，梓匠之攸貴。生之全兮，蒙莊之所美。苟入用於鉤繩，寧委跡於塵滓。俾其夭性而稱珍，曷若存身而受祉。紛異趣兮誰與歸？當去彼而取此。

聲賦

張詠

聲賦之作，豈拘模限韻，春雷秋蟲之爲事也。蓋取諸聲成之文，王化之本，苟有所補，不愧空言爾。

賦曰：

罔象迷冥，大人忽生。混沌初竅，呀然震驚。二儀吐形，萬靈吐英。天機動制，軋而爲聲。故形有美惡焉，聲有小大焉。伊物類之動作，俟人事而克全。至于大雷殷空，萬竅吼風，不爲之隆。品物磨臬，羽足動發，不爲之末。未若人聲，與天通功，與物長雄。口吻之啓，出於厥躬〔三六〕。道機之張，騰凌鴻濛。其所聞者，羲、黄、唐、虞，繼踵而至。宇宙隘其神，造化倖其智。在聲之偉也，得不迴天而動地！觀其得一之發，清清泠泠，凉寰洗瀛。萬類聽之，如懵而醒。仁信之發，溶溶弈弈，呼道振德。萬類聽之，如日破黑。曰禮曰義，相迭而起。嗚孝響悌，駭心清耳。萬類聽之，如愁得喜。廣成五老，聞而啓齒，曰：是何帝皇之聲也如此！九道交訛，華夷和歌，蠢動鼻息，歡咍寔多。其在物也，昭昭融融，萬類和同，萬籟響空，答天之功。其在人也，萬心氣平，萬口宣騰，《雲門》《六英》，答君之聲。故知五音八聲，聲之枝歟！金石絲竹，聲之器歟！若本不正而聲不清，何嘗動天地泣鬼神而有諸？三五迭生，異業同聲，唱古寡應，呼今得精。儀事以之繁會，時風爲之勁清。作禮者有周旋之矩，制樂者有《大武》之名。故聖人之音，鏗如鏘金；聖人之治，潺如流水。加以商辛、夏癸，行無轍軌，情慾沸空，淫哇盈耳，民不知告，政聲遂毁。幽、厲繼作，心胡可度，唱僻者輕脱，和僞者交錯，鼓鉦之響日馳，禮義之風日薄，王道民政，潰然投壑，攻乎亡國之音，聚爲終身之樂。秦怪一聲，天摇地坑，烘赫火烈，荒茫海傾。阿房輦材，枅臬山迴，紫塞築壘，訇轟震雷。鉗聖愚儒，四海睽孤，刮剥亡命，痛腦連脛。于是民失其業，怨口喋喋，野薄其農，荆榛颼風，刑失其矩，民哀無所，兵革填委，死爲怨鬼。故怨之爲氣也，散爲嚚塵，積爲屯雲，閉鬱六合，陽靈不曛。怨之爲聲也，烈風相倚，怒濤兼起，鬼哭於郊，神號於市，川谷爲之鬭擊，山巒以之崩圮。陳吴一呼〔三七〕，而宗社瓦毁，天窮地終，醜聲不已。洎于漢、唐，惟高與光。太宗纘堯，開元嗣皇。智冠絶古，氣凌昊蒼。倚天憑怒，即動盪於八荒。按劍大呼，即交映於中方。借力者黎獻，助聲者賢良。亦不能廣仁義於遞奏，使道德之激揚，掩商、秦之餘韻，系唐、虞之聲芳者也。未若我后，凝神定思，誠求理致。與聖作則，爲難於易。惟禮是崇，惟仁是嗜。叩乎杳冥，清静以聽。聞古謬惑，皇心不平。於以忠良是旌，息嗟吁之聲；不肖是黜，息濫謬之聲；均物惻隱，息哀怨之聲；厚施薄斂，息流亡之聲；四人是別，息澆競之聲；狴犴是理，息冤枉之聲；道德是守，息兵革之聲；人勞是恤，息雕斲之聲；小人是遠，息邪佞之聲；正音是奏，息湼瀆之聲。奇哉壯矣，堯嗟舜驚。致章濩之調下，覺唐堯之頌輕。浩浩蕩蕩，無得而名。異聲之襲也〔三八〕，揚溢昭灼。上賢下愚，既歡且謔。鳥獸蹌蹌，蟲虺躍躍。信千載之一時〔三九〕，與有生而同樂。余欲引聲而作，未知何若。

春雪賦

錢惟演

癸亥歲二月晦，訖季春旦，霧。霰、雪雜下，平地二尺。寒威於是凌厲，陽和爲之潛伏。問諸農，曰田有傷矣；問諸圃，曰果不實矣；考諸史，曰陰陽戾矣。予守土者，豈不以民爲心？因愴然而賦：

春陽已中，百昌俱作。彼陰冷而忽興，何飛霙之驟落？始蒙蔽於陽烏，遂潛藏於天幕。冰霰雜下，温寒相搏〔四〇〕。纔袞袞而紛揉，更霏霏而交錯。因方就圓，填溪滿壑。迷匹練於素鷳，混高雲於皓鶴。七盤頓失乎巇嶮，二室僅存乎岷崿。我有爰田，既鋤既耰。我有條桑，且柍且柔。豈滅裂而是取，顧沃若之待收。罹此暴殄，予心則憂。亦有庶草群木，千芳萬琲〔四一〕。粉落絮起，珠傾玉碎。建森纚之高牙，垂陸離之長珮。掩藩匽之鬱栖，覆臺塘之畏於鬼切佳醉癸切。病李殭於井幹，芳蘭沉於林薈〔四二〕。有奔梟梟，有鳴嚶嚶。趁薦草於無所，戀危巢之欲傾。顧澤中而罷釣，之壠上而輟耕。手足癉瘃，吾道不行。吾乃詩歎《麻衣》，歌悲「《黄竹》」。兔園靡召於游客，汧山遂休於王屬〔四三〕。隔瑶水之來使，没騷人之行轂。東郭歎不完之衣，梁山作思歸之曲。豈由漢女之寃，遂至衞民之哭？已而違時令，反天常，氣雖凄而不烈，風雖暴而不揚，忽曜靈之委照，佇消釋於輝光。

君可思賦

楊　億

夫民生在三兮，事之攸同。子之能仕兮，父教之忠。念委質而勿貳兮，本陳力以首公。雖代耕而傒禄兮，曷期侈以圖豐？亦懷材而待試兮，將乘時而奮庸。夫何直諒不回，孤堅寡偶。貫歲寒而勿改兮，濯江漢而無垢。中履絜以好修兮，外葆光而虚受。筮仕逢亨，奏技承平。濯鱗禁沼，拊翼丹楹。堯文載郁，禹律惟精。荷紫囊而舐筆兮，從單于之勤兵。霜飈刮骨，流塵滿纓。自此研精藻翰，局影天扃。毫殘鷄管，香消鶴綾。鬢凋屋幘，心懸閤鈴。矧乃郢坊酒醇，武都泥紫。版急鵠頭，書詳馬尾。石屋紬書，鴻都約史。攟摭闕遺，發明統紀。竊企跡於前修，庶司風於古始。慮罔越思，身亦勤止。宣漢德於無窮，納舜《韶》於盡美。志本勿矜，言乎有憑。非施勞而伐善，豈揚己而害能。每燥吻而躑躅，屢撫心而屏營。敷談泉而載涸，鼓思風而弗興。感外邪而遘厲，殆五日之沈冥。悵官事之孰了，汨勞府而靡寧。豈望夫連城之報，豈愛乎盡餅之名？羌民生之朴忠，希在昔之遐蹤。思不出位，罔貪天功。慕臺駘之業官，肯有二事；念犂彌之辭賞，愈激厥衷。庶克終於雅尚，聊有裨於素風。柰何虺心昌熾，錦言萋斐。蠅薨薨以交亂，犬狺狺而迎吠。賢登朝而共嫉，女入門而各媢。乍緝緝以翩翩，競翕翕而詆訿。結合陰邪，諦造疑似。俾朕師之震驚，恣星箕之華哆。幸大度之不校，專巧言而縱毀。胡能傷君德之巍巍，徒以動賢心之惴惴。然後飾衛鶴之華軒，衒黔驢之短技，竊名器以宴居，絶上下之愧畏。俟貫惡之既盈，將幽神而共棄。若夫晬穆東房，奚望清光，定心服物，偉量包荒。耿求賢兮不及，慎乃憲而惟康。延登體貌，義問覃詳。伊蓬心之受惠，憐橘性之有常。寘之近署，采其寸長。遇忠見察，浸潤無傷。犯四禁而多恕，緩千編而不遑。丁寧一札，在宥三章。踐丹塗而乃春，宴華林而醑觴。動羣倫之聳羨，曷丹心之弭忘。盛憲多憂，長卿沉疾。退迹東閣之陂，舉首長安之日。色變愁鬢，讒消病骨。周田食粟，聊彊飯於數升；江徑誅茅，姑却掃於一室。豈不念悲哀作主，吶訥思君，羈心蘖苦，別緒絲棼。岷江一廛，幸天畿之接畛；成周五世，庶宰樹以參雲。感騷人之遺韻，聊抒意於斯文。

校勘記

〔一〕光濳躍於龍德　「於」字原本空白，據明刻本補。

〔二〕胡可以抉　「抉」原作「挾」，據明刻本改。按，《左傳》襄公十年：「縣門發，鄹人紇抉之以出門者。」鄹人紇即叔梁紇。

〔三〕必絶人紀　「紀」，明刻本作「祀」。

〔四〕人力　「力」原作「乃」，據明刻本改。

〔五〕辮髮　「辮」原作「辨」，據明刻本改。

〔六〕五土　「五」原作「王」，據明刻本改。按「五土」見《周禮》，與下「三代」對偶。

〔七〕用光孝思　「光」原作「先」，據明刻本改。

〔八〕典舊　「典」原作「與」，據明刻本改。

〔九〕分張　「張」字原本空白，據明刻本補。

〔一〇〕小駕　「小」字原本空白，據明刻本補。按，小駕，天子乘輿也，減損大駕之副車，故名。見《後漢書·輿服志》。

〔一一〕矢斯挾　「挾」原作「浹」，據明刻本改。

〔一二〕庖丁之刃　「之」字原脱，據明刻本補。

〔一三〕華飭　「飭」，明刻本作「飾」。按二字古通用。

〔一四〕紺壇　「紺」原作「糾」，據明刻本改。

〔一五〕明目　《宋史》卷四百四十《文苑·夏侯嘉正傳》作「明日」。

〔一六〕促然跂　「促」原作「足」，據《宋史》本傳改。

〔一七〕者也　《宋史》本傳作「者耶」。

〔一八〕志極則物應　「志」原作「至」，據《宋史》本傳改。

〔一九〕百川不敢逾　「逾」原作「退」，據明刻本改。

〔二〇〕有若禹會塗山　《宋史》本傳無「有」字。

〔二一〕踼之不卑　「踼」原作「蹁」，明五經堂本傳校據宋抄本亦作「蹁」。按，「蹁」訓「足不正」或「膝頭」，古無作動詞用者。明刻本均作「踼」，「踼之不卑」與上句「縱之不踰」對文，於義較長，今據改。

〔二二〕郛郭　「郭」原作「廓」，據《宋史》本傳改。

〔二三〕九夏攸處　「處」原作「楚」，據明刻本改。《宋史》本傳亦作「處」。

〔二四〕一浪五千里　《宋史》本傳作「千里」，無「五」字。

〔二五〕浲然　「浲」原作「降」，據《宋史》本傳改。

〔二六〕孤島　「孤」原作「呱」，據明刻本改。

〔二七〕如趨　「如」，《宋史》本傳作「而」。

〔二八〕曳裾而娱　「娱」，《宋史》本傳作「圓」。按「圓」與上句「遭」同韻，較長。

〔二九〕各備其生　「備」，《宋史》本傳作「循」，較長。

〔三〇〕水不在大　「水」原作「禍」，據明刻本改。《宋史》本傳亦作「水」。按此句與下「水不在微」對文，知字當作「水」。

〔三一〕其本原　明刻本作「夫本源」。

〔三二〕可庇　「庇」，明刻本作「蔽」。
〔三三〕枝擁闕兮横亘　原本「兮」下衍「以」字，據明刻本删。
〔三四〕形詭俗兮　原脱「兮」字，據明抄本、明刻本補。
〔三五〕遠而望之　原脱「遠」字，據明抄本、明刻本補。
〔三六〕出於厥躬　「出」原作「義」，據明刻本改。
〔三七〕陳吴一呼　「吴」原作「具」，據明刻本改。
〔三八〕異聲之襲也　「異」，各本同，疑當作「其」。
〔三九〕信千載之一時　「千」原作「乎」，各本同，據《乖崖集》改。按，「千載一時」見王羲之《與會稽王箋》。
〔四〇〕温寒相搏　「搏」原作「摶」，明抄本據宋版《類編古賦》校改，今從。
〔四一〕千芳萬琲　「琲」，明抄本同，書眉上據宋版《類編古賦》校改爲「菲」；明五經堂本作「菲」，傅校又據宋抄本改作「琲」。按，二字俱可通，以作「菲」爲長。
〔四二〕林薈　「薈」原作「會」，明抄本據《類編古賦》改「薈」，明刻本亦作「薈」，今據改。
〔四三〕休於王屬　「休」原作「仆」，明抄本同，上有朱筆校作「休」，明刻本亦作「休」，今據改。

宋文鑑卷第二

賦

皇畿賦

楊侃

有賦家者流，欲馳名於當世，思著詠於神州。忽念前古，深懷景慕。誦《二京》於張衡，覽《兩都》於班固。於是輟卷意慙，閣筆心伏。讓而謂臣，請書簡牘〔一〕。臣辭不獲已，而謂之曰：「子讀二子之賦，而知兩漢都邑之制，宮殿之麗，而未知大宋畿甸之美，政化之始也。予幸得職採風謡，官參儒雅。千里之郊圻是巡，八使之軺車斯假。若夫大邑名城，神皐沃野，畫地可記，濡毫可寫；至於宮禁之深嚴，予未聞也；都城之浩穰，衆所覩也。是故彼述其内，予言其外。蓋萬分之舉一，難盡述而備載。昔者唐綱不振，國鼎將遷。俄梁室之革命，啓浚都而應天。既觀法於左崤右隴，亦取則於西澗東瀍。大矣雄圖，昭然聖謨。謂陳留天下之衝要〔二〕，謂大梁海内之膏腴。漢祖得之，則齊楚之敵敗亡相繼，咸就擒而即誅；梁王守之，則七國之師不敢西向，盡爲馘而爲俘。實王氣之長在，宜萬世而作都也。莫不廣封溝，設險固。襄平割宋之美田，戴邑裂曹之沃土。滑分屬邑之二城，陳減太康之萬户。潁川之鄢陵、扶溝，滎陽之中牟、陽武，咸命落編民於州籍，升地圖於天府。故得雄臨九州，陋視三輔，經營歷於五代，法則垂于萬古。皇宋之受命也，太祖以神武獨斷，太宗以聖文誕敷。平江表，破蜀都。下南越，來東吳。北定并汾，南取荆湖。是故七國之雄軍，諸侯之陪臣，隨其王公，與其士民，小者十郡之衆，大者百州之人，莫不去其鄉黨，率彼宗親，盡徙家於上國，何懷土之不聞。甲第星羅，比屋鱗次。坊無廣巷，市不通騎。於是有出居王畿，掛户縣籍，與産樹業，出賦供役者矣。豈比夫秦遷户口於咸陽，漢徙豪傑於陵邑，魏將實於河南，驅冀民而是入也。今聖上之在東宫也，尊以皇儲，尹兹京邑。視政之初，民訟雲集。莫不察之以情僞，辯之以曲直。發伏禁姦，親剸繁劇。既而桴鼓不鳴，豪右斂迹，吏不敢欺，民用懷德。若乃龍樓曉出，奉法謹身，教民以事父也。親拜師傅，降禮國儲，教民以事師也。公退則侍講在前，出入則四賓是翼，尚老尊學，與民爲則。是時王畿之内，易俗移風，以至正南面，居城中，由内及外，化行令從，是君上德惠素立，而政教早崇也。若乃鋭旅百營，高城千雉。孫武教陣，吴起撫士。其齊如林，其猛如虎。手擊利劍，足張彊弩。躍馬奪槊，投石拔距。入則訓練，出無征戰。身閑賞厚，家有餘羨。是故擁彊兵，衞近甸，如大郡雄藩，爲屏爲翰者，且有九縣。尉氏、咸平、陳留、雍丘、襄邑、太康、考城、東明、陽武也。天設二渠，曰蔡曰汴。通江會海，縈畿帶甸。千倉是興，萬庾是建。杜預主計，劉晏司漕。何貢何輸？吴粳楚稻。月致百萬，猶責其少。漢之太倉，積粟紅腐。使彼粒而計之，未及我斗量之數。成王之庾，萬箱以供。未若我千艘往來，運江淮而無窮。是故備九年之儲，充六軍之給。當津處要，山積雲入者，復有五邑。陳留、雍丘、襄邑、尉氏、咸平也。若乃惣戎者貴領專城，宰邑者上應列星。簿既貲高，尉亦秩清。率兵守戍者五鎮，建雄、義聲、圍城、馬欄、萬勝鎮，皆置甲士防守，有使臣掌領之。統騎分巡者兩路。府界東西兩路，各置都同、巡檢二人。城皇之外，遊徼四布。京城四面巡檢各一人。桓桓八臣，是警是護。謂東西兩路，洎京城四面巡檢使臣，共八人也。郊原膴膴，春草萋萋。邊烽不警，牧馬爭嘶。廐空萬櫪，野散千蹄。陂閑牧南，汴河已南縣邑，長陂廣野，多牧放之地。沙平走西。中牟已西，地廣沙平，尤宜牧馬。一飲空川，一齕空原。去知霧散，來若雲連。地廣馬多，古未有焉。若乃任土出於民心，獻芹比於古俗。園茄早實，時菓先熟。瓜重南門，笋宜脩竹。鬻於市兮，利既兼倍；進於君兮，恩必霑沐。時或戴勝降桑，螻蟈未鳴。野人登麥以先至，蠶婦貢絲而已成。別有襄陵之桃，陽夏之柿。朱櫻宜於谷林，丹杏出於尉氏。其或陽鄉千樹之梨，扶樂千樹之栗，比封千户之侯，亦何讓於昔日。醎壤宜北鄉之羊，野蓑美東邑之豕。魚鼈鳧鴈之盛，西有陂兮萬頃；菱芡蓮藕之美，東沿堤兮百里。其或仲冬之月，禮尚進鮮。介麋素出於逢澤，狡兔復多於梁園。乃命萊田於虞人，選徒於司馬。四校畢陳，六飛夙駕。何千乘萬騎之馳騁，滿四通五達之郊野。西或過於圃田之藪，東或出於平臺之下。乃有孟賁之徒，烏獲之類，襢裼而來，叱咤而至，搏虎兕，擊熊豕，玄豹逆曳，白狐生致。復有負羽從獵之人，控弦伏獸之士，落孤鴈於馬首，貫雙鵰於雲裏。然猶示之以三驅之仁，寬之以一面之網，不使獸殫於下，禽盡於上。何長楊之獵，自謂於禽多；雲夢之畋，敢誇其地廣哉！圖書載詳，境土斯見。開封則漢志之名邑，今二赤之首冠；祥符則天書之降年，易新名於舊縣。稯秸之入，斯爲近甸。若乃百萬衆之分營，十二市之環城，囂然朝夕，異彼郊坰。其東則有汴水之陽，宜春之苑。向日而亭臺最麗，迎郊而氣候先暖。鶯囀何早，花開不晚。瞻太一之清宮，壯先朝之命工。構宇煙霞之外，出俗囂塵之中。效仙人之樓居，慕老氏之玄風。青青道邊，千畝何田，端拱之初，藉于此焉，黛耜一執，青史千年。登蔞隄以東望，見高臺之百尺。居道之南，在岡之北。下有廣場，可馳可逐。我皇帝初即寶位，大閱軍旅，親乘戎輅，習戰于此。士馬秋勁，甲冑晨整。上憑軾以將觀，衆無譁而是聽。列八陣之形，申三令之語。肅將帥，嚴部伍。頗、牧授之以方略，韓、彭進之以旗鼓。失軍容者，戮以徇衆；有勇敢者，賞而裂土。彼上林之馳射，驪山之講武，豈可同日而語哉！其南則有崇崇清壇，肅肅齊宫。卜是吉土，龜從筮從。永奉禋祀，郊見昊穹。燔柴展禮，萬世無窮。別有景象仙島，園名玉津。珍果獻夏，奇花進春。百亭千榭，林間水濱。珍禽貢兮何方？怪獸來兮何鄉？郊藪既樂，山林是忘。則有麒麟含仁，騶虞知義。神羊一角之祥，靈犀三蹄之瑞。狻猊來於天竺，馴象貢於交趾。孔雀、翡翠，白鷳，素雉，懷籠暮歸，呼侣曉去。何毛羽之多奇，罄竹素而莫紀也。忽斷苑牆，又連池籞。介族千狀，沙禽萬類，盡游泳而往來，或浮沈而出處。柳籠陰於四岸，蓮飄香於十里。屈曲溝畎，高低稻畦。越卒執耒，吴牛行泥。霜早刈速，春寒種遲。舂紅粳而花綻，簸素粒而雪飛。何江南之野景，來輦下以如移。雪擁冬苗，雨滋夏穗。當新麥以時薦，故清蹕而親至。輦從千官，郊陳萬騎。既觀穫以云罷，亦宴犒而後已。其西則有池鑿金明，波寒水殿。鷁首萬艘而壓浪，虹橋一道而通輦。太液無瀲觴之深，靈沼有潢汙之淺。時或薫風微扇，晴瀾始暖。命樓舡之將軍，習昆明之水戰。天子乃駐翠華，開廣宴。凭欄檻於中流，瞰渺茫於四面。俄而旗影霞亂，陣形星羅。萬棹如風而倏去，千皷似雷而忽過。則有官名佽飛，將號伏波。驤江中之龍，避舡下之戈。黄頭之郎既衆，文身之卒且多。類虬龍而似蛟蜃，駭鯨鯢而走黿鼉。勢震動於山嶽，聲沸騰於江河。別有浮泛傀儡之戲，雕刻魚龍之質，應樂鼓舞，隨波出没。鑾輿臨賞以盡日，士庶縱觀而踰月。彼池之南，有苑何大，既瓊林而是名，亦玉輦而是待。其或桂折天庭，花開鳳城，則必有聞喜之新宴，掩杏園之舊名。於是連鑣上苑，列席廣庭。蓋我朝之盛事，爲士流之殊榮。一派如飛，通槽架虚，越廣汴湍流之上，轉皇城西北之隅，貫都注御溝之口，轉漕通廣濟之渠。京索導源而干彼，金水名河而在兹。其北則瑞聖新名，含芳舊苑。四方異花，於是乎見；百囀好鳥，於是乎聞。十洲得景，三島分春。延廄之設，是名天駟。伐大宛以新求，涉渥洼而遠致。羣驅八駿，隊數十驥。雖輓粟之千車，乃嘗秣之一費。彼沙臺之崔嵬，聳佛利之千尺。岡阜連延於西南，原田平坦於東北。何沙海之飛揚，忽到此而止息。莫不地多賢士，代出異人。何干旄之子，向浚郊而雲臻。雖梁多於長者，非安國而不聞。過信陵之祠宇，想英風而若存。何侯嬴之白首，尚抱關於夷門。遇公子之好賢，忽枉駕而咨詢〔三〕。既同載而過市，謁隱屠而駐輪。果嘉謀之斯得，救邯鄲而義伸。奪晉鄙之十萬，終自將而却秦。設守冢而奉祀，值漢皇之東巡。若乃過陳留之故邑，訪地名之所因。蓋二留之分别，彼彭城而此陳。昔赤帝之起義，會子房而于此。始錫賢於上天，終受封於兹地。既萬户以建侯，亦千年而崇祀。千屯北縣之郛郭，三月南河之鄽市。何飛梁之新遷，患横舟之觸柱。今之雍丘，古曰杞國。民厚風俗，土繁貨殖。縣之西郊，山曰谷林。其或花迎野望，煙禁春深。景當妍麗，俗重登臨。移市景日，傾城賞心。幄幕蔽野，軒蓋成陰。暮而忘歸，樂不絶音。既同歡於萬室，罔惜費於千金。厥篚織文，出於襄邑。池濯錦以爲名，蜀有江而焉及？復有咸平大縣，我宋新建〔四〕。因紀年以命號，詔將作而營繕。公宇之制，甲于畿甸〔五〕。中有大川，通闤帶闠。貫都邑而北來，走江湖而南會。何客棹之常喧，聚茶商而斯在。千舸朝空，萬車夕載。西出玉關，北越紫塞。徵尉氏之名，本大夫之邑，蓋鄭國之上田，俾獄官而世襲。何彼樂郊，今爲畿地。爰有仁木，應乎嘉瑞。二棠合生，雙榆連理。槐獨秀而通枝，木異類而同氣。良宰盡圖而來聞，大尹飛章而奏異。莫不召虎殿之宿儒，集麟閣之名士，驗彼祥經，考乎信史，表六合之一家，而帝德之光被也。加以地多藪澤，利有蒲魚。晴瀾望皛陂之色，山水觀惠民之渠。乃有檝師炭商，交易往復。素衣化緇，漆身同色。行舟則夏贍雲雨，售貨則冬禱雪霜。經宋樓而關征既薄，歷朱曲而市稅有常。漷漷洎溝，渙渙洧水，入鄢陵而碧截原田，過扶亭而清映閭里。珍貨奔馬欄之道，豪俠聚建雄之市。彼東昏之舊城，易美號於新室，似興廢之有時，而圖讖之預出，何以明而代昏，符作畿於聖日。考城之人，舊俗剛毅。鄉出勇夫，里多壯士。椎埋爲姦，任俠尚氣，睚眦必報，盃間刃起。今爲畿民，禮束化被。暴虎之徒，聞義則畏。南徂太康，淮陽甚邇。地宜瑯玕，家有蒼翠。城過兩扶，溝踰二備。地既成於上田，人不趨於末利。桑成陰而春繁，棗結實而秋美。問中牟之耆民，歎魯恭之仁宰，何三異之善政，有千年之遺愛。遇我后之盛明，西朝拜於園陵，瞻路隅之靈廟，想前史之嘉名，祭以上公之禮，爵以太師之榮。若夫八澤《圖經》有八澤：清口澤、管澤、㴒澤、蓼澤、淳澤、皁澤、龍澤、滑邐也。九溝，九溝、謂醋溝、鸛鳥溝、青陽溝、泥溝、蓼溝、渡没溝、丈八溝、浮家溝、白馬溝也。二池青陽、蓮藕三固，潘固、朱固、鄭固也。按《圖經》取高皁堅固爲名也。周流原野，表界境土。指萬勝以遥觀，見斗門之雙注，吸驚浪以横來，絶長隄而可懼。其始也，患彼決溢，利其填閼，溉萬頃之陂澤，變終古之舄鹵，盡若膏腴，咸通耒耜。有若決漳灌鄴旁之田，鑿涇沃關内之土。然後疏導入白溝之流，會同爲漕渠之助。彼梁固之在東，亦派分於波勢。梁固斗門在萬勝鎮東三十里，景德四年置。沿流有一舍之遥，則水無寸差之異。何一啓而一閉，常若合於符契。始注陂而雷聲，終入渠而駟逝。散濁浪以澄沙，廣良田而濟世。指陽武以北邁，涉博浪之長沙。罔斷續以千疊，塵飛揚而四遮。人迷途而莫辨，鳥投樹以何賒。策不進兮我馬，輪欲埋兮何車〔六〕？過户牖之名鄉，乃曲逆之舊里，何分社之稱平，已宰國而有志。經計相之里中，思張蒼之善筭，屈柱史以事秦，榮列侯而佐漢。宜二賢之靈祠，歷千古而輝焕。西望河流，襟帶二邑。高岸山立，回灣箭急。蟻壤憂漏，衝決莫救。基根相扶，萬柳千楡。輿梢畚土，常設備禦。建營置卒，轉粟實庾。堅彼金隄，鑒乎前古〔七〕。秋防夏扞，守以朝暮。冬計春修，役均編户。岸艤連航，兵屯兩渡。阻浩浩之波，扼憧憧之路。北棹謳晨，南帆落暮。唯姦是防，非利是務。右倚太行，横絶雲霧。夫雍阻二崤之險，洛憑九河之固，方之於是，彼若平路。過濮水之長渠，經封國之舊域。寥落兮桐牢之亭，湮没兮黄池之迹。何昔也明誓重重，諸侯於此以會同；今也京邑翼翼，四方於此以取則。涉長垣之塗，歷古衛之境。城有婦姑之名，人慕孝慈之行。嘉孔子之入蒲，先宰予以觀政。美大家之《東征》，復農田而發運。若乃南瞻潘里，北指蘭岡。樹新文於二碑，易美號於兩鄉。因東封之行幸，感瑞應之非常。忽有鳴唳，降于穹蒼。丹頂未辨於煙際，玉羽已穿於仗旁。九其數象君道之體陽，再而降符帝運之重光。何德動於上天，而道盛於前王也如是哉！客既聞臣之説，而知漢以宫室壯麗威四夷，宋以畿甸風化正萬國。彼尚侈而務奢，此歌道而詠德。乃曰：使孟堅可作，平子再生，讀子之賦，不敢復談于漢京也。

大酺賦

劉筠

臣謹按前志：酺之言布也，王德布於天下而合聚飲食焉。肇自炎漢初興，日不暇給，罰其合醵之會，著于三尺之法。逮乎孝文，崇修禮義，賜酺之惠，繇是流行。況我朝盛德形容，汪洋圖諜，固不可以寸毫尺素，孟浪而稱也。臣今所賦者，但述海内豐盛，兆庶歡康，爲負暄獻芹之比爾。其辭曰：聖宋紹休兮，三葉重光。祥符薦祉兮，萬壽無疆。昭景貺於紀元之號，還淳風於建德之鄉。慶無邈而不被，俗無細而不康。乃下明詔，申舊章，賜大酺之五日，洽歡心於庶邦。爾乃京邑翼翼，四方是則。通衢十二兮砥平，廣路三條兮繩直。固不以列肆千里，集民萬億。羣有司而先置，戒掌次而具飭。幕九章兮，燦若舒霞；廊千步兮，軒如布翼。外饔之百品有叙，酒正之六物不忒。分命司市，遷闤闠於東西；鳩集梓人，校輪輿於南北。將以極瑰奇詭異之歡〔八〕，示深慈至惠之澤也。於是二月初吉〔九〕，春日載陽。皇帝乃乘步輦，出披香，排飛閬，歷未央，御南端之嶢闕，臨迴望之廣場。百戲備，萬樂張。仙車九九而並鶩，樓船兩兩而相當。昭其瑞也，則銀瓮丹甑；象其武也，則青翰艅艎。聲砰礚兮，非雷而震；勢憑淩兮，弗葦而航。且觀夫魚龍曼衍，鹿馬騰驤。長蛇白象，麒麟鳳凰。吞刀璀璨，吐火熒煌。或敲氣而爲霧，或叱石而成羊。文豹左拏兮右攫，玄珠倏耀兮忽藏。畫地而川流洴洴，移山而列岫將將。神木垂實，靈草擢芒。髬髵巨獸，綽約天倡。曳綃紈而綷縩，振環珮兮鏗鏘。赤刀受黄公之祝，大面體蘭陵之王。木女發機於曲逆，鳥言流俗於冶長。千變萬化，紛紜頡頏。前者拗怒而欲息，後者技癢而激昂。舞以七盤之妍袖，間以九部之清商。彈箏擫籥，吹竽鼓簧。南音變楚，隴篴鳴羌。琵琶出於胡部，摻鼓發於禰狂。方響遺銅磬之韻，羯鼓鬪山花之芳。箜篌之妙引初畢，笳管之新聲更揚。洞簫參差兮上處，燕筑慷慨兮在旁。琴瑟合奏而奚辨，塤篪相須而靡違。信滿阬而滿谷，豈止乎盈耳洋洋而已哉！又若橦末之技，趫捷之徒。籍其名於樂府，世其業於都盧。竿險百尺，力雄十夫。望仙盤於雲際，視高絙於坦塗。俊軼鷹隼，巧過猿狙。銜多能於懸絶，校微命於錙銖。左迴右轉，既亟只且！嘈囋沸漬，鼓譟歔瘉。突倒投而將墜，旋斂態而自如。亦有佷僮赤子，提携叫呼。脱去襁褓，負集危軀。效山夔之躑躅，恃一足而有餘。欻對舞於索山，跳丸劍而争趨。偃仰拜起，如禮之拘。雜以拔距投石，衝狹戲車。虵矛交擊，猿騎分驅。韓嫣之金丸疊中，孟光之石臼凌虚。習五案者，於斯盡矣；透三峽者，何以加諸？復有俳優旃孟，滑稽淳于，詼諧方朔，調笑酒胡，縱横謔浪，突梯囁嚅。混妍醜於戚施，變舒慘於籧篨。乃至角抵蹴踘，分朋列族。其勝也氣若雄虹，其敗也形如槁木。誰謂乎狼子野心，而熊羆可擾；誰謂乎以彊凌弱，而猫鼠同育。斯固藝之下者，亦可以娱情而悦目。是時也，都人士女，農商工賈，鱗萃乎九達之逵，星拱乎兩觀之下。舉袂兮連帷，揮汗兮霈雨。鈿車金勒，雜遝而晶熒；袨服靚裝，藻縟而容與。網利者，罷登龍斷；力田者，競辭畎畝。屠羊説或慕功名，斵輪扁亦忘規矩。寂寂兮巷無居人，憧憧兮觀者如堵。以遨以遊，爰笑爰語。始乃抃舞於康莊，終乃含歌於罇俎。旁有相如滌器，濁氏賣脯〔一〇〕，乘時射利〔一一〕，鬻良雜苦。勺藥之味，蚳蝝盡取。既賈用以兼贏，咸滿志而自許。又乃百工居肆，衆貨叢聚。錦繡之設，餤朗甍廡。競相高以奢麗，羌難得而覼縷。于以見國家蓄富，上下充足。女有餘絲，男有餘粟。顧金土兮同價，與禮讓兮郁郁。若夫七相茂族，四姓良家，蟬聯鼎盛，照耀繁華，皆結駟而連騎，雖兩漢其寧加。則又有菟裘老臣，逍遥高尚，乘下澤之車，曳靈壽之杖，爰稽首於堯雲，挹衢罇而無量。鄉里俊造，草澤英才，覽德輝而狎至，覲國光而聿來，顧鼎食之可取，豈直野苹之謂哉！羽林戴鶡之夫，期門佽飛之子，罷羽獵於長楊，投賓壺於棘矢，襲楚楚之衣裳，喜交臂於廛里〔三〕。大矣哉，惟堯舜之作主兮，盛德日新。矧皋夔之爲佐兮，嘉猷矢陳。奏君臣相悦之樂，會比屋可封之民。湛露未晞，在藻之懽允洽；太牢如享，登臺之衆咸臻。老吾老以幼吾之幼，不獨子其子而親其親。鰥寡孤惸兮，各有所養；蠻夷戎狄兮，孰非我臣。粟帛之賜已厚，牛酒之給仍均。春醴惟醇，炮炙薌芬。皤髮者駕肩而洩洩，支離者攘臂而欣欣。莫不含和而吐氣，蹈德而詠仁。一之二之日，樂且有儀；三之四之日，不醉無歸；五日兮饜飫斯極，但見乎含哺而嬉。介爾眉壽，和爾天倪。非夫上聖之乾乾致治，其孰能逸豫而融怡者哉！敢爲系曰：於鑠我宋，巍乎帝先。創業垂統，静直動專。威烈既茂，文德是宣。謙而不宰，讓之于天。上帝允答，靈貺昭然。厥慶惟大，庶民賴焉。爰錫酺飲，流惠周旋。有殽如阜，有酒如川。既醉既飽，無黨無偏。體安舒兮被堯日，氣和樂兮暢薰絃。祝聖祚兮揚純懿，永延長兮彌億年。

中園賦

晏殊

在昔公儀，身居鼎軸，念家食之憑厚，斥芳蔬之薦蔌。粤有仲子，堅辭廩禄，率齊體於中野，灌百畦而是足。惟二哲之高矩，藹千齡之信牘，雖顯晦之非偶，諒謨猷而可復。豈不以崇高宅乎富貴，聲教移乎風俗。四民謹舊德之業，百乘鄙盜臣之畜。義利愧於交戰，矛盾蚩兮並鬻。代工而治兮，戒在貪競；付物以能兮，使其茂育。斯有位之良訓，乃羣倫之所屬。天地閉兮賢隱，罝網張兮獸伏。怖炎火之焚石，惡東龜之毀櫝。甘田畝以昏作，晦膏蘭而擇福。我負子戴兮，終年靡勞。夏葛冬裘兮，匪躬是辱。斯遯世之攸處，詎紛華之可瀆。眷予生兮曷爲，幸親逢一盛時。進寬大治之責，退有上農之貲。求中道於先民，樂鴻鈞於聖期。寓垣屋於窮僻，敞林巒於蔽虧。朝青閣以夙退，飭兩驂兮獨歸。窈藹郊園，扶疎町畦。鮮巾組以邀遊，飾壺觴而宴嬉。幼子蓬鬟，孺人布衣。嘯傲蘅畹，留連渚湄。或捕雀以承蜩，或摘芳而翫蕤。食周粟以匆踐，詠堯年而不知。琴風颯以解愠，田雨滂兮及私。爾乃壇杏蒙金，蹊桃銜碧。李雜紅縹，柰分丹白。梨誇大谷之種，梅駢含章之飾。烏勃旁挺，來禽外植。櫻胡品糅而形別，棠棣名同而實析。大椑朱柿兮駢發，梬棗安榴兮間拆。榠樝以馨烈蒙采，枳椇以甘芳見識。援蘡薁於林際，架莆萄於沼側。況夫霜薤含潤，露葵薦澤。芹自南楚，蒜來西域。蘇荏抽穎，蓼荽凝液。菫薺更茂，菲葑代殖。苜蓿麗篠，蘘荷羃歷。鍾山之菘韭早晚，吳郡之莧茄紫白。織女耀而瓜薦，大昴中而芋食。匏瓠在格以增衍，藜藿緣陰而可摘。若其愈疾栽菊，忘憂樹萱。香珍緑蕙，媚服崇蘭。玉蘂金登，相思杜鵑。辛夷襲紫，芍藥含丹。游龍出隰，芳苡生原。籬槿彫暮，宮槐合昏。四衢綺錯，五出星聯。蓑蓑蘇回切落蘂，纂纂初妍。護臺香而蝶亂，聚崖蜜以蜂喧。與夫豬苓馬勃，澤茝溪蓀。荔芸禦凍，椒桂含温。萸房入佩，菰首登飧。薜荔成帷〔一三〕，昔邪在垣。獨椹除渴，酸漿治煩。菖蒲感於百陰，亭歷萌於大寒〔一四〕。卷施心拔而不死，虎鼻蔓生而自懸。彘首、牛脣之夥，鷄腸、烏喙之繁。紅鬢紺膚，丹房碧延。或山經之號著，或藥録之名傳。至夫松檜被徑，梧楸蔭軒。江蕉凝牛餕切緑，海栢渾圓。石南薈蔚，扶老縈纏。蠹蠏筍之東美，垂溪柳之三眠。或後彫而秀出，或總翠以相先。叢灌駢滋，翾飛所據。驗九扈以農正，察五鳩而民聚。戴鵀興蠶織之候，布穀起耕耘之務。當陸成而鶡鴠云止，麰麥秀而倉庚始翥。伯勞驚於早寒，盍旦戒乎將曙。晨風不擊而逐雀，斲木無聲而食蠹。鷸介立以擅澤，烏犨噭而反哺。鶬匪陋於荆棘，鷃無營於鍾鼓。順時律以弄吭，樂天和而命侶。鸄溢溢以交賀，鵲翛翛而告語。既罿罻之不設，在橧巢而可俯。談王道於樵子，接歡歌於壤父。鑿坎井之凝冽，決清渠而灌注。愚抱甕以殫力，智設橰而盡慮。咸不病於夏畦，各無憂於稡茹。懿夫！觀品彙之零茂，識元精之所存。覩百嘉之穰儉，明四序之無愆。動、植、飛、潛兮，得宜乃悦；雨、暘、寒、燠兮，叶度而蕃。且復諭名花於君子，輿瑤草於王孫。采家臣之秋實，歌上瑞之豐年。資旨蓄而御冬，擷衆芳而鍊顔。至若嚴客幸臨，良辰是遘。載掃危榭〔一五〕，爰張宴豆。蒙山騎火之茗，豫北釀花之酎。或秋弈以當局，或唐弓而在彀。哨壺枉矢之設，博簺樗蒱之侑。誠一笑兮相樂，亦千金而爲壽。灑毫牘以摛思，極朋情而卜晝。送歸鴻兮海壖，揳鳴瑟兮賓右。舞長袖兮相屬，命歡謡兮遞奏。無取次公之狂，不遺椒舉之舊。春晼晚兮氣佳，臨高臺兮淑華；夏恢台兮日永，陰茂林兮翛逈。涼月皎兮鍾漏寂，朔霰飛兮天宇夐。廓丹府以懲忿，悦靈龜而繕性。兹所謂祛魯相之介節，略於陵之獨行。却園夫之利兮，取彼閑適；徇王國之寵兮，遂夫游泳。禽託藪以思騖，獸安林而獲騁。倡佯乎大小之隱，放曠乎遭隨之命。庶樂育於嘉運，契哲人之養正。

明堂賦

范仲淹

臣聞：明堂者，天子布政之宫也。在國之陽，于巳之方。廣大乎天地之象，高明乎日月之章。崇百王之大觀，揭三宫之中央。昭壯麗于神州，宣英茂於皇猷。頒金玉之宏度，集人神之丕休。故可祀先王以配上帝，坐天子而朝諸侯者也。粤自蒼牙開極，黄靈耀德，巢穴以革，棟宇以植。徹太古之弊，明大壯之則。風雨攸止，宫室斯美。將崇高乎富貴之位，統和乎天人之理。乃聖大造，明堂肇起。明以清其居，堂以高而視。壁廓焉而四達，殿巋焉而中峙。禮以潔而儉，故表之以茅；教以清而流，故環之以水。曁二帝之述焉，合五府而祭矣。逮夫夏禮秩秩，奉以世室；商祀穆穆，制以重屋。神禹卑宫，階以一尺之崇；成湯受命，革以三尺之盛。赫赫周堂，制度景彰。七筵兮南北之廣，九筵兮西東之長。堂并包於五室，室辨正於五方。左青陽而右總章，面明堂而背北堂。耽然太室，儼乎中黄。都徽名之在南，取盛德之向陽。或謂厥堂惟一，厥室惟九，闢闔其三十六户，疏達兮七十二牖。亦規上而天覆，復矩下而坤厚。近郊之宫，廣而能受；通天之宇，高而弗偶。八方象其幅員，九陛參其前後。肅肅一作桓桓焉，聽政之廟，應辰而周彰；趪趪焉，承天之柱，列宿而相望。環林兮葱葱，圓海兮泱泱。既方舟而經梁，復素飭其迴牆。陳位序以有嚴，議法象而必臧。示邦域之景鑠，期人神之樂康。左有辟雍，天子學宫，墳籍浩以明備，文物森其會同。奉三壽以勗天下之孝，設三乏以勸諸侯之風。右有靈臺，庶民子來，若經始於神明，迺占候於昭回。天之道也，惟默默以有象；聖之心也，蓋惕惕而無災。此三雍之大者，故百世以欽哉！若夫約周之禮，稟夏之正。天子升青陽之位，體大德之生。彼相協謀，有司奉行。慶賜必均，歷象必明。布農事於準直，習舞德於和平。止伯益之伐木，禁蚩尤之稱兵。惟倉廩兮，賑天之窮；惟幣帛兮，禮邦之英。無隱不彰，無潛不亨。蒙蕩蕩之至仁，浸灝灝之醇精。此明堂之春也，萬物爲之榮。又若炎以繼天，義以永日。始於仲吕之管，復于清宫之律。天子乃登諸明堂，暨夫太室。命盛樂以象德，致大雩以祈實。升高明而有豫，定心氣而無逸。静百官之事，驅五穀之疾。無索於關，無難於門。止北伐之威，以助養於生生；導南風之和，以飾喜於元元。此明堂之夏也，萬物爲之繁。爾乃象正火位，德王金行。羽漸于以南嚮，穀萬斯而西成。天子乃居總章之奧，奏清商之聲。圖有功而專任，詰不義而徂征。脩法制以謹收藏之令，養衰老以惻摇落之情。同我度量，平子權衡。人社以祟，厚兆民報本之志；神倉以祕，示萬邦致孝之誠。此明堂之秋也，天下爲之清。及夫蟲介時分，虎威夕永。詩人發其涼之詠，日官賓可愛之景。天子乃北堂以居，南面而省。錫飲蒸之慶，從祀寒之請。於是戒門閭，備邊境。勞三農於休息，警百辟於恭靖。闕市必易，宫室必整。無用之器斯徹，無事之官必省。飭國典以俟來歲之宜，講武經以肅萬邦之屏。此明堂之冬也，天下爲之静。斯乃順其時，與物咸宜；適其變，使民不倦者也。稽夫宗祀之文，大享之辰，上儀乎皇皇，盛節兮彬彬。比於郊也，我則取文之勝；方其廟也，我則取質之純。損益其禮，尊嚴其親。五天之坐，曄曄以陳；五帝之席，弈弈而倫。惟太室之位，迺上帝之神，作配者先王，從祀者五臣。樽罍離離，玉幣莘莘。牲牢之舉，既遵於夏后；蔬果之薦，復本於周人。禮無不當，誠無不臻。聖人於是出齋宫而肅肅，被法服而循循。酌一獻以從質，躬百拜以表寅。司儀實相，樂正攸賓。進俎豆之吉蠲，羅簨簴之輪囷。六樂咸在，統美乎列皇；八風相盪，同和乎天鈞。下舞上歌，蹈德詠仁。非常之祭，駿奔者萬國；莫大之孝，蟻懷者兆民。於是神醉其德，人樂而極。太史書於策，大夫頌於國。頌曰：「明堂崇之，明王祀之。禮以成之，樂以歌之。光天之下，教以化之。」若夫元朔會同，羣后對越。穆穆乎舜門之闢，晰晰乎宣燎之發。帝時待旦而久，求衣以先。紆黄組，冠通天。建日月，服乾坤。佩干將，升崑崙。進山嶽之圭，當雲龍之軒。正聖人之大寶，示天下之有尊。巍巍焉負扆而立，濟濟焉辨色而入。太常正其等衰，九賓序其名級。中階之前，三公屹然；應門之外，九采察焉；阼階之東，諸侯以同；西階之西，諸伯以齊；門東北面者，子之位；門西東上者，男之次。東門之外，則有樂浪、蟠木、九夷之國，西面而北上。西門之外，則有蒙汜、大秦、六戎之屬，南上而東向。南門之外，則有朱垠、越裳、八蠻之族，唯北是望。北門之外，則有葷粥、幽陵、五狄之種，唯東是尚。於是侁侁旅進，鏘鏘肆覲。嚮明者，蓋取諸《離》；觀光者，受之以《晉》。君臣之位定，禮樂之道振。雅韶以奏，文鐸以徇。皆望雲而就日，必歌堯而頌舜。上和而下樂，金聲而玉潤。况乎晨光赫曦，天顏弗違。冕紱兮霞集，玉帛兮川歸。盛乎王庭之聲明，焕乎天家之光輝。若北辰之會衆星，咸粲粲而在共；如太陽之臨多露，普湛湛而將晞。莫不君三揖于上，臣載拜于下，行典禮，揚風雅，訪雋良，議窮寡。人曷幽而覆盆？賢曷側而遺野？于以盛名器，于以休宗社。署聖法於圓闕，馳神教於方夏。皇哉耀今昔之榮觀，至哉敷億兆之純嘏。故曰：揖讓而治天下者，明堂之謂也。惜乎三代以還，智者間間。諸儒靡協，議者喋喋。而皆膠其增損，忘禮樂之大本；泥於廣狹，廢皇王之大業。使朝廷茫然有逾遠之嘆，惘然有中輟之議。殊不知五帝非沿樂而興，三王豈襲禮而至。爲明堂之道，不必尚其奧；行明堂之義，不必盡其制。適道者與權，忘象者得意。大樂同天地之和，豈匏竹而已矣？大禮同天地之節，豈豆籩之云爾？自漢魏之下，曁隋唐之際，堂或三五之上，道非三五之世。蓋不取其厚而取其薄，不得其大而得其細。享配之文，或然未分；政教之烈，斯焉弗聞。是則帝道不施，胡取乎總章？皇德不隆，胡取乎合宫？故夫明堂之設也，天子居之，日敬日思。思之何也？萬微存乎消息。敬之何也？兆靈繫之安危。繇是惟克念以作聖，思堯舜之齊名；懼巍巍之弗逮，迺孜孜於鷄鳴。唯至平之休代，思阜財於吾民，懼四維之有艱，尚瘡痍而百辛。故聖人之寶儉，弗下剥而上侈，思寡費而薄索，民庶幾于格恥。惟《下武》之太寧，亦省躬于干戈，取諸《豫》於四方，慨風雲以長歌。惟知人其古難，思濟濟乎賢者，蓋舉一於臯陶，迺連茹于天下。惟好生之至德，思與物而爲春，懼幽陋之靡及，常咨命于仁人。惟及人之一德，始若晦而彌彰，故三五之君子，騰茂實而無疆。惟皇極之大範，思天下而與平，懼萬物之或差，持我心於誠衡。然後見天下齊於無體，和於無聲。厖眉而壽，吾何仁之有？含哺而嬉，吾何力之爲？但淵淵緜緜，無反無偏，浸淳澤以咸若，樂鴻化於自然。此明堂之道也，蓋無德而稱焉。我國家凝粹百靈，薦馨三極。東升煙於岱首，西展琮於汾側。未正天神之府，以讓皇人之德。祖考來格，俟配天之儀；諸侯入朝，思助祭之職。豈上聖之謙，而愚臣之惑也？臣請考列辟之明術，塞處士之横議。約其制，復其位。儉不爲其陋，奢不爲其肆。斟酌乎三王，擬議乎簡易。展宗祀之禮，正朝會之義，廣明堂之妙道，極真人之能事。以至聖子神孫，億千萬期，登於斯，念於斯，受天之禧，與天下宜而已乎！

校勘記

〔一〕請書簡牘　「牘」字原脱，據明刻本補。

〔二〕謂陳留　「謂」原作「所」，據明刻本改。

〔三〕枉駕　「枉」原作「柱」，據明刻本改。

〔四〕我宋新建　「宋」原作「家」，據明抄本、明刻本改。

〔五〕甲于畿甸　「于」原作「子」，據明刻本改。明抄本作「甲乙」。

〔六〕輪欲埋兮何車　「埋」原作「理」，據明抄本改；「車」原作「博」，據明刻本改。

〔七〕鑒乎前古　「乎」原作「手」，據明抄本改。

〔八〕瑰奇詭異之歡　「歡」，明刻本同，疑當作「觀」。

〔九〕二月初吉　「吉」原作「言」，據明刻本改。

〔一〇〕濁氏賣脯　「脯」原作「用」，據明刻本改。

〔一一〕乘時射利　四字原作「以兼贏咸」，蓋涉下文而誤，據明刻本改。

〔一二〕襲楚楚之衣裳二句　「裳」、「喜」二字原本空白，據明抄本、明刻本補。

〔一三〕薜荔成帷　「帷」原作「惟」，據明抄本改。

〔一四〕亭歷　明抄本作「葶藶」。按，同音通用。

〔一五〕載掃危榭　「載」原作「戴」，形近而誤，據明刻本改。

宋文鑑卷第三

賦

松江秋汎賦

葉清臣

澤國秋晴，天高水平，遥山晚碧，别浦寒清。循遊具區之野，縱泛吴松之灞。東瞰滄海，西瞻洞庭，槁葉微下，斜陽半明。樵風歸兮自朝暮，汐溜滿兮誰送迎。浩霜空兮一色，横霽色兮千名。於是積潦未收，長干無際，澄瀾萬頃，扁舟獨詣。社橘初黄，汀葭餘翠。鶩鷺朋飛，别鵠孤唳。聽漁榐之遞響，聞牧笛之長吹。既覽物以放懷，亦思人而結欷。若夫敵寇初平，霸圖方盛。均憂待濟，同安則病。魚貪餌而登鈎，鹿走險而忘命。一旦辭禄，揚舲高泳。功祟不居，名存斯令。達識先明，孤風孰競？又若金耀不融，洛塵其蒙。宗城寡扞，王國争雄。拂衣客右，振耀江東。拖翠綸兮波上，膾蟬翼兮柈中。儻卽時之有適，遑我後之爲恫。至如著書笠澤，端居甫里。兩槳汀洲，片帆煙水。夕醉酒壚，朝盤魚市。浮游塵外之物，嘯傲人間之世。富詞客之多才，劇騷人之清思。緬三子之芳徽，諒隨時之有宜。非才高見棄於榮路，乃道大不容於禍機。申屠臨河而蹈壅，伯夷登山而食薇。皆有謂而然爾，豈得已而用之？别有執簡仙瀛，持荷帝柱。晨韜史氏之筆，暮握使臣之斧。登覽有澄清之心，臨遣動光華之賦。

苟從欲之流慈，慰遠游之以懼。肇提封之所履，屬方割之此憂。將濬疏於匯川，期拯濟乎沴疇。轉白鶴之新渚，據青龍之上游。濯埃垢於緇袂，刮病膜乎昏眸。左引任公之釣，右援仲由之桴。思勤官而裕民，迺善利之遠猷。彼全身以遠害，蓋孔臧於自謀。鮮鱗在俎，真茶滿甌。少迴俗士之駕，亦未可爲茲江之羞。

鳴蟬賦

歐陽修

嘉祐元年，夏大雨水，奉詔祈晴于醴泉宫，聞鳴蟬有感而賦云：

肅祠庭以祇事兮，瞻玉宇之峥嶸。收視聽以清慮兮，齋予心以薦誠。因以静而觀動兮，見乎萬物之情。於時朝雨驟止，微風不興。四無雲以青天，雷隱隱其餘聲。乃席芳藥，臨華軒。古木數株，空庭草間。爰有一物，鳴于樹顛。引清風以長嘯，抱纖柯而永歎。嘒嘒非管，泠泠若絃。裂方號而復咽，淒欲斷而還連。吐孤韻以難律，含五音之自然。吾不知其何物，其名曰蟬。豈非因物造形，能變化者邪？出自糞壤，慕清虛者邪？凌風高飛，知所止者邪？嘉木茂樹，喜清隱一作陰者邪？呼吸風露，能尸解者邪？綽約雙鬢，修嬋娟者邪？其爲聲也，不樂不哀，非宫非徵。胡然而鳴，亦胡然而止？吾嘗悲夫萬物，莫不好鳴。若乃四時代謝，百鳥嚶兮。一氣候至，百蟲驚兮。嬌兒姹女，語鸝庚兮。鳴機絡緯，響蟋蟀兮。轉喉哢舌，誠可愛兮。引腹動股，豈勉彊而爲之兮。至於汙池濁水，得雨而聒兮。飲泉食土，長夜而歌兮。彼蝦蟇固若有欲，而蚯蚓又何求兮？其餘大小萬狀，不可悉名。各有氣類，隨其物形。不知自止，有若争能。忽時變以物改，咸漠然而無聲。嗚呼！達士所齊，萬物一類。人於其間，所以爲貴。蓋已巧其語言，又能傳於文字。是以窮彼思慮，耗其血氣。或吟哦其窮愁，或發揚其志意。雖共盡於萬物，乃長鳴於百世。予亦安知其然哉！聊爲樂以自喜。方將考得失，較同異。俄而陰雲復興，雷電俱擊。大雨既作，蟬聲遂息。

秋聲賦

歐陽修

歐陽子方夜讀書，聞有聲自西南來者，悚然而聽之，曰：異哉！初淅瀝以蕭颯，忽奔騰而砰湃，如波濤夜驚，風雨驟至。其觸於物也，鏦鏦錚錚，金鐵皆鳴，又如赴敵之兵，御枚疾走，不聞號令，但聞人馬之行聲。予謂童子：「此何聲也？汝出視之！」童子曰：「星月皎潔，明河在天，四無人聲，聲在樹間。」予曰：「噫嘻悲哉！此秋聲也，胡爲而來哉？」蓋夫秋之爲狀也，其色慘淡，煙霏雲斂；其容清明，天高日晶；其氣慄冽，砭人肌骨；其意蕭條，山川寂寥。故其爲聲也，凄凄切切，呼號憤發。豐草緑縟而争茂，佳木葱蘢而可悦；草拂之而色變，木遭之而葉脱。其所以摧敗零落者，乃其一氣之餘烈。夫秋，刑官也，於時爲陰；又兵象也，於行用金；是謂天地之義氣，常以肅殺而爲心。天之於物，春生秋實。故其在樂也，商聲主西方之音，夷則爲七月之律。商，傷也；物既老而悲傷。夷，戮也，物過盛而當殺。嗟乎！草木無情，有時飄零。人爲動物，惟物之靈。百憂感其心，萬事勞其形；有動于中，必摇其精；而況思其力之所不及，憂其智之所不能？宜其渥然丹者爲槁木，黟然黑者爲星星。奈何以非金石之質，欲與草木而争榮！念誰爲之戕賊，亦何恨乎秋聲。童子莫對，垂頭而睡。但聞四壁蟲聲唧唧，如助予之歎息。

圜丘賦

宋　祁

若夫天地之區，既奥而腴，王者所以作京焉。神明之隩，匪攻而築，上帝所以定位焉。我朝之擁歸運也，畿函、鎬保界之陋，鄗周雒渟瀦之淵，乃據梁之芒芒，偵河之渾渾，畫邦畿之千里，于以宅天子之尊。然後翼翼乾乾，作邦孚先。禘其祖之所自出兮，遂有事乎昊天。占國南之七里，得高丘之崛然。自乾宇之初闢，保坤靈而不遷。藏偉兆於遐葉，震元符於兹年。此烈祖所以裒神之對，神宗所以旅物之躅〔一〕，真考之所陟降，丕后之所周旋。藹列聖以烝衎，總萬靈而賓延。翕降監之厚福，焯巍巍而亡原。則晉考卜乎委粟，漢肹飾乎甘泉，曾不得望我之末光絶炎，況並驅而齊肩哉！敢問圜丘之狀也，其何如矣？廣矣大矣，略可詳矣。上崔嵬以鬱律兮，外博敞而神麗。遡朱鳥以高蟠兮，槩瑶魁而邪峙。休氣回復乎其椒兮，榮泉滋滲乎其趾。魑魅不若，泯伏於其遠兮；神明肅然，離衛乎其邇。於是攘之辟之，其菑其翳。修之平之，其坎其畷。上三陔以積高，外四門而疏陛。列道糊頳，重營界紫。無縮板以作勞，不藉劂而昭侈。因天質之自然，非人力之攸致。崒兮似高山之在周邦，巀焉若隆脽之亘汾澨。及夫涓日肇祀，于郊之宫。陶匏尚質，金石有容。璧莫溽以蒼蒼兮，鼎歊雲而隆隆。百神服食，曼衍乎坎問兮；有司守燎，粲爛乎壝中。穆穆天子，相維辟公，咸盛氣以彊力，相升降兮穹崇。披大紫之莫莫，招翠黄之雍雍。合蕭薌於欽柴，曳高煙乎璇穹。塞天淵以隤祉，奮光明於亡窮。踆乎已事，罔有不恭。若乃自内出者，無匹不行；自外至者，無主不止。故我率乎祖而推本，正乎位而升配。使禮動乎上則神饗，樂交乎下而人喜。畢九州以獻力，罄一純以盡意。君子曰：觀天下之物，無以稱其德，所以因天事天，取至誠之爲貴。則斯丘也，實國家集福之清場，事神之寶畤，國聽之所馮厚，靈心之所翔會。駐魄寶於颸欻，賁黄圖之方志。彼草樓列仙之館，像設梵王之廬。豚蹄種祠之託，鱗長九淵之居。皆祠官之細，祀族之餘。尚且落成者皷吻而極嘆，乞靈者舐筆而争書。叛宣父以語怪，溺丘明之好巫。獨圜丘巋而遺美，寧儒者佁儗而未之思歟？遂作頌曰：屹圜壇，赫旿旿，大盤盤兮。君之升，帝是饗，犨而安兮。禮無違，福不回，委如山兮。聖繼聖，萬斯年，長監觀兮。

右史院蒲桃賦

宋祁

癸酉之仲夏，予授詔修書，寓於右史院。紬繹多暇，裴回堂除。有蒲桃一本，延蔓疎瘠，垂實甚寡。予且玩且喈，以爲省户凝切，禁廷敞閑；人不夭摧，禽不棲啄，與平原槁壤有間，匪灌叢宿莽所干；而悴葉芸，不爲時珍，何邪？得非也以所宜爲安，根以屢徙爲危，封殖浸灌，信美非願。因爲小賦，代其臆對云：

昔炎漢之遣使，道西域而始通，得蒲桃之異種，偕苜蓿以來東，矜所從以至遠，遂徧殖乎離宫。去葱雪之寒鄉，託崤函之福地，並萬寶以坅載，歷千古而舒粹。玩之可使蠲煩，食之足以平志。不由甘而取壞，迺因少而獲貴。鄙柚苞之輕悦，賤蔗境之塵滓。粤何人斯，殖我于兹。託深嚴之祕署，切轇轕之文褱。培孤莖以膏壤，引柔蔓乎標枝。泉石渠以蒙浸，露金莖而泣滋。布涼影於宮月，獵重葩於禁颸。蔽冏廬之岑寂，隱肅唱而逶遲。彼得地而逢辰，宜欣欣以茂遂；奚敷華而委質，反慘慘而兹瘁，乏磊砢於當年，讓紛華於此世？是必野荄非曾掖之玩，非實異太官之味；困枳橘之屢遷，嘆匏瓜之徒繫。亦猶鬱柳有性，不願桮棬之華；海鳥取容，非榮觴酒之饋。胡不放之巖際，歸之壠陰？上敷榮於樛木，外結庇於緇林。蒙煙沐霧，跨野彌岑。豐茸大德之谷，棲息無機之禽。保深根以庇本，誠繁實之披心。窮天年以善育，奚斤斧之可尋？亂曰：階藥衒華，堂萱争麗。枝以萬年爲名，木以五衢稱瑞。是皆託中涓以進埶，苟鉤盾之爲地。結賞心以自如，非孤生之所冀。

詆仙賦

宋祁

予既守壽春，覽郡圖得八公山。故老争言，山上有車轍馬跡，是淮南王上賓之遺。耕者往往得金，云丹砂所化，可以療病。因取班固書葛洪神仙二傳，合而質之。嗟乎！人之好奇而不責實也，尚矣。而洪又非愚無知者，猶憑浮證僞，況鄙人委巷語耶？作《詆仙賦》：

憫兹俗之鮮知兮，徇悠悠之妄陳。常牽奇以合恠兮，欲矜己以自神。操百世之實亡兮，唱千齡之僞存。彼淮南之有將兮，固殊刺而殞身。緣《内篇》之丕誕兮，眩南公之多聞。謂八人者語王兮，歷倒景而上賓，餌玉匕之神藥，託此軀乎霄晨[二]。王負驕以弗虔兮，又見譎於列真。雖長年之彌億兮，屏斥偃而念愆。《葛傳》云：仙伯主者奏安不恭，乃謫守郡都厠，後爲散仙。蹇斯事之吾欺兮，聊反復乎遺言。號聖仙之靈禀兮，宜常監德而輔仁。不足窔王之倨貴兮，遽引内於天門。已乃悟其非是兮，胡爲賞罰之紛紜。寧仙者之回惑兮，無以異乎常人國？爲墟而嗣絶兮，載遺惡而不泯。故里盛傳其遺金兮，證碮石之餘痕。武安陰語而前死兮，更生僞鑄以贖論。彼逞詐以罔時兮，宜自警於斯文！

憫獨賦

宋祁

憫前人之抗志兮，雖有適而遂迷；恃我醒於皆醉兮，矜獨是於衆非。吾固知高木不得林兮，孤音鮮與之諧；特立廢於曹𨁝兮，一妍掩於萬蚩。舉吾黨以同寐兮，挈予覺其何之？越家祝而訶冕兮，裸户裎而哂衣。奮單辭以正議兮，安足救輿談之參差？發介瞭之精覽兮，何預羣蒙之佷嬉？屈自高以赴淵兮，夷已信而餓薇。波潰流而無益兮，返蒙譁而被訾〔三〕。今吾有道於此兮，請質古而瑩疑。狂者以不狂爲狂兮，飲泉流而後宜。非聖者以聖爲非兮，均玃較而免譏。挫爾方而殺廉兮，常偶欣而儷悲。保獨行以中晦兮，庶明哲而爲期。

靈烏賦

梅堯臣

烏之謂靈者何？噫，豈獨是烏也！夫人之靈，大者賢，小者智；獸之靈，大者麟，小者駒；蟲之靈，大者龍，小者龜；鳥之靈，大者鳳，小者烏。賢不時而用；智給給兮，爲世所趨。麟不時而出；駒流汗兮，擾擾於脩途。龍不時而見，龜七十二鑽兮，寧自保其堅軀？鳳不時而鳴；烏鵶鵶兮，招唾駡於邑閭。烏兮，事將兆而獻忠，人反謂爾多凶。凶不本於爾，爾又安能凶？凶人自凶，爾告之凶，是以爲凶。爾之不告兮，凶豈能吉；告而先知兮，謂凶從爾出。胡不若鳳之時鳴，人不怪兮不驚？龜自神而刳殼，駒負駿而死行。智鶩能而日役，體劬劬兮喪精。烏兮爾靈，吾今語汝，庶或汝聽。結爾舌兮鈐爾喙，爾飲啄兮爾自遂，同翱翔兮八九子，勿噪啼兮勿睥睨，往來城頭無爾累。

凌霄華賦

梅堯臣

厥草惟夭，厥木惟喬。草有柔蔓，木有繁條。緣根兮附蔕一作質，布葉兮敷苗。朱華粲兮下覆，本幹蔽兮不昭。嗟兮一作乎此木，幾歲幾年，而至於合抱。夫何此草，一旦一夕，而遂曰凌霄？是使藜藿蒿艾，慕高艷而仰翹翹也。安知蘋藻自絜，蕙蘭自芳。芙蓉出汙而自麗，芝菌不根而自長。或紉珮帶，或采頃筐。或製裳於騷客，或登歌於樂章。故得爲馨爲薦，爲嘉爲祥，皆無附著，亦以名揚，奚必託危柯而後昌？吾謂木老多枯，風高必折。當是時將恐摧爲朽荄，不復萌蘖，豈得與百卉並列也耶？

栟櫚賦

劉敞

圓方相摩，純粹精兮。剛健專直，交神靈兮。馮翼正性，栟櫚榮兮。中立不倚，何亭亭兮。受命自天，非曲成兮。外無附枝，匪其旁兮。密葉森森，劍戟鋩兮。温潤可親，廉而不傷兮。雪霜青青，不畏彊兮。壽比南山，邈其無疆兮。被髮文身，何佯狂兮。沐雨櫛風，蹇無所妨兮。苦身克己，用不失職兮。摩頂至踵，尚禹墨兮。黃中通理，頫有得兮。屹如承天，孔武且力兮。懔其無華，不尚色兮。表映衆木，如繩墨兮。播棄蠻夷，反自匿兮。遁世無悶，曷幽嘿兮。明告君子，吾將以爲則兮。

離憂賦　劉敞

抱戚戚以長處兮，弔惸惸以自晾。魂離離以駿邁兮，精蒙蒙而就翳，氣貿亂以轇轕兮，形爽沕而荒瘁。信民生之多囏兮，伊天命之方摯。知隕性之無續兮，畏忝經而遺義。日月騰以漂忽兮，春與秋其狎至。卒撫心以抑志兮，諒投艱以遺大。冒帝堯之餘烈兮〔四〕，歷三正而相仍。下天漢而逾熾兮，啓東藩於大彭。胡亂夏以泯棼兮，賢辟世而迅征。遡江介以幽處兮，汔三徙而弗聲。求王明而受福兮，祖來儀於太平。自彭城以來，凡三徙，皆江南。友羣龍以登績兮，勑休命於遠夷。兆别子於都邑兮，更名數於京師。繇清白以象賢兮，爰頹慶而歷兹。馭長策以遹駿兮，周窮荒而不疑。敵輪歡以馴教兮，奭變服而來娛。中心實使生外兮，諶大道之難推。惟保姓之蟬聯兮，上參差以千歲。裕後葉之孔艱兮，憚情申而事廢。志激揚之未究兮，不克荷而爲罪。誨丁寧之在耳兮，洵僶俛而違殆。忽馳思於昊天兮，又寤擗而自懟。發與齡以交永兮，且命訢而罔害。涼不肖而遺慼兮，曾夫人之髣髴。原本始而罔豫兮，心涫湯以崩潰。靦履厚而戴高兮，顧久生其誰賴？願去人間以超舉兮，復供養以弭憂。苟一覩於顏色兮，豈餘生之足留。中悅忽而自失兮，恭聞命乎前脩。天不可以忌兮，道不可與謀。母苟襲匹婦以圖諒兮，固將徇騫父以寡尤。

石室賦

狄遵度

石室之幽，古城之陬。煙剥雨落，苔萃薜稠。斷勁頑而植立，攢衆磊而互鳩。鼇首屹以孤挺，虹氣攄而外浮。誚築金之用侈，陋銘燕之積偷。傑立西土，邈視千秋。何愛人而思樹，卒頹否之靡由。室之經始，請稽其紀。其人則遠，其室甚邇。其室也奠，維人之繫。其繫維何？維德之被。其被維何？撤華於裔。棄民而夷，嘗亦聞之；易夷而民，俟其偉而。惟蜀之啓，邈乎遠矣。會牧野而微、盧與同，導嶓冢而欙、橇斯洎。或斃力而啓其隘，或窮兵而伐其地。東杭諸夏之喉，右得秦原之臂。地不爲之限，天不設其閉。氣清肅而休晏，物菴茂而被麗。柰何推髻之與雜，卉服之與俱。貪其地，則地或爲己有；視其民，則曰非吾徒。已雖善忍，彼亦何辜？有大人者，民之是圖。視爾之鄙，嗟予其吁。曰吾不智，將彼之愚。教而有類，聖其欺予？解辮而冠，削衽而裾。疏之濬之，使蕩其瀦。培之養之，使豐其枯。誘而利之，麾督而趨。圜而規之，不縶而拘。乃豫乃詠，以嬉以娱。處乎其變，泱乎其舒。始也夷貉之弗如，今也鄒魯之靡殊。始也自我兮居居，今也視我兮姁姁。孰我有德？室其視諸。室之奠兮，知公之德，安以肆兮。室之堅兮，知公之德，純以一兮。室之磊兮，知公之德，傑以卓兮。室之魁兮，知公之德，碩以鉅兮。德不可忘，室不可隳。隳其室，則胡以見公之德？泯其德，則胡以示後之規？孰治其業，我將趨之。孰締其跡，我將經之。故教無俗兮不變，俗靡教兮弗移。曰吾之智，斯亦其宜。曰彼之愚，故甚之欺。況乎位天下之正位，居天下之廣居，其所爲民，皆二帝三王之故俗；其所治具，皆二帝三王之成謨。法不更造，事不更謀。曰是懵者奚足以教，則斯室也，其謂何乎？

予始至蜀，詢諸古之賢於蜀有功者，以爲無出文翁上者，於是作《石室賦》。已而復聞有李侯者，於蜀有大功焉。二人者用力於民，雖有勞逸，然參其功，亦其等耳。於是又爲之賦鑿二江，使蜀之民知蜀之所以爲蜀，皆二公之力乎！

鑿二江賦

狄遵度

嗚呼！吾聞魚鳧氏以降〔五〕，秦太守之前，蜀之爲國，不幾千萬年〔六〕。方二江之害被茲土，以禹之功不是施兮，嗟後來亦奚言。彼民之昏溺兮，無乃得之於天。不能遷土而改宅兮，其流漂亦誰寃！勁崖挺以中亞兮，激狂瀾而右旋。横鶩折走，莫知其所之兮〔七〕，吼穹谷而下穿。蛟鼉鼈蟹，呀以相濡兮，何允蠢而緣延！嘬膚吮血，沸以咀嚼兮，咸飫腐而飽膻。萑蒲菱芡，紛以相被兮，汙百頃之良田。土不藝而民無所食兮，孰與奏其艱？鮮民之害，固不可終極兮，歷百千萬世，天乃授之以賢。曰：噫中國之無人，遂使民至於此焉。天之生斯民兮，固使之食飽而居安。降巨菑以漂之兮，天之意不然。水之性固就下善利兮，決之則宣。濬九川而距四海亦奚艱？且九載之孜孜，民不憚苦而訴煩。蓋因利而爲利兮，勞之在先。不忍一勤其力兮，乃至鶩萬世而害弗捐。胡不浚發其利源，剷削其害根？巨崖剖以罅裂兮，砉頹乾而陷坤。怒石奮以失墜兮，吁電走而雷奔。蕩重淵以傾覆兮，喪百怪之精魂。雲轉霧溢，盤薄蹙蹐兮，注壑于其間。寂寥歲漫，肆以長往兮，若氣散於坯渾。決其餘以旁溉兮，居其側數百頃皆膏腴之上珍。民降丘而下宅兮，若蟻聚而蜂屯。則幾年幾世之積害一日刷去兮，不啻捐芥而蕩塵。嗚呼！蜀之爲國，非地之中，宜乎夷貊之雜處，魚鼈之與同。有李侯者至，然后别類於水物；有仲翁者至，然后同俗於華風。然則今所以棟宇而處，衣冠而嬉，皆二公之所翳。若李侯之事，固所莫得而繼；彼仲翁之教，亦何憚而弗爲！嗚呼！以禹之功，至大至神，括六合以横被，疇有存而勿論。胡兹爲害，獨不得聞？無乃力所不洎兮，抑亦遺其功於後人。而今而後，乃知民未得所欲，事或有不利，先世所未暇除去，聖人所未及裁制，苟有志於生民，皆吾人之所事。若曰兹事體大，必聖人而后爲，則小子也，不敢與知。

交趾獻奇獸賦

司馬光

皇帝御天下，三十有六載。化洽於人，德通於神。邇無不協，遠無不臻。粤有交阯，來獻其麟。其爲狀也，熊頸而鳥喝，豨首而牛身。犀則無角，象則有鱗。其力甚武，其心則馴。蓋遐方異氣之産，故圖諜靡得而詢。於是降輶車之使，發旁縣之民，除塗於林嶺之隘，引舟於江淮之濱。曠時月而陟萬里，然後得入覲乎中宸。與夫雕題卉服之士，南金象齒之珍，欵紫闥而坌入，充彤庭而並陳。於是羣公卿士，百僚庶尹，儼然垂紳，薦笏旅進而稱曰：「陛下功冠邃古，化侔儀極。恭承神祇，嚴奉宗稷。純孝烝烝，小心翼翼。出入起居，不忘於訓典。進退周旋，必咨於軌則。體文王之卑服，遵大禹之菲食。宫室觀臺，無雕刻之華。輿馬器用，無珠玉之飾。遊必備於法駕，燕不廢於朝夕。此皆帝王所不能爲，而陛下行之，尚不忘於怵惕。是以方内乂寧，黎民滋殖。垂髫之童，耳皆習於詩禮；戴白之叟，目不睹夫金革。至於根著浮流，跂行喙息，無不翔舞太和，涵濡茂澤。此殊俗所以嚮臻，靈獸所以來格。雖漢室之初，黑鷳貢於絶徼；周家之隆，白雉通於重譯，殆不足方也。」臣等謂：宜命協律播之聲歌，詔太史編之簡策，以發揮不世之鴻休，張大無倫之丕績，不亦偉乎！」皇帝乃穆然深思，愀然不怡，曰：「吾聞古聖人之治天下也，正心以爲本，脩身以爲基。閨門睦而四海率服，朝衆和而羣生悦隨。故務其近不務其遠，急其大不急其微。今邦雖康，未能復漢唐之宇；俗雖阜，未能追堯舜之時。況物尚疵癘，而民猶怨咨。朕何敢以未治而忘亂，未安而忘危，享四方之獻，當三靈之釐？且是獸也，生嶺嶠之外，出沮澤之湄。得其來，吾德不爲之大；縱其去，吾德不爲之虧。柰何貪其琛賚之美，悦其鱗介之奇，容其欺紿之語，聽其諂諛之辭，以惑遠近之望，以爲蠻夷之嗤！不若以迎獸之勞，爲迎士之用；養獸之費，爲養賢之資。使功烈烜赫，聲明葳蕤。廢耳目一日之玩，爲子孫萬世之規，豈不美歟？」於是羣臣拜手稽首，咸曰：「此盛德之事，臣等愚戇所不及。陛下誠有意於此，臣等敢不同心竭力，對揚而行之！」皇帝於是御《棫樸》之篇，觀《大畜》之繇，延黄髮之儒，顯巖穴之秀。善有可旌，無間於幽遠；言有可采，不棄於微陋。位匪德而不升，官無能而不授。使稷契居左，皋夔立右，伊吕在前，周召侍後，相與講經藝之淵源，覽皇王之步驟。求大化之所未孚，訪惠澤之所未究。興民之利，若療夫飢渴；除民之害，若憂夫疾疢。賜予簡而功無所遺，刑罰清而姦無所漏。浮費省而物不屈於求須，苛役蠲而農不妨於耘耨。使之夏有葛而冬有裘，居有倉而行有糗。絲纊之饒，足以養其老；甘脆之餘，足以慈其幼。地不加廣而百姓足，賦不加多而縣官富。道塗之人，恥争而喜讓；閭閻之俗，棄漓而歸厚。户知禮義之方，人享期頤之壽。然後旃裘之長，頓顙而讋服；祝髮之渠，回面而奔走。靡不投利兵而襲冠帶，焚僭服而請印綬。於是三光澄清，萬靈敷佑。風雨時若，百稼豐茂。休氣充塞，殊祥輻湊。甘露霡霂於林薄，醴泉觱沸於嵌竇。平慮羅植於階戺，朱草叢生於庭霤。鳳凰、長離，駢枝而結巢。黄龍、騶虞，群友而爲畜。由是觀之，則彼裔夷之凡禽，瘴海之怪獸，皮不足以備車甲，肉不足以登俎豆，夫又何足以耗水衡之芻，而污百里之囿者哉！

思歸賦

王安石

蹇吾南兮安之？莽吾北兮親之思。朝吾舟兮水波，暮吾馬兮山阿。亡濟兮維夷，夫孰驅兮亡爔！風倏倏兮來去，日翳翳兮溟濛之雨。萬物紛披蕭索兮，歲逶迤其今暮。吾感不知夫塗兮，徘徊徬惶以反顧。盍歸兮，盍去兮，獨何爲乎此旅？

歷山賦

王安石

餘姚縣人，有與季父争田于縣、于州、于轉運，不直；提點刑獄令余來直之。將歸閔然，望歷山而賦之。歷山在縣西上虞縣界中，或曰舜所耕云。

歷山之峩峩兮，予汝耕之，孰汝疆之？此匪予私云然兮，誰汝使子人之子兮？余師、歷山之峩峩兮，則維其常。人之子兮，云曷而亡？云曷而亡兮，我之思。今孰繼兮，我之悲。嗚呼已矣兮，來者爲誰？

事君賦　王回

北面以受命兮，命同而功則異。矢中心而自贊兮，非有道曷明其所爲！蓋圖國之在人兮，我得之故，爲貴。若貨利之不敢愛兮，奉君欲之所便。役股肱而忘死兮，濟君難於已然。豈不輸忠而塞報兮，柰何猶憾於天！倬我圖而孔臧兮，志常足而名全。閲萬物之至衆兮，孰一人之至寡。呼同德以佐佑兮，賴先權於取捨。張有司而賦政兮，寄聰明於夙夜。儻虛其人而瘝厥官兮，雖有食而誰暇！彙以進夫賢能兮，罄嵓澤而無留。但見朝大夫士兮，曁四方之守矦。咸顯任其所知兮，迓交泰之時休。君無爲而垂拱兮，我亦退食而優游。昔重華之弼唐兮，拔嶽、牧與禹、稷。文命躡其近武兮，晤臯陶而讃九德。摯、虺夾以相湯兮，美遂良而舉直。文公作周衡兮，尚勤訓於三宅。其誠可薦於天地兮，況我民之馴格。君臣享其淑問兮，詒萬世之矜式。亞斯之不敢緩兮，亦何世而無人。隨小大以成功兮，但挾霸而未純。諒要道之自然兮，如歲運於陽春。迷咫步以它之兮，固治亂之所分。臧仲之蔽展禽兮，坐掛譏於竊位。公孫託擯於仲舒兮，衆交詆其疾忌。夫豈不念於善傳兮，反貪巧而速累。曾莫望於貨之徒兮，猶可以逃罪。彼匠者之構厦兮，操斧墨而自能。使梗楠老於深林兮，斧墨具而焉程？惟得人而事君兮，乃受命而有成。感先儒之話言兮，聊頌箴而一明。

校勘記

〔一〕旅物之蠲　「旅」明刻本作「放」。

〔二〕託此軀乎霄晨　「軀」原作「謳」，明刻本同。明抄本作「軀」，據改。按，託此軀乎霄晨，蓋謂升天也。《水經·肥水注》述及八公山云：「八公並能煉丹化金，白日升天。」

〔三〕返蒙譴　「返」明抄本作「反」。按二字古通用，經典多作「反」。

〔四〕冒帝堯之餘烈兮　「冒」原作「胃」，形近而誤，據明天順本改。

〔五〕吾聞魚鳧氏以降　「鳧氏以」三字，原本空白，據明刻本補。

〔六〕不幾千萬年　「不」下疑脱「知」字。

〔七〕莫知　「莫」原作「莽」，據明刻本改。

宋文鑑卷第四

賦

抱關賦　王回

嘉祐五年，回始仕爲衛真主簿，日負吏責，憫己之不如古人也，作《抱關賦》。

抱關之無責兮，聊可充吾食兮。匪可食兮，吾何易兮。抱關之無愧兮，聊可由吾仕兮。匪可仕兮，吾何累兮。抱關之無悶兮，聊可託吾遯兮。匪可遯兮，吾何慁兮。

駟不及舌賦　王回

彼駟能行，騣騣萬里；此舌能言，人纔聞耳。萬里遠矣，駟行有疆；聞耳甚微，舌言無方。六轡在手，縱之吾游。見險逢艱，不可控留。一出諸口，死傳吾志，善惡吉凶，孰追孰避？蓋古君子，取物以箴，學士誦焉，可毋慎令！

責難賦　王回

臣卑而君尊兮，侔地道之承天。北面贄以伏朝兮，南面受之偃然。役股肱於夙夜兮，須有命而後虔。含厥美以自忠兮，避成功而不敢先。何責善於難行兮，奄恭名而獨傳？蓋曰：善之爲猷兮，匪身修而弗克。五事生之所稟兮，覺初微而漸碩。儻一失其本源兮，外物來而横逆。況宅勢於人上兮，百度叢而歸責。治則身安而名榮兮，亂甚者喪其家國。賢臣出而登用兮，爵既好而禄又豐。師保阿焉受教兮，箴諫謹於羣工。匪聖法而不敢述兮，推天命於始終。使吾君至誠兮，執忠信以自主。使吾君達其所忍兮，仁無不恕。使吾君恥不若先王兮，遵義之路。使吾君不敢慢於匹夫兮，禮乃大具。使吾君察天下之理而無鑿兮，智足以成務。勤君之思而劬君之力兮，誰謂吾倨。蓋志行則爵禄可執兮，否則遁而去。昔舜、禹之相堯兮，斯猷著於《典》《謨》。商摯慕其遺風兮，引撻市而爲虞。說冢宰於武丁兮，繩正木而靡渝。周公之告孺子兮，揚文武之永圖。召伯又歌乎公劉兮，美厚民而匪居。雖孔孟之游於衰世兮，固守經而嚴如。宜其名實之一揆兮，彼興廢何區區。後千載豈無臣兮，忘鑽仰於我極。逢君欲以就利兮，凡枉尋而直尺。量君才爲不及兮，聊順時而姑息。詆高論曰迂闊兮，喜近已而循迹。嗚呼！君名貶於雜霸兮，專頌美於在昔。臣不恭莫甚於此兮，徒没齒而愧惕。竊獨嘉夫魏公兮，沃唐文而迓衡。知正已而民服兮，破俗辨之刑名。既柔遠而能邇兮，尚惜其學略而功速成。作正位之儆戒兮，雖芻蕘者亦聽。匪吾言之能賦兮，唯尚文之易明。

愛人賦

王回

倣天民之秉彝兮，同懿德而自好。縱百骸以徇物兮，義與利其殊報。彼君子兮，唯先覺是號。故忠恕以愛人兮，捨元元其焉肖。竊誦夫曾氏之求志兮，忘違禮而寢於大夫之簀，感童子之關諷兮，雖疾病猶扶而反席。元與春務養吾欲兮，何屑屑而姑息。詒話言於一朝兮，可推而措諸靡極。蓋曰德之爲物兮，在己而不在他焉。其形輶於鴻毛兮，其力重於太山。吾人所以相保而生死兮，固賴此而能然。俾各達其常心兮，因厥類區而復遷。孝莫大於尊親兮，不格姦於幾諫。慈莫隆於燕子兮，擇明師而講善。忠莫美於致君兮，專責難於可願。禮莫隆於任臣兮，敕欽職而有問。莫戚於夫婦之際兮，風雎鳩而誰溷。莫孺於兄弟之間兮，泣關弓而弭怨。莫樂於朋友之交兮，競切磋而成信。其餘泛吾義之所及兮，亦應乎求而敢倦。異此則陷父於惡兮，晉申生纔謚爲「恭」。納寵孽於驕奢兮，衛莊侯卒覆其宗。欲以厚斂兮，冉求服鳴鼓之攻。王僚試於私人兮，形變雅之《大東》。慫同床之干政兮，嬉妲繼以興戎。小不忍於咈母兮，鄭克叔而俱凶。損友之三科兮，匪孔門之所容。況巧言與佞色兮，實媚衆以雷同。嗚呼！是非之甚明兮，成敗亦不爲効〔一〕。歷萬古而猶惑兮，寧醉昬而夢未覺。惜勞心而日拙兮，竊方循理而造要。庶無忝於曾氏之言兮，聊矢賦而彌卲。

大報天賦

范鎮

大宋七十有二載，符節合於聖神，陶鈞運於真宰。化至而《乾》用九，令行而風不再。泰山四維兮，固基圖而静寧。黄河一清兮，撫期運而茂對。元尊降休其如響，富媼効珍而弗愛。星氣交見，景炎青赤之光；魚馬兩至，道出東西之海。於時百靈會鈞天之游，萬物極崇丘之大。鑿井者罔識帝力，仰益者不知天蓋。以上方游神治古之表，垂意幾成之會。道皇極以甚夷，基太平而無外。重兹盈成，罔或遑怠。若曰時靡愆伏，物不疵癘，協氣洪鬯而融然無際者，上穹之保艾。邊鄙不聳，干戈倒載，生靈相與而讙然於内者，三后之大賚。桉物理以順考，曾朕躬之弗逮。不有反本之報，曷爲舍生之賴？况夫事具往聖之行，文備前世之載？媯庭有六宗之禋，周家有始祖之配。《書》以巡嶽而用事，《禮》以掃地而展采。總條貫於先猷，赫聲文乎當代。上一其唱，下百其響。伯夷秩宗之典，叔孫奉常之掌。咸謹職以先次，率參謀而來上。僉曰：用日之至，吾道之長；就國之南，吾君之嚮，可以爲人而祈福，示聖人之能饗也。涓辰之良既如是，講儀之盛又如彼。將命以方底，飛文以疾置。皷先令於民聽，俾咸知於上意。西踰月毳之垠，東走天池之紀，北窮祝栗之野，南極濮鉛之地。雷出而舊豫，風興而披靡。穹居、卉服、革體、木薦之酋，髽首、貫胷、離身、反踵之帥。尋聲望景，知中國之有至仁；梯虚航深，示戎狄之無外事。順走我轍跡，服馴我邊轡。廼有變觡共觗之獸，赤汗赭沫之駟，浮琛没羽之珍，文鉞碧砮之異。諸福之物，偶儻奇偉；衆變之狀，爍爛譎詭。按圖諜而未書，歷封禪而不至。滔滔焉，峩峩焉，來助祭者，波委而嶽峙。吾皇游巖廊，操絶瑞，嘉聞聲教之遠，樂觀儀物之備。迺飭四方，近逮周行，搜傑索俊，提忠挈良，相與齊於壇蜎蠖濩之中，思所并而周流常羊者，已在出警之先期也。闞觚削其如倚，鋪首呀而欲驤。行幄貺而下垂，樂宮屼其高張。八校拱著，五旗司方。禮器之葳蕤，軍裝之陸梁。錯文以章藻采兮，四會五達之莊。既法從之肸飭，倏呼鞭之對揚。神扶絳宸，乾行東箱。左黄鍾兮，五應以俱動；前式道兮，三候而相望。始乘輿也，顒顒昂昂，奮至德之光。大明登兮，重昏破而羣陰藏。既遵途也，秋秋蹌蹌，走萬人之望。駭飈馳兮，浮埃沉而瑞氣翔。參忠信於倚衡兮，遠何適而不臧。總德法於銜勒兮，大何爲而不防。嶽然其不動兮，躬自厚而矜莊。春然其太和兮，躬不違而滋涼。顓儲思於逆釐之事也，徑息駕乎列仙之場。儼陟降以肅潔兮，杳悟靈於忽恍乎。款謁之辭稱畢，孝思之容外溢。葦然如傷，沛然不懌。念報天之罔極，顧履霜而懷惕。莫重乎《禮經》之五，以觀乎世廟之七。内則樂穆羽，舞旄狄，薦苾芬，儀赫奕，遲奉乎明靈之來格。外則熊司旗，虎視戟，威振厲，氣敎鬱，肅陳乎游徼之騈坒。俄而傅呼旦之聲，嚴出廟之蹕。眪重闉以南，直屆夫禮神之室。觀夫涂大朱以洞闢，壇八觚而翼騫。颯紳緌之綷縩，頻貂蟬之葱芊。上摩星以旓雲，下藻野而縟川。聖人凝旒以則數，薦璧而象圜。樂六變而導和，爵三獻而告虔。百神爰瑞以祖洽，四方承宇而來旋。啓膟膋之芬膏，焜樵蒸於高煙。杳馨明之升聞，藹嘉休而肅延。廻五輅兮清道，御兩觀於中天。歌塗巷而沸湧，觀堵牆而駢填。或陰而霞，紛振衣而瞥袂；方冬而暑，盛疊跡而側肩。靚糙千車，廻轅衡軛，岌若移山之行，隱如奔雷之聲。礚砰磤硡，以拱乎神庭。鐵衣萬騎，奮踶横逸。皛如積雪之釋，迅如衝風之疾。宛轉絡繹，以環於帝室。嚴辦兮中外，臚句兮上下。縄鶴馭以飛書，絙鷄竿而肆赦。縱係縲以畢出，普疵吝而一灑。重离之曜，大繼明以照四方；泰山之雲，不崇朝而徧天下。飭飫賜，沐純嘏。受釐而延膝席，飲福而奏需雅。太室之聲，曼延於壽曆。覆盂之安，盤固於宗社。彼甘泉、汾陰、后土之祠，交門、竹宫、神光之拜，或孜孜於曲請，或屑屑於末戒，隘哉陋乎，曾未知福含生、懷萬靈之爲大也！有一二眉壽，顧謂臣曰：「子游都而盛其際、吉其逢者，所謂『觀國之光，利用賓于王』矣；亦嘗知盛際之所自出，吉逢之所由來者乎？子少留，吾其語汝：夫聖人之將有爲也，必本於仁義。聲而爲樂，文而爲禮。柄而刑賞，統而祠祭。崇讓以樹之，懷遠以固之，作德以茂之。此古先之能事，教化之肇基也。故其始下詔，則有司指圖有經，叩天進辭，相與上乎號榮者，當宁却而不名，斯崇讓之至誠也。將僎儀，則百蠻款塞移珍，謁譁象譯，厥角于北闕者，本朝羈而不絶，斯懷遠之上烈也。既已事，則縣官去煩削密，輕徭緩租，驅躋於仁壽者，庶黎愉然而在宥，斯作德之洪覆也。夫一舉而闕衆目，非曰躬聖發憤，其孰能大圖而殫究！子蓋亦桉胥庭之圖，披羲農之籙，援結繩造契之具，迹卷領垂衣之躅，料平基緒之凴厚，準元精之回復，揚波以挹其腴潤，擿芳以搴其稠縟。然後攄文心，散辭氣，伏天庭而進牘。」臣蹶然而仰曰：「富哉言乎！微丈人，後進生其不識王澤之滲漉也。」謹拜手而系曰：赫赫鉅宋，體元垂統，升中而奉兮！恢恢大圓，應聖何言，隤祉以蕃兮！吾皇之隆，彼蒼之崇，合符無窮兮！

鴻慶宮三聖殿賦

劉攽

臣伏見陛下追述祖考，崇奉明祀，新作三聖殿，以昭孝明功于天下。臣以文學，中第太常，試官祕書，目覩盛事，不敢以鄙薄自絀，輒作古賦一篇，以歌詠盛德。昔《靈光》《景福》之作，世稱其美麗，然其所謂壯大，不出乎彫刻畫績、文彩之煌煌而已。又盛道工人之巧，民力之衆，材木之多，金玉之偉。臣以謂，聖王有作，則必智者獻其巧，壯者輸其力，山林不敢愛其材，府庫之聚，皆所供億也。是物理之常，不足以夸大。臣愚竊陋之。若夫天命廢興之際，聖王授受之符，非敏智通達，未有能究知其始終者，固難爲寡見淺聞者道也。臣竊大之，是以略所陋而張所大。不敢仰希風人《雅》《頌》之列，庶幾有其志云爾。蓋上帝之所選建明聖，命以天位者，乃所以享德而報功焉；未有德盛於前，功播於後，而其子孫寂寥，千載無聲者也。賢哲所談，六籍之云，德莫著於有虞，功莫隆於五臣。禹平水土，夏姒以家。司徒后稷，是教是食，肇商興周，歷載累百。皋陶大理，五刑以明，于其苗裔，乃興于唐。若夫董淳耀以攸司，奏庶民之鮮食，焚山烈澤，害服妖息，鳥獸咸若，草木允殖，固伯益之力焉。天報以位，俾秦周繼。于其子孫，誣祖不紹，去火即水，叛禮尚刑，法以慘急；然猶兼六國，一天下；而不知變于初，二世以斃。非天不相朕虞之後，乃其否德，得罪于祖，而斷棄也。惟伯益之功未報，是以大命復集于趙氏焉。五代喪德，九土分裂。海水横流，民用墊溺。鳥獸昌熾，黔首失職。滔滔惑惑，蓋若洪流之未闢。於是太祖乘火而帝，繼益之功。天胙吉土，曰惟商丘。是爲星火，大辰之居。亦曰明堂，布政之由。出潛離隱，或躍在淵。以有九有，百度正焉。削禍戡亂，出民塗炭。風揮日舒，天地正觀。荆、燕、吴、蜀，楚、越、并、冀，慑威懷仁，奔走失氣。崛强者執服，柔從者加賜。太宗承之，真宗成之。登封降禪，矢直砥平。巍巍乎，邈三五而儔儷；彼漢魏之瑣瑣，曾何比京！夫伯益始掌火而底績，而宋以火帝，興于火墟。天之報施，豈不昭昭可推而類也哉！且夫積功以凝命而創業，因物以胙土，由土以建號，樂以反初，禮不忘其本。是故作于原廟，建之別都。三聖鼎列，大厦以居。以荅景貺，以昭成功，俾子孫知厥所由，億兆仰德而不窮也。厥後烈風雲雨，雹雷震曜，儆戒于下，濫炎流燒。天子怵于大異，反已正德，伏念七年，乃其有得。曰：天以德訓予，而以威震予，依類託諭，予敢不信。夫政不變不足以日新，禮不修不足以化民。天之示人，若曰政禮之敝，雖祖宗之爲，猶當勿憚乎改更。於是詔三事，飭九卿，和布于舊，載損載益，以荅天誡，以與聖職。夫既天行而日白矣，乃復閟宫，奬夫神衷。三后在天，對越上穹。經之營之，不日成之。閎偉奇麗，所以使宫寢之勿踰也。清閑窅密，鬼神之所都也。絜百圍而置楹兮，度千仞以架棟。擇一木於萬章兮，顧餘羨者猶衆。般、倕、獿人之儔，獻巧而林立兮，莫不心競而賈用。亘長廊其如城兮，闢重門其似洞。欒拱粲其如星兮，侏儒屹其承重。如翬斯飛，如鳥斯革兮，誠可慄其將動。闔陰房之密静兮，雖六月其必寒。闢陽榮之敞麗兮，蓋中夜而已旦。涉廣除而徑上兮，每百尺而一級。歷青珉之瑩滑兮，曾不得而側立。顧風雨之在下兮，足以避夫燥濕。良非人力之所爲兮，宜鬼神之攸集。於是使夫設色之工，後素之巧，想像形容，圖寫必効。夫其龍顔日角，天質之顒昂兮，臣乃今知真人之異表。於是駕鑾輅，登玉蚪，千乘萬騎，雲動而景附兮，想平生之豫游。旂常繽紛以絶翕兮，鍾皷軒轟，簫管發而啁啾。雜魚龍之奇技兮，蜿蜒曼延於道周。百神紛而並迎兮，出閶闔而御夫龍舟。爾乃川后静波，屏翳息風。舳艫相銜，若複道之延屬兮，亘千里而相通。百工備官而夙設兮，棹夫讙呼而奏功。惟吉行之五十兮，餘日力而靡窮。既屆既止，威儀若初，以幸夫壽宫。乃即前楹，以脩祀事，威神如在，望之可畏。殫金玉以備用，罄飛潛以薦味。帷帳筦簟之安肆，几杖筆研之儲偫，靡一物之蓋闕兮，所以廣孝思而盡心志。守臣侍祠，罔不肹飭。既事而旋，闞而莫覿。列仙之儒，偓佺之倫，迎神頌祇於其側。若夫祝融、重黎、相土、閼伯，固已喜動乎魄，情見乎色，護清蹕而晞盛德也。巍巍大哉，不可得而記已。且夫天命之不忘，人生之大寶也。祖宗之有繼，子孫之勿替也。兹聖王所以繼統垂業，超商邁周，卹嗣錫羡，貽厥孫謀，使萬有千歲，得以晞風而承流也。遂作頌曰：崇崇商丘，大火主兮。曰宋之興，道是配兮。建邦設都，以有九土兮。有皇上帝，明德輔兮。伯益之功，邈不可忘兮。三聖承承，有烈光兮。奕奕寢廟，神翲翲兮。胥于萬年，尚無疆兮。

秋懷賦

劉攽

世量力以爲智兮，孰不自師其成心。不强短以彼修兮，亦各濟其所任。蓋周任之明清兮，予嘗服於德音。羌專直其似愚兮，遂底滯而廢沈。惟古人有不遇兮，亦奚慨於斯今。昔既冠而從仕兮，冀陳力而帥職。何日月之不淹兮，亹亹至乎不惑。世與我其異衷兮，增余懷之默默。數廢日而陪參兮，願自竭而安得？將奔走而及事兮，愧初心而變色。譬游者之無術兮，念愈躁而逾没。苟衆賢之并容兮，曾介善之不遺。辱與廉之末舉兮，遂以造夫攸司。君之門不可以徑入兮，既待詔而歷時。唯褊心之狷狹兮，樂繩墨其自持。誠詭遇其有獲兮，雖得獸而恥之。信天命之有在兮，非智勇其孰勿疑！時既秋而涼風兮，草木落而變衰。皎月麗於西廂兮，蟋蟀迅而鳴悲。閱四序之代謝兮，既逝者之如斯。悼我心之弗獲兮，起惆悵而稱詩。

校勘記

〔一〕成敗亦不爲効　明刻本同，疑當作「成敗亦不爲不效」，「爲」下脱「不」字。

宋文鑑卷第五

賦

不寐賦　劉攽

忳鬱邑其馮中兮，何鑒寐其弗夷。方永夜之未艾兮，廓静處而長思。悼既往之弗及兮，慨來今之曷知！緒將絶而復續兮，精發越而淫移。倏四海其再撫兮，泯萬朞乎須臾。武勝商而歸周兮，天保定其千億。叔旦兼乎三王兮，仰勤思而有獲。孔潛精於好學兮，致憤懣於無益。樂好善而用魯兮，孟見喜乎顔色。仁弗遇於衞頃兮，願奮飛而不得。翟相氛而見祥兮，獻肇謀乎虞虢。彼遠慮之與近思兮，智與愚皆從其職。嗟民生之多艱兮，羌以心爲形役。君子有不安其命兮，小民有不度其力。非蚊虻之噆膚兮，曾内懷於大棘。惟昔夢之蘧蘧兮，既悵然而獨寤。亮伐柯之不遠兮，何内韄而罙固？晞聖人之大覺兮，綿萬世而不遇。幸曲肱而自怡兮，庶無迷於初度。

拙賦　周敦頤

或謂予曰：人謂子拙。予曰：巧，竊所恥也；且患世多巧也。喜而賦之：

巧者言，拙者默。巧者勞，拙者逸。巧者賊，拙者德。巧者凶，拙者吉。嗚呼！天下拙，刑政徹，上安下順，風清弊絶。

洛陽懷古賦

邵雍

洛陽之爲都也，居天地之中，有終天之王氣在焉。子家此。治平歲，會秋，乘雨霽，與殿院劉君玉登天宫寺三寶閣。洛之風景，因得周覽。惜其百代興廢以來，天子雖都之而多不得其久居也，故有懷古之感，以通諷諭。君玉好賦，以賦言：

秋雨霽，日色清，景方出，秋益明。何幽懷之能快，唯高閣之可憑。天之空廓，風之輕冷。覽三川之形勝，感千古之廢興。乃眷西北，物華之妍。雲情物態，一氣茫然。擁樓閣以高下，焕金碧之光鮮。當地勢之拱處，有王居之在焉。惜乎天子居東都，此邦若諸夏。不會要于方來，不號令于天下。聲明文物，不此而出；道德仁義，不此而化。宫殿森列，鞠而爲茂草；園囿棊布，荒而爲平野。鸞輿曾不到者三十餘年，使人依然而歎曰：虚有都之名也。噫！夏王之治水也，四海之内，列壤惟九，而居中者實曰豫州。荆河之北，此爲上流。周公之卜宅也，率土之濱，建國爲萬，而居中者實曰洛陽。瀍澗之側，此唯舊都。迄于今日，二千年之有餘。因興替之不定，故靡常其厥居。我所以作賦者，閲古今變易之時，述興亡異同之迹，追既失之君王，存後來之國家也。噫！太昊始法，二帝成之。三王全法，參用適宜。伊六聖之經理，實萬世之宗師。我乃謂治民之道，於是乎大盡矣。逮夫五霸抗軌，七雄駕威，漢之興乘秦之弊，曹之擅幸漢之衰。始鼎立而治，終豆分而隳。晉中原之失守，宋江左之畫畿。或走齊而驛魏，或道陳而經隋。自元魏廓河南之土，植六朝之風物；李唐蟠關中之腹，孕五代之亂離。其間或道勝而得民，或兵強而慴下，或虎吞而龍噬，或鷄狂而犬詐，或創業於艱難，或守成於逸暇，或覆餗而終焉，或包桑而振者。故得陳其六事，雖善惡不同，其成敗一也。其一曰：大哉德之爲大也，能潤天下。必先行之於身，然後化之於人。化也者，効之也，自人而効我者也。所以不嚴而治，不爲而成，不言而信，不令而行。順天下之性命，育天下之生靈。其帝者之所爲乎！其二曰：至哉政之爲大也，能公天下。必先行之於身，然後教之於人。教也者，正之也，自我而正人者也。所以有嚴而治，有爲而成，有言而信，有令而行。拔天下之疾苦，遂天下之生靈。其王者之所爲乎！其三曰：壯哉力之大也，能致天下。必先豐府庫，峙倉箱，鋭鋒鏑，峻金湯。嚴法令于烈火，肅兵刑于秋霜。竦民聽于上下，慴夷心于外荒。其霸者之所爲乎！其四曰：時若傷之于隨，失之于寬，始則廢事，久則生姦。既利不能勝言，故宂得以疾賢。是必薄其賦斂，欲民不困，而民愈困。省其刑罰，欲民不殘，而民愈殘。蓋致之之道，失其本矣。其五曰：時若任之以民，專之以察，始則烈烈，終焉缺缺。既上下以交虐，乃恩信之見奪。是必峻其刑罰，欲民不犯，而民愈犯。厚其賦斂，欲國不竭，而國愈竭。蓋致之之道，失其末矣。其六曰：水旱爲沴，年歲豐虛，此天地之常理，雖聖人不能無。蓋有備而無患，不得中者，加以寬猛失政，重輕逸權，不有水旱，而民已困，而況有水旱兵革焉。所謂本末交失，不亡何待！天下有成敗六焉，此之謂也。君天下者，得不用聖帝之典謨，行明王之教化。士可殺不可辱，民可近不可下。上能撫如子焉，下必戴其后也。仲尼所以陳革命，則抑爲人之匪君；明遜國，則杜爲人之不臣。定《禮》、《樂》而一天下之政教，修《春秋》而罪諸侯之亂倫。刪《詩》以揚文、武之美，序《書》以尊堯、舜之仁。贊大《易》以都括，與《六經》而並存。意者不可以地之重易民之教，不可以民之教悖天之時。教之各備，則居地而得宜。是故知地不可固有之也。君上必欲上爲帝事，則請執天道焉；中爲王事，則請執人道焉；下爲霸事，則請執地道焉。三道之間，能舉其一，千古之上，猶反掌焉。則是洛之興也，又何計乎都與不都也！如欲用我，吾從其中。

灔澦堆賦

蘇　軾

世以瞿唐峽口灔澦堆爲天下之至險，凡覆舟者皆歸咎於此石。以余觀之，蓋有功於斯人者。夫蜀江會百水而至於夔，瀰漫浩汗，横放於大野，而峽之小大，曾不及其十一；苟先無以齟齬於其間，則江之遠來，奔騰迅快，盡鋭於瞿唐之口，則其嶮悍可畏，當不啻於今耳！因爲之賦，以待好事者試觀而思之。

天下之至信者，唯水而已。江河之大，與海之深，而可以意揣。唯其不自爲形，而因物以賦形，是故千變萬化，而有必然之理。掀騰悖怒，萬夫不敢前兮，宛然聽命，惟聖人之所使。予泊舟乎瞿唐之口，而觀乎灔澦之崔嵬，然後知其所以開峽而不去者，固有以也。蜀江遠來兮，浩漫漫之平沙；行千里而未嘗齟齬兮，其意驕逞而不可摧。忽峽口之逼窄兮，納萬頃於一盃。方其未知有峽也，而戰乎灔澦之下。喧豗震掉，盡力以與石鬭。勃乎若萬騎之西來，忽孤城之當道。鉤援臨衝，畢至於其下兮，城堅而不可取。矢盡劍折兮，迤邐循城而東去。於是滔滔汩汩，相與入峽，安行而不敢怒。嗟夫！物固有以安而生變兮，亦有以用危而求安。得吾説而推之兮，亦足以知物理之固然。

屈原廟賦

蘇軾

浮扁舟以適楚兮，過屈原之遺宫。覽江上之重山兮，曰惟子之故鄉。伊昔放逐兮，渡江濤而南遷。去家千里兮，生無所歸而死無以爲墳。悲夫！人固有一死兮，處死之爲難。徘徊江上，欲去而未決兮，俯千仞之驚湍。賦《懷沙》以自傷兮，嗟子獨何以爲心！忽終章之慘烈兮，逝將去此而沉吟。吾豈不能高舉而遠遊兮，又豈不能退默而深居？獨嗷嗷其怨慕兮，恐君臣之愈疏。生既不能力争而强諫兮，死猶冀其感發而改行。苟宗國之顛覆兮，吾亦獨何愛於久生？託江神以告冤兮，馮夷教之以上訴。歷九關而見帝兮，帝亦悲傷而不能救。懷瑾佩蘭而無所歸兮，獨惸惸乎中浦。峽山高兮崔嵬，故居廢兮行人哀。子孫散兮安在，况復見兮高臺！自子之逝，今千載兮，世愈狹而難存。賢者畏譏而改度兮，隨俗變化，斲方以爲圓。黽勉於亂世而不能去兮，又或爲之臣佐。變丹青於玉瑩兮，彼乃謂子爲非智。惟高節之不可以企及兮，宜夫人之不吾與。違國去俗，死而不顧兮，豈不足以免於後世。嗚呼！君子之道，豈必全兮。全身遠害，亦或然兮。嗟子區區，獨爲其難兮。雖不適中，要以爲賢兮。夫我何悲，子所安兮。

昆陽城賦

蘇軾

淡平野之靄靄，忽孤城之如塊。風吹沙以蒼莽，悵樓櫓之安在？横門豁以四達，故道宛其未改。彼野人之何知，方傴僂而畦菜。嗟夫！昆陽之戰，屠百萬於斯須，曠千古而一快。想尋、邑之來陣，兀若驅雲而擁海。猛士扶輪以蒙茸，虎豹雜沓而横潰。罄天下於一戰，謂此舉之不再。方其乞降而未獲，固已變色而驚悔。忽千騎之獨出，犯初鋒於未艾。始憑軾而大笑，旋弃鼓而投械。紛紛籍籍，死於溝壑者，不知其何人，或金章而玉佩。彼狂童之僭竊，蓋已旋踵而將敗。豈豪傑之能得，盡市井之無賴。貢符獻瑞，一朝而成羣兮，紛就死之何怪！獨悲傷於嚴生，懷長才而自浼。豈不知其必喪，獨徘徊其安待？過故城而一弔，增志士之永慨。

赤壁賦

蘇　軾

壬戌之秋，七月既望，蘇子與客泛舟遊於赤壁之下。清風徐來，水波不興。舉酒屬客，誦明月之詩，歌窈窕之章。少焉，月出於東山之上，徘徊於斗牛之間。白露横江，水光接天。縱一葦之所如，凌萬頃之茫然。浩浩乎，如馮虚遇風，而不知其所止；飄飄乎，如遺世獨立，羽化而登仙。於是飲酒樂甚。扣舷而歌之。歌曰：「桂棹兮蘭槳，擊空明兮泝流光。渺渺乎予懷，望美人兮天一方。」客有吹洞簫者，倚歌而和之。其聲嗚嗚然，如怨如慕，如泣如訴，餘音嫋嫋，不絶如縷。舞幽壑之潛蛟，泣孤舟之嫠婦。蘇子愀然，正襟危坐而問客曰：「何爲其然也？」客曰：「『月明星稀，烏鵲南飛。』此非曹孟德之詩乎？西望夏口，東望武昌，山川相繆，鬱乎蒼蒼，此非孟德之困於周郎者乎？方其破荆州，下江陵，順流而東也，舳艫千里，旌旗蔽空，釃酒臨江，橫槊賦詩，固一世之雄也，而今安在哉？况吾與子，漁樵於江渚之上，侶魚蝦而友麋鹿；駕一葉之扁舟，舉匏樽以相屬；寄蜉蝣於天地，渺浮海之一粟。哀吾生之須臾，羨長江之無窮。挾飛仙以遨遊，抱明月而長終。知不可乎驟得，託遺響於悲風。」蘇子曰：「客亦知夫水與月乎？逝者如斯，而未嘗往也；盈虛者如彼，而卒莫消長也。蓋將自其變者而觀之，則天地曾不能以一瞬；自其不變者而觀之，則物與我皆無盡也。而又何羨乎？且夫天地之間，物各有主，苟非吾之所有，雖一毫而莫取。惟江上之清風，與山間之明月，耳得之而爲聲，目遇之而成色，取之無禁，用之不竭，是造物者之無盡藏也，而吾與子之所共食。」客喜而笑，洗盞更酌。肴核既盡，杯盤狼籍。相與枕藉乎舟中，不知東方之既白。

後赤壁賦

蘇軾

是歲十月之望，步自雪堂，將歸于臨皐。二客從予過黃泥之坂。霜露既降，木葉盡脱，人影在地，仰見明月，顧而樂之，行歌相答。已而歎曰：「有客無酒，有酒無肴，月白風清，如此良夜何？」客曰：「今者薄暮，舉網得魚，巨口細鱗，狀似松江之鱸，顧安所得酒乎？」歸而謀諸婦。婦曰：「我有斗酒，藏之久矣，以待子不時之須。」於是携酒與魚，復遊於赤壁之下。江流有聲，斷岸千尺。山高月小，水落石出。曾日月之幾何，而江山不可復識矣！予乃攝衣而上，履巉巖，披蒙茸，踞虎豹，登虬龍，攀栖鶻之危巢，俯馮夷之幽宮，蓋二客不能從焉。劃然長嘯，草木震動，山鳴谷應，風起水涌。予亦悄然而悲，肅然而恐，凛乎其不可留也。反而登舟，放乎中流，聽其所止而休焉。時夜將半，四顧寂寥。適有孤鶴，横江東來，翅如車輪，玄裳縞衣，戛然長鳴，掠予舟而西也。須臾客去，予亦就睡。夢一道士，羽衣翩僊，過臨皋之下，揖予而言曰：「赤壁之遊樂乎？」問其姓名，俛而不答。嗚呼噫嘻，我知之矣，疇昔之夜，飛鳴而過我者，非子也耶？道士顧笑，予亦驚悟，開户視之，不見其處。

秋陽賦

蘇軾

越王之孫，有賢公子，宅於不土之里，而詠無言之詩，以告東坡居士曰：「吾心皎然，如秋陽之明；吾氣肅然，如秋陽之清；吾好善而欲成之，如秋陽之堅百穀；吾惡惡而欲刑之，如秋陽之隕羣木。夫是以樂而賦之，子以爲何如？」居士笑曰：「公子何自知秋陽哉？生於華屋之下，而長遊於朝廷之上；出擁大蓋，入侍幃幄；暑至於温，寒至於凉而已矣，何自知秋陽哉？若予者，乃真知之。方夏潦之淫也，雲烝雨泄，雷電發越。江湖爲一，后土冒没。舟行城郭，魚龍入室。菌衣生於用器，蛙蚓行於几席。夜違濕而五遷，晝燎衣而三易。是猶未足病也。耕於三吴，有田一廛。禾已實而生耳，稻方秀而泥蟠。溝塍交通，牆壁頽穿。面垢落塈之塗，目泫濕薪之煙。釜甑其空，四鄰悄然。鸛鶴鳴於户庭，婦宵興而永歎。計無食其幾何，矧有衣於窮年！忽釜星之雜出，又燈花之雙懸。清風西來，皷鍾其鏜。奴婢喜而告予，此雨止之祥也。蚤作而占之，則長庚澹其不芒矣。浴於暘谷，升於扶桑。曾未轉盼，而倒景飛於屋梁矣。方是時也，如醉而醒，如瘖而鳴，如痿而起行，如還故鄉，初見父兄。公子亦有此樂乎？」公子曰：「善哉！吾雖不身履，而可以意知也。」居士曰：「日行於天，南北異宜。赫然而炎非其虐，穆然而温非其慈。且今之温者，昔之炎者也。云何以夏爲盾，而以冬爲衰乎？吾儕小人，輕慍易喜。彼冬夏之畏愛，乃群狙之三四。自今知之，可以無惑。居不障户，出不御笠。暑不言病，以無忘秋陽之德。」公子拊掌，一笑而作。

中山松醪賦　蘇軾

始予宵濟於衡漳，車徒涉而夜號。燧松明以記淺，散星宿於亭皐。鬱風中之香霧，若訴予以不遭。豈千歲之妙質，而死斤斧於鴻毛？効區區之寸明，曾何異於束蒿！爛文章之糾纏，驚節解而流膏。喜構厦其已遠，尚藥石之可曹。收薄用於桑榆，製中山之松醪。救爾灰燼之中，免爾螢爝之勞。取通明於盤錯，出肪澤於烹熬。與黍麥而皆熟，沸春聲之嘈嘈。味甘餘而小苦，歎幽姿之獨高。知甘酸之易壞，笑凉州之蒲萄。似玉池之生肥，非内府之烝羔。酌以癭藤之紋樽，薦以石蟹之霜螯。曾日飲之幾何，覺天刑之可逃。投拄杖而起行，罷兒童之抑搔。望西山之咫尺，欲褰裳以遊遨。跨超峯之奔鹿，接挂壁之飛猱。遂從此而入海，眇翻天之雲濤。使夫嵇、阮之倫，與八仙之羣豪。或騎麟而翳鳳，争榼挈而瓢操。顛倒白綸巾，淋漓宫錦袍。追東坡而不可及，歸餔歠其醨糟。漱松風於齒牙，猶足以賦《遠遊》而續《離騷》也。

懷歸賦

沈括

歸休乎！嗟生亦勞兮，歲常九行而一息。四方已莫不異兮，欲終往而安卽？披荆榛以孤騖，涉大塗之梗塞。投孱顔以坌入，孰爲晏眠而朝食謦欬。一山而百折兮，况千里之緜邈。高浪鱗卷而電劃兮，近不保乎咫尺。嗟乎子乘此而安之兮〔一〕，託扶摇以寸翮。吾一念子之往兮，意久兀硉而屹栗。彼夫人之聖哲，寧有欲乎顛踣。摩冥冥之無窮，抽萬世之潛默。雖皎中而自信，亦終壈坎而莫覿。來之不可與謀兮，果去亦庸何傷！既振轡而大驅兮，蓋倡佯其所適。期無羨於古人兮，苟亦善吾之令德。終曠蕩之可驤兮，信幽履之不惑。

黄樓賦

蘇轍

熙寧十年秋，七月乙丑，河決於澶淵，東流入鉅野，北溢于濟，南溢于泗。八月戊戌，水及彭城下。余兄子瞻適爲彭城守。水未至，使民具畚鍤，畜土石，積芻茭，窒隙穴，以爲水備，故水至民不恐。自戊戌至九月戊申，水及城下，二丈八尺。塞東西北門，水皆自城際山，雨晝夜不止。子瞻衣製履屨，廬於城上。調急夫，發禁卒，以從事；令民無得竊出避水，以身帥之，與城存亡，故水大至民不潰。方水之淫也，汗漫千餘里，漂廬舍，敗冢墓。老弱蔽川而下；壯者狂走無所得食，槁死於丘陵林木之上。子瞻使習水者浮舟檝，載糗糧以濟之，得脱者無數。水既涸，朝廷方塞澶淵，未暇及徐。子瞻曰："澶淵誠塞，徐則無害。塞不塞天也，不可使徐人重被其患。」乃請增築徐城，相水之衝，以木堤捍之，水雖復至，不能以病徐也，故水既去而民益親。於是卽城之東門，爲大樓焉。堊以黄土，曰土實勝水。徐人相勸成之。轍方從事於宋，將登黄樓，覽觀山川，弔水之遺迹，乃作黄樓之賦。其詞曰：

子瞻與客，遊於黄樓之上。客仰而望，俯而歎，曰：「噫嘻殆哉！在漢元光，河決瓠子。騰蹙鉅野，衍溢淮泗。梁楚受害，二十餘年。下者爲汙澤，上者爲沮洳。民爲魚鼈，郡縣無所。天子封祀太山，徜徉東方。哀民之無辜，流死不藏。使公卿負薪，以塞宣房。《瓠子之歌》，至今傷之。嗟惟此邦，俯仰千載。河東傾而南洩，蹈漢世之遺害。包原隰而爲一，窺吾墉之摧敗。吕梁齟齬，横絶乎其前；四山連屬，合圍乎其外。水洄洑而不進，環孤城以爲海。舞魚龍於堭壑，閲帆檣於睥睨。方飄風之迅發，震鞞鼓之驚駭。誠蟻穴之不救，分閭閻之横潰。幸冬日之既迫，水泉縮以自退。棲流栟於喬木，遺枯蚌於水裔。聽澶淵之奏功，非天意吾誰賴！今我與公，冠冕裳衣，設几布筵，斗酒相屬，飲酣樂作，開口而笑，夫豈偶然也哉？」子瞻曰：「今夫安於樂者，不知樂之爲樂也，必涉於害者而後知之。吾嘗與子馮兹樓而四顧，覽天宇之宏大。繚青山以爲城，引長河而爲帶。平皋衍其如席，桑麻蔚乎旆旆。畫阡陌之從横，分園廬之向背。放田漁於江浦，散牛羊於煙際。清風時起，微雲霮䨴。山川開闔，蒼莽千里。東望則連山參差，與水背馳。群石傾奔，絶流而西。百步湧波，舟楫紛披。魚鼈顛沛，没人所嬉。聲崩震雷，城堞爲危。南望則戲馬之臺，巨佛之峯，巋乎特起，下窺城中。樓觀翱翔，嵬峩相重。激水既平，眇莽浮空。駢洲接浦，下與淮通。西望則山斷爲玦，傷心極目。麥熟禾秀，離離滿隰。飛鴻羣往，白鳥孤没。横煙澹澹，俯見落日。北望則泗水渶漫，古汴合焉，匯爲濤淵，蛟龍所蟠。古木蔽空，烏鳥號呼。賈客連檣，聯絡城隅。送夕陽之西盡，導明月之東出。金鉦薄於青嶂，陰氛爲之辟易。窺人寰而直上，委餘彩於沙磧。激飛楹而入户，使人體寒而戰慄。息洶洶於羣動，聽川流之蕩潏。可以起舞相命，一飲千石。遺棄憂患，超然自得。且子獨不見夫昔之居此者乎？前則項籍、劉戊，後則光弼、建封。戰馬成群，猛士成林。振臂長嘯，風動雲興。朱閣青樓，舞女歌童。勢窮力竭，化爲虚空。山高水深，草生故墟。蓋將問其遺老，既已灰滅而無餘矣。故吾將與子，弔古人之既逝，閔河決於疇昔；知變化之無在，付杯酒以終日。」於是衆客釋然而笑頽然就醉，河傾月墮，携扶而出。

校勘記

〔一〕嗟乎　「乎」字原本空白，據五經堂本補。

宋文鑑卷第六

賦

感山賦

崔伯易

客有爲予言太行之富，其山一名皇母，一名女媧，或於此煉石補天，今其上有女媧祠。因感其説，爲之賦。其辭曰：

曲輮先生，從先大夫之南征，省黑許於紫霄，訪武王於朱陵，授羅浮之隱書，擷三茅之神英，息肩淮泗之濱，閉關弦歌，與世無營。一日，梁國公子、銅鞮處士，闖然踵門，悦然相親，曰：「先生倦游者矣，祈有異聞！」先生不對，賓請愈勤。於是爲論山中之物，山中之民，叙山中之遺懽，詠山中之淳文。二客相視而笑曰：「先生唐相之家，族蕃西京。京於吾鄉，駕材累程。連聯高山，見于羣經。兹其不言，疑未之行。試爲先生陳之何如？」公子贊之。處士曰：「夫坤厚之勢，猶一人之體。崑崙爲之首，自首而下，峡嵂屹巇，無復平地，陵轢百國。有陰山焉，横二千餘里。北爲戎狄，南爲古聖之所治。渕中言之，殆吾國之乾位。昕天銅渾，《周髀》保章，參地之形，兹爲最詳。上正樞星，下開冀方。逢胃而畢，自柳以張。亂則冀安，弱則冀强。起爲名丘，妥爲平罔。巋乎甚尊，其名太行。挾大河於楚東，瞰北嶽其在旁。其高也，邐迤而上，始莫知其高也；登躡千里，昂目而前望，駭實與夫天當。其深也，繚繞盤辟，始莫知其深也；馳朔東而左轉，垂三月而見脊，盛連延乎碣石。《傳》曰：『東海之水不盡，而此山也吾莫知其所極。』此其知言哉！如彼大邦，圻鉤壤連；如彼大川，洲維浦聯。殊鄉異觀，習乎所傳。坳然若鞍者曰鞍山，突然若竈者曰竈山，色黑者黑山，形方者方山，如此之類，名何可殫。墨翟察而知驥之貴，尸佼過而辨牛之難。穆王升由雀道而出，世宗行自大河而還。孝明嘗登幸上黨郡，章帝以游至天井關。孟德北上，紀摧輪之恐；謝公西顧，引憂生之端。阮籍失路而詠懷，劉峻懷交而發嘆。歸晉陽子惠之便道，對二坂祖濬之祥觀。開元錫問於逢車，武德置縣而當煩。霍褰吾襟，共附吾肘。纏午壁之勢，探長城之口。天門揭其部分，烏嶺支其躪蹂。姑射、王屋、隆慮、雷首，靡迤嶔岑，參錯飣餖。或拱其左，或捧其右。或導其前，或贊其後。讓以奇巘，貢以重岫。曾夸娥之輪力，擁大帝之寶授。上晻曖兮鵬擊，下砰磕兮鯨鬭。又若王畿之外，五等諸侯，奉命守土，率屬千萬，悉面內而騰輳。此山之形也。汾潞丹洹，滹池滱易，涑沁淇潼，清源濟湨，奄呴將迎，縱横嗽激。安陽巨馬出其胯〔一〕，白絜北涿度其腋〔二〕。觸遥阜以孤引，瀲滎光而歷冪。凝染漸漬，裒青貯碧。此山之容也。奠荒有神，開社有伯。以風主威，以雲主澤。翻手熯陽，覆手霹靂。近靡百城，遠霈萬域。暴暑亟寒，暗天一白。煙不得爲瘴，氣不得爲疫。豈其幽深也，深其欲而難期；其并合也，合其力則無敵。此山之氣候也。軒后以來，至于成王，自時建都，遷徙不常。遠近表裏，其陰其陽。春秋之前，封國既多；春秋之後，唯晉爲彊。大抵以兵爲阻，以險爲防。守不敢弛，戰不敢忘。越至卑耳，而齊桓以霸；一入孟門，而平公幾亡。燕、趙、中山、衛、韓與魏，或主山東，或主河内，或主山西，或主河外，或城其隈，或據其會，或保作咽頸，或恃爲腹背。屯留有常阻，山陽有常界。跬步之側〔三〕，萬人死之，復驅萬人，而地不少退。如羆斯林，如虬斯壑，左顧右眄，爪牙鋒鍔，乘間薄人，肝腦塗地，以搴旗虜將而爲樂。不然，假息竊視，扞以城郭，從姬歌兒，名琲重璞，不敢不獻，雖欲藏之，亦終歸乎攫搏。駭乎哉！固嘗一朝之中，一舍之間，烹四十餘萬之衆，築頭顱之山，舉長平爲鼎鑊。舊壁荒城，豆分棊錯，今千餘年，幽陰寂寞。此山之勢勝也。當時雄豪，迭指交質。行野者非樂其野，逐獸者非卽其獸。裴徊陵陸，踰踋阪阜。裁約六國，眦睨九道。孰爲龍首，孰爲天竈？向背孰徙，草木孰遣？器械孰便，憑倚孰厚？東西孰廣，南北孰袤？爲蛇孰尾，爲鸛孰噣？孰方孰圓，孰牝孰牡？衝輪孰敏，沮隁孰懋？孰利襲掩，孰利藏覆？孰此出擊，孰此入寇？孰可徒搏，孰可騎驟？孰可啗誘，孰可斥候？孰可接戰，孰可挑鬭？孰最恐夜，孰不欲晝？勝此孰遂，敗此孰救？佯遁孰止，乘亂孰走？孰要於邇，孰閉其後？記省在目，陳説在口。憑軾結靷，忿鬖去就。所過之邑，鶚視狼吼。詰無不講，嚮無不偶。入軍則建旗鼓，入朝則佩印綬。以國試膽，以民試手。爲縱横家，隨以此售。闚警遲速，稱畫貧富〔四〕。矯尾厲角，恐惕黐構。鬼神不能窺其密，賢畯不能糾其繆。中人主之利欲，移將相之恩舊。其後或主或臣，建功立業，尤顯聞於後世：則有决羊腸之險，塹此山之道，攻滎陽伐韓以威天下，應侯爲秦昭王之謀也。據敖倉之粟，杜中山之阨，距飛狐之口，守白馬之津，使天下知所歸者，酈食其爲漢高祖之謀也。踰此山，入射犬，破青犢之衆，殺謝躬於鄴，以收復天下爲心者，漢光武之謀也。濟河降射犬之衆，還軍敖倉，屬魏种以河北事，然后西向以争天下者，魏武帝之謀也。進據武牢，扼其襟要，俾竇建德不能踰山入上黨，收河東之地，而卒以併天下者，唐太宗之謀也。徐思以觀，亦吾之近藩。北壓燕、薊，西臨順、檀。籠裹控外，聯區接寰。州開其隅，邑疏其間。衡而爲壘，缺而爲關。有朝歌、内黄、黎陽之支離，有五原、高平、廣武之依攀。前規成皋，逆嬰邯鄲。收褰帷趣駕之威，宰轡笏假轡之官。大城望之如雲，小城夾而金完。各負城勢，熊驤虺蟠。宿貔貅之倘佯，峙芻粟之巑岏。此又其山古今因人以明效者也。偏隅之祲，蒸鬱成象。或爲樓闕，或類亭障。下利墾闢，其土白壤。穀備五種，穎栗豐穰。以陶則不窳，以牧則易長。騂駓駩駽，騆驪驖駰，繁鬣赤喙，黄脊白顙，奇毛異骨，駧駾駃騠，或出凹拚，或會廣敞，或隨齕而乍散，或就飲以羣往。秦青覩之而目眩，造父逢之而伎癢。若乃邊風夜號，寒氣朝蕩。木葉晝脱，川原蕭爽。挺逸彩之疎瞬，厲雄心之倜儻。分騰而郊野暗，聚鳴而阬谷響。最下者，籯糧載士，日中而馳百里。鳳臆蘭筋，探前抉後，何止乎蹄間三丈？馬之所施，險之所依，有德者然後能之。其或守之不以道，用之失其宜，則是二者，在所爲盜賊之資。司馬侯告晉侯以先王之不務者，非棄之也；而吴起言商紂之國，志有激於當時。何則？宣帝處先零金城，而終貽漢患；武帝倚元海并州，而俄傾晉基。自後聰、曜、石勒，姚萇、季龍，元魏、高齊，諸符、慕容，呼侣嘯類，提羌占戎。或屯於定襄，或保於居庸，或建都鄴下，或渡軍河中，或改元離石之北，或僭號沙河之東。胡塵一踰，三關遂空。長安之城，洛陽之宫，摇轡長驅，傳國都而扼蹤。暴衣冠於塗炭，客宗廟於妖兇。更帝迭王，抑爲盛衰，其四方簡册不可得而書者，凡幾戰而幾攻？由是觀之，爲彼君者，始失之一朝，遂使天下之人，親戚離散，一百二十六載，挂性命於兵鋒。此又當世賢人君子，登高慮遠，所宜追述，爲萬世深誡者也。當彼之時，國中窄而山中寬，天下危而山中安。外憸人苟容以盜官兮，內浩歌乎《考槃》。外吁嗟愁涕之辛酸兮，內遊鹿豕其方歡。外窮奢極侈以相殘兮，內交讓乎瓢簞。外仍椹縮劍以銜寃兮，內樂天其盤桓。仁智所依，仙聖所迹，其動如龍，非迅雷烈風不起；其出如鳳，非醴泉甘露不食。服皇媧之妙道，藏補天之神石。或餌朮而採芝，或吞陽而嗽液。或自耦於樵釣，或偶懷於《老》《易》。引公和之餘韻，振文舉之歸策。壄王二老，猶自輕之士。壺關令狐，殆多言之客。至精元以友造化，緒餘尚足以治萬國。此其山之隱逸也。卽以仰之，首名歸山。岭嶒紆餘，巉巖孱顏。曳泉紳之飄飖，束雲衣之廻還。樍衆精於寶姹，縿靈氣於天丹。矗雰霞之朝覆，豁光恠之宵環。其金則鈑盪鏐銑，鐐鑗鏋鑀。其玉則瓊玖瑡琄，璒琪璵璠。石黃綠而青碧，珠玫瑰而木難。餘糧、石脂之磽砐，赭堊、理長之斕斒。陰映宛倚，穹注蟠聯。絲絺氈罽，鉛鹽銅礬。備先賦之不名，距三方而祖繁。復有紫沙黃霧，神鋼是取。逗落液於庳澗，萃堅英於弱土。播蚩尤之遺勇，回歐冶之靈顧。下分擅乎百源，上夾輸於六務。此其山之琛賂也。其鳥五色豪鷹，窟生峻峻〔五〕，貌如秋胡，目如明星〔六〕。响撥利戟，足卷枯荊。鵰趨鶚隨，往還青冥。木栖則鵁鶄鸑鸖，水止則鴇翠鳧鶺。殊種詭類，莫可殫名。其獸如麋有距〔七〕，四角馬尾，聲若鍾磬，以出爲瑞。赤虎文豹，黃熊封豕，麠鹿瑞貗，行搏坐噬。草則紫團之葠，勤母漏盧〔八〕；麋銜牡蒙，蓯容首烏；牛膝豹足，龍沙虎須；赤節紫蒨，如雷茈胡；雲英玉支，解蠡菴藺；鹿腸鶴虱，彭根屈據。澤態夭糅，芳臭紛敷〔九〕。或同葩異實，或冬榮暑枯。或珍傳太一，或用講曳區。木則有榛有栗，其桐其椅。篁篠懷風，桃李成蹊。梗柟楓檜，思仲蕪荑。梓漆樞栲，青檀紫葳。樅檍槐栗，棠榴椁黎。陽櫨檿桑，枌榆棪榥。交柢並節，韜唐蔭隄。身緣中材，實資療肌。松栢千歲，蹇金石姿，彌根萬仞之峰，落影千丈之溪，孤榦直出，百尋而後有枝。遠而望焉，或如翔鸞，或如蟠螭。其大蔽牛，其圓中規。參差欃槮，下隔百步，猶樛戛而相羈。公子矍然曰：「陸產之盛，僕知焉，不若是之詳也。且聞之，漢甘泉肇於武帝，唐含元建於高宗。或決事於上，或受計其中。始用材之有餘，終興利於無窮。陛下臨御以來，四十餘年，未聞圖苑囿之觀，事土木之工。户牖朱緑之飾，詔五歲而一易；服玩帷帳之具，雖屢補而尚供。然四方黎元〔一〇〕，自視怢然，咸願獻力京師，進娱皇躬。聽鍾皷管籥之音，瞻車馬羽旄之容。儻有司因億兆之心，率懷、衛、磁、相、澤、潞之人。披蒼莽，伐崆巃。賤新甫之得，簡徂徠之封。激春淫之悍豪，扶丹濟其來東。經營庶民，作爲新宫。以壯閬乎中區，以周嚴乎九重。高闈祕廬，侍從兮蜿蟬；翠華黄屋，往來其冲融。追三雍養老之法，申其孝慈；復延英訪問之迹，考其邪正。更取士之弊法，著久官之新令。明刺舉勸沮之典，絶苟簡異同之政。廣廡長廊，翼其兩旁。左選天下經術辯通之士，以爲議郎。居講朝廷疑難之義，補百司之闕；出委觀民決獄之事，以信其所詳。右選天下材勇温恭之人，以爲衛士。居講司馬軍機之要，掌諸門之禁；出委偏裨别屯之任，以觀其所莅。興利如此，顧不爲偉歟？山日以開，貨日以通。衆庶習知，勿爲牢籠。欲發者發，欲攻者攻。登者揩者，剥者斵者，烹者掇者，縶者弋者，四時憧憧，皆民所同。庶寶之輪豳〔一一〕，萬模之紛紜。雕牓彩製，羽須毛羣。弓矢鎧楯之材，輿馬骨革之倫。被服纖華，鼓鑄精珍。三十取一，歸于縣官，寧有聞子富而父貧？興利如此，顧不爲偉歟！」公子再言，處士再思之，曰：「公子之惠，亦云善矣。且『民可與樂成，不可與慮始』。況乃三晉，人號沉鷙。孕鶉火之流烈，感斗極之勁氣。瞻顧端巧，手足便利。蔑淫蠱狂厲之感，無喘夜戰瘃之累。專思慮而喜任俠，貴然諾而多懻忮。重渝姦侈之化，孤守而莫變；由滲唐、虞之澤，彌久而未墜。平居之際，以氣義相視。馳馬射獸以爲樂，投石拔距以爲戲。悲歌慷慨，以攄其鬱；矜誇功名，以見其志。自古受命之主，不先得其土，則先得其士。不得其地，不足以控諸夏；不得其兵，不足以威萬寓。粤天寶失御之後，事雖近而不復言；而五代不綱之時，其迹甚明而可以數。朱梁失守，則晉人南下，而急攻河陽；師厚不死，則魏博六州，據山口之路。莊宗之禍，由鄴郡而起；清泰之敗，緣上黨之助。蕃戎陷相而石滅，鄴兵過河而劉去。或羣盜乘隙而並出，或前軍自此而先渡。河東之舉，昧李驤疾度，控孟津之策；世宗之征，賴車駕倍程，有南平之遇。可畏也，如人懷心腹之疾；難去也，如木受根柢之蠹。故吾太祖皇帝之興也，踐祚五月，親平澤潞。念賊失仲卿之計，不西下而直趨懷、孟；而我用向拱之言，速濟河而擊其未聚。離穴成擒，吴祚之前料；登無離色，李氏之深諭。如洪波薄江，借海以爲力；大霆擊空，與電而俱赴。交、廣、閩、蜀之區，淮、海、江、漢之壖。彊侯暴王，襲頓蹁蹮。納土稱臣，冠佩鄰聯。雖天命之所在，亦主威之使然。其勢如此，猶藏太原。謝將休戎，十有九年。太宗之弔伐也，指師爲林，轉糧如川。斷石嶺之應，剗隆成之堅。躬擐甲胄，劘鋒易弦。晝夜圍督，六師争先。壓之以天下之重，然後始能破焉。迨我真宗，撫養其人。留蹕授關南之師，促使益安陽之屯。許北虜之通和，勑猛將之疏軍。以至陛下，仁風德澤，扶導長養，踰八十春。賦不聞竭其才，力未嘗疲其身。憙辯者，不知約從連衡之謀；尚勇者，不知收城奪邑之勳。室家熙熙，老於耕耘。如養虎者，不與之全物；賞先至者，不導於一津。茲柰何合之深山，觸鷙猛而爲勍敵之怒心〔一三〕？鑱鑿棘矜，若南國之茶，海濱之鹽，千百良民，化爲頑兵。或蒙欲而拒捕，或負恃而貪淩。始逭罪而羣亡，終盛氣而横行。鎮之常員，則威有所不足；列之大誅，則民轉相震驚。陸機謂：『興利不足以補害。』君焉孰懲？」公子曰：「不然。古初生民，禽獸雜居。無機械以荐食，無衣裳以被軀。累聖哀之，脩其所無。鑽燧取火，鑠金於鑪。鋭以鋒刃，俾持以趨。逐其蟲虵，創其室廬。刳木成舟，結繩爲罛。剡木爲矢，弦木爲弧。以飲以食，以畋以漁。服牛軺馬，紡績鑊鋤。後王因之，訖今以娛。安有至治之世，導民以利，復爭亂之是虞？太公封齊，熊繹封楚。魚鹽之義，山林之阻。公一發之，民往如鶩。不數十年，齊楚以富。彼諸侯之國，民且守法；豈天下之廣，人或敢侮？調發存邑里之籍，出入視保伍之名，倚之守令之良，護以使者之能。蓋建隆初興通餽之役，奚今日之政，姑息而艱行？是有司不復舉因民之利，四方無時有可勞之氓。弗郵所治之法何如，而已亟此禁山摧海之圖，疑所思之未明！」處士曰：「君不聞天子之建宫乎？厭江陵之瑰幹，空鄧林之巨樹。山鬼見桀而儵爍，坤后斥縕而容與。青帝執規，白帝司矩。攝离朱之魄覼其徽纆；捨倕薾之神，相其斤斧。裁魯鎮以爲址，判湘巒以爲礎。趨步而龜鳥正，叱咤而虹蜺舉。星覆重撩，雲縮萬堵。塗以齊赭，甓以虢土。華薦金石之美，梁修牙角之賦。揚瑶琨與織貝，荆砮丹而箘簵。蒙羽之纖縞，澗瀍之枲紵。優尊而百禮六樂，華國則東房西序。邦賄豐息，寧主是耶？」公子曰：「嘻！上方東被于流求，西薄乎羊同，南暢于訶陵，北儋乎空峒。積摯鴻臚，填貨大農。天人之交，何求而不充？徒念覃懷之域，三河之衝。滑斷乎滄溟，背栖乎犬戎。齊、楚、甌、越，魯、鄭、巴、邛，轅有所不適，檝有所不通。重兵之常處，列城之所宗。將帥之治守，詔使之過從。壤地所生，衣食所庸。不疲其貲，即疲其力；不出於官，則出於農。絺焉而乏，府焉而空。或驕陽淫雨之災，或戍發備河之逢。流離其民，易資梟雄。或陰會於朋仇，或椎埋以成風。故先諸權，俾怡其衷。禹散歷山之金，而贖賣子之虐；湯鑄莊山之幣，而救無饘之凶。非先君不足以説士，非首衆不足以就功。如彼泉源，我發其蒙；如彼委藏，我啓其封。設坐視天財而不知發，猶有此民而不以爲兵，徒示二虜之涵容！」處士曰：「君知其一，未覩其二。琉璃之河，華林之莊。昔居臣民，今游犬羊。然黠虜奚民視此，而莫敢乘焉？吾非有以守之，殆由天設于王公，帝限乎豺狼。若之何侵而夷之，以紓其行？餌之可欲，以發其狂？義未聞於灌瓜，兵或興於争桑。投蒭生心，文子之至喻，牛甘必鬭，管堅之所量。國家近邊，雖上腴之地，久禁而不耕，所棄甚輕，爲利甚明。發丁以通驛，隋政之已失；治氣而未盡，魏室之旋傾。彼烏足陳於治朝哉？山東之兵，三十五將之師，君所聞也，請置其説。」公子曰：「大農之家，不患穿墉而廢囷倉；善賈之行，不念胠篋而捐金珠。備得其術，則害何能擾；利果大入，則小或可疎。今防秋之兵，不寄之土豪，而歲起屯戍；繕治之物，不蓄於逐州，而授于京都。不募人訪銅，而私或自鑄；重給民曠土，而争糴於胡。遺計若此，庸爲利歟？由衆人焉，南牧之慮；將智者兮，北伐之涂。推石傳土，決其成功。束馬懸車，胙乎能事。突收燕樂，捐范陽、涿郡三道之師；直壓懷柔，拒虎北、石門四兵之勢。引輕軍，發羗夏之東穴；出奇道，斬匈奴之右臂。」二客紛辯既久，色相不平，抗袂俱起，質于先生。先生囅然而笑，適然而興，曰：「坐！吾告汝。夫有財而弗取，無道者之言也；取而不以先王之制，無法者之言也；二者吾聖人之深惡。不順乎冬夏，不相乎陰陽。禽獸之殄暴，貨幣之誅戕。不時而源枯，不禁而山傷。逆于天元，降爲災祥。則雖傳道之人，豈容無責哉？古者大德大功之人，天子尊之公侯之爵，殊其奉養之方。功厚者享亦厚，德長者報亦長。推之四海之内，入爲公卿，出爲牧伯，盛不過數十。土地所育，人民所藏，其貨易供，其財易當。然報非天子之獨私焉，蓋天下皆樂其有以報也。故其民，賢者勉焉以脩其業；愚者雖甚欲焉而無敢望。其志易平，其勢易償。今高貲大姓之家，列肆侔於府庫，邸第羅於康莊。金紺采綴，鏤劇焜煌。被以黼繡，裹以雕牆。狗馬棄齊民之食飲，輿妾賤士夫之衣裳。賓昏祠葬，隳敗紀綱。通吏買法，陰淫陸梁。其憑荒負險之民，擅彌山絡野之疆。畜奴如兵，占田論鄉。主逋峹寇者攸衆，寶龜藏甲者爲常。州縣徒史，私爲之視察；鄉亭部夫，公隨之奮攘。是天下山林之出，除公上之賦，守令吏寺，略有常制；每郡每邑，宛轉糜潰，輸幾侯而幾王？彊桀相師，極欲爲威。怒網而川貧，笑斧而林飛。孰察諸刊剥水火之遺製，孰恤乎堅稺曲直之所宜？積之徒多，而器用殊寡；舉之或遠，而民資自疲。富者售之益輕，貧者勞而愈微。誓窮原藪之饒，而況膏腴之歸！乃方乃州，或蝗或饑，民以爲災，而彼反爲宜。從是其氓，匿稅併田之不暇；益令羣猾，藏租隱地之無疑。南方諸山，非復昔時。材不愛而木不蕃，木不蕃而獸不滋。迨有千里不毛，裹餱莫支。是天地陰陽，晝夜長養，猶不能以充其欲；則吾民何負，獨爲貍而畜雞？蓋馭民無予奪之政，厚生無發斂之期；萬物失《由儀》之道，四海廢《崇丘》之詩。或者縣官列膠幹皮羽之須，轡棟宇舟車之材。上苛之以敲笞，下撓之以追催。索之于邇，則此既莫有；求之于遠，則險孰能來？方此之時，跱蓄之家，驩相比朋，固所以制百姓之命，朞年而纂其業，更歲而竭其財。如是不已，饑寒怨愁，不委於溝壑，則聚爲盜賊。非此二者，吾不知其安所爲哉！始於傷財，則終於害民；察其蠹國，必固乎亂俗。故國家以皇祐之版書，較景德之圖録，雖增田三十四萬餘頃，返減賦七十一萬餘斛。由是言之，土地財利，名制約束，不用先王之法，其爲弊也，民失其平，若之何而可復？高者愈貪而肆虵豕，下者抵禁而趨口腹。刑罰日增，戕害日續，蓋兼并不去，不足以語政；制度不立，不足與言治。禁錫存省米之説，賤肉有愛牛之意，此言雖小，可以推類。事爲之法，物爲之制。數罟之得，非不多也，先王禁之，以其傷生。原蠶之利，非不博也，先王禁之，以其害氣。果實未熟，木不中伐，用器不中度，禽獸不中殺，鬻於市者，執而有罰。不以其時，不順其教，捕一禽，折一草，謂之不仁；斷一樹，伐一木，謂之不孝。公卿大夫，羣士黎庶，居室有品，器械有度，車馬有等，衣服有據，飲食有常味，人徒有常數。戮民不敢服絻，君子不履絲屨。爲農者不得爲工，爲士者不得爲賈。天王之尊也，合圍猶惡其盡物；諸侯之貴也，殺牛尚戒於無故。小既無越，大豈容負？草木鳥獸，而舜以命益；水火土穀，而堯以任禹。名山大川，縱封國而不盼；至其漆林，獨二十而征五。著于後王，脩之愈明，典之於天官，圖之於地卿，任之九職之事，辨其五物之征。主山而有虞，主林而有衡。中士下士，贊其政令；府史胥徒，頒其所行。豺祭而弓矢陳，隼擊而罻羅興。司險達其道路，山師辨其物名。鷙獸在前，穴氏火物而誘之出；阱擭既設，冥氏伐鼓而使之驚。然後萬民隨之，詔焉以程。斬材者有期日，竊木者有常刑。至于金玉錫石，丱人之專取；犀象麋鹿，角人之所登。率避其孳育，以待其豐成。必以其時，素王稱其大順；不可勝用，孟軻陳其養生。貴賤有差，六器五輅之資，民得而無所用；興造不妄，五金六材之屬，民用而無所傷。禁發之有期，重輕之有常。天生時而寒暑平，地生財而品類昌。碩以盆鼓，蓄以谷量。暴暴如山岳，渾渾如河江。山出銀甕、丹甑，椒聚麒麟、鳳凰。追前世之盛，被于此時；以吾君之聖，方諸先王。陶唐之二宮，姚虞之總章，商人之重屋，周人之明堂。雖尨眉耆耇，愛惜朝夕，期有以必覩也；子之言，曾何比今於漢唐？陛下慈仁如天，廣厚如地。任臣則勿疑，聞諫而必喜。賞罰不濫，切愛乎民命；祭祀罄虔，動交乎天祉。遠民之弊，雖守臣不知，而知之甚詳；克己之誠，在匹夫難行，而行之甚易。至若五帝憲老之禮，三王觀風之制，六典建官之法，三適進賢之例，患有司不得其術，不患朝廷之不行；患臣下不舉其職，不患信任之不至。今也，輔相大臣，左右良士，重君子爲臣去就之節，思古人得君功烈之致。施以善俗爲本，學以力行爲貴。居朝廷不以先後持其嫌，守藩鎮不以内外疑其勢。同德一心，齊力協議。皋陶謨而矢契、稷之業，伯夷讓而中夔、龍之志〔一三〕。以共察天下之善，不使有蓋虚驕士之黨；以共收天下之傑，不使有妬功蔽賢之吏。以衆人之耳爲耳，聽衆耳之所不聽；以衆人之目爲目，視衆目之所不視。授百司因革於吏，而總其成績；委二邊軍賦於將，而責其必治。法制素具，東南既饒，天府宏壯，講練有時。吴、越皆霸王之兵。朝令乎西，西納十四州之地；夕使乎北，北歸十三州之城。渾然臨之以至健，隤然載之以不傾。伊洛之水，畫乎其前，戎夷畏之，踰黄河之湍。丘垤之山，簀乎其旁，戎夷阻之，甚太行之横。與其邀近功於一山，增衆糅之弊，牽危疑於往代，汩因循之名，使王者之興，百有餘年，神聖在位，而仁愛之澤，獨未及於禽獸草木，曷可同世而語哉？」二客離席跼跽，媿謝不敏，請爲弟子。既而少進曰：「問阜財得阜民之法，問治山得治國之風。且昔者將大有爲之君，必有所不召之臣，欲有謀焉則就之，不得已而後起。有學焉而後臣者，有不可得而臣者。今山之隱逸，亦如是而後至乎？」曰：「莫可得而知也。神農之於悉諸，黃帝之於崆峒，顓頊之於綠圖，高辛之於柏招，帝堯之於務成，帝舜之於尹壽，禹之於國先生，湯之於伊尹，文王之於鬻熊，武王之於尚父，周公之於虢叔，齊桓之於管仲，然尊德樂道，説者如此也。吾觀之，彼數子者之心，將如是而已乎？莫可得而知也。」二客怳若自失，再拜而罷。

校勘記

〔一〕出其胯　「胯」原作「夸」，據五經堂本傅校改。

〔二〕度其腋　「腋」原作「液」，據五經堂本傅校改。

〔三〕跬步之側　「側」，五經堂本傅校作「利」，義較長。

〔四〕稱晝貨富　「晝」原作「晝」，據五經堂本傅校改。

〔五〕窟生崚崚　「崚崚」，明晉本作「崚增」，五經堂本作「崚嶒」。

〔六〕目如明星　原作「明星明星」，據五經堂本傅校改。

〔七〕其獸如麋有距　「獸」原作「狀」，據五經堂本傅校改。

〔八〕勤母漏盧　「母」字原脱，據明刻本補。

〔九〕紛敷　「紛」原作「粉」，據五經堂本傅校改。

〔一〇〕然四方黎元　「然」字原脱，據五經堂本傅校補。

〔一一〕輪幽　「幽」原作「𡋯」，據明抄本、五經堂本傅校改。

〔一二〕觸鷙猛　明抄本「觸」下有「之」字。

〔一三〕而中夔龍之志　「中」疑「申」之誤。

宋文鑑卷第七

賦

珠賦

崔伯易

高郵西北，有湖名甓社。近歲夜見大珠，其光屬天。嘗問諸漁，皆言或遇於它湖中。有竊謀之者，則風輒引舡而去，終莫能至。賦曰：

萬物之精，上爲列星。其在下者，因物而成形。故天下之偉寶，不妄其所託；託物之主，實內鍾乎神靈。吾嘗臨東海，旅南溟，泛淮江之湯湯，濟岳陽之洞庭。觀其溶液衍裕，蓋天地之委藏，祕恠惚恍，鮫虬崢嶸，豈世人敢指名哉！若乃雲夢震澤，浮梁合浦，獸潛宫亭，神見牛渚。直湘沅以南浮，懷涇渭而北注。顧導東而成滄浪，激西而爲灩澦。延平誕奇，漢皐殊遇。率傳載之雜出，爲異物之所處。或設限於藩服，或效琛於王府。鑠高郵之經治，裂揚州之故部，有湖隸旁，將三千所。大或萬頃，小亦千畝。迤邐兮聯絡，參錯兮駢布。由卑以自處兮，傾十數州之羨沃。穹山大野，谿谷原藪，晝夜走險，越千里而來赴者，莽不知其幾千百處。壓東南之漾漫，勢漻澫而無涯。魚則鰋鯉鯿鱖，鯩鰱鰽魦；鳥則鴇鴰鳧鷖，鵁鶄鴻鴐，翕若煙海，會如泥沙。蟲螺蠏若蝦蛤，卉菱芡而荷華。水不數舟，陸無箄車。漑灌乎民田，漕引乎國家。夾埭長陂，程水壞之固護；飭官命屬，厭功利之紛拏。迨夫地脉泉源，孰爲要遮，潛合陰附，應淮海之谽谺。微風龢瀾，矧其甚邪！其或駭怒泆溢，隄防之所不加，泱漭千里，農民播溺，宛轉流離而不相救，又况其廬舍之與桑麻！噫，是亦涉者之厖觀矣。瑰祥恢恑，庶幾乎託焉。間乃省貢書，考圖編，所陳者特盤飱之微，固不聞有把握之貴，爲當世之所傳。發詠乎川珍，翺翔乎水邊。爰有蘆人漁子，相語而來前。曰：「先生之念者，貨也。若夫川澤之精，理則不然。不寶於人，獨寶於天。今此有夜光之珠，產於深淵。我意其神，先生辨旃！其始也，天和景晴，湖波夜平。煙冉冉以四收，萬籟息而無聲。則是珠也，凛氣將之，若海月之升。含彩吐耀，周隅皆明。呀紺石而爲宫，被緑苔以垂纓。掲奔星之光芒，吸沆瀣之精英。木散景兮扶疏，草露實兮紅青。林烏驚而移枝，羣犬愕兮争鳴。於是卬人徐呼，上流俱起。撫鴻量以先趨，領罶笱之已試。連徽挺扠，灑網持梩。嗟雖鑑其眉睫，疑未曉其機器。方詭罝之漸張，果造形而已逝。而况伏見靡時，欻彼倏此。與蛟龍之爲朋，曾風雨而作衛。彼能三足而在籞〔一〕，鼈九肋而充饋。漢蛟鮓之青骨〔二〕，鄭黿羹之異味。犓牛悦水而黄奪，澤馬馲繩而足躓。犀狎偶而解角，翠因媒而折翅。江使被執於行役，巨魚爲腊於貪餌。文貝瑇瑁，出禍其腸腹。金華玉英，坐窮於洵組。蠯蜃胎寒，熠燿自喜。怵絶意於遐引，適足殺其軀而已矣。是故號數選者，我固謂之貨也。能不爲珠之笑耶？」予曰：「嗚呼噫嘻，信子言也，既明且哲，則大雅君子者耶！不常所居，擇利害而去就者耶！用以晦明，知在己者耶！『色斯舉矣。』學孔子之徒者耶！薄泥塗而不辱，不恥下賤者耶！川不涸，岸不枯，有德鄉里者耶！久而不聞其遯世者耶！」既而復曰：「嗚呼噫嘻，照魏王之乘耶！燭隋侯之室耶！謂上幣耶！飾冠冕而佩耶！」客有聞者，亦矍然而興曰：「嗚呼噫嘻，吾聞諸石室之書曰：『王者得之，長有天下，四夷賓服。』然則得之者或非其心，獨王者之心耶！」

煎茶賦

黃庭堅

洶洶乎，如澗松之發清吹；皓皓乎，如春空之行白雲。賓主欲眠而同味，水茗相投而不渾。苦口利病，解膠滌昏。未嘗一日不放箸而策茗椀之勳者也。余嘗爲嗣直瀹茗，因録其滌煩破睡之功，爲之甲乙。建溪如割，雙井如虡，日鑄如絜。其餘苦則辛螫，甘則底滯，嘔酸寒胃，令人失睡，亦未足與議。或曰：「無甚高論，敢問其次。」涪翁曰：「味江之羅山，嚴道之蒙頂，黔陽之都濡高株，瀘川之納溪梅嶺，夷陵之壓甎，臨邛之火井，不得已而去於三，則六者亦可酌兔褐之甌，瀹魚眼之鼎者也。」或者又曰：「寒中瘠氣，莫甚於茶，或濟之鹽，勾賊破家，滑竅走水，又況雞蘇之與胡麻！」涪翁於是酌岐雷之醪醴，參伊聖之湯液，斮附子如博投，以熬葛僊之堊。去蕟而用鹽，去橘而用薑，不奪茗味，而佐以草石之良。所以固太倉而堅作彊。於是有胡桃松實，菴摩鴨脚，勃賀靡蕪，水蘇甘菊，既加臭味，亦厚賓客。前四後四，各用其一。少則美，多則惡。發揮其精神，又益於咀嚼。蓋大匠無可棄之材，太平非一士之略。厥初貪味雋永，速化湯餅，乃至中夜，不眠耿耿。既作温齊，殊可屢歃，如以《六經》，濟三尺法。雖有除治，與人安樂。賓至則煎，去則就榻。不游軒后之華胥，則化莊周之胡蝶。

別友賦送李次翁

黃庭堅

曩聞義於孫李，指尊選以見招。惜予行之舒舒，曰其夜以爲朝。予望道於垝垣，見萬物之富有。恨逸駕之絶塵，又驂予以四牡。喟車後之無策，其四方乎索友。仰雲飛而注弋，俯淵靚之沈鉤。或一能之勝予，忘日月之不予謀。或登吞舟之鱗，或下垂天之翼。手予弓而不釋，恐斯道之或息。維廬江之四李，三隱約於龍眠；維若人之仕蚤，懷明月而麗川。歲庚午而會梁，語聞道之大用。吸江漢以爲深，累丘嶽以自重。尾擊之而首應，西犯之而東抗。棄旗鼓而不逐，儼其陳之堂堂。偉道學之崇崛，增懦夫之激昂。觀出日於東方，雖於食馬而不吝。無肯綮以自試，居自喜於餘刃。彼覆却之萬方，期斯言之猶信。水渾渾而進舟，風剡剡而侵裘。恐事親之不勸，則惟是之同憂。

汴都賦

周邦彦

臣邦彦頓首再拜言曰〔三〕：「自古受命之君，多都於鎬京，或在洛邑；惟梁都於宣武，號爲東都，所謂汴州也；後周因之，乃名爲京。周之叔世，統微政缺，天命蕩杌，歸我有宋。民之戴宋，厥惟固哉！奉迎鸞輿，至汴而上，是爲東京。六聖傳繼，保世滋大。無内無外，涵養如一。含牙帶角，莫不得所。而此汴都，高顯宏麗，百美所具，億萬千世。承學之臣，弗能究宣，無以爲稱。伊彼三國，割據方隅，區區之霸，言餘事乏，而《三都》之賦，磊落可駭，人到于今稱之。矧皇居天府，而有遺美，可不愧哉！謹拜手稽首，而獻賦曰〔四〕：

發微子客游四方，無所適從。既倦游，迺崎嶇邅迴，造於中都。觀土木之妙，冠蓋之富，煒燁煥爛，心駭神悸，瞑瞭而不敢進。於是夷猶於通衢，彷徨不知所居。適遭衍流先生，目而招之，執其袪，局局然嘆曰：「觀子之貌，神采不定，狀若失守。豈非蔽席隱茅，未游乎廣廈；誅草鉏棘，未擷乎蘭蕕；披褐挾緼，未曳乎綺縠；微邦陋邑，未覩乎雄藩大都者乎？」發微子姡然有赧色，曰：「臣翺翔乎天下，東欲究扶桑，西欲窮虞淵，南欲盡反户，北欲徹幽都；所謂天子之都，則未嘗歷焉。今先生訊我，誠有是也。然觀先生類辯士，其言似能碎崑崙而結溟渤，鏤混沌而形罔象，試移此辯，原此汴都，可乎？臣固不敏，謹願承教。」先生笑曰：「客知我哉！」於是申喙據牀，虚徐而言曰：「噫，子獨不聞之歟？今天下混一，四海爲家。令走絶徼，地掩鬼區。惟是日月所會，陰陽之中，據要總殊，搞鍵制樞，拱衛環周，共安乘輿。而此汴都，禹畫爲豫，周封鄭地。觜觿臨而上直，實沈分以爲次。惟蓬澤之故境，昔合縻之所至。芒碭涣渦截其面，金隄玉渠累其脊。雷夏灉沮繞其脇，壘丘訾婁夾其胰。梁、周帝據而糜沸，唐、漢尹統而寧一。故此王國，襲故不徙。恢坼甸域，尊崇天體。司徒制其畿疆，職方辨其土地。前千官而會朝，後百族而爲市。分疆十同，提封萬井。舟車之所輻輳，方物之所灌輸。宏基融而壯址植，九鼎立而四嶽位。仰營域而體極，立土圭而測晷。蜀險漢坌，荆惑閩鄙。惟此中峙，不首不尾。限而不迫，華而不侈。環晞睋於郡縣，如岣嶁之迤邐。觀其高城萬雉，埤堄鱗接，繚如長雲之方舒，屹若崇山之礏磼。坤靈因贔屭而跼蹐，土怪畏榨壓而妥貼。靡胥不可縋而登，爵鼠不可噣而穴。利過百二，嶮踰四塞。鄙秦人之踐華，陋荆州之刧月。頓捷步與超足，矧蹣跚與蹩躠。闕城爲門，二十有九，瓊扉塗丹，金鋪鏤獸。列兵連卒，呵夜警晝。異物不入，詭邪必究。城中則有東西之阡，南北之陌。其衢四達，其塗九軌。車不理轚互，人不争險易。劇驂崇期，蕩夷如砥。兩畢而除，糞夷茀穢。行者不馳而安步，遺者惡拾而恣棄。跨虹梁以除病涉，列佳木以安怵惕。殊異羊腸之詰曲，或踠蹶而折轄。顧中國之闤闠，叢貲贇而爲市。議輕重以奠賈，正行列而平肆。竭五都之瓌富，備九州之貨賄。何朝滿而夕除，蓋趨贏而去匱。萃駔儈於五均，擾販夫於百隧。次先後而置敍，遷有無而化滯。抑彊賈之乘時，摧素封之專利。售無詭物，陳無窳器。欲商賈之阜通，廼有廛而不税。銷卓、鄭、猗、陶之殖貨，禁乘堅策肥之擬貴。道無游食以無爲，矧敢婆娑而爲戲！其中則有安邑之棗，江陵之橘，陳夏之漆，齊魯之麻，薑桂藁穀，絲帛布縷，鮐鮆鯫鮑，釀鹽醯豉。或居肆以鼓鑪橐，或鼓刀以屠狗彘。又有醫無閭之珣玗，會稽之竹箭，華山之金石，梁山之犀象，霍山之珠玉，幽都之筋角，赤山之文皮。與夫沉沙棲陸，異域所至，殊形妙狀，目不給視。無所不有，不可殫紀。若夫帝居宏麗，人所未聞。南有宣德，北有拱辰。延亘五里，百司雲屯。兩觀門峙而竦立，罘罳遐望而相吞。天河羣神之闕，紫微太一之宫，擬法象於穹昊，敞閶闔而居至尊。樸桷不斲，素題不枅，上圓下方，制爲明堂，告朔朝歷，頒宣憲章。謂之太廟，則其中可以敍昭穆；謂之靈臺，則其高可以觀氛祥。後宫則無非員無録之女，侒倖滑稽之臣。陋甘泉與楚宫，繆延壽與阿房，信無益於治道，徒竭民而怠荒。故今上林仙籞，不聞乎鳴蹕，瓴甋歲久而苔蒼。其西則有寶閣靈沼，巍峩泛灔。繚以重垣，防以回隄。雲屋連簃，瓊欄壓墀。池水則溶溶沄沄，洋洋湜湜，涵潤滉瀁，瀟灑浩㴔。微風過之，則瀾況瀺灂，漫散洄淀，湝湝漣漪。大風過之，則汩湧湁潗，瀋淙湢汎，掀鼓渼溢，不見津濚。儛欄景以斷續，漾金碧而陸離。怳湡浯與方壺，帝令鬼鑿而神移。其中則有菰蒻萑蘆，菡萏蓮蕅，蕡蘋薊莘。其魚則有鱣鯉鯊鮀，鰲鮅鰋鮧，魴鱒鰼鰝，鱖鯞王鮪，科斗魁陸，鼉鼊鼈蜃，含蟞巨鼇，容與相羊，蔭藻衣蒲。其鳥則有鶇鷊鵝鶘，鵝鷺鳧鷖，鸇鶴鵕鵲，鷤鵻鷳鸛，鴿鷈楚雀，鸛鵝揮霍，雋雋雥雥，群鴿沓啄。其木則有樧樻栟櫚，梗楠栴樅，櫺橒檳榔，檿柘桑楊，梓杞豫章，勾科扶疏，蔽芾竦尋，集弱椅施，挐枝刺條，條榦蟠根，矯躩鱗皴。其下則有申葉蘭茝，芸芝荃蓀，髮布絲勻，馥郁清芬，其氣襲人。上方欲與百姓同樂，大開苑囿。凡黃屋之所息，鑾輅之所駐，皆得窮觀而極賞，命有司無得彈劾也。於時則有絕世之巧，凝神之技，恍人耳目，使人忘疲。是故宮旋室浮，艫艦移也；蛟螭蜿蜒，千橈渡也；虓虎齧齰，角抵戲也；壘流電掣，弄丸而揮劍也；鸞悲鳳鳴，纖麗歌也；鴻驚燕居，綽約舞也；霆震雷動，鈞天作也；犇驫駒騣，羣馬鬭也；轔鞫轆轠，萬車轍也；灑天翳日，揚埃壒也；杌山蕩海，歡聲同而和氣浹也。震委虵而嚎罔象，出鮫人而舞馮夷者，潛靈幽怪，助喜樂也。若迺豐廩貫廥，既多且富。永豐萬盈，廣儲折中，順成富國，星列而棊布其中。則有元山之禾，清流之稻，中原之菽，利高之黍，利下之稌，有穈有芑，有秠有秬。千箱所運，億廩所露，入既夥而委積，食不給而紅腐。如坻如京，如崗如阜。野無菜色，溝無捐瘠，攟拾狼戾，足以饜鰥夫與寡婦。備凶旱之乏絕，則有九年之預。又將敦本而勸稼，開帝籍之千畝。良農世業，異物不覿。播百穀而克敏，應三時而就緒。蹠鎛鎧閧，灌暇雨霔。孰任其力，侯疆侯以。千耦其耘，不怒自力。疏遫其理，狼莠不植。奄觀堅阜，與與薿薿。溝塍畹畦，亘萬里而連繹。醜惡不毛，磽陿荒瘠，化爲好畤，轉名不易。惟彼汴水，貫城爲渠，並洛而趨。昔在隋葉，祼丁大業，欲爲流連之樂，行幸之游，故鑿地導水，南抵乎揚州。生民力盡於畚鍤，膏血與水而争流。鳳䴀徒見於載籍，玉骨已朽於高丘。顧資治世以爲利，迄今抗筏而浮舟。桃花候漲，竹箭比駃，洶湧涸潩，澒洫沸潰，掏防巖岸，淒濿迅邁。匪江匪海，而朝夕舞乎滂湃。掀萬石之巨艘，比坳堂之一芥。舵艣不時而相值，篙師踣拱而俟敗。智者不敢睥睨而興作，繇千祼而爲害。豈積患切病，待聖人而後除耶！厥有建議，導河通洛。引宜禾之清源，塞嬖華之渾濁。甓廣堤而節暴，紆直行而殺虐。其流舒舒，經炎涼而靡涸。於是自淮而南，邦國之所仰，百姓之所輸，金穀財帛，歲時常調，舳艫相銜，千里不絶。越舲吴艚，官艘賈舶，閩謳楚語，風帆雨楫，聯翩方載，鉦鼓鏜鎝。人安以舒，國賦應節。若夫連營百將，帶甲萬伍，控弦貫石，動以千數。其營則龍衛神勇，飛山雄武，奉節拱聖，忠靖宣効，吐渾金吾，擲颸萬勝，渤海廣備，雲騎武肅。材能蹶張，力能挾輈，投石超距，索鐵伸鉤，水執黿鼉，陸拘羆貅。異黨之寇，大邦之讎，電鶩雷擊，莫不縶纍而爲囚。於是訓以鸛鵞魚麗之形，格敵擊刺之法，剖微中蝨，貫牢徹札，揮鉈擲鏃，舉無虚發。人則便捷，器則犀利，金角丹漆，脂膠竹木，以時取之，遴棄惡弱。割蛟革以連函，劓兕觡以爲弭，剸魚服以懷鍔，百工備盡，鋥磨鍥削。其成鑒鋼而鋃鏈，植之霜凝而電爍。故有彊衝勁弩，雲梯轒車，脩鎩延鏦〔五〕，銛戈兑殳，繁弱之弓，肅慎之矢，谿子之弩，夫差之甲，龜蛇之旐，鳥隼之旟，軍事蚤正，用戒不虞。其次則有文昌之府，分省爲三，列寺爲九，殊監爲五。左選爲文，右選爲武，曰三十房，二百餘案，二十四部。黜隋之陋，更唐之故，補弊完罅，剔朽焚蠹。人夥地溥，事若織組。滋廣莫治，亹亹成蠱。纖弱不除，將勝戕斧。雖離婁之明，目迷簿書而莫覩。豪胥倚文以鬻獄，庸吏瘝官而受侮。各懷苟且以逃責，孰肯長慮而却顧。官有隱事，國有遺利。紛訟牘於庭阯，繫纍囚於囹圄。此浮彼沉，甲可乙否。操私議而軋沕，各矛盾而齟齬。於是合千司之離散，儼星羅於一宇。千梁負棟，萬楹鎮礎。誅喬松以爲煤，空奥山而斵楮。官有常員，取雄材偉器者，以充其數。上維下制，前桉後覆。譬如長虵，抶其脊膂，而首尾皆赴。闔户而議，飛檄乎房闥，應答乎秦楚。披荒榛而成徑，繹繳絙而得緒。崇善廢醜，平險除穢，纖悉不遺乎一羽。於是宣其成式，變亂易守者，刑之所取。貽之後昆，永世作矩。至若儒宫千楹，首善四方。勾襟逢掖，褒衣博帶，盈仞乎其中。士之匿華鏟采者，莫不拂巾衽褐，彈冠結綬。空巖穴之幽邃，出郡國之遐陋。南金象齒，文旄羽翮，世所罕見者，皆傾囊鼓篋，羅列而願售。咸能湛泳乎道實，沛然攻堅而大叩。先斯時也，皇帝悼道術之沉鬱，患詁訓之荒繆，諸子騰躪而相角，羣言駘蕩而莫守，黨同伐異，此妍彼醜，挈俗學之蕪穢，詆滛辭而擊掊。滅窴突之熒燭，仰天庭而覩晝，同源共貫，開覆發蔀〔六〕。於是俊髦並作，賢才自厲，造門闌而臻壼奥，騁辭源而馳辨囿。術藝之場，仁義之藪，温風扇和，儒林發秀。宸眷優渥，皇辭結糾。榮名之所作，慶賞之所誘，應感而格，駒行雊呴。磨鈍爲利，培薄爲厚。魁梧卓行，挻鋒露頴，不驅而自就。復有珮玉之音，籩豆之容，絃歌之聲，盈耳而溢目，錯陳而交奏。焕爛乎唐虞之日，雍容乎洙泗之風，誇百聖而再講，曠千載而復覯。又有律學以議刑制，筭學以窮九九，舞象舞勺，以道幼稚，樂德樂語，以教世冑。成材茂德，隨所取而咸有。若夫會聖之宫，是爲原廟。其制則般輸之所作，其材則匠石之所掄。萬指舉築，千夫運斤。揮汗霡霧，吁氣如雲。鼛鼓弗勝，靡有諗勤。赫赫大宇，有若山踊而嶙峋。下盤黄壚，上赴北辰。蘂珠廣寒，黄帝之宫，榮光休氣，龍嚨往來，葱葱鬱鬱而氤氲。其内則檐橑榱題，宊賢楹楠，閈衖闉闑〔七〕，屏宇閎閣〔八〕，聳張矯踞，龍征虎蹲。延樓跨空，甬道接陳。黝堊備昈，燦爛詭文。菱阿芙蕖之流漫，驚波迴連之瀷淢，飛仙降真之縹緲，翔鵷鵜鶡之毰毸。地必出奇，土無藏珍。球琳琅玕，璠璵瑶琨，流黄丹沙，玳瑁翡翠，垂棘之璧，照夜之蠙，鵠象觿角，犃犀劘玉，鍥刻雕鏤，其妙無倫。焜煌焕赫，璀錯輝映。繁星有爛，彤霞互照。軒廡所繪，功臣碩輔，書太常而銘鼎彝者，環列而趨造。龍章鳳姿，瑰形瑋貌。文有伊、周，武有方、召。猶如蹇諤以立朝，圖寧社稷，指斥利害，踟蹰四顧而不撓。其殿則有天元、太始、皇武、儷極、大定、輝德、熙文、衍慶、美成、繼仁、治隆之名。重瞳隆準，天日炳明。皇帝步送百寮，拜迎九卿三公。挾輈扶衡，儀仗衛士，填郛溢城。于時黔首飈集，百作皆停。地震嶽移，波翻海傾。足不得旋，耳不得聽。神既安止，窮閻微巷，惟聞咨嗟嘆異之聲。於是山罍房俎，犧樽竹篚，踐列於兩楹。瞽史陳辭，宰祝行牲，案芻豢之肥臞，視物色之犂觧，登降祼獻，百禮具成。至於天運載周，甲子新曆，受朝萬方，大慶新闢。于時再鼓聲絶，按稍收鏑。儼三衛與五仗，森戈矛與殳戟。探平明而傳點，趣校尉而唱籍。千官鶩列以就次，然後奏中嚴外辦也。撞黄鍾以啓樂，合羽扇以如翼。飲飛道駕以臨座，千牛環帝而屏息。爐烟既升，寶符奠瑞。聆乾安之妙音，仰天顔而可覿。羌夷束髮而蹈舞，象胥通隔而傳譯。宣表章以上聞，奏靈物之充斥。羣臣廼進萬年之觴，上南山之壽。太尉升奠，尚食酌酒。樂有嘉禾、靈芝、和安、慶雲，舞有天下大定、盛德升聞。飲食衎衎燔炙芬芬。威儀孔攝而中度，笑語不譁而有文。故無族譚錯立之動衆。躐席布武之紛紜。蓋天子以四海爲宅，有百姓而善羣。廷内不洒掃而行禮，則天下雲擾而絲棼。故受玉而惰，知晉惠之將卒；執幣以傲，知若敖之不存。聞樂而走者，爲金奏之下作；雖美不食者，爲犧象之出門。賦《湛露》、《彤弓》而武子不敢荅；奏《肆夏》《大明》，而穆子不敢聞。蓋禮樂之一缺，則示亂而昭昏。是以定王享士會以殽烝，而刑三晉之法；高祖因叔孫之制，而知爲帝之尊。豈治朝之禮物，尚或展翳而沉湮？此所以舉墜典而定彝倫者也。其樂則有《咸池》《承雲》《九韶》《六英》《采齊》《肆夏》《簫韶九成》，神農之瑟，伏羲之琴，倕氏之鍾，無句之磬，鏗鏗鍠鍠，和氣薰烝。于以致祖考之格，于以廣先王之聲。昔王道既弱，淳風變澆。樂器遭鄭、衛而毁，矇瞽適秦、楚而逃。朝廷慢金石之雅正，諸侯受歌管之敖嘈。文侯聽淫聲而忘倦，桓公受齊樂而輟朝。季子始無譏於鄶，仲尼迺忘味於韶。故使制度無考，中聲浸消，非細則㧧，非庳則高。惟今也求器得耕野之尺，吹律有聽鳳之篇。或灑或離，或蕡或囂，或鏞或棧，或筦或筊，衆器俱舉，八音孔調。鸑鷟離丹穴而來集，鳴嚶喈而舞翛翛。又有賓旅巴渝之舞，𠍋佅狄鞮之倡，遠人面内而進技，踰山海而梯航。故納之廟者，周公所以廣魯；觀之庭者，安帝所以喜其來王。若其四方之珍，以時修職。取竭天産，發窮人迹。砥其遠邇，陳之藝極。厥材竹木，厥貨龜貝，厥幣錦繡，厥服絺綌。斿貢羽毛，祀貢祭物，嬪貢絲枲，物貢所出，器貢金錫，礪砥砮丹，鉛松怪石。惟金三品，惟土五色。泗濱浮磬，羽畎夏翟。龍馬千里，神茅三脊。方箱楕筐，肆陳乎殿陛；豐苞廣匱，亟傳乎騎驛。連檣結軌，川咽塗塞，聯歛終歲而不息。至於羌氏僰翟，儋耳雕腳，獸居鳥語之國，皆望日而趨，累載而至，懷名琛，拽馴獸，以致於闕下者旁午。迺有帛氎罽㲪，蘭干細布，水精琉璃，軻蟲蚌珠，寶鑑洞膽，神犀照浦，《山經》所不記，齊國所不覩者，如糞如壤，軨積乎內府。或致白雉於越裳，或得巨獒於西旅。非威靈之遐暢，孰能出瑰奇於深阻！蓋徼外能率，夾種來以修好；則中土當有聖人出而寧宇。然皇帝不寶遠物，不尚殊觀，抵金於巉巖之山，沉玉於五湖之川。洞㓷之劍，迺入騎士之鞘；駋駼之馬，或服鼓車之轅。至於乾象表貺，坤維薦祉，靈物仍降，嘉生屢起。暈適背鐍，蚩蜺抱珥，鳴星隕石，怪飈變氣，垂白鮐背者，不知有之，況能言孺倪！豈獨此而已也，復有穹龜負圖，龍馬載文，汾陽之鼎，函德之芝，肉角之獸，簫聲之禽，同穎之禾，旅生之穀，游郊栖庭，充畦冒時。非煙非雲，蕭索輪囷，映帶乎闕角，葱蔚乎城壘。鷙鳥不攫，猛獸不噬，應圖合諜，窮祥極瑞，史不絕書，歲有可紀。」發微子於是言曰：「國家之有若是歟？意者先生快意於吻舌而及此耶！」先生曰：「國家之盛，烏可究悉；雖有注河之辯，折角之口，終日危坐，抵掌而譚，猶不能既其萬一，此特汴都之治迹！耳子亦知夫所以守此汴都之術，古昔之所以興亡者乎？」客曰：「願聞之。」先生曰：「繄此寰宇，代狹代廣，更張更弛。黄帝都涿鹿，而是爲幽州。少昊都窮桑，迺今魯地。伏犧都陳，帝嚳都亳。堯都平陽，迺若昊天而授人時。舜都蒲阪，迺覲羣后而輯五瑞。公劉處豳，而兆王業之所始。太王徙邠者，以避狄人之所利。文王作酆，方蒙難而稱仁。武王治鎬，復戎衣而致乂。蓋周有天下，三百餘年，而刑措不用。及其衰也，亦三百餘年，而五伯更起。星離豆割，各據轂兵以專利。彊侯脇帶於弱國，不領人君之經費。天下日蹙而日裂，中國所有者無幾。當時權謀爲上，雌雄相噬。孰有長距，孰有利觜，兵孰先選，糧孰夙峙，孰有橋關之卒，孰有憑軾之士，孰有素德，孰有彊倚，孰欲報惠，孰欲雪耻，或奉下邑以賂讎，或舉連城而易器。骸骨布野，介胄生蟣，肘血丹輪，馬鞍銷髀，勢成莫格，國墟人鬼。噫彼土宇，凡幾吞而幾奪，幾完而幾弛？秦中形勢之國，加兵諸侯，如高屋之建瓴水。神臯天邑，以先得者爲上計。其他或左據函谷，右界褒斜，號爲百二之都。東有成臯，西有崤澠，定爲王者之里。以至置春陵之俠客，興泗上之徤吏，扼襟控咽，屏藩表裏。名城池爲金湯，役諸侯爲奴隸。拓境斥地，蹂躪荒裔。東包蟠木，西卷流沙，北繞幽陵，南裹交趾。厥後席治滋永，泰心益侈，或慢守以啓戎，或朋淫而招宄。横調無藝而垂竭，游役不時而就斃。盧令日縱而不紲，鷺翿厭觀而常值。睚眦則覆尸而流血，愉悦則結纓而珮璲。粉墨雜糅，賢才逆曳。腄微⿰豸分⿰豸舌而竊肉食，賊臣迴穴而圖大器。郡國制節，侯伯方軌。或爲大尾而不掉，或爲重膇而屢踕。室有丹楹，城有百雉。朝廷無用於揚燎，冠冕不閑於執贄。天維披裂，地軸杌棿，羣生焦燃而殄瘁。雖有城池，周以鄧林，縈以天漢，曳輦可以陟崇巘，設跗可以濟深水。故魏武侯浮西河而下，自哆其地，而進戒於吴起。蓋秕政肆於廟堂之上，則敵國起於蕭墻之裏。奚問左孟門而右大行，左洞庭而右彭蠡？」發微子曰：「天命有德，主此四方，如輻之拱轂，如桷之會極。其硈鞏者，天與之昌；其闒砢者，天與之亡。且非易之所能壞，亦非險之所能藏；非愚之所能弱，亦非賢之所能彊。故將吞楚也，白虵首斷於大澤；將繼劉也，雄雉先雊於南陽。龍漦出櫝，而檿弧隱亡周之語；蓐收襲門，而天帝貽刑虢之殃。人力地利，信不能偃植而支仆，而皆聽乎彼蒼。故鯨鯢⿰齒助解，決一死於吻血；兕虎鬩鬬，踐巍嶽爲平崗。蹂生靈如蹋塊，籋天下如揚糠。其敗也，抉目而析骨，其成也，頂冕而垂裳。由此觀之，土地足以均沛澤而施靈光而已，易險非所較，賢否亦未可議也。」

先生曰：「以易險非所較者，固已乖矣；以賢否非議者，烏乎可哉！客不聞『王公設險以守其國，有德則昌』者乎？地欲得險，勢欲參德。迫隘卑陋，則無以容萬乘之扈從，供百司之廩餼。據偏守隅，則無以限四方之貢職，平道理之遠邇。膴原申區，割宅製里。走八極而奔命，正南面而負扆。舉天下於康逵，力士轒軶而不敢取，貪夫汗縮而不敢睨者，恃德之險也。襟馮終南太華之固，背負清渭濁河之注，搤人之吭，而拊人之脊，一日有變，而萬卒立具。然而布衣可以窺隙而試勇，匹夫可以爭衡而號呼，彼天府之衍沃，適爲人而保聚，此以地爲險者也。地嚴德暢，然後爲神造之域，天設之阻。大哉炎宋，帝眷所矚。而此汴都，百嘉所毓。前無湍激旋淵呂梁之絶流，後無太行石洞飛狐句望浚深之岩谷。豐樂和易，殊異四方之俗。兵甲士徒之須，好賜匪頒之用，廟郊社稷百神之祀，天子奉養、羣臣稍廩之費，以至五穀六牲，魚鼈鳥獸，闔國門而取足。甲不解纍，刃不離韣。秉鉞匈奴，而單于奔幕；抗旌西僰，而冉駹蟺伏。南夷散徒黨而入質，朝鮮畏菹醢而修睦。解編髮而頂文弁，削左衽而曳華服。逆節躑躅而取禍者，折箠呼之而就戮。耽耽帝居，如森鍉利鏃之外向，死士逡巡而莫觸。仁風冒於海隅，頌聲溢乎家塾。伊昔天下阽危，王猷失度，皇綱解紐，嗥豺當路，帝懷寶曆，未知所付。可受方國，莫越藝祖。圖緯協期，謳謡扇孺。赤子雲望而風靡，英雄螽躍而蠅附。玉帛駿奔者萬國，冠冕充塞乎寰宇。絶塞稅鎧而免軸，障壘熄燧而摧櫓。拜檻神威，有此萬旅。奕世載德，蔑聞過舉。髮櫛禾耨，子樵稚哺。擊莫懋穗，疏惡鑒嫵。鈋觚角之磣刻，剗攙搶而牧圉。爰暨皇帝，粉飾樸質，稱量纖鉅。鍠鍠奏廟之金玉，璨璨夾楹之簠簋。訓典嚴密，財本豐阜。刑罰糾虔，布施優裕。田有願耕之農，市有願藏之賈。草竊還業而歛迹，大道四通而不廢。車續馬連，千百爲羣。肩輿䩞載，前郤而後距。搏壤歌謼者萬井，未聞歐嚘而告痡。雖立壝爲界，其誰敢橎膊以批捭，况此汴都者乎！抑又有天下之壯，客未嘗覩其奥也。且宋之初營是都也，上睇天時，下度地制，中應人欲，測以聖智，建以皇極，基以賢傑，限以法士，垣以大師，屏以大邦，扞以公侯，城以宗子。以義爲路，以禮爲門，鍵鑰以柄，開闔以權，掃除以政，周裹以恩。廼立室家，以安吾君。有庭其桓，社稷臣也。有楹其桶，衆材會也。有闈孔張，通厥明也。有牖孔陽，達厥聰也。其檻如衡，前有憑也。其壁如削，後有據也。其陛則崇，止陵踐也。其極則隆，帝居中也。邑都既周，宮室既成，於是上意自足，廼駕六龍，乘德輿，先警蹕，由黄道，馳騁乎書林，下觀乎學海。百姓欣躍，莫不從屬車之塵而前邁。妙技皆作，見者膽碎。廼使力士，提挈乎陰陽，搏捖乎剛柔，應乎成器，方圓微碩，或粉或白，隨意所裁。上方咀嚼乎道味，斟酌乎聖澤，而意猶未快；又欲浮槎而上，窮日月之盈昃，尋天潢之流派，操執北斗之柄，按行二十八星之次，奪雷公之枹，收風伯之鞴，一瞬之間而甘澤霶霈。囚孛彗於幽獄，敷景雲而黯靄。統攝陰機，與帝唯諾而無閡。如此滛樂者十有七年，疲而不止，諫而不改。吾不知天王之用心，但聞夫童子之歌曰：『孰爲我尸？孰鼈我載？茫茫九有，莫知其界。』」客廼覻覻然驚，拳拳然謝曰：「非先生無以刮吾之矇，藥吾之瞶。臣不能究皇帝之盛德，謹再拜而退。」

校勘記

〔一〕在籞　「籞」原作「禦」，據明抄本、明刻本改。

〔二〕蛟鮓　「鮓」原作「蚱」，據五經堂本傅校改。

〔三〕再拜言曰　「言」字原脱，據明抄本、五經堂本傅校補。

〔四〕而獻賦曰　「而」字原脱，據明抄本、五經堂本傅校補。

〔五〕脩鎩延鏦　「鎩」原作「鍛」，據五經堂本傅校改。按，《史記·秦始皇本紀》：「非錟於鉤戟長鎩也。」脩鎩即長鎩。

〔六〕開覆發蔀　此句下，明抄本多「盲鄙生詭見之目，掩處士橫議之口」兩句。各本均無，與此本同。

〔七〕閍衖闡闠　「衖」原作「栱」，據五經堂本傅校改。

〔八〕屏宇閟闇　「閟」原作「閟」，據明抄本、五經堂本傅校改。

宋文鑑卷第八

賦

大禮慶成賦

張　耒

惟宋六世，皇帝踐祚之七年，所以和同天人，綏靜中外，垂鴻襲裕，增高累厚，以對神祇祖考者，固已蒙被充塞，光融翕赫，六合一意，四海一口，無得而言矣！粤以壬申之仲冬，將有事于南郊，乃詔列位，恪職賦事。而有司建言：「惟我國家，因時施禮，郊丘之位，天地咸在，牲幣並薦，禮樂合舉；而古者乃以陰陽之至，即南北之郊；別位殊時，薦獻異數，有司其何從？」於是天子惕然深思，祇畏敬戒，曰：「茲大事，我其敢專？群公卿士，典禮之官，竭思和會，以訂不易！」於是議者曰：「先王齊明以享帝，而帝之享否，雖聖人未由知之；惟受福者，其享之占也。恭惟國家，合祭天地，于茲六世矣。惟我太祖，躬膺駿命，以遏亂略，堂皇二儀，拓落八極，以定萬世之業。太宗威定宇内，震蕩大鹵，以一九有，定天下於一尊。真宗熙洽富盛，符瑞委積。南牧之猘，不戰請命，威加北荒，奏功岱宗。仁宗席安據厚，不動指顧，孽獠猾羌，含毒内向。吏士未頓，藏竄屈伏。終始太平，垂五十年。英宗入纂，百姓與能。神考有爲，六服承德。此可謂受天地之福矣。然則神祇之安吾享也其久哉！」於是天子乃翳青雲之屋，乘雕玉之輿。應龍受轡，招摇翼輈。建虹霓之修竿兮，颺彗星之飛斿。太一執節以先駈兮；二十八星，拱手布武，經營而周流。貔貅六師，雪霆萬乘。初海沸而雲湧，忽山峙而川靜。蓋天子粹然玉温，健然天運。望宮門而動色，顧執策而命進。惟烜赫之靈源兮，實鼻祖於神明。覽光德而來降兮，館玉宇之嚴清。張咸英之廣樂，備干籥之盛舞。景光交徹，鸞鶴來下。神嬉靈豫，醉爵飽俎。翼翼清廟，觀德之宫。七聖在天，時降于宗。世有哲孫，豈弟無疆。惠我文人，瞻祖祐而念功兮，顧禰室而感親。聖孝油然發中兮，在位望而含辛。霽暘告且，祥飈掠塵。從我髦士，來祇精禋。御史肅吏，司馬飭兵。既透透遲遲，雲流而日行兮；又洶洶業業，海運而天聲。靈旗洪旆，翕赫歘霍兮，攫挐龍虎而亂鯤鵬。雄鷙憯威而震伏兮，柔良化禮而肅清。弛威弧、戢天戈兮，固已熄滅蚩尤而折攙槍。執飛廉，囷商羊，屬之有司兮，羲和磨刮披拂，盡獻其光明。蓋傾都空閭，翹首跂足，俯窺履綦，傍覘佩玉者，忽焉不知手之加額，口之成祝也。於是背都城，望帷宫，郊坰坦其迤邐兮，場圃既寒而畢功。頹青雲以連屬，粲虹霓之經緯。紫微下屬於兩觀，勾陳錯施於萬雉。扶傾之神，仰立而拱；翔德之龍〔二〕，下抱而曳。疑神變之歘成兮，涌九地而出峙。連廡千柱，廣殿萬杙。飛甍鬪桷，洞牖屹壁。酸股之隅，眩目之極。唐、洛執筭而莫計，班、倕操斤而自惑者，類非資材於斵墁，而皆機杼之紡績也。一室之用，足以温一家；一宫之費，何啻衣一國！驚霆之蹕既震，洶鼙之聲咸寂。敞齋寢之靜深兮，何清虚而邃密。天子方端而虚，儼而一，多儀未舉，精意已塞。甲夜始晦，嚴鼓載作。飛斂走伏，神龍鬼愕。望舒騰精以燭宵兮，玄冥收威而布德。靈鼉五震，軫車將中。天子乃被衮執玉兮，齊明莊栗之誠，動于進趨，表于形容。千燎具揚，萬炬畢融。

上揜熒惑，旁爍燭龍。近爲朝暘，遠爲融風。赫赫曦曦，煌煌輝輝。列次之士，野屯之師，歸如酌醇醪而御兼衣。黄流汪洋，璧玉照徹，祥祲衡布，協氣下浹。音爲樂和，形爲人悦。白質之獸，簫聲之鳥，紛披雜沓，應奏而舞節。陟降既周，燎煙始升。奔星走虹，奉璧薦牲。豐降奔馳而仰鶩兮，祝融焜煌而上征。開閶闔兮闢清都，后帝燕兮百神愉。圓錫蓋兮方獻輿，岳輸固兮溟効濡。於是禮備樂成，整車而旋。萬類環極，端門闢天。賞出千庾，恩流百川。北包大壤，南盡島蠻，西越流沙，東窮海壖，令未脱口，雷運風傳。野無窮人，獄無宿愆，破械解縲，負帛囊錢。車反其舍，士復其伍，効技呈才，千鐃萬鼓。天子舉酒，以屬羣公。咸曰休哉，天子之功！系曰：於穆聖主，建皇極兮。嚴恭精禋，帝來格兮。柔祇並位，儼牲璧兮。文祖右坐，臨有赫兮。於惟祖宗，有常則兮。諱兵畏刑，後貨食兮。政有損益，兹不易兮。帝則鑒之，戩穀錫兮。兢兢業業，日一日兮。三載一祀，年萬億兮。

齋居賦

張耒

仲夏之月，陰氣始至。陽既盛而初剥，陰浸亨而用事。水伏畏涸，火燎方熾。其於人也，心實過炎，而腎受其弊。惟人之生，受命在子。推卦曰《坎》，於行爲水。微陽所潛，元氣之始。故火甚烈則正氣或因而衰，則水受害者，君子之所深畏。於是屏事燕息，滌慮齋居。既静事以無形，又遠眺，而高居。却紛華而弗陳，與淡泊乎爲徒。絶嗜窒慾，愛精嗇神。聲色不御，滋味罕親。沖然與和俱遊，湛兮以道合真。故能體强志寧，愉樂壽考。遠去疾厲，保此難老。嗚呼！苟能推此以盡道，考此以察物，則豈惟齋戒以御時，宜其顛沛而勿失。且夫冰炭相乘，利害交至。隕真盜和，豈獨陰沴？道心惟微，易失難常。困於侵陵，有如微陽。則浣心滌志，以却外垢；虚中保和，以全天君。故能涉至變而不濡，更萬變而常存。蓋將窮年以齋居，豈特養生而善身乎！

鳴雞賦

張　耒

先生閑居學道，昧旦而興。家畜一雞，司晨而鳴。畜之既老，語默有程。意氣武毅，被服鮮明。峩峩朱冠，丹頸玄膺。蒼距嬌攫，秀尾翹騰。奉戢有恪，徐步我庭。啄粟飲水，孔肅靡争。山川蒼蒼，風霰宵凝。黯幽窗之紞紞，恍余夢之初驚。萬里一寂，鍾皷無聲。聞振衣之腷膊，忽孤奏而泠泠。委更籌之雜亂，和城角之淒清。應雲外之鳴鴻，弔山巔之落星。歌三終而復寂，夜五分而既更。萬境皆作，車運馬行。先生杖屨而出，觀大明之東生。

雨望賦

張　耒

淡海天之蒼茫，觀驟雨之霧霈。飄風擊而雲奔，曠萬里而一蔽。卒然如百萬之卒，赴敵驟戰兮，車旗崩騰，而矢石亂至也。已而餘飄既定，盛怒已泄，雲逐逐而散歸，縱横委乎天末。又如戰勝之兵，整旗就隊，徐驅而回歸兮，杳然惟見夫川平而野闊。夫雲霞風月之容，雷雨電雹之變，非巧力之能爲，蓋人間之絶觀。必也登雄樓傑閣之峥嶸，憑高山巨海之空曠，徹除耳目之障蔽，而後能窮極變化之奇狀。嗟我居之卑湫兮，束視聽於尋丈；顧所欲之莫得兮，徒臨風而惆悵。

鳴蛙賦

張耒

余寓山陽學舍，夏大雨，屋四隅成塘，聚蛙以千計，聲鳴不絕，夜爲不能寢寐〔二〕。客有獻予以殺蛙之術曰：「投余藥一丸，蛙無類矣。」童子將用之，予曰：「不可。」復爲賦示之：夏雨初止，積潦過尺，有蛙百千，更跳互出。幸此新霽，夜月清溢，我勞其休，歸偃於室。于時蛙鳴，若嘯若啼，若訴若歌，若歡若悲，若喜而語，若怒而訴，若噦而嘔，若咽而嗽；瘖者之呼，吃者之鬬；或急或緩，或清或濁；若羗絲野鼓，雜亂無節兮，又似夫蠻歌獠語，詭怪之迭作也。爾其困於泥潦，失其所處而悲；又若夫旱暵既久，得其所處而樂也。爰有童子，持燭來謁，曰：「蛙羣夜鳴，君寢其聒。考之《周官》，洒灰駈蛤。君其教之，余得盡殺。」余語童子：「爾無是酷！爾樂而歌，而哀則哭。哭則悲嗟，樂有聲曲。聚語群争，引吭而呼，一日之間，不寧須臾。蛙不汝嫌，汝奚蛙誅。萬物一府，誰好誰惡？爾奚自私，己厚蛙薄？參通彼己，樂我自然。弭爾怒心，置燭而眠。」夜半，張子援枕而吁，顧謂童子：「記吾言歟？前言未究，請卒吾說。物各有時，夫誰敢遏！爾觀夫春露初靄，朝華始敷，文羽清喙，飛鳴自如，若奏琴筝，而和笙竽，清耳悦心，聽者爲娱。及夫陽春既徂，炎火將極，惡草蕃遮，滛潦瀦積。蛙於此時，生養蕃息，跳梁號呼，噫氣横逸。子如之何？時不可逆。時乎！時乎！美惡皆然。當其盛時，誰得而遷？及其雪霜既降，木實草衰，飛蠅聚蚊，孽無所施。於是此蛙，歛吻収足，瘂然土中，一聲不出。黨散巢披，不可終日。盛不可常，與衰迭來，子姑忍之，奚以殺爲哉？」

哀伯牙賦

張　耒

伯牙鼓琴，後世無如。我哀伯牙，似智而愚。天地之間，四方萬里，知爾琴者，一人而已。鍾子既死，其一又亡，欲彈無聽，泣涕浪浪。已奏已聞，欲語不可，愊塞滿懷，無所傾寫。《折楊》《黄華》，巷歌里曲，入邑娱邑，入國悦國，回視伯牙，面有矜色。夫操至伎者，必不和衆人之耳；而媚衆耳者，又善工之深恥。違衆者常孑孑其無與，而冒恥者乃身安而獲利。則亦安知夫至藝之非禍，而庸工之非祉也。嗟夫！將爲至巧者，必無顧於終身之無與；則至巧之於人，乃不祥之上器。操不祥之器，終身而不知；則伯牙者，乃後世之深戒！

求志賦

晁補之

幼余不自知惷兮，願求古人而與之遊。高平邑於大野兮，魯東鄙而北鄒。固余心其悃欵兮，求前聖又不遠。豈無鄰莫可與謀兮，治郰氏而俗泮。幽離房誠不忍兮，棄此而莫能藏。執徐之青陽兮，余先子兮東征。横武林之大江兮，睢始寧之南邑。路會稽以周流兮，求歷山之所在。昔封嵎之世守兮，以後夫而致刑。越懲恥於夫椒兮，進樵女而抑心。懿二臣以國霸兮，卒焉異夫出處？行束薪而自言兮，妻不忍而求去。助申威於司馬兮，卒殞聲以淮南。睚訴死於婆娑兮，悲綽約之亦孅。彼章程之詭嘯兮，既睜眙於甲夜。何仲御之清激兮，而亦云駭夫觀者。紛回穴其莫識兮，泮千載而迹陳。思苗山猶若茲兮，又何悲乎曲水。惟鄭公之志約兮，逢神人焉靡求。山峬嶀而谷紆兮，風瀏瀏乎旦莫，耿吾何不可留此土兮，切悲越人之機。豈其食鮭而化音兮，無所用吾之綏。冬曚曚其多雨兮，夏瘴熱以生蠚。溪水之淺深兮，舟上下而擊石。吾遵夏蓋之山兮，聊以觀乎遠海。吾先子之初服兮，羌董道而不改。小人之有心兮，猶不假器。未余從於東安兮，依哲人而聞誼。蜀蘇子之有廛兮，漢遺化而多儒。往者其不可及兮，曷不從子之廬。朝余食兮山中〔三〕，夕余宿乎江上。悲世俗之近市兮，余安能忍而與之皆往。余令樓季爲右兮，使王良前余。世解轡而馳石兮，緬余得此坦塗。良吾轁使環瀰兮，密吾牙使撲厲。攬九州而顧懷兮，夫安知余力之不足。遺余生之罹憫兮，歸將毋乎故都。伏里門而畏鄰兮，幽獨守此四隅。時命大繆兮，吾遑遑欲何之？慨永夏之宜養，霜菱然其萃之。增歔欷以啜泣兮，殺身其安可。宇摧橤而藩穴兮，雀鼠去而不舍。憯四序之不淹兮，春藹藹其既菲。攬卉木猶若茲兮，吾獨不聊此時。悲予仲之婉孌兮，饒其心以詩禮。吾不能操贏而坐闠兮，耘東山而自食。歲旱暵而不雨兮，螟又生余之場。屬歲秋之有穀兮，河出墳而湯湯。於陵子之終褊兮，井上李其猶飽。服芬芳而潔腹兮，夫豈不足以忘老？衆虒豕而好朝兮，咸得時而的皪。持衣裳而鬻暑兮，余固知余賈之不售。思遐舉而莫從兮，心紆軫而盡傷。訊黃石以吉凶兮，綦十二而星羅。曰：由小基大兮，何有顛沛。既非初志之敢期兮，曾何以知其所繫？頩清濟以去垢兮，芝九莖而爲華。宵倚楹而悲咤兮，嚋獨憂余之無家。蕭苑候之慷慨兮，孰云非食之故！濟澶淵之靈津兮，横中流而颰怒。思城闕之挑達兮，勉踵夫昔之人。羿之志於轂兮，亦反求夫余身。小人不知學禮兮，畏罪罟之所尋。宋七世之炳靈兮，皇純佑此下土。舉賢而授能兮，哀煢獨此黎庶。牧羊而肥兮，式亦用而有聞。辟雍之洋洋兮，宇千日而糾紛。連袵以成雲兮，汗而爲雨。豈余不足於同門兮，獨惆悵而延佇。先事而後得兮，惟其食者之費。舉九鼎於鯢淵兮，亦人假夫一臂。余張子之好修兮，蹇博大而無朋。雪霏而宇棟兮，松栢不改其青。固黄子嘗語余兮，曰：此是爲明月。雖工師不以佩兮，保厥美亦未艾。彼喔咿爲已甚兮，羌浮石而沉木。子雲之好思兮，亦衆誶其寂寞。虞氏之爲政兮，舉五臣而與言。彼霡霂之射谷兮，何足以容江潭之鱣？衆不察余之情兮，求余初猶未沫。超孤舉而遠尋兮，唯夫不足以論世。良恫韓而成漢兮，皓保惠而悟高。成功則去兮，曾何足以介其一毛。融躬行既卒驕兮，禹服義亦太靡。陳輜車與乘馬兮，桓榮亦酋乎富貴。蕃居室以不理兮，滂之志以四海。允膺之激烈兮，羌不以生而害義。意豈弟神所椴兮，何以罹此不祥？豈其莫忍鄰之捽兮，紛救鬬而得傷。嘉林宗之善裁，要成敗而不失。寧遵不知時之可爲兮，行漁瀨以畢世。　喟嵇康之蹈盡兮，愧孫子其安補。阮清舌而咎目兮，潛固自識而遠去。謂道不可爲兮，爲者敗之。衆悖然咸不留兮，惟至人焉在之。泮千祀而語鄰兮，孰與至人之服。意神龍之乘雲兮，吾欲從焉以足。士生各有遇兮，吾何爲侘傺兮此時。曾霍叔不足以化兮，求余身其庶幾。滋蘭以旨蓄兮，菊以爲糗。脩忠信以抑躁兮，夫安知余之後圖〔四〕？前聖吾永賴兮，攬百子與並輿。時翺翔於道奧兮，歷年歲以爲娱。

校勘記

〔一〕翔德之龍　「之」字原脱，據明抄本補。

〔二〕寢寐　「寢」字原本空白，據五經堂本補。

〔三〕朝余食兮山中　「朝」原作「胡」，據明抄本、明刻本改。

〔四〕夫安知　「夫」原作「大」，據明抄本、明刻本改。

宋文鑑卷第九

賦

北渚亭賦

晁補之

北渚亭，熙寧五年，集賢校理、南豐曾侯鞏守齊之所作也。蓋取杜甫《宴歷下亭詩》以名之，所謂「東藩駐皂蓋，北渚淩清河」者也。風雨廢久，州人思侯，猶能道之。後二十一年，而祕閣校理、南陽晁補之來承守乏。侯於補之丈人行，辱出其後，訪其遺文故事，廑有存者，而圃多大木，歷下亭又其最高處也。舉首南望，不知其有山，嘗登所謂北渚之址，則羣峯屹然，列於林上，城郭井閭皆在其下。陂湖迤邐，川原極望，因太息語客，想見侯經始之意，曠然可喜，非特登東山小魯而已。迺撤池南葦間壞亭，徙而復之，請記其事。補之曰：賦可也，作《北渚亭賦》，其詞曰：

登爽丘之故墟兮，睇岱宗之獨立。根旁礴而維坤兮，支扶踈而走隰。跆琅邪與鉅野兮，梁清濟而北出。前漭漫而將屯兮，後摧嶉其相襲。坯者扈者，嶧者峘者，礐者礉者，障魯屏齊，曰惟歷山。或肺附之，箕拱環連。勢厓絶而脉泄兮，萬源發於其間。谷射沙出，浸淫濼灑，瀺灂汩淴，澎濞渤潏，忽瀵起而成川。經營一國，其利汾澮。防爲井沼，壅爲碓磑。得平而肆，迺滉漾而滂沛。經民閭而貫府舍兮，瀦爲池之千畝。惟守之居，面巖背阻。邈閭闔之遺址兮，肇嘉名乎北渚。悲經始之幾何兮，牛羊牧而宇頽。非境勝之爲難兮，善擇勝之爲難。嘗試觀夫其園，千章之萩，合抱之楊，立而成阡。躋歷下之岧嶢，望南山之孱顔。脩榦大枝，出欄造天。藐硱岫之蔽虧，乍髣髴其雲煙。思僊人之樓居，尚輕舉而高翻。盍駕言其北游，登斯渚而盤桓。崗巒忽其翔舞，萩楊眇以如簪。撫千里於一眒，收城郭乎環堵。其下陂湖汗漫，葭蘆無畔。菱荷荇藻，蘅荃杜茝，衆物居之，浩若煙海。歲秋八月，草木始衰。乃命罾罟，觀魚其脽。鳴榔四合，方舟順涯。鱨鯉窘乎深塘兮，鴻鴈起於中泜。復有桂舫蘭枻，浮游其中，榜歌流唱，自西徂東。纖餌投隈，微鱗掛空。客顧而嬉，傾盂倒鍾。明月出於缺嶺，夕陽眇其微紅。天耿耿而益高，夜寥寥其方中。駭河漢之衝波，披海岱之泠風。恐此樂之難留兮，願乘槎乎星渚。期韓終與偓佺兮，采芝英乎瑶圃。庶忘老而遺死兮，路漫漫其脩阻。於是酒酣太息，中座語客曰：「自昔太公，奄有此丘，是征五侯。桓公用之，攘狄尊周。方其盛時，山河十二，號稱東秦。臨菑遨樂，中具五民。秋田青丘，實囿海濱。而薛又其小邑也，區區之賦，食三千人。其彊孰與比哉！觀華不注，揭其孤巘，虎牙桀立，芙蓉菡萏。尚想三週，追奔執韅，下車取飲，僅以身免。困貢質於蕭同，尚何私乎紀甗。而齊自是亦不競矣。誇奪勢窮，雖彊安在！事以日遷，而山不改。則物之可樂，固不可得而留也。認而有之，來不可持；所玩無固，去何必悲？此齊侯之所雪涕，而晏子之所竊嗤也。今我與客，論古人則知述，屬有感而獻欷，豈不重惑也哉！仕如行賈，孰非逆旅？託生理於四方，固朝秦而暮楚。曾無必於一笑，尚何知乎千古。」於是客輾然喜，再拜舉觴而前曰：「凡主人言，理實易求；而我曠然，已忘昔憂。使客常滿，使酒不空，請壽主人，如漢孔公。」主人亦賑然喜，受飲反觴，執客之手而言曰：「《詩》固有之：『未見君子，憂心忡忡；既見君子，云胡不樂？』」再拜洗觴而酬客，舍然大笑。

黃樓賦

秦觀

太史蘇公守彭城之明年，既治河決之變，民以更生，又因修繕其城，作黃樓於東門之上，以爲水受制於土，而土之色黃，故取名焉。樓成，使其客高郵秦觀賦之，其辭曰：

惟黃樓之瓌瑋兮，冠雉堞之左方。挾光晷以横出兮，干雲氣而上征。既要眇以有度兮，又洞達而無旁。斥丹雘而不御兮，爰取法於中央。列千山而環峙兮，交二水而旁奔。岡陵奮其攫拏兮，谿谷效其吐吞。覽形勢之四塞兮，識諸雄之所存。意天作以遺公兮，慰平日之憂勤。繄大河之初決兮，狂流漫而稽天。御扶摇以東下兮，紛萬馬而争前。象罔出而侮人兮，螭蜃過而垂涎。微精誠之所貫兮，幾孤墉之不全。偷朝夕以昧遠兮，固前識之所羞。慮異日之或然兮，復壓之以兹樓。時不可以驟得兮，姑從容而浮遊。儻登臨之信美兮，又何必乎故丘？觴酒醪以爲壽兮，旅殽核以爲儀。儼雲霄以爲侍兮，笑言樂而忘時。發哀彈與豪吹兮，飛鳥起而參差。悵所思之遲暮兮，綴明月而成詞。噫變故之相詭兮，遒傳馬之更馳。昔何負而遑遽兮，今何暇而遨嬉。豈造物之莫詔兮，惟元元之自貽。將苦逸之有數兮，疇工拙之能爲？韙哲人之知其故兮，蹈夷險而皆宜。視蚊虻之過前兮，曾不介乎心思。正余冠之崔嵬兮，服余佩之焜煌。從公於樓兮，聊裴回以倘佯。

送將歸賦

蔡確

昔人之言秋意也，曰：「若在遠行，登山臨水送將歸。」此其平日游子之所悲，怨慕悽愴尚不能自支，而況於予乎？戀高堂之慈愛，積三歲之違離。余親屬子以侍我，行且復命於庭闈。其送子也，乃在粤嶺之南，溟海之西，洗亭之側，瀘水之湄。出門躑躅以將别，仰天涕泣之交頤。浮雲爲我變色，行路爲我顰咨，而況於予乎！予方省愆念咎，藿食布衣。髮如秋霜，形如槁枝。子見吾親，勿以告之。明明二聖，仁如天也。雷霆雨露，固有明也。孤臣放逐，久當憐也。晨夕定省，歸可期也。子告吾親，其以斯也。居乎天下之險，處乎人跡之稀，觸氛霧以深入，仗忠信而不疑。以余之故而兩走乎萬里，嗟如子者其誰！周楚之郊，余親所棲，瞻彼白雲，予留子馳。安得借翰於鴻鵠，徑從子而奮飛也？

天下爲一家賦

吕大鈞

古之所謂天下爲一家者，盡日月所照以度地，極舟車所至以畫疆。以八荒之際爲藩衛，以九州之限爲垣牆。列國則羣子之舍，王畿則主人之堂。凡民之賢而不可遠者，皆我之父兄保傅；愚而不可棄者，皆我之幼稚獲臧。理其財〔一〕，乃上所以養下之道；分責之事，乃下所以事上之常。渾渾然，一尊百長，以斟酌其教令；萬卑千幼，以奉承其紀綱。貿遷有無，而不知彼我之實；損益上下，而不辨公私之藏。大矣哉！外無異人，旁無四鄰，無寇賊可禦，無閭里可親。一人之生，喜如似續之慶；一人之死，哀若功緦之倫。一人作非，不可不媿，亦我族之醜；一人失所，不可不閔，亦吾家之貧。尊賢下不肖，則父教之義；嘉喜矜不能，則母鞠之仁。朝覲會同，則幼者之定省承稟；巡守聘問，則長者之教督撫存。嗚呼！周德既衰，斯道斯屈。析爲十二，并爲六七。勢不相統，亂從而出。忘祖考之訓，則刦奪其屢盟之時；輕骨肉之命，則戰死於争埸之日。曲防遏糴，以幸其災；縱諜用間，以乘其失。乖睽有甚於鬩牆，鬭很不離於同室。迨至秦政，以强自吞。推所不愛，以殘自昏。斧斤親刃其九族，塗炭自縻其一門。與阡陌而廢井田，則委貨財於盗賊之手；置郡縣而罷封建，則託婦子於羈旅之屯。貧富不均，幾臣僕其昆弟；苟簡不省，皆土苴其子孫。自漢以來，終亦不復。雖有王侯，而不得輒預其政；雖有守令，而不得久安其禄。譬之錦衣玉食，縱無所用之子；雕車良馬，委不善御之僕。門庭雖存，亦何足以統制；閨門無法，則何緣而雍睦。豪彊日横，而略無鞭朴之制；單弱日困，而不識襁褓之鞠。豈天理之固然，寔人謀之不足。嘗聞之，治亂有數，廢興有主。昔既有離，則今必有合；彼既可廢，則我亦可舉。惟盛德之難偶，故曠時而未覩。豈有待於吾君，將一還於治古！

南征賦

邢居實

嗟予生之賤貧兮，常坎壈而多憂。汨東西與南北兮，無畎畝以歸休。皇六世之十祀兮，朅來賓夫京師。奉晨昏于庭闈兮，忽十年其于兹。哀衆人之夢夢兮，乘巇危以射利。騖精神於末流兮，固廉士之所耻。慕前哲之高蹈兮，臨川流而盥耳。懼離羣之孤陋兮，將遠舉而復已。彼世論之糾纏兮，謂白圭爲多疵。何我公之潔清兮，亦見尤於盛時。皇命之不可淹兮，方仲春而戒行。惟甲子之良辰兮〔二〕，侍安輿而南征。昔仲尼之去魯，車遲遲以淹留。此雖非吾之舊邦兮，猶慘慘而懷憂。賓朋肅駕而來餞兮，班豆觴於水湄。執余手以踟躕兮，不覺涕下而霑衣。輈軋軋而不能前兮，馬蕭蕭而反顧。念長路之超遠兮，恐白日之云暮。敕僕夫使整駕兮，遂奮袂而辭去。將發軔而回首兮，望國門之穹崇。唯小人之眷戀兮，情鬱結乎余衷。經土山之盤紆兮，入空谷之鴻豁。野曠蕩而無垠兮，榛林蕭條而來風。鹿呦呦以鳴羣兮，鳥嚶嚶而求友。悵遑遑於中野兮，徒悁悒其誰咎？晨脂車於諸阡兮，夕税駕于尉氏。登高丘以長嘯兮，聲慷慨而淩厲。想阮氏之風流兮，停予車于山椒。斯人不可得而見兮，寄陳迹於蓬蒿。時荏苒其不淹兮，春草生兮青青。羣雉挾雌以高飛兮，倉鶊得意而和鳴。麥漸漸以被隴兮，遵微行而徂征。欲淹留以容與兮，心摇摇而靡寧。平原坱莽以陁靡兮，迥極目乎百里。獨煢煢以遠遊兮，曾不得而少止。歷釣臺之故丘兮，涉潁水之溱溱。望周襄之蕪城兮，弔封人之圮墳。魂飛揚而不反兮，墓蕪穢而不治。曾不得其死所兮，豈純孝之可恃！蹇邅回於水濱兮，日掩掩其黄昏。問捷徑於野人兮，釋予馬於汝墳。中旦展轉而不能寐兮〔三〕，起視夜之何其。僕夫告予以肅裝兮，指明星而疾馳。羣山崴嵬而造天兮，踐羊氏之北境。企余足以長望兮，南路眇其方永。經昆陽之遺墟兮，聊裴回而逡巡。高城曲岪而特起兮，雉堞隱嶙而猶存。狐狢穴處於其下兮，鼪鼯吟嘯而成羣。蒿艾翳薆以相依兮，枳棘鬱其榛榛。悼漢氏之絶滅兮，想世祖之中興。方巨滑之滔天兮，恣豺狼之噬吞。肆横行於天下兮，駈虎豹以爲羣。仗大義而奮討兮，實南土之裔孫。運攙槍而一掃兮，忽電滅而無存。彼百萬之貔貅兮，曾一旅之莫亢。信天道之輔順兮，豈人謀之不臧？迄於今幾千祀兮，魂魄遊乎何鄉？冀髣髴其神靈兮，步徙倚而彷徨。過宛葉而弭節兮，陟方城之峨峨。歎羈旅之無友兮，彈劍鋏而浩歌。覽陵阜之參差兮，實鬻熊之舊疆。不修德而恃險兮，曾幾何而不亡！宿上唐之候館兮，聽晨雞之悲鳴。濯予纓于泌水兮，瞻桐栢之嶔嶔。飄風嫖怒以來東兮，薄寒憯悽而中人。雲漫漫以承空兮，霰雪下而繽紛。念佳人之阻脩兮，嘆行役之多艱。車陷淖而不進兮，馬頓轡而盤跚。僕夫憔悴以懷歸兮，憩章陵而南邁。奠濁醪于漢祠兮，顧白水之如帶。真人一去而不返兮，佳氣葱鬱而如在。歷崎嶇之九邑兮，涉川路之千里。心澹澹而忘食兮，筋骨疲乎鞭箠。唯君子之無累兮，雖九夷其可居。矧神農之所宅兮，土深厚而無虞。誦孔氏之法言兮，疾没世而無名。就寂寞以閑處兮，非予心之所憑。植木蘭以爲籬兮，塗申椒以爲堂。荃蕙披靡而盛茂兮，衆香郁其芬芳。優游偃息靜以索志兮，又何必歸夫故鄉！

宣防宫賦

劉　攽

余以事抵白馬，客道漢瓠子事，感其語，故賦曰：元封天子既乾封，臨決河，沉璧及馬，慷慨悲歌。河塞，築宣防之宫，燕其羣臣，乃稱曰：「隤林竹兮揵石菑，宣防塞兮萬福來。」顧眄意得，詔問：「東方大夫樂乎？」朔進而跽曰：「君王佩乾符，妥坤靈，封岱岳，禪云亭。雷行猋馳，一蹕四海。力餘氣盈，爰覽德水。至於人靡遺智，天不愛祉。石城金墉，屹立亭峙。則又經廣輪，度棟宇，裴回領略，心解目覩。八隅九維，千門萬户。沈嚴神麗，秦帝之府。於是植翠華，喧靈鼉，觴川流，浩長歌。神哉沛，君心和。

患去喜至，無所復加，可謂樂矣！然臣觀之，未可謂無憂也。」夫子愕眙不怡，少焉，顧曰：「亦有説乎？」朔再拜曰：「主臣！蓋聞大川之源，發乎崑崙之神墟，出陽紆與陵門，道積石而沉游，包渾淪與俱逝，羌亹亹其徂征。千里一曲，萬里九折。盤礴濆滉，呼洽沕潏。蕩然長波，激爲迅湍。莽不知其幾何，遂異泒而同瀾。已而略廣武，循大伾，轔沛轢洛，積爲委輸。瀵沸出乎地上，恍莫際其焉如。粵若神禹，繼道作德。範圍天儀，聯絡地脉。疏排湀漫，鐫鑿窄峉。平野其蓺，人有安宅。化鱗介爲冠冕，蓋千有八百國。臣曾問遺黎，遵海隅，繇平成之徒駭，下東光之胡蘇。淵然覆鬴，倏若馬頰。如鬲及盤，以簡以潔。太史分流，參匯衆折。然後安翔徐回，脉脉並驪。紆餘衍漾，緜眇逶遲。虬潛蛟伏，波不得興。視榮光與休氣，茂玉檢而金繩。煥乎三日而五色，何必千歲而一清？若夫羣雄逐兮位隔并，山川圍兮氣弗宣。託洶湧以爲貨兮，阻厜㕒以自藩。崇墉連蜷，矗以相售兮；巨浸瀺灂，汨乎宛延。立遮害之亭，謹白馬之津。雉堞瞰其東，區脱臨其西。又東北留其行，又西北繫其歸。垂天之翼，橫海之鱗，憠隤膠葛，曾不得搶榆枋而泛蹄涔。訇訇勃鬱，靡所容怒，霆擊電掣，欻已脱兔。益以桃華之流，駛乎竹箭之馭。彌滿澒洞，千里四顧。乃始伐薪石，程畚鍵，汰鷄距之防，橫鐻牙之木。上下連環，旁側伏闕。竹落干繟，夾樓而下。岌乎喘牛，蹶若踶馬。糗糧齊山，徒庸成林。商羊鼓舞，澤門謳唫。析骸樵蘇，慘於長平之禍；累塊珠玉，埒乎水衡之藏。諒人謀之或遠，將度數之適逢！今夫呼吸潮汐，闢竅丘源，洲潬浮空，灘沮旁穿。井乍甘而撤舍，麥未槁而培根。何靈龜之下伏，寓三峯乎層巔。表泰紫之嶕嶢，陋靈光之巋然。長封爲扃，土鍵石鐍，守如崤函，葉萬不拔。然而燕雀賀而人吊，枝葉茂而本撥。財乏力屈，河且再塞。君王方且駐屬車以游觀，啓離宫而落成。却四載之乘，勞負薪之臣。舉烽賦酒，飛輪奉牲。戢長慮於一笑，起駕望而憑陵。神閑意定，澹然無營。」語未既，天子數顧尚席，推几欲興。臣朔逡巡却立，不謝而退。其後館陶之役，竟如東方大夫言。

校勘記

〔一〕理其財　各本同。按「理」上疑脱一字，致與下句「分責之事」不稱，或當是「疆」字，古有「疆理天下」之語。

〔二〕惟甲子之良辰兮　「辰」原作「晨」，下脱「兮」字，據明抄本、五經堂本傅校改、補。

〔三〕申旦　原作「中旦」，據明抄本、五經堂本傅校改。

宋文鑑卷第十

賦

南都賦

王仲旉

洛陽王仲旉，侍親客于宋，十有餘年矣。宋，南都也。山川城邑，人物風俗，禽獸草木，博觀而窮覽，粗得其凡焉。因藉華陽先生、渙上公子爲問答以賦，詞曰：

華陽先生與渙上公子，步于西山之隈，環于竹圃之左，《水經》曰：睢水東南流，歷于竹圃，有竹數百頃，周四十一里。曰：「美哉邈乎，土地之沃，人物之夥也！」公子喟然歎曰：「先生睹斯而已，獨不聞往者之事歟？上自五帝，中接三代，下訖漢、唐，目擊而可知，指陳而可喻，請爲先生言之：於顯樂國，在睢之陽。其地則宋，其分則房。夏豫周青，秦碭漢梁。帶以黍丘之野，包以閼伯之疆。盟豬出其右，汳水更其旁。渙、穀、濊、雅，漻、淶、逐、黄。八水出宋城。黄見《左傳》，濊見《北征記》，穀、雅見《水經》，渙見《元和志》，淶、逐、漻見《圖經》。從横馳騖，源分派張。過乎隕石之壄，徑乎龍丘之岡，行乎鈞臺之渚，出乎穀城之塘。上接大河，通于銀潢；下達渦泗，匯于淮湘。淜湱礐灂，淼淼洋洋，澴潩灃激，潏潏湯湯。若乃歷華里，經汋陵，乘襄塢，陟貫城。傍空桐而過沙隨，階鴻口而升横亭。伊高辛之帝子，主大火而脩祀。鄙葛伯之仇餉，猗湯征之攸始。嘉微子之啓封，卒繼承於商氏。訪桐盧之兩門，孰世遠而難紀。企蒙城之故邑，懷漆園之傲吏。登北岡而遠瞰，想橋公之德懿。銘三鼎與征鉞，曾餘光之未墜。仰子喬之飆馭，世獨尚其丘墳。臨繪水而徙倚，睢、涣二水，謂之繪水。見《述異志》。誦相如之高文。閟雙廟之靈宇，欽張、許之威神。忠義焕乎日月，世彌久而逾新。英風激於萬代，如想見乎其人。觀山川人物之舊，纔得其凡而略之，僕固未能詳也。若宫室苑囿之盛，池沼臺榭之廣，侈靡誇前，光輝絶後，惟梁孝王有足稱者。僕願繼其説，而先生自覽其切焉。漢有天下，至文而昌。九族敦序，帝室以光。乃命子武，俾侯于梁。惟梁大國，城四十餘。北限泰山之險，西界高陽之墟。禦備東南，則九州之奥區焉。廣衍沃壤，則天下之膏腴焉。於是舍大梁之故土，卜睢陽之新都。傍漻城而連屬，起甬道以縈紆。外廣池洫，内經郭郛。陋九筵與百堵，法上國之規模。發小鼓以始倡，下節杵而和之。流樂府而度曲，豈餘音之獨遺。於是乃作曜華之宫，儗阿房與林光。鬱正殿之嵲嶫，巍然起乎中央。散彤彩而澔涆，復煒煒以煌煌。驚虬龍於金楹，乍矯首以騰驤。軒鸞翥於飛甍，欲乘風而下翔。歷太階之寶砌，駢璧瑛與玉璫。光陸離而眩目，足幾往而徜徉。旁有曲室，後連洞房。叫窱窈窕，仰不見陽。列方疏而散騎，玉女睨而悠颺。又有宴閒之館，寔曰忘憂。文章灦博，卓落瑰奇者，萃乎其中。貢以文鹿白鶴，參以渌酃細柳，間以連璋沓璧，綴以清管弱絲。東苑望囿，三百餘里。鵔鸃、鶬鶂，山鵲、野雉，守狗、戴勝，鴝鴿、翡翠，聲音相聞，翱翔往來，萬端鱗崪，不可勝記。其木則椶、松、楩、柟，楸、梧、柘、橿，欃、檀、木欄，栟櫚、豫章，華楓翠槐，古檜朱楊，雲封霧鏁，臨谷被岡。其果則樝梨，梬栗，素奈朱櫻，紫棗來禽，吴橘楚橙。其草則蕙、若、蘭、茝，蘪蕪、蓀蘢，杜蘅、菥蕡，江蘺、芎藭，庭蕉聳緑，堦藥翻紅。糅以忘憂、合歡之嘉植，雜以避暑、延壽之芳叢。芬芬馥馥，蒙蒙芃芃。其竹則篔簹籦篁，篟筍筎箵，踈篁密篠，布壠夾池。檀欒蓊茸，婀娜陸離。露滋雪映，風靡雲披。於是乎複道連綿，亘數千步，飛閣層樓，動以百數。望平臺與離宮，瞟眇忘其何所。中有百靈，煙嵐奇秀。表以落猿之巖，環以棲龍之岫。既盤紆以茀鬱，亦映帶其左右。面百尺之深潭，瀨鳴玉之清溜。升望秦之峻嶺，懷故闕而回首。維彼螽臺，在城之西。勢千仞而崛起，豈終日之可躋？攀未半而神悸，意欲下而復迷。驚斗杓之頫逼，頋霓鬣之下垂。疑真仙之攸館，非人寰之所棲。屹清冷之對峙，復偃蹇以穹隆。上憑危檻之峥嶸，怳忽不知其幾重；下瞰清淵之澄澈，金碧倒影乎其中。旁接鴈池，緑争漪漣。秋浪漲雨，春波拍天。鶴洲背其後，鳧渚面其前。棹女謳而蕩槳，漁人集而叩舷。水禽則有鷫鷞鵁鶄，鴐鵝鷺鷗，鳧鷖鶴子，鵠侶鴻儔，翺翔翻翻，載沉載浮，既瀺灂而隨波，甃嶜鳴而驚舟。水草則有蘪芓蘋莞，蒹葭蒲蔣，白蘋緑荇，芡實蓮房，雨濯幹而增緑，風披華而吐芳。王臨是國，綽有餘閑，思遊東苑，縱獵乎其間。於是乘雕玉之輿，馴寅褭之馬，紛萬騎之徒，鶩千乘之駕。服太阿之雄劍，靡彩虹之珠旂。鳴和鑾以玲瓏，翳羽蓋以葳蕤。安國奉轡，嚴忌附輿。扈從橫出，並山之隅。左許少，右專諸。依岡爲罝，因川爲漁。奮駭百獸，電激雷驅。搤雄螭，蹵豪豬，轥犀犛，轔麕麇，轢游嶲，躪駏驉。弓不妄發，應聲而殊。鋋不虚擲，洞胸穿髑。山殫谷盡，孑然無餘。於是梁王弭節而還，容與委蛇，徘徊往來，其樂未衰。相與賓客，復遊於鴈鶩之池。登龍艦，飛鳳蓋，釣錦鱗，出文貝，弋白鷴，挂黄鶴，鶬鴰下，鶬鵝落。薄暮日斜，俛仰極樂。獲獸之多，弋禽之衆，子虚之所遺，西賓之所略也。馳騁少怠，明日乃宴于平臺。召相如，延鄒枚，綺席列，雕屏開，膾猩脣，炙豹胎，酌金漿之酎，觴縹玉之醅。吹紫鳳之簫，擊靈鼉之鼓，聆遼滇之歌，睇巴渝之舞。又有邯鄲曼姬，燕代麗女，輕袪靚粧，綽約媚嫵，明眸微睨，色授神予。於是衆客皆醉，頹然忘歸，浩歌起舞，獻壽考無疆之詩曰：「君王淵穆德日躋，閒暇遊宴樂無涯，願千秋兮萬歲，常與日月争光輝。」先生曰：「噫！公子何謂兹邪？若公子所謂重耳而輕目，榮古而陋今；膠以人物之陳迹，炫以山川之舊經；又烏覩大宋之盛乎？夫大宋之開基也，肇自商丘，大啓土宇。創洪圖而遺儀代，一帝統而超邃古。萬國被德澤，四裔暢皇武。西盪巴蜀，東澹海澨，北指幽薊，南曜朱垠。天乙七十里而興王，姬周三十世而卜宅，曾何足云。至于祥符之際，累盛而重熙。增太山之高，禪梁父之基。神祇安妥，日星光輝。寶符瑞應，萃乎斯時。於是巡方寓，幸亳社，動天輅，備法駕。海夷獻珍，黄雲覆野。就見百年，存問鰥寡。明壹法度，赦宥天下。當是時也，翠華廻馭，龍旆載揚，廼睠兹土，如歸故鄉。觀紫氣於芒山，辨白水於南陽。洒翔鸞之神翰，掞鴻藻之天章。於是建南京，陪上國，首諸夏，作民極。對列乎浚郊，相輝乎洛宅。頒慶洞開，歸德峻峙。正殿曰歸德，端門曰頒慶。若閶闔之特闢，連駁娑與枍指。偉宮室之光明，仰觚稜之神麗。儉不至陋，奢不逾侈。旁立原廟，三聖神御，奉安鴻慶宮，宮官日事酌獻。巋嶵穹崇。殿實有三，一祖二宗。顯文謨而承武烈，彌萬祀而無窮。觀其英豪之域，冠蓋相望。元勳雋老，五姓寔昌。杜正獻、趙康靖、王文忠、蔡敏肅、張文定，寓睢陽者凡五族。蹈先生之學舍，祥符中，正素戚先生，始建學舍于睢陽，爲諸郡之先，祠堂存焉。溢誦聲以洋洋。敬鄭公之碩德，仰文正之餘芳。富鄭公、范文正嘗游學於此。俯浪宕之舊渠，汴渠一名浪宕。廻伊洛之清流。熙寧中引洛水入于汲。釃江吴之漕粟，浮寶鷁之千舟。若乃昭仁、崇禮，廻鸞、祥輝，南都四門名。連闤帶闠，列隧通鐖。萬商千賈，鱗集羽歸。星布織麗，山積瑰奇。來不可抑，往不可羈。南獠蠻而東濊貊，紛大貝與明璣。其軍旅，則棘門、細柳，連總百營。馭以驍將，厲以犀兵。時以蒐獮之際，陣以魚麗之形。扼一都之衝會，耀萬里之天聲。其原野則田疇彌望，不可計數。浸以曜漁之源，被以沃壤之土。舉趾卽雲，荷鋤迺雨。芃芃離離，禾麥稷黍。其亭館，内之則有流觴渌波〔一〕，檜陰四合，照碧妙峯，武備道接；外之則有朝雨暮雲，暖風殘月，又有玉觴金縷，光華宴喜，嘶馬落帆，芳草柳枝之列。自流觴至柳枝，十二亭名。聯觀光與望雲，觀光、望雲二亭名。指中天之巍闕。其池沼，則東西二湖，温温迢迢，水澄似鏡，波泛如潮，窺馴鷺於別渚，晏元獻放馴鷺於南湖，作賦以紀。識海鴈於舊橋。夏文莊自青社携二鴈置湖中，名其橋曰海鴈。爾乃金魚分籥，玉麟剖符。命夫輔弼耆德，侍從鴻儒，鎮撫東土，保釐此都。視先王之遺民，愛風俗之安舒。乘剸繁之多裕，覺坐嘯而有餘。陟高臺而環望，悟神意之自如。臨渌水而暫止，疑放曠於江湖。若予之所舉，僅知其髣髴，十分未得其一隅。吾子徒聞孝王之遺風舊迹，不睹大宋之豐功偉烈也；徒詑梁國故墟之名，不知藝祖興王之實也；徒誇兔園之大，鴈沼之廣，不識原廟之尊，帝宮之美也。曜華故基，鞠爲茂草，孰若都城佳氣，鬱輿雲翔？諸侯僭上，游宴無度，孰若天子巡守，動静有常？珍怪之翫，奇木異卉，孰若農夫之慶，黍稷稻粱？」先生之言未終，公子矍然若驚，惘然若醒，茫然若有所失者，既而幡然改曰：「鄙哉予乎！嗟予舍近而取遠，習迷而遂非，其亦久矣。先生博我以皇道，宏我以王圻，使數十年所眩曜，釋焉無疑。僕雖不敏，請終身而誦之。」先生於是作歌以遺焉，其辭曰：翼翼神都，皇祖起焉。煌煌巍闕，真人巡焉。有睟其容，三殿位焉。於萬斯年，天子明焉。

颶風賦

蘇過

仲秋之夕，客有叩門指雲物而告予曰：「海氣甚惡，非祲非祥，斷霓飲海而北指，赤雲夾日而南翔，此颶之漸也。子盍備之？」語未卒，庭戶肅然，槁葉蔌蔌，驚鳥疾呼，怖獸辟易。忽野馬之決驟，矯退飛之六鷁。襲土囊而暴怒，掠衆竅之叱吸。予乃入室而坐，斂衽變色。客曰：「未也，此颶之先驅爾。少焉，排戶破牖，殞瓦擗屋。礧擊巨石，揉拔喬木。勢翻渤澥，響振坤軸。疑屏翳之赫怒，執陽侯而將戮。鼓千尺之濤瀾，襄百仞之陵谷。吞泥沙於一卷，落崩崖於再觸。列萬馬而並騖，會千車而爭逐。虎豹讋駭，鯨鯢犇蹙。類鉅鹿之戰，殷聲呼之動地；似昆陽之役，舉百萬於一覆。予亦爲之股慄毛聳，索氣側足。夜拊榻而九徙，晝命龜而三卜。蓋三日而後息也。父老來唁，酒漿羅列，勞來僮僕，懼定而說。理草木之既偃，輯軒檻之已折。補茅茨之罅漏，塞墻垣之頹缺。已而山林寂然，海波不興。動者自止，鳴者自停。湛天宇之蒼蒼，流孤月之熒熒。忽悟且歎，莫知所營。嗚呼！小大出於相形，憂喜因於所遇。昔之飄然，若爲巨耶？吹萬不同，果足怖耶？蟻之緣也，噓則墜；蚋之集也，呵則舉。夫噓呵不足以振物，而施之二蟲則甚懼。鵬水擊而三千，摶扶摇而九萬，彼視吾之惴慄，亦爾汝之相莞。均大塊之噫氣，奚巨細之足辨！陋耳目之不廣，爲外物之所變。且夫萬象起滅，衆怪耀眩，求髣髴於過目，視空中之飛電。則向之所謂可懼者，實耶？虛耶？惜吾知之晚也。

思子臺賦

蘇過

余先君宮師之友，史君諱經臣，字彥輔，眉山人；與其弟沆子凝，皆奇士，博學能文，慕李文饒之爲人，而學其議論。彥輔舉賢良不中，弟子凝以進士得官，止著作佐郎，皆早死且無子，有文數百篇，皆亡之。予少時常見彥輔所作《思子臺賦》，上援秦皇，下逮晉惠，反復哀切，有補於世。蓋記其意而亡其辭，乃命過作補亡之篇，庶幾君子猶得見斯人胸懷髣髴也。

客有自蜀遊梁，儴闕而東。覽河華之形勝兮，訪秦漢之遺宮。得巋然之頹基兮，並湖城之西墉。弔漢武之暴怒兮，悼戾園之憫凶。聞父老之哀歎兮，猶有歸來望思之遺恫。吁犬臺之讒頻兮〔二〕，實咀毒而銜鋒。敗趙國於俛仰兮，又將覆劉氏之宗。問漢武之多忌兮，謂左右之皆戎。殺陽石而未厭兮，又壅禍於宮中。狃君王之好殺兮，視人命猶昆蟲。死者幾何人兮，豈問骨肉與王公？惑狂傅之淺謀兮，不忍忿忿而殺充。上曾不鑒予之無聊兮，實有家心。負此名而欲亡兮，天下其孰吾容。苟道死於梟鴆兮，冀稍久而自理。遘大患於倉猝兮，懷孤憤於永已。念君老而孰圖兮，嗟肉食其多鄙。獨三老與千秋兮，懷愛君之拳拳。犯雷霆之方怒兮，消積禍於一言。洗沉冤之無告兮，戮讒人其已晚。幸曾孫之無恙兮，或慰夫九原。雖築臺其何救兮，固知已矣之不諫。魂煢煢其歸來兮，蓋庶幾於復見也。昔秦之亡也，禍始於扶蘇。眇斯、高之羸豕兮，視其君猶乳虎。曾續息之未定兮，乃敢探其穴而陷其雛。在晉四世，有君不惠。孽婦晨雊，彊王定制。惟愍懷之遭離兮，實追二於漢戾。顧孱后之何知兮，亦號呼於既逝。寫餘哀於江陵兮，發故臣之幽契。仍築臺以望思兮，蓋援武以自例。嗚呼噫嘻！可弔而不可哂兮，亦各言其子也。彼茂陵之雄傑兮，係九戎而鞭百蠻。笑堯、禹而陋湯、武兮，蓋將與黄帝俱仙。及其失道於幾微兮，狐鬼生於左臂。如嬰兒之未孩兮，易耳目而不知。甘泉咫尺而不通兮，與式乾其何異！一既上配於秦皇兮，又下比於晉惠。君子是以知狂、聖之本同，而聰明之不可恃也。覽觀古初，孰哲孰愚？皆知指笑乎前人，而莫知後之視予。方漢武之盛也，肯自比於驪山之朽骨，而況於金墉之獨夫乎？自今觀之，三后一律，皆以信讒而殺子，暱姦而敗國。吾築臺以寄哀，信同名而齊實。彼昏庸者固不足告也，吾將以爲明主之龜策。自建元以來，張湯、主父偃之流，與兩丞相、三長史之徒，皆以無罪而夷滅，一言以就誅。曾無興哀於既往，一洗其無辜，獨於據也，悲歌慷慨，泣涕躊躇。嗚呼哀哉！莫有以楚靈之言告者，曰「人之愛其子也，亦如余乎？」天道好還，以德爲符。惟孟德之鷙忍兮，以嗜殺以爲娱。彼揚公之愛脩兮，豈減吾之蒼舒。恨元化之不可作兮，然後知鼠輩之果無。同舐犢於晚歲兮，又何怨於老羆？吾將以嗜殺爲戒也，故於末而并書。

參賦

米芾

武帝既祠太一，受釐頒胙，意得氣泰，神怡志豫，閲符合瑞，至于嚮暮。於是升通天之臺，攬沉寥之路。覩三星聯影，晻然當户。顧侍臣曰：「是何星也？」侍臣枚皋進曰：「參星也。」帝曰：「是何主？」對曰：「是主民。」帝曰：「可聞其晻歟？」皋曰：「臣之淺學，俳儕優隊，捷語翩言，奉歡承話，稱道盛德，受況甚大，此大對也，臣不敢。」帝曰：「先生無辭！」皐乃跽而進曰：「自周衰道喪，百里一王，嗜欲加僭，民財用傷。貪如碩鼠，墮號鵜梁，匪鳶匪鮪，或潛或翔。至于暴秦，襲冕而狼。趙郊坑肉，魏野封瘡。粵嶺山斷，遼海城長。驪丘虛地，阿房繡墻。則是星也，晻晻而無光。」帝曰：「亦嘗有明乎？」曰：「有。古有治君，曰堯與禹。敬時命官，以民爲主。民之樂生，鼓腹歌舞。次逮成湯，視民如傷，一夫不獲，如已納隍。周之文、武，汔于成、康，道德化洽，禮義興行，刑措不用，至于百齡。則是星也，亦常煒煒而晶熒。」帝曰：「宜乎！自此不復有光矣。」曰：「有。昔秦籙不究，上天悔亡，乃命高祖，匹夫奮張，一洗世亂，惠綏四方，化其姦宄，約以三章。及我文、景，恭儉惇朴，隱恤賑周，德澤甚渥。太倉積紅腐之粟，司農朽不較之索。則是星亦嘗燁燁而灼灼。今陛下承累聖之休光，翕五福於仰戴。坐明堂神明之會，據建章珍陸之海。臣萬國，朝四裔。名王系於祈連，宛馬來於天外。致赤鴈、駮麃之異物，獲寶鼎、芝房之珍恠。名在百王之上游，德並五帝之左界。而乃晻晻而無光，臣皐所以堙鬱而未快，逡巡而不對也。古訓有言曰：『民猶水也，可以載舟，可以覆舟。』」言未及休，命蓋陳鈞，寢不得寐，三起問籌。翌旦坐明光殿，封富民侯。

校勘記

〔一〕流觴淥波　「觴」原作「觸」，據明抄本改。

〔二〕犬臺　「犬」原作「大」。按，此指江充讒害戾太子事，《漢書·江充傳》：「充召見犬臺宮」，據改。

宋文鑑卷第十一

律賦

有物混成賦虛象生在天地之始

王　曾

妙物難模，先天有諸，著自無名之始，生乎立極之初。不縮不盈，賦象寧窮於廣狹；匪雕匪斲，流形罔滯於盈虛。原夫未辨兩儀，中含四象，雖欲兆於形質，曾莫知夫影響。問洪纖而莫得，自契胚渾；考上下以都忘，孰分天壤？及夫大樸將散，三光欲萌，清濁待兹而一判，昏明由是以相生。然後品彙咸覩，用作有形之始；淳和外發，或知至道之精。是何小不隱於纖介，大不充於寰海，配一氣以冥運，亘終古而斯在。縱陰陽之推盪，我質難移；任變化之紛紜，斯形不改。豈不以有者真有之筌，物者生物之先，冥搜而兆朕斯顯，寂聽而音容莫傳。得我之小者，散而爲草木；得我之大者，聚而爲山川。視焉且無，訝深蟠於厚地；搏之不得，疑上極於高天。本自彊名，誠難取類。其始也既出無而入有，其終也亦規天而矩地。既不可指掌而窺，又不可因人而致。明君體之而成化，則所謂無爲而爲；君子執之而立身，亦同乎不器之器。無反無側，神之聽之。諒潛形於怳惚，實委化於希夷。傾毁何由，固秉持之在我；剛柔有體，將用捨以隨時。今我后掌握道樞，恢張天紀。將窮理以盡性，思反古而復始。巍巍乎執大象而撫域中，達妙有之深旨。

金在鎔賦金在良冶求鑄成器

范仲淹

天生至寶，時貴良金。在鎔之姿可覩，從革之用將臨。熠耀騰精，乍躍洪鑪之内；縱横成器，當隨哲匠之心。觀其大冶既陳，滿籯斯在。俄融融而委質，忽曄曄而揚彩。英華既發，雙南之價彌高；鼓鑄未停，百鍊之功可待。況乎六府會昌，我稟其剛；九牧納貢，我稱其良。因烈火而變化，逐懿範而圓方。如令區別妍媸，願爲軒鑑；儻使削平禍亂，請就干將。國之寶也，有如此者。欲致用於君子，故假手於良冶。時將禁害，夏王之鼎可成；君或好賢，越相之容必寫。是知金非工而弗用，工非金而曷求。觀此鎔金之義，得乎爲政之謀。君諭冶焉，自得化人之旨；民爲金也，克明從上之由。彼以披沙見尋，藏山是務。一則求之而未顯，一則棄之而弗顧。曷若動而愈出，既踊躍以來伸，用之則行，必周流而可鑄。美夫五行之粹，三品之英，昔麗水而隱晦，今躍冶而光亨。流形而不縮不盈，出乎其類；尚象而無小無大，動則有成。士有鍛鍊誠明，範圍仁義，俟明君之大用，感良金而自試，居聖人天地之鑪，亦庶幾於國器。

德車結旌賦車結旌者昭德之美

宋庠

君有至德，時乘大車。當偃革以無外，乃結旌而有初。奉駕陳儀，采物雖資於備設；鳴鑾示禮，旂旒匪俟於垂舒。順考前經，鋪聞往説。謂戎事以既息，貴君車之有結。雍容撫軾，蓋藏飾以尚純；肅穆展鈴，詎垂旃而就列。蓋由抑乃盛飾，昭夫令名，雖冠品於輿服，蔑揚威於旆旌。肅軫無譁，方斂藏於斿厲；馳輪有度，靡赫奕於綏纓。且夫禮有質文，器隨用捨。車號乎德，則崇化於邦本；旌結其表，則示人於天下。意自象見，名非人假。君軒弭節，孰訝乎卷而懷之；國乘制容，益顯乎素爲貴者。是知車之用兮，充德以成大；旌之飾兮，輔威而孔昭。既武怒之不作，信軍容而外銷。組轡啓行，陋邦旄之孑孑；錯衡遵路，殊風斾之摇摇。若然則動有彝儀，文無異色。雖嚴駕以備物，終去華而表德。故使禮典攸重，民瞻不忒。皇皇整御，始中括於采章；轞轞肅容，豈外揚於藻飾。用能上載明德，旁昭縟儀。自駕言而戾止，殊幅裂以藏之。升降惟寅，僅比非心之屋；章明盡屏，寧同止獵之綏。大矣哉！邦禮是崇，帝儀資始。實務德以垂教，必收旌而昭理。宜乎國容備而兵器銷，率由兹而盡矣。

應天以實不以文賦天應誠德豈尚文爲

歐陽修

天災之示人也，若響應聲；君心之奉天也，惟德與誠。固當務實以推本，不假浮文而治情。彼雖不言，譴見以時而下告；吾其脩德，禍患可銷於未萌。臣聞天所助兮，惟善則降祥；德苟至兮，雖妖而不勝。皆由人事之告召，然後天心之上應。若國家有闕失之政，則當頻見於衆災；欲人主知戒懼之心，所以保安於萬乘。臣請述當今之所爲，引近事而爲證。至如陽能和陰則雨降；若歲大旱，則陽不和陰而可推。去年大旱。陰不侵陽則地静，若地頻動，則陰干於陽而可知。去年河東地頻動。又如黑者陰之色，晦者陰之時。或暴風慘黑而大至，白晝晦冥而四垂。康定元年三月，黑風起白日晦。日食正旦，雨冰木枝。今春二月。如此之類，皆陰之爲。蓋陰爲小人與婦女，又爲大兵與蠻夷。若四方之爲患，則羣陰之失宜。故天象以此告吾君，不謂不至；陛下所宜奉天戒，不可不思！是謂應以實者，臣敢列而言之。若夫慎擇左右而察小人，則視聽之不惑；肅清宫闈而減冗列，則恭儉而成式。況乎遠佞人者，孔宣父之明訓；放宫女者，唐太宗之盛德。又若西師久不利，宜究兵弊而改作；叛羌久未服，宜講廟謀之失得。在陛下之至聖，行此事而不忒；庶天意之可回，雖有災而自息。方今民疲賦斂之苦，又值饑荒之年，貲財盡於私室，苗稼盡於農田。劫掠居人，盜賊並起；流離道路，老幼相連。陛下視民如子，覆民如天。在於仁聖，非不矜憐。故德音除刻削之令，赦書行賑濟之權。然而詔令雖嚴，州縣之吏多慢；人死相半，朝廷之惠未宣。天至高遠也，惟可動以精誠；民之休戚也，皆繫君之好尚。惟善政之能惠，則休符之並貺。富有四海之大，獨制萬民之上。一言之出兮，誰敢不從；百事責實兮，自然無曠。發號施令，在聖意之必行；變災爲祥，則太平之可望。今漢史有《五行》之志，《尚書》有《洪範》之文。願詔侍臣之講說，許陳古事於聽聞。可以見自召妖災，雖由於時政；能招福應，亦自於明君。故禾偃於風，表周王之覺悟；雉鳴于鼎，成商帝之功勳。蓋恐懼脩省者實也，在乎不倦；祈禳消伏者文也，皆不足云。臣生逢納諫之聖明，不閒直言之狂斐，惟冀愚忠之可採，苟避誅夷而則豈。蓋賦者古人規諫之文，臣故敢上干於旒扆。

王畿千里賦 畿制千里尊大王國

宋祁

王有一統，人無異歸。中四方而正位，畫千里以爲畿。總大衆之奠居，式昭民極；據方來而處要，且重皇威。二代而還，維周有制。擘庶績以圖大，廓多方而爲衛。作我上國，垂諸永世。以謂地非中夏，無以示天子之常尊；土不一圻，無以待諸侯之入計。爾乃測圭於地，考極于天。風雨之所交者，道里之必均焉。郊野錯而回合，鄉遂亘而蟬聯。溝封斯萬，疆埸且千。差籍九畿，定夫家於都鄙；出車萬乘，括賦入於原田。是謂辨方，且非期侈。廓焉天府之國，巍乎王者之里。爵禄命賜之供億，朝覲會同之底止。不偪陋以取侮，不夸矜而役美。侔江海之重潤，乃據上游；法日月之徑圍，用張天紀。且其蠻夷面内，玉帛駿奔。内則百官承式，外則四國于蕃。化之遠者禮益廣，歸之衆者務愈繁。必在制廣輪於有截，示極摯於羣元。倍十子男，大有由而御小；任包甸稍，卑不得以侔尊。亦由天之高燾，物而無外；地之厚廣，生而咸賴。使高而可度，則寥廓何仰；厚而易知，則沉潛有害。是用控天下以咸乂，極宸居而稱大。詩美「四方之是則」，理乃同歸；史稱「後世之無加」，事誠胥會。美夫周原膴膴，禹畫芒芒，或處瘠爲教，或建瓴是防。然皆按成事於神甸，跡前謀於令王。所以漢相論都，首識金城之廣；召公相宅，前知墨食之祥。洪惟我朝，奄有方國。託宏基於天地，亘長藩於道德。所以申畫邦畿，是用守之無極。

長嘯却胡騎賦 清嘯聞外胡騎潛去

范　鎮

制動者以静，善勝者不争。伊劉氏之長嘯，却胡人之亂兵。初歷歷以傳聞，合圍風靡；遂稍稍而引退，一境塵清。當其分晉室之憂勤，守并門之衝要。邊寇弈至，虜戰數挑。勝不可以近決，敵不可以前料。淩雲拔幟，誰爲趙壁之謀；訴月登樓，獨引蘇門之嘯。出自予口，期於衆聞，徵角更變，宮商互分。儼神意以不動，服戎心而若醺。終夜長吟，故異鷄鳴之客；遠人咸聽，遂收烏合之羣。是知安可破危，利能圖害。攻而至，吾不爲之戚；服而去，吾不爲之泰。亦猶雅歌之樂，坐鎮軍中；不假射聲之威，橫行塞外。豈不以嘯本予發，抑揚而自娛；騎雖爾衆，顧視而如無。既傾聽以知漢，乃散逃而入胡。若楚軍夜遁之時，聞歌於四面；殊漢將道窮之日，振臂而一呼。宜夫深謀者爲衆歸，尚力者必自匱。此以安而得儁，彼以彊而失利。因惟口之出好，去滿目之異類。遂使本朝雙闕，時有內面之人；廣莫一隅，不逢南牧之騎。大哉！人籟斯發，邊兵遂潛。蓋得先聲之術，曾無黷武之嫌。談笑而却秦軍，理宜共底；偃息而藩魏室，功亦難兼。是何據一郡之尊，憑百姓之助。勢至小也，以德而大；嘯甚微也，因誠以著。使被髮之醜類，咸審音而遠去。夫如是，則有天下之君，曷爲西北之慮！

首善自京師賦 崇勸儒學爲天下始

王安石

王化下究，人文內崇。繄京師首善之教，自太學親民之功。闔承師論道之基，先繇轂下；廣成俗化民之誼，甫暨寰中。古之聖人，君有天下，治遠於近，制衆以寡。不用文，何以修飾政教；非設校，何以崇明儒雅？迺建左學，率先諸夏。在郊立制，繫一人之本焉；養士興仁，形四方之風也。本仁祖義，取材斂賢。講制量于中土，鬯聲明於普天。始于邦家，用廣師儒之衆；行乎鄉黨，斯爲庠序之先。是何拳拳諸生，亹亹先覺，所傳者道德仁義，所隸者《詩》《書》《禮》《樂》。以言乎功，則萬世用乂；以言乎化，則八紘匪邈。其流及於三代，率以明倫；此理達於諸侯，誰其廢學！故曰校官者，庶俗之原本；京邑者，羣方之表儀。養源於上，則庶俗流被；設表於內，則羣方景隨。惟時於變，繄上之爲。三王四代惟其師，使人知化；兆姓黎民輯於下，自我興基。向若俗敗隄防，朝隳統紀，教化之宫衰落，禮義之官廢弛，鄉風者無以勸於善，肄業者不能官其始，則撫封之主，毁鄉校者有之，承學之民，在城闕者多矣。必也啓胄子之祕宇，據神邦之奥區，憲先王而講道，風下國以恢儒。邑翼翼以宅中，契商人之詠；士彬彬而蒙化，參漢室之謨。噫！孝武逸王也，而有興置之謀；公孫具臣也，而有將明之論；矧睿明之主紹起，俊乂之僚並建，宜乎隆儒館以視方來，使元元之敦勸。

曆者天地之大紀賦 聖人以通天地之數

蘇　頌

昔聖王建官司地，因象知天。推曆用明於大紀，考星咸自於初躔。合三體以爲元，成書寂密；舉二篇之定策，備數無愆。古有善談，載於前志。因太初創曆之首，述往聖知時之義。莫不究極象數，精窮天地。有時以記夫啓閉，有日以紀乎分至。躔離弦望也，於此而爲正；晦朔昏明也，於此而攸示。下可辨乎斗建，上靡差於辰次。惟君審璣衡之運，所以緒正於元功；使民知寒暑之來，然後順修於時利。況夫歷爲一歲之本，紀明太極之基。惟精祲之至妙，豈深思之與知。必也迎辰以策，定晷于儀。帝舜則羲和而分命，顓頊則重黎而是司。皆所以準厥二氣，乘於四時。聖有作也，人皆度之。制自清臺，得舉正履端之要；職由太史，盡觀文察理之宜。若乃辰集于房，月窮于紀。孟陬既協於月建，攝提亦隨乎杓指。國將班正朔以爲令，王乃觀情性而順理。章蔀元之書兮著於彼，子丑寅之正兮見於此。可以察發斂於未然，定舒慘之所以。推而生律，子陽午陰而互分；治以明時，春作秋成而是擬。且夫天之運也，日與星而代逢；地之道也，柔以剛而莫窮。非乃聖無以探其賾，非立法無以舉其中。我乃錯綜氣候，稽參變通。起建星而運筭，故積歲以成功。考連珠合璧之辰，得名尤邃；應大呂黃鍾之統，立道斯同。用能鈎校舊儀，審觀新度。成敗因之而遂紀，氣節於焉而可步。于以極陰陽之大端，于以備六五之中數。亦何異魯經比事，舉二中以歲成；羲易窮神，合五位而象布。後王以是知曆象不可不審，經紀不可不循。或立元而謹其始，或節事而授於民。馮相則致乎日月，保章則志夫星辰。以定五十五數，以通三百六旬。所謂見道而知治，何患以天而占人！彼爲刻漏以考中星，但紀曉昏之度；處璇璣而觀大運，蓋明氣候之因。猶未若測運動於二儀，齊往來於七政。建乃星紀，先夫筭命。吾皇所以監古曆之尤疏，頒新書而考正。天人之際，因以明焉，乃知夫作者謂聖。

圓丘象天賦 圓丘就陽上憲天體

鄭獬

禮大必簡，丘圓自然。蓋推尊於上帝，遂擬象於高天。必在國南，蟠宏基之高厚；用符陽體，取大運之周旋。王者揆禮之文，爲民之唱。修明大禘，導迎景貺。有祭焉，格神于下；有祀焉，享帝于上。謂丘也其形特異，我所以貴其自成。蓋天也其體亦圓，我所以法之相尚。爾乃旋仲冬之序，迎至日之長。

掃以除地，升而詔王。是必肇靈壤以高峙，模圓清而上當。擇吉土之成基，乃定其位；倣高穹之大體，以就乎陽。由是懽然神意交，穆然天貺授。偏羣靈以從之祀，嚴太祖以爲之侑。焕爾盛容，配乎大就。成非人力，聳寶勢以下蟠；仰合乾儀，環太虚而高覆。然則禮有物也，其制可象；天無形也，其端可求。故我相法於厚地，取類於重丘。崇崇其高，隱若積土之固；浩浩其大，渾如洪覆之周。是故有藁秸以籍誠，有陶匏以薦禮。大裘焉以彰其質，蒼璧焉以象其體。固異周朝授政，築層級之三成；漢祀命郊，兆重階之八陛。是則事至神者，物無以稱其德；接至高者，丘所以表其虔。與地居上，如天轉圓。對方澤之成形，乃殊其象；規大儀之冥運，自貴其全。聖人所以明禮大原，建邦茂憲，兆其成迹，符於至健，夫然因天事天，得先民之至論。

濁醪有妙理賦神聖功用無捷於酒

蘇　軾

酒勿嫌濁，人當取醇。失憂心於昨夢，信妙理之凝神。渾盎盎以無聲，始從味入；杳冥冥其似道，徑得天真。伊人之生，以酒爲命。常因既醉之適，方識此心之正。稻米無知，豈解窮理；麴蘖有毒，安能發性？乃知神物之自然，蓋與天工而相並。得時行道，我則師齊相之飲醇；遠害全身，我則學徐公之中聖。湛若秋露，穆如春風。疑宿雲之解駁，漏朝日之暾紅。初體粟之失去，旋眼花之掃空。酷愛孟生，知其中之有趣；猶嫌白老，不頌德而言功。兀爾坐忘，浩然天縱。如如不動而體無礙，了了常知而心不用。坐中客滿，惟憂百榼之空；身後名輕，但覺一盃之重。今夫明月之珠，不可以襦；夜光之璧，不可以餔。芻豢飽我而不我覺，布帛煥我而不我娱。惟此君獨游萬物之表，蓋天下不可一日而無。在醉常醒，孰是狂人之藥；得意忘味，始知至道之腴。又何必一石亦醉，罔閒州閭；五斗解醒，不問妻妾。結襪廷中，觀廷尉之度量；脱韡殿上，夸謫仙之敏捷。陽醉逿地，常陋王式之褊；嗚歌仰天，每譏楊惲之狹。我欲眠而君且去，有客何嫌？人皆勸而我不聞，其誰敢接！殊不知人之齊聖，匪昏之如；古者晤語，必旅之於。獨醒者，汨羅之道也；屢舞者，高陽之徒歟？惡蔣濟而射木人，又何狷淺；殺王敦而取金印，亦自狂疏。故我内全其天，外寓於酒。濁者以飲吾僕，清者以酌吾友。吾方耕於渺莽之野，而汲於清冷之淵，以釀此醪，然後舉窪樽而屬予口。

三階平則風雨時賦 泰階既平風雨時若

孔文仲

圓極之運，泰階以平。表聖神之德盛，致風雨之時行。位正六符，炳光芒於常次；氣流四序，普散潤於羣生。大儀之遠兮，其體高明。列宿之繁兮，其文交錯。君道修於下，則瑞爲之證；人事失於此，則變從而作。偉一德之温恭，感三階之炳爍。騰精于上，燭太微紫微之居；垂象於人，應時雨時風之若。爆爆華藻，蒼蒼昊穹。常煇乎太一之座，密次乎文昌之宫。則必天地協應，陰陽大同。沐之以膏雨，撓之以祥風。上燦高躔，既色齊而光大；俯呈休驗，俾根著之滋豐。靈臺齊政兮，知精祲之祥。太史占天兮，測宿離之會。上焉兩兩之悉正，下焉元元之永賴。盛澤鼓舞，洪恩霶霈。觀文察變，仰魁斗之均明；薄山流淵，蘇物情而交泰。豈不以天至邈也，其監無私；星至遠也，其應不欺。惟上階之成象，合元后之題期。或當乎卿大夫之列，或主乎士庶人之卑。率皆騰燿而有爛，守常而莫移。致此協氣，播于大時。薰兮解慍之美，沛若如膏之滋。順軌而居，展開德宣符之效；以節而至，無鳴條破塊之爲。斯蓋位焉不易其尊卑，行焉不差其經緯。使清微之令，均被乎率土；霢霂之澤，昭蘇乎品彙。化養無外，涵濡罔既。相比而列，連炳煥於七星；仰觀其符，知協調於六氣。誠由至仁之化也，四表光被；太平之治也，兆民允懷。藹休功於萬宇，兆祥應於三階。載於傳，則微凄苦之戾；出於記，則無猋暴之乖。驗斗覆而歲穰，求端則正；占畢明而夷貢，取類其皆。班固志之也，曉然示人；方朔陳之也，勤於致主。修皇德以上動，煥台光而可覩。符作肅作聖之事，鮮極備極無之苦。又何必饗帝于郊，始能節乎風雨？

四海以職來祭賦 天下之職能助王祭

孔武仲

上聖孝至，諸侯職揚。當一人之奉祭，罄四海以來王。肅爾駿奔，各述修方之舊；翼如顯相，用嚴肆祀之常。夫惟承祖宗積累之休，處廉陛崇高之勢。尊其親也，既重假廟；大其禮也，又當配帝。化首正宁，教流當世。本至誠之恭愛，可以感人；極四海之欣歡，入而助祭。時也六服面内，五侯至前。同姓異姓兮，各奉玉帛；大賓大客兮，迭承豆籩。並來享以悦懌，咸侍祠而吉蠲。造此闕庭，鏘八鸞於外屏；盛其饌貢，洽百禮於中天。擇於大射，則賓自得賢；誓以常刑，則臣無廢職。辨其吉禮之掌，同厥驩心之得。儼若將事，欣然獻力。分行遞見，居多振鷺之容；承命勤修，皆有和羹之德。誠以報本反始者，神聖之美教；尊祖嚴父者，朝家之上儀。在盛王之顒若，格縣宇以承之。故爾各備上服，並承約軏。所以周廟陳常，美羣公之肅肅；湯孫致饗，詠列辟之祁祁。衆莫衆於侯方，尊孰尊於君者。大邦小國兮，至自畿外；美味和氣兮，實於堂下。共承上化，參德遜於前書；各盡臣恭，協祼將於《大雅》。夫盡九州之力，致五福之膺。殊免爵於西漢，異責茅於召陵。以極精禋之意，用全孝饗之能。薦牡惟時，推至誠而茂對；執膰有序，贊大事以靈承。噫！德教所加，惠心益著。外易俗於蠻貊，下感心於黎庶。矧乎茅土分寵，親賢同慮。幸丁萃亨之時，孰不驩虞而來助？

舜琴歌南風賦帝舜作琴以歌南風

舒亶

帝意雖遠，琴音可通。欲發揚於孝道，遂歌詠於南風。寓意五絃，寫生成之至德；託言萬物，荷長養之元功。粤其耕稼陶漁至爲君，聰明睿智積諸己。日深致孝之念，躬盡事親之理。以謂鞠養之德，欲言之不足；生育之愛，欲報之何以。緣情指物，孰形孝子之思；流詠在琴，具載南風之旨。時其比屋熙乂，巖廊靚深，包我萬慮，寫于一琴。協天地以同趣，按絲桐而播音。作以叙情，適在無爲之日；「薰兮」入奏，永言至孝之心。蓋曰風之於物也，有化養之恩覃；親之於己也，有劬勞之德博。眷物理之明甚，假琴聲而遠託。一彈而歡意具寫，再鼓而羣心咸若。按絃而奏，聲參《韶樂》之淳；寓象而言，義並《凱風》之作。識夫琴求以意，而不求乎形器；帝樂在孝，而非樂於絃歌。感民之義，豈並於北里；思親之志，固深於《蓼莪》。藏韻於心，非止解一時之愠；寄聲於政，又將陶萬國之和。自是正音暢而化洽幽遐，協氣流而時消沴灃。閨門聽之，則翕爾和順；朝廷聞之，則歡然感厲。風被乃俗，功歸于帝。又得夔工之奏，同樂於民；不煩鄒律之吹，阜財於世。兹蓋淵默玩意，優游面南。歌孝風之遠暨，託琴理以中含。惜乎道與世汩，樂非德參。操變而亡，徒起後人之嘆；音調而理，空聞前史之談。夫豈知昔者導樂理之淳淳，達孝思之進進。内將報德之罔極，外以格民之大順。然則，歌琴之意至矣哉，莫如虞舜。

公生明賦 公不偏黨明則生矣

許安世

事欲無蔽，心宜盡公。既守正以宅志，遂生明而在躬。祛一意之黨偏，不私乎物；照百爲之情僞，罔汩於中。若夫外交事變之繁，中固心誠之守。以謂虚己鑒物，則枉直昭晰；挾情適事，則是非紛糾。欲庶理之皆辨，捨至公而則不。中立不倚，始持正於羣倫；旁燭無疆，遂致明於萬有。無陂無側，不阿不偏。非妄惡也，惡其衆之所棄；非作好也，好其衆之所賢。蓋依違牽制者固已去矣，則明白洞達者乃其自然。百志惟寧，居絶傾邪之漸；五綦不亂，遂觀昭曠之先。蓋夫智因窒而後昏，性以私而有黨。愛憎既絶，則真僞必審；取捨既平，則善惡不爽。抱純正以中執，涵機靈而内養。所以主心善治，湯無蔽塞之憂；直道欽承，文有照臨之廣。豈不以湛静者人之性，偏闇者性之情。知静爲本，故虚之則定；知闇爲害，故去之則明。正厥心官，始閑邪而制物；發爲智燭，終迪哲以通誠。大抵處有累之地者，莫不徇私；對無窮之變者，鮮能不惑。凡適理以非眩，由秉心之自克。得不保守天質，蹈行聖則。周而不比，無一曲之蔽情；静之徐清，有三知之入德。因知心乃物之鑒，公爲職之衡。係吝既屏，純明自生。以之察己，則事至不惑；推而成務，則物來敢名。是故君子養源，于以致忠邪之判；大人正己，豈徒無譖愬之行。嗟夫！有爲者易失其本心，無憚者或迷於至理。故伾、文黨與以醜正，恭、顯庸回而嫉士。智尚昧於自保，識敢期於遠視！惟夫以公正爲心，明則生矣。

智若禹之行水賦明智之大如禹行水

孔平仲

古有大智，中潛至明。何行水以爲喻，蓋存心之自誠。淵然創物之謀，敏而外發；沛若決川之勢，順以東傾。夫惟靈萬類而生，毓五常之粹，不滯於物，其端曰智。然順其故則不致於交譎，悖其本則浸成於大僞。居惟適正，委美質之自然；舉若下鴻，措安流於無事。審利圖害，籌安計危。蘊千慮以無惑，包萬殊而不遺。每優游而處此，不汩亂以行之。內畜清明，陶天真而去詐；遠侔疏鑿，適地勢以流卑。湛然恬養於中，廓然識周於外。不滌源而滌性之垢，不治水而治情之害。較迹無間，成功亦大。可通塞壅，順意表以彌綸；如決懷襄，貫地中而滂沛。大抵多計者流於機巧，好辨者溺於空虛。其弊明甚，惟人戒歟！故我抱靈鑒以無隱，導沉幾而自如。心常惡其鑿也，勢若排而注諸。舜以是而察邇言，聰明並決；堯因之而急先務，障蔽皆除。夫運至計以利仁，紹徽謀於平土，德一也，何獨議乎智？人一也，何獨尊乎禹？蓋智之於物兮，必順適其理；而禹之於水兮，亦疏導其苦。苟能此道，宜劾皋陶之謨；一失其原，或謂白圭之愈。後世蘇、張之辯勝，莊、老之道鳴。其耀才者，或籠愚而不正；其矯枉者，又絶聖以無營。皆與性以相戾，譬濬川而逆行。亦猶戕柳以爲之棬，並非其質；揠苗而助之長，反害其生。噫！喻玉瑩者，楚有屈平；侔蓍龜者，秦聞樗里。或以易變而貽誚，或以不知而爲恥。皆莫若順其性以行焉，所謂智者樂水。

周以宗彊賦周以同姓彊固王室

沈　初

古之建國，制莫如周。盛宗枝而作庇，强王室以承休。治尚以文，重恩親於同姓；世緜其祚，大形勢於諸侯。自昔后稷開基，公劉經始。盛德物被，豐功世美。文、武大其業，成、康繼其軌。奚永永以能然，蓋親親而得以。任先宗子，協圖夾輔之勳；本固王家，益植太平之趾。天邑中奠，侯封外崇。大邦小邦兮，我所錫壤；伯父叔父兮，汝其懋功。肇國勢於寖盛，粹民風於大同。膺木德以當天，王圖以永；法轄星而建屏，邦本其隆。有衮服以華其躬，有金路以優其命。寶玉分賜，脤膰均慶。所以等異諸臣，恩先庶姓。史稱乃德，盛陳過曆之期；《詩》大其功，茂著維城之詠。豈無異姓，與之翊昌；豈無列辟，與之贊襄；推本而治，尚親則强。故蒼籙之興起，始諸姬而阜康。忠厚一時，重本枝而相輔；儀刑百世，壯基緒於重光。至如魯、衞之所分，邢、茅之所附，衆列邦壤，一寧國祚。巋然盤石之安，屹然寶鼎之措。無煩兵革，坐收禦侮之功；不假山河，自得爲藩之固。譬夫木之殖，枝茂者幹必大；水之委，源深者流必長。緊爾列辟，輔予一王。秦室寖微，蓋削五侯之壤；漢邦未善，徒恢七國之疆。盛哉！本本之扶持，承承之操術。國五十兮，比如犬牙之制；年七百兮，緜如瓜瓞之實。方今宗也盛而國也强，跨基圖於周室。

佚道使民賦民得終佚勞固無怨

林希

古者善政，陶乎庶民。上安行於佚道，下無憚於勞身。教思有原，得樂趨於農役；人知足養，胥仰戴於君仁。始也井天下之田，比民居之域。乃闢疆里，乃訾稼穡。寒則思爲之衣，飢則願爲之食。法既歸厚，利玆各得。蓋上執其道，務優佚以便民；衆樂其生，率歡娛而竭力。春使之作，熙然悅從；冬使之息，慶其有終。趨時也如鳥獸之至，收成也如寇盜之空。利而不庸，自足王民之用；厚而無困，本資帝力之功。蠢惟有生，不能自恤。役之所以奉其己，利之然後知其佚。仰有以供其祭祀，俯足以寧其家室。穀播其始，化同豳俗之深；壤擊而歌，野有堯民之質。俾爾晝出于墊，俾爾宵索其綯。無力役以奪其節，無賦斂以爲之擾。曾動作之敢息，由醇醲之所陶。驅於足用之原，安而服業；圖厥終身之養，樂以忘勞。大抵强民者難使從，利衆者久益慕。及充其口腹之欲，由竭其手足之故。汝業既畢，汝居既固。爲之一日之蜡，怠心已忘；優爾三時之農，收功有素。然則于于其處，皞皞其趨。俾常産之各得，顧閑民之舉無。治貴優游，農者願耕耘於野；俗相廉遜，老而不負戴於塗。噫！藏其用者其政神，厚其本者其民愿。化而不示其迹，勞而不知其困。斯道也，養生送死無憾焉，何有於怨？

王道正則百川理賦王道公正而百川理

江衍

物格大順，化由至公。本一道以持正，致百川而會通。庶政修明，端若承天之意；衆流協應，沛然行地之中。嘗聞宰物之工，提平在聖。大而覆載者，既輔相以德；廣而融結者，皆管攝以政。故彼災祥，繫乎邪正。惟王有歸往之義，蓋在爲公；而水存平準之稱，遂皆得性。何則？明審刑罰，持循紀綱。亶聰明而作后，一好惡以遵王。執此之政兮，堅若金石；行此之令兮，信如陰陽。有猷有爲，屏邪心於黨附；或源或委，暢柔德於靈長。由是溫洛效珍，滎河薦祉。若江漢焉，莫不歸其潤；若畎澮焉，莫不循其理。民自絶於昏墊，物大蒙於豐美。坦周人之砥道，率履大中；協夏后之神功，敉寧洚水。豈非德之隆者，高深遠近而必及；道之公者，徧覆包含而不偏。博既通於化育，幽遂達於淵泉。上廣堯仁，有既陂之九澤；下殊幽暴，無皆震之三川。況夫中和發於聖誠，精祲交於神造。萬物之類尚率育而揔揔；五行之本，宜分流而浩浩。平康在治，兹咸敘於彝倫；脉絡交通，遂安行於故道。向若所持悖繆，所向阿私，或盛外家之寵，或簡宗廟之儀，害既作矣，時將殆而。白馬沉而福益遠，金堤塞而民已疲。是以《雅什》貽譏，蓋念沸騰之失；漢臣建白，重興涌溢之悲。殊不知水之爲功，物資其澤。以之浸潤也其功倍，以之灌溉也其利百。然而疏導則莫勝其勞，壅塞則悉罹其厄。惟王道公正而不頗，自然順適。

郭子儀單騎見虜賦 汾陽征虜壓以至誠

秦　觀

回紇入寇，汾陽出征。何單騎以見虜？蓋臨戎而示情。匹馬雄趨，方傳呼而免胄；諸羌駭矚，俄下拜以投兵。方其唐祚中微，胡塵内侮。承范陽猖獗之亂，值永泰因循之主。金繒不足以塞其貪嗜，鎧仗不足以止其攘取。雲屯三輔，但分諸將之兵；烏合萬羣，難破重圍之虜。子儀乃外弛嚴備，中輸至誠。氣干霄而直上，身按轡以徐行。於是露刃者膽喪，控弦者骨驚。謂令公尚臨於金革，想可汗未厭於寰瀛。頓釋前憾，來尋舊盟。彼何人斯，忽去幢幡之盛；果吾父也，敢論戈甲之精。豈非事方急則宜有異謀，軍既孤則難拘常法。遭彼虜之悍勁，屬我師之困乏。校之力則理必敗露，示以誠則意當親狎。所以徹衛四環，去兵兩夾。雖鋒無鏌邪之鋭，而勢有太山之壓。據鞍以出，若乘擒虎之驄；失仗而驚，如棄華元之甲。金石至堅也，以誠可動；天地至大也，以誠可聞。矧爾熊羆之屬，困乎蛇豕之羣。於是時也，將乘驕而必敗，兵不戢則將焚；惟有明信，乃成茂勳。吐蕃由是而引歸，師殲靈夏；僕固於焉而暴卒，禍息并汾。非不知猛虎無助也，受侮於狐狸；神龍失水也，見侵於螻蟻。曷爲鋒鏑之交下，遽遺紀綱而不以？蓋念至威無恃於張皇，大智不資於詼詭。遠同光武，輕行銅馬之營；近類曹成，獨造國良之壘。向若怨結不解，禍連未央，養威嚴於將軍之幕，角技巧於勇士之場。攻且攻兮天變色，戰復戰兮星動芒。如此則雖驍雄而必弊，顧創病以何長！符秦夸南伐之師，坐投淝水；新室恃北來之衆，立潰昆陽。固知精擊刺者，非爲將之良；敢殺伐者，非用兵之至。況德善之身積，宜福祥之天畀。故中書二十四考焉，由此而致。

宋文鑑卷第十二

詩

四言

皇雅十首

尹洙

天監，受命也。自梁至于周，兵難不息。宋受命，統一萬方焉。

天監下民，亂靡有定。甚武且仁，祚厥真聖。仁實懷徠，武以執競。匪虔匪劉，拯我大命。自昔外禪，月經日眚。令以挾制，政以陰傾。帝初治兵，志勤于征。奄受神器，匪謀而成。淮潞弗虔，卒汙叛迹。戎輅戒嚴，皇威有赫。彼寇詿民，吾勇其百。殄厥渠魁，貸其反側。帝朝法宫，左右宗公。忮夫悍士，以雍以容。爾居爾室，爾工爾農。既息既養，惟天子功。

天監四章，章八句。

西師，征蜀也。

主用西師，岷梁弗賓。匪曰負固，實交晉人。予訓予誓，合我將臣。正厥有罪，無庸傷民。矯矯虎士，載摧其壁。于嗟孟侯，亦果其策。迎師而降，靡抗鋒鏑。豈獨身謀，完是宗國。蜀都既平，將臣失律。此衆悍驕，彼民危慄。當塗叫呶，合萬爲一。匪懷則威，帝心是恤。帝曰將臣，予嘉乃庸。廢命毒民，爾弗有終。邦典用疑，惟罪惟功。靡殛而削，協于厥中。帝曰孟侯，受封于楚。淑旂琱戈，備物異數。俾爾族姻，及乃文武。服在王庭，靡不有序。蜀民呼歌，天子威靈。保我者封，暴我者刑。匪功是私，匪弱是陵。天子惠民，疇敢不承。

西師六章，章八句。

耆武，受俘也。命將伐南海，平金陵，俘二王以獻。

耆武定功，時惟二方。淮服其義，海南遂荒。孰孱而驁，孰暴而猖。自底不譓，乃終滅亡。帝戒二俘，同即爾誅。予惟民無辜，休息是圖。時其輯矣，寧威獨夫。帝嗟汙邦，久罹于兵。或暴下以征，或敷虐以刑。予命中典，協于國經。民服德音，室家以寧。

耆武三章，二章八句，一章六句。

憲古，令守臣也。削其附庸，以強帝室焉。

帝懷永圖，治古是憲。四方守臣，惟屏惟翰。在昔艱難，弗惠訓典。跨都連城，高牙以建。有土有民，肆乃征繕。以息以容，終焉叛換。凡今帥臣，狃厥聞見。匪革亂原，曷清多難？帝告庶邦，式是典彝。元侯顯父，戚臣宗支。正乃封圻，予一人是毗。凡曰附城，罔爾俾之。畜兵厚賦，靡爾得私。毋凶而國，作福作威。天子有命，疇敢不祇！子孫承承，唯萬世規。

憲古二章，章十六句。

大鹵，王師討晉罪也。

冀州之疆，粤惟大鹵。俗忮而專，地扼而固。協比幽都，蕩搖邊圉。三垂既夷，兇威弗沮。帝御六師，百萬貔虎。剪其附庸，至于城下。鋒鏑始交，梯衝如舞。蠢爾孱王，請附降虜。我士奮揚，願究吾武。皇帝曰吁，念彼黎庶。匪鯨匪鯢，復爲王土。晉郊既平，九區以寧。陳功太廟，告假威靈。在昔武王，于商觀兵。維我藝祖，亦勤于征。匪貸晉罪，俟厥貫盈。聖作聖繼，巍巍相承。皇矣二后，功莫與京。

大鹵二章，一章二十二句，一章十四句。

帝籍，修故典也。躬耕以劭農焉。

帝籍于郊，典儀具陳。務農以訓，供祀以勤。祀在誠誠，匪勤于人。訓農以實，匪訓以文。帝謹二物，乃躬乃親。公侯卿士，暨厥庶民。千甸有制，飭哉惟寅！帝賚高年，式宴且喜。種種黄髮，旅立而議。我生艱難，暴亂以繼。耳狃金鼓，目狎戎器。皇其我圖，親講農事。有子有孫，力田孝悌。鼓舞至仁，薰焉如醉。

帝籍二章，章十四句。

庶工，任賢也。

帝咨庶工，疇其輔予？俊乂以登，厥勞乃圖。匪忘舊勳，非賢勿俞。巍巍袞台，盛德以居。任賢伊何？昌言是庸。勉告爾猷，罔恤迺躬！豈無狷辭，佛于予衷；予不爾疵，爾無面從。始時從官，戎容揚揚；今帝左右，儒冠煌煌。朝廷以尊，文物典章。得人之盛，奕世重光。

庶工三章，章八句。

帝制，北方請盟也。

帝制萬邦，罔有弗賓。蠻夷戎狄，羈而勿臣。威格三方，稽顙獻珍。單于革心，願交使人。帝謀公卿，列侯庶校。咸曰彼心，暴戾陰狡。既擾我疆，復利吾寶。無若勵兵，襲其還道。皇曰有衆，予實念兹。戰無必勝，矧其歸師？借曰大獲，疇能盡之？益俾餘醜，毒吾朔陲。乃俞其盟，北州以綏。在漢世宗，抗威北戎。暴農筭商，經用弗充。中土震騷，漢南始空。降及後世，猶稱厥功。於穆聖考，德無與偕。匪勤于兵，北人遂來。逮是三紀，遠俗以懷。生民休息，嗚呼仁哉！

帝制五章，四章八句，一章十句。

皇治，恤刑也。帝仁于用刑，在位者以寬恤爲治焉。

皇底其治，欽哉惟刑。在疑而宥，罔察爲明。愛怒弗肆，孰爲重輕。毋一弗辜，惟典之平。前世理官，倚法以刻。匪彼爲仇，蓋曰任職。今之蔽獄，務正其辟。鑒于前人，繄我仁德。皇德在仁，寖而成風。公侯卿士，靡不率從。麛卵萌生，咸保厥終。不鄙不夭，樂哉融融。

皇治三章，章八句。

太平，封祀告成功也。

噫！太平無象兮，世烏得而知。維盛德可迹兮，其封祀之儀。東岱宗兮西汾脽，禮上帝兮賓地祇。皇有征兮，吾民以嬉。皇有祈兮，吾民是私。天敷佑兮，俾皇之釐。永世億寧兮，無疆之基。

太平一章，章八句。

定州閱古堂

富弼

天下十八道，惟河北寂重。河北三十六州軍，就其中又析大名府、定州、真定府、高陽關爲四路，惟定州寂要。定爲一路治所，實天下要重之寂。知是州者，兼本路兵馬都部署。居則治民，出則治兵。非夫文武才全、望傾于時者，不能安疆埸、屏王室也。然自國初已來，專以武臣帥諸路。慶曆七年，甘陵妖賊據城叛，河北妖黨相摇以謀應，卒驕將偄，人心大震。天子悟，始議遷儒臣帥四路，以督諸將。廼起知鄆州、資政殿學士、給事中、昌黎韓公帥真定，以遏亂萌。明年春，賊誅人安。既而夏大雨，河決商胡，東北入于海。河北災，人復不寧，流徙失業者四出，咸不翅千里，僵殍滿道。天子恤然，且虞他姦，遂以公帥定。定既要重天下，宿兵素多，屬傷殘之後，官民枵，困征賦，逃無幾，而兵不少減。兵襲舊幸歉，益驕以悍。公夙夜裁整，以威以懷。兵之驕不從令者，捽其首惡，斬以徇；略爲條教，餘怗怗就約，不敢譁于室；至有調發者，遠而彌戢，如公親臨。已而招集逋亡，四流争還，如啼孩奔父母，惟恐其後，至則充然各得其欲。農無廢隴，賦有餘粒。不旁誅横斂，而上下足。堙漏補罅，一面完固。公既擊彊梗之兵，又育彫瘵之民。左行斧鉞，右哺飲食。亂者畢治，亡者畢存。禮法政教，向之人所不得聞者，今漸濡酣飫，無不貫徹。自是邊人革其耳目，新其肝腸，優爲而樂從，故人易治而功成速也。又明年秋，天子圖公之功，詔加大學士。公先嘗表其志，幸終三年，不願亟易也。至天子抑騎召，而使即以授，姑遂公請，亦以慰斯人愛公之心也。公惕寵處官，雖無事未嘗輒自豫，念兵與民之急，宜無過者，矧臨要重之路，憂虞所繫，凡是繪畫，不可以無法，廼擇取歷代賢守良將，總若干人行事，創大屋以類相次，繪于周壁，牓之曰「閱古堂」。蓋欲閱古之人所爲，而爲之法也。噫！公雅文傑武，自當視乎古人；且天下方遲公入輔，以致太平，若其安疆埸，屏王室，豈庸考古而後能哉？實公冲然不自有其有，而歸乎古人也。其懸知來者不師繪事，而公是師也。雖然，蹈古蒐善，惠人警己，公之意謂其至矣乎！公卿問索詩，因粗序所致之旨，以誌其始而示于後。詩曰：

朔方之兵，勁于九土。尤勁而要，粤惟定武。兵勁在馭，用則羆虎。失馭而勁，驕不可舉。曰保曰貝，閉壁連阻。武爵斯守，束手就虜。皇帝曰噫！汝武曷取。有敝必革，以儒于撫。公來帥定，始以威怒。有兵悍横，一用干斧。連營怛之，膽栗腰傴。既懼而教，如脂如乳。以刺以射，以鉦以鼓。無一不若，師師旅旅。列城自敕，靡不和附。陰沴爲梗，降此大雨。大河破洩，在河之滸。民被黜墊，田入污莽。流離蕩析，不得其所。公慼曰吁！予敢寧處？迺大招來，乃大保聚。乃營帛粟，寒衣飢茹。民歸而安，水下孰禦。彊弱死生，由公復慮。曰義曰仁，霜肅春煦。合和蒸天，天順以序。公境獨稔，爰麦爰黍。公俗獨樂，夫耕婦杼。人雖曰康，公亦奚豫。謂此一方，民與兵具。務劇任重，稽古人裕。人皆謂公，與古爲伍。公文化民，公武禦侮。何思古人，公不自許。遂擇奇將，繪于堂宇。列其行事，指掌可數。前有古人，在我門户。後有來者，依我牆堵。斯堂勿壞，有堂有故。堂之不存，來者曷覩？宏乎煥乎！千載是矩。

袷禮頌聖德

梅堯臣

溥哉孝享，將事于寧。文武卿士，冠劍在庭。奚俟帝齋〔一〕，風霰其零。風霰不已，鉤陳豹尾。龍旂太常，立列比比。帝居路寢，百辟就次。至于穀旦，漫漫翳翳。帝入靈宫，左撞黄鍾。陛階置玉，日氣曈曈。鴻鴻杲杲，氛駁陰掃。宿于太宫，月星皓皓。侍祠之臣，鵠舉鷺振。或捧其匜，或進其巾。輔相夾導，俯僂鮮鱗。圭瓚以陳，登歌以均。東向虚位，發爵親親。平明帝還，紫宸序班。望帝之顔，穆穆閑閑。簷步廊廊，雪浮陽光。大楹爛爛，朱陛煌煌。稱祝萬壽，萬壽無疆。却登寶輿，以御端門。揭雞肆赦，雷動乾坤。于時都人，于時婦女。于時蠻夷，異口同語：「天子萬年，仁聖之主。」臣時執册，與物咸覩。敢播于詩，庶聞九土。

魏京

劉敞

上二十年，治建北京，以章明先帝巡狩之德，以達孝思于下。于時野之處士，或相與議曰：「蓋文王都豐，武王都鎬，豐鎬之間，不能數百里，文武之位不過侯伯，而詩人乃以聖人之德、天子之事歌之；有如聖朝，德位相侔，述作相繼，而無『遹駿』『烝哉』之詩，此乃處士之罪，非公卿之過也。」乃考聲課辭，以繼《大雅》，垂之無窮。其文曰：

皇作大都，大都雄雄。奄定北國，四方來同。皇曰卿士，在昔聖考。祗遹文武，維慈幼老。天監在上，既有明德。乃命于下，罔有不服。匪允命之，亦章慶之；匪允服之，亦保育之。時維玁狁，侮予之疆。靡度靡虞，跳呼以狂。業業烝黎，載震載驚。侵魏及澶，羣心不寧。帝奮厥武，百萬其士。匪怒以棘，于三十里。如虎如貔，如霆如雷，靡有遠邇，天子其來。天子來止，士增其喜。孰偷其生，以不奮興。驅之渾渾，攘之賁賁。靡有輈張，殲厥鯨鯢。或獻其寶，或請其命。帝振于旅，維時既定。屹屹魏土，山河之固。匪山河則固，維上帝伊怒。既閟爾弓，既櫜爾矛。玁狁臣之，四方是休。皇曰卿士，聖考之德。允于孝思，孝思維則。爾眎于魏，以作我都。以赫厥靈，俾後勿踰。皇曰卿士，維帝時功。時亦維人，維寇萊公。爾敬爾止，弼予于治。期爾前人，用迪爾事。皇曰卿士，維帝作武，垂是萬年，莫敢予侮。泰山之封，后土之禪，予監若兹，惟天是眷。翼翼魏土，天子國之；穆穆原廟，聖人則之。孰爲彊暴，來覲來觀，俾讋于威，于忠是訓。顯顯天子，孝德自躬；率是休烈，覃之北戎。河水東注，昭哉禹績。時萬斯年，天子之德。

古風

劉敞

子欲富矣，何用爲富？農不若工，工不若賈。子欲貴矣，何用爲貴？德不若名，名不若勢。粹兮純兮，三五之人兮，終窶且貧兮，孰知其珍兮！

閔雨

劉敞

臣伏見春首以來，天久不雨。曆官李用晦，治《大衍軌革》；太醫趙從古，治黄帝六氣，咸以謂風旱歲惡。然陛下焦心勞意，側躬修德，蕃樂損膳，議獄宥過，以迎導善氣；爰及言事得罪者，唐介、杜樞之徒，復特見甄序。小大之臣，莫不欣然。人情悦則天氣和矣。乃三月己巳，日入而雨，至于庚午。《詩》不云乎：「益之以霢霂，既優既渥，既霑既足，生我百穀。」以此見聖人之德，與天相符。言出而物應，行發而神助，雖水旱之占，有常數者，猶不能違之，況其眇者乎？竊觀《詩》《書》所載，盛德之君，至誠動天之速，未有及陛下者也。臣不勝皷舞之至，謹撰《閔雨》詩一首，十三章，章六句，投進以聞。

堪輿絪緼，一晦一明。或沉而毁，或亢而暘。自古以然，世習爲常。民生冥冥，靡究靡知。其幸而吉，不幸而災。猖狂妄行，唯所遇之。天命降監，在我元聖。兼覆廣裕，四方既定。維民之恤，無所疵病。伊年暮春，旱久不雨。人曰時哉！曆有常數。禹、湯之賢，莫能弗遇。帝獨喟息，是豈足言。化育萬物，若鎔以埏。患在誠薄，不能動天。退而齋心，淵默以居。鍾鼓不抎，宴游不娱。左右肅然，一懷瞿瞿。疏獄省刑，與物更始。内恕孔悲，引咎在己。爰及四海，愚智咸喜。追悟讜直，褒進淹滯。聲色無迮，式序在位。嬖習權近，慴威屏氣。己巳乃雨，若有鬼神。凄凄其風，渰渰其雲。自東徂西，罄無不均。匪震匪拔，匪溢匪洩。生曰百穀，區萌畢達。以享以食，小大胥悦。天子之德，視雨之施？肇自京師，達于四裔，無有蠻貊，孚我君惠。天子之政，視雨之時：養老長幼，速哉熙熙，更化易俗，而民不知。天子之慶，視雨之積：自天降康，時萬時億，眉壽無疆，以靖四國。

新田

王安石

唐治四縣，田之入於草莽者十九。民如寄客，雖簡其賦，緩其徭，而不可以必留。尚書比部郎中趙君尚寬之來，問弊於民，而知其故，乃使推官張君恂以兵士興大渠之廢者一，大陂之廢者四；諸小渠陂，教民自爲者數十。一年，流民作而相告以歸；二年，而淮之南、湖之北，操囊耜以率其妻子者，其來如雨；三年，而唐之土不可賤取，昔之菽粟者，多化而爲稌。環唐皆水矣，唐獨得歲焉。船漕車輓，負檐出于四境，一日之間，不可爲數，而唐之私廩固有餘。循吏之無稱於世久矣，予聞趙君如此，故爲作詩。詩曰：

離離新田，其下流水。孰知其初，灌莽千里。其南背江，其北逾淮，父抱子扶，十百其來。其來僕僕，慢我雜屋。趙侯劬之，作者不饑，歲仍大熟，飽及雞鶩。僦舡與車，四鄙出穀。今游者處，昔止者流。維昔牧我，不如今侯。侯來適野，不有觀者，稅于水濱，問我鰥寡。侯其歸矣，三歲于茲，誰能止侯，我往來之。

潭州新學

王安石

治平元年，天章閣待制興國吴公治潭州之明年正月，改築廟學于城東南，越五月，告成孔子用幣。潭人曰：「公爲善政以德我，又不勸我而爲此學，以嘉我士子，誰能詩乎，以誦我公於無窮？」皆辭不敢，乃使來請。詩曰：

有嘉新學，潭守所作。守者誰歟？仲庶氏吴。振養矜寡，衣之褰襦。黔首鼓歌，吏静不求。乃相廟序，生師所廬，上漏旁穿，燥濕不除。曰嘻遷哉！迫阨卑污。當其壞時，適可以謀。營地慮工，伐梗楠櫧。徹故就新，爲此渠渠。潭人來止，相語而喜。我知視成，無豫經始。公升在堂，從者如水。公曰誨汝，潭之士子：古之讀書，凡以爲己。躬行孝悌，由義而仕，神聽汝助，况於閭里。無實而夸，非聖自是，雖大得意，吾猶汝恥。士下其手，公言無尤。請詩我歌，以遠公休。

明堂樂章二首

王安石

皇帝還大次憩安之曲

有奕明堂，萬方時會。宗子聖考，作帝之配。樂酌虞典，禮從周制。耋事既成，於皇來暨！

歆安之曲

穆穆在堂，肅肅在庭。於顯辟公，來相思成。神既歆止，有聞惟馨。錫我休嘉，燕及羣生。

顔樂亭

程顥

天之生民，是爲物則。非學非師，孰覺孰識？聖賢之分，古難其明。有孔之遇，有顔之生。聖以道化，賢以學行。萬世心目，破昏爲醒。周爰闕里，惟顔舊止。巷汙以榛，井堙而圮。鄉閭蚩蚩，弗視弗履。有卓其誰？師門之嗣。追古念今，有惻其心。良價善諭，發帑出金。巷治以闢，井渫而深。清泉澤物，佳木成陰。載基載落，亭曰顔樂。昔人有心，予忖予度。千載之上，顔惟孔學。百世之下，顔居孔作。盛德彌光，風流日長。道之無疆，古今所常。水不忍廢，地不忍荒。嗚呼正學，其何可忘！

何公橋

蘇軾

天壤之間，水居其多。人之往來，如鵜在河。順水而行，雲駛鳥疾，維水之利。千里咫尺。亂流而涉，過膝則止。維水之害，咫尺千里。沔彼濫觴，蛙跳鯈游。溢而懷山，神禹所憂。豈無一木，支此大壞？舞于盤渦，冰拆雷解。坐使此邦，畫爲兩州。鷄犬相聞，胡越莫救。允毅何公，甚勇于仁，始作石梁，其艱其勤。將作復止，更此百難，公心如鐵，非石則堅。公以身先，民以悦使，老壯負石，如負其子。疏爲玉虹，隱爲金堤，直欄横檻，百賈所栖。我來與公，同載而出，讙呼塡道，抱其馬足。我歎而言，視此滔滔，未見剛者，孰爲此橋？願公千歲，與橋壽考，持節復來，以慰父老。如朱仲卿，食于桐鄉。我作銘詩，子孫不忘。

觀棋

蘇　軾

予素不解棋。嘗獨遊廬山白鶴觀，觀中人皆闔户晝寢，獨聞棋聲於古松流水之閒，意欣然喜之。自爾欲學，然終不解也。兒子過乃粗能者，儋守張中日從之戲，予亦隅坐，竟日不以爲厭也。

五老峯前，白鶴遺址。長松蔭庭，風日清美。我時獨游，不逢一士。誰與棋者，户外屨二。不聞人聲，時聞落子。紋枰坐對，誰究此味？空鈎意釣，豈在魴鯉。小兒近道，剥啄信指。勝固欣然，敗亦可喜。優哉游哉，聊復爾耳。

和陶淵明時運

蘇　軾

丁丑二月十四日，白鶴峯新居成，自嘉祐寺遷入，詠淵明《時運》詩云：「斯晨斯夕，言息其廬」，似爲余發也，乃次其韻。長子邁與予别三年矣，挈携諸孫，萬里遠至。老朽憂患之餘，不能無欣然。

我卜我居，居非一朝。龜不吾欺，食此江郊。廢井已塞，喬木干霄。昔人伊何，誰其裔苗？下有碧潭，可飲可濯。江山千里，供我遐矚。木固無脛，瓦豈有足。陶匠自至，嘯歌相樂。我視此邦，如洙如沂。邦人勸我，老矣安歸！自我幽獨，倚門或揮，豈無親友，雲散莫追。旦朝丁丁，誰欵我廬？子孫遠至，笑語紛如。剪髮垂髫，覆此瓠壺。三年一夢，乃復見余。

和陶淵明勸農　　蘇軾

海南多荒田，俗以貿香爲業。所産秔稌，不足於食，乃以藷詩諸切芋，雜米作粥糜以取飽。予既哀之，乃和淵明《勸農》詩，以告其有知者。

咨爾漢、黎，均是一民。鄙夷不訓，夫豈其真。怨忿劫質，尋戈相因。欺謾莫訴。曲自我人。天禍爾土，不麥不稷。民無用物，怪珍是植。播厥薰木，腐餘是穡。貪夫污吏，鷹摯狼食。豈無良田？膴膴平陸。獸蹤交締，鳥喙諧穆。驚麏朝射，猛豨夜逐。芋羹藷糜，以飽耆宿。聽我苦言，其福永久。利爾鉏耜，好爾鄰偶。斬艾蓬藋，南東其畝。父兄搢梃，以抶游手。天不假易，亦不汝匱。春無遺勤，秋有後冀。雲舉雨決，婦姑畢至。我良孝愛，袒跣何愧！逸諺戲侮，博奕頑鄙。投之生黎，俾勿冠履。霜降稻實，千箱一軌。大作爾社，一醉醇美。

江郊　　蘇軾

惠州歸善縣治之北數百步，抵江少西，有盤石小潭，可以垂釣。作《江郊》詩云：

江郊葱曨，雲水蒨絢。碕岸斗入，洄潭輪轉。先生悦之，布席閒燕。初日下照，潛鱗俯見。意釣忘魚，樂此竿綫。優哉悠哉，玩物之變。

洞酌亭

蘇軾

瓊山郡東，衆泉觱發，然皆洌而不食。丁丑歲六月，軾南遷過瓊，始得雙泉之甘，於城之東北隅。以告其人，自是汲者常滿。泉相去咫尺而異味。庚辰歲六月十七日，遷于合浦，復過之。太守承議郎陸公，求泉上之亭名與詩。名之曰洞酌，其詩曰：

洞酌彼兩泉，挹彼注兹。一缾之中，有澠有淄。以瀹以烹，衆喊莫齊。自江徂海，浩然無私。豈弟君子，江海是儀。既味我泉，亦嚌我詩。

校勘記

〔一〕奚傒帝齋　「奚」，當作「傒」或「徯」，待也。

宋文鑑卷第十三

詩

樂府歌行雜言附

桃花犬歌呈修史錢侍郎　李至

宫中有犬桃花名，絳繒圍頸懸金鈴。先皇爲愛馴且異，指顧之間知上意。珠簾未卷扇未開，桃花摇尾長生至。夜静不離香砌眠，朝飢秖傍御牀餧。彩雲路熟不勞牽，瑶草風微有時吠。無何軒后鑄鼎成，忽遺弓劍弃寰瀛。迢迢松闕伊川上，遠逐龍輴十數程。兩眥漣漣似垂涙，骨見毛寒頓憔悴。萬人見者倍傷心，微物感恩猶若是。韓盧備獵何足嘉，西旅充庭豈爲瑞。聞君奉詔修實録，一字爲褒應不曲。白魚赤鴈且勿書，願君書此懲浮俗。

江南春　寇準

波渺渺，柳依依。孤村芳草遠，斜日杏花飛。江南春盡離腸斷，蘋滿汀洲人未歸。

西遊曲

錢　易

花銷秋老白日短，敗紅荒緑迷空館。擬將清血洒昭陵，幽谷蛇啼半山晚。十年辭家勤獻書，王孫不許延公車。江頭祖廟祭無血，重門生草寒離離。我有黄金三尺劍，姦骨餘痕古波艷。佩入函關無故人，玉握凋零七星暗。

伐棘篇

路　振

伐棘何所山之巔，秋風騷颾棘子丹。折根破柢堅且頑，斸夫趑趄汗汙顔。攢鋒束芒趨道還，薅之森森繚長藩。暮冬號風雪暗天，漏寒不鳴守犬眠。主人堂上多金錢，東陵暴客來窺垣。舉手觸鋒身隕顛，千矛萬戟争後先。襟袖結裂不可揎，蹠破指傷流血殷。神離氣沮走蹁躚，數尺之墻弗復攀。索頭醜奴擾河壖，朔方屯師連七年。木波馬領沙填填，氣脉不絶如喉咽。官軍虎怒思吼軒，強弩一發山河穿。將不叶謀空卹安，翫養小醜成兇顛。推芻挽粟徒喧喧，邊臣無心静國艱。爲余諷此伐棘篇！

吴中曉寒曲

王　琪

大澤穹天莽同色，碧瓦閶門曉花白。石岩左右斷行人，洞庭一夜冰千尺。曾持漢節單于北，雪舞金山風卷磧〔一〕。却憐凍足幸雙擢，一生不向胡廷屈〔二〕。今年補郡來南州〔三〕，中吴風土清且柔。令嚴氣正天地肅，忽驚身被貂茸裘〔四〕。玉𦣛酒熟金醅溢，大白連雲尚難敵〔五〕。長松雖老不須憂〔六〕，幾日紅梅斷消息。

清輝殿觀唐明皇山水石字歌應制

王琪

皇家四葉恢聖功，天臨日燭清華戎。漢條静治洽柔教，堯心稽古開神聰。有唐英主稱好文，仙毫灑落驅風雲。壯哉山水有奇字，焕乎八法存翠珉。自從棄置咸陽道，蘚駁煙滋委宫草。天開神賛會休辰，甄改再作皇居寶。如何淪廢三百春，迎逢睿鑒來紫宸。奎鈎粲粲光華動，羣玉森森氣象新。丹籞春妍瑞靄深，文梁藻棟結芳林。鴻翔鳳翥徑方丈，杯流泉涌蒙親臨。鯫臣榮幸從金輿，鈎婉魂驚拭目初。多慙攬筆非清藻，唯慶千齡際帝圖。

鵯鵊詞效王建作

歐陽修

龍樓鳳閣鬱峥嶸，深宫不聞更漏聲。紅紗蠟燭愁夜短，緑窻鵯鵊催天明。一聲兩聲人漸起，金井轆轤聞汲水。三聲四聲促嚴粧，紅靴玉帶奉君王。萬年枝軟風露濕，上下枝間聲轉急。南衙促仗三衛列，九門放鑰千官入。重城禁籞瑣池臺，此鳥飛從何處來。君不見，潁河東岸村陂闊，山禽野鳥常嘲哳。田家惟聽夏鷄聲，鵯鵊，京西村人謂之夏鷄。夜夜壠頭耕曉月。可憐此樂獨吾知，眷戀君恩今白髪。

明妃曲

歐陽修

漢宮有佳人，天子初未識。一朝隨漢使，遠嫁單于國。絶色天下無，一失難再得。雖能殺畫工，於事竟何益。耳目所及尚如此，萬里安能制夷狄！漢計誠已拙，女色難自誇。明妃去時淚，灑向枝上花。狂風日暮起，飄泊落誰家？紅顔勝人多薄命，莫怨春風當自嗟！

廬山高贈同年劉中允歸南康

歐陽修

廬山高哉，幾千仞兮，根盤幾百里，嶻然屹立乎長江。長江西來走其下，是爲揚瀾左里兮，洪濤巨浪日夕相舂撞。雲消風止水鏡静，泊舟登岸而遠望兮，上摩青蒼以晻靄，下壓后土之鴻厖。試往造乎其間兮，攀緣石磴窺空谾。千巖萬壑響松檜，懸崖巨石飛流淙，水聲聒聒亂人語，六月飛雪灑石矼。仙翁釋子亦往往而逢兮，吾嘗惡其學幻而言哤。但見丹崖翠壁遠近映樓閣，晨鍾暮鼓杳靄羅幡幢。幽花野草不知其名兮，風吹露濕香澗谷。時有白鶴飛來雙。幽尋遠去不可極，便欲絶世遺紛痝。羨君買田築室老其下，插秧盈疇兮，釀酒盈缸。欲令浮嵐暖翠千萬狀，坐卧常對乎軒窗。君懷磊砢有至寶，世俗不辨珉與玒。策名爲吏二十載，青衫白首困一邦。寵榮聲利不可以苟屈兮，自非青雲白石有深趣，其氣兀硉何由降。丈夫壯節似君少，嗟我欲説，安得巨筆如長杠！

紫石屏歌寄蘇子美

歐陽修

月從海底來，行上天東南，正當天中時，下照千尺潭。潭心無風月不動，倒影射入紫石巖。月光水潔石瑩淨，感此陰魄來中潛。自從月入此石中，天有兩耀分爲三。清光萬古不磨滅，天地至寶難藏緘。天公呼雷公，夜持巨斧隳嶄巖。墮此一片落千仞，皎然寒鏡在玉奩。蝦蟇白兔走天上，空留桂影猶杉杉。景山得之惜不得，贈我意與千金兼。自云每到月滿時，石在暗室光出簷。大哉天地閒，萬怪難悉談。嗟予不度量，每事思窮探。欲將兩耳目所及，而與造化爭毫纖。煌煌三辰行，日月尤尊嚴。若今下與物爲比，去聲擾擾萬類將誰瞻？不然此石竟何物，有口欲說嗟如鉗。吾奇蘇子胸，羅列萬象中包含，不惟胸寬膽亦大，屢出言語驚愚凡。自吾得此石，未見蘇子心懷慚。不經老匠先指決，有手誰敢施鐫鑱。呼工畫石持寄似，幸子留意其無謙！

山鳥　梅堯臣

婆餅焦，兒不食。爾父向何之？爾母山頭化爲石。山頭化石可奈何，遂作微禽啼不息。

送撫州通判袁世弼寺丞　梅堯臣

帆疏疏，纖綠蒲，二十四幅輕江湖。高秋逆水上天去，朝過瓜步暮濡須。長風沙頭問鯉魚，大孤山側鳴寒烏。魚腹無書報家信，憑烏爲到西山區。西山松栢應更好，及取之官來拜掃。

永叔月石硯屏歌　蘇舜欽

日月行上天，下照萬物根。向之生榮背則死，故爲萬物生死門。東西兩交征，晝夜不暫停。胡爲虢山石，留此皎月痕常存？桂樹散疏陰，有若圖畫成。永叔得之不能曉，作歌使我窮其源。且疑月入此石中，分此兩曜三處明。或云蟾蜍好溪山，逃遁出月不可關。浮波穴石恣所樂，常娥孤坐初不覺。玉杵夜無聲，無物來搗藥。常娥驚推輪，下天自尋捉。遶地掀江踏山岳，二物驚奔不復見。留此玉輪之迹在青壁，風雨不可剥。此説亦詭異，予知未精確。物有無情自相感，不問幽微與高邈。老蚌吸月月降胎，水犀望星星入角。彤霞爍石變靈砂，白虹貫巖生美璞。此乃西山石，久爲月照著。歲久光不滅，遂有團團月。寒輝籠籠出輕霧，坐對不復嗟殘缺。蝦蟇從汝惡觜吻，可能食此清光没？玉川子若在，見必喜不徹。此雖隱石中，時有靈光發。土怪山鬼不敢近，照之僵仆肝腦裂。有如君上明，下燭萬類無遁形，光艷百世無虧盈。

荒田行

劉　敞

大農棄田避征役，小農挈家就兵籍。良田茫茫少耕者，秋來雨止生荆棘。縣官募兵有著令，募兵如率官有慶。從今無復官勸農，還逐魚鹽作亡命。

桃源行

王安石

望夷宫中鹿爲馬，秦人半死長城下。避世不獨商山翁，亦有桃源種桃者。此來種桃經幾春？採花食實枝爲薪。兒孫生長與世隔，雖有父子無君臣。漁郎漾舟迷遠近，花閒相見驚相問。世上那知古有秦，山中豈料今爲晉。聞道長安吹戰塵，春風回首一霑巾。重華一去寧復得，天下紛紛經幾秦？

食黍行

王安石

周公兄弟相殺戮，李斯父子夷三族。富貴常多患禍嬰，貧賤亦復難爲情。自隨衣食南與北，至親安能常在側？謂言黍熟同一炊，欻見隴上黄離離。遊人中道忽不返，從此食黍還心悲。

杜甫畫像

王安石

吾觀少陵詩，謂與元氣侔。力能排天斡九地，壯顔毅色不可求。浩蕩八極中，生物豈不稠。醜妍巨細千萬殊，竟莫見何以雕鎪。惜哉命之窮，顛倒不見收。青衫老更斥，餓走半九州。瘦妻僵前子仆後，攘攘盜賊森戈矛。吟哦當此時，不廢朝廷憂。嘗願天子聖，大臣各伊周。寧令吾廬獨破受凍死，不忍四海赤子寒颼飀。傷屯悼屈止一身，嗟時之人我所羞！所以見公像，再拜涕泗流。推公之心古亦少，願起公死從之游。

題燈

陳　烈

富家一椀燈，太倉一粒粟；貧家一椀燈，父子相聚哭。風流太守知不知，惟恨笙歌無妙曲？

鞠歌行

張載

鞠歌胡然兮？邈余樂之不猶。宵耿耿其尚寐，日孜孜焉繼予乎厥修。井行惻兮王收，曰曷賈不售兮，阻德音其幽幽。述空文以繼志兮，庶感通乎來古。搴昔爲之純英兮，又申申其以告。鼓弗躍兮麾弗前，千五百年寥哉寂焉。謂天實爲兮，則五豈敢，羌審己兮乾乾。

君子行

張載

君子防未然，見幾天地先。開物象未形，弭災憂患前。公旦立無方，不恤流言喧。將聖見亂人，天厭懲孤偏。竊攘豈予思，瓜李安足論！

上書行

劉攽

仕不至二千石，賈不至五百萬。此事夸者憂，而非志士歎。君不見，下邳少年受書起，幄中運籌制千里，功成不受三萬户，拂衣歸從赤松子。君不見，計然半策誅強吴，鴟夷扁舟浮五湖，三致千金不自擅，至今籍籍宗陶朱。大賢富貴不爲己，心事邈與常人殊。逢時致身如反手，雲烝龍變無時無。君勿愛上書獻賦稱賢豪，刺繡倚市相矜高。丈夫昔曾笑徒勞，商賈且且争錐刀。

茂陵徐生歌　劉攽

茂陵徐生老且迂，一心區區長信書。拜章北闕三待報，意欲霍氏安無虞。那知世主心不同，積惡未極難爲功。徙薪曲突事不爾，壯侯幾人當受封！高岸爲谷丘淵移，魯酒之薄邯鄲圍。人生快己各以時，舊意望君君不思。

熙州行　劉攽

自胡請盟供貢職，關西二紀剽兵革。胡人歲來受金帛，地雖國本胡不惜。帝家將軍勇無敵，謀如轉圜心匪席。精誠動天天不隔，鑿空借籌皆碩畫。賈生屬國試五餌，買臣朔方發十策。偏師倏然盡西海，一月三捷猶餘力。百蠻解辮慕冠帶，五郡掃地開城壁。葱嶺陂陁蒲類深，回笑秦并與禹績。尚書論功易等差，御史行封自明白。武功貤爵十萬金，徹侯印組丈二尺。奮行過望理自爾，少從進熟來無極。憶昔漢武開西域〔七〕，天下騷然苦征役。哀痛輪臺罷肥美，割棄造陽捐斗僻。豈知洮河宜種稻，此去涼州皆白麥。女桑被野水泉甘，吳兒力耕秦婦織。行子雖爲萬里程，居人坐盈九年食。熙州歡娱軍事息，天王聖明丞相直。

江南曲　沈括

新秋拂水無行跡，夜夜隨潮過江北。西風卷雨上半天，渡口微涼含晚碧。城頭鼓響日脚垂，天際籠煙鑠山色。高樓索莫臨長陌，黄竹一聲無北客。時平田苦少人耕，唯有蘆花滿江白。

織婦怨　　文同

擲梭兩肘倦，踏籋雙足趼。三日不住織，一疋纔可剪。織處畏風日，剪時審刀尺。皆言邊幅好，自愛經緯密。昨朝持入庫，何事監官怒？大字彫印文，濃和油墨汙。父母抱歸舍，拋下中門下。相看各無語，淚迸若傾瀉。質錢解衣服，買絲添上軸。不敢輒下機，連宵停火燭。當須了租賦，豈暇恤襦袴。前知寒切骨，甘心肩骭露。里胥踞門限，叫罵嗔納晚。安得織婦心，變作監官眼！

自君之出矣　　文同

自君之出矣，弔影度晨夕。中門一步地，未省有行迹，閨闈足儀檢，常恐犯繩尺。欲寄錦字書，知誰者云的。

五原行　　文同

雲蕭蕭，草摇落，風吹黄沙昏寂寞。胡兒滿窟卧寒日，卓旗繫馬人一匹。夜來烽火連篝起，銀鶻呼兵捷如鬼。齊集弓刀上隴行，大譟狐嗥繞空壘。羗人鈔暴爲常事，見敵不争收若雨。自高聲勢叙邊功，歲歲年年皆一同。將軍玩寇五原上，朝廷不知但推賞。

法惠寺横翠閣　蘇軾

朝見吴山横，暮見吴山從，吴山故多態，轉側爲君容。幽人起朱閣，空洞更無物，惟有千步岡，東西作簾額。春來故國歸無期，人言悲秋春更悲，已泛平湖思濯錦，更看横翠憶峩眉。彫欄能得幾時好，不獨憑欄人易老！百年興衰更堪哀，懸知草莽化池臺。遊人尋我舊遊處，但覓吴山横處來。

於潛僧緑筠軒　蘇軾

可使食無肉，不可使居無竹。無肉令人瘦，無竹令人俗。人瘦尚可肥，俗士不可醫。旁人笑此言，似高還似癡。若對此君仍大嚼，世間那有楊州鶴？

河復　蘇軾

熙寧十年秋，河決澶淵，注鉅野，入淮泗，自澶、魏以北皆絶流，而齊、楚大被其害。彭門城下水二丈八尺，七十餘日不退，吏民疲於守禦。十月十三日，澶州大風終日，既止，而河流一枝已復故道。聞之喜甚，庶幾可塞乎！乃作《河復》詩，歌之道路，以致民願而迎神休，蓋守土者之志也。

君不見，西漢元光、元封間，河決瓠子二十年，鉅野東傾淮，泗滿，楚人恣食黄河鱣。萬里沙回封禪龍，初遣越巫沉白馬，河公未許人力窮，薪芻萬計隨流下。吾君仁聖如帝堯，百神受職河神驕。帝遣風師下約束，北流夜起澶州橋。東風吹凍收微緑，神功不用淇園竹。楚人種麥滿河淤，仰看浮槎棲古木。

禽言二首

蘇　軾

南山昨夜雨，西溪不可渡。溪邊布穀兒，勸我脱破袴。不辭脱袴溪水寒，水中照見催租瘢。土人謂布穀爲脱却破袴。姑惡姑惡，姑不惡，妾命薄，君不見，東海孝婦死作三年乾，不如廣漢龐姑去却還。姑惡水鳥也，俗云婦以姑虐死，故其聲云。

書王定國所藏煙江疊嶂圖

蘇　軾

江上愁心千疊山，浮空積翠如雲煙，煙耶雲耶遠莫知，煙空雲散山依然。但見兩崖蒼蒼暗絶谷，中有百道飛來泉，縈林絡石隱復見，下赴谷口爲奔川。川平山開林麓斷，小橋野店依山前，行人稍度喬木外，漁舟一葉江呑天。使君何從得此本，點綴毫末分清妍。不知人閒何處有此景，徑欲往置二頃田。君不見，武昌樊口幽絶處，東坡先生留五年。春風摇江天漠漠，暮雲捲雨山娟娟，丹楓翻鵶伴水宿，長松落雪驚晝眠。桃花流水在人世，武陵豈必皆神仙！江山清空我塵土，雖有去路尋無緣。還君此畫三歎息，山中故人應有招我歸來篇。

書晁説之考牧圖後　蘇軾

我昔在田間，但知羊與牛。川平牛背穩，如駕百斛舟。舟行無人岸自移，我卧讀書牛不知。前有百尾羊，聽我鞭聲如鼓鼙。我鞭不妄發，視其後者而鞭之。澤中草木長，草長病牛羊，尋山跨坑谷，騰趠筋骨強。煙蓑雨笠長林下，老去而今空見畫。世間馬耳射東風，悔不長作多牛翁。

鶴歎　蘇軾

園中有鶴馴可呼，我欲呼之立坐隅。鶴有顏色側睨余〔八〕，「豈欲臆封如鶡乎？我生如寄良畸孤，三尺長頸閣瘦軀，俛啄少許便有餘，何至以身爲子娛！」驅之上堂立斯須，投以餅餌視若無，戛然長鳴乃下趨。難進易退我不如！

荔枝歎　蘇軾

十里一置飛塵灰，五里一堠兵火催，填坑赴谷相枕藉，知是荔枝龍眼來。飛車跨山鶻橫海，風枝露葉如新採，宫中美人一破顔，驚塵濺血留千載！永元荔枝來交州，天寶歲貢取之涪，至今欲食林甫肉，無人舉觴酹伯游。我願天公憐赤子，莫生尤物爲瘡痏。君不見，武夷溪邊粟粒芽，前丁後蔡相籠加，争先取寵稱入貢，今年鬭品充官茶。吾君所乏豈在此，致養口體何陋耶！洛陽相君忠孝家，近時亦進姚黄花。

東方書生行

蘇轍

東方書生多愚魯，閉門讀書口生土，窻中白首抱遺經，自信此書傳父祖。辟雍新説從上公，册除僕射酬元功，太常弟子不知數，日夜吟諷如寒蟲。四方窺覘不能得，一卷百金猶復惜，康成、穎達棄塵灰，老聃、瞿曇更出入。舊書句句傳先師，中途欲棄還自疑；東隣小兒識機會，半年外舍無不知。乘輕策肥正年少，齒踈唇腐真堪笑，是非得失付它年，眼前且買先騰踔。

和謝公定征南謡

黄庭堅

傳聞交州初陸梁，東連五溪西氐羌，軍行不斷蠻標盾，謀主皆收漢叛亡。合浦譙門腥血沸，晉興城下白骨荒。謀臣異時坐致寇，守臣今日愧包桑。已遣戈船下離水，更分樓船浮豫章。頗聞師出三䲭路，盡是中屯六郡良。漢南食麥如食玉，湖南驅人如驅羊。營平請穀三百萬，祁連引兵九千里；少府私錢不可知，大農計歲今餘幾。土兵蕃馬貔虎同，蝮虵毒草篁竹中，未論芻粟捐金費，直愁瘴癘連營空。我思荆州李太守，欲募蠻夷令自攻，至今民歌「尹殺我」，州郡擇人誠見功。張喬、祝良不難得，誰借前箸開天聰？詔書哀痛言語切，爲民一洗横尸血，摧鋒陷堅賞萬户，塹山堙谷窮三穴。南平舊時頗臣順，欲獻封疆請旄節，廟謀猶計病中原，豈知一朝更屠滅！天道從來不争勝，功臣好爲可喜説。交州雞肋安足貪，漢開九郡勞臣監，吕嘉不肯佩銀印，徼側持戈敵百男。君不見，往年瀕海未郡縣，趙佗閉關罷朝獻，老翁竊帝聊自娱，白頭抱孫思事漢。孝文親遣勞苦書，稽首請去黄屋車。得一亡十終不忍，太宗之仁千古無！

以團茶洮州緑石研贈無咎文潛

黄庭堅

晁子智囊可以括四海，張子筆端可以回萬牛，自我得二士，意氣傾九州。道山、延閣委竹帛，清都、太微望冕旒，貝宫胎寒弄明月，天綱下罩一日收。此地要須無不有，紫皇訪問富春秋。晁無咎！贈君越侯所貢蒼玉璧，可烹玉塵試春色，澆君胸中《過秦論》，斟酌古今來活國。張文潛！贈君洮州緑石含風漪，能淬筆鋒利如錐，請書元祐開皇極，第入思齊訪落詩。

贈送張叔和

黄庭堅

張侯温如鄒子律，能令陰谷黍生春。有齊先君之季女，十年擇對無可人，箕帚掃公堂上塵，家風孝友故相親。廟中時薦南澗蘋，兒女衣袴得補紉，兩家俱爲白頭計，察公與人意甚真。吏能束縛老姦手，要使鰥寡無顰呻。但回此光還照己，平生倦學皆日新。我提養生之四印，君家所有更贈君：百戰百勝，不如一忍，萬言萬當，不如一默；無可簡擇眼界平，不藏秋毫心地直。我肱三折得此醫，自覺兩踵生光輝。團蒲日静鳥吟時，鑪薰一炷試觀之。

平南謡

楊　𤈚

海南山似刀，溪惡如發弩，溪山毒煙中人骨，水有蛟蜃陸豺虎。蠻人傜賊行若飛，縱火刼民殺官府。溪中之水漲赤血，山頭積屍變成土。經年鬭戰兵已窮，傑將屠城不可數。官家發軍救死國，萬里歡喜得時雨，誅擒凶黨功德高，海水一清奏歌舞。山非無險，水非無阻，有地不城，城亦不武，將民赤肉致戈戟，口不能言心自苦。

打麥

張舜民

打麥打麥，彭彭魄魄，聲在山南應山北。五月太陽出東北，才離海嶠麥尚青，轉到天心麥已熟。鶡旦催人夜不眠，竹鷄呼雨雲如墨。大婦腰鐮出，小婦具筐逐，上壠先捋青，下壠已成束。田家以苦乃爲樂，敢憚頭枯面焦黑。貴人薦廟已嘗新，酒醴雍容會所親。曲終厭飫勞僮僕，豈信田家未入脣。盡將精好輸公賦，次把升斗求市人。麥秋正急又秧禾，豐歲自少凶歲多，田家辛苦可奈何！將此打麥詞，兼作插禾歌。

勿去草

楊　傑

勿去草，草無惡，若比世俗俗浮薄。君不見，長安公卿家，公卿盛時客如麻，公卿去後門無車，唯有芳草年年加。又不見，千里萬里江湖濱，觸目淒淒無故人，唯有芳草隨車輪。一日還舊居，門前草先除。草於主人實無負，主人於草宜何如？勿去草，草無惡，若比世俗俗浮薄。

妾薄命　陳師道

主家十二樓，一身當三千。古來妾薄命，事主不盡年。起舞爲王壽，相送南陽阡。忍着主衣裳，爲人作春妍。有聲當徹天，有淚當徹泉，死者恐無知，妾身長自憐。

古墨行　陳師道

晁無斁有李墨半丸，云裕陵故物也。往於秦少游家見李墨，不爲文理，質如金石，亦裕陵所賜、王平甫所藏者。潘谷見之，再拜云：「真廷珪所作也。世惟王四學士有之，與此爲二矣。」嗟乎！世不乏奇，乏識者耳。敬爲長句，率無斁同作。

秦郎百好俱第一，墨丸如漆姿如石。巧作松身與鏡面，借美於外非良質。潘翁拜跪摩老眼，一生再見三歎息，了知至鑒無遁形，王家舊物秦家得。君今所有亦其亞，伯仲小低猶子姪。黄金白璧孰不有，古錦句囊聊可敵。睿思殿裏春夜半，燈火闌殘歌舞散，自書細字答邊臣，萬里風塵入長筭。初聞橋山送弓劍，寧知玉盌人間見，夜光炎炎衝斗牛，會有太史占星變。人生尤物不必有，時一過目驚老醜；念子何忍遽磨研，少待須臾圖不朽！明窗淨几風日暖，有愁萬斛才八斗，徑須脱帽管城公，小試玉堂揮翰手。

校勘記

〔一〕曾持漢節二句　明刻本「北」作「壘」，下句作「北風如刀割人耳」。

〔二〕不向胡廷屈　明刻本「屈」作「履」。

〔三〕今年句　此句明刻本作「憑誰贈我紫綺裘」。

〔四〕忽驚身被貂茸裘　「茸」原作「葺」，據明抄本改。此句明刻本作「長歌白苧臨寒流」。

〔五〕難敵　此二字明刻本作「殊克」。

〔六〕長松句　此句明刻本作「書窗半掩晝始開」。

〔七〕憶昔　「憶」原作「億」，據明抄本、明刻本改。

〔八〕顔色　二字各本同，當從蘇集作「難色」。

宋文鑑卷第十四

詩

樂府歌行雜言附

勞歌

張　耒

暑天三月元無雨，雲頭不合惟飛土。深堂無人午睡餘，欲動身先汗如雨。忽憐長街負重民，筋骸長彀十石弩〔一〕，半衲遮背是生涯，以力受金飽兒女。人家牛馬繫高木，惜恐牛軀犯炎酷。天工作民良久艱，誰知不如牛馬福。

江南曲

張　耒

江蒲芽白江水緑，江頭花開自幽淑。人家晨炊欲熟時，旋去網魚惟所欲。往來送租只用船，未省泥沙曾汙足。有錢買酒醉鄰畔，終日數口常在目。不學長安貴公卿，每遣離心寄朱轂。朝游巖廊暮海島，謫人未歸身自逐。

牧牛兒

張　耒

牧牛兒，遠陂牧，遠陂牧牛芳草緑，兒怒掉鞭牛不觸。澗邊柳古南風清，麥深蔽目田野平。烏犍礪角逐草行，老牸卧噍飢不鳴。犢兒跳梁没草去，隔林應母時一聲。老翁念兒自携餉，出門先上崗頭望。日斜風雨濕蓑衣，拍手唱歌尋伴歸。遠村放牧風日薄，近村牧牛泥水惡。珠璣燕趙兒不知，兒生但知牛背樂。

孫彦古畫風雨山水歌

張　耒

山深巖高石壁青，白日忽變天晦冥。黑風驅雲走不停，驚電疾雨來如傾。山前雨點大如手，山下水湧危槎横。崩崖古樹老有靈，吼怒直與風雲争。枝披葉偃鬬不怯，萬竅却欲藏雷霆。鞭驢疾驅者誰子，石路嶮澀驢凌兢。目迷心懾愈走愈不及，來憩樹下如寒蠅。蒼茫直與鬼神接，恍惚不保龍虵驚。平居此樂忽入眼，孫家古圖才可辨。柰何一幅一尺餘，欲奪天地之奇變。我心愛之良有以，昔若山行親遇此。一生兩足不下堂，輸爾朱門貴公子。

于湖曲

張　耒

蕪湖令寄示温庭筠湖陰曲，其序乃云：「晉王敦反屯于湖陰。帝微行至其營。敦夢日遶之，覺而追不及。故樂府有《湖陰曲》。按《晉地志》，有于湖而無湖陰。本記云：「敦屯于湖。」又曰：「帝至于湖，陰察營壘而去。」予頃遊蕪湖，問父老湖陰所在，皆莫知之也。然則「帝至于湖」當爲斷句。乃作《于湖曲》以遺之，使正其是非云。

武昌雲旗蔽天赤，夜築于湖洗鋒鏑。巴滇緑駿風作蹄，去如滅没來不斷。日圍萬里纏孤壁，虜氣如霜已潛釋。虵矛賤士識天顔，玉帳髯奴落妖魄。君不見，銅駞陌上塵沙起，胡騎春來飲瀍水。浮江天馬是龍兒，蹙踏揚州開帝里。王氣高懸五百秋，弄兵老濞空白頭。石城戰骨卧秋草，更欲君王分上流。

秋雨歎

許彦國

霖雨不出動隔旬，門前秋草長於人。江湖浩渺欲無岸，錦石寂小猶生雲。微陽片月何曾見，只有莓苔香筆硯。田家黍穗未暇悲，茅屋且爲螢火飛。

觀易元吉猿獐圖歌

秦觀

參天老木相樛枝，嵌空怪石銜青漪。兩猿上下一旁掛，兩猿熟視蒼蛙疑。蕭蕭叢竹山風吹，海棠杜宇相因依。下有兩獐從兩兒，花殘草嚙含春嬉。藝老筆精湖海推，書意忘形形更奇。解衣一掃神扶持，他日自見猶嗟咨。金錢百萬酒千鴟，荆南將軍欣得之。老禪豪取槖爲垂，白晝掩門初許窺。房櫳烱烱明冬曦，榛蘗羽革分毫釐。殘編未終且歸讀，歲暮有閒重借披。

豆葉黄

晁補之

蒹葭蒼，豆葉黄，南村不見岡，北村十頃強。東家車滿箱，西家未上場。豆葉黄，野離離，鼠窟之，兔入畦，豕母從豚兒，豕豚啼咿咿，銜角復銜萁。豆葉黄，穀又熟，翁媪衰，餔糜粥。豆葉黄，葉黄不獨豆，白黍堪作酒，瓠大棗紅皺。豆葉黄，穰穰何膴膴，腰鐮獨健婦，大男往何許？官家散弓刀，要汝殺賊去。

漁家傲

晁補之

漁家人言傲，城市未曾到，生理自江湖，那知城市道。晴日七八船，熙熙在清川，但見笑相屬，不省歌何曲。忽然四散歸，遠處滄洲微。或云後車載，藏去無復在。至老不曲躬，羊裘行澤中。

蓮根有長絲

郭祥正

蓮根有長絲，不供貧女機。柳梢有飛綿，不暖寒者衣。朝歌悠悠暮歌短，下地沉沉上天遠。東生白日還西流，志士長懷萬古愁。

金山行

郭祥正

金山杳在滄溟中，雪崖水柱浮仙宫。乾坤扶持自今古，日月髣髴躔西東。我泛靈槎出塵世，搜索異境窺神工。一朝登臨重太息，四時想像何其雄。卷簾夜閣掛北斗，大鯨駕浪吹長空。舟摧岸斷豈足數，往往霹靂鎚蛟龍。寒蟾八月蕩搖海，秋光上下磨青銅。鳥飛不盡暮天碧，漁歌忽斷蘆花風。蓬萊久聞未成往，壯觀絶致遥應同。潮生潮落夜還曉，物與數會誰能窮。百年形影浪自苦，便欲此地安微躬。白雲南來入我望，又起歸興隨征鴻。

驪山歌　李廌

君門如天深九重，君王如帝坐法宫。人生難處是安穩，何爲來此驪山中？複道連雲接金闕，樓觀隱煙横翠紅。林深谷暗迷八駿，朝東暮西勞六龍。六龍西幸峨眉棧，悲風便入華清院。霓裳蕭散羽衣空，麋鹿來遊墟市變。我上朝元春半老，滿地落花人不掃。羯鼓樓高掛夕陽，長生殿古生青草。可憐吴、楚兩醯鷄，築臺未就已堪悲。長楊五柞漢幸免，江都樓成隋自迷。由來流連多喪德，宴安鴆毒因奢惑。三風十愆古所戒，不必驪山可亡國。

築長堤　田晝

築長堤，白頭荷杵隨者妻，背脅傴僂筋力微，以手置胸路旁啼。老夫七十嫗與齊，五尺應門生兩兒。夜來春雨深一犁，破曉徑去耕南陂。南隣里正豪且強，白紙大字來呼追，科頭跣足不得稽，要與官長脩長堤。官長亦大賢，能得使者意，正堤駕軺軒，不復問餘事。終當升諸朝，自足富妻子。何惜桑榆年，一爲官長死。

叢臺歌

賀　鑄

累土三百尺，流光二千年，人生物數不相待，摧頹故址秋風前。武靈舊壠今安在，秃樹無陰困樵采。玉簫金鏡未銷沉，幾見耕夫到城賣。君不聞，叢臺全盛時，綺羅成市遊春輝。一從珊輦閉荒草，蕭散行雲無復歸。招魂想像風流在，晴華露蔓猶依俙。紆棘逕，撩人衣，禾黍晚成貆貉肥。層簷壁瓦碎平地，夢作鴛鴦相伴飛。登臨弔古將語誰，城郭人民今是非。指君看取故時物，南有清流西翠微。彷徨華表不忍去，豈獨遼東丁令威！

五言古詩

誡兒姪八百字

范　質

昨得謝、課書，希於京秩之中，更與遷轉。余以諸兒姪輩，生長以來，未諳外事，艱難損益，懵然莫知，因抒古詩一章曉之：

去年初釋褐，一命列蓬丘。謂謝課青袍春草色，白紵棄如仇。適會龍飛慶，王澤天下流。爾得六品階，無乃太爲優！凡登進士第，四選昇校讎。歷官十五考，叙階與爾儔。如何志未滿，意欲陵雲遊。苦言品位卑，寄書來我求。省之再三歎，不覺淚盈眸。吾家本寒素，門地寡公侯。先子有令德，樂道尚優游。生逢世多僻，委順信沉浮。仕宦不喜達，吏隱同莊周。積善有餘慶，清白爲貽謀。伊余奉家訓，孜孜務進修。夙夜事勤肅，言行思悔尤。出門擇交友，防慎畏薰蕕。省躬常懼玷，恐掇庭闈羞。童年志于學，不憚爲箕裘。二十中甲科，頳尾化爲虬。二十三進士及第，今舉全數。三十入翰苑，時三十三步武向瀛州。四十登宰輔，年四十一貂冠侍冕旒。備位行一紀，將何助帝猷。既非救旱雨，豈是濟川舟。天子未遐棄，日益素飡憂。黄河潤九里，草木皆寖漬。吾宗凡九人，繼踵昇官次。門内無白丁，森森朱緑紫。鴛行洎内職，亞尹州從事。府掾監省官，高低皆清美。悉由僥倖昇，不因資考至。朝廷懸爵秩，命之曰公器。才者禄及身，功者賞於世。非才及非功，安得專厚利。寒衣内府帛，飢食太倉米。不蠶復不穡，未嘗勤四體。雖然一家榮，豈塞衆人議。顒顒十目窺，齪齪千人指。曾參云「十目所視」，古人云「千人所指」，言可畏。借問爾與吾，如何不自媿？戒爾學立身，莫若先孝悌。怡怡奉親長，不敢生驕易。戰戰復兢兢，造次必於是。戒爾學干禄，莫若勤道藝。嘗聞諸格言，學而優則仕。不患人不知，惟患學不至。戒爾遠恥辱，恭則近乎禮。自卑而尊人，先彼而後己。《相鼠》與《茅鴟》，宜鑑詩人刺。《毛詩·相鼠》刺無禮，《左傳·茅鴟》刺不恭。戒爾勿放曠，放曠非端士。周孔垂名教，齊梁尚清議。南朝稱八達，千載穢青史。戒爾勿嗜酒，狂藥非佳味。能移謹厚性，化爲兇險類。古今傾敗者，歷歷皆可記。戒爾勿多言，多言者衆忌。苟不慎樞機，灾危從此始。是非毁譽閒，適足爲身累。舉世重交游，擬結金蘭契。忿怨容易生，風波當時起。所以君子心，汪汪淡如水。舉世好承奉，昂昂增意氣。不知承奉者，以爾爲翫戲。所以古人疾，籧除與戚施。舉世重任俠，《史記》：輕死重義曰俠。呼俗爲氣義。爲人赴急難，往往陷刑死。所以馬援書，殷勤戒諸子。馬援告兒孫書，甚非此事。舉世賤清素，奉身好華侈。肥馬衣輕裘，揚揚過閭里。雖得市童憐，還爲識者鄙。我本羈旅臣，遭逢堯舜理。位重才不充，戚戚懷憂畏。深淵與薄冰，蹈之惟恐墜。爾曹當憫我，勿使增罪戾。閉門斂蹤跡，縮首避名勢。名勢不久居，畢竟何足恃。物盛必有衰，有隆還有替。速成不堅牢，亟走多顛躓。灼灼園中花，早發還先委。遲遲澗畔松，鬱鬱含晚翠。賦命有疾徐，青雲難力致。寄語謝諸郎，躁進徒爲耳！

懷賢詩

王禹偁

僕直東觀時，閱《五代史》，見近朝名賢，立功立事者，聳慕不已，思欲形于謳詠而未遑。今待罪上雒，不與郡政，專以吟諷爲事業，因賦《懷賢詩》三首，仍以官氏列于篇首云。

桑魏公維翰

魏公王佐才，獨力造晉室。揮手廓氛霾，放出扶桑日。感慨會風雲，周旋居密勿。下民得具瞻，上帝賚良弼。沉沉帷幄謀，落落政事筆。品流遂甄別，法令頗齊一。跋勑朝據案，論兵夜造膝。多士若鴛鴻，官材咸有秩。諸侯如狼虎，請謁盡股栗。秉鈞多事朝，綽綽有紀律。遠將留侯比，近以贊皇匹。志在混車書，誓將闡儒術。皇天未厭亂，運去何飈欻。高祖厭寰區，少帝無始卒。老成既疏遠，羣小相親暱。瀆武兵漸驕，倒懸人不恤。和親絶強虜，謀帥用悍卒。魏公在藩垣，上疏論得失。七事若丹青，辭切痛入骨。忠言殊不省，直道果見屈。鐵馬從北來，煙塵晝蓬勃。穹廬易市朝，左衽雜纓紱。主辱臣不死，囚縛自安逸。唯公獨遇害，身殞名不没。惜乎英偉才，濟世功未畢。一讀晉朝史，遺恨空鬱鬱。子孫亦不振，天道難致詰。

李兵部濤

有唐張曲江，盛名何暐曄。請誅安禄山，先覺不見納。胡鶵有反相，其事遠相接。賢人何代無，舊史聊可獵。兵部事晉朝，文學中科甲。強臣方跋扈，朝士多恇怯。獨持尚方劍，願斬犇鯨鬣。堂堂張彦澤，反勢凌閶闔。拜章請顯戮，直氣不可壓。三進叩玉墀，植笏立蓂莢。皇情彌慰撫，清問屢應答。終焉念小恩，曾不顧大業。高吟歸去詩，潺湲淚承睫。旋踵卽亂華，有同虞不臘。張公領鐵馬，朝市胡塵合。刺謁甚閑詳，亂氣殊不慴。虎狼不敢害，加禮爲下榻。當年棄謇諤，異代居調燮。相位席不煖，帝澤安可洽。斯人既淪亡，此風亦蕭颯。滑稽何足累，大節世已乏。安用學腐儒，矻矻守禮法。

王樞密朴

西樞經緯才，慷慨遇真主。文學中甲科，風雲參霸府。直躬在密勿，未始畏強禦。凭案讀古書，箕踞視太祖。澤欲浸生民，化將還邃古。拆寺遇武宗，排佛如韓愈。盡髮郡苾芻，使之藝禾黍。兵威遂強盛，人力不耗蠹。世宗征淮甸，委任當留務。馬前拜侯伯，堦下列椹斧。叱咤氣生風，將校汗如雨。手築太平基，胼胝不輟杵。具瞻人有望，衰運時不與。脩短天難忱，殲奪民何怙。恩深與小斂，撫櫬甚悲沮。云亡復殄瘁，前哲非虚語。世豈乏賢良，材難具文武。曆象過羲和，文章敵燕許。可能隨衆人，冥寞歸塵土。子孫雖衆多，必復事未覩。誰銘遷客詩，高揭王公墓？

五哀詩

王禹偁

予讀杜工部《八哀詩》，唯鄭廣文、蘇司業名位僅不顯者，餘多將相大臣，立功垂裕，無所哀矣。噫！子美之詩，蓋取「人之云亡，邦國殄瘁」而已，非哀乎時也。有未列於此者，待同志而嗣之云。

故尚書兵部侍郎琅邪王公祐

琅邪名父子，少孤起徒步。贊謁桑魏公，藻鑑非易與。撫頂久歎惜，王、楊許爲伍。諸侯取爲官，佐幕大名府。主帥杜重威，功大心跋扈。天驥被縶維，神龜罹網罟。六師薄孤壘，三面開生路。主人既釋放，賓筵因詿誤。逼脅本非辜，貶謫尋不赴。折腰紆墨綬，揚翼久未舉。梁竦恥州縣，長卿有辭賦。裹行旌邑政，柱史登朝序。抨彈志不樂，潤色身有素。錦窠應列宿，星垣吟藥樹。丹青生帝典，金玉鏗王度。東觀秉直筆，南宮司貢部。時英萃門下，藹藹騰嘉譽。鵬掀六月風，豹蔚七日霧。多才同列忌，娭惡姦人怒。排斥屢專城，纖羅仍典午。名宦頗流離，衣食常貧窶。文明起代邸，振拔非不遇。

紫微雖正拜，白髮已遲暮。史魚直有遺，根也剛不吐。非才占清列，志欲投兕虎。英俊在草萊，力能生翅羽。毁譽兩無私，華衮閒蕭斧。掌選循故實，尹京恥鈎鉅。名位僅三事，疾瘵嬰二豎。告滿拜貳卿，君恩慰沉痼。終見哲人萎，蕭蕭空壠墓。鯉庭有令嗣，鳳閣登仙署。兩制列門生，九原應自許。蒼蒼猶足信，吾道似有訴。餘慶在子孫，明明深可據。

故尚書虞部員外郎知制誥貶萊州司馬渤海高公錫

文自咸通後，流散不復雅。因仍歷五代，秉筆多艷冶。高公在紫微，濫觴誘學者。自此遂彬彬，不蕩亦不野。惜哉傷躁進，忤旨出閤下。吾君登大寶，兑澤連霶灑。均陽又淮陽，移徙曾不暇。遂無牽復命，虚偶文明化。何路得自新，齎志入長夜。人謂責太深，終于郡司馬。

故殿中侍御史滎陽鄭公起

柱史有名跡，清才自天縱。運思慶雲合，落筆醴泉湧。歌詩與文賦，錚錚人口諷。揚袂入澤宫，鵠心一箭中。恃才善戲謔，負氣好侮弄。大志有誰知，細行乖自訟。小諫事世宗，惕惕佩光寵。太祖方歷試，握兵權已重。上書范魯公，先見不能用。歷數不在周，謳謡卒歸宋。汗漫失屠龍，接輿遂謌鳳。行荷伯倫鍤，高卧畢卓甕。神德不爲嫌，優待臺憲俸。晚求萬泉令，吏隱官資冗。一旦隨朝露，識者彌哀痛。無子副家聲，身世若一夢。文編多散失，人口時傳誦。空持一器酒，何處澆孤冢！

故國子博士郭公忠恕

汾陽飽經術，賦性甚坦率。在昔舉神童，廣陽推傑出。《尚書》誦在口，何《論》落自筆。公應舉時，口念《尚書》，手寫《論語》。總角取科名，弱冠紆纓紱。早佐襄陰幕，漢鼎入周室。失志罷屠龍，佯狂遂捫虱。周行亦僶俛，吏隱多放逸。滑稽東方朔，圖畫王摩詰。古文識蝌蚪，奧學辯萍實。字窮蒼頡本，篆證陽冰失。王績醉爲鄉〔二〕，伯倫居無匹。俸錢乏一囊，官路從三黜。朱衣多不著，白髮仍慵櫛。漸老羈旅年，方見昇平日。忽以伎術召，此意殊鬱鬱。放口忤無鬚，何門求造膝。遁逃終見捕，譴逐道中卒。遺孤落閭閻，荒塚鳴蟋蟀。手澤漸難求，誰家耀箱帙。投吊焚此詩，九原應有物。

故太子中允知洛陽縣事潁公贄

洛陽富文彩，峭拔四子流。提筆入廣場，辭氣干斗牛。擢第在芸閣，言事觸冕旒。左降宰百里，道勝心無憂。才高恥吏役，放蕩不檢脩。起應賢良科，下筆不見休。青宫尚淹恤，赤縣且優游。輕才糞土賤，高義雲天浮。懸磬任貧窶，盈樽長獻酬。知己彼何人，鳳閣與鼇頭。推挽終不起，壯志將焉收！晚年圯橋役，闕市良可羞。忽焉爲異物，寒草封一丘。孀嫠應凍餓，交友誰尋求。遺孫方稚齒，爽秀已遒遒。皇天若有憑，必使光貽謀。

橄欖

王禹偁

江東多果實，橄欖稱珍奇。北人將就酒，食之先顰眉。皮核苦且澁，歷口復棄遺。良久有回味，始覺甘如飴。我今何所喻，喻彼忠臣辭，直道逆君耳，斥退投天涯。世亂思其言，噬臍焉能追？寄語采詩者，無輕《橄欖》詞！

勸學篇

張　詠

大化不自言，委之在英才。玄門非有閉，苦學當自開。世上百代名，莫遣寒如灰。晨雞固自勉，男子胡爲哉！胸中一片地，無使容纖埃。海鷗尚可狎，人世何嫌猜。勤慎君子職，顏、閔如瓊瑰。刻薄小人事，斯輩直可哀。放蕩功不遂，滿盈身亦災。將心須内疚，禍福本無媒。

悼蜀詩四十韻

張　詠

至道紀號元祀，春正月，爲審官院考績引對。天子曰：「天厭西蜀，歲荐飢饉，任失其人，枉政殘剥民，興惡作孽。授命虎旅，殄滅兇逆。矧彼黔首，不聊其生。覯人安民，朕意罔怠。寬則育姦，猛則殘俗，得夫濟者，實難其人。爾惟方直，歷政有績。邛僰幽遐，往理其俗，克畏克愛，汝其欽哉！」祗奉命，乘軺西征。夏四月二十有八日，供厥職。噫！謀術庸陋，罔敢怠忽。豪猾抑之，賦斂乃息。存恤窮困，招綏流亡，杜厥剥削，宣揚皇風。問一歲而民弗克安，非郡縣之罪，偏將之罪也。有聽者孰不知民心上畏王師之剽掠、下畏草孽之强暴乎？良家困弊，漸復從賊，庶賒其死，深可忿也！天子遠九重，孤賤者憚權豪而不敢言。嗚呼！雖采詩之官，闕之久矣；然謌詠諷刺，亦不可寂然。詠敢作《悼蜀》古詩四十韻，書于視政之廳，有識君子，幸勿以狂瞽爲罪。

蜀國富且庶，風俗矜浮薄。奢僭極珠貝，狂佚務娱樂。虹橋吐飛泉，煙柳閉朱閣。燭影逐星沉，歌聲和月落。鬬雞破百萬，呼盧縱大噱。遊女白玉璫，驕馬黄金絡。酒肆夜不扃，花市春慚怍。禾稼暮雲連，紈繡淑氣錯。熙熙三十年，光景倏如昨。天道本害盈，侈極禍必作。當時市政者，罔思救民瘼。不能宣淳化，移風復儉約。情性非方直，多爲聲色著。從欲竊虚譽，隨俗縱貪攫。蠶食生靈肌，作威恣暴虐。佞罔天子聽，所利唯剥削。一方忿恨興，千里攘臂躍。火氣烘寒空，雪彩揮蓮蕚。無人能却敵，何假施擊柝。害物黷貨輩，皆爲白刃爍。瓦礫積臺榭，荆棘迷城郭。里第鎖苔蕪，庭軒喧燕雀。斗粟金帛市，束芻羅綺博。悲夫驕奢民，不能飽葵藿。朝廷僉元戎，帥師蕩兇惡。虎旅一以至，梟巢一何弱。燎毛焰晶熒，破竹鋒熠爚。兵驕不可戢，殺人如戲謔。悼耄皆麗誅，玉石何所度。未能剪强暴，争先謀剽掠。良民生計空，賒死心殞穫。四野起豺狼，五畝孰耕鑿？出師不以律，餘孽何由却？俾夫熾蜂蠆，寡術能籠絡。邊陲未肅清，胡顔食天爵？世方尚奔競，誰復振謇諤？黄屋遠萬里，九重高寥廓。時稱多英雄，才豈無衛、霍。近聞命良臣，拭目覩奇略。

赴郡之初尋屬愆亢有司舉舊典取湫水徵巫覡以致禱而涉旬靡應農事方急遣罷去越翊日漸獲優洽

劉筠

優詔將州任，視政纔旬時。田畯訴炎暵，坐虞多稼萎。雲將掉頭去，波臣涸轍危。行部殊未及，隨車杳難期。往慙「神父」化，鮑德守南陽時，多荒災，唯此郡豐穰，吏民愛悦，號爲「神父」。今取旱母嗤。蕭雅所臨，必赤地大旱，人號爲「旱母」。諸曹白事者，雩典舉舊規。郡北岐棘山，上有三湫池。衙吏絜齊往，汲水置缥瓷。朝服領巫覡，詰旦迓諸岐。承以結綵輿，奉於五龍祠。自是率賓介，寅午款于斯。紛敷薦楮鏹，浸漬灑楊枝。瓦鑪松香鈍，瓢樽黍酌醨。四壁繪神變，正筵塑靈儀。怖若葉公牖，怪甚葛仙陂。老覡十數輩，勃屑頭如魌。童巫及伶倡，貌寢語嘍𠺕。但多聱盎質，曾乏婉孌姿。交手操鈴拂，合譟屢僛僛。喧塵著蓬髮，穢汙落粉頤。一聞且一嘔，掩鼻以攢眉。隮蔚朝待族，敗革震散之。巽飄暮欲息，竅行呼復來。慢黷固已甚，誕妄相馮隨。如是者浹日，僅得沾服滋。嗟予政無狀，百拜胡敢辭？矧夫民習俗，姑用慰齎咨。抑聞古人言，天鑒實無私。神道貴得一，何乃託邪師！遽俾送湫勺，撤役勤繭絲。申明恤刑詔，挺重捨輕疑。從此四三日，油霈洽封圻。又聞堯、湯世，水旱軫君慈。存救自有術，斂散適所宜。元元無菜色，九載尚熙熙。《周禮》地官職，皇舞雖有祈。道經蒞天下，傷民誠弗爲。惟神稟聰正，遠鬼務肅祇。顧守有常德，可戒興妖思。

寄岳陽劉從事

韓　丕

秋來憶故人，寓目臨大野。遠近聞清商，依稀奏豳雅。經霜樹半紅，無風葉自下。一片洞庭心，聊憑塞鴻寫。

温泉詩

錢　易

悲哉天寶時，帝耄政不修。寵幸尊婦人，陰極陽已柔。外戚盛本枝，櫛比封列侯。丞相大將軍，備位甚悠悠。天下安既久，積漸力不周。車服金玉焕，黎庶飢寒愁。驪山温泉宫，晝幸與夜游。一游百司備，萬費一日休。雖能心自快，化作社稷憂。國忠恣吞噬，林甫懷姦偷。胡雛據太原，鍾鼓無計收。黄塵滿長安，慘黷九廟羞。唐天未使絶，返正知疾瘳。自兹遊賞地，荆棘生荒秋。舊物悉已廢，蜘蛛挂重樓。覽者咸寒心，一過三迴頭。因知帝王業，堅固宜鴻猷。豈可信嗜欲，侮弄生瘡疣。雕牆峻宇誡，簡牘況有由。飜思《黍離》章，續之應可仇。

夏日山居

种　放

陰陰林木静，寂寂無人境。紅綻紫葳香，嵐沈玉膏冷。看雲時獨坐，慎事常中省。何客馭風來，新篁動疎影。

諭蒙詩　种放

大盈卑百瀆，自成浮天潯。崇丘下累塊，竟爲蔽日深。王者在謙小，夙惟堯、禹心。拜言尊賢仁，慎德棄珠金。自滿九族散，匪驕百善尋。炳兹夏、商鑒，滅國因考淫。

校勘記

〔一〕長轂十石弩　「轂」原作「轂」，據明抄本、五經堂本傳校改。

〔二〕王績醉爲鄉　「鄉」原作「卿」，各本同，今改。按王績著《醉鄉記》，見《唐書》本傳。

宋文鑑卷第十五

五言古詩

新居感詠

杜衍

無似老且病，唯恐歸田遲。一旦得引年，九天還聽卑。尚霑二品禄，俾盡百年期。恩深淪骨髓，感極横涕洟。始營菟裘地，來向濉水湄。城隅寂窮僻，匠者寧求奇。卜築悉由己，軒牖亦隨宜。外以庇風雨，内以安妻兒。燕雀莫羣噪，鷦鷯才一枝。因念古聖賢，名爲千古垂。何嘗廣居室，儉爲後人師。亞聖樂簞食，寢丘無立錐。文終防勢奪，景桓恥家爲。文園四壁立，鄭公小殿移。伊余具員者，適會承平時。無術毗萬務，無才撫四夷。爲郡亦齷齪，勞心徒孜孜。保身已天幸，揣己宜自知。開卷顔間厚，復懼來者嗤。勗哉知止足，清白猶可追。

幽居即事

杜衍

寂寂復寂寂，告老閑居日。徑草高於人，林鳥熟如客。黄卷不釋手，清風常滿室。内顧平生心，無過此時適。

和王校勘中夏東園　晏殊

東園何所樂，所樂非塵事。野竹亂無行，幽花晚多思。閑窺魚尾赤，暗辨蜂腰細。樹影密遮林，藤梢狂罥袂。潘蔬足登膳，陶秫徑取醉。幸獲我汝交，都忘今昔世。歡言捧瑶佩，願以疎麻繼。

列子有力命王充論衡有命禄極言必定之致覽之有感　晏殊

大鈞播羣物，零茂歸自然。默定既有初，不爲智力遷。禦寇導其流，仲任派其源。智愚信自我，通塞當由天。宰世白臯、伊，迷邦有顔、原。吾道誠一概，彼途鍾百端。卷之入纖毫，舒之盈八埏。進退得其宜，夸榮非所先。朝聞可夕隕，吾奉聖師言。

贈劉潛歸陶丘　石延年

丈夫未大用，身與仁義閑。可宜更聚散，風塵摧其顔。君今歸柯澤，路出梁宋間。梁宋有吾廬，親老待我還。矧復君先歸，因君頭應班。春老有時回，人老不再少。草自有時榮，髮白不再好。人生不如春，髮生不如草。可堪送别春草前，青春未老人先老。

鄱陽酬泉州曹使君見寄　范仲淹

吾生豈不幸，所稟多剛腸。身甘一枝巢，心苦千仞翔。志意苟天命，富貴非我望。立譚萬乘前，肝竭喉無漿。意君成大舜，千古聞羶香。寸懷如春風，思與天下芳。片玉棄且在，雙足何辭傷。王章死於漢，韓愈逐諸唐。獄中與嶺外，妻子不得將。義士撫卷起，眦血一霑裳。胡弗學揭厲？胡弗隨低昂？于時宴安人，滅然已不揚。匹夫虎敢鬬，女子熊能當。況彼二長者，烏肯巧如簧！我愛古人節，皎皎明於霜。今日貶江徼，多慙韓與王。罪大禍不稱，所損傷纖芒。盡室來官下，君恩大難忘。酒聖無隱量，詩豪有餘章。秋來魏公亭，金菊何煌煌。登高發秘思，聊以攄吾狂。卓有梅聖俞，作邑郡之旁。矯首賦《靈烏》，擬彼歌《滄浪》。因成《答客戲》〔一〕，移以贈名郎。泉南曹使君〔二〕，詩源萬里長。復我百餘言，疑登孔子堂。聞之金石音，純純自宫商。念此孤鳴鶴，聲應來遠方。相期養心氣，彌天浩無疆。鋪之被萬物，照之諧三光。此道果迂闊，陶潛吾醉鄉。

四民詩

范仲淹

前王詔多士，咸以德爲先。道從仁義廣，名由忠孝全。美禄報爾功，好爵縻爾賢。黜陟金鑑下，昭昭嫱與妍。此道日以疎，善惡何茫然。君子不斥怨，歸諸命與天。術者乘其隙，異端千萬惑。天道入指掌，神心出胸臆。聽幽不聽明，言命不言德。學者忽其本，仕者浮於職。節義爲虚言，功名思苟得。天下無所勸，賞罰幾乎息。陰陽有變化，其神固不測。禍福有倚伏，循環亦無極。前聖不敢言，小人爾能億？裨竈方激揚，孔子甘寂默。六經無光輝，反如日月蝕。大道豈復興，此弊何時抑？末路競馳騁，澆風揚羽翼。昔多松柏心，今皆桃李色。願言造物者，廼此天地力。聖人作耒耜，蒼蒼民乃粒。國俗儉且淳，人足而家給。九載襄陵禍，此户獨安輯。何人變清風，驕奢日相襲。制度非唐、虞，賦斂由呼吸。傷哉桑穀人，常悲大弦急。一夫耕幾壟，游墮如雲集。一蠶吐幾絲，羅綺如山入。太平不自存，凶荒亦何及。神農與后稷，有靈應爲泣。

先王教百工，作爲天下器。周旦意不朽，刊之《考工記》。嗟嗟遠聖人，制度日以紛。窈窕阿房宫，萬態横青雲。熒煌甲乙帳，一朝那肯焚。秦漢驕心起，陳隋益其侈。鼓舞天下風，滔滔弗能止。可堪佛老徒，不取慈儉書。竭我百家産，崇爾一室居。四海競如此，金碧照萬里。茅茨帝者榮，今爲庶人恥。宜哉老成言，欲攦般輸指。

嘗聞商者云：「轉貨賴斯民。遠近日中合，有無天下均。上以利吾國，下以藩吾身。《周官》有常籍，豈云逐末人？天意亦何事，狼虎生貪秦。經界變阡陌，吾商苦悲辛。四民無常籍，茫茫僞與真。游者竊吾利，墮者亂吾倫。淳源一以蕩，頹波浩無津。可堪貴與富，侈態日日新。萬里奉綺羅，九陌資埃塵。窮山無遺寶，竭海無遺珍。鬼神爲之勞，天地爲之貧。此弊已千載，千載猶因循。桑柘不成林，荆棘有餘春。吾商則何罪，君子恥爲鄰。上有堯舜主，下有周、召臣。琴瑟願更張，使我歌良辰。」何日用斯言，皇天豈不仁？

晝錦堂　　韓琦

古人之富貴，歸於本郡縣。譬若衣錦游，白晝自光絢。不則如夜行，雖麗胡由見。事累載方册，今復著俚諺。或紆太守章，或擁使者傳。歌樵忘故窮，滌器掩前賤。所得快恩仇，愛惡任驕狷。其志止于此，士固不足羨。兹予來舊邦，意弗在矜衒。以疾而量力，懼莫稱方面。抗表納金節，假守翼鄉便。帝曰其汝俞，建纛往臨殿。行路不云非，觀歎溢郊甸。病軀諧少休，先壟遂完繕。歲時存父老，伏臘潔親薦。恩榮孰與偕，衰劣愧獨擅。公餘新此堂，夫豈事飲燕。亦非張美名，輕薄託紳弁。重禄許安閑，顧己常兢戰。庶一視題牓，則念報主眷。汝報能何爲？進道確無倦。忠義聳大節，匪石烏可轉。雖前有鼎鑊，死耳誓不變。丹誠難悉陳，感泣對筆硯。

歲晏出沐感事内訟　宋庠

山海有完士，希世無良籌。偶穿東郭履，遂别野人舟。不恥篆刻賦，來肩英俊游。私智甚鳧短，塵容若鶋愁。備員太史氏，補屬富民侯。姑學了官事，何嘗分主憂。日貪斗食利，歲感星躔周。中都富才彦，方駕若龍虬。茂先善《史》《漢》，平津治《春秋》。高文用司馬，格五寵吾丘。閈闠路逢葛，繽紛人召鄒。桑羊興賈竪，安國出縲囚。汲、鄭貴交盛，徐、陳英藻遒。況乃天下樞，雄雌來九州。衣冠經複道，鼓吹出長楸。席上萬錢筯，橋邊八列騶。雍容紱魯玦，意氣拂吴鈎。咨余良不韙，瓴甓厠琳璆。吹竽昔已濫，在梁今可尤。臺閣魏舒被，風霜蘇季裘。有志謝軒鶴，無機防海鷗。恭竢杜陵課，誅茅歸故疇。

秋日白鷺亭向夕風晦有作　王琪

白鷺敞西軒，棟宇窮爽塏。千峯若聯環，翠色不可解。是時天宇曠，六幕無纖靄。金斗熨秋江，素練橫衣帶。乾坤清且斂，氣象朝昏改。蘆花作雪風，飛舞來滄海。九霄汀鶴起，萬里檣烏快。月上三山頭，烏没横塘外。滄茫洲渚寒，銀錯星斗大。開樽屏絲竹，披襟向簫籟。余生本江湖，偃蹇欣所會。清興雖自發，苦嗜亦吾累。魚龍憑夜濤，四面忽滂湃。安得犀燈然，煌煌發水怪。

水谷夜行寄子美聖俞　歐陽修

寒鷄號荒林，山壁月倒掛。披衣起視夜，攬轡念行邁。我來夏云初，素節今已屆。高河瀉長空，勢落九州外。微風動凉襟，曉氣清餘曖。緬懷京師友，文酒邈高會。其間蘇與梅，二子可畏愛。篇章富縱横，聲價相磨蓋。子美氣尤雄，萬竅號一噫。有時肆顛狂，醉墨洒霶霈。譬如千里馬，已發不可殺。盈前盡珠璣，一一難柬汰。梅公事清切，石齒漱寒瀨。作詩三十年，視我猶後輩。文詞愈清新，心意難老大。譬如妖韶女，老自有餘態。近詩尤古硬，咀嚼苦難嘬。初如食橄欖，真味久愈在。蘇豪以氣轢，舉世徒驚駭。梅窮獨我知，古貨今難賣。二子雙鳳凰，百鳥之嘉瑞。雲煙一翺翔，羽翮一摧鎩。安得相從游，終日鳴噦噦。問胡苦思之，對酒把新蟹。

讀徂徠集

歐陽修

徂徠魯東山，石子居山阿。魯人之所瞻，子與山差我。今子其死矣，東山復誰過。精魄已埋没，文章豈能磨。壽命雖不長，所得固已多。舊藁偶自録，滄溟之一蠡。其餘誰付與，散失存幾何。存之警後世，若鑑照妖魔。子生誠多難，憂患靡不罹。音羅宦學三十年，六經老研摩。問胡所專心，仁義丘與軻。揚雄韓愈氏，此外豈知他。尤勇攻佛老，奮筆如揮戈。不量敵衆寡，膽大身么麽。往年遭母喪，泣血走岷峨。垢面跣雙足，鋤犁事田坡。至今鄉里化，孝悌勤蠶禾。昨者來太學，青衫踏朝靴。陳詩頌聖德，厥聲續《猗那》。羔鴈聘黄晞，晞驚走鄰家。施爲可怪駭，世俗安委蛇。謗口由此起，中之若飛梭。上賴天子明，不挂網者羅。憶在太學年，大雪如翻波。生徒日盈門，飢坐列鴈鵝。絃誦聒鄰里，唐、虞賡詠歌。常續宸高第，騫、游各名科。豈止學者師，謂宜國之皤。夭壽反仁鄙，誰尸此偏頗？不知詉詉者，又忍加詆訶。聖賢要久遠，毁譽暫諠譁。生爲舉世疾，死也魯人嗟。作詩遺魯社，祠子以爲歌。

重讀徂徠集

歐陽修

我欲哭石子，夜開《徂徠》編。開編未及讀，涕泗已漣漣。勉盡三四章，收淚輒忻懽。切切善惡戒，丁寧仁義言。如聞子談論，疑子立我前。乃知長在世，誰謂已沉泉。昔也人事乖，相從常苦難。今而每思子，開卷子在顔。我欲貴子文，刻以金玉聯。金可爍而銷，玉可碎非堅。不若書以紙，六經皆紙傳。但當書百本，傳百以爲千。或落於四夷，或藏在深山。待彼謗焰熄，放此光芒懸。人生一世中，長短無百年。無窮在其後，萬世在其先。得長多幾何，得短未足憐。惟彼不可朽，名聲文行然。讒誣不須辨，亦止百年間。百年後來者，憎愛不相緣。公議然後出，自然見媸妍。孔、孟困一生，毁逐遭百端。後世苟不公，至今無聖賢。所以忠義士，恃此死不難。當子病方革，謗辭正騰喧。衆人皆欲殺，聖主獨保全。已埋猶不信，僅免斲其棺。此事古未有，每思輒長嘆。我欲犯衆怒，爲子記此冤。下紓冥冥忿，仰叫昭昭天。書於蒼翠石，立彼崔嵬巔。詢求子世家，恨子兒女頑。經歲不見報，有辭未能銓。忽開子遺文，使我心已寬。子道自能久，吾言豈須鐫。

獲麟贈姚闢先輩　歐陽修

世已無孔子，獲麟意誰知。我嘗爲之説，聞者未免非。而子獨曰然，有如塤應篪。惟麟不爲瑞，其意乃可推。春秋二百年，文約義甚夷。一從聖人没，學者自爲師。峥嶸衆家説，平地生嶮巇。相沿益迂怪，各鬬出新奇。爾來千餘歲，舉世不知迷。焯哉聖人經，照曜萬世疑，自從蒙衆説，日日遭蔽虧。常患無氣力，掃除浮雲披。還其自然光，萬物皆見之。子昔已好古，此經手常持。超然出衆見，不爲俗牽卑。近又脱賦格，飛黄擺衔羈。聖門開大道，夷路肆騰嬉。便可勸衆説，旁通塞多岐。正途趨簡易，慎勿事嶇崎。著述須待老，積勤宜少時。苟思垂後世，大禹尚胼胝。顧我今老矣，兩瞳蝕昏眵。大書難久視，心在力已衰。因思少自棄，今縱悔可追。戒我以勉子，臨文但吁嘻。

喜雨

歐陽修

大雨雖霶霈，隔轍分晴陰。小雨散浸淫，爲潤廣且深。浸淫苟不止，利澤何窮已。無言雨大小，小雨農尤喜。宿麥已登實，新禾未抽秧。及時一日雨，終歲飽豐穰。夜響流霡霂，晨暉霽蒼涼。川源淨如洗，草木自生光。童稚喜瓜芋，耕夫望陂塘。誰云田家苦，此樂殊未央。

飛蓋橋翫月

歐陽修

天形積輕清，水德本虚靜。雲收風波止，始見天水性。澄光與粹容，上下相涵映。乃於其兩間，皎皎掛寒鏡。餘暉所照耀，萬物皆鮮瑩。矧夫人之靈，豈不醒視聽。而我於此時，翛然發孤詠。紛昏忻洗滌，俯仰恣涵泳。人心曠而閑，月色高愈迥。惟恐清夜闌，時時瞻斗柄。

奉答子華學士安撫江南見寄之作

歐陽修

百姓病已久，一言難遽陳。良醫將治之，必究病所因。天下久無事，人情貴因循。優游以爲高，寬縱以爲仁。今日廢其小，皆謂不足論。明日壞其大，又云力難振。旁窺各陰拱，當職自逡巡。歲月寖隳頹，紀綱遂紛紜。坦坦萬里疆，蚩蚩九州民。昔而安且富，今也迫以貧。疾小不加理，浸淫將徧身。

湯劑乃常藥，未能去深根。鍼艾有奇功，暫痛勿吟呻。痛定支體胖，乃知鍼艾神。猛寬相濟理，古語六經存。蠹弊革僥倖，濫官絶貪昏。牧羊而去狼，未爲不仁人。俊乂沈下位，惡去善乃伸。賢愚各得職，不治未之聞。此説乃其要，易知行每艱。遲疑與果決，利害反掌間。捨此欲有爲，吾知力徒煩。家至與户到，飽饑而衣寒。三王所不能，豈特今所難。我昔忝諫列，日常趨紫宸。聖君堯舜心，閔閔極憂勤。子華當來時，玉音耳嘗親。上副明主意，下寛斯人屯。江南彼一方，巨細到可詢。諭以上恩德，當冬反陽春。吾言乃其概，豈止一方云。

感興二首　歐陽修

懷禄不知慙，人雖不吾責。貧交重意氣，握手猶感激。煌煌腰間金，兩鬢颯已白。有生天地間，壽考非金石。古人報一飯，君子不苟德。憂來自悲歌，涕淚下沾臆。

仕宦希寸禄，庶無饑寒迫。讀書爲文章，本以代耕織。學成頗自喜，禄厚愈多責。挾山以超海，事有非其力。君子貴量能，無輕食人食！

讀書　歐陽修

吾生本寒儒，老尚把書卷。眼力雖已疲，心志殊未倦。正經首唐、虞，僞説起秦、漢。篇章與句讀，解詁及箋傳。是非自相攻，去取在勇斷。初如兩軍交，乘勝方酣戰。當其旗鼓催，不覺人馬汗。至哉天下樂，終日在几案。念昔始從師，力學希仕宦。豈敢取聲名，惟期脱貧賤。忘食日已晡，燃薪夜侵旦。謂言得志後，便可焚筆硯。少償辛苦時，惟事寢與飯。歲月不我留，一生今過半。中間嘗忝竊，内外職文翰。宦榮日清近，廩給亦豐羨。人情慎所習，酖毒比安宴。漸追時俗流，稍稍學營辦。盃盤窮水陸，賓客羅俊彦。自從中年來，人事攻百箭。非惟職有憂，亦自老可歎。形骸苦衰病，心志亦退懦。前時可喜事，閉眼不欲見。惟尋舊讀書，篇簡多朽斷。古人重温故，官事幸有閒。乃知讀書勤，其樂固無限。少而干禄利，老用忘憂患。又知物貴久，至寶見百鍊。紛華暫時好，俯仰浮雲散。淡泊味愈長，始終殊不變。何時乞殘骸，萬一免罪譴。買書載舟歸，築室潁水岸。平生頗論述，銓次加點竄。庶幾垂後世，不默死芻豢。信哉蠹書魚，韓子語非訕。

感事

歐陽修

空山一道士，辛苦學延齡。一旦隨物化，反言仙已成。開壙見空棺，謂已超青冥。尸解如蛇蟬，換骨蜕其形。既云須變化，何不任死生？

董永

葉清臣

董生少失母，老父鰥且貧。無田事耕稼，客作奉晨昏。朝推鹿車去，大樹爲庭藩。農家乏甘旨，糠籺苟自存。父死不得藏，鬻身奉九原。人道孝爲本，畎畝知所尊。傷嗟世教薄，至行豈足論。廩禄厚妻子，樀柎遺其親。靳吝一抔土，因循三尺墳。空令丘壟閒，凜凜慙英魂。

憫農　葉清臣

甲子孟冬，予隨牒之吴郡，汎舟丹陽、毗陵間，徐步野次，周視民田，其苗甚豐，而穀皆秕，問諸稯者，則曰：「是春無雨，中夏始布，秋未及實，霜降而秕。奔訴諸縣，已更季旦。吏曰：『農田之制，不是過也，子姑輸之。』雖然，予卒歲不粒矣。」聞之有感，故作是詩。

五月雨未沛，吾民耕固遲。中秋霜早至，我稼颯其委。膏澤歎苦晚，芃苗惜遽衰。盈疇皆秕稗，卒歲誤京坻。國謝三年蓄，人悲一頃萁。編齊陳牒訴，奔走失程期。縣籍拘彝制，官征有定規。勞歌不可繼，爲作《憫農》詩。

縣齋對雪　梅堯臣

密雪夜來積，起見萬物春。山川忽改色，草木一以新。古邑失荒穢，王路覆平均。從兹慶豐年，蹈詠慙小臣。

秋思　梅堯臣

梧桐在井上，蟋蟀在床下。物情有與無，節候不相假。寥寥風動葉，颯颯雨墮瓦。耳聽心自静，誰是忘懷者。

郭之美忽過云往河北謁歐陽永叔沈子山　梅堯臣

春風無行迹，似與草木期。高低新萌芽，閉户我未知。忽聞人扣門，手把蟠桃枝。問我此蟠桃，緣何結子遲？但笑不復答，問者當自推。振衣向河朔，河朔人偉奇。以兹不答意，遲子北歸時。

送王判官之江陰軍幕　梅堯臣

往時初渡江，頗愛江南美。誰知坐卧間，思極煙波裏。絮逐魮魚繁，鼓添蒓線紫。君行語風物，到日應相似。

范饒州坐中客語食河豚魚　梅堯臣

春洲生荻芽，春岸飛楊花。河豚當是時，貴不數魚蝦。其狀已可怪，其毒亦莫加。忿腹若封豕，怒目猶吴蛙。庖煎苟失所，入喉爲鏌鋣。若此喪軀體，何須資齒牙？持問南方人，黨護復矜誇。皆言美無度，誰謂死如麻。我語不能屈，自思空咄嗟。退之來潮陽，始憚餐龍蛇。子厚居柳州，而甘食蝦蟇。二物雖可憎，性命無舛差。斯味曾不比，中藏禍無涯。甚美惡亦稱，此言誠可嘉。

送薛氏婦歸絳州　梅堯臣

在家勖爾勤，女功無不喜。既嫁訓爾恭，恭己乃遠恥。我家本素風，百事無有侈。隨宜具奩箱，不陋復不鄙。當須記母言，夜寐仍夙起。慎勿窺窗户，慎勿輒笑毁。妄非勿較競，醜語勿辨理。每順舅姑心，況逆舅姑耳。爲婦若此能，乃是儒家子。看爾十九年，門閫未嘗履。一朝陟大行，悲傷黄河水。車徒望何處，哭泣動隣里。生女不如男，天親反由彼。

川上田家　梅堯臣

斜光隔河明，入照桑柘下。阜壠生麥苗，青青尚堪把。遠見牛羊歸，相親童稚野。醉歌秋草閒，頗與世家寡。

送王介甫知毗陵詩　梅堯臣

吴牛常畏熱，吴田常畏枯。有樹不蔭犢，有水不溉稌。孰知事春農，但知急秋租。太守迫縣官，堂上怒奮鬚。縣官促里長，堂下鞭扑俱。不體天子仁，不恤黔首逋。借問彼爲政，一一何所殊。今君請郡去，預喜民將蘇。每觀二千石，結束辭國都。絲韉加錦緣，銀勒以金塗。兵吏擁後隊，劍撾盛前驅。君又不若此，革轡障泥烏。徐行問風俗，低意騎疲駑。下情靡不達，略細舉其麤。曾肯爲衆異，亦罔爲世趨。學《詩》聞已熟，愛棠理豈無！

校勘記

〔一〕因成答客戲　「客」原作「爲」，據五經堂本傳校改。

〔二〕曹使君　「使」原作「史」，據詩題及明抄本改。

宋文鑑卷第十六

五言古詩

檢書

蘇舜欽

煩心思所持，屏事入小閤。踾撲下塵梁，侈哆張敗笈。雨爛百數番，蟲食三四夾。軒昂醉墨鬧，纖悉新書雜。魚子或破碎，蠶兒尚狎恰。快心伯長文，跋尾清臣榻。幼辭反知進，故句時自愜。墜亡多玩愛，存聚必券帖。踈密交及戚，前後生與殟。誨束儼父師，寒暑布兒妾。謔浪突忽還，私匿情再接。愴事涕涔涔，惘時歎喈喈。一餉誠寂寞，千里遽會合。遊心到句涌，開眼見苕霅。京華歷歷復，節物忽忽涉。恍爾驚異方，遁去乃幾臘。回頭厭襞積，舉體覺疲薾。東閣聊欠伸，夢斷風一颯。

感興

蘇舜欽

後寢藏衣冠，前廟宅神主。吾聞諸禮經，此制出中古。秦嬴食先法，乃復祭於墓。漢衣以月遊，於道蓋無取。宣帝尊祖廟，失制徧九土。孝元酌前文，一旦悉除去。魏帝樂銅臺，遺令置歌舞。昏嗣竟從之，此事狂夫阻。唐制益紛華，諸陵鎖嬪御。曠女日哀吟，於先亦奚補！吾廟三聖人，乘雲不可覩。

威靈已霄漢，嗣皇念宗祖。繪事移天光，刻象肖神武。徧勑舊遊地，輪材起宮宇。階墄釦以金，牆壁衣之黼。功既即奉迎，法仗疊簫鼓。玩好擇珍奇，目奪不可數。三京佛老家，已有十數處。朝家雖奉先，越禮古不許。君不祭臣僕，父不祭支庶。丹楹豈非孝，聖貶甚蕭斧。大祀當以時，寢廟即其所。惜哉恭儉德，乃爲侈所蠱。痛乎神聖姿，遂與夷爲侶。蒼生何其愚，瞻歎走旁午。賤子私自歎，傷時淚如雨。

哭尹師魯

蘇舜欽

前年子漸死，予哭大江頭。今年師魯死，予方旅長洲。初聞尚疑惑，涕淚已不收。舉盃欲向口，荆棘生咽喉。憶初定交時，後前穆與歐。君顏白如霜，君語清如流。予年又甚少，學古衆所羞。君欲舉拔萃，聲偶日抉搜。不鄙吾學異，推尊謂前脩。今踰二十年，迹遠心甚稠。後會國南門，夜談雪滿樓。青燈照素髮，酒闌氣益遒。昨君握兵柄，節制關外侯。予才入册府，俄作中都囚。飛章力辯雪，危言動前旒。時雖不見省，凜凜壓衆媮。旋聞君下獄，六月送渭州。渭州舊治所，昔擁萬貔貅。堂中坐玉帳，堂下森蛇矛。令嚴山石裂，恩煦春色浮。釁生無根牙，衆言起愆尤。返來入狴犴，吏對安可酬。法冠巧椎拍，刺骨不肯抽。削秩貶漢東，驅迫日置郵。窮塗無一簪，百口誰相賙。諸子繼死亡，清血漬兩眸。貿然幾喪明，憤苦結不瘳。君性本剛峭，安可小屈柔。暴罹此冤辱，苟活何所求。人間不見容，不若地下遊。又疑天憎善，專與惡報讎。二豎潛膏肓，衆鬼來揶揄。棄局奔南陽，後事得所投。心膽尚卓犖，精明已彌留。生平經緯才，蕭瑟掩一丘。青天自茫茫，長夜何悠悠。萬物孰不死，死常在嚴秋。君齒方盛壯，衆期樹風猷。二邊況横猾，四海皆瘡疣。斯時忽云亡，孰爲朝廷憂？予方編吴氓，日自親鋤耰。無緣匐匍救，兀兀空悲愁。時思莊生言，所樂唯髑髏。物理不可詰，此説誠最優。

秋懷　江休復

西風萬里至，曠然天地秋。暮雨生夕涼，百蟲鳴啾啾。楚山曉蒼蒼，楚水亦悠悠。騷人試登臨，感物增離憂。所思在遐方，欲往路阻脩。香草有蕙茝，嘉樹有梧楸。白露委芳馨，彫零使我愁。窮年倦覊窘，江湖思舊游。紉蘭製芰荷，飄泛一葉舟。肆情雲水間，意適何所求。

同持國宿太學官舍　江休復

翳翳雲月薄，泠泠雪風清。學省夜岑寂，天街斷人行。廣庭層閣陰，尋廊步餘明。松篠遞遥響，如聞絃誦聲。悠悠子佩詩，講坐塵埃生。迴就直舍休，亹亹談道精。心會境物融，泯然遺世營。寒眠屢展轉，寤言寫素誠。

牟駞岡閲馬　江休復

牧馬散近坰，閲視乘高秋。駞岡似沙苑，堆阜帶川洲。坡陁故梁城，縈薄西南陬。連棚映林樾，星羅倚層丘。回風吹陣雲，奔騰歘來游。野性脱羈縶，飲齕遂所求。腹幹頗肥張，鬱怒何彪休。羣毆驟麋鹿，逸勢淩蛟虬。軍戎選輕捷，和鑾御調柔。毛物有千名，衆美歸驊騮。梁王愁思臺，佛刹居上頭。朅來一憑眺，遺墟莽悠悠。信陵骨已朽，巖穴誰見收？當時英豪輩，事逐東波流。置酒臨風軒，聊以紓煩憂。

許希

顏太初

鍼工許希，下蔡人，住梁門西市三十年。及天聖中，皇躬遺裕。有内戚達其姓名，上召見，三進鍼而疾平。面授尚藥奉御，其賜予不可勝紀。謝恩畢，西向而拜。上詢其故，奏曰：「臣拜本師扁鵲也。」上惜其用心不忘本，給錢五十萬，爲立祠，封曰靈應侯。或曰：「人生乎世，慎乎習。希失其習者也。使希不習醫而習儒，其遇主之日，不忘先師明矣。」若然，則讀書爲儒，乘時取富貴，高冠長劍，昂昂廟堂之上，自負自得，不知素王之力者，許希之罪人也。因爲詩云：

京城名利塗，車馬相奔馳。其間取富貴，往往輸巫醫。前後十數輩，身没名已隳。獨有許希者，蕴蓄何瑰奇。始自下蔡來，所處尤喧卑。西市三十年，汩汩無人知。一朝仗至藝，驟登文石墀。三鍼愈上疾，神速不移時。酬以六尚官，著籍通端闈。旌以三品服，佩紫垂金龜。于時稱謝畢，西向復陳儀。當宁驚且問，歷歷宣其辭：「臣傳扁鵲術，遇主今得施；特此一展謝，臣心不自私。」主上惜其意，擊賞爲嘘唏。仍給水衡錢，國西命立祠。復加靈應號，金額照華榱。自此輦轂下，求禱何祁祁。我過慶成坊，見之心且悲。秦醫術雖妙，五腑及四肢。所習得其人，千齡祀不虧。魯聖術至大，帝道與民彝。所習非其人，一朝反相持。小吏師荀況，竊爲辯説資。作相勸焚書，詐云愚蚩蚩。後之爲儒者，其心皆李斯。昔在布衣日，動守先王規。朝談十二經，夕誦三百詩。依憑稽古力，榮進無他岐。及居廟堂上，劍長冠峩巍。自謂天所賦，焉知有宣尼。宣尼斷襲封，十經寒暑移。他姓爲邑官，鄉老皆驚疑。上上章寢不報，九重遭面欺。諫官不舉失，御史不言非。盡爲許希笑，得路忘先師。

東州逸黨

顏太初

天之有常度，躔次絶乖離。地之有常理，沉潛無變虧。人之有常道，高下遵軌儀。三才各定位，萬古永不移。二儀設有變，修德可以祈。人道或反常，其亂何由支。昔在典午朝，國祚向陵夷。日向中夜出，赫赫來東陲。地向太極裂，中有蒼鵝飛。高厚災且異，人妖亦繁滋。始有竹林民，怪誕名不羈。次有夷甫輩，高談慕無爲。沉湎多越禮，阮籍兼輔之。虚名能飾詐，光逸與王尼。何曾有先見，不能救其衰。張華徒竭力，無以扶其危。至今西晉書，讀之堪涕洟。爾來歷千年，炎宋運重熙。東州有逸黨，尊大自相推。號曰方外友，蕩然絶四維。六籍被詆訶，三皇遭毀訾。坑儒愚黔首，快哉秦李斯。與世立憲度，迂哉魯先師。流宕終忘反，惡聞有民彝。或爲童牧飲，垂髽以相嬉。或作《概量歌》，無非市井辭。或作《薤露喝》，發聲令人悲。或稱重氣義，金帛不爲貲。或曰外形骸，頂踵了無絲。麈聚復優雜，何者爲尊卑。遥聞風波民，未見如調飢。偶逢紳帶士，相對如拘縻。不知二紀來，此風肇自誰。都緣極顯地，多用寧馨兒。斯人之一唱，翕然天下隨。斯人之一趨，靡然天下馳。鄉老爲品狀，不以逸爲嗤。宗伯主計偕，不以逸爲非。私庭訓弟子，多以逸爲宜。公朝論人物，翻以逸爲奇。家國盡爲逸，禮法從何施？我常病其事，中夜起思惟。平地三尺限，空車登無歧。重載歷百仞，所來因陵遲。萬一染成俗，雖悔何由追。衆人皆若夢，焉能分其麋。衆人皆若醉，不知啜其醨。天下皆病瘻，俾誰就魯醫。天下皆病狂，何暇炙其眉。幸有名教黨，可與決雄雌。所嗟九品賤，不得立文墀。賈誼唯慟哭，梁鴻空五噫。終削南山竹，冒死指其疵。願乘九廟靈，感悟宸心知。赫爾奮獨斷，去邪在勿疑。分捕復大索，儉人無孑遺。大者肆朝市，其徒竄海湄。殺一以戒萬，是曰政之基。千奴共一膽，膽破衆自隳。無使永嘉風，敗亂昇平時！

贈張績禹功

石介

李唐元和間，文人如蠭起。李翺與李觀，言雄破姦宄。孟郊及張籍，詩苦動天地。持正不退讓，子厚稱絶偉。元白雖小道，爭名愈弗已。卒能霸斯文，昌黎韓夫子。吾宋興國來，文人如櫛比。黄州才專勝，漢公氣全粹。晦之號絶羣，平地走虎兕。謂之然駮雜，亦文中騏驥。白積洎盧震，江沱自爲水。朱巖兼孫僅，培塿對嶽峙。卒能霸斯文，河東柳開氏。嗟吁河東没，斯文乃屯否。汩汩三十年，滛哇滿人耳〔一〕。粤從景祐後，大儒復唱始。文人如麻立，樅樅櫕戰騎。徂徠山磊砢，生民實頑鄙。容貌不動人，心膽無有比。不度蹄涔微，直欲觸鯨鯉。有慕韓愈節，有肩柳開志。今讀禹功文，矛戟寒相倚。寶光千里高，飛出破屋裏。龍音萬丈長，拔出重淵底。雷霆皆藏身，日星或失次。我暫年老大，才力漸衰矣。禹功氣奔壯，今方二十二。前去吾之年，猶有十四歲。今讀禹功文，魂魄已驚悸。更加十四年，世應絶儔類。卒能霸斯文，吾恐不在己。禹功幸勉旃，當仁勿讓爾。

小孤山　劉敞

驚波觸南崖，反怒射北壁。蒼山與相排，所謂小孤石。蟠根萬仞淵，聳角百丈碧。祠堂豁精嚴，行旅進粉澤。或云婦女神，肹蠁頗有迹。吾知定名意，似欲旌介特。流俗失其真，傳聞莫開釋。居人私其利，禍福妄損益。競爲娼妒説，以誣聰明德。先王拱山川，禮典有廟食。柰何媚於竈，屈己忘正直。吾欲爲小孤，作書解行客。復恐不見從，嗟哉世多惑。

雜詩效玉川體　劉敞

毁巢鳳不至，竭澤龍不游。賢者有所歸，得非龍鳳儔。周公下白屋，聖德被九州。趙禹謝賓客，漢朝以爲優。澆淳不相襲，用合何其繆。苟徇一身利，不爲萬姓謀。哀彼《杕杜》詩，死生遺道周。

雜詩二首　劉敞

鑿井取泉飲，上山採薇食。豈不信憔悴，所願皆我力。泉也非難致，薇也不易得。志士恥徒飽，衆人苟所獲。犧牲畏芻豢，樊籠害羽翼。晤理宜在早，無爲晚更惑。道薄德亦散，功名爲時須。用力世所賢，守正衆云愚。智者競蒿目，小人復邇圖。悠悠三季後，此風益已渝。安知治未病，舐痔而多車。堯舜無能名，越哉已矣夫！

示張直温

劉　敞

築山必使高，鑿井必使深。百工戒淺近，盛德羞浮沉。焉有尺寸枝，能棲垂天禽。焉有升斗泉，能容横江鱘。借兹諭物理，足以開君心。隘在容不足，弱在力不任。大道如路然，固無古與今。

朝乘

劉　敞

朝乘日車出，暮載星影還。顛冥朝暮中，出入咫尺間。已覺素志非，更知人理艱。小利專欲速，大德不踰閑。

哀張子厚先生

司馬光

先生負材氣，弱冠游窮邊。麻衣揖鉅公，決策期萬全。謂言叛羌輩，坐可執而鞭。意趣小參差，萬金莫留連。中年更折節，六籍事精研。羲農訖周孔，上下皆貫穿。造次循繩墨，儒行無少愆。師道久廢闕，模範幾無傳。先生力振起，不絶尚聯緜。教人學雖博，要以禮爲先。庶幾百世後，復覩三王前。

釋老比尤熾，羣倫將蕩然。先生論性命，指示令知天。聲光動京師，名卿爭薦延。寘之石渠閣，豈徒脩簡編。丞相正自用，立有榮枯權。先生不可屈，去之歸卧堅。孤嫠聚滿室，餬口耕無田。欣欣茹藜藿，皆不思肥鮮。近應詔書起，尋取病告旋。舊廬不能到，丹旐風翩翩。人生會歸盡，但問愚與賢。借令陽虎壽，詎足驕顏淵？況於朱紫貴，飄忽如雲煙。豈若有清名，高出太白巔。門人俱絰帶，雲梯會松阡。厚終信爲美，繼志仍須專。讀經守（一作書）舊學，勿爲利禄遷。好禮效古人，勿爲時所（一作俗）牽。修內勿修外，執中勿執偏。當令洙泗風，郁郁滿秦川。先生儻有知，無憾歸重泉。

今古路　司馬光

出門道路多，縱横不可測。我今欲遠行，須問曾行客。徐徐逢路人，借問青松側。客曰今何往？答之遊京國。客乃指要路，而言行有益。古路雖大道，不如今路直。但行今人路，猶如假羽翼。彼客別我去，獨自躊躇立。爲見今古路，信乃無苦忒。今路足輪蹄，古路多荆棘。欲行今人路，恐背古人跡。欲行古人路，今人笑迂僻。又擬不出門，奈何飢寒逼。哀哀此時路，悠悠蒼天色。不避今人嫌，路須行古陌。古陌雖然遠，且保無蹶失。勉哉自勉哉，前去難之適。不獲見楊朱，萬古凝愁魄。

漢文帝　王安石

輕刑死人衆，短喪生者偷。仁孝自此薄，哀哉不能謀。露臺惜百金，灞陵無高丘。淺恩施一時，長患被九州。

戴不勝　王安石

昔在宋王所，皆非薛居州。區區一不勝，辛苦亦何求？懷禄詎有耻，知命乃無憂。此士自可憐，能復識此不？

司馬遷　王安石

孔鸞負文章，不忍留枳棘。嗟子刀鋸閒，悠然止而食。成書與後世，憤悱聊自釋。領略非一家，高辭殆天得。雖微樊父明，不失孟子直。彼欺以自私，豈啻相十百。

揚雄　王安石

孔孟如日月，委蛇在蒼旻。光明所照耀，萬物成冬春。揚子出其後，仰攀忘賤貧。衣冠眇塵土，文字爛星辰。歲晚天禄閣，强顔爲《劇秦》。趨舍迹少迕，行藏意終隣。壤壤外逐物，紛紛輕用身。往者或可返，吾將與斯人。

楊劉　王安石

人各有是非，犯時爲患害。唯《詩》以譎諫，言者得無悔。厲王昔監謗，《變雅》今尚載。末俗忌諱繁，此理寧復在。《南山》詠種豆，議法過四罪。玄都戲桃花，母子受顛沛。疑似已如此，況欲諄諄誨。事變故不同，楊、劉可爲戒。

日出堂上飲

王安石

日出堂上飲，日西未云休。主人笑而歌，客子歎以愀。指此堂上柱，始生在巖幽。雨露飽所滋，凌雲亦千秋。所託願永久，何言值君收。乃令卑濕地，百蟻上窮鎪。丹青空外好，鎮壓已堪憂。爲君重去之，不使一蟻留。蟻力雖云小，能生萬蚍蜉。又能高其礎，不爾繼者稠。語客且勿然，百年等浮漚。爲客當酌酒，何豫主人謀。

我欲往滄海

王安石

我欲往滄海，客來自河源。手探囊中膠，救此千載渾。我語客徒爾，當還治崑崙。歎息謝不能，相看涕翻盆。客止我且往，濯髮扶桑根。春風吹我舟，萬里空自存。

少狂喜文章

王安石

少狂喜文章，頗復好功名。稍知古人心，始欲老鬣耕。低徊但志食，邂逅亦專城。仰慙冥冥士，俯愧擾擾氓。良夜未渠央，青燈數寒更。撥書置左右，仰屋慨平生。

今日非昨日

王安石

今日非昨日，昨日已可思。明日異今日，如何能勿悲？當門五六樹，上有蟬鳴枝。朝聽尚壯急，暮聞已衰遲。仰看青青葉，亦復少華滋。萬物同一氣，固知當爾爲。我友南山居，笑談解人頤。分我秋栢實，問言歸何時。衣冠汗窮塵，苟得猶苦飢。低徊歲已晚，恐負平生期。

田漏

王安石

占星昏曉中，寒暑已不疑。田家更置漏，寸晷亦欲知。汗與水俱滴，身隨陰屢移。誰當哀此勞，往往奪其時。

送潮州呂使君

王安石

韓君揭陽居，戚嗟與死隣。呂使揭陽去，笑談面生春。當復進趙子，《詩》《書》相討論。不必移鱷魚，詭怪以疑民。有若大顛者，高材能動人。亦勿與爲禮，聽之汨彝倫。同朝叙朋友，異姓接昏姻。恩義乃獨厚，懷哉余所陳。

雜詠

王安石

懷王自墮馬，賈傅至死悲。古人事一職，豈敢苟然爲。哭死非爲生，吾心良不欺。滔滔聲利間，絳、灌亦何知！

謝公墩　王安石

走馬白下門，投鞭謝公墩。昔人不可見，故物尚或存。問樵樵不知，問牧牧不言。摩挲蒼苔石，點檢屐齒痕。想此絓長檣，想此倚短轅，想此玩雲月，狼藉盤與罇。井逕亦已没，漫然禾黍村。摧藏羊曇骨，放浪李白魂。亦已同山丘，緬懷蒔蘭蓀。小草戲陳迹，《甘棠》詠遺恩。萬事付鬼録，恥榮何足論。天機自開闔，人理孰畔援。公色無懼喜，儻知禍福根。涕淚對桓伊〔二〕，暮年無乃昏。

同昌叔賦鴈奴　王安石

鴈鴈無定棲，隨陽以南北。嗟哉此爲奴，至性能惻惻。人將伺其殆，奴輒告之亟。舉羣寤而飛，機巧無所得。夜或以火取，奴鳴火因匿。頻驚莫我捕，顧謂奴不直。嗷嗷身百憂，泯泯衆一息。相隨入繒繳，豈不聽者惑。偷安與受紿，自古有亡國。君看鴈奴篇，禍福甚明白。

寓言四首　王安石

不得君子居，而與小人游。疵瑕不相摩，況乃禍釁稠。高語不敢出，鄙辭强顔酬。始云避世患，自覺日已偷。如無一齊人，以萬楚人咻。云復學齊言，定復不可求。仁義多在野，欲從苦淹留。不悲道難行，所悲累身修。周公歌《七月》，耕稼乃王術。宣王追祖宗，考牧與宫室。甘棠能聽訟，召伯聖人匹。後生論常高，於世復何實！瞢瞢俗所共，察察與世違。違世有百善，一疵惡皆歸。就求無所得，猶以好名譏。彼哉負且乘，能使正日微。言失於須臾，百世不可除。行失几席間，惡名滿八區。百年養不足，一日毁有餘。諒彼恥不仁，戒哉惟厥初！

遊土山示蔡天啓

王安石

定林瞰土山，近乃在眉睫。誰謂秦淮廣，正可藏一艓。朝予欲獨往，扶憊强登涉。蔡侯聞之喜，喜色見兩頰。呼鞍追我馬，亦以兩黥挾。斂書付衣囊，裹飯隨藥笈。倚倚阿蘭若，土木老山脅。鼓鍾卧空曠，簨簴雕棲業。升堂廊無主，考擊誰敢輒。坡陀謝公冢，藏椁久穿刼。百金買酒地，野老今行饁。納懷起東山，勝踐比稠疊。於時國累卵，楚夏血常喋。外實備艱梗，中仍費調燮。公能覺如夢，自喻一蝴蝶。桓温適自斃，符堅方天厭。且可緩九錫，寧當快一捷。彼哉斗筲人，得喪易矜怯。妄言屐齒折，吾欲刊史牒。傷心新城埭，歸意終難愜。漂摇五城舟，尚想浮河檝。千秋隴東月，長照西州堞。豈無華屋處，亦捉蒲葵萐。《碎金》諒可惜，零落隨秋葉。好事所傳玩，空殘法書帖。清談眇不嗣，陳迹恍如接。東陽故侯孫，少小同鼓篋。一官初嶺海，仰視飛鳶跕。窮歸放欵叚，高卧停遠蹀。牽襟肘即見，著帽耳纔壓。數椽危敗屋，爲我炊陳浥。雖無膏汙鼎，尚有羹濡筴。縱言及平生，相視開笑靨。邯鄲枕上事，且飲且田獵。或昏眠委翳，或妄走超躐。或叫號而寤，或哭泣而魘。幸哉同勝時，田里老安帖。易牛以寶劍，擊壤勝彈鋏。追憐衰晉末，此土方岌嶪。强偷須臾樂，撫事終愁慄。予雖天戮民，有械無接摺。翁今貧而静，内熱非復葉。予衰極今歲，儻與雞夢協。委蛻亦何恨，吾兒已長鬣。翁雖歲長我，未見白可鑷。祝翁尚難老，生理歸善攝。久留畏年少，譏我兩呫囁。束火扶路還，宵明狐兎懾。蔡侯雄俊士，心憭形亦諜。異時能飛鞚，快若五陵俠。胡爲阡陌間，踠足僅相躡？諒欲交轡語，怯子不能噌〔三〕。

夜夢與和甫別如赴北京時和甫作詩覺而有作因簡純甫

王安石

水菽中歲樂，鼎茵暮年悲。同胞苦零落，會合尚悽其。况乃夢乖闊，傷懷而賦詩。詩言道路寒，乃似北征時。叔兮今安否，季也來何遲？中夜遂不眠，輾轉涕流離。老我孤主恩，結草以爲期。異叔善事國，有知無不爲。千里永相望，昧昧我思之。幸唯季優游，歲晚相携持。於焉可晤語，水木有茅茨。晼蘭佇歸韻，遶屋正華滋。

獨卧有懷

王安石

午鳩鳴春陰，獨卧林壑静。微雲過一雨，淅瀝生晚聽。紅緑紛在眼，流芳與時競。有懷無與言，佇立鍾山暝。

校勘記

〔一〕涇哇　「哇」原作「洼」，據明抄本改。

〔二〕涕淚對桓伊　「桓」原作「桓」，據五經堂本傳校改。蓋因避諱缺末筆，又訛作「栢」。

〔三〕怯子不能嗋　「怯子」，王氏本集作「呿予」。按此用《莊子·秋水篇》公孫龍曰「口呿而不合」，及《天運篇》孔子曰「予口張而不能嗋」語。呿，開也；嗋，合也。「呿予不能嗋」即「予口張而不能嗋」意，當以作「呿予」爲是。

宋文鑑卷第十七

五言古詩

分題得癭木壺

呂公著

天地産衆材，任材謂之智。楝楠與櫨杙，小大無有棄。方者以矩度，圓者中規制。嗟爾木之癭，何異肉有贅。生成擁腫姿，賦象難取類。隳括所不施，鈎繩爲爾廢。大匠睨而往，惻然乃有意。孰非造化功，而終朽不器。刳剔虚其中，朱漆爲之僞。郰漿挹酒醴，施用惟其利。犧象非不珍，金罍豈不貴。設之於楹階，十目肯注視？幸因左右容，反見謂奇異。人之於才性，夫豈遠於是。性雖有不善，在教之揉勵。才亡不可用，由上所措置。飾陋就其長，皆得爲良士。執一以廢百，衆功何由備。是惟聖人心，能通天下志。

寄題徑山懷郎簡侍郎

張　瓌

天地一洲渚，北平南欹危。幽并深以厚，江浙清且奇。武林頗英秀，川匯仍山卑。應接殫天巧，類非人力爲。徑山最佳處，有巖稱玉芝。居防俗士駕，地乃賢人宜。郎公留名德，平時爲羽儀。引年歸故里，不復衣朝衣。留侯黃石心，白傅香山期。結宇名勝外，日與塵事違。泉石景物狀，盡在諸賢詩。伊予來東藩，濫持使者麾。平生愛山水，弗憚命駕之。當侯秋風高，遠造巖下扉。澣濯纓上塵，散步松間綦。未能繼高躅，聊用慰所思。

過介甫歸偶成

曾鞏

結交謂無嫌，忠告期有補。直道詎非難，盡言竟多迕。知者尚復然，悠悠誰可語？

劉景升祠

曾鞏

景升得二蒯，坐論勝凶殘。正當喪亂時，能使憔悴寬。繽紛多士至，肅穆萬里安。能收衆材助，圖大信不難。諸公龍鳳姿，有待久盤桓。得一固足輿，致之豈無端。迺獨采樗櫟，不知取椅檀。蓋云器有極，在理良足歎。

看白雲愛而成詩

狄遵度

秋風吹白雲，觸處自何谷。初猶半洞門，欻出遍巖腹。零落依水湄，片段挂枯木。餘影透微白，滅跡混空緑。煙蘿自蓊薈，鳥溆徒縈曲。安知蒼梧野，下覆猿鳥哭。誰能久徘徊，返顧視黃鵠。

哀老婦

李覯

里中一老婦，行行啼路隅。自悼未亡人，暮年從二夫。寡時十八九，嫁時六十餘。昔日遺腹兒，今兹垂白鬚。子豈不欲養，母豈不懷居？繇役及下户，財盡無所輸。異籍幸可免，嫁母乃良圖。牽車送出門，急若盜賊驅。兒孫孫有婦，小大攀且呼。回頭與永訣：「欲死無刑誅。」我時聞此言，爲之長歎嗚。天民固有窮，鰥寡實其徒。仁政先四者，著在孟軻書。吾君務復古，旦旦師黄虞。赦書求節婦，許與旌門閭。繄爾愚婦人，豈曰禮所拘。蓬茨四十年，不知形影孤。州縣莫能察，詔旨成徒虚。而况賦役閑，羣小所同趨。姦欺至骨髓，公利未錙銖。良田歲歲賣，存者唯萊汙。兄弟欲離散，母子因變渝。天地豈非大，曾不容爾軀。嗟嗟孝治主，早晚能聞諸。吾言又無位，反袂空漣如。

悠悠西江水送李殿丞

王回

殿中丞李侯清叔，筦穎之酒事，三年，入朝闕下，將别其往還寮友，皆索言焉。長樂王回，辱清叔之交寖深，而慕其才志魁特，將有以成功名於世也。以謂：挾此才潛此志者，第循其本而完之，則物之應者自廣。然功名之成否，豈足道哉！故作《悠悠西江水》詩一章，以興其義，塞清叔之索，而聊寫其意云：

悠悠西江水，浩浩拍兩涯。深瀦含淵潭，澄澄露陂池。介鱗育性命，跳泳各適宜。人謀濟任途，航楫又泌洄。飄風吼天地，白浪相翻豗。旁觀駭非常，水德自不虧。風收浪還恬，狎者終何疑。賢豪應世務，有本亦若兹。剛明發其用，愷悌以成之。外物雖横來，我心固如夷。功名豈足道，請監江水詩！

魯恭太師廟　　韓　維

善教邈無跡，其流在民心。君看魯太師，廟食猶至今。豈如文俗士，朱墨坐浮沉。趨營止目前，不顧患害深。去漢餘千載，此弊竟相尋。我行道祠下，感激爲悲吟。不見田雉馴，啼鴉空滿林。

服除送兄弟還都　　韓　維

日月忽已遠，再見新穀升。喪期有常數，吉我衣與纓。俯仰自悲吒，淚下肝膽崩。尚惟立身報，未卽泯餘生。肅肅忠憲公，秉德輔休明。報國有遺意，訓言猶在聽。況兹世厚恩，兄弟秩王庭。一朝出門去，事業各有營。上當答君仁，下以爲親榮。獨此抱痾瘵，謝喧守柴荆。掃冢奉時祭，履田課春耕。既無公家責，聊徇狷者情。出處雖云異，要以道爲程。

靈溝道中　　韓　維

春風來無迹，泱莽天地和。羣生樂時陽，衆鳥舞且歌。嗟爾道傍叟，寒餒獨見羅。短席不自蔽，皮骨樸枯柯。呼童問所以，口噤不得哦。所見且如此，況餘生齒多。吾聞古三代，仁術固匪他。老幼孤洎疾，餼養平不頗。斯道久寂寞，吾悲其柰何！

謁孔先生

韓　維

月出高樹枝，影動酒樽處。樹深月色薄，稍以燈火助。主人喜我過。斟酌亦云屢。於時幸無累，所談非近務。涼風自遠至，清景淡吾慮。方斯西山秋，歷覽陪杖屨。

下横嶺望寧極舍

韓　維

驅車下峻坂，西走龍陽道。青煙人幾家，緑野山四抱。鳥啼春意闌，林變夏陰早。應近先生廬，民風亦淳好。

景仁示去歲所賦菊屏菊塔二詩輒以一篇答之

韓　維

斯民去古遠，日與巧僞遷。粲粲黄金花，揉屈同杯棬。列屏聳浮圖，光彩生盤筵。匪惟悦羣兒，愛詠及華顛。我欲叱園吏，解結除其編。萬物有本性，各使歸自然。

讀書

傅堯俞

吾屋雖喧卑，頗不甚蕪穢。置席屋中閒，坐卧羣書内。横風吹急雨，入屋洒我背。展卷殊未知，心與昔人會。有客自外來，笑我苦癡昧。且問何爲爾，我初尚不對。强我不得已，起答客亦退。聊復得此心，沾濕安足悔。

舉舉娟學子　王令

舉舉娟學子，居曰不吾知。知而有不能，無乃失於欺。不知未爲患，不欺浩難期。咄哉天下懷，何以天下爲？

呼雞　王令

雞呼雞來前，犬嗾犬至止。夫豈必可召，役以食乃爾。今吾曷爲悲，人而雞犬爲。自計無自存，西山謝夷齊。

秋懷　王令

槭槭庭樹葉，朝零非昔稠。呦呦草蟲鳴，暮急曉未休。爾蟲無不平，豈亦有哀憂？胡爲勞呻吟，與士感傷投。壯士亦何者，哀哦與蟲酬。所抱不列陳，調苦難謡謳。極目有遠見，直懷羞曲求。蒿藜襲久安，功名忘前收。日月忽未幾，天地今復秋。少壯負所懷，老大安能謀。生無及人功，死骨埋泉羞。胡爲不奮飛，徒與寒餓雠？

雜詩　王令

古人重非道，飢不苟豆羹。有爲非其心，或不脱冕行。如何後世人，以官業其生。鄙哉樂欺人，猶以學爲名。

采選示王聖美葛子明諸友　王令

酒樽厭運行，衆客喧已醉。忽得簿上籍，共出聲名外。孤昂忽雄軒，泯默亦馴致。追争相後先，得失自愚智。隨時有能稱，逐釁得訶訾。雖非人力爲，適與天幸值。或競以禍覆，亦有終自遂。卒無及物效，徒有高人氣。回樽變新局，忽若已異世。嗟人久以迷，高爵樂自嗜。誰爲衎衎飽，競逐孜孜利。矜驕侈雄奢，摧折嘆淹滯。昏昏忘所大，擾擾争其細。安知茫昧閒，身非天所戲！是非未暇辨，歡戚先已至。退之昔裁詩，頗以豪横恃。暮年意氣得，金玉多自慰。買居紀廂榮，顧影樂冠佩。喜將閭巷好，持與妻子議。彼哉何足道，進退兹焉係。安知九列榮，顧是德所累。寧論聖人爲，適莫固以義。有時曲肱樂，不以易富貴。吾曹頗勉脩，兹道久自詣。何必問浮雲，斯理固可視。

介亭　孫覺

真人昔未起，奔鹿駭四方。連延天目山，兩乳百里長。有地跨江海，無種生侯王。中霄燎穹旻，列石表壇場。朱旗大梁野，英氣吞八荒。寥寥百年後，故物亦已亡。所餘彼巉巖，峯顛屹相望。主人承明老，星斗工文章。築亭紫霄上，坐客蒼株旁。攀雲弄明月，曉星生扶桑。禹山隔波濤，簡書永埋藏，願逢希夷使，水土還故常。

讀魏世家

王安國

亹亹談先王，古今誰有得。施爲雖緒餘，要在情不匿。嗟彼三代後，淪胥入戰國。翟璜聞一言，僶俛慙李克。論材稱權衡，輕重無物惑。吾心能如此，乃可任人責。

夏日獨居二首

王安國

竹苗敷夏陰，蘿蔓蔽朝亮。感此節物佳，百骸適無恙。委蛇投廣厦，蕭瑟絶遺響。稍讎簡編餘，俄得冠裾放。身雖勢利乖，心遂弦歌尚。默然想聖賢，游世無得喪。抱關秉翟閒，未分棄冗長。人生適意難，聊各安所鄉。

晳晳池沼脩，緑萍隨下上。黳黳堂廡燕，白晝容俛仰。顧我亦晏如，環廬花藥長，無材助太平，得地幸閒曠。稍披千古書，日覺神明王。乘閒盼物情，自適忘外獎。涵濡覆載仁，誰廢《魚麗》唱。黄塵洮隴戍，黑霧荆衡饟。奔波暍道邊，畢命營邊障。吾此獨何爲，飛潛樂能饗。何時聞解嚴，慰彼西南望。當使少陵翁，得見廉恥將。

堂上有遺羶　王安國

堂上有遺羶，堂下無聚蟻。但知嗜欲求，不必風雨至。客方笑營營，貪得故無幾。安知萬類中，趨舍忘彼己。天乎顧人寰，等是一時戲。受形巨細分，阽患後先爾。浸淫蚍蜉生，穴柱從此始。莊生亦知言，信矣當棄智。

忘言　王安國

宋國旌孝子，東門毁以毁。楚王好細腰，後宮餧而殪。物情信可憐，徇外易生死。身存寵可誇，亡矣安所恃。吾今思彼哉，未足語擇利。擾擾智驚愚，卑卑學阿世。吹噓出虹蜺，頓挫入塵滓。愛憎雖人爲，榮辱乃天使。恩無斯須懷，怨己塞天地。百年呼吸中，毫髮誰豫已。達者默然窺，陰陽驅意氣。始終本何有，一息累萬世。由來適人適，宿昔多如此。喟余聊自欲，安得忘言士。

異服　王陶

辛有歎被髮，趙靈喜胡服。遂成陸渾戎，終有沙丘辱。用夷反變夏，亡禮以從俗。先王仁義術，詎用此求福。齊桓九合功，不以兵車轂。仲尼歎微管，幾爲左衽屬。爾來豪俠兒，往往異裝束。耀武何必然，禦戎有前躅。余敢告司關，異服宜禁肅！

採凫茈

鄭獬

朝携一筐出，暮携一筐歸。十指欲流血，且急眼前飢。官倉豈無粟，粒粒藏珠璣。一粒不出倉，倉中羣鼠肥。

兵器

陶弼

五代乏真主，奸雄何僭僞。横磨闊刃劍，白日相篡弑。我宋有神祖，潛德動天意。故天意若曰，往爲我之嗣。神祖拜稽首，乃即皇帝位。不惠兆民樂，不怒諸侯畏。顛倒執玉帛，奔走恐後至。大商國三分，一朝有其二。太宗以義撫，真宗以仁治。王道竹箭直，誦聲金鼎沸。獨有陰山戎，時時寇邊地。天子赫斯怒，大警巡澶衛。射殺右賢王，遂斷匈奴臂。狼心帖然服，結好同昆弟。自此兩河閑，寂寂無戎備。卒閑喜夜歌，將老貪春睡。自此爲太平，恍逾三十歲。戎昊乘我閒，南馳賀蘭騎。陽關久夜開，樞朽不可閉。陣雲起秦、雍，殺氣横涇、渭。使臣股慄奏，宰相瞋目議。僉曰亟發兵，豎子坑甚易。倉惶築邊壘，未戰力先瘁。逼迫開庫兵，土蝕鋒鋩脆。防秋採舊屯，推轂謀新寄。舊屯老且死，少者無實藝。良由不訓練，手足迷擊刺。新寄將家子，從小生富貴。《六韜》未嘗讀，口但知肉味。師復從中御，進退由閹寺。權輕號令亢，兩戰無遺類。曹公棄七軍，晉人獲三帥。吾兵自此喪，有詔新其製。此器不預設，一旦何從致。朝廷急郡縣，郡縣急官吏。官吏無它術，下責蚩蚩輩。耕牛拔筋角，飛鳥禿翎翅。簳截會稽空，鐵烹堇山碎。供億稍後期，鞭扑異他罪。愁氛壅太虚，霽景晝冥晦。我聞郭汾陽，料敵多奇異。單篚諭突厥，蕃酋膝雙墜。又聞李西平，臨戎有英氣。身著紅錦袍，懷光肝膽碎。是知用兵術，在人不在器。君耳舜高聽，君目舜明視。願採謀略長，勿倚干戈鋭！

送同年蒲叔範察判杭州監酒　　王疇

釋之久未調，王粲嘗從軍。謂言塞垣事，壯氣横風雲。育材幸明代，薦賢無令君。如何漢酤冗，沉此荆山珍。萍氏本幾酒，《周官》有彝倫。孝武事攘卻，志清天地屯。連兵無時已，四海蕭然貧。官始操釀具，榷之飽師人。利源一以洩，頽波蕩無垠。糜穀費耒耜，良蘗争清醇。酒禁著律令，犯笞及其身。狂藥乃陷穽，傷哉堯舜民。炎靈屬我后，天資英且仁。邦力早雄富，漢制仍相循。歲賦二千萬，經入固已勤。大農天下酒利，歲稽緡如此。彌年擁武節，乘邊清國氛。雄雄百萬師，跨逾聯燕秦。仰給傾府庫，賞賚圖戎勳。加斂猶不足，返古當何云。杭城東南劇，地將湖海鄰。榷利冠天下，旗亭壓重闉。彼雖斗筲職，亦擇才英臣。風露氣已肅，溪潭寒彌新。沙榜朝泛泛，吴濤暮沄沄。南州近牛斗，氣象雄霜旻。汀楓變老栟，赤葉晴相紛。鶯茶泊幽寺，觀魚下輕綸。行當收翹楚，寧復混蒸薪。無爲狎吴叟，坐戀秋江蓴！

四事　　邵雍

會有四不赴，時有四不出。公會、生會、廣會、醵會。大寒、大暑、大風、大雨。無貴亦無賤，無固亦無必。里閈閑過從，身安心自逸。如此三十年，幸逢太平日。

高竹　　邵雍

高竹碧相倚，自能發餘清。時時微風來，萬葉同一聲。道汙得夷理，物虛含遠情。階前閑步人，意思何清平。

巢鳥　　張先

鳥啼東南林，危巢鷇五六。心在安巢枝，一日千往復。脱網得羣食，入口不入腹。窮生俾反哺，豈能報成育。

臨水　　黄亢

人生朝復暮，水波流不駐。去年昨日水，今日到何處。惆悵雨殘花，嫣紅隨水去。花落水東流，識盡人生事。

次韻和子儀問蟬　黄庶

落日掛樹閒，長我亭下陰。園林動秋意，高蟬忽微吟。清風轉餘聲，杳若下遠岑。微物感時節，鏗鏘吐商金。古樂久破碎，兹蟲抱金音。荒忽尚偃蹇，激起壯士心。願爲秋蟬操，被之朱絲琴。

自警　范純仁

憶昔爲小官，位卑職易營。朋知喜其勤，民口亦見稱。中閒忝臺諫，已覺言難行。然賴識者恕，尚謂無欹傾。數年忽遭遇，用大過其能。名虚稱不實，任重力難勝。具瞻不可欺，舉動招譏評。士論因不與，自知亦甚明。禄厚難報答，徒兹驕侈萌。子孫忘艱難，服用饒誇矜。清白素風減，冗長浮費增。親舊多責望，厚薄貽怨憎。貧賤勝富貴，古語信可憑。請病蒙罷免，方幸憂責輕。俄復統一道，撫民帥邊兵。寇狂適偃蹇，民疲未蘇醒。勝負繫司命，休戚及羣氓。細務委將佐，大事禀朝廷。所禀有違從，委擇有不精，差失雖豪釐，致敗或丘陵。殞身何足道，誤國玷家聲。可不常惕懼，臨淵履春冰。庶幾免危溢，書此爲心銘。

檢覆郟城旱田示同官及寄河南諸賢　劉攽

昔歲歎無年，今麦仍荐飢。罷民去南畝，賤價捐東菑。藉藉道路閒，餓者何纍纍。藜藿不充腸，茶然旄與倪。嗟我禄代耕，每食爲不怡。徒懷仲由志，身賤鄃得施！屬城上民訟，比牒皆苦詞。春詔實有無，百聞謝一窺。星言説桑田，行與父老期。觸熱不敢休，重趼寧告疲。郊原赤如赭，秉穗無孑遺。蘱藝不可分，四旁生蒺藜。流行誠代有，愚弱豈易欺。附上亦有刑，殘下罪攸司。鄙夫不忍此，告吏咸赦之。庶兹咻噢恩，足以蘇惸嫠。大農急經費，言利析毫釐。二吾猶不足，一切寧謂宜！國僑斂爭承，鄭邑用不危。馮煖焚券書〔一〕，田氏人若歸。區區二小邦，兩士能若斯。當官在必行，匪石安可移。諸公悉吾友，此志良弗非。當令徇路人，一聽狂者詩。

雜詩

劉攽

齊有梁丘據，晉有欒王鮒。據能愛晏嬰，鮒欲殘叔譽。二臣嬖兩朝，事君爲悦豫。景有尚賢志，據逆以爲助。平失宥善心，鮒乃速其去。毋以據爲賢，易地則同趣。丈夫處世閒，必有遇不遇。豈無覺者乎，正色君亦悟。區區嬖幸徒，何忍就朋附。

齊魯

劉攽

齊魯大儒師，專門盛章句。應物非已長，何以責成務。乃其忠孝心，足以事君父。不如商利徒，反道趨詭遇。剥牀以及膚，泉貨山嶽聚。賜金再百斤，封邑成千户。若毋天事變，豈不厚且固。商鞅既誅夷，桑羊亦刀鋸。寄言逢衣人，施施幸安步。

擬古

劉攽

老萊隱窮楚，因與時世隔，暮歸怪車轍，夜起辟山澤。若人不可見，況肯低顏色。安知業臺下，一旦三千客。西遷竟不還，嗟哉莫良畫。

漕舟

沈文通

漕舟上太倉，一鍾且千金。太倉無陳積，漕舟來無極。畿兵已十萬，三垂戍更多。廟堂方濟師，將柰東南何！

題福唐津亭

陳烈

溪山龍虎蟠，溪水鼓角喧。中宵鄉夢破，六月夜衾寒。風雨生殘樹，蛟龍喜怒瀾。殷勤祝舟子，移棹過前灘。

校勘記

〔一〕馮煖　「煖」原作「援」，據殘宋本、明抄本改。

宋文鑑卷第十八

詩

五言古詩

北山僧舍有閣曰懷賢南直斜谷西臨五丈原諸葛孔明所從出師也

蘇　軾

南望斜谷口，三山如犬牙。西觀五丈原，鬱屈如長蛇。有懷諸葛公，萬騎出漢巴。吏士寂如水，蕭蕭聞馬檛。公才與曹丕，豈止十倍加。顧瞻三輔間，勢若風捲沙。一朝長星墜，竟使蜀婦髽。山僧豈知此，一室老煙霞。往事逐雲散，故山依渭斜。客來空弔古，清淚落悲笳。

和子由記園中草木二首

蘇　軾

種柏待其成，柏成人亦老。不如種叢篲，春種秋可倒。陰陽不擇物，美惡隨意造。栢生何苦艱，似亦費天巧。天工巧有幾，肯盡爲汝耗。君看藜與藿，生意常草草。

蘆筍初似竹，稍開葉如蒲。方春節抱甲，漸老根生鬚。不愛當夏綠，愛此及秋枯。黄葉倒風雨，白花摇江湖。江湖不可到，移植苦勤劬。安得雙野鴨，飛來成畫圖。

愛玉女洞中水既致兩瓶恐後復取而爲使者見紿因破竹爲契使寺僧藏其一以爲往來之信戲謂之調水符[一]

蘇　軾

欺謾久成俗，關市有契繻。誰知南山下，取水亦置符。古人辨淄澠，皎若鶴與鳧。吾今既謝此，但視符有無。常恐汲水人，智出符之餘。多防竟無及，棄置爲長吁。

贈劉莘老

蘇　軾

江陵昔相遇，幕府稱上賓。再見明光宫，峩冠揖搢紳。如今三見子，坎坷爲逐臣。朝遊雲霄間，欲分丞相茵。莫落江湖上，遂與屈子鄰。了不見喜愠，子豈真可人。邂逅成一歡，醉語出天真。士方在田里，自比渭與莘。出試乃大謬，芻狗難重陳。歲晚多霜露，歸耕當及辰。

甘露寺

蘇　軾

欲遊甘露寺，有二客相過，遂與偕行。寺有石如羊，相傳謂之很石，云：諸葛孔明坐其上，與孫仲謀論曹公也。大鐵鑊二，案銘梁武帝所鑄。畫獅子一，菩薩二，陸探微筆。李衞公所留祠在寺，手植柏合抱矣。近寺僧發古殿基，得舍利七粒，并石記，乃衛公爲穆宗皇帝追福所葬者也。

江山豈不好，獨遊情易闌。但有相攜人，何必素所歡。我欲訪甘露，當途無閑官。二子舊不識，欣然肯聯鞍。古郡山爲城，層梯轉朱欄。樓臺斷崖上，地窄天水寬。一覽吞數州，山長江漫漫。却望大明寺，惟見煙中竿。很石卧庭下，穹隆如伏貘。緬懷卧龍公，挾策事琱鑽。一談收猘子，再説走老瞞。名高有餘想，事往無留觀。蕭公古鐵鑊，相對空團團。坡陀受百斛，積雨生微瀾。泗水逸周鼎，渭城辭漢盤。山川失故態，怪此能獨完。僧繇六化人，霓衣掛冰紈。隱見十二疊，觀者疑夸謾。破板陸生畫，青猊戲盤跚。上有二天人，揮手如翔鸞。筆墨雖欲盡，典刑垂不刊。赫赫贊皇公，英姿凜以寒。古柏親手種，挺然誰敢干。枝撑雲峯裂，根入石窟蟠。薙草得斷碑，斬崖出金棺。瘞藏豈不牢，見伏理可歎。四雄皆龍虎，遺迹儼未刓。方其盛壯時，争奪肯少安。廢興屬造物，遷逝誰控摶。況彼妄庸子，而欲事所難。古今共一軌，後世徒辛酸。聊興廣武歎，不待雍門彈。

僧清順新作垂雲亭

蘇軾

江山雖有餘，亭榭著難穩。登臨不得要，萬象各偃蹇。惜哉垂雲軒，此地得何晚。天功争向背，詩眼巧增損。路窮朱欄出，山破石壁很。海門浸坤軸，湖尾抱雲巘。葱葱城郭麗，淡淡煙村遠。紛紛烏鵲去，一一漁樵返。雄觀快新獲，微景收昔遁。道人真古人，嘯詠慕嵇阮。空齋卧蒲褐，芒屨每自捆。天憐詩人窮，乞與供詩本。我詩久不作，荒澁旋鋤墾。從君覓佳句，咀嚼廢朝飯。

西齋

蘇　軾

西齋深且明，中有六尺牀。病夫朝睡足，危坐覺日長。昏昏既非醉，踽踽亦非狂。褰衣竹風下，穆然中微涼。起行西園中，草木含幽香。榴花開一枝，桑棗沃以光。鳴鳩得美蔭，困立忘飛翔。黄鳥亦自喜，新音變圓吭。杖藜觀物化，亦以觀我生。萬物各得時，我生日皇皇。

司馬君實獨樂園

蘇　軾

青山在屋上，流水在屋下。中有五畝園，花竹秀而野。花香襲杖屨，竹色侵盞斝。樽酒樂餘春，棊局消長夏。洛陽古多士，風俗猶爾雅。先生卧不出，冠蓋傾洛社。雖云與衆樂，中有獨樂者。才全德不形，所貴知我寡。先生獨何事，四海望陶冶。兒童誦君實，走卒知司馬。持此欲安歸，造物不我捨。名聲逐吾輩，此病天所赭。撫掌笑先生，年來效瘖啞。

除夜病中贈段屯田

蘇　軾

龍鍾三十九，勞生已強半。「歲暮日斜時」，還爲昔人歎。樂天詩云：「行年三十九，歲暮日斜時。」今年一綫在，那復堪把玩。欲起強持酒，故交雲雨散。惟有病相尋，空齋爲老伴。蕭條燈火冷，寒夜何時旦。勸僕觸屏風，飢鼯嗅空案。數朝閉閤卧，霜髮秋蓬亂。傳聞使者來，策杖就梳盥。書來苦安慰，不怪造請緩。大夫忠烈後，高義金石貫。要當擊權豪，未肯覷衰懦。此生何所似？闇盡灰中炭。歸田計已決，此邦聊假館。三徑粗成貲，一枝有餘暖。願君更信宿，庶奉一笑粲。

和頓教授見寄　蘇軾

我笑陶淵明，種秫二頃半。婦言既不用，還有責子歎。無弦則無琴，何必勞撫玩？我笑劉伯倫，醉髮蓬茆散。二豪苦不納，獨以鍤自伴。既死何用埋，此身同夜旦。孰云二子賢，自結兩重案。笑人還自笑，出口談治亂。一生溷塵垢，晚以道自盥。無成空得懶，坐此百事緩。側聞頓夫子，講道出新貫。豈無一尺書，恐不記庸懦。陋邦貧且病，數米銖稱炭。慚愧章先生，十日坐空館。袖中出子詩，貪讀酒屢暖。狂言各煩慎，勿使輸薪粲。

京師哭任遵聖　蘇軾

十年不還鄉，兒女日夜長。豈惟催老大，漸復成凋喪。每聞耆舊亡，涕泫聲輒放。老任況奇逸，先子推輩行。文章少得譽，詩語尤清壯。吏能復所長，談笑萬夫上。自喜作劇縣，偏工破豪黨。奮髯走猾吏，嚼齒對姦將。哀哉命不偶，每以才得謗。竟使落窮山，青衫就黃壤。官遊久不樂，江海永相望。退耕本就君，時節相勞餉。此懷今不遂，歸見纍纍葬。望哭國西門，落日銜千嶂。平生唯一子，抱負珠在掌。見之齠齔中，已有食牛量。他年如入洛，生死一相訪。惟有王濬沖，心知中散狀。

張寺丞益齋　　蘇

張子作齋舍，而以「益」爲名。吾聞之夫子，求益非速成。譬如遠遊客，日夜事征行。今年適燕薊，明年走蠻荆。東觀盡滄海，西涉渭與涇。歸來閉户坐，八方在軒庭。又如學醫人，識病由飽更。風雨晦明淫，跛躄瘠聾盲。虚實在其脉，静躁在其情。榮枯在其色，壽夭在其形。苟能閲千人，望見知死生。爲學務日益，此言當自程。爲道貴日損，此理在既盈。願君書此詩，以爲益齋銘。

送鄭户曹　　蘇　軾

水遶彭祖樓，山圍戲馬臺。古來豪傑地，千載有餘哀。隆準飛上天，重瞳亦成灰。白門下吕布，大星隕臨淮。尚想劉德輿，置酒此徘徊。爾來苦寂寞，廢圃多蒼苔。河從百步響，山到九里回。山水自相激，夜聲轉風雷。蕩蕩清河壖，黄樓我所開。秋月墮城角，春風摇酒盃。遲君爲坐客，新詩出瓊瑰。樓成君已去，人事固多乖。他年君倦游，白首賦歸來。登樓一長嘯，使君安在哉！

送李公擇　　蘇　軾

嗟予寡兄弟，四海一子由。故人雖云多，出處不我謀。弓車無停招，逝去勢莫留。僅存今幾人，各在天一陬。有如長庚月，到曉爛不收。宜我與夫子，相好手足侔。比年兩見之，賓主更獻酬。樂哉十日飲，衎衎和不流。論事到深夜，僵仆鈴與騶。頗嘗見使君，有客如此不？欲别不忍言，慘慘集百憂。念我野夫兄，知名三十秋。已得其爲人，不待風馬牛。他年林下見，傾蓋如白頭。

懷西湖寄晁美叔同年

蘇　軾

西湖天下景，遊者無愚賢。深淺隨所得，誰能識其全？嗟我本狂直，早爲世所捐。獨專山水樂，付與寧非天。三百六十寺，幽尋遂窮年。所至得其妙，心知口難傳。至今清夜夢，耳目餘芳鮮。君持使者節，風采爍雲煙。清流與碧巘，安肯爲爾妍。胡不屏騎從，暫借僧榻眠。讀我壁間詩，清流洗煩煎。策杖無道路，直造意所便。應逢古漁父，葦間自寅緣。問道若有得，買魚勿論錢。

種松得徠字

蘇　軾

春風吹榆林，亂莢飛作堆。荒園一雨過，戢戢千萬栽。青松種不生，百株望一枚。一枚已有餘，氣壓千畮槐。野人易斗粟，云自魯徂徠。魯人不知貴，萬竈飛青煤。束縛同一車，胡爲乎來哉！泫然解其縛，清泉洗浮埃。枝葉傷尚困，生意未肯回。山僧老無子，養視如嬰孩。坐待老龍蛇，清陰滿南臺。孤根裂山石，直幹排風雷。我今百日客，養此千歲材。時去替不百日茯苓無消息，雙鬢日夜催。古今一俛仰，作詩寄餘哀。

以雙刀遺子由子由有詩次其韻

蘇軾

寶刀匣不見，但見龍雀鐶。何曾斬蛟蛇，亦未切琅玕。胡爲穿窬輩，見之要領寒？吾刀不汝問，有愧在其肝。念此刀自藏，包之虎皮斑。湛然如古井，終歲不復瀾。不憂無所用，憂在用者難。佩之非其人，匣中自長歎。我老衆所易，屢遭非意干。惟有王玄通，堦庭秀枝蘭。知子後必大，故擇刀所便。屠狗非不用，一歲六七刓。欲試百鍊剛，要須更泥蟠。作詩銘其背，以待知者看。

與王郎中昆仲及兒邁遶城觀荷花二首

蘇軾

昨夜雨鳴渠，曉來風襲月。蕭然欲秋意，溪水清可啜。環城三十里，處處皆佳絶。蒲蓮浩如海，時見舟一葉。此間真避世，青蒻低白髮。相逢欲相問，已逐驚鷗没。

清風定何物，可愛不可名。所至如君子，草木有嘉聲。我行本無事，孤舟任斜横。中流自偃仰，適與風相迎。舉杯屬浩渺，樂此兩無情。歸來兩溪間，雲水夜自明。

送俞節推尚之子，尚字退翁

蘇軾

吴興有君子，淡如朱絲琴。一唱三歎息，至今有遺音。嗟余與夫子，相避如參辰。退翁官于蜀，余在京師；余歸而退翁去；及余官于吴興，則退翁亡矣。猶喜見諸郎，窈然清且深。異時多良士，末路喪初心。我生不有命，其肯枉尺尋！

東坡七首

蘇軾

余至黄二年，日以困匱。故人馬正卿哀余乏食，爲於郡中請故營地數十畮，使得躬耕其中。地既久荒，爲茨棘瓦礫之場；而歲又大旱，墾闢之勞，筋力殆盡。釋耒而歎，乃作是詩，自愍其勤，庶幾來歲之入，以忘其勞焉。

廢壘無人顧，頹垣長蓬蒿。誰能捐筋力，歲晚不償勞。獨有孤旅人，天窮無所逃。端來拾瓦礫，歲旱土不膏。崎嶇草棘中，欲刮一寸毛。喟然釋耒歎，我廩何時高！

荒田雖浪莽，高庳各有適。下隰種秔稻，東原蒔棗栗。江南有蜀士，桑果已許乞。好竹不難栽，但恐鞭横逸。仍須卜佳處，規以安我室。家僮燒枯草，走報暗井出。一飽未敢期，瓢飲已可必。

自昔有微泉，來從遠嶺背。穿城過聚落，流惡壯蓬艾。去爲柯氏陂，十畮魚蝦會。歲旱泉亦竭，枯萍粘破塊。昨夜南山雲，雨到一犁外。泫然尋故瀆，知我理荒薈。泥芹有宿根，一寸嗟獨在。雪芽何時動，春鳩行可膾。蜀人貴芹芽膾，雜鳩肉作之。

種稻清明前，樂事我能數。毛雨暗春澤，針水聞好語，蜀人以細雨爲雨毛。稻初生時，農夫相語：稻針水矣。分秧及初夏，漸喜風葉舉。月明看露上，一一垂珠縷。秋來霜穗重，顛倒相撑拄。但聞畦隴間，蚱蜢如風雨。蜀中稻熟時，蚱蜢羣飛田間，如小蝗狀，而不害稻。新春便入甑，玉粒照筐筥。我久食官倉，紅腐等泥土。行當知此味，口腹吾已許。

良農惜地力，幸此十年荒。桑柘未及成，一麥庶可望。投種未逾月，覆塊已蒼蒼。農夫告我言：「勿使苗葉昌。君欲富餅餌，要須縱牛羊再。」拜謝苦言，得飽不敢忘。

種棗期可剥，種松期可斵。事在十年外，吾計亦已慤。十年不足道，千載如風雹。舊聞李衡奴，此策疑可學。我有同舍郎，官居在灊岳。李公擇也遺我三寸柑，照坐光卓犖。百栽儻可致，當及春冰渥。想見竹籬間，青黄垂屋角。

潘子久不調，沽酒江南村。郭生本將種，賣藥西市垣。古生亦好事，恐是押衙孫。家有十畮竹，無時容扣門。我窮交舊絶，三子獨見存。從我於東坡，勞餉同一飧。可憐杜拾遺，事與朱、阮論。吾師卜子夏，四海皆弟昆。

冬至日贈安節　蘇軾

我生幾冬至，少小如昨日。當時事父兄，上壽拜脱膝。十年閲凋謝，白髮催衰疾。瞻前惟兄三，顧後子由一。近者隔濤江，遠者天一壁。今朝復何幸，見此萬里姪。憶汝總角時，啼笑爲梨栗。今來能慷慨，志氣堅鐵石。諸孫行復爾，世事何時畢？詩成却超然，老淚不成滴。

陳季常見過三首　蘇軾

仕宦常畏人，退居還喜客。君來輒館我，未覺雞黍窄。東坡有奇事，已種十晦麥。但得君眼青，不辭奴飯白。

送君四十里，只使一帆風。江邊千樹柳，落我酒盃中。此行非遠别，此樂固無窮。但願長如此，來往一生同。

初秋寄子由

蘇軾

百川日夜逝，物我相隨去。惟有宿昔心，依然守故處。憶在懷遠驛，閉門秋暑中。藜羹對書史，揮汗與子同。西風忽凄厲，落葉穿户牖。子起尋裌衣，感歎執我手：「朱顔不可恃，此語君勿疑。别離恐不免，功名定難期。」當時已悽斷，況此兩衰老。失塗既難追，學道恨不早。買田秋已議，築室春當成。雪堂風雨夜，已作對床聲。

過建昌李野夫公擇故居

蘇軾

彭蠡東北源，廬阜西南麓。何人脩水上，種此一雙玉？思之不可見，破宅餘脩竹。四鄰戒莫犯，十畝森似束。我來仲夏初，解籜呈新緑。幽鳥向我鳴，野人留我宿。裴回不忍去，微月挂喬木。遥想他年歸，解組巾一幅。對床老兄弟，夜雨鳴竹屋。卧聽鄰寺鍾，書窗有殘燭。

栖賢三峽橋

蘇軾

吾聞太山石，積日穿綫溜。況此百雷霆，萬世與石鬬。深行九地底，險出三峽右。長輪不盡溪，欲滿無底竇。跳波翻潛魚，震響落飛狖。清寒入山骨，草木盡堅瘦。空蒙煙靄間，澒洞金石奏。彎彎飛橋出，斂斂半月彀〔二〕。玉淵神龍近，雨雹亂晴晝。垂瓶得清甘，可嚥不可漱。

高郵陳直躬處士畫鴈

蘇　軾

野鴈見人時，未起意先改。君從何處看，得此無人態？無乃槁木形，人禽兩自在。北風振枯葦，微雪落璀璀。慘澹雲水昏，晶熒沙礫碎。弋人悵何慕，一舉眇江海。

次韻王覿正言喜雪

蘇　軾

聖人與天通，有詔寬獄市。好語夜喧街，濕雲朝覆砌。紛然退朝後，色映宮槐媚。欲夸翦刻工，故上朱藍袂。我方執筆侍，未敢書上瑞。君猶伏閤爭，高論亦少慰。霏霏止還作，盎盎風與氣。神龍久潛伏，一怒勢必倍。行當見三白，拜舞讙萬歲。歸來飲君家，酣詠追《既醉》。

故李承之待制六丈挽詞

蘇　軾

青青一寸松，中有梁棟姿。天驥墮地走，萬里端可期。世無阿房宮，可建五丈旗。又無穆天子，西征燕瑶池。材大古難用，老死亦其宜。丈夫恐不免，豈患莫已知。公如松與驥，少小稱偉奇。俯仰自廊廟〔三〕，笑談無羌夷。清朝竟不用，白首仍憂時。願斬橫行將，請烹乾没兒。言雖不見省，坐折姦雄窺。嗟我去公久，江湖生白髭。歸來耆舊盡，零落存者誰。比公嵇中散，龍性不可羈。疑公李北海，慷慨多雄詞。淒涼《五君詠》，沉痛《八哀詩》。邪正久乃明，人今屬公思。九原不可作，千古有餘悲。

送范純粹守慶州

蘇　軾

才大古難用，論高常近迂。君看趙、魏老，乃爲滕大夫。浮雲無根蔕，黄潦能須臾。知經幾成敗，得見真賢愚。羽旄照城闕，談笑安邊隅。當年老使君，赤手降於菟。諸郎更何事，折箠鞭其雛。吾知鄧平叔，不鬭月支胡。

送千乘千能兩姪還鄉

蘇　軾

治生不求富，讀書不求官。譬如飲不醉，陶然有餘歡。君看龐德公，白首終泥蟠。豈無子孫念，顧獨遺以安。鹿門上冢回，牀下拜龍鸞。躬耕竟不起，耆舊節獨完。念汝少多難，冰雪落綺紈。五子如一人，奉養真色難。烹雞獨食母，自饗苜蓿盤。口腹恐累人，寧我食無肝。西來四千里，敝袍不言寒。秀眉似我兄，亦復心閑寬。忽然捨我去，歲晚留餘酸。我豈軒冕人，青雲意先闌。汝歸蒔松菊，環以青琅玕。檻陰三年成，可以挂我冠。清江入城郭，小圃生微瀾。相從結茅舍，曝背談金鑾。

故周茂叔先生濂溪

蘇　軾

世俗眩名實，至人疑有無。怒移水中蟹，愛及屋上烏。坐令此溪水，名與先生俱。先生本全德，廉退乃一隅。因抛彭澤米，偶似西山夫。遂即世所知，以爲溪之呼。先生豈我輩，造物乃其徒。應同柳州柳，聊使愚溪愚。

歐陽叔弼見訪道陶淵明事因語及元載之死歎其識有淺深退作此詩　蘇軾

淵明求縣令，本緣食不足。束帶向督郵，小屈未爲辱。翻然賦《歸去》，豈不念窮獨？重以五斗米，折腰營口腹。如何元相國，萬鍾不滿欲。胡椒銖兩多，何用八百斛。以此殺其身，何啻抵鵲玉。往者不可悔，吾其返自燭。

竹間亭小酌懷歐陽叔弼季默呈趙景貺陳履常一首　蘇軾

歲莫自急景，我閑方緩觴。醉餘西湖晚，步轉北渚長。地坐略少長，意行無潤岡。久知薺麥清，稍喜榆柳黄。盎盎春欲動，瀲瀲夜未央。水天鷗鷺静，月霧松檜香。撫景方婉娩，懷人重凄凉。豈無一老兵，坐念兩歐陽。我意正麋鹿，君才亦圭璋。此會恐難久，此歡不可忘。

東府雨中别子由　蘇軾

庭下梧桐樹，三年三見汝。前年適汝陰，見汝鳴秋雨。去年秋雨時，我自廣陵歸。今年中山去，白首歸無期。客去莫歎息，主人亦是客。對牀定悠悠，夜雨空蕭瑟。起折梧桐枝，贈汝千里行。歸來知健否，莫忘此時情。

過高郵寄孫君孚

蘇　軾

過淮風氣清，一洗塵埃容。水木漸幽茂，菰蒲雜游龍。可憐夜合花，青枝散紅茸。美人遊不歸，一笑當誰供。故園在何處，已偃手種松。我行忽失路，歸夢山千重。聞君有負郭，二頃收横從。卷野畢秋穫，殷牀聞夜舂。樂哉何所憂，社酒粥面醲。宦遊豈不好，毋令到千鍾。

次韻定慧欽老見寄

蘇　軾

閑居蓄百毒，救此跛與盲。依山作陶穴，掩此暴骨横。區區效一溉，豈能濟含生。力惡不己出，時哉非汝争。

江月五首

蘇　軾

嶺南氣候不常，吾嘗云：菊花開時乃重陽，良天佳月卽中秋，不須以日月爲斷也。今歲九月，殘暑方退，既望之後，月出愈遲。然予嘗夜起登合江樓，或與客遊豐湖，入栖禪寺，扣羅浮道院，登逍遥堂，逮曉乃歸。杜子美云：「四更山吐月，殘夜水明樓。」此殆古今絶唱也。因其句作五首，仍以「殘夜水明樓」爲韻。

一更山吐月，玉塔卧微瀾。正似西湖上，湧金門外看。冰輪横海闊，香霧入樓寒。停鞭且莫上，照我一杯殘。

二更山吐月，幽人方獨夜。可憐人與月，夜夜江樓下。風枝久未停，露草不可藉。歸來掩關卧，唧唧蟲夜話。

三更山吐月，栖鳥亦驚起。起尋夢中遊，清絶正如此。驅雲掃衆宿，俯仰迷空水。幸可飲我牛，不須違洗耳。

四更山吐月，皎皎爲誰明。幽人赴我約，坐待玉繩横。野橋多斷板，山寺有微行。今夕定何夕，夢中遊化城。

五更山吐月，窗迥室幽幽。玉鈎還挂户，江練却明樓。星河澹欲曉，鼓角冷知秋。不眠翫五詠，清切變蠻謳。

遷居之夕聞鄰舍兒誦書欣然而作　蘇軾

幽居亂蛙黽，生理半人禽。跫然已可喜，況聞弦誦音。兒聲自圓美，誰家兩青衿。且欣習齊咻，未敢笑越吟。九齡起韶石，姜子家日南。吾道無南北，安知不生今。海闊尚挂斗，天高欲横參。荆榛短牆缺，燈火破屋深。引書與相和，置酒仍獨斟。可以侑我醉，琅然如玉琴。

次韻子由所居

蘇軾

幽居有古意，義井分西牆。誰言三伏熱，止須一杯涼。先生坐忍渴，羣囂自披猖。衆散徐酌飲，逡巡味尤長。

和陶淵明飲酒

蘇軾

道喪士失己，出語輒不情。江左風流人，醉中亦求名。淵明獨清真，談笑得此生。身如受風竹，掩冉衆葉驚。俯仰各有態，得酒詩自成。

和陶淵明怨詩楚調示龐主簿及鄧治中

蘇軾

當歡有餘樂，在戚亦頹然。淵明得此理，安處固有年。嗟我與先生，所賦良奇偏。人間少宜適，惟有歸耘田。我昔墮軒冕，毫釐真市廛。歸來卧重茵，憂愧自不眠。如今破茅屋，一夕或三遷。風雨睡不知，黄葉滿枕前。寧當出怨句，慘慘如孤煙。但恨不早悟，猶推淵明賢。

和陶淵明雜詩

蘇軾

真人有妙觀，俗子多妄量。區區勸粒食，此豈知子房。我非徒跣相，終老懷未央。免死縛淮陰，狗功指平陽。哀哉亦可羞，世路皆羊腸。

和陶淵明庚戌歲九月中於西田穫早稻　蘇軾

蓬頭二獠奴，誰謂願且端。晨興洒掃罷，飽食不自安。願此治圃畦，少資主遊觀。晝功不自覺，夜氣乃潛還。早韭欲争春，晚菘先破寒。人間無正味，美好出艱難。早知農圃樂，豈有非意干。尚恨不持鋤，未免騂我顔。此心苟未降，何適不間關。休去復歇去，食菜何所歎。

和陶淵明始作鎮軍參軍經曲阿　蘇軾

虞人非其招，欲往畏簡書。穆生責醴酒，先見我不如。江左古弱國，強臣擅天衢。淵明墮詩酒，遂與功名疎。我生值良時，朱金義當紆。天命適如此，幸收廢棄餘。獨有愧此翁，大名難久居。不思犧牛龜，兼取熊掌魚。北郊有大賚，南冠解囚拘。眷言羅浮下，白鶴返故廬。

和陶淵明詠三良　蘇軾

此生太山重，忽作鴻毛遺。三子死一言，所死良已微。賢哉晏平仲，事君不以私。我豈犬馬哉，從君求蓋帷。殺身固有道，大節要不虧。君爲社稷死，我則同其歸。顧命有治亂，臣子得從違。魏顆真孝愛，三良安足希。仕宦豈不榮，有時纏憂悲。所以靖節翁，服此黔婁衣。

和陶淵明詠貧士

蘇　軾

夷齊恥周粟，高歌誦虞、軒。產、禄彼何人，能致綺與園。古來避世士，死灰或餘煙。末路益可羞，朱墨手自妍。淵明初亦仕，弦歌本誠言。不樂乃徑歸，視世差獨賢。

夏晝

章望之

一日常百刻，轉若車輪忙。千日十萬刻，百年能幾長。達者齊古今，一生甚微茫。夏日豈爲永，而足以較量。人世不足惜，行善乃自彰。無及間暇時，般樂爲滛荒。夷、齊餓人者，顔、閔非公王。其人品孰亞，周氏與虞、唐。亦用仁義積，豈今身未亡。富貴無可恃，莫與公道強。夜思晝以力，四序皆流光。示君夏晝誦，惕惕其自傷。

宿簡寂觀

袁　陟

名山崇祕祠，終夜得清賞。真氣溢空浮，流泉隨砌響。林巒片月散，殿閣高風行。天際斗杓直，庭中盤石横。即陸脩静朝斗之石逸人今何之，故嶺不改秀。白鶴唳松梢，青燈覰巖竇。怳追汗漫駕，深悟逍遥言。四顧羣動寂，冥心歸灝元。

再遊雲居登山有三路，去冬自㴇潭，由西莊而上，取姚田莊路，唯麥莊一路未行。

袁陟

風吹嶺頭樹，似欲招行客。緣雲過絶頂，復見紫霄宅。平觀三百里，下視八千尺。隼擊九秋嚴，鵬展萬里翮。五老鎮相望，西岫天與敵。可笑培塿羣，亦自矜寸碧。氛埃卷宇宙，鴈鶩下川澤。既諧慧智心，若蹈聖賢域。危亭據中峯，回抱竦天壁。沈沈古帝坐，左右列夔稷。舉頭河漢通，直欲攀南極。合奏天地籟，兩耳清歷歷。吁嗟萬類微，胡爲競朝夕。安知太清上，我方適所適。尚思西巘路，去冬躡雙屐。高興挹洪厓，大句鼓天力。到今巖壑間，浩浩起金石。安得少陵翁，物外講新格。重來羈紲在，欲隱世累迫。多謝受命松，長存歲寒色。

覆驗餘姚道中

王存

一夫死非命，滁驗更兩吏。一囚坐法誅，三覆與衆棄。去年交阯敗，殺戮無賤貴。江淮屢歲眚，積殍溝壑穢。聖人於赤子，愛重若彼至。謹小以遺大，誰其原帝意？

雜興三首

鮮于侁

幽居觀物變，天道固虛盈。炎馭日方熾，微陰一已生。涼風動野草，桃李先飄零。蜩螗集高柳，絡緯響

空庭。愁心獨耿耿，宵夢竟難成。

一氣斡元造，爲功未嘗煩。羣生自委化，天地亦何言。鳧脛不可增，楮葉不可鐫。欲益固爲損，勞心非自然。不見平陽侯，醇酒聊終年。

三王貴養老，取重在乞言。酒醴副佳肴，黄髮斯皤然。朝廷本忠厚，風俗亦變遷。豈意漢道微，侍中惟少年。耆舊無備問，李公所以難。

新堂夜坐月色皎然由連理亭信步庭中徘徊久之因爲五言一首　　鮮于侁

秋風動微涼，天雨新霽後。閑齋獨隱几，明月在高柳。振衣步庭下，顥氣入襟袖。天空雲漢明，隱約辨列宿。蒼蒼松檜上，零露霏欲流。去聲脱葉滿閑園，繁華追衰朽。清宵望蟾彩，宜付一杯酒。多病謝樽罍，城頭轉寒漏。

海州觀放鶻搏兔不中而飛去　　沈　括

秋霜濯空林，暮日在峯頂。冥冥起長風，稍稍絶遺影。驍禽値猛搏，俯取不待頃。豈非求者乖，矯翮成遠騁。未能謝榛莽，那用遽悻悻。此心竟可憐，得失未宜病。

觀餘姚海氛　謝景初

海上風與雨，未眹先氣升。澤鹵雜山雲，蓊鬱相薰蒸。交語面已障，安辨丘與陵。衣濡帶革緩，臭腥殊可憎。自非昌其陽，疾癘得以乘。君子却陰邪，何必醫師能。

餘姚董役海堤有作　謝景初

五行交相陵，海水不潤下。處處壞堤防，白浪大於馬。顧予爲其長，恐懼敢暫捨。董衆完築塞，跋履率曠野。使人安於生，兹不羞民社。調和陰與陽，自有任責者。

法喜堂　謝景初

虚堂庇風雨，結構不務壯。外飾無髹髵，置物況容長。開篋藥劑靈，拈棊白黑抗。階花澹亦夭，庭石碧交向。出門鳥雀喧，燕處物我喪。吴俗夸有素，佛徒侈相尚。獨能守質静，坐以矯流宕。棲之果自喜，何須山海上。

村居　文與可

日影滿松窻，雲開雨初止。晴林梨棗熟，曉巷兒童喜。牛羊深澗下，鳧鴈寒塘裏。田父酒新成，瓶甕饋

隣里。

新晴山月

文與可

高松漏疎月，落影如畫地。徘徊愛其下，夜久不能寐。怯風池荷捲，病雨山果墜。誰伴予苦吟，滿林啼絡緯。

屬疾梧軒

文與可

高梧覆新葉，滿院發華滋。白日一何永，清陰閑自移。暖蟲垂到地，晴鳥語多時。病肘倚枯几，泊然忘所思。

校勘記

〔一〕戲謂之　「謂」原作「爲」，據殘宋本、明刻本改。

〔二〕半月彀　「彀」原作「殼」，據殘宋本、五經堂本改。

〔三〕俯仰自廊廟　「自」，殘宋本作「有」。

宋文鑑卷第十九

五言古詩

買炭

蘇轍

苦寒搜病骨，絲纊莫能禦。析薪燎枯竹，勃鬱煙充宇。西山古松櫪，材大招斤斧。根槎委溪谷，龍伏熊虎踞。挑抉靡遺餘，陶穴付一炬。積火變深黳，牙角猶忿怒。老翁睡破氊，正晝出無屨。百錢不滿籃，一坐幸至莫。御爐歲增貢，圜直中常度。閭閻不敢售，根節姑付汝。升平百年後，地力已難富。知夸不知嗇，俛首欲誰訴。百物今盡然，豈惟一炭故。我老或不及，預爲子孫懼。

早行

孔文仲

客興謂已旦，出視見落月。瘦馬入荒陂，霜花重如雪。海風吹萬里，兩耳凍幾脫。歲晏已苦寒，近北尤凛冽。況當清曉行，遡此原野闊。笠飛帶繞頸，指強不得結。農家煙火微，炙手粗可熱。豈能迂我留，而就苟且活。仰頭視四宇，夜氣亦漸豁。苦心待正晝，白日想不缺。

逍遥亭

潘興嗣

作亭名逍遥，此理誠不虚，寬於一天下，原憲惟桑樞。况我卜清曠，風雨庇有餘。方池容瀲灩，小徑足縈迂。花木頗窈窕，松筠亦扶疏。鳴蛙送鼓吹，好鳥來笙竽。可琴亦可詠，可飲亦可娛。盤雖無下箸，賓食亦有魚。恢論或申旦，隱几忘移晡。困來展足眠，醉倒從人扶。率爾但付暢，因煩而領無。鄴侯三萬軸，方朔五車書。棄置復棄置，任自相賢愚。無妨吾逍遥，此樂誠何如？

師道

潘興嗣

師道久不振，小儒咸自私。破崖求圭角，務出己新奇。惻惻去聖遠，六經秦火隳。不有傳授學，涉獵安所爲。漢儒守一經，學者如雲隨。承習雖未盡，摸法有根基。薦紳立朝廷，開口應萬機。附對皆據經，金石確不移。熟爛見本末，較然非可欺。吾願下學官，各立一經師。務盡道德業，不取章句辭。庶幾昔人風，炳然復在兹。

過百里大夫冢

黄庭堅

行客抱憂端，况復思古人。何年一丘土，不見石麒麟。斷碑略可讀，大夫身霸秦。虞公納垂棘，將軍西問津。安知五羊皮，自粥千金身。末俗工媒孽，浮言玷道真。幸逢孟軻賞，不愧微子魂。

寄秉夷　黄庭堅

少時調《詩》《書》，貫穿數萬字。爾來窺陳編，記一忘三二。光陰如可玩，老境翻手至。良醫曾折足，説病迺真意。

和子瞻粲字韻二首　黄庭堅

公材如洪河，灌注天下半。風日未嘗攖，晝夜聖所歎。名世二十年，窮無歌舞玩。入宫又見妬，徒友飛鳥散。一飽事難諧，五車書作伴。風雨暗樓臺，鷄鳴自昏旦。雖非錦繡贈，欲報青玉案。文似《離騷》經，詩窺《關雎》亂。賤生恨晚學，曾未奉巾盥。昨蒙雙鯉魚，遠託鄭人緩。風義薄秋天，神明還舊貫。更磨薦禰墨，推挽起疲懦。忽忽未嗣音，微陽歸候炭。仁風從東來，拭目望齋館。鳥聲日日春，柳色弄晴暖。漫有酒盈樽，何因見此粲！

元龍湖海士，毁譽各相半。下牀卧許君，上牀自永歎。丈夫屬有念，人物非所玩。坐令結歡客，化爲煙霧散。武功有大略，亦復寡朋伴。詠歌思見之，長夜鳴鶡旦。東南望彭門，官道平如案。簡書束縛人，一水不能亂。斯文媲秬鬯，可用圭瓚盥。誠求活國醫，何忍棄和、緩。開疆日百里，都内錢朽貫。銘功甚俊偉，迺見儒生懦。且當置是事，勿求冰作炭。上帝羣王府，道家蓬萊館。曲肱夏簟寒，炙背冬屋暖。只令文字垂，萬世星斗粲。

寄師載

黄庭堅

齊地穀翔貴，排門無爨饋。二仲有甘旨，奉親亦良勤。原田水洸洸，何時稼如雲？無民願豐歲，政自不忘君。

過家

黄庭堅

絡緯聲轉急，田車寒不運。兒時手種柳，上與雲雨近。舍傍舊傭保，少換老欲盡。宰木鬱蒼蒼，田園變畦畛。招延屈父黨，勞問走婚親。歸來翻作客，顧影良自哂。一生萍託水，萬事雪侵鬢。夜闌風隕霜，乾葉落成陣。燈花何故喜，大是報書信。親年當喜懼，兒齒欲毀齓。繫船三百里，去夢無一寸。

上冢

黄庭堅

自公返蓬篳，税駕上丘隴。霜露此日悲，松楸十年拱。養雛數羽毛，初不及承奉。康州斷腸猿，風枝割永痛。少年不如人，登仕無前勇。髮疏牙齒摇，鯨波怒號洶。願爲保家子，敢議世輕重。稱觴太夫人，魚菜贍庖供。

題王黄州墨蹟後

黄庭堅

掘地與斷木，智不如機舂。聖人懷餘巧，故爲萬物宗。世有斵泥手，或不待郢工。往時王黄州，謀

國極匪躬。朝聞不及夕，百壬避其鋒。九鼎安盤石，一身轉孤蓬。浮雲當日月，白髮照秋空。諸君發蒙耳，汲直與臣同。

和張文潛贈晁無咎二首　黄庭堅

龜以靈故焦，雉以文故翳。本心如日月，利欲食之既。後生玩華藻，照影終没世。安得八紘罝，以道獵衆智。

談經用燕説，束棄諸儒傳。濫觴雖有罪，末派瀰九縣。張侯真理窟，堅壁勿與戰。難以口舌争，水清石自見。

留王郎　黄庭堅

河外吹沙塵，江南水無津。骨肉常萬里，寄聲何由頻。我隨簡書來，顧影將一身。留我左右手，奉承白頭親。小邦王事略，蟲鳥聲無人。王生解鞍馬，夜語雞唤晨。母慈家人肥，女慧男垂紳。有田爲酒事，豚韭及秋春。生涯得如此，舊學更光新。索去何草草，少留慰藉勤。百年才一炊，六籍經幾秦？要知胷中有，不與跡同陳。郢人懷妙質，聊欲運吾斤。

和孔常父雪　黄庭堅

春皇賦上瑞，來寧黄屋憂。下令走百神，大雲庇九丘。風聲將仁氣，灧灧生瓦溝。寒花舞零亂，表裏照皇州。千門委圭璧，曉日不肯收。元年冬無澤，穴處長螟蟊。兩宫初旰食，褕衮獻良籌。有道四夷守，無征萬邦休。耆年秉國論，涇、渭極分流。輟耒入班品，逸民盡歸周。股肱共一體，間不容戈矛。人材如金玉，同美異剛柔。政須衆賢和，乃可踈共吺。改弦張弊法，病十九已瘳。王指要不匿，蝕非日月羞。桑林請六事，河水問《九疇》。天意果然得，玄功與吾謀。此物有嘉德，占年在麥秋。近臣知天喜，玉色動冕旒。儒館無他事，作詩配《崇丘》。

次韻答邢惇夫

黄庭堅

爲山不能山，過在一簣止。漥洼麒麟兒，墮地志千里。岷山初濫觴，入楚乃無底。將升聖人堂，道固有廉陛。邢子好少年，如世有源水。方求無津涯，不作蛙井喜。兒中兀老蒼，趣造甚奇異。過閲王公門，袖中有漫刺。别來阻河山，望遠每障袂。斯文向千載，有志常寡遂。後生文楚楚，照影若孔翠。不應《太玄》草，晞價咸陽市。雨作枕簟秋，官閑省中睡。夢不到漢東，茗椀乃爲祟。聞君肺渴減，頗復佳食寐。讀書得新功，來鴈寄一字！

題竹石牧牛

黄庭堅

野次小峥嶸，幽篁相依緑。阿童三尺箠，御此老觳觫。石吾甚愛之，勿遣牛礪角。牛礪角尚可，牛鬬殘

我竹。

贈秦少儀觀　黄庭堅

汝南許文休，馬磨自衣食。但聞郡功曹，滿世名籍籍。渠命有顯晦，非人作通塞。秦氏多英俊，少游眉最白。頗聞鴻鴈行，筆皆萬人敵。吾蚤知有覯，而不知有觀。少儀袖詩來，剖蚌珠的歷。乃能持一鏃，與我箭鋒直。自吾得此詩，三日卧向壁。挽士不能寸，推去輒數尺。才難不其然，有亦未易識！

謝公定和二范秋懷　黄庭堅

西風一葉脱，迹已不可掃。巷有白馬生，朝回焚諫草。誰云事君難，是亦父子間。所要功補衮，不言能犯顔。

宿舊彭澤懷陶令　黄庭堅

潛魚願深渺，淵明無由逃。彭澤當此時，沉冥一世豪。司馬寒如灰，禮樂卯金刀。歲晚以字行，更始號元亮。淒其望諸葛，骯髒猶漢相。時無益州牧，指撝用諸將。平生本朝心，歲月閲江浪。空餘詩語工，落筆九天上。向來非無人，此友獨可尚。屬余剛制酒，無用酌盃盎。欲招千載魂，斯文或宜當。

題宛陵張待舉曲肱亭　黄庭堅

仲蔚蓬蒿宅，宣城詩句中。人賢忘巷陋，境勝失途窮。寒葅書萬卷，零亂剛直胷。偃蹇勳業外，嘯歌山水重。晨雞催不起，擁被聽松風。

和邢惇夫秋懷二首　黄庭堅

王度無畦畛，包荒用憑河。秦收鄭渠成，晉得楚材多。用人當其物，不但軸與薖。六通而四闢，玉燭四時和。

相如用全趙，留侯開有漢。名登泰山重，功略天下半。讓頗封韓、彭，事成羣疑泮。天道常曲全，小智驚後患。

次謝與迪所作竹　黄庭堅

吾宗墨脩竹，心手不自知。天公造化鑪，攬取如拾遺。風雪烟霧雨，榮悴各一時。此時抱明節，君又潤色之。抽萌或發石，懸筆有阽危。林梢一片雨，造次以筆追。猛吹萬籟作，微涼入音稀。霜兔束豪健，松煙泛硯肥。盤桓未落筆，落筆必中宜。今代捧心學，取笑如東施。或可遺巾幗，選愞如辛毗。生枝不應節，亂葉無所歸。非君一起予，衰疾豈能詩！憶君初解鞍，新月掛彎眉。夜月上金鏡，坐歎光

景馳。我有好東絹，晴明要會期。漪漪淇園姿，此君有威儀。願作數百竿，水石相因依。他年風動塵，洗我別後思。開圖慰滿眼，何時遂臻茲？

次韻楊明叔見餞十首

黄庭堅

平津喜牧豕，佽飛能斬蛟。終藉一汲黯，淮南解兵交。楊子有直氣，未忍死草茅。引之入漢朝，誰爲續弦膠？

楊君清渭水，自流濁涇中。今年貧到骨，豪氣似元龍。男兒生世間，筆端吐長虹。何事與秋螢，爭光蒲葦叢？

事隨世滔滔，心欲自得得。楊君爲己學，度越流輩百。坐搆故衣盋，垢襪春汗黑。睥睨紈袴兒，可飲三斗墨。

清淨草玄學，西京有子雲。太尉死宗社，大鳥泣其墳。寂寥向千載，風流被仍昆。富貴何足道，聖處要策勳！

桑、輿金石交，既別十日雨。子輿裹飯來，一笑相告語。楊君困簞瓢，諸公不能舉。儻可從我歸，沙頭駐鳴櫓。

山園少天日，狐鬼能作妖。睒閃載一車，獵人用鳴梟。小智窘流俗，蹇淺不能超。安得萬里沙，霜晴看射鵰！

元之如砥柱，大年若霜鶚。王、楊立本朝，轝世作郛郭。觀公有膽氣，似可繼前作。丈夫存遠大，胷次要落落。

虛心觀萬物，險易極變態。皮毛剥落盡，唯有眞實在。侍中乃珥貂，御史卽冠豸。顧影或可羞，短蓑釣寒瀨。

松柏生澗壑，坐閱草木秋。金石在波中，仰看萬物流。骯髒自骯髒，伊優自伊優。但觀百世後，傳者非公侯。

老作同安守，蹇足信所便。胷中無水鏡，敢當吏部銓。恨此虛名在，未脱世糾纏。念作白鷗去，江南水如天。

拜劉凝之畫像　黄庭堅

棄官清潁尾，買田落星灣。身在菰蒲中，名滿天地間。誰能四十年，保此清淨退。往來澗谷中，神光射牛背。

跋子瞻和陶詩　黄庭堅

子瞻謫嶺南，時宰欲殺之。飽喫惠州飯，細和淵明詩。彭澤千載人，東坡百世士。出處雖不同，風味乃相似。

次徐仲車因婁行父見寄之詩　黃庭堅

前朝老諸生，太半正丘首。投荒萬里歸，煩公問健否。往時望江宰，今爲夏津吏。它日可教之，玉音尚無棄！

遊蔣彥回玉芝園　黃庭堅

春生瀟湘水，風鳴澗谷泉。過雨花漠漠，弄晴絮翩翩。名園上朱閣，觀後復觀前。借問昔居人，岑絕無炊煙。人生須富貴，河水清且漣。百年共如此，安用涕潺湲？蔣侯真好事，杖屨喜接連。車載溪中骨，堆排若差肩。厭看孔壬面，醜石反成妍。感君勸我醉，吾亦無間然。亂我朱碧眼，空花墜便翾。行動須人扶，那能金石堅。愛君雷式琴，湯湯發朱弦。但恨賞音人，太平隨逝川。平生有詩病，如痼不可痊。今當痛自改，三釁復三湔。

沐浴有感　彭汝礪

去垢如去邪，不欲留毫分。髮不止一沐，身不止三熏。如何迷本原，浴德不自勤？區區養棫棘，俯仰愧前聞。

就食

楊　蟠

未知田上勞，徒厭鼎中味。及與農事接，方驚食者貴。余生寡營求，念此豈易致。況敢懷寸禄，平居但羞愧。

古興

沈　遼

我不歎白髮，安得新少年？往者不失勢，後來豈能賢？世間亦多士，倚伏良有緣。寄語夸奪子，古人已皆然。

濉陽

徐　積

嘗聞唐李氏，世號爲賢妻。以力營七喪，或謂難庶幾。孰知蔡家婦，其事乃同之。豈特在中饋，無往而無儀。孝於其所尊，慈於其所卑。既知義所在，能終義所爲。我生至此極，我嫁逢百罹。其屬死略盡，其骨俱無歸。身爲未亡人，心乃真男兒。以己任其責，無忘須臾時。但恐事不濟，安知恤寒飢。乃捐奉生具，而爲送亡資。面不御膏沐，首不加冠笄。金珠鬻於市，文繡容何施。更無囊中裝，唯有身上衣。殆將截其髮，幸苟完其肌。所得蓋良苦，所積從細微。如此十年久，猶以爲支離。日時卜諸良，宅兆相厥宜。一舉十八喪，一旦得所依。手自植松楸，身亦沾塗泥。何暇裹兩足，但知勤四肢。居者

歎於室，行者泣於岐。鳥亦助叫號，人思操藾梩。冥冥長夜魂，所獲喜可知。鬱鬱佳城中，不爲中道尸。卒辦其家事，少慰而心悲。義深海可涸，行堅山可摧。孤誠貫白日，幽光凌虹蜺。吾聞古烈女，犖犖非無奇。一死盡易處，一節亦易持。至如張氏者，使人尤歔欷。誰爲孝婦傳？誰爲黄絹碑？亦有淮上翁，爲述濉陽詩。移書太史氏，無令兹逸遺。

别三子

陳師道

夫婦死同穴，父子貧賤離。天下寧有此，昔聞今見之。母前三子後，熟視不得追。嗟乎胡不仁，使我至於斯！有女初束髮，已知生離悲。枕我不肯起，畏我從此辭。大兒學語言，拜揖未勝衣。唤爺「我欲去」，此語那可思！小兒襁褓間，抱負有母慈。汝哭猶在耳，我懷人得知？

示三子

陳師道

去遠卽相忘，歸近不可忍。兒女已在眼，眉目略不省。喜極不得語，淚盡方一哂。了知不是夢，忽忽心未穩。

田家

陳師道

雞鳴人當行，犬鳴人當歸。秋來公事急，出處不待時。昨夜三尺雨，竈下已生泥。人言田家樂，爾苦人

得知？

送蘇公知杭州

陳師道

平生羊荆州，追送不作遠。豈不畏簡書，放麑誠不忍。一代不數人，百年能幾見。昔如馬口銜，今爲禁門鍵。一雨五月涼，中宵大江滿。風帆目力短，江空歲年晚。

送李奉議亳州判官

陳師道

祁氏號外府，藏室多異書。自公有餘力，一覽意何如？爲學雖日益，受益不受誣。正須高著眼，濠梁有遊魚。

觀兖文忠公家六一堂圖書

陳師道

生世何用早，我已後此翁。頗識門下士，略已聞其風。中年見二子，已復歲一終。呼我過其廬，所得非所蒙。先朝羣玉殿，冠佩環羣公。神文焕王度，喜色見天容。御榻誰復登，帝書元自工。黄絹兩大字，一覽涕無從。似欲託其子，天意人與同。歷數況有歸，敢有貪天功。《集古》一千卷，明明並羣雄。誰爲第一手，未有百世公。廟器刻科斗，寶樽播華蟲。緬懷弁服士，酬獻鳴瓏琮。插架一萬軸，遺子以固窮。素琴久絶弦，綦酒頗闕供。向來一瓣香，敬爲曾南豐。世雖嫡孫行，名在惡子中。斯人日

已遠，千歲幸一逢。吾老不可待，草露濕寒蛩。

咸平讀書堂

陳師道

昔人《三百篇》，善世已有餘。後生守章句，不足供囁嚅。一登吏部選，筆硯隨掃除。閉閤畫眉嫵，隔屋聞歌呼。奉公用漢律，寧復要《詩》《書》。俛首出跨下，枉此七尺軀。今代陶朱公，不作大梁屠。訏然特未用，意得輕全吳。爲邦得畿縣，政密自計疏。寧書下下考，不奉急急符。用意簿領外，築室課典謨。平生五千卷，還舍不問途。舊事更漢、唐，稍以詩自娱。復作無事飲，醉卧擁青奴。桃李春事繁，軒窗晝景舒。鳴屋鳩喚雨，窺簷燕哺雛。休吏散篇帙，脩篁獻笙竽。听然一啓齒，斯民免爲魚。

次韻答晁無斁

陳師道

女生願有家，名妾以不聘。田里亦慕君，又惡不由正。欲行不問塗，已破寧顧甑！耕蠶無一廛，庖井要三徑。還家憂患餘，挽須兒女競。十年寧有此，一寒可無命。平生晁夫子，得士公室慶。稍無車馬音，復作賓客請。論文到韓、李，念舊説蘇、鄭。長年斷消息，獨語誰和應？此生恩未報，他日目不瞑。歸卧無好懷，扣門有佳聽。誰來雪霜後，更覺天宇淨。少好老未工，持刃授子柄。

宋文鑑卷第二十

五言古詩

寄楊道孚　張耒

士師我自出，爽邁凌清秋。年少不飲酒，昏燈夜問囚。君家外大父，聽獄代其憂。備飢朝煮飯，驅蚊夜張幬。獄成上府時，稽顙呼張侯。怒心臨縲紲，相盜以戈矛。無令市死厲，請帝號重幽。

日起　張耒

漫漫東牖白，開帷納晨光。欠伸推夜枕，扣齒被朝裳。瓦盎汲石泉，漱甘齒頰涼。維兹孟夏初，宿雨清高堂。棲鳥起且啅，露鶯鳴更藏。悠悠晚花殷，落落古柳蒼。西舍初鳴舂，東隣出求糧。客馬已別櫪，商車欲踰岡。羲和一揚輝，羣動皆擾攘。有生無不求，誰得偃于牀。人生但如此，勤苦亦可傷。况我病倦翮，飄飄信風翔。永懷中林士，棲志煙霞鄉。願言寄旅跡，棲託以徜徉。

夏日雜感　張耒

士而懷其居，孔子亦云非。賢臣事晉侯，夜載使逃齊。酖毒比燕居，君子不可懷。樂小必害大，安近遠

之迷。野芻養騏驥，當念和鑾馳。一飽願即止，幾何非犬雞！高賢意有在，汲汲不敢違。安能守槽櫪，長伴兒曹嬉？

春日雜書　張耒

昨日爲雨備，今晨天乃風。障風謹自保，通夕雪迷空。備一常失計，盡備力不供。因之置不爲，拱手受禍凶。當爲不可壞，任彼萬變攻。築室如金石，何勞計春冬。此道簡且安，古來家國同。

感遇　張耒

穰侯擅關中，頗畏諸侯客。搜車計已遲，終困范公策。庸夫吝富貴，百計私自惜。勢移禍敗至，智巧竟何益。至公覽英俊，苴補乃無隙。請看桑林餓，亦脱趙子厄。

昭陵六馬　張耒

天將刬隋亂，帝遣六龍來。森然風雲姿，颯爽毛骨開。飈馳不及視，山立儼莫回。長鳴視八表，擾擾萬駑駘。秦王龍鳳姿，魚鳥不足摧。腰閒大白羽，中物如風雷。區區數竪子，縛取如提孩。手持掃天箒，六合無塵埃。艱難濟大業，一一非常才。惟時六驥足，績與英、衞陪。功成鏘八鸞，玉輅行天街。荒凉昭陵闕，古石埋蒼苔。

斑竹

張　耒

重瞳陟方時，二妃蓋老人。安肯泣路傍，洒淚留叢筠。頗疑葛陂化，點點留斑鱗。慎勿脫水去，人世多埃塵。

寓陳詩

張　耒

我不知暑退，但覺衣汗乾。頗怪庭中天，湛然清以寬。有物叫草根，啾啾自相喧。問知已新秋，大火流金丸。天工變寒暑，正爾事亦繁。静觀付一笑，吾事寧相關。但使筋力健，悠然佳意還。喧喧憎鄰里，砧杵亂人眠。

糴官粟有感

張　耒

持錢糴官粟，日夕擁公門。官價雖不高，官倉常苦貧。兼并閉囷廩，一粒不肯分。伺待官粟空，騰價邀吾民。坐視既不可，禁之亦紛紜。擾擾田畮中，果腹才幾人？我欲究其原，宏闊未易陳。哀哉天地間，生民常苦辛。

賀雨拜表

張　耒

羣雲雨事畢，振旅不復陣。掃天無一塵，千里還綠潤。晨朝大明賀，沙路萬蹄印。朝光泛翠瓦，佳氣去

人近。頗聞避斧扆，侑膳徹龍筍。願君愛物心，從此至堯舜。

田居　　秦觀

雞號四隣起，結束赴中原。戒婦預爲黍，呼兒隨掩門。犁鋤帶晨景，道路更笑喧。宿潦濯芒屨，野芳簪髻根。霽色披宿靄，春空正鮮繁。辛夷茂横阜，錦雉驕空園。少壯已雲趨，伶俜尚鴟蹲。蟹黄經雨潤，野馬從風奔。村落次第集，隔塍致寒温。眷言月占好，努力競晨昏。

海康書事五首　　秦觀

白髮坐鉤黨，南遷海瀕州。灌園以餬口，身自雜蒼頭。籬落秋暑中，碧花蔓牽牛。誰知把鋤人，舊日東陵侯？

荔子無幾何，黄柑遽如許。遷臣不惜日，恣意移寒暑。層巢俯雲木，信美非吾土。草芳自有時，鵯鵊何關汝！

十居近流水，小巢依嶔岑。終日數椽閒，但聞鳥遺音。鑪香入幽夢，海月明孤斟。鷦鷯一枝足，所恨非故林。

培塿無松柏，駕言出焉遊？讀書與意會，却掃可忘憂。尺蠖以時詘，其信亦非求。得歸良不惡，未歸且淹留。

海康臘己酉，不論冬、孟仲。殺牛撾祭鼓，城郭爲沸動。雖非堯曆頒，自我先人用。大笑荆楚人，嘉平獵雲夢。

孤憤吟二首　張商英

平津諛武帝，堯舜未爲聰。歸來東閤士，稱頌比周公。勢利變人心，上下交相蒙。低顔望眉睫，一喜生春風。優游卒兹歲，安知朝野空！

青青一本桑，下可百夫息。泠泠一井泉，上有千人汲。千里以爲郡，百里以爲邑。生齒豈不繁，教化繫爾力。何事北窗人，歎此徒勞職？

接花　陳瓘

色紅可使紫，葉單可使千。花小可使大，子少可使繁。天賦有定質，我力能使遷。自矜接花手，可奪造化權。衆聞悉驚詫，遣我屢嘆吁。用智固巧矣，天時可易歟？我欲春採菊，我欲冬賞桃。汝不能栽接，汝巧亦徒勞。雨露草必生，雪霜松不死。不死有本性，必生亦時爾。汝之所變易，是亦時所爲。時乎不可違，何物不隨時？

文選樓　李廌

申轅應楚聘，鄒枚適梁苑。藩侯喜賓客，賢賢易鷹犬。黄綺游漢庭，羽翼繒繳遠。秦府十八公，攀附名益顯。昭明衆才子，文囿俾蒐選。高齋切浮雲，雉堞俯晴巘。尚應愧河間，筆削非大典。

寄陳履常　邢居實

十年客京洛，衣袂多黄塵。所交盡才彦，惟子情相親。會合能幾日，歡樂何遽央。春風東北來，飄我西南翔。驪駒已在門，白日行且晚。停觴不能飲，將去更復返。把腕捋髭鬚，悲啼類兒女。人生非鹿豕，安得常羣聚。朝别河上梁，莫涉關山道。匹馬逐飛蓬，離恨如春草。去去日已遠，行行淚横臆。昨日同袍友，今朝異鄉客。來時城南陌，始見梅花白。回首漢江頭，黄梅已堪摘。杖策登高城，極目迥千里。落日下青山，但見白雲起。遠望豈當歸，長歌涕如雨。歸心如明月，幽夢過潁汝。抱膝長相思，故人安可見。忽枉數行書，彷彿如對面。紛紜輦轂下，冠蓋争馳逐。吹噓多賢豪，肯復念幽獨。空齋聽夜雨，深竹聞子規。此情不可道，此心君詎知？

雨後出城馬上作　邢居實

既雨天氣佳，微雲淡如掃。欲尋煙際鍾，騎馬河邊草。紫椹飽黄鸝，人家夏蠶老。田婦踏繅車，隔

籬語音好。嗟我一何愚，讀書浪枯槁。不及此中人，終年客長道。

述懷

任伯雨

元符庚辰歲，孟冬十二日。任子丞大宗，碌碌奉朝籍。聖主訪落初，聽言勞日昃。諫路員有闕，求人恐不及。誰謂方遴選，邂逅首疏逖。詔旨忽中授，聞命但夕惕。不是憂不合，致君憂失職。既憂亦復喜，不是貪祿秩。平生慕古人，素願或可畢。精神倍疏瀹，激昂登文石。青雲開九天，清光覩咫尺。每見情益交，肝膽盡剖析。敬承丁寧訓，重許以忠直。自喜千載遇，奮身遑他恤。志欲收主威，力先排巨室。切齒憤欽、汴，刻意望夔、稷。不數千羊皮，豈讓一狐腋。勤勤履霜戒，不復慮不密。問夜欲自勞，百疏竟何益。哀哉愛君心，不能當衆嫉。投湘爲獨醒，得罪因懷璧。尚賴天德廣，閱歲已再謫。仇人意未厭，窮荒必投斥。轉海僅萬里，艱危備經歷。有時遭颶風，天地如抹漆。雪浪山崩頽，轟豗飛霹靂。扁舟甚枯棹，俯仰顛倒立。雙檣捲欲折，纜斷水蘸蓆。鯨、鱷口垂涎，噴咤煙雨集。萬怪競周章，腥臊助噓吸。生平仗忠信，安敢保瞬息。寅緣脱魚腹，島嶼稍登陟。天氣鬱欲流，土色焦成赤。草木蒸氛霧，亭午日未出。荒徑少人行，悉窣走虺蜴。居民滂溪滸〔一〕，横斜户百十。矮屋盡棚欄，臭穢如圈櫪。家家啖菜粥，雜米無十一。小魚與細鰕，相尚珍鼎食。鳥言紛嘲哳，卉服坌蒙冪。顔色盡黄腫，大牛抱瘴疾。其風貪以淫，其俗拙以僻。殆非人間世，宜爾太荒闃。我生本匹夫，賦性自真率。雖有江海志，仕宦特牽迫。一日偶遭際，用捨何敢必。但思忠邪分，於國繫休戚。周嫠不恤緯，我意何窮極。

漆女倚門嘯，我情第堙鬱。嗚呼謀身者，所宜念陰騭！

春風　洪朋

春風吹桃李，欻然滿中園。羣動不遑息，胡蝶紛飛翻。我亦感兹時，步屧遶林間。顔色豈不好，持久良獨難。置酒休其下，聊復罄余歡。君看桃與李，成蹊亦無言。

初行山　晁詠之

靄靄初蒸雲，落落欲墜石。山深多晚花，照水自紅碧。漁艇入煙小，松竹凌煙直。西風漾碧波，扁舟恣欹側。客從北方來，苦遭世俗迫。登臨雖夙願，山川多未識。浩蕩涉寒流，躋攀並蒼壁。捫蘿窺鳥道，踏逕窮人迹。清泉洗塵心，山鳥慣幽客。逸興良未已，日下千崖赤。十載孫承公，好具登山屐。

王立之大裘軒　謝逸

小人拙生事，三冬卧無帳。忍寒東窗底，坐待朝曦上。徐徐晨光熙，稍稍氣血暢。薰然四體和，恍若醉春釀。此法祕勿傳，不易車百兩。君胡得此法，開軒亦東向？蘇公名「大裘」，意豈在萬丈。但觀名軒心，人人如挾纊。

閨恨

謝逸

汲井漸我衣，伐石固我墉。塵埃不被體，寂無人迹通。洋洋西江水，我車不敢渡。夙駕豈不早，早行畏多露。行止既有義，離合亦有時。衆人豈無心，不如我所之。

酴醿依柏引蔓上冒其顛

崔鶠

春風亦已老，自厭丹采媚。獨留白雪花，洒此千尺翠。嵯峨珠巃冠，縹緲冒佛髻。幽香勿襲人，恐爲真色累。但願保明姿，終日奉清對。要之萬物夥，汙潔自有類。

江月圖

崔鶠

冥冥一葉輕，不知水與天。獨於灝氣中，仰見素璧圓。超然狂道士，起視清夜闌。自拈白玉笛，吹此江月寒。想當萬籟息，逸響流空煙。我從江海來，形留意先還。何當買魚蓬，追此水墨仙。

雨餘

鮑欽止

礎潤雨欲作，好風每相先。蕭蕭清入簾，令我心洒然。閉門倦永夏，枕書日昏眠。快此風雨餘，端如濯飛泉。盆山有佳趣，草木更幽妍。井華養文石，香篆横雲煙。俯仰方丈間，勝事亦可憐。永懷觸

熱子，我勞良獨賢。

寄友人　張繹

有客厭事事，潔身山之幽。寒暑不相貸，乃有卒歲憂。有生此有事，簡之成贅疣。澄江本無浪，不如信虚舟。六經乃道要，無以利心求。一朝與理會，萬境真天遊。伊水正清泠，子行無滯留。西風昨夜至，送子馳中流。落月洒殘夢，已著古岸頭。我病强送君，是行良難儔。異時青門下，誰識東陵侯？

秋日書懷　毛滂

秋日吐微明，寒葉墮半碧。娟娟竹弄影，冉冉香引脉。窗明棐几净，水石涵虚白。茶開睡足眼，苔上懶行屐。屋寒無燕雀，豈獨少賓客。顧我警露友，佇此遼天翮。相對雖不言，孤高比三益。邇來世外心，漸覺眼界窄。兒時喜功名，今念真戲劇。平生翻羹手，欲爛誰能炙？豈待二頃田，初無一廛宅。第當營糟丘，努力期百尺。頽然寄疏慵，坐看駒過隙。韓郎食不足，苦心定誰惜。那知落英緐，吾食豈無夕。舉手謝飛鳶，一鼠何勞嚇。

次韻毛達可給事秋懷念歸　倪濤

結茅遠人村，破屋水半扉。涼葉墮清響，空山轉斜暉。微官卧江漢，素心久依依。十年天涯秋，摇落幾芳菲。馬蹄歲月去，蝶夢東南飛。平生丘壑志，有言輒乖違。不如孤征鴻，春風自知歸。

贈趙正之　林敏功

君爲稻田官，君非力田科。我今耕田夫，爲君奏田歌。南畝茨粱稼，東郊煙雨蓑。田家不作苦，奈此歲暮何！惘惘望有年，一失成蹉跎。立苗非不疏，稊稗常苦多。小人剥良善，蓬蒿賤嘉禾。去惡藉老農，芟夷戒駢羅。夫君邦之彦，妙年加切瑳。治國與治身，此道終靡他。人心不相遠，如以斧伐柯。願君日顯榮，吾言期不磨。

奉同程致道著作次鮑溶冬夜答客韻送趙叔問奉議歸南都　方元修

清秋不相借，白髮日更多。塵埃困煩促，原野懷經過。聊當倚滂潤，資以生吾禾。豈不念離羣，鷩鵲寧擇窠。王孫别都去，澹若依松蘿。暫别亦復難，賡詩飲無何。我行那爾爾，渺邈踰江河。賸須作佳句，相我滄浪歌。

張牧之竹溪　林敏修

張牧之隱於竹溪，不喜與世接。客來，蔽竹窺之，或韻人佳士，則呼船載之，或自刺舟與語。俗子十反不一見，怒駡相踵，弗顧也。人或以少漫郎，余獨喜其與古人意合，乃作竹溪詩。

幽間古城陰，結屋清溪曲。溪流湛回映，上有青青竹。漫郎欣得之，緑髮詠空谷。高風及前脩，勝趣隨遠矚。惡客徒擾人，立談非我欲。麾去寧汝嗔，真意聊自足。或言不當爾，往往相謗讟。答云豈吾私，恐作林泉辱。源流别涇渭，臭味同草木。肯當百事勝，容此一物俗。獨餘嵇、阮輩，蕩棨戒臣僕。濁醪澆古胸，日没還秉燭。僕忝瓜葛後，意氣頗相屬。平生幾兩屐，共老三徑菊。行年事無定，此計諾已宿。徑須買牛衣，兒亦荷書簏。從子竹間游，溪魚剁寒玉。

山行　曹緯

日出過山頭，日入宿山下。我行山亦行，隱隱似奔馬。朝昏山送迎，山意自傾寫。借問征途間，誰如此山者？

燭蛾　賀鑄

鬼蛾來翩翩，慕此堂上燭。附炎竟何功，自取焚如酷。感彼萬動微，保生在無欲。不見青林蟬，飲風聊自足。

校勘記

〔一〕居民滂溪滸　「滂」疑當作「傍」。

宋文鑑卷第二十一

詩

七言古詩

禁直

楊　億

鳳樓鴛瓦蟾波濕，衆籟聲沉百蟲蟄。仙盤雲表露成霜，何人夜半牛衣泣。芝泥香熟封詔書，河漢西傾移斗車。陰風摵摵起庭樹，寒澌戛戛鳴宮渠。千廬迭唱傳宵警，海山鼇背蓬壺頂。金釭珠網結綺錢，玉井銀牀垂素綆。前席受釐詢碩生，觀書百斤須中程。投籤乍應嚴鼓節，求衣誤聽蒼蠅聲。渴烏漏盡繁星曙，魚鑰建章開萬户。初日曈曨豔屋梁，鳴鞭一聲下天路。

滄浪亭

歐陽修

子美寄我《滄浪吟》，邀我共作滄浪篇。滄浪有景不可到，使我東望心悠然。荒灣野水氣象古，高林翠阜相回環。新篁抽筍添夏影，老枿亂發争春妍。水禽閒暇事高格，山鳥日夕相啾喧。不知此地幾

興廢，仰視喬木皆蒼煙。堪嗟人迹到不遠，雖有去路曾無緣。窮奇極怪誰似子，搜索幽隱探神仙。初尋一逕入蒙密，豁見異境無窮邊。風高月白最宜夜，一片瑩淨鋪瓊田。清光不辨水與月，但見空碧涵漪漣。清風明月本無價，可惜祇賣四萬錢。又疑此境天乞與，壯士憔悴天應憐。鴟夷古亦有獨往，江湖波濤渺瀰天。崎嶇世路欲脱去，反以身試蛟龍淵。豈如扁舟任飄兀，紅蕖緑浪摇醉眠。丈夫身在豈長棄，新詩美酒聊窮年。雖然不許俗客到，莫惜佳句人間傳。

希真堂東手種菊花十月始開　歐陽修

當春種花唯恐遲，我獨種菊君勿誚。春枝滿園爛張錦，風雨須臾落顛倒。看多易厭情不專，鬬紫誇紅隨俗好。豁然高秋天地肅，百物衰陵誰暇弔。君看金蕊正芬敷，曉日浮霜相照耀。煌煌正色秀可餐，藹藹清香寒愈峭。高人避喧守幽獨，淑女静容羞窈窕。方當摇落看轉佳，慰我寂寥何以報，時攜一罇相就飲，如得貧交論久要。我從多難壯心衰，迹與世人殊静躁。種花不種兒女花，老大安能逐年少。

哭梅聖俞　歐陽修

昔逢詩老伊水頭，青衫白馬渡伊流。灘聲八節響石樓，坐中辭氣凌清秋。一飲百盞不言休，酒酣思逸語更遒。河南丞相稱賢侯，後車日載枚與鄒。我年最少力方優，明珠白璧相報投。詩成希深擁鼻

謳，師魯卷舌藏戈矛。三十年間如轉眸，屈指十九歸山丘。凋零所餘身百憂，晚登玉墀侍珠旒。詩老齏鹽太學愁，乖離會合謂無由。此會天幸非人謀，頷鬚已白齒根浮。子年加我貌則不，歡猶可强閑屢偷，不覺歲月成淹留。文章落筆動九州，釜甑過午無饋餾，良時易失不早收，篋櫝瓦礫遺琳璆。薦賢轉石古所尤，此事有職非吾羞。命也難知理莫求，名聲赫赫掩諸幽。翩然素旐歸一舟，送子有淚流如溝。

和賈相公覽杜工部北征篇

宋祁

唐家六葉太平罷，宫豔醉骨恬無憂。孽虜訢天翠華出，模糊戰血腥九州。乾瘡坤痍四海破，白日殺氣寒飂飀。少陵背賊走行在，採梠拾橡填飢喉。眼前亂離不忍見，作詩感慨陳大猷。《北征》之篇辭最切，讀者心隕如摧輈。莫肯念亂《小雅》怨，自然流涕袁安愁。才高位下言不入，憤氣鬱屈蟠長虯。今日奔亡匪天作，向來顛倒皆廟謀。忠骸佞骨相撑拄，一燎同燼悲崑丘。相君覽古慨前事，追美子美真詩流。前王不見後王見，願以此語詒千秋。

白鶻圖得黄荃事於景仁

梅堯臣

雙睛射空眼角聳，筋爪入節鞲絛垂。翅排霜刀毛綴甲，雪色怒突秋雲披。當時始得不知價，朝發海東夕九疑。世爲奇俊玩不足，奪質移神歸畫師。而今推向深堂上，燕雀屏絶寧來窺。畫師黄荃出西

蜀，成都范君能具知。范云荃筆不取次，自養鷹鸇觀所宜。毰毛植立各有態，剜奇剔怪乃肯爲。尋常飼鷹多捕鼠，捕鼠往往軀其兒。其兒長大好飛走，其孫賣鼠迭又衰。范君語此亦有味，欲戒近習無他移。

送葛都官南歸

梅堯臣

不羨新爲赤縣尹，惟羨暫向江南歸。江南冪冪梅雨時，風帆差差並鳥飛。罾竿夾岸長若桅，水籠畜魚鮮且肥。家在千山古溪上，先應喜鵲噪門扉。

和吳沖卿元會

梅堯臣

千官車馬閶闔來，晝漏始上閶闔開。峩峩左右升龍進，昨夜雪飛雲作堆。殿前冠劍魚鱗立，東風入仗旗脚回。黄鍾一奏寶扇掩，玳簾捲起香霧排。鳴鞘未盡霹靂響，翠輦已退黄金階。聖人端冕御法座，大樂旅作聲和諧。羣公抃蹈丹墀下，尚書奏瑞四夷懷。乘輿却入更衣閤，通天絳袍陞玉榻。百拜稱觴萬歲聞，兩廊賜食簪裾匝。曲傳大定舞綴疏，波旋煙斂飭宮車。衛官解嚴多士退，日光停午氣象舒。吳君才筆天下傑，歸來作詩傳石渠。石渠秘邃無凡愚，石渠酬唱皆嚴、徐。我慙短學復在後，收餘掇棄聊以書。

諭學

孫復

宾觀天地何云爲，茫茫萬物争蕃滋。羽、毛、鱗、介各異趣，披攘攫搏紛相隨。人亦其間一物爾，飢食渴飲無休時。苟非道義充其腹，何異鳥獸安鬚眉。人生在學勤始至，不勤求至無由期。孟軻、荀況、楊雄氏，當時未必皆生知。因其鑽仰久不已，遂入聖域争先馳。既學便當窮遠大，勿事聲病淫哇辭。斯文下衰吁已久，勉思駕説扶顛危。擊暗驅聾明大道，身與姬孔爲藩籬。是非豐悴若不學，慎無空使精神疲！

漁翁

劉敞

白頭老翁披敗蓑，求魚終日罩淮波。波深水闊望不絶，網目雖繁能幾何。大魚鱣鱏入淵底，小魚鯤鮞登網裏。手皸足趼吁可憐，何不爲網大如天？

朱雲

劉敞

「志士不忘棄溝壑，勇士不忘喪其元。」伏雞搏狸狗攘虎，感激只在精神存。漢朝陵替外戚盛，五嶽振蕩三辰昏。臣彊主弱上不悟，廷中唯唯誰能言。朱生節義邁金石，面劾不避師傅尊。願求上方斬馬劍，誅一厲百清其源。天威震怒不我受，利刃接頸雷霆奔。當前折檻色不變，命在頃刻誰攀援。昔時

仲尼魯司寇，七日行戮端乾坤。嗟哉此生志不就，冥冥后土埋其寃。漢家社稷變王氏，張禹虚蒙師保恩。卓然先見在物表，佞臣敗國誰復論。我願乘雲款天閽，巫陽掌夢招其魂。立朝謇謇辨邪正，無復姦諛開幸門。

道傍田家　司馬光

田家翁嫗俱垂白，敗屋蕭條無壯息。翁攜鎌索嫗攜箕，自向薄田收黍稷。静夜偷舂避債家，比明門外已如麻。筋疲力弊不入腹，未議縣官租税促。

虎圖　王安石

壯哉非羆亦非貙，目光夾鏡當坐隅。横行妥尾不畏逐，顧盻欲去仍躊躇。卒然一見心爲動，熟視稍稍摩其鬚。固知畫者巧爲此，此物安肯來庭除。想當盤礴欲畫時，睥睨衆史如庸奴。神閑意定始一掃，功與造化論錙銖。悲風颯颯吹黄蘆，上有寒雀驚相呼。槎牙死樹鳴老烏，向之俛噣如哺雛。山牆野壁黄昏後，馮婦遥看亦下車。

張良　王安石

留侯美好如婦人，五世相韓韓入秦。傾家爲主合壯士，博浪沙中擊秦帝。脱身下邳世不知，舉國大

索何能爲。素書一卷天與之，穀城黄石非吾師。固陵解鞍聊出口，捕取項羽如嬰兒。從來四皓招不得，爲我立棄商山芝。洛陽賈誼才能薄，擾擾空令絳、灌疑。

寄贈胡先生

王安石

孔、孟去世遠矣，信其聖且賢者，質諸書焉耳。翼之先生，與予並時，非若孔、孟之遠也；聞薦紳先生所稱述，又詳於書，不待見而後知其人也。歎慕之不足，故作是詩。

先生天下豪傑魁，胸臆廣博天所開。文章事業望孔、孟，不復睥睨蔡與崔。十年留滯東南州，飽足藜藿安蒿萊。獨鳴道德驚此民，民之聞者源源來。高冠大帶滿門下，奮如百蟄乘春雷。惡人沮伏善者起，昔時蹻、跖今騫、回。先生不試乃能爾，誠令得志如何哉。吾願聖帝營太平，補葺廊廟扶傾頹。披旒發纊廣耳目，照徹山谷多遺材。先取先生作梁柱，以次構架桷與榱。羣臣面向帝深拱，戴仰堂陛方崔嵬。

贈陳景回

蘇洵

丙申歲，余在京師，鄉人陳景回自南來，棄其官，得太子中允。景回舊有地在蔡，今將治園圃於其間以自老。余嘗有意於嵩山之下，洛水之上，買地築室以爲休息之館，而未果。今景回欲詩，遂道此意。景回志余言，異日可以知余之非戲云爾。

岷山之陽土如腴，江水清滑多鯉魚。古人居之富者衆，我獨厭倦思移居。平川如手山水蹙，恐我後世鄙且愚。經行天下愛嵩岳，遂欲買地安妻孥。晴原漫漫望不盡，山色照野光如濡。民生舒緩無夭扎，衣冠堂堂偉丈夫。吾今隱居未有所，更後十載不可無。聞君厭蜀樂上蔡，占地百頃無邊隅。草深野闊足狐兔，水種陸收身不劬。誰知李斯顧秦寵，不獲牽犬追黄狐。今君南去已足老，行看嵩少當吾廬。

和渙之深秋月夜書事

狄遵度

洞庭葉下涼颸颸，凍天頑白凝不流。圓月擬缺不忍缺，輕露欲浮終未浮。憶吹朱籟鳳軿上，更採紫芝雲嶠陬。玉樓天半幾千尺，珠樹玲瓏懸上頭。

雨

狄遵度

高林風怒雨聲黑，小閣燈背人語闌。誰知雲外月高照，定是葉間鶯最寒。時覺急飄愁未已，似聞徐滴喜初飜。驪駒北首榆關路，天晴煙樹沙磧寬。

有賨復者世居鎮戎能道邊事

王陶

君不見，鎮戎德順弓箭手，耕種官田自防守。相團置堡禦蕃軍，下視賊庭殊不有。殺羊取骨燃艾炙，

試卜賊兵知入寇。都校招呼入堡居，堡外重圍百里餘。牆低城小不難破，賊箭如棚城上過。堡中不及數十人，且鬬且罵且欣欣。登陴斫門謂平取，應弦死傷已無數。窗間定箭射酋豪，一箭已聞哭聲舉。争將錦囊裹賊尸，鳴金收衆唯恐遲。不惟城堡依然固，吾衆不傷毫與氂。自從干戈動四鄙，覆軍殺將曾無恥。朝廷未省遺邊功，何事此勳不聞紀？安得天兵百萬衆，盡如此輩堅且勇！

大孤山

黄　庶

彭蠡百里南國襟，萬頃蒼煙插孤岑。不知天星何時落，《春秋》不書不可尋。石怪木老鬼所附，兹乃與水司浮沉。鳴鵶大藤樹下廟，祭血不乾年世深。舳艫千里不敢越，割牲釃酒來獻斟。我行不忍隨人後，許國肝膽神所歆。落帆夜宿白鳥岸，睥睨百繞寒藤陰。銀山大浪獨夫險，比干一片崔嵬心。宦遊遠去父母國，心病若有山水淫。江南畫工今誰在，拂拭東絹傾千金。

通判國博命賦假山

陳　襄

去年水潦百穀死，居民無食食糟粃。州之餓者數千人，黄巖之民猶倍蓰。攜持老少出城郭，盡徹牆屋無居止。鬻妻棄子人不售，價例不復論羊豕。白日市井聞號叫，夜堆廊廡如蟲虺。縣官哀憐發賑救，一飯纔得一盂爾。出門未暇充喉咽，已有數十填溝水。我時過之不忍顧，往往悲咽胸填委。豈無智慮裨萬一，遠地不得號君耳。錢侯作倅忠且仁，悲憐餓殍如親子。日開官廩與之食，又令豪右發儲

峙。昨日持書白轉運，披陳肝腎獻金矢。更乞兵儲二萬斛，民之大命方有倚。侯從新年作假山，自聞民飢不得視，非無泉石可盤樂，人今方瘁何能喜。願侯勿遽愛此山，念此瘦臘存狐蟻。天無疫癘五穀熟，生者保聚歸田里。此山之石堅不堅，將與侯德無窮已。

與子由别於鄭州西門之外馬上賦詩一篇寄之　蘇　軾

不飲胡爲醉兀兀？此心已逐歸鞍發。歸人猶自念庭幃，今我何以慰寂寞！登高回首坡隴隔，惟見烏帽出復没。苦寒念爾衣裘薄，獨騎瘦馬踏殘月。路人行歌居人樂，僮僕怪我苦悽惻。亦知人生要有别，但恐歲月去飄忽。寒燈相對記疇昔，夜雨何時聽蕭瑟？君知此意不可忘，愼勿苦愛高官職！嘗有「夜雨對牀眠」之言故云。

送安惇秀才失解西歸　蘇　軾

舊書不厭百回讀，熟讀深思子自知！他年名宦恐不免，今日棲遲那可追。我昔家居斷還往，著書不復窺園葵。揭來東遊慕人爵，棄去舊學從兒嬉。狂謀謬筭百不遂，惟有霜鬢來如期。故山松柏皆手種，行且拱矣歸何時。萬事早知皆有命，十年浪走寧非癡。與君未可較得失，臨别唯有長嗟咨。

送劉道原歸覲南康　蘇　軾

晏嬰不滿六尺長，高節萬仞陵首陽。青衫白髮不自歎，富貴在天那得忙。十年閉户樂幽獨，百金購書收散亡。朅來東觀弄丹墨，聊借舊史誅姦強。孔融不肯下曹操，汲黯本自輕張湯。雖無尺箠與寸刃，口吻排擊含風霜。自言静中閲世俗，有似不飲觀酒狂。衣巾狼籍又屢舞，旁人大笑供千場。交朋翩翩去略盡，惟我與子猶徬徨。世人共棄君獨厚，豈敢自愛恐子傷。朝來告别驚何速，歸意已逐征鴻翔。匡廬先生古君子，挂冠兩紀鬢未蒼。定將文度置膝上，喜動隣里烹猪羊。君歸爲我道姓字，幅巾他日容登堂。

和錢安道寄惠建茶

蘇軾

我官于南今幾時，嘗盡溪茶與山茗。胸中似記故人面，口不能言心自省。爲君細説我未暇，試評其略差可聽。建溪所産雖不同，一一天與君子性。森然可愛不可慢，骨清肉膩和且正。雪花雨脚何足道，啜過始知真味永。縱復苦硬終可録，汲黯少戇寬饒猛。草茶無賴空有名，高者妖邪次頑獷。體輕雖復強浮泛，性滯偏工嘔酸冷。其間絶品豈不佳，張禹縱賢非骨鯁。葵花玉銙不易致，道路幽險隔雲嶺。誰知使者來自西，開緘磊落收百餅。嗅香嚼味本非别，透紙自覺光炯炯。粃糠團鳳友小龍，奴隸日注臣雙井。收藏愛惜待佳客，不敢包裹鑽權倖。此詩有味君勿傳，空使時人怒生癭。

韓幹馬十四匹　蘇軾

二馬並驅攢八蹄，二馬宛頸騣尾齊。一馬任前雙舉後，一馬却避長鳴嘶。老髯奚官騎且顧，前身作馬通馬語。後有八匹飲且行，微流赴吻若有聲。前者既濟出林鶴，後者欲涉鶴俛啄。最後一匹馬中龍，不嘶不動尾摇風。韓生畫馬真是馬，蘇子作詩如見畫。世無伯樂亦無韓，此詩此畫誰當看！

贈寫御容妙善師　蘇軾

憶昔射策干先皇，珠簾翠幄分兩廂。紫衣中使下傳詔，跪捧再拜聞天香。仰觀眩晃目生暈，但見曉色開扶桑。迎陽晚出步就坐，絳紗玉斧光照廊。野人不識日月角，髣髴尚記重瞳光。三年歸來真一夢，橋山松檜凄風霜。天容玉色誰敢畫，老師古寺晝閉房。夢中神授心有得，覺來信手筆已忘。幅巾常服儼不動，孤臣入門涕自滂。元老侑坐鬚眉古，虎臣立侍冠劍長。平生慣寫龍鳳質，肯顧草間猿與獐。都人踏破鐵門限，黄金白璧空堆牀！爾來摹寫亦到我，謂是 先帝白髮郎。不須覽鏡坐自了，明年乞身歸故鄉。

定慧院寓居月夜偶出　蘇軾

幽人無事不出門，偶逐東風轉良夜。參差玉宇飛木末，繚繞香煙來月下。江雲有態清自媚，竹露無

聲浩如瀉。已驚弱柳萬絲垂，尚有殘梅一枝亞。清詩獨吟還自和，白酒已盡誰能借。不辭青春忽忽過，但恐歡意年年謝。自知醉耳愛松風，會向霜林結茅舍。浮浮大甑長炊玉，溜溜小槽如壓蔗。飲中真味老更濃，醉裏狂言醒可怕。但當謝客對妻子，倒冠落佩從嘲罵。

豆粥

蘇　軾

君不見，呼沱流澌車折軸，公孫倉皇奉豆粥。濕薪破竈自燎衣，飢寒頓解劉文叔。又不見，金谷敲冰草木春，帳下烹煎皆美人。萍虀豆粥不傳法，咄嗟而辦石季倫。干戈未解身如寄，聲色相傳心已醉。身心顛倒自不知，更識人間有真味？豈如江頭千頃雪色蘆，茆簷出沒晨煙孤。地碓舂秔光似玉，沙瓶煮豆軟如酥。我老此身無著處，賣書來問東家住，卧聽雞鳴粥熟時，蓬頭曳履君家去。

答西掖諸公見和

蘇　軾

雙猊蟠礎龍纏棟，金井轆轤鳴曉甕。小殿垂簾碧玉鉤，大宛立仗朱絲鞚。風馭賓天雲雨隔，孤臣忍淚肝腸痛。羨君意氣風生坐，落筆縱横盤走汞。上樽日日寫黄封，賜茗時時開小鳳。閉門憐我老《太玄》，給扎着君賦雲夢。金奏不知江海眩，木瓜屢費瓊瑶重。豈惟蹇步困追攀，已覺侍史疲犇送。春還宮柳腰支活，雨入御溝鱗甲動。借君妙語發春容，顧我風琴不成弄。

虢國夫人夜遊圖　蘇軾

佳人自鞚玉花驄，翩如驚燕踏飛龍。金鞭争道寶釵落，何人先入明光宫。宫中羯鼓催花柳，玉奴弦索花奴手。坐中八姨真貴人，走馬來看不動塵。明眸皓齒誰復見，只有丹青餘淚痕。人間俯仰成今古，吴公臺下雷塘路。當時亦笑潘麗華，不知門外韓擒虎。

郭熙畫秋山平遠路公爲跋尾　蘇軾

玉堂畫掩春日閑，中有郭熙畫春山。鳴鳩乳燕初睡起，白波青嶂非人間。離離短幅開平遠，漠漠疏林寄秋晚。恰似江南送客時，中流回頭望雲巘。伊川佚老鬢如霜，卧看秋山思洛陽。爲君紙尾作行草，烱如嵩洛浮秋光。我從公遊如一日，不覺青山映黄髮。爲畫龍門八節灘，待向伊川買泉石。

任氏閲世堂前大檜　蘇轍

君家大檜長百尺，根如車輪身弦直。壯夫連臂不能抱，孤鶴高飛直上立。狂風動地舞枝幹，大雪翻空洗顔色。人言此檜三百年，未知此是何人植。君家大夫老不遇，一生直氣未嘗屈。没身不説歸故里，遺愛自知懷舊邑。此翁此檜兩相似，相與閲世何終極。汝南山淺無良材，樑社棟椽聊障日。便令殺身起大厦，亦恐衆材無匹敵。且留枝葉撓雲霓，猶得世人長歎息。

韓信二首

黄庭堅

韓信高才跨一世，劉項存亡翻手耳！終然不肯負沛公，頗似雍容得天意。成皋日夜望救兵，取齊自重身已輕。躡足封王能早悟，豈恨淮陰食千户。雖知天下有所歸，獨憐身與噲等齊。蒯通狂説不可撼，陳豨孺子胡能爲？予嘗貰酒淮陰市，韓信廟前柏十圍。千年事與浮雲去，想見留侯決是非。丈夫出身佐明主，用捨行藏要自知。功名邂逅軒天地，萬事當觀失意時。

韓生沈鷙非悍勇，笑出跨下良自重。滕公不斬世未知，蕭相自追王始用。成安書生自聖賢，左仁右義兵在咽。萬人背水亦書意，獨驅市井收萬全。功成廣武坐東鄉，人言將軍真漢將。兔死狗烹姑置之，此事已足千年垂。君不見，丞相商君用秦國，平生趙良頭雪白。

杜子美浣花醉歸圖

黄庭堅

拾遺流落錦官城，故人作尹眼爲青。碧雞坊西結茅屋，百花潭水濯冠纓。故衣未補新衣綻，空蟠胸中書萬卷。探道欲度羲皇前，論詩未覺《國風》遠。干戈峥嶸暗寓縣，杜陵韋曲無雞犬。老妻稚子且眼前，弟妹漂零不相見。此公樂易真可人，園翁溪友肯卜鄰。鄰家有酒邀皆去，得意魚鳥來相親。浣花酒船散車騎，野牆無主看桃李。宗文守家宗武扶，落日蹇驢馱醉起。頗聞解兵脱兜鍪，老儒不用千户侯。中原未得平安報，醉裏眉攢萬國愁。生綃鋪牆粉墨落，平生忠義今寂寞。兒呼不蘇驢失脚，猶

恐醒來有新作。常使詩人拜畫圖，煎膠續弦千古無。

送范德孺知慶州　黄庭堅

乃翁知國如知兵，塞垣草木識威名。敵人開户玩處女，掩耳不及驚雷霆。平生端有活國計，百不一試薶九京。阿兄兩持慶州節，十年麒麟地上行。潭潭大度如卧虎，邊人耕桑長兒女。折衝千里雖有餘，論道經邦政要渠。妙年出補父兄處，公自才力應時須。春風旍旆擁萬夫，幕下諸將思草枯。智名勇功不入眼，可用折箠笞羌胡。

送謝公定作竟陵主簿　黄庭堅

謝公文章如虎豹，至今斑斑在兒孫。竟陵主簿極多聞，萬事不理專討論。澗松無心古須鬣，天球不琢中粹温，落筆塵沙百馬奔，劇談風霆九河翻。胸中恢疎無怨恩，當官持廉且不煩。吏民欺公亦可忍，慎勿驚魚使水渾。漢濱耆舊今誰存，駟馬高蓋徒紛紛。安知四海習鑿齒，拄笏看度南山雲。

出城送客過故人東平侯趙景珍墓　黄庭堅

朱顔苦留不肯住，白髮政爾欺得人。嬋娟去作誰家妾，意氣都成一聚塵。今日牛羊上丘壟，當時近前左右嗔。花開鳥啼荆棘裏，誰與平章作好春。

武昌松風閣

黄庭堅

依山築閣見平川，夜闌箕斗插屋椽。我來名之意適然，老松魁梧數百年，斧斤所赦今參天。風鳴媧皇五十弦，洗耳不須菩薩泉。嘉二三子甚好賢，力貧買酒醉此筵。夜雨鳴廊到曉懸，相看不歸卧僧氈。泉枯石燥復潺湲，山川光輝爲我妍。野僧早飢不能饘〔一〕，曉見寒溪有炊煙。東坡道人已沉泉，張侯何時到眼前。釣臺驚濤可晝眠，怡亭小篆蛟龍纏。安得此身脱拘攣，舟載諸友長周旋？

書磨崖碑後

黄庭堅

春風吹船著浯溪，扶藜上讀中興碑。平生半世看墨本，摩挲石刻鬢成絲。明皇不作包桑計，顛倒四海由禄兒。九廟不守乘輿西，萬官已作鳥擇栖。撫軍監國太子事，何及趣取大物爲！事有至難天幸爾，上皇跼蹐還京師。内間張后色可否，外間李父頤指揮。南内凄凉幾苟活，高將軍去事尤危。臣結《春秋》二三策〔二〕，臣甫《杜鵑》再拜詩，安知忠臣痛至骨，世上但賞瓊琚詞，同行野僧六七輩，亦有文士相追隨。斷崖蒼蘚對久立，凍雨爲洗前朝悲。

滄洲亭懷古

沈遼

瀟水悠悠天際來，夾江古木抱山回。栅中人物不滿把，日晏市散多蒼苔。九疑巉天古雲埋，遥想帝子

龍車迴。心衰目極何可望，《九歌》寂寂令人哀。

縱步湘西

張舜民

今朝不易得天晴，閑過江西取意行。忽然林外見山色，又向橋邊聞水聲。緑竹長松間桃李，天然翠幕圍羅綺。日暮歸舟醉不知，晚風吹過湘江水。

寒夜

張耒

暗空無星雲抹漆，邑犬叫野人履霜。歲云莫矣風落木，夜如何其斗插江。屋頭眠雞正寂寂，野縣嚴鼓先逄逄。摩挲老面起吹火，春色牀頭酒滿缸。

謁客

張耒

入門投謁吏翩翩，我非欲見禮則然。異哉賓主兩無語，客起疾走如避燃。我已不恭愧昔賢，忍使塗炭朝衣冠！人生暫聚鴻集川，春風吹飛何後先。

有感

張耒

羣兒鞭笞學官府，翁憐兒癡傍笑侮。翁出坐曹鞭復呵，賢於羣兒能幾何？兒曹相鞭以爲戲，翁怒鞭人

血流地。等爲戲劇誰後先？我笑謂翁兒更賢。

北鄰賣餅兒每五更未旦即繞街呼賣雖大寒烈風不廢而時略不少差因爲作詩且有所警示秬秸

張耒

城頭月落霜如雪，樓頭五更聲欲絶。捧盤出户歌一聲，市樓東西人未行。北風吹衣射我餅，不憂衣單憂餅冷。業無高卑志當堅，男兒有求安得閑！

奉先寺

張耒

荒涼城南奉先寺，後宫美人官葬此。角樓相望高起墳，草間柏下多石人。秩卑焚骨不作冢，青石浮屠當丘壠。家家墳上作亭亭，朱門相向無人聲。樹頭土梟作人語，月黑風悲鬼揺樹。宫中養女作子孫，年年犢車來作主。廢后陵園官道側，家破無人掃陵域。官家歲給半千錢，街頭買餅作寒食。

美哉

張耒

美哉洋洋清潁尾，西通天邑無千里。舸艦大艑起危檣，淮、潁耕田倍收米。芒芒陂澤帶平原，古時溝澗還相連。昔人屯田戍兵處，今人阡陌連丘墓。今年雨足種麥多，北風吹桑鳴空柯。高城回望鬱嵯峨，豐年閭井聞笙歌。河邊古隄多老柳，去馬來船一回首。百年去住不由人，歲暮天寒聊飲酒。

紫騮馬　許彦國

黄金絡頭玉爲鞍，蜀錦障泥亂雲葉。花間顧影驕不行，萬里龍駒空汗血。露牀秋粟飽不食，青芻苜蓿無顔色。君不見，東郊瘦馬百戰場，天寒日暮烏啄瘡。

墨染絲　郭祥正

繰絲自喜如霜白，輸入官家吏嫌黑。手持退印競傳呼，倏見長條染深墨。墨絲歸織家人衣，别買輸官吏嗔遲。寄言夷狄與三軍，汝得豐衣民苦辛。

浯溪　潘大臨

公泛浯溪春水船，繫帆啼鳥青崖邊。次山作頌今幾年，當時治亂春風前。明皇聰明真晚謬，乾坤付與哥奴手。骨肉何傷九廟焚，蜀山騎驢不回首。天下寧知再有唐，皇帝紫袍迎上皇。神器蒼忙吾敢惜，兒不終孝聽五郎。父子幾何不豺虎，君臣寧能責胡虜？南内凄凉誰得知，人間稱家作端午。平生不識顔真卿，去年不答高將軍。老來讀碑淚横臆，公詩與碑當共行。不賞邊功寧有許，不殺奉皇猶敢語。雨淋日炙字未訛，千秋萬歲所鑒多！

豫章别李元中宣德　謝逸

舊聞諸李隱龍眠，伯時已老元中少。一行作吏各天涯，故人落落疎星曉。西山影裏識君面，碧照章江眸子瞭。向來問道渺多歧，只今領袖歸玄妙。老鳳垂頭噤不語，古木查牙噪春鳥。身在幕府心江湖，左胥右律但坐嘯。第愁一葉釣漁舟，不容七尺堂堂表。我今歸卧靈谷雲，君應紫禁鶯花繞。相思有夢到茅齋，細雨青燈坐林杪。

聞徐師川自京師還豫章

謝逸

九衢塵裏無停輈，君居陋巷不出遊。滿城惡少弋鳧鴈，對面故人風馬牛。別後夢寒燈灰夜，歸來眠冷江湖秋。馮驩老大食不飽，起視八荒提蒯緱。

早春偶題

崔鶠

寒風淅瀝鳴枯葦，小鴨睡殘猶未起。更教細雨結輕寒，坐聽蕭蕭打窗紙。石盆養蒲已抽翠，雕斛栽花先弄紫。擁爐閉閤賦幽香，未怕春冰生硯水。

阻風雨封家市

李彭

往時李成寫驟雨，萬里古色毫端聚。行人深藏鳥不度，便覺非復鵝溪素。龍眠老腕作陽關，北風低草雲埋山。行人客子兩愁絕，未信葡萄能解顏。兩郎了了解人意，似是畫我封家市。戲作新詩挑晝眠，

忽有野鴈鳴煙際。

夢訪友生

李彭

少年結客長安城，妄喜縱酒工章程。支離老去一茅屋，枕書卧聞長短更。友生相望止百里，寒夜寥闃無微聲。夢中乘輿輒見戴，剡溪聊爾扁舟行。覺來蘧蘧一榻上，不用僮僕争歡迎。吹燈弄筆欲書寄，窻前白月方亭亭。

校勘記

〔一〕早飢　各本同，今傳墨迹「早」字點竄，易「旱」字，「飢」作「饑」，較勝。

〔二〕臣結春秋二三策　「春秋」，各本同。《山谷集》作「春陵」。任注：「『春陵』或作『春秋』，非是。《苕溪漁隱叢話》前集卷四十七引此詩作『春陵』，後集卷三十一又引作『春秋』，是宋時已有兩本。又袁文《甕牖閒評》云：『親見山谷手書作「春秋」。』」

宋文鑑卷第二十二

詩

五言律詩

中秋月

王禹偁

何處見清輝，登樓正午時。莫辭終夕看，動是隔年期。冷濕流螢草，光凝睡鶴枝。不禁雞唱曉，輕別下天涯。

送枝江秦長官罷秩

鄭文寶

衆論才名外，親人似古人。官嫌容易達，家愛等閑貧。解印詩權在，移風澤國春。政聲交不得，慚見數鄉民。

送曹緯劉鼎二秀才

鄭文寶

旦夕春風老，離心共黯然。小舟聞笛夜，微雨養花天。手筆人皆有，曹、劉世所賢。郴侯重才子，從此

看鶯遷。

夜泊江上　寇準

歲暮峽中村，維舟古樹根。羣峯初落月，夜後獨聞猿。流水自無盡，客愁那可論！平明離楚岸，迢遞指吳門。

春日登樓懷歸　寇準

高樓聊引望，杳杳一川平。野水無人渡，孤舟盡日横。荒村生斷靄，古寺語流鶯。舊業遥清渭，沉思忽自驚。

楚江夜懷　寇準

西風生遠水，蕭颯度吟臺。明月夜還滿，故人秋未來。寒蛩啼暗壁，敗葉下蒼苔。誰念空江水，年年首重回。

題太湖　羅處約

三萬六千頃，湖侵海内田。逢山方得地，見月始知天。南國吞將盡，東溟勢欲連。何當洒爲雨，無處不

豐年。

受詔修書述懷感事三十韻　　楊億

太極垂裳日，中原偃革初。樓船秋發詠，衡石夜程書。好問虛前席，徵賢走傳車。蓬萊侔漢制，熛燼訪秦餘。紬繹資金匱，規模出玉除。紛綸開四部，祕邃接千廬。飫賜雙雞膳，親迴六尺輿。華芝下閶闔，白羽擁儲胥。望氣成龍虎，披文辨魯魚。清光無咫尺，玄覽亦躊躇。羣彦揮鉛筆，微生濫石渠。嵇康真懶慢，謝客本空疏。講學情田堉，談經腹笥虛。月評依許邵，文體慕相如。雅飲歡娛合，清言鄙吝袪。彌旬容出沐，終日喜羣居。撫己慙鳴玉，歸田憶荷鋤。池籠養魚鳥，章服畏猿狙。圜府愁尸禄，天閽愧弊裾。虛名同鄭璞，散質類莊樗。國士誰知我，鄰家或侮予。放懷齊指馬，屏息度羲舒。寡婦宜憂緯，三公亦灌蔬。危心惟觳觫，直道忍籧篨。往聖容巢、許，先儒美甯、蘧。晨趨歎勞止，夕惕念歸歟。秦痔疏盃酒，顏瓢賴斗儲。如諸曲肱臥，猶可直鉤魚。矯矯龜銜印，翩翩隼畫旟。一麾終遂志，阮籍去騎驢。

至郡累旬惡風　　楊億

鄧禹功曹器，馬周令長才。叨臨萬室郡，驟致五風災。大木行將拔，繁雲黯不開。自知蒙闇極，民吏竊相咍。

獄多重囚　楊億

鐵鎖銀鐺衆，金科伏念頻。絶聞空獄奏，深愧片言人。清潁黄公接，黄霸爲潁川守八年，獄無重罪囚。甘棠召伯鄰。懷賢不能繼，多辟豈由民？

梁縣界蚜蚄蟲生　羅處約

方喜雲油布，俄聞蘖螣生。田神何縱虐，稼政自非明。潁鳳那充食，吴牛已絶耕。牛多疫死。黄堂厭粱肉，惕爾自心驚。

禁中庭樹　錢惟演

紫闥分陰地，丹條擢秀時。高枝接温樹，密葉覆辛夷。夜影瑶光接，晨英玉露滋。乘春好封殖，爲賦《角弓》詩。

寄楊塤　趙湘

閉門苔自長，春恨極天涯。落日山横水，空城雨過花。斷狂曾避蝶，多病更聞蛙。江上無消息，風吹渡柳斜。

答徐本　趙湘

天遠草離離，秋霖寄信遲。相思逢葉盡，獨坐聽蟬悲。岳色寒前見，松心雪後知。頻招猶未至，時復檢清辭。

喜故人至　王操

地僻無賓侶，柴門晝始開。溪山寒葉落，江國故人來。話舊驚霜鬢，論詩滯酒杯。相留喜同宿，不寐曙光廻。

送人南歸　王操

相送當搖落，孤舟泛渺瀰。去帆看已遠，臨水立多時。別浦寒鴻下，空山夜鶴移。他年重會面，冷鬢共成絲。

南兵　錢易

曾見南兵苦，征遼事一如。金瘡寒長肉，紙甲雨生蛆。山小蠻霜骨，河枯攊腐魚。黎元無處哭，丁户日相疏。

上知府寇相公 魏野

文武稟全才，何人更可陪？有官居鼎鼐，無地起樓臺。聖主詩方和，親王狀始廻。鎮臨求二陝，調燮輟三台。鳳閣須重去，龍旌暫擁來。下車三度雨，上事數聲雷。未暇瞻珪璧，先蒙話草萊。幾思趨相府，恐懼復徘徊。

書友人屋壁 魏野

達人輕祿位，居處傍林泉。洗硯魚吞墨，烹茶鶴避煙。閑唯歌聖代，老不恨流年。静想相尋者，還應我最偏。

閑居書事 魏野

無才動聖君，養拙住山村。臨事知閑貴，澄心覺道尊。成家書滿屋，添口鶴生孫。仍喜多時雨，經春免灌園。

述懷 魏野

東郊魏仲先，生計只隨緣。任懶自掃地，更貧誰怨天。有名閑富貴，無事小神仙。不覺流光速，身將半

百年。

夏日宿西禪

潘閬

此地絶炎蒸，深疑到不能。夜涼如有雨，院静若無僧。枕潤連雲石，窗明照佛燈。浮生多骨賤，時日恐難勝。

叙吟

潘閬

高吟見太平，不恥老無成。髮任莖莖白，詩須字字清。搜疑滄海竭，得恐鬼神驚。此外非關念，人間萬事輕。

歲暮自桐廬歸錢塘晚泊漁浦

潘閬

久客見華髮，孤櫂桐廬歸。新月無朗照，落日有餘輝。漁浦風水急，龍山煙火微。時驚沙上鴈，一一背南飛。

銘坐右

張齊賢

慎言渾不畏，忍事又何妨。國法須遵守，人非莫舉揚。無私仍克己，直道更和光。此箇如端的，天應降

吉祥。

酬陳齊民見寄　种放

竹扉常晝掩，幽僻置身安。自委漁樵分，因思出處難。周庭方設燎，漢將尚封壇。莫問漁樵意，人寰事萬端。

勘書　孫僅

儒家無外事，招客勘青編。筆墨東西置，朱黄次第研。頻憂傷點竄，細恐誤流傳。改易文辭正，增加字數全。目因繁處倦，心向注中專。端坐窮今古，披襟見聖賢。疲勞時舉白，遊息或談玄。得與忘昏旭，題名記歲年。棲毫思確論，廢卷恨亡篇。魚魯皆刊定，誰人敢問然。

江南立春日　吕夷簡

灰律何時應，江春昨夜來。細風先動柳，殘雪不藏梅。餘冷迷清管，微和發凍醅。閉門無客到，樽俎爲誰開？

秋日旅懷　江爲

迢迢江漢路，秋色又堪驚。半夜聞鴻鴈，多年别弟兄。高風雲影斷，微雨菊花明。欲寄東歸信，徘徊無限情。

江行

江　爲

越信隔年稀，孤舟幾夢歸。月寒花露重，江晚水煙微。岸直帆相望，沙空鳥並飛。何時洞庭上，春雨滿蓑衣。

經戰地

魯　交

西邊用兵地，黯慘無人耕。戰士報國死，寒草迎春生。沙飛賊風起，晝黑陣雲横。未持天下篲，何以掃欃搶？

大雪

魯　交

萬象曉一色，皓然天地中。楚山雲母障，漢殿水精宫。遠近梅花信，高低柳絮風。吟魂清不徹，和月上晴空。

野水

錢昭度

野水光如璧，澄心不覺勞。與天無表裏，共月見分毫。緑好磨長劍，清宜汎小舠。淡交今已矣，惆悵越

波濤。

塞上作　唐異

防秋人不到，萬里絶妖氛。馬放降來地，鵰閑戰後雲。月依孤壘没，燒逐遠荒分。未省爲邊客，宵笳懶欲聞。

閑居書事　唐異

幽居經宿雨，屐齒偏林塘。一境無過客，千山自夕陽。晝禽多獨語，夏木有餘涼。招隱詩慵寄，時清誰肯忘。

瀑布　石延年

飛勢挂岳頂，無時向此傾。玉虹垂地色，銀漢落天聲。萬丈寒雲濕，千巖暑氣清。滄浪不足羡，就此濯塵纓。

曹太尉西師　石延年

仁者雖無敵，王師尚有征。獨乘金廄馬，都領鐵林兵。肅氣關河暮，屯煙部落晴。旗光秋燒去，甲

色夜江横。士喜擊中鼓，虜疑聞後鉦。無私乃時雨，不殺是天聲。濯濯前誰拒，堂堂彼自傾。寒逾博望塞，春燕隗囂城。外使戎心伏，旁資帝道平。公還如畫像，爲贊學班生。

春　　石延年

一氣回元運，恩含萬物深。陰陽造化首，天地發生心。有信來還去，無私古到今。和風激遺暢，南轉入薰琴。

赴桐廬郡至淮上遇風　　范仲淹

聖宋非彊楚，清淮異汨羅。平生仗忠信，盡室任風波。舟楫顛危甚，蛟鼉出没多。斜陽幸無事，沽酒聽漁歌。

瀑布　　范仲淹

迥與衆流異，發源高更孤。下山猶直在，到海得清無。勢鬭蛟龍惡，聲吹雨雹麤。晚來雲一色，詩句自成圖。

堯廟　　范仲淹

千古如天日，巍巍與善功。禹終平洚水，舜亦致薰風。江海生靈外，乾坤揖讓中。鄉人不知此，簫鼓謝

年豐。

野色　范仲淹

非煙亦非霧，羃羃映樓臺。白鳥忽點破，夕陽還照開。肯隨芳草歇，疑逐遠帆來。誰會山公意，登高醉始迴。

八月十四夜月　范仲淹

光華豈不盛，賞宴尚遲遲。天意將圓夜，人心待滿時。已知千里共，猶訝一分虧。來夕如澄霽，清風不負期。

題養真亭　韓琦

新葺公居北，虛亭號養真。所期清策慮，不是愛精神。滿目林壑趣，一心忠義身。吏民還解否，吾豈苟安人？

有將獨鶴行都市道上者左右奔迫野態憔悴因成短韻　宋庠

明心本霄漢，此路極喧埃。何意鳴皋罷，翻同舞市來？波臣憂轍涸，海鳥避風災。寄語昂昂質，非

君羽獨推。

春夕

宋庠

暝色蔽孤齋，空軒向夕開。花低應露下，月暗覺雲來。燭牖輕蛾聚，風枝倦鳥猜。無言聊隱几，萬境一靈臺。

羣玉殿賜宴

歐陽修

至治臻無事，豐年樂有成。圖書開祕府，宴飫集羣英。論道皇墳奥，貽謨寶訓明。九重多暇豫，八體極研精。筆力千鈞勁，豪端萬象生。飛牋金灑落，拜賜玉鏘鳴。盛際崇儒學，愚臣濫寵榮。惟能同舞獸，聞樂識和聲。

下直呈同行三公

歐陽修

午漏聲初轉，歸鞍路偶同。天清黄道日，街闊緑槐風。萬國舟車會，中天象魏雄。戢戈清四海，論道屬三公。自愧陪羣彦，從來但樸忠。時平容竊禄，歲晚歎衰翁。買地淮山北，垂竿潁水東。稻粱雖可戀，吾志在冥鴻。

東閤雨中　　歐陽修

直閤時偷暇，幽懷坐獨哦。緑苔人迹少，黄葉雨聲多。雲結愁陰重，風傳禁漏過。瑶圖新嗣聖，玉塞久包戈。相府文書簡，豐年氣候和。還將鳳池句，聊雜野人歌。

秋懷　　歐陽修

節物豈不好，秋懷何黯然。西風酒旗市，細雨菊花天。感事悲霜鬢，包羞食萬錢。鹿車終自駕，歸去潁東田。

東晉　　宋祁

倉卒浮江日，聲明建號初。羣臣讓禁臠，上宰製單練。氣鋭燒桁戰，心歡折屐書。纖兒競撞壞，不念好家居。

詠史　　宋祁

古有容容福，人譏齪齪員。生貪巧作奏，死戒直如弦。欲重高門地，非論媚竈天。詩書大儒冢，絲竹後堂旃。東閤翲芻馬，西園鬻瘞錢。道謀誰執咎，户選不因賢。朱鼓成妖日，羌雛入賀年。須防反室詔，終取闔門憐。異日讒成錦，先時默似蟬。空貽後人歎，流涕掩青編。

遣吏視諸公塋樹回有感三首　　宋祁

文正王丞相

兩朝推巨德，萬務罄斯猷。漢日左右手，堯年忠孝侯。名言天下滿，故事省中留。宸篆旌碑首，刊文又幾秋？予作碑陰述其事。

文靖呂丞相

慶曆公三入，庿謀摇太平。啖金真間敵，撓呼高反酒不寒盟。上印情雖切，公被病求退，不許。然髭疾遽輕。上翦髭賜公服之，病愈。惜哉天弗慭，宸幄淚先横。公訃至，上在崇政殿，聞之，對東府長慟。

宣獻宋公

昔去勸明辟，明肅朝公勸還政。俄歸參大鈞。公孫未及相，諸葛已傷神。名待天淵蔽，文争日月新。英魂同玉樹，不向土中春。

僻居　　燕肅

蓬茅城市遠，草徑接魚村。白日偶無客，青山長對門。藥鑪留火暖，花塢帶煙昏。静坐搜新句，冥心傍酒罇。

宋文鑑卷第二十三

詩

泛溪　梅堯臣

中流清且平，捨楫任船行。漸近鷺猶立，已遥村覺横。何妨緑樽滿，不畏晚風生。屈、賈江潭上，愁多未適情。

發匀陵　梅堯臣

秋雨密無跡，濛濛在一川。孤村望漸遠，去鳥飛已先。向晚雲漏日，微光人倚船。安知偶自適，落岸逢沙泉。

聞鴈　梅堯臣

濕雲夜不散，薄處微有星。孤鴈去何急，一聲愁更聽。心應失舊侣，翅已高青冥。幾日江湖上，鳧鷗共滿汀。

和謝仲弓廷評栽竹

梅堯臣

移得溪邊翠，來爲庭下陰。惜根存舊土，帶筍助新林。暗换蕭蕭葉，知虚寸寸心。東風莫揺撼，培壅未應深。

覽含元殿基因想昔時朝會之盛且感其興廢

蘇舜欽

在昔朝元日，千門動地來。方隅正無事，輔相復多才。仗下簪纓肅，天中繖扇開。皇威瞻斗極，曙色辨崔嵬。赤案波光卷，鳴鞭電尾回。熊羆驅禁衛，雨露覆蘭臺。横賜傾中帑，窮奢役九垓。只知營國用，不畏屈民財。翠輦還移幸，旻天未悔災。羣心尊困獸，回首變寒灰。曾以安無慮，翻令世所哀。行人看碧瓦，獨鳥下蒼苔。雖念陵爲谷，遥知禍有胎。青編遺迹在，此地亦悠哉。

五哀詩

司馬光

孔子惡利口之覆邦家者，甚矣讒之爲害，不可一二數也。聊觀戰國以來，楚之屈原，趙之李牧，漢之鼂錯、馬援，齊之斛律光，皆負不世之才，竭忠於上，然卒困於讒，不能自脱，流亡不得其所而死；或者國隨以丘墟，此其尤可大哀者也。因即其事，作五哀詩，且以警後世云。

屈平

白玉徒爲潔，幽蘭未謂芳。窮羞事令尹，疎不忘懷王。寃骨銷寒渚，忠魂失舊鄉。空餘《楚辭》在，猶與日争光。

李牧

椎牛饗壯士，拔距養奇材。虜帳方驚避，秦金已闇來。旌旗移莫府，荆棘蔓叢臺。部曲依稀在，猶能話郭開。

晁大夫

人主恩猶盛，讒夫弄舌端。旋聞就斧質，不得解衣冠。反虜齒纔冷，謀臣心盡寒。晁宗嗟類盡，漢室泰山安。

馬伏波

漢令班南海，蠻兵避鬱林。天涯柱分界，徼外貢輸金。坐失姦臣意，誰明報國心？一棺忠勇骨，漂泊瘴煙深。

斛律丞相

君臣日荒宴，歌舞諱言愁。老相猶當國，彊鄰不敢謀。謡言雖未出，姦謗已先流。誰察忠臣意，通宵抱膝憂。

訪徐沖晦　郎簡

湖上訪高士，徑深行緑苔。應聞山犬吠，知是野人來。岸幘出相接，柴門自爲開。林間清話久，薄暮撈舟回。

即事　王安石

徑暖草如積，山晴花更繁。縱横一川水，高下數家村。静憩雞鳴午，荒尋犬吠昏。歸來向人説，疑是武陵源。

招丁元珍　王安石

默默不自得，紛紛何所爲？畫墁聊取食，獵較久隨時〔一〕。秋入江湖暗，風生草樹悲。黄花一杯酒，思與故人持。

半山春晚卽事　王安石

春風取花去，酬我以清陰。翳翳陂路静，交交園屋深。牀敷每小息，杖屨或幽尋。惟有北山鳥，經過遺好音。

定林　王安石

漱甘涼病齒，坐曠息煩襟。因脱水邊屨，就敷巖上衾。但留雲對宿，仍值月相尋。真樂非無寄，悲蟲亦好音〔二〕。

自白土村入北寺　王安石

雨過百泉出，秋聲連衆山。獨尋飛鳥外，時度亂流間。坐石偶成歇，看雲相與還。會須營一畝，長此聽潺潺。

和象之北軒書事　韓維

舍北多嘉樹，垂陰及四鄰。清風常滿竹，好鳥不驚人。圖史無他物，謳吟佚此身。應容里中客，一醉倒冠巾。

平居　王安國

絺綌散南風，平居觸事慵。古今無適莫，義命有違從。水鳥迎秋舫，山花映夕春。故鄉圖畫見，垂老愧塵容。

明皇　鄭獬

四海不摇草，九重藏禍根。十年傲堯舜，一笑破乾坤。夷狄皆冠冕，豺狼盡子孫。潼關兵已破，會憶老臣言。

送趙樞寺丞宰虔化縣　陶弼

路入南雲下，如何輕解攜。人煙五嶺北，星斗大江西。暖雪梅花樹，晴雷贛石溪。青衫欲無淚，不柰鷓鴣啼。

出嶺題石灰鋪　陶弼

馬度嚴關口，生歸喜復嗟。天文離卷舌，人影背含沙。江勢一兩曲，梅梢三四花。登高休問路，雲下是吾家。

同宋復古遊大林寺　周敦頤

三月山方暖，林花互照明。路盤層頂上，人在半空行。水色雲含白，禽聲谷應清。天風拂巾袂，縹緲覺身輕。

冬至　邵雍

何者謂之幾？天根理極微。今年初盡處，明日未來時。此際易得意，其間難下辭。人能知此意，何事不能知？

晚涼閑步　邵雍

得處亦多矣，風前任鬢斑〔三〕。年過半百外，天與一生閑。瑩静雲間月，分明雨後山。中心無所愧，對此敢開顔。

重九日登石閣　邵雍

事出一時間，時過事莫閑〔四〕。當時深可愛，過後不堪看。夏去休言暑，冬來始講寒。人能知此理，憂患自難干。

悟人一言

邵雍

百慮謀猶拙，一言迷自開。世間無大事，天下有雄才。唯恐人難得，寧憂道未恢。忌心都去盡，何復病塵埃。

陳公廙園修禊事席上賦

程顥

盛集蘭亭舊，風流洛社今。坐中無俗客，水曲有清音。香篆來還去，花枝泛復沉。未須愁日莫，天際是輕陰。

和王正仲熙寧郊祀二十韻

劉攽

駿命膺長發，鴻圖本慎徽。八方星拱極，四海日升暉。舊典增咸秩，彌文示表微。聖時均玉燭，天統正璿璣。南極迎陽復，陰泉候氣歸。積高常眷顧，昭孝每無違。羽衛來雙闕，和鑾並六飛。風霆齊命令，龍虎會旗旂。帳殿層城暮，金波列宿稀。嚴更虛夜鑿，彫輦下彤闈。廣樂千人唱，升煙萬目睎。衆神知受記，象物競來依。陟降兼明察，圓方比範圍。送音仍翿翿，畀福想霏霏。霈澤蘇羣動，春陽暢墐扉。慶深周揭厲，感極至歔欷。多士參鳴玉，微生厠皂衣。肅雍瞻帝武，奉引近天威。儒館鵷鸞舊，長謡錦繡輝。因知子雲賦，何足頌巍巍。

和鄭閎仲仙居

陳襄

我愛仙居好，臨民必以誠。簿書無日暇，獄訟積年生。予始至，邑豪有以債負憑折細民田土者，迹驗分明，予治而歸之。或有年深而亡稽者，亦妄詞訟。三年分户二千，凡有産而無業，積年空納其租，許其還主者，不可勝數。百疾求箴補，千鈞待準平。嗟予不如古，斯道未能宏。

我愛仙居好，隆儒勸大方。諸生令講藝，予每講書罷，又令諸生各轉相教授。童子俾升堂。公暇，每有童子十數人至堂上教授經書，或試之書。買地興民學，因孔子廟後，修起學舍，買三家之地，以廣其基。驅車下黨庠。予每出行諸鄉，遇有小學則下，以覿童子。三年邑未化，官滿意彷徨。

我愛仙居好，公餘日在房。憂民極反覆，責己未周詳。法律行隨手，詩書坐滿箱。老來須向學，多病喜平康。

和子由初到陳州

蘇軾

舊隱三年別，杉松好在不？吾今尚眷眷，此意恐悠悠。閉户時尋夢，無人可説愁。還來送別處，雙淚寄南州。

廣愛寺朱瑶畫

蘇軾

朱瑶唐晚輩，得法尚雄深。滿寺空遺迹，何人識苦心。長廊欹雨脚，破壁撼鍾音。成壞無窮事，他年復弔今。

過淮

蘇 軾

好在長淮水，十年三往來。功名真已矣，歸計亦悠哉。今日風憐客，平時浪作堆。晚來洪澤口，捍索響如雷。

乘舟過賈收水閣二首

蘇 軾

嫋嫋風蒲亂，猗猗水荇長。小舟浮鴨緑，大杓瀉鵝黄。得意詩酒社，終身魚稻鄉。樂哉無一事，何處不清涼。

曳杖青苔岸，繫船枯柳根。德公方上冢，季路獨留言。已占蒲魚港，更開松菊園。從兹來往數，兒女自噟門。

郊祀慶成

蘇 軾

帝出乘昌運，天心予太平。文章三代繼，制作七年成。大祀乾坤合，剛辰日月明。泰壇朝掃地，魄寶夜垂精。仰御圓蒼蓋，還觀海岱城。北流吞朔易，南極落欃槍。升燎靈光答，回鸞瑞霧迎。需雲徧

枯槁，解雨達勾萌。可頌非天德，因箴亦下情。民言知有酌，帝謂本無聲。富國由崇儉，蘄年在好生。無心斯格物，克己自消兵。化國安新政，孤臣反舊耕。還將《清廟》什，留與野人賡。

新年二首　蘇軾

小雨暗人日，春愁連上元。水生桃葉渚，煙濕落梅村。晚市人歸盡，孤舟鶴踏飜。猶堪慰寂寞，漁火亂黄昏。

北渚集羣鷺，新年何所之。盡歸喬木寺，分占結巢枝。生物會有役，謀身要及時。何當禁畢弋，看引雪衣兒。

倦夜　蘇軾

攲枕倦長夜，小窗猶未明。孤村一犬吠，殘月幾人行。衰鬢久已白，旅懷空自清。荒園有絡緯，虚織竟何成？

次韻王晦叔　蘇軾

鍾鼓江南岸，歸來夢自驚。浮雲世事改，孤月此心明。雨已傾盆落，詩仍飜水成。二江争送客，木杪看橋横。

次韻公定世弼登北都東樓二首

黄庭堅

真皇多廟勝，仁祖用功深。卜宅遷九鼎，破胡藏萬金。百年休戰士，當日縱前禽。欲斷匈奴臂，不如留此心。

漢皇勤遠略，晚節相千秋。不足中原地，猶思一戰收。聖朝方北顧，斜日倚東樓。廟算知無敵，寒儒浪自愁。

歲寒知松柏

黄庭堅

羣陰彫品物，松柏尚桓桓。老至惟心在，相將到歲寒。霜嚴御史府，雨立大夫官。犧象溝中斷，徽弦爨下殘。光陰一鳥過，斬伐五牛難。春日輝桃李，蒼顔亦預觀。

款塞來享

黄庭堅

前朝夏州守，來款塞門西。聖上開皇極，降書付狄鞮。氊裘瞻日月，剺面帶金犀。殿陛閑干羽，邊庭息鼓鼙。永輸量谷馬，不作觸藩羝。聲勢常相倚，今聞定五溪。

神宗皇帝挽詞二首

黄庭堅

文思昭日月，神武用雷霆。制作深垂統，憂勤減夢齡。孫謀開二聖，末命對三靈。今代誰班、馬，能書

汗簡青?

鈞築收賢輔,天人與聖能。輝光《唐六典》,度越漢中興。百世神宗廟,千秋永裕陵。帝鄉無馬跡,空望白雲乘。

次韻崔伯易席上所賦因以贈行　黄庭堅

迎新與送故,渠已不勝勤。民賣腰間劍,公寬柱後文。諸郎投賜沐,高會惜臨分。去國雖千里,分憂即近君。

司馬文正公挽詞二首　黄庭堅

國在多艱日,人如《大雅》詩。忠清居没世,孝友是生知。加璧延諸老,櫜弓撫四夷。公身與宗社,同作太平基。

毁譽蓋棺了,于今名實尊。哀榮有王命,終始酌民言。蟬冕三公府,深衣獨樂園。平生兩無累,憂國愛元元。

范忠文公挽詞二首　黄庭堅

信道雖常爾,知人乃獨亨。書林身老大,諫紙字欹傾。鼇去三山動,人危五鼎烹。保全天子聖,几

杖送餘生。

公在昭陵日，文章近赤墀。空嗟伏生老，不待邇英帷。去國幾三虎，聞韶待一夔。誰言蓋棺了，新樂鎖蛛絲。

和答錢穆父詠猩猩毛筆　黄庭堅

愛酒醉魂在，能言機事踈。平生幾兩屐？身後五車書。物色看王會，勳勞在石渠。拔毛能濟世，端爲謝楊朱。

次韻秦少章晁適道贈答詩　黄庭堅

二子論文地，陰風雪塞廬。寧穿東郭履，不奉子公書。士固難推挽，時聞有詔除。負暄真得計，獻御恐成疏。

和文潛舟中所題　黄庭堅

雲横疑有路，天遠欲無門。信矣江山美，懷哉譴逐魂。長波空永記，佳句洗眵昏。誰柰離愁得，村醪或可尊。

漢陽親舊攜酒追送聊爲短句　黃庭堅

接淅報官府，敢違王事程。宵征江夏縣，睡起漢陽城。鄰里煩追送，杯盤瀉濁清。祗應瘴鄉老，難答故人情。

次韻廖明略陪吴明府白雲亭宴集　黃庭堅

江淨明花竹，山空響管弦。風生學士麈，雲繞令君筵。百越餘生聚，三吴遠接連。庖霜刀落鱠，執玉酒明船。葉縣飛來舄，壺公謫處天。酌多時暴謔，舞短更成妍。唯我孤登覽，觀詩未究宜。空餘五字賞，文似兩京然。醫是肱三折，官當歲九遷。老夫看鏡罷，衰白敢争先？

贈楊明叔　黃庭堅

窮奇投有北，鴻鵠止丘隅。我已魑魅禦，君方燕雀俱。道應無芥蔕，學要盡工夫。莫斬猿狙杙，明堂待棟桴。

閑居有感　李宗易

進退荷君恩，孤懷豈易論。以閑銷日月，何力報乾坤？架上書千卷，花前酒一樽。相持兩成癖，此

外盡忘言。

江上逢晁適道

崔子方

渺渺連江雨，微微到面風。主人留一餉，佳士得相逢。會面嗟何晚，論詩許有功。君家好兄弟，更覺此心同。

荷花

豐稷

桃杏二三月，此花泥滓中。人心正畏暑，水面獨摇風。淨剎如金湧，嘉賓照幕紅。誰歌《採菱曲》，舟在曉霞東。

寄鄭介夫

畢仲游

鄭子安强否？梅花萬里春。如何投虎穴，直欲犯龍鱗！北闕今無數，南方信有人。可憐妻子在，年少不謀身。

春日獨遊南園

楊蟠

天淨鳥飛遠，路幽花自香。春風吹草木，野水滿池塘。事去青山在，人間白日長。興來搔短髮，微意久

難忘。

聞赦有作

張舜民

擊破填街道，傳聲過水濱。國嚴三歲禮，恩洗萬家春。舟楫親南斗，衣冠拱北辰。嶺南并嶺北，多少望歸人。

曾子固挽詞二首

陳師道

早棄人間事，真從地下遊。丘原無起日，江漢有東流。身世從違裏，功名取次休。不應須禮樂，始作後程仇。

精爽回長夜，衣冠出廣庭。勳庸留琬琰，形象付丹青。道喪餘篇翰，人亡更典刑。侯芭才一足，白首《太玄經》！

司馬温公挽詞二首

陳師道

恭默思良弼，詩書正百工。事多違謝傅，天遽奪楊公。一代風流盡，三師禮教崇。若無天下議，惡美併成空。

百姓歸周老，三年待魯儒。世方隨日化，身已要人扶。玉几雖來晚，明堂訖授圖。心知死諸葛，終

不羡曹蜍。

登城樓

陳師道

城郭春容晚，因行可當遊。飛來雙蛺蝶，目盡一浮鷗。峽嶮山將合，江平水却流。同來端興盡，且爲小遲留。

和王子安至日

陳師道

物理有終極，人情從往還。陰陽消長際，老疾去留間。申白徒懷惠，巢由不買山。更歌吾和汝，風日稍侵顔。

送吴先生謁惠州蘇運使

陳師道

聞名欣識面，異好有同功。我亦慚吾子，人誰恕此公。百年雙白鬢，萬里一秋風。爲説任安在，依然一秃翁。

懷遠

陳師道

海外三年謫，天南萬里行。生前只爲累，身後更須名？未得平安報，空懷故舊情。斯人有如此，無復涕

縱横。

張錫令餘杭

孫處

經年獨窮處，此去豈無營。最近吾民病，無嗟縣令名。官卑人易信，政肅化方行。更有論心處，前溪水正清。

種圃

張耒

儆舍亦爲圃，從人笑我癡。自求佳草木，仍插小藩籬。吾事正如此，人生聊自怡。霜松未及尺，獨我見奇姿。

近清明

張耒

斜日去不駐，好風來有情。江城過風雨，花木近清明。水樹閑照影，山禽時引聲。吾年行老矣，淹泊蹇何成。

晨興

張耒

端居歲已晏，杖屨亦蕭然。雲露窗前日，秋明樹外天。大江寒欲落，諸嶺霽逾鮮。白首無聊劇，昏

昏只醉眠。

都梁亭下　張　耒

金塔青冥上，孤城莽蒼中。淺山寒帶水，旱日白吹風。人事劇翻手，生涯真轉蓬。高眠待春漲，鮭菜伴南公。

舟中曉思　張　耒

樹色未啼鳥，槳聲初度航。客燈青映壁，城角冷吹霜。飄泊年來甚，覊遊情易傷。年豐清潁尾，吾計亦差良。

南澗月夕　俞紫芝

華髮念秋晚，青燈憐夜長。香團菊花露，寒著橘林霜。月在北窗底，人行南澗旁。婆娑不知去，身與兩俱亡〔五〕。

廣武山懷古　劉季孫

楚漢兵相接，乾坤晝亦冥。虎爭千里震，龍戰四郊腥。故壘從誰問，嚴祠自昔靈。北風吹敗木，落日任

飄零。

春日遊金明池　李昭玘

日有江湖思，坐無車馬塵。横橋自照水，啼鳥不驚人。輦路晴飛絮，宫門暗鎖春。多情老園吏，灑地喜相親。

獨步懷元中　洪朋

浄盡西山日，深行城北村。琅璫鳴佛屋，薜荔上僧垣。時雨慰喝腹，夕風清病魂。所思渺江水，誰與共忘言。

宿范氏水閣　洪朋

枕水鑿疏檽，雲扉夜不扃。灘聲連地籟，林影亂天星。人浄魚頻躍，秋高露欲零。何妨呼我友，乘月與揚舲。

石牛莊閑居　崔鶠

不識春風面，知從底處來。紅深桃靨破，緑静水簾開。物外心常挂，人間事不諧。從今江海去，無

復世推排。

見黄太史　　高荷

萬里南溪郡，黄香得賜環。盛名喧海内，摧翮返雲間。太史資誠峻，郎官選亦慳。朝廷才特起，堂奥援誰扳？一夢追前事，羣公厄後艱。中傷皆死禍，放逐罕生還。別駕之戎僰，僑居傍草菅。想知諳鳥道，聞説異人寰。楊子家元窘，王維室久鰥。鵩來心破碎，猿叫淚潺湲。達觀終難得，羈愁必易刪。衆情相惻憫，靈物自恬憪。迥閣澄秋眺，幽窗聳夜跧。蜀天何處盡？巴月幾回彎？墜屨魂空斷，遺弓涕忽潸。石門凄殿楯，銅雀慘宮鬟。帝統聯仁聖，皇恩感髗頑。網羅疏黨禁，誅蔓掃朋姦。點檢金閨彦，凋零玉筍班。尚令宗廟器，遥隔鬼門關。拊髀咨詢及，含香誥命頒。笑談趨赤縣，吟詠落烏蠻。奏記懷東觀，移文頷北山。應將九遷待，未補七年閑。士愧千鈞弩，身謀五兩綸。退藏欣望氣，延仰竊窺斑。昌谷詞源窄，浯溪筆力孱。斵輪深類扁，投斧欲隨般。鵠卵真能伏，龍鱗敢冀攀？不嗔無紹介，試遣略承顔。

題折氏下城南　　吴則禮

繫馬後河川，可人冬景姸。要看花到地，付與水浮天。未覺隨戎馬，端來喚酒船。誰云是關塞，勝事總堪傳。

春日書懷

潘大臨

舟楫淩漳水，風濤接蠡湖。龍媒成跬步，驪頷脱微軀。樂土供遊戲，深文苦蟄拘。胸中雖磈磊，牆外或歌呼。老去嵇康懶，歸來甯子愚。千鍾真臭腐，十晦借膏腴。春雨何曾密，園花竟自都。小橋藏細柳，方沼出新蒲。酒熟拈巾漉，經傳帶雨鋤。行盤隨所有，坐客幾時無。日轉淮陰暮，門通烏逕迂。仰頭看哺鷇，引手亦將雛。撫事盆繅繭，勞生户轉樞。形骸浮大塊，毛髮燎紅爐。借問青宫犢，何如濁水鳧。士衡甘食酪，張翰合思鱸。世論幾膠柱〔六〕，人心盡好竽。屠龍非至計，射雉屈良圖。借箸方隆漢，推枰已滅吴。從渠畫麟閣，吾自著《潛夫》。

江上晚步

潘大臨

白鳥没飛煙，微風逆上船。江從樊口轉，山自武昌連。日月懸終古，乾坤别逝川。羅浮南斗外，黔府若何邊？

題吕少馮聽雨堂

李彭

碧澗寒侵屋，幽雲夜度牆。貪看山入坐，怪聽雨鳴廊。苦乏陰鏗句，聊登孺子床。非君無汲引，寄傲學潛郎。

春日有懷

林敏功

風高收雨急，日薄過窗微。梅蘂初迎臈，春溪欲染衣。形容今日是，遊衍昔人非。節物關愁緒，歸鴻正北飛。

校勘記

〔一〕久隨時　「久」，明抄本作「且」。

〔二〕悲蟲　「悲」，明抄本作「蜚」。

〔三〕任鬢斑　明抄本作「鬢任斑」。

〔四〕事莫閑　「閑」，明抄本作「還」，較長。

〔五〕身與兩俱亡　「與」疑當作「與」，「亡」當作「忘」。江蘇局本作「身與兩相忘」。

〔六〕膠柱　「柱」原作「柱」，據明抄本、明刻本改。

宋文鑑卷第二十四

詩

七言律詩

和御製夏日垂釣作　徐鉉

物茂時平日正長，翠華停馭晚方塘。文竿乍拂圓荷動，頳尾時翻素荇香。睿賞只應從暇豫，聖恩寧肯間沉翔。吞鈎自是貪芳餌，猶笑成湯一面張。

内宴應制　曹翰

三十年前學《六韜》，英名嘗得預時髦。曾因國難披金甲，不爲家貧賣寶刀。臂健尚嫌弓力軟，眼明猶識陣雲高。庭前昨夜秋風起，羞見團花舊戰袍。

豫章胡氏華林書堂　張齊賢

一百年來煙爨同，衣冠江左慕家風。兒孫歌舞《詩》《書》內，鄉黨優游禮讓中。孝悌筠編争紀録，門閭天語賜褒崇。莫將六闕方朱氏，朱敬則家門孝友，三葉旌表，門標六闕。葉葉蒸蒸奉始終。

春日書懷　寇　準

曾讀前書笑古今，耻隨流俗信浮沉。終期直道扶元化，敢爲虚名役片心？默坐野禽啼晝景，閉門官柳長春陰。世間事了先須退，不待霜毛漸滿簪。

春夕偶作　趙　湘

一夕衡門獨自開，雨陰深巷少塵埃。醉醒風傍池邊起，坐久月從花上來。何處夜歌初欲斷，四鄰春夢未知回。因思此興無人共，時復孤吟步緑苔。

上李昉相公二首　王　操

弱冠登龍入粉闈，少年清貴古來稀。神中詔草朝天去，頭上宫花侍宴歸。卓筆玉堂寒漏迥，捲簾池館水禽飛。三台位近猶謙遜，閑聽秋霖憶翠微。

又

翰苑優游數十春，文章敵手更無人。對敭旒冕如僚友，下直門闌似隱淪。倚檻白雲供醉望，楮筇黄葉

落吟身。年來得意知難繼，大半門生作侍臣。

温泉　　鄭文寶

潺湲如燎嶺雲陰，玉石魚龍换古今。只見開元無事久，不知貞觀用功深。龍無解語衣無雪，堆有黄沙粟有金。惆悵胡雛負恩澤，始知夷甫少經心。

讀江總傳　　鄭文寶

行人惝過景陽宫，宫畔離離禾黍風。庭玉有花空怨白，井蓮無步莫愁紅。吟詩功業才雖大，亡國君臣道最同。争忍暮年歸故里，綸竿迴避釣魚翁？

梅花　　林逋

吟懷長恨負芳時，爲見梅花輒入詩。雪後園林纔半樹，水邊籬落忽横枝。人憐紅艷多應俗，天與清香似有私。堪笑胡雛亦風味，解將别調角中吹。

小園梅花　　林逋

衆芳摇落獨暄妍，占盡東風向小園。疎影横斜水清淺，暗香浮動月黄昏。霜禽欲下先偷眼，粉蝶如知

合斷魂。幸有微吟可相狎，不須檀板共金樽。

晨興　　魏野

夜長乞待得晨興，耽睡僮猶喚不譍。燒藥爐中無宿火，讀書窗下有殘燈。臨堦短髮梳和月，傍岸衰容洗帶冰。料得巢禽翻怪訝，尋常日午起慵能。

山居　　丁謂

雷化已南山多，零陵藿香芬芳襲人，動或數里。

峒口清香徹海濱，四時芬馥四時春。山多緑桂憐同氣，谷有幽蘭讓後塵。草解忘憂憂底事，花能含笑笑何人？海南有含笑花。争如彼美欽天壤，長薦芳香奉百神。

民牛多疫死　　楊億

水牛多自湘廣，商人驅至民間，貴市之，以給用。

南海逸風知失性，東吴喘月不逢醫。一元祀典古所重，九穀民天命在斯。真相棍車寧致問，族庖更刃亦焉施？炎神癘鬼争爲虐，度虎消蝗復是誰？

漢武　　楊億

蓬萊銀闕浪漫漫，弱水回風欲到難。光照竹宫勞夜拜，露溥金掌費朝飡。力通青海求龍種，死諱文成

食馬肝。待詔先生齒編貝，那教索米向長安？

莎衣　楊朴

軟緑柔藍著勝衣，倚船吟釣最相宜。蒹葭影裏和煙卧，菡萏香中帶雨披。狂脱酒家春醉後，亂堆漁舍晚晴時。直饒紫綬金章貴，未肯輕輕博换伊。

假中示判官張寺丞王校勘　晏殊

元巳清明假未開，小園幽徑獨徘徊。春寒不定斑斑雨，宿醉難禁灧灧杯。無可奈何花落去，似曾相識燕歸來。遊梁賦客多風味，莫惜青錢萬選才。

初秋宿直　晏殊

絳河星斗夜闌干，禁署沉沉閉九關。上帝册書羣玉府，仙人宫闕臣鼇山。涼蟾影度秋陰薄，促漏聲來夜唱閑。擁鼻吟多欲愁絶，嚴鐘凄斷樹烏還。

安昌侯　晏殊

蓮勺移家近七遷，魯儒章句世相傳。關中沃壤通涇渭，堂上繁聲逐管弦。身服儒衣同蔡義，日將

巵酒對彭宣。高墳丈五陽陵外，千古朱雲氣凜然。

偶成

石延年

力振前文覺道孤，恥同流輩論榮枯。動非仁義何如静，得是機關不似無。孔、孟也宜輕管、晏，臯、夔未必失唐、虞。侯王重問吾何有，且自低心混世儒。

金鄉張氏園亭

石延年

亭館連城敵謝家，四時園色鬬明霞。窻迎西渭封侯竹，地接東陵隱士瓜。樂意相關禽對語，生香不斷樹交花。縱遊會約無留事，醉待參横月落斜。

首陽

石延年

夷齊在孟津諫伐紂，而死于首陽。其山在蒲，蒲乃舜都也。豈非二子之意？何古之所不思哉！

遜國同來訪聖謨，適觀争國暂師徒。恥生湯、武干戈日，寧死唐、虞揖讓區。大義充身安是餓，清魂有所未應無。始終天地亡前後，名骨雖雙此行孤。

喜雨

韓　琦

何假嗔雷擊怒桴，默然嘉澤浹民區。經時亢隔羣心駭，數月焦熬一陣蘇。已發宋苗安在揠，再生莊鮒

不虞枯。須臾慰滿三農望，却斂神功寂似無。

寄子京　宋庠

八年三郡駕朱輪，更忝鴻樞對國均。老去師丹多忘事，少來之武不如人。車中顧馬空能數，海上逢鷗想見親。唯有弟兄歸隱志，共將耕鑿報堯仁。

府齋歲晏節物感人輒成拙詩上寄昭文相公樞密太尉　宋庠

處世何常盡值才，虚名高位自驚猜。千重浪裏隨流出，百尺竿頭試險回。衰鬢不徒欺曉雪，孤心兼欲伴寒灰。嵩陽、潁曲風煙接，已仗歸雲作隱媒。

重展西湖　宋庠

綠鴨東陂已可憐，更因雲竇注西田。鑿開魚鳥忘情地，展盡江湖極目天。向夕舊灘都浸月，過寒新樹便留煙。使君直欲稱漁叟，願賜閑州不計年。

書王元之畫像側在琅琊山　歐陽修

偶然來繼前賢迹，信矣皆如昔日言。諸縣豐登少公事，一家飽暖荷君恩。想公風采常如在，顧我文章不足論。名姓已光青史上，壁間容貌任塵昏。公貶滁州謝上表云：「諸縣豐登，苦無公事；一家飽暖，共荷君恩。」

上致政太保杜相公

歐陽修

儉節清名世絶倫，坐令風俗可還淳。貌先年老因憂國，事與心違始乞身。四海儀刑瞻舊德，一樽談笑作閑人。鈴齋幸得親師席，東向時容問治民。

内直對月

歐陽修

禁署沉沉玉漏傳，月華雲表溢金盤。纖埃不隔光初滿，萬物無聲夜向闌。蓮燭燒殘愁夢斷，蕙爐熏歇覺衣單。水精宫鎖黄金闕，故比人間分外寒。

下直

歐陽修

宫柳街槐緑未齊，春雲不解宿雲低。輕寒漠漠侵駞褐，小雨班班作燕泥。報國無功嗟已老，歸田有約一何稽。終當自駕柴車去，獨結茅廬潁水西。

早朝感事　　歐陽修

疎星牢落曉光微，殘月蒼龍闕角西。玉勒争門隨仗入，牙牌當殿報班齊。羽儀雖接鴛兼鷺，野性終存鹿與麛。笑殺汝陰常處士，十年騎馬聽朝雞。

青州書事　　歐陽修

年豐千里無夜警，吏退一室焚清香。青春固非老者事，白日自爲閑人長。禄厚豈惟慙飽食，俸餘仍是買輕裝。君恩天地不違物，歸去行歌潁水傍。

望太湖　　蘇舜欽

杳杳波濤閲古今，四無邊際莫知深。潤通曉月爲清露，氣入霜天作暝陰。笠澤鱸微人鱠玉，洞庭柑熟客分金。風煙觸目相招引，聊爲停橈一楚吟。

春睡　　蘇舜欽

别院簾昏掩竹扉，朝酲未解接春暉。身如蟬蜕一榻上，夢似楊花千里飛。嗒爾暫能離世網，陶然直欲見天機。此中有德堪爲頌，絶勝人間較是非。

中秋松江新橋對月和柳令之什

蘇舜欽

月晃長江上下同，畫橋横截冷光中。雲頭豔豔開金餅，水面沉沉卧彩虹。佛氏解爲銀色界，仙家多住玉華宫。地雄景勝言不盡，但欲追隨乘曉風。

喜永叔安道仲儀除諫官

蔡　襄

御筆新除三諫官，喧然朝野盡相歡。昔時流落丹心在，自古忠賢得路難。好竭謀猷居帝右，直須風采動朝端。世間萬事皆塵土，留取功名久遠看。

詠門

龍昌期

樞動本爲榮辱主，長因外户細推尋。乾坤出入無窮象，夷狄關防有限心。擗到善人非遠大，開當古道自高深。九成載舉簫韶奏，穆穆無㐫合在今。

走筆寄夷陵歐陽永叔

謝伯初

舟行無險似瞿塘，滿峽猿聲斷旅腸。萬里更堪人謫官，經年應合鬢成霜。長官衫色江波緑，學士文華蜀錦張。去似長沙非黜辱，比於連郡亦遐荒。韓退之以言事，初貶連州令。可能作賦嘲巫渚，好爲投文

弔耒陽。杜子美下耒陽，路經峽。下國難留金馬客，新詩傳與竹枝娘。才如夢得多爲累，情甚安仁久悼亡。絶境化成儒雅俗，遠民争識校讎郎。典詞懸待修青史，諫草當來露皂囊。不用臨流羡漁者，便將纓足濯滄浪。

許昌公宇書懷呈歐陽永叔韓子華王介甫　謝伯初

十年趨競浪求榮，因得閑曹減宦情。亂種黄花添野景，旋移高竹聽秋聲。驅馳賤事猶干禄，約勒清狂爲近名。早晚持竿釣鱸鱖，雙溪煙雨一舟横。

寄杭州孫資政　唐介

何人富貴不圖安，大抵爲臣節欲完。手執樞機謀國易，心存忠義入時難。臨風未覺龍媒老，衝斗誰知劍氣寒？天子聖神思舊德，肯教旌馭久盤桓。

讀史　王安石

自古功名亦苦辛，行藏終欲付何人？當時黮闇猶承誤，末俗紛紜更亂真。糟粕所傳非粹美，丹青難寫是精神。區區豈盡高賢意，獨守千秋紙上塵。

示長安君

王安石

少年離別意非輕，老去相逢亦愴情。草草杯盤供笑語，昏昏燈火話平生。自憐湖海三年隔，又作塵沙萬里行。欲問後期何日是，寄書應見鴈南征。

和金陵懷古

王安石

懷鄉訪古事悠悠，獨上江城滿目秋。一鳥帶煙來別渚，數帆和雨下歸舟。蕭蕭暮吹驚紅葉，慘慘寒雲壓舊樓。故國淒涼誰與問，人心無復更風流。

詳定試卷

王安石

童子常誇作賦工，暮年羞悔有楊雄。當時賜帛倡優等，今日論才將相中。細甚客卿因筆墨，卑於《爾雅》注魚蟲。漢家故事真當改，新詠知君勝弱翁。

思王逢原

王安石

蓬蒿今日想紛披，冢上秋風又一吹。妙質不爲平世得，微言唯有故人知。廬山南墮當書案，湓水東來入酒巵。陳迹可憐隨手盡，欲歡無復似當時。

次韻元厚之平戎慶捷　王安石

朝廷今日四夷功，先以招懷後殪戎。胡地馬牛歸隴底，漢人煙火起湟中。投戈更講諸儒藝，免冑爭趨上將風。文武佐時慚吉甫，宣王征伐自膚公。

葛溪驛　王安石

缺月昏昏漏未央，一燈明滅照秋牀。病中最覺風露早，歸夢不知山水長。坐感歲時歌慷慨，起看天地色淒涼。鳴蟬更亂行人耳，正抱疏桐葉半黄。

郡舍偶書　楊偕

偃息鈴齋度歲華，著書人静笑聱牙。斯文自信驚天地，吾道誰知繫國家。獨愛杉篁寒不變，更憐江海闊無涯。因思朝市爭名地，何似優游刺史衙。

送唐介之貶所　李師中

直誠自許時不與，孤立敢言人所難。去路一身輕似葉，高名千古重於山。並游英俊顔何厚，已死姦雄骨尚寒。天意若爲宗社計，肯教夫子不生還？

送唐御史

仲訥

力犯雷霆衆共危，遠投魑魅獨爲宜。忠州學業真無負，高廟神靈固有知。自倚聖明容直道，未甘憔悴死荒陲。滿朝卿相多公議，莫把文章作《楚詞》。

聞富并州入相

王令

元首賡歌樂股肱，四方雖遠喜聲盈。忠賢不死天心在，輔弼終歸聖慮精。中國自今應更重，本朝前日可嗟輕。要須待見成堯、舜，未敢輕浮作頌聲。

紙鳶

王令

誰作輕鳶壯遠觀，似嫌飛鳥未多端。纔乘一線憑風去，便有愚兒仰面看。未必青霄因可到，偶能終日遂爲安。扶摇不起滄溟遠，笑殺鵬摶似爾難。

聞南陽吕諫議誨長逝

鄭獬

子文三仕去何頻，一卧南陽竟没身。明主自應容直道，皇天何事殺忠臣？拄天力屈空留草，貫日心存不化塵。黄壤不知人世事，爲君慟哭楚江濱。

恭和御製上元觀燈　王珪

雪消華月滿仙臺，萬燭當樓寶扇開。雙鳳雲中扶輦下，六鼇海上駕山來。鎬宫春酒霑周燕，汾水秋風陋漢材。一曲昇平人共樂，唐有《聖代平樂昇》曲。君王又進紫霞杯。

招魯清　范雍

吏隱便同真隱者，閉門終日懶追隨。人間寡合無如我，天下知音更有誰？莫爲利名疎舊分，好灰心計話前期。從今寂寞吟情減，只有思君兩首詩。

宋文鑑卷第二十五

詩

七言律詩

閑居吟　邵雍

閑居須是洛中居，天下閑居皆莫如。文物四方賢俊地，山川千古帝王都。絶奇花畔持芳酯，最軟草間移小車。只有堯夫負親舊，交親元不負堯夫。

仁者　邵雍

仁者難逢思有常，平居切勿恃何妨。争先路徑機關惡，近後語言滋味長。爽口物多須作病，快心事過必爲傷。與其病後能求藥，不若病前能自防。

清風短吟　邵雍

清風興味未全衰，豈謂天心便棄遺。長具齋莊緣讀《易》，每慚疏散爲吟詩。人間好景皆輸眼，世上閑

愁不到眉。生長太平無事日，又還身老太平時。

閑行吟　　邵雍

長憶當年掃弊廬，未嘗三徑草荒蕪。欲爲天下屠龍手，肯讀人間非聖書。否泰悟來知進退，乾坤見了識親疏。自從會得環中意，閑氣胸中一點無。

洛下園池　　邵雍

洛下園池不閉門，洞天休用别尋春。縱游只却輸閑客，遍入何嘗問主人。更小亭欄花自好，儘荒臺榭景纔真。虚名誤了無涯事，未必虚名總到身。

答人語名教　　邵雍

開闢而來世教敷，其間雄者號真儒。修身有道名先覺，何代無人達奥區？焕若丹青經史義，明如日月聖人途。鯫生涵泳雖云久，天下英才敢厚誣。

何事吟　　邵雍

何事教人用意深，出塵些子索沉吟。施爲欲似千鈞弩，磨厲當如百鍊金。釣水誤持生殺柄，着碁

閑動戰爭心。一盃美酒聊康濟，林下時時或自斟。

觀三皇　邵雍

許大乾坤自我宜，乾坤之外更何言！初分大道非常道，纔有先天未後天。作法極微難看蹟，收功最久不知年。若教世上論勳業，料得更無人在前。

觀五帝　邵雍

進退肯將天下讓，着何言語狀雍容。衣裳垂處威儀盛，玉帛修時意思恭。物物盡能循至理，人人自願立殊功。當時何故得如此？只被聲明類日中。

觀三王　邵雍

一片中原萬里餘，殆非孱德所宜居。夏商正朔猶能布，湯武干戈未便驅。澤火有名方受革，水天無應不成需。請觀仁義爲心者，肯作人間淺丈夫。

觀五伯　邵雍

刻意尊名名愈虧，人人奔命不勝疲。生靈劍戟林中活，公道貨財心裏歸。雖則餼羊能愛禮，奈何鳴鳳

未來儀。東周五百餘年内，歎息惟聞一仲尼。

觀七國　邵雍

當其末路尚縱横，仁義之言固不聽。肯謂破齊存即墨，能勝坑趙盡長平？清晨見鬼未爲怪，白日殺人奚足驚！加以蘇、張掉三寸，扼喉其勢不俱生。

觀嬴秦　邵雍

轟轟七國正争籌，利害相磨未便休。比至一雄心底定，其如四海血横流！三千賓客方成夢，百二山河又變秋。謾説罷侯能置守，趙高元不是封侯。

觀兩漢　邵雍

秦破山河舊戰場，豈期民復見耕桑？九千來里開封域，四百餘年號帝王。剥喪既而遭莽、卓，經營殊不念高光。當時文物如斯盛，城復何由更有隍。

觀三國　邵雍

桓桓鼎峙震雷音，絶唱高蹤没處尋。簫鼓一方情未暢，弓刀萬里力難任。論兵很石寧無意，飲馬黄河

徒有心。雖曰天時亦人事，誰知慮外失良金。

觀西晉

邵　雍

承平未必便無憂，安若忘危非善謀。題品人才憑雅誚，雌黃人事用風流。有刀難剖公閭腹，無木可梟元海頭。禍在夕陽亭一句，上東門嘯浪悠悠。

觀十六國

邵　雍

溥天之下號寰區，大禹曾經治水餘。衣到弊時多蟣虱，瓜當爛後足蟲蛆。龍章本不資狂寇，象魏何當薦亂胡。尼父有言堪味處，當時欠一管夷吾。

觀南北朝

邵　雍

方其天下分南北，聘使何嘗絶往還。偏霸尚存前典憲，小康猶帶舊腥膻。洛陽雅望稱崔浩，江表奇才服謝安。二百四年能並轡，謾將夷虜互爲言。

觀隋

邵　雍

始謀當日已非臧，又更相承或自戕。螻蟻人民貪土地，泥沙金帛悦姬姜。征遼意思靡荒服，泛汴情懷

厭未央。三十六年都掃地，不然天下未歸唐。

觀有唐　邵雍

天生神武奠中央，不爾羣兇未易攘。貞觀若無風凜凜，開元安得氣揚揚？凭高始見山河壯，入夏方知日月長。三百年間能混一，事雖成往道彌光。

觀五代　邵雍

自從唐季墜皇綱，天下生靈被擾攘。社稷安危懸卒伍，朝廷輕重繫藩方。深冬寒木固不脫，未旦小星猶有光。五十三年更五姓，始知除掃待真王。

觀盛化　邵雍

紛紛五代亂離間，一旦雲開復見天。草木百年新雨露，車書萬里舊山川。尋常巷陌猶簪紱，取次園林亦管絃。人老太平春未老，鶯花無害日高眠。

吾曹養拙賴明時，爲幸居多寧不知。天下英才中遁跡，人間好景處開眉。生來只慣見豐稔，老去未嘗經亂離。五事歷將前代舉，帝堯而下更無之。一事，革命之日，市不易肆；二事，克服天下，在卽位後；三事，未嘗殺一無罪；四事，百年方四葉；五事，百年無腹心之患也。

問鼎

邵雍

請將調鼎問於君，調鼎工夫敢與聞。只有鹽梅難盡善，豈無薑桂助爲辛？和羹必欲須求美，衆口如何更得均？切勿輕言天下事，伊周殊不是庸人。

安樂窩

邵雍

安樂窩中三月期，老來纔會惜芳菲。自知一賞有分付，誰讓萬金無孑遺。美酒飲教微醉後，好花看到半開時。這般意思難名狀，只恐人間都未知。

自詠

邵雍

老去無成齒髮衰，年將七十待何爲？居常無病不服藥，間或有懷時作詩。引水更憐魚並至，折花仍喜蝶相隨。平生積學都無效，只得胸中恁坦夷。

首尾吟

邵雍

堯夫非是愛吟詩，爲見聖賢興有時。日月星辰堯則了，江河淮濟禹平之。皇王帝霸經褒貶，雪月風花未品題。豈謂古人無闕典，堯夫非是愛吟詩。

堯夫非是愛吟詩，詩是堯夫處困時。事體極時觀道妙，人情盡處看天機。孝慈親和未必見，松柏歲寒然後知。匪石未聞心可轉，堯夫非是愛吟詩。

堯夫非是愛吟詩，詩是堯夫自試時。事體待諳然後信，人情非久莫能知。同霑雨露蓬蒿質，獨出雪霜松柏姿。見慣不如身歷過，堯夫非是愛吟詩。

堯夫非是愛吟詩，詩是閑觀蔬圃時。暖地春初纔翕欝，宿根秋末却披離。韮葱蒜薤青遮隴，蘋芋薑蘘緑滿畦。時到皆能弄精彩，堯夫非是愛吟詩。

堯夫非是愛吟詩，詩是堯夫不强爲。事到强爲須涉跡，人能知止是先機。面前自有好田地，天下豈無平路歧。省力事多人不做，堯夫非是愛吟詩。

堯夫非是愛吟詩，詩是堯夫重惜時。西晉浮誇時可歎，南梁崇尚事堪悲。仲尼豈欲輕辭魯，孟子何嘗便去齊？儀鳳不來人老去，堯夫非是愛吟詩。

堯夫非是愛吟詩，詩是精神未耗時。水竹清閑都占了，鶯花富貴又兼之。梧桐月向懷中照，楊柳風來面上吹。被有許多閑捧擁，堯夫非是愛吟詩。

蒼蒼吟寄李審言　邵雍

一般顏色正蒼蒼，今古人曾望斷腸。日往月來無少異，陽舒陰慘不相妨。迅雷震後山川裂，甘露零時草木香。幽暗巖崖生鬼魅，清平郊野見鸞凰。千花爛爲三春雨，萬木凋因一夜霜。此意分明難理

會，直須賢者入消詳。

林下

邵　雍

老年軀體索温存，安樂窩中别有春。萬事去心閑偃仰，四支由我任舒伸。庭花盛處凉鋪簟，簷雪飛時軟布裀。誰道山翁拙於用，也能康濟自家身。

安樂四吟

邵　雍

詩

安樂窩中詩一編，自歌自詠自怡然。陶鎔水石閑勳業，銓擇風花静事權。意去乍乘千里馬，興來初上九重天。忺時更改三兩字，醉後吟哦六七篇。直恐心通雲外月，又疑身是洞中仙。銀河洶湧翻晴浪，玉樹查牙生紫煙。萬物有情皆可狀，百骸無病不能蠲。命題濫被神相助，得句謬爲人所傳。肯讓貴家常奏樂，寧慙富室膭收錢。若條此過知何限，因甚臺官獨未言？

書

安樂窩中一部書，號云《皇極》意何如？《春秋》《禮》《樂》能遺則，父子君臣可廢乎？浩浩羲、軒開闢後，巍巍堯、舜協和初。炎炎湯、武干戈外，洶洶桓、文弓劍餘。日月星辰高照耀，皇王帝霸大鋪舒。

幾千百主出規制，數億萬年成楷模。治久便憂强跋扈，患深仍念惡驅除。才堪命世有時有，智可濟時無世無。既往盡歸閑指點，未來須俟别支梧。不知造化誰爲主，生得幾多奇丈夫。

香

安樂窩中一炷香，凌晨焚意豈尋常。禍如許免人須諂，福若待求天可量。且異緇黄徼廟貌，又殊兒女裛衣裳。中孚起信寧煩禱，無妄生災未易禳。虚室清明都是白，靈臺瑩静别生光。觀風禦寇心方醉，對境顔淵坐正忘！赤水有珠涵造化，泥丸無物隔青蒼。生爲男子仍身健，時遇昌辰更歲穰。日月照臨光自大，君臣庇廕效何長。非圖聞道至於此，金玉誰家不滿堂。

酒

安樂窩中酒一罇，非惟養氣又頤真。頻頻到口微成醉，拍拍滿懷都是春。何異君臣初際會，又同天地乍絪緼。醺酣情味難名狀，醖釀功夫莫指陳。斟有淺深存燮理，飲無多少寄經綸。鳳凰樓下逍遥客，郟鄏城中自在人。高閣望時花似錦，小車行處草如茵。卷舒萬古興亡手，出入千重雲水身。雨後静觀山意思，風前閑看月精神。這般事體權衡别，振古英豪恐未聞。

自和打乖吟　　邵雍

安樂窩中好打乖，自知元没出人才。老年多病不服藥，少日壯心都未灰。庭草剗除終未盡，檻花擡舉尚難開。輕風吹動半醺酒，此樂真從天外來。

題華下無相院西溪　張　先

積水涵虚上下清，幾家門静岸痕平。浮萍破處見山影，小艇歸時聞草聲。入郭僧尋塵裏去，過橋人似鑑中行。已憑暫雨添秋色，莫放脩蘆礙目生。

寄李朝請　范純仁

仕途三黜信多艱，名節常憂不自完。幸賴聖明寬罪戾，敢辭閑僻儘盤桓。孟生墜甑何能顧，貢氏塵冠豈復彈？倖入雖貧家世事，釜魚從此已稱丹。

郊行即事　程　顥

芳原緑野恣行時，春入遥山碧四圍。興逐亂紅穿柳巷，困臨流水坐苔磯。莫辭酒盞十分醉，只恐風花一片飛。况是清明好天氣，不妨游衍莫忘歸。

秋日偶成　程　顥

閑來無事不從容，睡覺東窗日已紅。萬物静觀皆自得，四時佳興與人同。道通天地有形外，思入雲煙

變態中。富貴不淫貧賤樂，男兒到此是豪雄。

出潁口初見淮山　蘇軾

我行日夜向江海，楓葉蘆花秋興長。平淮忽迷天遠近，青山久與舡低昂。壽州已見白石塔，短棹未轉黃茅岡。波平風軟望不到，故人久立煙蒼茫。

新城道中　蘇軾

東風知我欲山行，吹斷簷間積雨聲。嶺上晴雲披絮帽，樹頭初日挂銅鉦。野桃含笑竹籬短，溪柳自搖沙水清。西崦人家應最樂，煑芹燒筍餉春耕。

和王斿　蘇軾

異時長怪謫仙人，舌有風雷筆有神。聞道騎鯨游汗漫，憶嘗捫蝨話悲辛。氣吞餘子無全目，詩到諸郎尚絶倫。白髮故交空掩卷，淚河東注問蒼旻。

次韻李脩孺留別　蘇軾

十年流落敢言歸，魚鳥江湖只自知。豈意青天掃雲霧，盡呼黃髮寄安危。風流吾子真前輩，人物他年

記一時。我欲折繻留此老，《緇衣》誰作好賢詩！

卧病逾月請郡不許復直玉堂十一月一日鎖院是日苦寒詔賜官燭法酒書呈同院

蘇軾

微霰疏疏點玉堂，詞頭夜下攬衣忙。分光御燭星辰爛，拜賜官壺雨露香。醉眼有花書字大，老人無睡漏聲長。何時却逐桑榆暖，社酒寒燈樂未央。

和劉景文見贈

蘇軾

元龍本志陋曹吳，意氣峥嶸老不除。失路今爲噲等伍，作詩猶似建安初。西來爲我風黧面，獨卧無人雪縞廬。留子非爲十日飲，要令安世誦亡書。

王文玉挽詞

蘇軾

才名誰似廣文寒，月斧雲斤琢肺肝。玄晏一生都卧病，子雲三世不遷官。幽蘭空覺香風在，宿草何曾淚葉乾。猶喜諸郎有曹志，文章還復富波瀾。

雪後書北臺壁二首

蘇軾

黄昏猶作雨纖纖，夜静無風勢轉嚴。但覺衾裯如潑水，不知庭院已堆鹽。五更曉色來書幌，半月寒聲

落晝簷〔一〕。試掃北臺看馬耳〔二〕，未隨埋没有雙尖。

城頭初日始翻鴉，陌上晴泥已没車。凍合玉樓寒起粟，光摇銀海眩生花。遺蝗入地應千尺，宿麥連雲有幾家。老病自嗟詩力退，空吟《冰柱》憶劉叉。

往岐亭郡人潘古郭三人送余於女王城東禪莊院　　蘇軾

十日春寒不出門，不知江柳已摇村。稍聞決決流冰谷，盡放青青没燒痕。數畝荒園留我住，半缾濁酒待君温。去年今日關山路，細雨梅花正斷魂。

姪安節遠來夜坐　　蘇軾

南來不覺歲崢嶸，坐撥寒灰聽雨聲。遮眼文書元不讀，伴人燈火亦多情。嗟予潦倒無歸日，今汝蹉跎已半生。免使韓公悲世事，白頭還對短燈檠。

祭常山回小獵　　蘇軾

青蓋前頭點皂旗，黄茅岡下出長圍。弄風驕馬跑空立，趁兔蒼鷹掠地飛。回望白雲生翠巘，歸來紅葉满征衣。聖朝若用西涼簿，白羽猶能効一揮。

次韻穆父尚書侍祠郊丘瞻望天光退而相慶引滿醉吟

蘇軾

千章杞梓蔭雲天，樗散誰收老鄭虔。喜氣到君浮白裏，豐年及我掛冠前。令嚴鐘鼓三更月，野宿貔貅萬竈煙。太息何人知帝力，歸來金帛看駢肩。

樂全先生生日以鐵柱杖爲壽

蘇軾

二年相伴影隨身，踏遍江湖草木春。擿石舊痕猶作眼，閉門高節欲生鱗。畏途自衛真無敵，捷徑争先却累人。遠寄知公不嫌重，筆端猶自斡千鈞。

新釀桂酒

蘇軾

擣香篩辣入餅盆，盎盎春溪帶雨渾。收拾小山藏社甕，招呼明月到芳尊。酒材已遣門生致，菜把仍叨地主恩。爛煑葵羹斟桂醑，風流可惜在蠻村。

連雨江漲二首

蘇軾

越井岡頭雲出山，牂柯江上水如天。牀牀避漏幽人屋，浦浦移家蜑子舡。龍卷魚鰕并雨落，人隨雞犬

上牆眠。祇應樓下平堦水，長記先生過嶺年。

急雨蕭蕭作晚凉，卧聞榕葉響長廊。微明燈火耿殘夢，半濕簾帷浥舊香。高浪隱牀吹甕盎，闇風驚樹擺琳琅。先生不出晴無用，留向空堦滴夜長。

桄榔杖寄張文潛時初聞黄魯直遷黔南范淳父九疑也　　蘇軾

睡起風清酒在亡，身隨殘夢兩茫茫。江邊曳杖桄榔瘦，林下尋苗蓽撥香。獨步儻逢峋嶁令，遠來莫恨曲江張。遥知魯國真男子，獨憶平生盛孝章。

夜坐達曉寄子由　　蘇軾

燈燼不挑垂暗蘂，爐香重撥尚餘熏。清風欲發鴉翻樹，缺月初升犬吠雲。閉眼此心新活計，隨身孤影舊知聞。雷州别乘應危坐，跨海幽光與子分。

六月二十日夜渡海　　蘇軾

參横斗轉欲三更，苦雨終風也解晴。雲散月明誰點綴，天容海色本澄清。空餘魯叟乘桴意，粗識軒皇奏樂聲。九死南荒吾不恨，兹游奇絶冠平生。

潤州甘露寺

沈括

丞相高齋半草萊，舊時風月滿亭臺。地從日月生時見，眼到江山盡處回。三國是非春夢斷，六朝城闕野花開。心隨潮水漫漫去，流徧煙村半日來。

感秋扇

蘇轍

團扇經秋似敗荷，丹青髣髴舊松蘿。一時用捨非吾事，舉世炎涼柰爾何！漢代誰令收汲黯，趙人猶復用廉頗。心知懷袖非安處，重見秋風愧恨多。

寄黄幾復

黄庭堅

我居北海君南海，寄鴈傳書謝不能。桃李春風一杯酒，江湖夜雨十年燈。持家但有四立壁，治病不蘄三折肱。想得讀書頭已白，隔溪猿哭瘴煙藤。

寄上叔父夷仲

黄庭堅

艱難聞道有歸音，部曲霜行壁月沉。王春正月調玉燭，使星萬里朝天心。頗令山海藏國用，乃見縣官恤民深。經心隴蜀封疆守，必有人材備訪尋。

詠雪

黄庭堅

春寒晴碧來飛雪，忽憶江清水見沙。夜聽疏疏還密密，曉看整整復斜斜。風回共作婆娑舞，天巧能開頃刻花。政使盡情寒至骨，不妨桃李用年華。

新喻道中寄元明用觴字韻

黄庭堅

中年畏病不舉酒，孤負東來數百觴。喚客煎茶山店遠，看人秧稻午風凉。但知家裏俱無恙，不用書來細作行。一百八盤携手上，至今猶夢遶羊腸。

壺中九華

黄庭堅

湖口人李正臣，蓄異石九峯，東坡先生名曰「壺中九華」，并爲作詩。後八年，自海外歸，過湖口，石已爲好事者所取。乃和前篇，以爲笑。實建中靖國元年四月十六日。明年當崇寧之元，五月二十日，庭堅繫舟湖口，李正臣持此詩來。石既不可復見，東坡亦下世矣。感歎不足，因次前韻。

有人夜半持山去，頓覺浮嵐暝翠空。試問安排華屋處，何如零落亂雲中？能迴趙璧人安在，已入南柯夢不通。賴有霜鐘難席卷，袖椎來聽響玲瓏。

郊丘從駕

彭汝礪

令歲郊丘上始躬，宿齋初出未央宫。百年禮樂星辰爛，萬國衣冠錦繡中。精意與天相應接，人心如水自流通。聖時好作休成記，今日誰爲太史公？

喜聞中丞包公稱職有書

楊　蟠

薛宣執法動朝廷，丙、魏如今亦有聲。公道未亡猶可立，世人不慣却須驚。幅員潤澤嘉謀進，臺閣風流故事明。時論已兼言責重，莫教天下笑虚名？

陪潤州裴如晦學士遊金山廻作

楊　蟠

世上蓬萊第幾洲？長雲漠漠鳥飛愁。海山亂點當軒出，江水中分遶檻流。天遠樓臺橫北固，夜深燈火見楊州。廻舡却望金陵月，獨倚牙旗坐浪頭。

示諸君

徐　積

古俗今時不用分，只將虚實判澆淳。養心有要先除僞，入德無難只用真。此道若從爲得路，他岐如往是迷津。我曹好尚雖迂闊，最愛山夫共野人。

次韻寇秀才寄下邳家兄　陳師道

少共千憂老一官，中間毁譽兩茫然。去留有命真如此，俯仰從人却未然。故着江山供極目，正將强健入新年。驚逢小杜風流勝，信有衣冠不乏賢。

次韻春懷　陳師道

老形已具臂膝痛，春事無多櫻筍來。敗絮不温生蟣蝨，大杯覆酒着塵埃。衰年此日仍爲客，舊國當時只廢臺。河嶺尚堪供極目，少年爲句未須哀。

東山謁外大父墓　陳師道

土山宛轉屈蒼龍，下有槃槃蓋世翁。萬木刺天元自直，叢篁侵道更須東。百年富貴今誰見，一代功名託至公。少日拊頭期類我，莫年垂淚向西風。

寄泰州曾侍郎　陳師道

八年門第故違離，千里河山費夢思。淮海風濤真有道，麒麟圖畫豈無時。今朝有客傳河尹，是處逢人説項斯。三徑未成心已具，世間惟有白鷗知。

夏日二首

張　耒

長夏村墟風日清，簷牙燕雀已生成。蝶衣曬粉花枝午，蛛網添絲屋角晴。落落疏簾邀月影，嘈嘈虛枕納溪聲。久判兩鬢如霜雪，直欲樵漁過此生。

棗徑瓜畦經雨凉，白衫烏帽野人裝。幽花避日房房斂，翠樹含風葉葉凉。養拙久判藏姓字，致身安事巧文章。漢庭卿相皆豪傑，不遇何妨白髮郎。

元日

任伯雨

憶惜東班賀紫宸，和風佳氣淨無塵。龍墀初下觚稜日，雉扇齊開玉座春。接武九霄曾近侍，投荒三載作流人。窮通忤合雖天理，俯仰尋思不爲身。

聞趙正夫遷門下

鄒　浩

促膝論心十二年，有時忠憤淚潸然。不聞一事拳拳救，但見三臺每每遷。天地豈容將計免，國家能報乃身全。它時會有相逢日，解説何由復自賢。

旅中論懷

俞紫芝

白浪紅塵二十春，就中奔走費光陰。有時俗事不稱意，無限好山都上心。一面琴爲方外友，數篇詩當橐中金。會須將爾同歸去，家在碧溪煙樹深。

寄蘇内翰

劉季孫

倦壓鼇頭請左符，笑尋穎尾爲西湖。二三賢守去非遠，六一清風今不孤。四海共知霜鬢滿，重陽曾插菊花無？聚星堂上誰先到，欲傍金罇倒玉壺。

望舊廬有感

葉濤

重來舊屋誰爲主，江令蕭條歎獨存。已愧問人纔識路，更悲無柳可知門。舟車到處成家宅，歲月惟驚長子孫。孤客濫巾非得已，故交零落與誰論。江令尋宅詩云：「見桐猶識井，看柳尚知門。」

題半隱堂

劉跂

一堂圖籍自陶冶，三逕蕭蘭俱歲華。定非平恩許侯宅，會是仲長公理家。端居雅不煩屏當，佳設頗嘗成咄嗟。唯我身閑數來往，徽絃一泛卽生涯。

晚登秋屏閣示杜氏兄弟

洪朋

病人湯熨暫時停，謾向秋屏臺上行。白日忽隨飛鳥去，青山斷處落霞明。林閒嘒嘒寒蟬急，江上悠悠煙艇横。富貴功名付公等，嗟予老矣負平生。

答王立之惠書

潘大臨

歸自江南卽定居，漫勞親友問何如。剛腸肯爲黎羹轉，病骨聊憑竹杖扶。南圃上腴千樹橘，東湖春水百金魚。明年生計應堪説，待倩君侯買異書。

望西山懷駒父

李　彭

去歲湖湘賦凜秋，聞君江國大刀頭。百年會面知幾遇？十事欲言還九休。照眼遥岑落懷袖，過眉柱杖立汀洲。莫言青山淡吾慮，誰料却能生許愁。

篔田升之時升之赴金陵

吴則禮

建業風流端可憐，石城江色曉鮮鮮。烏窺漢節梅花底，雨濕柂樓春水邊。霜鬓讎書有東觀，錦囊覔句屬南天。枯腸不飽太官肉，我種芋魁今十年。

病後登快哉亭

賀　鑄

經雨清蟬得意鳴，紅塵開處見歸程。病來把酒不知猷，夢後倚樓無限情。鴉帶殘枝投古刹，草將野色

入荒城。故園又負黄華約，但覺秋風鬢上生。

校勘記

〔一〕半月　《東坡七集》本與此同，蘇集他本多作「半夜」。

〔二〕北臺　「臺」原作「堂」，據詩題改。

宋文鑑卷第二十六

詩

五言絶句

松江夜泊

鮑當

舟閑人已息，林際月微明。一片清江水，中涵萬古情。

孤鴈

鮑當

寒多稻糧少，萬里孤難進。不惜充君庖，爲帶邊庭信。

江上漁者

范仲淹

江上往來人，但愛鱸魚美。君看一葉舟，出没風波裏！

淮上遇風

范仲淹

一棹危於葉，傍觀亦損神。他時在平地，無忽險中人！

出守桐廬道中十首

范仲淹

隴上帶經人，金門齒諫臣。雷霆日有犯，始可報君親〔一〕。
君恩泰山重，爾命鴻毛輕。一意懼千古，敢懷妻子榮！
妻子屢牽衣，出門投禍機。寧知白日照，猶得虎符歸。
分符江外去，人笑似騷人。不道鱸魚美，還堪養病身？
有病甘長廢，無機苦直言。江山藏拙好，何敢望天閽？
天閽變化地，所好必真龍。軻意正迂闊，悠然輕萬鍾。
萬鍾誰不慕？意氣滿堂金。必若枉此道，傷哉非素心！
素心愛雲水，此日東南行。笑解塵纓處，滄浪無限清。
滄浪清可愛，白鳥鑑中飛。不信有京洛，風塵化客衣。
風塵日以遠，郡枕子陵溪。始見神龜樂，優優尾在泥。

無絃琴

王琪

寂寞之淳音，其爲樂至深。應嫌鼓腹者，猶是撫絃琴。

遠山

歐陽修

山色無遠近，看山終日行。峯巒隨處改，行客不知名。

夏夜小亭有懷

梅堯臣

西南雨氣濃，林上昏月色。寒影不隨人，寥寥空露白。

寒草

梅堯臣

寒草纔變枯，陳根已含緑。始知天地仁，誰道風霜酷？

芳草

王安石

芳草知誰種，緑階已數叢。無心與時競，何苦緑葱葱？

送望之赴臨江

王安石

黄雀有頭顱，長行萬里餘。想因君出守，暫得免包苴。

溝港　王安石

溝港重重柳，山坡處處梅。小輿穿麥過，狹徑礙桑回。

梅花　王安石

牆角數枝梅，凌寒獨自開。遥知不是雪，爲有暗香來。

歲寒　邵雍

松柏入冬看，方能見歲寒。聲須風裏聽，色更雪中看。

廬山三首　蘇軾

青山若無素，偃蹇不相親。要識廬山面，他年是故人。

自昔懷清賞，神游杳靄間。如今不是夢，真個到廬山。

芒鞋青竹杖，自掛百錢游。頗怪深山裏，人人識故侯。

蝸牛　蘇軾

腥涎不滿殼，聊足以自濡。升高不知回，竟作黏壁枯！

讀史　蘇轍

江河浪如屋，要須滄海容。可憐狄仁傑，猶復負婁公！

遺老齋三首　蘇轍

久無叩門聲，啄啄問何故？田中有人至，昨夜盈尺雨。

避事已謝客，養性不看書。書中多感遇，掩卷輒長吁。

人言里中舊，獨有陳太丘。文若命世人，惜哉憂人憂！

陪謝師厚遊百花洲槃礴范文正公祠下道羊曇哭謝安事因讀生存華屋處零落歸山丘爲韻　黄庭堅

憶在昭陵日，傾心用老成。功歸仁祖廟，政得一書生。

羊生但着鞭，勿哭西州門。故有不亡者，南山相與存。

慶州自不惡，籍甚載聲華。忠義可無憾，公今有世家。

公歸未百年，鸛巢荒古屋。我吟「殄瘁」詩，悲風韻高木。

傷心祠下亭，在時公燕處。臨水不相猜，江鷗會人語。
公有一盃酒，與人同醉醒；遺民能記憶，欲語涕飄零。
委徑問謠俗，高丘省佃作。昔遊非苟然，今花幾開落？
在昔實方枘，成功見圓機。九原尚友心，白首要同歸。
人去洲渚在，春回花草斑。清談值淵對，發興如江山。
落日銜城壁，祠東更一遊。悲來惜酒少，安得董糟丘？

謫居黔南五首

黃庭堅

相望六千里，天地隔江山。十書九不到，何用一開顏？
霜降水反壑，風落木歸山。冉冉歲華晚，昆蟲皆閉關。
冷淡病心情，暄和好時節。故園音信斷，遠郡親賓絶。
山郭燈火稀，峽天星漢少。年光東流水，生計南枝鳥。
冥性齊遠近，委順隨南北。歸去誠可憐，天涯住亦得。

蠶婦

張俞

昨日到城郭，歸來淚滿巾。遍身羅綺者，非是養蠶人。

秦王纜船石　　楊蟠

色陰長帶雨，疑是白雲根。欲問東巡事，今猶不敢言。

紈扇　　張舜民

紈扇本招風，曾將熱時用。秋來掛壁上，却被風吹動。

鴈　　陳師道

來往違寒暑，飛鳴在稻粱。未知溟海大，不肯過衡陽。

春日　　崔鶠

落日不可盡，丹林紫谷開。明明遠色裏，歷歷暝鴉回。

題績溪雪峯樓　　崔鶠

題詩最高處，不爲付人看。記着今朝勝，山明松雪寒。

歲暮書堂

汪革

霜重堦鋪紈，風凛肌生粟。心莊耳目清，思慮無由俗。

長安在何許二首

賀鑄

長安在何許，疑在青天上。矯首遡西風，浮雲斷人望。
長安在何許，疑在白日下。裴徊天一隅，華月生新夜。

六言

題舒州山谷寺石牛洞

王安石

水泠泠而北出，山靡靡而旁圍。欲窮源而不得，竟悵望以空歸！

題西太一宫

王安石

柳葉鳴蜩緑暗，荷花落日紅酣。三十六陂煙水，白頭想見江南。

四賢吟

邵雍

彦國之言鋪陳，晦叔之言簡當。君實之言優游，伯淳之言條暢。四賢洛陽之望，是以在人之上。有宋熙寧之間，大爲一時之壯。

獨坐

文同

不報門前賓客，已收案上文書。獨坐水邊林下，宛如故里閑居。

相如

文同

相如何必稱病？靖節奚須去官？就下其誰不許，如愚是處皆安。

鷺鷥

文同

避雨竹間點點，迎風柳下翻翻。静依寒蓼如畫，獨立晴沙可憐。

題鄭防畫夾三首

黄庭堅

子母猿啼槲葉，山南山北危機。世故誰能樗里？彀中皆是由基。

惠崇煙雨歸鴈，坐我瀟湘洞庭。欲喚扁舟歸去，故人言是丹青。
折葦枯荷共晚，紅榴苦竹同時。睡鴨不知飄雪，寒雀四顧風枝。

蟻蝶圖　黄庭堅

胡蝶雙飛得意，偶然畢命網羅。羣蟻争收墜翼，策勳歸去南柯。

有惠江南帳中香者戲作　黄庭堅

螺甲割崑崙耳，香材屑鷓鴣斑。欲雨鳴鳩日永，下帷睡鴨春閑。

子瞻繼和復答　黄庭堅

迎燕温風旎旎，潤花小雨斑斑。一炷煙中得意，九衢塵裏偷閑。

和高子勉　黄庭堅

句法俊逸清新，詞源廣大精神。建安數六七子，開元纔兩三人。

登山望海　張耒

鳥去蒼煙古木，人歸緑野孤舟。信美雖非吾土，消憂且復登樓。

寧浦書事

秦觀

揮汗讀書不已，人皆怪我何求；我豈更求聞達？日長聊以消憂。

校勘記

〔一〕君親　「君」原作「尹」，據明抄本改。明刻本作「吾」，非。

宋文鑑卷第二十七

詩

七言絶句

新蟬　寇準

寂寂宫槐雨乍晴，高枝微帶夕陽明。臨風忽起悲秋思，獨聽新蟬第一聲。

書河上亭壁　寇準

暮天寥落凍雲垂，一望危亭欲下遲。臨水數村誰畫得，淺山寒雪未銷時。

離京日作　寇準

致君才業本無能，戀闕情懷老不勝。欲過龍津重回首，曈曨初日上觚稜。

寄傅逸人　張詠

當年失脚下漁磯，苦戀明朝未得歸。寄語巢由莫相笑，此心不是愛輕肥。

赴闕日過中州經石子鎮驛　鄭文寶

得罪先朝出粉闈，五原功業有誰知？年深放逐無人識，白雪關頭一望時。

菊　韓丕

造化功夫豈異端，自緣開晚少人看。若教總似陶潛眼，肯向芳春賞牡丹？

題河陽後城平嵩閣　李迪

南指嵩高北太行，大河中出貫靈長。君王不恃金湯險，自有仁恩結萬方。

水亭秋日偶書　林逋

巾子峯頭烏臼樹，微霜未落已先紅。凭欄高看復下看，半在石池波影中。

自作壽堂因作一絶誌之　林逋

湖外青山對結廬，墳前脩竹亦蕭疏。茂陵它日求遺藁，猶喜曾無《封禪書》。

上王相公　魏野

聖朝宰相年年出，君在中書十四秋。西祀東封俱已畢，好來相伴赤松遊！

天華寺　呂夷簡

賀家湖上天華寺，一一軒窗向水開。不用閉門防俗客，愛閑能有幾人來？

漁者　郭震

江柳弄風顰翠黛，山花着雨濕燕脂。却收短棹拈長笛，一葉舟中仰面吹。

老卒　郭震

老來弓劍喜離身，說着沙場更愴神。任使將軍全得勝，歸時須少去時人。

雲　郭震

聚散虛空去復還，野人閑處倚筇看。不知身是無根物，蔽月遮星作萬端。

觀藏珠　夏竦

斂手機心頗自安，遮藏有路巧千般。主公當面無因見，只怕傍人冷眼看。

睢陽　夏竦

海鴈橋邊春水深，略無塵土到花陰。亡機不管人知否，自有沙鷗信此心。

松江　陳堯佐

平波渺渺煙蒼蒼，菰蒲纔熟楊柳黄。扁舟繫岸不忍去，秋風斜日鱸魚鄉。

華清宫　陳堯佐

百首新詩百意精，不尤妃子卽尤兵。争爲一句傷前事？都爲明皇恃太平。

酬阮逸詩卷　鮑當

木有毫端水有源，漸成盤錯始潺湲。右丞畫筆多平淺，平淺應知近自然。

行色　司馬池

冷於陂水淡於秋，遠陌初窮見渡頭。賴得丹青無畫處，畫成應遣一生愁。

雪中　晏殊

平臺千里渴商霖，内史憂民望最深。衣上六花非所好，畝間盈尺是吾心。

讀史　謝濤

百年奇特幾張紙，千古英雄一窖塵。惟有炳然周、孔教，至今仁義浸生民。

秋夕北樓　石延年

秋霽露華清帶水，月明天色白連河。夜闌澄景生微動，瑟瑟層飈上下波。

題龍興寺老柏院　張在

南鄰北舍牡丹開，年少尋芳去又迴。唯有君家老柏樹，春風恰似不曾來。

答永叔問客　王琪

班班疏雨寒無定，皎皎圓蟾望欲闌。應在浮雲儘深處，更憑絲竹一催看。

端午帖子詞二首　歐陽修

楚國因讒逐屈原，終身無復入君門。願因角黍詢遺俗，可鑒前王惑巧言。

嘉辰共喜沐蘭湯，毒沴何須採艾禳？但得皐夔調鼎鼐，自然災祲變休祥。

温成皇后閤春帖子詞　歐陽修

內助從來上所嘉，新春不忍見新花。君王念舊憐遺族，長使無權保厥家。

樵者　歐陽修

雲際依依認舊林，斷崖荒磴路難尋。西山望見朝來雨，南澗歸時渡處深。

謝判官幽谷種花　歐陽修

淺深紅白宜相間，先後仍須次第栽。我欲四時携酒去，莫教一日不花開！

對雪憶往歲錢塘西湖訪林逋三首　梅堯臣

昔乘野艇向湖上，泊岸去尋高士初。折竹壓蘿曾礙過，却穿松下到茅廬。

旋燒枯栗衣猶濕，去愛峯前有徑開。日暮更寒歸欲懶，無端撩亂入舡來。
樵童野犬迎人後，山葛棠梨案酒時。不畏尖風吹入牖，更教牀畔覓鴟夷。

淮中晚泊犢頭　蘇舜欽

春陰垂野草青青，時有幽花一樹明。晚泊孤舟古祠下，滿川風雨看潮生。

暑中閑詠　蘇舜欽

嘉果浮沉酒半醺，牀頭書册亂紛紛。北軒涼吹開疏竹，卧看青天行白雲。

夏意　蘇舜欽

别院深深夏簟清，石榴開遍透簾明。樹陰滿地日卓午，夢覺流鶯時一聲。

蠟燭　孫復

六龍西走入崦嵫，寂寂華堂漏轉時。一寸丹心如見用，便爲灰燼亦無辭。

書汜水關寺壁　王安石

汜水鴻溝楚漢間，跳兵走馬百重山。如何咫尺商於地，便有園公、綺季閑？

漢武

王安石

壯士悲歌出塞頻，中原蕭瑟半無人。君王不負長陵約，直欲功成賞漢臣。

張良

王安石

漢業存亡俯仰中，留侯於此每從容。固陵始議韓、彭地，複道方圖雍齒封。

曹參

王安石

束髮河山百戰攻，白頭富貴亦成功。華堂不著新歌舞，却要區區一老翁。

諸葛武侯

王安石

慟哭楊顒爲一言，餘風今日更誰傳？區區庸、蜀支吳、魏，不是虛心豈得賢？

讀唐書

王安石

志士無時亦少成，中才隨世就功名〔一〕。并汾諸子何爲者，坐與文皇立太平。

懷張唐公　王安石

直諒多爲世所排，有懷長向我前開。暮年惆悵誰知此？南陌東阡獨往來。

南浦　王安石

南浦東崗二月時，物華撩我有新詩。含風鴨綠鄰鄰起，弄日鵝黄裊裊垂。

初夏卽事　王安石

石梁茅屋有彎碕，流水濺濺度兩陂。晴日暖風生麥氣，綠陰芳草勝花時。

光宅寺梁武帝宅也。其北齊安，隔淮齊武帝宅，宋興又在其北。　王安石

齊安孤起宋興前，光宅相仍一水邊。蜂分蟻爭今不見，故窠遺垤尚依然。

悟真院　王安石

野水縱横漱屋除，午窗殘夢鳥相呼。春風日日吹香草，山北山南路欲無。

示公佐　王安石

殘生傷性老耽書，年少東來復起予。各據槁梧同不寐，偶然聞雨落階除。

邵平　王安石

天下紛紛未一家，販繒屠狗尚雄誇。東陵豈是無能者，獨傍青門手種瓜。

讀漢書　王安石

京房、劉向各稱忠，詔獄當時跡自窮。畢竟論心異恭、顯，不妨迷國略相同。

臺城寺側獨行　王安石

春山撩亂水縱横，籬落荒畦草自生。獨往獨來山下路，筍興看得緑陰成。

雜詠　王安石

烏石崗頭躑躅紅，東江柳色漲春風。物華人意曾相值，永日留連草莽中。

揚子　王安石

儒者陵夷此道窮，千秋止有一揚雄。當時薦口終虚語，賦擬相如却未工。

范增　王安石

鄛人七十漫多奇，爲漢毆民了不知。誰合軍中稱亞父？直須推讓外黄兒。

杏花　王安石

垂楊一逕紫苔封，人語蕭蕭院落中。獨有杏花如唤客，倚牆斜日數枝紅。

韓子　王安石

紛紛易盡百年身，舉世何人識道真？力去陳言誇末俗，可憐無補費精神。

省中　王安石

萬事悠悠心自知，強顔於世轉參差。移床獨卧秋風裏，静看蜘蛛結網絲。

溝西　王安石

溝西直下看芙蕖，葉底三三兩兩魚。若比濠梁應更樂，近人渾不畏春鉏。

歸庵　王安石

稻畦藏水緑秧齊，松鬣初乾尚有泥。縱蹇尋岡歸獨卧，東庵殘夢午時雞。

封舒國公

王安石

桐鄉山遠復川長，紫翠連城碧滿隍。今日桐鄉誰愛我？當時我自愛桐鄉。

北山

王安石

北山輸緑漲横陂，直塹回塘灧灧時。細數落花因坐久，緩尋芳草得歸遲。

壬戌正月晦日復至齊安

王安石

風暖柴荆處處開，雪乾沙净水洄洄。意行却得前年路，看盡梅花看竹來。

書何氏宅壁

王安石

有興提魚就公責，此言雖在已三年。皖灊終負幽人約，空對湖山坐惘然。

金陵郎事三首

王安石

水際柴門一半開，小橋分路入青苔。背人照影無窮柳，隔屋吹香併是梅。

結綺臨春歌舞地，荒蹊狹巷兩三家。東風漫漫吹桃李，非復當時伏外花。

昏黑投林曉更驚，背人相喚百般鳴。柴門長閉春風暖，事外還能見鳥情。

定林　王安石

定林脩木老參天，横貫東南一道泉。六月杖藜尋石路，午陰多處聽潺湲。

孟子　王安石

沉魄浮魂不可招，遺編一讀想風標。何妨舉世嫌迂闊，故有斯人慰寂寥。

孔光　李覯

王莽欲爲先與草，董賢將過自迎門。省中樹木何閑事，却對妻孥不肯言。

酴醿　韓維

平生爲愛此香濃，仰面常迎落架風。每至春歸有遺恨，典刑猶在酒盃中。

潁國龐公挽詞　李師中

獨立無朋但任真，不持聲勢掩君親。若將坤體論臣道，公是朝廷第一人。

負暄閑眠　仲訥

茅簷晴日暖於春，一枕鈞天樂事新。滿眼繁華皆得意，午眠安穩却無人。

夜深吟　王令

叩几悲歌涕滿襟，聖賢千古我如今。凍琴絃斷燈青暈，誰會男兒半夜心？

登樓三首　狄遵度

道之不行乘桴浮，赴河蹈海成今遊。春歸應到嶺北樹，日出先照天南樓。

犖山南走失所往，百川東逝茲其窮。天低水國疑將壓，人過月堂愁欲空。

渺青石細淺見底，天空雲淡無一毫。波間圓月照不動，海上清風來最高。

讀司馬君實撰呂獻可墓誌　鄭獬

一讀斯文淚寫襟，磨天直氣萬千尋。知君不獨悲忠義，又有兼憂天下心。

途次葉縣覩千葉桃花　陶弼

三月官桃滿上林，一花千蕚費春心。葉公城外襄河北，一樹無人色更深。

登潮月亭　陶弼

渡頭人語知潮上，下看南江東北流。試引輕帆學歸去，茶山溪淺却回舟。

對花有感　陶弼

得莫欣欣失莫悲，古今人事共花枝。桃紅李白薔薇紫，問著春風自不知。

校勘記

〔一〕中才　「才」原作「世」，據明抄本、明刻本改。

宋文鑑卷第二十八

詩

七言絶句

天人

邵雍

羲軒堯舜雖難復，湯武桓文尚可循。事既不同時又異，也由天道也由人。

禁煙留題錦屏山下

邵雍

春半花開百萬般，東風近日惡摧殘。可憐桃李性温厚，吹盡都無一句言。

懶起

邵雍

半記不記夢覺後，似愁無愁情倦時。擁衾側卧未忺起，簾外落花撩亂飛。

送蘇修撰赴闕四首　張載

秦弊于今未息肩，高蕭從此法相沿。生無定業田疆壞，赤子存亡任自然。
道大寧容小不同，顓愚何敢與機通。井疆師律三王事，請議成功器業中。
闔闢天機未始休，袗衣胝足兩何求。巍巍只爲蒼生事，彼美何嘗與九州。
出異歸同禹與顏，未分黄閤與青山。事機爽忽秋毫上，聊驗天心語默間。

别館中諸公　張載

九天宫殿鬱岧嶤，碧瓦參差逼絳霄。藜藿野心雖萬里，不無忠戀向清朝。

聖心　張載

聖心難用淺心求，聖學須專禮法脩。千五百年無孔子，盡因通變老優游。

老大　張載

老大心思久退消，倒巾終日面岧嶤。六年無限詩書樂，一種難忘是本朝。

有喪　張載

有喪不勉道終非，少爲親嫌老爲衰。舉世只知隆考妣〔一〕，功、緦不見我心悲。

土牀

張載

土牀煙足紬衾暖，瓦釜泉乾豆粥新。萬事不思温飽外，漫然清世一閑人。

芭蕉

張載

芭蕉心盡展新枝，新卷新心暗已隨。願學新心養新德，旋隨新葉起新知。

貝母

張載

貝母階前蔓百尋，雙桐盤遶葉森森。剛强顧我蹉跎甚，時欲低柔警寸心。

題解詩後

張載

置心平易始通《詩》，逆志從容自解頤。文害可嗟高叟固，十年聊用勉經師。

怪石

黄庶

山鬼水怪着薜荔，天禄辟邪眠莓苔。鈎簾坐對心語口，曾見漢唐池館來。

白雲庵　　黄庶

白雲無種滿地生，有時出山爲雨露。老僧惆悵望雲歸，盡日庵前自來去。

偶成　　程顥

雲淡風輕近午天，望花隨柳過前川。旁人不識予心樂，將謂偷閑學少年。

送吕晦叔赴河陽　　程顥

曉日都門颭旆旌，晚風鐃吹入三城。知公再爲蒼生起，不是尋常刺史行。

贈司馬君實　　程顥

二龍閑卧洛波清，今日都門獨餞行。願得賢人均出處，始知深意在蒼生。

題館壁　　劉攽

璧門金闕倚天開，五見宫花落古槐。明日扁舟江海去，却從雲氣復蓬萊。

山堂偶書　　唐詢

在處煙雲早晚生，自疑呼吸氣皆靈。十年夢寐江山裏，今見江山入户庭。

冬至日遊吉祥寺

蘇軾

井底微陽回未回，蕭蕭寒雨濕枯荄。何人更似蘇夫子，不是花時獨肯來？

唐道人言天目山上俯視雷雨每大雷電但聞雲中如嬰兒聲殊不聞雷震也

蘇軾

已外浮名更外身，區區雷電若爲神？山頭只作嬰兒看，無限人間失箸人。

陳季常所蓄朱陳村嫁娶圖二首

蘇軾

何年顧陸丹青手，畫作《朱陳嫁娶圖》？聞道一村唯兩姓，不將門户買崔盧。

我是朱陳舊史君，勸耕曾入杏花村。而今風物那堪畫，縣吏催錢夜打門。朱陳村在徐州蕭縣。

春日

蘇軾

鳴鳩乳燕寂無聲，日射西窻潑眼明。午醉醒來無一事，只將春睡賞春晴。

贈劉景文

蘇軾

荷盡已無擎雨蓋，菊殘猶有傲霜枝。一年好處君須記，最是橙黄橘緑時。

望湖樓醉書二首

蘇軾

黑雲飜墨未遮山，白雨跳珠亂入船。卷地風來忽吹散，望湖樓下水如天。

放生魚鼈逐人來，無主荷花到處開。水枕能令山俯仰，風舡解與月徘徊。

望海樓晚景二首

蘇軾

横風吹雨入樓斜，壯觀應須好句誇。雨過潮平江海碧，電光時掣紫金蛇。

青山斷處塔層層，隔岸人家唤欲膺。江上秋風晚來急，爲傳鐘鼓到西興。

書雙竹湛師房

蘇軾

暮鼓朝鐘自擊撞，閉户孤枕對殘釭。白灰旋撥通紅火，卧聽蕭蕭雪打窗。

王莽

蘇軾

漢家殊未識經綸，入手功名事事新〔二〕。百尺穿成連夜井〔三〕，千金購得解飛人。

金橙徑　蘇軾

金橙縱復里人知，不見鱸魚價自低。須是松江煙雨裏，小舡燒薤擣香虀。

霜筠亭　蘇軾

解籜新篁不自持，嬋娟已有歲寒姿。要看凛凛霜前意，須待秋風粉落時。

中秋月　蘇軾

暮雲收盡溢清寒，銀漢無聲轉玉盤。此生此夜不長好，明月明年何處看？

梅花二首　蘇軾

春來幽谷水潺潺，的皪梅花草棘間。一夜東風吹石裂，半隨飛雪度關山。

何人把酒慰深幽，開自無聊落更愁。幸有清溪三百曲，不辭相送到黄州。

南堂　蘇軾

埽地燒香閉閤眠，簟紋如水帳如煙。客來夢覺知何處，掛起西窗浪接天。

書李世南所畫秋景

蘇軾

人間斤斧日創痍，誰見龍蛇百尺姿？不是溪山曾獨往，何人解作掛猿枝。

題澄邁驛通潮閣

蘇軾

餘生欲老海南村〔四〕，帝遣巫陽招我魂。杳杳天低鶻没處，青山一髮是中原。

歸計

沈括

住山人少説山多，空只年年憶薜蘿。不是自心應不信，眼前歸計又蹉跎。

姑熟

沈括

新晴渡口百花香，石子池頭鴨弄黄。捲幔夕陽留不住，好風將雨過梅塘。

静居

李宗易

大都心足身還足，衹恐身閑心未閑。但得心閑隨處樂，不須朝市與雲山。

虞姬墓

蘇轍

布叛增亡國已空，摧殘羽翮自令窮。艱難獨與虞姬共，誰使西來敵沛公？

秋祀高禖

蘇轍

乾德年中初一新，頹垣破瓦委荆榛。興亡舉墜干戈際，閒暇方知國有人。

題陽關圖

黄庭堅

斷腸聲裏無形影，畫出無聲亦斷腸。想得陽關更西路，北風低草見牛羊。

題李伯時畫嚴子陵釣灘

黄庭堅

平生久要劉文叔，不肯爲渠作三公。能令漢家重九鼎，桐江波上一絲風。

北窗

黄庭堅

生物趨功日夜流，園林才夏麥先秋。緑陰黄鳥北窗簟，付與來禽安石榴。

和謝公定河朔漫成　黄庭堅

漢時水占十萬頃，官寺民居皆濁河。豈必九渠忘故道，直緣穿鑿用工多。

梅福隱居　黄庭堅

吴門不作南昌尉，上疏歸來朝市空。笑拂巖花問塵世，故人子是國師公。

次韻子瞻延英入侍　黄庭堅

延和西路古槐陰，不隔朝宗夙夜心。公有胸中五色線，平生補衮用功深。

戲題小雀捕飛蟲畫扇　黄庭堅

小蟲心在一啄閒，得失與世同輕重。丹青妙處不可傳，輪扁斵輪如此用。

竹枝歌二首　黄庭堅

竹竿坡面蛇倒退，摩圍山要胡孫愁。杜鵑無血可續淚，何日金雞赦九州？

命輕人鮓甕頭船，日瘦鬼門關外天。北人墮淚南人笑，青壁無梯聞杜鵑。

答聞善二首

黄庭堅

公擇醉面桃花紅〔三〕，人百忤之無愠容。莘老夜闌傾數斗，焚香默坐日生東。

陶令舍中有名酒，無夕不爲父老傾。四坐歡欣覩酒德，一燈明暗又詩成。

病起荆江亭即事

黄庭堅

成王小心似文武，周召何妨略不同。不須要出我門下，實用人材即至公。

臺下

沈遼

石梅落落欲黄時，細雨濛濛暗不開。數日不行臺下路，不知江水過山來。

宿濟州西門外旅館

晁端友

寒林殘日欲棲烏，壁裏青燈乍有無。小雨愔愔人假寐，卧聽疲馬齕殘芻。

召試學士院

王欽臣

翠木陰陰白玉堂，長年來此試文章。日斜奏罷《長楊賦》，閑拂塵埃看畫墻。

題淺沙泉　黄履

欄低沙淺一泓寒，雨不增深旱不乾。要識有源爲可取，餘波更向大江看。

次韻答學者　陳師道

太阿無前鋒不缺，鈆刀不堪供一切。至柔繞指剛則折，善而藏之光奪月。

寄都下故人示王子安　陳師道

湖海相忘日自疏，經年不作一行書。世間惟有韓康伯，肯爲淵明住歲餘。

絶句　陳師道

里中餽杏得嘗新，馬下逢花始見春。勤苦著書如作吏，世間枉是最閑人。

贈吴氏兄弟　陳師道

得失媸妍只自知，略容千載有心期。恨君不識金華伯，何處如今更有詩？

絶句

陳師道

書當快意讀易盡，客有可人招不來。世事相違每如此，好懷百歲幾回開？

經筵大雪不罷講一首

呂希哲

水晶宫殿玉花零，點綴宫槐卧素屏。特勑下簾延墨客，不因風雪廢談經。

強記師承道古先，無窮新意出陳編。一言有補天顔動，全勝三軍賀凱旋。

曾點

呂大鈞

函丈從容問且酬，展才無不至諸侯。可憐曾點推鳴瑟，獨對春風詠不休。

題宣州後堂壁

張耒

過雨山亭暑氣微，老人猶未試生衣。滿園閑緑無人到，春日南風燕子飛。

桓武公

張耒

北征談笑縛姚公，静掃諸陵見洛嵩。不用登高笑夷甫，正緣此輩使君雄。

絶句　張耒

風掉浮煙匝地回，雨將濃翠撲山來。晚凉樓角三吹罷，夕照江天萬里開。

漫成　張耒

閉門春風作往還，誰家有花堪醉眠？柳腰榆莢争入眼，江梅一枝遠若天。

北郊　吕大臨

村北磽田久廢耕，試投嘉穀望秋成。天時地力難前料，萬粒須期一粒生。

送劉户曹　吕大臨

學如元凱方成癖，文似相如反類俳。獨立孔門無一事，唯傳顔氏得心齋。

題驛舍　盧秉

青山白髮病參軍，旋糶黄糧買酒尊。但得有錢留客醉，也勝騎馬傍人門。

送吕子進　張舉

籬鷃雲鵬各有程，匆匆送別未忘情。恨君不在蓬籠底，共聽蕭蕭夜雨聲。

守關　劉季孫

晨雞三叫未開關，留滯行人更解鞍。却上月明高處立，曉風吹面作清寒。

題李世南畫扇　蔡　肇

野水潺潺平落澗，秋風瑟瑟細吹林。逢人抱甕知村近，隔塢聞鍾覺寺深。

自歎　任伯雨

當年言路亦逡巡，白簡青蒲十一人。半斥炎荒半除籍，而今無一預朝紳。

感古二首　任伯雨

一言借諭資鍾會，意在張華亦已深。大抵知言由養氣，可憐晉武有蓬心！

指鹿姦謀豈偶然，都緣人事不由天。要知左右皆言馬，只爲當時殺正先。

途中　張公庠

一年春事又成空，擁鼻微吟半醉中。夾路桃花風雨遇，馬蹄無處避殘紅。

張辟彊　劉跂

老畫騣騣不可攀，風流依約片言還。小兒若悟他年事，肯復生心涕淚間？

春日村居　崔鶠

春草門前已没靴，更無人過野人家。離離細竹時聞雨，淡淡疏簾不隔花。

讀漢書　鮑欽止

漢公事業比阿衡，純用《詩》《書》致太平。它日何人頌功德？至今嘲笑亦諸生。

垂虹亭　米芾

斷雲一葉洞庭帆，玉破鱸魚霜破柑。好作新詩繼桑苧，垂虹秋色滿東南。

題泗濱南山石壁曰第一山　米芾

京洛風沙千里還，船頭出汴翠屏間。莫論衡、霍撞平聲星斗，且是東南第一山。

杜牧　田晝

弟病兄孤失所依，當時書語最堪悲。豈圖乞得南州後，却恨尋芳去較遲？

墨子　田晝

末學紛紛自有師，能言兼愛我猶疑。定知已駕雲梯後，却悔初心泣染絲。

見降羌感事　晁詠之

沙場尺箠致羌渾，玉陛朝趨雨露恩。自笑百年家鳳闕，一生腸斷國西門。

暮雨　謝邁

晚雨牆東暗綠槐，清陰庭院鎖莓苔。委堦紅藥將春去，貼水青荷與夏來。

雨中謾成　謝邁

東風渾作勒花寒，寂寞林塘不受看。玉板鶴翎俱未識，梨梢空有淚闌干。

村老　馬存

肉死皮乾垂鬢絲，尋暄扶杖向東籬。文王没後無人問，直至而今大半飢。

自齊山借舟泛湖還家　曹緯

十里平湖漫不流，晚風吹浪打行舟。定知歸得侵燈火，家在菰蒲最盡頭。

茅塘馬上　賀鑄

壯圖忽忽負當年，回羡農兒過我賢。水落陂塘秋日薄，仰眠牛背看青天。

校勘記

〔一〕舉世只知隆考妣　「隆」字原本空白，據明抄本、明刻本補。

〔二〕事事新　「新」字原本空白，據明抄本、明刻本補。

〔三〕百尺穿成連夜井　此句前五字原本空白，據明抄本、明刻本補。

〔四〕海南村　「村」原作「材」，據明抄本、明刻本改。

〔五〕公擇　「擇」字原本空白，據明抄本、明刻本補。

宋文鑑卷第二十九

詩

雜體

星名

二十八宿歌贈無咎

黄庭堅

虎剥文章犀解「角」，食未下「亢」奇禍作。藥材根「氐」罹斸掘，蜜蜂奪「房」抱饑渴。有「心」無心材慧死，人言不如龜曳「尾」。衞平哆口無南「箕」，「斗」柄指日江使噫。狐腋「牛」衣同一燠，高丘無「女」甘獨宿。「虚」名挽人受實禍，累棊既「危」安處我。「室」中凝塵散髮坐，四「壁」矗矗見天下。「奎」蹄曲隈取脂澤，「婁」豬艾豭彼何擇？傾腸倒「胃」得相知，貫日食「昴」終不疑。古來「畢」命黄金臺，佩君一言等「觜」觿。月没「參」横惜相違，秋風金「井」梧桐落。故人過半在「鬼」録，「柳」枝贈君當馬策。歲晏「星」回觀盛德，「張」弓射雉武且力。白鷗之「翼」没江波，抽絃去「軫」君謂何？

人名

和蕭十六　孔平仲

式微子歎歸期滯，踈鍾皓月僧窗睡。滿郭丹楓已送秋，李白桃紅春又至。緑楊朱户鎖娉婷，燕趙壹笑誰相視？紅顔回眄能溺人，有若大川無際涘。吾曹操行薄雲天，去險就平當擇地。嚴君平昔教諸子，肯向贛江爲此事！勿捐仁義縱歡娛，力與主張興廢墜。不才疆使酬杜詩，搦管寧能言鄙志〔一〕。

郡名

郡名詩呈呂元鈞　孔平仲

相人觀久遠，要且視資質。酒酸本多甘，絹敗爲少密。公家渭川後，端亮氣不屈。播移雖裔土，寧妥如舊華。優游歸孔聖，坎壈笑趙壹。儻來等榮辱，所遇順勞佚。道閤接談賓，文房散書帙。當其泰定時，海宇更無物。耳目并已忘，何心蘄冕黻！忽聞韶曲奏，更覺巴音失。温純比金玉，清越勝琴瑟。似追少陵步，真得建安骨。從今益淬厲，及此舒長日。唱酬安敢同，心欽但齋栗。

藥名

登湖州銷暑樓　陳亞

重樓肆登賞，豈羨石爲廊？風月前湖近，軒窗半夏凉。罾青識漁浦，芝紫認仙鄉。却恐當歸闕，襟靈爲別傷。

荆州即事五首　　黄庭堅

四海無遠志，一溪甘遂心。牽牛避洗耳，卧著桂枝陰。前湖後湖水，初夏半夏凉。夜闌鄉夢破，一鴈度衡陽。垂空青幕六，一一排風開。石友常思我，預知子能來。幽瀾泉石緑，閉門聞啄木。運柴胡奴歸，車前挂生鹿。雨如覆盆來，平地没牛膝；回望無夷陵，天南星斗濕。

建除

重贈徐天隱　　黄庭堅

建極臨萬邦，稽古陛下聖。除書日日下，有耳家相慶。滿意見升平，父老扶杖聽。平生所傳聞，似仁祖德性。定鼎百世長，櫜弓四夷静。執事當在朝，官冷殊未稱。破帽風欹欹，簡易不騎乘。危顛相扶持，泉石共嘲詠。成樂澗阿中，傲世似未敬。收潦下秋船，期公拜嘉命。開元、正觀事，身得見全盛。閉門長蓬蒿，或許老夫病。

八音

八音歌答黄魯直　晁補之

金蘭况同心，莫樂新相知。石田罹清霜，念此百草腓。絲看蒉繭吐，士聽憤悱語。竹馬非妙齡，美人恐遲暮。匏繫魯東家，今君尚天涯。土膏待陽燀，氣至如咄嗟。革薄不可廓，士迫下流惡。木無松栢心，蝎處螻蟻託。

四聲

還鄉展省道中作四聲詩寄豫章僚友　孔平仲

藨灕波潺湲，巴丘山崔嵬。江天如相迎，風吹浮雲開。思鄉人皆然，惟予頻歸來。松楸彌青鮮，春容生泉臺。久雨水陡長，泱漭似海廣。葦底解小艇，曉起蕩兩槳。早飯野篠下，鳥語静愈響。有酒我不飲，引領但子想。四際又暮夜，意詣尚未到。繫纜坐樹蔭，嘈嘈厭聚噪。徑步氣向暝，岸嘯韻自報。内顧自慰幸，比歲屢拜掃。執熱逼入伏，一葉益局促。日落月欲出，豁若脱桎梏。木色鬱碧幄，竹節削緑玉。赤脚踏白石，宿泊得沐浴。

藏頭

寄賈宣州　孔平仲

高會當年喜得曹，日陪宴衎自忘勞。力回天地君應憊，心狹乾坤我尚豪。豕亥論書非素學，子孫干禄有東皐。十年求友相知寡，分付長松蔭短蒿。

呈章子平

孔平仲

王駱聲華星斗傍，方州投老憩甘棠。木逃剪伐枝長碧，石耐鐫磨性有常。巾褚藏經勤問學，子孫傳業富文章。十年留落歸何暮，日聽除書侍玉皇。

離合

藥名離合四時四首

孔平仲

草滿南園綠，青青復間紅。花開不擇地，錦繡逕相通。

漿寒飲一石，蜜液和巖桂。心渴望天南，星河粲垂地。

參旗挂綵木，通夕凉如水。銀漢耿半天，河橋暝煙紫。

雪片擁頹垣，衣裘冷如甲。香醪不滿榼，藤枕欹殘臈。

回紋

泊鴈

王安石

泊鴈鳴深渚，收霞落晚川。柝隨風斂陣，樓映月低弦。漠漠汀帆轉，幽幽岸火然。壑危通細路，溝曲繞

平田。

一字至十字

詠竹

文同

竹，竹。森寒，潔緑。湘江濱，渭水曲。帷幔翠錦，戈矛蒼玉。心虚異衆草，節勁踰凡木。化龍杖入仙陂，呼鳳律鳴神谷。月娥巾帔静苒苒，風女笙竽清簌簌。林間飲酒，碎影搖罇；石上圍棊，輕陰覆局。屈大夫逐去，徒悦椒蘭。陶先生歸來，但尋松菊。若論檀欒之操，無敵於君。欲圖瀟洒之姿，莫賢於僕。

兩頭纖纖

兩頭纖纖二首

張舜民

兩頭纖纖織女梭，半白半黑右軍鵝。腷腷膊膊石子坡，磊磊落落《大風歌》。

兩頭纖纖蠒綰絲，半白半黑蠅蠹之。腷腷膊膊母赴兒，磊磊落落忠臣詞。

五雜組

五雜組四首

孔平仲

五雜組，垂衣裳。往復來，就桀湯。不獲已，剪夏商。
五雜組，花木春。往復來，江湖人。不獲已，議和親。
五雜組，錦繡段。往復來，隨陽鴈。不獲已，猶仕宦。
五雜組，朝霞明。往復來，車馬行。不獲已，方用兵。

了語不了語

了語效晉顧愷之、殷仲堪　孔平仲

公餗欲成忽覆鼎，銀缾汲絶還沉井。乳虎咆哮落深穽，青萍一揮斷人頸。

不了語效唐雍裕　孔平仲

無言以手尋珮環，寒暑迭運彫朱顔。八駿踏地幾時徧？六龍駕日何年閑？

難易言

難易言二首效韋應物　蘇舜欽

擬把鉛刀伐丹桂，欲坐眢井攀青天。排羅嬰兒拒九虎，未若以道干貴權。

地上拾芥亦細碎，掌裏數文猶苦辛。脱使擿丸下峻阪，未若以財而發身。

聯句

劍聯句 范仲淹　歐陽修　滕宗諒

聖人作神兵，以定天下厄。范 蚩尤發靈機，干將構雄績。歐 槖籥天地開，鑪冶陰陽闢。滕 南帝輸火精，西皇降金液。歐 炎炎崑崗焚，洶洶洪河擘。范 雷霆助意氣，日月淪精魄。滕 神氣不在天，錯落就三尺。歐 直淬靈溪泉〔二〕，横磨太行石。歐 雄雌威並立，晝夜光相射。范 提携風雲生，指顧煙霞寂。滕 堅剛正人心，耿介志士跡。歐 初疑成夏鼎，魑魅世所識。滕 又若引吴刀，犀象謂無隔。范 截波虬尾滑，脱浪鯨牙直。歐 頑水挂陰雷，皎月乘孤隙。歐 河角起彗氣，雲罅露秋碧。范 曉鐔星斗爛，夜匣飛龍宅。范 舞酣霰雪回，彈俊球琳擊。滕 鮮摇霅水光，膩亂湘山色。滕 青蛟渴雨瘦，素虺蟠霜瘠。歐 清敲鏘以鳴，寒姿堅且澤。范 鬼類喪影響，佞黨摧肝膈。歐 一旦會神武，四海屠兇逆。范 周王奉天討，商郊千里赤。歐 楚子揚軍聲，秦師萬首白。范 祥輝冠吴楚，殺氣横燕易。范 與君斬鼇足，八極停震虩。歐 與君剚鵬翼，三辰增焕赫。范 莫使化猿翁，辱我爲幻惑。范 莫使暴虎人，屈我執仇敵。滕 尊嚴侯冠冕，左右舞干戚。歐 功成不可留，延平空霹靂。范

風琴聯句 謝濤希深　梅堯臣聖俞

竅竹漏天風，張絃擬嶧桐。佳名從此得，妙響未曾窮。希深 夜静危臺上，人閑皎月中。依依聽不足，

秋露滿蘭叢。聖俞

悲二子聯句 蘇舜元才翁 蘇舜欽子美，二子謂穆修、凌孟陽

有客自遠方，來以二子説：穆子疾病初，家事巨細缺，鄰人苦其求，才翁醫師久已決。案盂小大空，布被旁午裂。餘喘尚能皷，子美老憤知已結。目凄望洋泓，髭斷反喟茁。憂酸繫餘生，才翁噑嚀留永訣。語妻後日計，書策未可徹。教子立世資，子美圓曲勿自悅。吾屬何流離，衆人方草竊。凌子久道路，才翁十口著羈紲。恰旅重江間，正值大饑節。既無裹飯交，子美疾走繼羸糲。又無執槳人，及時沃枯渴。惜哉殞天命，才翁痛焉在親絰。帝胡生爾身，世復稱其傑。胸伏氣萬丈，子美腸貯怨百折。艱難泊風波，憔悴墮霜雪。久僕勤龍鍾，才翁弱女癡蹴躃。文隨寒餓空，道與煙焰滅。魂兮竟何歸，子美去矣不得別。長府豈無財？莫濟醫藥切。太倉豈無粟？才翁莫解腹腸熱。天子聖在上，海内清欲澈。伊人胡不官？子美既死安得活。朝青與暮紫，神喜天不軋。昂車與怒馬，才翁門滿道不絕。之子苟閒厠，斯民乃貪饕。高亢世弗親，子美方嚴鬼所掣。敢言才足珍，寧免否來齧。思潛淚輒抽，才翁慘舊面成耋。舉目此牢落，側身今鄙媟。箴言耳空虚，子美險論口嚨䶣。作詩告石梁，聊以慰寒骨。才翁

地動聯句 蘇舜元 舜欽 叔才，舜元舊字

大荒孟冬月，叔才末旬高春時。日腹昏盲俍，子美風口嗚嗚咿。萬靈困陰慼，叔才百植嗟陽衰。濃寒有

勝氣，子美大凍無敗期。六指忽摇拽，叔才羣蹠初奔馳。丸銅落蟾吻，子美始異張渾儀。列宿犯天紀，叔才預驗《漢志》辭。民甍函皷舞，子美禁堞彊崩離。坐駭市聲死，叔才立怖人足踦。垣途重車僨，子美急傳壯馬欹。陵阜動撫手，叔才礫塊當揚箕。停污有亂浪，子美僵木無静枝。衆喙不暇息，叔才沓嶂驚欲飛。踊塔撼鐸碎，子美安流蕩舟疲。倒壺喪午漏，叔才顛巢駭眠鴟。居人眩眸子，子美行客勞髑兒。南北頓儵忽，叔才西東播戎夷。四鎮一毛重，子美百川寸涔微。斗藪不知大，叔才軒輊主者誰。共工豈復愁，子美富媪安得爲。寧無折軸患，叔才頓易崩山悲。衆蟄不安土，子美羣毛難麗皮。驚者去靡所，叔才仆或如見擠。轟雷下簷瓦，子美決玉傾倉粢。雙顛太室吻，叔才四躍宸庭螭。萬宇變旋室，子美百城如轉機。念此大菑患，叔才必由政瘢疵。勝社勇厥氣，子美孤陽病其威。傳是下乘上，叔才亦曰尊屈卑。夫惟至静者，子美猶不可保之。況乃易動物，叔才何以能自持。高者恐顛墜，子美下者當鎮綏。天戒豈得慢，叔才肉食宜自思。變省孽可息，子美損降禍可違。願進小臣語，叔才兼爲丹扆規。偉哉聰明主，子美勿遺地動詩。叔才

集句

送吴顯道

王安石

五湖大浪如銀山，問君西遊何當還。以手撫膺坐長歎，空手無金行路難。丈夫意有在，吾徒且加餐。屏風九疊雲錦張，千峯如連環。上有横河斷海之浮雲，可望不可攀。飛空結樓臺，動影褭窕冲融間。沛然乘天遊，下看塵世悲人寰。泊舟潯陽郭，去去翔寥廓。君今幸未成老翁，衰老不復如今樂。

戲贈湛源　王安石

恰有三百青銅錢，憑君爲筭小行年。坐中亦有江南客，自斷此生休問天。

與北山道人　王安石

可惜昂藏一丈夫，生來不讀半行書。子雲識字終投閣，幸是元無免破除。

示蔡天啓　王安石

身着青衫騎白馬，日馳三百尚嫌遲。心源落落堪爲將，却是君王未備知。

烝然來思　王安石

烝然來思，送程公也。公來以薨麋饋我，我飲餞之，率西水滸。故作是詩

念我獨兮，亦莫我顧。烝然來思，程伯休父。我有旨酒，爾殺伊脯。酌言醻之，式歌且舞。不留不處，適彼樂土。言秣其馬，率西水滸。有客宿宿，于時語語。山有橋松江有渚，式遄其歸不我與。作此好歌，倡予和女。

集杜詩句寄孫元忠　孔平仲

君不見，瀟湘之山衡山高，八月秋高風怒號。草木黄落龍正蟄，哀鴻獨叫求其曹。男兒生無所成頭皓白，漂零已是滄浪客。呼兒覓紙一題詩，此心炯炯君應識。

校勘記

〔一〕搦管寧能言鄙志　原作「搦管能令言鄙志」，據明抄本改。按，此人名詩，當作管寧。

〔二〕直淬靈溪泉　「靈溪」原作「臨溪」，據明抄本改。按靈溪，地名，與下句太行對偶。

宋文鑑卷第三十

騷如騷者亦附

山中之樂

歐陽修

佛者惠勤，餘杭人也。少去父母，長無妻子，以衣食于佛之徒。往來京師二十年。其人聰明材智，亦嘗學問于賢士大夫。今其南歸，遂將窮極吳、越、甌、閩江湖海上之諸山，以肆其所適。予嘉其嘗有聞於吾人也，於其行也，爲作《山中之樂》三章，極道山林間事，以動蕩其心意而卒反之正。其辭曰：

江上山兮海上峯，藹青蒼兮杳巑叢。霞飛霧散兮邈乎青空。天鑱鬼削兮壁立於鴻蒙。崖懸磴絕兮險且窮。穿雲渡水兮忽得路，而不知其深之幾重。中有平田廣谷兮，與世隔絕，猶有太古之遺風。泉甘土肥兮，鳥獸雝雝。其人麋鹿兮，既壽而豐。不知人間之幾時兮，但見草木華落爲春冬。嗟世之人兮，曷不歸來乎山中？山中之樂不可見，今子其往兮誰逢？

其二

丹莖翠蔓兮，巖蜜玲瓏。水聲聒聒兮，花氣濛濛。石巉巉兮橫路，風颯颯兮吹松。雲冥冥兮雨霏霏，

白猿夜嘯兮青楓。朝日出兮林間，澗谷紛兮青紅。千林静兮秋月，百草香兮春風。嗟世之人兮，曷不歸來乎山中？山中之樂不可得，今子其往兮誰從？

其三

梯崖架險兮，佛廟仙宫。耀空山兮鬱穹隆。彼之人兮，固亦目明而耳聰。寵辱不干其慮兮，仁義不被其躬。蔭長松之蓊蔚兮，藉纖草之丰茸。苟其中以自足兮，忘其服胡而顛童。自古智能魁傑之士兮，固亦絶世而逃蹤。惜天材之甚良兮，而自棄於無庸。嗟彼之人兮，胡爲老乎山中？山中之樂不可久，遲子之返兮誰同？

逐伯強文

劉　敞

寶元二年，予羈旅淮南。醫來言曰：「今兹歲多疾疫。」予因作文以逐伯強。伯強厲也，能爲疫者，故逐之。

皇皇上天兮，后土浩浩。厥生孔繁兮，其施甚溥。陶陶仲夏兮，草木蕃廡。鳥獸孳息兮，我民樂胥。我民孔靈兮，上帝是仁。天子聖兮，百工日新。上無粃政兮，下無悖人。鄰里其集兮，樂哉欣欣。伯強何爲兮，孰畀以政？反世五福兮，持極以令。我民不怡兮，既爽其盛。白黑眩瞀兮，孰察其正。謂壽反天兮，謂康反病。仁義無益兮，苟且爲幸。嗟爾伯強兮，其獨何心？絶世和氣兮，俾民不任。上天

孔神兮，大德曰生。天不可長罔兮，民不可久侵。天誅誠加兮安所避，雷公驅兮風伯逝。嗟爾伯強兮何所詣！南有蠻兮，爲寇爲逋。西羌戎兮，恃艱自虞。天子孔仁兮，靡焉畢屠。伯強往兮，代天伐誅。嗟中國兮，不可久留！子不去兮，顛倒思予。

屈原嘏辭

劉　敞

梅聖俞在江南，作文祝于屈原，譏原好競渡，使民習尚之，因以鬬傷溺死；一歲不爲，輒降疾殃，失愛民之道。其意誠善也。然競渡非屈原意；民言不競渡則歲輒惡者，訛也。故爲原作嘏辭以報祝，明聖俞禁競渡得神意。

維時仲夏，吉日維午，神歆既詞，錫辭以嘏，曰：朕之初生，皇揆予度，嘉朕以名，終身是守。抑豈不淑，不幸逢遇，離愍被憂，天不可訴。宗國爲墟，寧取自賊。朕爲忍生，豈不永年。悁悁荆人，是拯是憐。赴水蹈波，疚不廢旃。既招朕魂，巫祝背先。豈朕是私，將德是傳。淪胥及溺，初亦不悛。其後風靡，民益輕死。匪朕之心，是豈爲義。婦弔其夫，母傷其子。人訊其端，指予以詈。予亦念之，其本有自。昔朕婞直，不爲衆下。世予尚之，謂予好怒。昔朕不容，自投于江。世予尚之，謂予棄躬。既習而鬬，既遠益繆。被朕僞名，汙朕以咎。朕生不時，亂世是遘。民之秉彝，嘉是直道。從仁於井，朕亦不取。汝禁其俗，幸懷朕忠。好競以誣，一何不聰？我實鬼神，民焉是主；其祀其禱，予之所厚。予懼天明，焉事戲豫？予憫横流，焉事競渡？予懷堯舜，焉事狎侮？汝維賢人，曾不予怒〔一〕，徇俗雷

同，譏予以好。履常徇直，切諫盡節，人神所扶，未必皆福。去邪卽正，何以有罰？曾非予懷，可禁其爲。毋使佞臣，指予以戒。錫爾多福，畀爾厖眉，使爾忠言，于君畢宜。

釋謀　王安石

雲冥冥兮蔽日，風浩浩兮吹沙，出予馳兮不得，塊獨處兮咨嗟。嗟天地兮無窮，暑與寒兮相客。以短褐兮憂親，孰知予兮孔棘。維抱關兮擊柝，乃予仕兮所宜。禄可辭兮尚冒，養孰割兮方虧。豈吾事兮固拙，寧我辰兮獨悖。信物默兮有制，尚可侔兮内外。

寄蔡氏女子　王安石

建業東郭，望城西堠。千嶂承宇，百泉遶霤。青遥遥兮纚屬，緑宛宛兮横逗。積李兮縞夜，崇桃兮炫晝。蘭馥兮衆植，竹娟兮常茂。柳青綿兮含姿，松偃蹇兮獻秀。鳥跂兮下上，魚跳兮左右。顧我兮適我，有班兮伏獸。感時物兮念汝，遲汝歸兮攜幼。

九誦　鮮于侁

堯祠

車轔轔兮廟堧，皷坎坎兮祠下。竽瑟兮並奏，潔時羞兮虔祠事。瑶華爲饌兮，沆瀣爲漿。象籩玉豆

兮，金鼎輝煌。海珍野蔌兮，雜錯而致誠。神之來兮，風雨蕭蕭。前驅千畢兮，上有招摇。羽林爲衛兮，虹霓爲旗。鳳凰左右兮，擾伏蛟螭。神之降兮金輿，靈欣欣兮肹蠁。德難名兮覆燾，千萬年兮不忘。

舜祠

道歷山兮逶蛇，思古人兮感歎。並儲胥兮肅止，仰曾雲兮晻曖。獸何鳴兮林中，鳥何悲兮山上。木何爲兮不剪，草何爲兮茂暢。帝之神兮在天，帝之德兮在人。物具兮四海，心精兮一純。采秀實兮山間，摘其毛兮澗底。玉醴湛兮瓊茅，肴脩雜兮蘭茝。樂備兮九奏，鳳舞兮儀韶。人駿奔兮如在，君卒享兮神交。

周公

噫嗟兮文公，巋然兮祕宇。悵王室兮多難，獨勤勞兮左右。四國流言兮，冲人不知。東征問罪兮，慆慆不歸。大雹以風兮，天威震驚。弁啓金縢兮，衮衣有光。公之心兮，大成文武。公之子兮，建侯啓土。山川兮附庸，奄梟繹兮龜蒙。萬子孫兮承祀，億兆人兮仰止。惟夫子之嘆嗟兮，不復見於寤寐。何莽新之假攝兮，文姦言而欺一世！造作詭故而戕劉兮，亦亟殄宗而絶嗣。公之聖而德協天兮，何妄人之輒自擬！俾其顛而不終兮，天實表公衷而警後。肅進拜於廟堂兮，宜奉時之牲酒。鼓鍾兮在宫，

琴瑟兮在堂。神之格兮樂享，民欣欣兮不忘。

孔子

曲阜兮遺墟，先師兮闕里。神髣髴兮如在，涕潺湲兮不已。窮天地兮一人，揭日月而照臨。生無萬乘之位兮，三千之徒心服而四來。嗟愚陋之不明兮，乃商、賜之爲疑。羌紛紛其妄作兮，悖道違義而弗自知。顧六藝之折衷兮，取捨縱横而協于道。後世苟輕肆於胷臆兮，必遽貽於訢病。三綱立而五教明兮，實治世之宏矩。履厚地而戴高天兮，胡一日之可捨！宜萬齡之廟貌兮，春秋不乏其時祀。合仁義以爲冠兮，結忠信而爲佩。集道德以爲裳兮，服文章而爲帶。列籩豆爲左右兮，蘋藻牲牢而潔肥。酌玉醴以爲酒兮，錯瓊瑶而爲粢。升堂而北面兮，望冕旒之巍巍。惟神明之降鑒兮，洞精神其來歆。

嶽神

雲蓊蔚兮山之巔，瞻嶽靈兮望青天。嶄巖嶒崒兮，磅礴無垠。巃嵸嵂勃兮，寧一以爲仁。草木雜而羅生兮，人不可名。鳥獸蕃而走集兮，虞不能知。因高錯事兮，道此躋陛。登岱勒成兮，胡爲而七十二君？齊余心兮不外，高余冠兮甚偉。擷芳杜兮爲衣，掇紫芝兮作佩。柏實兮松華，石髓兮蘭英。蕙肴陳兮玉案，明水湛兮清尊。誠拳拳兮不解，寐接神兮，恍若有言。嵩高峻極兮，生甫與申。周道將明

兮，宣以中興。水旱不常兮，蟲螟以災。稼穡卒荒兮，民生流離。勞來安集兮，之子之功。祐此下民兮，寧遺神羞。

河伯

清秋方初兮，霪雨降而無時。舊坊弗治兮，河水泛濫而爲災。潏汨沸渭兮，澎湃奔波而霈來。崩騰覆溺兮，夫豈河伯之不仁？汗漫千里兮，蕩然室閭。耄稚驚號兮，丘冢爲家。蛟螭憤怒兮，魚鼈縱横。黿鼉馳騖兮，鳧鷖飛翔。皇天無親兮，視聽以民。五序參差兮，咎極以滋。聖惟唐堯兮，固遭横流。臣有舜、禹兮，輿心所依。禦災拯溺兮，九叙可歌。四凶逐去兮，二八以陞。天地平成兮，海隅蒙福。白馬玉璧兮，非神之欲。

箕子

偉夫子之正諒兮，適遭世以離尤。悼祖宗之累積兮，大命顛而逢憂。忠良屏遠兮，讒諛寖昌。神龜在塗兮，虺蜥升堂。紫鸞篏置兮，鴆羽飛揚。騶虞潛遯兮，豺虎縱横。江籬鉏割兮，鈎吻日滋。芳荃不御兮，蔓草難圖。比干剖心兮，夫子佯狂。蒙難以正兮，大明其傷。靈脩不察兮，國以云亡。舊邦維新兮，武功以成。囚奴釋辱兮，作賓於王。《九疇》演繹兮，大法以彰。五事欽明兮，君道日隆。彝倫攸叙兮，庶政其凝。朝鮮分封兮，夷貊化行。傳國中山兮，蕃子以孫。廟貌有嚴兮，祀典攸存。歲時奉事

兮，斯千萬年。

微子

肇公孫之璇源兮，玄鳥降而生商。並禹稷之聖賢兮，實惟桓撥之王。歷嬀姒之世數兮，道日躋於武湯。始伐罪於仇餉兮，人怨咨而徯來。顧寬仁之宜民兮，天俾式於九圍。諒除殘而代虐兮，猶云德之有慙。賴燕翼於孫謀兮，治克舉於三宗。老成不怨於不以兮，隱處不傷於厄窮。世四十有六而下衰兮，豈天命之將隳。寔遭家之不嗣兮，顧麗色之惟微。念社稷之顛傾兮，七廟無所憑依。帝眷在於有周兮，抱祭器而焉歸？雖白馬之見廟兮，聊血食於商丘。偉夫子一言兮，誠有取於三仁。

雙廟

旄頭光芒兮，戎馬馳。海水沸蕩兮，鯨鯢飛。煙塵蔽日兮，殺氣昏。金鼓轟天兮，山岳奔。小國不守兮，大國顛傾。王侯戮辱兮，虵豕肆行。二公仗義兮，捍賊濉陽。析骸易子兮，併力小城。勢窮力殫兮，外無救兵。亡身徇國兮，寧屈虎狼。仰天視日兮，氣以揚揚。衣纓不絕兮，貌如平生。旅遊馳驅兮，歷此舊都。致詞雙廟兮，涕泗不收。惟忠與孝兮，死義爲尤。遭世擾攘兮，適履其憂。訏謀顛置兮，邊將怙功。尾大權移兮，三鎮握兵。忠賢在野兮，讒邪肆意。女謁内用兮，戚臣外圮。紀綱日紊兮，典刑日弛。胎㽷階亂兮，誰執其咎。義士没身兮，沈寃莫置。猗歟二公兮，行人歔欷。

上清辭

蘇軾

君胡爲平山之幽，顧宫殿兮久淹留。又曷爲一朝去此而不顧兮，悲此空山之人也。來不可得而知兮，去固不可得而訊也。君之來兮天門空，從千騎兮駕飛龍。隸星辰兮役太歲，儼晝降兮雷隆隆。朝發軫兮帝庭，夕弭節兮山宫。壙有妖兮虐下土，精爲星兮氣爲虹。愛流血之滂沛兮，又嗜瘧癘與螟蟲。嘯盲風而涕淫雨兮，時又吐旱火之煙融。銜帝命以下討兮，建千仞之脩鋒。乘飛霆而追逸景兮，歘砉掃滅而無蹤。忽崩播其來會兮，走海岳之神公。龍車獸鬼不知其數兮，旗纛晻靄而冥蒙。漸俯傴以旅進兮，鏘劒佩之相礱。司殺生之必信兮，知上帝之不汝容。既約束以反職兮，退戰慄而愈恭。澤充塞於四海兮，獨淡然其無功。君之去兮天門開，款閶闔兮朝玉臺。羣僊迎兮塞雲漢，儼前導兮紛後陪。歷玉階兮帝迎勞，君良苦兮馬虺隤。閔人世兮廹隘，陳下土兮帝所哀。返瓊宫之嵯峩兮，役萬靈之喧豗。默清淨以無爲兮，時節狩於斗魁。詣通明而獻黜陟兮，軼蕩蕩其無回。忽表裏之焕霍兮，光下燭於九陔。時遊目以下覽兮，五岳爲豆，四溟爲杯。俯故宫之千柱兮，若毫端之集埃。來非以爲樂兮，去非以爲悲。謂神君之既返兮，曾顔咫尺之不違。陞祕殿以内悸兮，魂凛凛而上馳。忽寤寐以有得兮，沐浴而獻辭。是邪非邪，臣不可得而知也。

黄泥坂辭

蘇軾

出臨皐而東騖兮，並叢祠而北轉。走雪堂之坡陁兮，歷黄泥之長坂。大江洶以左繚兮，渺雲濤之舒卷。草木層累而右附兮，蔚柯丘之葱蒨。余旦往而夕還兮，步徙倚而盤桓。雖信美不可居兮，苟娱余於一眄。余幼好此奇服兮，襲前人之詭幻。老更變而自哂兮，悟驚俗之來患。釋寶璐而被繒絮兮，雜市人而無辨。路悠悠其莫往來兮，守一席而窮年。時游步而遠覽兮，路窮盡而旋反。朝嬉黄泥之白雲兮，莫宿雪堂之青煙。喜魚鳥之莫余驚兮，幸樵蘇之我嫚。初被酒以行歌兮，忽放杖而醉偃。草爲茵而塊爲枕兮，穆華堂之清晏。紛墜露之濕衣兮，升素月之團團。感父老之呼覺兮，恐牛羊之予踐。於是蹶然而起，起而歌曰：月明兮星稀，迎余往兮餞余歸。歲既晏兮草木腓，歸來歸來兮，黄泥不可以久嬉。

南山之田

王令

南山之田兮，誰爲而蕪？南山之人兮，誰教墮且？來者何爲兮，徑者誰趾？草漫靡兮，不種何自始？吾往兮無耜，吾將歸兮客我止，要以田兮寄於治。「我耕淺兮穀不遂，耕之深兮石撓吾耒。吾耒撓兮嗟耕難，雨專水兮日專旱。借不然兮穎以秀，螟螣心兮螣開口。我雖力兮功何有？」「雖然，不可以已兮，寧時我違，而我不時負。」

我思古人

王令

我所思兮，忽古今之異時。生茲世以爲期，欲勿思而柰何！獨斯人之弗見，故永懷而自歌。樂吾行之舒舒，忽忘世之汲汲。睇萬里以自騖兮，豈寧俯以効拾。載重道遠兮，予欲行而誰與？累九鼎以自重兮，固厎之不舉。矯身以爲衡兮，權世之重輕。廣道以爲路兮，聽人之來去。

山中辭

王令

山中兮何遊？登彼山兮樂夫高。棄吾馬兮取步，降吾車兮足兩屨。石當道兮行旁，木礙上兮下俯。曾蹈險之非艱，聊憑高而下顧。何所視之乃牛，而獨見之如鼠。彼侏侏者出其下兮，曾其身之非傴。于嗟徂兮，離婁之死則已古，不較其爲短長兮，何獨計其高下。山之高兮崔嵬，山之路兮百折而千回。趨前行而就挽，笑顧後使推之。彼遊者誰兮，何以子之車來？

江上辭

王令

江之水兮東流，泝湍流兮寄吾舟。舟無枷兮載函重，風乘波兮棹人用。濟不濟兮柰何，横中流兮涕滂沱。來何爲兮不待，今雖嗟兮安悔。舟方乘兮人不吾以，覆且溺兮我同人死。江之水兮東流，濟欲濟兮何由？水浸浸兮灘露，暮濤下兮夜潦收。舟不行兮推之於陸，力不足兮汗顔，行無由兮塗足。時不

逝兮柰何，歸日暮兮塗遠，風高兮水波，行躊躇兮竚望，聊逍遥兮永歌。江之水兮東流，沿湍流兮望歸舟。舟來歸兮何時，步芳洲兮濯足，陟南山兮采薇。江風波兮日暮，望夫人兮未來。江之水兮東流，沿湍流兮望歸舟。風滔滔兮浪波，若嗟往者兮未還，惜行人兮將去。去何道兮歸何時，執子手兮牽子衣。行何如兮來復，濟豈無兮它時？

放言

狄遵度

惘兮忽長不樂兮安極！眺平野兮千里，坐空館兮四壁。對寒日兮蒼莽，披勁風兮悽慄。鳥悲鳴兮羣喪，草離披兮路塞。嗚呼！物之生天地間，雖大小參差不齊，然其材亦各有所適。草木不以微而廢其用，陵岳不以大而專其職。獨人事豈不然，亦由兹而可識。性之禀既有賢愚之異，位之設亦有貴賤之隔，使大小各得盡其材，譬一體之和懌。及年歲之未暮兮，思欲竭其所得。曷獨求己之爲兮，顧泯然者可惻。古之聖賢固癯瘁而不敢暇兮，畏天命之誅殛。天之賦己以是材兮，敢不奉而驚惕。嗚呼！而今而後，用與不用，吾將繫之於天；在己之有，固斯須而不敢斁。

幽命

沈括

山木嘯兮雲幽幽，秣我歸馬兮，無爲久留。江瞎翔兮雨漫漫，回予車兮水澌𣼛。仲何爲兮中野，濬將洋兮疏駕。目逝兮形留，鬱逍遥兮日下。濿慕兮流覩，撫節兮浩望。駟黄戾兮靡騁，旋吾輈兮焉

往？不我虛兮斯辰，思何爲兮鞅掌！

題禹廟壁　　劉彝

皇祐二年秋，予自閩由太末登天台，川陸間行，至于郡，凡數千里。觀山澤之可樹殖者，或荒瀦焉；田畝之可甽澮者，或漫滅焉。自剡而西，遇雨數日，農田甚豐，垂穟而遭霖潦之害。春夏斯民飢莩，瘝瘠未起者，重困是水。予心哀焉。嗚呼！宜樹殖而荒瀦，凍餒之源也；宜甽澮而漫滅，水旱之道也。天地非不生且育，然而吾民重罹飢困，贊乎化育之道未至焉耳。夜過鑑湖，人指南山而告曰：禹廟也。予具冠帶瞻望，内起恭肅，不覺感歎泣下。既而欲誌其事。厥明，次于會稽之門，遂寫屋壁。其歌曰：

地生財兮天生時，聖賢之贊育兮，咸適其宜。甽澮距川兮，川距海，水旱罔至兮，民無凍飢。畝田是起兮，帝載以熙。萬世永賴兮，胡不踐履而行之？嗚呼，禹呼！誰知予心之增悲。

詆風穴　　劉攽

背崧右洛兮，維汝泱泱。左界韓、鄭兮，前闕魯陽。陵丘曼延兮，土膏脉良。生植遂茂兮，厥夭且長。咨飄風兮，胡很而狂？乘冬肆威兮，怒號以常。通晝亘夕兮，日月奪光。宇宙昏惑兮，顛倒玄黄。折枝排根兮，松桂毁傷。衝空動楗兮，披户登堂。獸亡其曹兮，鴻鵠失翔。問誰尸之兮，底此不祥？

曰：兹穴之詭異兮，竊神之機。幽嶮窮奇兮，狹中不夷。鼓舞蜚廉兮，招摇南箕。平居無事兮，淫樂而爾爲。歷九州而遐觀兮，孰樂土其若此。獨蠻夷之僻陋兮，乃自古記之矣。邈炎洲之荒忽兮，汩大海其千里。上霧下潦兮，墊隘瘴癘。魑魅羣遊兮，樂人之死。蓄爲颶風兮，瘠毒疵癘。扶濤駕山兮，舟航糜毀。歷日旋時兮，然後得已。西極曠蕩兮，陰磧無垠。流沙不波兮，瀚海無泉。五穀不生兮，蓬棘蓁蓁。熱風之來兮，天地翳昏。觸肌爲痏兮，四肢若燔。亦幸有老駝之先知兮，嗚呼而告言。歸命野獸兮，廑焉得存。彼鬼方之幽昧兮，固宜以然。慨土中之與鄰[二]，不避不偏。胡穴神之忍兮，固蔽以頑。用夏變夷兮，至于髦蠻。外百里而不同兮，兹邑獨爲匪民。帝之高居兮，臨照在下。虎豹服仁兮，九閽莫阻。巫咸上愬兮，帝命斯許。巨靈、夸娥兮，幹其絶膂。拔山投石兮，北海之渚。大野夷爽兮，八風攸叙。號令專一兮，莫予敢侮。蒙常聖時兮，維民所取。穴神雖悔兮，夫孰閔汝。

弔王右軍宅辭　錢公輔

晉王右軍宅于越之蕺山，爲浮圖而繪像存焉。好事者猶能指墨池、鵝池之遺迹，而表識其上。予嘗恨東南山之佳、水之勝，多奪於浮圖氏，而衣冠隱淪，無一人得之者。既過右軍宅，擲文以弔之曰：

晉去今兮，千齡未餘。彼山峩兮，晉賢人之故居。故居泯其幾時兮，今變化於浮圖。嗚呼傷哉！絶雲巍崗，葱葱蒼蒼，竹茂草美，煙高氣長。古松蓊兮虬盤，怪石呀兮虎蹲。前稽嶺之横峙兮，下鑑水

之輝光。遠市井之喧卑兮，據城壘之低昂。春可遊而縱望兮，夏可息而淒凉。秋可登而感槩兮，冬可處而樂康。無一時之不得宜兮，環一目而周四方。真孤高之所廬兮，非醜族之能當。生宜形體之放浪兮，死宜魂魄之棲藏。嗚呼傷哉！彼靈何之兮，默不聞一怪與一祥。果有知兮，奚坐視緇徒之賊戕。果無知兮，徒結塞予之中腸。將後葉之湮淪兮，無能振其祖芳。抑亂離之荐遭兮，百易主而百亡。吾固弗得而知兮，玆涕泗而徜徉。嗟道之衰兮，異類蠹侵而日昌。嗟越之雄兮，豈微一丈夫之勇剛。如可贖兮，雖萬金可捐，萬室可償。胡恬夷而莫醜兮，往往助資其棟梁。聊捐文於山之側兮，將鑱石乎洲之堂。嗟嗟越人，窮千萬春兮，宜吾文之弗忘！

解雨送神曲

李　常

怒風兮揚塵，日爍石兮將焚。水泉竭兮厚地裂，嘉穀稾兮孰薅且耘。神龍兮靈蜑，挹清波兮幽瀆。嗚鼉鼓兮舞神覡，庶下鑒兮霈祥氛！觸石兮山巔，倏四騖兮天邊。驚霆怒兮電熾，翻河漢兮繩懸。黍離離兮發嘉穗，壠高下兮水潺湲。讙吾人兮拜覡，請奉事兮無有窮年。肅旂旆兮先驅，咽簫笳兮擁歸輿。椒醑甘兮牲幣潔，如肸蠁兮爲之踟蹰。瞻前山兮嵯峨，指去路兮縈紆。神德大兮報無以稱，徒感涕兮長吁。

超然臺詞

文同

方仲春之盎盎兮，覽草木之菲菲。胡佛鬱於余懷兮，悵獨處而無依。陟危譙以騁望兮，丘阜攢萎而參差。窮莽蒼以極視兮，但浮陽之輝輝。忽揚飈以晦沬兮，灑氣霾於四垂。躡余之所行兮，溷溷其安之？蛻余神以遐騖兮，控沆寥而上馳。闢晻曖以涉澒洞兮，揮霓旌而掉雲旗。擺長彗以夭矯兮，從宛虹之委蛇。曳采旒以役朱鳳兮，駕瓊輈而驅翠螭。涉橫潢以出没兮，歷大曤而蔽虧。翀萬里以一息兮，俯九州而下窺。有美一人兮在東方，去日久兮不能忘。凜而潔兮岌而長，服忠信兮被文章。中皦皦兮外琅琅。蘭爲襟兮桂爲裳。儼若植兮奉珪璋。戢光耀兮祕芬芳。賈世用兮斯卷藏。遊物外兮肆猖狂。余將從之兮遥相望。回羊角兮指龍肮。轉嵎夷兮蹴扶桑。笴參山兮聊徜徉。下超然兮拜其旁。顧有問兮言非常。忽掉頭兮告以祥。使余脱亂天之罔兮，解逆物之韁。已而釋然兮，出有累之場。余復僊僊兮，來歸故鄉。

濂溪詩

黄庭堅

春陵周茂叔，人品甚高，胸中灑落，如光風霽月。好讀書，雅意林壑，初不爲人窘束世故。權輿仕籍，不卑小官，職思其憂。論法常欲與民。決訟得情而不喜。其爲少吏，在江湖郡縣，蓋十五年，所至輒可傳。任司理參軍，運使以權利變具獄，茂叔争之不能，投告身欲去，使者斂手聽之。趙公悦

道，號稱好賢。人有惡茂叔者，趙公以使者臨之甚威。茂叔處之超然。其後廼寤，曰：「周茂叔天下士也。」薦之於朝，論之於士大夫，終其身。其爲使者，進退官吏，得罪者自以不冤。中歲乞身，老於湓城。有水發源於蓮花峯下，潔清紺寒，下合於湓江。茂叔濯纓而樂之，築屋於其上。用其平生所安樂，媲水而成，名曰濂溪。與之游者曰：「溪名未足以對茂叔之美。」雖然，茂叔短於取名，而惠於求志；薄於徼福，而厚於得民；菲於奉身，而燕及煢嫠；陋於希世，而尚友千古。聞茂叔之餘風，猶足以律貪，則此溪之水，配茂叔以永久，所得多矣。茂叔諱惇實，避厚陵，奉朝請，名改惇頤。二子壽、燾，皆好學承家，求余作濂溪詩，思詠潛德。茂叔雖仕宦三十年，而平生之志，終在丘壑。故余詩詞不及世故，猶髣髴其音塵。

溪毛秀兮水清，可飯羹兮濯纓。不漁民利兮，又何有於名！絃琴兮觴酒，寫溪聲兮，延五老以爲壽。蟬蛻塵埃兮，玉雪自清。聽潺湲兮鑒澄明。激貪兮敦薄，非青蘋白鷗兮，誰與同樂？

津有舟兮蕩有蓮，勝日兮與客就閒。人聞挐音兮，不知何處散髮醉。高荷爲蓋兮，倚芙蓉以當妓。霜清水寒兮，舟著平沙。八方同宇兮，雲月爲家。懷連城兮珮明月，魚鳥親人兮，野老同社而争席。白雲蒙頭兮，與南山爲伍。非夫人攘臂兮，誰余敢侮。

明月篇贈張文潛

黄庭堅

天地具美兮，生此明月，隕白虹兮貫朝日。工師告余曰，斯不可以爲佩。棄捐櫝中兮，三歲不會。霜

露下兮百草休，抱此耿耿兮，與日星遊。山中人兮招招，耕而食兮無卹。榛艾蓁蓁，前吾牛兮，痻不可更扶。淺耕兮病歲，深耕兮石嬰耜。登山兮臨川，雉得意兮魚樂。小風兮吹波，從其友兮尾尾。日下兮川逝，射雉兮喪余一矢。佳人兮潔齊，悵何所兮行媒。南山有葛兮葛有本，我羞餔兮，以君之鉏來！

秋風三疊寄秦少游　邢居實

秋風夕起兮，白露爲霜。草木憔悴兮，竊獨悲此衆芳。明月皎皎兮照空房，晝日苦短兮夜未央。有美一人兮天一方，欲往從之兮路渺茫。登山無車兮，涉水無航。願言思子兮，使我心傷。

秋風淅淅兮，雲溟溟。鴟梟晝號兮，蟋蟀夜鳴。歲月徂邁兮，忽如流星。少壯幾時兮，老冉冉其相仍。展轉反側兮，從夜達明。悵獨處此兮，誰適爲情？長歌激烈兮，涕泣交零。願言思子兮，使我心怦。

秋風浩蕩兮，天宇高。羣山逶迤兮，溪谷寂寥。登高望遠兮不自聊〔三〕。駕言適野兮，誰與遊遨？空原無人兮，四顧蕭條。猿狖與伍兮，麋鹿爲曹。浮雲千里兮，歸路遥。願言思子兮，使我心勞。

華清宫詞五首　田晝

帝將汏兮般樂，睠名山兮華薄。羌誰爲兮雲中，眇宫殿兮成削。飛檐兮巘巘，繡桷兮錯梲。颺甓

門兮釦砌，承桂柱兮璇跋。梅有壇兮椒有苑，煥芳蓮兮水澹澹。睎組岫兮晃朗，建明珠兮直上。彤樓兮綠閣，瑤壇兮羽幄。犬羊兮西清，鹿得名兮山客。殷復殷兮夷城駕，繚復繚兮女墻下。儼龍旌兮鳳蓋，恍而明兮忽而曖。與女獵兮河曲，金爲羈兮玉爲勒。與女席兮天涯，霓爲裳兮羽爲衣。望夫君兮余思，樂不極兮，告我以不歸。悵千秋兮若此，時不可兮屢得。

有美一人兮心所歆，被姣服兮躡纖英。朝與出遊兮夜忘歸。山之樊兮羅百司。鉤膺兮陸續，五貴殷兮相屬。沬驪駒兮鶩寶軸，諸娣從之兮兩大國。犀屏兮象篋，墮珥兮委鈿。捐珠琲兮霧散，褭蘭氣兮宛延。霞冠兮翠珮，粲巾幯兮雲之際。合衆豔兮儵爚，轉清矑兮流涕。歆音兮眇眇，芳塵兮縹縹。騁祕樂兮天中，播鐘虡兮夾陳。龜盤兮羯鼓，塤篪高張兮，紛緜緜而來下。奄四海兮驩侈，君之心兮未已。邑里移兮朝會遷，光葳蕤兮列貂蟬。顧文葆兮贔屭，悄不愕兮不言。障王座兮金雞，錫之帶兮十圍。夫人自秉兮美質，蹇何爲兮爾疑。

浴芳華兮瑤池，待夫人兮未來。忽中變兮偃蹇，拓九關兮洞開。鬱勃兮駓駓，策駿駮兮奔螭。摐鉦鼓兮蔽野，戈鋋動兮拂霓。操吾矛兮反吾逐，兵接腋兮車接轂。帝順動兮將焉薄？屠雲駒兮徹豐屋。龍轎兮華輈，和鑾兮啾啾，擁周衞兮失次，旍旗紛兮九斿。臣鄰兮嬪御，伍攘兮載路。鈿扇兮榆翟，魚須笏兮赤繶舄。牖駕君兮逶遲，凴余怒兮不夷。踠美人兮道曲，悵羽袖兮襳褷。朝弛鞅兮山阿，夕流憩兮江滸。折瓊枝兮蕙茝，將以遺兮無所。歌汾寫兮悲秋，風邑邑兮余愁。欸與爾兮目結，心騷屑兮顧懷。

天兵合兮讋羣兇，銷氛沴兮奏膚公。皇穆穆兮來歸，盍將欵兮層宫。秋風兮颸颸，紅實兮離離。泯無人兮跡絶，敞紫殿兮金扉。霜霑庭兮月侵墀，蹇罘罳兮失玻瓈。愴石溜兮潡潡，濯芳葩兮儼如昔。錦凫兮繡鴦，思柔匹兮姸嫮。溟海阻兮太息，魂之來兮秋之夕。涕焭焭兮增悲，敕所思兮爲余緊之。解幃袂兮玉體，謂芬馨兮可佩。捉而衽兮原中，遺而履兮行路。覽故處兮猶疑，徙丹楹兮延佇。秣余馬兮脂余車，歲二月兮西南徂。登朝元兮騁望，興廢忽兮愁予。龍垌兮亹亹，清川兮瀰瀰。浮緑樹兮中天，非雲非煙兮眇如。薺蔚豊壤兮氣冲融，疇隴静兮芳卉明。灼袨服兮雅豔，發組繪兮鮮榮。祥光兮繞繚，紅霓廻氛兮海收潦。軼咳語兮曾穹，薄飛欒兮下眺。撫華清之巨麗兮，孰轉踵而失之？望秦陵之坡陁兮，羌鬱鬱而蔽之。驪之山兮畢之原，丘㙬㙬兮草芊芊。諒前世兮俱盡，余又悲兮有唐。

校勘記

〔一〕汝維賢人曾不予怒　「怒」，各本同，疑當作「恕」。按「賢人」指梅聖俞，言梅亦徇俗譏予以好競渡而不能相諒也。見本文小序。

〔二〕慨土中之與鄰　各本同。按「鄰」下當脱「兮」字。

〔三〕登高望遠兮　原重「兮」字，今删去其一。

宋文鑑卷第三十一

詔

幸西京詔

盧多遜

定鼎洛邑，我之西都；燔柴泰壇，國之大事。況削平江表，底定南方，惟率土之混同，自上天之鑒祐。内慙涼德，感是洪休，得不罄以恭虔，申其告謝。睠惟京而西顧〔一〕，兆陽位於南郊。豆籩陳有楚之儀，黍稷奉惟馨之薦。朕今暫幸西京，取四月内選日，有事於圜丘，宜令有司，各揚其職，禮容儀衛，典故在焉。祗事肅成，無或煩擾！諸道州府，不得以進奉爲名，輒有率斂。凡在中外，當體予懷！

祖宗升配詔

宋綬

朕聞王者奉宗廟，貴功德，禋天祀地，則有侑神作主之尊；審諦合食，則有百世不遷之重。朕以寡薄，獲承天序。寔賴先烈，汔臻治平。懼不能揚祖宗之休，丕顯懿鑠，夙夜惟念，弗遑寧居。恭以太祖皇帝，奮淳耀之精，輯樂推之運。屬五代澆季，中華剖裂，英威一震，罔不率俾。夷僭黜暴，皇綱再張。革其桀驁，納諸軌度。規摹閎遠，詒萬世法。太宗皇帝，躬盛聖之資，乃膺繼體，及來閩粤，復汾晉，方夏

一統，尉候萬里。興文教，拔羣材，思皇政經，憂勞庶務，惠澤漸漬，浹人骨髓。真宗皇帝，欽明孝熙，恢纘鴻緒。勤儉以率下，哀矜以謹刑。撫和二邊，兵不復用。民靡知役，物遂其生。因時昭泰，憲章考古，登封巡祭，聲明焯耀，享國多載，仁恩溥博。昔商、周之際，則《長發》大禘，嚴父配天，逮於漢氏，亦能尊三宗，立廟樂，朕甚慕之。肆我藝祖之受天命，建大業，可謂有功矣。二聖繼統，重雍累洽，可謂有德矣。其令禮官稽按典籍，辨崇配之序，定二祧之位；中書、門下，審加詳閱，稱朕意焉！

賜中書門下詔

歐陽修

朕纘承丕基，撫有方夏，謂教之不可以家至，而行之每務於身先。惟是儉勤，敢忘勉勵，期與羣庶，臻于富康。而人殆久安，驕於佚欲；物豐太盛，耗以浮虛。苟奉養以自私，忘僭奢之爲戾。士民交黷，貴賤靡分。惟其殫力之能，無復等威之制。考於著令，雖有舊章；顧在攸司，鮮聞用法。民遂安於常習，弊罔革以滋深。紀綱既紊於度程，風俗以至於流蕩。俾朕有欲治之意，不能副余之誠心；而民多自陷之愚，未免煩余之訓導。夫令信由於貴始，下化先於上行。眷予一二之臣，其率庶工而警職；俾爾多方之衆，勿踰常憲一作法以干刑。庶漸革於侈風，以共趨於治路。凡居室之制，器用之度，冠服之章，妾媵之數，其令中外臣庶，遵守前後條詔。如有違犯，仰御史臺及開封府糾察聞奏。其諸路州軍，即委轉運使、提點刑獄臣寮，及逐處長吏施行。布告中外，咸使聞知。

皇太后還政議合行典禮詔

歐陽修

朕頃以嗣承大統，方執初喪，過自摧傷，遂嬰疾恙。皇太后尊居母道，時遘家難，閔余哀荒，俯徇誠請，勉同聽覽，用適權宜。賴保護之勤劬，獲清明而康復。恭惟坤德之至静，實厭事機之久煩，殆此彌年，薦承諄誨，顧寔繁於庶政，難重浼於睿慈。然而方國多虞，則共濟天下之務；惟時無事，亦宜享天下之安。先民有言：「無德不報」。雖日以三牲之養，未足盡於予心；而刑于四海之風，必務先於孝治。惟是事親之禮，蓋存有國之規，當極尊崇，以稱朕意。應合行儀範等事，令中書、門下、樞密院參議以聞。

通商茶法詔

歐陽修

古者山澤之利，與民共之，故民足於下，而君裕於上，國家無事，刑罰以清。自唐末流，始有茶禁，上下規利，垂二百年。如聞比來，爲患益甚。民被誅求之困，日惟咨嗟；官受濫惡之入，歲以陳積。私藏盜販，犯者實繁；嚴刑峻誅，情所不忍。使田閭不安其業，商賈不通于行。嗚呼！若兹，是於江湖間幅員數千里爲陷穽，以害吾民也。朕心惻然，念此久矣。間遣使者，往就問之，而皆讙然，願弛榷法；歲入之課，以時上官。一二近臣，件析其狀；朕嘉覽于再，猶若慊然；又於歲輸，裁減其數，使得饒阜，以相爲生。剗去禁條，俾通商賈。歷世之弊，一旦以除。著爲經常，弗復更制。損上益下，以休吾民。尚慮喜於立異之人，緣而爲姦之黨，妄陳奏議，以惑官司，必寘明刑，用戒狂謬。布告遐邇，體朕意焉！

求直言詔　韓維

朕涉道日淺，晻于致治，政失厥中，以干陰陽之和，乃自冬迄春，旱暵爲虐，四海之內，被災者廣。間詔有司，損常膳，避正殿，冀以塞責消變。歷日滋久，未蒙休應。嗷嗷下民，大命近止。中夜以興，震悸靡寧。永惟其咎，未知攸出。意者朕之聽納不得於理歟？獄訟非其情歟？賦斂失其節歟？忠謀讜言，鬱於上聞，而阿諛壅蔽，以成其私者衆歟？何嘉氣之久不效也！應中外文武臣寮，並許實封，直言朝政闕失。朕將親覽，考求其當，以輔政理。三事大夫，其務悉心交儆，成朕志焉！

賜中書門下置寶文閣學士待制詔　張方平

昔我藝祖，神武不殺，誕昌寶祚；太宗修文德以光大業；真宗崇儒術以承休命；仁宗善繼謨烈，化成治定；咸有述作，焕于簡編。河漢昭回，奎壁相照。迺規層構，邃在西清。憲上帝藏書之府，章累朝稽古之盛。並揭嘉名，以登畯望。俾服凝嚴之職，因爲咨訪之地。誠聖哲之遠業，熙洽之高致也。仁祖升遐，先皇纂御，首命近列，論次遺文。鈿軸寶函，未終緗録；白雲紫氣，遽復上賓。今告畢功，甫將安奉。大訓《九歌》之重，垂世共長；廣內祕室之藏，貽謀無極。祗循故事，遹成先志。寶文閣宜置學士、直學士、待制，著于令。

禁內降詔　胡宿

朕紹承駿烈，祇服先猷，蹈道以臨庶邦，慎憲而持大柄，馭之予奪〔二〕，正以賞刑，悉任至公，靡容紊法。比有憸幸，肆興妄圖，或違理覬恩，或負罪希貸，率求内出，間亦奉行，蠹政虧風，莫斯爲甚！雖屢頒於詔約，曾未絶於私祈。兼慮臣庶之家，近貴之列，交通請託，巧詐營爲，陰致貨賕，密輸珍玩，寅緣結納，侵撓權綱。方務澄清，當嚴禁詰；儻復違犯，斷在必行。重念成湯以六事責躬，女謁包苴之先戒；管氏以四維正國，禮義廉耻之具張。矧宗祀之涓成，屬祥釐之均被，嘉與中外，紬此非衮，勉于自新，以隆至治。今後應内降指揮，特與恩澤，及原減罪犯者，並仰中書、樞密院，并所承受官司，具前後詔條執奏，不得施行。及臣庶家，如有潛行貨賄，結託貴近者，並令御史諫官，覺察論奏。咨爾丞弼，體朕意焉！

立皇子詔

王珪

人道親親，王者之所先務也。蓋二帝之隆，治繇兹出，朕甚慕之。右衛大將軍岳州團練使曙，皇兄濮安懿王子，猶朕之子也。少鞠于宮中，而聰知仁賢，見于夙成。日者選於宗子近籍，命以治宗正之事，使使者數至其第，廼崇執謙退，久不受命，朕默然有嘉焉。朕蒙先帝遺德，奉承聖業，罔敢失墜。夫立愛之道，自親者始，固可以厚天下之風，而上以嚴夫宗廟也。其以曙爲皇子！

爲雨災許言時政闕失詔　王珪

蓋聞古之聖賢在位，陰陽和，風雨時，日月光，星辰静，黎民阜蕃，以底休平，朕甚慕之。朕猥以眇身，託于王公之上，夙夜以思，惟懼不能以承先帝鴻業。而比年以來，水潦爲沴。迺八月庚寅大雨，京師室廬墊傷，被溺者衆。大田之稼，害于有秋。竊迹灾變之來，曾不虚發，豈朕之不敏於德，而不明於政歟？將天下刑獄滯寃，賦繇煩苦，民有愁歎亡聊之聲，以奸其順氣歟？不然，則何天戒之甚著也！今飭躬焦思，欲銷復大異，而未聞在位者之忠言；進祈自新，厥路何繇焉？應中外臣寮，並許上實封，言時政闕失，及當世之利病，可以佐元元者，悉心以陳，毋有所諱；執政大臣，皆朕之股肱，其協德交修，以輔朕之不逮！

封太祖皇帝後詔　王珪

昔我藝祖皇帝之興，以天發之期，兵未始一血刃，而卒再造區夏。其大謀盛烈，被諸萬世，而莫高焉。朕奉承聖緒，夙夜不敢康，乃顧後之子孫，寖微弗顯，而有司未嘗議封爵之文，豈朕所以尊大統推親親之意哉？且積厚者其流遠，施大者其報豐，宜令中書、門下，考大宗之籍，以屬近而行尊者一人，裂土地而王之，使常從獻于郊廟，世世勿復絶。

皇太后付中書門下還政書

王珪

日者昊天不弔，先帝上賓。遽揚末命之言，方結未亡之痛。而皇帝踐祚之始，銜哀過情，忽傳詔於外廷，請預聞於庶政。載念承邦之重，累申還辟之文。皇衷未回，羣聽猶鬱。顧人子之誠雖至，然國家之事靡安。況日聽治朝，躬發神明之斷；出馳禁蹕，衆聞輿馬之音；百姓莫不交欣，三靈以之薦祉。吾嘗視前史之戒，思綵聖之圖，將退飭於母儀，庸進彊於君德，從容房闥，不亦美歟！昨權同聽政事，候皇帝康復日如舊。去歲兩曾降手書還政，輔臣等並於皇帝御前納下。今來聖躬已安好，其軍國事更不同處分。故兹示諭，宜體至懷！

太皇太后賜門下詔

蘇軾

皇帝嗣位，于兹四年，華夷來同，天地並應。而皇太妃以恭儉之德，鞠育之恩，雖典册以時奉行，而情文疑有未稱。皇帝以祖考之奉，尊無二上；而吾惟《春秋》之義，母以子貴。其推天下之養，以慰人子之心！宜下禮部太常寺討尋，如於典故有褒崇未盡事件，令子細開具聞奏。

太皇太后賜門下詔

蘇軾

官冗之患，所從來尚矣。流弊之極，實萃于今。以闕計員，至相倍蓰。上有久閒失職之吏，則下有

受害無告之民。故命大臣，考求其本。苟非裁損入流之數，無以澄清取士之源。吾今自以眇身，率先天下。永惟臨御之始，嘗敕有司：蔭補私親，舊無定限，自惟薄德，敢配前人？已詔家庭之恩，止從母后之比。今當又損，以示必行。夫以先帝顧託之深，天下責望之重，苟有利於社稷，吾無愛於髮膚；矧此恩私，實同毫末。忠義之士，當識此誠，各忘内顧之心，共成節約之制。今後每遇聖節、大禮、生辰，合得親屬恩澤，並四分減一；皇太后、皇太妃準此。

合祭天地詔　范祖禹

朕聞五帝不相沿樂，三王不相襲禮，世有損益，因時制宜。惟我祖宗，嚴奉郊廟。當遣官攝事，皆考合於前文；唯奠玉親祠，自裁成於大禮。每以三歲，對越二儀，咸秩百神，大賚四海。迄先帝元豐之末，講方丘特祭之儀，蓋將補一代之闕容，振百王之墜典。朕惟菲德，嗣守丕基。列聖已行，謹當遵奉；先朝未舉，懼不克堪。是以昔歲仲冬，竭誠大祀，神祇饗答，祖考燕寧。前詔有司，載加集議。猶欲咨度諸儒之論，稽參六藝之文。然理既不疑，則事無可議。斷自朕志，協于僉言，祗率舊章，永爲成式。今後南郊合祭天地，依元祐七年例施行，仍罷禮部集官詳議。

元符日食求言詔　曾肇

朕以眇身，始承天序，任大責重，罔知攸濟。永惟四海之遠，萬幾之煩，豈予一人所能徧察？必賴

百辟卿士，下及庶民，敷奏以言，輔予不逮。矧太史前告，天將動威，日有食之，期在正月。變異甚鉅，殆不虚生，夙夜以思，未燭厥理。將以彌綸初政，消弭天譴，非藥石之規，孰開朕聽？況今周行之內，人有所懷；芻蕘之中，言亦可採。凡朕躬之闕失，若左右之忠邪，政令之否臧，風俗之媺惡，朝廷之德澤有不下究，閭閻之疾苦有不上聞，咸聽直言，毋有忌諱！朕方開讜正之路，消壅蔽之風，其於鯁論嘉謀，唯恐不聞；聞而行之，唯恐不及。其言可用，朕則有賞；言而失中，朕不加罪。朕言惟信，非事空文。尚悉乃心，毋悼後害！應中外臣僚以至民庶，各許實封言事，在京於合屬處投進，在外許於所在州軍附遞以聞。布告遐邇，咸知朕意。

賜夏國主詔　韓琦

昨以夏國累年以來，數興兵甲，侵犯疆陲，驚擾人民，誘迫熟户。去秋乃復直叩大順，圍迫城寨，焚燒村落，抗敵官軍。邊奏屢聞，人情共憤。羣臣皆謂夏國已違誓詔，請行拒絕。先皇帝務存含恕，且詰端由，庶覩逆順之情，以決衆多之論。逮此遜章之稟命，已悲仙馭之上賓。朕纂極云初，包荒在念，仰循先志，俯諒乃誠。既自省於前辜，復願堅於永好。苟奏封所叙，忠信無渝，則恩禮所加，歲時如舊。安民保福，不亦休哉！

賜觀文殿學士禮部尚書王舉正乞致仕不允詔　歐陽修

夫朝廷之廣大，賢儁之衆多，必有皤然耆壽之臣，以當上所優禮之異。或事思所訪，則有老成俾時

之式瞻，以爲人望。故禮雖七十，猶有不得謝者焉。卿懿文高行，有君子之風；清節令聞，爲當世所重。閱書祕殿，日侍清閑；進讀經筵，坐論道德。固非有官司之責，筋力之勞。宜思少安，副我眷待！

賜夏國主詔　歐陽修

朕嗣守丕圖，日新庶政，方推大信，以協萬邦，思與藩屏之臣，永遵帶礪之約。矧勤王而述職，固奕世以推誠。而近年以來，將命之使，或不體朝廷之意，罔循規矩之常，多於臨時，率爾改作；既官司之有守，致事體以難從。且下脩奉上之儀，本期效順；而君有錫臣之寵，所以隆恩。豈宜一介於其間，輒以多端而生事？在國家之撫御，固廓爾以無疑；想忠孝之傾輸，亦豈欲其如此？故特申於旨諭，諒深認於眷懷！今後所遣使人，更宜精擇，不令妄舉，以紊彝章。所有押賜、押伴、使臣等，亦已嚴行戒勵，苟有違越，必寘典刑。載惟信誓之文，炳若丹青之著，事皆可守，言貴弗違，毋開間隙之萌，庶敦悠久之好！

賜南平王李德政曆日詔　宋祁

頒曆之義，以初爲常，俾一天下之歸，用謹人時之授。以卿列壤南裔，率職本朝，宜我恩化，慰彼黎庶，每屬歲元之會，必榮廟朔之藏。朕亦推處機祥，裁輔舒慘，申命太史，分次左方，宜案象以奉行，表布和之胥洎。特茲馳錫，勿怠欽承！

賜判永興軍韓琦再乞相州不允詔

王安石

卿當國家之多難，任社稷之至憂，實能忠勤，以濟勳績。方均逸豫，適此外虞，煩我元功，良非得已；亦惟體國，義不辭勞。今雖尚謀經武之時，非有蒐兵伐罪之事。坐臨諸帥，固可優游；何必舊邦，乃能休養？勉綏居息，以副倚毗！

賜守司徒檢校太師兼侍中韓琦詔

王安石

便道之鎮，朝廷故常；來朝京師，朕意所欲。使事曲折，既當聞知；忠言嘉謨，又所飢渴。雖知勤勩，可不勉哉！

賜富弼乞判汝州允詔

王安石

比飭使人，具宣至意，就令賜告，冀遂寧瘳。卿嚴祗朕命，不敢遑息；顧念吏卒，閔其久留；觸熱載馳，用忘勤勩。恭以事上，卿實有之；仁及賤微，又能如此。忠誠所惻，豈獨朕心；從容小邦，姑以養福。勉綏吉禄，毋恤後艱！

賜知亳州歐陽修乞致仕不允詔二道

王安石

股肱名臣，與國同體，禮當得謝，朕尚難之。況年非告老之時，而勳在受遺之籍。不留屏輔，人謂

斯何？姑體至懷，少安厥位！

卿勳德之舊，簡在帝心。從容一州，足以休養。而抗奏至於四五，必以田里爲歸。豈朕視遇故老，有不足於禮乎？何其求去之果也！欲喻至意，莫知所言，惟能勉留，實副勤佇。

賜答曾公亮詔　王安石

眚栽變異，以戒人君；推之股肱，朕所不敢。元勳舊德，實賴交脩。譴告之來，必緣象類。明諭朕志，使當天心。庶幾君臣，並受遐福。不務出此，而果於辭權，是惟保身，豈曰謀國？

賜特放知潭州燕度待罪詔　王安石

卿受命方隅，助宣德化；姦兇弗率，乃觸大誅，引慝自歸，謂當譴黜。萬方有罪，責在朕躬；雖爾長民，豈專任此？

賜宰臣韓琦不赴文德殿立班待罪不允詔　王　珪

天子之御正朝，久而未講；宰相之班百辟，後亦從隳。𢟍臺簡之忽陳，規邦彝之浸略。蓋延英賜對，每除中昃之咨；故宣政留班，不及大昕之謁。矧在職之匪懈，奚引愆而靡寧？宜斥細嫌，用綏素矚！

賜河陽三城節度使兼侍中曾公亮乞免册禮允詔

王珪

天子臨軒拜三公，其禮舊矣。今朕以上公之秩，加于元臣，方戒有司，卜日而册授之。乃援比固辭，不能爲朕引紱廷下。吁！其禮何時而可復邪？雖用勉從，則匪朕心之懌。

賜判亳州富弼乞罷使相不允詔

王珪

朕初臨丕基，首擢大吏，方勞精而共務，忽引疾以屢辭。去雖隃於歲年，念不舍於朝夕。適覽奏函之葳，又將使衮之還。且重禄所以賦上賢，樂郡所以優舊德。宜收曲慮，終保高名！

賜吴奎免恩命不允詔

王珪

天子惟君萬邦，建時百辟，以祗迪于乃事。矧曰左右之臣，以朝夕承乂乃辟，予敢有弗欽！爾克懋乃猷，兹庸命爾圖厥政。爾乃陳所以固辭朕命者三。朕思有虞之世，羣臣皆讓，亦莫安厥位，終敕之曰：「俞，汝往哉！」爾弗逖聞于前人，其率時訓惟厥中。嗚呼！慎爾止，毋倚乃身，乃罔弗孚于休！

戒諭夏國主詔

王珪

維乃祖考，克有西土，世爲漢藩輔。今爾弗蹈于前烈，廼竊署重爵，以使奉幣於朝；方邊吏拒還，乃

復稽留境上，不及廷見之期。洎朕親攬貢函，而僭我王命，實如所聞。朕疑風俗荒遠，未達朝廷之儀。雖然，棄信慢常，誼不可長。其務思先世之約，以保綏于斯民，毋忽是圖，以奸我有邦之罰！今後所差使人，即不得僭儗。

賜王廣淵張詵奬諭詔　元絳

洮岷之役，師旅載興。維予信臣，一迺忠力，百爾調發，並濟厥須。告凱奏功，實緊佽助。特加褒寵，有腆分頒。宜體眷懷，益圖來效！

賜新除落致仕依前光禄大夫范鎮赴闕詔　蘇軾

夫有德君子，以精神折衝，譬之麟鳳，能服猛鷙。朕虛懷前席，以致諸老，非敢必以事諉也。苟得黄髮之叟，皤然在位，則朝廷尊嚴，姦宄消伏。卿雖篤老，乃心王室。毋憚數舍之勞，以副中外之望！

賜尚書刑部侍郎范百禄乞外任不允詔　蘇軾

成王命君陳：「商民在辟，予曰：辟，爾惟勿辟；予曰宥，爾惟勿宥，惟厥中。」古之有司與天子相可否蓋如此。而況公卿之間，議有異同，而不盡其説哉？例在中書，與在有司，固宜審處，歸于至當；而卿遽欲以此去位，非古之道也。其益修厥官，以稱朕意！

沿路賜奉安神宗皇帝御容禮儀使呂大防銀合茶藥詔

蘇　軾

於赫神考，如日在天。雖光明無所不臨，而躔次必有所舍。肆予命爾，祗奉此行，禮既告成，勤亦良至。感慕之外，嘉歎不忘。

賜阿里骨詔

蘇　軾

惟爾祖先，世篤忠孝，本與夏賊，日尋干戈，亦惟恃我朝廷爵秩之隆，用能保爾子孫黎民之衆。肆朕命爾，嗣長乃師；而承襲以來，強酋外擅，爾弗能禁，恣其所爲，遂據洮城，以犯王略；陰連夏賊，約日盜邊。朕愍屬羌之無辜，出偏師而問罪，元惡俘獲，餘黨散亡，山後底平，河南綏服。朕惟率酋豪而捍疆埸，乃爾世功；叛君父而從仇讎，豈其本意？庶能改過，未忍加兵。果因物以貢誠，願洗心而效順。爾既知悔，朕復何求？已指揮熙河路，更不出兵，及除已招納到部族外，住罷招納，依舊許般次往來買賣，及上京進奉。爾宜約束種類，共保邊陲。期寵禄於有終，知大恩之難再。勿使來款，復爲虚言！

賜正議大夫知鄧州蔡確乞量移弟碩允詔

蘇　軾

以義責備，《春秋》有失教之譏；以情内恕，詩人有將母之念。碩之得罪，事在有司，難以貴近之親，而廢朝廷之典。及覩來請，有槩予心。重違「兄弟急難」之詞，以傷人子奉養之意。

賜端明殿學士銀青光禄大夫致仕范鎮獎諭詔

蘇軾

朕惟春秋之後，《禮》《樂》先亡，秦漢以來，《韶》《武》僅在。散樂工於河海之上，往而不還；聘先生於齊、魯之間，有莫能致。魏、晉以下，曹、鄶無譏。豈徒鄭衛之音，已雜華戎之器。間有作者，猶存典刑；然銖黍之一差，或宫商之易位。惟我四朝之老，獨知五降之非。審聲知音，以律生尺。覽《詩》《書》之來上，閱簨虡之在廷。君臣同觀，父老太息。方詔學士大夫論其法，工師有司考其聲，上追先帝移風易俗之心，下慰老臣愛君憂國之志。究觀所作，嘉歎不忘。

賜觀文殿大學士集禧觀使蘇頌乞致仕不允詔

范祖禹

祖宗以來，貴德尚齒，鼎槐之老，莫不眷留，班于大廷，表儀百辟。卿向繇省轄，進涖宰司，深執㧑謙，懇求去位。置使祠館，勉徇雅懷。已退處於丘園，尚何殊於田里？矧卿筋力克壯，聰明不衰，中外所瞻，足以重國。體兹至意，無或費辭！

賜新除觀文殿大學士中太一宫使范純仁令赴闕供職詔

曾肇

卿三朝元老，四海具瞻，出處爲邦國之重輕，用舍繫仁賢之消長。久置散地，宜還本朝。俾陟降於殿帷，仍總司於琳館。豈惟尊德尚齒，昭示寵優；庶幾鯁論嘉謨，日聞忠告。昔周公已老，猶在京師；留

侯雖病，不去漢室；眷惟舊弼，異世同心。聞命疾馳，副朕所望！

賜宰臣韓琦請郡不允詔

呂公著

夫忘身徇國者，前志之所高；送往事居者〔二〕，人臣之所勉。顧惟寡昧，夙在亮陰。永言負荷之艱，實賴股肱之助。荐披來奏，頗異予聞。謂已事於山園，必聽辭於機柄。雖末代或爾，在本朝則無。唯天聖之初，馮拯去位，非緣使領而獲罷，蓋以疾疢之匪任。卿體力素強，望實兼劭，所宜遺履謙之近節，懋經國之遠圖。深體至懷，勉綏厥位！

校勘記

〔一〕睠惟京而西顧　「惟」明抄本、明刻本作「維」。按，二字古通用。

〔二〕送往事居　「居」原作「君」。按《左傳》僖公九年：「送往事居，耦俱無猜，貞也。」此用其語，據改。

宋文鑑卷第三十二

勑　赦文　册

勑

頒貢舉條制勑

歐陽修

夫儒者通天地人之理〔一〕，而兼明古今治亂之源，可謂博矣。然學者不得騁其説，而有司務先聲病、章句以牽拘之，吾豪儁奇偉之士，何以奮焉？有純明朴茂之美，而無敎學養成之法，飭身勵節者，使與不肖之人，雜而並進，則夫懿德敏行之賢，何以見焉？此士人之甚弊，而學者自以爲患，議者屢以爲言。朕慎於改更，比令詳酌，仍詔宰府，加之參定。皆以謂：本學校以教之，然後可求其行實；先策論，則辨理者得盡其説；簡程式，則閎博者可見其材；至於經術之家，稍增新制，兼行舊式，以勉中人。其煩法細文，一皆罷去，明其賞罰，俾各勸焉！如此，則待士之意周，取人之道廣。夫遇人以薄者，不可責其厚。今朕建學興善，以尊子大夫之行；而更制革弊，以盡學者之材，予於教育之方，勤亦至矣。有司其務嚴訓道，精察舉，以稱朕意！學者其思進德脩業，以無失其時！凡所科條，可爲永制。

賜右屯衛大將軍叔韶獎諭勑

歐陽修

朕固嘉汝嚮學勵善，蔚然而有文，與夫習富貴之驕，而樂狗馬之翫者，異矣。然夫學者，所以知君臣父子之禮，出可以施於國，入可以施於家。汝其慎擇厥師，講救其闕，使言行無過，以自遠於悔尤。夫能異於衆人，誠爲有立；必至乎君子，然後大成。汝其勉之，無或中止！

賜陝西西路沿邊經略招討都部署司勑

宋祁

朕卹軍旅之苦，寵邊陲之良，事從優寬，情無遴愛。至於常愆細過，並許功除；煩文苛法，罕由吏議。昨滕宗諒、張亢，並緣事任，合給公用庫錢，俾其宴享賓僚，犒飫軍伍。而乃用度無藝，簿領失防，陽託貿營，潛有牟入。攸司言上，遣使即推。如聞逮繫頗多，鞫劾彌廣。本其冗費，寧足深誅？已罷案窮，悉令原貸。其滕宗諒等，止免一官，量降差遣。雖屈吾法，期慰士心。且夫盡用市租，美推趙將；來從我取，誼表漢臣。每慕前風，思全大體。尚慮諸道帥守，便以茲事爲懲。或損狹儉牽，或裁量藥餌。苟存畏避，謂免譏彈；胡益至公，亦非朕意。但當循經費之式，去自潤之私，取仰於官，均惠於衆。由茲底績，夫何間然！安節坦懷，毋或疑憚！

罷諸路同提點刑獄使臣置轉運判官勑

劉敞

國家兼覆寓内，疆理天下，分州立邑，十有八路。惟吏之不平，民之失職，政之頗纇，獄之糾紛，未

能獨察也，故設糾虔之司，使奉欽恤之寄，專屬朝寀，貳以武吏。誠欲審疑察枉，釋寃決滯，納民於不寃，流化於無訟。而武吏或起世家，或由軍功，文墨期會，未必深究，監司背項，適增其繁。夫非其習而望其效，違其方而冀其功，不亦難乎？其罷諸路同提點刑獄使臣，令樞密院勘會，已及二年者，卽令赴闕；未及二年者，與就移合入差遣，及於河北河東陝西緣邊兵馬多處，相度添置路分都監，以次補用。庶幾人盡所長，官不虛受。夫轉運使之任，所寄耳目〔二〕，治財賦，集事功也。江南東西、荆湖南北、廣南東西、福建、益、梓、利、夔等十一路，此其去京師遠者萬里，近者數千里，或跨帶山海，崎嶇蠻夷，而皆一員主之。處則無與參慮，出則無與僇力。設有緩急之警，調輸之煩，機會一失，民受其弊，甚非豫慮先事之策。其各增置轉運判官一員，以三年爲一任，選差第二任以上知州資序人，候一任滿日，與提點刑獄差遣。初入知州及第二任通判資序人，候滿兩任日，與提點刑獄差遣。若居部無狀，隳職敗事，亦重行其罰。蓋士常患任之不當其材，無以見長；用之不久其任，無以就功。今朕別異文武，使得自試；選擢賢能，使得次進，吾於士大夫，可謂無負矣。其各竭力悉心，勉成功名！布告中外，咸諭朕意。

復天下州縣官職田勑　張方平

昔在先帝，詔復公田，合《王制》班禄之差，得聖人養賢之義，載原深旨，本自愛民。比者搢紳之間，屢陳利害之意，以謂郡縣受地，有無不齊，銓審除員，權利爲倖，辯競以之傷俗，因緣至于害人，故嘗命官，斷以定數，誠足釐於浮弊，然未安於予懷。《禮》不云乎：「厚禄以勸羣臣，則下之報禮重。」凡厥文武，

仕于朝廷，雖廉素者惟士之常，而富貴者人之所欲；其全寬大之體，自有公平之制。所宜給其所未給，均其所未均，約爲等差，概令增足〔三〕，使事父母者得以致其養，畜妻子者得以致其樂，冠昏喪祭有所奉，慶恤饋問有所施。不牽私室之憂，必專公家之慮。則六計可以弊羣吏之治，四方可以期衆職之修。儻自犯于有司〔四〕，亦何逭於彝憲？上廣先朝之惠，示不敢渝；下俾諸臣之言，審兹自定。惟爾中外，體予所存！

條制資廕勑

張方平

《周禮·大司樂》掌學政，以六藝教郡國子。漢制光禄勳典任籍，以四行察三署郎。兹其官材，本於世胄；然當辨論，必屬俊良。今廕法之所原，古典刑之是憲。惟因循之日久，寖滋蔓而倖多。敝生作法之涼，濫起推恩之過。且賞延于世，諒非及於疎宗；官惟其人，顧何取乎髫稚？暨階仕進之路，復無誨育之科。室不茨墉，田不疆畝，處不裕立身之道，出不閑從政之方。略觀貴途，良鮮舊族。此則上因朝廷法制之不立，下自父兄訓義之不孚。故俾宰司，詳爲定令。使夫冢嗣先録，以篤爲後之體；支子限年，以明入官之重。設考藝之格，激之向學；立保行之條，勉令率履。前史不云「爵禄者，天下之砥石；人君所以礪世磨鈍」，兹實用焉。庶乎位有稱職之才，朝多濟世之美。非惟爲國造士，是乃爲臣立家。咨爾具僚，知朕此指！

皇族出官勑

蘇頌

自我祖宗，惇敘邦族，大則疏封於爵土[五]，次則通籍於閨臺，普集京師，參奉朝請。然而世緒寖遠，皇枝益蕃，屬有親疏，則恩有隆殺；才有賢否，則禄有重輕。今而一貫於周行，是亦奚分於流别？雖睦婣之道誠廣，而德施之義未周。故廷臣數言，宰司繼請，謂宜定正，限以等彛。朕惟親戚之間，經史有訓，漢唐之世，典故具存。或以九族辨尊卑，或以五宗紀遠近；或聽推恩而分子弟，或許自試而效才能；或宗子之賢，得從科舉；或諸王之女，自主昏姻。盡前世之所行，顧當今之未備。況我朝制作，動法先王，豈宗室等襄，反無定著？因俾羣公之合議，將爲一代之通規。載攬奏封，具陳條目，以謂祖宗昭穆，宜從世世之封；王公子孫，抑有親親之殺。若乃服屬之既竭，洎于才藝之並優，在隨器以甄揚，使當官而勉懋。至於任子之令，通昏之儀，凡曰有司之常，一用外官之法。僉言既允，朕意何疑，告於將來，遂頒明命。噫！自義率祖，既殊升降之文；因時制宜，斯盡變通之利。咨爾宗盟之衆，固多博識之倫，奉承新書，當體朕意！

赦文

建隆登極赦文

五運推移，上帝於焉睠命；三靈改卜，王者所以膺圖。朕起自側微，備嘗艱苦。當周邦草昧，從二帝以徂征；洎虞舜陟方，翊嗣君而纂位。但罄一心而事上，敢期百姓之與能？屬以北虜侵疆，邊民罹苦。朕長驅禁旅，往殄胡塵。鼓旗纔出於國門，將校共推於天命。迫迴京闕，欣戴眇躬。幼主以曆數有歸，尋行禪讓。兆民不可以無主，萬機不可以曠時，勉徇羣心，已登大寶。昔湯武革命，發大號以順人；唐漢開基，因始封而建國。宜國號大宋，改周顯德七年爲建隆元年。乘時撫運，既叶於謳謠；及物推恩，宜周於華夏。可大赦天下！於戲！革故鼎新，景命初隆於王室；眚災肆赦，鴻恩普洽於民心。更賴將相王公，協謀同力，共裨寡昧，以致升平。凡爾萬方，咸知朕意！

嘉祐明堂赦文

王珪

朕承三聖之基，履四海之貴，深惟持國之日久，益念爲君之道艱。有臨聽之廑，庶以圖天下之佚；無奉養之靡，庶以資天下之豐。兢兢萬務之維微，勉勉前事之所戒。倚以左右輔弼之正，予敢有弗欽？事于上下神祇之明，予敢有弗肅？屬九穀登富，三辰昭華。象來桂海之祥，塵絶玉關之警。有邦之應，於朕豈功？恭念爲天之子者，必修報本之禋；爲人之子者，必懷追養之慕。重循菲德，屢緝曠文。頃按明堂之圖，古如路寢之制〔六〕。載經斯室，載度斯筵。直大火之騂芒，乘季秋之肅氣。物無上帝之稱，非躬祠不足昭虖虔；聖維文考之尊，非嚴配不足盡虖孝。於時備法物之駕，服大冕之章。格靈貺於眞庭，歆清德於太宇。還祇宗祀之舉，具飭純誠之將。廼神光陸離，燭于薦鬯之夕；喜氣休晏，被于燎

柴之時。亶丕事之繼成，敢蕃釐之專鄉？宜孚廷涣，以契天心。可大赦天下！於戲！承神之胙，既均輝耀之微；盪俗之瑕，復若風霆之布。蓋禮鉅則澤之博，孝至則勸以遐。尚賴秉文之英，經武之傑，厲同寅於王室，壯大治於邦圖；共荷無疆之休，亦膺無窮之聞。

治平立皇太子赦文　王珪

王者承天立極，莫不思長世之圖；爲國建儲，所以正萬邦之本。故朕親先父子，而天下不以爲愛，命發朝廷，而天下不以爲私。粤予上嗣之良，禀自日躋之聖。出而就傅，寖窮學肆之聞；入則承顏，勤至寢門之問。比疏榮於王社，益修德於天枝。顧荷丕基之艱，猶虚正體之貳。矧漢文命嫡，著於即祚之初年；且夏后立子，期以傳家於萬世。維羣元之所徯，維大器之所承。式符少海之祥，宜踐東朝之位。肆顯册之丕發，嘉僉言之大同。爰契歡心，用覃曠澤。可大赦天下。於戲！文昭武穆，夙詒燕後之謀；震長離明，本有承華之象。蓋義重虖先者，禮必亟舉；慶施虖上，則惠必遐流。咨爾庶方，當體朕意！

熙寧七年南郊大赦　元絳

王者欽崇神天，嚴奉宗祏。就郊以饗，所以詔天下之恭；假廟而烝，所以教天下之孝。洪惟五聖之烈，誕輯百王之文。肆予冲人，昭事上帝。載念物無以稱，維一誠可以展大報之儀；祭不欲煩，維三歲

可以述躬行之典。協會康年之順，道迎至日之長。是用朝薦殊庭，祼將太室。乃進登於陽時，以裒對於皇穹。合祛柔祇，陟配文祖。祝燧告絜，贊犧尚純。六樂變音，舞奏而諸物至。一精揚燎，煙升而萬靈交。方丕事之獲成，敢蕃禧之專嚮？宜旉大號，以賚多邦。可大赦天下！於戲！意盡精禋，既秩宗祈之舉；政施惠術，亶昭慶宥之行。維時黎元，綏我德澤。尚賴謨明四近，忠藎羣材，儀圖新美之功，勱相隆平之運。同底于治，永孚厥休！

元豐立皇太子赦文

鄧潤甫

父子一體也，惟立長可以圖萬世之安；國家大器也，惟建儲可以係四海之望。位序蚤定，而人莫不以爲悦；典禮亟崇，而衆罔敢以爲私。永惟上嗣之賢，寔有妙齡之譽。入而視膳，孝友見於夙成；出則好書，聰哲繇於自得。粤紹休於正統，猶虚位於東朝。廼考蓍龜之占，廼稽方册之實。載涓吉日，肇闢青宫。周家先親，不敢忘廟社之重；夏后與子，蓋以順天、人之心。宜覃曠恩，徧暨羣品。可大赦天下！於戲！離明震長，緜帝緒於億年；解吉涣亨，灑天仁於萬物。蓋禮之所行者大，則澤之所流者深。咨爾多方，體朕至意！

册

乾德上尊號册文

范質

維乾德元年，歲次癸亥，十一月己酉朔，十六日甲子，攝太尉、守司徒、兼侍中、蕭國公臣質，守司空、平章事臣溥，尚書右僕射、平章事臣仁浦，及内外文武臣寮，馬步諸軍將校，藩郡守臣，四夷君長，緇黄耆艾等七千五百人，謹再拜稽首上言曰：「惟天爲大，惟堯則之。」又曰：「舜有天下，無爲而理。」是以古之言道德者，莫先於二帝，一則曰「聰明文思」。一則曰「温恭濬哲」。英聲茂實，意無欲而自彰；景福鴻休，心無求而自至。巍巍蕩蕩，無得而言。伏惟皇帝陛下，高明博厚，宣慈惠和，純粹之德全，孝友之行著。惟精惟一，知微知章。向者龍尚處於潛淵，日未離於暘谷，歷試之際，志在扶危，險阻艱難，何往不濟？躍馬蹈高平之陣，麾戈佐淮甸之征。喋血鏖兵，一月三捷。勞旋飲至，論功莫二。洎乎天監厥德，用集大命，人祇叶應，風雨咸若。鼎運初建，國步猶梗，始罰李筠犯順，長戟指闕；并人連禍，寇我比鄙，於是有太行之行。重進怙亂，棄德崇姦，幅員千里，生民被毒，於是有廣陵之役。千乘萬騎，如霆如雷，詢彼仇方，震疊區宇，翠華宵至，堅城旦下，連平二孽，有同符契。累朝已來，出師誅暴，未有若兹之奇速也。頃者，華風不競，中國政微，五嶺三江，置諸度外，殊文異軌，六紀于兹。肇啓聖謀，驅攘寇亂，荆湖底定，南土晏然。燕薊之戎，汾晉之孽，燕巢幕上，朝不謀夕。邊事少間，理道無壅。嚴恭寅畏，一日

萬幾。勤於己而泰於人，儉於躬而豐於物。明四目而高視，達四聰而遠聽。不侮鰥寡，恤天窮也；信及豚魚，遂物性也。惜力念耕耘之苦，推食閔介胄之勞。法家之流，既峻且密，乃詔大理，重正刑名，俾盡哀矜，務從寬簡。減盜竊之罪，緩鹽麴之禁。好生之德，通於神明。若乃昧爽丕顯，坐而待旦，商湯之戒慎也；側身損己，長轡遠馭，漢文之化導也；循名責實，信賞必罰，建武之法制也；果敢決斷，從善如流，貞觀之風烈也，帝王之道，於茲備矣；太平之業，於茲成矣。於是祇見清廟，致其孝享；圓丘展禮，對越上玄。一獻而天帝降祉，再獻而神人以和，三獻而萬禄攸報。祥風拂袂，休氣繞壇。熙熙怡怡，羣心胥悦。國家大慶，衆庶共之。肆赦覃恩，俾民更始。與天合道，謂之應天；大無不覆，謂之廣；遠無不至，謂之運；博施濟衆，謂之仁；智周萬物，謂之聖；化成天下，謂之文；保大定功，謂之武；其德無際，謂之至德。臣等不勝大願，謹奉玉册玉寶，上尊號曰「應天廣運仁聖文武至德皇帝」。伏惟垂日月之明，監億兆之情，凝旒端委，昭受鴻名。如山嶽之固，如松柏之貞。乾健不息，品物咸亨。承天之祐，萬壽千齡。

封祀玉牒文

維大中祥符元年，歲次戊申，十月戊子朔，二十四日辛亥，有宋嗣天子臣敢昭告于昊天上帝：啓運大同，惟宋受命。太祖開階，功成治定。太宗膺圖，重熙累盛。粤以冲人，丕承列聖。寅恭奉天，憂勞聽政。一紀于兹，四隩來暨。玄貺殊尤，禎符章示。儲慶發祥，清淨可致。時和年豐，羣生咸遂。爰荷

以孝奉先。祈福逮下，侑神昭德。惠綏黎元，懋建皇極。天禄無疆，靈休允迪。萬乘其昌，永保純錫。率禮祗肅，備物吉蠲。以仁守位，顧懷，敢忘繼志！僉議大封，聿伸昭事。躬陟喬嶽，對越上玄。

尊皇太后册文　歐陽修

維治平二年，歲次乙巳，十一月丁巳朔，十有六日壬申，嗣皇帝臣曙，謹稽首再拜言曰：臣聞昔者明王之以孝治天下者，非家至而日見也，蓋有要道焉。推所以行於己者爲天下率，盡所以奉其親者爲天下先，而四海靡然而承風矣。洪惟有宋，受命造邦，百年四聖，而小子獲承之，以繼我仁考之遺休餘烈。方與羣公卿士，夙夜以思，勉其不逮，庶幾如我仁考付畀之意，以申罔極欲報之心，此固慄慄祗懼，不敢遑寧者也。顧惟眇末之質，提攜鞠育，慈仁咻煦，至于有成，自我聖母。嗣位之始，哀迷在疚，而憂勤艱難，一日萬務，協和綏靖，保祐扶持，功施邦家，亦惟我聖母。永惟至恩大德，無物可稱，是以稽參典禮，率籲羣心，合志一辭，懇懇惓惓，不勝大願！謹遣攝太尉具官韓琦、司徒具官胡宿，奉玉册金寶，上尊號曰皇太后。恭惟皇太后聖善明哲，柔閑静專。粤自正位中宫，内助先帝，陰禮修而教行，儉德著而下化，遂及萬國，先於正家。逮夫玉几受遺，遭時多難，勉徇勤請，權同聽決。而明識遠慮，動懷謙畏，深鑒漢家母后之失，訖不踐於外朝。及歸政冲人，合於《易》之「進退不失其正」之聖。是惟全節鉅美，固已超出前古，而垂法後世。宜乎盛烈播于聲詩，尊名光於典册。惟末小子，獲奉温凊。嗚呼！殫九州之富以爲養，未足盡於孝心；享萬壽之福而無疆，期永承於慈訓。臣誠懽誠抃，稽首再拜謹言。

皇后册文

王安石

維熙寧二年歲次己酉四月丁酉朔二十六日壬戌，皇帝若曰：自昔有天下必擇建厥配，以承宗廟，以御家邦。肆朕受命，奉循前烈，考慎典册，以祈協于神民。咨爾向氏，懿柔淑恭，舊有顯聞。肇功唯祖，弼亮帝室。流德之澤，覃延後嗣。是産碩媛，比賢姜任。越朕初載，來嬪蕃邸。盥饋在中，率禮無違。以至嗣服，祇承内事。齋明夙夜，罔有曠失。宜崇位號，表正宫庭。今遣攝太尉、推忠協謀同德佐理功臣、樞密使、光禄大夫、檢校太傅、行尚書、刑部侍郎、上柱國、東平郡開國公、食邑五千户、食實封一千户吕公弼，攝司徒、朝散大夫、右諫議大夫、參知政事、護軍、太原郡開國侯、食邑一千一百户、賜紫金魚袋王珪，持節册命爾爲皇后。夫惟興王，釐厥士女，咸自内始，達于四海。朕克勤，人用弗怠；朕克儉，人用弗奢；朕克正，人用無敢側頗僻；爾勤相朕，乃濟登兹。於戲！匪初惟艱，惟慎厥終。爾忱念兹，朕以永享天禄；爾亦豫有無疆之福，豈不韙哉！

仁宗皇帝加上徽號册文

王珪

維元豐六年，歲次癸亥，十一月壬寅朔，二日癸卯，孝孫嗣皇帝臣謹再拜稽首言曰：臣伏觀古先格王，莫不大名發於前，而大惠昭於後，其法皆本於至公而不可易；至後世臣子，又欲盡報上之道，以謂君德甚盛，其言不足以包衆美，於是有至郊加誄之文。夫欲推事存之禮，述追遠之志，則奉素享之榮號，

益新紀之鴻烈，謀羣公，請太室，洋洋虖際天接地而震顯之，不亦當靈心而傳古誼乎！恭惟仁宗神文聖武明孝皇帝，躬清明之資，賦神睿之略。乾行施之不息，仁性根於自然。時乘六飛，端御大器。知窮八荒而不見其迹，澤及萬彙而不居其功。爾乃簡拔畯賢，放遠邪佞。宥恕刑獄，懷保鰥寡。賞不徇所私，罰必當于理。興農桑之本務，緝禮樂之墜文。有慘怛好生之心，吏或誤入重辟，必終身見斥；有寬裕從諫之度，言者屢進狂直，必曲意見容。念兵革之傷夷，則不殺而服；念稼穡之勤勞，則罔寧于逸。娲履天下之尊，而持之以抑畏；饗天下之富，而實之以儉素。輿馬不聞於游盤，鍾鼓不涉於間燕。宮室亡奢靡之飾，器服亡瓌奇之玩。加以夙夜齊㮚，事天之誠盡；霜露怵惕，念親之感深。方朝廷之久安，迺大革因循，而聖政又新；爲社稷之重計，迺前定禍亂，而皇嗣蚤立。故四十二年，仁恩川流，涵濡熏烝，格于上下。日月華，風雨均，四時和，百穀蕃。北有獷狄而不能驕，西有黠羌而不能軼。蟲魚遂性，自安川藪之游；男女潔誠，更趨耕織之樂。固有幽遐荒昧之俗，不約而子來；奇偉倜儻之瑞，不期而特見者矣。丕赫哉！憲度鴻明，聲文沛施，自載籍之傳，蓋未有休功盛業可加于兹也！重循涼菲，永念猷訓，今將欵清廟，陟紫壇，遂受厚福，以浸黎元。宜於此時，臨彤庭，發玉版，上不敢墜祖宗之典，下不敢虧神民之情。如堯如舜，如禹如湯，豈不高一世之聞，而流萬世之聲哉？爰飭上儀，載揚景鑠。謹遣銀青光禄大夫、守尚書左僕射、兼門下侍郎、上柱國、太原郡開國公、食邑七千六百户、食實封二千五百户王珪，奉玉册玉寶，加上徽號曰「仁宗體天法道極功全德神文聖武濬哲明孝皇帝」。恭惟明德在天，臨受徽稱，維億萬年，永錫嘉祉。謹言。

立夏國主册文

王珪

維熙寧二年，歲次己酉，三月戊辰朔，十四日辛巳，皇帝若曰：於戲！昔堯合萬邦而民風和，周建列土而王業楙，若古申命，蓋國家之成法也。咨爾秉常，迪性純壹，飭躬靖虔。生稟山川之靈，舊傳弓鉞之賜。撫有西夏，尊于本朝。知事君必盡其節，知守國當保其衆。乃内發誠素，外孚誓言。質之天地而不欺，要之日月而不昧。朕用稽酌故典，表顯徽實，錫爾以茅土之封，不爲不寵；加爾以車服之數，不爲不榮。涓辰既良，備物既渥。誕舉丕册，以華一方。今遣朝奉郎、守尚書司封郎中、上輕車都尉、賜紫金魚袋劉航，文思副使、銀青光禄大夫、檢校太子賓客、兼御史大夫、騎都尉、彭城縣開國伯、食邑七百户、劉忱，持節册命爾爲夏國主，爲宋藩輔。夫履謙順者，靡不膺長福；懷驕肆者，靡不蹈後虞。率身和民，時乃之績。往欽哉！祇予一人之彝訓，可不慎歟？

皇后册文

李清臣

皇帝若曰：天相予祖宗，兹歷世寧康。朕既敬紹丕緒，罔作麗觀，底信内外，惟法惟式，蘄以正邦。今左右弼臣，禮儀正貳，暨族老宗婦，各虔厥事，咸鋪繹舊聞，明勷于位，曰：「乾施坤承，日照月儷，四時用不忒〔七〕，萬物用成。盍稽則象，詢考卜筮，若時元吉，正名錫服，俾長首六宫，以母天下。」予惟國有故常，是何敢弗率？咨爾王氏，乃祖忠勞王家，書于太史。子孫公侯，出入藩服。惟功澤逮兹，是生碩

媛。淑嫕温恭，備有嘉德。聘歸王邸，入承事皇姑，靡不若禮。上天右序予家，蚤育元子。慶在宗廟，惠賚于四方。乃以某年某月某日，遣攝太尉具官某，攝司徒具官某，賜爾皇后之寶，方寸有半，文繇螭紐。授之玉册，厥簡五十。命爾翟衣、笄纚、博鬢、黼領、大帶以朝。暨歲時將祀于東西宫，金輿朱蓋，武賁禁衛，步障行導，是惟顯哉！爾其克后職，思后道，履中體順，兹日饗多福，集大祐于厥躬。其尚佽助予治，昭聞于無窮。於戲，懋戒之哉！

仁宗皇帝哀册文

韓琦

維嘉祐八年，歲次癸卯，三月癸卯朔，二十九日辛未，仁宗神文聖武明孝皇帝，崩于福寧殿，旋殯于殿之西階。粤十月戊辰朔，六日癸酉，遷座于永昭陵，禮也。龍馭賓天，珠襦留殯。萬方之軌同臻，七月之期兹近。法仗已嚴，靈輴未進。風雲慘鬱以生悲，臣妾涕號而思殉。孝子嗣皇帝臣曙，接統承堯，念親晞舜。徘徊象物，驚禁從以如存；攀慕仙游，致哀誠兮必盡。繄臨奠以長辭，蓋終天之永恨。乃命弼臣，以文傳信。其詞曰：惟宋受命，與天無疆。藝祖以武，底寧四方。神宗以文〔八〕，萬邦一王。真廟紹隆，赫然其光。逮夫仁宗，益熾而昌。厥生之初，上帝惟祐。天日之表，振古未覩。色出圭璋，步嚴龍虎。其俾真人，來綏下土。元良之建，匕鬯是主。寢門之問，協若文武。嗣訓之循，纂承丕緒。左右獻言，以蒙自處。大運歸乾，獨化陶甄。進良黜姦，始章聖權。其仁如天，其度如淵。其仁伊何？得之自然。草秀而茁，蟲飛而翾。尚不忍傷，況吾民焉？惠澤之霈，滂洋幅員。物無不滋，四十二年。猶如

天兮，化功則全。其度伊何？汪然莫際。臣細必容，默分誠僞。臣在言職，不知諱忌。時肆詆訐，衆嫉狂易。聖心怡然，曰此忠義。是也吾從，過焉何戾？猗如淵兮，是能致治。明慎庶獄，極于哀矜。惟法所在，未嘗妄刑。郡邑之吏，責之詳平。一失入罪，無階顯榮。尊爲天子，以儉爲貴。崇尚清虚，屏斥紛麗。向緣不懌，輔臣入視。殿幄蕭然，茵衾故敝。率用繒素，了無文綺。衆目驚嗟，上曰何謂？吾之受用，素止如是。此民膏血，烏敢妄費！恭事天地，孝承祖宗。九見圜丘，再祇合宫。大祫于廟，親藉于東。服器精備，粢盛潔豐。小次不御，秉圭顒顒。何必户曉，民胥偃風。取士之路，務存至公。十二臨軒，策之必躬。隽髦盡得，巖穴幾空。有將有相，曰功曰庸。眇視三代，吾其比崇。北胡之强，西夏之獷。時欲跳梁〔九〕，恣其貪嗜。吾以威懷，折其凶鋭。兩皆摇尾，從我羈餌。百蠻梯航，琛賚日至。禮樂具修，干戈不試。夫惟立嗣，天下之基。前世令王，或牽以私。事不前定，濱于亂危。我出獨斷，挺然不疑。求賢于宗，唯聖是知。神器之重，其傳有歸。廟社以安，生靈以嬉。迹其大公，堯舜之爲。昔在人上，必有偏好。或樂馳逐，或喜征討，或務宴游，或專營造，或邇聲色，或泥丹竈，棊弈之工，擊拂之妙，有一于此，下從而效。噫吾仁宗，澹無所樂。曰吾好者，在勤政道。日必旰昃，惟先之紹。間時弄翰，或隸或草。堊帚之揮，千奇萬巧。去冬之暮，清燕之間。再闢天閣，詔呼從官。親作飛白，侍臣縱觀。心合造化，生成筆端。書幅踰百，大均寵頒。退坐羣玉，行觴盡歡。嗚呼哀哉！賜墨尚濕，宸章未刊。植璧斯虔，遽有《金縢》之禱；綴衣遂徹，俄承玉几之言。嗚呼哀哉！大變之來，天傾地裂。四海之慟，風號雨血。兆民震駭其無生，百辟寃呼而僅絶〔一〇〕。乘雲之游兮，汗漫而自高；持顙之慕兮，僵仆而

徒切。因疑前會之非常，似與羣臣之叙訣。嗚呼哀哉！候律云凛，諏辰協元。嚴蹕路以方駕，視羽幢兮始前。池竹摇雉，車旗飾鸞。背朱雀之通逵，指青龍之吉山。闕路長兮去復去，宫車晚兮還不還。痛徹六宫兮莫如逝，淚灑重瞳兮胡可攀？嗚呼哀哉！寒日晝昏，愁陰夜積。卷晴霓於丹旐，蕩霜波於素帝。悲笳互咽，六州之奏增悽〔二〕；駿嶽前瞻，萬歲之聲何闃？大隧一扃，幽堂永寂。人間之恨空長，帝所之歡豈極？嗚呼哀哉！秦漢而下，御邦子民，夐越三紀，纔聞數君。其間治亂以相駮，否亨之不醇，如仁宗享國之久而始終太平兮，彼安敢望吾之清塵？生而無窮者厚載，健而不息者高旻，惟至仁盛德與高厚之俱兮，萬世巍然而不泯。嗚呼哀哉！

宣仁聖烈皇后哀册文代宰相

畢仲游

維大宋元祐八年，歲次壬申，九月三日癸酉，大行皇太后崩于壽康殿，旋殯于崇政殿之西階；粵明年正月，遷祔座于永厚陵，禮也。蔵殿帝空，袓庭燎晻。雲似郤而復凝，月雖輝而如慘。孝孫嗣皇帝臣煦，臨遣奠以興哀，瞻振容而永慕。鳳吟管以何悲，龍挾輴而若駐。羽衞羅闕，神儀布路。爰制近司，紀陳聖度。其詞曰：皇矣大宋，寶命自天。重明累聖，跨成軼宣。正后在中，契于坤乾。較任比姒，亦逾于前。有系自姜，源深積厚。功熙我朝，方虎是偶。奄韓宅魯，益昌厥後。月瑞日符，是興太母。於鑠太母，躬義率仁。居静猶地，含和如春。正素自稟，聰明夙聞。作合英祖，齊昇並曜。受養神考，隂功善教。體道不違，惟德是傚。元豐末命，帝命惟辟。聽斷勉同，以補天隙。擁佑神孫，立民之極。

恭以勵人，儉惟化俗。衣有大練，奩無片玉。房闥不出，四海在目。信義由中，九夷思服。如鑑不塵，如璞不緇。三事大夫，正直是咨。宗藩外戚，滲漉惠慈。人爵王官，雖卑不私。廟謁靡行，外朝靡踐。池籞靡臨，惟正是勉。服御靡更，惟惡是善。庸爾萬方，爲則爲典。左右皇躬〔一二〕，動有壇宇。居由範防，造次于是。爰兹治運〔一三〕，寖隆且昌。如天清明，霽日之光。治化方成，憂勞亦至。外若平居，中潛遺厲。坤軸軋以夜摧，月輪翩而曉墜。守大化之靡怛，尚斯民之爲意。嗚呼哀哉！珠箔低垂兮，雲霧猶隔；蕙帳髣髴兮，爐煙未銷。想仙馭以何適，謝人寰而已遥。萬乘號慟，哀纏九霄。千官縞素，雨泣東朝。嗚呼哀哉！人與神兮變何速，秋復春兮時以徂。犧罇盈兮，未忘於平昔；龍綍動兮〔一四〕，難留於須臾。翼八翣以爲衞，陳六衣而氾塗。嗚呼哀哉！野蒼茫兮人漸遠，仗徘徊兮天欲晚。遡洛澗兮，嗟備物之如在；逾鞏岸兮，知神遊之不返。山川已兆於真宅，松柏猶凝於故苑。嗚呼哀哉！玉晦龍蟄，金藏鑑昏。泉關掩夜，宫闈泣晨。車軌同兮，雖來於萬國；寶座閉兮，惟朝於百神。魚惟炬以非日，鴈長飛而不春。嗚呼哀哉！成内則於三朝，貽素風於千祀。致理之勤兮今已往，大道之公兮古如此。何遠其家以爲國，而憂其民之猶子！宜大書而作册，俾永光於宋史。嗚呼哀哉！

欽聖憲肅皇后哀册文

李清臣

粤建中靖國元年辛巳歲，正月壬戌朔，十三日甲戌，大行皇太后崩于慈德殿；二月壬辰朔，十一日壬寅，殯于西階，以三月壬戌朔，八日己巳，戒百官請命於太廟，謚曰：欽聖憲肅皇后。太史筮之，將以五

月辛酉朔，六日丙寅，遷座于永裕陵，禮也。哀子嗣皇帝臣佶極永感之懷，寫無窮之慕。躬薦泂酌，奉寧輴馭。痛三牲之養，忽至於遺奠；悲萬壽之祝，俄成於晞露。謦咳如在〔一五〕，聲容不返。畢銅史之餘滴，動金商之清挽。暑令忽其成凄，薰風颯其變慘。像設既嚴，物儀具有。惟是册書，用傳不朽。宫臣承詔，式虔事守。紀漸寓哀，貽之永久。其詞曰：我宋隆康，恩漸動植。遠惟曁邇，生成滋息。趨走賢智，修官懋職。遐及四裔，左衽重譯。維相向公，梁棟宗祏。逮女曾孫，逌家瑞國。蚤歸王藩，旋被褕翟。至性温温，令儀翼翼。道意禮學，生知自得。慶壽寶慈，問安昕夕。執養寒暑，端莊不易。内輔神宗，贊助陪益。凡厥見聞，舒徐啓迪。十有九年，晏粲椒掖。萬邦託慈，六宫仰式。約省外氏，湯沐脂澤。斯世丕平，陰與多績。比懿夏商，塗山簡狄。姜嫄太姒，聯祛並舄。元符三祀，歲執徐直。正月己卯，變同剨砉。巍巍哲宗，武威文德。夫何弗祐，忽遘窀穸。上嗣考廟，將決大策。于時弼臣，或藏邪慝。輒進異論，欲倒白黑。賴我聖母，沉潛剛克。折之陛前，氣殫語塞。庭羅犀渠，門屯闟戟。龍德利見，寰宇慶懌。一指顧間，長寧社稷。譬如媧皇，神工妙力。鍊石補天，斷鼇立極。冲融宇宙，滉漾澡滌。靡賢不登，靡寃不釋。臣嘗侍對，與聞訓敕。曰我皇帝，聖材天錫。子道勤毖，政事祗惕。治本亂原，講磨紬繹。惠心溥博，物理研覈。帝堪多難，子復明辟。何俟祔饗，始還禁闥。幸濟初艱，後罔餘責。重下教告，亟就安適。帝扳以留，懇欵襞積。數請弗回，推璽卻籍。義盡今兹，事高往昔。在漢馬、鄧，固多慚色。其於邦民，憂不離臆。動履仁儉，示先壼則。服無珠璣，器無瑶碧。禁戒彫繪，棄捐組織。言祖經墳，智該儒、墨。諸書過眼，疑微洞析。兢兢瞿瞿，殆忘寢食。涼暄密移，疹氣侵蝕。皇帝聖孝，啓

處在側。藥審刀圭，術窮鍼石。襘禳山川，猶期千億。丹劑雖靈，寘筭終厄。佛供晝昬，喪氛夜赤。祲象告凶，軒星示坼。數玘坤元，景淪望魄。五十八載，馳光度隙。嗚呼哀哉！梓匠奏工，嬪娥罷飾。帳殿先途，殯堂撤席。縞士鼎鼎，絳旌弈弈。左背城闕，右徑阡陌。轂騎趍趯，綍車咿噫。簫笳悲吟，鹵簿哆赫。萬類奪輝，四民聚戚。御服苴麻，皇情欒棘。嗚呼哀哉！霧雨故宮，莓苔舊城。鳳幌蕭森，獸扉虛寂。輦路鑑奩，孰非陳迹？引望山園，涕濡竹柏。惟有徽音，長留寶册。嗚呼哀哉！

校勘記

〔一〕夫儒者　「夫」原作「天」，據明抄本、明刻本改。

〔二〕所寄耳目　各本同，疑「所」下脱「以」字。

〔三〕概令增足　「令」原作「今」，據五經堂本改。

〔四〕于有司　「于」原作「十」，據五經堂本改。

〔五〕爵土　「土」原作「上」，據明抄本、明刻本改。

〔六〕路寢　「寢」原作「寑」，據明抄本改。

〔七〕四時用不忒　「用」字原本空白，據明抄本補。

〔八〕神宗以文　「神宗」似當作太宗，宋人多以太祖（藝祖）、太宗、真宗三帝並稱。查《安陽集》亦作「神宗」，則或係推尊之別號。

〔九〕眺梁　「眺」各本同，疑當作「跳」。

〔一〇〕寃呼　「呼」，各本作「乎」，疑當作「呼」。「寃呼」，猶哀呼，與上句「震駭」對偶。《安陽集》作「寃呼」，據改。

〔一一〕增悽　「增」原作「憎」，據明抄本改。

〔一二〕左右皇躬　原本及明抄本此句下空白，似脱四字；明刻本不空，直接下句。查畢氏《西臺集》，同明刻本。

〔一三〕爰兹治運　此四字原脱，據《西臺集》補。

〔一四〕龍紼　「龍」原作「池」，據《西臺集》改。

〔一五〕謦咳　「謦」原作「磬」，各本同。按，字當作「謦」，今改。

宋文鑑卷第三十三

御札　批答

御札

大慶殿恭謝御札

歐陽修

勑内外文武臣寮等：執珪璧以事神，嚴祖宗而配帝，雖有國之常典，亦因時而制宜。朕承三聖之丕基，撫萬邦之有衆。儉于己使天下之民豐，勞于心致天下之民佚。罔敢怠忽，庶幾治平。而首春以來，偶爽調適。賴三靈敷祐，百福來臻。順以節宣，獲兹康裕。加以邊隅不聳，風雨以時。雖庶物之咸和，顧眇躬而增惕。是用稽先朝之成憲，詢故實於有司。卽廣殷之翼嚴，擇靈辰之良吉。式伸昭謝，以格純休。宜示先期，故兹誕告〔一〕。朕取今年九月内，於大慶殿，行恭謝之禮。其今年冬至，親祀南郊，卽宜權罷。所有合行諸般恩賞，並特就恭謝禮畢，一依南郊例施行。至日，朕親御宣德門宣制，仍令所司，詳定儀注以聞。務遵典禮，勿俾煩勞。咨爾多方，咸體予意！故兹札示，想宜知悉。

熙寧元年南郊御札

王珪

有天下者，莫重上神之報；爲人子者，莫嚴宗廟之承。率躬三歲之祠，常候一陽之應。緬慕先聖，光施沖人。載循禋類之期，適在諒陰之際。大懼不能備飭儀物，奉將粢盛。於是剌六經之文，傳博士之議。皆以謂喪有以權而順變，祭無以卑而廢尊。矧稽參西漢之彝，沿用景德之制。顧予涼菲，賴帝況臨。遂卜天正之辰，往脩郊見之禮。方且進祈茂祉，以大庇黎元；昭格至精，以終圖熙事。庶幾能饗，其敢憚勤？朕以今年十一月十八日，有事于南郊。咨爾攸司，各揚厥職。諸道州府，不得以進奉爲名，輒行科率，其百司除事神之物，並宜一切仍舊外，餘應干供奉所須，務令淳約，以稱朕不忘孝思之義！

熙寧四年大饗明堂御札

元絳

勑内外文武臣寮等：朕荷二儀之休，履四海之富。經庶政之至治，秩將禮之彌文。欽惟五聖之謨，常躬三載之祀。自纘隆於大業，已肆類於圜丘。興言總章，未詔嘉饗。維仁祖之武，宜謹於遵修；維文考之尊，宜嚴於陟配。況萬寶時懋，三光仰澄，官師協恭，方夏底定。是用稽仍路寢之制，涓選肅霜之辰。上以裒對天明，展昭事之重；下以敕厲民志，示追養之勤。特戒先期，以孚大號。朕取今年季秋，擇日有事于明堂。其今年冬至，更不行南郊之禮。所有合行諸般恩賞，並特就祀明堂禮畢，一依南郊

例施行。至日，朕親御宣德門宣制，咨爾攸司，各揚厥職。諸道州府，不得以進奉爲名，輒行科率。務循典故，無致煩勞！

批答

賜除宰臣文彦博讓恩命批答

歐陽修

省表具之。朕躬儉約以先人，而生民未足；憂勤以勵政，而百職多隳。豈布德之不明，抑任人之弗至？是以齋居正慮，先志後占，鑒屢易以爲煩，念難知之可慎。永惟商周之所記，至以夢卜而求賢；孰若用搢紳之公言，從中外之人望。卿以舊哲，比嘗相予。惟宇量能寬以服人，惟純誠故久而益信。勳德兼著，可以重朝廷；忠信不回，可以臨大事。夫謀於其始而既審，則果於必用而不疑。汝其欽哉！朕命無易。所讓宜不允，仍斷來章。

賜新除宰臣富弼讓恩命不允批答

歐陽修

卿有憂國愛君之心，而忠以忘其己；有經邦濟時之學，而用未究其能。夫畜久而積厚，則施之不窮；慮深而計熟，則謀無不獲。兹朕所以虚心仄席，有望於卿也。矧卿正直不回，庸邪素忌。小人所異，君子所同。是以在外十年，而左右之譽不及；履躬一德，而搢紳之望愈隆。朕内決於心，外詢于衆，

敢謂有得，卿其何辭？

賜宰臣富弼乞退不允批答

歐陽修

朕眷惟宰輔之司，實繫朝廷之重。職或非稱，勢因易摇。比以連年，厭於屢易，戒用人之不審，致厥位之靡安，故於圖任之初，尤極精求之意。而議者謂卿有天下之譽，慶朕得非常之才。豈惟斷不惑於予心，固以慰久鬱之人望。則朕之用卿者至矣，卿之自待者如何？而方沃嘉猷，遽形退讓。駭無因而及此，曾莫諭於乃誠。豈廊廟之崇，責重者其憂難任；而富貴之至，位高則其慮易危邪？朕嘗歷考往昔之人，其於進退之際，過計而圖全者，未必無患；忘身而徇國者，固多令名。惟爾之明，必知所擇。宜少安於職業，用深體於倚毗！

再賜宰臣富弼乞退不允批答

歐陽修

夫知人之明，可謂難矣；而任賢之術，兹豈易哉？若乃聽之不聰，信之不篤，施設之方未盡，弗極其材；遲速之效有時，莫能少待；則被其任者，實亦艱歟！卿以純一忠亮之誠，藴宏深遠大之業。朕虚己以聽，推心仰成。至於一二之臣，是惟同德；下逮衆多之論，曾靡閒然。方將甄叙賢愚，修明法度，務究本根而更治，不速歲月之近功，期於有成，兹乃予意。奈何中道而將止，夫亦奚託以爲辭？矧上下既交，寧有不通之志？而君臣相遇，豈爲易得之時？當體余懷，勉安厥位！

賜宰臣富弼乞解機務不允批答

歐陽修

夫宰相之事，非可以歲月考而一二數也。其在朝廷，選賢任能，而各得其職；下俾民俗，遷善遠罪，而不知其然。至於法度修，紀綱正，然後相與慎守而安行之，以臻于治。此朕所以虛心一意，日有望於卿者也。今事有緒而卿辭焉，豈朕德之不明，將顧時之不可，中道而止，夫何謂哉？俾予獲用材不盡之譏，而卿涉苟安自便之計，予所不取，卿其勉焉！

賜宰臣文彦博乞解重任不允批答

歐陽修

夫知其人之爲賢，任則勿貳；事其君而有道，去不可輕，此古之臣主之明，舉措必慎，所以收功於一時，而垂法於後世也。卿夙有時望，爲予柄臣，自復秉於國鈞，僅三周於歲序。若乃進退賢否，誅賞罪功，每於聽納之間，敢忘虛己；顧彼搢紳之論，曾靡異辭。方期有成，以副予意。而乃過形謙損，思避台衡。豈寡德弗明，於用才而不盡；將多言害正，致厥位之難安？苟異於斯，夫何引讓！矧卿忠信之節，足以叶予之一心；材謀之優，可以斷予之大事。茲所柬注，寧煩諭言！

賜樞密使宋庠讓恩命不允批答

歐陽修

朕以因時致享，克展於孝思；已祭受釐，大均於慶澤。乃眷耆明之哲，實予體貌之臣。肅臨事之有

容，既交神而蒙貺。宜推異數，以示眷懷。雖嘉好謙，曷止成命。

賜杜衍讓恩命不允批答

宋祁

比虛右弼，以須畯望。卿清約忠壯，華皓一節。出入諷議，靡事不爲。挺然公實，見於有政。朕志先定，成命惟行。況萬幾處可，百職脩理，朕所倚辦，卿宜知之！遽閱讓函，猥徇謙槩。且誕告羣方，不容顓辭，久曠台路。便廢撝遜，欽服寵章！

賜賈昌朝讓恩命不允批答

宋祁

卿曩侍經筵，已知國器。歷守京邑，則風績早樹；進領邦憲，則威名流聞。揚休山立，自處中道。朕以爲履正識敏，材任輔佐，引與機政，參貳台司。曾是踰年，休有成效。覩行則懿，俾謀則臧。斷自予志，冠升樞省。誕告百執，初無異言。猥露奏封，深存撝遜。況訓諭已熟，典命難淹。速即欽膺，以光朝舉！

再賜杜衍讓恩命不允批答

宋祁

向以戎醜尚桀，師伍留屯，公私乏匱，不可貲省；又官濫於外，吏欺於中，苛察過當，浮競成俗；濟水無益，治絲愈棼，圖所振整，未知厥序。以卿久在樞禁，習總事經，年耆識茂，盡悴事國，是用選自予志，

對秉台衡。藉敏材以康調發之難，褒介節以懲進取之弊。朕既寡德，方兹仰成。尺奏荐聞，能讓猶固。已嘗批喻，宜體眷求。毋煩費詞，早膺寵典！

賜陳執中韓琦讓恩命不允批答

宋　祁

朕比執珪幣，祗事神祇，至誠所向，鴻釐如答。是以推衍天祉，沛流茂恩，徧録侍祠之勞，悉從進律之典。卿卓有成效，協於僉言；而臨榮引讓，稽恩未拜。閱露章而既熟，非公論之所期。便可欽膺，即廢謙執！

賜皇弟允迪讓恩命不允批答

宋　祁

朕敦睦懿親，差次寵典，年長者崇爵，屬近者尚恩。眷爾忠賢，用加節制。公言斯協，朝涣既頒。何執常謙，欲遂素守？道風雖亮，允令難稽。往哉惟諧，毋或煩請！

賜皇長子淮陽郡王免恩命不允批答

王　珪

昔我祖宗，誕受天命，厥惟艱哉！克正皇猷，丕懋乃績，以遺我子孫無疆之休。今朕纂厥服，惟稽古建爾元子于有邦。乃季秋辛亥，羣公庶尹，罔不祗朕言于廷。爾乃陳德弗及，期畀于一二弟兄之賢。我聞曰：「立愛惟親，立敬惟長。」其敢示天下以私乎？汝惟往哉，尚迪時命無違！

賜皇伯祖承亮改封秦國公免恩命不允批答

王珪

夫戚藩之建，王室是毗。古者皆世襲其封，近代或别予之邑。既非祖烈之服，又失廟祠之傳。故朕推近屬之長賢，脩先王之舊履，以大子孫不絶之序，以均宗社無窮之休。適攬露章，過形沖節，宜體親親之意，庸光繼繼之圖！

賜宰臣韓琦已下乞立壽聖節宜允批答

王珪

赤制告圖，肇承題序，青煒動陸，俯協誕期。卿等過稽舊章，列上芳牘，緣華封之素祝，建壽聖之嘉名。竊惟受天元符，撫國休運，百辟稱觴而在席，四夷奉幣而在廷；敢以菲懷，抑于輿望？

賜宰臣韓琦等上尊號不允批答

王珪

朕獲承大統，三載于兹，蒙天之休，海内清静。方將飭齊輅，潔純犧，以祇見天地宗廟之靈；乃敢昭發不册，揚徽垂鴻，以自施虖尊榮者哉？不圖執事之臣，列上表功之號。且臨政之日淺，未有盛烈之章；况事神之意恭，豈在彌文之飾？適增予媿，難徇所陳。

賜宰臣韓琦免恩命不允批答

王珪

夫王者壹天下之仕，宰相遂萬物之宜，故君臣同德而教化成，朝廷上賢則分職治。肆朕承邦之久，得卿共政之均，且國用失浮，規節財力之匪易；吏塗過冗，甄序名品之爲難。歷勤勞之百爲，蹈夷險之一致。向屬冢卿之缺，適登台席之元。稽卜神謀，孚言朝聽。維百辟之是式，維兆民之是瞻。奚興曲讓之辭？殊闕大公之舉！慊然衆志，鬱于予聞。蓋德盛而位隆者，望雖與歸；然任劇而責至，則事當隨決。思體睠眦之異，祈收撝固之情。往代天工，毋留邦渙！

賜宰臣曾公亮免恩命不允批答　王珪

夫天文中階之象，色正則二氣鈞；國柄三事之司，體公則萬化緝。朕何嘗不寤寐邦傑，彌綸政機，以敦美風俗之原，以甄序官師之品，所繫甚大，維材之難。卿行足以厲朝，謀足以經國。代言二禁，而號令皷虖羣動；賦政中畿，而神明照于宿姦。頃陪議於宰塗，旋冠謨於宥省。邦之維度靡不舉，兵之紀律靡不張。屬上台之進賢，宜右弼之膺寵。忽起舜庭之讓，未施鄭國之規，羣情鬱然，予心勞止。矧夫付安危之幾，則望豈云淺？當名器之分，則處之勿疑！所期廣猷慮以同寅，會精神而輔力。當抑謙風之固，往調大化之元。豈朕之獨跂太平，亦卿之與有令聞。

賜韓琦免明堂恩命不允批答　王珪

予臨路寢之上，曾覽八紘，邈然有通神明之志。廼季秋宗祈，既右上帝，亦右文考。始予齋精臨

獻，而懼不勝；及觀夫簠樽在堂，鍾石在庭，至陟降上下之數，與夫九州四海美物之薦，罔不具飭。噫，何其禮之盛歟！非爾元宰之臣，孰總裁剸之故？已降之制，爲百辟先。亦皇天降休命于我家，非予之所敢專也。今書固辭，顧不廢予惠術之施虖？

賜郝質免恩命不允批答　王珪

國家提萬兵之勁，萃之畿中；謀元帥之良，護于巖下。矧卿嘗從征伐之事，加有宿衛之勤，宜授鉞於師壇，總環宮之夜柝。蓋旌勞者必異其寵，御衆者必予之權。毋爲過兢，其服重委！

賜宰臣富弼乞退不允批答　王珪

朕肇履邦圖，每恭天戒。屬初炎之在序，偶時澤之弗滋。且止于近畿，顧民災之未遠；然應不旋日，知人事之已修。卿還來相予，居位未久，奚抗章而引咎，將援故而辭權？雖蹈夫聖賢遠覽之思，殆戾於君臣交儆之意。勉規弗及，終底于成！

賜歐陽修乞退不允批答　王珪

夫與政之途，蓋天下之責至者叢矣；顧雖智勇，不能以禦流訾之來。前日御史加非於卿，朕惟其辭，甚悖於義理之文。今讒者放而疑者釋，卿猶欲以去位，豈朕所望焉？《傳》不云乎：「禮義不愆，何恤

人之言。」其起晬事，毋重朕之不敏也！

賜宰臣韓絳免恩命不允批答

元絳

卿方重淳深，清明端亮，閲文武之二枋，擴謀猷於百爲。屬者羌種跳邊，王師淹戍，往視方略，以宣威靈。嘉維爾忠，蔽自朕志，絶軼前比，延登冢司。扶世澤民，將倚調於元化；靖兵戡亂，猶佇建於膚公。況惟涣號之孚，已穆廣朝之聽；胡爲懇牘，欲避隆名？雖難進之風，自高沖尚；而仰成之屬，殊咈顧懷。趣宜欽承，毋重撝固！

賜宰臣韓絳已下上尊號不允批答

元絳

朕聞唐虞之世，君臣吁俞，相與敕戒，以康庶事；未聞其自燿功德，大爲名稱，以動天下之聽。朕以涼菲，獲承皇緒，固已極崇高之位號矣。嚮者奉郊宗之祀，三事大夫，亦屢以徽册來上，而愧不敢從。方且嘉與衆賢，夙寤晨興，以營極治之業，要之萬世，建無窮之基，亦有無窮之聞，不猶愈於虚名歟？臣之尊君，義則勤至；朕守弗奪，毋煩數陳！

賜皇伯宗諤免恩命不允批答

元絳

卿爵齒兼尊，德名參劭，佑予郊廟之事，克有夙夜之勤。疇勞策勳，時乃舊典，往承成命，無用勤

辭！

賜陳升之免恩命不允批答　元　絳

卿久服樞筦，協成王功；屢陳誠辭，願解機政。方建將旄之重，且增台路之華。況輔成萬微，嘗宜左右之力；兼賦二枋，宜旌文武之謨。即當欽承，安用冲挹！

賜宰臣王安石已下乞御正殿復常膳不允批答　元　絳

垂象之變，咎在朕躬，内惟菲涼，敢不祗懼？避朝損膳，欽天之渝，神休震動，銷去大異。而三事庶尹，咸造在庭，願復舊常，至于再請。且星隆碞德，猶賴交修；況天畏棐忱，固當屢省。弭烖嚮福，其庶幾焉！

賜劉摯辭免恩命不允批答　蘇　軾

政如農耕，以既穫爲能事；言如藥石，以愈疾爲成功。若耕不穫，疾不愈，朕何望焉？所以用卿者，非以富貴卿也。勉卒成業，何以辭爲！

賜太師文彦博乞致仕不允批答　蘇　軾

卿出入四世，師表萬民，無羨於功名，而有厭於富貴，其所以忘身徇國，捨逸就勞者，豈有求而然哉？凡以先帝之恩，生民之欲也。卿之在朝，如玉在山，如珠在淵，光景不陳，而草木自遂。去就之際，損益非輕。昔西伯善養老，而太公自致；魯穆公無人子思之側，而長者去之。卿自爲謀則善矣，獨不爲朝廷惜乎？藥餌有閒，時遊廟堂，家居之樂，何以異此？

再賜太師文彥博乞致仕不允批答

蘇　軾

朕脩身以承六聖，虚己以聽四輔，而法度未定，陰陽未和，民未樂生，吏未稱職，中夜以思，方食而歎。雖不敢以事諉元老，實望其以身率百官。卿猶未即於安，孰敢不盡其力？此聖母、沖人之本意，而天下有識之所望也。昔唐太宗以干戈之事，尚能起李靖於既老；而穆宗、文宗以燕安之際，不能用裴度於未病。治亂之效，於斯可見。朕意如此，卿其少安！

賜宰臣呂公著乞外任不允批答

蘇　軾

夫以才御物，才有盡而物無窮；以道應物，道無窮而物有盡。凡今之患，所乏非才。以卿篤於愛君，必能建長久之策；澹然無我，可以寄枉直之權。二年于兹，百度惟正。事既就緒，民亦小康。至於微疾之屢攻，是亦高年之常理。卿其良食自輔，爲國少安。譬如止水之在盤，豈復勞心於鑒物。心且不勞，而況於力乎？

賜宰臣呂公著乞致仕不允批答

蘇軾

宰相不自用，人主不自爲。予欲識人物之忠邪，故以卿爲水鏡；予欲知利害之輕重，故以卿爲權衡；苟明此心，雖老猶壯。與其輕去軒冕，獨善其身；孰若優游廟堂，兼享其樂？益敦此義，勿復有云！

賜司空呂公著免恩命不允批答

蘇軾

夫國以得人爲彊，如猛獸之衛藜藿；以積賢爲寶，如珠玉之茂山川。湛然無爲，物自蒙利。故崔公發議，則淄青慙服，知朝廷之有人；蜀使抗詞，則孫權回顧，歎張昭之不在。得失之效，豈可同日而語哉？朕之用卿，意實在此。國計之重，可無復辭！

賜右僕射范純仁免恩命不允批答

蘇軾

自昔先帝之世，屢歎材難；及朕嗣位以來，專用德選。雖爵禄名器，出於獨斷，而長育成就，實在羣公。長短不遺，輔相之責。苟無爲國養人之意，必有臨事乏使之憂。朕用慨然，當食不御。思得英儁之老，共收文武之用。惟卿篤於憂國，明於知人，灼見朕心，宜在此位。往任天下之重，毋事匹夫之廉！

賜門下侍郎孫固乞致仕不許批答

蘇　軾

吾不出帷幄，臨御家邦，實賴股肱之良，以持綱紀之要；於其進退，顧可輕聽之哉？卿頃自近藩，擢貳東省，本以年德之故，非有筋力之求。若夫正顔色，出詞氣，使人望之而忠誠可信，鄙倍自遠，斯可矣。豈以一病未能造朝，遂欲舍而去哉！誠請雖勤，於義未也。

賜劉昌祚免恩

蘇　軾

卿國之虎臣，帥我爪士，總章大祀，宿衛有勞，宜爲六軍之先，以承大賚之慶。辭而不有，殊匪吾心！

校勘記

〔一〕故茲誕告　「故」，殘宋本、五經堂本作「俾」。

宋文鑑卷第三十四

制

除趙普門下侍郎同中書門下平章事集賢殿大學士制　李沆

閎、散同功，歸馬遂隆於周道；蕭、張叶力，斷蛇因肇於漢基。必資佐命之臣，以輔興王之業。推忠協謀佐理功臣、樞密使、光禄大夫、檢校太保、兼御史大夫、上柱國、天水縣開國伯趙普，功參締造，業茂經綸。稟象緯之淳精，契風雲之良會。洎贊樞機之務，屢陳帷幄之謀。沃心方佇於嘉猷，調鼎宜膺於大用。俾踐台衡之位，仍兼書殿之榮。爾其罄乃一心，熙予庶績。君臣相正，勿忘獻納之規；夙夜在公，勉致隆平之化。往服休命，無愧前修！

除吕蒙正中書侍郎兼户部尚書平章事制　李沆

天道無私，日月星辰助其照；皇王不宰，股肱輔弼代其工。所以端拱守成，垂衣制理。永建丕平之景運，遐追三代之令猷。其有業茂經綸，才推讜厚，參大政而已淹星歲，秉至公而無捨寅昏，宜頒出綍之殊恩，俾正持衡之重柄。爰擇剛日，特降命書。推忠佐理功臣、朝散大夫、給事中、參知政事、柱國、

爰東平郡開國男呂蒙正，四氣均和，五行鍾秀。有濟時之略，輔之以温恭；挺命世之才，守之以循默。爰覩舜旌之進善，遂指魏闕以來儀。臨軒覩敏贍之能，射策見縱横之略。暨茲登用，益著謨明。公忠推社稷之臣，凝重見廟堂之器。眷茲大體，久鬱具瞻。屢宣作礪之功，克懋秉鈞之績。別錫襃功之美號，仍陞馭貴之崇階。勳籍增榮，井田加賦。預列侯之峻爵，同大利之計書。顧優恩之在茲，諒名器之無假。於戲！雲從龍而風從虎，今也其時；啓乃心而沃朕心，必求諸道。爾宜周旋庶政，佐佑眇躬。緩茲宵旰之憂，翊我隆平之運。同底于道，豈不美歟！

除文彦博判大名府制

歐陽修

朕惟將相之崇資，是爲文武之極選。隆其名器，所以重朝廷；列于蕃宣，所以屏王室。矧乃居留之任，必屬老成之人。爰擇剛辰，敷告有位。具官文彦博，器閎而厚，識粹而明。學得其方，通古今而知要；才周於物，適大小以惟宜。自奮發於聲猷，早更揚於中外。居則參裨乎國論，出則宣暢乎皇威。兩踐台司，首當柄用。賢愚式序，舉百職以咸修；綱紀甚明，贊萬幾而至悉。自懇避鈞衡之任，出司管鑰之嚴。逮此逾時，蔚然休問。眷言邦哲，實簡予衷。是用更其擁節之榮，委以別京之重。勁兵所宿，是資總制之權；雅俗惟淳，兼賴撫綏之政。於戲！與國同體，是謂股肱之良；惟民具瞻，方隆師尹之望。顧我舊德，豈煩訓辭；往其欽哉，祗服休命！

除皇弟允初依前檢校尚書右僕射充感德軍節度使加食邑食實封餘如故制

歐陽修

爵賞當功，則爲善之勸廣；名器不假，則至公之道存。然而隆恩睦親，所以厚乎風俗；建侯作屏，所以扞于王家。非余敢私，乃國舊典。具官允初，質性純茂，稟乎天姿；學問發明，由於師訓。維我叔父，時爲賢王。緬懷遺烈之存，屬乃克家之善。自被蕃宣之寄，久參朝請之聯。宜從留務之繁，進委臨戎之重。節髦並建，井賦兼增。僉謀克諧，寵數惟渥。於戲！干戈衛社，內有宣勤夙夜之臣；甲冑在躬，外有奮力行伍之將。爾其念宴安之懷毒，知富貴之難居。戒損於滿，而罔敢自驕；勞身以謙，而克保其位。無忘勗勵，往服恩榮！

封皇弟九女福安公主制

歐陽修

朕稽有國之彝章，著皇女之稱謂。取其主以同姓，所以見王體之尊；必也錫之美名，所以彰禮命之寵。載涓吉日，敷告在廷。皇弟九女，岐嶷之姿，有生知之異稟；柔順之質，得天性之自然。方嚴保傅之規，以養肅雍之德。俾遵舊典，褒以徽章；嘉乃妙齡，盛哉儀服。考僉言而惟允，非予意之敢私。於戲！隆仁恩以厚親，兹惟教愛；習圖史而循法，繄乃夙成。祗若訓言，往膺渙渥！

除皇兄允弼武康軍節度使加食邑食實封制

宋　祁

朕惟一二兄弟，屏扞吾家。每推骨肉之愛，以強本根之託。矧在邇屬，早休厥聲；適及剛辰，進膺異數。具官允弼，甚德而度，參仁以和。居貴而罔流心，訓恭而遠祇悔。間陪郊獻，佐庀宗司。抑抑攸儀，舉皆率履；綽綽斯裕，内無違言。成予叙親，時乃脩職。比者雖疏王爵，未厭寵名。宜停後務之繁，俾領元戎之制。增食爰賦，兼實幹封。於戲！盤石而宗，寄莫重焉；扞城於國，義莫先焉。可壯非猷，可順非迪。仍輟就藩之遠，姑隆綏族之恩。往惟懋哉，顯對嘉命！

除皇弟允迪安静軍節度使加食邑實封制

宋　祁

朕聞立愛莫先於親，繁支實庇其本。每念攸訓，匪伊異人。用推敦序之典，期光夾輔之體。具官允迪，承燾天祏，衍慶宸莩。舉動嚴方，趨占閑敏。思長富貴之守，寢肆朝夕之虔。向留使華，允穆公路。頃以王邸殂謝，予懷悼驚。念其構堂，眷深橋梓。維城有寄，墨絰還朝。載隆近屬之恩，俾領中軍之節。仍增邑食，且實户封。於戲！乃考之忠勛，四邦是式；乃兄之光寵，十乘有儀；爾偕厥榮，毋或兹忝！欽即殊奬，祗勵遠猷。

立皇太子制

張方平

維我祖宗，繼天統業。積有功德，克享上帝之心；肆其子孫，永承百世之祀。朕祗纂謨烈，詳覽古

今。繄崇建於元良，實保安於國本。上尊宗廟，孝無大於奉先；下庇生民，教莫逾於居正。式宣顯册，敷告萬邦。皇長子具官頊，英粹日躋，中和自至。仁義充涵之美，言動惟時；禮樂交錯之華，威儀可象。抑畏疏封之重，敏修典學之勤。亦既多聞，足當大受。是宜誕膺徽命，肇啓儲闈。懋升明兩之輝，益廣在三之道。非余私於爾頊，惟天祐於余家。衍寶祚之靈長，成寰區之慶賴。往慎厥德，以答揚我列聖之光訓，不曰休哉！可立爲皇太子。有司擇日備禮，册命施行。

除皇兄宗諤保静軍節度使制

張方平

朕惟前王懿德，治古舊章，必隆蕃屏之親，以穆懷柔之體。矧居邇屬，夙著令名。宜揆剛辰，誕揚休命。皇兄具官宗諤，甚德而度，參仁以和。近雅不流，繹如鍾吕之正；内明自照，瑩若珪璋之温。率履無違，在宗有裕。特推恩典之異，聿示表儀之光。錫爾騂旄，屬之瑞節。時庸褒叙，式昭寵嘉。於戲！祗畏者保身之永圖，恭儉者有家之長業。事近效遠，罔或忽諸！往惟欽哉，尚克終譽。

除韓琦守司徒兼侍中鎮安武勝等軍節度使制

張方平

朕光宅萬邦，肇新駿命。正權綱之遠御，審名器之大方。眷予宗臣，特崇異數。以表圖勳之重，用昭報禮之隆。爰揆剛辰，誕揚贊册。具官韓琦，宣昭賢業，熙亮天工。光翊三朝，咸有一德。材周五則之用，體備四時之和。社稷是經，文武惟憲。在成功而弗處，實有大以能謙。荐上奏封，懇辭政柄。顧倚

毗之厚，詔諭數頒；而精懇之堅，辭誠難奪。增寵上階之峻，特開兩鎮之崇。蔽自朕心，事非舊典。當盛辰而均逸，望故里以榮歸。大業甚明，休靈殊渥。於戲！臣行其志，玆爲自得之全；君篤於恩，深惜老成之去。無安帥節之樂，猶待袞衣之還。乃情本朝，遐不謂矣。

除吕公弼樞密使檢校太傅制

張方平

本朝之制，地分二府之嚴；執政之臣，共幹庶邦之重。文武承式，兵民是圖。屬在賢明，總司使職。誕敷明制，敭告大廷。具官吕公弼，器緼純明，機靈精遠。瓌材任重，中廣厦之棟梁；雅音自和，合清廟之琴瑟。登貳樞機之密，洽聞議慮之長。屢陳憂國之言，多發便時之策。深明王體，有簡朕心。宜陞帝傅之崇，以正本兵之任。爰田增賦，真食衍封。名器益隆，典章允穆。於戲！信而能用，嘗思明哲之難；知無不爲，期盡臣鄰之益。祇若休命，以贊大猷。

除李昭亮殿前副都指揮使寧武軍節度使制

張方平

外擁節旄，方鎮元戎之重；内司禁衛，太微上將之雄。匪時英材，疇若嘉命。圖用親率，宜揚大庭。具官李昭亮，誠稟忠淳，風力敏給。世載其德，有狐、趙之舊勳；文定厥祥，廼姜、任之高姓。早階華顯，允蹈中和。入從法從之華，出領翰垣之要。屬以軍政，契於士心。訓撫有方，簡稽允肅。眷殿𡑞之離衛，悉王旅之選鋒。典玆中權，職在圻父。特賜節旄之命，爰將注意之隆。峻以等威，統諸環列。於

戲！齋鉞所付，是爲王之爪牙；蘭錡之嚴，實曰予之心膂。勉旃誠報，茂對寵休。

除曾公亮檢校太尉充樞密使制

胡宿

經遠慮微，必慎制兵之術；折衝消難，亦資畫策之臣。是憲樞躔，聿崇使號。蓋政謨之攸寄，匪者哲而莫居。適得其人，誕敷厥命。具官曾公亮，風業碩茂，志慮深純。學多貫於前言，性頗修於中道。有方重之德，可以扼躁而鎮浮；有明達之材，可以造幾而成務。嘗講勸於左右，亦召置於禁嚴。博我訓言，代子明命。間請臨於寰輔，遄擢典於京師。咸有治功，遂聞政本。通明練於百物，參知穆於羣言。貳公之司，久陪於論道；內密之任，宜正於筦樞。仍加傅導之名，更益陪敦之數。崇階馭貴，真食衍封。並示寵章，式旌殊禮。於戲！典機之任，莫慎乎微；擊柝之言，蓋取於《豫》。勿謂承平之久，益思備禦之深。祗服斯言，往踐乃位。

除王德用依前檢校太師同中書門下平章事兼羣牧制置使充樞密使河陽三城節度使加食邑實封仍改賜功臣制

胡宿

內樞之地，上範於斗宫；前筯之籌，參寄於人傑。以經常武之事，是號本兵之司。圖冠厥名，疇總予務。乃眷元侯之長，早崇右府之聯。爰擇剛辰，復還舊物。具官王德用，志懷果烈，風槩沉雄。通於

奇正之謀，居然英傑之氣。春秋閲禮，韞義府以惟深；甲令書忠，載世家而有舊。比膺推轂，荐歷干城。先十乘以臨戎，長萬夫而覲政。德刑具舉，威惠參施。能名播於外夷，沉機隱於敵國。鼎咨俊望，擢典繁機。翼濟事功，迪宣忠力。孚乃誠而匪懈，研諸慮以惟微。旋均基宥之勞，亟樹藩宣之治。蹈險夷而一致，服忠孝而兩全。簡在朕心，洽於朝聽。是用升鳳池之寵秩，聯虎節之榮章。倚殿輔邦，用陪京室。屬右樞之闕職，咨羣岳以擇材。僉曰汝賢，宜弼予治。蓋天子二老，出以居方伯之尊；寰内諸侯，入則處公卿之任。抑惟曩制，舉是隆名。用起壯猷，使纂舊服。仍峻雲臺之號，兼增井牧之封，式厚耆英，有加名數。於戲！樞機發令，制戎事以惟艱；樽俎折衝，經人謀而匪易。往慎乃位，益思其忠！

祁國長公主進封衞國長公主制　司馬光

帝妹中行，《易·象》贊其元吉；王姬下嫁，《召南》美其肅雍。命服亞正后之尊，主禮用上公之貴。寵光之盛，誰昔《釋訓》：「誰昔，昔也。」而然。矧同氣之至親，推異數而何愛。祁國長公主，席靈長之緒，承濬哲之祥，稟乾坤之粹和，鍾日月之明潤。淵懿可度，柔嘉有章。志女功而忘勞，承師教而不倦。今玉笄在首，厭翟戒塗。方結帨於皇家，將執笲音煩，竹器。於士族。宜疏沬土之邑，俾適富平之孫。庸展茂恩，誕孚醲化。於戲！琴瑟静好，式昭和樂之音；雷風順承，是爲常久之道。勿以夫家之平素，有虧婦德之聽從。祗服訓詞，永綏福履。

立皇后高氏制　　范　鎮

天子之有后，如天之與地，惠養萬物；如日之與月，臨照四方。苟稱號之弗崇，則臣民之安仰？京兆郡君高氏，生閥閱之後，而不自矜大；處富貴之習，而能安素約。服在藩邸，宜于室家。肆朕纘承，嘉乃輔佐。惟長樂之奉養，左右不可不虔；惟六宮之表儀，晨夕不可不肅。爰正軒星之位，以爲《國風》之倡。舉是典册，告于治朝。於戲！拜教所基，人倫兹重。塗山啓夏，太任興周。勤勞一時，焜燿萬世。乃其總笄櫛縰，日侍慈顔；衡紞紘綖，時承宗祀。庶幾天下之俗，知我門中之私。

曾公亮加恩制　　范　鎮

朕觀前世之載，考宗祀之文。周、漢舊章，殘缺無次；王、鄭異説，雜互莫同。大抵奉親以嚴，率民以孝。交神明於合莫，厚風俗之本原。具官曾公亮，執禮蹈方，刺經援古。燮均大化，固已治平；制定多儀，又皆節適。四時之氣，其和見于豆籩；九州之力，其精在于玉帛。使朕得昭升烈考，裒對上靈。誠意所通，顧饗如答。惟時顯相，宜有褒嘉。峻階級所以明等威，崇表號所以懋功賞。陪敦多賦，流衍真封。於戲〔一〕！大典越熙，至恩胥暨。惟裁成輔相，以遂萬物之宜；惟同寅協恭，以收庶工之效。庸昭況施，永乂基圖。

除富弼樞密使制　　范　鎮

兵布于天下而至衆，故統之有本元；謀出於堂上而無窮，故資之於明哲。是以基于静密，式暢遠猷；始乎幾微，能成大務。若時付畀，兹謂劇艱。前推忠協謀同德守正佐理功臣、特進、行禮部尚書、同中書門下平章事、昭文館大學士、監修國史、兼譯經潤文使、上柱國、河南郡開國公富弼，文武相資，柔剛並適，誠貫金石，材隆棟梁。往在先朝，嘗爲上宰。至言無隱，精慮有開。方國計之是毗，以親喪而遽去。況夫西漢而下，巨唐以還，訖于本朝，凡厥公相，率就起復，以爲權宜。而卿固執《禮經》，懇辭恩詔。三年始事，四海具瞻。再炳台符之文，兼崇樞極之任。重陪多賦，庸示褒章。於戲！天命甚難，神器至重，始初纘紹，正賴經綸。幸元老之聿來，偕衆賢之同濟。庶幾涼德，罔累慶圖！

兖國公主降沂國公主制

范　鎮

陳車服之等，所以見王姬之尊；啓脂澤之封，所以昭帝女之寵。兹惟親愛之攸屬，時乃化風之所關。苟不能安諧於厥家，則何以觀示於流俗？兖國公主，生而甚惠，朕所鍾憐，故於外家之近親，以求副車之善配。而保傅無狀，閨門失歡，歷年于兹，生事弗順，達於聞聽，深所駭驚。雖然恩義之常，人所難斷；至於賞罰之際，朕安敢私？宜告大庭，降從下國。於戲！惟肅雍以成美德，惟柔順以輯令名。乃其悋思，庶永來福！

韓琦加恩制

王安石

朕祗率舊章，肇稱吉禮。對越天地，具獲靈明之歆；相維公卿，並膺休顯之賜。其孚大號，以寵元

勳！推誠保德，崇仁守正，協恭贊治，亮節佐運，翊戴功臣、淮南節度、揚州管內觀察處置營田等使、開府儀同三司、守司徒、檢校太師、兼侍中、行揚州大都督府長史、上柱國、魏國公、食邑一萬三千七百户、食實封五千户韓琦，躬受偉材，出陪熙運。保兹天子，進無浮實之名；正是國人，退有顧言之行。開朝廷之兩社，揉方域之萬邦。辰猷具臧，器寶加重。中辭機軸之要，外卽蕃屏之安。衡紞紘綖，備三公服飾之盛；櫜兜戟纛，兼大將威儀之多。序績既崇，脩方彌謹。協成宗祀之禮，豫有顯助之勞。肆衍本封，申加美稱。於戲！恩典徽數，所以旌帝臣；明德茂功，所以奬王室。往惟勵翼，服此褒嘉！

李璋加恩制

王安石

若昔大猷，紹天明命。必有獻享之禮，作民恭先；必有褒嘉之恩，自國貴始。翊衞功臣、奉寧軍節度使、鄭州管內觀察處置河隄等使、光禄大夫、檢校司空、持節鄭州諸軍事、鄭州刺史、兼御史大夫、上柱國、平原郡開國公、食邑四千三百户、食實封一千户李璋。世載忠善，躬服儉勤。以后家之洪支，爲帝室之隆棟。入總營衞，則兵師無譁；出乘蕃維，則吏屬不怠。近付京都之籥，外更方鎮之旄。貢職惟脩，祀儀獲考。進加功號，申衍邑封。以疇服采之勤，以協勸勞之典。於戲！貴富有危溢之可戒，禄位匪侈驕之與期。圖惟慶譽之終，尚協龍光之施！

皇伯祖威德軍節度使榮國公承亮加恩制

王安石

朕祼獻廟室，燎禋郊丘。内蒙祖考之居歆，外獲神祇之顧饗。嘉我近屬，與有陪輔之勞；揚于大庭，使膺褒顯之福。具官承亮，德義自表，爵齒兼尊。魁然肅艾之材，尚矣神靈之胄。世承厥慶，有跗蕚之芬華；朝賴以寧，若翰藩之嚴密。乃相肆祀，實綏思成。進加奠食之封，申賜詔功之號。於戲！孝恭可以儀宗室，信厚可以化邦人。匪時親賢，孰朕承翼？往肩寵獎，尚協榮懷！

李日尊加恩制

王安石

朕紹膺駿命，稽用上儀。祇事郊宫，並受三神之福；推恩方夏，外交四表之歡。告于有司，錫是在服。推誠保節同德守正順化翊戴功臣、靖海軍節度觀察處置等使、同中書門下平章事李日尊，躬懷德善，世濟忠勤。奠兹南邦，居有扞城之效；衞我中國，使無疆埸之虞。賜之大將之旄，胙之真王之爵。往踐厥位，知欣戴於寵章；來獻其琛，用協成於熙事。陪敦采邑，褒進文階。載加真食之封，式允懋功之典。於戲！人之所助，惟怙冒於王靈；國以永存，顧循守於侯度。率時新命，保乃舊邦。

校勘記

〔一〕於戲　「戲」字原本空白，據殘宋本、明抄本補。

宋文鑑卷第三十五

制

除韓琦依前同中書門下平章事進封儀國公加食邑實封制　王珪

朕按奉高之儀，思承上帝之福；詠《我將》之什，知配文王之功。諏辰季秋之良，盡志孝饗之事。應一郊之定卜，躬三歲之宗祈。于時陳物采於國中，接神明於堂上。璧玉温潔，粢盛令芳。靈光燭於大庭，休氣蒙于重宇。疇相丕祀，於顯元臣。肆膺拜胙之釐，首布告廷之命。具官韓琦，命世發德，佐王矢謀。財萬化於物宜，熙百工於帝載。已任沈機之斷，力陳遠馭之圖。若歲爲霖，可以濟天下之旱；如《易》占筮，可以判天下之疑。責大而智愈深，事昭而情猶勉。迺先庚之詔，靡物備而不嚴；維自昔之文，或禮闕而不講。使朕得裒六天之對，款七廟之靈。輯于昭曠之儀，顧匪烈文之輔。兹庸錫之名壤，建爾上公。寖廣奉田之腴，復敦真食之賦。汝爲汝聽，汝勞汝嘉。於戲！在福不敢康，蓋天有難忱之命；於德如弗及，蓋民無常懷之心。雖朝廷之甚休，益君臣之相勑。宜興盛治，允答靈歆。

除韓琦門下侍郎兼兵部尚書依前同中書門下平章事進封

衛國公加食邑實封制

王　珪

王者紹景炎之序，履皇極之尊。永惟置器之艱，屬在佐王之略。睠夫上宰，翼我先朝。適及委裘之辰，肆于奉瑁之始。定策宗社，貫心神明。逮躬丕務之咨，敢後元勳之奬！首敷邦涣，誕告朝倫。具官韓琦，器博而適時，道閎而濟物。稟星辰之精粹，會日月之休明。歷宣外勞，更倚二柄。蹈夷險之一節，寄安危之大機。仰文考之知賢，絶時髦而登用。維召公之託，嘗聞顧命之言；維漢相之謀，終應大横之兆。蓋懷先見者識之邃，決至慮者材之英。天扶不拔之基，神贊非常之輔。是用進文昌之卿序，正黄閤之台符。隆以封爵之文，益之户田之數。以蕃爾寵，以懋爾庸。於戲！天視靡私，居飭有邦之畏；民心曷戴，一歸厥后之仁。念先猷之弗敢康，顧成業之不可恃，益經茂烈，永佐昌圖。

除曾公亮門下侍郎兼吏部尚書依前同中書門下平章事

進封英國公加食邑實封功臣制

王　珪

大火基宋，實開五聖之符；六龍乘乾，遂繼中天之運。乃睠近弼，荐更三朝。元勳冠於百僚，利澤施于萬世。載蠲穀旦，敷告治廷。具官曾公亮，學通天地之微，謀合聖賢之舉。包剛柔於九德，固夷險之一心。蚤膺皇祖之求，爰履公台之位。有皋、夔之論，能變堯民於時雍；有丙、魏之聲，不改漢家之故事。肆我文考，遺予冲人。咨顧命之老臣，輔初政于天下。重宣至策，終仰丕成。進首中臺之班，往顓

東省之務。既疏榮於公社，益躐數於爰田。功之所加，寵不敢後。於戲！恐德弗類，念高宗之未言；俾民不迷，緊尹氏之素力。共祇天監，永協邦休。

除文彦博樞密使賜功臣制　王珪

天極環樞，上通帝位之紀；神兵會府，内嚴師律之謀。朕方垂講丕平，進經《常武》。雖天下無事，思備禦之不敢忘；蓋王者有征，視安危之不敢忽。適登髦傑，資以輔予。具官文彦博，器閎而深，材敏以濟。早賁賢人之業，實膺聖考之知。以忠孝之名，形家國之盛節；以文武之略，輯將相之大猷。肆纂命於皇圖，迺離憂於喪紀。迨終哀戚，甫見儀刑。屬疆事之方興，煩師旄之載舉。折衝境外，方將出憺於王靈；收畫幄中，曷若坐圖於廟勝？宜長機廷之務，亶符巖石之瞻。於戲！過餌北戎，未厭貪驕之志；再盟西夏，猶苞狂忽之圖。終佇奇勳，用恢遠馭！

除文彦博守司空依前樞密使加食邑實封制　王珪

朕若稽先王，維御羣品。左謀金鉉之老，以經治於廟堂；右屬鴻樞之良，以定策於帷幄。厥有成績，可勿褒乎？具官文彦博，風力肅明，器資恢傑。臨至劇有轉圜之易，定大謀如執玉之堅。逮事神文之朝，已緝熙於鼎路；追言聖考之遇，又密勿於機廷。肆涼昧之丕承，會精神於羣慮。雖兵民之異本，亦文武之交脩。未隆賚册之恩，曷懋圖庸之舉？其保宏父，允釐華陽。顧豈名分之私，終緊老成之助。

於戲！有若閎天，尚迪文王之彝；罔俾阿衡，以專商家之美。往篤爾烈，永承于休！

除富弼依前同中書門下平章事充武寧軍節度使判河南府兼西京留守司事仍賜功臣制

王　珪

三台處中，以裁萬物之化；四嶽總外，以牧黎民之蕃。如山河之經九州，如股肱之衞一體。出處之際，朕無閒然。具官富弼，復貫有元，蹈中弗勉。學幾聖而獨至，識造物之未形。貴名起於三朝，盛德儀于百辟。鄉召從於列屏，俾進翊於冢司。爲日尚新，何恙靡已。未及經邦之務，遽陳避位之辭。詔雖屢而莫回，章甫御而復至。朕憮然自念，嗟莫能勝。既閔勞於政機，其聽遂於私佚。建彼徐節，以殿東郊；守兹洛符，以保西宅。仍位鴻鈞之貴，尚優黄髪之行。於戲！不處成功，專老氏榮名之畏；其旋元吉，要羲經履道之終。雖弗從於吾遊，亦自保於而福。

除陳升之禮部尚書同中書門下平章事集賢殿大學士加食邑實封制

王　珪

色齊三階，則風雨不失其序；聖如二帝，然股肱亦繫其人。朕上撫乾緯之明，下慎國鈞之寄。方審求於賢輔，俾參穆於政途。若時登庸，蓋出定命。具官陳升之，識幾聖蘊，謀合皇猷。學積于原而心彌充，智酬于變而力彌裕。早膺仁祖之擢，以遺文考之知。肆予沖人，克卽大任。問甲兵則有鎮撫四夷

之略，問衣食則有運理羣物之心。朕方稽百王之謨，經一世之績。宜進躐於賢序，以延登於宰廷。夫知歷選之既𬣙，體委用之寄重，則義莫得以愛己，道惟專於澤民。豈特無疆之休，亦有無窮之問。於戲！論金穀之計，其歸内史之司；作霖雨之滋，是應高宗之命。往熙帝載，庸代天工。

除程戡安武軍節度使加食邑實封再判延州制

王珪

《周禮》命卿，司馬掌國征之事；漢儀遣帥，將軍顓閫制之權。自非謀經帷幄之咨，名厭疆陲之難，則何以稽圖而受社，賜律以臨戎，兹疇舊政之良，式協師虞之望。具官程戡，體忠忱之度，蹈夷雅之風，進搴藝文之華，仕階名秩之膴。方先朝之籲畯，更三府之告猷。左右六年，夙夜一節。肆纂休於皇緒，適留寄於邊衝。空深寤寐之思，且重安危之倚。上金城之方略，猶知充國之彊；習闕里之弦歌，還見祭遵之佚。就付兩河之節，荐綏西土之封。既衍食於爰田，復陪輸於真户。風聲雖舊，寵數維新。於戲！制夷狄者，備不可遽忘；守方隅者，執不可數易。蓋威素申則敵情慹，信久著則士心懷。尚堅壯圖，往服渥命！

除曹佾保平軍節度使加食邑實封制

王珪

朕承景歷之昌，嗣丕基之重。涣敭大命，胥澤羣元。咨我方岳之良，時維屏翰之憲。念宣勞於劇委，稽涣獎於陟文。卜以剛辰，告于列序。具官曹佾，體沖韻邃，氣勁謀沉。傳圯上之神書，託西京之

肺附。顯允祖烈，實爲宗臣。於皇母儀，克后先帝。濟忠純於奕世，履謙劼而保躬。卺共武之威，迺踐元戎之貴；助守文之德，式緊外戚之賢。進導徽猷，參聯台路。肆纘膺於聖統，方倚輔於英藩。載疏冢位之榮，增視上公之峻。隆階表貴，衍食敦封。苯爲寵休，以睦媚近。於戲！詔爵禄之柄，《天官》以馭夫羣臣；錫車馬之儀《大雅》，以褒夫元舅。蓋績美則報之厚，愛隆則禮亦蕃。往懋淑聲，永綏多福。

除李璋殿前副都指揮使武康軍節度使制　　王珪

羽林神兵，北環天衞之象；黄帝李法，中嚴邦律之師。國家卺武節於四遐，提禁屯於千列。進總凝嚴之護，歷圖勁傑之資。稽衆得人，告廷孚命。具官李璋，氣沈而果事，性裕而知方。厲許國之單忠，達治兵之善志。緒服高華之望，名推親信之良。朕念長樂之慈，愴不及養；顧渭陽之族，聞蓋多賢。自擢領於戎昭，已積遷於留寄。屬巖除之缺帥，宜齋鉞之命才。六纛啓途，既襲重侯之貴；萬兵留帳，方資緩帶之安。雖其素勞，不曰異寵？於戲！執干戈則有社稷之衞，常慎於假人；聽鼓鼙則有將帥之思，實深於注意。維蹈忠義者，急於報主；蓋喜功名者，要之逢時。勉規壯圖，尚率明訓。

除郝質殿前都指揮使安武軍節度使加勳食邑實封制　　王珪

國家統御之勢大，維持之業隆。外倚四嶽藩翰之臣，中謀萬夫貔虎之帥。故奉委袠而羣情固，聞受瑁而三靈趨。肇臨發政之辰，首下敛朝之命。具位郝質，性資莊厚，氣略沉雄。通玉帳之善經，體金

行之正氣。自昔先帝，知爲勁臣，因其勤舊之名，立在親信之地。會綴衣之陳牖，提衞甲之環宫，曾無夜鑿之譁，自得剛牙之重。紹帝符於景祚，涣邦號於前彝。視秩冠于文昌，徙節臨乎安武。加以總正使範，陪敦井封。并旌巖陛之勞，以表師干之寵。於戲！天之壁壘，象在羽林；王之爪牙，職于圻父。蓋地嚴則必資拱扈之力，師衆則尤賴訓齊之方。往堅壯圖，思答殊遇！

除皇伯祖承亮檢校工部尚書榮國公感德軍節度使加食邑實封制

王珪

蓋聞周興建土，遂膺年歷之長；秦失罷侯，靡復藩維之援。此國家所以監用往制，封崇茂姻，以夾輔於王家，以懷柔於天下。肆膺皇緒，涣舉丕彝。皇伯祖具官承亮，躬耆德之英，被忠訓之厚。曾無車服珍寶之玩，固有《詩》《書》道術之明。稽帝堯之仁，疇先骨肉之愛；顧秦悼之後，不滅祖宗之蕃。自居留務之榮，浸廣皇支之譽。按戊午之新澤，合南陽之近親。華鄂承跗，旌樂和於列邸；犬牙交壤，寄雄畯於師旐。既行爰田之封，又陪真食之入。助建大統，圖緊老成。於戲！積厚者流長，雖本神明之祚；德隆者爵重，況如宗族之賢。均履多祥，勉欽渥命。

賢妃苗氏進封德妃制

王珪

帝居六宫之制，率輔於皇猷；天極四星之華，實裨於壼事。朕嗣膺邦統，思穆人倫。褒臨妃掖之

英，化始宸闈之順。命龜薦日，班綍布朝。賢妃苗氏，性資惠明，儀度閒肅。居蹈箴圖之戒，動循珩珮之龢。八月良家，早被後庭之選；平陽別館，爰開貴主之祥。而能進遠驕華，舉思謙畏。褕衣奉祀，上以贊於后勤；彤史流徽，下以儀于嬪則。肅賁德言之茂，益隆位序之崇。名以副勞，議非能典。於戲！坐而論婦之禮，蓋視三公之尊；內有進賢之心，始安君子之佐。維正道然後式于外，顧私謁不可黷于中。往服訓辭，永綏寵命。

皇長女德寧公主進封徐國公主制

王珪

周美王姬之華，下王后之一等；漢推帝女之寵，主同姓之諸公。故至愛形而九族歡，內則正而四海順。乃睠公宫之懿，適從世閥之逑。宜合丕彝，用孚羣聽。皇長女德寧公主，僊支襲慶，邦媛流徽。鍾天性之深慈，躬女圖之茂矩。幼而勤組訓之習，亦既飭婦事之脩；長則有室家之歸，將以經人倫之始。維衿鞶之有命，維車馬之有行。卜仲冬之嘉辰，祉大《易》之元吉。瓊華在著，已戒《齊風》之醲；粉水疏園，莫如徐國之樂。侈燕謀於皇裔，充美化於民閭。顯錫徽章，大旌柔度。於戲！前擥唐家之制，盥饋不可以闕供；近稽仁廟之憮，冠服仍從於少損。蓋肅雍者賢之檢，儉約者古之師。其體至懷，自膺長譽！

除富弼尚書左僕射充觀文殿大學士集禧觀使制

呂公著

聖王賦禄，所以崇德而勸勞；賢者辭隆，所以激貪而厲俗。眷我外相，惟時宗工。顧還重紱之榮，

蓋露累章之請。既重違於悃愊，宜特示於褒優。載揆剛辰，式敷涣號。推誠保德崇仁忠亮佐運翊戴功臣、武寧軍節度、徐州管内觀察處置等使、開府儀同三司、檢校太師、同中書門下平章事、徐州大都督府長史、上柱國、鄭國公富弼，體資忠亮，識藴淵閎。炳嶽瀆之粹靈，挺棟甍之厚器。光輔仁祖，蔚爲文武之師；追事先皇，實總機衡之要。引疾遽辭於大柄，均勞式殿於近邦。未移巖石之瞻，併及洪河之潤。肆予纘紹，尤渴儀刑。雖體力之未平，顧風猷之克壯。而乃過持沖守，深遜寵名。論言已周，誠意彌確。朕惟安危所寄，雖賴老成之人；損益有規，宜伸大雅之志。俾進班於左揆，聽復節於中臺。仍總領於殊庭，竚論思於祕殿。用彰寵數，蓋示眷懷。於戲！進止不膠，共扶於名義；幽明有相，終畀於壽臧。風於四方，時汝之德。

除富弼依前尚書左僕射兼門下侍郎同中書門下平章事昭文館大學士兼譯經潤文使鄭國公制

鄭　獬

秉籙膺圖，將繼配天之大業；銓時論道，必資名世之元臣。以言乎體貌，則舊德之英；以言乎望實，則羣材之表。爰立作相，宜莫如公。丕昭寵數之殊，孚告治朝之聽。具官富弼，智資大雅，德懋碩膚。學足以造聖人之微，幾足以通天下之變。繇賢科之得儁，攄遠業以奏功。在仁祖時，則首冠廟堂，有弼諧九德之美；在英考世，則再登樞府，有折衝萬里之謀。庶績已熙，太平將洽。屬留侯之多病，容裴度以爲藩。愷悌所宜，神明自復。方王家之不造，固賢者之有爲。昔居畎畮，而志猶在於愛君；今處朝

廷，而義豈忘於憂國。是用召從方守，進拜元台。仍左揆之舊班，兼東臺之茂秩。爰田衍賦，盟府易勳。兹實異恩，庸昭注意。於戲！上理乎天工，則日月星辰以之順；下遂乎物宜，則山川草木以之蕃。近則諸夏，仰德以承流；遠則四夷，傾風以待命。凡予欲治，惟爾責成。勉盡嘉猷，用光丕訓！

邢氏進號賢妃制

孫洙

王宫六寢，崇建婦官；天極四星，垂著妃象。所以協宣陰教，助穆宸闈。矧視秩於上公，必敷求於淑哲。朕厲精于治，選納尤希。嬪嫱靡充，位號多闕。兹延登於邦媛，用播告於路朝。婉儀邢氏，德稱後庭，體合法相。居念保阿之訓，動循環珮之音。授弓矢於媒祠，占熊羆於吉夢。是宜詳案舊典，升備列妃。進參褕狄之華，益昭彤管之煒。坐論婦禮，正始《國風》；品冠六儀，名超九御。於戲！《周南》之詠《卷耳》，無險詖私謁之心，《齊詩》之美《雞鳴》，有警戒相成之道。寵靈烜赫，禮秩優隆。匪時婉嫕之良，疇若褒嘉之命？佐后内治，爾尚勉哉！

陳升之起復同中書門下平章事集賢殿大學士制

元絳

閔子經而服政，先賢稱得事君之宜；晉侯墨而臨戎，前志謂達變禮之用。矧予丞弼，奄遘閔艱。久虚席以思賢，宜敷朝而涣號。具官陳升之，藴渾厚之量，挺高明之材。體備四氣之至和，智通萬方之遠略。發紓一德，感會三朝。經武斗樞之庭，則王靈震疊；贊元鼎鉉之府，則邦治協寧。端正百度之原，

章明九敘之極。向鍾家疢，越解政均。稽之師言，厥有前憲。桓焉奪服，其惟詔使之從；趙熹離憂，未始宰司之去。盍來復於台路，以大熙於天工。於戲！斷恩從權，自昔弗踰於國制；移孝扶義，維時尚乂於王家。勉一乃心，無替朕命！

除皇弟顥保信保静軍節度使進封嘉王制

元絳

史謂建大宗之封，如安盤石之固；《詩》美得同氣之助，若敷常棣之華。朕紹五聖之休，昭九族之序。固已倚天屬於本根之重，措公姓於翰幹之彊。況於至親，宜有顯册。播告羣位，厥維大公。具官顥，燕翼發祥，温恭迪哲。英姿茂而玉裕，盛氣粹而陽休。講蓺服儒，多推道術之對；好禮樂善，雅有智思之文。鼂稽立愛之經，屢衍建侯之寵。有華上公之衮，有淑元戎之旂。賢儀寖明，師論參穆。是用端筴以審繇，按圖而定名。表爲真王，奄爲樂國。畫岷峨之野，陪以爰田；易肥渙之麾，加之兩組。循典常而出閤，謹著定以奉朝。列第環宮，彌聳開元之觀；側門通禁，永承長樂之顔。備飭愛懷，布章慶譽。於戲！展親以誠信，我則友于天倫；秉德以輔陪，爾則蕃於王室。思長富貴之守，懋底忠孝之成。往其欽哉，以對猷訓。

除韓琦京兆尹再任判大名府制

元絳

分陝稱伯，召南當公職之尊；啓魏就封，畢萬得國名之大。況吾元老，爲世宗臣？久倚師垣之嚴，

宜遷尹節之寵。飭宣典策，敷告搢紳。具官韓琦，道醇而深，器遠而博。渾渾忠孝之業，憲憲文武之姿。感通仁朝，亮衆采於台極；翼戴英考，捧大明於天衢。肆朕纘圖，厥初謀落。燮諧四氣之序，熙輯百官之成。登昭公槐，奄涖國社。鎮定大事，妥如九鼎之安；承寧諸侯，端若元龜之信。歲勤再閱，師律既和。重念郊圻之雄，旁據河山之險。徒得君重，以宣王靈。就更四雍之旄，留主北門之鑰。載敦爰賦，并實幹封。於戲！漢咨陳平，安危注於一意；唐用裴度，輕重繫乎厥身。維迺純誠，無愧前烈。懋服休命，往其欽哉！

除韓絳觀文殿大學士知許州制　元絳

國家登延弼疑，内以起功於庶事；圖畀藩翰，外以發政於四方。閔勞申恩，倚重均體。肆敷丕號，庸諗廣朝。具官韓絳，躬莊厚之姿，函忠忱之度。濟世美以特立，告辰猷而具臧。婁陪國均，實輔台德。嚮自保釐之寄，再膺翼亮之咨。高平師師，總脩衆職之果；公孫斤斤，參聽百官之成。久宜于勤，閒愬以疾。確辭幾務之劇，祈卽燕申之休。感于朕聰，姑徇爾欲。宜還宰軷，往建州麾。陟春官常伯之尊，兼禁殿隆儒之冠。載更功號，增衍井封。於戲！乃眷臣鄰，雖爾身之在外；不忘壽耇，豈兹心之謂遐？其服寵章，以將福履！

除燕達武康軍節度使充殿前副都指揮使勳封如故制　李清臣

祈父之官，司王爪士；上將之任，爲國虎臣。予得智勇之材，俾共左右之位。誕敭休命，播告大廷。

具位燕達，拔迹戎行，厲躬武節。深明分數之守，兼識變通之權。捍外侮於西陲，佐濯征於南服。嘗鼓儳趨阨，以奮率烝徒；能降城艾旗，以盪定逋寇。夙付簡稽之籍，進督虓噉之軍。人知訓齊，衆不譁敕。是嚴師律，擢扈殿巖。越從廉車，遂總齋鉞。於戲！惟威愛足以臨下，惟忠義可以報君。勤懋乃心，欽迪朕意！

宋文鑑卷第三十六

制

除皇伯宗暉依前檢校右散騎常侍充淮康軍節度使特封濮國公加食邑食實封餘如故制

鄧潤甫

禦侮尚親，先王未之或改；折衝授鉞，天下所以久安。眷惟尊屬之賢，蚤有皇支之譽。其敷褒律，以告治廷。皇伯邕州管内觀察使、金紫光禄大夫、檢校右散騎常侍、持節邕州諸軍事、邕州刺史、兼御史大夫、上柱國、天水郡開國公宗暉，器宇閎深，履尚方重。詩書自樂，慕漢邸宗英之聞，孝友夙成，有濮園天性之愛。爵隆而無僨貴之累，禄富而懷約己之風。陞拜廉車之崇，益增公族之重。是用疇庸躐等，辨域展圖，付名部之整軍，奉賢王之明祀。維衮及繡，視上公之儀；錫山與田，壯元戎之寄。兼陪真賦，庸示寵章。於戲！親親主恩，非異數無以昭其意；繼繼在德，惟訓嗣可以孚于休。更恢遠猷，以稱茂渥。

立皇太子制

鄧潤甫

建儲非以私親，蓋明萬世之統；主器莫若長子，兹本百王之謀。朕荷天地之況臨，席祖宗之詒燕。

迺睠上嗣之貴，蚤應前星之祥。宜告大廷，誕揚孚號。皇子、彰武軍節度使、延州管内觀察處置等使、檢校太尉、開府儀同三司、持節都督延州諸軍事、延州刺史、上柱國、延安郡王煦，温文日就，睿智夙成。回馳道之車，能止班輪之鶩；辨南陽之牘，允符東海之休。自疏錫於王封，益光華於德望。勝衣視膳，温然孝友之姿；好禮受經，不煩師傅之誨。是用歷盛陽之嘉日，舉列聖之大章。肇正青宫，肆攽顯册。以協《離》明之吉，以係天下之心。於戲！立愛始親，商以成千歲之業；建嗣必子，漢以撫四海之民。斯爲永圖，往膺徽典。

封荆王顥太傅武寧鎮海節度使制

鄧潤甫

朕罹國大憂，紹天明命。黄陵玉座，永懷復土之深；清廟朱絃，序陟寧神之禮。哀恫罔極，感慕從中。念宗藩尊屬之賢，有文考同生之愛。圖功甚茂，送往良勤。敷告大廷，肆攽顯册。皇叔、武昌武安等軍節度、鄂州潭州管内觀察處置等使、守太保、開府儀同三司、持節都督鄂州潭州諸軍事、鄂州潭州刺史、上柱國、荆王、賜贊拜不名顥，身端而行治，識遠而量夷。地則茂親，時惟名德。翼戴王室，雅有《二南》之風。表儀宗枝，獨包兩獻之學。協策廟社，乃心朝廷。昨朕承祧，疇勞錫命。屬緝裕陵之禮，遠護靈駕之行。事有感懷，義當褒異。是用進以官班之等，寵以帝傅之崇。出節徐郊，建麾青社。以應《采薇》來朝之賜，以慰《棠棣》孔懷之情。於戲！《詩》美大宗，是爲四國之翰；《禮》尊叔父，固曰一人之嘉。往服龍光，益膺福祉。

除皇弟偲武成軍節度使祁國公制

鄧潤甫

朕奉承燕謀，獲紹大統。永懷先烈，曷勝哀疚之情；眷顧同生，宜厚襃封之典。孚我明命，揚于治廷。皇弟偲，岐嶷得於自然，温文見於異稟。挾天材之美質，應帝武之嘉祥。未臨射矢之辰，遽起號弓之慕。踰年於此，錫壤惟時。矧周人尚親，尤重本支之務；漢廷左戚，亦隆禯禩之封。規裁半楚之疆，載徹濱河之域。苴茅制社，授鉞殿邦。用建上公，尹兹北國。策勳加等，衍邑實租。於戲！西望裕陵，敢忘幼子之愛；東朝長信，進預諸孫之遊。往服恩輝，益延壽祉。

除司馬光左僕射制

鄧潤甫

帥羣臣宿道而鄕方，在慎取相；佐王者修政而美國，莫若求人。顧惟眇躬，獲嗣大統。儲思業業，不敢忘六聖之休；注意賢賢，將以總萬方之倫。襃進上宰，敷告外庭。正議大夫、守門下侍郎司馬光，受材高明，履道醇固。智足以任天下之重，學足以知先王之言。逮事厚陵，偏儀侍從之列；被遇文考，擢總樞機之繁。有大臣特立之風，蹈君子難進之節。方予訪落之始，起應秉均之求。調娛萬幾，必先教化之意，辨察百職，不失禮義之中。是用諮諏僉言，襃加異數。越陞左揆之路，兼峻東臺之班。申衍爰田，陪敦真食。於戲！上寅亮於天心，則陰陽風雨以之順；下遂字於物理，則山川草木以之寧。内阜安於兆民，外鎮撫於四裔。蓋輔相者爲之基杖，而老成者重於典刑。勉行所聞，以底極治！

除文彦博平章軍國重事制

鄧潤甫

師傅道之教訓，先王所以迪厥官；老成重以典刑，天下所以資其智。迺眷舊德，時謂元勳。謀合祖宗之心，名載鼎彝之器。申敘贊策，播告外朝。河東節度管内觀察處置等使、守太師開府儀同三司、太原尹、致仕、上柱國、潞國公文彦博，惇大而清明，方嚴而信厚。出則秉乎旄鉞，入則總我鈞衡。文武兼備其才，夷險能致其力。畢公之弼四世，三紀于兹；傅説之總百官，萬邦其乂。爵隆無富溢之累，名遂有身退之榮。神明相其壽康，人心想其風采。是用還之論道，倚以經邦。以帝者之師臣，謀議廟堂之上；以天下之大老，制馭夷狄之情。庶幾有爲，底于極治。陪敦多井，申衍真封。於戲！吕望惟賢，起佐文王之治；周公已老，留爲孺子之師。矧我耆英，無愧前哲。往宜一德，用格多盤。

除吕公著右僕射制

鄧潤甫

國莫難於置相，君莫重於知人。堯舜之隆，蓋以疇咨而熙載；商周之盛，至以夢卜而求賢。天降割于我家，予未堪於多難。思用耆德，交秉政鈞。其敷寵章，以詔羣辟。金紫光禄大夫、門下侍郎、上柱國、東平郡開國公吕公著，行應儀表，學通本原。忠義得於天資，功名自其世美。被遇先帝，嘗入贊於樞庭；暨予沖人，遂同寅於政路。傳經意以謀國體，推上澤以紓民心。叙收儁賢，補苴法度。方重不倚，雅有大臣之風；調娱適中，遂通當時之務。是用陞之右揆，委以繁機。申衍爰田，陪敦真賦。爾則

代天而理物，予則羞耇以惟君。於戲！丞相之位，未嘗無其人；儒者之效，久不白於世。孟軻言「無有」者數百歲；揚雄稱「自得」者二三臣。蓋迪遠業者其功難，循近迹者其力易。勉行所學，以底丕平！

除呂公著守司空同平章軍國事制

蘇軾

仁莫大於求舊，智莫良於用衆。既得天下之大老，彼將安歸？以至國人皆曰賢，夫然後用。今朕一舉，仁智在焉。宜告治朝，以孚大號。金紫光禄大夫、守尚書右僕射、兼中書侍郎、上柱國、東平郡開國公呂公著，訏謨經遠，精識造微。非堯舜不談，昔聞其語；以社稷爲悦，今見其心。三年有成，百揆時叙。維乃烈考，相予昭陵。蓋清淨以寧民，亦勞謙而得士。凡我儀刑之老，多其賓客之餘。在武丁時，雖莫追於前烈；作召公考，固無異於象賢。而乃屢貢封章，力求退避。朕重失此三益之友，而閔勞以萬幾之煩。是用遷平士之司，釋文昌之任。毋廢議論，時遊廟堂。於戲！大事雖咨於房喬，非如晦莫能果斷；重德無逾於郭令，而裴度亦寄安危。罔俾斯人，專美唐世！

除呂大防太中大夫守尚書左僕射兼門下侍郎制

蘇軾

朕聞天子有道，其德不可得而名；輔相有德，其才不可得而見。故漢之文、景，紀無可書之事；唐之房、杜，傳無可載之勳。當時安榮，後世稱頌。予欲清心而省事，不求智名與勇功。天維顯思，將啓承平之運；民亦勞止，願聞休息之期。眷予元臣，咸有一德；咨爾百辟，明聽朕言。中大夫、守中書侍郎、

上柱國、汲郡開國公、賜紫金魚袋呂大防，造道淳深，受才宏毅。果蓺以達，有孔門三子之風；直大而方，得坤爻六二之動。久踐右闥，蔚爲名臣。宜陞左輔之崇，兼綜東臺之務。加賦進秩，寵數益隆；得位與時，憂責彌重。於戲！若古有訓，無競維人。崔公建中之風，以除吏八百而致；裴垍元和之政，以薦士三十而能。惟公乃心，何遠之有！

除范純仁太中大夫守尚書右僕射兼中書侍郎制

蘇軾

朕惟朝廷之盛衰，常以輔相爲輕重。若根本彊固，則精神折衝。故蔿吕臣奉己而不在民，則晉文無復憂色；汲長孺直諫而守死節，則淮南爲之寢謀。朕思得其人，付之以政。使天下聞風而心服，則人主無爲而日尊。咨爾在廷，咸聽朕命。中大夫、同知樞密院事、上柱國、高平縣開國伯、賜紫金魚袋范純仁，器遠任重，才周識明。進如孟子之敬王，退若蕭生之憂國。朕覽觀仁祖之遺迹，永懷慶曆之元臣。强諫不忘，喜臧孫之有後；戎公是似，命召虎以來宣。雖兵政之與聞，疑遠猷之未究。坐論西省，進貳文昌。增秩益封，兼隆異數。於戲！時難得而易失，民難安而易危。予欲守在四夷，以汝爲偃兵之姚、宋；予欲藏於百姓，以汝爲息民之蕭、曹。勉思古人，以稱朕意！

除苗授武泰州軍節度使充殿前副都指揮使制

蘇軾

出總元戎，作先聲於士氣；入爲環尹，寓軍政於國容。將伸閫外之威，以迪師中之吉。咨于爾衆，朕

得其人。侍衞親軍步軍副都指揮使、威武軍節度觀察留後、持節福州軍州事、福州刺史、上柱國、濟南郡開國公苗授，早以異材，見稱武略。被服忠義，有烈丈夫之風；砥礪廉隅，得士君子之槩。荐揚邊圉，益著勞能。拔自衆人，既蒙先帝之遇；遂拜大將，無復一軍之驚。祗扈殿巖，肅將齋鉞。予欲少長有禮而兵可用，汝其夙夜在公而令必行。於戲！愛克厥威，罔功茲爲深戒；師衆以順，爲武古有成言。惟懋乃衷，毋忘朕訓！

除皇伯祖宗晟特起復制

蘇　軾

曾、閔之哀，喪不貳事；漢唐之舊，禮有奪情。矧予藩屏之親，實兼臣子之重。雖閨門以恩掩義，而公侯以國爲家。伯臣司宗，職不可曠；要絰服事，古有成言。非予爾私，其聽朕命。皇伯祖、彰化軍節度、涇州管内觀察處置等使、檢校司空、開府儀同三司、持節涇州諸軍事、涇州刺史、判大宗正事、上柱國、高密郡王宗晟，天資純茂，德履方嚴。襲餘慶於祖宗，蹈格言於師保。典司屬籍，克有令名。郢客卒業於浮丘，辟彊受知於先帝。允釐厥位，毋愧昔人。屬此閔凶，纍然毁瘠。嗟日月之逾邁，重職業之久虚。宜復寵名，式從權制。於戲！出居官次，非王事不談；退適倚廬，讀喪祭之禮。則忠孝兩得，人無閒言；功名益隆，親有顯譽。勉服朕訓，光昭前聞！

西蕃邈川首領阿里骨加食邑制

蘇　頌

祭有十倫之義，施爵賞以爲先；福者百順之名，本忠孝之自出。朕祗祓陽館，崇嚴禰宫。配神穹昊

之尊，流澤幅員之廣。嘉與卿士，同茲慶休。便蕃優渥之恩，固無内外之異。告于朝寀，布乃言綸。西蕃邈川首領、河西軍節度、涼州管内觀察處置押蕃落等使、金紫光禄大夫、檢校太保、持節涼州諸軍事、涼州刺史、上柱國、寧塞郡開國公阿里骨，生有軼材，少負偉略。稟天地之義氣，得秦、豳之遺風。奠塞外之封疆，繼承列土；擁河西之旄鉞，坐護諸羌。長雄一方，作我西屏。屬九筵之講禮，盛四海之駿奔。來獻其琛，實相予祀。是用加命王公之數，視秩帝傅之崇。增井賦於爰田，廣國租於真食。於戲！爾有時享歲貢之恪，史不絶書；我有餕神觀政之方，惠必及下。既均承於純嘏，宜益厲於忠規。往服訓言，克享天禄。

劉昌祚加恩制

蘇轍

朕因路寢之正，舉合宫之祠。禮樂法商、周之隆，車服兼漢、唐之盛。出款原廟，還享上穹。職貢充庭，工師履位；兵衛如植，旌旆不煩。實惟有人，以克成禮。殿前副都指揮使、武康軍節度、洋州管内觀察處置等使、持節洋州諸軍事、洋州刺史、上柱國、彭城郡開國侯劉昌祚，天姿鷙勇，性本忠良。結髮征羌，號馬上之飛將；授鉞臨塞，皆關中之要區。方西鄙之須材，會中軍之謀帥。畀之旄節之重，付之貔虎之師。歸閲浹旬，旋聞輯睦。逮此熙成之慶，賴其宿衛之勤。既增封爵之崇，仍加真食之厚。於戲！古之明主，立賞以待有功；古之賢將，有功而恥自列。服予霈澤之異，勉爾勳名之思。貴當益恭，老當益壯！

除文彦博太師河東節度使致仕制

蘇　轍

周公未嘗之魯，老亦居豐；留侯晚雖彊飡，終不任事。蓋委寄之重，初無間然；而止足之風，所不敢廢。惟我耆舊，歷事祖宗。纘服之初，復命以位。雖師保之地，優佚不煩；而丘樊之心，朝夕以請。布告在位，俾聞高風。太師、平章軍國重事、上柱國、潞國公文彦博，克孝而忠，允文且武。其在師旅，有方、召之勳；其在朝廷，有崇、璟之業。士民視其去就，夷狄震其威名。時更四朝，躬蹈一節。先皇帝愍勞以事，既許其歸。越予訪落之年，凜有涉淵之志。起之既老，待以仰成。出入五年，終始全德。進而論道，日聞典訓之言；倚以折衝，卒靖邊防之警。委成功而不處，指莫景以求安。勤請屢聞，誠心莫奪。顧瞻閭井，近在洛師。郭氏有永巷之嚴，裴公有緑野之勝。豈以簪紱之累，久致形氣之勞。貴極上公，既無復加之爵秩；分領全晉，仍畀久還之節旄。增廣舊封，益衍真食。殫盡人臣之寵，歸從父老之遊。於戲！音聲不遐，尚有就問之禮；几杖以俟，復期親祀之陪。勿以進退之殊，而廢謀猷之告！式燕且譽，俾壽而康。

文彦博司徒判河南制

曾　布

秉國大均，絶席廟堂之上；經時常武，運籌樽俎之閒。維吾老成，多所更踐。懇辭幾務，往殿近藩。敷告于廷，進疇厥位。推忠協謀崇仁同德經邦贊治守正保運亮節佐理功臣、樞密使、劍南西川節度、管

內觀察使處置橋道等使、開府儀同三司、守司空、檢校太師、兼侍中、兼羣牧制置使、行成都尹、上柱國、潞國公文彥博，器資宏偉，智謨靖深。逮事祖宗，蚤登丞弼。周旋左右，當四海之具瞻；密勿樞機，實萬邦之爲憲。肆予纘御，屬在倚毗。深惟注意之勤，勉徇均勞之請。眷言耆舊，宜所褒崇。增秩上公，衍封真賦。光華故里，揭全晉之旌旄；偃息名城，壯陪京之屏翰。出入中外，始終顯榮。於戲！進而論道經邦，則必告嘉猷于后；退而承流宣化，則必下膏澤於民。惟往欽哉，尚多受祉！

除范純仁觀文殿大學士知穎昌府制　曾布

謀謨廟堂，入則股肱於大政；偃息藩翰，出則師帥於一方。維時宗工，引疾辭位。均逸近輔，敷告大庭。通議大夫、守尚書左僕射、兼中書侍郎、上柱國、廣平郡開國公范純仁，端良稟於世資，樂易成於天性。有砥名厲行之志，有面折廷爭之風。越自累朝，寖更華選。暨沖人之嗣服，適丈母之仰成。咨于臣鄰，付以宥密。一踐樞要，再秉國均。朕恭己紹庭，嚮明圖治。緝熙緒業，追遹先猷。方有望於弼諧，遽固辭於機務。重違爾志，姑卽厥安。增視秩之榮名，進陪封之寵數。式隆體貌，何吝眷私。於戲！論道經邦，常在倚毗之地；承流宣化，勿忘勵翼之心！祗服朕言，往共爾位。

立皇后孟氏制　梁燾

正家者義之先，天下從而定矣；大昏者禮之本，聖王所以重焉。朕繼體持盈，側身思永。方切基圖

之固，敢娱宫室之安。太母以萬世爲心，命虔宗事之重；大臣以兩極陳義，請建坤儀之尊。謂王道之大所由興，故人倫之始不可緩。明揚德閥之懿，簡在慈闈之公；欽承温詔之音，俾正中宫之位。載蠲吉日，敷告大庭。故侍衛親軍馬軍都虞候、眉州防禦使、贈太師孟元孫女，忠孝令門，善慶奕世。幽閑專静，藹聞和聲；婉睦惠慈，雅應柔則。天作之合，文定厥祥。人謀協從，龜告并吉。是宜入聽内職，輔宣外和。式瞻褘翟之章，上直軒龍之象。嘉典大備，並行今古之情文；盛德有開，增美國家之治理。於戲！惟恭儉爲富貴之守，惟憂勤爲康樂之資。如《關雎》之進賢，則可以基風化之成；如《樛木》之逮下，則可以將福履之盛。用久乃濟，匪初其難。勉爾欽修，以法三宫之端一；相予顯祀，以崇七廟之清明。垂光紫庭，襲譽彤管。可立爲皇后。

徐王改封冀王制

范祖禹

周尊公旦，倚爲四輔之師；漢重王蒼，位處三公之上。及我仁祖，加禮荆王；顧惟沖人，敢後叔父？誕敷明命，播告治廷。皇叔、永興鳳翔等軍節度、管内觀察處置等使、守太尉、開府儀同三司、雍州牧、兼鳳翔牧、上柱國、徐王、賜詔書不名顥，稟訓英皇，同氣神考。仁義根于天性，孝友冠于人倫。昔在先朝，丕膺巽數。迨宣后九年之政，無愛子一毫之私。追惟崇慶之功，罔極昊天之報。方畢太宫之祔饗，莫先尊屬之褒嘉。是用登拜師垣，仍聯使節。徹彼徐土，受兹冀方。内奬皇家，外綏侯服。進陪多賦，衍食真封。於戲！並建親賢，實爲社稷之衞；益彊藩屏，用承祖考之休。往膺典册之光，永介壽祺之

祉。式昭令德，無愧前人！

除向宗良檢校司空充醴泉觀使昭信軍節度使制

曾　肇

昔周盛世，則有申伯之良翰；在漢懿親，則有少君之長者。眷吾仲舅，蚤著賢稱。登進寵名，誕敷詔號。醴泉觀使、奉國軍節度、明州管内觀察處置等使、持節明州諸軍事、明州刺史、上護軍、河内郡開國公向宗良，席慶深厚，秉德粹温。富貴無自滿之心，恭孝有夙成之質。肆朕承祧之始，首膺授鉞之榮。兹屬東朝，亟還大政。念崇德報功之誼，將錫異恩；守右賢左戚之規，莫回慈旨。换節瀕江之地，參華空土之名。增衍户租，併申朕志。於戲！維我太母，有勞皇家。方其艱虞，則出任社稷之重；及底康靖，則還就宫闈之安。動静必惟其時，進退靡失其正。而猶鑒觀前載，深抑外親。爾其念長樂之好謙，思文簡之垂裕。益堅素履，永保令名！

除皇弟似守太保依前開府儀同三司蔡王充保平鎮安等軍節度使制

曾　肇

朕惟本朝之制，厚公族之恩。列第京師，不忍使之去國；兼榮將相，未嘗責以治民。豈惟致敦叙之仁，抑亦隆夾輔之勢。矧吾寵弟，實位真王。念方屬於妙齡，將卽安於外邸。雖云密邇，能不疚懷？肆舉徽章，用孚羣聽。皇弟、武昌武成等軍節度、鄂州滑州管内觀察處置等使、守司徒、開府儀同三司、持

節都督鄂州滑州諸軍事、鄂州滑州刺史、上柱國、蔡王似，出神明之胄，鍾禖祝之祥。氣稟温良，生知遜悌。雅愛圖書之習，夙堅忠孝之誠。桐葉疏封，已侈盤維之寄；棣華致好，每敦和樂之私。比遵朝著之趨，尚處宮隅之邃。屢覯啓奏，祈避禁嚴。志雖莫回，情實未忍。思在宗之誼，豈忘原隰之哀；顧開府以時，難廢國家之典。迺蠲穀旦，增峻官儀。更兩鎮之節旄，正三師之位叙。兼陪井賦，益壯宗藩。於戲！周誥孟侯，則曰「無康好逸」；漢詔諸子，亦云「無邇宵人」。蓋位不期驕者，人情之常；寵至益戒者，前哲所尚。往服休命，永綏令名！

除曾布右僕射制

曾肇

左右置相，以總吾喉舌之司；東西分臺，以斡我鈞衡之任。居中如鼎足之峙，承上若台符之聯。相須而成，闕一不可。迺登次輔，以告大廷。左光禄大夫、知樞密院事、上柱國、魯郡開國公曾布，敏識造微，懿文貫道。器周小大之用，智適古今之宜。被神考特達之知，亟躋禁從；膺先朝倚注之重，久執事樞。而能悉心公家，宣力夙夜。忠以迪上，誼不辭難。憂勤百爲，壯老一節。肆朕纂臨之始，尤嘉翼戴之勞。參稽師言，圖任舊德。文昌端揆之列，紫微陪侍之班。合兹寵名，作我近弼。仍遷階品，增衍户封。於戲！朕有休息百姓之心，汝則覿文而匿武；朕有綜覈庶工之志，汝則務實而去華。以至甄序材良，敦奬正直，澄清風俗，振肅紀綱，使萬物各得其平，無一夫或失其所。汝之職也，尚往欽哉！

復元祐皇后制

蔡京

朕紹休列聖，承訓東朝。施惠行仁，既誕孚於有衆；念今追往，用敦叙於我家。廢后孟氏，頃自勳門，嬪于王室。得罪先帝，退處道宮。逮兹累年，克肅祇德。皇太后念仙遊之寖遠，撫前事以興悲。惻然深矜，示不終廢。申崇位叙，還復宮庭。乃詔輔臣，具依審議。雖元符建號，已位於中宮；而永泰上賓，無嫌於並后。於戲！原情起義，蓋示親親之恩；克己慎身，宜成婦婦之道。其率循於懿範，以上答於深仁！往服茂恩，永膺多福。

蔡京降太子少保致仕制

張閣

政事所寄，尤嚴誤國之誅；人臣之姦，莫重欺君之罪。我有常憲，揚于大庭。太師致仕楚國公蔡京，頃以時才，久膺柄任。兩冠台衡之峻，三登公衮之崇。庶圖爾庸，以弼予治。而總秉機務，出入八年。事寖紊於將來，謀悉違於初議。擅作威福，妄興事功。輕爵禄以示私恩，濫錫予以蠹邦用。借助姻婭，密布要途。聚引兇邪，合成死黨。以至假利民以決興化之水，託祝聖以飾臨平之山。豈曰懷忠，殆將徼福。屢有告陳之迹，每連狂悖之嫌。雖僅上於印章，猶久留於里第。偃蹇弗避，傲睨罔悛。致帝意之未孚，昭星文而申譴。言章繼上，公議靡容。固欲用恩，難以屈法。宜褫師臣之秩，俾參宮保之官。聊慰羣情，尚爲寬典。於戲！天事尚象，明罰所以弭災；人道惡盈，省躬所以引咎。往欽善貸，無重後愆！

宋文鑑卷第三十七

誥

韓通贈中書令

劉敞

易姓受命，王者所以徇至公；臨難不苟，人臣所以明大節。周故天平軍節度使、檢校太尉、同中書門下平章事、侍衛親軍馬步軍副都指揮使韓通，定交覇府，委質前朝。荷戈共歷於艱貞，錫壤迭分於戎律。朕以三靈睠祐，百姓樂推。言念元勳，方疇異渥；蒼黄遇害，良用憮然。追升浴鳳之池，式表潛龍之舊。

王贊授殿中侍御史

王禹偁

故事：御史府三院轉遷，各有月限；考績之命，異于他官。國朝以來，不用此制；必因行慶，方得叙遷。其閒才行有聞，爲衆所譽者，不時而授，人以爲榮。具官王贊，本以懿文，輔之通識。自登憲署，繼領詔條，絜己愛民，所在稱理。司漕運者奏其課，執風憲者舉其才。受代南康，陛見與語，宜從改秩，用以勸能。勉荷寵光，勿渝素履！

登州黄縣尉東方辛可密州司士參軍

歐陽修

朕以信示天下，而以禄報有功。今爾辛，緣死事而命于官；然按察者糾失職而來有請。按察吾所詔也，不從則不自信；念功吾所急也，不報則無所勸焉。是用易爾散秩，優爾俸禄，免爾吏責，俾爾自安。庶幾使吾信賞並行而不失。

西京左藏庫使内侍省内侍押班任守信可遥郡刺史依舊鄜延路駐泊兵馬鈐轄

歐陽修

國家自靈夏不賓，邊隅多警，議者率以謂：用兵之道，任將宜專。恩信不久，則無以得士心；山川不習，則不可圖勝筭。自兵宿于野，久而無功，此殆將帥數易之患也。苟有能者，無遽奪焉。以爾具官任守信，選以敏材，臨于戎事，肅軍捍寇，宣力有聞。遽以飛章，自言滿歲。顧久親於矢石，豈不念於勤勞？然而士卒之樂既汝安，夷狄之情惟汝熟，雖欲代汝，實難其人。所宜旌以郡章，仍臨舊部。體兹委寄，服我茂恩！

前杭州司理參軍范衮可衞尉寺丞

歐陽修

朕觀兩漢名臣，多或出於丞史小吏。非夫丞史之能出名臣也；乃知古雖吏屬，亦必選用賢材焉。

今中書丞相之職，比古公府曹掾之制，吏員已爲箇闕；欲任其事，豈不擇人？故詔銓衡，俾其慎選。具官范衮，有司來上，以爾爲材。進爾諸丞，往率乃職。古人可慕，無自怠焉！

前知彰信軍節度判官褚式可太子中舍致仕

歐陽修

昨按察者言，爾事有迹。而爾方以老自請。吾屈言者不究，而進爾以秩，全爾之歸。吾之欲成人之美，而不欲成人之惡如此。汝其休矣，知我之仁！

虞部員外郎吕師簡可比部員外郎

歐陽修

國家嚮因寡兵，特立賞格，俾勸勤者，速於集事。而議者皆患應募之卒，雖多而難用。豈夫訓練之未至？將由簡閲之不精？然而號令重於已行，賞罰貴乎存信。今有司按籍，言爾當遷。往服新恩，其思實效！

潁州推官江揖可大理寺丞

歐陽修

朕思與多士，共寧庶邦。而賢豪材美之人，或自沉於幽遠；與夫懿節茂行之韞于中而未見於事者，吾皆不得而偏覩焉。故以舉類之科，而爲官人之法。今舉者言爾行可稱。命爾新恩，以期後效！

進納人空名海詞

歐陽修

官者所以治人，而非以假人之器也。朕閔西人之勞，而欲紓其乏。有出其私以佐吾之用者，是亦有益於吾民，俾命于官，所以示勸。爾其往矣，服我茂恩！

著作佐郎張去惑可祕書監

歐陽修

國家設官之法，患乎巧僞干譽者之難止。故考績之格，三載而一例遷，所以使沉實守正之人得以自進。及其弊也，庸人希累日之賞，而賢者不能自別。故又增舊法，稍欲因舉類而求能者焉。惟爾之材，世所稱美。夫累日而遷非爾志，干譽而進不可爲。惟思厥中，務廣其業。

永興軍節度推官董士廉可著作佐郎

歐陽修

自古奇偉之士，因時立功，而名在竹帛者，率皆不以細文常行責其備，蓋於其大者、人有所不能者焉。惟爾少而好奇，不徇小節，喜從兵事，思奮其材。今積久録勞，蓋從請者。若夫異賞，待爾有爲。

内殿崇班郝質可内殿承制

歐陽修

夫被甲馳馬，出而與敵周旋于原野；搴旗斬馘，歸而與士卒數俘獲于軍中；量功較計，蒙褒被寵，進

而受賞于朝廷。此將帥之事也，豈不榮且樂哉！戰之功有小大，國之賞有重輕。膺此茂恩，更期後效！

龍衛指揮使开贇拱聖指揮使胡元並可內殿承制

歐陽修

朕之勁兵銳將，戍于邊者，不可勝數；惟爾能以武勇出乎其間。方吾思得猛士之時，吾之大臣以爾來上。高爵厚禄，爲爾等而設也。往其勉矣，吾將觀汝之能。

秦州觀察支使喬察可靜難軍節度推官知隴城縣

歐陽修

夫吏之不能稱職者，或謂數易使之然。今爾嘗佐於州，就臨屬縣，其上下政令之便，及土風民俗之所安，皆所習知，可以爲治。將觀汝績，無替其勤！

試助教郭固可寧州軍事推官

歐陽修

自邊陲用兵，而天下游談之士，趨時蹈利者，吾非不知其濫；而未始怠焉者，冀必有得於其間。惟爾之能，乃其素學。夫學有實者，詰之不窮，而推之可用。嘉汝施設，精而有條。慮變適宜，將觀汝用。

范仲温可台州黄巖縣尉

歐陽修

爾弟仲淹，參吾大政，方欲輔朕平賞罰，推至公，以修紀綱，而正庶位。爾今所任，有土與民；惟過

與功，則有賞罰。爾勤厥職，可不戒哉！

史館書直官潘宗益可梓州司户參軍 歐陽修

給事有年，其勞可録，宜命以秩，俾旌厥勤。凡爲有司，惟久則習，尚安乃職，以謹克終！

内殿崇班李允恭可内殿承制 歐陽修

朕患州縣之吏，不職者不能禦姦禁暴，而惘吾民罹於賊盜，故於捕盜之吏，推賞尤厚，非以爲私，蓋有爲也。今爾之請，自陳其勞。方吾以賞行勸之時，惟恐不及，故加爾寵，非狥爾私。夫古有讓功不言之賢，惟爾宜慕！

彰武軍節度推官李仲昌可大理寺丞簽署渭州判官事 歐陽修

羣材之在下者，思達其上，難矣；而在上者思得可用之材，豈爲易哉！朕頃自擇能臣，使舉其類，而洙以爾充薦；今琦又以爲言。琦、洙皆能體吾勞於擇士之心者，舉爾不應不慎。霈然推寵，吾所不疑。爾尚勉哉，以稱兹舉！

泰州興化縣主簿朱思道可衛尉寺丞 歐陽修

夫廉，爲吏之一節也。今保薦之法，惟以受財爲同坐，則待夫能吏，豈盡其材？爾其奮厥所長，思有所立，不獨守夫一節而已焉。

京西轉運按察使虞部員外郎杜杞可刑部員外郎直集賢院充廣西轉運使

歐陽修

自一隅用兵，而調發輸役之繁，無遠不及。況廣東西之路，於東南尤爲遠者，而吏多不良。吾之疲民既有賦斂之勞，而今又罹盜賊之患〔一〕。吾一慮及，爲之惻然。凡與吾憂國者，豈遑暇於安居哉！汝爲吾往，其可憚勞？吾又嘉汝名臣之後，好學博文，尚有榮名，以爲汝寵。凡吾寄汝之事，繫汝之材，吾惟責成，爾可自勉！

河北都轉運使工部郎中張昷之可兵部郎中充天章閣待制三司户部副使

張方平

唐自開元以還，王室多故，行在之所，不能備官。而從軍興之期，顧多應卒之事。爰從權便，置諸使，而天下庶政，始不歸於尚書省。今之會府，乃在三司。蓋自中臺，至于寺監之務，凡關出納，無不總者。故建其長以治要，立其貳以治凡，設其玫以治目。以言乎三司之副，是猶文昌之丞轄。助上率下，舉綱振目，常出高選，以贊大計。具官張昷之，才識器用，政事風采，稱于朝廷，著于方面。今邊候多

警，戎車未脱，凡物力之充屈，生齒之耗登，職司版圖，必藉精力。故謀于衆，還爾外臺。尚悉乃心，以集吾事！

前秀州崇德縣尉左惟温可漣水軍録事參軍　劉敞

天下無事，人得養老長幼，脩孝悌之行，甚善；而猾惡之民，起爲盜賊，奪攘以侵擾之，郡縣所患者也。汝以邑尉，捕擊如律。尚書條上閥閲，遷爾糺曹。祗服明命，益思自奮！

太常少卿張鑄可光禄卿致仕　劉敞

古者有司，年至則致仕，所以恭讓而不盡其力也。具官張鑄，履尚夷粹，足以檢俗；精力强敏，足以濟物。而能顧禮畏義，願上印韍。朕閔勞以官職之煩，今聽其請。夫佚老之士，雖不輸力於朝；其矯厲風節，不亦過絶保禄持寵，不知止者乎？俾列九卿，以榮其歸。祗若休命，思厎終譽！

無爲軍録事參軍馬易簡可太子中舍致仕　劉敞

控摶禄利者，至於遷籍損年，飾貌匿衰，以緩退休之期。爾齒未耄，仕無缺行，能決於去，庸非廉乎？自下郡掾，升東宫屬，歸安鄉閭，足爲榮觀矣。

龍圖閣直學士兵部郎中涇原路經略使王素可諫議大夫

劉　敞

朕臨御天下，賴宗廟之靈，方内乂安，元元蒙福。而往者戎狄窺間緣隙，時入爲暴患，皆在守圉之臣，文不能附衆，武不足威敵，使貪暴之民，震驚朕師。具官王素，假節剖符，居邊三年，内鎮撫百姓，外教戰士，令行禁止，惠于鰥寡，爰及疆外，羈縻之虜，咸懷服集，不失朝貢。中國以安，朝廷益尊。此蕃衛之勳也。詩不云乎，「大邦惟翰」。其議遷秩，升于諫列，以慰吏士《出車》《東山》之思。

太子中舍通判衡州張兑可殿中丞

劉　敞

郡有倅貳，關決衆務，所以優民事，示重慎也。俗吏不察大體，而矜勢怙權，以爭重輕，吏民反苦之，甚非朝廷意。爾居職自若，奏課亦善。通籍循省，以疇歲勞。方天之休，其勗哉！

前邠州觀察推官李育可著作佐郎前趙州軍事推官許林宗可大理寺丞

劉　敞

古之禮：珪璋特達，而璧琮有藉。寶非不同也，所從用之異。豈唯寶哉，士亦宜然。育用文學，進有以自見。林宗繇吏材選，稱於知己。夫蓬丘圖書之府，廷尉法理之本，往爲之屬，各踐爾位。思所以報，毋墮而守！

皇姪右監門衛將軍克孝妻某氏可封仁和縣君　劉敞

《常棣》之詩，其韓之亂曰：「宜爾家室，樂爾妻孥。」知其爲治内之本也。今夫宗婦則有湯沐之邑，封君之號，此其所以稱「宜」且「樂」，不亦光大章顯乎！具官克孝妻某氏，憑慶良奥，作嬪懿近。柔静之操，足儀閨壼；莊肅之風，能承祭祀。俾疏列壤，且擇令名。尚無懈於夙夜，思能對於休寵！

西京左藏庫使忠州刺史高陽關路駐泊兵馬鈐轄時明可文思使　劉敞

執干戈典兵馬之臣，當以戰多勇功，受賞於朝，而但累歲月、計資考，以此取高位，壯士之恥也！然今天下乂安，士無所試其能，故偏裨將帥，例以恩進。遷爾使列，以觀來效。爾亦毋謂易而得之，因易以守之。盍亦竭節顧義，思所以報國者乎！

宰相富弼奏試國子四門助教王淵宰相韓琦奏鄉貢進士李常並可試將作監主簿　劉敞

曩者，朕親祀清廟，推恩延賞，而大臣得薦其門下之士，置之仕籍。今丞相以常等聞。夫與我陶冶萬物，長育人材者，非丞相歟？何惜一命，以慰士大夫之望。其慎所履，毋辱己知！

内殿崇班唐詢可内殿承制　　劉敞

邊吏欲其奉法守職，以安吾民；而不欲其徼功興事，以撓王略也。故歲滿無負者，輒遷其秩。爾有治狀，協于賞格。進承制命，無隳常守！

定武軍節度推官衛觀可大理寺丞常州團練推官沈披可衛尉寺丞　　劉敞

昔唐有天下，諸侯自辟幕府之士，唯其材能，不問所從來；而朝廷常收其俊偉，以補王官之缺，是以號稱得人。今州郡從事，皆吏部旨授，然其試之臨政而不苟，察之行己而有立，亦皆一時之選已。故吾亦且命以九卿之屬，使漸而升於朝。觀與披也，既歷試於外，又亟稱於知己，得人之聲，庶必能勉焉。

翰林學士給事中知制誥歐陽修可禮部侍郎端明殿學士吏部侍郎宋祁可尚書左丞禮部郎中知制誥范鎮可吏部郎中刑部郎中知制誥王疇可右司郎中三司度支判官太常博士集賢校理宋敏求可祠部員外郎並依舊職任　　劉敞

古之爲國者法後王，爲其近於己，制度文物可觀故也。唐有天下，且三百年，明君賢臣，相與經營

扶持之。其盛德顯功，美政善謀，固已多矣。而史官非其人，記述失序，使興壞成敗之迹，晦而不章。朕甚恨之。故擇廷臣，筆削舊書，勒成一家。具官歐陽修、宋祁，創立統紀，裁成大體。具官范鎮、王疇、宋敏求，網羅遺逸，厥協異同。凡十有七年，大典乃立。閎富精覈，度越諸子矣。朕將據古鑒今，以立時治。爲朕得法，其勞不可忘也。皆雠有功，遷秩一等。布其書天下，使學者咸觀焉。

禮部侍郎參知政事曾公亮可加正奉大夫進封開國公食邑五百户賜推忠佐理功臣

劉敞

朕承七廟之光，繼三聖之緒。惟慎祀時享，未足副盛德；委事有司，未足盡誠孝；故稽曠典，歷吉日，親率公卿，躬執豆籩，昭見祖宗，並受祉福。若乃袞時之對，申錫無疆，天宇之内，莫不受獲；而況一二耋老，肅雍顯相者乎？具官曾公亮，德器渾厚，智謨閎遠。予欲觀于《雅》《頌》，參《元鳥》《清廟》之詩，以追孝于前人；汝明。予欲謹于王事，極四海九州之美，以備物于大饗；汝圖。予欲時和歲豐，以薦厥嘉生，登黍稷之馨；汝翼。予欲制禮協樂，以對越太室，交神人之雍；汝助。夫賞，國之典，不可廢也。進階中朝，頒爵上公。衍食加田，勒忠甲令。使百執事，粲然皆知輔德致治之報焉，不其偉歟！

將作監林洙可司農卿

劉敞

自周以來，稷爲大官。今吾非廢稷不務也，而官益輕，豈居其職者，未能勉乎？具官林洙，資稟通

裕，臨履脩潔。擢正卿位，尚宜其事。昔乃先正，實領大農之任，以迪文考。今年穀未充，邊人望哺。爾其勤身敏行，無忝名實。於以勤穡劭民，庶有賴焉。濟爾世美，不其多乎！

權郴州軍事判官楊永可右贊善大夫致仕前岳州平江縣張正己可大理寺丞致仕

劉敞

年至還政，典也；而貪禄者或不能止，能止者皆好禮者也。至於以廉自嘉者，有不待年去矣。今永也禮，而正己也廉，忽而不録，何以慰其子弟之心？或升籍朝闈，或丞事卿寺。歸榮鄉閭，以樂暮齒！

校勘記

〔一〕又罹盜賊之患　「又」字原本空白，據明抄本、明刻本補。

宋文鑑卷第三十八

誥

都官員外郎邢夢臣可侍御史殿中丞沈起可監察御史裏行　劉敞

御史執憲轂下，紀綱國體，非雅亮勁正之士不足參論議、廣聰明。拯與景初，吾所信也，使之愼柬厥僚，必皆其人，而拯也以起聞，景初也以夢臣可。稽之閥閱，察之望譽，人咸曰允哉。予甚嘉之。夫鑑以明故可正容，繩以直故可形枉。毋勤小補而遺大體，毋忽近務而隳常守。事君盡禮，其可以報知己乎！

兵部員外郎張中庸可開封府判官　劉敞

京師衆大之居，其俗具五方，而諸侯所視法也；號稱難治，蓋自古記之。爲之尹者，專用擊斷則網密俗敝；崇之以寬，則威信不立。故常擇精明疏通之人，以參其職。具官張中庸，材劇而用博，行修而志堅，處煩決疑，必有餘裕。俾贊浩穰之政，當適寬猛之中。根本之地，爾惟欽哉！

屯田員外郎胡揆除都官員外郎　劉敞

朝廷鎮撫四夷，以綏中國，貴於息民，而不務佳兵。故常申敕邊吏，毋邀奇功。五嶺以南，蠻夷雜居，其俗剽悍，尤爲易動；而桂州一都會也。前通判軍州事、尚書屯田員外郎胡揆，承用詔旨，悉心疆事，終揆之任，怗然無虞，亦可謂善吏，能宣明威信者矣。夫守邊之患，常在見小利而不達大體，以侵迫驅奪之爲，故至大沸，貽憂吾民。則若揆者，不可以不賞也。稍增其秩，以示褒寵。

度支郎中李碩可三司户部判官　劉敞

財賦大計，一出於民。取之寡則用不足，然而民逸；取之多則用有餘，然而民困。此三司之難也。術不能通輕重，智不能調盈虛，則吾不以爲之僚。具官李碩，嘗以名字典郡，風采奉使，敏以爲政，精於檢下，所到而治，有迹可紀。使之參計耗登，贊畢籌策，庶可以不傷財，不害民乎！往卽會府，毋乏乃事。

陝西路都轉運使兵部郎中天章閣待制傅求可右諫議大夫河北都轉運使工部郎中天章閣待制周沆可兵部郎中依舊　劉敞

岐、畢，吾西土也；被山帶河，百二之險，而有昆夷之虞。燕、亳，吾北土也，平原廣牧，四戰之地，而有玁狁之警。贍足兵食，綱領郡縣，將命宣指，甚難其人。具官傅求，明智敏察，表以文雅；具官周沆，深中篤厚，居以名檢；並委節傳，分按州郡，皆有述職之勤，美俗之風。夫較考陟明，其來尚矣。或正諫

省之列，或遷夏卿之屬，所以褒善勸能，爾其欽哉！

司門員外郎張鞏可開封府推官　劉敞

京師者，舉衆大之辭名之者也；風俗雜而獄市繁，治稱浩穰。吾令襄爲尹，急吏緩民，甚有文理。其僚虚席，思得敏才，以左右之。具官張鞏，嘗使行河，決川滌源，衆工胥作，輓漕以通。其精力幹用，效在已試。俾贊輦轂之政，尚克有立。夫都邑翼翼，四方是則。無習苟且，違道干譽，則予一人汝嘉。

曹穎叔充天章閣待制知福州　蔡襄

朕念善爲維持之策者，運天下如臂使指，欲其大小相臨，而威令必達故也。東南之郡，長樂都會，表山環海，地險而遠，八州生衆，繫乎總帥。非有幹明之資，能辦吾事者，不可以遣。具官曹穎叔，智力精敏，應幾必決，荐更器任，籍有聲稱。將漕益部，還貳計曹，而猥繁之務，罔不給肅。今屬以方面之重，寵以延閣之華。爾其繕除兵械，補完城堞，懷綏困窮，剪遏兇猾，使吾人無愁苦之嘆，朝家有剸倚之賴。朕志唯是，爾儀圖之！

張昷之可光禄卿致仕　蔡襄

朕於羣臣進退之際，曷嘗不腆然思之。方其強仕，發智能以濟務，則有官賞以懋其材；逮其謝歸，

養志意以自佚，則有恩渥以寵其行。仕官者，豈不雍然得其所耶！具官張昷之，立節清峻，無淄磷之苟；臨事明敏，有批導之利；恤民以惠，屏奸以嚴，循吏之風，聞于當世。自升禁近之列，屢委宣藩之重。服老聃之言而知止，躡疏廣之迹而告老。爾其還上官事，秩以列卿，休于而家，尚體朕意！

王元可右衛大將軍遥郡觀察使

胡宿

閫制之師，蓋威於不若；巖除之衛，乃備於非常。唯中外之迭更，在倚毗之兼厚。具官王元，才資沉敏，節尚剛嚴。少厲武鋒，博通軍志。榦方授任，政屢服於藩方；猒難折衝，功實施於邊境。眷言雍部，控于西州。委以牙爪之師，屯乃襟喉之地。苛慝不作，部分有嚴。閱牘奏之爰來，叙足胝之微苦。願寘環衛，乞朝京師。須藥石之有瘳，雖金革而無避。忠言可壯，誠實不誣。朕以拱扆之嚴，當資於宿將；察廉之任，用寄於舊勳。遥總十連，聯司二衛。式表疏恩之數，且伸從欲之仁。惟忠力之是圖，亦威名之斯賴。體兹優遇，更竭乃誠！

皇姪右衛大將軍岳州團練使曙可起復舊官泰州防禦知宗正寺

王安石

先王糾合宗族，而分職以治之，所以嚴宗廟也。宗廟嚴，則禮俗成，而天下治，其事豈可以輕哉！今朕選於近屬，以脩宗正之官，亦先王治親之意也。以爾具官曙，惠仁孝恭，忠信純篤，故遷厥位，以稱

禦侮之實，而使任事焉。夫士之欲施於政，未有不學而能者。學所以脩身也，身脩則無不治矣。朕言維服，爾往懋哉！

起居舍人直祕閣同修起居注司馬光改天章閣待制　王安石

揚雄曰：「周之士也貴，秦之士也賤；周之士也肆，秦之士也拘。」蓋言先王以禮讓爲國，士之有爲有守，得伸其志，而在上不敢以勢加焉。朕率是道，以君多士。以爾具官司馬光，文學行義，有稱于時，故明試以言，使司告命。而乃固執辭讓，至于八九。改序厥職，以伸爾志。是亦高選，往其懋哉！

左司諫王陶可皇子伴讀　王安石

自天子至於士，未有不待學而成者。今朕欲進諸子於學，求可與居者，而大臣以爾爲言。爾久在諫垣，有聞於世，茲惟慎選，可不勉哉！

范鎮加修撰　王安石

昔周人藏上古之書，以爲大訓；而孔子《春秋》，天子之事也。蓋夫討論一代之善惡，而撰次之以法度之章，非夫通儒達才，有識足以知先王，不欺足以信後世，則孰能託《尚書》《春秋》之義，勒成大典，而稱吾屬任之指乎？以爾具官范鎮，有該通之材，有純潔之操。辯論深博，溢於文辭。論思禁林，時議惟

允。則夫按善惡見聞之實，斷是非去取之疑，人之所難，宜以命爾。爾其精思熟考，自勉以古之良史；而毋襲近世以事屬辭之失，使無以考焉！

高旦可著作佐郎

王安石

唐、虞以三考黜陟幽明，而其所命，或終身於一職。然則其所謂陟者，蓋爵服之加而已。今之增位，猶古之加爵服也。以爾久於職事，而功用應於有司之法，故使增位以報焉。雖所更之歲月，與黜陟之法，古今不同，而吾所以褒厲庶工，非與唐、虞異意。爾其毋怠，思稱厥官！

德妃沈氏姪孫獻卿可試大理評事

王安石

朕於后妃之家，不欲以恩撓法；法之所當得者，義亦無所愛焉。爾方眇然，未克有知，而以外戚之恩，得試理卿之屬。時乃邦制，不爲爾私。勉哉有成，以待官使！

沈德妃姪授監簿

王安石

京官，吾所重也；故設磨勘之法，以待吏部之所選。非有勞而無罪，及有任舉之官，則不可以得之。爾由外戚，以孩幼入官，得吾之所重，其強勉學問，求爲成人，以稱吾待爾之意！

磨勘轉官　王安石

有司考爾等之閥閱，而揚爾等於朝廷，朕親覽焉，皆應遷法。夫命官賦禄之事，朕非輕之也。維以章有德，序有功。名在審官，則三歲而一遷，亦維以閔夫職事之勞，而勉之盡力。爾等勿謂名器之可計日以自取也，而無報上之意焉！

王伯恭轉官　王安石

方今仕於朝廷者，率三歲而一遷。論者患其不足以勸功。然日月久矣，能祗慎不怠，免於罪悔，則亦宜有以褒嘉。此朕所以使爾得遷之意也。士之爲義，蓋有常心，何必利焉，然後知勸。

甘昭吉入内副都知　王安石

古者王之正内，必有任職之臣。予若稽古，而思得吉士，以充其選。以爾服勤左右，多歷歲年，有專良之稱，無側媢之毁，其使序于正内，以允廷論之公焉。爾其審門闌，謹房闥，入宣宫令，出贊朝事，悉心夙夜，一以忠信。則維予爾嘉，爾亦永綏寵禄。

崔嶧刑部侍郎致仕　王安石

仕焉而告老者，自一命以上，必有以慰其歸。況吾邇臣，恩紀所厚，宜增位序，以示褒優。以爾具官崔嶧，比以明揚，久於煩使，入參侍從，出備藩維，踐更滋多，寄屬惟允。引年辭位，得禮之宜。進貳秋卿，以榮居息。古之士者，非苟自佚其身，唯慎行祇法，以助成王德，爾所知也。往其懋哉！

皇兄故保康軍節度觀察留後承簡可贈彰化軍節度使追封安定郡王

王安石

樂其生而哀其死，欲其富貴之無窮，仁人於親戚莫不然，而王者得盡其褒崇之意。具官承簡，於宗室爲近屬，於朝廷爲大官。有温恭恪慎之稱，無驕嫚逸欲之過。不幸至於奄穸，用震悼于朕心。義兼親賢，恩禮當稱。今夫建牙樹纛，節制一軍，而封爵至於稱王，人臣之極也。朕其追命以賜焉。尚其有知，享此休顯！

參知政事歐陽修曾祖某贈某官

王安石

君子善善之義，下及子孫；況推而上之，至其祖考，所以褒美崇寵，顧豈可以不稱哉！故先王宗廟之制，視其爵禄位之高下，以爲世數之遠近；而本朝追命之禮，亦從其子孫名數之卑尊。具官歐陽修，曾祖濳于丘園，躬有善行，畜積之慶，施于曾孫，爲時宗工，名重天下。圖仕以登于右府，褒嘉當及其前人。東宫之孤，位已顯矣；進秩一品，尚其享哉！

曾祖母某氏某國太夫人　王安石

尊之欲其貴，親之欲其富，豈特人主有是心哉！推是心以施於人，此人主所以與天下同憂樂之意也。禄有厚薄，故禮有隆殺；位有高下，故施有遠近。古之道也，其可忘哉！具官歐陽修，曾祖母含德在躬，作嬪令族，積善之慶，覃其後昆。惟時聞孫，實朕良弼，登豫政事，人無閒言。其疏大邦之封，以報流澤之施。寵靈之極，尚克享哉！

祖　王安石

爲吾政事之臣，所以崇寵之者備矣。於是尊大前人之志，亦宜有以稱焉。具官歐陽修祖某，積行在躬，潛而不耀。畜其善慶，以賴後昆。厥有聞孫，爲朕良弼。典司機要，海内所瞻。追命之榮，至于帝傅。進登師位，以極褒嘉。尚其冥靈，膺此休顯！

祖母　王安石

朕疏郡縣，以君諸臣之母，欲以稱慈孫孝子之心。至於政事之臣，則封圖及其王母。所以望其功者厚矣，則慰其心者，顧可以薄哉！具官歐陽修祖母，來嬪名家，克配君子。積善之福，覃于其孫。左右朕躬，豫國政事。嘉而有後，錫以大邦。維靈在幽，尚克膺此！

父

王安石

大臣得爵，命其先人，至乎公師，非古也。然禮者，人情而已矣。當於人情，而義足以勸士，則何必古之有哉！具官歐陽修父某，畜其德善，不顯於世。克生賢佐，爲朕股肱。東宫一品，人臣高位，追以命汝，用嘉有子。尚其享此，以稱餽祀之盛哉！

母

王安石

古者子爲諸侯大夫，而父爲士，則其祭以諸侯大夫之禮。朕以謂得享其禮，而位號不稱，則不足以盡孝子之心；故今有列於朝廷，皆得追崇其考妣；又況於爲吾左右輔弼之臣哉？具官歐陽修母，嚴稱於天下，能教其子，爲時名臣，協于詢謀，進斷國論。雖禄養不及，而饋享有加。啓封大邦，於禮爲稱。尚其幽穸，知享此榮！

樞密使張昇所生母

王安石

傳稱《春秋》之義：母以子貴。説者或非焉。而人子之愛其親，豈有窮哉！己則富貴，而親不與焉，固人情之甚可哀者也。當有追崇之禮，稱其思慕之心。具官張昇所生母，温柔惠和，得媲君子，克生賢佐，爲朕寶臣。允于庶言，秉國樞要。追崇之典，既啓爾邦。其改新封，以鴻後慶。尚其冥漠，享此恩

榮！

三司使禮部侍郎田況可樞密副使

王　珪

天文三階，中躔紫極之輔；國事二柄，右列鴻樞之司。維君臣之謨明，有夙夜之基命。朕當登進時傑，贊襄大猷，以導萬微之中，以合九德之會。匪至公之進，曷羣聽之歸？以爾具官田況，器懷閎深，業履端厚。材適國家表裏之體，學貫天人精祲之交。而自高賢册於大廷，儀畯遊於清路。西垣名命之粹，內閣論思之勤。擁帥節于邊，而天聲憺於殊俗；筦財柄于內，而國用豐於歷年。茲庸倚爾忠力之良，置諸宥弼之地。熙我大業，垂之亡窮。噫！本天下之兵，莫重安危之寄；在帝右之陟，有若臣鄰之榮。蓋德懋者寵所隆，任大者責亦至。勉思盡瘁，永克承休！

屯田郎中詹庠可都官郎中

王　珪

世治俗厚，賢能衆多。其高材異行，則待以越次之位；而守職奉法，亦褒累日之賞。非有厚薄，理則然也。爾服于朝著，陳力事任。有司稽年，書閥應陟。其增一秩，以慰夙夜浚明之勤。往服休命，勿忘祇飭。

户部副使太常少卿燕度可右諫議大夫知潭州

鄭　獬

湖湘之南，溪蠻剽悍而易擾。陸而馴之，則亦弭伏；至其失御，遂出而嚙邊，其禍亦不細。得無肅乂廉治之帥，爲之良牧者哉！以爾具官燕度，醇明忠厚，通於世務。更荐要劇，芒刃愈出。俾副大農，厥功茂焉。宜加賜諫議大夫，魚符犀節，往甸南服。内以惠斯民，外以柔殊俗。朕方端扆面朝，以遲爾之奏課矣。

劍南節度推官張澄等可大理寺丞

鄭獬

萬官之才，豈朕一耳一目之可盡之哉；然而卒所以能盡之者，寄朕之耳目於嶽牧連帥，推而進之耳。維汝脩方宿業，以廉治自顯。薦牘交上，可勿聽乎！宜寵以廷尉丞，以示我擇材之公。

皇姪右監門衛大將軍仲郃可依前右監門衛大將軍黄州刺史特封齊安郡公

韓維

朕按屬籍，以覩祖宗之世，而陳王之後獨微，且其位不章顯，朕甚憫之。以爾具官仲郃，孝友惇謹，善守法度。爰命褒録，以鴻厥慶。刺史重任也，郡公高爵也，遥領紹建，兹謂顯休。噫！惟務學可以正己，惟率禮可以保位。汝其懋哉！

潁王府翊善守太常少卿直昭文館齊恢可守尚書左司郎中依前直昭文館兼太子左諭德諸王府記室參軍尚書司封員外郎直集賢院陳薦可工部郎中依前直集賢院兼太子右諭德

鄭獬

唐制：左右諭德，掌諭太子以道德，其内外庶政，有可爲規諷者，隨事而贊諭焉。則處其官者，其選可以不重哉！以爾恢，清謹廉正，不失其常；以爾薦，質直和厚，可任以事。而或入道經訓，或贊爲書記。使王有聞，緊爾能力。屬儲闈之肇啓，擇郎曹而並進。夫語道者，非序而安取；論德者，惟行之爲艱。毋或易言，以墜予訓！

西頭供奉官常用之可右清道率府率致仕右侍禁李襄可率府副率致仕

鄭獬

古之仕者，量其可任則受，至于不能而止，所以遠殆辱也。朕嘉斯人之徒，故於謝事而歸者，必增秩以遣之。往欽茂恩，以安末路！

台州寧海縣令魏昂可試大理評事充山南東道節推知劍州劍浦縣

沈文通

前日天下令長，多非其人，始詔刺舉牧守之臣，察廉爲之。故遠近之縣，十七八治。朕甚嘉之。汝其選也。汝既三歲被代，而知者尚鮮，何哉？雖然，不可不少褒也。其升職幕府，復爲百里。益有以薦于朝者，當命汝遷焉！

内東頭供奉官廖浩然可内殿崇班　沈文通

禁闈小臣衆矣，非以德舉而材選也；特以給左右之役，導内外之事而已。故未嘗輕命以遷，所以異乎吾外廷士大夫之典也。今爾考不幸，乃有遺封以爾爲請。朕念爾考事我之久，位于通顯；汝亦謹信無咎，故進汝之秩，班于殿朝，以爲汝寵。朕於汝父子可謂至矣。其思所以報我者焉！

都官郎中楊佐可司封郎中　沈文通

水之爲利害也，甚矣。堯舜其猶病諸！故歷代建以爲官，莫之能廢。而朕用稽焉。惟爾佐，學行材智，廉正膚敏，實吾士大夫之望。而自領都水，出入累歲，夙夜盡瘁，具有厥功。朕甚嘉之。故因有司大比之叙，陟爾左曹之正，以爲朕寵。其往宿爾業，愈獻厥成，則亦當有以稱爾矣。欽哉！

宋文鑑卷第三十九

誥

西京左藏庫副使楊文廣可供備庫使　沈文通

前日南夷負恩爲亂，以覆壞我郡邑，至於用師而後定。雖朕不德，不能懷服方外，而亦將吏不戒不習之罪也。故深察往失，而推擇所遣，益不敢輕。惟爾文廣，材武忠勇，更事有勞，故今以爾總一道之兵，戍于邕管；又陞爾于諸使之正，以重其行。爾其祇聽朕命，戒疆事，習軍計，使南徼無警，而朕爲知人，則時乃之功矣。其往欽哉！

西京左藏庫副使高允元可文思副使　沈文通

武吏以材勇進，以功力賞，古之制也。方天下無事，兵革不試，則汝武吏安得自效以取賞哉？然内外之職，歲月之勞，亦不可遺也。今允元最狀，既應陟法，其增秩一等，以明勸羣吏！

屯田員外郎王衮可都官員外郎太常博士杜保衡可屯田員外郎　沈文通

朝廷治定，士大夫幸當其時，而進於位，以周旋乎太平之政，豈非休哉！然患常生乎久安，而因循苟簡之弊，不能無也。在乎彊勉而已矣。《詩》曰：「夙夜匪懈。」《書》曰：「懋哉懋哉！」今有司弊三載之治，故各增爾秩一等。其各往服，祇我明訓，思有攸立，毋自致斁敗！

徐鐸張崇翟思太學博士

曾　鞏

博士列於成均，以講教爲任。爾以經明選用，往服厥官。蓋尊其所聞，以誘率學者，汝之守也。其尚欽哉！

徐禧給事中

曾　鞏

有事殿内之臣，職在於平奏，述詳命令，糾其違者而正之，覆其是者而行之；至於決獄官人，條陳法式之事，莫不當攷察焉。其任可謂重矣。具官徐禧，以材進拔，典執邦憲。兹用推擇，俾踐厥位。惟精敏不懈，可以周閱讀。惟忠實不撓，可以司論駁。朕方觀爾之效，爾尚勉於厥修！

吴居厚京東轉運副使吕孝廉可轉運判官

曾　鞏

朕進拔能吏，以督視一路。蓋州縣政令之舉措，公私貨食之斂散，莫不任焉。得人之難，攷擇惟慎。以爾幹敏，閱試惟舊，用是分兹東部，屬以使事。夫施於民者厚，而刑罰清；求於民者約，而財用

贍。使德流澤通，而風化輯穆，以稱朕憂憫元元，而勵精庶務之意。爾其勉矣，往服訓辭！

王從伾知岢嵐軍

曾鞏

崇築培壘，本以輯治軍旅；及四方既平，而假守之臣，實任民事，列於有土之官。矧嵐谷並邊，寄屬尤重。爾以選擇，往祗朕命。夫能開示恩威，以惠養吾人，而懷附異俗，則爲善於其職。尚思爾守，無替訓辭！

崔象先等帶御器械

曾鞏

乘輿所在，供御之物，無一不備具者。故鎧甲弓矢，屬之以從者，亦不去於側。非左右親信，惡足以任此哉？爾給事惟舊，宜就兹列。益思祇恪，以稱厥官！

尚書祠部員外郎知制誥直學士院孫洙可翰林學士知制誥

李清臣

以文辭爲號令，明諭朕志于天下者，在制誥；陳古今，論得失，裨朕之欲聞者，在訪議。二者皆學士職之，故於侍班爲親且貴。以爾具官孫洙，繇學術行誼顯進，有名于時。博習墳史，多識典故。代予言訓，蔚然可觀。真秩禁林，使與材稱。恩寵茂矣，爾慎旃哉！

劉永年充殿前都虞候燕達充馬軍都虞候苗授步軍都虞候

李清臣

左右虎賁之士，與羽林、彀騎、材官、蹶張，皆天下拳勇之秀，以嚴宿衛，厲武節也。既命帥分總之。而虞度兵計，候司戎事，亦統護之貴職，豈輕任其人哉！以爾具官某，威行軍中，名動疆外，材稱所付，忠忘其私，乃俾次遷，以補督將之缺。予命休顯，汝思報焉！

翰林醫官尚藥奉御王永和可依前尚藥奉御直翰林醫官

李清臣

凡方技有益于人者，皆以備王官之一守。而爾原診察色，稱爲明習。稽勤序課，遷爾之秩。其益勉哉！

中大夫守尚書右丞李清臣可太中大夫依前守尚書右丞

王震

朕初纘承，大賚于天下。雖汪洋之澤，所被者廣，要以貴賤遠近，爲先後隆殺之節。故吾政事之臣，所以褒嘉者，既不敢後，而致隆焉。具官李清臣，秉德含章，將明密勿。先帝圖任，以貳政幾。弼予一人，與有勤績。徽章爰錫，禄秩有加。進陟勳資，益陪常賦。終審厥與，爾則有辭。惟予一人，並受多福。

朝奉郎蘇軾可守禮部郎中　王震

爾議論文章，卓然名世，而失職浸久，所學未伸。今兹命爾爲郎，以待不次之選。孔子曰：「如或知爾，則何以哉？」維爾之才，不患無位！

朝散郎勾當京東排岸司胡及可依前官權發遣開封府推官公事　王震

開封專理京師，非有二輔亂其治也。獨僚屬盡才，則裕無事矣。吾比不輔其缺，使得自擇所宜；顧以爾聞，殆必如舉。往其協乂，咸底于休！

通直郎河北西路提刑吕温卿可依前官充河北東路提刑奉議郎河北東路提刑吕仲甫可依前官充河北西路提刑　王震

朕析河朔爲兩道，而各置使者，蓋祥刑惟察，非若財臣之欲周知而移用也。揣權稱事，其任惟均。互易攸司，咸祗厥守！

通直郎著作佐郎豐稷可權發遣提舉利州路刑獄公事　王震

爾以儒學有聞，而頗稱澹默。試之涖事，其殆不煩。度此祥刑，訓于厥屬。若予欽恤，爾則有辭。

朝奉大夫少府少監呂希績可權發遣潁州　　王震

今之郡守，乃唐刺史郎官出入之資也。爾以選擇入省，故出得善州。夫豈弟之政，非文深吏所能成也。唯爾懋哉，務稱吾意！

朝奉郎行宗正寺主簿楊完可權知衢州　　王震

遠州刺史，吾所加擇；顧爾以求得之，知爾能成豈弟之政也。雖然，吾可謂體羣臣矣。傳曰：「體羣臣，則士之報禮重。」爾可不勉哉！

左藏庫使趙諒可供備庫使供備庫副使王繼恩盧昭用可並西京左藏庫副使內殿崇班楊貴田珏張僅可並內殿承制　　王震

新城之役，調卒於他道。其在行者，爾實總之。部分嚴整，弗怨弗咨。于是勞還，宜有寵慰。率還官秩，各服恩榮。

皇姪右千牛衛將軍士倞皇弟右千牛衛將軍叔嫣可並右監門衛大將軍

王震

宗子無職事之勞，而有考績之法者，親親之恩，欲有加而無已也。然非迪教飭身，則弗應有司之格。衛府之帥，寖富貴矣。往其祗哉！

朝請郎權發遣陝西運副葉康直可朝奉大夫再任承議郎權發遣陝西運副李察可朝奉郎再任

王震

朕惟西土弗靖，爾則在行。靡征不從，日月逾邁。典護邦計，實緊厥勞。練達邊機，毋易爾舊。宜加寵陟，申即故封。有功見知，其説無斁。

故内殿崇班劉景男可奉職

王震

有臣不難殺身以報國，賞其可薄乎！顧死者已矣，殆禄其近屬，尚爲之旌勸。永惟乃父之忠勞，爾是以有禄。可不勉哉！

朝請郎吴安度等故母廣陵郡太夫人王氏可贈榮國太夫人

劉攽

邦君之德，具《鵲巢》《騶虞》之化；孝子之思，有《凱風》《寒泉》之感。哀榮之典兼備，愛敬之治維

廣。追崇懿行，奚恡光寵。朝請郎吴安度等故母王氏，輔佐君子，挺幽閑之操；宜其家室，備均一之美。遺芳未泯，積慶方厚。舉集門九伯仲，幾乎萬石；疏恩郡治湯沐，近於百邑。爰因合宫之祀，申錫漏泉之澤。俾封成國，仍付榮名。褕翟有光，壤户知貴。

殿中侍御史豐稷可右司諫　劉　攽

在廷之臣，位下而望重者，唯諫官而已；爲其得劘切人主，紀綱國體也。然非其學足以達道，其智足以周務，見微而知著，擇善而有容，亦安能稱其事而宜其官哉？以稷自居憲府，綽有士譽。名不虚得，材實允副。移珥筆之權，當伏蒲之選。讜言正色，迺其素守。吐剛茹柔，毋愧前哲。則我爲知人，爾號稱職矣。

皇叔祖保信軍節度使宗隱男仲硯等可並太子右内率府副率　劉　攽

公族之子，屬近愛至，未及有知，膺受光寵，非以祖廟之隆慶，朝家之敦叙邪！副率之貴，是惟通籍。勤身戒事，以就長立！

左藏庫副使純昱可權知廉州　劉　攽

合浦之地，古爲珠官。琦珍所聚，掌握致富。宜得廉吏，爲之守長。且蠻蜑荒遠，難馴易擾，非夫武壯智略，不能鎮服。以是數者，推擇用汝。祇莅恩寵，益思善效！

皇城使漢州刺史廣南西路兵馬鈐轄張整等降官添差監當　劉攽

中國之所以臨撫戎蠻，常以威信結服其心；豈其誇於殺入，見小利而起後害乎？爾等咸以選擢，見任邊徼。貪於首功，輕肆翦戮。無辜橫死，近二十人。文書自營，謾不以實。覆案究極，惻然傷嗟。宜正典刑，以慰遐僻。差奪官秩，用懲無狀。尚體寬恩，思自悔咎！

吏部侍郎胡宗愈可御史中丞　劉攽

權衡之於輕重，繩墨之於曲直，由其無私而素具，是故應物而不貳。朝廷風憲之任，忠讜之士，亦所以素具而待列位也。命官之艱，得人惟允。具官胡宗愈，秉心端直，爲學深厚。粹然特達之姿，淵如有容之度。粤自潤色綸省，獻納瑣闈，副貳天官，藻鑒多士，綽有休譽，舉爲稱職。是宜付中司之權，寄執法之柄。爾其修胸中之誠，應方來之務。有節於内，則物無不察；以義自處，則動無不中。稱此茂恩，著爲顯效！

承議郎充祕閣校理權判登聞鼓院張舜民可通判虢州　劉攽

前以御史言事不合，朝廷優容直臣，未嘗備責，故移位他局，仍在轂下。而舜民力自摧謝，又以其多病，及家婚娶，求得自便。天道從欲，而有曲成，吾何悋焉。虢略要郡，倅貳維重。祗服恩寵，毋怠勤恪！

太常少卿趙瞻可户部侍郎

蘇軾

理財正辭，禁民爲非，曰義。先王之論理財也，必繼之以正辭。名正而言順，則財可得而理，民可得而正。自頃功利之臣，言政而不及化，言利而不及義，中外紛然，朕益厭之。具官趙瞻，明於吏事，輔以經術。忠義之節，白首不衰。爰自秩宗，擢貳邦計。將使四方之人，知予以耆老舊德居此官者，蓋有「盍徹」之意焉。

鮮于侁可太常少卿

蘇軾

奉常之職，非特以治郊廟之度，服器之數而已；國有大政事、大議論，必稽焉。昔魯秉周禮，齊不敢謀，而晏子、太師，折衝於樽俎之間。國之典常，君臣之名分，上下守之，有死不易，則國安而民服。朕選建卿士，付之禮樂，意在於此。非我老成之人，學足以通古，才足以御今，智足以應變，彊足以守官，深於經術，達於人情，其孰宜之！詩不云乎：「彼其之子，邦之司直。」往修厥官，無斁朕命！

楊繪可知徐州

蘇軾

士有拙於謀身，而巧於治民；踈於防患，而密於慮國。其自爲計則過矣，而朕何疚焉。先帝龍興，首擢用爾，置之臺諫，以直諒聞。言雖無功，效於今日。簡易輕信，失之匪人。坐廢十年，陶然自得。

詩人所謂「豈弟君子」者，繪庶幾焉。彭城大邦，吾股肱郡。政成民悦，朕不汝忘！

楊王子孝騫等二人荆王子孝治等七人並逐州團練使　蘇　軾

先皇帝篤兄弟之好，以恩勝義，不許二叔出居于外，蓋武王待周召之意。太皇太后，嚴朝廷之禮，以義制恩，始從其請，出就外宅，得孔子「遠其子」之意。二聖不同，同歸于道，可以爲萬世法。朕奉侍兩宫，按行新第，顧瞻懷思，潸焉出涕。昔漢明帝問東平王「家何業爲樂」，王言「爲善最樂」。帝大其言，因送列侯印十九枚；諸子年五歲以上，悉帶之。著之簡策，天下不以爲私。今王諸子，性于忠孝，漸于禮義，自勝衣以上，頎然皆有成人之風。朕甚嘉之。其各進一官，以助其爲善之樂。尚勉之哉！毋忝乃父祖，以爲邦家光。

吕公著妻魯氏贈國夫人　蘇　軾

婦人之德，如玉在淵，雖不可見，必形諸外。視其夫有《羔羊》之直，相其子有《麟趾》之仁，則内德之茂，從可知矣。具官吕公著，故妻魯氏，名臣之子，元老之婦。所資者深，故志存乎仁；所見者大，故動協于禮。環佩穆然，閨門化之。而降年不永，禄不配德。其改封大國，正位小君。庶幾爲女史之光，非獨慰其夫子而已。

張恕將作監丞　蘇　軾

朕惟人材之難，長育之無素，事至而求，有不可得。是以訪之元臣大老之家，推擇其子弟，庶幾似之。以爾名臣之子，篤學好禮，敏於從政，試之匠事，以觀其能。爾克遠猷，無忝乃父，以稱朕意。

李承之知青州

蘇　軾

朕東望齊、魯之國，河岱之間，沃野千里，生齒億萬，商農阜通，儒俠雜居，可以大度長者服，難以細謹法吏治也。具官李承之，生于甲族，世爲名臣。屢試有勞，所見者大。肆予命汝，尹兹東土。昔曹參爲齊，問治於其師蓋公。蓋公曰：「治道貴清静，而民自定。」汝師其言，則予汝嘉。

韓維父億贈冀國公

蘇　軾

朕聞仁宗在位之久，有同成、康；得士之盛，不減武、宣。如儲藥石，以待疾病；如種梓漆，以備器用。凡今中外文武之選，率多慶曆、嘉祐之人。而況一時之老成，與聞當年之大政。德業傳於父老，儀刑見於子孫。名在國史，像在原廟。朕用慨然，想見其人。具官韓維故父億，少稟異材，進由直道。出爲循吏，入爲名卿。福禄終身，而人不疵；富貴弈世，而天不厭。實生三子，翼輔兩朝。旄旄交馳，棨戟互設。朕欲賁其家廟，而貴已窮於人爵。改封大國，益著隆名。庶使昭陵之老臣，永爲北土之藩輔。

母蒲氏王氏贈秦國太夫人

蘇軾

愼終追遠，仁也。顯親揚名，孝也。得志行道，澤可以及天下，而富貴不能及其親，天也。雖不能及，而追榮之典，可以貫幽明；褒大之訓，可以表後世，禮也。嗚呼！此亦仁之至，義之盡矣。具官韓維故母蒲氏、王氏，族爲世望，德爲女師。恭儉以成其夫，嚴敬以成其子。使朕獲老成之佐，以濟艱難之初。宜推異恩，以報舊德。

宋文鑑卷第四十

誥

蔣之奇天章閣待制知潭州

蘇軾

三后在上，遺文在下，炳若雲漢，昭回于天。乃眷藏書之府，因爲育材之地。爰登秀傑，以備顧問。雖持節出使，剖符分憂，一掛名於其間，遂增重於所莅。且使民見侍從之出守，知朝廷之念遠也。具官蔣之奇，少以異材，輔之博學。藝於從政，敏而有功。使之治劇於一方，固當坐嘯以終日。勿謂湖湘之遠，在余庭户之閒。務安斯民，以稱朕意！

呂惠卿責授建寧軍節度副使本州安置不得簽書公事

蘇軾

元兇在位，民不奠居；司寇失刑，士有異論。稍正滔天之罪，永爲垂世之規。具官呂惠卿，以斗筲之才，挾穿窬之智。諂事宰輔，同升廟堂。樂禍而貪功，好兵而喜殺。以聚斂爲仁義，以法律爲《詩》《書》。首建青苗，次行助役。均輸之政，自同商賈；手實之禍，下及雞豚。苟可蠹國以害民，率皆攘臂而稱首。先皇帝求賢若不及，從善如轉圜。始以帝堯之心，姑試伯鯀；終然孔子之聖，不信宰予。發其

宿姦，謫之輔郡。尚疑改過，稍畀重權。復陳罔上之言，繼有碭山之貶。反覆教戒，惡心不悛。「躁輕矯誣」，德音猶在。始與知己，共爲欺君。喜則摩足以相歡，怒則反目以相噬。連起大獄，發其私書。力黨與交攻，幾半天下。姦贓狼藉，横被江東。至其復用之年，始倡西戎之隙。妄出新意，變亂舊章。力引狂生之謀，馴致永樂之禍。興言及此，流涕何追！迨予踐祚之初，首發安邊之詔。假我號令，成汝詐謀。不圖涣汗之文，止爲款賊之具。迷國不道，從古罕聞。尚寛兩觀之誅，薄示三危之竄。國有常典，朕不敢私。

李南公知滄州穆珣知廬州王子韶知壽州趙揚知潤州

蘇軾

刺史秩六百石，以按列郡，而治行卓然，乃以二千石爲郡守。昔以責人者，今以自責。則物被其惠，民無閒言。爾等皆嘗奉使，督察官吏，公明之稱，達于朕聽。董制江淮，控臨河海，任亦重矣。益勉之，無使風采減於平昔！

李之純户部侍郎

蘇軾

保國猶保身，藥石不如養氣，御民猶御馬，鞭箠不如輕車。故興利以富民，不如省事而民自富；廣求以豐國，不如節用而國自豐。朕嘉與庶工，共行此志。具官李之純，屢試以事，號稱循良，雖爲有司，不吝出納。宜膺躐等之用，庶無虚授之譏，服我訓詞，以厭公議！

謝卿材陝西轉運使

蘇　軾

治邊者不計財，惟邊之所用；治財者不䘏民，惟財之爲富，此古今之通患也。朕知汝才智可倚，忠厚可信，故以西方之政，責成於汝。往與帥守者謀之，惟適厥中，以民爲本。

御史中丞劉摯兼侍讀

蘇　軾

孟子有言：「君仁莫不仁，君義莫不義，一正君而天下定矣。」朕惟臺諫言責之臣，雖知無不言，常救之於已失，而勸講進讀之士，蓋朝夕納誨，故日化而不知。合於孟子正君之義，非獨有司之事也。具官劉摯，以道事君，非法不言，使朕日聞所不聞，天下稱焉。宜因古今册書之成文，取其興壞治忽之要論，言之於無事，救之於未失。使朕立於無過之地，豈非汝争臣之大願乎？

皇兄右千牛衞將軍士昇轉官

錢　勰

九廟子孫，其麗蕃衍，垂紳入侍，悉以歲遷。拱衞之嚴，列於督護，尚惟敦睦，以稱恩休！

待制知青州鄧綰可龍圖直學士知永興軍

錢　勰

雍州積高，號稱陸海，屏翰之重，坐鎮西陲。賢相所宜，付畀其選。具官鄧綰，資適逢世，早踐禁

途。蕃宣回翔，歲月淹久。學士通貴，還陟近班；帥守鎮臨，往敷寬詔。服我休寵，無怠毖懃！

范育直龍圖閣知秦州

錢　勰

古者不以勇猛爲邊，貴謀而賤戰。故國家妙選耆儒，顓付方鎮，外以訓齊戎旅，而内以息安元元，用此道也。具官范育，才猷智略，夙膺器任。選衆揆材，往臨帥閫。夫新、秦奥區，控扼汧、隴，綏懷夷落，應援新邦，無以久安，而忘備豫。祗膺休顯，益思報稱！

劉攽祕書少監

錢　勰

學者以東觀爲老氏藏室，道家蓬萊山，而國家所以涵養令器，待才用者之宅也。以爾攽詞藝之富，回翔之久，擢貳厥官，益將試用。

正議大夫知樞密院事章惇知汝州

錢　勰

黜陟之典，咸徇至公；進退之間，尚存大體。具官章惇，早繇法從，亟預近司。肆彼躁輕，失於審重。至于譬御之列，嘗通問遺之私。比議役書，本俾參訂。當其敷納，初不建明；逮於宣行，始興沮難。務從含貸，益至喧呶。鞅鞅非少主之臣，硜硜無大臣之節。稽參故實，稍屈典刑。噫！朕以幼沖，仰煩慈訓，苟乖恭事，曷肅憲章？其解政機，往臨郡寄。弗忘循省，服我寬恩！

劉奉世起居郎孔文仲起居舍人

蘇　轍

欲治國家，當先得士。頃者人物之評廢，而長育之道微。朕顧瞻周行，惻焉興歎。或盤桓久次而未用，或沉伏下僚而莫知。將以責成功，折遐衝，人不素具，其何賴焉？具官劉奉世，家世名臣，才穎風發。試以治劇，煩而益明。具官孔文仲，進以直言，文史足用。責之典禮，守正不回。斯皆一時之俊良，多士之領袖。方欲寘之侍從，益當養其才能。左右史官，號爲要地。前後達者，皆由此途。手刊册書，足以明枉直之效；密侍殿陛，足以觀進退之詳。益勉自修，以須不次！

陳烈落致仕福州教授

蘇　轍

維孝友于兄弟，是以爲政。爾以篤行，見紀於東南，雖老而不試，可以無憾。朕方欲推爾所爲，施於鄉人。其起視學校，使諸生有所矜式！

蔡確改知安州

蘇　轍

朕體貌大臣，務全終始。有善則藩飾褒顯，以風勵天下；有過則遷就諱避，以曲全舊恩。至於用法，蓋不得已。具官蔡確，早以才力，奮於下僚。旋蒙器使，致位元宰。弟碩不類，貪冒有素。而溺於私愛，以廢公議。曲從舉吏之請，遂成黷貨之辜。其驕奢滔縱之狀，理無不知；而涵養蒙蔽之甚，殆非

體國。致煩言之並作，雖欲宥而不能。黜守小邦，仍褫舊職。往自循省，尚體至恩！

侍御史林旦權淮南運副　蘇轍

淮甸之民，荐罹饑饉。乃者詔發倉廩，輟吴楚之漕，以拯其急；猶以乏食流徙，達於朕聽。朕惟救荒之術，行之略盡，惟得良使者，因事施宜，爲若可賴。爾由郎官，以才任御史，習於揚楚之故，其爲朕往視之。均徭薄斂，禁暴戢姦，無使斯人，重被其困！

郭逵自致仕起知潞州　蘇轍

秦伯復用孟明，是以能覇；蜀人亟誅馬謖，終亦無功。朕周於用人，篤於求舊。雖設干羽以懷柔異類，而聽鞞鼓則無忘將臣。豈其舊勳，久廢不用！具官郭逵，蚤學弓劍，晚通《詩》《書》。勇而有謀，整且能暇。威名懾於西鄙，柄任及於中樞。南伐無成，嗟伏波之遂棄；退居能飯，知廉頗之未衰。擢從解組之餘，復寄長民之任。過而能改，豈一生目之足云；窮當益堅，或來功之可冀。勉於圖報，以稱異恩！

范鎮侍讀太一宫使　蘇轍

爲國無强於得人，用人莫先於求舊。朕歷選賢俊，至於側微。患其德望之未充，而典刑之未練。舍騏驥而不御，臨長道以咨嗟。人皆病之，予何疑者！具官范鎮，文冠多士，有揚雄之遺風；仕歷三朝，守

劉向之忠節。蚤事仁祖，首開社稷之言；晚説裕陵，復陳堯、舜之道。自處以義，歸不待年。身友漁樵，已無求於當世；名書簡册，恍或疑其古人。兹予纘服之初，日思講義之益。謂白首窮經之樂，尚可推以與人；而真祠訪道之遊，足使退而養志。勉徇予意，毋留所安！

莊公岳成都提刑蘇泌利州運判

蘇轍

守令賢否，朝廷不能自知。天下利病，吏民不能自言。宜吾德澤於下，而達民情於上者，部使者也。朕既選用舊人，而去其貪暴；詔舉親進，而汰其不以實者矣。以爾公岳，久任刺舉，所至稱治。以爾泌，家世文雅，通於吏事。益、利嶮遠，民罹茶、鹽、苗、役之害，罷瘵未復，朕念之深矣。其悉乃心，謹察苛吏，與民休息，毋廢朕命！

劉摯尚書右丞

蘇轍

漢御史大夫，能任其職，則爲丞相。近世中執法，議論不撓，亦補執政。昔我仁宗，優養正士，開受直言。時則有若包拯、張昪之流，咸以敢言，獲聞大政。舊俗已遠，此風寂寥，容悦相承，亦棄不用。朕追懷先正，選建忠賢。諤諤之聲，庶幾前烈。具官劉摯，早以御史，衹事裕陵，力陳是非，不避權寵。十年流落，志氣不衰。召置臺端，首開正論。進任中司之要，屢開白簡之言。風聲凜然，國是已定。朕欲試其行事之實，是用付以右轄之權。治忽所關，寄任尤重。夫以言責人甚易，以義持己實難。爾其勉

之，毋使輔政之功，不若言事之效。

太僕少卿李周祕書少監　曾肇

東觀以圖書爲職，長貳之選尤高。非年耆德茂，未易得也。然秩清務簡，處不争之地，恬於榮進，則能安之；好利夸侈者，不能一朝居也。具官李周，質性純厚，臨事有守。歷試煩使，時之老成。位于列卿，衆謂淹久。進秩外史，往服少事，優游省闥，不亦美歟！

通議大夫賈昌衡正議大夫致仕　曾肇

士大夫束髮起家，白首辭位，終始無悔，人之所難；豈無褒嘉，慰爾歸老！具官賈昌衡，名卿之裔，以吏能進。歷試内外，致位通顯。優有風績，號稱廉平。上書引年，願還印綬。嘉其知止足之誼，閔爾有官職之勞。序進文階，以爲爾寵。退安閭里，益俾壽臧。

左武衛上將軍郭逵特贈雄武軍節度使　曾肇

念功隱卒，國有彝章。矧予勞舊之臣，嘗處訏謨之地。奄終壽考，宜極哀榮。具官郭逵，少也知書，長而甚武。蚤著戰多之績，深通静勝之謀。伏波未衰，尚威名之可倚；營平既老，亦籌策之是咨。孰云注意之辰，忽起云亡之痛！聽鼓鼙而增感，賜鈇鉞以飾終。尚其有知，膺此異數。

正議大夫知鄧州蔡確復觀文殿學士差遣依舊

曾　肇

法始於貴者，所以示朝廷之公；恩篤於舊臣，所以爲天下之勸。眷吾近弼，嘗絓微文。雖符守之既更，顧寵名之尚闕。吏民安仰，廉陛未尊。具官蔡確，材術疏通，謀猷膚敏。與聞機政，自元豐之紀年；升冠宰司，當裕陵之復土。屬均勞於輔郡，旋褫職於殿廬。原情無它，在法當復。尚淹時日，以塞人言。未忘矜念之心，難廢公平之典。備顧問於幃幄，稍還近班；宣條教於翰垣，益思盡瘁！

龍圖閣直學士朝議大夫御史中丞兼侍讀李常中大夫依前龍圖閣直學士御史中丞兼侍讀

曾　肇

有位而無官守，有禄而無事責，此階散所以無常員也。然必積日累年，不罹罪悔，有司銖寸校量應格，然後一遷，亦已艱矣。具官李常，閎裕而靖深，温恭而諒直。秉義陪朕，朝夕有恪。蓋直延閣，長憲臺，侍經席，皆儒學之華選，仕進之要地也。人處其一，以爲寵榮；爾今兼之，其任重矣。兹又因其歲成，進秩二等。往服朕命，職思其憂！

蔣之奇寶文閣待制

曾　肇

三聖圖書，萃在延閣。儒學之士，列職其中。諷議計論，惟時妙選。雖身在江海之上，而名近日月

之光，則世以爲榮，任亦加重。具官蔣之奇，富以辭藝，博知古今。臺閣踐更，號爲久次。眷予南服，付以列城。屬愚民弄兵，騷動嶺表；武夫利賞，賊殺善民；而爾應接經營，多中機會，有罪就戮，無辜獲申。載嘉汝能，宜用褒顯。進于侍從之列，不改師帥之舊。使遠人觀望，益加二千石之尊。爲汝之光，不既多乎！

御史中丞胡宗愈中大夫尚書右丞　曾　肇

先帝稽古建官，肇自三省。維尚書萬事所出，丞實總其紀綱。糾正官邪，彌綸國典，非通達治道，剛毅有守，烏能勝其任哉？具官胡宗愈，明允篤誠，敏于世用。待時以君子之器，立朝有諍臣之風。直筆正繩，無所回撓。開廣朕意，見弗欺之忠；補助政體，多可行之論。斷自朕志，擢貳中臺。躐進文階，增峻堂陛。唐太宗嘗謂：「尚書丞，百職綱維；事一失中，天下有受其弊者。」而當時魏鄭公、戴胄、劉洎輩，迭處其位，皆號得人。今朕虛己仰成，股肱是賴。爾其矯正浮僞，振肅偷墮，使官修政舉，有貞觀之風。則豈獨汝爲稱職，亦以副先帝作則垂憲之心。可不勉哉！

陝西運副吕大忠知陝府　曾　肇

朕於用人，不盡其力，不奪其志，均其勞佚，欲臣下悦而知勸也。爾以材謂，久勤于外，自陝以西，兵食所賴，而屢以疾告，自請方州。甘棠之郊，姑遂爾欲。坐嘯卧治，安其土風。庶幾少休，毋忘忠

報！

知洪州熊本知越州

曾　肇

會稽西阻淛河，東漸于海，有陂湖灌溉之利，故歲多順成；有絲枲魚鹽之饒，故俗重犯法。獄訟稀簡，土風和平。置守牧人，此爲樂國。具官熊本，辭學起家，果藝從政。南宫西掖，試用有聲。番禺豫章，循行可紀。因爾能效，委兹重寄。環地千里，提封七州。兵籍賦輿，莫不兼總。名聯侍從之列，身寄牛斗之閒。是爲寵榮，益務報稱！

朝奉郎石賡京東路提刑

曾　肇

朕於用刑，寧失有罪；而歲報大辟，有加無損。意法網尚密，使民難避易犯歟？抑吏之不良，猶有遷情以就法者歟？故於臨遣使臣，尤欲使知朕意。以爾質厚而識明，宜能導民以遠罪，哀矜而折獄。矧齊、魯之俗，易與爲善。往祗朕訓，其盡爾心！

契丹僞公主錫令結牟封夫人

曾　肇

先帝威德，覆被四方，宜有遠人，舉宗内屬。優錫命數，朕其可忘！某人生自大邦，嬪于西土。能慕聲教，叩關請朝。引對在廷，益嘉恭順。胙之成國，視古小君。象揄翟衣，以爲爾寵。往帥種落，舉

爲王民。

范純禮復天章閣待制樞密都承旨　曾肇

樞機之地，選用士人，宣納密命，自神考始。肆予纂服，收拔端良，寘諸左右，蓋遵先志。具官范純禮，夷易有守，篤實無華；恂恂自持，言行相顧。失職兹久，秉心不移。起分州符，未厭輿議。其還延閣侍從之邃，來贊右府訏謨之微。副予咨求，竚爾忠益！

故降授太子少保致仕潞國公文彦博追復河東節度管内觀察處置等使太師開府儀同三司太原尹潞國公　曾肇

朕嗣位五月，三下恩書。徽纆桁楊，棲置弗用；放流竄逐，係踵生還。尚念故老元臣，嘗位丞弼，或奪爵身後，或殞命貶中。霈澤之行，豈限存歿？不有追復，孰慰營魂？具官文彦博，佐佑四朝，勳德兼茂。粤自神考，命爲師臣。逮及先皇，咨以重事。去國未久，嘖有煩言。降秩春宫，僅存公號。齎志没地，屢閲歲時。蔽自朕心，悉還舊貫。維垣印綬，冠秩百工。全晉節旄，視儀三事。納書泉壤，流澤子孫。死而有知，可以無憾！

東頭供奉官李志張大中並轉兩官　曾肇

朕圖疆埸之功，常以靜勝爲優，斬獲爲下。顧如爾等，立效西陲，實在前日；第勞行賞，則有舊章。其往自今，當體朕意！

尚書左丞梁燾資政殿學士同醴泉觀使

呂陶

君臣之會遇，豈不難哉！平居竭股肱之效，則與之合謀；一旦有筋力之憂，則遂欲去位。逮從之際，朕甚重之。雖朝廷始終之恩，固無所間；而賢者進退之分，亦貴其全。爰有寵章，以褒遠業。具官梁燾，蘊造道之深識，知事君之大方。早以文學之望，更直於儒林；晚以諫諍之才，盡規於治路。向從内相之選，進領中臺之權。資其納忠，距此周歲。大綱已舉，知戴胄之有勞；奇論不聞，惜少翁之告病。遽形奏牘，求解政機。章却復來，至于五六。爾既懷知止之義，屢請於朝；子亦有優賢之心，敢勞以事！宜躋華於祕殿，仍庀職於真宮。示以眷存，遂其安佚。惟五福之報德，必錫之壽康；惟大臣之愛君，不繫於出處。其綏吉履，益茂壯猷！

李潛落致仕

鄒浩

朕欲士大夫風節奮厲，以成一世之俗；而忘己徇物，或者安之。與其嚴法以示懲，曷若表賢而自勸。以爾身爲禮義，行貫幽明。歸卧鄉閭，世所推尚。精神思慮，雖老不衰。近臣以聞，適協朕意。傳不云乎：「可以處而處，可以仕而仕，孔子也。」爾既師之以治己有日矣。勉承朕命，以暢遠猷！

章楶同知樞密院　鄒浩

朕惟天下治安之本，實在二府。故文武雖若異任，而眷注未嘗不均。必求其人，以贊樞極。具官章楶，受知哲廟，擢付師權。既生致於酋豪，且廣恢於境土。屢形捷奏，數被褒嘉。眷宥密之須才，越班聯而登用。蔽自朕意，寵示殊恩。惟不忍肝腦之塗郊原，故能愛重人命；惟備見飛輓之耗帑廩，故能謹惜邦財。事在變通，爾知之矣。勉思所以善其後者，以副朕躋民仁壽之意！

呂希哲直祕閣知曹州　鄒浩

祕閣聚天下之圖籍，以崇養豪英，以鑒觀理亂。惟時分直，不輕授人。以爾學知所宗，行與言稱。方從卿寺，出守輔藩。茲用褒嘉，以爲爾寵。夫濟陰患盜久矣，以「爾之不欲」而表勵之，則「雖賞之不竊」。將不特見於空言而已。往其懋哉！

〔宋〕吕祖謙 編
齊治平 點校

宋文鑑

中册

中華書局

宋文鑑卷第四十一

奏疏

雍熙三年請班師

趙　普

伏覩今春出師，將以收復幽、薊。屢聞克捷，深快輿情。然晦朔荐更，已及初夏，尚稽克復。屬在炎蒸，飛輓甚煩，戰鬬未息，王師漸老，吾民亦疲。夙夜思之，頗增疑慮。伏況陛下，英謀電斷，洪化神馳。自前懷徠閩浙，混一諸夏，大振英聲，十年之閒，遂臻康濟。蠢兹獯鬻，誠非我敵。蓋以本無禮義，復處窮荒，遷徙鳥舉，難得而制。自古聖王，置之度外，恣其隨逐水草，實以禽獸畜之。伏料聖明，何足介意！竊慮邪諂之輩，蒙蔽睿聰，致興不急之師，頗涉無名之舉。臣嘗披載籍，頗識前言。竊見漢武帝時，主父偃、徐樂、嚴安所上書，及唐相姚元崇獻明皇十事，忠言至論，可舉而行。伏望萬機之餘，一賜觀覽。其失不遠，雖悔何追。臣竊念大發驍雄，往殲兇醜。百餘萬之生聚，飛輓而供；數十州之土田，耕桑半失。兹所謂以明珠而彈雀，因鼷鼠而發機。所失者多，所得者少。況得少之中，既難爲益；失多之外，復有他虞。又聞戰者危事，難保其萬全；兵者凶器，深戒于不戢。所繫甚大，不可不思。臣又聞上聖之人，不凝滯於物，事無固必，理貴變通。前書有兵久生變之言，此可以深慮也。苟更圖淹緩，轉失機宜。

旬朔之間，便涉秋序。臣又慮内地先困，邊境早涼。虜則弓勁馬肥，我則人疲師老。恐于此際，或誤指蹤。臣方冒寵以守藩，獨獻言而阻衆，蓋以暮景殘光，所餘無幾；酬恩報國，正在此時。伏望速詔班師，無容翫寇。臣復有萬全之策，願達四聰之聽。唯陛下精調御膳，保養聖躬；惠綏疲羸，使之富庶；自然邊烽不警，外户不扃，率土歸仁，四夷慕化，殊方異俗，相率來庭。蠢彼契丹，獨將焉往？又何必勞民動衆，賣犢買刀？有道之事易行，無爲之功最大。如斯吊伐，是爲萬全。臣又思之陛下非次興兵，亦恐出于偏聽。貪功之輩，專務傾邪，意爲身謀，豈思大計？但欺君而是念，實害政以自居。事成則獲利于身，未成則貽憂于國。苟至于此，爲之柰何！昨來緣取幽州，未審誰畫其策？虚實之效，悉已彰明。望推其人，寘之刑典。庶昭聖德，以厭羣情。俾姦僞之心，于玆知懼；忠良同德，皆務竭誠。臣欲露肺肝，先寒毛髮。遲疑數日，未敢措辭。又念往哲垂終，尚聞屍諫；微臣未死，安敢面諛？然知逆耳之言，非是安身之計。其如位高禄厚，才薄命輕，將酬國士之心，豈比衆人之報！投荒棄市，甘俟于顯誅；竊寵偷安，不寧于方寸。惟期至聖，曲照愚衷！

論彗星

趙　普

臣伏覩御批劄子云：「所爲妖星謫見，引證古今，莫知所措。自旦及暮，莫敢遑寧。」臣等伏捧真蹤，同承聖旨，兢惶戰懼，各不勝任。其間老臣，最負深過。三十年之重任，但愧叨塵；一千載之明君，將何輔弼？忝列三台之首，慙無一日之長。自知政術疏遺，寧免妖星謫見。被苦者無由披訴，偷安者不敢

指陳。雖衆議以明知，柰皇情而莫惻。隱蔽之咎，惟臣最多。甘俟嚴誅，仰期待罪。今則人心頗鬱，上象自差。起狂夫思亂之謀，生醜虜犯邊之計。天時人事，不比尋常。唯有今年，倍須保護。伏審陛下，初知妖異，親諭德音。便欲遍與恩澤，優加賞賜。既發一言之善，須增百福之祥。令由惠物之心，必有變災之望。纔經旬朔，似有改移。竊聞司天臺内，妄陳邪佞之言，深惑聖明之聽，惟云妖異，合滅契丹。臣竊慮俱是諂諛，未明真僞。乞加詢問，須見實情。乞問司天臺内所有前件奏，未委按何經典。臣今將所按經典，逐件進呈，伏望陛下親賜看詳，便知可否。臣聞五星二十八宿，與五嶽四瀆，皆在中國，不在四夷。而又《尚書·堯典》云：「萬方有罪，罪在朕躬。」豈可契丹封疆，不屬萬方之數？臣今老邁，豈會陰陽。惟將正理參詳，以前書證驗，三墳五典必可依憑。今録到故事五件，謹分析如後：

一，按《漢書·天文志》及諸書云：「歲星辰見東方。行疾則不見，不見則變爲妖星。」石氏云：「攙搶爲天棓音棒。」又曰：「彗星所爲掃也。其本類星，其末類彗也。小者數寸，長或竟天。彗狀如箕，亦爲孛孛然如粉絮。形狀雖異其殃一也。皆是逆亂凶悖、非常惡氣之所生也。見則爲兵爲患，除舊布新之狀。不有大亂，必有大兵。天下合謀，暗閉不明。破軍流血，死人如麻，哭聲遍天下。干戈並出，四夷來侵。餘災不盡，下爲水旱飢疾，凶惡之事，不可具載。」又云：「凡關天象變異，下方必有災殃。如人臟腑有疾，亦先形于面色。象不虚發，惟聖德可以消除。」

一，按《左傳》云：「齊有彗星，只出齊之分野，諸國不見。齊侯使禳之。禳，以術禳除之。晏子曰：『無益也，祗取誣焉。誣，欺也。天道不謟，謟，疑也不二其命〔一〕，若之何〔二〕？且天之有彗，以除穢也。君無穢也，

又何禳焉？若德之穢，禳之無益也。《詩》云：「惟此文王，小心翼翼。昭事上帝，聿懷多福。厥德不回，以受方國。」《詩》大義：翼翼，共也。聿，述也。回，違也。言文王德不違天人，故四方之國歸往焉。君無違德，方國將至，何患于彗？《詩》曰：「我無所監，夏后及商。用亂之政，民卒流亡。」逸《詩》也。追懲夏、商之亡，皆以乱政。若德回政亂，民將流亡，祝史之爲，無能補也。』公說，乃止。」其後齊國果有田氏簒奪之禍。國有穢惡，彗星不可禳也。唯有聖德，可以穰也。

一，按《晉書·天文志》，魏文帝黄初六年，五月壬戌，熒惑入太白。一，按《蜀記》魏，明帝問黄權曰：「天下三分鼎立，何地爲正？」對曰：「當驗天文，卽可知也。往昔熒惑守心，而文帝崩矣。吴、蜀無事，此其驗也。」時魏文帝居中國，蜀先主居西川。

一，按《梁書》，武帝大通元年，熒惑犯南斗，梁武帝跣足下殿，走以厭之。是年後魏孝明帝崩。武帝歎曰：「索虜亦應天道。」

一，按《唐書》云：「高宗總章元年四月，有彗星見于五車。上避正殿，減常膳，令内外五品以上，各上封事，極言得失。許敬宗上言：『星雖孛而光芒小，此非國眚，不足上勞聖慮。請御正殿，復常膳。』高宗不從。敬宗又曰：『星孛而東北，王師問罪，此高麗將滅之徵。』上曰：『我爲萬國之主，豈得推過于小蕃哉？』二十日而星滅。」其許敬宗者，本諂佞人也，乃是希高宗旨，贊成廢王皇后，立武昭儀，并殺長孫無忌者。不正由道，因此作宰相。身死之後，定謚爲謬。

右具如前。今檢尋故事，聞達宸聰。冀將師古之文，聊證順情之說。伏況陛下，勤求理道，獨出前

王。雖然彗星呈妖，自有皇天輔德。臣所願者，除舊布新之事，專乞陛下親行；變災爲福之祥，乃爲陛下己有。如此則商高宗之桑穀，遂至中興；周武王之資財，須行大賚。伏望陛下，恭承天戒，大慰物情。明施曠蕩之恩，更保延長之祚。蓋緣凡關世事，否泰相逐，倚伏盈虛，豈能常定。聖朝開國三十年，國富兵強，近古無比。諸方僭僞，並受驅除，無一國不亡，無一人敢敵，可謂鞭撻宇宙，震慴華夷。若非聖德神功，終恐兆民未泰。戰爭勞役，寧有了期？雖哲后修仁，本意固無于虧闕，而羣生造業，隨緣有近于感招。儻時運以相逢，于聖賢而不免。堯水湯旱，乃是明徵。臣又竊聞陛下自覩星文，深勞帝念，轉積動天之德，思覃及物之恩。則知多難興王，傳聞于往昔；殷憂啓聖，實見于當今。可謂何福不生？何災不滅？臣今誠懇，思達冕旒。仍須面具敷呈，不敢形于翰墨。伏恨言詞蹇澁，氣力衰羸，步履猶難，未任拜跪。自從發動，多有風涎。如或一息不來，便憂一詞難措。以兹情抱，實有感傷。乞于閑暇之時，伏望略賜宣喚。貴將微細，皆具奏聞。兼緣臣久負過愆，因此合專陳首。伏以臣謬將鄙拙，虛受恩榮。既不能致主安民，又不能除奸殄寇。叨據秉鈞之任，忽招如彗之妖。方抱耻于朝廷，實難安于禄位。伏況前代每逢災變，必先册免三公。今遇盛時，乞行嚴憲，明加黜責，用激忠良。臣無任負愧懷悚，戰懼兢惶，待罪之至！

論軍國機要朝廷大體

田　錫

臣伏念自忝諫垣，今已周歲。無一言可裨時政，無一善上答君恩。蓋以陛下文明。無事可諫；朝

廷公共，無事可言。然尸禄曠官，憂慚益切；盡忠補過，夙夜寧忘！今輒以軍國要機，朝廷大體，布在一疏，上達四聰。乞陛下寬鈇鉞之誅，容微臣盡芻蕘之見。所謂冒萬死而不顧，當可言而不疑。又伏念陛下登位已來，未嘗罪一直言，未嘗戮一敢諫。天慈寬裕，睿鑒昭彰。雖前王好諫之心，未如陛下。諫官敢言之節，不及古人。不唯負陛下超擢之恩，抑亦虧臣子公忠之道。何以安一膳之飽？何以安一裘之温？胡顔立侍從之班，無藝帶清華之職。碌碌隨衆，逡逡惜身，不如馬之代勞，不及犬之吠盜。臣所以奮發之志，思有所伸；激切之詞，不敢自隱。伏乞陛下，察而恕之。又望陛下，容而用之。臣所言軍國要機者一，朝廷大體者四，今爲陛下引喻而言之。臣聞古先聖人，牢寵天下，弛張睿略，舒卷人心，使萬人之心如一心，四海之意如一意。其若馭馬，又如鑄金。善馭者使之馳則馳，使之止則止；善鑄者使之圓則圓，使之方則方。苟失其機，又失其時，則萬人不一心，四海不一意。亦猶不善馭馬，不善鑄金，使之馳而不馳，使之止而不止，使之圓而不圓，使之方而不方。若是，則危與亂雖未萌，而不得不憂；機與時雖未失，而不得不懼。故古人云：「居安思危。」又曰：「理不忘亂。」臣每念有唐之末，天下分離，中原土疆，不過千里。自先帝恢張皇業，開闢天下。平吴取蜀，易如破竹。唯河東遺孽，終不能平。洎陛下一舉取之。功名光大，世宗、先帝所不及也。然自河東破後，聖駕迴旋，諸軍之心，皆望賞賜；四海之内，亦俟霈恩。豈謂陛下未覃賞捷之恩，未行策勳之禮。經今二載，所謂踰時。今北方之戎，不來朝貢，幽州孤壘，未復封疆。臣以國家兵甲之強，朝廷物力之盛，滅戎人甚易，取幽州不難。然自古制御番戎，但在示之以威德。示之以威者，不窮兵黷武，不勞人費財；示之以德者，比之如犬羊，容之若天

地。或來朝貢，亦不阻其歸懷；或背驩盟，亦不怒其侵叛。臣伏慮陛下，以幽州未取，戎賊未平，一旦又來擾邊，萬乘復思再駕，欲快聖意，欲展睿謀，雖舉必成功，動無遺算。然臣請陛下，或展郊禋之禮，或行封禪之儀，因此賞河東之功，因此示策勳之信。人心懈怠者復悦，軍功勞苦者終酬，帝澤滂沱，物情通泰。所謂陛下駕馭其意，鎔鑄其心，使之馳則馳，使之止則止，使之圓則圓，使之方則方。苟不以威信鑄其心，恩惠馭其意，臣恐使之馳則止，使之圓則方。當是時，陛下必念臣今日之言，陛下必思臣今日之諫也。此謂軍國之機一也。又念交州未下，戰士無功。《春秋》謂「師老費財」，兵書曰「鈍兵挫鋭」。臣聞聖人不務廣於邊鄙，唯務廣於德業。武有七德，陛下何不廣之？天生四夷，陛下何須取之？必若聖德日新，皇風日遠，遠夷自然入貢，外域自然來降。苟不來降，又不入貢，彼國自有災癘，彼人自罹凶荒。《尚書》曰：「惟德動天。」又曰：「四夷來王。」《周易》曰：「聖人先天而天弗違。」天且弗違，況四夷乎？臣嘗讀《韓詩外傳》，言成王之時，越裳來貢，九驛而至。周公問其所來，其人曰：「天無迅風疾雨，海不揚波三年矣。意者中國殆有聖人，合往朝之。」昔太宗征遼，魏徵苦諫。及貞觀太平之後，天下州郡三百有六十；羈縻之州有八百。屯田置戍，悉在外荒。豈是一一加兵，然後方來内附？今陛下取交州何速，況大國取交州何用？交州謂之瘴海，去者不習土風。兵在彼中，留滯頗久。願陛下且罷斯役，暫息南征。交州未平，不足損陛下功業；交州既得，不足光陛下威聲。臣但以師老費財爲可圖，鈍兵挫鋭爲可惜。蓋征討之役，費用非輕，皆生民苦力之財，悉諸國所供之賦。乞陛下惜輕費之用，望陛下念征戍之勞。此謂朝廷之大體一也。臣嘗讀《六典》，左右拾遺補闕掌供奉諷諫。凡發令舉事，有不

便於時，不合於道者，小則上封，大則廷諫。臣又讀《唐書》，見給事中得以封駁詔書。封謂封還詔書而不行，駁謂駁正詔書之所失。又起居郎、起居舍人，得在天陛之下，備書王者之言。今來諫官，寂無聲采。設使詔書有所失審，制敕有不可行，給事中不敢封還而不行，不敢駁正其所失。給諫既不敢違上旨，遺補又不敢貢直言。其次起居郎、起居舍人，不得立軒陛之間，不得紀言動之事。使聖朝好事，或有所遺而不聞；致陛下德音，或有不知而不録。加之御史不敢彈奏，左右丞今尚闕員。又中書舍人是陛下近臣，司陛下誥命。臣每於起居日，但見其隨班而進，拜舞而迴；未嘗見陛下召之與言，未嘗聞陛下訪之以事。臣慮其各有所見，欲待問而方言；各有所陳，欲因便而方奏。伏乞陛下，或詢訪以事，或宣召與言，冀各盡其誠心，兼得觀其器業。又今三館之中，雖有集賢院書籍，而無集賢院職官；雖有祕書省職官，而無祕書省圖籍。臣伏讀去年九月十一日所降制，敕條貫百官，仍於朝堂習儀，及委憲司申舉。此則陛下思復古道，大振朝綱。臣唯見所習者儀，未見所舉者職。如職業各舉，則威儀自嚴。君有君之威儀，臣有臣之禮法，何患百官不整肅？何患庶政不允釐？臣乞今後給事中得以封駁詔書，起居郎得以紀録言動，御史得以彈奏，諫官得以抗言，左右丞得以糾轄臺司，中書舍人得以祗應顧問。中書舍人得備顧問，則皇猷日新；左右丞得轄臺司，則風憲益整；諫官抗言，則陛下聞所未聞，知所未知；御史彈奏，則百僚震悚，一人尊嚴；起居郎得在左右，則盛時無遺，國史大備；給事中得以封駁，則詔敕無誤出，政事無錯行。此則朝廷之大體二也。今天下一家，海内萬里。四方所湊，輦下輻輳；萬貨所歸，京師富盛。軍營馬監，無不高嚴；佛寺道宮，悉皆壯麗。陛下又新西苑，復廣御池。池若漢之昆明，苑若周之

籞囿。足以爲陛下宴遊之所，足以見聖朝宏大之規。唯尚書省是前代所營，公署低隘。南宫二十四司不在其間，六尚書無本廳，諸郎官無廨宇。至於九寺三監，寄在内前廊下。加禮部無貢院，試處非省垣，每年考試舉人，權就武成王廟，非太平職司之制度，非清朝文物之規儀。乞陛下俟西苑畢功，御池罷役，重新省寺，用列職官。此則朝廷之大體三也。臣又每於行路之次，見有羈錮之囚，荷以鐵枷，不覺自駭，不知其人所犯何罪？又不知其囚復是何人？臣謹按《刑統》，準獄官令枷杻各有短長，鉗鏁各有輕重。制度尺寸，並載刑書，未見以鐵爲枷者也。凡今州縣，欲笞一小罪，縶一輕囚，必詳格文，盡依典法，奉國家所頒之律，遵法寺所定之科；以鐵爲枷，事出法外。伏乞陛下，釐革此法，免傷皇風。昔唐太宗因看《明堂圖》，見人五臟，皆系於背，聖慈惻隱，於是免人徒刑。況太平之時，將刑措而不用；至仁之主，宜欽恤以居先。此則朝廷之大體四也。臣所言者要機，乞陛下審而察之；所舉者大體，乞陛下採而用之。臣不任感恩思報，激切屏營之至！拜手頓首謹言。

論邊事

田錫

臣聞動静之機，不可妄舉；安危之理，不可輕言。利害相生，變易不定，用捨無惑，思慮必精。夫動静之機，不可妄舉者，動謂用兵，静謂持重。應動而静，則養寇以生姦；應静而動，則失時以敗事。動静中節，乃得其宜。今北鄙繹騷，蓋亦有以居邊任者，規羊馬細利爲捷，矜捕斬小勝爲功。賈怨結仇，乘秋致寇，召戎起釁，職此之由。伏願申飭將帥，審固封守。勿尚小功，許通互市。素獲蓄口，撫而還之。

如此不出五載，河朔之民，得務三農之業；亭障之地，可積十年之儲。前歲俶擾邊陲，親迂革輅；今茲張皇聲勢，頗動人心。若玁狁來侵，六龍夙駕，戎羯既退，萬乘方歸，是皆失我機先，落其術內。所以五月兵不得分屯，農時人不得務斂。勞頓斁耗，可勝言乎！軍國大端，固當慎始。戎族未亂，未煩強圖；狄勢未衰，何勞力取？待其亂而取之，則克；乘其衰而兵之，則降。既心服而志歸，則力省而功倍。自古貪利荐食，不獨匈奴；邀功起戎，亦自邊將。當鑒前軌，以恢永圖。昔漢安帝時，東夷犯境，連年不息，漢頗患之。其主云亡，其子繼立，漢乃命使弔之，東夷感悦，還漢生口，一隅晏然。至於南蠻，亦嘗畔涣，始由邊吏增賦，乘怨爲寇。光武時，西戎犯邊。班彪請置護羌校尉，通其貨之有無，治其人之寃枉，塞垣遂安。誠願考古道，務遠圖，示綏懷萬國之心，用駕馭四夷之策。事戒輒發，理在深謀。臣又謂安危之理，不可輕言者，國家務大體，求至理，則安；捨近謀遠，勞而無功，則危。爲君有常道，爲臣有常職，是務大體也。上不拒諫，下不隱情，是求至理也。帝王之道，忌萌欲心。漢武帝躬秉武節，遂登單于之臺；唐太宗手結雨衣，往伐遼東之國。率義動之衆，徇無厭之求，輸常賦之財，奉不急之役，是捨近謀遠也。沙漠窮荒，得之無用；夷狄遺種，殺之更生，是勞而無功也。位下秩卑，敢言者少。言而見聽，則進而無疑；言而不從，則退而懼罪。臣又謂利害相生，變易不定者，兵書曰：「不能盡知用兵之害者，則不能盡知用兵之利。」蓋事有可進而退，則害成之事至焉；可退而進，則利用之事去焉。可速而緩，則利必從之而失。可誅而赦，則姦宄之心，或有時而生害；可赦而誅，則忠勇之人，或無心而利國。可賞而罰，則有以害勤勞之功；可罰而賞，則有以利僭踰之幸。能審利害，則爲聰明。以天下之耳聽之則聰，

以天下之目視之則明。故書曰：「明四目，達四聰。」惟此聰明，在無壅塞。盡去相蒙之弊，乃協知幾之神。臣又謂取捨不可以有惑，故曰：「孟賁之狐疑，不如童子之必至。」思慮不可以不精，故曰：「差若毫釐，繆以千里。」自國家圖燕以來，連兵未解，財用不得不耗，人臣不得不憂。恢復弔伐之名，雖建洪業；可否禍福之實，宜留聖心。願陛下精其思慮，決其取捨，無使曠日持久，窮兵極武。爲國大計，不得不然。

諫北征　張齊賢

方今海内一家，朝野無事。關聖慮者，豈不以河東新平，屯兵尚衆，幽燕未下，輦運爲勞，以生靈爲念乎？臣每料之，此不足慮也。自河東初降，臣即權知忻州，捕得契丹納米專典，皆自山後轉般，以援河東。以臣料契丹能自備軍食，則於太原非不盡力，然爲我有者，蓋力不足也。河東初平，人心未固，嵐、憲、忻、代，未有軍寨。入寇則田收頓失，擾邊則守備可虞，而反保境偷生，畏威自固。及國家守要害，增壁壘，左控右扼，疆事甚嚴，恩信已行，民心已定，乃於鴈門、陽武谷來争小利，此則戎狄之智力，可料而知也。聖人舉事，動在萬全。百戰百勝，不若不戰而勝。若重之謹之，則戎虜不足吞，燕薊不足取。自古疆埸之難，非盡由戎狄；亦多邊吏擾而致之。若緣邊諸寨，撫御得人，但使峻壘深溝，畜力養鋭，以逸自處，寧我致人。此李牧所以稱良將於趙，用此術也。所謂擇卒未如擇將，任力不及任人。如是則邊鄙寧。邊鄙寧，則輦運減；輦運減，則河北之民獲休息矣。民獲休息，則田業增而蠶織廣，務農

積穀，以實邊用。且戎狄之心，固亦擇利避害，安肯投諸死地而爲寇哉？臣又聞，家六合者，以天下爲心；豈止乎争尺寸之事，角夷狄之勢而已。是故聖人先本而後末，安内以養外。人民本也，夷狄末也；中夏内也，夷狄外也。是知五帝三王，未有不先根本者也。堯舜之道無它焉，廣推恩於天下之民爾。推恩者何？在乎安而利之。民既安利，則戎狄斂衽而至矣。陛下愛民利天下之心，真堯舜也。臣所慮羣臣所聞，多以纖微之利，剋下之術，侵苦窮民，以爲功能者，彼爲此效，相習已久；至于生民疾苦，見之如不見，聞之如不聞，斂怨速尤，無大于此！伏望謹擇通儒，分路採訪。兩浙、江南、荆湖、西川、河東，有僞命日，賦斂苛重者，改而正之，因而利之。使賦税課利通濟，可以經久而行，爲聖朝定法，除去舊弊。天下諸州，有不便于民事，委長吏聞奏。如敢循常不以聞白，當嚴加典憲，使天下耳目，皆知陛下之心，戴陛下之惠。此以德懷遠，以惠利民，則幽燕竊地之醜，沙漠偷生之虜，擒之與屈膝，在術内爾。

校勘記

〔一〕不二其命 《左傳》昭公二十六年，「二」作「貳」。王引之以爲「貳」當作「貣」，即「忒」字，差也。説詳《經義述聞》。

〔二〕若之何 《左傳》「何」下有「禳之」二字，當據補。又此段引文與《左傳》尚有小異同，不具校。

宋文鑑卷第四十二

奏疏

請除非法之刑

錢易

臣竊聞聖人之爲政也，太上以仁，其次以智。仁智不行，上下無信，是故刑之設也，蓋國家不得已而用之。約禮從輕，察罪肆赦，聖人實有憫傷之心焉。是以刑之用，期于無刑爾；非欲毒於民也。凡有罪之獄，則五辭五聽，無有疑屈，然後擇其時而行之；又痛其不可盡行，乃施許贖之典；則君之省刑、愛民，斷可知矣。堯之時誅四罪，止曰殛鯀于羽山，竄三苗于三危，放驩兜于崇山，流共工于幽州；何獨不言殺鯀，誅三苗，戮驩兜，斬共工于其處？然此四者，皆殺戮滅絶之典也。蓋堯之仁聖，而四者雖凶，尚惡言殺。是故國之慎者，莫先乎刑；刑之傷者，無甚于殺。乃修其法式，以節其用。貴刑踰法，法有所據　不本於法，則刑黷，刑黷，則法無據；法無據，則國政暴；國政暴，則臣不敢言；臣不敢言，則一人專善惡之心以獨理天下；獨理不及，則幾于亂矣。秦任商鞅，仁智不行，而厚於法。天欲喪秦，而始皇復酷於民，棄三代之法，恣一時之威，行肉刑族誅之制。爲秦民者皆寃之，殘害父母之體，令受苦痛，一人有過，而九族遭戮。漢祖既入關，蕭何以文無害居宰相，故約秦之法爲三章。文帝有德，詔除肉刑。此蓋秦、漢是

非，明在簡策。夫古之肉刑者，劓、椓、黥、刖之類，然此刑者，非死刑也，以其身命尚存，令受是刑；後代尚以虐而絶之。死刑者有二焉：大斬小絞；絞者以首領猶全，故分二等。百代奉之，以爲常法，有司承式，罔敢增變。竊見近代已來，非法之刑，異不可測，不知建於何朝，本於何法，律文不載，無以證之，亦累代法吏不敢言而行之。至于今日，或行劫殺人，白日奪物，背軍逃越，與造惡逆者，或時有非常之罪者，不從法司所斷，皆支解臠割，斷截手足，坐釘立釘，懸背烙筋，及諸雜受刑者，身具白骨，而口眼之具猶動，四體分落，而呻痛之聲未息。置之闤闠，以圖示衆。四方之外，長吏殘暴，更加增造，取心活剥，所不忍言。十五年前，杭州妖僧爲變。數歲前，蜀部兩廻作亂。事敗之後，多用此刑。亦恐仁聖之朝，不能除之，則永爲訛法。今蓋以已死之刑，復加臠截斷割，此卽古之五虐之刑，不酷於今矣。凡罪當死，故重矣；刑止于殺，則絞、斬行焉，復使先受苦痛，臠截斷割，然後就刑。然亦非欲黷於刑，所貴誡於後人，令無犯者。臣淳化中寄居壽春縣，見巡檢使生釘一賊，於集衆之際，有盗人物者，此豈嚴刑可誡乎？君使嚴刑可誡，則秦之天下無一黔首爲盗賊矣。漢文措刑，亦亂國矣。三代已來，躋民仁壽，當先刑矣。齊之以刑，亦不當言民免而無恥矣。臣愚見以謂：一人愛民，民亦愛一人。既愛於上，則奉上而懼。苟以嚴刑欲誡，則懼雖未至，而怨已深。伏惟陛下，仁理天下，德感中外，事天地如父母，愛赤子如嬰孺，慾僞悉蕩，祥瑞疊現。古帝王不能行之者，皆行之；近代未復古者，悉復之。臣恐近世非法之刑，非陛下能除之，則後代相承，益爲常行矣。臣又竊見唐太宗以人之五藏繫于背，有罪者仍不令鞭背，蓋慮傷其命，故于今稱善理天下，能致社稷。皆曰，文皇放死罪四百，令歸畢農，然後就法，至期而無一人

不到者。此豈在嚴也？且近廣州僭稱帝號，理廣以酷，施于毒刑，湯煎鋸解，靡所不至。廣民寃之，立於刀刃。今之史傳，貶以尚刑。太祖神德皇帝平之，而絕其法。廣之民于今歌頌鼓舞，方保其生，死亦無怨。今或非法之刑不除，亦恐政闕；況剖心剒脛，獨夫受行之，已爲萬古所笑。今以此爲刑，臣恥之；陛下必亦恥之。非臣盡心報政，孰肯言於陛下；非陛下大聖仁慈，孰能信臣而行之哉？臣不勝深有所望，乞自今後，明下詔書，斷天下非法之刑，止存絞、斬。則仁政王道，盡在此矣。陛下從而行之，則誅臣一身愚直之罪，亦幸矣。

應詔言事

王禹偁

伏覩陛下即位赦書云：「所宜開諫諍之路，拔茂異之材。」又奉御史臺告報，准詔命內文武臣僚，並許直言極諫。此實陛下誕彰聖德，廣達民情，速致時雍，追用古道之深旨；抑亦宗社無疆之休，軍民莫大之幸也。臣才雖無聞，諫則有素。先皇帝時，初拜右正言、直史館，即日進《端拱箴》一篇，又上《禦戎十事》，蒙先朝采納，擢陞綸閣。判大理寺時，抗疏論道安之罪，執法雪徐鉉之寃，貶官商山，咎實因此。尋沐徵用，再塵諫垣，又上《李繼遷便宜》，寢而不報。俄忝內庭，兼駮正，亦嘗改更宣命，封還敕書。雖無報於朝廷，蓋粗伸於職業。伏遇陛下，欽奉顧命，惟懷永圖，嗣位之初，赦書既如彼；聽政之後，詔命又如此。臣苟有所見，隱而不言，是上負先帝用人之心，下孤明主求諫之意也。臣死罪死罪，頓首頓首。伏以聖朝享國四十餘年，邊鄙未甚寧，人民未甚泰，求利不已，設官太多。今陛下治之惟新，救之

在速。臣伏慮書生執言，有奏陛下以爲「三年無改於父之道，可謂孝矣」。此不知古今異制，家國殊塗者也。假如帝堯既殂，帝舜在位，堯時有八元未進，四凶未除，舜乃流放舉用，善惡兩分，未聞後之人曰，堯不及于舜也，舜不孝于堯也。伏惟陛下遏老生之常談，奮英主之獨斷，則天下幸甚。謹緣軍國大政，奏事五條，儻稍動於聖心，庶大開於言路。其一曰：謹邊防，通盟好，使輦運之民，有所休息。方今北有胡虜，西有繼遷，胡虜雖不犯邊，戍兵豈能減削？繼遷既未歸命，餽餉固難寢停。關輔之民，倒懸尤甚。臣愚以爲，陛下卽位之始，當順人心。宜敕疆吏，致書虜臣，使達犬戎，請尋舊好。下詔赦繼遷之罪，復與夏臺。臣頃在翰林，見繼遷上表云：「乞取殘破夏州，以奉拓跋氏祭祀。」先皇帝雖有批答，只許鄜州節度。緣繼遷本是反側之人，豈肯束身歸國，所有詔命不行。今陛下嗣統，大振皇威，亦恐繼遷令人進奉，因舉前事，彼必感恩，此亦不戰而屈人之師也。如其不從，則備禦誅擒，皆有方略；且使天下百姓知陛下屈己而爲人也。或曰：富國彊兵，不可示人以弱。此乃誇虛名而忽大計者也。其二曰：減冗兵，併冗吏，使山澤之饒，稍流於下。伏以乾德、開寶已來，國家之事，臣所目觀。當時東未得江、浙、漳、泉，南未得荆、湖、交、廣，朝廷財賦，可謂未豐；然而擊河東，備北虜，國用亦足，兵威亦彊，其義安在？所蓄之兵，銳而不衆；所用之將，專而不疑，故也。自後盡取東南數國，又平河東，土地財賦，可謂廣矣，而兵威不振，國用轉急，其義安在？所蓄之兵，冗而不盡銳，所用之將，衆而不自專故也。今誠能簡銳卒，去冗兵，而委之以將帥，用恩威法令駕馭之，資之以天下之財賦；而曰兵不振，用不豐，未之有也。臣愚以爲陛下宜經制兵賦，如開寶中，則可以高枕而治矣。至于引唐虞、比三代者，皆爲空言，臣所以不取。

臣又見開寶中，設官至少。何以驗之？臣本魯人，占籍濟上，未及第時，常記只有刺史一人，李謙溥是也；司户一員，今司門員外郎孫賁是也。近及一年，朝廷別不除吏，當時未嘗闕一事矣。自後始有團練推官一員，今樞密直學士畢士安是也。太平興國中，臣及第歸鄉，有刺史陳廷山，通判閻暐，副使閻彦進，判官李延，推官柳宣，兵馬監押沈繼明，監酒税又增四員，曹官之外，更益司理。問其租税，減于曩日也；問其人民，逃于昔時也。一州既爾，天下可知。冗兵耗于上，冗吏耗于下，此所以盡取山澤之利而不能足也。夫山澤之利，與民共之，自漢已來，取爲國用，不可棄也。然亦不可盡也；方今可爲盡矣。何以知之？只如茶法，從古無税，唐元和中以用兵齊蔡，宰相王涯始建税茶之法。唐史稱是歲得錢四十萬，東師以濟。今則錢數百萬矣，民何以堪之？臣故曰，減冗兵，併冗吏，使山澤之饒，稍流於下者也。其三曰：艱難選舉，使入官不濫。古者鄉舉里選，爲官擇人。士君子行脩于家，學推于衆，然後薦用，登之于朝。故從政而政和，臨民而民泰。自三代涉兩漢，雖有沿革，未常遠去此道者也。隋唐已來，始有科試，得人之盛，與古爲侔。然自唐初終太祖之世，科試未嘗不難矣。每歲進士不過三十人，經學不過五十人，重以周高祖之後，外諸侯不得奏辟士，大夫罕有資蔭，故有終身不獲一第，没齒不獲一官者。先皇帝毓德王藩，覩其如此，臨御之後，不求備以取人，捨短從長，拔十得五。在位將逾二紀，登第亦近萬人，不無俊秀之才，亦有容易而得，如臣者，容易中一人爾。臣愚以爲，數百年之艱難，故先帝濟之以汎取；二十載之霈澤，陛下宜糾之以舊章。伏望以舉場還有司，如故事。至于吏部銓擇官材，亦非帝王躬親之事。比來五品已下，爲之旨授官，今則幕職州縣而已。京官雖有選限，多不施行。太

祖已來，始令後殿引見，因爲常例，以至先朝。調選之徒，多求僥倖，或以哀鳴泣涕，便獲起資；或以捷給山呼，便陞京秩。遂使長定格真同長物，吏部官只若備員。既無恥格之風，漸多闒茸之吏。臣愚以爲，宜以吏部還有司，依格敕注擬。其四曰：沙汰僧尼，使疲民無耗。夫古者唯有四民，治民者士也，故受養于農，工以造器用，商以通貨財，皆不可闕也。而兵不在其數，蓋用井定之法，農卽兵也。有事則戰，無事則耕。自秦已來，以彊兵定天下，故戰士不服農業矣。是四民之外，又生一民而爲五也，所以農益困。然而執干戈，衛社稷，理不可去也。但使帝王之道，不得與三代同風。漢明之後，佛法流入中國，度入脩寺，歷代增加，不蠶而衣，不耕而食，是五民之外，又益一民而爲六也。故魏、晉而下，治道不及于兩漢。有唐大儒韓愈《諫憲宗迎佛骨表》云：「昔黄帝在位百年，年百一十歲；少昊在位八十年，年二百歲；顓頊在位七十九年，年九十八歲；帝嚳在位七十年，年百五十歲；堯在位九十八年，年百一十歲；舜、禹皆壽百餘歲。當時未有佛也。」是知古聖人不事佛以求福，古聖人必排佛以救民。假使天下有僧萬人，每日食米一升，歲用絹一疋，是至儉也；而月有三千斛之費，歲有一萬疋之耗，何況五七萬輩哉？而又富僧鉅髡，窮極口腹，一齋之食，一襲之衣，貧民百家，未能供給。此既不能治民，又不能力戰，不造器用，不通貨財，而高堂邃宇，豐衣飽食而已，不曰「民蠹」，其可得乎？臣愚以爲，國家度人衆矣，造寺多矣，計其費耗，何啻億萬；先朝不豫，捨施又多，佛若有靈，豈不蒙福？事佛無效，斷可知矣。陛下深鑒前王，精求理本，亟宜沙汰，以厚生民。若以嗣位之初，未欲驚駭此輩，且可一二十載，不令度人，不許脩寺，使自銷鑠，漸而去之，亦救弊之一端也。又其五曰：親大臣，遠小人，使忠良謇諤之士，知

進而不疑；姦纖傾巧之徒，知退而有懼。夫君爲元首，臣爲股肱，言同體也。得其人則勿疑，非其人則不用。凡今天下言帝王之盛者，豈不曰堯、舜？堯、舜之道，具在方册。是時百姓不親，五品不遜，契作司徒，敷五教；蠻夷猾夏，寇賊姦宄，咎繇作士，明五刑；伯夷典禮；后夔典樂；禹平水土；益作虞官；大哉堯之爲君，可謂委任責成而無疑矣。或曰：誠如是，堯有何功德耶？臣曰：有知人任賢之德爾。雖然，堯之道去世遼遠，恐不可復，臣以近事言之。唯有唐之政，可以損益而行焉。臣讀元和賢相《裴垍傳》，憲宗嘗命垍銓品庶官，垍奏曰：「天子擇宰相，宰相擇諸司長官，諸司長官自擇僚屬，則上下不疑而政成矣。以陛下之明，擇數十人諸司長官，常恐不逮；若更令臣擇庶官，恐非致治之要。」當時識者以垍爲知言。伏望陛下，遠取帝堯，近鑒唐室，既得宰相，用而不疑。使宰相擇諸司長官，諸司長官自取僚屬，則垂衣而治矣，所謂忠良謇諤之士知進者也。臣又聞，古者刑人，不在君側。語曰：「放鄭聲，遠佞人。」又曰：「浸潤之譖，膚受之愬，不行焉，可謂明也矣。」是以周文王左右無可結轍者，言皆賢也。夫小人之徒，巧言令色，先意希旨，事必害政，心惟忌賢，非聖帝明王，不能深察。臣又按舊制，南班三品尚書方得登殿。比者三班奉職，卑賤可知，或因遣差，亦得陞殿，惑亂天聽，褻黷至尊，無甚于此。伏望陛下振舉紀綱，尊嚴視聽，在此時矣，不可不思，所謂姦纖傾巧之徒知退者也。臣愚以爲，今之所急，在先議兵，使衆寡得其宜，措置得其道；然後議吏，使清濁殊塗，品流不雜；然後艱選舉以塞其源，禁僧尼以去其耗，自然國用足，而王道行矣。今若不去冗兵，不併冗吏，不艱選舉，不禁僧尼，縱欲減人民之賦，寬山澤之利，其可得乎？伏惟陛下，承二聖之貽謀，鑒千古之治道，明比日月，幾先鬼神，聖智所周，不遺一

物，英斷所及，出于百王；而又三事大臣，受遺輔政，豈容郎吏，輒議國經？蓋以臣素被寵光，常思報効，有所貯蓄，不敢緘藏。臣又念詔書云：「言之而不用，罪在朕躬；求之而不言，咎將誰執？」臣不勝大願，所以輒進狂瞽，上干冕旒；伏惟陛下踐詔書之言，則天下幸甚也！謹齋戒拜疏，實封附遞以聞，惟陛下寬其罪而念其誠，以來諫諍之路，則臣死無恨矣。

論宰執不許接客

謝泌

伏覩明詔：宰執樞密使，不許接見賓客。是疑大臣以私也。《書》曰：「任賢勿貳，去邪勿疑。」張説謂姚元崇，外則疏而接物，内則謹以事君，此真得大臣之體。今天下至廣，萬機至繁，陛下以聰明寄於輔臣，自非接見羣官，何以悉知外事？若令都堂候見，則羣官請見咨事，略無解衣之暇。古人有曰：「疑則勿用，用則勿疑。」若政在大夫，祿去公室，國祚衰季，強臣擅權，當此之時，乃可爲慮。今陛下鞭撻宇宙，總攬豪傑，朝廷無巧言之士，方面無姑息之臣，禮樂征伐，自天子出。《書》曰：「無偏無黨，王道蕩蕩。」今日之謂也。奈何疑執政爲衰世之事乎？昔孔光不言温室中樹；顧雍封侯三日，家人不知；謝安石對客圍碁，捷書至而客不覺，大臣當密慎如此。雖妻子猶不得聞，況它人乎？使非其人，當斥去之；既得其人，任之以政，又何疑也。設若杜公堂謁見之禮，豈無私室乎？塞相府請託之漸，豈無它徑乎？此非陛下推赤心以待大臣，大臣展四體以報陛下之道也。王禹偁昧於大體，妄有陳述，上累聖德，蒙蔽聰明，狂躁之言，不可聽用。

論兩省與臺司非統攝

李宗諤

臣按《通典》叙職官，以三師、三公、門下、中書兩省爲先，而《會要》亦以兩省爲首。惟《六典》準《周禮》六官，以尚書省官居上，而兩省亦在御史臺之前。此不相統攝一也。唐開成三年，御史臺奉宣：今後遇延英開擬中謝官，委臺司前一日依官班具名銜奏，其兩省官，卽令本司前一日奏。是兩省得以專達。此不相統攝二也。《朝會圖》：門下省典儀設版位，御史中丞班在丹墀上，兩省官後立。此不相統攝三也。故事：文武百官，内殿起居失儀，左右巡使奏文武班内有官失儀，請付外勘當；如兩省官失儀，卽奏云：供奉班内有官失儀，請付所司。以此言之，惟兩省官失儀，左右巡使不敢請付外勘當。此不相統攝四也。又御史臺止奏南衙文武百官班簿，門下、中書兩省各奏本省班牓子。此不相統攝五也。文武常參官，每遇假告，皆經御史臺陳牒；惟兩省官自左右正言以上，假告直經宰相陳牒，遇正衙見辭謝，文武常參官，皆於朝堂四方館陳狀兩紙，惟兩省官止陳狀一紙，既不與百官叙班，亦無臺參之禮。此不相統攝六也。文武常參官，幕次並在朝堂；惟兩省官在中書門内。每遇殿起居及大朝會讌集，並設次在御史中丞之上，蓋地望親近，在憲司之右。此不相統攝七也。五代開延英奏事，先宰相，次兩省，次御史中丞，次三司使，次京尹。又常朝叙班，御史中丞羣官先入，次東宫保傅，次兩省官，次左右僕射。及朝退，僕射先出，次兩省官〔一〕，次東宫保傅，次御史中丞羣官。夫以後入先出爲重，不相統攝八也。伏以中書、門下兩省，自正言以上，皆天子侍從之官，立朝叙班，不與外司爲比。故在正衙，則與宰相重行

而立，通衢，則與中丞分路而行；常參，則師傅入於兩省之前；朝會，則臺官次於兩省之後。地望特峻，

職業有殊，官局之間，不相統攝。御史臺每牒本省，並不平空，所以本省移報，亦如其儀。而文仲止憑吏人之言，遂有聞奏，且無典章爲據。伏況臺憲之職，所宜糾察奸邪，辨明寃枉，廷臣有不法之事，得以彈奏，下民有無告之人，得以申理；而於文牒之内，爭平空與不平空，其事瑣細，烏足助於風威哉？

論靈州事宜　楊億

臣讀舊史，見漢武北築朔方之郡，平津侯諫，以爲罷敝中國，以奉無用之地，願罷之。上使辯士朱買臣等發十策以難，平津不能對。臣以爲平津侯爲漢賢相，深明經術，習知利害。屬武帝以雄俊自任，志在開拓；買臣等以詞辯獲進，並侍左右；前史又稱，平津每朝會論議，但開陳其端，使人主自擇，不肯面折廷諍；由此言之，非不能折買臣之舌，蓋所以將順人君之意耳。即朔方之非便，有自來矣。且地在要荒之外，固聲教不及。元朔中，大將軍衞青攘却匈奴，取其河南地，以列置郡縣。今靈州是赫連昌地，後魏置州，蓋朔方之故墟，匈奴之舊壤，僻介西鄙，懸絶諸華。數百里之間，無水草，烽火不相應，亭障不相望。當邊境謐寧，羌戎卽叙，道路不壅，饋饋無虞，猶足以張大國之威聲，爲中原之扞蔽。自胡鶵作梗，邊邑屢驚，雜虜爲其脇從，兇黨因而猖熾。待之以爵賞，頗驕蹇而不恭；討之以甲兵，又遁逃而無復。凡有饋糧之役，必與狙擊之謀。每至靈武轉輸，大須發卒防援，離去内地，皆無鬭心，經涉畏途，多有菜色。自曹光實、白守榮、馬紹忠及王榮之敗，資糧扉屨，所失至多，將士丁夫，相枕而死。以至募

商人，入穀輸帛，償以數倍之賈。復於積石之孤壤，别築清遠之一城，邊民繹騷，國帑匱乏。既不能制黠虜之死命，又不能救靈武之急難。數年之間，兇黨逾盛，靈武危堞，巋然僅存。河外五城，繼聞陷没。但堅壁清野，坐食糗糧，閉壘枕戈，苟度朝夕。且使賊遷横行沙漠，俶擾疆陲，擊列鎮之戍兵，侵屬國之蕃部。雖有警急，無候望而得知；縱或憑陵，但繕完而入保。未嘗出一兵，馳一騎，敢與虜角。此靈武之存，無益明矣。平津所言「罷敝中國，以奉無用之地」，正爲今日也〔二〕。臣以爲存之有大害，棄之有大利。且如國家募人入粟，償以十倍之直，發卒轉餉，涉兹不毛之地，此古人所謂「率三十鍾而致一石，驅民於死地」者也。今或棄之，即可以歲省戍卒，分守内郡。一卒之費，可給十夫。國家無飛芻輓粟之勞，士卒免暴露流離之苦。必謂廢之即虧失土地，傷損威重。且如堯、舜、夏禹，聖之盛者也，地不過數千里，而明德格天，四門穆穆。武丁、成王，商周之明主也，然地東不過江黄，西不過氐羌，南不過蠻荆，北不過太原，而頌聲並作，號爲至治。及秦、漢拓土，窮兵遠略，雖疆理益廣，而干戈日尋，府庫之資財屢空，生靈之肝腦塗地。校功比德，豈可同年而語哉？夫蝮蛇螫手，壯士斷腕，蟻壤不塞，將漏山阿，今靈武之存，爲害甚於蝮蛇；供饋之費，爲蠹逾於蟻壤。無鴻毛之益，有泰山之損，豈可忽遠大之略，徇悠悠之談？昔西漢賈捐之嘗建議棄朱崖，當時公卿亦有異論。元帝能排衆多之説，奮獨見之明，下詔廢之，人頌其德。元帝之意，寧欲自棄其地？當其内屬爲郡，固已置吏而拊循；及其稱兵構亂，豈可勞民而征戍？故其詔書曰：「議者以棄朱崖羞威不行。夫通于時變，即憂萬民，民之饑餓，危孰大焉！且宗廟之祭，凶年不備，况乎避不嫌之辱哉？」臣以爲正與今日靈武之事相類。必以失地爲言，即

燕薊八州，河湟五郡，所失多矣，何必此爲？議者又以西北諸蕃，戎馬是産，資其控制，以通貿易；環慶諸州，内附蕃落，藉其屏翰，以免驚騷。此又迂闊之甚。且戎人爲利所誘，故互市於邊關；蕃部之族自強，故能庇於種類。必來寇於環慶，固無隔於藩籬！百雉危城，千里懸隔，自救不暇，豈及於他？議者又以其土田沃饒，有漢陂之利，恐賊遷因而播種，益以富強。況戎人但以攻剽爲能，罔知耕稼之事，河隴之外，棄地甚多，延袤百城，提封萬井，西漢屯田之所，疆畔猶存，儻事力耕，可以積穀，何必獨耕靈武，乃能足食？若靈武於賊有大利，卽是必争之地，當朝夕攻取，豈至於今。皆爲孟浪之談，殊非經久之計。況又歲有調發，動致寇攘，借寇兵而齎盜糧，竭民力而耗國用，爲患之大，無出於斯，雖庸人竪子，亦知其可棄也。若或精選單介，間道而行，齎持詔書，宣布王命，令其盡焚廬舍，自拔而歸，丁壯悉令持兵，老幼以之襁負，古稱「歸師不可遏」，又曰「置之死地而後生」。當此之時，人百其勇，臨難思免，其鋒莫當。又須中命偏師，揚言出塞，軍聲既振，賊勢自分，卽靈州東遷之民，不虞邀擊之患，雖有剽劫，易爲枝梧。且國家所惜者士民，所急者財用，豈可以驍果之旅，委於餓虎之蹊，府藏之實，填於盧山之壑？今若棄去靈武，退守環慶，卒免戍於絶域，民思保其室家，供饋不出於郊圻，恩德自淪於骨髓，民力不竭，士氣易揚，何敵不摧，何戎不克？陛下又憤茲黠虜，思欲翦除，臣以爲不可黷武以窮兵，止可伐謀而制勝。臣竊料賊遷睢盱邊塞之外，倔強沙漠之中，脇制諸羌，嘯聚不逞，無耕桑之業，無蠶織之工，爲鼠竊之謀，以資衣食，聚烏合之衆，以擾塞垣，致蕃夷之服從，用兇威而驅逼，非有厚利，能誘其人。朝廷今廢棄靈州，每歲更無饋餉，絶其覬望，何所窺圖？平夏之西，池鹽斯在。先是貿易粟麥，用資餱

糧，今條禁甚嚴，法網尤密，無敢踰越，漸致携離，皆困賊遷之術也。臣竊見太祖朝，命姚内斌領慶州，董遵誨領環州，二人所統之兵，纔五六千而已。閫外之事，一以付之，軍市之租，不從中覆，用能士卒効命，羌夷畏威，朝廷無旰食之憂，疆埸無羽書之警。臣欲望於武臣中，選有將帥之才，知邊鄙之事者三數人，分布諸郡，各量其所將兵多少付之，除廩禄之外，賜一大縣租賦，恣其犒設。令開幕府，辟召髦俊，爲之僚佐，咨以策略，勇力之士，稟其指蹤之用；軍旅之政，許之便宜而行。儻賊遷侵邊，郡軍戍擾，内屬蕃部，並脣齒相援，腹背夾攻。或戰馬正肥，戎士思奮，卽召發内屬，討虜之羌，俘獲之餘，盡分麾下。且戎人利於降附，蓋迫兇渠，儻撓之以勁兵，示之以大信，懷荒振遠，推亡固存，出金帛以購酋豪，懸爵秩以寵降附，明立賞格，厚荅戰功；卽賊遷之腹心稍稍奔潰，親離衆叛，事去運乖，煢煢獨行，誰與爲伍，但塞外一胡人耳，安能與大邦爲讎哉？若欲成謀廟堂，功在漏刻。臣以爲北虜方黠，其材猶豐，腥羶之孼，如臂使指，未可以歲月破也。直須廢棄靈州，退保環慶，然後以計困之耳。如臣之策，祇得三兩驍將，付以一二萬精卒，以數縣租賦給其用度，令分守邊郡，賊遷可以計日成擒，朝廷可以高枕無事矣。

論澶淵事宜

寇準

臣伏奉聖旨，擘畫河北邊事，及將來駕起與不起，至何處者。一、臣伏覩邊奏，犬戎游騎，已至深、祁以東。竊緣三路大軍，見在定州。魏能、張凝、楊延朗、田敏等，又在威虜軍等處。東路深、趙、貝、

冀、滄、德等州，别無大軍駐泊。必慮虜騎近東南下寨，輕騎打刼，不惟老小驚騷，兼使賊盜團聚；直至天雄軍以來，人户驚移。若不早張軍勢，必恐轉啓戎心。臣欲乞先那起天雄軍兵馬一萬人，往貝州駐泊，令周瑩、杜彦鈞、孫全照部轄。若是虜騎在近，即仰近城覓便掩殺，兼令間道將文字與石普、閻承翰，照會掩殺。番賊近召募強壯入賊界，燒蕩鄉村，刼殺人口。仍乞照管南北道路，多差人探報番賊次第聞奏，及報天雄軍。一則貴安人心；二則張得軍勢，以疑敵人之謀；三則石普、閻承翰等，聞王師北來，壯得軍威；四則與邢、洺地里不遥，張得掎角之勢。一、隨駕兵士，衛扈宸居，固不可與犬戎交鋒原野，以争勝負。天雄軍至貝州兵馬，大駕未起已前，不過三萬人。萬一犬戎至貝州已南下寨，游騎漸更南來，即須那起定州兵馬三萬以上人騎，令桑贊等結陣南來鎮州，及令河東雷有終手下兵士出土門路，與定州兵馬會合，相度事勢緊慢，那至洺州以東方可。聖駕順動，假萬乘之天聲，合數路之兵勢，更令王超等在定州近城，排布照應，魏能、張凝、楊延朗、田敏等處兵馬，令作會合次第。及前來累降指揮索拽，候抽移得定州、河東兵馬附近，始得幸大名。一、或恐萬一定州兵馬，被犬戎於鎮、定間下寨，抽那不起，邢、洺之北，游騎侵掠，天雄軍東北縣分，老小大段驚移，須是分定州三路精兵，差在彼將帥等會合，及分魏能、張凝、楊延朗、田敏等兵馬，漸那向東，傍城寨牽拽，如此則犬戎必有後顧之患，亦未敢輕議懸軍深入。若是車駕不起，轉恐番戎殘害生靈；或是鑾輅親征，亦須過大河，即且幸澶淵，就近易爲制置，會合兵馬，兼控扼津梁。右，臣叨列宰司，素無奇略，即承清問〔三〕，合罄鄙誠。伏覩皇帝陛下，眷智淵深，聖猷宏遠，固已坐籌而決勝，尚猶虚已以詢謀。兼彼犬戎，頗乏糧糗，惟腥膻之衆，必懷首尾之

憂，豈敢不顧大軍，但圖深入，然亦慮其凶狡，須至過有防虞。煩瀆天聽，伏增戰懼。

諫幸汾陰

孫奭

先王卜征五年，歲習其祥，祥習則行，不習則增修德而改卜。陛下始畢東封，更議西幸，殆非先王卜征五年慎重之意。其不可一也。夫汾陰后土，事不經見。昔漢武帝將封禪，故先封中嶽，祀汾陰，始巡幸郡縣，遂有事於泰山。今陛下既已登封，復欲幸汾陰。其不可二也。古者圜丘方澤，所以郊祀天地，今南北郊是也。漢初承秦，唯立五畤以祀天，而后土無祀，故武帝立祠於汾陰。自元成以來，從公卿之議，遂徙汾陰后土於北郊。後之王者，多不祀汾陰。今陛下已建北郊，乃舍之而遠祀汾陰。其不可三也。西漢都雍，去汾陰至近，今陛下經重關，越險阻，輕棄京師根本，而慕西漢之虚名。其不可四也。河東，唐王業之所起也；唐又都雍，故明皇間幸河東，因祠后土。聖朝之興，事與唐異，而陛下無故欲祠汾陰。其不可五也。昔者周宣王遇災而懼，故詩人美其中興，以爲賢主。比年以來，水旱相繼，陛下宜側身修德，以答天譴；豈宜下徇姦回，遠勞民庶，盤游不已，忘社稷之大計。其不可六也。夫雷以二月出，八月入者也，育養萬物，有人君之象，失時則爲異，今震雷在冬，爲異尤甚。此天意丁寧，以戒陛下，而返未悟，殆失天意。其不可七也。夫民，神之主也。是以聖王先成民，而後致力於神。今國家土木之功，累年未息，水旱作沴，饑饉居多，乃欲勞民事神，神其享之乎？此其不可八也。陛下必欲爲此者，不過効漢武帝、唐明皇，巡幸所至，刻石頌功，以崇虚名，誇示後世爾。陛下天資聖明，當慕二帝

三王，何爲下襲漢、唐之虚名。其不可九也。唐明皇以嬖寵姦邪，内外交害，身播國屯，兵交闕下，亡亂之迹如此，由狃於承平，肆行非義，稔致禍敗。今議者引開元故事，以爲盛烈，乃欲倡導陛下而爲之，臣竊爲陛下不取。此其不可十也。臣言不逮意，陛下以臣言爲可取，願少賜清閒，以畢臣説。

又諫幸汾陰

孫奭

陛下將幸汾陰，而京師民心弗寧。江淮之衆，困於調發，理須鎮安而矜存之。且土木之功未息，而奪攘之盜公行；北虜治兵，不遠邊境，使者雖至，寧可保其心乎？昔陳勝起於徒戍，黄巢出於凶饑，隋煬帝勤遠略，而唐高祖興於晉陽；晉少主惑小人，而耶律德光長驅中國。陛下俯從姦佞，遠棄京師，涉仍歲荐饑之墟，修違經久廢之祠，不念民疲，不恤邊患，安知今日戍卒無陳勝，饑民無黄巢，英雄將無窺伺於肘腋，戎狄將無覬覦於區脱乎？先帝嘗議封禪，寅畏天災，尋詔停寢；今姦臣乃贊陛下力行東封，以爲繼成先志。先帝嘗欲北平幽朔，西取繼遷，大勳未集，用付陛下；則羣臣未嘗獻一謀，畫一策，以佐陛下繼先帝之志者；反務卑辭重幣，求和於契丹，蹙國縻爵，姑息於繼遷；曾不思主辱臣死爲可戒，誣下罔上爲可羞，撰造祥瑞，假託鬼神，纔畢東封，便議西幸，輕勞車駕，虐害饑民，冀其無事往還，便謂成大勳績。是陛下以祖宗艱難之業，爲佞邪僥倖之資，臣所以長嘆而痛哭也。夫天神地祇，聰明正直，作善降之百祥，作不善降之百殃；未聞專事籩豆簠簋，可邀福祥？《春秋傳》曰：「國將興，聽於民；將亡，聽於神。」愚臣非敢妄議，惟陛下終賜裁擇！

校勘記

〔一〕次兩省官　「次」字原脱，據明抄本補。

〔二〕正爲今日也　「爲」字原本空白，據明抄本補，五經堂本作「如」。

〔三〕卽承清問　「卽」，疑當作「既」。

宋文鑑卷第四十三

奏疏

論天書

孫奭

臣竊見，朱能者，姦憸小人，妄言祥瑞，而陛下崇信之，屈至尊以迎拜，歸祕殿以奉安。上自朝廷，下及閭巷，靡不痛心疾首，反脣腹非，而無敢言者。昔漢文成將軍，以帛書飯牛，陽言牛腹中有奇書，殺視得之，天子識其手迹。又有五利將軍，妄言，方多不讎。二人皆坐誅。先帝時有侯莫陳利用者，以方術暴得寵用，一旦發其姦，誅於鄭州。漢武可謂雄材，先帝可謂英斷。唐明皇得《靈寶符》、《上清護國經》、《寶券》等，皆王鉷、田同秀等所爲，明皇不能顯戮，怵於邪說，自謂德實動天，神必福我。夫老君聖人也，儻實降語，固宜不妄，而唐自安史亂離，乘輿播越，兩都盪覆，四海沸騰，豈天下太平乎？明皇雖僅得歸闕，復爲李輔國刼遷，卒以餒終，豈聖壽無疆，長生久視乎？夫以明皇之英睿，而禍患猥至曾不知者，良由在位既久，驕亢成性，謂人莫己若，謂諫不足聽，心玩居常之安，耳熟導諛之說，内惑寵嬖，外任姦回，曲奉鬼神，過崇妖妄。今日見老君於閣上，明日見老君於山中。大臣尸禄以將迎，端士畏威而緘默。既惑左道，即紊政經。民心用離，變起倉卒。當是之時，老君寧肯禦兵？《寶符》安能排難邪？

今朱能所爲，或類於此。願陛下思漢武之雄材，法先帝之英斷，鑒明皇之召禍，庶幾災害不生，禍亂不作。

諫作玉清昭應宫

王　曾

臣伏聞朝廷設諫争之官，防政治之闕，非其官而言者，蓋表其忠；況當不諱之朝，復忝非常之遇，苟進思之無補，懼竊禄以貽譏。臣伏覩國家誕受殊祥，荐膺秘籙，祚洪圖於萬葉，超盛烈於百王。陛下寅畏寶符，陟封名岳，功垂不朽，澤浸無垠，奉若之心，斯爲至矣。而清衷濬發，成命亟行，自經始已來，庀徒斯廣。輦他山之石，相屬於道塗；伐豫章之材，遠周於林麓。累土陶甓，揮鍤運斤，功極彌年，費將鉅萬。掩祈年之舊制，踰槩日之前聞。輟貴近以董臨，假使權而領護。如此，則國家尊奉靈文之意，不爲不厚矣；崇飾臺觀之規，不爲不壯矣。然則臣之愚懇，或異於斯，既有見聞，安敢緘默？臣以爲今之興作，有不便之事五焉。雖鳩僝已行，未可悉罷，苟或萬一采芻蕘之説，省其功用，抑其制度，亦及民之大惠，而憂國之遠圖也。所謂五者之目，請爲陛下陳之。且今來所創立宫，規制宏大，凡用材木，莫匪楩楠。竊聞天下出産之處，收市至多，般運赴宫，尤傷人力。雖云只役軍匠〔一〕，寧免煩擾平民？況復軍人，亦是黎庶。此未便之事一也。邇者方畢封崇，頗煩經費；今兹興造，尤費資財。雖府庫之中，貨寶山積，畚築之下，工徒子來；然而内帑則積代之蓄藏，百物盡生民之膏血，散之孔易，斂之惟艱，雖極豐盈，尤宜重惜。此未便之事二也。夫聖人貴於謀始，智者察於未形，禍起隱微，危生安逸。今雙闕之

下，萬衆畢臻，暑氣方隆，作勞斯甚。所役諸雜兵士，多是不逞小民，其或鼠竄郊壥，狗偷都市，有一於此，足貽聖憂。此未便之事三也。臣謹按：「孟夏無發大衆，無起土功，無伐大樹。」今肇基卜築，衝冒欝蒸，僾擾厚坤，乖違前訓。矧復旱暵卒痒，雷電迅風，拔木飄瓦，温沴之氣，比屋罹災，得非以失承天地之明效歟？此未便之事四也。臣切聆中間符命之文，有清浄育民之誡。今所修宫闈，葢本靈篇，而乃過興剖撅之功，廣務雕鎪之巧；雖屢殫於物力，恐未協於天心。此未便之事五也。伏望遵祖宗之大猷，察聖賢之深戒，遷思回慮，懲往念來，詔將作之官，息勤苦之衆，輯寧羣品，對越高穹。如此，則遐邇宅心，人祇快望。必若光昭大瑞，須建靈宫，將畢相勞，聿爰成績，則臣敢効愚計，亦可必行；但能損彼規摹，減其用度，止敦樸素，無取瑰奇，惟將之以誠明，仍重之以嚴潔，名數之際，加等是宜，實費之資，節斂爲要。俾四海之内，知陛下愛重民力之意，豈不美歟？昔太宗皇帝，建太一、上清等宫，亦不使窮極壯麗，臣竊惟陛下，宜遵而行之，取爲法制，以示不敢踰，即鳴謙大德，光於千古矣，奈何特欲過先帝之制作乎？并覩西京造太宗之影殿，東嶽置會真之宫，計其工庸，亦皆不啻中人十家之産。然於尊祖禮神，則盛矣；其於邦國大計，則猶未足爲當時之急務也。臣料陛下必謂：海内承平，邊隅清晏，人康俗阜，時和年豐，縱或築宫，無損於事。則臣復謂其不然也。方今疆埸甫定，虜廷有姑息之虞；民俗苟完，倉箱無紅腐之積。況關輔之地，流亡素多；近甸之民，農桑失望。雖令有司安慰，亦恐未復田産，秋冬之間，飢歉是懼。亟經營於神館，慮稍欝於輿情。且往古廢興之端，前王得失之事，布在方册，足爲商鑒者，陛下覽

之詳矣，非假愚臣一二言焉。試觀自昔人君，崇尚土木，孰若清浄無爲者之安全乎？願陛下留神垂聽，無忽臣言，則天下幸甚！今雖上下之人，皆知事理如此，而人人自愛，莫敢輕黷冕旒。至於左右大臣，則慮計之不從，致見疏之悔；中外百執，則慮言之難達，招妄動之尤。使忠讜之謀未行，良爲此也。惟臣出從幽介，遭遇文明，特受聖知，度越流輩，官爲侍從，身服簪裳，粗識安危之機，未申補報之効，捐軀思奮，今也其時，又安敢循默苟容，不爲陛下別白而論之乎？是以輒率妄庸，輕冒宸嚴，感發於中，無所顧避。陛下寬其鼎鑊之罪，矜其螻蟻之誠，深鑒古先，試垂採擇，無謂創一靈宮，爲一細事，而弗恤也。臣以爲興役動衆，尤係事機，不可不察也。當使鄉校之中，豪姦之黨，無所開竊議之口，則微臣之望也，天下之幸也。

論官制　　孫何

六卿分職，邦家之大柄也。故周之會府，漢之尚書，立庶政之根本，提百司之綱紀。令、僕率其屬，丞、郎分其行，二十四司，粲焉星拱。郎中、員外判其曹，主事、令史承其事。四海九州之大，若網在綱。有吏部焉，辨考績而育人材。有兵部焉，簡車徒而治戎備。有户部焉，正版圖而阜財賦。有刑部焉，謹紀律而誅暴强。有禮部焉，祀神祇而選賢俊。有工部焉，繕宫室而修隄防。六職舉而天下之事備矣。有唐貞觀之風，最爲稱首。于時封疆甚廣，經費尤多，亦不聞別分利權，特創使額，而軍須取足。玄宗侈心既萌，貪地不已，北事奚、契丹，南征閤羅鳳。召發既廣，租調不充，於是蕭景、楊釗始以地官判度

支，而宇文融爲租調地税使。雖利孔始開，禍階將構，然版籍根本，尚在南宫。肅、代物力蕭然，於是有司之職盡廢，而言利之臣，攘臂於其間矣。征税多端，本于專置使額。故德宗之初，首降詔書，追行古制，天下錢穀，皆歸文昌。咸謂故事復興，太平可致。而天未悔禍，叛亂相仍，經費不充，使額又建。於是裴延齡以利誘君，甚於前矣。憲、穆而下，或迫於軍期，切於國計，用救當時之急，率以權宜裁之。五代短促，曾莫是思。國家三聖相承，五兵不試，太平之業，垂統立制，在兹辰也。所宜三部使額，還之六卿。或曰：禄百辟，贍三軍，皆是物也。臣亦有其説。夫鹽鐵者，蓋筦榷山海之謂也，而物非自集，須假牢盆。户部者，蓋均一征税之謂也，而財非自生，須計田賦。度支者，蓋供億軍國之謂也，而粟非自行，須資漕運。但檢勾專一，相沿置之耳。今莫若精擇户部尚書一人，專掌鹽鐵使事，俾金部郎中、員外分判之。又擇本行侍郎二人，分掌度支、户部使事，各以本曹郎中、員外分判之。則三使洎判官雖省猶不省也。仍命左右司郎中、員外，總知帳目，分勾稽違。或曰：事有便宜，行之已久，何必改作，遠師昔人？斯又非通論也。但雅俗兼資，新舊參列，則進無掊刻之慮，退有詳練之名，職守有常，規程既定，周官唐式，可以復矣。兹事非艱，在陛下行之與否。

請詢訪晁李

劉隨

臣伏覩近降除書，以客省使、康州防禦使李允則，特授寧州防禦使，仍放朝謝與假將治者。恩加勳舊，事出非常。凡居將帥之臣，各勵公忠之節。竊以李允則素懷韜略，動有機權，屢委邊防，務期安輯，

不邀功以生事，無縱敵而失謀，雖古之將，無以加矣。是以行命之日，中外皆喜。必若制置軍馬，經略亭鄣，樞近大臣，成算之外，若召而賜對，詢以方略，則老將諳練，必有所長。臣又伏見太子少保致仕晁迥，端莊植性，冲澹自居，歷仕三朝，垂五十載，徊翔兩制，踰二十年。先帝寵遇便蕃，講求典禮，議論詳正，無不參預。加以繼司文柄，時謂得人，今之臺閣清流，州郡循吏，迥之論辨，所得居多。近者引年致政，斯爲達禮，五常百行，蓋無缺焉。文苑指爲宗師，朝野推爲君子，有兹儒雅之望，未行優異之恩。臣亦願兩宫聖慈，特同允則近例，賜以全俸，豐其燕居。其或朝廷將行大禮，時議大政，宰司裁成之外，特開延英，訪以經史，耆儒詳練，必有可觀。每遇萬機餘閑，温凉得所，詳延二老，賜之從容，俾説往古治亂之因，國初經制之務，如此則文事武備，盡美於昌朝；養老乞言，有光於古昔。尊禮宿舊，益厚時風；傳示方來，用清史册。臣以爲文武班中，功名雅望，終始一致，以至高年者，惟此二人，允謂時賢，恐須旌别。

請皇太后軍國常務專取皇帝處分

劉　隨

臣輒露危言，上塵聖覽。退量僭易，甘俟顯誅。況居有道之朝，幸在得言之地。念臣出入諫署，于今八年，才識本疏，補報無狀，既臨衰暮，合盡忠規。洪惟皇太后，天資聖明，手扶宗社。爰自先朝不豫，萬機倦勤，皇帝養德東朝，選賢資善，太后預聞政事，參決居多。洎皇帝膺龍躍之期，年尚冲幼，太后承顧託之命，心如堅石，垂簾以對羣臣，盡力以報先帝，戎夷率服，華夏乂安，終始不渝，中外咸仰。

於國家顯隆平之業，於皇帝極慈愛之情。天地之功全，母子之道備。光耀簡册，垂億萬年。然天下治矣，王業崇矣，皇帝長矣，太后勤矣，而猶祁寒盛暑，勞曳聖躬，一日萬機，煩於聖斷。臣聞虚心以致遐壽，澄神以保大和，欲乞今後軍國常務，並逐日專取皇帝處分。所貴清神養素，延聖母萬壽之期；内豎問安，成皇帝孝治之德。天下幸甚，微臣願畢。

洪州請斷祆巫　　夏竦

臣聞左道亂俗，祆言惑衆，在昔之法，皆殺無赦。蓋以姦臣逆節，狂賊亂規，多假鬼神，摇動耳目。漢之張角，晉之孫恩，偶失防閑，遂至屯聚。國家宜有嚴制，以肅多方。切以當州，東引七閩，南控百粤，編氓右鬼，舊俗尚巫。在漢欒巴，已嘗翦理，爰從近歲，傳習滋多。假託禨祥，愚弄黎庶，勦絶性命，規取貨財。皆於所居，塑畫魅魑，陳列幡幟，鳴擊鼓角，謂之「神壇」。嬰孺襁褓，已令寄育，字曰「壇留」「壇保」之類。及其稍長，則傳習祆法，驅爲童隸。民之有病，則門施符術，禁絶往還，斥遠至親，屏去便物。家人營藥，則曰「神不許服」；病者欲飯，則云「神未聽飧」。率令疫人，死於飢渴。洎至亡者服用，又言餘祟所憑，人不敢留，規以自入。若幸而獲免，家之所資，假神而言，無求不可。其間有孤子單族，首面幼妻，或絶户以圖財，或害夫而納婦。浸淫既久，習熟爲常，民被非辜，了不爲怪。奉之愈謹，信之益深，從其言甚於典章，畏其威重於官吏。奇神異像，圖繪歲增，邪籙祆符，傳寫日夥。小則雞豚致祀，斂以還家；大則歌舞聚人，食其餘胙。婚葬出處，動必求師；劫盜鬭争，行須作水。蠹耗衣食，眩惑里閭

當州師巫，一千九百餘户，臣已勒令改業歸農，及攻習鍼灸方脉，所有首納祆妄神像、符籙、神衫、神杖、魂巾、魂帽、鍾、角、刀、笏、沙羅等，一萬一千餘事，已令焚毁及納官訖。伏乞朝廷嚴賜條約，所冀屏除巨害，保宥羣生，杜漸防萌，少裨萬一。設欲扇摇，不難連結。在於典憲，具有章條。其如法未勝姦，藥弗瘳疾。宜頒峻典，以革祆風。

答手詔條陳十事

范仲淹

伏奉手詔：「今來用韓琦、范仲淹、富弼，皆是中外人望，不次拔擢。韓琦暫往陝西，范仲淹、富弼皆在兩地。所宜盡心爲國家建明，不得顧避，兼章得象等同心憂國，足得商量。如有當世急務，可以施行者，並須條列聞奏，副朕拔擢之意者。」臣智不逮人，術不通古，豈足以奉大對；然臣蒙陛下不次之擢，預聞政事，又詔意丁寧，臣戰汗惶怖，曾不獲讓。臣聞歷代之政，久皆有弊；弊而不救，禍亂必生。何哉？綱紀寖隳，制度日削，恩賞不節，賦斂無度，人情慘怨，天禍暴起。惟堯舜能通其變，使民不倦。《易》曰：「窮則變，變則通，通則久。」此言天下之理，有所窮塞，則思變通之道；既能變通，則成長久之業。我國家革五代之亂，富有四海，垂八十年。綱紀制度，日削月侵，官壅于下，民困於外，夷狄驕盛，寇盗横熾，不可不更張以救之。然則欲正其末，必端其本；欲清其流，必清其源。臣敢約前代帝王之道，求今朝祖宗之烈，采其可行者條奏，願陛下順天下之心，力行此事，庶幾法制有立，綱紀再振，則宗社靈長，天下蒙福。

一曰：明黜陟。臣觀《書》曰：「三載考績，三考，黜陟幽明。」然則堯舜之明，建官至少，尚乃九載

一遷，必求成績，而天下大化。百世之後，仰爲帝範。我祖宗朝，文武百官，皆無磨勘之例。惟政能可旌者，擢以不次；無所稱者，至老不遷。故人人自勵，以求績效。今文資三年一遷，武職五年一遷，謂之磨勘，不限内外，不問勞逸，賢不肖並進，此豈堯舜黜陟幽明之意耶？假如庶僚中有一賢於衆者，理一郡縣，領一務局，思興利去害而有爲也；衆皆指爲生事，必嫉之，沮之，非之，笑之，稍有差失，隨而擠陷。故不肖者素飡尸禄，安然而莫有爲也。雖愚暗鄙猥，人莫齒之，而三年一遷，坐至卿、監、丞、郎者，歷歷皆是。誰肯爲陛下興公家之利，救生民之病，去政事之弊，葺綱紀之壞哉？利而不興則國虚，病而不救則民怨，弊而不去則小人得志，壞而不葺則王者失政。賢不肖渾淆，請託僥倖，遷易不已，中外苟且，百事廢墮，生民久苦，羣盜漸起，勞陛下旰昃之憂者，豈非官失其正，而致其危耶？至若在京百司，金穀浩瀚，權勢子弟，長爲占據〔三〕，有虚食廩禄，待闕一二年者；暨臨事局，挾以勢力，豈肯恪恭其職？使祖宗根本之地，綱紀日隳。故在京官司，有一員闕，則争奪者數人。其外任京朝官，則有私居待闕，動踰歲時。往往到職之初，便該磨勘，一無勤效，例蒙遷改。此則人人因循，不復奮勵之由也。臣請特降詔書，今後兩地臣僚，有大功大善，則特加爵命；無大功大善，更不非時進秩。其理狀循常而出者，祇守本官，不得更帶美職。應京朝官在臺省館閣職任，及在審刑大理寺，開封府兩赤縣、國子監、諸王府，并因保舉及選差監在京重難庫務者，並須在任三周年，即與磨勘。若因陳乞，並於中書審官院願在京差遣者，與保舉選差不同，並須勾當，通計及五周年，方得磨勘。如此則權勢子弟，肯就外任，各知艱難；亦有俊明之人，因此樹立；可以進用。如今日已前，受在京差遣，已勾當者，且依舊日年限磨勘。其未曾

交割勾當，却求外任者，並聽其外任。在京朝官，到職勾當及三年者，與磨勘。內前任勾當年月日，及公程日限，并非因陳乞而移任在道月日，及陞朝官在京朝請月日，並令通計。其遠宫近地，勞逸不同，并在假待闕，及公程外住滯，或因公事，非時移替，在道月日，委有司別行定奪聞奏。如任內有私罪，并公罪徒已上者，至該磨勘日，具情理輕重，別取進止。其庶僚中有高才異行，多所薦論，或異略嘉謀，爲上信納者，自有特恩進改，非磨勘之可滯也。又外任善政者著聞，有補風化；或累訟之獄，能辨寃沉；或五次推勘，人無翻訟；或勸課農桑，大獲美利；或京城庫務，能革大弊，惜費鉅萬者；仰本轄保明聞奏，下尚書省集議，爲衆所許〔三〕，則列狀上聞，並與改官，不隔磨勘。或有異同，各有所執，取旨出於聖斷。仍請詔下審官院流内銓，尚書考功，應京朝官選人，逐任得替，明具較定考績結罪聞奏。內有事狀猥濫，并老疾愚昧之人，不堪理民者，別取進止。已上磨勘考績條件，該説不盡者，有司比類上聞。如此，則因循者拘考績之限，特達者加不次之賞，然後天下公家之利必興，生民之病必救，政事之弊必去，綱紀之壞必葺。人人自勸，天下興治。則前王之業，祖宗之權，復振於陛下之手矣。其武臣磨勘年限，委樞密院比附文資定奪聞奏。二曰：抑僥倖。臣聞先王賞延于世，諸侯有世子襲國，公卿以德而任，有襲爵者，《春秋》譏之。及漢之公卿，有封爵而殁，立一子爲後者，未聞餘子皆有爵命。其次寵待大臣，賜一子官者有之，未聞每一歲有自薦其子弟者。祖宗之朝，亦不過此。自真宗皇帝，以太平之樂，與臣下共慶，恩意漸廣大。兩省至知雜御史以上，每遇南郊并聖節，各奏子充京官。少卿、監奏一子充試御。其正郎、帶職員外郎，并諸路提點刑獄以上差遣者，每遇南郊，奏一子充齋郎。其大兩省等官，既奏得

子充京官，明異於庶僚，大示區别，復更每歲奏薦，積成冗官。假有任學士以上官，經二十年者，則一家兄弟子孫出京官二十人，仍接次陞朝，此濫進之極也。今百姓貧困，冗官至多，授任既輕，政事不舉，俸禄既廣，刻剥不暇。審官院常患充塞，無闕可補。臣請特降詔書，今後兩府并兩省官等，遇大禮，許奏一子充京官；如奏弟姪骨肉，即與試御外，每年聖節，更不得陳乞。如别有勳勞，著聞中外，非時賜一子官者，繫自聖恩。其轉運使，及邊任文臣，初除授後，合奏得子弟身事者，並候到任二年無違闕，方許陳乞。如二年内非次移改者，即許通計三年陳乞。三司副使、知雜御史、少卿、監以上，並同兩省，遇大禮各奏薦子孫。其正郎、帶館職員外郎、并省府權判官、外任提點刑獄以上，遇大禮合該奏薦子孫者，須是在任及二周年，方得陳乞。已上有該説不盡者，委有司比類聞奏。如此，則内外朝臣，各務久於其職，不爲苟且之政，兼抑躁動之心；亦免子弟充塞銓曹，與孤寒争路；輕忽郡縣，使生民受弊。其武臣入邊上差遣，并大禮合奏薦子弟者，乞下樞密院詳定比類聞奏。又國家開文館，延天下英才，使之直祕府，覽羣書，以待顧問，以養器業，爲大用之備。今乃登進士高等者，一任纔罷，不以能否，例得召試而補之。兩府、兩省子弟親戚，不以賢不肖，輒自陳乞館閣職事者，亦得進補。太宗皇帝建崇文院、祕閣，自書碑文，重天下賢才也。陛下當思祖宗之意，不宜甚輕之。臣請特降詔書，今後進士三人内及等者，一任迴日，許進干教化經術文字十軸，下兩制看詳，作五等品等，中第一第二等者，即賜召試；試又優等，即補館閣職事。兩府、兩省子弟，並不得陳乞館閣職事，及讀書之類。御史臺晝時劾彈〔四〕，并諫院論奏。如館閣闕人，即委兩地舉文有古道，才堪大用之士，進名同舉，并兩制列署表章，仍上殿稱薦，以

究其職。如此，則館閣職事，更不輕授，足以起朝廷之風采，紹祖宗之本意，副陛下慎選矣。三曰：精貢舉。臣謹按《周禮》鄉大夫之職，各教其所致，三年一大比，考其德行道藝，乃獻賢能之書于王。賢爲有德行，能爲有道藝。王再拜受之，登于天府。天府，太廟之寶藏也。蓋言王者舉賢能，所以上安宗社，故拜受其名，藏于廟中，以重其事也。鄉大夫之職，廢既久矣。今諸道學校，如得明師，尚可教人《六經》，傳治國治人之道。而國家乃專以辭賦取進士，以墨義取諸科，士皆捨大方而移小道，雖濟濟盈庭，求有才有識之士，十無一二。況天下危困，乏人如此，將何以救在乎？教以經濟之業，取以經濟之才，庶可救其不逮。或謂救弊之術，無乃後時？臣謂四海尚完，朝謀而夕行，庶乎可濟，安得晏然不救，坐俟其亂哉？臣請諸路州郡有學校處，奏舉通經有道之士，專於教授，務在興行。其取士之科，即依賈昌朝等起請，進士先策論而後詩賦，諸科墨義之外，更通經旨，使人不專詞藻，必明理道〔五〕，則天下講學必興，浮薄知勸，最爲至要〔六〕。內歐陽修、蔡襄，更乞逐場去留，貴文卷少而考較精〔七〕。臣謂盡令逐場去留，則恐舊人捍格，不能創爲策論，亦不能旋通經旨，皆憂棄遺，別無進路。臣請進士舊人三舉已上者，先策論而後詩賦，許將三場文卷通考，互取其長。兩舉初舉者，皆是少年，足以進學，請逐場去留。諸科中有通經旨者，至終場別問經旨十道，如不能命辭而對，則於知舉官員前講說，七通者爲合格；不會經旨者，三舉已上，即逐場所對墨義，依自來通粗施行。兩舉初舉者，至於終場日，須八通者爲合格。又外郡解發進士諸科人，本鄉舉里選之式，必先考其履行，然後取以藝業。今乃不求履行，惟以詞藻墨義取之，加用封彌，不見姓字，實非鄉里舉選之本意也。又南省考試舉人，一場試詩賦，一場試策，人皆精意盡其

所長。復考較日久，實少舛謬。及御試之日，詩賦文論，共爲一場，既聲病所拘，意思不遠，或音韻中一字有差，雖平生苦辛，即時擯逐；如音韻不失，雖末學淺近，俯拾科級。既舉之處，不考履行，又御試之日，更拘聲病，以此士之進退，多言命運，而不言行業。明君在上，固當使人以行業而進，而勿言命運。言命運者，是善惡不辨，而歸諸天也〔八〕，豈國家之美事哉？臣請重定外郡發解條約，須是履行無惡，藝業及等者，方得解薦，更不封彌試卷。其南省考試之人，已經本鄉詢考履行，却須封彌試卷，精考藝業，定奪等第，進入御前，選官覆考，重定等第訖，然後開看。南省所定等第内合同〔九〕，姓名偶有高下者，更不移改；若等第不同者，人數必少，却加封彌，更宣兩地參較，然後御前放牓，此爲至當。内三人已上，即於高等人中選擇，聖意宣放。其考較進士，以策論高詞賦次者爲優等，策論平詞賦優者爲次等；諸科經旨通者爲優等，墨義通者爲次等。已上進士諸科，並以優等及等者，放選注官；次等及等者，守本科選限。自唐以來，及第人皆守選限，國家以收復諸國，郡邑乏官，其新及第人，權與放選注官；今來選人壅塞，宜有改革；又足以勸學，使其知聖人治身之道〔一〇〕，則國家得人，百姓受賜。四曰：擇官長。臣聞先王建侯以共理天下，今之刺史縣令，卽古之諸侯。一方舒慘，百姓休戚，實繫其人。故歷代甚盛之時，必重此任。今乃不問賢愚，不較能否，累以資考，陞爲方面。懦弱者不能檢吏，得以蠹民；強幹者惟是近名，率多害物。邦國之本，由此彫殘。朝廷雖至憂勤，天下何以蘇息？其轉運使，并提點刑獄，按察列城，當得賢於衆者。臣請特降詔旨，委中書、樞密院，且各選轉運使、提點刑獄共十人，大藩知州十人；委兩制共舉知州十人；三司副使、判官同舉知州五人；御史臺、中丞、知雜三院共舉知州五人；開

封知府、推官共舉知州五人；逐路轉運使、提點刑獄各同舉知州五人，知縣縣令共十人；逐州知州、通判同舉知縣縣令共二人。得前件所舉之人，舉主多者，先次差補，仍指揮審官院流内銓舉。以後所差知州、知縣、縣令，並具合入人歷任功過、舉主人數聞奏，委中書看詳，委得允當，然後引對。如此舉擇，則諸道官吏，庶幾得人，爲陛下愛惜百姓，均其徭役，寬於賦斂，各獲安寧，不召禍亂，天下幸甚。五曰：均公田。臣聞《易》曰：「天地養萬物，聖人養賢，以及萬民。」此言聖人養民之時，必先養賢，養賢之方，必先禄厚。禄厚然後可以責廉隅，安職業也。皇朝之初，承五代亂離之後，民庶彫弊，時物至賤。暨諸國收復，天下郡縣之官，少人除補，至有經五七年不替罷者。或纔罷去，便入見闕。當物價至賤之時，俸禄不輟，士人之家，無不自足。咸平已後，民庶漸繁，時物遂貴。入仕門多，得官者衆，至有得替守選一二年，又授官待闕一二年者。在天下物貴之後，而俸禄不繼，士人之家，鮮不窮窘。男不得婚，女不得嫁，喪不得葬者，比比有之。復於守選待闕之日，衣食不足，貸債以苟朝夕；到官之後，必先來見逼，至有冒法受贓，賒舉度日，或不恥賈販，與民争利。既爲負罪之人，不守名節，吏有姦贓而不敢發，民有豪猾而不敢制。姦吏豪民，得以侵暴。於是貧弱百姓，理不得直，寃不得訴，徭役不均，刑罰不正，比屋受弊，無可奈何。由乎制禄之方，有所未至。真宗皇帝，深思遠慮，復前代職田之制，使中常之士，自可守節，婚嫁以時，喪葬以禮，皆國恩也。能守節者，始可制姦贓之吏，鎮豪猾之人；法乃不私，民則無枉。近日屢有臣僚，乞罷職田，以其有不均之謗，有侵民之害。臣謂職田本欲養賢，緣而侵民者有矣。比之衣食不足，壞其名節，不能奉法，以直爲枉，以枉爲直，衆怨思亂，而天下受弊，豈止職田之害耶？又自

古常患百官重内而輕外。唐外官月俸，尤更豐足，簿尉俸錢，尚二十貫。今窘於財用，未暇增復。臣請兩地同議，外官職田有不均者，均之；有未給者，給之。使其衣食得足，婚嫁喪葬之禮不廢，然後可以責其廉節，督其善政。有不法者，可廢可誅。且使英俊之流，樂於爲郡爲邑之任，則百姓受賜。又將來升擢，多得曾經郡縣之人，深悉民隱，亦致化之本也。惟聖慈深察，天下幸甚。六曰：厚農桑。臣觀《書》曰：「德惟善政，政在養民。」此言聖人之德，惟在善政，善政之要，惟在養民。養民之政，必先務農，農政既修，則衣食足；衣食足，則愛膚體；愛膚體，則畏刑罰；畏刑罰，則寇盜自息，禍亂不興。是聖人之德，發於善政，天下之化，起於農畝。故《詩》有《七月》之篇，陳王業也。今國家不務農桑，粟帛常貴。江浙路糴米二百萬石，其所糴之價，與輦運之費，每歲共用錢三百餘萬貫文。又貧弱之民，困于賦斂，歲伐桑棗，鬻而爲薪。勸課之方，有名無實，故粟帛常貴，府庫日虚。此而不謀，將何以濟？臣於天下農利之中，粗舉二三以言之。且如五代羣雄争覇之時，本國歲飢，則乞糴於鄰國，故各興農利，自至充足。江南應有圩田，每一圩方數十里，如大城，中有河渠，外有門閘，旱則開閘，引江水之利，潦則閉閘，拒江水之害，旱潦不及，爲農美利。又浙西地卑，常苦水沴，雖有溝河，可以通海，惟時開導，則潮泥不得而堙之；雖有堤塘，可以禦患，唯時修固，則無摧壞。臣知蘇州，自點檢簿書，一州之田，係出税者三萬四千頃，中稔之利，每畝得米二石至三石，計出米七百餘萬石，東南每歲上供之數，六百萬石，乃一州所出。臣詢訪高年，則云：曩時兩浙未歸朝廷，蘇州有營田軍四都，共七八千人，專爲田事，導河築堤，以減水患，于時民間錢五十文，糴白米一石。自皇朝一統，江南不稔，則取之浙右，浙右不稔，則取之淮

南，故慢於農政，農政不修，舉江南圩田，浙西河塘，太半隳廢，失東南之大利。今江浙之米，石不下六七百文，足至一貫文省，比於當時，其貴十倍，而民不得不困，國不得不虚矣。又京東西路，有卑濕積潦之地，早年國家特令開決之後，水患大減；今罷役數年，漸已堙塞，復將爲患。臣請每歲之秋，降敕下諸路轉運司，令轄下州軍吏民，各言農桑之間，可興之利，可去之害；或令開河渠，或築堤堰陂塘之類。並委本州運選官計定工料，每歲於二月間興役，半月而罷，仍具功績聞奏。如此不絶，數年之間，農利大興，下少飢歲，上無貴糴，則東南歲糴輦運之費，大可減省。其勸課之法，宜選官討論古制，取其簡約易從之術，頒賜諸路轉運使，及面賜一本，付新授知州、知縣、縣令等，此養民之政，富國之本也。七曰：修武備。臣聞古者天子六軍，以寧邦國。唐初京師置十六將軍官屬，亦六軍之義也。諸道則開折衝果毅府五百七十四，以儲兵伍，每歲三時耕稼，一時習武。自貞觀至于開元，百三十年，戎臣軍伍，無一逆亂。至開元末，聽匪人之言，遂罷府兵。唐衰，兵伍皆市井之徒，無禮義之教，無忠信之心，驕蹇凶逆，至于喪亡。我祖宗以來，罷諸侯權，聚兵京師，衣糧賞賜豐足，經八十年矣。雖已困生靈，虚府庫，而難於改作者，所以重京師也。今西北强梗，邊備未徹，京師衛兵多遠戍，或有倉卒，輦轂無備，此大可憂也。遠戍者，防邊陲之患，或緩急抽還，則外禦不嚴，戎狄追奔，便可直趨關輔。新招者，聚市井之輩，而輕囂易動，或財力一屈，請給不充，則必散爲羣盜。今生民已困，無可誅求，或連年凶飢，將何以濟，瞻軍之策，可不預圖？若因循過時，臣恐急難之際，宗社可憂。臣請密委兩地，以京畿見在軍馬同議，有無闕數。如六軍未整，須議置兵，則請約唐之法，先於畿内并近輔州府，召募强壯之人，充京畿衛士，

得五萬人，以助正兵，足爲强盛。使三時務農，大省給贍之費；一時教戰，自可防虞外患。其召募之法，并將校次第，並先密切定奪聞奏。此實强兵節財之要也。候京畿近輔，召募衛兵，已成次第，然後諸道效此，漸可施行，惟聖慈留意。八曰：減徭役。臣聞漢光武建武六年六月詔曰：「夫張官置吏，所以爲人也。今户口耗少，而縣官吏職，所置尚繁。今司隸州牧各實所部。」二府於是條奏，并省四百餘縣，天下至治。臣又觀《西京圖經》，唐會昌中，河南府有户口十九萬四千七百餘户，置二十縣。今河南府主客七萬五千九百餘户，仍置一十九縣。主户五萬七百，客户二萬五千二百。鞏縣七百户，偃師一千一百户，逐縣三等，而堪役者不過百家，而所供役人不下二百，數新舊循環，非鰥寡孤獨，不能供役。西洛之民，最爲窮困。臣請依後漢故事，遣使先往西京，併省諸邑爲十縣。其所廢之邑，並改爲鎮。令本路舉文資一員，董榷酤關征之利，兼人煙公事。所廢公人，除歸農外，有願居公門者，送所在之邑，其所在邑中役人，却可減省歸農，則兩不失所。候西京併省稍成倫序，則行於大名府，然後遣使諸道，依此施行。仍先指揮諸道防團州已下，有使州兩院者，皆爲一院；公人願去者，各放歸農職；官廳可給本城兵士七人至十人，替人力歸農。其鄉村耆保地里近者，亦令併合，能併一保耆管，亦減役十餘户。但少徭役，人自耕作，可期富庶。九曰：覃恩信。臣切覩國家三年一郊，天子齋戒衮冕，謁見宗廟，乃祀上帝，大禮既成，還御端門，肆赦天下。曰：赦書日行五百里，敢以赦前事言者，以其罪罪之，欲其王澤及物之速也如此。今大赦每降，天下懽呼；一兩月間，錢穀司存，督責如舊，桎梏老幼，籍没家産。至于寬賦斂，減徭役，存恤孤貧，振舉滯淹之事，未嘗施行。使天子及民之意，盡成空言，有負聖心，損傷和氣。臣請特

降詔書，今後赦書内，宣布恩澤，有所施行，而三司轉運司、州、縣不切遵稟者，並從違制徒二年斷，情重者當行刺配。應天禧年以前，天下欠負，不問有無侵欺盜用，並與除放；違者，仰御史臺、提點刑獄、司常切覺察糾劾，無令壅遏。臣又聞《易》曰：「先王以省方觀民設教。」故有巡狩之禮，察諸侯善惡，觀風俗厚薄，此聖人順動之意。今巡狩之禮，不可復行，民隱無窮，天聽甚遠。臣請降詔中書：今後每遇南郊赦後，精選臣僚，往諸路安撫，察官吏能否，求百姓疾苦，使赦中及民之事，一一施行，天下百姓莫不幸甚。十曰：重命令。臣聞《書》：「慎乃出令，令出惟行。」准律文，諸被制書有所施行而違者，徒二年；失錯者，杖一百。又監臨主司受財而枉法者，十五疋，絞。蓋先王重其法令，使無敢動摇，將以行天下之政也。今覩國家每降宣敕條貫，煩而無信，輕而弗稟，上失其威，下受其弊。蓋由朝廷采百官起請，率爾頒行，或昧經常，即時更改，此煩而無信之驗矣。又海行條貫，雖是故違，皆從失坐，全乖律意，致壞大法，此輕而弗稟之甚矣。臣請特降詔書，今後百官起請條貫，令中書、樞密院看詳會議，必可經久，方得施行。如事干刑名者，更於審刑大理寺究明，會法律官員參詳起請之詞，删去煩冗，裁爲制敕，然後頒行天下，必期遵守。其衝改條貫，並令繳納，免致錯亂。設有施行，仍望别降敕命。今後逐處當職官吏，親被制書，及到職後所受條貫，敢有故違者，不以海行，並從違制，徒二年；未到職已前，所降條貫，失於檢用，情非故違者，並從本條失錯斷科，杖一百。餘人犯海行條貫，不指定違制刑名者，並從失坐。若條貫差失，於事有害，逐處長吏别見機會，須至便宜而行者，並須具緣由聞奏，委中書、樞密院詳察。如合理道，即與放罪；仍便相度，别從更改。

校勘記

〔一〕雖云只役軍匠　「只」字原脱，據明抄本補。

〔二〕長爲占據　「長」字原脱，據明抄本補。

〔三〕爲衆所許　「許」原作「訢」，據明抄本改。

〔四〕畫時　「畫」，明抄本同，上有朱筆校改「書」字。

〔五〕必明理道　「道」字原脱，據明抄本補。

〔六〕最爲至要　「最」原作「取」，據明抄本改。

〔七〕貴文卷少而考較精　原本「卷少」下空二字，明刻本於空處重「卷少」二字，疑不當重。

〔八〕而歸諸天也　「天也」，明抄本同，朱筆改作「天地」。明刻本亦作「天地」。

〔九〕所定等第　「等第」原作「等等」，據明抄本改。

〔一〇〕聖人治身之道　「人」字原脱，據明抄本、明刻本補。

宋文鑑卷第四十四

奏疏

辨滕宗諒張亢

范仲淹

臣聞議論太切，必取犯顔之誅；保任不明，豈逃累己之坐。彝典斯在，具寮式瞻。臣自邊陲，誤膺獎擢，授任不次，遇事必陳。切見故監察御史梁堅彈奏滕宗諒，於慶州用過官錢十六萬貫，有數萬貫不明，必是侵欺入己；及邠州宴會，并涇州犒設諸軍，乖越不公。至聖慈赫怒，便欲罷去。臣緣在彼目擊，雖似過當，别無切害，不曾有一兵一民詞訟；至於處置邊事，亦無疏虞。臣遂進諫，乞聖慈差官根勘，逐一且與辨明，未消挫辱，恐誤朝廷賞罰。又有上言，張亢驕僭不公，臣亦乞根勘辨明，或無深過；如有大段乖越，侵欺入己，臣甘同受貶黜。臣所以激切而言者，非滕宗諒、張亢勢力，能使臣如此竭力也。蓋爲國家邊上帥將中，未有曾立大功，可以威衆者；且遣儒臣以經略部署之名重之，又借以生殺之權，使彈壓諸軍，禦捍大寇，不使知其乏人也。若一旦以小過動摇，則諸軍皆知帥臣非朝廷腹心之人，不足可畏，則是國家失此機事，自去爪牙之威矣。唐末藩鎮，多殺害逐去節度使，於軍中自立帥臣，而當時不能治者，由帥臣望輕，易於摇動之故也。今燕度勘到，滕宗諒慶州一界所用錢數分明，並無侵欺，其毁

却涇州前任公用，曆勘到干連人，只稱有送官員等錢物，亦不顯入己，又是元彈奏狀外事件。所有張亢借公用錢買物事，未發前已還納訖，又因移任，借却公用銀，却留錢物准還，皆無欺隱之情。其餘罪狀，多未摭實。其干連人，當盛寒之月，久在禁繫，皆是非辜。若今燕度勘問二人，既事非確實，必難伏辨，或逼令認罪，又是陛下近臣，不可辱於獄吏。或至錄問有辭，即須差官再勘，其合干人當轉不聊生。兼邊上臣寮，見此深文，謂朝廷待將帥少恩，於支過公用錢內，搜求罪戾，欲陷邊臣。且塞下州郡，風沙至惡，觸目愁人，非公用豐濃，何以度日？豈同他處臣僚，優游安穩，坐享榮禄。陛下深居九重，當須察此物情，知其艱苦，豈可使獄吏爲功，而勞臣抱怨。臣欲乞聖慈，據燕度奏到事節，特降朝旨，差使臣二人齎去，取問滕宗諒、張亢，如實是已犯，便仰承認，當議量情親斷；如別有緣由，亦具分析聞奏，候到見得別無枉抑，便可取旨斷遣。如有異同，即乞朝廷別選官勘鞫，免致寃滯。其干連人，且乞指揮放出。知在臣則已有不合保此二人罪狀，乞聖慈先次貶黜，免令臣包羞於朝，受人指笑。儻聖慈念臣不避艱辛，尚留驅使，即於河東、河北、陝西補一郡，臣得經畫邊事，一一奏論。或補二輔近州，臣得爲朝廷建置府兵，作諸郡之式，以輔安京師。臣之此請，出於至誠，願陛下不奪不疑。況臣久爲外官，不知輔弼之體；本是粗材，祗堪犬馬之用。若令臣待罪兩府，必辱君命，且畏人言。臣無任祈天望聖，請命激切屏營之至！

請將先減省諸州公用錢却令依舊

范仲淹

臣竊見朝旨下陝西省，罷同、解、乾、耀等九州軍公使錢共一千八百貫文。竊以國家逐處置公使錢者，蓋爲士大夫出入及使命往還，有行役之勞，故令郡國饋以酒食，或加宴勞，蓋養賢之禮，不可廢也。謹按《周禮·地官》有遺人，掌郊里之委積，以待賓客；野鄙之委積，以待羈旅。凡國野之道，十里有廬，廬有飲食；三十里有宿，宿有路室，路室有委；五十里有市，市有候館，候館有積。凡委積之事，巡而比之，以時頒之。此則三王之世，已有厨傳之禮；何獨聖朝，顧小利而亡大體？且今贍民兵一名，歲不下百貫；今減省得公用錢一千八百貫，只養得兵士一十八人。以一十八人之資，廢十餘郡之禮，是朝廷未思之甚也。況今來逐州使命之外，各有軍營，每年春後，邊兵歇泊，動經半年，軍中人員，並無宴犒之具。雖條貫有旬設之名，逐州每月一次舉行，軍員各給錢一百文已來，官務薄酒二升，既無公用，更不赴筵，亦不張樂，豈朝廷宴享將校之意？州郡削弱，道路咨嗟。當全盛之朝，豈宜如此？或謂有公使錢處，收買食物，搔擾民户；殊不知郡守得人，自能約束，如非其人，更出己俸買物，虧民愈甚，是見其小而不思其大也。伏望聖慈，速降指揮，下陝西、河北、河東路轉運司，昨來經減廢公用錢處，並令依舊。庶協典禮，稍息物論。況朝廷用武之際，於此一事，尤宜照管。臣等久在邊任，深知此事，近貳樞庭，豈當緘默。

議許懷德等差遣

范仲淹

臣竊見許懷德在延州，爲不進兵擊賊，及軍民虚驚，抛棄隨軍糧草，遂送永興勘劾，該赦釋放，授秦

州部署。近又西賊侵邊破蕩，刼熟户一千帳，不能保護，即合重行朝典，以其在邊無效，降充永興部署。郭承祐降知相州，爲轉運使糾奏，充北京都部署。此二人一面責降，一面遷轉，天下聞之，是朝廷賞罰顛倒，取笑四方，何以激勸勳臣？何以鑒戒惰將？如王信、狄青，實有武勇，堪任管軍，亦恐未有大功，遷轉太速。祖宗朝任用邊將，賞賜至厚，使用度充足；委信至重，使生殺在己；惟惜官職，不令滿志，恐有懈惰，不思立功，實前王馭將之術也。又朝廷曾降詔，所闕都虞候等更不循轉〔一〕，候有邊功除授。今却不因功勞，衝改此詔，而今後國家之命，全無信矣。惟用兵命將之令，尤要取信，繫國安危，與其它號令不同。如須合轉起，亦候過郊禮，使作該恩，方可進爵。願陛下再三思之。仍乞丁寧指揮兩府，今後議論賞罰，不可輕易，須是有所激勸，不招旁議，方可施行。臣謂國家承五代之弊，賴祖宗威德，陛下仁聖，保守四海，久無禍難。今四夷已動，百姓已困，倉庫已虚，兵旅已驕，國家安危，實未可保。惟賞罰之柄，駕馭天下。如賞罰頻失，將何以保太平之業？臣切懼之，願陛下裁擇！

論驕卒誣告將校乞嚴軍律

韓琦

臣近聞虎翼長行武贇引見日，唐突告論本指揮使關元部轄嚴緊，及將人口上京，下軍頭司取責，後並送開封府勘鞫。竊如本府勘得武贇各從杖一百定斷〔二〕。臣竊以軍中之法，最爲嚴重，苟從寬弛，爲害匪輕。其武贇既陳告部轄將校不公，自有殿前馬步軍司合屬去處。引見之際，咫尺天威，固非軍人論事之所；及將辯訊，又多誣罔之辭。蓋近年兵卒驕縱，類率如此。國家屯置師旅，衆踰百萬，一營只

委將校數員，若鈐制稍嚴，便即捃拾小過，於引見之際，唐突論訴。朝廷不以大體斷之，兩皆獲罪。必恐此後兵卒將校，漸廢階級之制，但務姑息，以求無過。若一旦邊境有急，使其亡軀命而赴湯火，必不能爲陛下用也。陛下誠宜於泰寧之辰，深戒有司，凡百軍旅之事，常以訓戢爲意，有違犯者，時以重法行之。其將校苟非大過，止因部轄嚴峻，爲兵士所怨，求細事以致其罪者，亦當捨而不問。所謂懲一卒而警萬衆，去小慈而行大仁。惟陛下熟賜財詳，天下至幸！

論減省冗費

韓琦

臣准敕，以御史王素上言，乞依賈昌朝所奏，取景德至景祐年凡百用度，靡有巨細，校計所入所出之數，省罷不急等事。蒙差張若谷、任中師并臣與三司同共詳所奏，定奪減省聞奏。竊以臣先監左藏庫日，朝廷亦曾差官於三司，令將咸平、景德、天聖、景祐年支費比附。其時三司已檢尋，天聖已前帳案不足，遂下在京諸司庫務，差人監勒檢尋，亦是多不存在，甚爲騷擾。臣輒上言，若檢尋前項年分帳案得全，比附見今來支費數多，朝廷若不能節用，乃是徒摭空文；或勘會近年帳案，但見得冗費，即行減罷，亦不須見遠年文字。蒙下三司檢尋，終不齊足，只將近年帳案勘會，結絶了當。今陛下敦崇儉之本，沛然垂詔，以經費有度，復議均節。斯乃陛下興化致理，愛養元元之深意也。天下黎民，實蒙惠福。若又須將景德至景祐年，逐年月計度較計，必是依前虛有勞費，淹滯無成。況今西鄙設備，聚財實邊之際，所宜移兹冗用，以助兵須，豈可遷延歲時，不求速效。臣欲乞將三司逐案景德年來帳籍及照證文字

勘會，不必年分整齊，但見得官中支用〔三〕，顯有虛費，即定奪減省聞奏。臣復觀古先哲王，興儉以勸天下，必以身先，而後臣庶省分，有司率職，從上之令，猶風靡而響應之也。雖有僥倖覬覦之徒，抑制其欲，亦不敢興造怨語，動惑衆心，何則？上躬行而下知所勸也。臣愚欲望陛下，飭宮掖之間，先務節儉，凡奢靡之飾，奇巧之玩，無名支賜，無度取索，一切罷之。仍詔三司與臣等計會，入內內侍省〔四〕、御藥院、內東門司，取先朝及今來賜予支費則例比附，酌中定奪減省。臣等定奪之後，或有飛語流謗，斷在宸衷〔五〕，屏而不聽。如此，則縣官之用，可期充足。且內藏宜聖，景福等殿庫，蓋累朝蓄聚，以備非常。今或外用既節，而不絕內帑支取，即與外庫供億糜費一同。亦望陛下深思祖宗經久之制，更務謹節。臣又以出納之用，各有攸司，冗費之弊，必能知悉。仍乞特降勑命，下三司，委諸路轉運使、副發運使，逐處知州、通判，在京諸司庫務勾當官員，除官吏兵馬請給則例自來已有定制，不在起請外，如有諸般用度，顯有虛費，可以減省者，即具利害擘畫聞奏，降下依勑定奪。其三司人吏有所見，亦聽經三司具狀陳述，如顯然大段減省得官中錢物，其元起請官吏即乞特行酬獎。臣備員諫列，誤被聖選，不避衆怨，罄竭上陳，唯冀裁擇，早賜進用？

論西夏請和　韓琦

臣聞趙元昊將納和，來人已稱六宅使、伊州刺史，命官之意，欲與朝廷抗禮。臣等謂元昊如大言過望，不改僭號之請，則不可許；卑辭厚禮，從兀率之稱，亦有大可防者。臣等觀朝廷信賞必罰，今已明

白。帥臣奉詔，已得便宜。又舊將漸去，新將漸升，前弊稍除，將責實效，約束將佐，不令輕出，訓練軍馬，率多變法。但今極塞城寨，或未堅牢，新集之兵，未可大戰。若賊今春便來，以臣等計之，尚可憂虞；然大軍持重，奇兵夜擊，宜無定川之負也。如俟秋而來，則城寨多固，軍馬已練，或堅壁而守，或據險而戰，無足畏矣。臣等已議於一二年間，訓兵三四萬，使號令齊一，陣伍精熟，又使熟户蕃兵，與正軍參用，則横山一帶族帳，可以圖之。降我者，使之納質而厚其官賞，各令安居，籍爲熟户；拒我者，以精兵加之，不從則戮。我軍鼓行山界，不爲朝去暮還之計。元昊聞之，若舉國而來，我則退守邊寨，足以困彼之衆；若遣偏師而來，我則據險以待之。蕃兵無糧，不能久聚，退散之後，我兵復進，使彼復業，每歲三五出。元昊諸厢之兵，多在河外，頻來應敵，疲於奔命，則山界蕃部勢窮援弱，且近於我，自來内附，因選酋豪以鎮之，足以斷元昊之手足矣。然乞朝廷以平定大計爲意，當軍行之時，不以小勝小衄黜陟將帥，則三五年間，可集大功。仍詔中外臣僚，不得輒言邊事，以沮永圖。我太祖太宗，統一四海，創萬世之基業；今以三五年之勞，再定西陲，豈以爲晚耶？契丹聞國家深長之謀，必懼而保盟，不復輕動，然後中國有太平之期矣。臣等所以言彼賊非禮之求不必從者，蓋有此議也。臣等早蒙聖獎，擢預清班，西事以來，供國粗使，三年塞下，日勞月憂，豈不願聞納和，少圖休息，非樂職於矢石之間。蓋見西戎強梗未衰，挾以變詐，若朝廷處置失宜，他時悖亂，爲中原大禍，豈止今日之邊患哉？臣等是以不敢念身世之安，忘國家之憂，須罄芻蕘，少期補助。望於納和禦侮之間，慎其處置，爲聖朝長久之慮！

論時事　　韓琦

臣聞漢文帝襲高、惠承平之後，躬行節儉，國治民富，刑措不用，時賈誼上書言事，尚以爲可慟哭太息，豈其過哉？蓋憂深思遠，圖長久之計，欲大漢之業，垂千萬世而無窮者也。今陛下紹三聖之休烈，仁德遠被，天下大定，民樂其生者，八十餘載矣。而臣切覩時事，謂可晝夜泣血，非直慟哭太息者，何哉？蓋以西北二虜，禍舋已成，而上下泰然，不知朝廷之將危，宗社之未安也。臣今不暇廣有援引，請粗陳其大槩。切以契丹，宅大漠，跨遼東，據全燕數十郡之雄，東服高麗，西臣元昊，自五代迄今，垂百餘年，與中原抗衡，日益昌熾；至於典章文物飲食服玩之盛，盡習漢風，故虜氣愈驕，自以爲昔時元魏之不若也。非如漢之匈奴，唐之突厥，本以夷狄自處，與中國好尚之異也。近者復幸朝廷西方用兵，違約遣使求割關南之地，以啓争端。朝廷愛念生民，爲之隱忍，歲益金、幣之數，且固前盟；而尚邀獻納之姦謀，招納亡命，雖外示臣節，而内恃兵力。至元昊則好亂逞志，西併甘涼諸蕃，以拓境土，自度種落强盛，故僭號背恩，北連契丹，欲成鼎峙之勢，非如繼遷昔年跳梁於銀夏之間耳。且元昊累歲盜邊，官軍屢衄，今乘定川全勝之氣，而遣人納和，則知其計愈深，而其事可虞也。議者或謂昨假契丹傳導之力，必事無不合；豈不思契丹既能使元昊罷兵，則必能使元昊舉兵乎？况比來辭禮驕抗，殊未屈下。北虜之言，既已無驗，亦恐有合從之策，夾困中原。朝廷若軫西民之勞，暫求休養元元，且以金帛啖之，待以不臣之禮。臣恐契丹聞之，謂朝廷事力已屈，則又遣使移書，過邀尊大之稱，或求朝廷不可從之事，隳

其誓約，然後驅犬羊之衆，直趨大河；復使元昊舉兵，深寇關輔。當是時，未審朝廷以何術而禦之哉？若委西鄙於藩臣，專事北寇，陛下親御六師，臨澶淵以待之；卽未知今之將卒事力，與環衛統帥，比真宗北征時何如哉？如欲駐蹕北京，以張軍勢；臣恐虜衆由德博渡河，直趨京師，則朝廷根本之地，宗廟宫寢，府庫倉廩，百官六軍室家所在，而一無城守之備，陛下可以擁北京之衆，却行而救之乎？臣所以謂可晝夜泣血者，誠憂及于此，冀陛下一寤，而急爲拯救也。朝廷若謂今之盟約尚可固結，則前三十年之信誓，朝廷何負二虜，而一旦違之哉？彼豺狼之心，見利而動，又可推誠而待之乎？夫得以先見預爲之防，則功逸而事集；若變生倉卒，駭而圖之，雖使良、平復生，爲陛下計，亦不能及矣。臣是以夙夜思之，朝廷若不大新紀律，則必不能革時弊而弭大患。臣輒畫當今所宜先行者七事，條列以獻其大略。一曰：清政本。夫樞密院本兵之地，今所立多苛碎纖末之務；中書公事，雖不預聞，恐亦類此。謂宜詔中書、樞密院，事有例者，著爲法；可擬進者，無面奏；其餘微瑣，可悉歸有司；使得從容謀議，賜對之際，專論大事。二曰：念邊事。今政府循故事，纔午卽出，欲稍留則恐疑衆，退朝食罷，忽遽簽書而去，何暇欵及疆事哉？謂宜須未正方出，延此一時，以專邊論。三曰：擢材賢。自承平以來，用人以叙遷之法，故遺才甚多。近中書、樞密院，求一武臣，代郭承祐，聚議累日，不能得。謂宜倣祖宗舊制，於文武中，不次超擢，以試其能。四曰：備河北。自北虜通好，三十餘年，武備悉廢。近慢書之至，騷然莫知所謂。宜選轉運使二員，密授經略，責以歲月，使營守禦之備，則我待之有素也。五曰：固河東。前歲昊賊陷豐州，掠河外熟户殆盡，麟府勢孤絶；宜責本道師度險要，建城堡，省轉餉，爲持久之計。六曰：收民心。祖

宗置内藏庫，蓋備水旱兵革之用，非私蓄財而充己欲也。自用兵以來，財用匱竭，宜稍出金帛，以佐邊用，民力可寬，而衆心安矣。七曰：營洛邑。今帝都無城隍之固，以備非常；議興葺，則爲張皇勞民；不若陰營洛邑，以爲遊幸之所；歲運太倉羨餘之粟，以實其廪庾，皇居壯矣。

論青苗 韓琦

准轉運及提舉常平廣惠倉司牒，給青苗錢，須十户以上爲一保，三等以下人爲甲頭。每户支錢，第五等及客户，毋得過千五百；第四等，三千；第三等，六千；第二等，十千；第一等，十五千。餘錢委本縣量度增給。三等已上，更有餘錢，坊郭户有物業抵當願請錢者，五家爲一保，依青苗例支借，諸縣不得避出納之煩，致諸人扇摇人户，却稱不願請領。如不願請領，卽具結罪狀，入馬遞申，以憑選官曉諭。如却願請，本縣干繫人別作行遣；事理稍重，具事申奏。如夏秋收成，物價稍貴，願納錢者，當議減市價，錢數比元請錢十分不得過三分，假令一户請錢一千，納錢不得過千三百。臣竊以國之頒號令，立法制，必信其言，而使民受實惠，則四方觀聽，孰不欣服。伏詳熙寧二年詔書，務在優民，不使兼并，乘其急以邀倍息。皆以爲民，而公家無所利其入，謂合先王散惠興利，抑民豪奪之意也。今乃鄉村自第一等而下，物業抵當者依青苗例支借。且鄉村上三等并坊郭有物業户，乃從來兼并之家也；今皆多得借錢，每借一千，令納一千三百，則是官放息錢，與初詔抑兼并、濟困乏之意絶相違戾，欲民信服，不可得也。又鄉村每保，須有物力人爲甲頭，雖云不得抑勒，而上户既有物力，必不願請；官吏防保内下户不能送納，

則干繫人豈免差充甲頭，以備代陪。復峻責諸縣人不願請，即令結罪申報；若選官曉諭，却有願請者，則干繫人別作行遣，或具申奏。官吏懼提舉司勢可升黜，又防選官曉諭之時，豈無貧下浮浪願請之人，苟免捃拾，須行散配。且下户見官中散錢，誰不願請；然本户夏秋各有稅賦，又有預買及轉運司和買兩色紬絹，積年倚閣借貸麥種錢之類，名目甚多，今更增納此一重出利青苗錢，愚民一時借請則甚易，至納時則甚難，故自制下以來，一路官吏，上下惶惑，皆謂若不抑散，則上户必不願請；近下等第與無業客户，雖或願請，必難催納，將來必有行刑督索，及勒干繫書手典押耆户長同保人等均陪之患。大凡兼并所放息錢，雖取利稍厚，緣有逋欠，官中不許受理，往往舊債未償其半，早已續得貸錢。兼并者既有資本，故能使相因歲月，漸而取之。今官貸青苗錢則不然，須夏秋隨稅送納，災傷及五分以上，方許次料催還，若連兩料災傷，則必官無本錢接續支給，官本因而寖有失陷。其害明白如此；更有緣此煩費虛擾之事，不敢具述。去歲河朔豐熟，常平倉糴米斗錢不過七十五至八十五以來，若乘時收斂，遇貴出糶，不唯合於古制，而無失陷之弊，兼民實被惠，亦足收其羨贏。今諸倉有糴入，而提舉司亟令住止，蓋盡要散充青苗錢，指望三分之利，收爲己功。縣邑小官，敢不奉行，豈暇更卹貽民久遠之患哉？諸路所行，必料大率如此。朝廷若謂陝西嘗放青苗錢，官有所得，而民以爲便，此乃轉運司因軍儲有闕，遇自冬涉春，雨雪及時，麥苗滋盛，決見成熟，行於一時則可也。今乃差官置司，爲每歲春夏常行之法，而取利三分，豈陝西權宜之比哉？兼初詔且於京東、淮南、河北三路先行此法，俟成次第，即令諸路施行。今此三路方憂不能奉行，而遽於諸路遍差提舉官，以至西川廣南亦皆置使。伏惟陛下自臨御以來，夙夜憂

勞，勵精求治，況承祖宗百年仁政之後，民浸德澤，唯知寬卹，未嘗過擾，若但躬行節儉，以先天下，常節浮費，漸汰冗食，自然國用不乏，何必使興利之臣，紛紛四出，以致遠邇之疑哉？欲望聖明，更賜博訪，若臣言不妄，乞盡罷諸路提舉官，只委提點刑獄官，依常平舊法施行。

答詔問北虜地界

韓琦

臣晚年多病，心力耗殫，日欲再乞殘骸，保此頽暮。不意陛下以北虜生事，深思預防，記及孤愚，曲有詢逮，敢不勉竭衰殘，少塞聖問。臣切以契丹稱彊北方，與中國抗者，蓋一百七十餘年矣。自石晉割地，并有漢疆，外兼諸戎，益自驕大。祖宗朝屢常南牧，極肆凶暴，當是時，豈不欲悉天下之力，必與虜角哉？終以愛惜生靈，屈就和好，凡彊埸有所興作，深以張皇引惹爲誡。以是七十年間，二邊之民，各安生業，至於老死不知兵革戰鬭之事，至仁大惠，不可加也。臣觀近年以來，朝廷舉事，則似不以敵爲恤。虜人素以久彊之勢，於我未嘗少下，一旦見形生疑，必謂我有圖復燕南之意。雖聞虜主孱而佞佛，豈無強梁宗屬，與夫謀臣策士，引先發制人之説，造此釁端；故屢遣橫使，以争理地界爲名，觀我應之之實如何耳。所以致虜之疑者，臣試陳其大略：高麗臣屬契丹，於朝廷久絶朝貢，向自浙路遣人招諭而來。且高麗小邦，豈能當契丹之盛，來與不來，國家無所損益；而契丹知之，謂朝廷將以圖我，此契丹之疑也。秦州古渭之西，吐蕃部族散居山野，不相君長，耕牧自足，未嘗爲邊鄙之患。向聞強取其地，建熙河一路，殺其老小以數萬計，所費不貲。而河州或云地屬董氈，即契丹壻也；既恐闢地未已，豈不往

訴，而契丹聞之，當謂行將及我，此又契丹之疑也。北邊地近西山，勢漸高仰，不可爲塘泊之處。向聞差官領兵，偏植榆柳，冀其成長，以制虜騎，然興於界首，無不知者。昔慶曆慢書所謂「剏立隄防，障塞要路」，無以異矣。然此豈足恃以爲固哉？徒使契丹之疑也。河朔義勇民兵，置之歲久，耳目已熟，將校甚整，教習亦精，而忽然團保甲，一道紛然，義勇舊人，十去其七，或撥入保甲，或放而歸農，得增數之虛名，破可用之成法，此又徒使契丹之疑也。自虜人辯理地界，河朔緣邊與近裏州郡，一例差官檢討，修築城壘，開淘壕塹。趙、冀、北京展貼之功，役者尤衆；敵樓戰棚之類，悉加完葺；增置防城之具；率令備足；逐州兵甲器械，累次差官檢視，排垛張盤，前後非一。又諸處剏都作院，頒降新樣，廣謀造作。澶州等處，剏爲戰車。此皆衆目所覩，諜者易窺。且虜人未有動作，彼無秋毫之損，而我已費財殫力，先自困弊，此徒使契丹之疑也〔六〕。近復置立河北三十七將，各專軍政，州縣不得關預。雄州地控極邊，亦設將屯。其隨軍衣物，有令兵士已辦者，有令本營增置者，有令官造給付者；以至預籍上户車馬騾驢，準備隨行，明作出征次第，不可蓋掩，此又深使契丹之疑也。夫北虜素爲敵國，設如此則積疑起事，不得不然，亦其善自爲謀者也。今橫使再至，初示偃蹇，以探賾朝廷。代北與雄州素有定界，若優容而與之，實虜情無厭，浸淫不已，誠如聖詔所諭，固不可與。或因其不許，虜遂持此以爲己直，縱未大舉，勢必漸擾諸邊，卒隳盟好。蓋事有因緣而至此者，乃煩明詔，訪以待遇備禦之要。自顧老朽，夙夜思之，其將何策上助聖算。然臣聞：「言未及而言謂之躁，言及而不言謂之隱。」臣昔曾言散青苗錢不便事，而言者輒肆厚誣，非陛下之明，幾及大戮。自此，新法之下，雖聞其有未協人情者，實避嫌疑，不敢更有論

列。今親被詔問，事繫國家安危，言及而隱，是大不忠，罪不容誅矣。臣嘗竊計，始爲陛下謀者必曰：祖宗以來，紀綱法度，率多因循苟簡，非變不可也。治國之本，當先預有富疆之術，聚財積穀，寓兵於民，則可以鞭笞四夷，盡復唐之故疆，然後制作禮樂，以文太平。故始散青苗錢，使民出利，所得之利，復以爲本，但務多取，歲增本錢，無有定數。又爲免役之法，自上等以至下户，皆令次第出錢，募人應役，從來上户輪當衙前重難，故其間時有破敗者，今上户一歲出錢不過三十餘緡，安然無事，而令下户素無役者，歲歲出錢，此則損下户而益上户，雖百端補救，終非善法。又役錢之内，每歲更納寬剩錢，以備它用。此所謂富國之術者也。且農民送納夏賦税，一年兩次，納不前者，始有科校之刑。今納青苗與役錢，已是加賦，有過限者，亦依二税法科校，則是一户一歲之中，常負六次科校，民不勝駭矣。稍遇水旱，則逋負官錢，流移失業，是已著見，孰敢言者？又内外置市易務，盡籠天下商旅之貨，官自取利，主以得利爲功，錐刀必取，小商細民，遂無所措手。加以新制日下，更改無常，州縣官吏，茫然不能詳記，稍有違者，坐以徒刑，雖經赦降去官，不得原免。監司督責，以刻爲明，此法之苛，過於告緡，故州縣之間，官吏惴惴然，日苟一日，皆以脱罪爲幸。夫農者，國之根本也；商者，能爲國致財者也；官吏者，助朝廷之教化者也。今農者則怨於畎畝，商者則嘆於道路，官吏則所在不安其職，恐陛下不能盡知也。夫欲攘捍四夷，以興太平，而先使邦本困摇，衆心離怨，振古以來，未聞能就此功者也。此則爲陛下始謀者之大誤也。陛下有堯之仁，舜之聰，知其所誤，能改不吝，聖人之大德也。又今好進之人，不顧國家利害，但謂邊事將作，富貴可圖，獻策以干陛下者，必云虜勢已衰，特外示驕慢耳；以陛下神聖文武，若

擇將臣，領大兵，深入虜境，則幽薊之地，一舉可復。此又未之思也。今河朔累歲災傷，民力大乏，緣邊次邊州郡，芻糧不充，新選將官皆粗勇〔七〕，保甲新點，未經訓練，若驅重兵頓于堅城之下，糧道不給，虜人四向來援，腹背受敵，欲退不可，其將奈何？此太宗朝雖曹彬、米信，名德宿將，猶以致歧溝之敗也。臣愚今爲陛下計，謂宜遣使報聘，優致禮幣，開示大信，達以至誠。具言朝廷向來興作，乃修備之常，兩朝通好之久，自古所無，豈有它意，恐爲諜者之誤耳。且疆土素定，當如舊界，請命邊吏，退近者侵占之地，不可持此造端，欲隳祖宗累世之好。永敦信約，兩絶嫌疑。望陛下將契丹所疑之事，如將官之類，因而罷去，以釋虜疑。萬一聽服，可遷延歲月。陛下益養民愛力，選賢任能，疏遠姦諛，進用忠良，使天下悦服，邊備日修，塞下有餘粟，帑中有羨財。俟虜果有衰亂之形，然後一振威武，恢復舊疆，快忠義不平之心，雪祖宗累朝之憤，陛下功德，赫然如日，照耀無窮矣。如其不服，決欲背約，則令河北諸州，深溝高壘，足以自守。虜人果來入寇，所在之兵，可以伺便驅逐，大帥持重，以全取勝。自此彼來我往，一勝一負，兵家之常，不可前料，卽未知何時復遂休息也。至於清野之法，則難盡。事宜之際，不可率一境之民，比户將牛馬糇糧，盡入城郭。蓋至時或有往保山寨者，或有挈家渡河者，或有留人看守莊舍者，或有就近入居城郭者，當使人得自便，方保安全，固不可按圖先定。必令入城郭而居，雖有嚴令，必不從也。在祖宗朝，屢經北虜之擾，鄉民避寇，率亦如此，願朝廷不須一一處置。臣歷事三朝，十年輔相，官已極品，歸榮故鄉，萬事無不足者。年將七十，宿疾在身，每思告老而去，庶全始終。比緣聖問之及，因敢一貢盡言，非嫉善，非求進用，只以自信今天下之人漸不敢以直言爲獻，臣實不忍負累朝眷遇

之恩，猶覬狂瞽，一悟聖心，爲宗社之盛福。惟陛下加察，賜以不疑，非獨老臣幸甚，天下幸甚。

校勘記

〔一〕都虞候　「候」字原脱，明刻本同，據明抄本補。

〔二〕竊如　「如」，明抄本作「知」。

〔三〕官中支用　「支」原作「交」，明抄本同，朱筆校改作「支」，明刻本亦作「支」，據改。

〔四〕入内内侍省　原本「内」、「侍」兩字間空白，明刻本空處作「者」字。按，「者」字不當有，入内内侍省係宋代所置，宦官衙署名。

〔五〕宸衷　「衷」原作「哀」，據明抄本、明刻本改。

〔六〕此徒使　「此」字原本空白，據明刻本補。

〔七〕皆粗勇　「皆」字原脱，據明抄本補。

宋文鑑卷第四十五

奏疏

辭樞密副使

富弼

臣今月二十二日，伏奉制命，授臣樞密副使、右諫議大夫，以臣在病假，特差閤門祗候蓋自浦賫誥勑至臣私家，臣不敢捧授，卽時已却令蓋自浦賫回。當日上表，叙述懇免，未奉指揮間，今日又蒙差降中使傳宣云：「此命是朝廷大用，並不因人，特出聖恩精選，令臣須受者。」俯伏聽命，神魂驚喪，便就死所，未能酬報。臣本無才術，驟忝榮近，徒守愚直之性，誤荷聖明之知。尚以契丹渝約，無故造端，遣使馳書，有割地和親之請；事起忽遽，遣臣報聘。臣遂仗祖宗之靈慶、稟陛下之聖謀，再詣虜庭，復修前好；然亦不免增重幣，啗無厭，斂生民膏血之資，成國朝恥辱之事。臣痛恨切骨，慙無面顏，初欲抗於匈奴，分毫不許；又念彼既生隙，必求用兵，臣死節則至微，於國則無益，遂且屈意勉彊，就小商量，止以歇倉卒之禍，故忍恥辱偷活，幸望他時可以雪恥也。臣自知所幹此事，只是且救目下奔突之患，未是長久安寧之策。緣自始及末，臣皆預聞。臣每至北朝，凡通和四十來年未嘗見者，蕃漢官臣盡見之；四十來年兩朝人使諱而不敢説者，臣盡説之；至於兩朝理亂興亡，無不講貫；兵馬戰鬬，無不校量；以此

臣所以盡見得契丹委實彊盛，奚霫、渤海、党項、高麗、女真、新羅、黑水韃靼、回鶻、元昊，盡皆臣伏，一一貢奉，惟與中原一處爲敵國而已。兵馬略集，便得百萬，霈然餘力，前古不如，非是不敢南牧，只是不來爾，來之則無以枝梧，臣所以謂未是長久安寧之策者，臣知其子細故也。前史云：「百聞不如一見。」他人之説，皆出傳聞，臣之所陳，盡是目擊，以此知臣之所説，不可不信也。今來雖且通和，他日未保無事，則是臣向來奉使，不足爲勞，既不爲功，豈敢受賞？所以去歲再三懇辭樞密、翰林二學士者，是自知無功而不敢受也。蒙陛下察臣愚鄙，特賜開許，臣自此於是稍得安心矣。今者又蒙特出聖意，非常拔擢，臣始聞有命，汗流浹背。前二學士，與臣見守官職，苦不相遠，尚不敢當；況樞府之地，號爲大用，以臣前懇所述，豈可受之？臣執性至愚，惟道爲務，不是飾讓，亦非好名。美禄高官，人之所欲，但看事理有可受與不可受爾。苟無後悔，受之無疑；禍若相隨，以死不受。今北虜雖暫通和，向去事未可知，臣若受賞，萬一他日復有變動，朝廷責使人冒賞之罪，臣斷不敢避斧鉞之誅。設或朝廷謂使人只是幹一時之事，後來不可加責，且恕重誅，其如天下公論，亦不肯放臣矣。臣畏懼公論，甚於斧鉞。臣所以累次不敢受賞功之命者，實欲逃他日斧鉞之責，公論之逼也。況自去歲再通和好，後來議者，便以謂無北顧之慮，邊鄙戒備，漸已廢弛，匈奴知我懈怠，必爲他日不測之患，臣所以日夜憂懼，寢食不遑。見今在身官職，尚恐他日不能保存，況當賞功之恩乎？縱朝廷未暇爲刷恥之計，豈不憂異時之患，且思所以備豫哉？臣今所以不敢受賞者，猶望人信臣憂懼之説，必爲戒備，或有變動，不至失事，亦臣之効也。臣若遂受其賞，則人必謂使人既已受賞，決無事矣，是臣冒榮禄安朝廷之心，他日變故，由

臣而致也。臣每思及此，尤願終身不受爵賞。伏望陛下思夷狄輕慢中原之恥，常懷雠雪之意，坐薪嘗膽，不忘戒備，內則脩政令，明賞罰，辨別邪正，節省財用；外則選將帥，練士卒，安輯疲廢，崇建威武，使二邊聞風自戢，不敢內向，縱有侵犯疆塞，不爲深患，此乃是宗社無窮之慶，天下太平之基也。一使人不加濫賞，豈足煩陛下丁寧之若是乎？今雖上違聖意，不即拜命，臣銜感恩遇，已出萬死不能報矣。臣愚志已定，乞更不差降中使，深恐愈瀆聖聽，益重臣罪。早來雖已具此懇，盡附中使口奏訖，猶慮有所未悉。臣爲足膝瘡腫，未任朝見，不得親對天顏，剖露肝膽，謹再具劄子奏聞，特乞矜允。臣不勝死生大幸！

論河北流民

富弼

臣昨在汝州，竊聞河北流民，來許、汝、唐、鄧州界逐熟者甚多。臣以朝廷前許請射係官田土，後却不令請射，盡須發遣，歸還本貫。臣訪聞流民，必難發遣得回，既已流移至此，又却不得田土，徒令狼狽道路，轉見失所，遂專牒本州通判張恂，立便往州界諸縣流民聚處，一一相度，或發遣情願人歸還本貫，或放令前去別州，或相度口數，給與民田土，或自令樵漁採捕，或許口支散官粟，諸般救濟，庶幾稍可存活。內只有給田一項，違著朝廷後來指揮，比欲奏候朝旨，又爲流民來者日益多，深恐救卹稍遲，轉有死損，遂且用上項條件施行去後，方具奏聞，尋准中書劄子：「奉聖旨，一依奏陳事理；其後來者，即教不得給田，候春暖，勸諭令歸上路。」後方知其餘州軍，所到流民，不拘新舊，並只用元降朝旨，盡不許

給與田土。臣其時以急於赴召，不及再有奏陳。自襄城縣至南薰門，共六程，臣見緣路流民，大小車乘，及驢馬馳載，以至擔仗等，相繼不絶。臣每逢見，逐隊老小，一一問當，及令逐旋抄劄。只路上所逢者，約共六百餘户，四千餘口；其逐州縣鎮，以至道店中已安下，臣不見者，并臣於許州驛中住却一日，路上之人，臣亦不見者，比臣曾見之數，恐又不下一二百户，二三千口；都計約及八九百户，七八千口；其前後已過，并今未來，及有往唐、鄧、萊州等處，臣所不見者，又不知其數多少。扶老攜幼，纍纍滿道，寒餓之色，所不忍見。亦有病而死者，隨卽埋於道傍，骨肉相聚，號泣而去。臣親見而問得者，多是鎮、趙、邢、洺、磁、相等州下等人户，以十分爲率，約四五分，並是鎮人；其餘五六分，卽共是趙州與邢、洺、磁、相之人；又十中約六七分，是第五等人；三四分，是第四等人，及不濟户與無土浮客，卽絶無第三等已上之家。臣逐隊遍問，因甚如此離鄉土遠來他州，其間甚有垂泣告者，曰：「本不忍拋離墳墓骨肉，及破貨家産，只爲災傷物貴，存濟不得，憂慮餓殺老小，所以須至趁斛斗賤處逃命。」又問得有全家起離來更不歸者；亦有減人口暫來逐熟，候彼中無災傷，斛斗稍賤，卽却歸者；亦有去年先令人來請射，或買置田土，稍有準備者；亦有無準備，望空來者。大約稍有準備，來無一二，餘皆茫然，並未有所歸，只是路上逐旋，問人斛斗賤處便去。臣竊聞有人聞於朝廷云：「流民皆有車仗驢馬，蓋是上等人户，不是貧民。致朝廷須令發遣，却歸本貫。」此説蓋是其人只以傳聞爲詞，不曾親見親問，但知却有車乘行李次第頗多，便稱是上等之人。臣每親見有七八量大車者，約及四五十家，一二百餘口；四五量大車者，約及三四十家，一百餘口；一兩量大車者，約及五七家，七十口；其小車子，及驢馬擔仗之類，大抵

皆似大車，並是彼中漫鄉村相近鄰里，或出車乘，或出驢牛，或出繩索，或出搭蓋之物，遞相併合，各作一隊起來，所以行李次第，力及大户也。今既是貧下之家，決意離去鄉土，逃命逐熟，而朝廷須令發遣却回，必恐有傷和氣。臣亦曾子細説諭云：「朝廷恐你抛離鄉井，欲擬發遣却歸河北，不知如何？」其丈夫婦人皆向前對曰：「便是死在此處，必更難歸；兼一路盤纏已有次第，如何得歸？除是將來彼中有可看望，方有歸者也。」此已上事，並是臣親見親問，所得最爲詳悉，與夫外面所差體究之人不同。簿尉幕職官畏懼州府，州府畏懼提轉，提轉畏懼朝省，不敢盡理而陳述；或心存諂妄，不肯説盡災患之事；或不切用心，自作鹵莽，申陳不實者，萬不侔也。伏望聖慈，早賜指揮，京西一路，如流民到處，且將係官荒閑田土及見佃人占剩無税地土，差有心力向公官員，四散分俵，各令住佃，更不得逼逐發遣，却歸河北；其餘或與人家作客，或自能樵漁採捕，或支官粟計口養飼之類，更令中書檢詳前後條約，疾速嚴行指揮約束。所貴趁此日月尚淺，未有大段死損之人，可以救卹得及。

論辨邪正

富弼

臣伏蒙聖造，擢冠宰司，雖步履尚艱，稍稽入覲，屢得寬告，跧跼私門，然不敢安居，常思當今切務，欲伸報塞，而事頗紛綜，固非筆墨可盡，今且以一事最大者，仰塵天聽，伏惟聖慈，更賜裁察！夫君臣之道，本是一體。君者，元首也；執政者，股肱心膂也；諫官、御史、侍從論思者，耳目也；内外羣有司者，筋肌支節血脉也。體若具備，方能成人。爲君者，上下之官亦具而無闕，方能成國。爲國者，

正如爲人之體也。人之體，一脉不和，則爲疾矣；君之國，一官不和，則爲害矣。體之不和，爲疾最大者，股肱心膂也；國之不和，爲害最大者，執政也。夫執政者，輔贊萬機，爲國大臣，日至君前，議論天下之事，賞善罰惡，進賢退不肖，喜怒繫乎人情之舒慘，邪正繫乎朝廷之盛衰；是執政者，天下之所觀望，羣有司之所師表也。執政不和，則羣有司安得而和哉？羣有司不和，則萬務安得而治哉？萬務不治，則天下之民受其弊矣。民既受弊，則國家衰亂隨之，此萬萬必然之理也。是故爲國者欲求治且安，非天下人和不可也；欲天下和，非中外官司皆和不可也；欲中外官司皆和，非執政先和不可也。執政者，乃朝廷教令之所出，而天下治亂之所繫也，安得不和也！《尚書》：「臯陶曰：同寅協恭，和衷哉！」注：衷，善也。周武王曰：「紂有億兆夷人，離心離德；予有亂臣十人，同心同德。」注：夷，平也。康王曰：「三后協心，同底于道。」注：三后，周公、若陳、畢公也。夫三后皆當時聖賢，此足見聖賢若不和，亦不能同致其道也。且夫執政者和，則類無猜嫌，所議皆合，事必極其理，盡其善，然後行，下人固悦服而稟從之，承流宣化，風動草偃，遂使天下蒙其利，則豈有不治而安者乎？及其至也，乃能致昇平，而令國家享祚於數百年者矣。昔西漢陳平爲右相，周勃爲左相，勃既誅諸吕，平以勃功高，遂以右相推勃；及平對文帝決獄治粟事有條理，勃自知能不如平，復推平爲右相也。唐太宗召宰相房喬，以杜如晦能斷大事；如晦復謂喬善嘉謀，而太宗卒用喬策。兹四相者，非用心至和，以天下爲任，安肯互相推薦，爲國遠慮，如是之切而不自争勝邪？此乃臣前所謂執政者和，則致時昇平，使國家享祚數百年之明効也。若執政者不和，則議事之間，動有疑貳，或忿争於官府，或辨列於君前，咸蓄不平之心，必無至當之論，假使彊自牽合，終成乖

戾互相厭苦，陰肆傾擠，門下賓朋，助爲摇撼，彼此窺伺，是非紛挐，忿逞私憾之讎，何卹公家之事？既行於下，人不悦服，而不肯稟從，淪胥展轉，遂至天下受其弊，則豈有不衰而亂者乎？其甚者，至有賈禍召亂，爲國大患，而不可救者矣。昔唐憲宗相裴度，時方鎮跋扈，度勸帝用兵，諸道叛亂者悉皆歸服，憲宗遂成中興之業，王室大振；既而誤用李逢吉爲相，逢吉大姦邪，嫉度功業，令門下朋黨號「八關十六子」者，興造謗訕，百般中傷，以至撰作謡讖，謂度有天分，憲宗既惑，度遂罷去，尋致河朔、徐、汴，再陷賊庭，王室復弱矣。僖宗用鄭畋、盧攜爲相，争黄巢邀請節旄事，攜以畋語至切，遂拂袂投硯而起，喧於都下，然衆議畋語爲是，攜議爲非。時又用宰相王鐸爲都統，出討黄巢，攜大不悦，益固執不與巢節旄，只授以率府率，其意欲激黄巢之怒，使鐸功不成，以快己志，殊不以天下安危爲慮，而僖宗不明，終用攜議。巢果大怒，擁衆百萬，自嶺表横行天下。是時大亂，無一州一縣不用兵者。俄而兩京陷没，僖宗幸蜀。生民塗炭之極，自古無比。久之，巢雖漸敗，而朱温自巢軍投來，終移唐祚，自號大梁。兹二相者，營私徇己，用心不公，擠陷忠良，敗壞時政，或翦弱王室，或覆亡宗社，爲臣至此，隕族何償！此臣前謂賈禍召亂，爲國大患而不救者之明効也。以此足見執政者和與不和，實繫乎天下治亂之本，存亡之機也。如人股肱心膂之疾，可以喪其生也。至於諫官、御史、侍從論思，及内外羣有司者，亦不可謂其職小而容有不和也。苟有不和，則如人耳目、筋肌、支節、血脉之疾，安得爲其小而不治之使和平哉？周武王曰：「紂有臣億萬，惟億萬心；予有臣三千，惟一心。」夫三千者，舉其内外官也。成王曰：「庶官惟和，不和政厖。」《禮》曰：「和者，天下之達道也。」漢劉向亦曰：「衆賢和於朝，則萬物和於野。」昔賢

又以烹調鼎鼐，更張琴瑟，操執轡馭，合煉藥石，設於方以爲諭者，或大或細，未有不以和爲主也。爲君者不可不察也，不可不審其所擇也。夫内外大小之官，所以致其不和者，何哉？止由乎君子小人並處其位也。蓋君子小人，方圓不相入，曲直不相投，貪廉進退不相侔，動靜語默不相應，如此而望議論協和，政令平允，安可得耶？安可幸而致邪？《易·泰卦》：君子道長，小人道消，則時自泰矣；《否卦》：小人道長，君子道消，則時自否矣。若使君子小人，並位而處，其時之否、泰，必無兩立之理。君子常寡，小人常衆，則小人必勝，君子不勝。君子不勝，則奉身而退，樂道無悶；萬一小人不勝，則陰相交結，互爲朋蔽，駕虛鼓扇，白黑雜糅，千歧萬轍，眩惑主聽，必得其勝然後能已也。小人既勝，則益復肆毒於良善，梟心虺志，無所不爲。所以自古泰而治世少，否而亂世多者，亦止乎小人常勝，君子常不勝之所致也。小人但能亂，不能致治；若小人或能致治，則《易》更九聖，必不於小人道長之時，謂之爲否也。凡六十四卦，三百八十四爻，大抵諸聖以意象配君子小人而分善惡，至多不可悉數也。《易》曰：「小人不恥不仁，不畏不義，不見利不勸，不威則不懲。」夫小人者，聖賢無不鄙而惡之，故《易》曰：「小人而乘君子之器，盜思奪之矣。」《詩》曰：「憂心悄悄，愠於羣小。」此皆聖賢鄙惡小人之甚者也！《書》曰：「君子在野，小人在位，民棄不保，天降之咎。」此謂用小人則民叛而天降災也。仲尼曰：「君子中庸，小人反中庸。」荀子亦曰：「君子小人相反也。」夫小人所爲，既與君子相反戾，則安可使之並處哉？所議安能得其協和哉？夫天子無官爵，無職事，但能辨别君子小人而進退之，乃天子之職也。自古稱明王、明君、明后者，無他，能辨别君子小人而用捨之，方爲明矣。至於煩思慮，親細故，則非所以用明之要

也。夫前車者，後車之所望也；古事者，今事之所鑒也。仲尼删《書》，於堯、舜、大禹皆稱「曰若稽古」。傅説戒高宗亦曰：「事不師古，以克永世，匪説攸聞。」恭惟皇帝陛下，稟上聖之資，嗣累朝之業，纘服未久，勤勞已至。更望考前世盛衰治亂之迹，近代安危存亡之機，凡於選求，力辨邪正。所喜者，未可遽用之；所怒者，未可遽棄之。《禮》曰「愛而知其惡，憎而知其善」者是也。又人所毁者，未必爲惡；人所譽者，未必爲善。仲尼曰「衆惡之，必察焉；衆好之，必察焉」者是也。孟子尤於進退善惡之説至詳，齊宣王問曰：「吾何以識其不才而捨之？」孟子對曰：「國君進賢，如不得已，將使卑踰尊，疏踰戚，可不慎歟！左右皆曰賢，未可也；諸大夫皆曰賢，未可也；國人皆曰賢，然後察之，見賢焉，然後用之。左右皆曰不可，勿聽；諸大夫皆曰不可，勿聽；國人皆曰不可，然後察之，見不可焉，然後去之。」夫一國之人皆曰「賢」，皆曰「不可」，亦不可不謂之出於衆議，而不可不從之也。孟子尚以謂未可信而進退之，猶復躬自察焉，直俟王親見其果賢則用之，親見其果不可則去之，此所以大防姦人朋比毁正譽邪也；亦所以防偏見者以丹素甘辛而好惡之差也。蓋恐用捨或爽，則所損多也。實慎之至也！苟如是而失之者，尚恐不免，然亦鮮矣。陛下君臨天下，必不得如孟子之辭，盡聞天下所議論，若夫左右之説，及在廷諸人之語，則皆可聞之矣，然固未可遽信而遽行，更在博詢而參校之也。所詢者，須詢於可詢者也，詢之必不肯誤陛下也。若詢及姦險浮薄不正之人，則向所謂愛憎、毁譽、偏見者皆有焉；有之，則邪正錯亂，是非混淆，陛下至英至睿，亦莫得而辨之也。兹事雖自古聖王亦以爲至難。皋陶曰：「在知人，在安民。」禹曰：「惟帝其難之。」帝謂堯也。仲尼獨取堯、舜，比之如天，尚以知人安民爲難，況自堯而後者

哉？由是而語，陛下可不慎之、慎之、又慎之？大抵有天下者，得人則治而安，不得人則亂而危，至甚則又遂繫乎存亡也。臣前所援據，特一二而已，但且欲證臣狂瞽，非臆説焉。其有在方策者，比比皆是，不可殫引，陛下開卷，則見之矣。惟望慎之、慎之、又慎之也。臣昨蒙陛下召從僻左之外，起於衰病之中，祇是念其舊人，授以國柄，辭不獲免，夙夜驚惶，若非傍假衆賢，共成大政，則臣虚薄老朽，立見敗事。况夫四海至廣，萬機至煩，更藉天下之才，以濟天下之務，所以不避煩瀆之罪，願陛下持古鑒今，選賢與能者，乃犬馬之至誠也。惟聖情開納，則非臣之幸，乃宗廟之慶，生靈之福也。臣死罪死罪！

論邊事

賈昌朝

太祖初有天下，鑒唐末五代方鎮武臣土兵牙校之盛，盡取其權，當時以爲萬世之利。及太宗時，所命將帥，率多攀附舊臣，親姻貴胄，賞重於罰，威不逮恩，而猶仗神靈，稟成算，出師禦寇，所向有功。自此以來，兵不復振。近歲恩倖子弟，飾厨傳，治名譽，多非勳勞，坐取武爵。其志不過利轉遷之速，俸賜之厚；禦侮平患，何患於兹？然乘邊鄙無事，尚得以自容。自西羌之叛，驟擇將領，鳩集士衆，士不素練，固難指蹤，將未得人，豈免屢易？以屢易之將，馭不練之士，故戰則必敗。此削方鎮兵權太甚之敝也。且親舊恩倖，任軍職者，出即爲將帥，素不曉兵，一旦付以千萬卒之命，爲庸人驅之死地，此用親舊恩倖之敝也。臣以謂守方鎮者，無數更易；管軍職任，并刺史以上官秩，宜謹其所授，以待有功。如楊

崇勳、李昭亮輩，皆恩倖之人，尚在邊任，宜速選人代之，此救敝之端也。陛下有意聽臣，臣請復陳當今備邊之尤切者六事〔一〕：一曰，馭將帥。古之帝王，以恩威馭將帥，以賞罰馭士卒，故軍政行而戰功集。乾德中，詔王全斌等伐蜀，是冬大雪，太祖御講武殿氈幄，顧左右曰：「今日居此幄，尚寒不可禦，況伐蜀將士乎？」即脱所服貂裘暖帽，遣中使馳賜全斌，此御之以恩也。又曹彬、李漢瓊、田欽祚討江南，召彬至前，立漢瓊等於後，授匣劒曰：「自副將而下，不用命者，得專戮之。」漢瓊等股慄而退，此御之以威也。今每命將帥，必先疑貳，非近倖不信，非姻舊不委，錫與金帛巨萬，而心無感悦者，以例所當得也。蓋承前一皆用例，至舉兵之際，須特出非常，然後可以動其心也。又陝西四路，自總管而下，鈐轄、都監、巡檢之屬，悉參軍政，謀之未成，事已先漏；彼可則我否，上行則下戾，雖有主將，不專號令，故動則必敗也。請自今命將，去疑貳，推恩意，捨其小節，責以大效；爵賞威刑，皆得便宜從事，褊裨而下，有不聽令者，以軍法論；至於筦榷賦税，供軍府庫之物，使皆得用之。太祖雖朘削武臣之權，然邊將一時賞罰，及用財集事，則皆聽其自專；有功則必賞，有敗則必誅，此所謂馭將之道也。其二曰，復土兵。今河北、河東彊壯，陝西弓箭手之類，蓋土兵遺法也。且戎狄居苦寒沙磧之地，惡衣粗食，好馳善射，自古禦寇却胡，非此不可。然河北鄉軍，其廢已久，陝西土兵，屢爲賊破，其存者十無二三，臣以謂河北、河東彊壯，已詔近臣，詳定法制，宜因閲習，視其人武力兵技之優劣，又擇其家丁夫之壯者，以代老弱，每鄉爲軍，其材能絶類者，籍其姓名，而遞補之。陝西蕃落弓箭手，貪召募錢物，利月入糧俸，多就點涅〔二〕，混爲營兵；今宜優復田疇，安其廬舍，使力耕死戰，世爲邊用，則可以減屯戍而省供餽，爲不易之利。内

地州縣，增置弓手，亦當約如鄉軍之法，而閱試之。其三曰，訓營卒。太祖朝下令諸軍，毋食肉衣帛，營舍之門，有鬻酒肴，則逐去；士卒有服繒帛者，則笞責之。異時被甲鎧，冒風霜，攻苦服勞，無不一當百。今營卒驕墮，臨敵無勇，此殆素所資用之過也。舊例三年轉員，謂之落權正授，雖未能易此制，卽不必一例使爲總管、鈐轄，宜於其間，擇有才勇可任將帥者授之。又今之兵器，多名詭狀，製造不精，不適於用，虛費民力；宜按八陣之法，依五兵之用，以時教習，使啓殿有次序，左右有形勢，前後相附，上下相援。令之曰：失一隊長，則斬一隊。何慮衆不爲用乎？其四曰，制戎狄。今戎狄蕩然，與中國通；北方諸國，則臣契丹；其西諸國，則臣元昊；而二虜合從，有掎角中國之勢。就使西戎來服，不免與之重賄，是朝廷歲遺二虜，不可勝計。古之備邊，西則金城、上郡，北則雲中、鴈門；今自滄之秦，緜亘數千里，非有山海峻深之阻，獨恃州縣鎮戍爾，凡歲所供贍，又不下數千萬，以天下歲入之數，纔可取足，而一穀不熟，則或至狼狽也。契丹近歲，兼用燕人，治國建官，一同中夏；昊賊據河南，列郡而行賞罰，善於用人，此中國之患也。宜度西域諸國，如沙州、唃厮、明珠、滅藏之族，近北如黑水、女真、高麗、新羅之屬，舊通中國，今爲二虜隔絶，可募人往使，誘之來朝，如此則二虜必憾，憾則爲備，備則勢分，此中國之利也。其五曰，綏蕃部。屬户者，邊垂之屏翰也。如延有金明府，有豐州，皆戎人内附之地，朝廷恩威不立，撫馭乖方，比爲疆虜脅從，而塞上諸州，藐焉孤壘，蕃部既壞，士兵亦衰，恐未有破虜之期。請令陝西諸路緣邊知州軍，皆帶安撫蕃部之名，多設方略，務在招集，財賦法令，得以自專，擇其族盛而有勞者，以爲酋帥，如河東折氏、高氏之比，庶可爲吾藩籬之固。其六曰，明探候。古者守疆封，出

師旅，居則有行人覘國，戰則有前茅慮無，其審謹若此！太祖命李漢超鎭關南，馬仁瑀守瀛州，韓令坤鎭常山，賀惟忠守易州，何繼筠領棣州，郭進控西山，武守琪戍晉陽，李謙溥守慶州，董遵誨屯環州，王彥昇守原州，馮繼業鎭靈武，筦榷之利，悉輸軍中，仍聽貿易，而免其征稅，許募勇士，以爲爪牙，故邊臣富於財，得養死力爲間諜，夷狄情狀，無不預知，二十年間，無西北之憂。善用將帥，精於覘候之所致也。今西鄙刺事者，所遺不過錢數千，略涉境土，盜聽傳言，塞命而已，故虜情賊狀，與夫山川道路險易之利，勢絶而莫通。夫蹈不測之戎，入萬死之地，覘伺微密，探索機會，非有重賂厚賞，孰肯自効乎？願監藝祖任將帥之制，邊城財用，一切委之，專使養勇士爲爪牙，而臨戰自衛，無殺將之辱；募死力爲覘候，而望敵知來，免陷兵之恥也。

請繼上奏封細陳事理

文彥博

臣讀唐史，見白居易爲翰林學士，因事進諫，諫語甚切直，憲宗不悦，謂宰相李絳曰：「白居易小子，是朕拔擢致名位，而無禮於朕，朕極難柰」。絳對曰：「居易所以不避死亡之誅，事無大小而必言者，蓋酬陛下拔擢耳。陛下欲開諫諍之路，不宜阻居易之言。」憲宗曰：「卿言是也。」由是言多聽納。臣以居易被憲宗拔擢，纔爲學士，能盡忠極諫，以報恩遇；而況臣非才寒進，孤立無黨，獨蒙陛下誤聽，特力拔擢，位至宰相，犬馬之誠，堅於報主。然自待罪兩府，已逾二年，略無謀猷，上裨神聖；雖則日奉天顔，常親黼座，所奏覆者，率多冗細事務，常程文書，徒煩睿聽，無益治體。以此爲宰相職業，真所謂素飡尸祿，

齪齪小謹而已；豈陳平所謂「宰相者，上佐天子，理陰陽，順四時，外鎮撫四夷，使卿大夫各得任其職」之義乎？房喬、杜如晦唐之賢相，太宗猶常責之曰：「公爲宰相，當須開耳目，求訪賢哲，有武藝謀略，才堪撫衆者，任其邊事；有經明德脩，立性明悟者，任以侍臣；有明幹清慤，處事公平者，任以劇務；有學通古今，識達政術者，任以治人，此乃宰相之裨益也。比聞聽受詞訟，日不暇給，安能助朕求賢哉？」斯言之責，誠爲至當！臣每侍丹扆，累聞德音，常以求賢致治爲切務，推誠納諫爲至德，臣愚不能上副聖意，而陛下至仁，未忍以大義責臣，而臣獨不內媿於心乎？臣復自念，性本樸忠，言多蹇拙，幸得進對，咫尺天威，凡所敷陳，或未詳盡。臣嘗觀唐宰相趙憬奏章，欲上疏論事，其略曰：「稽顙丹陛，仰對宸嚴，蹇訥易窮，遽數難辯，理詳則塵瀆頗甚，言略則利害不分。竊聞貞觀、開元之際，宰輔論事，或多上書，所冀獲盡情理。」時德宗嘉納之。今臣之愚，猶憬之志。此後有面陳口奏，頃刻之間，或蹇訥有所未盡，事理有所未周，即欲繼上奏對，細陳理道，上裨睿聖訪納之勤，下盡微臣區區之藴；固不敢妄陳偏見，亦不乞留中不出，惟冀聖慈，特賜詳擇！

校勘記

〔一〕尤切者　「切」原作「竊」，據明抄本、明刻本改。

〔二〕點涅　「點」原作「黠」，據明刻本改。明抄本作「黥」。

宋文鑑卷第四十六

奏疏

論宦官養子

吴　及

臣聞《書》云：「官司相規，工執藝事以諫。」臣不肖，親逢寬仁之主，爲執法吏，輒原刑罰之本，願効愚衷，惟陛下幸憐赦臣，以畢其説。竊惟前世肉刑之設，斷肢體，刻肌膚，使終身不息，以至屨賤踊貴，有鼻者醜，刑罰之濫乃如此！漢文感緹縈之意，謂刑者不可復屬，雖欲改行爲善，其道無由，詔於四方，易之以鞭笞，曰斬左趾者笞五百，劓者笞三百。然已死而笞未止，外有輕刑之譽，内實殺人。景帝益寬之，僅有存者。祖宗鑒既往之弊，蠲除煩苛，顧我細民，愛同赤子，始用折杖之法，新天下之耳目。兹蓋曠古聖賢，思所未至，一旦決而行之，海宇元元，如被父母之教，惠澤之厚，淪於骨髓矣。陛下至明如日，廣覆如天，高拱法宫，深惻民隱，何嘗不申飭羣吏，親攬庶獄，而疑讞屢報，無不蒙生，歷代用刑，未嘗如本朝之清，宜乎天報之以佳瑞，錫之以純嘏。陛下方當隆盛之際，未享繼嗣之慶者，臣竊惑焉！臣聞天地之性人爲貴，王者之治，故當上調陰陽，下順萬物，一蟲魚之細，草木之微，不當其宜，則執政者有罪焉耳；況乎肖方圓之貌，稟精粹之靈乎？夫其意者宦官太衆，而陛下未寤也。何則？古者肉刑之

一日宮，聖人除之，所以重絶人之世，今陛下不以爲意，使宦官之家，競求它子，勦絶人理，希爵賞爲門户之庇。童幼何罪，陷於刀鋸，因而夭死者，未易可數。夫有疾而夭者，治世所羞；況無疾乎？有罪而宮，前王不忍；況無罪乎？臣又聞漢永平之際，中常侍四員，小黄門十人耳！唐太宗定制，無逾百員。臣不敢遠引漢唐，取必於當世；請以祖宗近事較之。陛下試觀祖宗時，宦官凡幾何人？今凡幾何人？衆寡之差，不待臣言，而陛下可見。臣愚以謂，胎卵傷而鳳凰未至，宦官盛而繼嗣未育，伏望陛下順陽春施生之令，濬發德音，詔巖廊大臣，詳爲條禁進獻。爲宦官者，一切權罷。敢有擅宮童稚者，寘以重法。沮者必謂權罷進獻，則不足任使；臣謂非不足也，弊在掌典它務之過也。陛下若令宦者兼領外事，則雖多而不足；如令專守中禁，則雖少而有餘。且宣傳詔旨，分幹職任，則有外廷三班之臣在外，何必區區於中人哉？今三班使臣，待闕都下，率三二歲，未能補吏。至於出妻鬻子，嗟怨道途，和氣既傷，廉隅都盡。抑亦内臣侵牟員闕所致。今既罷去進獻，絶領佗務，姑可許養子，得以爲後，但勿去其世耳！於内臣之計，則不至傷恩；於陛下之私，則不爲害物。若然，天心必應，聖嗣必廣。召福祥，安宗廟之策，無先於此！孟子有言：「老吾老以及人之老，幼吾幼以及人之幼。」惟陛下留意，不勝中外幸甚！干冒旒扆，隕越無地。

論宋庠　包拯

臣等今日中書傳諭，奉聖旨宣示宋庠自辯及求退等事。臣等蒙陛下擢任，處之諫垣，惟采取天下

公議，別白賢不肖，敷聞于上，冀陛下倚任常得其人，以熙大政；不使貪冒非才者得計，膠固其位，害敗于事，乃臣等之職分，亦陛下所責任者也。固不敢緣私詆欺，變黑爲白，惑亂陛下耳目，動摇大臣爵位，以取奇譽，巧資身計，斯亦臣等所自信，陛下所明照者也。臣等昨於二月二十三日具劄子，論列宋庠自再秉衡軸，首尾七年，殊無建明，少效補報，而但陰拱持禄，竊位素飡，安處洋洋，以爲得策；且復求解之際，陛下降詔，未及斷章，庠乃從容，遂止其請，足見其固位無耻之甚也。今乃自辯，謂臣等議論，暗合己意，臣等亦謂庠本意暗合天下之議論也，斯不近於欺乎？陛下所深察矣。且云無過，則又不然。臣等竊以前代治世，至于祖宗之朝，罷免執政大臣，莫不以其謨明無效，取羣議而行也。何則？執政大臣，與國同體，不能盡心竭節，灼然樹立，是謂之過，宜乎當黜，非如羣有司小官之類，必有犯狀，挂于刑書，乃爲過也。唐憲宗朝，權德輿爲宰相，不能有所發明，時人譏之，終以循默而罷，復守本官。憲宗聰明仁愛之主也，德輿文學德行之人也，當時罷免，只緣循默，不必指瑕，未致罪名而然也。至于祖宗朝罷免范質、宋琪、李昉、張齊賢，亦只以不稱職，均勞逸爲辭矣，未嘗明過也。近歲方乃摭拾細故，託以爲名，揚于外庭，斯乃不識大體之臣，上惑聖聽，有此舉措，非所以責大臣之義也。宋庠豈無細過，臣等不言之者，蓋爲陛下惜此事體。臣等所陳，惟陛下聖度詳處，若以爲是，則乞依前來劄子，早賜施行，儻以臣等爲謗讟時宰，敢肆狂妄，亦乞治正其罪，重行降黜。臣等無任激切俟命之至！

論燕度勘滕宗諒事張皇太過

歐陽修

臣昨日風聞，張子奭未有歸期消息，賊昊又別遣人來，必恐子奭被賊拘留，西人之來，其意未測，邊鄙之事，不可不憂，正是要藉將帥効力之際。旦夕來傳聞燕度勘鞠滕宗諒事，枝蔓勾追，直得使盡邠州諸縣枷械所行拷掠，皆是無罪之人，囚繫滿獄。邊上軍民將吏，見其如此張皇，人人嗟怨，自狄青、种世衡等，並皆解體，不肯用心。朝廷本爲臺官上言滕宗諒用錢多，未明虚實，遂差燕度勘鞠。不期如此作事，摇動人心，若不蚤正絶，則恐元昊因此邊上動摇，將士憂恐解體之際，突出兵馬，誰肯爲朝廷用死命向前。臣忝爲陛下耳目之官，外事常合採訪。三五日來，都下喧傳邊將不安之事，亦聞田況在慶州日，見滕宗諒別無大段罪過，并燕度生事張皇，累具奏狀，並不蒙朝廷答報。況又徧作書告朝廷大臣，意欲達於聖聽。大臣各避嫌疑，必不敢進呈況書。臣伏慮陛下但知宗諒用錢之過，不知邊將憂嗟搔動之事。只如臣初聞滕宗諒事發之時，特有論奏，乞早勘鞠行遣。臣若堅執前奏，一向遂非，則唯願勘得宗諒罪深，方表臣前來所言者是。然臣終不敢如此用心，寧可因前來不合妄言得罪於上，不可今日遂非，致誤事於國。臣竊思朝廷於宗諒必無愛憎，但聞其有罪，則不可不問。若果無大過，則必不須要求瑕疵。只恐勘官希望朝廷意旨，過當張皇，搔動邊鄙。其滕宗諒伏望速令結絶，仍乞特降詔旨，告諭邊臣，以不支蔓勾追之意；兼令今後用錢，但不入己外，任便從宜，不須畏避，庶使安心放意，用命立功。其田況累度奏狀，并與大臣等書，伏望聖慈，盡取詳覽。田況是陛下侍從之臣，素非姦佞，其言可信。

又其身在邊上，事皆目見，必不虚言。今取進止！

論杜韓范富

歐陽修

臣聞士不忘身不爲忠，言不逆耳不爲諫，故臣不避羣邪切齒之禍，敢冒一人難犯之顔，惟賴聖慈，幸加省察！臣伏見杜衍、韓琦、范仲淹、富弼等，皆是陛下素所委任之臣，一旦相繼而罷。天下之士，皆素知其可用之賢，而不聞其可罷之罪。臣職雖在外，事不審知；然臣竊見自古小人讒害忠賢，其識不遠，欲廣陷良善，則不過指爲朋黨；欲揺動大臣，則必須誣以專權。其故何也？夫去一善人，而衆善人尚在，則未爲小人之利；欲盡去之，則善人少過，難爲一一求瑕，惟指以爲朋黨，則可一時盡逐。至如大臣已被知遇而蒙信任者，則不可以他事動揺，惟有專權是人主之所惡，故須此説方可傾之。臣料杜衍等四人，各無大過，而一時盡逐，富弼與仲淹委任尤深，而忽遭離間，必有朋黨專權之説，上惑聖聰。臣請詳言之。昔年仲淹初以忠言讜論，聞於中外，天下賢士，争相稱慕。當時姦臣，誣作朋黨，猶難辨明；自近日陛下擢此數人，並在兩府，察其臨事，可以辨也。蓋杜衍爲人，清慎而謹守規矩，仲淹則恢廓自信而不疑，韓琦則純正而質直，富弼則明敏而果鋭。四人爲性，既各不同，雖皆歸於盡忠，而其所見則各異，故於議事，多不相從。至如杜衍欲深罪滕宗諒，仲淹力争而寬之；仲淹謂契丹必攻河東，請急修邊備，富弼料九事，力言契丹必不來；至如尹洙亦號仲淹之黨，及争水洛城事，韓琦則是尹洙而非劉滬，仲淹則是劉滬而非尹洙，此數事尤彰著，陛下素已知者，此四人者，可謂公正之賢也。平日閑居則相稱

美之不暇，爲國議事，則公言廷争而無私，以此而言，而見杜衍等真得漢史所謂忠臣有不和之節，而小人讒爲朋黨可爲誣矣。臣聞有國之權，誠非臣下之得專也。臣切思仲淹等自入兩府已來，不見其專權之迹，而但見其善避權也。夫權得名位則可行，故行權之臣，必貪名位。自陛下召琦與仲淹於陝西，琦等讓至五六，陛下亦五六召之。至如富弼，三命學士，兩命樞密副使，每一命未曾不懇讓，懇讓之者愈切，而陛下用之愈堅，此天下之人所共知。臣但見避讓太繁，不見其專權貪位也。及陛下堅不許辭，方敢受命，然猶未敢别有所爲。陛下見其作事如此，乃開天章，召而賜坐，授以紙筆，使其條事；然衆人避讓，不敢下筆；弼等亦不敢獨有所述。因此又煩聖慈出手詔，指定姓名，專責其條列大事而行之。弼等遲回近及一月，方敢略條數事。仲淹老練世事，必知凡百難猛更張，故其所陳，志在遠大，而多若迂緩，但欲漸而行之，以久冀皆有效。弼性雖鋭，然亦不敢自出意見，但舉祖宗故事，請陛下擇而行之。自古君臣相得，一言道合，遇事而行，更無推避。臣方怪弼等蒙陛下如此堅意委任，督責丁寧，而猶遲緩自疑，作事不果；然小人巧譖，而曰專權者，豈不誣哉？至如兩路宣撫，國朝累遣大臣，況自中國之威，近年不振，故元昊叛逆一方，而勞困及於天下；北虜乘釁，違盟而動，其書辭侮慢，至有責祖宗之言；陛下憤恥雖深，但以邊防無備，未可與争，屈志買和，莫大之辱。弼等見中國累年侵陵之患，感陛下不次進用之恩，故各自請行，力思雪恥，沿山傍海，不憚勤勞，欲使武備再修，國威復振。臣見弼等用心，本欲尊陛下威權，以禦四夷，未見其侵權而作過也。伏惟陛下，睿哲聰明，有知人之聖，臣下能否，洞達不遺，故於千官百辟之中，親選得此數人，驟加擢用。夫正士在朝，羣邪所忌，謀臣不用，敵國之福也。今

此數人一旦罷去，而使羣邪相賀于内，四夷相賀于外，此臣所以爲陛下惜也。伏惟陛下，聖德仁慈，保全忠善，退去之際，恩禮各優；今仲淹四路之任，亦不輕矣。願陛下拒絶羣謗，委信不疑，使盡其所爲，猶有裨補。方今西北二虜，交争未已，正是天與陛下經營之時，而弼與琦，豈可置之閑處？伏望早辨讒巧，特加圖任，則不勝幸甚！臣自前歲召入諫院，十月之内，七受聖恩，而致身兩制，常思榮寵至深，未知報效之所。羣邪争進讒巧，而正士繼去朝廷，乃臣忘身報國之時，豈可緘言而避罪？敢竭愚瞽，惟陛下擇之！

論狄青

歐陽修

臣聞人臣之能盡忠者，不敢避難言之事；人主之善馭下者，常欲聞難言之言，然後下無隱情，上無壅聽，姦宄不作，禍亂不生。自古固有伏藏之禍，未發之機，天下之人皆未知，而有一人能獨言之，人主又能聽而用之，則銷患於未萌，轉禍而爲福者有矣。若夫天下之人共知，而獨其人主之不知者，此莫大之患也。今臣之所言者，乃天下之人皆知，而惟陛下未知也。今士大夫無貴賤，相與語于親戚朋友，下至庶民無愚智，相與語于閭巷道路，而獨不以告陛下也。其故何哉？蓋求其事，伏而未發，言者難於指陳也。臣伏見樞密使狄青，出自行伍，號爲武勇，自用兵陜右，已著名聲，及捕賊廣西，又薄立勞効。自其初掌機密，進列大臣，當時言事者已爲不便；今三四年間，雖未見其顯過，然而不幸有得軍情之名。推其所因，蓋由軍士本是小人，面有黥文，樂其同類，見其進用，旨我輩之内，出得此人，既以爲榮，遂相

悦慕；加又青之事藝，實過於人，比其輩流，又粗有見識，是以軍士之心，共服其材能。國家從前難得將帥，經略招討，常用文臣，或不知軍情，或不閑訓練。自青爲將領，既能自以勇力服人，又知訓練之方，頗以恩信撫士。以臣愚見，如青所爲，尚未得古之名將一二，但今之士卒，不慣見如此等事，便謂須是我同類中人，乃能知我軍情，而以恩信撫我。青之恩信，亦豈能徧及於人，但小人易爲善誘，所謂一犬吠形，百犬吠聲，遂皆翕然，喜其稱説。且武臣掌機密而得軍情，不惟於國家不便，亦於其身未必不爲害；然則青之流言，軍士所喜，亦其不得已而勢使之然也。臣謂青不得已而爲人所喜，亦將不得已而爲人所禍者矣。爲青計者，自宜退避事權，以正浮議，而青本武人，不知進退。近日以來，訛言益甚，或言其身應圖讖，或言其宅有火光，道路傳説，以爲常談矣，而惟陛下猶未聞也。且唐之朱泚，本非反者，倉卒之際，爲軍士所迫爾。大抵小人不能成事，而能爲患者多矣。泚雖自取族滅，然爲德宗之患，亦豈小哉？夫小人陷於大惡，未必皆其本心所爲，直由漸積以至蹉跌；而時君不能制患於未萌爾。故臣敢昧死而言人之所難言者，惟願陛下早聞而省察之爾。如臣愚見，則青一常才，未有顯過，但爲浮議所喧，勢不能容爾。若如外人衆論，則謂青之用心，有不可知者，此臣之所不能決也。但武臣掌機密，而爲軍士所喜，自於事體不便，不計青之用心如何也。伏望聖慈，深思遠慮，戒前世禍亂之迹，制於未萌，密訪大臣，早決宸斷，罷青機務，與一外藩，以此觀青去就之際，心迹如何；徐察流言，可以臨事制變。且二府均勞逸而出入，亦是常事。若青之忠孝，出處如一，事權既去，而流議漸消，則其誠節可明，可以永保終始。夫言未萌之患者，常難於必信；若俟患之已萌，則又言無及矣。臣官爲學士，職號論思，聞外議喧

沸，而事繫安危，臣言狂計愚，不敢自默。

論賈昌朝

歐陽修

臣修伏覩近降制書，除賈昌朝爲樞密使。旬日以來，中外人情，莫不疑懼；縉紳公論，漸以沸騰。蓋由昌朝稟性回邪，執心危險，頗知經術，能緣飾姦言；善爲陰謀，以陷害良士；小人朋附者衆，皆樂爲其用。前在政府，屢害善人，所以聞其再來，望風畏恐。陛下聰明仁聖，勤儉憂勞，每於用人，尤所審重；然而自古毁譽之言，未嘗不並進於前，而聽察之際，人主之所難也。臣以爲能知聽察之要，則不失之矣。何謂其要？在先察毁譽之臣。若所譽者君子，所毁者小人，則不害其爲進用矣。若君子非之，小人譽之，則可知其人不可用矣。今日毅然立乎朝，危言正論，不阿人主，不附權臣，其直節忠誠，爲中外素所稱信者，君子也。如此等人，皆以昌朝爲非矣。宦官宫女，左右使令之人，往往小人也。如此等人，皆以昌朝爲是矣。陛下察此，則昌朝爲人可知矣。今陛下之用昌朝，與執政大臣謀而用之乎？與立朝忠正之士謀而用之乎？與宦官左右之人謀而用之乎？或不謀於臣下，斷自聖心而用之乎？昨聞昌朝陰結宦竪，與造事端，謀動大臣，以圖進用。若陛下與執政大臣謀之，則大臣自處嫌疑，實難啓口。若立朝忠正之士，則無不以爲非矣。其所稱信以爲可用者，不過宦官左右之人爾。陛下用賈昌朝爲天下而用之乎？爲左右之人而用之乎？臣伏料陛下必不爲左右之臣而用之也。然左右之人，謂之近習，朝夕出入，進見無時，其所讒謏，能使人主不覺其漸。昌朝善結宦官，人人喜爲稱譽，朝一人進一言，暮

一人進一言，無不稱昌朝之善者。陛下視聽漸熟，遂簡在乎聖心，及將用之時，則不必與謀議也，蓋稱薦有漸，久已熟於聽矣。是則陛下雖斷自聖心，不謀臣下而用之，亦左右之人積漸稱譽之力也。陛下常患近歲大臣體輕，連爲言事者彈擊，蓋由用非其人，不叶物議而然也。今昌朝身爲大臣，見事不能公論，乃交結中貴，因内降以起獄訟，以此規圖進用。今聞臺諫方欲論列其過惡，而忽有此命，是以中外疑懼，物論沸騰也。今昌朝未來，外議已如此；若使居其位，必不免言事者上煩聖聽。不爾則昌朝得志，傾害善人，壞亂朝政，必爲國家生事。臣願聖聰抑左右陰薦之言，採縉紳公議之説，速罷昌朝，還其舊任，則天下幸甚！臣官爲學士，職號論思，見聖心求治甚勞，而一旦用人偶失，而外庭物議如此。既有見聞，合思裨補。

論修河　歐陽修

右臣伏見朝廷定議，開修六塔河口，回水入横壠故道，此大事也。中外之臣，皆知不便，而未肯有爲國家極言其利害者，何哉？蓋其説有三：一曰畏大臣，二曰畏小人，三曰無奇策。今執政之臣，用心於河事亦勞矣。初欲試三十萬人之役〔一〕，以開故道；既又捨故道而修六塔，未及興役，遽又罷之；已而終爲言利者所勝，今又復開修〔二〕，然則其勢難於復止也。夫以執政大臣鋭意主其事，而又有不可復止之勢，固非一人口舌可回，此所以雖知不便，而罕肯言也。李仲昌小人，利口僞言，衆所共惡；今執政之臣，既用其議，必主其人。且自古未有無患之河，今河浸恩、冀，目下之患雖小，然其患已形；回入六塔，

將來之害雖大，而其害未至。夫以利口小人爲大臣所主，欲與之争未形之害，勢必難奪，就使能奪其議，則言者猶須獨任恩、冀爲患之責，使仲昌得以爲辭，大臣得以歸罪，此所以雖知不便，而罕敢言也。今執政之臣，用心太過，不思自古無無患之河，直欲使河不爲患。若得河不爲患，雖竭人力，猶當爲之；況聞仲昌利口詭辨，謂費物少而用功不多，不得不信爲奇策，於是決意用之。今言者謂故道既不可復，六塔又不可修，詰其如何，則又無奇策以取勝，此所以雖知不便，而罕肯言也。衆人所不敢言，而臣今獨敢言者，臣謂大臣非有私仲昌之心也，直欲興利除害爾；若果知其爲害愈大，則豈有不回者哉？至於顧小人之後患，則非臣之所慮也。且事貴知利害，權重輕；又不得已，則擇其害少而患輕者爲之，此非明智之士不能也。況治水本無奇策，相地勢，謹隄防，順水性之所趨爾，雖大禹不過此也。夫所謂奇策者，不大利則大害；若循常之計，雖無大利，亦不至大害，此明智之士，善擇利者之所爲也。今言修六塔者奇策也，然終不可成，而爲害愈大；言順水治隄者，常談也，然無大害。不知爲國計者，欲何所擇哉？若謂利害不可必，但聚大衆，興大役，勞民困國，以試奇策，而僥倖於有成者，臣謂雖執政之臣，亦未必肯爲也。臣前已具言河利害甚詳，而未蒙採聽，今復略陳其大要，惟陛下詔計議之臣擇之。臣謂河水未始不爲患，今順已決之流，治隄防於恩、冀者，其患一，而遲；塞商胡復故道者，其患二，而速；開六塔以回今河者，其患三，而爲害無涯。自河決横壠以來，大名金隄埽歲歲增治；及商胡再決，而金隄益又加功；獨恩、冀之間，自商胡決後，議者貪建塞河之策，未嘗留意於隄防，是以今河水勢浸溢。今若專意併力，於恩、冀之間，謹治隄防，則河患可禦，不至爲大害。所謂其患一者，十數年間，今河下流淤塞，則上

流必有決處，此一患而遲者也。今欲塞商胡口，使水歸故道，治隄修埽，功料浩大，勞人費物，困弊公私，此一患也；幸而商胡可塞，故道復歸，高淤難行，不過一二年間，上流必決，此二患而速者也。今六塔河口，雖云已有上下約，然全塞大河正流，爲功不小，又開六塔河道，治二千餘里隄防，移一縣兩鎮，計其功費，又大於塞商胡數倍，其爲困弊公私，不可勝計，此一患也；幸而可塞，水入六塔，而東橫流散溢，濱、棣、德、博與齊州之界，咸被其害。此五州者，素號富饒，河北一路，財用所仰，今引水注之，不惟五州之民，破壞田產，河北一路，坐見貧虛，此二患也。三五年間，五州凋弊，河流汪溢，久又淤高，流行梗一作艱。澁，則上流必決，此三患也，所謂爲害而無涯者也。今爲國誤計者，本欲除一患，而反就三患，此臣所不諭也。至如六塔不能容大河，橫壠故道本以高淤難行，而商胡決，今復驅而注之，必橫流而散溢；自澶至海二千餘里，隄埽不可卒修，卒修之，雖成必不能捍水。如此等事甚多，士無愚智，皆所共知，不待臣言而後悉也。臣前未奉使契丹時，已嘗具言故道、六塔皆不可爲，惟治隄順水爲得計。及奉使往來河北，詢於知水者，其說皆然。雖恩、冀之人，今被水患者，亦知六塔不便，皆願且治恩、冀隄防爲是。下情如此，誰爲上通？臣既知其詳，豈敢自默？伏乞聖慈，特諭宰臣，使更審利害，速罷六塔之役，差替李仲昌等不用，選一二精幹之臣，與河北轉運使、副，及恩、冀州官吏，相度隄防，併力修治，則今河之水，必不至爲大患。且河水天災，人力可回，惟當順導防捍之而已，不必求奇策，立難必之功，以爲小人僥冀恩賞之資也；況功必不成，後悔無及者乎？臣言狂計愚，惟陛下裁擇！

論日曆

歐陽修

臣伏以史者，國家之典法也。自君臣善惡功過，與其百事之廢置，可以垂勸戒示後世者，皆得直書而不隱。故自前世有國者，莫不以史職爲重。伏見國朝之史，以宰相監修，學士修撰，又以兩府之臣撰《時政記》，選三館之士當陞擢者，乃命修《起居注》，如此不爲不重矣。近年以來，員具而職廢，其所撰述，簡略遺漏，百不存一；至於事關大體者，皆没而不書，此實史官之罪，而臣之責也。然其弊在於修撰之官，惟據諸司供報，而不敢書所見聞故也。今《時政記》雖是兩府臣寮修纂，然聖君言動，有所宣諭，臣下奏議，事關得失者，皆不紀録；惟書除目辭見之類。至於《起居注》亦然，與諸司供報公文無異。修撰官只據此銓次，繫以日月，謂之《日曆》而已，是以朝廷之事，史官雖欲書而不得書也。自古人君，皆不自閲史，今撰述既成，必録本進呈，則事有諱避，史官雖欲書而又不敢書也。加以《日曆》《時政記》《起居注》，例皆承前，積滯相因，故纂録者常務追修累年前事，而歲月既遠，遺失莫存；至於事在目今，可以詳於見聞者，又以追修積滯，不暇及之。若不革其弊，則前後相因，史官永無舉職之時，使聖朝典法，遂成於廢墜矣。臣竊聞趙元昊自初僭叛，至復稱臣始終，一宗事節，皆不曾書；亦聞修撰官甚欲紀述，以修撰後時，追求莫得故也。其於他事，又可知焉。臣今欲乞特詔修《時政記》《起居注》之臣，並以德音宣諭、臣下奏對之語書之。其修撰官不得依前只據諸司供報編次；除目辭見，並須考驗事實。其除某官者以某功，如狄青等破儂智高，文彦博等敗一作破。王則之類。其貶某職者坐某罪，如昨來麟州守

將及并州龐藉緣白草平事，近日孫沔所坐之類。事有文據，及迹狀明白者，皆備書之，所以使聖朝賞罰之典，可以勸善懲惡，昭示後世。若大臣用情，朝廷賞罰不當者，亦得以書爲警戒。此國家置史之本意也。至於其他大事，並許史院據所聞見書之。如聞見未詳者，直牒諸處會問，及臣寮奏議異同，朝廷裁置處分，並書之。已上事節，並令修撰官逐時旋據所得，録爲草卷，標題月分，於史院躬親入櫃封鎖，候諸司供報齊足，修爲《日曆》。仍乞每至歲終，命監修宰相親至史院點檢，修撰官紀録事迹，内有不勤其事，隳官失職者，奏行責罰。其《時政記》《起居注》《日曆》等，除今日以前積滯者，不住追修外，截自今後，並令次月供報；如稍違滯，許修撰官自至中書、樞密院催請。其諸司供報拖延，及史院有所會問，諸處不畫時報應，致妨修纂者，其當行手分，並許史院牒開封府勾追嚴斷。其《日曆》《時政記》《起居注》，並乞更不進本，所貴少修史職，上存聖朝典法。此乃臣之職事，不敢不言。

論包拯除三司使

歐陽修

臣聞治天下者，在知用人之先後而已。用人之法，各有所宜：軍旅之事先材能，朝廷之士先名節。軍旅主成功，惟恐其不趨賞而争利，其先材能而後名節者，亦勢使之然也。朝廷主教化，風俗之薄厚，治道之汙隆，在乎用人；而教化之行於下也，不能家至而諄諄諭之，故常務尊名節之士，以風動天下，而聳勵其媮薄。夫所謂名節之士者，知廉耻，修禮讓，不利於苟得，不牽於苟隨，而惟義之所處；白刃之威有所不避，折枝之易有所不爲，而惟義之所守；其立於朝廷，進退舉止，皆可以爲天下法也。其人至難

得也，至可重也。故爲士者常貴名節以自重其身，而君人者亦常全名節以養成善士。伏見陛下近除前御史中丞包拯爲三司使。命下之日，中外喧然，以謂朝廷貪拯之材，而不爲拯惜名節；然猶冀拯能執節守義，堅讓嫌疑，而爲朝廷惜事體；數日之間，遽聞拯已受命，是可惜也，亦可嗟也。拯性好剛，天姿峭直，然素少學問，朝廷事體，或有不思；至如逐其人而代其位，雖初無是心，然見得不能思義，此皆不足怪；若乃嫌疑之迹，常人皆知可避，而拯豈獨不思哉？昨聞拯在臺日，常自至中書，詬責宰相，指陳前三司使張方平過失，怒宰相不早罷之。既而臺中寮屬，相繼論列，方平由此罷去，而以宋祁代之。又聞拯亦曾彈奏宋祁過失，自其命出，臺中寮屬又交章力言，而祁亦因此而罷，而拯遂代其任。此所謂蹊田奪牛，豈得無過？而整冠納履，當避可疑者也。如拯材能資望，雖别加進用，人豈爲嫌？其不可爲者，惟三司使爾！非惟自涉嫌疑，其於朝廷所損不細。臣請原其本末而言之。國家自數十年來，士君子務以恭謹静默爲賢，及其弊也，因循苟且，頽墮寬弛，習成風俗，不以爲非，至於百職不修，紀綱廢壞，時方無事，固未覺其害也。一旦黠虜犯邊，兵出無功，而財用空虚，公私困弊，盜賊並起，天下騷然。陛下奮然感悟，思革其弊，進用三數大臣，鋭意於更張矣。於此之時，始增置諫官之員，寵用言事之臣，俾之舉職，由是修紀綱而繩廢壞，遂欲分别賢不肖，進退材不材；而久弊之俗，驟見而駭，因共指言事者而非之，或以爲好訐陰私，或以爲公相傾陷，或謂沽激名譽，或謂自圖進取，羣言百端，幾惑上聽。上賴陛下至聖至明，察見諸臣本以忘身徇國，非爲己利，讒間不入，遂荷保全；而中外之人，久而亦漸爲信。自是以來，二十年間，臺諫之選，累得讜言之士，中間斥去姦邪，屏絶權倖，拾遺救失，不可勝數，是則納諫

之善，從古所難，自陛下臨御以來，實爲盛德，於朝廷補助之効，不謂無功。今中外習安，上下已信。纖邪之人，凡所舉動，每畏言事之臣，而政事無巨細，亦惟言事是聽。原其自始開發言路，至於今日之成效，豈易致哉？可不惜哉？夫言人之過，似於激訐；逐人之位，似於傾陷；而言事之臣得以自明者，惟無所利於其間爾；而天下之人所以爲信者，亦以其無所利焉。今拯併逐二臣，自居其位，使將來姦佞之人得以爲說，而惑亂主聽；今後言事者不爲人信，而無以自明，是則聖明用諫之功，一旦由拯而壞。夫有所不取之謂廉，有所不爲之謂恥。近臣舉動，人所儀法。使拯於此時，有所不取而不爲，可以風天下以廉恥之節，而拯取其所不宜取，爲其所不宜爲，豈惟自薄其身，亦所以開誘它時言事之臣，傾人以覬得，相習而成風。此之爲患，豈謂小哉？然拯所恃者，惟以本無心爾。夫心者，藏於中而人所不見；迹者，示於外而天下所瞻，今拯欲自信其不見之心，而外掩天下之迹，是猶手探其物，口云不欲，雖欲自信，人誰信之？此臣所謂嫌疑之不可不避也。況如拯者，少有孝行，聞於鄉里；晚彰直節，著在朝廷，但其學問不深，思慮不熟，而處之乖當，其人亦可惜也。伏望陛下別選材臣爲三司使，而處拯他職，置之京師，使拯得避嫌疑之迹，以解天下之惑，而全拯之名節，不勝幸甚！臣叨塵侍從，職號論思，昔嘗親見朝廷致諫之初甚難，今又獲見陛下用諫之效已著，實不欲因拯而壞之者，爲朝廷惜也。臣言狂計愚，伏俟誅戮。

校勘記

〔一〕三十萬　「三」字原本空白，據明抄本、明刻本補。
〔二〕又復開修　「開」字原本空白，據明抄本補，明刻本作「言」。

宋文鑑卷第四十七

奏疏

中書請議濮安懿王典禮　歐陽修

伏以出於天性之謂親，因於人情之謂禮。雖以禮制事，因時適宜，而親必主於恩，禮不忘其本，此古今不易之常道也。伏惟皇帝陛下，奮《乾》之健，乘《離》之明，膺天地神靈之休，荷宗廟社稷之重。即位已來，仁施澤浹，九族既睦，萬國交歡；而濮安懿王德盛位隆，宜有尊禮。陛下受先帝命，躬承聖統，顧以大義，後其私親，慎之重之，事不輕發。臣等忝備宰弼，實聞國論，謂當考古約禮，因宜稱情，使有以隆恩而廣愛，庶幾上以彰孝治，下以厚民風。臣等伏請下有司議，濮安懿王及譙國太夫人王氏、襄國太夫人韓氏、仙遊縣君任氏合行典禮，詳處其當，以時施行。

請補館職　歐陽修

臣竊以治天下者，用人非止一端，故取士不以一路。若夫知錢穀，曉刑獄，熟民事，精吏幹，勤勞夙夜，以辦集爲功者，謂之材能之士。明於仁義禮樂，通於古今治亂，其文章論議，與之謀慮天下之事，可

以決疑定策，論道經邦者，謂之儒學之臣。善用人者，必使有材者竭其力，有識者竭其謀，故以材能之士，布列中外，分治百職，使各辦其事；以儒學之臣，置之左右，與之日夕謀議，求其要而行之；而又於儒學之中，擇其尤者，置之廊廟，而付以大政，使總治羣材衆職，進退而賞罰之，此用人之大略也。由是言之，儒學之士，可謂貴矣，豈在材能之後也。是以前世英主明君，未有不以崇儒嚮學爲先務，而名臣賢輔出於儒學十常八九也。臣竊見方今取士之失，患在先材能而後儒學，貴吏事而賤文章。自近年以來，朝廷患百職不修，務奬材臣，故錢穀刑獄之吏，稍有寸長片善，爲人所稱者，皆已擢用之矣。夫材能之士，固當擢用；然專以材能爲急，而遂忽儒學爲不足用，使下有遺賢之嗟，上有乏材之患，此甚不可也。臣謂方今材能之士，不患有遺，固不足上煩聖慮；惟儒學之臣，難進而多棄滯，此不可不思也。臣以庸謬，過蒙任使，俾陪宰輔之後，然平日論議，不能無異同，雖日奉天威，又不得從容，曲盡拙訥。今臣有館閣取士愚見，具陳如別劄，欲望聖慈，因宴閑之餘，一迂睿覽，或有可采，乞常賜留意！

請復唐馱幕之制

宋祁

臣聞唐時出師用兵，每十爲五馱法〔一〕，馬牛任從所便，其間隨行什物鍋幕之類皆具，故師行萬里，經亘歲月，無所闕乏。自五代之亂，更相侵擾，其兵不出中國，弱者輕齎，強者因糧，遂失五馱法，至今相承，不復討尋。臣伏見朝廷之制，每指揮五百人，指揮使得夾幕一具，副者得單幕一具，馬軍得葉鍋、布行榻等若干，步軍得鍋若干；自軍員以下，更無帳幕，或出次野外，雖甚風雨，亦無所庇。又戰士被

甲，所將衣衾，悉自負荷；軍馬則盂杓之類，悉在馬上。然則行數百里，人馬強力，皆已先疲，脱若逢賊，安能挽蹋擊刺，與争勝哉？故無幕帟，則士卒無所休庇；無馱物，則士卒須自負荷，此於軍戎，亦非小害。臣乞詔近臣，檢求唐馱幕法，下殿前馬步軍司議可復與否，明條利害，上稟朝廷指揮。

請下罪己詔并求直言

宋祁

臣聞王者父事天明，母事地察，政合而祥至，道失而咎臻，自然之應也。然至亂之世，不能絶祥；甚治之代，不能無咎。僻君以祥自泰，故益侈而趣亡；賢主以咎脩德，故愈畏而蒙祉。則祥無必慶，咎無固凶，視銷伏之如何耳！臣伏見頃歲以來，災害數見，依類託寓，異占同符。天本示法而尊，乃有躔離流薄之變；地當安固而静，乃有都國震動之占。陛下奉承郊丘，歲豐月潔，當蒙介福，翻至大異，何哉？得非事有召姦，法有階隙，天於宋室，諄諄存顧，先幾豫慮，以啓聖心，欲陛下據易圖難，緣微警著，奮揚剛德，固執主威，厭銷未萌，以光丕業也。臣伏讀前史《五行志》，以驗于今，累威重譴，不可不察！若乃羣星流散，則民人蕩析之象也。月行黄道，地震州邑，則邊戎窺間，臣下擅恣，后妃將盛，年穀且飢之兆也。去年火焚興國寺浮屠，延燔藝祖神殿，已而盜壞宗廟釦器者再，則神不昭格之意也。自昔災異之發，遠者十數年，近者三四年，隨方輒應，類無虚已。陛下何不暫綮清慮，推求其端？方今典刑設張，上下禔穆，而臣便論危事，必難取信；然陛下試一念至，假有蕩析，以何策固安？假有飢空，以何理振救？脱致窺間，可任之將謂誰？儻令擅恣，可防之姦有幾？災異不驗，國之福也；苟使遂驗，則陛下禦之之

慮，得不素具於轂中哉？然請先言其要。臣聞君以操柄爲重，臣以奉命爲恭。柄捨之，則重者反輕；命竊之，則恭者更僭。伏惟陛下念爵賞之典，刑罰之權，雖覽羣言，一決宸慮，無委成假借，以開貴近牽制之私。《書》稱：「惟辟作福，惟辟作威。」夫威福者，天子之所以固大寶，制兆人之術。臣有作福作威，則害于而家，凶于而國。古之王者，亦何能使刑悉當罪，賞皆稱功；要之事出于主，則納忠者有歸；政出於臣，則植私者必衆。《傳》曰：「倒持太阿。」言柄之不可失也。又曰：「吐珠必含。」言失之不可收也。若夫後宮戚里，祈恩丐賞者，日月不乏，陛下且當斷而不聽，以示至公。内省黄門，給事左右，亦宜數加訓敕，使思不出位。此皆助陽抑陰之術也。臣聞伯禹三王之長，逢辜引慝；宣王成周之良，思患側身，故能感徹神祇，收還威怒，回沴氣爲太和，化已衰爲中興。陛下覽照今古，至詳至熟，今變眚日著，中外暴聞，而罪己之問，不形於詔書；思患之謀，不留於詢逮。委遠天戒，虚而未答。踰時越月，羣下默然。間者但引緇黄，晨齋夕唄，修不經之細祀，塞可懼之大變，人且未信，天胡可欺？臣誠至愚，竊恐銷伏之問，未爲得計也。伏望陛下，不以災之未應〔三〕，遂爲宴安；不以歲之屢豐，便忘荒饉。普詔百執，各貢所懷。庶幾天下條貫，粲然先見。粗舉六事，以裨萬一，聯寫于左，如有可采，續當條陳科別，惟陛下裁赦其罪，姑垂省閲。臣無任瞽狂待罪之至！

論常平倉

余靖

臣聞天下無常安之勢，無常勝之兵，無常足之民，無常豐之歲，由是古之聖王，守之有道，制之有

術，儻有緩急，不可無備。伏覩真宗皇帝，景德中詔天下以逐州户口多少，量留上供錢，起置常平倉，付司農寺係帳，三司不問出入，每年夏秋兩熟，准市價加錢收糴，其出息本利錢，只委司農寺專掌，三司轉運司不得支撥。自後每遇災傷賑貸，使國有儲蓄，民無流散者，用此術也。前三司使姚仲孫，今春已來，於京東等處借支司農常平錢，以給和買。雖然借支官錢，以充官用，循常視之，似無妨礙；若於經遠之謀，深所未便。臣竊惟真宗皇帝，聖慮深遠，臣敢梗槩言之。當今天下金穀之數，諸路州軍年支之外，悉充上供；及別路經費，見在倉庫，更無餘羡。所留常平本錢，及斛斗等，若以賑贍飢荒，此固常慮所及矣。萬一不幸，方隅小有緩急，常給資糧，應卒可備，豈非先皇暗以數百萬之資，蓄於四方者乎？今若先爲三司所支，則天下儲蓄盡矣。伏乞特降指揮，三司先借支常平本錢去處，並仰疾速撥還，今後不得更有支撥，並依景德先降勑命施行。又聞昨來遭旱州軍，司農寺至今未曾指揮出糴斛斗，伏乞指揮司農寺遍牒諸路州軍，應合出糴斛斗去處，並仰疾速開倉，減價出糴，無使人民失所。此實惠民之急，經國之要者也。

論國計

張方平

臣竊惟天之生民，以衣食爲命；聖人因是而爲之均節，立君臣貴賤等威之分，以止其争且亂。故禮也者，文飾此者也；刑也者，防禁此者也；凡所爲賞罰法令仁義廉耻，皆緣此而後立者也。衣食不足，何禮刑之有哉？内無以保其社稷，外無以制其夷狄，國非其國矣。故貨食者，人事之確論，非高談虛辭之

可致者也。今京師砥平，衝會之地，連營設衛，以當山河之險，則是國依兵而立，兵待貨食而後可聚，此今天下之大勢也。臣在仁宗朝，慶曆中充三司使，嘉祐初再領邦計，嘗爲朝廷精言此事，累有奏議，所陳利害安危之體，究其本原，冗兵最爲大患，略計中等禁軍一卒，歲給約五十千，十萬人歲費五百萬緡。臣前在三司勘會慶曆五年禁軍之數，比景祐以前增置八百六十餘指揮，四十餘萬人，是增歲費二千萬緡也。太祖皇帝制折杖法，免天下徒，初置壯城、牢城，備諸役使，謂之廂軍，後乃展轉增創軍額，今遂與禁軍數目幾等。此其歲增衣糧幾何？是皆出於民力，則天下安得不困？臣慶曆五年，取諸路鹽酒商税歲課，比景德會計録皆增及三數倍以上。景德中收商税四百五十餘萬貫，慶曆中一千九百七十五萬餘貫；景德中收酒課四百二十八萬餘貫，慶曆中收一千七百一十萬餘貫；景德中收鹽税課三百五十五萬餘貫，慶曆中收七百一十五萬餘貫；但茶亦有增，而不及多爾。天下和買紬絹，本以利民，初行於河北，但資本路軍衣，遂通其法，以及京東、淮南、江浙。景祐中，諸路所買不及二百萬疋，慶曆中乃至三百萬疋，自爾時及今二十年，但聞比校督責，不聞有所寬減也。如此浚取，天下豈復有遺利？自古有國者，貨利之入，無若是之多；其費用亦無若是之廣也。昔唐室自天寶之亂，肅、代之後，國力大窘，禁軍乏餉，畿甸百姓至挼穗以供兵食，登都城門以望四方貢奉之至，可謂危蹙也；然患難平則兵有時而解，兵解則民力紓矣。今中外諸軍，坐而衣食，無有解期，天下困敝已如此，而上下恬然，不圖營救。寶元、康定中，夏戎阻命，西師在野，既聚軍馬，即須入中糧草，在京支還交抄銀錢物帛，一歲約支一千萬貫以上，三司無以計置，卽須內帑供給。慶曆二年三年，連年支撥內庫銀、紬絹，只此兩次，六百萬疋、兩。

三司以補不足，尋卽支盡。西事已定，二紀于兹，中間亦不聞有所處置者。邦家不幸大變仍臻，頒賚之餘，府庫虛匱，宿藏舊積，蓋無餘幾；萬一因之以饑饉，加之以寇戎，臣恐智者難以善於後矣。夫苟且者，臣下及身之謀；遠慮者，陛下家國之計，兹事體大，在陛下所憂，無先於此。財計之任，雖三司之職，日生煩務，常程計度，簿書期會，則在有司；至于議有繫於軍國之體，事有關於安危之機，其根本在於中書、樞密院，非有司可得預也。今夫賦斂必降勑，支給必降宣，是祖宗規摹，二府共司邦計之出入也。今欲保大豐財，安民固本，當自中書、樞密院同心協力，修明真宗已前舊典，先由兵籍減省，以次舉其爲敝之大者，若宗室之制，官人之法，諸生事造端，非簡便者，裁而正之。至于微末細故，於國計盈虛，不足爲損益，屬之有司可矣。提其綱則衆目張，澄其源則下流清。《易》曰：「窮則變，變則通，通則久。」又曰：「變而通之以盡利。」《節卦》之辭曰：「節以制度，不傷財，不害民。」故傷財害民之事，當爲制度以節之爾。若但遵常守故，齪齪細文，避猜嫌，顧形迹，恤浮議而廢遠圖，忽人謀而徼天幸，日月逝矣，歲不我與，後雖噬臍，何嗟及矣？臣服在近列，荷恩三朝，竊見時事日以迫急，不勝憂憤，輒罄狂瞽，惟陛下留神省察！

論免役錢

張方平

臣竊惟昔者聖人所以治民之道，別其四業，任之九職。農夫効稼穡之力，虞衡主山澤之利，百工飭化八材，商賈阜通貨賄，各率所事，以奉其上；而上之所以取于民，惟田及山澤關市，此財用之所出也。

顧沿革損益，雖歷代不同，要之必本于此；過是則非王制矣。伏見近建賦役之法，率令輸錢。夫錢者，人君之所操，不與民共之者也。人君以之權輕重而御人事，制開塞以通政術，稱物均施，以平準萬貨，故有國家者，必親操其柄，官自冶鑄，民盜鑄者抵罪至死，示不得共其利也。夫錢者無益飢寒之實，而足以致衣食之資，是謂以無用而成有用，人君通變之神術也。本朝經國之制，縣鄉板籍，分立五等，以兩稅輸穀帛，以丁口供力役，此所謂取於田者也。金、銀、銅、鐵、鉛、錫、茶、鹽、香、礬諸貨物，則山海坑冶，場監出焉，此所謂取於山澤者也。諸莞榷征算斥賣百貨之利，此所謂取於關市者也。惟錢一物〔三〕，官自鼓鑄。臣向者再總邦計，見諸鑪歲課上下百萬緡，天下歲入茶鹽酒稅雜利僅五千萬緡，公私流布，日用而不息。上自宗廟社稷百神之祀，省御供奉，官吏廪禄，軍師乘馬，征戍聘賜，凡百用度，斯焉取給。出納大計，備于此矣。景德以前，天下財利所入，茶鹽酒稅歲課一千五百餘萬緡，太宗以是料兵閲馬，平河東，討拓跋賊，歲有事于契丹；真宗以是東封岱宗，西祀汾睢，南幸亳，未嘗聞加賦於民，而調度克集。慶曆以後，財利之入，乃三倍於前朝，而惟日不足，何事功之異也？舉是而言，則本末之原，有可得而究者矣。陛下憫時政之損敝，志在變而通之，以財成天下之務，故創法立制，設青苗以賑乏絶，建募傭以弛繇役，所大措置，事以十數，要在崇德而廣業，以惠養元元而已。臣官在守藩，職在長民，朝廷政令，非敢出位而言；至于民事利害，以言職也。夫民事之利害衆矣，顧率錢之患獨切，故敢具言其事。自古田稅，穀、帛而已；今二稅之外，諸色沿納，其目曰陪錢、地錢、食鹽錢、牛皮錢、篙錢、鞋錢，如此雜科之類，大約出於五代之季，急征横斂，因而著籍，遂以爲常。今以一陳州言之，州四縣，合二萬九千七

百有餘户，夏秋二税，凡斛斗一十五萬八千有零碩，正税并和預買紬絹三萬有零疋，絲綿四萬九千有零兩，此常賦也。復有鹽錢一萬五千八百有零貫，并夏秋沿納錢，雖緣敝法，承習已久。然此諸色錢，常例亦多用折納斛斗，不悉輸錢也。大概古今田制，未有輸錢之法也。今乃歲支苗錢六萬七千餘貫，計息錢一萬三千三百貫有零，歲納役錢四萬七千餘貫，此乃常賦之外，歲輸貫錢六萬餘千。以陳之户口，不敵諸州之一縣，率是以準，天下之所輸可見也。凡公私錢幣之發斂，其則不遠。百官羣吏，三軍之俸給，夏秋糴買穀帛，坑冶場監本價，此所以發之者也；田廬正税，茶鹽酒税，此所以斂之者也。民間貨布之豐寡，視官錢所出之少多；官錢出少，民用已乏，則是常賦之外，錢將安出？若募錢輸官，還以募傭，錢既出入，非畜聚也。夫募錢者，率之本民，散於墮游，市井自如，南畝空矣。窮鄉荒野，下户細民，冬至節臘，荷薪芻，入城市，往來數十里，得五七十錢，買葱茹鹽醯，老稚以爲甘美，平日何嘗識一錢？臣聞諸路，其間刻薄吏，點閲民田、廬舍、牛具、畜産、桑棗雜木，以定户等，乃至寒瘁小家，農器舂磨鉏釜大家，凡什物估千輸十，估萬輸百，食土之毛者，莫得免焉。故天下之民，遑遑無所措手足，謂之錢荒，吏厲鋒氣，以刻削爲功，干賞蹈利，而賞利從之，此豈聖意之然耶？必料天聰亦未之詳聞也。陛下本欲以美利利天下，至于施爲，見於行事，非復聖意所存者矣。陛下盛旨一出，執政奉行，稍已增益，至于有司，苛細甚矣。頒下諸路職司之官，各出所見，展轉交害，本同而末異，朝行而夕改，郡縣承用，以至不勝其敝。且民田二税，水旱檢放，自有常制。青苗之息，或遇災傷，猶暫倚閣；募役之錢，年雖大殺，不可免也。豪猾乘民之急，舉貸取息，至或相因倍輸，誠侵酷矣；然不越穀帛，民耕織之所有也。州縣之

役，若身充，若雇傭，率三分其費，而二分出於薪粒；大鄉户衆，一役代歸，十餘年間，安居無所預矣。募法之行且三年，初年民始大駭，吏議法未一，或納或否；次年已有伐桑棗，賣田宅，鬻牛畜；今年稍荒歉處，民流散多矣。推此，其可以經久者耶？而乃恬弗爲怪，莫之改圖，臣恐國家之憂，不在四夷，而見伏戎于莽矣。伏惟陛下深思宗社之重，俯察下民之情，申命大臣，精議輸錢之法，此大事也，非取於高談虚論，苟且而已矣。夫苟且者，臣下之身謀；遠慮者，陛下家國之計。愚而不可欺，弱而不可勝者，民也。儻民情失於撫御，大勢一有動危，雖有智者，恐無以善於後矣。輸錢二事，而募法之害尤重，臣故勤勤先其重者；今所開陳，特舉大體，其爲害條目，不可悉數也。臣上荷聖恩，至深至重，自念衰疲，不任陳力，一旦先犬馬，填溝壑，没有遺恨，故求一對清光，專爲陳此愚懇，少効補報，粗寬愧負。事聞天聽，退就斧鉞，臣所快也。惟陛下留神省察！

論災異

劉　敞

臣伏以聖王所甚畏事者莫如天，所甚聽用者莫如民。是故觀天意於災祥，察民情於謡俗，因災祥以求治之得失，原謡俗以知政之善否，誠少留意，則皆粲然矣。前古賢聖之君，莫不循此以導其下；忠信之臣，莫不緣此以諷其上。上下相飭，而自天祐之。竊見朝廷每有吉應嘉瑞，則公卿稱賀；至於災異非常可怪之事，則寂然莫有言者。雖歸美將順，臣子之常操，而於儆戒吁俞，理似未盡。陛下復不自延問，以求天意，恐非所謂「小心翼翼，昭事上帝，聿懷多福」者也。臣愚以謂《五經》災異之説，最深最

切，設四方所上奇物、怪變、妖孽、沴疾有非常可疑者，宜使儒學之臣，據經義，傅時事以言。若其言是，可以當天意；若其言非，足以廣聖聰。如近日雨雪驟寒，人有凍死者，此亦災變之一端矣。惟聰明睿智，憂深思遠，順時防微，不可不慮也。臣忝近列，愚不能通古今，切觀前世商高宗、周成王畏天威享福祚之益，誠願陛下留意於此。臣不勝區區！

論温成立忌　劉敞

臣伏聞勑旨，爲温成皇后立忌，禮官請對不許，臣切惑之。凡朝廷常務，百司小事，猶當上稽舊典，下探衆論，何況宗廟大禮，至尊至重，豈可以一時之寵，獨決聖心，義有僭失，貽笑萬世，虧損盛明，悔不可追。今議者乃云，有邪臣密眩惑聖聰，導陛下以非禮，勸陛下以拒諫。若此無實，尚非美事；設其實然，罪亦大矣，當伏兩觀之誅，以謝天下。且自太祖以來，后廟四室，皆陛下之妣也，猶不立忌；柰何以温成私暱之愛，變古越禮？則是貴妾於妣，尊嬖於嫡，上無以事宗廟，下無以教後嗣，恐祖宗神靈，不樂於此，非陛下奉先思孝之意也。昔成湯改過不吝，故稱聖王，格于皇天。願陛下毋篤於嬖近之寵，毋安於邪佞之説，毋變先帝之舊典，無枉宗廟之正禮，回意易慮，割情去私，詢于司存，追寢過命，使萬萬億年，無復譏議，天下幸甚！臣以無能，忝備儒館，禮樂之失，臣得預言。

論輔郡節制　劉敞

臣伏覩詔勅，建置輔郡，改張官司，實欲開廣王畿，增重京邑，垂制久遠，强幹弱枝者也。然臣切有所惑，以謂許、鄭、陳、滑、曹，既在寰内，則不當復存軍額，猶稱節鎮。節鎮之設，蓋古方伯連率之謂，非寰内諸侯也。凡改制立法，固必闚盛衰之中，然後可以永世無敝。昔孔融疾曹操專法，漢王室寡弱，於是建議，欲復古千里之制，不以封建；操遂惡融，終於害之。然此本由漢家制度無法，不稽古爾。設令京師諸侯，素有分限，則强臣何由因緣以覬覦？今朝廷甫欲建設近輔，周衛都内，誠不宜復存五州節制之號，以開後世諸侯因緣封建之萌，何況今之節制，重於古之封建？孔子曰：「必也正名。」名之不正，五變之末，至於民無所措諸手足，故不可不審也。漢武本置三輔，皆治長安中，非不知鼎立千里之内爲便也，其意乃實不欲使億兆之衆，偏有所分而已。及唐雖以同、華爲二輔，各自一郡，然猶不立軍額；立軍額者，皆方面征鎮，當一道者也。臣謂今日事體，固當法之。忠武、彰化等軍額，盡可停罷，獨存其州名，於理爲允。伏乞令近臣詳議！

論邪正

劉　敞

臣伏以馭臣之道，在分别邪正。正臣當親而近之，邪臣當疏而遠之。至於天下之人，亦皆以此窺朝廷，若正臣聚於朝，則姦雄屏息，治平可望；若邪臣聚於朝，則僥倖競進，傾敗可待，二者不可不深察也！臣伏覩朝廷太平積久，賢能衆多，然其間邪正，亦雜有之，或愛君憂國，非公正不發憤；或朋黨比周，背公樹私；亦有循默自守，不能爲善，又不敢爲惡。陛下臨御三十餘年矣，以上聖之姿，監羣下所

爲，固無遁形，固無隱情，然有可戒謹者，在此而已。凡正臣常難進而易退，邪臣常易進而難退，何以言之？正臣者，唯義所在，言則逆君之耳，是所以難進也；言或不用，不欲自顯，因事而去，是所以易退也。邪臣者，唯利所在，言則逢君之欲，是所以易進也；行雖惡，不顧禮義；名雖醜，不知愧耻；患失之耳！是所以難退也。此兩臣者，願陛下參伍觀之，毋使當親者疏，當疏者親，則朝廷尊榮，而社稷安矣。近者翰林侍讀學士吕溱、樞密直學士蔡襄，繼出典郡；今又聞御史中丞孫抃、翰林學士歐陽修、知制誥賈黯、翰林韓絳〔四〕，並乞補外。此其人等皆有直質，無流心，議論不阿執政，有益當世者也。誠不宜許之，使四方有以窺朝廷，而姦佞僥倖之雄，因而競起。此則分别邪正之一端也。臣以孤拙，忝官侍從，日夜思惟，無以少裨聰明，恐陛下忽於正臣之易退，而忘左右前後直道之不容也。不勝其愚，謹獻所聞，唯賜采擇之！

校勘記

〔一〕每十爲五馱法　「十」，明抄本作「什」。

〔二〕未應　「應」字原脱，據明抄本補。

〔三〕惟錢一物　「惟」原作「榷」，據明抄本改。

〔四〕翰林韓絳　「翰林」二字原本空白，據明刻本補。

宋文鑑卷第四十八

奏疏

論增置諫官

蔡襄

臣伏見朝廷選用王素、余靖、歐陽修等，增備諫官。是三人者，皆特立之士，昔以直言，觸忤權臣，擯斥且久；今者一日並命，人無賢愚，萬口相慶，皆謂陛下特發神斷，擢任不疑。蓋陛下深憂政教未舉，賞罰未明，羣臣之邪正未分，四方之利害未究，故增耳目之官，以廣言路，此陛下爲社稷生靈大計也。臣切思任諫非難，唯用諫之難。如素、靖、修等，忠誠剛氣，著信於人，況蒙陛下奬拔之知，必能箴闕失，獻明謨〔一〕，擿回邪，擊權倖，思所以報効也。然邪人惡之，必有禦之之説，不過曰：某人也好名也，好進也，彰君過也。或進此説，正是邪人，欲蔽天聰，不可不察。臣請爲陛下陳之。一曰好名。夫忠臣務盡其心，事有必須切直者，則極論之，豈顧名哉？若避好名之毁，而無所陳施，則土木其人，皆可備數，何煩陛下選揀如此之至？況名者，聖人以之勵世俗，分善惡，豈可廢乎？借使爲善近名，陛下試思，今之人遠權利，敦潔行，以近名者，亦幾人哉？二曰好進。前古諫臣之難者，遭逢昏世，上犯威嚴，旁觸勢要，鼎鑊居側，斧鑕在前，死且不辭，安得好進乎？蓋近來諫官，進用太速，故世人得以謂之好進。今諫

官有盡忠補闕之効，陛下但久而勿遷，使其人果忠且義，雖死於是官，萬無恨矣。三曰彰君過。凡諫諍之臣，蓋以司乎過舉也。緩則密疏，急則昌言，期於必正。若人主從而行之，適以彰乎從諫之美，安得謂之彰過乎？然諫官亦有好名、好進、彰君過者，異於此。巧者之爲諫臣，事之難言者則暗而不言，擇其無所忤者言之，就令不行，不復再議，退而曰：「其事我嘗言之矣。」〔二〕此可謂之好名也。容容默默，無所耻媿，踐歷資序，以登貴仕，此可謂之好進也。凡人主之有過，諫官最爲近密，或不盡言，人主何從而知且變更乎？傳之當世，垂之於後，終以爲過，此可謂彰君過也。臣向之所論，乃忠臣、巧者之分，願賜省覽。今陛下出於聖慮，自擢諫官，必自主之。若有陳述，於理適當，卽賜施行，無使天下之人，謂朝廷有好諫之名，而無好諫之實。使其言有訐切，亦願優假，無爲姦邪讒間，致有斥逐，使天下之人，指朝廷有拒諫之失也。臣迹遠言近，不任兢惶激切之至！

請敍用孫沔　蔡襄

伏見分司南京孫沔，以罪謫讁。臣以守官海域，去京師至遠，事出傳聞，不得真實。然觀貶降之重，及有履穢之詞，皆謂孫沔知杭州日，有趙氏事。沔誠有之，固當重責。然沔之治杭州，剗除蠹弊，擊擿豪强，令行禁止，與浮屠、大族，日爲讎敵，其間雖有過當，而風俗混淆，至今衰息。自所爲如是〔三〕，雖至愚之人，必能自察。沔雖闊略，然老於人事，以嚴明自處，而輒爲不法至此，使一日罷去，小人共怨，何恃而得安全？是明目而投檻穽，孰肯爲哉？臣恐審問體量之際，未得其實。臣聞趙氏與父，同日

下審問所，其父一夕而死，所以道路之言，皆謂榜掠以成其事。古者大臣不理沈寃，沔以嘗副樞府，待罪而已。臣恐繼今以後，大臣有罪，不能自明，由沔而始。頃年儂賊寇鈔二廣，近侍至多，獨沔被遣，瘴毒惡地，干戈危處，沔親當之，是亦有勞矣。今以累赦之餘，三州檢索，安能無過？沔且老矣，摧落之餘，豈復自振？然臣子之分，惡名難受。伏乞陛下哀憐，念已用之効，察難明之咎，湔洗拂拭，有所任用，必能修省，以報陛下天地再生之施。

論陳執中　范　鎮

臣聞去年十二月，熒惑犯房上相，未幾陳執中家決殺婢使，議者以爲天變應此。臣切謂不然。執中再入爲相，未及二年，變祖宗大樂，隳朝廷典故，緣葬事除宰相，除翰林學士，除觀察使，其餘僭賞，不可悉紀。陛下罷內降五六年來，政事清明，近日稍復奉行，至有侍從臣寮之子，亦求內降，內臣無名，超資改轉，月須數人。又今天下民困，政爲兵多，而益兵不已，執中身爲首相，議當論執，而因執循苟簡〔四〕，曾不建言。天變之發，實爲此事。陛下釋此不問，御史又專治其私，捨大責細，臣恐雖退執中，未當天變。乞以臣章宣示御史，然後降付學士草詔，使天下之人，知陛下退大臣，不以其家事，而以其職事；後來執政，不敢恤其家事，而盡心於陛下職事。

請建儲　范　鎮

伏惟諫官者，爲宗廟社稷計也。諫官而不以宗廟社稷計事陛下者，愛死而尸利之人也，臣不爲也。

臣不爲愛死尸利，而以宗廟社稷之計獻者，知諫官之任也，不敢負陛下也。惟陛下裁之。臣使契丹，還過河北，河北之人，籍籍紛紛，皆謂陛下方不豫時有言曰：「我不能管天下事也。」又呼大臣而戒之曰：「且看太祖太宗面。」道路傳聞，不審信然否，如其信然，則有得有失。其失謂何？陛下憂勞萬機，有風露晦明之感，纔一不豫，而遽言「不能管天下事」，此臣所謂陛下之言爲失也。其得謂何？方陛下不豫時，中外皇皇，莫知所爲，而陛下方以祖宗後裔爲念，是宗廟社稷之計，慮至深且明也，臣所謂陛下之言爲得也。今陛下既已平復，御殿聽政，是向之失者已爲得也。願推所謂得者，而終行之。行之之術，非明則不審，非果則不決，惟審與決，而宗廟社稷之計定矣。方今祖宗後裔，蕃衍盛大，信厚篤實，伏惟陛下拔其尤者，優其禮數，試之以政，或置之左右，與圖天下之事，以系天下之心。異時誕育皇嗣，復遣還邸，則景德中故事是也。初周王既薨，真宗皇帝取宗室子養之宫中者，天下之大慮也。太祖皇帝捨其子而立太宗皇帝者，天下之大公也，宗廟社稷之至計也。唐自昭、肅後，君臣之間，諱言儲副事者，闇君之爲也。伏惟陛下，觀太祖皇帝大公之心，考真宗皇帝時故事，而黜唐昭、肅以下之爲，斷于聖心，以幸天下，臣不勝大願！臣考之於古，參之於今，謀之於心，書之於疏，疏成而累月不上者，大懼無益於事，死今之世，以累陛下之明也。既而自解曰：陛下方不豫時，尚不忘宗廟社稷之至計，今已平復，肯忘宗廟社稷之至計，而殺敢言之諫官乎？必不然也。臣所以冒萬死而無避也。伏惟赦臣萬死之罪，審之決之，以定宗廟社稷之至計，非獨臣蒙更生之賜，乃天下之人之心也。不勝區區之愚，臣昧死再拜。

請留歐陽修等供職

趙抃

伏以天子南面之尊，左右前後，須得正人賢士爲之羽翼。朝廷有大賞罰，可以詢訪；有大闕失，可以裨益；有大急難，可以謀議；有大禮法，可以質正。竊見近日以來，所謂正人賢士者，紛紛引去，朝廷奈何自剪除羽翼，臣未見其能致遠也。憂國之人，莫不爲之寒心。如吕溱知徐州，蔡襄知泉州，吴奎被黜知壽州，韓絳知河陽府，此皆衆所共惜其去。又聞歐陽修乞知蔡州，賈黯乞知荆南府〔五〕，侍從之賢，如修輩無幾，今堅欲請郡者，非他，蓋傑然正色立朝，既不能曲奉權要，而乃日虞中傷，皆欲扳溱、襄、奎、絳而去耳。今陛下又從其請而外補之，臣恐非朝廷之福。朝廷萬一有緩急事，則陛下何從而詢訪也？何從而裨益也？何從而謀議也？何從而質正也？所失既多，雖悔何及！《詩》不云乎：「濟濟多士，文王以寧。」此謂文王雖大聖人，得居尊而安寧者，蓋在朝多賢哲之士而致之然也。臣愚伏望陛下，鑑古於今，勿使修等去職，留爲羽翼，以自輔助，則中外幸甚。臣無任懇切納忠之至！

論皇城司巡察親事官

司馬光

臣等伏聞皇城司親事官奏報，有百姓殺人，私用錢物休和，事下開封府推鞫，皆無事實，欲乞元初巡察人照勘；其皇城司庇護，不肯交付臣等。切詳祖宗開基之始，人心未安，恐有大姦，陰謀無狀，所以躬自選擇左右親信之人，使之周流民間，密行伺察。當是之時，萬一有挾私誣枉者，則斧鉞隨之。是以

此屬皆知畏懼，莫敢爲非。今海内承平，已踰百年，上下安固，人無異望〔六〕，世變風移，宜有釐革；而因循舊貫，更成大弊。乃至帝室姻親，諸司倉庫，悉委此屬，廉其過失，廣作威福，公受貨賂，所愛則雖有大惡，掩而不問；所憎則舉動語言，皆見掎摭。臣等常病國家擇天下賢才，一作英才。以爲公卿百官，一作大夫。而猶不可信；顧任此厮役小人，以爲耳目，豈足恃哉？今乃妄執平民，加之死罪，使人幽縶囹圄，横罹楚毒，幸而不自誣服，僅能辨明；若更不聽有司詰問元初巡察之人，少加懲戒，臣恐此屬無復忌憚，愈加恣横，使京師吏民，無所措其手足，此豈合祖宗之意哉？伏望朝廷指揮皇城司，令送元初巡察人，下開封府推問本情，或别有仇嫌〔七〕，或察訪鹵莽，各隨其狀，依法施行。仍自今後，永爲定制。庶可以塞欺罔之源，絶侵冤之門，以全國家至公之道！

請令皇子伴讀提舉左右人

司馬光

臣伏見陛下，差直史館王陶充皇子伴讀，祕閣校理孫思恭充本位説書。此誠國家之首務，聖哲之遠圖。然臣聞三代令王，置師、傅、保以教其子，又置三少與之燕居。至於左右前後，侍御僕從之人，皆選孝悌端良之士，逐去邪人，毋得在側。使之日見正事，聞正言，然後道明而德成，心諭而體安，福被兆民，功流萬世，此教之所以爲益也。今陶等雖爲皇子官屬，若不日日得見，或見而遽退，語言不洽，志意不通，未嘗與之論經術之精微，辨人情之邪正，究義理之是非，考行已之得失，教者止於供職，學者止於備禮，而左右前後侍御僕從，或有佞邪讒巧之人雜處其間，出入起居，朝夕相近，誘之以非禮，導之以不

義，納之以諂諛，濟之以詐僞，雖皇子資性聰明，端慤難移，然親近易習，積易易遷，諂諛易入，詐僞易惑，如此則雖有碩儒端士爲之師傅，終無益也。臣聞孟子曰：「雖有天下易生之物，一日暴之，十日寒之，未有能生者也。吾見亦罕矣，吾退而寒之者至矣。」又曰：「一齊人傅之，衆楚人咻之，雖日撻而求其齊也，不可得矣。」臣愚伏望陛下多置皇子官屬，博選天下有學行之士以充之，使每日在皇子位，與皇子居處燕遊，講讀一作論。道義，聳善抑惡，輔成懿德。其左右前後，侍御僕從，亦皆選小心端慤之人，使所屬官司結罪保明，然後得入。仍專委伴讀官提舉覺察，若有佞邪讒巧之人，誘導皇子爲非禮義之事者，委伴讀官糾舉施行，即時斥逐，不令在側。若皇子自有過失，再三規誨不從者，亦聽以聞。如此則必進德修業，日就月將，善人益親，邪人益疏，誠天下之幸也！大理評事趙彦若，孝友温良，謹潔正固，博聞彊記，難進易退；國子監直講李寔，好學有文，修身謹行；秘閣校理孟恂，清純愷悌，始終如一，此臣之所知也。伏望陛下，擇此三人，及廣求其比，以備皇子官屬。臣推心盡忠，不敢存形迹，僭越妄言，伏俟譴謫。

論後宮等級

司馬光

臣聞王化之興，始於閨門，故《易》基《乾》《坤》，《詩》首《關雎》。前世皆擇良家子以充後宮，位號等級，各有員數。祖宗之時，猶有公、卿、大夫之女在宮掖者。其始入宫，皆須年十二三以下，醫工診視，防禁甚嚴。近歲以來，頗隳舊制，内中下陳之人，競置私身，等級寖多，無復限極；監勒牙人，使之雇買，

前後相繼，無時暫絶，致有軍營井市，下俚婦人，雜處其間，不可辨識。此等置之宫掖，豈得爲便？臣嘗念此，不勝憤惋。今陛下即位之初，百度惟新，嬪嬙之官，皆闕而未備。臣謂宜當此之時，定立制度，依約古禮，使後宫之人，共爲幾等，等有幾人，若未足之時，且虚其員數；既足之後，不可更增。凡初入宫，皆須幼年未適人者。若求乳母，亦須選擇良家，性行和謹者，方得入宫。傳之子孫，爲萬世法。此誠治亂之本，禍福之原，不可以爲細事而忽之！取進止。

貢院乞逐路取人

司馬光

准中書批送下知封州柳材奏：「欲乞今後南省考試進士，將開封國學鏁廳舉人試卷，衮同糊名；其諸道、州、府舉人試卷，各以逐路糊名；委封彌官於試卷上題以『在京』『逐路』字，用印送考試官。其南省所放合格進士，乞於在京、逐路以分數裁定取人。所貴國家科第，均及中外。如允所請，乞下兩制詳定者。」〔八〕當院今將簿籍勘會近歲三次科場，比較在京及諸路舉人得失多少之數，顯然不均。蓋以今朝廷每次科場所差試官，率皆兩制三館之人，其所好尚，即成風俗。在京舉人，追趨時好，易知體面，淵源漸染，文采自工；使僻遠孤陋之人，與之爲敵，混同封彌，考校長短，勢不相侔。孔子曰：「十室之邑，必有忠信如丘者焉。」言雖微陋之處，必有賢才，不可誣也。是以古之取士，以郡國户口多少爲率，或以德行材能，隨其所長，各有所取；近自族姻，遠及夷狄，無小無大，不可遺也。今或數路之中，全無一人及第，則所遺多矣。國家用人之法，非進士及第者，不得美官；非善爲詩賦論策者，不得及第；非遊學京

師者，不善爲詩賦論策；以此之故，使四方學士皆棄背鄉里，違去二親，老於京師，不復更歸。其間亦有身負過惡，或隱憂匿服，不敢於鄉里請解者，往往私置監牒，妄冒户貫，於京師取解。自間歲開科場以來，遠方舉人，或憚於往還，只在京師寄應者，比舊尤多。國家雖重爲科禁，率至於不用，蔭贈冒犯之人，歲歲滋多。所以然者，蓋由每次科場及第進士，大率是國子監、開封府解送之人，則人之常情，誰肯去此而就彼哉？夫設美官厚利進取之塗，以誘人於前，而以苛法空文禁之於後，是猶決洪河之尾，而捧土以塞之，其勢必不行矣。《書》曰：「無偏無黨，王道蕩蕩。」國家設賢能之科，以待四方之士，豈可使京師作妄之人，獨得取之？今來柳材起請科場事件，若依而行之，委得中外均平，事理允當，可使孤遠者有望榮進，僥倖者各思還本矣。難者必曰：「國家比設封彌謄録，以盡至公；其諸路舉人所以及第少於在京者，自以文藝疎拙，長短相形，理宜黜退。今若於封彌試卷上題在京、逐路字號，必慮試官挾私者，因此得以用情。」是正不然。國家設官分職，以待賢能。大者道德器識，以弼諧教化；其次明察惠和，以拊循州縣；其次方略勇果，以扞禦外侮；小者刑獄錢穀，以供給役使，豈可專取文藝之人，欲以備百官，濟萬事邪？然則四方之人，雖於文藝或有所短，而其餘所長，有益公家之用者，蓋亦多矣，安可盡加棄斥，使終身不仕邪？凡試官挾私者，不過徇其親知鄉黨，今雖題逐路字號，若試官欲徇親知，則一路之人，共聚一處，不知何者爲其親知？若欲徇一鄉黨，則一路之中，所取自有分數，豈可偏於本路，剩取一人？以此言之〔九〕，雖題逐路字號，試官亦無所容其私也。若朝廷尚以爲有所嫌疑，即乞令封彌，將國子監、開封府及十八路，臨時各定一字爲偏傍立號。假若國子監盡用「乾」字，開封府盡用「坤」字，京

東路盡用「离」字，京西路盡用「坎」字偏傍，其餘路分，並依此例，委知貢舉官於逐號之中，考校文理善惡，各隨其所長短，每十人中取一人奏名。不滿十人者〔一〇〕，六人以上，五人以下，更不取人。其親戚舉人別試者，緣人數至少，更不分別立號，只依舊條，混同封彌，分數取人。其合該奏名者，更不入南省奏名數內〔一一〕。如允所奏，乞降指揮，下貢院遵守施行者。

進五規狀

司馬光

右，臣幸得備位諫官，竊以國家之事，言其大者遠者，則汪洋濩落，而無目前朝夕之益，陷於迂闊；言其小者近者，則叢脞委瑣，徒足以煩浼聖聽，失於苛細。夙夜惶惑，口與心謀，涉歷累旬，乃敢自決，與其受苛細之責，不若取迂闊之譏。伏以祖宗開業之艱難，國家致治之光美，難得而易失，不可以不謹，故作「保業」。隆平之基，因而安之者，易爲功；頹壞之勢，從而救之者，難爲力，故作「惜時」。道前定則不窮，事前定則不困，人無遠慮，必有近憂，故作「遠謀」。燎原之火，生於熒熒；懷山之水，漏於涓涓，故作「重微」。象龍不足以致雨，畫餅不足以療飢，華而不實，無益於治，故作「務實」。合而言之，謂之「五規」。此皆守邦之要道，當世之切務。戇陋狂瞽，觸冒忌諱。惟知納忠，不敢愛死。伏望陛下以萬幾之餘，游豫之間，垂精留神，特賜省覽。萬一有取，裁而行之，則臣生於天地之間，不與草木同朽矣。謹具狀奏聞。

保業

天下重器也，得之至艱，守之至艱。王者始受天命之時，天下之人，皆我比肩也，相與角智力而争之，智竭不能抗，力屈不能支，然後肯稽顙而爲臣。當是之時，有智力相偶者，則爲二；相參者，則爲三；愈多則愈分，自非智力首出於世，則天下莫得而一也，斯不亦得之至艱乎？及夫繼體之君，羣雄已服，衆心已定，上下之分明，彊弱之勢殊，則中人之性，皆以爲子孫萬世，如泰山不可揺也；於是有驕惰之心生。驕者玩兵黷武，窮泰極侈，神怒不恤，民怨不知，一旦涣然，四方糜潰，秦、隋之季是也。惰者沈酣宴安，慮不及遠，善惡雜糅，是非顛倒，日復一日，至於不振，漢、唐之季是也。二者或失之彊，或失之弱，其致敗一也，斯不亦守之至艱乎？臣竊觀自周室東遷以來，王政不行，諸侯多僭，分崩離析，不可勝紀，凡五百有五十年，而合於秦。秦虐用其民，十有一年，而天下亂；又八年而合於漢。漢爲天下二百有六年，而失其柄，王莽盗之。十有七年，而復爲漢。更始不能自保，光武誅除僭僞，凡十有四年，復能一之。又一百五十有三年，董卓擅朝，州郡瓦解，更相吞噬，至于魏氏，海内三分，凡九十有三年，而合於晉。晉得天下，纔二十年，惠帝昏愚，宗室作難，羣胡乘釁，濁亂中原，散爲六七，聚爲二三，凡二百八十有八年，而合於隋。隋得天下，纔二十有八年，煬帝無道，九州幅裂，八年而天下合於唐。唐得天下，一百有三十年，明皇恃其承平，荒于酒色，養其疽囊，以爲子孫不治之疾，於是漁陽竊發，而四海横流矣。肅、代以降，方鎮跋扈，號令不從，朝貢不至，名爲君臣，實爲讎敵，陵夷衰微，至於五代，三綱頽絶，

五常殄滅，懷璽未暖，處宫未安，朝成夕敗，有如逆旅，禍亂相尋，戰争不息，流血成川澤，聚骸成丘陵，生民之類，其不盡者無幾矣。於是太祖皇帝，受命于上帝，起而拯之，躬擐甲胄，櫛風沐雨，東征西伐，掃除海内。當是之時，食不暇飽，寢不遑安，以爲子孫建太平之基。大勳未集，太宗皇帝嗣而成之，凡二百二十有五年，然後大禹之迹，復混而爲一，黎民遺種，始有所息肩矣。由是觀之，上下一千七百餘年，天下一統者五百餘年而已。其間時時小有禍亂，不可悉數。國家自平河東以來，八十餘年，内外無事，然則三代以來，治平之世，未有若今之盛者也。今人有十金之産，猶以爲先人所營，苦身勞志，謹而守之，不敢失墜；況於承祖宗盛美之業，奄有四海，傳祚萬世，可不重哉？可不審哉？《夏書》曰：「予臨兆民，懔乎若朽索之馭六馬。」《周書》曰：「心之憂危，若蹈虎尾，涉于春冰。」臣願陛下，夙興夜寐，兢兢業業，思祖宗之勤勞，致王業之不易，援古以鑒今，知太平之世，難得而易失，則天下生民，至於鳥獸草木，無不幸甚矣。

惜時

夏至，陽之極也，而一陰生；冬至，陰之極也，而一陽生。故盛衰之相乘，治亂之相生，天地之常經，自然之至數也。其在《周易》，泰極則否，否極則泰，豐亨宜日中。孔子傳之曰：「日中則昃，月盈則食。天地盈虚，與時消息，而況於人乎？況於鬼神乎？」是以聖人當國家隆盛之時，則戒懼彌甚，故能保其令問，永久無疆也。凡守太平之業者，其術無他，如守巨室而已。今人有巨室於此，將以傳之子孫，爲無

窮之規，則必實其堂基，壯其柱石，彊其棟梁，厚其茨蓋，高其垣墉，嚴其關鍵；既成，又擇子孫之良者，使謹守之，日省而月視，欹者扶之，弊者補之，如是則雖亘千萬年無頹壞也。夫民者，國之堂基也；禮法者，柱石也；公卿者，棟梁也；百吏者，茨蓋也；將帥者，垣墉也；甲兵者，關鍵也，是六者不可不朝念而夕思也。夫繼體之君，謹守祖宗之成法，苟不隳之以逸欲，敗之以讒諂，則世世相承，無有窮期。及夫逸欲以隳之，讒諂以敗之，神怒於上，民怨於下，一旦涣然而去之；則雖有仁智恭儉之君，焦心勞力，猶不能救陵夷之運，遂至於顛沛而不振。嗚呼！可不鑒哉！今國家以此承平之時，立綱布紀，定萬世之基，使如南山之不朽，江河之不竭，可以指顧而成耳。失今不爲，已乃頓足扼腕而恨之，將何益矣？《詩》云：「我日斯邁，而月斯征，夙興夜寐，無忝爾所生。」時乎時乎！誠難得而易失也。

遠謀

《易》曰：「君子以思患而豫防之。」《書》曰：「遠乃猷。」《詩》曰：「猷之未遠，是用大諫。」昔聖人之教民也，使之方暑則備寒，方寒則備暑。《七月》之詩是也。今夫市井裨販之人，猶知旱則資舟，水則資車，夏則儲裘褐，冬則儲絺綌。彼偷安苟生之徒，朝醉飽而暮飢寒者，雖與之俱爲編户，貧富必不侔矣。況爲天下國家者，豈可不制治於未亂，保安於未危乎？《詩》云：「迨天之未陰雨，徹彼桑土，綢繆牖户，今汝下民，或敢侮予。」孔子曰：「爲此詩者，其知道乎！能治其國家，誰敢侮之？」迨天之未陰雨者，國家閒暇無有災害之時也；徹彼桑土者，求賢於隱微也；綢繆牖户者，脩敕其政治也。夫桑土者，鴟鴞所以固

其室也；賢儁者，明主所以固其國也。國既固矣，雖有侮之者，庸何傷哉？臣竊見國家每邊境有急，羽書相衙，或一方饑饉，餓莩盈野，則廟堂之上，焦心勞思，忘寢廢食以憂之。當是之時，未嘗不以將帥之不選，士卒之不練，牧守之不良，倉廩之不實，追責前人，以其備禦之無素也。幸而烽燧息，五穀登，則明主舉萬壽之觴於上，郡公百官，歌太平縱娛樂於下，晏然自以爲長無可憂之事矣。嗚呼！使自今日以往，四夷不復犯邊，水旱不復爲災，則可矣；若猶未也，則天幸安可數恃哉？陛下何不試以閒暇之時思之，不幸邊鄙有警，饑饉荐臻，則將帥可任者爲誰？牧守可倚者爲誰？雖在千里之外，使之常如目前。至於甲兵之利鈍，金穀之盈虛，皆不可不前知而豫謀也。若待事至而後求之，則已晚矣。夫四夷水旱，事之細者也，抑又有大於是者，陛下亦嘗留少頃之慮乎？《詩》云：「維彼聖人，瞻言百里；維此愚人，覆狂以喜。」此言遠謀之難知，近言之易行也。夫謀遠則似迂，似迂則人皆忽之。其爲害至慘也，而無切身之急；爲利至大也，而無旦夕之驗，則愚者抵掌，謂之迂也宜矣。國家之制百官，莫得久於其位，求其功也速，責其過也備，是故或養交飾譽以待遷，或容身免過以待去。上自公卿，下及斗食，自非憂公忘私之人，大抵多懷苟且之計，莫肯爲十年之規，況萬世之慮乎！自非陛下惕然遠覽，勤而思之，日復一日，長此不已，豈國家之利哉？此臣日夜所以痛心泣血而憂也。昔賈誼當漢文帝之時，以爲天下方病大瘇，又苦蹠盭，又類辟且病痱。陛下視方今國家安固，公私富實，百姓樂業，孰與漢文？然則天下之病，無乃更甚乎！失今不治，必爲痼疾，陛下雖欲治之，將無及已。治之之術，非有他奇巧也，在察其病之緩急，擇其藥之良苦，隨而攻之，勿責目前之近功，期於萬世治安而已矣。

重微

《虞書》曰："「兢兢業業，一日二日萬幾。」何謂萬幾？幾之爲言微也，言當戒懼萬事之微也。夫水之微也，捧土可塞；及其盛也，漂木石，没丘陵。火之微也，勺水可滅；及其盛也，焦都邑，燔山林。故治之於微，則用力寡而功多；治之於盛，則用力多而功寡。是故聖帝明王，皆銷惡於未萌，弭禍於未形，天下陰被其澤，而莫知所以然也。《周易》坤之初六，於律爲林鍾，於曆爲建未之月，陽氣方盛，而陰氣已萌，物未之知也。是故聖人謹之曰："「履霜堅冰至。」言爲人君者，當絶惡於未形，杜禍於未成也。《繫辭》曰："「知幾其神乎！君子知微知彰，知柔知剛，萬夫之望。」謂此道也。孔子謂哀公曰："「昧爽夙興，正其衣冠。平旦視朝，慮其危難。一物失理，亂亡之端。君以此思憂，則憂可知矣。」太宗皇帝命昭宣使、河州團練使王繼恩討蜀，平之，宰相請除繼恩宣徽使，太宗不許，曰："「宣徽使位亞兩府，若使繼恩爲之，是宦官執政之漸也。」宰相固請，以繼恩功大，佗官不足以賞之。太宗怒，切責宰相，特置宣政使以授之。真宗皇帝欲與章穆王皇后及後宫遊内庫，后辭曰："「婦人之性，見珍寶財貨，不能無求；夫府庫者，國家所以養六軍，備非常也，今耗之於婦人，非所以重社稷也。」真宗深以爲然，遂止。由是觀之，先帝以睿明卓越，防微杜漸，如此之深，可不念哉！昔扁鵲見齊桓侯曰："「君有疾在腠理，不治，將深。」桓侯不悦曰："「醫之好利也，欲以不疾者爲功。」及在血脉，在腸胃，桓侯皆不信；及在骨髓，扁鵲望之，遂逃去。徐福言："「霍氏太盛，宜以時抑制。」漢宣帝不從，及霍氏誅，人爲之訟其功，以爲「曲突徙薪無恩澤，焦頭爛額

爲上客」。故未然之言，常見棄忽；及其已然，又無所及。夫宴安怠墮，肇荒淫之基；奇巧珍玩，發奢泰之端；甘言悲辭，啓僥倖之塗；附耳屏語，開讒賊之門；不惜名器，導僭逼之源；假借威福，授陵奪之柄。凡此六者，其初甚微，朝夕狎玩，未嘗甚害；日滋月益，遂至深固，比知而革之，則用力百倍矣。伏惟陛下，思萬幾之至重，覽大《易》之明戒，誦孔子之格言，繼先帝之聖志，使扁鵲得早從事，毋使徐福有曲突之歎，則可脩之於廟堂，而德冒四海；治以之於今日〔三〕，而福流萬世；優游逍遥，而先烈顯大，豈不美哉！豈不美哉！

務實

《周書》曰：「若作梓材，既勤樸斲，惟其塗丹雘。」此言爲國家者，必先實而後文也。夫安國家，利百姓，仁之實也；保基緒，傳子孫，孝之實也；辨貴賤，立綱紀，禮之實也；和上下，親遠邇，樂之實也；決是非，明好惡，政之實也；詰姦邪，禁暴亂，刑之實也；察言行，試政事，求賢之實也；量材能，課功狀，審官之實也；詢安危，訪治亂，納諫之實也；選勇果，習戰鬬，治兵之實也。實之不存，雖文之盛美無益也。臣竊見方今遠方窮民，轉死溝壑，而屢赦有罪，循門散錢，其於仁也，不亦遠乎？本根不固，有識寒心，而道宫佛廟，修廣御容，其於孝也，不亦遠乎？統紀不明，祭器紊亂，而雕繢文物，修飾容貌，其於禮也，不亦遠乎？羣心乖戾，元元愁苦，而斷竹數黍，敲叩古器，其於樂也，不亦遠乎？是非錯繆，賢不肖渾殽，而鈎校簿書，訪尋比例，其於政也，不亦遠乎？姦暴不誅，寃詰不理，而拘泥微文，糾擿細過，其於刑

也，不亦遠乎？行能之士，沉淪草野，而考校文辭，指抉聲病，其於求賢，不亦遠乎？材任相違，職業廢弛，而勘檢出身，比類資序，其於審官，不亦遠乎？久大之謀，棄而不省，淺近之言，應時施行，其於納諫，不亦遠乎？將帥不良，士卒不精，而廣聚虛數，徒取外觀，其於治兵，不亦遠乎？凡此十者，皆文具而實亡，本失而末在，譬猶膠版爲舟，摶土爲檝，敗布爲帆，朽索爲維，畫以丹青，衣以文綉，使偶人駕之，而履其上；以之居平陸則煥然信可觀矣，若以之涉江河犯風濤，豈不危哉？伏望陛下，撥去浮文，悉敦本實，選任良吏，以子惠庶民；深謀遠慮，以安保宗廟；張布綱紀，使下無覦心；和厚風俗，使人無離怨；别白是非，使萬事得正；誅鋤姦惡，使威令必行；取有益，罷無用，使野無遺賢；進有功，退不職，使朝無曠官；察讜言，考得失，使謀無不盡；擇智將，練勇士，使征無不服。如是，則國家安若泰山，而四維之也；又何必以文采之飾，歌頌之聲，眩曜愚俗之耳目哉？

校勘記

〔一〕明謨　「謨」原作「模」，據明刻本改。

〔二〕其事　「其」字原本空白，據明刻本補。

〔三〕自所爲如是　「自」字原本作墨丁，據明刻本補。

〔四〕而因執循苟簡　明刻本同，疑衍「執」字。

〔五〕賈黯　「黯」字原本空白，據明刻本補。

〔六〕人無異望　「異望」原作「望望」，據明抄本、明刻本改。

〔七〕别有仇嫌　「别有」二字原本空白，據明抄本、明刻本補。

〔八〕詳定者　「定」字原本空白，據殘宋本、明抄本、明刻本補。

〔九〕以此言之　「此」字原本空白，據殘宋本、明刻本補。

〔一〇〕滿十人者　此四字原本空白，據殘宋本、明抄本、明刻本補。

〔一一〕奏名數内　「數内」二字原本空白，殘宋本漫漶，據明刻本補。

〔一二〕治以之於今日　殘宋本同。按「以」字疑衍。

宋文鑑卷第四十九

奏疏

論治身治國所先

司馬光

臣伏覩皇太后手書，已罷聽政；陛下欽承慈旨，獨斷萬機。臣聞《易》曰：「君子以作事謀始。」又曰：「正其始，萬事理，差之毫釐，繆以千里。」陛下雖踐祚朞年〔一〕，於國家大政，猶多所謙抑；雖時有處分，皆常式小事，非天下所望於陛下者也。曏時外間議者曰：陛下聖體未安，倦於聽覽；及知聖體已安，又曰：陛下上畏皇太后之嚴，欲盡人子之禮，避專命之嫌，韜藴聰明，未敢施設。今皇太后舉國家大柄，盡付之陛下，則議者無復可言，唯拭目傾耳，以瞻望聖政而已矣。陛下當此之際，治身治國，舉措云爲，不可不謹。昔楊朱見衢塗而泣，謂其可以左，可以右，所差甚微，所失甚大也。人主即政之初，亦榮辱安危之衢塗也，故臣願陛下留聖心焉。臣聞治身莫先於孝，治國莫先於公。孔子曰：「孝德之本也。」又曰：「不愛其親而愛他人者，謂之悖德；不恭其親而恭他人者，謂之悖禮。」未有根絶而葉茂，源涸而流長者也。仁宗皇帝以四海大業，授之陛下，其恩德之大，天地不足以爲比。今登遐之後，骨肉至親，獨有皇太后與公主數人，陛下所當日夜盡心竭力，供承撫養，以副仁宗皇帝之意。曏者皇太后聽政之時，左

右侍衛之人，不敢不恪；求須之物，無敢不備；既委去政柄，臣竊慮有無識小人，隨勢傾移，侍奉懈慢，供給有闕，則天下之責，皆歸陛下，此不可不留意朝夕省察者也。又若有不逞之人，於兩宫之間，刺探動静，拾掇語言，外如效忠，内實求媚，以相離間者，臣願陛下迎拒其辭，執付有司，加之顯戮。誅一人則羣邪自退，納一言則百讒俱進，此乃禍亂之機，不可不深察也。臣聞國事聽於君，家事聽於親。臣愚以爲陛下在外朝之時，刑賞黜陟之政，當自聖心決之；至禁庭之内，取捨賜予，事無大小，不若皆禀於皇太后而後行，陛下與中宫勿有所專。如此則内外之體正，尊卑之序明，慈母歡欣於上，臣民頌詠於下矣。不然，皇太后歸政之後，若侍衛之人，稍有怠惰，求須之物，小失供擬，加以讒邪，妄興離間，萬一有絲毫闕失，流聞於外，或皇太后憂思不樂，内生疾疢，則陛下何以勝此名於天下哉！雖百善不能掩矣。臣故曰：治身莫先於孝也。《洪範》於好惡偏黨之際，六反言之，重之至也。周任曰：「爲政者不賞私勞，不罰私怨。」《大學》曰：「欲明明德於天下者，必先正其心。有所忿懥則不得其正〔二〕，有所好樂則不得其正。」陛下奮發宫邸，入纂皇極，爰自潛躍，至於天飛，舊恩宿怨，豈能盡無？然今日卽政之初，皆不可置於聖慮，以害至正也。凡人君之要道，在於進賢退不肖，賞善罰惡而已。爵禄者，天下之爵禄，非以厚人君之所喜也。刑罰者，天下之刑罰，非以快人君之所怒也。是故古者爵人於朝，與士共之；刑人於市，與衆棄之；明不敢以己之私心，蓋天下之公議也。今以四海之廣，百官之衆，有智有愚，有善有惡，比肩接迹〔三〕，雜遝並進。臣願陛下少留聰明，詳擇其間，苟有才德高茂，合於人望者，進之；雖宿昔怨讎，勿棄也。有器識庸下，無補於時者，退之；雖親暱姻婭，勿取也。有勵行立功，爲世所推者，賞之；

雖意之所憎，勿廢也。有懷姦亂禁，爲衆所疾者，罰之；雖意之所愛，勿赦也。如此，則野無遺賢，朝無曠官，爲善者勸，爲惡者懼，上下悦服，朝廷大治，百姓蒙福，社稷永安。不然，陛下若專居深宫，自暇自逸，威福之柄，盡委大臣，取適目前，不爲遠慮，賢愚不分，善惡共貫；不則所進者皆平生所親愛，所退者皆平生所不快，所賞者皆諂諛而無功，所罰者皆忠諒而無罪，如此，則中外解體，紀綱隳紊，羣生失所，天下可憂矣。臣故曰：治國莫先於公也。此二先者，榮辱之大本，安危之至要，臣願陛下審思而力行之。《詩》云：「亹亹文王，令聞不已。」陛下誠能行此二者，則盛德美譽，滂沛洋溢，近者傳頌，遠者褒嘆，不過旬月之間，偏於天下，達於四夷；後日之政，如順風吹毛，乘高決水，可以不勞而成功矣。取進止。

論階級

司馬光

臣聞治軍無禮，則威嚴不行。禮者，上下之分是也。唐自肅、代以降，務行姑息之政，是以藩鎮跋扈，威侮朝廷；士卒驕横，侵逼主帥；上陵下替，無復綱紀。以至五代，天下大亂，運祚迫蹙，生民塗炭。祖宗受天景命，聖德聰明，知天下之亂生於無禮也，乃立軍前之制曰：一階一級，全歸伏事之儀，敢有違犯，罪至於死。於是上至都指揮使，下至押官長行，等衰相承，粲然有叙，若身之使臂，臂之使指，莫敢不從。故能東征西伐，削平海内，爲子孫建久大之業，至今百有餘年，天下太平者，皆由此道也。近歲以來，中外主兵臣僚，往往不識大體，好施小惠，以盗虚名，軍中有犯階級者，務行寬貸，是致軍校大率

不敢鈐束長行，甘言悦色，曲加呴嫗，以至懦怯兵官，亦爲此態，遂使行伍之間，驕恣悖慢，寖不可制。上畏其下，尊制於卑，所謂下陵上替者，無過於此。臣聞聖王刑期於無刑。今寬貸犯階級之人，雖活一人之命；殊不知軍法不立，漸成陵替之風，則所係乃億兆人之命也。臣愚欲望陛下特降詔旨，申明階級之法，戒勑中外主兵臣僚，令一遵祖宗之制；如敢有輒行寬貸，曲收衆心者，嚴加罪罰，以儆其餘。庶幾綱紀復振，基緒永安。

論北邊事宜　司馬光

臣聞明主謀事於始，而慮患於微，是以用力不勞，而收功甚大。竊見國家所以御戎狄之道，似未盡其宜。當其安靖附順之時，則好與之計校末節，争競細故；及其桀傲暴横之後，則又從而姑息，不能誅討，是使戎狄益有輕中國之心，皆厭於柔服而樂爲背叛。近者西戎之禍，生於高宜；北狄之隙，起於趙滋，而朝廷至今，終未省寤，猶以二人所爲爲是，而以循理守分者爲非。是以邊鄙武臣，皆鋭意生事，或以開展荒棄之地十數里爲功勞，或以殺略老弱之虜三五人爲勇敢，朝廷輒稱其才能，驟加擢用。既而虜心忿恨，遂來報復，屠剪熟户，鈔劫邊民，所喪失者，動以千計，而朝廷但知驚駭，增兵聚糧，其致寇之人，既不追究，而守邊之臣，亦無譴責。如此而望戎狄賓服，疆埸無虞，是猶添薪扇火，而求湯之不沸也。臣愚竊惟真宗皇帝，親與契丹約爲兄弟；仁宗皇帝，赦趙元昊背叛之罪，册爲國主，歲捐百萬之財，分遺二虜，豈樂此而爲之哉？誠以屈己之愧小，愛民之仁大故也。今陛下嗣已成之業，守既安之基，而

執事之臣，數以争桑之小忿，不思灌瓜之大計，使邊鄙之患，紛紛不息，臣竊爲陛下惜之。近者聞契丹之民，有於界河捕魚，及於白溝之南剪伐柳栽者，此乃邊鄙小事，何足介意；而朝廷以前知雄州李中祐不能禁禦爲不材，别選州將以代之。臣恐新將之至，必以中祐爲戒，而以趙滋爲法，妄殺虜民，則戰鬬之端，往來無窮矣。況今民力彫弊，倉庫虚竭，將帥乏人，士卒不練。夏國既有憤怨，屢來侵寇，禍胎已成；若又加以契丹失歡，臣恐國力未易支也。伏望陛下，嚴戒北邊將吏，若契丹不循常例，小小相侵，如魚舡柳栽之類，止可以文牒整會，道理曉諭，使其官司自行禁約，不可輕以矢石相加。若再三曉諭不聽，則聞於朝廷，雖專遣使臣，至其王庭與之辯論曲直，亦無傷也。若又不聽，則莫若博求賢才，增修德政，俟公私富足，士馬精強，然後奉辭以討之，可以驅穹廬於幕北，復漢唐之土宇。與其争漁柳之勝負，不亦遠哉？

應詔論體要

司馬光

臣准御史臺牒，伏奉四月二十日詔勑：「《傳》曰：『近臣盡規。』以其榮耻休戚，與上同也。今在此位者，視朕過失，與朝廷政事之闕，默而不言；乃或私議竊歎，若以其責爲不在己。夫豈皆習見成俗，以爲當然，其亦有含章懷寶，待倡而發者也？今百度隳弛，風俗偷惰，薄惡哉異，譴告不一。此誠忠賢助朕憂惕，以創制改法〔四〕，捄弊除患之時，宜令侍從官，自今視朕過失與朝廷政事之闕，無有巨細，各具章奏，極言無隱。噫，言善而不用，朕有厥咎；道之而弗言，爾爲不恭。朕將用此考察在位所以事君

之實，明黜陟焉！」臣以駑下之材，自仁宗皇帝時，蒙擢在侍從，服事三朝，恩隆德厚，隕身喪元，不足爲報。雖訪問所不及，猶將披肝瀝膽，以効其區區之忠；況聖意采納之勤〔五二〕，督責之嚴，諄諄如此，臣敢營私避怨，匿情愛己，不爲陛下別白當今之切務，庶幾少補萬分之一邪！臣聞爲政有體，治事有要，自古聖帝明王，垂拱無爲而天下大治者，凡用此道也。何謂爲政有體？君爲元首，臣爲股肱，上下相維，内外相制，若網之有綱，絲之有紀。故《詩》云：「勉勉我王，綱紀四方。」又云：「愷悌君子，四方之綱。」古之王者，設三公九卿，二十七大夫，八十一元士，以綱紀其内。設方伯、州牧、卒正、連帥、屬長，以綱紀其外。尊卑有序，若身之使臂，臂之使指，莫不率從。此爲政之體也。何謂治事有要？夫人智有分而力有涯，以一人之智力，兼天下之衆務，欲物物而知之，日亦不給矣。是故尊者治衆，卑者治寡。治衆者事不得不約，治寡者事不得不詳。約則舉其大，詳則盡其細。此自然之勢也。《益稷》曰：「元首明哉，股肱良哉，庶事康哉！」言君明則能擇臣，臣良則能治事也。又曰：「元首叢脞哉，股肱惰哉，庶事隳哉！」言君親細務，則臣不盡力，而事廢壞也。《立政》曰：「文王罔攸兼于庶言、庶獄、庶慎，惟有司之牧夫。是訓用違，庶獄、庶慎，文王罔敢知于兹。」言文王擇有司而任之，其餘皆不足知也。《康誥》曰：「庸庸，祗祗，威威，顯民。」言文王用其可用，祗其可祗，刑其可刑，專明此道，以示民也。是故王者之職，在於量材任人，賞功罰罪而已。苟能謹擇公、卿、牧伯而屬任之，則其餘不待擇而精矣。謹察公、卿、牧伯之賢愚善惡而進退誅賞之，則其餘不待進退誅賞而治矣。然則王者所擇之人不爲多，所察之事不爲煩，此治事之要也。臣竊見陛下，日出視朝，繼以經席，將及日中，乃還宫禁。入宫之後，竊聞亦不自

閑，省閱天下奏事，群臣章疏。逮至昏夜，又御燈火，研味經史，博觀羣書。雖中宗、高宗之「不敢荒寧」，文王之「日昃不食」，臣以爲不能及也。然自踐祚以來，孜孜求治，於今三年，而功業未著者，殆未得其體要故也。祖宗創業垂統，爲後世法，內則設中書、樞密院、御史臺、三司、審官、審刑等在京諸司，外則設轉運使、知州、知縣等衆官，以相統御，上下有叙，此所謂綱紀者也。今陛下好使大臣奪小臣之事，小臣侵大臣之職，是以大臣解體，不肯竭忠，小臣諉上，不肯盡力。此百官所以弛廢，而萬事所以隳頽者也。而陛下方用爲致治之本，此臣之所大惑也。臣微賤，不得盡知朝廷之事，且以耳目所接，近日數事，臣所知者言之；其餘陛下可以類求也。昔漢文帝問陳平天下一歲決獄及錢穀出入幾何，平曰：「陛下卽問決獄，責廷尉；問錢穀，責治粟內史；必也使卿大夫各得任其職，此乃宰相事也。」若平者可謂能知治體矣。今之兩府，皆古宰相之任也。中書主文，樞密主武。若乃百官之長非其人，刑賞大政失其宜，此兩府之責也。至於錢穀之不充，條例之不當，此三司之事也。陛下苟能精選曉知錢穀，憂公忘私之人，以爲三司使、副、判官、諸路轉運使，各使久於其任，以盡其能。有功則進，無功則退，名不能亂實，僞不能掩真，安民勿擾，使之自富，處之有道，用之有節，何患財利之不豐哉？今乃使兩府大臣，悉取三司條例，别置一局，聚文士數人，與之謀議，改更制置，三司皆不與聞，臣恐所改更者，未必勝於其舊，而徒紛亂祖宗成法。考古則不合，適今則非宜，吏緣爲姦，農商失業，數年之後，府庫耗竭於上，百姓愁困於下，衆心離駭，將不復振矣。且兩府於天下之事，無所不總，若百官之職，皆使兩府治之，則在上者不勝其勞，而在下者爲無所用矣。又監牧使主養馬，四園苑主課利，今乃

使監牧使不屬羣牧司，四園苑不屬三司提舉司，則在下者各得專權自恣，而在上者爲無所用矣。陛下方欲納天下於大治，而使百官在上者不委其下，在下者不稟其上，能爲治乎？若此之類，臣竊恐未得其體也。凡天下之事，在一縣者，當委之知縣；在一州者，當委之知州；在一路者，當委之轉運使；在邊鄙者，當委之將帥；然後事乃可集。何則？久在其位，識其人情，知其物宜，賞罰之權，足以休戚所部之人，使之信服故也。今朝廷每有一事，不委之將帥、監司、守宰，使之自爲方略，責以成效，而施其刑賞；常好别遣使者，銜命奔走，旁午於道，所至徒有煩擾之弊，而於事未必有益，不若勿遣之爲愈也。夫事之利害，吏之能否，皆非使者所能素知，臨時詢采於人，所詢者或遇公明忠信之人，猶僅能得其一二；或遇私闇姦險之人，則是非爲之倒置矣。此二者交集於前，而使者不能猝辨也。是以往往害事，而少能爲益。非將帥、監司、守宰皆賢，而使者皆愚也。累歲之講求，與一朝之議論；積久之采察，與目前之毁譽；精粗詳略，其勢不同故也。其有居官累歲而不知利害，臨人積久而不知能否，或雖知利害而不能變更，雖知能否而不能黜陟，此乃愚昧私曲之人，朝廷當察而去之，更擇賢者以代其位，不當數遣使者擾亂其間，使不得行其職業也。又庸人之情，苟策非己出，則媢嫉沮壞，惟恐其成。官吏若是者，十常五六。借使使者所規畫曲盡其宜，在彼之日，其當職之人已怏怏不悦，不肯同心以助其謀，協力以成其事，曰朝廷自遣專使治之，我何敢與知？及返命之日，彼必敗之於後，曰使者既謀而授我，我今竭力而成之，功悉歸於首謀之人，我何有哉？此所以爲不若毋遣使者，而屬任當職之人爲愈也。夫使者所以通遠邇之情，固不可無；然今之轉運使，卽古使者之任，苟得人而委之，賢於蹔遣使者遠矣。

若監司自爲姦慝貪縱，或有所隱蔽欺罔，或爲部内之人所訟，或所謀畫之事未得其宜，朝廷欲察其罪惡，審其虛實，判其曲直，決其是非，然後别遣使者按之，若按得其實，監司有罪則當廢，豈有但已者也。今每有一事，朝廷輒自京師遣使者往治之，是在外之官皆無所用也。使者既代之治事，而當職之人亦無所刑，無所廢，是只使拱手旁觀，偷安竊禄者矣。若此之類，臣竊恐似未得其體也。今朝廷之士，左右之臣，皆曰陛下聰明剛斷，威福在己，太平之功，可指日而致。臣愚，竊獨以爲未也。臣聞古之聖帝明王，聞人之言，則能識其是非，故謂之聰；觀人之行，則能察其邪正，故謂之明；是非既辨，邪正既分，姦不能惑，佞不能移，故謂之剛；取是而捨非，誅邪而用正，確然無所疑，故謂之斷；誅一不善，而天下不善者皆懼，故謂之威；賞一有功，而天下有功者皆喜，故謂之福。今陛下聰明剛斷，則誠體之矣；欲收威福之柄，則誠有其志矣；然於所以爲之之道，尚或有所未盡，故臣以爲太平之功，未可期也。夫帝王之道，當務其遠者大者，而略其近者小者。國之大事，當與公卿議之，而不當使小臣參之；四方之事，當委牧伯察之，而不當使左右覘之。儻公、卿、牧伯，尚不能擇賢者而任之，小臣左右，獨能得賢者而使之乎？若苟爲不賢，則險詖私謁，無不爲已。今陛下好於禁中出手詔，指揮外事，非公卿所薦舉，牧伯所糾劾，或非次遷官，或無故廢罷，外人疑駭，不知所從，此豈非朝廷之士，左右之臣，所謂聰明剛斷，威福在己者耶？陛下聞其言而信之，臣竊以爲過矣。夫公卿所薦舉，牧伯所糾劾，或謂之賢者而不賢，謂之有罪而無罪，皆有迹可見，責有所歸，故不敢大爲欺罔。若姦臣密白陛下，令陛下自爲聖意以行之，則威福集於私門，而怨謗歸於陛下矣，安得謂之威福在陛下耶？且陛下曏時中詔所指揮者，率非大事。至

於兩禁美官，邊藩將帥，省府職任，諸路監司，此皆衆人之所希求，治亂之所繫屬，當除授之際，竊恐未必一一出聖志也。若乃姦邪貪猥之人，陛下所明知而黜去者，或更改官而升資，或不久復進用，然則威福之柄，果不在陛下，而陛下偶未思也。以此觀之，面譽陛下聰明剛斷，威福在己，太平可立致者，非愚則諛，不可不察也。陛下必欲威福在己，曷若謹擇公卿大臣，明正忠信者留之，愚昧阿私者去之，在位者既皆得其人矣，然後凡舉一事，則與之公議於朝，使各言其志，陛下清心平慮，擇其是者而行之，非者不能復奪也。凡除一官，亦與之公議於朝，使各舉所知，陛下清心平慮，擇其賢者而用之，不肖者不能復争也。如此則謀者舉者，雖在公卿大臣，而行之用之，皆在陛下，安得謂之威福不在己耶？陛下此之不爲，而顧彼之久行，臣竊恐似未得其要也。夫三人羣居，無所統一，不散則亂，是故立君以司牧之。羣臣百姓，勢均力敵，不能相治，故從人君決之。人君者苟不爲決，從誰決之乎？夫人心不同，如其面焉。國家凡舉一事，朝野之人，必或以爲是，或以爲非；凡用一人，必或以爲賢，或以爲不肖，此固人情之常，自古而然，不足怪也。要在人主審其是非，取是而捨非，則安榮；取非而捨是，則危辱，此乃安危榮辱之所以分也。是以聖王重之，故博謀羣臣，下及庶人，然而終決之者，要在人君也。古人有言曰：「謀之在多，斷之在獨。」謀之多，故可以觀利害之極致；斷之獨，故可以定天下之是非。若知謀而不知斷，則羣下人人各欲逞其私志，斯衰亂之政也。詩云：「謀夫孔多，是用不集。發言盈庭，誰敢執其咎？如匪行邁，謀是用不得于道。哀哉爲猷，匪先民是程，匪大猷是經，維邇言是聽，維邇言是争，如彼築室于道謀，是用不潰于成。」此言周室之臣，不知先王之大道，務争近小之事；人君不能定其可否，而

事終無成也。漢世國家有大典禮，大政令，大刑獄，大征伐，必下公卿、大夫、博士、議郎議，其議者固不能一，必有參差不齊者矣。於是天子稱制決之曰丞相議是，或曰廷尉當是，而羣下厭然，無有不服者矣。今陛下聽羣臣各盡其情以議事，此誠善矣；然終不肯以聖志裁決，遂使羣臣有尚勝者，以巧文相攻，辯口相擠，至于再，至于三，互相反覆，無有限極。臣愚深恐虧朝廷之政體，損陛下之明德，流聞四方，取輕夷狄，非嘉事也。是以人君務明先王之道，而不習律令，知本根既植，則枝葉必茂故也。夫天下之事有難決者，以先王之道揆之，若權衡之於輕重，規矩之於方圓，錙銖毫忽，不可欺矣。近者登州婦人阿云謀殺其夫，重傷垂死，情無足愍，在理甚明，已傷不首，於法無疑，中材之吏，皆能立斷。事已經審刑院、大理寺、刑部斷爲死罪；而前知登州許遵，文過飾非，妄爲巧說。朝廷命兩制定奪者再，命兩府定奪者再，勑出而復收者一，收而復出者一，爭論縱横，至今未定。夫以田舍一婦人有罪，在於四海之廣，萬機之衆，其事之細，何啻秋毫之末，朝廷欲斷其獄，委一法吏足矣。今乃紛紜至此，設更有可疑之事，大於此者，將何以決之？夫執條據例者，有司之職也；原情制義者，君相之事也。分爭辯訟，非禮不決，禮之所去，刑之所取也。阿云之事，陛下試以禮觀之，豈難決之獄哉？彼謀殺爲一事，爲二事，謀爲所因，不爲所因，此苛察繳繞之論，乃文法俗吏之所事，豈明君賢相所當留意耶？今議論歲餘，而後成法，終於棄百代之常典，悖三綱之大義，使良善無告，姦凶得志，豈非徇其枝葉，而忘其本根之所致耶？若此之類，臣切恐似未得其要也。此皆衆人之所私議竊歎，而莫敢明言者，臣以獨受恩深重，不顧斧鉞，爲陛下言之。惟聖明裁察！臣光昧死再拜以聞。

校勘記

〔一〕「其始」至「踐祚」　此十八字原本空白，據殘宋本、明抄本、明刻本補。

〔二〕忿懥　「懥」字原本空白，據殘宋本、明刻本補。

〔三〕比肩　「比」字原本空白，據殘宋本、明刻本補。

〔四〕創制　「創」字原本空白，據殘宋本、明抄本、明刻本補。

〔五〕采納之勤　「勤」字原本空白，據殘宋本、明抄本、明刻本補。

宋文鑑卷第五十

奏疏

應詔言朝政闕失

司馬光

臣准西京牒准三月三十日詔勑：「朕涉道日淺，晻于致治，政失厥中，以干陰陽之和，乃自冬迄春，旱暵爲虐，四海之内，被災者廣。閒詔有司，損常膳，避正殿，冀以塞責消變，歷日滋久，未蒙休應。嗷嗷下民，大命近止。中夜以興，震悸靡寧，永惟其咎，未知攸出。意者朕之聽納不得於理歟？獄訟非其情歟？賦斂失其節歟？忠謀讜言鬱於上聞，而阿諛壅蔽以成其私者衆歟？何嘉氣之不効也？應中外文武臣寮，並許實封，直言朝政闕失。朕將親覽，考求其當，以輔政理。三事大夫，務悉心交儆，成朕志焉！」臣伏讀詔書，喜極以泣。昔成湯以六事自責，今陛下以四事求諫，聖人所爲，異世同符。凡詔書所言，皆卽日之深患，陛下既已知之，羣臣夫復何云。曾子曰：「尊其所聞，則高明矣；行其所知，則光大矣。」陛下誠知其如是，復能斷志無疑，不爲左右所移，則安知今日之災沴，不如大戊之桑穀，高宗之雊雉，成王之雷風，宣王之旱魃，更爲宗廟生民之福乎？然自詔下以來，臣不知中外之臣亦有以當今之急務，生民之疾苦，力爲陛下别白言之者乎？蓋必有之矣，而臣未得聞也。臣竊不自揆，伏念父子受國厚

恩，備位侍從，縻在朝廷，屢以狂瞽塵浼聖聰；問以衰疾，自求閑官，不敢復預國家之議，四年於兹矣。幸遇陛下，發不世之詔，問以朝政闕失，斯實千載一時，古人雖在畎畝，猶不忘君，況居位食禄者乎〔一〕？是以不敢畏當塗，避衆怒，愛微軀，保妻子，心知時事之可憂，而塞嘿不言也。竊觀陛下英睿之性，希世少倫，即位以來，鋭精求治，耻爲繼體守文之常主。高欲慕堯舜之隆，下不失漢唐之盛。擢俊傑之才，使之執政，言無不聽，計無不從，所譽者超遷，所毁者斥退，垂衣拱手，聽其所爲，推心置腹〔二〕，人莫能間，雖齊桓公之任管仲，蜀先主之任諸葛亮，殆不及也。執政者亦悉心竭力，以副陛下之欲，耻爲碌碌守法循故事之臣，每以周公自任，是宜百度交正，四民豐樂，頌聲旁洽，嘉瑞沓至，乃其効也。然六年之間，百度紛擾，四民失業，怨憤之聲，所不忍聞；災異之大，古今罕比，其故何哉？豈非執政之臣，所以輔陛下者，未得其道歟？所謂未得其道者，在於好人同己，而惡人異己是也。陛下既全以威福之柄授之，使之制作新法，以利天下，是宜與衆共之，捨短取長，以求盡善；而獨任己意，惡人攻難。羣臣有與之同者，則擢用不次；與之異者，則禍辱隨之。人情誰肯棄福而取禍，去榮而就辱？於是天下之士，躁於富貴者，翕然附之，争勸陛下，益加委信，順從其言，嚴斷刑罰，以絶異議，如是者往往立取美官。比年以來，中外執事權者，皆此屬矣。其懷忠直、守廉耻者，皆擯斥廢棄，或罹罪譴，無所容立。至於臺諫之官，天子耳目，所以規朝政之闕失，糾大臣之專恣，此陛下所當自擇，而亦使執政擇之。彼專用其所親愛之人，或小有違忤，即加貶逐，以懲後來；必得佞諛之尤者，然後爲之。如是則政事之愆謬，羣臣之姦詐，下民之疾苦，遠方之寃抑，陛下何從得見聞之乎？又奉使詢訪利害於四方者，亦其所親愛

之人，皆先稟其意指，憑其氣勢，以驅迫州縣之吏，善惡繫其筆端，升黜由其唇吻。彼州縣之吏，承迎奉順之不贍，何暇與之講利害，立同異哉？及其入奏，則云：州縣守宰，咸以爲便，經久可行。陛下但見其文書粲然可觀，以謂法之至善，詢謀僉同，豈知其在外之所爲哉？或者更增爲條目，務求新巧，互陳利病，各事改張，使畫一之法，日殊月異，久而不定，吏民莫知所從。蓋由襲故則無功，出奇則有賞，彼皆進身之私計，非有益國便民之志也。又令使者督責所在監司，監司督責州縣，上下相驅，競爲苛刻。奉行新法，稍不盡力，則謂之非才不職，及有壞新法，立行停替；或未熟新法，誤有違犯，皆不理赦，降去官與犯贓者罪同，而重於犯私罪者。州縣之吏，唯奉行文書，救免罪戾之不暇，民事不復留心矣。又潛遣邏卒，聽市道之人謗議者，執而刑之。又出榜立賞，募人告捉誹謗朝政者。臣不知自古聖帝明王之政，固如是耶？昔堯稽于衆，捨己從人；舜戒羣臣：「予違汝弼，汝無面從，退有後言。」此其所以爲帝王稱首者也。秦惡聞其過，殺直諫之士，禁偶語之人；及其禍敗，行道之人皆知之，而己獨不知，此所以爲萬世戒者也。子産相鄭，鄭人游于鄉校，以論執政，然明請毁之，子産曰：「何爲？夫人朝夕退而游焉，以議執政之善否，其所善者，吾則行之；其所惡者，吾則改之，是吾師也。若之何毁之？我聞忠善以損怨〔三〕，不聞作威以防怨。豈不遽止？然猶防川，大決所犯，傷人必多，吾不克救也。不如小決使道，不如吾聞而藥之也。」何今之執政，異於古之執政乎？齊景公謂梁丘據曰：「惟據與我和夫！」晏子對曰：「據亦同也，焉得爲和？和如和羹焉，水、火、醯、醢、鹽、梅，以烹魚肉，宰夫和之，齊之以味，濟其不及，以洩其過。君子食之，以平其心。君臣亦然。君所謂可，而有否焉，臣獻其否，以成其可；君所謂否，而有可

焉，臣獻其可，以去其否，是以政平而不干，民無争心。今據不然，君所謂可，據亦曰可；君所謂否，據亦曰否。以水濟水，誰能食之？」今朝廷之臣，對揚啓沃，亦有異於梁丘據者乎？衛君言計非是，而羣臣和者如出一口。子思曰：「以吾觀衛，所謂君不君、臣不臣者也。人主自臧，則衆謀不進。事是而臧之，猶却衆謀；況和非以長惡乎？夫不察事之是非而悦人贊己，闇莫甚焉；不度理之所在，而阿諛求容〔四〕，諂莫甚焉。君闇臣諂，以在民上，民不與也；若此不已，國無類矣。」子思言於衛侯曰：「君之國事，將日非矣。君出言自以爲是，而卿大夫莫敢矯其非；卿大夫出言自以爲是，而士庶人莫敢矯其非。君臣既自賢矣，而羣下同聲賢之。賢之則順而有福，矯之則逆而有禍，如此則善安從生？」今執政主新法，羣下同聲賢之，有以異於衛國之政乎？是以士大夫憤懣鬱結，視屋竊嘆，而不敢言；庶人飢寒憔悴，怨歎號泣，而無所控告。此則陛下所謂「忠謀讜言，鬱於上聞，而阿諛壅蔽，以成其私者」也。苟忠讜退伏，阿諛滿側，而望百度之正，四民之樂，頌聲之洽，嘉瑞之臻，固亦難矣。方今朝之闕政，其大者有六而已。一曰，廣散青苗錢，使民有負債日重，而縣官無所得。二曰，免上户之役，斂下户之錢，以養浮浪之人。三曰，置市易司，與細民争利，而實耗散官物。四曰，中國未治，而侵擾四夷，得少失多。五曰，結保甲，教習凶器，以疲擾農民。六曰，信狂狡之人，妄興水利，勞民費財。若其他瑣瑣米鹽之事，皆不足爲陛下道也。捨其大而言其細，捨其急而言其緩，外有獻替之迹，内懷附會之心，是姦邪之尤者，臣不敢爲也。凡此六者之爲害，人無貴賤愚智莫不知之，乃至陛下左右前後之臣，日譽新法之善者，其心亦知其不可，但欲希合聖心，附會執政，盜富貴耳。一旦陛下之意移，則彼之所言亦異矣。臣今不敢復費簡札，

敍利害，以煩聖聽，但願陛下勿詢阿諛之黨，勿徇權臣之意，斷志罷之，必有能爲陛下言其詳者矣。此六者之中，青苗、免役錢尤大。夫力者，民之所生而有也；穀帛者，民可耕桑而得也；至於錢者，縣官之所鑄，民不得而私爲也。自未行新法之時，民間之錢，固已少矣。富商大賈，藏鏹者或有之，彼農民之富者，不過占田稍廣，積穀稍多，室屋脩完，耕牛不假而已；未嘗有積錢巨萬於家者也。其貧者，藍縷不蔽形，糟糠不充腹，春指夏熟，夏望秋成，或爲人耕種，資采拾以爲生，亦有未嘗識錢者矣。是以古之用民者，各因其所有而取之。農民之役，不過出力，稅不過穀帛。及唐末兵興，始有稅錢者，故白居易譏之曰：「私家無錢鑪，平地無銅山。」言責民以所無也。今有司爲法則不然，無問市井田野之民，由中及外，自朝至暮，唯錢是求。農民值豐歲，賤糶其所收之穀以輸官，比常歲之價或三分減二，於斛㪷之數，或十分加二，以求售於人。若值凶年無穀可糶，吏責其錢不已，欲賣田則家家賣田，欲賣屋則家家賣屋，欲賣牛則家家賣牛，無由可售，不免伐桑棗，撤屋材，賣其薪，或殺牛賣其肉，得錢以輸官。一年如此，明年將何以爲生乎？故自行新法以來，農民尤被其患。農者天下之本，農既失業，餘民安所取食哉？今貨益重，物益輕，年雖饑，穀不甚貴，而民倍困。爲國計者，豈可不少思其故哉？此皆斂錢之咎也。北盡塞表，東被海涯，南踰江淮，西及邛蜀，自去歲秋冬，絶少雨雪，井泉溪澗，往往涸竭，二麥無收，民已絶望。孟夏過半，秋種未入，中户以下，大抵乏食，采木實草根，以延朝夕，若又如是數月，將如何哉？當此之際，而州縣之吏，督迫青苗助役錢不敢少緩，鞭笞縲紲，唯恐不迨。婦子皇皇，如在湯火之中，號泣呼天，無復生望。臣恐鳥窮則啄，獸窮則攫，民窮困已極，而無人救恤，羸者不轉死溝壑，壯

者不聚爲盜賊，將何之矣？若東西南北，所在嘯聚，連羣結黨，日滋月蔓，彌漫山澤，蹈藉城邑，州縣不能禁，官軍不能討。當是時，方議除去新法，將奚益哉？緑林、赤眉、黄巾、黑山之徒，自何而有？皆疲於賦斂，復值飢饉，窮困無聊之民耳。此乃宗廟社稷之憂，而廟堂之上，方晏然自得，以爲太平之業，八九已成。此臣所爲痛心疾首，晝則忘食，夜則忘寢，不避死亡，欲默而不能者也。《易·復》之初九曰：「不遠復，無祇悔。元吉。」言過而能改，雖悔不大也。其上六曰：「迷復，凶，有災眚。用行師，終有大敗，以其國君凶，至于十年不克征。」言迷而不復，凶且有災，於君道尤不利也。昔秦穆公敗於殽，作《秦誓》曰：「唯古之謀人，則曰未就予忌；唯今之謀人，姑將以爲親，雖則云然，尚猷詢兹黄髮，則罔所愆。」蓋悔棄老成之遠慮，用利口之淺謀，以取覆敗，而思補其過也；故能終雪前耻，彊霸西戎。漢武帝征伐四夷，中國虚耗，賊盜羣起，又喪貳師之軍，乃下哀痛之詔曰：「迺者以縛馬書徧示丞相、御史、二千石、諸大夫、議郎、爲文學者，皆以虜自縛其馬，不祥甚哉；公車、方士、太史、太卜皆以爲吉，今計謀卦兆皆反謬。」蓋始寤公卿、方士之諂諛，對不以誠，致誤國事，有悔于心也。故禁苛暴，止擅賦，力本農，天下復安。自國家行新法以來，天下之人，心祈口禱，唯冀陛下之覺寤，而拯救其失，以蘇疲民，如望上天之膏澤，日復一日，以至于今。及今改之，猶可救也；過是則民力屈竭，一旦涣然離散，乃始勞心安集，豈不難哉？竊觀陛下詔書，畏天災，深自咎責，丁寧懇切，欲有所改爲也。若徒著之空文，而於新法無所變更，是猶臨鼎哀魚之爛，而益薪不已，將何補哉？陛下誠能垂日月之明，奮乾剛之斷，放遠阿諛，勿使壅蔽；自擇忠讜爲臺諫官，收還威福之柄，悉從己出；詔天下青苗錢勿復散，其見在民間逋欠者，計從初官

本，分作數年催納，更不收息；其免役錢，除放差役，並依舊法，罷市易務，其所積物，依元買價出賣，所欠官錢亦除利催本；罷拓土闢境之兵，先阜安中國，然後征伐四夷；罷保甲教閱，使服田力穡；所興脩水利，委州縣相度，凡利少害多者，悉罷之。如此，則中外讙呼，上下感悦，和氣薰蒸，雨必霑洽矣。彼阿諛之人，附會執政者，皆緣新法以得富貴；若陛下以爲非而捨之，彼如魚失水，必力固争執而不肯移，願陛下勿問之也。臣竊聞陛下以旱暵之故，避殿撤膳，其焦勞至矣，而民終不預其澤，不若罷此六者，立有溥博之德及於四海也。又聞京師近雖獲雨，而畿甸之外，旱氣如故，王者以四海爲家，無有遠近，皆陛下之赤子，願陛下雖徇羣臣之請，御正殿，復常膳，猶應兢兢業業，憂勞四方，不遽自寬，以爲無復災也。又諸州縣奏雨，往往止欲解陛下之焦勞，一寸云三寸，三寸則云一尺，多不以其實，不可不察也。又聞青苗之法，災傷及五分則倚閣；其間官吏不仁者，至有抑遏百姓，止放四分以下税，此尤可罪也。臣在冗散之地，若朝政小小得失，臣固不敢預聞；今坐視百姓困於新法如此，將爲朝廷深憂，而陛下曾不知之。又今年以來，臣衰疾寖增，恐萬一溘先朝露，齎懷忠不盡之情，長抱恨於黄泉，是以冒死一爲陛下言之；儻陛下猶棄忽而不之信，此則天也，臣不敢復言矣。干冒宸扆，臣無任懇切惶懼之至！

論錢穀宜歸一

司馬光

臣竊以《洪範》八政，食貨爲先，故古者國用必使冢宰制之。祖宗之制，天下錢穀，自非常平倉隸司農寺外，其餘皆總於三司。一文一勺以上，悉申帳籍；非條例有定數者，不敢擅支。故能知其大數，量

入爲出，詳度利害，變通法度，分畫移用，取彼有餘，濟此不足。指揮有司、轉運使、諸州，如臂使指。朝廷常選健吏，精於理財者，爲三司官，如陳恕、林特、李參之類，皆稱職有名者也。其餘非通曉錢穀者，亦罕得叨居其任；理資序，受厚俸而已。故能倉庫充溢，用度有餘，民不匱疲，邦家乂安。自改官制以來，備置尚書省六曹、二十四司，及九寺、三監，各令有職事，將舊日三司所掌事務，散在六曹，及諸寺監。户部不得總天下財賦，既不相統攝，帳籍不盡申户部，户部不能盡知天下錢穀之數。五曹各得支用錢物，有司得符，不敢不應副；户部不能制。户部既不知天下錢穀出納見在之數，無由量入爲出。五曹及内百司，各自建白理財之法，申奏施行；户部不得一一關預，無由盡公共利害。今之户部尚書，舊三司使之任也。左曹隸尚書，右曹不隸尚書，天下之財，分而爲二；視彼有餘，視此不足，不得移用。天下皆國家之財，而分張如此，無專主之者，誰爲國家公共愛惜通融措置者乎？譬人家有財，必使一人專主管支用；若使數人主之，各務己分所有者，多互相侵奪，又人人得取用之，財有增益者乎？故利權不一，雖使天下財如江海，亦有時而竭；況民力及山澤所出有限劑乎？此臣所以日夜爲國家深憂者也。今縱未能大有更張，欲乞且令尚書兼領左右曹侍郎，則分職而治。其右曹所掌錢物，尚書非奏請得旨，不得擅支；諸州錢穀金帛，隸提舉常平倉司者，每月亦須具文帳申户部，六曹及寺監欲支用錢物，皆須先關户部，符下支撥，不得一面奏乞直支；應掌錢物諸司，不見户部符，不得應副。其舊日三司所管錢穀財用事，有散在五曹及諸寺監者，並乞收歸户部。若以如此户部事多官少，難以辦集，即乞減户部冗末事務，付閑曹比司兼領，而通隸户部。如此則利權歸一，若更選用得人，則天下之財，庶

幾可理矣。

請罷韓琦等轉官

呂誨

臣伏覩宰臣韓琦等轉官制辭，皆賞先議建儲之功，於體似未爲便。且儲貳者，國家之根本；根本未立，大臣不言，誰其言之？蓋其職爾，豈得爲功。言之者，是公於天下；而賞之者，私於己也。且漢史載文帝豫建太子，但云有司所請，不顯其人；訖景帝世，不聞賞建言者，誠有旨哉！自至和而後，先帝服藥，文武官請建儲副者無慮百十人，可盡録其功賞之耶？去歲賞定策之功，今日賞建儲之議，恩寵便蕃，乃前世未聞之事也。大庭宣揚，是以爵禄誘人；妄者因事以言，必思後福，其可得乎？陛下自幼鞠育宫中，乃先帝之意，天命所屬；保護者，皇太后之功也。羣臣何力之有？借使臣下不言，曆數何所歸乎？貪天之功，以爲己有，古人羞之；琦等豈無是思？臣所以願陛下不賞者，爲國家無窮之計，唯聖智察焉！

請諸路安撫舉辟士人

呂誨

臣竊以本朝取士之路最廣，入流之人寔繁，常患遺才，似未得術；非養之有素，試之以事，誠不可也。如前朝藩鎮，延辟士人，既閲其實，使之漸進，庶幾得其用也。臣欲乞今後藩鎮帶安撫使處，許於本路舉人内，選有行實曾得文解者，歲辟一人，權本州司士參軍，且令差使，觀其能效，可以遠用，候滿

三考，保薦聞上。或賜以本科出身，然後隨其器使，必能適用。與夫科場較藝，取其一日之長，其效遠矣。朝廷久而行之，士皆修飭風俗，才無遺矣。

論選部　呂誨

臣聞：漢世諸侯，自得置吏四百石以下；其傅相大官，則漢置之。郡吏、督郵、從事，悉任之於牧守。魏晉而降，始歸吏部，蓋所以尊王朝而削郡國之權也。甄陶流品，因襲于今。以天下之廣，民政之本，委牧守自擇賢良而佐之，猶慮不得其人；而況專於一司乎？矧用刀筆以量才，按簿書而責實，限歲月以稽課，待賢愚於一塗，將使官無瘝曠，民歸治理，其可得也？而又吏有定員，入流之人無限，官隨歲積，銓衡日紊，不得救僥以澄源。其郡吏、督郵、從事及縣之司籍丞簿尉〔五〕，當令牧守舉辟乃任命。吏部謹其簿籍，俟考秩當遷，則稽之以課最，尚之以廉節，訪之以時務，較之以書判，審此四實，第爲五等，三之上聞于朝，當爲進任；四之下，俾其敍進；降此則覆退，及三載聽敍前職。如是州郡得人，生民受賜。雖權重於牧守，而命出於朝廷，亦不減吏部銓覈之要矣。

論王安石　呂誨

臣竊以大姦似忠，大詐似信，惟其用捨，繫時之休否也。至如少正卯之才，言僞而辨，行僞而堅，順非而澤，強記而博；非宣父聖明，孰能去之？唐盧杞天下謂之姦邪，惟德宗不知，終成大患。所以言知人

之難，堯舜其猶病諸！陛下即位之初，起王安石就知江寧府，未幾召爲學士，搢紳皆慶陛下之明擢有文之得以適其用也〔六〕。及進貳台席，僉論未允；衡石之下，果不得欺其重輕也〔七〕。古人曰：「廟堂之上，非草茅所當言。」正謂是也。臣伏覩參知政事王安石，外示樸野，中藏巧詐，驕蹇慢上，陰賊害物，斯衆所共知者。臣略疏十事，皆目覩之實迹，冀上寤於宸監；一言近誣，萬死無避。安石向在嘉祐中，判糾察刑獄司，因開封府爭鵪鶉公事，舉駁不當，御史臺累移文催促謝恩，倨傲不恭；相次仁宗皇帝上僊，未幾安石丁憂，其事遂已。安石服滿，託疾堅卧，累詔不起，終英宗朝不臣。就如有疾，陛下即位，亦合赴闕一見，稍存人臣之禮〔八〕。及就除江寧府，於私安便，然後從命。慢上無禮，其事一也。安石任小官，每一遷轉，遜避不已，自知江寧府，除翰林學士，不聞固辭；先帝臨朝，則有山林獨往之思；陛下即位，乃有金鑾侍從之樂。何慢於前而恭於後？見利忘義，豈其心乎！好名欲進，其事二也。人主延對經術之士，講解先王之道，設侍講、侍讀常員，執經在前，乃進說非傳道也。安石居是職，遂請坐而講說，將屈萬乘之重，自取師氏之尊，真不識上下之儀，君臣之分；況明道德以輔益聰明者乎！但要君取名而已。其事三也。安石自居政府，事無大小，與同列異議；或因奏對，留身進說，多乞御批，自中而下，以塞同列沮論，是則掠美於己，非則斂怨於君。用情罔公，其事四也。安石自糾察司，舉駁多不中理，與法官爭論刑名不一，常懷忿隙。昨許遵誤斷謀殺公事，力爲主張妻謀殺夫用按問，欲舉減等科罪，挾情壞法，以報私怨。兩制定奪，但聞朋附；二府看詳，亦皆畏避。徇私報怨，其事五也。安石初入翰林，未聞進一士之善；首率同列，稱弟安國之才。朝廷與狀元恩例，猶謂之薄。主試者定文卷不優其人，遂罹中

傷。小惠必報，纖仇必復。及居政府，纔及半年，賣弄威福，無所不至。自是畏之者勉意俯從，附之者自鬻希進，奔走門下，唯恐其後，背公死黨，今已盛矣。怙勢招權，其事六也。宰相不視事旬日，差除自專，逐近臣補外，皆不附己者，妄言盡出聖衷；若然，不應是安石報怨之人，丞相不書敕，本朝故事，未之聞也。意示作威，聳動朝著；然今政府同列依違，宰臣避忌，遂專恣而行，何施不可。專威害政，其事七也。凡奏對黼座之前，唯肆強辨。向與唐介爭論謀殺刑名，遂致諠譁，衆非安石而是介。介忠勁之人，務守大體，不能以口舌勝，不幸憤懣發疽而死。自是同列尤甚畏憚；雖丞相亦退縮，不敢較其是非。任性陵轢同列，其事八也。陛下方稽法唐堯，敦睦九族，奉親愛弟，以風天下；而小人章辟光獻言，俾岐王遷居于外，離間之罪，固不容誅。上尋有旨送中書，欲正其罪；安石堅拒不從，仍進危言，以惑聖聰，意在離間，遂成其事。朋姦之迹甚明，其事九也。今邦國經費，要會在於三司。安石居政府，與知樞密者同制置三司條例，兵與財兼領之，其掌握重輕可知矣。又舉三人者勾當，八人者巡行諸路，雖名之曰商榷財利，其實動摇天下也。臣未見其利。先見其害。其事十也。臣指陳猥瑣。煩黷高明，誠恐陛下悦其才辯，久而倚毗，情僞不得知，邪正無復辨，大奸得路，則賢者漸去，亂繇是生〔九〕。臣究安石之迹，固無遠略，唯務改作，立異於人，徒文言而飾非，將罔上而欺下。臣竊憂之，誤天下蒼生，必斯人矣。伏望陛下，圖治之宜，當稽于衆，方天災屢見，人情未和，唯在澄清，不宜撓濁。如安石久居廟堂，必無安静之理，臣所以瀝懇而言，不虞横禍，期感動於聰明，庶判别於真僞。況陛下志在剛決，察於隱伏，當質於士論，然後知臣之言中否。然詆訐大臣之罪，不敢苟逭；孤危若寄，職分難安，當復露章，請避怨敵。

校勘記

〔一〕居位食禄　「居」字原本空白，據明抄本、明刻本補。

〔二〕推心置腹　「推」原作「誰」，據明抄本、明刻本改。

〔三〕忠善以損　四字原本空白，據明抄本、明刻本補。按，子産此語見《左傳》襄公三十一年。

〔四〕阿諛求容　「容」字原本空白，據明刻本補。

〔五〕丞簿尉　「簿」字原本作墨丁，明抄本空白，據明刻本補。

〔六〕有文之得　四字原本作墨丁，明抄本空白，據明刻本補。又此句末「也」字，明抄本作「乃」，則當屬下句。

〔七〕不得欺　「得」字明刻本作「能」。

〔八〕稍存　「存」原作「有」，據明抄本、明刻本改。

〔九〕亂繇是生　「是」原本作「由」，據明抄本、明刻本改。

宋文鑑卷第五十一

奏疏

論治本

孫沔

臣聞虞舜治家而納麓，姬文刑寡而御邦。《周南》歌《關雎》之德，仲尼删《詩》，著爲三百篇之首；魯史先經以紀元妃，丘明直書爲十二公之始。《易》以風自火出，爲《家人》之象，言號令之行于外，由中正而明于内，非嚴風火之威，則難以正于家矣。《禮》云：「身修而家齊，家齊而國治，國治而天下平。」王政之本，基乎此矣。是知先聖懼昵情之爲患，而立教于將來者也。恭以皇帝陛下，仁深溥博，明達照臨，好善無厭，從諫弗咈，紹三朝之謨訓，躬萬機之憂勤，旰食在念，將二十年；雖古之聖帝明王，致志行事，無以過也。今朝無專權之臣，上無失道之事，然而陰陽未和，災變未息，法令不行，恩威不著者，豈治内之道，有所未至歟？臣不欲迂闊引喻前古，顧以聞見五事而陳之。若以言獲罪，臣之職也。伏以中宫正位，德配至尊，主治陰教，爲天下母，三妃九嬪，世婦御妾，上下分統，無有僭差，百世不易之論也。伏自景祐以來，三黜寵姬，闖兩犯扆扆，蓋所起幽微，不勝恩遇，身貴則性悍，福極則患生，退屏繼跡，踰僭如舊，苟不逮於嚴制〔一〕，竊恐漸於厲階。昨見上元嘉節，内庭出遊，美人才人，無不隨從，飛蓋蔽景，

流車激霆，各崇華衞，分道争行，衆目共觀，與后爲並，此非所以示外而垂範者也。臣乞今後貴品嬪御等，並令修備禮節，戒約奢侈，常隨皇后出入，不得各排儀衞，輒自矜越。仍乞選擇端嚴近上夫人一兩員，立爲宫師，以佐内職，則所冀上下有別，而中外不惑矣。竊以宫政之設，内職是先，尚書侍御司記典言一百三十則爲大備〔二〕。故先朝之數，侍史不過五百人，俸給止於五十貫，皆有紀律，不甚奢盈。今聞十倍增人，已踰二三千；十倍添俸，或至二十萬；私身養女，數復過之。百司供億，按簿可知，一歲之中，所用何極？非所以示節儉也。臣乞取索宫中諸院宫人，及私身養女，都大數目，呈取進止。若非遊幸之所，宜令檢勘，合用人量留外，並放歸本家，任從其便；而請給之數，見在者宜節減其半，此所以消幽曠之氣，而省財廪之費也。竊以内侍之職，最爲親近，宣傳國命，出納王言，常敦抑制，尚或騰凌；今遷秩不踰年，賞賜無虚日，甲第連坊，名園接畛，玉帛盈於後房，絲竹聞於别院，官尊禄厚，職重員多，若不立之儀式，必恐亢於寵榮。臣欲乞御藥依舊只用二員，御帶、押班、都知，並乞選擇謹重、公嚴、勤慎、舊有心力者充，三年一遷官，不許非次改轉；未有嗣者，令養一子。則内無久貴之人，下有進身之路，亦一代之永制也。竊以勾陳九重，華蓋萬乘，垣直太紫，庭儼雲龍，非深嚴不爲尊，非禁戒不爲備，闌入則抵罪，語至則伏誅，使内言不出於閫，外言不入於閫，所以防未然而限中外也。今上之起居言語，衆無不知；帷簿宴遊，外無不傳；内降斜封，坦夷若道；免刑要賞，響應如神；皆由左右之人，出入爲地。邇臣頗邪，能伺動静，迎合巧中，率用斯道。若不早辨以防微，竊恐長奸而忽變。臣欲乞應合入内及聽唤中人，並用五十以上，十五已下者；諸宫院子，須限七十已上；分定番次上下，不得參雜出入，仍令内東門

司專切點檢。其暗祇候、俳優人，及公主院擔子官，各放歸本營；所有內道場，乞今後斷絕。此則肅靜於宸庭，足以輝光於史牒。竊以王者所須，歲終不會，蓋天下之財，天子用之，有司不得而吝也。其或出納不謹，支費不節，豈可容奸，不詰其弊？今御寶憑由司內東門劄子，取諸庫犀玉金銀錢帛，一歲僅三百餘萬貫，但有入內之名，不知所用之處，此數既多，不可悉記。昨聞胥吏僞取庫金三十兩抵法；況御寶是中禁所掌，外何計而詐得之？竊恐前後用此，非一吏也。乞差不干礙公幹、有心力臣寮置司，將寶元後來，係御寶憑由及內東門劄子取左藏庫等金銀犀玉錢帛大數，對帳簿及謝恩表狀，造作文曆；并內藏諸庫，亦自寶元後來，內中支使金寶錢帛都數，逐件磨勘，即見無涯費用，積久欺弊。仍乞今後諸宮閤凡有取索出到憑由劄子，先下內侍省都知入內覆奏，然後置簿抄上，番換通簽正牒，下諸庫藏，方得即官支物，不得直行取索。或更別設關防，節減用度，亦經久之利也。此五事者，實政教之本源，昇平之基構也。中宮正，則內宰之制行于六宮，而寵嬖不犯於上矣；宮禁嚴，則中闈之事絕于衆口，而朋黨不生于外矣；宮人不減，則用度不給，怨曠以感陰陽之沴矣；內侍不禁，則威柄不一，引進以來邪佞之類矣；御寶不嚴，財貨不計，則盜詐公取而無慮矣。噫！恩能削威，昵可消正，甘言令色遜于志，先意希旨會其事，仁愛浸深，忍情難決，非至聖至明，不可免也。伏望皇帝陛下，遊神清淨，毓德太寧，養冲和之性，節嗜慾之情，使氣志如神，威儀可畏，廓日月之輝，發雷霆之斷，柔媚不干于聰明，愛倖盡決於道義，則何患天下之不治哉？《書》曰：「威克厥愛，允濟。」《易》曰：「揚于王庭，剛決柔也。」《傳》曰：「棖也慾，焉得剛。」非用天之剛健中正〔三〕，則於斷也難矣。今昊賊侵軼，西鄙攻守，臣未敢進一策者，蓋儒者

不知兵，不可預言也。若大臣盡心，諸將用命，恐未爲大患也。夫手足之疾，侵於皮膚，積爲瘡痍，發于指掌，未有所損也；心腹之疾，迫于膏肓，擁爲癰疽，潰于頭目，不可卒救也。此五事措置得宜，則無窮之福；此五事因循弗舉，恐爲不測之慮。履霜至于堅冰，燃火在于積薪，非一朝一夕之故也。惟斷之在不疑，行之恐不及，動無失幾，間不容髮，則百世之利，萬方之幸；此皆陛下家事，非人臣所得及也。至於政教之綱紀未舉，輔相之心德未同，朋黨之邪正未分，著位之才愚未辨，進賢難于起死，去佞過于拔山，法令撓於親，恩賞及於濫，豈不謂根蘗于內，而斤斧不施者乎？若聖人一慮及此，則庶事自正，其條例悉數之名，俟聰明聽然其說，異日爲陛下言之也。臣素非博識，惟盡愚誠。不歷詆於羣公，不專攻於上德，但慮切直，速怒貴權，不能保身，貽憂老母，則於事君之心無所愧矣。伏望夙夜之餘，再賜詳覽，無使臣言爲空言，則死生幸甚！干犯威顏，甘俟誅竄，無任激切待罪之至！

請罷不管兵節使公用

孫沔

臣竊見正刺史已上，至防團節度使、使相，皆有隨使公用錢，多或至一萬貫。蓋先朝以諸道用兵之際，恩假武臣，俾之足用，犒設軍員，招延賓客，任其支費，不問出入，欲使將帥豐財聚人之術也。自太平四十年，因循成例，給賜不追。或罷權出鎮，或養疾閑地，至於老死，未聞退辭。軍員賓客，不復延設，雖稱公錢，並爲己物。與之既不知恩，取之豈敢生怨。若朝廷以爲小事，恐傷大體，臣願引卽月三事，以爲之比，乞陛下聰明詳之，則知罷無損矣。今范仲淹孤寒出身，忠誠報國，統兵邊鄙，終歲勤苦，

未嘗有臣寮乞賜與千百緡，令助清貧之節，一也。劉渙仗義入夷狄，去不顧妻子，非慷慨感於君親，豈能身奮死地？亦未嘗有臣寮乞賜與千百緡，令資其家，二也。田況召自江外，受命陝西，委參使幕，合得賜賚一二百貫，此亦微事，須合自陳，況既耻言，賜以弗及，三也。蓋以國家闕用，多方節財，惟守舊例，不求損益；有例者雖枉費於萬金不爲惜〔四〕，無例者雖可賞亦不知卹，例之爲弊，一至於此，豈宜執而不革者也。伏望斷自宸衷，勿容横議，所有刺史至使相，非統兵及任陝西、河北者，並乞盡罷隨使公用錢，令支撥與管内臣寮，此足使武夫悍卒知聖人憂邊之深意也。所有皇親，乞從特恩，以表異禮。

論詔獄

吴育

先王凝旒黈纊，不欲聞見人之過失；有犯典憲，即屬之有司按文處斷，情可矜者，猶或特從寬宥，如此則恩歸主上，而法在有司，人被誅殛，死亦何憾。祖宗以來，不許刑獄司狀外求罪，是以人人自安。近傳三司判官楊儀下獄，自御史臺移劾都亭驛，械縛過市，萬目隨之，咸共驚駭，不測爲何等大獄；及聞案具，乃止請求常事，非有枉法贓賄；又傳所斷罪名，法不至此，而出朝廷特旨，恐非恩歸主上，法在有司之意也。且儀身預朝行，職居館閣，又任事省府，使有大罪，雖加誅斬，自有憲章；苟不然者，一旦至此，使士大夫不勝其辱，士民輕視其上，非所以養廉耻，示敦厚也。自古刑獄滋彰之時，誅家滅族，寃枉太半，大抵雷霆方震，人莫敢言，有司以深就深，各圖自免；或因而爲利，以希進取，使君恩不得下達，人情不得上通，感傷至和，災變百出。陛下爲四海愛戴之主，忽使道路之口，紛紛竊議；朝廷之士，人人自

危，此臣所以深爲陛下痛惜之也。若儀罪未斷，臣不敢言；今事已往，且無解救之嫌，上祈聖神，此後詳審庶事，毋輕置詔獄，具案之上，自非情涉巨蠹，且從有司論讞，不必法外重行，如此足以安人心，靜風俗，養廉耻，召和平，天下之幸也。

論本朝百年無事　王安石

臣前蒙陛下問及本朝所以享國百年、天下無事之故。臣以淺陋，誤承聖問，迫於日晷，不敢久留，語不及悉，遂辭而退。竊惟念聖問及此，天下之福，而臣遂無一言之獻，非近臣所以事君之義，故敢冒昧而粗有所陳〔五〕。伏惟太祖，躬上智獨見之明，而周知人物之情僞，指揮付託，必盡其材，變置施設，必當其務；故能駕馭將帥，訓齊士卒，外以扞夷狄，內以平中國。於是除苛賦，止虐刑，廢强橫之藩鎮，誅貪殘之官吏，躬以簡儉爲天下先，其於出政發令之間，一以安利元元爲事。太宗承之以聰武，真宗守之以謙仁，以至仁宗、英宗，無有逸德，此所以享國百年而天下無事也。仁宗在位，歷年最久，臣於時實備從官，施爲本末，臣所親見，嘗試爲陛下陳其一二，而陛下詳擇其可，亦足以申鑒於方今。伏惟仁宗之爲君也，仰畏天，俯畏人，寬仁恭儉，出於自然，而忠恕誠慤，終始如一。未嘗妄興一役，未嘗妄殺一人。斷獄務在生之，而特惡吏之殘擾；寧屈己棄財於夷狄，而終不忍加兵。刑平而公，賞重而信，納用諫官御史，公聽並觀，而不蔽於偏至之讒。因任衆人耳目，拔舉疏遠，而隨之以相坐之法。蓋監司之吏，以至州縣，無敢暴虐殘酷，擅有調發，以傷百姓。自夏人順服，蠻夷遂無大變，邊人父子夫婦，得免

於兵死，而中國之人安逸蕃息，以至今日者，此未嘗妄興一役，未嘗妄殺一人，斷獄務在生之，而特惡吏之殘擾，寧屈己棄財於夷狄，而不忍加兵之効也。大臣貴戚，左右近習，莫敢强横犯法，其自重慎，或甚於閭巷之人，此刑平而公之効也。募天下驍雄横猾以爲兵，幾至百萬，非有良將以御之，而謀變者輒敗；聚天下財物，雖有文籍，委之府史，非有能吏以鉤考，而欺盜者輒發；凶年饑歲，流者填道，死者相枕，而寇攘者輒得，此賞重而信之効也。大臣貴戚，左右近習，莫能大擅威福，廣私貨賂，一有姦慝，隨輒上聞，貪邪横猾，雖間或見用，未嘗得久，此納用諫官御史，公聽並觀，而不蔽於偏至之讒之効也。自縣令京官，以至監司臺閣，陞擢之任，雖不皆得人，然一時之所謂才士，亦罕蔽塞而不見收舉者，此因任衆人之耳目，拔舉疏遠，而隨之以相坐之法之効也。升遐之日，天下號慟，如喪考妣，此寬仁恭儉，出於自然，忠恕誠慤，終始如一之效也。然本朝累世因循末俗之弊，而無親友羣臣之義。人君朝夕與處，不過宦官女子；出而視事，又不過有司之細故，未嘗如古大有爲之君，與學士大夫討論先王之法，以措之天下也。一切因任自然之理勢，而精神之運有所不加，名實之間有所不察。君子非不見貴，然小人亦得厠其間；正論非不見容，然邪説亦有時而用。以詩賦記誦求天下之士，而無學校養成之法；以科名資歷叙朝廷之位，而無官司課試之方。監司無檢察之人，守將非選擇之吏。轉徙之亟，既難於考績；而游談之衆，因得以亂真。交私養望者，多得顯官；獨立營職者，或見排沮。故上下偷惰，取容而已。雖有能者在職，亦無以異於庸人。農民壞於繇役，而未嘗特見救恤，又不爲之設官，以修其水土之利。兵士雜於疲老，而未嘗申敕訓練，又不爲之擇將，而久其疆埸之權。宿衛則聚卒伍無賴之人，而未有以變五

代姑息羈縻之俗。宗室則無教訓選舉之實，而未有以合先王親疏隆殺之宜。其於理財，大抵無法；故雖儉約而民不富，雖憂勤而國不强。賴非夷狄昌熾之時，又無堯、湯水旱之變，故天下無事，過於百年，雖曰人事，亦天助也。蓋累聖相繼，仰畏天，俯畏人，寬仁恭儉，忠恕誠慤，此其所以獲天助也。伏惟陛下，躬上聖之質，承無窮之緒，知天助之不可常恃，知人事之不可怠終，則大有爲之時，正在今日。臣不敢輒廢將明之義，而苟逃諱忌之誅，伏惟陛下幸赦而留神，則天下之福也。取進止。

論孫覺令吏人寫章疏劄子

王安石

臣今日蒙宣召，諭以孫覺令吏人寫論列大臣章疏。臣初亦怪其不能謹密，但疑此朋友所當誨責，非人主所當譴怒。既又反復思惟，陛下以覺爲可聽信，故擢在諫官，進賢退不肖，自其職分所當論列，雖揚言於朝，以廸上心，於義未爲失也；但令吏人書寫章疏，誠不足以加譴怒。凡人臣當謹密者，以君子小人，消長之勢未分，言有漏泄，或能致禍，如其不密，則害於其身。若遭值明主，危言正論，無所忌憚，亦何謹密之有乎？惟有姦邪小人，以枉爲直，懼爲公論之所不容，則惟恐其言之不密；若得此輩在位，陛下何所利乎？若陛下疑覺有交黨之私，招權之姦，則恐盛德之世，不宜如此。魏鄭公以爲上下各存形迹，則國之廢興或未可知；若陛下不考察邪正是非，而每事如此猜防，則恐善人君子各顧形迹，不敢盡其忠讜之言，而姦邪小人，得伺人主之疑，以行讒慝也。若陛下恐陳升之聞此〔六〕，或不自安，臣亦以爲不然。漢高祖雄猜之主也，然鄂秋明論相國蕭何功次，而高祖不疑，乃更加賞；亦不聞蕭何以此

爲嫌。陛下聖明高遠，自漢以來，令德之主皆未有能企及陛下者，每事當以堯舜三代爲法，奈何心存末世褊吝之事乎？《書》曰：「任賢勿貳，去邪勿疑。」不明知其賢而任之以爲賢，不明見其邪而疑之以爲邪，非堯舜三代之道也。陛下以臣爲可信，故聖問及之，臣敢不盡愚。今日口對未能詳悉，故謹具劄子以聞。

請令文武致仕官依外任官給俸錢

呂公著

臣竊以古之仕者，七十而致仕；雖有不得謝者，然年至而去，實禮之常制。蓋當其壯也，既竭勤盡瘁，以任其事；故及其老也，則使之優逸以終其身，此君上之至恩，而臣下之極榮也。然自本朝以來，凡致仕者，雖例改官資，或推恩子弟，年及而願退者常少。議者以疲癃老疾之人，其精神筋力不足以任職，則或至於蠹政而害民，故著令應年及而不退者，自知州以下，皆降爲監當。然比年以來，致仕者亦不加多。夫昔爲守倅，而今釐務，雖至愚之人，豈不以爲辱；然所以被辱而不去者，亦由朝廷立法有以致之。何則？古之爲仕者，終身食其地；今之致政者，即日奪其廩。古之仕者不出鄉里，今則有奔走南北之勞；古之仕者，常處其職；今則有罷官待次之費；故自非貪吏，及素有經産，則其禄已常苦不足，一日歸老，則妻子不免於凍餒，是以雖潔廉之士，猶或隱忍而不能去。議者不惟其本，則曰此皆無耻之人，宜思所以重辱之，此朝廷之恩所以愈薄，而臣下之節所以益壞也。臣愚欲乞應文武官致仕，非因過犯及因體量者，並依外任官例，與給四分俸錢，歲時州郡量致酒粟之問，如此則自非無耻之甚者，莫不

感抱恩德，争自引去矣。朝廷優之如此，而猶不能去，則雖重辱之，亦不爲甚過也。或曰今國用方患不足，則吏禄豈宜有增？臣竊以爲，今日所議，正爲年及而不退者；彼若年及而退，則其禄故未嘗絶，如此自人多引去，則今之去而受禄者，乃向之不去而居官者也。臣所論者，其實國無所費，而足以全遇下之恩；臣無重辱，而足以去瘝官之弊。伏惟陛下方以至仁厚德風化天下，則於優養耆老固所先務，伏乞詳酌施行。

論臧否人物宜謹密　吕公著

臣聞《易》曰：「君不密則失臣，臣不密則失身，幾事不密則害成。」夫人主延見羣臣，與之講天下之事，而論及人物之臧否，此所宜謹密者也。苟人主謹密有所不至，則人臣悼後害之及，念失身之戒，而不敢盡其所言，此《易》之所謂「不密則失臣」者也。況人君用人，既用其長，固欲知其短；知而暴之，則莫肯盡其心力。將同舟而濟，共輿而馳，苟不能使人人盡其心力，則其勢未可知也。惟陛下留意，幸甚！

請廣收人才　吕公著

臣伏覩近詔舉才行堪任外擢官。竊觀陛下自臨御以來，虚心屈己以待天下之士；士之起草茅小官而超至顯近者，不可勝數，然猶孜孜以求賢爲急，誠欲廣收人才，無所遺棄。臣伏思自昔有爲之君，不

借賢於異代；然唐虞之際，亦稱才難，則世固未嘗乏賢，而人才亦不可多得。今陛下降發中之詔，非徒爲虛文也。中外所舉，蓋百有餘人，雖不能盡當，誠參考名實而試用之，宜有可以塞厚望，應明指者。臣又竊詳今日詔意，正欲達所未達。然數年以來，天下之士，陛下素知其能，嘗試以事，而終就閑外者尚多；恐其間亦有才實忠厚，欲爲國家宣力者，未必盡出於迂闊繆戾而難用也。漢武帝時，公孫洪初舉于朝，以不稱旨罷；後再以賢良舉，帝親擢爲第一，不數年間，遂至宰相。由是觀之，人固未易知，而士亦不可忽。何則？昔日所試，或未能究其詳；數年之間，其才業亦容有進。惟陛下更任之事，以觀其能；或予之對，以考其言，兼收博納，使各得自盡，則盛明之世，無滯才之嘆。不勝幸甚！

論李定言程顥顧臨不當

呂公著

臣聞皐陶陳謨，以「知人」爲難；孟子論道，以「知言」爲要。所謂知人則哲，能官人何憂乎驩兜，何畏乎巧言令色孔壬者，知人也。「詖辭知其所蔽，淫辭知其所陷，邪辭知其所離，遁辭知其所窮」者，知言也。故曰，帝王之德，莫大乎知人；而成敗之機，在於察言。是以堯舜在上，明目達聰，詢四岳以難任人，命納言以堲讒說，使惡直醜正者，不能亂天下之俗，服讒蒐慝者，不能遷人主之意；然後四門穆穆，而朝廷清明，權歸于上，而天下無事。臣向蒙陛下，擢在樞府，中謝日不敢縷陳細務，輒論及判別忠邪之道。嘗謂陛下勵精爲治，十年不懈，小大政事，日欲增葺，而朝廷之間，邪説尚勝。大抵小人之害君子，必求要切之語以中之，使之不能自解。方朝廷修改法度之初，凡在朝野，孰無論議？陛下聖度兼

包，豈嘗記録？而小人賊害，指目未已。苟昔有異同之論，而今不爲言者所容，則必指以爲沮壞法度之人，不復可用；非陛下加意省察，則端人良士，類遭排格。當時粗陳此語，陛下頗賜開納。近日除顧臨開封府推官，程顥判武學，縉紳聞之，皆以爲顥昔任御史，嘗有所言，陛下不以爲過，而稍用之，知朝廷用人，不終遺棄，必料傳之四方，士人無不欣仰。然命下數日，復因言者而罷去，則知臣前所陳者，其風猶未殄也。臣實不佞，嘗爲一二識者私道陛下聖德，竊以爲陛下春秋鼎盛，履崇高之位，操殺生之柄，而記人之功，忘人之過，極天地山海之量，此羣下所以愛戴，而人人願立於朝也。小大之臣，雖姦回頗僻如鄧綰者，猶降責不踰年，遽復侍從，授以方面，則是盛明之世，本無棄絶之人，邪正賢不肖，亦未易以一言而定也。臣愚以謂，今日公卿士夫，嘗於朝廷法令有所可否，然其愛君許國之心，愈久而益明者甚衆；其唱和雷同，承迎附會，而姦言汙行，卒爲陛下所照者，蓋亦不少，然則人固未易知，而士亦不可忽也。況如顥者，陛下早自知之。其立身行己，素有本末，講學論議，久益疏通。且其在言路日，時有論列，皆辭意忠厚，不失臣子之體，使得復見用於聖世，其奮身報國，未必在時輩之後；兼所除武學差遣，亦未爲仕宦之要津，而小人齗齗，必以爲不可者，直欲深梗正路，廣沮善人，其所措意，非特一二人而已。臣區區所慮者，讒説殄行之徒，日以熾盛，則守正向公之士，愈難自立，其於聖政，不爲無損。臣受恩與常人不同，苟有所當言者，不敢顧避緘默，以負陛下優遇。唯陛下幸察！

校勘記

〔一〕不逮 「逮」字原本空白，據明抄本、明刻本補。

〔二〕記典 二字原本空白，據明刻本補。明抄本「典」誤作「與」。

〔三〕天之剛健中正 「天」下原作墨丁，明抄本空白，明刻本作「天下」。

〔四〕有例者 「例」原作「利」，據下文「無例者雖可賞亦不知卹」云云，則此處「利」字亦當作「例」。明天順本作「例」，據改。

〔五〕冒昧 二字原本空白，據明抄本、明刻本補。

〔六〕陳升之 「升」字原本空白，據明抄本、明刻本補。

宋文鑑卷第五十二

奏疏

進十事

呂公著

臣近准詔書，令臣發來赴闕，已於今月二十日朝見訖。竊聞近日臣寮未有上殿班次，臣雖忝先朝執政之臣，亦未獲一親法座〔一〕，少奉德音。然自忖累世蒙被厚恩，惓惓報國之誠，不能自已，輒具奏封〔二〕，陳其一二，冒瀆聖聰，臣無任惶懼之至！臣伏覩皇帝陛下，紹履尊極，方逾數月，臨朝穆穆，有君人之度。太皇太后陛下，勤勞庶政，保佑聖躬，德澤流行，已及天下。臣遠從外服，召至左右，竊思人君即位之初，宜講求修德爲治之要，以正其始，然後日就月將，學有緝熙于光明，新而又新，以至於大治，是用罄竭愚誠，考論聖道，概舉十事，仰贊聰明。一曰畏天，二曰愛民，三曰修身，四曰講學，五曰任賢，六曰納諫，七曰薄斂，八曰省刑，九曰去奢，十曰無逸，皆隨事解釋，粗成條貫，不爲繁辭，以便觀覽，伏望陛下留神幸察！如言有可採，即乞置之御座，朝夕顧省，庶於盛德少助萬一，謹列如右：

畏天

《書》曰：「皇天無親，惟德是輔。」又曰：「惟上帝不常，作善，降之百祥；作不善，降之百殃。」蓋天雖高遠，日監在下；人君動息，天必應之。若修己以德，待人以誠，謙遜静慤，慈孝忠厚，則天必降福，享國永年，災害不生，禍亂不作；若慢神虐民，不畏天命，則或遲或速，殃咎必至。自古禹、湯、文、武，以畏天而興；桀、紂、幽、厲，以慢神而亡，如影隨形，罔有差忒。然自兩漢以來，言天道者，多爲曲説，以附會世事。間有天地變異，日月災眚，時君方恐懼修省，欲側身脩行，而左右之臣，乃據經傳，或指外事爲致災之由；或陳虚文，爲消變之術，使王意怠於應天，此不忠之甚者。《詩》曰：「我其夙夜，畏天之威，于時保之。」然則有天下者，固當飭己正事，不敢戲豫，使一言一行，皆合天心，然後社稷民人可得而保也。天人之際，焉可忽哉？

愛民

《書》曰：「撫我則后，虐我則讎。」人君既卽尊位，則爲民之父母，萬方百姓，皆爲己子。父固不可以不愛子，君固不可以不愛民。若布德施恩，從民所欲，則民必欣戴；欣戴不已，則天降之福。若取民之財，不憂其困，用民之力，不恤其勞，好戰不休，煩刑以逞，則民必怨叛；怨叛不已，則國從而危。故曰：「民惟邦本，本固邦寧。」然自古人君，臨朝聽政，皆以赤子爲憂；一旦用兵，則不復以生靈爲念。此蓋獻策之臣，設姦言以導上意，以開邊拓境爲大功，以暫勞永逸爲至計，此世主所以甘心而不悟也。夫用兵不息，少壯從軍旅，老弱疲轉餉，伏尸流血，而勝負得失，猶未可知也。民勞則中國先敝，夫何足以爲

功？兵興則朝廷多事，亦不得而安逸也。故凡獻用兵之策者，欲生事以希寵，敗公而營私耳，豈國家之利哉？

修身

天下之本在國，國之本在家，家之本在身。夫欲家齊國治而天下化，莫若修身。修身之道，以正心誠意爲本。其心正，則小大臣庶，罔敢不正；其意誠，則天地神明，皆可感動。不誠則民不信，不正則令不行。況人君一言一動，史臣必書，若身有失德，不准民受其害，載之史策，將爲萬代譏笑，故當夙興夜寐，以自修爲念。以義制事，以禮制心。雖小善不可不行，雖小惡不可不去。然人君進德修業，實繫乎左右前後。夫習與正人居，不能無正，猶生長於齊，不能不齊言也；習與不正人居，不能無不正，猶生長於楚，不能不楚言也。故曰：「僕臣正，厥后克正；僕臣諛，厥后自聖。」

講學

王者繼祖宗之業，君億兆之上，禮樂征伐之所自出，四方萬里之所視效。智足以窮天下之理，則讒邪不能惑；德足以服天下之心，則政令無不行。自非隆儒親學，何以臻兹？然天子之學，與凡庶不同。夫分文析字，考治章句，此世之儒者以希禄利，取科級耳；非人主之所當學也。人主之所當學者，觀古聖人之所用心，論歷代帝王所以興亡治亂之迹，求立政立事之要，講愛民利物之術，自然日就月將，德

及天下。《書》曰：「王人求多聞，時惟建事。」又曰：「念終始典于學，厥德修罔覺。」故傅説之告高宗者，修德立事而已。至漢之晁錯，以爲人主不可不學術數。錯之意，欲人主用機權巧譎以參制羣下，而景帝用之，數年之間，漢罹亡國之禍，而錯受東市之誅，蓋其所主者，不出於誠信而已。由是觀之，擇術不可不審也。

任賢

昔成王初涖政，召康公作《卷阿》之詩以戒之，言求賢用吉士。蓋爲治之要，在乎任賢使能。能者不必賢，故可使；賢者必有德，故可尊，小賢可任以長民，大賢可與之謀國。若夫言必顧國家之利，而行足以服衆人之心，夷險一節，而終始可任者，非大賢則不能也。人君雖有好賢之心，而賢猶或難進者，蓋君子志在於道，小人志在於利；志在於道則不爲苟念，志在於利則惟求苟得。忠言正論，多咈於上意；而佞辭邪説，專媚於君心〔三〕，故君子常難進，而小人常易入，不可不察也。自古雖無道之君，莫不欲治而惡亂，然而治君少而亂國多者，其所謂忠者不忠，而所謂賢者不賢也。《書》曰：「有言逆于汝心，必求諸道；有言遜于汝志，必求諸非道。」人主誠存此心，以觀臣下之情，則賢不肖可得而知矣。

納諫

昔《書》稱成湯之德曰：「從諫弗咈，改過不吝。」湯聖君也，不曰無過，而曰改過者，言能捨己而從

諫，則不害其爲聖也。及紂爲天子，强足以拒諫，智足以飾非。紂非無才智也，然身滅國亡，而天下之惡皆歸之者，言愎諫自用，則才智適足爲害也。前代帝王，無不以納諫而興，拒諫而亡，著在史册，一一可考。蓋貴爲天子，富有四海，貴則驕心易生，富則侈心易動，一日萬幾，則不能無失；固當開道而求諫，和顏色而受之。其言可用，則用其言而顯其身；言不可用，則恕其罪以來諫者。夫忠直好諫之臣，初若逆耳可惡，然其意在於愛君而憂國；諂佞阿諛之士，始若順意可喜，然其情在於媚上而邀寵。人君誠能察此，則事無過舉，身享美名。故曰：「木從繩則正，后從諫則聖。」

薄斂

古人有言曰：「百姓足，君孰與不足；百姓不足，君孰與足？」人君恭儉節用，取於民有制，則民力寬裕，衣食滋殖，自然樂輸租賦，以給公上。若暴征峻斂，侵奪民利，物力已屈，而驅以刑辟，勢必流轉溝壑，散爲盜賊；爲人上者，將何利於此？故善言治道者，尤惡聚斂之臣，曰：「與其有聚斂之臣，寧有盜臣！」前代帝王，或躭於聲色，或盤於遊畋，或好治宮室，或快心攻戰；於是小人乘間而肆其邪謀，爲之斂財，以佐其横費。世主不悟，以爲有利於國，而不知其終爲害也；賞其納忠於君，而不知其大不忠也；嘉其以身當怨，而不知其怨歸於上也。昔鹿臺之財，鉅橋之粟，商紂聚之以喪國；周武散之以得民。由是觀之，人主所當務者，仁義而已，何必曰利？

省刑

夫臨下以簡，御衆以寬，百王不易之道也。昔漢高祖去秦苛暴，約法三章，以順民心，遂定王業；孝文循之以清淨，而幾至刑措，然則爲治之要〔四〕，果在於省刑，而不在於煩刑也。況人主刑獄〔五〕，其勢不能親臨，則必委之於臣下；故峻推鞫則權在於獄吏，廣偵伺則權在於小人，肆刑戮則權在於彊臣，通請謁則權在於近習。自古姦臣，將欲誅鋤善人，自專威柄，必數起大獄，以摇人心。何則？獄犴之間，其情難知，斷鍊周緻〔六〕，一繫於獄吏；及夫奏成獄具，則雖有寃抑，人主亦何從而察之哉？然則欲姦雄不得肆其威，善良有以安其性，莫若省刑而已。自三代以還，有天下者數十姓，惟宋受命，逮今一百二十有六年，中原無事，不見兵革。稽其德政所以特異前世者，直以誅戮之刑，内不施於骨肉，外不及於士大夫，至於下民之罪，一決於廷尉之平，而上自天子，下至有司，不復措意輕重於其間，故能以好生之德，感召和氣，而致無窮之福。祖宗所以消惡運，遏亂原者，嗚呼遠哉！雖甚盛德，無以加矣。

去奢

昔夏禹克勤于邦，克儉于家，而爲三王祖；漢文帝卽位，宫室苑囿，車騎服御，無所增益，而天下斷獄數百，幾至刑措，然則節儉者，固帝王之高致也。況以天子之尊，富有天下，凡有四方百物〔七〕，所以奉養於上者，蓋亦備矣；然而享國之日寖久，耳目之所御者習以爲常，入無法家拂士，出無敵國外患，則不期於侈而侈心自生；佞諛之臣，又從而導之，於是窮奢極侈，無不爲已。是以先王制法，作奇伎淫巧以蕩上心者，殺無赦。夫竭天下百姓所以相生相養之具，而以供人主無窮之欲，致人主於喪德損壽之

地，而以邀己一時之榮，雖誅戮而不赦，固未足以當其罪也。昔紂爲象箸而箕子諫。夫以天子而用象箸，未爲過侈也；然箕子以爲，象箸不已，必金爲之；金又不已，必玉爲之。故箕子之言，所以防微而杜漸也。至漢公孫洪相武帝，以爲人主病不廣大，人臣病不節儉。當是時帝方外伐四夷，内治宫室，爲千門萬户，由是天下户口減半，盗賊蠭起，而洪猶病其不廣大，何其不忠之甚哉！故人主誠能不以箕子之言爲太過，而察見公孫洪之言爲大佞，則夏禹、漢文之德，不難及已。

無逸

昔周公作《無逸》之篇，以戒成王，其略曰：「昔商王中宗，治民祗懼，享國七十有五年；其在高宗，不敢荒寧，享國五十有九年；厥後立王，生則逸，不聞小人之勞，惟耽樂之從，自時厥後，亦罔克壽，或十年，或七八年，或五六年，或四三年。」嗚呼！非愛君憂國之深，其言何以至此！又曰：「繼自今嗣王，無淫于觀，于逸，于遊，于田，無若商王受之迷亂，酗于酒德哉！小人怨汝詈汝，則皇自敬德。亂罰無罪，殺無辜，怨有同，是叢于厥身。」蓋人君初務縱逸，小人必怨，而大臣必諫；至于淫刑亂罰，以杜言者之口，然後流連忘反，不聞其過，而終至于滅亡。故曰《無逸》之書，後王之元龜也。唐明皇初卽位，宋璟爲相，手寫《無逸圖》，設于帝座，明皇勤于政事，遂致開元之治；其後宋璟死，所獻圖亦弊而徹去，明皇遂怠於政，親見天寶之亂。由是觀之，靡不有初，鮮克有終。人君誠能慎終如始，不敢逸豫，則德有堯舜之名，體有喬松之壽，豈不美哉！

右，臣聞《孟子》曰：「我非堯舜之道，不敢以陳于王前。」今朝廷始初清明，臣雖學術淺陋，惟是前代聖帝明王所以致治之迹，可以爲法，與夫暴君暗主所以召亂之道，可以爲戒者，乃敢告于左右。古人有言曰：「舜何人也？予何人也？夙夜以思，去其不如舜者，就其如舜者，是亦舜而已矣。」惟陛下加意無忽，則社稷幸甚，天下幸甚。

論韓維不當責降

呂公著

臣伏思陛下自臨政以來，慈仁寬大，判别忠邪，於輔弼之臣，最加優禮，故得上下安樂，人情悦服。今來韓維必是進對之間，語言乖繆，上觸龍鱗。然維昨與范百禄争論刑名等事，若以爲性彊好勝則有之，亦未見姦邪事迹；若以奏劾臣寮當有章疏〔八〕，則自來大臣，造膝密論，亦未嘗須有章疏；此來批語所罪，恐未足以宣示四方。兼維素有人望，久以直言廢棄，陛下始初清明，方蒙收用，忽然峻責，罪狀未明，慮必有讎嫌之人，飛語中傷，以惑聖聽。況五六十年來，執政大臣，不聞有此降黜，恐中外聞之，無不驚駭，自此人情不敢自安。臣又竊思皇帝陛下，春秋方富，正賴太皇太后陛下，訓以仁厚之道，調平喜怒，以復仁祖之政。若大臣倉卒被罪，則小臣何以自保？臣受陛下恩與常人不同，意欲致君於堯、舜，措國於不傾，以報陛下。故今來雖當雷霆之怒，不敢愛身，以陷陛下於有過之地。伏望少廻聖慮！其批降指揮，見只在臣處收掌，聽候聖旨。

請議恕私罪　韓維

臣數見良吏善人，以小過留滯；而背己便己之徒，不廢遷擢。竊尋其端，蓋朝廷之制，私罪雖得輕法，常爲仕進之累；公坐雖大，一時被責，則復升進矣。伏以國家賦禄命官，本爲治人；而無狀之吏，廢職以遂苟且之意，壞法以行姑息之政，計其用意，豈復在公？夫緣私致罪，惡或止身，廢職壞法，其害及國，二者相校，孰爲輕重？伏望聖慈，特詔有司，議私罪之可恕者，稍遇留礙，以通滯材；公坐有害者，重加困抑，以儆慢夷！

論勑不由銀臺司　韓維

臣近以黜吕誨等勑，不由門下封駮司，嘗面具論奏，及兩上章，乞正官法，並未蒙聖慈施行。臣伏以紀綱法度，聖王所以維御邦國，使不危而安者也。其所措意，皆關諸盛衰，固不爲一日設也。譬猶舟之有維楫，馬之有銜轡。今有人于此，將假二物以出萬里之塗，而自毁其維楫，絶其銜轡，則人人知其有奔僨沈溺之憂矣。臣近對崇政殿，亦嘗以此理上陳，陛下初不省察；又以失職求賜罷黜，而聖慈再三敦諭，不令投進文字。臣僶俛而退，猶望陛下寤前之失，特詔有司，修明舊法，以防將來之患；而章上輙不出，使臣不得少伸職業，坐守空名，以蒙貪禄曠官之謗，進退實亦難處。伏望聖慈，以臣此狀，并前兩奏，降付中書、門下，商量施行。臣不敢枉道以阿人主之意，愛身以壞祖宗之法，惟陛下裁處！

請不汎於諸家爲潁王擇妃

韓維

臣累日以來，傳聞禁中汎至諸臣之家，爲潁王擇妃；審如此者，臣竊以爲非便。臣聞夫婦者，居室之大倫，將以正家則，承宗事，以繼萬世之嗣，故禮之用，惟婚姻爲兢兢，兢兢者，慎之至也。《坊記》曰：「諸侯不下漁色，故君子遠色以爲民紀。」此言諸侯不得自於其國網取容色，若捕魚然，所以推遠女德〔九〕，爲民之紀法也。伏以皇子潁王，孝友聰明，動遵法度，方嚮經學，以觀成德；今卜族授室，其繫尤重。臣愚以爲，宜歷選勳望之家，慎擇淑哲之媛，考古納采問名之義，以禮之不宜苟取華色而已。近世簡棄禮教，不以爲務；婚娶之法，自朝廷以及民庶，蕩然無制，故風俗流靡，犯禮者衆。賢士大夫，未嘗不發憤嘆息，竊幸國家有以振之！今陛下始初清明，爲元子求婦，而事出苟簡，殆非所以矯世厲俗，反之雅正；且無以示潁王，使知室家之道，在德而不在色也。《傳》稱「尤物足以移人。」《詩》詠「淑女幾以配上。」此誠智士仁人，見微知終，遠覽禍福之原，爲後世戒也。陛下不可不加聖意焉。臣獲侍宸陛，且官王府，苟益萬一，不敢不言。干冒天威，臣無任惶懼激切之至！

論初御殿三事

韓維

臣竊聞陛下以來日御便坐聽政，臣愚慮所及，輒有三事，以爲慎始正本之助，幸陛下省察！一者，陛下新罹大憂，方當以思親摧慕爲意〔一〇〕，從權聽政，蓋是不得已者；惟大事急務，特賜裁決，其餘且可

闊略。故事，始見羣臣，及降坐入宫，皆舉音號慟，此高宗亮陰不言之意也。二者，執政皆兩朝顧命大臣，人君所當與圖天下之務者也。陛下卽位之初，尤宜推誠加禮，每事咨訪，以盡其心；至于博謀羣臣，究極理道，雖是美德，止可密裨聖慮，及至決議論，發號令，必須經由二府施行，乃合政體。周公戒伯禽曰：「不使大臣怨乎不以。」蓋謂此也。三者，百執事各有職分，惟當責任，使人盡其能；若王者代有司行事，最爲失體。孔子曰：「先有司」是也。三體既正矣，若夫恭己倡率，隨事裁處，則一繫聖斷也。天下大事，不可猝爲；人君施設，自有先後，惟陛下加意慎重，以副四海觀望。臣不勝苦切涕泗之至，取進止。

請舉遺逸

鄭獬

臣伏見日者嘗詔諸郡，敦遣遺逸之士，致之闕下者，蓋二十餘人，覆試秘閣，皆命以官。於時猥有謬舉者，士論譁沸，於是不復再舉。今間年取進士擢第者二百人，其所失者爲不少矣，而士大夫不以爲怪；一爲敦遣，而疵謗百出。蓋進士習熟之久，而敦遣起於一日，此論者未足以爲輕重，而亦有媢疾者間之也。臣欲乞復置此科，而稍爲增損。蓋孔子爲政，必先正名。漢之聘士不應召者，則令敦遣就道；豈有朝入科場，暮爲敦遣者哉？宜正其名，謂之舉遺逸。間歲隨科場發解後，有不預薦者，開封國學及諸路各舉一人；又至禮部奏名後有不預薦者，許主文共舉五人；並至御試時，試策三兩道，中第者別爲一榜，命官入仕，卽與正進士同。如以爲歲增中第者差多，卽却乞於進士數内，減不合格者二十人以均

之。庶幾郡縣豪俊，不至遺於草萊矣。

請置經略副使判官參謀

呂大防

臣竊觀自古設官之意，必先置貳立副，不以名位爲限者，所以紓艱危而適順用，聚聰明而濟不及也。總兵命將，尤重其選，以漢唐事言之，大將軍有長史、司馬、從事，節度使有副使、判官、參謀，其自小官而登寄任立功効者，不可勝數。本朝祖宗以來，實用此法，故名臣不絶，而夷狄畏服。竊見今緣邊經略使獨任一人，而無僚佐謀議之助，雖有副總管、鈐轄之屬，皆奉節制，備行陣，非有折衝決勝之略預於其間。朝廷每除一帥，幸而得能者，則一路兵民，實受其賜；不幸而得不才者與焉〔二〕，則是以三軍之衆，一聽庸人之所爲，豈不可懼哉？其弊蓋由朝廷不素養其材，而取人之路又常太狹。方今戎人旅拒，邊患漸生，若不早爲準備，閱試其能，誠慮臨事用人，不暇精選，因而敗事，所繫不細。以臣愚見，經略使各置副使或判官一人，朝廷選差素有才略、職司以上人充；參謀一人，委經略使奏辟知邊事、有謀略、知縣以上人充。如此則可用之士，不以位下而見遺；中材之帥，又以人謀而獲濟，兼得以博觀已試之效，以備緩急之用。講緝邊要，莫先於此。

論章惇

范純仁

臣近見執政議論，以章惇父將九十，因明堂恩霈之後，欲請除一鄉郡使便其親。臣但見其可裨仁

化，不慮其他，遂共以爲當然；繼而聞三省奏上，陛下卽賜俞允。臣以陛下天地之仁，念其垂年之親，不錄往咎，臣實喜不自勝，遂於簾前仰贊聖德，以謂自古臣子，無如今日遭逢。繼聞諫官有言，陛下遂寢前命，亦是聖心從諫之美。前日更蒙宣諭此事，三省有失思慮，戒其今後不得如此。臣愚恐有言者以謂朝廷所怒之人，不當遽有開陳，又謂執政都徇人情，必有主張之者，致煩陛下戒勑，宣諭丁寧。微臣固佩服聖訓，然有未盡之懇，亦當罄竭敷陳。方陛下急於求治之時〔三〕，是臣子知無不爲之際，豈宜顧慮形迹，畜縮周防？兼今所用大臣，多是老於患難，陛下奬之使進，尚恐心志不鋭，思慮太周，若更戒使遠嫌，則恐顧避保身，自防不暇。在陛下愛惜諸臣，則爲恩德之厚，若使輔翊聖政，却慮事無所裨。蓋人臣以匪躬自信爲難，依阿固寵爲易；若今容其所易，沮其所難，則其閒希意顧望之人，翻爲得計，甚非朝廷之福。臣昔見仁宗皇帝，推委執政，一無所疑，凡所差除，多便從允；而使臺諫察其不當，隨事論奏，小則旋行改正，大則罷免隨之，使君臣之恩意長存，朝廷之紀綱自正，是以四十餘年，不勞而治。況陛下方稽仁皇之治，聖度如天，從諫不倦，任賢不疑，錄人之功，忘人之過，皆是自古人君所難；若更垂拱責成，逸於委任，臺諫糾其誤謬，侍從罄其論思，羣臣一德一心〔三〕，陛下無爲無事，自然不須防慮，百職具修；坐致太平，垂休萬世，天下幸甚！

論黄河　范純仁

臣昨日伏覩內降指揮：黄河未復故道，終爲河北之患，王孝先等所議，已嘗興役，不可中罷，宜接續

功料向去，決要回復故道者。臣聞聖人有三寶：曰慈，曰儉，曰不敢爲天下先，言此三道，人君當保而持之不失者也。又曰：「惟天爲大，惟堯則之。」蓋天不言而四時成，所以堯舜垂衣拱手而天下大治者，由此道也。且君心欲如盤水，當使平正而無所趣向，則免偏側傾覆之患。蓋天下大勢，惟人君所向，羣下競趍，如山之摧；小失其道，則非一言之力可回，故居上者不可不慎也。臣今竊詳所降指揮，謂決要回復故道，似聖意已有所向，而爲天下先矣。臣聞先朝，因人建議，以謂夏國微弱，若不早取，必爲北虜所兼。偶先帝不出建議者之名，但以御批令邊臣相度，而希旨生事之徒，以爲萬全必勝，剋日可得，遂興靈武之師，後貽永樂之患，致先帝獨當其憂，羣臣無一人受其責者，至今疲耗未復。此陛下所親見，不可不爲深鑒也。臣乞面諭執政，前日降出文字，卿等已是，但一面商議，却使進入，若別有所見，亦須各自開陳。如此，則免希合之臣，妄測聖意，輕舉大役，上誤朝廷。所有黄河利害，乞付之郡臣有司，子細商議，以求必當。如此則聖心不勞，而堯舜之治可致矣。

請寬蔡確貶責

范純仁

臣伏見蔡確之罪，天地不容，而陛下不速嚴誅，許其開析，復令執政徐議其罪，足見聖人存心，正合《周書·無逸》「皇自敬德，不復含怒」之意。但陛下特以社稷爲念，故發於睿斷，行之不疑；臣之愚心，雖知蔡確死有餘罪，復憂聖政或有所虧。蓋陛下臨御以來，政化清明，如青天白日，無輕氛薄翳；道德純備，如精金美玉，無纖瑕小疵。今以一姦臣之故，煩朝廷行希闊之刑，天下久安，人所罕見，必生疑

懼；復恐貽之將來，垂之史策，薄有擬議，則於聖德聖功，深爲可惜，在臣負恩竊位，罪不容誅。蓋如父母之有逆子，雷霆鬼神所不能貸；至若父母親置於必死之地，則却恐傷恩，臣之區區，實在於此。陛下保完社稷之心，天地神明之所照鑒；而微臣愛惜陛下聖政之心，亦應陛下可察。不避一身之萬死，而展補報之愚衷，惟願睿慈，曲加詳慮。所有再行重責，伏乞付與帥臣已下商量，所貴責歸臣佐，不累聖明。無任愛君激切之至！

請放呂大防等逐便

范純仁

臣遭逢雖久，報德無聞，衰病寖加，叨逾爲懼。前年陛辭之日，親承德音，許其凡有奏陳，但入文字。臣感噎受命，緘默至今，曾微片言，上裨聖化，愚衷惓惓，終覬一伸。竊見呂大防等，竄謫江湖，已更年祀，未蒙恩旨，久困拘囚。其人等，或年齒衰殘，或素縈疾病，不諳水土，氣血向衰，骨肉分離，舉目無告，將恐隕先朝露，客死異鄉，不惟上軫聖懷，亦恐有傷和氣。仰惟陛下，聖心仁厚，天縱慈明，法大舜之用中，建皇極而在宥。每頒赦令，不問罪辜，至於斬絞重囚，髡黥徒隸，咸蒙原宥，亦許放移；豈有股肱近臣，簪履舊物，肯忘軫惻，常俾流離？但慮一二執政之臣，責其往事，嫉之太甚，以謂今日之愆，皆其自取，啓迪之際，不爲詳陳。殊不思呂大防等得罪之由，只因持心失恕，好惡任情；以異己之人爲怨讎，以疑似之言爲謗訕；違老氏「好還」之戒，忽孟軻「反爾」之言；誤國害公，覆車可鑑，豈可尚遵前轍，靡恤效尤？在漢有黨錮之寃，在唐有牛李之禍，後皆淪胥善類，貽患朝廷，數十年間，未能消弭。比

來若非宸衷獨斷，聖慮詳思，灼見本根，絶其萌漸，盡屏猜嫌之迹，特垂曠蕩之恩，皆因太禮赦文，放令逐便，使得自新改過，免爲羈旅之煢魂，籠鳥鼎魚，咸獲相忘於至道，神功聖德，萬世歌謡。臣無任虔懇激切之至！取進止。

校勘記

〔一〕法座　「法」字原本空白，據明抄本、明刻本補。

〔二〕奏封　「封」原作「對」，據明抄本、明刻本改。

〔三〕専媢　「専」原作「恵」，據明刻本改。

〔四〕然則　「則」字原脱，據明刻本補。

〔五〕人主之刑獄　原本「主」下空白，據明刻本補「之」字。疑當作「於」或「之於」。

〔六〕鍛鍊周緻　「鍛」原作「斷」，明刻本同。按《漢書·路温舒傳》：「則鍛練而周内之」，王先謙補注謂「練」當爲「煉」之借字。今據改「斷」爲「鍛」。又「緻」字明刻本作「至」。

〔七〕凡有四方百物　「有」字原本作墨丁，據明刻本補。

〔八〕奏劾　「奏」字原本空白，據明刻本補。

〔九〕推遠女德　「德」字原本空白，據明抄本、明刻本補。

〔一〇〕摧慕　「摧」字原本空白，據明抄本、明刻本補。

〔一一〕不才　「才」字原本空白，據明刻本補。

〔一二〕急於　「急」原作「息」，據明刻本改。

〔一三〕羣臣　「羣」原作「郡」，據明抄本、明刻本改。

宋文鑑卷第五十三

奏疏

上皇帝書

宇文之邵

陛下初即大位，念萬世無疆之業，詔求闕失，開闢言路，可謂誼主矣。《易·家人》之初九曰：「閑有家，悔亡。」九處家人之初，當端其本，以保終吉。民之所以望而則效者，常在於人君繼統之始，此安危之機，不可不慎也。昔成湯既没，伊尹奉太甲以見厥祖，戒之曰：「今王嗣厥德，罔不在初。」陛下新服厥命，惟以祖宗爲念，以天人爲畏，則小大之事不懈矣。宋之爲宋，百有餘年，陛下一日南面而享之，固宜跡其所得之艱難，夙夜栗栗，以勤負荷，永思太祖之武，太宗之文，真宗之畏天克己，仁宗之寬大慈仁，英宗之勵精庶政，立則見五聖於前，行則見於側，坐則見於堂，食則見於杯杅之間。《詩》曰：「天難諶。」斯言天不可不畏也。《書》曰：「民可近不可下。」言民不可不畏也。去歲以來，千里不雨；近者畿甸，遠者河北京東，蝗螟蔽野，穀價踊貴，重以山陵之役，京西民力，尤爲彫敝。臣竊恐萑蒲之盜，或貽宵旰之憂。爲今之計，不過多鬻爵以濁入仕之流，廣度僧以奪可耕之民，終非計也。願今被災之郡，許富者舉息於下户，官給以質驗，待豐歲償其所貸，逋者官爲治之，其息不過一倍，此有餘貲者樂爲，而濱死

之衆，可救溝壑之命。陛下又責躬引咎，寬獄訟，出宮女，斥裒斂之吏，蠲苛虐之政，罷無名之費，省勦民之役，凡所以蠹政而召乖怨之氣者，舉更革之，如此則大異可塞，王化可興也。京師者，諸夏之本也。今薦紳之士，不勵名節，而以勢利離合；器皿衣服，窮於侈麗；車馬宮室，過於軌制；姦聲亂色，盈溢耳目；衢巷之中，父子兄弟不敢肩隨，孰謂王者之都，而風俗一至于此哉？願陛下思所以澄源之法，以禮節廉耻磨切臣下，崇獎敦厚，而都下亦少爲之厲禁，滌去佻薄之弊，滛瀆敗教之具，一加遏絕。凡侍從輔弼，宜愼簡修潔方嚴之臣，俾宅其任，以允清議。古之求賢者，數路以取之，寵以好爵，厚其禮命，惟恐其去也，而猶有三聘而不顧者，有閉門而不納者，有踰垣而避之者。臣諫於其君而三不聽，則去之。其至於郊也，君必使人要之；年七十而致其事，君不聽，則必以几杖錫之，猶有不稅冕而行者，有辭三公而爲人灌園者。今日仕進之門，國家直患不能塞之爾[一]，科防日增，格令日繁，來者日甚，拒之日峻，猶有假名氏以竊官號，匿苦塊之哀，以干寵禄，少者增齒以希蚤仕，老者匿年以幸晚禄，譬之隄防之壞，塞其一穴，一穴又決，蕩然莫之能止也。今限年致仕，著於令矣，又患其去之不速，令於門闕，以示百僚，而猶不知止者，甚可痛也。陛下盍稍補其弊，隆於待士之意，示之以至廉之實，使衣冠者人人自重，庶幾風教之美，少近於古。去歲諒祚猖獗，七八萬衆，突至大順，廟堂無奇算，守邊無良將，臣竊爲朝廷憂之。曆曆間，緣邊之民，不解帶者七年，國用大窘，三將淪没，而功不成者，陛下知其然乎？其患在於虜兵常合，而我兵常分也。六路兵亡慮二十萬，而二十三州，二百餘寨，分屯保戍，則是我兵雖多，而散在處處也。賊之來也，大則六監軍、衙頭一時俱發，小則隨處寇掠，邊城一面受敵，則所與角戰者

無幾，而城寨之兵，又各有所守，不可會集，多寡不敵，則乞師告急；救兵纔至，賊又已去，令賊常以合兵擊我散兵，而我常以不敵之衆，當其鋒鋭，此慶曆之失也。今不改前轍，則後車又將覆也。觀今之勢，其能深入賀蘭，收復十四州以爲我有乎？臣知其不能也。其能如先朝之舉五路進軍，直擣其巢穴乎？臣又知其不能也。計今之利，莫若詔諸道分勒所部將伍符尺籍而規畫之，若干以爲守，若干以爲戰，若干以爲救兵；救兵必使與戰兵相近，而駐於喉亢之地，則可以應猝而不失機會也。唃氏嘗爲元昊所殘，南徙歷精，亦宜厚其種族，共爲聲援，以蠻夷攻蠻夷，計之上也。吐谷渾者，今之文扶羌是也，其俗隨水草遷徙，食肉衣皮毛，無堅甲利刃，臨陣擊刺之技，不及於他夷，仰給我之泉茗繒帛；我與之通者，亦特以其馬也。今陰平之民，歲苦重役者，勾馬户也。凡羌馬之來，則使之資給，費公私之財甚多，而所入之馬不足以備國乘，不足以戰也。邊吏養羌，非不厚也，而去歲反有安昌之變，塞上之民切齒。且安昌之羌，與南路磨蓬、羅多、留罨、思林諸寨之羌一也。今閉安昌之路，禁其出入，而諸寨之馬，貿易如故，是何異一室而多門者，杜其前而闢其後乎？臣之縣所管萬户，而居民蕭然者，其弊實在於羌也。至和講解之後，約不敢犯邊，而去歲火我三寨，驅殺士卒。國家以奉西北虜者，勢不得已也，今又驕寵小羌，而足其無厭之求乎？臣愚以爲不若杜塞衆路，使不得入，而絶市無用之馬，益以一旅之兵，列置諸堡，則邊民小安矣。爲政所重，莫急於農，且耕則得食，不耕則不得食，繫其身之損益也，長民者何與焉！夫各治其田，以厚其生者，百姓之私，節、授民事，往而立官以勸課之者〔三〕，人君之公也。《詩》曰：「曾孫來止，以其婦子，饁彼南畝，田畯至喜。」此天子之勸農也。又曰：「嗟嗟保介，維暮之春，

亦又何求，如何新畬。」此諸侯之勸農也。今監司、郡守，皆以勸農爲目，然而未嘗省民。臣願立考課之法〔三〕，以農政爲殿最，言之似迂，而富國之良術也。郡縣之政，類多因循，而不甚治者，臣知其由也，上下牽制，不得盡其才故也。千里之郡，不能興利除害，受制於監司也；百里之邑，不能興利除害，受制於郡守也。郡縣之吏，寧違天子之詔條，而不敢違案察之命，蓋違天子之詔條未必獲咎，而違案察之命其禍可立而待也。今一伍之長，一卒之正，以法治其所部，上不問其所爲也。今爲民守令，而其勢顧不若卒伍之長，郡縣之民，習知其勢之弱，而不畏服其教令，此獄訟所以益多也。臣願精選監司，必以清望，假守令之權，責其實效，庶循良之吏有聞焉。凡臣之所陳，明詔之所求也。然臣尚有至不敢嘿嘿，又爲陛下極言之。臣聞疾未兆而先治者，善醫也。夫居憂而約，居樂而泰，人情之常也。今陛下處則諒闇，服則端衰，行則直杖，無紛華之事，交戰於前，誠能以此時，遠念將來之失，慎微杜漸，克己復禮，使其志一定，則他日雖有可欲之物，亦無以勝其習成之性也。伯益之戒舜曰：「罔遊于逸，罔淫于樂。」傅説之戒高宗曰：「無以逸豫，惟以治民。」夫舜起於耕稼陶漁，高宗遯于荒野，極知小人之勞，而二臣猶或以此戒之；況陛下生長富貴，臨御方始，則安可不豫爲之防哉？願陛下聽政之間，則命通經之士，講明古訓，究觀敗亡之主，以自創艾；盡孝兩宮，咨謀故老，則恐懼修省，習而成性矣。臣誠私憂過計，三載變除之後，永厚陵土漸乾，而陛下憂悼之心又已衰殺，襲衰冕，憑玉几，目有靡曼之色，耳有要妙之聲，凡所以娱意者，畢奏於前，自非信道之深，孰得而禦哉？老子曰：「塞其兑，閉其門，終身不勤。」正在於今日也。

論責任守忠乞一切不問餘人

傅堯俞

臣伏見内侍任守忠以罪降黜，中外聞者，罔不快抃，罰一勸百，固可以破姦猾之膽。臣職司風憲，失於彈劾，聖度回怒，幸赦而不誅，猶敢有言者，冀陛下重加矜察！臣謂大姦之去，其遺過餘惡，方日有上聞；小人無知，或伺隙修怨，枝詞蔓說，往往浸及善良，疑似之間，不可不察。陛下若更加推究，讒間且將復起。況守忠據權之久，附離者多，深慮左右之人，有所疑畏。望陛下沛發德音，自此一切不問，則天德加厚，而人心易安。惟皇太后之慈仁，布聞四海，舉神器大寶，傳付陛下；而陛下挾堯舜之資，以天下養，將用誠孝，以鼓舞萬物，奈何使解構之語，得行其間〔四〕？今罪人投竄，皇太后必涣然疑釋；陛下緣此，當益加禮意，務盡其懽心，則天人交欣，共爲陛下之福。陛下卽位，勵精勤儉，日月未久，遽以金珠事聞，臣竊爲陛下惜之！過而能改，可無深慮。臣言甚忠懇，惟陛下留神省覽！

論蔡確既貶請寬心和氣

傅堯俞

臣近覩蔡確狂悖，陛下神斷不疑，下合人情，上明邦憲，雖一以公議裁之，固未嘗臨之以怒，然豈陛下之所樂者哉？況區斷之際，亦須少勞睿思，愚臣妄度，竊恐陛下海嶽之量，不能無少忤，而未能忘懷也。中外側聆，日增驚惕。臣聞之於《易》曰：「天下殊塗而同歸，一致而百慮。」天下何思何慮？夫事至以無心應之，既往若未嘗經意，此聖人所以養至誠而御遐福者也。願陛下寬聖心，省浮念，游精太清，

以固真粹。陛下之氣和，則上下之氣和；上下之氣和，則天地之和應矣。唐柳公綽奏《太醫箴》以諷憲宗曰：「氣行無間，隙不在大。」憲宗謂曰：「卿愛朕深者。」臣無公綽之才，而有其誠。臣以爲今天下事莫重於此，故惓惓而不能自已。惟陛下毋易臣言，留神省察！取進止。

論君道　　程　顥

臣伏謂：君道之大，在乎稽古正學，明善惡之歸，辨忠邪之分，曉然趨道之正，故在乎君志先定，君志定，而天下之治成矣。所謂定志者，一心誠意，擇善而固執之也。夫義理不先盡，則多聽而易惑；志意不先定，則守善而或移。惟在以聖人之訓爲必當從，先王之治爲必可法，不爲後世駮雜之政所牽制，一作滯。不爲流俗因循之論所遷惑，自知極於明，信道極於篤，任賢勿貳，去邪勿疑，必期致世如三代之隆而後已也。然天下之事，患常生於忽微，而志亦戒乎漸習。是故古之人君，雖出入從容，閒燕必有誦訓箴諫之臣；左右前後，無非正人，所以成其德業。伏願陛下禮命老成賢儒，不必勞以職事，俾日親便座，講道義以輔養聖德。又擇天下賢俊，使得陪侍法從，朝夕延見，開陳善道，講磨治體，以廣聞聽，如是則聖智益明，王猷允塞矣。今四海靡靡，日入偷薄，末俗曉曉，無復廉耻，蓋亦朝廷尊德樂道一作義之風未孚，而篤誠忠厚之教尚鬱也。惟陛下稽聖人之訓，法先王之治，一一作正心誠意，體乾剛健而力行之，則天下幸甚！

論王霸　　程　顥

臣伏謂：得天理之正，極人倫之至者，堯舜之道也；用其私心，依仁義之偏者，霸者之事也。王道如砥，本乎人情，出乎禮義，若履大路而行，無復回曲；霸者崎嶇反側於由徑之中，而卒不可與入堯舜之道。故誠心而王則王矣，假之而霸則霸矣，二者其道不同，在審其初而已。《易》所謂「差若毫氂，繆以千里」者，其初不可不審也。故治天下者，必先立其正志，正志先立，則邪説不能移，異端不能惑，故力進於道，而莫之禦也。苟以霸者之心，而求王道之成，是銜石以爲玉也。故仲尼之徒，無道桓文之事，而曾西恥比管仲者，義所不由也；況下於霸者哉？陛下躬堯舜之資，處堯舜之位，必以堯舜之心自任，然後爲能充其道。漢唐之君，有可稱者，論其人則非先王之學，考其時則皆駁雜之政，乃以一曲之見，幸致小康，其創法垂統，非可繼於後世者，皆不足爲也。然欲行仁政，而不素講其具，使其道大明而後行，則或出或入，終莫有所至也。夫事有大小，有先後。察其小，忽其大，先其所後，後其所先，皆不可以適治。且志不可慢，時不可失。惟陛下稽先聖之言，察人事之理，知堯舜之道備於己，反身而誠之，推之以及四海，擇同心一德之臣，與之共成天下之務。《書》所謂「尹躬暨湯，咸有一德。」又曰：「一哉王心。」言致一而後可以爲也。古者三公不必備，惟其人；誠以謂不得其人而居之，則不若闕之之愈也。蓋小人之事，君子所不能同，豈聖賢之事，而庸人可參之哉？欲爲聖賢之事，而使庸人參之，則其命亂矣。既任君子之謀，而又入小人之議，則聰明不專，而志意惑矣。今將救千古深錮之弊，爲生民長久之計，非夫極聽覽之明，盡正邪之辨，致一而不二，其能勝之乎？或謂人君舉動不可不慎，易於更張，則爲害大矣。臣獨以爲不然，所謂更張者，顧理所當耳！其動皆稽古質義而行，則爲慎莫大焉，豈若因

循苟簡，卒致敗亂者哉？自古以來，何嘗有師聖人之言，法先王之治，將大有爲，而反成禍患者乎？顧陛下奮天錫之勇智，體乾剛而獨斷，霈然不疑，則萬世幸甚！

論十事

程顥

臣竊謂聖人創法，皆本諸人情，極乎物理。雖二帝三王，不無隨時因革，踵一作稱事增損之制；然至乎爲治之大原，牧民之要道，則前聖後聖，豈不同條而共貫哉？蓋無古今，無治亂，如生民之理有窮，則聖王之法可改；後世能盡其道則大治，或用其偏則小康，此歷代彰灼著明之効也。苟或徒知泥古而不能施之於今，姑欲狥名而遂廢其實，此則陋儒之見，何足以論治道哉？然儻謂今之人情皆已異於古，先王之跡不可復於今，趣便目前，不務高遠，則亦恐非大有爲之論，而未足以濟當今之極弊也。謂如衣服飲食宮室器用之類，苟便於今而有法度者，豈亦遽當改革哉？惟其天理之不可易，人所賴以生，非有古今之異，聖人之所必爲者，固可概舉，然而行之有先後，用之有緩速，若夫裁成運動，周旋曲當，則在朝廷講求設施如何耳！古者自天子達於庶人，必須師友以成就其德業，故舜、禹、文、武之聖，亦皆有所從學。今師傅之職不修，友臣之義未著，所以尊德樂善之風，未成於天下，此非有古今之異者也。王者必奉天建官，故天地四時之職，歷二帝三王，未之或改，所以百度脩而萬化理也。至唐猶僅存其略，當其治時，尚得綱紀小正。今官秩淆亂，職業廢弛，太平之治所以未至，此亦非有古今之異也。天生蒸民，立之君，使司牧之，必制其常產，使之厚生，則經界不可不正，井地不可不均，此爲治之大本也。唐尚能

有口分授田之制，今則蕩然無法，富者跨州縣而莫之止，貧者流離餓殍而莫之恤，幸民雖多，而衣食不足者，蓋無紀極；生齒日益繁而不爲之制，則衣食日蹙，轉死日多，此乃治亂之機也，豈可不漸圖其制之之道哉？此亦非有古今之異者也。古者政教始乎鄉里，其法起於比閭族黨，州縣鄰遂，以相聯屬統治，故民相安而親睦，刑法鮮犯，廉耻易格。此亦人情之所自然，行之則效，亦非有古今之異者也。庠序之教，先王所以明人倫，化成天下。今師學廢而道德不一，鄉射亡而禮義不興，貢士不本於鄉里，而行實不修；秀民不養於學校，而人才多廢；此較然之事，亦非有古今之異者也。古者府史胥徒，受祿公上，而兵農未始判也。今驕兵耗匱國力，亦已極矣。臣謂禁衛之外，不漸歸於農，則將貽深慮；府史胥徒之役，毒遍天下，不更其制，則未免大患。此亦至明之理，非有古今之異者也。古者民必有九年之食；無三年之食者，以爲國非其國。臣觀天下耕之者少，食之者衆，地力不盡，人功不勤，雖富室強宗，鮮有餘積，況其貧弱者乎？或一州一縣，有年歲之凶，卽盜賊縱横，飢羸滿路；如不幸有方三二千里之災，或連年之歉，則未知朝廷以何道處之？則其患不可勝言矣！豈可曰「昔何久不至是」？因以幸爲可恃也哉！固宜漸從古制，均田務農，公私交爲儲粟之法，以爲之備。此亦非有今古之異者也。古者四民各有常職，而農者十居八九，故衣食易給，而民無所困苦。今京師浮民，數逾百萬，游手不可貲度，觀其窮蹙辛苦，孤貧疾病，變詐巧僞，以自求生，而常不足以生；日益歲滋，久將若何？事已窮極，非聖人能變而通之，則無以免患；豈可謂「無可奈何」，而已哉？此在酌古變今，均多恤寡，漸爲之業，以救之耳！此亦非有古今之異者也。聖人奉天理物之道，在乎六府，六府之任，治於五官，山虞澤衡，各有常禁，故萬物阜

豐，而財用不乏。今五官不修，六府不治，用之無節，取之不時，豈惟物失其性，材木所資，天下皆已童赭，斧斤焚蕩，尚且侵尋不禁，而川澤漁獵之繁，暴殄天物，亦已耗竭，則將若之何？此乃窮弊之極矣！惟修虞衡之職，使將養之，則有變通長久之勢。此亦非有古今之異者也。古者冠昏喪祭，車服器用，等差分別，莫敢踰僭，故財用易給而民有常心。今禮制未修，奢靡相尚，卿大夫之家，莫能中禮，而商販之類，或踰王公。禮制不足以檢飭人情，名數不足以旌別貴賤，既無定分，則姦詐攘奪，人人求厭其欲而後已，豈有止息者哉？此争亂之道也，則先王之法豈得不講而損益之哉？此亦非有古今之異者也。此十者特其端緒耳！臣特論其大端，以爲三代之法，有必可施行之驗；如其綱條度數施爲注措之道〔五〕，則審行之，必也稽之經訓而合，施之人情而宜。此曉然之定理，豈徒若迂踈無用之説哉？惟聖明裁擇！

論新法

程顥

臣聞天下之理，本諸簡易，而行之以順道，則事無不成，故曰，智者若禹之行水，行其所無事也。捨而之於險阻，則不足以言智矣。蓋自古興治，雖有專任獨決能就事功者，未聞輔弼大臣，人各有心，睽戾不一，致國政異出，名分不正，中外人情，交謂不可，而能有爲者也。況於措置失宜，沮廢公議，一二小臣，實與大計，用賤陵貴，以邪妨正者乎？凡此，皆天下之理，不宜有成，而智者之所不行也。設令由此僥倖，事小有成，而興利之臣日進，尚德之風日衰，尤非朝廷之福；矧復天時未順，地震連年，四方人

心，日益揺動，此皆陛下所當仰測天意，俯察人事者也。臣奉職不肖，議論無補，望允前奏，早賜降責！

校勘記

〔一〕塞之　「塞」字原本空白，據明抄本、明刻本補。

〔二〕往而立官　「往」字原本空白，據明刻本補。

〔三〕立考課　「立」原作「二」，據明刻本改。

〔四〕其間　「間」原作「問」，據明抄本、明刻本改。

〔五〕施爲　「施」原作「於」，據明抄本、明刻本改。

宋文鑑卷第五十四

奏疏

上皇帝書

蘇軾

臣近者不度愚賤，輒上封章，言買燈事。自知瀆犯天威，罪在不赦，席藁私室，以待斧鉞之誅；而側聽逾旬，威命不至，問之府司，則買燈之事，尋已停罷，乃知陛下不惟赦之，又能聽之，驚喜過望，以至感泣。何者？改過不吝，從善如流，此堯、舜、禹、湯之所勉彊而力行，秦漢以來之所絶無而僅有。顧此買燈毫髮之失，豈能上累日月之明，而陛下翻然改命，曾不移刻，則所謂智出天下而聽於至愚，威加四海而屈於匹夫。臣今知陛下可與爲堯、舜，可與爲湯、武，可與富民而措刑，可與彊兵而伏戎虜矣。有君如此，其忍負之？惟當披露腹心，捐棄肝腦，盡力所至，不知其他。乃者臣亦知天下之事有大於買燈者矣，而獨區區以此爲先者，蓋未信而諫，聖人不與；交淺言深，君子所戒，是以試論其小者，而其大者固將有待而後言。今陛下果赦而不誅，則是既已許之矣；許而不言，臣則有罪，是以願終言之。臣之所欲言者三，願陛下結人心，厚風俗，存紀綱而已。人莫不有所恃。人臣恃陛下之命，故能役使小民；恃陛下之法〔一〕，故能勝服彊暴；至於人主所恃者誰歟？《書》曰：「予臨兆民，懔乎若朽索之馭六馬。」言天下

莫危於人主也。聚則爲君臣，散則爲仇讎，聚散之間，不容毫釐。故天下歸往謂之「王」，人各有心，謂之「獨夫」。由此觀之，人主之所恃者人心而已。人心之於人主也，如木之有根，如燈之有膏，如魚之有水，如農夫之有田，如商賈之有財。木無根則槁，燈無膏則滅，魚無水則死，農夫無田則飢，商賈無財則貧，人主失人心則亡，此必然之理，不可逭之災也。其爲可畏，從古以然；苟非樂禍好亡，狂易喪志，孰敢肆其胸臆，輕犯人心乎？昔子產焚載書以弭衆言，賂伯石以安巨室，以爲「衆怒難犯，專欲難成。」而孔子亦曰：「信而後勞其民，未信，則以爲厲己也。」惟商鞅變法，不顧人言，雖能驟致富彊，亦以召怨天下，使其民知利而不知義，見刑而不見德，雖得天下，旋踵而亡；至於其身，亦卒不免，負罪出走而諸侯不納，車裂以殉而秦人莫哀。君臣之間，豈願如此？宋襄公雖行仁義，失衆而亡；田常雖不義，得衆而彊。是以君子未論行事之是非，先觀衆心之向背。謝安之用諸桓未必是，而衆之所樂，則國以乂安；庾亮之召蘇峻未必非，而勢有不可，則反爲危辱。自古及今，未有和易同衆而不安，剛果自用而不危者也。陛下亦知人心之不悦矣。中外之人，無賢不肖，皆言祖宗以來，治財用者，不過三司使、副、判官，經今百年，未嘗闕事；今者無故，又創一司，號曰制置三司條例，使六七少年，日夜講求於内，使者四十餘輩，分行營幹於外，造端宏大，民實驚疑，創法新奇，吏皆惶惑。賢者則求其説而不可得，未免於憂；小人則以其意度朝廷，遂以爲謗，謂陛下以萬乘之主而言利，謂執政以天子之宰而治財，商賈不行，物價騰踊，近自淮甸，遠及川蜀，喧傳萬口，論説百端。或言京師正店，議置監官；夔路深山，當行酒禁；拘收僧尼常住，減剋兵吏廩禄，如此等類，不可勝言；而甚者至以爲欲復肉刑，斯言一出，民且狼顧。陛

下與二三大臣，亦聞其語矣；然而莫之顧者，徒曰我無其事，又無其意，何恤於人言？夫人言雖未必皆然，而疑似則有以致謗。人必貪財也，而後人疑其盜；人必好色也，而後人疑其淫。何者？未置此司，則無此謗，豈去歲之人皆忠厚，而今歲之人皆虚浮？孔子曰：「工欲善其事，必先利其器。」又曰：「必也正名乎！」今陛下操其器而諱其事，有其名而辭其意，雖家置一喙以自解，市列千金以購人，人必不信，謗亦不止。夫制置三司條例司，求利之名也；六七少年與使者四十餘輩，求利之器也，驅鷹犬而赴林藪，語人曰：「我非獵也」，不如放鷹犬而獸自馴；操網罟而入江湖，語人曰：「我非漁也」，不如捐網罟而人自信。故臣以爲，消讒慝而召和氣，復人心而安國本，則莫若罷制置三司條例司。夫陛下之所以創此司者，不過以興利除害也。使罷之而利不興、害不除，則勿罷；罷之而天下悦，人心安，興利除害，無所不可，則何苦而不罷？陛下欲去積弊而立法，必使宰相熟議而後行事；若不由中書，則是亂世之法，聖君賢相，夫豈其然？必若立法不免由中書，熟議不免使宰相，此司之設，無乃冗長而無名？智者所圖，貴於無迹。漢之文、景，紀無可書之事；唐之房、杜，傳無可載之功；而天下之言治者與文、景，言賢者與房、杜，蓋事已立而迹不見，功已成而人不知。故曰「善用兵者，無赫赫之功」。豈惟用兵，事莫不然。今所圖者，萬分未獲其一也，而迹之布於天下，已若泥中之鬬獸，亦可謂拙謀矣。陛下誠欲富國，擇三司官屬與漕運使、副，而陛下與二三大臣，孜孜講求，磨以歲月，則積弊自去，而人不知。但恐立志不堅，中道而廢。孟子有言：「其進鋭者其退速。」若有始有卒，自可徐徐，十年之後，何事不立？孔子曰：「欲速則不達。見小利則大事不成。」使孔子而非聖人，則此言亦不可用。《書》曰：「謀及卿士，至于

庶人，翕然大同，乃底元吉。」若逆多而從少，則静吉而作凶。今上自宰相大臣，既已辭免不爲；則外之議論，斷亦可知。宰相人臣也，且不欲以此自污；而陛下獨安受其名而不辭，非臣愚之所識也。君臣宵旰，幾一年矣，而富國之效，茫如捕風，徒聞内帑出數百萬緡，祠部度五千餘人耳！以此爲術，其誰不能？且遣使縱横，本非令典，漢武遣繡衣直指，桓帝遣八使，皆以守宰狼籍，盜賊公行，出於無術，行此下策。宋文帝元嘉之政，比於文景，當時責成郡縣，未嘗遣使；及至孝武，以郡縣遲緩，始命臺使督之，以至蕭齊，此弊不革。故景陵王子良上疏，極言其事，以爲「此等朝辭禁門，情態即異；暮宿州縣，威福便行。驅迫郵傳，折辱守宰，公私煩擾，民不聊生。」唐開元中，宇文融奏置勸農判官，使裴寬等二十九人，並攝御史，分行天下，招擕户口，檢責漏田。時張説、楊瑒、皇甫璟、楊相如，皆以爲不便，而相繼罷黜。雖得户八十餘萬，皆州縣希旨，以主爲客，以少爲多。及使百官集議都省，而公卿以下，懼融威勢，不敢異辭。陛下試取其傳而讀之，觀其所行，爲是爲否？近者均税寬恤，冠蓋相望，朝廷亦旋覺其非，而天下至今以爲謗。曾未數歲，是非較然。臣恐後之視今，猶今之視昔。且其所遣，尤不適宜，事少而員多，人輕而權重。夫人輕而權重，則人多不服，或致侮慢以興争；事少而員多，則無以爲功，必須生事以塞責。陛下雖嚴賜約束，不許邀功，然人臣事君之常情，不從其令，而從其意。今朝廷之意，好動而惡静，好同而惡異，旨趣所在，誰敢不從。臣恐陛下赤子，自此無寧歲矣。至於所行之事，行路皆知其難，何者？汴水濁流，自生民以來，不以種稻，秦人之歌曰：「涇水一石，其泥數斗，且溉且糞，長我禾黍。」何嘗曰長我粳稻耶？今欲陂而清之，萬頃之稻，必用千頃之陂，一歲一淤，三歲而滿矣。陛下遽信其

説，即使相視地形，萬一官吏苟且順從，真謂陛下有意興作，上糜帑廩，下奪農時，隄防一開，水失故道，雖食議者之肉，何補於民？天下久平，民物滋息，四方遺利，蓋略盡矣。今欲鑿空，尋訪水利，所謂「即鹿無虞」，豈惟徒勞，必大煩擾。凡所擘畫利害，不問何人，小則隨事酬勞，大則量才録用；若官私格沮，並行黜降，不以赦原；若材力不辦興修，便許申奏替换。賞可謂重，罰可謂輕，然並終不言。諸色人妄有申陳，或官私誤興功役，當得何罪，如此則妄庸輕剽，浮浪姦人，自此争言水利矣。成功則有賞，敗事則無誅，官司雖知其疎，豈可便行抑退？所在追集老少，相視可否，吏卒所過，鷄犬一空。若非灼然難行，必須且爲興役。何則？格沮之罪重，而誤興之過輕，人多愛身，勢必如此。且古陂廢堰，多爲側近冒耕，歲月既深，已同永業，苟欲興復，必盡追收，人心或摇，甚非善政。又有好訟之黨，多怨之人，妄言某處可作陂渠，規壞所怨田産；或指人舊業，以爲官陂，冒佃之訟，必倍今日。臣不知朝廷本無一事，何苦而行此哉？自古役人必用鄉户，猶食之必用五穀，衣之必用桑麻，濟川之必用舟楫，行地之必用牛馬，雖其間或有以他物充代，然終非天下所可常行。今者徒聞江浙之間，數郡雇役，而欲措之天下，是猶見燕晉之棗栗，岷蜀之蹲鴟，而欲以廢五穀，豈不難哉？又欲官賣所在坊場，以充衙前雇直，雖有長役，更無酬勞。長役所得既微，自此必漸衰散，則州郡事體，憔悴可知。士大夫捐親戚，棄墳墓，以從宦於四方者，宣力之餘，亦欲取樂，此人之至情也；若凋敝太甚，厨傳蕭然，則似危邦之陋風，恐非太平之盛觀。陛下誠慮及此，必不肯爲。且今法令莫嚴於御軍，軍法莫嚴於逃竄，禁軍三犯，廂軍五犯，大率處死；然逃軍常半天下。不知雇人爲役，與廂軍何異？若有逃者，何以罪之？其勢必輕於逃軍，則其逃

必甚於今日，爲其官長，不亦難乎？近者雖使鄉户頗得雇人，然至於所雇逃亡，鄉户猶任其責，今遂欲於兩税之外，别立一科，謂之庸錢，以備官雇，則雇人之責，官所自任矣。自唐楊炎廢租、庸、調以爲兩税，取大曆十四年應干賦斂之數，以定兩税之額，則是租、調與庸，兩税既兼之矣；今兩税如故，奈何復欲取庸？聖人立法，必慮後世，豈可於常賦之外，别出科名哉？萬一不幸，後世有多欲之君，輔之以聚斂之臣，庸錢不除，差役仍舊，使天下怨讟，推所從來，則必有任其咎者矣。又欲使坊郭等第之民，與鄉户均役；品官形勢之家，與齊民並事。其説曰：《周禮》田不耕者出屋粟，宅不毛者有里布，而漢世宰相之子，不免戍邊，此其所以藉口也。古者官養民，今者民養官；給之以田而不耕，勸之以農而不力，於是乎有里布、屋粟、夫家之征；今民無以爲生，去爲商賈，事勢當爾，何名役之？且一歲之成不過三日，三日之雇，其直三百；今世三大户之役，自公卿以降，無得免者，其費豈特三百而已矣〔二〕！大抵事若可行，不必皆有故事，若民所不悦，俗所不安，縱有經典明文，無補於怨，若行此二者，必怨無疑。女户單丁，蓋天民之窮者也，古之王者，首務恤此，而今陛下首欲役之。此等苟非户將絶而未亡，則是家有丁而尚幼，若假之數歲，則必成丁而就役，老死而没官，富有四海，忍不加恤？孟子曰：「始作俑者，其無後乎！」《春秋》書「作丘甲」、「用田賦」，皆重其始爲民患也。青苗放錢，自昔有禁；今陛下始立成法，每歲常行，雖云不許抑配，而數世之後，暴君污吏，陛下能保之歟？異日天下恨之，國史記之，曰青苗錢自陛下始，豈不惜哉？且東南買絹，本用見錢；陝西糧草，不許折兑；朝廷既有著令，職司又每舉行。然而買絹未嘗不折鹽，糧草未嘗不折鈔。乃知青苗不許抑配之説，亦是空文。只如治平之初，揀刺義勇，當時

詔旨慰諭，明言永不戍邊，著在簡書，有如盟約；於今幾日，論議已搖，或以代還東軍，或欲抵換弓手，約束難恃，豈不明哉？縱使此令決行，果不抑配，計其間願請人户，必皆孤貧不濟之人，家若自有贏餘，何至與官交易？此等鞭撻已急，則繼之以逃亡；逃亡之餘，則均之鄰保，勢有必至，理有固然。且夫常平之爲法也，可謂至矣！所守者約，而所及者廣。借使萬家之邑，止有千斛，而穀貴之際，千斛在市，物價自平。一市之價既平，一邦之食自足，無操瓢乞丐之弊，無里正催驅之勞。今若變爲青苗，家貸一斛，則千户之外，孰救其飢？且常平官錢，常患其少，若盡數收糴，則無借貸；若留充借貸，則所糴幾何？乃知常平、青苗，其勢不能兩立，壞彼成此，所喪愈多，虧官害民，雖悔何逮！臣切計陛下欲考其實，則必然問人；人知陛下方欲力行，必謂此法有利無害。以臣愚見，恐未可憑。何以明之？臣頃在陝西，見刺義勇，提舉諸縣，臣嘗親行，愁怨之民，哭聲振野。當時奉使還者，皆言民盡樂爲，希合取容，自古如此。不然則山東之盜，二世何緣不覺？南詔之敗，明皇何緣不知？今雖未至於斯，亦望陛下審聽而已！昔漢武之世，財力匱竭，用賈人桑洪羊之説〔三〕，買賤賣貴，謂之「均輸」，於時商賈不行，盜賊滋熾，幾至於亂。孝昭既立，學者争排其説；霍光順民所欲，從而予之，天下歸心，遂以無事。不意今者此論復興，立法之初，其説尚淺，徒言徙貴就賤，用近易遠；然而廣置官屬，多出緡錢，豪商大賈，皆疑而不敢動，以爲雖不明言販賣，然既已許之變易，變易既行，而不與商賈争利者，未之聞也。夫商賈之事，曲折難行，其買也先期而與錢，其賣也後期而取直，多方相濟，委曲相通，倍稱之息，由此而得。今官買是物，必先設官置吏，簿書廩禄，爲費已厚；非良不售，非賄不行，是以官買之價，比民必貴；及其賣也，弊復如前，商

賈之利，何緣而得？朝廷不知慮此，乃捐五百萬緡以與之，此錢一出，恐不可復；縱使其間薄有所獲，而征商之額，所損必多。今有人爲其主牧牛羊者，不告其主，以一牛而易五羊，一牛之皮，則隱而不言，五羊之獲，則指爲勞績。陛下以爲壞常平而言青苗之功，虧商税而取均輸之利，何以異此？陛下天機洞照，聖略如神，此事至明，豈有不曉？必謂已行之事，不欲中變，恐天下以爲執德不一，用人不終，是以遲留歲月，庶幾萬一，臣切以爲過矣。古之英主，無出漢高，酈生謀撓楚權，欲復六國，高祖曰善，趣刻印；及聞留侯之言，吐哺而罵曰，趣銷印。夫稱善未幾，繼之以罵，刻印銷印，有同兒戲，何嘗累高祖之知人，適足以明聖人之無我。陛下以爲可而行之，知其不可而罷之，至聖至明，無以加此！議者必謂「民可與樂成，難與慮始」，故勸陛下堅執不顧，期於必行，此乃戰國貪功之人，行險僥倖之説，陛下若信而用之，則是徇高論而逆至情，持空名而邀實禍，未及樂成，而怨已起矣。臣之所願結人心者，此之謂也。

士之進言者爲不少矣，亦嘗有以國家之所以存亡，歷數之所以長短，告陛下者乎？夫國家之所以存亡者，在道德之淺深，而不在乎彊與弱；歷數之所以長短者，在風俗之厚薄，而不在乎富與貧。道德誠深，風俗誠厚，雖貧且弱，不害於長而存；道德誠淺，風俗誠薄，雖彊且富，不救於短而亡。人主知此，則知所輕重矣。是以古之賢君，不以弱而忘道德，不以貧而傷風俗；而智者觀人之國，亦必以此察之。齊至彊也，周公知其後必有篡弑之臣。衛至弱也，季子知其後亡。吴破楚入郢，而陳大夫逢滑知楚之必復。晉武既平吴，何曾知其將亂。隋文既平陳，房喬知其不久。元帝斬郅支，朝呼韓，功多於武、宣矣，偷安而王氏之釁生。宣宗收燕趙，復河湟〔四〕，力彊於憲、武矣，消兵而龐勛之亂起。故臣願陛下務

崇道德而厚風俗，不願陛下急於有功而貪富彊。使陛下富如隋，彊如秦，西取靈武，北取燕薊，謂之有功可也；而國之長短，則不在此。夫國之長短，如人之壽夭。人之壽夭在元氣，國之長短在風俗。世有尫羸而壽考，亦有盛壯而暴亡。若元氣猶存，則尫羸而無害；及其已耗，則盛壯而愈危。是以善養生者，慎起居，節飲食，導引關節，吐故納新，不得已而用藥，則擇其品之上，性之良，可以久服而無害者，則五藏和平，而壽命長；不善養生者，薄節慎之功，遲吐納之效，厭上藥而用下品，伐真氣而助彊陽，根本已危，僵仆無日。天下之勢，與此無殊。故臣願陛下愛惜風俗，如護元氣。古之聖人，非不知深刻之法，可以齊衆；勇悍之夫，可以集事；忠厚近於迂闊，老成初若遲鈍；然終不肯以彼而易此者，顧其所得小而所喪大也。曹參賢相也，曰「慎無擾獄市」；黄霸循吏也，曰「治道去泰甚。」或譏謝安以清談廢事，安笑曰「秦用法吏，二世而亡。」劉晏爲度支，專用果鋭少年，務在急速集事，好利之黨，相師成風。德宗初卽位，擢崔祐甫爲相，祐甫以道德寬大，推廣上意，故建中之政，其聲藹然，天下想望，庶幾貞觀。及盧杞爲相，諷上以刑名整齊天下，馴致澆薄，以及播遷。我仁祖之御天下也，持法至寬，用人有敍，專務掩覆過失，未嘗輕改舊章。然考其成功，則曰未至。以言乎用兵，則十出而九敗；以言其府庫，則僅足而無餘。徒以德澤在人，風俗知義，是以升遐之日，天下如喪考妣。社稷長遠，終必賴之，則仁祖可謂知本矣！今議者不察，徒見其末年，吏多因循，事不振舉，乃欲矯之以苛察，濟之以智能，招來新進勇鋭之人，以圖一切速成之效，未享其利，澆風已成。且天時不齊，人誰無過。國君含垢，至察無徒。若陛下多方包容，則人材取次可用；必欲廣置耳目，務求瑕疵，則人不自安，各圖苟免，恐非朝廷之福，亦豈

陛下所顧哉？漢文欲用虎圈嗇夫，釋之以爲利口傷俗。今若以口舌捷給而取士，以應對遲鈍而退人，以虛誕無實爲能文，以矯激不仕爲有德，則先王之澤，遂將散微。自古用人，必須歷試，雖有卓異之器，必有已試之功，一則使其更變而知難，事不輕作；一則待其功高而望重，人自無辭。昔先主以黄忠爲後將軍，而諸葛亮憂其不可，以爲忠之名望，素非關、張之倫，若班爵遽同，則必不悦。其後關羽果以爲言。以黄忠豪勇之姿，以先主君臣之契，尚復慮此，而况其他？世嘗謂漢文不用賈生，以爲深恨。臣嘗推究其旨，竊謂不然。賈生固天下之奇才，所言亦一時之良策；然請爲屬國，欲係單于，則是處士之大言，少年之鋭氣。昔高祖以三十萬衆，困於平城，當時將相羣臣，豈無賈生之比？「三表」「五餌」，人知其疎，而欲以困中行説，尤不可信矣。兵凶器也，而易言之，正如趙括之輕秦，李信之易楚，若文帝亟用其説，則天下殆將不安；使賈生嘗歷艱難，亦必自悔其説。用之晚歲，其術必精，不幸喪亡，非意所及。不然文帝豈棄才之主，絳、灌豈蔽賢之士？至於晁錯，尤號刻薄，文帝之世，止於太子家令，而景帝既立，以爲御史大夫。申屠賢相〔五〕，發憤而死。紛更政令〔六〕，天下騷然，及至七國發難，而錯之術亦窮矣。文、景優劣〔七〕，於此可見。大抵名器爵禄，人所奔趨，必使積勞而後遷，以明持久而難得，則人各安其分，不敢躁求。今若多開驟進之門，使有意外之得，公卿侍從，跬步可圖；其得者既不肯以僥倖自名，則不得者必皆以沉淪爲恨；使天下常調，舉生妄心，耻不若人，何所不至？欲望風俗之厚，豈可得哉！選人之改京官，常須十年以上，薦更險阻，計析毫釐，其間一事聱牙，常至終身淪棄。今乃以一人之薦舉而予之，猶恐未稱，章服隨至；使積勞久次而得者，何以厭服哉？夫常調之人，非守則令，員多闕

少，久已患之，不可復開多門，以待巧進；若巧者侵奪已甚，則拙者迫怵無聊，利害相形，不得不察！故近歲朴拙之人愈少，而巧佞之士益多，惟陛下重之惜之，哀之救之。如近日三司獻言〔八〕，使天下郡選一人，催驅三司文字，許之先次指射，以酬其勞；則數年之後，審官吏部，又有三百餘人，得先占闕，常調待次，不其愈難？此外勾當發運均輸，按行農田水利，已據監司之體，各懷進用之心，轉對者望以稱旨而驟遷，奏課者求爲優等而速化，相勝以力，相高以言，而名實亂矣。惟陛下以簡易爲法，以清淨爲心，使姦無所緣，而民德歸厚。臣之所願厚風俗者，此之謂也。古者建國，使內外相制，輕重相權。如周如唐，則外重而內輕；如秦如魏，則外輕而內重。內重之弊，必有姦臣指鹿之患；外重之弊，必有大國問鼎之憂。聖人方盛而慮衰，常先立法以救弊。國家租賦，揔於計省，重兵聚於京師，以古揆今，則似內重。恭惟祖宗所以深計預圖，而固非小臣所能臆度而周知，然觀其委任臺諫之一端，則是聖人過防之至計。歷觀秦漢，以及五代，諫争而死，蓋數百人；而自建隆以來，未嘗罪一言者，縱有薄責，旋卽超升。許以風聞，而無官長，風采所繫，不問尊卑。言及乘輿，則天子改容；事關廊廟，則宰相待罪。故仁宗之世，議者譏宰相但奉行臺諫風旨而已。聖人深意，流俗豈知？蓋擢用臺諫，固未必皆賢，所言亦未必皆是，然須養其鋭氣，而借之重權者，豈徒然哉？將以折姦臣之萌，而救內重之弊也。夫姦臣之始，以臺諫折之而有餘；及其既成，以干戈取之而不足。今法令嚴密，朝廷清明，所謂姦臣，萬無此理。然養猫以去鼠，不可以無鼠而養不捕之猫；畜狗以防姦，不可以無姦而畜不吠之狗。陛下得不上念祖宗設此官之意，下爲子孫立萬世之防，朝廷綱紀，孰大於此？臣自幼小所記，及聞長老之談，皆謂臺諫所言，常隨天下

公議。公議所與，臺諫亦與之；公議所擊，臺諫亦擊之。及至英廟之初，始建稱親之議，本非人主大過，亦無典禮明文，徒以衆心未安，公議不允，當時臺諫，以死争之。今者物論沸騰，怨讟交至，公議所在，亦可知矣；相顧不發，中外失望。夫彈劾積威之後，雖庸人亦可以奮揚；風采消委之餘，雖豪傑有所不能振起。臣恐自兹以往，習慣成風，盡爲執政私人，以致人主孤立，紀綱一廢，何事不生？孔子曰：「鄙夫可與事君也歟哉？其未得之也，患得之；既得之，患失之；苟患失之，無所不至矣。」臣始讀此書，疑其太過，以爲鄙夫之患失，不過備位而苟容。及觀李斯憂蒙恬之奪其權，則立二世以亡秦；盧杞憂懷光之數其惡，則誤德宗以再亂。其心本生於患失，而其禍乃至於喪邦。孔子之言，良不爲過。是以知爲國者，平居必常有忘軀犯顔之士，則臨難庶幾有徇義守死之臣。苟平居尚不能一言，則臨難何以責其死節？人臣苟皆如此，天下亦曰殆哉！君子和而不同，小人同而不和。和如和羹，同如濟水。是故孫寶有言：「周公上聖，召公大賢，猶不相悦，著於經典，兩不相損。」晉之王導，可謂元臣，每與客言，舉坐稱善，而王述不悦，以爲人非堯舜，安得每事盡善？導亦斂衽謝之。若使言無不同，意無不合，更唱迭和，何者非賢？萬一有小人居其間，則人主何緣得以知覺？臣之所以願存綱紀者〔九〕，此之謂也。臣非敢歷詆新政，苟爲異論，如近日裁減皇族恩例，刊定任子條式，修完器械，閲習鼓旗，皆陛下神算之至明，乾剛之必斷，物議既允，臣敢有辭；然至於所獻三言，則非臣之私見，中外所病，其誰不知？昔禹戒舜曰：「無若丹朱傲，惟慢遊是好。」舜豈有是哉？周公戒成王曰：「無若商王受之迷亂酗於酒德哉！」成王豈有是哉？周昌以漢高爲桀、紂，劉毅以晉武爲桓、靈，當時人君，曾莫之罪，而書之史策，以爲美談。

使臣所獻三言，皆朝廷未嘗有，此則天下之幸，臣與有焉；若有萬一似之，則陛下安可不察？然而臣之爲計，可謂愚矣，以螻蟻之命，試雷霆之威，積其狂愚，豈可屢赦？大則身首異處，破壞家門；小則削籍投荒，流離道路。雖然，陛下必不爲此，何也？臣天賦至愚，篤於自信，向者與議學校貢舉，首違大臣本意，已期竄逐，敢意自全？而陛下獨然其言，曲賜召對，從容久之，至謂臣曰：「今政令得失安在？雖朕過失，指陳可也。」臣即對曰：「陛下生知之性，天縱文武，不患不明，不患不勤，不患不斷，但患求治太速，進人太鋭，聽言太廣。」又俾述其所以然之狀，陛下頷之曰：「卿所獻三言，朕當熟思之。」臣之狂愚，非獨今日，陛下容之久矣；豈有容之於始，而不赦之於終？恃此而言，所以不懼。臣之所懼者，譏刺既衆，怨仇實多，必將詆臣以深文，中臣以危法，使陛下雖欲赦臣而不得，豈不殆哉？死亡不辭，但恐天下以臣爲戒，無復言者，是以思之經月，夜以繼日，書成復毁，至于再三，感陛下聽其一言，懷不能已，卒吐其説。惟陛下憐其愚忠，而卒赦之，不勝俯伏待罪憂恐之至！

校勘記

〔一〕小民恃陛下之法　原本無「小民」二字，「恃」下空三字。明刻本此句作「小民恃陛下之法」，今據以補「小民」二字，乙「恃」字於下。

〔二〕而已矣　「已」下原本空白，據明刻本補「矣」字。

〔三〕桑洪羊　原本「洪羊」小字夾行，高步瀛以爲當作「桑羊」，謂「桑弘羊去弘字，以避宋宣祖趙弘殷諱也。《文鑑》

以洪代弘，疑後人所增。」見所著《唐宋文舉要》。

〔四〕河湟　「湟」原作「隍」，《舊唐書·宣宗紀》作「湟」，蘇集亦作「湟」，據改。

〔五〕申屠賢相　原作「申屠嘉」，明刻本作「申屠賢相」，蘇集同，據改。

〔六〕紛更政令　明刻本作「滋更號令」。

〔七〕文景優劣　「文景」原作「文帝」，據明刻本改。

〔八〕近日　原作「日近」，據蘇集乙。

〔九〕所以顧存綱紀者　此句準前「所顧結人心」、「所顧厚風俗」，則「以」字不當有；明刻本作「所謂」，亦非。又「綱紀」，明刻本作「紀綱」，與篇首「存紀綱」合，較長。

宋文鑑卷第五十五

奏疏

徐州上皇帝書

蘇軾

臣以庸材，備員册府，出守兩郡，皆東方要地。私竊以爲守法令，治文書，赴期會，不足以報塞萬一，輒伏私念東方之要務，陛下之所宜知者，得其一二，草具以聞，而陛下擇焉。臣前任密州建言，自古河北與中原離合，常係社稷存亡；而京東之地，所以灌輸河北，缾竭則罍耻，脣亡則齒寒，而其民喜爲盜賊，爲患最甚，因爲陛下畫所以待盜賊之策。及移守徐州，覽觀山川之形勢，察其風俗之所上，而考之於載籍，然後又知徐州爲南北之襟要，而京東諸郡，安危所寄也。昔項羽入關，既燒咸陽，而東歸則都彭城；夫以羽之雄略，捨咸陽而取彭城，則彭城之險固形便，足以得志於諸侯者可知矣。臣觀其地，三面被山，獨其西平川數百里，西走梁宋，使楚人開關而延敵，材官騶發，突騎雲縱，真若屋上建瓴水也。地宜菽麥，一熟而飽數歲。其城三面阻水，樓堞之下，以汴泗爲池，獨其南可通車馬，而戲馬臺在焉。其高十仞，廣袤百步，若用武之世，屯千人其上，聚櫑木砲石，凡戰守之具，以與城相表裏，而積三年糧於城中，雖用十萬人不易取也。其民皆長大，膽力絶人，喜爲剽掠，小不適意，則有飛揚跋扈之心，非止爲

盜而已。漢高祖沛人也，項羽宿遷人也，劉裕彭城人也，朱全忠碭山人也，皆在今徐州數百里間耳。其人以此自負，凶桀之氣，積以成俗。魏太武以三十萬衆攻彭城，不能下；而王智興以卒伍庸材，恣睢於徐，朝廷亦不能討，豈非其地形便利，人卒勇悍故耶？州之東北七十餘里，即利國監，自古爲鐵官商賈所聚，其民富樂，凡三十六冶，冶户皆大家，藏鏹巨萬，常爲盜賊所窺，而兵衞寡弱，有同兒戲。臣中夜以思，即爲寒心，使劇賊致死者十餘人，白晝入市，則守者皆棄而走耳。地既産精鐵，而民皆善鍛，散冶户之財，以嘯召無賴，則烏合之衆，數千人之仗，可以一夕具也，順流南下，辰發巳至，徐有不守之憂矣。使不幸而賊有過人之材，如吕布、劉備之徒，得徐而逞其志，則京東之安危，未可知也。近者河北轉運司奏乞禁止利國監鐵，不許入河北，朝廷從之。昔楚人亡弓，不能忘楚，孔子猶小之；況天下一家，東北二冶，皆爲國興利，而奪彼以與此，不已隘乎？自鐵不北行，冶户皆有失業之憂，詣臣而訴者數矣；臣欲因此以征冶户，爲利國監之捍屏。今三十六冶，冶各百餘人，採鑛伐炭，多飢寒亡命、彊力鷙忍之民也。臣欲使冶户每冶各擇有材力而忠謹者，保任十人，籍其名於官，授以鎗刃刀槊，教之擊刺。每月兩衙，集於知監之庭而閲試之；藏其刃於宮，以待大盜，不得役使，犯者以違制論。冶户爲盜所睨久矣，民皆知之，使冶出十人以自衞，民所樂也。而官又爲除近日之禁，使鐵得北行，則冶户皆悦而聽命，姦猾破膽而不敢謀矣。徐城雖險固，而樓櫓敝惡；又城大而兵少，緩急不可守，今戰兵千人耳。臣欲乞移南京新招騎射兩指揮於徐，此故徐人也，嘗屯於徐，營壘材石既具矣，而遷於南京；異時轉運使分東西路，畏餽餉之勞，而移之西耳。今兩路爲一，其去來無所損益，而足以爲徐之重。城下數里，頗産精石無窮，

而奉化廂軍見闕數百人，臣願募石工以足之，聽不差出；使此數百人者，常採石以甃城。數年之後，舉爲金湯之固。要使利國監不可窺，則徐無事；徐無事，則京東無虞矣。沂州山谷重阻，爲逋逃淵藪，盜賊每入徐州界中。陛下若採臣言，不以臣言爲不肖〔一〕，願復三年守徐，且得兼領沂州兵甲巡檢公事，必有以自効。京東惡盜，多出逃軍；逃軍爲盜，民則望風畏之，何也？技精而法重也。技精則難敵，法重則致死，其勢然也。自陛下置將官，修軍政，士皆精鋭，而不免於逃者，臣嘗考其所由，蓋自近歲以來，部送罪人配軍者，皆不使役人，而使禁軍；軍士當部送者，受牒卽行，往返常不下十日，道路之費，非取息錢不能辦；百姓畏法，不敢貸，貸亦不可復得；惟所部將校，乃敢出息錢與之，歸而刻其糧賜；是以上下相持，軍政不修，博弈飲酒，無所不至，窮苦無聊，則逃去爲盜。臣自至徐，卽取不係省錢百餘千别儲之，當部送者，量遠近裁取，以三月刻納，不取其息；將吏有敢貸息錢者，痛以法治之；然後嚴軍政，禁酒博；比暮年，士皆飽暖，練熟技藝，等第爲諸郡之冠。陛下遣勑使按閱，所具見也。臣願下其法諸郡，推此行之，則軍政修而逃者衰，亦去盜之一端也。臣聞之漢相王嘉曰：「孝文帝時，二千石長吏，安官樂職，上下相望，莫有苟且之意。其後稍稍變易，公卿以下，轉相促急，司隸、部刺史發揚陰私，吏或居官數月而退。二千石益輕賤，吏民慢易之，知其易危，小失意則有離畔之心。前山陽亡徒蘇令縱横，吏士臨難，莫肯伏節死義者，以守相威權素奪故也。國家有急，取辦於二千石；二千石尊重難危，乃能使下。」以王嘉之言而考之於今，郡守之威權可謂素奪矣。上有監司，伺其過失；下有吏民，持其長短；未及按問，而差替之命已下矣。欲督捕盜賊，法外求一錢以使人且不可得。盜賊凶人，情重而法輕者，守

臣輒配流之，則使所在法司覆按其狀，劾以失入。惴惴如此，何以得吏士死力而破姦人之黨乎？由此觀之，盜賊所以滋熾者，以陛下守臣權太輕故也。臣願陛下稍重其權，責以大綱，略其小過，凡京東多盜之郡，自青、鄆以降，如徐、沂、齊、曹之類，皆慎擇守臣，聽法外處置强盜；頗賜緡錢，使得以布設耳目，畜養爪牙。然緡錢多賜則難常，少又不足於用。臣以爲每郡可歲別給一二百千，使以釀酒，凡使人緝捕盜賊，得以酒予之，敢以爲他用者，坐贓論；賞格之外，歲得酒數百斛，亦足以使人矣。此又治盜之一術也。然此皆其小者，其大者非臣之所當言，欲默而不發，則又私自念遭值陛下英聖特達如此，若有所不盡，非忠臣之義，故昧死復言之。昔者以詩賦取士，今陛下以經術用人，名雖不同，然皆以文詞進耳。考其所得，多吳、楚、閩、蜀之人。至於京東西、河北、河東、陝西五路，蓋自古豪傑之場，其人沈鷙勇悍，可任以事；然欲使治聲律，讀經義，以與吳、楚、閩、蜀之士爭得失於毫釐之間，則彼有不仕而已，故其得人常少。夫惟忠孝禮義之士，雖不得志，不失爲君子；若德不足而才有餘者，困於無門，則無所不至矣。故臣願陛下，特爲五路之士，別開仕進之門。漢法：郡縣秀民，推擇爲吏，考行察廉，以次遷補，或至二千石，入爲公卿。古者不專以文詞取人，故得士爲多：黄霸起於卒史，薛宣進於書佐，朱邑選於嗇夫，邴吉出於獄吏；其餘名臣循吏，由此而進者，不可勝數。唐自中葉以後，方鎮皆選列校以掌牙兵；是時四方豪傑，不能以科舉自達者，皆争爲之，往往積功以取旄鉞。雖老姦巨盜，或出其中，而名卿賢將如高仙芝、封常清、李光弼、來瑱、李抱玉、段秀實之流，所得亦已多矣。王者之用人如江河，江河所趍，百川赴焉，蛟龍生之；及其去而之他，則魚鼈無所還其體，而鯢鰍爲之制。今世胥史牙校皆奴僕庸

人者，無他，以陛下不用也。今欲用胥史牙校，而胥史行文書，治刑獄、錢穀，其勢不可廢鞭撻；鞭撻一行，則豪傑不出於其間。故凡士之刑者不可用，用者不可刑。故臣願陛下採唐之舊，使五路監司、郡守，共選士人，以補牙職，皆取人材心力有足過人、而不能從事於科舉者，禄之以今之庸錢，而課之鎮稅、場務、督捕盜賊之類。自公罪杖以下聽贖，依將校法，使長吏得薦其才者，第其功閥，書其歲月，使得出仕比任子〔三〕，而不以流外限其所至；朝廷察其尤異者，擢用數人，則豪傑英偉之士，漸出於此塗，而姦猾之黨可得而籠取也。其條目委曲，臣未敢盡言，惟陛下留神省察。昔晉武平吴之後，詔天下罷軍役，州郡悉去武備。惟山濤論其不可，帝見之曰：「天下名言也」，而不能用。及永寧之後，盜賊蠭起，郡國皆以無備不能制，其言乃驗。今臣於無事之時，屢以盜賊爲言，其私憂過計，亦已甚矣；陛下縱能容之，必爲議者所笑。使天下無事而臣獲笑可也，不然事至而圖之，則已晚矣。干犯天威，罪在不赦。

論治道二首　蘇軾

道德

人君以至誠爲道，以至仁爲德，守此二言，終身不易，堯舜之主也。至誠之外，更行他道，皆爲非道；至仁之外，更作他德，皆爲非德。何謂至誠？上自大臣，下至小民，內自親戚，外至四夷，皆推赤心以待之，不可以絲毫僞也。如此，則四海之內，親之如父子，信之如心腹；未有父子相圖，心腹相欺者，如此而天下之不治，未之有也。絲毫之僞，一萌於心，如人有病，先見於脉，如人飲酒，先見於色。聲色

動於幾微之間，而猜狙行於千里之外。彊者爲敵，弱者爲怨。四海之内，如盜賊之憎主人，鳥獸之畏弋獵。則人主孤立，而危亡至矣。何謂至仁？視臣如手足，視民如赤子，戢兵、省刑，時使、薄斂，行此六事而已矣。禍莫逆於好用兵，怨莫大於好起獄，災莫深於興土功〔三〕，毒莫甚於奪民利，此四者陷民之坑穽，而伐國之斧鉞也〔四〕。去此四者，行彼六者，而仁不可勝用也。《傳》曰：「至誠如神。」又曰：「至仁無敵。」審能行之，當獲四種福。以人事言之，則主逸而國安；以天道言之，則享年永而卜世長，此必然之理，古今已試之效也。去聖益遠，邪説滋熾，厭常道而求異術，文姦言以濟暴行。爲申、商之學者則曰：「人主不可以不學術數。」人主天下之父也，爲人父而用術於子，其可乎？爲莊、老之學者則曰：「聖人不仁，以百姓爲芻狗。」欲窮兵黷武則曰：「吾以威四夷而安中國。」欲煩刑多殺則曰：「吾以禁姦慝而全善人。」欲虐使厚斂則曰：「吾以彊兵革而誅暴亂。」雖若不仁，而卒歸於仁。此皆亡國之言也。秦二世、王莽嘗用之矣，皆以經術附會其説。《書》曰：「惟辟作福，惟辟作威。」此言威福不可移於臣下也。欲威福不移於臣下，則莫若捨己而從衆，衆之所是，我則與之；衆之所非，我則去之。夫衆未有不公，而人君者天下公議之主也。如此則威福將安歸乎？今之説者則不然，曰：「人主不可以不作威福。」於是違衆而用己，己之耳目，終不能徧天下，要必資之於人，愛憎喜怒，各行其私，而浸潤膚受之説行矣。然後從而賞罰之，雖名爲人主之威福，而其實左右之私意也。姦人竊吾威福而賣之於外，則權與人主侔矣。《書》曰：「威克厥愛，允濟；愛克厥威，允罔功。」威者，畏威之謂也；愛者，懷私之謂也。管仲曰：「畏威如疾，民之上也；從懷如流，民之下也。畏威之心，勝於懷私，則事無不成。」今之説者則不然，曰：「人

君當使威刑勝於惠愛。」如是，則予不如奪，生不如殺，堯不如桀，而幽、厲、桓、靈之君，長有天下，此不可不辨也！

刑政

《書》曰：「臨下以簡，御衆以寬。」此百世不易之道也。昔漢高祖約法三章，蕭何定律九篇而已，至於文、景，刑措不用。歷魏而晉，條目滋章，斷罪所用，至二萬六千三百七十二條，而姦益不勝，民無所措手足。唐及五代，止用律令；國初加以注疏，情文備矣。今編敕續降，動若牛毛，人之耳目所不能周，思慮所不能照，而法病矣。臣愚謂當熟議而少寬之。人主前旒蔽明，黈纊塞聰，耳目所及，尚不敢盡，而況察人於耳目之外乎？今御史六察，專務鉤考簿書，擿發細微，自三公九卿，救過不暇。夫詳於小必略於大，其文密者其實必疏。故近歲以來，水旱盜賊，四民流亡，邊鄙不寧，皆不以責宰相；而尚書諸曹，文牘繁重，窮日之力，書紙尾不暇，此皆苛察之過也，不可以不變。《易》曰：「理財正辭，禁民爲非，曰義。」先王之理財也，必繼之以正辭。其辭正，則其取之也義。三代之君，食租衣税而已，是以辭正而民服。自漢以來，鹽鐵酒茗之禁，稱貸摧易之利，皆心知其非而冒行之，故辭曲，而民爲盜。今欲嚴刑妄賞以去盜，不若捐利以予民，衣食足而盜賊自止。夫興利以聚財者，人臣之利也，非社稷之福；省費以養財者，社稷之福也，非人臣之利。何以言之？民者國之本，而刑者民之賊。興利以聚財，必先煩刑以賊民，國本摇矣，而言利之臣，先受其賞。近歲宫室城池之役，南蠻西夏之師，車服器械之資，略計其

費，不下五千萬緡，求其所補，卒亦安在？若以此積糧，則沿邊皆有九年之蓄，西夷北邊，望而不敢近矣。趙充國有言：「湟中穀斛八錢，吾謂糴三百萬斛〔五〕，羌人不敢動矣。」不待煩刑賊民，而邊鄙以安。然爲人臣之計，則無功可賞，故凡人臣欲興利而不欲省費者，皆爲身謀，非爲社稷計也。人主不察，乃以社稷之深憂，而徇人臣之私計，豈不過甚矣哉！

因擒鬼章論西羌夏人事宜

蘇軾

臣竊見近者熙河路奏生擒鬼章，百官稱賀，中外同慶。臣愚無知，竊謂安危之機，正在今日。若應之有道，處之有術，則安邊息民，必自是始；不然，將驕卒惰，以勝爲災，亦不足怪。故臣區區欲先陳前後致寇之由，次論當今待敵之要，雖狂愚無取，亦臣子之常分。昔先帝用兵，累年，雖中國靡弊，然夏人困折，亦幾於亡。横山之地，沿邊七八百里中，不敢耕者，至二百餘里。歲賜既罷，和市亦絶，虜中疋帛至五十餘千。其餘老弱轉徙，牛羊墮壞，所失蓋不可勝數，飢羸之餘，乃始欵塞。當時執政大臣，謀之不深，因中國厭兵，遂納其使，每一使賜予貿易，無慮得絹五萬餘疋，歸鬻之其民，疋五六千，民大悦。一使所獲，率不下二十萬緡，使五六至，而累年所罷歲賜，可以坐復。既使虜因吾資以德其民，且飽而思奮，又使其窺我厭兵欲和之意，以爲欲戰欲和，權皆在我，以故輕犯邊陲，利則進，否則復求和，無不可者。若當時大臣因虜之請，受其詞不納其使，且詔邊臣與之往返商議，所獲新疆，取捨在我，俟其詞意屈服，約束堅明，然後納之，則虜雖背恩反覆，亦不至如今日之速也。虜雖有易我意，然不得西蕃解

仇結好，亦未敢動。夫阿里骨，董氈之賊臣也，挾契丹公主，以弑其君之二妻。董氈死，匿喪不發。逾年衆定，乃詐稱嗣子，僞書鬼章、温溪心等名以請於朝。當時執政，若且令邊臣審問鬼章等，以「阿里骨當立不立？若朝廷從汝請，遂授節鉞，阿里骨真汝主矣，汝能臣之如董氈乎？」若此等無詞，則是諸羌心服，既立之後，必能統一都部，吾又何求？若其不服，則釁自彼生，爵命未下，曲不在吾。彼既一國三公，則吾分其恩禮，各以一近上使額命之，鬼章等各得所欲，宜亦無患。當時執政不深慮此，專以省事爲安國〔六〕，因其妄請，便授節鉞。阿里骨自知不當立，而憂鬼章之討也，故欲借力於西夏以自重，於是始有解仇結好之謀；而鬼章亦不平朝廷之以賊臣君我也，故怒而盜邊。夏人知諸羌之叛也，故起而和之。此臣所謂前後致寇之由，明主不可以不知者也。雖既往不咎，然可以爲方來之監。元昊本懷大志，長於用兵，亮祚天付兇狂，輕用其衆，故其爲邊患，皆歷年而後定。今梁氏專國，素與人多不協，方内自相圖，其能以創殘呻吟之餘，久與中國敵乎？料其姦謀，蓋非元昊、亮祚之比矣。意謂二聖在位，恭默守成，仁恕之心，著於遠邇，必無用武之意，可肆無厭之求。蘭、會諸城，鄜、延五寨，好請不獲，勢脅必從；猖狂之後，求無不獲。計不過此耳！今者竊聞朝廷降詔，諸路勑勵戰守，深明逆順曲直之理，此固當今之急務，而詔書之中，亦許夏人之自新。臣竊以謂開之太易，納之太速，曾未一戰，而天兵欲和之意，已見乎外，此復蹈前日之失矣，臣甚惜之。今既聞鬼章之捷〔七〕，或漸有欵塞之謀，必將爲恭很相半之詞，而繼之以無厭之請。若朝廷復納其使，則是欲戰欲和，權皆在虜。有求必獲，不獲必叛，雖婾一時之安，必起無窮之釁。故臣願明主斷之於中，深詔大臣，密勑諸將，若夏人欵塞，當受其詞而却其使。然

後明勑邊臣，以夏人受恩不貲，無故犯順，今雖欵塞，反覆難保。若實改心向化，當且與邊臣商議；苟詞意未甚屈服，約束甚堅明，則且却之，以示吾雖不逆其善意，亦不汲汲於求和也。彼若心服而來，吾雖未納其使，必不於往返商議之間，遽復盜邊；若非心服，則吾雖蕩然開懷，待之如舊，能必其不叛乎？今歲涇原之入，豈吾待之不至邪？但使吾兵練士飽，斥堠精明，虜無大獲，不過數年，必自折困。今雖小勢，後必堅定。此臣所謂當今待敵之要，亦明主不可以不知者也。今朝廷意在息民，不憚屈己，而臣獻言乃欲艱難其請，不急於和，似與聖意異者；然古之聖賢，欲行其意，必有以曲成之，未嘗直情而徑行也。將欲翕之，必固張之；將欲取之，必固予之，夫直情而徑行，未有獲其意者也。若權其利害，究其所至，則臣之愚計，於安邊息民，必久而固，與聖意初無小異。然臣竊度朝廷之間，似欲以畏事爲無事者，臣竊以爲過矣。夫爲國不可以生事，亦不可以畏事。畏事之弊，與生事均。譬如無病而服藥，與有病而不服藥，皆可以殺人。夫生事者，無病而服藥也；畏事者，有病而不服藥也。乃者阿里骨之請，人人知其不當予，而朝廷予之，以求無事，然事之起，乃至於此，不幾於有病而不服藥乎？今又遽欲納夏人之使，則是病未除而藥先止，其與幾何？臣於侍從之中，受恩至深，其於委曲保全〔八〕，與衆獨異，故敢出位先事而言，不勝恐悚待罪之至！

論内中車子争道亂行

蘇　軾

臣謹按，漢成帝郊祠甘泉泰畤、汾陰、后土，而趙昭儀常從在屬車間，時楊雄待詔承明，奏賦以諷，

其略曰：「想西王母欣然而上壽兮，屏玉女而却虙妃。」言婦女不當與齊祠之間也。臣今備位夏官，職任鹵簿，準故事，郊祀既成，乘輿還齊宫，改服通天冠、絳紗袍，教坊鈞容作樂還内，然後后妃之屬，中道迎謁，已非典禮；而況方當祀事未畢，而中宫掖庭，得在勾陳豹尾之間乎？竊見二聖崇奉大祀，嚴恭寅畏，度越古今，四方來覲，莫不悦服。今車駕方宿齊大廟，而内中車子，不避仗衞，争道亂行，臣愚竊恐於觀望有損，不敢不奏。乞賜約束，仍乞取問隨行合干勾當人施行。

校勘記

〔一〕不以臣言爲不肖　明抄本，明刻本同，與上句意複，且「不肖」多指人不指言，疑衍「言」字。

〔二〕出仕比任子　此五字原本空白，據明抄本補。明刻本少「仕」字。

〔三〕土功　「土」字原本空白，據明刻本補。

〔四〕伐國　「伐」字原本空白，據明刻本補。

〔五〕三百萬斛　今《漢書·趙充國傳》作「二百萬斛穀」。按本書卷五十六蘇轍《上皇帝書》亦作「三百萬」，疑宋人所見《漢書》如此，或記憶之誤。

〔六〕安國　「國」字原本作墨丁，據明刻本補；或不當有。

〔七〕既聞　「既」明刻本作「若」。

〔八〕委曲保全　原本「曲」下作墨丁，明刻本「曲」下有「而」字。

宋文鑑卷第五十六

奏疏

上皇帝書

蘇轍

臣官至疏賤，朝廷之事，非所得言，然竊自惟，雖其勢不當進言，至於報國之義，猶有可得言者。昔仁宗親策直言之士，臣以不識忌諱，得罪於有司，仁宗哀其狂愚，力排羣議，使臣得不遂棄於世，臣之感激思有以報，爲日久矣。今者陛下以聖德臨御天下，將大有爲以濟斯世，而臣材力駑下，無以自效，竊聽之道路，得其一二，思致之左右；苟懲創前事，不復以聞，則其思報之誠，没世而不能自達，是以輒發其狂言而不知止。臣聞善爲國者，必有先後之次。自其所當先者爲之，則其後必舉；自其所當後者爲之，則先後並廢。《書》曰：「欲升高必自下，欲陟遐必自邇。」世未有不自下而能高，不自近而能遠者。然世之人，常鄙其下而厭其近，務先從事於高遠，不知其不可得也。《詩》曰：「無田甫田，維莠驕驕；無思遠人，勞心忉忉。」以爲田甫田而力不給，則田莽而不治，不若不田也；思遠人而德不足，則心勞而無獲，不若不思也。欲田甫田，則必自其小者始，小者之有餘，而甫田可啓矣；欲來遠人，則必自其近者始，近者之既服，而遠人自至矣。苟由其道，其勢可以自得；苟不由其道，雖彊求而不獲也。臣愚不肖，蓋嘗試

妄論今世先後之宜，而竊觀陛下施設之萬一，以爲所當先者，失在於不爲；而所當後者，失在於太早。然臣非敢以爲信然也，特其所見有近於是者，是以因其近似，爲陛下深言之。伏惟陛下即位以來，躬親庶政，聰明睿智，博達宏辯，文足以經治，武足以制斷，重之以勤勞，加之以恭儉，凡古之帝王，曠世而不能有一焉者，陛下一旦兼而有之矣。夫以天縱之資，濟之以求治之心，施之於事，宜無爲而不成，無欲而不遂；今也爲國歷年於兹，而治不加進，天下之弊，日益於前世，天下之人，未知所以適治之路，災變橫生，川原震裂，江河湧沸，人民流離，災火繼作，歷月移時，而其變不止。此臣所以日夜思念而不曉，疑其先後之次有所未得者也。夫今世之患，莫急於無財而已。財者，爲國之命，而萬事之本，國之所以存亡，事之所以成敗，常必由之。昔趙充國論備邊之計，以爲湟中穀斛八錢，糴三百萬斛，羌人不敢動矣。諸葛亮用兵如神，而以糧道不繼，屢出無功。由是觀之，苟無其財，雖有聖賢不能自致於跬步；苟有其財，雖庸人可以一日而千里。陛下頃以西夏不臣，赫然發憤，建用兵之策，招來橫山之民，將奪其嶮岨，破壞其國而後已。方是之時，夏人殘虐失衆，橫山之民，厭苦思漢，而又乘其荐饑，苟加之以兵，此非計之失者也。然而沿邊無數月之糧，關中無終歲之儲，而所興之役有莫大之費。陛下方且泰然不以爲憂，以爲萬舉而有萬全之功。既而邊臣失律，先事輕發，亦既入踐其國，係虜其民矣；然而陛下得其地而不敢收，獲其人而不敢臣，雖有成功，而不敢繼也。其終卒至於廢黜謀臣，而講和好。夫陛下謀之於朞年之前，而罷之於既發之後，豈以爲是失當而悔之哉？誠無財以善其後耳！且夫財之不足，是爲國之先務也；至於鞭笞四夷，臣服異類，是極治之餘功，而太平之粉飾也；然今且先之，此臣所以知其

先後之次有所未得者也。今者陛下懲前事之失，出祕府之財，徙内郡之租賦，督轉漕之吏，使備沿邊三歲之畜，臣以此疑陛下之有意乎財矣，然猶以爲未也。何者？祕府之財，不可多取，而内郡之民，不可重困，可以紓目前之患，而未可以爲長久之計，此臣所以求效其區區，而不能自已也。善爲國者不然，知財之最急而萬事賴焉，故常使財勝其事，而事不勝財；然後財不可盡，而事無不濟。財者，車馬也；事者，其所載物也。載物者，常使馬輕其車，車輕其物，馬有餘力，車有餘量，然後可以涉塗泥而車不僨，登坂險而馬不躓。今也，四方之財，莫不盡取，民力屈矣，而上用不足，平居惴惴，僅能以自完，而事變之生，復不可料。譬如弊車羸馬，而引丘山之載，幸而無虞，猶恐不能勝；不幸而有陰雨之變，陵谷之嶮，其患必有不可知者。故臣深思極慮，以爲方今之計，莫如豐財。然臣所謂豐財者，非求財而益之也，去事之所以害財者而已矣。夫使事之害財者未去，雖求財而益之，財愈不足；使事之害財者盡去，雖不求豐財，然而求財之不豐亦不可得也。故臣謹爲陛下言事之害財者三：一曰冗吏，二曰冗兵，三曰冗費。冗吏之説曰，請原古之所以置吏之意，有是民也，而後有是官；有是官也，而後有是吏；量民而置官，量官而求吏，其本凡以爲民而已。是以古者即其官以取人，郡縣之職缺，而取之於民；府寺之屬缺，而取之於郡縣。出以爲守令，入以爲卿相，出入相受，中外相貫。一人去之，一人補之，其勢不容有冗食之吏。近世以來，取人不由其官，士之來者無窮，而官有限極，於是兼、守、判、知之法生，而官法始壞，浸淫分散，不復其舊。是以吏多於上，而士多於下，上下相窒，譬如決水於不流之澤，前者未盡，來者已至，填咽充滿，一陷於其中而不能出。故布衣之士，多方以求官；已仕之吏，多方以求進；下慕其

上，後慕其前；不愧詐僞，不耻争奪；禮義消亡，風俗敗壞，勢之窮極，遂至於此！夫人情紓則樂易，樂易則有所不爲；窘則濫亂，濫亂則無所不至。今使衆人相與皆出於隘，足履相躡，肩肘相逮，徬徨而不得進；又將禁其奔走而争先者。苟將禁之，則莫如止來者而闢其隘。今也驅市人而納之，不勝其多也，設嶮於中塗而艱難之，是以法愈設而争愈甚。惟陛下以時救之，下哀痛之書，明告天下以吏多之故，與之更立三法：其一，使進士諸科增年而後舉，其額不增，累舉多者無推恩。其説曰，凡今之所以至於不可勝數者，以其取之之多也。古之人其擇吏也甚精，人知吏之不可以妄求，故不敢輕爲士，爲士者皆其脩絜之人也。今世取人，誦文書，習程課，未有不可爲吏者也。其求之不難，而得之甚樂，是以羣起而趍之，凡今農工商賈之家，未有不捨其舊而爲士者也。爲士者日多，然而天下益以不治。今世所謂居家不事生産，仰不養父母，俯不恤妻子，浮游四方，侵擾州縣，造作誹謗者，農工商賈不與也。祖宗之世〔一〕，士之多少，其比於今不能一二也；然其削平僭亂，創制立法，功業卓然，見於後世，今世之士，不敢望其萬一也。士之多不及於今世，而功則過之，無足怪者，取之至少則人不敢輕爲士，其所取者，皆州郡之選人也。故爲是法，使人知上意之所向，十年之後，無實之士，將不黜而自減。且夫設科以待天下之士，蓋將使其才者得之，不才者不可得也。吾則取之，而彼則不能得，猶曰雖不能得，而累舉多者必取無棄，則是以官徇人也。且累舉之士，類非少年矣，耳目昏塞，筋力疲勌，而後得之，數日而計之，知其不能有所及也，則其爲政無所頼矣。今有人畜牛羊而求牧，既取其壯者，又取其老者。取其壯者，曰吾取其力也；取其老者，曰吾憐其老也。如憐其老而已，則曷爲以累牛羊哉？苟誠以爲有遺才焉，則今

所謂遺逸之書，有以收之矣。其二，使官至於任子者，以其子之爲後者世世禄仕於朝〔二〕，襲簪紱而守祭祀，可以無憾矣。然而爲是法也，則必始於二府〔三〕。行於賤而屈於貴，天下將不服；天下不服，而求法之行，不可得也。蓋矯失以救患者，必有所過而後濟，臣非不知二府之不可以齒庶官也。其三，使百司各損其職掌，而多其出職之歲月。其說曰，百司臣不得而盡詳也，請言其尤甚者，莫如三司。三司之吏，世以爲多，而不可損，何也？國計重而簿書衆也。臣以爲不然。主大計者，必執簡以御繁，以簡自處，而以繁寄人。以簡自處，則心不可亂，心不可亂，則利至而必知，害至而必察；以繁寄人，則事有所分，事有所分，則毫末不遺，而情僞必見。今則不然，舉四海之大，而一毫之用，必會於三司，故三司者，案牘之委也。案牘既積，則吏不得不多，案牘積而吏多，則欺之者衆，雖有大利害，不能察也。夫天下之財，下自郡縣，而至於轉運轉相鉤較，足以爲不失矣；然世常以轉運使爲不可獨信，故必至於三司而後已。夫苟轉運使之不可獨信，而必三司之可任，則三司未有不責成於吏者，豈三司之吏則重於轉運使歟？故臣以爲天下之財，其詳可分於轉運使，而使三司歲攬其綱目，既使之得優游以治財貨之源，又可頗損其吏，以絶亂法之弊。苟三司猶可損也，而百司可見矣。然而此三法者，皆世之所謂拂世戾俗，召怨而速謗者也。今且將行之，臣非敢犯衆人之怒而行此危事也，以爲有可行之道焉。何者？自臺省六品，諸司五品，一郊而任一人，自兩制以上，一歲而任一人，此祖宗百年之法，相承而不變者也；而仁宗之世則損之。三載而考績，無罪者遷其官，自唐以來，亦未始有變者也；而英宗之世則增之。此二者，夫豈便於俗哉？然而莫敢怨者，以爲吏多而欲損者，天下之公議；其不欲者，天下之私計也。以私

計而怨公議，其爲怨也不直矣。是以善爲國者，循理而不卹怨；非不卹怨，知其無能爲也。且今此三法者，固未嘗行也，然而天下亦不免於怨。何者？士之出身爲吏者，捐其生業，棄其田里，以盡力於王事；而今也以吏多之故，積勞者久而不得遷，去官者久而不得調；又多爲條約以沮格之，減罷其舉官，破壞其考第，使之窮窘無聊，求進而不遂。此其爲怨，豈減於布衣之士哉？鈞之二怨，皆將不免，然使新進之士日益多，國力匱竭而不能支，十年之後，其患必有不可勝言者，故臣願陛下親斷而力行之。苟日增之吏，漸於衰少，則臣又將有以治其舊吏。使諸道職司，每歲終任其所部，郡守監郡各任其屬，曰，自今以前，未有以私罪至某，贓罪正入已至若干者，二者皆自上，鈞其輕重而裁之，已而以它事發，則與之同罪，雖去官與赦不降也。夫以私罪至某，贓罪正入已至若干，其爲惡也著矣，而上不察，則上之不明亦可知矣，故雖與之同罪而不過。今世之法，任人者任其終身，苟其有罪，終身鈞坐之。夫任人之終身，任其未然之不可知者也；任人之歲終而無過，任其已然之可知者也。臣請得以較之，任其未然之不可知，雖聖人有所不能；任其已然之可知，雖衆人能之。今也任之以聖人之所不能，既不敢辭矣，而況任衆人之所能，顧不可哉？且按察之吏，則亦不患其不知也，患其知而未必皆按，曰，是無損於我，而徒以爲怨云爾；今使其罪及之，其勢將無所不問。陛下誠能擇奉公疾惡之臣而使行之，陛下厲精而察之，去民之患如除腹心之疾，則其以私罪至某，贓罪正入已至若干者，非復過誤，適陷於深文者也。苟遂放歸，終身不齒，使姦吏有所懲，則冗吏之弊可去矣。冗兵之説曰，臣聞國朝創業之初，四方割據，中國地狹，兵革至少。其後蕩滅諸國，拓地既廣，兵亦隨衆。雍熙之間，天下之兵，僅三十萬。方此之時，屯戍

征討，百役並作，而兵力不屈，未嘗有兵少之患也。自咸平、景德以來，契丹內侵，繼遷叛逆，每有警急，將帥不問得失，輒請益兵，於是召募日增，而兵額之多遂倍前世。其後寶元、慶曆之間，元昊竊發，復使諸道點民爲兵，而沿邊所屯，至七八十萬。自是天下遂以百萬爲額；雖復近歲無事，而關中之兵至於二十八萬。舉雍熙天下之衆，適以備方今關中一隅之用。兵多之甚，於此見矣。然臣聞方今宿邊之兵，分隸堡障，戰兵統於將帥者，其實無幾。每一見賊，賊兵常多，我兵常少，衆寡不敵，每戰輒敗。往者將帥失利，未有不以此自解者也。夫祖宗之兵至少，而常若有餘；今世之兵至多，而常患於不足，此二者，不可不察也。兵法有之曰：「興師十萬，出征千里，百姓之費，公家之奉，日費千金；內外騷動，怠於道路者，七十萬家；而愛爵祿百金，不能知敵之情者，不仁之至也。故三軍之事，莫親於間，賞莫重於間，間者三軍之司命也。」臣竊惟祖宗用兵，至於以少爲多，而今世用兵，至於以多爲少，得失之原，皆出於此。何以言之？臣聞太祖用李漢超、馬仁瑀、韓令坤、賀惟忠、何繼筠等五人，使備契丹；用郭進、武守琪、李謙溥、李繼勳等四人，使備河東；用趙贊、姚內斌、董遵誨、王彥昇、馮繼業等五人〔四〕，使備西羌。皆厚之以關市之征，饒之以金帛之賜。其家屬之在京師者，仰給於縣官；貿易之在道路者，不問其商稅。故此十四人者，皆富厚有餘，其視棄財，如棄糞土，賙人之急，如恐不及。是以死力之士，貪其金錢，捐軀命，冒患難，深入敵國，刺其陰計而效之，至於飲食動靜，無不畢見。每有入寇，輒先知之。故其所備者寡，而兵力不分。敵之至者，舉皆無得而有喪。是以當此之時，備邊之兵，多者不過萬人，少者五六千，以天下之大，而三十萬兵足爲之用。今則不然，一錢以上，皆籍於三司，有敢擅用，謂之自盜；而所謂公

使錢，多者不過數千緡，百須在焉，而監司又伺其出入而繩之以法。至於用間，則曰，官給茶、綵。夫百餅之茶，數束之綵，其不足以易人之死也明矣。是以今之爲間者，皆不足恃，聽傳聞之言，采疑似之事，其行不過於出境，而所問不過於熟户，苟有藉口以欺其將帥則止矣，非有能知敵之至情者也。敵之至情既不可得而知，故常多屯兵以備不意之患。以百萬之衆，而常患於不足，由此故也。陛下何不權其輕重，而計其利害？夫關市之征，比於茶、綵則多；而三十萬人之奉，比於萬人則約。衆人知目前之害，而不知歲月之病，平居不忍棄關市之征以與人，至於百萬，則恬而不知怪。昔太祖起於布衣，百戰以定天下，軍旅之事，其思之也詳，其計之也熟矣。故臣願陛下，復修其成法，擇任將帥，而厚之以財，使多間諜之士，以爲耳目。耳目既明，雖有强敵，而不敢輙近。則雖雍熙之兵，可以足用於今世。陛下誠重難之，臣請陳其可減之實，何者？今世之强兵，莫如沿邊之土人，而今世之惰兵，莫如内郡之禁旅。其名愈高，其廩愈厚；其廩愈厚，其材愈薄。往者西邊用兵，禁軍不堪其役，死者不可勝計。羌人每出，聞多禁軍，輒舉手相賀；聞多土兵，輙相戒不敢犯。以實較之，土兵一人，其材力足以當禁軍三人；禁軍一人，其廩給足以贍土兵三人。使禁軍萬人在邊，其用不能當三千人，而常耗三萬人之畜。邊郡之儲，比於内郡，其價不啻數倍。以此權之，則土兵可益，而禁軍可損，雖三尺童子，知其無疑也。陛下誠聽臣之謀，臣請使禁軍之在内郡者，勿復以戍邊，因其老死與亡而勿復補，使足以爲内郡之備而止。去之以漸，而行之以十年，而冗兵之弊可去矣。冗費之説曰，世之冗費，不可勝計也，請言其大，與臣之所知者，而陛下以類推之。臣聞事有所必至，恩有所必窮。事至而後謀，則害於事；恩窮而後遷，則傷於恩。

昔者太祖、太宗，敦睦九族，以先天下。方此之時，宗室之衆無幾也，是以合族於京邑，久而不別。世歷五聖，而太平百年矣。宗室之盛，未有過於此時者也。禄廩之費多於百官，而子孫之衆，宮室不能受。無親疏之差，無貴賤之等。自生齒以上，皆養於縣官。長而爵之，嫁娶喪葬，無不仰給於上。日引月長，未有知其所止者。此亦事之所必至，而恩之所必窮者也。然未聞所以謀而遷之。古者天子七廟，三昭三穆，與太祖而七。以人子之愛其親，推而上之，至於其祖，由祖而上，至於百世，宜無所不愛；無所不愛，則宜無所不廟；苟推其無窮之心，則百世之祖，皆廟而後爲稱也。聖人知其不可，故爲之制，七世之外，非有功德則迭毁，春秋之祭不與。莫貴於天子，莫尊於天子之祖，而廟不加於七。何者？恩之所不能及也。何獨至於宗室而不然。臣聞三代之間，公族有以親未絶而列於庶人者。兩漢之法，帝之子爲王，王之庶子猶有爲侯者；自侯以降，則庶子無復爵土，蓋有去而爲民者；有自爲民而復仕於朝者。至唐亦然。故臣以爲凡今宗室，宜以親疏貴賤爲差，以次出之，使得從仕，比於異姓，擇其可用，而試之以漸。凡其秩禄之數，遷叙之等，黜陟之制，任子之令，與異姓均。臨之以按察，持之以寮吏，威之以刑禁，以時察之，使其不才者不至於害民，其賢者有以自效。而其不任爲吏者，則出之於近郡，官爲廬舍而廪給之，使得占田治生，與士庶比。今聚而養之，厚之以不貲之禄，尊之以莫貴之爵，使其賢者老死，鬱鬱而無所施；不賢者，居處隘陋，戚戚而無以爲樂，甚非計之得也。昔唐武德之初，封從昆弟子，自勝衣以上，皆爵郡王。太宗卽位，疑其不便，以問大臣。封德彝曰：「爵命崇則力役多，以天下爲私奉，非至公之法也。」於是疏屬王者降爲公。夫自王而爲公，非人情之所樂也，而猶且行之。今使之爵

禄如故，而獲治民，雖有内外之異，宜無有怨者。然臣觀朝廷之議，未嘗敢有及此，何者？以宗室之親，而布之於四方，懼其啓姦人之心，而生意外之變也。臣竊以爲不然。古之帝王，好疑而多防，雖父子兄弟，不得尺寸之柄，幽囚禁錮，齒於匹夫者，莫如秦、魏，然秦、魏皆數世而亡。其所以亡者，劉氏、項氏與司馬氏，而非其宗室也。故爲國者，苟失其道，雖胡越之人皆得謀之；苟無其釁，雖宗室，誰敢覬者？惟陛下蕩然與之無疑，使得以次居外，如漢、唐之故，此亦去冗費之一端也。臣聞漢唐以來，重兵分於四方，雖有末大之憂，而饋運之勞，不至於太甚。祖宗受命，懲其大患，而畧其細故，斂重兵而聚之京師。根本既强，天下承命而服；然而轉漕之費，遂倍於古。凡今東南之米，每歲遡汴而上，以石計者，至五六百萬；山林之木，盡於舟楫，州郡之卒，疲於道路，月廪歲給之奉，不可勝計。往返數千里，飢寒困迫，每每侵盜，雜以它物，米之至京師者，率非完物矣。由此觀之，今世之法，直以其力致之，而不計其患，非法之良也。臣願更爲之法，舉今每歲所運之數而四分之，其二即用舊法，官出船與兵而漕之，凡皆如舊。其一，募六道之富人，使以其船及人漕之，而所過免其商税，能以若干至京師而無所欺盜敗失者，以今三司軍大將之賞與之。方今濱江之民，以其船爲官運者，不求官直，蓋取官之所入而不覆較者，得其羸以自潤。而富民之欲仕者，往往求爲軍大將。以此推之，宜有應募者。其一，官自置場，而買之京師，京師之兵，當得米而不願者，計其直以錢償之。夫物有常數，取之於南，則不足於北，捨之於東，則有餘於西，此數之必然而不可逃者也。今官欲買之，其始不免於貴；貴甚，則東南之民傾而赴之；赴之者衆，則將反於賤。致賤必以貴，致貴必以賤，此亦必然之數也。故臣願爲此二者，與舊法皆立，

試其利害，而較其可否，必將有可用者，然後舉而從之，此又去冗費之一端也。臣聞富國有道，無所不䘏者，富之端也；不足䘏者，貧之源也。從其可䘏而收之，無所不收，則其所存者廣矣；從其無足䘏而棄之，無所不棄，則其所亡者多矣。然而世人之議者則不然，以爲天下之富，而顧區區之用，此有司之職，而非帝王之事也。此説之行於天下，數百年於兹矣，故天下之費，其可已者，常多於舊。臣不敢遠引前世，請言近歲之事。自嘉祐以來，聖人迭興，而天下之吏，京秩以上，再遷其官；天下郡守職司，再補其親戚。自治平京師之大水，與去歲河朔之大震，百役並作，國有至急之費，而郊祀之賞，不廢於百官。自横山用兵供億之未定，與京師流民勞徠之未息，官司困乏，日不暇給，而宗室之喪，不俟歲月而葬。臣以此觀之，知朝廷有無足䘏之義。臣誠知事之既往，無可爲者，然苟自今從其可䘏而收之，則無益之費，猶可漸減。此又去冗費之一端也。臣不勝拳拳私憂過計，爲是三冗之説以獻。伏惟陛下思深謀遠，聽斷詳盡，於天下之事，無所不矚，臣之所陳，何足言者！然臣愚以爲，苟三冗未去，要之十年之後，天下將益衰耗，難以復治。陛下何不講求其原，而定其方略，擇任賢俊，而授之以成法，使皆久於其官，而後責其成績。方今天下之官，泛泛乎皆有欲去不久之心。侍從之臣，逾年而不得代，則皇皇而不樂。今雖不能使之盡久，然至於諸道之職司，三司之官吏，沿邊之將佐，此皆與天子共成事者也。天下之事，將責成之，而不久其任。開其源者，不見其流，發其謀者，不見其成功。此事之所以不得成也。陛下誠擇人而用之，使與二府皆久於其官，人知不得苟免，而思長久之計。君臣同心，上下協力，磨之以歲月，如此而三冗之弊乃可去也。然而爲此，則猶有所患，何者？今世之士大夫，惡同而好異，嫉成而

喜敗，事苟不出於己，小有齟齬不合，則羣起而譟之。借如今使按察之官，任其屬吏，歲終而無過，此其勢必將無所不按，得罪者必將多於其舊，然則天下之口，紛然非之矣。不幸而有一不當，衆將羣指以罪法。一不當不能動，不幸而至於再三，雖上之人亦將不免於惑。衆人非之於下，而朝廷疑之於上，攻之者衆，而持之者不堅，則法從此敗矣。蓋世有耕田而以其耜殺人者，或者因以耕田爲可廢。夫殺人之可誅，與耕田之不可廢，此二事也，安得以彼而害此哉？故夫按人而不以其實者，罪之可也；而法之是非，則不在此。苟陛下誠以爲可行，必先能破天下之浮議，使良法不廢於中道，如此而後三冗之弊可去也。三冗既去，天下之財得以日生而無害。百姓充足，府庫盈溢。陛下所爲而無不成，所欲而無不如意。舉天下之衆，惟所用之。以攻則取，以守則固。雖有西戎、北狄不臣之國，宥之則爲漢文帝，不宥則爲唐太宗，伸縮進退，無不在我。今陛下不事其本，而先舉其末，此臣所以大惑也。臣不勝憤懣，越次言事，雷霆之譴，無所逃避。

校勘記

〔一〕祖宗之世　原本「祖」上有「一」字，據明刻本删。

〔二〕以其子　「以」明刻本作「任」。

〔三〕二府　「府」原作「有」，據明刻本改。

〔四〕馮繼業等　「等」字原脱，據明刻本補。

宋文鑑卷第五十七

奏疏

論呂惠卿

蘇轍

臣聞漢武帝世，御史大夫張湯，挾持巧詐，以迎合上意，變亂貨幣，崇長犴獄，使天下重足而立，幾至於亂。武帝覺悟，誅湯而後天下安。唐德宗世，宰相盧杞，妬賢嫉能，戕害善類，力勸征伐，助成暴歛，使天下相率叛上，至於流播。德宗覺悟，逐杞而後社稷復存。蓋小人天賦傾邪，安於不義，性本陰賊，尤喜害人，若不死亡，終必爲患。臣伏見前參知政事呂惠卿，懷張湯之辯詐，兼盧杞之姦凶，詭變多端，敢行非度，見利忘義，黷貨無厭。王安石初任執政，用之爲腹心。安石山野之人，彊很傲誕，其於吏事，冥無所知；惠卿指擿教導，以濟其惡，青苗、助役，議出其手。韓琦始言青苗之害，先帝知琦朴忠，翻然感悟，欲退安石而行琦言，當時執政皆聞德音，安石惶遽自失，亦累表乞退，天下欣然，有息肩之望矣。惠卿方爲小官，自知失勢，上章乞對，力進邪説，熒惑聖聽，巧回天意。身爲館殿，攝行内侍之職，親往傳宣，以起安石，肆其僞辯，以難琦説，仍爲安石畫刼持上下之策，大率多用刑獄，以震動天下。自是諍臣吞聲，有識喪氣，而天下靡然矣。至於排擊忠良，引用邪黨，惠卿之力，十居八九。其後又建手

實簿法，尺椽寸土，檢括無遺，雞豚狗彘，抄劄殆遍，專用告訐，推析毫毛，鞭箠交下，紙筆翔貴，小民怨苦，甚於苗役。又因保甲正長，給散青苗，結甲赴官，不遺一户，上下騷動，不安其生，遂致河北人户流移，雖上等富家，有驅領車牛，懷挾金銀，流入襄、鄧者。旋又興起大獄，以恐脅士人，如鄭俠、王安國之徒，僅保首領而去，原其害心，本欲株連蔓引，塗污公卿，不止如此。獨賴先帝天姿仁聖，每事裁抑，故惠卿不得窮極其惡；不然，安常守道之士，無噍類矣。既而惠卿自以贓罪被黜，於是力陳邊事，以中上心，其在延安，始變軍制，雜用蕃、漢，上與馮京異論，下與蔡延慶等力争，惟黨人徐禧助之，遂行其説，違背物情，壞亂邊政，至今爲患。西戎無變，妄奏警急，擅領大衆，涉入虜境，竟不見敵，遷延而歸，糜費資糧，棄捐戈甲，以巨萬計；恣行欺罔，坦若無人，立石紀功，使西戎曉然知朝廷有吞滅靈夏之意，自是戎人怨畔，邊鄙騷動，河隴困竭，海内疲勞。永樂之敗，大將徐禧，本惠卿自布衣中保薦擢任，始終協議，遂付邊政，敗聲始聞，震動宸極，循致不豫，初實由此，邊釁一生，至今爲梗。及其移領河東，大發人牛，耕葭蘆、吴堡兩寨生地，托以重兵，方敢布種，投種而歸，不敢復視。及至秋成，復以重兵，防托收刈，所得率皆秕稗，雨中收穫，卽時腐爛。惠卿張皇其數，牒轉運司交割，妄言可罷饋運，其實所費不貲，而無絲毫之利，邊臣畏憚，皆不敢言。此則惠卿立朝事迹一二，雖復肆諸市朝，不爲過也。若其私行嶮薄，非人所爲，閭閻下賤，有不食其餘者。安石之於惠卿，有卵翼之恩，有父師之義，方其求進，則膠固爲一，更相汲引，以欺朝廷；及其權位既均，勢力相軋，反眼相噬，化爲讎敵。始安石罷相，以執政薦惠卿，惠卿既已得位，恐安石復用，遂起王安國、李士寧之獄，以柅其歸。安石覺之，被召卽起，迭相攻

擊，期致死地。安石之黨言，惠卿使華亭知縣張若濟，借豪民朱華等錢買田産，使舅鄭膺請奪民田〔一〕，使僧文捷請奪天笠僧舍，朝廷遣蹇周輔推鞫其事〔二〕，獄將具而安石罷去，故事不復究，案在御史，可覆視也。惠卿言安石相與爲姦，發其私書，其一曰：「無使齊年知。」齊年者，馮京也；京、安石皆生於辛酉，故謂之齊年。先帝猶薄其罪。惠卿復發其一曰：「無使上知。」安石由是得罪。夫惠卿與安石出肝肺，託妻子，平居相結，惟患不深，故雖欺君之言，見於尺牘，不復疑間。惠卿方其無事，已一一收録，以備緩急之用，一旦争利，遂相抉擿，不遺餘力，必致之死。此犬彘之所不爲，而惠卿爲之，曾不愧耻。天下之士，見其在位，側目畏之。夫人君用人，欲其忠信於己，必取仁於父兄，信於師友，然後付之以事。故放麑違命也，而推其仁則可以託國；食子徇若也，而推其忍則至於弑君〔三〕。欒布惟不廢彭越之命，故高祖知其賢〔四〕；李勣惟不利李密之地，故太宗許其義〔五〕，二人終事二主〔六〕，俱爲名臣。何者？仁心所存，無施不可，雖公私有異〔七〕，而忠厚不殊。至於吕布事丁原，則殺丁原；事董卓，則殺董卓；劉牢之事王恭，則反王恭，事司馬元顯，則反元顯；背逆人理，世所共知。故吕布見誅於曹公，而牢之見殺於桓氏，皆以其平生反覆，勢不可存。夫曹、桓古之姦雄，駕御英豪，何所不有，然推究利害，終畏此人。今朝廷選用忠信，惟恐不及，而置惠卿於其間，譬如薰蕕雜處，梟鸞並棲，不惟勢不兩立，兼亦惡者必勝。况自去歲以來，朝廷廢吴居厚、吕嘉問、蹇周輔、宋用臣、李憲、王中正等，或以牟利，或以黷兵，一事害民，皆不得逃譴。今惠卿身兼衆惡，自知罪大，而欲以閑地自免，天下公議，未肯赦之。然近日言事之官，論奏姦邪，至於鄧綰、李定之徒，微細必舉，而不及惠卿者，蓋其凶悍猜忍如蝮蝎，萬一復用，睚眦必

報，是以言者未肯輕發。臣愚惷寡慮，以爲備位言責，與元惡同時，而畏避隱忍，辜負朝廷，是以不憚死亡，獻此愚直，伏乞陛下斷自聖意，略正典刑，縱未以汙鈇鑕，猶當追削官職，投畀四裔，以禦魑魅！

請分別邪正

蘇轍

臣竊觀元祐以來，朝廷改更弊事，屏逐羣枉，上有忠厚之政，下無聚斂之怨，天下雖未大治，而經今五年，中外帖然，莫以爲非者。惟姦邪失職居外，日夜窺伺便利，規求復進，不免百端游說，動揺貴近，臣愚竊深憂之。若陛下不察其實，大臣惑其邪說，遂使忠邪雜進於朝，以示廣大無所不容之意，則冰炭同處，必至交争，薰蕕共器，久當遺臭，朝廷之患，自此始矣。昔聖人作《易》，内陽外陰，内君子外小人，則謂之《泰》；内陰外陽，内小人外君子，則謂之《否》。蓋小人不可使在朝廷，自古而然矣。但當置之於外，每加安存，無失其所，不至憤恨無聊〔八〕，謀害君子，則《泰》卦之本意也。昔東晉桓温之亂，諸桓親黨，布滿中外；及温死，謝安代之爲政，以三桓分涖三州，彼此無怨，江左遂安，故《晉史》稱安有「經遠無競」之美〔九〕。然臣竊謂謝安之於桓氏，亦用之於外而已，未嘗引之於内，與之共政也。向使安引桓氏而寘諸朝，人懷異心，各欲自行其志，則謝安將不能保其身，而況安朝廷乎？頃者一二大臣，專務含養小人，爲自便之計。既小人内有所主，故蔡確、邢恕之流，敢出妄言，以欺愚惑衆。及確、恕被罪，有司懲前之失，凡在外臣僚，例蒙摧沮〔一〇〕；盧秉、何正臣皆身爲待制，而明堂薦子，止得選人；蒲宗孟、曾布所犯，自有典法，而降官褫職，唯恐不甚。明立痕迹，以示異同，爲朝廷歛怨，此二者皆過矣。故臣以

爲小人雖決不可任以腹心，至於牧守四方，奔走庶事，各隨所長，無所偏廢，寵禄恩賜，常使彼此如一，無迹可指，此朝廷之至計也。近者朝廷用鄧温伯爲翰林承旨，而臺諫雜然進言，指爲邪黨，以謂小人必由此彙進。臣常論温伯之爲人，粗有文藝，無他大惡，但性本柔弱，委曲從人，方王珪、蔡確用事，則頤指如意；及司馬光、吕公著當國，亦脂韋其間。若以其左右附麗，無所損益，遇流便轉，緩急不可保信，誠不爲過也；若謂其懷挾姦詐，能首爲亂階則甚矣。蓋臺諫之言温伯則過，至爲朝廷遠慮，則未爲過也。故臣願陛下謹守元祐之初政，久而彌堅，慎用左右之近臣，無雜邪正，至於在外臣子，以恩意待之，使嫌隙無自而生，愛戴以忘其死，則垂拱無爲，安意爲善，愈久而愈無患矣。臣不勝區區，博采公議，而效之左右。伏乞宣諭大臣，共敦忠義，勿謂不預改更之政，輒懷異同之心，如此而後朝廷安矣。

論省曹寺監法令繁密

蘇　頌

臣聞在昔帝王之發號出令也，必因時而施宜，視俗而興化，時朴野則濟之以文，俗雕僞則示之以質，隨變所適，使民宜之，故能義於其道，而天下化成，質文損益，百世可知也。國家剗五季之弊，續有唐之緒，累聖創制，或革或因，其道粲然，於是大備。仁宗皇帝以承平日久，事多因循，曠然有改作之志，故開廣言路，整緝治綱；至于先皇帝遂大有爲，臺閣之務，無所不舉，然而事目寖廣，法令益繁。陛下臨御之初，深知其故，推原先志，稍加裁損，數年之間，講明備至，而法令之繁，尚未盡革。何以言之？先皇帝改定官制，本欲憲章百王，歸於簡要；而奉行之際，羣臣不能究宣上旨，各務便文，事有未

詳，更復立法，積久不已，遂致滋章。故今日之弊，良由關防傷於太密，而畫一傷於太煩，則難於通融。蓋省、臺、寺、監，萬務所萃，置長立貳，承之以僚屬，所以裁處事務，助成至治也。苟不任職，每事立條，事務日新，欲以有司之文，而盡天下之務，雖使臯陶制法，蕭何造律，勢不能遍；況百司所職，條目不同，而一司之間，又有細務，或通於此而礙於彼，故有求之人，不能卒曉，遂至紛争。或經臺省投牒披訴，文移往復，虛煩取會，其可行者，百無一二，徒長奔競，無益風教。夫關防密，則有司執文，重疊問難，小或違戾，遂格而不行，使有求者抑塞而不舒，妄訴者牽制而不斷。近者陛下特軫宸衷，將革其弊，故丁酉詔書，分命近臣，抽索文案，看詳點檢，內有拘文害事，不近人情者，許并元條刪改。詔意如此，可謂察見事情，大慰羣望；然而行移彌月，取索甚多，比至定奪上省，竟以有礙他條，不能盡如詔書之意，誠由關防大密之所致耳！拘礙如此，亦可以謂之弊矣。誠能少損其文致，而濟之以忠厚，則三代循環之政，亦不過此。臣愚欲望聖慈，特詔近臣，遍行取索應省曹、寺、監見用條制格式，仍召集諸司官吏，使之反復詰難，看詳定奪，可刪者刪之，可改者改之，擇其要切者，著爲新令，務從簡易，使便於施用。其餘令式所不能載者，小事則從省曹長官專決，大事則禀於朝廷，薄書期會，悉付衆僚，催督結絶。若官司措置失當，及徇私廢公，致有赴訴並委臺察糾案，如得實狀，其當職官吏，次第書罰，有涉欺妄，亦行懲責。如此則臺閣規模有宏遠之致，朝廷法度循簡易之規矣。

論人材

劉摯

臣竊以爲治之道，唯知人爲難，蓋善惡者，君子小人之分，其實義利而已。然君子爲善，非有心於善，而惟義所在；小人爲惡，頗能依真以售其僞，而欲與善者淆，故善與惡雖爲君子小人之辨，而常至於不明。世之人徒見其須臾，而不能覆其久也，故君子常難進，而小人常可以得志，此不可不察也。恭惟陛下，承百年太平，履大有爲之會，寤寐人物，不次而用，至於今日，未見卓有功狀〔二〕，可以補國利民，仰稱詔旨，而中外頗有疑焉者，此何謂也？豈所以用之者，或未能盡得其人歟！臣且以將命出使者言之，其規畫法度，始皆受之於朝廷也，一至於外則大異矣，興利於無可興，革故於不可革，州縣承望，奔命不暇，官不得守其職業，農不得安其田畝，以掊削民財爲功，以興起犴獄爲材。陛下振乏均役之意，變而爲聚斂之事；陛下興農除害之法，變而爲煩擾之令；守令不敢主民，生靈無所赴愬。臣以謂此等非必皆其才之罪，特其心之所向者不在乎義而已。賞之志，每在事先；公之心，每在私後，故顛倒繆戾，久無所成。其能少知治體，有愛君之心，出憂國之言者，皆無以容於其間。是故今天下有二人之論：有安常習故，樂於無事之論；有變古更法，喜於敢爲之論。二論各立，一彼一此，時以此爲進退，則人以此爲去就。臣嘗求二者之意，蓋皆有所是，亦皆有所非。樂無事者，以爲守祖宗成法，獨可以因人所利，據舊而補其偏，以馴致於治，此其所得也；至昧者則苟簡怠惰〔三〕，便私膠習，而不知變通之權，此其所失也。喜有爲者，以謂法爛道窮，不大變化，則不足以通物而成務，此其所是也；至鑿者則作聰明，棄理任智，輕肆獨用，強民以從事，此其所非也。彼以此爲亂常，此以彼爲流俗；畏義者以並進爲可恥，嗜利者以守道爲無能。一勢如此，士無歸趍。臣謂此風不可浸長，東漢黨錮，有唐朋黨之事，蓋始於斯。在《易》之

象，以君子道長，小人道消爲泰；小人道長，君子道消爲否。《傳》曰：「惟君子爲能通天下之志。」《書》曰：「皇建其有極。」又曰：「無有作好，遵王之道；無有作惡，遵王之路。」《記》曰：「一道德以同俗。」又曰：「舜執其兩端，用其中於民。」今天下風俗可謂不同，情志可謂未明矣。臣願陛下虚心平聽，默觀萬事之變，而有以一之，其要在乎慎好惡任用而已爾。前日意以爲是者，今求諸非；前日意以爲短者，今取其長。稍抑虚譁輕儇、志近忘遠、幸於苟合之人，漸察忠厚慎重、難進易退、可與有爲之士。抑高舉下，品制齊量。收合過與不及之俗，使會通於大中之道。然後風俗一，險阻平，民知所向，而忠義之士，識上之所好惡無有偏陂，莫不奮進而願爲之用，則施設變化，惟陛下號令之而已。臣謂方今之故，無大於此，惟陛下幸察！

論分析助役

劉摯

臣昨日准聖旨批下司農曾布劄子，爲詰臣所言助役事，尋已具分析奏聞去訖。臣竊以耳目之於人也，事物過者，必見必聞，以赴其心，而心必受之；未有不信其耳目，而反以其能視聽爲疑者。先王以言置官，代天子耳目，内外相信，無以異於一體之相爲用也，其言雖直必容，雖多必受，則國家安治；不然則反此。故謗木諫鼓，不設危亂之國，鼎鑊斧鑕，不在聖明之朝。恭以陛下躬上聖之德，好問樂善，凡延見臣下，雖賤官小吏，必温恭和容以訪逮之，此堯舜之盛也。然至於臣等，以職事爲言，則使之分析者，中外皆知非陛下意，乃司農挾寵以護改作，大臣設法以蔽聰明爾。因事獻忠，敢一言之。今天下之

勢，陛下以謂安耶未安耶？治耶未治耶？苟以爲未安未治也，則以陛下之睿智，言動起居，躬蹈德禮，夙夜厲精，以親庶政，而天下未至於安治者，將誰致之？陛下即位以來，注意責成，倚以望太平，而自以太平爲己任，得君專政，安石是也。三二年間，開闢動摇，舉天地之内，無一民一物得安其所者。蓋自青苗之議起，而天下始有聚斂之疑；青苗之議未允，而均輸之法行；均輸之法方擾，而邊鄙之謀動；邊鄙之禍未艾，而漳河之役作；漳河之害未平，而助役之事興。其間又求水利也，則民勞而無功；又開淤田也〔三〕，則費大而不効；又省併州縣也，則諸路莫不彊民以應令；又起東西府也，則大困財力，禁門之側，斧斤不絶者，將一年而未已。其議財也，則商估市井屠販之人，皆召而登政事堂；其征利也，則下至於曆日而官自鬻之，推此而往，不可究言。古之賢人，事君行道，必馴致之有漸，持久而後成，至於設施，皆有次序。今數十百事，交舉並作，欲以歲月，變化天下，使者旁午，牽合於州縣；小人挾附，佐佑於中外。至於輕用名器，混淆賢否，忠厚老成者，擯之爲無能；俠少儇辯者，取之爲可用；守道憂國者，謂之流俗；敗常鑿民者，謂之通變；能附己者，不次而進之，曰吾方擢才；不可招者，爲名而斥之，曰吾方行法。凡政府謀議，所以措置經畫，除用進退，獨與一屬掾曾布者論定，然後落筆，同列預聞，乃在布後，故奔走乞丐者，布門如市。雖然，猶有繫國家之體而大於此者，祖宗累朝之舊臣〔四〕，則鐫刻鄙棄，去者殆盡；國家百年之成法，則剗除廢亂，存者無幾。陛下豈不怪天下所謂賢士大夫，比歲相引而去者，凡幾人矣？陛下亦嘗察此乎？去舊臣，則勢位無有軋己者，而權可保也；去異己者，則凡要路皆可以用門下之人也。去舊法，則曰今所以制馭天下者，是己之所爲，而陛下必將久任，以聽其伸縮也。嗟夫！此

事之實也；其名則曰革敝而興治，是以陛下樂聞其名，而難察其實也。夫賞罰號令，乃陛下所以砥礪天下，又鼓動四方，以爲勸信者。今有人焉，能舞公事以傾勳舊，構大獄以逐官吏，其事是耶，乃其職耳，何至超任以爲職司耶？趙齊是也。又有人焉，以渭源田欺罔，始既以此得罪，而終復以此增秩，王韶是也〔一五〕。程昉事漳水以興大役，困一方而無成功；趙子幾挾情以違法禁，按吏以陷民言，則皆置而不問，乃是賞反施於聖人之所當罰，罰不及於王法之所當誅也。畿邑之民以助役爲訴也，陛下聖旨令召情願。東明知縣以不能禁民有訴而被劾也，陛下聖旨止令劾擅升户等之事。二者皆獨斷之善政，而中書皆格而不下，此則陛下之號令不行也。西師無功，而曰非朝廷之本謀。天下但見給軍之費，輦出於京師，空名之誥，馳下於西路，又命一知制誥於將幕，使專代天子之言，報復號令，絡繹於道。苟以爲非耶，何不止之？迨其事敗，則曰非政府謀也。損費緡錢，以千萬計，秦晉之人，肝腦塗地，産軍旅之怨，結夷狄之釁，而不自請咎，乃致陛下發中詔以責躬，抑徽號而不受，忠義之士，誰不痛心而疾首？至如助役之法，臣嘗言之矣；其條制纖悉，臣雖未能究見，然臣大意終以謂使天下百姓賦税貸責公私息利之外，無故作法，升進户等，使之槩出緡錢，豈爲人父母愛養基本之所宜爲者？故臣謂之聚斂，非妄言也。陛下任遇輔臣如此其重，而致主之術，乃用此道，是皆大臣之誤陛下，而大臣所用者誤大臣也。今既顛謬乖錯，敗亂綱紀，知天下之不容，懼宸衷之回悟，以謂雖中外之士，畏避無敢言者，然其尚敢言者，獨御史有職爾，故又使司農熒惑天聽，作爲偏辭，令臣等分析，以摧沮風憲之體，艱梗言路，欲其憂懼苟容而緘默，或欲撩其危言，從而擠逐。不知忠臣節士，雖戮辱不懼，所以盡事君之義耳！今羌夷之欵未

入，反側之兵未安，三邊瘡痍，疲遺未瘳，河北大旱，諸路大水，民困財力，縣官匱竭，聖君恭勤思治，萬方之所知，而在輔弼者〔一六〕，方欲蔽天聰明，使下情不得而上達，其何心耶！臣願陛下思祖宗基業之艱難，念天下生靈之愁苦，少回幾慮，收還威柄，深恐異時專權肆志，將有陛下所不能堪者，則必至於虧失君臣之恩，是今日養之，適所以害之也。若夫馮京、王珪，同列預政，皆依違自固，不扶顛危，雖心悟其非，而無所捄正，己之進退，又媕婀而不決，皆非所謂輔臣之體。臣四海之內，孤立獨進，陛下過聽，任以風憲，嘗切思之，近歲臺諫官疊以言事罷免，豈其言皆無補於事歟？豈皆願爲訐激險直之語，以自爲名而絜去歟？嘗以謂欲言政府之事者，其譬如治湍暴之水，可以循理而漸道之，不可以隄防激鬭而發其怒。不惟難攻，亦爲患滋大。故臣自就職以來，切慕君子之中道，欲其言直而不違於理，辭順而不屈其志。庶幾愚忠，少悟天聽。而亦不敢婞然如淺丈夫，以一言一事，輕決去就，致聖朝數數逐去言事者，而無所裨補。思以上全國體，而下亦庶幾能久其職業，而成功名。兩月之間，纔十餘疏，其言及助役法者止三疏耳。當天下多事之時，而臣言簡緩，又不足以感悟，則其負陛下已多矣。不意大臣之怒至如此，令臣等分析。分析之事，前代無之，祖宗無之，近年以來，乃爲此法，以摧言者之氣。方陛下孜孜聽治，喜於納諫，而大臣所爲，則不得正目而視，此所以發臣之狂而不能默也。伏願陛下深察事物之變，用安靖之治，以休生民。有所措置，以大小緩急爲先後之序，以義利經權爲本末之辨。自兹凡有獻替於陛下者，乞有以誘掖奬勵之；罷分析之命，以尊嚴朝廷，而養多士敢言之氣。臣不勝惓惓憤懣，愛君待罪之心。

請重修太學條制

劉摯

臣竊以學校之制，主於教育人材，非行法之地也。群居衆聚〔一七〕，帥而齊之，則誠不可以無法；然而法之爲學校設者，宜有禮義存焉也。往歲太學屢起大獄，其事一出於誣枉，於是有司緣此造爲法禁，煩苛凝密，士之學其間者，轉身舉足，輒蹈憲網。束濕愈於治獄，條目多於防盜，上下疑貳，求於苟免，先王之意，禮義科旨，逝已盡矣。法有大可怪者，博士諸生，禁不相見，教諭無所施，質問無所從，但博士月巡所隸之齋而已，謂如此則請問者對衆，足以爲證左，以防私請，以杜賄謝。嗟夫，學之政令，豈不大謬先王之意哉！私請賄謝，如是真可以絕之乎？而又齋數不一，不可以隨經分隸也，故使之兼巡，如《周易》博士，或巡治《禮》之齋；《禮》學博士，復巡治《詩》之舍；往往所至備禮請問，相與揖諾，至或不交一言而退。昔之設學校教養之法，師生問對，憤悱開發，相與曲折反復，諄諄善誘，蓋其意不如是之踈也，其道不如是之薄也。先王之於天下，遇人以長者君子之道，則下必有長者君子之行而報乎上者，斯有禮也；遇人以小人犬豕之道，則彼將以小人犬豕自爲，而報乎上者，不能有義也，況夫學校之間哉？太學自置三舍之法，寥寥至今，未嘗應令成就一人。豈真無人也？主司懲前日之禍，畏罪避謗；士雖有豪傑拔萃之才，誰敢題品以人物自任，而置之上第哉？則是先帝有興賢造士之美意，而有司以法害之也。臣愚欲望聖慈詳酌，罷博士諸生不許相見之禁，教誨請益，聽其在學往還；即私有干求饋受，自依律勅。仍乞先次施行外，應太學見行條制，委本監長、貳，與其屬看詳，省其煩密太甚，取其可行，便於今者，有

所增損，著爲科條，上禮部再行詳定，上之三省，以聽聖斷。

校勘記

〔一〕民田　「民」字原本空白，據明抄本、明刻本補。

〔二〕推鞫　「鞫」字原本空白，據明抄本、明刻本補。

〔三〕推其　二字原本空白，據明抄本、明刻本補。

〔四〕故高祖知其賢　「故」、「知其」三字原本空白，據明抄本、明刻本補。

〔五〕其義　「其」字原本空白，據明抄本、明刻本補。

〔六〕二人終事二主　「人終」二字原本空白，據明抄本、明刻本補。

〔七〕公私　「公」字原本空白，據明抄本、明刻本補。

〔八〕憤恨　「憤」原作「慣」，據明抄本、明刻本改。

〔九〕經遠　「遠」原作「速」，據明抄本、明刻本改。

〔一〇〕摧沮　「摧」原作「推」，據明刻本改。

〔一一〕至於今日未見卓有功狀　「日未見」三字原本空白，據明刻本補，明抄本「卓」誤「早」。

〔一二〕怠惰　原作「怠隋」，明抄本作「怠慢」，明刻本作「怠情」，按，「隋」當是「惰」之誤，今改。

〔一三〕淤田　二字原本空白，據明刻本補。

〔一四〕累朝　「朝」原作「闢」，據明刻本改。

〔一五〕王韶　「王」原作「土」，據明刻本改。

〔一六〕輔弼　「輔」原作「幃」，據明刻本改。

〔一七〕群居　「群」原作「郡」，據明刻本改。

宋文鑑卷第五十八

奏疏

請修勑令

劉摯

臣竊以法者天下之大命也。先王制法，其意使人易避而難犯，故至簡至直，而足以盡天下之理；後世制法，唯恐有罪者之或失也，故多張綱目，而民於是無所措其手足矣。世輕世重，唯聖人爲能變通之。祖宗之初，法令至約，而行之可久；其後大較不過十年一變法，豈天下之大，民物之衆，事日益滋，則法不可以不密歟？臣竊以謂非事多而後法密也，殆法繁而後姦生也。神宗皇帝達因革之妙，慎重憲禁，元豐中命有司編修勑令，凡舊載於勑者，多移之於令〔一〕，蓋違勑之法重，違令之罪輕，此足以見神宗皇帝仁厚之德，哀矜萬方，欲寬斯人之所犯，恩施甚大也。而所司不能究宣王德，推廣其間，乃增多條目，離析舊制，用一言之偏，而立一法，因一事之變，而注一條，其意煩苛，其文晦隱，不足以該萬物之理，達天下之情，行之幾歲已屢變。今所謂續降者，每半年一頒，每次不減數帙矣。夫法者天下之至公也，造之而不能通，故行之而不能久，其理然也。又續降多不顯言其所衝改，故官司州縣，承用從事，參差抵捂，本末不應，非所謂講若畫一，通天下之志者也。臣愚以爲宜有所加損潤澤之，去其繁密，合其

離散，要在簡易明白，使民易避，而知所謂遷善遠罪之意。伏望聖慈，酌時之宜，究法之用，選擇儒臣一二，有經術、明於治體、練達民政者，將慶曆、嘉祐以來舊勑與新勑，參照去取，略行删正，以成一代之典，施之無窮。

論監司

劉摯

臣自待罪風憲，屢曾以天下監司爲言，乞澄汰選擇，誠以朝廷政令，使監司得其人，則推行布宣，可以諭上指而究惠澤；苟非其人，則所謂徒善而已，終於民不得被其利。夫上之所好，下必有甚，朝廷以名實爲事，行總覈之政，而下乃爲刻急淺迫之行；朝廷以教化爲意，行寬厚之政，而下乃爲舒緩苟簡之事，皆習俗懷利迎意而作，故所爲近似，而非上之意本然也。今雖因革之政有殊，而觀望之俗猶在，但所迎之意有不同耳，其爲患一也。昨差役之法初行，監司已有迎合争先，不量可否，不校利害，一概定差，騷動一路者；朝廷察其意，固已黜之矣。推此以觀，人情大約類此。且天下之事，散在諸路，總制于監司，其大者治財賦，察官吏，平獄訟，考疾苦，苟使者皆務爲和緩寬縱，苟於安静，則事之委靡不振，世之受敝不勝言也。向來黜責數人者，皆以其非法掊斂，意在市井，虐民甚者，亦非欲使之漫然不省其職，廢所宜治之事，謂之寬厚也。昧者不達政，矯枉或過其正，臣謂此俗不可滋長，須要大爲之禁。伏乞聖慈，詔執事申立監司考績之制，以常賦之登耗，郡縣之勤惰，刑獄之當否，民俗之休戚爲之殿最。每歲終以詔誅賞，仍自今歲始焉，庶幾有所隱括裁制之，使循良者不入于弛，肅給者不入于薄，然後上

副聖明制治用中之意。夫察時之寬猛緩急，觀俗之過與不及，而張弛其政，正今日事也。取進止。

論王中正李憲宋用臣石得一　劉摯

臣切以陛下臨御以來〔三〕，運動政幾，以時弛張，述成先帝制治立法之意，使光昭于天下，利興害除，四方鼓舞。至於清明朝廷，分別邪正，斥遠姦佞，鋤去彊梗，皆妙慮神斷，優游閑暇，不出於喜怒，不見於言色，而天下之善惡已辨，是非已正矣。何其盛歟！然於此時，臣切怪天地之和氣，尚或未應；忠臣義士之論，尚或未平，此其故何也？臣嘗究之，蓋天下之元惡猶有稽誅，天下之大姦猶有漏網，而國法猶有未正，此中外所以猶未厭也。國之失政，莫大於使姦惡幸而免，今論其大者，前日之三四宦官是也。臣待罪風憲，雖知觸權幸，言出而患入；然臣有言責，貪報恩遇，則何卹乎身之危哉！謹爲陛下言之。王中正，元豐四年，將王師二十萬，由河東入界，計其隨軍賫運，役兵民夫，通數十百萬衆矣。中正徘徊於境上，殆半月而後出；翱翔乎疆外，頓沙漠而不進。公違詔書，不赴興靈會師之約。天寒大雪，士卒飢凍，坐使物故，十之七八。古之將帥，固有無功而還者，然猶當保完師旅，歸報於國。今精兵勁騎，一無所施，自取狼狽，死亡殆盡，按之軍法，宜卽顯誅。中正略不自劾請罪，而先帝以天地之量，無所譴何，又遠使賜予問勞，然後中正徐徐求閑局厚俸，自佚而去。此國法未正者一也。李憲之於熙河，貪功生事，一出欺罔，朝廷之威福柄令，持於其手；官吏之廢置用舍，出於其口；監司帥守而下，事憲也如父兄，而憲之頤指氣役之也如奴隸。縣官財用，聽其取與，內之府庫金帛，轉輸萬里，外之生靈膏血，

漁斂百端，傾之於憲，如委諸壑，出没吞吐，神鬼莫見，而一切不會于有司。興靈之役，憲首違戒約，避會師之期，乃頓兵以城蘭州，遺患今日。及永樂之圍，憲又逗留，不急赴援，使數十萬衆，肝腦塗地，罪盈惡貫，不失於總兵一路。此國法不正者二也。宋用臣奮其私智，以事誅求，権奪小民衣食之路，瑣細毫末，無所不爲，使盛朝之政，幾甚於弊唐除陌、間架、搨地之事，傷汙國體，不卹怨讟。其出入將命，捷若風火，務以巧中取悦，事無不諧，動晝密旨，故擅作威福，侵凌官司；冒昧貨財，更無案籍。都城爲之憔悴，商旅所以不行，瘡痍蠹害，至今棼然而莫能理；然亦不失享禄于善地。此國法不正者三也。石得一領皇城司。夫皇城司之有探邏也，本欲知軍事之機密，與夫入姦惡之隱匿者；而得一以殘刻之資，爲羅織之事，縱遣伺察者，所在碁布，張穽而設網，家至而户到，以無爲有，以虚爲實。上之朝士大夫，下之富家小人，飛語朝上，而暮入於狴犴矣。有司無古人持平守正之心，以謂是詔獄也，成之則有功，反之則有罪，故凌辱箠訊，慘毒備至，無所求而不得，無所問而不承，被其陰害，不可勝數。於是上下之人，其情惴惴，朝夕不敢自保，而相顧以目者，殆十年，皆得一發之；今不失厚俸安坐。此國法不正者四也。是四人者，權勢鋒焰，震灼中外，毒流于民，怨歸于國，宰相執政，知而不以告于上；諫官御史，懼而不敢論其非。幸而出於聖人在上之時，以先帝神武英氣鎮壓其姦；不然其爲禍患，豈不若漢唐之宦官哉？以堯之聖，不免四凶之在朝，至舜起而後誅投之。孔子爲魯司寇，七日而誅少正卯。然先帝未及肆其誅于市朝，而以遺陛下。陛下所宜以舜之事自任，今閲歲時，尚不聞以典刑詔有司，臣未諭也。伏乞聖慈，以臣章付外，議正四罪，暴之天下而竄之，以明國憲，以服天下。謹具彈劾以聞。

論新法進流民圖

鄭　俠

臣伏覩去年大蝗，秋冬亢旱，以至于今，經春不雨，麥苗焦枯，黍粟麻豆，粒不及種。旬日來，街市米價暴貴，羣情憂惶，十九懼死。方春斬伐，竭澤而漁。大營百錢，小求升米。草木魚鼈，亦莫生遂。蠻夷輕肆，敢侮中國。皆由中外之臣，輔相陛下不以道，以至于此。臣竊惟災患有可召之道，無可試之形，其致之有漸，而來如疾風暴雨，不可復禦，流血藉尸，方知喪敗，此愚夫庸人之見，而古今比比有之。所貴於聖神者，爲其能圖患未然，而轉禍爲福者也。方今之勢，猶有可救。臣願陛下開倉廩，賑貧乏，諸有司斂掠不道之政，一切罷去，庶幾早召和氣，上應天心，調陰陽，降雨露，以延天下萬姓垂死之命，而固宗社萬萬年無疆之祉。君臣際遇，貴乎知心。以臣之愚，深知陛下養愛黎庶，甚於赤子，故自卽位以來，一有利民便物之政，靡不毅然主張而行。陛下之心，亦欲其人人壽富，而躋之堯舜三代之盛耳；夫豈區區充滿府庫，盈溢倉廩，終以富衍彊大勝天下哉？而中外之臣，畧不推明陛下此心，而乃肆其叨懫，剸割生民，侵肌及骨，使之困苦而不聊生，坐視天民之死而不恤。夫陛下所存如彼，羣臣所爲如此，不知君臣際遇，欲作何事，徒只日超百資，意指氣使而已乎？臣又惟何世而無忠義，何代而無賢德，亦在乎人君所以駕御之如何耳！古之人在山林畎畝，不忘其君；其芻蕘負販，匹夫匹婦，咸欲自盡，以贊其上。陛下之朝，臺諫默默具位而不敢言事，至有規避百爲，不敢居是職者；而左右輔弼之臣，又皆貪猥近利，使夫抱道懷識之士，皆不欲與之言，不知時然耶？陛下以使之然耶〔三〕？以爲時然，則堯、舜

在位，便有夔、契；湯、文在上，便有伊、吕；以至漢唐之明君，我祖宗之聖朝，皆有大忠義、大賢德之臣，布在中外。君臣之際，若腹心手足然，君唱於上，臣和於下，主發於内，臣應於外，而休嘉之德，下浸于昆蟲草木，千百世之下，莫不欽慕而倣則之。獨陛下以仁聖當御，撫養爲心，而羣臣所以應和之者如此，夫非時然，抑陛下所以駕馭之道未審爾！陛下以爵禄駕馭天下忠賢，而使之如此，甚非宗廟社稷之福也。夫得一飯於道傍，則遑遑圖報，而終身饜飽於其父，則不知德，此庸人之常情也。今之食禄，往往如此。若臣所聞則不然。君臣之義，父子之道也。故食其禄則憂其事，凡以移事父之孝，而從事於此也。若乃思慮不出其位，尸祝不越樽俎治庖人之事，牛羊茁壯，會計當，各以其職而不相侵也。至於邦國若否，知無不言；豈有君憂國危，羣臣乃飽食饜觀，若視路人之事而不救，曰吾各有守，天下之事非我憂哉？故知朝廷設官，位有高下；臣子事上，忠無兩心。與其得罪于有司，孰與不忠於君父？與其苟容於當世，孰與得罪於皇天？臣所以不避萬死，冒干萬重之天閽，以告訴于陛下者，凡以上畏天命，中憂君國，而下憂生民耳！若臣之身，使其粉碎，如一螻蟻，無足顧愛。臣竊聞南征西伐者，皆以其勝捷之勢，山川之形，爲圖而來獻；料無一人，以天下之民質妻賣兒、流離逃散、斬桑伐棗、坂壞廬舍、而賣於城市、輸官糴粟、遑遑不給之狀，爲圖而獻前者。臣不敢以所聞，謹以安上門逐日所見，繪成一圖，百不及一，但經聖明眼目，已可嗟咨涕泣，而況數千里之外，有甚於此者哉？其圖謹附狀投進，如陛下觀圖，行臣之言，十日不雨，即乞斬臣宣德門外，以正欺君謾天之罪；如稍有所濟，亦乞正臣越分言事之刑，甘俟誅戮。

論李憲

鄧潤甫

伏見朝廷以熙河路鬼章爲寇，遣内侍省押班李憲往，以秦鳳熙河路計議措置邊事司爲名。中外之論，皆謂憲雖名計議措置邊事，而軍前諸將，皆受憲節制，其實大帥。然自《詩》《書》以降，迄于秦、漢、魏、晉、周、隋，上下數千載間，不聞有以中人爲帥將者，此其故何也？勢有所不便也。蓋有功則負恃驕恣，陵轢公卿，何所忌憚；無功則挫損國威，傳笑四夷，非細事也。唐自睿宗以前，未嘗以將帥屬中人，至明皇承平日久，志大事奢，稍委近習，會南安蠻渠梅叔鸞叛，而楊思勉請行，遂許之，然猶以光楚客爲大都護；及覃行章亂黔中，始以思勉爲招討使，雖有禽滅醜虜之功，而唐之禍萌於此矣。及代宗用魚朝恩，拒史思明，討僕固瑒，而恃功擅命，幾危社稷；倚元載除之，寒心者數月。以程元振判元帥行軍司馬，權震天下，元勳故老，皆見斥逐，洎犬戎内侵，集天下兵，無隻輪入關者，此皆已然之效也。至憲宗時，王承宗叛，以吐突承璀爲行營招討處置使；諫官李鄘、許孟容、吕元膺、段平仲、白居易等，衆對延英，謂古無中人位大帥，恐爲四方笑，乃更爲招討宣慰使，而承璀卒以無功、輕謀、弊賦得罪。及後世區區踵其故迹，而唐之禍有不可勝言者，其源蓋起於開元也。今陛下更易百度，未嘗不以先王爲法，而忽降詔命，以中人爲帥，縉紳士大夫皆莫知所謂。夫以陛下之仁聖神武，駕馭豪傑，雖憲百輩，臣等知其無能爲也；然陛下獨不長念卻慮，爲萬世之計乎？使後世沿襲故迹，狃以爲常，進用中人，掌握兵柄，則天下之患，又將有不可勝言者矣。陛下其忍襲開元故迹，而忘天下之患乎？方今雖乏人，然文武之士，

布滿中外，豈無一人可以任陛下邊事？憲出入近密，荷國寵榮，詔下之日，大臣不敢言，小臣不敢議，臣等代匱憲府，以言爲職，故敢盡其狂愚。

代彭思永論濮王典禮　程頤

伏見近日以濮王稱親事，言事之臣奏章交上〔四〕，中外論議沸騰。此蓋執政大臣違亂典禮，左右之臣不能開陳理道，而致陛下聖心疑惑，大義未明，臣待罪憲府，不得不爲陛下明辨其事。竊以濮王之生陛下，而仁宗皇帝以陛下爲嗣，承祖宗大統，則仁廟陛下之皇考，陛下仁廟之適子。濮王陛下所生之父，於屬爲伯；陛下濮王出繼之子，於屬爲姪。此天地大義，生人大倫，如乾坤定位，不可得而變易者也；固非人意所能推移，苟亂大倫，人理滅矣。陛下仁廟之子，則曰父、曰考、曰親，乃仁廟也；若更稱濮王爲親，是有二親，則是非之理，昭然自明，不待辯論而後見也。然而聖意必欲稱之者，豈非陛下大孝之心，義雖出繼，情厚本宗，以濮王是生聖躬，曰伯則無以異於諸父，稱王則不殊於臣列，思有以尊大，使絶其等倫，如此而已。此豈陛下之私心哉？蓋大義所當，典禮之正，天下之公論。而執政大臣不能將順陛下大孝之心，不知尊崇之道，乃以非禮不正之號，上累濮王，致陛下於有過之地，失天下之心，貽亂倫之咎。言事之臣，又不能詳據典禮，開明大義，雖知稱親之非，而不知爲陛下推所生之至恩，明尊崇之正禮，使濮王與諸父夷等，無有殊別，此陛下之心，所以難安而重違也。臣以爲所生之義，至尊至大，雖當專意於正統，豈得盡絶於私恩？故所繼主於大義，所生存乎至情。至誠一心，盡父子之道，大

義也；不忘本宗，盡其恩義，至情也。先王制禮，本緣人情，既明大義以正統緒，復存至情以盡人心。是故在喪服，恩義別其所生，蓋明至重，與伯叔不同也。此乃人情之順，義理之正，行於父母之前，亦無嫌間；至於名稱，統緒所繫，若其無別，斯亂大倫。今濮王陛下之所生，義極尊重，無以復加，以親爲稱，有損無益，何哉？親與父同，而所以不稱父者，陛下以身繼大統，仁廟父也，在於人倫，不可有貳，故避父而稱親，則是陛下明知稱父爲決不可也。既避父而稱親，則是親與父異，此乃姦人以邪説惑陛下，言親義非一，不止謂父。臣以謂取父義，則與稱父正同，決然不可；不取父義，則其稱甚輕，今宗室踈遠卑幼，悉稱皇親，加於所生，深恐非當。孝者以誠爲本，乃以無正疑似之名，黷於所尊，體屬不恭，義有大害。稱之於仁廟，乃有嚮背之嫌；去之於濮王，不損所生之重；絶無小益，徒亂大倫。臣料陛下之意，不必須要稱親，止爲不加殊名，無以別於臣列。臣以爲不然，推所生之義，則不臣自明；盡致恭之禮，則其尊可見；況當揆量事體，別立殊稱，要在得盡尊崇，不愆禮典。言者皆欲以高官大國，加於濮王，此甚非知禮之言也。先朝之封，豈陛下之敢易？爵秩之命，豈陛下之敢加？臣以爲當以濮王之子，襲爵奉祀，尊稱濮王爲濮國太王，如此則夐然殊號，絶異等倫。凡百禮數，必皆稱情，請舉一以爲率，借如既置嗣襲，必伸祭告，當曰姪嗣皇帝名，敢昭告于皇伯父濮國太王，自然在濮王極尊崇之道，於仁皇无嫌貳之失，天理人心，誠爲允合。不獨正今日之事，可以爲萬世之法。復恐議者以太字爲疑，此則不然，蓋繫於濮國下，自於大統無嫌。今親之稱，大義未安，言事者論列不已，前者既去，後者復然，雖使臺臣不言，百官在位，亦必繼進，理不可奪，勢不可遏，事體如此，終難固持。仁宗皇帝，在位日久，海寓億兆，

涵被仁恩；陛下嗣位之初，功德未及天下，而天下傾心愛戴者，以陛下仁廟之子也。今復聞以濮王爲親，含生之類，發憤痛心，蓋天下不知陛下之孝事仁皇之心，格於天地；尊愛濮王之意，非肯以不義加之，但見誤致名稱，所以深懷疑慮，謂濮王既復稱親，則仁廟不言自絶，羣情詾懼，異論喧嚣。夫王者之孝，在乎得四海之歡心，胡爲以不正無益之稱，使億兆之口，指斥謗讟，致濮王之靈，不安於上？臣料陛下仁孝，豈忍如斯？皆由左右之臣，不能爲陛下開明此理。在於神道，不遠人情，故先聖謂「事死如事生，事亡如事存。」設如仁皇在位，濮王居藩，陛下既爲冢嗣，復以親稱濮王，則仁皇豈不震怒？濮王豈不惻懼？是必君臣兄弟，立致釁隙，其視陛下，當如何也？神靈如在，亦豈不然！以此觀之，陛下雖加名稱，濮王安肯當受？伏願陛下深思此理，去稱親之文，以明示天下，則祖宗濮王之靈，交驩於上，皆當垂祐陛下，享福無窮，率土之心，翕然慰悦，天下化德，人倫自正，大孝之名，光於萬世矣。夫姦邪之人，希恩固寵，自爲身謀，害義傷孝，以陷陛下；今既公論如此，不無徊徨，百計搜求，務爲巧飾，欺罔聖聽，枝梧言者，徼冀得已，尚圖自安，正言未省，而巧辯已至，使陛下之心，無由而悟。伏乞將臣此章，省覽數過〔五〕，裁自宸衷〔六〕，無使姦人與議。其措心用意，排拒人言，隱迹藏形，陰贊陛下者，皆姦人也。幸陛下察而辨之，勿用其説，則自然聖心開悟，至理明白，天下不勝大願！

論經筵事

程　頤

臣伏覩自古人君守成而致盛治者，莫如周成王；成王之所以成德，由周公之輔養。昔者周公傅一

作輔成王，幼而習之，所見必正事，所聞必正言，左右前後皆正人，故習與智長，化與心成。今士大夫家，善教子弟者，亦必延名德端方之士，與之居處，使之薰染成性，故曰：「少成若天性，習慣如自然。」伏以皇帝陛下，春秋之富，雖睿聖之資，得於天禀，而輔養之道，不可不至。所謂輔養之道，非謂告詔以言，過而後諫也，在涵養薰陶而已。大率一日之中，接賢士大夫之時多，親寺人宮女之時少，則自然氣質變化，德器成就。臣欲乞朝廷慎選賢德之士，以侍勸講；講讀既罷，常留一人直日，夜則一人直宿，以備訪問。皇帝讀習之暇，游息之間，時於内殿召見，從容宴語，不獨漸磨道義，至於人情物態，稼穡艱難，積久自然通達，比之常在深宮之中，爲益豈不甚大？竊聞間日一開經筵，講讀數行，羣官列侍，儼然而退，情意略不相接，如此而責輔養之功，不亦難乎！今主上沖幼，太皇太后慈愛，亦未敢便乞頻出，但時見講官，久則自然接熟。大抵與近習處，久熟則生褻慢；與賢士大夫處，久熟則生愛敬，此所以養成聖德，爲宗社生靈之福，天下之事，無急於此。取進止。

又論經筵事

程頤

臣聞三代之時，人君必有師、傅、保之官。師，道之教訓；傅，傅其德義；保，保其身體。後世作事無本，知求治而不知正君，知規過而不知養德；傅德義之道，固已踈矣；保身體之法，無復聞焉。伏惟太皇太后陛下，聰明睿哲，超越前古；皇帝陛下，春秋之富，輔養之道，當法先王。臣以爲傅德義者，在乎防見聞之非，節嗜好之過；保身體者，在乎適起居之宜，存畏慎之心。臣欲乞皇帝左右扶侍、祗應、宫人、

内臣，並選年四十五已上，厚重小心之人，服用器玩，皆須質朴，應華巧奢麗之物，不得至於上前；要在修麗之物，不接於目，淺俗之言，不入於耳。及乞擇内臣十人，充經筵祗應，以伺候皇帝起居，凡動息必使經筵官知之，有翦桐之戲，則隨事箴規；違持養之方，則應時諫止。調護聖躬，莫過於此！取進止。

又論經筵事　程頤

臣竊以人主居崇高之位，持威福之柄，百官畏懾，莫敢仰視，萬方承奉，所欲隨得；苟非知道畏義，所養如此，其惑可知。中常之君，無不驕肆；英明之主，自然滿假；此自古同患，治亂所繫也。故周公告成王，稱前王之德，以寅畏祗懼爲首。從古已來，未有不尊賢畏相，而能成其聖者也。皇帝陛下，未親庶政，方專問學。臣以爲輔養聖德，莫先寅恭，動容周旋，當主於此，歲月積習，自成聖性。臣竊聞經筵臣寮，侍者皆坐，而講者獨立，於禮爲悖；欲乞今後特令坐講，不惟義理爲順，所以養主上尊儒重道之心。取進止。

論開樂御宴　程頤

臣伏覩有司排備開樂御宴，臣備員勸講，職在以經義輔道人主，事有害義，不敢不言。夫居喪用喪禮，除喪用吉禮，因事而行，乃常道也。今若爲開樂張宴，則是特爲一喜慶之事，失禮意，害人情，無大於此；雖曰故事，祖宗亦不盡行，或以故而罷，或因事而行，臣愚竊恐祖宗之意亦未安故也。自古太平

日久，則禮樂純備，蓋講求損益，而漸至爾。雖祖宗故事，固有不可改者，有當隨事損益者；若以爲皆不可改，則是昔所未遑，今不得復作；前所未安，後不得復正；朝廷之事，更無損益之理，得爲是乎？況先朝美事，亦何嘗必行，臣前日所言殿上講説是也。故事未安，則守而不改，臣前日所言冬至受表賀是也。臣前後累進狂言，未嘗得蒙采用，而言之不已者，蓋職之所當，不敢曠廢。伏望聖慈，特賜聽納，自中降旨，罷開樂宴，直候因事而用，於義爲安。

上太皇太后書

程頤

臣愚鄙之人，自少不喜進取，以讀書求道爲事，于兹幾三十年矣。當英祖朝，暨神宗之初，屢爲當塗者稱薦；臣於斯時，自顧學之不足，不願仕也。及皇帝陛下嗣位，太皇太后陛下臨朝，求賢願治，大臣上體聖意，搜揚巖穴，首及微賤，蒙恩除西京學官；臣於斯時，未有意於仕也。辭避方再，而遽有召命。臣門下學者，促臣行者半，勸臣勿行者半。促臣行者則曰，君命召，禮不俟駕；勸臣勿行者則曰，古之儒者，召之則不往。臣以爲召而不往，惟子思、孟軻則可；蓋二人者，處賓師之位，不往所以規其君也；己之微賤，食土之毛，而爲主民，召而不至，邦有常憲，是以奔走應命到闕，蒙恩授館職，方以義辭，遂蒙召對，臣於斯時，尚未有意於仕也。進至簾前，咫尺天光，未嘗敢以一言及朝政；陛下視臣，豈求進者哉？既而親奉德音，擢置經筵，事出望外，惘然驚惕。臣竊内思，儒者得以道學輔人主，蓋非常之遇，使臣自擇所處，亦無過於此矣。臣於斯時，雖以不才而辭，然許國之心，實已萌矣；尚慮陛下貪賢樂善，果於取

人，知之或未審也，故又進其狂言，以覬詳察曰：「如小有可用，敢不就職；或狂妄無取，則乞聽辭避。」章再上，再命祗受，是陛下不以爲妄也。臣於是受命。供職而來，夙夜畢精竭慮，惟欲主上德如堯舜〔七〕，異日天下享堯、舜之治，廟社固無窮之基，乃臣之心也。臣本山野之人，稟性朴直，言辭鄙拙，則有之矣；至於愛君之心，事君之禮，告君之道，敢有不盡，上賴聖明，可以照鑒。臣自惟至愚，蒙陛下特達之知，遭遇如此，願效區區之誠，庶幾毫髮之補，惟陛下留意省覽，不勝幸甚！伏以太皇太后陛下，心存至公，躬行大道，開納忠言，委用耆德，不止維持大業，且欲興致太平，前代英主所不及也。但能日慎一日，天下之事，不足慮也。臣以爲今日至大至急，爲宗社生靈久長之計，惟是輔養上德而已。歷觀前古輔養幼主之道，莫備於周公，周公之爲，萬世之法也。臣願陛下擴高世之見，以聖人之言爲必可信，以聖人之道爲必可行，勿狃滯於近規，勿遷惑於衆口。古人所謂「周公豈欺我哉？」周公作《立政》之書，舉言常伯常任〔八〕，至於綴衣虎賁，以爲知恤者鮮，一篇之中，丁寧重複，惟在此一事而已。《書》又曰：「僕臣正，厥后克正。」又曰：「后德惟臣，不德惟臣。」又曰：「侍御僕從，罔匪正人，以旦夕承弼厥辟，出入起居，罔有不欽。」是古人之意，人主跬步不可離正人也。蓋所以涵養氣質，薰陶德性，故能習與智長，化與心成。後世不復知此，以爲人主就學，所以涉書史，鑒古今也。不知涉書史，覽古今，乃一端爾；若止於如是，則能文宫人，可備勸講；知書内侍，可充輔道；何用置官設職，精求賢德哉？大抵人主受天之命，稟賦自殊。歷考前史，帝王才質，鮮不過人；然而完德有道之君至少，其故何哉？皆輔養不得其道，而位勢使之然也。伏惟皇帝陛下，天資粹美，德性仁厚，必爲有宋令主，但恨輔養之道，有未至爾，臣供

職已來，六侍講筵，但見諸臣拱手默坐，當講者，立案傍解釋數行而退。如此，雖彌年積歲，所益幾何？與周公輔成王之道，殊不同矣。或以爲主上方幼，且當如此；此不知本之論也。古人生子，能食能言，而教之大學之法，以豫爲先。人之幼也，知思未有所主，便當以格言至論，日陳於前，雖未曉知，且當薰聒，使盈耳充腹，久自安習，若固有之；雖以他言惑之，不能入也。若爲之不豫，及乎稍長，私意一作思慮偏好生於內，衆口辯言鑠於外，欲其純完，不可得也。故所急在先入，豈有太早者乎？或又以爲主上天資至美，自無違道，不須過慮；此尤非至論。夫聖莫聖於舜，而禹、臯陶未嘗忘規戒，至曰：「無若丹朱好慢遊作傲虐。」且舜之不爲慢遊傲虐，雖至愚亦當知之，豈禹而不知乎？蓋處崇高之位，儆戒之道，不得不如是也。且人心豈有常哉？以唐太宗之英睿，躬歷艱難，力平禍亂，年亦長矣。始惡隋煬侈麗，毁其層觀廣殿；不六七年，復欲治乾陽殿，是人心果可常乎？所以聖賢雖明盛之際，不廢規戒，爲慮豈不深遠也哉！況冲幼之君，閑邪拂違之道可少懈乎？伏自四月末間，以盛暑罷講，比至中秋，蓋踰三月，古人欲旦夕承弼，出入起居，而今乃三月不一見儒臣，何其與古人之意異也？今士大夫家子弟，亦不肯使經時累月，不親儒士。初秋漸涼，臣欲乞於内殿或後苑清涼處，召見當日講官，俾陳説道義，縱然未有深益，亦使天下知太皇太后用意如此。又一人獨對，與衆見不同，自然情意易通，不三五次，便當習熟。若不如此，漸致待其自然，是輔道官都不爲力，將安用之？將來伏假既開，且乞依舊輪次直日，所貴常得一員獨對。開發之道，蓋自有方，朋習之功，最爲至切。故周公輔成王，使伯禽與之處，聖人所爲，必無不當；真廟使蔡伯希侍仁宗，乃師古也。臣欲乞擇臣僚家子弟十歲已上，十二已下，端謹穎悟者三

人，侍上左右。上所讀之書，亦使讀之。辨色則入，昏而罷歸。常令二人入侍，一人更休。每人擇有年宫人，内臣二人，隨逐看承，不得暫離。常情笑語，亦勿禁止；惟須言語必正，舉動必莊。仍使日至資善堂，呈所習業。講官常加教飭，使知嚴憚。年纔十三，便令罷去。歲月之間，自得其益。自來宰臣十日一至經筵，亦止於默坐而已。又聞日講讀，則史官一人立侍；史官之職，言動必書，施於視政時則可，經筵講肄之所，乃燕處也。主上方問學之初，宜心泰體舒，乃能悦懌；今則前對大臣，動虞有失，旁立史官，言出輒書，使上欲遊其志得乎？欲發於言敢乎？深妨問學，不得不改。欲乞特降指揮，宰臣一月兩次，與文彦博同赴經筵。遇宰臣赴日，即乞就崇政殿講説，因令史官入侍。崇政殿説書之職，置來已久，乃是講説之所；漢唐命儒士講論，亦多在殿上，蓋故事也。邇英殿迫狹，講讀官、内臣近三十人在其中，四月間尚未甚熱，而講官已流汗，況主上氣體嫩弱，豈得爲便。春夏之際，人氣烝薄，深可慮也。祖宗之時，偶然在彼，執爲典故，殊無義理；欲乞今後只於延和殿講讀，後楹垂簾，簾前置御座，太皇太后每遇政事稀簡、聖體康和時，至簾下觀講官進説，不惟省察，主上進業，於陛下聖聰，未必無補。兼講官輔道之間，事意不少，有當奏禀，便得上聞，亦不可煩勞聖躬，限以日數，但旬月之間，意適則往可也。今講讀官共五人，四人皆兼要職，獨臣不意别官，近復差修國子監太學條制，是亦兼它職事，乃無一人專職輔道者。執政之意可見也，蓋惜人材，不欲使之閑爾，又以爲雖兼它職，不妨講讀，此尤不思之甚也。不敢言告君之道，只以告衆人言之。夫告於人者，非積其誠意，不能感而入也。故聖人以蒲盧喻教，謂以誠化之也。今夫鍾，怒而擊之，則武悲；而擊之，則哀；誠意之感而入也。告於人，亦如是。古

人所以齋戒而告君者，何謂也？臣前後兩得進講，未嘗敢不宿齋豫戒，潛思存誠，覬感動於上心。若使營營於職事，紛紛其思慮，待至上前，然後善其辭説，徒以頰舌感人，不亦淺乎？此理非知學者不能曉也。道衰學廢，世俗何嘗聞此；雖聞之，必以爲迂誕；陛下高識遠見，當蒙鑒知。以朝廷之大，人主之重，置二三臣專職輔道，極非過當。今諸臣所兼皆要官，若未能遽罷，且乞免臣修國子監條制，俾臣夙夜精思竭誠，專在輔道，不惟事理當然，且使天下知朝廷以爲重事，不以爲閑所也。陛下擢臣於草野之中，蓋以其讀聖人書，聞聖人道，臣敢不以其所學，上報聖明？竊以聖人之學，不傳久矣。臣幸得之於遺經，不自度量，以身任道。天下駭笑者雖多，而近年信從者亦衆。方將區區駕其説以示學者〔九〕，覬能傳於後世〔一〇〕。不虞天幸之至〔一一〕，得備講説於人主之側，使臣得以聖人之學上沃聖聰〔一二〕，則聖人之道，有可行之望，豈特臣之幸哉〔一三〕！如陛下未以臣言爲信〔一四〕，何不一賜訪問，臣當陳聖學之端緒〔一五〕，發至道之淵微，陛下聖鑒高明〔一六〕，必蒙照納〔一七〕。如其妄僞，願從誅殛。臣愚不任懇悃惶懼〔一八〕，待罪之至！

校勘記

〔一〕移之於令　「移」原作「極」，據明刻本改。

〔二〕臣切以陛下　五字原本空白，據明抄本、明刻本補。

〔三〕以使　「以」字原本空白，據明抄本、明刻本補。

〔四〕臣奏　二字原本空白，據明抄本、明刻本補。

〔五〕數過　「過」，明抄本、明刻本作「遍」。

〔六〕裁自宸衷　「裁」字原本空白，明抄本同，據明刻本補。

〔七〕堯舜　「堯」原作「乾」，據明抄本、明刻本改。

〔八〕舉言　舉字原本空白，據明刻本補。

〔九〕駕其説　「駕」字原本空白，據明刻本補。

〔一〇〕傳於後世　四字原本空白，據明刻本補。

〔一一〕不虞天幸之　五字原本空白，據明抄本、明刻本補。

〔一二〕學上　二字原本空白，據明抄本、明刻本補。

〔一三〕幸哉　二字原本空白，據明抄本、明刻本補。

〔一四〕如陛下　「如」字原本空白，據明抄本、明刻本補。

〔一五〕當陳　二字原本空白，據明抄本、明刻本補。

〔一六〕陛下聖鑒高明　「陛下、高明」四字，原本空白，據明抄本、明刻本補。

〔一七〕必蒙　「必」字原本空白，據明刻本補。

〔一八〕臣愚　「愚」字原本空白，據明刻本補。

宋文鑑卷第五十九

奏疏

論農事

范祖禹

臣近蒙賜告，暫至許昌，竊見畿内已苦雨澇，詢之村民，皆云：「鄉村安静，公私少事，無呼召煩擾；唯是年歲未得豐熟，不旱則水，民常艱食。夏麥既薄，或全不收；秋苗雖茂，唯憂澇損。」臣竊惟陛下哀矜百姓，賑恤鰥寡，德澤所及，可謂至厚，然猶和氣未應，陰陽隔并，欲修政事以應之，願陛下推其心而已矣。夫天道不遠，在君心所以感之。人君愛民，則天亦愛。人君愛民者，在知其勞苦，而恤其困窮。天下之人，至勞苦而常困窮者，農民是也。周公作《無逸》戒成王以「先知稼穡之艱難」。又言「商之逸王，不知稼穡之艱難，不聞小人之勞，唯耽樂之從」。夫稼穡之艱難，與小人之勞，人君不可以不知。天生時而地生財，自一粒一縷以上，皆出於民力，然後人得而用。人臣之禄，受之於君，故不可不報君；人君之奉，取之於民，故不可不愛民。天子者，合天下之力而共尊養之，凡宫室、車馬、服食、器用，無非取於天下，皆百姓之膏血也。其作之也甚勞，其成之也甚難。安而享之，不可不思其所從來；思其所從來，則愛之而有不忍費財之心，憂之而有不忍勞民之心。以此之心，行此之政，而天下不安者，未之有

也。天下之大，生民之衆，唯繫於一人之心，君心静則天下静，君心不静則天下亦不静，朝廷唯躬儉節用，無所營爲，常恐煩百姓，則天下安息。先王豈能人人而食之，人人而衣之哉？推其仁心，修其仁政，以及天下，則所被者廣矣。臣願陛下，當食則思天下有飢而不得食者，當衣則思天下有寒而不得衣者，凡於每事，莫不皆然。唯推至誠以召和氣，庶幾皇天報應，降豐年之祥，使百姓皆家給人足，則太平矣。周昔漢昭帝耕于鉤盾弄田，其事至微，史臣書之，蓋以昭帝欲知稼穡之艱難，與周公戒成王之意同也。世宗留心農事，常刻木爲耕夫蠶婦，置之殿庭，欲見之而不忘。國朝祖宗以來，尤重農穡。太宗嘗謂近臣曰：「耕耘之夫，最可矜閔。春蠶既登，併功紡績，而繒帛不及其身；田禾大稔，充其腹者，不過疏糲；若風雨乖候，稼穡不登，將如之何？」真宗於内殿植稻麥，臨觀種穫，欲知田畝之勞，至今遵之。惟陛下深留意於農政，而常以保惠小民爲先，則天下幸甚！

論明堂

范祖禹

臣伏見明堂大禮，已在散齋。恭惟仁宗皇帝，若稽古典，斷以聖意，自皇祐二年，始制明堂之禮。先詔有司：乘輿服御，務從簡儉，無枉勞費。御撰樂曲舞名，服靴袍崇政殿，閱試雅樂，如行禮之次。又於禁中靴袍，親書「明堂」及「明堂之門」二榜。將近祀日，霖雨不止，仁宗禁中齋禱，極於恭虔，應禱開霽，天日清潤，風和氣協。祀前之夕，卽罷警嚴。仁宗每詣神座行禮畢，鞠躬却行，須盡褥位，方改步移嚮，以示肅恭之至。又令侍臣徧諭獻官，及進徹俎豆，悉安徐謹嚴，無怠遽失恭。質明禮畢，比之他

時，行禮加數刻之緩。御樓宣赦畢，降詔中書門下，止絶請託，應内降恩澤，及原減罪犯者，不得施行。仁宗欽崇禋祀，布昭明德，傳之萬世，大略如此。英宗、神宗，聖孝遵承，皆極嚴敬。今陛下嗣位五載，再舉宗祀，上帝顧饗，神考配侑，國之大事，莫重於此。惟陛下内盡誠敬，法則祖宗，則神天降祉，羣生蒙福。夫齋者，所以致其精明之德，孔子之所慎者齋，齋必有專一精絜之誠，乃可以交於神明。《禮》之言齋曰：「心不苟慮，必依於道，手足不苟動，必依於禮。」古之君子，其齋如此。齋三日，必見其所祭者，誠之至也。夫惟致齋肅恭，然後動容周旋，無不中禮。《書》曰：「皇天無親，克敬惟親；鬼神無常享，享于克誠。」夫皇天惟親至敬，鬼神惟享至誠，天人之交，相去不遠，惟誠與敬，可以感通。陛下躬行於上，則百官有司，莫敢不祗肅於下。《經》曰：「聖人之德，無以加於孝。」惟陛下恭虔祀事，以教天下之孝，使羣臣萬國，瞻望盛德休光，臣不勝拳拳之愚！

論立后上太皇太后

范祖禹

臣伏奉詔旨：皇帝納后六禮，令翰林學士、御史中丞、兩省給、舍與禮部太常寺官同共詳議。臣竊伏思，此國家大事，萬世之始，福祚所繫，風化所先，自古聖王重之。今陛下宜先知者，有四不可不慎也。臣謹稽之上古，參之後世，爲陛下悉數而詳言之〔一〕。一曰族姓，二曰女德，三曰隆禮，四曰博議。所謂族姓者，臣聞古之帝王，所與爲婚姻者，必大國諸侯、先聖王之後、勳賢之裔，不然則甥舅之國也。不以微賤上敵至尊，故其福祚盛大，子孫蕃昌。昔者黄帝娶於西陵之女，是爲嫘祖，嫘祖爲黄帝正妃，

其子孫皆有天下，五帝三王，皆黄帝之後也。高辛娶陳鋒氏之女，是生帝堯。虞舜娶帝堯之二女，釐降于嬀汭，遂有天下。大禹娶于塗山，是生夏啓，天下歸之，子孫享國四百七十餘年。成湯娶于有莘氏，子孫有天下六百餘年。周之先祖后稷，生於姜嫄，世有賢妃，太王娶太姜，是生王季；王季娶太任，是生文王。文王娶太姒，其禮尤盛，《大雅》歌之曰：「文王初載，天作之合。」言文王之初有識，天已生賢女爲之配也；又曰：「大邦有子，俔天之妹，文定厥祥，親迎于渭。造舟爲梁，不顯其光。」自古昏禮，未有如文王之盛也。太姜，炎帝之後也。太任，太昊之後也。太姒，大禹之後也。太姒生十子，武王、周公，皆聖人也；其餘皆爲顯諸侯。周之子孫，徧于天下，太姒之德也。詩人美文王之聖，本由太任，其《詩》曰：「思齊太任，文王之母；思媚周姜，京室之婦。太姒嗣徽音，則百斯男。」又曰：「刑于寡妻，至于兄弟，以御于家邦。」言文王之化，自家及國，以正天下也。《周南·關雎》，后妃之德，人倫之始，風化天下，皆美太任、太姒也。武王亦娶于姜，是生成王，周有天下三十餘世，八百餘年，其基本蓋由此也。故族姓不可不貴。所謂女德者，臣聞禮本夫婦，詩始后妃，治亂因之，興亡繫焉。三代之興，皆有賢妃；其亡也，皆有孽女。夏之興也，以塗山；其亡也，以末喜。商之興也，以有娀；其亡也，以妲己。周之興也，以姜嫄；其亡也，以褒姒。此皆聖賢所紀，《詩》《書》所載，垂之後世，以爲永鑒者也。秦、漢以後，昏姻多不正，無足取法，惟後漢顯宗明德馬后，唐太宗文德長孫后，憲宗懿安郭后，皆有后德，出於勳賢之家，其餘敗亂，足以爲戒而已。恭惟本朝太祖皇帝以來，家道正而人倫明，歷世皆有聖后内德之助，自三代以後，未有如本朝家法也。皇帝聖德明茂，睿質純粹，天監在下，必生聖女，以佑皇家。惟陛下遠觀上古，近鑒後

世，上思天地宗廟之奉，下爲萬世子孫之計，選卜窈窕，以母儀萬國，表正六宫，非有德孰可以當之？然閨門之德，不可著見，必視其世族，觀其祖考，察其家風，參以庶事，亦可知也。昔漢之初，大臣議欲立高帝子齊王，皆曰：「王母家駟鈞惡戾，虎而冠者也。」代王母家薄氏，君子長者，乃立代王，是爲文帝。文帝爲漢之賢主，亦由其母家仁善也。故女德不可不先。所謂隆禮者，臣聞天子之與后，猶天之與地，日之與月，陰之與陽，相須而後成者也。《禮》曰：「天子聽男教，后聽女順。天子理陽道，后治陰德。教順成俗，内外和順，國家理治，此之謂盛德。」又曰：「天子修男教，父道也；后修女順，母道也。」孔子對魯哀公曰：「古之爲政，愛人爲大；所以治愛人，禮爲大；所以治禮，敬爲大。敬之至矣，大昏爲大，大昏至矣。大昏既至，冕而親迎，親之也。是故君子興敬爲親，捨敬是遺親也。弗愛不親，弗敬不正。愛與敬，其政之本歟？」哀公曰：「寡人願有言，然冕而親迎，不已重乎？」孔子愀然作色而對曰：「合二姓之好，以繼先聖之後，以爲天地宗廟社稷之主，君何謂已重乎？」又曰：「天地不合，萬物不生。大昏，萬世之嗣也，君何謂已重焉！」蓋深非之也。孔子遂言曰：「昔三代明王之政，必敬其妻子也有道，妻也者，親之主也，敢不敬歟？」《禮》又曰：「元冕齋戒，鬼神陰陽也，將以爲社稷主，爲先祖後，其可以不致敬乎？」又曰：「敬而親之，先王之所以得天下也。」今臣與衆官討論講議，皆約先王之禮，參酌其宜，不爲過隆，願陛下勿以爲疑。進言者必曰：「天子至尊，無敵於天下，不當行夫婦之禮；而荀卿有言『天子無妻』，告人無匹也。」如此則是周公之典，孔子之言，皆不可信，而荀卿之言可信也！臣謹案，《禮》冠昏唯有士禮，而無天子諸侯之禮，故三代以來，唯以士禮推而上之，爲天子諸侯之禮，蓋以成人之與夫婦，自天子至於士

則一也。臣竊聞親王宗室之間，娶妻殊無齊體之禮，敬而親之之義，天下豈有獨尊而無偶配者哉？至於鄙褻之禮，或雜戎狄之俗，或習委巷之風，下自士族，上流宫禁，有涉於此者，願陛下一切屏絶之，以正基本，以先天下。故禮不可不隆。所謂博議者，臣聞古者天子聘后，上公逆之，諸侯主之。故《春秋》書：「祭公來，遂逆王后于紀。」夫國有大事，大臣不容不預聞也。昔慈聖光獻之立也，吕夷簡定其議，故其詔曰：「覽上宰之敷言。」其册曰：「宗公鼎臣，誦言于朝。」先是茶商陳氏女亦預選擇，王曾、宋綬，皆以爲言，大臣繼有言者，遂罷陳氏。仁宗所以爲聖者，能從衆也。進言者必曰：此陛下家事，非外人所預。自古誤人主者，多由此言也。天子以四海爲家，中外之事，孰非陛下家事？大臣無不可預之事，亦無不當預之人。且陛下用一執政，進一近臣，必欲協天下人望；況立皇后以母天下乎？臣恐陛下一日降詔云：立某氏爲皇后，則大臣雖有所見，亦難乎論議矣。今陛下之所選，莫若出其姓氏，宣問大臣，若聖志既定，而衆議僉同，則卜筮協從，鬼神其依，天人之意，無不同矣。故議不可不博。臣幸備勸講，其職在以帝王之事，裨益聖德，故敢獻其所聞。臣之愚誠，惟中宫正位之後，四海之内，室家相慶，則宗社之福也。狂瞽之言，惟陛下留聽！干冒宸嚴，臣無任惶懼俟罪之至。

論聽政

范祖禹

臣等伏以天下不幸，大行太皇太后登遐，陛下號慕哀毁，孝性天至，在廷聞者，無不摧隕。今揔攬庶政，延見羣臣，四方之民，傾耳而聽，拭目而視，此乃宋室隆替之本，社稷安危之基，天下治亂之端，生

民休戚之始，君子小人消長進退之際，天命人心去就離合之時也。嗚呼可不慎哉！可不慎哉！臣等久備講讀，職在論思，首當獻言，以助萬一。陛下宜先誠意正心，推廣聖孝，發爲德音，行爲仁政，以慰答天下生民之望，此在陛下加意而已，非有所難也。願陛下循其本而行之，則其末可以無難。昔周公以成王幼弱，故位冢宰，治天下七年，制禮作樂，以致太平，其功德至隆。周公既没，成王追念周公之勳勞，賜魯以天子禮樂，使世世祀周公，以爲非此不足以稱周公之德也。成王所以報周公如此，故天下莫不歸心。漢大將軍霍光，尊立宣帝，霍光既没，宣帝亦葬以天子之禮。帝始親政事，又思報大將軍功德。夫周公霍光，皆人臣也，有非常之功，故成王、宣帝皆報以非常之禮，而況太皇太后，英宗之配，神宗之母，陛下之祖母，有大功於宗廟社稷，有大德於億兆人民，於陛下之恩與天地無極，豈人臣之比哉？然則今陛下所宜先者，莫如報太皇太后之德也。自仁宗以來，三后臨朝，皆有大功，章獻明肅之於仁宗，慈聖光獻之於英宗，鞠育扶持，勤勞艱難，亦未得如太皇太后之於陛下也。元豐之末，神宗寢疾，已不能出號令，陛下年始十歲，太皇太后内定大策，擁立陛下，儲位遂定。陛下之有天下，乃得之於太皇太后也。聽政之初，詔令所下，百姓無不歡呼鼓舞。自古母后，多私外家，惟太皇太后，未嘗有毫髪假借族人。不唯族人而已，徐王、魏王，皆親子也，以朝廷之故，疏遠隔絶，魏王病既没，然後一往；太皇太后疾已革，然後徐王得入。進退羣臣，必從天下人望，不以己意爲喜怒賞罰，故至公無私之德，雖匹夫匹婦之口，亦能道之。臨朝九年，未嘗少自娱樂，焦勞刻苦，以念生民，所以如此，豈有佗求哉？凡皆爲趙氏社稷宋室宗廟，專心一意，以保佑陛下也。故身當其勞苦，而使陛下享其安逸。昔章獻明肅

時〔三〕，親黨多僥倖濫恩，仁宗既親萬機，不免釐革，故小人不能無怨。今太皇太后自臨朝以來，左右請求一切拒絶，内外肅然，蓋以朝廷不可無紀綱，故身當其怨，而使陛下坐收肅清之功。陛下如欲報太皇太后之德，莫若循其法度而謹守之。祖宗以來，唯以德澤結百姓之心，欲四海安静無事，仁宗行之四十二年，天下至今思之。恭惟太皇太后之政事，乃仁宗之政事也。然而仁宗聖性寬裕，不忍拒人，内降濫恩，其後亦比比而有。惟太皇太后，嚴正至静，不可干犯，故能外斥逐姦邪以清朝廷，内裁抑僥倖以肅宫禁，九年之間，終始如一。故雖德澤深厚，結於百姓，而小人怨者，亦不爲少矣。今必有小人進言曰：太皇太后不當改先帝之政，逐先帝之臣，此乃離間之言，陛下不可不察也。當陛下嗣位之初，太皇太后同聽政，中外臣民上書者以萬數，皆言政令有不便者，太皇太后因天下人心欲改，故與陛下同改之，非以己之私意而改也。既改其法，則作法之人，及主其法者，有罪當逐，陛下與太皇太后亦以衆言而逐之。其所逐者，皆上負先帝，下負萬民，天下之所讎疾，衆庶所欲同去者也。太皇太后豈有憎愛於其間哉？顧不如此，則天下不安耳。惟陛下清心照理，辨察是非，斥遠佞人，深拒邪説，有敢以姦言惑聖聽者，宜明正其罪，付之典刑，痛懲一人，以儆羣慝，則帖然無事矣。陛下若稍入其語，不正其罪，則恐姦言邪説，繼進不已，萬一追報之禮，小有不至，此於太皇太后聖德無損，而於陛下孝道有虧，必大失天下之心。陛下豈不見司馬光以公忠正直爲天下所信服，陛下與太皇太后用以爲相，海内之人，無不欣悦；光没之日，無不悲哀，乃至茶坊酒肆之中，亦事其畫像。光所以得人心如此者，爲其能輔佐陛下與太皇太后，功及天下也。以光之功，比之太皇太后，止是萬分之一，而百姓思之如此；而況太皇太后，有天地

之恩於陛下，有父母之德於生民，四海愛戴，思慕無窮！陛下若聽小人讒説，或追報有所不至，或輕改其政事，豈不大失天下人心乎？人心離於下，則天變見於上，陛下雖欲爲善以救之，改過以補之，亦無及矣。孝者萬行之本，本既不立，則其餘何足觀焉！夫小人之情，非爲朝廷之計，亦非爲先帝之事，皆爲其身之利也，日夜伺候，欲逞其憾者久矣。今太皇太后新棄天下，陛下初攬政事，乃小人乘間伺隙之時也，不可不預防之。此等既上悮先帝，今又欲復悮陛下，天下之事，豈堪小人再破壞邪？臣等恭聞陛下自太皇太后寢疾，朝夕不離左右，躬親藥膳，衣不解帶，憂瘁泣涕，形於顔色。自遭變故以來，哀慕毁瘠，中外具聞。喪服之禮，務從至隆。又下詔發揚太皇太后盛德，推恩高氏。此大孝之極也。至親之際，無所間然。而臣等猶言及此者，竊以小人衆多，恐置陛下於有過之地也。如臣等所言，雖萬萬無之，然不敢不慮於未然，或有纖芥流聞於外，則臣等上負陛下，不先言之罪大矣。不勝憂國愛君之至，惟陛下深留聖思！

論宦官

范祖禹

臣聞《書》曰：「與治同道罔不興，與亂同事罔不亡。」漢有天下四百年，唐有天下三百年，及其亡也，皆由宦官。相去五百餘年，如循一軌，蓋與亂同事，未有不亡者也。漢自元帝任用石顯，委以政事，殺蕭望之、周堪，而廢劉向等，漢之基業，壞於元帝。東漢鄧后臨朝，中官用事，手握王爵，口含天憲。順帝以後，五侯專朝。桓帝、靈帝之時，十常侍擅天下。子弟親黨，割剥百姓，毒流四海。附之者寵及三

族，違之者滅及五宗。大考黨獄，夷戮天下名士。於是黃巾賊起，朝野崩離。及袁紹誅宦官，獻帝奔播困餓，而曹操因之以篡漢。唐自明皇使高力士省決章奏，宦官始盛，李林甫、楊國忠等，皆因力士以進，唐亡之禍，基於開元。肅宗任李輔國，末年寢疾，輔國以兵劫遷明皇於西内，殺張皇后及二王，明皇以幽崩，肅宗以駭没。貴爲天子，上不保其父，中不保其身，下不保其妻子，由用輔國一人而已。代宗用程元振，功臣畏讒，吐蕃寇陷京師，播遷于陝。德宗用宦官分領神策禁兵，其後天子由其所立，唐室終以此亡。憲宗服金丹，躁忿，爲陳洪志所弒。敬宗爲劉克明所弒。文宗欲討憲宗之賊，謀泄，仇士良殺四宰相及朝臣，滅其族，流血成渠，朝廷半空，文宗憂憤，以至于没。武宗以後，皆由宦官所立。僖宗呼田令孜爲父，天下大亂，黃巢賊起，播遷于蜀，又幸興元。楊復恭自稱定策國老，呼昭宗爲負心門生天子。劉季述等廢昭宗於東内，韓全誨等劫昭宗幸鳳翔，於是崔胤誅中官，而朱全忠劫遷昭宗，遂弒之，因以篡唐。觀漢唐亡國之禍，其酷如此，後之人主，豈可不以爲刻肌刻骨之戒哉？太宗時王繼恩有平蜀之功，中書欲除宣徽使，太宗曰：朕讀前代書史，不欲宦官預政事；宣徽使，執政之漸也。宰相懇言，繼恩有大功，非此不足爲賞。太宗切責宰相等，乃命學士別立宣政使之目，以授繼恩。布衣韓拱辰詣檢院上言，繼恩功大賞薄。太宗大怒，以拱辰妖言惑衆，杖脊黥面，配流崖州。太宗可謂深鑒前古，而塞禍亂之源矣。英宗服藥〔三〕，任守忠往來間構兩宫，致慈聖太后與英宗不相悦。言者劾奏其罪，貶蘄州安置，盡逐其黨，然後慈聖英宗母子如初，宫省清肅。至熙寧、元豐間，内臣之中，李憲、王中正、宋用臣三人者，最爲魁傑，憲總兵熙河，兼領三路。中正總兵河東，兼領四路。其權勢震動内外，自陝以西，

人不敢斥言憲名。中正口勑募兵，州郡不敢違，師徒凍餓奔潰，死亡最甚。憲陳再舉之策，以誘夏賊，致永樂陷没；在熙河僭擬不法。用臣興土木之役，無時休息，榷舟船。置堆垛，網市井之微利，奪細民之衣食，專事刻剥，爲國斂怨。此三人者，雖加誅戮，未足以謝萬姓；朝廷止從寬典，量加廢黜，唯憲獨死，中正、用臣猶存。陛下近召内臣十人，續又召數人，而李憲、王中正之子，皆在其中，又除押班二人，帶御器械一人，中外無不駭愕。既而聞二人以執政言其有過，先罷；三人以舍人繳詞頭，且輟。然前來指揮，首違故事。又李憲、王中正之子既得入侍，則中正用臣亦將進用，人心不得不憂，故臣敢極言之。陛下與太皇太后同聽政之初，外逐蔡確、章惇、吕惠卿等，及羣小人，故朝廷肅清；内逐李憲、王中正、宋用臣等，及羣小人，故宫禁肅清。内外皆無凶人，故天下安静。臣歷觀近古，内外肅清，未有如今日也。祖宗法度，所以維持後世，不可輕變，陛下奈何先自壞之？陛下所以享南面之尊，蒙已成之業，四方萬里，奔走而聽命者，以朝廷公正，天下心服也。陛下何不慎守法度規矩，增修德政，使過於垂簾之時，然後不失天下之望！今未及進一賢，行一善，先驟用中官如此之盛，四方聞之，必以爲政出宫掖，無復綱紀，如衰季之世，豈不大失人心哉！夫人心一失，欲復收之甚難。陛下若作一二事，使中外悦服，四方竦動，則他日所爲有順流之易，人心先信故也。若作一二事，使中外憂疑，四方解體，他日雖有美意，人已不信在前，豈得便心服乎？如此而望德業之光，名譽之隆，非臣之所知也。今中官止是陛下左右給事使令，臣雖至愚，亦知其必未有害政之事，然欲治外者，必先治内；欲治遠者，必先治近，是以明王慎選左右。壬人，堯舜畏之；佞人，孔子遠之，恐其有損而不自覺也。昔唐之時，仇士良教其黨曰：「天子

不可令閑，常宜以奢靡娱其耳目，使日新月盛，無暇更及他事，則吾輩可以得志。愼勿使之讀書，親近儒生，彼見前代興亡，心知憂懼，則吾輩疎斥矣。」士良以此固其權寵，故能專恣二十餘年。夫漢唐之事，當今必無，然以先帝天資英睿，聖學高明，可謂不世出之主，而内外爲小人所悞，外興師旅，内興百役，先帝未嘗享太平之樂，終以憂勤損壽。凡不便民之事，皆羣小所爲，而使先帝受天下之謗。臣常痛之〔四〕，故不願陛下復近小人，蓋以此也。陛下誠能聽臣之言，悉追罷除用内臣指揮，未到者别與差遣，已入者復授外官，則中外之人，稱誦聖德，萬口一辭，以爲至美，乃可以解衆庶之惑，洗陛下之謗。此如反掌之易，何難而不爲哉？自聞近日兩次指揮以來，外議洶洶，皆云大臣不能争執，陷陛下於過舉，臺諫之臣又皆畏避小人，莫敢一言，但恐陛下未之知耳，若使知之，必不爲也。臣侍經筵八年，日望一日，歲望一歲，期陛下爲令德之主，唯恐有纖毫之失，故不避違拂聖意，數進苦切之言。陛下每留睿聽，以臣愚直見知，臣亦不量微力，以獻納自任。今兹事體，實繫朝政污隆，人情去就。臣義均休戚榮辱，不忍默默坐視，敢冒萬死而獻其忠，唯陛下裁察！

校勘記

〔一〕悉數而詳言之　「而」字原本空白，據明抄本、明刻本補。

〔二〕明肅時　「時」原作「明」，據明抄本改。

〔三〕英宗服藥　「服」字原本空白，據明刻本補。

〔四〕臣常痛之　「常」原作「當」，據明刻本改。

宋文鑑卷第六十

奏疏

論呂大防乞以旱罷

梁燾

臣伏見陛下眷遇大臣，極其恩禮，不忍聞其過惡，輕奪其位，使傷其進退之名，所以委曲覆容，真有天地之賜；爲大臣者，何以副陛下之深仁乎？祖宗之時，宰相率二三年以禮去；今之宰相，率一二三年以罪去。禮去者，顧義重，雖有功而必去；罪去者，顧利重，非有罪則不去。以禮去者，可以復用；以罪去者，不可以再。蓋祖宗之大臣，皆以名節自重，一舉動必存大體，必副人望，不敢專寵禄以自愛，不敢挾權勢以自強，日思以得罪爲憂，以妨賢爲懼，故率二三年自引避位。朝廷褒答，自有異數，其優者爲使相，其次猶須超進數官爲大學士。其去位也，名益重，望益高，眷益厚，一旦復用，則中外之民莫不以爲宜，皆爲朝廷喜之，此所以朝廷重也。其間亦時有貪鄙之人，當去而不去，以固位戀禄，清議已不容矣；以之招致人言，暴著過惡，從而罷遣之，殆不過一諫官、一御史論之，則已不能安矣。如臺諫合攻連擊者甚少，一有之，則終身不得復用。故以禮去者多，以罪去者少。大臣既以法，小臣從而廉，士大夫化之，皆磨礪振潔，以節操相高，風俗純美，由此道也。比年以來，大臣皆以竊禄偷安爲計，寖以成風，雖

有大過，猶巧自掩蓋，恐其失位。一二人言之，不知去；臺諫官共言之，又不肯去；至於紛紛不已，上不能止其言，竟出其章疏，然後請退，聖恩因而聽之。公議爲之鄙薄，私友爲之歎惜，喪其節守，敗其名譽，冒其過咎，終以疏絶。朝廷雖以乏人而欲用之，疑其姦心之不測，畏其清議之不容，卒不敢用；必用其以次者，安得人才衆多而爲用乎？朝廷將無人而用矣！此不可不思也。祖宗之時，輔相之材，非不多也，然而進者必以其賢，退者必以其禮，去而復來，所以用之有得也。今輔相之材，亦不多也〔一〕，然而進之不必以其賢，退之必以其罪，去而不可來，所以用之不足也。臣近嘗建言，乞陛下許吕大防以自請罷去相位者，正爲其如此。若蒙陛下許吕大防令以禮去，不唯大防得其進退之道，且掩覆其罪狀，不爲言者之所指擿，不爲公議之所不容，使之養望於外，它日用之人，必無敢議者；設有議者，其跡以無罪而去，陛下主張之，無累知人之明矣。於是大防真有天地之賜，足稱陛下眷禮之本意也。非獨以安大防也，又以示後來之人，皆思以禮去位，而漸以名節自重，如祖宗之大臣也。朝廷由是尊矣。伏望聖慈，以安危爲計，以治亂爲念，以養大臣之譽望爲意，以勵搢紳之廉隅爲術，保完大防今日之去，存全大防它日之用，就謝旱烈之譴，銷厭愁怨之氣，上敬天道，下順民心，中不失君臣之恩，一舉而三善得，豈不美歟！伏惟聖神采納，天下幸甚！

請還政　梁燾

臣以孤直，上荷拔擢，兩在言路，徧歷臺諫，前後論列，多蒙聽納。昨自外郡，再蒙收召，使得待罪

翰苑，論思獻納，預聞大政，不獨以文字爲職也。眷遇之厚，羣臣莫比，如臣之愚，何以報稱？誓當竭盡死節，知無不爲，終期少補聰明，庶不辜負恩遇。恭以皇帝陛下，富於春秋，早有天下，仁聖孝慈之實，藹聞于外，性資成定，盛德日新。太皇太后陛下，擁護聖躬，夙夜不倦，保佑之功，永福宗社，臣民歡欣，四海仰戴。今來選正中宫，已得賢淑。冬至大禮，自當郊見天地，天意人事，上下協應。維是政機之煩，久勞同聽，歸斷人主，不可過時，此陛下今日甚盛之舉也。退託深宫，頤神間燕，遠光前人，垂法萬世，豈不美歟？願早賜處分，以彰全聖德。如以臣言爲然，伏望明出手詔，付大臣施行，天下幸甚。臣不勝惓惓，竭忠盡直，以干斧鉞之誅，惟幸裁赦！

請令帶職人赴三館供職

胡宗愈

臣檢會今年三月二十八日三省同奉聖旨：今來内外官並許貼職食錢并理任外，其餘恩數並依官制以前條貫。又準五月三日聖旨指揮：勘會祕書省自有職事官，其舊帶館職，並今後除授校理以上職名，並不供職。臣愚竊謂士不知朝廷之治體，則不足以立朝；不習國家之故事，則不足以應務。唐李德裕謂「用寒士不如公卿之世」。議者以爲偏論，臣迺謂之知事。蓋公卿之世，耳目習朝廷之治體，練熟國家之故事；遠方寒士，有不知其始末者。德裕之言，不爲過論〔三〕。太宗皇帝深達此意，始置崇文院，建祕閣，集四庫書，選天下名能文學之士，以爲校讎官，給以見俸，食於大官，優其資秩。自選人京官入者，始除館閣校勘，或崇文院校書；及升朝籍，乃爲祕閣集賢校理；或優之則爲直館、直院、直閣。其始入而

官位卑者，未得主判，且令在館供職；改京官，升朝籍，方得主判登聞鼓檢院、同知禮院之類。資任漸高，則或爲吏部南曹、羣牧判官；又高，則爲省府推判官，或出知藩鎮任轉運、提刑。又擇其久任者，或遷知諫院，預講讀，或擢爲左史，遂典詞誥；或待制内閣，由此而爲公卿執政，以躋台輔。遠器大節，方重深厚，事業磊落，載在史册者，前後相望。外至於守土奉使，藹然皆有風績可觀。間有不才闒茸者，叨預於其間，則指目鄙笑，不容於清議。故累朝得人，方古爲盛。此實太宗皇帝憂深慮遠、養育之功也。熙寧執政，務欲速援親黨，假此以爲進人之階，浮躁狂妄者争趍之，故有朝除校理，而夕拜詞掖；夕爲直院，而朝作輔臣。館閣涵養之風，遂至委地；士人廉耻之節，靡有孑遺。既無素養之才，悉皆苟合之士。臨時選用，或非其人。左右史才，間用俗吏。以致朝廷厭薄館閣，遽行寢罷。陛下卽位以來，招賢樂善，追復太宗皇帝之政，繼承列聖之業，俾復三館職名，又詔執政大臣各舉所知，召試以充其選。獨不許其供職，臣愚莫知其意。竊計議不必謂昔之崇文院已改爲祕書省，已有官屬，則帶館閣職名者不可供職。臣愚以謂崇文院之名雖改，而祕閣、集賢、昭文館四庫之書猶存，既選英才，除職名，而不令供職，不法太宗皇帝養才育士之深意，而徒以虚名爲士大夫進取之階，不唯義理未安，兼亦於事無補。臣愚望朝廷稽考祖宗館閣之制，選人京官除者且授祕省正字校書，以比昔日之校勘。選人已有改官，并供職四年，除校理指揮外，有自京官除者，亦自校書郎二年方授校理；已升朝者，得兼寺監職事，以比昔日之主判。由此漸進，以歷省府，與舊帶職之人，並令入館供職，依舊食於太官，磨以歲月，使多士知陛下育才之意，庶幾優游議論，漸知朝廷之治體，羣居講習，以議國家之故事。廉耻清議，去而復還；館閣

素風，墜而復振。朝廷自後用人，不乏實才。將以成太平之業，臣愚以爲自此爲始。惓惓之意，惟陛下采擇。臣愚不勝幸甚！

請詔有司講究商賈利病

王巖叟

伏以祖宗盛際，四方之商賈，交出於塗，而萬貨無所滯，公私共享其利，優游乎豐樂而不自知。其後利專於公上，商賈爲之不行，通都會邑，至有寂寞之歎。非獨商賈之患也，而上下均受其弊。陛下即位之始，首發德音，廢導洛，罷市易，還民衣食之源，以惠養困窮，人人蒙福，如遂更生。有司固無復争利之端矣。然二年于今，不爲不久，商賈猶病乎不通，而國家未獲其益，何也？必法有蔽於中，而講之未盡其術也。伏望特詔有司，深究利病，以通天下之商賈，下以裕百姓，而上以資縣官。庶幾人物熙然，復及祖宗之盛。臣愚不勝區區！

請廣言路參用四方之士

王巖叟

臣以謂天下之事，度而知之，不如耳聞其説；耳聞其説，不如目覩其真。今四海之大，萬里之遠，民情之利害，不可以概言；風俗之美惡，不可以凡舉；人材之賢不肖，不可以互知。竊以陛下所賴以察四方之事，達四方之情者，言路數人而已；而專用一方之人，非所以廣聰明於天下也。臣願陛下，常於言路參用四方之士，天下幸甚！

請復内外官司舉官法

王巖叟

臣竊以人得於表裏不疑，則可任；事出於上下相應，則易成；此諸府之辟召，羣司之奏舉，所以不可廢也。自辟舉之法罷而用選格，可以見功過，而不可以見人材，中外患之，於是不得已而有踏逐、奏差、申差之格。踏逐者，陰用舉官之實，而明削同罪，非善法也；選才薦能而曰踏逐，非雅名也；必當擇人之地，而不重用之之道，非深計也；委人以權，而不容舉其所知，非通術也。臣伏望聖慈，特賜指揮，復内外官司舉官法，以暢公議。

請詔執政裁抑三省人吏僥倖

王巖叟

臣伏以朝廷之弊，莫甚於容僥倖以養蠹，尚姑息以惠姦。不治其源，而立法於下流，法愈煩而弊愈多，非計之得也。今天下皆曰，僥倖之甚者，莫如三省之胥史。歲累優秩，月享厚禄，日給肉食，春冬有衣，寒暑有服，出入乘官馬，使令得營卒，郊禮霈賜賚。又許引有服親入爲吏，如士大夫任子無以異〔三〕，而曾不限年，得禄尤早。其爲恩幸，可謂厚矣！言其供職事，則一月之間，或僅踰兩旬；一日之間，常不滿半日。其爲勤勞，可謂薄矣！點檢諸司文字差錯，及是職分當然，何至字字論功？日日計賞？或升名次，或減磨勘，或添料錢，或支銀絹，以彼易此，有如己物。又每遇朝廷舉動一事，曾行過一紙文書，則復妄叙勞能，别希恩澤。如近日二王出居外第，省吏有何辛苦？而亦要功以冒賞〔四〕。推此

一端，餘皆可見〔五〕。臣不知平居禄賜優厚〔六〕，將焉用之？其爲僥倖，可謂甚矣！此蓋前來宰執，以姑息相承，養之至此。賣朝廷之恩以買譽，結左右之愛以固權，何嘗以謹嚴紀綱爲事，澄清根本爲心哉？故議者以爲廟堂之上，爲天下百姓理會弊事則少，與省中吏人行遣濫恩則多，静而察之，非虚語也。伏望聖慈，特賜敕厲執政大臣，裁抑僥倖以除蠹，杜絶姑息以戢姦。棄近例，禁换法，復講治平以前條格循用之，庶可以肅百司而正四方。

請依舊法賑濟免河北貸糧出息

王巖叟

臣伏以救災邺患，惟恐有所不至以傷其仁者，先王之用心也。隨施以有求，乘危以論利，蓋不忍焉。臣按祖宗賑濟舊法，災傷無分數之限，人户無等第之差，皆得借貸，但令隨税納元數而已，未嘗有息也。故四方之人，霑惠者普，銜恩者深，郡縣倉庾，以陳易新者多。其後刻薄之吏，陰改舊法，必待災傷放税七分以上，方許貸借；而第四等以下，方免出息，殊非朝廷本意。緣災傷放税，多是監司以聚斂爲急，威脅州縣；州縣又承望風旨，不復體心朝廷，以災傷的實分數除放。若放及七分者，災傷已是十分；況少肯放及七分；又六分之與七分，相去幾何，毫釐之間，何以辨别？幸而得爲七分，則有借貸；不幸而爲六分，則無借貸；但繫檢災官吏一言之高下，而被災百姓幸不幸相遠如此！不可不察也。三等而上，均爲赤子，均遇天災，豈容因災，偏令出息？計其所得則甚少，論其所損則實多，乖陛下平一之心，虧朝廷光大之施。臣乞復如舊法，不限災傷之分數，並容借貸；不拘民户之等第，均令免息。庶幾

聖澤無間，感人心於至和，天下幸甚。如允臣所奏，其河北、京西、淮南等路，昨來水災州縣，乞先次指揮施行。

請罷三舍法

王巖叟

右，臣伏以法有爲名則美，而行之則難；事有用意則良，而施之則戾者，三舍是也。故自三舍之法立，雖有高材異行，未見能取而得之，而犇競之患起；犇競之患起，而賄賂之私行；賄賂之私行，而獄訟之端作；獄訟之端作，而防猜之禁繁。博士勞於簿書，諸生困於文法，非復渾然養士之體，而庠序之風或幾乎息，此識者之所共歎也。臣竊謂庠序者，所以萃羣材而樂育之，以完其志業，養其名譽，優游舒徐，以待科舉者也。不必科舉之外，别開進取之多歧，以支離其心，而激其争端，使利害得失，日交戰於胸中，損育德養道之淳意，非所以敦教化、成人材也。臣愚乞鑒已然之弊，罷三舍法〔七〕。開先生弟子不相見之禁，示學士大夫以不疑。講肄之餘，止以公私試第高下如昔時，自足以奬材氣而厲風聲〔八〕，使多士欣欣於從學，則上庠宜復有雍容樂易之美，爲四方矜式矣。乞下禮部及司業博士，共議其當。

論罷試中斷案人入寺

王巖叟

臣聞維天下之勢者存乎法，持天下之法者存乎平。權之而後行，議之而後用，使不失其平者，存乎其人。當張釋之爲廷尉，人有盜高廟坐前玉環者，奏當棄市。文帝大怒曰：「吾屬廷尉者致之族，而以

法奏之。」釋之謝曰：「今盜高廟器而族之，有如萬分一，假令愚民取長陵一抔土，陛下且何以加其法乎？」文帝乃許廷尉。臣以謂此不出於法之文，而出於一時議論，能推明輕重之意，以釋上心，而使天下後世，莫不稱其當。由是言之，廷尉之選，豈當忽哉？臣伏覩祖宗時，審刑、大理長官及其僚屬〔九〕，皆擇天下君子長者，通物情、知義理之士以爲之。其用心平，其持議不阿，其知思足以講明法之微意，而必與情稱，故天下號無寃民。以今望之，其遺風餘德，猶釋之之在漢也。後專尚刑名法術之學，而慘刻之吏，多在此選。議事不原於法意，論刑不本於人情，執文以致罪，順旨以成獄，不知先王明愼欽恤之心，而不復輔之以經術，申之以道德，故愈務而愈遠，愈嚴而愈戾。試以斷案，巧則巧矣，然不足以得正人，而足以得狡吏。委理卿獨舉，專則專矣，然不足以任至公，而足以得偏見。臣愚伏乞檢會舊大理舉官法，及講祖宗置審刑院〔一〇〕、大理相持並行之初意，今後罷試斷案人，則釋之之徒，將自爲陛下用，稍復刑措之治。天下幸甚！

論堂除之弊

劉安世

臣聞非至簡不足以待天下之繁，非至靜不足以制天下之動。故荀卿有言曰：「論一相以兼率人主之職也。」又曰：「相者，論列百官之長，要百姓之聽，歲終奉其成功，以效於君。」推此言之，則人主擇輔臣，輔臣擇庶長，庶長擇僚佐，以次選論，不容虛受。是以所任愈隆，而所擇愈簡；所擇愈簡，而所得愈精，此堯舜三代之君，所以垂衣拱手，不煩事詔而天下晏然以治者，用此道也。秦、漢以來，官失其守，

居宰相之位者，或不知其任；在庶長之列者，或不守其職，因循至今，流弊日積。臣請爲陛下詳言之。昔魏、晉已後，採擇庶官，多由選部，故晉之山濤爲吏部尚書，中外員品，往往啓授。宋以蔡廓爲吏部尚書，黄散已下，皆得自用，廓猶以爲薄已，遂不之官。唐制五品以上，宰相商議奏可以除拜者，則以制敕命之；六品以下，則吏部銓材授職，然後上言，詔旨畫聞，無所可否，謂之指授〔二〕。開元中，吏部置循資格，限自起居、遺、補及御史等官，猶並列於選曹。其後倖臣專朝，舊典失序，故陸贄抗論，以謂捨朝僉而重己權，廢公舉而行私惠，是使周行庶品，苟不出於時宰之意者，則莫敢爲〔三〕。此乃唐之弊風，不可不革也。臣伏見近來堂除差遣，多取吏部之闕，不問職事之輕重，才品之優劣，爲人擇官，殊失大體。如承議郎王續，堂除管勾左廂公事；承奉郎劉敦夫，堂差權河南知録，若此之類，名品至卑，吏部選差，固不乏使，何煩廊廟一一揀求？臣恐三省之事，日益紛紜，執政大臣，汩於細務，則朝廷安危之至計，禮樂教化之大原，使天下回心而嚮道者，將何暇以及之矣？然則豈所以稱陛下圖任老成，委注輔弼之意哉？伏望聖慈，明敕三省，别議立法。今後除兩制、臺省、寺監長貳以上，并諸路監司瀕河並邊郡守之類，所繫稍重者，令依舊堂除外，其餘一切歸之吏部。所貴執政事簡，得以留心於遠業，而選部不至失職，漸復舊制。取進止。

請戒約傳習異端　朱光庭

臣竊以天覆於上，地載於下，人位於中，三才一貫，純粹不雜。有聖人作，因天叙而惇五典，因天秩

而庸五禮，因天命而章五服，因天討而用五刑，然後三綱五常立，而萬事咸治。聖人爲能以皇極之道，彌綸輔相於其中，故天下無一民一物不得其所，此極盛之治，後世無以復加也。不幸三代既還，王道不振，黄老雜之於前，釋氏亂之於後。黄老之術主於清净虚無，世惑猶淺；唯是釋氏，最爲大惑，人無賢愚，皆被驅率。高明之士，則沈溺於性宗；中下之材，則纏縛於輪回；愚淺之俗，則畏懼於禍福，甚可怪也。聖人曰：「天命之謂性。」儒者當盡心而後知，苟不務知此，而求他可乎？聖人曰：「未知生，焉知死？」儒者當窮理而後知，苟不務知此，而求他可乎？聖人曰：「惠迪吉，從逆凶，惟影響。」儒者當視履而後知，苟不務知此，而求他可乎？聖人言行，布在方册，明如日星，可師可法。今士夫夫被儒者之服，當師法聖人言行，而乃自暴自棄，區區奔走，從事胡法。古者學非而博，在四誅而不以聽；今之棄先聖之言，從胡人之學，無乃學非而博者乎？豈可以不禁之也？學官教多士以禮義，禮官正朝廷之典禮，若習異端，尤當深責。古者道路，男子由右，婦女由左，重其有别，今之士大夫與民庶之家，婦女恣入寺門[三]，敗壞風俗，莫此之甚！此不可以不禁也。臣訪聞今月二十日，相國寺惠林院長老開堂，衣冠大集，座下聽法者，曲拳致恭，環拜致禮，無所不盡。在無知輩不足責，其士大夫背棄吾道，不知自重如此，不可以不責也。臣昨日上章，乞詔執政詰問，今月二十日於相國寺長老座下聽法臣寮，乞行敕戒，今後更不得造其門，傳習異端；及學官禮官，前日亦曾詣門聽法者，乞正違經棄禮之罪，仍乞今後應士大夫與民庶之家，婦女並不得入寺門，明立之禁。臣所以爲陛下力言者，方聖明在御，俊乂滿朝，尊吾堯、舜、禹、湯、文、武、周、孔之道，以致太平，而不當縱異端之術，以惑天下。伏望聖慈，特賜睿斷施行。

請用經術取士

朱光庭

臣竊以聖朝用經術取士，冠越前代，止是不當專用王安石之學，使後生習爲一律，不復窮究聖人之藴，此爲失矣。若謂學經術不能爲文，須學詩賦而後能文，臣以爲不然。夫六經之文，可謂純粹渾厚，經緯天地，輝光日新者也。今使學者不學純粹渾厚輝光六經之文，而反學雕蟲篆刻童子之技，豈不陋哉？甚非聖朝之美事。臣近已上封事論列，今再具以經術取士之法，約歸義理之文，條列于左：

一、第一場試諸經大義六道，乞令每人各治二經，每經各試大義三道，仍須先本注疏之説，或注疏違聖人之意，則先具注疏所以違之之説，然後斷以己見及諸家之説，以義理通、文采優者爲上，義理通文采粗者爲次，義理不通，雖有虚文，不合格。

一、第二場試《論語》《孟子》大義四道，《論》《孟》各兩道，考試之法，與經義同。

一、第三場試論一道，乞於《荀子》、《楊子》、《文中子》、韓吏部文中出題。

一、第四場試策三道，内兩道乞問歷代史，一道時務；省試五道，三道乞問歷代史，兩道問時務。

右臣之所陳，欲令天下學者不失宗經知根本之學，不專用王安石之鑿説，各以己見、諸家之説，窮聖人之藴。履之爲事業，發之爲文章，下之所以修身見於世，上之所以歛材置之用，皆不失道，此臣所以區區爲朝廷力言也。伏望聖慈，察臣管見，如或可採，特賜主張施行。

校勘記

〔一〕亦不多也　明抄本、明刻本同，准上文「非不多也」，疑此句「亦」字下脫「非」字。

〔二〕不爲過論　「不」，明抄本、明刻本作「未」。

〔三〕自「賚」至「異」十九字　原本空白，據明抄本、明刻本補。

〔四〕要功　「要」原作「妄」，據明刻本改。

〔五〕餘皆可見　「見」字原本空白，據明抄本、明刻本補。

〔六〕「臣不知平居」五字　原本空白，據明抄本、明刻本補。

〔七〕罷三舍法　「法」原作「志」，據明刻本改。

〔八〕風聲　「風」原作「夙」，據明刻本改。

〔九〕審刑　「刑」原作「形」，據明刻本改。

〔一〇〕審刑院　「院」字原本空白，據明刻本補。

〔一一〕指授　「指」明刻本作「旨」。

〔一二〕則莫敢爲　「敢爲」明刻本作「致焉」，較長。

〔一三〕婦女恣入寺門　「婦女」原作「婦人」，按下文「婦女並不得入寺門」，知當作「婦女」。明刻本作「婦女」，據改。

宋文鑑卷第六十一

奏疏

請留安燾　王覿

臣竊聞同知樞密院安燾家居請郡。臣愚不知聖意之所在，將聽其去邪？不聽其去邪？臣伏見安燾與李清臣，其才能皆無足以過人者。當蔡確、韓縝、章惇、張璪當國用事之際，燾、清臣惟務順從，不能有所建明。方是時，不惟確、縝、惇、璪爲可去，而燾、清臣亦可去也。然諫官、御史交章列疏，具言確、縝、惇、璪之惡，而罕及燾、清臣者，蓋知蠹政害物之根本，惟在確、縝、惇、璪，而燾、清臣本非爲惡之人，雖務順從，其情可恕，故言雖或及而不力也。昨者清臣自尚書右丞除左丞，論者謂清臣雖序遷，而常才不可以更有進擢，臣之説亦如是也。燾自同知樞密院，除知樞密院，論者以謂燾從執政下列，而直出門下、侍郎之上，超躐太甚，臣之説亦如是也。蓋其時確、縝、惇、璪未盡去，小人之黨方熾，得全才重德之人，進爲輔相，以肅清邪黨；而燾、清臣素乏骨鯁之譽，無足賴者。然言者猶上欲朝廷之不更升遷而已，未嘗欲陛下逐而去之也。今確、縝、惇、璪皆已罷黜，邪黨既清；先帝之舊執政惟燾、清臣在焉，陛下若遂聽其去，則過甚矣。蓋燾若去，即清臣迹亦不安，而復須求去，其勢然也。臣向論縝、璪姦邪，累

蒙陛下宣諭，欲存留舊人，此聖度高遠，過於常情萬萬；然績、璪姦邪顯著，勢不可留以害政，故終爲衆論之所不容。陛下必欲留舊人，燾、清臣可留也。燾、清臣雖常才，而留之無害於聖政，去之有損於國體，此公論也。臣竊見言事臣僚，惟務以彈劾爲事，今燾之求去，彼雖或知其留之爲便，而必少肯爲陛下言者，避嫌疑也。臣不敢以嫌疑之故，不盡忠於陛下，惟聖慈詳酌！

請禁絶登科進士論財娶妻

丁　騭

臣竊聞近年進士登科，娶妻論財，全乖禮義。衣冠之家，隨所厚薄，則遣媒妁往返，甚於乞丐，小不如意，棄而之它。市井駔儈，出捐千金，則貿貿而來，安以就之。名掛仕版，身被命服，不顧廉恥，自爲得計，玷辱恩命，虧損名節，莫甚於此！陛下上法堯、舜，旁規漢、唐，開廣庠序，遴擇師儒，自京師以達天下，教育之法，遠過前古。而此等天資卑陋，標置不高，筮仕之初，已爲污行，推而從政，貪墨可知。臣欲乞下御史臺嚴行覺察，如有似此之人，以典法從事，庶幾惇厚風教，以懲曲士！

請下御史臺體訪小人造作謗議

丁　騭

臣竊聞近有小人，多興謗議，密相傳報，驚動中外之聽。或虛稱朝廷升黜臣僚，或妄言臺諫官非意彈斥百官，或文致姦言以厚誣近臣，或造爲惡名以玷辱多士，如「五鬼」「十物」之類是也。其實出於被罪流落之人，私挾喜怒，陰遣子弟門人，出入朋比，互爲聲援，上則欲惑亂君臣，以成疑似之禍；下則欲

離間同心，轉相猜忌，以隳久大之業。此其用意豈淺哉？不可不察也！昔唐穆宗之時，有「八關」「十六子」之説，爲後世譏笑。今二聖居上，區別善惡，進賢退不肖，元首股肱，夙夜孜孜，勵精求治，惟恐不及，非有穆宗之時，「八關」「十六子」之事；而姦倖者猶能巧作飛語，公然喧播，自京師以達四方，扇搖流俗，爲害不細。不於此時痛行禁止，則恐浸以成俗，傷薄風化，臣切憂之。伏願陛下特降睿旨，下御史臺體訪其主名，付之吏議，置于典法，以消讒邪横逆之黨，天下幸甚！

請罷國子司業黄隱職任　　呂陶

臣竊以士之大患，在於隨時俯仰，而好惡不公，近則隳喪廉耻，遠則敗壞風俗，此禮義之罪人，治世之所不容也。太學者，教化之淵源，所以風勸四方，而示之表則，一有不令，何以誨人？臣伏見國子司業黄隱，素寡問學，薄於操行，久任言責，殊無獻告；惟附會當時執政，苟安其位。及遷庠序，則又無以訓導諸生，注措語言，皆逐勢利。且經義之説，蓋無古今新舊，惟貴其當。先儒之傳注既未全是，王氏之解亦未必盡非，善學者審擇而已，何必是古非今，賤彼貴我，務求合於世哉？方安石之用事，其書立於學官，布於天下，則膚淺之士，莫不推尊信嚮，以爲介於孔、孟；及其去位而死，則遂從而詆毁之，以爲無足可考，蓋未嘗聞道，而獨理不明故也。隱亦能誦記安石新義，推尊而信嚮之久矣；一旦聞朝廷欲議科舉，以救學者浮薄不根之弊，則諷諭其太學諸生，凡程試文字，不可復從王氏新説，或引用者，類多黜降，何取捨之不一哉？諸生有聞安石之死，而欲設齋致奠，以伸師資之報者，隱輒形忿怒，將繩以率斂

之法，此尤可鄙也。夫所謂師弟子者，於禮有心喪，古人或爲其師解官行服，與負土成墳者，前史書以爲美，後世仰以爲高；此固不論其學之是非，而特貴其風誼爾？昔彭越以大惡夷三族，詔捕收視者；欒布一勇士，敢祠而哭之，漢祖猶恕而不殺，班固亦以爲能知所處，蓋氣節之可尚也。今安石之罪，雖暴於天下，惟其師弟子之分，則亦不可輒廢，而諸生之設齋致奠，又非彭越、欒布之比，隱何必忿怒而遽欲繩之以法乎？抑可見其不知義也。向者有司欲復聲律，朝廷方下其事，集羣臣而議之；隱乃不詳本末，奉爲定令〔一〕，揭牓學舍，謂朝廷已復詩賦，使學者知委，傳播四方，人皆疑惑，此又見其躁妄趨時之甚也。夫道德所出之地，長育多士，而庶幾成材，乃以斯人爲之貳，則何以養廉耻，厚風俗哉？伏請早行罷黜，以示勸戒，無使邪憸之士，久累教化之職！

諫立后

鄒浩

臣聞《禮》曰：「天子之與后，猶日之與月，陰之與陽，相須而成者也。天子理陽道，后治陰德。天子聽外治，后聽内職。」然則立后以配天子，安得不審？今陛下爲天下擇母，而所立乃賢妃劉氏，一時公議，莫不疑惑，誠以國家自有仁祖故事，不可不遵用之耳！蓋皇后郭氏，與夫人尚氏争寵致罪，仁祖既廢后，不旋踵并斥美人，所以示公也。及至立后，則不選於妃嬪，必選於貴族，而立慈聖光獻，所以遠嫌也，所以爲天下萬世法也。陛下以罪廢孟氏，與廢郭氏實無以異，然孟氏之罪，未嘗付外雜治，果與賢妃爭寵而致罪乎？世固不得而知也；果不與賢妃争寵而致罪乎？世亦不得而知也。若與賢妃争寵而

致罪，則并斥美人以示公，固有仁祖故事存焉。若不與賢妃争寵而致罪，則不立妃嬪以遠嫌，亦有仁祖故事存焉。二者必居一於此矣，不可得而逃也。況孟氏罪廢之初，天下孰不疑賢妃以爲后；及讀詔書，有「别選賢族」之詔，又聞陛下臨朝慨歎，以廢后爲國家不幸，又見宗景有立妾之請，陛下怒其輕亂名分，而重賜譴責，於是天下始釋然，不疑陛下立后之意在賢妃也。今果立之，則天下之所以期陛下者，皆莫之信矣。載在史册，傳示萬世，不免上累聖德，可不惜哉？可不惜哉？且五伯三王之罪人也，其葵丘之會，載書猶首曰「無以妾爲妻」；況陛下之聖，高出三王之上，其可忽此乎？萬一自此以後，士大夫有以妾爲妻者，臣寮糾劾以聞，陛下何以處之？不治則傷化敗俗，無以爲國治之則；上行下效，難以責人。孔子曰：「名不正，則言不順；言不順，則事不成；事不成，則禮樂不興；禮樂不興，則刑罰不中；刑罰不中，則民無所錯手足。」夫名之不正，遂至民無所錯手足，其爲害何可勝道？尤不可不察也！臣伏觀陛下，天性仁孝，追奉謨烈，惟恐一毫不當先帝之意；然先帝在位，動以二帝三王爲法，斥兩漢而下不取；今陛下乃引自漢以來，有爲五伯之所不爲者以自比，是豈先帝之意乎？是豈繼志述事，所當然者乎？此尤公議之所未諭也。臣觀白麻内再三言之者，不過稱賢妃有子，及引永平、祥符立后事，以爲所咨之故實。臣請論其所以然者：若曰有子可以爲后，則永平中貴人馬氏，未嘗有子也；所以立爲后者，以冠德後宫故也。祥符中德妃劉氏，亦未嘗有子也；所以立爲后者，以鍾英甲族故也。又況貴人之系，實爲馬援之女；德妃之時，且無廢后之嫌，其與賢妃事體，迥然異矣。若曰賢妃冠德後宫，亦如貴人；鍾英甲族，亦如德妃；則何不於孟氏罪廢之初，用立慈聖光獻故事，便立之乎？必遷延四年，以待今日，果

何意邪？必欲以此示天下，果信之邪？兼臣聞頃年冬享景靈宫，賢妃實隨駕以往，是日雷作，其變甚異；今又宣麻之後，大雨繼日，已而飛雹；又自告天地宗廟社稷以來，陰霪不止，以動人心，則上天之意，益可見矣。陛下事天甚謹，畏天甚至，尤宜思所以動天而致然者。攷之人事既如彼，求之天意又如此，安可不留聖慮乎。夫成湯聖君也，仲虺不稱其無過，而稱其「改過不吝」；高宗賢君也，傅説不告以拒諫，而告以「從諫則聖」。臣雖至愚，不足以方古諫者，常念唐太宗猶有「耻君不及堯、舜」之臣，況直可以爲堯、舜如陛下之聖，而於身親見之乎？是以不敢愛身，冒犯天威，圖報陛下親自識拔大恩之萬一，而區區血誠，盡於此矣。惟陛下俯從而改之，不以爲吝，則萬世之下，所以仰望陛下之聖者，亦將在成湯、高宗之上矣，豈不美哉？豈不美哉？伏望聖慈，深賜照納，不以一時改命爲甚難，而以萬世公議爲足畏，追停册禮，别選賢族，如初詔施行。庶幾上答天意，下慰人心，爲宗廟社稷無疆之計，不勝幸甚！不勝幸甚！

論選忠良博古之士置諸左右

曾　肇

臣聞玉雖美，追琢然後成珪璋；金雖堅，砥礪然後成利器；人主雖有自然之聖質，必賴左右前後，磨礱漸染，所聞正言，所見正行，然後德性内充，道化外行，以之知人則無不明，以之舉事則無不當。故周公之戒成王，自常伯、常任，至於虎賁、綴衣，趣馬小尹，左右携僕，百司庶府，必皆得人，以爲立政之本。穆王之命伯冏，亦曰：「命汝正于羣僕侍御之臣，懋乃后德，交修不逮，慎簡乃僚，無以巧言令色，便辟側

媚，其惟吉士。」下至西漢，猶詔郡國，歲貢吏民之賢者以給宿衛，則虎賁之任也。出入起居，執器物，備顧問，皆用士人，如孔安國之掌唾壺，嚴助、朱買臣之專應對，則左右攜僕之任也。雖用人有媿于古，亦一時之盛矣！其後唐太宗平定四方，有志治道，則引虞世南等，聚於禁中，號「十八學士」，退朝之暇，從容燕見。或論往古成敗，或問民間事情，每言及稼穡艱難，則務遵勤儉；言及閭閻疾苦，則議息征徭；以至諷誦詩書，講求典禮，咨詢忘倦，或至夜分。若夫軍國幾微，事務得失，則責之輔相，悉不相干。其上下相與之際如此，是以後世言治，獨稱貞觀。惜其一時之士，不以堯、舜、三代之道啓迪其君，故其成就止此矣。夫以貞觀之治，猶須招集賢能，朝夕親近，然後成功，又況有志於大者乎？伏惟皇帝陛下，聰明慈惠，有君人之德；沉靜淵默，有天下之度；方且躬親聽斷，勵精爲治，其志大矣。臣謂宜於此時，慎選忠信端良、博古多聞之士，置諸左右前後，以參諷議，以備顧問。陛下聽政之餘，引之便坐，講論經術，諮詢至道；不必限其日時，煩其禮貌；接以誠意，假以温顏；庶使人得盡情，理無不燭。於以增益聖學，裨補聰明；漸染磨礱，日累月積；循習既久，化與心成，自然於道不勉而中，於事不思而得；非僻之習，異端之言，無自而入矣。如是而施之，任人則邪佞者遠，忠直者伸；以之立事，則言而爲天下則，動而爲天下法；其於盛德，豈曰小補之哉？與夫深處法宮之中，親近褻御之徒，其損益相去萬萬。唯陛下留意毋忽！

論內批直付有司

曾肇

臣伏見陛下即位以來，更張政事，除民疾苦，開廣言路，收拔淹滯，每一令之出，内外無不驩呼相慶。以至未明求衣，辨色臨朝，躬親聽斷，夙夜不懈。推今日欲治之心，爲之不已，太平之功，指日可待。然臣竊有所見，不敢緘默苟止。臣待罪右省，伏覩内中時有批降指揮，除付三省、樞密院外，亦有直付有司者，雖陛下睿明，必無過舉，然忖之事體，終有未安。蓋帝王號令，不可輕出，必經中書參議，門下審駮，乃付尚書省施行；不經三省施行者，自昔謂之斜封墨敕，非盛世之事。神宗皇帝正三省官名，其意在此。臣愚伏願陛下，凡有指揮，須付三省、樞密院施行，更不直付有司，以正國體。其三省、樞密院若奉内中批降指揮，亦須將前後敕令相參，審度可不〔三〕，然後行下，不可但務急速奉行，以爲稱職。蓋三省、樞密院皆執政大臣，陛下委以平章朝政之人，其任非輕，不同胥吏，但以奉行文書爲事。又帝王號令，務要簡大。若夫立法輕重，委曲關防，皆有司之職，非人主之務。《書》曰：「文王罔攸兼于庶言、庶獄、庶慎，惟有司之牧夫。」蓋謂此也。至於内外臣僚，干求内降恩澤，侵紊紀綱，增長僥倖，以陛下聖明，必不容許，臣亦不復以爲言，更願陛下戒之，嚴行杜絶，無使小人乘間得入。天下幸甚？

辭免左諫議大夫

豐　稷

臣伏准尚書省劄子，已降告命，除依前官試諫議大夫者。臣聞孔子曰：「天子有争臣七人，雖無道，不失其天下。」人主守崇高富貴之極，心易放逸，選正人置諸左右，雖有無道之心，終不爲桀、紂惡德，自取敗亡，故能謹守宗廟，保社稷。而比者臺諫官員闕久矣，下情壅於上聞。陛下入承大統，念創業之艱

難，思守成之不易，詔求明於治體、堪任言責之人，天下曉然，皆知聖心欲廣聰明，欲新盛德，欲輔朝廷闕失，人人莫不懽忻鼓舞，有樂生之意。臣遭遇聖慈，惕然震畏，莫知所措。臣伏見元豐五年釐正官制，諫官以諫争爲職，不爲容悦，逢君之惡；不懷觀望，險害忠良；不以聲色爲常事，以體上心；不以謟巧爲末務，以蕩上意；不以細故塞責，不以沽激盜名；俯仰之間，無所愧怍，方能稱其責。臣量分度力，不能任重，不宜虚受，自貽失職之罪。伏望聖慈矜察，追寢成命！

論士風

游　酢

天下之患，莫大於士大夫無恥。士大夫至於無恥，則見利而已，不復知有他，如入市而攫金，不復見有人也。始則非笑之，少則人惑之，久則天下相率而效之，莫知以爲非也。士風之壞，一至於此，則錐刀之末，將盡争之，雖殺人而謀其身，可爲也；迷國以成其私，可爲也；草竊姦宄，奪攘矯虔，何所不至，而人君尚何所賴乎？古人有言：禮、義、廉、恥，謂之四維；四維不張，國非其有也。今欲使士大夫人人自好，而相高以名節，則莫若朝廷之上，唱清議於天下。士有頑頓無恥，一不容於清議者，將不得齒於縉紳。親戚以爲羞，鄉黨以爲辱。夫然，故士之有志於義者，寧飢餓不能出門户，而不敢以喪節；寧阨窮終身，不得聞達，而不敢以敗名。廉耻之俗成，而忠義之風起矣。人主何求而不得哉？惟陛下留意！

論章惇蔡卞

任伯雨

臣先累有奏狀，言章惇、蔡卞迷國罔上，脅持哲宗以不孝之名，迫懼哲宗以不利之實；激哲宗使怒，惑哲宗使疑；謗毁宣仁聖烈保佑之功，傅致元祐皇后疑似之罪；引功自處，歸過哲宗。挾天子賊害忠良，肆讒説幾危神器。自古姦臣爲害，無甚於此！去年上封事數千，人人乞斬惇、卞，天下公議，只此可見。蓋卞謀之，惇行之，蔡卞之惡，有過章惇。臣前來奏狀已言之，今更詳具大事六件如後：一，元祐六年，哲宗皇帝始納元祐皇后。前此未納后時，禁中嘗求乳婢；諫官劉安世等，連上章論列：皇帝既未納后，不知宫中求乳婢何用？宣仁聖烈令兩府宣諭，是外家高氏所覓，安世乃止。紹聖初，蔡卞還朝，論及此事，以爲宣仁有廢立之意，乞追廢爲庶人。一，自紹聖已來，竄逐臣僚，應哲宗皇帝批出行遣者，並是蔡卞誣罔，先於哲宗前密啓進入劄子，哲宗依劄子上語言批出；至今劄子見在。一，紹聖三年，宫中厭勝事作。哲宗方疑，未知所處。章惇欲召禮官、法官共議。蔡卞云：既是犯法，何用禮官？乃建議乞掖庭置獄，只差内臣推治，更不差有司同勘。若非蔡卞建議，哲宗必未廢元祐皇后。一，編排元祐中臣寮章疏，乃蔡卞建議，卞與蹇序辰自編排，惇不曾與；及卞具姓名乞行遣，惇卽奉行。一，鄒浩以言事忤旨，蔡卞卽首先奏云：吕公著曾薦浩，浩以此詆譏，故哲宗愈怒，遂編管浩。卞又執奏乞治浩親故送别之罪，哲宗不從；三次堅請，乃許置獄。一，蹇序辰乃卞死黨，首建看詳理訴之議，安惇助之，章惇遲疑未許，卞卽以相公二心之言迫之，以此惇卽日差官置局。凡此皆蔡卞謀之，章惇行之也。按卞陰

狡險賊，惡機滔天；惇雖凶很，每爲制伏。執政七年，門生故吏，徧滿天下。今雖薄責，如卞在朝，人人惴恐，不敢回心向善。朝廷邪正是非不得分別，馴致不已，姦人復進，天下安危，殆未可保。只如去年臣僚上言，蔡卞之惡，過於章惇；乃自太平州移池州，順流三程，一日可到。愚弄朝廷，僅同兒戲。蓋人人畏附惇、卞，至今未已。故寧負陛下，不負惇、卞。大姦元惡未正典刑，人情憤歎，天象示戒。故自今年正月至今，兩月陰雨，蓋蒙氣之證，於此可見。昔周饑克商而年豐，衛旱伐邢而得雨。今惇自以異議，當受大戮；所有卞惡，伏乞陛下早賜宸斷，明正典刑，以答上天蒙氣之證。候正惇、卞典刑之日，乞陛下差人於朝堂道路間采聽，若人人不相慶，臣甘伏罔上之罪。

論求言之詔未及舊弼　陳瓘

臣切覩陛下近因日食，詔許中外臣民，實封言事，天下之忠言，必自此而進矣。然而求言之詔，普逮於臣；而乞言之禮，未加於黃耇。切慮耆德故老，久去朝廷，或在謫籍，或已得謝，忠於徇國，意欲有言；泛然應詔，則非舊弼之體；密貢封事，則有強聒之嫌。若非聖問俯及，隆謙示敬，則黃耇之言，或不樂告。是以周家忠厚，尊事黃耇；秦穆改過，復詢黃髮；《詩》《書》所載，聖主之所宜行也。願因側身懼變之時，明示養老乞言之禮。必有嘉謨，來助初政。格王正事，無先於此。伏望陛下上稟慈闈；議而行之，天下幸甚！

論國是　陳瓘

臣竊惟是非之心，人皆有之。古之聖王，以百姓心爲心，故朝廷之所謂是非者，乃天下之是非也。是以國是之説，其文不載於二典，其事不出於三代；唯楚莊王之所以問孫叔敖者，乃戰國一時之事，非堯舜之法也。然其言曰：「夏桀、商紂，不定國是，而以合其取捨者爲是，不合其取捨者爲非。」則是孫叔敖之意，亦不敢以取捨之利而害天下之公是非也。若夫取捨簡擇，一以私意，合我者是，異我者非，此楚莊王之所不取也，豈聖時之所宜哉？所有國是故事一件，謹録奏聞。

論瑤華不當遽復何大正不當遽賞

陳　瓘

臣二十二日奏禀職事，因論朝廷之議，未及瑤華，而先賞何大正等，失於太遽。蓋以當時詔旨，以謂内禀兩宫，外咨宰輔。宰輔之意，人所共喻；兩宫之訓，外人不知；但聞祕獄初興，推鞫嬪御，獄詞既具，遂及中宫，朝廷皆以爲當行，其事遂告于天地。國威所脅，誰敢出言？至于今日，言路既開，是以大正之徒，敢陳既往之事，意雖可取，言亦無難。況聞大正所陳，其事不一，請復瑤華者，乃其所言之一事而已。然而外議詾詾，溢語相傳，皆以謂陛下之所以賞大正者，將欲復瑤華故也。當時預議執政，即今皆在朝廷，憂廢者之復興，恐身禍之莫測，雖知聖度之寬大，亦慮言者之沸騰，使其各有懼心，蓋由恩及大正，臣故曰賞之遽也。雖然，前日之事，以母儀之動静，而定是非於獄辭，兹固非所以習天下而尊堂陛也。又況當時推劾事由，郝隨按牘雖存，豈足盡據？設有寃抑，理合辨明。然而訓果出於兩宫，則先帝當時，不得不從事；既干於泰陵，則陛下今日，安可輕改？假使昔者兩宫無堅確之命，先帝有嘗悔之

心，大正疎遠，何由得知？然則朝廷莫大之政，國家難處之事，未可以卒然而議也。臣願陛下，先思昔者所以致此之因，然後罪之赦之，皆得其宜矣。臣謂致此之因，生於元祐之說也。以繼述神考爲説，以讎毁宣仁爲心。其於元祐之事，譬如刈草欲除其根。瑶華乃宣仁之所厚，又於先帝本無間隙，萬一瑶華有預政之時，則元祐之事，未必不復，是以任事之臣，過於久遠之慮；若刈草而去其根，則孟氏安得而不廢乎？知經術者，獨謀於心；宰政柄者，獨行於手；心手相應，實同一體。方其造謀之時，自謂密矣；而見微之士，原始知終。彼患失安位之人，不能正救，雖有可罪；然而《春秋》之法，專責造意之人而已。臣願陛下，考往驗今，詢謀于衆，或採芻蕘之論，或乞黄耇之言，議之既熟，乃發威斷。大明誅意之法，則首惡者懼；曲示含垢之恩，則獲免者衆。如此則事體無傷，謫罰不廣。耿育宣布所起之言，可示於天下；仁祖專責范諷之意，可法於今日。天下静擾，繫此一事。願陛下上禀慈闈，詳擇施行，天下幸甚！

校勘記

〔一〕奉爲定令　「令」明刻本作「律」。

〔二〕審度可不　「不」明刻本作「否」。按，二字古通用。

宋文鑑卷第六十二

奏疏

論蔡京

陳瓘

臣聞盡言招禍，古人所戒，言路之臣，豈能免此？臣伏見翰林學士承旨蔡京，當紹聖之初，與其弟卞，俱在朝廷，導贊章惇，共作威福。卞則陰爲謀畫，惇則果斷力行，且謀且行者京也。哲宗篤於繼述，專於委任，事無大小，信惇不疑。卞於此時，假繼述之説，以主私史；惇於此時，因委任之篤，自明己功；京則盛推安石之聖，過於神考，以合其弟；又推定策之功，毁蔑宣仁，以合章惇。惇之矜伐，京爲有助；卞之乖悖，京實贊之。當此之時，言官常安民屢攻其罪，京與惇、卞共怒安民，協力排陷，斥爲姦黨；而孫諤、董敦逸、陳次升，亦因論京，相繼黜逐。哲宗晚得鄒浩，不由進擬，寘之言路。浩能忘身徇節，上副聖知；京又因其得罪，從而擠毁。是以七年之間，五害言者。掩朝廷之耳目，成私門之利勢。言路既絶，人皆箝默，凡所施行，得以自恣，遂使當時之所行，皆爲今日之所改。臣請略指四事，皆天下之所以議京者也。蔡卞之薄神考，陛下既明其罪矣；兄弟同朝，塤篪相應，事無異議，罪豈殊科？一黜一留，人所未諭，此天下之所以議京者一也。邢恕之累宣仁，陛下既明其罪矣；宣訓之語，究治之事，陛下既察

其誣造，於是司馬光、劉摯、梁燾等，皆蒙叙復。京嘗奏疏，請誅滅摯等家族。審如京言，則所以累宣仁者，豈特邢恕一人而已哉？在恕則逐之，在京則留之，其可以塞邢恕不平之口，而慰宣仁在天之靈乎？此天下之所以議京者二也。章惇自明定策之功，追貶王珪；京亦謂元豐末命，京帶開封府劊子攜劒入內，欲斬王珪；京之門人，皆謂京於此時，禁制宣仁，京亦有社稷之功。今陛下雪珪之罪，還其舊官，則是以惇之貶珪爲非也。在惇則非之，在京則留之，如是則惇有詞矣〔一〕，珪有憾矣。此天下之所以議京者三也。章惇之初，篤信京、卞，傾心竭意，隨此二人，假繼述之說，以行其私，三人議論，如出一口。自紹聖三年九月，卞爲執政，於是京有觖望，而與惇睽矣；四年三月，林希爲執政，於是京始大怨，而與惇絶矣。自今觀之，京之所以與惇睽絶者，爲國事乎？爲己事乎？然京之所以語人者曰：我助惇而惇不聽也，我故絶之；我教卞而卞不從也，我故怒之。我與弟卞，不相往來久矣；我緣國事，今與愛弟不相往來，而況於惇乎？臣竊料京之所以欺陛下者，亦必以此言也。何以驗之？卞之赴江寧也，京往餞之；期親遠行，法當賜告，而京之所以告閤門者，初以妹行爲請；法不許也，遂請朝假，終不敢以弟卞爲言；雖在朝假，而日至國門之外。京之動静如此，即不知陛下皆得其實乎？此明主之所宜察也。且兄弟同朝，共議國事，自無不相往還之理？假使不相往還，豈人倫之美事乎？此天下之所以議京者四也。陛下即位之初，以用賢去邪爲先，而京之蒙蔽欺罔，曾無忌憚，陛下必欲留京於朝者，其故何哉？臣知陛下聖意，本無適莫，而京之所以據位希進，牢不可拔者，蓋以韓忠彦、曾布不能爲國遠慮，輕率自用，激成其勢故也。京、卞同惡，天下所知。若用天下之言，以合公議，則顯正二人之罪，何難之有？忠彦等

不務出此，而果於自用，於是託於謀帥，而出之太原。雖加以兩學士之職，而實以詭計除之。想當進擬之時，必有不情之奏。用奇設策，不由誠心，二聖安得而無疑？公議亦以爲未允。及京之留，布復争辨，再三之瀆，無以取信；相激之勢，因此而成。唐明皇欲用牛仙客爲尚書，張九齡以爲不可；明皇曰：「但加實封可乎？」九齡又以爲不可；明皇變色曰：「事皆由卿耶？」李林甫曰：「仙客宰相才也，何有於尚書？九齡書生，不達大體。」由是明皇悦林甫之言，卒相仙客，而九齡由是浸疎，終見黜罷。今忠彦及布，無九齡之望；而京之氣燄，過於仙客；因勢觀望，而爲林甫之言者，不知幾何人也。陛下進賢退邪，法則堯、舜，明皇之事，固不足道；然而天下皆疑陛下有大用京之意者〔二〕，以京之復留故也。京之所以復留者，以忠彦等去之不以其道故也。去之不以其道，則留之者生於相激，萬一京果大用，則天下治亂，自此分矣。崔羣謂唐之治亂，在李林甫、張九齡進退之時。今京輕欺先帝，與卞無異，而又歸過於先烈，賣禍於惇、卞，曲爲自安之計，而陛下果留之也。今既可復留，後亦可以大用，天下治亂之勢，繫於一京，崔羣之言，可不念耶？臣恐後之視今，亦猶今之視昔，禍亂之機，不可以不早辨也。陛下嗣位之初，首開言路，可謂知所先務矣。臣愚首預兹選，明知京在朝廷，必爲大患，而不能以時建言，萬一有意外不虞之變，陛下翻然悔悟，誅責當時言事之臣，則臣雖碎首陷胸，何補於事？此臣所以憤悶而不敢默也。臣嘗爲卞所薦，與京無纖介之隙，所以言者，爲國事耳！非特爲國，亦爲蔡氏也。自古不忠之臣以私害公〔三〕，初因自利，終必累國；國有迍邅，私家將安歸乎？卞之尊紹王氏，知有安石，豈知有神考？知有金陵，豈知有京師？絶滅史學，一似王衍，重南輕北，分裂有萌，臣之痛心默憂，非一日也。眞

宗景德中，北虜至澶淵，王欽若請駕幸金陵；當時若用此請，則天下分爲南北久矣。賴真宗用寇準之言，所以四方混同，得至今日。天錫陛下，聰明仁勇，融會南北，去卞不疑；然而京尚未去，人實憂之。兄弟一心，皆爲國害，一去一留，失政刑矣。唐會昌中，工部尚書薛元賞，與其弟京兆少尹、權知府事元龜，皆宰相李德裕之黨，及德裕既敗，貶元龜爲崖州司户，元賞爲忠州刺史。迺者蘇軾及轍，亦兄弟也。古今故事，非不明白。何獨一京，獲以計免？枉朝廷之法令，以徇一京，不知祖宗基業，何負於蔡氏乎？且自京、卞用事以來，牢籠薦引天下之士，處要路得美官者，不下數百人。其間才智藝能之士，可用之人，誠不爲少。彼皆明知京、卞負國，欲洗心自新，捨去私門，顧朝廷未有以招之耳！臣謂京在朝廷，則此數百千人者，皆指爲蔡氏之黨；若京去朝廷，則此數百千人者，皆爲朝廷之用。所以消合朋黨，廣收人才，正在陛下果於去京而已。此非臣之臆説，乃神考已用之術也。熙寧之末，王安石、吕惠卿紛爭以後，天下之士，分爲兩黨。神考患之，於是自安石既退，惠卿既出之後，不復用此兩人，而兩門之士，則皆兼取而並用之也。當時天下之士，初有王黨、吕黨，而朋黨之禍，終不及於朝廷者，用此術耳。今陛下留京於朝廷，而欲收私門之士，是猶不去李昇、錢鏐，而欲收江浙之士也，不亦難乎？然則消黨之術，唯在去京而已。今京關通交結，其勢益牢；廣布腹心，共謀私計；羽翼成就，可以高飛；愚弄朝廷，有同兒戲。陛下若不早寤，漸成孤立，後雖悔之，亦無及矣。自古爲人臣者，官無高下，干犯人主，未必得禍；一觸權臣，則破碎必矣。或以爲離間君臣，或以爲買直歸怨，或托以他事，陰中傷之；或於已黜之後，責其怨望；此古之人所不免也。臣豈敢自愛其身乎？若使臣自愛其身，則陛下不得聞京之罪矣。

國家内外無事一百四十一年矣，太平之久，古所無有，甚可畏也。譬如年老之人，康寧無疾，日服温暖，猶恐氣衰；至於保養陰邪，必成心腹之患。京在朝廷，何以異此？伏望陛下慎保祖宗之業，獨持威福之柄，斷自宸衷，果於去惡，天下幸甚！

請檢尋文及甫究問獄案牘

龔　夬

臣竊聞自古姦臣，戕敗善類，以防後患，必置之死地；而善人修身，無大過失，欲求其罪惡之實而不可得，故託以悖逆無驗之罪；又慮其異時子孫訴理於朝，故必欲滅族而後已。此自古姦邪之常態也。臣近觀前日文及甫之書，究問之獄，不意兹事，出於聖朝？使愚臣痛心疾首，感憤流涕。臣竊惟宣仁聖烈皇后，擁佑先帝，慎擇累朝重望之臣，寘之左右，輔道聖德，彌綸朝政，九年之間，中外安静，此天下之所共聞也。前日止緣一二姦邪，嘗被黜逐，遂敢欺罔朝廷，成此大獄，以報私仇，必欲族滅無辜，以快其意。當是之時，天地變色，日月無光，積陰踰時，中外詾懼，以至彗出西方，譴告甚著。先帝爲之肆赦求言，以答天戒；而姦臣之忿不已，持之益堅。由是逐臣死於瘴海，家族不許生還，至有一門二十餘喪者；然則雖無刀鋸，其實族滅也！朽骨銜寃，沈魂爲癘，以及於斯，痛不忍言。今及甫等罪，上賴聖斷，已行竄斥，而當時祕獄，必有案牘章疏，可以見其文致鍛錬、附會欺罔之人，若不早行根究，必慮藏匿焚滅，無所歸咎，則天下何以知其非先帝之本意？伏望聖慈，特賜睿旨，須管檢尋當時照證文書，以正姦臣之罪，以慰天下之望！

論蔡王府獄

江公望

臣聞天下之理，有隙則物皆可入，故聖人塗隙於未開之前；有迹則瑕皆可指，故聖人泯迹于未形之際。物可入，則親者離矣；瑕可指，則疑者實矣。在物之理，雖甚疎遠者，尚且如此，矧閨門之內，骨肉之間，其可不察耶？臣訪聞蔡王府吏相告，有不順之語，浸淫恐及蔡邸，開封府已行根治。臣聞之，駭汗流浹，驚悸不能自持。豈有極治之世，太平之時，迺容小人銜私怨，逞不軌，謀離間陛下骨肉之親者乎？象之於舜，焚廩浚井，其逆心已明矣；擁二女坐床鼓琴，其逆謀已成矣；舜未嘗藏怒宿怨，卒封之有庳，而富貴之，唯恐不得象之心也。至魏文帝褊忿疑忌，一陳思王且不能容，故有「萁豆燃萁，相煎何太急」之語，爲天下後世笑。豈不思兄弟天之大倫也，有手足相扞之親，有首尾相應之義，有塤篪之和，有友于之樂，故孔子以「不間於父母兄弟之言」爲孝。蓋親隙不可開，隙開則言可離貳；疑迹不可顯，迹顯則事難磨滅。陛下之得天下，天下歸之也〔四〕。章惇嘗簾前持異議，已有隙迹矣。蔡王出於無心，年尚幼少，未達禍亂之萌，故恬不以爲恤。陛下一切包容，已開之隙復塗矣，已顯之迹復泯矣。恩意渥縟，歡然不失兄弟之情；與夫區區未能忘天下，操以自狹者，不啻相十百矣。伏望陛下勿以闇昧無根之言，而加諸至親骨肉之間，俾陛下有魏文「相煎太急」之隙，而忘大舜親愛之道，豈治世之美事也？伏望陛下，密詔所司，凡無根之言，勿形案牘。箠楚之下，何求弗得？一有浸淫旁及蔡王之語，不識陛下將如何處之？莫若略治所告，及被告之人，粗見嫌怨情狀，並流之嶺表，以示天下神器，非人心天命弗集，

非口舌强力可争也；示天倫之愛，雖天下莫之奪也；雖善爲間言，莫之離也。儻形按牘，有瑕可指，一人胸次，終身不忘，雖父子之間，尚未能磨滅，況兄弟乎？迹不可泯，隙不可塗，則骨肉離矣。陛下將何道以治天下也？蔡王萬一蒙犯霧露之疾，神考在天之神靈，豈不知之？陛下將何面目見神考於太廟乎？《書》曰：「克明俊德，以親九族；九族既睦，平章百姓。」《詩》曰：「刑于寡妻，至于兄弟，以御于家邦。」至德要道，足以風動天下，未有不自親始者也。惟陛下深留聖意！

論邏察

江公望

臣聞人君明目達聰，所以通下情也；前有旒，左右有纊，所以防太察也。太察，則聞人之過；下情不通，則不聞己過。聞人之過，則姦生而刑滋；不見己過，則心塞而禍萌。此周之厲王，以防口而召亡；漢之顯宗，以耳目隱發爲明而速亂也。邏者之興，推求其意，不過以求瑕搜匿，鈎致盜詐，出於不備，擿發如神，此一酷京兆之俗才爾！使京兆爲之，猶可羞；矧以天下爲度，海内爲家，而爲良京兆之不爲者乎？陛下卽政之三日，一切罷去，天下聞之，翕然歸心，開口張膽，人人自安，告訐不長，風俗自厚。比聞稍稍復置舊額，通爲七十人。一人量以十人爲耳目；十人之中，一人又以十人爲之；散之通途永巷，不啻數十百人矣。夫婦醜詆之言，仇隙怒傳之語，增情飾狀，擿隱抉伏，何所不至！人人跼蹐，各各疑慮，親戚不敢誠，朋友不敢信，目不敢注覩，手不敢直指，若此定非清世之美事也。昔吴主孫權，用吕壹輩，舉罪糾姦，纖介必聞，深按醜誣，排陷無罪，以作威福。步騭力詆其非，權尋誅壹，覺悟尚早。蓋小

人因緣銜命，不務奉公，利在憑藉威勢，杜絶人口，公然作過，使上聰不達，威柄潛移，刑及無辜，睽睽萬目，由聞人之過，不聞己之過所致也。老子曰：「察見淵魚者不祥。」以察爲明，是誠不祥之兆也。陛下豈不思畿甸之外，非陛下之民乎？人各有口，能使之嘿嘿不議陛下政事乎？既不可揜於天下，何獨察於輦轂之下，以爲明哉？《語》曰：「天下有道，庶人不議。」信乎有道，不可得而議也。伏望陛下以道御天下，使人蕩然不疑，無得而議，何爲蹈吴之故轍，而不知革？彼猶能因言以誅壹輩，孰謂陛下鑒此，而不能之乎？願黜獻議之人，通舊額人數，一切罷去。除禍者必鋤其根，植福者必封其本。毋謂昔有額而不可去也，其根尚存，枝葉他日復生矣。不可不察！

論馮澥　崔鶠

伏覩六月一日詔書，詔諫臣直論得失，以求實是。此見陛下求治之切也。然數十年來，王公卿相，皆自蔡京出。其餘擢居要路，以待相繼而用者，又充塞乎臺省。要使一門生死，則一門生用；一故吏逐，則一故吏來；更持政柄，互秉鈞軸；歷千百年，無一人立異；雖萬世子孫，無一人害己：此蔡京之本謀也。安得實是之言，聞于陛下？且如馮澥近日上章，其言曰：「士無異論，太學之盛也。」此姦言也。昔王安石除異己之人，當時名臣如韓琦、富弼、司馬光、吕公著、吕誨、吕大防、范純仁等，咸以異論斥逐，布衣之士，誰敢爲異乎？士携書負笈，不遠千里，游于學校，其意不過求仕宦爾！安石著《三經》之説，用其説者入官，不用其説者黜落，於是天下靡然雷同，不敢可否，陵夷以至于今大亂，此無異論之効也；

而尚敢爲此説以熒惑人主乎？又曰：「崇寧以來，博士先生，狃于黨與，各自爲説，附王氏之學，則詆毁元祐之文；服元祐之學，則詆誚王氏之説。」尤爲欺罔，豈有博士先生，敢爲元祐之學，而詆誚王氏之説乎？自崇寧以來，京賊用事，以學校之法馭士人，如軍法之馭卒伍，大小相制，内外相轄；一容異論者居其間，則累及上下學官，以黜免廢錮之刑待之。其意以爲一有異論，則己之罪，必暴于天下，聞于人主故爾。博士先生者，敢詆誚王氏乎？欲乞下大學，取博士講解覆視，則澥之誕信見矣。至如蘇軾、黄庭堅之文集，范鎮、沈括之雜説，畏其或記祖宗之事，或記名臣之説，於己不便，故一切禁之，坐以嚴刑，購以重賞，不得收藏，則禁士之異論，其法亦已密矣。澥言服元祐之學，詆誚王氏之説，其欺罔不亦甚乎？欺罔之言公行，則實是何從而見焉？先王之求實是亦有道矣，《傳》曰：「皇帝清問下民。」《周官》詢于衆庶，孟子不以左右卿大夫之言爲然，必詢于國人，則實是見矣。臣乞以澥所上章并臣之章，垂於象魏，揭于通衢，以驗國人之論而賞罰之，以戒小人欺罔君父者。此陛下之福，天下之幸也！取進止。

再論馮澥　　崔　鶠

臣鶠近上章，論諫馮澥，未蒙施行；澥復遷吏部侍郎，此士論之所共憂，臣適當言責，不得而已也。觀澥之意，不過欲拘以熙寧、元豐之法爲治，緣澥乃熙寧、元豐人材之一也。己之説行，則身安；己之説廢，則身危；非爲國家忠計，此天地否泰所係，國家治亂之所自分，不可忽也。昔在仁宗、英宗時，選天下敦朴敢言之士，以遺子孫；而王安石用事，皆目爲流俗之人，盡逐去之，乃自爲新説以造士，號爲新美

之材，充塞乎朝廷，而人主不聞天下之安危矣。元祐之初，相司馬光，收仁宗、英宗時人材用之，故宣仁聖烈皇后，擁少主，不出簾帷，而天下治。問其四夷，則率服矣；問其盜賊，則消弭矣；問其軍士，則豫附矣；問其百姓，則富樂矣。當是時，天下之勢，安於泰山。及章惇用事，斥之於瘴海炎荒之外；蔡京陰蓄異圖，兇謀益熾，於是盡收熙寧、元豐時人材用之，誘以美官，餌以厚禄，於是海内小人，波蕩而從之，萬口一詞，迭相唱和，爲「紹述」之論，以誑惑人主。紹述一道德，而天下一於諂佞矣；紹述同風俗，而天下同於欺罔矣；紹述理財，而公私竭矣；紹述造士，而人材乏矣；紹述開邊，而四夷交侵，胡塵犯闕矣。此用熙寧、元豐人材之効也。譬之治疾，一醫治病而病愈，一醫治病而病壞，此賢否不待較而明也。且元符末以連年四月朔日蝕。四月者，正陽之月，古人所忌。詔求直言，應詔上書者數千人。蔡京因此以除去異己者，乃遣腹心之黨考定之，分邪正二等，同己者爲正，異己者爲邪。澥與京同者也，故列於正等，擢以不次；而異於京者，京皆指以爲邪，陷於罪戾，凡數千人。近者上皇下責躬之詔，其言以求直言[五]，奪於權臣，反歸咎建議臣僚。然則前日附會蔡京，號爲上書正等之人，皆今日之罪人也。陛下嗣服之初，天下觀陛下好惡是非，以卜世之興衰。今用蔡京正等之人，非上皇悔過之意。天下之士，聞之解體矣。

校勘記

〔一〕惇有詞矣　「惇」原作「仁」，據明刻本改。

〔二〕然而天下　明刻本「天下」下多「之心」二字。
〔三〕以私害公　四字原本空白，據明抄本、明刻本補。
〔四〕天下歸之　「天」原作「歸」，據明抄本、明刻本改。
〔五〕以求直言　「求」原作「來」，據明刻本改。

宋文鑑卷第六十三

表

進刑統表

竇儀

臣聞虞帝聰明，始恤刑而御物；漢高豁達，先約法以臨人。蓋此丹書，輔於皇極。禮之失則刑之得，作於凉而弊於貪。百王之損益相因，四海之準繩斯在。如銜勒之持逸駕，猶郛郭之域羣居。有國有家，其來尚矣。伏惟皇帝陛下，寶圖攸屬，駿命是膺。象日之明，流祥光於有截；繼天而王，垂洪覆於無疆。乃聖乃神，克明克類。河圖八卦，惟上德以潛符；洛書九章，諒至仁而默感。哀矜在念，欽恤爲懷。網欲自密而踈，文務從微而顯。乃詔執事，明啓刑書，俾自我朝，彌隆大典。貴體時之寬簡，使率土以遵行。國有常科，吏無敢侮。伏以《刑統》，前朝創始，羣彦規爲。貫彼舊章，采綴已從於撮要；屬兹新造，發揮愈合於執中。臣與朝議大夫、尚書屯田郎中、權大理少卿、柱國臣蘇曉，朝散大夫、大理正臣奚嶼，朝議大夫、大理丞、柱國臣張希遜等，恭承制旨，同罄考詳。刑部大理法直官陳光乂、馮叔向等，俱效檢尋，庶無遺漏。夙宵不怠，綴補俄成。舊二十一卷，今并目録，增爲三十一卷。舊疏議節略，今悉備。又削出式令宣敕一百九條别編，或歸本卷。又編入後來制敕一十五條，各從門類。又録出二部律

內餘條准此四十四條，附名例後。字稍難識者，音於本字之下；義似難曉者，并例具别條者，悉注引於其處。又慮混雜律文本注，並加「釋曰」二字以别之，務令檢討之司，曉然易達。其有今昔浸異，輕重難同，或則禁約之科，刑名未備，臣等起請揔三十二條，其格令宣敕削出，及後來至今續降要用者，凡一百六條，今别編，分爲四卷，名曰《新編敕》，凡釐革一司一務，一州一縣之類，并于大例者，不在此數。草定之初，尋送中書、門下，請加裁酌，盡以平章。今則可否之間，上繫宸鑒。將來若許頒下，請與式令及《新編敕》兼行。其律并疏，本書所在，依舊收掌。所有《大周刑統》二十一卷，今後不行。臣等幸偶文明，謬參憲法，金科奥妙，比虧洞達之能；丹筆重輕，徒竊討論之寄。將塵睿覽，唯俟嚴誅！

滁州謝上表

王禹偁

罷直禁中，臨民淮上，雖離近侍，猶忝正郎，省己戴恩，既榮且懼。伏念臣早將賤迹，投受聖知。進身不自於他人，立節惟遵於直道。優游兩制，出處八年。今春召自西垣，入叩內署。既在深嚴之地，仍當繁劇之權。雖積兢虞，終無補報。所宜遠貶，以肅具寮。伏蒙尊號皇帝陛下，曲念遭逢，俯存終始。止罷玉堂之職，仍遷粉署之資。委以專城，置于近地。沿流數日，登陸三程。諸縣豐登，若無公事〔一〕；一家飽煖，共荷君恩。處之一生，實爲萬足。然而翰林學士，朝廷近臣。陛下登位已來，御前放人之後，從吕蒙正而下，拜此職者，止有八人；臣最孤寒，亦預其數。言於聖選，不爲不精。數月之間，忽然罷去。衆情尚或驚駭，微臣豈不憂惶？且臣在內庭，一百日間，五十夜次當宿直。白日又在銀臺通進司、

審官院、封駮司，勾當公事，與宋湜、吕祐之閲視天下奏章，審省國家詔命。凡干利害，知無不爲。三日一到私家，歸來已是薄暮。先臣靈筵在寢，骨肉衰絰滿身。縱有交朋，無暇接見。不知謗議，自何而興？臣拜命已來，通宵自省，恐是臣所賃官屋，在高懷德宅中，一昨開寶皇后權厝之時，便欲移出，未有去處，甚不遑寧。尋曾指約公人，不令呵唱。切恐貴僧出入，中使往還，相逢之間，難爲顧揖。自左右正言已上，謂之供奉官，街衢之間，除宰相外，無所迴避。此蓋賈誼所謂：「人君如堂，人臣如陛，陛高則堂高」者也。況臣頭有重戴，身披朝章，所守者國之禮容，即不是臣之氣勢。因兹謝表，敢達危誠。況臣粗有操脩，素非輕易。心常知於止足，性每疾於回邪。位非其人，誘之以利而不往；事匪合道，逼之以死而不隨。唯有上天，鑒臣此志！伏望陛下，思直木先伐之義，考衆惡必察之言，曲與保全，俾伸誠節。則孤寒幸甚，儒、墨知歸；在於小臣，有何不足？今則隨岸千里，堯天九重，微軀或遂於生還，勁節尚期於死所。

黄州謝上表

王禹偁

乍離近侍，猶忝專城。循省尤違，彌深感泣。伏以黄州地連雲夢，城倚大江。唐時版籍二萬家，税錢三萬貫。今人户不滿一萬，税錢止及六千〔二〕。雖久樂昇平，尚未臻富庶。永言養活，亦藉循良；如臣庸愚，曷副憂寄？謹當勤求人瘼，遵奉詔條，窒塞嚚訟之民，束縛憸猾之吏。敢言課最，庶免曠遺。況當求理之朝，必爲無害之政。伏念臣叨司帝誥，又歷周星，既不曾上殿求見天顔，又不曾拜章論列時

事。入直則閉閤待制，退朝則杜門讀書。雖每日起居，實經年抱疾。不敢求假，恐煩醫官。自後忝預史臣，同脩《實録》，晝夜不捨，寢食殆忘。已盡建隆四年，見成一十七卷。雖然未經進御，自謂小有可觀。忽坐流言，不容絶筆。夫讒謗之口，聖賢難逃，周公爲《鴟鴞》之詩，仲尼有桓魋之歎。蓋行高於人，則人所忌；名出於衆，則衆所排。自古及今，鮮不如此。伏望皇帝陛下，雷霆霽怒，日月迴光。鑒曾參之殺人，稍寬投杼；察顔回之盗飯，或出如簧。未令君子之道消，惟賴聖人之在上。況臣孤貧無援，文雅脩身。不省附離權臣，衹是遭逢先帝。但以心無苟合，性昧隨時，出一言不愧於神明，議一事必歸於正直。慍於羣小，誠有謗詞；謀及卿士，豈無公論？以至兩朝掌誥，四任詞臣，紫垣最忝於舊人，白首不離於郎署。以微臣之行己，遇陛下之至公，久當辯明，未敢伸理。今則上國千里，長淮一隅，雖云守土之榮，未免謫居之歎。霜摧風敗，芝蘭之性終香；日遠天高，葵藿之心未死。仰望旒扆，不勝涕洟！

駕幸河北起居表

楊億

毳幕稽誅，鑾輿順動。羽衛方離於象魏，天威已震於龍荒。慰邊甿徯后之心，增壯士平戎之氣。

臣聞涿鹿之野，軒皇所以親征；單于之臺，漢帝因之耀武。用殲夷於兇醜，遂底定於邊陲。五材並陳，蓋去兵之未可；六龍時邁，固犯順以必誅。矧朔漠餘妖，腥膻雜類，敢因膠折之候，輒爲鳥舉之謀。固已命將出師，擒俘獻馘。雖奪名王之帳，未焚老上之庭，是用親御戎車，躬行天討。勞軍細柳之壁，巡狩常山之陽。師人多寒，感恩而皆同挾纊；匈奴未滅，受命而孰不忘家！行當肅静塞垣，削平夷落，梟

冒頓之首，收督亢之圖。使遼陽八州之民，得聞聲教；榆關千里之地，盡入提封。虵豕之穴悉降，干戈之事永戢。然後登臨瀚海，刻石以銘功；陟降云亭，泥金而典禮。遠追八九之迹，永垂億萬之年。臣忝守方州，莫參法從。空勵請纓之志，蹔無扈蹕之勞；唯聆三捷之音，遠同百獸之舞。

謝賜衣表　楊億

解衣之賜，猥及於下臣；挾纊之仁，更均於列校。光生郡邸，喜動轅門。伏以崇文廣武聖明仁孝皇帝陛下，誕膺元符，恭臨大寶。惠必先於逮下，志惟在於愛人。鳥獸氄毛，甫及嚴凝之候；衣裳在笥，爰推賜予之恩。在涣汗之所沾，雖容光而必照。如臣者，任叨符竹，地僻甌吴。奉漢詔之六條，方深祇畏；分齊官之三服，忽荷頒宣。纂組極於纖華，純綿加於麗密。璽書下降，窺雲漢之文；駟騎來臨，更重皇華之命。但曳婁而增惕，實被服以難勝。矧於戎行，亦膺天寵。干城雖久，皆無汗馬之勞；守土何功，獨懼濡鵜之刺。仰瞻宸極，唯誓糜捐。

汝州謝上表　楊億

沉痾初釋，寵寄荐臻。祇命惟寅，飭裝靡暇。初臨郡閤，獲見吏民。揣已若驚，戴恩罔措。伏念臣本由單弱，特稟方愚。以童刻之微能〔三〕，際帝圖之亨會。驟參綸掖，獲草芝函。屬以堯德彌文，漢辭爾雅。雲章有爛，諒黼黻以何施？天律惟精，亦哇咬之罔棄〔四〕。居常摩厲，徒益空踈。俄踐内庭，預

司密命。值皇闈之有慶，扈清蹕以多歡。窺雲瑞於封中，聽棹歌於汾曲。四巡第頌，誠辨麗之絶聞；二豎興妖，致冥煩之坐遣。偶嬰沉痼，遂劇支離。因請急以歸寧，遽迷魂而不復。率由蹇否，自抵困窮。矧以蕞爾之軀〔五〕，煢然去職。羈孤至甚，毁嫉居多。嘖有煩言，實盈庭之可畏；豁然大度，終如地以見容。比及痊平，果蒙齒叙。此蓋尊號皇帝陛下，仁深惨怛，德茂欽明。軫舊故以興懷，俾肖翹之遂性。特加采録，令獲便安。伏況臨汝舊邦，陪京近輔，姬文之化所及，首載聲詩；地官之籍攸分，寔繁兵賦。土多巖險，民或惰游。置使劭農，抑惟令典；分條察俗，蓋有新書。臣亦夙侍凝嚴，僭窺律度，敢忘瘁盡，以奉化成！然念臣早以斷斷之薄材，獲齒振振之近列，典司訓誥，就望威顔。讀銘字於湯盤，時瞻景式；載史言於董筆，獲次舊聞。丱命遣屯，榮階絶迹。酒泉素願，敢望於生歸；麗正殘編，幾成於死恨。今者星畿接畛，竹使長人。預方國之頒書，稟天臺之布憲。水深土厚，足養於槁骸；晝訪夕修，冀無於秕政。親末光而彌阻，感再造以難勝！

賀册皇太子表

劉筠

前曜開祥，東闈播憲。漢儀丕赫，天下之本既豐；周制協敷，王者之基克固。殊尤顯會，中外祗懽。恭以《十翼》垂言，黄離之象攸著；四瀆流潤，重海之歌載揚。于以示元吉之有孚，表善利之霈廣。正人倫而張大紀，統天序而荷亨衢。陪翼至仁，登閎昌祚。允鍾聖嗣，克奉宗祧。伏以皇太子器本夙成，智包妙用。挺温姿而玉裕，藹淑度以金相。至性迪乎天經，積粹發乎真系。而自桂房毓秀，茅壤疏榮。

有時敏之進修，有日躋之駿惠。固已悟喬枝而奉順，詢内衛以宣勤。務近老成之人，歷觀盛德之事。寶忠信而由己，服禮樂以蹈中。造理惟微，振辭有典。侍鑾游而儼若，拱列欽瞻；省臺膳以肅如，慈宸敦眷。四學總於上序，百行紀於司成。洽乃懿聲，被乎罄寓。建儲之論，繫先親而是宜；立愛之文，稽古道而斯順。肇膺徽册，有慶昌辰。伏惟尊號皇帝陛下，闡長世之善經，率保邦之大法。翕受祕祉，備舉縟儀。上帝是忱，克享於馨茂；兆民咸賴，用致於輯寧。惟震長之至賢，實乾剛之上體。三善靡煩於在傳，重暉誠契於秉陽。陛下仰奉靈心，旁挹羣籲，以爲主器之重，有國莫先；矧錫羡於仙源，在守成於宗躅。增崇巨業，屬我元良。龜獻之告協從，神鑒之徵允格。三讓成魄，知天道之好謙；明兩作離，見皇圖之可大。式備彌文之禮，仍新遵德之稱。涓以茂辰，膺兹鴻典。班輪飭駕，奮五采以相宣；碧鏤題宫，配二儀而胥永。臣以濫叨詞職，竊守藩封，昭數在庭，莫覩鸞旌之美；含和發詠，率同鳧藻之誠。

謝直集賢院表　夏竦

北門禁省，給青簡以試言；東觀直廬，降紫泥而命職。莫道假人之刺，彌彰遇主之榮。竊以承明設待詔之官，寔漢朝之芳潤；麗正啓修書之院，乃唐氏之英華。濬圖書之淵，敞龍鳳之宇。自非弓裘繼世，章句名家，通授羲畀姒之靈篇，閑書笏珥彤之故事，則何以繼成康之嘉頌，考宣武之懿文，陪法從於甘泉，奉宸游於屬玉？況當聖日，允屬簡求。如臣者，學不傳經，文非近史。「青青子佩」，雖見刺於勞心；「翹翹錯薪」，亦濫期於刈楚。筮仕勝衣之歲，薦名象日之畿。方博帶以觀光，遽墨衰而沿牒。尋遇

國家誕敷尺詔，增廣六科，方棲枳以徒勞，遂上封以自薦。始校文於鼇苑，旋試可於鼎司。亟趨文石之墀，遂忝延英之問。擊轅度曲，敢望於九成；縈帶分墉，俄登於百雉。陞象河之屬吏，佐分虎之方州。爰受代於瓜時，遂歸朝於幄坐。典陳陳之粟，閱山委之丘區；從九九之車，總絲棼之案牘。暨還衡雎壤，舍爵太宫。既諳引籍於金閨，將佐于藩於熊軾。又慮沉迷簿領，廢墜簡編。負公朝振舉之科，辜聖主詳延之意。遂殺青而奏技，果出綍以推恩。禁林俾試於雕蟲，書殿遽令於抱槧。閱上帝之册府，目眩星辰；登道家之蓬山，足踐雲氣。奉長者之餘論，與先生而並行。分直石渠，地接嚴更之守；縱觀金匱，門連著作之庭。載惟螻螘之軀，莫報乾坤之賜。恭惟尊號皇帝陛下，事寢廟以至孝，奉靈祇而克誠。流鴻藻於絶垠，鑠景炎於往號。以文明而行健，體柔克以居高。縱觀唐漢之大猷，備舉黄虞之故實。睿藻和而六同韻，天章麗而五佐飛〔六〕，恢崇務廣於斯文，奬擢不遺於小道。遂使至孤之士，獲塵非次之恩。東陵遽擬於西山，羔裘遂登於狐腋。歌《衞風》而合《雅》，鬻齊紫而雜良。誠當潔節於素絲，敢不盟心於白水！益三思而出話，彌九復以窮經。永冰淵惕勵之心，奉日月照臨之鑒。庶逭素飡之謗，仰醻明主之知。媿懼所深，兢惶不已。

進兩制三館牡丹歌詩狀

晏　殊

臣准傳宣劄子，奉聖旨令兩制三館賦後苑諸殿亭牡丹歌詩者。化合天人，祥開卉木。協風靈雨，散爲膏壤之滋；共蔕并柯，布在密青之囿。畫品難形於卓異，瑞圖不盡於芳妍。乃詔儒臣，各摛華藻。

匪太平之特盛，豈榮遇之及兹？昔者虞舜膺期，有皋陶之賡載；周宣繼業，聞吉甫之誦章。蓋默助於謨猷，不專工於辭翰。迨於漢室，尤好藝文。别館離宫，多命從臣之制作；倡優鄭衛，已無前古之箴規。中葉以還，其風未泯。永平神雀之頌，孝明稱美者五人；正元重九之篇，德宗考第於三等。並垂編簡，式著熙隆。洪惟聖運之會昌，可繼重華之輝耀。然於衆製，未復前修。思諷諭者，隱其誠而靡宣；局聲律者，艷其言而罕實。不足以上裨睿覽，下達民情。效明良喜起之音，續雅頌清微之範。姑用登高而能賦，庶幾博弈之猶賢。罔叶精求，豈任多愧！臣首當庸濫，實玷恩華，興寤以思，覥惶無極。其兩制并侍講學士、龍圖閣待制，自章得象以下十三人，三館、祕閣自康孝基已下二十七人，歌詩共一百四十首，謹隨狀進以聞。

侍讀學士等請宫中視學表

晏殊

伏奉聖旨，以時暑暫住講書，至秋凉仍舊者。運當文治，日視講筵。以炎暑之盛隆，遂紫宸之游息。載頒明旨，允合舊章。伏惟皇帝陛下，應運挺生，代天化育。御承光之法座，臨照九圍；奉長樂之慈顏，緝熙萬務。緬懷三聖，撫愛兆民。知王業之艱難，識帝模之宏遠。於是順稽古道，崇尚素風。命册府之儒臣，敞金華之經席。包周衆説，既析於篇題；齊魯善言，彌勤於聽覽。屬南薰之屆候，憫會弁之增勞，暫錫假寧，聿昭恩遇。臣等退惟鄙質，幸此親逢，敢忘矇瞽之言，仰效涓毫之助？竊以四方無事，百度允釐。宫禁之間，穆清多豫。伏願重漢皇之六學，惜夏禹之寸陰。時習所聞，愈精大義。間揮

仙翰，式就神工。彰睿德之日新，廣鴻猷之天賦。如此則宗祊景福，贊明主之保邦；夷夏仰瞻，識大朝之垂教。

謝除使相判相州表

韓琦

宰職隳功，莫副宵衣之治；鄉邦得請，重叨晝錦之行。被恩典之特優，顧人言而甚愧。伏念臣早繇科第，遂玷寵榮。不圖翰墨之進身，自竭涓塵而報國。備員諫諍，幾不免於竄投；奮命疆陲，實荐罹於艱阻。獨恃聖神之眷，誰開援助之言？仁宗皇帝知其守以孤忠，謂可屬之大事。慶曆之始，已擢貳於樞機；嘉祐之中，乃進登於宰輔。俄膺冢任〔七〕，益荷殊知。當英廟之承祧，逮聖人之嗣服，稠重遭會，罄竭愚庸。惟知社稷之安，豈顧家宗之末？然而萬微多務，一紀妨賢。爲國持平，敢自私於輕重；栽人所欲，固難免於愛憎。加疾疹之嬰纏，苦形神之耗弊。勉訖因山之禮，懇陳上印之宜。伏蒙皇帝陛下，念犬馬之力易衰，廓日月之明爲照。不罪再三之請，亟垂開可之音。進秩地官，剖符枌社。建高牙之重，既疏淮海之封；增故里之光，仍襲貂蟬之舊。叨塵之甚，今古疇偕？敢不思盡瘁於寢興，侭寘懷於內外。在邊在庭之責，惟驅策以當前；益堅益壯之心，至糜捐而後已。

睦州謝上表

范仲淹

獻言罪大，輒効命於鴻毛；宥過恩寬，迥迴光於白日。事君無遠，爲郡其榮！恭惟皇帝陛下，天德

清明，海度淵默。撫羣龍以宅吉，念六馬而懷驚。臨軒以來，側席不暇。思啓心沃心之道，奬危言危行之臣。萬寓咸歡，九門無壅。臣腐儒多昧，立誠本孤。謂古人之道可行，謂明主之恩必報。而況猾膺聖選，擢預諫司。時招折足之憂，介立犯顔之地。當念補過，豈堪循默？昨聞中宫摇動，外議喧騰。以禁庭德教之尊，非小故可廢；以宗廟祭祀之主，非大過不移。初傳入道之言，則臣遽上封章，乞寢誕告；次聞降妃之説，則臣相率伏閤，冀回上心。議方變更，言亦翻覆。臣非不知逆龍鱗者，掇虀粉之患；忤天威者，負雷霆之誅。理或當言，死無所避。蓋以前古廢后之朝，未嘗致福。漢武帝以巫蠱事起，遽廢陳后，宫中殺戮三百餘人，後及巫蠱之災，延及儲貳。至宣帝時，有霍光妻者，殺許后而立其女，霍氏之釁，遽爲赤族。又成帝廢許后呪詛之罪，乃立飛燕姉妹，妬甚於前，六宫嗣息，盡爲屠害。至哀帝時理之，即皆自殺。西漢之祚，由此傾微。魏文帝寵立郭妃，譖殺甄后，被髪塞口而葬，終有反報之殃。後周以虜庭不典，累后爲尼，危辱之朝，不復可法。唐高宗以王皇后無子而廢，武昭儀有子而立，既而摧毁宗廟，成竊號之妖。是皆寵衰則易摇，寵深則易立，後來之禍，一一不善。臣慮及幾微，詞乃切直。乞存皇后位號，安於别宫，暫絶朝請；選有年德夫人數員，朝夕勸導，左右輔翼，俟其遷悔，復于宫闈。杜中外覬望之心，全聖明始終之德。且黔首億萬，戴陛下如天；皇族千百，倚陛下如山。莫不雖休勿休，日慎一日，外采納於五諫，内彌縫於萬機。而況有犯無隱，人臣之常；面折庭諍，國朝之盛。有闕即補，何用不臧？然後上下同心，致君親如堯、舜；中外有道，躋民俗於羲、皇。將安可久之基，必杜未然之釁。上方虚受，下敢曲從？既竭一心，豈逃三黜？伏蒙陛下，皇明委照，洪覆兼包，贖以嚴誅，授以優

寄。郡部雖小，風土未殊。静臨水木之華，燕處江湖之上。但以肺疾綿久，藥術鮮功，喘息奔衝，精意牢落。惟賴高明之鑒，不投遐遠之方，抱疾于兹，爲醫尚可苟天命之勿隕，實聖造之無窮。樂道忘憂，雅對江山之助；含忠履潔，敢移金石之心？

謝轉禮部員外郎充天章閣待制表

范仲淹

涣渥自天，震惶無地。改中臺之華序，進内閣之清班。盡出高明，殊登祕近。竊念臣發自顔巷，賓于舜門。一第爲榮，四方無效。爰自書林預選，閨籍升華，恥汩没以懷安，或感激而論事。惟慕古人之節，詎希英主之知。伏惟尊號皇帝陛下，禀帝堯之聰明，加漢高之豁達。坦聖懷而虚受，期鴻化以咸孚。念三聖之艱難，而成丕業；求七人之謇諤，以補大猷。臣獨愧非材，首當清問。危言多犯，孤立自持。斧鉞居前，雷霆在上，敢避樞機之禍，終乖藥石之良？陛下日月垂光，江海敦量。恕其萬死，假之一麾。望已絶於青雲，咎未更于鴻霈。俄易藩宣之寄，寧分旰昃之憂？忽降綸章，荐加寵數。而況闢圖書之府，叨處於深嚴；踐雲龍之庭，當備于顧問。非名儒而不稱，豈曲士之能堪？矧篚清曹，仍居舊治。輝榮大集，志願何求！敢不内守朴忠，外修景行，進退惟道，遵聖賢視履之方；始終一心，副君父育材之造。

校勘記

〔一〕若無公事　「若」字原本空白，據明刻本補。

〔二〕止及六千　「止」原作「上」，據明刻本改。

〔三〕童刻之微能　「刻」字原本空白，據明刻本補。

〔四〕哇咬　「咬」字原本空白，據明刻本補。

〔五〕矧以　「矧」字原本空白，據明刻本補。

〔六〕天章麗而五佐飛　「而五佐」三字原本空白，據明刻本補。

〔七〕冢任　「冢」原作「家」，據明刻本改。

宋文鑑卷第六十四

表

辭起復表

富　弼

喪次銜哀，甫終卒哭，使華傳命，繼至弊廬。心積驚憂，情深屠裂。雖屢傾於丹懇，尚未錫於俞音。天遠莫量，物微難動。不避褻煩之咎，更陳隕絶之詞。必冀神聰，俯從哀請。伏念臣早罹家難，偏奉母慈，猥以蠢愚，最鍾愛育。享禄未幾，遽纏風樹之悲；報德未違，徒懷霜露之感。寢苫枕塊，而適抱至痛；食稻衣錦，則若爲自安？實非人情，尤紊邦制〔一〕。況今中外無事，左右得賢，共輔聖明之期，安有隳曠之務？曲蒙下詔，更起孤臣。在陛下馭國之方，蓋欲不遺於舊物；於朝廷敦化之道，必恐有誤於蒼生。何須稽故事以遂前世之非，正可存禮經以圖今日之善。行之卽是，義不爲難！豈惟於陛下有復古之風，抑亦俾愚臣得事親之道。一爲匪戾，兩得其宜。兼臣悲傷之餘，衰病交至，精力已耗，神觀未還。假使充員，豈堪應務？苟令終畢於祥禫，庶幾稍復於幹魂。得此從容，可備驅策。伏望尊號皇帝陛下，日月臨照，天地包容，盡母氏平生之恩，憐人子罔極之苦，曲矜末志，得滿鉅憂。生意凋零，或尚未捐於溝壑；清光咫尺，終期伏望於雲天。悲感增深，懇願兼劇。

謝知制誥表

歐陽修

伏以王者尊居萬民之上，而誠意能與下通；奄有四海之大，而惠澤得以徧及者，得非號令誥詔發揮而已哉？然其爲言也質而不文，則不足以行遠而昭聖謀；麗而不典，則不足以示後而爲世法。居是職者，古難其人；乃以愚臣，而當此選。伏惟尊號皇帝陛下，茂仁聖之姿，荷祖宗之業，日謹一日，曾未少懈。而自羌戎負固，邊鄙用師，勤儉率先於聖躬，焦勞常見於王色。雖有憂民之志，而億姓未蘇；雖欲治之心，而羣臣未副。故每進一善，則未嘗不欲勸天下之能；每官一賢，則未始不欲盡人材之用。雖以爵禄而砥礪，尚須訓誡之丁寧；尤假能言，以諭至意，可稱是者，不又大艱歟〔二〕？伏念臣雖以儒術進身，本無辭藝可取，徒值嚮者時文之弊，偶能獨守好古之勤。志欲去於雕華，文反成於樸鄙。本懼不當世之用，敢期自結聖主之知？陛下奬之特深，用之太過。此臣所以懇讓三四，至於辭窮；而天意不回，寵命難止。尚慮頑然之未諭，更加使者以臨門。恩出非常，理難屢瀆。及俯而受命，伏讀訓辭，則有「必能復古」之言，然後益知所責之重。夙夜惶惑，未知所措！伏況文字之職，厠于侍從之班，在于周行，是爲超擢。不徒揮翰以爲効，自當死節以報恩。惟所使之，期於盡瘁！

賀平貝州表

歐陽修

盜孽竊興，人祇共忿，果憑睿算，悉殄兇徒。伏惟尊號皇帝陛下，推仁育物，浸澤在人。常服儉以

躬行，惟足兵而在念。至于多捐金幣，講好戎夷，務休戰争，蓋惜士卒。德至深而莫報，恩既厚則生驕。敢肆妖狂，自干斧鉞；脅駈士衆，閉守城闉。既違天而逆人，宜不攻而自破。而況聖神運略，將相協忠，不遺一人，咸即大戮。悖慢者驚而肅恪，昏愚者知有誅夷。銷沮姦萌，震揚威令。臣幸忝郡寄，忻聞德音。

謝復龍圖閣直學士表

歐陽修

恩還舊職，事雪前誣，感極心驚，涕隨言出。臣伏見前世材賢之士，身結主知；勳德之臣，功施王室。然尚或一遭謗毁，欲辨無由；少忤要權，其禍不測。顧如臣者，何足道哉？臣材不迨於中人，功無益於當世。用之未見有效，去之無足可思。矧罔極之讒，交興而並進；易危之迹，何恃而不顛？而聖心不忘，恩意特至。辨欺罔於曖昧，沮仇嫉於衆多。雖暫居譴謫之中，而屢被陞遷之渥。今又特蒙甄録，牽復寵名。以臣之愚，豈比前人而獨異？推其所幸，蓋由聖主之親逢。謂宜如何，可以論報！再念臣禀生孤拙，本乏藝能，徒因學古之勤，粗識事君之節。苟臨危効命，尚當不顧以奮身；況爲善無傷，何憚竭忠而報國？誓期盡瘁，少答高明。

南京留守謝上表

歐陽修

守宫鑰之謹嚴，敢忘夙夜？布政條之纖悉，上副憂勤。寄任非堪，兢營并集。伏念臣賦才庸薄，禀

數奇屯，毁譽交興，兩甞過實；寵榮踰分，動輒招尤。念報效之未伸，敢不竭忠而盡瘁？因風波之可畏，則思遠去以深藏。迨此六年，外更三守。學偷安而杜口，負素志以媿心。朽質易衰，已凋零於齒髮；良時難得，尚希慕於功名？豈謂皇慈，未捐舊物；擢從支郡，委以名都。惟此別京，舊當孔道。簿領少勤於職事，厨傳取悦於路人。苟循俗吏之所爲，雖能免過；非有古人之大節，未足報君。

謝覃恩轉官表

歐陽修

天地號令，風雷鼓行，一氣所均，萬物咸被，遂容僥倖，亦與褒升。伏念臣材不逮人，識非慮遠，徒有事君之節，未知報國之方。冒寵貪榮，已踰其量；見利臨得，曾不知慙。此者伏遇尊號皇帝陛下，堯、舜聰明，禹、湯勤儉。修前王之曠典，述先志以繼成。昭致精禋，躬臨路寢。膺受上天之多福，推與萬方而不私。臣於此時，限以官守。講儀制禮，不與議郎博士之流；助祭陪祠，不在諸侯方物之列。既乏一言之獻，又無執事之勞。徒隨翟闈，共享餘賜。普天率土，難異衆以獨辭；蹐厚跼高，但撫躬而無措。

謝宣召入翰林狀

歐陽修

使車入里，君命在門。閭巷驚傳，豈識朝廷之故事；縉紳竦歎，以爲儒者之至榮。在臣之愚，何以堪此？竊以文章之任，自古非輕。待遇寵榮，至有私人之目；詢謀獻納，因加内相之名。恩既異於常

倫，人愈難於稱職。伏念臣器非宏遠，識匪該明。學不通古今之宜，材不適方圓之用。久叨塵於侍從，曾莫著於勞能。而自出守外藩，近遭家禍，苟存餘喘，復齒周行。風波流落者六年，天日再瞻於雙闕。進對之際，已蕭颯於霜毛；慰勞有加，賜憫憐於玉色。形神若此，志意可知。身已分於早衰，心敢萌於希進？加以羈危之迹，仇嫉交攻。進退動繫於羣言，論議多煩於睿聽。雖覆載之造，每賜保全；而孤蹇偷安，常思引去。敢謂伏蒙尊號皇帝陛下，俯憐舊物，曲軫宸慈，因内署之闕員，俾備官而承乏。臣敢不勉尋舊學，益勵前修？感遺簪未棄之仁，竭駑馬已疲之力，庶伸薄効，少答鴻恩！

乞罷政事表

歐陽修

臣聞士之行己，所重者始終之不渝；臣之事君，所難者進退而合理。苟無大過，善保其身。昔之爲臣，全此者少。臣頃侍先帝，屢陳斯言，今之懇誠，蓋迫於此。伏念臣識不足以通今古，材不足以語經綸。幸逢盛際之休明，早自諸生而拔擢。方其與儒學文章之選，居言語侍從之流，每蒙過奬於羣公，常媿虚名之浮實。暨晚叨於重任，益可謂於得時。何嘗敢傷一士之賢，豈不樂得天下之譽？而動皆臣忌，毁必臣歸。人之愛憎，不應遽異；臣之本末，亦豈頓殊？蓋以處非所宜，用過其量。惟是權要之地，不勝耳目之多。周防所以履危，而簡踈自任；委曲所以從衆，而拙直難移。宜其舉足則蹈禍之機，以身爲歛怨之府。復盤桓而不去，遂謗議以交興。讒説震驚，輿情共憤。皇明洞照，聖斷不疑。孤臣獲雪於至寃，四海共忻於新政。至于賴天地保全之力，脱風波險陷之危。使臣散髮林丘，幅巾衡巷，以此没

地，猶爲幸民。況乎擁蓋垂襜，其榮可喜；撫民求瘼，所寄非輕。苟可效於勤勞，亦寧分於内外？伏望皇帝陛下，曲回天造，俯察愚衷，許解劇繁，處之閑僻。物還其分，庶獲遂於安全；心非無知，豈敢忘於報効？

亳州謝上表

歐陽修

貳政非才，雖獲奉身而退；分符善地，猶懷竊禄之慚。祇荷寵靈，惟知戰懼。伏念臣章句腐儒之學也，豈足經邦；斗筲小器之量也，寧堪大用？而叨塵一府，首尾八年。荷三朝之誤知，罄一心而盡瘁。若乃樞機宜慎，而見事輒言。陷穽當前，而横身不避〔三〕。竊尋前載，未有能全。一昨怨出仇家，構爲死禍。造謗于下者，初若含沙之射影，但期陰以中人；宣言于廷者，遂肆鳴梟之惡音，孰不聞而掩耳？賴聖神之在上，廓日月之至明，悉究罔誣，遂投魑魅。再念臣性實甚愚，而疎於接物；事多輕信者，蓋以至誠。如彼匪人，失於泛愛。平居握手，惟期道義之交；延譽當朝，常丐齒牙之論。而未乾薦禰之墨，已彎射羿之弓。知士其難，世必以臣爲戒；常情共惡，人將不食其餘。而臣與遊既昧於擇賢　在滿不思於將覆。自貽禍釁，幾至顛隮。上煩睿聖之保全，得完名節於終始。洎懇辭於重任，尤深惻於皇慈。雖避寵辭隆，僅能去位；而清資顯秩，愈更叨榮。莫逃僥倖之譏，實負心顔之靦。斯蓋伏遇皇帝陛下，乾坤大度，堯舜至仁。察臣自取於怨仇，本由孤直；憫臣力難於勉強，蓋迫衰殘。既獲免於非辜，仍曲從於私欲。遂同萬物，俾無失所之嗟；未盡餘生，敢忘必報之効？

乞致仕表

歐陽修

臣近貢封章，乞還官政，伏奉詔答，未賜允俞。退自省循，奚勝殞越！臣聞神功不宰，而萬物得以曲成者，惟各從其欲；天鑒孔昭，而一言可以感動者，在能致其誠。敢傾虔至之心，再黷高明之聽。伏念臣本以一介之賤，叨承二府之聯。知直道以事君，每師心而自信。然而既之捐軀之効，又無先覺之明。用之已過其分，而曾不自量；毀者不堪其辱，而莫知引去。幸賴乾坤之再造，得逃陷穽之危機。仍許避於要權，俾退安於晚節。今乃苦於衰病，莫自支持。顧難冒於寵榮，始欲收於骸骨。敢期聖念，過軫天慈，謂雖迫於桑榆，未忍棄於草莽。竊以古今之制，沿襲不同。蓋由兩漢而來，雖處三公之貴，每上還於印綬，多自駕於車轅。朝去朝廷，暮歸田里。一辭高爵，遂列編民。豈如至治之朝，深篤愛賢之意，每示隆恩之典，以勸知止之人。故雖有還政之名，而仍享終身之禄。固已不類昔時之士，無殊居位之榮。然則在臣素心，雖竊退休之志；迹臣所乞，尚虞僥倖之譏。伏望皇帝陛下，惻以深仁，矜其至懇，俾解方州之任，遂歸環堵之居。固將優游垂盡之年，涵泳太平之樂。惟辛勤白首，迄無一善之稱；孤負明時，莫報三朝之德。此爲慙恨，何可勝陳！

謝賜漢書表

歐陽修

俯躬承命，拭目生輝。竊以右文興化，乃致治之所先；著録藏書，須太平而大備。惟漢室上繼三代

之統，而班史自成一家之書。文或舛訛，蓋其傳之已久；詔加刊定，俾後學之無疑。一新方册之文，增煥祕書之府。而奏篇之始，方經衡石之程；賜本之榮，惟及鈞樞之近。敢期孤外，特與恩頒！此蓋伏遇皇帝陛下，曲軫睿慈，俯矜舊物，謂其嘗與臣隣之列，不忍遽遺；憐其自喜文字之間，俾之娛老。然臣兩目昏眊，雖嗟執卷之已艱；十襲珍藏，但誓傳家而永寶。

謝止散青苗錢放罪表

歐陽修

有罪必誅，是爲彝典；原情以恕，特出深仁。聞命驚慚，省躬涕泗。伏念臣以一介之微賤，荷三聖之獎知。寵禄既豐，初無報効；筋骸已憊，尚此遲徊。曲蒙大度之并容，誤委一方之寄任。職當撫俗，責在分憂。方兹旰畏之勞心，豈敢因循而避事？昨遇國家新建官司而主計，大商財利以均通。分命出使之車，交馳於郡縣；悉發舊縣之鏹，取息於農氓。而臣方久苦於昏衰，初莫詳其利害。既已大諠於物議，始知不便於人情。亦嘗略陳衆弊之三，冀補萬分之一。屬再當於班給，顧已逼於會期。雖具奏陳，乃先擅止。據兹專輒，合被譴訶。豈謂伏蒙皇帝陛下，深軫睿慈，俯矜朴拙，免從吏議，特貸刑章。夫何草木之微，曲被乾坤之施？臣敢不益思祇畏，更勵操脩，戒小人之遂非，希君子之改過，冀圖薄効，少答鴻私！

乞致仕第二表

歐陽修

睿訓下寧，曲加慰諭；愚衷懇迫，尚敢黷煩？將再干於冕旒，宜先伏於砧鑕。伏念臣世惟寒陋，少苦奇屯。識不達於古今，學僅知於章句。名浮於實，用之始見於無能；器小易盈，過則不勝於幾覆。徒以早際千齡之亨會，誤蒙三聖之獎知。寵榮既溢其涯，憂患亦隨而至。禀生素弱，顧身未老而先衰；大道甚夷，嗟力不前而難彊。每念恩私之莫報，兼之疾病以交攻，爰於守亳之初，遂决窟漳之計。逮此三遷於歲律，又更兩易於州符。而犬馬已疲，理無復壯；田廬甚邇，今也其時。是敢更殫螻蟻之誠，仰冀乾坤之造！況今時不乏士，物咸遂生，鳧雁去來，固不爲於多少；鳶魚上下，皆自適於飛潛。苟遂乞於殘骸，庶少償其夙志！伏望皇帝陛下，哀憐舊物，隱惻至仁，察其有素非僞之誠，成其識分知止之節，曲從其欲，賜報曰俞。俾其解組官庭，還車故里，披裘散髮，逍遥垂盡之年；鑿井耕田，歌詠太平之樂。其爲榮幸，曷可勝陳！

乞致仕第三表

歐陽修

恩深煦嫗，感極涕洟，雖情有迫於危心，不知自止；而辭已窮於累牘，幾至無言。惟以至誠，期於必達。自乞憐於君父，不復訊於蓍龜。伏念臣家世畢平〔四〕，性姿中下。少從官學，求免飢寒。不自意於遭逢，遂進階於榮顯。然而羣材方茂，蒲柳未秋而早衰；衆駿並馳，駑駘中道而先乏。而況荷難勝之任用，竊逾分之寵榮。風波憂畏而慮以深，疾病侵凌而老亦至。故自辭於機政，即願謝於軒裳。蒙上聖之至仁，念三朝之舊物，每曲煩於訓諭〔五〕，久未忍於棄捐。竊惟臣之事君，必本忠信，言不顧行，是爲

罔欺。而臣口日誦於田間，身坐貪於禄利。可畏至公之議，何施有靦之顔〔六〕？每自省循，莫遑啓處。是敢罔避再三之煩黷，猶希萬一之矜從。伏望皇帝陛下，特軫天慈，俯回眷聽。察前言之可復，蓋屢請者有年；哀下愚之不移，俾卒成於素志。徇其所欲，乞以殘骸。臣若得上印綬於有司，自駕柴車而即路。晚節知無於大過，没身永荷於鴻施〔七〕！

進修唐書表

歐陽修

竊惟唐有天下，幾三百年。其君臣行事之始終，所以治亂興衰之蹟，與其典章制度之美，宜其粲然，著在簡册；而紀次無法，詳略失中，文采不明，事實零落。蓋又百有五十年，然後得以發揮幽昧，補緝闕亡，黜正僞謬，克備一家之史，以爲萬世之傳。成之至難，理若有待。伏惟尊號皇帝陛下，有虞舜之智而好問，躬大禹之聖而克勤。天下和平，民物安樂。而猶垂心積精，以求治要。日與鴻生舊學，講誦六經，考覽前古。以謂商、周以來，爲國長久，惟漢與唐，而不幸接乎五代，衰世之士，氣力卑弱，言淺意陋，不足以起其文。而使明君賢臣，雋功偉烈，與夫昏虐賊亂，禍根罪首，皆不得暴其善惡，以動人耳目，誠不可以垂勸戒，示久遠，甚可歎也！乃因邇臣之有言，適契上心之所閔。於是刊脩官翰林學士、兼龍圖閣學士、給事中、知制誥、臣歐陽脩，端明殿學士、兼翰林侍讀學士、龍圖閣學士、尚書吏部侍郎、臣宋祁，編脩官、禮部郎中、知制誥、臣范鎮，刑部郎中、知制誥、臣王疇，太常博士、集賢校理、臣宋敏求，祕書丞、臣吕夏卿，著作佐郎、臣劉羲叟等，並膺儒學之選，悉發祕府之藏，俾之討論，共加删定。凡

十有七年，成二百二十五卷。其事則增於前，其文則省於舊。至於名篇著目，有革有因；立傳紀實，或增或損；義類凡例，皆有據依；纖悉綱條，具載别録。臣公亮典司事領，徒費日月，誠不足以成大典，稱明詔。無任慙懼，戰汗屏營之至！

賀南郊大赦表

宋祁

帝儀訖饗，朝焕推慈；飛驛疾傳，庶邦叢慶。竊以天郊之重，國制有常；凡萬乘躬行，必三歲間往。不煩不怠，由列聖而持循；以妥以虔，合諸神而裒對。睿圖累盛，縟典勤脩。恭惟尊號皇帝陛下，纂大合華，執中布度。抵金璧之珍玩，率儉示人；收霜電之嚴慅，措刑于下。克勵明德，格于皇穹；交熏太和，冒我羣品。顧懷時億，瑞應日來，亟藏上儀，若祇舊典。戒期百執，頒詔九州，曳雲威之常羊，服翠蚪之泮焕。殊庭一獻，諸祏徧躋。遂自陽靈之宫，往會天元之旦。羽旄四合，垓陛參登。上璧左琮之華，合袪而信祝；祖豱宗題之次，更侑而迪嘗。拜嘉胙於席垂，列欽柴於雲表。靈心合答，熙典備成。然後還坐中天之闈，普肆隨風之澤。改頒大號，崇冠初元。昭神之祥，祈命惟永。賞功赦罪，已責逮瘝。咸與惟新，牖民衷而遷善；聿懷多福，道帝祉於縣區。盛際有光，彝倫咸賴。臣嚮觀舊史，殫見往朝，或不愛牲玉爲恭，殊非明薦；或所過租賦爲復，蓋出重勞。語昔罕全，訂今絶擬。所恨清塵在望，自苦周南之留；紫橐仍持，不與甘泉之從。第班恩諭，均浹歡悰。

賀生皇子表

宋祁

寶祏叢休，天支毓秀，慶騰祕禁，歡溢中區。恭惟尊號皇帝陛下，受命溥將，凝圖丕赫。權綱相乂，根乎克念之虔；簡素所安，表于不勉之懿。且復欽刑薄賦，重穀弛畋。一方少饑，則便馳使節；萬姓稍乏，則輒續禁錢。民用靖嘉，神罔恫怨。是以上帝歆佑，三后顧存。詒美孫謀，昭衍無疆之烈；歸功元首，茂啓多男之祥。誕協仲商，挺生哲嗣。星弧具禮〔八〕，天第交華。惟翕闢之儲英，固覃訏而絶異〔九〕。逖聆詔諭，並仰獻儀。薦笏相趨，抃吾君之有子；珪璋流愛，宜天下之繫心。臣始去近聯，遽承吉語，賡歌繇駿，早知周德之遐；參祝祠禖，罔逮漢臣之幸。

代人乞出表

宋祁

臣聞物勝於權，則衡爲之殆；馬竭其力，則御速於顛。蓋以器循量而易施，材過求而難勉。是以功名之際，惟髦士可居；彊力之容，匪暮年勝任。將傾危懇，敢援斯言。竊念臣本以丘樊，託于經術，幸逢先烈，超備從官。服上教之彌文，因至愚而取信。出入扃禁，無所建明；履歷藩宣，蔑聞條教。尊號皇太后陛下，尊號皇帝陛下，奉承謨訓，過聽空疎，簡服在庭，兼容如地。雖百度之治，咸使與聞；每萬機之餘，常參勸講。七周成歲，訖乏寸長。惟君知臣，足以驗其無用；惟國有典，不可逭於黜幽。且臣自知甚明，内省尤熟，以一介之鄙賤，丁千載之會昌。邑户飡錢，非禄之不厚；高冠大佩，非位之不崇。同

僚皆賢，非志之不合；處奏多可，非言之不從。固當勉服攸箴，謹修爾職，答乃聖之眷遇，爲斯文之寵光。其如犬馬齒衰，桑榆景薄，中年則病奪其壯，晚節則務傷於神。辨色立朝，足居多於跛倚；書思記命，目不辨於焉烏。而臣頃自去秋，願辭近職；上恩不聽，寵渥就加。逮黽俛以及兹，且惷昏而益甚。事皆忘誤，疾愈尩瘵。顧四體之已疲，宜一辭而後止。重念臣之鄉籍，世占鄆州。既託枌榆，薄營産利。不勝首丘之志，願諧剖竹之行。庶及餘年，聊蘇疲瘵。況前朝邢昺，本貫曹州，亦自禁廬，得臨鄉部。臣今所請，似有前規。伏望陛下，念舊物之不可遺，憫孤生之老且至，特垂寬詔，俾守先廬。諒亦大君進退之間，微臣止足之分。萬無纖介，可貽累於至仁；一切便宜，尚力思於卧治。仰干睿鑒，伏俟嚴誅！

校勘記

〔一〕尤紊邦制　「尤」原作「沈」，據明抄本改。

〔二〕不又大艱歟　原本「又」下空白，明刻本有夾注云：「一作大」，據補。

〔三〕横身不避　「横」字原本空白，據明抄本、明刻本補。

〔四〕家世單平　「平」字原本空白，據明抄本補。

〔五〕曲煩　「煩」原作「頫」，據明刻本改。

〔六〕有覞之顔　「覞」明刻本作「靦」。

〔七〕鴻施　「施」明刻本作「私」。

〔八〕星弧具禮　「弧」原作「弛」，據明刻本改。

〔九〕覃訏　「訏」原作「許」，明刻本作「計」。按《詩・大雅・生民》：「實覃實訏」，形容后稷啼聲之長大。此賀生皇子表，當即用其文，字當作「訏」，今改。

宋文鑑卷第六十五

表

謝衣襖表

宋祁

冬籥乘辰，裘官著令。疾馳使馹，臨撫塞屯。並頒齊笥之良，均挾吴緜之煖。被躬且吉，束帶有華。伏惟尊號皇帝陛下，至德誕敷，深仁普愛。念官師所以卒歲，恐天下有受其寒。據泰軫窮，當舒慮慘。況淒其戒序，必惻然動心。特以濱寒冱嚴，持兵暴露，旬傳温詔，緘褚紋袍，爛然晝鮮，煦若春至。矧部校什長，賜各有差；僻壘窮鄣，悦而忘苦。振裾交抃，聯襼相趨。和氣暢支，顧折膠而何畏？天恩壓已，憂稱服以爲難！有可仰酬，不知輕殞。

謝換龍閣表

宋祁

停直複門，徙恩層閣。本緣親而自乞，蒙引籍以對除。援寵兼常，無顔容愧。竊惟先聖有作，叢構實興。鬱律辰居之嚴，駿積霧圖之廣。踵華創職，稱是取材；肇允榮塗，何嘗輕授？伏念臣識局庸淺，術學膚孱。入參玉堂，間陪講殿。徒以朴忠無飾，孤耿自將。附湜湜於涇清，守嘐嘐於雨晦，賴天燾

眗，曠日保全。適以臣兄庠召自外藩，復參大政。理所宜避，地不處嫌。稽首請間，素言叙懇。丐上還於禁籍，得專侍於經帷。伏蒙尊號皇帝陛下，見謂由衷，特從換秩，罷兹要近，處以清閑。拂仳儗之塵容，蔭蟺蜎之寶宇〔一〕。伏況臣出入三歲，便蕃五遷，四叨學士之名，罕見從官之比。雖素領焦禿，病幹尫癯，器極斗筲之容，利止鉛刀之割，尚當勉懦爲立，續短裨長。儻有補於涓銖，矢不忘於隕踣！

謝加端明表

宋祁

乘塞無狀，增秩蒙褒；賜予侑頒，心顔交靳。伏念臣才弗振俗，仕偶逢時，備内朝臣，十有六載。學不足膺天子之問，文無以代王者之言，遂圖外遷，冀云少補。惟定武一道，直契丹右廷，咸平以來，號勁兵處。自夏竦分建四帥，韓琦始領九州，節制中軍，部分諸將。琦既進律，臣實代居。以一介懦儒，當萬夫要任，誼難辭劇，奮靡顧愚。然臣所習者藝文，未曉者軍旅。用非所習，雖勤而弗效；責於未曉，故技有必窮。用是再朞，居無底績，在法云殿，惟黜是宜。敢謂尊號皇帝陛下，憫久戍之勞，排彼譖之侈，雖遠猶録，謂拙可矜。收雲閣之故資，著丹殿之新籍。仍秩經省，未易守藩。叢沓徽章，夸嫮鄙邑。重降嚴旨，切却讓封。臣亦内揆愚心，旁諗公議，若循禮疊請，則恐涉不誠；或固節還恩，又似規早罷。不有粗使，誰扞邊疆？例格除音，孰尊寵數？輒昧涯分，祗服器色。日三省以自營，身九殞而奚報！但臣所念者，邊務至重，虜詐益滋。得人失人，繫今日輕重；知己知彼，爲天下安危。而有司特用苛法相挺，守臣類以生事爲解。封侯畏怯，不敢摇手；倉庫虛乏，正可寒心！建明累上，而朝省未從；姑息小虧，則

謗囂立至。況臣衰晏，素自惷冥，判無成功，徒忝休命。望審擇於豪俊，俾臨統於方隅，設張遠謀，羈制驕狄。因罄敷於感臆，竊附列於瞽言。朔壘地卑，君門天阻，被符躅謁，攬綬知榮。

代陳州章相公乞致仕第一表

宋　祁

臣聞器有所極，強之者必顛；志有所安，違之者將敗。是故智士不窮量以邀受，仁君無咈願以責功。内顧危悰，敢援兹喻。伏念臣姿力駑下，術略迂疎，蒙幸中人之材，待罪宰相之府。寵與時進，負隨日深。謀謨弗良，彫紊相踵。羌夏有未纓之醜，關陜多無聊之人。萑盜跳梁，篁酋煽結。杼軸罄於編户，杇皮盡於遠方。上貽焦勞，外讙謗誚。咎不臣執，罪將孰歸？比者荐瀝肝膺，願乞骸骨。冀蒙不職之竄，以贖安用之辜〔三〕。尊號皇帝陛下，包納荒遐，親喻戒敕，須訖郊丘之享，乃許印綬之還。褎亮所加，諄慈兼至。臣此時外迫大誼，中忘至愚，敢優游以自安，輒皇恐而視事。然而智慮淺局，年鬢頽侵。短臂屈長袖之前，疲足困新羈之左。覥然尸位，倐又彌年。所賴陛下以百姓爲心，天下爲度。捨末爭而納戎帳之欵，捐滯積以撫遼衽之和。克展上儀，遂布鴻慶。永惟横目之庶，方就覆盂之安。臣之及兹，可謂天幸；過此不止，其如罪何？雖大度之見容，在輿議之難遏。抑又聞當退而進者悔必及，宜黜而用者傷必多。高位乃身殞之媒，厚禄爲衆怨之舍。借令臣冒厥明戒，苟留上司，玷廊廟之儀形，被史家之貶戮，死有餘咎，仁弗忍爲。伏望察如丹之誠，憐指景之暮，遂容納政，早獲省私。亦不必窮喋喋之言，乃垂開可；惜齪齪之謹，妨用俊良。虔冀曰俞，誓無但已。

乞致仕表

張方平

竊以大君保息之慈，人之老者疾者得所養；治國經常之制，仕之進者退者惟其宜。不堪陳力之勞，爰上乞骸之請。詔亟下降〔三〕，天旨未俞。臣聞委質大方，前經明訓。自古不得謝者，在禮雖或有之；然皆德業高賢，功勳夙望，邦家倚以爲重，中外賴之爲安。加恩所以特優，被寵誠爲無愧。是以義全大體，衆罔間言。如臣徒以空疎，早蒙簡擢。事猷弗建，報稱蔑施。遽及衰疲，遂求引罷。而更濫當渥命，遥領真祠。位陪執政之班，禄倍大夫之秩。職憂靡預，官責不加。上紊彝章，俯慙私倖。敢循舊典，謹復自陳。伏惟皇帝陛下，一氣均私，大圓丕冒。匹夫自盡，各伸所志之微；萬物由庚，皆受曲成之賜。俯諒虔勤之懇，特垂開可之恩。精鶩紫宸，猶結望雲之戀；迹還白社，終懷樂聖之心。

服闋謝復官表

孫沔

苴麻之服，方爾外除；綸綍之言，驟然下及。矧不移於舊序，仍獲處於近聯，拜賜之深，竊寵爲甚。伏念臣出自單緒，偶階盛時，無近强之依以進身，惟清素之業以自立。夤由宸眷，升漸禁塗，固常入備諫員，出分使委。雖明目張膽，内屢輸於忠言；而竭力勉心，外未揚於民最。旋以邊烽小警，王師有爲，朝廷擢於常僚，假以煩使。兵儲之寄，固已屢更；邊帥之權，亦嘗冒處。歷踐數任，甫逾七年。轉漕非能，偶芻粟之充給；招懷寡術，幸部落之妥安。以慈親之耄期，益精力之衰耗，力陳愚素，仰瀆宸聰，懇

辭益部之行，適遂秦都之請。故雖嘗拜命，曾未莅曹。果家難之纏哀，奉靈輿而歸葬。偶全餘息，以畢通喪。生意蔑然，榮望已矣。此蓋伏遇皇帝陛下，恢天地容蓋之德，廣日月照臨之明。以犬馬之勞，曾屢膺於駈策，而涓埃之益，嘗有補於高深，降中旨以召還，俾參華於舊貫；復援小銓之秩；再躋延閣之榮。敢不謹脩吏方，勤瘁王事？昔焉爲養，尚當避危而就安；今也既孤，自可以身而許國。誓圖大效，庶答鴻私！

揚州謝上表

劉 敞

一介之材，善無所取；千里之地，任爲不輕，仰戴恩華，退增慙懼。臣聞事上之行，莫若愛君；愛君之臣〔四〕，莫重去國。汲黯遺言李息，望之致意本朝，古今美談，賢哲餘事。況臣本以薄技，遘兹昌辰。幸得出入周衛之中，優游侍從之末。持橐簪筆，庶乎寡尤；帶劒佩衡，足以自効。豈其輕去嚴密之奉，偷得便安之私？蓋引嫌避親，中外著令；因事補吏，朝廷通規。幸蒙賜可之書，殆殊共治之選。伏遇皇帝陛下，天度容物〔五〕，聖資盡人。揆其忠誠，非有遠象魏之意；察其淺識，猶足寄民社之安。沛然德音，委以符竹。敢不勤恤人隱，奉宣上恩，自飭固陋之心，庶幾樂易之政！

謝加學士表

劉 敞

常人之情，得所求而喜；智者之慮，過其任而憂。今邊備雖嚴，帥責差易；學者雖衆，儒選實難。豈

有貪就應聲之求，忽忘非分之任？怔忪失據，欣懼兼懷；固欲辭榮，不獲承命。伏念臣猥以薄技，起於諸生。内之無子産潤色之才，外之無山甫將明之用。久典訓誥，荐臨藩垣，七年于兹，微效不立。猶以陪外廷之末，聞長者之風，問蒙分章，平議臣之奏；時引大體，正宗廟之儀。苟圖納忠〔六〕，非敢迕物。然而讒人飾詞以巧詆，法吏挾怨以中傷。當是之時，幾無以免。聖心先覺，公議尚存。浸潤之説不行，震驚之衆爲止。風波可畏，天幸實多。内私自憐，懼久得罪。輒匄千里之寄，庶警一麾之行。不謂尊號皇帝陛下，生成曲全，覆露無已，進預金華之講，增重儒林之光，委以西州，適其素願。望非所及，幸不可涯。夫匹夫一飯之恩，庸士然諾之信，猶能捐生出死，成功立名；況臣連數十城之封，兼四千石之重？於以宣明威信，撫養細民，盡其愚忠，庶無大悔，以此圖報，敢爲虚言！

賀皇長子封公表

王拱辰

建親授社，屏翰於王家；封子維城，安彊於國幹。誕揚休命，敷告羣倫。均海宇之歡心，洽朝廷之大慶。竊以宗藩錫瑞，賢戚分疆。周列侯邦，半諸姬而啓土；漢有天下，非劉氏則不王；皆所以滋大本枝，維持京室。綿鼎數於穹壤，固廟祏於山河。屬我熙朝，益隆茂典。恭惟皇帝陛下，纂承皇序，恢闡洪圖。善迪孫謀，遹遵祖構。乃眷元良之重，已昭歧嶷之英，肇啓南圻，崇加上衮。離明震豫，知帝緒之無疆；海潤星暉，戴吾君之有子。臣居留近甸，迹遠彤墀，側聽恩章，舉增抃懌。

永興謝上表

司馬光

荷恩至重，任責尤深。巡撫吏民，敷宣詔令。臣識慮闇淺，規爲闊疏。唯知愚忠，屢貢狂直。奉事三世，操守一心。間以齒髮浸衰，疾疹交集，曾靡論思之効，久污侍從之班，既無補於本朝，祈自安於散地。不圖睿澤，更委名都。雖要重之權，自知不稱；而煩劇之地，難以固辭。受命以還，措躬無所。竭來説道，甫爾到官。維此咸秦，昔爲畿甸。山川清美，土地膏腴。論其平時，誠爲樂土。在於今日，適值凶年。經夏亢陽，苗青乾而不秀；涉秋淫雨，穗黑腐而無收。廩食一空，家乏蓋藏之粟；襁負相屬，道有流離之人。老弱懷溝壑之憂，姦猾蓄萑蒲之志。正宜安静，不可動摇。譬諸烹魚，勿煩擾則可免糜爛；如彼種木，任生殖則自然蕃滋。謹當策勵疲駑，雕磨朽鈍，智力所及，勤瘁無辭。雖復失位危身，終不病民負國。庶幾小補，用答大恩。

進資治通鑑表

司馬光

先奉敕編集歷代君臣事迹，又奉聖旨賜名《資治通鑑》今已了畢者。伏念臣性識愚魯，學術荒疏，凡百事爲，皆出人下；獨於前史，粗嘗盡心，自幼至老，嗜之不厭。每患遷、固以來，文字繁多，自布衣之士，讀之不徧；況於人主，日有萬幾，何暇周覽？臣嘗不自揆，欲删削冗長，舉撮機要，取關國家興衰，繫生民休戚，善可爲法，惡可爲戒者，爲編年一書，使先後有倫，精粗不雜。私家力薄，無由可成。伏遇英宗皇帝，資睿智之性，敷文明之治，思歷覽古事，用恢張大猷，爰詔下臣，俾之編集。臣夙昔所願，一朝獲伸，踊躍奉承，惟懼不稱。先帝仍命自選辟官屬，於崇文院置局，許借龍圖、天章閣、三館、祕閣書籍，

賜以御府筆墨繒帛，及御前錢以供果餌，以内臣爲承受，眷遇之榮，近臣莫及。不幸書未進御，先帝違棄羣臣。陛下紹膺大統，欽承先志，寵以冠序，錫之嘉名；每開經筵，常令進讀。臣雖頑愚，荷兩朝知待如此其厚，隕身喪元，未足報塞。苟智力所及，豈敢有違？會差知永興軍，以衰疾不任治劇，乞就冗官。陛下俯從所欲，曲賜容養，差判西京留司御史臺，及提舉嵩山崇福宫，前後六任，仍聽以書局自隨，給之禄秩，不責職業。臣既無他事，得以研精極慮，窮竭所有。日力不足，繼之以夜。徧閲舊史，旁采小説，簡牘盈積，浩如煙海。抉擿幽隱，校計毫釐。上起戰國，下終五代，凡一千三百六十二年，脩成二百九十四卷。又略舉事目，年經國緯，以備檢尋，爲目録三十卷。又參考羣書，評其同異，得歸一塗，爲《考異》三十卷，合三百五十四卷。自治平開局，迨今始成。歲月淹久，其間抵捂，不敢自保。罪負之重，固無所逃。重念臣違離闕庭，十有五年，雖身處于外，區區之心，朝夕寤寐，何嘗不在陛下左右。顧以駑蹇，無施而可，是以專事鉛槧，用酬大恩，庶竭涓塵，少裨海岳。臣今筋骸癯瘁，目視昏近，齒牙無幾，神識衰耗，目前所爲，旋踵遺忘。臣之精力，盡於此書。伏望陛下寬其妄作之誅，察其願忠之意，以清閒之燕，時賜省覽。監前世之興衰，考當今之得失，嘉善矜惡，取是捨非，足以懋稽古之盛德，躋無前之至治，俾四海羣生，咸蒙其福，則臣雖委骨九泉，志願永畢矣。謹奉表陳進以聞。

蘄州謝上表　　吕誨

三諫則逃，敢隳大節？一麾出守，誠自寬恩。舉族均榮，畢身知愧。伏念臣戇冥所賦〔七〕，忠朴是

存。篤於愛君，惟知盡道。向議稱親之禮，屢形繼統之言。豈期佐佑之臣，首違經義，遂啓異同之論，上惑宸聽。暨頒慈壽之手書，仍用定陶之故事。朋姦之衆，蓋希宏、博之要榮；致主之謀，不耻哀、桓之亂制。業雖已具，理有未安。臣忝備憲司，正當言責。既不能排斥邪佞，將何以振肅紀綱？心匪石以徒堅，力迴天而莫得。容身隳職，公議何逃；拒詔去官，萬死寧贖？而賴陛下至明委照，全度兼容。屬當求治之初，務廣納忠之益。言雖忤旨，察其所嚮之誠；罪不主名，施以惟輕之典。授符淮甸〔八〕，晝壤江壖。魚稻之饒，寔惟紓緩；民社之重，獲展勤勞。天幸叢來，國恩彌渥。退思補過，愈精夙夜之虔；知無不爲，更勵始終之節。仰酬洪造，誓竭顓愚。

奏乞致仕表

呂　誨

臣輒罄愚誠，上干宸慈。伏況微臣本無宿疾，偶值醫者用術乖方，殊不知脉候有虚實，陰陽有逆順，診察有標本，治療有先後；妄投湯藥，率任情意，差之指下，禍延四肢，寖成風痺，遂艱行步。非祇憚炙艾之苦，又將虞心腹之變。勢已及此，爲之奈何！雖然一身之微，固未足惜；其如九族之託，良以爲憂。爰思逃禄以偷生〔九〕，不俟引年而還政。顧惟素志，幾負明時。力既不足〔一〇〕，誠豈得已！況恃睿監，夙諒孤忠。進非左右之容，退知榮辱之分，與之全節，示以曲成。臣不避再煩天聽，欲乞致仕，仍不願改官，早賜開可。臣無任籲天懇激之至！

潭州通判謝上表　唐介

始竄嶺南，人皆謂之必死；及遷湖外，恩實出於再生。仍復前官，俾關郡政；仰叨成命，增激微衷。竊念臣寒素立身，孤直無援。歷官再紀，才貳郎曹；入朝踰年，幸兼風憲。臣自以逢聖明之治，當言責之司，祇知忠義以事君，不顧患禍之及己。凡所上奏，必盡至公。流輩爲臣寒心，姦邪見臣切齒。臣本欲爲耳目於陛下，勉副簡求；不能效鷹犬於他人，以希進用。心雖無媿，迹已甚孤。屬權臣之擅朝，肆己私而害政。輒輸忠欵，冀補涓塵。陛對之間，未能悉意。天威之下，卒莫自明。得罪一時，竄身萬里。流離遠道，殆及朞年；擯棄遐荒，分甘散秩。豈謂皇帝陛下，存國大體，察臣愚忠，欲招諫者之言，免爲後來之誡。三推皇澤，特與一官。以邕廣之寇擾，澤湖湘之守倅。俾從征筦，得佐郡符。然臣粗識義方，薄知臣節。納忠獲罪，顧百謫以誠甘；盡瘁報君，雖九死而不悔。謹當益勤官守，以助軍興。夙夜以思，冀免於敗事；毫分有補，少答於大恩。

賀册貴妃表　王安石

祲盛之禮〔二〕，發于宫闈；驩康之聲，播于寰海。伏惟陛下，考古之憲，刑家以身。乃資婦德之良，俾貳坤儀之政。蓋《關雎》之求淑女，以無險詖私謁之心；《雞鳴》之得賢妃，則有儆戒相成之道。於以求助〔三〕，不專爲恩。臣生逢明時，竊觀盛事，祝聖人之多子，輒慕堯封；思令德以式歌，豈慙《周雅》？

賀生皇子表

王安石

嘉慶係傳，歡欣揔集。臣歷觀古昔，誕受福祥。厥配天所以久長，乃有子至於千億。伏惟皇帝陛下，《鳧鷖》之《雅》，媚于神祇；《芣苢》之《風》，燕及黎庶。弓韣嗣燕禖之報，旐旟仍羆夢之祥。無疆惟休，永保桑包之固；有室大競〔一三〕，方觀椒實之繁。臣嘗汙近司，久尸榮禄，特荷殊憐之至，豈勝竊喜之深！

又表

王安石

皇運郅隆，天枝彌茂，照臨所暨，鼓舞攸均。臣聞史紀文慶之延，豈惟十子；《詩》歌姒徽之繼，爰至百男。肇敏于脩，乃繁厥祉。恭惟皇帝陛下，道冒區宇，德冠往初。品庶蒙休，既饗和平之樂；神靈錫羨，果膺蕃衍之祥。臣嘗汙近司，備叨殊奬，以宿痾而自困，欲旅進以無階。

又表

王安石

祉扶宗祏，慶襲宫闈，凡預照臨，惟胥鼓舞。臣聞有秩秩幽幽之德，所以考室而見祥；有詵詵揖揖之風，所以宜家而多子。克參盛美，允屬昌時。伏惟皇帝陛下，膺命上天，紹休烈祖。本支方茂，用光世德之求；效業能昭，永賴孫謀之燕。遹追來孝〔一四〕，申錫無疆。臣久玷恩私，外叨屬任。四方來賀，望

雙闕以無階；萬福攸同，撫微軀而有賴。

又表

王安石

宮闈嗣慶，寰海交欣，凡逮戴天，惟均擊壤。臣聞《螽斯》之言衆子，是爲王者之詩；華封之祝多男，亦曰聖人之事。恭維皇帝陛下，紹祖休顯，憲天昭明。致文、武之憂勤，成堯、舜之仁孝。宅師無競，莞簟之寢既安；傳類有祥，弓韣之祠屢應。詒謀方永，錫羨用光。臣託備藩維，叨承睿獎。不顯亦世，家實預於榮懷；於萬斯年，心敢忘於慶賴〔一五〕！

漳州進珠表

王　冕

宋大中祥符六年春，冕自廬陵移典是郡。越明年三月，龍溪屬邑民丘顗，於九龍溪網魚，得珠一顆，圍闊三寸七分，中有小珠七顆，如七曜；次如七曜者，不可勝數。縣弗敢留，條珠之始于郡。冕熟而視之，殊不勸忭，即日召厥屬官以驗之，復相稱慶曰：夫珠至寶也，王者德至淵泉則出。今天子仁且聖，方以寬慈被天下，宜乎珠之出奬聖世。又珠之爲物也，其色瑩凈明清，乃化民之象也，於是列表以進。尋奉勑書，以旌至寶。冕既叨爲政能獲斯寶，又懼是事泯絶於後，刊之貞石，于公廳之左，用傳于永永耳。臣冕言：臣聞皇猷允塞，天乃效祥；聖德升聞，地不藏寶。前件珠得非蛇口，産異蚌胎。有感必通，生自煙潭之内；無脛而至，忽居寶肆之中。熒煌外散於月華，皎潔内含於星彩。兹蓋皇帝陛

下〔一六〕，齋莊奉道，清净化民，體乾極以握符，致坤靈而薦瑞。遐稽信史，迴殊照乘之光；洞究祥經，弗類媢川之色。臣握蘭郎署，剖竹侯封，幸逢江海之珍，難藏外郡；願繼梯航之貢，干黷內廷。臣無任瞻天戀聖，激切屏營之至！

校勘記

〔一〕蔭蟺蜎之寶字　原本「蔭」下空一字，明刻本作「壇」。按，字當作「蟺」，《文選》《甘泉賦》：「蟺蜎蠖濩之中」。今改補。

〔二〕贖安用　三字原本空白，據明刻本補。殘宋本、明抄本有「贖」字，「安用」二字均缺。

〔三〕詔亟下降　「亟」字原本空白，據明刻本補。

〔四〕愛君之臣　殘宋本同，明刻本「愛」上有「而」字。

〔五〕天度　「度」原作「廣」，據殘宋本、明刻本改。

〔六〕納忠　「忠」原作「志」，殘宋本同，據明刻本改。

〔七〕所賦　「賦」字原本空白，殘宋本亦缺，據明刻本補。

〔八〕淮甸　「甸」原作「旬」，據殘宋本改。

〔九〕爰思　「爰」，殘宋本、明刻本作「是」。

〔一〇〕力既不足　「既」原作「豈」，據殘宋本、明刻本改。

〔一一〕祲盛　「祲」原作「寖」，據殘宋本、明刻本改。按，班固《東都賦》：「祲威盛容」，注云：「祲亦盛也。」「祲盛」與下句

「驩康」對偶,字當作「祲」。

〔一二〕求助　殘宋本同,明刻本作「助治」。

〔一三〕有室大競　「有」原作「百」,據殘宋本、明刻本改。按「有室大競」,用《書·立政》成句。

〔一四〕遹追來孝　原誤作「遹來追孝」,據殘宋本、明刻本改。按,此用《詩·大雅·文王有聲》原句。

〔一五〕慶賴　「賴」原誤作「頴」,據殘宋本、明刻本改。

〔一六〕兹蓋　「兹」明刻本作「此」。

宋文鑑卷第六十六

表

謝知制誥表

王安石

高華之選，欲報常艱；固陋之身，以榮爲懼。竊以自古招智能之士，因使爲侍從之臣，豈特賴其虚名，謂能華國；蓋將收其實用，相與致君。矧號令文章之爲難，而討論潤色之所寄，苟失職不稱，則爲時起羞。伏惟皇帝陛下，躬上聖之資，撫久安之運；趨時有救弊之急，守器有持盈之難；當得俊良，使備遺忘，則典司明命，出入禁門，一有瘝官，尤爲累上。臣羈單賤士，鄙朴常人。仕初有志於養親，學遂不專於爲己。比更煩使，稍竊謬恩。内懷尸禄之慙，仰負食功之意。又蒙採擢，以至超踰。蓋君之視臣，不使同犬馬之賤；則下之報上，亦欲致岡陵之祟。況臣少習藝文，粗知名教，遭逢一旦，度越衆人。唯當盡節於明時，豈敢止懷於私計！

江寧府謝上表

王安石

稽違詔令，經涉歲時。先帝登遐，既不獲奔馳道路；陛下即位，又未嘗瞻望闕廷。所憂後至之刑

誅，敢冀就加於官使。雖知黽勉，尚懼顛隮。蓋聞因任以責羣材，原省以通衆志，厥或抱能而可用，則雖負疾而見容。如臣者，逮侍先朝，叨官外制。惓惓許國，雖有愚忠；役役隨人，但尸榮禄。銜哀去位，嬰疹彌年。望絶龍光，分投冗散。伏遇皇帝陛下，紹膺尊極，俯燭幽微，延之以三節之嚴〔一〕，付之以十城之重。比緣禋祀，特有褒封；申命曲加，因郵拜賜。唯是土風之美，素無犴獄之煩。久寄託於丘墳，粗諳知其閭里。念雖閉閤，殆弗廢於承流，以比造朝〔二〕，或未妨於養疾。矧恩勤之已迫，且遜避之不容。敢不少嘗體力之所任，祗奉詔條而爲治？冀逃大戾，仰稱殊私。

謝翰林學士表

王安石

臣聞人臣之事主，患在不知學術，而居寵有冒昧之心；人主之蓄臣，患在不察名實，而聽言無惻怛之意。此有天下國家者，所以難於任使；而有道德者，亦所以難於進取也。學士職親地要，而以討論諷議爲官。非夫遠足以知先王，近足以見當世；忠厚篤實，廉恥之操足以咨諏而不疑；草創潤色，文章之才足以付託而無負〔三〕，則在此位爲無以稱。如臣不肖，涉道未優，初無犖犖過人之才，徒有區區自守之善。以至將順建明之大體，則或疏闊淺陋而不知。加以憂傷疾病，久棄里閭。辭命之習，蕪廢積年。黽勉一州，已爲忝冒；禁林之選，豈所堪任？伏惟皇帝陛下，躬聖德，承聖緒，於羣臣賢否，已知考慎；而於其言也，又能虛己以聽之。故聰明、睿智、神武之實，已見於行事。日月未久，而天下翹首企踵，以望唐、虞、成周之太平。臣於此時，實被收召，所以許國，義當如何？敢不磨礪淬濯已衰之心，紬繹温尋久

廢之學，上以備顧問之所及，下以供職司之所守。

謝賜對衣鞍馬表

王安石

出大庭之顯服，束以精鏐；引内廐之名駒，傅之錯采，隆恩其逮，朽質知榮。竊念臣弱力淺聞，久憂積疹。中預從官之選，外分守將之權。僅免譴訶，更蒙收召。論思潤色，曾莫效於微勞；衣被服乘，乃前叨於異數。此蓋伏遇皇帝陛下，醲於慶賞，詳在招延，因示眷懷，使知奮勵。誓竭愚忠之報，冀無虚授之嫌。

謝賜弟安國及第表

王安石

雋乂之求，外覃草野；龍光之施，首逮門庭。竊以躬國論聽斷之煩，而察知孤遠之行；略門資貢舉之法，而拔取滯淹之才；山林之所誦説而難遭，閭巷之所驚嗟而罕見。伏惟皇帝陛下，協德穹昊，比明羲和；博臨四方，洞照萬物。如臣同産，爲世畸人，少遭閔凶，自奮寒苦。雖强學力行，粗有時名；而少偶寡徒，幾絶榮望。豈期聖聽，俯及幽潛；遂使窮途，坐陞華寵。奬以詔書而試藝，賜之科第而命官。禄不逮親，既永乖於養志；仕非爲己，當共誓於捐軀！

進修南郊式表

王安石

郊丘事重，筆削才難；猥以微能，叨承遴選。蓋聞孝以配天爲大，聖以享帝爲能。越我百年之休

明，因時五代之流弊。前期戒具，人輒爲之騷然；臨祭視成，事或幾乎率爾。蓋已行之品式，曾莫紀於官司。故國家講燎禋之上儀，而臣等承撰次之明詔。迨茲彌歲，僅乃終篇。猶因用於故常，特删除其紛冗。恭惟皇帝陛下，體聖神之質，志文武之功。嘉與俊髦，靈承穹昊。物方豐茂，以薦信而無慙；人具昭明，知因陋之爲恥。固將制禮作樂，以復周、唐之舊；豈終循誦習傳，而守秦、漢之餘？則斯書也，譬大輅之椎輪，與明堂之營室。推本知變，實有考於將來；隨時施宜，亦不爲乎無補。

謝男雱除中允説書表

王安石

恩驟加於私室，多所超踰；事或累於公朝，誠難冒昧。仰煩睿訓，曲喻至懷。永惟眷奬之殊，實重兢慙之至！伏念臣首叨召節，得侍詞林；隨被贊書，使陪經幄。稍更歲月，莫補涓埃。竊觀上智之日躋，内訟淺聞而知困。況如賤息，厥有童心。尚迷鑽仰之方，豈稱招延之禮？恕已量主，非敢以私而自嫌；爲官擇人，顧雖成命而宜改。輒布可辭之義，上干難犯之威。伏惟皇帝陛下，屈體優容，垂精寵答。謂大人照臨之道廣，當養以蒙；意小夫誦説之智專，遽忘其賤。褒稱備厚，訓飭加嚴；揣實未安，寄顔有恧。重念自古君臣之相與，未有如臣父子之所遭。蓋當用儒之時，尤難講藝之職。典謨方御，實參備於討論；誥誓未終，已繼叨於奬擢。獲世官於閭巷，嗣家學於朝廷，自非忘軀，何以報國？知人而官以哲，慨已誤於明揚；委質而教之忠，誓永肩於素守！

乞皇帝御正殿復常膳表

王安石

陽春生物，偶霶澤之稍愆；睿慮恤民，遽側身而自抑。德已修於消變，數或係於非常；當服彝儀，用安羣下。恭惟皇帝陛下，大仁博施，神知曲成。躬忘旰食之勞，坐講日新之政。四時協序，萬物致和。適當化養之辰，宜得涵濡之澤。少違常候，深軫清衷。退師氏之正朝，約大官之盛饌。仰窺謙德，志在閔民。然而遐虜來朝，當卽法宫之位；誕辰入慶，合陳燕俎之珍。事有所先，禮難偏廢。伏願仰回淵聽，俯徇輿情，夙御九筵之居，並羞十閤之具。上以全於國體，下以副於臣誠。

第二表

王安石

時澤偶愆，屢勤齋禱；聖衷愈勵，曲盡焦勞。將損己以召休，因退次而貶食。列陳剡奏，尚閟嗣音。在臣列之靡遑，伏帝閽而再扣。恭惟皇帝陛下，體居《離》正，德禀《乾》剛，期揉俗以致康，嘗納隍而興念。七載於此，繼獲豐穰；一春而來，或罹愆亢。皇慈深軫，羣祀徧修。恐狴犴乖則親慮其囚，懼黼黻美則躬變其服；仍損内饔之舉，兼虚正宁之朝。然而禮貴從宜，事難泥古。而況甫臨誕節，交舉慶儀，日有列辟拜萬年之觴，有殊俗修兩朝之好，苟虧彝制，難副羣情。伏望少屈淵衷，特從誠懇；大臨廣厦，日御常珍。親事法宫，廓宣於政治；惟辟玉食，昭示於等威。仰以慰兩宫之慈，俯以安羣下之望！

謝東府賜御筵表

王安石

恩厚不貲，誠先賢之務稱；頑冥無似，欲報國而知難。臣等過以凡材，並膺殊選，久壅賢路，上孤聖

時。伏惟陛下謀德在容，求仁以恕。謂大臣方宣勞於王室，則人主當加恤其私家。發使禁闈之中，俾視魏闕之下。取才置臬，皆斷於睿謀；成事告功，不煩於宰旅。重紆衡蓋，周視庭除。中以中人，喻之良月。使及日辰之吉，卽于堂寢之安。輟車府之傍牽，載其帑重；移饔官之烹割，侑以鼓歌。歡更逮於邇臣，寵先加於小己。陰陽或謬，未知燮理之方；風雨其除，徒賴帲幪之賜。

乞罷政事表

王安石

私懷懇至，已具布聞；聖訓丁寧，未蒙開納。敢冒崇高之聽，再輸悃愊之情。臣聞任賢之方，要其有用；陳力之義，止於不能。苟弗集於事功，且重罹於疹疾。豈容叨據，以累明揚？伏念臣猥以孤生，親逢盛世。昧於量己，志欲補於休明；失在信書，事浸成於迂闊。每煩衆論，上慁聖聰。久知素願之難諧，繼以積痾而自困。辭而去位，庶逃竊食之誅；勉以就工，重荷包荒之德。雖貪順命，終懼妨功。伏望皇帝陛下，闓度并容，大明俯燭，特垂矜允，俾遂退藏。如此則孤進之身，獲全生於末路；具瞻之地，得改命於時材。

乞退表

王安石

臣忠於爲國，故進而能致其身；君恕以及人，故病則閔勞以事。此今昔共由之通義，實上下相與之至情。敢觸冒昧之誅，冀蒙哀矜之聽。臣受才鄙劣，遭運休明。陳愚或會於聖心，承乏遂尸於宰事。

謀謨淺拙，謾不見其有成；操行陵夷，又或幾於無恥。久宜辭位，尚苟貪恩。豈圖養拙以乖方，重以瞀昏而廢務。粗嘗陳列，未獲矜從。黽勉以來，浸淫遂劇。大懼典司之曠，上煩程督之嚴。伏惟陛下詢事考言，循名責實。或輟夜分之寐，常臨日昃之朝。萬方黎獻之多，略皆祗辟；三事大夫之守，豈可瘝官？仰冀高明，俯昭悃愊。念其服勞之久，愍其嬰瘵之深，及未干鈇鉞之時，令遂解機衡之任。豈特少安於私義，玆惟畢協於師虞。

第二表

王安石

聖恩所及，有隆天重地之施；私義未安，有深淵薄冰之懼。竊惟成湯、高宗之世，有若伊尹、傅說之臣，其道則格于帝而無疑，其政則加乎民而丕變。后惟時乂，相亦有終。迨乎中世之陵夷，非復古人之髣髴。忠或不足以取信，而事事至於自明；義或不足以勝姦，而人人與之爲敵。以此乘權而久處，孰能持禄以少安？此臣之慮危於居寵之時，而昧死有均勞之乞；況於抱病，浸以瘝官。伏惟陛下道與日躋，德侔乾覆。哀一夫之失所，樂萬物之皆昌。矧夫眷遇之優，既已勤劬之久，宜蒙善貸，使獲曲全。賜其疵賤之身，假以安閑之地。則敝車無用，猶可具於勞薪；棄席未忘，或再施於華幄。

賀周德妃及魏國大長公主禮成表

王安石

明告治庭，寵頒恩册，家邦之慶，海宇以欣。恭惟皇帝陛下，荷天閎休，若古丕式。自禰率而尊祖，

備極靈承；謂姊親而先姑，特加徽數。改錫厥壤，增襃所生。大號已孚，庶言惟允。臣久尸榮祿，竊睹盛儀，臚傳雖異於九賓，率舞尚同於百獸。

賀冬表

王安石

陰偕物極，陽與朋來。推歷玩占，乃見潛萌之信；體元御辨，以知敦復之中。恭惟皇帝陛下，舜孝禹功，文謨武烈。茂對時之福嘏，靈承旅以壽康。臣久冒朝榮，外叨方任。弗預稱觴之末，豈勝存闕之深！

乞宫觀表

王安石

筋骸衰薾，僅有餘生；肝膈精微，簡在聖聽。豈圖寵獎，未賜矜從；輒冒威尊，更輸情素。伏念臣久妨機要，初乏涓塵。苟免庶尤，實荷恩私之至；敢緣多疾，更尸名器之崇？比辱使軺，俯宣詔旨，深惟策勵，仰稱龍光。而況病瘵有加，療治無損，辭榮家食，乃爲理分之宜；干澤自營，尚恃眷憐之舊！伏惟皇帝陛下，衡聽萬事，器使衆材，念其黽勉之終難，假以便安而少愒。庶完體力，圖報毫分！

賀赦表

王安石

精意上昭，神靈底豫；茂恩旁暢，夷夏浹和。臣聞道以饗帝爲難，禮以配天爲至。有秩斯祜，唯四

表之歡心；胡臭亶時，匪九州之美味。自古在昔，若聖與仁，厥遭昌辰，乃覩熙事。恭惟皇帝陛下，邁種三德，敷奏九功。率籲奉璋之衆髦，肇稱奠璧之新禮。廟籩致孝，郊血告幽。誠既格於穹旻，福遂均於品庶。振憂矜寡，原宥眚裁。第五玉以褒封，善人是富；發三錢而慶賜，賤者不虛。天其居歆，人以呼舞。臣夙叨寵奬，親值休成，雖無預於駿奔，實不勝於竊抃。

賀正表

王安石

寶歷無疆，嘉生有俶。門憲始和之象，庭充元會之儀。伏惟皇帝陛下，膺保永圖，茂綏純嘏。撫五辰而致順，毓萬物以皆昌。臣久負異恩，尚攖衰疾，瞻雲煥爛，欣逢舜旦之華；擊壤逍遥，樂得夏時之正。

謝朱炎傳聖旨令視事表

王安石

使指遄臻，訓詞俯逮，敢圖衰疾，尚悮眷存！伏念臣曲荷搜揚，久孤付屬。有能必獻，未嘗擇事而辭難；無力可陳，乃始籲天而求佚。然方焦思有爲之日，以此懷恩未報之身，苟營燕安，豈免慙悸？伏蒙陛下，人惟求舊，義不忘退，乃因乘軺賦命之臣，更喻推轂授方之意。跼履無用，誠弗忍於棄捐；朽株匪材，尚奚勝於器使？永惟奬勵，徒誓糜捐。

謝加南郊恩表　王安石

解澤旁流，明綸俯被，永惟叨味，深以兢榮。竊以時郊丘之承，所以尊上帝；疇官邑之賜，所以富善人。盛福靡專，至恩惟稱。臣久塵要近，上累昭明。方玉輅之親祠，以銅符而外守。逮均休慶，例獲褒嘉。此蓋伏遇皇帝陛下，以平施於萬方，無遐遺之一物。矧蒙圖任之舊，特荷獎知之深。祇服訓辭，敢忘報禮！

賀景靈宫奉安列聖御容表　王安石

新一代之上儀，極二端之美報。經始有俶，實自睿謀；歡成無疆，乃惟衆志。竊以閟宫鬼享，周特腆於姜嫄；原廟神游，漢獨隆於高帝。遠或遺祖，近止及親。恭惟皇帝陛下，服卑而卽功，食菲以致孝。嚴祖宗之衆像，依仙釋而異宫。館御因時，初豈忘於苟簡？修除備物，乃有待於純熙。宸宇祕嚴，扁榜崇麗。祼獻式序，妥侑維時。藐然往初，孰此倫擬？臣久尸榮禄，尚負宿痾，聞釐事之既成，與羣情而偕樂。

賀南郊禮畢表　王安石

精明條達，神睠顧而依懷；膏澤川流，人歡呼而蹈厲。臣聞語孝之至，莫大於配天；議禮而輕，不足

以享帝。能舉釐事，實歸聖時。恭惟皇帝陛下鴻圖已昭，康年屢應。奔走籩豆，有董正之治官；潔豐粢盛，有底慎之財賦。禮成穀旦，恩浹綿區。雖洛誦之休明，尚難譬稱；豈兒寬之淺訥，能盡揄揚。臣夙荷慈憐，方嬰衰瘵。望九賓之紳笏，獨遠句傳；狎百獸於山林，猶知率舞。

辭南郊陪位表

王安石

萬國駿奔，煒上儀之殊觀；一夫幽屏，叨明命之特招。伏念臣竊禄已多，冒恩最渥。自致惓惓之義，實有素情；再瞻穆穆之容，豈非榮願？而薾然暮景，嬰以沉痾。伏畎畝以負薪，於今未已；侍壇垓而踐豆，用此爲妨。

謝免南郊陪位表

王安石

螻蟻惓惓，上干旒扆；雲天顥顥，俯賁丘園。臣憊矣微生，頹然暮齒。冒恩鼎食，非堅卧以爲高；承命旌招，宜駿奔而反後。顧緣衰薾，致隔清光。伏蒙陛下，特赦尤違，曲垂念聽。蔀昏難望，尚延舜日之華；荒翳易遺，更獲堯雲之潤。

辭明堂陪位表

王安石

合宫丕享，寰宇駿奔。冒被優詔之加，使陪顯相之末。伏念臣投身荒遠，上負眷憐；企踵禁嚴，久

勞鑒寐。況宗祀之盛禮，辱號召之明恩，當即辦嚴，豈容辭疾？而沉冥浸劇，黽勉實難。心若子牟，雖每存于魏闕；身如楊僕，乃自外于漢關。

謝加食邑表

王安石

顯相郊宫，固宜寵獎；曠居田里，乃濫褒加。伏念臣尚負宿痾，久尸榮禄，無可論之薄效，有未報之隆恩。方國明禋，庶工祇載，奉璋執豆，旅幣獻琛，具輪奔走之勞，獨抱滯留之歎。豈圖疏遜，亦冒寵光？此蓋皇帝陛下，荷休駿厖，斂福敷錫，故雖幽屏，弗以遐遺。身每被於慈憐，心敢忘于勤策〔四〕。

廣德軍謝上表

錢公輔

曠官罪大〔五〕，奪位秩者彌年；享帝恩隆，回雷霆於數日。籍還省部，身忝軍牙，祗荷寵靈，伏深感懼。伏念臣江湖賤士，岩穴孤生，出逢聖辰，升備法從。學非深造，粗能明致治之方；心不苟容，姑欲罄事君之節。義當有在，雖富貴誘之而不回；職所宜言，雖斧鉞威之而益厲。果由官守，遂正典刑。放之窮山，所以苦其心志；授之散秩，將以餓其體膚。期没齒於蒿萊，敢希榮於軒冕？豈圖寬宥，尚被采收。死灰誰謂乎復然，白骨安知乎再肉！便鄉守壘，上冢還家。百計安閑，一身妥逸。使其自請，未必能然。此蓋伏遇陛下，化極文明，恩漸動植。如天之覆，遠則彌周；如日之中，幽無不燭。遂容駑質，猥玷鴻私。況是桐川，獨居江左。俗雖僻陋，而稱風物之良；地雖褊迫，而有山林之勝。養兹不肖，孰曰匪

宜？惟修省所以飭躬，惟忠勤所以報國。有民有社，固恪奉於訓詞；爲子爲臣，方益堅於素節。誓殫犬馬，仰答龍光！

校勘記

〔一〕三節　「三」字原本空白，據殘宋本、明抄本、明刻本補。

〔二〕以比　「比」字原本空白，據殘宋本、明抄本、明刻本補。

〔三〕文章之才　「才」原作「不」，據殘宋本、明刻本改。

〔四〕敢忘　「忘」原作「更」，據殘宋本、明抄本、明刻本改。

〔五〕曠官　「曠」原作「廣」，據殘宋本、明刻本改。

宋文鑑卷第六十七

表

謝南郊加恩表

王珪

奉二精之報，方錯事於崇丘；獵三靈之流，遂均釐於邇輔，仰承嘉命，俯愓孤衷。伏念臣叨會昌期，進聞國論。器雖狹於所用，志常勇於有爲。屬修郊廟之祠，叨與公卿之議。鳴鍾在簴，獲際靈斿之娭；紓佩埽塗，親承天步之恪。曾乏秉文之助，得觀繼聖之能。逮敷錫於鴻休，復過膺於寵數。論非朝允，恩實天隆。兹蓋伏遇皇帝陛下，文韓闓希，仁漸疏逖。因神推惠，既被虫魚之豐〔一〕；爲己掠功，何勝淵谷之畏！尚勉殫於樸守，期少謝於曲成。

請皇帝罷謁太廟表

王珪

近嘗拜章，以大慶殿將行恭謝天地之禮，乞罷前一日謁太廟者。伏以升燎于壇，既節徂郊之禮；奉璋于室，宜裁假廟之文。俞音未回，羣聽猶鬱。恭惟尊號皇帝陛下，膺純燿之烈，撫休明之期。蓋神勞萬務，則氣或盭和；以德交三靈，則福亦旋感。念保綏於鴻業，思昭謝于高穹。廼涓路寢之居，以象圜

丘之饗。粢盛芳潔，璧玉華光。方將陟配三后之靈，導迎上帝之貺。茲誠爲人子者孝之盡，有天下者報之隆。今復馳齊蹕之嚴，祇太室之薦。竊恐霧露之氣，涉于宵衣；輿馬之音，震乎天步，則非所以承祖宗之愛，來邦家之休。臣等冒秉化鈞，獲司熙典。謂文之所損，在于適時之變；且事不敢勉，誠以愛君之深。冀專並侑之虔，願弭先期之謁。儻孚衆欲，是契天心！

謝賜生日禮物生餼表

王　珪

詔函俯暨，臺饋申頒。絶衡弼之異恩，動里閭之殊觀。伏念臣所懷蹇淺，自奮羈單。方少而孤，每感劬勞之日；其生也幸，得遭熙盛之朝。遂以區區投老之身，而處赫赫具瞻之地。輿圖邦政，固無經遠之謀；式燕私門，更誤養賢之禮。此蓋伏遇皇帝陛下，寵綏近辟，丕冒庶工。謂君臣同體，則憂樂宜均；而上下相求，則報施爲重。幣繒實篚，寵已厚於解衣；餼廩盈庭，愧有加於浮食。敢不内竭朴愚之守，上酬獎顧之深！

謝賜生日禮物表

王　珪

聖言如綍，有温厚於芝函；邦錫自天，發光華於蔀室。榮踰素望，愧溢常涯。伏念臣以固陋之資，被睿神之眷，洊預塵於政路，復冠列於台司。歲月崢嶸而屢更，精力勤勞而莫補〔二〕。速譏譏於衆口〔三〕，愧功烈於前人。逮茲茍完，安有横冀？載及桑蓬之序，方深岵屺之思。念莫報於劬勞，敢饕承

於恩禮？良金燭乘，嚴賓軔於天駒；藻帛絢文，雜華章於笥服。豈緊蕃庶，併及衰遲！此蓋伏遇皇帝陛下，敦舜孝以儀民，軫堯仁而冒物。特厚柄臣之遇，過盼御府之珍。交孚曲記於賤生，博愛乃容於濫賜〔四〕。拜漢廷之寵，雖慚稽古之工；報《周雅》之章，願上如岡之壽。

越州謝上表

沈文通

以親爲請，得郡甚優。越去宫庭，介居江海。就職之始，撫心弗寧。伏念臣本維諸生，知守前緒。親逢文治之盛，冒塵科選之榮。擢躋儒林，遂執史筆。學不足以達治亂，於顧問實難；文不能以通古今，於述作何有？誤出聖朝之遇，進登侍從之塗。黽勉備官，逡巡待罪。雖大恩未報，豈敢便安其身；顧私養弗充，不勝進退之迫。輒以誠乞，既兹莫居。幸溢於涯，感無以喻。此蓋伏遇尊號皇帝陛下，天地之德，覆載而無所不容；日月之明，照臨而無所不暨。故臣得遂其犬馬之志，安于藩翰之間。況兹爲州，自昔建國。連帶數鄉之廣，總齊萬兵之權。有可以爲，當無所苟。尚寬東顧之慮，少獲萬分之心！

越州謝上表

元絳

易帥嶠南，方深危懼〔五〕；分符浙右，特荷保全。仰服恩章，惟知感涕。伏念臣習知忠誼，竊慕功名。歷事三朝，行將四紀。向自北垂之漕，就更南粤之麾。蒙臨遣以丁寧，敢遑安而留滯！載驅長陸，甫及半途，忽聞羽檄之音，謂有龍編之警。横水明光之甲，得自虚聲；雲中赤白之囊，倡爲危事〔六〕。

邊萌擾動〔七〕，朝聽震驚。況在守臣〔八〕，敢愆奔命。風馳南海，已久見於吏民；日遠長安，蓋未聞於章奏。仰煩宵旰，咨及臣鄰。謂護塞之急人，且擇才而代戍〔九〕。驅車萬里，虛出玉關之門；乘馹一麾，幸至會稽之邸。尚兼方面，彌畏人言。此蓋伏遇陛下，法道曲全，等天丕冒。以臣更事緜久，備歷四方之勤；知臣立朝最孤，迥無一介之助。涣然休命，付畀价藩。臣敢不訓旅以嚴，安民以静？庶希樂易之治，仰補熙隆之時。銜賜不貲，論生曷補！

謝致仕表

元絳

四載披誠，蘄還於朝組；九重垂聽，申錫於詔函。預儲宫之備官，遂家林之佚老。伏念臣衣纓衰緒，樗櫟下材。再而孤，僅能搆思；未冠而仕，始務代耕。懵儒術之逢原，狃吏文之宿業。歷官二世，服勞四方。蒙上聖之誤知，自東州而即召。擢置詞禁，進處冬官。浸膺選衆之求，竊貳贊元之任。近藩出守，遇潛邸之建旄；别殿追還，復露門之奉席。遽周歲律，屢對威顔。自惟癃朽之餘，每循止足之戒。深辭圭紱，冀就田廬。载齒孤鳴〔一〇〕，空懷疲戀；槁骸如在，正欲全歸。仰煩睿訓之慈，終竊愚衷之守。不圖寵眷，加進榮階。存東宫保養之官，仍西清嚴近之職。効華封之祝聖，佇見多男；階商皓之通賓，願護太子。恩隆山岳，感浹肺肝。此蓋伏遇皇帝陛下，大道曲全，至仁博施。念師丹之垂老，久已宣勤；察衛綰之無他，居常遠恥。越推渥涣，獲保初終。詫里俗而有輝，顧師言而至愧。冥鴻雖遠，正依天寓之亟容；時藿未彫，尚傃日華之明潤。逢辰知幸，之死不忘。

定州謝上表

呂公著

尸榮右府，無禪廟算之奇；假守中山，復當閫制之重。戴恩爲懼，虔命以行。湍届郡封，恪宣條詔。伏念臣降才譾薄，植性懦愚。學術不足以稽五諜之疑，識慮不足以籌千里之勝。特以百年舊族，荷累聖不貲之恩；一介微軀，辱上主非常之遇。夤緣寵渥，更踐清華。晚收疏外之孤蹤，擢替微幾之要務。曲奉天光而咫尺，被聖誨之丁寧。謂臣世服近僚，有均休共戚之義；察臣傍無厚援，絶背公死黨之嫌。曲示優容，俾思報效。顧駑鈆之難强，嗟蒲柳之易衰。久預材司，積有妨賢之畏；洊祈麾寄，更圖陳力之方。伏遇皇帝陛下，體虚静以儲神，極高明而盡下，俯矜素悃，特霈俞音。惟定武之奥區，據朔垂之重地。尚叨付委，靡即棄捐。仍進叙於文階，且兼華於祕殿。併將厚意，增賁舊臣。況臣夙侍軒墀，實司樞筦。凡治軍經武之要，洎守塞禦戎之宜，日炙睿謀，備覩宸斷，逮兹臨遣，得以遵承。謹當細大必躬，夙宵彌勵。進不敢希功而生事，退不敢弛備以曠官。期不玷於誤知，庶少酬于鴻施！

河陽謝上表

馮京

久塵右地，無補聖明；坐竊邇藩，尚寬罪戾。恩私溢望，愧灼兼懷。伏念臣才不逮中，智非經遠。特逢盛際，再列近司。擢之於尋常之中，振之於顛危之下。便蕃異數，究極寵光。齪齪備員，僅能寡過；碌碌成事，無足論功。徒肩許國之誠，靡講衛生之術。曩嬰疾疹，殆至膏肓。雖賴上醫，迄存餘喘。

然而氣血潛耗，智慮早衰。筋力乏於步趨，耳目乖於聽覽。勉從職事，仍歷歲時。覆餗之譏，已騰衆口；乞麾之請，遽惻上心。矧惟右輔名都，三城重鎮。水陸皆便，次舍非遥。食物具宜，堂皇尤峻。使傳罕經於館候〔二〕，訟牒希至於庭除。加以時雨既優，宿麥滋茂。盜賊屏息，閭里阜安。不煩施爲，有便頤養。此蓋伏遇皇帝陛下，天地容覆，日月照臨。私臣以不報之恩，諒臣有可矜之理。終始眷遇，進退保全。顧何心顔，敢愛軀命？惟願稍加藥餌，益近方書。朝露未晞，儻復還於舊觀；爝火不息，誓更竭於精神。

賀熙寧十年南郊禮畢大赦表

曾　鞏

人之所歸者莫如德，天之所享者在於誠。其惟聖王，克有全美。伏惟皇帝陛下，聰明稽古，承繼祖宗；慈惠愛人，撫臨邦國。有偏覆并容之大度，有防微慎獨之小心。不從遊畋，不近聲色。無紛華盛麗之好，無便辟側媚之私。歲時吉蠲，以承七廟；左右順適，以奉兩宫。其功施於人，效見於事，則宅仁由義，縉紳之徒成材於學校；超距蹋鞠，熊羆之旅養勇於營屯。甌窶汙邪之收，充於倉廩；關石和鈞之利，阜於市廛。家有豫樂之聲，人無愁怨之色。協氣所召，休應自殊。鉤陳太微，星緯咸若。崑崙渤澥，濤波不驚。近則金石之音，鳥獸欣躍；遠則干羽之舞，蠻夷駿奔。象齒旅於闕庭，龍媒納於閑廄。是謂六府三事，皆可以歌；四海九州，罔不率俾。蓋巍巍而特起，非瑣瑣之能闚。前世議太山之封，謀梁甫之禪者，度崇比大，疇克登兹？陛下抑而不圖，謙以自牧。以謂先后創業垂統，其功莫得而名；上帝隤祉

發祥，其德無可以稱。思所以報，一本於心。故寅畏嚴恭，積之有素；而齊明薰祓，進而益虔。在於物者，不取其煩；盡諸已者，必求其實。是以蕭光之烈，奏於宗祊；柴燎之烝，焜於郊兆。幽隱昭答，神靈顧懷。無疆惟休，方寖昌於萬世；不敢專享，故敷錫於羣元。稽參典彝，定著赦令，弛張從理，同異稱情。蠲罪眚而棄瑕疵，録勞能而縱逋負。顯晦咸暨，洪纖不遺。萬國之歡，既交於沖漠；一人之慶，遂及於跂蠕。孚于上下之間，極乎帝王之盛。臣被學最舊，蒙恩寖深。莫侍甘泉之祠〔一三〕，獨嘆周南之滯。第從臣之嘉頌，未效薄材；望屬車之清塵，但馳遠思。

謝元豐元年曆日表　曾鞏

一遠闕庭，十移星曆。顧彫零於齒髮，無報補於毫分。伏惟皇帝陛下，叙大禹之九疇，齊有虞之七政。陰陽寒暑，罔不若時；草木昆蟲，舉皆遂性。循用頒正之典，寵詒分土之官。臣幸備守藩，預聞告朔。去親方遠，已驚歲月之新；許國雖堅，更嘆功名之晚。惟體在民之意，庶裨及物之仁！

謝翰林侍讀學士表　范鎮

省中四禁，忘誤其一，苟或有犯，加罪不原。猥蒙貸全，猶藉親近，内自循省，以榮爲憂。竊以賞而受賞者，若固有之，善賞也；罰而被罰者，知自取之，善罰也。成王舉魯七百里之地以封周公，周公拜於前，魯公拜於後，而不以爲泰者，功所當也。管仲奪伯氏駢邑三百，没齒無怨言者，罪所宜也。伏惟皇

帝陛下，録社稷之功，而賞加輔臣；重書詔之失，而罰及學士。賞所當賞，罰所當罰，明命一出，中外聳然。因使天下之人，曉然知先帝與子之明，而群臣得君之慶。臣於此時，死固無憾。況蒙再造，使之更生者乎？重念臣出乎遠方，孤陋朴訥。臣子忠義，則嘗講聞；朝廷典章，實匪練習。果緣所短，有玷斯猷。不加鈇斧之誅，才换金華之職。雖云薄責，足警羣倫。且天地大恩，固無論報之理；而冰霜素節，猶有持守之常。願堅初心，以收來効。

謝致仕表

范　鎮

早衰多病，得謝歸休。有命自天，所容如地。仰銜恩紀，伏竊兢榮。伏念臣本出孤生，歷塵膴仕，曾無報効，虚積歲時〔三〕。仕宦之年，已更一世；遭逢之幸，實事三朝。徒有愚忠，以自信處。雖曰乞身而去，敢忘憂國之心？因叙人言，上干天聽。曲蒙寬貸，未賜誅夷。得於盛明之時，以遂閑適之性。伏惟皇帝陛下，審持賞罰，而一委於公；總秉權綱，而不移於下。集羣議爲耳目，以除壅蔽之姦；任老成爲腹心，以養和平之福。躋民富壽，措國康寧。臣之至情，實在於此。

謝龍圖閣直學士表

宋敏求

推宸扆之誤恩，備禁塗之常從，聞命榮抃，省躬兢惶。伏念臣性理惷冥，局致庸近。猥緣承學之舊，寖沐右文之風。英宗皇帝，拔自書林，寘於詞掖。雖汲黯蚤進，謬旅於雋游；而蕭育稀遷，自安於拙

分。一叨奬拔，星紀僅周。固嘗勵翼其心，靖共所守。顧命義以弗苟，務忱恂而匪他。以至陟諫臣之坡，司史氏之筆。還儒館而塵麗正之職，分使節而贊甘泉之儀。益忻聖旦之親逢，莫匪臺家之茂選。而曲綏皇眷，冒進榮階。謂臣嘗事先朝，典右曹之綸綍；俾臣特陞延閣，直西序之圖書。撫棄迹以重收，帖寵名而差叙。帶環申錫，詔檢垂褒。此蓋伏遇皇帝陛下，權綱大新，恩斷中出。均天地之平施，煦及陳荄；回日月之餘光，豐於蔀室。致兹窳器，亦預清班。敢不慎服官箴，勤殫忠藴，庶圖來效，少報洪恩。

安州謝上表

滕　甫

屢致人言，固宜竄殛；曲蒙天造，尚賜保全。雖易守符，仍叨善地。士民純秀，幾同廣魯之流風；里俗驩康，正值元豐之樂歲。安閑事簡，尸素爲慙。伏念臣本以愚儒，出逢真聖。首蒙國士之遇，最在衆人之先。便欲碎首以酬恩，未知死所；故嘗指心而自誓，惟有天知。況事任既已徧更，在人情寧不愛惜，豈有固爲緩縱，自取顛隮？惟日月之至明，亮肺肝而必照。矜憐舊物，收置近藩。而朝廷難廢於公言，故君父特存於大體。稍從遠外，終不棄捐。顧臣何人，受恩若此！此蓋伏遇皇帝陛下，神聖徧物，清明在躬。化覃無外之封疆，仁及何知之草木。況臣累更器使，粗效愚衷。眷此遺簪，嘗辱提携之末；譬之行葦，更收踐履之餘。臣敢不祗奉簡書，服勤吏役？雖桑榆之戾景，將逼暮年；而犬馬之微誠，猶思後效。

謝澶州簽判表

程　顥

論議無補，職業不修，國有典刑，罪在誅戮。典蒙宏貸，仰荷洪私，期於糜捐，莫可報謝。臣性質朴魯，學術空虚，志意粗修，智識無取。陛下講圖大政，博謀羣材，過聽侍臣之言，猥加風憲之任。臣既遭遇明聖，亦思誓竭疲駑，惟知直道以事君，豈忍曲學而阿世。屢進闊疎之論，愧非擊搏之才。徒嘗刳瀝肺肝，曾無裨補毫髮。既不能繩愆糾謬，固不願沽直買名。豈敢冒寵以居，惟是奉身而退。自刻之章繼上，閤門之請深堅。天意未回，憲章尚屈。更奉發中之詔，俾分提憲之權。不惟沮誖論之風，亦懼廢賞刑之實。力形奏述，恭俟誅夷。此蓋伏遇皇帝陛下，極天清明，普日臨照。洞正邪之心迹，辨真僞於幽微。察臣忠誠，恕臣狂直。不忍置諸重辟，投之遠荒。解其察視之官，處以便安之地。生成之賜，義固等於乾坤；涵容之恩，重更逾於山嶽。臣敢不日新素學，力蹈所知，秉心不回，信道愈篤。顧徇小夫之志，不爲儒者之羞。或能自進於尋常，庶可仰酬於萬一。

代謝進和御詩獎諭表

強　至

參羣篇而奏御，賡載非工；被優詔之發中，襃嘉甚渥。惕然拜君父之賜，藏以爲子孫之榮。伏以《書》曰「帝庸作歌」，所以極道明良之意；《雅》云「臣能歸美」，所以上酬福禄之辭。惟千載一時之逢，踰三王二帝之際。乘太平之多暇，講稀闊之盛游。歷寶宇以披祖宗相受之文，御飛帛以縱神聖有餘之

學。以至置酒別殿，賦詩中宸。于時從聯，咸續賡唱。如臣者，有朴愚而植性，無文采以表身。自陪風憲之要司，都廢雅言之舊學。妄抉鄙思，綴成斐章。大樂在前，發哇聲而接響；太陽臨下，銜爝火以交光。既黷邃旒，若臨深谷。敢謂兼容之度，例形過奬之辭。游聖門者，謂之難言，矧繼堯文之後；踰華衮者，重夫褒字，矧蒙漢訓之加？夫何孤臣，竊此厚幸。此蓋伏遇尊號皇帝陛下，齊德天覆，育材士倫。善難小而弗遺，力或矜其不逮。誓竭講劘之效，庶酬假昜之仁。

代都運趙待制謝上表　　強　至

小材而臨大計，不知經畫之所從；薄量以函厚恩，唯有忠勤而可補。竊以今之北道，重曰外臺，邊宿勁兵，境控强虜。歲支洪河之備，而民力幾屈，所以艱於賦輸；地列數鎮之師，而吏員益繁，所以要在刺舉。宜擇精明彊濟之器，以付轉給澄清之權。若臣空孱，於事迂拙。繇引兩川之漕，近貳大農之司。率犕竭於愚衷，訖罕通於利術。敢期煩使，乃委孤臣？此蓋皇帝陛下，廓天地之容，收涓埃之細。特加不次之命，而欲勸來者；弗責已試之效，而俾懷後圖。得不夙夜以思，始終乃職。豈敢顓聚斂之最，以上累君仁；亦當拊凋殘之餘，庶下蘇民瘼。

代謝再任表　　強　至

悃愊彖陳，從欲許還於新節；衰疲自力，竭能勉撫於舊封。委寄逾隆，顛隮自懼。伏念臣本緣一介

之曲學，歷被三朝之誤知。自解宰鈞，繼紆守紱。早年遇事，風霜不計於殘軀；晚歲纏痾，藥餌乃同於常膳。比引揣躬之分，數裁辭劇之章〔四〕，力丐閒州，少安病質。而恩生望外，事與願違。俄更西雍之帥旆，仍付北門之留鑰。所以極陳去就，仰黷聰明。幸寵利非事君之宜，必冀寢加恩之命；策疲駑雖老臣可彊，敢不拜再任之休！訖奉俞旨，兩諧愚懇。此蓋伏遇皇帝陛下，至仁天冒，盛德海涵，器使庶工，愛偏舊物。雖俊傑甚衆，並試有爲之時；而尩瘁之餘，惜投無用之地。敢不勤宣條教，兼附兵民。儻溝壑之未填，尚乾坤之可報。

校勘記

〔一〕虫魚 「虫」字原本空白，據殘宋本、明抄本補。

〔二〕莫補 「補」字原本空白，據殘宋本、明抄本、明刻本補。

〔三〕速譏 「速」字原本空白，據殘宋本、明抄本、明刻本補。

〔四〕濫賜 「賜」原作「觴」，據殘宋本、明抄本改。

〔五〕易帥嶠南方深危 七字原本空白，據明刻本補，殘宋本、明抄本只存「易帥」二字。

〔六〕危事 「事」字原本空白，據明刻本補。

〔七〕邊萌 二字原本空白，據明刻本補。

〔八〕況在守臣 「在」原作「臣」，據殘宋本、明抄本改。

〔九〕擇才 「才」原作「人」，據殘宋本、明抄本、明刻本改。

〔一〇〕戴齒　「戴」字原本空白，據殘宋本、明抄本、明刻本補。

〔一一〕使傳　二字原本空白，據殘宋本、明抄本、明刻本補。

〔一二〕莫侍　「侍」原作「待」，據殘宋本、明抄本、明刻本改。

〔一三〕歲時　「時」原作「月」，據殘宋本、明刻本改。

〔一四〕辭劇　「辭」字原本空白，據明刻本補。

宋文鑑卷第六十八

表

淮南轉運使謝上表

蘇頌

贊畫甘泉，久玷三臺之末；觀風淮甸，驟陞數使之榮。朝寄匪輕，地望兼重。愧非才選，靡稱厥官；姑謹詔期，趨行所部。寵靈所被，畏惕非常。竊以州郡備官，所以分釐於民務；朝廷遣使，所以布宣於主恩。付一道之事權，用六條而舉察。賦輿出内，俾以均輸；吏治否臧，責之薦黜。自匪縣更於事任，詎能振肅於治綱？若臣者，才不足以適時，慮不足以經遠。偶緣資級之例，得從選用之階。始自書林，出分使竹；俄從褒服，入佐計籌。粗收歲月之勞，蔑著毫分之效。豈謂伏遇皇帝陛下，察庶工之任使，矜久職之良勤，拔於省僚，授以利柄。矧惟淮海之部，寔搤東南之衝。昔號奥區，今逢樂歲。五稼盈疇而遂茂，四人勤力以厚生。料乎漕運之程，無煩趣辦之急。惟當敷宣惠澤，通究物情。編齊之利病可更，立求其本；刑政之重輕或失，當適其中。上期靖嘉，少釋論擇。若乃事躲貌以爲風采，盡銖兩以歛民財，顧在懦愚，誠多闊略。重念上慈天覆，聖治日新。官無内外之殊，事悉憂勤之繫。昨臣受任之始，獲面於清光；陛下臨遣之言，曲加於勉諭。自省最爲於疎遠，何圖亦記於淵衷！豈非以委任之優，故特

示拊循之厚。雖乾坤平施，非報謝之可言；而犬馬微生，第勤勞而思奮。儻駈馳之有用，期終始以無渝！

右僕射待罪表

蘇頌

聖恩深厚，仰戴曷勝；孤迹兢危，徬徨靡所。竊以宰輔大任，表率百官。人望所歸，則論議行而必信；物情不與，則名器輕而易搖。而臣猥以朴愚，誤蒙任使。上不能謨明國體，以熙庶工；下不能甄别人材，以協衆望。誤朝有譴，擢髮寧窮，致招人言，上黷天聽。名一詿於白簡，罪當寘於丹書。雖二聖覆之如天，未令投迹於四裔；而羣言謂其失職，豈宜包羞於近班？是以屢貢封章，冒塵旒纊。再紆中札，曲諭宸衷。捧詔驚惶，重自思省。本欲便祈於歸老，屬兹方負於罪辜，儻布悃誠，懼爲僭越。在臣進退之分，敢計重輕？於國廢置之間，實關勸沮。伏望太皇太后陛下，皇帝陛下，矜憐甚懃，本無它腸，案舉嚴科〔一〕，亟行幽黜。一則安全於介拙，尚保餘生〔二〕；一則猒息於煩言〔三〕，遂清朝路。

衡州鹽倉謝上表

劉摯

議令獻言，知典刑之無赦；原心觀過，荷仁聖之有容。貸其餘生，處以善地。伏念臣禀生艱拙，遭世盛明。學不能窮理而知幾，材不足趣時而適變。希名涂以旅進，濫文館之末游。和鈆何功，索米逾歲。間承人乏，偶攝掾於中堂；旋誤聖知，使備員於憲府。仍職書林之舊，就行御史之中。始自愚臣，

前無故事。方陛下繼承於五聖，而國朝平治者百年。力勤肯穫之田，大解不調之瑟。蒐拔羣材而審以器使，變化百度而曠然日新。臣於此時，職在言路。誓殫忠義，敢避勢權！寧以孤睽訐切，咈衆而危身；不忍從容唱和，負恩而數進。狂愚自信，裨益無方。故宿官之日幾何，而瞽言之罪非一。至如均民而弛役，因之率户而出泉。雖慮始樂成者，愚人之不知；然損下益上者，先王之大戒。輒條十害，冀補萬分。議臣見譏，以爲敗謀而亂化；清衷獨見，知其有責而盡言。不徇以誅，止容其去。褫臺閣之二職，置瀟湘之一涯。有禄食使之存全，有職事可以報效。銜恩載幸，揣分增憂。此蓋伏遇皇帝陛下，察臣孤忠，全國大體。不惜歙一夫之法，庶幾留衆正之門。謹當上體恩仁，期於必報；下堅節義，死而不渝！

謝青州到任表

劉摯

東方大國，莫如鄆、青，愚臣何人，繼命帥守。蒞官兹始，揣已不遑。伏念臣器緼至疏，智靈弗競。遭會繼明之始，越膺共政之圖。三府空逮於六期，千慮蔑聞於一得。雖進退必繇其道，常願學乎聖人；而功烈如此其卑，終難收於士論。寬典刑於司敗，假立幟之便藩。報政稽期，實愧三年之魯；改符易地，猶叨四履之齊。惟時東秦，號一都會。士知禮義，境控海山。厥民富饒，少敚攘之舊習；其俗舒緩，有平易之餘風。謹於承流，可以無事。曾是迂愚之品，獲塵寄委之優。此蓋伏遇皇帝陛下，乾健而粹純，豐中而光大。沉幾以通變化，定鑑以御妍媸。人無遐遺，材以器使。臣敢不振厲衰境，激昌至恩？

簡禮去煩，稍究前修之治；推仁宣澤，庶求遠俗之安。儻集涓微，仰酬覆燾。

知亳州謝上表

劉攽

齒髮衰暮，藩鎮會繁，據非所安，榮以爲懼。昔者聖門高弟，方六七十則所願爲；漢世諸儒，至二千石謂之達宦。蓋量力審己，雖小邦寔曰才難；逢辰慕君，在有道不容徼幸。此所以前哲言志，區區其若彼；後賢受禄，振振焉在兹。況如愚臣，本緣末學，粤塵仕路，不棄昌時；暨忝分符，遂更三郡。曹爲近輔，非復自鄶之譏；魯并泰山，仍有變齊之舊。至於渦、譙名壤，淮、楚近郊，猶龍之所誕生，真聖是焉臨幸。大朝景亳，兼武、湯之上儀；近年執期，格帝鴻之純路。民俗既富，官守維嚴，豈伊戇愚，猥叨寄任。此邈逾涯分，高視曩先。密焉自思，仍有餘寵。獸鞶換舊，僅踰朞月之淹；隼旟越疆，纔倍宿春之費。此蓋伏遇皇帝陛下，聖神妙算，睿知極深。廓久照於容光，溥大和於播物。流形品彙，默化陶鈞。致是小材，預膺榮遇。謹當布宣詔旨，盡瘁官箴。爲身愚謀，雖冀不殆於知止；報國本願，尚謝餘生於自然。誓殞百身，匆渝一志。

知襄州謝上表

劉攽

脱身謫籍，緤組近藩，仰荷恩華，不任感懼。臣早者濫承人乏，出假使車。材非所長，力不自料。黽勉歲月，孤負選掄。是所謂斗筲之才，何暇論繩墨之外。然惟利術至廣〔四〕，巧者有餘。果聞係踵之

後人，略取析豪之上第。涇以渭濁，故常畏於後生；李代桃僵，竊自悲於薄命。遂辱黜幽之典，實由既往之愆。浮舟江湖，托身瘴癘。無復自新之望，長懷永棄之憂。不謂明詔發中，湛恩逮下。俾復乘軒之寵，仍加分虎之榮。情同更生，感惟出涕。此蓋伏遇皇帝陛下，離明廣照，乾度并容。紹庭之初，方勤心於陟降；思皇之際，亦代匱於細微。以是孱愚，得從甄叙。謹當勉求民瘼，恪佩官箴。犬馬之心，以勞力故能有養；桑榆之景，雖已老尚冀無渝。

徐州謝上表

蘇軾

分符高密，已竊名邦；改命東徐，復塵督府。荷恩深厚，撫己兢慙。伏念臣奮身農畝，托迹書林。信道直前，曾無坎井之避；立朝寡助，誰爲先後之容？向者屢獻瞽言，仰塵聖鑒。豈有意於爲異，蓋篤信其所聞。顧慙迂闊之言，雖多而無益；惟有朴忠之素，既久而猶堅。遠不忘君，未忍改其常度；言之無罪，實深恃於至仁。知臣者謂臣愛君，不知臣者謂臣多事。空懷此意，誰復見明？伏惟皇帝陛下，日月照臨，乾坤覆幬。察孤危之易毁，諒拙直之無他。安全陋軀，畀付善地。民淳訟簡，殊無施設之方；食足身閑，仰愧生成之賜。顧力報之無所，懷孤忠而自憐。

徐州賀河平表

蘇軾

聖謨獨運，天眷莫違，庶邦子來，民罔告病。萬杵雷動，役不踰時。遂消東北莫大之憂，然後麥禾

可得而食。人無後患，喜若再生。伏以大河爲災，歷世所病〔五〕。禹治兖州之野，十有三載乃同；漢築宣房之宫，二十餘年而定。未有收狂瀾於既潰，復故道於將堙，俛仰而成，神速若此！恭惟皇帝陛下，至仁博施，神智無方。達四聰以來衆言，廣大孝以安宗廟。水當潤下，河不溢流。屬歲久之無虞，故患生於所忽。方其決也，本吏失其防，而非天意；及其復也，蓋天助有德，而非人功。振古所無，溥天同慶。維豐沛之大澤，實汴泗之所鍾。伊昔横流，凜孤城之若塊；迨兹平定，蔚秋稼以如雲。害既廣則利多，憂獨深而喜倍。雖官守有限，不獲趨外庭以稱觴；而民意所同，亦能抒下情而作頌。

謝失覺察妖賊放罪表

蘇軾

盗發所臨〔六〕，守臣固當重責；罪疑則赦，聖主所以廣恩。目驚廢逐之餘，猶在愍憐之數。伏念臣早蒙殊遇，擢領大邦。上不能以道化民，達忠孝於所部；下不能以刑齊物，消姦宄於未萌。致使妄庸，敢圖僭逆。原其不職，夫豈勝誅？況兹溝瀆之中，重遇雷霆之譴。無官可削，撫己知危。至於捕斬羣盗之功，乃是鄰近一夫之力。靖言其始，偶出於臣。雖爲國督姦，常懷此志；而因人成事，豈足言勞？勉自列於涓埃，庶少寬於斧鉞。豈謂蕩然之澤，許以勿推。收驚魄於散亡，假餘生之晷刻。退思所自，爲幸何多！此蓋伏遇皇帝陛下，舞虞舜之干，示人不殺；祝成湯之網，與物求生。其間用刑，本不得已；稍有可赦，無不從寬。務在考實而原情，何嘗記過而忘善！益悟向時之所坐，皆是微臣之自貽。感愧終身，論報無地。布衣蔬食，或未死於飢寒；石心木腸，誓不忘於忠義。

謝宣召入院狀

蘇　軾

詔語春温，再命而僂；使華天降，一節以趨。在故事以嘗聞，豈平生之敢望？省循非稱，愧汗交深。竊以視草之官，自唐爲盛。雖職清事秘，號爲北門學士之榮；而禄薄地寒，至有京兆掾曹之請。豈如聖代，一振儒風，非徒好爵之縻，兼享大烹之養。玉堂賜篆，仰淳化之彌文；寶帶重金，佩元豐之新渥。既厚其禮，愈難其人。而臣以空踈冗散之材，衰病流離之後，生還萬里，坐閲三遷。不緣左右之容，躐處賢豪之上。此蓋伏遇皇帝陛下，生資文武，天胙聖神。雖亮陰不言，尚隱高宗之德；而小毖求助，已啓成王之心。首擇輔臣，次求法從。知人材之難得，采虚名而用臣。敢不益勵初心，力圖後效？才不逮古，雖慙内相之名；志常在民，庶免私人之誚。

謝侍讀表

蘇　軾

北門視草，已叨儒者之極榮；西學上賢，復玷侍臣之高選。省循非稱，愧汗交懷。竊惟講讀之臣，止以言語爲職。考功課吏，無殿最之可書；陳善閉邪，有膏澤之潛潤。豈臣愚陋，亦所克堪？此蓋伏遇太皇太后陛下，憂思深長，德業廣大。受先帝投艱之託，爲神孫經遠之謀。故選左右前後之人，罔非吉士；使知興亡治亂之效，莫若多聞。謂臣雖無大過人之才，知臣粗有不欺君之實，故使朝夕，與於討論。奉永日之清閑，不知所報；畢微生於盡瘁，終致此心。

杭州謝放罪表

蘇軾

臣近以法外，刺配本州百姓顔章、顔益二人，上章待罪，奉聖旨特放罪者。職在承宣，當遵三尺之約束；事關利害，輒從一切之便宜。曲荷天恩，不從吏議。伏念臣早緣剛拙，屢致憂虞。用之朝廷，則逆耳之惷形于言；施之郡縣，則疾惡之心見于政。雖知難每以爲戒，而臨事不能自回。苟非日月之明，肝膽必照，則臣豈惟獲罪於今日，久已見傾於衆言。恭惟皇帝陛下，濬哲生知，清明旁達。委任衆下，退託於不能；愛養人材，惟恐其有過。知臣欲去一方之積弊，須除二猾以示民，特屈憲章，以全器使。臣敢不省循過咎，祗服簡書。眷此善良，自不犯於漢法；時有貸捨，用益廣於堯仁。

又謝太皇太后表

蘇軾

亂羣之誅，不請而決。蓋恩威之無素，致姦猾之敢行。方俟譴訶，豈期寬宥。伏以法吏網密，蓋出於近年；守臣權輕，無甚於今日。觀之祖宗信任之意，以州郡責成於人；豈有不擇師帥之良，但知繩墨之馭？若平居僅能守法，則緩急何以使民？顧臣不才，難以議此！恭惟太皇太后陛下，寬仁從衆，信順得天。推一身之至公，納萬方於無罪。而臣始終被遇，中外蒙恩。謂事有專而合宜，情無他而可恕。故加貸捨，以示寵綏。朝廷之明，粗以臣爲可信；吏民自服，當不令而率從。

賀駕幸太學表

蘇　軾

輦回原廟，既崇廣孝之風；幄次儒宫，復示右文之化。禮行一日，風動四方。臣聞五學之臨，三代所共。蓋天子不敢自聖，而盛德必有達尊。在漢永平，始舉是禮。雖臨雍拜老，有先王之規；而正坐自講，非人主之事。豈如允哲，退託不能。奠爵伏興，意默通於先聖；横經問難，言各盡於諸儒。恭惟皇帝陛下，文武憲邦，聰明齊聖。大度同符於藝祖，至仁追配於昭陵，故舉舊章，以興盛節。臣早塵法從，久侍經帷。永矢馳誠，想聞合語於東序；斐然作頌，行觀獻馘於西戎。

謝賜曆日表

蘇　軾

歲頒正朔，蓋《春秋》統始之經；郡賜璽書，亦漢家寬大之詔。實爲令典，豈是空文。伏以望歲者，生民之至情；畏天者，人君之大戒。所以常言報應，而不言時數；每奏水旱，而不奏嘉祥。上有銷復之心，下有燮調之道。固資共理，同底純熙。恭惟皇帝陛下，祗敬三靈，憂勤萬宇。爲仁一日，自然天下之歸；教民七年，豈無善人之效？臣敢不仰遵堯典，寅奉夏時？謹隄防溝洫之修，行勞來安定之政。庶殫綿力，少助至仁。

賀立皇后表

蘇　軾

纘女維莘，俔天之妹，事關廟社，喜溢人神。臣聞三代之興，皆有内助；二南之化，實本人倫。維

《關雎》正始之風，具《既醉》太平之福。民有所恃，邦其永昌！恭惟皇帝陛下，自誠而明，惟睿作聖。輯寧夷夏，德既茂於治朝；輔順陰陽，政兼脩於内職。既膺大慶，益廣至仁。下逮海隅，夫婦無有愁嘆；上符天造，日月爲之光明。受禄無疆，與民同樂。

謝禮部尚書表

蘇軾

備員西學，已愧空踈；易職東班，尤驚忝冒。遂領宗卿之任，并爲儒者之榮。始臣之學也，以適用爲本，而恥空言；故其仕也，以及民爲心，而慙尸禄。乃者屢請治郡，兼乞守邊欲及殘年，少施實効；而有志莫遂，愧負何言！今乃以文字爲官常，語言爲職業。下無所見其能否，上無所考其幽明。循省初心，有靦面目。故於拜恩之日，少陳有益之言。孔子曰：「一言可以興邦。」而孟子亦曰：「一正君而國定。」昔漢文悦張釋之長者之言，則以德化民，輔成刑措之功；而孝景入晁錯數術之語，則以智馭物，馴致七國之禍。乃知爲國安危之本，只在聽言得失之間。恭惟陛下即位以來，學如不及，問道八年，寒暑不解。講讀之官，談王而不及霸，言義而不及利。八年之間，指陳至理，何啻千萬；雖所論不同，然其要不出六事：一曰慈，二曰儉，三曰勤，四曰慎，五曰誠，六曰明。慈者，謂好生惡殺，不喜兵刑；儉者，謂約己省費，不傷民財；勤者，謂躬親庶政，不近女色；慎者，謂畏天法祖，不輕人言；誠者，謂推心待下，不用智數；明者，謂專信君子，不雜小人。此六者皆先王之陳迹，老生之常談。言無新奇，人所易忽。譬之飲膳，則爲穀、米、羊、豕，雖非異味，而有益於人；譬之藥石，則爲耆、朮、參、苓，雖無近効，而有益於命。

若陛下信受此言，如御飲膳，如服藥石，則天人自應，福禄難量，而臣等所學先王之道，亦不爲無補於世。若陛下聽而不受，受而不信，信而不行，如聞春禽之聲〔七〕，秋蟲之鳴，過耳而已，則臣等雖以三尺之喙，日誦五車之書，反不如醫卜執技之流，簿書奔走之吏，其爲尸素，死有餘誅。伏願陛下一覽臣言，少留聖意，天下幸甚！

謝賜對衣金帶馬表

蘇軾

服章在笥，賁及衰殘；銜勒過庭，喜先徒御。伏以物生有待，天施無窮。草木何知，冒慶雲之渥采；魚鰕至陋，借滄海之榮光。雖若可觀，終非其有。妻孥相顧，驚屢致於匪頒；道路竊窺，或反增於指目。此蓋伏遇太皇太后陛下，聰明齊聖，陳錫載周。含垢匿瑕，而察於求賢；卑宫菲食，而侈於養士。士豈輕於千里，念非其人；言有重於兼金，當思所報！

謝復官提舉玉局觀表

蘇軾

七年遠謫，不意自全；萬里生還，適有天幸。驟從縲絏，復齒縉紳。伏念臣才不逮人，性多忤物，剛褊自用，可謂小忠；猖狂妄行，乃蹈大難。皆臣自取，不敢怨尤。會真人之勃興，與萬物而更始。而臣獨在幽遠，最爲冥頑。迨兹起廢之初，倍費生成之力。終蒙記録，不遂棄捐。此蓋伏遇皇帝陛下，正位龍飛，對時虎變。神武不殺，孰非受命之符；清静無爲，坐獲銷兵之福。聰明不作，邪正自分。使臣得

同草木之微，共霈雷雨之澤。臣敢不益堅素守，深念往愆！没齒何求，不厭飯蔬之陋；蓋棺未已，猶懷結草之忠。

建寧軍節度使謝表

呂惠卿

備嚴近之選，而抵非常之愆；當清明之朝，而罹甚重之譴，孽乃自作，咎將誰歸？伏念臣起自諸生，暗於大道。持竊啓之聞，而欲經於事變；信呻吟之得，而希掛於功名。分既過逾，理宜顛越。矧先帝有爲之始，乃羣材願効之時，輙先要津，以閡賢路。雖預討論者三四事，而參機務者一二年。凡是蠹國害民之由，實臣懵學誤朝之致。豈亦下流之所處，更令衆惡之所歸。偶失當時士師之刑，難逃今日司直之論。尚蒙善貸，未寘嚴誅，特從四裔之遷，以正三凶之比。衰疲遠謫，人皆知其難堪；親愛生離，聞者爲之太息。伏惟皇帝陛下，天仁自得，聖孝光充。撫弓劒之遺藏，每加悽愴；顧廟堂之舊物，寧不盡傷？特罪悔之至深，猶典刑之爲屈。龍鱗鳳翼，已絶望於攀援；蟲臂鼠肝，一冥心於造化。涕逐言出，莫知所從。

賀元日大朝會表

呂惠卿

寶典更端〔一〕，明廷肆覲，上儀畢舉，綿寓均懽。恭惟皇帝陛下，道大同於堯天，日躋格乎湯聖。深仁溥博，達孝光通。神祇感於治馨，祥嘏由乎和致。維歲日月時之首，乃朝宗覲遇之先。循用舊章，遹陳盛

禮。東臺瑞物，冠玉璽之珍符；左户輿圖，增金城之列障。樂象成而乃作，文稱賀以非虚。多士盈庭，四夷在列。忻逢千載之運，敬上萬年之觴。臣俯迫頽齡，久縻外閫，不及趨慶闕庭，徒切瞻依旒冕。

謝翰林侍講學士表

范祖禹

辭其可辭，敢忘故事？受其可受，祇服新恩。洪惟真宗，初置講職。問學常勤於日昃，論經或至於夜分。以啓迪於後人，俾監觀於成憲。先帝更新治職，止命兼官。雖因革之制不同，而經緯之文則一。惟熙寧、元豐之成烈，有金匱石室之舊聞。丕顯帝謨，尚資史筆。追觀列聖之典，多委四輔之臣。夫何一介之微，膺此二任之重！此蓋伏遇皇帝陛下，欽明文思，齊聖廣淵，如日方中，法天不息。謂二帝三王之道，當窮極於高深；一祖四宗之書，已光昭於永久。惟永終於典學，聿追孝於前文。以臣夙侍書筵，叨塵史觀，曲加寵數，用示眷留。昔魯繆公之於子思，亟饋鼎肉；燕昭王之於郭隗，改築金臺。二子者，或以無人乎側而不能安，或欲致士於遠而先爲始。如臣陋學，敢望古人？非懷人爵之可榮，竊喜聖心之不倦。

校勘記

〔一〕案舉　「案」字原本空白，據明刻本補。

〔二〕餘生　「生」字原本空白，據明刻本補。

〔三〕一則　「一」字原本空白，據明刻本補。

〔四〕然惟　二字原本空白，據明抄本、明刻本補。

〔五〕所病　「所」字原本空白，據明抄本、明刻本補。

〔六〕盜發　二字原本空白，據明刻本補。

〔七〕春禽之聲　四字原本空白，據明抄本，明刻本補。

〔八〕寶典更端　四字原本空白，據五經堂本補。

宋文鑑卷第六十九

表

開封府羣見致辭

林希

臣希等，伏以聖人在上，首善始於京師；天下修文，貢士興於畎畝。此乃伏遇尊號皇帝陛下，仰稽古道，下育人材。發明詔於多方，命興賢於列郡。臣等繆當詔旨，輒與能書。雖爲草野之臣，得奉天庭之貢。

尚書禮部元會奏天下祥瑞表

林希

臣珪等言：尚書禮部得元豐五年天下所上祥瑞。宣徽南院使、判北京臣拱辰，承議郎、提舉河北常平等事臣宜之，通議大夫、知秦州臣公孺，龍圖閣待制、知青州臣綰，正議大夫、知安州臣甫，朝議大夫、知興元府臣景華，朝奉大夫、知滎州臣震，西上閤門使、知雄州臣舜卿，禮賓使、知安肅軍臣孝緯，文思使、知憲州臣詵，朝散郎、知鼎州臣伋，知欽州臣堯封，朝奉郎、知蜀州臣少連，承議郎、知安德軍臣從諒，知利州臣山等言：所部有芝，生於州宅寺觀殿閣柱，有七莖者一，苗長尺餘者六；牛生二犢者二；嘉

禾合穗者三，五本合爲一者一；麥一莖三穗者四，四穗者、五穗者、百餘穗者各一；白烏、白鵲生於巢者各一。臣聞聖人出而四海清，帝命昭而萬靈集，必致諸福之物，以表太平之符。伏惟皇帝陛下，體堯之仁，躬舜之孝。力行勤儉而本以化物，誠意惻怛而出於愛民。是以指麾之間，功業成就；覆載之内，陰陽協和。蒙被羣生，浹肌膚而淪骨髓；涵濡異類，霑動植而洽飛翔。仰而觀者，景星慶雲；俯而視者，醴泉甘露。扶疎煒燁，發爲朱草三秀之英；游泳服馴，則有白麟一角之異。嘉葩連理之木，異畝同穎之禾。巢鵲可俯而窺，池龍可豢而擾。謂宜作爲聲詩，而奏於郊廟；深詔太史，而著之簡編。以永無疆之休，以昭特起之蹟。考諸已往，固可謂絶世之殊祥；抑而弗宣，猶以爲盛德之餘事。自時所紀，殆不絶書。今者駕鸞輅以充明庭，撞黄鍾而御太極，典禮大備，官儀一新。殊方駿奔，重譯輻湊。自昔辮髮卉裳羈縻之所未至，踰沙軼漠言語之所未通，咸奉玉帛而介九賓，襲衣冠而獻萬壽。烜赫威德，冠古超今，巍巍煌煌，傳示亡極。鋪張王會之衆美，哀對皇家之盛容。臣等恭率有司，伏尋故事。稽參圖諜，宜先象齒之琛；敷道句臚，敢上龍墀之奏。歡呼抃蹈，倍萬常情。

尚書省謝車駕臨幸表

林希

天臺肇建，具崇喉舌之司；帝車下臨，增重陛廉之寄。非常之舉，視古無倫。恭惟皇帝陛下，天縱多能，日新盛德。剗除衆弊，裁制萬微。考先王之董治官，立尚書以爲政本。紀綱條理，見微旨於新書，創作規模，别攸司於著位。蓋慮之積年，而成於兹日；聞諸前世，而驗於方今。忽紆清蹕之傳，冞聳

鴻都之觀。且北辰居極，外環象斗之宫；而黄道所經，旁及積星之位。瞻威顔於咫尺，被法語之下寧。敕以在公，退而交儆。分曹帥屬，燦然周典之文；望輦拜恩，陋彼漢郎之嘆。矧復宗藩旅進，禁從相趨，凡獲侍於宸遊，皆預窺於聖作。歡聲載溢，慶榮遇於一時；信史備書，流美談於萬世。臣等叨膺重任，久負明恩，顧懷備位之慙，第劇逢辰之幸。敢忘策勵，期稱寵靈！

亳州謝賜恤刑詔書表

林　希

奉聖詔之丁寧，見上心之欽恤。恭惟皇帝陛下，治道清淨，本堯舜之性仁；訓辭哀矜，同禹、湯之罪己。雖推行故事，實憂閔黎元。臣所領州，地號重法。南惟故楚，北則全齊。椎埋爲姦，其來尚矣；殺越于貨，間或有之。嚴設檢防，深用懲艾。臣初至問俗，云比年稍登，咸知愛身，頗重犯法。夫廉恥以衣食爲本，豐凶者獄市之原，民之常情，勢自當爾。臣謹遵奉成憲，申戒有司。囹圄之間，敢遂朝於無犯？縲繫之下，庶罔底于非辜！祇循寬條，用塞吏責。

謝天章閣待制表

林　希

忽繇疎遠，俾冒恩榮，進不得辭，退何勝懼！臣竊惟朝廷名器，本以待殊尤特起之才；臺閣縉紳，宜序進侍從論思之列。分義既定，品流自安。敢意超踰，倏及孤外。伏念臣少而嗜學，仕則爲貧。擊柝抱關，初安一命；磨鉛削槧，忝事三朝。金馬石渠，出入殆逾於二紀；皇墳帝典，討論嘗預於片言。一去

軒墀，五更符印。方兩宫之旰食，閔赤子之阻飢，申敕守臣，悉發常平之廩；蠲裁歲計，就輟上供之儲。全活者一方，更生者萬口。父老至於感涕，童稚莫不驩呼。脱於溝壑之虞，皆自乾坤之施。顧臣無職，在法何逃？覈實之誅，屏息以俟。伏遇皇帝陛下，智周萬物，明燭四方。通達下情，靡遠邇戚疏之有間；主張善類，故包函庇覆以無遺。既保宥以曲全，復矜憐其久次。拜恩舊服，玷籍近班。譽生不虞，寵出非望。無循吏之效，誤被璽書之褒；有稽古之愚，曷稱服章之錫？況臣心甘寂寞，年迫衰遲，分以滯蒙，老於冗散；今兹收擢，彌甚驚憂。惟是偏州，適承明詔。漕由京口，控全吴飛輓之衝；埭復吕城，救積歲旱乾之患。方且身先畚築，手諭準繩。計蚤莫以收功，成江淮之長利。儻容戮力，豈憚糜軀？天日九重，但心存於北闕；圖書三閣，許夢到於西清。

賀皇后册禮表

林希

躬御太廷，肆陳徽册；班迎行第，入踐宫朝。臣聞自古有邦，必先正始。故《易》以《家人》治内，而《詩》美《關雎》好逑。維時盛明，克備儀物。恭惟皇帝陛下，聰明文思，不學而成，恭儉憂勤，所聞者化。太皇太后深惟坤極之配，實重人倫之基，率以舊章，應於古義。蓋天地社稷之事，勸相其難；卿士龜筮之從，諏謀是吉。衿鞶申戒，褘翟增華。左右承顔，交致三宫之養；春秋奉祀，共祇八廟之靈。陰教具宣，宸闈有慶。臣守藩居外，望闕無階，蹈詠之誠，寔均凡庶。

代范忠宣賀平河外三州表

畢仲游

平戎韜略，靡用干戈；陷虜衣冠，自還里閈。豈特犬羊之效順，行知鋒鏑之可消。患弭一隅，治形四海。伏以善戰之至，初無勇功；神武之行，亦云不殺。矧羌夷之叛服，如禽獸之去來。始非得已而用兵，終則附懷之有道。巢穴可窮而不問，邊陲安堵而自如。情狀益殫，欵誠屢至。遂聞革面，相與鄉風。既内慴於威靈，遂盡歸其俘獲。殆非力致，純以德來。矧是生還，率常死節。度湟伐木，不煩充國之謀；謁廟賜田，如見子卿之返。此蓋伏遇皇帝陛下，上仁兼覆，盛德惟新。小二漢之邊功，盡三王之能事。眷惟士伍〔一〕，偶隔聲明。鞮譯在塗，既奉君臣之義；衣裳改衽，復從父母之邦。邊候告寧，人情底豫。豈異七旬之格，是爲千載之逢。臣頃預政機，親聞睿算；比分憂寄，獲覩成功。再拜奉觴，雖阻漢庭之列；大書作策，永爲宋史之光。感頌之私，倍萬常品！

京東運副謝到任表

畢仲游

分符京右，方謹頒條；改使山東，猥當外計，恩私併及，感惕交深。伏念臣本以書生，學從吏道。和鉛抱槧，既非博洽之名流；攬轡登車，又乏經營之旅力。出没風波之險，支離疾病之餘。每虞寄任之難勝，顧以廢閑而爲幸。比蒙牽用〔二〕，已戴生成。未遑宣布於上恩，乃復叨移於劇郡。仍遷轉漕，稍畀事權。雖知繁使之可榮，大懼謭材之速戾。此蓋伏遇皇帝陛下，法天廣大，如日照臨。道祇務於遠圖〔三〕，

器不遺於近用。謂從事詔條之內，常欲力行；故遣司調度之煩，試觀心計。臣敢不三思厥職，一意在公！必祗赴於會期，以圖報上；亦愛養其基本，不至病民。非專官謗之逃，冀合公家之利！

謝賜資治通鑑表

張舜民

臨政願治，乃明主之用心；受詔脩書，皆儒臣之能事。成而進御，寵以匪頒；何彼下臣，遽霑優賜！恭惟英宗皇帝，生知興學，性好觀書，豈止求之多聞，實欲輔之自得。然萬機叢委，載籍紛繁，自學者不得遍窺，況人主何暇周覽？思有所述，頗難其人。疇若人哉？莫如光者。給尚方之筆札，萃三館之圖書。許自辟官，用資檢討。重加常俸，不責課程。上下馳騁於數千載之前，出入將隨於十九年之內。其間明君良臣，箴規議論，切磨之精語；名將循吏，方略條教，魁梧之偉功。休咎庶證之原，天人相與之際。抉擿姦宄，褒崇善良。網羅羣言，囊括舊史。如海之藏，琛怪魚龍之無數；如山之包，草木鳥獸之難名。披分畎澮之末流，蔽映雕蟲之小技。旅遊東國，常屢歎於斯文；留滯周南，遂克終於先業。雖古者興亡事迹，固已燦然；而光之筋力精神，於此盡矣。尚苦言官之督責，熟諳俚俗之謗嗤，卒成一代之書，仰副兩朝之志。揭爲通鑑，時則弗迷，資彼治原，捨茲安出？神宗皇帝，飭講筵而進讀，揮宸翰以賜名，製序而冠其篇端，鏤板而布之天下。仰君臣之際會，已極丹青；何父子之淪亡，忽悲風露！豈謂門牆之舊物，退收鉛槧之微功。開卷涕流，拜嘉汗浹。此乃伏遇皇帝陛下，聰明迪祖，宵旰思皇。留神於乙夜之勤，訪問於西清之奧。伏遇太皇太后陛下，敉寧大業，持載烝民。安所實之儉慈，格無疆之壽

考。遠追三鑑，坐振四維。顧一介之靡遺，與羣賢而樂共。儲無儋石，曾非菽水之憂；家有賜書，留作子孫之寶。

謝諫議大夫表

張舜民

方安謫籍，忽對鋒車，入瞻八彩之秀毫，進與七人之上列。竊聞明主臨政而願治，先王爲官而擇人，號曰「梓材」，取其器使。若夫諫争之任，政惟侍從之臣。地密而選清，秩卑而望重。其所以起居言動，則與史官相表裏；其所以彈訶風察，則與臺憲同戚休。始則專弼人主之違，今乃汎論天下之事。乃者藥石不進，鳬鴈僅存，仗馬一鳴，茅茹不已。豈謂大明之東出，廓然晛雪之曰消。鼓之以惠風，潤之以膏澤。南窮海嶠，北浹江湘，脱禁錮者，何翅二千人，計水陸則不止一萬里。死者傷嗟之不及，生者扶匐以來歸。昔居輔弼之崇，謀謨帝所，終作蠻夷之鬼，棄擲道傍。古先未之或聞，畢竟不知其罪。敢望桑榆之晚景，獲依日月之末光？招魂於楚水之涯，拭目於雲臺之表。手遮西日，口誦《離騷》。齒髮摧頹，謾索太倉之粟；衣裳顛倒，驚聞長樂之鍾。此乃伏遇皇帝陛下，上當天心，下厭人望。見機不俟終日，從諫甚於轉圜。變通得之神宗，寬大類乎仁祖。豈止芻蕘之被賞，將令泉壤以銜恩。率是以行，爲國何有？敢不激昂暮氣，緝理空文。乘白馬而伏青蒲，試圖來效；餓西山而蹈東海，期免後艱。

謝賜恤刑詔表

李清臣

徒拏頌繫，交手傳懽；甿隸聞音，相趨動色。雷風鼓舞，律吕和平。屬在守臣，惟知虔命。竊惟歷

代之爲政，莫若本朝之恤刑。承平幾百四十年，覆養方二三萬里。德如天地日月，恩及草木蟲魚。尚慮府縣狴牢，官曹卒吏，誦司空城旦爲業，習柱後惠文之風；喜作煩苛，私行慘刻；或致孤窮亡告，疾痛不聊。是頒詔教之丁寧，申喻州邦之長守。使之網羅寬大，檑檻疏通。日與涼飿，時視藥物。比周王之扇暍，殆又過之；雖夏后之泣辜，亦止如是。此蓋恭遇太皇太后陛下，睿慈燕裕，仁治醇醲，尊居九重之深，周念四海之遠。謂聖世不專以刑爲天下，王者常欲以恩結民心。仰寧八室之光靈，垂慶億年之統祚。臣敢不奉行止意，祗率外臣！

免加右光禄大夫表

李清臣

宗廟穆清，方祔神靈之享；王庭昭曠，重推雨露之恩。優渥薦臻，震皇無措。敢殫血懇，仰冒聖聰。竊以義者天下之大經，分乃人臣之常守。稱多量少，豈宜有失於一毛，論重評輕，必使外厭於羣議。如龠合之器，是何足以容鬴區？如欒櫨之材，彼安能以勝梁梠？苟犯滿溢之戒，將貽顛覆之憂。伏念臣技能素卑，問學殊淺。無益當時之實用，宜爲盛世之畸人。歷任累朝，誤躋四輔。日索太倉之米，月受水衡之錢。職空任於股肱，勤不施於竹帛。同省僚列，豈無邪厰而詆訶，舊山隱淪，能不指背而譏笑。夙宵愧赧，形影徬徨。未退卽於幽閑，已深慙於尸素。更增顯寵，將累至公。恭遇皇帝陛下，天縱睿明，日新制作。欲贊斯時之美，方收多士之英。致此誤恩，猥加朽質。任人惟舊，固惟聖主之隆私；受爵斯亡，深懼先民之至誡。冀還異數，庶息煩言。

謝除中書舍人表

蘇轍

越從左史，擢領西垣，口出命書，身參法從。深念山林之迹，本無富貴之心，聞命若驚，固辭不獲。伏念臣生本西蜀，家世寒儒。學以父兄爲師，貧無公卿之助。私有求於禄養，輒自力於文詞。慨然東遊，無以上達。際會仁祖，訪求真言。策語猖狂，恃聖神之不諱；考官怪怒，惡倖直之非宜。孰知悟俗之言，特被愛君之詔。感激恩遇，遂忘死生〔四〕。莫酬國士之知，適有私門之禍。未填溝壑，重迫饑寒。時於道塗，望見神考。一封朝奏，夕聞召對之音；衆口交攻，終致南遷之患。生雖不遇，嘗辱顧於二宗；時不見容，勢殆濱於九死。厄窮自致，黽俛何言！敢云衰病之餘，復被寵光之幸？此蓋伏遇太皇太后陛下，母慈均覆，坤德無私。欲以任、姒之明，躬行堯、舜之道。肆求多士，以遺成王。耆老畢會於朝廷，耕築不遺於林莽。遂令拔擢，猥及空疎。馮唐已衰，猶願雲中之往，貢禹雖老，未忘封事之勤。譬如木之在山，生則荷恩，而死無所怨；水之於地，行則潤下，而止不敢辭。臣之事君，義亦如此！欲報之意，非言所殫。

謝除尚書右丞表

蘇轍

涣汗之恩，已行而不反；傴僂之志，雖勤而莫伸。上愧鴻私，下慙公議。恭惟皇帝陛下，接堯、舜之統，蹈成、康之仁。體貌先正耆老之臣，揀拔後來翹秀之士。俛仰六載，前後幾人！坦然公明，故不私

賢否之實；穆然淵默，故坐照情僞之真。臨御久則鑒愈明，得失分則下無隱。如臣者，西南賤士，章句小儒。早歲猖狂，偶竊方聞之選；中年流落，既安縣尹之卑。遭時乏人，致位近侍。跌宕文墨之囿，囁嚅議論之場。舉皆空言，安有實效！顧惟省轄之重，實參國論之餘。豈無遺賢？遽及微品。地寒資淺，何以望三事之餘光；才短力罷，安能裁六聯之滯論。雖復黽俛就職，愧歎何言！此蓋伏遇皇帝陛下，天地之仁，曲成草木之陋；父母之愛，不録子弟之非。將建大厦以覆羣生，故收衆材而無棄物。然臣負過其力，受非所容。惟有潔己無私，或不孤於託付；引類自助，幸得免於顛隮。不渝始終，少答恩造。

賀明堂表　　蘇轍

饗帝尊親，古今之大典；推恩肆眚，天地之至仁，舉此盛儀，併在今日。伏惟皇帝陛下，以仁御世，以誠事天。乾清地寧，兵戢民阜。人悦故神罔不宥，物備故禮得以成。一享圜立，三謁路寢。誠敬之心，與日兼茂；寛大之澤，靡物不蒙。能事既修，全福自至。方將享堯、舜之上壽，膺成、康之令名。民願所同，天心是若。臣頃侍帷幄，稍歷歲時。譴責之深，坐甘没齒；江湖之遠，猶冀首丘。久蟄泥塗，聞震雷而惕若；深囚籠檻，得清風而自疑。

降朝請大夫謝表　　蘇轍

罪大恩寬，言者未厭；官高德薄，法所不容。尚領真祠，實出寬憲。伏念臣早塵近列，無補明時。下則拙於身謀，上則闇於國體。先朝矜其愚陋，宥以遐荒。前後七年，浮沉萬死。偶真人之御曆，敷大號以惟新，普復舊官，亟叨厚禄。然臣年迫衰暮，知復何爲？身利退藏，顧未敢請。因循於此，𩈪俛自慙。雖復追削者五官，仍且獲安於閑局。涵恩至厚，爲幸已多。此蓋伏遇皇帝陛下，以堯、舜之仁，行成、康之政。哀未忘於舊物，恩許畢其餘生。臣謹當杜門躬耕，没齒蔬食。知生成之難報，姑静默以待終。

代賀景靈宫奉安御容禮畢表

吕希純

卽上都之福地，載廣珍庭；會列聖之晬容，益嚴昭薦。良辰叶吉，縟禮告成。凡預照臨，率同慶抃。竊以仙源濬發，帝業肇基。祖功休盛於湯、文，宗軌繼隆於啓、誦。雖寢廟時饗，裸將克備於靈承；而衣冠月游，館御未經於制度。茂惟真主，允集大成。皇帝陛下，孝至格天，文明若古。眷神功潛躍之宇，有章聖誕彌之祥。夙建清都，仰延真馭。廼規恢於舊址，庸考卜於新宫。凛然太紫之威，隱若神明之奥。惇宗有昭穆之叙，謁欵無來往之煩。而復祕殿重深，列儀坤之正位；回廊曼衍，圖拱極之近寮。逮不日以休工，肆前期而蕆事。璿題灑落，焕東壁之星躔；藻衛森羅，備甘泉之法駕。奉雕輿而降格，袚玉座以妥安。詔蹕亟臨，羣司徧至。瞻舜瞳而增慕，施禹拜以忘勤。精意克伸，繁禧畢集。洽需雲而示惠，霈解雨以疏恩。嘉與羣倫，同兹大慶。臣蚤塵樞幄，方守塞垣，阻陪鴛鷺之班，徒深燕雀之賀。

校勘記

〔一〕眷惟　「眷」原作「卷」，據明抄本改。

〔二〕牽用　畢氏《西臺集》作「遣用」。

〔三〕祇務　《西臺集》作「滋務」，較長。

〔四〕遂忘死生　「忘」原作「亡」，各本同，今以意改。

宋文鑑卷第七十

表

代文潞公謝太皇太后表

張　耒

稽留君命，敢求免於刑誅；惠養老臣，不使勞其筋力。仰睿私之從欲，撫衰志以知榮。伏惟太皇太后陛下，厚德無疆，至仁在上。神孫臨祭，知保佑之聖功；多士充庭，見肅雍之盛德。恩及草木，喜同天人。臣幸以餘齡，獲逢盛旦。雖籩豆駿奔之事，徒有心哉；而禮樂大備之時，爲後死者。豈不偶爾，尚足矜榮。

免右僕射表

韓忠彦

申寵命以自天，榮非意及；措微躬而無地，愧與憂并。仰冒眷衷，歷陳危懇。竊以君臣同體，取象於元首股肱；上下交孚，相視如腹心手足。所以代天工而理物，故能熙帝載以奮庸。自昔御臨，尤艱考慎。惟德業之兼茂，乃邦家之有光。伏念臣學無他長，材止近用。不爲詭隨以徇衆，但知直道以事君。遭遇聖時，未隳素業；贊陪機政，惟任孤忠。墻高每懼於疾顛，綆短固難於深汲。更冒非常之寵，深虞

可畏之言。矧今蠹萌未消，國是難一。事有可否，必分年號而得行；臣無忠邪，槩指朋類而皆廢。西方師老而財匱，斗米至於千錢；北道河潰而民流，十室幾於九去。大霈更新而猶多禁錮，宿逋雖減而尚困追償。方欣大有爲之時，宜用不世出之士。豈兹綿薄，能副詳延？伏望皇帝陛下，奮獨斷之明，廣僉諧之訪。旁求不問於庶位，圖任況多於舊人？采擢孅才，收還成命。譽歸明主，名器不輕以假人；謗息愚臣，負乘免聞於致寇。

謝史成受朝奉郎表

曾肇

裁成二帝之書，仰資聖訓；褒録諸儒之效，俯逮孤生。謬進官榮，併叨恩賚，省循非稱，冒昧爲慙。竊以簡册之傳固多，帝王之書爲重；文章之用非一，述作之體爲難。在昔有邦，若時稽古。自周而上，具載百篇之言；繇漢以還，各成一代之史。《典》《謨》之辭略而雅，《春秋》之法謹而嚴。子長雖謬於是非，見稱事核；孟堅頗推於詳贍，或患文繁。降及後人，益艱是任。或紀事支離而失實，或設辭骫骳而不工，或疎略抵捂之相形，或取舍抑揚之未當。歷觀前載，兹謂材難。矧兩朝功德之崇高，而五世聲明之富有，以至俊傑瑰奇之士，檮杌嵬瑣之姦，載在信書，傳之後裔；宜得貫穿馳騁之學，温純深潤之辭，追二典之光華，垂百王之軌範。如臣之鄙，揣分無堪。幼聞道於父兄，粗知好古；長論文於師友，竊慕著書。然而植性昏冥，受材濩落。有淺見寡聞之累，無屬辭比事之長。遭世盛明，脱身冗散。天禄石渠之奥，蚤預校讎；金匱玉板之文，得參論次。兹儒林之盛選，實仕路之殊榮。特達甄收，莫非帝力；周

旋長育，咸出上恩。自視庸虚，固難報稱。雖勤劬於夙夜，謾淹歷於歲時。闡發大猷，豈敢希於作者；整齊故事，或可繼於前人。甫臨汗簡之終，適遘負薪之疾。奏書天陛，阻親望於清光；拜賜宸庭，莫與聞於褒詔。豈期推賞，并及罔功！養拙藏愚，久已逃於常憲；因人成事，玆復玷於異恩。遜避弗容，驚惶失措。此蓋伏遇皇帝陛下，務尊先烈，祇紹永圖。謂祖考之功，非形容之可既；而子孫之孝，在潤色之爲能。深詔有司，共成大典。蓋兼資於衆智，不求備於一人。每矜載筆之勤，靡間吹竽之濫。致玆瑣質，均被鴻私。螻蟻雖微，素積愛君之志；涓塵有補，敢忘許國之忠？

陳州謝上表

曾肇

初緣細故，輙丐徙州；繼露危誠，復求易地。補報未伸於萬一，冒煩已至於再三。自非仁恕之朝，當在譴訶之域。聖恩甚厚，私願弗違。視太守之章，孱愚知幸；望長安之日，感涕難勝。伏念臣託勢至孤，叨榮過重。謀身寡術，易致於人非；竊禄無功，難逃於鬼瞰。材微命舛，福薄災深。方祗歷下之行，忽遘漳濱之疾。顧筋骸之素憊，困藥石之交攻。氣屬如絲，識幾去幹。已分身歸於厚夜，不圖天假於餘生。怳如夢寐之初回，懵若酲醲之未解。神明凋耗，形體支離。念官守之尚遥，迫王程之有限。内省尫羸之質，豈堪撼頓之勞？非敢自愛於疲癃，實懼仰孤於任使。幸修門之在望，恃延閣之見收。叩閽自言，伏質俟罪。蓋疾痛之加者，呼父母而是愬；精誠之至者，動金石而非難。果上惻於淵衷，俾由從於私便。維玆藩輔，密邇京師。事簡民淳，首被朝廷之化；里安户佚，稀聞枹鼓之音。顧臣何人，獲

此善地。可覬康寧之福，皆緣覆護之恩。矧常守於是邦，有相望之仲氏。流風未遠，故事可詢。重念臣昨守汝陰，亦隸畿右。始引小嫌而求避，出於慮患之太周；終明大體而復還，良以至公之在上。銘心敢怠，粉骨難酬！此蓋伏遇皇帝陛下，聰明燭於萬微，而隆寬盡下；威德加於九有，而內恕及人。篤遺簪墜屨之仁，推藏疾納汙之誼。太皇太后陛下，處奧突之中，而周知萬事；據崇高之勢，而洞照羣情。常懷大德之好生，不忍匹夫之失所。憫臣忝陪侍從之末，察臣實嬰沈瘵之餘。假借寵靈，安全孤朽。臣敢不體上之慈，而哀矜于下；念己之病，而綏養斯民。庶收塵露之微，少答乾坤之施。

賀元祐四年明堂禮成肆赦表

曾　肇

侑帝饗親，既金聲而玉振；赦過宥罪，遂雷動以風行。歡聲達於幅員，協氣充乎上下。竊以躬事天之禮，莫如王者之堂；極嚴父之心，是謂聖人之孝。講兹鉅典，屬在熙朝。卽路寢以親祠，兆于仁祖；黜五精之並祭，斷自神宗。光昭前聞，啓迪後嗣。恭惟皇帝陛下，紹膺寶命，祗遹先猷。平成百度而不有其功，覆載羣生而不尸其德。謂時和歲豐之效，乃高穹顧諟而然；謂刑清武偃之祥，乃七廟威神之致。矧屬承祧之始，永懷濡露之恩。將伸報本之誠，且展事生之道。以祭恐數而瀆，故遵三歲之期；以郊則遠而疏，故度九筵之位。季秋令月，吉日上辛，備法駕之儀，協雅聲之奏。牲牷博碩，籩豆靖嘉。元龜大輅之旅陳，篆轂錯衡之輻湊。并柯共柢，按圖諜而充庭；髽首貫胸，袵衣冠而就列。以引以翼，有壬有林。奠珪幣以告虔，舞羽旄而象德。靈心合答，精意感通。嘉得四海之懽，增授萬年之策。尚念有

司之庶獄，豈無弗獲之一夫。乃御端闈，亟敷大號。滌瑕盪穢，已責逮餘。空犴而縱縲囚，開府庫以賜軍士。布慶施德，昭天漏泉。彼泣辜弛網之仁，推食解衣之惠，方之於此，不其狹歟？臣忝綴從班，適分州寄，莫與奉璋之列，徒懷拱極之心！

南京謝上表

曾　肇

得郡便私，未報期年之政；因人易地，更分京邑之權。朝始去於故棲，夕已臨於新部。伏念臣材不堪於世用，行有愧於古人。蚤塵侍從之華，寖冒藩垣之寵。未踰再歲，更守二州。既不能興教化於民，使之遷善而遠罪；又不能作聰明於外，因以譁世而取名。惟殫夙夜之勤，期副焦勞之念。矧彼淮陽之地，舊爲楚國之郊。屬頻年昏墊之餘，加比屋凶饑之後。浚溝湟以疏積潦，發廩庾以振流民。方竭力於經營，遽蒙恩而罷徙。國家別建都邑，内壯皇居，維王迹之所基，視它邦而尤重。掌離宫之筦籥，奉原廟之衣冠，以屬微臣，彌慚非據。此蓋伏遇皇帝陛下，矜憐舊物，優假近班。尚容環走於王畿，因使周知於土俗。奉承清問，敢希宣室之歸；攀仰末光，未覺長安之遠。誓當盡瘁，少冀分憂。至於事鞭扑以立威，飾厨傳以干譽，非明時之所尚，亦私義之不爲。

徐州謝上表

曾　肇

懷章去國，不啻三年；荷橐入朝，未淹百日。復棲遲於民社，驟違遠於闕庭，迫義理之當然，豈人情

之所願。竊念臣稟生固陋，承學迂疏。懷是古之至愚，抱守官之獨見。豈特難堪於世用，固已不善於身謀。昨者召自留都，處之宗伯。屬郊丘之肇祀，議天地之經祠。執禮雖明，趣時則戾。已行之令，豈孤論之能回；不韙之誅，敢偷安而苟免。旋抗章而請罪，蒙易地以示恩。繼露微衷，復頒温詔。終賴乾坤之造，曲成犬馬之私，假以使符，置之善地。循行閭里，固多魚稻之饒；周覽山川，頗有江湖之趣。夫何孤蹇，獲此便安。此蓋伏遇皇帝陛下，寬裕有容，包函徧覆。將以招致芻蕘之論，是用特寬斧鉞之威。伏惟恩慈，豈易報稱！臣身雖在外，義不忘君。況仰賴於皇明，忍自愆於素守。深念長人之寄，知無不爲；益堅許國之誠，死而後已。

南京謝上表

曾肇

以儒懦而辭將符，以親嫌而避邊要，頗識事君之義，敢干留令之誅。仰賴聖明，俯矜誠請；既逃罪戾，仍獲便安。伏念臣無所取材，粗知嚮道。雖險阻艱難，備嘗之矣；而造次顛沛，必於是焉。以平生寡偶而少徒，故臨事易危而多畏。昨祈外補，聊避煩言。未容墨突之黔，遽改并門之帥。且節制方面，號爲儒者之榮；率先戎行，正是人臣之分。便當卽路，詎敢懷私？但以任非所長，力有不逮。矧弟兄之孤立，擅將相於一時，中懼滿盈，外虞讒間。再瀝籲天之懇，終蒙易地之優。維陳、宋之奧區，首東南之甸服。周流一國，俛仰十期。何幸衰年，復尋故步。望千門之宮闕，識三后之衣冠。合抱干雲，或異時之拱把；峩冠束帶，多前日之佩觿。所愧薄材，曾微惠政，下孤民望，上誤國恩。此蓋伏遇皇帝陛下，舜

苟利公家，誓捐軀於異日。

智兼容，堯仁徧覆。初無心於予奪，皆因物之短長。是致孤生，與叨平施。毋輕民事，方竭力於兹辰；

賀册皇后表

曾　肇

中闈肇建，盛禮興行。人神協謀，夷夏胥慶。竊以家國爲天下之本，后妃實王化之基，致治所繇，求端非遠。恭惟皇帝陛下，紹天駿命，垂世永圖。承七廟之吉蠲，奉三宫之共養。而長秋虚位，六職曠官。咨求淑人，來相宗事。上遵太母之訓，下採有司之言。鼖鏞在庭，典册備物。坤元博厚，已正於隆名；婦順章明，可風於率土。臣身雖在外，義不忘君。誦「造舟」之詩，想見光輝之盛；申「彤管」之戒，庶幾補報之忠。

賀上傳國寶表

曾　肇

受命之符，爲時而出；自天之祐，維聖是承。方拜況於大庭，遽均恩於率土。官師動色，海寓蒙休。臣聞夫國璽之有去來，猶周鼎之有輕重。好治而惡亂，舍昏而即明。頃自有唐之衰，荐更五代之季，伏而不發，殆且百年；忽爾自歸，將傳萬世。所以表祖宗積累之慶，告社稷靈長之休。在聖與仁，宜昌而壽。恭惟皇帝陛下，沈潛迪哲，剛健好生。參天地以成能，垂子孫而作則。果有神物，是貽皇家。固將配甘露以紀元，豈止擬《芝房》而度曲？臣職專守土，志切慕君，講稱壽之儀，阻陪下列；奏升中之頌，敬

俟方來。

宣州謝上表　賈易

信而後諫，愧無平仲之言；罪不容誅，誤脱成湯之網。屈嚴科而賦命，畀善地以寧親。聖澤隆寬，自古未有；愚心感激，欲報何從？伏念臣蔽蒙之人，迂闊於事。以直道爲敬天之實，以詭情爲駭俗之非。殺其身有益於君，行之無悔；見其利不顧其義，死莫敢爲。知萬折而必東，故三已而無愠。汲黯之戇，寧免世嫌；子文之忠，蓋出天性。竊服兩宫之知遇，稍希八彦之激昂。故有横逆之來，曾無左右之助。口欲清而愈濁，外無正而不行。獨傷忠敬之難明，亟比欺誣之重坐。既免投於荒裔，仍擇處於近藩。風俗休戚，在所漸摩；朝夕旨甘，得其順適。道固隆於善貸，恩尤著於曲成。此蓋伏遇皇帝陛下，聽德惟聰，使臣以禮，兼洪覆無私之運，均大明偏照之神。謂好言利病者，有區區憂國之心；謂不事權貴者，非汲汲謀身之輩，方免官而從衆，竟薄責以勸忠。臣敢不敬體惠慈，退加修省？凡正心而誠意，必明辨而篤行。金石可磨，底慎子臧之達節；死生不變，庶幾徐邈之有常。殫夙夜治民之勞，全始終報上之志。

鄂州謝上表　張商英

布宣温詔，開諭遠民。雖湖山千里之間，如酺醵一堂之上。聽歡聲之相告，慙共理之非良。伏以旁

接九江〔一〕，前臨七澤。地遐而陋，俗魯以愚。雖有沈寃，莫能往愬；至於極病，秖自悲吟。蒙被皇明，申頒德意。所謂率科嚴重，鈎考碎煩；方田擾安業之農，圜土聚徙鄉之惡；省租紐折，公帑貪求；學校驅迫者，或違其孝養之心；保伍追呼者，或失於耕桑之候；寺觀掊繕營之費，東南配漕輓之舟；抑認香鹽，強招卒伍，文移速於星火，追捕遍於里閭；百端紛更，一切蠲罷。可謂崇寧之孝治，真爲紹述之聖功！而臣初效外官，恭承嘉命，唯憂疲懦，未克推行；豈有設施，可圖報稱？有君如此，碎首以之！此蓋伏遇皇帝陛下，誠實應天，典常師古。王路以平其好惡，道樞以會其是非。察臣於元祐之間，未嘗干預；憐臣於元符之末，首被擠排。一洗刑書，再還仕籍。退循衰晚，虚辱寵榮。辟穀留侯，歸休有素；據鞍馬援，進取何堪！誓堅忠孝之心，永保初終之節。

校勘記

〔一〕伏以旁接九江　殘宋本同，疑「伏以」下當有「鄧州」等字樣。

宋文鑑卷第七十一

表

明州謝到任表

蔡肇

失職之誅，尚容自劾；非常之寵，更以曲加。弗獲固辭，具嚴名訓；叨塵特甚，感涕難勝！臣聞人有能有不能，聖主量材而受職；仕或去或不去，人臣秉義以事君。儻已試而可知，敢懷安而自止？雖君父保全之恩厚，不汝瑕疵；顧國人可否之論公，有靦面目。伏念臣昨繇省户，擢置詞垣，盡出聖神獨斷之明，本無左右游談之助。然名過其實者殆，用非所習則窮。況逢聖治之日新，竊仰睿文之天縱。咸池張洞庭之野，海鳥炫驚；秋水灌涯涘之間，波臣自蕩。莫知攸濟，宜厚厥愆。敢期全度之恩，更溢褒嘉之典？既聯法從，仍畀名城。恭惟皇帝陛下，如天覆臨，以生以遂；薄海内外，悉主悉臣。眷甌粤之偏陬，控東南之美浸。鰐蛟霧濕之所蟠鬱，夷隸艑舶之所往來。方旋反於使軺，將嗣修於貢職。謂宜推擇，以重拊循。而臣結約無奇，間關少與。徒谿潭之醜類，素乏雄文；嬴賈客之購金，初無佳句。矧今郡國守令之政，具存典謨訓誥之書。奉以周旋，雖不能識其大者；求之度數，庶幾或推而行之。有以及民，是爲報國。

代范德孺謝户部表

廖正一

邊部終更，王庭當覲，亟承天寵，遽寘地官，静以省躬，忸乎就列。臣降才蹇淺，志學顓蒙。早遇盛時，荐膺煩使。饋糧千里，甞絶漠以知難；勤戍六年，屬鑴羌之未諭。俯思前訓，敢妄覬於功名；仰奉睿謀，務久寧於封略。僅逃餘責，竊願投閑。惟邦計之實繁，須賢勞而共濟。乃容踈遠，誤被選掄。臣早預搢紳，特緣承胄。朝廷不掩其遺直，兄弟相戒以盡忠。豈謂馴致高華，迭居要劇。征西合符而相代，省户接軫而並游。衆謂榮觀，臣知非據。陛下天均覆育，聖監清明。政在節財，方且度縣官之用；人無求備，固將觀臣庶之能。當勤早夜之思，庶有毫銖之補！

謝昭雪表

劉跂

投畀讒人，已悟告言之妄；蠲除詔令，更申論坐之寃。没而有知，死且不朽！竊以前世論事，下敢告之章；法家原情，著反坐之律。未聞私書謬悠之謗，可致公朝夷滅之刑。繄彼無良，遘爲不令。因黨友之尺牘，形閭巷之廋辭，引厲揚尚父之言，誦高貴鄉公之語，靡慚嗤鄙，惟幸詆誣。既内慊於不根，又陰虞於後患。禱其付火，固絶意於上聞；託以屏人，復何施於參驗。不攻自破，欲蓋而彰。巧誰謂其如簧，市共知於無虎。雖毁者挾怨，必以惡聲；而小人乘危，遂爲奇貨。密賸舊札，歷遺衆仇。險不啻於山川，食無餘於犬彘。逮從吏訊，幾誤國章。意所株連，人以股栗。浩有漂山之勢，岌如累卵之危。賴

先帝照矚之明，察權臣吞噬之患，特迂清問，少緩嚴科。然而先臣諸孤，終以屏廢；闔門百口，益復幽囚。禦瘴癘者十喪，隸臣妾者三歲。無罪且至於如此，大戮亦何以復加？會上聖之龍飛，破羣疑而冰釋。讉累所逮，訴告必申。悼前日之禍機，嗟何可及；掛有司之罪籍，名或未除。用再瀝於肺肝，敢上塵於旒扆。理無難者，宜靡悼於改爲；事已灼然，遂悉從於釐正。此蓋皇帝陛下，乾行以健，離麗而明。體大舜堲讒之方，廣有唐辨謗之略。孤忠素節，事已白於九原；弱子幼孫，誓各堅於一死。微生何算，洪造難酬！

謝吏部侍郎表

鄒浩

代言西掖，已冒至榮；列職中臺，更塵高選；拜恩優渥，撫己兢慚。中謝竊以六典治邦，周重天官之任；三銓綜吏，唐推文部之權。洪惟神考之正名，肇復先王之成憲。迄至今日，益昭聖功。宜得真材，以貳選事。而臣猥從廢斥，特荷哀憐，俄擢寘於近班，獲預聞於機要。事陛下有如上帝，敢萌一念之欺；仰陛下何啻高山，終乏纖埃之補。未正空飡之責，遽叨越次之陞。靖言思之，可謂幸矣！此蓋伏遇皇帝陛下，孝隆繼志，道廣用中。欲多士之無朋，故孤立者與進；欲四方之不擾，故愚守者并容。爰舉斯心，俾祗厥序。臣敢不激昂遭遇，飭厲猷爲。念此餘生，實神聖之再造；誓殫綿力，稱寵禄之殊私！

謝復官表

鄒浩

萬里投荒，豈生還之敢望；九重獨斷，俄意外以蒙恩。感激哀憐，縱橫涕淚。伏念臣最爲固陋，全昧幾微。有言輒至於妄陳，雖死不足以塞責。上賴聖人之救物，特寬司寇之嚴刑；但復竄於遐方，姑使省其往咎。惟昭潭之可畏，與新州而不殊。形影自隨，朝夕難保。昏昏瘴霧，信爲提耳之師；兀兀愁居，困得致身之道。惟忠惟孝，無古無今。命雖甚於垂絲，心已期於結草。不謂僅存之瘦骨，忽還將絶之驚魂。既獲免於拘攣，遂亟諧於定省。名蠲罪籍，品復文階。在抆拭之非常，皆覬覦之莫及。此蓋伏遇皇帝陛下，道彌天覆，德盛春生。千齡光御於丕圖，萬物率由於和氣。紹隆先烈，坐撫太平。曲回進日之明，旁燭戴盆之下。謂裕陵長育，賜之第而除教官；謂哲宗保全，矜其愚而屈常法。召從五嶺之表，端遇六龍之飛；擢于不次之中，曾是惟新之數。肆令甄叙，俯及孤危。臣敢不因險阻艱難之備嘗，念身體髮膚之再造。益堅夙志，遥瞻北極之尊；長與老親，共祝南山之壽。精誠所貫，高厚必知。

代范忠宣公遺表

李之儀

臣聞生則有涯，難逃定數；死之將至，願畢餘忠。輒留垂盡之期，仰瀆蓋高之聽。中謝伏念臣賦性拙直，禀生艱危。忠義雖得之家傳，利害率同於人欲。未始苟作以干譽，不敢患失以營私。蓋常先天下而憂，期不負聖人之學。此先臣所以教子，而微臣資以事君。粤自治平，擢爲御史；繼逢神考，進列諫垣。荏苒五十二年，首尾四十六任。分符擁節，持橐守邊。晚叨宥密之求，再席鈞衡之寄。遇事輒發，曾不顧身；因時有爲，止欲及物。固知盈滿之當戒，弗思禍釁之陰乘。萬里風濤，僅脱江魚之葬；四

年瘴癘，幾從山鬼之遊。忽遭睿聖之臨朝，首圖纖介之舊物。復官易地，遣使宣恩。而臣目已不明，無復仰瞻於舜日；身猶可免，或能親奉於堯言。豈事理之能諧，果神明之見啬。未獲九重之入覲，卒然四體之不隨。空慙田畝之還，上負乾坤之造。猶且强親藥石，貪戀歲時。儻粗釋於沉迷，或稍紓於報效。今則膏肓已逼，氣息僅存，泉路非遥，聖時永隔。恐叩閽之靡及，雖結草以何爲！是以假漏偷生，刳心瀝懇，庶皇慈之俯鑒，亮愚意之無他。臣若不言，死有餘恨。伏望皇帝陛下，清心寡欲，約己便民。達孝道於精微，擴仁心於廣遠。深絶朋黨之論，詳察邪正之歸。搜抉幽隱，以盡人材；屏斥奇巧，以厚風俗。愛惜生靈而無輕議邊事，包容狂直而無易逐言官。若宣仁之誣謗未明，致保佑之憂勤不顯。本權臣務快其私忿，非泰陵實謂之當然。以至未究流人之徃愆，悉以聖恩而特叙。尚使存殁，猶污瑕疵。又安得未解疆埸之嚴，幾空帑藏之積，有城必守，得地難耕。凡此數端，願留聖念；無令後患，常軫淵衷。臣所重者，陛下上聖之資；臣所愛者，宗社無疆之業。苟斯言之可采，則雖死而猶生。淚盡詞窮，形留神逝。

通州自便謝表

陳瓘

恩由獨斷，澤被孤忠。刑部之執守雖堅，天子之福威無壅。乃公朝之盛事，豈小己之私榮？恭叙感悰，仰瀆高聽。伏念臣昨蒙善貸，賜以生還。萍跡孤睽，久寄食於異縣；蓽門幹蠱，常委事於長男。所營不足以藩身，其出每緣於餬口。去庭闈者累月，聞道路之一言。耳受而輙行，親危而不顧。緣帥

司深疾其生事，故傳者多指爲病狂。萬口嗷嗷，兩路詾詾。狐突教子，素存不二之風；曾參殺人，寧免至三之惑。事既匿而難曉，時浸久而益疑。制所深嚴，就逮於重江之外；獄辭平允，閱實於片言之中。矜其無罪之可書，許以還家而自便。出圜扉而涕感，瞻魏闕而神留。尋沐寬恩，移置近地。海島萬里，不如無子之無憂；淮壖一身，彌覺有生之有患。擢髮不足以數臣之罪，瀝血不足以寫臣之心。羔羊之性自公，犬馬之情愛主。忘身徇國，初無係恡之私；抱疾呼天，惟恃精誠之格。忽因詔諭，特免拘維。此蓋伏遇皇帝陛下，堯大并容，舜明洞照。人人皆使之得所，事事唯恐其有偏。繼志用神考之心，應天以格王之實。舊弊若冰之將釋，新慶如川之方流。家國平康，内外交泰。遂使赦令，昔阻隔而今行；士有宿愆，始棄置而終宥。全家荷德，無路酬恩。螻蟻之力至微，但知恭順；蒲柳之身已老，尚可糜捐。望雖隔於戴盆，向敢忘於傾藿！

進四明尊堯集表

陳　瓘

臣某言：臣六月初五日，準通州牒，準編修政典局牒奉聖旨，取臣所著《尊堯集》。臣依禀聖旨，不敢違滯。緣臣著撰此集，未經奏御。今具狀中編修政典局乞爲繳進，合於御前開拆者。臣竊以畎畮愛君，精誠雖至；芻蕘議政，迂闊難行。葵向不習而常傾，芹陋敢期於得獻。獨因睿斷，許貢危衷。臣中謝〔一〕。伏念臣糞土下材，犬馬賤質。數罪固多於擢髮，舍生無意於兼魚。初欲糜捐，終難緘默。因續前言之緒，聊輸垂絶之忠。非敢有善善惡惡之辭，但欲明尊尊卑卑之義。此螻蟻所能知也，在搢紳

安可藐然？八十卷之私書，奪此與彼；十九年之懿績，可從而違。陛下於繼述之初，首辨明於兹事；微臣持將順之志，在流竄而靡忘。鋪張痛詆之言，編類厚誣之語。初謂熙寧之輔，不媿有商之臣，於成湯敢肆厥欺，疑安石有所弗忍。及究觀於懟筆，始粗見其游辭。因思大典之久誣，益顧忘軀而往訴。《合浦十論》，申舊疏之餘言；《四明八門》，撮其要於一序。實欲彰火德之盛，不敢畏王氏之强。寧碎首於邦誅，忍謾心於國是！彼效尤於往轍，亦苟逞於陳編。難以縷闋，略舉綱要。謂藝祖濫誅無罪，謂真宗矯誣上天，詘薄裕陵，攘奪先美。以託訓爲箝口之術，以歸過爲自譽之媒。但矜詆訾之極工，罔顧威靈之如在。幾乎駡矣，豈不痛哉？讀其書寧忍終篇，稽其文可爲流涕。代言之筆，盡目其徒爲儒宗；首善之宫，肇塑其形爲坐像。禮官舞禮而行諂，史書獻佞而請觀。光乎仲尼，乃子雱聖父之贊；比諸孔子，實卞等輕君之情。彼衰周之僻王，棄真儒之將聖。當時不得配太廟之饗，後世所以廣上丁之祠。今比安石爲欽王之臣，則方神考爲何代之主？又況一人幸學，列辟班隨。至尊拜伏於爐前，故臣驕倨而坐視。百官氣鬱，多士心寒。自有華夏以來，無此悖倒之禮。神考之再相安石，始終不過乎九年；安石之屏迹金陵，棄置不召者十載。八字威加於鄧綰，萬機獨運於元豐。豈可於善述之時，忽崇此不遜之像？因壞先朝三舍之法，遂費今日千倍之財。人材之可擢不殊，國用之添費徒廣。浚吾民之膏血，增彼像之精神。美成其私，怨集于國。陸贄設枝顛之喻，承業以財盡爲憂；忠哉古人愛君之誠，異乎今日養士之意。又況臨川之所學，不以《春秋》爲可行。謂天子有北面之儀，謂君臣有迭賓之禮。禮儀如彼，名分若何？此乃衰世侮君之非，豈是先王訪道之法。贛川舊學，記刊于四紀之前；辟水新廱，像成

於一埒之手。唱如聲召，應若響隨。使王氏寖至於强梁，乃元祐助發其氣燄。昔宣仁權同之際，謂介甫節行甚高，宜贈崇官，仍加美謚。司馬光書之于簡，吕公著行之於朝。不以稽弊爲心，徒發鎮浮之議。負安石者，重加黜責；欺神考者，略不誰何。遂至於枝蔓而難圖，豈非由偏助之太過？雖當時未見誣史，而先朝自有聖批。恬不奉行，養成乖悖。蒙蔽裕陵之衆美，眩耀鍾山之一書。四輔之行，謀畫本生於日録；三衛之設，規模初定於新經。密密乎鄧蹇之安排，草草乎京攄之傳授。考其音聲，則篪唱而塤和；譬諸手足，則左弱而右强。凝爲冰山，烈若原火。愚公老矣，益堅平險之心；精衛眇然，未捨填波之願。殁而後已，志不可渝。望雖隔於戴盆，夢不忘於馳闕。丹誠上格，天語遥詢。要觀尊主之恭，緩議奸時之罪。淵冰在念，梟磔寧逃？恭惟皇帝陛下，天大普容，日明徧照。覽熙豐記動之史，倣虞、夏採詩之官。咨輿議於多方，證私書之百毁。舜纂堯緒，孜孜乎善繼之勤；武賡文聲，斤斤乎丕承之美。兹所謂一人之慶，可以得萬國之歡。凡有識知，孰不將順？天地尊卑之已定，首足上下之宜分。孔志在乎《春秋》，漢律嚴於名分。戴上者皆知此義，尊堯者豈獨臣書？燕馬以市骨爲先，驚驥者必將來矣；鄭校決防川之壅，有舌者其忍默乎？臣命可危，衆口難遏。伏望皇帝陛下，念臣役志於享上，憫臣積禍於敢恭，以尺朽之廢材，貢一得之愚慮。言多妄發，事則有稽。宣宗當紹憲之時，寧容德裕之奪語？武帝以述景爲事，忍視馬遷之短辭？父子至情，古今一揆。不懲謗史之罪，則何以謝過於宗廟？不毁坐像之悖，則何以示順於華夷？國是方强，勢難遽改；大器至重，要在深思。庶乎苗莠之分，始於冠履之辨。至美成於剛健，大患生乎因循。儒宗數人，自是一家之説；聖主獨斷，乃爲我宋之休。天心篤愛之

甚明，人情企想而有待。解神考在天之怒，成聖主奉先之仁。克果斷於蔡方，人將大覺；善光揚於堯績，上可無爲。於一顰一笑之中，成允文允武之業。臣將獻駿惠太平之頌，豈特進狂簡不裁之書。胷臆無奇，但盡恭於文字；筋骸已憊，當致命於君親。仰酬再造之恩，退聽一成之議。闔門待盡，殞首知歸。

台州羈管謝表

陳瓘

臣某言：政和元年六月五日，準通州牒，編修政典局牒：奉聖旨取索臣所撰《尊堯集》，請速爲檢取，封角付差去人。續又準通州牒：《尊堯集》係奉聖旨取索，不可遲緩。臣即於六月十九日申通州，乞依聖旨發遞前去。仍申編修政典局云：「上件《尊堯集》，先合奏御。今匣内黄帕文字等，並題作臣瓘謹封，伏望本局特爲進入，於御前開拆。」今於十月初七日，準通州牒，準尚書刑部符都省劄子：「奉聖旨：陳瓘自撰《尊堯集》，語言無緒，盡係詆誣。不行毁棄，送與張商英，意要行用。特勒停，送台州羈管。令本州當職官常切覺察，不得放出州城；月具存在，申尚書省。」臣即時望闕謝恩，發離本家，水陸兼行，不敢住滯。今於十一月初十日，已到台州城内者。畎晦之志，一書可通；芻蕘之言，萬里不隔。集羣辭而上達，遭一覽以爲榮。竄路雖遥，陳情已畢。臣中謝。伏念臣材如糞土，身若梗蓬。非敢以著書爲能，所陳者戴君之義。知詆誣之不可，志在尊堯；豈行用之敢私，心唯助舜。語言無緒，議論至迂。獨歸美於先猷，遂大違於國是。不行毁棄，有誤咨詢。虚消十載之光陰，靡恤一門之溝壑。果煩揆路，特建刑

章。若非恃庇於九重，安得延齡於再造。由淮入浙，自通至台，怒濤雖阻於重江，毒瘴幸殊於五嶺。尚留頂踵，獨賴君親。此蓋伏遇皇帝陛下，天大并容，日明洞照。以至慈而善貸，推觀過之深仁。憫此顛隮，欲其存在。以身償怨，螻蟻之命至微；徇國捐生，犬馬之心未替。夢馳丹闕，目想清光。重干擢髮之誅，徒鬱戴盆之望。餘生易捨，大德難酬。

校勘記

〔一〕臣中謝　「臣」下原本空白，據明刻本補「中謝」二字。

宋文鑑卷第七十二

牋箴

牋

對皇太子問政牋

李　至

伏奉手書，猥賜下問。夙夜尋繹，喜與憂并。何則？至常人也，識不足以經遠，學不足以待問，才不足以幹事，智不足以周身，而殿下目之爲碩儒，曰「可以發蒙」；號之爲端士，曰「可以延譽」，得不憂乎？殿下忠孝之道，貫於神明；温文之德，彰於天下，而猶虚懷訪問，思所以分君父之憂，以元元爲念，且曰：「一夫或致於向隅，千里將疲於觀政。」此乃聖上有浸漬生靈之澤，感動天地之德，致使殿下興言及此，實社稷之福，而億兆之幸，得不喜乎〔一〕？然則愚者千慮，必有一得。若夫自古太子養德東宫，不親外事，唯問安侍膳而已，固亦宜哉！而黔庶之疾苦，稼穡之艱難，素所未覩，自非生知之異，天誘其衷，莫得而知矣。噫！事有背經而合道，時有適變而從宜，是以五帝三王，不相沿襲。聖上知其然，由是以浩穰之務，獨命殿下，揔其綱要，而躬決焉。殿下復能欽若聖訓，率由舊章，馭吏民必以誠，待參佐

必以禮，慎命令必以簡，察獄訟必以情，恤鰥寡必以仁，抑豪猾必以法，杜讒佞必以正，絶邪僻必以道。有一于此，猶爲善政，況兼是數者乎？而猶曰：「奉車苟賜於司南，爲政何慙於拱北。」不亦過謙乎？然則至雖不敏，竊嘗讀《易》，見羣爻稍過，必有悔吝；唯《謙象》獨亡，是知謙之時義大矣哉！願殿下守之而已，勉之而已。如此，則何正言不入？何正道不行？若正言入而正道行，則生民不泰，未之有也；政化不洽，亦未之有也。輒因問及，輕肆狂瞽，僭易之罪，安敢逃焉！

箴

大寶箴

陳彭年

二儀之内，寂靈者人。生民之中，至大者君。民既可畏，天亦無親。所輔者德，所歸者仁。恭己臨下，輝光益新。載籍斯在，謀猷備陳。内綏萬國，外撫百蠻，治亂所始，言動之閒。觀之則易，處之甚難。由是先哲，喻彼投艱。苟能慮末，乃可防閑。審求逆耳，無惡犯顔。既庶而富，教化乃施。慈儉之政，富庶之基。鰥寡孤獨，人之所悲，發號施令，宜先及之。黄髮鮐背，心實多知，左右侍從，何莫於兹？瞻言百辟，咸代天工，儻無虚授，可建大中。克彰謹柬，惟藉至公，知人則哲，視遠則聰。才固難備，道亦少同，葑菲罔捨，杞梓乃充。不扶自直，惟蓬在麻；非揀莫見，唯金在沙。參備顧問，必辨忠邪。獻替以正，裨益無涯。自區草澤，亦有國華。訪此髦士，可拒朋家。三章之立，庶民作程。欽哉欽哉，

可以措刑。七代之建，寇孽是平。本仁本義，可以弭兵。是謂齊禮，亦曰好生。有教無類，自誠而明。宗廟社稷，饗之以恭；宫室苑囿，誡之在豐。春蒐秋獮，不廢三農。擊石拊石，用格神宗。使人以悦，乃克成功。治國以政，罔或不從。濟濟多士，用之有光。硜硜小器，謀之弗臧。忠言致益，豈讓膏粱？《六藝》爲樂，寧後笙簧？任賢勿貳，堯所以昌；改過不吝，湯所以王。六合至廣，萬彙攸多，風俗靡一，嗜慾相摩。如馭朽索，若防決河，左契斯執，六轡遂和。導之以德，民免嬰羅，不懈于位，俗乃偃戈。先王之訓，罔不咸然；吾君之治，亦取斯焉。小心翼翼，終日乾乾。三靈降鑒，百禄無愆。由兹率土，永戴先天，巍巍洪業，億萬斯年。

用材箴

田錫

天運四時，地生萬類，以覆以載，各得其位。天地猶爾，人胡求備？堯以仁化，舜以孝理，稷專播穀，禹務導水，聖賢猶然，人胡求全？是以有才者不必有德，有德者不必有言。與人結交，能護其短，掩短録長，交卽悠遠。任人之職，能從其長，録長掩短，邦實阜昌。無好之則忘其不肖，無惡之則忘其允臧，執心至公，取其所彊。馬或奔踶，乃致千里；士有跅弛，可任以事。一善可稱，則勿求具美。然後會衆善以涖庶官，民實攸曁。

文箴

孫何

堯制舜度，緜今亘古；周作孔述，炳星焕日，是曰《六經》，爲世權衡。萬象森羅，五常混并。游、夏之徒，得矗喪精，空傳其道，無所發明。後賢誰嗣？惟軻洎卿。仁門義奥，我有典刑。聖人覩之，猶足化成。嬴侯、劉帝，屈指西京，仲舒、賈誼，名實絶異；相如、子長，才智非常，較其工拙，互有否臧。揚雄歘焉，刷翼孤翔。可師數子，擅文之場。東漢而下，寂無雄霸。亹亹建安，格力猶完。當途之後，文失其官，家攘往跡，户掠陳言。陵夷怠憧，至于江左，輕淺淫麗，迭相唱和。聖心經體，盡墜于地，千詞一語，萬指一意。縫煙綴雲，圖山畫水，駢枝儷葉，顛首倒尾。治亂莫分，興亡不紀。齊頓梁絶，陳傾隋圮。奕奕李唐，木鐸再揚，文之紀綱，斷而更張。鉅手魁筆，磊落相望，凌轢百代，直趨三王。續《典》紹《謩》，韓領其徒；還《雅》歸《頌》，杜統其衆。土德既衰，文復喧卑。制誥之俗，儕于四六；風什之訛，隣于謳歌。懷經囊史，孰遏頹波？出入五代，兵戈不稱。天佑斯文，起我大君，蒲帛詔聘，鴻碩紛綸，邪返而正，漓澄而淳。凡百儒林，宜師帝心，語思其工，意思其深。勿聽淫哇，喪其雅音；勿視彩飾，亡其正色。力樹古風，坐臻皇極，無俾唐文，獨稱往昔！賤臣司箴，敢告執策！

省分箴

王　隨

夕晦晝明，乾動坤静，物禀乎性，人賦於命。貴賤賢愚，壽夭衰盛，諒夫自然，冥數潛定。蕙生數寸，松高百尺，水潤火炎，輪曲轅直。或金或錫，或玉或石，荼苦薺甘，烏黔鷺白。性不可易，體不可移，揠苗則悴，續鳧乃悲。巢者罔穴，泳者寧馳？竹栢寒茂，桐柳秋衰。闕里泣麟，傅巖肖象，馮衍空歸，千

秋驟相。健羡勿用，止足可尚。處順安時，吉禄長享。

畏言箴

劉敞

吾甚畏言，言可畏也，而不能默然。吾言悃悃，倡而後和，人猶以爲過。吾言繩繩，譽而不訾，人猶以爲非。非吾言之畏，維人之多忌；非吾之不能默然，而人實多言。若是者其止乎？其已乎？其勿問而唯乎？譬之於物，其爲石不爲水乎？水之滔滔，往而不來，有陷而淵，有壅而洄，有激而在山椒，曰水哉水哉！

讓箴

劉敞

資政富公，始讓樞密直學士，又讓翰林學士，又讓樞密副使。凡三讓，所讓益尊，所守益堅，粲然有古人之遺風。故作讓箴，以矯世礪俗云：

讓如何其？讓非爲名，欲先信吾道，於天下氓。讓如何其？讓非爲利，欲天下之人，咸信吾義。世有常患，患其欲速，枉尺直尋，卒附于辱。世有常患，患其在得，辭小受大，卒没于直。公皆咈之，公既述之，啓之闢之，俾世則之。曰：吾豈惡富貴？富貴維德。人以厚己，我以厚國。時豈無人，昏夜乞憐，縱或得之，何如其賢？時豈無人，乘機射利，縱或得之，何如其智？嗟此富公，直哉優優，孰际富公，而能勿羞？孰持富公，携手以游？昔宋考父，三命益恭，嗟此富公，千世與同。作詩載美，穆如清風。

有足兮，動涉坦夷。有心兮，何由險巇？足非有慮兮，心役之爲用。心如足兮，蠻貊行之。

步箴

蔡　襄

勸講箴

趙師民

若帝之元，於稽古先，將以其道，格于皇天。格天如何？謹徽舊典，惟聖時憲，乃克盡善。在帝宅中，亮章温雅，將以其文，化成天下。化成如何？順考正道，席上之珍，兹惟國寶。天下有帝，體元創制，非先聖之舊章，不足以秉同文而執司契！日中爲市，以贄四方，非先聖之遺法，不足以舉大義而正國常！帝度其身，郁郁乎文，彰禮施樂，以副皇墳。帝出其言，穆穆厥聲，含仁吐義，式諧羣情。自天降祥，我民既康，不覯于經，懼先猷之寖忘。四夷放命，有嚴誓令，不覯于經，慮大功之未定！無以方隅之多事，而謂經籍之宜息；虞舜征苗，誕敷文德。無謂宸居之至尊，而忽右文之爲貴；歧昌造周，天經地緯。無以陳久之可替，乃謂迂闊而難行；先哲之言，雖無老成。無譏鄙生之窶陋，而略愚儒之淺昧；先師之談，不以人廢。無以世治之或殊，而謂陳言之可侮；商弼之諫，事不師古。無玩歲月之其除，而謂寸陰之已速；周王之戒，惟日不足。有以見世主之御圖，或萬機紛然，不酌于古道，則風化有時而弗宣。有以見人君之居極，或百度差忒，不斷于古義，則權制有時而弗克。昔令王之經世，必去害而稱利，明主觀其書，可以效財成于萬事。昔賢臣之事君，有謀猷而必陳，明主觀其書，可以示軌度于羣倫。正朝

之上，法宫之中，非贊襄雅奥，不足以興嗜慾于清躬。神麗之游，光明之處，非啓迪深厚，不足以立正事於古語。是故可以上文，可以立武，可以奉天地，可以爲宗主；匪止玩其辭而釋其詁。可以觀道，可以對萬物，可以臨兆人；不止明其舊而知其新。靖恭乙夜，總覽羣書，夫聖人之至德，何以加於？從容晏朝，紬繹微旨，非天下之至精，孰能與此？臣初聞始元之閒，儒風寖還，待問之臣，賜以清閒。臣復觀永平之烈，經術未缺，羣儒議前，稱制以決。桑乾之后，來自幽陵，束髮右衽，斯文有承。金陵之君，越于夷裔，雖則講習，其文已敝。李唐之興，賢君挺生。正觀初治，開元既平。東壁羣山，儒宗墨卿，侍從之臣，官有佳名。在我太祖，神武披攘，親駕辟廱，真儒有光。有赫太宗，文武並運，經臣師師，以承帝問。於穆真皇，講求多藝，以其人文，發爲盛際。陛下卽位，纂承天禄，肇開二閣，以延儒服。西臨邇英，北啓延義，瞻仰皇明，彌綸聖智。成天下之務，昔游焉而穆清；陳天下之謨，頃於兹而講肄。帝坐甚明，天章不祕，願以議道，願以求治。下臣執經，敢告中侍。

友箴

司馬光

余何遊乎？余將遊聖人之門，仁人之里。非聖不師，非仁不友。可乎？未可。不若遊衆人之場，聞善而遷，觀過而改。

視聽言動四箴序

程頤

顏子問克己復禮之目，夫子曰：「非禮勿視，非禮勿聽，非禮勿言，非禮勿動。」四者，身之用也。由乎中而應乎外，制於外所以養其中也。顏子事斯語，所以進於聖人。後之學聖人者，宜服膺而勿失也。作四箴以自警云：一作因箴以自警。

視箴

心兮本虛，應物無跡，操之有要，視之爲一作爲之則。蔽交於前，其中則遷。制之於外，以安其內。克己復禮，久而誠矣。

聽箴

人有秉彝，本乎天性，知誘物化，遂亡其正。卓彼先覺，知止有定，閑邪存誠，非禮勿聽。

言箴

人心之動，因言以宣，發禁躁妄，內斯靜專。矧是樞機，興戎出好，吉凶榮辱，惟其所召。傷易則誕，傷煩則枝，己肆物忤，出悖來違。非法不道，欽哉訓辭！

動箴

哲人知幾，誠之於思；志士厲行，守之於爲。順理則裕，從欲惟一作爲危。造次克念，戰兢自持。習

與性成，聖賢同歸。

審己箴

王無咎

汝曰有德，汝未大成。汝之有過，傷德蓋輕。聖能恕汝，猶曰汝美；衆人弗逮，知慕而已。恕汝不知，慕汝輒偷，汝不自反，卒比於愚。愚不可比，汝孰宜懼？聖人之恕，衆人之慕。

校勘記

〔一〕得不喜乎　「喜」原作「善」，五經堂本傳校：「善」疑「喜」。按上下文義當作「喜」，今改。

宋文鑑卷第七十三

銘

財貨銘

李　瑩

暇日讀《夢書》，則曰："夢虺夢糞者，獲財。"因以銘之。財貨將至，夢寐可尋。或穢或虺，乃玉乃金。穢可親歟？虺可翫歟？敢獻斯銘，以激貪夫！

續座右銘

李　至

崔子玉爲《座右銘》，白樂天亦爲《座右銘》，檢身之道，幾乎殫矣。予嘗冥心燕坐，自思所爲，慮向之益友，以予位著，不我規也，因疏其所得，亦命爲座右銘，聊以自勉。其辭曰：

短不可護，護則終短；長不可矜，矜則不長。尤人不如尤己，好圓不如好方。用晦則天下莫與汝争智，撝謙則天下莫與汝争強。多言者老氏所戒，欲訥者仲尼所臧。妄動有悔，何如静而勿動；太剛則折，何如柔而勿剛〔一〕？吾見進而不已者敗，未見退而自足者亡。爲善則遊君子之域，爲惡則入小人之鄉。吾將書紳帶以自警，刻盤盂而過防。豈如長存於座右，庶夙夜之不忘！

武關銘

胡旦

南條東走，自雍而荆，呀爲武關，作扞秦城。秦人東顧，六國無主；漢氏西來，子嬰爲虜。彼此鯨鯢，更相豺虎。吁嗟强秦，曾無守禦！秦而爲漢，漢復如秦，劉氏不綱，莽賊造新。嚴嚴武關，前人後人！我開則興，我閉則亂，一開一閉，今古同貫。王者邦畿，守在四夷，禮義干櫓，道德藩籬。遠人不服，文德來之。化既無外，何以關爲？

彭祖觀井圖銘

陳靖

淳化中，予將命之狄丘，道由彭門。有客得彭祖觀井圖以爲貺。中有臺榭、人物、山水森森然，蓋狀其佳象幽致，表繪事之工。予無取；所慕者唯彭氏面井而覆之以輪，背樹而纜之以繩，凭杖斂躬，跼蹐而迎視，兢然若將墜也。嗚呼！古人臨事而懼之有若是，檢身遠害之有若是，後之君子，得無效歟？予實好古者，歷考其跡于傳記，雖敻而難信；且夫子云：「竊比於我老彭」，亦其驗也。故作銘于座右曰：

至哉古人，遠害全身，戰戰兢兢，恒若履冰。朽索之馭，納隍是慮，天子則之，鴻圖永據。存而懼亡，繫于苞桑，諸侯則之，其國必昌。若舟弗濟，夕惕而厲，大夫則之，其家孔熾。直哉惟清，執虚如盈，士子則之，其道元亨。不争在醜，無愧屋漏，庶人則之，其食孔阜。吾省予行，吾慎予守，竊比老彭，式介眉壽！

門銘

吕夷簡

古者盤、盂、几、杖，規戒存焉；今爲門銘，竊類於此。

忠以事君，孝以養親。寬以容衆，謹以修身。清以軌俗，誠以教民。謙以處貴，樂以安貧。勤以積學，静以澂神。斂以給用，直以全真。約以奉己，廣以施人。重以臨下，恭以待賓。貫之以道，總之以仁。在家爲子，在邦爲臣。斯言必踐，盛德聿新。勒銘於門，永代書紳。

几銘

陳堯佐

親仁可以自託，友賢可以自扶。求仁得仁，必馳必驅。若隱几以召，憑几而呼，則仁賢斯遯，厮役來趨。嗚呼！賢既遯，身卽孤。

几銘

晏殊

小飯防饐，跬行虞跌。巾有角墊，衣存衽缺。惟忠與孝，則罔摧折。

擊蛇笏銘

石介

天地至大，有邪氣干於其間，爲凶暴，爲殘賊；聽其肆行，如天地卵育之〔二〕，而莫禦也。人生寂靈，

或異類出於其表，爲妖怪；信其異端，如人蔽覆之，而莫露也。祥符年，寧州天慶觀有蛇妖，極怪異，郡刺史日兩至於其庭朝焉。人以爲龍，舉州人内外遠近，罔不駿奔於門以覲，恭莊肅祗，無敢怠者。今龍圖侍御孔公，時佐幕在是邦，亦隨郡刺史於其庭。公曰：「明則有禮樂，幽則有鬼神，是蛇不以誣乎？惑吾民，亂吾俗，殺無赦！」以手板擊其首，遂斃於前，則蛇無異焉。郡刺史暨州内外遠近庶民，昭然若發蒙，見青天，覩白日，故不能肆其凶殘，而成其妖惑。《易》曰：「是故知鬼神之情狀」，公之謂乎！夫天地閒有純剛至正之氣，或鍾於物，或鍾於人。人有死，物有盡，此氣不滅，烈烈然彌亘億萬世而長在。在堯時爲指佞草，在魯爲孔子誅少正卯刃，在齊在晉爲董史筆，在漢武帝爲東方朔戟，在成帝朝爲朱雲劍，在東漢爲張綱輪，在唐爲韓愈《論佛骨表》、《逐鱷魚文》，爲段太尉擊朱泚笏，今爲公擊蛇笏。故佞人去，堯德聰；少正卯戮，孔法舉；罪趙盾，晉人懼；辟崔子，齊刑明；距董偃，折張禹，劾梁冀，漢室乂；佛老微，聖德行；鱷魚徙，潮風振；佐蛇死，妖氣散。噫！天地鍾純剛至正之氣，在公之笏，豈徒斃一蛇而已。軒陛之下，有罔上欺君，先意順旨者，公以此笏指之；廟堂之上，有蔽賢蒙惡，違法亂紀者，公以此笏麾之；朝廷之内，有諛容佞色，附邪背正者，公以此笏擊之。夫如是，則軒陛之下不仁者去，廟堂之上無姦臣，朝廷之内無佞人，則笏之功也，豈止在一蛇？公以笏爲任，笏得公而用。公方爲朝廷正人，笏方爲公之良器。敢稱德于公，作笏銘曰：

至正之氣，天地則有；笏惟靈物，笏能乃受。笏之爲物，純剛正直；公惟正人，公乃能得。笏之在公，能破淫妖；公之在朝，讒人乃消。靈氣未竭，斯笏不折；正道未亡，斯笏不藏；惟公寶之，烈烈其

光。

槃水銘

司馬光

槃水之盈，止之則平；平而後清，清而後明。勿使小欹，小欹則傾；傾不可收，用毁其成。嗚呼！奉之可不兢兢？

醫銘

吕誨

晉人武泰通醫術，守臣獻狀，補太醫正。還鄉里，創起應聖侯廟。藝既成，歸善於師，又將廣懋來學，其志有足稱者。予謫官于是，遷守蒲中，既行，丐文以顯于廟，因作醫銘，嘉乃意勤，遂成其志，知予言有以滋其善也。

六氣五行，人稟而生，三部九候，納諸和平。昔稱絶技，湔腸滌胃，輔以砭石，因之決潰。察脉之原，當於未然，不攻而勝，庶幾十全。愈世之病，如持國柄，常使衆邪，不得干正。能盡己意，膏肓必起；苟利於藝，毫釐千里。泰也有爲，心不忘師；義利之重，慎乎所治！

明州新刻漏銘

王安石

戊子王公，始治于明。丁亥孟冬，刻漏具成。追謂屬人，嗟汝予銘。自古在昔，挈壺有職。匪器則

弊，人亡政息。其政謂何？弗棘弗遲。君子小人，興息維時。東方未明，自公召之。彼寧不勤？得罪于時。厥荒懈廢，乃政之疵。嗚呼有州，謹哉維茲。維茲其中，俾我後思。

布衾銘　范純仁

藜藿之甘，綈布之温，名教之樂，德義之尊，求之孔易，享之常安。錦繡之奢，膏粱之珍，權寵之盛，利慾之繁，苦難其得，危辱旋臻，舍難取易，去危就安，至愚且知，士寧不然？顏樂簞瓢，萬世師模；紂居瓊臺，死爲獨夫。君子以儉爲德，小人以侈喪軀。然則斯衾之陋，其可忽諸？

西銘　張載

乾稱父，坤稱母，予茲藐焉，乃混然中處。故天地之塞，吾其體；天地之帥，吾其性。民吾同胞，物吾與也。大君者，吾父母宗子；其大臣，宗子之家相也。尊高年，所以長其長；慈孤弱，所以幼吾幼。聖其合德，賢其秀也。凡天下疲癃殘疾，惸獨鰥寡，吾兄弟顛連而無告者也。于時保之，子之翼也。樂且不憂，純乎孝者也。違曰悖德，害仁曰賊，濟惡者不才，其踐形惟肖者也。知化，則善述其事；窮神，則善繼其志。不愧屋漏爲無忝，存心養性爲匪懈。惡旨酒，崇伯子之顧養；育英才，潁封人之錫類。不弛勞而底豫，舜其功也。無所逃而待烹，申生其恭也。體其愛一作受而歸全者，參乎！勇於從而順令者，伯奇也。富貴福澤，將以厚吾之生也。貧賤憂戚，庸玉汝於成也。存吾順事，没吾寧也。

東銘

張　載

戲言，出於思也。戲動，作於謀也。發於聲，見乎四肢；謂非己心，不明也。欲人無己疑，不能也。過言，非心也；過動，非誠也。失於聲，繆迷其四體，謂己當然，自誣也；欲他人己從，誣人也。惑者，以出於心者歸咎爲己戲；失於思者，自誣爲己誠，不知戒。其出汝者引一作歸咎，其不出汝者長傲且遂非，不智孰甚焉！

鼎硯銘

蘇　軾

鼎無耳，槃有趾，鑑幽無見几不倚。嗚蟲隕羿喪厥喙，羽淵之化帝祝尾。不周僨裂東南圮，黝然而深維水委。誰乎爲此昔未始。戲銘其臀如幻詭。

鄧公硯銘

蘇　軾

王鞏，魏國文正公之孫也，得其外祖張鄧公之硯，求銘於軾。軾銘曰：

鄧公之硯，魏公之孫，允也其物，展也其人。思我魏公文而厚，思我鄧公德而壽。三復吾銘，以究令名。

天硯銘　蘇軾

軾年十二時〔三〕，於所居隙地中，與羣兒鑿池爲戲，得異石如魚膚，温瑩作淺碧色，表裏皆細銀星，扣之鏗然。試以爲硯，甚發墨；顧無貯水處。先君曰：「是天硯也。有研之德，而不足於形耳！」因以賜吾，曰：「是文字之祥也。」寶而用之，且爲銘曰：

一受其成而不可更。或全於德，或全於形。均此二者，顧吾安取？仰唇俯足，世固多有。

文與可琴銘　蘇軾

攫之幽然，如水赴谷；釋之蕭然，如葉脱木。按之噫然，應指而長言者，似君；置之枵然，遺形而不言者，似僕。

徐州蓮華漏銘　蘇軾

故龍圖閣直學士、禮部侍郎燕公肅，以創物之智，聞於天下；作蓮花漏，世服其精。凡公所臨，必爲之，今州郡往往而在；雖有巧者，莫敢損益。而徐州獨用瞽人衞朴所造，廢法而任意，有壺而無箭，自以無目而廢天下之視，使守者伺其滿，則決之而更注。人莫不笑之。國子博士傅君裼，公之外曾孫，得其法爲詳。其通守是邦也，實始改作，而請銘於軾。銘曰：

人之所信者，手足耳目也。目識多寡，手知重輕，然人未有以手量而目計者，必付之於度量與權衡。豈不自信而信物？蓋以爲無意無我，然後得萬物之情。故天地之寒暑，日月之晦明，昆侖旁薄於三十八萬七千里之外，而不能逃於三尺之箭、五斗之缾。雖疾雷霾風，雨雪晝晦，而遲速有度，不加虧贏。使凡爲吏者，如缾之受水不過其量；如水之浮箭不失其平；如箭之升降也視時之上下，降不爲辱，升不爲榮；則民將靡然而心服，而寄我以死生矣。

三槐堂銘

蘇軾

天可必乎？賢者不必貴，仁者不必壽；天不可必乎？仁者必有後。二者將安取衷哉？吾聞之申包胥曰：「人衆者勝天，天定亦能勝人。」世之論天者，皆不待其定而求之，故以天爲茫茫，善者以怠，惡者以肆。盜跖之壽，孔、顔之厄，此皆天之未定者也。松栢生於山林，其始也困於蓬蒿，厄於牛羊；而其終也，貫四時、閲千歲而不改者，其天定也。善惡之報，至於子孫，而其定也久矣。吾以所見、所聞、所傳聞考之，而其可必也審矣。國之將興，必有世德之臣，厚施而不食其報，然後其子孫能與守文太平之主共天下之福。故兵部侍郎、晉國王公，顯於漢、周之際，歷事太祖太宗，文武忠孝，天下望以爲相，而公卒以直道不容於時。蓋嘗手植三槐於庭曰：「吾子孫必有爲三公者。」已而其子魏國文正公相真宗皇帝於景德祥符之閒，朝廷清明，天下無事之時，享其福禄榮名者十有八年。今夫寓物於人，明日而取之，有得有否；而晉公脩德於身，責報於天，取必於數十年之後，如持左契，交手相付，吾是以知天之果

可必也。吾不及見魏公，而見其子懿敏公，以直諫一作道事仁宗皇帝，出入侍從、將帥三十餘年。位不滿其德，天將復興王氏也歟？何其子孫之多賢也！世有以晉公比李栖筠者，其雄才直氣，真不相上下；而栖筠之子吉甫，其孫德裕，功名富貴，略與王氏等，而忠信仁厚不及魏公父子。由此觀之，王氏之福蓋未艾也。懿敏公之子鞏與吾遊，好德而文，以世其家，吾是以録之。銘曰：

嗚呼休哉！魏公之業，與槐俱萌，封植之勤，必世乃成。既相真宗，四方砥平；歸視其家，槐陰蒲庭。吾儕小人，朝不及夕，相時射利，皇卹厥德，庶幾僥倖，不種而穫。不有君子，其何能國？王城之東，晉公所廬，鬱鬱三槐，惟德之符。嗚呼休哉！

擇勝亭銘

蘇軾

維古潁城，因潁爲隍。倚舟于門，美哉洋洋。如淮之甘，如漢之蒼，如洛之温，如浚之涼。可侑我客，可流我觴。我欲即之，爲館爲堂。近水而構，夏潦所襄；遠水而築，邈焉相望。乃作斯亭〔四〕，筵楹欒梁，鑿枘交設，合散靡常。赤油仰承，青幄四張。我所欲往，十夫可將。與水升降，除地布牀。可使杜蕢，洗觶而揚；可使莊周，觀魚而忘；可使逸少，祓褉而祥〔五〕；可使太白，泳月而狂。既薺我荼，亦醪我漿，既濯我纓〔六〕，亦浣我裳。豈獨臨水，無適不臧。春朝花郊，秋夕月場，無脛而趨，無翼而翔。敝又改爲，其費易償，榜曰「擇勝」，名實允當。維古至人，不留一方，虛白爲室，無何爲鄉，神馬尻輿，孰爲輪箱？流行坎止，雖獨不傷〔七〕。居之無盜，中靡所藏；去之無戀，如所宿桑。豈如世人，生短慮長，尺

宅不治，寸田是荒。錫瓦銅雀，石門阿房，俯仰變滅，與生俱亡。我銘斯亭，以砭世盲。

九成臺銘

蘇　軾

韶陽太守，狄咸新作九成臺，玉局散吏蘇軾爲之銘曰：自秦并天下，滅禮樂，韶之不作，蓋千三百二十有三年。其器存，其人亡，則韶既已隱矣，而況於人器兩亡而不傳。雖然，韶則亡矣，而有不亡者存〔八〕。蓋常與日月、寒暑、晦明、風雨並行於天地之閒。世無南郭子綦，則耳未嘗聞地籟也，而況得聞其天？使耳聞天籟，則凡有形有聲者，皆吾羽旄、干戚、管、磬、匏、絃。嘗試與子登夫韶石之上，舜峯之下，望蒼梧之眇莽，九疑之聯緜。覽觀江山之吐吞，草木之俯仰，鳥獸之鳴號，衆竅之呼吸，往來唱和，非有度數而均節自成者，非韶之大全乎？上方立極以安天下，人和而氣應，氣應而樂作，則夫所謂「簫韶九成」，來鳳鳥而舞百獸者，既已粲然畢陳于前矣。

端石硯銘

蘇　軾

與墨爲入，玉靈之食。與水爲出，陰鑑之液。懿矣兹石，君子之側。匪以玩物，維以觀德。

邁硯銘

蘇　軾

以此進道常若渴，以此求進常若驚，以此治財常思予，以此書獄常思生！

洪州分寧縣藏書閣銘　黄庭堅

凡治有條，如機有綜。經經緯緯，積寸成兩。菅蒯之手，簡功於紉。可席可屨，不能以寒。昔此廟學，終歲蓬艾。聖師所居，風雨無蓋。今誦聖言，皆有夏屋。爰及方册，宇以華閣。華閣渠渠，言行之林。聿求古今，自觀德心。咨爾諸生，永懷兹道。勿嬉勿驁，以迪有造。得意自己，書不盡言。如御琴瑟，聽於無絃。幙阜凡凡，吴味楚尾。其下脩水，行六百里。山川之靈，或秀于民。世得材用，我培其根。勒銘頌成，式告爾後。無或墮之，永庇俎豆！

游藝齋銘　黄庭堅

色荒者，使人蹻蹻；酒荒者，使人漠漠；游於六藝之林，是謂名教之樂。

研銘　黄庭堅

制作淳古，可使巧者拙，夸者節。性質温潤，可使躁者静，戾者聽。觀棐凡而見研，忘其一室之懸磬。

黄樓銘　陳師道

熙寧十年，京東路安撫使臣某、轉運使臣某、判官臣某，稽首言：「河決澶州，南傾淮泗，彭城當其衝，夾以連山，扼以吕梁，流泄不時，盈溢千里，平地水深丈餘。下顧城中，井出脉發，東薄兩隅，西入通洫，南懷水垣，土惡不支，百有餘日而後已。守臣蘇軾，深惟流亡，爲天子憂，夙夜不怠，以勞其人，與懷戍兵，固弊應卒。外爲長揵，乘高如虹，以殺其怒；内爲大堤，附城如環，以待其潰〔九〕。築二防於南門之外，以通南山，以安危疑。法施四邑，誠格百神，可謂有功矣。發倉庾，明勸禁，以惠困窮，以督盜賊。宣布恩澤，巡行内外。吏民嚮化，興於事功。宜有褒嘉，以勸郡縣！」十月二日甲子奏京師，明年元豐正月甲子，制誥諭意。臣軾惟念祇承謨訓，人神同力，敢自爲功，以速大戾？而明揚褒大，無以報稱，乃作黄樓於東門，具刻明詔，以承天休而明德意，使其客陳師道又爲之銘。臣師道伏惟吕尚、南仲，内撫百姓，外平諸侯〔一〇〕，《詩》美文、武。尹甫、召虎南伐淮夷，北伐玁狁，功歌宣王。君能使人以盡其才，臣能有功以報其上，古之義也。臣師道又惟感而通之者道也，行而化之者德也，制法明教者政也，治人成功者事也。昔之詩人，歌其政事，則并其道德而傳之。後王有作，可舉而行。顧臣之愚，何與於此？誠樂君臣之盡道云。臣不佞，冒死上《黄樓銘》，其詞曰：

皇治惟戒，修明法度，協和陰陽。十有一年，天災時行，河失其防。齊魯梁楚，千里四遠，潰亂散亡。皇仁隱憂，臨遣信臣，以惠東方。羸老不窮，安慰撫養，發散積倉。流人如歸，居人忘危，完聚靡傷。天叙地平，明聖成能，人神效祥。靈平告成，百穀豐盈，萬邦樂康。郡縣祇畏，允迪聖謨，終事無荒。皇功不居，歸休臣民，邇昭遠揚。守臣拜手，夸大休嘉，使民不忘。改作黄樓，以臨泗上，述修故

常。庶臣無佞，原始念終，銘之石章。以告成功，以揚德聲，永永無疆！

克己銘

呂大臨

凡厥有生，均氣同體。胡爲不仁？我則有己。立己與物，私爲町畦，勝心横生，擾擾不齊。大人存誠，心見帝則，初無吝驕，作我蟊賊。志以爲帥，氣爲卒徒，奉辭于天，孰敢侮予？且戰且徠，勝私窒慾，昔焉寇讎，今則臣僕。方其未克，窘我室廬，婦姑勃蹊，安取厥餘？亦既克之，皇皇四達，洞然八荒，皆在我闥。孰曰天下，不歸吾仁？痒痾疾痛，舉切吾身。一日至之，莫非吾事；顔何人哉？晞之則是。

蜀舍銘

劉　跂

某郡王萬寓鄭，榜其居曰「蜀舍」，持餘杭朱浚民所爲記，過須城劉跂而請銘。爲之銘曰：

噫嘻此舍，是蜀非邪？呑若兩川，坤之維耶？危乎高哉，上青天邪？赤甲、白鹽，峙峨眉邪？橧笮醬蒟，飯蹲鴟邪？一物不有，而不無邪？噫嘻此舍，是真蜀國。身如壺公，靡索不獲。行以蜀馳，卧以蜀息。陰燕陽魏，吴、越璀錯。裴徊周流，誓不以易。謂不信者，有如此石！

大圓硯銘

晁補之

黑月模汙，兩奴利與。黔突居難，與揭篋趨。爾圓其外，亦不可轉。視吾爾硯！

座右銘

鄒　浩

惟親惟天，惟親惟地，覆育我躬，德莫我議。汲汲以報，亦豈佗求？權行乃心，則知厥由。惟身康强，親喜而安；惟身疢疾，親嚬于顔。矧惟此身，其來有自，自祖自考，以至于此。能欽愛身，爲欽愛親，祖考聽之，何福不臻？親壽而昌，我戲于側，念兹在兹，敢忘朝夕！

家藏古硯銘

唐　庚

硯與筆墨，蓋氣類也；出處相近，任用寵遇相近也，獨壽夭不相近也。筆之壽以日計，墨之壽以月計，硯之壽以世計，其故何也？其爲體也，筆最銳，墨次之，硯鈍者也；豈非鈍者壽，而銳者夭乎？其爲用也，筆最動，墨次之，硯静者也；豈非静者壽，而動者夭乎？吾於是得養生焉，以鈍爲體，以静爲用。或曰：「壽、夭數也，非鈍、銳、動、静所制，借令筆不銳不動，吾知其不能與硯久遠也。」雖然，寧爲此，勿爲彼也。銘曰：不能銳，因以鈍爲體；不能動，因以静爲用。唯其然，是以能永年。

古硯銘

崔　鶠

「知其白，守其黑」似老；「學不厭，教不倦」似孔；其實墨家者流，「摩頂放踵」。

校勘記

〔一〕柔而勿剛　「柔」字原本空白，據明刻本補。

〔二〕卵育　「卵」原作「卯」，今改。

〔三〕軾年　「軾」明刻本作「吾」。

〔四〕乃作　「作」原作「仵」，據明刻本改。

〔五〕祓禊　五經堂本傅校作「祓災」。

〔六〕既濯我纓　「濯」原作「灌」，據五經堂本傅校改。

〔七〕雖獨不傷　「獨」，五經堂本傅校改作「觴」。

〔八〕不亡　「亡」原作「忘」，據上下文義改。

〔九〕以待其潰　「待」原作「侍」，形近而誤，今改。

〔一〇〕外平諸侯　「外」原作「内」，蒙上句而誤，今改。

宋文鑑卷第七十四

頌

廣農頌

夏竦

景德三年春，正月庚戌，詔頒農田，敕于天下；二月癸未，詔郡國領勸農事，崇化源而廣農業也。臣聞聖人無土不王，無民不君。有土地則王業興，有人民則君道立。故先王之建國也，土欲廣而不欲隙，民欲衆而不欲惰。謂地之不闢，非吾土也；人之不農，非吾民也。乃爲閭里室家，以蓄其生；爲畎澮封畛，以理其田；爲耒耜錢鎛，以庀其器；爲歷象氣候，以授其時。立經制以御之，設官司以教之。均工商衡虞之稅，正車馬甲兵之賦。於是乎仁義禮樂有所加，賞罰號令有所用。三代通制，建中經遠，民以里居，地以井受。暨秦開阡陌，農戰相乘；漢制名田，并兼不息；舊章缺而仁政墜，經界慢而詾競起，沿革而下，古之制度，不可復矣。其故何哉〔一〕？蓋三季已還，五代而上，有天下者，或不知天下以地爲基，以農爲本，以食爲源，以教爲器。當其撥平禍亂，經始四國，則衽金革，簡車馬，計懷柔，議聚斂，賞勳舊，治城邑；暨邊陲既寧，宇縣既平，功業既成，府庫既盈，則思悉華夏以自奉，驅億兆以從欲。有患邊幅未闊，威武未震，則轉芻粟，事夷狄；有患歲月易逝，容髮易朽，則招方士，求神仙；有患登覽未遠，行樂未極，

則增臺榭，麗宮室；有患嬪御未廣，歌舞未工，則漁聲色，選伎藝；有患校獵未快，馳騁未捷，則廣苑囿，具畢弋；有患巡幸未徧，游賞未普，則修馳道，飛清蹕。其間自非負天啓神授之資，有聖文靈武之德者，則不能訓稼穡〔三〕，務儲衍，捨泒而趨源，去末而從本，致天下太康，家給人足者哉！我國家荷二聖基業，用三王禮樂，足食訓農，克立治本。吾皇龍飛，春秋鼎盛，勵精百度，旁求黎獻。謂守文艱如創業，承平難如治亂。深鑒前世，專行王道。羈縻四夷而重兵革，漁獵賢雋而藏網罟。觀六藝，虚臺館，聽道德，放聲樂。功業之大，則成、康、文、景無或比隆；河山之遠，則秦、漢、隋、唐不能齊盛。菽麥流衍而紅腐，玉帛充牣而露積。陛下尚宸居減麗，御膳輟聲；宵衣紫庭，清問多士，舉三王之故實，修八世之墜典。以爲擇循吏，守郡國，撫百姓，善則善矣，而未專也；於是授之使領，設爲職司，所以徇名而責實也。須憲令，經田疇，勸耕殖，至則至矣，而未一也；於是編其制度，勒爲科條，所以建中而示法也。徇名責實，則官不曠；建中示法，則民不疑。詔下之日，鬼神稱慶，太平之風，旋踵可待。不終日而争訟息，未踰時而淳鹵闢。凡九圍之内，一歲之閒，衣食足而倉廩實，仁義行而刑罰措。大哉炎宋功德，陛下教化，垂億萬世，與天無窮。臣生逢聖明，叨觀盛事，謹昧死上《廣農頌》，並辭曰：

皇哉惟聖，躬提天柄，億兆歸心，三靈洽慶。廣我田事，肇修稼政，乃置官名，乃頒號令。號令維何？分條建規，恩斯懋斯，流冗攸歸。官名維何？啓職庀司，訓之導之，播種惟時。民曰勤止，服田力穡，晝爾于耕，宵爾無斁。千耦偕飛，百穀咸殖，既藝淳鹵，越經封洫。官曰涖止，糾力勸能，庤我錢鎛，疏我溝塍，乃能灌溉，爰相丘陵，汙萊以闢，游惰用懲。赫赫聖謀，有作咸覩。畎澮四溟，井疆九

土，沃野萬里，縱横其畝，擁耒成林，灑流降雨。陽春如膏，原隰如鱗，我稼既華，六合生雲，稻粱黍稷，萬井龍文。同我婦子，或耨或耘。八月其穫，乃登爾稼，滯穗棲原，餘糧厭野，盈溢京庾，流衍方夏，式歌且謡，土金同價。百姓足矣，君孰不足？三百之困，九年之蓄。八蜡既通，五禮咸穆，藏財於民，所寶惟穀。君哉君哉！樂事訓農，炎帝之教，后稷之功，方我王度，明而未融。臣之頌之，永矣無窮！

大順頌

晁迥

《禮記·禮運》云：「四體既正，膚革充盈，人之肥也。父子篤，兄弟睦，夫婦和，家之肥也。大臣法，小臣廉，官職相守，君臣相正，國之肥也。天子以德爲車，以樂爲御，諸侯以禮相與，大夫以法相序，士以信相考，百姓以睦相守，天下之肥也。是謂大順」。愚讀書至此，詳味久之。觀乎古先垂教，條暢明備，義取饒裕充盛，目之曰肥。若能偃風踐迹，各當其分，順之至也。無遠弗屆，浸漬浹洽，薰然大同，斯乃純被之化，盡善盡美矣。雖欲鋭意推演，復何措辭？區區至誠，願陳萬一；今但舉其全文而繫以褒讚者，祗率道揚之志也。頌曰：

猗歟禮經，孰窺優域？愚嘗究觀，沛然有得。肇自人倫，及於家國，遂滿天下，具四表則。是謂大順，允臻其極。老生作頌，奉陽景式。

會聖宮頌

歐陽修

臣伏見國家采《漢書》原廟之制，作宮于永安，以備園寢，欲以盛陵邑之充，奉昭祖宗之光靈，以耀

示于千萬世，甚盛德也！臣永惟古先，王者將有受命之符，必先興業造功，警動覺悟於元元，然後有其位。而繼體守文之君，又從而顯明丕大，以纂脩乎舊物，故其兢兢勤勤，不忘前人，是以根深而葉茂，德厚而流光，子子孫孫，承之無疆。伏惟皇帝陛下，以神聖德，傳有大器。乾健而正，離繼而明。即位以來，於兹十年，勤邦儉家，以修太平。日朝東宫，示天下孝。親執籩豆，三見於郊。日星軌道，光明清潤。河不怒溢，東南而流。四夷承命，歡和以賓，奔走萬里。顧非有干戈告讓之命，文移發召之期，而犀珠象牙，文馬彀王，旅于闕庭，納於廐府，如司馬令，無一後先。至德之及，上格于天下，極于地，中浹于人，而外冒於四表。昆蟲有命之物，無不仰戴。神威聖功，效見如此。太祖創造基始，克成厥家，當天受命之功；太宗征服綏來，遂一海内，睿武英文之業；真宗禮樂文物，以隆天聲，升平告功之典；陛下夙夜虔共，嗣固鴻業，纂服守成之勤；基構累積，顯顯昌昌，益大而光。稱于三后之意，可謂至孝。況春秋歲時，以禘以祫，則有廟祧之嚴；配天昭孝，以享以告，則有郊廟明堂之位；篆金刻石，則有史氏之官。歌功之詩，流于樂府；象德之舞，見于羽毛。惟是邦家之光，祖宗之爲，有以示民而垂無窮者，罔不宣著。陛下承先烈，昭孝思，所以奉之以嚴，罔不勤備。聖人之德，謂無以加。而猶以爲未也，乃復因陵園，起宫室，以望神游。土木之功，嚴而不華。地爽而潔，宇敞而邃，神靈杳冥，如來如宅。合於《禮經》「孝子謦咳思親」之義。愚以謂宫且成，非天子自臨享，則不能以來三后之靈。然郡國不見治道，太僕不先鳖駕，恬然未聞有司之詔，豈難於動民而遲其來耶？特以龜筮所考，須吉而後行耶？不然何獨留意於屋牆構築，而至於薦見孝享，未之思耶？況是宫之制，夷山爲平，外取客土，鍛石伐木，發兵胥靡，調旁近

郡，如此數年，而道路之民，徒見興爲之功，恐愚無以識上意。是宜不惜屬車之費，無諱數日之勞，沛然幸臨，因展陵墓，退而諭民以孝思之誠，遂見守土之臣，採風俗以問高年，亦堯舜之事也。古者天子之出，必有采詩之官，而道路童兒之言，皆得以聞。臣是以不勝惓惓之心，謹采西人望幸意，作爲頌詩，以獻闕下，辭曰：

巍峩穹崇，奠京之東，有山而崧。瀹淪道源，匯流而淵，有洛之川。川靈山秀，回環左右，有高而阜。其阜何名？太祖、太宗、真宗之陵。惟陵之制，因山而起，隱隱隆隆。惟陵之氣，常王而喜，鬱鬱葱葱。帝懷穹旻，受命我宋，造初于屯。帝念先烈，用欣余家，宜力以勤。赫赫三后，重基累構，既豐而茂。燕翼貽謀，是惟永圖，其傳在予。曰祖曰宗，有德有功，予實嗣之。克勤克紹，以孝以報，予敢不思？惟此園陵，先后之宅，既宅且安。后來游止，弗宫弗室，神何以驩？迺相川原，乃得善地，地高惟丘。迺以荆灼，迺訊龜寶，龜告曰猷。帝命家臣，而職我事，而往惟寅。一毫一絲，給以縣官，無取於民。伐洛之薪，陶洛之土，瓦不病窳。柯我之斧，登我之山，木好且堅。家臣之來，役夫萬名，三年有成。宫成翼翼，在陵之側，須後來格。有門有宇，有廊有廡，有庭有序。殿兮耽耽，黼帷襜襜，天威可瞻。庭兮植植，鉤盾虎戟，容衛以飭。太祖維祖，太宗維弟，真宗維子。三聖嶷嶷，有以奠位，于此而會。聖兮在天，風馬雲車，其來仙仙。聖會于此，靈威神馭，其宫肅然。聖既降矣，其誰格之？惟孝天子。聖降當享，其誰來薦？亦孝天子。孝既克祗，而來胡遲？其下臣脩，作頌風之。

籍田頌

宋祁

皇帝再紀元之明年，春二月，率羣臣耕于東郊，恤祀，祈豐年也。前此詔書示有司曰：「自我太宗，襲熙厥功，億神裕之，宥命方國，肖翹跂行，亦莫不寧。永惟土著之本，民夫之重，乃躬藉田，以倡農先。震地房之滿眚，導改政之長懋。柔嘉令芳，於是乎孚肸蠁；鹵莽滅裂，於是乎復敦厖。穗滯秉遺，見糧如坻。我真考因其累盛，重以明德，故能步師百萬，狩醫閭，見武節，高世八九，升窔遼，建元封，奉符隤祉，以攄無極。肆余承緒，兹率厥典則。蘜蕭布幣，固有常所；監農狎野，厥存舊章。惟一二執事，率循而懋明之。方春作時，百穀華始，姑使斯人悦羽旄之美，重見漢官；後嗣諗稼穡之艱，不失夏物。無贅聚儲峙，無煩勞供張，趣合于禮，劭吾農焉！」前期則脩飭神壝，按除膏壤。夷道如砥，呼蹕填街。稍夔獝以護野，雜荆牟以守燎。阡陌繡錯，原隰龍鱗。蒸膏冒橛，協風回春。於是旄頭先馳，屬車齊躅。奔星舞於旗斿，行月捷於羽旍。壽犀注鎧，肅給乎師營；蒼虬范馭，秋游乎天轡。瓊鈒流景，金根照塗。帝幙周張，紈綃綷縩。既而楺耒剡耜，載保介之間；先種後稑，厖播植之器。官分無諉，事具不敔。天子乃以丙午之旦，升華輅，由太庭，顔行山則銜枚無聲，龍虎見象，堪輿奔警，坌閶闔，切圄游。乃彷徉乎曾城之外，五精來同，七聖景從，鑾聲佩節，次于帷宮。上既淳濯圭潔，儲思淵默。昧明乃頓大次，欵嘉壇，索先農以享之，因太積以配之。血毛幽全，金石鏗訇，躬接妥侑，加裸官之一等；禮重沿襲，且祖宗之遺意。爾乃降靈場，儼朱紘，物覩於聖，天健其行。星田彌望，紺轅儲

駕。洪縻序進，五步有容，三推成禮。邇臣告備。上曰：「朕志在敦本，寵其强力，可以勸，何憚於勤！」遂推而進之。有司以義固争，幾十撥而後釋。乃始弭節容與，御夫觀耕之臺。三公羣后，班趨次耨，靡然從風，邁五踰九。大農灑種，庶人終畝。官師鼇忭，行内天旋。于時都人熙熙，駐望皇軒。或歌以壤，或擊于轅。不圖叢雲之旦，復見東户之年。日華晏温，天心馮豫。奉斗極，御應門。翔雞樹竿，墜鵠宣制。大賚四海，與之更始。虧除威辟，存問高年。振淹修墜，平傜闊賦。中外百執，告至而策勳；踐過三更，以差而賜帛。膏以解雨，皷之巽風，不崇朝而周萬國。先是羣臣繹丕懿，潤鴻名，將瑑之玉版，納于金匱。至是則回雕輿，坐前殿，震照儀矩，翕受典册。皇皇哉兹禮，真帝世之希闊，臣工之旦暮者歟！儒臣學于舊史，竊明《載芟》之詩，甸師之職。在籍之誼，有三説焉：一、典籍之常禮；二、籍履以親事；三、借民而治之。所言雖殊，要之敺天下之民〔三〕，棄末而歸本耳。且古者謹察天廟，申敕陽官，田之不闢，辟在司寇，作爲御廪，鍾而藏之，其故何哉？以爲奉薦粢盛，非無良農〔四〕，不如親之愈也。誰督耘耔，非無猛制，不若勸之善也。夫祭莫大於備物，物備而百神據之；兵莫大於足食，食足而四夷懷之；人莫急於豐財，財豐而有生聚之〔五〕。是三物之濟否，在此舉也。且周宣缺之，戎軋其衰；漢文用焉，民阜其宜；唐后勤止，以豐易饑。洪惟太宗光迪于前，陛下述宣于後，皇矣同底於道，烝哉不隕其聲。方且九扈勤民，三事就緒。儗儗其盛，陳陳相因。糧餘可捷，草殖弗奥。民一于耜，家萬斯箱。遂駕五帝，軼三王，奮甘實而攄馨香也。敢作頌曰：

倬彼鮮原，帝籍于田，匪藉其勤，我爲民先。悠悠春旗，脉土于畿，陽膏澤澤，邁乎三推。有壬有

林，亦莫不祇，我疆我里，載耘載耔。實苞實阜，茀厥豐草，田畯至喜，祈年伊早。我穀用成，我倉既盈，我倉眈眈，鍾于東南。其用伊何？事神薦馨，爲酒爲醴，爲粢爲盛。蒸之浮浮，釋之溲溲，上帝居歆，降福孔休。降福伊何？我民既蕃，室家溱溱，三事不諼。食足武奮，震疊爾功，蠻夷來同，罔不率從。帝獻昭升，式于九圍，兢兢業業，以毖萬幾。在豐念匱，在飫思飢。子子孫孫，勿替引之。

明堂頌

宋祁

臣言：去三月戊子制詔：季秋有事于明堂。臣以太常與禮官博士詣垂拱殿議配享事，卽建言：「周有臣曰旦，始嚴父配天；仲尼是之。唐幷諸儒説，並祀六天帝，不敢損。陛下幸訪有司，請如古便！」四月乙丑詔若曰：「夫禮，稱情適文。今議者言周唐則善，至牽制所聞，徧而不優。宋亦一家，讓不制作，如來嗣何？且事天不及地，配父而遺祖，朕甚陋之。水旱不時，羣神與焉。今賴天之力，方内以治。朕能合饗天地，以三聖侑，服報百神，咸秩並脩。況祖宗郊雩，不爲無比。有司無諱以勞，務稱朕意！」臣伏誦聖訓，久乃開曉。以爲前古所缺，羣臣不逮。陛下獨得於心，其所以事神訓人，使萬世子孫無以加者。至於作聲歌，瑑圭邸，帳帝無文，夜鑿弗嚴，以竭恭至誠者，尚數十物，臣愚且不能徧知。若令詩頌不傳，是陛下盛德神功，不盡注天下耳目，聳動四夷，聲隱乎無疆也。謹撰成《明堂頌》一篇，辭淺義直，可使户曉，壤翁輴童，皆得塗謳。臣昧死再拜以聞。頌曰：

天有明命，以聖付聖。太祖太宗，燮伐大定。誰僭而王？孰擅而土？左披右攘，罔不就緒，厥角在

廷，四夷無侮。真考顯承，受報收成。休休厥寧，震震厥聲。七十而五，號以大榮。皇帝纂武，有庇于下。兵櫜不銛，箙委而羽。一農之饑，吾飼以哺；一夫之寒，吾煖以褚。日寬租徭，歲貸囚庾。協氣四薄，順暘若雨。原高隰下，百穀膴膴。二十九載，惟秋九月，迺卽大慶，度筵度室。寶字署顏，震照多物。置使有五，悉詔輔弼，既欸靈宮，亦享廟祏。天兵桓桓，羅列衛營。有闔有斿，龍軏蟠衡。耳耳其驅，雅雅于行。旖旎連蜷，風舞雲縈。士若銜枚，騑牡不鳴。吉日辛亥，進祀于堂。衣畫袞然，環瑀瑲瑲。六帝二祇，三后侑旁。醴淳牲肥，嘉籩鉅房，簠簋果粢，靜潔芬香，膋燔胖升，以迪厥嘗。我鍾欽欽，我舞俁俁。天妥於坐，百靈來序。奔精哆光，留霍曾宇。山靈瀆怪，顯幽馳騖，或旅諸墀，或席諸廡，有羶斯飫。相惟辟公，既畝而度。帝拜稽首，柴煙上舉。祝有嘏言，皇帝受之。產百斯祥，裒萬斯禧。其蠹如山，其積如茨。皇帝曰咨，朕不專有。旦御端門，百執奔走。其赦天下，新邦之舊。賙乏錄勞，刮濯痕垢。官賞兵賚，金爵是富。驛歡四海，閭弗容晝。天謂皇帝，感實火德。火德在孝，宗祀惟極。其還而功，邮嗣千億。而子而孫，長有萬國。天謂皇帝，安我群元。投蜱斥螟，稼溢于廛。癘訖疾攘，人樂躚蹮。皇帝眉壽，永錫萬年。前祀三日，區霜如閉。皇帝既齋，一夕而霽。六幙掃除，若壚逢彗。天清地晏，夜星朧晰。皇帝小心，恭與虔并。徧見神祇，拜跪送迎。久立於次，須樂之成。器必全玉，牢不愛牲。制爲諸安，以正和清。夜皷徹嚴，敷致厥誠。明明皇帝，惟先訓是式。惇咸懿親，其磐如石。存問齠耋，容受讜直。振淹登畯，毋或失職。惟慈惟仁，不厲聲以色。皇帝有言，克己則與。豐守吾儉，尊捨吾矜。雖日之升，瞿瞿兢兢，無不此或承！

皇帝神武頌

宋祁

或稱：「皇初之世，不賞而勸，不罰而懼，豈簡册之彌文哉？」議者云：「否，彼固未識夫震耀之飭天威，剛健之奮乾體也。粤若聖人，制海内之命，據天位之尊，總秉權綱，章叙典憲。不有威辟，不足以震元慾；不有變容，不足以開至聖；用能消弭殄行，嘉靖多方，闡皇靈，憲宗軌〔六〕丕天之大律，一民之至，權者已。臣宋在宥，列聖繼統。際天丕冒，亘地砥厲，仆威械以去煞，襲道樞以訓儉。恩裕洪暢，容典飭盡。萬寶取足，合祛於皇極；百靈隤祉，震動於珍物。然猶右賢左戚，均權布寵，百辟箴闕，内平而外成；五細在邊，番休而遞上；防檢來患，蠲滌多辟，勤勤懇懇者，非弭亂之謂歟？然而善制未能無敝，有憂所以固國。迺者先帝違裕，群邪濟凶，寄朝家之威，席鈞宰之貴，侔尚方以制器，狎神巫而締紱；乃至易守帥以漸醜圖，徙陵兆而投天隙；拂戾蜚語，恬有姦計，遂欲包禍心以竊發，執左道而干紀；餌梟羹以未盡，礪豺牙而密噬。神靈震赫，姦宄呈露。輔臣建白，醜黨震壞。赤車具獄而來上，凶豎伏質而前死。允恭事敗，先謂伏誅。皇帝陛下，深拱諒闇，覽照前典，重當國之職，慎退人之禮，詔曰：「冢宰之任，萬樞所係。今丞相謂自底不令，其上大司徒印綬！」於是三事百執，抗疏以請曰：「無將必誅，列辟經制，與衆共棄，常苦無赦。謂今所犯，惡不可聞，願襲天刑，以塞羣議。」帝曰：「朕不忍致于理，其放於朱崖〔七〕！」然後起跅弛之臣，明枉結之獄。掊克之貨，附上於官；附離之黨，肆赦一解。漏鯨彗於綱目，推虎吻於市道。浴白日以升景，投紫蜺而霽氛。惡草絶而善苗興，清風翔而群陰伏。人靈紓憤，道路相趨。既而薦紳之徒，相與喟然

並稱曰：前日末命微梗，孽臣乘閒，潛構不類，陰傾時柄，食椹靡化，指蒡待滅。陛下探觀時變，先斷宸慮，倚文母之聖，攬列辟之議，廉考剿殄，介不終日，末減澄洗，蕩無餘灾。定寶業極南山之安，殲渠魁易家人之召。智不回慮，惡未旋踵，事已決矣。昔滔天殛而虞功劭，流言放而周德奮，觀闕誅而孔制列，寶瑟僵而漢基永，皆撥亂之盛準，長世之懿册，所由來舊矣。是以烈祖二宗，墾菑除害，簫勺衆慝，若彼之囏也；太后聖上，建威銷萌，祇遹先訓，如此之備也。宜乎勵無前之景鑠，暢不殺之神武，正《春秋》謹始之制，釋《洪範》作威之害，開賜無疆之眉壽，摛著不朽之尊名，此其時矣。蓋天子穆然初載，貶成仰定，未遑論制作之事也。下臣僶俛末品，不足弦次新頌，輒敢述輿人之詠，箾康衢之詩，亦擊轅、折楊之比爾！其辭曰：

真宗御天，休息羣元，委袠上仙，茂功全兮！皇帝纘務！惟新百度，尚文右武，鴻基固兮！孽豎柄臣，矜權取勳，興妖放命，託機神兮！上公列辟，協忠宣力，摧兇殄惡，清君側兮！曰恭曰謂，銜刀投裔，神武不殺，退以禮兮！或附或離！橫貸敷施，脅從罔治，董之威兮！氛開祲收，美澤雲游，荷天鴻休，德既優兮！昭雪忠良，輿頌風翔，奮威舊章，恤無疆兮！

慶曆聖德頌

石　介

三月二十一日大昕，皇帝御紫宸殿，朝百官。相得象、殊，拜竦樞密使。夷簡以司徒歸第。二十二日，制命昌朝參知政事，弼樞密副使。二十六日，勑除脩、靖、素並充諫官。四月八日，皇帝御紫宸殿，

朝百官。衍樞密使，仲淹、琦樞密副使；乃用御史中丞拱辰、御史遐、御史平、諫官脩、靖十一疏，追竦樞密使勑。十三日勑，又除襄爲諫官。天地人神，昆蟲草木，無不懽喜。皇帝退姦進賢，發於至聰，動於至誠，奮於睿斷，見於剛克，陟黜之明，賞罰之公也。上視漢、魏、隋、唐、五代，凡千五百年，其閒非無聖神之主，盛明之時，未有如此選人之精，得人之多，進人之速，用人之盡，實爲希闊殊尤曠絶盛事。在皇帝之德之功，爲卓犖瑰偉，神明魁大。古者一雲氣之祥，一草木之異，一蹄角之怪，一羽毛之瑞，當時羣臣，猶且濃墨大字，金頭鈿軸，以稱述頌美時君功德，以爲無前之休，丕天之績。如仲淹、弼，實爲不世出之賢，求之于古，堯則夔、龍，舜則稷、契，周則閎、散，漢則蕭、曹，唐則房、魏，陛下有之。諸臣亦皆今天下之人望，爲宰相諫官者，陛下盡用之。此比雲氣、草木、蹄角、羽毛之異，萬萬不侔，豈可黙無歌詩雅頌，以播吾君之休聲烈光，神功聖德，刻于琬琰，流于金石，告于天地，奏于宗廟，存于萬千年而無窮盡哉？臣實羞之！臣嘗愛慕唐大儒韓愈爲博士日，作《元和聖德頌》千二百言，使憲宗功德赫奕煒燁，照于千古。至今觀之，如在當日。陛下今日功德，無讓憲宗；臣文學雖不逮韓愈，而亦官於太學，領博士職，歌詩讚頌，乃其職業。竊擬於愈，輒作《慶曆聖德頌》一首，四言，凡九百六十字。文辭鄙俚，固不足以發揚臣子之心，亦欲使陛下功德赫奕煒燁，照于千古，萬千年後觀之，如在今日也。臣不勝死罪！臣賤，無路以進，姑藏諸家，以待樂府之采焉。

於維慶曆，三年三月，皇帝龍興，徐出闈闥。晨坐太極，晝開閶闔，躬攬賢英，手鋤姦枿。大聲渢渢，震摇六合，如乾之動，如雷之發。昆蟲蹢蠋，妖怪藏滅，同明道初，天地嘉吉。初聞皇帝，慼然言曰：

予父予祖，付予大業，予恐失墜，實賴輔弼。汝得象、殊，重愼徽密，君相予久，予嘉君伐，君仍相予，笙鏞斯協。昌朝儒者，學聞該洽，與予論政，傅以經術，汝貳二相，庶績咸秩。惟汝仲淹，汝誠予察。太后乘勢，湯沸大熱，汝時小臣，危言業業。爲予司諫，正予門闑；爲予京兆，堲予讒説。賊叛于夏，徃予式遏。六月酷日，大冬積雪，汝暑汝寒，同於士卒。予聞心酸，汝不告乏〔八〕。予明得弼，予心弼悦。弼每見予，無有私謁。以道輔予，弼言深切。予不堯舜，弼自咎罰。諫官一年，奏疏滿篋；侍從周歲，忠力盡竭。契丹亡義，檮杌饕餮，敢侮大國，其辭慢悖。弼將予命，不畏不懾，卒復舊好，民得食褐。沙磧萬里，死生一節。視弼之膚，霜剥風裂，觀弼之心，錬金鍛鐵。寵名大官，以酬勞渴，弼辭不受，其志莫奪。惟仲淹、弼，一夔一契，天實賚予，予其敢忽！並來弼予，民無瘥札。曰衍汝來，汝予黄髮。事予二紀，毛秃齒豁，心如一兮，率履弗越，遂長樞府，兵政毋蹶。予早識琦，琦有奇骨。其器魁礌，豈視居楔，其人渾樸，不施剞劂，可屬大事，敦厚如敦。琦汝副衍，知人予哲。惟脩惟靖，立朝讞讞，言論磥砢，忠誠特達，禄微身賤，其志不怯。嘗詆大臣，亟遭貶黜，萬里歸來，剛氣不折。屢進直言，以補予闕。素相之後，含忠履潔。昔爲御史，幾叩予榻，至今諫疏，在予箱匣。襄雖小臣，名聞予徹，亦嘗獻言，箴予之失。剛守粹慤，與脩儔匹，並爲諫官，正色在列。予過汝言，無鉗汝舌！皇帝明聖，忠邪辨別，舉擢俊良，掃除妖魃。衆賢之進，如茅斯拔；大姦之去，如距斯脱。上倚輔弼，司予調燮；下賴諫諍，維予紀法。左右正人，無有邪孽。予望太平，日不逾浹。皇帝嗣位，二十二年，神武不殺，其默如淵。聖人不測，其動以天。賞罰在予，不失其權。恭己南面，退姦進賢。知賢不易，非明不得。去邪惟難，惟斷乃克。明則不貳，斷則

不惑，既明且斷，惟皇之德。羣下踧踖，重足屏息，交相告語：曰惟正直，毋作側僻，皇帝汝殛！諸侯危慄，墮玉失舄，交相告語：皇帝神明，四時朝覲，謹脩臣職。四夷走馬，墜鐙遺策，交相告語：皇帝神武，解兵脩貢，永爲屬國。皇帝一舉，羣臣懾焉，諸侯畏焉，四夷服焉，臣願陛下，壽萬千年！

錢鄧州不燒楮鏹頌　呂南公

嗚虖！士誠知修耶？內不欺諸己，外不欺諸人，可與修己已。嗚虖！士誠有立耶？上不媿於天，下不怍於地，中不負於神，可謂士君子已。凡唯知修，至於可立，而不欺不媿者，其備如此，雖天地神明我，斯天地神明已，豈又卹卹於諸餘哉？世衰道隱，士心險惑，稔慝自危，則區區於禍福，以壯其毒。聞古之用幣，以禮神祇；後之罪士爲多，則假之以請禱禳祈；假之不已，則飜楮代焉而弗支。是故罪者滿世，而莫救其非。肅肅鄧州，唯道之繇。識超超於衆謬，行不徇於時流。孰巫祝之足因，而禧祥之茍求？蓋清修而不媿，則萬福之來酬。是何楮鏹之不然，而名位之優優。嗚虖！豈弟君子，求福不回。誰其嗣之？宋有人猗！

校勘記

〔一〕其故　「故」原作「政」，據明抄本改。

〔二〕則不能　明刻本同，「不」疑當作「孰」。

〔三〕歐天下　「歐」原作「歐」，明刻本同。按，字當作「毆」，形近而誤，今改。

〔四〕良農　「良」原作「艮」，據明抄本、明刻本改。

〔五〕財豐　原作「豐財」，准上文「物備」、「食足」句例，當作「財豐」，今乙。

〔六〕宗軌　「軌」原作「軏」，據明天順本改。

〔七〕朱崖　「朱」原作「未」，據明刻本改。

〔八〕告乏　「乏」原作「之」，據明抄本、明刻本改。

宋文鑑卷第七十五

贊

擬富民侯傳贊

張詠

漢武晚年，以丞相爲富民侯。富民大本也，侯爵勸功也，推尊之若此，將復古王之功歟！嘻，大朴未散，民命在天；風教既闢，民命在賢。賢不可黷，黷之非賢，先王仁孝以辯之。民不可擾，擾之生弊，先王簡儉以御之。粤自桀作瑶臺，民始知勞；秦易井田，民始知弊。所謂上闢其欲，而下散其束。四人桓桓，去勞就安；百途鑿鑿，雕僞散朴。衰周之民也，真可哀哉！一作之，百取之。斑白不得息，稚齒而趨驅。焦勞力竭，而飢凍繼之。浮民姦我利，非賢盗我食。何嘗少得佑助，徒俾日攻之。故謂令德日埋，窮兵亦私，末途喧喧，而大本取弊者於斯也哉！非有大聖正智，其誰拯之歟？漢洗秦弊七十年，武威文經，漸被四海。以高祖之仁，文帝之儉，尚不能推民壽鄉，功磨三代。加於武皇，事威窮侈，四十年間，民力凋半。亟下富民之詔，尊爲上公之號，憂勞誠思，亦至矣乎！徒知民富而後國昌，不知國正而後民治。吁！不能師三代育民之法，以事末術，良可悲矣。亦由止奔流之舟，雖萬斯篙，未若五尺之纜之要也。療已弊之民〔一〕，雖百斯術，未若一正其本之仁也〔二〕。嗚呼！末塗未塞，本槃不正，欲民富

國昌者，未之有也。漢雜覇道，史或過矣。余愛其君有富民之志，臣榮富民之號，又憤不能開通之，因附史氏作贊以矯之。贊曰：

五后之世，事簡而民静；夏、商、周之世，事正而民治，故貧富之名，稀所稱焉。三代之季，四人亂倫，百途競新。蚩蚩餓甿，無階休存之，遂使抱仁義智能者，易以要功於其間。如武皇帝命富民侯，又如何哉？又如何哉？

杜甫贊

狄遵度

先生甫名，其字子美。其祖審言，當景龍際，以詩自名，高視一世。逮子美生，其作愈偉。少而不羈，跌宕徙倚。大章短篇，純乎首尾。詩派之别，源遠乎哉！波流沄沄，乃自我回。躋崑崙巔，足亂四溟。覼縷蛤蟖，拘致鯤鯨。蜿蜒委瑣，巨細雜并。一啜則已，不圖其贏。横放直出，詭色互端，排蕩推戛，措齒不安。鬼求於陰，神索於陽，鈎搜錯莫，色沮氣傷。閃形撇影，隱露藏蔽，殫變極態，惟厥所指。吾方瞪踞，初不用意。沃粹醇源，植根塊土。賁赫胥庭，盤燧人圃。經亘聯屬，百億萬古。芬釀雜襲，纖細委墜。哺啜蹈藉，群稚走死〔三〕。嗚呼，子美之述，吾能誦之；子美之意，吾能知之；子美之意，其所未聞，其所未知，蓋未得其云爲！

西漢三名儒贊

劉敞

余讀西漢，愛董仲舒、劉向、楊雄之爲人〔四〕，慕之。然仲舒好言災異，幾陷大刑；向鑄僞黄金，亦減

死論；雄仕王莽，作《劇秦美新》，復投閣求死，皆背於聖人之道，惑於性命之理者也。以彼三子，猶未能盡善，才難不其然與！善其善可師，其過可警也，爲三贊以自覽焉。

仲舒先覺，承秦絶學，進退規矩，金玉其璞。發明《春秋》，大義以脩，旁及《五經》，博哉優優。世莫能庸，黜相諸侯，仁義所漸，易剛以柔。茫茫大道，在昔聖考，蓋有不聞，奚究奚討？主父掎之，仲舒詭之，嗟若先生，有以啓之？懲違告休，不預世憂，著作孔多，後世是遒！嗟爾君子，克遵厥猷。

子政翼翼，簡易正直，博覽百家，以充其德。黄金之僞，智由信惑，覦覦邪世，身居困阨。不爲俗儒，苟取拘拘，略其威儀，忠質之符。疾邪救危，著論上書，同姓之仁，賢哉已夫！雖不三事，其文實章，以迄于今，日月之光。嗟我後人，庶幾不忘！

子雲清虚，自有大度，非聖不覯，恥爲章句。擬倣六經，其文孔明，隱隱硡硡，實爲雷霆。世三不遷，知命理神；胡爲投閣，劇秦美新？君子之缺，衆儒有言，蓋天絶之，亦何必然。末世之人，以道邀利，或徇耳目，得之弗愧。嗟爾君子，能勿此畏？

河間獻王贊　　司馬光

周室衰，道德壞，五帝三王之文，飄淪散失，棄置不省。重以暴秦，害聖典，疾格言，燔詩書，屠術士。稱禮樂者，謂之狂惑；術仁義者，謂之妖妄；必薙滅先聖之道，響絶迹盡，然後慊其志。雖有好古君子，心誦腹藏，壁扃巖鐍，濟秦之險，以通於漢者，萬無一二。漢初挾書之律尚存，久雖除之，亦未尊録，

謂之餘事而已。則我先王之道，餤餤其不息者無幾矣！河間獻王，生爲帝子，幼爲人君。是時列國諸侯，苟不以宮室相高，狗馬相尚，則衺姦聚猾，僭逆妄圖。唯獻王厲節治身，愛古博雅，專以聖人法度遺落爲憂，聚殘補缺，校實取正，得《周官》、《左氏春秋》、《毛氏詩》而立之。《周禮》者，周公之大典；毛氏言《詩》最密；《左氏》與《春秋》爲表裏，三者不出，六藝不明。噫！微獻王，則六藝其遂曀乎〔五〕！故其功烈至今賴之。且夫觀其人之所好，足以知其心。王侯貴人，不好侈靡而喜書者固鮮矣；不喜浮辯之書，而樂正道，知之明而信之篤，守之純而行之勤者，百無一二焉。武帝雖好儒，好其名而不好其實，慕其華而廢其質，是以好儒愈於文、景，而德業後之。景帝之子，十有四人，栗太子廢，而獻王最長；嚮若尊大義，屬重器，用其德，施其志，必無神仙祠祀之頌，宮室觀遊之費，窮兵黷武之勞，賦役轉輸之敝；宜其仁豐義洽，風移俗變，煥然帝王之治復還，其必賢於文景遠矣。嗟乎！天實不欲禮樂復興邪？抑四海自不幸而已矣。

無爲贊

司馬光

爲黄老者，以心如死灰，形如槁木爲無爲。迂叟以爲不然，作無爲贊：

治心以正，保躬以静。進退有義，得失有命。守道在己，成功則天。爲者敗之，不如自然。

晉蔡謨贊

王回

晉自武帝，酒色無度，王公貴人，競以酒色相侈，而王愷、石崇尤甚。愷使美人行酒勸客，飲不盡輒

殺美人。崇嘗夜飲諸少年酒，裴綽乘醉竊卧崇妾中，明旦裴家遣車迎綽，綽上車馳去。崇聞大怒，立殺數妾，將訟綽於朝。綽兄楷書請綽曰：「吾弟酒狂，海内足知〔六〕；足下飲以狂藥，而反責之禮邪？」崇方慕楷欲交之，亦憚其辭直，乃止。其後渡江諸君家，往往猶襲故態。紀瞻爲尚書，置酒請王導等觀妓。瞻愛妾能歌新聲，左僕射、護軍將軍周顗，乘酒於衆中挑之而不得。有司劾顗荒酒失儀，元帝特詔宥焉。是時在位，蓋不以淫醬爲貶如此〔七〕！蔡謨獨好禮自敕，嘗詣丞相導，導方作伎，設牀席，謨不悦而去，導亦不留客也。謨曾孫廓，廓子興宗，仍以好禮自勑達於朝；雖時淫暴，不敢稍侵媟之，人稱其家風云。贊曰：

古者牀笫之言不踰閾；而賓主燕享，所以觀禮樂講仁義也。烏有男女亡辨，晝夜荒蠱，群於禽獸而反以爲樂歟〔八〕？此屠餘所以知中山之亡。夫永嘉之亂又驗矣，而渡江君臣，猶不知以此相儆；豈以風俗之敗，非召亂之著者邪？嗚呼迷哉！而蔡氏出於其間，獨能世學好禮，達而不汙，君子哉！

嵇紹贊

王　回

世皆以嵇紹死得其所褒之。予固愛其人，行於亂世不汙，而能卒以忠爲烈，非其積累明於仁義，孰能自信如此耶？吾獨怪康與晉實皆爲魏臣，其誅也豈犯有司，特晉方謀篡魏，忌其賢而見圖，故康誅而魏亦自亡。若紹可爲兼父與君之仇者也，力不能報，猶且避之天下；顧臣其子孫而爲之死，豈不謬哉？

畫贊　李覯

工有圖貴人之像者，予哀其賢而無所遂也，爲之辭云：

道之可行，君子乃行。行而無成，君子之疾。位以名得，名以位失。古人丘壑，豈徒自逸？嗚呼！

九馬圖贊　蘇軾

長安薛君紹彭家，藏曹將軍《九馬圖》，杜子美所爲作詩者也。拳毛、獅子二駿在焉。作《九馬圖贊》：

牧者萬歲，繪者惟霸，甫爲作誦，偉哉九馬！姚、宋廟堂，李、郭治兵，帝下毛龍，以馭群英。我思開元，今爲幾日，筋骨應圖，至三萬匹。云何寂寥，跬步山川？負鹽挽磨，淚濕九泉。牝牡驪黄，自以爲至，駿其一毛，弃我千里。騕褭是乘，脂轍其鞭，道阻且長，喟其永歎！

三疏圖贊　蘇軾

惟天爲健，而不干時，沈潛剛克，以燮和之。於赫漢高，以智力王，凛然君臣〔九〕，師友道喪。孝宣中興，以法馭人，殺蓋、韓、楊，蓋三良臣。先生憐之，振袂脱屣，使知區區，不足驕士。此意莫陳，千載于今，我觀畫圖，涕一作淚下沾襟！

偃松屏贊

蘇軾

予爲中山守，始食北嶽松膏，爲天下冠。其木理堅密，瘠而不瘁，信植物之英烈也。謫居羅浮山下，地暖多松，而不識霜雪，如高才勝人，生綺紈家，與孤臣孽子有間矣。士踐憂患，安知非福？幼子過從我南來，畫寒松偃蓋爲護首小屏，爲之贊曰：

燕南趙北，大茂之麓，天僵雪峯，地裂氷谷。凛然孤清，不能無生，生此偉奇，北方之精。蒼皮玉骨，磽磽鬣鬣，方春不知，冱寒秀發。孺子介剛，從我炎荒，霜中之英，以洗我瘴。

三馬圖贊

蘇軾

元祐初，上方閉玉門關，謝遣諸將。太師文彦博、宰相吕大防、范純仁，建遣諸將游師雄行邊，敕武備。師雄至熙河，蕃官包順請以所部熟户除邊患〔一〇〕，師雄許之〔一一〕，遂擒猾羌大首領鬼章青宜結以獻。百官皆賀〔一二〕，且遣使告永裕陵。時西域貢馬，首高八尺，龍顱而鳳膺，虎脊而豹章，出東華門，入天駟監，振鬣長鳴，萬馬皆瘖。父老縱觀，以爲未始見也。上方恭默思道，八駿在庭，未嘗一顧。其後圉人起居不以時，馬有斃者，上亦不問。明年，羌温溪心有良馬，不敢進，請於邊吏，願以餽太師潞國公，詔許之。蔣之奇爲熙河帥，西蕃有貢駿馬汗血者，有司以非入貢歲月，留其使與馬於邊。之奇爲請，乞不以時入。事下禮部，軾時爲宗伯，判其狀云：「朝廷方却走馬以糞，正復汗血，亦何所用？」事遂寢。于

時兵草不用，海内小康，馬則不遇矣〔一三〕，而人少安。軾嘗私請於承議郎李公麟，畫當時三駿馬之狀，而使鬼章青宜結效之，藏于家。紹聖四年三月十四日，軾在惠州，謫居無事，閲舊書畫，追思一時之事，而歎三馬之神駿，乃爲之贊曰：

吁鬼章，世悍驕，奔貳師，走嫖姚。今在廷，服虎貂，效天驥，立内朝。八尺龍，神超遥，若將西，燕西瑶。帝念民，乃下招，籋歸雲，逝房妖。

王元之畫像贊

蘇軾

《傳》曰：「不有君子，其能國乎？」予嘗三復斯言，未嘗不流涕太息也！如漢汲黯、蕭望之、李固，吴張昭，唐魏鄭公、狄仁傑，皆以身徇義，招之不來，麾之不去。正色而立於朝，則豺狼狐狸，自相吞噬，故能消禍於未形，救危於將亡。使皆如公孫丞相、張禹、胡廣，雖累千百，緩急豈可望哉？故翰林王公元之，以雄文直道，獨立當世，足以追配此六君子者。方是時，朝廷清明，無大姦慝，然公猶不容於中，耿然如秋霜夏日，不可狎玩，至於三黜以死。有如不幸而處於衆邪之間，安危之際，則公之所爲，必將驚世絶俗，使斗筲穿窬之流，心破膽裂，豈特如此而已乎？始予過蘇州虎丘寺，見公之畫像，想其遺風餘烈，願爲執鞭而不可得〔一四〕。其後爲徐州，而公之曾孫汾爲兖州，以公墓碑示余，乃追爲之贊，以附其《家傳》云。

維昔聖賢，患莫已知；公遇太宗，允也其時。帝欲用公，公不少貶；三黜窮山，之死靡憾。咸平以

來，獨爲名臣，一時之屈，萬世之信。紛紛鄙夫，亦拜公像，何以占之，有泚其顙。公能泚之，不能已之；茫茫九原，愛莫起之。

王仲儀真贊　蘇軾

孟子曰：「所謂故國者，非有喬木之謂也，有世臣之謂也。」又曰：「爲政不難，不得罪於巨室。巨室之所慕，一國慕之；一國之所慕，天下慕之。」夫所謂「世臣」者，豈特世禄之人，而「巨室」者，豈特侈富之家也哉？蓋功烈已著於時，德望已信於人，譬之喬木，封殖愛養，自拱把以至於合抱者，非一日之故也。平居無事，商功利，課殿最，誠不如新進之士；至於緩急之際，決大策，安大衆，呼之則來，揮之則散者，惟世臣巨室爲能。余嘉祐中，始識懿敏王公於成都。其後從事於岐，而公自許州移鎮平凉。方是時，虜大舉犯邊，轉運使攝帥事，與副總管議不合，軍無紀律，邊人大恐，聲揺三輔。及聞公來，吏士踴躍傳呼，旗幟精明，鼓角讙亮，虜卽日解去。公至，燕勞將佐而已。余然後知老臣宿將，其功用蓋如此！使新進之士當之，雖有韓、白之勇，良、平之奇，豈能坐勝默成，如此之捷乎？熙寧四年秋，余將往錢塘，見公於私第佚老堂，飲酒至莫，論及當世事曰：「吾老矣，恐不復見；子厚自愛，無忘吾言！」既去二年而公薨，又六年乃作公之真贊，以遺其子鞏。詞曰：

堂堂魏公，配命仁祖；顯允懿敏，維周之虎。魏公在朝，百度維正；懿敏在外，有闞無聲。高明廣大，宜公宜相，如木百圍，宜宫宜堂。天既厚之，又貴富之，如山如河，維安有之。彼窶人子，既陋且寒，

終勞永憂，莫知其賢。曷不觀此，佩玉劍履，晉公之孫，魏公之子。

文與可飛白贊　蘇　軾

嗚呼哀哉！與可豈其多好，好奇也歟？抑其不試，故藝也。始予見其詩與文，又得見其行、草、篆、隸也，以爲止此矣；既没一年，而復見其飛白，美哉多乎！其盡萬物之態也，霏霏乎其若輕雲之蔽月，翻翻乎其若長風之卷旆也；猗猗乎其若遊絲之縈柳絮，裊裊乎其若流水之舞荇帶也；離離乎其遠而相屬，縮縮乎其近而不隘也。其工至於如此，而余乃今知之，則余之知與可者固無幾，而其所不知者蓋不可勝計也。嗚呼哀哉！

師子屏風贊　蘇　軾

潤州甘露寺，有唐李衛公所留陸探微畫師子板。余自錢唐移守膠西，過而觀焉；使工人摹之，置公堂中，且贊之曰：

圓其目，仰其鼻，奮髯吐舌威見齒。舞其足，前其耳，左顧右擲喜見尾。雖猛而和蓋其戲。嚴嚴高堂護燕几。啼呼顛沛走百鬼。嗟乎妙哉古陸子！

管幼安畫贊　蘇　轍

余自龍川以歸，居潁邑十有三年，杜門幽居，無以自適；稍稍取舊書閲之，將求古人而與之友，蓋於

三國得一焉，曰管幼安。蓋幼安少而遭亂，渡海居遼東，三十七年而歸；歸于田廬，不應朝命，年八十有四而没，功業不加於人，而余獨何取焉？取其明於知時，而審於處己云爾。蓋東漢之衰，士大夫以風節相尚，其立志行義，賢於西漢。然時大亂，其出而應世，鮮有能自全者。潁川荀文若，以智策輔曹公，方其擒吕布，斃袁紹，皆談笑而辦，其才與張子房比；然至九錫之議，卒不能免其身。彭城張子布，忠亮剛簡，事孫氏兄弟，成江東之業；然終以直不見容，力争公孫淵事，君臣之義幾絶。平原華子魚，以德量重於曹氏父子，致位三公；然曹公之殺伏后，子魚將命，至破壁出后而害之。汝南許文休，以人物臧否聞於世，晚入蜀依劉璋；先主將克成都，文休逾城出降，雖卒以爲司徒，而蜀人鄙之。此四人者，皆一時賢人也，然直己者終害其身，而枉己者終喪其德，處亂而能全，非幼安而誰與哉？舊史言，幼安雖老不病，著白帽、布襦袴、布裘，宅後數十步有流水，夏暑能策杖臨水，盥手足，行園圃，歲時祀其先人，絮帽布單衣，薦饋跪拜成禮〔一五〕。余欲使畫工以意髣髴畫之。昔李公麟喜畫，有顧、陸遺思，今公麟死久矣，恨莫能成吾意者。姑爲之贊曰：

幼安之賢，無以過人，余獨何以謂賢？賢其明於知時，審於處己，以能自全。幼安之老，歸自海東，一畝之宫，閉不求通。白帽布裘，舞雩而風，四時烝嘗，饋奠必躬，八十有四，蟬蜕而終。少非漢人，老非魏人，何以命之？天之逸民。

王元之真贊　黄庭堅

天錫王公，佐我太宗，學問文章，致于匪躬。四方來庭，上稍宴衎，公含瓦石，責君堯舜。采芝商洛，以切直去，惟是文章，許以獨步。白髮還朝，泣思軒轅，雞犬䄙鼎〔一六〕，群飛上天。真宗好文，且大用公，太阿出匣，公挺其鋒。龍怒鱗逆，在庭岌岌，萬物並流，砥柱中立。古之遺直，叔向以之，嗚呼王公，其尚似之！

孔北海贊

陳師道

世以曹操爲英雄，雖孫仲謀甘出其下，而文舉以犬豕視之。豈知不免，而遂不屈；蓋其高明，下視之耳！方操微時，幸許劭之目以爲重；匈奴使來，自謂不稱而代捉刀，其自處如此。至其自比劉玄德，謂袁紹不足數，特居勢使然耳。玄德之死，謂孔明曰：「如嗣子不肖，君自取之！」其勤勞一世，蓋不爲漢計，豈爲子孫計哉？操非其比也。操惡禰衡，而畏殺士之名，故以衡予劉表；不以文舉與人，卒自殺之，其畏之亦至矣！劉毅家徒四壁，一擲百萬，世亦以爲英雄；小遇鵝炙，丐乞如奴婢，孰謂英雄，而以一臠動其心哉？此其操之類乎！子曰：「棖也慾，焉得剛？」剛者所以制欲，非勝人也。是故自用之謂英，自勝之爲彊〔一七〕。

校勘記

〔一〕 瘵已弊 「瘵」字原本空白，據明抄本、明刻本補。

〔二〕其本之仁　「仁」字原本空白，據明抄本、明刻本補。
〔三〕群稚　「群」原作「郡」，據明抄本、明刻本改。
〔四〕爲人　「人」原作「之」，據明抄本改。
〔五〕則六藝　「則」字原本作墨丁，據明抄本補。
〔六〕海内足知　「足」字原本空白，據明刻本補。
〔七〕淫醟　「醟」字原本空白，據明刻本補。
〔八〕群於禽獸　「群」原作「郡」，據明抄本、明刻本改。
〔九〕君臣　「臣」原作「王」，據明抄本、五經堂本改。
〔一〇〕邊患　「患」字原本空白，據明抄本、明刻本補。
〔一一〕師雄　「師」字原本空白，據明抄本、明刻本補。
〔一二〕百官　二字原本空白，據明抄本、明刻本補。
〔一三〕不遇　「遇」原作「過」，據明抄本、明刻本改。
〔一四〕願爲　「願」字原本空白，據明抄本、明刻本補。
〔一五〕薦饋　「饋」原作「跪」，據五經堂本改。
〔一六〕弛鼎　「弛」原作「虵」，據明刻本改。
〔一七〕爲彊　「彊」原作「疆」，據明刻本改。按，疑當作「雄」，方與上文相應。

宋文鑑卷第七十六

碑文

唐狄梁公碑文

范仲淹

天地閉，孰將闢焉？日月蝕，孰將廓焉？大厦仆，孰將起焉？神器墜，孰將舉焉？巖巖乎克當其任者，惟梁公之偉歟！公諱仁傑，字懷英，太原人也。祖宗高烈，本傳在矣。公爲子極于孝，爲臣極于忠；忠孝之外，揭如日月者，敢歌于廟中。公嘗赴并州掾，過太行山，反瞻河陽，見白雲孤飛，曰：「吾親在其下。」久而不能去，左右爲之感動。《詩》有「陟岵」「陟屺」，傷君子于役，弗忘其親之深。吁嗟乎！孝之至也，忠之所繇生乎！公嘗以同府掾當使絶域，其母老疾，公謂之曰：「奈何重太夫人萬里之憂！」詣長史府請代行。時長史、司馬方眦睚不協，感公之義，歡如平生。吁嗟乎！與人交而先其憂，况君臣之際乎？公爲大理寺丞，决諸道滯獄萬七千人，天下服其平。武衛將軍權善才坐伐昭陵柏，高宗命戮之，公抗奏不屈，上怒曰：「彼致我不孝！」左右築公令出〔一〕，公前曰：「陛下以一樹而殺一將軍，張釋之所謂『假有盜長陵一抔土，則將何法以加之？』臣豈敢奉詔，陷陛下於不道？」帝意解，善才得恕死。吁嗟乎！執法之官，患在少恩，公獨愛君以仁，何所存之遠乎！高宗幸汾陽宫，道出妬女祠下，彼俗謂盛服

過者，必有風雷之灾，并州發數萬人，別開御道，公爲知頓使，曰：「天子之行，風伯清塵，雨師灑道，彼何害哉？」遽命罷其役。又公爲江南巡撫使，奏毀淫祠千七百，所存惟夏禹、太伯、季子、伍員四廟，曰：〔二〕「安使無功血食，以亂明哲之祠乎？」吁嗟乎！神猶正之，而况於人乎？公爲寧州刺史，能撫戎夏，郡人紀之碑文。及遷豫州，會越王亂後，緣坐七百人，籍没者五千口，有使促行刑，公緩之，密表以聞曰：「臣言，似理逆人；不言，則辜陛下好生之意。表成復毁，意不能定。彼咸非本心，唯陛下矜焉！」勑貸之，流于九原郡。道出寧州舊治，父老迎而勞之曰：「我狄使君活汝輩耶！」相携哭于碑下，齋三日而去。吁嗟乎！古謂民之父母，如公則過焉；斯人也，死而生之，豈父母之能乎？時宰相張光輔率師平越王之亂，將士貪暴，公拒之不應。光輔怒曰：「州將忽元帥耶？」對曰：「公以三十萬衆，除一亂臣，彼脅從輩，聞王師來，乘賊而降者萬計；公縱暴兵，殺降以爲功，使無辜之人，肝膽塗地，如得尚方斬馬劍，加於君頸，雖死無恨。」光輔不能屈，奏公不遜，左遷復州刺史。吁嗟乎！孟軻有言：「威武不能挫，是爲大丈夫。」其公之謂乎！爲地官侍郎、同鳳閣鸞臺平章事，爲來俊臣誣構下獄。公曰：「大周革命，萬物惟新；唐朝舊臣，甘從誅戮。」因家人告變，得免死，貶彭澤令。獄吏嘗抑公誣引楊執柔。公曰：「天乎！吾何能爲。」以首觸柱，流血被面，彼懼而謝焉。吁嗟乎！陷穽之中，不義不爲，况廟堂之上乎？契丹陷冀州，起公爲魏州刺史以禦焉。時河朔震動，咸驅民保郛郭。公至下令曰：「百姓復爾業！寇來吾自當之。」狄聞風而退，魏人爲之立碑。未幾入相，請罷戍疏勒等四鎮，以肥中國；又請罷安東，以息江南之饋輸，識者韙之。北狄再寇趙定間，出公爲河北道元帥，狄退就命。公爲安撫大使，前爲突厥所脅從者，咸逃

散山谷，公請曲赦河北諸州，以安反側，朝廷從之。吁嗟乎！四方之事，知無不爲，豈虚尚清談而已乎？公在相日，中宗幽房陵，則天欲立武三思爲儲嗣，一日，問群臣可否？衆稱賀；公退而不答。則天曰：「廼有異議乎？」對曰：「有之。昨陛下命三思募武士，歲時之間，數百人；及命廬陵王代之，數日之間，應者十倍。臣知人心未厭唐德。」則天怒，令策出。又一日，則天謂公曰：「我夢雙陸不勝者何？」對曰：「雙陸不勝，宮中無子也。」復命策出。又一日，則天有疾，公入問閤中，則天曰：「我夢鸚鵡雙折翅者何？」對曰：「武者，陛下之姓；相王、廬陵王，則陛下之羽翼也，是可折乎？」時三思在側，怒發赤色。則天以公屢言不奪，一旦感悟，遣中使密召廬陵王，矯衣而入，人無知者，乃坐公于簾外而問曰：「我欲立三思，群臣無不可者；惟俟公一言，從之，則與卿長保富貴；不從，則無復得與卿相見矣。」公從容對曰：「太子天下之本，本一摇而天下動，陛下以一心之欲，輕天下之動哉？太宗百戰取天下，授之子孫，三思何與焉？昔高宗寢疾，令陛下權親軍國，陛下奄有神器數十年，又將以三思爲後，如天下何？且姑與母孰親？子與姪孰近？立廬陵王，則陛下萬歲後享唐之血食；立三思，則宗廟無祔姑之禮。臣不敢愛死以奉制，陛下其圖焉！」則天感泣，命褰簾使廬陵王拜曰：「今日國老與汝天子。」公哭於地，則天命左右起之，拊公背曰：「豈朕之臣，社稷之臣也。」已而奏曰：「還宮無儀，孰爲太子？」復置廬陵王於龍門，備禮以迎，中外大悦。吁嗟乎！定天下之業，斷天下之疑，其至誠至神，雷霆之威不得而變乎！則天嘗命公擇人，公曰：「欲何爲？」曰：「可將相者。」公曰：「如求文章，則今宰相李嶠、蘇味道足矣；豈文士齪齪，思得奇才以成天下之務乎？荆州長史張東之，真宰相才，誠老矣，一朝用之，尚能竭其心。」乃召拜洛州司馬。他

日又問人於公，對曰：「臣前言張東之，雖遷洛州，猶未用焉。」改秋官侍郎。及召爲相，果能誅張易之輩，返正中宗，復則天爲皇太后。吁嗟乎！薄文華，重才實，其知人之深乎！公之勳德，不可殫言；有論議數十萬言，李邕載之《別傳》。論者謂松柏不夭，金石不柔，受於天焉。公爲大理丞，抗天子而不屈；在豫州日，拒元帥而不下；及居相公，而能復廢主以正天下之本，豈非剛正之氣，出乎誠性，見于事業！當時優游薦紳之中，顛而不扶，危而不持者，亦何以哉？仲淹貶守鄱陽，移丹徒郡，道過彭澤，謁公之祠而述焉，又系之云：

商有三仁，弗救其滅；漢有四皓，正於未奪。嗚呼！武暴如火，李寒如灰，何心不隨，何力可回？我公哀傷，拯天之亡，逆長風而孤騫，遡大川以獨航。金可革，公不可革，孰爲乎剛？地可動，公不可動，孰爲乎方？一朝感通，羣陰披攘。天子既臣而皇，天下既周而唐。七世發靈，萬年垂光。噫！非天下之至誠，其孰能當？

成都府新建漢文翁祠堂碑　宋祁

蜀之廟食千五百年不絕者，秦李公冰、漢文公翁兩祠而已。冰爲蜀鑿離堆，逐悍水以溉，所及常無旱年。西人德之，因言冰身與水怪鬭，怪不勝死，自是江無暴流，蛟蜃怖藏，人恬以生。故侈大房殿，歲擊羊豕雉魚，伐鼓嘯籥，傾數十州之人，人得侍祠，奔走鼓舞，以悦娱神，祝已傳嘏，而後敢安。翁之治蜀，開學校，以《詩》《書》教人，澡熨故俗，長長少少，親親尊尊，百姓順賴。其後司馬相如、王褒、楊雄以文

章倡，張寬以博聞顯，嚴遵、李仲元以有道稱，何武人爲三公，漢家號令典章，赫然與三代等。蜀有儒自公始。班固言之既詳。初公爲禮殿，以舍孔子及七十二子之象。殿右廡作石室，舍公象於中。晚漢學焚，有守曰高朕，能興完之，後人又作朕象，進偶公室。歲時長吏率掾屬、諸生，奉籩豆饔醪薦之于前，虔跽謹潔，一再奠而退，辭無敢不信焉。冰以功，公以德；功易見，德難知，故祀雖偕，而優狹異焉。嘉祐二年，予知益州，往欵公祠，至則區位湫偪，埃蝕垢蒙，不稱所聞，大懼禮益懈忽，神弗臨享。其明年，乃占學宫之西，攻位鳩工，弗亟弗遲，作堂三楹，張左右序及獻廡，大抵若干間。布尋以度堂，累常以度廷，疏窗以快顯，壯闥以嚴閉。采有青丹，陛有級夷，瓦密棟彊，若棘若飛。乃肖公象於寧間，繪相如等于東西壁。本古學之復，莫若朕；本今學之盛，莫若樞密直學士蔣公堂，故繪二公於其間，皆配祠焉。於是擇日告成于神。揖而升，簠斝、果湆、脯修紛羅而有容，可以告虔；趨而降，罍罇、巾洗、席燎並施而不慁，可以盡儀。相者循循，任者舒舒，禮生於嚴廣，靈妥於間寂故也。噫！自公之來，蜀之人自視若鄒魯。宋興，名臣鉅公，踵相逮于朝。先帝時巨盜再作亂，弄庫兵，爭劍閣，是時蜀豪英無一污賊者，羣頑愁窘，不容喘而滅，非人好忠，家知孝使然耶？所使然者，不自公歟？《傳》曰：「非此族也，不在祀典。」公在之矣。則是祠之作，願自予而古，無俾壞息云。祠之興，同尚之賢，則轉運使趙抃及提點刑獄使者凡三人；贊輔之勤，自通判軍州事祝諮以降六人；營董之勞，自兵馬都監毛永保而下二人，咸畫象於西廂，列官里於石陰。銘曰：

公二千石兮守大邦，冠褎褎兮紱斯皇。出有瑞節兮車騎羅，石室孔卑兮人謂何？新堂翼兮耽耽，

庭廣直兮序巖巖。吏奉承兮不譁〔三〕，神來格兮此其家。儼羣賢兮並陳，公所教兮如其仁。庖魚挺兮俎肉鮮，神來享兮憺蜿延。公教在人兮無有頗，蜀賢不乏才日多。俗祥順兮孝慈，公祀百世兮庸可知。

文潞公家廟碑文

司馬光

先王之制，自天子至于官師皆有廟。君子將營宫室，宗廟爲先，居室爲後。及秦非笑聖人，蕩滅典禮，務尊君卑臣，於是天子之外，無敢營宗廟者。漢世公卿貴人，多建祠堂於墓所，在都邑則鮮焉。魏、晉以降，漸復廟制。其後遂著爲令〔四〕，以官品爲所祀世之數差。唐侍中王珪不立私廟，爲執法所糾；太宗命有司爲之營構以耻之。是以唐世貴臣皆有廟，及五代蕩析，士民求生有所未遑，禮頹教陊，廟制遂絶。宋興，夷亂蘇疲，久而未講。仁宗皇帝閔群臣貴窮公相，而祖禰食于寢，儕於庶人；慶曆元年，因郊祀赦，聽文武官依舊式立家廟。令雖下，有司莫之舉；士大夫亦以耳目不際，往往不知廟之可設於家也。皇祐二年，天子宗祀禮成，平章事宋公奏言：「有司不能推述先典，明諭上仁，因循顧望，遂踰十載，緣偷襲弊，殊可嗟惘。臣嘗因進對，屢聞之聖言，謂諸臣專殖第産，不立私廟，睿心至意，形于嘆息。蓋由古今異宜，封爵殊制，因疑成憚，遂格詔書。請下禮官儒臣，議定制度。」於是翰林承旨而下，共奏請自平章事以上立四廟，東宫少保以上三廟，其餘器服儀範俟更參酌以聞。是歲十二月，詔如其請。既而在職者違慢相伏〔五〕，迄今廟制卒不立。公卿亦安故習常，得諉以爲辭，無肯唱衆爲之者。獨平章事文公，首奏乞立廟河南。明年七月，有詔可之。然尚未知築構之式，靡所循依。至和初，西鎮長安，訪

唐廟之存者，得杜歧公舊迹，止餘一堂四室，及旁兩翼。嘉祐元年，始倣而營之。三年，增置前兩廡及門。東廡以藏祭器，西廡以藏家譜，祊在中門之右，省牲、展饌、滌濯在中門之左，庖厨在其東南，其外門再重，西折而南出。四年秋，廟成。公以入輔出藩，未嘗踰時安處于洛；元豐三年秋，留守西都，始釁廟而祀焉。一旦授光以家譜曰：「予欲志族世之所從來，及廟之所由立，垂示後昆，而爲我叙其事，欿于石。」光竊惟公追遠復古，率禮興化之盛德，不可以無傳；雖自知不文，不敢辭，謹叙而銘之。按譜云：文氏之先，出陳公子完，以謚爲氏，與翼祖諱同。至秦有丕，丕生河東太守教，教家平陽。其後言韶，漢末爲揚州刺史，自韶以來，世乃可譜。韶之六世孫頻，後魏末爲太守。頻曾孫顯雋，以別駕從北齊高祖起晉州，就霸業，戰功居多，終兖州刺史。君洪從唐高祖起晉陽，爲右衛將軍。太子建成餘黨攻宫門，君洪首奮挺出戰，直抗宇文述，老卑秩。頻之六世孫曰肅，曰君洪。肅仕隋爲潁川郡丞，名列循吏，以公没。頻之八世孫曰暉，曰播。暉相中宗，誅張易之，奪武后天下歸之唐，用仇人譏，謫死嶠南。播有史學，官至給事中。君洪之曾孫羽爲御史中丞。肅之四世孫括爲御史大夫。括孫晦爲太子賓客。晦兄昕爲義成節度使，皥爲散騎常侍，榮冠當時。自顯雋至晦，皆有傳見於史。其家自平陽或遷太平，或遷蒲阪，或遷寶鼎。晦之從父昆弟晤，爲北都留守判官，始居介休。晤生汾州參軍檖，檖生館，館生澤州録事參軍，卽公之高祖考也，諱沼。曾祖考諱某，仕後唐，歷晉城、天池、平城三主簿，避晉高祖諱，更其氏曰文，歷嶂、太谷二令；漢高祖卽位，復舊氏，更名某。漢失天下，其支别者自帝於晉陽，復事之，終嵐州録事參軍。祖考諱某，辟石州幕府，棄官歸鄉里。太宗皇帝平晉陽召之不起，以廟諱故，復爲文氏。考諱

某，以儒學進，歷十三官，所至以彊直勤敏，振利攘害，名聞達，不可掩，判三司開拆磨勘司，終主客郎中，河東轉運使。其治行之詳，見於故平章事晏公、參知政事王公所譔墓誌及碑。公貴，朝廷褒榮三代，贈官皆至太師、中書令、兼尚書令，爵燕、周、魏三國公。廟成，澤州府君爲第一室，夫人某氏配；燕公爲第二室，燕國太夫人宋氏配；周公爲第三室，周國太夫人王氏、越國太夫人郭氏配；魏公居東室，魏國太夫人耿氏、魯國太夫人申氏配。公以廟制未備，不敢作主，用晉荀安昌公祠制，作神板；采唐周元陽議，祀以元日，寒食、秋分、冬夏至致齋一日。又以或受詔之四方，不常其居，乃酌古諸侯載遷主之義，作車奉神版以行。此皆禮之從宜者也。其銘曰：

鬱彼喬木，茂于苞根；浩彼長川，發于浚源，矧人之先，云誰敢諼？天佑有宋，誕生哲臣，乃斡樞軸，乃秉鎔鈞，克釐克諧，允武允文。甘陵有妖，悖暴紛嚚，公往逍遥，不日而消。仁祖遘疾，羣心震慄，公入密勿，四海清謐。出殿方維，爲諸侯師，以惠以綏，不廢其威。至也民悦，去也民思。其思如何？式謡且歌，歌政之和，在洛爲多。謀居之安，疇如得民？公自汾渚，遷于洛澨，允樂兹土〔六〕，永燕私處。伊水洋洋，山木蒼蒼。是掄是劘，是斷是斲，達于有洛。是相是虞，是卜是諏，是築是捄，是植是扶，是茨是塗，作廟渠渠。新廟既成，室家是謍。公曰予居，風雨是憮，勿侈功崇，予躬是容。人庫公堂，公曰予康；人隘公庭，公曰予寧。人勿予隘，維子孫是賴；人勿予庳，維子孫是利。克恭克儉，予履予視，俾躬之爲美，匪目之爲麗。廟堂既闢，四室有侐，豢牲孔碩，導黍及稷。豆籩既滌，掃洒既備，旨酒既沛，封牲爲饎。乃薦乃陳，苾苾芬芬，祖考欣欣，百嘏來臻。天錫公祉，强明壽愷；帝錫公禄，崇榮豐泰。天匪

公私，公德是宣；帝匪公優，公德是醻。公拜稽首，揚天子之休。思純終始，式詒孫子。子子孫孫，勿替勿忘，時奉烝嘗，保公之烈光！

澶州靈津廟碑文

孫洙

熙寧十年秋，大雨霖，河洛皆溢，濁流洶湧，初懷孟津浮梁，又北注汲縣，南泛胙城。水行地上，高出民屋。東郡左右，地最迫隘，土尤疏惡。七日乙丑，遂大決於曹村下埽〔七〕。先是積年稍背去，吏惰不虞，楗積不厚，主者又多以護埽卒給它役，在者十纔一二，事失備豫，不復可補塞。隄南之地，斗絶三丈，水如覆盎破缶，從空中下。壬申，澶淵以河絶流聞。河既盡徙而南，廣深莫測，坼岸東匯于梁山張澤濼，然後派别爲二：一合南清河以入于淮，一合北清河以入于海。大川既盈，小川皆潰，積潦猥集，鴻洞爲一。凡灌郡縣九十五，而濮、齊、鄆、徐四州爲尤甚，壞官亭民舍鉅數萬，水所居地爲田三十萬頃。天子哀憫元元，爲之旰食。初遣公府掾往，俾之循視；又遣御史往，委之經制，虚倉廩，開府庫，以振救之。徙民所過無得呵，吏謹視遇，不使失職。假官地予民，使之耕，而民不至於太轉徙。質私牛於官，貸之牛，而牛不至於盡殺食。其蠲除約省，勞來安集，凡以除民疾苦，其事又數十，然後人得不陷於死亡矣。天子乃與公卿大議塞河。初，獻計者有欲因其南潰，順水所趨，築爲隄，河輸入淮海。天子按圖書，準地形，覽山川，視水勢，以謂河所泛溢，綿地數州，其利與害，可不熟計？今乃欲捐置舊道，創立新防，棄已成而就難冀，殫暫費而甘長勞，夾大險，絶地利，使東土之民爲魚鼈食，謂百姓何？國家之事，

固有費而不可省，勞而不獲已者也。天贊聖德，聖與神謀，詔以明年春作始修塞。乃命都水吏考事期，審功用，計徒庸，程畚築，峙餱糧，伐薪石。異時治河，皆户調楗，民多賤鬻貨産，巧爲逃匿。上慮人習舊常，而胥動以浮言也，先期戒轉運使，明諭所部，告之以材出於公，秋毫不以煩民，然後民得安堵矣。物或闕供，皆厚價和市，材須徙運，皆官給僦費。唯是丁夫，古必出於民者，乃賦諸九路，而以道里爲之節適。凡郡去河頗遠者，皆免其自行，而聽其輸錢以雇更，則衆雖費可不至於甚病，而役雖勞可不至於甚疲矣。材既告備矣，工既告聚矣。明年，立號元豐，天子遣官以牲玉祭于河，而以閏正月丙戌首事。方河盛決時，廣六百步；既更冬春，益侈大，兩涘之間，遂踰千步。始於東西簽爲隄以障水，又於旁側閼爲河以脱水，流渠爲雞距以釃水，横水爲鋸牙以約水，然後河稍就道，而人得奏功矣。既左右隄彊，而下方益傷矣。初仞河深得一丈八尺，白水深至百一十尺，奔流悍甚，薪且不屬，士吏失色。主者多疾置聞，請調急夫，盡徹諸埽之儲，以佐其乏。天子不得已，爲調於旁近郡，俾得蠲來歲春夫，以紓民；又以廣固壯城卒數千人往奔命，悉發近埽積貯，而又所蓄薦食藁數十萬以赴之。詔切責塞河吏，於是人益竭作，吏亦畢力，俯瞰回淵，重埽九緷而夾下之。四月丙寅，河槽合，水勢頗却，而埽下湫流尚駛，隄若浮寓波上，萬衆環視，莫知所爲。先是運使創立新意，制爲横埽之法，以遏絶南流。至是天子猶以爲意，屢出細札，宣示方略，加精致誠，潛爲公禱，祥應感發，若有靈契。五月甲戌朔，新隄忽自定武還北流，奏至，群臣入賀，告類郊廟，勞饗官師，遂大慶賜。自督師而下，至于勤事小吏，頒器幣各有差；第功爲三品，各以次增秩焉。濮、齊、鄆、徐四州守臣，以立隄救水，城得不没，皆賜璽加獎。吏卒自下捷，至

竣事而歸，凡特支庫錢者四。初天子閔徒之遭癘者，連遣太醫十數輩往救治之，以車載藥而行。春尚寒，賜以襦袍；天初暑，給以臺笠。人悦致力，用忘其勞。於是又命籍其物故者，厚以分邺其家；逃亡者，聽自出以貫編户；乘急出夫者，蠲春徑一歲有半，仁沾而恩洽矣。自役興至于隄合，爲日一百有九，丁三萬，官傭作者無慮十萬人。材以數計之，爲一千二百八十九萬，費錢米合三十萬，隄百一十有四里。詔名曰「靈平」，立廟曰「靈津」，歸功于神也。方天子憂埽於合未固，水道内訌，上下惴恐。俄有赤蛇，游于埽上，吏置蛇于盆，祝而放之，蛇亡而河塞。天子聞而異之，命褒神以顯號，而領于祠官，曲加禮焉。有詔臣洙作爲廟碑，以明著神貺。臣洙竊迹漢唐而下，河决常在於曹、衛之域，而列聖以來，泛澶淵爲尤數。雖時異患殊，而成功則一；然必曠歲歷年，窮力殫費，而後僅有克濟，固未有洪流横潰，經費移徙，不踰二年，一舉而能塞者也。何則？孝武瓠子，甚可患也，考今所决，適值其地，而害又逾於此焉。然宣房之塞，遠逾三十年，費累億萬計；乃至於天子親臨沈玉，從官咸使負薪，作爲歌詩，深自鬱悼，其爲艱久，亦已甚矣！視往揆今，則知聖功博大閎遠，古未有也。嗚呼！河之爲利害大矣，功定事立，夫豈易然哉？主吏誠能揆明詔，規永圖，不苟務裁費，徑役以日爲功，而使官無曠職，卒無乏事，繕治廢隄，常若水至，庶幾河定民安，無决溢之患矣。臣洙既奉詔爲廟金石刻，因得述明天子所以禦灾捍患，計深慮遠，獨得於聖心，而成是殊尤絶迹，遂及治河曲折，在官調度，與夫小大勠力，内外協心，概見其力〔八〕，使後世有考焉。臣洙謹拜手稽首而獻文曰：

渾渾河源，導自積石，逆折而東，久輒羨溢。維古神禹，行水地中，順則所適，不爲防庸。降及戰

國，瀕齊、趙、魏，陂障以流，與水争地。釃爲之渠，利用灌溉，水無所由，因數爲敗。由漢迄今，千三百歲，出地而行，患又滋大。明明天子，纘堯禹服，恩均蠻貊，澤潤草木。丁巳孟秋，淫雨漏河，河徙而南，千里濤波。天子曰咨，水實儆予，勤民之力，其得已乎？申命群司，鳩材庀工，上志先定，庶言則同。人樂輸費，吏罔遺力〔九〕，聖誠感通，河卽順塞。鉅野既瀦，淮泗既道，川無狂瀾，民得烝罩。東土其乂，徐方復寧，芒芒原隰，既夷且平。水所漸地，更爲沃野，人恣田牧，施及牛馬。盈寧士女，相與歌呼，微我聖功，人其爲魚！四郡守臣，舞蹈上章，微我聖功，城其爲隍！帝釐山川，魚獸咸若，萬方歸之，如水赴壑。凡厥士吏，迨及庶民，其謹護視，烝徒孔勤。維是湯河，作固京室，在庭靡思〔一〇〕，聖獨前識。九類攸叙，六府允脩，丕冒日出，覃被海陬。歸惠爾神〔一一〕，落此新廟〔一二〕，春秋承祀，以祈靈保。臣洙作頌，本原休功，刻是樂石，攄之無窮〔一三〕。

校勘記

〔一〕築公　「築」字原本空白，據明抄本、明刻本補。

〔二〕曰　「曰」字原本空白，據明刻本補。

〔三〕不諱　二字原本空白，據明刻本補。

〔四〕著爲令　「爲」，殘宋本、明刻本作「於」。

〔五〕相伏　殘宋本作「相仗」，明刻本作「相尚」。

〔六〕兹土　「土」原作「上」，據殘宋本、明抄本改。
〔七〕曹村　「村」原作「材」，據殘宋本、明抄本、明刻本改。
〔八〕其力　「力」字原本空白，據殘宋本、明刻本補。按，「力」字與上「獻力」複，疑當作「功」。
〔九〕吏罔　二字原本空白，據殘宋本、明抄本、明刻本補。
〔一〇〕靡思　二字原本空白，據明抄本、明刻本補。殘宋本僅存「靡」字。
〔一一〕爾神　「神」字原本空白，據明抄本、明刻本補。
〔一二〕落此　二字原本空白，據明抄本、明刻本補。
〔一三〕「洙」至「無窮」　此十五字，據明抄本、明刻本補。殘宋本有缺字。

宋文鑑卷第七十七

碑文　記

碑文

表忠觀碑文

蘇　軾

熙寧十年，十月戊子，資政殿大學士、右諫議大夫、知杭州軍州事臣抃言：「故吴越國王錢氏墳廟，及其父祖妃夫人子孫之墳，在錢塘者二十有六，在臨安者十有一，皆蕪廢不治，父老過之，有流涕者。謹按，故武肅王鏐，始以鄉兵破走黄巢，名聞江淮；復以八都兵討劉漢宏，并越州，以奉董昌，而自居於杭。及昌以越叛，則誅昌而并越，盡有浙東西之地，傳其子文穆王元瓘；至其孫忠顯王仁佐，遂破李景兵，取福州；而仁佐之弟忠懿王俶，又大出兵攻景，以迎周世宗之師，其後卒以國入覲。三世四王，與五代相終始。天下大亂，豪傑蜂起。方是時，以數州之地盜名字者，不可勝數，既覆其族，延及于無辜之民，罔有孑遺。而吴越地方一千里〔一〕，帶甲十萬，鑄山煮海，象犀珠玉之富，甲於天下，然終不失臣節，貢獻相望於道，是以其民至於老死不識兵革，四時嬉遊，歌鼓之聲相聞，至于今不廢，其有德於斯民甚厚。皇

宋受命，四方僭亂，以次削平，而蜀、江南負其嶮遠，兵至城下，力屈勢窮，然後束手。而河東劉氏，百戰守死以抗王師，積骸爲城，釃血爲池，竭天下之力，僅乃克之。獨吴越不待告命，封府庫，籍郡縣，請吏于朝，視去其國如去傳舍，其有功於朝廷甚大。昔竇融以河西歸漢，光武詔右扶風脩理其父祖墳塋，祠以太牢。今錢氏功德，殆過於融，而未及百年，墳廟不治，行道傷嗟，甚非所以勸奬忠臣，慰答民心之義也。臣願以龍山廢佛祠曰妙因院爲觀，使錢氏之孫爲道士曰自然者居之，凡墳廟之在錢塘者，以付自然；其在臨安者，以付其縣之淨土寺僧曰道微，歲各度其徒一人，使世掌之。籍其地之所入，以時脩其祠宇，封殖其草木。有不治者，縣令丞察之，甚者易其人。庶幾永終不墜，以稱朝廷待錢氏之意。臣抃昧死以聞。」制曰：「可！其妙因院改賜名曰表忠觀。」銘曰：

天目之山，苕水出焉，龍飛鳳舞，萃于臨安。篤生異人，絶類離羣，奮挺大呼，從者如雲。仰天誓江，月星晦蒙，強弩射潮，江海爲東。殺宏誅昌，奄有吴越，金券玉册，虎符龍節。大城其居，包落山川，左江右湖，控引島蠻。歲時歸休，以燕父老，曄如神人，玉帶毬馬。四十一年，寅畏小心，厥篚相望，大貝南金。五朝昏亂，罔堪託國，三王相承，以待有德。既獲所歸，弗謀弗咨，先王之志，我維行之。天胙忠孝，世有爵邑，允文允武，子孫千億。帝謂守臣，治其祠墳，毋俾樵牧，愧其後昆。龍山之陽，巋焉新宮，匪私于錢，唯以勸忠。非忠無君，非孝無親，凡百有位，視此刻文！

上清儲祥宫碑

蘇軾

元祐六年，六月丙午，制詔臣軾：「上清儲祥宫成，當書，其書之石！」臣軾拜手稽首言曰：「臣以書命，待罪北門，記事之成職也。然臣愚不知宫之所以廢興，與凡材用之所從出，敢昧死請！」乃命有司具其事，以詔臣軾。始太宗皇帝，以聖文神武，佐太祖定天下。既卽位，盡以太祖所賜金帛，作上清宫朝陽門之内，旌輿王之功，且爲五代兵革之餘，遺民赤子，請命上帝。以至道元年正月宫成，民不知勞，天下頌之。至慶曆三年十二月，有司不戒于火，一夕而燼，自是爲荆棘瓦礫之場，凡三十七年。元豐二年二月，神宗皇帝始命道士王太初居宫之故地，以法籙符水，爲民禳禬，民趨歸之，稍以其力，脩復祠宇。詔用日者言，以宫之所在爲國家子孫地，乃賜名上清儲祥宫，且賜度牒，與佛廟神祠之遺利，爲錢一千七百四十七萬。又以官田十四頃給之。刻玉如漢張道陵所用印，及所被冠佩劍履以賜太初，所以寵之者甚備。宫未成者十八，而太初卒。太皇太后聞之，喟然歎曰：〔三〕「民不可勞也，兵不可役也，大司徒錢不可發也，而先帝之意不可以不成，乃敕禁中供奉之物，務從約損，斥賣珠玉，以巨萬計，凡所謂以天下養者，悉歸之儲祥，積會所賜，爲錢一萬七千六百二十八萬，而宫乃成。內出白金六千三百餘兩，以爲香火瓜華之用。召道士劉應真，嗣行太初之法，命入内供奉官陳衍典領其事。起四年之春，訖六年之秋。爲三門、兩廡、中大殿三、旁小殿九、鍾經樓二、石壇一。建齋殿于東，以待臨幸。築道館于西，以居其徒，凡七百餘間。雄麗靖深，爲天下偉觀，而民不知，有司不與焉。嗚呼！其可謂至德也已矣。臣

謹按，道家者流，本出於黄帝、老子。其道以清淨無爲爲宗，以虚明應物爲用，以慈儉不争爲行，合於《周易》「何思何慮」、《論語》「仁者静壽」之説，如是而已。自秦漢以來，始用方士言，乃有飛仙變化之術，《黄庭》、《大洞》之法，太上、天真、木公、金母之號，延康、赤明、龍漢、開皇之紀，天皇、太乙、紫微、北極之祀，下至於丹藥、奇技、符籙小數，皆歸於道家。學者不能必其有無。然臣嘗竊論之，黄帝、老子之道本也，方士之言末也，脩其本而末自應；故仁義不施，則《韶》《濩》之樂不能以降天神；忠信不立，則射鄉之禮不能以致刑措。漢興，蓋公治黄老，而曹參師其言，以謂治道貴清静而民自定，以此爲政，天下歌之曰：「蕭何爲法，講若畫一；曹參代之，守而勿失。載其清静，民以寧壹。」其後文、景之治，大率依本黄老，清心省事，薄斂緩獄，不言兵而天下富。臣觀上與太皇太后所以治天下者，可謂至矣！檢身以律物，故不怒而威，損利以予民，故不藏而富；屈己以消兵，故不戰而勝；虚心以觀世，故不察而明；雖黄帝、老子，其何以加此？本既立矣，則又惡衣菲食，卑宫室，陋器用，斥其羸餘，以成此宫，上以終先帝未究之志〔三〕，下以爲子孫無疆之福。宫成之日，民大和會，鼓舞謳歌，聲聞于天。天地喜答，神祇來格，祝史無求，福禄自至。時萬時億，永作神主。故曰修其本而末自應，豈不然哉？臣既書其事，皇帝若曰：大哉太祖之功，太宗之德，神宗之志，而聖母成之。汝作銘詩，而朕書其首曰：上清儲祥宫碑。臣軾拜手稽首獻銘曰：

天之蒼蒼，正色非耶？其視下也，亦若斯耶？我作上清儲祥之宫，無以來之，其肯我從？元祐之政，媚于上下，何脩何營，曰是四者：民懷其仁，吏服其廉，鬼畏其正，神予其謙。帝既子民，維子之視，

云何事帝，而瘠其子？允哲文母，以公滅私，作宮千柱，人初不知。於皇祖宗，在帝左右，風馬雲車，從帝來狩。閱視新宮，察民之言，佑我文母，及其孝孫。孝孫來饗，左右耆耇，無競惟人，以燕我後。多士爲祥，文母所培，我膺受之，篤其成材。千石之鍾，萬石之虡，相以銘詩，震于四海。

伏波將軍廟碑文

蘇軾

漢有兩伏波，皆有功德於嶺南之民。前伏波，邳離路侯也；後伏波，新息馬侯也。南越自三代不能有；秦雖遠通置吏，旋復爲夷。邳離始伐滅其國，開九郡。然至東漢，二女子側、貳反海南，震動六十餘城。時世祖初平天下，民勞厭兵，方閉玉關，謝西域，況南荒何足以辱王師；非新息苦戰，則九郡左衽至今矣。由此論之，兩伏波廟食於嶺南均也。古今所傳，莫能定于一。自徐聞渡海適朱崖，南望連山，若有若無，杳杳一髮耳！艤舟將濟，眩栗喪魄。海上有伏波祠，元豐中詔封忠顯王，凡濟海者必卜焉，曰某日可濟乎？必吉而後敢濟，使人信之，如度量衡石，必不吾欺者。嗚呼！非盛德孰能如此？自漢以來，朱崖、儋耳，或置或否。揚雄有言曰：「朱崖之棄，捐之之力也；否則介鱗易我衣裳。」此言施於當時可也。自漢末至五代，中原避亂之人，多家于此，今衣冠禮樂，蓋班班然矣，其可復言棄乎？四州之人，以徐聞爲咽喉〔四〕，南北之濟者，以伏波爲指南，事神其可不恭？軾以罪謫儋耳三年，今乃獲還海北，往反皆順風，無以答神貺，乃碑而銘。銘曰：

至險莫測海與風，至幽不仁此魚龍，至信可恃漢兩公，寄命一葉萬仞中。自此而南洗汝胸，撫循民

夷必清通；自此而北端汝躬，屈伸窮達常正忠。生爲人英歿愈雄，神雖無言我意同。

記

來賢亭記

柳開

人之學業、文章、行事烈烈有稱者，雖前古而生，孰不願與之游，恨乎已之後時而出也！同世而偕立，並能而齊名，則反有不相識相知者，亦有識而不知者。吾觀乎斯二者，經史子集之中，或絕言而不相談，或曾言而不相周，有之多矣。吾靜思之，未嘗不爲惜，是夫當時力不相及者乎？是夫當時義不相賓者。因而誨人，吾所以異是于世矣。乃作此亭在東郊，厥有意乎？命曰「來賢」也；吾欲舉天下之人，與吾同道者，悉相識而相知也。有能聞于吾，欲信而來于是也；有未聞于吾，欲知而來于是也；有先達于吾者，吾欲趨而來于是也；有後進于吾者，吾欲誘而來于是也；有務勝于吾者，吾欲讓而來于是也；有推退于吾者，吾欲尊而來于是也。大者吾將仰之，小者吾將俯之，貴者吾將奉之，賤者吾將崇之，極吾心而盡于世，合吾道而比于時。嗚呼！若曰子將來賢之徒于人，人將來賢之名于子者，吾又非斯志也。蓋欲夫是亭也，不獨如前言而已耳，亦將化今而警古矣。

待漏院記

王禹偁

天道不言，而品物亨、歲功成者，何謂也？四時之吏，五行之佐，宣其氣矣。聖人不言，而百姓親、

萬邦寧者，何謂也？三公論道，六卿分職，張其教矣。是知君逸于上，臣勞于下，法乎天也。古之善相天下者，自咎、夔至房、魏可數也。是不獨有其德，亦皆務于勤爾。況夙興夜寐，以事一人，卿大夫猶然，況宰相乎？朝廷自國初，因舊制，設宰相待漏院于丹鳳門之右，示勤政也。至若北闕向曙，東方未明，相君啓行，煌煌火城。相君至止，噦噦鑾聲。金門未闢，玉漏猶滴，徹蓋下車，于焉以息。待漏之際，相君其有思乎？其或兆民未安，思所泰之。四夷未附，思所來之。兵革未息，何以弭之？田疇多蕪，何以闢之？賢人在野，我將進之；佞臣立朝，我將斥之。六氣不和，災眚荐至，願避位以禳之。五刑未措，欺詐日生，請脩德以釐之。憂心忡忡，待旦而入。九門既啓，四聰甚邇。相君言焉，時君納焉。皇風于是乎清夷，蒼生以之而富庶。若然，總百官，食萬錢，非幸也，宜也。其或私讎未復，思所逐之。舊恩未報，思所榮之。子女玉帛，何以致之？車馬器玩，何以取之？姦人附勢，我將陟之；直士抗言，我將黜之。三時告災，上有憂色，構巧詞以悦之。羣吏弄法，君聞怨言，進諂容以媚之。私心慆慆，假寐而坐。九門既開，重瞳屢回。相君言焉，時君惑焉。政柄于是乎隳哉〔五〕，帝位以之而危矣。若然，則死下獄，投遠方，非不幸也，亦宜也。是知一國之政，萬人之命，懸于宰相，可不慎歟！復有無毁無譽，旅進旅退，竊位而苟禄，備員而全身者，亦無所取焉。棘寺小吏王禹偁爲文，請誌院壁，用規于執政者。

竹樓記

王禹偁

黄岡之地多竹，大者如椽，竹工破之，刳去其節，用代陶瓦，比屋皆是，以其價廉而工省也。子城西

北隅，雉堞圮毁，蓁莽荒穢，因作小竹樓二間，與月波樓通。遠吞山光，平挹江瀨，幽闃遼敻，不可具狀。夏宜急雨，有瀑布聲；冬宜密雪，有碎玉聲；宜鼓琴，琴調虚暢；宜詠詩，詩韻清絶；宜圍棊，子聲丁丁然；宜投壺，矢聲錚錚然，皆竹樓之所助也。公退之暇，披鶴氅，戴華陽巾，手執《周易》一卷，焚香默坐，消遣世慮。江山之外，第見風帆沙鳥，煙雲竹木而已。待其酒力醒，茶煙歇，送夕陽，迎素月，亦謫居之勝概也。彼齊雲、落星，高則高矣；井幹、麗譙，華則華矣；止于貯妓女，藏歌舞，非騷人之事，吾所不取。吾聞竹工云：「竹之爲瓦，僅十稔；若重覆之，得二十稔。」噫！吾以至道乙未歲，自翰林出滁上；丙申，移廣陵；丁酉，又入西掖；戊戌歲除日，有齊安之命；己亥閏三月到郡。四年之間，奔走不暇，未知明年，又在何處，豈懼竹樓之易朽乎？幸後之人與我同志，嗣而葺之，庶斯樓之不朽也。咸平二年八月十五日記。

河南縣尉廳壁記

張　景

縣尉能禦盗，而不能使民不爲盗；盗賊息，非尉之能；盗賊繁，過不在乎尉矣。上失其平，下苦其情，弱者困死，彊者偷生，盗之常也，豈樂爲盗哉？無竭民力，民心安逸；無盡民物，民利豐實；居鄉聚族，有良有睦；履詐跡僞，有責有愧，民之常也，孰肯爲盗哉？故曰：能與過，不在乎尉，在時政之得失爾！若夫平鬬訟，懾兇狡，惟盗是禦者，尉之職也；苟失其人，則貪殘誣枉，民不勝獘，反甚於盗焉。今郡縣至廣，庸不知所得者幾何人哉？太原王昭度，字世範，登進士第，爲河南尉，尉之職無所不舉焉。雖

然，誠不足展世範之才，顧其所得，亦斯民幸矣！世範與景有舊，因求記刻于廳壁，庶有信于後，於是乎書。

亳州法相院鍾記

穆修

古之爲鍾，其用大矣。《樂記》稱黄鍾、大吕，又《春秋傳》稱師有鍾鼓曰伐，則是既爲大樂之備，又爲征伐之具。其用之大樂，可以調陰陽，感人神，導天地之和；用之軍旅，可以讋不軌，懼不庭，張邦國之威。考是二者，則鍾爲禮樂征伐之器久矣。三代之際，以及秦漢，皆不變其用。今是鍾也，專爲釋氏之器，亦從可知也。東漢之運將季，西域之法聿來。流晉、宋而益宗，涉齊梁而大盛。率天下而從其教，擬王者而闢其居。無王公，無士民，無高卑貴賤，莫不從而信奉之，不從而依歸之，以求其福報乎如是，則盛矣大矣，佛之爲法也！既與中國聖人之道並行于時，則所謂禮樂征伐之器者，安得不入于佛之宫哉？佛之宫，其徒羣棲而旅集，多者數百人而居之。其朋既繁，不常厥處，將齊彼衆，非言得通，則必聲物以齊之。求物聲宏達而及遠者，莫踰于鍾，是知鍾爲佛宫之用，其在此乎！亳州法相禪院，有主院僧海宣者，謹行之僧，能勤以募衆，崇揭土木，門堂殿廡總百餘間，多宣師所葺也。聚徒侁侁，資膳悉備，警旦暮者，其闕惟鍾。州人時氏，豐財好佛之士也，一日詣宣師謀曰："「一鍾費用且幾何？願輸其資，獨營斯善。」師卽計其用度告之，遂以錢若干畀師，復謂曰："「鍾之成也，匪高弗居，則并請爲居鍾之樓。」以此土不産美材，因命僧海真南抵于舒，便其材木，匠爲成構而離之。自舒及譙，使以舟力雖皆出

時氏，然能減費便事者，蓋二師心計運度之謀也。天聖元年春，始召鍾人，與其鼓鑄，液波金錫，一治而成。鍾事既立，樓材亦至，建于殿南東偏，居鍾于上。層甍翚飛，雙欒鯨震，巋巋崇構，上凌煙空；琅琅洪音，遠落霄外。于以壯觀精宇，于以號令羣緇，日叩焉，使思其所以息，晦明風雨，罔迷厥時。據釋氏言，鍾之聲，扣之可以上極天界，下洞幽泉，導死者冥昧之魂，出地獄沉淪之苦，故死者之家，嘗賂金帛衣物，求擊其響。若如其說，則非獨用之節昏曉〔六〕，戒食寢而已；又復能售極苦之資，助釋氏之費焉。鍾不可闕于佛宫，明矣。

靜勝亭記

穆修

州郡有兵馬監押〔七〕，職設今代，專督州下姦争火盜〔八〕，洎軍籍庫兵商征酒榷之事，則皆與守同管署；自政賦財幣刑罰獄訟之煩，則一不關及。其職位優，其務守簡，蓋士之階武而升者，非歷勞久十餘年，不被兹命。凡尸之者，能持謹常，不失局事，鉅細不絶筆，可否歸之州，足爲稱任，雖材且無所施；顧或每每好用自擾，以招權樹威而病其職者多矣。潁川陳君永錫，始以公侯裔，縻迹落武，一再遷爲右侍禁，蓋漢之郎將類也，來監蔡之郡戎〔九〕。爲人力文服古，而雅任闊達，樂所守無事，唯比旦一過廳，還則擁書自娱。常言「吾職甚逸，吾性加踈，思得洒然空曠一宇，爲寄適之地，盡糞除耳目俗譁而休吾心焉。」廨中舊有亭，其制卑而久，爲之易去故材，俾豐宏之。前數十步間，夾樹畹蔬蹊果；果外先峙射堋，堋豈清趣中宜有哉？然于亭遠甚，不大與亭害，故亦不廢，存之。亭成，君謀予以名，予請以「靜勝」名

亭。陳君之飾是亭，豈志於静者耶？夫静之閫，仁人之所以居心焉。在心而静，則可以勝視聽思慮之邪。邪斯勝〔一〇〕心乃誠。心誠性明，而君子之道畢矣。惟陳君能有是道，故名是亭。人苟不果其道，名無益也，是亡實而守空器也，不與夫盜名而居者比歟？後之挈斯職，據斯亭者，亦復能悦静而思勝乎？苟能善矣，無爲自擾而病其職，以守亭之名，爲亭之媿也。

庭莎記　　晏　殊

介清思堂、中讌亭之間隙地，其縱七八步，其横南八步，北十步，以人跡之罕踐，有莎生焉。守護之卒，皆疲癃者，芟薙之役，勞于夏畦。蓋是草耐水旱，樂延蔓，雖拔心隕葉，弗之絶也。予既悦草之蕃廡，而又憫卒之勤瘁，思唐人賦詠間，多有種莎之説；且兹地宛在崇堞，車馬不至，弦匏不設，柔木嘉卉，難於豐茂，非是草也，無所宜焉。於是傍西墉，畫脩徑，布武之外，悉爲莎場，分命騶人，散取增殖，凡三日乃備。援之以丹楯，溉之以甘井，光風四泛，纖塵不驚。嗟夫！萬彙之多，萬情之廣，大含元氣，細入無間，罔不稟和，罔不期適。因乘而晦用，其次區别而顯仁〔一一〕。措置有規，生成有術，失之則斁，獲之則康。兹一物也，從可知矣。乃今遂二性之域，去兩傷之患，偃藉吟諷，無所不諧。然而人所好尚，世多同異。平津客館，尋爲馬廐；東漢學舍，間充園蔬。彼經濟所先，而汙隆匪一；矧兹近玩，庸冀永年？是用刊辭琬琰〔一二〕，庶通賢君子，知所留意，儻與我同好，庶幾不剪也！

岳陽樓記　　范仲淹

慶曆四年春，滕子京謫守巴陵郡。越明年，政通人和，百廢具興，乃重脩岳陽樓，增其舊制，刻唐賢今人詩賦于其上，屬予作文以記之。予觀夫巴陵勝狀，在洞庭一湖。銜遠山，吞長江，浩浩湯湯，横無際涯。朝暉夕陰，氣象萬千。此則岳陽樓之大觀也，前人之述備矣。然則北通巫峽，南極瀟湘，遷客騷人，多會于此，覽物之情，得無異乎？若夫霪雨霏霏，連日不開。陰風怒號，濁浪排空。日星隱曜，山岳潛形。商旅不行，檣傾楫摧。薄暮冥冥，虎嘯猿啼。登斯樓也，則有去國懷鄉，憂讒畏譏，滿目蕭然，感極而悲者矣。至若春和景明，波瀾不驚。上下天光，一碧萬頃。沙鷗翔集，錦鱗游泳。岸芷汀蘭，郁郁青青。而或長煙一空，皓月千里。浮光躍金，静影沉璧。漁歌互答，此樂何極？登斯樓也，則有心曠神怡，寵辱偕忘，把酒臨風，其喜洋洋者矣。嗟夫！予嘗求古仁人之心，或異二者之爲，何哉？不以物喜，不以己悲。居廟堂之高，則憂其民；處江湖之遠，則憂其君。是進亦憂，退亦憂，然則何時而樂耶？其必曰：先天下之憂而憂，後天下之樂而樂乎！噫，微斯人吾誰與歸？時六年九月十五日。

桐廬郡嚴先生祠堂記

范仲淹

先生，光武之故人也，相尚以道。及帝握赤符，乘六龍，得聖人之時，臣妾億兆，天下孰加焉？惟先生以節高之。既而動星象，歸江湖，得聖人之清，泥塗軒冕，天下孰加焉？惟光武以禮下之。在《蠱》之上九，衆方有爲，而獨「不事王侯，高尚其事」。先生以之。在《屯》之初九，陽德方亨，而能「以貴下賤，大得民也」。光武以之。蓋先生之心，出乎日月之上；光武之器，包乎天地之外。微先生，不能成光武之大；

微光武，豈能遂先生之高哉？而使貪夫廉，懦夫立，是有大功於名教也。仲淹來守是邦，始構堂而奠焉；迺復爲其後者四家，以奉祠事，又從而歌曰：雲山蒼蒼，江水泱泱，先生之風，山高水長！

校勘記

〔一〕千里　原本「千」上空白，明刻本補「一」字，疑不當有，蘇集無。

〔二〕喟然　二字原本空白，據明抄本、明刻本補。

〔三〕未究　「究」字原本空白，據明抄本、明刻本補。

〔四〕徐聞　「聞」字原本空白，據明抄本、明刻本補。

〔五〕于是乎　「乎」原作「隳」，與下「隳」字重，據明抄本、明刻本改。

〔六〕用之　「之」字原本空白，據明抄本、明刻本補。

〔七〕監押　「押」字原本空白，據明刻本補。

〔八〕州下姦　「州」原作「川」，「下姦」原本空白，據明抄本、明刻本改補。

〔九〕監蔡　「蔡」原作「察」，據明刻本改。

〔一〇〕邪斯勝　「斯」原作「不」，據明刻本改。

〔一一〕「因乘」至「顯仁」　此數句疑有脫誤。

〔一二〕琬琨　原作「琨琨」，據明抄本、明刻本改。

宋文鑑卷第七十八

記

重修五代祖塋域記

韓琦

唐鎮冀、深、趙等州節度判官，朝議郎，檢校太子左庶子，兼御史中丞，賜紫金魚袋，諱義賓，琦之五代祖也。初庶子以博學高節，晦道不仕；而鎮帥太傅王紹鼎雅知其名，屢加禮辟，庶子不得已而起，補節度副記室事。紹鼎卒，其子太尉常山王景崇，襲有父鎮，益尊禮庶子，奏授節度掌書記。時巢賊犯闕，僖宗幸劍南，景崇率定帥王處存，合隣道兵入關進討，關輔以平，皆庶子謀也。景崇卒，其子太師鎔，幼嗣父位，府事一咨于庶子。以義結隣帥，内尊王室。朝廷喜之，故恩命累及。以光啓二年八月十四日終于鎮府立義坊之私第，年七十有五。庶子曾祖諱朏，沂州司户參軍；祖諱沛，登州録事參軍；父諱全，隱居不仕。自隱居而上，世葬深州、博野蠡吾鄉之北原。博野今爲永寧軍。庶子以龍紀元年十月十五日，復附葬于先塋。夫人崔氏，棣州司馬魯之長女，婦道母訓，爲世儀法，終于天復二年七月十九日，年八十有三。其年八月十七日，歸祔于庶子。生二子，長諱定辭，鎮冀、深、趙等州觀察判官、檢校尚書祠部郎中、兼侍御史。好學能文，無所不覽。嘗聘燕帥劉仁恭，仁恭命幕吏馬彧以詩贈祠部，頗

衒已學。祠部郎席訓之曰：「崇霞臺上神仙客，學辨癡龍藝㝡多，盛德好將銀筆述，麗辭堪與雪兒歌。」一座愛其辭而不能解，馬大屈服。事具《北夢瑣言》。次諱昌辭，真定府鼓城令，琦之高祖也。爲政有惠愛而不壽，年二十九而亡。生一子，諱璆，廣晉府永濟令，琦之曾祖也。永濟始自蠡吾北原徙鼓城，與夫人張氏之喪，葬于趙州贊皇縣太平鄉之北馬村。先君令公，始葬永濟與夫人史氏，暨琦祖太子中允知康州諱構與夫人李氏，于相州安陽縣之豐安村。自先君之亡，諸子幼而孤，長而薄宦，奔走四方，故但能時奉豐安之祀。其於北馬、蠡吾之塋，則力莫能及。年世殊邈，幾于不能辨識。嘉祐三年，琦始得北馬之塋，一新封植。今年春，遣男忠彦走蠡吾，又得庶子之塋于北原。而先域之西北隅，北距唐河數里之近，嘗經霖潦，暴漲浸淫，及于庶子之塋，且念神靈久宅，不敢改卜，乃於嘉祐八年七月一日，遣孝彦告而啓壙，自下以甓實而上，絶沮洳而止。衣衾棺柩，易而新之。然後塞隧廣封，以爲萬世之固。逮遠祖諸塋，率加治葺，翦其荆棘，而易以嘉木；繚其垣墉，而表以高閎。既襄其事也，遂直書營繕之始末，而納諸壙中，且復誡于子孫曰：夫謹家諜而心不忘于先塋者，孝之大也。惟墳墓祭祀之有託，故以子孫不絶爲重。琦自志于學，每見祖先所爲文字，與家世銘誌，則知寶而藏之；有遺逸者，常精意搜掇，未始少懈，時編緝，寖以大備。其所誌先域之所在，雖距今百有餘年，必思博訪而得之，卒能不墜先業，推及先塋之八世，得以歲時奉事，少慰庸嗣之志。向若家諜之不謹，祖先文字之不得傳，雖有孝於祖先之心，欲究其宅兆而嚴事之，其可得乎？後世子孫，不能勤而知此，則與夫世之絶也何異？子孫其志之！

定州閲古堂記

韓　琦

慶曆八年夏五月，天子以河朔地大兵雄，而節制不專，非擇帥分治，而并撫其民不可，始詔魏、瀛、鎮、定四路，悉用儒帥，兼本道安撫使。而定以不肖辱其選，既讓不獲命，至則竭愚修職，尚懼不能稱上所以付與之意；退而思迹古名臣之軌躅，以自策厲，且患其汨于多務，而志之弗虔。會郡圃有壞亭，歲久不葺，於是廣之爲堂，既成，乃摭前代良守將之事實，可載諸圖而爲人法者，凡六十條，繪于堂之左右壁，而以閲古爲堂名。夫古猶今也，古之人爲屏翰，授鈇鉞，而能成異政，立奇功；而今或不能者何也？蓋其待己也，必賢而足；其報禄也，必利而安，持是以望政成而功立，不其難哉？如曰，古人能之，予反不能之，日夜以勉焉，又安有不至者耶？今予之所爲也，誠以己之道未充，而君之禄殊厚，任重塗遠，惟仆踣之是虞，故在燕處之閒，必將監古以自勉。其未至也，則雖紛肴觴，競笳吹，四時之景，交見于前，予方仰而愧，俯而憂，孰知夫樂之爲樂哉？其少進也，則雖吏文之擾懷，邊責之在已，予固得其道而處之，至于幅巾唑嘯，恬然終日，予之所樂，惡有既乎？若其賓客之于斯，僚屬之于斯，不離几席，如閲舊史，俾人人知爲治者莫先于教化，用兵者莫貴于權謀，而俱本之于忠義。功名一立，不獨身享富貴，而慶流家宗，其餘風遺烈，可以被于旂常，傳于簡策，邈千萬世而凛然如存，咸有聳慕之意。不以酣歌優笑之爲樂，而以是爲樂，則予也豈徒己之爲益，是將有益于人。知我者，其以我爲喜爽塏，遂娱賞而已乎？後來之賢，與我同志，必愛尚而增葺之，宜免夫毁圮圬墁之患矣。

峽州至喜亭記

歐陽修

蜀於五代爲僭國，以險爲虞，以富自足，舟車之迹不通乎中國者五十有九年。宋受天命，一海內，四方次第平。太祖改元之三年始平蜀，然後蜀之絲枲織文之富，衣被於天下；而貢輸商旅之往來者，陸輦秦鳳，水道岷江，不絶于萬里之外。岷江之來，合蜀衆水，出三峽，爲荆江，傾折回直，捍怒鬬激，束之爲湍，觸之爲旋。順流之舟，頃刻數百里，不及顧視。一失毫釐，與崖石遇，則糜潰漂没，不見蹤跡。故凡蜀之可以充内府、供京師、而移用乎諸州者皆陸出；而其羨餘不急之物，乃下于江，若棄之然。其爲險且不測如此。夷陵爲州，當峽口，江出峽始漫爲平流，故舟人至此者，必瀝酒再拜，相賀以爲更生。尚書虞部郎官朱公再治是州之三月，作至喜亭于江津，以爲舟者之停留也；且誌夫天下之大險至此而始平夷，以爲行人之喜幸。夷陵固爲下州，廩與俸皆薄，而僻且遠，雖有善政，不足爲名譽以資進取。朱公能不以陋而安之，其心又喜夫人之去憂患而就樂易，《詩》所謂「愷悌君子」者矣。自公之來，歲數大豐，因民之餘，然後有作。惠于往來，以館以勞，動不違時，而人有賴。是皆宜書，故凡公之佐吏因相與謀而屬筆於脩焉。

畫舫齋記

歐陽修

予至滑之三月，即其署東偏之室，治爲燕私之居，而名曰畫舫齋。齋廣一室，其深七室，以户相通，

凡入予室者，如入乎舟中。其温室之奥，則穴其上以爲明；其虚室之疏以達，則欄檻其兩旁以爲坐立之倚，凡偃休於吾齋者，又如偃休乎舟中。山石嵒崒，佳花美木之植，列於兩簷之外，又似汎乎中流，而左山右林之相映，皆可愛者。故因以舟名焉。《周易》之象，至於履險蹈難，必曰「涉川」，蓋舟之爲物，所以濟險難而非安居之用也。今予治齋於署，以爲燕安，而反以舟名之，豈不戾哉？矧予又嘗以罪謫，走江湖閒，自汴絶淮，浮于大江，至于巴峽，轉而以入于漢沔，計其水行幾萬餘里，其羈窮不幸，而卒遭風波之恐，往往叫號神明，以脱須臾之命者數矣。當其恐時，顧視前後，凡舟之人，非爲商賈，則必仕宦，因竊自歎，以謂非冒利與不得已者，孰肯至是哉？賴天之惠，全活其生。今得除去宿負，列官于朝，以來是州，飽廪食而安署居。追思曩時山川所歷，舟檝之危，蛟鼉之出没，波濤之洶歘，宜其寢驚而夢愕，而乃忘其險阻，猶以舟名其齋，豈真樂於舟居者邪？然予聞古之人有逃世遠去江湖之上，終身而不肯反者，其必有所樂也。苟非冒利於險，有罪而不得已，使順風恬波，傲然枕席之上，一日而千里，則舟之行豈不樂哉？顧予誠有所未暇，而舫者宴嬉之舟也，姑以名予齋，奚曰不宜！予友蔡君謨，善大書，頗怪偉，將乞其大字以題於楹；懼其疑予之所以名齋者，故具以云，又因以置于壁。

襄州穀城縣夫子廟記

歐陽修

釋奠、釋菜，祭之略者也。古者士之見師，以菜爲摯，故始入學者必釋菜，以祀其先師；其學官四時之祭，乃皆釋奠。釋奠有樂無尸，而釋菜無樂，則其又略也，故其禮亡焉。而今釋奠幸存，然亦無樂，又

不徧舉於四時，獨春秋行事而已。記曰：「釋奠必合樂，國有故則否。」謂凡有國各自祭其先聖先師，若唐虞之夔、伯夷，周之周公，魯之孔子。其國之無焉者，則必合於鄰國而祭之。然自孔子没，後之學者莫不宗焉，故天下皆尊以爲先聖，而後世無以易。學校廢久矣，學者莫知所師，又取孔子門人之高第曰顔回者而配焉，以爲先師。隋唐之際，天下州縣皆立學，置學官、生員，而釋奠之禮遂以著令。其後州縣學廢，而釋奠之禮，吏以其著令，故得不廢。學廢矣，無所從祭，則皆廟而祭之。荀卿子曰：「仲尼聖人之不得勢者也。」然使其得勢，則爲堯舜矣；不幸無時而没，特以學者之故，享弟子春秋之禮，而後之人不推所謂釋奠者，徒見官爲立祠，而州縣莫不祭之，則以爲夫子之尊，由此爲盛；甚者乃謂生雖不得位，而没有所享，以爲夫子榮，謂有德之報，雖堯舜莫若，何其謬論者歟？祭之禮以迎尸酌鬯爲盛，釋奠薦饌，直奠而已，故曰祭之略者。其事有樂舞授器之禮，今又廢，則於其略者又不備焉。然古之所謂吉、凶、鄉射、賓燕之禮，民得而見焉者，今皆廢失，而州縣幸有社稷、釋奠、風雨雷師之祭，民猶得以識先王之禮器焉。其牲酒器幣之數，升降俯仰之節，吏又多不能習，至其臨事，舉多不中而色不莊，使民無所瞻仰，見者殆焉，因以爲古禮不足復用，非師古好學者莫肯盡心焉。穀城令狄君栗爲其邑，未逾時，脩文宣王廟，易於縣之左，大其正位爲學舍，於其旁藏九經書，率其邑之子弟興於學，然後考圖記，爲俎豆籩篚罇爵簠簋凡若干，以與其邑人行事。宋興於今八十年，天下無事，方修禮樂，尊儒術，以文太平之功，以謂王爵未足以尊夫子，又加至聖之號以褒崇之，講正其禮，下於州縣。而吏或不能諭上之意，凡有司簿書之所不責者，謂之不急。穀城縣政久廢，狄君居之，朞月稱治，又能遵國典，修禮興學，

急其有司所不責者，諰諰然惟恐不及，可謂有志之士矣。

吉州新學記

歐陽修

慶曆三年秋，天子開天章閣，召政事之臣八人，問治天下其要有幾？施於今者宜何先？使坐而書以對。八人者皆震恐失位，俯伏頓首，言此非愚臣所能及，惟陛下所欲爲，則天下幸甚！於是詔書屢下，勸農桑，責吏課，舉賢才。其明年，遂詔天下皆立學，置學官之員，然後海隅徼塞，四方萬里之外，莫不皆有學。嗚呼，盛矣！學校，王政之本也。古者致治之盛衰，視其學之興廢。《記》曰：「國有學，遂有序，黨有庠，家有塾。」此三代極盛之時，大備之制也。宋興蓋八十有四年，而天下之學始克大立，豈非盛美之事，須其久而後至於大備歟！是以詔下之日，臣民喜幸，而奔走就事者以後爲羞。其年十月，吉州之學成。州舊有夫子廟，在城之西北，今知州事李侯寬之至也，謀與州人遷而大之，以爲學舍。事方上請，而詔已下，學遂以成。李侯治吉，敏而有方。其作學也，吉之士，率其私錢一百五十萬以助用；人之力，積二萬二千工，而人不以爲勞；其良材堅甓之用，凡二十二萬三千五百，而人不以爲多；學有堂、筵、齋、講，有藏書之閣，有賓客之位，有游息之亭，嚴嚴翼翼，壯偉閎耀，而人不以爲侈。既成，而來學者常三百餘人。予世家於吉，而濫官于朝，進不能贊揚天子之盛美，退不得與諸生揖讓乎其中。然予聞教學之法，本於人性，磨揉遷革，使趨於善，其勉於人者勤，其入於人者漸。善教者以不倦之勤，須遲久之功，至於禮讓興行，而風俗純美，然後爲學之成。今州縣之吏，不得久其職而躬親於教化也，故李

侯之績，及於學之立，而不及待其成。惟後之人，無廢慢天子之詔，而怠以中止。幸予他日因得歸榮故鄉，而謁於學門，將見吉之士，皆道德明秀，而可爲公卿；問於其俗，而婚喪飲食皆中禮節；入於其里，而長幼相孝慈於其家；行於其郊，而少者扶其羸老，壯者代其負荷於道路；然後樂學之道成，而得時從先生耆老，席于衆賓之後，聽鄉樂之歌，飲獻酬之酒，以詩頌天子太平之功，而周覽學舍，思詠李侯之遺愛，不亦美哉！故於其始成也，刻辭于石，而立諸其廡以俟。

豐樂亭記

歐陽修

修既治滁之明年夏，始飲滁水而甘，問諸滁人，得於州南百步之近。其上豐山，聳然而特立；下則幽谷，窈然而深藏；中有清泉，滃然而仰出。俯仰左右，顧而樂之。於是疏泉鑿石，闢地以爲亭，而與滁人往遊其間。滁於五代干戈之際，用武之地也。昔太祖皇帝，嘗以周師，破李景兵十五萬於清流山下，生擒其將皇甫暉、姚鳳於滁東門外，遂以平滁。修嘗考其山川，按其圖記，升高以望清流之關，欲求暉、鳳就擒之所，而故老皆無在者，蓋天下之平久矣。自唐失其政，海内分裂，豪傑並起而争，所在爲敵國者，何可勝數？及宋受天命，聖人出而四海一，嚮之憑恃險阻，剗削消磨，百年之間，漠然徒見山高而水清，欲問其事，而遺老盡矣！今滁介於江、淮之間，舟車商賈，四方賓客之所不至，民生不見外事，而安於畎畝，衣食以樂生送死，而孰知上之功德，休養生息，涵煦百年之深也！修之來此，樂其地僻而事簡，又愛其俗之安閑，既得斯泉于山谷之間，乃日與滁人仰而望山，俯而聽泉，掇幽芳而蔭喬木，風霜冰雪，

刻露清秀，四時之景無不可愛；又幸其民樂其歲物之豐成，而喜與予遊也，因爲本其山川，道其風俗之美，而使民知所以安此豐年之樂者，幸生無事之時也。夫宣上恩德，以與民共樂，刺史之事也，遂書以名其亭焉。

醉翁亭記

歐陽修

環滁皆山也，其西南諸峯，林壑尤美。望之蔚然而深秀者，琅邪也。山行六七里，漸聞水聲潺潺，而瀉出于兩峯之閒者，釀泉也。峯回路轉，有亭翼然，臨于泉上者，醉翁亭也。作亭者誰？山之僧曰智僊也。名之者誰？太守自謂也。太守與客來飲于此，飲少輒醉，而年又㝡高，故自號曰醉翁也。醉翁之意不在酒，在乎山水之閒也。山水之樂，得之心而寓之酒也。若夫日出而林霏開，雲歸而巖穴暝，晦明變化者，山閒之朝暮也。野芳發而幽香，佳木秀而繁陰，風霜高潔，水清而石出者，山閒之四時也。朝而往，暮而歸，四時之景不同，而樂亦無窮也。至於負者歌于塗，行者休于樹，前者呼，後者應，傴僂提携，往來而不絕者，滁人遊也。臨谿而漁，谿深而魚肥；釀泉爲酒，泉香而酒洌；山肴野蔌，雜然而前陳者，太守宴也。宴酣之樂，非絲非竹，射者中，弈者勝，觥籌交錯，起坐而諠譁者，衆賓懽也。蒼顏白髮，頹然乎其間者，太守醉也。已而夕陽在山，人影散亂，太守歸而賓客從也。樹林陰翳，鳴聲上下，遊人去而禽鳥樂也。然而禽鳥知山林之樂，而不知人之樂；人知從太守遊而樂，不知太守之樂其樂也。醉能同其樂，醒能述以文者，太守也。太守謂誰？廬陵歐陽修也。

有美堂記

歐陽修

嘉祐二年，龍圖閣直學士、尚書吏部郎中梅公，出守于杭；於其行也，天子寵之以詩，於是始作有美之堂，蓋取賜詩之首章而名之，以爲杭人之榮。然公之甚愛斯堂也，雖去而不忘。今年自金陵遣人走京師，命予誌之，其請至六七而不倦，予乃爲之言曰：夫舉天下之至美與其樂有不得而兼焉者多矣。故窮山水登臨之美者，必之乎寬閑之野，寂寞之鄉，而後得焉；覽人物之盛麗，夸都邑之雄富者，必據乎四達之衝，舟車之會，而後足焉；蓋彼放心於物外，而此娱意於繁華，二者各有適焉，然其爲樂不得而兼也。今夫所謂羅浮、天台、衡獄、廬阜、洞庭之廣，三峽之險，號爲東南奇偉秀絶者，乃皆在乎下州小邑，僻陋之邦，此幽潛之士，窮愁放逐之臣之所樂也。若乃四方之所聚，百貨之所交，物盛人衆，爲一都會，而又能兼有山水之美，以資富貴之娱者，惟金陵、錢塘。然二邦皆僭竊於亂世，及聖宋受命，海内爲一，金陵以後服見誅，今其江山雖在，而頽垣廢址，荒煙野草，過而覽者，莫不爲之躊躇而悽愴。獨錢塘自五代時知尊中國，效臣順，及其亡也，頓首請命，不煩干戈，今其民幸富完安樂。又其俗習工巧，邑屋華麗，蓋十餘萬家，環以湖山，左右映帶，而閩商海賈，風帆浪舶，出入於江濤浩渺煙雲杳靄之間，可謂盛矣。而臨是邦者，必皆朝廷公卿大臣，若天子之侍從，又有四方遊士，爲之賓客，故喜占形勝，治亭榭，相與極遊覽之娱。然其於所取，有得於此者，必有遺於彼；獨所謂有美堂者，山水登臨之美，人物邑居之繁，一寓目而盡得之。蓋錢塘兼有天下之美，而斯堂者，又盡得錢塘之美焉，宜乎公之甚愛而難忘

也。梅公清慎好學君子也，視其所好，可以知其人焉。

相州晝錦堂記

歐陽修

仕宦而至將相，富貴而歸故鄉，此人情之所榮，而今昔之所同也。蓋士方窮時，困阨閭里，庸人孺子，皆得易而侮之，若季子不禮於其嫂，買臣見棄於其妻；一旦高車駟馬，旗旄導前，而騎卒擁後，夾道之人，相與駢肩累迹，瞻望咨嗟，而所謂庸夫愚婦者，奔走駭汗，羞愧俯伏，以自悔罪於車塵馬足之間。此一介之士，得志當時，而意氣之盛，昔人比之衣錦之榮也。惟大丞相衞國公則不然。公相人也，世有令德，爲時名卿。自公少時，已擢高科，登顯仕，海内之士，聞下風而望餘光者，蓋亦有年矣。所謂將相而富貴，皆公所宜素有，非如窮阨之人，僥倖得志於時，出於庸夫愚婦之不意，以驚駭而夸耀之也。則高牙大纛，不足爲公榮；桓圭衮冕，不足爲公貴；惟德被生民，而功施社稷，勒之金石，播之聲詩，以耀後世而垂無窮，此公之志，而士亦以此望於公也，豈止夸一時而榮一鄉哉？公在至和中，嘗以武康之節，來治於相，乃作晝錦之堂于後圃。既又刻詩於石，以遺相人。其言以快恩讎、矜名譽爲可薄。蓋不以昔人所夸者爲榮，而以爲戒。於此見公之視富貴爲如何，而其志豈易量哉？故能出入將相，勤勞王家，而夷險一節，至於臨大事，決大議，垂紳正笏，不動聲氣，而措天下於泰山之安，可謂社稷之臣矣。其豐功盛烈，所以銘彝鼎而被弦歌者，乃邦家之光，非閭里之榮也。余雖不獲登公之堂，幸嘗竊誦公之詩，樂公之志有成，而喜爲天下道也，於是乎書。

志古堂記

尹洙

河南劉伯壽宰新鄭之二年，作堂於縣署，既成之，謂予曰：「我官事已，則休于是。早夜以思，蓋有歎焉，歎乎功名之不可期，文章之不世傳。我思古人，力之而後已，遂名堂曰志古。」余嘉其有是志，從而爲之辭曰：夫古人行事之著者，今而稱之曰功名；古人立言之著者，今而稱之曰文章。蓋其用也，行事澤當時以利後世，世傳焉，從而爲功名；其處也，立言矯當時以法後世，世傳焉，從而爲文章。行事、立言，不與功名、文章期，而卒與俱焉。後之人欲功名之著，忘其所以爲功名；欲文章之傳，忘其所以爲文章；故雖得其欲，而戾於道者有焉。如有志於古，當置所謂文章、功名，務求古之道可也。古之道奚遠哉？得諸心而已。心無苟焉，可以制事；心無蔽焉，可以立言。惟無苟，然後能外成敗，而自信其守也。惟無蔽，然後窮見至隱，而極乎理也。信其守者，本乎純；極於理者，發乎明；純與明，是乃至古人之所至也。至乎至，文章、功名從焉，而不有之也。伯壽嘉予言，刻之于堂以自儆。

滄浪亭記

蘇舜欽

予以罪廢，無所歸，扁舟南遊，旅於吴中，始僦舍以處。時盛夏蒸燠，土居皆褊狹，不能出氣；思得高爽虚闢之地，以舒所懷，不可得也。一日，過郡學東，顧草樹鬱然，崇阜廣水，不類乎城中。並水得微徑於雜花修竹之閒，東趨數百步，有棄地，縱廣凾五六十尋，三向皆水也。杠之南，其地益闊，旁無民

居，左右皆林木相虧蔽。訪諸舊老云：「錢氏有國，近戚孫承祐之池館也。」坳隆勝埶，遺意尚存，予愛而裴回，遂以錢四萬得之。構亭北碕，號「滄浪」焉。前竹後水，水之陽，又竹無窮極，澄川翠榦，光影會合於軒户之閒，尤與風月爲相宜。予時榜小舟，幅巾以往，至則洒然忘其歸。觴而浩歌，踞而仰嘯，野老不至，魚鳥共樂。形骸既適，則神不煩，觀聽無邪〔一〕，則道以明。返思向之汨汨榮辱之場，日與錙銖利害相磨戛，隔此真趣，不亦鄙哉？噫，人固動物耳，情横于内而性伏，必外寓於物而後遣。寓久則溺，以爲當然；非勝是而易之，則悲而不開。唯仕宦溺人爲至深，古之才哲君子，有一失而至于死者多矣，是未知所以自勝之道。予既廢而獲斯境，安於沖曠，不與衆驅，因之復能乎内外失得之原，沃然有得，笑閔萬古，尚未能忘其所寓，自用是以爲勝焉。

待月亭記

劉　牧

春卿劉侯，監兵于兗之明年，作新基，修舊亭，于園池之廉，名之曰「待月」。一日，燕賓友之酒三行，客有長揖主人，請問待月之旨。答曰：「先是署有西園，園有舊亭，昔人尸之，荒榛與并，栖雞于垣，閉馬于楹，或寢以羊，或宿以兵。有風至止，林籟少清；有月來思，池光不盈。一日，植足於園，縱觀而歎曰：景物否閉久矣，將祈泰於予乎？繇是呼卒夫，具畚掬，輦糞穢，鉏蒿茅。一之日，培竹與松，育美材也；二之日，浚池及泉，養清德也；三之日，因池土以封其基；四之日，即亭材而廣其構。不役于民，不擾于公，以潰于厥成。魯山巖巖，惠我蒼翠；魯水湯湯，遺予潺湲。而又周公之宇，仲尼之鄉，聖賢遺迹，盡

圖于壁。若有神物，陰來相之；咸疑化工，私以與之。夫亭以池遷，盡能事也；月以水鑒，取善類也。予今是亭，西南去天，空曠千尺，不植草木，爲月之地。若秋之夕，夏之夜，素魄初上，納於清池，嬋娟淪漣，相與爲一。如金在鎔，如圭在磨。忽憶湘江之流，若洞庭之波，登新亭，對斯景，發吾人浩歌。則待月之名，不曰當歟？」主人之詞既畢，客有舉觴而言曰：「春卿！吾聞『士閑燕相與言，則及仁與義。』又曰：『文武之道，未墜於地，在人，賢者志其遠者大者。』君今揭亭待清月，宜乎禮賢材，廣賓友，求仁義之説，與文武之用。内則思建明堂，興辟雍，與三代之故事；外則思復河湟，平薊壤，纘唐漢之舊服。用之則爲事業，爲功名，垂光册書；不用之則有孚在道，以蓄其實。與夫宴安之流，游西園，寢北堂，同心而異志焉。」主人曰：「晉人善禱，或譏輪奂；周人落成，祇美寢興。吾子博我以王道，勤我以功名，君之言，古人不如。」顧謂牧曰：「先生業文，爲我書今日賓主之辭，與亭成之歲月。」牧固不讓云。

校勘記

〔一〕觀聽　「聽」字原脱，明刻本同，據明抄本補。

宋文鑑卷第七十九

記

王沂公祠堂記

劉敞

齊、魯雖皆稱貴文學、尚禮義之國，然其俗亦與時升降：小白右功力，任權數，則其敝多匿智；伯禽尊尊親親，至其衰也，洙泗之間，長幼相與讓。其失蓋以遠矣。然仲尼稱之曰：「齊一變至於魯，魯一變至於道。」由此論之，非明君賢師，扶世導民，孰能反其本哉？五代之亂，儒術廢絶。宋受命垂七十年，天下得養老長幼，亡兵革之憂，庶且富矣；然未有能興起庠序，致教化之隆者也。自齊、魯之閒，弦誦闕然，況其外乎？丞相沂公之初守青也，爲齊人建學；其後守鄆也，爲魯人建學。繇是二國之俗，始益知貴《詩》《書》之業，而安其性之所樂。老師宿儒，幼子童孫，粲然自以復見三代之美。禮讓日興，刑罰日衰。嗚呼，君子之盛德大業哉！孔子所謂至於道者，非耶？沂公薨于鄆且二十年，鄆人愛慕而悲思之，僉曰：「不可使文正之德不享於世。」前太守錢公子飛聞之，因即學宫而建祠堂，以稱士大夫之意。錢公去位之五年，堂乃成。其廣若干，脩若干，崇若干，凡皆錢公之素也。《甘棠》之詩：「勿翦勿伐，召伯所茇。」亦諸侯之正風哉！敍其語于石，以詔後世。又作登歌一章，并刻之云：文、武維周，天命郅隆，孰相其

成，周公太公。周公冢宰，太公尚父，遜厥碩膚，惠于齊、魯。維此齊、魯，聖賢之緒，尊德樂道，四方爰茹。不振不競，靡則靡定，既晦而明，在我文正。天子是毗，諸侯是師，賦政于外，俾民不迷。乃設學校，乃敦《詩》《書》，翼翼齊、魯，若周之初。二公之位，文正履之；二公之治，文正以之。周歷千歲，二公實使之；文正之功，後亦將似之。徂徠之松，新甫之柏，我作此堂，以告無斁。

東平樂郊池亭記

劉敞

古者諸侯雖甚陋，必有苑囿車馬鍾鼓之好，池臺鳥獸魚鼈之樂，然後乃能爲國；非以虞意崇不急也，以合士大夫，交賓客賢者，而同吏民也。《蟋蟀》《山樞》《車鄰》《駟鐵》《有駜》之詩是已。不然，則觳觳者墨術也。「不侈於禮樂，不暉於度數。曰人我之養，畢足而止。」亦瘠矣夫！東平蓋古之建國，又有州牧連率之政，於今爲重。其地千里。其四封所極，南則梁，東則魯，北則齊，三者皆大國也。其土沃衍，其民樂厚；其君子好禮，其小人趨本；其俗習於周公、仲尼之遺風餘教，可馴以《詩》《書》，而不可詭以朱、墨；詭以朱、墨，鄙矣。鄆故有負城之園，其廢蓋久，士大夫無所於游，四方之賓客賢者無所於觀，吏民無所於樂，殆失《車鄰》《駟鐵》《有駜》之美，而況於《蟋蟀》《山樞》之陋，敞以謂非敦《詩》《書》、節《禮》《樂》之意也。據舊造新，築之鑿之，增之擴之，甃之闢之。有堂有臺，有池有榭，有塢有亭有館，有南北門。堂曰「燕譽」，臺曰「陳畝」，池曰「芹藻」，榭曰「博野」，塢曰「梧竹」，亭曰「玩芳」，館曰「樂游」，南門曰「舞詠」，北門曰「熙春」。其制名也，或主於禮，或因於事，或寓於物，或諭於志；合而命之，以其

地曰「樂郊」，所以與上下同樂者也。其草木之籍，松栝槐柏，榆柳李梅，桃梨棗栗，榑柿石榴，林檎木瓜，櫻桃蒲萄，太山之竹，汶丘之篠，嶧陽之梧，雍門之萩，蒲圃之檟，孔林之楷，香草奇藥，同族異名；洛之牡丹，吳之芍藥，芙蓉菱芡，蘭菊荇茆，可玩而食者甚衆。孟子曰：「賢者而後樂此，不賢者雖有此不樂也。」吾其敢自謂賢乎？抑亦庶幾焉。後世將必有追數吾過者矣，吾請以此謝。

先秦古器記

劉　敞

先秦古器，十有一物，制作精巧，有欵識，皆科斗書。爲古學者，莫能盡通，以它書參之，廼十得五六。就其可知者校其世，或出周文、武時，於今蓋二千有餘歲矣。嗟乎！三王之事，萬不存一，《詩》《書》所記，聖王所立，有可長太息者矣，獨器也乎哉？兊之戈，和之弓，離磬崇鼎，三代傳以爲寶，非賴其用也，亦云上古而已矣。孔子曰：「多見而識之，知之次也。」衆不可蓋，安知天下無能盡辨之者哉？使工模其文，刻於石，又并圖其象，以俟好古博雅君子焉。終此意者，禮家明其制度，小學正其文字，譜諜次其世謚，廼爲能盡之。

澶州頓丘縣重修縣治記

江休復

王在在浚，澶爲北門，重郛言言，洪河渾渾。矗爲巨防，扼爲要津。堤繇役作，務莫大焉。景德之元，皇御戎軒，翠華朝臨，虜騎宵奔。講言終驩，行李便蕃，賓客供給，禮莫重焉。總是二役，郡守、縣令

其職也。朝廷殿最多課，亦以此二者爲先。其米鹽牒訴，至纖至悉，萃于縣道，則爲令者又加難焉。以是一切趨辦，而不遑其他。唯吾從叔仲達，爲能推行而優爲之。且承平積久，法網寖密，監司操持羣下，不得動摇，吏亦便文諉事，亡能往來，溺於其職，不克自振。官寺陰頓，寢堂聽事，至弊漏不可居，莫敢一摇手，其他可知矣。仲達爲邑宰於斯且朞年，職修事舉，顧而喜曰：「昔人云：『堂上不糞，則野草不除。』豈謂此邪？」先是河決商胡口，因廢觀城縣來入。亟請於上，取其故廨材木以營之。由孔子廟，以及聽事，下至於囹圄，有造有因，凡若干間。垣墉塈茨，凡若干工。自經始至落成，凡若干日。在上者不以爲過，在下者不以爲煩。程功即事，出於餘力。君子謂：是役也，不徒更爽塏，避燥濕而已，足以觀政矣。後之踵此位、登此堂者，有以知改作之自，庶幾繼葺之，俾勿壞。

萬安渡石橋記

蔡　襄

泉州萬安渡石橋，始造於皇祐五年四月庚寅，以嘉祐四年二月辛未訖功。纍趾于淵，釃水爲四十七道，梁空以行。其長三千六百尺，廣丈有五尺，翼以扶欄，如其長之數而兩之。靡金錢一千四百萬，求諸施者。渡實支海，舍舟而徒，易危以安，民莫不利。職其事，盧錫、王寔、許忠、浮圖義波、宗善等，十有五人。既成，太守莆陽蔡襄爲之合樂讌飲而落之。明年秋，蒙召還京，道繇是出，因紀所作，勒于岸左。

諫院題名記

司馬光

古者諫無官，自公、卿、大夫至于工商，無不得諫者。漢興以來始置官。夫以天下之政，四海之衆，得失利病，萃于一官，使言之，其爲任亦重矣。居是官者，當志其大，捨其細，先其急，後其緩，專利國家而不爲身謀。彼汲汲於名者，猶汲汲於利也，其閒相去何遠哉？天禧初，真宗詔置諫官六員，責其職事。慶曆中，錢君始書其名於版。光恐久而漫滅，嘉祐八年，刻著于石。後之人將歷指其名而議之曰：某也忠，某也詐，某也直，某也回。嗚呼，可不懼哉！

獨樂園記

司馬光

孟子曰：「獨樂樂，不如與人樂樂；與少樂樂，不如與衆樂樂。」此王公大人之樂，非貧賤者所及也。孔子曰：「飯蔬食，飲水，曲肱而枕之，樂亦在其中矣。」顏子一簞食，一瓢飲，不改其樂。此聖賢之樂，非愚者所及也。若夫鷦鷯巢林，不過一枝；偃鼠飲河，不過滿腹，各盡其分而安之，此乃迂叟之所樂也。

熙寧四年，迂叟始家洛，六年，買田二十畝於尊賢坊北，闢以爲園。其中爲堂，聚書至五千卷，命之曰「讀書堂」。堂南有屋一區，引水北流，貫宇下。中央爲沼，方深各三尺。疏水爲五派注沼中〔一〕，狀若虎爪，自沼北伏流出北階，懸注庭下，狀若象鼻。自是分而爲二渠，繞庭四隅，會于西北而出，命之曰「弄水軒」。堂北爲沼，中央有島，島上植竹，圓周三丈，狀若玉玦，攬結其杪，如漁人之廬，命之曰「釣魚庵」。沼北横屋六楹，厚其墉茨，以禦烈日。開户東出，南北列軒牖，以延凉颸。前後多植美竹，爲清暑之所，命之曰「種竹齋」。沼東治地爲百有二十畦，雜蒔艸藥，辨其名物而揭之。畦北植竹，方徑丈，狀若

棊局，屈其杪，交相掩，以爲屋，植竹於其前，夾道如步廊，皆以蔓藥覆之，四周植木藥爲藩援，命之曰「採藥圃」。圃南爲六欄，芍藥、牡丹、雜花各居其二，每種止植兩本，識其名狀而已，不求多也。欄北爲亭，命之曰「澆花亭」。洛城距山不遠，而林薄茂密，常若不得見，乃於園中築臺，作屋其上，以望萬安、轘轅，至于太室，命之曰「見山臺」。迂叟平日多處堂中讀書，上師聖人，下友羣賢，窺仁義之原，探禮樂之緒，自未始有形之前，暨四達無窮之外，事物之理，舉集目前。所病者，學之未至，夫又何求於人，何待於外哉？志倦體疲，則投竿取魚，執衽採藥，決渠灌花，操斧剖竹，濯熱盥手，臨高縱目，逍遥相羊，唯意所適。明月時至，清風自來，行無所牽，止無所柅，耳目肺腸，悉爲己有。踽踽焉，洋洋焉，不知天壤之間，復有何樂可以代此也。因合而命之曰「獨樂園」。或咎迂叟曰：「吾聞君子所樂，必與人共之，今吾子獨取足於己，不以及人，其可乎？」迂叟謝曰：「叟愚，何得比君子；自樂恐不足，安能及人況？叟之所樂者，薄陋鄙野，皆世之所棄也；雖推以與人，人且不取，豈得彊之乎？必也有人，肯同此樂，則再拜而獻之矣，安敢專之哉？」

信州興造記　　王安石

晉陵張公治信之明年，皇祐二年也。姦彊怙柔，隱詘發舒，既政大行，民以寧息。夏六月乙亥，大水。公徙囚於高獄，命百隸，戒不共，有常誅。夜漏半，水破城，滅府寺，包人民廬居。公趨譙門，坐其下，敇吏士以桴收民，鰥寡孤獨老癃，與所徙之囚，咸得不死。丙子，水降。公從賓佐，按行隱度，符縣

調富民水之所不至者，夫錢户七百八十，收佛寺之積材一千一百三十二，不足，則前此公所命出粟以賙貧民者三十三人自言〔三〕曰：「食新矣，賙可以已；願輸粟直以佐材費。」於是募人城水之所入，垣郡府之缺。考監軍之室，司理之獄。營州之西北亢爽之墟，以宅屯駐之師；除其故營，以時教士刺伐坐作之法，故所無也。作驛曰「饒陽」，作宅曰「回車」。築二亭于南門之外，左曰「仁」，右曰「智」，山水之所附也。梁四十有二，舟于兩亭之閒，以通車徒之道。築一亭於州門之左，曰寔月吉，所以屬賓也。凡爲城垣九千尺，爲屋八，以楹數之，得五百五十二。自七月甲午，卒九月丙戌，爲日五十二；爲夫一萬一千四百二十五。中家以下，見城郭室屋之完，而不知材之所出；見徒之合散，而不見役使之及己。凡故之所有，必具；其無也，廼今有之。公所以救灾補敗之政如此，其賢於世吏則遠矣。今州縣之灾相屬，民未病灾也，且有治灾之政出焉，施舍之不適，裒取之不中，元姦宿豪，舞手以乘民，而民始病矣。吏乃始警然自得，民相與誹且笑而不知也。吏而不知爲政，其重困民多如此。此予所以哀民而閔吏之不學也。由是而言，則爲公之民，不幸而遇害灾，其亦庶乎無憾乎！

楊州龍興十方講院記

王安石

予少時客遊金陵，浮屠慧禮者從予遊。予既吏淮南，而慧禮得龍興佛舍，與其徒日講其師之説。嘗出而過焉，庳屋數十椽，上破而旁穿，側出而視後，則榛棘出人，不見垣端，指以語予曰：「吾將除此而宫之，雖然，其成也不以私，吾後必求時之能行吾道者付之。願記以示後之人，使不得私焉。」當是時，

禮方丐食飲以卒日，視其居枵然，余特戲曰：「姑成之，吾記無難者！」後四年來曰：「昔之所欲爲，凡百二十楹，賴州人蔣氏之力，既皆成，盍有述焉！」噫，何其能也！蓋慧禮者，予知之，其行謹潔，學博而才敏，而又卒之以不私，宜成此不難也。世既言佛能以禍福，語傾天下，故其隆向之如此，非徒然也。蓋其學者之材，亦多有以動世耳。今夫衣冠而學者，必曰自孔氏。孔氏之道易行也，非有苦身窘形，離性禁欲，若彼之難也，而士之行可一鄉，才足一官者常少；而浮圖之寺廟被四海，則彼其所謂材者，寧獨禮耶？以彼其材，由此之道，去至難而就甚易，宜其能也。嗚呼！失之此而彼得焉，其有以也夫。

桂州新城記

王安石

儂智高反南方，出入十有二州，而十有二州之守吏，或死或不死，而無一人能守其州者，豈其材皆不足歟？蓋夫城郭之不設，兵甲之不戒，雖有智勇，猶不能勝一日之變也。唯天子亦以爲任其罪者非獨吏，故特推恩褒廣死節，而一切貸其失職。於是遂推選士大夫所論以爲能者，付之經略，而今尚書工部侍郎余公，當廣西焉。寇平之明年，蠻越接和，乃大城桂州。其木、甓、瓦、石之材，以枚數之，至四百萬有奇；用人之力，以工數之，至二十餘萬，凡所以守之具，無一求而不給者焉。以至和元年八月始作，而以二年之六月成。夫其爲役亦大矣。蓋公之信於民也久，而費之欲以衞其材，勞之欲以休其力，以故爲是有大費與大勞，而人莫或以爲勤也。古者君臣、父子、夫婦、兄弟、朋友之禮失，則夷狄横而窺中國。方是時，中國非無城郭也，卒於陵夷毁頓陷滅而不救。然則城郭者，先王有之，而非所以恃爲存

也。及至喟然覺寤，興起舊政，則城郭之脩也，又嘗不敢以爲後。蓋有其患而圖之無其具，有其具而守之非其人，有其人而治之非其法，能以久存而不敗者，皆未之聞也。故文王之起也，有四夷之難，則城于朔方，而以南仲；宣王之起也，有諸侯之患，則城于東方，而以仲山甫。此二臣之德，儼于其君，於其爲國之本末，與其所先後，可謂知之矣。慮之以悄悄之勞，而發之以赫赫之名；承之以翼翼之勤，而續之以明明之功；卒所以攘夷狄而中國之全安者，蓋其君臣如此，而守衛之有其具也。今余公亦以文武之材，當明天子承平日久，欲補弊立廢之時，鎮撫一方，修扞其民，其勤於今，與周之南仲、仲山甫蓋等矣。是宜有紀也。故其將吏相與謀而來取文，將鏤之城隅而以告後之人焉。

張尚書畫像記

蘇　洵

至和元年秋，蜀人傳言有寇至。邊軍夜呼，野無居人，妖言流聞，京師震驚。方命擇帥，天子曰：「無養亂，無助變。衆言朋興，朕志自定。外亂不作，變且中起。不可以文令，又不可以武競，惟朕一二大吏，孰爲處茲文武之閒，其命往撫朕師！」乃惟曰：「張方平其人。」天子曰：然。公以親辭，不可，遂行，冬十一月至蜀。至之日，歸屯軍，徹守備，使謂郡縣：「寇來在吾，無爾勞苦！」明年正月朔旦，蜀人相慶如他日，遂以無事。又明年正月，相告留公像于淨衆寺。公不能禁。眉陽蘇洵言於衆曰：「未亂，易治也；既亂，易治也；有亂之萌，無亂之形，是謂將亂，將亂難治。不可以有亂急，亦不可以無亂弛。惟是元年之秋，如器之欹，未墜於地。惟爾張公，安坐於其旁，顏色不變，徐起而正之。既正，油然而退，無

矜容，爲天子牧小民不倦。惟爾張公，爾繄以生，惟爾父母。且公嘗謂我言：『民無常性，惟上所待。人皆曰蜀人多變，於是待之以待盜賊之意，而繩之以繩盜賊之法；重足屏息之民，而以碪斧令；於是民始忍以其父母妻子之所仰賴之身，而棄之於盜賊，故每每大亂。夫約之以禮，敺之以法，惟蜀人爲易；至於急之而生變，雖齊、魯亦然。吾以齊、魯待蜀人，而蜀人亦自以齊、魯之人待其身。若夫肆意於法律之外，以威劫齊民，吾不忍爲也。』嗚呼！愛蜀人之深，待蜀人之厚，如公吾未始見。」皆再拜稽首曰：「然。」蘇洵又曰：「公之恩在爾心；爾死，在爾子孫；其功業在史官，無以像爲也。且意不欲，如何？」皆曰：「公則何事於斯？雖然，於我心有不釋焉。今夫平居聞一善，必問其人之姓名，與其鄉里之所在，以至於長短大小美惡之狀；甚者或詰其平生所嗜好，以想見其爲人；而史官亦書之於傳。意使天下之人，思之於心，則存之於目，存之於目，故其思之於心也固。繇此觀之，像亦不爲無助。」蘇洵無以詰，遂爲之記。公南京人，爲人慷慨有大節，以度量雄天下，天下大事，公可屬。系之以詩曰：天子在祚，歲在甲午。西人傳言，有寇在垣。庭有武臣，謀夫如雲。天子曰嘻！命我張公。公來自東，旗纛舒舒。西人聚觀，于巷于塗。謂公暨暨，公自于于。公謂西人：安爾室家。毋敢或訛，訛言不祥。往即爾常，春爾條桑，秋爾滌場。西人稽首：公我父兄。公在西囿，草木駢駢。公宴其僚，伐鼓淵淵。西人來觀，視公萬年。有女娟娟，閨闥閑閑。有童哇哇，亦既能言。昔公未來，期女棄捐。禾黍與與，倉庾崇崇，嗟我婦子，樂此歲豐。公在朝廷，天子股肱，天子曰歸，公敢不承？作堂嚴嚴，有廡有庭，公像在中，朝服冠纓。西人相告，無敢逸荒，公歸京師，公像在堂。

木山記

蘇洵

木之生，或蘖而殤，或拱而夭。幸而至於任爲棟梁，則伐；不幸而風之所拔，水之所漂，或破折，或腐；幸而得不破折不腐，則爲人所材，而有斧斤之患。其最幸者，漂沉汩没於湍沙之間，不知其幾百年，而激射齧食之餘，或髣髴於山者，則爲好事者取去，彊之以爲山，然後可脱泥沙而遠斧斤。而荒江之濆，如此者幾何？不爲好事者之所見，而爲樵夫野人之所薪者，何可勝數。則其最幸者之中，又有不幸者焉。余家有三峯，余每思之，則恐其有數存乎其間。且其蘖而不殤，拱而不夭，任爲棟梁而不伐，風拔水漂而不破折不腐；不破折不腐，而不爲人之所材，以及於斧斤；出於湍沙之間，而不爲樵夫野人之所薪，而後得至于此，則其理似不偶然也。然余愛之，非徒愛其似山，而又有所感焉；非徒愛之，而又有所敬焉。余見中峯魁岸踞肆，意氣端重，若有以服其旁之二峯；二峯莊栗刻削，凛乎不可犯，雖其勢服於中峯，而岌然決無阿附意。吁！其可敬也夫！其可以有所感也夫。

吴郡州學六經閣記

張伯玉

六經閣，諸子百家皆在焉；不書，尊經也。吴郡州學，始由高平范公經緝之，至今尚書富郎中，十年更八政，學始大成；而成年六經閣又建。先時書籍草創，未暇完緝，厨之後廡，澤地汙晦，日滋散脱，觀者惻然，非古人藏象魏、拜六經之意。至是，富公始與吴邑長洲二大夫，以學本之餘錢，僦之市材，直公

堂之南，臨泮池，層屋。起夏六月乙酉，止秋八月甲申，凡旬有七浹。計庸千有二百。作楹十有六，棟三架，霤八，桷三百八十有四，二户六牖；梯衡築棁，圬墁陶甓稱是。祈於久，故爽而不庳；酌於道，故文而不華。經南嚮，史西嚮，子、集東嚮。標之以油素，揭之以油黄，澤然區處，如蛟龍之鱗麗，如日月之在紀，不可得而亂矣。判天地之極，致皇王之高，道生人之紀律，舉在是矣。古者聖人之設教也，知函夏之至廣，生齒之至衆，不可以頤解耳授；故教之有方，導之有原，乃本庠序之風，師儒之説，始於邦，達於鄉，至於室，莫不有學。烜之以文物，聳之以聲明。先用警策其耳目，然後清發其靈腑，故其習之也易，其得之也深。其教不肅而成，不煩而治。敺元元之入善域，優而柔之，俾自得之。萬世之後，尊三王四代法者，無他焉，教化之本末馴漸也。然則觀是閣者，知《六經》之在，則知有聖人之道；知有聖人之道，則知有朝廷之化；知有朝廷之化，則嚮方之心，日懋一日。禮義之澤流于外，弦誦之聲格于内。其爲惡也無所從，其爲善也有所歸。雖不欲徙善遠罪，納諸大和不可。召康公之詩曰：「豈弟君子，來游來歌。」子思子之説云：「布在方册，人存則政舉。」凡百君子，繇斯道，活斯民，暢皇極，序彝倫者，捨此而安適？得無盡心焉！諸儒謂伯玉嘗從事此州，游學滋久，宜刊樂石，庶幾永永無忽。

分寧縣雲峯院記　　曾　鞏

分寧勤生而嗇施，薄義而善争，其土俗然也。自府來抵其縣五百里，在山谷窮處。其人修農桑之務，率數口之家，留一人守舍行饁，其外盡在田。田高下磽腴，隨所宜雜殖五穀，無廢壤；女婦蠶杼，無

懈人。茶、鹽、蜜、紙、竹箭、材葦之貨，無有纖鉅，治咸盡其身力，其勤如此。富兼田千畝，廩實藏錢至累歲不發；然視捐一錢可以易死，寧死無所捐，其於施何如也！其間利害不能以稊米，父母兄弟夫婦相去若奕碁然，於其親固然，於義厚薄可知也！長少族坐，里閭相講，語以法律。意嚮小戾，則相告訐。結黨詐張，事關節以動視聽。甚者畫刻金木爲章印，摹文書以紿吏。立縣庭下，變僞一日千出。雖笞扑徙死交迹，不以屬心。其喜争訟，豈比他州縣哉？民雖勤而習如是，漸涵入骨髓，故賢令長佐吏比肩，常病其未易治，教使移也。雲峯院在縣極西，無籍圖，不知自何時立。景德三年，邑僧道常治其院而侈之。門闔靚深，殿寢言言。棲客之廬，齋、庖、庫、庾，序列兩旁。浮圖所用鐃、鼓、魚、螺、鍾、磬之編，百器備完。吾聞道常氣質偉然，雖索其學，其歸未能當於義，然治生事不廢其勤，亦稱其土俗。至有餘輒斥散之，不爲黍累計惜，樂淡泊無累，則又若能勝其嗇施喜争之心，可言也。或曰：「使其人不汨溺其所學，其歸一當於義，則傑眎邑人者，必道常乎？」未敢必也。慶曆三年九月，與其徒謀曰：「吾排蓬藋治是院，不自意成就如此。今老矣，恐泯泯無聲畀來人。相與圖文字，買石刻之，使永永與是院俱傳，可不可也？」咸曰：然。推其徒子思來請記，遂來。予不讓，爲申其可言者寵嘉之，使刻示邑人，其有激也。

仙都觀三門記

曾　鞏

門之作，取備豫而已。然天子、諸侯、大夫各有制度，加于度則譏之，見于《易》《禮記》《春秋》。其旁三門，門三塗，惟王城爲然。老子之教行天下，其宫視天子或過焉。其門亦三之，其備豫之意，蓋本

於《易》；其加于度，則知《禮》者所不能損，知《春秋》者所太息而已。甚矣，其法之蕃昌也！建昌軍南城縣麻姑山仙都觀，世傳麻姑於此仙去，故立祠在焉。距城六七里，由絶嶺而上，至其處，地反平寬衍沃，可宫可田，其穫之多，與他壤倍，水旱之所不能災。予嘗視而歎曰：「豈天遺此以安且食其衆，使世之衎衎施施趣之者不已歟？不然，安有是邪？」則其法之蕃昌，人力固如之何哉！其田入既饒，則其宫從而侈也宜。慶曆六年，觀主道士凌齊曅，相其室無不修，而門獨庳，曰：「是不足以稱吾法與吾力。」遂大之。既成，託予記。予與齊曅里人也，不能辭。噫！爲里人而與之記，人之情也；以《禮》《春秋》之義告之，天下之公也。不以人之情易天下之公，齊曅之取予文，豈不得所欲也夫！豈以予言爲厲已也夫！

校勘記

〔一〕沼中　原本作「沼沼中」，誤重「沼」字，據明抄本删。

〔二〕「則前」句　原本「以」下空四字，明刻本作「佐財費於」；明抄本無此四字，而「所命」下多「富民」二字。

宋文鑑卷第八十

記

兜率院記

曾鞏

古者爲治有常道，生民有常業。若夫祝除髮毛，禁棄冠環帶衺，不撫耡耒機盎，至他器械，水土之物，其時節經營皆不自踐；君臣父子兄弟夫婦皆不爲其所當然，而曰其法能爲人禍福者，質之於聖人無有也。其始自漢魏，傳挾其言者，浸淫四出，抵今爲尤甚。百里之縣，爲其徒者，少幾千人，多至萬以上。宫廬百十，大氐穹墉奥屋，文衣精食，輿馬之華，封君不如也。古百里之國，封君一人，然而力殆不輕得足也。今地方百里，過封君者累百十，飛奇鉤貨以病民，民往往頻呻而爲塗中瘠者，以此治教，信讓奚而得行也？而天下若是，蓋幾宫幾人乎？有司常錮百貨之利，細若蓬芒，一無所漏失，僕僕然其勞也；而至於浮圖人，雖廢如此，皆置不問，反傾府空藏而棄與之，豈不識其非古之制也〔一〕？抑識不可，然且固存之耶？愚不能釋也。分寧縣郭内外名爲宫者，百八十餘所，兜率院在治之西八十里，其徒尤相率悉力以侈之者也。其構輿端原，有邑人黄庠所爲記。其後院主僧某又治其故而大之，殿舍中嚴，齊宫宿廬，庖湢之房，布列兩序；廐囷囷倉，以固以密，資所以奉養之物，無一而外求。疏其事而來

請記者，其徒省懷也。噫！子之法，四方人奔走附集者，衎衎施施未有止也。予無力以拒之，獨介然於心，而掇其尤切者爲是説以與之。其使子之徒知己之饗利也多，而人蒙病已甚，且以告有司，而諗其終何如焉。

擬峴臺記

曾鞏

尚書司門員外郎晉國裴君，治撫之二年，因城之東隅作臺以遊，而命之曰擬峴臺，謂其山谿之形擬乎峴山也。數與其屬與州之寄客者遊，而間獨求記於予。初州之東，其城因大丘，其隍因大谿，其隅因客土以出谿上，其外連山高陵，野林荒墟，遠近高下，壯大閎廓，怪奇可喜之觀，環撫之東南者，可坐而見也。然而雨隳潦毁，蓋藏棄委於榛藂茀草之間，未有即而愛之者也。君得之而喜，增甓與土，易其破缺；去榛與草，發其亢爽；繚其横檻，覆以高甍，因而爲臺；以脱埃氛，絶煩囂，出雲氣而臨風雨。然後谿之平沙漫流，微風遠響，與夫浪波洶湧，破山拔木之奔放，高桅勁艣，沙禽水獸，下上而浮沉者，皆出乎履舄之下。山之蒼顔秀壁，巔崖拔出，挾光景而薄星辰；至於平岡長陸，虎豹踞而龍蛇走，與荒蹊聚落，樹陰晻曖，遊人行旅，隱見而繼續者，皆出乎衽席之内。若夫雲煙開斂，日光出没，四時朝暮，雨暘明晦，變化之不同，則雖覽之不厭，而雖有智者，亦不能窮其狀也。或飲者淋漓，歌者激烈，或靚觀微步，旁皇徙倚，則得於耳目與得之於心者，雖所寓之樂有殊，而亦各適其適也。撫非通道，故貴人蓄賈之遊不至；多良田，故水旱螟螣之菑少，其民樂於耕桑以自足，故牛馬之牧於山谷者不收，五穀之積於郊野者

不坦，而晏然不知抱鼓之警、發召之役也。君既因其土俗，而治以簡静，得以休其暇日，而寓其樂於此。州人士女，樂其安且治，而又得遊觀之美，亦將同其樂也。故予爲之記。其成之年月日，嘉祐二年之某月某日也。

撫州顔魯公祠堂記

曾鞏

贈司徒魯郡顔公，諱真卿，事唐爲太子太師，與其從父兄杲卿，皆有大節以死；至今雖小夫婦人，皆知公之爲烈也。初公以忤楊國忠斥爲平原太守，策安禄山必反，爲之備。禄山既擧兵，公與常山太守杲卿伐其後；賊之不能直闚潼關，以公與杲卿撓其勢也。在肅宗時，數正言，宰相不悦，斥去之；又爲御史唐旻所構，連輒斥。李輔國遷太上皇居西宫，公首率百官請問起居，又輒斥。代宗時，與元載争論是非，載欲有所壅蔽，公極論之，又輒斥。楊炎、盧杞既相德宗，益惡公所爲，連斥之，猶不滿意。李希烈陷汝州，杞卽以公使希烈，初慙其言，後卒縊公以死，是時公年七十有七矣。天寶之際，久不見兵，禄山既反，天下莫不震動。公獨以區區平原，遂折其鋒，四方聞之，争奮而起。唐卒以振者，公爲之唱也。當公之開土門，同日歸公者十七郡，得兵二十餘萬。繇此觀之，苟順且誠，天下從之矣。自此至公殁，垂三十年，小人繼續任政，天下日入於弊。大盗繼起，天子輒出避之。唐之在朝臣，多畏怯觀望，能居其間，一忤於世，失所而不自悔者寡矣，至於再三忤於世，失所而不自悔者，蓋未有也，若至於起且仆，以至於七八，遂死而不自悔者，則天下一人而已，若公是也。公之學問文章，往往雜於神仙浮圖之説，不皆合於

理；及其奮然自立，能至於此者，蓋天性然也。故公之能處其死，不足以觀公之大。何則？及至於勢窮，義有不得不死，雖中人可勉焉，況公之自信也歟？維歷忤大姦，顛跌撼頓，至於七八，而始終不以死生禍福爲秋毫顧慮，非篤於道者，不能如此，此足以觀公之大也。夫世之治亂不同，而士之去就亦異，若伯夷之清，伊尹之任，孔子之時，彼各有義。夫既自比於古之任者矣，乃欲睠顧回隱，以市於世，其可乎？故孔子惡鄙夫不可以事君，而多殺身以成仁者。若公非孔子所謂仁者歟？今天子嘉祐元年，尚書都官郎中、知撫州聶君某，尚書屯田員外郎、通判撫州林君某，相與慕公之烈，以公之嘗爲此邦也，遂爲堂而祠之。既成，二君過予之家而告之曰：願有述。夫公之赫赫不可蓋者，固不繫於祠之有無；蓋人之嚮往之不足者，非祠則無以致其至也。聞其烈足以感人，況拜其祠爲親炙之者歟？今州縣之政，非法令所及者，世不復議；二君獨能追公之節，尊而事之，以風示當世，爲法令之所不及，是可謂有志者也。

筠州學記

曾　鞏

周衰，先王之迹熄。至漢，六藝出於秦火之餘，士學於百家之後，言道德者，矜高遠而遺世用；語政理者，務卑近而非師古；刑名兵家之術，則狃於暴詐；惟知經者爲善矣，又爭爲章句訓詁之學，以其私見，妄穿鑿爲說，故先王之道不明，而學者靡然溺於所習。當是時，能明先王之道，揚雄而已；而雄之書，世未知好也。然士之出於其時者，皆勇於自立，無苟簡之心，其取與進退去就，必度於禮義。及其已衰，而搢紳之徒，抗志於彊暴之間，至於廢錮殺戮，而其操愈厲者，相望於先後。故雖有不軌之臣，猶低

徊没世，不敢遂其篡奪。自此至於魏晉以來，其風俗之弊，人材之乏久矣。以迄于今，士乃有特起於千載之外，明先王之道，以寤後之學者，世雖不能皆知其意，而往往好之。故習其說者，論道德之旨，而知應務之非近；議政理之體，而知法古之非迂；不亂於百家，不蔽於傳疏。其所知者若此，此漢之士所不能及，然能尊而守之者，則未必衆也。故樂易敦朴之俗微，而詭欺薄惡之習勝。其於貧富貴賤之地，則養廉遠耻之意少，而偷合苟得之行多。此俗化之美，所以未及於漢也。夫所聞或淺，而其義甚高，與所知有餘，而其守不足者，其故何哉？繇漢之士，察舉於鄉閭，故不得不篤於自修，至於漸磨之久，則果於義者，非彊而能也。今之士，選用於文章，故不得不篤於所學，至於循習之深，則得於心者亦不自知其至也。由是觀之，則「上之所好，下必有甚者焉」，豈非信歟？令漢與今有教化開導之方，有庠序養成之法，則士於學行，豈有彼此之偏，先後之過乎？夫大學之道，將欲誠意、正心、修身，以治其國家、天下，而必本於先致其知，則知者固善之端，而人之所難至也。以今之士，於人所難至者既幾矣，則上之施化，莫易於斯時，顧所以導之如何爾！筠爲州，在大江之西，其地僻絶，當慶曆之初，詔天下立學，而筠獨不能應詔，州之士以爲病。至治平三年，蓋二十有三年矣，始告于知州事尚書都官郎中董君儀。董君乃與通判州事、國子博士鄭君蒨，相州之東南，得亢爽之地，築宫於上，齋祭之室，講誦之堂，休宿之廬，至於庖湢庫廐，各以序爲。經始於其春，而落成於八月之望。既而來學者常數十百人。二君乃以書走京師，請記於予。予謂二君之於政，可謂知所務矣，使筠之士相與升降乎其中，講先王之遺文，以致其知。其賢者超然自信而獨立，其中材勉焉以待上之教化，則是宫之作，非獨使夫來者玩思於空言以干

世取禄而已。故爲之著予之所聞者以爲記，而使歸刻焉。

齊州二堂記

曾　鞏

齊濱濼水，而初無使客之館。使至則常發民調材木爲舍以寓，去則徹之，既費且陋。乃爲之徙官之廢屋爲二堂於濼水之上，以舍客，因考其山川而名之。蓋《史記·五帝紀》謂：舜耕歷山，漁雷澤，陶河濱，作什器於壽丘，就時於負夏。鄭康成釋：歷山在河東，雷澤在濟陰，負夏衛地。皇甫謐釋：壽丘在魯東門之北；河濱，濟陰定陶西南陶丘亭是也。以余考之，耕稼陶漁，皆舜之初，宜同時，則其地不宜相遠。二家所釋，雷澤、河濱、壽丘、負夏，皆在魯、衛之間，地相望，則歷山不宜獨在河東也。《孟子》又謂舜東夷之人，則陶漁在濟陰，作什器在魯東門，就時在衛，耕歷山在齊，皆東方之地，合於《孟子》。按圖記皆謂《禹貢》所稱雷首山在河東，嬀水出焉，而此山有九號，歷山其一號也。余觀《虞書》及《五帝紀》，蓋舜娶堯之二女，廼居嬀汭，則歷山蓋不同時，而地亦當異。世之好事者，廼因嬀水出於雷首，遷就附益，謂歷山爲雷首之別號，不考其實矣。由是言之，則圖記皆謂齊之南山爲歷山，舜所耕處，故其城名歷山，爲信然也。今濼上之北堂，其南則歷山也，故名之曰「歷山之堂」。按圖，泰山之北，與齊之東南諸谷之水，西北匯于黑水之灣，又西北匯于柏崖之灣，而至于渴馬之崖。蓋水之來也衆，其北折而西也悍疾尤甚，及至于崖下，則泊然而止。而自崖以北，至于歷城之西，蓋五十里，而有泉涌出，高或致數尺，其旁之人名之曰趵突之泉。齊人皆謂，嘗有弃糠於黑水之灣者，而見之於此，蓋泉自渴馬之崖，潛流地中，

而至此復出也。趵突之泉冬温，泉旁之蔬甲終冬常榮，故又謂之温泉；其注而北，則謂之濼水，達于清河，以入于海；舟之通于齊者，皆于是乎出也。齊多甘泉，冠於天下，其顯名者以十數，而色味皆同，以余驗之，蓋皆濼水之旁出者也。濼水嘗見於《春秋》：魯桓公十有八年，公及齊侯會于濼。杜預釋：一在歷城西北，入濟水。自王莽時不能被河南，而濼水之所入者清河也。預蓋失之。今濼上之南堂，其西南則濼水之所出也，故名之曰「濼源之堂」。夫理使客之館而辨其山川者，皆太守之事也，故爲之識，使此邦之人尚有考也。

道山亭記

曾　鞏

閩故隷周者七，至秦開其地，列於中國，始并爲閩中郡。自粤之太末，與吴之豫章，爲其通路。其路閩者，陸出則阸於兩山之間。山相屬無間斷，累數驛乃一得平地，小爲縣，大爲州，然其四顧亦山也。其塗或逆坂如緣絙，或垂崖如一髮，或側徑鉤出於不測之谿上，皆石芒峭發，擇地然後可投步。負載者，雖其土人，猶側足然後能進；非其土人，罕不躓也。其谿行，則水皆自高瀉下，石錯出其間，如林森立，如士騎滿野，千里下上，不見首尾。水行其隙間，或衡縮蟉糅，或逆走旁射，其狀若蚓結，若蟲鏤，其旋若輪，其激若矢。舟泝沿者投便利，失毫分輒破溺；雖其土長川居之人，非生而習水事者，不敢以舟楫自任也。其水陸之險如此。漢嘗處其衆江淮之間，而虚其地，蓋以其陿多阻，豈虚也哉！福州治侯官，於閩爲土中，所謂閩中也。其地於閩爲最平以廣。四出之山皆遠，而長江在其南，大海在其東。其城

之内外皆涂，旁有溝，溝通潮汐，舟載者晝夜屬于門庭。麓多桀木，而匠多良能，人以屋室鉅麗相矜，雖下貧必豐其居；而佛、老子之徒，其宫又特盛。城之中三山：西曰閩山，東九僊山，北曰粤王山。三山者鼎趾立，其附山蓋佛、老子之宫以數十百，其瓌詭殊絶之狀，蓋已盡人力。光禄卿、直昭文館程公爲是州，得閩山嶔崟之際，爲亭於其處。其山川之勝，城邑之大，宫室之榮，不下簟席而盡於四矚。程公以謂，在江海之上，爲登覽之觀，可比於道家所謂蓬萊、方丈、瀛洲之山，故名之曰「道山之亭」。閩以險且遠，故仕者常憚往，程公能因其地之善，以寓其耳目之樂，非獨忘其遠且險，又將抗其思於埃壒之外，其志壯哉！程公於是州，以治行聞，既新其城，又新其學，而其餘功又及於此。蓋其歲滿，就更廣州，拜諫議大夫，又拜給事中，集賢殿修撰，今爲越州。字公闢，名師孟云。

霍丘縣驛記

王回

天下昔封國之時，君民各久其安，而城郭、道路、關梁、廬館尤嚴於賓客之事。凡國之地，大不過百里，而皆領於天子之詔，以待巡狩之所適。其歲時使人存覜，若歸脤、賀慶、致禬之來，則又有四鄰之交，朝覲、會同、聘問之集，車馬人徒之役，縱横而信宿者，蓋無虚國。而受館之禮，自畿内達于海隅，設官備物，候迓時謹，故雖跋山涉水，荒陋遐僻之城，具宗廟社稷者，一不敢缺焉。有不能然者，君子譏之，謂之失政，不可以爲國也。自天下更爲郡縣，守宰以考秩代居，民始不安其常；而先王之禮所以浹於政事而尤嚴於賓客者，亦因以廢怠，陵夷且千歲。及今，則驛舍之設，止於當路州縣馹遞所過，足以供給，

應有司之令而已。然猶不敢稍張其制度，一有異於其間，則衆反譏之，以爲苟悦使客，市恩意，非政之急。吏既不得久於其秩，而思脱譏以滿去，故天下之驛，雖當路所設應有司之令者，往往圮而不完；至於歧旁他縣，則無敢唱興之者。霍丘故蓼邑也，今縣屬壽，其治霍丘，距京師八百里，境内所包若千里，比而環者七州，七州之途，皆出於驛，以達于壽。霍丘居最徑，然獨無驛。每使客之過者，無所歸宿，則弛蓋偃節，混於逆旅，或寓其帑於浮屠氏之館；倉卒偪仄，而無以自表於民。今知縣事、大理寺丞謝俟績之至也，嘆曰：「吾爲地主於此，豈可以不知士大夫之辱。吾聞古之爲政，蓋莫不篤於賓客者，非苟相悦，所以相養以禮，而戴天子之命也。今吾邑雖陋，亦古之建國，傳其城郭社稷，而地大益近，曾不及有一館爲士大夫之禮，不已儉乎？雖衆口之譏，吾從古也，莫吾疚也。」於是相其署之東偏，面通衢之會，始築館焉。用若干日，立屋若干間，而門堂室廡，庖井廄庫，至于器皿百須無不具，而用不傷於財，役不勞於民也。既成，名之曰「蓼驛」，取古封國之號，蓋所以自見其志，而以狀屬回：「子其爲我書之，刻諸石以告于後之人，勿廢。」予曰：「推古之事，而歎今爲之難也；非發憤好禮，果於從政者，誰能爲之？」書傳於後之人，庶幾其卒勿廢焉！

建昌軍景德寺重修大殿彌陀閣記

李　覯

儒失其守，教化墜於地，凡所以脩身、正心、養生、送死，舉無其柄。天下之人，若饑渴之於飲食，苟得而已。當是時也，釋之徒以其道鼓行之，焉往而不利？無思無爲之義晦，而心法勝；積善積惡之誡泯，

而因緣作；空、假、中，則道、器之云；戒、定、慧，則明、誠之别；至於虞、祔、練、祥，春秋祭祀之儀不競，則七日、三年、地獄、劫化之辯亦隨而進；蕃衍光大，繄此之由。故嗣迦葉者，師子、達摩，流爲東山牛頭；傳龍樹者，惠文、惠思，熾乎天台灌頂。二家之學，並用于世。若夫律戒之盛，凡出家者，當由此塗。按白居易《撫州景雲寺律和尚碑文》：如來十弟子中，優波離善持律；波離滅，南嶽大師得之；南嶽滅，景雲大師得之。師南城人，初隸景雲寺，徙洪州龍興，終廬山東林，度男女萬五千人，姜相國公輔、顔太師真卿、本道廉使楊憑、韋丹，皆與友善。樂天之敍如此。南城於宋爲建昌軍，景雲爲景德寺，律和尚之迹已無見，土木之堅久者，唯殿與門。殿之制不靡，而其材良，乃今所無。基高而旁羸，入風雨者四而如一，將恐腐折，後難爲功。寺僧義明，乃營屋若干柱以翼之，且作彌陀閣于其前右，兼壯與麗，爲永永計。先共謀者，文憲、宗正。既而憲住他院，正亦遂輟，克有終者唯明。殿之財，集于衆；閣成於孀何氏。始卒凡八年。明講經論，頗憙事，以雅於予，來乞文，因論釋之所由興，亦使其徒知此寺昔嘗有僧爲律戒師，於江之南，度人以萬數，當世賢者與之游，以爲寺之榮，而有所慕焉。

袁州學記

李　覯

皇帝二十有三年，制詔州縣立學。惟時守令，有哲有愚，有屈力殫慮，祗順德意；有假宫借師，苟具文書；或連數城，亡誦弦聲，倡而不和，教尼不行。三十有二年，范陽祖君某知袁州，始至，進諸生，知學官闕狀，大懼人材放失，儒效闊疏，亡以稱上旨。通判潁川陳君某，聞而是之，議以克合。相舊夫子廟，

陋隘不足改爲，廼營治之東北隅。厥土燥剛，厥位面陽，厥材孔良。瓦甓黝堊丹漆，舉以法故。殿堂室房廡門，各得其度。百爾器備，竝手偕作，工善吏勤，晨夜展力。越明年成，舍菜且有日，盱江李覯諗于衆曰：惟四代之學，攷諸經可見已。秦以山西鏖六國，欲帝萬世，劉氏一呼，而關門不守，武夫健將，賣降恐後，何邪？《詩》《書》之道廢，人唯見利而不聞義焉耳。孝武乘豐富，世祖出戎行，皆孳孳學術，俗化之厚，延于靈、獻。草茅危言者，折首而不悔；功烈震主者，聞命而釋兵；羣雄相視，不敢去臣位，尚數十年。教道之結人心如此。今代遭聖神，爾袁得賢君，俾爾由庠序踐古人之迹，天下治則撣禮樂以陶吾民，一有不幸，猶當伏大節爲臣死忠，爲子死孝，使人有所法，且有所賴，是惟朝家教學之意。若其弄筆墨以徼利達而已，豈徒二三子之羞，抑爲國者之憂。此年實至和甲午，夏某月甲子記。

義田記　錢君倚

范文正公，蘇人也。平生好施與，擇其親而貧、疏而賢者，咸施之。方貴顯時，置負郭常稔之田千畝，號曰義田，以養濟羣族之人，日有食，歲有衣，嫁娶婚葬皆有贍。擇族之長而賢者主其計，而時其出納焉。日食人一升，歲衣人一縑。嫁女者五十千，再嫁者三十千；娶婦者三十千，再娶者十五千。葬者如再嫁之數。幼者十千。族之聚者九十口，歲入給稻八百斛，以其所入，給其所聚，沛然有餘而無窮。仕而家居俟代者與焉；仕而居官者罷其給。此其大較也。初，公之未貴顯也，有志於是矣，而力未逮者三十年。既而爲西帥，及參大政，於是始有禄賜之入，而終其志。公既歿，後世子孫修其業，承其志，如

公之存也。公既位充禄厚，而貧終其身。殁之日身無以爲斂，子無以爲喪。惟以施貧活族之義遺其子而已〔二〕。昔晏平仲弊車羸馬，桓子曰：「是隱君之賜也。」晏子曰：「自臣之貴，父之族無不乘車者；母之族無不足於衣食；妻之族無凍餒者；齊國之士，待臣而舉火者三百餘人。以此爲隱君之賜乎？彰君之賜乎？」於是齊侯以晏子之觴而觴桓子。予嘗愛晏子好仁，齊侯知賢，而桓子服義也；又愛晏子之仁有等級，而言有次也。先父族，次母族，次妻族，而後及其疎遠之賢。孟子曰：「親親而仁民，仁民而愛物。」晏子爲近之。觀文正之義，賢於身後，其規摹遠舉，又疑過之。嗚呼！世之都三公位，享萬鍾禄，其邸第之雄，車輿之飾，聲色之多，妻孥之富，止乎一己，而族之人不得其門而入者豈少哉？況於施賢乎！其下爲卿、大夫，爲士，廩稍之充，奉養之厚，止乎一己，族之人瓢囊爲溝中瘠者豈少哉？況於他人乎！是皆公之罪人也。公之忠義滿朝廷，事業滿邊隅，功名滿天下，後必有史官書之者，予可略也；獨高其義，因以遺於世云。

校勘記

〔一〕制也　「也」字原本空白，據明刻本補。

〔二〕而已　「已」原作「日」，據明抄本改。

宋文鑑卷第八十一

記

慶州大順城記

張　載

慶曆二年某月某日，經略元帥范公仲淹鎮役總若干，建城於柔遠寨東北四十里故大順川；越某月某日，城成。汴人張載，謹次其事，爲之文以記其功，詞曰：兵久不用，文張武縱，天警我宋，羌蠢而動，恃地之彊，謂兵之衆，傲侮中原，如撫而弄。天子曰嘻！是不可捨，養姦縱殘，何以令下？講謨于朝，講士于野，鍖刑斧誅，選付能者。皇皇范侯，開府于慶，北方之師，坐立以聽。公曰彼羌，地武兵勁，我士未練，宜勿與競，當避其彊，徐以計勝。吾視塞口，有田其中，賊騎未迹，卯横午縱。余欲連壁，以禦其衝，保兵儲糧，以俟其窮。將吏掾曹，軍師卒走，交口同辭，樂贊公命。月良日吉，將奮其旅，出卒于營，出器于府，出幣于帑，出糧于庾。公曰戒哉，無敗我舉！汝礪汝戈，汝鋻汝斧，汝干汝誅，汝勤汝與。既戒既言，遂及城所，索木箕土，編繩奮杵。胡虜之來，百十其至，自朝及辰，衆積我倍。公曰無譁，是亦何害！彼姦我乘，及我未備，勢雖不敵，吾有以恃。爰募彊弩，其衆累百，依城而陣，以堅以格。戒曰謹之，無鬬以力，去則勿追，往終我役。賊之逼城，傷死無數，謨不我加，因潰而去。公曰可矣，我功汝全，

無怠無遽，城之惟堅！勞不累日，池隍以完，深矣如泉，高焉如山，百萬雄師，莫可以前。公曰濟矣，吾議其旋，擇士以守，擇民而遷。書勞賞才，以飫以筵，圖列而上，薦聞于天。天子曰嗟！我嘉汝賢，錫號大順，因名其川，于金于湯，保之萬年。

澠池縣新溝記

趙　瞻

澠掖巖嶔，面谿匯，土著市列，盤亙回附。歲大霖潦，注邑中途，湍鍥濤齧，寖淫奔射。自道距歧，以泒于劇衢康逵，已乃洩于川。邑之民，行者表深，居者附高木，擁槍纍，綢防倍扉，以易厥轄，承習生常，恬不怪憚。吏眈眈第養威堂皇上，坐廣卧安，烏卹民謀。由此故城中地寖久注蝕，淪爲坎窞，車蹈馬跌，寃嘖載路。及大理丞侯君爲縣，凡民病政蠹，鑱剔熸潔。居又明年，遑恤及是，跡所源流，慮所經歷，決邑之北偏曰魏家會，濬仞夷洒，並隅而東，順達于谿。鍤田千有二百步，平錢十有三萬，僦傭三千工。農願售地，市願輸金，役願顧直。工一月已，既而雨作，水循故道，趣于新溝，曼衍轉注，支合脉湊，如避善政，如伏嚴威，激流湧進，不潰厓岸。賈族侈肆，民家按堵，所利者博，其千萬年不弛。侯君屬予，使謹其歲月。夫君子何慮而不及于民。《春秋左氏傳》曰：「啓塞從時。」則違時僝工，猶趣興役；況是作也，不掠農力。《吕紀·月令》曰：「時雨將降，道達溝瀆，開通道路，無有障塞。」則葺舊補敝，猶爲按職；況是舉也，揭爲長利。彼以《經》、《傳》用吾民，予豈敢不書？謹記曰：今上二十三年冬十月，某朔，某日甲子，河南澠作新溝。庶史氏有繼夫遷《河渠書》、固《溝洫志》者，當著予記。

登州新造納川亭記

章望之

人與天地並生而異道，能周而爲變化者一氣也。天地之氣不舒，則四時五緯與山川水土，舉失其常；人之氣不舒，則思慮塞而精神有遺，百疾於是乎生。故君子所樂奉者天地之和，所樂觀者天地之大。大而高莫如山嶽，大而深莫如河海。其間又有禽獸草木之所蕃，黿鼉魚鱉之所錯，祕怪神異之所儲，珠玉寶藏之所産，世之百物，莫不具諸。是以高深之地，君子樂之，以其能開人思慮，泰人精神，蓋耳目廣則聰明豁爾。不然，何以孔子登東山而小魯，登泰山而小天下哉？故遇西子，然後知世無美色；享太牢，然後知世無珍味；聞《簫》《韶》，然後知世無至音；覩海嶽，然後知世無大物。古之君子，務見博而知遠者以此。吉州刺史劉侯涣之爲登州也，爲納川亭于城之北隅，以地濱於海，言此所以容受百川也。廣狹得中，奢儉得宜，役不勞而事不煩。其可以爲寓目適心之雄，殆無與亢者，豈非助大丈夫胷臆之一端歟？侯有文武長材，濟之以剛正，凛然有不可奪之風。嘗入居清要，出總繁重，皆赫著能名。今之作斯亭，以壯郡國游觀之勝，以資賓客宴饗之盛，暇日則命戎旅，習水戰，以無忘戒備。其動翼如，其静肅如。於是王人朝士之出是途，莫不交口詠其交賓接下之和，美其忠奉朝廷之勤。異日侯去爲天子股肱，知必能以興作之心，充斥其行事！

清溪亭記

王安國

清溪亭臨池州之溪上隸軍府事判官之廨〔一〕。而京兆杜君之爲判官也，築於治平三年某月某甲

子，而成於某月某甲子。於是州之士樂之，而相與語曰：夫吴、楚、荆、蜀、閩、越之徒，出入於是而離離；洞庭、鄱陽之水，浮於日月之無窮；四方萬里之人，飛帆鼓楫，上下於波濤之中，犯不測之險，於朝暮之際；而吾等乃於數楹之地，得偉麗之觀於寢食坐作之間，是可喜也。若夫峙闤闠之萬家，於千峯之繚繞。朝暘曈曚，破氛霧於巑岏縹渺之石，而水摇山動於玲瓏窈窕之林。煙雲之滅没，風雨之晦冥。天之所變，隨於人之動息者也。陽闢而陰闔，草萌而木芽。霏紅縹紫，映燭而低昂。與夫美蔭交而鳥獸嬉，野潦收而洲渚出。冰崖雪壑，桑落之墟。景象之盛衰，見於四時之始終，而隱顯不匿乎一席之俯仰。然後知呼吸於天地之氣，而馳鶩偃伏，出有入無者，孰使然哉？覽於是者，宜有以自得，而人不吾知也。君曰：夫儳其形於事者，宜有以佚其勞。饜其視聽之喧囂，則必之乎空曠之所，然後能無患於晦明。吾是以知之，間隙携其好於此，而徜徉以畢景。飛禽之啁啾，怒浪之洶湧，漁蓬樵牖嘯於前而歌於後，孰與夫訟訴箠笞之聲交於吾耳也？岸幘穿屨，弦歌而詩書，投壺飲酒，談古今而忘賓主，孰與夫擎跽折旋之容接於吾目也？凡所以好其意者如此。而又以爲夫居者厭於扃束，行者甘於憩休，人情之所同；而吏者多以爲我不能久於處也，室廬有忽不治者，又況宴遊之設乎？俗陷於不恕，而萬事之陵夷，往往以此；吾疾之久矣，而亭之所以作也。噫！推君之意，可謂賢矣。吾爲之記曰：夫智足以窮天下之理，則未始玩心於物；而仁足以盡己之性，則與時而不遺；然則君之意有不充於是歟？余未嘗游於君，而吾弟和甫方爲之僚，乃因和甫請記而爲之，記者臨川王安國。

邢州堯山縣令廳壁記

沈　括

地方百里，聽事於庭者萬家，上不得專達於天子，下不得賓養國中之善士，其官謂之縣令。其秩不得齒於天子之下士，静牵動違，勢如槁毛。士能得志於斯，亦可謂賢矣。其選既輕，故民未嘗厚望於吏，吏之自期亦以此，則因謂之治，豈所謂治者耶？吾王君聖美之爲堯山，不以其輕者入于心，而猶爲其所難。剥槌斷裂之政不得行，皎明察深，矯厲之名不立；而下皆有以相先，不暴而争，肆耕而飽食，事益不至縣令之庭。縣既已空無事，乃治其所居之堂。凡前後之共爲此邑者，不忍其人没而不章，則又納其壁中以縣令之題名。予客過趙、魏之郊，問其故家舊俗，皆慨然喜言三晉戰國之事。自七國之時，趙數窘秦人於兩河之間。秦方强天下，所憚獨在趙，故趙常受兵，爲天下勁國。其後四分以爲代、魏、燕、趙，踣漳南，蹶上黨，肩尻頓僨，不能相支，而邯鄲、鉅鹿，穿裂摧壞，獸驚鳥决，獨當四方之鋒。其人生而知有戰鬭攻掠之備，習闘而成風者已久，而不可遷；雖當積安無事之日，其天性固以異於他俗。此宜治之甚難，而聖美摩撫調養之，既成，則又推之於前後之人，若無心於得失者，宜乎民安之不難矣。聖美以嘉祐六年得堯山，於其將去，使來求記於予，則治平元年也。

七門廟記

劉　攽

嘉祐二年，予爲廬州從事，始以事至舒城，觀所謂七門三堰者。問其居人，其溉田幾何？對曰：凡

二萬頃。考於圖書，實魏楊州刺史劉馥所造，自魏至今七百有餘歲云。予於是歎美其功。後二年，校書郎包君廓爲縣主簿，嘗與予語及之。包君謂予曰：馥信有功，然吾問於耆老，而得龔頡侯信焉。初漢以龍舒之地封信爲列侯，信廼爲民畎澮，舒河以廣溉浸。信爲始基，至馥時廢而復修耳。昔先王之典，有功及民則祀之，若信者，抑可謂有功者乎！然吾恨史策之有遺，而吾憐舒人之不忘其思也，今我將爲侯廟祀之，而以馥配，子幸爲我記之焉。予因曰：諾。頃之，包君以書告曰：廟謹畢事。予曰：昔高帝之起，宗室昆弟之有材能者，賈以征伐顯，交以出入傳命謹信爲功，此二人者，皆裂地爲王，連城數十。代王喜以棄國見省，而子濞亦用力戰王吴，獨信區區，僅得封侯，而能勤心於民，以興萬世之利，其愛惠豈與賈、濞相侔哉？夫攻城野戰，滅國屠邑，是二三子之所謂能殺人者也；與夫闢地墾土，使數十萬之民，世世無飢餒之患，所謂善養人者，於以相譬，猶天地之懸絶也。然而賈、濞以功自名，信不見録，豈殺人易以快意，養人不見形象哉？周公之書曰：「民功曰庸。」藉使信生當周公之世，其受賞非賈、濞之所敢望矣。雖然，彼賈、濞之死，泯滅無聞久矣；而信至今民猶思而記之。此所謂「得乎丘民」；而世之寵禄，「當時則榮，殁則已焉」者乎！夫事有可繼，君子繼之，不必其肇於己而後爲功也。若劉刺史起於三國亂亡之餘，蒸庶掃地，顧獨以農爲先，事功一立，迄今長存，雖曰脩舊，是可謂功矣。予既嘉包君之能徇於民，使侯信之美不忘；又其建祀，合於先王之法，於是書之。

秦州玩芳亭記

劉敞

《楚辭》曰：「惜吾不及古之人兮，吾誰與玩此芳草？」自詩人比興，皆以芳草嘉卉爲君子，美德無與玩者，猶《易》「井渫不食」云爾。海陵郡城西偏多喬木，大者六七尋，雜花桃、李、山櫻、丁香、椒、棣數十種，萱、菊、薜荔、莎蘆、巴焦叢植櫓生。負城地尤良，朱氏居之，益種修竹、梅、杏、山茶、橙、梨，異方奇卉，往往而在。清池縈回，多蔆、蓮、蘋、藻。於是築室城禺，下臨衆卉，名曰「玩芳」。於乎！喬木森聳，百歲之積也；衆卉行列，十歲所植也；雜英紛糅，終歲之力也；俄而索之，不易得也。天施地生，非爲己役也；能者取玩焉，能主客也；惠而不費，莫相德也；非《易》所歎。渫而不食，爲心惻」也。於是刻石亭右，以記歲月云。

新修東府記

陳繹

中書，政事本也；宰相，三公官也。官不必備，唯其人；匪其人不居。且體貌大臣，禮重而莊；物采顯庸，宜備而稱，豈曰私其人哉？蓋所與坐而論道，不下席而致太平之功者，一二三執政而已。國朝以來，尚襲唐故，大臣多不及建里第，而僦居民間，至距城數里之外。東西南北，回遠不相接也。四方奏書，緩急報聞，吏卒持走，偏歷諸第，一有漏露稽違，失亡其可逮乎？而又暑寒雨風，晨趍暮還，輿衛騶呵，導從前後，搢紳士大夫，造請紛馳于里巷坊曲之隘，甚非尊嚴體貌之觀也。今禁衛三帥，率有公廨；庶官省寺，亦或有居；而獨大臣不列府舍。每朝則待漏闕門之次，入則議政殿上，退即聽事，羣有司公見請白可否；少休，吏史抱文書，環几案，左右頡頏以進，至日下晝數刻始歸。夫以王城輦轂之大，其制

度之闕如此。乃出聖畫，新創二府。親遣中人，度地于闕之西南，輪廣方制，房皇鈎折，繪圖以聞。即刊定于禁中，申命三司，飭吏庀司，計工程材，役不妨時，費不病官。自熙寧三年秋七月興作，東西府凡八位，摠千二百楹，明年秋八月，東府四位成，詔知制誥臣繹爲之記。臣拜手稽首，以書日月工實之次。謹按三代盛王，繇禮義之政，至于周而大備。文章典刑，物采位叙，煒然見于朝廷之表。公卿内外，居有室宅。上不爲過侈，下不爲苟約。出則寵之淑旂龍章鈎膺之駕，入則具之列鼎蒲筵粉純之居。仰而視其宫，則有榱題之礱密〔二〕；俯而攝其衣，則有衮舄之嚴麗。且謂不如是，不足以待其人；非其人，不足以相天下之政。故其取予屈舒厚薄等衰，一謂之天秩。先王之澤既竭，能道古人之言者起，以其私學蔽尚，迷謬世俗，雖有志之主厭然，而所慕者不過耳目之所習，呴呴而望其下者益卑。西漢去治世未遠，開丞相府，四出門無闌，不設鈴，不驚鼓，深大宏遠，無有限節。郡國守長吏得以歲上計事，國有大議，車駕亦親幸而臨聽焉。然其議不過軍功、武爵、期會、督責之故。至于東漢，仍建公府蒼龍闕東偏。其制度雖存，而稱號不復於當時。蓋用人授位，出于一切，其煩文虚器，隆殺存亡者，亦無足以繫政事之重輕。宋興之初，平定四方，烜燿神武，遂一宇内，頗用戰勳伐閲將帥之人。浸久而安，生民樂嬉，百年之間，軌蹟運行，將臣相臣，夜寐夙興，罔敢有懈。皇帝臨位，躬攬權綱，顯白訓義，圖惟先王治理之實，置府設屬，大放古制。文武弛張，名器有等，大小尊卑，靡不遵序。夫名者禮之分也，位者處其名之器也。名既正，然後任責之理得，而百事修明。名不正，則任責之理廢，而百事隳。必使望其器，可以知其職；問其職，可以知其人。《書》曰：「股肱喜哉！元首起哉！百工熙哉！」是繇天子任大臣以道，而

率作興事，罔不喜樂，賡歌卒起乎治功之隆，蓋君臣會遇，千載之甚盛德也。若乃聖作物覩，宣耀典訓，垂萬世之丕則，考不磨之斯文，其不在二府之制，而在道德之意乎！

新修西府記

陳　繹

唐初，典兵禁中，出於帷幄之議，故以機密名官。開元中，設堂後五房，而機密自爲一司。其職祕，獨宰相得知，舍人官屬無得預也。正元之後，藩鎮旅拒，重以兵屬人，乃以中官分領左右神策軍，而樞密之職，歸於北司。然嘗寄治省寺廡下，延英會議，則屏立殿西，勢猶厭厭，傳道宫省語而已。至其盛時，其貴者號中尉，次則樞密使，皆得貼黄除吏。唐末既除北司，并南北軍于樞密使，遂摠天下之兵。五代以來，多以武人領使，而宰相知院事。國朝復置副貳、簽書、直學士之名。大略文武參用，間以宰相兼領之，故得進退大吏，預聞機政，其任職蓋重矣。古之公卿，入則相與謀於朝，出則相與謀於家。家宰膳夫之政，不至于耳目；而天下四方之事，每得於燕處之際。故其爲之不勞，而日常若有餘。今未明而入進見，請決於陛席之前；退而百執事叩閤稟事，吏持書奏，周走閭巷，終日不得與一二三大臣謀求，若古人之舂容有餘，勢固不行也。熙寧三年，詔營兩府于掖城之南，其任樞密使者爲西府。於是有司知上之所以優隆大臣，將以修天下之政于堂陛之下；莫不率職底功，士獻其能，工致其才，不周歲而告成。臣謹按，樞密，司馬之職事，而周制屬於夏官；秦漢曰太尉，亦冠將軍之號，禄比丞相，置官屬，掌兵武。夫善用兵者，使之至於無兵；善治兵者，治之於無事；然後天子之威刑震耀，慑然讋折於萬里之外。

噫！非二三大臣曷以哉！若夫仰而登，則恩見於榱桷；俯而宴，則禮見於階陛；周旋指顧，無非上之致隆於己者，是則其所以享寵而居是者，可無思乎？

臨湘縣閲武亭記

劉摯

祕書丞衡君塾，字文叔，治岳州臨湘之二年，以書謂余曰：「使天下不如古，吾知其有人焉，謀已而偷者，固漫不省利害；及夸而高言，又曰：『吾方志遠大，彼細務瑣瑣，烏足爲？』二人者相與從事，積微浸著，天下頽政，何可勝數？吾則不敢。吾之邑，右帶長江，南東地大倚山，民慓猾輕爲盜。既慙古人，不能使民不爲盜，又不知禁其已然，尚曰爲政耶？縣所賴以索盜，有所謂弓手者，今在吾籍八十人，前時聽其便私，散居廛閭，呼調不一，難以應猝，及去而擾平民。今吾能不取官與民，作區屋以萃之，凡若干，據以大亭，牓曰『閲武』，以時臨視其藝。衆既團隸有地，稍稍就律，其材漸若可用，而無里巷譁競犯法之患。此縣令小事，非以爲功，然願有紀，告來者使勿廢而已。」嗚呼！余知君不好小事名也；雖然，罔忽諸小，然後可以任夫大。俾天下得縣令皆用心猶此，循而望古有路矣。卽以其所以謂余者，書之亭上。

校勘記

〔一〕判官之廨　「廨」原作「府」，據明抄本改。

〔二〕榱題　「榱」原作「欀」，據明抄本改。

宋文鑑卷第八十二

記

墨君堂記

蘇　軾

凡人相與號呼者，貴之則曰公，賢之則曰君，自其下則爾汝之。雖公卿之貴，天下貌畏而心不服，則進而君公，退而爾汝者多矣。獨王子猷謂竹君，天下從而君之，無異辭。今與可又能以墨象君之形容，作堂以居君，而屬余爲文以頌君德，則與可之於君信厚矣。與可之爲人也，端静而文，明哲而忠，士之脩絜博習，朝夕磨治洗濯，以求交於與可者，非一人也，而獨厚君如此。君又疎簡抗勁，無聲色臭味可以娱悦人之耳目鼻口，則與可之厚君也，其必有以賢君矣。世之能寒燠人者，其氣燄亦未至若雪霜風雨之切於肌膚也，而士鮮不以爲欣戚，喪其所守。自植物而言之，四時之變亦大矣，而君獨不顧，雖微與可，天下其孰不賢之？然與可獨能得君之深，而知君之所以賢；雍容談笑，揮灑奮迅，而盡君之德：稚壯枯老之容，披折偃仰之勢，風雪凌厲，以觀其操；崖石犖确，以致其節；得志遂茂而不驕，不得志瘁瘠而不辱，羣居不倚，獨立不懼。與可之於君，可謂得其情而盡其性矣。余雖不足以知君，願從與可求君之昆弟子孫族屬朋友之象，而藏於吾室，以爲君之别館云。

淨因院畫記　蘇軾

余嘗論畫，以爲人禽、宫室、器用皆有常形，至於山石、竹木、水波、煙雲，雖無常形，而有常理。常形之失，人皆知之；常理之不當，雖曉畫者有不知；故凡可以欺世而取名者，必託於無常形者也。雖然，常形之失，止於所失，而不能病其全；若常理之不當，則舉廢之矣。以其形之無常，是以其理不可不謹也。世之工人，或能曲盡其形；而至於其理，非高人逸才不能辨。與可之於竹石枯木，真可謂得其理者矣：如是而死，如是而攣拳瘠蹙，如是而條達遂茂；根莖節葉，牙角脉縷，千變萬化，未始相襲，而各當其處。合於天造，厭於人意，蓋達士之所寓也歟！昔歲嘗畫兩叢竹於浄因之方丈，其後出守陵陽而西也，余與之偕，别長老道臻師，又畫兩竹梢、一枯木於其東齋。臻方治四壁於法堂，而請於與可，與可既許之矣，故余并爲記之。必有明於理而深觀之者，然後知余言之不妄。

李氏山房藏書記　蘇軾

象、犀、珠、玉怪珍之物，有悦於人之耳目而不適於用。金、石、草、木、絲、麻、五穀、六材，有適於用，而用之則弊，取之則竭。悦於人之耳目而適於用，用之而不弊，取之而不竭，賢不肖之所得，各因其才；仁智之所見，各隨其分；才分不同，而求無不獲者，惟書乎！自孔子聖人，其學必始於觀書。當是時，惟周之柱下史聃爲多書。韓宣子適魯，然後見《易象》與《魯春秋》；季札聘於上國，然後得聞《詩》之

《風》《雅》《頌》；而楚獨有左史倚相，能讀《三墳》《五典》《八索》《九丘》。士之生於是時，得見六經者蓋無幾，其學可謂難矣；而皆習於禮樂，深於道德，非後世君子所及。自秦漢已來，作者益衆，紙與字畫，日趨於簡便，而書益多，世莫不有；然學者益以苟簡，何哉？余猶及見老儒先生，自言其少時欲求《史記》《漢書》而不可得；幸而得之，皆手自書，日夜讀誦，惟恐不及。近歲市人，轉相摹刻，諸子百家之書，日傳萬紙，學者之於書，多且易致如此，其文詞學術當倍蓰於昔人，而後生科舉之士，皆束書不觀，遊談無根，此又何也？余友李公擇，少時讀書於廬山五老峯下白石庵之僧舍。公擇既去，而山中之人思之，指其所居爲李氏山房。藏書凡九千餘卷，公擇既已涉其流，探其源，採剥其華實，而咀嚼其膏味，以爲己有，發於文詞，見於行事，以聞名於當世矣；而書固自如也，未嘗少損，將以遺來者，供其無窮之求，而各足其才分之所當得。是以不藏於家，而藏於其故所居之僧舍，此仁者之心也。余既衰且病，無所用於世，惟得數年之閑，盡讀其所未見之書；而廬山固所願遊而不得者，蓋將老焉，盡發公擇之藏，拾其餘棄以自補，庶有益乎！而公擇求余文以爲記，乃爲一言，使來者知昔之君子見書之難，而今之學者有書而不讀爲可惜也。

眉州遠景樓記

蘇　軾

吾州之俗，有近古者三：其士大夫貴經術而重氏族；其民尊吏而畏法；其農夫合耦以相助，蓋三代漢唐之遺風，而他郡之所莫及也。始朝廷以聲律取士，而天聖已前，學者猶襲五代文弊；獨吾州之士，

通經學古，以漢文詞爲宗師。方是時，四方指以爲迂闊。至於郡縣胥吏，皆挾經載筆，應對進退，有足觀者。而大家顯人，以門族相上，推次甲乙，皆有定品，謂之「江鄉」；非此族也，雖貴且富，不通婚姻。其民事太守縣令如古君臣，既去輒畫像事之；而其賢者，則記録其行事，以爲口實，至四五十年不忘。商賈小民，常儲善物而别異之，以待官吏之求。家藏律令，往往通念而不以爲非；雖薄刑小罪，終身有不敢犯者。歲二月，農事始作。四月初吉，穀稚而草壯，耘者畢出，數十百人爲曹，立表下漏，鳴鼓以致衆。擇其徒爲衆所畏信者二人，一人掌鼓，一人掌漏，進退作止，惟二人之聽。鼓之而不至，至而不力，皆有罰。量田計功，終事而會之，田多而丁少，則出錢以償衆。七月既望，穀艾而草衰，則仆鼓決漏，取罰金與償衆之錢，買羊豕酒醴以祀田祖，作樂飲酒，醉飽而去。歲以爲常。其風俗蓋如此。故其民皆聰明才智，務本而力作，易治而難服。守令始至，視其言語動作，輒了其爲人。其明且能者，不復以事試，終日寂然；苟不以其道，則陳義秉法，以譏切之，故不知者以爲難治。今太守黎侯希聲，軾先君之友人也，簡而文，剛而仁，明而不苛，衆以爲易事。既滿將代，不忍其去，相率而留之。上不奪其請，既留三年，民益信，遂以無事。因守居之北墉，而增築之，作遠景樓，日與賓客僚吏游處其上。軾方爲徐州，吾州之人以書相往來，未嘗不道黎侯之善，而求文以爲記。嗟夫！軾之去鄉久矣，所謂遠景樓者，雖想見其處，而不能道其詳矣；然州人之所以樂斯樓之成而欲記焉者，豈非上有易事之長，而下有易治之俗也哉！孔子曰：「吾猶及史之闕文也。有馬者，借人乘之，今亡矣夫。」是二者，於道未有大損益也，然且録之。今吾州近古之俗，獨能累世而不遷，蓋耆老昔人豈弟之澤，而賢守令撫循教誨不倦之力也，可不

録乎？若夫登臨覽觀之樂，山川風物之美，軾將歸老於故丘，布衣幅巾，從邦君於其上，酒酣樂作，援筆而賦之，以頌黎侯之遺愛，尚未晚也。

莊子祠堂記

蘇　軾

莊子蒙人也，嘗爲蒙漆園吏，没千餘歲，而蒙未有祀之者。縣令祕書丞王兢始作祠堂，求文以爲記。謹按《史記》，莊子與梁惠王、齊宣王同時，其學無所不闚，然要本歸於老子之言。故其著書十餘萬言，大抵率寓言也。作《漁父》《盜跖》《胠篋》以詆訾孔子之徒，以明老子之術。此知莊子之粗者。余以爲莊子蓋助孔子者，要不可以爲法耳！楚公子微服出亡，而門者難之，其僕操箠而罵曰：「隸也不力。」門者出之。事固有倒行而逆施者，以僕爲不愛公子則不可，以爲事公子之法亦不可。故莊子之言，皆實予而文不予，陽擠而陰助之，其正言蓋無幾。至於詆訾孔子，未嘗不微見其意。其論天下道術，自墨翟、禽滑釐、彭蒙、慎到、田駢、關尹、老聃之徒，以至於其身，皆以爲一家，而孔子不與，其尊之也至矣！然余嘗疑《盜跖》《漁父》則若真詆孔子者；至於《讓王》《説劍》皆淺陋不入於道。反復觀之，得其寓言之終曰：「陽子居西遊於秦，遇老子，老子曰：『而睢睢，而盱盱，而誰與居？大白若辱，盛德若不足。』陽子居蹴然變容。其往也，舍者將迎，其家公執席，妻執巾櫛，舍者避席，煬者避竈；其反也，舍者與之爭席矣。」去其《讓王》《説劍》《漁父》《盜跖》四篇，以合於列禦寇之篇曰：「列禦寇之齊，中道而反，曰：『吾驚焉，吾食於十漿，而五漿先餽』。」然後悟而笑曰：是固一章也。莊子之言未終，而昧者勦之以入其言。余

不可以不辨。凡分章名篇，皆出於世俗，非莊子本意。

靈壁張氏園亭記

蘇軾

道京師而東，水浮濁流，陸走黄塵，陂田蒼莽，行者倦厭，凡八百里，始得靈壁張氏之園於汴之陽。其外脩竹森然以高，喬木蓊然以深。其中因汴之餘浸以爲陂池，取山之怪石以爲巉阜，蒲葦蓮芡，有江湖之思；椅桐檜柏，有山林之氣；奇花美草，有京洛之態；華堂厦屋，有吴蜀之巧。其深可以隱，其富可以養，果蔬可以飽鄰里，魚鼈笋茹可以餽四方之賓客。余自彭城移守吴興，由宋登舟，三宿而至其下，肩輿叩門，見張氏之子碩，碩求余文以記之。維張氏世有顯人，自其伯父殿中君，與其先人通州府君，始家靈壁，而爲此園，作蘭皋之亭，以養其親。其後出仕於朝，名聞一時，推其餘力，日增治之，於今五十餘年矣。其木皆十圍，岸谷隱然，凡園之百物，無一不可人意者，信其用力之多且久也。古之君子不必仕，不必不仕。必仕則忘其身，必不仕則忘其君。譬之飲食，適於飢飽而已。然士罕能蹈其義，赴其節。處者安於故而難出，出者狃於利而忘返。於是有違親絶俗之譏，懷禄苟安之弊。今張氏之先君，所以爲其子孫之計慮者遠且周，是故築室藝園於汴泗之間，舟車冠蓋之衝，凡朝夕之奉，燕遊之樂，不求而足。使其子孫開門而出仕，則跬步市朝之上；閉門而歸隱，則俯仰山林之下；於以養生治性，行義求志，無適而不可。故其子孫仕者，皆有循吏良能之稱，處者皆有節士廉退之行，蓋其先君子之澤也。余爲彭城二年，樂其土風，將去不忍，而彭城之父老亦莫余厭也，將買田於泗水之上而老焉。南望靈

壁，雞犬之聲相聞，幅巾杖屨，歲時往來於張氏之園，以與其子孫遊，將必有日矣。

放鶴亭記

蘇　軾

熙寧十年秋，彭城大水，雲龍山人張君天驥之草堂，水及其半扉。明年春水落，遷於故居之東，東山之麓。升堂而望，得異境焉，作亭於其上。彭城之山，岡嶺四合，隱然如大環，獨缺其西十二，而山人之亭適當其缺。春夏之交，草木際天；秋冬雪月，千里一色；風雨晦明之間，俯仰百變。山人有二鶴，甚馴而善飛，旦則望西山之缺而放焉，縱其所如，或立於陂田，或翔於雲表，莫則傃東山而歸，故名之曰放鶴亭。郡守蘇軾，時從賓客僚吏往見山人，飲酒於斯亭而樂之，挹山人而告之曰：「子知隱居之樂乎？雖南面之君，未可與易也。《易》曰：『鶴鳴在陰，其子和之。』《詩》曰：『鶴鳴于九皋，聲聞于天。』蓋其爲物，清遠閑放，超然于塵垢之外，故《易》、詩人以比賢人君子隱德之士，狎而玩之，宜若有益而無損者；然衞懿公好鶴，則亡其國。周公作《酒誥》，衞武公作《抑戒》，以爲荒惑敗亂無若酒者；而劉伶、阮籍之徒，以此全其真而名後世。嗟夫！南面之君，雖清遠閑放如鶴者，猶不得好，好之，則亡其國；而山林遁世之士，雖荒惑敗亂如酒者，猶不能爲害，而況於鶴乎？由此觀之，其爲樂未可以同日而語也。」山人欣然而笑曰：「有是哉！」乃作放鶴、招鶴之歌曰：「鶴飛去兮，西山之缺，高翔而下覽兮，擇所適。翻然斂翼，婉將集兮，忽何所見，矯然而復擊？獨終日於澗谷之間兮，啄蒼苔而履白石。鶴歸來兮，東山之陰，其下有人兮，黄冠草屨，葛衣而鼓琴。躬耕而食兮，其餘以汝飽。歸來歸來兮，西山不可以久留！

文與可畫篔簹谷偃竹記

蘇軾

竹之始生，一寸之萌耳，而節葉具焉。自蜩腹蛇蚹以至于劍拔十尋者，生而有之也。今畫者乃節節而爲之，葉葉而累之，豈復有竹乎？故畫竹必先得成竹於胸中，執筆熟視，乃見其所欲畫者，急起從之，振筆直遂，以追其所見，如兔起鶻落，少縱則逝矣。與可之教予如此，予不能然也，而心識其所以然。夫既心識其所以然，而不能然者，内外不一，心手不相應，不學之過也。故凡有見於中，而操之不熟者，平居自視了然，而臨事忽焉喪之，豈獨竹乎？子由爲《墨竹賦》以遺與可曰：「庖丁，解牛者也，而養生者取之；輪扁，斲輪者也，而讀書者與之；今夫夫子之託於斯竹也，而予以爲有道者則非耶？」子由未嘗畫也，故得其意而已；若予者，豈獨得其意，并得其法。與可畫竹，初不自貴重。四方之人，持縑素以請者，足相躡於其門，與可厭之，投諸地而罵曰：「吾將以爲襪！」士大夫傳之，以爲口實。及與可自洋州還，而余爲徐州，與可以書遺余曰：「近語士大夫：吾墨竹一派，近在彭城，可往求之。襪材當萃於子矣。」書尾復寫一詩，其略曰：「擬將一段鵝谿絹，掃取寒梢萬尺長。」予謂與可：「竹長萬尺，當用絹二百五十匹，知公倦於筆硯，願得此絹而已。」與可無以答，則曰：「吾言妄矣，世豈有萬尺竹也哉？」余因而實之，答其詩曰：「世間亦有千尋竹，月落庭空影許長。」與可笑曰：「蘇子辯則辯矣，然二百五十匹，吾將買田而歸老焉。」因以所畫篔簹谷偃竹遺予曰：「此竹數尺耳，而有萬尺之勢。」篔簹谷在洋州，與可嘗令予作洋州三十詠，篔簹谷其一也。予詩云：「漢川脩竹賤如蓬，斤斧何曾赦籜龍；料得清貧饞太守，渭濱千

畝在胸中。」與可是日與其妻游谷中，燒筍晚食，發函得詩，失笑噴飯滿案。元豐二年正月二十日，與可没於陳州。是歲七月七日，予在湖州曝書畫，見此竹，廢卷而哭失聲。昔曹孟德《祭橋公文》有「車過腹痛」之語，而予亦載與可疇昔戲笑之言者，以見與可於予親厚無間如此也。

南安軍學記

蘇軾

古之爲國者四：井田也，肉刑也，封建也，學校也；今亡矣，獨學校僅存耳。古之爲學者四：其大則取士、論政，其小則弦、誦；今亡矣，直誦而已。舜之言曰：「庶頑讒説，若不在時，侯以明之，撻以記之，書用識哉！欲並生哉！工以納言，時而颺之，格則承之庸之，否則威之。」格之言，改也，《論語》曰：「有耻且格。」承之言，薦也，《春秋傳》曰：「奉承齊犧，庶頑讒説不率教者，舜皆有以待之。」夫化惡莫若進善，故推其可進者以射侯之禮舉之；其不率教，甚者則撻之，小則書以記之，非疾之也，欲與之並生而同憂樂也。此士之有罪而尚未可棄者，故使樂工採其謳謡諷議之言而颺之，以觀其心。其改過者，則薦之且用之；其不悛者，則威之，屏之、僰之、寄之之類是也。此舜之學政也。射之中否，何與於善惡，而侯以明之何也？曰射所以致衆而論士也，衆一而後論定。孔子射於矍相之圃，蓋觀者如堵，使弟子揚觶而序點者三，則僅有存者。由此觀之，以射致衆，衆集而後論士，蓋所從來遠矣〔一〕。《詩》曰：「在泮獻囚。」又曰：「在泮獻馘。」《禮》曰：「受成於學。」鄭人游鄉校以議執政，或謂子産，毁鄉校何如？子産曰：「不可。善者吾行之，不善者吾改之，是吾師也。」孔子聞之，謂子産仁。古之取士論政者必於學。有學

而不論政，不取士，猶無學也。學莫盛於東漢，士數萬人，嘘枯吹生，自三公九卿，皆折節下之；三府辟召，常出其口。其取士論政，可謂近古，然卒爲黨錮之禍，何也？曰：此王政也；王者不作，而士自以私意行之於下，其禍敗固宜。朝廷自慶曆、熙寧、紹聖以來，三致意於學矣，雖荒服郡縣必有學。況南安江西之南境，儒術之富，與閩、蜀等。而太守、朝奉郎曹侯登，以治郡顯聞，所至必建學，故南安之學，甲於江西。侯仁人也，而勇於義，其建是學也，以身任其責，不擇劇易，期於必成。士以此感奮，不勸而力，費於官者爲錢九萬三千，而助者不貲，爲屋百二十間，禮殿、講堂視大邦君之居。凡學之用，莫不嚴具。又以其餘，增置廩給，食數百人。始於紹聖二年之冬，而成於四年之春。學成而侯去，今爲潮州。軾自海南，還過南安，見聞其事爲詳。士既德侯不已，乃具列本末，嬴糧而從軾者三百餘里，願紀其實。夫學，王者事也，故首以舜之學政告之。然舜遠矣，不可以庶幾，有賢太守，猶可以爲鄭子產也。學者勉之，無媿於古人而已。

成都府運判廳讌思堂記

文同

天下之事物，常相與宜稱，則文理順而制度得。或鉅細輕重，一有未合，率病之以爲不當然，遂起衆論矣。區宇之大，吾宋盡有之，四指之極，幅員萬里，旁裁直製，界爲諸道，其置使以轉運爲名者，常艱選擇。往服其職，底財賦，察僚吏，宣布威惠，顓假之柄，其所與蓋已重矣。惟劍南西川，原壄衍沃，畎庶豐夥；金繒紵絮，天灑地發；裝餽日報，舟浮輦走，以給中府，以贍諸塞，號居大農所調之半。縣官

倚之，固以爲寶藪㺦藏云。其所謂佐者，既非齪齪循絫歲月者之所能得；其所止亦當崇大閎顯，與主者儀形無歆缺，始云其可矣。今其所謂佐者之居，舊嘗一切置之。尋廢既復，亦踐襲往制，回曲庳狹，不足以視清曠，講燕休。餘基蓊然，蔽没蓬藋，嚮所涖者，未遑營之。職方員外郎霍侯，以經行明修，所赴宜賴，將漕之貳，實以才擢。既至，攷究内外，静煩省劇，隱謬革悛，潛利宣章。列城信畏，俯伏觀望，不煩告諭，自底恬肅。惟是居處，厭不如事，思有以增易之，使夫文理制度，一與事物相表襮。龍圖閣直學士趙公，昔總外計，今復杖節臨鎮於是，聞侯之議，志與侯協。乃規斥其地，牆爲一圍；集材於羨，命工於隙；合諸意慮，授以程品；築隆址，植巨厦，曾不累月，匠以成告。危譙支空，廣霤延廕，衡欄擁衛，牕户通潔，若翔而尚矯，將蟠而復振。奇巒秀巘，發遠思于其上；鮮葩珍木，悦真賞于其下。寬衮可以觴賓侶，靖密可以籌金穀。壯哉雄乎！誠大邦之崇宇，而外臺之偉觀也。既落之，侯謂廣漢都尉文同曰：「無石以載，疑事之闕，將以屬子，子其謂何？」同曰：諾。退自念，昔韓退之爲王南昌紀滕王閣，柳子厚爲楊長沙叙戴氏堂，皆部吏也。同今奉侯命而記此，職正宜矣，其敢以不敏辭？乃次其略，刻置宇下，以夸示永久，然慙不文。

齊州閔子祠堂記

蘇　轍

歷城之東五里，有丘焉，曰閔子之墓。墳而不廟，秩祀不至，邦人不寧。守土之吏，有將舉焉，而不克者。熙寧七年，天章閣待制、右諫議大夫濮陽李公，來守濟南。越明年，政修事治，邦之耋老相與來

告曰：「此邦之舊，有如閔子而不廟食，豈不大闕？公唯不知，苟知之，其有不飭！」公曰：「噫！信其不可以緩。」於是庀工爲祠堂，且使春秋修其常事。堂成，具三獻焉。籩豆有列，儐相有位。百年之廢，一日而舉。學士大夫，觀禮祠下，咨嗟涕洟，有言者曰：「惟夫子生於亂世，周流齊、魯、宋、衞之間，無所不仕。其弟子之高第，亦咸仕於諸國：宰我仕齊，子貢、冉有、子游仕魯，季路仕衞，子夏仕魏。弟子之仕者亦衆矣，然其稱德行者四人，獨仲弓嘗爲季氏宰；其上三人，皆未嘗仕。季氏嘗欲以閔子爲費宰，閔子辭曰：『如有復我者，則吾必在汶上矣。』且以夫子之賢，猶不以仕爲汙也，而三子之不仕，獨何歟？」言未卒，有應者曰：「子獨不見夫適東海者乎？望之茫洋，不知其邊；即之汗瀾，不測其深；其舟如蔽天之山，其帆如浮空之雲，然後履風濤而不僨，觸蛟蜃而不讋。若夫以江河之舟楫，而跨東海之難，則亦十里而返，百里而溺，不足以經萬里之害矣。方周之衰，禮樂崩弛，天下大壞，而有欲救之，譬如涉海，有甚焉者。今夫夫子之不顧而仕，則是舟楫足恃也；諸子之汲汲而忘反，蓋亦有陋舟而將試焉，則亦隨其力之所及而已矣；若夫三子願爲夫子而未能，下顧諸子而以爲不足爲也，是以止而待。夫子嘗曰：世之學柳下惠者，未有若魯獨居之男子。吾於三子亦云。」衆曰：然。退而書之，遂刻於石。

東軒記

蘇轍

余既以罪謫監筠州鹽酒稅，未至，大雨，筠水泛溢，蔑南市，登北岸，敗刺史府門。鹽酒稅治舍，俯江之漘，水患尤甚。既至，弊不可處，乃告於郡，假部使者府以居。郡憐其無歸也，許之。歲十二月，乃

克支其欹斜，補其圮缺，闢聽事堂之東爲軒，種杉二本，竹百箇，以爲宴休之所。然鹽酒税舊以三吏共事，余至，其二人適皆罷去，事委于一。晝則坐市區，鬻鹽沽酒，税豚魚，與市人争尋尺以自効；莫歸，筋力疲廢，輒昏然就睡，不知夜之既旦；旦則復出營職，終不能安於所謂東軒者。每旦莫出入其旁，顧之未嘗不啞然自笑也。余昔少年讀書，竊嘗怪顔子以簞食瓢飲，居於陋巷，人不堪其憂，顔子不改其樂。私以爲雖不欲仕，然抱關擊柝，尚可以自養，而不害於學，何至困辱貧窶，自苦如此？及來筠州，勤勞米鹽之間，無一日之休，雖欲棄塵垢，解羈縶，自放於道德之場，而事每劫而留之；然後知顔子之所以甘心貧賤，不肯求斗升之禄以自給者，良以其害於學故也。嗟夫！士方其未聞大道，沉酣勢利，以玉帛子女自厚，自以爲樂矣；及其循理以求通，落其華而收其實，從容自得，不知夫天地之爲大，與死生之爲變，而況其下者乎？故其樂也，足以易窮餓而不怨，雖南面之王，不能加之，蓋非有德不能任也。余方區區欲磨洗濁汙，晞聖賢之萬一，自視缺然，而欲庶幾顔氏之福，宜其不可得哉！若夫孔子周行天下，高爲魯司寇，下爲乘田、委吏，惟其所遇，無所不可，彼蓋達者之事，而非學者之所望也。今既以譴來此，雖知桎梏之害，而勢不得去。獨幸歲月之久，世或哀而憐之，使得歸伏田里，治先人之弊廬，爲環堵之室而居之；然後追求顔氏之樂，懷思東軒，優游以忘其老。然而非所敢望也。

校勘記

〔一〕從來　「從」原作「後」，據明刻本改。

宋文鑑卷第八十三

記

黄州快哉亭記

蘇轍

江出西陵，始得平地，其流奔放肆大；南合湘、沅，北合漢、沔，其勢益張；至於赤壁之下，波流浸灌，與海相若。清河張君夢得，謫居齊安，即其廬之西南爲亭，以覽觀江流之勝，而余兄子瞻名之曰「快哉」。蓋亭之所見，南北百里，東西一舍；濤瀾洶湧，風雲開闔；晝則舟楫出没於其前，夜則魚龍悲嘯於其下；變化倏忽，動心駭目，不可久視。今乃得翫之几席之上，舉目而足。西望武昌諸山，岡陵起伏，草木行列，煙消日出，漁父樵夫之舍，皆可指數，此其所以爲快哉者也〔一〕。至於長洲之濱，故城之墟，曹孟德、孫仲謀之所睥睨，周瑜、陸遜之所騁騖，其流風遺俗，亦足以稱快世俗。昔楚襄王從宋玉、景差於蘭臺之宫，有風颯然至者，王披襟當之曰：「快哉此風，寡人所與庶人共者耶？」宋玉曰：「此獨大王之雄風耳，庶人安得共之？」玉之言，蓋有諷焉。夫風無雄雌之異，而人有遇不遇之變。楚王之所以爲樂，與庶人之所以爲憂，此則人之變也，而風何與焉。士生於世，使其中不自得，將何往而非病；使其中坦然不以物傷性，將何適而非快；今張君不以謫爲患，竊會計之餘功，而自放山水之間，此其中宜有以過人者，

將蓬户甕牖，無所不快，而况乎濯長江之清流，揖西山之白雲，窮耳目之勝，以自適也哉？不然，連山絶壑，長林古木，振之以清風，照之以明月，皆騷人思士之所以悲傷憔悴而不能勝者，烏覩其爲快也哉？

遺老齋記

蘇　轍

庚辰之冬，余蒙恩歸自南荒，客於潁川，思歸而不能。諸子憂之曰：「父母老矣，而居室未完，吾儕之責也。」則相與卜築，五年而有成。其南脩竹古柏，蕭然如野人之家，乃闢其四楹，加明窗曲檻，爲燕居之齋，齋成，求所以名之。余曰：「予潁濱遺老也，盍以『遺老』名之？」汝曹志之：予幼從事於《詩》《書》，凡世人之所能，茫然不知也。年二十有三，朝廷方求直言，有以予應詔者。予采道路之言，論宫掖之祕，自謂必以此獲罪，而有司果以爲不遜。上獨不許曰：「吾以直言求士，士以直言告我，今而黜之，天下其謂我何？」宰相不得已，寘之下第，自是流落凡二十餘年。及宣后臨朝，擢爲右司諫，凡有所言，多聽納者，不五年而與聞國政。蓋予之遭遇者再，皆古人之希有。然其間與世俗相從〔二〕，事之不如意者十常六七，雖號爲得志，而實不得〔三〕。予聞之，樂莫善於如意，憂莫慘於不如意。今予退居一室之間，杜門却掃，不與物接，心之所可，未嘗不行；心所不可，未嘗不止；行止未嘗少不如意，則予平生之樂，未有善於今日者也。汝曹志之，學道而求寡過，如予今日之處遺老齋可也。

司馬温公布衾銘記

范祖禹

温國文正公所服之布衾，隸書百有十字，曰「景仁惠」者，端明殿學士范蜀公所贈也；曰「堯夫銘」者，右僕射高平公所作也。元豐中，公在洛，蜀公自許往訪之，贈以是衾。先是高平公作《布衾銘》以戒學者，公愛其文義，取而書於衾之首。及寢疾東府，治命斂以深衣，而覆以是衾。公於物澹無所好，唯於德義若利欲。其清如水，而澄之不已；其直如矢，而端之不止；故其居處必有法，動作必有禮。其被服如陋巷之士，一室蕭然，圖書盈几，經日静坐，泊如也。又以圓木爲警枕，小睡則枕轉而覺，乃起讀書。蓋恭儉勤禮，出於天性，自以爲適，不勉而能。與二范公爲心交，以直道相與，以忠告相益，凡皆如此。其誠心終始如一，將歿而猶不忘。祖禹觀公大節，與其細行，雖不可遽數，然本於至誠無欲，天下信之，故能奮然有爲，超絶古今。居洛十五年，若將終身焉；一起而功被天下，内之嬰童婦女，外之蠻夷戎狄，莫不敬其德，服其名，唯至誠故也。公兄子宏，得公手澤紙本于家，屬祖禹序其本末，俾後世師公之儉云。

湖學田記

顧臨

夫惠有術也，養有道也。一梁之渡人，惠之微者也，而君子取之，得其術也。一井之濟物，養之薄者也，而聖人取之，得其道也。子産乘輿，其爲力固勤矣，而君子不取，非其術也。冉子與粟，其爲心固

周矣，而聖人不取，非其道也。所謂術者，不在乎豐，在乎不費云爾。所謂道者，不在乎大，在乎不窮云爾。夫豐而多費，知愛於彼，而不知愛於此也。大而易窮，知愛於今，而不知愛於後也。惟其不費，則雖微可尚也。惟其不窮，則雖薄可貴也。吴興學著於天下，當其盛時，學者不可勝録，然常患惠而養之者不至也。彼千里而來，有及門而不能留者；有留而不能久者；將返則有戚然不足之歎。自學初得賜田五頃，而瀕湖多潦，歲入無幾。由今樞密胡公爲郡，始爲辦學資，漸以及諸生之寒俊者。繼胡公者或增焉，然亦莫之充也。嘉祐中，臨嘗承乏教授，計其資十常不能及二三。既數年，迺會太守鮑侯軻，恤其不給，慨然思有以廣其資，方謀諸士僚，適聞秀州杉楊涇有民訟田，頻年不決，官將兩奪之，鮑侯喜曰：「吾謀得矣。」迺用書懇請于轉運使，願得貸錢購所争之田，以贍學者。會轉運使賢，樂聞其請，遂用貸錢六十萬，得田七頃。其田當沃壤，舊無暵潦之患。以二年之入償貸錢，然後率爲學粮，歲可以食百員。夫棟宇之固，易隳也；泉布之富，易耗也；惟田之息，可以霑及無涯。語其始，可謂惠而不費者也；要其終，可謂養而不窮者也。世有掠民脂血，妄爲塔廟之奉，在名教之地，則藐而不顧。噫！不明乎善，徒多費而易窮，較今日之爲，重可取也。鮑侯去之二年，遇今徐侯來，喜其得惠養之道術，而有資於名教；然慮歲月之久，有攘没其美者，乃強不敏著于記云。

重修御史臺記

曾　肇

元祐三年，新作御史臺成，有詔臣肇爲之記。臣肇伏自惟念，幸得備位從官，以文字爲職，此大手

筆雖非所克堪，然義不得辭，謹拜手稽首而記之曰：維御史見於周，掌贊書受灋令而已；戰國以對執灋，亦記事之職也。至秦、漢始置大夫，位亞丞相。副曰中丞，督部刺史，受公卿奏事，舉劾按章。其屬有侍御史，出討姦猾，治大獄，於是專繩糾之任。厥後政事歸尚書，而御史與尚書、謁者，並爲三臺，大夫更爲三公；而中丞爲臺率，與尚書令、司隸校尉，朝會皆專席，爲三獨坐。隋、唐復置大夫，天下有寃而無告者，得與中書、門下省詰之，謂之三司。自是御史益爲雄峻，其屬則有殿中、監察，並侍御史爲三院。侍御史一人，知雜事，横榻而坐，謂之南牀，皆專彈劾，不言事。本朝因之，至真宗皇帝，增置言事御史，其後皆得言事。御史相率廷辯，小則人得自達，故其任視前世爲尤重，非但謹朝會、聽獄訟而已。列聖相繼，皆假以寬仁，使得自竭，是以風采所加，百僚震肅，朝廷倚而益尊，姦邪望而知畏。初本朝雖因唐制，然以大夫爲兼官，不治臺事；以郎中、員外郎兼侍御史，知雜事，以貳中丞，以太常博士以上爲三院，未至者則爲御史裏行。監察故事，内察尚書六曹，外巡按郡縣，久之亦廢。至神宗皇帝，大正官名，始歸大夫職，以侍御史治雜事，罷御史裏行，而復六察官。分守既定，迺相官府。蓋御史臺建於宣化坊，自開寶五年，纔有東西獄。七年雷德驤分判三院事，請於上而大之，屋不及百楹。天禧二年，復詔增廣，遂至三百六十楹。訖于元豐，垂七十年，寖以圮壞。神宗皇帝伻圖程工，以授有司。舊闕大夫聽事，踵鄴都制度，闢門北鄉，取陰殺之義，又形勢庳下，無以重威，至是命置大夫聽事，闢門東鄉，增庳爲崇，培下爲高，其規橅宏遠矣。繼志述事，屬于後人。今上卽政之初，務先慈儉，土木之勤，咸詔勿事。惟臺之建，實遵先訓；猶以大夫虛員，姑省營築。闢門北鄉，仍故不改。經度損益，斷自聖心。以元祐

二年六月己亥始事，三年八月庚辰卒功，用人力十萬五千，爲屋三百五十一楹，視舊小貶，而亢爽過之。門闥耽耽，堂室渠渠，長貳佐屬，視事燕休，翼翼申申，各適所宜，吏舍囚圄，深靚嚴固；案牘簿書，棲列有序：所以觀示都邑，表正憲度，揆諸典章，於是爲稱。昔周人考室，見於《風》《雅》；魯國作門，記諸《春秋》；後世傳誦，爲載籍首。恭惟神宗皇帝，受命承序，十有九年，建立經常，皆應古義，好惡無私，賞罰不僭，而綱紀是張；宫室弗營，池籞苟完，而府寺是崇；故能垂精風憲之司，以啓後嗣之意。二聖恭己，開闢言路，聰無不聞，明無不燭，士有以言獲福，不聞忠以取禍，耳目之地，寵遇莫抗，故能新是棟宇，以成前人之志。是宜著在文字，刻之金石，以度越周、魯，垂休無窮。顧臣之愚，言語淺陋，何足以發揚聖德，稱明詔之萬一哉？雖然，臣嘗聞之，責人非難，責己惟難。御史責人者也，將相大臣非其人，百官有司失其職，天下之有敗法亂紀，服讒蒐慝者，御史皆得以責之，然則御史獨無責乎哉？居其位有所不知，知之有所不言，言之有所不行，行之而君子病焉，小人幸焉，此御史之責也。御史雖不自責，天下得以責之。惟其不難於責己，則施於責人，能稱其任矣。能稱其任，然後危冠盛服，崇墉峻宇，游焉息焉，可以無媿；苟異於是，得無餒於中哉？臣故不自揆，輒因承詔，誦其所聞，以告在位者，使有以仰稱列聖褒大崇顯之意焉。

適南亭記

陸佃

會稽爲越之絶，而山川之秀，甲於東南。自晉以來，高曠宏放之士，多在於此。至唐，餘杭始盛，而

與越争勝，見元、白之稱。然杭之習俗華媚，善占形勝，而丹樓翠閣，映輝湖山，如畫工小屏，細巧易好，故四方之賓客，過而覽者，往往後越。夫越之美，豈至此而窮哉？意者江山之勝雖在，而昔賢往矣，距今千歲，幽深寂寞，殆有鬱而不發者也。熙寧十年，給事中程公，出守是邦。公吏師也，所至輒治。故其下車未幾，弗出庭户之間，而政成訟清，州以無事。乃與賓客，沿鑑湖，上蕺山，以尋將軍、祕監之跡。登望稍倦，未愜公意，於是有以梅山勝告公者，蓋其地，昔子真之所居也。今其少西，有里曰梅市，其事應史。公聞往焉。初届佛刹，横見湖山一面之秀，以爲未造佳境也，因至其上望之。是日也，天和景晴，竹莖尚疎，木葉微合，峯巒如削，間見層出。公曰：「此山之佳處也。」已而北顧，見其煙海杳冥，風帆隱映，有魁偉絶特之觀，而高情爽氣，適相值也。夕陽在下，不得已而後去。其山之僧用和者，契公之意，因高構宇，名之曰「適南」，蓋取莊周大鵬圖南之義。暇日以衆飲而賞焉。水轉挹轉清，山轉望轉碧；而俯仰之間，海氣浮樓臺，野氣墮宫闕；雲霞無定，其彩五色，少頃百變，殆詞人畫史不能寫也。於是闔州以爲觀美，而春時無貴賤皆往。又其風俗絜雅，嬉遊皆乘畫舫，平湖清淺，晴天浮動，及登是亭，四眺無路，風輕日永，若在蓬萊之上，可謂奇矣。然則所謂餘杭者，未必如也。公蘇人也，自其少時，已有詩名，咳唾成珠，人以傳玩，則模寫物象，道所難言，其在公賦之乎？雖然，公之美志，喜於發揚幽懿，豈特賁一山而已。況此鄉之人，藏道蓄德，晦於耕隴、釣瀨、屠市、卜肆、魚鹽之間者乎？天子仁聖，拔用忠賢，夢想多士，斯可以出矣；庶幾託公之翼，搏風雲而上哉！

蜀州重修大廳記

呂陶

古之循吏，以郡縣爲一家，視其民如所親之於子，弟待之以忠厚樂易之誠，濟之以勤勞不怠之力，事不問巨細，苟可以興作營置，區處辦具，則莫不盡心焉。建校舍，選開敏吏，自訓飭之，減用度，遣詣博士爲學子；除更繇，與俱行縣。通渠瀆，廣陂湖，起蕪廢，溉田至數萬頃。躬率儉約，勸督務農，出入阡陌，舍止鄉亭；輕刀劒，重牛犢，鑄田器，教犂耕；親度頃畝，差肥瘠爲三等，立文簿，藏之鄉縣。鑿山通道，列亭傳，置郵驛，凡數百里。息省勞役，還集流散，發倉廩以賑凶旱，具葬祭以恤鰥孤。限禮聘之年，施四誡之令，禁嫁娶送終，勿徇奢靡。此其事之大者，而爲之甚詳。以至榆薤葱韭，口有常數；二彘五雞，家有常養；種桑柘，植麻紵，藏果實，蓄蔆芡，養蠶織屨，悉有教令。此其事之小者，而爲之亦不略。按古而求，蓋𠙶公所由之風化，而孟子所謂王道之本者，亦可見焉。是以居則悦服，去則見思，風跡光輝於一時，德聲洋溢於後世。游茂先之守唐安，抑用此術歟？虚心以接物，無猜阻疑貳之釁；抗志以涖事，無苟簡滅裂之態；舉大綱以敦治體，親細務以盡下情，自公府至于郊野，皆得其歡，知茂先待之如一家也。廳宇之弊久矣，每大風雨，慮至摧圮，政閑事隙，謀以葺之。遠訪諸侯路寢之制，近遵太守黄堂之式，崇庳深廣，舉適準度，他所毁陋，從而一新。樓壘得其高堅，帑庾得其固密。文牘充棟宇，有以謹其藏，賓客戾館舍，有以享其安。敞亭榭以資覽詠，完庖突以備燕饗。凡爲此者，蓋政有餘力而及之，非先後緩急之不序也；民安其居，吾可以議居處之安，非略於大而詳於小也；非以治舍爲逆旅，望望

然計吾歲月以去，而不恤其他也。客有踐其境，造其門，升自西階，游目四顧，雖不問俗，政可知矣。譬如富家巨室，垣墻立而壯，門閎闢而大，奥阼别而正，囷倉廐庫之設，各得其當，就而詢之，必有愛其子孫者主焉。一郡之政，何異於是？予嘗通理此州，知土俗之淳良，美風物之秀勝，以謂嘉郡齊民，宜得賢守敏政，乃具四美。今茂先之治，大槩如此，故予樂爲記之。茂先慷慨有遠度，每以功名自期，豈特區區乎此？他日去而顯矣，人必思之，有讀予文者，亦可以慰思也。

考古圖後記

吕大臨

莊周氏謂儒者逐跡喪真，學不善變，故爲輪扁之説，芻狗之諭，重以《漁父》《盜跖》《詩》《禮》發冢之言，極其詆訾。夫學不知變，信有罪矣；變而不知止於中，其敝殆有甚焉。以學爲僞，以智爲鑿，以仁爲姑息，以禮爲虚飾，蕩然不知聖人之可尊，先王之可法，克己從義，謂之失性；是古非今，謂之亂政；至于坑殺學士，燔爇典籍，盡愚天下之民而後慊，由是觀之，二者之學，其害孰多？堯、舜、禹、臯陶之書，皆曰「稽古」，孔子自道，亦曰「好古敏以求之」。所謂古者，雖先王之陳跡，稽之好之者，必求其所以跡也。制度法象之所寓，聖人之精義存焉，有古今之所同然，百代所不得變者，豈芻狗、輪扁之謂哉？漢承秦火之餘，上視三代，如更夜夢覺之變，雖遺編斷簡，僅存一二，然世移俗革，人亡書殘，不復想見先王之緒餘，至人之謦欬。不意數千百年後，尊、彝、鼎、敦之器，猶出於山巖、屋壁、隴畝、墟墓之間，形制文字，且非世所能知，況能知所用乎？當天下無事時，好事者蓄之，徒爲耳目奇異玩好之具而已。噫，天

之果喪斯文也，則是器也，胡爲而出哉？予於士大夫之家，所閲多矣，每得傳摹圖寫，寖盈卷軸，尚病窾啓，未能深考。暇日論次成書，非敢以器爲玩也；觀其器，誦其言，形容髣髴，以追三代之遺風，如見其人矣。以意逆志，或探其制作之原〔四〕，以補經傳之闕亡，正諸儒之謬誤，天下後世之君子，有意於古者，亦將有考焉。

校勘記

〔一〕所以爲　原本脱「爲」字，明刻本同，據明抄本補。按，篇末「烏覩其爲快也哉」，則此處亦當有。

〔二〕世俗　「世」原作「士」，據明抄本改。

〔三〕不得　「得」原作「從」，據明抄本改。

〔四〕探其制作　「探」原作「深」，據明抄本改。

宋文鑑卷第八十四

記

撫州新建使廳記

王無咎

善爲政者，急其所急以及其所緩，而經理於緩急之際，亦各有方；不善爲政者，反此。若夫教化以奪其未順之心，衣食以厭其必得之欲，蔽不可留之獄訟，恤無所告之老窮，簡閱官吏，崇其善而替其惡，此最其所急而不可緩者也。至於城池之所以備豫，廨舍之所以興居，倉庫之所以出納，以及臺榭廐驛亭圃之區區，宜革而革，宜修而修，此差可以緩，而不可廢者也。故夫用事於一州者，得宏敏周通之君子，則將能周旋裁處，急當其急，緩當其緩，常不繆於序；而其間又周旋經理，使其利足以掩害，其損足以爲益，薄費而厚得，近舉而遠存。不然，得鄙近偷墮之吏，則其裁處多不能當其序，而經理又不能適其宜，如前之云云者。此後世之通患，而誼儒法士，所爲發憤思古也。治平二年四月五日，撫州之廳成，太守司農少卿錢公暄，革唐刺史危全諷之所建也。蓋全諷之建，當天祐之元年，至今殆二百年，而其勢將壞，故公始議革之。而方是之時，公之爲州已踰年矣。其政令已行，而吏民順諧，歲常有年，獄訟清簡，公夷然無爲也，於是使四縣之令，各致其材，而不自憚其煩，綣繾督視，故能以旬有二日而成。

既成，則其規摹高廣，皆踰於舊。而其始，又以智損其中六楹，故使坐其下者，宛轉四顧，豁然虚曠，稱夫臨堂堂千里者之勢。其用於事而善如此，真所謂宏敞周通之君子哉！噫，天下之有撫州，而撫州之宜有治廳者固無窮；而治廳之内，太守之迭處而迭去者，亦無窮也。然則今日之役，不有文字之曲折，以託於無窮之間，則後之人孰知夫爲是役者自吾錢公始，而爲之又適當其序且有方也。故無咎承公之命，不敢辭以不能，而遂爲之記云。

定平凝壽寺塑佛記

張舜民

定平縣，山不如水，水不如寺，寺不如凝壽。山無名而水有名，寺無不得山水，而凝壽居其勝。水西爲縣，東爲凝壽，負夕陽，見里社，重樓複道，繚絡上下，煙際隱顯，望如屏障間寫出，故遊者不憚其勞，而居者不奪其樂。予始遊寺，有大明堂，佛居中，黄金之膚，五色之衣，美哉！從者具而皆土面骨立，制度尚未明，然予亦知其爲佛之尊也。後予再遊，而艮前佛之背，又於壁中隱出爲半見之佛，而從者非向相似，而所謂九耀者爲之也。佛御輪乎其中矣。異矣！夫九耀昭昭在天，寧卑乎而顧爲臣僕如是邪？豈於教自有所本，而予未嘗學而不能知也歟？又安知不曰九曜五行之正氣尚臣吾佛，况於人乎？故王法則曰吾不知畏，而飲食男女常久之道，或一受教，俾之斷棄，至於終身不敢復有。其設術之甚，無若此者矣。夫此，則予何能爲哉？至於有善地不爲民居候館，而多聚斯類，然其獨凝壽哉？天下之所共歎者，此也。

大雅堂記

黄庭堅

丹稜楊素翁，英偉人也。其在州閭鄉黨有俠氣，不少假借人，然以禮義，不以財力稱長雄也。聞余欲盡書杜子美兩川夔峽諸詩，刻石藏蜀中好文喜事之家，素翁粲然，向余請從事焉。又欲作高屋廣楹庥此石，因請名焉。余名之曰大雅堂，而告之曰：由杜子美以來，四百餘年，斯文委地，文章之士，隨世所能，傑出時輩，未有升子美之堂者，况室家之好耶？余甞欲隨欣然會意處，箋以數語，終以汨没世俗，初不暇給。雖然，子美詩妙處，乃在無意於文，夫無意而意已至，非廣之以《國風》《雅》《頌》，深之以《離騷》《九歌》，安能咀嚼其意味，闖然入其門耶？故使後生輩自求之，則得之深矣；使後之登大雅堂者，能以余説而求，則思過半矣。彼喜穿鑿者，棄其大旨，取其發興於所遇林泉、人物、草木、魚蟲，以爲物物皆有所託，如世間商度隱語者，則子美之詩委地矣。素翁可并刻此於大雅堂中，後生可畏，安知無涣然冰釋於斯文者乎？

汳水新渠記

陳師道

汳句如簫，其闕如玦，《水經》謂，河至滎陽，莨蕩渠出焉。渠至陽武，其下爲沙，蔡水是也。其出爲陰溝，溝至浚儀，其下爲渦，别爲汳；汳至蒙，别爲獲；餘波池于淮陽，東歷蕭、彭城，入于泗〔一〕。《注》謂鴻溝、官度、甾、獲、丹浚，與渠一也。禹塞滎澤，而通渠于甫田，其後河旃然入焉，卽索水也。《漢書地理

志》，滎陽既有汴水，又有狼湯，首受泲〔三〕蒙有獲水首受甾，獲至彭城入泗。以余考之，《河渠書》云，自禹之後，滎陽引河爲鴻溝，以通宋、鄭、陳、蔡、曹、衛，與濟、汝、淮、泗會于楚。而《竹書紀年》，梁惠成王入河于甫田，又引而東，明非禹之舊也。《書》曰：濟入于河，東出于陶丘北者，入而復出也；溢爲滎者，濟之别；滎波既豬者，障而東之也。《周官》又謂，豫之川，滎、洛；幽、兗之川，河泲；則河南無濟矣。其謂莨蕩受濟，禹塞滎澤而用河者，皆失之。《漢志》莨蕩無出，甾、獲無始，蓋略之也。余謂與經合。而滎水諸書皆不載，又疑渠、汳爲二，而滎有一焉。杜佑以《經》作于順帝之後，詭誕無據，而《注》敘渠源，或河或泲，或河泲合，其説不一。次其所經，紛錯悖戾。而《志》亦闊略，不具辨始末。蓋皆不可考也。自漢末河入于汳，灌注兗、豫。永平中，遵導汳自滎陽别而東北，至千乘，入于海，而河於是故瀆在新渠之南。《注》所謂絶河而受索，自此始。隋開皇中，因漢之舊，導河于汳。大業初，合河、索爲通濟渠，别而東南入于淮，而故道竭。今始東都受退水爲臭河，於畿爲白溝，於宋爲長沙，於單爲石梁，於徐爲汳，而入於南清。南清，故泗也。蓋自三都而東畿，宋、亳、宿、單、濟之間，千里四來，而故道淺狹，春夏不勝舟，秋水大至，亦不能受也。蕭，故附庸之國，城小不足居民，又列肆於河外，每水至，南里之民皆徙避之，廬舍没焉。率數歲一逢，民以爲病。紹聖三年，縣令朝奉郎張惇，始自西河，因故作新，支爲大渠，合于東河，以導滯而援溺。於是富者出財，壯者出力，日勸旬勞，既月而成。邑人相與語曰：「渠議舊矣，更數令不決，而卒成於吾侯，孰有惠而不報者乎？」於是不詞而同，欲紀於石，以屬余。余謂張侯，其居善守，行峻而言道，以成其名；其仕善義，不畏不侮，以登于治；其可紀者多矣，而諸父兄弟，獨有見於

之所欲書也，遂爲之書。

末者，何也？夫善爲治者，人知其善而已；至其所善，蓋莫得而言也。渠之興作有迹，其效在今，此邑人

咸平縣丞廳酴醾記

張　耒

咸平五年，詔以陳留之通許鎮爲咸平縣。先是章聖皇帝幸亳，祠老子，道通許，築宫以待。幸既，而爲縣，卽以宫爲縣令治所。主簿居中書府，而樞密府爲尉舍。熙寧某年，始置丞，於是遷縣尉於外，而丞居焉。丞居之堂庭有酴醾，問之邑之老人，則其爲樞密府時所種也。既老而益蕃，延蔓庇覆，占庭之太半。其花特大於其類，邑之酴醾皆出其下，蓋其當時築室種植以待天子之所休，必有珍麗可喜之物而後敢陳，是以獨秀於一邑，而莫能及也。每思唐自天寶以至於周，歷歲數百，天下未嘗無戰，其治安僅足以小康，而禍敗常至於大亂。自安史以來，蕃鎮四據，而天下無完國。降及其末，分裂攘奪，至五季，而中原正朔之所加，僅止門閫之中。惟我藝祖神宗，受天休命，神武四達，馬首所向，破滅摧伏，於是斵百年之蟠據，合歷世之分裂，數百年間，禍根亂源，薅剪堙塞，大掃而無餘矣。肆我章聖皇帝，誕承祖武，以無忘大功；寬賦薄征，順天養民，四方無虞，休養滋息。如人之疾病蠱敗，醫者既已擊逐鈎取其累年之蠹矣，而後爲之調利撫養，安居美食，以使之豐腴而堅強也。由是觀之，自開元以來，至於章聖，而天下之人，如復見大治之全國。嗚呼！亦可謂盛矣。於是封太山，禪梁父，祀后土，祠老子，徜徉四方，以明示得意。聞之，古者天子巡幸所至，郡國必建原廟，所以廣孝恭，示後世，而况當太平之盛時，

講一世之大禮，八鸞之所經，六龍之所駐，可以昭後世示子孫，以爲歷世之大訓成法者，宜如何哉？是宜一草木，一瓦礫，皆當護守保藏，無敢棄壞，以無忘祖宗駿功成烈，而使知夫百餘年間，地平天成，養生送死無憾者，誰之力也。酴醾之生，當是時，蓋嘗沾雨露之濡，近日月之光，與夫旒頭屬車，皆爲一時之物矣，可不愛哉！

雙槐堂記

張　耒

古之君子，其將責人以有功也，必使之樂其職，安其居，以其優游喜樂之心而就吾事。夫豈徒苟悦之哉？凡人之情，其將有爲也，其心樂而爲之，則致精而不苟，雖殫力費心而不自知，故所爲者有成而無難〔三〕。古之御吏也，爲法不苛，其勤惰疎密，隨其人之所欲，而吾獨要其成，是古之循吏皆能有所建立。夫望人以功，而使其情愁沮不樂，求捨去之不暇，誰肯以其怨沮不平之心，而副我之所欲哉？頃時，予見監司病郡縣之政不立，扼腕盛怒曰，是惟飲食燕樂居處游觀之好，吾日夜以法督責之，使無得有一於此；一歲之日，數計晷刻，吾從而課率之，使無得有頃刻之間；以約束爲不足，而繼以辱罵；辱罵爲不足，而繼以訊詰。方此時，吏起不待晨，卧不及暖，廢飲食，冒疾病，屋室敗漏不敢修完，器用弊乏不敢改作。其勤苦如是，猶不足以當其意，宜其郡縣之政無所不舉，小大得職而民物安堵矣；然吏益姦，民益勞，文書具於有司，而事實不立；吏足以免其身之責，而民不知德。相爲欺紿，以善一時，而監司卒亦不得而察也。豈非其所爲者無至誠喜樂之心，出於畏罪不獲已，苟以充職故耶？其事功之滅裂

如此,理固然也。酸棗令王君,治邑有能名,以其餘力,作燕居之堂,洒掃完潔,足以宴賓客,閱圖書。庭有雙槐,因以爲名。夫王君豈以謂苟勞而無益,不若暇佚而有功?將安其居,樂其身,以其獄訟簿書之間,與賢士大夫彈琴飲酒,歡欣相樂,舒心而養神,使其中裕然;然後觀物圖其致,用意於文法尋尺之外,以追古循良君子之風,以大變俗吏之弊而爲之哉?夫古之善爲政者,不佚而常安,不勞而善成,吾知王君其有得於此矣。於是爲之書。

照碧堂記

晁補之

去都而東,順流千里,皆桑麻平野,無山林登覽之勝。然放舟通津門,不再宿至於宋,其城郭闤闠人民之庶,百貨旁午,以視他州,則浩穰亦都也;而道都來者,則固已曠然見其爲寬閑之土而樂之。豈特人情倦覿於其所已饜,而欣得於其所未足;將朝夕從事於塵埃車馬之間,日昃而食,夜分而息,而若有驅之,急不得縱而與之偕者;故雖平時意有所樂而不暇思。及其脱然去之也,亦不必山林遠絶之地,要小休而暫適,則人意物境本暇而不遽;蓋向之所樂而不暇思者,不與之期,一朝而自復,其理固然。此照碧堂之所以爲勝也。宋爲本朝始基之地。自景德三年,詔即府爲南都,而雙門立,別宫故經衢之左,爲留守廨,面城背市,前無所達,而後與民語接。城南有湖五里,前此作堂城上以臨之,歲久且圮。而今龍圖閣學士南豐曾公之以待制留守也,始新而大之,蓋成於元祐六年九月癸卯。横七楹,深五丈,高可建旄,自東諸侯之宅,無若此者。先是,南都歲賜官僚賓客費爲錢七千緡,公奉己約,亦不以是侈厨傳,故

能有餘積以營斯堂，屹然如跳出堞上，而民不知。可以放懷高蹈，寓目而皆適。其南汴渠，起魏迄楚，長堤迤靡，帆檣隱見，隋帝之所以流連忘返也。其西商丘，祠陶唐氏，以爲火正，曰閼伯者之所以有功而食其墟也。其東雙廟，唐張巡、許遠捍城以死，而南霽雲之所以馳乞救於賀蘭之塗也。而獨梁故苑，複道屬之平臺三十里者，名在而跡莫尋；雖隋之疆，亦其所穿渠在耳；豈汰靡者易熄，而勳名忠義，則愈遠而彌存，不可誣哉？初補之以校理佐淮南，從公宴湖上，後謫官於宋，登堂必慨然懷公，拊檻極目，天垂野盡，意若遐騖太空者。花明草薰，百物媚嫵，湖光瀰漫，飛射堂棟。長夏畏日，坐見風雨自堤而來，水波紛紜，柳摇而荷靡，鷗鳥盡儛，客顧而嬉，倏然不能去。蓋不獨道都來者以爲勝，雖饜於吴楚登覽之樂者，度淮而北，則不復有，至此亦躊躇徜徉而喜矣。夫人之感於物者同，而所以感者異，斯須之頃，爲之易意，樂未已也，哀又從之。故景公美齊，而隨以雪涕。《傳》亦曰：「登高遠望，使人心悴然。」昔之豪傑憤悱憂世之士，或出於此。若羊祜太息峴山之顛，祜固可人，其志有在，未可但言哀樂之復也。公與補之俱起廢，而公爲太史氏，補之亦備史官，間相與語斯堂，屬補之記之。已而公再守南都，補之守河中，書來及焉。補之嘗論，昔人所館，有一日必葺，去之如始至者；有不掃一室者。夫一日必葺，以爲不苟於其細，則將推之矣；不掃一室，以爲有志於其大，則不可必。卒之其成功有命，則媢與蓄之賢，於此乎未辨。迺公之意則曰，吾何有於是，從吾所好而已矣。一累之上也。名肇字子開〔四〕，文學德行，事君行己，爲後來矜式，其出處在古人中，其欲有爲在天下後世，其卷而施之一郡，不以自少，而以自得，又樂與人同者如此；堂不足道也。

新城遊北山記

晁補之

去新城之北三十里，山漸深，草木泉石漸幽。初猶騎行石齒間，旁皆大松，曲者如蓋，直者如幢，立者如人，卧者如虯。松下草間，有泉沮洳伏見，墮石井，鏘然而鳴。松間藤數十尺，蜿蜒如大螈。其上有鳥，黑如鴝鵒，赤冠長喙，俛而啄，磔然有聲。稍西，一峯高絶，有蹊介然可步。繫馬石觜，相扶携而上，篁篠仰不見日，如四五里，乃聞雞聲。有僧布袍躡履來迎，與之語，愕而顧，如麋鹿不可接。頂有屋數十間，曲折依崖壁，爲欄楯，如蝸鼠繚繞乃得出，門牖相值。既坐，山風颯然而至，堂殿鈴鐸皆鳴，二三子相顧而驚，不知身之在何境也。且莫，皆宿。於時九月，天高露清，山空月明，仰視星斗皆光大，如適在人上。窗間竹數十竿，相摩戛，聲切切不已。竹間梅棕森然，如鬼魅離立突鬢之狀。二三子又相顧魄動而不得寐。遲明，皆去。既還家數日，猶恍惚若有遇，因追記之。後不復到，然往往想見其事也。

高廟碑陰記

唐意

滁之西曰豐山，其絶頂有漢高帝廟。或云，漢諸將追項羽，道經此山，至今土俗以五月十七日爲高帝生日，遠近畢集，薦肴觴焉。意嘗從太守侍郎曾公禱雨於廟，因讀庭中刻石，始知昔人相傳，蓋以五月十七日爲漢高帝忌日。按《漢書》，高帝十二年四月甲辰，崩于長樂宫；五月丙寅，葬長陵。（注：自崩至葬，凡二十三日。）疑五月十七日必其葬日，又非忌日也。以曆推之，自上元甲子之歲，至漢高帝十二年四

月晦日，（是年歲次丙午）凡積一百九十三萬六千三百六十三年，二千三百九十四萬九千五百九十一月，七億七百二十四萬六千八十五日，以法除之，筭外得五月朔己酉，十七日乙丑，則丙寅葬日乃十八日也。班固記漢初北平侯張蒼所用顓帝曆，晦、朔、月見、弦、望、滿、虧多非是，故高帝九年六月乙未，晦，日食。夫日食必於朔，而食於晦，則先一日矣。豈非丙寅乃當時十七日乎？不然歲月久遠，傳者之失也。遂以告公，命刻其碑陰。

拱北軒記

鄒　浩

拱北軒者，所居對堂之小軒也。昭人屋向皆東南，獨此居面北，軒又正在北方，先聖言：「北辰居其所而衆星拱之。」故取以名焉。因竊自念，君者，北辰也，拱者也；羣臣者，衆星也，拱之者也。今在内爲輔弼，爲侍從，爲六曹寺監之屬，拱北可也；在外爲監司，爲守令，爲諸路郡邑之屬，拱北可也；而浩則名除于仕版，身廢于炎荒，既已隕墜而爲石矣，尚奚麗天者之擬邪？又竊自念，所除者名耳，拱北之心未嘗除也；所廢者身耳，拱北之心未嘗廢也。夫未嘗除而自除之，未嘗廢而自廢之，非浩所忍爲也。浩於是軒，朝夕焚香，稽首再拜，上祝皇帝壽千萬歲，長與天同，久與地並。拱于内者，輔弼盡輔弼之道，侍從盡侍從之宜，六曹寺監之屬，盡所以爲六曹寺監之職；拱于外者，監司盡監司之分，守令盡守令之才，諸路郡邑之屬，盡所以爲諸路郡邑之務；上下相承，如源流之一水，先後相應，如首尾之一形。自京師而環矚之，雖遠在蠻夷戎狄之外，猶且四序平，萬物遂，重譯效貢，拱我聖人，而況九州之内乎？和氣浮

于上，則景星見，卿雲飛；和氣動于下，則朱草生，醴泉湧。凡是祥瑞之物，莫不紛綸畢至。祖宗之功德由此而彌光，廟社之安榮由此而彌固，前古以來，未有太平若此其盛焉。浩之所以拱北，在是而已。且既已爲石矣，亦必有觸之而起者，始自膚寸，旋充太虛，於時滂沱，未必無助；然則區區素定之心，又安敢自棄而莫之篤歟？又竊系以詞曰：七曜兮可西，五嶽兮可移，我心湛然兮如初時。我不見窮達得喪之殊塗兮，惟拱北之知。噫，高高無私兮，日監在茲。

易庵記

唐庚

客問陶隱居，吾欲注《周易》《本草》，孰先？隱居曰：《易》宜先。客曰：何也？隱居曰：注《易》誤，猶不殺人；注《本草》誤，則有不得其死者矣。世以隱居爲知言，與吾之説大異。蓋《六經》者，君本之致治也。漢時決疑獄、斷國論，悉引經術，茲豈細故而易言哉？《本草》所以辨物，《六經》所以辨道。道者，物之所以生；萬物者，人之所資以爲生。一物之誤，猶不及其餘；道術一誤，則無復子遺矣。前世儒臣，引經誤國，其禍至於伏尸百萬，流血千里。《本草》之誤，豈至是哉？注《本草》誤，其禍疾而小；注《六經》誤，其禍遲而大。隱居注《本草》矣，故知《本草》之爲難；而未嘗注經，故不知經尤爲難，而不可率易如此。世以不服藥爲中醫，此言雖小，可以喻大。吾用《易》不審，陷難幾死。今幸閑廢，方且據庵孰讀而深思之，復書此二本，其一以自警，其一以寄二子焉。

顔魯公祠堂記

唐庚

上元中，顔公爲蓬州長史，過新政，作《離堆記》四百餘言，書而刻之石壁上。字徑三寸，雖崩壞剥裂之餘，而典刑具在，使人見之，凛然也。元符三年，余友强叔來尹是邑，始爲公作祠堂於其側，而求文以爲記。余謂仁之勝不仁久矣；然有時乎不勝，而反爲所陷焉，命也。史臣論公晚節偃蹇，爲姦臣所擠，見隕賊手，是未必然。公孫丞相以仲舒相膠西，梁冀以張綱守廣陵，李逢吉以韓愈使鎮州，而盧杞以公使希烈，其用意正相類爾。然於數君終不能有所傷，而公獨不免於虎口，由是觀士之成敗存亡，豈不有命耶？而小人軒然自以爲得計，不亦謬乎？且吾聞古之尚友者，以友天下善士爲未足，又尚論古之人，誦其詩，讀其書，思見其人而不可得，則方且欲招屈子於江濱，起士會於九原，蓋其志所願，則超然慕於數千百載之後，而况於公乎？公之功名事業已絶於人，而文學之妙，亦不可及，因其心畫之所在而祠之，此昔人尚友之意也。嘗試與彊叔登離堆，探石堂，觀其遺迹，而味其平生，則公之精神風采，猶或以想見也夫！

絳州思堂記

張　繹

金臺太守時侯，默而好深沉之思。下車之六月，作堂於治所之東偏，命之曰思，且將進思盡忠，退思補過，以盡吾之才也。客有難者曰：天下何思何慮？「同歸而殊塗，一致而百慮。」天下何思何慮，而子欲思之耶？侯笑曰：公知其一，未知其二。「靖共爾位，好是正直。神之聽之，介爾景福。」人道之常也，吾又何思？日往則月來，月往則日來，天道之常也，吾又何思？子見世之人矯情亂志，拂類以成其

行者乎？富貴之未來，則爲之巧語軟熟，視人有詡詡乞憐之色，不得則戚戚以爲憂；患難之來，則爲悲愁無聊之聲，鼠匿鳥伏，若不可容，以儌倖險阻之萬一，不得則戚戚以爲憂。嗚呼！是未來者果可來，而既來者果可去耶？夫惟不知有是理而強思之也，天下始紛紛多事矣。是所謂「憧憧往來，朋從爾思」是也。子所謂不思，殆謂是歟？客曰：然。侯曰：子徒知有不可思而強思之，庸詎知當思而不思，又患之大也耶？客愕然。侯指曰：子見庭中之杏，當未春時，橛然一枯株耳，然則春而華，秋而落，果何有耶？子能思其所以華，思其所以落，則死生之理盡矣。子見坐隅之燭，當中夜，晰晰可以見幽隱；仆之，則瞋目不見丘山，果何物耶？子能思其所以見，思其所以不見，則鬼神之理盡矣。孔子所謂「學而不思則罔。」孟子所謂「思則得之，不思則不得。」是也。不然，子欲捨是而求道家者流，浮屠之說，去人情，絕思慮，塊然坐乎窮荒之域，視吾君臣父子，泛泛若江湖之適相值也；頹靡壞蕩，不自收斂，且曰：吾之道，將自同於獸死木爛而已，吾又何思？嗚呼！是道也，吾不知其果何道也耶？而子不願學之耶？於是客始茫然自失，因撫髀而爲之歌曰：「春雨濕兮花卉香，秋風落兮露以霜。一往一來，天地之常。彼不知兮，何自苦而茫茫。思乎思乎，吾君臣父子兮，真道之奧而德之光。」客去，侯懼其言之不傳也，樂與學者共之也，遂命壽安張繹記之，河南吴僅書之。

校勘記

〔一〕入于泗　「入」字原脱，據明抄本補。

〔二〕首受沛　原作「而受沛」，據《漢書·地理志》改。

〔三〕有成而無難　原重「而」字，據明刻本删其一。

〔四〕名肇字子開　明抄本、明刻本同。按，句首疑脱「公」字。

宋文鑑卷第八十五

序

重修説文序

徐鉉

臣徐鉉等奉詔校定許慎《説文》十四篇，并《序目》一篇，凡萬六百餘字，聖人之旨，蓋云備矣。稽夫八卦既畫，萬象既分，則文字爲之大輅，載籍爲之六轡，先王教化所以行於百代，及於物之功，與造化均，不可忽也。雖復五帝之後，改易殊體，六國之世，文字異形，然猶存篆籀之迹，不失形類之文。及暴秦苛政，散隸聿興，便於末俗，人競師法，古文既絶，譌僞日滋。至漢宣帝時，始命諸儒修倉頡之法，亦不能復，故光武時，馬援上疏論文字之譌謬，其言詳矣。及和帝時，申命賈逵，修理舊文，於是許慎采史籀、李斯、楊雄之書，博訪通人，考之於賈逵，作《説文解字》，至安帝十五年，始奏上之。而隸書行之已久，習之益工，加以行草八分，紛然間出，近以篆籀爲奇怪，不復經心，至於六籍舊文，相承傳寫，多求便俗，漸失本原。《爾雅》所載草、木、魚、鳥之名，肆意增益，不可觀矣。諸儒傳釋，亦非精究小學之徒，莫能矯正。唐大曆中，李陽冰篆迹殊絶，獨冠古今，自云：「斯翁之後，直至小生。」此言爲不妄矣。於是刊定《説文》，修正筆法，學者師慕，篆籀中興。然頗排斥許氏，自爲臆説。夫以師心之見，破先儒之祖述，

豈聖人之意乎？今之爲字學者，亦多從陽冰之新義，所謂貴耳賤目也。唐末喪亂，經籍道息。皇宋膺運，二聖繼明，人文國典，粲然光被，興崇學校，登進羣才，以爲文字者，六藝之本，固當率由古法，乃詔取許慎《説文解字》，精加詳校，垂憲百代。臣等愚陋，敢竭所聞。蓋篆書堙替，爲日已久，凡傳寫《説文》者非其人，故錯亂遺脱，不可盡究。今以集書正副本，及群臣家藏者，備加詳考，有許慎注義序例中所載，而諸部不見，審知漏落，悉從補録。復有經典相承傳寫，及時俗要用，而《説文》不載者，承詔皆附益之，以廣篆籀之路，亦皆形聲相從，不違六書之義者。其間《説文》具有正體，而時俗譌變者，則具於注中。其有義理乖舛，違戾六書者，並序列於後，俾夫學者無或致疑。大抵此書務援古以正今，不徇今而違古。若乃高文大册，則宜以篆籀，著之金石；至於常行簡牘，則草隸足矣。又許慎注解，詞簡義奥，不可周知，陽冰之後，諸儒箋述，有可取者，亦復附益。猶有未盡〔一〕，則臣等粗爲訓釋，以成一家之學。時未有反切，後人附益，互有異同；孫愐《唐韻》行之已久〔二〕，今並以孫愐音切爲定，庶夫學者有所適從。食時而成，既異淮南之敏；縣金於市，曾非呂氏之精。塵瀆聖明，若臨冰谷。

贈麴植彈琴序

柳開

我聽子之琴，實聞其聲，不能知子琴之音也。獨坐永日，泠然不休，嗟乎，我是病於子矣。子本謂我能知其音，將欲宣其心而達其志也，豈徒然乎？爲子我悲矣，不幸因子琴之悲，而竊自感而自悲也。子果能爲我而聽其言乎？子之琴有似于我之文也，力學十餘年，非古聖賢人之所爲用心者不敢安，于

是學成而業精，行修而德廣，希于古之知己者，不可從而見也，徒勤勤而至于今矣。尤乎人不我知，誠之而莫所遂其求也，甘自放于東郊矣。聽子之琴，感我之悲也，亦將自尤而自責矣，又何外尤于他人乎？始自求于人，今知己之爲過也。棄俗尚而專古者，誠非樂于人而取其貴者也，獨宜其自知而自樂矣。用是而得與子言乎？子以琴之能見於我也，將謂我能識其音而辨其功矣，我豈果能專爲子識其音而辨其功乎？易子之願也，我亦如是矣。我聽子之琴，尚不能識其音而辨其功矣，人豈反能觀我之文也，而能爲我行其言而盡其道乎？故知人不我知者，亦無尤也。與子務于古者也，知之者不足取于外也，誠乎己而已。子聞此之言，固亦信哉我之感而悲不爲妄也。子試謂我而思之，將見子亦嗚而不禁矣。

龍圖序

陳摶

且夫龍馬始負圖，出於羲皇之代，在太古之先也。今存已合之位，或疑之，況更陳其未合之數耶！然則何以知之？答曰：於仲尼三陳九卦之義，探其旨，所以知之也。九卦，謂履、謙、復、恒、損、益、困、井、巽之九卦也。況夫天之垂象，的如貫珠，少有差則不成次序矣。故自一至於盈萬，皆累累然如係之於縷也。且若龍圖本合，則聖人不得見其象，所以天意先未合其形其象。聖人觀象而明其用，是龍圖者，天散而示之，伏羲合而用之，仲尼默而形之。始龍圖之未合也，惟五十五數，上二十五天數也，中貫三五，九外包之，十五盡天，三天五天，九并十五之用，後形一，六無位上位去一，下位去六又顯二十四之爲用也。茲所

謂天垂象矣。下三十地數也，亦分五位，五位，言四方中央也。皆明五之用也。上位形五，下位形六十分而爲六，五位六五，三十數也。形坤之象焉。坤用六也。六分而幾四象成七、九、八、六之四象地六不配謂中央六也。一分在南邊，六幾少陽七；二分在東邊，六幾少陰八；三分在西邊，六幾老陽九；惟在北邊六，便成老陰數，更無外數添也。在上則一不用，形二十四；在下則六不用，亦形二十四。上位中心去其一，見二十四；下位中心去其六，亦見二十四；以一歲三百六旬，周於二十四氣也。故陰陽進退，皆用二十四。後既合也。天一居上，爲道之宗；地六居下，爲氣之本。一六上下覆載之中，運四十九之數，爲造化之用也。天三幹地二，地四爲之用。此更明九六之用，謂天三統地二，地四幾，九爲乾元之用也。九幹五行，幾數四十是謂「大衍之數五十，其用四十有九也」。三若在陽，則避孤陰；在陰，則避寡陽。成八卦者三位也，謂一三五之三位；二與四只兩位，兩位則不成卦軆，是無中正，不爲用也。二與四在陽則爲孤陰，四二是也。在陰則爲寡陽，七九是也。三皆不處之，若避之也。大矣哉！龍圖之變，歧分萬塗，今略述其梗槩焉。

弈棋序

宋白

投壺、博弈，皆古也。禮經有文，仲尼所稱。弈之事，下無益於學植，上無裨於化源，然觀其指歸，可以喻大者也，故聖人存之。觀夫散木一枰，小則小矣，于以見興亡之基；枯棋三百，微則微矣，于以知成敗之數。是故弈人之説，有數條焉：曰品，曰勢，曰行，曰局。品者，優劣之謂也；勢者，彊弱之謂也；行者，奇正之謂也；局者，勝負之謂也。品之道，簡易而得之者爲上，戰争而得之者爲中，孤危而得之者爲下。勢之道，寬裕而陳之者爲上，謹固而陳之者爲中，懸絶而陳之者爲下。行之道，安徐而應之者爲

上，疾速而應之者爲中，躁暴而應之者爲下。扃之道，舒緩而勝之者爲上，變通而勝之者爲中，刼殺而勝之者爲下。品之義有淺深，定淺深之制，由乎從時。勢之義又有踈密，分疏密之形，由乎布子。行之義又有利害，審利害之方，由乎量敵。局之義又有安危，決安危之理，由乎得地。時有去來，乘則得之，過則失之。子有向背，遠則斷之，蹙則窮之。敵有動静，緩則守之，急則攻之。地有廢興，多則破之，少則開之。能從時者無不濟，能布子者無不成，能量敵者無不勇，能得地者無不彊。然從時之權，戒乎遷；布子之權，戒乎欺；量敵之權，戒乎忽；得地之權，戒乎貪。無謂品高而怠其志，怠即將卑；無謂勢大而驕其心，驕卽將羸；無謂行長而泄其機，泄卽將疲；無謂局盛而忘其敗，忘卽將危。若然，則制術於未形之前，識宜於臨事之際，轉禍於垂亡之間，倶此道者，爲善弈乎！引而伸之，可稽於古。彼簡易而得之，寬裕而陳之，安徐而應之，舒緩而勝之，有若堯禪舜，舜禪禹乎！彼戰爭而得之，謹固而陳之，疾速而應之，變通而勝之，有若湯放桀，武王伐紂乎！彼孤危而得之，懸絶而陳之，躁暴而應之，刼殺而勝之，有若秦倂六國，項王霸楚乎！是故得堯舜之策者爲首，得湯武之訣者爲心，得秦項之計者爲趾焉。抑從時有如設教，布子有如任人，量敵有如馭衆，得地有如守國。其設教也，在寬猛分；其任人也，在善惡明；其馭衆也，在賞罰中；其守國也，在德政均。至于怠志而驕心，泄機而忘敗，非止圍扃，將規家國焉。故曰：弈之事，下無益於學植，上無裨於化源，然觀其指歸，可以喻大者也，故聖人存之。

御覽序

田　錫

臣聞聖人之道，布在方策。六經則言高旨遠，非講求討論不可測其淵深；諸史則跡異事殊，非參會異同豈易記其繁雜；子書則異端之説勝，文集則宗經之辭寡，非獵精以爲鑒戒，舉要以觀會同，可爲日覽之書，資於日新之德，則雖白首未能窮經。矧王者機務餘暇，端拱穆清，所宜不勞躬而得稽古大端，不煩覽而達爲理大意。臣每讀書，思以所得，上補達聰，而天啓微衷，神佑私志，近因宣召，面得敷陳。可以銘於座隅者，書於御屏；可以用於帝道者，録爲御覽。今經取帝王易曉之意，史取帝王可行之事，子或摠於雜録，集或附之逐篇，悉求切當之言，用達精詳之理。覽之詳其義，則事與機會；用之得其時，則名與功偕。冀以塵露之微，上裨高深之德。即嗣聖功業，與堯、舜比崇，生靈富壽，在羲、軒之上。

留别知己序

向敏中

古者無患身不立，患道之不彰。偉哉，達士之格言，人倫之妙端也！敏中始學于《六經》舊史氏，見砥名勵行，濟時於有道者，則臨文慨慕，景遺範而耿光；見竊榮冒進，致身於非據者，則執卷窮微，想前事而太息。頃歲嘗侍立于先人，謂予曰：「矜功者弗立，僥望者匃成，無徇俗以強媒，苟名而自是。」三省前訓，克荷靡忘。暨予忝宦，聿來南夏，終朝若厲，臨事且繁，摠地千里，成賦百萬，編民剛勁，庶務稠雜。約乎風土，陋豫章之奥壤；比其井制，越金陵之上邦。布術懵從繩之理，化民無偃草之謡。迅速周天，迭换四稔。忽奉宸詔，俾歸闕庭，駕言于邁，中心鬱然。同年執友，通才巨儒，咸貺以序文歌詩，送别者多矣。其間探味述作，希閲詞旨，大約以踐清華，居近密，名器偉重，組紱超峻，爲進身之望也。激

揚之意，雖知己之虚談；潤色之詞，復文士之恒態。豈若出直言以誡之，垂有益以喻之，使敏中于太平之朝，彰其道，成其業，去邪助正，嫉惡揚善，移風以變俗，悛僞以復古，則可矣；將逮于竊榮冒進之輩，豈可得乎？況立性甚拙，揣心愈疏，嘗以居人臣之位，握刑賞之柄，焕耀當世，賁飾後昆者，宜乎富于道德，飽于忠鯁，求于至理，盡于至公，然後不求名而名自彰也，不竊榮而榮自至也。設不能量力以再思，約己以務進，逐本徇末，争利忘義，心爲蠹螯，面作狐狸，縱峩冠鳴珮，左金右玉，上倚千尋，一去九萬，躡跡于賢人君子之右者，復不愧歟？顧言故交，勉樹令德，俟他日將前言以辨釋之，則知敏中平生之志有在矣。

柳如京文集序

張景

一氣爲萬物母，至於陰陽開闔，嘘吸消長，爲晝夜，爲寒暑，爲變化，爲死生，皆一氣之動也。庸不知斡之而致其動者，果何物哉？不知其何物，所以爲神也。人之道不遠是焉。至道無用，用之者有其動也。故爲德，爲教，爲慈愛，爲威嚴，爲賞罰，爲法度，爲立功，爲立言，亦不知用之而應其動者又何物也。夫至道潛於至誠，至誠蘊於至明，離潛發蘊，其至而不知所至者，非神乎哉？堯、舜之揖讓，湯武之征伐，周公之制禮樂，孔子之作經典，孟軻之拒楊、墨，韓愈之排釋、老，大小雖殊，皆出於不測，而垂於無窮也。先生生於晉末，長於宋初，拯五代之横流，扶百世之大教，續韓、孟而助周、孔，非先生孰能哉？先生之道，非常儒可道也；先生之文，非常儒可文也。離其言於往跡，會其旨於前經，破昏蕩疑，拒

邪歸正，學者宗信，以仰以賴，先生之用可測乎？藏其用於神矣。然其生不得大位，不克著之於事業，而盡在於文章。文章，蓋空言也，先生豈徒爲空言哉？足以觀其志矣。今緝其遺文九十五篇，爲十五卷，命之曰《河東先生集》。先生名氏、官爵暨行事，備之行狀，而繫於集後。

送魯推赴南海序

穆　修

爲人之佐，其難矣哉！夫令而行者，其長之所專也；從而輔之者，其佐之所守也。凡政有害於公，有悖於理，知而必言，己之可爲耳；言而必從，豈己之所能哉？苟上無必從之道，則政有必失之患，爲其佐者，罪先及之，故曰：爲人之佐，其難矣哉！然則如何其可也？曰：盡其職而已矣。上言者賢，己當公而輔之；不賢，己當公而正之。賢不賢，自主彼之材；輔與正，非己之職歟？正之而不從，則雖獲罪反有之矣；於其職也，實無媿焉。今之從事二人者，或莫率是道，不涉於欺，則陷於隨。居上者，其人果賢，其政果明，是宜順之於下，以成其美。己則曰，我爲人佐，遂能無一言爲之損益，吾何以食其官；卽彊出白黑，以紛亂之，此非欺而何？居上者，其人果不賢，其政果不明，是宜直之於下，以救其過。己則曰，我爲人佐，言不吾專，力與爲敵，徒速悔累；曷若附離唱和，取容免責，苟全吾位而去，此非隨而何？予謂士之居其位，事其人，既不可欺，亦不當隨；不欺不隨，唯職所宜而已矣。魯君以辭學中名，自邑佐而遊郡幕，皆有所稱，今將復佐於南海。南海，際南之鉅府也。方聞其長，則是天子諫臣，賓接僚屬，當獎正與直，用是以往，志必上行。苟上下協公，以從于理，予見南海之政，獨追於古，而荒夷之民浹其惠也。

唐柳先生文集後序

穆修

唐之文章，初未去周、隋、五代之氣，中間稱得李、杜，其才始用爲勝，而號專雄諷詩，道未極其渾備。至韓、柳氏起，然後能大吐古人之文，其言與仁義相華實而不雜。如韓《元和聖德》，柳《平淮西雅章》之類，皆辭嚴義偉，製述如經。能崒然聳唐德於盛漢之表，蔑愧讓者，非二先生之文則誰與？予少嗜觀二家之文，常病柳不全見於世，出人間者，殘落纔百餘篇。韓則雖目其全，至所缺墜，亡字失句，獨於集家爲甚。志欲補得其正而傳之，多從好事者訪善本，前後累數十，得所長，輒加注竄。遇行四方遠道，或他書不暇持，獨齎韓以自隨，幸會人所寶有，就假取正，凡用力於斯，已蹈二紀外，文始幾定。而惟柳之道，疑其未克光明於時，何故伏其文而不大耀也？求索之，莫獲，則既已矣於懷，不圖晚節，遂見其書，聯爲八九大編，夔州。前序其首，以卷別者，凡四十有五，真配韓之鉅文歟！書字甚樸，不類今蹟，蓋往昔之藏書也。從考覽之，或卒卷莫迎其誤脱。有一二廢字，由其陳故劘滅，讀無甚害，更資研證就真爾。因按其舊，録爲別本，與隴西李之才參讀累月，詳而後止。嗚呼！天厚予嗜多矣。始而饜我以韓，既而飫我以柳，謂天不吾厚，豈不誣也哉？世之學者，如不志於古則已，苟志於古，求踐立言之域，捨二先生而不由，雖曰能之，非予所敢知也。天聖九年秋七月，河南穆修伯長後叙。

景祐鹵簿圖記序

宋綬

古者黄帝氏創軒冕之容，列營衛之警，輿駕儀物，蓋本於此。唐堯彤車，有虞鸞和，夏后之綏，商人之路，《周官》有司常巾車之職，虎賁旅賁之從，三五之際，其所由來尚矣。秦、六國兼屬車九九之數，漢上甘泉備千乘萬騎之衆。自時厥後，損益可知。歷李唐之艱屯，接五代之卑替，風流文物，蕩然罕餘。我藝祖挺神武之姿，膺樂推之運，霆斷電掃，王略載清。緜蕝示天子之尊，黄屋削諸侯之僭，始議郊饗，卽諏典文。辛司儒臣，討求揚搉，補緝漏目，崇飾新規，扞衛既雄，羽儀兼備。初，吏士所服，皆用畫帛，被襲且久，汙皺不鮮，乃命易以厚繒，加之文綉，采綷相錯，焕乎一時。若繼代相傳，洎代國所得，於古戾者，必褫去其制，朴者必增華。自是天時報功，洛壇拜况，遺老嗟覩，舊章頓還。二宗繼猷，慎、守丕則。柴泰兆耕，東廛篆石，仙閭薤牲，汾澥順風。訪道案，歷上陵，巡祭便蕃，威容震耀，羽旄輿馬，咸慰夫東西人之望焉。在昔蔡邕十意，首著車服之目；范曄緒成其事，史官頗續此作，其旁記别録，又有董巴、徐廣、周遷數家，中朝江左，亦嘗圖鹵簿。至道中，詔翰林承旨宋白，與内侍畫郊丘仗衛，緘在秘府。景德中，資政殿學士王欽若，上鹵簿記三卷，敕付太史。蓋古今之論，其詳可得而覩。皇上紹庭正統，拱己中宸，睿德天成而日躋，洪化火馳而風偃。崇儒嚮學，文之經也；講兵訓武，士之畏也；奉先登侑，禮之大也；度曲接神，樂之廣也。包文武以居業，總禮樂而播憲，則清光景鑠，可臆度而遽數哉？粤再郊之明年，命華光侍臣圖寫大簿。是時臣充儀仗使，督攝容衛，又以太僕奉車，承被顧問，官守之事，得以周知。乃與侍講馮元、侍講孫奭議曰：前二圖書，寫形紀事，不相參會，盍象設而又文陳乎？繇是著爲圖記十篇。名物夥多，但續其居首者，非有小異，不復重出。先摽其形制，後載其因造，有未周盡，復

具於末篇，别依兵部字圖畫横幅，其軸織悉無漏，合丹青而不亂，非見聞之異辭。天行星陳，莫斯爲盛。嘻！夫聖人制情之動，防民之踰，爲之辨貴賤名數之差，著陟降進止之節，訓之以物則，顯之以器服。故方軫圓蓋，以觀法象；鏤錫辰旂，以昭聲明；寢兕持虎，以養其威；升龍左纛，以副其德。天下尊之，百官奉之。邪心弗萌，亂原以消。非謂尚文貌之繁，矜紛華之飾。我后之置圖自正，觀古作鑒者，其是之謂歟！歲在戊寅，燔祀有期，敕内省副鑒監逮屬艱難常從領護其屬，重飾帝車，爰及法物，並加釐正。詢博士之論，擇國工之工，巧惟藻絢，臻夫典美。臣又適分使節，專職禮儀，因念曩編，宜益今制，而名標天聖，事從景祐，義則非順，理當改爲。輒取近所修正，各附其下，他即如舊。仍以親政之初元，冠其篇題，表一王而大居正也。荐塵衡石之覽，將謹名山之藏。庶幾裨《中經》丙部之餘，爲官注一家之説耳。

輔弼名對序

劉顔

昔者三王咸設四輔：一曰師，二曰保，三曰疑，四曰丞，俾居左右前後，各主訓護論思。又建三公，以總百揆。《書》曰：「夢帝賚予良弼。」又曰：「弼予一人。」是四輔、三公、九卿，通謂之輔弼。故西漢汲黯曰：「天子置公卿輔弼之臣，寧令從諛承意，陷主於不義乎？」則三公、九卿，通謂之輔弼，明矣。皆所以勗仁勸道，補政益德，申朝廷之大義，固社稷之長策，致君上於無過，措國家於不傾，出入詢謀，言動獻替者也。是以持平守正，審情切事，中於時病，合於物心。一言之發，足以廣其聰明；一語之行，足以

垂其法度，此乃輔弼之臣，應對之名者也。苟其不善，過與不及之者，或有問大而應細，詢要而對迂，訪真而述僞，咨易而答難；若是，欲聰而塞，欲明而昏，法度可垂，未之聞也。夫子曰：「舜好問，好察邇言。」謂近言而善者，察而行之。蓋得其情實，適於理致，不必奇遠，然後聽從，此古之帝王，求其論説之本意也。夫舜與三王，治殊而道邈，論説之語，質略而深，末塗難守。惟漢至五代，跡顯而時近，問荅之辭，聞見者洽，後世易法，可酌中道，垂訓來世。顔竊不忖揆，私務纂述，失意窮處，宅心遺事，探經濟之策，考摭實之議，斷自西漢，迄于周朝，凡一十九代之君臣，僅千二百年之問答，皆朝廷之至務，社稷之令猷，或関治亂以發明，或繫安危而辯列，足以施諸廊廟，利於國家，經久可行〔三〕，本末具載。凡四十門，門中各起類例，以陳警策；又爲序論，以示抑揚；其下，或逐臣，或逐事，有所隱塞，曲爲申明；并目録共四十一卷，命曰《輔弼名對》。其間亦有位非公卿，言是輔弼，不可廢者，兼而録之。又有虚論浮談，讒言輕議，雖輔弼之士，亦不取焉。且太史吴兢撰《貞觀政要》，止述太宗一朝；又宰相趙瑩著《君臣正論》，惟載唐室一代。其實多採章疏，不能純取問答。且章疏多則有疏間之敝，問答少則失親切之詳；以至虚論浮談，讒言輕議，錯雜其間，精粗相半，將恐垂訓不廣，而取信不深。故自歷朝，專採名對，庶幾賢人君子，輔弼聖帝明王，詢于芻蕘，無棄顑頷也已。

送張損之赴任定府幕職序

劉　牧

我國家以仁策馴有北，四十年矣。歲時遣使，挈詞弊，修聘事焉。朝廷有大慶及大事，亦罔不與，

足蹈吾境，目覩吾民，歛手帖帖，如家人焉。故朔方之民，往往老者忘父兄之讎，而壯者不識戰鬬事。何以言之？長老常爲牧，言邊防事云：兩河間，夷未通好時，其民過隣里親舊家，必帶刀劍。霜降農閑，里胥鄰長，會民習古戰陣之法。居常畜健馬乾食，寇至，裹粮持劒，帶甲上馬，不悔戰死，以怯爲耻。通好後，中年戴白之叟，入武庫，指兵器，亦尚能辨其名物，與其使用。當時老者，今已死矣；當時壯者，今已老矣；子孫生來，見聞保障不驚，城池不完，開門逢迎，不相危疑，食稻衣錦，養移於體。雖其風俗耐辛苦，尚武勇，而無事以來，習熟爲然，亦少殆矣。朝廷既以朔方爲安，凡沿邊郡縣文武之任，循例而授。士之從政選懦不材者，貪其飲食賜予十倍内郡，不憚其去；輕揚急進者，貪其階緣知遇，其勢易獲，亦十倍内郡，咸樂其補，故今言邊任者，粉墨雜糅矣。噫！凡人有家，雖無事時，未嘗一日不嚴門庭之限，藩籬之固；其與人也，雖親戚友善，許相死生，亦不忘去内外之别；川者腰舟具焉，山者獸獲存焉，爲人牧民者，如之何不之思也？在《易·復·象》曰：「先王以至日閉關，商旅不行。」釋者謂，四夷爲中國之陰，王者必却而外之，先王閉關而却外，所以擬其象也；必至日者，乘陽長陰消之際，設備務速，明不可後時也；商旅不行，小人喻於利，亦防姦之謂也。天之愛民久矣，必爲生智者以謀之。損之是行，豈貪飲食、速知遇之徒歟？損之居常與人言，必慷慨時事；今其行有日，同年友弟劉牧，取酒酌勸侑以言曰：今夷人保信誓，河北固無恙；第其民之疾苦，治之得失，物之利害，將盡忘之乎？而又職事官之任，平居時則投壺雅歌，奉樽俎之驩，與記奏之事；在軍旅則參謀畫，擁楯騎馬，而裁檄書。北方多賢諸侯，如訪損之以政者，則當思所以應之，勉樹功名，無爲具腰舟、設獸獲者笑之。

校勘記

〔一〕未盡 「未」原作「末」，據明抄本改。

〔二〕孫愐 「愐」原作「湎」，下句又作「沔」，均據明抄本改。

〔三〕經久 「久」原作「又」，據明抄本、明刻本改。

宋文鑑卷第八十六

序

祕演詩集序

歐陽修

予少以進士遊京師，因得盡交當世之賢豪，然猶以謂，國家臣一四海，休兵革養息，天下以無事者四十年，而智謀雄偉非常之士，無所用其能者，往往伏而不出，山林屠販，必有老死而世莫見者，欲從而求之不可得。其後得吾亡友石曼卿。曼卿爲人，廓然有大志，時人不能用其材。曼卿亦不屈以求合，無所放其意，則往往從布衣野老酣嬉淋漓顛倒而不厭。予疑所謂伏而不見者，庶幾狎而得之，故常喜從曼卿遊，欲因以陰求天下奇士。浮屠祕演者，與曼卿交最久，亦能遺外世俗，以氣節相高，二人懽然無所間。曼卿隱於酒，祕演隱於浮屠，皆奇男子也。然喜爲歌詩以自娛，當其極飲大醉，歌吟笑呼，以適天下之樂，何其壯也！一時賢士皆願從其游，予亦時至其室。十年之間，祕演北渡河，東之濟、鄆，無所合，困而歸。曼卿已死，祕演亦老病。若夫二人者，予乃見其盛衰，則余亦將老矣夫！曼卿詩辭清絶，尤稱祕演之作，以爲雅健有詩人之意。祕演狀貌雄傑，其胷中浩然，既習于佛，無所用，獨其詩可行于世，而懶不自惜。已老，胠其橐，尚得三四百篇，皆可喜者。曼卿死，祕演漠然無所向，聞東南多山水，

其巔崖崛嵂，江濤洶湧，甚可壯也，遂欲往遊焉，足以知其老而志在也。於其將行，爲叙其詩，因道其盛時，以悲其衰。

惟儼文集序

歐陽修

惟儼姓魏氏，杭州人，少遊京師三十餘年，學于佛而通儒術，喜爲辭章，與吾亡友曼卿交最善。曼卿遇人無所擇，必皆盡其忻歡；惟儼非賢士不交，有不可其意，無貴賤一切閉拒絶去不少顧。曼卿之兼愛，惟儼之介，所趣雖異，而交合無所間。曼卿嘗曰：「君子泛愛而親仁。」惟儼曰：「不然，吾所以不交妄人，故能得天下士，若賢不肖混，則賢者安肯顧我哉？」以此一時賢士多從其遊。居相國浮圖，不出其户十五年，士嘗遊其室者，禮之惟恐不至；及去爲公卿貴人，未始一往干之。然嘗切怪平生所交皆當世賢傑，未見卓卓著功業如古人可記者，因謂世所稱賢材，若不笞兵走萬里立功海外，則當佐天子號令賞罰於明堂，苟皆不用，則絶寵辱，遺世俗，自高而不屈，尚安能酣豢於富貴而無爲哉？醉則以此誚其坐人。人亦復之，以謂遺世自守，古人之所易；若奮身逢時，欲必就功業，此雖聖賢難之，周、孔所以窮達異也。今子老於浮圖，不見用於世，而幸不踐窮亨之塗，乃以古事之已然而責今人之必然邪？雖然，惟儼傲乎退偃於一室，天下之務，當世之利病，聽其言，終日不猒，惜其將老也已！曼卿死，惟儼亦買地京城之東，以謀其終，乃斂平生所爲文數百篇示予，曰：「曼卿之死，既已表其墓；願爲我序其文，然及我之見也。」嗟夫！惟儼既不用於世，其材莫見於時，若考其筆墨馳騁、文章贍逸之能，可以見其志矣。

集古目録序

歐陽修

物常聚於所好，而常得於有力之強。有力而不好，好之而無力，雖近且易，有不能致之。象犀虎豹，蠻夷山海殺人之獸，然其齒角皮革，可聚而有也。玉出崑崙流沙萬里之外，經十餘譯，乃至乎中國。珠出南海，常生深淵，採者腰絙而入水，形色非人，往往不出，則下飽蛟魚。金礦于山，鑿深而穴遠，篝火餱糧而後進，其崖崩窟塞，則遂葬於其中者，率常數十百人。其遠且難，而又多死，禍常如此。然而金玉珠璣，世常兼聚而有也。凡物好之而有力，則無不至也。湯盤孔鼎，岐陽之鼓，岱山鄒嶧會稽之刻石，與夫漢魏已來，聖君賢士，桓碑彝器，銘詩序記，下至古文籀篆分隸諸家之字書，皆三代以來至寶，怪奇偉麗，工妙可喜之物，其去人不遠，其取之無禍，然而風霜兵火，湮淪磨滅，散棄於山崖墟莽之間，未嘗收拾者，由世之好者少也。幸而有好之者，又其力或不足，故僅得其一二，而不能使其聚也。夫力莫如好，好莫如一。予性顓而嗜古，凡世人之所貪者，皆無欲於其間，故得一其所好於斯。好之已篤，則力雖未足，猶能致之，故上自周穆王以來，下更秦漢隋唐五代，外至四海九州，名山大澤，窮崖絶谷，荒林破塚，神仙鬼物詭怪所傳，莫不皆有，以爲《集古録》。以謂傳寫失真，故因其石本，軸而藏之，有卷秩次第，而無時世之先後，蓋其取多而未已，故隨其所得而録之。又以謂聚多而終必散，乃撮其大要，别爲《録目》，因并載夫可與史傳正其闕謬者，以傳後學，庶益於多聞。或譏予曰：物多則其勢難聚，聚久而無不散，何必區區於是哉？予對曰：足吾所好，玩而老焉可也，象犀金玉之聚，其能果不散乎？予

固未能以此而易彼也。

梅氏詩集序

歐陽修

予聞世謂詩人少達而多窮，夫豈然哉？蓋世所傳詩者，多出於古窮人之辭也。凡士之藴其所有而不得施於世者，多喜自放於山巔水涯之外，見蟲魚草木風雲鳥獸之狀類，往往探其奇怪；内有憂思感憤之鬱積，其興於怨刺，以道羈臣寡婦之所歎，而寫人情之難言，蓋愈窮則愈工，然則非詩之能窮人，殆窮者而後工也。予友梅聖俞，少以蔭補爲吏，累舉進士，輒抑於有司，困於州縣凡十餘年；年今五十，猶從辟書爲人之佐，鬱其所畜，不得奮見於事業。其家宛陵，幼習於詩，自爲童子，出語已驚其長老。既長，學乎六經仁義之説。其爲文章，簡古純粹，不求苟説於世，世之人徒知其詩而已。然時無賢愚，語詩者必求之聖俞；聖俞亦自以其不得志者，樂於詩而發之，故其平生所作，於詩尤多。世既知之矣，而未有薦于上者。昔王文康公，嘗見而歎曰：「二百年無此作矣。」雖知之深，亦不果薦也。若使其幸得用於朝廷，作爲雅頌，以歌詠大宋之功德，薦之清廟，而追、商、周、魯《頌》之作者，豈不偉歟？奈何使其老不得志，而爲窮者之詩，乃徒發於蟲魚物類、羈愁感歎之言；世徒喜其工，不知其窮之久而將老也，可不惜哉？聖俞詩既多，不自收拾，其妻之兄子謝景初，懼其多而易失也，取其自洛陽至于吴興已來所作，次爲十卷。予嘗嗜聖俞詩，而患不能盡得之，遽喜謝氏之能類次也，輒序而藏之。其後十五年，聖俞以疾卒于京師。余既哭而銘之，因索于其家，得其遺稿千餘篇，并舊所藏，掇其尤者，六百七十七篇，爲一十

五卷。嗚呼！吾於聖俞詩論之詳矣，故不復云。

送徐無黨南歸序

歐陽修

草木、鳥獸之爲物，衆人之爲人，其爲生雖異，而爲死則同，一歸於腐壞澌盡泯滅而已。而衆人之中，有聖賢者，固亦生且死於其間，而獨異於草木、鳥獸、衆人者，雖死而不朽，愈遠而彌存也。其所以爲聖賢者，修之於身，施之於事，見之於言，是三者所以能不朽而存也。修於身者，無所不獲；施於事者，有得有不得焉；其見於言者，則又有能有不能也。施於事矣，不見於言可也，自《詩》《書》《史記》所傳，其人豈必皆能言之士哉？修於身矣，而不施於事，不見於言，亦可也。孔子弟子，有能政事者矣，有能言語者矣；若顏回者，在陋巷曲肱飢卧而已，其羣居則默然終日如愚人，然自當時羣弟子皆推尊之，以爲不敢望而及，而後世更百千歲，亦未有能及之者，其不朽而存者，固不待施於事，况於言乎？予讀班固《藝文志》，唐《四庫書目》，見其所列，自三代秦漢以來，著書之士，多者至百餘篇，少者猶三四十篇，其人不可勝數，而散亡磨滅，百不一二存焉。予竊悲其人，文章麗矣，言語工矣，無異草木榮華之飄風，鳥獸好音之過耳也。方其用心與力之勞〔一〕，亦何異衆人之汲汲營營，而忽焉以死者，雖有遲有速，而卒與三者同歸於泯滅，夫言之不可恃也蓋如此。今之學者莫不慕古聖賢之不朽，而勤一世以盡心於文字間者，皆可悲也。東陽徐生，少從予學爲文章，稍稍見稱於人，既去而與羣士試於禮部，得高第，由是知名。其文辭日進，如水涌而山出〔二〕，予欲摧其盛氣而勉其思也，故於其歸，告以是言，然予固亦喜爲

文辭者，亦因以自警焉。

外制集序

歐陽修

慶曆三年春，丞相呂夷簡病，不能朝，上既更用大臣，鋭意天下事，始用諫官御史疏，追還夏竦制書。既而召韓琦、范仲淹於陜西，又除富弼樞密副使。弼、仲淹、琦，皆惶恐頓首辭讓，至五六不已。手詔趣琦等就道甚急，而弼方且入求對以辭，不得見，遣中貴人趣送閤門使，卽受命。嗚呼！觀琦等之所以讓，上之所以用琦等者，可謂聖賢相遭，萬世一遇，而君臣之際，何其盛也！於是時，天下之士，孰不願爲材耶？顧予何人，亦與其選。夏四月，召自滑臺，入諫院，冬十二月，拜右正言，知制誥。是時夏人雖數請命，而西師尚未解嚴；京東累歲盜賊，最後王倫暴起沂州，轉劫江淮之間；而張海、郭貌山等，亦起商鄧，以驚京西；州縣之吏，多不稱職，而民弊矣。天子方慨然勸農桑，興學校，破去前例，以不次用人；哀民之困，而欲除其蠹吏；知磨勘法久之弊，而思別材不肖，以進賢能；患百職之不修，而申行賞罰之信，蓋欲修法度矣。予時雖掌誥命，猶在諫職，常得奏事殿中，從容盡聞天子所以更張庶事，憂閔元元，而勞心求治之意，退得載于制書，以諷曉訓敕在位者。然予方與修祖宗故事，又修《起居注》，又修編敕，日與同舍論議，治文書，所省不一，而除目所下，率不一二時已迫丞相出，故不得專一思慮，工文字，以盡導天子難諭之意，而復誥命於三代之文。嗟夫！學者文章見用于世鮮矣，況得施於朝廷，而又遭人主致治之盛，若脩之鄙，使竭其材，猶恐不稱，而況不能專一其職，此予所以常遺恨於斯文也。明年

秋，予出爲河北轉運使。又明年春，權知成德軍事。事少間，發嚮所作制草而閱之，雖不能盡載明天子之意，於其所述，百得一二，足以章示後世，蓋王者之訓在焉，豈以予文之鄙而廢也。於是錄之爲三卷，予自直閤下，儤直八十始滿，不數日，奉使河東，還，即以來河北，故其所作纔一百五十餘篇云。

詩圖總序

歐陽修

周之詩，自文王始。成王之際，頌聲興焉，周之盛德之極。文王之詩三十七篇，其二十三篇，繫之周公、召公，爲《周南》《召南》；其八篇爲《小雅》，六篇爲《大雅》。武王之詩六篇，四篇爲《小雅》，二篇在《召南》之風。成王之詩五十三篇，其十篇爲《小雅》，十二篇爲《大雅》，三十一篇爲《頌》。是爲詩之正經。其後二世，昭王立，而周道微闕，又六世，厲王政益衰，變《雅》始作。厲王死于彘，天下無君。周公、召公行政，謂之共和，凡十四年。而厲王之下，太子宜臼遷于洛邑，號東周。周之室益微，而平王之詩貶爲《風》，下同列國，至於桓、莊，而詩止矣。初成王立，周公攝政，管、蔡作亂，周公及其大夫作詩七篇，周之太史以爲周公詩主道豳國公劉、太王之事，故繫之豳，謂國《變風》。而諸侯之詩無《正風》，其《變風》自懿王始作。懿王時，《齊風》始變；夷王時，《衛風》始變，次厲王時，《陳風》始變；厲王崩，周召、共和，《唐風》始變；次宣王時，《秦風》始變；至平王時，《鄭風》始變；惠王時，《曹風》始變；陳最後，至頃王時，猶有靈公之詩，於是止矣。蓋自文至頃，凡二十世，王澤竭而詩不作。今鄭之詩次，比考於舊史，先後不同。周、召主豳，皆出於周，邶鄘合於衛，檜、魏世家絕，其可考者，七國而已，陳、齊、衛、晉、曹、

鄭、魏，此變風之先後也。周、召、邶、鄘、衛、王、鄭、齊、豳、秦、魏、唐、陳、檜、曹，此孔子未删詩之前，季札所聽周樂次第也。周、召、邶、鄘、衛、王、鄭、齊、魏、唐、秦、陳、檜、曹、豳，此今詩之次第也。考其得封之先後，爲國之大小，與其詩作之時，皆失其次，説者莫能究焉。其外魯之《頌》四篇，《商頌》五篇，鄭康成以爲魯得用天子之禮樂，故有《頌》，而《商頌》至孔子之時，存者五篇，而《夏頌》已亡，故録魯詩以備三《頌》，著爲後王之法，監三代之成功，法莫大於夏矣。康成所作《詩譜圖》，自共和而後，始得春秋次序。今其圖亡。今略準鄭遺説，而依其次序推之，以見前儒之得失。今既依鄭爲圖，故風雅變王，與其序所不言，而説者推定世次，皆且從鄭之意，其所失者，可指而見焉。司馬遷謂：古詩三千餘篇，孔子删之，存者三百。鄭學之徒，皆以遷説之謬，言古詩雖多，不容十分去九。以予考之，遷説然也。何以知之？今書傳所載逸詩，何可數焉，以圖推之，有更十君而取其一篇者〔三〕，又有二十餘君而取其一君，由是言之，何啻乎三千？詩三百一十一篇，亡者六篇，存者三百五篇云。

慶曆兵録序

宋祁

世之言兵者，本之軒轅時，書缺有間矣。夏、商以來，乃能言之。緣井田，作乘車，即鄉爲軍，因田爲蒐，周法則然。外制郡國，内彊京師，兵非虎符不得發，漢法則然。開府籍軍，混兵於農，使士皆土著，有格死無叛上，唐法則然。然晚周力分諸侯，其弊弱者常分，暴者常并，故六國相軋而亡。漢衰權假彊臣，其弊勢侔則疑，力寡則隨，故僭邦鼎峙而立。唐季亂生置帥，其弊樂姑息，厭法度，故羣不逞糜

潰而爭。由是觀之，始未嘗不善，而後稍陵遲也。宋興，剗五姓餘亂，一天下之權，偕藩納地，梗帥嬰法，經武制衆，罔不精明。凡軍有四：一曰禁兵，殿前馬步三司隸焉，卒之鋭而票者充之；或挽彊，或蹋張，或戈船突騎，或投石擊刺，故處則衞鎭，出則更戍。二曰廂兵，諸州隸焉。卒之力而悍者募之；天下已定，不甚持兵，唯邊蠻夷者，時時與禁兵參屯，故專於服勞，間亦戍更。三曰役兵，羣有司隸焉，人之游而惰者入之；若牧置，若漕輓，若管庫，若工技，業壹事專，故處而無更；凡軍有額，居有營，有常廩，有横賜。四曰民兵，農之徤而材者籍之；視鄉縣大小而爲之數，有部曲，無營壁，闕者輒補，歲一閱焉，非軍興不得擅行。此國家制軍，大抵如此。然兵無常帥，帥無常鎭，權不外假，力不它分，此其所以維萬方，懾四夷，鼓行無前，而對天下者也。慶曆五年，今參預貳卿濟陽丁公，以壯猶宿望，進使樞密〔四〕；惟是本兵柄，按軍志，無不在焉，而叢分几閣，非甚有紀。公乃捜次首末，鉤考纖微，掇其攻守戰者，爲禁兵、民兵、兵録五篇，合羣曹所分，擿諸條所隱，彙而聯之，部分班如也；離而件之，區處戢如也。彌衆而易見，愈詳而不繁，雖伍符猥并，邊瑣曲折，歲列廢置，月比耗登，披文指要，坐帷而判，蓋簡稽之決要，蒐乘之總凡，録成，乃上於官，且俾叙作者之意。謹按，軍篇之首，公各述所由，前創後因，聖繼神承，既有第矣。近衞別録，示有尊也；餘軍弗載，略所緩也；文約事明，成一王法。惟公達練多聞，以忠力自結於上，處機宥，不周歲，擢貳鉉台，曝誠明，翊權綱，有德有言，天子之寶臣歟！

邯鄲圖書十志序

李　淑

儒籍肇劉《略》、荀《簿》、王《志》、阮《録》，汔元毋殛備。士大夫藏家者，唯吴齋著目。唐季兵燹，墳典散落。帝宋戢戈講道，薦紳靡然，編摩校輯，歲月相踵。予家高曾以還，力弦誦馬蹄間，重明尚文，素風不衰。肆中山公，奮蕤舒光，翊宣通謨。狷者賴清白之傳，冠而並班傳遊，載筆兩朝，禁清圖史，號令策牘，吁俞演暢，伊延閣廣内，幽經祕篇，固殫見悉索之。中敕辨次，甫事麾去。大抵官書三萬六千二百八卷，訂開元見目，什不五六。《崇文目》剟去五千餘，猶淺末[五]。摽剽名臣舊族間，所獲或東觀之闕。繇是知世書尚存，購寫弗競。豐社舊蘊，斷巇不倫，中山官南，始復論補。逮于刊綴，彌三十載。會請養玉堂，抉私褚外内經合道釋書盡得若干，離十志，五十七類，總八目。几槴題表，參准昔模，緗素枕籍，點兼古語。有貳本者，分貯旁格，柳氏長行後學之別歟！噫，予門從著作、水部、賛善、洪州，四世而及中山，鄙夫承之，施爾朋、圭、芻、泊、彙、蒙、謙輩，冠蓋八葉，緊汝曹善承之，肆守之，毋爲勢奪，毋爲賄遷。書用二印，取朋篆，所以記封國，詔世代。東都永寧有館第，西都履道有園齋，爲退居佔畢之玩。既志之序之，識迂拙耽賞之自。後日紬續，追紀左方。

唐鑑序

石介

夫前車覆，後車戒，前事之失，後事之鑑。湯以桀爲鑑，故不敢爲桀之行，而湯德克明，隆祀六百。周以紂爲鑑，故不敢爲紂之惡，而周道至盛，傳世三十。漢以秦爲鑑，故不敢爲秦之無道，而漢業甚茂，延洪四百年。唐以隋爲鑑，故不敢爲隋之暴亂，而唐室攸乂，永光十八葉。國家雖承五代之後，實接唐

之緒，則國家亦當以唐爲鑑。臣逖覽往古，靡不以女后預事而喪國家者。臣觀唐最甚矣：武氏變唐爲周，韋庶人、安樂公主酖殺中宗，太平公主潛謀逆亂，楊貴妃召天寶之禍。臣歷觀前世，鮮不以閹官用權而傾社稷者。臣視唐尤傷矣：代宗遭輔國之侮蔑，憲宗被陳慶之弒逆，昭宗爲季述之囚辱。臣眇尋歷代，無不以姦臣專政而亂天下者。臣視唐至極矣：祿山之禍，則林甫國忠爲之也；朱泚之亂，則盧杞爲之也；陳慶之弒，則皇甫鎛爲之也。嗚呼！姦臣不可使專政，女后不可使預事，宦官不可使任權。明皇始用姚崇、宋璟則治，終用林甫、國忠則亂；德宗始用崔祐甫、陸贄則治，終用盧杞、裴延齡則亂；憲宗始用裴度則治，終用皇甫鎛則亂。自武后奪國，迄于中、睿，曁天寶末年，政由女后，而李氏幾喪。自肅宗踐位，歷于代宗、德宗、順宗，憲、穆、文、武、宣、懿、僖、昭，權在中官，而唐祚終去。詩曰：「赫赫宗周，褒姒滅之。」然則巍巍鉅唐，女后亂之，姦臣壞之，宦官覆之。臣故採摭唐史中女后、宦官、姦臣事迹，各類集作五卷，謂之《唐鑑》。噫！唐十八帝，惟武德、正觀、開元、元和百數十年，禮樂征伐，自天子出。女后亂之於前，姦臣壞之於中，宦官覆之於後，顛側崎危，綿綿延延，乍傾乍安，若續若絶，僅能至於三百年，何足言之？後之爲國者，鑑李氏之覆車，勿專政於女后，勿假權於中官，勿委任於姦臣，則國祚延洪，歷世長遠，當傳于子，傳于孫，可至千萬世，豈止齪齪十八帝，局促三百年者哉？伏惟明主戒之！

校勘記

〔一〕方其用心　原作「方用其心」，據明刻本乙。歐集作「方其」。

〔二〕如水涌　「如」原作「加」，據明抄本、明刻本改。

〔三〕有更十君　「有」原作「首」，據明抄本改。

〔四〕樞密　明刻本作「樞省」。

〔五〕猶淺末　「猶」疑當作「尤」。

宋文鑑卷第八十七

序

皇祐會計録序

田況

在昔冢宰制國用，必度歲之豐寡，謹出入之式灋，以馭其用；至通三十年之率以防不給，其裁節過殺，情密重慎，可知也已。古今世遼，兵農殊業；賦貢常入，不足更用；斡計權利，其涂百出。有唐鹽鐵、户部、度支分鳌使務，謂之三司。兵禍仍積，邦財匱耗，至用宰相主之，以重其事。明宗乃專立一使，以總其任。國朝又嘗各置使領事，多盭違無所從稟，故復合而爲一。《周官》六典，文昌萬事，過半在於兹矣。以秦漢言之，則兼大農、少府、將作、水衡之職；以唐五代言之，則包租庸、地税、户口、國計之名，其寄重憂深，非羣司之擬也。國家丕享海内，化際日出，養兵之法，與古不侔。祖宗繼承，募置增衍，康定、慶曆中，夏戎阻命，邊關益戍，釋販舍耒，争隸軍籍，校之景德、祥符歲，敷幾一倍矣。是以經費日侈，民力屢疲，垂今十五年，未克如舊。加以吏員歲溢，恩廕例繁，冗食待次，不可勝紀。幸上叡聖恭儉，憂民節用，内踈聲玩，外簡游幸，至於廣内秘殿，裁損渥飾，嚴籞池囿，率多權廢，不急土木，一切停罷。近詔應不急土木，一切權罷。舊制，禁中歲新户牖欄檻朱緑之飾。去歲傳宣三司，福寧殿等處，五年一次修换，金明池御座龍艦，

金碧宏麗，始費不貲，收同請繕飾，上面諭曰：此實無用，可撤毁之，勿横費也。臣以斵鏤小碎之材，毁無所用，願粗修補，不使壞可也。上從之。其它去奢從儉，德音非一，不可殫也。願以安邊柔遠，清心息事爲本。征繕或闕，時發内府緡帛以濟之，故計臣得以深自率勵，未罹咎謫，誠爲幸哉！必欲酌祖宗之舊，參制浮冗，以裕斯民，則繫乎岩廊之論，非有司之事也。臣材策闇短，久當大計，雖内自竭盡，而績無最尤。若夫内外之盈虚，出納之慎忽，商貨之通滯，法令之峻遲，朝夕詢求，則不敢懈。先朝權三司使公事，丁謂嘗編《景德會計録》上之，逮今四紀餘，利害贏虧，變通損益，多非近制矣。臣今略依謂之所述，集成《皇祐會計録》六卷，一《户賦》，二《課入》，三《經費》，四《儲運》，五《禄賜》，六《雜記》。其出入之數，取一年最中者爲準，精要者采緝之，冗釀者删除之；如謂所録郡縣疆里，復以宫館祠宇附贅其下，此皆不取。至於糧芻運饋，國之大計，故特爲《儲運》一篇，以補其闕。每卷之首，别爲題辭，今昔之隆汙，置廢之是否，庶可見其崖略矣。冒瀆皇覽，伏深戰汗。

奉國軍衙司都目序

錢彦遠

《詩》曰：「王之爪牙」，言吏士鋒鋭，能搏噬奇邪也。故軍將皆建旗于前曰大牙，凡部曲受約束，稟進退，悉趍其下。近世重武，通謂刺史治所曰牙，緣是從卒爲牙中兵，武吏爲牙前將，俚語缺誤，轉稱爲衙。唐自開元至五代間，衙將最重，皆督千人，兼檢校臺省官，猶春秋陪臣，非才幹勇略不授。國初芟誅奸雄，斂威銷萌，出儒臣守郡，始募城郭子弟，或里胥雜補，唯得筦倉庫，部飛輓，趍擯呼指爾。乃

立條教以均勞逸，視比例以參輕重，考歲月以叙等級，愛民甚矣。天下壹也，就有風俗便宜，亦從而小殊。明州漢之鄮縣，本朝賜節度額。其地東濱海洋，羣山聯屬，田塉且隘，鱻鱸錯出。居人呰窳偷生，喜輕衣甘食，無蓄積之實。衙將員雖百有二十，貲産視它郡爲瘁。典吏乘隙，骫枉重困，握粟出卜，訟訴繁興。昭文學士陸君下車明年，彦遠得爲通判官，會按察使符，俾釐正簿領，復命鄞主簿何世昌侑焉。頗蠲除舊弊數端，悉條列使合法令，而附近人情，衆以爲便。乃獻狀按察二使，既成，題曰《衙司都目》，因書本末篇首。

送楊鬱林序

劉敞

鬱林，古郡也；太守，尊官也，其任不輕矣，然而當拜者輒以炎瘴霧露爲解。天子以謂，此皆全軀保妻子之臣，無憂國之風，皆置不用，而詔丞相擇刺史之賢者，使舉奇偉倜儻之士，以充其選。於是大人部荆州，詔書先至，則以楊侯聞，天子可焉，遂自郡從事遷廷尉丞，假五品服以行，别賜錢十萬，衆皆榮之。然楊侯既受命，退而治裝，汎然不以爲喜；聞嶺海之説，風土之異，漠然不以爲憂，如他日焉。人皆曰：楊侯矯亢人也。嗚呼！前世之所以能治也，爲官擇人；後世之所以不治也，爲人擇官。彼庸庸之臣，志得意滿，生而養交以饕富貴，真若長者；一旦有竟外之事，憂畏首鼠，堅以死辟，世常有之。夫「不可使往」，《春秋》貶焉，若無君子，何以矯也？吾以楊侯矯世之君子，《春秋》之徒歟！推此心也，雖在山海之内，而加千乘之國，其有難治哉？於其行，序以贈之。

劉景烈字解

劉敞

劉侯，外戚公子也，而過人者三：其弓七鈞，而射百步，未可以斃牛；兵無長短，劒無單複，應敵施巧，倏忽不可知，如神；居士大夫間，而恂恂不失節，似儒者；予是以嘉之。夫士有英邁之氣，而非功名之時，則略爲不用；資功名之時，而無信任之勢，則效爲不見。今劉侯，其天材多矣，又有肺腑之親，而四方夷狄尚多恣睢者，設使因其時，奮其氣，功名豈遂少哉？而久處未試，予是以惜之。他日，因燕飲酒，言曰：吾名永年，而字昌齡，以爲釋可也，以爲訓則不可，幸有以易之。予曰：然，使貴而可以永年，則安有齊、梁之君？使富而可以永年，則安有范、中行之臣？齊、梁之貴，范、中行之富，而忽然不聞，彼可以永年者安在哉？在功名而已矣。天地無窮，而人之生有涯，以夫有涯遊無窮之中，而無以自別也，蠢然作、蟄然止則已矣，雖萬物何辨焉？嗟乎！此智勇士捐筋力，忘利害而不顧，以求就功名者也。故一託於義，而終身安之。金石象其聲，丹青狀其貌，簡策叙其實，若是可以永年矣。字子以景烈如何？座客相和唱善。劉侯拜且謝曰：謹受教，請銘之心，不敢須臾忘。因序其語授之。

送湖南某使君序

劉敞

苗民之頑，不率帝命，蓋自古記之矣。以堯爲君，以舜爲相，而有三危之誅；以舜爲君，以禹爲相，而有羣后之師；此非其德不至，力不足也，不得已也。然則聖朝獨得已而已之乎？夫蠻夷異類，其暴，

虎也；其貪，狼也；其捷，猱狖也。山林之與居，鳥獸之與羣，其險阻幽絶，非人境也。然而驅中國之士，衣三注之甲，負弩荷戈，加糧糗其上，夜則冒霧露，晝則負赤日，日夜不休，與之馳逐，是以難也。然則雖欲急成功，安可得哉？今者上策，莫若脩堯舜之義，明布其德，而物將自服；其次嚴兵以守之，絶其抄略之路，而勿爲深入之師；其次誘而教之，使去其穴，則固可取也。若夫恥不能追而探其巢，不爲致人而致於人，釁於勇而嗇於禍，可進而不可退，是以師僥幸也，非國家之利也，願使臣不爲！昔者三苗之事，益贊于禹，故其功烈垂於後世，而莫得過焉。世不可誣，安知後來者之非益也？將在使君所以達之而已，何畏乎有苗？

送馬承之通判儀州序

蔡襄

唐末御外方，將帥臣闚釁輒發，藉土地，聚貨財，招倈慓勇，士務刺擊爭鬭以爲强；甚者格弛天子法令，專逐帥臣，盜有其衆，患日寖長，梁朱氏卒乘此勢以取天下。其後五十餘年，易四姓，大率由是廢興。武人綰重兵，收天下安危，大柄在掌握間，更世移祀，提持飲食器，東西左右耳。於是軍中氣凜然騰在人上；躬儒者俛首隱舌，不復奮起開説古先王治道而爲之節制。勢久而變，理固然也。國家既平四方，追鑒前失，凡持邊議，主兵要，內宥密而外方鎮，多以儒臣任之。武人剗去角牙，磨治（平聲）壯戾，妥處行伍間，不敢亢然自校輕重。然則今天下安危大計，其倚重於儒臣乎！獨不知決然自當其所倚重，建立經久之制者，果誰哉？承之以文稱，於交遊喜能自立，兹有西鄙之行，思以竭材慮而後愜焉。予覿

承之之文之言，未始離乎忠也。使力足而勢大者，咸以是而爲心，唯國之計，而微躬之念，事罔不濟；且使世之人知儒者果可以天下安危大柄倚重之也。

送張總之温州司理序

蔡　襄

提封千里，民堵萬區，加其上者，獨太守耳，守之責無已重乎？曰：不若理官之重。然則使死者不怨，刑者甘心，遂理官之重，可乎？曰：不奪，則責之可也。凡縣邑之民事不得其平者，則平之於尹；尹之不能平及事之大者，咸得平之於守；守視其事之小者立決之，其大者下于理官，理官得以考其情而棄之。故曰，守之責不若理官之重。然理官之專其重，而不得專其官，有昏耄柔懦，則事叢而下；有偏怒奇憐，則舉手左右；有狹中矜敏，則務乎簡歷。日召而前，頤指教敕，迎合其意則喜，違之則怒，至有鍛鍊遷就而爲之，使寃者不得吐其臆，鞫者不得畢其慮。故曰，不奪，則責之可也。使能者爲之，期止於是，不期於奪。然每一事之下，審獄具文，諮于從事，謀于監郡，上于太守，而又質于掌法者；若文不比，囚不直，則移而讞之；衆皆可焉，班而署之，然後乃得已矣。若是，積三歲而罷歸，其勤亦甚矣。總之力學修文，行之廉厚，復爲理官，使主郡者賢明不奪，則其責愈重，總之宜如何爲心哉？夫與鼓瑟者游，而言操刀之事，則言者之過也。總之于行，不敢指異事以規。

送黄子思寺丞知咸陽序

蔡　襄

天子之尊，下視民人，遠絶不比，然出政化，行德澤，使之速致而均被者，蓋其所闢行有以始而終之

者也。惡乎始？宰相以始之；惡乎終？縣令以終之。輔相天子，施政化德澤，自朝廷下四方而止於縣者，承其上之所施　然後周致於其民也。近天子莫如相，相必得賢，故能輔其政化德澤之施也。近民莫如令，令無良焉，雖政教之美，德澤之厚，而民莫由致之也。相近天子，而令近於民，其勢固殊，然其相與貫連以爲本末，是必動而相濟者也。民知其所賴，而相休養以業其生，惟令而已。令之於民，察其土風井閭，而别其善惡、强弱、富貧、勤墮、寃讎、疾苦，以條辨而均治之，使咸得其平焉，令之責，豈輕也哉？今之取令，率以歲年，不稱其能否，是故天下之令有賢有不賢，天下之民有幸有不幸；必爾盡天下之令無有不賢，則盡天下之民亦無有不幸矣。子思黄君，業儒，以才名於時，前此爲獄官，涖囚必直其情，而未嘗以色語威之；今之爲縣，從可知矣。故予序其行，既屬子思以爲令之重，而又慶咸陽之民之幸也。

唐史論斷序

孫甫

古之史，《尚書》《春秋》是也。二經體不同而意同。尚書記治世之事，作教之書也。故百篇皆由聖人立，不以惡事名，雖桀、紂之惡，亦因湯、武之事而見，不特書也。但聖賢順時通變，言與事各有所宜，爲史者從而記之，又經聖人所定，典、謨、訓、誥、誓、命之文，體雖不一，皆足以作教於世也。《春秋》記亂世之事，立法之書也。聖人出於季世，覩時之亂，居下而不能治，故立大中之法，裁判天下善惡，而明之以王制。是聖人於衰亂之時，起至治之法，非謹其文，則不能正時事而垂大典矣。此《尚書》《春秋》

之體所以不同也。然《尚書》記治世之事，使聖賢之所爲，傳之不朽，爲君者爲臣者，見爲善之效，安得不説而行之，此勸之之道也。其間因見惡事致敗亂之端，此又所以爲戒也。《春秋》記亂世之事，以褒貶代王者賞罸，時之爲惡者衆，率辯其心迹而貶之，使惡名不朽，爲君者爲臣者，見爲惡之效，安得不懼而防之，此戒之之道也。其間有善事者，明其心迹而褒之，使輝光於世，此又所以爲勸也。是《尚書》《春秋》記治亂雖異，其於勸戒則大意同也。後之爲史者，欲明治亂之本，謹勸戒之道，不師《尚書》《春秋》之意，何以爲法？至司馬遷修《史記》，破編年體，創爲紀傳，蓋務便於記事也。記事便，則所取博，故奇異細碎之事皆載焉。雖貫穿羣書，才力雄俊，於治亂之本，勸戒之道，則雜亂而不明矣。然有識者短之，謂紀傳所記，一事分爲數處，前後屢出，比於編年則文繁，此類固所失不細。殊不知又有失之大者。夫史之記事，莫大乎治亂，君令於上，臣行於下；臣謀於前，君納於後；事臧則成，否則敗；成則治之本，敗則亂之由，此當謹記之。某年君臣有謀議，將相有功勳，紀多不書，必竢其臣殁而備載於傳，是人臣得專有其謀議功勳也。《尚書》雖不謹編年之法，君臣之事，年代有序，羲和之業，固載於《堯典》；稷、契、皐、夔之功，固載於《舜典》；三代君臣之事，亦猶是焉。遷以人臣謀議功勳，與其家行細事，雜載於傳中，其體便乎？復有過差邪惡之事，以召危亂，不於當年書之，以爲深戒，豈非失之大者？或曰，《春秋》雖編年，經目其事，傳載本末，遷立紀傳，亦約是體，故劉餗《史例》曰：「傳所以釋紀，猶春秋之傳焉。」此可見遷書之不失也。答云：《春秋》，聖人立法之書也；立法，故目其事而斷之，明治亂之本。所目之事，或一句，或數句，國之典制罔不明，人之善惡罔不辨。左氏，史官也，見聖人之經所目之事，遂

從而傳之，雖不能深釋聖人之法，記事次序，一用編年之體，非外《春秋》經目，獨爲紀也。遷之爲紀也，周而上多載經典之事，固無所發明；至秦、漢紀，並直書其事，何嘗有法。紀無法，傳何釋焉？此乃餗附遷而爲之辭也。或曰：史之體必尚編年，紀傳不可爲乎？答曰：爲史者習尚紀傳久矣，歷代以爲大典，必論之以復古則泥矣。有能編列君臣之事，善惡得實，不尚僻怪，不務繁碎，明治亂之本，謹勸戒之道，雖爲紀傳，亦可矣；必論其至，則不若編年體正而文簡也。甫常有志於史，竊慕古史體法，欲爲之，因讀唐之諸書，見太宗功德法制，與三代聖王並；後帝英明不逮，又或不能守其法，仍有荒縱很忌庸懦之君，故治少而亂多；然有天下三百年，由正觀功德之遠也。《唐書》繁冗遺略，多失體法，事或大而不具，或小而不記，或一事別出而意不相照，怪異猥俗，無所不有，治亂之迹，散於紀傳中，雜而不顯，此固不足以彰明正觀功德法制之本，一代興衰之由也。觀高祖至文宗《實録》，叙事詳備，差勝於佗書，其間文理明白者尤勝焉。至治亂之本，亦未之明，記事務廣也；勸戒之道，亦未之著，褒貶不精也；爲史之體，亦未之具，不爲編年之體，君臣之事多離而書之也。又要切之事，或有遺略；君臣善惡之細，四方事務之繁，或備書之，此於爲史之道，亦甚失矣。遂據《實録》與《書》，兼采諸家著録，參驗不差，足以傳信者，修爲《唐史記》。舊史之文，繁者删之；失去就者，改之；意不足而有佗證者，補之；事之不要者，去之；要而違者，增之；是非不明者，正之。用編年之體，所以次序君臣之事。所書之法，雖宗二經文意，其體略與實録相類者，以唐之一代有治亂，不可全法《尚書》《春秋》之體，又不敢僭作經之名也。或曰：子之修是書，不尚紀傳之體可矣；不爲書志，則郊廟、禮樂、律歷、灾祥之事，官職、刑法、食貨、州郡之制，得無

遺乎？答曰：郊廟而下，固國之巨典急務，但記其大要，以明法度政教之體，其備儀細文，則有司之書，各有司存，爲史者難乎具載也。自康定元年修是書，至皇祐四年草具，遂作序述其意，更誒刪潤其文。後以官守少暇，未能備具。逮嘉祐七年，成七十五卷。是年冬，卧病久，慮神思日耗，不克成就，且就其編秩，粗成一家。況才力不盛，叙事不無踈略，然於勸戒之義謹之矣。勸戒之切而意遠者，著論以明焉。欲人君覽之，人臣觀之，備知致治之由，召亂之自，邪正之效，焕然若繪畫於目前，善者從之，不善者戒之，治道可以常興，而亂本可以預弭也。論九十二首，觀者毋忽，不止唐之安危，常爲世鑒矣。

伊川擊壤集序

邵　雍

《擊壤集》，伊川翁自樂之詩也；非唯自樂，又能樂時與萬物之自得也。伊川翁曰：「子夏謂：「詩者志之所之也，在心爲志，發言爲詩。情動於中而形於言，聲成其文，而謂之音。」是知懷其時則謂之志，感其物則謂之情，發其志則謂之言，揚其情則謂之聲，言成章則謂之詩，聲成文則謂之音；然後聞其詩，聽其音，則人之志、情可知之矣。且情有七，其要在二，二謂身也、時也。謂身，則一身之休慼也；謂時，則一時之否泰也。一身之休慼，則不過貧富貴賤而已；一時之否泰，則在夫興廢治亂者焉。是以仲尼刪《詩》，十去其九，諸侯千有餘國，《風》取十五；西周十有二王，《雅》取其六，蓋垂訓之道，善惡明著者存焉耳。近世詩人，窮慼則職于怨懟〔一〕，榮達則專于淫泆，身之休慼發于喜怒，時之否泰出于愛惡，殊不以天下大義而爲言者，故其詩大率溺于情好也。噫！情之溺人也，甚于水。古者謂：「水能載舟，亦能覆

舟。」是覆載在水也，不在人也。載則爲利，覆則爲害，是利害在人也，不在水也。不知覆載能使人有利害耶？利害能使水有覆載邪？二者之間，必有處焉。就如人能蹈水，非水能蹈人也，然而有稱善蹈者，未始不爲水之所害命也。若外利而蹈水〔二〕，則水之情亦由人之情也；〔三〕若内利而蹈水〔四〕，則敗壞之患立至于前，又何必分乎人焉水焉，其傷性害命一也。性者，道之形體也，性傷則道亦從之矣；心者，性之郛郭也，心傷則性亦從之矣；身者，心之區宇也，身傷則心亦從之矣；物者，身之舟車也，物傷則身亦從之矣。是知以道觀性，以性觀心，以心觀身，以身觀物，治則治矣，然猶未離乎害者也。不若以道觀道，以性觀性，以心觀心，以身觀身，以物觀物，則雖欲相傷，其可得乎？若然，則以家觀家，以國觀國，以天下觀天下，亦從而可知之矣。予自壯歲，業于儒術，謂人世之樂，何嘗有萬之一二；而謂名教之樂，固有萬萬焉；況觀物之樂，復有萬萬者焉。雖死生榮辱轉戰于前，曾未入于胷中，則何異四時風花雪月一過乎眼也。誠爲能以物觀物，而兩不相傷者焉。蓋其間情累都忘去爾！所未忘者，獨有詩在焉；然而雖曰未忘，其實亦若忘之矣。何者？謂其所作，異人之所作也。所作不限聲律，不沿愛惡，不立固必，不希名譽，如鑑之應形，如鍾之應聲。其或經道之餘，因静照物，因時起志，因物寓言，因志發詠，因言成詩，因詠成聲，因詩成音，是故哀而未嘗傷，樂而未嘗淫，雖曰吟詠情性，曾何累于情哉？鍾鼓，樂也；玉帛，禮也；與其嗜鍾鼓玉帛，則斯言也不能無陋矣。必欲廢鍾鼓玉帛，則其如禮樂何？人謂風雅之道，行于古而不行于今，殆非通論，牽于一身而爲言者也。吁！獨不念天下爲善者少，害善者多，造危者衆，而持危者寡。志士在畎畝，則以畎畝言，故其詩名之曰《伊川擊壤集》。

洛陽耆英會序

司馬光

昔白樂天在洛，與高年者八人遊，時人慕之，爲《九老圖》傳於世。宋興，洛中諸公繼而爲之者凡再矣，皆圖形普明僧舍。普明，樂天之故第也。元豐中，文潞公留守西都，韓國富公納政在里第，自餘士大夫以老自逸於洛者，於時爲多。潞公謂韓公曰：「凡所爲慕於樂天者，以其志趣高逸也，奚必數與地之襲焉？」一旦悉集士大夫老而賢者於韓公之第，置酒相樂，賓主凡十有一人，既而圖形妙覺僧舍，時人謂之洛陽耆英會。孔子曰：「好賢如緇衣。」取其敝又改爲，樂善無厭也。二公寅亮三朝，爲國元老。入贊萬機，出綏四方。上則固社稷、尊宗廟，下則熙百工、和萬民；天子心腹股肱耳目，天下所取平。其勳業閎大顯融，豈樂天所能庶幾？然猶慕效樂天所爲，汲汲如恐不及，豈非樂善無厭者與！又洛中舊俗，燕私相聚，尚齒不尚官，自樂天之會已然，是日復行之，斯乃風化之本，可頌也。宣徽王公，方留守北都，聞之，以書請於潞公曰：「某亦家洛，位與年不居數客之後，顧亦官守，不得執巵酒在坐，良以爲恨，願寓名其間，幸無我遺！」其爲諸公嘉羨如此。光未及七十，用狄監、盧尹故事，亦預於會。潞公命光序其事，不敢辭。時五年正月壬辰，端明殿學士、兼翰林學士、太中大夫、提舉崇福宫、司馬光序。

開府儀同三司、守司徒、武寧軍節度使致仕、韓國公富弼，字彦國，年七十九。

河東節度使、開府儀同三司、守太尉、判河南府、兼西京留守司事、潞國公文彦博，字寬夫，年七十七。

司封郎中致仕、席汝言字君從，年七十七。

太常少卿致仕、王尚恭，字安之，年七十六。

太常少卿致仕、趙丙，字南正，年七十五。

祕書監致仕、劉几，字伯壽，年七十五。

衞州防禦使致仕、馮行已，字肅之，年七十五。

太中大夫、充天章閣待制、提舉崇福宮、楚建中，字正叔，年七十三。

司農少卿致仕、王慎言，字不疑，年七十二。

太中大夫、提舉崇福宮、張問，字昌言，年七十。

龍圖閣直學士、通議大夫、提舉崇福宮、張燾，字景元，年七十。

序賻禮　司馬光

名以位顯，行由學成，此禮之常；若夫身處草野，未嘗從學，志在爲善，不求聲利，此則尤可尚也。近世史氏，專取高官爲之傳，故閭閻之善人莫之聞；喪禮之廢壞久矣，而民間爲甚。至有初喪親，賓具酒肉，聚於其家，與主人同醉飽者；有以鼓樂導喪車者；有因喪納婦者；相習爲常，恬不知怪。醫助教劉太，居親喪，獨不飲酒食肉，終三年，此乃今士大夫所難能也。其弟永一，尤孝友廉謹過人。於熙寧初，巫咸水入夏縣城，民溺死者以百數，永一執竿立門首，他人物流入門者，輒摘出之。有僧寓錢數萬於

室，居無何，僧自經死。永一遽詣縣自陳，請以錢歸其弟子。鄉人負其債久不償者，永一輒毁券以愧其心。其行事類如此。有周文粲者，其兄嗜酒，仰文粲爲生，兄或時酗毆文粲，其鄰人不平而唁之，文粲怒曰：「吾兄未嘗毆我，汝何離間吾兄弟也？」有蘇慶文者，事繼母以孝聞，常語其婦曰：「汝事吾母，小不謹必逐汝。」繼母少寡而無子，由是安其室終身。元豐中，朝廷修景靈宫，調天下畫工詣京師，事畢，有詔選試其優者留翰林，授官禄。有臺亨者，名第一，以父老固辭，歸養於田里。此五人與余同縣，故余得而知之。悲夫！天下布衣之士，刻志厲行，而人莫知者，可勝數哉？始太之喪其父也，余兄弟賻以千錢，且爲書致之曰：「禮，凡有喪，佗人助之珠玉曰含，車馬曰賵，貨財曰賻，衣服曰襚。今物雖薄，欲人之可繼也。」久之，太請刻其書於石，曰：「鄉也，鄉人不知有賻禮，自太父之喪，鄉人稍稍行之。太欲廣其傳，由吾鄉以及鄰縣，由鄰縣以達四方，使民間皆去弊俗而入於禮，豈小補哉？」余益美其志，因諭之曰：「是書不足刻。余竊慕君子樂道人之善，請書若兄弟及周文粲、蘇慶文、臺亨所爲，以傳於世，庶幾使爲善者不以隱微而自懈焉！」

送陳升之序

王安石

今世所謂良大夫者有之矣，皆曰，是宜任大臣之事者；作而任大臣之事，則上下一失望，何哉？人之材有小大，而志有遠近也。彼其任者小，而責之近，則煦煦然仁，而有餘於仁矣；孑孑然義，而有餘於義矣。人見其仁義有餘也，則曰，是其任者小而責之近，大任將有大此者，然上下竢之云爾。然後作而

任大臣之事。作而任大臣之事，宜有大此者焉；然則煦煦然而已矣，孑孑然而已矣，故上下一失望。豈惟失望哉？後日誠有堪大臣之事，其名實烝然於上，上必懲前日之所誒而逆疑焉；暴於下，下必懲前日之所誒而逆疑焉。上下交疑，誠有堪大臣之事者，而莫之或任；幸欲任，則左右小人得引前日之所誒懲之矣。噫！聖人謂知人難，君子惡名之溢於實。爲此則奈何？亦精之而已矣；惡之則奈何？亦充之而已矣。知難而不能精之，惡之而不能充之，其亦殆哉？予在楊州，朝之人過焉者，多堪大臣之事，可信而望者，陳升之而已矣。今去官於宿州，予不知復幾何時乃一見之也！予知升之作而任大臣之事，固有時矣。煦煦然仁而已矣，孑孑然義而已矣，非予所以望於升之也。

送孫正之序

王安石

時然而然，衆人也；己然而然，君子也。己然而然，非私己也，聖人之道在焉爾。夫君子有窮苦顛跌，不肯一失詘己以從時者，不以時勝道也。故其得志於君，則變時而之道，若反手然。彼其術素脩而志素定也。時乎楊墨，己不然者，孟軻氏而已；時乎佛老，己不然者，韓愈氏而已。如孟軻、韓愈者〔五〕，可謂術素脩而志素定也，不以時勝道也，惜也不得志於君，使真儒之效不白於當世，然其於衆人也卓矣。嗚呼！予觀今之世，圓冠峩如，大裙襜如，坐而堯言，起而舜趨，不以孟、韓之心爲心者，果異衆人乎？予官於楊，得友曰孫正之，行古之道，又善爲古文，予知其能以孟、韓之心爲心而不已者也。夫越人之望燕爲絶域也，北轅而首之，苟不已，無不至。孟、韓之道，去吾黨豈若越人之望燕哉？以正之之

不已而不至焉，予未之信也。一日得志於吾君，而真儒之效不白於當世，予亦未之信也。正之之兄官於温，奉其親以行，將從之，先爲言以處予，予欲默安得而默也。

唐百家詩選序

王安石

安石與宋次道同爲三司判官時，次道出其家藏唐詩百餘編〔六〕，委余擇其佳者，次道因名曰《百家詩選》，廢日力於此，良可悔也。雖然，欲知唐詩者，觀此足矣。

故蹟遺文序

王回

傳古者莫壽於竹帛，而世以金石爲最壽者，惑於外也。彼徒見其剛堅之質，大書而顯刻之，安於屋壁山岩之中，藏覆遮護，國有官守，家有子孫，外物莫能尋其隙而傷，則以爲傳於萬世不朽矣。然而存於今者，六經百氏之文，皆竹帛所載；而其被於金石，特以爲最壽者，所存無幾，往往復斷剥缺訛，非反質於竹帛所載六經百氏之文，則不可得而讀；其不載於竹帛，而名迹遂因而泯没者，可勝道哉！其官守子孫，今誰國而誰家也？由此觀之，萬物未有恃其久而全者。夫金石誠壽者，而人力不足以保於其外；竹帛之壽，固不如金石，人知其不可恃也，然衆傳而廣之，雖復萬世，猶今日也，則金石之壽，尚何以較其短長哉？予嘗閲古鍾鼎碑碣之文，以證諸史及它傳記，其褒頌功德，雖不可盡信，而於年月名氏山川風俗，與其一時之文采制度，有得其詳，而史傳追述，乃其概耳。惜乎曩所聞者，今已磨滅殆盡，而今所

見者，後數百年不知又磨滅幾何也！故采其完可讀者，首尾編之，因次吾説爲序，號曰《故蹟遺文》。夫古之文以竹帛傳，既壽於金石矣，而今之文以紙傳，又便於竹帛，便則傳之者益衆，而此書之壽，其可究哉？特不知後之人能不以吾説而廢否。

校勘記

〔一〕怨懟　「懟」原作「憝」，據殘宋本、明抄本改。

〔二〕蹈水　「水」字原脱，據殘宋本、明抄本補。

〔三〕則水　「則」字原脱，據殘宋本、明抄本補。

〔四〕内利　原本作「利内」，據殘宋本乙。

〔五〕韓愈　二字原脱，據殘宋本、五經堂本傳校補。

〔六〕唐詩　「詩」原作「時」，據殘宋本改。

宋文鑑卷第八十八

序

譜例序

蘇　洵

古者諸侯世國，卿大夫世家，死者有廟，生者有宗，以相次也，是以百世而不相忘。此非獨賢士大夫尊祖而貴宗，蓋其昭穆存乎其廟，遷毁之主存乎其太祖之室，其族人相與爲服，死喪嫁娶相告而不絶，則其勢將自至於不忘也。自秦漢以來，仕者不世，然其賢人君子猶能識其先人，或至百世而不絶；無廟無宗，而祖宗不忘，宗族不散，其勢宜亡而獨存，則由有譜之力。蓋自唐衰譜牒廢絶，士大夫不講，而世人不載，於是乎由賤而貴者，恥言其先；由貧而富者，不録其祖，而譜遂大廢。昔者洵嘗自先子之日而咨考焉，由今而上得五世，由五世而上得一世，一世之上失其次，而其本出於趙郡之蘇氏，以爲《蘇氏族譜》。他日，歐陽公見而歎曰：「吾嘗爲之矣。」出而觀之，有異法焉。曰：「是不可使獨吾二人爲之，將天下舉不可無也。」洵於是又爲大宗譜法，以盡譜之變，而并載歐陽氏之譜，以爲譜例，附以歐陽公題劉氏碑後之文，以告當世之君子，蓋將有從焉者。

送石昌言舍人北使引

蘇洵

昌言舉進士時，吾始數歲，未學也。憶與群兒戲先府君側，昌言從旁取棗栗啖我，家居相近，又以親戚故甚狎。昌言舉進士，日有名，吾後漸長，亦稍知讀書，學句讀，屬對聲律，未成而廢。昌言聞吾廢學，雖不言，察其意甚恨。後十餘年，昌言及第第四人，守官四方，不相聞。吾日以壯大，乃能感悔摧折復學。又數年，遊京師，見昌言長安，相與勞苦如平生歡，出文十數首，昌言甚喜，稱善。吾晚學無師，雖曰爲文，中心自慚，及聞昌言說，乃頗自喜。今十餘年，又來京師，而昌言官兩制，乃爲天子出使萬里外彊悍不屈之虜，建大旆，從騎數百，送車千乘，出都門，意氣慨然。自思爲兒時見昌言先府君旁，安知其至此？富貴不足怪，吾於昌言獨自有感也！大丈夫生不爲將，得爲使，折衝口舌之間，足矣。往年彭任從富公還，爲我言曰：既出境，宿驛亭，聞介馬數萬騎馳過，劍槊相摩，終夜有聲，從者怛然失色，及明，視道上馬迹，尚心掉不自禁。凡虜所以誇耀中國者，多此類也。中國之人不測也，故或至於震懼而失辭，以爲夷狄笑。嗚呼，何其不思之甚也！昔者奉春君使冒頓，壯士大馬，皆匿不見，是以有平城之役；今之匈奴，吾知其無能爲也。孟子曰：「說大人則藐之。」況於夷狄？請以爲贈。

蘇氏族譜引

蘇洵

《蘇氏族譜》，譜蘇氏之族也。蘇氏出于高陽，而蔓延於天下。唐神堯初，長史味道刺眉州，卒于

官，一子留于眉，眉之有蘇氏自是始；而譜不及者，親盡也。親盡則曷爲不及？譜爲親作也。凡子得書，而孫不得書者何也？以著代也。自吾之父以至吾之高祖，仕不仕，娶某氏，享年幾，某日卒，皆書，而他不書者何也？詳吾之所自出也。自吾之父以至吾之高祖，皆曰諱某，而他則遂名之，何也？尊吾之所自出也。譜爲蘇氏作，而獨吾之所自出得詳與尊何也？譜吾作也。嗚呼！觀吾之譜者，孝悌之心可以油然而生矣。情見于親，親見于服，服始于衰，而至於緦麻，而至于無服；無服則親盡，親盡則情盡，情盡則喜不慶，憂不弔；喜不慶憂不弔，則塗人也。吾所與相視如塗人者，其初兄弟也；兄弟，其初一人之身也。悲夫！一人之身，分而至於塗人，吾譜之所以作也。其意曰，分至於塗人者，勢也；勢吾無如之何也已。幸其未至於塗人也，使之無至於忽忘焉可也。嗚呼！觀吾之譜者，孝悌之心可以油然而生矣。系之以詩曰：吾父之子，今爲吾兄，吾疾在身，兄呻不寧。數世之後，不知何人，彼死而生，不爲戚欣。兄弟之親，如足于手，其能幾何？彼不相能，彼獨何心！

仲兄郎中字序

蘇洵

洵讀《易》，至《渙》之六四曰：「渙其羣，元吉。」曰：嗟夫！羣者，聖人之所欲渙，以混一天下者也。蓋余仲兄名渙，而字公羣，則是以聖人之所欲解散滌蕩者以自命也，而可乎？他日以告兄。曰：「子可無爲我易之？」洵曰：唯，既而又曰：請以文甫易之如何？且兄嘗見夫水之與風乎？油然而行，淵然而留，渟回汪洋，滿而上浮者，是水也；而風實起之。蓬蓬然而發乎大空，不終日而行乎四方，蕩乎其無

形，飄乎其遠來，既往而不知其迹之所存者，風也；而水實形之。今夫風水之相遭乎大澤之陂也，紆餘委蛇，蜿蜒淪漣；安而相推，怒而相陵；舒而如雲，蹙而如鱗，疾而如馳，徐而如徊；揖讓旋辟，相顧而不前。其繁如縠，其亂如霧；紛紜鬱擾，百里若一，汩乎順流，至乎滄浪之濱；滂薄洶湧，號怒相軋，交横綢繆，放乎空虚，綽乎無垠；横流逆折，濆旋傾側，宛轉膠戾；回者如輪，縈者如帶，直者如燧，奔者如焰，跳者如鷺，投者如鯉；殊狀異態，而風水之極觀備矣。故曰：「風行水上，涣。」此亦天下之至文也。然而此二物者，豈有求於文哉？無意乎相求，不期乎相遭，而文生焉。是其爲文也，非水之文也〔一〕，非風之文也；二物者非能爲文，而不能不爲文也，物之相使，而文出於其間也。故此天下之至文也。今夫玉，非不温然美矣，而不得以爲文；刻鏤組繡，非不文矣，而不可與論乎自然；故夫天下之無營而文生之者，惟水與風而已。昔者君子之處於世，不求有功，不得已而功成，則天下以爲賢；不求有言，不得已而言出，則天下以爲口實。嗚呼！此不可與他人道之，唯吾兄可也。

列女傳目録序

曾　鞏

劉向所叙《列女傳》凡八篇，事具《漢書·向列傳》，而《隋書》及《崇文總目》皆稱向《列女傳》十五篇，曹大家注。以《頌義》考之，蓋大家所注，離其七篇爲十四，與《頌義》凡十五篇，而益以陳嬰母及東漢已來凡十六事；非向書本然也。蓋向舊書之亡久矣。嘉祐中，集賢校理蘇頌，始以《頌義》篇次，復定其書爲八篇，與十五篇者，並藏於館閣。而《隋書》以《頌義》爲劉歆作，與向列傳不合。今驗《頌義》之文，蓋

向之自叙；又《藝文志》有向《列女傳頌圖》，明非歆作也。自唐之亂，古書之在者少矣，而《唐志》録《列女傳》凡十六家，至大家注十五篇者亦無録；然其書今在，則古書之或有録而亡，或無録而在者亦衆矣，非可惜哉！今校讎其八篇及十五篇者，已定，可繕寫。初漢承秦之敝，風俗已大壞矣，而成帝後宫趙、衞之屬尤自放。向以謂王政必自内始，故列古女善惡所以致興亡者，以戒天子，此向述作之大意也。其言大任之娠文王也，目不視惡色，耳不聽淫聲，口不出惡言；又以謂古之人胎教者皆如此。夫能正其視聽言動者，此大人之事，而有道者之所畏也；顧令天子之女子能之，何其盛也！以臣所聞，蓋爲之師傅保姆之助，詩書圖史之戒，珩璜琚瑀之節，威儀動作之度，其教之者有此具。然古之君子，未嘗不以身化也，故《家人》之義，歸於反身；《二南》之業，本於文王，豈自外至哉？世皆知文王之所以興，能得内助，而不知其所以然者，蓋本於文王之躬化。故内則后妃有《關雎》之行，外則羣臣有《二南》之美，與之相成。其推而及遠，則商辛之昏俗，江漢之小國，《兔罝》之野人，莫不好善而不自知。此所謂身修故國家天下治者也。後世自問學之士，多徇於外物，而不安其守，其室家既不見可法，故競於邪侈，豈獨無相成之道哉？士之苟於自恕，顧利冒恥，而不知反己者，往往以家自累故也。故曰「身不行道，不行於妻子。」信哉！如此人者，非素處顯也，然去《二南》之風亦已遠矣，况於南鄉天下之主哉？向之所述，勸戒之意，可謂篤矣。然向號博極羣書，而此傳稱《詩》《芣苢》、《柏舟》、《大車》之類，與今序《詩》者之説尤乖異，蓋不可考；至於《式微》之一篇，又以謂二人之作，豈其所取者博，故不能無失歟？其言象計謀殺舜所以自脱者，頗合於《孟子》；然此傳或有之，而《孟子》所不道者，蓋亦不足道也。凡後世諸儒之言

經傳者，故多如此，覽者采其有補而擇其是非可也。故爲之叙論，以發其端云。

戰國策目録序

曾鞏

劉向所定《戰國策》三十三篇，《崇文總目》稱十一篇者闕。臣訪之士大夫家，始盡得其書，正其誤謬，而疑其不可考者，然後《戰國策》三十三篇復完。叙曰：向叙此書言，周之先，明教化，修法度，所以大治；及其後謀詐用而仁義之路塞，所以大亂。其説既美矣。卒以謂：此書，戰國之謀士，度時君之所能行，不得不然；則可謂惑於流俗而不篤於自信者也。夫孔、孟之時，去周之初已數百歲，其舊法已亡，舊俗已熄久矣；二子乃獨明先王之道〔二〕，以謂不可改者，豈將彊天下之主以後世之所不可爲哉？亦將因其所遇之時，所遭之變，而爲當世之法，使不失乎先王之意而已。二帝三王之治，其變固殊，其法固異，而其爲國家天下之意，本末先後，未嘗不同也。二子之道，如是而已。蓋法者所以適變也，不必盡同；道者所以立本也，不可不一，此理之不易者也。故二子者守此，豈好爲異論哉？能勿苟而已矣。可謂不惑乎流俗而篤於自信者也。戰國之游士則不然，不知道之可信，而樂於説之易合，其設心注意，偷爲一切之計而已。故論詐之便而諱其敗，言戰之善而蔽其患。其相率而爲之者，莫不有利焉，而不勝其害也；有得焉，而不勝其失也。卒至蘇秦、商鞅、孫臏、吴起、李斯之徒，以亡其身；而諸侯及秦用之者，亦滅其國，其爲世之大禍明矣，而俗猶莫之寤也。惟先王之道，因時適變，爲法不同，而考之無疵，用之無敝，故古之聖賢，未有以此而易彼也。或曰：邪説之害正也，宜放而絶之，則此書之不泯，其可

乎？對曰：君子之禁邪説也，固將明其説於天下，使當世之人不可從，然後以禁則齊；使後世之人皆知其説之不可爲，然後以戒則明，豈必滅其籍哉？放而絶之，莫善於是。是以《孟子》之書，有爲神農之言者，有爲墨子之言者，皆著而非之。至於此書之作，則上繼《春秋》，下至楚、漢之起，二百四五十年之間，載其行事，固不得而廢也。此書有高誘注者二十一篇，或曰三十二篇，《崇文總目》存者八篇，今存者十篇云。

陳書目録序

曾鞏

《陳書》六本紀，三十列傳，凡三十六篇，唐散騎常侍姚思廉譔。始思廉父察，梁、陳之史官也，録二代之事未就，而陳亡。隋文帝見察，甚重之，每就察訪梁、陳故事，因以所論載，每一篇成，輒奏之，而文帝亦遣虞世基就察求其書，文未就而察死。察之將死，屬思廉以繼其業。唐興，武德五年，高祖以自魏以來，二百餘歲，世統數更，史事放逸，乃詔論次，而思廉遂受詔爲《陳書》，久之，猶不就。貞觀三年，遂詔論譔於祕書内省，十年正月壬子，始上之。觀察等之爲此書，歷三世，傳父子，更數十歲，而後乃成，蓋其難如此。然及其既成，與宋、魏、齊、梁等《書》，世亦傳之者少，故學者於其行事之迹，亦罕得而詳也。而其書亦以罕傳，則自祕府所藏，往往脱誤。嘉祐六年八月，始詔校讎，使可鏤板，行之天下。而臣等言：梁、陳等書缺，獨館閣所藏，恐不足以定著，願詔京師及州縣藏書之家，使悉上之。先皇帝爲下其事，至七年冬，稍稍始集。臣等以相校，至八年七月，陳書三十六篇者始校定，可傳之學者。其疑者

亦不敢損益，特各疏于篇末。其書舊無目，列傳名氏多闕謬，因别爲目録一篇，使覽者得詳焉。夫陳之爲陳，蓋偷爲一切之計，非有先王經紀禮義風俗之美，制治之法，可章示後世；然而兼權尚計，明於任使，恭儉愛人，則其始之所以興；惑於邪臣，溺於嬖妾，忘患縱欲，則其終之所以亡。興亡之端，莫非自己致者。至於有所因造，以爲號令威刑，職官州郡之制，雖其事已淺，然亦各施於一時，皆學者之所不可不考也。而當時之士，爭奪詐僞，苟得偷合之徒〔三〕，尚不得不列以爲世戒。而况於壞亂之中，蒼惶之際，士之安貧樂義，取舍去就，不爲患禍勢利動其心者，亦不絶於其間。若此人者，可謂篤於善矣。蓋古人之所思見而不可得，《風雨》之《詩》所爲作者也，安可使之泯泯，不少概見於天下哉？則陳之史其可廢乎？蓋此書成之既難，其後又久不顯，及宋興已百年，古文遺事，靡不畢講，而始得盛行於天下，列於學者，其傳之之難又如此，豈非遭遇固自有時也哉！

南齊書目録序

曾鞏

《南齊書》八紀，十一志，四十列傳，合五十九篇，梁蕭子顯撰。始江淹已爲《十志》，沈約又爲《齊紀》，而子顯自表武帝，别爲此書。臣等因校正其訛謬，而叙其篇目曰：將以是非得失興壞理亂之故而爲法戒，則必得其所言而後能傳於久，此史之所以作也。然而所言不得其人則失其意，或亂實，或析理之不通，或設辭之不善，故雖有殊功韙德非常之迹，將闇而不章，鬱而不發，而檮杌嵬瑣姦回凶慝之形，可幸而掩也。嘗試論之，古之所謂良史者，其明必足以周萬事之理，其道必足以適天下之用，其智必足

以通難知之意，其文必足以發難顯之情，然後其任可得而稱也。何以知其然邪？昔者唐、虞有神明之性，有微妙之德，使由之者不能知，知之者不能名，以爲治天下之本。號令之所布，法度之所設，其言至約，其體至備，以爲治天下之具。而爲二《典》者推而明之，所記者獨其迹邪？并與其深微之意而傳之。小大精粗，無不盡也；本末先後，無不白也；使誦其説者，如出乎其時，求其指者，如即乎其人，是可不謂明足以周萬事之理，道足以適天下之用，智足以通難知之意，文足以發難顯之情者乎？則方是之時，豈特任政者皆天下之士哉？蓋執簡操筆而隨者，亦皆聖人之徒也。兩漢以來，爲史者去之遠矣。司馬遷從五帝三王既没數千載之後，秦火之餘，因散絶殘脱之經，以及傳記百家之説，區區掇拾，以集著其善惡之迹，興廢之端，又創己意以爲本紀、世家、八書、列傳之文，斯亦可謂奇矣。然而敝害天下之聖法，是非顛倒，而采摭謬亂者，亦豈少哉？是豈可不謂明不足以周萬事之理，道不足以適天下之用，智不足以通難知之意，文不足以發難顯之情者乎？夫自三代以後，爲史者如遷之文，亦不可不謂雋偉拔出之材、非常之士也，然顧以謂不足以發難顯之情者何哉？蓋聖賢之高致，遷固有不能達其情而見之於後者矣，故不得而與之也。遷之得失如此，況其他邪？至於宋、齊、梁、陳、後魏、後周之書，蓋無以議爲也。子顯之於斯文，喜自馳騁，其更改破析、刻彫藻繢之變尤多，而其文益下，豈夫材固不可以彊而有邪？數世之史既然，故其辭迹曖昧，雖有隨世以就功名之君相與合謀之臣，未有赫然得其傾動天下之耳目、播天下之口者也。而一時偷奪傾危悖理反義之人，亦幸而不暴著於世，豈非所託不得其人故邪？可不惜哉！蓋史者所以明夫治天下之道也，故爲之者亦必天下之材，然後其任可得而稱也。豈可

忽哉？豈可忽哉？

范貫之奏議集序

曾鞏

尚書户部郎中、直龍圖閣范公貫之之奏議凡若干篇，其子世京集爲十卷，而屬余序之。蓋自至和以後，十餘年間，公常以言事任職，自天子大臣至于羣下，自掖庭至于四方幽隱，一有得失善惡關于政理，公無不極意反復，爲上力言；或矯拂嗜欲，或切劘計慮，或辨别忠佞而處其進退。章有一再或至於十餘上，事有陰爭獨陳，或悉引諫官御史合議肆言。仁宗常虚心采納，爲之變命令，更廢舉，近或立從，遠或越月踰時，或至於其後，卒皆聽用。蓋當是時，仁宗在位歲久，熟於人事之情僞，與羣臣之能否，方以仁厚清静休養元元，至於是非與奪，則一歸之公議而不自用也。其所引拔以言爲職者如公，皆一時之選，而公與同時之士，亦皆樂得其言，不曲從苟止。故天下之情，因得畢聞於上，而事之害理者，常不果行，至於奇衺恣睢，有爲之者，亦輒敗悔。故當此之時，常委事七八大臣，而朝政無大闕失，羣臣奉法遵職，海内乂安。夫因人而不自用者天也，仁宗之所以其仁如天，至於享國四十餘年，能承太平之業者，繇是而已。後世得公之遺文而論其世，見其上下之際，相成如此，必將低徊感慕，有不可及之歎，然後知其時之難得。則公言之不没，豈獨見其志，所以明先帝之盛德於無窮也。公爲人温良慈恕，其從政寬易愛人，及在朝廷，危言正色，人有所不能及也。凡同時與公有言責者，後多至大官，而公獨早卒。公諱師道，其世次州里歷官行事，今有資政殿學士趙公抃撰公之墓銘云。

相國寺維摩院聽琴序

曾　鞏

古者學士之於六藝，射能弧矢之事矣，又當善其揖讓之節；御能車馬之事矣，又當善其驅馳之節；書非能肆筆而已，又當辨其躰而皆通其意；數非能布策而已，又當知其用而各盡其法；而五禮之威儀，至於三千；六樂之節文，可謂微且多矣。噫！煩且勞如是，然古之學者必能此，亦可謂難矣。然習其射御以禮，習其干戈於樂，則少於學，長於朝，其於武備固修矣。其於家有塾，於黨有庠，於鄉有序，於國有學，於教有師，於視聽言動有其容，於衣冠飲食有其度，几杖有銘，盤杅有戒，在輿有和鸞之声，行步有佩玉之音，燕處有雅頌之樂，而非其故，琴瑟未嘗去於前也。盡其出入進退俯仰左右，接於耳目，動於四躰，達於其心者，所以養之，至如此其詳且密也。雖然，此尚爲有待於外者爾。若夫三材萬物之理，性命之際，力學以求之，深思以索之，使知其要，識其微，而齊戒以守之，以盡其材，成其德，至合於天地而後已者，又當得之於心，夫豈非難哉！噫，古之學者，其役之於內外，持其心，養其性者，至於如此，此君子所以愛日，而自彊不息以求至乎極也。然其習之有素，閑之有具如此，則求其放心，伐其邪氣，而成文武之材，就道德之實者，可謂易矣。孔子曰：「興於《詩》，立於《禮》，成於《樂》。」蓋樂者，所以感人之心而使之化，故曰成於樂。昔舜命夔典樂，教胄子曰：「直而温，寬而栗，剛而無虐，簡而無傲。」則樂者，非獨去邪，又所以救其性之偏而納之中也。故和鸞佩玉《雅》《頌》琴瑟之音，非其故不去於前，豈虚也哉？今學士大夫之於持其心，養其性，凡有待於外者，皆不能具；得之於內者，又亦皆略，其事可謂

簡且易矣。然所以求其放心，伐其邪氣，而成文武之材，就道德之實者，豈不難哉？此予所以懼不至於君子而入於小人也。夫有待於外者，余既力不足，而於琴竊有志焉久矣；然患其莫余授也。治平三年夏，得洪君於京師，始合同舍之士，聽其琴於相國寺之維摩院。洪君之於琴，非特能其音，又能其意者也。予將就學焉。故道予之所慕於古者，庶乎其有以自發也。同舍之士，丁寶臣元珍、鄭穆閎中、孫覺莘老、林希子中，而予，曾鞏子固也。洪君名規，字方叔，以文學吏事稱於世云。

校勘記

〔一〕非水之文也　此句原脱，殘宋本亦脱，據明刻本補。

〔二〕先王　「王」原作「生」，殘宋本、明抄本同。按，字當作「王」，今改。

〔三〕詐僞　「僞」原作「爲」，據明刻本改。

宋文鑑卷第八十九

序

送周屯田序

曾　鞏

士大夫仕登朝廷，年七十，上書去其位；天子官其一子而聽之，亦可謂榮矣！然而有若不釋然者。余爲之言曰：古之士大夫倦而歸者，安居几杖，膳羞被服百物之珍好自若。天子養以燕饗飲食鄉射之禮，自比子弟，袒鞲鞠䐡以薦其物，諮其辭説，不於庠序，則於朝廷。時節之賜與，縉紳之禮於其家者，不以朝，則以夕。上之聽其休，爲不敢勤以事；下之自老，爲無爲以尊榮也。今一日辭事還其廬，徒御散矣，賓客去矣，百物之順其欲者不足，人之羣嬉屬好之交不與。約居而獨游，散棄乎山墟林莽陋巷窮閻之間，如此其於長者薄也！亦曷能使其不欿然於心邪？雖然，不及乎尊事，可以委蛇其身而益閑；不享乎珍好，可以窒煩除薄而益安；不去乎深山長谷，豈不足以易其庠序之位？不居其榮，豈有患乎其辱哉？然則古之所以殷勤奉老者，皆世之任事者所自爲，於士之倦而歸者顧爲煩且勞也。今之置古事者，顧有司爲少耳，士之老於其家者，獨得其自肆也。然則何爲動其意邪？余爲之言者，尚書屯田員外郎周君中復。周君與先人俱天聖二年進士，與余舊且好也，既爲之辨其不釋然者，又欲其有以處而樂

也。讀余言者，可無異周君而病今之失矣。

送江任序

曾　鞏

均之爲吏，或中州之人，用於荒邊側境山區海聚之間，蠻夷異域之處；或燕、荆、越、蜀海外萬里之人，用於中州；以至四遐之鄉，相易而往。其山行水涉，沙莽之馳，往往則風霜冰雪瘴霧之毒之所侵加，蛟龍虺蜴之羣之所抵觸，衝波急洑隤崖落石之所覆壓。其進也，莫不籯糧舉藥，選舟易馬，刀兵曹伍而後動，戒朝奔夜，變更寒暑而後至。至則宫廬器械被服飲食之具，土風氣候之宜，與夫人民謡俗語言習尚之務，其變難遵，而其情難得也，則多愁居惕處而思歸。及其久也，所習已安，所蔽已解，則歲月有期，可引而去矣。故不得專一精思修治，以宣布天子及下之仁，而爲後世可守之法也。或九州之人，各用於其土，不在西封在東境。士不必勤，舟車輿馬不必力，而已傳其邑都，坐其堂奥。道塗所次，升降之倦，凌冒之虞，無有接於其形，動於其慮。至則耳目口鼻百體之所養，如不出乎其家；父兄六親故舊之人，朝夕相見，如不出乎其里；山川之形，土田市井風謡習俗辭説之變，利害得失善惡之條貫，非其童子之所聞，則其少長之所遊覽，非其自得，則其鄉之先生老者之所告也。所居已安，所有事之宜皆以習熟，如此能專慮致勞，營職事，以宣上恩而修百姓之急，其施爲先後不待旁諮久察，而與奪損益之幾已斷於胸中矣。豈累夫孤客遠寓之憂，而以苟且決事哉？臨川江君，任爲洪之豐城。此兩縣者，牛羊之牧相交，樹木果蔬五穀之壟相入也，所謂九州之人各用於其土者，孰近於此？既已得其所處之樂，而猒

聞飫聽其人民之事，而江君又有聰明敏給之材，潔廉之行，以行其政；吾知其不去圖議論之適，賓客之好，而所爲有餘矣。蓋縣之治，民自得於大山深谷之中，而州以無爲於上；吾將見江西之幕府，無南嚮而慮者矣。於其行，遂書以送之。

送趙宏序

曾鞏

荆民與蠻合爲寇，潭旁數州被其害。天子宰相以潭重鎮，守臣不勝任，爲改用人，又不勝，復改之。守至，上書乞益兵，詔與撫兵三百，殿直天水趙君希道實護以往。希道雅與接，問過予，道潭之事。予曰：潭山川甲兵如何，食幾何，賊衆寡强弱如何，予不能知；能知書之載若潭事多矣。或合數道之兵以數萬，絶山谷而進，其勢非不衆且健也，然而卒殲焉者多矣；或單車獨行，然而以克者相踵焉；顧其義信如何耳？致吾義信，雖單車獨行寇，可以爲無事，龔遂、張綱、祝良之類是也。義信不足以致之，雖合數道之兵以數萬，卒殲焉，適重寇耳，況致平耶？陽旻、裴行立之類是也。則兵不能致平，致平者在太守身也明矣。前之守者果能此，天子宰相烏用易之？必易之，爲前之守者不能故也。今往者復曰，乞益兵，何其與書之云者異邪？予憂潭民之重困也，寇之益張也。往時潭吏與旁近郡斬力勝賊者，暴骸者、戮降者有之。今之往者，將特不爲是而已耶？抑猶不免乎爲是也。天子宰相任之之意，其然耶？潭守近侍臣使撫覘潭者，郎吏、御史、博士相望，爲我諗其賢者曰：今之言古書，往往曰迂，然書之事乃已試者也。師已試而施諸治，與時人之自用，孰謂得失耶？愚言儻可以平潭之患。今雖細，然大中咸通之

間，南方之憂常劇矣，夫豈階於大哉？爲近臣、郎吏、御史、博士者，獨得而不思也？希道固喜事者，因其行，遂次第其語以送之。

李氏退居類稿序

李覯

李泰伯以舉茂才罷歸。其明年慶曆癸未秋，因科所著文，自冠迄兹十五年，得草稿二百三十三首，將恐亡散，姑以類辨爲十二卷，寫之。間或應用而爲，未能盡無愧，閔其力之勞，輒不弃去。至於夭淫刻飾，尤無用者，雖傳在人口，皆所弗取。噫！天將壽我乎？所爲固未足也；不然，斯十二卷庶可藉手見古人矣，故自序云。

鳧繹先生詩集序

蘇軾

孔子曰：「吾猶及史之闕文也。有馬者，借人乘之，今亡矣。」夫史之不闕文，與馬之不借人也，豈有損益於世也哉？然且識之，以爲世之君子長者日以遠矣，後生不復見其流風遺俗，是以日趨於智巧便佞而莫之止。是二者雖不足以損益，而君子長者之澤在焉，則孔子識之，而況其足以損益於世者乎？昔吾先君適京師，與卿士大夫遊，歸以語軾曰：「自今以往，文章其日工，而道將散矣。士慕遠而忽近，貴華而賤實，吾已見其兆矣。」以魯人鳧繹先生之詩文十餘篇示軾曰：「小子識之，後數十年，天下無復爲斯文者也。」先生之詩文皆有爲而作，精悍確苦，言必中當世之過，鑿鑿乎如五穀必可以療飢，斷斷乎如藥石

必可以伐病，其遊談以爲高，枝詞以爲觀美者，先生無一言焉。其後二十餘年，先君既没，而其言存。士之爲文者，莫不超然出於形器之表，微言高論，既已鄙陋漢唐，而其反復論難，正言不諱，如先生之文者，世莫之貴矣。軾是以悲於孔子之言，而懷先君之遺訓，益求先生之文，而得之於其子復，乃録而藏之。先生諱太初，字醇之，姓顔氏，先師兖公四十七世孫云。

田表聖奏議序

蘇　軾

故諫議大夫，贈司徒田公表聖奏議十篇。嗚呼！田公，古之遺直也，其盡言不諱，蓋自敵己以下受之有不能堪者，而況於人主乎？吾是以知二宗之聖也。自太平興國以來，至于咸平，可謂天下大治、千載一時矣；而田公之言，常若有不測之憂，近在朝夕者，何哉？古之君子，必憂治世而危明主。明主有絶人之資，而治世無可畏之防。夫有絶人之資，必輕其臣；無可畏之防，必易其民，此君子之所甚懼也！方漢文時，刑措不用，兵革不試，而賈誼之言曰：「天下有可長太息者，有可流涕者，有可痛哭者。」後世不以是少漢文，亦不以是甚賈誼。由此觀之，君子之遇治世而事明主，法當如是也。誼雖不遇，而其所言略已施行，不幸早世，功烈不著於時。然誼嘗建言，使諸侯王子孫各以次受分地，文帝未及用，歷孝景至武帝，而主父偃舉行之，漢室以安。今公之言，十未用五六，安知來世不有若偃者舉而行之歟？願廣其書於世，必有與公合者，此亦忠臣孝子之志也。

錢塘勤上人詩集序

蘇軾

昔翟公罷廷尉，賓客無一人至者；其後復用，賓客欲往，翟公大書其門曰：「一死一生，乃知交情；一貧一富，乃知交態；一貴一賤，交情乃見。」世以爲口實。然余嘗薄其爲人，以爲客則陋矣，而公之所以待客者，獨不爲小哉？故太子太師歐陽公，好士爲天下第一。士有一言中於道，不遠千里而求之，甚於士之求公，以故盡致天下豪俊，自庸衆人以顯於世者固多矣。然士之負公者亦時有，蓋嘗慨然太息，以人之難知，爲好士者之戒。意公之於士，自是少倦；而其退老於潁水之上，余往見之，則猶論士之賢者，唯恐其不聞於世也。至於負者，則曰，是罪在我，非其過。翟公之客，負公於死生貴賤之間；而公之士，叛公於瞬息俄頃之際；翟公罪客，而公罪己，與士益厚，賢於古人遠矣！公不喜佛老，其徒有治《詩》《書》學仁義之説者，必引而進之。佛者惠勤，從公遊三十餘年，公常稱之爲聰明才智有學問者；尤長於詩。公薨於汝陰，余哭之於其室。其後見之，語及於公，未嘗不涕泣也。勤固無求於世，而公又非有德於勤者，其所以涕泣不忘，豈爲利也哉？余然後益知勤之賢，使其得列於士大夫之間，而從事於功名，其不負公也審矣。熙寧七年，余自錢塘將赴高密，勤出其詩若干篇，求余文以傳於世。余以爲詩非待文而傳者也；若其爲人之大略，則非斯文莫之傳也。

六一居士集序

蘇軾

夫言有大而非夸，達者信之，衆人疑焉，孔子曰：「天之將喪斯文也，後死者不得與於斯文也。」孟子曰：「禹抑洪水，孔子作《春秋》，而予距楊、墨。」蓋以是配禹也。文章之得喪，何與於天？而禹之功與天地並，孔子、孟子以空言配之，不已夸乎？自《春秋》作，而亂臣賊子懼；孟子之言行，而楊、墨之道廢，天下以爲是固然，而不知其功。孟子既没，有申、商、韓非之學，違道而趍利，殘民以厚主，其説至陋也，而士以是罔其上，上之人僥倖一切之功，靡然從之。而世無大人先生如孔子、孟子者，推其本末，權其禍福之輕重，以救其惑，故其學遂行。秦以是喪，天下陵夷，至於勝、廣、劉、項之禍，死者十八九，天下蕭然，洪水之患，蓋不至此也。方秦之未得志也，使復有一孟子，則申、韓爲空言，作於其心，害於其事，作於其事，害於其政者，必不至若是烈也。使楊、墨得志於天下，其禍豈減於申、韓哉？由此言之，雖以孟子配禹可也。太史公曰：「蓋公言黄、老，賈誼、晁錯明申、韓。」錯不足道也，而誼亦爲之，余以是知邪説之移人，雖豪傑之士，有不免者，況衆人乎？自漢以來，道術不出於孔氏，而亂天下者多矣。晉以老、莊亡，梁以佛亡，莫或正之。五百餘年，而後得韓愈。學者以愈配孟子，蓋庶幾焉。愈之後二百餘年，而後得歐陽子。其學推韓愈、孟子以達於孔氏，著禮樂仁義之實，以合於大道。其言簡而明，信而通，引物連類，折之於至理，以服人心，故天下翕然師尊之。自歐陽子之存，世之不説者譁而攻之，能折困其身，而不能屈其言。士無賢不肖，不謀而同曰：歐陽子，今之韓愈也。宋興七十餘年，民不知兵，富而教之，至天聖、景祐極矣，而斯文終有愧於古，士亦因陋守舊，論卑而氣弱。自歐陽子出，天下争自濯磨，以通經學古爲高，以救時行道爲賢，以犯顔納説爲忠，長育成就，至嘉祐末，號稱多士，歐陽子之功爲多。

嗚呼！此豈人力也哉？非天其孰能使之！歐陽子没十餘年，士始爲新學，以佛、老之似，亂周、孔之實，識者憂之。賴天子明聖，詔修取士法，風厲學者，專治孔氏，黜異端，然後風俗一變，考論師友淵源所自，復知誦習歐陽子之書。予得其詩文七百六十六篇於其子棐，乃次而論之曰：歐陽子論大道似韓愈，論事似陸贄，記事似司馬遷，詩賦似李白。此非余言也，天下之言也。歐陽子諱脩，字永叔，既老自謂六一居士云。

華戎魯衛信録總序

蘇頌

元豐四年八月，奉詔編類北界國信文字。臣切惟念，國家奄宅四海，方制萬區，九夷八蠻，罔不率俾，蠢兹獯獫〔一〕，早以面内。章聖皇帝，因其喪師請和，許通信好，歲時問遺，寖以詳備〔二〕。陛下欽若成憲，羈縻要荒，乃命儒臣，討論故事，將欲垂於方册，副在有司，其所以慮遠防微，紆意及此者，皆以偃兵息民故也。顧臣愚陋，不足以奉承明詔，黽勉期月，粗見綱領，詮次類例，皆稟聖謨。前詔斷自通好以來，以迄乎今。將明作書之繇，故以《叙事》冠於篇首。厥初講和，始於繼忠書奏虜主乞盟之請，賜以俞旨，由是行成，故次之以《書詔》。既許其通好，乃有載書以著信，故次之以《誓書》。昔之和戎則有金絮采繒之賂，我朝歲致銀絹，以資其費，故次之以《歲幣》。恩意既通，又有好貨以將之，故次之以《國信》。信好不可單往，必有言詞以文之，故次之以《國書》。異國之情，非行人莫達，故次之以《奉使》。奉使之别，則有接送館伴，所經城邑郵亭次舍，山川有險易，道塗有回遠，若非形於績事，則方嚮莫得而辨也，

故作《驛程地圖》。前後遣使，名氏非一，職秩不同，南北羣臣，交相禮接，年月次序，散而不齊，既爲信書，不可無紀，故作《名銜年表》。夫如是，而使事盡矣。通好肇於戎人，我從而聽之，凡問遺之事，皆列北信北書於前；朝廷所遣，乃報禮也，故載之於後，所以著其所從來也。凡使者之至，在道則有郵館宣勞之儀，入朝則有見辭宴賜之式，禮意疏數，並有節文，故次之以《儀式》，又次之以《賜予》。虜待王人，亦有常矩，無敢違越，故以持禮過北界，及北界分物係於後。使者宜通賓主之歡，而贄見之禮不可闕也，故次之以《交馳》。問勞往返，詔宣書劄，躰範存焉，故次之以《詔録》〔三〕，又次之以《書儀》。信幣則有齎操之勤，導從則有輿隸之衆，霑賚所及，無不均通，故次之以《例物》。使者至都，上恩頗邮，靡所不至，或貿易貨財，或須索供饋，或丐求珍異，許予多矣，故次之以《市易》，而供須求丐附焉。南北將命，往還約束，細大之務，動循前比，故次之以《條例》。凡此皆常使也。誕辰歲節，致禮而已。至若事干大體，則有專使以導之，故次之以《泛使》。疆埸之虞，帥守當任其責，則接境司州，得以公牒往復，故次之《文移》。事非司州所能予奪，至待命官及疆吏對議者，代州移徒巡鋪界壕是也，故次之以《河東地界》。疆界既辨，則邊圉不可不謹，故次之以《邊防》。其別又有州郡壁壘之繕完，砦鋪塘濼之限斷，載於輿地，所以示守備之嚴也。凡爲此書，本於通好遼人，則彼之種族自出，不可不知；遼本契丹也，故次之以《契丹世系》。虜與中國，言語不通，飲食不同，逐草隨畜，射獵爲生，難以禮義治也；朝廷所以能固結而柔服之，蓋知其愛好之實也，故次之以《國俗》。耶律氏僭儗中華，有年數矣，爵號官稱，往往竊名，故次之以《官屬》，而《宗戚》《俸禄》三者，相須並見。於夷狄之俗，恃險與馬，由古然矣，故次之以《關口道

路》，又次之以《番軍馬》。遼之爲國，幅員不過三千餘里，而並建都府，兼置州縣，軺車所過，宜詳其處，故次之以《州縣》。彼裔夷也，并有奚、渤故土，外接大荒之境，其可見者，宜兼著之，所以示天聲之逮遠也，故終於《番夷雜録》，而經制、方略、論議、奏疏附焉。臣切觀前世制禦戎狄之道，載籍所紀，不過厚利和親以約結之，用武克伐以驅除之，或卑辭厚禮以誘其衷，或入朝質子以制其命，漢、唐之事，若可信也。然約結一解，則陵暴隨之。彼豈不得其術邪？蓋恃一時之安，而不圖經久之利故也。淵謀碩畫，何代無之，至于我朝，乃得上策。年歷七紀，而保塞無患；歲來信幣，而致禮益恭。行旅交通，邊城晏閉。黎民土著，至老死而不知兵革。自書契以來，戢兵保定，未有如今日之全勝者也。聖上方恢天下之度，以威懷遠人，猶慮有司慢令取侮，遂案圖籍，揭爲令典，使之循守，無得而踰；後雖有忿鷙悍黠之虜，欲啓事端，繩以章條，彼當自屈。若然，舉遼朔之衆，唯上之令，則是書之作，可謂規撫宏遠，而德施無窮矣。然以今日承平之勢，當彼百年既往之運，狃我涵煦，侈心漸萌，侈極而微，形兆兹見，藁街質館，行可致其俘入矣。今姑撮其大要，概副聖神經遠之慮〔四〕，摠二百卷，卷有冗併，則釐爲上中下，謹條事目，具於左方。

章公甫字序

章望之

古之人有聖智者出，然後制器濟用，以爲天下利，而洪荒之風革矣。前聖作之，後聖因之，以至于多且備。宮室棟宇，養生之大物也；丘墓宗廟，奉死之大歸也；城郭溝池，守國之大防也。車輅，所以行

陸也；舟梁，所以行水也；險阻由是而通。耒耜鎡錤，笮筥杵臼，所以資農作也；薄槌以時蠶，機杼以成絲，絲麻布帛，所以資女功也；衣食由是而有。鈇鉞干戈，介胄矛戟，所以衞兵人也；常旂旟旐，所以表師師也；鼓鼙鐃鐲，所以警進退也；姦暴由是而戢。罔罟畢翳，所以給畋漁也；災害由是而除。衣裳韠舄，所以周身也；冕弁巾冠，所以飾首也；天子之鎮圭，諸侯之五瑞，所以班國也；佩玉於身，觸以衝牙，組綬咸異，所以節行也，貴賤由是而衰。喪期有數，喪制有別，齊斬苴枲，以杖屨輔其隆，以日月致其殺，所以厚人道也；孝思由是而篤。珪璧琮璜，凡用玉者，所以禮神修好也，誠慤由是而交。鼐鼎錡釜，所所以致烹飪也；俎豆簠簋，所以旅飲食也；爵勺尊彝，所以斞酒醴也；賓祭由是而供。金石絲竹匏土革木，舞以干戚羽旄，象其君德，所以諧音樂也；和樂由是而合。莞簟几杖，所以佚四躰也；尊少由是而分。射侯既抗，正鵠既設，弓矢以中，所以習射也；禮容由是而考。節符印璽，所以孚遠近也；命令由是而質。府庫之藏，鍵閉筦籥以固之，所以謹出納也；詐僞由是而察。五行之産，五材之用，或文也，或素也，或有象也，或無象也，或貴其聲也，或貴其色也，或貴其物也，或貴其德也，視其所施而已。大小有宜，上下有稱，於以尊尊而親親，老老而賓賓，敬鬼神而利民事，國家制度，於是乎始。罔淫爲異器，以啓奇邪，是以作而可法，用而可觀。惟度量權衡，齊衆之器也，多寡天下之物，誠信天下之民，本之同律，參之度數，以適規矩方圓，以定準繩平直，法於王府，同於四海之內。凡出於人力者，莫不得所，以程百器，以役百工，是以先王務審之。今吾族子者，衡其名矣，子平其字矣，嘗得進士第，冠多士於天子之廷，是尊儒之重選也。六朞而拜四官，籍在外朝，職在書府，出守大邦，世人猶以爲淹。相見於江之

謂衡也者，將告之曰，是吾叔父之言也。」

南，固請於予曰：「爲我推衡平之義，而易字焉。」予不得其辭，而告之曰：「衡平，而物得輕重；物得輕重，而民得其情；天下之公所由出也。字曰公甫，可乎？」公甫曰：「衡也，不得叔父之言爲不自安；今朋友以

鄭野甫字序

章望之

鳥獸與人雜生於世。鳥獸之形，有頭足毛羽之異，吾人者，因其形之一類，槩以其物稱之。人之形同，莫可辨者。古之人以名名人，出其父祖之命，以爲識別；後之人因名配字，以義類相符，非謂有勸沮之殊，欲令人人行其名字也。故有因義以配物，有因物以配義；有因名之文，損益藏顯，而字乃反之；有因名之物，遂以其實配之。是以因義以配物，如耕之於伯牛，如由之於子路；因物以配義，如赤之於子華，師之於子張；字反名，如商之於子夏，偃之於子游；物配實，如長之於子長，予之於宰我；是其意也。今之人不究本初，以意起事，或謂此名也，宜充之以是道；彼字也，可行之於終身；雖失古人之心，猶未離乎告人以善也。然而以名字自守，於吾道之門固已狹矣。鄭子名叔熊，其友字以正夫。子不安其説也，命予爲言其理以易之。夫子學於古人，聞深而見博，又以行誼自潛，不待正夫之字然後勸也；請字之曰野甫，以附於因物以配義者。如曰，不已質哉？爲賦白駒之卒章曰：「生芻一束，其人如玉。」其人如玉云者，謂其來非外也。

校勘記

〔一〕獯獫　「獯」原作「種」，據殘宋本、明抄本改。

〔二〕詳備　「詳」原作「訓」，據五經堂本傅校改。

〔三〕故次之　「次」原作「受」，據殘宋本、明抄本改。

〔四〕聖神　「神」原作「辰」，據殘宋本改。

宋文鑑卷第九十

序

後周書序

王安國

《周書》《本紀》八，《列傳》四十二，合五十篇，唐令狐德棻請撰次，而詔德棻與陳叔達、庾儉成之。仁宗時，出太清樓本，合史館祕閣本，又募天下獻書，而取夏竦、李巽家本下館閣，是正其文字。今既鏤板，以傳學官，而臣等始預其是正，又序其目録一篇曰：周之六帝，當四海分裂之時，形勢刼束，毅然有志合天下於一，而材足以有爲者，特文帝而已。文帝召蘇綽於稠人之中，始知之未盡也；卧與之言，既當其意，遂起；并晝夜咨諏酬酢，知其果可以斷安危治亂之謀，而詘己以聽之。考於書，唯府兵之設，斂千歲已散之民而係之於兵，庶幾得三代之遺意，能不駭人視聽以就其事，而效見於後世。文帝嘗患文章浮薄，使綽爲《大誥》以勸，而卒能變一時士大夫之制作。然則勢在人上而欲鼓舞其下者，奚患不成？雖然，非文帝之智，内有以得於己；而蘇綽之守，外不詘於人；則未可必其能然也。以彼君臣之相遭，非以先王之道，而猶且懇懇以誘之言；又況無所待之豪傑，可易以蓄哉？夫以德力行仁，所以爲王霸之異，而至於詘己任人，則未始不同。然而君能蓄臣者，天下之至難，傳曰：「取人以身，修身以道，修道以

仁。」蓋道極於不可知之神，而人有其質，推之爲天下國家之用者，以其粗爾；然非致其精於己，則其粗亦不能以爲。人惟能自愛其身，則内不欺其心，外不蔽於物，然後好惡無所作，而尚何有己哉？能無己，始可以得己，而足以揆天下之理，知人之言，而邪正無以廋其實，尚何患乎論之不一哉？於是賢能任使之盡其方，而吾所省者以天下之耳目，而小人不能託忠以誣君子。又從而爲之勸禁，則小人忿欲之心已黜於冥冥之際；君子樂以其類進，而摩厲其俗，凛然有恥。君臣相與謀於上，因敝以新法度，而令馳騖於下者，有忠信之守，而無傅會遷就之患，則法度有拂於民，而下不以情赴上者乎？蓋虚然後能受天下之實，約然後能操天下之煩，垂纓攝衽，俯仰廟堂，無爲以應萬幾者，致其思而已矣。夫思之爲王者事，君臣一也，勢則異焉。世獨頌堯、舜之無爲，而安知夫人主自宜無爲，而思則不可一日已也。書曰：「思曰睿。」揚雄曰：「於道則勢。」其不然歟？蓋夫法度善矣〔一〕，非以道作其人，則不能爲之守。而民之多寡，物之豐殺，法度有視時而革者，必待人而後謀，則是可不致其思乎？苟未能此，而徒欲法度之革者，是豈先王爲治之序哉？彼區區之周，何足以議此！徒取其能因一時君臣之致好，猶足以見其效；又況慨然行先王之道，而得大有爲之勢乎？是固不宜無論也。

良方序

沈　括

予嘗論治病有五難：辨疾、治疾、飲藥、處方、别藥，此五也。今之視疾者，唯候氣口六脉而已。古之人視疾，必察其聲音、顔色、舉動、膚理、情性、嗜好，問其所爲，考其所行，已得其太半，而又徧診人

迎、氣口十二動脉。疾發於五臟，則五色爲之應，五聲爲之變，五味爲之偏，十二脉爲之動，求之如此其詳，然而猶懼失之，此辨疾之難一也。今之治疾者，以一二藥，書其服餌之節，授之而已。古之治疾者，先知陰陽運歷之變故，山林川澤之竅發，而又視其老少、肥瘠、貴賤、居養、性術、好惡、憂喜、勞逸，順其所宜，違其所不宜，或藥或火，或刺或砭，或風或液，矯易其故常，捭摩其性理，搏而索之，投機順變，間不容髮；而又調其衣服，理其飲食，異其居處，因其情變，或治以天，或治以人。五運六氣，冬寒夏暑，暘雨電雹，鬼靈厭蠱，甘苦寒暑之節，從先勝復之用，此天理也；盛衰彊弱，五臟異稟，飲食異好，循其所同，察其所偏，不以此一，形彼不一，不以一人，例比衆人，此人事也。言不能傳之於書，亦不喻之於口，其精過於承蜩，其察甚於刻棘，目不捨色，耳不失聲，手不釋脉，猶懼其差也；授藥遂去，而希其十全，不其難哉？此治疾之難二也。古之飲藥者，煑煉有節，飲啜有宜，藥有可以久煑，有不可以久煑者，有宜熾火，有宜温火者，此煑煉之節也；宜温宜寒，或緩或速，或乘飲食喜怒，而飲食喜怒爲用者，有違飲食喜怒，而飲食喜怒爲敵者，此飲啜之宜也。而水泉有美惡，操藥之人有勤惰，如此而責藥之不效者，非藥之罪也。此服藥之難三也。藥之單用爲易知，複用爲難知，世之處方者，以一藥爲不足，又以衆藥益之，殊不知藥之有相使者，有相反者，有相合而性易者，方書雖有使佐畏惡之性，而古人所未言，人情所不測者，庸可盡哉？如酒之於人，飲之踰石而不亂者〔二〕，有濡咳則顛眩者；漆之於人，有終日摶漉而無害者，有觸之則瘡爛者；焉知他藥之於人，無似之者，此稟賦之異也。南人食猪魚以生，北人食猪魚以病，此風氣之異也。水銀得硫黄而赤如丹，得礬石而白如雪。人之欲酸者無過於醋矣，以醋爲未足，又

益之以根，二酸相濟，宜甚酸而反甘。巴豆善利也，以巴豆之利爲未足，而又益之以大黄，則其利反折。蟹與柹，嘗食之而無害也，二物相遇，不旋踵而嘔。此色爲易見，味爲易知，而嘔利爲大變〔三〕，故人人知之；至於相合而之他藏，致他疾者，庸可易知邪？如乳石之忌參、朮，觸者多死；至於五石散，則皆用參、朮，此古人處方之妙，而世人或未諭也。此處方之難四也。醫誠藝也，方誠善也，用之中節也，而藥或非良，其奈何哉？橘過江而爲枳，麥得濕而爲蛾，雞踰嶺而黑，鸜鵒踰嶺而白，月虧而蚌蛤消，露下而蚊喙斥，此形氣之易知者也；性豈獨不然乎？予觀越人藝茶畦稻，一溝一壠之異，遠不能數步，則色味頓殊，況藥之所生，秦越燕楚之相遠，而又有山澤膏瘠燥濕之異稟，豈能物物盡其所宜？又《素問》説：「陽明在天，則花實戕氣；少陽在泉，則金石失理。」如此之論，採掇者固未嘗恤也。抑又取之有早晚，藏之有良苦，風雨燥濕，動有槁暴。今之處藥，或有惡火者，必日之而後咀，然安知採藏之家不嘗烘焙哉？又不能必。此辨藥之難五也。此五者，大槩而已，其微至於言不能宣，其詳至於書不能載，豈庸庸之人，而可以易言醫哉？予治方最久，有方之良者，輒異疏之。世之爲方者，稱其治效，嘗喜過實；《千金》、《肘後》之類，尤多溢言，使人不復敢信。予所謂良方者，必目睹其驗，始著于篇；聞不預也。然人之疾，如向所謂五難者，方豈能必良哉？一覩其驗，即謂之良，殆不異乎刻舟以求遺劒者！予所以注著其狀于方尾，疾有相似者，庶幾偶值云耳。篇無次序，隨得隨注以與人，拯道貴速，故不暇久伏待完也。

縣法序

呂惠卿

天下之民事皆領於縣；則奉朝廷之法令，而使辭訟簡，刑獄平，會計當，賦役均，給納時，水旱有備，盜賊不作，衣食滋殖，風俗敦厚，必自縣始。然古之宦學皆有師法，雖工官猶莫不然，況於爲數萬户之縣，而當古一國之任，獨可以無法乎？惠卿之有意於此也久矣，兹者出守大名，當荐饑之後，民卒流亡，盜賊多有，隨宜應務，粗亦竭愚；復召畿内之知佐，問其所以施設之方，而監司部吏之歷縣道、老民事者，皆諮訪焉。既盡其所長矣，於是又附以平日之所嘗講聞試用者，爲法令、詞訟、刑獄、簿歷、造簿、給納、災傷、勸課、教化，凡十門，目曰縣法。以趣時便事，宜與敕令合而易曉，故不敢甚高而文，以其意與所學於先王者不異也，故時及焉。而其事多河北之風俗，則以行之部内而已。然愷悌君子，有志乎民者，亦所不愛也。

易傳序

程頤

《易》，變易也，隨時變易以從道也。其爲書也，廣大悉備，將以順性命之理，通幽明之故，盡事物之情，而示開物成務之道也。聖人之憂患後世，可謂至矣。去古雖遠，遺經尚存，然而前儒失意以傳言，後學誦言而忘味，自秦而下蓋無傳矣。予生千餘載之後，悼斯文之湮晦，將俾後人沿胡本作泝流而求源，此傳所以作也。《易》有聖人之道四焉：以言者尚其辭，以動者尚其變，以制器者尚其象，以卜筮者尚其

占。吉凶消長之理，進退存亡之道，備於辭；推辭考卦，可以知變；象與占在其中矣。君子居則觀其象而玩其辭，動則觀其變而玩其占。得於辭不達其意者有矣，未有不得於辭，而能通其意者也。至微者理也，至著者象也，體用一源，顯微無間，觀會通以行其典禮，則辭無所不備。故善學者，求言必自近，易於近者，非知言者也。予所傳者辭也，由辭以得意，則在乎人焉。

春秋傳序

程頤

天之生民，必有出類之才起而君長之，治之而争奪息，導之而生養遂，教之而倫理明，然後人道立，天道成，地道平。二帝而上，聖賢世出，隨時有作，順乎風氣之宜，不先天以開人，各因時而立政。暨乎三王迭興，三重既備，子、丑、寅之建正，忠、質、文之更尚，人道備矣，天運周矣。聖王既不復作，有天下者，雖欲倣古之跡，亦私意妄爲而已。事之謬，秦至以建亥爲正；道之悖，漢專以智力持世，豈復知先王之道也？夫子當周之末，以聖人不復作也，順天應時之治不復有也，於是作《春秋》，爲百王不易之大法，所謂「考諸三王而不謬，建諸天地而不悖，質諸鬼神而無疑，百世以俟聖人而不惑」者也。先儒之傳曰：「游夏不能贊一辭。」辭不待贊也。言不能與於斯耳。斯道也，惟顔子嘗聞之矣。「行夏之時，乘殷之輅，服周之冕，樂則韶舞。」此其準的也。後世以史視《春秋》，謂褒善貶惡而已，至於經世之大法，則不知也。《春秋》大義數十，其義雖大，炳如日星，乃易見也。惟其微辭隱義，時措從宜者，爲難知也。或抑或縱，或與或奪，或進或退，或微或顯，而得乎義理之安，文質之中，寬猛之宜，是非之公，乃制事

之權衡，揆道之模範也。夫觀百物而後識化工之神，聚衆材而後知作室之用，於一事一義，而欲窺聖人之用，非上智不能也。故學《春秋》者，必優游涵泳，默識心通，然後能造其微也。後王知《春秋》之義，則雖德非禹、湯，尚可以法三代之治。自秦而下，其學不傳。予悼夫聖人之志不明於後世也，故作傳以明之，俾後人通其文而求其義，得其意而法其用，則三代可復也。是傳也，雖未能極聖人之蘊奧，庶幾學者得其門而入矣。

羣居治五經序

龔鼎臣

夫《五經》，道之源也。人非專力探究，雖百歲亦無至焉。今之士人，以世所謂明經者，第習讀其言應貢舉，比及得爵禄政事，卒不諭經義，故以傳誦爲已羞，喜近功，輕遠度，率常抉剔其詞，引爲章句，自謂通經。及語以道德仁義，皆若聾之於聲，瞽之於色，其不能聞且見者如是，予常病焉。會鄆郡陳子堅、河南侯孝傑，俱以儒名，相與擇士之秀者，得孫、高二生，各取一經以治之。由是一室之中，講誦正醇，仁義之言，馥如椒蘭；天人之理，邃如江海；時發辨論，鏗然其聲。既而樹程式，凡十日，互求傳注所未至者，以質問焉；有不通者，罰金以恥之，庶乎鮮或暇逸，而造乎極焉。然孔子謂：「誦《詩》三百〔四〕，授之以政不達，使於四方，不能專對，雖多亦奚以爲」者，誠爲顓愚者發爾。善爲學者，能誦且達於政，而敏於對，聖人之言爲不乖謬矣。用是著其始，且以勉于終云。

送焦千之序

劉攽

攽嘗論鄉舉里選之法，難全行於今。自三代之盛，諸侯列國，與郡縣不同，及事久遠不傳，且置不言。夫東西漢之時，賢士長者未嘗不仕郡縣也。自曹掾、書史、馭吏、亭長、門幹、街卒、游徼、嗇夫，盡儒生學士爲之，才試於事，情見於物，則賢不肖較然。故遭事不惑，則知其智；犯難不避，則知其節；臨財不私，則知其廉；應對不疑，則知其辯。如此，故察舉易，而賢公卿大夫自此出矣。今時士與吏徒異物，吏徒治文書，給厮役，戇愚無智，貪詬無節，乘間窺隙，詭法求貨，笞傌僇辱，安以爲己物，故無可以興善者；而儒生學士之居於鄉里，不過閉門養高，其外則游學四方，以崇名譽，然後可以出羣過人矣。而欲法前世，一使郡縣議其行實而察舉之，固難矣。前年天子祫祭宗廟，施慶天下，閔太平之時，賢士有遺逸而不仕者，因詔州郡推擇，上名于朝。間一歲，處士之應詔而至十三人，果多游學成名者，天子皆以禮接之，館于太學，而使有司策問以經術之要，當世之宜，而爵命之，皆得顯名美仕焉。凡十三人，吾所素識者，焦君伯彊。焦君伯彊介直好學，數應進士舉，至禮部輒罷去，時人皆歎惜之，謂之遺逸，不亦宜乎？夫州郡推擇之公也，有司考試之明也，方將爲國得賢，必且精心審慮，拔士於千萬，豈其崇虚徇名，苟得「舉逸民」之稱而已；則夫十二人者，吾雖未盡識之，殆皆焦君之倫無疑。於是焉使之從政治，譬猶發敖倉以賙貧乏，決江河以灌下濕，沛然其有餘矣。然吾聞焦君之名在第三，而他郡有辭禮命而不至者。夫焦君之才既盡美矣，況復有過其一二者乎？彼辭禮命不至者，又其故何哉？彼以迎之致敬之禮未盡其數歟？抑彼皆伊尹、太公之儔，至三聘而後幡然改立爲太師，然後載而與之歸乎？天下之大，未可誣也。吾甚慕之，故於焦君之行，樂道之焉。

送趙希道序

潘興嗣

予少時，以爲天下功名，惟慷慨魁壘之士能奮力以取之；睥睨而舉目，優游而就步，則以爲不若人矣。既而熟視天下之士，顛仆寒餓之際，老死林谷之間，未必盡非才；而世之出於功名者，或異是焉，猶中疑而未決也。則取史氏所載，上下數千載，泛濫而博求之，然後知功名立者，或偶於一時，不必皆奇男子，又有幸不幸也。反而思之，則縮縮然不得其所欲，因取文王、周公、孔子之書，顛倒散漫，以觀乎消息盈虛之際，則豁然若有所得。嗟乎！始予之狂，猶騰瀾怒濤，橫流逆奔，吞嗜百川，久之勢旋氣定，平入于海，雖蛟魚百怪，出没洶涌，而不知所以汩乎其中。蓋予與希道別十有三年，予之鋭氣銷鑠頓挫如此，而希道平時尤喜功名，廓落敢言；今乃爲小官，奔走數千里外，宜其憒憒不得於心；乃俛首低氣，視甂石焉不啻若千金之重，豈其所徇者輕，而無異於吾之説邪？如無異於吾説，則篤吾以自信如是，功名之來也有餘，其去也無不足，迺所謂幸不幸者，豁然於胷中矣。希道其勉之！

南豐集序

王震

南豐先生，以文章名天下久矣。異時齒髮壯，志氣鋭，其文章之慓鷙奔放，雄渾瓌偉，若三軍之朝氣，猛獸之抉怒，江湖之波濤，煙雲之姿狀，一何奇也。方是時，先生自負，要似劉向，不知以韓愈爲何如爾！中間久外徙，世頗謂偃蹇不偶，一時後生輩鋒出，先生泊如也。晚還朝廷，天下望用其學，而屬

新官制，遂掌書命。於是更置百官，舊舍人無在者，已試即入院，方除目填委，占紙肆書，初若不經意，午漏盡，授草院吏，上馬去。凡除郎、御史數十人，所以本法意，原職守，而爲之訓敕者，人人不同，咸有新趣，而衍裕雅重，自成一家。余時爲尚書郎，掌付制吏部，一日得盡觀，始知先生之學，雖老不衰，而大手筆自有人也。嗚呼！先生用未極其學，已矣；要之名與天壤相弊，不可誣也。客有得其新舊所著而裒録之者，余因書其篇首云。

校勘記

〔一〕法度　「度」字原脱，據明抄本、五經堂本傳校補。

〔二〕飲之句　各本同。據上下文義，「飲之」上疑脱「有」字。

〔三〕而嘔利　「而」字原脱，據五經堂本傳校補。

〔四〕誦詩三百　「誦」字原脱，據明刻本補。

宋文鑑卷第九十一

序

正蒙序

范育

子張子校書崇文，未伸其志，退而寓于太白之陰，横渠之陽，潛心天地，參聖學之源，七年而道益明，德益尊，著《正蒙》書數萬言而未出也，間因問答之言，或窺其一二。熙寧丁巳歲，天子召以爲禮官，至京師，予始受其書而質問焉。其年秋，夫子復西歸，殁于驪山之下。門人遂出其書，傳者浸廣，至其疑義，獨無從取正，十有三年于兹矣，痛乎微言之將絶也！友人蘇子季明，離其書爲十七篇，以示予。昔者，夫子之書蓋未嘗離也，故有枯株晬盤之説〔一〕。然斯言也，豈待好之者充且擇歟？特夫子之所居也。今也離而爲書，以推明夫子之道，質萬世之傳，予無加損焉爾。惟夫子之爲此書也，有《六經》之所未載，聖人之所不言，或者疑其蓋不必道，若「清虚一大」之語，適將取訾於末學。予則異焉。自孔孟没，學絶道喪，千有餘年，處士横議，異端間作，若浮屠、老子之書，天下共傳，與六經並行，而其徒侈其説，以爲大道精微之理，儒家之所不能談，必取吾書爲正；世之儒者亦自許曰，吾之《六經》未嘗語也，孔孟未嘗及也，從而信其書，宗其道，天下靡然同風，無敢置疑於其間，况能奮一朝之辯，而與之較是非曲直乎哉？

子張子獨以命世之宏才，曠古之絶識，參之以博聞强記之學，質之以稽天窮地之思，與堯、舜、孔、孟合德乎數千載之間，閔乎道之不明，斯人之迷且病，天下之理泯然其將滅也，故爲此言，與浮屠、老子辯。夫豈好異乎哉？蓋不得已也。浮屠以心爲法，以空爲真，故《正蒙》闢之以天理之大，又曰：「知虚空即氣，則有無隱顯，神化性命，通一無二。」老子以無爲爲道，故《正蒙》闢之曰：「不有兩則無一。」至於談死生之際，曰輪轉不息，能脱是者，則無生滅；或曰久生不死。故《正蒙》闢之曰：「太虚不能無氣，氣不能不聚而爲萬物，萬物不能不散而爲太虚。」夫爲是言者，豈得已哉？使二氏者真得至道之要，不二之理，則吾何爲紛紛然與之辯哉？其爲辯者，正欲排邪説，歸至理，使萬世不惑而已。使彼二氏者，天下信之，出於孔子之前，則《六經》之言有不道者乎？孟子常勤勤闢楊朱、墨翟矣，若浮屠老子之言，聞乎孟子之耳，焉有不闢之者乎？故予曰，《正蒙》之言，不得已而云也。嗚呼！道一而已，亘萬世，窮天地，理有易乎是哉？語上極乎高明，語下涉乎形器，語大至於無間，語小入於無朕，一有窒而不通，則於理爲妄。故《正蒙》之言，高者抑之，卑者舉之，虚者實之，礙者通之，衆者一之，合者散之，要之立乎大中至正之矩。天之所以運，地之所以載，日月之所以明，鬼神之所以幽，風雲之所以變，江河之所以流，物理以辨，人倫以正。造端者微，成能者著。知德者崇，就業者廣。本末上下，貫乎一道。過乎此者，淫遁之狂言也；不及乎此者，邪詖之卑説也。推而放諸有形而准，推而放諸無形而准，推而放諸至動而準，推而放諸至静而准；無不包矣，無不盡矣，無大可過矣，無細可遺矣，言若是乎其極矣，道若是乎其至矣，聖人復起，無有間乎斯文矣。元祐丁卯歲，予居太夫人憂，蘇子又以其書屬余爲之叙，泣血受書，三年不能爲

一辭；今也去喪而不死，尚可不爲夫子言乎？雖然爝火之微，培塿之塵，惡乎助太陽之光而益太山之高乎？蓋有不得默乎云爾，則亦不得默乎云爾。門人范育謹序。

仁皇訓典序

范祖禹

臣竊以語聖人之德，必以甚盛者爲稱；觀先王之治，必以所多者爲尚。堯以仁，舜以孝，禹以功，文王以文，皆其甚盛者也。夏之政忠，商之政質，周之政文，皆其所多者也。三代以後，其德不極，其治不純，然而亦必有盛多者焉。漢孝文之恭儉，唐太宗之功烈，考之三王，抑其次也。惟我有宋，受天眷命。太祖無心於有天下，而神器歸之；至仁如天，神武不殺；終捨其子，以授大聖；堯舜傳賢，不是過也。太宗繼文，海内爲一。真宗守成，治致太平。至于仁宗，當勝殘去殺之運，制禮作樂之會，光有天下，四十二年，宋興以來，享國最久。修身於一堂之上，而置天下於太山之安；端拱於法宫之中，而躋一世於仁壽之域。舟車所通，日月所照，無思不服。威靈在天，既三十年，仁深澤厚，淪浹海寓，流風未息，故老猶存，窮山窟穴之氓，言之則流涕，被髮左衽之俗，聞之則稽首，用能光大累聖無前之烈，恢建後嗣無窮之基。昔周公作《無逸》，本之太王、王季，以及文王，追配三宗，四人迪哲，多稱文王之德，以勸成王，取其可以爲法者也。漢自高祖，至于肅宗，非無賢君，而漢世之治，獨稱孝文；唐自高祖，至于宣宗，亦非無令主，而唐世之治，獨稱太宗；皆取其子孫可守，以爲成憲也。洪惟本朝祖宗，以聖繼聖，其治尚仁，而仁宗得其粹焉。古者史爲書以勸戒人君，唐史官具兢作《正觀政要》；仁宗時命史臣編《三朝寶訓》，神

宗時亦論次兩朝之事，陛下又命臣以神宗之訓，上繼五朝，以備邇英進讀，日陳于前。考自三代以來，未有六聖相承，其德克類者也。恭惟仁宗，言爲謨訓，動爲典則，實守成之規矩，致治之準繩。臣謹録天禧以來，訖于嘉祐，五十年之事，凡三百十有七篇，爲六卷，名其書曰《仁皇訓典》，以助睿覽，庶有萬一之補焉！元祐八年正月日臣祖禹昧死謹上。

熙寧太常祠祭總要序

楊傑

國朝歲祀天地、五方帝、神州宗廟、大明、夜明、太社、太稷、太一、九宫、臘蜡，爲大祀；文宣、武成、風師、雨師、先農、先蠶、五龍，爲中祀；壽星、靈星、中霤、馬祭、司寒、司中、司命、司民、司録，爲小祀。凡太常典禮樂，少府共服器；光禄共酒齊、黍、稷、果實、醯醢；將作共明水、明火；太府共香幣；大僕共牛羊；司農共豕俎；有司應命人或爲之騷然。熙寧四年冬，詔以諸寺監祠事隸于太常，所以肅奉神之禮也。太常初置主簿，傑首被命，至局之日，寺監羣吏，各執故習，惘然不知祭事之聯事。傑迺集諸司所職，爲《旁通圖》一卷以示之。於是上知其綱，下知其目，大事從其長，小事則專達，郊廟羣祀，焕然易明，有司百執，各揚其職，職事相聯，罔不修舉。命曰《熙寧太常祠祭總要》云。

仁宗御書後序

陳師道

人皆有所好，其上勝之，其次任之，其下藴崇之也。惟至人無好；有所好者，同于人也。神文聖武

皇帝，其好之，與人同；其勝之，與人異。同以爲德，異以爲法。邇聲色而欲不勝禮，寶珠玉而利不勝義，時遊田而逸不勝度，故其在位四十餘年，而四方百物，無所損益。顧好飛白書，明窗浄几，時一爲之，以侈其好，於是將相宗戚，家有藏焉。臣不知書，不能頌其美，而竊有所歎也。凡蓺，不滯古則徇今，滯古則舍己而就規矩，徇今則略法而逐世好，故其弊君臣争名，而禍亂從之。臣竊窺觀，皇帝會法而忘世，會理而忘法，故工拙偏正，不足論也。所謂有其道而進於技者，王者之於蓺蓋如此。彭城王氏，世爲貴將，故其家有傳焉。其從孫萬壽主簿臣有基，以皇帝所書六大字以示臣，臣蓋望而知之也。臣不知書，然望而知之者，臣以理得之也。臣惟皇帝却天下之好，而留神翰墨，乃帝者之懿德，來世之偉聞，而臣實懼焉。臣聞故老言，當斯之時，二府百吏，内宗外姻，下逮近習，莫不好書。夫士大夫阿主之好而爲書，未害於政，而臣懼小人因書以進也。故君子於其所好，又有慎焉。臣惟皇帝之知此，故世無其傳，而臣之愚不得不懼也。

茶經序

陳師道

陸羽《茶經》，家傳一卷，畢氏、王氏書三卷，張氏書四卷，内外書十有一卷，其文繁簡不同。王、畢氏書繁雜，意其舊文；張氏書簡明，與家書合，而多脱誤；家書近古，可考正自七之事〔二〕，其下亡；乃合三書以成之，録爲二篇，藏於家。夫茶之著書自羽始，其用於世亦自羽始，羽誠有功於茶者也。上自宫省，下迨邑里，外及戎夷蠻狄，賓祀燕享，預陳於前，山澤以成市，商賈以起家，又有功於人者也，可謂

智矣。經曰：「茶之否臧，存之口訣。」則書之所載，猶其粗也。夫茶之爲藝下矣，至其精微，書有不盡，况天下之至理，而欲求之文字紙墨之間，其有得乎？昔者先王因人而教，同欲而治，凡有益於人者，皆不廢也。世人之説曰，先王詩書道德而已，此乃世外執方之論，枯槁自守之行，不可羣天下而居也。史稱羽持具飲李季卿，季卿不爲賓主，又著論以毁之。夫藝者，君子有之，德成而後及，所以同于民也；不務本而趨末，故業成而下也。學者謹之！

中庸後解序

呂大臨

《中庸》之書，學者所以進德之要，本末具備矣。既以淺陋之學爲諸君道之，抑又有所以告諸君者。古者憲老而不乞言，憲者儀刑其德而已，無所事於問也。其次則有問有答，問答之間，然猶不憤則不啓，不悱則不發。又其次有講有聽，講者不待問也，聽者不至問也，學至于有講有聽，則師益勤而道益輕，學者之功益不進矣。又其次有講而未必聽〔三〕，有講而未必聽，則無講可也；然朝廷建學設官，職事有不得已者，此不肖今日爲諸君强言之也。諸君果有聽乎，無聽乎？孔子曰：「古之學者爲己，今之學者爲人。」爲己者必存乎德行而無意於功名，爲人者必存乎功名而未及乎德行；若後世學者，有未及乎爲人，而濟其私欲者多矣。今學聖人之道，而先以私欲害之，則語之而不入，道之而不行，如是則教者亦何望哉？聖人立教以示後世，未嘗使學者如是也；朝廷建官設科以取天下之士，亦未嘗使學者如是也；學者亦何心舍此而趨彼哉？聖人之學，不使人過，不使人不及；喜怒哀樂未發之前，以爲之本，使學

者擇善而固執之，其學固有序矣。學者盍亦用心於此乎〔四〕，則義禮必明，德行必修，師友必稱，鄉黨必譽；仰而上古，可以不負聖人之傳付；達於當今，可以不負朝廷之教養；世之有道君子，樂得而親之；王公大人，樂聞而取之；與夫自輕其身，涉獵無本，徼幸一旦之利者，果何如哉？諸君有意乎，今日之講，猶有望焉；無意，則不肖今日自爲譊譊無益，不幾乎侮聖言者乎？諸君其亦念之哉！

進策序

秦觀

臣聞春則倉庚鳴，夏則螻蟈鳴，秋則寒蟬鳴，冬則雉鳴。此數物者，微眇矣；然其候未至，則寂寞而無聞，既至，則日夜鳴而不已。何則？陰陽之所鼓動，四時之所感發，氣變於外，則情迫於中，雖欲不鳴，不可得也。淮海小臣，不聞廟堂之議，帷幄之謀，獨耳剽目采，頗知當世利病之所以然者。嘗欲輸肝膽，效情素，上書於北闕之下；則又念身非諫官，職非御史，出位犯分，重煩有司之誅，隱忍逡巡而不敢發。幸陛下發德音，下明詔，大臣任舉賢良方正、能直言極諫之士，將修祖宗故事，而親策於廷。嗚呼！此亦愚臣效鳴之秋也。輒忘踈賤，條其意之所欲言者〔五〕，爲三十篇以獻，惟陛下財擇焉。其目曰：以意寓言，以言寓文，示變化之所終始，使天下曉然知之，作《國論》；瑟不鳴，二十五絃各以其聲應，轂不運，三十輻各以其力旋，默則治語，靜則制動，作《主術》；急不極則緩不生，緩不極則急不成，一憤一起，如環無端，作《治勢》二篇；以地爲險，山川是資，以兵爲險，不厭通達，作《安都》；自信者不避嫌，自許者不求合，倚而容之，績乃可底，作《任臣》二篇；衆賢聚於本朝，姦人之所不利，巧爲詆誣，以幻羣

聽，作《朋黨》二篇；鳥有鳳，魚有鯤，超絶之材，宜見闊略，作《人材》；楊、墨塞路，孟氏所攘，申、商崛興，莫或汝遏，作《法律》二篇；得與失爲鄰，利與害同門，非至精莫之能分，作《論議》二篇；爵禄者，所以礪世磨鈍，科條品目，其可不悉？作《官制》二篇；善治水者，以四海爲壑，善治財者，以天地爲資，國之大計，於是乎在，作《財用》二篇；料敵之虚實，若别牛馬，應變之倉卒，如數一二，非有道之士，不能作將帥，以寡覆衆，來如風雨，去如絶絃，作《奇兵》；美言可以市，三寸之舌，勝百萬之師，作《辨士》；機會之來，間不容髮，匪龜匪鏡，其能勿失，作《謀主》；心不治則神擾，氣不養則精喪，治心養氣，其術自得作《兵法》；愚民弄兵，依阻山谷，銷亡不時，或爲大釁，作《盜賊》三篇；党項微種，盗我靈武，逾八十年，天誅不迄，作《邊防》三篇；東西爲緯，南北爲經，織者執綜而文成，其詳在彼，其畧在此，作《序篇》。

揚州集序

秦觀

《揚州集》者，大夫鮮于公領州事之二年，始命教授馬君希孟，採諸家之集而次之，又搜訪於境内，簡編碑板亡缺之餘，凡得古律詩洎箴賦合二百二篇，勒爲三卷，號《揚州集》云。按《禹貢》曰：「淮海惟揚州。彭蠡既瀦，三江既入，震澤底定。」而《周禮·職方氏》亦稱：「東南曰揚州。其山鎮曰會稽，其澤藪曰具區，江曰三江，浸曰五湖。」則三代以前，所謂揚州者，西北極淮〔六〕，東南距海，江湖之間盡其地。自漢已來，既置刺史於是，稱揚州者，往往指其刺史所治而已。蓋西漢刺史無常治，東漢治歷陽，或徙壽春，又徙曲阿；魏亦治壽春，或徙合肥；具治建業。西晉、後魏、後周皆因魏；東晉、宋、齊、梁、陳皆因吴

惟宋嘗以建業爲王畿，而東揚州爲揚州，東揚州者，會稽也。隋以後皆治廣陵。繇是言之，凡稱揚州者，東漢指歷陽，或壽春，或曲阿；中原自魏至周，指壽春或合肥；江左自吴至陳，指建業或會稽；隋唐五代，乃指廣陵。廣陵在二漢時，嘗爲吴國、江都國、廣陵郡，宋爲南兖州，北齊爲東廣州，後周爲吴州，唐初亦爲邗州；其爲揚州，自隋始也。繇是言之，凡稱吴國、江都、廣陵、南兖、東廣、貝州、邗州者，皆今之揚州也。此集之作，自魏文帝詩已下，在當時雖非揚州，而實今之廣陵者，皆取之；其非廣陵，而當時爲揚州者，皆不復取。至揚子雲《箴》，本約《禹貢》爲辭，則廣陵自在其中，固不得而不録也。既成，公又屬觀推表廢興遷徙之跡，而究其端，使夫覽之者有攷焉。

集瑞圖序

秦觀

熙寧九年，燕國邵舜文，與諸弟持其先君之喪於宜興。數月，有雙瓜生於後圃。後二年，又生紫芝三，雙桃雙蓮各一，凡六物。於是鄉之耆老聞而歎曰：邵氏其興乎，何其瑞之多也！舜文因集六物者而圖之，號《集瑞圖》云。余謂萬物皆天地之委和，而瑞物者，又至和之所委也。至和之氣，磅礴氤氲而不已，則必發見於天地之間，其精者蓋已爲盛德，爲尊行，爲豪傑之材；其浮沉而下上者，則又爲景星慶雲，甘露時雨，醴泉芝草，連理之木，同穎之禾；而棲翔遊息乎其中者，則又爲鳳凰、麒麟、神馬、靈龜之屬。暐乎光景色象之異也，藹乎華實臭味之殊也，卓乎形聲文章之無與及也，於是世指以爲瑞焉〔七〕。繇是言之，世之所謂瑞者，乃盛德、尊行、魁奇之才所鍾和氣之餘者耳。邵氏之祖考，既以潛德隱行，見

推鄉閭；至舜文、彦瞻、端仁，又以文學收科第，弟兄相繼，有聞於時，而諸子森然，皆列於英俊之域，則是至和之氣，鍾於其家久矣，宜其餘者發爲草木之瑞也。昔楊寶得王母使者白環四枚，而寶生震，震生秉，秉生賜，賜生彪，凡四世爲三公，以往推今，郇邵氏六物之瑞，豈徒生而已，夫蓋有應之者矣。

送李端叔赴定州序

張耒

耒爲兒童，從先人于山陽學官，始見端叔爲諸生，耒雖未有知，意已相親。後幾二十年，端叔罷官四明，道楚，耒又獲見。耒時已孤，端叔弔我，悲懷如骨肉。後凡再遇于京師，今其再也。然端叔每别數年一見，其論議益奇，名譽益高；今朝廷士大夫相與稱説天下士，屈指不一二，必曰吾端叔也。元祐八年，蘇先生守定武，士願從行者半朝廷，然皆不敢有請於先生；而蘇先生一日言於朝，請以端叔佐莫府。蘇先生之位，未能進退天下士，故用子如此，然其意可知也。耒，蘇公門人之下列也，其親慕端叔不足怪。庚午，耒卧病城南，門無犬雞，晝卧憒憒，端叔嘗夜過我，以燭視我面目，見病有間，喜動詞色，訪覔毉藥，以至無恙。我之道藝無取，名譽不振，端叔獨拳拳如此何也？然端叔與余外家通譜，於我舅行也，豈其出於此，非耶？八年十月，過我，告以將北，求余言爲贈行。余在交遊中，已號爲多言，其敢有愛于子？爲今中國患者，西北二虜也，狙伺我久矣。西小而輕，故爲變易；北大而重，故爲變遲。小者，疥癬；大者，癰疽也。自北方罷兵，中國直信而不問，君臣不以掛于口而慮于心者，數十年矣。吾知其故，誠知驕虜之不能棄吾之重幣也。有司如故事，歲時發幣，車馬出門，而北顧無事矣。凡爲是説者，

謂非虜情則不可。然人度量相遠，未可以十百計也。世固有得一金而喜者，何必金帛數十萬；亦有得國於人而不厭者，數十萬金帛未足賴也。往趙元昊未反時，中國不爲備禦，猶今日之信北也；一旦不遜，中國震動，視其治軍立國，驕逆悍驁，豈特河隴間一羌酋也，吾安能復以羈縻其父祖者制蓄之哉？且雄傑之才，未嘗絶於世，不在中國，必在夷狄。高皇帝以氣吞中原之雄，而冒頓張于匈奴，高帝終無以困之。魏滅蜀，晉滅吳，大敵已盡，而符、石鶩于中國。祖宗芟夷僭亂，天下聽順，無復偃蹇，而久之元昊叛于羌。自是以來，又數十年矣。耒聞今北邊要郡，有城隍不修，器械苦惡，屯戍單寡，然跬步強敵而人不懼者，誠信之也。梟鴟不鳴，要非祥也；豺狼不噬，要非仁也；見其不鳴，謂之孔鸞，見其不噬，待以犬馬，吁亦過矣！定武，虜衝也，其容有悔乎？耒頃在洛陽，與劉几者語邊事。几老將也，謂余曰：「比見詔書，禁邊吏夜飲，此曹一旦有急，將使輸其肝腦，而平日禁其爲樂，爲今役者，不亦難乎？」夫椎牛釃酒，豐犒而休養之，非欲以醉飽爲德，所以增士氣也。耒聞定武異時從軍吏士，豐樂豪盛，而今燕豆疏惡，終日受饗，腹猶枵然；官吏貧寠，有愁苦無聊之心。且朝廷既委所當費而不愛矣，將軍重兵臨方面，天子屬以何事，而與持籌小吏，日夜計口腹之贏，此何爲者也？真能遂不費一錢，纔得幾何哉？子從辟以佐帥軍事，與有責矣。挾端叔之學問詞章而從蘇先生，如決大川而放之海，是則余無以贊子矣。

校勘記

〔一〕睟盤　「睟」原作「晬」，據殘宋本改。

〔二〕自七之事　「自」原作「月」，據殘宋本、明抄本、五經堂本傅校改。

〔三〕其次有講　「有」字原脱，據殘宋本補。

〔四〕盍亦　「盍」原作「蓋」，據殘宋本、明抄本改。

〔五〕所欲　「欲」字原脱，據殘宋本、明抄本補。

〔六〕西北極淮　「極」原作「劇」，據殘宋本、明抄本改。

〔七〕世指　「世」字原脱，據殘宋本、明抄本補。

宋文鑑卷第九十二

序

送秦少章赴臨安簿序

張耒

《詩》不云乎：「蒹葭蒼蒼，白露爲霜。」夫物不受變則材不成，人不涉難則智不明。季秋之月，天地始肅，寒氣欲至，方是時，天地之間，凡植物出於春夏雨露之餘，華澤充溢，支節美茂，及繁霜夜零，旦起而視之，如戰敗之軍，卷旗棄鼓，裹瘡而馳，吏士無人色。豈特如是而已，於是天地閉塞而成冬，則摧敗拉毁之者過半，其爲變亦酷矣。然自是弱者堅，虚者實，津者燥，皆斂藏其英華於腹心，而各效其成。深山之木，上撓青雲，下庇千人者，莫不病焉，況所謂蒹葭者乎？然匠石操斧以游於林，一舉而盡之，以充棟梁桷杙，輪輿輹輻，巨細强弱，無一不勝其任者，此之謂損之而益，敗之而成，虐之而樂者是也。吾黨有秦少章者，自余爲太學官時，以其文章示余，愀然告我曰：「惟家貧，奉命于大人，而勉爲科舉之文也。」異時率其意爲詩章古文，往往清麗奇偉，工於舉業百倍。元祐六年及第，調臨安主簿。舉子中第，可少樂矣，而秦子每見余輒不樂。余問其故，秦子曰：「余世之介士也。性所不樂，不能爲；言所不合，不能交；飲食起居，動静百爲，不能勉以隨人。今一爲吏，皆失己而惟物之應。少自偃蹇，禍悔響至。

異時一身資養於父母，今則婦子仰食於我，欲不爲吏，亦不可得。自今以往，如沐漆而求解矣。」余解之曰：「子之前日，春夏之草木也；今日之病子者，蒹葭之霜也。凡人性惟安之求，夫安者，天下之大患也，遷之爲貴。重耳不十九年於外，則歸不能霸；子胥不奔，則不能入郢。二子者，方其羈窮憂患之時，陰益其所短而進其所不能者，非如學於口耳者之淺淺也。自今吾子思前之所爲，其可悔者衆矣，其所知益加多矣；反身而安之，則行於天下，無可憚者矣。能推食與人者，嘗饑者也；賜之車馬而辭焉者，不畏徒步者也。苟畏饑而惡步，則將有苟得之心焉，爲害不既多乎？故隕霜不殺者，物之災也；逸樂終身者，非人之福也。」元祐七年仲春十一日書。

捕魚圖序

晁補之

古畫捕魚一卷，或曰王右丞草也。紙廣不充幅，長丈許。水波渺瀰，洲渚隱隱見其背，岸木葭菼向摇落，草萋然始黄，天慘慘雲而風，人物衣裘有寒意，蓋畫江南初冬欲雪時也。兩人挽舟循涯，一人篙而下之，三人巾帽袍帶而騎，或馬或驢。寒峙肩，擁袖者，前揚鞭顧後，攬轡語，袂翩然者。僮負囊尾馬，背而荷，若擁鼻者。三人屈竹爲屋，三童子踞而起大網，一童從旁出者。縛竹跨水上，一人立旁，維舟而下有笱者。方舟而下，四人篙而前其舟，坐若立者。兩童子曳方罟行水間者。縛竹跨水上，一人巾而依蘧蒢坐，沉大網。旁笱屈竹爲屋，縛竹跨水上，童子跪而起大網者。一人屈竹爲屋，前有瓶盂可見者。篙者，槳者，俛下罩者，三人皆笠，方舟載大網，行且漁。兩兒兩蓋，依蘧蒢坐。有巾而頳，出網

中得者。舵操楫一人,縛竹跨水上,顧而語前有盃盂者。方舟載大網出網中得者。縛竹跨水上,兩兒沉大網,旁維艓者。兩人篙其舟甚力,有帷幙,坐而濟,若婦人可見者。方舟依渚,一人篙,一人小而顙,三童子若飲食,若寐,前有盃盂者。一人推篷間童子,俛而曳循厓者。人物數十許,目相望不過五六里,若百里千里。右丞妙於詩,故畫意有餘,世人欲以語言粉墨追之,不似也。常憶楚人云:「帝子降兮北渚,目渺渺兮愁予。嫋嫋兮秋風,洞庭波兮木葉下。」引物連類,謂便若湖湘在目前。思頃時歲晚道吳江如此。漁者男子、婦女、童稚,舟楫、梁笱、網罟、罾罩,紛然在江。然其業廉而事佚〔一〕,故無市廛爭利意。此與畫二大夫去國,其色無別恨,奚以異?元祐元年四月二十日,李希孝出之,欲模寫,無善工,乃借韓退之序畫人物意識之。潁川晁補之序。

離騷新序

晁補之

先王之盛時,四詩各得其所;王道衰而變《風》、變《雅》作,猶曰:「達於事變,而懷其舊俗。」舊俗之亡,惟其事變也。故詩人傷今而思古,情見乎辭,猶《詩》之《風》《雅》,而既變矣。孟子曰:「王者之迹熄而《詩》亡。」然則變《風》變《雅》之時,王迹未熄,《詩》雖變而未亡。《詩》亡而後《離騷》之辭作。非徒區區之楚事不足道,而去王迹逾遠矣,一人之作,奚取於此也?蓋《詩》之所嗟歎,極傷於人倫之廢,哀刑政之苛;而人倫之廢,刑政之苛,孰甚於屈原時邪?國無人,原以忠放,欲返,幸君之一悟,俗之一改也,一篇之中,三致志焉;與夫三宿而後出晝,於心猶以爲速者何異哉?世衰,天下皆不知止乎禮義,故君

視臣如犬馬，則臣視君如國人。而原一人焉，被讒且死，而不忍去，其辭止乎禮義可知，則是《詩》雖亡，至原而不亡矣。使後之爲人臣不得於君而熱中者，猶不懈乎愛君如此，是原有力於《詩》亡之後也。此《離騷》所以取於君子也。離騷，遭憂也。「終窶且貧，莫知我艱。」《北門》之志也。「何辜於天，我罪伊何？」《小弁》之情也。以附益《六經》之教，於《詩》最近，故太史公曰：「《國風》好色而不淫，《小雅》怨誹而不亂，若《離騷》者，可謂兼之矣。」其義然也。又班固叙遷之言曰：「《大雅》言王公大人，德逮黎庶；《小雅》譏小己之得失，其流及上。所言雖殊，其合德一也。司馬相如雖多虛辭濫説，然要其歸，引之於節儉，此亦《詩》之風諫何異？」揚雄以謂「猶騁鄭、衛之音，曲終而奏《雅》，不已戲乎？」固善推本知之，賦與詩同出，與遷意類也。然則相如始爲漢賦，與雄皆祖原之步驟，而獨雄以其靡麗悔之；至其不失雅，亦不能廢也。自《風》《雅》變而爲《離騷》，至《離騷》變而爲賦，譬江有沱，乾肉爲脯，謂義不出於此時異然也。《傳》曰：「賦者，古詩之流也。」故《懷沙》言賦，《橘頌》言頌，《九歌》言歌，《天問》言問，皆詩也；《離騷》備之矣蓋《詩》之流，至楚而爲《離騷》，至漢而爲賦，其後賦復變而爲詩，又變而爲雜言、長謠、問對、銘贊、操引，苟類出於楚人之辭而小變者，雖百世可知，故參取之。曰《楚辭》十六卷，舊録也；曰《續楚辭》二十卷，曰《變離騷》二十卷，新録也。使夫緣其辭者存其義，乘其流者反其源，謂原有力於《詩》亡之後，豈虛也哉？若漢、唐以來所作，非楚人之緒，則不録。

送田承君序

鄒浩

熙寧、元豐間，外部貴人争違義以示寵，其視天家之赤子，甚於蒿萊，芟夷焚燎，極其力而後已，蓋所謂「矢匠惟恐不傷人者」，遂使覆露之恩，輙逗遛不下。於是諫官御史，森森在廷，噤不敢出一語爲社稷計，況分職其部中者乎？其脅於名分，相與影響，固不足深責；其慷慨建明，屹如勍敵壓之以山丘而首不屈，駭之以雷霆而色不變，知保吾赤子以對揚天命而已，可不謂賢哉！僕所得者二人：其一，揚州江都令羅適，見而得之者也；其一，信州弋陽令董敦逸，聞而得之者也。嗚呼！天下幾路，列郡幾城，綰銅章以據百里者幾人，僕勤勤訪焉，不滿三數，其難矣哉？又羅公之在江都也，其始邑人固有欲殺之者矣；在上左右固有毁之者矣〔三〕；鄰封固有嗤之者矣。未幾，嗤之者自媿其不能也，毁之者不覺譽言出其口也，欲殺之者日懼其不久留也，相率圖其像，築室而祠之。皆承君作尉時熟於聽覽，且嘗信眉抵掌，爲僕劇談，恨不與爲僚者也。承君貫古今，每笑俗儒貴耳而賤目，今治西河也，肯捨江都之所得，而遠慕卓、魯乎？苟思民有赴愬而不獲伸，甚於子之沉下僚而持衡者不察也；思民有窘於衣食之謀，甚於子之待次而無以自裕也；思民有流離蕩析而不安其居，甚於子之侍老携幼往返千萬里也；將見異時報政，不獨踵繼于羅公，又與西門豹、史起相望，無愧怍焉。邑之士果有文學如子夏者乎？僕知其爲子作頌，果有行義如叚干木者乎？僕知其啓户持謁，願交於下風。子之祖子方果不昧，亦且陰自喜曰：吾苗裔有人。

孫莘老易傳序

游酢

《易》之爲書，該括萬有，而一言以蔽之，則順性命之理而已。陰陽之有消長，剛柔之有進退，仁義之有隆汙，三極之道，皆原於一，而會於理。其所遭者時也，其所託者義也，其所致者用也，知斯三者，而天下之理得矣。斯理也，仰則著於天文，俯則形於地理，中則隱於人心；而民之迷日久，不能以自得也，冥行於利害之域，而莫知所向。聖人有憂之，此《易》之所爲作也。伏犧象之，而八卦成；文王重之，而六爻具；周公繫之辭，仲尼訓其義。自伏犧至于仲尼，則《易》之書不遺餘旨矣。蓋將領天下於中正之塗，而要於時措之宜也。居則觀象而玩辭，動則觀變而玩占，以研心則慮精，以應物則事舉，天且助之，人且與之，而何凶咎之有？故曰：「是興神物，以前民用。」又曰：「因貳以濟民行。」此四君子之用心也。孫公莘老，少而好《易》，常以是行己，亦以是立朝，或進或退，或語或默，或從或違，皆占於《易》而後行也。晚而成書，辭約而旨明，義直而事核；又將與學者共之，蓋亦先聖之所期，豈徒爲章句以自名家而已。此先生傳《易》之意也，學者宜以是觀之。

論語解序

謝良佐

天下同知尊孔氏，同知賢於堯、舜，同知《論語》書弟子記當年言行不誣也。然自秦漢以來，開門授徒者，不過分章析句爾；魏晉而降，談者益稀。既不知讀其書，謂足以識聖人心，萬無是理；既不足以知

聖人心，謂言能中倫，行能中慮，亦萬無是理；言行不類，謂爲天下國家有道，亦萬無是理。君子於此盍闕乎？蓋溺心於淺近無用之地，聰明日就彫喪，雖欲讀之，顧不得其門而入也。聖人辭近而指遠，一本蓋其辭近，其指遠。辭有盡，指無窮。有盡者可以一無以字索之於訓詁〔三〕，無窮者要當會之以神。譬諸觀人，佗一作昔日識其面，今日見一作識其心。在我則改容更貌矣，人則猶故也。爲一作坐是故難讀。今試以讀此書之法語諸君焉，勿以爲淺近而忽，勿以爲太高而驚，勿以爲簡我而忿且怒〔四〕，勿以爲妄誕而直不信。聖人之言，不可以訓詁形容其微意，今不復撰次成文，直以意之所到，辭達而已矣。蓋此書存於世，論其切於用而收近效，則無之。與道家使人精神專一之學，西方見性之説，並駕争衡，孰全孰駁，未易以口舌争也。談天語命，偉辭雄辯，使人可駭可慕，曾不如莊周、列禦寇曼衍之言；籠絡萬象，葩華百出，讀之使人亹亹不厭，曾不如班、馬雄深雅健之文；正名百物，分辨六氣，區味別性，可以愈疾引年，曾不如黄帝、歧伯之對問，神農之藥書；可以資聽訟折獄，可以飾簿書期會，曾不如申、韓之刑名；陶冶塵思，模寫物態，曾不如顔、謝、徐、庾流連光景之詩。以至神怪卜相之書，書數博弈之技，其皆可玩，獲售於人，而此書乃一無有也。欲使敏秀豪俊之士，留精神於其間，幾何其不笑且受侮與？邈乎希聲，一唱而三嘆，誰其聽之？淡乎無味，酒元而俎腥，誰其嗜之？雖家藏人有，不委塵埃者幾希矣。余昔者供洒掃於河南夫子之門，僅得毫釐於句讀文義之間，而益信此書之難讀也。蓋不學操縵，不能安弦；不學博依，不能安《詩》；不學雜服，不能安禮；惟近似者易入也。彼其道高深溥博，不可涯涘如此，儻以童心淺智窺之，豈不大有逕庭乎？方其物我太深，胸中矛戟者讀之，謂終身可行之恕誠何味？方其脅肩諂

笑，以言餂人者讀之；謂巧言令色寧病仁？未能素貧賤而恥惡衣惡食者讀之，豈知飯疏食，飲水，曲肱而枕之，未妨吾樂？注心於利未得，而已有顛冥之患者讀之，孰信不義之富貴真如浮雲？過此而往，益高深矣，可勝數哉！是皆越人視秦人之肥瘠也。惟同聲然後相應，惟同氣然後相求，是心與是書，聲氣同乎不同乎？宜其卒無見也。是書遠於人乎？人遠於書乎？蓋亦勿思爾矣。能反是心者，可以讀是書矣。孰能脱去凡近，以遊高明；莫爲嬰兒之態，而有大人之器；莫爲一身之謀，而有天下之志；莫爲終身之計，而有後世之慮；不求人知，而求天知；不求同俗，而求同理者乎？是人雖未必中道，然其心當廣矣，明矣，不雜矣；其於讀是書也，能無得乎？當不惟念之於心，必能體之於身矣。油然内得，難以語人，謂聖人之言真不我欺者，其亦自知而已矣。豈特慮思之效，乃力行之功。至此，蓋書與人互相發也。及其久也，習益察，行益著，知視聽言動，蓋皆至理；聲氣容色無非妙用；父子君臣，豈人能秩敍；仁義禮樂，豈人能强名；心與天地同流，體與神明爲一；若動若植，何物非我？有形無形，誰其間之？至此，蓋人與書相忘也。則向所謂辭近而指遠者，可不信乎？宜其賢者識其大者，不賢者識其小者，好惡取捨之相遼也。學者儻以此言爲可信，則亦何遠之有？以謂無隱乎爾，則「天何言哉？夫子之言性與天道，不可得而聞也。」以謂有隱乎爾，則「四時行焉，百物生焉；夫子之文章可得而聞也。」是豈真不可得而聞哉？《詩》云：「鳶飛戾天，魚躍于淵。」此天下之至顯，聖人惡得而隱哉？所謂「無行而不與二三子」者也。「上天之載，無聲無臭」此天下之至賾，聖人亦惡得而顯哉？宜其二三子爲有隱乎我者也。知有隱、無隱之不二者，捨此書其何以見之哉？知有隱、無隱之不二者，豈非閎博明允君子哉？諸君可

無意於斯乎！

趙氏金石録序

劉跂

東武趙明誠德夫家，多前代金石刻，倣歐陽公《集古》所論，以考書、傳、諸家同異，訂其得失，著《金石録》若干卷，别白抵捂，實事求是，其言斤斤，甚可觀也。昔文籍既繁，竹素紙札，轉相謄寫，彌久不能無誤；近世用墨版模印，便於流布，而一有所失，更無别本是正，然則謄寫模印，其爲利害之數略等。又前世載筆之士，所見所聞，與其所傳，不能無同異，亦或意有軒輊，情流事遷，則遁離失實；後學欲窺其罅，搜抉證驗，用力多，見功寡，此讎校之士，抱槧懷鉛，所以汲汲也。昔人欲刊定經典及醫方，或謂經典同異，未有所傷，非若醫方能致壽夭，陶景亟稱之〔五〕，以爲名言。彼哉卑陋一至於此！或譏邢邵不善讎書，邢曰：「誤書思之，更是一適。」且别本是正，猶未敢曰可，而欲以思得之，其訛有如此者〔六〕！惟金石刻出於當時所作，身與事接，不容僞妄，皎皎可信。前人勤渠鄭重，以遺來世，惟恐不遠，固非以爲夸；而好古之士，忘寢廢食而求，常恨不廣爾，豈專以爲玩哉！余登泰山，覩秦相斯所刻，退而按史遷所記，大凡百四十有六字，而差失者九字，以此積之，諸書浩博，其失胡可勝言？而信書之人，守目所見，知其違戾，猶弗能深考，猥曰是碑之誤，其殆未之思乎！若乃庸夫野人所述，其言不雅馴，則望而知之，直差易耳。今德夫之藏既甚富，又選擇多善，而探討去取，雅有思致，其書誠有補於學者。亟索余文爲序，竊獲附姓名於篇末，有可喜者，於是乎書。

泰山秦篆譜序

劉跂

《史記》載秦始皇帝及二世，皆行幸郡縣，立石刻辭。今世傳泰山篆，字可讀者，唯二世詔五十許字；而始皇刻辭，皆謂已亡，莫可復見。宋丞相莒公，鎮東平日，遣工就泰山模得墨本，以慶曆戊子歲，別刻新石，親作後序，止有四十八字。歐陽文忠公《集古録》亦言，友人江鄰幾，守官奉高，親到碑下，纔有此數十字而已。余以大觀二年春，從二三鄉人登泰山，宿絶頂，首訪秦篆，徘徊碑下。其石埋植土中，高不過四五尺，形制似方而非方，四面廣狹皆不等，因其自然，不加磨礱，所謂五十許字者，在南面稍平處，人常所撫搨，故士大夫多得見之。其三面尤殘缺蔽闇，人不措意。余審觀之，隱隱若有字痕，刮摩垢蝕，試令摸以紙墨，漸若可辨。自此益使加工摸之，然終意其未也。政和三年秋，復宿岳上，親以氈椎從事，校之他本，始爲完善。蓋四面周圍，悉有刻字，總二十二行，行十二字，字從西面起，以北、東、南爲次。西面六行，北面三行，東面六行，南面七行，其末有「制曰可」三字，復轉在西南稜上。每行字數同，而每面行數乃不同如此，廣狹不等，居然可見。其十二行是始皇辭，其十行是二世詞，以《史記》證之，文意皆具。計其缺處，字數適同，於是泰山之篆，遂成完篇。宋、歐陽二公，初未嘗到，惟憑工匠所說，無足怪；人多以二公爲信，故亦不復詳閲。余既得墨本，并得碑之形象制度以歸，親舊聞之，多來訪問，倦於屢報，乃爲此譜。大凡篆字二百二十有二，其可讀者百四十有六，今亦作篆字書之；其毁缺及漫滅不可見者，七十有六，以《史記》文足之，注其下。譜成，揭壁間，久幽沉晦之迹，今遂歷然。秦

至無義，不足論，然李斯小篆，古今所師，經千三百有餘歲而復彰，茲可尚也。如「親巡遠黎」，史作「親巡遠方黎氏」，「金石刻」作「刻石」，「著」作「休」，「嗣」作「世」，「聽」作「聖」，「陲」作「垂」，「體」作「禮」，「昆」作「後」，則又史家差誤，皆當以碑爲正。其曰御史夫〔七〕，夫者，大夫也。《莊子》曰：「且而屬之大夫。」衞宏曰：「古文一字兩名，因就注之。」《史記》於瑯琊臺刻石，備列從臣名氏，余家所收瑯琊殘字，亦有「五夫」字，然則夫從一大，因不復重出歟！

新校楚辭序

黃伯思

《漢書·朱買臣傳》云：「嚴助薦買臣，召見，說《春秋》，言《楚辭》，帝甚說之。」《王襃傳》云：「宣帝修武帝故事，徵能爲《楚辭》者九江被公等。」《楚辭》雖肇於楚，而其目蓋始於漢世。然屈、宋之文與後世依放者，通有此目，而陳說之以爲唯屈原所著則謂之《離騷》，後人效而繼之，則曰《楚辭》，非也。自漢以還，文師詞宗，慕其軌躅，摛華競秀，而識其體要者亦寡。蓋屈、宋諸《騷》，皆書楚語，作楚聲，紀楚地，名楚物，故可謂之《楚辭》。若些、只、羌、誶、蹇、紛、侘傺者，楚語也；頓挫悲壯，或韻或否者，楚聲也；沅、湘、江、澧、脩門、夏首者，楚地也；蘭、茝、荃、藥、蕙、若、蘋、蘅者，楚物也；率若此，故以楚名之。自漢以還，去古未遠，猶有先賢風槩，而近世文士但賦其體，韻其語，言雜燕、粵，事兼夷、夏，而亦謂之《楚辭》，失其指矣。此書既古，簡册迭傳，亥豕帝虎，舛午甚多。近世秘書晁監美叔，獨好此書，乃以春明宋氏、趙郡蘇氏本參校失得；其子伯以、叔予，又以廣平宋氏及唐本，與太史公記諸書是正；而伯思亦以

先唐舊本，及西都留監博士楊建勳及洛下諸人所藏，及武林吴郡槧本讎校，始得完善。文有殊同者，皆兩出之。案此書舊十有六篇，并王逸《九思》爲十七，而伯思所見舊本，乃有揚雄《反騷》一篇，在《九歎》之後，此文亦見雄本傳。與九思共十有八篇，而王逸諸序並載於書末，猶古文《尚書》、漢本《法言》及《史記自序》、《漢書叙傳》之體，駢列於卷尾，不冠於篇首也。今放此録之。又太史公《屈原列傳》、班固《離騷傳序》論次靈均之事爲詳，故編于王序右方。陳説之本，以劉勰《辯騷》在王序之前〔八〕，論世不倫，故緒而正之。而《天問》之章，辭嚴義密，最爲難誦，柳柳州於千祀後，獨能作《天對》以應之，深宏傑異，析理精博，而近世文家亦難遽曉，故分章辨事，以其所對，别附於問，庶幾覽者瑩然，知子厚之文不苟爲艱深也。自《屈原傳》而下，至陳説之序，又附以今序，别爲一卷，附十通之末，而目以《翼騷》云。至於屈原行之忠狷，文之正變，事之當否，固昔賢之所詳，僕可得而略之也。

校勘記

〔一〕然其業廉　「然」字原脱，據殘宋本、明抄本、明刻本補。

〔二〕在上　「上」字原本空白，據殘宋本、明抄本補。

〔三〕有盡者可以　原本「可以」下空白，據明刻本補夾注。以下三處夾注皆據明刻本補。

〔四〕忿且怒　「忿」原作「分」，據殘宋本、明抄本改。

〔五〕陶景　各本同。按陶弘景稱陶景，猶桑弘羊稱桑羊，皆宋人避宋宣祖趙弘殷諱省字。

〔六〕其訛　「訛」殘宋本作「佻」。

〔七〕御史夫　「夫」原作「大」，連下爲文，疑非，據殘宋本改。蓋碑文作「御史夫」，下「夫者，大夫也」，乃劉跂釋文

〔八〕辯騷　「辯」下原衍「驗」字，今删。

宋文鑑卷第九十三

論

君臣論

徐鉉

君人者，推赤心以接下者也；臣人者，推赤心以事上者也；上下交感，政是以和。故大《易》之義，在上者其道下降，在下者其道上行，則曰：「天地交，泰。」上者自居其上，下者自居其下，則曰：「天地不交，否。」然則爲上而下降甚易，爲下而上達甚難。何者？君人者，其勢足以行人之道，其貴足以顯人之德，其富足以聚人，其義足以感人，賢人君子，望景而歸之，理自然也。苟不逆之，可矣；又況於禮致之者哉？故齊桓之德薄也，猶能使管仲受執，甯戚扣角，況聖君乎？此易之效也。人臣者，在貧賤之中，處踈遠之地，有上下之隔，有左右之蔽，自媒則有暗投之患，因人則無苟合之譽，禮秩之不足，則不肯進也，況不禮之哉？故以仲尼之聖，懷救世之心，歷聘七十，而不一遇，況常人乎？此難之效也。然則士之失君，所喪者富貴耳。莊、老吏隱，於陵躬耕，商皓采芝，君平賣卜，未失其所以爲士也。君之失士，或喪既安之業，或敗垂成之功，紂踣于京，厲流于彘，魯哀奔吳，項羽屠裂，則失其所以爲君也。聖帝明王，鑒其若此，故屈己以下士，推誠以接物，軒轅問道於下風，

唐堯求賢於側陋，周公吐餐於白屋，漢祖輟洗於布衣，況朝廷之臣乎？夫朝廷之臣，位有前後，任有小大，至於君臣之分，誠心所感，其揆一也。《詩》曰：「嗟我懷人，寘彼周行。」卿士大夫，各居其位，所謂周行也；言周行之中，皆所懷之人也。《書》曰：「汝則有大疑，謀及乃心，謀及卿士，謀及庶民。」大疑，大政也，庶民猶與焉，況羣臣乎？此治世之主，至公之義也。世之衰也，疎公卿而親近習，憚君子而狎佞人，親而狎之也以爲腹心，疎而憚之也以爲仇敵，於是政出於羣小，而責及於大臣，如此而不亂，未之有也。君子之事上也，近之不敢佞，遠之不敢怨，受命無二慮，臨難無苟免；小人之事上也，遠之則憾，近之則比，受命則顧望，臨難則幸生。人君不能熟察也，以爲我之所親，彼亦盡忠；我之所疎，彼亦懷貳；於是聽鑒惑於外，精神汨于中。及亂之來也，小人無忘生之節，君子非死難之所。楚靈殞於乾谿，二世弒于望夷，而莫之救也。其所由者，自私與自勝也。自私故慚與君子言，自勝故憚與君子言，此小人所以易見親，君子所以易見疎也。夫亡國非無賢臣，亂主非獨坐於堂上也，用心之不一也。《書》曰：「一哉王心。」《詩》曰：「淑人君子，其儀一兮。」人君用心一，則賢臣知所從矣。

持權論

徐鉉

天下所以奉者君也，君之所以尊者權也，權者非他也，賞罰而已矣。賞公則當善，而爲善者進矣；罰公則當惡，而爲惡者退矣。若然，則君子在位，小人在野，而權不在公室者，未之有也。中才之君，知賞罰之權不可失，而不知所以守之之道；欲人之懷己也，則必賞自我出；欲人之畏己也，則必罰自我行，

此亂之本也。老子曰：「爲者敗之，執者失之。」賞罰者，受之於先王，行之於有司，人君正其本，過其淫而已；苟自爲之而自執之，其與幾何？《尚書》數堯之德曰：「聰明文思」，及其舉舜也，則四岳師錫，堯曰：「予聞，如何？朕其試哉！」夫堯既聞舜之行賢，猶待四岳舉然後登用，此則賞不必己出也。周公作萬代之典，設三聽之法，衆聽則殺之，衆疑則赦之，此則罰不必己出也。漢高祖氣吞羣雄，威振海外，然而不敢以私忿誅季布，不敢以私惠賞丁公；秦始皇親治庶務，以衡石自程，羣臣莫得專任；而秦漢之成敗，豈不明哉？然則賞罰在於公，不在於自執必矣。魏晉已降，創業之君，才略冠世，功勳震主，既當失政之代，遂踐數終之運。後世人君，懲其若是，故憎疾勝己，誅鋤高名，所謂同歸於亂者也。昔楚莊王謀事而當，羣臣莫能及，退而有憂色，曰：「楚國之大，而羣臣莫吾及，吾國其亡乎！」此所以飲馬於河也。漢高祖自謂不如三傑，而能用之，所以有天下也。梁武在雍州時，破魏將王肅，得其巾箱書，見魏帝手勑曰：「吾聞蕭衍善用兵，勿與鬭。」其威名如此！及其爲帝也，乃用臨川王宏、貞陽侯明爲將。在竟陵府時，與謝朓、王融之儔齊名，及其爲帝也，乃用陸驗、石珍爲心膂。何者？患其失權，貪其易制，曾不知亡國之釁，始基於此也。夫權者，非謂其強臣專政，王命不行，前邀九錫，後徵殊禮也。蓋人君有偏聽焉，有偏好焉，偏聽則朋黨有所附矣，偏好則姦邪有所入矣。朋黨勢固，姦邪在側，人主以不聞過爲賢，不違命爲治，如是，則賞罰者朋黨之所爲，而假手於人主矣。當時之人，知其如此，亦且弃正義而事朋黨，背公室而向私門，非徒競利，且以避害，然則權安在哉？後魏孝明時，衛士數千人焚領軍張彝宅，殺其父子；朝廷懼以爲亂也，止誅八人，餘遂釋之。高歡時在民間，聞而歎曰：「亂之始也。」乃散家財，招

集亡命，卒移魏祚。魏人不知失權之始，在乎孝明；及高氏執政，方云禄去公室，不亦晚乎？誠令人君用法公共，接下均一，善善而能用之，惡惡而能去之，不以己之私妨天下之義，雖復體非聖賢，蓋亦思過半矣。嗚呼！斯道也，甚易知，甚易行，甚易效，而鮮能行者，蓋夫疑信之際，貪旦夕之便，因循僶俛，以至政隳勢敗，而自不之知也。《傳》曰：「失之毫釐，差以千里。」豈虚言哉！

師臣論

徐鉉

至大者天，必配以地；至明者日，必配以月；至剛者陽，必配以陰；至尊者君，必配以臣；君臣之義，與天地並者也。君之有臣也，所以教其不知〔一〕，匡其不逮，扶危持顛，獻可替否，其任大矣。故君失之，臣得之，臣失之，君得之，上下相維，乃無敗事；非徒承其使令，供其喜怒而已。故曰，師臣者王，友臣者霸。《書》曰：「能自得師者王，謂人莫己若者亡。」自三皇已來，莫不由斯而致者也。衰世之君，闇於大道，嘉言美事，掠歸於己；諛臣佞妾，從而成其過曰：生殺廢置，國之利器，必出自一人，不當爲人臣所教。嗚呼！斯甚不然也。夫往古之事，不可言已，其世近而昭然者，請以漢祖明之。高祖奮布衣，取天下，功侔三代，享祚四百，可謂盛矣！其舉事之始，駐軍於陳留，則酈食其之謀；破武關，入咸陽，則張良之策；還定三秦，則韓信之計；爲義帝縞素，則董公之説；出兵宛、葉，則鄭忠之畫；破垓下則三王之力；及其成功，則高祖享帝王之業，數子獲人臣之禄，豈爲人臣所教者，不能爲帝王乎？故高祖曰：「吾不如三傑，而能用之，所以得天下也。」及太宗文皇帝，力行王道，天下已平，喟然歎曰：「魏徵教我，功業如此。」夫

二帝者，能用忠賢之謀，以建三五之業，歸功臣下，而其道愈光。老子曰：「功成而不居，夫唯不居，是以不去。」此之謂也。昔魏武帝使夏侯淵守漢中，蜀先主用法正之計，破漢中，殺淵等，魏武聞之曰：「吾知玄德不辦此，必爲人之所教。」斯言之失也，史論之備矣。魏武雄傑之主，猶有斯論，況常人哉？夫爲國譬用兵焉，大將將十萬之衆，舉千乘之國，有坐籌制勝者，有摧鋒殺敵者，有先登陷壘者，及其成功，則元帥之功也。今使元帥兼此數者而獨論功，可乎？夫君人出令，臣下唯知奉行，則役夫豎子，可爲卿相，何必勞於求賢哉？嗚呼！斯道之不明久矣，明達君子，可無思乎？可無思乎？

勸農論

高錫

勸農者，古典也，國家歲以舉之，然則勸之道，不在勸乎時以耕，時以種，時以收穫也；在於知其病而去之耳。夫農之病者，由乎隳於制度也。制度隳則下得以僭上，是故宫室無常規，服玩無常色，器用無常宜，飲食無常味，四者偕作，於是奇伎淫巧出焉，浮薄澆詭騁焉。業專於是者，貨易於是者，利甚厚於農矣；農雖日勸之，豈有益哉？凡民之情，所急者利；利苟有取，假嚴刑法以毒之，民亦不顧其罪而趍之矣；利苟無取，假垂仁惠以撫之，民亦不知其恩而背之矣。非民愛其罪而惡其恩，蓋所樂者利也。于今之農，其利甚寡。農家之利，田與桑也。田之所出者穀、帛，夫以墾之，婦以蠶之，力竭氣衰，方見穀、帛。穀帛之價，輕重不常，農家出則其價輕，入則其價重。輕重之弊，起於時也。時底於稔，穀帛多矣，征租不取焉〔二〕，農乃易其多以赴征租，故有輕而出；時遇於凶，穀帛逋矣，賦歛互取焉，農乃完其逋以供

賦斂[三]，故有重而入。稔既輕出，凶又重入，則田桑之人，腹之食，身之衣，亦已懸矣，敢言於利乎？所謂病之深也。且務奇伎淫巧，浮薄澆詭，業專於是者，貨易於是者，不苦於體，不疲於神，皆坐而獲利焉。卽如彫一寸之金，鏤一寸之玉，比穀之價有幾也？文一尺之綺，飾一尺之紈，比帛之價有幾也？既金玉綺紈與穀帛之價不侔，又無凶稔輕重之弊，食以之具，衣以之餘，以此則誰肯勤於農哉？若使雕鏤不如耕鑿，文飾不如經織，寶穀如金玉，貴帛如綺紈；必見溥天之下，有男皆執於耒耜，有女皆務於杼軸，必無曠土，無游民。何者？衆之利薄，農之利厚也。若欲勸於農，先思去於病；若欲去於病，先思舉於制度。制度舉，則俾下無以僭上。上之宮室之規，使下不得宅焉；上之服玩之色，使下不得衣焉；上之品用之宜，使下不得舉焉；上之飲食之味，使下不得薦焉；則奇伎淫巧，浮薄澆詭，業專於是者盡息矣。制度既舉，病自然去；病既去，農不勸而自勸也，何煩歲舉古典哉？

斷論　田錫

謀慮者，斷之始也；勇敢者，斷之用也。若謀慮未甚精，成敗未盡見，情僞未洞知，而不忍欲利欲勝之意，不忍小忿小耻之心，卒然奮發，自謂決斷，斯乃剛忽而趣敗也，安得謂之斷哉？若謀慮已精，成敗已見，情僞已審，而猶疑事或未濟，尚憂理之未盡，猶豫於大難，惶惑於臨機，本謀亂而不能堅守，始慮撓而不能必行，是謂無斷也。噫！排大難，濟大事，立大功，垂大名，皆由於斷也。陷大惡，致大亂，隳大功，失大事，亦由於斷也。蓋謀熟而後斷，則大功大名隨之而興矣；智淺而言斷，則大惡大亂亦隨之而

陷矣。昔桀惡日盈，湯德日新，干戈未舉，成敗之數先定也；湯乃勃興，應天順人，一戰而克，遂自諸侯而爲萬乘主，斯則湯之智慮已精，成敗已見，而果敢於斷也。其次商紂縱虐，而文王之德素積於民，民心歸周久矣；一旦武王法成湯之舉，師次牧野，風裂旗旆，武王震恐，以爲天意未從，遽思中輟，唯太公獨排衆意，以爲必克，是則武王之斷，未侔於太公。洎秦滅六國，威名雄迹，信有英斷，長戟巨鎩，銷爲金狄，聖謀國典，焚爲煨燼，將以弱諸侯之兵也，將以愚天下之民也；若是果斷，自謂超三王邁五帝，然而陷大惡，致大亂，失大位，得非斷於強暴，而不斷於仁信乎？由是知有斷於威武也，有斷於爲仁也，有斷於用賢也，有斷於貞介也。許由棄堯之禪讓，伯夷絶周之蔬粟，是斷於貞介也。管蔡流言，周公誅之，大義滅親之斷，自周公始也。龍逢、比干，以諫而死，是斷於爲忠也。伊、霍廢黜由己，是斷於爲大節也。燕王用樂生，雖謗書盈篋，而委任愈堅，此則斷於用人也。項藉勇傑，不能終用范增，所以霸王之業，卒爲漢有，豈非無斷於推心乎？世祖單騎入銅馬之軍，人人相悦，悦其推心也。唐太宗之初，頡利控弦者二十萬，臨於渭濱，太宗單騎隔水責之，戎人畏伏，下馬謝罪。于時臣僚進諫，以爲輕敵，上曰：「國家初定，若示之弱〔四〕，即生戎心。」所謂智畧周通，而決斷果敢也。漢祖數項羽之罪，而弩矢竊發；責敵之罪，頗類太宗，然爲飛鏃所中，若萬一不幸，即漢祖之斷有餘，而料敵之智或淺也。有以見楚子投袂而起，孟明焚舟而前，是皆幸而成功，豈是善謀而能斷哉？夫智與斷，在乎兼備也；若差之毫釐，失之千里。使漢祖從酈生之言，斷而不疑，則功業無因而濟矣；使太宗從高祖之言，疑而不斷，則家國無因而變矣。今之論者，皆以韓信不從蒯通之言，謂之無斷；錫以爲韓信不斷於爲忠，而猶豫思亂，以取誅

滅也。何哉？當蒯通説時，其心不廻，謂受漢恩深，不忍叛也；及其功高而疑生，勢逼而猜起，不能堅守初志，卒與陳豨謀亂，何始於忠而終於逆，蓋無斷於忠節也，非無斷於逆亂也。《詩》所謂「鮮克有終」，其是謂乎！亦猶孝景始用晁錯之言，從之如順流，將削七國之封，弱枝而強本；一旦七國共叛，遽聽袁盎之言，誅錯以謝七國；錯既誅而亂不息，豈非孝景無斷於用人，而反惑讒諛之言哉？若成與敗但思一決，而不圖始終，慨然自謂決斷，不其謬歟？故管仲不死子糾之難，非無斷也，非其死所也；晉宣得巾幗之贈，不敢出戰，非無斷也，戰未便也。是知智計明然後決斷，則事無不濟矣。

原古

賈同

古者，故也，自我而上皆故也。傳説〔五〕曰：「事不師古，以克永世，匪説攸聞。」然則烏乎師之執也？曰：古猶今也。人之所以率古而言事者，取於衆也；取於衆則所見長矣。自我而上，皆古也。自我而上，一世也；以一世而窺千世，則何法而不有焉；擇而用之，何用而不長焉。是知師古者，非師其年也，師其衆也。周公於是考三代而制禮樂焉；孔子於是祖述堯舜而修六經焉，師於衆而執其中也。曰：堯舜而上，犧農黄帝之道不足法邪？曰：否，非不足法也，不能法也。夫錦綺之爲衣，豈不美哉，而爲天下者不用之，而用布帛，以其能足於天下也。周、孔之道，萬世不能易，足於萬世者也。賢者及之，不賢者失之，而無能過之者；過之者〔六〕，猶失之者也。故周、孔之道如衡，夫衡，物輕於權，則不能起權；權輕於物，則不能勝物；唯權與物稱，然後衡正。曰：然則犧、農、黄帝，亦聖人也，何以不爲之中焉？曰：時未

也〔七〕，聖人則欲自然也，不得已而後有作焉。事之既生，爲之制宜而節度之，謂之禮；可以長世而用之〔八〕，謂之經。夫禮經者，起於薄；薄盡而後酌於厚。厚薄之間〔九〕，謂之中；而民未及薄，安得教之薄乎？曰：聖人亦知其後必薄乎？曰：知。曰：知則何爲不先爲之中邪？不久之，厚何有焉？曰：聖人惡其教人之薄也；道之至薄，則臣弑其君，子弑其父，烏得使之預知其弑君弑父邪？由是而言，一日之厚，不可不有也。曰：然則何以知後世不可易也？曰：以治亂之極而知之也。曰：何以知治亂之極也？曰：以力與欲知之也。何以言之？曰：力者有常者也，欲者無常者也，以無常之欲，不已則力竭，力竭則欲止，欲止則亂極也；不止，則民斯盡矣。自古而今，未有盡民之亂也。止則緩力而蠲欲，不已則欲盡〔一〇〕，欲盡則力全，力全則治極，理所以然也。終而始之，上自有物，下迄無窮，吾知其不能也已。原古。

原祭

鄭褒

先王之設祭祀，所以禮天地而事祖宗，報本而反始，貴誠而尚德也。尊卑有異制，牲幣有異數，上可以兼下，下不可以僭上。王者繼天爲子，故郊以享帝，孝以承業，廟以事先；諸侯守土地之官，宗廟之外，得以祭境内之名山大川；卿、大夫而下，臣於人，無敢越，祭祖禰而已。是以神不臨非祭，人不祀非鬼。季孫旅於泰山，孔子非之，謂冉有曰：「汝弗能救與？」不獨非於季氏，而又罪於其臣。楚昭王疾，卜曰：「河爲祟。」其大夫請禱之，王曰：「余雖不德，河非獲罪。」言非其地故也。遂不祭。孔子美之曰：「楚子其知大道乎！」今之世，道士之教則曰，天地神祇，祭之則獲福延年矣；浮圖之教則曰，天地神祇，祭之

則獲福延年矣。人心懼禍而樂福，聞其説誰能拒之？川奔而壑赴，自庶民而上，歲或一祭，或再祭，或三四而不止焉。祀典之設，因民事，非爲己也。有天下然後祭天地，有土地然後祭山川，敢有僭擬，罪不細矣；法寬而不禁，斯可懼也。棄民而爲己，如可求之，彼秦、漢之君，殫四海之産，勤於神仙，其卒有獲乎？彼爲天子，不由先王之禮，而從道士之説，神猶不饗，况庶民而上僭於禮，而誣於神，神其臨哉？其傳萌拆於秦、漢，枝蔓於晉、宋、齊、梁之間，迨今百千歲，根深蔕固，牢不可拔。世之人習熟於聞見，爲之而不思，今聞有正其説，必以爲狂惑之人。嗚呼！祭法壞矣。曰：如之何而止之？曰：不以法理，其無可奈何！

原孝

陳堯佐

立身之謂道，本道之謂孝。上自天子，下至于庶人，未有不由而立也。嗚呼！爲孝之道，是因乎心者焉。孝有小大，性有能否，君子小人，亦各存其分也。聖人之教，布在方策，「不敢毁傷」，存其始也；「立身行道」，要其終也。居必誠其心，遊必擇其方，然後謹以温凊之禮，慎以飲食之節，起居進退，罔怫其志，善尋幾諫，勞必無怨，至于愛敬之道，乃天性也。無忽天性，以慢人紀，斯可錫其類而不匱也。世之愚者，知其孝乎，而不知所以爲也，越禮以加敬，輕生以致養；且曰親之疾弗瘳者，子之肌可療焉，乃折體斷股，密寘于味；苟親之壽，幸而未盡而或生也，則鄉里神其事，以爲孝之感，乃聞之于州縣，聞之于天子，官給其賜以優之，然後傳之于後人，旌之于門閭，率土之民，向之而思其効者矣。嗟乎！風俗

之移人也。而官其事者，遂以之自賞，俾蚩蚩者知其室而不知其户也，逾牆鑽穴，而迨殞乎命。且親之憂必以疾也；非疾而自刑，是致其憂者也。予曰：毁不滅性，死生之際，尚或存也；苟居疾以剥膚，由昧而喪軀，則所謂陷之于不義者也。禽之相食，尚曰無有，安在爲人父母，而食其子者乎？古之孝以感者多矣，猶是者未之覩焉〔一〇〕。且民之耳目，烏知所謂聖人之道，在乎諭之而已。既諭之，且制之，俾爲孝之民，誠其心而不誠其名，愛其生而不愛其賜，始于一邑，迨于一郡，然後天下之民可率之以道也。斯之謂王化之基，人倫之本，可不急乎！

校勘記

〔一〕不知　「不」字原脱，據殘宋本、明抄本補。

〔二〕不取　疑當作「互取」。「不」明刻本作「玄」，蓋「互」之誤。

〔三〕其逋　「逋」原作「通」，據殘宋本、明抄本改。

〔四〕若示之弱　「示」原作「是」，據明抄本改。

〔五〕傅説　「傅」原作「傳」，按下「事不師古」云云，乃《書》《説命》文，此當作傅説，今改。

〔六〕過之者　三字原脱，據殘宋本、明抄本補。

〔七〕時未也　五經堂本傅校作「時未失也」。按，觀下文，似當作「時未至也」。

〔八〕長世而用之　「而」字原脱，據五經堂本傅校補。

〔九〕厚薄之間　「厚」字原脱，據五經堂本傳校補。

〔一〇〕不已則欲盡　原本「不已」下空四字，各本同，當有脱誤。

〔一一〕未之覩焉　「之」原作「知」，據殘宋本改。

宋文鑑卷第九十四

論

封建論

廖偁

柳子厚爲《封建論》以短封建者，誠以周之亡由立諸侯之過也，故曰：「周之失，在制不在政。」又云：「諸侯各專其國，繼世而理，其人之賢不肖不可知，而民之理亂亦不可察也。」又云：「諸侯世禄，在位各據其地，則天下雖有聖賢者生，無以立於天下。」如子厚之論，是蓋知其末而不知其本；知其末而不知其本，故以封建爲非；以封建爲非，故曰：「封建非聖賢之意也，勢也。」又云：「湯、武之所以不去封建者，因其力以得天下，故不去也。」此亦見子厚之惑者也。夫事有得失，理有是非，固不易也。偁謂：誠聖賢之立封建者，道也，非勢也；周之亂天下，非制失也，失在政也。又謂：天下諸侯雖專國，繼世而理，亦不能亂也；雖世禄在位，亦不能妨天下之聖賢也。又謂：湯武之不去封建者，實以封建者古之常道也，非因其力以取天下而不去也。且夫聖賢之立制度，皆取法於天地，而節制於人，使人悉得其所耳。當生人之初，萬物屯蒙，而莫知其所以理。《易》云：「天造草昧，宜建侯而不寧」是也〔一〕。是封建者，聖人所以理民之達道。觀三代封建之制，因地制民，因民制禄，使大不至於難制，小不至於無賴，是故如身使臂，

臂使指，上下相制，罔有不順，則封建者，固因人之利而爲之也。夫所謂勢者，乃不得已之辭也；豈有取法天地，節制於人，而曰不得已哉？以此爲勢，則天下孰不爲勢，是則君臣、父子、夫婦、長幼之分，皆勢也，何止於封建而已乎？偁故曰：封建者道也，非勢也。且封建之制，地有差等，禄有多少，禮樂器物，各有分限。是故下者不可上，少者不可多，降者不可升，無者不可有。執是而行，雖世未有亂者也。若地不必有差等，禄不必有多少，禮樂器物不必有分限；下者不必下，少者不必少，降者不必降，無者不必無；則未有不亂者也。觀周世之末然矣，豈制之失乎？是蓋失其政而然也。且三代之盛，則非不封建也，而不聞亂，何封建利於三代之初，而不利於三代之末乎？是蓋政存與政失之謂也。使周末之天子，執文、武、成、康之法而不失，則文、武、成、康之時也；又安得有問鼎射王之事？當夷王而后，禮樂征伐，天子不能有也；安得諸侯不爲逆？設使雖不封建，未有不大亂者也。偁故曰：周之亂在失政也。且夫諸侯者，奉天子之法以理其國也，動静進退，莫不由天子也。是故山川神祇有不舉者，爲不恭，不恭者，君削以地；宗廟有不順者，爲不孝，不孝者，君絀以爵；變禮易樂者，爲不從，不從者，君流；革制度衣服者，爲叛，叛者君討。夫然，則天下諸侯莫敢不爲善也。五國爲屬，屬有長；十國爲連，連有帥；三十國爲卒，卒有正；二百一十國爲州，州有伯。天下八州，各以其屬屬天子之吏。吏以治伯，伯以理正，正以理卒，卒以理帥，帥以理長。長有不善，則帥舉之；帥有不善，則卒舉之；卒有不善，則正舉之；正有不善，則伯舉之；伯有不善，則吏舉之。上下相制，雖有不肖者，固不敢爲不善矣；設有爲者，則流矣，討矣，而不存之於天下也。夫然，則天下無不善矣。偁故曰：雖專國繼世，而不能爲亂也。且聖賢之用與

不用，繫乎在上者也。在上果其人，則能用之；果非其人，則不能用之，此事之固然者也。當三代之時，不聞有聖賢不居其位；當三代之季，然後聖賢有不用者，則是用與不用，繫於上明矣。彼封建者，亦所以待聖賢者也，安得反妨聖賢哉？當聖賢不用之時，乃封建失制之時也。曰天子之法不必行，諸侯之惡不必絀，是故天下各據其地，而聖賢弃矣。觀其然，夫豈在於封建？是誠制亂之罪也。偁故曰：雖世禄在位，不能妨聖賢。聖賢之於天下必主之者，愍世之亂然也，固不以得天下爲利也。若以湯、武不去封建爲因其力以得天下，則是湯、武苟於得天下也。孔子以湯武爲仁人乎？孔子以爲仁人，則湯、武之不苟得可知也。且聖賢之心，唯欲利後世，益天下，苟事有利益者，雖死焉爲之也。若封建果不利天下，益後世，則去之，以利益乎天下后世矣；又豈肯因而不革？況封建者，以天下爲公也；而守宰者，示天下以私也。封建者，與天下共天下；守宰者，欲以獨制天下爲心；公私之道，昭昭矣。而公私之義，固有差矣。偁故曰：湯武之不去封建者，蓋古之常道也，非因其力而不去之也。且子厚不究天子之法亂而使諸侯叛，反以封建爲周之失制；不究法不亂則不善莫由在位，反以繼世不肖致亂爲患；不究升賢絀不肖爲當世常法，而反以聖賢不立爲慮；不究聖賢立法制必取法天地而利人，反以立封建爲勢；不究聖賢之心無所苟，反以湯、武不去封建爲利其力；偁故曰：子厚之論封建，知其末而不知其本也。雖然，子厚以封建爲非者，以守宰爲是故也。以守宰爲是者無他，乃曰「有罪得以絀，有能得以奬。朝拜而不讎，夕斥之矣；夕拜而不讎，朝斥之矣。」又云「漢知孟舒於田叔，得魏尚於馮唐，聞黄霸之明審，覩汲黯之簡靖；使漢室盡封侯王，則孟舒、魏尚之術莫得施，黄霸、汲黯之化莫得行。明譴而道之，拜受而退已違矣；下令而削之，締交約從之謀周於同列矣。」嗚呼！若是者，子厚果大不明其本也。以是爲是，則豈封建之世，有罪者不得而絀乎？有能者不得而升乎？朝拜而不聯，夕不能斥之乎？夕拜而不聯，朝不能斥之乎？若有罪不絀，有能不升，法制不能拘者，皆已亂之世也。已亂之世，無不失也，何止於封建哉？已亂而罪之，何異惡桀、紂之不道而責湯武，嫉商均之不肖而非堯舜也，於理順乎？雖然，子厚止知漢之封侯王，而不知古之封建也。止知漢之封侯王，則宜所謂「明譴而道之，拜受而退已違矣；下令而削之，締交約從之謀周於同列」也。若古之封建，固不至是。三代之封建，凡天下四海九州，州二百一十國，在夏、商則百里極矣。國凡有五等，五等之國，制度不同，同出於天子者也。古之一大國，止今之一郡耳，是故其力易制，其患易救，固未有能爲亂者也。漢之封侯王，則一侯王之地，如古之大國數十，則漢豈行封建之法哉？乃漢自爲之法，非封建之法也。若以漢自爲之法，而疑古封建爲短，是由以溺咽之故，欲去舟與食者也，豈封建果非哉？而又孟舒、魏尚、黄霸、汲黯之輩，當三代之時，不啻千萬輩在卿大夫之列；安得謂在封建之世，則不得伸其才術，豈數子者之才，能爲太守，而不能爲他哉？而子厚固以爲封建則能用之，不知意之若何也。嗚呼！是非得失之理，明明若是，又何曲爲之言也？偁非好辨也，庶聖人之道少有明耳。

洪範論

廖偁

箕子之叙《洪範》云：「鯀陻洪水，汨陳其五行，天乃不畀洪範九疇，彝倫攸斁，鯀則殛死。禹乃嗣典，天乃錫禹《洪範》九疇，彝倫攸敘。」孔安國傳其言云：「天與禹，洛出書，神龜負文而出，列於背，有數至於九，禹遂因而第之，以成九類。」偁觀安國之意，誠謂《洪範》之書出於天者也；禹之所得，乃天與之也；故云「洛出書，神龜負文而出。」洎班固撰《五行志》，又引劉歆之言亦云：「禹得洛書神龜之文，而後知洪範。」偁案，《洪範》皆人事之常，而前古之達道也。前古之達道，皆出於聖人者也。伏犧而前，偁不可得而知也；伏犧而下，至於堯、舜，觀其事，未有不法天行道，以理天下，使皇王之德，被於兆人，而足以儀法千古。則《洪範》者，固前賢之所啓也，豈得在禹方受之於天哉？若《洪範》之書出於洛，而神龜負之，以授於禹，則是《洪範》者，果非人之所能察也；自禹而上，果未之聞於世也。若果非人之所能察，而世果未之聞，則五行、五事、八政、五紀、皇極、稽疑、庶徵、福極之事，不聞於堯舜而上也。今驗五行、五事、八政、五紀、皇極、稽疑、庶徵、福極之義，自伏犧而下，未有不由之者，則洛出龜，負以授於禹，得爲可乎？雖然，安國、劉歆、班固所以云者，誠惑於箕子所謂「天錫」故也，是亦不知天道之説也。夫凡所謂天道，誠亦在於人耳。順於天，乃天道之與也；不順於天，乃天道之不與也。《書》云：「天之歷數在汝躬，」順道之謂也。又云：「商罪貫盈，天命誅之」，不順道之謂也。其《洪範》者，天下之達道也，聖人之所履，而凶人之所不及也。鯀有凶德於天下，而達道誠不可得也。故箕子云：「天乃震怒，不畀洪範九疇。」禹有聖德，於天下之達道固行之也，故箕子云：「天乃錫禹洪範九疇。」諸儒不達於此，以「皇天震怒，不畀洪範九疇」，即謂天果祕之而不與；「天乃錫禹洪範九疇」，即謂天果授而與之，斯實不明箕子之意也。若諸儒所論，「天之歷數在汝躬」，是必親受歷數於天也；「天命誅之」，必親受僇於天也。何不然之甚乎？偁以爲《洪範》者，出於前聖之心也；而後之爲君者，苟能務蹈聖德，未有不受《洪範》於天者也。自三五已降，有道者皆受於天，所以然者，天下之達道，天之常道也，行之，則受之於天矣。諸儒又云：「洪範九疇，禹次而類之。」又云：「《洛書》本文，凡六十五字。」此又足怪矣。雖然，欲成其爲，能無辭乎？諸儒既有洛出龜負之誼，則宜其云也於此。嗚呼！聖人之道，不得其傳，誠可痛矣！或曰：然則《洪範》之篇，所以録之者，箕子也；以武王之問，故遂以洪範之道，録而爲書，亦由周、儀二禮，皆古之達禮也，周公録之以成書耳。

近名論

范仲淹

老子曰：「名與身孰親？」言人知愛名，不如愛其身之親也。莊子曰：「爲善無近名。」言爲善近名，人將嫉之，非全身之道也。此皆道家之訓，使人薄於名而保其真。斯人之徒，非爵禄可加，賞罰可動，豈爲國家之用哉？我先王以名爲教，使天下自勸。湯解網，文王葬枯骨，天下諸侯，聞而歸之，是三代人君，已因名而重也。太公直鈎以邀文王，夷、齊餓死于西山，仲尼聘七十國以求行道，是聖賢之流，無不涉乎名也。孔子作《春秋》，即名教之書也。善者褒之〔三〕，不善者貶之，使後世君臣愛令名而勸，畏惡名而慎矣。夫子曰：「疾没世而名不稱。」易曰：「善不積，不足以成名。」然則爲善近名，豈無僞邪？臣請辯之。孟子曰：「堯、舜性之也，性本仁義三王身之也，躬行仁義五覇假之也。」假仁義而求名後之諸侯，逆天暴物，殺人盜國，不復愛其名者也。人臣亦然，其性本忠孝者，上也；行忠孝者，次也；假忠孝而求名者，又次也；至若簡賢附勢，反道敗德，弑父叛君，惟欲是從，不復愛其名者，下也。人不愛名，則雖有刑法干戈不可止其惡也。武王克商，式商容之閭，釋箕子之囚，封比干之墓，是聖人敦奬名教，以激勸天下。如取道家之言，不使近名，則豈復有忠臣烈士爲國家之用哉？

晁錯論

文彦博

臣讀漢史晁錯之策云："「五帝神聖，其臣莫能及，故自親事。」臣謂錯之言乖謬頗甚，因試論之。夫《易》之《乾》曰："「天道也，君道也。」《坤》曰："「地道也，臣道也。」天地既位，君臣之象著矣。君臣交濟，邦家之治隆矣。而錯乃云："「臣不及君，故自親事。」然則古之聖帝明王，安用輔相而致治乎？所謂五帝者，堯、舜爲聖之優，故仲尼删《詩》《書》則斷自唐、虞，爲萬世法。二《典》之載，堯則有命羲和爲天地四時之官，允釐百工，庶績咸熙。舜則命禹平水土，棄爲稷官，契作司徒，臯陶作士，垂爲共工，益爲朕虞，伯夷秩宗，夔典樂，龍納言，皆選於衆而後用其人，各任以職；且云："「僉曰汝諧」，愼東之至也。所以百工允釐，熙帝之載。如此，則堯舜果自親事乎？仲尼曰："「舜何爲哉？端拱正南面而已。」錯所謂「自親事」，豈非乖謬乎？若後之人君，謂錯言爲是，乃以一身、一心、兩耳、兩目獨任自用，以周天下之萬務，豈不殆哉？又將使厥后自聖，無復察邇言好問之裕。仲尼云「一言幾於喪邦」者，謂「人莫己若」；則錯之言亦幾於兹乎？臣故著論深切以明之，庶幾有所補益。

本論　歐陽修

佛法爲中國患千餘歲，世之卓然不惑而有力者，莫不欲去之。已嘗去矣，而復大集，攻之暫破而愈堅，撲之未滅而愈熾，遂至於無可奈何，是果不可去邪？蓋亦未知其方也。夫醫者之於疾也，必推其病之所自來，而治其受病之處。病之中人，乘乎氣虚而入焉，則善醫者不攻其疾，而務養其氣，氣實則病去，此自然之効也。故救天下之患者，亦必推其患之所自來，而治其受患之處。佛爲夷狄，去中國最遠，而有佛固已久矣。堯舜三代之際，王政修明，禮義之教充於天下，於此之時，雖有佛無由而入；及三代衰，王政缺，禮義廢，後二百餘年，而佛至乎中國。由是言之，佛所以爲吾患者，乘其缺廢之時而來，此其受患之本也。補其缺，修其廢，使王政明而禮義充，則雖有佛，無所施於吾民矣，此亦自然之勢也。昔堯舜三代之爲政，設爲井田之法，籍天下之人，計其口而皆受之田，凡人之力能勝耕者，莫不有田而耕之。斂以什一，差其征賦，以督其不勤，使天下之人力皆盡於南畝，而不暇乎其他。然又懼其勞且怠而入於邪僻也，於是爲制牲牢、酒醴以養其體，弦匏、俎豆以悦其耳目，於其不耕休力之時而教之以禮，故因其田獵而爲蒐狩之禮，因其嫁娶而爲婚姻之禮，因其死葬而爲喪祭之禮，因其飲食羣聚而爲鄉射之禮，非徒以防其亂，又因而教之，使知尊卑長幼凡人之大倫也。故凡養生送死之道，皆因其欲而爲之制，飾之物采而文焉，所以悦之，使其易趣也；順其情性而節焉，所以防之，使其不過也。然猶懼其未也，又爲立學以講明之，故上自天子之郊，下至鄉黨，莫不有學，擇民之聰明者而習焉，使相告語而誘勸其愚憧。嗚呼！何其備也。蓋堯舜三代之爲政如此，其慮民之意甚精，治民之具甚備，防民之術甚周，誘民之道甚篤；行之以勤，而被於物者，洽浸之以漸，而入於人者深。故民之生也，不用力乎南畝，則從事於禮樂之際；不在其家，則在乎庠序之間；耳聞目見，無非仁義禮樂，而趣之不知其倦，終身不見異物，又奚暇夫外慕哉？故曰雖有佛無由而入者，謂有此具也。及周之衰，秦并天下，盡去三代之法，而王道中絶；後之有天下者，不能勉強，其爲治之具不備，防民之漸不周，佛於此時，乘間而出。千有餘歲之間，佛之來者日益衆，吾之所爲者日益壞。井田最先廢，而兼并游墮之姦起，其後所謂蒐狩、婚姻、喪祭、鄉射之禮，凡所以教民之具，相次而盡廢，然後民之姦者有暇而爲佗；其良者泯然不見禮義之及己。夫姦民有餘力則思爲邪僻，良民不見禮義則莫知所趣，佛於此時，乘其隙，方鼓其雄誕之説而牽之，則民不得不從而歸矣。又況王公大人，往往倡而敺之，曰佛是真可歸依者，然則吾民何疑而不歸焉？幸而有一不惑者，方艴然而怒曰，佛何爲者，吾將操戈而逐之；又曰，吾將有説以排之。夫千歲之患，徧於天下，豈一人一日之可爲；民之沈酣入於骨髓，非口舌之可勝，然則將奈何？曰，莫若修其本以勝之。昔戰國之時，楊墨交亂，孟子患之，而專言仁義，故仁義之説勝，則楊墨之學廢。漢之時，百家並興，董生患之，而退修孔氏之道，故孔氏之道明，而百家息。此所謂修其本以勝之之效也。今八尺之夫，被甲荷戟，勇蓋三軍，然而見佛則拜，聞佛之説則有畏慕之誠者，何也？彼誠壯佼，其中心茫然無所守而然也。一介之士，眇然柔懦，進趨畏怯，然而聞有道佛者，則義形於色，非徒不爲之屈，又欲驅而絶之者，何也？彼無佗焉，學問明而禮義熟，中心有所守以勝之也。然則禮義者，勝佛之本也。今一介之士知禮義者，尚能不爲之屈，使天下皆知禮義，則勝之矣。此自然之埶也。

朋黨論

歐陽修

臣聞朋黨之説，自古有之，惟幸人君辨其君子小人而已。大凡君子與君子以同道爲朋，小人與小人以同利爲朋，此自然之理也。然臣謂小人無朋，惟君子則有之，其故何哉？小人所好者禄利也，所貪者財貨也，當其同利之時，暫相黨引以爲朋者，僞也；及其見利而争先，或利盡而交疎，則反相賊害，雖其兄弟親戚不能相保，故臣謂小人無朋，其暫爲朋者僞也。君子則不然，所守者道義，所行者忠信，所惜者名節；以之脩身，則同道而相益，以之事國，則同心而共濟，終始如一，此君子之朋也。故爲人君者，但當退小人之僞朋，用君子之真朋，則天下治矣。堯之時，小人共工、驩兜等，四人爲一朋；君子八元、八凱，十六人爲一朋。舜佐堯，退四凶小人之朋，而進元、凱君子之朋，堯之天下大治。及舜自爲天子，而臯、夔、稷、契等二十二人並列于朝，更相稱美，更相推讓，凡二十二人爲一朋，而舜皆用之，天下亦大治。《書》曰：「紂有臣億萬，惟億萬心；予有臣三千，惟一心。」紂之時，億萬人各異心，可謂不爲朋矣，然紂以亡國；周武王之臣三千人爲一大朋，而周用以興。後漢獻帝時，盡取天下名士囚禁之，目爲黨人，及黄巾賊起，漢室大亂；後方悔，盡解黨人而釋之，然已無救矣。唐之晚年，漸起朋黨之論，及昭宗時，盡殺朝之名士，或投之黄河，曰「此輩清流，可投濁流」，而唐遂亡矣。夫前世之主，能使人人異心不爲朋，莫如紂；能禁絶善人爲朋，莫如漢獻帝；能誅戮清流之朋，莫如唐昭宗世；然皆亂亡其國。更相稱美推讓而不自疑，莫如舜之二十二臣，舜亦不疑而皆用之，然而後世不誚舜爲二十二人朋黨所欺，而稱舜爲聰明之聖者，以能辨君子與小人也。周武之世，舉其國之臣三千人，共爲一朋，自古爲朋之多且大，莫如周，然周用此以興者，善人雖多而不猒也。夫興亡治亂之迹，爲人君者可以鑒矣！

爲君難論上

歐陽修

語曰爲君難者，孰難哉？蓋莫難於用人。夫用人之術，任之必專，信之必篤，然後能盡其材，而可共成事。及其失也，任之欲專，則不復謀於人，而拒絶群議，是欲盡一人之用，而先失衆人之心也。信之欲篤，則一切不疑，而果於必行，是不審事之可否，不計功之成敗也。夫違衆舉事，又不審計而輕發，其百舉百失而及於禍敗，此理之宜然也。亦有幸而成功者，人情成是而敗非，則又從而贊之，以其違衆爲獨見之明，以其拒諫爲不惑群論，以其偏信而輕發爲決於能斷，使後世人君慕此三者以自期；至其信用一失而及於禍敗，則雖悔而不可及，此甚可歎也。前世爲人君者，力拒群議，專信一人，而不能早悟，以及於禍敗者多矣，不可以偏舉，請試舉其一二。昔秦苻堅地大兵強，有衆九十六萬，號稱百萬，蔑視東晉，指爲一隅，謂可直以氣吞之耳；然而舉國之人皆言晉不可伐，更進互説者不可勝數，其所陳天時人事，堅隨以強辨折之，忠言讜論，皆沮屈而去。如王猛、符融，老成之言也，不聽；太子宏、少子詵，至親之言也，不聽；沙門道安，堅平生所信重者也，數爲之言，不聽；惟聽信一將軍慕容垂者，垂之言曰：「陛下內斷神謀足矣，不煩廣訪朝臣，以亂聖慮。」堅大喜曰：「與吾共定天下者，惟卿爾！」於是決意不疑，遂大舉南伐。兵至壽春，晉以數千人擊之，大敗而歸。比至洛陽，九十六萬兵亡其八十六萬，堅自此兵威沮喪，不復能振，遂至於亂亡。近五代時，後唐清泰帝，患晉祖之鎮太原也，地近契丹，恃兵跋扈，議欲徙之於鄆州，舉朝之士，皆諫以爲未可，帝意必欲徙之，夜召常所與謀樞密直學士薛文遇問之，以決可否，文遇對曰：「臣聞作舍道邊，三年不成，此事斷在陛下，何必更問群臣。」帝大喜曰：「術者言我今年當得一賢佐，助我中興，卿其是乎！」即時命學士草制，徙晉祖於鄆州。明旦宣麻，在廷之臣皆失色。後六日而晉祖反書至，清泰帝憂懼不知所爲，謂李崧曰：「我適見薛文遇，爲之肉顫，欲自抽刀刺之。」崧對曰：「事已至此，悔無及矣。」但君臣相顧涕泣而已。由是言之，能力拒群議，專信一人，莫如二君之果也；由之以致禍敗亂亡，亦莫如二君之酷也。方苻堅欲與慕容垂共定天下，清泰帝以薛文遇爲賢佐助我中興，可謂臨亂之君，各賢其臣者也。或有詰予曰：然則用人者不可專信乎？應之曰：齊桓公之用管仲，蜀先主之用諸葛亮，可謂專而信矣，不聞舉齊、蜀之臣民非之也。蓋其令出，而舉國之臣民從，事行而舉國之臣民便，故桓公、先主得以專任而不貳也。使令出而兩國之人不從，事行而兩國之人不便，則彼二君者，其肯專任而信之，以失衆心而斂國怨乎？

爲君難論下

歐陽修

嗚呼！用人之難矣，未若聽言之難也。夫人之言，非一端也，巧辯縱横而可喜，忠言質樸而多訥；此非聽言之難，在聽者之明暗也。諛言順意而易悦，直言逆耳而觸怒，此非聽言之難，在聽者之賢愚也。是皆未足爲難也。若聽其言則可用，然用之有輙敗人之事者；聽其言若不可用，然非如其言，不能以成功者。此然後爲聽言之難也。請試舉其一二：戰國時，趙將有趙括者，善言兵，自謂天下莫能當。其父奢，趙之名將，老於用兵者也，每與括言亦不能屈，然奢終不以括爲能也，歎曰：「趙若以括爲將，必敗趙事。」其後奢死，趙遂以括爲將。其母自見趙王，亦言括不可用，趙王不聽，使括將而攻秦，括爲秦軍射死，趙兵大敗，降秦者四十萬人，阬於長平。蓋當時未有如括善言兵，亦未有如括大敗者也。此聽其言可用，用之輙敗人事者，趙括是也。秦始皇欲伐荆，問其將李信：「用兵幾何？」信方年少而勇，對曰：「不過二十萬足矣。」始皇大喜。又以問老將王翦，翦曰：「非六十萬不可。」始皇不悦，曰：「將軍老矣，何其怯也！」因以信爲可用，卽與兵二十萬，使伐荆，王翦遂謝病退老於頻陽。已而信大爲荆人所敗，亡七都尉而還。始皇大慚，自駕如頻陽謝翦，因強起之。翦曰：「必欲用臣，非六十萬不可。」於是卒與六十萬而往，遂以滅荆。夫初聽其言若可用，用之宜矣，輙敗事；聽其言若不可用，捨之宜矣，然必如其説則成功，此所以爲難也。予又以謂秦、趙二主非徒失於聽言，亦由樂用新進，忽弃老成，此其所以敗也。大抵新進之士喜勇鋭，老成之人多持重。此所以人主之好立功名者，聽勇鋭之語則易合，聞持重之言則難入也。若趙括者，則又有説焉。予略考《史記》所書，是時趙方遣廉頗攻秦，頗趙名將也，秦人畏頗，而知括虚言易與也，因行反間於趙曰：「秦人所畏者趙括也，若趙以爲將，則秦懼矣。」趙王不悟反間也，遂用括爲將，以代頗，藺相如力諫以爲不可，趙王不聽，遂至於敗。由是言之，括虚談無實而不可用，其父知之，其母亦知之，趙之諸臣藺相如等亦知之，外至敵國亦知之，獨其主不悟爾！夫用人之失，天下之人皆知其不可，而獨其主不知者，莫大之患也。前世之禍亂敗亡由此者，不可勝數也。

校勘記

〔一〕是也　明抄本、明刻本無此二字。

〔二〕善者褒之　原本此句下誤出「不善者褒之」一句，據明刻本删。

宋文鑑卷第九十五

論

泰誓論

歐陽修

《書》稱商始咎周以乘黎。乘黎者，西伯也。西伯以征伐諸侯爲職事，其伐黎而勝也，商人已疑其難制而惡之。使西伯赫然見其不臣之狀，與商並立而稱王，如此十年，商人反晏然不以爲怪；其父師老臣，如祖伊、微子之徒，亦默然相與熟視而無一言，此豈近於人情邪？由是言之，謂西伯受命稱王十年者，妄說也。以紂之雄猜暴虐，嘗醢九侯而脯鄂侯矣；西伯聞之竊歎，遂執而囚之，幾不免死，至其叛己不臣而自王，乃反優容而不問者十年，此豈近於人情邪？由是言之，謂西伯受命稱王十年者，妄說也。孔子曰：「三分天下有其二，以服事商。」使西伯不稱臣而稱王，安能服事於商乎？且謂西伯稱王者，起於何說？而孔子之言，萬世之信也。由是言之，謂西伯受命稱王十年者，妄說也。伯夷、叔齊，古之知義之士也，方其讓國而去，顧天下皆莫可歸，聞西伯之賢，共往歸之。當是時，紂雖無道，天子也；天子在上，諸侯不稱臣而稱王，是僭叛之國也，然二子不以爲非，依之久而不去；至武王伐紂，始以爲非而棄去。彼二子者，始顧天下莫可歸，卒依僭叛之國而不去，不非其父而非其子，此豈近於人情邪？由是言之，謂西伯受命稱王十年者，妄説也。《書》之《泰誓》稱十有一年〔一〕，説者因以謂自文王受命九年，及武王居喪二年并數之爾，是以西伯聽虞、芮之訟謂之受命，以爲元年，此又妄説也。古者人君即位，必稱元年，常事爾，不以爲重也。後世曲學之士説《春秋》，始以改元爲重事。然則果常事歟？固不足道也。果重事歟？西伯即位已改元矣，中間不宜改元而又改元；至武王即位，宜改元而反不改元；乃上冒先君之元年，并其居喪稱十一年。及其滅商而得天下，其事大於聽訟遠矣，又不改元。由是言之，謂西伯以受命之年爲元年者，妄説也。後之學者，知西伯生不稱王，而中間不再改元，則《詩》《書》所載文、武之事，粲然明白而不誣矣。或曰：然則武王畢喪伐紂，而《泰誓》曷爲稱十有一年？對曰：畢喪伐紂，出諸家之小説，而《泰誓》，六經之明文也。昔者孔子當衰周之際，患衆説紛紜，以惑亂世，於是退而修六經以爲後世法。及孔子既殁，去聖稍遠，而衆説復興，與六經相亂，自漢以來，莫能辨正。今有卓然之士，一取信乎六經則《泰誓》者，武王之事也；十有一年者，武王即位之十有一年爾，復何疑哉？司馬遷作《周本紀》雖曰：「武王即位九年，祭於文王之墓，然後治兵于盟津。」至作《伯夷列傳》，則又載「父死不葬」之説，皆不可爲信，是以吾無取焉；取信于《書》可矣。

辨惑

石介

吾謂天地間必然無者有三：無神仙，無黄金術，無佛。然此三者，舉世人皆惑之，以爲必有，故甘心樂死而求之。然吾以爲必無者，吾有以知之。大凡窮天下而奉之者，一人也。莫崇於一人，莫貴於一人，無求不得其欲，無取不得其志。天地兩間，苟所有者，惟不索焉，索之莫不獲也。秦始皇之求爲仙，漢武帝之求爲黄金，蕭武帝之求爲佛，勤已至矣；而秦始皇帝遠遊死，蕭武帝餓死，漢武帝鑄黄金不成。推是而言，吾知必無神仙也，必無佛也，必無黄金術也。

漢論上

石介

噫嘻，王道其駮於漢乎！湯革夏，改正朔，易服色，以順天命而已，其餘盡循禹之道；周革商，改正朔，易服色，以順天命而已，其餘盡循湯之道；漢革秦，不能盡循周之道，王道於斯駮焉。夫井田，三王之法也；什一，三王之制也；封建，三王之治也；射鄉，三王之禮也；學校，三王之教也；度量以齊，衣服以章，宫室以等，三王之訓也。三王市廛而不税，關譏而不征，林麓川澤以時入而不禁。用民之力，歲不過三日，五十者養于鄉，六十者養于國，七十者養于學，孤獨鰥寡，皆有常餼。周衰，王道息，秦并天下，遂盡滅三王之道。漢革秦之祚已矣，不能革秦之弊，猶襲秦之政，而井田卒不用也，什一卒不行也，射鄉卒不舉也，學校卒不興也，度量卒不齊也，衣服卒不章也，宫室卒不等也；市廛而税，關譏而征，林麓川澤不以時而入；用民之力無日；五十、六十、七十者不養，孤寡鰥獨無常餼。三王之道不復，非秦之罪也，漢之罪也。桀滅夏道，湯亦受命，克承禹烈，故夏之民歸于商，不見商之政而見禹之政；商之民歸于周，不見周之政而見湯之政。秦滅周道，漢亦受命，不襲周之政，而沿秦之弊，立漢之政，故秦之民歸于漢，見漢之政，而不見周之政。蓋以漢之禮樂，易三王之禮樂也；以漢之制度，易三王之制度也；以漢之爵賞，易三王之爵賞也；以漢之法律，易三王之法律也；以漢之政令，易三王之政令也。噫！漢順天應人，以仁易暴，以治易亂，三王之舉也，其始何如此其盛哉！其終何如此其卑哉！三王建大中之道，置而不行，區區襲秦之餘，立漢之法，可惜矣！

漢論中

石介

或曰：漢改三王之道，作之者其誰歟？曰：曹參、陸賈、叔孫通之罪也。漢高祖以干戈而定天下，陸賈曰：「陛下馬上得之，不可馬上治之。」於是使賈著秦所以得天下，及古今成敗之國。賈凡著十二篇，每奏一篇，帝輒稱善。高祖已平天下，羣臣飲酒爭功，或妄呼拔劍擊柱，上患之。叔孫通乃與弟子百餘人，雜採古禮與秦儀，以爲漢儀，帝用之，曰：「今日知爲皇帝之貴也。」漢高祖豁達大度，聰明神聖，溫恭濬哲，英威睿武，其資材固不下乎湯、禹與文武，道之使爲帝則帝矣，使爲王則王矣。方平定禍亂，思爲漢家改正朔，定禮樂，立制度，明文章，施道德，張教化，一風俗，興太平以垂於千萬世。賈若能遠舉帝皇之道，致於人君，施於國家，布於天下；通若能純用三王之禮，施於朝廷，通於政教，格於後世；以高皇之材，而不能行之乎？乃齪齪進夫當時之近務，王霸之猥略，貴乎易行，孜孜舉夫近古之野禮，亡秦之雜儀，求夫疾效，使高祖上視湯武有慚德，漢家比蹤三王爲不侔，可惜也哉！初蕭何爲相，天下未甚乂，而何死，曹參代之。參以爲蕭爲之規，當守之勿失，日飲醇酒，寬縱不治事；雖復惠帝求治，參不能竭才輔之；直以高祖之初定禍亂，蕭何之草創律令，民僅出塗炭爲已太平，國僅立法式爲已大備。當其高祖之既平禍亂，蕭何之既定律令，惠帝之方求治；參能竭伊尹致君如堯舜之心，周公輔成王致太平之道，以事惠帝；制度之未脩者脩之，教化之未格者格之，文章之未備者備之，禮律之未明者明之，刑政之未和者和之，盡循三王之道而行之；賈與通既施之於前，參復行之於後，漢豈有不及三王之治者乎？故曰陸賈、叔孫通、曹參之罪也。

漢論下

石介

或曰：時有澆淳，道有升降，當漢之時，固不同三代之時也，盡行三王之道可乎？曰：時有澆淳，非謂後之時不淳於昔之時也；道有升降，非謂今之道皆降古之道也。夫時在治亂，道在聖人，非有先後耳。桀紂興則民性暴，湯武興則民性善。湯之時固在桀之後，武之時固在紂之後，而湯、武之時，豈有不淳於桀紂之時，其道亦已降乎？其民亦已難教乎？時治則淳，時亂則澆，非時有澆淳也；聖人存則道從而隆，聖人亡則道從而降，非道有升降也。民厭周久矣，苦秦甚矣。秦之政，檻穽也；民得出檻穽也，唯使之從。三王之政，非如檻穽之深閉可畏也，既得出檻穽，而得適非檻穽，人皆樂然從之也；況使從三王大中之道，躋於泰然安樂乎？當高祖提秦之民於千萬丈不測深淵中，置之於平地，若示之以三王之政，革之以三王之化，鼓之以三王之號令，明之以三王之律度，民有不肯從之，乃曰不如在千萬丈不測深淵中之樂邪？吾未之信也。當乎天下初定也，民未有富兼貧，民未有彊凌弱，民未有衆吞寡，民未有大并小；因定之經界，因爲之井田，民有争乎？國未有巡行之費，國未有兵衆之動，國未有土木之耗，因爲之什一之法，因立之中正之道，國闕用乎？封建以域之，射鄉以仁之，庠序以教之，養老以厚之，秦之民不爲漢之民，爲三王之民也；民不見漢之政，見三王之政也。伊尹俾其君不及堯、舜，其心媿耻，若撻於市。湯去堯、舜數百年矣，而又承桀之大亂，其時固亦澆漓矣，且能以堯、舜致其君〔二〕；曹參、陸賈、叔孫通乃獨不能以三王之道事於漢，使漢不及三王，誠可罪也。或曰：漢之輔政者，前有蕭、張，中有平、勃，後有霍光、魏相、公孫、博陽侯、韋賢父子，而獨責於賈與通暨曹相國，不亦偏乎？曰《易》之《革》曰：「天地革而四時成。湯、武革命，順乎天而應乎人。君子以治曆明時。」《鼎》曰：「君子以正位凝命。」當高祖定天下，乃革去故、鼎取新之日也。曹參、陸賈、叔孫通，正當君子以治曆明時，正位凝命之際也。會其時，乘其際，不能創制度，明律令，以垂萬世法，適當其罪也。至於後世，法令已定矣，條章已著矣，制度已行矣，朝廷循之，已慣習矣〔三〕；而遽更之，得無亂乎？富者已連田兼地矣，彊已凌弱矣，衆已吞寡矣，大已并小矣，而遽正之以經界，居之以井田，民肯從乎？後嗣奢縱日作，土木不息，內蓄嬪侍，外耽畋遊，殫天下之力〔四〕，猶供億不足；而遽行中正之道，取什一之賦，罷關市，開山澤，國其不乏乎？故晁錯請削國地而被誅，仲舒請限民田而不用，霍光、魏相、公孫、韋賢、博陽侯雖有其才，豈復能爲漢家革制度乎？適不當其時也。故吾罪曹參、陸賈、叔孫通也。

陰德論

石　介

夫天辟乎上，地辟乎下，君辟乎中，天地人異位而同治也。天地之治曰禍福，君之治曰刑賞，其出一也，皆隨其善惡而散布之。善斯賞，惡斯刑，是謂順天地；天地順而風雨和，百穀嘉。惡斯賞，善斯刑，是謂逆天地；天地逆而陰陽乖，四時悖。三才之道不相離，其應如影響，禍福刑賞，豈異出乎？夫人不達天、地、君之治，昧禍福刑賞之所出，行君威命，執君刑柄，發仁布令，代君誅賞，而硜硜焉守小慈，蹈小仁，不肯去一姦人，刑一有罪，皆曰存陰德，其大旨謂不殺一人，不傷一物，則天地神明之所福也。苟不以己之喜怒，以天下之喜怒，殺傷雖多，天地神明福之矣；苟不以天下之喜怒，而以己之喜怒，而害一人，損一物，天地神明固禍之矣。且天地能覆載，而不能明示禍福於人，樹之以君，假其刑賞，以嚮背善惡；人君能刑賞，而不能親行黜陟於下，任之以臣，假其威權，以進退貪良。良者進之，君賞之也，天福之也，奚其德哉？貪者退之，君刑之也，天禍之也，奚其仇哉？以進退於人，謂德仇在己乎，欺天而無君也。州方千里，牧非其人，千里受弊；邑方百里，宰非其人，百里受弊。使一牧一宰有罪而罹其誅，孰多千里百里無其辜而受其弊，是仁一牧宰而不仁於千里也。暴我鰥寡，虐我惸嫠，天、地、君所欲除而存之，違天、地、君也。違天、地、君而曰存陰德，禍斯及矣。白額虎暴而害物，周處殺之而獲福；兩頭蛇見而人死，叔敖斬之而得報；尸而官，塗而民，其害豈特白額虎兩頭蛇之比也？而能除之，陰德隆而無窮矣。

賞罰論

劉敞

賞爲勸有功也，賞必以春夏，不已怠乎？罰爲懲有罪也，罰必以秋冬，不已緩乎？怠則不勸，緩則不懲，然而曰賞以春夏，罰以秋冬者，是非聖人之意也。應之曰：否。子所謂功者，謂扶世治民之爲功乎？抑謂闢土疆兵之爲功乎？子所謂罪者，謂喪業失序之爲罪乎？抑謂殘民害上之爲罪乎？子賞之勸也，將勸其至於善而已乎？將幸其身而已也。子罰之懲也，將勉其至於耻乎？將勉其身而已也。吾語汝聖王之治。聖王之治，官得其職，民勸其事，物安其所，無獨治之名，無倉卒之功；是以三載考績，三考黜陟幽明。其陟也，所謂賞；其黜也，所謂罰。賞以春夏，罰以秋冬，則何怠且緩之有！古者唯軍賞不逾時，軍罰亦不逾時，用命賞于祖，欲民速得爲善之利也；不用命戮于社，欲民速見爲不善之辜，是聖王之所不得已而用之者也，非所以治士大夫。故子之所刺者，平世之治也；子之所稱者，軍中之法也。且夫賞爲勸善也，爲善者終身誠之，今一賞以春夏而已至于怠矣，則是雖爲善未嘗不僞也；從而賞之，是賞僞也，豈所謂善乎？與其賞是人也，則若勿賞是人也。故君子正行，非以干禄也；經德，非以希世也；愛民，非以邀譽也；尊主，非以懷賞也；故有功雖賞不驕，賞之雖晚不怠。曰：非春夏則不可賞乎？趣取賞而已矣，何必春夏爲？曰：否。是所謂順天者也。爲人父者，莫不欲其子之孝於己，欲其子之孝於己，莫若己爲孝；爲人上者，莫不欲其下之順於己，欲其下之順於己，莫若己爲順。天者，王之上也；王者，諸侯之上也；諸侯者，大夫士之上也。故王者順天，則諸侯順王；諸侯順王，則大夫士順君。君之所爲，而大夫士爲之，是良大夫士也；王之所爲，而諸侯爲之，是賢諸侯也；天之所爲，而王者爲之，是聖王也。故春夏者，天之和氣也，天所以施生也，物之所榮也，故賞行焉。秋冬者，天之義氣也，天所以肅殺也，人物之所畏也，故罰行焉。故賞罰之所以順天者，臣事君也，子事父也，少事長也，賤事貴也。其本在王。天下之君悦而言之曰，王猶順天，則天下之君莫不悦而順王；天下之君悦而順王，則天下之大夫士悦而言之曰，君猶順王，則天下之大夫士莫不悦而順君。故王者父事天，母事地，兄事日，非以祈報也，以達天下之大義也。

患盜論

劉敞

天下方患盜，或問劉子曰：「盜可除乎？」對曰：「何爲不可除也！顧盜有源，能止其源，何盜之患？」或曰：「請問盜源。」對曰：「衣食不足，盜之源也；政賦不均，盜之源也；教化不修，盜之源也。一源慢，則探囊發篋而爲盜矣；二源慢，則操兵刃，劫良民，而爲盜矣；三源慢，則攻城邑，略百姓，而爲盜矣；此所謂盜有源也。豐世無盜者，足也；治世無賊者，均也；化世無亂者，順也。今不務衣食而務無盜賊，是止水而不塞源也；不務化盜而務禁盜，是縱焚而救以升龠也。且律使竊財者刑，傷人者死，其法重矣，而盜不爲止者，非不畏死也；念無以生，以謂坐而待死，不若起而圖生也。且律使凡盜賊能自告者除其罪，或賜之衣裳，劍帶、官爵、品秩，其恩深矣，而盜不應募，非不願生也；念無以樂生，以謂爲民乃甚苦，爲盜乃甚逸也。然則盜非其自欲爲之，由上以法驅之使爲也；其不欲出也，非其自不欲出，由上以法持之使留也。若夫衣食素周其身，廉恥夙加其心，彼唯恐不得齒良人，何敢然哉？故懼之以死而不懼，勸之以生而不勸，則雖煩直指之使，重督捕之科，固未有益也。今有司本源之不卹，而倚辦於牧守，此乃臧武仲所以辭不能詰也。凡人有九年耕，然後有三年之食；有三年之食，然後可教以禮義。今所以使衣食不足，政賦不均，教化不脩者，牧守乎哉？吾恐未得其益，而漢武沉命之敝，殆復起矣。若乃尚擿發之術，任巧譎之數者，未足以絶姦，而郤雍因以見殺於晉。故仲尼有言：「聽訟，吾猶人也；必也使無訟乎！」推而廣之，亦曰：用兵，吾猶人也；必也使無戰乎！引而伸之，亦曰：禁盜，吾猶人也；必也使無盜乎！盍亦反其本而已矣。」爰自元昊犯邊，中國頗多盜，山東尤甚，天子使侍御史督捕且招懷之，不能盡得，於是令州郡盜發而不輒得者，長吏坐之，欲重其事。予以謂未盡於防，故作此論。

叔輒論

劉　敞

叔輒哭日食，叔孫昭子譏之曰：「叔輒將死矣，非所哭也。」嗚呼，叔孫昭子不知言者乎！夫昭公弱君也，享國久矣；季氏彊臣也，能專其政，所樹置非親戚則黨與也。一臣，君不得使焉，一民，君不得有焉。賞罰違於衆，而形勢敓於外。子家駒達於人者也，閉其口而禄仕矣；梓慎達於天者也，詭辭不敢正言矣；是以叔輒知日食之憂，必將及君，欲陳則不見信，欲嘿則不能已，欲謀則逼於禍，欲隨則失其守，發憤壹鬱而無與誰語，故慷慨感激至于號咷也。設使昭公因而感悟，聽用其謀，援忠直，退姦邪，破朋黨之敝，禁彊僭之臣，魯可復興，豈獨長守其貴哉？當是之時，仲尼聖人也，而生其國；顔、冉之徒仁人也，四方歸之；舉而用焉，以謀三桓，易矣。然而遂不覺悟，長惡養凶，不及五年，奔走失國，寄於乾侯，終身愁孤。從此觀之，豈不可大哀而慟哭乎？此乃叔輒之所以感也。夫忠國之君子，明於禮義，而陋於知人心。人固未易知也，《易》曰：「書不盡言，言不盡意。」夫言而書之，以謂詳矣，而猶曰不盡；而況乎未始書之，未始言之者哉？此叔輒所以見譏於當世，狂而不信者也。嗟夫！

校勘記

〔一〕泰誓稱　原本無「稱」字，據明抄本補。

〔二〕且能以堯舜致其君　明抄本作「且能以堯舜之道致其君，使其君如堯舜」二句，義較周匝。

〔三〕朝廷循之二句　明抄本作「朝廷循之，已成熟矣；百姓信之，已慣習矣」四句。

〔四〕殫天下之力　明抄本作「殫天下之財，疲天下之力」二句。

宋文鑑卷第九十六

論

治戎上

劉敞

世言兵者，莫求於經；世言經者，莫及於兵。非期相反，以謂兵不足以經言，經不足以兵言。是不然也。正萬事之本者，莫近於《春秋》，《春秋》之事，毋大於兵者，聖人所重也。聖人所重，其道之不宜不詳，其持之不宜不精，試考之以其文，鉤之以其義，授而類之，比而貫之，儻可見乎！堂之上，弗察弗能辨觚角也；堂之下，弗察弗能辨馬牛也；而況乎聖人之意，《春秋》之文哉？請問治戎奈何？曰：王者之於天下，言敗而不言敵；夷狄之於中國，言入而不言勝；中國之於夷狄，言勝而不言戰；三者在《春秋》矣，大本也。然則是何也？王者之於天下，言敗而不言敵，其義猶曰，王者則固無敵云爾。夫王者既已處太極之位，立萬物之上矣，其嚴如天帝，其動如神明，四海之内，小大之屬，莫不委性歸命焉，是其貴者無敵也；苟天之所長，地之所養，畢入府廩，以爲貢賦，是其富者無敵也；自生齒以上，食土之毛者，皆有任職，失職不任，則死及之，是其衆無敵也；發號施令，東至日出〔一〕，西至日入，南至交趾，北至孤竹，善得以賞，惡得以罰，君臣待以固，父子待以親，夫婦待以安，師友待以成，是其順者無敵也。據無敵之形，而善持用之，以擬天下，是故以其至貴擬至賤，則賤不亢矣，必勝之勢也；以其至富擬至貧，則貧不亢矣，必勝之勢也；以其至衆擬至寡〔二〕，則寡不亢矣，必勝之勢也；以其至順擬至逆，則逆不亢矣，必勝之勢也。據無敵之形四，操必勝之勢四，然而猶有敗焉者，則是非至賤至貧至寡至逆之能使然矣。吾必不善持吾貴也，吾必不善用吾富也，吾必不善壹吾衆也，吾必不善明吾順也。是故《春秋》探其情而反之曰：「王師敗績于茅戎。」非有能敗王之師者也，王自憧也，故曰躬自厚而已矣。是故昔者先王之御天下，諸侯時朝，其適有逆命，未討也，脩其志意，脩其名訓，脩其文告，序成而後震之以威，一物不先，則勝不可必。此《春秋》所以顯言敗而隱言敵者，非諱也，罪不主於敵，顯言敗也，非不耻也，自吾有以取之也。然夫太極之貴，無訾之富，億兆之衆，至正之順，雖有猖狂惑亂之臣，誰能憚之？

治戎下

劉敞

夷狄之於中國，言入而不言勝，是何也？凡以義却之也。十二公之事，二百四十二年之久，天下之廣，兵革之變，夷狄之患甚衆，然而有言入中國者矣，狄入衛未有言敗中國者也。非無其事而不言，蓋有其事而不書焉耳。夫夷狄者，至賤也，至亂也，至不肖也；中國者，至貴也，至治也，至有義也。《春秋》之説，不使賤加貴，不使亂加治，不使不肖加有義，是故夷狄之來寇，適不幸而不勝，《春秋》不書之〔三〕。適幸而勝，雖有其功，不得有其名，故言其入而不言勝；其義猶曰，可以有入中國，不可以有勝中國云爾。其名猶遠之，況其實乎？其言猶惡之，況其類乎？此《春秋》之指也。問者曰：夷狄一耳，《春秋》惡其勝，不惡其入，何也？曰：非不惡其入也，入非夷狄之所能制，凡在中國之禦與不也。其禦之具素脩，則夷狄不能入；其禦之具不素脩，則夷狄入。然而所謂禦之者，非至而禦之之謂也，先其未至也；先其未至者，非城郭完、甲兵足之謂也，政而已矣。故《春秋》之禦戎也，外而不內，疏而不狎；毋示之色以動其目，毋示之聲以動其耳，毋示之貨以動其欲，毋示之侈以動其俗，毋示之怠以動其體；動之端見，則兆之至矣。夫夷狄中國，其天性固異焉。是故謹吾色，毋出於禮，以示不可以淫縱爲也；謹吾聲，毋出於雅，以示不可以污濫入也；謹吾貨，毋出於義，以示不可以貪婪有也；謹吾俗，毋入於侈，以示不可以荒悖服也；謹吾體，毋入於怠，以示不可以偷憺居也。彼其還觀中國，則若鳥之窺淵，獸之窺藂，雖有攫拏之心者，知不可往焉而止矣。故聖王服戎，而非戰也；禦戎，而非抗也。《春秋》患人之莫能知義，故順其理而著之曰：「公追戎于濟西。」夫不言其來而言其追，猶曰，噫嘻！千乘之國，萬夫之長，亦大也已矣，不能使之勿來，而顧以追之爲功乎？此其意也。是故《春秋》雖甚賤夷狄，而不諱其入，責中國也。雖甚責中國，而猶沒其敗者，絶異類也。夷狄之敗中國，唯姜戎達于經，僖三十三年。非姜戎賢也，晉襄公帥而與之俱也。夫知聖人者，患其不學，學之患其不思，思之者患其不廣；思而廣之，安有不得哉？孔子曰：「聽訟，吾猶人也；必也使無訟乎！」因而推之，是亦曰：督戰，吾猶人也，必也使無戰；禦寇，吾猶人也，必也使無寇。是一貫也。

賢論　劉敞

人君之賢，其身賢也，不若其使賢之爲賢也；人臣之賢，其身賢也，不若其薦賢之爲賢也。聰明辨惠，伎藝敏給，此可謂賢矣，然是謂匹夫之肩，非人君之操也。人君者，目不自視，明者效之；耳不自聽，聰者效之；口不自言，智者效之；心不自慮，聖者效之；故曰天下治而已矣，百官當而已矣，此人君之操也。明者視之，則視必遠；聰者聽之，則聽必微；智者言之，則言必當；聖者慮之，則慮必精。使獨用其身，不能治也；雖欲治之，不能給也，故曰不若使賢之爲賢也。忠信仁義，剛毅有立，此可謂賢矣，然是謂終身之善也，未足以傳世也。人臣者，以其宗廟爲心焉，以其萬民爲心焉，以其後嗣爲心焉，大爲之謀而使智者就之，遠爲之略而使仁者守之；今世賴其澤，後世蒙其福，世續其類，是天地之功也，是春夏秋冬之相與成歲也，故曰不若薦賢之爲賢也。劉子曰，昔者舜有天下，大聖人也，惟其不欲其身賢而已矣，是以舜好問，好察邇言，所舉而用者二十有二人，被袗衣鼓琴，二女果而天下治。昔者周公相天下，大聖人也，惟其不欲其身賢而已矣，是以日仄不倦，勞於求士，所執贄見者十有餘人，所交友者百有餘人，賢者相與繼其德而成之，至其末也，刑措四十餘年。故君莫盛於舜，臣莫盛於周公。不爲舜之爲者，非賢君也；不爲周公之爲者，非賢臣也。劉子曰，君之不君，非獨愚也；雖聰明辨慧，不藝敏給，而不知用賢者，猶不君也。臣之不臣，非獨鄙也；雖忠信仁義，剛毅有立，而不知薦賢者，猶伎臣也。昔者桀、紂矜天下以能，高人臣以聲，則是豈不聰明辨慧，伎藝敏給哉？惟其自賢而已，不知用賢，至於亡也。昔者臧文仲相魯國，魯國以强，其言必當；則是豈不忠信仁義，剛毅有立哉？惟其自賢而已，不知薦賢，至於削也。故曰：「雖有周公之才之美，使驕且吝，其餘不足觀也已。」所謂驕者，非獨以貴驕人，以富驕人者也；以材驕人者，有甚焉。所謂吝者，非獨吝於爵人，吝於分人者也；吝於教人者，有甚焉。故以材驕人，慢也，人怨之；吝於教人，忌也，人疎之；是以古之君子，莫爲驕與吝也。求爲人君者，盡於此矣；求爲人臣者，盡於此矣。《詩》云：「不識不知，順帝之則。」言君之所以爲君也。《詩》云：「樂只君子，保艾爾後。」言臣之所以爲臣也。君爲君焉，臣爲臣焉，雖亘萬世，吾不知其可改也。

救日論　劉敞

《春秋左氏傳》曰：「二至二分，日有食之，不爲災。」又曰：「非正陽之月，不鼓。」臣以爲過矣。夫聖王所甚畏而事者，莫如天；天神之最著而明者，莫如日；日者，衆陽之宗，人君之表也。日有食之，天子則伐鼓于社，諸侯則伐鼓于朝，非慕爲迂闊而塗民耳目也；明其陰侵陽，柔乘剛，臣蔽君，妻凌夫，逆德之漸，不可長也。如是，則奚救奚不救？奚畏奚不畏哉？丘明之言，使諛臣依以諂其君，邪臣資以固其身，臣請辨之。幽王之《詩》曰：「十月之交，朔日辛卯，日有食之，亦孔之醜。」周之月則二分已，安在其不爲災者歟？《夏書》曰：「乃季秋月朔，辰弗集于房，瞽奏鼓，嗇夫馳，庶人走。」夏之季秋，非正陽也，安在其不鼓者歟？由此觀之，日食之必可畏，必當救也，無所疑矣。夫諂諛姦邪之臣，出則朋黨比周以遂其私，入則詖僞欺罔以濟其欲，固日夜無須臾之間，唯恐君之覺己也，日有食之，是將喜焉，庸肯斥言災異，以儆於上哉？是以或至於夷陵而猶不寤，魯季孫、漢張禹是也。昔者季孫意如之專魯，知日食之爲傷其君而不憂也，卒逐昭公；張禹之仕漢，知日食之爲害國而不告也，卒成王氏。嗚呼！變所從來微矣，爲人上者，可不察哉？可不察哉？

材論

王安石

天下之患，不患材之不衆，患上之人不欲其衆；不患士之不欲爲，患上之人不使其爲也。夫材之用，國之棟梁也，得之則安以榮，失之則亡以辱，然上之人不欲其衆，不使其爲者，何也？是有三蔽焉。其最蔽者，以爲吾之位可以去辱絶危，終身無天下之患，材之得失，無補於治亂之數，故偃然肆吾之志，而卒入於敗亂危辱，此一蔽也。又或以謂吾之爵禄貴富足以誘天下之士，榮辱憂戚在我，是吾可以坐驕天下之士，而其將無不趨我者，則亦卒入於敗亂危辱而已，此亦一蔽也。又或不求所以養育取用之道，而諰諰然以爲天下實無材，則亦卒入於敗亂危辱而已，此亦一蔽也。此三蔽者，其爲患則同，然而用心善而猶可以論其失者，獨以天下爲無材者耳。蓋其心非不欲用天下之材，特未知其故也。且人之有材能者，其形何以異於人哉？惟其遇事而事治，畫策而利害得，治國而國安焉，此其所以異於人者也。故上之人苟不能精察之，審用之，則雖抱皐、夔、稷、契之智，且不能自異於衆，況其下者乎？世之蔽者方曰，人之有異能於其身，猶錐之在囊，其末立見，故未有有其實而不可見者也。此徒有見於錐之在囊，而固未覩夫馬之在廐也，駑驥雜處，其所以飲水食芻，嘶鳴蹄齧，求其所其異者蓋寡；及其引重車，取夷路，不屢策，不煩御，一頓其轡，而千里已至矣。當是之時，使駑馬並驅方駕，則雖傾輪絶勒，敗筋傷骨，不舍晝夜而追之，邈乎其不可以及也。夫然後騏驥騕褭與駑駘别矣。古之人君，知其如此，故不以爲天下無材，盡其道以求而試之耳。試之之道，在當其所能而已。夫南越之脩簳，鏃以百鍊之精金，羽以秋鶚之頸翮，加强弩之上，而彍之千步之外，雖有犀兕之捍，無不立穿而死者，此天下之利器，而決勝覿武之所寶也。然而不知其所宜用，而以敲朴，則無以異於朽槁之梃也。是知雖得天下之瑰材桀知，而用之不得其方，亦若此矣。古之人君，知其如此，於是銖量其能而審處之，使大者小者，長者短者，强者弱者，無不適其任者焉。其如是，則士之愚蒙鄙陋者，皆能奮其所知，以效小事，況其賢能智力卓犖者乎？嗚呼！後之在位者，蓋未嘗求其說而試之以實也，而坐曰天下果無材，亦未之思而已矣。

蓋聞古之人，於材有以教育成就之，而子獨言其求而用之者，何也？曰：因天下法度未立之後，必先索天下之材而用之；如能用天下之材，則所以能復先王之法度，則天下之小事無不如先王時矣；況教育成就人材之大者乎？此吾所以獨言求而用之之道者。噫！今天下蓋嘗患無材可用者。吾聞之，六國合從，而辯說之材出；劉、項並世，而籌畫戰鬬之徒起；唐太宗欲治，而謨謀諫諍之佐來。此數輩者，方數君未出之時，蓋未嘗有也；人君苟欲之，斯至矣。今亦患上之不用之耳！天下之廣，人物之衆，而曰果無材者，吾不信也。

原過

王安石

天有過乎？有之，陵歷鬭蝕是也。地有過乎？有之，崩弛竭塞是也。天地舉有過，卒不累覆且載者何？善復常也。人介乎天地之間，則固不能無過，卒不害聖且賢者何？亦善復常也。故太甲「思庸」，孔子曰「勿憚改過」，楊雄「貴遷善」，皆是術也。予之朋有過而能悔，悔而能改，人則曰，是向之從事云爾，今從事與向之從事弗類，非其性也，飾表以疑世也。夫豈知言哉？天播五行於萬靈，人固備而有之，有而不思則失，思而不行則廢；一日咎前之非，沛然思而行之，是失而復得，廢而復舉也。顧曰非其性，是率天下而戕性也。且如人有財，見篡於盜，已而得之，曰非夫人之財，向篡於盜矣，可歟不可也？財之在己，固不若性之爲己有也；財失復得，曰非其財且不可，性失復得，曰非其性，可乎？

周公

王安石

甚哉！荀卿之好妄也。載周公之言曰：「吾所執贄而見者十人，還贄而相見者三十人，貌執者百有餘人，欲言而請畢事千有餘人。」是誠周公之所爲，則何周公之小也！夫聖人爲政於天下也，吾初無爲於天下，而天下卒以無所不治者，其法誠修也。故三代之制，立庠於黨，立序於遂，立學於國，而盡其道，以爲養賢教士之法。是士之賢雖未及用者，而固無不見尊養者矣，此則周公待士之道也。誠若荀卿之言，則春申、孟嘗之行，亂世之事也，豈足爲周公乎？且聖世之士，各有其業，講道習藝，患日之不足，豈暇於遊公卿之門哉？彼遊公卿之門，求公卿之禮者，皆戰國之奸民，而毛遂、侯嬴之徒也。荀卿生於亂世，不能考論先王之法，著之天下，而惑於亂世之俗，遂以爲聖世之士亦若是而已，亦已過也。且周公之所禮者大賢與？則周公豈唯執贄見之而已，固當薦之天子而共天位也。如其不賢，不足與共天位，則周公如何其與之爲禮也？子產聽鄭國之政，以其乘輿濟人於溱洧，孟子曰「惠而不知爲政。」蓋君子之爲政，立善法於天下，則天下治；立善法於一國，則一國治；如其不能立法而欲人人悦之，則日亦不足矣。使周公知爲政，則宜立學校之法於天下矣；不知立學校，而徒能勞身以待天下之士，則不唯力有所不足，而勢亦有所不得，周公亦可謂愚也。又曰：「仰禄之士猶可驕，正身之士不可驕也。」夫君子之不驕，雖闇室不敢自慢，豈爲其人之仰禄而可以驕乎？嗚呼！所謂君子者，貴其能不易乎世也。荀卿生於亂世，而遂以亂世之事量聖人；後世之士尊荀卿以爲大儒，而繼孟子者，吾不之信矣。

功名論

司馬光

自古人臣有功名誰哉？愚以爲人臣未嘗有功，其有功者皆君之功也。何以言之？夫地有艸木，天不雨露之，則不能以生，月有光華，日不照望之，則不能以明；臣有事業，君不信任之，則不能以成，此自然之道也。古者大國不過百里，小國半之，然皆有賢卿大夫以輔佐其君，大者以王，小者以霸，下者猶能保其社稷，世數十傳而不絶。由是觀之，天下烏有無士之國哉？患在人主知之不明，用之不固，信之不專耳！如是則人臣雖有才智而不得施，雖有忠信而不敢效，人主徒憂勞於上，欲治而愈亂，欲安而愈危，欲榮而愈辱矣。然則人主有賢不能知，與無賢同；知而不能用，與不知同；用而不能信，與不用同。不用賢，而求功業之美，名譽之白，難矣。晉百里奚，虞人也；由余，戎人也。商鞅，魏人也，而用於秦。苗賁皇、申公巫臣，楚人也，而用於晉。伍員，楚人也，而用於吴。韓信、陳平，項羽之人也，而用於漢。是五國者非無賢人也，主不能知，而驅之以資敵國，此所謂有賢不能知，與無賢同也。齊桓公見郭氏之墟，問於野人曰：「郭何故亡？」對曰：「以其善善而惡惡。」公曰：「善善惡惡，國所以興也，而亡，何故？」對曰：「善善而不能行，惡惡而不能去，所以亡也。」公歸以告管仲，管仲曰：「君與其人俱來乎？」曰：「否。」管仲曰：「君亦一郭氏也。」公乃召而官之。齊景公待孔子曰：「若季氏，則吾不能；以季孟之閒待之。」齊王欲中國而授孟子室，養孟子以萬鍾，使諸大夫國人皆有所矜式。是二君者，非不知孔、孟之爲聖賢也；不能行其道而徒欲尊之，是以孔、孟以爲不義而不留也。《洪範》曰：「凡厥正人，既富方穀，汝弗能使有好于而家，時人斯其辜。」此所謂知賢不能用，與不知同也。樂毅爲燕伐齊，下七十餘城，燕王疑之，使騎刼代將；田單詐騎劫而敗之，盡失齊地。廉頗爲趙將，拒秦，久而不戰，趙王疑之，使趙括代將；白起擊趙括而虜之，阬其卒四十萬。項羽用范增謀〔四〕，彊霸諸侯〔五〕，圍漢王滎陽，幾拔矣，聞漢之反閒而疑之，范增怒去，而項羽卒爲漢擒。夫駕車者既服騏驥矣，又以駑馬參之，欲其並驅而前，不可得也；藝田者既樹嘉穀矣，又以糧莠雜之，欲其並生而茂，不可得也；爲國者既置賢才矣，又以小人閒之，欲其並立而治，不可得也。是故宓子賤爲單父宰，辭於君，請君之近史二人與之俱，至官，使二史書，方書，輒掣其肘；書不善，則從而怒之。二史患之，辭請歸，以告魯君。魯君以問孔子，孔子曰：「宓不齊，君子也，其才任王霸之佐，屈節治單父，將以自試也，意者以此爲諫乎？」公寤太息而歎曰：「此寡人之不肖，寡人亂宓子之政而責其善者數矣。微二史，寡人無以知其過；微夫子，寡人無以自寤。」遽發所愛之使告宓子曰：「自今以往，單父非吾有也；從子之制，有便於民者，子決爲之，五年一言其要。」宓子遂得行其政，而單父大治。《大禹謨》曰：「任賢勿貳，去邪勿疑，疑謀勿成，百志惟熙。」《荀子》曰：「人主有六患：使賢者爲之，則與不肖規之；使智者慮之，則與愚者論之；使修士行之，則與污邪之人疑之；雖欲成立，得乎哉？譬之是猶立直木而恐其影之枉也，惑莫大焉。語曰：『好女之色，惡者之孽也；公正之士，衆人之痤也；修乎道之人，污邪之賊也。』今使污邪之人，論其怨賊，而求其無偏，得乎哉？譬之是猶立枉木而求其影之直也，亂莫大焉。」噫！人主苟不知其賢則已矣，已審知其賢，授之以政，而復疑之，何哉？凡忠直之臣，行其道於國家，則必與夫天下之姦邪爲怨敵矣；非喜與之爲怨也，不與之爲怨，則君不尊，國不治，功不立也。以一人之身，日與天下之姦邪爲怨，更進迭毀於君前，而君不能決，兼聽而兩可，如是，則忠直之臣求欲無危，不可得也。君子非愛死而不爲也，知其身死而功不立，姦邪愈熾，忠良愈恐，政治愈亂，國家愈危也。是以君子艱進易退，辭貴就賤，被髮佯狂，逃匿山林者，以此故也。此所謂用賢不能專，與不用同也。明主爲之不然，審求天下之大賢而亟用之，專信之，舉社稷百姓而委屬之；雖有至親，不能奪也，雖有至貴，不能争也，雖有讒巧，不能間也；確然若膠漆之相合，視其際而不可得見也。然後賢者得竭其心而施其才，不憂怨賊之口，不懼猜嫌之迹；人主端拱無爲，享其功利，收其榮名而已矣。古之聖帝明王，用此道而光宅四海，長育萬物，功如天地，明若日月者多矣，固不待稱引而知也。請言其時近而道卑者：昔齊桓公得管仲，三熏而三浴之，解其縲紲，置以爲相。鮑叔，桓公之傅也；避太宰之位，而安隨其後；國子、高子，天子之守卿也，人率五鄉而聽其政令；況其餘四境之內，上下之人，其孰能不戰戰栗栗，從桓公而貴信之？是以能九合諸侯，一正天下，爲五霸首也。陳平，楚之亡將也，漢高祖得之，使典護諸將，絳、灌之屬，盡害之，高祖以平爲護軍中尉，盡監諸將，諸將乃不敢言。韓信，亡卒也，高祖用蕭何一言，拔諸行伍之中，以爲大將，諸將皆驚，而不敢争也。是以五年之中，滅項羽，定天下，創業垂統，四百歲而不絶。蜀先主與關羽、張飛，布衣之友，周旋艱險，恩若兄弟，一旦得諸葛孔明，待之過於關、張，關、張不説，先主曰：「孤之有孔明，猶魚之有水，願諸君勿復言。」是以能起於敗亡之中，保有一方，與魏、吴爲敵國。苻永固得王景略於處士，以爲丞相，貴戚大臣，有害之者，永固輒殺之，謂太子宏及長樂公丕曰：「汝事王公，如事我也。」是以能東取燕，西取涼，南取襄陽，北取拓跋，奄有中原，幾平海内。此五臣者，從今日視之，皆英傑之才也。鄉使四君知之不明，用之不固，信之不專，則管仲醢於齊廷，陳平窮於户牖，韓信饑於淮陰，諸葛孔明老於隆中，王景略死於華山，名氏埋滅，不可復知，烏有曄曄功烈，施於後世如此哉？是以《大雅》云：「徐方既同，天子之功。」晉平公問叔向曰：「齊桓公之霸，君之力乎？臣之力乎？」叔向曰：「管仲善制割，隰朋善削縫，賓胥無善純緣，桓公知衣而已，亦是其臣之力。」師曠曰：「管仲善斷割之，隰朋善煎熬之，賓胥無善齊和之，羹已熟矣，奉而進之，而君不食，誰能强之？亦其君之力也。」魏文侯使樂羊將而攻中山，三年而拔之，返而論功，文侯示之謗書一篋，樂羊再拜稽首曰：「此非臣之功，主君之力也。」由是言之，人臣不能立功，凡有功者，皆其君之功也。

葬論　　司馬光

葬者，藏也，孝子不忍其親之暴露，故斂而藏之。齎送不必厚，厚者有損無益，古人論之詳矣。今人葬不厚於古，而拘於陰陽禁忌則甚焉。古者雖卜宅卜日，蓋先謀人事之便，然後質諸蓍龜，庶無後艱耳，無常地與常日也。今之葬書，乃相山川岡畝之形勢，考歲月日時之支干，以爲子孫貴賤貧富壽夭賢愚皆繫焉；非此地，非此時，不可葬也。舉世惑而信之，於是喪親者往往久而不葬。問之，曰歲月未利也；又曰未有吉地也；又曰遊宦遠方，未得歸也；又曰貧未能辦葬具也。至有終身累世而不葬，遂棄失尸柩，不知其處者。嗚呼！可不令人深歎愍矣哉！人所貴於身後有子孫者，爲能藏其形骸也；其所爲乃如是，曷若無子孫，死於道路，猶有仁者見而殣之耶？先王制禮，葬期遠不過七月。今世著令，自王公以下，皆三月而葬。又禮，未葬不變服，食粥，居倚廬，哀親之未有所歸也；既葬，然後漸有變除。今之人背禮違法，未葬而除喪，從宦四方，食稻衣錦，飲酒作樂，其心安乎？人之貴賤、貧富、壽夭繫於天，賢愚繫於人，固無關預於葬；就使皆如葬師之言，爲人子者，方當哀窮之際，何忍不顧其親之暴露，乃欲自營福利邪？昔者吾諸祖之葬也，家甚貧，不能具棺槨；自太尉公而下，始有棺槨，然金銀珠玉之物，未嘗以錙銖入於壙中。將葬太尉公，族人皆曰：「葬者家之大事，奈何不詢陰陽？此必不可。」吾兄伯康無如之何，乃曰：「詢於陰陽則可矣，安得良葬師而詢之？」族人曰：「近村有張生者，良師也，數縣皆用之。」兄乃召張生，許以錢二萬。張生，野夫也，爲葬師，爲野人葬，所得不過千錢，聞之大喜。兄曰：「汝能用吾言，吾俾爾葬；不用吾言，將求它師。」張師曰：「惟命是聽。」於是兄自以己意處歲月日時，及壙之淺深廣狹，道路所從出，皆取便於事者，使張生以葬書緣飾之曰：大吉。以示族人，族人皆悅，無違異者。今吾兄年七十九，以列卿致仕；吾年六十六，忝備侍從；宗族之從仕者，二十有三人。視它人之謹用葬書，未必勝吾家也。前年吾妻死，棺成而斂，裝辦而行，壙成而葬，未嘗以一言詢陰陽家，迄今亦無它故。吾常疾陰陽家立邪説以惑衆，爲世患，於喪家尤甚。頃爲諫官嘗奏乞禁天下葬書，當時執政莫以爲意。今著兹論，庶俾後之子孫，葬必以時，欲知葬具之不必厚，視吾祖；欲知葬書不足信，視吾家。元豐七年正月日，具官司馬光述。

校勘記

〔一〕東至日出　「東」原作「乘」，據明抄本、明刻本改。

〔二〕至寡　「至」字原脱，據明抄本補。

〔三〕不書之　「不」原作「之」，據江蘇局本改。

〔四〕用范增謀　「用」字原脱，據明刻本補。

〔五〕彊霸諸侯　「彊」原作「疆」，據明抄本改。

宋文鑑卷第九十七

論

心術

蘇洵

爲將之道，當先治心。太山覆於前而色不變，麋鹿興於左而目不瞬，然後可以制利害，可以待敵。凡兵上義，不義雖利勿動，非一動之爲利害，而他日將有所不可措手足也。夫惟義可以怒士，士以義怒，可與百戰。凡戰之道，未戰養其財，將戰養其力，既戰養其氣，既勝養其心〔一〕。謹烽燧，嚴斥堠，使耕者無所顧忌，所以當其財；豐犒而優游之，所以養其力；小勝益急，小挫益厲，所以養其氣；用人不盡其所欲爲，所以養其心。故士當蓄其怒、懷其欲而不盡〔二〕。怒不盡則有餘勇，欲不盡則有餘貪，故雖并天下而士不厭兵。此黄帝之所以七十戰而兵不殆也。不養其心，一戰而勝，不可用矣。凡將欲智而嚴，凡士欲愚。智則不可測，嚴則不可犯。故士皆委己而聽命，夫安得不愚？夫唯士愚，而後可與之皆死。凡兵之動〔三〕，知敵之主，知敵之將，而後可以動於嶮。鄧艾縋兵於蜀中〔四〕，非劉禪之庸，雖百萬之師，可以坐縛；彼固有所侮而動也。故古之賢將，能以兵當敵，而又以敵自當〔五〕；故去就可以決。凡主將之道，知理而後可以舉兵，知勢而後可以加兵，知節而後可以用兵。知理則不屈，知勢則不沮，知節則不窮。見小利不動，見小患不避，小利小患，不足以辱吾技也，夫然後可以支大利大害〔六〕。夫惟養技而自愛者，無敵於天下。故一忍可以支百勇，一靜可以制百動。兵有長短，敵我一也。彼聞吾之所長，吾出而用之，彼將不與吾校；吾之所短，吾蔽而置之，彼將强與吾角，奈何？曰：吾之所短，吾抗而暴之，使之疑而却；吾之所長，吾陰而養之，使之狎而墮其中，此用長短之術也。善用兵者，使之無所顧，有所恃。無所顧，則知死之不足惜；有所恃，則知不至於必敗。尺箠當猛虎，奮呼而操擊；徒手遇蜥蜴，變色而却步；人之情也，知此者可以將矣。袒裼而按劍，則烏獲不敢逼；冠胄衣甲，據兵而寢，則童子彎弓殺之矣。故善用兵者以形固，夫能以形固，則力有餘矣。

任相

蘇洵

古之善觀人之國者，觀其相何如人而已。議者嘗曰：將與相均。將特一大有司耳，非相侔也。國有征伐，而後將權重；有征伐無征伐，相皆不可一日輕。相賢耶？則羣臣有司皆賢，而將亦賢矣。將賢耶？相雖不賢，將不可易也。故曰將特一大有司耳，非相侔也。任相之道，與將不同。爲將者大槩多才，而或顽鈍無恥，非有節好禮不可犯者也，故不必優以體貌，而其有不羈不法之事，則亦不可以常法御。何則？豪縱不趨約束者，亦將之常也。武帝視大將軍，往往踞厠；而李廣利破大宛侵殺士卒之罪，則寢而不問；此任將之道也。若夫相，必有節好禮者爲也，又非豪縱不趨約束者爲也，故接之以禮，而重責之。古者相見於天子，天子爲之離席起立，在道爲之下輿，有病親問，不幸而死，親弔，待之如此其厚，然有罪亦不私也。天地大變，天下大過，而相以不起聞矣。相不勝任，策書至，而布衣出府免矣。相有他失，而棧車牝馬，歸以思過矣。夫接之以禮，然後可以重其責，而使無怨言；責之重，然後待之以禮，而不爲過。禮薄而責重，彼將曰：主上遇我以何禮，而重我以此責也，甚矣。責輕而禮重，彼將遂弛然不肯自飭。故厚禮以維其心，而重責以勉其怠，而後爲相者莫不盡忠焉於朝廷，而不恤其私。吾觀賈誼書，至所謂「長太息者」，常反覆讀不能已，以爲誼生文帝時，文帝遇將相大臣不爲無禮，獨周勃一下獄，誼遂發此；使誼生於近世，見其所以遇宰相者，則當復何如也！夫湯、武之德，三尺豎子知爲聖人，而猶有伊尹、大公者爲之師友焉。伊尹、太公非賢於湯、武也，而二聖人者特不顧以師友之，明有尊也。噫！近世之君，姑勿以此責。天子御坐，見宰相而起者有之乎？無矣。在輿而下者，有之乎？亦無矣。天子坐殿上，宰相與百官走於下，掌儀之官，名而呼之，若郡守召胥吏耳。雖臣子爲此不爲過，然尊尊貴貴之道，不若是褻也。既不能待之以禮，則其罪之也，吾法將亦不得用。何者？不果於用禮，而果於用刑，則其心不服。法曰有某罪，而加之以某刑；及其免相也，既曰有某罪，而刑不加焉；不過削之一官，而出之于大藩鎮。此其弊皆始於不爲之禮。賈誼曰：「中罪而自弛，大罪而自裁。」夫人不我誅，而安忍棄其身？此必有大愧於其君。故人君者，必有以愧臣，故其臣有所不爲。武帝嘗以不冠見平津侯，故當天下多事，朝廷憂懼之際，使石慶得容於其間而無怪焉。然則必其待之如禮，而後可責之如法也。且吾聞之，待之以禮，而彼不自效以報其上〔七〕；重責，而彼不自勉以全其身；安其禄位，成其功名者，天下無有也。彼人主傲然於上，不禮宰相，以自尊大者，孰若使宰相自效以報其上之爲利？宰相利其君之不責而豐其私者，孰若自勉以全其身，安其禄位，成其功名之爲福？吾又未見去利而就害，遠福而求其禍者也。

辨姦

蘇洵

事有必至，理有固然，惟天下之静者，爲能見微而知著。月暈而風，礎潤而雨，人人知之；人事之推移，理勢之相因，其疏闊而難知，變化而不可測者，孰與天地陰陽之事，而賢者有不知其故，何哉？好惡亂其中，而利害奪其外也。昔羊叔子見王衍曰：「誤天下之蒼生者，必此人也邪！」郭汾陽見盧杞曰：「此人得志，吾子孫無遺類矣。」自今而言之，其理固有可見者。然以吾觀之，王衍之爲人也，容貌語言，固有以欺世而盜名者，然不忮不求，與物浮沉；使晉無惠帝，雖衍千百，何從而亂天下乎？盧杞之姦，固足以欺國，然不學無文，容貌不足以動人，言語不足以眩世；非德宗之鄙，亦何從而亂之？由此言之，二公之料二子，容有之，非必然也。今有人口誦孔、老之書，身履夷、齊之行，收召好名之士，不得志之人，相與造作語言，私立名字，以爲顏淵、孟軻復出，而陰賊險很，與人異趣，是王衍、盧杞合爲一人也，豈可勝言哉？夫面垢不忘洗，衣垢不忘澣，此人之至情也。今也不然，衣臣虜之衣，食犬彘之食，囚首喪面，而談詩書，此豈情也哉？凡事之不近人情者，鮮不爲大姦慝，豎刁、易牙、開方是也。以蓋世之名，而濟其未形之惡〔八〕，雖有願治之主，好賢之相，猶將舉而用之；其爲天下之患，必然無疑者，非二子之比也。孫子曰：「善用兵者，無赫赫之功。」使斯人而不用也，則吾言爲過〔九〕，而斯人有不遇之歎，孰知其禍之至於此哉？不然，天下被其禍，而吾將獲知言之名，悲夫！

備亂

鄭獬

備天下之亂者，古今大勢可見已，而未能有善備者也。始周之諸侯相禽獮，剖而爲六國，卒併於秦。秦以諸侯之亡周也，乃爲之備諸侯；一剗其根孽而郡縣之，遂至天下無一繩之維。諸侯則不作，而其末乃有布衣之禍。故高祖不由尺土，暴起於風埃之中，五載而成帝業。漢以郡縣之亡秦也，則又爲之備郡縣；而又裂其土地以封諸侯王，盤踞過強，卒用不終。而布衣則不作，其末乃有外戚之禍〔一〇〕。賊莽窺其隙，遂盜有漢璽。及光武之再開闢，以外戚之亡西京也，則又爲之備外戚；乃不復委重宰相，而尊用臺閣，三公拱袂而守虛器。外戚則不作，而其末乃有閹竪之禍；積其殘暴酷烈，而終之董卓，天下遂睽而爲三。魏氏以閹竪之亡漢也，則又爲之備閹竪；痛掃刈之，一歸其房闥之役。閹竪則不作，而其末乃有強臣之禍；故司馬父子，襲據大柄，更四世而禪其國。晉氏以強臣之亡魏也，則又爲之備強臣；而培植其宗族，雖愚兒懦子，皆付以大國。強臣則不作，而其末乃有宗室之禍。朝而爲帝，暮爲囚虜；五胡乘之，遂荒中國；瀰漫橫流，以至于唐。太宗乃頗究覽其失得，而爲之大備焉。及其末也，則又有藩鎮之禍，梁、唐、晉、漢、周，皆以藩鎮而更爲帝。夫歷世之亂，考其所以備之者，不爲不至，窒一穴，穿一穴，何禍亂之不息也？蓋未嘗取天下之公制，而獨以己之私者備之耳。成湯、周武以諸侯得天下，而商、周未嘗輒廢諸侯，豈非用天下之公制者耶？惟其公也，故後世之長久。繇秦而來，獨汲汲備其私者，又矯之過。嗚呼，不得聖之法而備之〔二〕，奚有不速弊者耶！

唐論

曾鞏

成、康殁而民生不見先王之治，日入於亂，以至於秦，盡除前聖數千載之法。天下既攻秦而亡之，以歸於漢。漢之爲漢，更二十四君，東西再有天下，垂四百年，然大抵多用秦法；其改更秦事，亦多附己之意，非放先王之法，而有天下之志也。有天下之志者，文帝而已，然而天下之材不足，故仁聞雖美矣，而當世之法度亦不能放於三代。漢之亡，而强者遂分天下之地。晉與隋雖能合天下於一，然而合之未久而已亡，其爲不足議也。代隋者唐，更十八君，垂三百年，而其治莫盛於太宗。太宗之爲君也，詘己從諫，仁心愛人，可謂有天下之志。以租庸任民，以府衛任兵；以職事任官，以材能任職，以興義任俗，以尊本任衆；賦役有定制，兵農有定業，官無虚名，職無廢事，人習於善行，離於末作；使之操於上者，要而不煩，取於下者，寡而易供；民有農之實，而兵之備存；兵有兵之名，而農之利在；事之分有歸，而禄之出不浮，材之品不遺，而治之體相承；其廉恥日以篤，其田野日以闢；其法修則安且治，廢則危且亂；可謂有天下之材。行之數歲，粟米之賤，斗至數錢，居者有餘蓄，行者有餘資，人人自厚，幾於刑措，可謂有治天下之效。夫有天下之志，有天下之材，又有治天下之效，然而不得與先王並者，法度之行，擬之先王未備也；禮樂之具，田疇之制，庠序之教，擬之先王未備也；躬親行陣之間，戰必勝，攻必克，天下莫不以爲武，而非先王之所尚也；四夷萬國，古所未及以政者，莫不服從，天下莫不以爲盛，而非先王之所務也。太宗之爲政於天下者，得失如此。由唐、虞之治，五百餘年，而有湯之治；由湯之治，五百餘年，而有文、武之治；由文武之治，千有餘年，而始有太宗之爲君。有天下之志，有天下之材，又有治天下之效，然而又以其未備也，不得與先王並而稱極治之時；是則人生於文武之前者，率五百餘年而一遇治世，生於文武之後者，千有餘年而未遇極治之時也。非獨民之生於是時者之不幸也，士之生於文武之前者，如舜、禹之於唐，八元、八凱之於舜，伊尹之於湯，太公之於文、武，率五百餘年而一遇；生於文武之後者，千有餘年，雖孔子之聖，孟軻之賢而不遇，雖太宗之爲君，而未可以必得志於其時也，是亦士民之生於是時者之不幸也。故述其是非得失之迹，非獨爲人君者可以考焉；士之有志於道而欲仕於上者，可以鑒矣。

晉武　錢緫

人主莫急於知天下之務，莫病於不明天下之善。善有大小，而務有先後，夫以小善而爲急務者，天下常亂，故晉武嘗謂鄒湛曰：「吾平天下而不封禪，焚雉頭裘，行布衣禮。」夫不封禪，以爲不自滿也；焚雉頭裘，以爲儉也；行布衣禮，以爲孝也；是數者皆區區可以自名，而非天下之先務，非所謂小善者乎？惜哉！鄒湛無經國之慮矣，遽遂以爲過漢文也。何不曰：陛下平天下而不封禪，所以爲不自滿也，不如無去州郡之武備；陛下焚雉頭裘，所以爲儉也，不如無納吴宮人之數千；行布衣禮所以爲孝也，不如擇賢嗣而使宗廟血食。一言之不聽，至于再言之屢言之；屢言之不聽，則以身去之，勿妄食其禄可也。幸而感悟，則山濤之論得行，州郡之兵可復，則雖永寧之後，八王、五胡之亂，未至於一敗塗地也。吴宮之人可出，羊車之遊有所，則治天下之志未荒也；衛瓘之言見察，昏弱之惠遂廢，則晉祚靈長，亦未可量也。湛雖好論事，而不知爲此對，專爲逢迎牽合之語，可爲長太息也！故劉毅至比之桓靈，其有味哉！其有味哉！

校勘記

〔一〕將戰養其力三句　原作「將戰養其氣，既戰養其心」又脫「既勝養其心」一句，據明抄本、明刻本改補。

〔二〕當蓄其怒　「當」原作「嘗」，據蘇洵《嘉祐集》、《宋史・文苑・蘇洵傳》改。

〔三〕凡兵之動　原本「凡」下有「知」字，明刻本同，明抄本空白，江蘇局本無「知」字，按文義不當有，今删。

〔四〕蜀中　「蜀」《宋史・蘇洵傳》作「穴」，較長。

〔五〕能以兵二句　《宋史・蘇洵傳》作「能以兵嘗敵，而又以兵自嘗」。按，嘗，試也。於義較長。

〔六〕大利大害　「害」，《蘇洵傳》作「患」，與上句相應，較長。

〔七〕報其上　「報」原作「服」，明抄本、明刻本同，江蘇局本作「報」。按下文「孰若使宰相自效以報其上之爲利」，則此處亦當作「報」，今改從局本。

〔八〕未形　「形」原作「刑」，據明抄本、江蘇局本改。

〔九〕吾言　「吾」原作「語」，據明抄本、江蘇局本改。

〔一〇〕而布衣二句　準上下文，疑當作「布衣則不作，而其末乃有外戚之禍」。

〔一一〕不得聖之法　「聖」下疑脫「王」字。

宋文鑑卷第九十八

論

留侯論

蘇軾

古之所謂豪傑之士者，必有過人之節。人情有所不能忍者，匹夫見辱，拔劒而起，挺身而鬬，此不足爲勇也。卒然臨之而不驚，無故加之而不怒，此其所挾持者甚大，而其志甚遠也。夫子房授書於圯上之老人也，其事甚怪，而愚以爲，或者秦之世有隱君子出而試之，觀其所以微見其意者，皆聖賢相與警戒之心，而世不察，以爲鬼物，亦已過矣。且其意不在書。當韓之亡，秦之方盛也，以刀鋸鼎鑊待天下之士，其平居無罪夷滅者，不可勝數，雖有賁、育，無所復施。夫持法太急者，其鋒不可犯，而其末可乘。子房不忍忿忿之心，以匹夫之力，而逞於一擊之間，當此之時，子房之不死者，其間不能容髮，蓋亦已危矣。千金之子，不死於盜賊，何者？其身之可愛，而盜賊之不足以死也。子房以蓋世之才，不爲伊尹、太公之謀，而特出於荆軻、聶政之計，以僥倖於不死，此圯上之老人所爲深惜者也。是故倨傲鮮腆而深折之，彼其能有所忍也，然後可以就大事，故曰「孺子可教也」。楚莊王伐鄭，鄭伯肉袒牽羊以逆。莊王曰：「其君能下人，必能信用其民」。遂捨之。勾踐之困於會稽而歸，臣妾於吴者三年而不倦。且夫有報人之志而不能下人者，是匹夫之剛也。夫老人者，以爲子房才有餘，而憂其度量之不足，故深折其少年剛鋭之氣，使之忍小忿而就大謀。何則？非有生平之素，卒然相遇於草野之間，而命以僕妾之役，油然而不怪者，此固秦皇帝之所不能驚，而項籍之所不能怒也。觀夫高祖之所以勝，而項籍之所以敗者，在能忍與不能忍之間而已矣。項籍唯不能忍，是以百戰百勝而輕用其鋒；高祖忍之，養其全鋒，而待其弊，此子房教之也。當淮陰破齊而欲自王，高祖發怒，見於詞色。由此觀之，猶有剛強不忍之氣，非子房其誰全之！太史公疑子房以爲魁梧奇偉，而其狀貌乃如婦人女子，不稱其志氣，而愚以爲此其所以爲子房歟！

孔子從先進論

蘇軾

君子之欲有爲於天下，莫重乎其始進也。始進以正，猶且以不正繼之，況以不正進者乎？古之人有欲以其君王者也，有欲以其君霸者也，有欲強其國者也，是三者其志不同，故其術有淺深，而其成功有巨細；雖其終身之所爲不可逆知，而其大節必見於其始進之日，何者？其中素定也。未有進以強國而能霸者也，未有進以霸而能王者也。伊尹之耕於有莘之野也，其心固曰，使吾君爲堯舜之君，而吾民爲堯舜之民也；以伊尹爲以滋味説湯者，此戰國之策士，以己度伊尹也。君子疾之。管仲見桓公於纍囚之中，其所言者，固欲合諸侯攘戎狄也；管仲度桓公足以霸，度其身足以爲霸者之佐，是故上無侈説，下無卑論，古之人其自知明也如此。商鞅之見孝公也，三説而後合，甚矣鞅之懷詐挾術以欺其君也，彼豈不自知其不足以帝且王哉？顧其刑名慘刻之學，恐孝公之不能從，是故設爲高論以銜之，君既不能是矣，則舉其國惟吾之所爲；不然，豈其負帝王之略，而每見輒變，以徇人乎？商鞅之不終於秦也，是其進之不正也。聖人則不然。其志愈大，故其道愈高；其道愈高，故其合愈難。聖人視天下之不治，如赤子之在水火也，其欲得君以行道，可謂急矣；然未嘗以難合之故，而少貶焉者，知其始於少貶，而其漸必至陵遲而大壞也。故曰：「先進於禮樂，野人也；後進於禮樂，君子也。如用之，則吾從先進。」孔子之世，其諸侯卿大夫視先王之禮樂，猶方圓冰炭之不相入也，進而先之以禮樂，其不合必矣。是人也，以道言之則聖人，以世言之則野人也。若夫君子之急於有功者則不然，其未合也，先之以世俗之所好；而其既合也，則繼以先王之禮樂。其心則然，然其進不正，未有能繼以正者也。故孔子不從。而孟子亦曰：「枉尺直尋者，以利言也；如以利，則枉尋直尺而利，亦可爲與？」君子之得其君也，既度其君，又度其身。君能之而我不能，不可爲也。不敢進而進，是易其君；不可爲而爲，是輕其身；是二人者，皆有罪焉。故君子之始進也，曰君苟用我矣，我且爲是；君曰能之，則安受不辭；君曰不能，天下其獨無人乎？至於人君亦然，將用是人也，則告之以己所欲爲，要其能否而責成焉；其曰姑用之而試觀之者，皆過也。後之君子，其進也無所不至，惟恐其不合也，曰我將權以濟道；既而道卒不行焉，則曰吾君不足以盡我也。始不正其身，終以謗其君，是人也自以爲君子，而孟子之所謂賊其君者也。

續歐陽子朋黨論

蘇軾

歐陽子曰：「小人欲空人之國，必進朋黨之説。」嗚呼，國之將亡，此其徵歟！禍莫大於權之移人，而君莫危於國之有黨。有黨則必争，争則小人者必勝而權之所歸也，君安得不危哉〔一〕？何以言之？君子以道事君，人主必敬之而疏；小人唯予言而莫予違，人主必狎之而親；疏者易間，而親者難睽也。而君子者，不得志則奉身而退，樂道不仕；小人者不得志則徼倖復用，唯怨之報，此其所以必勝也。蓋嘗論之，君子如嘉木也，封植之甚難，而去之甚易；小人如惡草也，不種而生，去之爲最難。斥其一，則援之者衆，盡其類，則衆之致怨也深。小者復用而肆威，大者得志而竊國。善人爲之掃地，世主爲之屏息。譬之斷虵不殊，刺虎不斃，其傷人則愈多矣。齊田氏、魯季孫是已。齊、魯之執事，莫匪田、季之黨也，歷數君不忘其誅，而卒之簡公弒，昭、哀失國，小人之黨，其不可除也如此。而漢黨錮之獄，唐白馬之禍，忠義之士，斥死無餘，君子之黨，其易盡也如此。使世主知易盡者之可戒，而不可除者之可懼，則有瘳矣。且夫君子者，世無若是之多也；小人者，亦無若是之衆也。凡才智之士，鋭於功名而嗜於進取者，隨所用耳。孔子曰：「仁者安仁，智者利仁」，未必皆君子。冉有從夫子則爲門人之選，從季氏則爲聚斂之臣。唐柳宗元、劉禹錫使不陷叔文之黨，其高才絶學，亦足以爲唐名臣矣。昔欒懷子得罪於晉，其黨皆出奔，樂王鮒謂范宣子曰：「盍反州綽、邢蒯，勇士也。」宣子曰：「彼欒氏之勇也，余何獲焉？」王鮒曰：「子爲彼欒氏，乃子之勇也。」嗚呼！宣子蚤從王鮒之言，豈獨獲二子之勇，且安有曲沃之變哉？愚以謂治道去泰甚耳，苟黜其首惡，而貸其餘，使才者不失富貴，不才者無所致憾，將爲吾用之不暇，又何怨之報乎？人之所以爲盜者，衣食不足耳。農夫市人，焉保其不爲盜；而衣食既足，盜豈有不能返農夫者，蓋未嘗不反爲所噬。曹參之治齊曰：「慎無擾獄市；獄市，姦人之所容也。」知此亦庶幾於善治矣。姦固不可長，而亦不可不容也。若姦無所容，君子豈久安之道哉？牛、李之黨徧天下，而李德裕以一夫之力，欲窮其類而致之必死，此其所以不旋踵而罹仇人之禍也。姦臣復熾，忠義益衰，以力取威勝者，果不可耶！愚是以續歐陽子之説，而爲君子小人之戒。

市人也哉？故善除盜者，開其衣食之門，使復其業；善除小人者，誘以富貴之道，使隳其黨。以力取威勝

志林

蘇軾

商鞅用於秦，變法定令，行之十年，秦民大説，道不拾遺，山無盜賊，家給人足，民勇於公戰，怯於私鬬，秦人富強，天子致胙於孝公，諸侯畢賀。蘇子曰：此皆戰國之遊士，邪説詭論，而司馬遷闇於大道，取以爲史。吾常以爲遷有大罪二，其先黄老、後六經，退處士、進姦雄，蓋其小小者耳。所謂大罪二，則論商鞅、桑弘羊之功也。自漢以來，學者恥言商鞅、桑弘羊，而世主獨甘心焉，皆陽諱其名，而陰用其實；其甚者，則名實皆宗之，庶幾其成功。此司馬遷之罪也。秦固天下之強國，而孝公亦有志之君也，修其政刑十年，不爲聲色畋遊之所敗，雖微商鞅，有不富強乎？秦之所以富強者，孝公務本力穡之效，非鞅流血刻骨之功也。而秦之所以見疾於民，如豺虎毒藥，一夫作難，而子孫無遺種，則鞅實使之。至於桑弘羊，斗筲之才，穿窬之智，無足言者，而遷稱之曰：「不加賦而上用足。」善乎司馬光之言也，曰：「天下安有此理？天地所生，財貨百物，止有此數，不在民則在官。譬如雨澤，夏澇則秋旱。不加賦而

上用足，不過設法陰奪民利，其害甚於加賦也。」二子之名在天下，如蛆蠅糞穢也，言之則汙口舌，書之則汙簡牘。二子之術用於世者，滅國殘民，覆族亡軀者相踵也，而世主獨甘心焉，何哉？樂其言之便己也。夫堯、舜、禹，世主之父師也；諫臣拂士，世主之藥石也；恭敬慈儉，勤勞憂畏，世主之繩約也。今使世主日臨父師而親藥石履繩約，非其所樂也。故爲商鞅、桑弘羊之術者，必先鄙堯笑舜而陋禹也，曰：所謂賢主，專以天下適己而已。此世主之所以人人甘心而不悟也。世有食鍾乳、烏喙而縱酒色以求長年者，蓋始於何晏。晏少而富貴，故服寒食散以濟其欲，無足怪者。彼其所爲，足以殺身滅族者日相繼也；得死於服寒食散，豈不幸哉！而吾獨何爲效之？世之服寒食散，疽背嘔血者相踵也；用商鞅、桑弘羊之術，破國亡宗者皆是也；然而終不悟者，樂其言之美便，而忘其禍之慘烈也。

春秋之末，至於戰國，諸侯卿相，皆争養士，自謀夫説客、談天雕龍、堅白同異之流，下至擊劒扛鼎、雞鳴狗盜之徒，莫不賓禮，靡衣玉食，以館於上者，何可勝數。越王勾踐有君子六千人，魏無忌、齊田文、趙勝、黄歇、吕不韋皆有客三千人，而田文招致任俠姦人六萬家於薛，齊稷下談者亦千人，魏文侯、燕昭王、太子丹皆致客無數。下至秦、漢之間，張耳、陳餘號多士，賓客厮養，皆天下豪傑，而田横亦有士五百人。其略見於傳者如此，度其餘當倍官吏而半農夫也。此皆姦民蠹國者，民何以支而國何以堪乎？蘇子曰：此先王之所不能免也。國之有姦也，猶鳥獸之有鷙猛，昆蟲之有毒螫也。區處條理，使各安其處，則有之矣；鋤而盡去之，則無是道也。吾考之世變，知六國之所以久存，而秦之所以速亡者，蓋出於此，不可以不察也。夫智、勇、辯、力，此四者皆天民之秀傑者也，類不能惡衣食以養於人，皆役人以自養者也。故先王分天下之富貴，與此四者共之；此四者不失職，則民靖矣。四者雖異，先王因俗設法，使出于一。三代以上出於學，戰國至秦出於客，漢以後出於郡縣吏，魏晉以來出於九品中正，隋唐至今，出於科舉；雖不盡然，取其多者論之。六國之君，虐用其民，不減始皇、二世，然當是時，百姓無一人叛者，以凡民之秀傑者，多以客養之，不失職也。其力耕以奉上，皆椎魯無能爲者，雖欲怨叛，而莫爲之先，此其所以少安而不卽亡也。始皇初欲逐客，用李斯之言而止；既并天下，則以客爲無用，於是任法而不任人，謂民可以恃法而治，謂吏不必才，取能守吾法而已，故墮名城，殺豪傑。民之秀異者，散而歸田畝，向之食於四公子呂不韋之徒者，皆安歸哉？不知其能槁項黃馘以老死於布褐乎，抑將輟耕太息以俟時也。秦之亂雖成於二世，然使始皇知畏此四人者，有以處之，使不失職，秦之亡，不至若是速也。縱百萬虎狼於山林而飢渴之，不知其將噬人，世以始皇爲智，吾不信也。楚漢之禍，生民盡矣，豪傑宜無幾；而代相陳豨從車千乘，蕭、曹爲政，莫之禁也。至文、景、武之世，法令至密，然吳濞、淮南、梁王、魏其、武安之流，皆爭致賓客，世主不問也，豈懲秦之禍，以爲爵禄不能盡縻天下士，故少寬之，使得或出於此也耶？若夫先王之政則不然，曰「君子學道則愛人，小人學道則易使也。」烏乎！此豈秦漢之所及也哉？

秦始皇帝時，趙高有罪，蒙毅案之當死，始皇赦而用之。長子扶蘇好直諫，上怒，使北監蒙恬兵於上郡。始皇東遊會稽，並海走琅琊，少子胡亥、李斯、蒙毅、趙高從。道病，使蒙毅還禱山川，未反而上崩。李斯、趙高矯詔立胡亥，殺扶蘇、蒙恬、蒙毅，卒以亡秦。蘇子曰：始皇制天下輕重之勢，使內外相形，以禁姦備亂者，可謂密矣。蒙恬將三十萬人，威振北方，扶蘇監其軍；而蒙毅侍帷幄，爲謀臣，雖有大姦賊，敢睥睨其間哉？不幸道病，禱祠山川，尚有人也，而遣蒙毅，故高、斯得成其謀。始皇之遺毅，毅見始皇病，太子未立，而去左右，皆不可以言智。然天之亡人國，其禍敗必出於智所不及。聖人爲天下，不恃智以防亂，恃吾無致亂之道耳。始皇致亂之道，在用趙高。夫閹尹之禍，如毒藥猛獸，未有不裂肝碎首者也。自書契以來，惟東漢呂強、後唐張承業二人，號稱善良，豈可望一二於千萬，以徼必亡之禍哉〔二〕？然世主皆甘心而不悔，如漢桓、靈，唐肅、代，猶不足深怪；始皇、漢宣皆英主，亦湛於趙高、恭、顯之禍。彼自以爲聰明人傑也，奴僕熏腐之餘何能爲，及其亡國亂朝，乃與庸主不異。吾故表而出之，以戒後世人主如始皇、漢宣者。或曰：李斯佐始皇定天下，不可謂不智；扶蘇親始皇子，秦人戴之久矣，陳勝假其名猶足以亂天下；而蒙恬持重兵在外；使二人不卽受誅，而復請之，則斯、高無遺類矣，以斯之智，而不慮此，何哉？蘇子曰：烏乎！秦之失道，有自來矣，豈獨始皇之罪！自商鞅變法，以殊死爲輕典，以參夷爲常法，人臣狼顧脅息，以得死爲幸，何暇復請？方其法之行也，求無不獲，禁無不止，鞅自以爲軼堯、舜而駕湯、武矣；及其出亡而無所舍，然後知爲法之弊。夫豈獨鞅悔之，秦亦悔之矣。荆軻之變，持兵者熟視始皇環柱而走，莫之救者，以秦法重故也。李斯之立胡亥，不復忌二人者，知威令之素行，而臣子不敢請，亦知始皇之鷙悍而不可回也；豈料其僞也哉？周公曰：「平易近民，民必歸之。」孔子曰：「有一言而可以終身行之，其恕矣乎！」夫以忠恕爲心，而以平易爲政，則上易知而下易達，雖有賣國之姦，無所投其隙，倉卒之變，無自發焉；然其令行禁止〔三〕，蓋有不及商鞅者矣，而聖人終不以彼易此。商鞅立信於徙木，立威於棄灰，刑其親戚師傅，積威信之極，以及始皇，秦人視其君，如雷電鬼神不可測也。古者公族有罪，三宥然後制刑，今至使人矯殺其太子而不忌，太子亦不敢請，則威信之過也。故夫以法毒天下者，未有不反中其身，及其子孫者也。漢武與始皇，皆果於殺者也，故其子如扶蘇之仁，則寧死而不請，如戾太子之悍，則寧反而不訴，知訴之必不察也，戾太子豈欲反者哉，計出於無聊也。故爲二君之子者，有死與反而已。李斯之智，蓋足以知扶蘇之必不及此也。吾又表而出之，以戒後世人主果於殺者。

顔子所好何學論

程頤

聖人之門，其徒三千，獨稱顔子爲好學。夫《詩》《書》六藝，三千子非不習而通也；然則顔子所獨好者何學也？學以至聖人之道也。聖人可學而至歟？曰：然。學之道如何？曰：天地儲精，得五行之秀者爲人，其本也真而静，其未發也，五性具焉，曰仁、義、禮、智、信。形既生矣，外物觸其形而動於中矣，其中動而七情出焉，曰喜、怒、哀、樂、愛、惡、欲。情既熾而益蕩，其性鑿矣，是故覺者約其情，使合於中，正其心，養其性，故曰性其情。愚者則不知制之，縱其情而至於邪僻，梏其性而亡之，故曰情其性。凡學之道，正其心，養其性而已。中正而誠，則聖矣。君子之學，必先明諸心，知所養，一作往。然後力行以求至，所謂自明而誠也。故學必盡其心，盡其心則知其性，知其性反而誠之，聖人也。故《洪範》曰：「思曰睿，睿作聖。」誠之之道，在乎信道篤。信道篤，則行之果，行之果，則守之固。仁義忠信，不離乎心，造次必於是，顛沛必於是，出處語默必於是。久而弗失，則居之安，動容周旋中禮，而邪僻之心無自生矣。故顔子所事，則曰：「非禮勿視，非禮勿聽，非禮勿言，非禮勿動。」仲尼稱之則曰：「得一善則拳拳服膺，而勿失之矣。」又曰：「不遷怒，不貳過。有不善，未嘗不知；知之，未嘗復行也。」此其好之篤，學之之道也。視聽言動皆禮矣，所異於聖人者，蓋聖人則不思而得，不勉而中，從容中道；顔子則必思而後得，必勉而後中。故曰顔子之與聖人，相去一息。孟子曰：「充實而有輝光之謂大，大而化之之謂聖，聖而不可知之謂神。」顔子之德，可謂充實而有光輝矣；所未至者，守之也，非化之也。以其好學之心，假之以年，則不日而化矣，故仲尼曰：「不幸短命死矣。」蓋傷其不得至於聖人也。所謂化之者，入於神而自然，不思而得，不勉而中之謂也。孔子曰：「七十而從心所欲，不踰矩」是也。或曰：聖人生而知之者也，今謂可學而至，其有稽乎？曰：然。孟子曰：「堯舜性之也，湯武反之也。性之者，生而知之者也；反之者，學而知之者也。」又曰：「孔子則生而知也，孟子則學而知也。」後人不達，以謂聖本生知，非學可至，而爲學之道遂失；不求諸己而求諸外，以博聞強記，巧文麗辭爲工，榮華其言，鮮有至於道者。則今之學，與顔子所好異矣。

蕭瑀論　　張唐英

蕭瑀請出家爲僧，此可罪也。然盡忠於隋，及歸國亦多有功績，頗見委任，歷僕射、御史大夫，參與朝政，每有議論，房、杜不能抗之。房等雖心知其是，而不用其言，瑀彌怏怏，自是罷爲太子少傅。此是杭閣瑀而使優閑爾。且房、杜可謂賢相也，經綸草昧，以啓天下之業，竭忠悉慮，以成天下之務，不以求備而責人，不以己長而格物，正觀太平之功，誠有力焉。然於瑀尚亦有所抑遏，豈亦圭之玷而珠之翳乎！古人謂事雖淺，當深謀之；言雖輕，當重思之；收不知言，以致知言。而房、杜二人，於用人亦至矣，而尚失於瑀；豈瑀之性褊躁，忽於議論之際，務以直氣自豪，而不能從容委曲，詳悉評議，但求辨博〔四〕，而取勝於諸公，故房、杜自以持天下之政，權柄在己，恥其不能卑論，忽有不容其說。然以二公才過於人，雖不從一蕭瑀之言，無害爲賢相。後之執政者，必欲迹房、杜之業，成就太平之功，則不可使順旨者榮華，逆意者枯槁，心知其是而不用其言，庶乎國家之政，無有蔽而不通。故曰：天下無粹白之狐，而有粹白之裘者，蓋取於衆；苟不取於衆，是哥奴輩昔嘗拑天下之口而自任耳！

校勘記

〔一〕君安得不危哉　「君」下原有「子」字，明刻本、江蘇局本無「子」字。按，前言「君莫危於國之有黨」，則此處亦當作「君」，今刪「子」字。

〔二〕儆必亡之禍　「儆」原作「傚」，明抄本、明刻本同誤，據江蘇局本改。

〔三〕令行禁止　「止」原作「正」，據明抄本、江蘇局本改。

〔四〕但求辨博　「但」原作「俱」，明抄本、明刻本同，據江蘇局本改。

宋文鑑卷第九十九

論

三國論

蘇轍

天下皆怯而獨勇，則勇者勝；皆闇而獨智，則智者勝。勇而遇勇，則勇者不足恃也。智而遇智，則智者不足用也。夫唯智勇之不足以定天下，是以天下之難鋒起而難平。蓋嘗聞之，古者英雄之君遇其智勇也，以不智不勇，而後真智大勇乃可得而見也。悲夫！世之英雄，其處於世，亦有幸不幸耶？漢高祖、唐太宗，是以智勇獨過天下而得之者也。曹公、孫、劉，是以智勇相遇而失之者也。以智攻智，以勇擊勇，此譬如兩虎相捽，齒牙氣力，無以相勝，其勢足以相擾，而不足以相斃。當此之時，惜乎無有以漢高祖之術制之者也。昔者項籍有百戰百勝之威，而執諸侯之柄，咄嗟叱咤，奮其暴怒，西向以逆高祖，其勢飄忽震蕩，如風雨之至。天下之人，以爲遂無漢矣。然高帝以其不智不勇之身，横塞其衝，徘徊而不得進，其頑鈍椎魯，足以爲笑於天下，而卒能摧折項氏，而待其死。其故何也？夫人之勇力用而不已，則必有所耗散；而其智慮久而無成，則亦必有所倦怠而不舉。彼欲以其所長以制我於一時，而我閉門而拒之，使之失其所求，逡巡求去而不能，而項籍固已憊矣。今夫曹公、孫權、劉備，此三人者，皆知以其才相取，而未知以不才取之也。世之言者曰，孫不如曹，而劉不如孫。劉備唯智短而勇不足，故有所不若於二人者，而不知因其所不足以求勝，則亦已惑矣。蓋劉備之才，近似於高祖，而不知所以用之之術。昔高祖之所以自用其才者，其道有三焉耳：先據勢勝之地，以示天下之形；廣收信、越出奇之將，以自輔其所不逮；有果鋭剛猛之氣而不用，以深折項籍猖狂之勢。此三事者，有國之君，其才皆無有能行之者，獨有一劉備近之而未至，其中猶有翹然自喜之心，欲爲椎魯而不能純，欲爲果鋭而不能達，二者交戰於中而未有所定，是故所爲而不成，所欲而不遂。棄天下而入巴蜀，則非地也；用諸葛孔明治國之才，而當紛紜征伐之衝，則非將也；不忍忿忿之心，犯其所短，而自將以攻人，則是其氣不足尚也。嗟夫！方其奔走於二袁之間，困於吕布，而狼狽於荆州，百敗而其志不折，不可謂無高祖之風矣，而終不知所以自用之方。夫古之英雄，唯漢高帝爲不可及也夫！

晉論

蘇轍

御天下有道，休之以安，動之以勞，使之安居而能勤，逸處而能憂。其君子周旋揖讓，不失其節，而能耕田射馭，以自致其力，平居習爲勉強，而去其惰傲，厲精而日堅，勞苦而日強。冠冕佩玉之人，而不憚執天下之大勞，夫是以天下之寡舉皆無足爲者，而天下之匹夫亦無以求勝其上。何者？天下之亂，蓋常起於上之所憚而不敢爲；天下之小人知其上之有所憚而不敢爲，則有以乘其間而致其上之所難。夫上之所難者，豈非死傷戰鬬之患，匹夫之所輕，而士大夫之所不忍以其身試之者耶？彼以死傷戰鬬之患邀我，而我不能應，則無怪乎天下之志於亂也。故夫君子之於天下，不見其所畏，求使其所畏之不見，是故事有所不辭，而勞苦有所不憚。昔者晉室之敗，非天下之無君子也。其君子皆有好善之心，高談揖讓，泊然沖虚，而無慷慨感激之操；大言無當，不適於用，而畏兵革之事。天下之英雄，知其所忌，而竊乘之，是以顛沛隕越而不能以自存。且夫劉聰、石勒、王敦、祖約，此其姦詐雄武，亦一世之豪也。譬如山林之人，生於草木之間，大風烈日之所咻，而雪霜飢饉之所勞苦，其筋力骨節之所嘗試者，亦已至矣；而使王衍、王導之倫，談笑而當其衝。此譬如千金之家，居於高堂之上，食肉飲酒，不習寒暑之勞，而欲以之捍禦山林之勇夫，而求其成功，此固姦雄之所樂攻而無難者也。是以雖有賢人君子之才，而無益於世；雖有盡忠致力之意，而不救於患難。此其病起於自處太高，而不習天下之辱事，故富而不能勞，貴而不能苦。蓋古之君子，其治天下，爲其甚勞，而不失其高；食其甚美，而不棄其糲，使匹夫小人不知所以用其勇，而其上不失爲君子。至於後世，爲其甚勞而不知以自復，而爲秦之強〔一〕；食其甚美〔二〕，而無以自實，而爲晉之敗。夫甚勞者，固非所以爲安，而甚美者，亦非所以自固，此其所以喪天下之故也哉！

北狄論

蘇轍

北狄之民，其性譬如禽獸，便於射獵而習於馳騁；生於斥鹵之地，長於霜雪之野；飲水食肉，風雨飢渴之所不能困；上下山坂，筋力百倍，輕死而樂戰，故常以勇勝中國。至於其所以擁護親戚，休養生息，蓄牛馬，長子孫，安居佚樂，而欲保其首領者，蓋無以異於華人也。而中國之士，常憚其勇，畏避而不敢犯；氈裘之民，亦以此恐中國，而奪之利，此當今之所謂大患也。昔者漢武之世，匈奴絶和親，攻當路塞，天下震恐。其後二十年之間，漢兵深入，不憚死亡，捐命絶幕之北，以決勝負；而匈奴孕重墮壞，人畜疲弊，不敢言戰。何者？勇士壯馬，非中國之所無有，而窮追遠逐，雖匈奴之衆，亦終有所不安也。故夫敵國之盛，非隣國之所深憂也；要在休兵養士，而集其勇氣，使之不懾而已。今天下之勢，中國之民，優游緩帶，不識兵革之勞，驕奢怠墮，勇氣消耗；而戎狄之賂，又以百萬計，轉輸天下，甘言厚禮，以滿其不足之意；使天下之士，耳熟所聞，目習所見，以爲生民之命，寄於其手，故俯首柔服，莫敢抗拒；凡中國勇健豪壯之氣，索然無復存者矣。夫戰勝之民，勇氣百倍；敗兵之卒，没世不復〔三〕。蓋所以戰者，氣也；所以不戰者，氣之蓄也；戰而後守者，氣之餘也。古之不戰者，養其氣而不傷；今之士不戰而氣已盡矣，此天下之所大憂也。昔者六國之際，秦人出兵於山東，小戰則殺將，大戰則割地，兵之所至，天下震慄。然諸侯猶帥其罷散之兵，合從以擊秦，砥礪戰士，激發其氣。長平之敗，趙卒坑死者四十萬人，廉頗收合餘燼，北摧栗腹，西抗秦兵，振刷磨淬，不自屈服；故其民觀其上之所爲，日進而不挫，皆自奮怒，以争死敵。其後秦人圍邯鄲，梁王使將軍新垣衍如趙，欲遂帝秦，而魯仲連慷慨發憤，深以爲不可。蓋夫天下之士，所爲奮不顧身，以抗強虎狼之秦者，爲非其君也；而使諸侯而帝之，天下尚誰能出身以事非其君哉？故魯仲連非徒惜夫帝秦之虚名，而惜夫天下之勢有所不可也。今尊奉夷狄無知之人，交懽約幣，以爲兄弟之國，奉之如驕子，莫敢一觸其意，此適足以壞天下義士之氣，而長夷狄豪横之勢耳。

愚以爲養兵而自重，卓然獨立，不聽外國之妄求，以爲民望，而生吾中國之氣；如此數十年之間，天下摧折之志復壯，而夫北狄之勇，非吾之所當畏也。

三宗論

蘇　轍

黄帝、堯、舜壽皆百年，享國皆數十年。周公作《無逸》言商中宗享國七十五年，高宗五十九年，祖甲三十三年，文王受命中身，享國五十年。自漢以來，賢君在位之久，皆不及此。西漢文帝二十三年，景帝十六年，昭帝十三年，東漢明帝十八年，章帝十三年，和帝十二年，唐太宗二十三年。此皆近世之明主，然與《無逸》所謂「不知稼穡之艱難，不聞小人之勞，惟耽樂之從，或十年，或七八年，或五六年，或四三年」，無以大相過也。至其享國長久，如秦始皇、漢武帝、梁武帝、隋文帝、唐玄宗，皆以臨御久遠，循致大亂，或以失國，或僅能免其身。其故何也？人君之富，其倍於人者千萬也，膳服之厚，聲色之靡，所以賊其躬者多矣，朝夕於其間而無以御之，至於夭死者，勢也。幸而壽考，用物多而害民久，矜己自聖，輕蔑臣下，至於失國，宜矣。古之賢君，必致於學，達性命之本，而知道德之貴；其視子女玉帛，與糞土無異，其所以自養，乃與山林學道者比，是以久於其位而無害也。傳説之詔高宗曰：「王人求多聞，時惟建事，學于古訓乃有獲，事不師古，以克永世，匪説攸聞。惟學，遜志務時敏，厥修乃來。允懷于兹，道積于厥躬。惟斅學半，念終始，典于學，厥德脩罔覺。監于先王成憲〔四〕，其永無愆。」嗚呼！傳説其知此矣。

漢武帝論

蘇轍

天下利害，不難知也。士大夫心平而氣定，高不爲名所眩，下不爲利所怵者，類能知之。人主生於深宫，其聞天下事至鮮矣，知其一，不達其二，見其利，不睹其害，而好名貪利之臣，探其情而逢其惡，則利害之實亂矣。漢武帝卽位三年，年未二十，閩越舉兵圍東甌，東甌告急。帝問太尉田蚡，蚡曰：「越人相攻，其常事耳，又數反覆，不足煩中國往救。」帝使嚴助難蚡曰：「特患力不能救，德不能覆，誠能，何故棄之？小國以窮困來告急，天子不救，尚何所愬？」帝詘蚡議，而使助持節發會稽兵救之。自是征南越，伐朝鮮，討西南夷，兵革之禍，加於四夷矣。後二年，匈奴請和親，大行王恢請擊之，御史大夫韓安國請許其和，帝從安國議矣。明年，馬邑豪聶壹因恢言：「匈奴初和親〔五〕，親信邊，可誘以利致之，伏兵襲擊，必破之道也。」帝使公卿議之，安國、恢往反議甚苦。帝從恢議，使聶壹買馬邑城，以誘單于，單于覺之而去，兵出無功。自是匈奴犯邊，終武帝無寧歲，天下幾至大亂。此二者，田蚡、韓安國皆知其非，而追於利口，不能自伸；武帝志求功名，不究利害之實，而遽從之。及其晚歲，禍災並起，外則黔首耗散，内則骨肉相殘殺，雖悔過自咎，而事已不救矣。然嚴助交通淮南，張湯論殺之；王恢以不擊匈奴，亦坐棄市。二人皆罪不至死，而不免大戮，豈非首禍致罪，天之所不赦故耶！

漢昭帝論

蘇轍

周成王以管、蔡之言疑周公，及遭風雷之變，發《金縢》之書，而後釋然知其非也。漢昭帝聞燕王之譖，霍光懼不敢入，帝召見光，謂之曰：「燕王言將軍都郎道上稱蹕，又擅調益幕府校尉，二事屬爾，燕王何自知之？且將軍欲爲非，不待校尉。」左右聞者皆伏其明，光由是獲安，而燕王與上官皆敗，故議者以爲昭帝之賢過於成王。然成王享國四十餘年，治致刑措，及其將崩，命召公、畢公相康王，臨死生之變，其言琅然不亂；昭帝享國十三年，年甫及冠，功未見於天下，其不及成王者亦遠矣。夭壽雖出於天，然人事嘗參焉，故吾以爲成王之壽考，周公之功也；昭帝之短折，霍光之過也。昔晉平公有蠱疾，醫和視之曰：「是謂近女，非鬼非食，惑以喪志，良臣將死，天命不宥。國之大臣，受其寵禄而任其大節，有菑禍興而無改焉，必受其咎。」以此議趙孟，趙孟受之不辭，而霍光何逃焉？成王之幼也，周公爲師，召公爲保，左右前後皆賢也；雖以中人之資，而起居飲食，日與之接；逮其壯且老也，志氣定矣，其能安富貴，易生死，蓋無足怪者。今昭帝所親信，惟一霍光，光雖忠信篤實，而不學無術；其所與共國事者，惟一張安世，所與斷幾事，惟一田延年；士之通經術識義理者，光不識也。其後雖聞久陰不雨之言，而貴夏侯勝；感蒯聵之事，而賢雋不疑，然後亦不任也。使昭帝居深宫，近嬖倖，雖天資明斷，而無以養之；朝夕害之者衆矣，而安能及遠乎？人主不幸，未嘗更事而履大位，當得篤學深識之士，日與之居。示之以邪正，曉之以是非，觀之以治亂，使之久而安之；知類通達，强力而不反，然後聽其自用而無害，此大臣之職也。不然小人先之，悦之以聲色犬馬，縱之以馳騁田獵，侈之以宫室器服；志氣已亂，然後入之以讒説，變亂是非，移易白黑，紛然無所不至；小足以害其身，而大足以亂天下；大臣雖欲有言，不可及矣。語曰：

「君子學道則愛人，小人學道則易使也。」故人必知道而後知愛身，知愛身而後知愛人，知愛人而後知保天下。故吾論三宗享國長久，皆學道之力；至漢昭帝，惜其有過人之明，而莫能導之以學，故重論之，以爲此霍光之過也。

漢光武論上

蘇　轍

人主之德，在於知人，其病在於多才。知人而善用之，若己有焉，雖至於堯、舜可也；多才而自用，雖有賢者，無所復施，則亦僅自立耳。漢高帝謀事不如張良，用兵不如韓信，治國不如蕭何，知此三人而用之不疑，西破強秦，東服項羽，曾莫與抗者。及天下既平，政事一出於何，法令講若畫一，民安其生，天下遂以無事。又繼之以曹參，終之以平、勃，至文景之際，中外晏然。凡此皆高帝知人之餘功也。東漢光武，才備文武，破尋、邑，取趙、魏，鞭笞羣盜，筭無遺策，計其武功，若優於高帝；然使當高帝之世，與項羽爲敵，必有不能辨者。及既履大位，懲王莽篡奪之禍，雖置三公，而不付以事，專任尚書，以督文書繩姦詐爲賢，政事察察，下不能欺，一時稱治。然而異己者斥，非讖者棄，專以一身任天下，其智之所不見，力之所不舉者，多矣。至於明帝，任察愈甚，故東漢之治，寬厚樂易之風，遠不及西漢。賢士大夫，立於其朝，志不獲伸，雖號稱治安，皆其父子才智之所止，君子不尚者也。

漢光武論下

蘇　轍

高帝舉天下後世之重屬之大臣，大臣亦盡其心力以報之，故吕氏之亂，平、勃得致力焉〔六〕，誅産、禄，立文帝，若反覆手之易。當是時大臣權任之甚盛，風流相接，至申屠嘉猶召辱鄧通，議斬晁錯，而文、景不以爲悟；則高帝之用人，其重如此。孝武之後，此風衰矣，大臣用舍，僅如僕隸。武帝之老也，將立少主，知非大臣不可，乃委任霍光。霍光之權，在諸臣右，故能翊昭建宣，天下莫敢異議。至於宣帝，雖明察有餘，而性本忌刻，非張安世之謹畏，陳萬年之順從，鮮有能容者。惡楊惲、蓋寛饒，害趙廣漢、韓延壽，悍然無惻怛之意。高才之士，側足而履其朝。陵遲至於元、成，朝無重臣，養成王氏之禍，故莽以斗筲之才，濟之以欺罔，而士無一人敢指其非者。光武之興，雖文武之略足以鼓舞一世，而不知用人之長，以濟其所不足；幸而子孫皆賢，權在人主，故其害不見。及和帝幼少，竇后擅朝，竇憲兄弟恣横，殺都鄉侯暢於朝，事發，請擊匈奴以自贖，及其成功，又欲立北單于以樹恩固位。袁安、任隗，皆以三公守義力争而不能勝〔七〕，幸而憲以逆謀敗。蓋光武不任大臣之積，其弊乃見於此。其後漢日以衰，及其誅閻顯，立順帝，功出於宦官；黜清河王，殺李固，事成於外戚；大臣皆無所與。及其末流，梁冀之害重，天下不能容，復假宦官以去之；宦官之害極，天下不能堪，至召外兵以除之；外兵既入，而東漢之祚盡矣。蓋光武不任大臣之既，勢極於此。夫人君不能皆賢，君有不能而屬之大臣，朝廷之正也。事出於正，則其成多，其敗少。歷觀古今，大臣任事，而禍至於不測者，必有故也。今畏忌大臣，而使它人得乘其隙，不在外戚，必在宦官；外戚宦官更相屠滅，至以外兵繼之，嗚呼殆哉！

争論　潘興嗣

匹夫之賤，猶立子以争其惡，立友以議其過；況萬乘之貴，呼吸而霜露變，指顧而榮辱移，朝不争則暮有被其害，暮不争則朝亦然，至有頃刻而不及者。孔子曰：「天子有争臣七人，雖無道，不失其天下。」又曰：「商有三仁焉，比干諫而死。」其旨遠矣。或豈無諫與諷歟？譬之疾耳，有緩補逸養而後定，有攻治而後勝，有針砭而後起者，蓋時有緩急，勢有盈虚，先後之理，不可以一途御也。諷者，依違而不切，《詩》所謂「主文而譎諫」，此緩補逸養之道也。諫者，直指其事，争者嬰其鱗矣，此攻治之不効，而至於針砭也。若堯咨而舜俞，禹拜而益贊，可以無事於諫争，猶曰：「予違，汝弼；汝無面從。」君臣相與戒飭兢業如此，後世之君，奚恤而不用哉？昔者漢高帝謂周昌曰：「我何如主？」昌曰：「陛下桀、紂之主也。」高帝容之，決非桀、紂明矣。如使桀、紂之君，雖無道猶用争臣，亦不失天下矣。

原諫　潘興嗣

舜命龍曰：「朕聖讒説殄行，震驚朕師，汝作納言，夙夜出納朕命惟允。」於《皐陶謨》則曰：「能哲而惠，何憂乎驩兜？何畏乎巧言令色孔壬。」顔淵問爲邦，孔子曰：「遠佞人。」舜固聰明睿智，君臣之間，吁謨戒飭，憂此而已；顔淵亞聖，亦云遠佞，然則聖哲之慮遠矣。諫之不行也，其原起於近習，始於纖微，成於浸潤，終至于不可禦。人君者，喜則有賞，怒則有誅，不可不察也。蓋未嘗濫誅矣，誅一小臣，則大臣及之；未嘗濫賞矣，賞一佞人，則大佞及之；不窒其源，雖欲救之，將若之何？予故曰：諫之不行，其源蓋起於近習，不可不慮也。

通論

潘興嗣

昔者井法大壞，而天下之民病矣。然而智者一出，則藏兵於民，藏食於兵，以全制勝，坐而收功，則謂之屯田者是也。漢嘗以數萬之衆臨氐羌，氐羌固小矣，而議者謂費而勝之，不若以全制也，於是以萬人留田，果無一矢一鏃之費，而虜平矣。曹操出於擾攘之際，憂不先於天下，而憂食不出於兵也，於是大興屯田，以示天下之形勢。勢莫微於羌事，莫急於操時，顧必先此者，蓋不苟一切之便，而以深久之利爲慮也。昔者兵賦之法大壞，而天下之武備虛矣，然而智者一出，則兵有府，府有帥，帥有統。唐嘗以六十萬之衆，田於近輔之郊，當四方有事時，長戈利戟，奮然而直往；及其無事，則偃兵以就農。故天下之言武備者，必先府兵。今以數十萬之衆，宿於燕、秦、晉、魏之地，半天下之賦，長轂巨軸，逆險遡波而上，不足以給奉養；重商賈之利，出内帑之金，不足以佐費用。無事之時，顧且如此，一有事，則重以四方之兵，倍數而益之，豈惟費廣而坐飼之驕不足以臨敵也；亦嘗以二十萬之衆，棄於好水之上，隻輪奇馬無還者，此養之無制，備之不素故也。夫燕、秦、晉、魏之郊，地非不廣，民非不悍，勇田非盡闢也，一旦索悍勇之民，闢地而殖之，胡爲而不可耶？擇天下之精兵，置之近輔之郊，擬府而爲之制，亦胡爲而不可耶？不及十年，粟必盈於塞下，而黥墨之徒可坐而鑠也。晁錯削七國，而七國反，主父偃建分封之法，而諸侯不自知其弱，然則屯田府兵之制行，而天下之驕兵亦不自知其削矣，何憚而不爲也。邊粟已實，屯兵已強，中州之賦益寬，則北狄不敢愛其驢，羌人不敢慢其禮，此以全制勝也。昔之驕，今也悍勇；昔之不足，今也有餘；不幸而有警，内府出節，外府出兵，擁鉞而下，臨燕而燕動，臨秦而秦讋，此所謂廟勝也。荆、楚、蜀、越，四分五裂之地，天下用武之處也，亦不可以不思；及其有事，而欲以巧勝之，不亦拙且緩乎？

校勘記

〔一〕而爲秦之強　「秦」字原脱，據明抄本、明刻本補。

〔二〕食其甚美　原作「强食甚美」，蒙上句衍「强」字，今删；又據上文「食其甚美」，補其字。

〔三〕没世不復　原本「復」下有「隨」字，明抄本「復」下空白，江蘇局本無「隨」字，據删。

〔四〕先王　「王」原作「生」，據明刻本改。《書·説命》原文作「先王」。

〔五〕初和親　「和」字原脱，據明抄本、《漢書·韓安國傳》補。

〔六〕致力　「致」，明抄本、明刻本均作「寘」。

〔七〕三公　「公」原作「宗」，據明抄本、江蘇局本改。

宋文鑑卷第一百

論

隋論

李清臣

治天下者以王道，不可爲之以吏治；吏治可以苟天下之安，而不可久也。純以王道而治者，三代是也；吏治與王道雜然而用者，漢、唐是也；純用吏治者，隋文是也。自禹至於桀，自湯至於紂，自武王至于赧，三代之長，各數十世，安而不變者，幾二千年。自高祖至於孝平，自光武至於獻帝，自高祖、太宗至於僖、昭，兹二姓者或四百年，或三百年，不及於三代之長，而有過於歷世之祚。若隋文帝之有天下，于時亦可謂之治平而寡事矣，然纔三世二十九年而亡，其故何也？吏治與王道之効不同也。故三代用王道而長，漢、唐雜之以吏治而不及於三代，隋文專以吏治而不及於漢唐，是非王道與吏治薄厚之効邪？隋文之九年滅陳，而天下始一，奮勵於爲政，每一坐朝，或至日昃。五品以上，引之論事；宿衛之人，傳飱而食。至于兵革不用，天下無游食之人，户口歲增，過於兩漢，其富庶而康樂如此。常人之謂太平，而識者皆知其不能久也。何者？無禮義以維持其政，無忠信以固結其臣，教化不足以導其民，紀綱不足以防其後，一切以辯數勤察爲能；處三王之位，而卑卑焉任智數，覈文法，此特吏才之尤者耳，非王者之爲也。故王隆謂其終以不學爲累，而房喬於清平之時，而獨知其將亡。彼或用王道，而常爲百世慮國祚之永，人可得而近測之哉？嘗觀於三代，其爲治之旨，皆本於仁義禮樂，先教化而後刑名，厚道德而薄功賞。其始雖若迂闊，而其成以至於兵寢刑措，暴炙百姓之耳目，浸漬涵揉百姓之骨髓；其勢蟠大膠固，如置方石於平土之上，天下之形，可以漸亂而不可以亟壞也。末世中主，德既不及於古，才亦不至於道，所用者皆俗人，而所尚者皆細法；爭於功用，勇於擊斷，謂簿書刀筆之間可以爲治，語之以王道則傾背而竊笑。強者爲之，及其盛猶可以自守；一有勢罅，則怨心紛然，內外皆爲之擾動；姦豪乘其敝而起，其撓天下如驅群羊，而蕩王業如振敧器耳。是故民衆而益亂，地大而益危。嗚呼！彼安知三代有長久難動之法乎？後之王者，鑒於三代、兩漢、隋、唐之事，不恃吏治之安，而留意於王道，其可以長有天下之民矣。

石慶論

秦觀

臣聞漢武帝既招英俊，程其器能，用之如不及；內修法度，外攘胡粵，封泰山，塞決河，朝廷多事。丞相李蔡、嚴青翟、趙周、公孫賀、劉屈氂之屬，皆以罪伏誅，其免者平津侯公孫洪、牧丘侯石慶而已。平津以賢良爲舉首，用經術取漢相，辯論有餘，習文法吏事，其免故宜。牧丘鄙人耳，爲相已非其分，又以全終，何也？蓋慶之終於相位，非其才智之足以自免也，事勢之流，相激使然而已矣。何則？夫君之與臣，猶陰之與陽也。陰勝而僭陽，則發生之道闕；陽勝而傴陰，則刻制之功虧。僭實生傴，傴亦生僭，兩者無有，是謂大和。萬物以生，變化以成。方武帝卽位之始，富於春秋，武安侯田蚡以肺腑爲丞相，權移人主，上滋不平，特以太后之故，隱忍而不發。當此之時，臣彊君弱，陰勝而僭陽。武安侯既死，上懲其事，盡收威柄於掌握之中，大臣取充位而已；稍不如意，則痛法以繩之，自丞相以下，皆皇恐救過而不暇。當此之時，君彊臣弱，陽勝而偪陰。夫豪傑之士，類多自重，莫肯少殺其鋒；鄙人則惟恐失之，無所不至也。當君彊臣弱、陽勝偪陰之時，雖有豪傑，安得而用？雖用之，安得而終？然則用之而終者，惟鄙人而後可也。慶爲相時，九卿更進用事，事不關決於慶，慶醇謹而已，在位九歲，無能有所正言，嘗欲治上近臣，反受其過，上書乞骸骨，詔報反室，自以爲得計，既而不知所爲，復起視事。嗚呼，此其所以見容於武帝者歟！夫慶終於相位，是田蚡之所致也，故曰事勢之流，相激使然而已矣。然則平津之免也，洪之才術，雖不與慶同日而語，至於朝奏暮議，開其端使人主自擇，不肯面折廷爭；公卿約議，至上前皆背其約，以順上旨；如此之類，則與慶相去爲幾何耶？洪與慶爲人不同，其所以獲免者一也。蓋是時非特丞相也，如東方朔、枚皋、司馬相如、嚴助、吾丘壽王、朱買臣、主父偃之屬，號爲左右親幸之臣，而亦多以罪誅；唯相如稱疾避事，朔、皋不根持論，以此獲免。由是觀之，武帝之廷臣，鄙人者多矣，豈特慶也哉？故淮南王謀反，惟憚汲黯好直諫，守節死義；至說公孫洪等，如發蒙耳。嗚呼！如黯者，可謂豪傑之士也。

漢文帝

曾肇

予嘗謂治天下本於躬化，而觀漢文帝躬行節儉，以德化民，宜其有以振起衰俗，而賈誼以謂「殘賊公行，莫之禁止。」其説以背本趨末者爲天下之大殘，淫侈之俗爲天下之大賊，則當時風俗可謂敝矣；豈所謂躬化者，果無益於治哉？蓋文帝雖有仁心仁聞，而不修先王之政故也。先王有不忍人之心，則有不忍人之政，而其政必本於理財，理財之法，其定民之大方有四，而任民之職有九：士、農、工、商，以辨其名；九穀、草木、山澤、鳥獸、材賄、絲枲、聚歛、轉移以辨其職；又爲之屋粟、里布、夫家之征，以待其不勤；是故天下無遷徙之業，無游惰之民，其於生財可謂衆矣。至於愛養萬物，必以其道，故尉羅網罟斧斤弓矢皆以時入，而覆巢麛卵，殺胎伐夭，皆爲之禁，取之又有其時也。於是制禮以節其用，天子都千里之畿；諸侯各專百里之國；卿士大夫至於庶人，莫不有田；而視其位之貴賤，稱其入之厚薄，而爲之法制度數，以待其冠婚、賓客、死喪、祭祀之用者，隆殺多寡，各適其宜。爲上者謹名分以示天下，而人人安於力分之内，無覬覦於其外，是以淫僻放侈之心不生，而貧富均一，海内充實，無不足之患。然後示之以廉恥，興之以德義，故民從之也輕。方此之時，游惰者無所容，而雖有僭侈之心，亦安所施於外哉？教化之所以成，殘賊之所以熄，蓋出於是也。自秦滅先王之籍，而漢因之，務爲一切之制。由天子至於庶人，無復有度量分界之限，而人人去本趨末，爭於僭侈。高祖嘗禁賈人不得曳絲乘車，其令卒於不行。至文帝之時，商賈富厚，力過吏執，而末技游食，害農者蕃；庶人牆屋之飾，僕妾之衣，皆宗廟之奉，天子之服，則其俗之不善可知矣。而文帝不知修先王之政，以救其敝。方其開籍田以勸耕者，衣弋綈而斥文繡，以示敦樸，爲天下先，其意美矣。然法度之具不行，而欲以區區之一身，率四海之衆，豈非難哉？孟子曰：「徒善不足以爲政」，非虛言也。雖然，以彼之德，成之以先王之政，則庶幾三代之賢主哉！

諱言

張耒

高宗自誅長孫無忌、放褚遂良等後，天下以言爲諱者二十餘年。其後，一御史嘗抗論一不急事，時謂鳳鳴朝陽。方其以言爲諱也，武氏不出房闥而取其國。天子自殿陛之下，門闕之外，顛倒錯亂，無由知之；而其左右忠臣良士，豈無良策善計，亦不敢告；故以牝奪雄，坐房奧，奪廟社，犯天下之至不順，爲天下之難成，而有功。此譬如盜入主人之家，執其主，塗其耳目，而唯其所爲，何求而不得哉？張子曰：天將亂人之國，則必使諱人之言。人之愛其身，其寢食起居有少異焉，而人告之，則必信之，又從而治之；夫如是，則可以終身而無疾。今其寢食起居類非平人之狀，而其親戚朋友旁視而不敢告，一日疾作而死矣。太宗以蘭陵公主園賞言者，其直百萬，非好名也，事當然也。

敢言

張耒

漢王鳳以外戚輔政，殺王章以杜天下能言之口；而梅福以南昌尉，上書顯攻之，而不忌。唐文宗時，宦人握禁兵，制天子，樞密使權過宰相，誰敢少忤其意；而劉蕡對策，肆言其惡，斥其篡弑廢立之罪，而明皇時李林甫爲相，幾二十年，固寵市權，愚瞽其君；内助楊氏之勢，外成禄山之亂；補闕杜璡嘗再上書論事，斥爲下邽令。林甫以語動其餘曰：「立仗馬終日無聲，飫三品芻豆，一鳴則黜之矣；後雖欲不鳴，得乎？」由是諫争路絶矣。夫林甫之威，未慘於漢庭之外戚、唐文宗之宦官也；而梅福、劉蕡敢犯之，而林甫徒以區區貶斥；而天下之士震怖如畏虎狼，此其故何也？王鳳得政之初，帝失德未深，猶可與論道理，商成敗，而漢之公卿猶有賢智忠義之士也。文宗大和二年，名臣在朝者，如裴度、李絳、韋處厚之徒，猶數人，公卿侍從之間，差可告語，其勢足以持典刑也；故此二子者，非妄發恣行，而心實有所恃也。若林甫之時，人主滔昏於上，視天下之治亂，如越人視秦人之肥瘠，不可與言矣。而朝廷之士，有一介之善，略能别白黑者，則林甫斥逐之而無餘矣。國中空無人，上下内外，皆從君於昏者也；而天下之士，雖欲有言，何恃以救其禍乎？此人之所甚畏也。嗚呼！國無善人，國非其國也，可不懼哉？明皇嘗論林甫曰：「此子妬賢嫉能，無與爲比。」則其時人物可知也。

李郭論　張耒

雄傑好亂之士，可伏以天下之大義，不可掩以匹夫之小數，何也？彼其心甘爲理屈，不肯負人以其智；幸而掩之，得志，其後必大亂，凶悖放恣，而復其志乃已〔一〕。此不可不慎也。漢高祖苟一時之便，僞游雲夢，而執韓信；雖能執信，而信之反心自此生矣。當此時，高才智士，亦有輕其君之心，故英布、貫高之亂，繼踵而起者，此非伏英雄之道也。李光弼提孤軍，與安、史健虜百鬭百勝，其治軍行兵，風采出郭子儀之右，而當時諸將皆望風伏子儀，如敬君父，而光弼之在彭城，諸將已不爲使。子儀能使吐蕃謂父；而史思明乃上書請誅光弼。大抵光弼之實，不及子儀之名；子儀安坐而有餘，光弼馳騁而不足。余嘗思其故，讀《史思明傳》，見光弼使烏承恩潛殺史思明事，而後知李、郭之優劣。蓋子儀之爲人，至誠不欺，主於忠信，其胷中洞然大人也；故静則人安其德，動則人伏其義。光弼用烏承恩，使襲殺史思明，此雖狡夫猾虜之常態；意其人雖雄悍驃勇，而中有所不可保信者，市井之智，盜賊之謀，有時而用之也。不然何以召史思明之侮，而田承嗣之膝，獨爲尚父屈歟？此於伏人之道小矣。嗚呼！成事以材，不若以德；服人以智，不若以理。惟德與理，始鈍終利，以之治大，以之行遠，未之有悔也。

邴吉

張耒

邴丞相爲人至深厚也，余獨有恨焉。虜入雲中，詔問丞相、御史以虜所入。郡吏、御史不能對，得譴責；而丞相能具知，見謂憂邊思職。夫吉之能知，馭吏之力也。夫平日不知從事於其所當急，而一時際會於他人之力，亦可以爲徼幸，謂之真憂邊思職也可乎？因徼幸以得譽，遂從而冒之，坐視人之得譴責而不分謗，則亦少欺矣。龔遂因王生一言，天子以爲長者，遂不敢以爲出己，曰：「此乃臣議曹教臣。」夫遂之能歸功於君，其善微；而不冒人之善，其德厚矣。方天子讓御史，吉如曰：「臣與御史等耳，臣之僕有先白臣者，臣是以知之。」此其爲能，豈獨憂邊思職而已哉？世人有未嘗射，挾弓注矢，一發而中，不知者曰，天下之善射者也；其人不讓，則知之者笑之矣。邴吉脱宣帝於死，能絶口不道，獨貪一馭吏之功，殆必不然。傳曰：「思則得之，不思則不得也。」吉未之思歟？夫冒徼幸之福而安處之，此庸人之所常行，獨爲邴丞相恨也。

秦論

何去非

兵有攻有守。善爲兵者，必知夫攻守之所宜，故以攻則克，以守則固；當攻而守，當守而攻，均敗之道也。方天下交臂相與而事秦之彊也，秦人出甲以攻諸侯，蓋將取之也；圖攻以取人之國者，所謂兼敵之師也。及天下攘袂相率而叛秦之亂也，秦人合卒以拒諸侯，蓋將却之也；圖拒以却人之兵者，所謂救敗之師也。兼敵之師，利於轉戰；救敗之師，利於固守，兵之常勢也。秦人據崤函之阻，以臨山東，自繆公以來，常雄諸侯，卒至於并天下而王之，豈其君世賢耶？亦以得乎形便之居故也。二世之亂，天下相與起而亡秦，不三歲而爲墟。以二世之不道，顧秦亦何足以亡！然而使其知捐背叛之山東，嚴兵拒關，爲自救之計，雖以無道行之，而山西千里之區，猶可歲月保也。不知慮此，乃空國之師，以屬章邯、李由之徒，越關千里以搏寇，而爲鄉日堂堂兼敵之師，亦已悖矣。方陳勝之首事，而天下豪傑爭西嚮而誅秦也，蓋振臂一呼，而帶甲者百萬，舉麾一號，而下城者數十；又類皆山林倔起之匹夫，其存亡勝負之機，取決於一戰，其鋒至鋭也。而章邯之徒，不知固守其所，以老其師；乃提孤軍，棄天險，渡漳踰洛，左馳右鶩，以嬰四合之鋒，卒至於敗；而沛公之衆，揚袖而入空關。雖二世之亂，足以覆宗，天下之勢，足以夷秦，而其亡遂至於如此之亟者，用兵之罪也。夫秦役其民，以從事於天下之日久矣，而其民被二世之毒未深，其勇於公鬭，樂於衛上之風聲氣俗猶在也。而章邯之爲兵也，以攻則不足，以守則有餘。周文常率百萬之師傅於戲下矣，章邯三擊而三走之，卒殺周文。使其不遂縱以搏敵，而坐關固守，爲救敗之師，關東之士雖已分裂，而全秦未潰也。或曰，七國之反漢也，議者歸罪於吴、楚，以爲不知杜成臯之口，而漢將一日過成臯者數十輩，遂至於敗亡；今豪傑之叛秦，而罪二世之越關搏戰何也？嗟夫！務論兵者〔二〕，不論其逆順之情，與夫利害之勢，則爲兵亦疎矣。夫秦有可亡之形，而天下之衆亦鋭於亡秦，是以豪傑之起者，因民志也，關東非爲秦役矣。漢無可叛之釁，而天下之民無至於負漢，則七國之起，非民志矣，天下皆爲漢役者也。以不爲秦役之關東，則二世安得即其地而疾戰其民？以方爲漢役之天下，則漢安得不趨其所，而疾誅其君？此戰守之所以異術也。昔者賈誼、司馬遷皆謂「使子嬰有庸主之才，僅得中佐，則山西之地，可全而有。」卒取失言之譏於後世。彼二子者，固非愚於事機者也，亦惜夫秦有可全之勢耳。雖然，彼徒知秦有可全之勢〔三〕，而不知至於子嬰，而秦之事去矣，雖有太公之佐，其如秦何哉？

西晉論

何去非

天下之禍，不患其有可觀之迹而發於近，而患其無可窺之形而發於遲。有迹之可覩，雖甚愚怯，必加所警備，而發於近者，其毒嘗淺；無形之可窺，雖甚智勇，亦忽於防閑，而發於遲者，其毒常深。昔者五胡之禍晉室，其起者非一朝一夕也，探其基而積之，乃在於數百歲之淹緩。國更三姓，而歷君數十，平居常日不見其有可窺之形，是以一發而莫之能支。夫非無形也，蓋爲禍之形，常隱於福，爲福之形，常隱於禍；人見其爲今日之禍福而已，不就其所隱而逆窺之，是以於其未發，皆莫覩其昭然之形，此其爲禍至於不可勝救也。先王之制夷狄於要荒也，甚惡其猾夏而亂華，未嘗不欲驅攘而擯之。周公朝諸侯於明堂，夷蠻戎狄之君，立於四門之外，使無與乎備物盛禮之觀。後世之君，幸其衰敝而悦其向服也，因内徙而親之。其事肇於漢之孝宣，漸於世祖，而盛於魏武。或空其國而罷徼塞之警，或藉其兵而爲寇敵之扞。夫既去其侮而又役其力，可謂世主之大欲，國家之盛福矣；不知積之既久，而大禍之所伏，一旦洶然而發，若決防水，莫之能遏。晉爲不幸，而適當之，以其平居常日不覩其昭然之形故也。昔者孝宣承武帝攘擊匈奴之威，會五單于内争，始納呼韓邪，使之依阻塞下，稍通五原，而來其朝。至于孝元，而呼韓邪乃願保塞而請罷邊備。賴侯應之策，以爲自孝武攘之幕北，奪其陰山，匈奴失所蔽隱，每過陰山，未嘗不哭其喪亡也；今罷備塞，則示之大利。元帝雖報謝焉，自是胡人亦浸而南。顧漢亦甚悦其來而不之却也。世祖因匈奴日逐之至，遂建南廷以安納之，稍内居之西河美稷；而其諸部因遂屯守北地、朔方、五原、代郡、雲中、定襄、鴈門之七郡，而河西之地，鞠爲虜區。加徙叛羌，錯置三輔。魏武復大徙武都之氐，以實關幾，用禦蜀寇；而匈奴五郡，皆居汾晉，而近在肘腋矣。於晉之興，大率中原半爲夷居。元海，匈奴也，而居晉陽；石勒，羯人也，而居上黨；姚氏，羌也，而居扶風；符氏，氐也，而居臨渭；慕容，鮮卑也，而居昌黎。種族日蕃，其居處飲食皆趨華矣，而其桀暴貪悍、樂鬭喜亂之志態，則亦無時而變也。是以元海一倡，而并、雍之胡，乘時四起，自長淮之北，無復晉土，而爲戰國者幾二百年，所謂發於遲而爲毒深也。雖然，彼之内徙而聽役也，亦迫於制服之威，而其情未嘗不懷土而思返，固甚怨夫中國羈拘而賤侮之也，是以劉猛發憤而反於晉，事雖不濟，而劉氏諸部，未嘗一日而忘之也。自魏而上，非無明智之主，足以察究微漸，爲子孫萬世之慮，然皆安其内附，或樂用其力，唯恐不能鳩合而牧役之〔四〕，雖有夫爲禍之形，皆不爲之深思遠慮，就其所伏而消厭之。由晉而下，自武帝之平一吴會，偏撫天下，固無藉乎夷狄之助矣。苟於此時，有能探其所伏之禍而逆制焉，因其懷返之情，加之恩意，以導其行；爲之假建名號而稟資之，使各以種族而還之舊土。彼樂引輕去，而惟恐其後也。然後嚴斥障塞，使有華夷内外之辨。後雖有警，則無至發於肘腋之間，而被不可勝言之禍矣。雖然，自非明智果斷之主，爲子孫後世之慮，則不能決於有爲，以救其未發之深禍也。彼晉武自平一吴會，方以侈欲形於天下，其能及此乎？雖郭欽抗疏，江統著論，其言反復切至，皆恬然不爲省；方抱虎而孰寐尔。嗟乎！爲天下者，無恃其爲平日之福，而忽其所隱之禍也。

校勘記

〔一〕而復其志　「復」原作「後」，據明刻本、江蘇局本改。

〔二〕務論兵者　原本此句下有「不論夫者」四字，明抄本空白；明刻本、江蘇局本無，據删。

〔三〕彼徒知　原本無「徒」字，明刻本、江蘇局本有「徒」字，義較長，據補。

〔四〕鳩合　「合」原作「令」，據明抄本、明刻本改。

宋文鑑卷第一百一

論義

論

明皇論

崔鶠

穆王戒太僕曰：「僕臣正，厥后克正；僕臣諛，厥后自聖。」仲虺告成湯曰：「能自得師者王，謂人莫己若者亡。」夫實凡也，而自以爲聖，則偃然以天下爲莫己若；以天下爲莫己若，則有罪不聞，有過不改，禍亂之形成，而卒以不悟，是亡之道也。以唐考之，克有天下者十有八王，而不以諛臣之故，别加稱號者，高祖、太宗、睿宗、文宗四君而已，其餘皆立虚名，而開元、天寶之間，羣臣至六上尊號。嗟乎，諛亦甚矣！而明皇受而不辭，蓋將自以爲聖者歟！其播越流離，至於亡國，非不幸也。夫加以天地、道德、聖神、文武之號，兼覆載之大美，極今古之徽稱，彼其臣遂以爲誠爾耶？直以爲吾君好諛喜佞，故逢之也。以爲誠爾，則天不以號然後推其高，地不以名然後推其厚；三皇無有也，五帝無有也，自古賢君懿主皆無有，而吾祖宗亦無有也；彼其後世中君幽主獨有之，是直以好諛喜佞待吾君，而以諛佞逢之，人君之賊也。聖矣夫，光武之爲君也，詔天下上書不得言聖；明矣哉，顯宗之爲君也，曰先帝詔書，禁人言聖，自今有過稱虛譽，尚書宜抑而不省；示不爲諂子嗤也。嗚乎，姦人之情得矣，其成建武、永平之盛有以矣夫！

楊嗣復論

崔鶠

氣類所合，物莫能間。君臣相與，必有所謂合者，君子不之察，欲彊以口舌折姦人之鋒，勢必不振，此小人所以常勝，君子所以常不勝，一也。人情逆之則怒，順之則喜；毁之則怒，譽之則喜。小人性便諛佞，志在詭隨；而君子任道直前，有犯無隱；此小人所以常勝，君子所以常不勝，二也。君子正直是與，不妄説人；而小人竊爵禄以植朋黨，竭智力以市内援；此小人所以常勝，君子所以常不勝，三也。君子難進而易退，小人易進而難退；易進則常在上以制人，難進則常在下而爲人所制；此小人所以常勝，君子所以常不勝，四也。君子柔亦不茹，剛亦不吐，不虐幼賤，不畏高明；而小人之於人，失勢則鼠伏以事之，得勢則虎步以淩之；此小人所以常勝，君子所以常不勝，五也。君子窮則以命自安而不尤人，達則以恕存心而不害物；小人在下則不安，而懷毒以伺上；居上則快意，而肆虐以害人；此小人所以常勝，而君子所以常不勝，六也。君子一有不安於其心，則畏君畏親，畏天畏人；而小人欲濟其姦，則欺君欺親，欺天欺人，無不可者；此小人所以常勝，君子所以常不勝，七也。君子厲廉節，崇名譽；小人苟獲其欲，則天下賤之而不羞，萬世非之而不辱；此小人所以常勝，君子所以常不勝，八也。君子於言欲訥，於行欲敏，有過則改，見義則服；而小人矜利口以服人，喜姦言而文過；此小人所以常勝，君子所以常不勝，九也。天下善人少，不善人多，故君子爲國，求人難於選拔；而凶邪一嘯，則千百爲群；此小人所以常勝，君子所以常不勝，十也。君子不念舊惡，以德報怨；而小人忘恩背義，至以怨報德；此小人所以常勝，君子所以常不勝，十一也。君子有若無，實若虛，有功不矜，有善不伐；而小人無而爲有，虛而爲盈，露巧而揚能，矜功而賣善，以惑時君，以冀徼倖；此小人所以常勝，君子所以常不勝，十二也。君子小人之不敵，亦明矣。此鄭覃、陳夷行所以罷黜，李德裕所以謫死窮荒；逢吉、宗閔、楊嗣復輩所以卒乎翔佯而得計，豈足怪哉！

察言論

唐庚

古之人臣，抵掌緩頰，説人主以用兵者，其言未嘗不引義慷慨，豪健俊偉，使聽者踊躍激發，奮然而從之；至考論其心，則有爲國計者，有爲身謀者，是不可以不察也。今夫戰則除害於時，不戰則遺患於後，此有必勝之勢，彼有必敗之道，思慮深熟，利害之形了然於胷中，知其決不誤國而後爲之，若此者，爲國計，非身謀也；張華、裴度是已。天下既平，謀臣宿將，以俟就第，杜門却掃，無所用其奇，則瞋目扼腕，争爲用兵之説，庶幾有以騁其智勇而舒其意氣，若此者，爲身謀，非國計也；臧宫、馬武是已。國家無事，貪財嗜利之臣，無所僥倖，則必鼓倡兵端，以求其所欲；兵革一動，則金錢貨幣，玉帛子女，何求而不得？若此者，爲身謀，非國計也；陳湯、甘延壽是已。官崇禄厚，無所羨慕，惴惴然唯恐一日失勢，而不得保其所有，則必建開邊之議，以中人主之欲，以久其權，若此者爲身謀，非國計也；楊國忠是已。前侯故將，失職之臣，負罪憂畏，思有以撼動其君，則爭議邊功，以希復進，若此者，爲身謀，非國計也；竇憲是已。古之人臣，逆節已萌，而功效未著，人心未服，則未嘗不因戰伐之功，以收天下之望，若此者，爲身謀，非國計也；桓温、劉裕是已。嗟乎！秦漢以來，説人主以用兵者多矣，或勝或不勝，要之爲國計者至少，爲身謀者如此其多途也。可不鑒哉！可不戒哉！

憫俗論

唐庚

自古諸侯，風俗小大，曷嘗不與其國相稱。齊地負海，膏壤二千里，則其俗闊達寬緩而多智。全晉未分時，在春秋世，最爲彊國，則其俗用意深遠，有古帝王之遺風。鄒、魯居洙泗之間，迫於齊、楚，國小而地狹，則其俗亦復齷齪而謹畏。今天下大矣，堯、舜三代之地，蓋不至於此，民生其間，耳之所聞，目之之所睹，體之所安者壯矣，而風俗之大，不足以稱之，有是理否？風俗非一事，要以人材爲本。今士大夫，達時變，識事情，警敏有餘矣；至於學治道，通大體，氣力度量，足以支久而任重者，未可多得。是豈無有也？有而不容於時〔一〕。今之建言者，類皆薄物細故，非天下所以治亂安危；而士之所言，亦不過趣一切辨治而已，非能有益於宗廟社稷也。學術小，故無大論議；力量狹，故無大功名。以爲上世悉然，則前此風俗嘗廣矣；當是之時，唯恐其疏爾。形勢非有不同，年表日曆非甚相遠，而更病其隘，是必有説矣。吾聞江海之水，必有吞舟之魚，通邑大都，必有千金之家；以四方萬里之國，而非得恢廓宏遠之風以充之，是猶衣九尺之衣，束十圍之帶，高視闊步，而血氣不逾中人也，可乎？建武、永平之治，未必優於西京，而風俗不及者，正其小也。《傳》曰：「不知其形，視其影也。」今百工之所造，商賈之所鬻，士女之所服者，日益狹陋，而一時人物，大率悍而短小，此非其影耶？古之化俗，惡者可使爲善，邪者可使爲正；今俗非有他也，獨患小爾，顧不可使知大乎？

義

公食大夫義

劉敞

食禮，公養賓，國養賢，一也。親之故愛之，愛之故養之，養之故食之。食而弗愛，猶豢之也；愛而弗敬，猶蓄之也。饗禮，敬之至也；食禮，愛之至也。饗爲愛，弗勝其敬；食爲敬，弗勝其愛，文質之辨也。公使大夫戒，必以其爵，恭也已輕，則卑之已重，則是以其貴臨之也。賓三辭聽命，言是禮之貴弗敢當也，弗敢當故難進也。公迎賓于大門內，非不能至于外也，所以待人君之禮也。臣之意欲尊其君，子之意欲尊其父，故迎賓于大門內，所以順其爲尊君之意也。三揖至于階，三讓而升堂，充其意，諭其誠也。於廟用祭器，誠之盡也。君子於所尊敬不敢狎，不敢狎，故神明之，故忠臣嘉賓，樂盡其心也。大夫立于東夾南，西面北上，士立于門東，北面西上，小臣東堂下，南面西上，宰東夾北，西面北上，內官之士在宰東，北面南上，百官有司備，以樂養賢也。設筵加席几，致安厚之儀也。公設醬，然後宰夫薦豆菹醢，士設俎，公設大羹，然後宰夫設鉶啓簋，言以身親之也。賓徧祭，公設粱，宰夫膳稻，士膳庶羞，爲殷勤也。

賓三飯，飯粱以湇醬，此君之厚已也。賓必親徹，有報之道也。庭實乘皮，侑以束帛，雖備物猶欲其加厚焉也。公拜送，終之以敬也。有司卷三牲之俎，歸于賓館，不敢褻其餘也。上大夫八豆，八簋，六鉶，九俎，庶羞二十，其餘衰，是見德之殺也。君子之言曰：愛人者，使人愛之者也；敬人者，使人敬之者也；親人者，使人親之者也；自卑者，使人尊之者也。是故公養賓，國養賢，其義一也。未有愛之敬之，親之尊之，而其位不安者也。未有不愛不敬，不親不尊，而能長有其國者也。將由乎好德之君，則將飴焉，唯恐其不足於禮；將由乎驕慢之君，則將曰，是食於我而已矣。故禮，君子所不足，小人所泰也。孔子食於少施氏，將祭，主人辭曰：「不足祭也。」將飧，主人辭曰：「不足飧也。」孔子退曰：「吾食而飽，少施氏有禮哉！」故君子難親也，將親之，舍禮何以哉？

士相見義　劉敞

自天子至于庶人，皆有摯；摯者致也，所以致其志也。天子之摯鬯，諸侯玉，卿羔，大夫鴈，士雉。鬯也者，言德之遠聞也；玉也者，言一度不易也；羔也者，言柔而有禮也；鴈也者，言進退之時也；雉也者，言死其節也。故天子以遠德爲志，諸侯以一度爲志，卿以有禮爲志，大夫以進退爲志，士以死節爲志，明乎志之義，而天下治矣。故執斯贄也者，執斯志者也。君之摯以事神，臣之摯以養人。惟君受摯者，惟君受養也；非其君則辭摯，不敢當養也。古者，非其君不仕，非其師不學，非其人不友，非其大夫不見。士相見之禮，必依於介紹，以言其不苟合者也。必依於摯，以言其以道親也。苟而合，唯小人而不恥者能之；君子可見也，不可屈也，可親也，不可狎也，可遠也，不可疏也。賓至門，主人三辭，見賓稱摰，主人三辭，摰所以致尊嚴也。大夫以禮相接，士以禮相諭，庶人以禮相同，然而争奪興於末者，未之有也。人苟爲悦而相親若者，未必争；苟爲簡而相親若者，未必怨。是故士相見之禮者，人道之大也，所以使人重其身，而毋邇於辱也，所以使人審其交，而無邇於禍也。唯仕於君者，召而往；未仕而見於君者，冠而奠摰；在邦曰市井之臣，在野曰草莽之臣，君雖召，不往也。是故雖有南面之貴，千乘之富，士之所以結者，禮義而已矣，利不足稱焉。刑罰行於國，所誅者好利之人也，未有好利而其俗不亂者也。無介而相見，君子以爲諂，故諸侯大國九介，次國七介，小國五介。

致仕義

劉敞

自頃有司屢言，士大夫過七十而不致政，請引籍校年而却之，天子弗忍也，以詔戒告之而已。予謂致仕之義，君非使之，臣自行也，宜乎天子弗忍督迫之，而以詔書戒告也。然而天下之老臣，猶自若也，甚矣夫其非天子之意也。故作致仕義。致仕之義，古者大夫七十而致仕，君非使之也，臣自行也。臣雖行之，君曰，是猶足以佐國家社稷也，留之不可失也，於是乎有凡杖之賜，安車之錫，所以致留之也。君留之，臣曰，吾不可貪於人之榮，不可圂於人之朝，不可塞於人之路，再拜稽首，反其室，君不彊焉，義也；毋奪其爵，毋除其禄，毋去其菜邑，終其身而已矣。此古者致仕之義也。此之謂上下有禮。故古者大臣讓，小臣廉，庶人法，百姓不競，由此道也。是以古之爲臣者，不四十不禄，不五十不爵，不七十不致事。四十而禄，爲不惑也；五十而爵，爲知命也；七十而致事，則以養衰老也。不惑，故可與謀大計矣；知命，故可以受大寵矣；養衰老，故可以全節儉，教百姓矣。故古之仕者，爲道也，非爲食也；爲君也，非爲己也；爲國也，非爲家也。是以時進則進，時止則止也；是以進不貪其位，止不慕其權也。凡致仕之義，君曰，畜犬馬不可盡其力，而況士大夫乎？是雖誠賢也，雖誠智也，吾不可盡其力也，此恩之至也。臣曰，爲人臣者不顧力；雖然，吾力不足矣，不可以當社稷之役而蒙干戈之任矣，不可以勞夙夜之慮而苟旦暮之利矣，全而歸焉，亦可已矣，此義之至也。故君以恩御臣，臣以義事君，貪以是息，而讓以是作。今之人則不然，仕非爲道也，而爲食也；非爲君也，而爲己也；非爲國也，而爲家也。是以進不知止，而困不知恥也；是以當老者，上雖屢督教之，而猶莫從也；有司雖痛詆發之，而猶莫顧也。此無它，廉讓之節不素厲，而賞罰之政混也。然則奈何？曰必引籍校年而命之退，則薄於恩而殺於義；必毋引籍校年而待其退，則疾貪位而害民蠹國。均之二者，莫若察有功者而必賞之，無問其齒焉；察無功者而必廢之，無問其齒焉。彼知賞不出於有功，廢不遺於無功也，則震而自謀矣；震而自謀，則賢不肖，去與就決矣，如是亦焉用引籍校年而命之退，以損吾義哉？今夫無功與有功者，皆雜然莫辨也，彼所以得偷容於其間也〔三〕。故夫偷容之人，而欲其畏義由禮，以自潔於繩墨之外，是難能也。聖王之治也，非禮義所誘，則敺之以法；敺之以法，亦不廢其禮義之指，故此法之敺也。嗚呼！爲致仕而卒以法敺也，不已薄乎？其亦出於不得已而爲之者乎！然則又何憚而不爲哉？

校勘記

〔一〕有而不容於時　「而」字明刻本、江蘇局本作「則」。

〔二〕偷容　「偷」原作「論」，據明抄本、明刻本改。

宋文鑑卷第一百二

策

内帑

田況

王者宫天下，家六合。風化普暨，孰非王土；經産雜出，悉爲邦賦。故守之以至德，推之以大公，調度所共，皆有藝極；國計之外，不聞私積。《周禮》内府受九貢，以待邦之大用；外府供百物，以待邦之小用；以此故有内外之異，非天子之私藏也。若或任聚斂之臣，規藴蓄之厚，雖恭儉之主，啬用而致，然於德音無所益也；况繼統之君，席有其富，或肆侈靡，以遺患乎？唐明皇踐祚之初，鋭意於理，躬履儉德，述宣醲化，後之言治者，比開元如正觀。逮乎末年，乃恃泰寧，内縱奢樂。權臣怙寵，巧説媚上，以謂賦税所取，則歸之有司，以濟用度；進獻所入，當納于天子，以奉宴私。明皇悦之，遂爲瓊林、大盈之庫。王鉷每歲進錢百億，皆云不出租庸，侵牟黎元，厚餌寇盜；厥後韋皐、李兼、杜亞、劉贊之徒，競爲貢奉，曲祈恩寵；至於裴肅，窮賈鬻之利，以遷廉察；嚴綬傾軍府之資，以拜刑曹，末俗流風，遂而莫禦，陸贄嘗爲德宗備陳其失，可謂切至端嚴之論也。國家開疆窮朔南，建號侔周、漢，舟車所達，上給中都。而計利之司，稽勾繁廣，研及圭撮，歲求倍蓰；加以鳴社慶辰，升煙大祀，册禮昭縟，容典交修；九州之人，無不咸獻其力，四海之內，各以其職來祭，衰於公賦，輸之內帑，雖異乎唐室方貢之物，然亦非邦計之羨餘也。往歲軍須不充，計臣致請內出錢幣，謂之假貸；職掌之者，旋復追索。經遠之士，咸以爲非。且王者之於貨財，豈有內外，國家之有天下，豈有公私，使外足而內不足，君孰與不足？私足而公不足，君孰與足？昔漢文之享御也，施利澤，省繇費，民有餘力，國有滯財。孝武得不因其資而騁嗜奔慾，黷兵黷武。用既殫費，執不可已。於是桑羊、孔僅之徒專務功，而榷酤、算緡、坐市、販物、鹽鐵、鈦趾〔一〕、株送、補郎之法，流弊於千古矣。嚮非高祖、文帝之德，洽著於前；昭帝、霍光之勤，休息於後；則生民虛耗，未易集也。靈帝之世，多蓄私藏，中上方歛諸郡之歛、諸郡之寶，中御府積天下之繒，民困調繁，目爲導行之費，漢家業衰於此矣。漢室尚爾，矧陳、隋之末世乎？是府庫之積不爲私也，章章矣。今縱未能盡出所積，以付逭司，亦當际豐凶之年，卹疲羸之俗，去出納之吝，通內外之財，俟乎下民寬饒，大計盈給，然後內於別藏，歛其餘貲，亦不爲過也。抑又聖人大寶曰位，見於《易繫》；天子不私求財，存乎書法。蓋寶乎位，則它物非足寶，私乎財，則何舉不爲私，以是而言，所本尤大。若天心獨捨近謀遠，則無窮之慶及於萬嗣矣。

敍燕　　尹洙

戰國世燕最弱。二漢叛臣，持燕挾虜，蔑能自固。以公孫伯珪之彊，卒制於袁氏。獨慕容乘石虎亂，乃并趙。雖勝敗異術，大槩論其彊弱，燕不能加趙，趙、魏一，則燕固不敵。唐三盜連衡百餘年，虜未嘗越燕侵趙、魏，是燕獨能支虜也。自燕覆於虜，虜日熾大。顯德世宗雖復三關〔二〕，尚未盡燕南地。國初虜與并合，勢益張，然止命偏師備禦；師伐蜀，伐吴，泰然不以兩河爲顧，是趙、魏足以制虜明矣。并寇既平，悉天下鋭，專力於虜，不能攘尺寸地。頃嘗以百萬衆駐趙、魏，訖敵退莫敢抗，世多咎其不戰，然我衆負城，有内顧心，戰不必勝，不勝則事亟矣，故不戰未當咎也。原其弊在兵不分，設兵爲三壁于争地，掎角以疑其兵，頓堅城之下，乘間夾擊，無不勝矣。蓋兵不分有六弊：使敵蓄勇以待戰，無他支捂，一也；我衆則士怠，二也；前世善將兵者，必問幾何，今以中才盡主之，三也；大衆儻北，彼遂長驅，無復顧忌，四也；重兵一屬，根本虚弱，纖人易以干説，五也；雖委大柄，不無疑貳，復命貴臣監督，進退皆由中御，失於應變，六也。兵分則盡易其弊，是有六利也。勝敗兵家常勢，悉内以擊外，失則舉所有以棄之，苻堅淝水、哥舒翰潼關是也。是則制敵在謀不在衆。以趙、魏、燕南，益以山西，民足以守，兵足以戰。分而帥之，將得專制；就使偏師挫衄，它衆尚奮，詎能繫國安危哉？故師覆于外，而本根不摇者，善敗也。昔者六國有地千里，師敗於秦，散而復振，幾百戰猶未及其都，守國之固也。陳勝、項梁舉關東之衆，朝敗而夕滅，新造之勢也。以天下之廣，謀其國不若千里之固，而襲新造之勢，徼幸於一戰，庸非惑哉？兵久弭，士大夫誦聖，謂百世不復用，非甚妄者不談；然兵果廢則已，儻後世復用之，鑒此少以悟世主，故迹其勝敗云。

息戍

尹洙

國家割棄朔方，西師不出三十年，而亭徼千里，環重兵以戍之，雖種落屢擾，即時輯定，然屯戍之費亦已甚矣。西戎爲寇，遠自周世，西漢先零，東漢燒當，晉氐羌，唐禿髮，歷朝侵軼，爲國劇患。興師定律，皆有成功，而勞弊中國，東漢尤甚，費用常以億計。孝安世羌叛，十四年用二百四十億；永和末，復經七年，用八十餘億；及段紀明用，裁五十四億，而剪滅殆盡。今西北涇原、邠寧、秦鳳、鄜延四帥戍卒十餘萬，一卒歲給無慮二萬，平騎卒與冗卒較其中者，總廩給之數，恩賞不在焉，以十萬較之，歲用二十億。自靈武罷兵，計費六百餘億，方前世數倍矣。平世屯戍，且猶若是，後雖無它警，不可一日輟去，是十萬衆有益而無損明也。國家厚利募商入粟，傾四方之貨，然無水漕之運，所輓致亦不過被邊數郡爾。歲不常登，廩有常給，頃年亦嘗稍匱矣。儻其乘我荐飢，我必濟師，饋饟當出於關中，則未戰而西夏已困，可不慮哉？按唐府兵，上府千二百人，中府千人，下府八百人。爲今之計，莫若籍丁民爲兵，擬唐置府，頗損其數。又今邊鄙雖有鄉兵之制，然止極塞數郡，民籍寡少，不足備敵。料京兆西北數郡，上户可十餘萬，中家半之，當得兵六七萬。質其賦無它易，賦以泉石者不易以五穀，畜馬者又蠲其雜傜。民幸於庇宗，樂然隸籍。農隙講事，登材武者爲什長隊正，盛秋旬閲，常若寇至。以關内河東勁兵傳之，盡罷京師禁旅。慎簡守帥，分其統，專其任。分統則柄不重，專任則將益勵。堅於守備，習其形勢；積粟多，教士鋭；使虜衆無隙可窺，不戰而慴。兵志所謂「無恃其不來，恃吾有以待之。」其廟勝之策乎！

兵制

尹洙

今之戎狄，地兼燕、凉，然彊大之勢，未過乎前世。中國士卒，專力武事，非若古者籍兵於民，農戰兼用者也。是中國兵勝於古，夷狄不勝於古也。古者中國鞭笞四夷而役屬者有之，給繒帛以懷來者有之，與之戰或勝或負者有之；今厚賂以厭其求，惟恐不及，或與之較，未嘗一勝焉，其故何哉？非夷狄之兵彊，非中國之兵弱，法制之失也。何謂法制之失？以吏事而制戎事也。爲今而言，策之長在戰與守，策之失在禦與救。廢策之長，用策之失，所以亟敗也。假以虜事言之，若聞其將寇我境，我之大將不計敵衆寡之勢，不論戰遲速之利，必分兵禦之；禦之不勝，制令者曰，吾知出兵而已；行者曰，吾知奮命而已；朝廷必薄其責，議者亦置其罪。苟不禦之，雖全其師，朝廷誅其逗留，議者稱其畏懦，此所以必禦之也。若聞一城被圍，不計受攻之急緩，不論城壘之堅脆，必盡鋭救之；救之不勝，制令者曰，吾知救之而已；行者曰，吾知死之而已；朝廷必薄其責，議者亦置其罪。苟不救之，雖城獲全，朝廷咎其不進，議者言其坐觀，此所以必救之也。禦與救，非將之罪也；以吏事制戎事，法制之失也。或曰：禦亦戰也，救亦戰也，禦與救皆爲失策，何謂戰爲長策也？夫禦與救非利戰，不得已而戰也，非我利則敵之利也。所謂戰者，我利則戰，不利則不戰，先計而後戰者也。先計而後戰，鮮不勝矣；不幸而不勝者，將之罪也。然則中國之爲守備久矣，何得謂守爲長策而廢不用也？所謂守者，方面之守，非一堡一障之守也，非尺寸之地守也〔三〕。今敵入吾地，不計衆寡利害而禦之；敵圍吾城，不計堅脆急緩而救之；禦之必敗，救之必敗，兵潰于外，民潰于内，失所以爲守矣。守方面者異于是，使城自守，毋望救兵之出。蓋兵不出則勢不分，勢不分則有以待之。夫待之者，不戰則敵疑，作戰則敵懼，必戰則敵北。能守所以辦戰，能戰所以濟守，明戰守之利而不得志於夷狄者，未之有也。

根本

石介

善爲天下者，不視其治亂，視民而已矣。民者國之根本也，天下雖亂，民心未離，不足憂也；天下雖治，民心離，可憂也。人皆曰天下國家；孰爲天下？孰爲國家？民而已。有民則有天下，有國家；無民則天下空虚矣，國家名號矣。空虚不可居，名號不足守，然則民其與天下存亡乎！其與國家衰盛乎！自古四夷不能亡國，大臣不能亡國，惟民能亡國。民，國之根本也，未有根本亡而枝葉存者，故桀之亡以民也，紂之亡亦以民也，秦之亡亦以民也。漢有平城之危，諸吕之難，七國之反，王莽之奪，漢終不亡，民心未去也。唐有武氏之變，禄山之禍，思明、朱泚、宗權、希烈諸侯之叛，唐終不亡，民心未去也。夫四夷大臣，非不能亡國，民心尚在也。觀漢高祖、文、景、唐太宗，其有以結民心之固。王莽奪取，漢已亡矣，而民尚思漢恩未已，故光武乘之中興。武氏、禄山、滔、泚、思明、宗權、希烈諸侯之亂，唐已亡矣，而民尚思唐德未已，故終至於三百年。民之未叛也，雖四夷之彊，諸侯之位，大臣之勢，足以移國，足以傾天下，而終不能亡也。莽等不能亡漢，武氏、禄山諸寇不能亡唐是也。民之叛也，雖以百里，雖以匹夫，猶能亡國；湯以七十里亡夏，文王以百里亡商，陳勝以匹夫亡秦是也。噫！民之未叛也，雖四夷、諸侯、大臣不臣，不能亡國，況匹夫乎？民之叛也，雖匹夫猶能亡國，況四夷乎？矧諸侯乎？矧大臣乎？噫！爲天下國家者，可不務民乎？《書》曰：「可畏非民？」孟子曰：「民爲貴，社稷次之，君爲輕。」故古之天子重民也，不敢侮於鰥寡。民雖匹夫也，有姦雄，有豪傑，有義勇。伊尹、吕望義勇也，陳勝豪傑也，黄巢姦雄也。伊尹、吕望不忍桀、紂之民塗炭，奮於耕釣，起佐湯、武，放桀係紂，義勇矣夫！陳勝不堪秦之民役苦，憤然舉兵以誅秦，豪桀矣夫！黄巢伺唐之隙，因民之飢，聚兵以擾天下，姦雄矣夫！《書》曰：「可畏非民？」有姦雄，有豪傑，有義勇，可不畏乎？是以聖人不敢侮於鰥寡，蓋不可以匹夫待民也。孟子謂民貴、社稷次、君輕，蓋不敢以萬乘驕民也。吁！昏君庸主，不知民爲天下國家之根本，以草莽視民，以鹿豕視民，故民離叛，天下國家傾喪，嗚呼，民可忽哉？臣觀太祖皇帝、太宗皇帝、真宗皇帝、皇帝陛下，養民勤矣，愛心至矣，然而天下之民困，其故何哉？郡守縣令濫也，僧尼多也，祠廟繁也，差役重也，支移遠也，貢獻勞也，館驛弊也，吏易數也，兼并盛也，游墮衆也。今欲息民之困，在擇郡守縣令，減僧尼，禁祠廟，省差役，罷支移，停貢獻，寛館驛，久使任，抑兼并，斥游墮。謹求其利病，而各著于篇。

明禁

石介

國家之禁，疏密不得其中矣。今山澤江海皆有禁，鹽鐵酒茗皆有禁，布綿絲枲皆有禁，關市河梁皆有禁。子去其父則不禁，民去其君則不禁，男去耒耜則不禁，女去織紝則不禁，工作奇巧則不禁，商通珠貝則不禁，士亡仁義則不禁，左法亂俗則不禁，淫文害正則不禁，市有游手則不禁，官有游食則不禁，衣服踰制則不禁，宫室過度則不禁，豪彊兼并則不禁，權要横暴則不禁，賄行於上則不禁，吏貪於下則不禁。夫子去其父，則亂也；民去其君，則叛也；男去耒耜，女去織紝，則離其業也；工作奇巧，商通珠貝，士亡仁義，則棄其本也；左法亂俗，則中華夷也；淫文害正，則經籍息也；市有游手，官有游食，則公私憧也；衣服踰制，宫室過度，則上下僭也；豪彊兼并，權要横暴，則貧人困也；賄行於上，吏貪於下，則公道闕也；如是而不禁。彼山澤江海，人所取財也；鹽鐵酒茗，人所取資也；布綿絲枲，人所取用也；關市河梁，人所取濟也；而禁。豈先王之法乎，三代之制乎哉？或曰：如何則先王之法也，三代之制也？曰：惟禁其不禁而弛其禁，則先王之法也，三代之制也。

責臣

石介

《大過》上六，君子矣，心在救時，至於滅頂凶而無悔；且當棟橈之世，居無位之地，而過涉以扶衰拯弱，可謂君子矣。今國家有西北邊之憂，聖君夙夜勤勞，日旰不食。重擇大臣，付以專征。大官以寵之，富禄以厚之，節旄以榮之。宜竭智力以幹乃任，盡謀策以濟厥事。智力竭矣，謀策盡矣，然後以死繼之可也。乃偃蹇君命，優游私家，謂聞金鼓之震天，不若聞絲竹之淫耳；謂見羽旄之翳目，不若見趙衞之侍前；謂若被甲胄，不若服輕紈；謂若冒矢石，不若御重裘；不竭智力，不盡謀策，乃稱才不稱任；飲食加多，筋力完壯，乃謂病不任事；上以罔於君，下以欺於人，以圖其身之安。噫！國家久安無事，乃將乃相，爾公爾侯，貪榮取寵，不知休止；聚財積貨，不知紀極；飽而嬉，醉而眠；問則陳功勞，叙閥閱，矜材能，薦智略；恨爵位之不高，任使之不先；曾不曰才不稱任，病不任事。國家一日有邊鄙之憂，聖君倚之以安，則曰臣病，臣不才，至於兩銓、三班院除人，往西北邊去，多不肯行。嗚呼！食人之禄，死人之事，況聖君英威睿武，仁行如春，義行如秋，敢兹不肅，是臣得以慢君，君不能以使臣也，天子之命，豈不行乎？《傳》曰：「四郊多壘，卿大夫之辱也。」又曰：「主憂臣辱。」大官以被其身，富禄以厚其家，四郊多壘，則曰非我之辱也，主憂則曰非我之事也；有官責而不勤其官，矧在於無位之地乎？吾是以責斯人而賢「上六」也。嗚呼！賴聖君洪覆如天，不以寘諸法，若有如孔子者出，則當以春秋亂臣同誅矣。

言治　劉敞

爲治者有其迹矣，而迹未必可復也；語治者有其言矣，而言未必可常也；遺迹而因於時，忘言而徇於理，治之大方也。故昔者無懷氏、神農氏封於太山，禪於梁父者，七十有二君，而治未嘗同，此道之謂也。崔寔論爲政，仲長統善之。賈誼謀匈奴，班固非之。自漢以來，莫謂不然。寔之言曰：「明君者，以嚴致平，非以寬致平也。」大宋之興，剗五代之敝，除其苛虐，吏以鞭朴赦贖爲治，而天下以寧。南至交趾，北至幽都，東漸于海，西被于流沙，外無彊桀之虜，内無群黨之寇，民不見金革之患者，於今百年，自三代以來，未嘗有也。此可謂以嚴致平者乎？固之言曰：「誼欲試屬國，設五餌三表以鈞匈奴，其術已疏矣。」先帝與戎約和，内愛百姓，外親隣國，略循誼之策，而匈奴服從，至今五十餘年，自三代之盛，講信脩睦，附疏柔遠，亦未嘗有若此其久也，可謂術已疏者乎？從此觀之，爲治者因於時，而迹不足守也；語治者徇於理，而言不足專也。故自詩、書、禮、樂治世之具者，皆遺迹而求其所以迹者也，忘言而索於所以言者也，非仲長統、班固之徒所能見也。

明禮

蔡　襄

二帝三王相因，作禮樂以正民性，革其非心，使之寡罪而遠刑，通萬世之法也。秦任兵刑而棄禮樂，漢、魏以還至晉，日用干戈，禮典殘缺，至於民俗盡矣。唐興，四方治定，欲有所爲，制作雖具，朝廷之禮，時亦修舉，而風教習尚，各隨其俗。五代禍亂，日不遑暇，專以刑治之。宋興五十餘年，太祖、太宗平天下，皆以兵威助治。真宗皇帝，契丹結好之後，遂至無事，朝廷禮文，罔不修舉。仁宗皇帝，好生卹刑，澤及禽獸。然四方之俗，未聞由禮，尚專用法。法者，網羅過咎而施刑耳。臣請以一二事言之，冠婚葬喪，禮之大者，冠禮今不復議，婚禮無復有古之遺文，而喪禮盡用釋氏，獨三年日月則類古矣。臣請集大儒鴻博之士，約古制而立今禮，使百官萬民，皆有等夷，便而易行，遠罪省刑之一途也。

去冗

蔡　襄

治天下者如治家。凡民之家，隨其富貧，視其族屬幾何，一歲之費幾何，賓客之資，公上之須，復用幾何，度其家之所入，然後量力而出之，如是乃可以爲家計也。不如是，其家無以自給，則族屬不得自少不知也。樞府不知財用，日日添兵，而財用有無不知也。三司使，守藏吏也；歲了一歲，便爲辦事；不幸有邊境之急，必取於民。譬之家計，是不度所入，不量所出，國不富實，陛下未得高枕而優游。臣故謂兵冗爲大，其次又有官冗。今且以轉官一事言之。太祖、太宗朝，仕宦者或有功勞，或有名譽，則拔任其人，人莫不勸；然以孤遠守常之人，湮沉不遷者有之。真宗設三年磨勘之法，然後孤遠守常之人，與夫權要圖進之士無異也。日月既久，漸以成俗，雖有長材異能出衆人者，有小過累，未可遷也；但能飲食言語，於人無忤者，數月必遷，此三年一遷之法，今爲大弊也。祖宗時，卿監郎中，無數十人，觀今班簿姓名可見也。天下州軍三百餘處，合入知州軍凡幾何人？局少員多，每至除授，待闕須一二年；通判、知縣之類，率皆如此。真宗時，選人磨勘，有遷京官者，有不遷者；仁宗時，但無過咎，無不轉官。官冗如此，豈可不思其變更之術也哉？去冗百端，此二者最大。願陛下熟思之，漸求消冗之說。

校勘記

〔一〕鈦趾　「鈦」各本均作「鈦」，誤。按，《史記·平準書》：「敢私鑄鐵器、煮鹽者，鈦左趾。」今據正。

〔二〕顯德世宗　明抄本「世」下空白，明刻本、江蘇局本無「宗」字。按，顯德，後周世宗年號。

〔三〕非尺寸之地守也　疑「之地」二字誤倒，或「地」下脱「之」字，方與上句句法一致。

宋文鑑卷第一百三

策

原賞

蔡襄

古之所謂賞者，有大功則賞之；臨兵戎者，前死有榮，退生有辱，雖小功必賞，以其履死地也。今之臣一切務賞，何謂賞？所謂酬獎者是也。守土之臣，刺史縣令，招徠逃户，磨勘税賦，皆其職所當爲之；不修其職，罪當罰也。今有爲之者，必自陳而求賞；不立賞格，則不爲也。天子斂生民之財以禄之，分職位以寵之，借威權以使之，可謂至矣；而於官守常事，動卽求賞，天子豈與羣臣爲市道哉？至於茶鹽酒税之局，物物皆有賞格；下至吏人百姓，莫不皆然，此爲政之弊也。戰功必賞也，捕賊之法必賞也，功異於常者賞也。其餘無名酬獎，可漸罷之，以正官守之法也。

禮法

鄭獬

孔子作《春秋》，常事不書，變禮則書，明聖人之典禮中國世守之，不可以有變也。甚矣，浮屠氏之變中國也。浮屠，夷禮也。古者建辟雍，立太學，以育賢士。天子時而幸之，躬養三老五更，習大射，講六經，用以風動天下之風教。而今之浮屠之廟，蘿蔓天下，或給之土田屋廬，以豢養其徒。天子又親臨之，致恭乎土木之偶。此則變吾之辟雍太學之禮而爲夷矣。古者宗廟有制，唐、虞五廟，商、周七廟；至漢乃有原廟，行幸郡國及陵園皆有廟，漢之於禮已侈矣。而今之祖宗神御，或寓之浮屠之便室，虧損威德，非所以致肅恭尊事之意也。此則變吾之宗廟之禮而爲夷矣。古者日蝕、星變、水旱之眚，則素服避正殿，減膳撤樂，責躬以答天戒。而今之有一災一異，或用浮屠之法，集其徒，螺鼓呶譟而禳之。此則變吾之祈禳之禮而爲夷矣。古者宫室之節，上公以九，侯伯以七，子男以五；惟天子有加焉，五門六寢，城高七雉，宫方千二百步。而今之浮屠之居，包山林，跨阡陌，無有裁限，穹桀鮮巧，窮民精髓，侈大過於天子之宫殿數十百倍。此則變吾之宫室之禮而爲夷矣。古者爲之衣冠，以莊其瞻視，以節其步趨，禁奇衺之服，不使眩俗。而今之浮屠髠首不冠，其衣詭異，方袍長裾，不襟不帶。此則變吾之衣冠之禮而爲夷矣。自有天地，則有夫婦，則有父子，則有君臣；男主外，女主內；父慈子孝；天子當扆，羣臣北面而朝事之。而今浮屠不婚不娶，棄父母之養，見君上未嘗致拜。此則變吾之夫婦、父子、君臣之禮而爲夷矣。古者喪葬有紀，復奠祖薦虞祥之祭，皆爲之酒醴牢牲籩豆鼎簠享薦之具。而今之舉天下凡爲喪葬，一歸之浮屠氏；不飯其徒，不誦其書，舉天下詬笑之，以爲不孝；狃習成俗，沈酣潰爛，透骨髓，入膏肓，不可曉告。此則變吾之喪葬之禮而爲夷矣。故自古聖人之典禮，皆爲之淪陷，幾何其爲不盡歸之夷乎？使孔子而在，記今之變禮者，將操簡濡筆特書之不暇，而天下方恬然不爲之怪，朝廷未嘗爲之禁令，而端使之攻穿壞敗。今或四夷之人，有扣弦而向邊者，則朝廷必擇帥遣兵以防捍之；見一虜夫；一獠民，必擒捽之，束縛之，而加誅絶焉。彼之來，小不過利吾之囊篋囷窖牛羊；大不過利吾之城郭土地而已。而浮屠之徒滿天下，朝廷且未嘗擒捽束縛而加誅焉；反曲拳跪跽而尊事之。彼之所利，乃欲滅絶吾中國聖人之禮法，其爲禍豈不大於扣弦而向邊者耶？豈莊子所謂「盜鉤金者誅，盜國者爲諸侯」者耶？夫勝火者水也，勝夷狄者中國也。中國所以勝者，以有典禮也。宜朝廷敕聰博辯學之士，删定禮法，一斥去浮屠之夷，而明著吾聖人之制，布之天下；上自朝廷，下至士大夫，俾遵行之，禮行而中國勝矣。中國勝，則爲浮屠氏之説，又何從而變哉？

資格

孫洙

三代而下，選舉之法何紛紛乎？其法始得者終必失也。故孝廉之始得也，人務本行也；其終失也，計口繆舉也。辟署之始得也，人樂自修也；其終失也，流競成俗也。限年之始得也，敦德養器也；其終失也，少成不貴也。九品之始得也，家舉人興也；其終失也，愛憎在吏也。清議之始得也，名實相尚也；其終失也，浮僞相沮也。銓選之始得也，權不外假也；其終失也，美惡同流也。故孝廉失之繆，辟舉失之詭，限年失之同，九品失之僞，清議失之激，銓選失之雜，是六者之法，皆足以救一時，而不足以通百世也，故始終而各有得失焉。今始終一切皆失者，其國家資格之法乎！臣請言其弊：今賢材之伏於下者，資格閡之也；職業之廢於官者，資格牽之也；士之寡廉鮮恥者，争於資格也；民之困於虐政暴吏者，資格之人衆也；萬事之所以玩弊，百吏之所以廢弛，法制之所以頽爛決潰而不之救者，皆資格之失也。

惟天之生大賢大德也，非以私厚其人，將使之輔生民之治者也。惟人之有大材大智者，非以獨樂其身，將以振生民之窮者也。今小人累日而取貴仕，君子側身而困卑位。賢者戴不肖於上，而愚者役智者於下。爵不考德，禄不授能。故曰賢材之伏於下者，資格閡之也。才足以堪其任，小拘歲月而妨之矣；力不足以稱其位，增累考級而得之矣。所得非所求也，所求非所任也。位不度才，功不索實。故曰職業之廢於官者，資格牽之也。今夫計歲閥而爭年勞者，日夜相鬪也。有司躐一名，差一級，則攝衣而羣爭懟矣；其甚者或懷黄敕而置于丞相之前也。其行義去市賈者亡幾耳。故曰士之寡廉鮮恥者，爭於資格也。來而暴一邑，既歲滿矣，又去而虐一州也。非以贓敗，至死不黜。虎吏齵牙而食於民，賢者鬱死於巖穴，而赤子不得愛其父母也。故曰民之困於虐政暴吏者，資格之人衆也。夫資格之法，起於後魏崔亮，而復行之於唐之裴光庭，是二子者，其當世固已罪之，不待後世之譏矣。然而行之前世，不過數十年者也，後得稱職者矯而更之，故其患不大。今資格之弊，流漫根結，踵爲常法，方且世世而遵行之矣；往者不知非，來者不知矯。故曰萬事玩弊，百吏廢弛，法制頽爛決潰而不之救也。雖然，不無小利也，小便也。利之者，惷愚而廢滯者也；便之者，耋老而庸昏者也；而於天下國家焉則大失也，大害也。然而提選部者，亦以是法爲簡而易守也，百品千羣，不復銓叙人物而綜覈功實，一吏在前，勘簿呼名而授之矣；坐廟堂者，亦以是法爲要而易行也，大官大職，列籍按氏，差第日月，遝然而登之矣。上下相冒，而賢材去愈遠[一]，可爲太息也。爲今之急，誠宜大蠲弊法，簡拔異能，爵以功爲先後，禄用才爲序次；無以積勤累勞者爲高叙，無以深資久考者爲優選。智愚以別，善否陳前，而萬事不治，庶功不熙者，臣愚未嘗聞也。

嚴宗廟

孫　洙

臣嘗考《洪範五行傳》曰：「簡宗廟，廢祭祀，則水不潤下。」國家比年以來，京師仍歲大水，百川暴溢，變異甚大，臣伏思之，切恐陛下承事宗廟之禮，及四時之祭，有未合古制者也。臣聞古者宗廟四時之祭，礿祠烝嘗禘祫，皆天子所自親享，不使有司攝事也。蓋聖人內自竭盡，以承其親者惟祭，祭非自外至，由中出，生於心也。古者宗廟之祭，君親牽牲，執鸞刀以割，冕而揔干，以樂皇尸，其躬自力以致其誠心如此之盡一也。及周衰，禮壞樂崩，典籍皆滅棄。漢興草創，禮之存者，才十二三事；宗廟之禮，蓋闕如也；然猶四時車駕間出享廟，及八月飲酎，以盡孝思。繼漢而下，荒乎無以禮樂爲也。唐之盛時，可以制作矣，而宗廟之祀，亦踵習舊常；開元之禮，雖有天子四時親享太廟之制，而行之蓋希闊，帝王之親享廟者，一世不過再三焉。豈三代祭法終不可復也？而百世莫之行者，相循而失也。今國家宗廟之事，每歲四孟及季冬凡五享，三年一祫，五年一禘，皆有司侍祠，而天子未嘗親事也；唯三歲親郊，一行告廟之禮而已；而五神御殿酌獻，一歲徧焉；是失禮經之意，而相循近世之失也。夫四時宗廟之祭，大事也；神御別殿酌獻，小禮也；大事不正其本，而委之有司；小禮煩，而車駕數出；不合禮意矣。夫王者卜宅都邑，營建神位，而左立七廟，誠宜世世子孫嚴祗而奉承之；瞻視梁棟而時思之，以永念王業之艱難也。今春秋霜露之感，禘祫昭穆之序，禮之最所重者，一諉於祠官矣；而神御酌獻，三歲告謁，禮之輕者，而天子躬焉；非嚴祖尊考之義也，非事神訓民之意也。嗚呼！宗廟之事，王者不自親，由漢氏以來失之矣，而百世之君曾不知復也。今京師浮圖、老子塔廟，或遇水旱，陛下皆親禱祠之，及歲時游幸亦至焉；而祖宗神靈之廟貌，四時唯有司侍祠，三歲郊見而才一至也，豈陛下孝思之至乎？夫使有司侍祠，則犧牲醴酪或不能致其潔，容禮服器或不能竭其恭，此神靈所以未降福也。陛下與其修祈禳於浮圖老子之祠，曷若盡孝思於祖宗之廟也；與其歲行酌獻之小禮，曷若以四時親享，而示大孝於天下也。臣竊思陛下至孝烝烝，非不能也，直以禮久不講，而大費不可省爾。臣謂今之吉禮，在與籍者蓋粲然矣，而享祭之禮，又磅礴大備，以陛下之明聖，舉而措之，非甚難也。然而議者謂法駕一動，大費不可貲，臣又謂議者之過憂也。國家之禮，常病於吝小費而失大典，文采繁而誠質薄。故朝廷每舉一廢禮，若籍田、明堂之類，觀聽者以爲異，則內外厚冀賚賜，百官過幸增秩。蓋國家議禮太繁，名物太縟，故百禮常病不能舉也。今若詔太常禮官，約其禮，簡其儀，盡去繁飾；大駕不動，鹵簿不設，如唐之禮，享廟拜陵，皆用小駕，今且如常日行幸，罷每歲神御別殿酌獻，而以四時親薦享廟。前期齋於路寢，以其日質明，車駕謁太廟，親享七室。以盡陛下嚴祖尊考、事神訓民之誠心，豈不美哉？夫禮簡則誠至，儀略則易行。《傳》曰：「禮與其恭不足而禮有餘也，曷若禮不足而恭有餘也。」祖宗唯享陛下之誠，百姓唯樂陛下之孝，不在乎禮文之繁具也。陛下起百王之廢典，紹三代之墜禮，使大孝塞乎天地，而橫乎四海，又以答塞《洪範傳》大水之異。何則？四時親享廟，前世未有行者，由陛下而立制，使萬世子孫承之，是天下之盛福也。臣愚妄議大禮，惟陛下少留聖意而幸擇！

擇使

孫　洙

今北虜彊，抗中夏若古之大敵國，聘問歲至，日窺吾國家之隙，暴侮甚矣。朝廷比遣使介，初不擇人，頗無辯對之材，可使張明中國之威信，以讋伏戎虜之心者。苟欲以戎人幣賜寵之，故所遣使人，不復有稱於絶域者；徒侈潔車服，整飾騶旅，以夸視於夷落；細禮曲謹，悉受訓策；屈膝虜庭，拜望跪起，少不敢輒異；還上語記，一辭不中繩度，則按以重罪，罷遣削黜矣。雖復間選左右名德方重之臣，然皆束於儀矩，屈鬱憤結，俯仰上下，雖有勁辭直氣，奇謀博辯，刀筆在後，蓄不得發；其毅然欲存國大體者，法吏反以爲生事，而左遷之。故妄庸之臣，苟欲畢事，低首下視，喑不敢高吐氣，甚者或發狂疾以自免；或對館人醉舞跳踉，笑呼妄詬，重爲黠虜之所姍笑。彼戎主方驕，吾以繁禮妄説之，未足怪也。至於髽首之胡，館勞王人者，亦復狂誕，晨夜皆邀枉王人屢省，而蹇仰自便，甚可怪也。夫以堂堂中國，而一介之使如此，折辱天威，墮損國命，臣切羞之。昔漢鄭衆，不忍持大漢節，對氊裘獨拜，而拔刀自誓；唐商倚堅立不動，責可汗之失禮；李景略以氣制梅禄，坐受其拜；近者晉天福中，王權猶曰：義不能稽顙於穹廬之長，而違詔得罪，欣然就貶；故大節之士，直躬徇義者，非私一身，而以尊主上重國家也。今陛下待虜過厚，責使者之法太密，故不復有倜儻偉節之士，立威名於戎虜，而使虜知中國之多賢也；而使者亦復氣息奄然，不自振起，唯戎人之所嫚視而倨侮之。臣聞古之大夫出疆，有可以安國家定社稷者，專之也。又曰「受命不受辭。」何則？機事之會，間不容一息，樽俎之間，折衝萬里，豈復拘以應對之細，失容貌之苛謹哉？陛下宜與大臣，預擇廷臣辯論通古今、剛直有威望者，俾使北庭，使一言足以雄中國之威，奪彊胡之氣，譬説禍福，以厭抑貪狼之心；其舉動言辭小不合者，無法以繩之，非有大過，類可闊略，使得馳騁辯博，應變不窮，則專對造命之士出矣。

敦儉

錢彥遠

臣聞享四海之奉者，文采藩飾，備味極盛，勢適當然，豈過自刻損，稱爲儉德？蓋去泰甚，屏奢侈之爲儉爾。一人儉則百官儉，百官儉則庶民恥費敦樸。浮嚣輕僞，無所售利。農夫工女，完固充給。我太祖、太宗，知稼穡艱難，奉養清約，裁冗貶侈。今郊廟大禮，陳國初器械車服，堅樸素質至甚，餘可追驗矣。先帝雖據太平全盛之實，然儉節聖躬，嘗見内直黄門給錦衾，命紫裀代；幸西京時，嬪御食品，準從駕羣臣。天禧間，欲禁塗金飾，下詔自乘輿始，朞月遠邇杜絶，化之之誠，耆老于今稱道。陛下嗣位，音樂宫室車馬亡所加，近歲差踰前。臣疏遠，不悉時事，但聞調諸官署財物爲玩好頗衆；北門内作工，雕鏤鎔冶刻削幾千人；復以太官調絜竉略，就近署私立饔爨，後苑置酒府醞釀，共燕昵之須；宫中發取市物，百賈震動；掖廷親戚，亟齒班列，佩印綬，給侍禁省。是數者皆無益睿明。臣料此誠左右佞諂，恐天聰納諫切厲，兢兢畏天下過己，始相與迎志先意，隱屏爲此，快一時欲，圖少頃兑説賜予。放宕流溢，源發有漸。殊不知暴於外，則愈損美德。謹按，禮：王者皮弁以食，重身防微，故有和食醫，嘗食監，失飪瘝職則刑。而别庖所薦，異内羞正饌，旋取區肆間；或非時珍怪，不問從出，不思時禁止；小使三數人庀其事，陛下安自輕御焉〔三〕，奈宗廟社稷何？臣之深憂也。且京師四方，回首易聽，取爲表式。今縱未大失，風俗已溢。《經》曰：「上好是，下必有甚者。」臣視貴臣家，悉相燿以技巧聲色狗馬；或竊蓄尚方器物，起屋室跨通衢大路。富商豪族，歆慕結納，貨賂上流。緣而民益貧，游手益衆。猾細作淫巧，日變月新，謍媚富貴耳目。且利令智昏，盛令心驕；昏則慮不精，驕則所惜重。元僚邇臣，安危所托，使昏且驕，復何望耶？昔秦王責范雎，以楚鐵劒利，優倡拙，吾恐其圖秦。夫倡優巧拙小節也，古人用覘勝負，況奢儉乎？使天下聞之可也，四夷聞之不可也。臣嘗行都下，見先朝宰相若吕端、李沆，舊第存焉，窮僻庳陋；今公卿隸人所舍或加之。蓋當時法令肅而習尚正也。故衣弋綈，焚雉頭裘，是迺帝王末事，前史皆書之者，顧治亂所繫，迺深美絶稱，聳示後世。陛下宜醇法列聖成績，歷攷三代所以得失。凡違典章舊制者亟罷，揭還有司。抑減內寵之勢，其父子兄弟，纔賜衣食，不命以要官劇職。諸郡國纖靡輕綃之服，止其歲輸；雕纂奇器，毀斥破撤；藏有金銀飾者，出付度支，助軍費。皇皇然，穆穆然，用天子禮以自澹，樂而且節，儉不偪下，使知聖人之心，垂精勤勞興亡之際，羣下率化，廉恥張立。萬一有恃榮阿近，遂惡未悛者，嚴刑刑之，假一勸百。所舉雖尊俎俯仰，而所濟遠矣。

策略

蘇軾

臣聞天子者，以其一身，寄之乎巍巍之上；以其一心，運之乎茫茫之中；安而爲太山，危而爲累卵，其間不容毫釐。是故古之聖人，不恃其有可畏之資，而恃其有可愛之實；不恃其有不可拔之勢，而恃其有不忍叛之心。何則？其所居者，天下之至危也。天子恃公卿以有其天下。公、卿、大夫、士，以至于民，轉相屬也，以有其富貴。苟不得其心而欲羈之以區區之名，控之以不足恃之勢者，其平居無事，猶有以相制；一旦有急，是皆行道之人，掉臂而去，尚安得而用之？古之失天下者，皆非一日之故，其君臣之歡，去已久矣；適會其變，是以一散而不可復。方其未也，天子甚尊，大夫、士甚賤，奔走萬里，無敢後先，儼然南面以臨其臣，曰「天何言哉！」百官俯首就位，斂足而退，兢兢惟恐有罪。羣臣相率爲苟安之計，賢者既無所施其才，而愚者亦有所容其不肖，舉天下事，聽其自爲而已。及乎事出於非常，變起於不測，視天下莫與同其患，雖欲分國以與人，而且不及矣。秦二世、唐德宗蓋用此術，以至于顛沛而不悟，豈不悲哉？天下者，器也；天子者，有此器者也。器久不用而置諸篋笥，則器與人不相習，是以扞格而難操。良工者，使手習知其器，而器亦習知其手，手與器相信而不相疑，夫是故所爲而成也。天下之患，非經營禍亂之足憂，而養安無事之可畏，何者？懼其一旦至于扞格而難操也。昔之有天下者，日夜淬勵其百官，撫摩其人民，爲之朝聘會同燕享，以交諸侯之歡；歲時月朔，致民讀法，飲酒蜡獵，以遂萬民之情；有大事，自庶人以上，皆得至于外朝，以盡其詞。猶以爲未也，而五載一巡守，朝諸侯于方岳之下，親見其耆老賢士大夫，以周知天下之風俗。凡此者，非以爲苟勞而已，將以馴致服習天下之心，使不至于扞格而難操也。及至後世，壞先王之法，安於逸樂而惡聞其過，是以養尊而自高，務爲深嚴，使天下拱手，以貌相承，而心不服。其腐儒老生又出而爲之說曰，天子不可以妄有言也，史且書之，後世且以爲譏；使其君臣相視而不相知，如此則偶人而已矣。天下之心既已去，而倀倀焉抱其空器，不知英雄豪傑已議其後。臣嘗觀西漢之初，高祖創業之際，事變之興，亦已繁矣，而高祖以項氏創殘之餘，與信、布之徒，争馳于中原；此六七公者皆以絶人之姿，據有土地甲兵之衆，其勢足以爲亂，然天下終以不摇，卒定於漢，傳十數世矣。而至于元、成、哀、平，四夷嚮風，兵革不試，而王莽一豎子，乃舉而移之，不用寸兵尺鐵，而天下屏息，莫敢或争，此其故何也？創業之君，出于布衣，其大臣將相，皆握手之歡，凡在朝廷者，皆其嘗試嚌啜，以知其才之短長。彼其視天下如一身，苟有疾痛，其手足不期而自救。當此之時，雖有近憂，而無遠患。及其子孫，生于深宫之中；而狃於富貴之勢，尊卑闊絶，而上下之情疎；禮節繁多，而君臣之義薄。是故不爲近憂，而常爲遠患。及其一旦，固已不可救矣。聖人知其然，是以去苛禮而務至誠，黜虚名而求實效，不愛高位重禄，以致山林之士，而欲聞切直不隱之言者，凡皆以通上下之情也。昔我太祖、太宗，既有天下，法令簡約，不爲崖岸，當時大臣將相，皆得從容終日，歡如平生，下至士庶人，亦得以自效，故天下稱其言至今。非有文采緣飾，而開心見誠，有以入人之深者，此英主之奇術，御天下之大權也。方今治平之日久矣，臣愚以爲宜日新盛德，以激昂天下久安怠惰之氣，故陳其五事，以備采擇。其一曰，將相之臣，天子所恃以爲治者，宜日夜召論天下之大計，且以熟觀其爲人。其二曰，太守刺史，天子所寄以遠方之民者，其罷歸，皆當問其所以爲政，民情風俗之所安，亦以揣知其才之所堪。其三曰，左右扈從侍讀侍講之人，本以論説古今興衰之大要，非以應故事備數而已；經籍之外，苟有以訪之，無傷也。其四曰，吏民上書，苟小有可觀者，宜皆召問，優游以養其敢言之氣。其五曰，天下之吏，一命以上，雖其至賤，無以自通於朝廷，然人主之爲，豈有所不可哉？察其善者，卒然召見之，使不知其所從來。如此則遠方之賤吏，亦務自激發爲善，不以位卑祿薄，無由自通于上而不修飾；使天下習知天子樂善親賢，卹民之心，孜孜不倦如此，翕然皆有所感發，知愛於君，而不可與爲不善，亦將賢人衆多，而姦吏衰少，刑法之外，有以大慰天下之心焉耳！

決壅蔽

蘇軾

所貴乎朝廷清明而天下治平者何也？天下不訴而無冤，不謁而得其所欲，此堯舜之盛也。其次不能無訴，訴而必見察；不能無謁，謁而必見省；使遠方之賤吏，不知朝廷之高；而一介之小民，不識官府之難；而後天下治。今夫一人之身，有一心兩手而已，疾痛苛癢，動於百體之中，雖其甚微，不足以爲患，而手隨至。夫手之至，豈其一一而聽之心哉？心之所以素愛其身者深，而手之所以素聽於心者熟，是故不待使令而卒然以自至。聖人之治天下，亦如此而已。百官之衆，四海之廣，使其關節脉理相通爲一，叩之而必聞，觸之而必應，夫是以天下可使爲一身。天子之貴，士民之賤，可使相愛，憂患可使同，緩急可使救。今也不然，天下有不幸而訴其冤，如訴之於天；有不得已而謁其所欲，如謁之於鬼神；公卿大臣不能究其詳悉，而付之於胥吏，故凡賄賂先至者，朝請而夕得；徒手而來者，終年而不獲；至於故常之事，人之所當得而無疑者，莫不務爲留滯，以待請屬；舉天下一毫之事，非金錢無以行之。昔者漢唐之弊，患法不明，而用之不密，使吏得以空虛無據之法而繩天下，故小人以無法爲姦；今也法令明具，而用之至密，舉天下惟法之知，所欲排者，有小不如法，而可指以爲瑕；所欲與者，雖有乖戾，而可借法以爲解，故小人以法爲姦。今天下所爲多事者，豈事之誠多耶？吏欲有所鬻而未得，新故相仍，紛然而不決，此王化之所以壅遏而不行也。昔桓文之霸，百官承職，不待教令而辦，四方之賓至，不求有司。王猛之治秦，事至纖悉，莫不盡舉，而人不以爲煩。蓋史之所記，麻思還冀州，請於猛，猛曰：「速裝行矣。」至暮而符下，及出關，郡縣皆已被符，其令行禁止而無留事者，至于纖悉，莫不皆然。符堅以戎狄之種，至爲霸王，兵強國富，垂及升平者，猛之所爲，固宜其然也。今天下治安，大吏奉法，不敢顧私，而府史之屬，招權鬻法，長吏心知而不問，以爲當然。此其弊有二而已，事繁而官不勤，故權在胥吏。欲去其弊也，莫如省事而厲精。省事莫如任人，厲精莫如自上率之。今之所謂至繁，天下之事，關於其中，訴者至多，而謁者之衆，莫如中書與三司。天下之事，分于百官，而中書聽其治要；郡縣錢幣，制于轉運使，而三司受其會計；此宜若不至於繁多。然中書不待奏課，以定其黜陟而關與其事，則是不任有司也；三司之吏，推析贏虛，至于毫毛，以繩郡縣，則是不任轉運使也；故曰省事莫如任人。古之聖王，愛日以求治，辨色而視朝，苟少安焉，而至于日出，則終日爲之不給。以少而言之，一日而廢一事，一月則可知也；一歲，則事之積者不可勝數也。欲事之無繁，則必勞於始而逸於終，晨興而晏罷，天子未退，則宰相不敢歸安于私第；宰相日昃而不退，則百官莫不震悚，盡力於王事而不敢晏遊。如此，則纖悉隱微，莫不舉矣。天子求治之勤，過于先王，而議者不稱王季之晏朝，而稱舜之無爲；不論文王之日昃，而論始皇之量書；此何以率天下之怠耶？臣故曰厲精莫如自上率之，則壅蔽決矣。

校勘記

〔一〕去愈遠　「去」字原本空白，明抄本同，據明刻本、江蘇局本補。

〔二〕安自輕御焉　「安」，江蘇局本作「妄」。

宋文鑑卷第一百四

策

勸親睦

蘇軾

夫民相與親睦者，王道之始也。昔三代之制，畫爲井田，使其比閭族黨，各相親愛，有急相賙，有喜相慶，死喪相卹，疾病相養；是故其民安居無事，則往來懽忻，而獄訟不生；有寇而戰，則同心并力，而緩急不離。自秦漢以來，法令峻急，使民乖其親愛懽忻之心，而爲鄰里告訐之俗。富人子壯則出居，貧人子壯則出贅。一國之俗，而家各有法；一家之法，而人各有心，紛紛乎散亂而不相屬；是以禮義之風息，而爭鬬之獄繁。天下無事，則務爲欺詐，相傾以自成；天下有變，則流徙渙散，亡以自存。嗟夫！秦、漢以下者，天下何其多故而難治也？此無他，民不愛其身，故輕犯法，輕犯法則王政不行。欲民之愛其身，則莫若使其父子親，兄弟和，而妻子相好。夫民仰以事父母，旁以睦兄弟，而俯以卹妻子，則其所賴於生者重，而不忍以其身輕犯法，三代之政，莫尚於此矣。今欲教民和親，則其道必始於宗族。臣欲復古之小宗，以收天下不相親屬之心。古者有大宗，有小宗，故《禮》曰：「別子爲相，繼別爲宗，繼禰者爲小宗。」有百世不遷之宗，有五世則遷之宗。百世不遷者，別子之後也，宗其繼別子之所自出者，百世不遷者也；宗其繼高祖者，五世則遷者也。古者諸侯之子弟，異姓之卿大夫，始有家者，不敢禰其父，而自使其嫡子後之，則爲大宗。族人宗之，雖百世而宗子死，則爲之服齊衰九月，故曰宗其繼别子之所自出者，百世不遷者也。别子之庶子，又不得禰别子，而自使其嫡子爲後，則爲小宗。小宗五世之外則無服；其繼禰者，親兄弟爲之服；其繼祖者，從兄弟爲之服；其繼曾祖者，再從兄弟爲之服；其繼高祖者，三從兄弟爲之服；其大功九月。而高祖以外，親盡則易宗，故曰宗其繼高祖者，五世則遷者也。小宗四，有繼高祖者，有繼曾祖者，有繼祖者，有繼禰者，與大宗爲五，此所謂五宗也。古者立宗之道，嫡子既爲宗，則其庶子之嫡子又各爲其庶子之宗，其法止於四，而其實無窮。自秦、漢以來，天下無世卿，大宗之法不可以復立，而其可以收合天下之親者，有小宗之法存，而莫之行，此甚可惜也！今夫天下所以不重族者，有族而無宗也。有族而無宗，則族不可合，族不可合，則雖欲親之而無由也。族人而不相親，則忘其祖矣。今世之公卿大臣賢人君子之後，所以不能世其家如古之久遠者，其族散而忘其祖也。故莫若復小宗，使族人相率而尊其宗子；宗子死則爲之加服，犯之則以其服坐。貧賤不敢輕，而富貴不敢以加之。冠昏必告，喪葬必赴。此非有所難行也。今夫良民之家，士大夫之族，亦未必無孝悌相親之心，而族無宗子，莫爲之糾率，其勢不得相親。是以世之人有親未盡而不相往來，冠昏不相告，死不相赴；而無知之民，遂至于父子異居，而兄弟相訟，然則王道何從而興乎？嗚呼！世人之患，在於不務遠，見古之聖人合族之法，近於迂闊，而行之朞月，則望其有益；故夫小宗之法，非行之難，而在乎久而不怠也。天下之民，欲其忠厚和柔而易治，其必自小宗始矣。

師友

王安國

《書》曰：「能自得師者王。」《詩》之《序》曰：「自天子至於庶人，未有不須友以成者。」然則師友之於人，其不可以無也如此。夫養父母，蓄妻子，而衣食出於其力者，庶人之事盡此矣，其所以慮於憂患之際甚微，而猶曰須友以成；况士大夫守宗廟與朝廷之事甚衆，則不可以無友；士大夫尚然，又況諸侯守一國之大乎？至於天子之勢，大於諸侯，則尤不可以不學無師友也。湯之於伊尹，文、武之於太公望，高宗之於甘盤，皆上盡悃愊以求於下，而下之自重不可以詘者，豈以其道德足以驁上哉？蓋以爲所以望於吾者以道德，而其求也不勤，則其聽也不一，故君之於臣也忘其貴，臣之於君也忘其賤。論道德於君臣之際，而無貴賤者，此天下國家之所以治也。《記》曰：「取人以身，脩身以道。」夫脩身至於足以取人者，學之效也，而果可以不學於師友乎？以夫四海九州之民，屬於一人之治，聰明不足以當萬事之視聽，操天下之要者，取人而已，果可以不學於師友乎？自先王之澤竭，而禮義詘乎戰國之俗，權使天下之士，而君臣之際，形隔勢絕，師友之道，遂堙滅不聞於後世；雖有學於其臣者，豈復有懇惻之心哉？夫治亂之幾出乎此，而世俗之談者不能推見本末，徒以其事之末者，甚淺而易見，而安知夫效於本者如此！有天下者，可不戒哉？

舉士

王安國

朝廷間歲下詔，自進士等而至明法，聽其以狀來謁，既貢於鄉，而禮部又加之以陞黜，然後第之於廷，公相百執之選，槩出於此。而臣愚竊敢議其不然者，夫待之無其禮，則不足以養有恥之俗，取之無其實，則不足以得可用之才。其進也，未嘗知其行於疇昔，而一日使之更相保任，賢否於以類致，則保任之不足恃也，固可知矣。惰遊苟賤，見棄於閭巷，而得與豪傑之士，馳騁上下，有司以一吏誰何於前，而擊跽俯伏，聽命於後。其試也，守之以吏卒，而譏訶搜索，恣所欲陵。有司以其混殽，而不欲寬以繩墨，率以謂上無求於彼，而彼有利於仕也，待之以此足矣。彼習於耳目之久，而既仕之後，其能攖以廉恥，而不僥倖聲利乎？所謂詩賦、策論、章句、律令之藝，不足以爲天下之用，而徒以弊學者精鋭之志。限以禮部之格，而可否出於數人之斷；設盡如其格，固不足善，又況取舍未能無繆於好惡乎？古之人陳力就列，不能者止；今之人常患乎好自私也，爲有司者，未聞自以不能求止者，於是宜有幸得之士也。彼既幸矣，一日必任有司，而如其類者，能勿取乎？此所以潰潰然不知勸沮，而無以抑其來也。又所謂賢良茂才之學，其敝尤甚者。自六經史氏百子之説，而兼之以傳注，乖離精粗，無所不記，然後能應有司之問；雖使聰明捷敏之姿，而所閱如此之博，則理必不能深探熟考，以得聖賢之意；雖無聲病之拘牽，而擿抉名數，難其中選。未嘗試其一言之效，而卒所以得者，不過善其記問文辭而已。此推恩與進士之上第者，皆計日以致高位。朝廷患其然也，故稍裁之。雖徒能見於此，而其敝有不盡革者。此臣之所未諭也。議者方且謂今賢不乏於朝廷，而其法亦足以得人矣，何必易哉？孰知夫此蓋得於萬一之幸爾，以今天下選用之不一，而任事者常患乎不學也。昔鄭以尹何爲邑，而子産卒不之與，曰：「學而後入政，未聞以政學也。」彼以一邑，而猶不可以用不學之人，又況任有大於此者乎？詩賦、章句、律令，非古之所謂學也，徒可以求舉於今爾；施之行治，而茫然如未嘗閲書也。雖策論稍異於此，然亦取辭而已。且設法欲四方萬里之材，一切無所遺逸，以今觀之，其能無所遺逸乎？臣固知其不能也。其甚則患夫有道德者，往往恥於求舉，而僶俛以爲貧者，又多困於不售。夫不售者，古以爲有司之罪，而今之操黜者，反咨嗟嘆息，以爲彼有所制，而吾亦無如之何！爲天下而使有道德者恥不願仕，有司不得行其志，而歸之於命，然則法之弊也，可謂極矣。幸今君聖臣賢，一時之盛，能相與博盡羣臣之謀，而究極其本，又何患乎不可革哉？臣以爲宜使爲進士者，人占二經，策以古今之治亂，而使傳經以對，反復於一二日，而用此易其詩賦。賢良茂才，宜罷勿試。敕近臣得薦士之材行尤異者，聚之京師，而數使豫朝廷之議論，實可用，則寵之官；卓犖者，待以臺閣之選；而其下，則使内外之官，辟爲其屬；如不稱所聞，則坐其薦者。律令之學，可廢勿舉。學究則去其貼經墨義，而責以大旨，不必規規然蔽於傳注也，此庶幾得可用之材矣。而欲養之以廉恥而使其不自列也，則宜敕内外設學校，而士無不學於其中，則任事者可以察其行，而不必使之類相保任也。此固未足以爲成法於萬世，然朝廷能繼之以悃愊不倦之意，而討論已熟，爲之以漸，則三代之法，自此有不復者乎？在君臣之際，力行何如爾！

臣事

蘇　轍

臣聞天下有權臣，有重臣，二者其迹相近而難名。天下之人，知惡夫權臣之專，而世之重臣，亦不容於其間。夫權臣者，天下不可一日而有，而重臣者，天下不可一日而無也。天下徒見其外，而不察其中，見其皆侵天子之權，而不察其所爲之不類，是以舉嫉之而無所喜，此亦已太過也。今夫權臣之所爲者，重臣之所切齒，而重臣之所取者，權臣之所不顧也。將爲權臣耶？必將内悦其君之心，委曲聽順而無所違戾；外竊其生殺予奪之柄，黜陟天下，以見己之權，而没其君之威惠。内能使其君歡愛悦懌，無所不順，而安爲之上；外能使其公卿大夫百官庶吏無所不歸命，而争爲之腹心。上愛下順，合而爲一，然後權臣之勢遂成不可拔。至於重臣則不然，君有所不可而必争；争之不能，而其事故有所必不可聽，則專行之而不顧；待其成敗之迹著，則上之心將釋然而自解。其在朝廷之中，天子爲之踧然而有所畏，士大夫不敢安肆怠惰於其側；爵禄慶賞，己得以議其可否，而不求以爲己之私分；刀鋸斧鉞，己得以參其輕重，而不求以爲己之私勢；要以使天子有所不可必爲，而羣下有所震懼，而己不與其利。何者？爲重臣者，不待天子之歸己；而爲權臣者，亦無所事天子之畏己也。故各因其行事，而觀其意之所在，則天下誰可欺者！臣故曰，爲天下安可一日無重臣也。且今使天下而無重臣，則朝廷之事，惟天子之所爲而無所可否。雖天子有納諫之明，而百官畏懼戰慄，無平昔尊重之勢，誰肯觸忌諱，冒罪戾，而爲天下言者。惟其小小得失之際，乃敢上章讙譁而無所憚；至於國之大事，安危存亡之所繫，則將卷舌而去，誰敢發而受其禍；此人主之所大患也。悲夫！後世之君，徒見天下之權臣，出入唯唯，以爲有禮，而不知此乃所以潛潰其國；徒見天下之重臣，剛毅果敢，喜逆其意，則以爲不遜，而不知其有社稷之慮。二者淆亂於心，而不能辨其邪正，是以喪亂相仍而不悟，可足傷也！昔者衞太子聚兵以誅江充，武帝振怒，發兵而攻之京師，至使丞相太子相與交戰，不勝而走；又使天下極其所往，而翦滅其迹。當此之時，苟有重臣出身而當之，擁護太子，以待上之意少解，徐發其所蔽，而開其所怒，則其父子之際，尚可得而合也；惟無重臣，故天下皆知之而不敢言。臣愚以爲，凡爲天下，宜有以養其重臣之威，使天下百官有所畏忌，而緩急之間，能有所堅忍持重而不可奪者。竊觀方今四海無變，非常之事，宜其息而不作，然及今日而慮之，則可以無異日之患；不然者，誰能知其果無有也不爲之計哉？抑臣聞之，今世之弊，在於法禁太密，一舉足不如律令，法吏且以爲言，而不問其意之所屬，是以雖天子之大臣，亦安敢有所爲於法律之外，以安天下之大事？故爲天子之計，莫若少寬其法，使大臣得有所守而不爲法之所奪。昔申屠嘉爲丞相，至召天子之倖臣鄧通立之堂下，而詰責其過；是時通幾至於死而不救，天子知之亦不以爲怪，而申屠嘉亦卒非漢之權臣。由此觀之，重臣何損於天下哉？

民政

蘇轍

臣聞三代之時，無兵役之憂；降及近世，有養兵之困，而無興役之患；至於今，而養兵興役之事，皆不得其當，而可爲之深憂。蓋古者兵出於農，而役出於民，有農則不憂無兵，而有民則不憂無役。五口之家，常有一人之兵，而二十之男子，歲有三日之役。故其兵彊而費不增，役起而人素具，雖有大兵大役，而不憂事之不集；至於兵罷役休，而無日夜不息之費。其後周衰，井田破壞，陵夷至於末世，天下無復天子之田，皆民之所自有；天下之民不食天子之田，是故獨責其稅，而不任之以死傷戰鬭之患。天子有養兵之憂，而天下無攻守劬勞之民，以爲大憂，故調其財以爲養兵之用；而天下之役，凡其所以轉輸漕運營建興築之事，又皆出於民。當此之時，民之所以供上之令者三，曰租，曰調，曰庸。租者地之所當出，調者兵之所當費，庸者歲之所當役也。故使之納粟於官，以爲田之租；人入布帛，以爲兵之調；歲役其力，不役，則出其力之所直，以爲役之庸。此三者，農夫皆兼爲之，而遊惰末作之民，亦不免於庸、調。運重漕遠，天子不知其費，而一出於民。民歲役二旬，而不役者當帛六十尺，民亦不至於大苦。故隋唐之間，有養兵之困，而無興役之患。此其爲法，雖不若三代之兵，不待天子之養，然天下之役，猶有可賴者，皆民爲之也。及其後世，又不能守，乃始變法而爲兩稅，以至於今，天下非有田者不可得而使；而有田者之役，亦不過奔走之用，而不與天子之大事。天下有大興築，有大漕運，則常患無以爲使，故募冗兵以供力役之急，不知擊刺戰陣之法，而坐食天子之奉。由是國有武備之兵，而又有力役之兵，其所以奉養之具，皆出於農也。而四海之遊民，無尺寸之庸、調，爲農者常使陰出古者遊民之所入，而天子亦常兼任養兵興役之大患，故夫兵役之弊，當今之世，可謂極矣。臣愚以爲，天子平日無事，而養兵不息，此其事出於不得已。惟其干戈旗鼓之攻，而後可使任其責；至於力役之際，挽車船，築宮室，造城郭，此非有死亡陷敗之危，天下之民誠所當任而不辭，不至以累兵革之人，以重費天子之廩食。然當今之所謂可役者，不過曰農也，而農已甚困，蓋常使盡出天下之費矣。而工商技巧之民，與夫遊閑無職之徒，常遍天下，優游終日，而無所役屬。蓋周官之法，民之無職事者，出夫家之征；今可使盡爲近世之法，皆出庸調之賦。庸以養力役之兵，而調以助農夫養武備之士；而力役之兵，可因其老疾死亡遂勿復補，而使遊民之丁代任其役，如期而止，以除其庸之所當入；而其不役者，則亦收其庸，不使一日而闕。

蓋聖人之於天下，不唯重乎苟廉而無求，唯其能緩天下之所不給，而節其太幸，則雖有取而不害於爲義。今者雖能使遊民無勞苦嗟嘆之聲，而常使農夫獨任其困，天下之人皆知爲農之不便，則相率而事於末，末衆而農衰，則天子之所獨任者，愈少而不足於用。故臣欲收遊民之庸調，使天下無僥倖苟免之人，而且以紓農夫之困。苟天下之遊民自知不免於庸調之勞，其勢不耕則無以供億其上，此又可驅而歸之於南畝。要之十歲之後，必將使農夫衆多，而工商之類，漸以衰息。如此而後使天下舉皆從租、庸、調之制，而去夫所謂兩税者，而兵役之憂，可以稍緩矣。

勢原

李清臣

君之所以安危，國之所以存亡治亂，令之所以行不行，勢也。不善知勢，不能爲創業之君；不知勢之可畏，而失其所以審度將順，不可以爲持成之君，經治之臣。故善用國者，勢而已矣。理勢循則行，忤則變；動則險，止則平；輕能重，緩能速。故物有至小，而力不可勝既；事有至易，而攻不可勝原；發如毫芒針端，而巨若丘阜；本在拱把，而遠際窮髮者，勢也。户之運也，車之馳也，弩之圓也，矢之激也，衡以一權而舉數倍之重也，水之注於皐澤也，原火之燎於風中也，勢也。兵奮寡，可以走衆；人乘高，可以抑下，亦勢也。豈惟萬物然。今夫一人而勝天下之大，制天下之衆，兼聽天下之廣，沛焉有餘，非勢而何如也。故明者用勢，闇者用於勢。明者提至要之處，持其關紐，制其機樞，動静在我，開闔在我，弛張在我。一教一令，一賞一罰，必輔之以形勢。故教之而行者易，令之而從者速；賞一而千萬人勸，罰一而千萬人懼；仁少而悦者多，義近而服者遠；無它，理勢爲之也。教令賞罰仁義而無形勢之輔，必且人人而治之矣。人人而治之，教之行也必艱，令之出也必煩；天下之善有餘而賞不足，天下之惡有餘而罰不足；天下之民無窮，而仁義不足；無它，理勢不先也。夫千世之君〔一〕，可僂指而數之矣，或善惡，或仁義，其間差不能銖寸，而功名輒相倍蓰，禍福輒相千萬者，無它，形勢之異使然也。成湯祝獸網而歸者三十六國，文王葬枯骨而天下三分有其二，千世之君，德有大於此者矣，而湯、文用此收天下之助，蓋其從民情而集天下之勢也。方形勢之在桀、紂，夏臺之囚，羑里之獄，如拘匹夫；及善惡之暴也，形勢之變而遷，如林之師，而莫敢射車中之木主。故天下之勢，安則難動，動則難安。當其安也，垂紳端委，深拱於堂奥户牖之内，而高論治古之上；尊明如天日，閟隱如震霆，煦煦如雨露，肅肅如風霰；指顧叱咤，而天下莫不趨走；鞭笞海外之蠻夷，若制童妾；雖有劉、項之魁雄，曹、馬之姦桀，必且老死民籍而不敢唱。及乎昏懦爲之也，席先王之澤未涸，天下之勢未運，目視其安也，以爲無有危事也；任一喜怒，從一嗜欲矣，而患未切己也，以爲可爲而無傷也；習知天下之尊服己也，以爲人終古莫敢蹙路馬之芻，觸囿兔之毛也；籤頓關紐，嬉弄機樞，動静不以時，開闔不以道，張弛不以節；淫樂在宫中，而怨毒被天下；略易在一朝，而患禍遺千日；民心之它屬也，君柄之旁落也，勢之翩然而離也；雖欲安之，不可能也。竊譬之山之高厚也，萬夫不能隳壞也；朽壤生乎中，歸石震乎上，及其傾也，人力不能支拄而維持也。非天事也，勢也。故前聖創業，起今之利，變昔之害，所以治天下之具甚備，憂天下之慮甚深，綴民心而久天下之勢，堅完固密爲不可拔。及其久，未嘗無罅缺蠹漏也，然而其剥也亦有漸矣，在後聖時節其勢而繕之耳。汰則約之，危則平之，擾則静之，微則養之，弱則扶之，急則縱之，緩則持之，塞則導之，使萬事之理，百物之節，皆不至於窮極而大變，則勢久而長，無危亡之形矣。故勢之在我也，蓄積之固勢之審則發〔二〕，弗便則居，故勢爲我使，而天下莫能逆也。若一失其要，則縱肆奔悍於外，不可復收，雖有天下，一旦驅擠排壓而仆矣。臣故曰，如户之運也，如車之馳也，如弩之圓也，如矢之激也，如一權而舉數倍之重也，如水之注於卑澤也，如原火之燎於風中也，如兵之奮寡而走衆，人之乘高而制下，其動不可以不慎也。人主之勢〔三〕，則處治如將亂，處存如將亡，處安如將危，而亂與危亡亦且不至，臣故作勢原。

明責

李清臣

今天下之勢如何哉？君仁而民不被澤，兵多而夷狄驕，時平而生民困，土廣而中國之氣常屈，災歲少而財益匱，文法備而吏多姦，時之多敝也，如此而已。天下之大，萬官之富，卒未見奮然而大有爲，能一剗當世之弊，致吾君復之乎前古之治者，何乏人之如是邪？豈治平之世，無所施其才邪？將用之非其道，有才而不克施邪？謂世之乏人，則古未嘗有無人之世；謂治平之世，無施其才，則多敝又如前所陳者。夫陰陽之英氣，天地之醇靈，生而爲賢智之士；陰陽之英氣，天地之醇靈，未聞有時而歇，故天下未嘗無賢也。議者患治道之不及於古，則曰天下無賢，不知有賢而不能用也。夫用賢而非其道，瑰傑豪偉之材，皆化爲偷懦循縮而亡能爲矣；則以謂無人焉，此可爲悼嘆者也！亦嘗聞古者之用人矣，視成不視始，責大而不責細；過一而功百，則忘其缺而圖其效；心至而迹未至，則優假而待其所施；苟付之以事，固弗屑其餘也。今者之用人，較小罪而不觀大節，恤浮語而不究實用；雖有稷、契、周、召之佐，類以一言一事而爲之進退；迹稍出於庭壇畦隴之外，志不獲就，業不能訖而去矣。惟固己持禄、避事隨時之人，乃無譴而得安焉。故庸平者安步而進，忠憤者半塗而氣折，大臣懾怯，小臣淩兢，而天下之事，靡靡日入於衰敝。其所以然者，有其人而不能用，用其人而不能盡之之失也。今夫拔一臣而加之百官之上，以爲輔相，非求其謹潔而無過，將任之以天下之責也；拔一士而加之一郡一邑之上，以爲守令，非求其能自全，將任之以一郡一邑之責也；拔一夫而加之萬衆之上，以爲將帥，非求其循法而不失小行，將任之以安危勝負之責也。故古者責宰相，必曰廣教化，和陰陽，使百官各任其職；責郡守縣令，必曰使豪彊沮伏，盜賊不作，百姓安業，境内大治；責將帥，必曰士卒樂爲用，敵國不敢謀；下此，則凡執事者莫不皆有責焉。故上下自任其責，而天子無爲矣。今則不然，罷退宰相，皆攻其疵瑕，而未嘗指天下之不治爲宰相之罪；糾劾守令者，皆以小法，而未嘗指郡邑之不治爲守令之罪；遷謫將帥者，以庖廚宴饋之間，微文細故之末，未嘗以蠻夷驕横，兵氣弗强爲將帥之罪。故上下莫自任其責，局局自守，惟求不入於罪，而朝廷大計，生民實患，卒無有任者。是故以天下之大，萬官之富，而常若無其人；尊官厚禄者相繼，而英績偉烈，寂寂於數十載；資格之所羈縛，文法之所躪躒，抱才負志，不得有爲，而老死沉没者相望於下，可不惜哉！夫人臣之姦，身安於寵，形無可罪，而實不任責，是爲大姦；張禹之所以默默而亡漢，李林甫之所以守格令而亡唐也。今皆重夫寡過者以爲賢，而嫉夫敢爲者以爲生事；一落陷穽，没齒不復言。故猾民悍吏，得以輕罪把持其上；游士談客，得以口舌恐嚇内外之臣，而招其資；胥史得以挾簿書，執格例，而争於廟堂之前。當其任者，知姦而或不敢除，見賢而或不敢用；天下之害不得亟罷，天下之務不敢亟爲；因仍苟且，相顧腹議；名曰至公，而萬事益病，其弊莫甚於今之世者。欲救斯敝，是亦非難，寬小過而責大體而已矣。

校勘記

〔一〕千世　「世」原作「出」，據明刻本改。

〔二〕蓄積句　此句明刻本同，疑有脱誤，似當作「蓄積之，固執之，審則發。」

〔三〕人主之勢　「之」，明刻本同，疑當作「知」，觀篇首「不善知勢，不能爲創業之君」等語可證。

宋文鑑卷第一百五

議

左右僕射東宮三師爲表首議

竇儀

得尚書省牒，奉前月二十八日敕節文：御史臺、太常禮院定左右僕射東宮三師爲表首，未有所從，令臣等參議以聞者。臣等今詳東宮三師爲表首，討論故實，全無證據，其左右僕射，援引制敕，合爲表首者，其事有六：謹按《周官》先叙六官，又準《六典》，尚書爲百官之本。今自一品至六品常參官，每班以尚書省官爲首，則僕射合爲表首，一也。又按《唐會要》及《禮閣新儀》，貞元二年十月七日御史臺奏，每有慶賀及須上表，並令上公行之；如無上公，即尚書令僕已下行之；其嗣王合隨宗正，若有班位，合依王品，此則嗣王雖一品不得爲表首，二也。又據故事，僕射位次三公，則僕射合爲表首，三也。又準故事，僕射是百寮師長，卽無東宮一品爲師長之文，是知上臺表章，僕射當爲表首，四也。又準晉天福二年敕節文，今後凡有謝賀上表，並令上公行之，如三公闕，令僕射行之，則上臺表章，僕射當爲表首，五也。又立班之制，卑者先入後出，尊者後入先出，見今東宮一品立定，僕射乃入，僕射既退，兩省班退後，東宮一品方出，卽輕先重後之禮，較然可知，則僕射合爲表首，六也。伏以百王儀制，歷代遵承，凡欲改更，必求典故。今御史臺檢討有憑，事理甚允。議者或引百寮起居之日，宰相偶不押班，東宮一品在前，不可却通僕射。臣等答曰：必若合通前立之者，則兩省官班在前，如通最在前班，必求宰相之次爲首，則非上臺僕射而誰？又曰：一品爲尊，二品爲次。臣等答曰：班秩之内，緊慢是分，或有自四品入三品爲黜官，丞郎入卿監是也；從四品入五品爲進秩，少卿入郎中是也；四品在三品之上，諸行侍郎於卿監是也；七品八品在雜五品之上，殿中侍御史、補闕、拾遺、監察於三丞、五博是也；若不以省臺緊慢次第相準，居此官者肯以品爲定乎？又大凡尊卑各有倫等，雖繫君臣之際，可論父子之間，上臺則君父之官也，東宮則臣子之官也。若或品位懸邈，亦可尊卑各申，奈將臺職緊慢不同，實恐統攝不得假，若輕重雖等，亦須推獎上臺。議者又曰：新定合班，最可爲準。臣等答曰：近敕合班之位，僕射與東宮三師不曾改移，上件所引故實敕文，當時與今無異，此乃仍舊，不是新條。又議者曰：僕射重輕，不同往日。臣等答曰：此官崇重，儀亞三公，上事舊規，典册具在；公參之禮，立朝之儀，見今可知；何曾損減。又議者曰：假如百寮同署一狀，必須依次署名。臣等答曰：此議只爲表章獨以一人結銜爲首，且云文武百寮臣等，此則是總統文武衆官，見有正衙重官，太子宮臣，難以爲首。若援引依次連署，實又與此不同。又議者曰：表首之人，近亦曾有三少。臣等答曰：今爲在朝見有僕射，表首難定宮臣。歷朝典據分明，都來不取；近或重輕顛倒，却引爲憑。脱或不論官曹，不取緊慢，不以近尊爲重，但只據品而言，則上來班位，及於資品，以至僕射出入，今後並合改更，若變舊章，於時何益！臣等欲請依唐貞元、晉天福敕及諸故實，并今御史臺衆議，以僕射爲表首。一則正上臺之綱紀，一則遵歷代之楷模。免至鑿空，驟從臆說，俾其名分，不至奪倫。

祖宗配侑議

宋祁

臣等聞王者建廟祏之嚴，合昭穆之綴，祖一而已，始受命也，宗無豫數，待有德也。由宗而下，等胄之疏戚以爲迭毁之制，使後嗣雖有顯揚褒大，猶不得與祖宗並列，所以一統乎尊尊，古之道也。皇帝陛下，躬孝治，發德音，永惟三后之盛烈，際天接地，而推奉之禮，有所未稱，明發悼懼，圖惟厥衷，使攸司得稽舊章，開羣議，據懿鑠，闡孫謀，將以脗合靈心，垂榮無極，非臣等淺陋所能及已。竊以太祖皇帝，誕受寶命，付畀四海，鋪敦燮伐，潛黜不端，夷澤潞之畔，兼淮海之昧，東極吳興，右埏蜀壘，湘楚閩禺，請吏入朝。當此之時，天下之人，去大殘，蒙更生，卜年長世，丕闡洪業。太宗皇帝，敦受其璽，席運下武，襲天之討，底定太原。由是愼九刑之辟，藝四方之貢，信賞類能，重食勸分，官無煩苛，人無恫怨。又引搢紳諸儒，講道興學，炳然右文，與三代同風。真宗皇帝，乾粹日昭，執競維烈，乇威撫和，休寧北方。順斗布度，先天作聖。遂考夏諺，乩虞巡，祕牒岱宗，育穀冀壤，翕受瑞福，普浸黎元，肖翹跂行，罔有不寧。百度已備，眷授明辟。洪惟一祖二宗之烈，歷選墳誥，未有高焉者也。昔成湯爲商之祖，太甲、太戊、武丁實號三宗；后稷爲周之祖，文王、武王，庸建二祧；高帝爲漢之祖，孝文、孝武，特崇兩廟；皆子孫世世奉承不輟。我皇伯祖，經綸艸昧，遂有天下，功宜爲帝者之祖；皇祖勤勞制作，皇考財成治定，德宜爲帝者之宗。三廟並萬世不遷，宣布天下，以示後世，臣等請如聖詔。至於升侑上帝，哀對先謨，本之周道，克厭典禮。昔太宗親郊，奉宣祖、太祖配焉；真宗肇祀，奉太祖、太宗配焉；自爾有司不敢輕議。今二宗同躋不祧之位，則禮無異等，伏請自今以往，太祖爲定配，二宗爲迭配，稱情適事，理實無嫌。其將來皇帝親祠，伏請以三聖偕侑，上顯對越之盛，次申遹追之感。聖人之能事，羣臣之大願。此後迭配，還如前議。昔唐高宗之上封也，太武皇帝、文皇帝配昊天；明皇之封也，以高祖配天，睿宗配地；開元之著禮也，高祖配方丘，太宗配神州；此二宗迭配之前比。垂拱、開元之間，高祖、太宗、高宗同配昊天；真宗登介丘，降社首，並以太祖、太宗崇配天地，此三聖皆侑之明準。其歲時常祀，則至日圜丘，仲夏皇地，祇配以太祖；孟春祈穀，夏雩祀，冬祭神州，配以太宗；孟春感帝，配以宣祖；季秋大饗，配以真宗，伏請皆如禮便。陛下重宗祧之事，鑒照前載，抑畏虔鞏，讓而不專，故令臣等得申愚管。謹用敷罄，惟聖心財鑒。謹用議狀奏聞。

郭稹不應爲嫁母持服議

宋祁

臣竊惟禮者，叙上下，制親疏，别嫌明微，以爲之節也。故三年之喪，雖天下達禮，至於情文相稱，必降殺從宜；故尊有所申，則親有所屈，不敢以所承之重，而輕用於其私者也。伏見前祠部員外郎、集賢校理郭稹，生始數歲，即鐘父喪，而母邊氏，更適士人王渙。稹煢煢孤苦，以訖成立，見無伯叔，又鮮兄弟，奉承郭氏之祭者，惟稹一身而已。母邊氏適王氏，更生四子，今邊不幸而訃聞，稹乃解官行服。以臣愚管見，深用爲疑。伏見五服制度，敕齊、衰、杖、朞降服之條曰：「父卒母嫁，及出妻之子爲母。」其左方注曰：「謂不爲父後者，若爲父後者，則爲嫁母無服。」今詳邊氏嫁則從夫，已安於王室；死將同穴，永非於郭偶。而稹既爲父後，則宜歸重本室；雖欲懷有慈之愛，推無絶之義，亦不得爲已嫁之母，亢父而盡其禮也。何者？輕奉父統，則郭之承重，更無他親；備執母喪，則王之主祀，自有諸子。臣詳求制旨，疑稹不當解官行服。夫禮有所殺，君子俯就也；誼有所斷，聖人不專也；況當孝治，宜謹彝經。伏乞降臣此狀下有司，博令詳議，其郭稹爲父後爲嫁母應與不應解官行三年之喪，然後明垂定制，俾守洪規。

請置廉察罷轉運議

黄亢

惟王建國，稽古治人，既設其官，必立其長，歷觀方册，可得而知。其在唐、虞，則十有二牧；在三代則有連率焉，有方伯正牧焉；在兩漢，則或稱刺史，或稱州牧，其實一也；在皇唐，則其大府有節度，其次有觀察，皆所以綱舉百職，柄持衆政，作天子之藩宣也。是故民之所仰望，吏之所畏服，朝之所毗倚，其官必重，其人必賢也。今則不然，外官小大，自足及顙，悉統之轉運。轉運非古也，起唐中葉，所以督錢穀而已矣。今夫用錢穀之職，總守宰之官，守宰主宣教化者也，教化義也，錢穀利也，利與義不能兩全。是以下憂歲之不登，而民之不粒，上恐財之不豐，而貢之不多，是上下相戾也。矧其充使者，不過郎官、御史，其官既輕，其人未必賢，是民所仰望者卑也，吏所畏服者弛也，朝之毗倚者輕也；使政不平，刑不清，和氣未充，祥鳥未來，得非由此歟？有芻蕘之民，竊議於下曰：錢穀之職，宜委之郡守；郡守縣宰，宜統之廉察；則廉察宜置，轉運宜罷也，所以復古官也，不使吾民謂天子重利而薄義也。不知朝廷三事大夫，爲是邪爲非邪？

爲兄後議

劉敞

禮：天子之廟，三昭三穆，與太祖而七；諸侯二昭二穆，與太祖而五。所謂昭者，父道也；所謂穆者，子道也。天子諸侯，未必皆身有子，故或取於兄弟之子以爲嗣，親同則取其賢者，賢同則取其長者，長同則卜其吉者。非兄弟之子則弗取，故不以諸兄爲嗣〔一〕，兄亦尊也。不以諸弟爲嗣，弟己之倫也。此古者七廟、五廟之序，所以昭穆不相越，迭毁不相害也。至乎後世，國家多事，或傳之諸兄，或傳之諸弟，蓋有不得已焉，則禮散久矣。然既已受國家天下，則所傳者雖非子〔二〕，亦猶子之道也；傳之者雖非其父，亦猶父之道也；以天下國家爲重矣。《春秋》僖公實閔公之兄，閔公遭弑，僖不書即位，明臣子一體也。公孫嬰齊卒，《春秋》謂之仲嬰齊，以謂爲人後者爲之子，當下從子例，不得復顧兄弟之親稱公孫也〔三〕。《春秋》之義，有常有變。夫取後者不得取兄弟，此常也；既已不可及取兄弟矣〔四〕，則正其禮，使從子例，此變也。故僖公以兄繼弟，《春秋》謂之子；嬰齊以弟繼兄，《春秋》亦謂之子，所謂常用於常，變用於變者也。既正其子名，則僖公不得不以閔公爲昭，歸父不得不以嬰齊爲穆；既正其昭穆，則迭毁之次，不得不以一代一也。而儒者或疑《禮》無後兄弟之文，遂以春秋書仲嬰齊爲不與子爲父孫，非也。若子爲父孫，誠非禮之正，有不得已者，《春秋》正其爲臣子一體而已，故實公孫嬰齊，而謂之仲嬰齊。

《春秋》本不聽其爲後者，則當書曰：「公孫嬰齊卒。」學者問之，曰：「此仲嬰齊，曷爲謂之公孫嬰齊？不與爲兄後也。」乃可矣。夫《春秋》，家猶重之，況國乎？國爾猶重之，況天下乎？故凡繼其君，雖兄弟必使子之；繼其大宗，雖兄弟必使子之，如繼其君。繼其大宗而不使子，是教不子而輕其所託也。此文公所以受逆祀之貶也。然《春秋》固爲衰世法，非太平正禮也。太平之世，未嘗有也。漢時定迭毁之禮，丞相玄成、丞相衡引昭、宣兩帝並爲昭，獨以孫爲昭，而不知禮無兩昭，使昭帝之天下無所傳，宣帝之天下無所受，失禮意矣。又惠帝、文帝皆高祖子，惠帝親受之高祖，文帝則受之惠帝，雖皆兄弟，此與閔公、僖公何異哉？存當以臣子叙之，死當以昭穆正之。而漢世議者，皆推文帝使上繼高祖，而惠帝親受高祖天下者，反不與昭穆之正。至於光武，當繼平帝，又自以世次爲元帝之子，上繼元帝，而爲元帝後，皆悖經違禮而不可傳者也。自漢世以來，其議尤衆，皆曰兄弟不相爲後，不當以昭穆格之，妄也。若不以昭穆格之，則天下受之誰乎？凡人君以兄弟爲後者，必非有子者也，引而爲嗣，臣子一體矣；而當嗣者反以兄弟之故，不繼所受國，而繼先君，則是所受國者竟莫有嗣之者也，不可一矣。生則以臣子事之，死則以兄弟治之，忘生悖死，不可二矣。己實受之後君，不受之先君，今當自繼先君者，不唯棄後君命己之命，又當廢先君命兄之命，不可三矣。天下國家，則歸之己，而父子之禮，則恥不爲，不可四矣。徐邈曰：「若兄弟爲昭穆者，設兄弟六人爲君，至其後世，當祀不及祖禰。」此又妄之甚者。禮有所極，義有所斷，爲之後者，爲之子，所以正授受，重祖統也。兄弟六人，相代爲君，亦六代祀祖禰矣；假令非兄弟相代，其祖亦當遷矣，不得故存也。即如此言，使有兄弟六人爲君，各自稱昭，是有十三廟也。又其最後一君，當上繼先君，而五君終爲無後也，豈其所以傳重授國之意乎？禮爲人後者，降其私親，設兄弟六君，故當各自爲嗣，義不可曲顧其親，可謂祀不及祖禰哉？凡言禮者，惡其諂時君之意，苟曰益廣宗廟，大孝之本，而不詳受授之道，《春秋》之義，使當傳國者，不忍以國與其宗，曰非吾子也；當受國者，又不肯以臣子之禮事其君，曰非吾父也。至令宗廟猥衆，昭穆駢積，而鬼有不嗣者，推生嗣死，獨可悖哉？獨可悖哉？

濮安懿王典禮議

司馬光

臣等謹按，《儀禮·喪服》「爲人後者」傳曰：「何以三年也？受重者，必以尊服服之。爲所後者之祖、父、母、妻、妻之父母。昆弟之子若子，若子者皆如親子也。」又「爲人後者爲其父母」傳曰：「何以期也？不貳斬也，特重於大宗，降其小宗也。」又：「爲人後者爲之子，不敢復顧私親。」聖人制禮，尊無二上，若恭愛之心，分施於彼，則不得專一於此故也。是以秦漢以來，帝王有自旁支入承大統者，或推尊父母，以爲帝后，皆見非當時，取譏後世，臣等不敢引以爲聖朝法。況前代入繼者，多宫車晏駕之後，援立之策，或出母后，或出臣下，非如仁宗皇帝年齡未衰，深惟宗廟之重，祇承天地之意，於宗室衆多之中，簡拔聖明，授以大業，親爲先帝之子，然後繼體承祧，永有天下。濮安懿王雖於陛下有天性之親，顧復之恩，然陛下所以負扆端冕，富有四海，子子孫孫，萬世相承者，皆先帝之德也。臣等愚賤，不達古今，竊以爲今日所崇奉濮安懿王典禮，一準先朝封贈期親尊屬故事，高官大國，極其尊榮。譙國太夫人、襄國太夫人、仙遊縣君，亦改封大國太夫人。考之古今，實爲宜稱。

廟議　韓維

伏以親親之序，以三爲五，以五爲九，上殺、下殺、旁殺，而親畢矣。聖人制事存送終之禮，皆以此爲限，是衆人之所同也。若其所不與衆人同者，則又因事之宜，斷之以義，而爲之節文也。昔先王既有天下，迹其基業之所由起，奉以爲太祖，所以推功業重本始也。蓋王者之祖，有繫天下者矣；諸侯之祖，有繫一國者矣；大夫、士之祖，繫其宗而止矣；亦其理勢然也。荀卿曰：「王者天太祖，諸侯不敢壞，大夫、士有常宗，所以別貴始；貴始，德之本也。」蓋有天下之始，若后稷；有一國之始，若周公；大夫、士之始，若三桓；所以貴者。配天也，不祧也，有常宗也，此其所以別也。今直以契、稷爲本統之祖，則是下同大夫士之禮，非荀卿之所謂別也。或曰：湯、文、武去契、稷皆十有餘世，其間子孫衰微奔竄者非一，湯、文、武之有天下，契、稷何與哉？曰：南宮适曰：「禹、稷躬稼而有天下。」孔子曰：「君子哉若人！」禹之有天下則然矣，稷諸侯也，而曰有天下何哉？豈非積累功德，至文王而興乎？孟子曰：「王不待大，湯以七十里，文王以百里。」然則小國亦王之所待也。所謂七十里、百里者，非契、稷所受以遺其子孫之國乎？由是言之，商、周之所興，契、稷不爲無所與也。則正考父作《頌》，追道契、湯、高宗商所以興，子夏序《詩》，稱文、武之功起於后稷，豈虛語也哉？《國語》亦曰：「契勤商，十有四世而興；后稷勤周，十有五世而興。」《穀梁》曰：「始封必爲祖。」南宮适、孟軻、卜子夏、左丘明、穀梁亦生於周代〔五〕，其所言皆親聞而見之者，其學問又俱出於孔子，宜若可信，則尊始祖以其功之所起，秦漢諸儒亦有所受之也。後世有天下者，皆特起無所因，故遂爲一代太祖，所從來久矣。伏惟太祖皇帝，孝友仁聖，睿智神武，兵不血刃，坐清大亂，子孫遵業，萬世蒙澤，功德卓然，爲宋太祖，無少議者。僖祖雖於太祖高祖也，然仰迹功業，未見其有所因，上尋世系，又不知其所以始，若以所事契、稷奉之，竊恐於古無考，而於今亦有所未安也。臣以均之論未有以相奪，仍舊便。若夫藏主合食，則歷代嘗議之矣。然今之廟室，與古殊制，古者每廟異宮，今所以奉祖宗者，在一堂之上，西夾室猶處順祖之右，考之尊卑之次，似亦無嫌。至于禘祫，自是序昭穆之祭，僖祖東嚮，禮無不順，所謂「子雖齊聖，不先父食」者也。孔子曰：「於其所不知，蓋闕如也。」如臣絳等議，非臣所知，此臣所以闕而不敢同也。

南北郊議

陳襄

臣謹按《周禮·大司樂》：「以圓鍾爲宮，冬日至於地上之圓丘奏之，六變以祀天神；以函鍾爲宮，夏日至於澤中之方丘奏之，八變以祭地。」示夫祀必冬日至者，以其氣來復于上天之始也。故宮用夾鍾，于震之宮，以其帝出乎震也。而謂之圓鍾者，取其形以象天也。三一之變，（圓鍾爲宮一變，黄鍾爲角，太蔟爲徵，姑洗爲羽，各一變。）合陽奇之數也。祭必以夏日至者，以其陰氣潛萌于下地之始也。故宮用林鍾，于坤之宮，以其萬物致養于坤也。而謂之函鍾者，取其容以象地也。四二之變，（函鍾爲宮，太蔟爲角，姑洗爲徵，南呂爲羽，各二變。）合陰偶之數也。又《大宗伯》：「以禋祀實柴槱燎，祀其在天者，而以蒼璧禮之；以血祭沈貍疈辜，祭其在地者，而以黄琮禮之。」皆所以順其陰陽，辨其時位，倣其形色，而以氣類求之，此二禮之不得不異也。故求諸天而天神降，求諸地而地示出，得以通精誠而逆福釐，以生烝民，以阜萬物，此百王不易之禮也。去周既遠，先王之法不行。漢元始中，姧臣妄議，不原經意，附會《周官》大合樂之説，謂當合祭，平帝從而用之，故天地共犢，禮之失自此始矣。由漢歷唐，千有餘年之間，而以五月親祠北郊者，惟四帝而已。如魏文帝之太和，周武帝之建德，隋高祖之開皇，唐睿宗之先天，皆希闊一時之舉也。然而隨得隨失，卒無所定，垂之本朝，未遑釐正。恭惟陛下，恢五聖之述作，舉百王之廢墜，典章法度，固已比隆先王之時矣，豈襲後世一切之禮乎？是以臣親奉德音，俾正訛舛之禮，首宜正其大者，大者不正，而末節雖正，無益也。況天地歲祀，今亦不廢，顧惟有司，攝事而已，誠未足以上盡聖誠恭事之意也。臣以謂既罷合祭，則南北二郊，自當別祀。伏請陛下，每遇親祀之歲，先以夏日至祭地，示於方丘，然後以冬日至祀昊天於圓丘，此謂所大者正也。然議者或謂，先王之禮，其廢已久，不可復行。古者齊居近，古者致齊路寢。儀衞省，用度約，賜予寡，故雖一歲遍祀，而國不費，人不勞；今也齊居遠，儀衞繁，用度廣，賜予多，故雖三歲一郊，而猶或憚之，況一歲而二郊乎？必不獲已，則三年而迭祭，或如後漢，以正月上丁祠南郊，禮畢，次北郊；或如南齊，以正月上辛祠昊天，次辛瘞后土，不亦可乎？臣竊謂不然。《記》曰：「祭不欲疏，疏則怠。」夫三年迭祭，則是昊天大神，六年始一親祀，無已怠乎？《記》曰：「大事必順天時。」二至之郊，周公之制也，捨是而從後王之失禮，可謂法歟？彼議者徒知苟簡之便，而不睹尊奉之嚴也。伏惟陛下，鑒先王已行之明效，舉曠世不講之大儀，約諸司之儀衞，而幸祠宮；均南郊之賜予，以給衛士；蠲青城不急之役，損大農無名之費；使臣得以講求故事，參究禮經，取太常儀注之文，以正其訛謬，稽大駕鹵簿之式，以裁其繁冗；惟以至恭之意，對越大祇，以迎至和，格純嘏；庶成一代之典，以示萬世。

校勘記

〔一〕不以諸兄爲嗣　「兄」原作「父」，非，古今無以諸父爲嗣之禮。按下句「兄亦尊也」，則字當作「兄」，今改。

〔二〕所傳者雖非子　「非」下疑脱「其」字，觀下文「傳之者雖非其父」可證。

〔三〕不得復顧兄弟之親　「復」字原本似「獲」，明刻本作「後」。按文義當係「復」字，今改。

〔四〕不可及　似當作「不可不」。

〔五〕穀梁亦　「亦」明刻本同，疑「赤」之誤。

宋文鑑卷第一百六

議

救災議

曾鞏

河北地震水災，隳城郭，壞廬舍，百姓暴露乏食，主上憂憫，下緩刑之令，遣持循之吏，恩甚厚也。然百姓患於暴露，非錢不可以立屋廬；患於乏食，非粟不可以飽：二者不易之理也。非得此二者，雖主上憂勞於上，使者旁午於下，無以救其患，塞其求也。有司建言，請發倉廩與之粟，壯者人日二升，幼者人日一升，主上不旋日而許之，賜之可謂大矣。然有司之言特常行之法，非審計終始，見於衆人之所未見也。今河北地震水災，所毁敗者甚衆，可謂非常之變也。遭非常之變，亦必有非常之恩，然後可以振之。今百姓暴露乏食，已廢其業矣，使之相率日待二升之廩於上，則其勢必不暇乎他爲，是農不復得修其畎畝，商不復得治其貨賄，工不復得利其器用，閒民不復得轉移執事，一切棄百事而專意於待升合之食，以偷爲性命之計，是直以餓殍之養養之而已，非深思遠慮，爲百姓長計也。以中户計之，户爲十人，壯者六人，月當受粟三石六斗；幼者四人，月當受粟一石二斗；率一户月當受粟五石，難可以久行也，則百姓何以贍其後？久行之，則被水之地，既無秋成之望，非至來歲麥熟，賑之未可以罷。自今至於來歲麥熟，凡十月，一户當受粟五十石。今被災者十餘州，州以二萬户計之，中户以上，及非災害所被，不仰食縣官者去其半，則仰食縣官者爲十萬户。食之不遍，則爲施不均，而民猶有無告者也；食之徧，則當用粟五百萬石而後可以辦，此又非深思遠慮，爲公家長計也。至於給授之際，有淹速，有均否，有真僞〔一〕，有會集之擾，有辨察之煩，措置一差，皆足致弊。又羣而處之，氣久蒸薄，必生疾癘，此皆必至之害也。且此不過能使之得旦暮之食耳，其於屋廬構築之費，將安取哉？屋廬構築之費，既無所取，而就食於州縣，必相率而去其故居，雖有頹牆壞屋之尚可完者，故材舊瓦之尚可因者，什器衆物之尚可賴者，必棄之而不暇顧；甚則殺牛馬而去者有之，伐桑棗而去者有之，其害又可謂甚也。今秋氣已半，霜露方始，而民露處不知所蔽，蓋流亡者亦已衆矣。如不可止，則將空近塞之地；空近塞之地，失戰鬭之民，此衆士大夫之所慮，而不可謂無患者也。空近塞之地，失耕桑之民，此衆士大夫所未慮，而患之尤甚者也。何則？失戰鬭之民，異時有警，邊戍不可不增爾；失耕桑之民，異時無事，邊糴不可以不貴矣；二者皆可不深念歟？萬一或出於無聊之計，有窺倉庫，盜一囊之粟，一束之帛者，彼知已負有司之禁，則必鳥駭鼠竄，竊弄鋤梃於草茅之中，以扞游徼之吏，彊者既囂而動，則弱者必隨而聚矣。不幸或連一二城之地，有枹鼓之警，國家胡能晏然而已乎？況夫外有夷狄之可慮，內有郊祀之將行，安得不防之于未然，銷之于未萌也！然則爲今之策，下方紙之詔，賜之以錢五十萬貫，貸之以粟一百萬石，而事足矣。何則？今被災之州，爲十萬户，如一户得粟十石，得錢五千，下户常産之貲，平日未有及此者也。彼得錢以完其居，得粟以給其食，則農得脩其畎畝，商得治其貨賄，工得利其器用，閒民得轉移執事，一切得復其業，而不失其常生之計，與專意以待二升之廩於上，而勢不暇乎他爲，豈不遠哉？此可謂深思遠慮，爲百姓長計者也。由有司之説，則用十月之費，爲粟五百萬石；由今之説，則用兩月之費，爲粟一百萬石。況貸之於今，而收之于後，足以振其艱乏，而終無損於儲偫之實〔二〕；所實費者，錢五鉅萬貫而已，此可謂深思遠慮，爲公家長計者也。又無給授之弊，疾癘之憂，民不必去其故居，苟有頽牆壞屋之尚可完者，故材舊瓦之尚可因者，什器衆物之尚可賴者，皆得而不失，況乎全牛馬，保桑棗，其利又可謂甚也。雖寒氣方始，而無暴露之患，民安居足食，則有樂生自重之心，各復其業，則勢不暇乎他爲，雖驅之不去，誘之不爲盜矣。夫飢歲聚餓殍之民，而與之升合之食，無益於救災補敗之數，此常行之弊法也。今破去常行之弊法，以錢與粟，一舉而賑之，足以救其患，復其業，河北之民聞詔令之出，必皆喜上之足賴，而自安於畎畝之中，負錢粟而歸，與其父母妻子脱於流轉死亡之禍，則戴上之施，而懷欲報之心，豈有已哉！天下之民，聞國家措置如此恩澤之厚，其孰不震動感激，悦主上之義於無窮乎？如是而人和不可致，天意不可悦者，未之有也。人和洽于下，天意悦於上，然後玉路徐動，就陽而郊，荒夷殊陬，奉幣來享，疆内安輯，里無囂聲，豈不適變於可爲之時，消患於無形之内乎？此所謂審計終始，見於衆人之所未見也。不早出此，或至於一有桴鼓之警，則雖欲爲之，將不及矣。或謂方今錢粟恐不足以辦此。夫王者之富，藏之于民，有餘則取，不足則與，此理之不易者也，故曰「百姓足，君孰與不足；百姓不足，君孰與足。」蓋百姓富實，而國獨貧，與百姓餓殍，而上獨能保其富者，自古及今，未之有也。故又曰「不患貧而患不安。」此古今之至戒也。是故古者二十七年耕，有九年之蓄，足以備水旱之災，然後謂之王政之成；唐水湯旱，而民無捐瘠者，以是故也。今國家倉庫之積，固不獨爲公家之費而已，凡以爲民也。雖倉無餘粟，庫無餘財，至於救災補敗，尚不可以已；況今倉庫之積，尚可以用，獨安可以過憂將來之不足，而立視天民之死乎？古人有言曰：「剪爪宜及膚，割髮宜及體。」先王之于救災，髮膚尚無足愛，況外物乎？且今河北州軍凡三十七，災害所被，十餘州軍而已，佗州之田，秋稼足望，令有司於糴粟常價斗增一二十錢，非獨足以利農，其于增糴一百萬石易矣。斗增一二十錢，吾權一時之事，有以爲之耳。以實錢給其常價，以茶荈香藥之類，佐其虛估，不過捐茶荈香藥之類爲錢數鉅萬貫，而其費已足。茶荈香藥之類，與百姓之命，孰爲可惜，不待議而可知者也。夫費錢五鉅萬貫，又捐茶荈香藥之類爲錢數鉅萬貫，而足以救一時之患，爲天下之計，利害輕重，又非難明者也。顧吾之有司，能越拘攣之見，破常行之法與否而已。此時事之急也，故述斯議焉。

賞罰議

趙瞻

世之大患，在賞罰焉。賞以微文梏賢，罰以定令幸姦，則是國代賢者辭，而法爲姦人地也。有吏于此，齎伐閱詣考課曹，曹必曰，某在斯職事若干年，當遷某官；某在斯課最若干數，當增某秩；斯人大賢、大不肖，雖朝廷王公不得擅輒議其存捨動搖者。或迹狀白著，有非常，不在詔令，則以問，故事與令有所差駁突兀，亦不爲舉。夫以賢者難進易退廉恥謙服之心，詎非代之辭者歟？若爾、伊尹、太公，常齒匹夫；傳說、箕子，常編繫囚〔三〕；冀缺、甯戚，常伍耕農；管仲、五羖，常没虜獲；尚屑與時争盆鼓之逋賦，列時刻之積効，而邀遷次邪？又或以罪付理官曹，曹必曰，以甲令當某罰，以乙詔當某科，有輕重疑，則爲奏以請上，上之所進退，亦旁法律寸尺爾〔四〕。夫以姦人狡獪窺幸之備，詎非爲之地者歟？且唐、虞流共工，放驩兜，湯誅尹諧，文王誅潘正，太公誅華仕，管仲誅傅里乙，子產誅鄧析，史傳孔子誅少正夘；《周書》有三風、十愆，《禮經》有四誅無赦；孟軻以楊朱、墨翟邪説之無君親者拒之，荀卿以宋鈃、公孫龍衆惑之亂名實者禁之；故若晉羊舌鮒以掠美尸，齊阿大夫以虚譽烹，彌子瑕佞幸似忠孝而得罪，郭解豪俠似仁義而蒙戮：皆姦雄桀黠，傷蝕風教之尤者，然以之示有司，則罪無所當矣。非勉寬仁之治也，非保賊亂之黨也，徒律令無所處焉也。賞與罰如是，馳步帝皇之塗而未厎者，所以趣之之轍異也。或謂：「若之所贊者古也，今之所用者時也，若居今時而用古，殆不可與權矣。張選舉之程法，補調之品目，猶曰未也；況以堯、舜之所病，與三代之明哲，而責有司哉？又若前主律，後主令，附麗驗治，劾讞鍛成，猶曰未也；況以難明之狀，可惑之事，而亟致大戮哉？正爾，如賞僭及滛人，刑僭及善人何？」此大不然。且「責君於難」謂之恭，「吾君不能」謂之賊，彼曷獨不欲舉縣官于堯舜三代之隆乎？夫人之辭行技能，號爲搜索而寘朝廷矣；才具器識，號爲量度而縻爵位矣；斯豈它術哉？視必得賢者而後任之有司爾。真賢實廉，不次求索，則有司之明也，上之察也；任人大姦，赫然誅殛，亦有司之明也，上之察也；豈它術哉？上如不察，有司不賢，雖區區於秩次，事事於律令，顧益資其窺測者，豈有補邪？但古用此亦治，今用此亦治，不能用則皆末如之何也，又安在權不權？使今得一伊尹、太公而賞之，天下非乎不也？得一驩兜、共工而罰之，天下非乎不也？若賞伯夷而問盜跖，罰窮奇而諮饕餮，惡可？

議禦戎

仲訥

或曰：西北二戎，大輿之結好，次寵以爵，賜予至厚，羈縻宜得，而兵未克弭，古稱禦戎無上策，良信哉！愚曰：斯之惑久矣，言乎禦者誠非也。秦以之亡，漢因而匱，尚有策哉？然則若何？禦之非足尚也，當用氣勝之耳。奚爲而言？夫天高而尊者，陽也；地卑而濁者，陰也；君子陽也，小人陰也；中國陽也，四夷陰也。取勝之道，存乎其類。堯、舜、禹、湯之爲君，君子則舉，小人則誅，君子道長，小人道消。故氣由其類勝，天爲之清，日爲之明，至于鳥獸魚鼈咸若，夷狄其有不馴乎？是陽氣勝而陰不能奸也。二帝三王之世，夷狄之患無甚焉。秦漢而下，德衰而力雄，善有聞而不舉，舉有用而不終，惡有彰而不去，去有誅而不盡；君子之道不競，小人之勢日進；故日爲之蝕，地爲之震，殲草槁木，橫出妖孽，況四夷乎？是陰氣勝而陽不得立也，故夷狄之患始滋焉。西北二方，彼陰也；東方南方，我陽也，又以盟約之信要之，崇顯之號榮之，賀遺其福慶，弔恤其喪死，可謂至仁至恩也，而戎心未懷，非策之不至，推其類殆氣之未勝也。王者據正陽之尊，赫然有神聖之明，闢四門四目之視。大自三吏九卿，下至百執庶官，宜有姦回佞妄，雜居正人君子之列，使皇極之道，壅而未行，陰滛之氣，上應于天。故地震屋壞殺人，日食正歲朔，雨晦風霾並歲而至，戎狄因之而狂，陰邪勝而然耳，非不懷也。爲之謀者，上當端然自立，拔方正之士，與之共事；推善而誅惡，集賢而退不肖；材者使得効其用，智者使得進其謀；則上下之志一通，正道得立於先〔五〕，天清地寧，日星風雨時序，如是則夷狄之患奚慮也？且將厥角而來庭。《書》

曰：「而難任人，蠻夷率服。」斯正氣之勝乎！必斯之不務，而將廢天下之農，起天下之兵，大舉而從之，奈無策何？奈後悔何？

議水

王同

古者之治五行也，必有五行之官。其去民用尤近，而逆其理，則有敗害之端，莫甚於水；故官得其任，則不憂乎水之敗害，誠其勢也。是以舜命益作虞，以掌山澤；周有川澤之禁，而後世脩之，未嘗廢也。由秦、漢以來，使任其事而爲之水官，則莫若都水之職。其主灌溉陂池，保守河渠，自太常及三輔皆有其官。至武帝之時，尤增重之，於是又有左右使者，使統其任。而居其事者，莫不明於《禹貢》之學，而習於知水之性，故劉向以治《書》爲三輔都水都尉，平當以明《禹貢》領護河隄。蓋其任職之人，未嘗不脩其事，而又有水工之徒，以佐知其利害，是以秦、漢之際，言水事於書尤著。而魏、晉已來，至於隋、唐，其官亦未嘗廢。於魏則有都尉、水衡之號；晉、宋、齊皆曰都水臺，或爲水衡令；及梁天監中，始改曰太舟卿，而主治舟航河隄；隋唐之時，又皆爲都水使者，或改曰監，而舟檝、河渠一署隸之；然於水事，或領或否矣，故天下不喻於水，而失其水之性，使以憂中國者起矣。國家比歲之間，水之爲害亦甚矣，自京城之中，民被其苦亦暴，而衍溢者歷月不知所以洩之。今國家懲前日之患，而求于秦、漢之故，爲之都水之任，專其有司，欲以知水之性，此慮患之本也。夫以患而設備，求其功効，而使之不爲虛位，則天下宜有明于水性若秦漢之間所謂水工者出矣。苟得其水工，而又以知水者居其任，使之專其職，而行于天下，就視其水之利害，得以循其故而治之，不使數遷其任，責之課最而信其黜陟，則官得其人而分定，則事益修矣。故爲今之慮水莫若如此。

渾儀議

沈括

五星之行有疾舒，日月之交有見匿，求其次舍經劚之會，其法一寓于日。冬至之日，日之端南者也。日行周天，而復集于表鋭，凡三百六十有五日四分日之幾一，而謂之歲。周天之體日別之，謂之度，度之離其數有二：日行則舒則疾，會而均別之，曰赤道之度。日行自南北升降四十有八度，而迤別之，曰黄道之度。度不可見，其可見者星也。日月五星之所由，有星焉當度之畫者，凡二十有八，而謂之舍。舍所以挈度，度所以生數也。度在天者也，爲之璣衡，則度在器。度在器，則日月五星可以摶乎器中，而天無所豫也。天無所豫，則在天者不爲難知也。自漢以前，爲歷者必有璣衡，以日驗跡。其後雖有璣衡，而不爲歷；作爲歷亦不復以器自考；氣朔星緯而皆莫能知其必當之數。至唐歷僧一行改步大衍歷法，始復用渾儀參貫，故其術所得，比諸家爲多。臣嘗歷考古今儀象之法，《虞書》所謂「璿璣玉衡」，唯鄭康成粗記其法。至洛下閎製圓儀，賈逵又加黄道，其詳皆不存于書。其後張衡爲銅儀，於密室中以水轉之，蓋所謂渾象，非古之璣衡也。吴孫氏時，王蕃、陸績皆嘗爲儀及象。其説以謂舊以二分爲一度，而患星辰稠概。張衡改用四分，而復推重難運。故蕃以三分爲度，周丈有九寸五分寸之三而具黄、赤道焉。績説以天形如鳥卵，小椭，而黄、赤道短長相害，不能應法。至劉曜時，南陽孔定製銅儀，有雙規，正距子、午以象天；有橫規，判儀之中以象地；有持規，斜絡天腹，以候赤道；南北植幹，以法二極；其中乃爲游規、窺管。劉曜太史令晁崇、斛蘭皆嘗爲鐵儀。其規有六，四常定，一象地，一象赤道，其二象二極，乃定所謂雙規者也；其制與定法大同焉。唯南北柱曲抱，雙規下有縱衡水平，以銀錯星度，小變舊法；而皆不言有黃道，疑其失傳也。唐李淳風別爲圓儀，三重其外曰六合，有天經雙規，金渾緯規，金常規；次曰三辰，轉於六合之內，圓徑八，赤有璿璣規，月游規，所謂璿璣者，黃道屬焉；又次曰四游，南北爲天樞，中爲游筩，可以升降游轉；別爲月道，傍列二百四十九交，以携月游。而一行以爲難用，而其法亦亾。其後率府兵曹梁令瓚，更以木爲游儀，因淳風之法，而稍附新意，詔與一行雜校得失，改鑄銅儀，古今稱其詳確。至道中，初鑄渾天儀于司天監，多因斛蘭、晁崇之法；皇祐中，改鑄銅儀于天文院，始用令瓚、一行之論，而去取交有失得。臣今斂古今之説，以求數象，有不合者，十有三事。其一，舊説以謂今中國於地爲東南，當令西北望極星，置天極不當中北。又曰，天常傾西北，故極星不得居中。臣謂以中國觀之，天常北倚可也，謂極星偏西則不然。所謂東西南北者何從而得之〔六〕？豈不以日之所出者爲東，而日之所入者爲西乎！臣觀古之候天者，自安南都護府至浚儀大岳臺，纔六千里，而北極之差凡十五度，稍北不已，庸詎知極星之不直人上也？臣嘗讀黃帝《素問》書，立于午而面子，立於子而面午，至于自卯而望西，自酉而望卯，皆曰北面；立於卯而負西，立于酉而負卯，至于自午而望南，自子而望北，則皆曰南面。臣始不諭其理，逮今思之，乃常以天中爲北也。常以天中爲北，則蓋以極星常居天中也。《素問》尤爲善言天者。今南北纔五百里，則北極輒差一度以上，而東南西北數千里閒，日分之時候之，日未嘗不出於卯半，而入於酉半，則又知天樞既中，則日之所出者定爲東，日之所入者定爲西，天樞則常爲北無疑矣。以衡窺之，日分之時，以渾儀抵極星以候日之出没，則在卯酉之半少北，此殆放乎四海而同者，何從而知中國之爲東南也？彼徒見中國東南皆際海而爲是說也。臣以謂極星之果中，果非中，皆無足論者。彼北極之出地，千里之間所差者已如是，又安知其茫昧幾千萬里之外邪？今直當據建邦之地，人目之所及，裁以爲法；不足以爲法者，宜置而勿議可也。其二，曰紘平設以象地體，今渾儀置于崇臺之上，下瞰日月之所出，則紘不與地際相當者。臣詳此說雖粗有理，然天地之廣大，不爲一臺之高下有所推遷。蓋渾儀考天地之體，有實數，有準數。所謂實者，此數即彼數也，此移赤，彼亦移赤之謂也；所謂準者，以此準彼，此之一分，則準彼之幾千里之謂也。今臺之高下，乃所謂實數，一臺之高，不過數丈，彼之所差者，亦不過此，天地之大，豈數丈足累其高下？若衡之低昂，則所謂準數者也，衡移一分，則彼不知其幾千里，則衡之低昂當慎，而臺之高下非所當卹也。其三，月行之道，過交則入黃道六度而稍却，復交則出，於黃道之南亦如之。月行周于黃道，如繩之繞木，故月交而行日之陰，則日爲之虧；入蝕法而不虧者，行日之陽也。每月退交二百四十九周有奇，然後復會。今月道既環繞黃道，又退交之漸，當每日差池。今必候月終而頓移，亦終不能符會天度。當省去月環，其候月之出入，專以歷法步之。其四，衡上下二端，皆徑一度有半，用日之徑也，衡端不能全容日月之體，則無由審日月定次。欲日月正滿，上衡之端，不可動移，此其所以用一度有半爲法也；下端亦一度有半則不然，若人目迫下端之東以窺上端之西，則差幾三度。凡求星之法，必令所求之星正當穿之中心；今兩端既等，則人目遊動，無因知其正中。今以鉤股法求之，下徑三分，上徑一度有半，則兩竅相覆，大小略等，人目不摇，則所察自正。其五，前世皆以極星爲天中，自祖暅以璣衡窺考天極不動處，乃在極星之末猶一度有餘。今銅儀天樞内徑一度有半，乃謬以衡端之度爲率，若璣衡端平，則極星常遊天樞之外；璣衡小偏，則極星乍入。令瓚舊法，天樞乃徑二度有半，蓋欲使極星遊於極中也。臣考驗極星更三月，而後知天中不動處遠極星乃三度有餘，則祖亘窺考，猶爲未審。今當爲天極徑七度，使人目切南極望之，極星正循北極裏周，常見不隱，天體方正。其六，令瓚以辰刻十干八卦皆刻於紘，然紘正平而黄道斜運，當子午之間，則日徑度而道促；卯酉之際，則日迤行而道舒；如此辰刻不能無謬。新銅儀則移刻於緯，四遊均平，辰刻不失。然令瓚天中單環，直中國人頂之上，而新銅儀緯斜絡南北極之中，與赤道相直。舊法設之無用，新儀移之爲是。然當側規如車輪之牙，而不當衡規如鼓陶。其傍迫狹，難賦辰刻，而又蔽映星度。其七，司天銅儀，黄赤道與紘合鑄，不可轉移，雖與天運不符，至於窺測之時，先以距度星考定三辰所舍，復運遊儀抵本宿度，乃求出入黄道及去極度，所得無以異於令瓚之術。其法本於晁崇、斛蘭之舊制，雖不甚精縟，而頗爲簡易。李淳風嘗謂斛蘭所作鐵儀，赤道不動，乃如膠柱，以考月日差，或至十七度，少不減十度。此正謂直以赤道候月行，其差如此。今黄道赤度，再運游儀抵所舍宿度求之，而月行則以月歷每日去極度筭率之，則不可謂之膠也。新法定宿而變黄道，此定黄道而變宿，但可賦三百五十五度，而不能具餘分，此其爲略也。其八，令瓚舊法，黄道設於月道之上，赤道又次月道，而璣最處其下，每月移交，則黄赤道輒變。今當省去月道，徙璣于赤道之上，而黄道居赤道之下，而二道與衡端相迫，而星度易審。其九，舊法規環一面刻周天度，一面加銀丁，所以施銀丁者，夜候天晦，不可目察，則以手切之也；古之人以璿爲之，璿者，珠之屬也。今司天監三辰儀，設齒于環背，不與橫簫會，當移列兩旁，以便參察。其十，舊法重璣皆廣四寸，厚四分，其他規軸重，樸拙不可旋運。今小損其制，使之輕利。其十一，古之人知黃道歲易，而不知赤道之因變也。黃道之度，與赤道不得獨膠。今當變赤道與黃道同法。其十二，舊法黃赤道平設，正當天度，掩蔽人目，不可占察；其後乃別加鑽孔，尤爲拙謬。今當側置少偏，使天度出北際之外，自不凌蔽。其十三，舊法地紘正絡天經之半，凡候三辰出入，則地際正爲地紘所伏。今當徙紘稍下，使地際與紘之上際相值，候三辰伏見，專以紘際爲法，自當默與天合。

邊議四首

張　載

清野

城中之民，既得以依城；自郊外百姓，朝廷不豫爲之慮，非潰亡失生，則殺戮就死；縱或免焉，則其老幼孳畜，屋廬積聚，莫不爲之驅除蕩焚，與死亡均矣。欲爲之計，莫如選吏行邊，爲講族、閭、隣、里之法。問其所謀，諭之休戚，使之樂羣以相聚，協力以相資；聽其依山林、據險阻，自爲免患之計，官不拘制，一從其宜。則積聚幼老，得以先自爲謀而處之有素，寇雖深入，野無所資，而民免誅掠，此爲計之當先者也。

固守

師爲虜致，則喪陷之患多；城不自完，則應援之兵急。凡今近邊城邑，尤當募善守之人，計定兵力，度使勢可必全，不假外救，足以支持踰月；應援之師不爲倉皇牽制，則守必力而師不勞，此禦患之尤急者也。然所謂善守者，要以省兵爲能。假設一城之小，千夫可完，不才者十倍之而未必固，善守者加損之而尚可全；則守城乘障之人，必也力與之計而省吾兵，厚賞其功而示之信。

省戍

戍而費財，豈善戍之計？欲不費，必也計民以守，不足，然後益之以兵。如是則爲守之力，在民居多，而用兵無幾。守既在民，則今日守兵，凡城有餘，皆得以移用他所，或乘間出戰，以自解其圍矣。竊計關內守餘之兵，無慮十萬，四塞之城，各餘萬人爲備，間有多少之差〔七〕，此其大略也。則舉中大數，有移使之卒，常不減六七萬人。義勇既練，則六十萬人從而省去，亦攻守爲有餘矣。兵省費輕，就使戎壘對峙，用日雖多，而吾計常足。顧朝廷未嘗資守於民，以兵多爲患耳。種世衡守環州，吏士有罪，射中則釋之；僧道飲酒犯禁，能射則縱之；百姓繫者，以能射則必免；租稅逋負者〔八〕，以能射則必寬〔九〕。當是時，環之內外，莫不人人樂射，一州之地，可不用一卒而守。以此觀之，省戍豈甚難之計哉？

因民

計民以守，必先相視城池大小，夫家衆寡，爲力難易，爲地緩急，周圍步尺，莫不盡知；然後括以保法，萃以什伯，形以圖繪，稽以文籍，便其居處，正其分位。平時，使之知所守，識所向，習登降，時繕完；賊至，則授甲付兵，人各謹備，老幼供餉，婦女守室。如是則民心素安，技藝素講，寇不能恐，吏不能侵，無倉卒之變，無顛亂之憂。民力不足，然後濟之以兵。此三代法制，雖萬世可行，不止利今日之民〔一〇〕。

世守邊郡議

呂大鈞

中國之大戒，無急于邊防。自秦、漢以來，禦戎之策，是非未能相遠。竊嘗求三代之法，宜于今日而推行之，乃知聖人封建之深意，不獨尚德，專治吾民而已。其禦邊之要，微妙深遠，固在術內，殆非衆人之智所可及已。蓋天下之勢，不得不一，亦不得不分。分而不一，則上無以制命，而爲下者肆；一而不分，則下無陳力，而爲上者勞。故古者分天下爲列國，統萬國于一王，使禮樂征伐，一出于天子，教治禁令，一委之諸侯；則是天子持威福之柄，優游于内，以專察國君之善惡，諸侯任功過之責，勤勞于外，以同體王室之休戚。如是，則四方之警急，何以急天子之視聽哉？彼不任吾患者，吾得執而戮之，孰敢矣？吾所以待夷狄者，特招携以禮，懷遠以德而已。在商之時，古公以皮幣犬馬珠玉事獯鬻，而商王不知；在周之時，晉國拜戎不暇，而周室不與；然則三代禦邊之略，蓋可知已。臣竊謂分剖天下，以爲列國，則未敢輕議；如使邊郡略法古意，愼選仁勇之士，使得世守郡事；兵民措置，悉以委之；租調出入，一切不問；惟財用不足者，附以次邊支郡，以共其乏。其治以安靜不擾，敵人感服者爲上；富彊自守，彼不能犯者次之；戰勝攻取，無所退屈者又次之。賞罰者，增損其名位而已，甚者則升黜之，不使輕去其郡。若此，則安危利害，不離其身，勢不得不盡其力以從事，盡心以防患。所謂世守者，亦不得純如周制，父子相繼；必使選賢以自代，毋問親疏，天子加察焉，然後可之，遂使貳其郡事，以終舉者之身，然後命之。没則禄其子孫以祀之，若有功德，則郡人世世祀之，仍爵其子孫，庶幾亦可以爲備邊之一術也。

選小臣宿衛議

呂大鈞

古者人主左右前後使令執事之小臣，乃所以朝夕起居出入、須臾不可離者也。其用之迹，雖主于給宿衛，備頤指，以共綴衣、虎賁、執射、執馭之職；其用之意，則亦使之獻可替否，拾遺補闕，以替疑丞保傅之事。主於給宿衛，備使令，則非恪勤謹重者不可以當其任；使之獻可替否，拾遺補闕，則非開爽敏茂者不足以充其位。此言猶未之盡。古之人君，不獨有師有友，又有受教於我者焉。故疾醫，小藝者也，黄帝師奚伯，而教雷公；費國，小邦也，惠公友顔般而役長息。然則使令執事之小臣，雖在擇恪勤謹重、開爽敏茂之資，人主又當教誨養育，使臣成就其材，以補異時公卿大夫之闕；如此則朝廷常不乏材，而人主求之且不勞也。以漢唐之苟簡，其臣猶多出於宿衛供奉之官，豈非常在宮省，日侍帷幄，既已接聞廟堂之議，以廣其知識，間復親被德音，誨其所未至，則益知善惡向背之理，薰炙漸漬，久而不已，安有不化者哉？不徒其效如此，又可以自廣其聰明之德。《記》曰：「教學相長也。」又曰：「教然後知困。」彼既知向背，則必盡其心力以承學于上；上之人既樂其自勉，亦不盡以教之，或因其善問，有以起吾志；或因其難進，有以勉吾業。《傳》曰：「教不倦，仁也。」又曰：「有教無類。」則不徒可以益吾之志業，又可以廣吾之德性也。《記》曰：「善教者知至學之難易，又知其美惡。」則不徒廣吾之德性，又可以廣吾知人之明也。爲人君而乘政事之間，以教育執事之小臣，乃有志業德性知人之益，豈小補哉？今朝廷雖有中書、門下兩省官以備侍從，又有翰林、舍人院及諸館閣之臣以備顧問，非乏人也。充其選者，又皆美材敏行，非不賢也。既以待之不爲綴衣、虎賁、射馭之冗，亦難復使從使令執事之賤。似宜略依漢制郡國貢士給宿衛之法，詔公卿牧守，如孔門四科之目，各使保任三二人，不以仕與未仕，限年二十以上，三十以下；其人則分隸中書、門下省，學士舍人院，及館閣諸司；其職則參諸殿侍諸班之列；其禄秩則視三班使臣、州縣掾屬而已。其間暇則各受學於其官長，退而以所學開諭其同列。仍不立遷擢廢置之格，其有功罪善惡，一聽明主裁決而已。如此則素無行能者必不得舉，不安其分者必不願焉，自非朴茂有志之士，不可得而與焉。試或行之，不過五七年，不徒得高才美行，可備器使，亦將資助盛德大業，必將日新而無窮。凡在位執事之小臣，亦當漸摩義理之益，相觀而善，可不務乎？

民議

吕大鈞

爲國之計，莫急於保民。保民之要，在於存恤主户；又招誘客户，使之置田以爲主户。主户苟衆，而邦本自固。今訪聞主户之田少者，往往盡賣其田，以依有力之家；有力之家，既利其田，又輕其力而臣僕之。若此則主户益耗，客户日益多。客雖多而轉徙不定，終不爲官府之用。今欲將主户之田少者，合衆户共及二頃以上，方充一夫之役；其兼并之家，人少而田多者，復計其田，每三頃執一夫之役；主户不足，以客户足之。

皇族稱伯父叔父議　顔復

《禮記·大傳》：「君有合族之道。族人不得以其戚戚君位者。合族之時，族人不得以父兄之尊，齒君之位。」爲正尊卑之序而發也。《儀禮》：「公子不得禰先君。」謂别子之子，始以别子爲諸侯立廟而發也。二者無害稱謂之厚。三代盛時，天子謂同姓諸侯曰伯父、叔父，異姓諸侯曰伯舅、叔舅，雖無定則，原此而論，不必于上下相接之際，皦皦區異遠近，以傷親親之意。唐德宗、宣宗之世，有分從稱姓之令，亦緣其政苛刻寡恩而然。國朝祖宗，敦睦九族，自有博大之制，遠符三代之風。若唐衰一時之令，不足稽攷。

議官　李清臣

原今之大敝，皆入仕之門雜而衆也。入仕之門雜而衆，故仕者日蕃，故有罷職而歸，幾及三歲，不得再調者。進未得禄仕，退失其田廬，故寒廉之人，身雖掛仕版，名雖榮聖世，而無資以繼其生，盻盻焉常不得其所。上急於父母甘旨滫髓之養，下迫於妻孥之饘粥，則節不篤者，或乘其間隙匱乏之時，起而牟利，賈販江湖，干託郡邑，商筭盈縮，秤較毫釐〔二〕，匿關市之征，逐舟車之動，以規什一之得。進則王官，退則爲市人；進則冕笏而治事，號爲民師，退則妄覬苟獲，不顧行義；故仕路污辱，而廉恥之風大墜。朝廷患仕者之日蕃，無職以處之，且使罷者久不獲其所，故難棘其塗，以蹈藉來者；而有司苛爲之文，迂爲之格，張設難漏之密網，羅取非意之細罪，離合增廣其薦員，使其不得應條，缺駁遲其歲考〔三〕，使其不得滿課，從是而仕者益難。故戰薄於得失，角逐於勢利，前者冒昧以進，後來競隘而夸馳，其輕僞佻淺之流，更相眄祠，迭相攻攘，相誅不操矛，相覆不設阱，而媮風熾，險濤作。恬讓靖默，真能實德之士，或羞與之偶，寧自卻於羈旅草野，而不入於其塗。有耻者，上欲進之，而日益退；無耻者，上欲退之，而日益進。徒歲爲一禁，時下一令，詳明深切，繩約而條責之，揭而示之以義利之路，曰：爾爲篤厚，無爲薄惡。如是將以復仁義，革士風，臣竊以爲無益也。故臣謂天下之大敝，由仕者蕃，仕者蕃，由入仕之門雜而衆也。夫入仕之門，乃敝之原已，而議者不塞其原，徒止其流；不迹其本，欲救其末；不能清入仕之門，而束縛爬櫛，痛治其已仕者。入仕之時，如數兵徒，如積麻竹，不知名器之可惜；已仕之後，如障寇盜，如阬螟蝗，不知士心之愈離，臣愚以爲過矣。故願陛下清入仕之門。入仕之門簡，則職有餘格，吏無冗員，而禄得以繼。污者反其廉，困者遂其節，争者息其險，讓者策其高，仕路平夷，而風化易隆矣。

官制

畢仲游

國家承五季之後，典章制度，號令文采，雖未純于三代，蓋皆有三代之意而髣髴焉。至於慎刑罰，息兵革，寬仁盡下，愛養元元，得天下之心，則有與三代比者。獨官名，自宰相而下，至于百職執事，循用五季之舊，而不知改。天子臨朝歎息於上，而公卿大夫咨嗟悼歎發憤于下者，不知幾十年矣。及神宗皇帝，同人心，決大策，以階寄禄，而修復漢、唐三省之制〔一三〕，宜其歎呼鼓舞，以慶朝廷之盛德；而行之五年，公卿大夫猶有不懌於官制者。豈未改之前，嘗厭五代之無法，既改之後，復云漢、唐之非是，則官名之所設〔一四〕，如何而可？蓋國朝雖循三省之舊，而二十四司之名，皆第之以待百官，當選者在省之官，反假他官以制之。如兵部爲樞密，吏部爲銓審，庫部、金部爲三司，水部爲都水，刑部爲大理，名隸尚書，而事在他局者，不可以爲後世法。則先帝之改制無可議者，而改制之中，有非漢、唐之舊，而未合於今日之務。舊平章事遷中書令，國朝以來，未有遷至中書令者〔一五〕，而今儀同三司一階兼昔日宰相累遷之官。舊禮部尚書遷户部，工部遷刑部，刑部遷兵部，而今銀青光禄大夫一階兼昔日尚書累遷之官。舊禮部侍郎遷户部，户部遷吏部，工部侍郎遷刑部，刑部遷兵部，而今正議大夫一階兼昔日侍郎累遷之官。卿寺亦然。昔之官品難於進，今之階秩易爲高，而又降七品爲八品，降五品爲六品，降三品爲四品，至其不可用也，則議請減蔭，反以舊品爲定。而章服之令，徒降五爲六，降三爲四，以遷就新品之失，而不知義理之所在。則所謂非漢唐之舊，而不合今日之務者，可驗於此，然猶未有害也。舊尚書省不總天下之政，而中書、門下合而爲一，則其治速；今尚書省總天下之政，而中書、門下析而爲二，則其治緩，此理之固然者。至所謂畫黄録符牒關刺，由上而下，復由下而上，近者浹旬，遠者累月，有夜半停印待報，而其務乃比於竹茹木屑之細，或者補衣貸食，未得其決，而事久失于期會，則非惟不合今日之務，而良有害。公卿大夫所以不懌於官制者，以此；亦在上之人損益之而已矣。蓋隋、唐二十有九，而今寄禄階二十有五，如益其階，使與舊日之官品相對〔一六〕，無併三遷兩遷而爲一階，則階正矣。還舊日之品秩，凡議請減蔭，服章之名，必合三五七九之數，無易前古之常，以就新品之失，則品正矣。事大而緩〔一七〕，則由寺監而上臺省，或由臺省而下寺監；事速而小者，則許之專決或專達，而不爲次第上下之遲〔一八〕，久則事正矣。階正，則朝廷尊，名器重；品正，則義理安，民志定；事正，則三省無滯務，而遠近之人，皆不失于期會。修此三者，而官制立矣。豈以漢、唐之官名不當復，而五代之季爲可循也？

校勘記

〔一〕有真僞　「有」字原脱，據明抄本補。

〔二〕儲偫　「偫」字原本空白，據明抄本、明刻本補。

〔三〕縶囚　「縶」字原本空白，明抄本、明刻本作「摯」。按字當作「縶」，拘執也。今改。

〔四〕寸尺　「寸」字原本空白，據明天順本補。

〔五〕於先　「於」原作「必」，據明抄本、明刻本改。

〔六〕得之　「得」字原本空白，據明抄本、明刻本補。

〔七〕間有多少之差　「有」原作「其」，「差」原作「羌」，據明抄本改。又此句及下句，明抄本、刻本均作雙行夾注。

〔八〕租稅　「租」原作「粮」，據明抄本、明刻本改。

〔九〕射則必寬　「射」下脱「則」字，據明抄本、明刻本補。

〔一〇〕不止利今日之民　「之民」明刻本同，明抄本作「而已」，較長。

〔一一〕毫釐　「釐」原作「氂」，據明抄本改。

〔一二〕缺駿遲其歲考　明抄本「遲」作「延」。疑此句當作「缺駿延遲其歲考」，方與上句句法相稱。

〔一三〕三省　「三」原作「二」，據畢氏《西臺集》改。

〔一四〕所設　「設」原作「失」，據《西臺集》改。

〔一五〕中書令　「令」原作「人」，據明抄本改。下句「令」字原作「令」，亦據改。

〔一六〕使與　「使」原作「所」，據《西臺集》改。

〔一七〕事大而緩　「緩」原作「變」，據《西臺集》改。

〔一八〕次第上下之遲　「遲」原作「道」，據《西臺集》改。

〔宋〕吕祖謙 編
齊治平 點校

宋文鑑

下册

中華書局

宋文鑑卷第一百七

説

怪説上

石介

三才位焉，各有常道，反厥常道，則謂之怪矣。夫三光代明，四時代終，天之常道也；日月爲薄蝕，五星爲彗孛，可怪也。夫五嶽安焉，四瀆流焉，地之常道也；山爲之崩，川爲之竭，可怪也。夫君南面，臣北面，君臣之道也；父坐子立，父子之道也；而臣抗於君，子敵於父，可怪也。夫中國，聖人之常治也，四民之所常居也，衣冠之所常聚也，而髡髮左衽，不士不農不工不商，爲夷者半中國，可怪也。夫中國，道德之所治也，禮樂之所施也，五常之所被也，而汗漫不經之教行焉，妖誕幻惑之説滿焉，可怪也。夫天子七廟，諸侯五廟，大夫三廟，士二廟，庶人祭于寢，所以不忘孝也；而忘而祖，廢而祭，去事夷狄之鬼，可怪也。夫法施於民則祀之，以死勤事則祀之，以勞定國則祀之，能禦大菑則祀之，能捍大患則祀之，契能殖百穀，祀以爲稷，后土能平九州，祀以爲社，帝嚳、堯、舜、禹、湯、文、武有功烈於民者，及夫日月星辰，民所瞻仰也，山林川谷丘陵，民所取財也，非此族也，不在祀典；而老觀佛寺，徧滿天下，可怪也。人君見一日食，一星縮，一風雨不調順，一草木不生殖，則能知其爲天地之怪也，乃避寢減膳，徹樂恐懼責己，脩德以禳除焉；彼其滅君臣之道，絶父子之親，棄道德，悖禮樂，裂五常，遷四民之常居，毁中國之衣冠，去祖宗而祀夷狄，汗漫不經之教行，妖誕幻惑之説滿，則反不知爲怪，既不能禳除之，又崇奉焉。時人見一狐媚，一鵲噪，一梟鳴，一雉入，則能知其爲人之怪也，乃啓咒祈祭，以厭勝焉；彼其孫其子，其父其母，忘而宗祖，去而父母，離而常業，裂而常服，習夷鬼，則反不知其怪，既不能厭勝之，又尊奉焉，愈可怪也。甚矣，中國之多怪也，人不爲怪者，幾少矣。噫！一日蝕，一星縮，則天爲之不明；一山崩，一川竭，則地爲之不寧；釋老之爲怪也，千有餘年矣，中國蠹壞，亦千有餘年矣，不知更千餘年，釋老之爲怪也如何？中國之蠹壞也如何？堯、舜、禹、湯、文、武、周公、孔子不生，吁！

怪説下

石介

或曰：「天下不謂之怪，子謂之怪，今有子不謂怪而天下謂之怪，請爲子而言之，可乎？」曰：「奚其爲怪也？」曰：「昔楊翰林欲以文章爲宗於天下，憂天下未盡信己之道，於是盲天下人目，聾天下人耳，使天下人目盲，不見有周公、孔子、孟軻、楊雄、文中子、吏部之道；使天下人耳聾，不聞有周公、孔子、孟軻、楊雄、文中子、吏部之道；俟周公、孔子、孟軻、楊雄、文中子、吏部之道滅，乃發其盲，開其聾，使天下唯見己之道，唯聞己之道，莫知其佗。今天下有楊億之道四十年矣。今人欲反盲天下人目，聾天下人耳，使天下人目盲，不見有楊億之道；使天下人耳聾，不聞有楊億之道；俟楊億之道滅，乃發其盲，開其聾，使目唯見周公、孔子、孟軻、楊雄、文中子、吏部之道，耳唯聞周公、孔子、孟軻、楊雄、文中子、吏部之道。

周公、孔子、孟軻、楊雄、文中子、吏部之道，堯、舜、禹、湯、文、武之道也，三才、九疇、五常之道也，反厥常則爲怪矣。夫《書》則有堯舜《典》、皋陶益稷《謨》、《禹貢》、箕子之《洪範》，《詩》則有大小《雅》、《周頌》、《商頌》，《春秋》則有聖人之經，《易》則有文王之繇，周公之爻，夫子之《十翼》；今楊億窮妍極態，綴風月，弄花草，淫巧侈麗，浮華纂組，刓鎪聖人之經，破碎聖人之言，離析聖人之意，蠹傷聖人之道；使天下不爲《書》之典、謨、禹貢、洪範，《詩》之雅、頌，《春秋》之經，《易》之繇、爻、十翼，而爲楊億之窮妍極態，綴風月，弄花草，淫巧侈麗，浮華纂組，其爲怪大矣。是人欲去其怪，而就於無怪，今天下反謂之怪而怪之，嗚呼！

唐説

尹　源

世言唐所以亡，由諸侯之彊，此未極于理。夫弱唐者諸侯也，唐既弱矣，而久不亾者，諸侯維之也。燕、趙、魏首亂唐制，專地而治，若古之建國，此諸侯之雄者，然皆恃唐爲輕重，何則？假王命以相制，則易而順，唐雖病之，亦不得而外焉。故民見順而聽命〔一〕，則天下爲亂者不能遂其亂。河北不順而變，則姦雄或附而起，德宗世朱泚、李希烈始遂其僭，而終敗亡者，田悦叛于前，武俊順于後也。憲宗討蜀平夏，誅蔡夷鄆，兵連四方而亂不生，卒成中興之功者，田氏秉命，王承宗歸國也。武宗將討劉稹之叛，先諭二鎮，絶其連衡之計，而王誅以成。如是二百年，姦臣逆子專國命者有之〔二〕，夷將相者有之，而不敢窺神器，非力不足，畏諸侯之勢也。及廣明之後，關東無復唐有，方鎮相侵伐者，猶以王室爲名。

及梁祖舉河南，劉仁恭輕戰而敗，羅氏内附，王鎔請盟，于時河北之事去矣。梁人一舉而代唐有國，諸侯莫能與之爭，其勢然也。向使以僖、昭之弱，乘巢、蔡之亂，而田承嗣守魏，王武俊、朱滔據燕、趙，彊相均，地相屬，其勢宜莫敢先動，況非義舉乎？如此，雖梁祖之暴，不過取霸于一方耳，安能彊禪天下？故唐之弱者，以河北之彊也；唐之亡者，以河北之弱也。或曰：諸侯强則分天子之勢，子何議之過乎？曰：秦、隋之勢，無分于諸侯，而亡速于唐，何如哉？

雜説

劉敞

善治天下者，求之於其身而已矣。耳也者，所以聽也；目也者，所以眎也；口也者，所以言也；心也者，所以思也；手也者，所以攫也；足也者，所以走也。凡此數者，相待而成，相須而生，廢之則病，缺之則喪，然而莫相易也，莫相德也，分定故也。聖人之治天下，能使百官萬物如耳、目、心、口、手、足之不可相易，亦不相德，濟之如一身，而天下安有不治哉？屠羊説者，楚之屠羊者也，當昭王之時，吴兵入郢，昭王奔走，屠羊説有功焉，王定而賞之。屠羊説曰：「不可，王始失國，吾亦失屠羊，今王復國，吾亦復屠羊，吾職已足矣，又何賞乎？」此其不相德也甚矣。所謂分定者，非名位有所極，人不敢問之者也；清濁中理，賢不肖中倫，人莫能間之者也；譬若足之不可爲手，耳之不可爲目也。故天子憂天下，諸侯憂其國，公、卿、大夫憂其家，所任大者憂亦大，所任小者憂亦小，非上獨逸而下獨苦也。古者以進爲役，以退爲休，勞力者安，勞心者憂，此其不以利私己〔三〕，故上下一躰也。憂大者慮遠，憂小者慮短，故有天下者，其际百歲，猶旦暮也；有一國者，其际一世，猶旦暮也；有一家者，其际一歲，猶旦暮也。旦逸樂而暮憂患，人情所不爲，是故天子有百世之憂，諸侯有十世之憂，士庶人有終世之憂。

進説

王安石

古之時，士之在下者無求于上，上之人日汲汲惟恐一士之失也。古者士之進，有以德，有以才，有以言，有以曲藝；今徒不然，自茂才等而上之，至于明法，其進退之皆有法度。古之所謂德者、才者無以爲也；古之所謂言者，又未必應今之法度也。誠有豪傑不世出之士，不自進乎此，上之人弗舉也；誠進乎此，而不應今之法度，有司弗取也。夫自進乎此，皆所謂枉己者也。孟子曰：「未有枉己能正人者也。」然而今之士不自進乎此者，未見也；豈皆不如古之士自重以有耻乎？古者井天下之地而授之氓，士之未命也，則授一廛而爲氓，其父母妻子裕如也。自家達國，有塾有序，有庠有學，觀游止處，師師友友，絃歌堯舜之道，自樂也，磨礱鐫切，沉浸灌養，行完而才備，則曰上之人其舍我哉？上之人其亦莫之能舍也。今也地不井，國不學，黨不庠，遂不序，家不塾，士之未命也，則或無以裕，父母妻子無以處，行完而才備，上之人亦莫之舉也，士安得而不自進？嗚呼！使今之士不若古，非人，則然勢也。勢之異，聖賢之所以不得同也。孟子不見王公，而孔子爲季氏吏，夫不以勢乎哉？士之進退，不惟其德與才，而惟今之法度；而有司之好惡，未必今之法度也；是士之進，不惟今之法度，而幾在有司之好惡耳。今之有司，非昔之有司也；後之有司，又非今日之有司也；有司之好惡豈常哉？是士之進退，果卒無所必而已矣。噫！以言取人，未免失也，取焉而又不得其所謂言，是失之失也，况又重以有司之好惡不可常哉？古之道其卒不可見乎士也。有得已之勢，其得不已乎？得已而不已，未見其爲有道也。楊叔明之兄弟，以父任皆京官，其勢非吾所謂無以處，無以裕父母妻子，而有不得已焉者也。自枉而爲進士，而又枉於有司，而又若不釋然。二君固常自任以道，而且朋友我矣，懼其猶未寤也，爲進説與之。

太極圖説

周敦頤

無極而太極，太極動而生陽；動極而静，静而生陰。静極復動，一動一静，互爲其根，分陰分陽，兩儀立焉。陽變陰合，而生水、火、木、金、土，五氣順布，四時行焉。五行，一陰陽也。陰陽，一太極也。太極，本無極也。五行之生也，各一其性。無極之真，二五之精，妙合而凝。乾道成男，坤道成女。二氣交感，化生萬物。萬物生生，而變化無窮焉。唯人也，得其秀而最靈。形既生矣，神發知矣，五性感動，而善惡分，萬事出矣。聖人定之以中正仁義，聖人之道，仁義中正而已矣。而主静，無欲故静。立人極焉。故聖人與天地合其德，日月合其明，四時合其序，鬼神合其吉凶。君子脩之吉，小人悖之凶。故曰：「立天之道，曰陰與陽；立地之道，曰柔與剛；立人之道，曰仁與義。」又曰：「原始反終，故知死生之説。」大哉《易》也，斯其至矣。

稼説送張琥

蘇軾

曷常觀於富人之稼乎？其田美而多，其食足而有餘。其田美而多，則可以更休而地力得完；其食足而有餘，則種之常不後時，而斂之常及其熟。故富人之稼常美，少秕而多實，久藏而不腐。今五、十口之家，而共百畝之田，寸寸而取之，日夜以望之，鋤耰銍艾相尋於其上者如魚鱗，而地力竭矣。種之常不及時，而斂之常不待其熟，此豈能復有美稼哉？古之人，其才非有以大過今之人也。其平居所以自養而不敢輕用以待其成者，閔閔焉如嬰兒之望長也。弱者養之以至於剛，虛者養之以至於充。三十而後仕，五十而後爵。信於久屈之中，而用於至足之後；流於既溢之餘，而發於持滿之末；此古之人所以大過人，而今之君子所以不及也。吾少也有志於學，不幸而早得，與吾子同年，吾子之得，亦不可謂不早也。吾今雖欲自以爲不足，而衆且妄推之矣。嗚呼，吾子其去此而務學也哉！博觀而約取，厚積而薄發，吾告子止于此矣。子歸過京師而問焉，有曰轍子由者，吾弟也，其亦以是語之。

剛説

蘇　軾

孔子曰：「剛毅木訥近仁。」又曰：「巧言令色，鮮矣仁。」所好夫剛者，非好其剛也，好其仁也；所惡夫佞者，非惡其佞也，惡其不仁也。吾平生多難，常以身試之，凡免我于厄者，皆平日可畏人也；擠我于嶮者，皆異時可喜人也；吾是以知剛者之必仁，佞者之必不仁也。建中靖國之初，吾歸自海南，見故人問存没，追論平生所見剛者，或不幸死矣。若孫君介夫諱立節者，真可謂剛者也。始吾弟子由爲條例司屬官，以議不合引去。王荆公謂君曰：「吾條例司當得開敏如子者。」君笑曰：「公過矣，當求勝我者；若我輩人，則亦不肯爲條例司矣。」公不答，徑起入户，君亦趍出。君爲鎮江軍書記，吾時適守錢塘，往來常、潤間，見君京口。方新法之初，監司皆新進少年，馭吏如束濕，不復以禮遇士大夫，而猶敬憚君，曰：「是抗丞相不肯爲條例司者。」謝麟經制溪洞事，宜州守王奇與蠻戰死。君爲桂州節度判官，被旨鞫吏士有罪者。麟因收大小使臣十二人付君并按，且盡斬之，君持不可。麟以語侵君，君曰：「獄當論情，吏當守法。逗撓不進，諸將罪也，既伏其辜矣，餘人可盡戮乎？若必欲以非法斬人，則經制司自爲之，我何與焉？」麟奏君抗拒，君亦奏麟侵獄事，刑部定如君言，十二人皆不死，或以遷官。吾以是益知剛者之必仁也。不仁，而能以一言活十二人於必死乎？方孔子時，可謂多君子，而曰「未見剛者」，以明其難得如此；而世乃曰「太剛則折」。士患不剛耳，長養成就，猶恐不足，當憂其太剛，而懼之以折耶？折不折，天也，非剛之罪。爲此論者，鄙夫患失者也。君平生可紀者甚多，獨書此二事，遺其子覵、勴，明剛者之必仁，以信孔子之説。

雜説　　蘇　軾

吾文如萬斛泉源，不擇地皆可出。在平地滔滔汩汩，雖一日千里無難。及其與石山曲折，隨物賦形，而不可知也。所可知者，常行於所當行，常止於不可不止，如是而已矣。其他雖吾亦不能知。

郄超雖爲桓温腹心，以其父愔忠於王室，不知之，將死，出一箱付門生曰：「本欲焚之，恐公年尊，必以相傷爲斃。我死後，公若大損眠食，可呈此箱，不爾，便燒之。」愔後果哀悼成疾，門生依指呈之，則悉與温往反密計，愔大怒曰：「小子死晚矣！」更不復哭。若方回者，可謂忠臣矣，當與石碏比。然超謂之不孝可乎？使超知君子之孝，則不從温矣。東坡先生曰〔四〕：超，小人之孝也。

《梁史》：劉凝之爲人認所著履，即予之；此人後得所失履，送還，不肯復取。又沈麟士亦爲鄰人認所著履，麟士笑曰：「是卿履耶！」即予之；鄰人得所失履，送還，麟士曰：「非卿履邪！」笑而受之。此雖小事，然處世當如麟士，不當如凝之也。

宋君奪民時以爲臺，而民非之，無忠臣以掩其過也。子罕釋相而爲司空，民非子罕，而善其君。齊桓公宫中七市，女閭三百，國人非之；管仲所爲三歸之臺，以掩桓公。此《戰國策》之言。蘇子曰：管仲仁人也，《戰國策》之言，庶幾是乎！然世未有以爲然者也。雖然，管仲之愛君，亦陋矣；不諫其過，而務分謗焉〔五〕。或曰：管仲不可諫也。蘇子曰：用之則行，舍之則藏，諫而不聽，則不用而已矣，故孔子曰：「管仲之器小哉！」

桓温之所成，殆過于劉越石，而區區慕之者〔六〕，英雄必自有以相伏，初不以成敗言耶？以此論之，光武之度，本不如玄德〔七〕；唐文皇之英氣〔八〕，未必過劉寄奴也。

人君不得與臣下争善；同列争善，猶以爲妬，可以君父而妬臣子乎？晉宋間，人主至與臣下争作詩寫字，故鮑昭多累句，王僧虔用掘筆以避禍〔九〕，悲夫，一至于此哉！漢文言：「久不見賈生，自以爲過之，今乃不及。」非獨無損于文帝，乃所以爲文帝之盛德也。而魏明乃不能堪，遂作漢文勝賈生之論，此非獨求勝其臣，乃與異代之臣争善。惟無人君之度，正如妬婦不獨禁忌其夫，乃妬他人之妾也。

漢仍秦，法至重。高、惠固非虐主，然習所見以爲常，不知其重也。至孝文始罷肉刑與參夷之誅。景帝復孥戮晁錯。武帝罪戾，有增無損。宣帝治尚嚴，因武之舊。至王嘉爲相，始輕減法律，遂至東京，因而不改。班固不記其事，事見《梁統傳》，固可謂疏略矣。嘉，賢相也，輕刑又其盛德之事，可不記乎？統乃言高、惠、文帝以重法興，哀、平以輕法衰，因上書乞增重法律，賴當時不從其議。此如人年少時，不節酒色而安，老後雖節而病，見此便謂酒可以延年，可乎？統亦東京名臣，一出此言，遂獲罪于天，其子松、竦，皆以非命而死，冀卒滅族。嗚呼，悲夫！戒哉！疎而不漏，可不懼乎？

晉士浮虛無實用，然其間亦有不然者。如孟嘉平生無一事，然桓溫謂嘉曰：「人不可無勢，我乃能駕馭卿。」温平生輕殷浩，豈妄許人者哉？乃知孟嘉若遇，當作謝安；安不遇，不過如孟嘉。

真宗時，或薦梅詢可用者。上曰：「李沆嘗言其非君子。」時沆之没蓋二十餘年矣。歐陽文忠公嘗問蘇子容曰：「宰相没二十年，能使人主追信其言，以何道？」子容言：「獨以無心故爾。」軾因贊其語，且言陳執中俗吏爾，特至公，猶能取信主上；况如李公之才識，而濟之以無心耶！

脉之難明，古今所病也。至虛有盛候，太實有羸狀，差之毫釐疑似之間，便有死生禍福之異，此古今所病也。疾不可不謁醫，而醫之明脉者〔一〇〕，蓋天下一二。騏驥不時有，天下未嘗徒行；和、扁不世出，病者終不徒死；亦因其長而護其短耳。士大夫多祕所患，求脉驗之靈否，使索病于冥漠之中，辨虛實冷熱于疑似之間。醫不幸而失，不肯自謂失也，則巧飾遂非，以全其名，至于不救，是固難治也。間有馴愿者，或用主人之言，亦須參以所見，兩存而雜治，以故藥不効。此世之通患，而莫之悟也。吾平生求醫，必于平時默驗其工拙；至于有疾，必先盡告以所患，而後求診；使醫了然知患之所在，然後求之脉。虚實冷熱先定於胸中，則脉之疑似不能亂也。故雖中醫治吾疾，常愈而已，豈以困醫爲事哉？

韓退之喜大顛，如喜澄觀、文暢意耳，非信佛法也。而妄撰退之《與大顛書》，其詞凡鄙，退之家奴僕亦無此語。今一士人又於其末妄題云，歐陽永叔謂此文非退之莫能作。此又誣永叔者。

永叔作《醉翁亭記》，其詞玩易，蓋戲云耳，不自謂奇特也。而妄庸者亦撰作永叔語云：「平生爲文，此最得意。」又云：「吾不能作退之《畫記》，退之亦不能爲《醉翁亭記》。」此大妄也。

校勘記

〔一〕故民見順而聽命　《宋史》卷四百四十二《文苑》四《尹源傳》作「故河北順而聽命」。按，此與下文「河北不順而變」對舉，「民見」二字似當從《宋史》作「河北」。

〔二〕姦臣逆子　四字原作「姦民逆堅」，據《宋史》改。

〔三〕不以利私己　「私」下原有「也」字，據明抄本删。

〔四〕先生　「生」原作「王」，據明抄本、明刻本改。

〔五〕而務　「而」原作「勿」，據明抄本改。

〔六〕慕之者　「者」原作「昔」，據明抄本改。

〔七〕玄德　「玄」原作「元」，據明抄本改。

〔八〕唐文皇　「皇」字原本空白，明抄本作「宗」，明刻本作「辜」，俱誤。按當作「文皇」，指唐太宗。

〔九〕掘筆　「掘」原作「握」，據明天順本改。按，掘筆，禿筆也。

〔一〇〕而醫　二字原脱，據明抄本補。

宋文鑑卷第一百八

説戒

説

迂説

王令

非禮之舉，非義之動，皆是也；以其非禮義而止者，蓋未之見也；以其非禮義而止之者，又未之見也。今有學聖人之道而行聖人之義者，皆曰迂。以其迂而止之者，皆是也；以其迂而止者，又皆是也。何勇於爲彼，而惡乎適此也！止之者，愛人耶？豈樂人之爲非禮義，而懼人之爲聖人也耶？

師説

王令

上古之書，既已汩没，其它治具，不可稽見，而五帝之學，求之傳説，間或見之。夏、商之《書》，雖號殘缺，然學之名具存；周則大備，故其設施，炳然彰白。若然，帝王之於治目，它雖世有取舍，於學則未聞或廢也，豈非君、師云者，兩立不可一缺耶？夫惟至治之世，其措民各有本而次第之，以及其化，故地有井而自養。其業雖有士、農、工、商之云，未嘗不力而食，因其資給，然後繩其游墮，澄其淫邪，勑其彊梗，其治略已定矣。然猶鄉遂有庠序之教，家國有塾學之設。自世子以及卿大夫之子皆入學，爲之師以諭其道，爲之保以詔其業，示之智、仁、聖、義、中、和，使相充擴；孝、友、睦、婣、任、恤，使相修飾；禮、樂、射、御、書、數，使相開曉。故其左右之聞，前後之觀，不仁義則禮樂。迨其淬磨漸浸之成，則入孝而出弟，尊尊而長長。然後取而置之民上，則君盡其所以爲君，臣盡其所以爲臣，卒無一背戾者，其出於學而存於師也。道之衰微，迄於餘周，如擔石之將墜，其引綴未絶者，猶有一綫髮；繼之暴秦，不扶而抑，遂至隳壞。漢興，宜大更制，而財補縫之，故其俗無所防範，聽民所爲，卒於無所不至。然能郡縣創孔子祠，立五經博士，置弟子員，策賢良，求經術，以對當世得失，於古雖未爲善，而其風俗遂號爲平，豈前世遺風餘化，漸漬深而未斬耶？抑民苦秦而效易見也。當此之時，士猶能相尊師，故終漢世，傳《詩》《書》《禮》《易》《春秋》而名家者，以百十計。晉魏而下，浸以沉溺，更數十氏，唯唐爲近古，大抵財追齊漢治，而未能遠過，嗚呼，何爲而止此也？夫天下之所以不治，患在不用儒；而唐、漢以來，例嘗任儒矣，卒不甚治者，何也？有儒名，有儒位，而不用儒術而然爾。其弊在於學師不立，而立賢無方，聖人之道不講不明，士無根源，而競放流，故不識所以治亂之本，而不知所以爲儒之任，又上取之不以實而以言故也。夫人所以能自明而誠者，已非生知，則出於教導之明而修習之至也。如其無師，則天下之士，雖有彊力向進之心，且何自明而誠也？夫天下之材力，訓導而懋勉之，且猶患其粃竊，故七十子親逢聖人而薰炙之，其聞與見，不爲不至，猶且柴愚參魯，師僻由喭，賜不受命而貨殖，冉求爲宰而賦粟倍；又況後聖人數千歲，其書殘缺訛蠹，又資才下於數子，而欲其自爲，而不立學與師，猶甚願穡而願不耕也。如必待其自賢而取之，多見其希闊不可俟也。自周至唐，綿數千歲，其卓然取賢而自名，可以治寄者，孟軻抵韓愈，纔三四人，是其力能提扶其道，而竟不知用者，所以歷年已遠而人出甚少也。如其多，則或用之矣。苟患其少，無如廣師而立學，續其所不長，繼其所未高，使知其所以救亂，然後名聞而實取之，則庶矣。天下之師絶久矣，今之名師者徒使人組刺章句，希望科第而已。昔者子路使子羔爲費宰，子曰：「賊夫人之子。」今賊人者皆是，是皆取戾於孔子者也，惡得爲人師？

葬説

程頤

卜其宅兆，卜其地之美惡也；非陰陽家所謂禍福者也。地之美者，則其神靈安，其子孫盛，若培擁其根而枝葉茂，理固然矣。地之惡者，則反是。然則曷謂地之美者？土色之光潤，一作瀅草木一作生物之茂盛，乃其驗也。父祖子孫同氣，彼安則此安，彼危則此危，亦其理也。而拘忌者，惑以擇地之方位，決日之吉凶，不亦泥乎？甚者不以奉先爲計，而專以利後爲慮，尤非孝子安厝之用心也。惟五患者不得不愼，須使異日不爲道路，不爲城郭，不爲溝池，不爲貴勢所奪，不爲耕犂所及。一本，所謂五患者，溝、渠、道路、避村落、遠井窰〔一〕。五患既愼，則又鑿地必四五丈，遇石必更穿之，防水潤也。既葬，則以松脂塗棺槨，石灰封墓門，此其大略也。若夫精畫，則又在審思慮矣。其各葬一作火焚者，出不得已，後不可遷就同葬一作焚矣。至於年祀寖遠，曾、高不辨，亦在盡誠，各具棺槨葬之，不須假夢寐蓍龜而決也。葬之穴，尊者居中，左昭右穆，而次後則或東或西，亦左右相對而啓穴也。出母不合葬，亦不合祭；棄女還家，以殤穴葬之。

史説

張舜民

馬文淵有言：「人貧當益堅，老當益壯。」貧而堅者，雖市里小民尚有之；老而壯，雖士人未之見也。韓退之潮陽之行，齒髪衰矣，不若少時之志壯也，故以封禪之説迎憲宗，又曰「自今請改事陛下。」觀此言傷哉！丈夫之操，始非不堅，誓於金石，凌於雪霜，既而怵於死生，顧於妻孥，罕不回心低首，求免一時之難者，退之是也。退之非求富貴者也，畏死爾！故善爲國者，如農圃然，初則養育其材，勿使之夭折；終則將就其美，勿使之摧折。君臣相成，同底于道，顧必使之至於盡歡竭忠之地，亦何有哉？唯樂天則不然，知其不可爲而一舍之，危行而放其言，懷卷而同其塵，可謂晦而明、柔而立者也，故終其身而不辱。如劉夢得、柳子厚輩，舍文字語言之外，復何有哉。

劉蕡賛，史臣以蕡爲疏直。蕡於策中，引襄公煞陽父，《春秋》罪漏言；而蕡既戒帝漏言，而身誦語于庭。又蕡不先以忠結上知，後爲謀之若是，殆非史家才識也。且蕡布衣也，出應詔，以何計先結主之知而後言之哉？雖諫官御史，以在近列，儻先視人主之意而方出言，是何人也！蕡輩造廷待問，有所及，不列之於廷對，何階而上達哉？唯其疏直，乃得敢言之士，儻使來者皆三思後言之，朝廷何望哉？度斯人也，殆是惡直醜正之人。使惡直醜正之人，執史筆以去取前人之事，則一代之人，若爲準的？蕡雖不第，同試如李郃輩，公言于朝，以爲己之不若；一時藩侯，爭相辟置，如牛僧孺、令狐楚不敢待以賓幙，皆以師禮資之。是何同時之人，其見重顧如此，數百年之後，獨不信於史臣之筆，亦可歎矣。

吊説

呂大鈞

詩曰：「凡民有喪，匍匐救之。」不謂死者可救而復生，謂生者或不救而死也。夫孝子之喪親，不能食者三日，其哭不絶聲，既病矣，杖而後起，問而後言，其惻怛之心，痛疾之意，不欲生，則思慮所及，雖其大事，有不能周之者，而況於它哉？故親戚、僚友、鄉黨聞之而往者，不徒吊哭而已，莫不爲之致力焉。始則致含襚以周其急。朋友親襚以進，見《士喪禮》，族人相爲又有含，見《文王世子》。三日則共糜粥以扶其羸。親始死，三日不舉火，隣里爲之糜粥以飲食之。見《問喪》。每奠則執其禮。士之喪，朋友奠。見《曾子問》。將葬則助其事。孔子之喪，公西赤爲志；子張之喪，公明儀爲志；原壤母死，孔子助沐椁。見《檀弓》。其從柩也，少者執紼，長者專進止。吊非從主人也。四十者執紼，見《雜記》。孔子從老聃助葬於鄉黨，反垣日食，老聃曰：「丘止柩就道右，止哭以聽變」，此則專進止者也。見《曾子問》。其掩壙也，壯者盈坎，老者從反哭。鄉人五十者從反哭，四十者待盈坎。見《雜記》。祖而賵焉。謂用車馬，所知則賵而不奠，兄弟乃奠，奠止用羊。並見《士喪禮》。不足則贈焉。知死者贈，贈以幣，其禮在賻賵之後。又公之贈，贈于邦門，故曰行而贈。見《士喪禮》。不足則賻焉。知生者賻，賻用布幣，以助其費，故曰「不足則賻」。見《士喪禮》。凡有事則相焉。司徒敬子之喪，孔子相；有若之喪，子游擯；國昭子之母死，問位於子張，並見《檀弓》。謂能救之矣。故適有喪者之詞，不曰願見，而曰此雖國君之臨，亦曰寡君承事。他國之使者曰，寡君使某毋敢視賓客。見《少儀》《檀弓》《雜記》三篇。主人見賓，不以尊卑貴賤，莫不拜之；明所以謝之，且自別於常主也。平日相見，或主人先拜客，或客先拜主人賓見主人，無有答某拜者；明所以助之，且自別於常賓也。見《曲禮》自先王之禮壞，後世雖傳其名數，而行之者多失其義。喪主之待賓也如常主，喪賓之見主人也如常賓。如常賓，故止於弔哭，而莫敢與其事；如常主，故舍其哀而爲衣服飲食以奉之，其甚者至於損奉終之禮，以謝賓之勤，廢弔哀之儀，以寬主之費。由是，則先王之禮意，其可以下而已乎？今欲行之者，雖未能盡得以禮，至於始喪則哭之，有事則奠之；奠不必更自致禮，惟代主人之獻爵是也。又能以力之所及，爲營喪具之未具者，以應其求；輟子弟僕隸之能幹者，以助其役；易紙幣壺酒之奠，以爲襚；除供帳饋食之祭，以爲賵與賻；凡喪家之待己者，悉以他辭受焉；必以他辭者，色異衆嫌。庶幾其可也。

芻說

陳瓘

武帝征伐之意，雖汲黯之言，在所不採，而主父偃以踈遠微賤，進言九事，乃以伐匈奴爲諫，引尉它、章邯，明秦之所以亡。嚴安亦曰：「靡敝國家，結怨匈奴，非所以子民而安邊也。」夫偃安之所陳，與上異意，以秦法論之，是謂非上之建立，必誅無赦。武帝乃見而謂曰，公等皆安在，何相見之晚也？夫言雖不用，而其人見收，則非特足以進天下之材，亦可以來天下之言；一語不當，從而廢之，則非特塞賢材之路，亦將鉗天下之口。武帝之異於始皇，其在斯乎！

鼂錯爲國遠慮，身喪家覆，世哀其忠。然其學以申、商刑名爲師，峭直刻深，不純乎道；論人主之所急，以臨制臣下爲先。又曰：「人主所以尊顯，功名揚于萬世之後者，以知術數也。」然則聖主之務，所以尊顯而垂後者，果在於術數而已乎？唯其質不厚而學非其師，故其論如此其荒唐也。

訪問於善，宜虚心而待之。主先入之言，懷決定之意，掠能問之美，無肯聽之實，如是而問者，君子之所不對也。季孫欲以田賦，使冉有訪於仲尼，仲尼曰：「丘不識也。」既而私於冉有曰：「子季孫若欲行而法，則周公之典在；若欲苟而行，又何訪焉。」於是乎三發而不對。孔子曰：「言及之而不言，謂之隱。」孔子豈固隱哉？爲其有決定之意，而無肯聽之實，則遂事不可以復諫，而空言適足以自咎。語默動静，豈不度哉？

人主於聽納之際，尤當寬詳盡下，不當使進言之士，懷未畢之語。楚子革與王言如響，析父譏之；及其摩厲以須之，得間而諷焉，能使其饋不食，寢不寐，以思其言。使靈王有自克之仁，改過之勇，則子革之言，豈小補哉？然方其言之如響，而其意有未盡，則謂之諂諛可也。吕蒙正對太宗曰：「君子小人之盛衰，繫之時運。」讀其言者，爲之驚駭；然至於論小人之害政，戒人主之不察，則言之發端，固有爲也。

君臣議論之際，言脱於口，而四方傳之，以警以勸，所以作天下之術，常在於此。堯、舜三代，君臣相與之際，語言宣盡，何其坦然而無蔽隱也。蓋君欲舉事與爲，必謀乎下；而臣有嘉謀嘉猷，必告乎上。上有所未達，下有所未諭，亦必反覆論難，無失其和，以趣於正，是而後已。夫豈有不盡之情，未畢之語，而使利口諞言之士，可得而間之也哉？至唐之德宗則不然。謀議之際，所詢乎下者，情有不盡；所告乎上者，語有未畢；疑貳之意作，而刻核之心應，固未嘗以本然之意告其大臣；豈不曰所以密機事而固主權也？然而言脱於口，而盧杞無不知焉。惡君子之盡忠，而顯絶其言；甘小人之讇邪，而陰授其柄；然則德宗之術，亦已疏矣。

戒

治戒

宋祁

吾殁，稱家之有亡以治喪；斂用濯浣之衣，鶴氅裘，紗帽，綫履；三日棺，三月葬；謹無爲流俗陰陽拘忌也。棺用雜木，漆其四會，三塗即止，使數十年足以臘吾骸、朽衣巾而已。吾之焄然蒿然，曒曒有識者，還於造物，放之太虚；可腐敗者，合於黄壚，下付無窮，吾尚何患。掘冢深三丈，小爲冢室，劣取容棺及明器。左置明水二盎，酒二缸；右置米麴二奩，朝服一稱，私服一稱，鞾履自副。左刻吾誌，右刻吾銘。即掩壙，惟簡惟儉，無以金銅雜物置冢中。吾學不名家，文章僅及中人，不足垂後。爲吏在良二千石下，猶可容數人。無功于國，無惠于人。不可以請謚於有司，不可受贈典，又不宜求巨公作誌及碑。冢上植五株栢，墳高三尺，石翁仲，它獸不得用，蓋自標置者，非千載永安計爾。毋作道、佛二家齋醮，此吾生平所志，若等不可違命作之；違命作之，是死吾也，是以吾爲遂無知也。葬之日，以繪布纏棺，四翣引。毋作方相、俑人，陳列、衣服器用，累吾之儉。吾平生語言，無過人者，謹無妄編綴作集，使後世嗤詆吾也。吾侍上講勸凡十七年，上頗記吾面目姓名，然身後不得丐恩澤，爲無厭事。若等兄弟十四人，惟一孺兒未仕，此以諉莒公，莒公在，若等爲不孤矣。若等兄弟，雖有異母者，古人謂「四海之内，皆爲兄弟」，況同父均氣乎？《詩》稱「死喪之威，兄弟孔懷。」不可不念也！兄弟之不懷，求合它人，人渠肯信哉？縱陽合之，彼應笑且憎也。若等視吾事莒公云何，莒公友吾云何，可以爲法矣。人不可以無學，至於奏議牋記，隨宜爲之，天分自有所稟，不可強也。要得數百卷書在胷中，則不爲人所輕誚矣。

福州五戒

蔡襄

觀今之俗，爲父母者，視己之子猶有厚薄；迨至娶婦，多令異食。貧者困於日給，其勢不得不然；富者亦何爲之？蓋父母之心，不能均於諸子以至此。不可不戒！

人之子孝，本於養親以順其志，死生不違於禮，是孝誠之至也。觀今之俗，貧富之家，多於父母異財，兄弟分養，乃至纖悉無有不校；及其亡也，破産賣宅，以爲酒肴，設勞親知，施與浮圖，以求冥福。原其爲心，不在於親，將以誇勝於人，是不知爲孝之本也。生則盡養，死不妄費，如此豈不善乎？

兄弟之愛，出於天性，少小相從，其心歡欣，豈有間哉？迨因娶婦，或至臨財，憎惡一開，即成怨隙；至有興訴訟，冒刑獄，至死而不息者，殊可哀也。蓋由聽婦言，貪財利，絶同胞之恩，友愛之情，遂及於此。

娶婦何謂？欲以傳嗣，豈爲財也。觀今之俗，娶其妻不顧門户，直求資財，隨其貧富，未有婚姻之家不爲怨怒。原其由，蓋婚禮之夕，廣糜費；已而校奩橐，朝索其一，暮索其二。夫虐其妻，求之不已；若不滿意，至有割男女之愛，輒相棄背。習俗日久，不以爲怪。此生民之大弊，人行最惡者也。

凡人情莫不欲富，至於農人商賈百工之家，莫不晝夜營度，以求其利。然農人兼并，商賈欺謾，大率刻剝貧民，罔昧神理；譬如百蟲聚居，強者食啗，曾不暫息。求而得之，廣爲施與，冀滅罪惡，其愚甚矣。今欲爲福，孰若減刻剝之心，以寬貧民？去欺謾之行，以畏神理？爲子孫之計，則亦久遠；居鄉黨之間，則爲良善。其義至明，不可不志。

行舟戒　江休復

景祐丁丑歲夏六月，浮汴而東，將至驛名青陽者。風甚不可行，舟橫竹箭之中屢矣。施者不能制其後，檝者無以翼其傍；遽泊於上風，多其紼纚以維之，固其椽杙以繫之；蕩動頓掣，惴惴然慮飄於東岸。責其人置舟危地，對曰：「若據便地，則乘流而止、順風而過者，有衝擊排蹙之患，姑處此以避其鋭焉。」於是斷者續之，挺者椓之，恐懼警戒，卒以無患。彼揚帆乘勢，嚮我延頸而羨之者，敗溺不救，摧撞相倚。退而念曰：今日之風，我之患卒以全，彼之利遂以傾，利害不同，而吉凶相詭，時耶理耶？或曰：止者易爲工，進者難爲巧；彼知順風之可乘，不知疾風之不可乘。得勢者不戒，臨危者能懼，是以禍福殊焉。因志之，以爲行舟戒。

毁戒　王回

傳毀者，不可不戒也。毀之來亦多原矣，或以其迹疑，或侮而爲疑，或惡而加誣焉。由小人者，更身質之以蕲信；一傳焉，則百千人斯傳之矣。傳既廣，而文致之益密，其可信益牢。此訊一人焉，曰有之；彼訊一人焉，曰有之；同異交執，則何説而不若固有之也！雖其所知者，力不能攻已。若是，則蒙垢陷污，則終身無以自明焉。夫所謂傳毀者，惡惡而欲敗之云爾。毀在君子，則可不反而思耶？察其所由，辨其所以，無使其漸而播也，尚庶已乎！《傳》曰：「流言止於智者。」謂其能禦其來也，矧肯易而傳之耶？

嫌戒

王　回

禮謹於别嫌疑。夫嫌疑者，豈有其實然，我以爲嫌疑之謂也。我以爲嫌疑，則人必有嫌疑之者；然而世多忽焉而不戒者，何也？恃其情不至於是也。情不至於是，有人焉，伺間躡其迹而議之，則奚説而可辭與？其亦受之而已矣。夫人亦好多言矣，完然者尚欲指其缺也，況自投於嫌疑之地，欲免得乎？此君子所以貴由禮也。

戒子孫

邵　雍

上品之人，不教而善；中品之人，教而後善；下品之人，教亦不善。不教而善，非聖而何？教而後善，非賢而何？教亦不善，非愚而何？是知善也者，吉之謂也；不善也者，凶之謂也。吉也者，目不觀非禮之色，耳不聽非禮之聲，口不道非禮之言，足不踐非禮之地〔二〕，人非善不交，物非義不取，親賢如就芝蘭，避惡如畏蛇蝎；或曰不謂之吉人，則吾不信也。凶也者，語言詭譎，動止陰險，好利飾非，貪淫樂禍，疾良善如讎隙，犯刑憲如飲食，小則殞身滅性，大則覆宗絶嗣；或曰不謂之凶人，則吾不信也。《傳》有之曰：「吉人爲善，惟日不足；凶人爲不善，亦惟日不足。」汝等欲爲吉人乎？欲爲凶人乎？

女戒

張載

婦道之常，順惟厥正，婦正柔順。是曰天明，天之顯道。是其帝命。命女使順。嘉爾婉娩，克安爾親，往之爾家，吕氏，汝家。克施克勤。能行孝順爲勤。爾順惟何？無違夫子，夫子，婿也。無然皐皐，皐皐，難與言也。無然訿訿。訿訿，難共事也。彼是而違，爾焉作非；違是則非。彼舊而革，爾焉作儀。改舊，乃汝妄立制度。惟非惟儀，女生則戒。在《毛詩·斯干篇》王姬肅雍，酒食是議。周王之女亦然。貽爾五物，以銘爾心：錫爾佩巾，墨予誨言；銅爾提匜，謹爾賓薦；賓客祭祀。玉爾奩具，素爾藻絢；藻絢粧飾，不可太華。枕爾文竹，席爾吴筦；念爾書訓，因枕文思訓。思爾退安。安爾退居之席。彼實有室，男當有室。爾勿從室。不得從而有其室也。遜爾提提，遜，謹退也，提提，安也。爾生引逸。引，長也；逸，樂也。

校勘記

〔一〕井窨 「井」原作「升」，據明刻本改。

〔二〕非禮之地 「禮」原作「理」，據明天順本改。

宋文鑑卷第一百九

制策

制科策

蘇軾

皇帝若曰：朕承祖宗之大統，先帝之休烈，深惟寡昧，未燭於理，志勤道遠，治不加進〔一〕，夙興夜寐，于兹三紀。朕德有所未至，教有所未孚。闕政尚多，和氣或盩。田野雖闢，民多亡聊。邊境雖安，兵不得徹。利入已浚，浮費彌廣。軍冗而未練，官冗而未澄。庠序比興，禮樂未具。户罕可封之俗，士忽皆讓之節。此所以訟未息於虞、芮，刑未措於成、康。意在位者不以教化爲心，治民者多以文法爲拘。禁防繁多，民不知避；叙法寬濫，吏不知懼；纍纍者衆，愁歎者多。仍歲以來，災異數見。六月壬子，日食于朔，淫雨過節，煖氣不效，江河潰決，百川騰溢。永思厥咎，深切在予，變不虚生，緣政而起。五事之失〔二〕，六沴之作，劉向所傳，吕氏所紀，五行何修而得其性？四時何行而順其令？非正陽之月，伐鼓救變，其合於經乎？方盛夏之時，論囚報重，其考於古乎？京師，諸夏之根本，則王教之淵源。百工淫巧無禁，豪右僭差不度〔三〕。治當先内，或曰：「何以爲京師？」政在摘姦，或曰：「不可撓獄市〔四〕。」推尋前世，探觀治迹，孝文尚老子而天下富殖，孝武用儒術而海内虚耗，道非有弊，治奚不同？王政所由，形于《詩》道，周公《豳詩》，王業也，而係之《國風》；宣王北伐，大事也，而載之《小雅》。周以冢宰制國用，唐以宰相兼度支。錢穀大計也，兵師大衆也，何陳平之對，謂當責之内史？韋賢之言，不宜兼於宰相？錢貨之制，輕重之相權；命秩之差，虚實之相養。水旱蓄積之備，邊陲守禦之方。圜法有「九府」之名，樂語有「五均」之義。富人彊國，尊君重朝，弭災致祥，改薄從厚，此皆前世之急政，而當今之要務。子大夫其悉意以陳，毋悼後害！臣謹對曰：臣聞天下無事，則公卿之言輕於鴻毛；天下有事，則匹夫之言重於泰山，非智有所不能，而明有所不察，緩急之勢異也。方其無事也，雖齊桓之深信其臣，管仲之深得其君，以握手丁寧之間，將死深悲之言，而不能去其區區之三豎；及其有事且急也，雖唐代宗之庸，程元振之用事，柳伉之賤且疏，而一言以入之，不終朝而去其腹心之疾。夫言之於無事之世者，足以有所改爲，而常患於不信；言之於有事之世者，易以見信，而常患於不及改爲；此忠臣志士之所以深悲，天下之所以亂亡相尋，而世主之所以不悟也。今陛下處積安之時，乘不拔之勢，拱手垂裳而天下嚮風，動容變色而海内震恐，雖有一事之失常，一物之不獲，固未足以憂陛下也。所謂親策賢良之士者，以應故事而已，豈以臣言爲真足以有感於陛下耶？雖然，君以名求之，臣以實應之；陛下爲是名也，臣敢不爲是實也。伏惟制策，有「念祖宗先帝大業之重，而自處於寡昧，以爲志勤道遠，治不加進」。臣竊以爲陛下即位以來，歲歷三紀，更於事變，審於情僞，不爲不熟矣，而治不加進；雖臣亦疑之，然以爲志勤道遠，則雖臣至愚，亦未敢以明詔爲然也。夫志有不勤，而道無或遠。陛下苟知勤矣，則天下之事，粲然無不畢舉，又安以訪臣爲哉？今也猶以道遠爲歎，則是陛下未知勤也。臣請言勤之說。夫天以日運故健，日月以日行故明，水以日流故不竭，人之四肢以日動故無疾，器以日用故不蠹；天下者大物也，久置而不用，則委靡廢放，日趨於弊而已矣。陛下深居法宮之中，其憂勤而不息邪，臣不得而知也；其宴安而無爲邪，臣不得而知也。然所以知道遠之歎，由陛下之不勤者，臣竊見陛下以天下之大，欲輕賦稅則財不足，欲威四夷則兵不彊，欲興利除害則無其人，欲敦世厲俗則無其具；大臣不過遵用故事，小臣不過謹守簿書，上下相安，以苟歲月，此臣所以妄論陛下之不勤也。臣又竊聞之，自頃歲以來，大臣奏事，陛下無所詰問，直可之而已。臣始聞而大懼，以爲不信，及退而觀其效見，則臣亦不敢謂不信也。何則？人君之言，與士庶不同，言脱於口，而四方傳之，捷於風雨，故太祖、太宗之世，天下皆諷誦其言語以爲聳勸之具。今陛下所震怒而賜譴者，何人也？合於聖意誘而進之者，何人也？所謂朝夕論議深言者，何人也？越次躐等，召而問訊之者，何人也？四者臣皆未之聞焉，此臣所以妄論陛下之不勤也。臣願陛下條天下之事，其大者有幾，可用之人有幾，某事未治，某人未用，雞鳴而起，曰吾今日爲某事，用某人；它日又曰，吾所爲某事，其事果濟矣乎？所用某人，其人果才矣乎？如是孜孜焉不違於心，屏去聲色，放遠善柔，親近賢達，遠覽古今，凡此者勤之實也，而道何遠乎？伏惟制策，有「夙興夜寐，于今三紀。德有所未至，教有所未孚。闕政尚多，和氣或盭。田野雖闢，民多亡聊。邊境雖安，兵不得徹。利入已浚，浮費彌廣。軍冗而未練，官冗而未澄。庠序比興，禮樂未具。户罕可封之俗，士忽皆讓之節。此所以訟未息於虞、芮，刑未措於成、康。意在位者不以教化爲心，治民者多以文法爲拘，禁防繁多，民不知避；叙法寬濫，吏不知懼；纍繫者衆，愁歎者多。」凡此陛下之所憂數十條者，臣皆能爲陛下歷數而備言之，然而未敢爲陛下道也。何者？陛下誠得御臣之術而固執之，則嚮之所憂數十條者，皆可以捐之大臣，而已不與；今陛下區區以嚮之數十條爲己憂者，則是陛下未得御臣之術也。天下所謂賢者，陛下既得而用之矣，方其未用也，常若有餘，而其既用也，常若不足，是豈其才之有變乎？古之用人者，日夜深提策之〔五〕。武王用太公，其相與問答百餘萬言，今之《六韜》是也；桓公用管仲，其相與問答亦百餘萬言，今之《管子》是也；古之人君，其所以反覆窮究其臣者若此。今陛下默默而聽其所爲，則夫嚮之所憂數十條者，無時而舉矣。古之忠臣，其受任也，必先自度曰：「吾能辦是矣乎？」度能辦是也，則又曰：「吾君能忘己而任我乎？能無以小人間我乎？」度其能忘己而任我也，能無以小人間我也，然後受之；既已受之矣，則以身任天下之責而不辭，饗天下之利而不愧。今也内不度己，外不度君，而輕受之；受之而衆不與也，則引身而求去；陛下又爲美辭而遣之，加之重禄而慰之。夫引身而求退者，非果廉節而有讓也；是邀君以自固也，是自明其非我之欲留以逃謗也，是不能辦其事而以其患遺後人也；陛下柰何聽之？臣故曰，陛下未得御臣之術也。若夫「德有所未至，教有所未孚」者，此實不至也。德之，必有以著其德之之形；教之，必有以顯其教之之狀。德之之形，莫著於輕賦；教之之狀，莫顯於去殺。此二者今皆未能焉，故曰實不至也。夫以選舉之重，而不取才行；官吏之衆，而不行考課；農末之相傾，而平糴之法不立；貧富之相役，而占田之數無限；天下之闕政，則莫大乎此，而和氣安得不盭乎？田野闢者，民之所以富足之道也，其所以亡聊，則吏政之過也。然臣聞天下之民，常偏聚而不均，吳、蜀有可耕之人而無其地，荆、襄有可耕之地而無其人，由此觀之，則田野亦未可謂盡闢也。夫以吳、蜀、荆、襄之相形，而饑寒之民終不能去狹而就寬者，世以爲懷土而重遷，非也。行者無以相羣，則不能行；居者無以相友，則不能居；若輩徙饑寒之民，則無有不聽矣。「邊境已安而兵不得徹」者，有安之名，而無安之實也。臣欲小言之，則自以爲愧，大言之，則世俗以爲笑，臣請略言之。古之制北狄者，未始不通西域，今之所以不能通者，是夏人爲之障也。朝廷置靈武於度外，幾百年矣，議者以爲絶域異方，曾不敢近，而況於取之乎？然臣以爲事勢有不可不取者，不取靈武，則無以通西域，西域不通，則契丹之彊未有艾也。然靈武之所以不可取者，非以數郡之能抗吾中國，吾中國自困而不能舉也。其所以自困而不能舉者，以不生不息之財，養不耕不戰之兵，塊然如巨人之病腿，非不枵然大矣，而手足不能以自舉；欲去是疾也，則莫若捐秦以委之，使秦人斷然如戰國之世，不待中國之援，而中國亦未始有秦者。有戰國之全利，而無戰國之患，則夏人舉矣。其便莫如稍徙緣邊之民不能戰守者，於空閑之地，而以其地益募民爲屯田；屯田之兵稍益，則向之戍卒可以稍減；使數歲之後，緣邊之民盡爲耕戰之夫；然後數出兵以苦之，要以使之厭戰而不能支，則折而歸吾矣。如此而北狄始有可制之漸，中國始有息肩之所；不然將濟師之不暇，而又何徹乎？所謂「利入已浚，而浮費彌廣」者，臣竊以爲外有不得已之二虜，內有得已而不已之後宮。後宮之費，不下一敵國。金玉錦繡之工，日作而不息，朝成夕毁，務以相新。主帑之吏，日夜儲其精金良帛而別異之，以待倉卒之命，其爲費豈可勝計哉？今不去此等，而欲廣求利之門，臣知所得之不如所喪也。「軍冗而未練」者，臣嘗論之曰，此將不足恃之過也。然以其不足恃之故，而擁之以多兵，不蒐去其無用，則多兵適所以爲敗也。「官冗而未澄」者，臣嘗論之曰，此審官吏部與職司無法之過也。

夫審官吏部，是古者考績黜陟之所也，而特以日月爲斷。今縱未能復古，可略分其郡縣，不以遠近爲差，而以難易爲等；第其人之所堪而別異之，才者常爲其難，而不才者常爲其易；及其當遷也，難者常速，而易者常久。然而爲此者，固有待也。吏部與外之職司常相關通，而爲職司者，不惟舉有罪察有功而已，必使盡第其屬吏之所堪，以詔審官吏部；審官吏部常從内等其任使之難易，職司常從外第其人之優劣；才者常用，不才者常閑，則冗官可澄矣。「庠序興而禮樂未具」者，臣蓋以爲庠序者，禮樂既興之所用，非所以興禮樂也。今禮樂鄙野而未完，則庠序不知所以爲教，又何以興禮樂乎？如此而求其可封，責其皆讓，將以息訟而措刑者，是却行而求前也。夫上之所嚮者，下之所趨也，而況從而賞之乎？上之所背者，下之所去也，而況從而罰之乎？今陛下責在位者不務教化，而治民者多拘文法，臣不知朝廷所以爲賞罰者何也？無乃或以教化得罪，而多以文法受賞歟！夫禁防未至於煩多，而民不知避者，吏以爲市也；叙法不爲寬濫，而吏不知懼者，不論其能否，而論其久近也。纍繫者衆，愁歎者多，凡以此也。伏惟制策，有「仍歲以來，災異數見，乃六月壬子日食于朔，淫雨過節，煖氣不效，江河潰決，百川騰溢，永思厥咎，深切在予，變不虚生，緣政而起。」此豈非陛下厭聞諸儒牽合之論，而欲聞其自然之説乎？臣不敢復取《洪範傳》《五行志》以爲對，直以意推之。夫日食者，是陽氣不能履險也。何謂陽氣不能履險？臣聞五月二十三分月之二十，是爲一交，交當朔則食，交者是行道之之險者也；然而或食或不食，則陽氣有彊弱也。今有二人並行，而犯霧露，其疾者必其弱者也，其不疾者，必其彊者也。道之險一也，而陽氣之彊弱異，故夫日之食，非食之日而後爲食，其虧也久矣，特遇險而見焉。陛下勿以其未食也爲無災，而其既食而復也爲免咎；臣以爲未也，特出於險耳。夫淫雨大水者，是陽氣融液汗漫而不能收也。諸儒或以爲陰盛，臣請得以理折之。夫陽動而外，其於人也，爲噓噓之氣，温然而爲濕；陰動而内，其於人也，爲噏噏之氣，冷然而爲燥。以一人推天地，天地可見。故春夏者，其一噓也；秋冬者，其一噏也。夏則川澤洋溢，冬則水泉收縮，此燥濕之效也。是故陽氣汗漫融液而不能收，則常爲淫雨大水，猶人之噓而不能吸也。今陛下以至仁柔天下，兵驕而益厚其賜，戎狄桀傲而益加其禮，蕩然與天下爲咻呴温煖之政，萬事隳壞，而終無威刑以堅凝之，亦如人之噓而不能噏，此淫雨大水之所由作也。天地告戒之意，陰陽消伏之理，殆無以易此矣。而制策又有「五事之失，六沴之作，劉向所傳，呂氏所紀，五行何修而得其性？四時何行而順其令？非正陽之月，伐鼓捄變，其合於經乎？方盛夏之時，論囚報重，其考於古乎？」此陛下畏天恐懼，求端之過，而流入於迂儒之説，此皆愚臣之所學於師而不取者也。夫五行之相沴，本不至於六；六沴者，起於諸儒欲以六極分配五行，於是始以皇極附益而爲六。夫皇極者，五事皆得；不極者，五事皆失；非所以與五事並列而別爲一者也。是故有眊而又有蒙，有極而無福，曰五福皆應，此亦自知其疏也。呂氏之時令，則柳宗元之論備矣，以爲有可行者，有不可行者。其可行者，皆天事也；其不可行者，皆人事也。若夫禜社伐鼓，本非有益於救災，特致其尊陽之意而已。《書》曰：「乃季秋月朔，辰弗集于房，瞽奏鼓，嗇夫馳，庶人走。」由此言之，則亦何必正陽之月，而後伐鼓捄變，如《左氏》之説乎？盛夏報囚，先儒固已論之，以爲仲尼誅齊優之月，固君子之所無疑也。伏惟制策，有「京師諸夏之表則〔六〕，王教之淵源，百工淫巧無禁，豪右僭差不度。」此在陛下身率之耳。後宫有大綀之飾，則天下以羅紈爲羞；大臣有脱粟之節，則四方以膏粱爲汙；雖無禁令，又何憂乎？伏惟制策有「治當先内，或曰何以爲京師？政在擿姦，或曰不可撓獄市。」此皆一偏之説，不可以不察也。夫見其一偏，而輒舉以爲説，則天下之説不可以勝舉矣。自通人而言之，則曰，治内所以爲京師也；不撓獄市，所以爲擿姦也。如使不撓獄市而害其爲擿姦，則夫曹參者是爲逋逃主也。伏惟制策有「推尋前世，探觀治迹，孝文尚老子，而天下富殖；孝武用儒術，而海内虚耗；道非有弊，治奚不同？」臣竊以爲不然。孝文之所以爲得者，是儒術略用也；其所以得而未盡者，是用儒之未純也；而其所以爲失者，是用老也。何以言之？孝文得賈誼之説，然後待大臣有禮，御諸侯有術，而至于興禮樂，係單于，則曰未暇，故曰儒術略用而未純也。若夫用老之失，則有之矣。始以區區之仁，壞三代之肉刑，而易之以髡笞；髡笞不足懲中罪，則又從而殺之。用老之失，豈不過甚矣哉？且夫孝武亦不可謂用儒之主也，博延方士而多興妖祠，大興宫室而甘心遠略，此豈儒者教之？今夫有國者，徒知徇其名而不考其實，見孝文之富殖，而以爲老子之功；見孝武之虚耗，而以爲儒者之罪，則過矣。此唐明皇之所以溺於宴安，徹去禁防，而爲天寶之亂也。伏惟制策有「王政所由，形于《詩》道，周公《豳詩》，王業也，而係之《國風》；宣王北伐，大事也，而載之《小雅》。」臣聞《豳詩》言后稷、公劉，所以致王業之艱難者也。其後累世而至文王之時，則王業既已大成矣，而其詩爲《二南》。二南之詩，猶列於《國風》；而至於《豳》，獨何怪乎？昔季札觀周樂，以爲《大雅》曲而有直體，《小雅》思而不貳，怨而不言。夫曲而有直體者，寬而不流也；思而不貳，怨而不言者，狹而不迫也。由此觀之，則《大雅》《小雅》之所以異者，取其辭之廣狹，非取其事之小大也。伏惟制策有「周以冢宰制國用，唐以宰相兼度支，錢穀大計也，兵師大衆也，何陳平之對，謂當責之内史？韋賢之言，不宜兼於宰相？」臣以爲宰相雖不親細務，至於錢穀兵師，固當制其虚贏利害。陳平所謂責之内史者，特以宰相不當治其簿書多少之數耳。昔唐之初，以郎官領度支，而職事以治。及兵興之後，始立使額，參佐既衆，簿書益繁，百弊之源，自此而始。其後裴延齡、皇甫鎛皆以剥下媚上，至於希世用事，以宰相兼之，誠得防姦之要；而韋賢之議，特以其權過重歟！故李德裕以爲賤臣不當議令，臣常以爲有宰相之風矣。伏惟制策有「錢貨之制，輕重之相權，命秩之差，虚實之相養，水旱蓄積之備，邊陲守禦之方，圜法有九府之名，樂語有五均之義。」此六者亦方今之所當論也。昔召穆公曰〔七〕：「民患輕，則多作重以行之；若不堪重，則多作輕以行之，亦不廢重。」輕可改而重不可廢，不幸而過，寧失於重。此制錢貨之本意也。命者，人君之所擅，出於口而無窮；秩者民力之所供，取於府而有限；以無窮養有限，此虚實之相養也。水旱蓄積之備，則莫若復隋、唐之義倉；邊陲守禦之方，則莫若依秦、漢之更卒。《周官》有太府、天府、泉府、玉府、内府、外府、職内、職金、職幣，是謂九府，太公之所行以致富。古者天子取諸侯之士以爲國均，則市不二價，四民常均，是謂五均，獻王之所致以爲法，皆所以均民而富國也。凡陛下之所以策臣者，大略如此。而於其末，復策之曰：「富人彊國，尊君重朝，弭災致祥，改薄從厚，此皆前世之急政，而當今之要務。」此臣有以知陛下之聖意，以爲向之所以策臣者，各指其事，恐臣不得盡其辭，是以復舉其大體而槩問焉；又恐其不能切至也，故又詔之曰：「悉意以陳，而無悼後害！」臣是以敢復進其猖狂之說。夫天下者，非君有也，天下使君主之耳。陛下念祖宗之重，思百姓之可畏，欲進一人，當同天下之所欲進；欲退一人，當同天下之所欲退。今者每進一人，則人相與誹曰，是出於某也，是某之所欲也；每退一人，則又相與誹曰，是出於某也，是某之所惡也；臣非敢以此爲畢信也，然而致此言者，則必有由矣。今無知之人，相與謗於道曰：「聖人在上，而天下之所以不盡被其澤者，便嬖小人附於左右，而女謁盛於内也。」爲此言者固妄矣，然而天下或以爲信者，何也？徒見諫官御史之言，矻矻乎難入，以爲必有間之者也；徒見蜀之美錦，越之奇器，不由方貢，而入於宫也。如此而向之所謂急政要務者，陛下何暇行之？臣不勝憤懣，謹復列之於末。惟陛下寬其萬死，幸甚幸甚！謹對。

校勘記

〔一〕加進　「加」原作「如」，形近而誤，今改。

〔二〕五事之失　「失」原作「夫」，據明刻本改。

〔三〕不度　「度」原作「廣」，據明刻本改。

〔四〕不可撓獄市　「可」字原無，據明刻本補。

〔五〕深提策之　「深」字原本空白，據明刻本補。

〔六〕諸夏之表則　「表則」，各本同。按前制策作「根本」。

〔七〕召穆公曰　召穆公當作單穆公，引文見《漢書·食貨志》。

宋文鑑卷第一百十

制策

制科策

孔文仲

皇帝若曰：在昔明王之治天下，仁風翔洽，德澤汪濊，四序調於上，萬物和於下，兵革不試，刑辟弗用，內則俊賢居位，以熙於王職，外則夷狄向風，以修於歲貢，建皇極以承天心，斂時福以錫民庶，然後日星雨露，鳥獸草木，效祥薦祉，書之不絕，朕甚慕之，其何術以臻此歟？朕承祖宗之業，託士民之上，明有所未燭，化有所未孚，而任大守重，艱于負荷，故詳延魁壘之士，思聞讜直之言，以輔不逮，庶幾乎治。蓋人君卽位，必求端于天而正諸己，惟五事得其常，則庶證協其應。朕饗國以來，靡敢自肆，而和氣猶鬱，大異數見，迺元年日食三朝，洎仲秋地震數路，而冀方之廣，爲災最甚，豈朕弗德之致歟？夙寤晨興，思其所以，是故圖講政務，則日至中昃，而猶多苟簡之習；烝進人才，則官無虛假，而頗乏績用之美。種羌非不懷徠也，而邊候或時繹騷，以至臨遣輔臣，憺明神武；烝民非不愛養也，而生業或未完富，以至外馳使者，宣布惠教。國用雖節，而尚煩於調度；兵籍雖衆，而未精於簡稽；寬關梁之禁，而商靡通；捐器玩之巧，而工弗戒。夫風俗浮薄，根於取士之無本，道教之不明，而博詢臺閣之論，所執者不一，豈無救弊之道焉？刑罰煩重，出於設法之多門，沿襲之不革，而將加恩仁之政，使死者少緩，必有可行之術焉！予欲興乎七教，兼乎三至，以厎聖人之道，則宜條其先後之次；予欲明乎六親，盡乎五法，以極天下之治，則宜叙其本末之要；乃至仲舒之言，班固謂切於當世，其可施於今者何策？崔寔之論，范曄謂切於政體，其有益於時者何事？毋以謂古人陳迹既久，而不可舉，毋以謂本朝成法已定，而不可改；惟其改之而適中，舉之而得宜，不迫不迂，歸於至當！子大夫其悉心以陳，朕亦不憚於有爲焉。對：臣伏惟陛下，下明詔，降清問，講求萬事之統，皆非愚臣之所能及也；然臣竊有深憂者，陛下求言好善之隆名，遠出百王之上，至於用言納諫之道，有未充盡其極爾！何者？陛下莅祚之初，首開轉對，以延疏遠切直之言，間召羣臣，以詢安危利害之策者，此陛下天資謙恕，思得深謀至計，以補所未照也。而言之既多，聽之既久，卒未聞采一事，用一畫，見之天下。至於近日，四方之人，與夫朝廷之上，賢卿誼老，交章累疏，論列時政得失，臣考之公議，以爲雖皐、夔、周、召之謀，所以致君福民，寧九廟而安萬世者，其公讜不能過此矣；而陛下聞之若不聞，見之若不見，豈其急近論而略遠慮，安小補而捐大忠乎？此臣所大懼也。臣願陛下首思聽言用諫之義，不聽則已，聽則博同天下之心；不用則已，用則兼取遠近之策；然後動無遺事，舉無失計，而善政可行，太平可議矣。臣將論天下事，先述此以獻。臣誠愚闇，不知大體，惟陛下省納焉。聖策曰：「在昔明王之治天下，仁風翔洽，德澤汪濊，四序調於上，萬物和於下，兵革不試，刑辟弗用，內則雋賢居位，以熙於王職，外則戎夷嚮風，以修於歲貢，建皇極以承天心，斂時福以錫民庶，然後日星雨露，鳥獸草木，效祥薦祉，書之不絶，甚尊慕之，其何術而臻此與？」臣聞天下之術有大小，而人君用之有先後，先其大而後其小，則用力不勞而天下治；宜先而後，可大而小，則用力愈勞而天下亂。天下之術，其大者，能正其始是也；其小者，不能正其始是也。在昔明王之治天下，仁翔而德洽，四序調而萬物和，以至兵偃刑措，雋賢修職，夷狄納貢，建皇極而天道應，斂五福而民氣洽，吉祥見於上，珍符出於下者，正始之術行也。後世之治天下，萬事失其序，而災害荐至者，正始之術廢也。陛下追慕古昔治功之美，而諮求致之之術，臣請遂言正始之説。夫天下之道三，曰王，曰覇，曰強國；天下之本一，曰卽位。卽位者，王所以自正也；始不以正，及其末也，雖欲變而正之，亦無及矣。是故始爲強國，未有能終之以覇政者也；始爲覇政，未有能終之以王術者也。孔子作《春秋》，書「元年春王正月公卽位」。夫元年正月者，一年一月也，而變之曰元與正者，欲人君當卽位之初，體元以居正也。元者善之本也，正者道之極也，人君能於始初清明，力行善本，而躬履道極，此王道所以成也。且夫一之以道德，淳之以仁義，此王道也；行之以仁義，雜之以功利，此覇道也；專用權謀，不顧義理，此強國之術也。及考其見於效也，王道行於數千歲之外，詠歌畏愛，猶深結於民心，而不忍去之；覇政止能及其身，至子孫之世，則廢熄不講；強國之術，民之視上，相疾如仇讎，伺其有間，則相與蹈藉傾覆之矣。凡三道者，得失之報若白黑然，而世主趨王道者少，適覇政與強國者多，何也？蓋王道所及甚遠，而不能取成於倉卒；覇政與強國爲敝雖深，而能見效於目前。人之常情，薄遠效而貴速成，是所以失趨適之正也。漢之文、景，唐之太宗，皆有可致之資，又有能致之勢，而致治安國，不能與三代並者，失其所適也。伏惟陛下，聰睿神武，得之於天，可謂有能致之資矣；日月所被，皆在圖籍，可謂有必致之勢矣；當承祧踐極之始，端本清源之日，欲王而王；欲霸而霸，欲強國而國強，得失之策，繫於一舉而已。譬猶御八駿之馬，馳九軌之路，擇而後往，則得其正；一或不慎，以意馳之，則宜之燕者，或造於楚矣，宜往吴者，或之於秦矣，則夫事物交會之間，不可不慎所適如此。臣竊觀近日朝野之論，而考陛下意之所適，求之於古，不能無疑。且天下之所以治者，貴義而不貴利也，奈何先之以興利？仁人之所以尊者，明道而不計功也，奈何一之以望功？萬事所以成就者，遲久也，奈何期之以迫急？四方所以畏愛者，愷悌也，奈何驅之以威刑？荀卿曰：「國者，巨用之則巨，小用之則小。」楊子曰：「好大而不爲大，不大矣；好高而不爲高，不高矣。」如此而望仁翔而德洽，四序調而萬物和，以至兵偃刑措，雋賢修職，夷狄納貢，建皇極而天道應，斂五福而民氣洽，吉祥見于上，珍符出於下，豈不難哉？臣願陛下，曠然大變，而行衆人之所不能爲；卓然自致，而行前世之所不能到；尊尚王道，賤略強霸。其尊之也，若抱渴而需飲，其賤之也，若辭闇而即明。屏去諛佞，親近忠直，數御東序，開陳圖書，講前代之興亡，論百王之成敗，以其善行，以其惡戒，避其所得，趨其所失〔一〕；仰而思之，以夜而繼日也，幸而得之，輟寐以待旦也。有言逆於心，必求諸道；有言遜于志，必求諸非道。用其粹而遺其駁，操其要而治其煩。凡此皆王道之術也，而正始之論也。陛下深講而力行之，則馴致古昔明王之道，如決流抑墜爾，何患慕之而未臻乎？聖策曰：「朕承祖宗之業，託士民之上，明有所未燭，化有所未孚。」又退託于「任大守重，艱于負荷，思聞讜直之言，以輔不逮，庶幾乎治。」此見陛下虛心訪道，至誠惻怛之至意也。如臣之愚，何足以奉承之。而臣嘗聞之曰：明欲被于萬物，化欲孚於四方，未有不自治心始也。夫治心者，聖人所以窮理之術也。人之有心，猶天之有極也，是故晦冥陰默之中，不足以辨南北，而能考而正之者，極星是也；是非紛雜之間，不足以審眞僞，而能別而分之者，心官是也。心也者，天下之至正也，又能養之以正，則善惡是非，萬事之理，無不白矣。齋戒以持之，使其不失；清虛以守之，使其不亂；問以通之，謀以發之，此治心之始也。及其成也，不思焉，未嘗不應於理也；不勉焉，未嘗不合於道也。藏之爲志氣，而無不充；發之爲事業，而無不濟；如權衡設於此，而萬鈞之重，銖兩之輕，無所不辨；如槃水設於此，而大如天地，細如毛髮，無所不察；此治心之效也。心正則明盡，明盡則化至，此自然之道。陛下思聞讜直之言，庶幾乎治，此天下之盛福也。臣聞適於耳目之娛，而爲心腹之害者，柔從說順也，雖芟夷之，而常患其有餘；忤於一日之意，而爲百世之利者，剛方讜直也，雖養長之，而常患其不足。古之聖賢，屈己執謙，和顏遜志，加之以勞來之厚，助之以勸賞之渥，凡以養天下剛方讜直之節，使森然立於吾庭，爲國家廟社之福，故夫伏格趨鼎，引衣斷檻，破裂麻制，封還詔書，如此之類，日常有之而不爲怪者，所以廣聰明而來下情也。臣願陛下，容忍近臣之獻言，開納遠臣之論事，寘諫諍之任，以助聞見；補憲肅之官，以振綱紀；而又力以謙冲假借，深養剛方讜直之氣，如漢高祖之於周昌，晉武帝之於劉毅，然後可以得天下讜直之言以輔治道，不然猶却行求前，徒舉以訪臣，又安補於萬一哉？聖策曰：「蓋人君即位，必求端於天，而正諸己，惟五事得其常，則庶證協其應，有國以來，靡敢自肆，而和氣猶鬱，大異數見，迺元年日蝕三朝，洎仲秋地震數路，而冀方之廣，爲災最甚，自處於弗德之致，夙寤晨興，思其所以。」此見陛下畏天飭己，恐懼修省之盛德也。

臣聞日食地震者，陽微陰盛也，而或曰，日食者曆之常數也，臣請辨之。一百七十三日有餘而爲一交，然後食，此曆家之説也；而《春秋》襄公二十一年之九月、十月，二十四年之七月、八月，皆未及一交則食，此曆之不合一也。二漢之政，西京爲盛，東京爲衰，大率皆二百餘年爾，而西京四十五食，東京七十四食，食之疏密，應政之盛衰而然，曾無定數，此曆之不合二也。是日食者，非可託於曆，其要爲陰盛之應也。陽浮爲天，而主於動；陰凝爲地，而本於静；宜静而動者，陰越其分，而擬諸陽也。陽之與陰，君子小人之道也，君子道長，則陽氣發爲祥瑞；小人道長，則陰氣見於災變，此天人相與必然之應也。《易》自《復》之一陽，至《坤》之六陰，凡十二卦，相往來於一歲之間，蓋聖人告人以君子小人之道，有相更之勢，貴於早防之也。在《臨》則戒之曰：「八月有凶。」在《泰》則戒之曰：「無平不陂，無往不復。」欲其慎之於八月之前，消之於未陂未復之始也。陛下欲應變求端，謹五事而協庶應，消大異而召和氣，在乎尊陽抑陰，尊君子之道，抑小人之道而已。凡天下之道，有故有新，有大有小，有老有弱，有正有邪，有訥有辯，有躁有静。以對而言之，在上偏者皆陽，而君子之道也；在下偏者皆陰，而小人之道也。上偏欲其過厚，下偏欲其常損；宜厚而薄之，宜損而益之，則陰盛陽微，君子道消，小人道長，其敝至於不可扶持，此不可不察也。若夫舊勞不遷，而新策必合；大臣依違，而小臣執議；老成淪伏，而弱齒簡拔；方直疏遠，而柔諛親附；辨給者獲用，而遲蹇者被退；鋭進者褒陞，而默守者遺落；陰盛陽微之變，莫著於此矣。天地告戒之意，不爲不審，願陛下思所以應之。夫陽不可以不尊，陰不可以不抑；君子之道不可不進，小人之道不可不退；不抑不退，其萌雖微，及其既盛，甚可畏也。周之衰，諸侯僭天子；又其衰也，大夫僭諸侯；又其衰也，家臣僭大夫；又其衰也，夷狄盟中國，此陰盛之極也，而《春秋》自此絶筆矣。故臣願陛下早思所以救之。聖策曰：「圖講政務，則日至中昃，而猶多苟簡之習；烝進人材，則官無虚假，而頗乏績用之美。」臣聞講政務而絶苟簡，在於貴遲久；進用人材而底績用，在於練名實。《易》曰：「聖人久於其道，而天下化成。」夫聖人之才，所過者化，所存者神，而至於論治定功成之業，未嘗不待之以久，何也？速則粗，粗則所得暴，而所及淺；久則精，精則所收博，而所被深，此聖人之意也。蓋夫仁必久安，義必久由，志必久勤，法必久守，令必久行，官必久任，士必久養，兵必久練，游神於累歲之外，望化於必世之後，夫如是，則心一而慮精，事詳而理究，德新而道大，化浹而澤流，動乎萬物之上，被乎天地之間，又何患苟簡之習哉？聖人無爲不言，而海内大治者，以能練羣臣覈名實也。官各守其分謂之名，職各治其事謂之實。丞弼之任，責之以論道德，和陰陽；財計之司，責之以通有無，足國用；諫官責之以直言得失，御史責之以彈戢愆違，侍從責之以盡規納誨，將帥責之以安邊却敵，職司責之以一路之政，守令責之以一郡一縣之治，如此舉名以責其官，按實以督其職，而庶績弗凝者，未之有也。今夫大臣下兼財計之柄，小官或侵將帥之權，侍從言責不得盡其詞，職司守令不得專其治，未見其能無虚假也。朝廷設百官於外内，皆所以治天下萬事，非徒爲空名以付之也。欲立一事，重建一官，欲治一政，重遣一使，未見其能底績用也。聖策曰：「種羌非不懷徠也，而邊候或時縲騷，以至臨遣輔臣；金僉明神武。」臣以爲禦戎之策，失之於素而已。夫以邊鄙之重，不責統帥之臣，而求希合倖進之小謀；金革之機，不爲持重之筭，而聽輕舉易動之疎計；是以其弊在於苟争小功，而忘大憂，專趨小利，而失大信，此猾虜所以敢負懷徠之恩，踐王團而抗官師，亦吾有以致之而已。夫敵之未至也，制之宜以經遠之策；敵之既至也，禦之宜有應變之術。齊景公時，燕、晉爲寇，景公患之，問於晏嬰，而嬰之所薦者穰苴，而穰苴卒能逐寇而安邦。唐憲宗時，劉闢爲梗，憲宗患之，問於杜黄裳，黄裳所薦者高崇文，而崇文卒能擒敵而定蜀。陛下宜詔輔弼大臣，各薦將才而用之，則神武儋於天地之表，河湟之外，當有解椎髻、襲衣冠、來獻國地者，又豈患奔衝之寇不足禦乎？聖策曰：「烝民非不愛養也，而生業或未完富，以至外馳使者，布宣惠教。」臣以爲陛下愛民欲其富，而不足以富；國遣使宣惠教，而適足以爲弊；蓋失所以先後之序矣。夫事有肇禍，而法有起患者，不謂事之始，法之初也；累之至久，則弊敗積，而禍患起，此必至之勢也。臣嘗爲陛下深慮後世之患，而必爲無窮之弊，蓋在乎富民之道不講，而富國之謀太深也。凡賦斂之於民，古人貴其損之而不貴其益。《春秋》書：宣公初税畝，成公作丘甲，哀公用田賦，以爲益之不已，則勢窮力弊，必至於變，故孔子詳録其事，以貽後世之戒。臣嘗觀富國之論，不起於豐大之世，而多出於戰争之際。王者總制六合，所以服民心而重國體者，在吾道德之盛大，不繫財貨之豐盈。《易》之《小畜》者，德之小也，則曰：「富以其鄰。」在《泰》與《謙》，則道之大者也，皆曰：「不富以其鄰。」夫左右相比之謂鄰，人君之與天下，中國之與四夷，皆鄰也。人君所以運動天下，役使四夷，道有餘者，不假於富；德不足者，須富行之。陛下固宜法《謙》《泰》之有餘，豈可用《小畜》之不足？是以巨橋雖積，而商不能居；敖倉雖盈，而秦不能守；非無財也，道德不建，而失天下之心也。夫鳥窮則啄，獸窮則搏，人窮則詐。陛下之民，可謂窮矣，前世所謂無蓺極之賦，大之山海，細之草木，其利皆已入於官而行於今矣。陛下徐思弛費息用，以寬民財而逸民力，若大禹卑宫惡服，漢文弋綈革舃，以澤天下，庶幾不至大匱；而復出泉以取其息，寘使以厚其征，而求富民宣惠之名，不可得矣。《易》之《剥》者，始於下也，其象曰：「上以厚下安宅。」所以救剥也。陛下取於下悉矣，上取下悉，則其勢既極，而其象爲《剥》。孟子曰：「君子用其一，緩其二，用其二而民有莩，用其三而父子離。」臣懼民心積窮，不知所出，漸爲離散，以至剥落，雖有禹、湯、文、武之才，無所復施其巧。《易》曰：「觀我生」，觀民也。《詩》曰：「念我皇祖，陟降庭止。」陛下觀天下之勢，易離難合，一危則不可再安；上念五聖之業，艱難勤苦，一欹則不可復正；則夫富國之謀，適足爲深憂，未足爲陛下利也。伏惟發於神斷，罷法追使，以幸天下，以福萬世，此四方裂眦決目之所共望，豈獨賤臣之妄言哉？聖策曰：「國用雖節，而尚煩於調度，兵籍雖衆，而未精於簡稽。」臣以爲國用雖節，而調度煩者，未得節之之道也。兵籍雖衆，而簡疏者，未得簡之之本也。九州土地之産，撮粟尺帛之賦，陸輓水漕，銜施摩轂，日夜合雜，以輸太倉，以古準今，可謂盛矣；至於道途之艱，將負之疲，京師之一金，田野之百金也，少府之百金，民屋之萬金也。夫以萬金之貴，施之於一燕好之中，用之於一賜予之内，此類可勝計哉？地之財有時，民之力有限，人君之費無窮，以有時有限養無窮，此調度所以愈增而不已〔三〕，民力所以愈困而不支也。古者宫庭之職，百二十員，漢之文帝、明帝，給事官者，不過二人。太祖養兵不過十二萬。太宗嘗謂近臣曰：「人君當淡然無欲，不使嗜好形見於外，則姦佞無自入矣。」凡此皆清心節用之本，寬民養物之要。不務先理其本，而廣爲調度之求，故曰未得節之之道也。今夫能省内郡之黥兵，而益以土兵，然後兵可簡也。國家北失幽、燕，西捐靈、夏，守邊捍塞，無百二之要阻，是以二邊黥卒，特爲爪牙，不可以廢；至於方内無事之郡，百年不識兵革，而例設屯伍，坐蠹民力，此不可不制也〔三〕。宜依前世府衛之法，使民得以口率出徒，而分天下郡爲三等，上郡五千，中郡三千，下郡一千而止，番休迭上，不過什一，則武備修而簡稽精矣。周公制禮，方五百里謂之大國，其車千乘，爲五萬五千兵，而民不告勞者，施之有序；制之得術也。今之所謂上户者，征歛甚厚，而其力困，所謂下户者，庸役不及，而其勢逸，而上户居其一，下户居其十，是常困其一，而逸其十也。家有二夫，古者皆出一兵，今皆逸之，而不能用，反歛有限之穀帛，以給不耕之墮民，此豈周公之心哉？故曰未得簡稽之本也。聖策曰：「寬關梁之禁，而商賈靡通。」臣聞錢者，無用之物，而聖人貴之者，以其能通有用之財也。夫以無用而通有用，是以貴其通，而不貴其積。古之所以通貨達財者，在乎商賈之職，而不在乎上。今之關市之征，密於布棋，均輸之吏，苛於翼虎，商旅易業，轉爲它技，而求財貨之通，難矣。聖策曰：「捐器玩之巧，而工弗戒。」此在陛下約己以率爾！陛下約己於上，則六宫蒙化於内，百官率法於朝，百姓承流於下。及其久也，風俗轉移，嗜好薄損，有其財而無其尊，弗敢踰制；有其力而非其道，不敢敗度；則雖不捐器而工自戒矣。臣又聞之，天下技巧華靡之玩，未有不始於京師；欲治四方，先治京師，古之道也。夫以千里之地，而四方之俗皆有焉者，唯京師也，唯其難制，是以制之宜甚詳。周法，六鄉四郊之内自比長主五家，即而上之，至鄉大夫，凡萬有八千九百三十六官，而後足以致京師之治。今京師治民之職，大不過京兆尹，次不過河南令，而求風教俗朴，是以難也，惟陛下擇之而已。聖策曰：「風俗浮薄，根於取士之無本，教道之不明，而博詢臺閣之論，所執者不一，豈無救敝之道焉？」凡取士之要，不過二科，曰德行也，文辭也而已。臣以爲自三代以上，可以用德行；由秦漢以下，不過用文辭；而臺閣所以異論者，蓋不過二者之間。此陛下必欲以德行取天下之士，則井田當授也，侯國當建也，民必家給也，官必久任也，鄉當讀法也，家當有塾也，而後可以求全德真行，致之於位；如其未也，而獨設選舉德行之科，是亦無補而已。夫先世之吏正，故所舉者必求仁義孝弟；今世之吏邪，故所舉者不過請託嗜好；故曰今日取士，不過可以用文辭爾。至於敦俗之本，教道之法，臣願有獻焉，蓋士節之重輕，未嘗不與國體之安危相應，如根本強弱於下，而枝葉榮枯於上也。昔周之士貴，秦之士賤。夫上有屈體，下無屈道者，貴也；舍己所守，求合於上者，賤也；而周秦治亂，考此可見。蓋夫士無守道自重之節，人有翾躁不耻之求，漸漬成俗，恬不爲怪，未有甚於今日也，宜有以矯正其弊，使士知自重，而人蹈廉耻。凡潛德獨行，不求聞之君子，必深察之，而使之常在於必顯；仰希俯合，昧於寵辱之人，必深觀之，而使之常至於不用；則天下皆知盛德之意，士節一變，敦俗之本，教道之法，自此致之可也。聖策曰：「刑罰煩重，出於設法之多門，沿襲之不革，而將加恩仁之政，使死者少緩，必有可行之術焉！」臣觀陛下之意，不過欲做三代之肉刑，施之於從坐之死爾，是未盡觀時制宜之道也。古者政敦事朴，雖以聖人之智，而因革之間，猶有未盡者，肉刑是也。斷民之支體，使不爲完人，此非聖人之心，而三代用之者，因革之理有未盡也。且立尸而祭，近於瀆神；俎豆而食，近於甚野；豈若後世虛神之位，金石爲器哉？肉刑之不可用於今，猶之不可尸祭而俎食也夫。大辟之科，至死而不敢怨者，法當其罪也。儻欲加恩仁之政，寬從坐之死，則今之律令，自有減死一等法，捨此不用，而斷支刖足，爲駭民驚俗之政，未足爲可行之術也。昔子産欲止伯有之妖，必并立子孔之後，則夫政雖期於推賞，而亦責於慎名。使天下不知朝廷恩仁之意，而徒傳告以斷人之足而棄之，豈所以爲慎名！聖策曰：「予欲興乎七教，兼乎三至，以底聖人之道，則宜條其先後之次；予欲明乎六親，盡乎五法，以極天下之治，則宜敘其始末之要。」此見陛下博稽古先，欲舉載籍之所傳，施之於今，以盡聖人之道，而盡天下之治也。臣請深論天下之道，先後之次，始末之要，而陛下酌焉。蓋德與刑並行於天地之間，如寒暑相將而未嘗離也。於是之間，必有先後之次。上焉者，專德以勝刑，若堯、舜之無刑，成周之措刑是也；中焉者，假刑以助德，若西漢宣帝任刑名，東漢明帝善刑理是也；下焉者，唯刑而已，秦人以刑致亂，隋人以刑兆變是也。此先後之次不同，故治亂之應異也。則夫恭老、尊齒、樂施、親賢、好德、惡貪、廉儉之七教〔四〕，至禮不辭而天下治，至賞不費而天下悦，至樂無親而天下和之三至〔五〕，從而可明其次也。抑臣又聞之，恐懼寅畏者，政之始也；驕逸隳惰者，政之末也。周宣王中興之盛德，而不慎於後，其詩終爲《變雅》；唐太宗慈儉英武之主，而魏鄭公、劉洎、馬周之徒咸諫，以爲漸不及正觀，蓋崇高富貴之勢，驕逸隳惰之所伺也，視其有間，則入而不能出矣。是以聖哲之君，遐觀遠慮，思之於所不思，求之於所不求，方其大安也，必以危自厲；方其大榮也，必以辱自惕；不使非常之變起於不測，而至於不可救也，豈非知治道本末之要也歟？則夫六親之等，五法之數，又從而可推其要也。聖策曰：「仲舒之言，班固謂切於當世，而可施於今者何策？崔寔之論，范曄謂明於政體，而有益於時者何事？」昔班固載仲舒漢廷之策於史，其間講天下治亂之理，可謂詳矣，舉而行之，皆足以助治，而最可施於今日之策，臣以爲莫如天道先陽而從陰，王政先德而後刑之論也。范曄紀崔寔《政論》數十條於書，以爲「凡所辨論，通明政體」，而言有益於今者，則臣以爲不足深論者也。何者？寔之大槩，欲人主不能純法八世，而宜參以霸政，嚴刑峻法，破姦宄之膽，以之行於漢桓帝衰替之世可爾，安足爲陛下深論哉！聖策曰：「無以爲古人陳迹既久，而不可舉；無以爲本朝成法已定，而不可改；惟其改之而適中，舉之而得宜，不迫不迂，歸於至當！」陛下議政法而舉適中得宜爲言，此天下之望也，臣安得無辭以致之？蓋勢可以舉則舉之，則不失於陳迹；力可以改則改之，則不泥於成法，此因革之常道也。至於未適於中，未得其宜，而改之，則今日之變法，猶或可議焉。臣讀《易》至《革卦》，言天下之法，至於有弊，則不可不革也，而辭曰：「元亨利正，悔亡。」然則革之必至于元亨利正，然後悔可亡爾。又曰：「革而當，其悔乃亡。」然則革之而不當，益以招悔也。夫革之必至於亨，然後可以議革；變之必至于當，然後可以言變；斯聖人之能事，《易象》之精義也。思之於冥冥，索之於昏昏，使盡合道義之中，而後革之，則出而天下倚之若山嶽，此之謂革而亨。謀之於衆多，待之以遲久，使盡得上下之宜，而後變之，則一制行而天下望之若雲霓，此之謂變而當。古之爲治，相與謀謨於廟堂之上，至于風移俗易，徙善遠罪，而天下不知其措置之迹者，必亨而後革，必當而後變也。今則不然，一法朝出而夕已囂，一制暮行而曉或弊；斧鉞不足以禁謗論，竄黜不足以抑煩言，其故何邪？未決其亨而革之，未計其當而變之，舉而不必適中，動而不必得宜也。臣願陛下慎之而已。蓋夫革而未盡其至，則其勢必復；革而又復，則法已輕而不信矣。法制數變，國家之大病也。漢徙甘泉后土之祠，自是之後，三十年間五徙，而天地之兆，終不能定，故願陛下慎之，則至當之論，無過於此矣。陛下慮臣之憚言而不必行，則苟飾行以自免，則詔之曰：「言之非艱，行之惟艱。」又慮其畏避執事，而不盡其悃愊也，則又曰：「悉心以陳，亦不憚於改爲。」臣是以敢進其私憂過計之說。臣聞天下者，大物也，是以治之者必得大才；苟未得大才而委畀之，則天下之政，終無時而理矣。萬鈞之鼎，天下之至重也，而孟賁、烏獲持之奔走，踰越險阻，若踐平地，此無它，其力足也；使力不足者負之而趨，不獨折絶筋骨，又將墜器敗餗而不可救矣。《易》言天下萬物之理，至詳密矣，而至於治天下之難治，而未嘗不歸之大才碩德之人，故《屯》之不寧，必待君子之經綸；《蠱》之敗壞，必待君子之振育；《旅》之分散，必待智者之有爲；《否》之欲休，必俟大人之獲吉。聖人以爲當四封之時，不得四人者治之，則愈益其亂，而無補於治。昔湯之求伊尹也，見之耕者；高宗之求傅説也，見之巖築；文王之用太公也，見之漁釣；三士者，藏迹至深，而三君者能舉而用之者，以其取之公求之廣也。唐文宗可謂恭儉慈仁、勤於致理之主，當是時，李德裕在其庭而不用，裴度捐於外而不使，乃覽《正觀政要》而歎息，又曰：「吾視開元、天寶事，則氣拂吾膺。」然則文宗所以憂勤盡心者，徒虚器爾！伏惟陛下，法成湯、高宗、文王，公聽廣取，以爲法；鑒文宗捨本憂末，以爲戒；獨觀昭曠之道，驅馳域外之議，不論隱顯，不間内外，不異遠近，不殊明晦，才之當者取之，德之宜者予之，可大者治大，可小者治小；則天下之才，繼踵而出，凡陛下所舉而詢于臣者，不治而自治矣。陛下有爲之術，何以先此？古人有言曰：言切直而不用，則身危；不切直，則不可以明道；苟求所以明道，又避於危身，此勢之不可並者也。説不由道，憂也；由道而不合，非憂也；苟求所以由道，又希於必合，此理之不可兼者也。臣學術淺陋，言論狂鄙，罪當萬死，無所敢恨。幸陛下察焉！臣昧死謹對。

校勘記

〔一〕避其二句　各本同。按，當作「避其所失，趨其所得」。

〔二〕調度　「調」原作「謂」，明刻本作「條」，俱誤。按上文「尚煩於調度」，下文「而廣爲調度之求」，則字當作「調」，今改。

〔三〕不可不制　原本「可」下脱「不」字，據明刻本補。

〔四〕惡貪　「貪」原作「貧」，各本同。按《家語·王言》以「上惡貪則下恥争」爲七教之一，此用其文，據改。又《家語》「恭老」作「敬老」，「廉儉」作「廉讓」。

〔五〕之三至　「之」字原本空白，據明刻本補。

宋文鑑卷第一百一十一

制策　説書　經義

制策

擬進士御試策

蘇軾

問：朕德不類，託于士民之上，所與待天下之治者，惟萬方黎獻之求，詳延于廷，諏以世務，豈特考子大夫之所學，且以博朕之所聞。蓋聖王之御天下也，百官得其職，萬事得其序，有所不爲，爲之而無不成；有所不革，革之而無不服。田疇闢，溝洫治，草木暢茂，鳥獸魚鼈無不得其性。其富足以備禮，其和足以廣樂，其治足以致刑。子大夫以謂何施而可以臻此？方今之弊，可謂衆矣，捄之之道，必有本末，所施之宜，必有先後，子大夫之所宜知也。生民以來，所謂至治，必曰唐、虞、成周之時，《詩》《書》所稱，其迹可見。以至後世，賢明之君，忠智之臣，相與憂勤，以營一代之業，雖未盡善，要其所以成就，亦必有可言者，其詳著之，朕將親覽焉。

對：臣伏見陛下，發德音，下明詔，以天下安危之至計，謀及於布衣之士，其求之不可謂不切，其好之不可謂不篤矣；然臣私有所憂者，不知陛下有以受之歟？《禮》曰：「甘受和，白受采。」故臣願陛下先治其心，使虚一而静，然後忠言至計可得而入也。今臣竊觀陛下，先入之言，已實其衷；邪正之黨，已貳其聽；功利之説，已動其欲；則雖有臯陶、益、稷爲之謀，亦無自入矣，而況於疏遠愚陋者乎？此臣之所以大懼也。若乃盡言以招過，觸諱以亡軀，則非臣之所恤也。聖策曰：「聖王之御天下也，百官得其職，萬事得其序。」臣以爲陛下未知此也，是以所爲顛倒失序如此；苟誠知之，曷不尊其所聞，而行其所知歟？百官之所以得其職者，豈聖王人人而督責之歟？萬事之所以得其序者，豈聖人事事而整齊之歟？亦因能以任職，因職以任事而已。官有常守謂之職，施有先後謂之序。今陛下使兩府大臣侵三司財利之權；常平！使者亂職司守令之治，刑獄舊法，不以付有司，而取決於執政之意；邊鄙大慮，不以責帥臣，而聽計於小吏之口；百官可謂失其職矣。王者之所宜先者，德也；所宜後者，刑也；所宜先者，義也；所宜後者，利也；而陛下易之，可謂萬事失其序矣。然此猶其小者，其大者，則中書失其政也。宰相之職，古者所以論道經邦〔一〕，今陛下但使奉行條例司文書而已。昔丙吉爲丞相，蕭望之爲御史大夫。望之言，陰陽不和，咎在臣等，而宣帝以爲意輕丞相，終身薄之；今政事堂忿争相詬，流傳都邑，以爲口實，使天下何觀焉？故臣願陛下首還中書之政，則百官之職，萬事之序，以次得矣。聖策曰：「有所不爲，爲之而無不成；有所不革，革之而無不服。」陛下及此言，是天下之福也。今日之患，正在於未成而爲之，未服而革之耳。夫成事在理不在勢，服人以誠不以言。理之所在，以爲則成，以禁則止，以賞則勸，以言則信，古之聖王，所以鼓舞天下，綏之斯來，動之斯和者，蓋循理而已。今爲政不務循理，而欲以人主之勢，賞罰之威，劫而成之。夫以斧析薪，可謂必克矣，然不循其理，則斧可缺，薪不可破；是以不論尊卑，不計强弱，理之所在則成，所不在則不成，可必也。今陛下使農民舉息，與商賈争利，豈理也哉？而何怪其不成乎！《禮》曰：「微之顯」，誠之不可揜也如此夫。陛下苟誠心乎爲民，則雖或謗之，而人不信；苟誠心乎爲利，則雖自解釋，而人不服。且事有決不可欺者，吏受賄枉法，人必謂之贓；非其有而取之，人必謂之盜；苟有其實，不敢辭其名。今青苗有二分之息，而不謂之放債取利可乎？凡人爲善，不自譽而人譽之；爲惡，不自毁而人毁之。如使爲善者必須自言而後信，則堯、舜、周、孔亦勞矣。今天下以爲利，陛下以爲義；天下以爲貪，陛下以爲廉；不勝其紛紜也。則使二三臣者，極其巧辯以解答千萬人之口，附會經典，造爲文書，以曉告四方，四方之人，豈如嬰兒鳥獸，而可以美言小數眩惑之哉？且夫未成而爲之，則其弊必至於不敢爲；未服而革之，則其弊必至於不敢革。蓋世有好走馬者，一爲墜傷，則終身徒行，何者？慎重則必成，輕發則多敗，此理之必然也。陛下若出於慎重，則屢作屢成，不惟人信之，陛下亦自信而日以勇矣。若出於輕發，則每舉每敗，不惟人不信，陛下亦不自信而日以怯矣。文宗始用訓、注，其志豈淺也哉？而一經大變，則憂沮喪氣，不能復振。文宗亦非有失德，徒以好作而寡謀也。慎重者，始若怯，終必勇；輕發者，始若勇，終必怯。乃者横山之人，未嘗一日而忘漢，雖五尺童子，知其可取，然自慶曆已來，莫之敢發，誠未有以善其後也。近者邊臣不計其後，而遽發之；一發不中，則内帑之費以數百萬計，而關輔之民困於飛輓者二年而未已。雖天下之勇者，敢復爲之歟？爲之固不可，敢復言之歟？由此觀之，則横山之功，是邊臣欲速而壞之也。近者青苗之政，助役之法，均輸之策，併軍蒐卒之令，率然輕發，又甚於前日矣。雖陛下不恤人言，持之益堅，而勢窮事礙，終亦必變。它日雖有良法美政，陛下能復自信乎？人君之患，在於樂因循而重改作。今陛下春秋鼎盛，天錫智勇，此萬世一時也；而羣臣不能濟之以慎重，養之以敦樸，譬如乘輕車，馭駿馬，冒險夜行，而僕夫又從後鞭之，豈不殆哉？臣願陛下解轡秣馬，以須東方之明，而徐行於九軌之道，甚未晚也。聖策曰：「田疇闢，溝洫治，草木暢茂，鳥獸魚鼈，莫不各得其性」者，此百工有司之事，曾何足以累陛下？陛下操其要，治其本，恭己無爲，而物莫不盡其理，以生以死；若夫百工有司之事，自宰相不屑爲之，而況於陛下乎？聖策曰：「其富足以備禮，其和足以廣樂，其治足以致刑，何施而可以臻此？」孔子曰：「百姓足，君孰與不足？」兔首瓠葉，可以行禮；掃地而祭，可以事天；禮之不備，非貧之罪也？管子曰：「倉廩實而知禮節。」臣不知陛下所謂富者，富民歟？抑富國歟？陸賈曰：「將相和調，則士豫附。」劉向曰：「衆賢和於朝，則萬物和於野。」今朝廷可謂不和矣，其咎安在？陛下不反求其本，而欲以力勝之，力之不能勝衆也久矣。古者刀鋸在前，鼎鑊在後，而士猶犯之；今陛下躬蹈堯、舜，未嘗誅一無罪，欲弭衆言，不過盡逐異議之臣，而更用人耳，必未忍行亡秦偶語之禁，東漢黨錮之法，則士何畏而不言哉？臣恐逐者不已，而爭者益多，煩言交攻，必甚於今日矣。欲望致和而廣樂，豈不疏哉？古之求治者，將以措刑也，今陛下求治，則欲致刑，此又羣臣誤陛下也。臣知其説矣，是出於荀卿，荀卿好爲異論，至以人性爲惡，則其言「治世刑重」亦宜矣。説者又以爲《書》稱唐、虞之隆，刑故無小；而周之盛時，羣飲者殺。臣請有以詰之。夏禹之時，大辟二百；周公之時，大辟五百，豈可謂周治而禹亂邪？秦及三族，漢除肉刑，豈可謂秦治而漢亂耶？致之言，極也。天下幸而大治，使一日未安，陛下將變今之刑而用其極歟？天下幾何不叛耶？徒聞其語，而懼者已衆矣。臣不意異端邪說，惑誤陛下，至於如此！「宥過無大，刑故無小。」此用刑之常理也，至于今守之，豈獨唐、虞之隆，而周之盛時哉？所以誅羣飲者，以爲其意非獨羣飲而已，如今之法所謂夜聚曉散者；使後世不知其詳，而徒聞其語，則凡夜相過者，皆執而殺之，可乎？夫人相與飲酒而輒殺之，雖桀、紂之暴不至於此，而謂周公行之歟？聖策曰：「方今之弊，可謂衆矣，捄之之道，必有本末，所施之宜，必有先後。」臣請論其本，與其所宜先者，而陛下擇焉。方今救弊之道，必先立事；立事之本，在於知人；則所施之宜，當先觀大臣之知人與否耳。古之欲立非常之功者，必有知人之明；苟無知人之明，則循規矩，蹈繩墨，以求寡過；二者皆審於自知，而安於才分者也。道可以講習而知，德可以勉強而能，惟知人之明，不可學，必出於天資，如蕭何之識韓信，此豈有法而可傳者哉？以諸葛孔明之賢，而知人之明，則其所短〔二〕，是以失之於馬謖；而孔明亦審於自知，是以終身不敢用魏延。我仁祖之在位也，事無大小，一付之於法；人無賢不肖，一付之於公議。事已效而後行，人已試而後用，終不求非常之功者，誠以當時大臣不足以與知人之明也。古之爲醫者，聆音察色，洞視五藏，則其治疾也，有剖胷決脾，洗濯胃腎之變；苟無其術，不敢行其事。今無知人之明，而欲立非常之功，解縱繩墨，以慕古人，則是未能察脉而欲試華佗之方，其異於操刀而殺人者幾希矣。房琯之稱劉秩，關播之用李元平是也。至今以爲笑。陛下觀今之大臣，爲知人歟？爲不知人歟？乃者擢用衆材，皆其造室握手之人，要結審固，而後敢用；蓋以爲其人可與戮力同心，共致太平，曾未安席，而交口攻之者，如蝟毛而起。陛下以此驗之，其不知人也亦審矣。幸今天下無事，異同之論，不過瀆亂聖聽而已；若邊隅有警，盗賊竊發，俯仰成敗，呼吸變故，而所用之人，皆如今日，乍合乍散，臨事解體，不可復知，則無乃誤社稷歟？華佗不世出，天下未嘗廢醫；蕭何不世出，天下未嘗廢治；陛下必欲立非常之功，請待知人之佐；若猶未也，則亦詔左右之臣，安分守法而已。聖策曰：「生民以來，稱至治者，必曰唐、虞、成周之世，《詩》《書》所稱，其迹可見。以至後世，賢明之君，忠智之臣，相與憂勤，以營一代之業，雖未盡善，然要其所以成就，亦必有可言者，其詳言之。」臣以爲此不可勝言也。其施設之方，各隨其時，而不可知；其所可知者，必畏天，必從衆，必法祖宗。故其言曰：「戒之戒之，天維顯思，命不易哉！」又曰：「稽于衆，舍己從人。」又曰：「丕顯哉，文王謨；丕承哉，武王烈。」《詩》《書》所稱，大略如此，未嘗言天命不足畏，衆言不足從，祖宗之法不足用也。苻堅用王猛，而樊世、仇騰、席寶不悦；魏鄭公勸太宗以仁義，而封倫不信。凡今之人，欲陛下違衆而自用者，必以此藉口；陛下所謂賢明忠智者，豈非意在於此等歟？臣願攷二人之所行，而求之於今，王猛豈嘗設官而牟利？魏鄭公豈嘗貸錢而取息歟？且其不悦者，不過數人，固不害天下之信且服也。今天下有心者怨，有口者謗，古之君臣，相與憂勤以營一代之業者，似不如此。古語曰：「百人之聚，未有不攻而破」，況天下乎？今天下非之，而陛下不回，臣不知所稅駕矣。《詩》曰：「譬彼舟流，不知所屆；心之憂矣，不遑假寐。」區區忠蓋，惟陛下察之！臣昧死上對。

擬御試武舉策

陳師道

問：湯武之兵，無敵於天下，然而或曰「出其不意」，或曰「天命未也。」晉文公伯者爾，然欲用其民，則曰「教之義，示之禮與信。」夫出其不意，詭道也，諸侯不期而會者八百矣，然而猶曰天命未也，其故何哉？能用其民以禮、義、信，然而不曰王者之事，何也？昔誓師者或曰「孥戮汝」，或曰「有常刑」，或曰「有大刑」，或曰「有無餘刑非殺」，其不同何也？司馬遷讀《司馬兵法》曰：「雖三代未能究其義，如其文也。」今其書尚在，其義難盡，其文難遵者，何與？墨子之詘公輸，九攻而九拒之；諸葛之服孟獲，七擒而七縱之，其智安出哉？諸羌犯漢，辛武賢、段紀明則謂，當大擊之；趙充國、張奐則謂，兵可罷。以罷之爲是，而紀明之戰克；以擊之爲便，而充國之筭勝；或謀同而功異，或論殊而效同，何以然也？子大夫習於論兵，造庭待問，其以所學具著于篇。

臣惟陛下，學以明王度，德以善方俗，材以成世務，而不自賢聖，託于寡昧，延見田里之士，究觀文武之宜，臣愚無以奉明問，廣聖志。顧常聞之，籔宅善牧，川居善漁，昧者聽微，右廢者便左，臣誠不佞，顧無游居之習，偏左之能，以成陛下好問之志，而幸萬一之得哉？謹冒死以對。臣聞孔子曰：「俎豆之事，常聞之矣；軍旅之事，未之學也。」夫兵非聖人之學，其所學者，無事於兵。雖然，兵者政之出也，能盡俎豆之事，則軍旅得矣；聖人雖不學，蓋能之矣。刑者政之餘，兵者刑之末，非聖人所優爲也，故武未盡善，不若舜、禹之修文也。古之爲國者，兵設而不試，戰習而不用，應而不倡，服而不侮，臨敵而人不戰，得國而市不亂，此王政也。若夫廉、李之戰，鬬事也；孫、吴之書，盜術也，不陳於王者之前。嘗以臣之所聞，敬奉明詔，其有不稱，乃臣寡陋之辠，非聖人之道有所不宜也。臣聞古之言無敵者，非謂戰勝守固，天下不能敵也；謂其願爲之臣，而莫與敵焉。昔者商湯東征則西怨，南征則北怨，可謂不敵矣。若夏桀，則其衆曰：「時日曷喪，余及汝皆古。」非商亡夏，夏自亡也。夫以不敵攻自亡，以天下當一夫，安用詐？三王之伐，行天討也，是故謀于蓍龜，詢于臣民，以定其論；法以正名，刑以正辠，以成其詞；詔于鬼神，諭于公侯，誥之于國，誓之于軍，以致其衆；數之以文，懼之以武，聲之以鍾鼓，與天下共之，惟公與義，詐何施焉？故以湯爲出不意以伐桀者，蓋不知義也。臣聞命者，天之道，視人則知矣，天從人者也。周文之時，三分天下而有二，天之去商舊矣，不待盟津而知，臣以爲文武後之，非命後也，君子之道同，而各有行也。如權之稱物，惟其所重。文王屈義而伸仁，以同于天；武王屈仁而伸義，以順其命。孔子以爲文王至德也。夫優爲之，與不可已而爲之者，異矣，此文王之爲文，武王之爲武也。盟津之會，臣無傳焉，其漢儒之説乎〔三〕，故以武王爲還師以待時，是蓋不知命也。臣聞君子内德而外行，有其德而無其行者，有矣；有其行而無其德者，有矣；故君子貴其全也。《易》曰：「君子以成德爲行。」君子之行，出於德也。德則有化，禮義信者，德之行也。是故王以安行，伯以利動。利之者僞也，君子耻之。夫德形于身而加於民，謂之化；教其可，禁其不可，謂之政；無化則不革，無政則不行，本末相用，王者之事也。晉文公則不然，蒐以示禮，伐原以示信，勤王以示義，夫上無化，下無教，造事舉善，以聳觀聽，此豈有意於成俗，文之以爲名爾，然能用其民者，蓋有政焉。王者尚政，行之以刑；有行而無其德，有政而無其化，此晉之所以不王也。臣讀征誓之《書》，知後世之刑重。虞之誓「其克有勳」，刑蓋未用也；夏、商之誓曰：「孥戮汝」，周之誓曰：「有顯戮」，尚刑也；夏、商之孥，周之辠隸也。魯之誓曰：「有常刑，有大刑有無餘刑，非殺。」越逐誘盜則服常刑，常刑者，劓、刖也；材不足用，則服無餘刑，或奴或戮，猶未至於殺也；無餘者，盡之之詞也，刑盡而非殺，猶今之言辠止於流者也；餉不足食，則服大刑；刑至于殺，則極矣。或者以謂無餘之刑，戮及妻子，臣不知其説也。夫罰弗及嗣，皐陶之善舜也；辠人以族，武王之伐紂也；父子兄弟罪不相及，周公之命康叔也，而伯禽爲之乎？先王之刑，有至於殺，而無相及者，以非其辠也。故刑至于殺，不以爲暴，而遷刑則暴也。雖無誓師，而至于殺，不亦甚乎！夫三代異尚，惟其時也。周有三興，施于五刑，惟其宜也。軍事尚威，其用重典乎！天下有道，征伐出於天子，魯之軍刑，蓋周制也。臣則知其仁焉，先之以誓，期于不悖；示之以刑，期于不犯；未足爲仁；師克則鮮死焉，負則多矣。伸之以威，以追死也，其仁至矣。仁以濟義，義以行信，此其所以賢也。臣聞齊威王使其大夫追論古者《司馬兵法》，附以先齊大司法田穰苴之説，號曰《司馬穰苴兵法》。夫所謂古者《司馬兵法》，周之政典也；所謂《司馬穰苴兵法》，太史遷之所論，今博士弟子之所誦説者也。昔周公作政典，司馬守之，以佐天子平邦國，而正百官均萬民，征伐出于天子。及上廢其典，下失其職，而周衰矣，故征伐出于諸侯。典之用捨，興壞繫焉。遷徒見七國楚漢之戰以詐勝，而身固未常行道也，遂以仁義爲虚名，而疑三代以文具，可謂不學矣。史稱遷博極羣書，而其論如此，所謂雖多奚爲者也。臣謹按，傳記所載《司馬法》之文，今書皆無之，則亦非齊之全書也。然其書曰：「禮與法表裏，文與武左右。」又曰：「殺人以安人，殺之可也；攻其國，愛其民，攻之可也；以戰去戰，戰可也。」又曰：「冬夏不興師，所以兼愛民也。」此先王之政也，何所難乎？至其説曰：「擊其疑，加其卒，致其屈，襲其規。」此穰苴之所知，秦漢之所行，遷之所見，而謂先王爲之乎？臣惟墨子之拒公輸，匠之事也；武侯之屈孟獲，將之事也；此百官羣吏之能，非王法也。昔墨子爲守，屈其一世，而不以守名，自惟其術有大者焉。墨子之所不爲，臣愚敢爲陛下道哉？崇墉，浚川，完廪，衆民，可以守矣，然而不守者，民散故也。故曰地利不如人和也。封溝委積，所以保民也，民固矣，而後城郭可得而守也，米粟可得而食也，墨子之術可得而用也；不然寇將保之，巧何施焉？夫武侯之縱敵，務勝其心以持久，專意東方，而無後憂，可謂善畫矣。雖然，智以服人，可以終侯之世，不可繼也，此伯者之術也。君子制法，中材守之，所謂百世之道也。《書》曰：「柔遠能邇，惇德允元，而難任人，蠻夷率服。」又曰：「無怠無荒，四夷來王。」夫行法于身，而效于四海之外，臣謂王者之功易也。臣聞先漢西羌之叛，辛武賢則欲攻，趙充國則欲守，臣愚以謂充國之議是也。後漢東羌之叛，張奂則欲廣恩，段熲則欲極武，臣愚以謂皆非也。臣惟武賢之議，非爲國遠計，冒危要幸以自利耳，此邊吏之常態，國之大患。臣惟充國之議有大焉，其説曰：「帝王之兵，以全取勝，是以貴謀而賤戰，戰而百勝，非善之善也。故先爲不可勝，以待敵之可勝。」夫慮勝而戰，度得而攻，可謂善矣，非全師坐勝之道也；不戰而勝，不攻而取，此充國所謂善之善者，屯田是也。虜所保者衆，所恃者地，奪其田里，則人畜失職，而衆不保矣；購之以利，則有辠者可得，亡辜者可致，此坐支解虜之道也，逸以待勞，久以待變，亡費而有備，可謂善矣。臣猶以謂未也，兵久則頓，役久則怠，内有盗賊乘間之虞，外有夷狄相因之變，防患於未然，收利於將來，有先王之意焉。夫治外與内異，譬之於家，盜在内，攻之可也；在外，備之可也；千金之子，不開門穴垣，與盜爭死，況於國乎？臣故曰充國之議是也。漢居屬羌於三輔，與民雜處，而武備不修，將吏不選，擾以致怨，利以啓貪，以故數叛。夫御失其宜，殺之則怨，寬之則侮，張奂不惟其本，而襲儒者之弊，以恩易武，力窮則服，利而復動，一切苟安，非至計也。段烱窮兵以盡敵，此蠻夷相攻，非中國之政也。王者之師，務明善惡，辠人得則畏威，善人伸則懷德，二者各得其一，臣故以謂皆非也。以臣之愚，毆之度塞，限以封略，羈以恩信，完聚繕守，以待其來，則漢長無事矣。臣聞王者之治夷狄，自治而已，譬諸身焉，氣血外強，精神内守，則厲邪不干；本虚末弛，則風濕暑寒，乘間而作；惟其所致，疾何能焉？其視夷狄，若鳥獸然，不足計曲直，校失得，備禦之道，因其盛衰，來則撫之，去則已之，其來不怡，其去不戚，外之也。昔文王事昆夷，武王通道九夷八蠻，太王去邠，宣王薄伐，至于太原，因時之宜，非異道也。太王，諸侯之事也，上無王，下無伯，既不能拒，又不能去，是危道也。宣王，王者事也，拯民以去亂，武之經也；逐之盡境，以限内外，天之制也。如鳥之攫，如獸之搏，毆之則已；暴者爲之，則覆巢熏穴，戮及麛卵，不可謂政。強則事之，文王是也。弱則懷之，武王是也。兩強不相下，則相傷，故下之以保民也。《孟子》曰：「仁者能以大事小，樂天者也；智者能以小事大，畏天者也。樂天者，保天下；畏天者，保其國。」夫樂天者，與天同也；畏天者，同于天也。高而能降，以無我也；大而能覆，以無物也；物我兩忘，君子之德也。以身與人，則身重；以身與天下，則身輕；屈小以伸大，君子之事也。以大事小，以賢事不肖，先人後身，所以爲至德。而賈誼以謂，天子貢夷狄爲倒置。此少年之氣，褊者之心也。故其論，内則欲削諸侯，外則欲擊匈奴，以尊天子，其申、韓之餘意乎！至其去國千里，則憂壽不長；一失其職，則涕泣以卒；無以自容，其能容匈奴乎？《詩》云：「惟其褊心，是以爲刺。」誼之謂之。智有得失，材有能否，德則無不盡也。充國可謂智矣，而内徙降羌令居，循致後患，務便於近，而忘其遠。夫料敵決勝，誠非儒者之能；見微慮遠，建萬世之安，亦非武人文吏之所及也。臣聞禹伐有苗，三旬不克，禹不以爲恥，舜不以爲辠，蓋德不懷則修刑，刑不服則明德，君子固自反也。德刑更用，舜之政也，自反而不責人，舜之所以賢也。以舜之政，以益佐禹，不能得志於有苗；而兵家之書，有必勝之術，非臣所知也。夫以禹、益之智，諸侯之師，豈不足以一戰？君子勝人不以力，有化存焉，化者誠服之也。故曰：「滿招損，謙受益。至誠感神，蠢兹有苗。」然則舞干羽於兩階，又豈足以感人哉？所以偃革而修文也。夫惟有德可以服人。臣又聞柳下惠曰：「伐國不問仁人。」問且不及，而兵家之書，奮然自任，欲一試之，幸而不得，則又以遺人，是樂禍也，故術不可不慎。臣願陛下循大禹之事，服下惠之言，而却兵家之圖書；將不敵於天下，而威行萬世，區區之虜，何足留聖意哉？陛下幸詔愚臣，敢有隱情？不敏之誅，惟陛下赦之！

説書

問小雅周之衰

蘇軾

對：《詩》之中，唯周最備，而周之興廢，於《詩》爲詳。蓋其道始於閨門父子之間，而施及乎君臣之際，以被冒乎天下者，存乎《二南》；后稷、公劉、文、武創業之艱難，而幽、厲失道之漸，存乎《二雅》；成王纂承文、武之烈，而禮樂文章之備，存乎《頌》，其愈削而至夷于諸侯者，在乎《王·黍離》；蓋周道之盛衰，可以備見於此矣。《小雅》者，言王政之小，而兼陳乎其盛衰之際者也。夫周雖衰，文、武之業未墜，而宣又從而中興之，故雖怨刺並興，而未列於《國風》者，以爲猶有王政存焉，故曰《小雅》者，兼乎周之盛衰者也。昔之言者，皆得其偏而未備也。季札觀周樂，歌《小雅》，曰：「其周之衰乎〔四〕！」文中子曰：「《小雅》烏乎衰？其周之盛乎！」札之所謂衰者，蓋其當時親見周之衰，而不覩乎文、武、成、康之盛也。文中子之所謂盛者，言文武之餘烈，歷數百年而未忘，雖其子孫之微，而天下猶或宗周也。故曰二子者皆得其偏而未備也。太史公曰：「《國風》好色而不淫，小雅怨誹而不亂。」當周之衰，雖君子不能無怨，要在不至於亂而已。文中子以爲周之全盛，不已過乎？故通乎二子之説，而《小雅》之道備矣。謹對。

問君子能補過

蘇軾

對：甚哉！聖人待天下之通且恕也。朝而爲盜跖，暮而爲伯夷，聖人不弃也。孟僖子之過也，其悔亦晚矣，雖然，聖人不棄也，曰：「猶愈乎卒而不知悔者也，孟僖子之過，可悲也已。」仲尼之少也賤，天下莫知其爲聖人。魯人曰：「此吾東家丘也。」又曰：「此鄹人之子也。」楚之子西，齊之晏嬰，皆當時之所謂賢人君子也，其言曰：「孔丘之道，迂闊而不可用。」況夫三桓之閒，而孰知夫有僖子之賢！僖子之病，以告其子曰：「孔丘，聖人之後也，其先正考甫，三命益恭，而弗父何以有宋而授厲公，華父督之亂，無罪而絶於宋，其後必有聖人，今孔丘博學而好禮，殆其是歟？爾必往師之，以學禮。」嗚呼！孔子用於魯，三月，而齊人畏其霸，以僖子之賢，而知夫子之爲聖人也。使之未亡，而授之以政，則魯作東周矣。故曰，孟僖子之過，可悲也已。雖然，夫子之道充乎天下者，自僖子始。懿子學乎仲尼，請於魯君，而與之車，使適周而觀禮焉，而聖人之業，然後大備。僖子之功，雖不能用之於未亡之前，而猶能救之於已沒之後，左丘明懼後世不知夫僖子之功也，故丁寧而稱之，以爲補過之君子。昔仲虺言湯之德曰：「改過不吝。」夫以聖人而不稱其無過之爲能，而稱其改之爲善，然則補過者，聖人之徒歟！孟僖子者，聖人之徒也。謹對。

問大夫無遂事

蘇軾

對：《春秋》之書「遂」一也，而有善惡存焉，君子觀其當時之實而已矣。利害出於一時，而制之於千里之外，當此之時而不遂，君子以爲固；上之不足以利國，下之不足以利民，可以復命而後請，當此之時而遂，君子以爲專。專者固所貶也，而固者亦所譏也，故曰《春秋》之書「遂」一也，而有善惡存焉，君子觀其當時之實而已矣。公子結媵陳人之婦，子鄄遂及齊侯宋公盟。《公羊傳》曰：「媵不書，以其有遂事書。大夫無遂事，此其言遂何？大夫出疆，有可以安國家，利社稷，則專之可也。」公子遂如周，遂如晉，《公羊》亦曰：「大夫無遂事，此其言遂何？公不得爲政也。」其書「遂」一也，而善惡如此之相遠，豈可以不察其實哉？《春秋》者，後世所以學爲臣之法也。謂遂之不譏，則愚恐後之爲臣者流而爲專；謂遂之皆譏，則愚恐後之爲臣者執而爲固；故曰，觀乎當時之實而已矣。西漢之法，有矯詔之罪，而當時之名臣，皆引此以爲據，若汲黯開倉以賑飢民，陳湯發兵以誅郅支，若此者，專之可也；不然獲罪於《春秋》矣。謹對。

經義

惟幾惟康其弼直

張庭堅

所貴乎聖人者，非以其力足以除天下既至之患，而以其慮之深遠，察微正始，憂患之所不及；非以其有智與勇，足以大有爲於世，而以其安静休息，有所不爲；非以其無一過失，使天下莫得而議之，以其有過而必改。故於事也無忽，於民也不擾，於羣臣也，不憚其危言正論，以拂於己，夫是以慮無遺策，舉世無過事，而天下治安之勢，得以永保而弗替，此幾、康、弼直，禹之所以爲舜戒也。蓋惟幾也，則能察微正始，不忽乎事；惟康也，則能安静休息，不擾乎民；惟輔弼之臣直，則能不以無過之爲美，而以改過之爲善，凡忠讜之論，矯拂之辭，皆所以樂從而願聽焉。雖然，是三者在艱難創業之時，則固未始以爲難。海宇適平，基緒方立，俄焉怠忽而不之察，則禍患將不旋踵而至，所以操心常危，慮患常深，而事每不失其幾者，勢使然也。民雖出於塗炭，而恐懼之未忘，世雖偃於征誅，而瘡痍之未瘳，俄然擾動而不之恤，則下不勝其困怨，亂將復作，所以設法務約，敷政務寬，而使民不失其康者，亦勢使然也。夫欲事之適於幾，民之適於康，則天下之深謀至計，惟恐一日而不得聞，朝廷之上，輔弼之臣，莫不蹇蹇其直，亦其勢不得不然也。天下既大治矣，則智慮怠而昏，心意侈而廣；智慮昏則玩宴安而忽憂勤，心意廣則喜功名而煩興作。夫宴安之是玩，則不可責以難也；功名之是喜，則不可語以過也；於是諂諛者親，而諫諍者疏，幾、康、弼直之戒，於是時最不可忘。彼舜也繼堯極治之後，天下可謂無事矣；雖然，無事者，有事之所從起，而聖人之所深畏者也。觀舜之君臣，相與賡歌規戒，而其言及於敕天命，康庶事，則禹之所言者，舜固不待告而知矣，而禹猶戒之何也？使天下後世咸曰，以舜之聖而猶不免於此，則庶乎其能知戒矣。

自靖人自獻于先王

張庭堅

君子之去就死生，其志在於天下國家，而不在於一身，故其死者非沽名，其生者非懼禍，而引身以求去者，非要利以忘君也。仁之所存，義之所主，鬼神其知之矣。昔商之三仁，或生或死，或爲之奴，而皆無媿於宗廟社稷，豈非謀出於此歟？此其相戒之言曰：「自靖，人自獻于先王。」蓋於是時，紂欲亡而未寤也。其臣若飛廉、惡來者，皆道王爲不善，而不與圖存。若伯夷、太公，天下可謂至賢者，則潔身退避，而義不與俱亡。夫爲商之大臣，而且於王爲親，惟王子比干、箕子、微子也。三人者，欲退而視其敗，則不忍；欲進而與王圖存，則不可與言；雖有忠孝誠慤之心，其誰達之哉？顧思先王創業垂統，以遺其子孫；設爲職業禄位，以處天下之賢俊；俾相與左右而扶持之，期不至於危亡而後已。子孫弗率，亡形既見，而忠臣義士之徒，猶不忘先王所以爲天下後世之意，以爲志不上達，道與時廢，亂者弗可治也，傾者弗可支也，而臣子所以報先王者，惟各以其能自獻可也。雖然，君子之志不同，而欲死生去就各當於義，不獲罪於先王，非人所能爲之謀，其在於自靖乎！蓋若商祀之顛隮，則微子以爲心憂，而辱於臣僕，不與其君俱亡者，箕子、比干之所羞爲也。微子抱祭器適周，以請後，則奉先之孝得矣。比干諫不從，故繼以死，則事君之節盡矣。箕子以父師爲囚奴，猶眷眷不去，則愛君之仁至矣。其死者若愚，其囚者若污，而其輒去者若背叛非忠也，然三子皆安然行之，不以所不能爲自愧，而亦不以所能爲媿人，更相勸勉，以求合於義，而不期於必同。夫謂先王所以望於後世臣子者，惟忠與孝也，故微子之去，自獻以其孝；比干以諫死，箕子以正囚，則自獻以其忠；則是三子之心，非苟爲也。處垂亡之地，猶眷眷乎天下國家，而不在一身，故其志之所謀，各出其所欲爲以期先王之知耳。古所謂較然不欺其志者，非斯人之謂乎！雖然，《書》載微子與箕子相告戒之辭，而比干不與焉，何哉？人臣之義，莫易明於死節，莫難明於去國，而屈辱用晦者亦所難辨者也。比干以死無足疑，故不必以告人，而箕子、微子不免云云者，重去就之義而厚之故也；不然，安得並稱三仁哉？

校勘記

〔一〕論道經邦　「經」原作「德」，誤，今改。

〔二〕則其所短　「其」原作「莫」，據明天順本改。

〔三〕其漢儒之説乎　「乎」原作「于」，據明刻本改。

〔四〕其周之衰乎　「其周」二字原脱，據明刻本補。

宋文鑑卷第一百一十二

書

代李煜遺劉鋹書

潘佑

某與足下，叨累世之睦，繼祖考之盟，情若弟兄，義敦交契，憂戚之患，曷常不同。每思會面而論此懷，抵掌而談此事，交議其所短，各陳其所長，使中心釋然，利害不惑。而相去萬里，斯願莫伸，凡於事機，不得欵會。屢達誠素，冀明此心。而足下視之，謂書檄一時之儀，近國梗槩之事，外貌而待之，汎濫而觀之，使忠告確論，如水投石，若此則又何必事虚詞而勞往復哉？殊非宿心之所望也。今則復遣人使，罄申鄙懷，又慮行人失辭，不敢深素，是以再寄翰墨，重布腹心，以代面會之談，與抵掌之議也。足下誠聽其言，如交友諫諍之言；視其心，如親戚急難之心；然後三復其言，三思其心，則忠乎不忠，斯可見矣，從乎不從，斯可决矣。昨以大朝南伐，圖復楚疆，交兵以來，遂成釁隙。詳觀事勢，深竊憂懷。冀息大朝之兵，永契親仁之願。引領南望，于今累年。昨命使臣入貢大朝，大朝皇帝果以此事宣示：且彼若以事大之禮而事我，則何苦而伐之；若欲興戎而争我，則以必取爲度矣。見今點閲大衆，仍以上秋爲期。使人陸昭符奏乞更於未間，令弊邑以書復叙前意。是用奔走人使，遽貢直言。深料大朝之心，非有唯利之貪，蓋怒人之不賓而已；足下非有不得已之事，與不可易之謀，殆一時之忿而已。觀夫古之用武者，不顧小大強弱之殊，而必戰者，有四：父母宗廟之讎，此必戰也；敵人有進，必不捨我，求和不得，退守無路，戰亦亡，不戰亦亡，奮不顧命，此必戰也；彼有天亡之兆，我懷進取之機，此必戰也〔一〕。今足下與大朝，非有父母宗廟之讎也；非同烏合存亡之際也；既殊進退不捨，奮不顧命也；又異乘機進取之時也。無故而坐受天下之兵，將決一旦之命。既大朝許以通好，又拒而不從，有國家利社稷者，當若是乎？夫稱帝稱主，角立傑出，古今之常事也；割地以通好，玉帛以事人，亦古今之常事也；盈虛消息，取與翕張，屈伸萬端，在我而已，何必膠柱而用壯，輕禍而爭雄哉？且足下以英明之姿，撫百越之衆，北距五嶺，南負重溟，藉累世之基，有及民之澤，衆數十萬，表裏山川，此足下所以慨然而自負也。然違天不祥，好戰危事。天方相楚，尚未可爭。恭以大朝，師武臣力，實謂天贊也。登太行而伐上黨，士無難色；絶劍閣而舉庸蜀，役不淹時；是知大朝之力難測也，萬里之境難保也。十戰而九勝，亦一敗可憂，六奇而五中，則一失何補？況人人自以我國險，家家自以我兵強，蓋揣於此，而不揣於彼，經其成而未經其敗也。何則？國莫險於劍閣，而庸蜀已亡矣；兵莫強於上黨，而太行不守矣。人情端坐而思之，意滄海可涉也，及風濤驟興，奔舟失馭，與夫坐思之時，蓋有殊矣。是以智者慮於未萌，機者重其先見，圖難於其易，居存不忘亡，故曰「計福不及，慮禍過之」。良以福者人之所樂，心樂之，故其望也過；禍者人之所惡，心惡之，故其思也忽。是以福或修於慊望，禍多出於不期。又或慮有矜功好名之臣，獻尊主強國之議者，必曰：「決無和也。五嶺之險，山高水深，輜重不並行，士卒不成列，高壘清野，而絶其運粮，依山阻水，而射以強弩，使進無所得，退無所歸。」此其一也。又或曰：「彼所長者，利在平地，今捨其所長，就其所短，雖有百萬之衆，無若我何！」此其二也。其次或曰：「戰而勝，則覇業可成；戰而不勝，則泛巨舟而浮滄海，終不爲人之下。」此大約皆説士孟浪之談，謀臣捭闔之策，坐而論之也則易，行之如意也則難，何則？今荆湘以南，庸蜀之地，皆是便山習險阻之民，不動中國之兵，精卒已逾於十萬矣。況足下與大朝封疆接畛，水陸同途，殆雞犬之相聞，豈馬牛之不及？一旦緣邊悉舉，諸道進攻，可俱絶其運粮，盡保其城壁？若諸險悉固，誠善莫加焉，苟尺水横流，則長堤虚設矣。其次又或大朝用吴越之衆，自泉州泛海，以趣國都，則不數日而至城下矣。當人心疑惑，兵勢動摇，岸上舟中，皆爲敵國，忠臣義士，能復幾人？懷進退者，步步生心，顧妻子者，滔滔皆是。變故難測，須臾萬端。非惟暫乖始圖，實恐有誤壯志。又非巨舟之可及，滄海之可遊也。然此等皆戰伐之常事，兵家之預謀，雖勝負未知，成敗相半。苟不得已而爲也，固斷在不疑；若無大故而思之，又深可痛惜。且小之事大，理固然也，遠古之例，不能備談。本朝當楊氏之建吴也，亦入貢莊宗。恭自烈祖開基，中原多故，事大之禮，因循未遑，以至交兵，幾成危殆。非不欲憑大江之險，恃衆多之力；尋悟知難則退，遂修出境之盟。一介之使裁行，萬里之兵頓息，惠民和衆，于今賴之。自足下祖德之開基，亦通好中國，以闡霸圖。願修祖宗之謀，以尋中國之好。蕩無益之忿，棄不急之争。知存知亡，能强能弱。屈忍以濟億兆，談笑而定國家。至德大業無虧也，宗廟社稷無損也。玉帛朝聘之禮，裁出于境，而天下之兵已息矣。豈不易如反掌，固如太山哉？何必扼腕盱衡，履腸蹀血，然後爲勇也。故曰：「德輶如毛，民鮮克舉之，我儀圖之。」又曰：「知止不殆，可以長久。」又曰：「沉潛剛克，高明柔克。」此聖賢之事業，何耻而不爲哉？況大朝皇帝，以命世之英，光宅中夏，承五運而乃當正統，度四方則咸偃下風。獫狁太原，固不勞於薄伐；南轅返旆，更屬在於何人？又方且遏天下之兵鋒，俟貴國之嘉問。則大國之義，斯亦以善矣；足下之忿，亦可以息矣。若介然不移，有利於宗廟社稷可也，有利於黎元可也，有利於天下可也，有利於身可也。凡是四者，無一利焉，何用棄德修怨，自生仇敵，使赫赫南國，將成禍機，炎炎柰何，其可嚮邇？幸而小勝也，莫保其後焉；不幸而違心，則大事去矣。復念頃者淮泗交兵，疆陲多壘。吴越以累世之好，遂首厲階。惟有貴國，情分逾親，歡盟逾篤。在先朝感義，情實慨然；下走承基，理難負德，不能自已，又馳此緘。近奉大朝諭旨，以爲足下無通好之心，必舉上秋之役。卽命弊邑，速絶連盟。雖善隣之心，期於永保；而事大之節，焉敢固違？恐煜之不得事足下也。是以惻惻之意，所不能忘，區區之誠，於是乎在。又念臣子之情，尚不逾於三諫；煜之極言，於此三矣，是爲臣者可以逃，爲子者可以泣，爲交友者亦惆悵而遂絶矣。

上叔父評事論葬書　柳開

謹奉所見，懇懇之誠，以言葬事。開觀古之人動作必有所謀，去短卽長，圖其是而已矣　非以因而不革爲之可也。三代不相沿襲，帝王之道也。其所取用于行之者也，下至士大夫之家，庶人之徒，亦各其有利而從之矣。開于葬事之間，竊謂從于新塋，不如歸之舊域也。舊域，祖葬之地也，家本起之于彼，今將圖于新而棄于舊，是若遺其本而取其末者也。能固本者存，不能固本者亡，古之道也。苟本固而不衰，其爲末也必蕃而大矣。且舊域在叔父視之，爲當世之塋也；在開輩視之，爲二世之塋也。親親之義，代各不同，當世之與二世，其爲疏漸之理明矣。若今葬之于新塋，是見棄其舊域也不遠矣。何者？舊域至開輩已視爲二世之塋，至開輩之下爲後者，視之爲三世也。三世之爲親者，于開輩又加遠矣。其爲開輩之後者，卽取其近爲親也。縱同塋以葬之，亦以疏而略矣；況使不同其地而葬之，不知其遠近之爲乎？以今視之，卽見其爲開輩之後者之情也。且今若具葬于新塋，以每歲芟除之時，必多赴于今葬之所，赴于舊域之地者必少矣。縱能赴而往之，必無專嚴于今葬者之新塋爲比也。爲開輩之後者，少見而長襲之，棄其舊域也必矣。咫尺之近，棄其上而不親之，豈得爲孝乎？將天地之福其世者，難矣。夫移葬不歸于舊域者有矣，或從仕于千萬里之外，去鄉遥遠，阻越江山，家貧子幼，不能力而歸之，因其家所而葬之，如此者不可責其然也。今幸不在于是事之中，將不歸于舊域葬之也，其故開不知其所出也。將曰以陰陽家爲利而從之，卽開以若從陰陽家而求其利，是棄其祖而求利于身也，果爲利乎？棄其祖爲不孝，求其利于身爲不公。不孝之與不公苟一在于人，陰陽豈果利其不孝與不公者乎？開將不爲利矣，不若以孝誠以求利之之利也。苟信其陰陽者之言也，是若斷其根而欲茂其枝葉者矣，未之有也。若有復以祧廟代祭而比之，不可也。且其祧廟代祭，自有其次第，謂不得其四時之祀也，非若其塋域者也。苟謂塋域之若祧廟，代祭可行之，卽棄其塋域，覩而不顧，至于發掘毁露，皆可縱人爲之，不可罪也，其理不爲利便者，昭然可知也甚矣。又若謂陰陽家以求吉地而葬之，彼之舊域，謂無其地可以求吉也。卽開謂之，地故無其吉也，亦無其凶也，在乎德之吉凶也。文公所謂「善人葬之于不善之地，豈果不善其子孫乎」是也。開以地苟此不能爲吉，而彼能爲吉也，是果如是，卽地爲不常之物矣，豈能厚載九州與物乎？周公孔子，皆不云有是也，惟曰葬之而已耳。聖人作事，咸欲利于人，苟地有吉凶而不使後世知，而人求以利之，卽周公孔子欲利于人者，道不足爲大矣。嗚呼，斯皆誕妄者之爲也，君子不由之矣。乞以開之此言，諭于内外之有識者以議之，苟有于道而長于開者，卽請定而行之矣。

大名府請首薦張覃書

張詠

昨日公府試罷，羣口騰議，以某名在張覃之右，雖未知實，恐惕無量。竊以張覃者，内實敏直，外示謙和，樂貧著書，十五年未嘗一日變節。事繼母恭懼，猶初授教時；一家熙熙，有若太和之俗矣。且魏大都也，萬人畢詞，謂之君子，況郝、馬、魏之輩，十年往來，相與探討，某也不佞，心常慕之。明公下車在近，計部旋遣，將以某之文近覃之文，未知覃之德遠某之行萬萬也。竊敢僭冒，闚于觀聽？惶恐惶恐。抑又聞古之取士也，先以德行聞；今之取士也，先以文詞聞。古之得士也鮮；今之得士也衆，藉其用克歸於真。故周設俊造，專德行可進也；漢定四科，參衆善可進也。迄于有唐，大正貢部，偉行奇業者盡取之；非行而文詞者亦取之；流於百世之下，將爲不易之典。國家四海久安，賢俊間出，得士之衆，於古無上，猶復仄席思賢於内，詔諸侯貢士於外。恭惟明公，以德行宏才，克應其選，一命而通治大郡，再命而通治大都，皇上速於用明公也，欲因明公之賢，誘天下之賢，某亦何人，來預明試！始隨貢士之列，卒得知言之地，感遇忻慰，通於胸懷，因欲盡陳其愚，伏望愍憐之。某嘗少年不量力，秉志勵行，期到古人。十五年逼寒餓，絕往還，除比歲一寧親，則月無廢日。然其心頑難通，故文詞不殆於覃也〔二〕；性復迂怪，執行望於覃遠矣。明公決以某爲先，是不知覃之善行，播某之惡也。若立覃爲先，則詭薄之俗可易，仁義之風可扇，又孚乎古昔尊德上賢之教也。幸甚，幸甚！某若鬱而不伸，則負掩賢之過；言之越職，則有犯上之罪；伏望終始鑒宥之！

答王觀察書

張詠

少年無思算，好陪狂徒，高談極飲，致踰壯歲，方遂策名。洎于登朝，又倅邊郡。塞外清帖，公中事稀，日與虎侯，雜戲爲樂。五木未止，六博已興，投壺弈棊，排象旋子，斯實眇末，無足快心。其所至者，蹴鞠引強，擊射算帖，攘袂掣肘，嘷呼争贏，有以壯臨軍之容，資佳會之具。其或八月草枯，皆縱獵。寒風吹面，則皴裂皮膚，驚塵隨人，則緇黑衣屨。渴飲已冰之酒，飢飡連血之肉。馬不絶馳，弓不下臂。知得俊爲快，不知勞筋爲苦也。又若天清氣和，列坐暢飲。樂奏繁劇，貔貅引前。盤槊擊劍以電轉，奔騎角觝以虎争。餘興未窮，則巨觥相罰，非倒甕，非頹冠，略未云止。與希生者道，真堪喪魂。時弟年方盛，氣尚壯，酒量過常，遂成飲癖。泆入膜内，栖於鬲中。良醫不逢，積痼成疾。陰濁之氣，久而下垂，既漸逼於膀胱，寔難歸於胃腑，下洩無路，上蒸爲瘡。如斯之深，又將一紀。與膏肓以同道，亦腐腸之異名。縱得神醫，亦難措手。誠由性愚不知攝養，貪酒不知撙節之所致也，非身災命滯之有云。今則暫食瘡痛，飲水血流，到闕二旬，未能入見。上負明君拾爵之恩，下累平生行心之願。由此而較，乃是罪人。

數年前兄爲中執，中執者，諸侯跋扈，宰相弄權，授受匪人，風教頗僻，法度踰紊，私謁公行，繩違整綱，真執憲之用也。俾天子之道，廓如坦途，諂濫之蹤，泯然亡絶，豈異乎獬豸有睨，太阿欲揮？持正之風，凛然可懼，故公卿庶正，不可得而洽也。兄懇苦相念，略無避嫌，親染箇題，手封靈藥，遠在千里，致于下交。必欲袪弟羸痾，使之丁壯；起弟驅走，使之報君。有以見君子之用心，憂於人，急於義，不與古賢並者，誰可方？爰屬阻脩，尋闕報復，諒不以爲慢，而信爲感之深。兄臨民有仁，馭遠有術，苦寒在候，善飯是宜，無任祝頌瞻望之至。

上宰相書

田錫

伏有鄙見，理合上聞，願垂聽察之仁，不罪僭踰之過。矧宰相識量，不可不包容衆人；大臣聰明，不可不采擇片善。今相公佐太平之主，理無事之朝，四海謐寧，萬務整肅。房、杜功名之暐曄，良、平智略之宏深，比於是時，不獨稱美。然至明或有所未照，至聰或有所未聞，未喻相公欲聞讜直之言乎？未喻相公欲求塵露之益乎？儻容下僚，輒陳管見，不獨衆人之幸，諒益相公之明也。某去歲至自宣城，入見旒扆，對敭之後，聖旨宣付中書，旋蒙殊恩，授以大著，不數日又差充京西北路轉運判官。某固非俊邁之才，竊慕清華之職，遂拜表乞在舘殿，冀與編修，果迴聖主之恩，命作諫垣之吏，仍兼史職，以盡夙心。此皆相公施代天理物之功，從小人所求之願。然拜表之際，嘗詣閤門，閤門有司，未便收接，須候相公台旨，又取閤使指揮，往復審詳，然後呈進。蓋有司稟奉之職，理合宜然；況臣子重慎之心，禮亦可以。邇後扈隨聖駕，留駐漳川，洎捷奏之爰來，與追班而入賀。數日後，因進聖主平戎歌，雖尋達於聖聰，亦先禀於台旨。又今春二月六日，復進請皇帝東封書，不敢實封，先聞閤使，備言已奉台旨，有司方敢進呈；仍依常規，先供一狀，稱不敢妄陳利便，亦不敢希望恩榮。豈有備位諫垣，上書詣閤，而如此委曲，不便敷陳，無乃損相公之明，無乃失至公之體？設使言事不合理道，以言而悞至尊，自有常刑，可以加罪，不足一一煩相公台聽，不勞一一禀相公指蹤。某纔列周行，未諳時事，若是近朝體例，須至如斯，相繼因仍，未暇釐革，則乞相公申明曠蕩之理，采納愚直之言，應今後諫官上章，不須閤門取狀，乃是三公之府，機扃洞開，百職之儀，紀綱斯在。某受相公鈞鎔之造，荷相公特達之恩，豈合容易干聞，狂簡陳述？蓋聞諸道路，稱近日左拾遺胡旦上書，希求差遣，聖人問難酬詰，仍於中書，不易輕進，可否須覆相府，去留皆鈞衡也。某既聞斯語，實介鄙懷。何以？示人無私曰至公，裁事酌中爲大體。豈相公佐先帝取吴越，事今上平并汾，識度勳庸，昭昭如此，何煩尋常之見，取次于廊廟之尊？然緘默不言，實辜陶鑄，若披陳不密，亦掇譏嫌〔三〕。《易》不云乎，「君不密則失臣。」蓋謂下言上泄，真言者於危疑之地也，故識者不獲已而鉗口焉。某今進雖奉書，而退必焚藁，幸相公鈞台之鑒，恕小人忠諒之誠。惶恐徬徨，不知所措。伏乞相公熟慮而加念也！

答喬適書

穆修

近辱書，并示文十篇，終始讀之，其命意甚高。自及淮西來，嘗見人言足下少年樂喜文，固耳聞而心存之，但未敢輕取人說，遂果知足下能然。蓋古道息絶，不行于時已久，今世士子，習尚淺近，非章句聲偶之辭不置耳目，浮軌濫轍，相跡而奔，靡有異塗焉。其間獨取以古文語者，則與語怪者同也。衆又排詬之，罪毁之，不目以爲迂，則指以爲惑，謂之背時遠名，闊于富貴。先進則莫有譽之者，同儕則莫有附之者。其人苟失自知之明，守之不以固，持之不以堅，則莫不懼而疑，悔而思，忽焉且復去此而即彼矣。噫！仁義中正之士，豈獨多出於古，而鮮出於今哉？亦由時風衆勢，驅遷溺染之，使不得從乎道也。觀足下十篇之文，則信有志乎古矣。其書之問，則曰：「將學于今，則成淺陋；將學于古，則懼不得取名于世，學宜何旨？」引韓先生《師説》之説，以求解惑爲請。足下當少秀之年，懷進取之機，又學古于仁義不勝之時，與之者寡，非之者衆，不得無惑于中焉，是以枉書見問。某不才而棄于時者也，何足爲人質其是非可否，徒以退拙無所用心，因得從事于不急之學，知舊者不識其愚且戇，或謂之爲好古焉，故足下以是厚相期待者，蓋感其聲而求其類乎？可不少復其意耶？試爲足下言之。夫學乎古者，所以爲道；學乎今者，所以爲名。道者仁義之謂也，名者爵禄之謂也。然則行道者有以兼乎名，守名者無以兼乎道，何者？行夫道者，雖固有窮達云耳，然而達于上也，則爲賢公卿；窮于下也，則爲令君子。其在上，則禮成乎君，而治加乎人；其在下，則順悦乎親，而勤脩乎身。窮也達也，皆本于善稱焉。守夫名者亦固有窮達云耳，而皆反乎是也。達于上也，何賢公卿乎？窮于下也，何令君子乎？其在上，則無所成乎君而加乎人，其在下，則無所悦乎親而脩乎身。窮也達也，皆離于善稱焉。故曰行道者有以兼乎名，守名者無以兼乎道。有其道而無其名，則窮不失爲君子；有其名而無其道，則達不失爲小人。與其爲名達之小人，孰若爲道窮之君子？矧窮達又各繫其時遇，豈古人道有負于人耶？足下有志乎道，而未忘乎名，樂聞于古，而喜求于今，二者之心苟交存而無擇，將懼純明之性寖微，浮躁之氣驟勝矣。足下心明乎仁義，又學識其歸嚮，在固守而弗離，堅持而弗奪，力行而弗止，則必立乎名之大者矣。學之正僞有分，則文之指用自得，何惑焉？不宣。

答樞密范給事書

晏　殊

殊聞之於師曰，經者，世之典常也，無典常則制不立；學者，人之砥礪也，無礪砥則器不備。以周公之才，朝讀書百篇，夕見七十二士，猶恐不足；以仲尼之聖，自謂非生而知之，好古敏以求之。《易象》天地之準矣，乃曰：「君子學以聚之，問以辨之。」《商書》帝王之範矣，亦曰：「王人求多聞，時惟建事，學于古訓乃有獲。」然則生民以來，鉅聖大賢，未有捨夫學者。西漢中葉，儒教尤盛。公孫洪、董仲舒用經義決朝廷大政，綽有風采。夏陽男子犢車詣闕，自號戾園，萬目皇皇，未知所措，雋不疑侃然正色，引《春秋》而戮之。孝宣、霍光，擊節驚歎，且曰：「公卿大臣，當用經術，明於大誼。」降及東漢，兹道彌篤。唐柳冕有言：「西漢尚儒，明於理亂，是以其人智；東漢尚章句，師其傳習，是以其人守名節。」此其効也。前代爲學，迭相師授，是以聖人之旨，無不坦明。近世業儒，怠於講肄，是以先王格訓，有所滯蒙。唐李善精於《文選》，爲之注解，因用教授，謂之「文選學」。皇朝太平興國中，詔館閣讎校《漢書》，安德裕取《西域傳》山川名号字之古者改附近古集語。錢熙謂人曰：「予於此書，特經師授，皆有訓説，豈可胸臆塗竄，以合詞章。」則知《文選》《漢書》尚行教授，經墳天典可廢講乎？殊嘗竊志茲説，以悟朋從，至於唱導儒風，恢崇教本，雖有素藴，未能及也。今者明公過聽，愛忘其陋，惠貺與侍講孫公書，述岷山人武陵昌期，博貫諸經，召寘門下樞鉉之隙，與之論議，且欲出其譔述，質於大儒，辨正否臧，以明公共。齋盥披讀，載欣以抃。首見執事經國佐王之志，中見執事樂道尚賢之素，末見執事選衆成人之美。非夫操尚敦懿，規模宏廓，元元本本，焯見天人，明自乎誠，覺先于後，恤横目之流放，勤洗心而拯接，則安能屈彦輔之重，勗碩生之業，不遠百舍，命蒿萊之隱淪；愒見分陰，紬緗素之潭奥；恂恂汲汲，若是之深厚哉？夫然，則穆微風，養萬物，致隆平，頌清廟，躋大猷於羲、昊，紹丕績乎衡、旦，斯有日矣。眷惟孱虚，無足稱算，猥沐甄采，參於季孟，私用澡槩靈府，温循宿藝，賀吾道之有宗主，跂斯人之蒙潤澤，奚獨五典琴筑，三年呻吟，腐脣以守黄卷，焦心而窺斷簡者哉？機軸嚴密，慮難省謁，敢布肝鬲，復干閽侍。

上相府書

范仲淹

仲淹居親之喪，上書言事，踰越典禮，取笑天下，豈欲動聖賢之知，爲身名之計乎？仲淹謂居喪越禮，有誅無赦，豈足動聖賢之知耶？矧親安之時，官小禄薄；今親亡矣，縱使異日授一美衣，對一盛饌，尚當泣感風樹，憂思無窮，豈今几筵之下，可爲身名之計乎？不然，何急急於言哉？蓋聞忠孝者，天下之大本也。仲淹孝不逮矣，忠可忘乎？此所以冒哀上書，言國家事，不以二心之戚，而忘天下之憂，庶乎四海生靈，長見太平。況今聖人當天，四賢同德，此千百年中言事之秋也。儻俟終喪而上，則慮廟堂之間，或有功成名遂之請；後賢之心，有一不同，則仲淹言之無及矣。然聖賢之朝，豈資下士之補益乎？蓋古之聖賢，以芻蕘之談而成大美者多矣，豈俟仲淹引而質之？況儒者之學，非王道不談，仲淹敢不企仰萬一，因擬議以言之，皆今易行之事，其未易行者，仲淹所不言也。恭惟相府居百辟之首，享萬鍾之厚，夙興夜寐，未始不欲安社稷，躋富壽，答先帝之靈，致今上之美。況聖賢存誠，以萬靈爲心，以萬物爲體，思與天下同其安樂。然非思之難，致之難矣。仲淹竊覽前書，見周、漢之興，聖賢共理，使天下爲富爲壽數百年，則當時致君者，功可知矣。周、漢之衰，姦雄競起，使天下爲血爲肉數百年，則當時致君者罪可知矣。李唐之興也，如周、漢焉；其衰也，亦周漢焉。自我宋之有天下也，經之營之，長之育之，以至于太平，累聖之功，豈不大哉？然否極者泰，泰極者否，天下之理，如循環焉。惟聖人設卦觀象，窮則變，變則通，通則久；非知變者，何能久乎？此聖人作《易》之大旨，以授於理天下者也，豈徒然哉？今朝廷久無憂矣，天下久太平矣，兵久弗用矣；士曾未教矣，中外方奢侈矣，百姓反困窮矣。朝廷無憂，則苦言難入；天下久平，則倚伏可畏；兵久弗用，則武備不堅；士曾未教，則賢材不充；中外奢侈，則國用無度；百姓困窮，則天下無恩。苦言難入，則國聽不聰矣；倚伏可畏，則姦雄或伺其時矣；武備不堅，則戎狄或乘其隙矣；賢材不充，則名器或假於人矣；國用無度，則民力已竭矣；天下無恩，則邦本不固矣。儻相府思變其道，與國家盤固基本，一旦王道復行，使天下爲富爲壽數百年，由今相府致君之功也。儻不思變其道，而但維持歲月，一旦亂階復作，使天下爲血爲肉數百年，亦今相府負天下之過也。昔曹參守蕭何之規，以天下久亂，與人息肩，而不敢有爲者，權也；今天下久平，脩理政教，制作禮樂，以防微杜漸者，道也。張華事西晉之危，而正人無徒，故維持紀綱，以延歲月，而終不免禍，以大亂天下。今聖明在上，老成在右，可取維持之功，而忘磐固之道哉？仲淹竊聆長者謂，今相府報國致君之功，正在乎固邦本，厚民力，重名器，備戎狄，杜姦雄，明國聽也。固邦本者，在乎舉縣令，擇郡長，以救民之弊也；厚民力者，在乎復游散，去冗僭，以阜時之財也；重名器者，在乎慎選舉，敦教育，使代不乏材也；備戎狄者，在乎育將材，實邊郡，使夷不亂其華也；杜姦雄者，在乎朝廷無過，生靈無怨，以絶亂之階也；明國聽者，在乎保直臣，斥佞人，以致君於有道也。夫舉縣令，擇郡長，以救民之弊者何哉？仲淹觀今之縣令，循例而授，多非清識之士，衰老者爲子孫之計，則志在苞苴，動皆徇己；少壯者恥州縣之職，則政多苟且，舉必近名。故一邑之間，簿書不精，吏胥不畏，徭賦不均，刑罰不中，民利不作，民害不去，鰥寡不卹，游墮不禁，播藝不增，孝悌不勸。以一邑觀之，則四方縣政，如此者十有七八焉，而望王道之興，不亦難乎？仲淹恐來代之書論得失者，謂聖朝有不救其弊之過矣。如之何使斯人之徒，爲民父母，以困窮其天下？今朝廷久有擇縣令、郡長之議，而不遂行者，蓋思退人以禮，不欲動多士之心，故務因循而重改作也，豈長世之策哉？儻更張之際，不失推恩，又何損於仁乎？今約天下令録，自差京朝官外，不過千數百員。自來郊天之恩，鮮及州縣，若天下令録，自大禮以前，滿十考者，可成資日，替與職官；七考以上，可滿日循其資倖，除録事、參軍；則縣令中昏邁常常之流，可去數百人矣。蓋職官、録事、參軍，不甚親民，爲害亦細，此得謂退人以禮，士豈有怨心哉？其間課最可尚，論薦頗多，俟到銓衡，別議疇賞。前既善退，後當精選。其判司簿尉，不由薦舉，初入縣令之人，並可注録事、參軍；如無員闕可授，大縣簿尉仍賜令、録之俸；其曾任令、録，有遇該恩，合入前資者，可依初入之例。須此數條，合入者鮮，然後委清望官，於幕職、判司、簿尉中，歷三考以上，具理績舉充。其川、廣、福建小處縣令，可委轉運使等就近於判司簿尉中舉移，庶從人便。若此後諸處縣令，特有課最可旌尚者，宜就遷一官，更留三載，庶其宣政者可以成俗，其僥倖者自從朝典。如此，則三五年中，天下縣政可澄清矣。願相府爲天下生靈而行之，爲國家盤固基本而思之，不以聽芻蕘爲嫌而罷之，則天下幸甚幸甚！又觀今之郡長，鮮克盡心，其或尚迎送之勞，貪宴射之逸，或急急於富貴之援，或孜孜於子孫之計，心不在政，功焉及民？以獄訟稍簡爲政成，以教令不行爲坐鎮，以移風易俗爲虚語，以簡賢附勢爲知幾。清素之人，非緣囑而不薦；貪瀆之輩，非寒儒而不糾。縱胥徒之姦尅，恣風俗之奢僭。況國家職制，禁民越禮，頒行已久，莫能舉按，使國家仁不足以及物，義不足以禁非。官實素飡，民則菜色。有恤鰥寡，則指爲近名；有抑權豪，則目爲掇禍；苟且之弊，積習成風。俾斯人之徒，共理天下，王道何從而興乎？仲淹恐來代之書論得失者，亦謂聖朝有不救其弊之過矣。然朝廷以黜陟郡長爲難者，官有定制，不欲動摇，懼其招怨謗而速僥倖爾。故知縣兩任，例升同、判；同、判兩任，例升知州。柰何在下之時，飾身偷名，邀其清譽；居上之後，志滿才乏，愆于素時；止能偷安，未至覆餗。故賢愚同等，清濁一致。此乃朝廷避怨於上，移虐於下，俟其自敗，民何以堪！故鄭莊公伺共叔自弊，而《春秋》罪焉，以其長惡也。《易》曰：「履霜，堅冰至。」由辨之不早辨也。此聖人昭昭之訓，豈用於先王，而廢於今日，以長其惡者乎？聖朝諸處郡長，以贓致罪者數人，皆貫盈之夫，久爲民患，如此之類，至終不敗者，豈止數人而已哉？雖轉運、提刑，職在察訪，其如位望相亞，怨仇可敵，非至敗露，鮮敢發明，宜乎論道之間，無以激揚天下。古者天子五載一巡。皇上凝命，于今六載。以軍國重大，未可行遠古之道。今郊禮之餘，宜宣大慶，可於兩制以上，密選賢明，巡行諸道，以興利除害，黜幽陟明，舒慘四方，豈同常務？可命御史，嚴諭百寮，與出使之官，絶書刺往還之禮，仍翌日首塗，以禁請託。苟利天下，大體何傷？所出之使，宜以宣慶爲名，安遠聽也。其諸道知州同判，耄者，懦者，貪者，虐者，輕而無法者，憧而無政者，皆可奏降，以激尸素。又四方利病，得以上聞。未舉巡守之儀，而遣觀風之使，非不典也。然後委清望官，於朝臣同判中舉諸郡長，於朝臣知縣中舉諸同判。今後同、判之官，非著顯效，及有殊薦，雖或久次，止可加恩，郡國之符，不當輕授。其知縣之人，入同、判者，宜比此例。則天下郡政，其濫鮮矣。願相府爲天下生靈行之，爲國家磐固基本而行之，不以聽芻蕘爲嫌而罷之，天下幸甚幸甚！仲淹前所謂，官有定制，不欲動摇，懼其招怨謗而速僥倖者。兩宮之聖，臨軒命使，激揚善惡，澄清天下，何怨謗之有乎？自茲以往，非舉不授，舉官之責，厥典非輕，何僥倖之有乎？如所舉之人，果成異政，則宜旌尚舉主，以勸來者；聖朝未行此典，蓋亦闕矣。縣令郡長，既得其才，然後復游散，去冗僭，以阜時之財者何哉？仲淹觀天下穀帛，厥價翔起。議者謂生靈既庶，使之然矣。仲淹謂生者既庶，則作者復衆，豈既庶之爲累哉？蓋古者四民，秦漢之下，兵與緇黄共六民矣。今又六民之中，浮其業者，不可勝紀，此天下之大蠹也。士有不稽古而禄，農有不竭力而饑，工多奇器以敗度，商多奇貨以亂禁，兵多冗而不給，緇黄蕩而不制，則六民之浮，不可勝紀，而皆衣食於農者也，如之何物不貴乎？如之何農不困乎？仲淹謂穀帛之貴，由其播藝不增，而資取者衆也。金銀之貨，由其制度不嚴，而器用者衆也。或謂，資四夷之取而使之然，則山澤之所出，與恩信之所給，自可較之，非仲淹之所能料也。今議更張之制，繁細非一，仲淹敢略而陳之。夫釋道之書，以真常爲性，以清淨爲宗，神而明之，存乎其人，智者尚難其言，而況於民乎？故君子弗論者，非今理天下之道也。其徒繁穢，不可不約。今後天下童行，可於本貫陳牒，必使詰其鄉黨，苟有罪戾，或父母在，鮮人供養者，勿從其請；如已受度，而父母在，別無子孫者，勿許方遊；則民之父母，鮮轉死於溝壑矣，斯亦養惸獨、助孝悌之風也。其京師寺觀，多招四方之人，宜給本貫憑由，乃許收録，斯亦辨姦細、復游散之要也。其天下寺觀，每建殿塔，蠹民之費，動踰數萬，止可完舊，勿許創新，斯亦與民阜財之端也。又古者兵在於民，且耕且戰，秦、漢之下，官軍爲常，貴武勇之精，備征伐之急也。今諸軍老弱之兵，詎堪征伐，雖降等級，尚費資儲。然國家至仁，旨在存活，若詔諸軍，年五十以上，自有資産，願還鄉里者，一可聽之，稍省軍資，復從人欲；無所歸者，自依舊典，此去冗之一也。又諸道巡檢所統之卒，皆本城役徒，殊非武士，使之禁暴，十不當一；而諸州常患兵少，日旋招致，穀帛之計，其耗萬億。以仲淹觀之，自京畿甸千里之間，或多寇盗，創置巡檢，路分頗多，而卒伍至羸，捕掩無效，非要害者，宜悉罷之。所存之處，資以禁軍，訓練既精，寇盗如取。況千里之內，抽發非難，又使少歷星霜，不至驕墮。彼無用之卒，可減萬數，庶使諸郡，節於招致，此去冗之次也。又京畿三輔，五百里內，民田多隙，農功未廣，既已開導溝洫，復須舉擇令長，使詢訪父老，研求利病，數年之間，力致富庶，不被什一之税，繼以百萬之糴，則江淮饋運，庶幾減半，挽舟之卒，從而省焉，此亦去冗之大也。至於工之奇器，敗先王之度，商之奇貨，亂國家之禁，中外因之侈僭，上下得以驕華，宜乎大變澆漓，申嚴制度，使珠玉寡用，穀帛爲寶，此又去僭豐財之本也。又播藝之家，古皆督責。今諸道使節有勸農之名，亡勸農之實。每於春首則移文於郡，郡移文於縣，縣移文於鄉；鄉矯報於縣，縣矯報於郡，郡矯報於使，利害不察，上下相蒙，豈朝廷之意乎？今縣令郡長，一變其人，乃可詔書丁寧，復游散之流，抑工商之侈，去士卒之冗，勸稼穡之勤，以周禮司徒之法，約而行之，使播者藝者，以時以度，勤者墮者，有勸有戒，然後致天下之富壽；彼不我富不我壽者豈能革之哉？此則厚民力，固邦本之道也。觀夫《國風》之《七月》，《小雅》之《甫田》，皆以農夫之務，爲王化之基，豈聖人不思而述者乎？故周、漢、李唐，雖有禍亂，而能中興者，人未猒德，作亂者不能革天下之心，是邦本之固也。六朝五代之亂，鮮克中興者，人猒其德，弔民者有以革天下之心，是邦本之不固也。然則厚民力，固邦本，非舉縣令，擇郡長，則莫之行焉。或謂舉擇令長，久則乏人，亦何道以嗣之？仲淹謂，用而不擇，賢孰進焉？擇而不教，賢孰繼焉？宜乎慎選舉之方，則政無虛授；敦教育之道，則代不乏人。今士林之間，患不稽古，委先王之典，宗叔世之文，詞多纖穠，士惟偷淺，言不及道，心無存誠；暨于入官，鮮於致化，有出類者，豈易得哉？中人之流，浮沉必矣。至于明經之士，全昧指歸，講議未嘗聞，威儀未嘗學；官于民上，貽笑不暇，責其論政，百有一焉。《詩》謂：「長育人材。」亦何道也？古有庠序，列于郡國，王風云邁，師道不振，斯文銷散，由前代國家之不救乎！皇朝之弗教乎！當太平之朝，不能教育，俟何時而教育哉？乃於選用之際，患其才難，亦猶不務耕而求穫矣。今春詔下禮闈，凡尚詞之人，許存策論，明經之士，特與旌別，天下之望，翕然稱是。其間所存策論，不聞其誰，激勸未明，人將安信？儻使程試之日，先策論以觀其大要，次詩賦以觀其全才；以大要定其去留，以全才升其等級。明經義者，别加考試。人必強學，副其精舉。復當深思治本，漸隆古道，先於都督之郡，復其學校之制，約《周官》之法，興闕里之俗。辟文學掾，以專其事，敦之以《詩》《書》《禮》《樂》，辯之以文、行、忠、信，必有良器，蔚爲邦材，況州縣之用乎？夫庠序之興，由三代之盛王也，豈小道哉？孟子謂：「得天下英材而教育之，一樂也。」豈偶言哉？行可數年，士風丕變，斯擇材之本，致理之基也。又李唐之盛，常設制科，所得大才，將相非一，使天下奇士，學經綸之盛業，爲邦家之大器，亦策之上也。先朝偶屬多務，暫停此科。今可每因貢舉之時，申其墜典，必有國士，繼於唐人，豈非邦家之盛選歟？勿謂未必得人，遂廢其道。此皆慎選舉，敦教育之道也，亦何患乏人哉？儻國家行此數事，若今刑政之用心，則無不成焉。前代亂離，鯨吞虎噬，無卜世卜年之意，故斯道久缺，反爲不急之務；既在承平之朝，當爲長久之道，豈如西晉之禍，而有何公之語者乎？願朝廷念祖宗之艱難，願相府建風化之根本，一之日圖之，二之日行之，不以聽芻蕘爲嫌而罷之，則天下幸甚幸甚！至于巖穴草澤之士，或節義敦篤，或文學高古，宜崇聘召之禮，以厚澆競之風。國家近年以來，羔鴈弗降，或有考槃之舉，不踰助教之命，孝廉之士，適以爲辱，何敦勸之有乎？又流外之官，澄清未至，沿之則百姓受弊〔四〕，革之則諸司乏人。將使羣謗不興，衆心知勸，不若敦仍舊之制，加獎善之方。因自簿尉兩任，多舉奏者，許入録事、參軍；録事、參軍，多舉奏者，許入職事官，或換三班使臣。既有進身之階，豈無畏法之志？設使流内之人，無遷進之望，而能盡公者，必亦鮮矣。今後百司新入之人，或采其藝能，或出於仕族，行藏必審，考試必精。

避役之人，無圖之類，嚴革其弊，高爲之防。既激其流，復澄其源，亦何患流外之冗乎？仲淹又謂，育將材，實邊郡，使夷不亂華者何哉？蓋聞古之善禦戎者，將不乏人，則師戰而不衄，邊不乏廩，則城圍而不下，狄疑且畏，罔敢深入，此炎漢之所以長也。不善禦戎者，將在貴臣，邊須遠饋，故戰之則衄，圍之則下，狄無疑畏，乘虚深入，此石晉之所以亡也。今兵久不用，未必爲福，在開元之盛，有函谷之敗，可龜鑑矣。何哉？昔之戰者，貿然已老，今之壯者，囂而未戰；有名之將，往往衰落，豈無晚輩，未聞邊功，此必廟堂之所思也。仍聞沿邊諸將，不謀方略，不練士卒，結援弭謗，固禄求寵，一旦急用，萬無成功。加以邊民未豐，邊廩未實，罷武之際，兵足食寡；如屯大軍，必須遠饋，則中原益困，四夷益驕，深入之虞，未可量也。于時廟堂之上，雖有皐陶之謀，伯益之贊，不亦難乎？夫天下禍福，如人家道，成於覆簣，敗於疾雷，聖朝豈恃其太平，而輕其後計？王衍之鑒，豈曰不明，清談之間，坐受其弊。蓋備之弗預，知之弗爲，許下之戎，日血十萬，豈不痛心哉？今西北和好，誠爲令圖；安必慮危，備則無患。昔成周之盛，王道如砥；及觀《周禮》則大司馬陣戰之法，粲然具存，乃知禮樂之朝，未嘗廢武。今孫吳之書，禁而弗學，苟有英傑，授亦何疑。且秦之火書也，將以愚其生人，長保天下；及其敗也，陳勝、項籍，豈讀書之人哉？前代名將，皆洞達天人，嗣續忠孝，「將門出將」，史有言焉。今侯家子弟，蔑聞韜鈐，無所用心，驕奢而已。文有武備，此能備乎？今可於忠孝之門，搜智勇之器，堪將材者，密授兵略，歷試邊任；使其識山水之向背，歷星霜之艱難；一朝用之，不甚顛沛；十得三四，亦云盛矣。至于四海九州，必有壯士，宜設武舉，以收其遺。唐郭子儀，武舉所得者也，斯可遺乎？又臣僚之中，素有才識，可賜孫吴之術，使知文武之方，異日安邊，多可指任。此皆育將材之道也。又緣邊知同，精加舉擇，特授詔命，專謀耕桑，三五年間，豐其軍廩，此則實邊郡之道也。將材既育，邊郡既實，師戰而不衄，城圍而不下，狄疑且畏，敢深入乎？縱有騷動，朝廷可高枕矣。前代禦戎，其策非一，唐陸贄議緣邊備守之術，請置本土之兵，勤營田之利，與今事宜相近，可約而行也。本土之兵者，若今北邊有雲翼招收之軍，更可增致，足爲奇兵；至于營田之利，宜常興作而加意焉。顧相府爲國家安危思之，五代之亂非遠也；爲河朔生靈思之，景德之前未久也。今相府勞一夕之思，絶百代之恥，無使中原見新羈之馬，赤子入無知之俗，則天下幸甚幸甚！聖人曰：「微管仲，吾其被髮左衽。」又曰：「民到于今受其賜。」管仲霸臣也，而能攘戎狄，保華夏，功高當時，賜及來代，況皇朝之盛德乎？仲淹又謂，朝廷無過，生靈無怨，以絶亂之階者何哉？蓋天下姦雄，無代無之，或窮爲夜舞，或起爲鉅盜，伺朝廷之過，執以爲辭，幸生靈之怨，弔而稱義，不然亦何名而動哉？今明盛之朝，豈有大過，亦宜辨於毫末，杜其堅冰。或戚近撓權，或土木耗國，或祿賞未均，或任使未平，或綱紀未脩，斯亦過之漸也。仲淹敢小舉其漸以言之。國家戚近之人，不可不約，除拜之際，宜量其才，非曰惜恩，懼乎致寇。若力小任重，則撓權亂法，增朝廷之過，啓姦雄之志。《易》曰：「以小人而乘君子之器，盜思奪之矣。」所謂盜者，其姦雄之謂乎！今道路傳聞，或緇黄之流，或術藝之輩，結託戚近，邀求進貢，或受恩賜，或與官爵，此撓權之漸也，可不畏乎？夫賞罰者，天下之衡鑑也；衡鑑一私，則天下之輕重妍醜，從而亂焉，此先王之所慎也。又土木之興，久爲大蠹。或謂土木之費，出於帑藏，無傷財害民之弊，故爲之而弗戒也。仲淹謂帑藏之物，出於生靈。太祖皇帝以來，深思遠慮，聚之積之，既曰左藏矣；復有内藏之名者，所以爲軍國急難之備，非諂神佞佛之資也。國家祈天永命之道，豈在兹乎？如洞真壽寧之宫，以延燎之災，一夕逮盡，豈非天意，警在帝心，示土木之所崇，非神靈之所據也。安可取民人膏血之利，輟軍國急難之備，奉有爲之惑，冀無狀之福，豈不誤哉？一旦有倉卒之憂，須給賞之資，雖重困生靈，暴加率斂，其可及乎？此耗國之大也，可不戒哉！儻謂府藏豐盈，用不可竭，則日者黄河之役，使數十州之人，極力負資，奔走道路，豈惜府庫之餘，而不用之耶？故土木之妖，宜其悉罷，豈相府之不言乎？兩宫之不聽乎？又文武百官之禄，法兵荒五代之制，或職輕禄重，或職重禄輕，重輕之間，奔競者至，大亨之世，猶患不均，豈聖朝之意乎？所宜損之益之，以建其極。又三司之官，差除頗異，禄賜非輕，何知弊而不言，多養望以自進。天下金穀，決于羣胥，掊克無猒，取怨四海，使先帝寛財之命，弗逮于民，和氣屢傷，豐年寡遇，曾不謂之過乎？亦由三司之官，不制考限，不責課最。朝受此職，夕求他官，直云假塗，相與匿禍。天下受弊，職此之由，豈聖朝之意乎？宜其别制考課，重議賞罰，激朝端之俊傑，救天下之疲瘵，其庶幾乎！又自古國之勳臣，賞延于世，今則每舉大慶，必行此典。自兩省以上，奏薦子弟，並爲京官，比於庶寮，亦既優矣；而特每歲聖節，各序子弟，謂之賞延，黷亂已甚。先王名器，私假於人，曾不謂之過乎？非君危臣僭之朝，何姑息之如是耶？遂使襜序之人，塞于仕路。曾未稽古，使以司民。國家患之，屢有釐革。然但革其下，而不革其上，節於彼而不節於此矣，天下豈以爲然哉？我相府豈惜一孺之恩，不爲百辟之標表乎？又遠惡之官，多在寒族；權貴之子，鮮離上國。周旋百司之務，懵昧四方之事。況百司者，朝廷之綱紀，風教之户牖，咸在童孺，曾無激揚；使寺省之規；剥牀至足，公卿之嗣，懷安敗名，未嘗試難，何以致遠？非獨招搢紳之議，實亦玷鈞衡之公。此則禄賞未均，任使未平，綱紀未脩之類也。斯弊已久，何可極乎？惟我相府，能革其弊，能變其極，而天下化成，不爲難矣。晉趙王倫、石勒之徒，心窺天子，口責丞相，豈非姦雄之人，伺朝廷之過乎？又今久安之民，不經塗炭。勞則易怨，擾則易驚。猛將謀臣，威信未著。況邊民尚困，邊廩尚乏，苟有騷動，饋運所艱，武備未堅，狄志可騁。既撓之以征戰，或加之以饑饉，生靈愁苦，姦雄奮迅，鼓舞羣小，血視千里。此五代之鑒昭昭焉，非止方册之有云，抑亦耳目之可接也。我太祖皇帝、太宗皇帝，亦嘗有事四方，勞於饋運，而生靈不敢怨，姦雄不敢動者，何哉？五代餘民，久在塗炭，乍覩明盛，如子得母，縱有勞役，未甚曩昔，此生靈所不敢怨也。當其乘天開之運，震神武之威，征伐四方，動如山壓；況躬擐甲胄，備嘗艱難，猛將如雲，謀士如雨，此姦雄所不敢動也。所謂彼一時，此一時爾。今朝廷豈謂當時之易，而不慮今時之難乎？仲淹又謂，保直臣，斥佞人，以致君於有道者何哉？有若人之未病，則苦口之藥鮮進焉；國之未危，則逆耳之言鮮用焉。故佞人易進，直臣易退，其致君於有道也難哉？及其既病也，藥必錯雜而進，故鮮効焉；及其既危也，言必錯雜而用，故鮮功焉。蓋佞人在矣，直臣遠矣，其悔之也難哉！今朝廷久安，苦言而不用者，勢使然矣；天深戒而不變者，禍可畏矣。伏聞京師去歲大水，今歲大疫，四方聞之，莫不大憂，此天之有以戒也，豈徒然乎？而京師之災甚於四方何哉？蓋京師者，政教之所出，君相之所居也。禍未盈而天未絶，故鑒戒形焉，不獨恐懼其心，必使修省其政，明國家之德尚可隆，天下之道尚可行也。儻弗懼于心，弗脩于政，漸盈于禍，漸絶于天，則國家四海將如何哉？或謂國家之災，由曆數之定，非政教之出。若如所論，則夏禹《九疇》之書，果妖言耶？豈欲棄而焚之乎？苟天下有善則歸諸己，天下有禍則歸諸天，豈聖賢之用心哉？願聖朝黜術士之言，奉先王之訓，必不謬矣，必無過矣。至於保直臣，斥佞人，則兩宫二府之心如日星焉，孰可蔽其明乎？縱有行僞而堅，言僞而辯，試於行事，人焉廋哉？仲淹往日不極言而今極言者，學陋之人，思慮未精，又親安之時，上懼貽憂，下懼失禄，不幸親今亡矣，朝廷或怒之，則自頂至踵，皆可從其忠也，又何憂乎？儻相府思變其道，與國家作能久之計，固其基本，一旦王道復行，使天下爲富爲壽數百年，則福在國家，功在相府，仲淹得與天下生靈長見太平，幸甚幸甚！況盛明之代，何事而不可行乎？曩者國家禁泥金之飾，而久未能絶，一旦使命婦不服，工人不作，于今天下無敢衣者；使其餘奢僭，皆如泥金之法，亦何患不禁乎？又如五代以來，諸侯暴酷，視民如芥，生殺由之。皇朝龍興，典章一寬。真宗皇帝，至仁如天，盡心于此，中則舉執法之吏，外則創按刑之司，徒流之間，無敢差者。若今於教化之道，復如刑名之用心，亦何患於難乎？今搢紳之間，多議按刑之司，無益於外，亦思之未深爾。如得其人，糾察四方，絶斯民之寃，協先皇之志，豈無益乎？得人而已，不可謂川之既平，可壞其防也。今王刑既清，王道可行，此天下士人爲相府惜其時也。儻疑仲淹之言，求聖賢之知，爲身名之計，則仲淹豈不能終喪之後，爲歌爲頌，潤色盛德，以順美於時，亦何必居喪上書，踰越典禮，進逆耳之説，求終身之棄，而自置貧賤之地乎？蓋所謂不敢以一心之戚，而忘天下之憂，是不爲身名之計明矣。仲淹觀前代國家，當其安也，士人上書，論興亡之道，非聖王賢相，百不采一；及其往也，則後之史臣，收于簡册，爲來代之鑒。仲淹今日之言，願相府采其一二，爲國家天下之益，不顧後之史臣，收于簡册，爲來代之鑒。狂斐之人，誅赦惟命。以廟堂深嚴，恐不得上，乃敢相門之下，各致此書，庶有一達於聰明。干犯台嚴，不任戰汗激切之至！

校勘記

〔一〕此必戰也　前言「必戰者有四」，而後「此必戰也」凡三，疑有脱誤。各本相同，無可校補。

〔二〕不殆於覃　「殆」，明刻本同，似當作「迨」。

〔三〕亦掇譏嫌　「掇」原作「提」，據明刻本改。

〔四〕百姓　「姓」原作「性」，據明刻本改。

宋文鑑卷第一百一十三

書

答趙元昊書

范仲淹

仲淹謹脩誠意，奉書于夏國大王。伏以先大王歸嚮朝廷，心如金石，我真宗皇帝，命爲同姓，待以骨肉之親，封爲夏王，履此山河之大，旍旗車服，降天子一等，恩信隆厚，始終如一，齊桓、晉文之盛，無以過此。朝聘之使，往來如家，牛馬駞羊之產，金銀繒帛之貨，交受其利，不可勝紀。塞垣之下，逾三十年，有耕無戰，禾黍雲合，甲冑塵委，養生葬死，各終天年，使蕃漢之民，爲堯舜之俗，此真宗皇帝之至化，亦先大王之大功也。自先大王薨背，今皇震悼，累日嘻吁，遣使行吊賻之禮，以大王嗣守其國，爵命崇重，一如先大王。昨者大王以本國衆多之情，推立大位，誠不獲讓，理有未安，而遣行人告于天子，又遣行人歸其旍節，朝廷中外，莫不驚憤，請收行人，戮於都市。皇帝詔曰：非不能以四海之力，支其一方，念先帝歲寒之本意，故夏王忠順之大功，豈一朝之失，而驟絶之，乃不殺而還。假有本國諸蕃之長，抗禮於大王，而能含容之若此乎？省初念終，天子何負於大王哉？二年以來，疆事紛起，耕者廢耒，織者廢杼，邊界蕭然，豈獨漢民之勞弊耶〔一〕？使戰守之人，日夜豺虎，競爲吞噬，死傷相枕，哭泣相聞，仁人爲之流涕，智士爲之扼腕。天子遣仲淹經度西事，而命之曰：「有征無戰，不殺非辜，王者之兵也，汝往欽哉！」仲淹拜手稽首，敢不夙夜于懷。至邊之日，見諸將帥多務小功，不爲大略，甚未副天子之意。仲淹與大王雖未嘗高會，嚮者同事朝廷，於天子則父母也，於大王則兄弟也，豈有孝於父母，而欲害于兄弟哉？可不爲大王一二而陳之。《傳》曰：「名不正則言不順，言不順則事不成。」大王世居西土，衣冠語言，皆從本國之俗，何獨名稱，與中朝天子侔擬，名豈正而言豈順乎？如衆情莫奪，亦有漢、唐故事，單于、可汗，皆本國極尊之稱，具在方册，仲淹料大王必以契丹爲比，故自謂可行。且契丹自石晉朝有援立之功，時已稱帝；今大王世受天子建國封王之恩，如諸蕃中有叛朝廷者，大王當爲覇主，率諸侯以伐之，則世世有功，王王不絶。乃欲擬契丹之稱，究其體勢，昭然不同；徒使瘡痍萬民，拒朝廷之禮，傷天地之仁。《易》曰：「天地之大德曰生，聖人之大寶曰位，何以守位曰仁。」是以天地養萬物，故其道不窮；聖人養萬民，故其位不傾。又《傳》曰：「國家以仁獲之，以仁守之者，百世。」昔在唐末，天下恟恟，羣雄咆哮，日尋干戈，血我生靈，腥我天地，滅我禮樂，絶我稼穡。皇天震怒，罰其不仁，五代王侯，覆亡相續。老氏曰：「樂殺人者，不可如志於天下。」誠不誣矣。後唐顯宗祈于上天曰：「願早生聖人，以救天下。」是年，我太祖皇帝應祈而生。及歷試諸艱，中外忻戴，不血一刃，受禪于周。廣南、江南、荆湖、西川，有九江萬里之阻，一舉而下，豈非應天順人之至乎？由是罷諸侯之兵，革五代之暴，垂八十年，天下無禍亂之憂。太宗皇帝，聖神文武，表正萬邦，吴越納疆，并晉就縛。真宗皇帝，奉天體道，清淨無爲，與契丹通好，受先大王貢禮，自兹四海熙然同春。今皇帝坐朝至晏，從諫如流，有忤雷霆，雖死必赦，故四海之心，望如父母。此所謂以仁獲之，以仁守之，百世之朝也。仲淹料大王建議之初，人有離間，妄言邊城無備，士心不齊，長驅而來，所嚮必下。今以強人猛馬，奔衝漢地，二年于兹，漢之兵民，蓋有血戰而死者，無一城一將願歸大王者。此可見聖宋仁及天下，邦本不摇之驗也；與夫間者之説，無乃異乎？今天下久平，人人泰然，不習戰鬭，不熟紀律；劉平之徒，忠敢而進，不顧衆寡，自取其困；餘則或勝或負，殺傷甚多。大王國人，必以獲劉平爲賀。昔鄭人侵蔡，獲司馬公子燮，鄭人皆喜，惟子産曰：「小國無文德而有武功，禍莫大焉。」其後鄭國之禍，皆如子産之言。今邊上訓練漸精，恩威已立，有功必賞，敗事必誅。將帥而下，人知紀律，莫不各思奮力效命，争議進兵。如其不然，何時可了？今招討司統兵四十萬，約五路入界，著其律曰：生降者賞，殺降者斬；獲精強者賞，害老幼婦女者斬。遇堅必戰，遇險必奪，可取則取，可城則城。縱未能入賀蘭之居，彼之兵民，降者死者，所失多矣。是大王自禍其民，官軍之勢，不獲而已也。仲淹又念，皇帝有征無戰，不殺無辜之訓，夙夜于懷。雖師帥之行，君命有所不受，奈何鋒刃之交，相傷必衆！且蕃兵戰死者，非有罪也，忠於大王耳；漢兵戰死，非有罪也，忠於天子耳。使忠孝之人，肝腦塗地，積累怨魄，爲妖爲災，大王其可忽諸？朝廷以王者無外，有生之民，皆爲赤子，何蕃漢之限哉？何勝負之言哉？仲淹與招討太尉夏公、經略密學韓公，嘗議其事，莫若通問于大王，計而決之，重人命也，其美利甚衆。大王如能以愛民爲意，禮下朝廷，復其王爵，承先大王之志，天下孰不稱其賢哉？一也。如衆多之情，三讓不獲，前所謂漢、唐故事，如單于、可汗之稱，尚有可稽，於本國語言爲便，復不失其尊大。二也。但臣貢上國，存中外之體，不召天下之怨，不速天下之兵，使蕃漢邊人，復見康樂，無死傷相枕，哭泣相聞之醜。三也。又大王之國，府用或闕，朝廷每歲必有物帛之厚賜，爲大王助。四也。又從來入貢使人，止稱蕃吏之職，以避中朝之尊。按漢諸侯王相，皆出真拜。又吴越王錢氏，有承制補官故事。功高者受朝廷之命，亦足隆大王之體。五也。昨有邊臣上言，乞招致蕃部首領，仲淹亦已請罷。大王告諭諸蕃首領，不須去父母之邦，但回意中朝，則太平之樂，遐邇同之。六也。國家以四海之廣，豈無遺才有在大王之國者，朝廷不戮其家，安全如故。宜善事主，以報國士之知；惟同心嚮順，自不失其富貴；而宗族之人，必更優恤〔二〕。七也。又馬牛駞羊之産，金銀繒帛之貨，有無交易，各得其所。八也。大王從之，則上下同其美利，生民之患，幾乎息矣；不從，則上下失其美利，生民之患，何時而息哉？仲淹今日之言〔三〕，非獨利於大王，蓋以奉君親之訓，救生民之患，合天地之仁而已矣。惟大王擇焉！不宣。仲淹再拜。

上呂相公書

范仲淹

伏蒙台慈，疊賜鈞翰，而褒許之意，重如金石，不任榮懼，不任榮懼。竊念仲淹草萊經生，服習古訓，所學者惟脩身治民而已。一日登朝，輒不知忌諱，效賈生「慟哭」「太息」之説，爲報國安危之計。而朝廷方屬太平，不喜生事，仲淹於搢紳中，獨如妖言，情既齟齬，詞乃睽戾，至有忤天子大臣之威，賴至仁之朝，不下獄以死，而天下指之爲狂士。然則忤之之情無他焉，正如陸龜蒙怪松圖贊謂：「草木之性，其本不怪，乘陽而生，小已遏不伸不直，而大醜彰於形質，天下指之爲怪木，豈天性之然哉！」今擢處方面，非朝廷委曲照臨，則敗辱久矣。昔郭汾陽與李臨淮有隙，不交一言，及討禄山之亂，則執手泣别，勉以忠義，終平劇盗，實二公之力。今相公有汾陽之心之言；仲淹無臨淮之才之力，夙夜盡瘁，恐不副朝廷委之之意，重負泰山，未知所釋之地。不任惶恐戰慄之極！不宣。仲淹惶恐再拜。

游嵩山寄梅殿丞

謝絳

近有使者東來，付僕詔書，并御祝封香，遣告嵩岳太常移文，合用讀祝捧幣二員，府以歐陽永叔、楊子聰分攝。會尹師魯、王幾道至自緱氏，因思早時約聖俞有太室中峯之行，聖俞中春時遂往，僕爲人間事所窘〔四〕，未遑也。今幸其便，又二三子可以爲山水遊侣，然亟與之議，皆喜見顔色，不戒而赴。十二日晝漏未盡十刻，出建春門，宿十八里河。翌日過緱氏，閲遊嵩詩碑，碑甚大而字未鐫。上緱嶺，尋子晉祠，陟轘轅，道入登封，出北門，齋于廟中，是夕寢。既興，吏白五鼓〔五〕，有司請朝服行事。事已，謁新治宫，拜真宗御容。稍即山麓，至峻極中院，始改冠服，却車徒，從者不過十數人，輕齎遂行。是時秋清日陰，天未甚寒，晚花幽草，虧蔽石壁。正當人力精壯之際，加有朋簪談燕之適，升高躡險，氣豪心果。遇盤石，過大樹，必休其上下，酌酒飲茗，傲然者久之。道徑差平，則腰輿以行；嶄崒斗甚，則芒蹻以進。窺玉女窓，搗衣石，石誠異，窗則亡有矣。迤邐至八仙壇，憩三醉石〔六〕，徧視墨跡，已無復存，考乎三君所賦〔七〕，亦名過其實。午昃，方抵峻極上院，師魯躰最溢，最先到，永叔最少，最疲。於是浣漱食飲〔八〕，從容問躋封禪壇，下瞰羣峰，乃向所跂而望之，謂非插翼不可到者，皆培塿焉。邑居、樓觀、人物之夥，視若蟻壤。武后封祀碑故存，自號大周，當時名賢皆列姓名于碑陰〔九〕，不虞後代之譏其不典也。碑之空無字處，覩聖俞記樂理國而下四人同遊，鑱刻尤精。僕意古帝王祀天神紀功德于此，當時尊美甚盛，後之君子不必廢之壞之也。又尋韓文公所謂石室者，因盡詣東峰頂，是夕宿頂上。會幾望，天無纖翳，萬里在目，子聰疑去月差近，令人浩然絶世間慮。盤桓立清露下，直覺冷透骨髮，羸體將不堪可〔一〇〕，方卽舍，張燭，具豐饌醇醴〔一一〕，五人者相與岸幘褫帶，環坐滿引〔一二〕，賦詩談道，間以詼劇，灑然不知形骸之累，利欲之萌爲何物也。夜分，少就枕以息。明日訪歸路，步履無苦。昔聞鼯鼠窮伎，能下而不能上，豈近此乎？午間至中院，邑大夫來迎，其禮益謹。申刻出登封西門，道潁陽，宿金占。十六日晨發，據鞍縱望，太室猶在後，路曲南西〔一三〕，則但見少室。若夫觀少室之美，非緜茲路則不能盡諸！邑人謂之冠子山，正得其狀。自是行七十里〔一四〕，出潁陽北門，訪石堂山紫雲洞，卽邢和璞著書之所。山徑極峻〔一五〕，捫蘿而上者七八里，上有大洞，蔭數畝，水泉出焉，久爲道士所占，爨煙熏燎，又塗墁其內。已戒邑宰，稍營草屋於側，徙而出之。此間峰勢危絶，大抵相向，如巧者爲之。又峭壁有若四字云：「神清之洞」，體法雄妙〔一六〕，蓋薛老峰之比；諸君疑古苔蘚自成文，又意造化者筆焉，莫得究其本末。少留數十刻，會將雨而去，猶冒夜行二十五里，宿吕氏店。馬上粗若疲厭，則有師魯語怪，永叔、子聰歌俚調，幾道吹洞簫，往往一笑絶倒，豈知道路之阻長也。十七日宿彭婆鎮〔一七〕，遂緣伊流，陟香山，上上方，飲于八節灘上。始自峻極中院，末及此〔一八〕，凡題名于壁、于石、于樹間者，蓋十有四處。大凡出東門，極東而南之，自長夏門入，繞崧轘一匝四百里〔一九〕，可謂窮極勝覽，切切未滿志者，聖俞不與焉。今既還府，恐相次便有塵事侵汩，故急寫此奉報，庶代一昔之談。

與陳都官書

富弼

牙幹至，蒙惠書，論君子小人各以類進，且取《易·泰》之初九、《否》之初六，皆以拔茅茹爲爻辭〔三〇〕，以質其事，因及治亂之道，率由君子小人而致。旨暢而辭密，氣勁而志堅，上發經藴，旁照世弊，森矗明白，其文章之偉歟！復謂僕異時必居進退君子小人之位，此足下待僕之過也。然似有疑僕臨富貴不能守初節，迺以忠義見朂，於是不可不報。足下試聽之。夫書籍所載，皆聖賢所行之道，然未有不深其本而敷其末，隱其原而揚其流；其本深則其末茂，其原隱則其流遠，此聖賢制則之要也。凡今之人觀書者，不究其本，不詳其原，惟末流是習，是故不見聖人之心之所存；矧又未盡末流之學，隘近淺薄，陷爲小人，謂讀書不爲人，專以爲己也。於是以爵位爲梯身之具，而忘乎其君；以禄利爲肥身之資，而忽乎其民。然有尚未能梯肥其身者，則有蹈捷急之徑，趨邪枉之門，貨賄公行，交結相尚，千姦萬亂，亡所不至，生偷一時之樂，死爲後世之誚，而不顧也。僕謂市販之貪，奴隸之猥，亦或耻而不肯爲，而彼人者，洋洋自以爲計之得，己之勝，吁可哀也！僕不佞，自始讀書爲學，必窮其本原，不到聖賢用心處輒不止。聖賢之心，即天地之心也。天地生人於其間，不能自治，必立君長以治之；爲君者不能獨治，必求賢以佐之。聖者君之，賢者臣之；君臣合而共治其人，人既和而天下無事；於是君臣處其位，相與共享天下之樂，以爲報也。聖賢不待報，天下之人奉以爲報也。是知古之爲學者，爲人不爲己也；古之得位爲君，與爲之佐者，亦不爲己而爲人也。故《傳》曰：「天之愛民甚矣，豈其使一人肆於民上？」又曰：「天生聖人，蓋爲百姓，不獨使自娛樂而已也。」夫爲人君者尚不得肆，不得自娛樂，其爲佐者反可以爵禄梯肥，而忘乎君，忽乎民哉？又可朋姦附惡，爲市販奴隸之所不爲哉？是故古者，聖賢得其時，則假富貴之位，以所學之道，施於當世之民；不得其時，則甘貧喜賤，亦以所學之道著於書，以教後世。聖賢之心，盡於是而已矣。今足下既才僕而譽之，又疑而舃僕，是果相知乎？噫，僕視富貴爲何等物！處之不以義，則不處〔二一〕；設君相誤處僕于位〔二二〕，僕將持所學，發時之所未治，説吾君吾相而治之〔二三〕。用吾説，康吾民，則所謂富貴者，真富貴也；僕惟恐富貴之不得，得之不能久也。苟不用吾説，不能以所學康吾民；僕當自亟去，棄富貴如脱屣墜甑，還吾貧賤，著書爲樂，且孰能障吾救後世哉？僕自斷如此，復何苦而移吾之節哉？僕之性，其直如日月著于天，嵩衡植于地。日月可隕，嵩衡可拔，僕之節不可移也。不然，僕老死，其節亦可與死偕死也。捨是必不爲交游憂。足下諒之！所示《辨劉牧鉤隱圖》，洎《制器尚象論》，皆精絶，得人意外之妙。研玩累月，僅見閫域。其本不以復〔二四〕，時一覽，以紓想望之心。

上范司諫書

歐陽修

前月中得進奏吏報云，自陳州召至闕，拜司諫，即欲爲一書以賀；多事匆卒，未能也。司諫七品官爾，於執事得之不爲喜，而獨區區欲一賀者，誠以諫官者，天下之得失，一時之公議繫焉。今世之官，自九卿百執事，外至一郡縣吏，非無貴官大職，可以行其道也。然縣越其封，郡逾其境，雖賢守長不得行，以其有守也。吏部之官不得理兵部，鴻臚之卿不得理光祿，以其有司也。若天下之失得，生民之利害，社稷之大計，惟所見聞，而不繫職司者，獨宰相可行之，諫官可言之爾。故士學古懷道者仕于時，不得爲宰相，必爲諫官。諫官雖卑，與宰相等。天子曰不可，宰相曰可，天子曰然，宰相曰不然，坐乎廟堂之上，與天子相可否者，宰相也。天子曰是，諫官曰非，天子曰必行，諫官曰必不可行，立殿陛之間，與天子争是非者，諫官也。宰相尊，行其道；諫官卑，行其言；言行，道亦行也。九卿、百司、郡縣之吏，守一職者任一職之責，宰相、諫官繫天下之事，亦任天下之責。然宰相、九卿而下，失職者受責于有司；諫官之失職也，取譏于君子。有司之法，行乎一時；君子之譏，著之簡册而昭明，垂之百世而不泯，甚可懼也。夫七品之官，任天下之責，懼百世之譏，豈不重耶？非材且賢者不能爲也。近執事始被召于陳州，洛之士大夫相與語曰：「我識范君，知其材也，其來不爲御史，必爲諫官。」及命下，果然，則又相與語曰：「我識范君，知其賢也；他日聞有立天子陛下，直辭正色，面争廷論者，非他人，必范君也。」拜命以來，翹首企足，竚乎有聞，而卒未也。竊惑之，豈洛之士大夫能料於前而不能料於後也；將執事有待而爲也。昔韓退之作《争臣論》，以譏陽城不能極諫，卒以諫顯。人皆謂城之不諫，蓋有待而然，退之不識其意而妄譏。脩獨以謂不然。當退之作論時，城爲諫議大夫已五年。後又二年，始庭論陸贄，又沮裴延齡作相，欲裂其麻，纔兩事爾。當德宗時，可謂多事矣，授受失宜，叛將强臣，羅列天下，又多猜忌，進任小人，於此之時，豈無一事可言，而須七年耶？當時之事，豈無急於沮延齡、論陸贄兩事也，謂宜朝拜官而夕奏疏也。幸而城爲諫官七年，適遇延齡、陸贄事，一諫而罷，以塞其責；向使止五年六年，而遂遷司業，是終無一言而去也，何所取哉？今之居官者，率三歲而一遷，或一二歲，甚者半歲而遷也，此又非可以待乎七年也。今天子躬親庶政，化理清明，雖爲無事，然自千里詔執事而拜是官者，豈不欲聞正議而樂讜言乎？然今未聞有所言說，使天下知朝廷有正士，而彰吾君有納諫之明也〔二五〕。夫布衣韋帶之士，窮居草茅，坐誦書史，常憾不見用；及用也，又曰，彼非我職，不敢言；或曰，我位猶卑，不得言；得言矣，又曰，我有待。是終無一人言也，可不惜哉？伏惟執事，思天子所以見用之意，懼君子百世之譏，一陳昌言，以塞重望，且解洛之士大夫之惑，則幸甚幸甚！

與尹師魯書

歐陽修

前在京師相別時，約使人如河上。既受命，便遣白頭奴出城，而還言不見舟矣。其夕及得師魯手簡，乃知留船以待，怪不如約；方悟此奴懶去而見紿。臨行，臺吏催苛百端，不比催船魯人，長者有禮，使人惶迫不知所爲，是以又不留下書在京師，但深託君貺〔二六〕，因書道脩意以西。始謀陸赴夷陵，以大暑又無馬〔二七〕，乃作此行。沿汴絶淮，泛大江，凡五千里，用一百一十程，纔至荆南。在路無附書處，不知君貺曾作書道脩意否？及來此，問荆人，云至郢止兩程，方喜得作書以奉問。又見家兄言，有人見師魯過襄州，計今在郢久矣。師魯歡戚，不問可知，所渴欲問者，別後安否？及家人處之如何，莫苦相尤否？脩行雖久，然江湖皆昔所游，往往有親舊留連，又不遇惡風水。老母用術者言，果以此行爲幸。又聞夷陵有米、麪、魚，如京洛，又有梨、栗、橘、柚、大筍、茶荈，皆可飲食，益相喜賀。昨日因參轉運，作庭趨，始覺身是縣令矣；其餘皆如昔時。師魯簡中言疑脩有自疑之意者，非他，蓋懼責人大深以取直爾。今而思之，自決不復疑也。然師魯又云，闇於朋友，此似未知脩心。當與高書時，蓋已知其非君子，發於極憤而切責之，非以朋友待之也。其所爲何足驚駭。路中人頗有人以罪出不測見弔者，此皆不知脩心也。師魯又云，非忘親，此又非也。得罪雖死，不爲忘親，此事須相見可盡其說也。五六十年來，天生此輩，沈默畏謹，布在世間，相師成風。忽吾輩作此事，下至竈門老婢，亦相驚怪，交口議之。不知此事古人日日有也，但問所言當否而已。又有深相賞歎者，此亦是不慣見人事也，可嗟！世人不見如往時事久矣。往時砧斧鼎鑊，皆是烹斯人之物，然士有死不失義，則趨而就之，與几席蓐之無異。有義君子，在傍見其就死，知其當然，亦不甚歎賞也。史册所以書之者，蓋特欲警後世愚懦者，使知事有當然，而不得避爾，非以爲奇事而詫人也。幸今世用刑至仁慈，無此物；使有，而一人就之，不知作何等怪駭也。然吾輩亦自當絶口不可及前事也。居閑僻處，日知進道而已。此事不須言；然師魯以脩有自疑之言，要知脩處之如何，故略道也。安道與予在楚州〔二八〕，談禍福事甚詳，安道亦以爲然，俟到夷陵寫去，然後得知脩所以處之之心也。又常與安道言，每見前世有名人，當論事時，感激不避誅死，真若知義者，及到貶所，則慼慼怨嗟，有不堪之窮愁，形於文字，其心歡慼，無異庸人，雖韓文公不免此累。用此戒安道，愼勿作戚戚之文。師魯察脩此語，則處之之心又可知矣。近世人因言事亦有被貶者，然或傲逸狂醉，自言我爲大不爲小。故師魯相別自言，益愼職，無飲酒，此事脩今亦遵此語。咽喉自出京愈矣，至今不曾飲酒，到縣後勤官，以懲洛中時懶慢矣。夷陵有一路，祇數日可至郢，白頭奴足以往來。

秋寒矣，千萬保重。

校勘記

〔一〕勞弊　「弊」字原脱，據明抄本補。

〔二〕優恤　「優」原作「憂」，據明抄本改。

〔三〕今日之言　「言」原作「日」，據明抄本、明刻本改。

〔四〕僕爲　「僕」字原脱，據明抄本補。《四部叢刊》景印元刊本《歐陽文忠公集》附録謝文，亦有「僕」字。

〔五〕吏白　「白」原作「由」，據明抄本改。歐集附謝文亦作「白」。

〔六〕憇三醉石　「憇」字原脱，據明抄本補。歐集附謝文亦有「憇」字。

〔七〕三君　「君」字原本空白，據明抄本補。歐集附謝文亦有「君」字。

〔八〕食飲　「飲」字原脱，明抄本同，據歐集附謝文補。

〔九〕皆列　「列」字原脱，據明抄本補。歐集附謝文作「鐫」。

〔一〇〕堪可　明抄本作「可堪」。

〔一一〕醇醴　「醇」字原脱，據明抄本補。

〔一二〕滿引　「引」原作「飲」，據明抄本改。歐集附謝文亦作「引」。

〔一三〕路曲　「曲」字原本空白，據明抄本補。歐集附謝文亦有「曲」字。

〔一四〕自是　「是」字原脱，明抄本同，據歐集附謝文補。

〔一五〕極峻　「峻」明抄本作「嶮」，歐集附謝文亦作「嶮」。

〔一六〕雄妙　「雄」原作「碓」，據明抄本改。歐集附謝文亦作「雄」。

〔一七〕彭婆鎮　「彭」原作「鼓」，據明抄本改。歐集附謝文亦作「彭」。

〔一八〕末及此　「末」原作「未」，據明抄本改。

〔一九〕崧轘　「崧」原作「菘」，據明抄本改。

〔二〇〕文辭　「辭」字原本空白，據明抄本補。

〔二一〕不處　二字原本空白，據明抄本補。

〔二二〕誤處　「誤」字原脱，據明抄本補。

〔二三〕説吾君　「説」明抄本作「告」。

〔二四〕不以復　「不以」二字原本空白，據明抄本、明刻本補。

〔二五〕而彰　「而」字原本空白，據明抄本補。

〔二六〕但深託　「但」字原脱，據明刻本補。

〔二七〕無馬　原作「否焉」，據明抄本改。明刻本作「無焉」，「焉」字誤。

〔二八〕與予　「予」原作「子」，明刻本同，皆形近而誤，觀下文可知，今改。

宋文鑑卷第一百一十四

書

與石推官書

歐陽修

前同年徐君行，因得寓書，論足下書之怪。時僕有妹居襄城，喪其夫，匍匐將往視之，故不能盡其所以云者，而略陳焉。足下雖不以僕爲狂愚而絶之，復之以書，然果未能喻僕之意。非足下之不喻，由僕聽之不審，而論之之略之過也。僕見足下書久矣，不即有云，而今乃云者何耶？始見之，疑乎不能書，又疑乎忽而不學。夫書一藝爾，人或不能與忽不學時不必論，是以默默然。及來京師，見二像石本，及聞説者云，足下不欲同俗，而力爲如前所陳者，是誠可諍矣，然後一進其説。及得足下書，自謂不能，與前所聞者異，然後知所聽之不審也。然足下於僕之言，亦似未審者。足下謂世之善書者，能鍾、王、虞、柳，不過一藝；己之所學，乃堯、舜、周、孔之道，不必善書。又云，因僕之言，欲勉學之者，此皆非也。夫所謂鍾、王、虞、柳之書者，非獨足下薄之，僕固亦薄之矣。世之好學其書而悦之者，與嗜飲茗與圖畫無異，但其性之一僻耳，豈君子之所務乎？然至於書，則不可無法。古之始有文字也，務乎記事，而因物取類爲其象。故《周禮》六藝有六書之學，其點畫曲直，皆有其説。楊子曰：「斷木爲棊，梡革爲鞫〔一〕，亦皆有法焉，而況書乎？」今雖隸字已變於古，而變古爲隸者，非聖人不足師法。然其點畫曲直，猶有準則，如母女彳亻之相近，易之則亂，而不可讀矣。今足下以其直者爲斜，以其方者爲圓，而曰我第行堯、舜、周、孔之道，此甚不可也。譬如設饌於案，加帽於首，正襟而坐，然後食者，此世人常耳。若其納足於帽，反衣而衣，坐乎案上，以飯實酒巵而食，曰我行堯、舜、周、孔之道者〔二〕，以此之於世〔三〕，可乎不可也？則書雖末事，而當從常法，不可以爲怪也〔四〕，亦猶是矣。而足下了不省僕之意，凡僕之所陳者，非論書之善否，但患乎近怪自異，以惑後生也。若果不能，又何必學，僕豈區區勸足下以學書者乎？足下又云，我實有獨異於世者，以疾釋老，斥文章之雕刻者。此又大不可也。夫釋老，惑者之所爲；雕刻文章，薄者之所爲；足下安知世無明誠篤厚君子之不爲乎？足下自以爲異，是待天下無君子之與己同也。仲尼曰：「後生可畏，安知來者之不如今也。」是則仲尼一言不敢遺天下之後生，足下一言待天下以無君子，此故所謂大不可也。夫士之不爲釋老，不雕刻文章者，譬如爲吏而不受貨財，蓋道當爾，不足恃以爲賢也。

答吴充秀才書　歐陽修

前辱示書，及文三篇，發而讀之，浩乎若千萬言之多；及少定而視焉，纔數百言爾，非夫辭豐意雄，霈然有不可禦之勢，何以至此？然猶自患倀倀，莫有開之使前者，此好學之謙言也。脩材不足用於時，仕不足榮於世，其毁譽不足輕重，氣力不足動人。世之欲假譽以爲重，借力而後進者，奚取於脩焉？先輩學精文雄，其施於時，又非待脩譽而爲重，借力而後進者也。然而惠然見臨，若有所責，得非急於謀道，不擇其人而問焉者歟！夫學者未始不爲道，而至者鮮焉。非道之於人遠也，學者有所溺焉爾。蓋文之爲言，難工而可喜，易悦而自足，世之學者，往往溺之。一有工焉，則曰，吾學足矣；甚者至棄百事，不關於心，曰，吾文士也，職於文而已。此其所以至之鮮也。昔孔子老而歸魯，《六經》之作，數年之頃爾，然讀《易》者如無《春秋》，讀《書》者如無《詩》，何其用功少而能極其至如是也。聖人之文，雖不可及，然大抵道勝者，文不難而自至也。故孟子皇皇不暇著書，荀卿蓋亦晚而有作，若子雲、仲淹，方勉焉以模言語，此道未足而彊言者也。後之惑者，徒見前世之文傳，以爲學者文而已，故用力愈勤，而愈不至。此足下所謂「終日不出於軒序，不能縱横高下皆如意」者，道未足也。若道之充焉，雖行乎天地，入于淵泉，無不之也。先輩之文，浩乎霈然，可謂善矣，而又志於爲道，猶自以爲未廣，若不止焉，孟、荀可至而不難也。脩學道而不至者，然幸不甘於所悦，而溺於所止，因吾子之能不自止，又以勵脩之少進焉。幸甚幸甚！脩白。

上杜中丞論舉官書

歐陽修

脩前伏見舉南京留守推官石介爲主簿，近者聞介以上書論赦被罷，而臺中因舉他吏代介者。主簿於臺職最卑，一介賤士也，用不用當否，未足害政；可惜者，中丞之舉動也。介爲人剛果有氣節，力學喜辨是非，真好義之士也。始執事舉其材，議者咸曰知人之明。今聞其罷，皆謂赦乃天子已行之令，非疎賤當有説，以此罪介，曰當罷。脩獨以爲不然。然不知介果指何事而言也。傳者皆云，介之所論，謂朱梁、劉漢，不當求其後裔爾。若止此一事，則介不爲過也。然又不知執事以介爲是爲非也；若隨以爲非，是大不可也。且主簿於臺中非言事之官，然大抵居臺中者，必以正直剛明、不畏避爲稱職。今介足未履臺門之閾而已，用言事見罷，真可謂正直剛明、不畏避矣。度介之才，不止爲主簿，直可任御史也。是執事有知人之明，而介不負執事之知矣。脩嘗聞長老説趙中令相太祖皇帝也，嘗爲某事擇官，中令列二臣姓名以進，太祖不肯用；他日又問，復以進，又不用；他日又問，復以進，又不用；他日又問，復以進。太祖大怒，裂其奏擲殿陛上。中令色不動，插笏帶間，徐拾碎紙，袖歸中書。他日又問，則補綴之，復以進。太祖大悟，終用二臣者。彼之敢爾者，蓋先審知其人之可用，然後果而不可易也。今執事之舉介也，亦先審知其可舉邪？是偶舉之邪？若知而舉，則不可遽止；若偶舉之〔五〕，猶宜一請介之所言，辨其是非而後已。若介雖迕上而言是也，當助以辨〔六〕。若其言非也，猶宜曰：「所舉者爲主簿爾，非言事也；待爲主簿不任職，則可請罷。」以此辭焉可也。且中丞爲天子司直之臣〔七〕，上雖好之，其人不肖，則當彈而去之；上雖惡之，其人賢，則當舉而申之；非謂隨時好惡而高下者也。今備位之臣百十，邪者正者，其糾舉一信於臺臣。而執事始舉介曰能，朝廷信而將用之；及所爲不能，則亦曰不能。是執事自信猶不果，若遂言他事，何敢望天子之取信於執事哉？故曰主簿雖卑，介雖賤士，其可惜者，中丞之舉動也。況今斥介而他舉，必亦擇賢而舉也。夫賢者固好辯，若舉而入臺，又有言，則又斥而他舉乎？如此，則必得愚闇懦默者而後止也。伏惟執事，如欲舉愚者，則豈敢復云；若將舉賢也，願無易介而他取也。今世之官，兼御史者，例不與臺事，故敢布狂言，竊獻門下，伏惟幸察焉！

與四路招討司幕府李諷田棐元積中書

尹　洙

得劉伯壽牒，取王文政文牘，尋以封送。始文政等以罪配，隸牢城保寧爲兵。會韓公來，以舊獄訴於公。公命覆其罪，苟不至深切，則移籍於廣鋭蕃落。文政等皆在涇，於是申上帥府，呼此二人。幕府不俾二人者來，反令取其具獄就涇視之。既而帥命二人者來，止云材弱，射七斗弓，箭不滿兩握，其具獄則詳之矣。於是衆議曰，具獄往而二人乃來，此必審其初罪，不爲深切矣。其言材弱射不中程者，慮以廣鋭處之也。蕃落舊等，才五尺三寸，近制短指者亦聽。狄侯命二舊卒方之不少損，又命以射，彎九斗弓，箭不滿二指，在舊卒下等之上。涇内地，不知蕃落所用皆短箭，故差繆相遠。若必以長箭程之，雖積功至大校，其少且壯者，亦不能應格矣。又蕃落中，有犯姦若盜如此比〔八〕，隸軍者甚衆，決不復疑，但喜得勝兵者二人，遂易其籍。帥府乃詢云，若二人者，罪安得不爲深切？然後乃知帥府之意，不欲隸此二人於蕃落；既已籍之，無如之何，乃答曰：「其罪不至於極惡」，蓋婉其辭，所以恭上命也。不圖又命劉伯壽覆其獄。凡涇人之相厚者，皆見責曰：「何乃不禀帥命？」某聞之，甚駭其言，若他事則不敢知；如止此一事〔九〕，則所以爲不禀也。何者？始本路索此二人於涇帥，既不遣，復命取具獄視之，若果以爲巨慝，則當下令曰：此不足貸，二人無可遣理，獨歸其具獄。則洙必審視其罪，雖其可貸，猶當奉承帥旨，奚必改籍此二卒耶？且韓公非素得視此二人具獄也，命本路究其罪，易其軍與不易，皆繫於本路也。不易不足爲忤意，易之不足爲迎合。且本路軍與民曁蕃酋，以事自訴，以功自理於韓公者多矣，皆下其事於本路，且命詳之。其以事自訴，得辨者十一二三；以功自理，應格者十一二；蕃酋所陳，其可行者，十不一二，皆不以先入之言爲主也。文符盡在，可取而覆視，豈必以一事爲違戾耶？玆事極微，而洙懇懇爲言者，誠以害於體爲甚大也。昨日經略司行某事，其於法少礙而事當然者，大吏持以前日王文政等無礙於法尚爾，今此恐見詰，奈何？洙叱去之。洙謂狄侯曰："異日此曹有言，必請黥之。"雖異日黥之，徒能制一吏，如將校何？將校必曰："此一細事，猶不得遂其行，安能使我有畏哉？吾獨知畏元帥耳！"此甚足爲元帥憂也。自洙臨本路，原州鎮戎軍決罪，有不足死而特死者，有當死而慘其形者，洙與狄侯議，皆不問其狀，蓋知其守將可任以事，當申其權於下也。又有卒犯罪，反持其主校過失者，洙詰之曰："若主校與汝共爲隱，汝懼累以言；或主校濫罰，汝不勝其虐以言，吾皆聽汝，理有罪者。今汝自有罪當罰，主校若貸汝，則過終不聞，是使主校皆畏過，莫敢笞其卒者，此軍之大弊也。"狄侯曁諸將皆曰善，然遂杖去之。且大將於士卒，非人人能督察撫循之也，必有主校焉；使軍中皆畏其主校，則將無所事矣。夫士卒不畏其主校，則飲博自恣；飲博自恣，則卒至於貧窮；卒至於貧窮，則無所不至焉。爲主校者，豈可使反畏其下哉？故爲將者，必察群校之貪虐者自去之，無使其下能持焉，則卒皆有畏矣。是則大將者，不使士卒獨畏我，而不畏其主校；又不使屬郡之兵獨畏我，而不畏其守將，此治兵之大要也。洙秩雖卑，然於本路言之，與狄侯皆大將之任也。責任既重，朝夕於邊事，無不憂者。聞士卒不畏其主校，則小以爲憂；聞屬郡不畏其守將，則大以爲憂。今將使一路之人，不畏其大將，則元帥安得而不憂耶？故某所謂於事雖小，而於體甚大者，以此。某得以諫名官，凡事之曲直，猶當於天子廷辨之；今乃不能自辨於元帥，反囁嚅於幕府，豈畏懦耶？蓋元帥之體，不當以事詘於部將，是某凡辨論事，可取直於天子，不可取直於元帥。幸諸君少留意焉。

答張洞書

孫　復

兩辱手書，辭意勤至，道離群外，以僕居今之世，樂古聖賢之道與仁義之文也，遠以尊道、扶聖、立言、垂範之事問於我。我幸而至於斯也，有年矣。重念世之號進士者，率以砥礪辭賦、睎覘科第爲事，若明遠穎然獨出，不汲汲於彼，而孜孜於此者，幾何人哉？然吾懼明遠年少氣盛，而欲速成，無以致於文也，故道其一二，明遠熟察之而已矣。夫文者，道之用也；道者，教之本也。故文之作也，必得之於心，而成之於言。得之於心者，明諸內者也；成之於言者，見諸外者也。明諸內者，故可以適其用；見諸外者，故可以張其教。是故《詩》《書》《禮》《樂》《大易》《春秋》之文也，揔而謂之經者，以其終於孔子之手，尊而異之爾，斯聖人之文也。後人力薄，不克以嗣，但當左右名教，夾輔聖人而已。或則發列聖之微旨，或則擿諸子之異端，或則覺千古之未寤，或則正一時之所失，或則陳仁政之大經，或則斥功利之末術，或則揚聖人之聲烈，或則寫下民之憤歎，或則陳天人之去就，或則述國家之安危，必皆臨事摭實，有感而作。爲論，爲議，爲書、疏、歌、詩、贊、頌、箴、解、銘、説之類，雖其目甚多，同歸於道，皆謂之文也。若肆意構虛，無故而作，非文也，乃無用之瞽言爾，徒污簡册，何所貴哉？明遠無志於文則已，若有志也，必在潛其心而索其道。潛其心而索其道，則其所得也必深；其所得也既深，則其所言也必遠；既深且遠，則庶乎可望於斯文也。不然，則淺且近矣，曷可望於斯文哉？噫！斯文之難至也久矣。自西漢至李唐，其間鴻生碩儒，齊肩而起，以文章垂世者衆矣。然多以楊、墨、佛、老，虚無報應之事，沈、謝、徐、庾，妖艷邪侈之言，雜乎其中。至有盈箱滿集，發而視之，無一言及於教化者。此非無用瞽言，徒污簡册者乎？至於終始仁義，不叛不雜者，惟董仲舒、楊雄、王通、韓愈而已。由是而言之，則可容易至之哉？若欲容易而至之，則非吾之所聞也。明遠熟察之，無以吾言爲忽！

上孔中丞書

石　介

夫子之道，不行於當年，傳於其家，直四十餘世，以俟子孫，如此其遠也。夫子没，後世有子思焉，安國焉，穎達焉，止於發揚其言而已。有漢相光，唐相緯，雖得位，亦不能盡行其道。夫子之道，其肯鬱然蟠伏於其家，乃躍起奮出，散漫於天下，天下人皆可以得之。漢高祖、唐太宗能得之於上，以之有天下三百年；孟軻、楊雄、文中子、韓愈，能得之於下，以之有其名於億萬世。唯孔氏子孫，無有得之者；俟四十餘世，僅二千年，閤下乃得之。今夫子之道，不專在於閤下也。閤下又且赫然有聲烈於天下，復得位於朝，見用於天子。閤下徒能得夫子之道〔一〇〕，其將以夫子之道事於聖君，施於天下，俾國家爲二帝，爲三王，爲兩漢，爲鉅唐矣。夫子之志曰：「吾志在《春秋》。」春秋天子之事也。世衰道微，邪説暴行有作〔一一〕，臣弑其君者有之，子弑其父者有之，夫子懼之，而又時無君，已無位，不能誅，不能正，乃作《春秋》焉，所以正王綱，舉王法。故《春秋》成，亂臣賊子懼。爲司寇，則七日而誅少正卯於兩觀之下；攝相事，則齊終不敢窺兵河南。當時之君則昏也，當時之位則攝也，尚不及閤下，得明君，有大位；爲中丞逾月，而未聞有舉焉。閤下在朝，朝廷尚有姦臣敢在位，天下蠹賊未悉除，是夫子道猶未克盡舉。豈夫子直四十餘世，僅二千年，以俟閤下，閤下宜念之！且天子之設御史府，尊其位，重其任，不與他府並。舊有大夫，則中丞亞大夫而領其屬；今大夫闕，則中丞其長也。故中丞之任特重焉，中丞之責尤重焉。君有佚豫失德，悖亂亡道，荒政咈諫，廢忠慢賢，御史府得以諫責之；相有依違順旨，蔽上罔下，貪寵忘諫，專福作威，御史府得以糾繩之；將有驕悍不順，恃武肆害，玩兵棄戰，暴形毒民，御史府得以舉劾之。君至尊也，相與將至貴也，且得諫責糾劾之，餘可知也。御史府之尊嚴也，如軒陛之下，廟堂之上，進退百官，行政教，出號令，明制度，紀賞罰，有不如法者，御史得言之。御史府視中書、樞密雖若卑，中書、樞密亦不敢與御史府抗威爭禮，而返畏悚而尊事之，御史府之重，其無與比〔三〕，然須得如閤下者居之，始貴矣。《易》曰：「苟非其人，道不虛行。」《禮》曰：「人存則政舉。」閤下聖人之後，又能得聖人之道，以方重剛正，公忠清直，烈烈在於朝，爲天子獻可替否，贊謀猷，持綱紀，天下想望其風采者，十五年間，簡於清衷，期將大用，且歷試於外，更觀其能違，更三大藩，皆卓然有治聲，聞於天府，浹於日下。御史府中丞虛位日，班於紫宸殿下，佩金煌煌，行聲鏘鏘，且有百數，天子弗録之，乃南走三百里，以驛召閤下，直入其府，登其位。自陛下獨決萬機來，登崇俊良，黜逐纖人，革故鼎新，百度修舉，太平之塱，日月以隆。然而天人之心，猶鬱然不大舒釋者，以閤下尚稽大任也。至是天人之心，始大舒釋矣。閤下自初及終，皆以直道進，《詩》曰：「靡不有初，鮮克有終。」介嘗聞朝大夫語曰，有某官爲某官時，忠鯁直讜，謇謇敢言，觸龍逆鱗，不避誅死，由是人主知之，聲名藹然，聳動朝野，不四五年取顯仕。今爲某官，位彌高，身彌貴，禄厚惠渥，私庭曳青綬者五六人，門前炎炎可炙手；顧此勢力榮寵有所惜也，如有物塞其耳，如有葉蔽其目，如有鉗緘其口，朝廷有闕政，國家有遺事，若不聞，若不覩，而不復言。則嚮之忠鯁讜直，謇謇敢言，乃沽名耳，其以爲速進之媒乎！噫，士之積道德富仁義於厥身〔三〕，蓋假於權位以布諸行事，利於天下也，豈有屑屑然謀夫衣食者歟？正色直己，立於朝廷，行其道，乃使天下有此論，庸無傷乎？古今君子少，小人多，君子常不勝小人；小人不惟常勝君子，而又不能容之，惡直醜正，嚚嚚實繁。幸而有一君子在於朝，則百小人排之，非鐵心石腸，剛正不折，未有不隨而靡者。小人不容君子也如是，而不能死節以永終譽，中塗晚節，須有渝變，宜其爲小人之所排也。今有人位未顯，身在下，能堅正不顧其身，敢直言極諫，犯天子顏色；封章抗疏，論天下利害；羣小人必群立指點曰，此人速進也，沽虚名也，非以行道也。吁！吾徒不見容於小人也，不敢信于天下也，固若是乎？學周公、孔子之道，不用則卷而懷之，用則肯已乎？實將施及國家，布於天下，以左右吾君，綏吾民矣。群小人排毁不已，無足怪也。閤下亦當大警戒之，勿使天下有所論，則君子幸甚，天下幸甚！

答韓持國書

蘇舜欽

近得京信，長姊奄逝，中懷殞裂，不堪其哀。更承慰問，重增號絶。且蒙見責以兄弟在京，不以義相就，以盡友悌之道，獨覊外數千里，自取愁苦。持國予之素所畏者也，今言如是，疑非出於持國也。然筆迹趣向皆持國，又不足疑，是持國知其一，未知其他，予不得不爲持國班班而言也。予亦人也，非翼而飛、蹄而馳者也，豈無親戚之情，豈不知會合之樂也　雖是禽獸，亦安肯舍安逸而就愁苦哉？此語去離物情遠矣，豈當出於持國之口耶？昨在京師官時，不敢犯人顏色，不敢議論時事，隨衆上下，心志蟠屈不開，固亦極矣。不幸適在嫌疑之地，不能決然早自引去，致不測之禍，捽去下吏，無人敢言。友讎一波，共起謗議，被廢之後，喧然未已，更欲寘之死地，然後爲快。來者往往鉤頤言語，欲以傳播，好意相存恤者，幾稀矣。故閉户或密出，不敢與相見，如避兵寇，惴惴然，惟恐累及親戚耳。偷俗如此，安可久居其間，遂超然遠舉，覊泊於江湖之上，不唯衣食之累，實亦少避其機穽也。况血屬之多，持國見之矣；屋廬之隘，持國亦見之矣；資入之薄，持國又見之矣。常相團聚，不衣與食，可乎？不可也。食雖足，閉關常不與人相接，可乎？亦不可也。既與人接，不與之言，可乎？又不可也。既與之言，不與之往還，可乎？又不可也。既與之言語往還，人人皆如持國則可，今持國尚有此語，况親也、義也、識也不迨持國者多矣。使之加釀惡言，喧布上下，不能自明，則前日之事，未爲重也。便都無此事，亦終日勞苦應接之不暇，寒暑奔走塵土泥淖中，不能了人事，羸馬傲僕，日棲棲取辱於都城，使人指背笑我，哀閔我，亦何顏面，安得不謂之愁苦哉？此雖與兄弟親戚相遠，而伏臘稍充足，居室稍寬，又無終日應接奔走之勞，耳目清曠，不設機關以待人，心安閑而體舒放。三商而眠，高舂而起，静院明窗之下，羅列圖史琴樽以自愉。踰月不迹公門，有興則泛小舟，出盤閶，吟嘯覽古於江山之間。渚茶野釀，足以銷憂，蒓鱸稻蟹，足以適口。又多高僧隱君子，佛廟勝絶，家有園林，珍花奇石，曲池高臺，魚鳥留連，不覺日暮。昔孔子作《春秋》而夷吴，又曰：「吾欲居九夷。」觀今之風俗，樂善好事，知予守道好學，皆欣然願來過從，不以罪人相遇，雖孔子復生，是亦必欲居此也。則持國以彼此較之，孰爲然否哉？人生内自得，外有所適，故亦樂矣，何必高位厚禄，役人以自奉養然後爲樂？今雖僑此，亦如仕宦南北，安可與親戚常相守耶？持國明年終喪，昆仲亦必遊宦〔一四〕，何以盡友悌之道也？況予窘迫，勢不得如持國之意，必使我尸轉溝壑〔一五〕，肉餧豺虎而後可也，何其忍耶？嘗觀《棠棣》之詩云〔一六〕：「凡今之人，莫如兄弟。」謂兄弟以恩，當有急難之時，必相拯救。五章云：「喪亂既平，既安且寧，雖有兄弟，不如友生。」謂朋友尚義，及安寧之時，以禮義相琢磨也。予於持國，外兄弟也，當急難之時，不相拯救，今又於未安寧之際，欲以義相琢刻，雖古人所不能受。予欲不報，慮淺吾持國也。前得子華詩，意亦然，未暇縷述，今并此以達子華。予非躁而忉咄者，察之！

校勘記

〔一〕挠革　「挠」字原本空白，據明抄本、明刻本補。

〔二〕之道者　「者」字原脱，據明抄本、明刻本補。

〔三〕之於世　「之」字原本空白，據明抄本、明刻本補。

〔四〕怪也　「也」字明抄本、明刻本俱無。

〔五〕邪若知而舉則不可遽止若偶舉之　以上十四字原脱，據明抄本補。明刻本亦脱。

〔六〕當助　「助」字原本空白，據明抄本補。明刻本作「初」，與助形近而誤。

〔七〕司直之臣　「臣」原作「言」，明刻本同，據明抄本改。

〔八〕此比　「比」原作「北」，據明抄本改。

〔九〕止此　「止」原作「正」，明刻本同，據明抄本改。

〔一〇〕閤下徒能　明刻本同，疑當作「非徒能」。

〔一一〕有作　「作」原作「行」。按「邪説暴行有作」云云見《孟子》，據改。

〔一二〕與比　「比」原作「此」，據明抄本改。

〔一三〕士之　「士」原作「事」，按上下文義改。

〔一四〕遊宦　「宦」字原本空白，據明抄本補。明刻本誤作「官」。

〔一五〕溝壑　「壑」，明抄本、明刻本俱作「洫」。

〔一六〕棠棣　「棠」原作「常」，據明抄本、明刻本改。

宋文鑑卷第一百一十五

書

與吴九論武舉書

劉敞

前此有人自京師至，言朝廷制作武舞，教之庠中者。小人竊喜，以謂太祖、太宗，功業軼三王，德厚侔天地，而廟樂未立，雅頌未備，公卿大夫乃宜冬不裘、夏不葛而日夜謀之，所以使名聲洋溢，與萬世無窮，百姓有以詠歌，四夷有以觀聽也。而闊然寖久，功烈掩塞。是必天子感焉，而作樂崇德，以薦之宗廟，肆之上帝矣。周室既衰，管弦之書遂亡〔一〕，于今千歲焉，而吾徒乃且復得閲其蹈厲，親其文物，是千一之會也。以足下方爲學官，所以欣然奉書，求粗問制度〔二〕，亦欲夸動下國，奮揚輝光。今辱來訊〔三〕，乃知傳者之誤。而國家自以邊鄙未靖，故立武學，以校驍鷙之士，孫、吴、賁、育之儔。小人失望，又重感歎。昔三代之王，建辟雍、成均以敦化者，危冠逢掖之人，居則有序，其術《詩》《書》《禮》《樂》，其志文、行、忠、信，是以無鄙倍之色，鬬争之聲。猶懼其未也，故賤詐謀，爵人以德，褒人以義，軌度其信，壹以待人。故曰：「勇則害上，不登於明堂。」民知所底，而无貳心。是以其教不肅而成，其政不嚴而治，曾未聞夫武學之制也。夫縵胡之纓，短後之衣，瞋目而語難，按劒而疾視者，此所謂勇力之人也。將教之以術，而動之以利，其可得不爲其容乎？其可得無變其俗乎？吾恐雖有智者，未易善其後也。而況建博士之職，廣弟子之員，本之不知，教化既寖弱矣。夫戰國之時，天下競於馳騖，於是乎有縱横之師，技擊之學，以相殘也。雖私議巷説，有司不及，然風俗猶以是薄，禍亂猶以是長，學者之所甚疾，仁人之所憂而辨也，若之何其效之？且昔先王，務教冑子以道，而不及武者，非無四夷之患，誠恐示民以佻也。今既示之佻矣，道其已乎！四方之人何觀焉？且足下預其議，而不能救歟？吾所甚惑也。足下書曰：「時事日新，恨不我見。」此獨非新事乎？吾既見之矣，故聊以裁答。

答趙内翰書

蔡襄

伏蒙示下衆薦黄晞奏草。晞閩人，與之游甚久，以書自喜，不苟於人，誠高世懷道之士，足下薦之於朝，庶乎盛時無有遺材，足下之存心，不特爲晞發也。然其奏曰：「石介在國子監時，請晞表率生徒，晞以介詐善不直〔四〕，爲事非是〔五〕，遂拒之弗往，乃晞之先見知人，識慮高遠也。」襄以謂，斥介而引晞，意所未喻。介好論議當時人物，故衆毁叢至。原其所以爲心，欲君側無姦邪〔六〕，人人爲忠孝，百姓無疾苦，教化明白，信周公、孔子之言，謂太平可立致，而不度世務，行之難易。此介之所以脩誠立節之大端也。所抵牾者，夏竦黨輩耳。一旦介去朝，奸人巧僞百端，妄造謗毁，必欲赤其族然後快意。賴天子聖，明辨是非，故介久而自白。嗟乎！謂介詐善何也？夫詐善者，將圖富貴取名譽也。介生不免飢寒，而死幾斲棺，子孫流離，詐善者固如是耶？守己信道，而不顧世俗者，伯夷、叔齊是也，且數百年，孔子稱之，其論遂定。若介信道而守死者也，其亦有待於後世乎？昔介之存，襄以同年進士，兄事而友之。自介之亡，未見有如介之自信者。介復生，當師事之不暇，以苟容無所自立爲責，況敢毁之？晞避介聘爲學正，不肯爲介下耳，此特小小者，豈足爲晞高識遠慮哉？足下與介疎，知之不至，然天下公議，固當有聞。足下語論，衆所瞻望，詎可雷同？今毁介之人滿朝廷，其箝口固不爲少，雖開口明介，介豈遂明？然賣死友以合貴權，此襄所不爲，而足下所見知之者也。近爲寒氣薄中，日再食粥者七矣，奉教不知疲儖，感歎顛倒。

答劉蒙書

司馬光

昔張伯松語陳孟公曰：「人各有性，長短自裁，子欲爲我亦不能，吾而效子亦敗矣。」馬文淵戒兄子，欲其效龍伯高之周慎謙儉，不欲其效杜季良憂人之憂，樂人之樂也。光愚無似，何足以望萬一於古人，然私心所慕者伯松、伯高，而不敢爲孟公、季良之行也。況幼時始能言，則誦儒書，習謹飭；長而爲吏，則讀律令，守繩墨；齪齪然爲鄙細之人，側足於庸俗之間，不爲雄俊奇偉之士所齒目，爲日久矣。不意去歲，足下自大河之北，洋洋而來，遊於京師，負其千鎰之寶，欲求良工大賈而售之。乃幸顧於陋巷，因得竊讀足下之文，窺足下志。文甚高，志甚大，語古則浩博而淵微，論今則明切而精至，誠不能不口誇而心服，譬如婁人之子，終日環繞愛玩，咨嗟傳布，訖無一錢敢問其直之高下，亦終於無益而已矣。今者足下忽以親之無以養，兄之無以葬，弟妹嫂姪之無以恤，策馬裁書，千里渡河，指某以爲歸，且曰：「以鬻一下婢之資，五十萬畀之，足以周事。」何足下見期待之厚，而不相知之深也！光得不駭且疑乎？方今豪傑之士，內則充朝廷，外則布郡縣，力有餘而人可仰者，爲不少矣。足下莫之取，乃獨左顧而抵於不肖，豈非見期待之厚哉？光雖竊託迹於侍從之臣，月俸不及數萬，爨桂炊玉，晦朔不相續；居京師已十年，囊儲舊物皆竭，安所取五十萬以佐從者之蔬糲乎？夫君子雖樂施予，亦必已有餘然後能及人；就其有餘，亦當先親而後疎，先舊而後親。光得侍足下裁周歲，得見不過四五，而遽以五十萬奉之，其餘親戚故舊，不可勝數，將何以待之乎？光家居，食不敢常有肉，衣不敢純衣帛，何敢以五十萬市一婢乎？而足下忽以此責之，豈非不相知之深哉？光視地而後敢行，頓足而後敢立，足下一旦待之爲陳孟公、杜季良之徒，光能無駭乎？足下服儒衣，談孔、顏之道，啜菽飲水，足以盡歡於親，簞食瓢飲，足以致樂於身，而遑遑焉以貧乏有求於人，光能無疑乎？足下又責以韓退之所爲，若光者何人，敢望韓退之哉？韓退之能爲文，其文爲天下貴，凡當時王公大人廟碑墓碣，莫不請焉，故受其厚謝，隨復散之於親舊，此其所以能行義也。若光者何人，敢望退之哉？光自結髮以來，雖能行無所長〔七〕，實不敢錙銖妄取於人〔八〕，此衆人所知也。取之也廉，則其施之人也靳，亦其理宜也。若既求其取之廉，又責其施之厚，是二行者，誠難得而兼矣。足下又欲使光取之於他人，其尤不可之大也。微生高乞醯於鄰人，以應求者，孔子以爲不直；況已不能施，而斂之於人，以爲己惠，豈不害於恕乎？足下之命，既不克承，又費辭以釋之，其爲罪尤深。足下所稱韓退之亦云：「文章不足以發足下之事業，錢財不足以賄左右之匱急，梱載而往，垂橐而歸。」足下諒之而已。

與范景仁論樂書

司馬光

蒙示房生赤法，云生嘗得古本《漢書》云：「度起於黄鍾之長，以子穀秬黍中者，一黍之起，積一千二百黍之廣，度之九十分，黄鍾之長一爲一分。」今文誤脱之起一千三百黍八字，故自前世以來，累黍爲赤，縱置之則太長，横置之則太短。今新赤横置之不能容一千一百黍，則大其空徑四釐六毫，是以樂聲太高。又嘗得開元中笛及方響，校太常樂下五律，教坊樂下三律，皆由儒者設以一黍一分，其法非是，不若以一千二百黍實管中，隨其短長斷之，以爲黄鍾九寸之管九十分，其長一爲一分，取三分以度空徑，數合則律正矣。景仁比來稱此論，以爲先儒用意，皆不能到，可以正積古之繆，袪一世之惑。光竊思之，有所未諭者凡數條，敢書布陳，幸景仁教之！景仁曰：房生家有《漢書》，異於今本。光按累黍求赤，其來久矣。生所得書，不知傳於何世，而相承積繆，由古至今，更大儒甚衆，曾不寤也。今其書既云「積一千二百黍之廣」，何必更云「一黍之起」，此四字者，將安施設？劉子駿、班孟堅之書，不宜如此冗長也。且生欲以黍實中，乃求其長，何得謂之積一千二百黍之廣？孔子稱「必也正名乎！」必若所云，則爲新尺一丈二尺，得毋求合其術，而更戾乎？景仁曰：度、量、權衡，皆生於律者也。今先累黍爲尺，而後制律，反生於度與黍，無乃非古人之意乎？光謂不然，夫所謂律者，果何如哉？嚮使古之律存，則歈其聲而知聲，度其長而知度，審其容而知量，校其輕重而知權衡。今古律已亡矣，非黍無以見度，非度無以見律，律不生於度與黍，將從何生耶？夫度量衡，所以佐律而存法也。古人所爲制四器者，以相參校，以爲三者雖亡，苟其一存，則三者從可推也。又謂後世器或壞亡，故載之於書，形之於物。夫黍者，自然之物，有常不變者也，故於此寓法焉。今四器皆亡，不取於黍，將安取之？凡物之度，其長短，則謂之度；量其多少，則謂之量；稱其輕重，則謂之權衡。然量有虛實，衡有低昂，皆易差而難精等之，不若因度求律之爲審也。房生今欲先取容一龠者爲黄鍾之律，是則律生於量也。量與度皆非律也，捨彼用此，將何擇焉？景仁曰：古律法空徑三分，圍九分；今新律空徑三分四釐六毫者，何從出耶？光謂不然，夫徑三分圍九分者，數家言其大要耳；若以密率言之，徑七分者，圍二十有二分也。古之爲數者，患其空積微之太煩，則上下之，所謂三分者，舉成數而言耳，四釐六毫，不及半分，故棄之也。又律管至小，而黍粒體圓，其中豈無負戴瘢空之處，而必欲責其絲忽不差耶？景仁曰：生以一千二百黍積實於管中，以爲九寸，取其三分，以爲空徑，此自然之符也。光按量法，方尺之量，所受一斛，此用累黍之法校之，則合矣。若從生言，度法變矣，而量法自如，則一斛之物，豈能滿方尺之量乎？景仁曰：量、權衡皆以千二百黍爲法，何得度法獨用一黍？光按黄鍾所生，凡有五法：一曰備數，二曰和聲，三曰審度，四曰嘉量，五曰權衡。量與衡，據其容與其重，非千二百黍不可。於度法，止於一黍爲分，無用其餘，若數與聲，則無所事黍矣，安在其必以一千二百爲之定率也？景仁曰：生云：「今樂太高，太常黄鍾適當古之仲呂。」不知生所謂仲呂者，果后夔之仲呂耶？開元之仲呂耶？若開元之仲呂，則安知今之太高，非昔之太下耶？笛與方響，里巷之樂，庸工所爲，豈能盡得律呂之正，乃欲取以爲法，考定雅樂，不亦難乎？此皆光之所大惑也。君子之論，無固無我，惟是之從。景仁苟有以解之，使瑩然明白，則敢不斂衽服義，豈欲徒爲此譊譊也？不宣。光再拜白。

與王介甫書　司馬光

光居常無事，不敢涉兩府之門，以是久不得通名於將命者。春暖，伏惟機政餘暇，台候萬福。孔子曰：「益者三友，損者三友。」光不才，不足以辱介甫爲友。然自接侍以來，十有餘年，屢嘗同僚，亦不可謂無一日之雅也。雖愧多聞，至於直諒，不敢不勉；若乃便佞，則固不敢爲也。孔子曰：「君子和而不同，小人同而不和。」君子之道，出處語嘿，安可同也；然其志則皆欲立身行道，輔世養民，此其所以同也。向者與介甫議論朝廷事數相違，未知介甫之察不察，然於光嚮慕之心，未始變移也。竊見介甫獨負天下大名三十餘年，才高而學富，難進而易退，遠近之士，識與不識，咸謂介甫不起則已，起則太平可立致，生民咸被其澤矣。天子用此，起介甫於不可起之中，引參大政，豈非欲望衆人之所望於介甫耶？今介甫從政始朞年，而士大夫在朝廷及自四方來者，莫不非議介甫，如出一口；下至閭閻細民，小吏走卒，亦切切怨歎，人人歸咎於介甫；不知介甫亦嘗聞其言而知其故乎？光竊意門下之士，方日譽盛德而贊功業，未始有一人敢以此聞達於左右者也。非門下之士，則皆曰：「彼方得君而專政，無爲觸之以取禍，不若坐而待之，不過二三年，彼將自敗。」若是者，不唯不忠於介甫，亦不忠於朝廷。若介甫果信此志，推而行之，及二三年，則朝廷之患已深矣，安可救乎？如光則不然，忝備交遊之末，不敢苟避譴怒，不爲介甫一一陳之。今天下之人，惡介甫之甚者，詬毁無所不至〔九〕，光獨知其不然。

介甫固大賢，其失在於用心太過，自信太厚而已。何以言之？自古聖賢所以治國者，不過使百官各稱其職，委任而責成功也；其所以養民者，不過輕租税，薄賦斂，已逋責也。介甫以爲此皆腐儒之常談，不足爲，思得古人所未嘗爲者而爲之。於是財利不以委三司而自治之，更立制置三司條例司，聚文章之士，及曉財利之人，使之講利。孔子曰：「君子喻於義，小人喻於利。」樊須請學稼，孔子猶鄙之，以爲不知禮義信，況講商賈之末利乎？使彼誠君子耶，則固不能言利；彼誠小人耶，則惟民是虐〔一〇〕，以飫上之欲〔一一〕，又可從乎？是知條例一司，已不當置而置之，又於其中，不次用人，往往暴得美官，於是言利之人，皆攘臂圜視，衒鬻争進，各鬬智巧，以變更祖宗舊法。大抵所利不能補其所傷，所得不能償其所亡，徒欲别出新意以自爲功名耳，此其爲害已甚矣。又置提舉句當常平廣惠倉，使者四十餘人，使行新法於四方，先散青苗錢，次欲使比户出助役錢，次又欲更搜求農田水利而行之。所遣者雖皆選擇才俊，然其中亦有輕佻狂躁之人，陵轢州縣，騷擾百姓者。於是士大夫不服，農商喪業。故謗議沸騰，怨嗟盈路。迹其本原，咸以此也。《書》曰：「民不静，亦惟在王宫邦君室。」伊尹爲阿衡，有一夫不獲其所，若已推而内之溝中。孔子曰：「君子求諸己。」介甫亦當自思所以致其然者，不可專罪天下之人也。夫侵官者，亂政也，介甫更以爲治術，而先施之。貸息錢，鄙事也，介甫更以爲王政，而力行之。繇役自古皆從民出，介甫更欲歛民錢，雇市傭而使之。此三者，常人皆知其不可，而介甫獨以爲可；非介甫之智不及常人也，直欲求非常之功，而忽常人之所知耳。夫皇極之道，施之於天地人，皆不可須臾離。故孔子曰：「道之不明也，我知之矣，智者過之，愚者不及也；道之不行也，我知之矣，賢者過之，不肖者不及無過也。」介甫之智與賢過之，及其失也，乃與不及之患均。此光所謂用心太過者也。自古人臣之聖，無過周公與孔子。周公、孔子亦未嘗無過，未嘗無師。介甫雖大賢，於周公、孔子則有間矣；今乃自以我之所見，天下莫能及。人之議論與我合，則善之；與我不合，則惡之。如此，方正之士何由進？諂諛之人何由遠？方正日疎，諂諛日親，而望萬事之得其宜，令名之施四遠，難矣。夫從諫納善，不獨人君爲美也，於人臣亦然。昔鄭人遊于鄉校以議執政之善否，或謂子產毁鄉校，子產曰：「其所善者，吾則行之；其所惡者，吾則改之。是吾師也，若之何毁之？」蘧子馮爲楚令尹，有寵於蘧子者八人，皆無祿而多馬，申叔豫以子南、觀起之事警之，蘧子懼，辭八人者，而後王安之。趙簡子有臣曰周舍，好直諫，日有記，月有成，歲有效〔三〕。周舍死，簡子臨朝而嘆曰：「千羊之皮，不如一狐之腋。諸大夫朝，徒聞唯唯，不聞周舍之諤諤，吾是以憂也。」子路，人告之以有過則喜。酇文終侯相漢，有書過之史。諸葛孔明相蜀，發教與羣吏曰：「違覆而得中，猶弃敝蹻而獲珠玉。然人心苦不能盡，惟董幼宰參書七年，事有不至，至于十反。」孔明嘗自校簿書，主簿楊顒諫曰：「爲治有體，上下不可相侵。請爲明公以作家譬之，今有人使奴執耕稼，婢典爨，雞主司晨，犬主吠盗，私業無曠，所求皆足；忽一旦盡欲以身親其役，不復付任，形疲神困，終無一成；豈其知之不如奴婢雞狗哉？失其家主之法也。」孔明謝之，及顒卒，孔明垂泣三日。吕定公有親近曰徐原，有才志，定公薦拔至侍御史。原性忠壯，好直言，定公事有得失，原輒諫争，又公論之。人或以告定公，定公嘆曰：「是我所以貴德淵者也。」及原卒，定公哭之盡哀曰：「德淵，吕岱之益友，今不幸，岱復於何聞過哉？」此數君子者，所以能功成名立，皆由樂聞直諫，不諱過失故也。若其餘驕亢自用，不受忠諫而亡者，不可勝數；介甫多識前世之載，固不俟言之而知之矣。孔子稱「有一言而可以終身行之者，其恕乎！」《詩》云：「伐柯伐柯，其則不遠。」言以其所願乎上交乎下，以所願乎下事乎上，不遠求也。介甫素剛直，每事於人主前，如與朋友争辨於私室，不少降辭氣，視斧鉞鼎鑊如無也。及之官，僚屬謁見論事，則惟希意迎合，曲從如流者，親而禮之；或所見小異，微言新令之不便者，介甫輒艴然加怒，或詬罵以辱之，或言於上而逐之，不待其辭之畢也。明主寬容如此，而介甫拒諫乃爾，無乃不足於恕乎？昔王子雍方於事上，而好下佞己；介甫不幸，亦近是乎？此光所謂自信太厚者也。光昔從介甫游，於諸書無不觀，而特好《孟子》與《老子》之言。今得君得位而行其道，是宜先其所美，必不先其所不美也。《孟子》曰：「仁義而已矣，何必曰利？」又曰：「爲民父母，使民盻盻然，將終歲勤動，不得以養其父母，又稱貸而益之，惡在其爲民父母也？」今介甫爲政，首置條例司，大講財利之事，又命薛向行均輸法於江淮，欲盡奪商賈之利，又分遣使者散青苗於天下，而收其息，使人人愁痛，父子不相見，兄弟妻子離散，此豈孟子之志乎？《老子》曰：「天下神器，不可爲也，爲者敗之，執者失之。」又曰：「我無爲而民自化，我好静而民自正，我無事而民自富，我無欲而民自樸。」又曰：「治大國若烹小鮮。」今介甫爲政，盡變更祖宗舊法，先者後之，上者下之，右者左之，成者毁之，棄者取之；矻矻焉，窮日力繼之以夜而不得息。使上自朝廷，下及田野，内起京師，外周四海，士、吏、兵、農、工、商、僧、道，無一人得襲故而守常者，紛紛擾擾，莫安其居，此豈老氏之志乎？何介甫總角讀書〔三〕，白頭秉政，乃盡棄其所學，而從今世淺丈夫之謀乎？古者國有大事，謀及卿士，謀及庶人。成王戒君陳曰：「有廢有興，出入自爾。師虞庶言同，則繹。」《詩》云：「先民有言，詢于芻蕘。」孔子曰：「上酌民言，則下天上施；上不酌民言，則下不天上施。」自古立功建事，未有專欲違衆，而能有濟者也。使《詩》、《書》、孔子之言皆不可信則已〔一四〕，若猶可信，則豈得盡棄而不顧哉？今介甫獨信數人之言，而棄先聖之道，違天下人之心，將以致治，不亦難乎？近者藩鎮大臣有言散青苗錢不便者，天子出其議以示執政，而介甫遽悻悻然不樂，引疾卧家。光被旨爲批荅，見士民方不安如此，而介甫乃欲辭位而去，殆非明主所以拔擢委任之意，故直叙其事，以義責介甫，早出視事，更新令之不便於民者，以福天下。其辭雖樸拙，然無一字不得其實者。介甫不相識察，反督過之，上書自辨，至使天子自爲手詔以遜謝，又使吕學士再三諭意，然後乃出視事。出視事誠是也〔一五〕，然當速改前令之非者，以慰安士民，報天子之盛德。今則不然，更加忿怒，行之愈急。李正言青苗錢不便，詰責使分析。吕司封傳語詳符知縣未散青苗錢，劾奏乞行勘會。觀介甫之意，必欲力戰天下之人，與之一決勝負，不復顧義理之是非，生民之憂樂，國家之安危，光竊爲介甫不取也。光近蒙聖恩過聽，欲使之副貳樞府。光竊惟居高位者，不可以無功；受大恩者，不可以不報；故輒敢申明去歲之論，進當今之急務，乞罷制置三司條例司，及追還諸路提舉常平廣惠倉使者。主上以介甫爲心，未肯俯從。光竊念主上親重介甫，中外群臣，無能及者，動静取捨，唯介甫之爲信。介甫曰可罷，則天下之人咸被其澤；曰不可罷，則天下之人咸被其害。方今生民之憂樂，國家之安危，唯繫介甫之一言，介甫何忍必遂已意而不恤乎？夫人誰無過，君子之過，如日月之食，過也人皆見之，更也人皆仰之，何損於明？介甫誠能進一言於主上，請罷條例司，追還常平使者，則國家太平之業，皆復其舊，而介甫改過從善之美，愈光大於前日矣，於介甫何所虧喪，而固不移哉？光今所言，正逆介甫之意，明知其不合也。然光與介甫趣嚮雖殊，大歸則同。介甫方欲得位以行其道，澤天下之民；光方欲辭位以行其志，救天下之民，此所謂和而不同者也。故敢一陳其志，以自達於介甫，以終益友之義。其捨之取之，則在介甫矣。《詩》云：「周爰咨謀。」介甫得光書，儻未賜棄擲，幸與忠信之士，謀其可否；不可示諂諛之人，必不肯以光言爲然也。彼諂諛之人，欲依附介甫，因緣改法，以爲進身之資，一旦罷局，譬如魚之失水，此所以挽引介甫，使不得由直道行者也。介甫奈何徇此曹之所欲，而不思國家之大計哉？孔子曰：「巧言令色，鮮矣仁。」彼忠信之士，於介甫當路之時，或齟齬可憎，及失勢之後，必徐得其力；諂諛之人，於介甫當路之時，誠有順適之快，一旦失勢，必有賣介甫以自售者矣，介甫將何擇焉？國武子好盡言以招人之過，卒不得其死，光常自病似之，而不能改也。雖然，於善人亦何憂之有？用是故敢妄發而不疑也。屬以辭避恩命，未得請，且病膝瘡不得出，不獲親侍言於左右，而布陳以書，悚懼尤深。介甫其受而聽之，與罪而絕之，或詬罵而辱之，與言於上而逐之，無不可者，光俟命而已。

校勘記

〔一〕管弦　二字原本空白，據明抄本補。

〔二〕粗問　二字原本空白，據明抄本、明刻本補。

〔三〕來訊　「來」原作「求」，據明抄本改。

〔四〕不直　「直」原作「宜」，據明抄本改。

〔五〕爲事非是　「爲」、「非是」三字原本空白，據明抄本補。

〔六〕姦邪　「姦」原作「上」，據明抄本改。

〔七〕雖能行無所長　六字原本空白，據明抄本補。

〔八〕實不敢　「實」字原本空白，據明抄本補。

〔九〕謗毁　二字明抄本作「其詆毁」三字。

〔一〇〕惟民是虐　原作「固民是盡」，據明抄本改。

〔一一〕以飫上之欲　「飫」原作「飽」，據明抄本改。明刻本作「飲」，蓋與「飫」形近而誤。

〔一二〕歲有效　「效」原作「要」，據明抄本、明刻本改。《史記集解》引《韓詩外傳》亦作「效」，可爲旁証。

〔一三〕何介甫　「何」字原脱，據明抄本、明刻本補。

〔一四〕皆不可信　「皆」字原脱，據明抄本、明刻本補。

〔一五〕出視事誠是也　「出視事」三字原脱，據明抄本補。

宋文鑑卷第一百一十六

書

與吴相書

司馬光

光愚戇迂僻，自知於世無所堪可，以是退伏散地，苟竊微禄，以庇身保家而已。近聞道路之人，自京師來者，多云相公時語及姓名；或云亦嘗有所薦引，未知虚實。光自居洛以來，仕宦之心，久已杜絶。在少壯之時，猶不如人，況年垂六十，鬚髮皓然，視昏聽重，齒落七八，精神衰耗，豈復容有干進之心？但以從遊之久，今日特蒙齒記，感荷知己之恩，終身豈敢忘哉？顧惟相公，富貴顯榮，豐備已極。光疏冗之人，無一物可以爲報，唯忠信之言，庶幾仰禱盛德之萬一耳。伏惟明主歷選周行，登用人傑，以毗元化，以光不敢忘知己之心，知相公必不輕孤於明主也。竊見國家自行新法以來，中外恟恟，人無愚智，咸知其非。州縣之吏，困於煩苛，以夜繼晝，棄置實務，崇飾空文，以刻意爲能，以欺誣爲才。閭閻之民，迫於誅斂，人無貧富，咸失作業，愁怨流離，轉死溝壑，聚爲盜賊，日夜引領，冀朝廷之覺寤，弊法之變更，凡幾年于兹矣。相公聰明，豈得不聞之邪？今府庫之實，耗費殆竭；倉廩之儲，僅支數月；民間貲産，朝不謀夕；而用度日廣，掊斂日急，河北、京東、淮南蠭起之盜，攻剽城邑，殺掠官吏，官軍已不能制矣。若不幸復有方二三千里之水旱蟲蝗，所在如是，其爲憂患，豈可勝諱哉？此安得謂之細事，保其必無，而恬然不以爲意乎？賈誼當漢文之世，以爲譬如抱火厝之積薪之下，而寢其上，火未及然，因謂之安；若當今日，必謂之火已然而安寢自若者也。昔周公勤勞王家，坐以待旦，跋胡疐尾，羽敝口瘏，終能爲周家成太平之業，立八百之祚，身爲太師，名播無窮，子孫奄有龜蒙，與周升降。王夷甫位宰輔，不思經國，專欲自全，置二弟於方鎮，以爲三窟，及晉室阽危，身亦不免。然則聖賢之心，豈皆志身徇物，不自爲謀哉？蓋以國家興隆，則身未有不預其福者也；顧衆人之識近，而聖賢慮遠耳。如相公之用心，固周公之用心也。今若法弊而不更，民疲而不恤，萬一鼠竊益多，蠭蠆有毒，則竊恐廟堂之位，亦未易安居；雖復委遠機柄，均逸外藩，外藩固非息肩之處；乃至投簪解紱，嘯傲東山，東山亦非高枕之地也。然則相公今日救天下之急，保國家之安，更無所與讓矣。救急保安之道，苟不罷青苗、免役、保甲、市易之法，息征伐之謀，而欲求其成効，是猶惡湯之沸而益薪鼓橐，欲適鄢郢而北轅疾驅也，所求必不果矣。去此五者，而不先別利害，以寤人主之心，則五者不可得而去矣。欲寤人主之心，而不先開言路，則人主之心不可得而寤矣。所謂開言路者，非如曏時徒下詔書，使臣民言得失，既而所言當者一無所施行，又取其稍訐直者隨而罪之，此乃塞言路，非開之也。爲今之要，在於輔佐之臣，朝夕啓沃，唯以親忠直，納諫争，廣聰明，去壅蔽爲先務。如是，政令之得失，下民之疾苦，粲然無所隱矣。以聖主睿明之資，有賢相公忠之助，使讜言日進，下情上通，則至治可指期而致，弊法何難去哉？夫難得而易失者，時也。今病雖已深，猶未至膏肓，苟制治於未亂，保邦於未危，尚有返掌之易。失今不治，遂爲痼疾，雖邴、魏、姚、宋之佐，將末如之何，必有噬臍之悔矣。相公讀書從仕，位至首相，展志行道，正在此時。苟志無所屈，道無所失；其合則利澤施於四海，其不合則令名高於千古；丈夫立身事君，始終如此，亦可以爲無負矣。光切於報德，貪盡區區，不覺辭多。

答司馬君實論樂書

范　鎮

昨日辱書，以爲鎮不當爲議狀，是房庶尺律法。始得書，愯然而懼曰，鎮違羣公之議，而下與匹士合，有不適中，宜獲戾於朋友也。既讀書，乃釋然而喜曰，得君實之書，然後決知庶之法是，而鎮之議爲不謬。庶之法與鎮之議，於今之世，用與不用，未可知也。然得附君實之書，傳於後世之人質之，故終之以喜也。君實之疑凡五，而條目又十數，安敢不盡言解之。君實曰，《漢書》傳於世久矣，更大儒甚衆，庶之家安得善本而有之？是必謬爲脱文，以欺於鎮也。是大不然，鎮豈可欺哉？亦以義理而求之也。《春秋》夏五之闕文，《禮記·玉藻》之脱簡，後人豈知其闕文與脱簡哉？亦以義理而知之也，猶鎮之知庶也，豈可逆謂其欺而置其義理哉？又云「一黍之起」於劉子駿、班孟堅之書爲冗長者。夫古者有律矣，未知其長幾何？未知其空徑幾何？未知其容受幾何？豈可直以千二百黍置其間哉？宜起一黍，積而至一千二百然後滿，故曰「一黍之起，積一千二百黍之廣」。其法與文勢皆當然也，豈得爲冗長乎？若如君實之說，以尺生律，《漢書》不當先言本起黄鍾之長，而後論用黍之法也。若爾，是子駿、孟堅之書不爲冗長，而反爲顛倒也。又云積一千二百黍之廣，是爲新尺一丈二尺者。君實之意，以積爲排積之積，廣爲一黍之廣而然邪？夫積者，謂積於管中也；廣者，謂所容之廣也。《詩》云「乃積乃倉」，孟康云「空徑之廣」，是也。又云，孔子曰：「必也正名乎」者，此孔子教子路以正衞之父子君臣之名分，豈積與廣之謂邪？又云，古人制律與尺、量、權、衡四器者，以相參校，以爲三者苟亡，得其一存，則三者從可推也者，是也。又云，黍者自然之物，有常而不變者，亦是也。古人之慮後世，其意或當如是。然古以律生尺，古人之意，既知黍之於後世可以爲尺，豈不知黍之於後世亦可爲律，而故於其法爲相戾乎？若如君實之説，則是古人知一而不知二也，知彼而不知此也。又云徑三分圍九分者，數家之大要，不及半分則棄之也者。今三分四釐六毫，其圍十分三釐八毫，豈得謂不及半分而棄之哉？《漢書》曰：「律容一龠，得八十一寸。」謂以九分之圍，乘九寸之長，九九而八十一也。今圍分之法既差，則新尺與量未必是也。如欲知庶之量與尺合，姑試驗之乃可。又云權衡與量，據其容與其重，必千二百黍而後可，至於尺法，止於一黍爲分，無用其餘，若以生於一千二百，是生於量也，且夫黍之施於權、衡，則由黄鍾之重；施於量，則由黄鍾之龠；施於尺，則由黄鍾之長；其實皆一千二百也。此皆《漢書》正文也，豈得謂一黍而爲尺邪？豈得謂尺生於量邪？又云，庶言太常樂太高，黄鍾適當古之仲吕，不知仲吕者，果后夔之仲吕邪？開元之仲吕耶？若開元之仲吕，則安知今之太高非昔之太下者？此正是不知聲者之論也，無復議也。又云，方響與笛，里巷之樂，庸工所爲，不能盡得律吕之正者。是徒知古今樂器之名爲異，而不知其律與聲之同也，亦無復議也。就使得真黍，用庶之法，制爲律吕，無忽微之差，乃黄帝之仲吕也，豈直后夔、開元之云乎？《書》曰：「律和聲。」方舜之時，使夔典樂，猶用律而後能和聲；今律有四釐六毫之差，以爲適然，而欲以求樂之和，以副朝廷制作之意，其可得乎？其可得乎？太史公曰：「不附青雲之士，則不能成名。」君實欲成其名而知所附矣，惟其是而附之則可，其不是而附之，安可哉？諺曰：「抱橋柱而浴者必不溺。」君實之議，無乃爲浴者類乎？君實見咨，不敢不爲此譏譏也。不宣。鎮再拜。

請杜醇先生入縣學書

王安石

人之生久矣，父子、夫婦、兄弟、賓客、朋友其倫也。孰持其倫？禮樂、刑政、文物、數制、事爲其具也。其具孰持之？爲之君臣，所以持之也。君不得師，則不知所以爲君；臣不得師，則不知所以爲臣。爲之師，所以并持之也。君不知所以爲君，臣不知所以爲臣，人之類其不相賊殺以至於盡者，非幸歟？信乎其爲師之重也。古之君子，尊其身，耻在舜下。雖然，有鄙夫問焉而不敢忽，歛然後其身似不及者。有歸之以師之重而不辭，曰，天之有斯道，固將公之，而我先得之，得之而不推餘於人，使同我所有，非天意，且有所不忍也。安石得縣於此踰年矣，方因孔子廟爲學，以教養縣子弟，願先生留聽而賜臨之，以爲之師，安石與有聞焉。伏惟先生不與古之君子者異意也。幸甚！

答韶州張殿丞書

王安石

伏蒙再賜書，示及先君韶州之政，爲吏民稱誦，至今不絕。傷今之士大夫不盡知，又恐史官不能記載，以次前世良吏之後。此皆不肖之孤，言行不足信於天下，不能推揚先人之緒功餘烈，使人人得聞知之，所以夙夜愁痛，疢心疾首，而不敢息者，以此也。先人之存，安石尚少，不得備聞爲政之迹；然嘗侍左右，尚能記誦教誨之餘。蓋先君所存，嘗欲大潤澤於天下，一物枯槁，以爲身羞。大者既不得試，已試乃其小者耳。小者又將泯没而無傳，則不肖之孤，罪大釁厚矣，尚何以自立於天地之間耶？閤下勤勤惻惻，以不傳爲念，非夫仁人君子，樂道人之善，安能以及此？自三代之時，國各有史，而當時之史，多世其家，往往以身死職，不負其意，蓋其所傳，皆可考據。後既無諸侯之史，而近世非尊爵盛位，雖雄奇儁烈，道德滿衍，不幸不爲朝廷所稱，輒不得見史。而執筆者又雜出。一時之貴人觀其在廷論議之時，人人得講其然不，尚或以忠爲邪，以異爲同，誅當前而不慄，訕在後而不羞，苟以饜其忿好之心而止耳。而況陰挾翰墨，以裁前人之善惡，疑可以貸褒，似可以附毁，往者不能訟當否，生者不得論曲直，賞罰謗譽，又不施其間。以彼其私，獨安能無欺於冥昧之間邪？善既不盡傳，而傳者又不可盡信如此。唯能言之君子，有大公至正之道，名實足以信後世者，耳目所遇，一以言載之，則遂以不朽於無窮耳。伏惟閤下，於先人非有一日之雅，餘論所及，無黨私之嫌，苟以發潛德爲己事，務推所聞，告世之能言而足信者，使得論次以傳焉，則先君之不得列於史官，豈有恨哉？

答段縫書

王安石

安石在京師時，嘗爲足下道曾鞏善屬文，未嘗及其爲人也。還江南，始熟而慕焉，友之，又作文粗道其行。惠書以所聞詆鞏行無纖完，其居家，親友惴畏焉；怪安石無文字規鞏，見謂有黨。果哉！足下之言也。鞏固不然。鞏文學論議，在安石交游中不見可敵。其心勇於適道，殆不可以刑禍利禄動也。父在困厄中，左右就養，無虧行。家事銖髮以上，皆親之。父亦愛之甚，嘗曰：「吾宗敝，所賴者此兒耳。」此安石之所見也。若足下所聞，非安石之所見也。鞏在京師，避兄而舍，此雖安石亦罪之也，宜足下之深攻之也。於罪之中，有足矜者，顧不可以書傳也。事固有迹，然而情不至是者，如不循其情而誅焉，則誰不可誅邪？鞏之迹固然邪？然鞏爲人弟，於此不得無過。但在京師時，未深接之，還江南，又既往不可咎，未嘗以此規之也。鞏果於從事，少許可，時時出於中道，此則還江南時嘗規之矣。鞏聞之，輒矍然。鞏固有以教安石也，其作《懷友書》兩通，一自藏，一納安石家，皇皇焉求相切劘，以免於悔者，略見矣。嘗謂友朋過差，未可以絶，故且規之。規之，從則已。故且爲文字自著見然後已邪？則未嘗也。凡鞏之行，如前之云，其既往之過，亦如前之云而已，豈不得爲賢者哉？天下愚者衆而賢者希，愚者固忌賢者，賢者又自守不與愚者合，愚者加怨焉，挾忌怨之心，則無之焉而不謗。君子之過於聽者，又傳而廣之。故賢者常多謗，其困於下者尤甚。勢不足以動俗，名實未加於民，愚者易以謗，謗易以傳也。凡道鞏之云云者，固忌，固怨，固過於聽者也。家兄未嘗親鞏也，顧亦過於聽耳。足下乃欲引忌者、怨者、過於聽者之言，縣斷賢者之是非，甚不然也。孔子曰：「衆好之，必察焉；衆惡之，必察焉。」孟子曰：「國人皆曰可殺，未可也；見可殺焉，然後殺之。」匡章，通國以爲不孝，孟子獨禮貌之，以爲孝。孔、孟所以爲孔、孟者，爲其善自守，不惑於衆人也。如惑於衆人，亦衆人耳，烏在其爲孔、孟也？足下姑自重，毋輕議鞏。

答吴孝宗論先志書

王安石

安石辱書，又示以《先志》，而怪安石尚有欲爲吾弟道者，責以一言盡之。吾弟所爲書博矣，所欲爲吾弟道者，非可以一言盡。然吾弟自以爲才不及子貢，而所言皆子貢所欲聞於孔子而不得者也。則安石有欲爲吾弟道者，可勿怪也。積憂久病，廢學疲懶，書不能逮意。知已就試國學，隆暑自愛。他俟試罷見過面盡。

賀杜相公書

錢彦遠

聞國家輕重在賢材，賢材得失在宰相。國雖甚危，盜賊充斥，水旱薦臻，囂囂若不澹，使賢材登用，此不足憂，適以起其治爾。國雖甚安，倉廩充實，兵甲釁藏於府庫，使賢材隱匿，此是宜憂，亂將成矣。然賢材有小大，道義有取舍，唯執政者器使而禮進之，俾上下出處當其分，輔弼之職畢矣。始漢唐初，蕭何、曹參、房喬、杜如晦爲之，虚己降意，得人尤盛，風迹逮同三代。暨季末昏錯，則張禹、崔烈、柳璨、裴贄，挾奸竊寵，樹朋黨，債恩讎，賢材恥之，相與逃去。若卓茂、葛亮、司空圖、李巨川之徒，彷徉陰拱，或徇豪傑以攄快其藴，是迺宰相之過也。嗚呼！生民何辜也？得失禍福，繫之一二君子歟！明公天與直氣，繇黄綬歷中外，凡四十年，至三公，情僞險阻，嘗之矣；綱紀故事，練之矣；古今治亂，詳之矣。前此爲樞密使時，天下固以想聞風采，士類依爲盟主者，誠以文武吏士，老儒新進，見公者，公悉能判白精粗，人人自以各盡其意。今公爲相，實社稷宗廟神靈開誘上心所致。然公此舉，繫四海安危，故誕告之日，無賢不肖，搏手相慶，而彥遠獨懼焉，何也？公視今賢材果盡用乎？天下事果盡正乎？則公宜不次擢人，夙夜講議，雖隸臺疏遠不遺，爲本朝樹太平基業，奚止縛二胡人梟藁街，息飢寒百姓盜弄兵者。夫設循嘿守常，曰已安已治，女輩當東之高閣；昔賢材顒顒待公，及公復不顧，望絶矣。君子哉，固窮且死；萬一奸雄，事未可究，彥遠懼者此也。唯受恩最深，敢用常禮，圜牘引虚辭諛公，小人也，頗因古義以獻，且知不言負公矣，言不行亦在公矣。

上杜相公書

曾　鞏

聞夫宰相者，以己之材爲天下用，則用天下而不足；以天下之材爲天下用，則用天下而有餘。古之稱良宰相者異焉，知此而已矣。舜嘗爲宰相矣，稱其功，則曰舉八元八凱，稱其德，則曰「無爲者其舜也歟！」卒之爲宰相者，無與舜比也。則宰相之體，其亦可知也已。或曰，舜大聖人也，或曰，舜遠矣，不可尚也；請言近，近可言者，莫若漢與唐。漢之相曰陳平，對文帝曰：「陛下即問決獄，責廷尉；問錢穀，責治粟内史。」對周勃曰：「且陛下問長安盜賊數，又可強對邪？」問平之所以爲宰相者，則曰：「使卿大夫各得任其職也。」觀平之所自任者如此，而漢之治莫盛於平爲相時，則其所守者可謂常矣。降而至於唐，唐之相曰房、杜。當房、杜之時，所與共事，則長孫無忌、岑文本；主諫諍，則魏鄭公、王珪；振綱維，則戴冑、劉洎；持憲法，則張元素、孫伏伽；用兵征伐，則李勣、李靖；長民守土，則李大亮。其餘爲卿大夫，各任其事，則馬周、温彦博、杜正倫、張行成、李綱、虞世南、褚遂良之徒，不可勝數。夫諫諍其君，與正綱維，持憲法，用兵征伐，長民守土，皆天下之大務也，而盡付之人，又與人共宰相之任，又有佗卿大夫各任其事，則房杜者何爲者邪？考於其《傳》，不過曰：「聞人有善，若己有之，不以求備取人，不以己長格物，隨能收叙，不隔卑賤」而已。卒之稱良宰相者，必先此二人，然則著於近者，宰相之體，其亦可知也已。唐以降，天下未嘗無宰相也，稱良相者，不過一二大節可道語而已，能以天下之材爲天下用，真知宰相體者其誰哉？數歲之前，閤下爲宰相。當是時，人主方急於致天下治，而當世之士，豪傑魁壘者，相繼而進，雜遝於朝。雖然，邪者惡之，庸者忌之，亦甚矣。獨閤下奮然自信，樂海内之善，人用於世，争出其力，以唱而助之，惟恐失其所自立，使豪傑者皆若素繇門下以出。於是與人佐人主，立州縣學，爲累日之格，以勵學者。農桑以損益之數，爲吏陞黜之法。重名教，以矯衰弊之俗；變苟且，以起百官衆職之墜。革任子之濫，明賞罰之信。一切欲整齊法度，以立天下之本，而庶幾三代之事。雖然，紛而疑且排其議者，亦衆矣。閤下復毅然堅金石之斷，周旋上下，扶持樹植，欲使其有成也。及不合矣，則引身而退，與之俱否。嗚呼！能以天下之材爲天下用，真知宰相體者，非閤下其誰哉？使克其所樹立，功德可勝道哉？雖不克其志，豈媿於二帝、三代、漢、唐之爲宰相者哉？若鞏者，誠鄙且賤，然嘗從事於書，而得聞古聖賢之道，每觀今賢傑之士，角立並出，與三代漢唐相侔，則未嘗不歎其盛也。觀閤下與之反復議論，而更張庶事之意，知後有聖人作，救萬事之弊，不易此矣，則未嘗不愛其明也。觀其不合，而散逐消藏，則未嘗不恨其道之難行也。以歎其盛、愛其明、恨其道之難行之心，豈須臾忘其人哉？地之相去也千里，世之相後也千載，尚慕而欲見之，況同其時，過其門牆之下也歟！今也過閤下之門，又當閤下釋衮冕而歸，非干名蹈利者所趨走之日，故敢道其所以然，而并書雜文一編，以爲進拜之資，蒙賜之一見焉，則其願得矣。噫！賢閤下之心，非繫於見否也；而復汲汲如是者，蓋其欣慕之志而已耳。伏惟幸察！

與孫司封書

曾鞏

竊聞儂智高未反時，已奪邕一有邑字地而有之，爲吏者不能禦，因不以告。皇祐三年，邕有白氣起廷中，江水橫溢，司户孔宗旦以爲兵象，策智高必反，以書告其將陳拱。拱不聽，宗旦言不已，拱怒詆之曰：「司户狂邪？」四年，智高出橫山，略其寨人，因其倉庫而大賑之。宗旦又告曰：「事急矣，不可以不戒。」拱又不從。凡宗旦之於拱，以書告者七，以口告者多至不可數，度拱終不可得意，即載其家走桂州，曰：「吾有官守不得去，吾親毋爲與死也。」既行之二日，智高果反，城中皆應之。宗旦猶力守南門，爲書召隣兵，欲拒之。城亡，智高得宗旦，喜，欲用之。宗旦怒曰：「賊！汝今立死，吾豈可汙邪？」罵不絶口。智高度終不可下，乃殺之。當其初，使宗旦言不廢，則邕之禍必不發；發而吾有以待之，則必無事。使有此一善，固不可不旌，況其死節堂堂如是，而其事未白於天下！比見朝廷所寵贈南兵以來伏節死難之臣，宗旦且獨不與，此非所謂「曲突徙薪無恩澤，焦頭爛額爲上客」邪？使宗旦初無一言，但賊至而能死不去，固不可以無賞。蓋先事以爲備，守城而保民者，宜責之陳拱，非宗旦事也。今猥令與陳拱同戮，既遺其言，又負其節；爲天下賞善而罰惡，爲君子者，樂道人之善，樂成人之美，豈當如是邪？凡南方之事，卒至於破十州，覆軍殺將，喪元元之命，竭山海之財者，非其變發於隱伏，而起於倉卒也。内外上下，有職事者，初莫不知，或隱而不言，或忽而不備，苟且偷託，以至於不可禦耳。有一人先能言者，又爲世所侵蔽，今與罪人同罰，則天下之事，其誰復言耶？聞宗旦非獨以書告陳拱，當時爲使者於廣東西者，宗旦皆歷告之。今彼既不能用，懼重爲己累，必不肯復言宗旦嘗告也。爲天下者，使萬事已理，天下已安，猶須力開言者之路，以防未至之患；況天下之事，其可憂者甚衆，而當世之患，莫大於人不能言，與不肯言，而甚者或不敢言也。則宗旦之事，豈可不汲汲載之，天下視聽，顯揚褒大其人，以驚動當世耶？宗旦喜學《易》，所爲注，有可采者。家不能有書，而人或質問以《易》，則貫穿馳騁，至數十家，皆能言其意。事祖母盡心，貧幾不能自存，好議論取功名〔一〕，嘗與之接，故頗知之，則其所立，亦非一時偶然發也。世多非其在京東時不能自重，至爲世所指目，此固一眚，今其所立，亦可贖矣。鞏初聞其死之事，未敢決然信也，前後得言者甚衆，又得其弟自言，而聞祖袁州在廣東亦爲之言，然後知其事。使雖有小差，要其大槩不誣也。況陳拱以下，皆覆其家，而宗旦獨先以其親遁，則其有先知之効可知也。以其言之喜事，未必皆是，則其有先言之効，亦可知也。以閤下好古力學，志樂天下之善，又方使南方，以賞罰善惡爲職，故敢以告。其亦何惜須臾之聽，尺紙之議，博問而極陳之，使其事白，固有補於天下，不獨一時爲宗旦發也。伏惟少留意焉，如有未合，願賜還答。

上韓范二招討書

劉　弈

弈皆荷二明公之恩顧，而未嘗敢一言以干左右者，誠有謂也。夫位卑者不得僭言，識短者不可輕議，故雖胸中紆鬱，亦自釋之而已。今有身與其事，心知不然，又安得隱忍不言哉？竊見歧府修北路山城，蓋上奉朝旨，乃有經度，次招討之命，卽議繕完，計工數萬，費材數千，雖亦不甚廣，然皆民力也。弈近從府尹往觀之，府城北走二十里，至山足，乃曲盤而上，僅五里至山頂，涉頂而行餘十里，至今議爲城之地。行顧而周視，羣山蔓延不絕，極目如浪。按圖牒，歧、隴、涇、乾四郡環是山。自涇而南，及歧六舍，汧源而東，抵奉天數百里，所謂山者，但土坡高原耳，非若嵩、華、終南之有懸崖石壁，絕頂孤峯之爲限也。今所議者，歧及涇之一路耳。戎馬必欲自北而南，旁出可作數十路，高者平之，下者增之，峻者盤曲之，澗者橋梁之，皆人力所能爲也。加之是城不可屯軍馬，既無軍馬，賊至則不守也。雖能守之，賊由他道而來，無所難也。恭惟二明公，居秦居慶，皆嘗作城，人尚以爲勞。其如秦之城，州城也，大而壯之，使賊無逼視之心；大順城，邊寨也，屯軍境上，壯我邊防，是雖勞而有益也。今中道作城，無軍馬以守，而賊又有佗路可行，是城之爲無益也明矣。役已困之民，爲無益之事，於今豈宜哉？今作此城，蓋爲歧之計也。弈以謂，爲歧之計不若此。歧之爲府，城郭民人，比雍則三分損一；倉廩之實，帑藏之積，鹽酒之利，與雍均；缸場竹監鐵冶，雍無之；造作兵器，供應邊須，諸郡不及焉。民之室，比關中內郡，亦號富饒。其地形，南西北皆山險，獨東去爲坦途。必若邊城失守，賊無後顧之慮，長驅而來，賊之詣岐，有道路之勞，不若詣雍之易也。若雍之有備，則岐爲易下也。以岐今日之備，賊至則破，何者，無兵也，無戰具也。無是二者，則民不固也。前日定川之役，人甚不寧，閭閻間無賴輩，往往有妖言者。弈嘗私自思之，以謂朝廷與招討得非知岐爲自安不足備也。今而觀之，尚使中道作城以禦寇，是亦爲岐之備不爲不至也。弈以謂爲岐之計，莫若使有兵三五千，能執鋭被堅可使者，有甲胄弧矢戈戟皆稱之，有能將萬兵者一人在城中，如此則賊雖大至，岐可守也。今岐無是兵與器，雖中道有數十城無益也，況爲一城哉？弈常患關中民費財與力，十官未得其一。今費工數萬，費財數千，郡邑畏威，靡敢舒緩，其間督促鞭笞，吏緣爲姦，不可勝紀，而一無所濟，是誠可惜也。朝廷命二明公專關中之事，其寄亦已重矣；二明公之憂思，諒非不深矣；計朝夕事之大者萬端，此但一小事耳，故不足思且慮也。明公以爲小，岐之民以爲大。勞而有益於事，雖大，爲也；勞而無益於事，雖小，不可爲也。關中之事，所以多失者，上輕之而不思，下隨之而不言，增少而爲多，積小以成大。夫事難於謀始，易於議終，今此一事，其爲無益也甚著，其能辨之者亦甚衆，而乃無肯言者，佗事可知也。弈恃賴恩顧，仰干聽覽，願軫思念！如此言不至狂簡，則望稍緩其期，使有識者閲而議之，然後録其可否。弈下情無任惶恐傾祈之至。

校勘記

〔一〕取功名　「取」原作「妻」，據明抄本改。明刻本作「喜」。

宋文鑑卷第一百一十七

書

與弟容季書

王回

朝作答書，并五積散，附沈丘人去。比午方得所問，然得此書方知手力已到來諸說事甚詳，冒熱出入誠不易，然家居者，亦豈能常占安候耶？此古人所以欲息其倦而竟無可息之地也。廷參之微，欲行其私譁於長吏，誠多觸忌齟齬處，所疑者數端，皆有之矣。然已所據者禮律大意，天下以爲俗而有司以爲法矣。使長吏賢邪，安肯以此怒人；使其不賢耶，亦安能以外法繩命官以罪也。且不賢者苟挾其勢，求肆於下不止，則將迫有司，故入其辜以死。當是時，爲有司者，徒畏其怒而從之耶？亦守其所司而與之争耶？與之争，則彼蓄其怒，或中以他法，如之何？不與之争，則獄情一反，已爲故入人死罪，又如之何？試以輕重權之，蓋就他法之中，聊無憾爾！人生乘物而遊於百年，歷觀古今，所逢無治亂，所託無出處，禍福之來，莫不有命。如惑者乃欲以區區之力勝之，故有邀福而福愈去，避禍而禍愈來。蓋自然之禍福，常伏於萬物之間，逆理而得之，故於人謀爲可憾也。惟君子爲循義而聽命，故禍福之來，無可憾者。何則？義盡於己，而命定於天也。汝之深敏，讀此可以推見其餘矣。更藉一事爲汝證之。昔春秋之世鄭最小國，攝之晉、楚之彊，交責互陵，君臣遜媚，猶不能自免。及子產爲相，修其國政，馳辭執禮，以當晉、楚，至於壞諸侯之館垣，却逆女之公子于野，皆變其常度。晉、楚初忿，銳氣以臨之，而其辭直禮明，卒莫能屈也。循義聽命，其子產之謂乎！其天下禮律，專於朝廷，長吏臨其寮屬，雖或不悦，敢遽肆其無道，如春秋之晉、楚哉？晉、楚不能屈小國之子產，憚其辭直爾！人子於禮律之内，中其私諱，非辭直歟？而顧憚長吏之能屈！

上歐陽内翰書　蘇洵

洵布衣窮居，常竊有歎，以爲天下之人，不能皆賢，不能皆不肖，故賢人君子之處於世，合必離，離必合。往者天子方有意於治，而范公在相府，富公爲樞密副使，執事與余公、蔡公爲諫官，尹公馳騁上下，用力於兵革之地。方是之時，天下之人，毛髮絲粟之才，紛紛然而起，合而爲一。而洵也自度其愚魯無用之身，不足以自奮於其間，退而養其心，幸其道之將成，而可以復見於當世之賢人君子。不幸道未成，而范公西，富公北，執事與余公、蔡公分散四出，而尹公亦失勢，奔走於小官。洵時在京師，親見其事，忽忽仰天嘆息，以爲斯人之去，而道雖成，不復足以爲榮也。既而自思，念往者衆君子之進於朝，其始也必有善人焉推之，今也亦必有小人焉推之。今世無復有善人也則已，如其不然也，吾何憂焉；姑養其心，使其道大有所成而待之，何傷。退而處十年，雖未敢自謂其道有成矣，然浩浩乎其胸中若與曩者異。而余公適有成功於南方，執事與蔡公復相繼登於朝，富公復自外入爲宰相，喜且相賀，以爲道既已粗成，而果將有以發之也。既又反而思，其嚮之所慕望愛悦之而不得見之者六人，今將往見之矣。而六人者，已有范公、尹公二人亡焉，則又爲之潸然出涕以悲。嗚呼！二人者不可復見矣，而所恃以慰此心者，猶有四人也，則又以自解；思其止於四人也，則又汲汲欲一識其面，以發其心之所欲言。而富公又爲天子之宰相，遠方寒士，未可遽以言通於前；余公、蔡公，遠者又在萬里外，獨執事在朝廷之間，而其位差不甚貴，可以叫呼扳援，聞之以言。飢寒衰老，又痼而留之，使不克自致於執事之庭。夫以慕望愛悦其人之心，十年而不得見，其人已死，如范公、尹公二人者；則四人者之中，非其勢不可遽以言通者，何可以不能自往而遽已也。執事之文章，天下之人，莫不知之，然竊以爲洵之知之特深，愈於天下之人。何者？孟子之文，語約而意盡，不爲巉刻斬絶之言，而其鋒不可犯。韓子之文，如長江大河，渾浩流轉，魚鱉蛟龍，萬怪惶惑，而抑遏蔽掩，不使自露，而人望見其淵然之光，蒼然之色，亦自畏避不敢迫視。執事之文，紆餘委備，往復百折，而條達疏暢，無所間斷；氣盡語極，急言竭論，容與簡易，無艱難勞苦之態。此三者，皆斷然自爲一家之文也。惟李翺之文，其味黯然而長，其光油然而幽，俯仰揖讓，有執事之態。陸贄之文，遣言措意，切近的當，有執事之實。而執事之才，又自有過人者，蓋執事之文，非孟子、韓子之文，而歐陽子之文也。夫樂道人之善而不爲諂者，以其人誠足以當之也。彼不知者，則以爲譽人，以求其悦己也。夫譽人以求其悦己，洵亦不爲也。而其所以道執事光明盛大之德，而不自知止者，亦欲執事之知其知我也。雖然，執事之名滿於天下，雖不見其文，而固已知有歐陽子矣。而洵也不幸，墮在草野泥塗之中，而其知道之心，又迂而粗，而欲徒手奉咫尺之書，自託於執事，將使執事何從而知之，何從而信之哉？洵少年不學，生二十五年，始知讀書，從士君子遊。年既已晚而不遂，刻意厲行，以古人自期，而視與己同列者，皆不勝己，則遂以爲可矣。其多困益甚，然後取古人之文而讀之，始覺其出言用意，與己大異。時復内顧，自思其才，則又似夫不遂止於是而已者。由是盡燒曩時所爲文數百篇，取《論語》、《孟子》、韓子及他聖人賢人之文，而介然端坐，終日以讀之者七八年。方其始也，入其中而惶然，博觀於其外，而駭然以驚。及其久也，讀之益精，而其胸中豁然以明，若人之言固當然者，然猶未敢自出其言也。時既久，胸中之言日益多，不能自制，試出而書之，已而再三讀之，渾渾乎覺其來之易矣，然猶未敢以爲是也。近所爲《洪範論》、《史論》凡六篇，執事觀其如何？嘻！區區而自言，不知者又將以爲自譽，以求人之知己也。惟執事思其十年之心，如是之不偶然也，而察之！

上富相公書

蘇　洵

往年天子震怒，出逐宰相，選用舊臣堪付屬以天下者，使在宰府，與天下更始，而閤下之位，實在第三。方是之時，天下咸喜相慶，以爲閤下惟不爲宰相也，故默默在此。方今困而復起，起而復爲宰相，而又適值乎此時也，不爲而何爲？且吾君之意，待之如此其厚也，不爲而何以副吾君之望？故咸曰，後有下令而異於他日者，必吾富公也。朝夕而待之，跂首而望之，然而不獲聞也，戚戚然而疑。嗚呼，其弗獲聞也，必其遠也；進而及於京師，亦無聞焉，不敢以疑，猶曰，天下之人，如此其衆也，數十年之間，如此其不變也，皆曰賢人焉，或者彼其中則有説也，而天下之人未始見也，然不能無憂。蓋古之君子，愛其人也，則憂其無成。且嘗聞之，古之君子，相是君也，與是人也，皆立於朝，則使其君皆知其爲人皆善者也，而後無憂。且一人之身，而欲擅天下之事，雖見信於當世，而同列之人，一言而疑之，則事不可以成。今夫政出於他人而不懼，事不出於己而不忌，是二者惟善人爲能，然猶欲得其心焉。若夫衆人，政出於他人而懼其害己，事不出於己而忌其成功，是以有不平之心生。夫或居於吾前，或立於吾後，而皆有不平之心焉，則身危，故君子之處於其間也，不使之不平於我也。周公坐於明堂，以聽天下而召公惑，何者？天下固惑乎大也，召公猶未能信乎吾之心也。周公定天下，誅管、蔡，告召公以其志，以安其身，以及於成王，故凡安其身者，以安乎周也。召公之於周公，管、蔡之於周公，二者亦皆有不平之心焉，以爲周之天下，周公將遂取之也。周公誅其不平而不可告語者；告其可以告語者，而和其不平之心。然則非其必不可告語者，則君子未始不欲和其心。天下之人，從士而至於卿大夫，宰相集處其上。相之所爲，何慮而不成；不能忍其區區之小忿，以成其不平之釁，則害其大事。是以君子忍其小忿，以容其小過，而杜其不平之心，然後當大事而聽命焉。且吾之小忿，不足以易吾之大事也，故寧小容焉，使無芥蔕於其間。古之君子，與賢者並居而同樂，故其責之也詳；不幸而與不肖者偶，不圖其大，而治其細，則闊遠於事情，而無益於當世。故天下無事，而後可與争此，不然則否。昔者諸吕用事，陳平憂懼，計無所出，陸賈入見，説之使交歡周勃。平用其策，卒得絳侯北軍之助，以滅諸吕。夫絳侯，木强之人也，非陳平致之而誰也？故賢者致不賢者，非夫不賢者之能致賢者也。曩者陛下即位之初，寇萊公爲相，惟其側有小人，不能誅，又不能與之無忿，故終以斥去。及范文正公在相府，又欲以歲月盡治天下事，失於急與不忍小忿，故羣小人亦急逐去之，一去遂不復用，以殁其身。伏惟閤下，以不世出之才，立於天子之下，百官之上，此其深謀遠慮，必有所處，而天下之人，猶未獲見。洵西蜀之人也，竊有志於今世，願一見於堂上，伏惟閤下深思之，無忽！

與兩浙安撫陳舍人薦士書

陳　襄

襄伏聞執事按部東南，首訪士民德行。襄謂股肱近臣，受主上顧託于外，其志在於夙夜圖其所報，則莫若求賢拔士之務爲先。然自昔觀風按俗之臣，可有行者〔一〕，今執事獨能軒然振舉其事，此希闊之盛美，小子不任驩抃。雖然，但以旌旆之行，所至逡速，獨眎獨聽，不克盡天下之賢才；又恐所部之吏無告者，有負執事上報君父之心。襄雖愚，所識近世四方豪傑之士於心，遇執事之能推賢，不敢隱惜，謹取其才行殊尤卓絶，素與之交，與所聞見而知者，敢以爲獻焉。其已仕者四人，有殿中丞致仕胡瑗者，博學通經，負文武之道，而適用不迂。向在江湖間，與學養士，凡十餘年，弟子一千七百人，魁傑之士，多出門下，今年過六十，而進德未已。有舒州通判王安石者，才性賢明，篤於古學，文辭政事，已著聞於時。有潁州司法參軍劉彝者，其人長於才而篤於義，其政與學皆通達於體要。有廬州合肥縣主簿孫覺者，材質老成，志於經學，而浸究原本，觀其文辭，或簡而能粹，殿中丞胡瑗，門人高弟數百，而稱其賢。瑗雖老，其材尚可大用，惜乎未有知音者。三人者，皆賢者之資也，將置之美地，不拂其所進，以育成其美材，可量也哉？其在下者五人，福州侯官縣陳烈者，天性仁孝，其材智超特，學古明道，造大賢之域。自慶曆初下第，閉門潛心，迨經十餘年，兩經科詔，不應里選，身服仁義，鄉閭宗之。有同縣鄭穆者，明而好學，深造於道，其心氣仁正，勇於爲義，學博而文壯矣。有揚州孫處者，爲性高介，好古而志於道，安貧不仕，節行著聞，凡爲文辭，必臻於理。有衢州江山縣周穎者，剛義孝友，及冠始學，卓有奇節，而不畏强禦，有烈士之氣。有越州蕭山縣吴孜者，勇於爲義，少有聲律之學，既而宗道，約心於理，甘貧養親，節義稍著。彝、烈、穆、襄之友人也，凡與並立於古人之域，積二十年，辛勤事業，足見其志，使之得其志而行其道，其補助國家豈少哉？若行己作事，未敢極言，俟執事見而知之可也。處、穎、孜，襄所聞而知之者，雖道業不及於二三子，然其行義，皆足以取信於人，抑亦國家偉材也。夫大賢之才難知，亦難其才，以四海之廣，環而求之，尚恐未足充執事之所欲，況止于一方與一州，其所得必狹矣，襄遂敢廣引天下，凡所知者，以爲告也。其次雖有樸茂磥砢之材，行誼未著，不敢以聞，尚觀其成。其不知者，尚在執事博而求之也。執事即日歸覲冕旒，道民疾苦事外，必有獻納補報於上，則無大乎斯事，而無過乎斯人也。君子之於仕也，所患無其道，無其時，無其位，而不得與天下賢才共濟之爾！今執事既有其道，又得其時與其位，而其所以共濟，又有天下之賢才如是，其不可失也！心急辭率，伏惟執事留意詳采。

與王介甫書

劉攽

見所與曾公立書，論青苗錢大意，不覺悵惋。仲尼云：「聽訟吾猶人也，必也使無訟乎。」聽訟而能判曲直，豈不爲美，然而聖人之意，以無訟爲先者，貴息争於未形也。今百姓所以取青苗錢於官者，豈其人富贍飽足，樂輸有餘於公，以爲名哉？公私債負逼迫，取於己無所有，故稱貸出息以濟其急。介甫爲政，不能使民家給人足，毋稱貸之患，而特開設稱貸之法，以爲有益於民，不亦可羞哉？甚非聖人之意也。自三代以來，更歷秦、漢，治道駁雜，代益澆薄。其取於民者，百頭千緒，周公之書有之而今無者，非實無之也，推類言之，名號不同而已矣。若又取周公所言，以爲未行，而行之，吾恐不但重複，將有四五倍蓰者矣。一部《周禮》，治財者過半，其非治財者，未聞建行一語，獨此一端，守之堅如金石，將非識其小者近者歟？今郡縣之吏，方以青苗錢爲殿最。又青苗錢未足，未得催二稅。郡縣吏懼其黜免，思自救解，其材者猶能小爲方略以强民，其下者直以威力刑罰督迫之，如此民安得不請，安得不納，而謂其願而不可止者，吾誰欺，欺天乎？凡人臣之納説於時君，勸其恭儉小心，所謂道也，莫不逆耳難從；及至勸其爲利，取財於民，廣肆志意，不待辭之畢而喜矣，故姦臣争以言財利求用。不復取遠古事言之，在唐之時，皇甫鎛、裴延齡用此術，致位公相，雖然，二人者猶不敢避其聚斂之名，不如介甫直以周公聖人爲證，上則使人主無疑，下則使廷臣莫敢非，若是乎周公之爲桀、跖嗃矢桁楊椄槢也？商鞅爲秦變法，其後夷滅。張湯爲漢變法，後亦殺。一爲法逆於人心，未有保終吉者也。且朝廷取青苗之息，專爲備百姓不足，至其盈溢，能以代貧下賦役乎？府庫既滿，我且見其不復爲民矣。外之則尚武，開斥境土；内之則廣游觀，崇益宫室。鄙語曰：「富不學奢，而奢自至。」自然之勢也。介甫一舉事，其敝至此，可無念哉？可無念哉？

與門下韓侍郎書

范百祿

聖人之用天下，富而教之，神而化之，不可以已者也。不惠不迪，而至於用刑，不得已者也。夫以不得已之刑，爲不可以已之助，則居此官者，宜知此意邪？抑或可以置此心而勿論也？比來朝廷政事、大論議，一切出於忠厚，薄厭刀筆，而以書生儒吏處之，此宜下民無知，陰有一二蒙被上德者矣。百祿無狀，攝職以來，夙夜孜孜，竭其愚忠，情法巨細，凡可生可殺之際，與僚官平訂，大理往返，或至于再三，或至于四五，纖悉曲折，敢不盡心焉爾哉？然文書程涉三府，職競覆覈，交致其詳，毫釐之間，靡不力詰而深研之。嗚呼！雖堯、舜欽恤，文、武慎罰之意，宜無以加毫髮於此矣。漢詔有之：「人有智愚，官有上下。」故使中外疑獄，讞之廷尉，廷尉以當附律令聞上也。民散久矣，抵犯者多，旬時斷獄，無慮數十百千，其間豈能事事咸若上官之智邪？人心不同，如其面焉。有周有疏，趣尚不一。抵犯者多，一謂之寬，一謂之猛，同一物耳，而寬猛異耳〔二〕；則司刑之官，何術以處此中邪？而必曰姑捨汝所學而從我，且不亦教玉人追琢玉哉？大抵人之寬嚴，亦性分耳，百祿又烏能自遷其性分，而隨上官之指趣乎？是以上煩明公，每於衆人賓客之前，督過諄諄，以爲大非，而終不能奉教一二，以自媿自詔也。往者阿丁之鬬殺，劉巠之故殺，温公力不肯貸，辭氣毅然，有司不敢抗，衆人不復議。百祿再白而不從，則再以書復之，終見是而貸焉。是時自朝廷至衆庶，未聞有曰范百祿頗知守官，然皆欣欣焉，多温公之能用人，且聽善也。二殺者貸，而天下以爲是，百祿豈不幸甚矣哉！近日明公以阿党爲阿丁，告言謀狀已明，事不獲免，爲可殺，而罪大理用法，刑部引例，編管廣南之爲太輕也。任聰，御札到後，行劫贓滿，而不當謂之刑名疑慮也。此二事者，百祿實嘗用心焉，欲默而不辨，則惜聰與党之死，欲辨而理之，則未免違公之論，逆公之意。雖然，古人執法，有三經斷死而不渝者，有抗直犯顏而不覩主威者；非但施之於守法而已，實士君子事上之道當然。明公亦思得斯人與之恭承明主乎？近世已無如是之人矣，得聞其語可也，見其有心景行者可也。明公以道德仁義之富，輔佐人主，以天下生民爲己任，欲爲朝廷振紀綱，致太平，必不欲來者依違從諛，隨聲雷同，苟利一身，不忌殺人，以蹈昔之用事者，爲後世笑侮之轍也。是用布其區區，而詳其所以然之說。阿党心規阿丁之銀鍾也，因斧之而不殊，丁呼而告人曰：「党殺我。」人執党，曰：「我實謀其鈿子。」於是謀狀爲明。今疾其凶暴規貨之慝，則死有餘辜；論其被執之時，便通謀情，謀在其心，終緣自吐。考之於律，得減所因，處徒三年，未爲失斷。凡言殺人者死，蓋以已殺爲文；傷人及盜，則抵辠也。今被殺之人，幸而不死；行凶之婦，偶亦自通本謀；所以本部原情，取舊比之重者，擬送廣南編管，決杖遠竄，粗可懲姦，合於堯、舜流宥之法，殆無足疑，將何以加重於斯邪？任聰去年四月一日，受黃三結約，欲行彊盜，至三日昏時，而劫甯新等家贓滿。按御札三日巳時到縣，雖是夕行劫，在約束之後，而其結謀，實在且日，約束之前。凡赦前御札，將爲約束指赦作過之人，而聰之謀時，適非指赦。謹按嘉祐五年南郊赦文，應赦前御札到後，彊盜至死，並決訖刺配廣南牢城。八年及治平二年郊祀二赦，則配海島；雖加重於前，而未盡變也。是又仁宗皇帝、英宗皇帝時，韓、富二公故事也。今朝廷論議，決事比方，且踵嘉祐、治平故事，尋二公所爲，本部擬貸任聰，自謂略法二公遺意。豈當時之論，亦欲惠暴寬賊，以害良民哉？得非哀矜愚民，寒飢多辟，而入於死也哉！夫愚民所以然者，仁人君子，反求諸己，而後以罪諸民。賦斂重也，徭役繁也，誅求多也，榷利廣也，欲其無寒飢不可得；寒且飢矣，欲其亡罪戾不可得；此仁人君子，所宜動心而求究其本也。若止浚其末，而惟刑殺是務，則秦之刑非不嚴，烏能弭勝、廣之盜哉？今不諱之朝，樂聞鯁言，願遏其惡而宣之，使下情無壅，亦足以知今爲有道之世矣。孔子謂季康子曰：「子爲政，焉用殺？子欲善，而民善矣。」張釋之當高廟玉環之坐，而文帝欲置之族，諫曰：「假人盜長陵一抔土，陛下將何以加法邪？」夫使有司者治辠，而不推原犯人之情，不測淺深之量，不論輕重之序，而一出於法，則刀筆吏足以供使令耳！又何取於士大夫以儒術緣飾爲哉？今天子諒陰未言，太皇太后總聽萬事，慈明仁恕，聽言盡下，自二帝三王以來，公卿大夫有志之士，未有遭逢如斯時者也。有官守者，不出其位，若見事有未然，令有未便，不一公言，而脂韋苟安，恬養自殖，不負明主，無益生民乎？百禄章既上，竊意萬一薄采，以捄來事；不謂明公力排而深紬之，又從而崇峭塹、立峻法也。豈百禄之言，以人廢耶？其或思之未再邪？如今之時，周公養成王之時也。在《易》，山下出泉之象曰《蒙》，未知所之，則顧所以養之何如也。夫蒙之所以養者，正也；養得其正，則聖人之功也。周公養成王是也。方其承師問道，退習而考於太傅，道德仁義，日陳於前，《詩》《書》《禮》《樂》，日盈於耳。及其至也，若出天性，舉而措之，横乎四海；是將萬化獨運，萬事一斷，豈不綽綽然有餘於聽覽之間哉？蓋不必屢上凶惡，鋪陳情狀，設有特旨，而教之斷獄也，此又非周公之所以爲功也。百禄之於門下也，公則有僚吏之聽，私則有父執之奉，知奬待遇，非他人比；苟爲熟視，不敢盡言，則豈明公與百禄之志哉？伏惟舍其戇狂，而薄采其衷，幸甚！

校勘記

〔一〕可有行者 「可」字於文義不順，疑當作「未」。

〔二〕同一物耳而寬猛異耳 疑下「耳」字不當有。

宋文鑑卷第一百一十八

書

上梅直講書

蘇軾

軾每讀《詩》至《鴟鴞》，讀《書》至《君奭》，常竊悲周公之不遇；及觀《史》，見孔子厄於陳蔡之間，而絃歌之聲不絕，顏淵、仲由之徒，相與問荅。夫子曰：「匪兕匪虎，率彼曠野，吾道非邪？吾何爲於此？」顏淵曰：「夫子之道至大，故天下莫能容；雖然，不容何病？不容然後見君子。」夫子油然而笑曰：「回，使爾多財，吾爲爾宰。」夫天下雖不能容，而其徒自足以相樂如此；乃今知周公之富貴，有不如夫子之貧賤。夫以召公之賢，以管、蔡之親，而不知其心，則周公誰與樂其富貴？而夫子之所與共貧賤者，皆天下之賢才，則亦足與樂乎此矣。軾七八歲時，始知讀書，聞今天下有歐陽公者，其爲人如古孟軻、韓愈之徒；而又有梅公者，從之遊，而與之上下其議論。其後益壯，始能讀其文詞，想見其爲人，意其飄然脫去世俗之樂，而自樂其樂也。方學爲對偶聲律之文，求斗升之禄，自度無以進見於諸公之間。來京師逾年，未嘗窺其門。今年春，天下之士，羣至于禮部，執事與歐陽公實親試之，誠不自意，獲在第二。既而聞之人，執事愛其文，以爲有孟軻之風；而歐陽公亦以其能不爲世俗之文也而取焉，是以在此。非左右爲之先容，非親舊爲之請屬，而嚮之十餘年間，聞其名而不得見者，一朝爲知己。退而思之，人不可以苟富貴，亦不可以徒貧賤；有大賢焉，而爲其徒，則亦足恃矣。苟其僥一時之幸，從車騎數十人，使閭巷小民，聚觀而贊嘆之，亦何以易此樂也？《傳》曰：「不怨天，不尤人，」蓋優哉游哉，可以卒歲。執事名滿天下，而位不過五品，其容色温然而不怒，其文章寬厚敦朴而無怨言，此必有所樂乎斯道也。軾願與聞焉！

上韓魏公論場務書

蘇　軾

軾得從宦於西，嘗以爲當今制置西事，其大者未便，非痛整齊之，其勢不足以久安，未可以隨敝而拄，隨壞而補也。然而其事宏闊浩汗，非可以倉卒輕言者；今之所論，特欲救一時之急，解朝夕之患耳。往者寶元以前，秦人之富彊可知也。中户不可以畝計，而計以頃；上户不可以頃計，而計以賦。耕於野者，不願爲公侯；藏於民家者，多於府庫也。然而一經元昊之變，氷消火燎，十不存三四。今之所謂富民者，嚮之僕隸也；今之所謂蓄聚者，嚮之殘棄也。然而不知昊賊之遺種，其將永世而臣伏邪？其亦有時而不臣也。以向之民力堅完百倍而不能支，以今之傷殘之餘而能辦者，軾所不識也。夫平安無事之時，不務多方優裕其民，使其氣力渾厚，足以勝任縣官權時一切之政，而欲一旦納之於患難，軾恐外憂未去，而内憂乘之也。鳳翔、京兆，此兩郡者，陝西之囊橐也。今使有變，則緣邊被兵之郡，知戰守而已。戰而無食則北，守而無財則散；使戰不北，守不散，其權固在此兩郡也。軾官於鳳翔，見民之所最畏者，莫若衙前之役。自其家之甕盎釜甑以上計之，長役及十千，鄉户及二十千，皆占役一分。所謂一分者，名爲糜錢，十千可辦；而其實者，皆十五六千，至二十千，而多者至不可勝計也。科役之法，雖始於上户，然至於不足，則遞取其次，最下至於家貲及二百千者，於法皆可科。自近歲以來，凡所科者，鮮有能大過二百千者也。夫爲王民，自甕盎釜甑以上計之，而不能滿二百千，則何以爲民？今也及二百千，則不免焉，民之窮困，亦可知矣。然而縣官之事，歲以二千四百分爲計，所謂優輕而可以償其勞者，不能六百分，而捕獲彊惡者願入焉，擿發贓弊者願入焉，是二千四百分者，衙前之所獨任，而六百分者未能純被於衙前也。民之窮困，又可知也。今之最便，惟重難日損，優輕日增，則民尚可以生。此軾之所爲區區議以官榷與民也。其詳固已具於府之所錄以聞者。從軾之說，而盡以予民，失錢之以貫計者，軾嘗粗較之，歲不過二萬；失之於酒課，而償之於稅緡，是二萬者，未得爲全失也。就使爲全失二萬，均多補少，要以共足，此一轉運使之所辦也。如使民日益困窮而無告，異日無以待倉卒意外之患，則雖復歲得千萬，無益於敗，此賢將帥之所畏也。軾以爲陛下新御宇内，方求所以爲千萬年之計者，必不肯以一轉運使之所能辦，而易賢將帥之所畏。況於相公，才略冠世，不牽於俗人之論，乃者變易茶法，至今以爲不便者，十人而九，相公尚不顧，行之益堅；今此事至小，一言可決。去歲赦書，使官自買木，關中之民，始知有生意。嚮非相公果斷而力行，必且下三司，三司固不許，幸而許，必且下本路，本路下諸郡，或以爲可，或以爲不可，然後監司類聚其説而參酌之，比復於朝廷，固已朞歲矣。其行不行，又未可知也。如此而民何望乎？方今山陵事起，日費千金，軾乃於此時議以官榷與民，其爲迂闊取笑可知矣。然竊以爲古人之所以大過人者，惟能於擾攘急迫之中，行寬大閑暇久長之政，此天下所以不測而大服也。朝廷自數十年以來，取之無術，用之無度，是以民日困，官日貧；一旦有大故，則政出一切，不復有所擇。此從來不革之過，今日之所宜深懲而永慮也。山陵之功，不過歲終，一切之政，當訖事而罷。明年之春，則陛下逾年即位改元之歲，必將首行王道，以風天下。及今使郡吏議之，減定其數，當復以聞，則言之今其時矣。伏惟相公留意，千萬幸甚！

上文侍中論榷鹽書

蘇軾

當今天下，勳德俱高，爲主上所倚信；望實兼隆，爲士民所責望；受恩三世，宜與社稷同憂，皆無如明公者。今雖在外，事有關於安危而非職之所憂者，猶當盡力争之；而況其事關本職，而憂及生民者乎？竊意明公必已言之，而人不知；若猶未也，則願効其愚。頃者三司使章惇建言，乞榷河北京東鹽，朝廷遣使按視，召周革入覲，已有成議矣。惇之言曰，河北與陝西，皆爲邊防，而河北獨不榷鹽，此祖宗一時之誤恩也。軾以爲陝西之鹽，與京東、河北不同。解池廣袤不過數十里，既不可捐以予民，而官亦易以籠取，青鹽至自虜中，有可禁止之道。然猶法存而實不行，城門之外，公食青鹽。今東北循海皆鹽也，其欲籠而取之，正與淮南、兩浙無異。軾在餘杭時，見兩浙之民，以犯鹽得罪者，一歲至萬七千人，而莫能止。姦民以兵仗護送，吏士不敢近者，常以數百人爲輩；特不爲他盜，故上下通知，而不以聞耳。由此觀東北之人，悍於淮、浙遠甚，平居椎剽之姦，常甲於它路，一旦榷鹽，則其禍未易以一二數也。

之，祖宗以來，獨不榷河北鹽者，正事之適宜耳，何名爲誤哉？且榷鹽雖有故事，然要以爲非王政也。陝西、淮、浙既未能罷，又欲使京東、河北隨之，此猶患風痺人曰：「吾左臂既折矣，右臂何爲獨完？」則以酒色伐之，可乎？今議者曰：「吾之法與淮、浙不同。淮、浙之民，所以不免於私賣者，以官之買價賤而賣價貴耳。今吾賤買而賤賣。借如每斤官以三錢得之，則以四錢出之。鹽商私買於竈户利其賤耳，賤不能減三錢；竈户均爲得三錢也，寧以予官乎？將以予私商而犯法乎？此必不犯之道也。」此無異於兒童之見。東海皆鹽也，苟民力之所及，未有捨而不煎，煎而不賣者也。而近歲官錢，常苦窘迫，遇其急時，百用横生。以有限之錢，買無窮之鹽，竈户有朝夕薪米之憂，而官錢在朞月之後，則其利必歸於私販無疑也。食之於鹽，非若飢之於五穀也，五穀之乏，至於節口并日，而況鹽乎？故私販法重而官鹽貴，則民之貧而懦者，或不食鹽。往在浙中，見山谷之人，有數日食無鹽者。今將榷之，東北之俗，必不如往日之嗜鹹也，而望官課之不虧，疏矣。且淮、浙官鹽，本輕而利重，雖有積滯，官未病也。今以三錢爲本，一錢爲利，自禄吏購賞，修築敖庾之外，所獲無幾矣。一有積滯不行，官之所喪，可勝計哉？失民而得財，明者不爲，況民財兩失者乎？且禍莫大於作始，作俑之漸，至於用人。今兩路未有鹽禁也，故變之難，遣使會議，經年而未果。自古作事欲速，而不取衆議，未有如今日者也，然猶持久如此，以明作始之難也。今既已榷之矣，則他日國用不足，添價貴賣，有司以爲熟事，行半紙文書而決矣。且明公能必其不添乎？非獨明公不能也，今之執政，能自必乎？苟不可必，則兩路之禍，自今日始。夫東北之蠶，衣被天下，蠶不可無鹽，而議者輕欲奪之，是病天下也。明公可不深哀而速救之歟？或者以爲朝廷既有成議矣，雖争之必不從。竊以爲不然。乃者手實造簿，方赫然行法之際，軾嘗論其不可，以告今太原韓公，公時在政府，莫之行也，而手實卒罷，民賴以少安。凡今執政所欲必行者，青苗、助役、市易、保甲而已，其他猶可以庶幾萬一。或者又以爲明公將老矣，若猶有所争，則其請老也難。此又軾之所不識也。使明公之言幸而聽，屈己少留，以全兩路之民，何所不可；不幸而不聽，是議不中意，其於退也尤易矣，願少留意！軾一郡守也，猶以爲職之所當憂，而冒聞於左右，明公其得已乎？干瀆威重，俯伏待罪而已。

黄州上文潞公書

蘇軾

承以元功，正位兵府，備物典册，首冠三公。雖曾孫之遇，絶口不言；而《金縢》之書，因事自顯，真古今之異事，聖朝之光華也。有自京師來，轉示所賜書教一通，行草爛然，使破甑弊帚，復增九鼎之重。軾始得罪，倉皇出獄，死生未分，六親不相保。然私心所念，不暇及他。但顧平生所存，名義至重，不知今日所犯，爲已見絶於聖賢，不得復爲君子，抑雖有罪不可赦，而猶可改也。伏念五六日，至于旬時，終莫能決，輒復彊顔忍恥，飾鄙陋之詞，道疇昔之眷，以卜於左右。遽辱還荅，恩禮有加，豈非察其無他，而恕其不及，亦如聖天子所以貸而不殺之意乎？伏讀洒然，知其不肖之軀，未死之間，猶可洗濯磨治，復入於道德之塲，追申徒而謝子産也。軾始就逮赴獄，有一子稍長，徒步相隨，其餘守舍，皆婦女幼稚。至宿州，御史符下，就家取文書，州郡望風，遣吏發卒，圍舡搜取，老幼幾怖死。既去，婦女恚駡曰：「是好著書，書成何所得，而怖我如此？」悉取燒之。比事定，重復尋理，十亡其七八矣。到黄州，無所用心，輒復覃思於《易》《論語》，端居深念，若有所得。遂因先子之學，作《易傳》九卷；又自以意，作《論語説》五卷。窮苦多難，壽命不可期，恐此書一旦復淪没不傳，意欲寫數本留人間。念新以文字得罪，人必以爲凶衰不祥之書，莫肯收藏。又自非一代偉人，不足託以必傳者，莫若獻之明公。而《易傳》文多，未有力裝寫，獨致《論語説》五卷，公退閑暇，一爲讀之；就使無足取，亦足見其窮不忘道，老而能學也。軾在徐州時，見諸郡盜賊爲患，而察其人多凶俠不遜，因以饑饉，恐其憂不止於竊攘剽殺也。輒草具其事上之，會有旨移湖州，而止。家所藏書，既多亡軼，而此書本以爲故紙糊籠篋，獨得不燒。籠破見之，不覺恍然如夢中事，輒録其本以獻。軾廢逐至此，豈敢復言天下事；但惜此事粗有益於世，既不復施，猶欲公知之，此則宿昔之心，掃除未盡者也。公一讀訖，卽燒之而已。黄州食物賤，風土稍可安，既未得去，去亦無所歸，必老於此。拜見無期，臨紙於邑。惟冀以時爲國自重！

與章子厚書

蘇軾

春初辱書，尋遞中裁謝，不審得達否？比日機務之暇，起居萬福。軾蒙恩如昨，顧以罪廢之餘，人所鄙惡，雖公不見棄，亦不欲頻通姓名，今兹復陳區區，誠義有不可已者。軾在徐州日，聞沂州丞縣界有賊何九郎者，謀欲刼利國監；又有闞温、秦平者，皆猾賊，往來沂、兖間，欲使人緝捕，無可使者。聞沂州葛墟村有桂䇲者，家富，有心膽。其弟岳，坐與李逢往還，配桂州牢城。䇲雖小人，而篤於兄弟，當欲爲岳洗雪而無由。竊意其人可使，因令本州支使孟易呼至郡，諭使自効，以刷門戶垢汙；苟有成績，當爲奏乞放免其弟。棐願盡力，因出帖付與。不逾月，軾移湖州。棐相送出境，云：「公更留兩月，棐必有以自効；今已去，柰何？」軾語棐但盡力，不可以軾去而廢也；苟有所獲，當速以相報，不以遠近所在，仍爲奏乞如前約也。是歲七月二十七日，棐使人至湖州見報云，已告捕獲妖賊郭先生等。及得徐州孔目官以下狀，申告捕妖賊事，如棐言不繆。軾方欲具始末，奏陳棐所以盡力者，爲其弟也，乞勘會其弟岳所犯，是與李逢往還，本不與其謀者，乞賜放免，以勸有功。草具未上，而軾就逮赴詔獄，遂不果發。今者棐又遣人至黄州見報云，郭先生等皆已訊治得實，行法久矣，蒙恩授殿真，因録其告捕始末以相示。原棐之意，所以孜孜於軾者，凡爲其弟，以曩言見望也。軾固不可以復有言矣，然獨念愚夫小子，以一言感發，猶能奮身不顧，以遂其言；而軾乃以罪廢之故，不爲一言，以負其初心，獨不愧乎？且其弟岳，亦豪健絶人者也。徐、沂間人，鷙勇如棐、岳類甚衆，若不收拾，驅使令捕賊，卽作賊耳。謂宜因事勸奬，使皆歆艷捕告之利，懲創爲盜之禍，庶幾少變其俗。今棐必在京師參班，公可自以意召問其始末，特爲一言，放免其弟岳，或與一名目牙校鎮將之類，付京東監司驅使緝捕，其才用當復過於棐也。此事至微末，公執政大臣，豈復治此？但棐於軾，本非所部吏民，而能自效者，以軾爲不食言也。今既不可言於朝廷，又不一言於公，是終不言矣，以此愧於心，不能自已。可否在公，獨願祕其事，毋使軾重得罪也。徐州南北襟要，自昔用武之地，而利國監去州七十里，土豪百餘家，金帛山積；三十六冶，器械所産；而兵衞微寡，不幸有猾賊十許人，一呼其間，吏兵皆棄而走耳。散其金帛，以嘯召無賴，烏合之衆，可一日得也。軾在郡時，常令三十六冶，每户點集冶夫數十人，持挈槍刃，每月兩衙於知監之庭，以示有備而已。此地蓋常爲京東豪猾之所擬，公所宜知，因桂棐事，輒復及之。秋冷，伏冀爲國自重！

與李方叔書

蘇　軾

屢獲來教，因循不一裁荅，悚息不已。比日履兹秋暑，起居佳勝。録示《子駿行狀》及數詩，辭意整暇，有加於前，得之極喜尉。累書見責，以不相薦引，讀之甚愧，然其説不可不盡。君子之知人，務相勉於道，不務相引於利也。足下之文，過人處不少，如《李氏墓表》及《子駿行狀》之類，筆勢翩翩，有可以追古作者之道。至若前所示《兵鑑》，則讀之終篇，莫知所謂。意者，足下未甚有得於中，而張其外者；不然則老病昏惑，不識其趣也。以此私意，猶冀足下積學不倦，落其華而成其實，深願足下爲禮義君子，不願足下豐於才而廉於德也。若進退之際，不甚慎静，則於定命不能有毫髮增益，而於道德有丘山之損矣。古之君子，貴賤相因，先後相援，固多矣；軾非敢廢此道。平生相知，心所謂賢者，則於稠人中譽之；或因其言，以考其實，實至則名隨之，名不可掩，其自爲世用，理勢固然，非力致也。陳履常居都下，逾年未嘗一至貴人之門，章子厚欲一見，終不可得。中丞傅欽之、侍郎孫莘老薦之，軾亦掛名其間，會朝廷多知履常者，故得一官。軾孤立言輕，未嘗獨薦人也。爵禄廼人主所專，宰相猶不敢必，而欲責於軾可乎？東漢處士私相謚，非古也，殆似丘明爲素臣，當得罪於孔門矣。孟生貞曜，蓋亦蹈襲流弊，不足法，而况近相名字者乎？甚不願足下類此等也。軾於足下，非愛之深，期之遠，定不及此，猶能察其意否？近秦少游有書來，亦論足下近文益奇。明主求人如不及，豈有終汩没之理？足下但信道自守，當不求自至；若不深自重，恐喪失所有。言切而盡，臨紙悚息。未即會見，千萬保愛！近夜眼昏，不一不一。

上樞密韓太尉書

蘇　轍

轍生好爲文，思之至深，以爲文者，氣之所形。然文不可以學而能，氣可以養而致。孟子曰：「我善養吾浩然之氣。」今觀其文章，寬厚宏博，充乎天地之間，稱其氣之小大。太史公行天下，周覽四海名山大川，與燕、趙間豪俊交游，故其文疏蕩，頗有奇氣。此二子者，豈嘗執筆學爲如此之文哉？其氣充乎其中，而溢乎其貌，動乎其言，而見乎其文，而不自知也。轍生十九年矣，其居家所與游者，不過其鄰里鄉黨之人；所見不過數百里之間，無高山大野，可登覽以自廣；百氏之書，雖無所不讀，然皆古人之陳迹，不足以激發其志氣；恐遂汩没，故决然捨去，求天下奇聞壯觀，以知天地之廣大。過秦漢之故都，恣觀終南、嵩、華之高，北顧黄河之奔流，慨然想見古之豪傑；至京師，仰觀天子宫闕之壯，與倉廩、府庫、城池、苑囿之富且大也，而後知天下之巨麗。見翰林歐陽公，聽其議論之宏辯，觀其容貌之秀偉，與其門人賢士大夫遊，而後知天下之文章聚乎此也。太尉以才略冠天下，天下之所恃以無憂，四夷之所憚以不敢發，入則周公、召公，出則方叔、召虎，而轍也未之見焉。且夫人之學也，不志其大，雖多而何爲？轍之來也，於山見終南、嵩、華之高，於水見黄河之大且深，於人見歐陽公，而猶以爲未見太尉也，故願得觀賢人之光耀，聞一言以自壯，然後可以盡天下之大觀，而無憾者矣。轍年少，未能通習吏事，嚮之來，非有取於斗升之禄，偶然得之，非其所樂；然幸得賜歸待選，使得優游數年之間，將歸益治其文，且學爲政，太尉苟以爲可教而辱教之，又幸矣。

宋文鑑卷第一百一十九

書

代韓愈答柳宗元示浩初序書

王令

相别闊久，時得南方人道譽盛德，甚相爲慰快。又聞得子厚文，皆雄辯彊據，源淵衍長，世之名文者多矣，未見加子厚右者也。其間亦大有務辯而理屈，趣文而背實者，然古之立言者，未必皆不然，亦「說詩者不以文害辭」之一端也。愈皆置之。近有傳《送浩初序》來者，讀而駭之，不知真子厚作否也。雖然，子厚素有之，宜真子厚作。然反覆讀之，益駭而疑，恐他人作然也；不然，子厚何見禍太甚邪？來序稱「浮屠誠不可斥者，往往與《易》《論語》合，其性情奭然，不與孔子異道，雖聖人復生，不得而斥也」。子厚亦不思哉！夫《易》自《乾》《坤》以及《未濟》，皆人道之始終，賢聖君子之出處事業，至於次第配類，莫不倫理，故孔子原聖人作卦之因是也。其中則曰：「有天地然後有萬物，有萬物然後有男女，有男女然後有夫婦，有夫婦然後有父子，有父子然後有君臣，有君臣然後有上下，有上下然後禮義有所錯。夫婦之道，不可以不久也，故受之以《恒》；主器莫若長子，故受之以《震》。」其下則曰：「《漸》，女歸待男行也。《歸妹》，女之終也。《未濟》，男之窮也。」而皆不若浮圖棄絶君臣、拂滅父子、斷除夫婦之說。《論語》

二十篇，大率不過弟子問仁、問政、問忠之類爾；于鬼神與死之類，則皆曰「未能事人，焉能事鬼？未知生，焉知死？」又非若浮屠氏夸誕牽合，於以塗瞽天下而云也。不識子厚謂與《易》《論語》合者，何哉？藉如其中萬一偶竊吾聖人之言，則君子者遂不思其患而好學邪？是猶救桀、跖之誅，以耳聞而目見有類夫堯也。孔子曰：「如有周公之才之美，使驕且吝，其餘不足觀也已。」況又去夫婦、父子而無萬一於周公之美者？且子厚謂愈「所好者，迹也，而不知其石中有玉」。不知子厚之學，果中與迹異邪？雖然，子厚心仁義而手拔劍以逐父兄，謂其爲迹則亦可邪？子厚亦患愈斥浮圖以夷，反爲之説曰：「將進盗跖、惡來，而賤季札、由余也。」嗚呼，子厚又不思哉！昔者孔子作《春秋》，諸侯用夷禮者則夷之，若杞侯稱子是也。若愈不得斥浮圖以夷，則孔子不得斥桓子以迹而不思其中也。聖如孔子者，其取舍猶不免子厚之過邪？又不知子厚謂季札、由余者，皆若浮圖之拂君臣父子邪？不然則不也。愈嘗探佛之説，以擬議前世盛德者，而皆無一得也。若堯、舜、孔子者，皆佛之甚有罪者也。以智者觀之，不知堯、舜、孔子果當然邪？佛實也？自孔子死千數百歲，獨孟子卓然獨立。今讀其書，則教人興利，驅除龍蛇，殺牛牲犬豕以養老祭祀爾。其大不與佛合者，則若「君子親親而仁民，仁民而愛物。以堯舜之智，不徧知物，急先務也。以堯舜之仁，不徧愛人，急親賢也。不能三年之喪，而緦、小功之察，放飯流歠而問無齒決，是之謂不知務。」以是言之，是孟子又異佛而得罪也甚矣。且不知子厚之讀堯、舜、孔、孟之書也，將讀而盡信之邪？抑徒取其一二而棄其十百也？不然則孔佛不相爲容，亦已較然，何獨子厚能容之也？愈嘗觀士之不蹈道者，一失於君，則轉而之山林，羣麋鹿，終死而不悔，乃至有負石而以不自沉者。以君子觀之，是皆薄於中而急於外者矣。惜乎！何至是哉？今子厚雖不幸擯棄於朝，乃以不自能寬存，以至於陷夷狄而不悔也。薄於中而急於外，在盛德者雖不當然。然智者觀之，不得無過也。以求其不愛官，不能争，樂山水而嗜安閑者，則治初之心尚可安於麋鹿也。必溺於虚高之言，而遺於人倫之大端，其比於負石而沉河者，孰得哉？愈嘗笑今人之謂有智者爲毁釋氏。釋氏，非毁之也。譬之器然，舊嘗完而暴鑠之，謂爲毁也可矣；其從來不爲器者，是自然爾，豈人毁之邪？此皆不知道者之言也。自釋氏之説入中國，流千數百年，其徒樹其説而枝葉者衆矣，烏知其有不取此以假彼者邪？況人玩其説者，常名儒也。孟子謂「矢人豈不仁於函人哉」？豈無意邪？正謂是也。使佛之禍福可求，其言可信，其教等於堯、舜、孔子而或上之，則君子者先衆民而學且行之矣。伐彼善而固爲我異，愈肯自爲之邪？雖然，子厚猶謂愈爲之也。子曰：「道不遠人。」爲釋氏者，竟不遠人耶？謂爲聖人不得斥者，果信然哉？石中之玉，信何如也？

與邵不疑書

王　令

富貴矣，何求而不得哉？窮南之珠，極西之玉，山海之犀象，蜀里之錦，楚南荆北之材，天下之殊也。然皆水斷陸絶，去其人嘗千萬有餘里，然一日欲之，則無不如意而至前，何其甚易如出於左右然哉！能不愛珍幣重寶以易之，則其得如取耳。故曰，富貴矣，何求而不得哉？唯其不可得者士也。士則有窮而無求，不可以貨取也；賤而不屈，不可以勢動也；行義以達死，不可以力脅也。世雖有富貴，假有求而欲得之，非其義也，非其道也，則其人亦往耶？世之藏珠玉象犀而衣錦，以居荆楚之材者多矣，富貴者皆是也。而潔完之人，信篤之士，不幸而世不欲之；假有欲之，而可從者誰也？斯語不敢講於人久矣。嘗聞閤下，其所好惡，爲與不爲，殆有異於世富貴者。而令雖不肖，竊有意於古之士，願學之。而昔者有一日之幸，而閤下以令有姊，以貧而不嫁過時，將金帶而資之，時適無可親者，則止矣。世之人靡靡，方以竊禄從事，而閤下乃獨恤人之孤；世之人方思得其所無，而閤下乃散其所有。以某之甚賤，才謀不足以裨左右之長，譽説不足以取當世之重，不識閤下是誠何求哉？信亦與長世之異也，故令且將終其所賜，以實閤下之德焉。夫高郵小地，是以勢不能分高以藉人，力不能舉重以與士也亦明矣。而一時之人，勢力出閤下者猶衆，然不之彼而之此，去有餘而就不足，以求之，良以閤下之所好惡而爲與不爲者，與世之富貴者異也。異日閤下嘗有以賜之，而令辭不從；今則謁之，而閤下之所得士，自信如此難有也。

與趙大觀書

張　載

載啓。不造誨席逾年，仰懷温論，三反朝夕，仲冬漸寒，恭惟使職公餘，寢興百順。辱書惠顧，欽佩加卹，兼聆被旨邊幹，行李勤止。載抱愚守迷，未厭山僻，偕慝免過弗能，固無暇撰述，空自言説鄙謬。竊嘗病孔、孟既没，諸儒囂然，不知反約窮源，勇於苟作，持不迨之資，而急知後世。明者一覽，如見肺肝然，多見其不知量也！方且創艾其弊，默養吾誠，所患日力不足，而未果它爲也。辱問及之，不識明賢謂之然否？更賜提耳，幸甚！未由前拜，恭惟尊所聞，力所逮，淑愛自厚，以需大者之來。不勝切切！

與呂微仲書　張載

浮屠明鬼，謂有識之死，受生循環，亦出莊說之流，遂厭苦求免，可謂知乎？以人生爲妄見，可謂知人乎？天人一物，輒生取捨，可謂知天乎？孔、孟所謂天，彼所謂道者。惑者指游魂爲變爲輪回，未之思也。《大學》當先知天德，知天德則知聖人，知鬼神。今浮屠極論要歸，必謂生死轉流，非得道不免，謂之悟道可乎？悟則有命有義，均死生，一天人，推知晝夜，道陰陽，體之不二。自其說熾傳中國，儒者未容窺聖學門牆，已爲引取，淪胥其間，指爲大道。乃其俗達之天下，致善惡知愚，男女臧獲，人人著信，使英才間氣，生則溺耳目恬習之事，長則師世儒崇尚之言，遂冥然被驅，因謂聖人可不脩而至，大道可不學而知。故未識聖人心，已謂不必事其迹；未見君子志，已謂不必事其文。此人倫所以不察〔一〕，庶物所以不明，治所以忽，德所以亂。異言滿耳，上無禮以防其僞，下無學以稽其弊。自古淫詖邪遁之詞，翕然並興，一出於佛氏之門者千五百年。向非獨立不懼，精一自信，有大過之才，何以正立其間，與之較是非，計得失？來簡見發狂言，當爲浩歎，所恨不如佛氏之著明也。未盡，更冀開諭！傾俟。

答横渠張子厚先生書　程顥

承教，諭以定性未能不動，猶累於外物。此賢者慮之熟矣，尚何俟小子之言？然嘗思之矣，敢貢其説於左右。所謂定者，動亦定，静亦定，無將迎，無内外。苟以外物爲外，牽己而從之，是以己性爲有内外也。且以性爲隨物於外，則當其在外時，何者爲在内？是有意於絶外誘，而不知性之無内外也。既以内外爲二本，則又烏可遽語定哉？夫天地之常〔二〕，以其心普萬物而無心；聖人之常，以其情順萬事而無情。故君子之學，莫若擴然而大公，物來而順應。《易》曰：「貞吉悔亡〔三〕。憧憧往來，朋從爾思〔四〕。」苟規規於外誘之除，將見滅於東，而生於西也。非惟日以不足，顧其端無窮，不可得而除也。人之情各有所蔽，故不能適道。大率患在於自私而用智，自私則不能以有爲爲應迹，一作物用智則不能以明覺爲自然。今以惡外物之心，而求照無物之地，是反鑑而索照也。《易》曰：「艮其背，不獲其身；行其庭，不見其人。」孟氏亦曰：「所惡於智者，爲其鑿也。」與其非外而是内〔五〕，不若内外之兩忘也。兩忘則澄然無事矣。無事則定，定則明，明則尚何應物之爲累哉？聖人之喜，以物之當喜；聖人之怒，以物之當怒；是聖人之喜怒，不繫於心而繫於物也，是則聖人豈不應於物哉？烏得以從外者爲非，而更求在内者爲是也。今以自私用智之喜怒，而視聖人喜怒之正爲如何哉？夫人之情，易發而難制者，惟怒爲甚。第能於怒時遽忘其怒，而觀理之是非，亦可見外誘之不足惡，而於道亦思過半矣。心之精微，口不能宣。加之素拙於文辭，又吏事怱怱，未能精慮，當否？佇報。然舉大要，亦當近之矣。道近求遠，古人所非，惟聰明裁之！

答人示奏草書

程　頤

辱示奏稿，足以見仁人君子，愛民之心，深切如此，欽服欽服！子弟言勉公以速且堅，何可已也。然於愚意有未安者，敢布左右。觀公之意，專以畏亂爲主。頤欲公以愛民爲先，力言百姓飢且死，丐朝廷哀憐，因懼將爲寇亂，可也。不惟告君之體當如是，事勢亦宜爾。公方求財以活人，祈之以仁愛，則當輕財而重民，懼之以利害，則將恃財以自保。古之時，得丘民則得天下，財散則人聚。後世苟私利於目前，以兵制民，以財聚衆，聚財者能守，保民者爲迂，秦、漢而下，莫不然也。竊慮廟堂諸賢，未能免此。惟當以誠意感動，覬其有不忍之心而已。淺見無取，惟公裁之！

答朱長文書

程　頤

相去之遠，未知何日復爲會合，人事固難前期也。中前奉書，以足下心虛氣損，奉勸勿多作詩文。而見答之辭乃曰：「爲學上能探古先之陳迹，綜羣言之是非，欲其心通而默識之，固未能也。」又曰：「使後人見之，猶庶幾曰不忘乎善也。苟不如是，誠懼没世而無聞焉。此爲學之末，宜兄之見責也。使吾日聞夫子之道而忘乎此，豈不善哉？」此疑未得爲至當之言也。頤於朋友間，其問不切者，未嘗輒語也。以足下處疾，罕與人接，渴聞議論之益，故因此可論，而爲吾弟盡其説，庶幾有小補也。向之云無多爲文與詩者，非止爲傷心氣也，直以不當輕作爾。聖賢之言，不得已也，蓋有是言則是理明，無是言則天下之理有闕焉，如彼耒耜陶冶之器，一不制，則生人之道有不足矣。聖賢之言，雖欲已得乎？然其包涵盡天下之理，亦甚約也。後之人，始執卷則以文章爲先，平生所爲，動多於聖人，然有之無所補，無之靡無所闕，乃無用之贅言也。不止贅而已，既不得其要，則離真失正，反害於道必矣。詩之盛莫如唐，唐人善論文莫如韓愈，愈之所稱，獨高李、杜。二子之詩，存者千篇，皆吾弟所見也，可考而知矣。苟足下所作，皆合於道，足以輔翼聖人，爲教於後，乃聖賢事業，何得爲學之末乎？頤何敢以此奉責！又言「欲使後人見其不忘乎善」。人能爲合道之文者，知道者也。在知道者，所以爲文之心，乃非區區懼其無聞于後，欲使後人見其不忘乎善而已。此乃世人之私心也。夫子「疾没世而名不稱焉」，疾没身無善可稱云爾，非謂疾無名也。名者，可以厲中人；君子所存，非所汲汲。又云「上能探古先之陳迹，綜羣言之是非，欲其心通默識，固未能也。」夫心通乎道，然後能辨是非，如持權衡以較輕重，孟子所謂「知言」是也。揆之以道，則是非了然，不待精思而後見也。學者當以道爲本心，不通於道而較古人之是非，猶不持權衡而酌輕重，竭其目力，勞其心智，雖使時中，亦古人所謂「億則屢中」，君子不貴也。臨紙遽書，一下有「不復思繹」四字故言無次序。一下有「多注改勿訝」五字辭過煩矣，理或未安，却請示下，足以代面話。

謝人求哀辭書　林希

希白：嘗聞君子無苟於人，患其非情也。昔孔子猶曰：「吾惡夫涕之無從，而不脱驂而弔。」其亦苟也。希於某氏之葬，爲非其故，不得與執紼之後。使爲之辭，其將何情以稱？哀之無從，小人所不敢爲者，何足以辱命。

上林秀州書

陳師道

宗周之制，士見于大夫、卿、公，介以厚其別，詞以正其名，贄以効其情，儀以致其敬。四者備矣，謂之禮成。士之相見，如女之從人，有願見之心，而無自行之義，必有紹介爲之前焉，所以別嫌而慎微也，故曰介以厚其別。名以舉事，詞以導名，名者先王所以定名分也，名正則詞不悖，分定則民不犯，故曰詞以正其名。言不足以盡意，名不可以過情，又爲之贄，以成其終，故授受焉。介以通名，儐以將命，勤亦至矣，然因人而後達也。禮莫重於自盡，故祭主於盥，婚主於迎，賓主於贄，故曰贄以効其情。誠發于心，而諭于身，達于容色，故又有儀焉。詞以三請，贄以三獻，三揖而升，三拜而出。禮煩則泰，簡則野，三者禮之中也，故曰儀以致其敬。是以貴不陵賤，下不援上，謹其分守，順于時命，志不屈而身不辱，以成其善。當是之世，豈特士之自賢，蓋亦有禮爲之節也。夫周之制禮，其所爲防至矣。及其晚世，禮存而俗變，猶自市而失身，況於禮之亡乎？自周之禮亡，士知免者寡矣。世無君子明禮以正之，既相循以爲常，而史官又載其事，故其弊習而不自知也。師道鄙人也，然有聞於南豐先生，不敢不勉也。先生謂師道曰：「子見林秀州乎？」曰：「未也。」先生曰：「行矣。」師道承命以來，謹因先生而請焉。詩文二卷，敬以自効，不敢以爲能也。謹僂待命，惟閤下賜之。

與秦少游書

陳師道

辱書，喻以章公降屈年德，以禮見招，不佞何以得此，豈佞嘗欺之邪？公卿不下士，尚矣，乃特見於今，而親於其身，幸孰大焉！愚雖不足以齒士，猶當從佞之後，順下風以成公之名。然先王之制，士不傳贄爲臣，則不見於王公。夫相見所以成禮，而其弊必至於自鬻，故先王謹其始以爲之防，而爲士者世守焉。師道於公，前有貴賤之嫌，後無平生之舊，公雖可見，禮可去乎？且公之見招，豈以能守區區之禮乎？若昧冒法義，聞命走門，則失其所以見招，公又何取焉。雖然，有一於此，幸公之他日成功謝事，幅巾東歸，師道當御欵段，乘下澤，候公於上東門外，尚未晚也。拳拳之懷，願因佞以聞焉。

上曾樞密書

陳師道

一去門屏，十年有餘，平常不爲問，非怠與外，以謂無益而不爲爾。事有可言，而復隱忍，然後爲辠，則亦不敢。夫天下之事，非閤下所得與，則非師道所當言。其在右府，且憂之大者，言之其亦可乎？西邊用兵五六年矣，遠戍之卒，過期不還。人情及期，則有歸心，況又過之而後未期乎？以既動之心，而前有死傷之虞，内有羇旅暴露凍餒勞苦之害，後有鄉邑親愛之念，不亦危乎？然莫敢違異者，分定故也。鳥窮則攫，獸窮則搏，此雖常言，理有必至。一人倡之，和者必衆，東向而潰，何以禦之？夫事有曲直，人有違順，直之所在，勝之所出，何則？人所順也。一旦發難，不過發内軍以擊之。無故興師，積年不解，死傷之餘，思歸而潰，而逆擊之，則曲直有在，竊恐潰者未至，發者不爲用也。於是之時，在廷之人，肯爲天下國家以身捍之者誰乎？若其未有，可不計？此師道常所私憂竊歎者也。古之守國，本末並用，故建德而阻險。開封無丘山川澤之阻，爲四戰之地，故太祖以兵爲衞，畿内常用十四萬人。今軍衞多西戍，山東城郭一空，卒有盜賊，乘間而作，冒州縣，殺吏民，私貨財，掠婦女，火室廬，乃其小者；不幸而有姦雄出焉，其成敗孰得知之？憂之次也。談者必謂，世方平寧，兵不足虞；人無姦雄，有不足畏。師道不更遠引筆墨所載，直以慶曆以來耳目所及者明之爾。恩、保兩州之亂，慶之潰，皆卒也；王倫、張海、廖恩、王冲，皆盜賊也；可謂平世而無之乎？熙寧中，士才再發，已自潰亂。於時師道在秦中，聞亂兵所過，羣小迎導，利其劫掠。王倫、張海，行半天下，所至潰壞，守令或走或降，莫敢支捂。至出衞軍，用邊將，而官軍所至，甚於盜賊，民至今談之。從昔之亂，皆有姦雄，非爲時而生，乃亂而後見。平世伏而不出，遂以爲無，則過矣。師道聞之，景德、咸平之間，契丹歲入寇，游騎至山東。齊有外鎮，日莫塵起，人避走南山，夜渴乏，既旦，視溪谷有冰雪，少年下食之，且取以上，衆起争之。有賈者出，止其衆而坐之，率少年十餘輩而下，徧給坐者，且曰，飢則柰何，孰從吾而取食？於是願者數千人，斬木爲兵，出屯鎮中。乃盡閉其外户，日以酒豕犒從者，夜則警扞，旦暮餉山中，三日而復，家不失一物。此與英、彭何異，而謂平世無之乎？雖然，軍潰盜起，一時之禍，所可慮者，分也。上之於下，可生可殺，可予可奪，而無違者，分也。定則無所敢爲，亂則無所不爲。如水之防，如薪之束，如獸之穽檻，其可失乎？一失則不復，斷不可續，覆不可收，損不可完，物之理也。此師道之所深憂者也。談者必謂，還戍則備闕，寇來莫禦，帥不任其責。師道又謂其不然也。戍有常數，今以拓土而增之爾，去其增則常也，尚何言？往者延安兵非不多，寇來不禦，而僅自守，故善戰而論將，不論兵也。夏人之來，小則其常，所慮者其大舉爾。然方地數千里，外假隣阻，非可一日具也。師行千里，謀以時月，則孰不知之？帥者明其耳目，而預爲之備，何憚其來？且虜短於攻而不能久，人自持糧，後無餽運，往事不過數日。而我善守，寇至勿戰，聚兵於内，而清其野。内聚則寇不敢深，外清則深而不害。使進不得戰，則沮；退無所掠，則困。以元昊之彊，數大入，纔破塞門、金湯兩城而已。國雖大而貧，兵雖多而散，以元昊之戰勝而卒臣者，以數舉而困也，況其弱乎？且以中國之盛大，靈武之舉，猶不能再，況於夷乎？雖然，筭不已則兵不得罷，盍先已之乎？若謂可以制虜，則漢取陰山，匈奴過而慟哭，開西域，發兵事之，故謂斷其右臂。師道居東，莫知今之可否，但聞諸路競進，日夜奏功，而未聞西人舉國而争，則必非其所急也。苟不能制其命，則老師費財，殺人盈野，何所用之？若謂且築且進，漸據横山，然後可制；其既數歲矣，横山安在耶？若復數歲，則諸將窮富極貴矣，人情得所欲，肯復出力蹈其所難乎？則是横山終不可得，徒爲將帥取富貴之資爾。横山，天險也，下臨平夏，存亡所係，虜必舉國争之，恐亦未易得也。若謂今之所據即横山也，則師道聞之，宥州在横山之上，南拒米脂，三舍而近。今延安奏功〔六〕，廣地四百里，則宥在其腹，然不云得宥州也〔七〕，則四百里之廣，豈可信哉？胡地惟靈夏如内郡，他才可種喬豆，且多磧沙，五月見青，七月而霜，歲纔一收爾。銀州艸惟柴胡，蕭關之外，有落藜與鹹杴，以此知其不宜五種也。使人可種，安得人實之？若不徙民，則募軍，二者孰取焉？若取乎内，則空此以實彼，舍易而即難，何益？且闢土益廣，則去府益遠，平常緩請急報，卒不相及，河東之患麟府，世所知也。若令所據可以制虜，而不争者，非不敢，乃不能爾。虜雖蕞爾，然元昊用之，以抗中國，其地與民，固自若也。而今反不能争其所急者，非惜其力以有待，則無其人，不則諸部不爲用也。若是，則師道之憂有甚於前也。今虜內弱外叛，而皇師臨之，恐有乘危簒奪，以爲姦雄之資，是復生一元昊也。故師道嘗謂，虜既弱矣，不復能抗中國，宜稍存立，使假威命以臨制部旅，壓服姦豪，使不得發，柰何欲爲之資乎？今使諸道盡據横山，而虜無姦雄乘時而起，一切如意，師道之憂則又甚矣。范文子曰：「苟非聖人，孰能內外無患，盍釋楚以爲外懼乎？」夷狄之弱，未有甚於今日者，可不憂乎？今三邊不戰，士皆怯弱，獨秦、晉數與虜角，猶可用。秦故西人，易東軍如兒女子，而南平蠻，西南事羌，皆用秦卒以取勝；若又不戰，卒有外患，何以禦之？昔歲之元昊，智高是也，竊謂西人不可無也。伏惟閤下，股肱帝室，師表萬邦，直道正詞，天下稱誦，日有傳焉，而獨此無聞，豈未可以言乎？言之今其時也。昔安、李兩公，皆有意於世，而各有失。安失之鋭，李失之緩，故未及成功，而以毀去。蓋鋭者不須時，緩者不及時，時乎其可不知乎？《易》曰：「書不盡言，言不盡意。」而況山河之外，翰墨之間乎？然以閤下英姿偉識，則區區之愚，不待言而了，伏惟屬意焉！

校勘記

〔一〕不察　「不」原作「亦」，據明刻本改。

〔二〕夫天地　「夫」原作「及」，據明刻本改。

〔三〕貞吉　「吉」原作「古」，據明刻本改。

〔四〕爾思　「思」原作「馬」，據明刻本改。

〔五〕非外而是内　「非」原作「罪」，據明刻本改。

〔六〕奏功　「功」原作「勬」，據明刻本改。

〔七〕不云　「云」原作「去」，據明刻本改。

宋文鑑卷第一百二十

書

上蘇公書

陳師道

散從還，辱書。伏承經暑起居萬福。師道奉親如昨，惟方託芘賴，復爾違闊，不能不動念耳！蓋士方相從時，莫知其樂；及相别，亦爲難；至其離居窮獨，默默自守，然後知相從之樂，相别之難也。士方少時，未來之日長，視天下事，意頗輕之，亦易爲别；至其晚莫，數更離合，又以爲難；此蓋志與年衰，顧影惜日，畏死而然耳。謝太傅常謂，中年以來，一與親友别，數日作惡。謝公江海之士，違世絶俗，乃其常耳，顧以别爲難者，豈酣於富貴，而習於違順也耶？由是觀之，以别爲難，皆非士之正也。士亦安能免此，當以老爲戒，以富貴爲畏耳。承諭人須久而後知，誠如來示。知人固未易；未易之中，又有甚難。范文正謂，王荆公長於知君子，短於知小人。由今觀之，豈特所短，正以反置之耳。古之所謂腹心之臣者，以其同德也。故武王曰：「予有亂臣十人，同心同德。」而荆公以巧智之士爲腹心，故王氏之得禍大也。閫狙詐咸作使矣，未聞託之心腹也。夫君子無棄人，巧智之士，亦非可棄，以爲手足可也；耳目且不可，況腹心乎？蓋勢在則欺之以爲功，勢同則奪之以自利，勢去則背之以違害。使之且難，況同之乎？無德而智，以智營身，而不及事；智之所後，不得不欺以衛身也。天下之事，又豈巧者之所能乎？士終始不相負，非由義則畏義耳；勢在而不負，豈真不負耶？末疾偏廢，不害爲生；膏肓之潰，弔之可也。常竊悲之，故謂知士當如范公，用士當以王公爲戒也。不審閣下以爲如何？近見趙承議，説得閣下書，欲復伸理前所舉剥文廣獄事，聞之未以爲然。竊謂閣下必不出此，而愚慮所及，亦不能忍者，君子之於事，以位爲限，居位而不言則不可，去位而言則又不可。其言之者，義也；其不言者，亦義也。閣下前爲潁州，言之可也，今爲楊守，而與潁事，其亦可乎？豈以昔嘗言之而不置耶？此取勝之道也，近歲士大夫類皆如此，以爲成言，而非閣下之所當爲也。苟不公言而私請之，又不如己也。天下之事，行之不中理，使人不平者，豈此一事，閣下豈能盡争之耶？争之，豈能盡如人意耶？徒使呫呫者以爲多事耳！嘗謂士大夫視天下不平之事，不當懷不平之意。平居憤憤，切齒扼腕，誠非爲己，一旦當事而發之，如決江河，其可禦耶？必有過甚覆溺之憂，前日王荆公、司馬温公是也。夫言之以行義耳，豈如馮婦攘臂下車，取衆人之一快耶？竊謂閣下必不出此，而寧一陳之，以效其愚耳。春秋益高，惟爲朝重慎。不勝區區。

與石司理書

張舜民

近吕主簿過訪，蒙示長亟大編，副以手書。發而詳讀，其文采燦然，是可喜；其趣尚了然，是可畏。大凡人見悦目娱心之物固所喜，及見其志趣特立，不與流俗汎汎然者，寧不畏哉？仍聞吾子方壯齒也，苟有是心，由是道，雖使孔子見之，必曰「可畏」，況今人乎？又念往昔嘗及見先大夫於關陝間，今又見故人之有子，少年自立，則其喜又可知也。然刺其禮〔一〕，有如事貴；味其言，有如問能，茲二者，竊有疑焉。設以我爲貴乎？茲繆矣。如我之所居，人莫不賤之；匪特人之爲賤，亦嘗以自賤也。茲固不足多曉，唯是問能求益，渠敢遽然？聞命已來，勿知攸濟。嘗思之，當少壯之時，嘗爲世俗之學矣，亦爲世俗之事矣，苦形勞心，至于今日。晚得聖賢之書〔二〕，參味先生長者之論，乃知前日之用心者非也。思欲改轍刻心，變姓名，入江海，則齒脱髮禿，形骸若是，朝暮之人也。用是自悼自咎，自笑自罵，繼之以涕泣悲憤，而何及哉？又念「無言不讎」之訓，苟吕君覆將及門，何以報之？方日用隕穫，反覆于心，無可奈何。尚有一話可以爲下執獻者，又皆蜀人之事。昔予爲童子，居鄉閭從學者。是時眉山任師中在幕府，嘗聽師中講道事業，乃云：「吾蜀大人自往已來〔三〕，多藝文而少政事。前輩登朝廷，歷郡國，有聞于人者，爲不少也。求之吏事，唯何聖從、陳公弼二人而已。小子不才，敢出其後！」雖當時聞之師中，且不知爲何語也。既年漸長，遊京師，求謁先達之門。是時文忠歐陽公、司馬温公、王荆公爲學者所共趨之。每聽諸公之論，於行義文史爲多，惟歐陽公多談吏事。既久之，不免有請：「大凡學者之見先生，莫不以道德文章爲欲聞者，今先生多教人以吏事，所未喻也。」公曰：「不然，吾子皆時才，異日臨事，當自知之。大抵文學止於潤身，政事可以及物。吾昔貶官夷陵，彼非人境也。方壯年未厭學，欲求《史》《漢》一觀，公私無有也。無以遣日，因取架閣陳年公案，反覆觀之，見其枉直乖錯，不可勝數，以無爲有，以枉爲直，違法徇情，滅親害義，無所不有。且以夷陵荒遠褊小尚如此，天下固可知也。當時仰天誓心曰：自爾遇事，不敢忽也。迨今三十餘年，出入中外，忝塵三事，以此自將。今日以人望我，必爲輸墨致身，以我自觀，亮是當時一言之報也。」自得是語，至今四紀，未嘗一日去心。是時蘇明允先生父子，間亦在焉，嘗聞此語。其後子瞻與人講說，亦必自任吏能。或問之，乃曰：「我與歐陽公、陳公弼處學來〔四〕。」然師中、子瞻亦自負之語爾！近歲舜民謫居房陵，得陳公弼《修城記》，嘗以此事書其碑陰，今又敢爲下執獻。夫君子學道也，聞之有先後，得之有淺深，亦繫其根性利鈍，唯政能在勉之而已，少加意則可以得之。孔子曰：「居之無倦。」非若道學之難也。吾子少年有立，何所不致，所謂先立乎其大者也，兹事乃其緒餘爾。偶因執筆，不覺三隅〔五〕，幸亡以耈陋爲忽，非惟左右之爲告，兼告之蘇在廷若兩蜀士君子。

與張江東論事書

吴孝宗

昨日辱諭，以欲敦遣王安國，而有所不可者，試爲閤下評之。竊以安國雖江西人，而其父乃葬江東。今之應進士諸科舉，皆以墳墓爲據，使安國若江東應舉，無有不可；豈有可以應舉，而不可以敦遣哉？矧安國未嘗身居江西，其應舉則在淮南及開封府。今縱使江西舉之，亦不過按虚籍耳，非安國身居江西，其在江西應舉也。閤下又謂，近人多舉安國，今更從而舉之，則爲詭隨，且必取笑。此又失之矣。夫自昔稱賢，如孟、荀、楊、韓之屬，前人已誦之矣，而今人又從而誦之，雖閤下亦曉夜與今人同誦也，然未嘗見閤下以詭隨取笑爲疑焉。昔之賢乎，其已死矣，與人同誦而不疑；及方今生在之賢，則疑而不敢與人同舉，則是閤下勇於誦死賢而怯於舉生賢也。人之好賢，死生如一。今誦死則勇，而舉生則怯，則是凡謂賢者，特利於死後，而不利於生在時也；特可俟其死後論之，以爲美談，而不可及其生在時舉之，以爲實用也，此何謂哉？爲閤下計者，問安國賢不賢爾，不當問其曾有人舉也。抑不知閤下謂安國果賢耶？果不賢耶？不賢，則閤下自不當議之；如以爲賢，閤下之舉，是舉賢也。夫舉賢則賢者盡喜，既盡喜矣，尚安有笑？則笑者必是不賢也。苟得賢者喜矣，尚何暇慮不賢者笑哉？況賢者喜，則不賢者笑，又理適然也。古之人見一善則争先爲之，惟恐在後，未聞有慮取笑而止者。如使善人每作一善，必先慮不賢笑，則僕恐善人有見善而不爲者矣。且安國之名，其著者久，非是近人未舉時天下不知，及舉然後始知也。然則安國之賢，不發自近人，而閤下又何以詭隨取笑爲疑哉？蓋前世舉賢，未必出于一夫之口，必也甲既唱之，乙從而和焉，乙已和之，而丙又從而唱焉，併力舉之，然後庶乎其人始見信而見用也。今則不然，甲既唱，而乙與丙曰，吾恐詭隨而取笑，則賢者老死于巖穴之中，而人主、宰相有不開不悟乎廟堂之上矣。惟閤下裁之！孝宗之於安國，相愛最厚，閤下所知也，而孝宗不以私黨自嫌者，猶前志也。閤下之愛孝宗亦可謂深矣，儻事有秋毫於不義，而固勸閤下使爲之，則孝宗之罪何誅？惟明察焉！

上張虞部書

豐　稷

稷觀天下無可責之民，或惡或善，或邪或正，或厚或薄，其風俗使然。治得其情，雖至惡可使遷善，雖至薄可使歸厚；治失其道，則反是；乃以民辭，吁何辜耶？近世猶可矜傷悼痛者，莫如農，力耕而食不足，蠶而衣不足。凡上之人，少不加意，爲損不細。竊求其端，而嘗慕善治民者，既仰止之，而又稱誦之，恨不得親見之。向守官於亳，則城父士民論議，縣大夫更歷多矣，能究民情；恤民隱，無如吾張公也。聞閤下之名，想閤下之風，恨莫之見，不圖天幸獲爲屬吏。今既遇嗣皇下憫農之詔，深切丁寧，求其策於天下；又遇閤下能究極民弊之淺深，謹先託書以導志。如閤下賜一席，得論其大方，亦可以盡心焉。

與王觀復書

黄庭堅

蒲元禮來，辱書，勤懇千萬，知在官雖勞勩，無日不勤翰墨，何慰如之！即日初夏，便有暑氣，不審起居何如？所送詩皆興寄高遠，但詩生硬不諧律呂，或詞氣不逮初造意時，此病亦只是讀書未精博耳。「長袖善舞，多錢善賈」，至語也。南陽劉勰嘗論文章之難云〔六〕：「意飜空而易奇，文徵實而難工。」此語亦是沈、謝輩爲儒林宗主時，好作奇語，故後生立論如此。好作奇語自是文章病，但當以理爲主，理得而辭順，文章自然出羣拔萃。觀杜子美到夔州後詩，韓退之自潮州還朝後文章，皆不煩繩削而自合矣。往年嘗請問東坡先生作文章之法。東坡云，但熟讀《禮記·檀弓》當得之。既而取《檀弓》二篇，讀數百過，然後知後世作文章不及古人之病，如觀日月也。文章蓋自建安以來，好作奇語，故其氣象薾然，其病至今猶在。唯陳伯玉、韓退之、李習之，近世歐陽永叔、王介甫、蘇子瞻、秦少游，乃無此病耳。公所論杜子美詩，亦未極其趣，試更深思之。若入蜀下峽年月，則詩中自可見。其曰「九鑽巴巽火，三蟄楚祠雷」。則往來兩川九年，在夔府三年，可知也。恐更須改定，乃可入石。適多病少安之餘，賓客妄謂不肖有東歸之期，日月到門，疲於應接。蒲元禮來告行，草草具此。世俗寒温禮數，非公所望於不肖者，故皆略之。

答李推官書

張　耒

南來多事，久廢讀書。昨送簡人還，忽辱惠及所作《病暑賦》及雜詩等，誦詠愛歎，既有以起其竭涸之思，而又喜世之學者，比來稍稍追求古人之文章，述作體製，往往已有所到也。耒不才，少時喜爲文詞，與人遊，又喜論文字；謂之嗜好則可，以爲能文，則世自有人，決不在我。足下與耒平居飲酒笑語，忘去屑屑，而忽持大軸細書，題官位姓名，如卑賤之見尊貴，此何爲者！豈妄以耒爲知文，謬爲恭敬，若請教者乎？欲持納而貪於愛玩，勢不可得捨，雖怛然不以自寧，而既辱勤厚，而不敢隱其所知於左右也。

足下之文，可謂奇矣，捐去文字常體，力爲瓌奇險怪，務欲使人讀之，如見數千歲前，科斗鳥跡所記弦匏之歌、鍾鼎之文也。足下之所嗜者如此，固無不善者。抑耒之所聞，所謂能文者，豈謂其能奇哉？能文者固不能以奇爲主也。夫文何爲而設也？知理者不能言；世之能言者多矣，而文者獨傳，豈獨傳哉〔七〕？因其能文也，而言益工；因其言工，而理益明；是以聖人貴之。自六經以下，至于諸子、百氏、騷人、辨士論述，大抵皆將以爲寓理之具也。是故理勝者，文不期工而工；理愧者，巧爲粉澤，而隙開百出。此猶兩人持牒而訟，直者操筆，不待累累，讀之如破竹，橫斜反覆，自中節目；曲者雖使假詞於子貢，問字於楊雄，如列五味而不能調和，食之於口，無一可愜，何況使人玩味之乎？故學文之端，急於明理。夫不知爲文者，無所復道；如知文而不務理，求文之工，世未嘗有是也。夫決水於江、河、淮、海也，水順道而行，滔滔汩汩，日夜不止，衝砥柱，絶吕梁，放於江湖而納之海。其舒爲淪漣，鼓爲濤波，激之爲風飇，怒之爲雷霆，蛟龍魚黿，噴薄出没，是水之奇變也，而水初豈如此哉？順道而決之，因其所遇而變生焉。溝瀆東決而西竭，下滿而上虚，日夜激之，欲見其奇，彼其所至者，蛙蛭之玩耳！江河淮海之水，理達之文也，不求奇而奇至矣。激溝瀆而求水之奇，此無見於理，而欲以言語句讀爲奇之文也。六經之文，莫奇於《易》，莫簡於《春秋》，夫豈以奇與簡爲務哉，勢自然耳。《傳》曰：「吉人之辭寡。」彼豈惡繁而好寡哉？雖欲爲繁，而不可得也。自唐以來至今，文人好奇者不一，甚者或爲缺句斷章，使脉理不屬，又取古書訓詁，希於見聞者，衣被而説合之〔八〕，或得其字，不得其句，不知其章，反覆咀嚼，卒亦無有，此最文之陋也。足下之文，雖不若此，然其意靡靡，似主於奇矣，故預爲足下陳之，願無以僕之言質俚而不省也。

與陳瑩中書

陳師錫

奉别累月，不敢作書爲問，而傾鄉之心，食頃不忘。李君至，辱手書，伏聞謫官東去，裕如也。繼衛守急足回，又得所惠答，喜聆起居冲勝，甚以爲慰。蒙示《日録論》及二編，具悉公之忠義，尊主之心，天日可鑒。然其言數齟齬者，蓋公之言未能信於人也；未信於人者，以公之心於此事自未通徹耳。敢以所聞奉浼，儻以爲然，當有裨助。所謂尊私史而壓宗廟者，公特謂曾丞相爲人所賣，不當進《日録》以爲國史之證也。公知其爲私史耳，而不知其爲誣僞之書也。公孰閱之，當盡見其誣僞者；不知其爲詆謗之書也，公精考之，當盡識其詆謗者。昔嘗見葉致遠言，荆公晚年，自悔作此書，臨終命門人焚之。卞焚他書以給公，公殁，卞遂縱横撰造，恣逞私意，甚者至於因事記言，爲異日自便之計。有知識者，孰不欲辨明，第以人微言薄，不足以勝朋姦之凶焰，故隱忍耳。吾友奮不顧身，挺然明此一大事，豈特怯懦之人，仰嘆不已，而宗廟之靈，聖考在天之憤，實有望於吾友也。然吾友謂安石聖人也，與伊尹同侔，此何言之過也！吾輩在學校時，應舉覓官，析字談經，務求合于有司，不得不從其説；至于立朝行己，則是是非非，烏可私也？《春秋》，孔子之所作也。先儒斷天下之事，決天下之疑者，《春秋》也，安石廢而不用。正君臣，定名分，《春秋》之法也，安石治平中唱道之言曰：「道隆德駿，雖天子北面而問焉，與之迭爲賓主。」夫天尊地卑，不可易也。明此南面，堯之爲君；明此北面，舜之爲臣；自古未有君而北面者。安石以性命道德爲説，乃謂君可北面，與臣迭賓主耶？吾友謂安石神考師也。此何言之失也！神考於熙寧間兩相安石，首尾不過九年，逮元豐之親政，安石屏棄金陵凡十載，終身不復召用，而亦何嘗師之有？自古有天下之君，未嘗不守祖宗之成憲明訓；後世子孫妄爲更張，鮮不召亂。豈有掃蕩我祖宗之憲之訓，遠取三代渺茫不可稽考之事，力行之者？夏之時，五子作歌，則述大禹之戒曰：「皇祖有訓。」商之時，傅説之訓高宗亦曰：「監于先王成憲，其永無愆。」周之時，成王命蔡仲則曰：「率乃祖文王之彝訓。」是三代之君，亦各述其祖宗訓戒如此。安石乃盡取而變亂之，可乎？吾友又曰，安石有剗弊革故之功。此何言之陋也！祖宗之法，行之幾百年，累朝聖君賢臣，不敢輕議。道則愈久而愈通，法則積久而必弊，因其弊而革之，雖弊不窮。仁皇之末，適當因革之時，而神考初政，有爲必有剗弊革故之臣，苟得忠厚之人，則祖宗之法，尚可因弊革故，再新無窮。不幸遇安石，力掃痛蕩，一切顛倒之。當是之時，士知其非，民不從令。安石乃以商鞅必行之心，立賞罰以變天下之法。横目之民，但趨賞避罰，安知長久之利害？于今五七十年，成敗可見，風俗之醇醨，於祖宗時如何？廉耻之廢立，於祖宗時如何？人才之美惡，於祖宗時如何？民力之貧富，於祖宗時如何？今則元臣耆舊，彫喪殆盡，遺民父老，在者幾希。而上之人方且紹之述之，愚恐更一二十年，事窮力殫，弊蠱百出，土崩瓦解之勢見；而祖宗之舊制，上下罔知，雖欲紹復，不可得也。孤忠所以痛心疾首者此耳。若謂剗弊革故之功，非敢聞也。吾友又謂，安石有講解經義之能，有作成人才之功。此何言之蔽也！安石之學，本出於刑名度數；性命道德之説，實其所不足。解經奥義，皆原於鄭康成、孔穎達，旁取釋氏，表而出之。後學不考其本，因受其欺耳。吾友所論，善則善矣，而未盡也。輒以此浼聞。此事匪易辯，更須熟考《日録》根本，識其真僞，乃可正此事矣。至懇至懇！吾友方遷謫，然居善地，不足憂惱。師錫緣編排舊疏，早晚必有行遣，決無輕恕之理，相見無期，萬萬自愛！李君遣人附此書，幸爲祕之，勿重其罪也。

答李景夏書

鮑欽止

向辱書，勤甚。屬差考試山陽，往反彌月，到家未弛擔，小兒不幸，親黨亦有哭泣，忽忽無好懷；受代不遠，俗事日加多，故因循不得爲報，皇恐皇恐。師文到官，亦已暮年，靖共職事，嘗不素食。位無小大，必行其志，期於無媿而已。世之士大夫，在下則卑某官曰，此不足爲也，皆偃然自高，不事事，慕晉人恐不及；至登用於上，亦果肯有爲乎？夫富貴在彼不可期，終身小官，亦終身不事事矣，然則食人之禄，獨無媿耶？録事參軍，實郡紀綱，於事當無不統。今任用重輕，與古殊絶。文書行吏，或有以相關者，顧皆不急；然筦庫犴獄，率兼領之，尚號煩碎。欽止始至之日，與之立科條，坐曹不少休。或相勞苦曰：「公儒者，翰墨職也；米鹽且敗公意。」或相詆毁曰：「是鋭始者，久必怠。」欽止爲之，將三年也，蓋如是而後安。夫材力不任其事，冒焉以居；材力足任矣，苟且以自便，小官可也。官益大，任責益重，又將冒焉，又將苟且焉，一身或免矣，如國何？此時俗習以爲常，而古人所大懼。師文磊落遠器，今乃局促於委吏之末，日與市井小人商榷銖兩，惟恐無贏餘以登有司之課，誠若有可厭。顧官以是爲職，欽止私憂執事之怠也，是以有前所陳，願少察之。昨書推譽皆過其實，謹避席不敢當；置規皆中其病，謹再拜受賜。朋友道絶久矣，今爲尤甚。平居接盃酒，出肺肝，非專道義之交，皆勢利之求也。陽爲道義，陰爲勢利，尚多此族，一臨危機，真情乃見。若大相期於寂寞之濱，見賞於歲寒之後，善以相稱，不善以相戒，此前脩之高風，而欽止非其人也，乃幸辱焉。詩曰：「中心藏之，何日忘之。」敬誦此章，以爲左右之報。冬候凛凛，未見，伏惟進學自愛！

謝祭酒司業書

周行己

古之爲天下者，至簡易也。舉天下而付之百執事，使分爲之，未嘗鰓鰓焉致疑於其人。蓋先之以庠序之教，孝悌之義，使人人皆知仁義之行，而無犯上作亂之心，然後委之以府庫而不疑其竊，與之以封疆而不疑其叛，託之以社稷而不疑其亂。非謂其法制足以使人不能竊且亂也，能使人不爲竊且亂也。後世之爲教者異於是矣，大開禄利之路，以誘之於前，而嚴其法禁，以驅之於後。使天下之人，皆摇奪其忠實之良心，而顛沛於利害之間，上下一道，而莫之覺也。是以天下之人，生則溺於耳目恬習之事，長則師世俗崇尚之言，以仁義爲迂闊不切之務，而甘心於得喪榮辱，以爲實有。嗚呼！胡爲而莫之覺也？昔之舉天下之善者，莫不歸之於舜；舉天下之惡者，莫不歸之於跖。而孟子以爲，舜與跖之分無他，義與利之間而已。夫天下之人，莫不爲義也，固未必人人皆至於舜；莫不爲利也，固未必人人皆至於跖。而匹夫單行，一不受嗟來之食，此其爲義至小也，然而君子之所以與之者，謂其已有舜之心矣。尋常之人，簞食豆羹之不忍，此其爲害至小也，然而君子之所以惡之者，謂其已有跖之心矣。是故聖人之所恃以爲天下者，爲其有善教以養天下仁義之心；而君子之所以自重其身，以有仁義之實也。行己生而守父兄之訓，長而聞先生長者之言，皆以爲如此。是以平居不忍一日傀焉其躬，取利於君子之所賤。蓋嘗三省於視聽言動之間，不使斯須有不慊於心之餒，謂古之善擴充仁義之心者，其要在此。比者國家欲得天下可用之才，而舉天下之士，各付之有司，使觀其仁義之言，以求其仁義之實。而行己嘗以其所知者，寓之於無能之辭，以應有司之問。而或者因其言以得其心，謂其學之不苟也，迺越去等夷，拔於數千百人之中，不責其記誦疏略，不繩以科舉法度，而特取其心之所存者。如行己者，抑何足道，而有司所以取士之意，甚美也。夫爲國家養天下仁義之才者，太學也；爲國家得天下仁義之士者，有司也。然則行己亦自有心矣，故因近世舉子之常禮，而得以區區之説致謝焉。

上丞相曾子宣書

晁詠之

詠之聞禍福成敗，非獨天命，實人爲有以致之。古人論天人之精微，窺機變之源本者，蓋及乎此矣，不可不察。詠之不肖，獨喜妄論天下事，以謂治亂存乎時，所以致此者繫乎相。故嘗考古今之迹而論之曰：有一時之相，有萬世之相。其術出乎一時者，雖工必拙，暫安必危，禍不勝諱；其術出乎萬世者，當年享其利，國與家皆蒙其福，愈久而愈傳。周、召、衛、畢，身致天下，多者輔四世，蓋數十世，其子孫亦數十世，其賢至今不已。商鞅、李斯相秦，當其盛時，天下有識者已知其必敗，勢處廊廟之嚴，而身無旦暮之安，其辱至今亦不已。蕭、曹、魏、丙，與其他名公卿，非必有往者聖智之姿，其術是也，卒享安榮。王導當晉之東，輔中才而建危國，外又有王敦之嫌，其術是也，遭時處變而不遷，其後世之盛，實終江左。裴度之相自憲宗，歷世多故，其賢不傷。李德裕相一武宗，可謂盛矣，而禍不旋踵。裴度不死，及相會昌，其功烈可致，而禍敗亦不及。魏謩，李世賢者也，德裕以謩楊、李所薦，亟貶逐之，如此禍何可免？本朝吕文靖，三相而身愈安，其間蓋多事矣，而禍不及。王文正輔政十八年，而寵不替。此二公者，其事甚簡，其身至逸，其享富貴最久，至今爲大家。近時以來，事多反此，亦其操術然也。周、召、衛、畢，下及文靖，其術出乎萬世。故祇恪謹審，戒乎妄發，利於今，思其所以害於後；快於我，顧其所以復於人，屈折於天下之士，使導宣德澤，逮于遠邇，天下歌之，人仰其惠〔九〕。故蒙讒毁而毁不替，遭時變而死不危，其子孫亦有無窮之福。商鞅、李斯、德裕，非不才且賢也，其術出乎一時，故矜其智能，倚其勢利，利於今，不思所以害於後；快於我，不顧將以復於人；抑天下士，顯與之爲仇；無近民之政，使天下惡聲必出於己，故寵極勢殫，時遷事變，則禍不勝載。然則禍福成敗，果有以致之，非獨天命，果不可以不察。往者執事在樞府，輔佐造膝之言，廟堂論争之語，天下仰其德而蒙其利，知執事之於國忠也。士大夫失職不得進，有才者抑而不得伸，執事周旋奬激，如謀己私，知執事之於善人厚也。異時州郡閭夤緣軍興，以漁斯民者，執事察見不少貸，知執事之愛吾民者深也。善人之譽執事者日益多，道日益光，而名日益美，故執事遂相今天子，豈非有以致之乎？然執事位益尊，天下所以望執事者益衆，執事益宜加意於在前，使恩信及於士大夫，而德澤浹于天下；益屈己下士，無愛爵禄，使無遺材，賢能者登進，疑危者消釋；破碎比周，達爲和氣，無賢不肖，皆能誦執事之功德；而草野小人，外及四夷，皆知仰執事之名姓。朝廷有太山之安，吾君有神聖之治，執事亦有無窮之聞，實惟萬世相之術。于以水富貴，建功業，都美譽，而貽子孫，豈不偉歟！詠之愚不肖，自先人棄諸孤也，奔走於衣食，行年四十而老詩書，志日益遠，而身日益不偶，可謂窮矣。然未嘗以一語嗚其哀于王公大人之前，今獨於執事之門發其狂瞽者，知執事之明足以致是，而詠之之言亦宜聞於執事。塵冒鈞聽，俯伏待罪。

校勘記

〔一〕然刺其禮　「刺」字原本空白，據明抄本、明刻本補。

〔二〕聖賢　「聖」字原脱，明刻本同，據明抄本補。

〔三〕大人　「大」字原本空白，據明抄本、明刻本補。

〔四〕我與　「與」明刻本作「處」，疑當作「於」。「與」、「於」古通，但宋人多分别使用。

〔五〕三隅　二字原本空白，據明抄本補。

〔六〕嘗論　「嘗」原作「當」，形近而誤，今改。

〔七〕豈獨傳哉　「豈獨傳」三字原脱，據明抄本、明刻本補。

〔八〕衣被　二字原本空白，據明抄本、明刻本補。

〔九〕人仰其惠　「人」字原本空白，據明抄本補。

宋文鑑卷第一百二十一

啓

賀刁祕閣啓

楊億

羣玉之府，圖籍攸歸；承明之廬，俊賢所聚。自非兼該文史，洞達天人，擅博物之稱，負多聞之益，則何以掌蘭臺之祕記，辯魯壁之古文，克分豕亥之非，榮對鬼神之問，允資鴻博，式副選掄。恭惟某官，竹箭貞姿，天球祕寶。一自翰飛南國，便歷享衢，奏賦梁園，載居右席。薦紳之所推慕，負扆之所嘉稱，羣公奉金以交驩，諸生攝齊而請益。矧乃紫宸引籍，紅旆行春，循吏之謡，益喧於十部，望郎之選，荐歷於三臺，公望愈隆，天眷彌厚。屬簡求於髦碩，用刊正於緗緗，輟明庭伏奏之勤，副延閣紬書之選。矧乃育材之地，適鍾下武之期。禮遇甚優，不至子雲之寂寞；品流以别，且無方朔之詼諧。某限符竹之所拘，揖風期而尚阻，願言慶抃，倍異等倫。

回潁州曾學士啓

劉筠

伏念褊局至庸，孱軀多病，暗於機用，動涉背馳。恥介寵以趨風，甘受嗤而擯迹。向者起於將廢，擢是無聞，猥玷綸曹，仍參臺職。帝言郁穆，殊無演暢之工；王度清夷，深積優游之幸。自惟竊吹，固極常涯。矧乃金馬蘭臺，名儒舊德，榮滯者過半，零落者寔繁，孰謂鯫生，更希殊進？誠以衰門積釁，諸寡食貧。嚴助豈厭於直廬，郗愔願補於遠郡。乘穰守之方闋，荷堯聰之俯從。聚庇本宗，才罹歲籥，豈期優詔，移處近藩。獲依仁者之鄰，實出非常之契。適將叙欵，俄辱誨函。披贈錦之英詞，徒知誘進；示巽牀之謙旨，殊匪爲儀。欣悚交懷，銘藏奚克。

賀舒州李相公啓　夏竦

伏審肅膺鴻沛，起殿大藩，伏惟慶慰。恭以某官，沉正秉彝，清和懿德，經三聖之變，紬繹惟深；貫萬物之儀，臣鄰有翼。曩屬先朝違裕，臣黨興姦，密嘯羣邪，陰窺時柄。允繄哲輔，克殄凶謀，防檢未萌，澄綜多辟。虹氣由是霽止，霄塗爲之密清。精貫三辰，賴深百辟。終以洽聞飛語，引去上司，傅致深文，越處遐裔。孤節彌諒，高揖自冲。攄榮悴之交，人言無間；失左右之手，國體幾虧。大號既明，巨慝咸露。狐鼠失其深穴，豺虎食於譖人。協氣雲翔，皇朝電照，澄洗司制，延即舊臣。眷惟襄贊之賢，首被優深之渥，慰藉良厚，毗倚增隆。袁安涕洟，念深于王室；謝傅憂樂，望結於蒼生。雖暫假於鎮臨，必坐階於密勿。至公來復，有識相歡。薦紳攢耳以聆風，斯文聯册而刊美。洪惟高範，絕出常均。某恪守郡條，欽聞朝渙，不獲拜伏車下，奔走道周，但私慶於單危，將永歸於埏鑄。

免奉使啓　夏竦

比膺使指，往奉歡盟，選授至艱，道塗差近，況多侑幣，寔濟空拳。然念頃歲先人没於行陣，春初母氏始棄孤遺。義不戴天，難下單于之拜；哀深陟屺，忍聞禁侏之音？車府露章，槐庭泣血。王姬築館，接仇之禮既嫌；曾子回車，勝母之遊遂輟。荷兩宫之大庇，戴三事之昌言，退安四壁之貧，如獲萬金之賜。某官力持名教，素奬孤寒。屬商利於摘山，闕言心於奏記。何圖驛置，先墜書筠，俯哀蹈義之心，不辱資忠之訓。永惟佩服，何但銘藏。

答胡秀才啓

歐陽修

竊以考行選賢，故人皆脩德而自厚；論材較藝，則下或衒己而忘廉。誠誘養之道殊，致進趨之勢異。寖久之俗，益薄惡而可嗟；習見爲常，遂安恬而不怪。伏以秀才，學優墳史，詞富文章，能力行以自强，方韞藏而待價，豈期誤舉，遂爾遺材！惟賢食之不家，顧良時之難得。譬夫餓者雖耻嗟來，因而無言亦將不及。既一慚之不忍，遂兩訟以交興。逮乎究窮，果自明白。矧朝廷之選士，惟寒俊之是先。雖爾初屯，理將後得。必也涖官學古，爲政臨民。當獄訟而平心，視斯爲戒；利公家而忘己，効以必争。苟終身之不回，雖一眚之何患？如此，則圭璧之玷，猶或可磨；日月之更，其將皆仰。至於較定能否，明辨是非，形長者豈度之私，貌妍者非鑒之惠。但慚淺識，惟竭至公。漁者讓泉，思古人而莫見；私門受謝，亦鄙志之不爲。

謝館職啓

歐陽修

受命之始，榮懼交并。伏以國家悉聚天下之書，上自文籍之初，六經傳記，百家之說，翰林子墨之文章；下至卜醫禁呪，神仙黄老，浮圖異域之言；靡所不有，號爲書林。又擇聰明俊乂之臣，以遊其間，因其校讎，得以考閱。使知天地事物，古今治亂，九州四海，幽荒隱怪之說，無所不通，名曰學士。一日天子闕左右之人，思宏博之彦，出贊明命，入承顧問，遂登宰輔，以釐百工，一有取焉，多從此出。所以平居優游，素服其業，館以禁署，食於大官。《詩》菁莪之育人才，《易》鼎飪之養賢者。凡在兹選，得非茂歟！然而廪重職閑，則未免尸禄；官無吏責，則可容幸人。若修者，以寒陋之姿，被文藝之舉，自初營職，已與書筵。於時上有鴻儒侍從之才，下多羣賢論撰之衆。而修方被罪譴，竄之荆蠻；流離五年，赦宥三徙；山川跋履，風波霧毒，凡萬四千里，而後至于京師。其奔走之役，憂思之勞，形意俱衰，豈暇舊學？比其來復，書已垂成，遂因衆功，豈有微效？奏御之日，梟鴈而前，例蒙褒嘉，正以職秩。雖因時而幸會，實有靦於面顔。此蓋伏遇某官，柱石之功，佐佑明主，鈞衡之任，進退百官，方疇衆勞，不忍獨棄，遂令忝冒，出自生成。在於顓愚，何以論報？雖未能著見德業，以稱君子教育之仁；猶可以作爲歌詩，稱頌聖朝功化之美。過此以往，未知所裁。

與晏相公書

歐陽修

伏念曩者，相公始掌貢舉，修以進士而被選掄；及當鈞衡，又以諫官而蒙獎擢。出門館不爲不舊，受恩知不爲不深。然而足迹不及於賓階，書問不通於執事。豈非飄流之質，愈遠而彌疎，孤拙之心，易危而多畏。動常得咎，舉輒累人。故於退藏，非止自便。今者偶因天幸，得請郡符。問遺老之所思，流風未遠；瞻大邦之爲殿，接壤相交。因得自伸慇悃之誠，庶幾少贖曠怠之責。伏惟相公，朝廷元老，學者宗師，尚屈藩宣，行膺圖任。伏惟上爲邦國，倍保寢興！企望旆麾，無任激切。

回文侍中啓

歐陽修

竊承顯奉制恩，荐膺寵拜，伏惟驩慶。恭惟太師侍中，器深宏達，業茂經綸，弛張文武之才，出入將相之任。而日者來覲冕旒之邃，喜聞履舄之聲。從容語言，固多仁者之利；體貌耆哲，是惟先帝之臣。宜加異數之優，以爲一面之重。雖方勞於憂顧，藉有素之威名。然而患輕四支，不足爬搔於蟣虱；坐制萬里，理當根本於朝廷。即期廊廟之來歸，始慰士夫之素望。過蒙謙抑，曲示誨言。趨賓邨以無由，積感悰而徒切。

回諫院傅龍圖攀違書

歐陽修

修猥以非才，久竊重任。報効初無於毫髮，怨仇已積於丘山。近蒙睿恩，曲狥誠請，與之近郡，俾養衰年。荷聖主之保全，賴公朝之議論，俾獲奉身而退，方懷去德之思。諫院龍圖舍人，深閔孤危，特迂誨翰。意愛勤甚，有踰平時，風義凛然，可激薄俗。仰止門仞，莫追叙違；銘之肌膚，永以佩賜。瞻依之悃，敷道奚周！

潁州通判揚虞部書

歐陽修

修啓：兹者赴郡假塗，久留賓次，過承眷與，日接宴言，遽此暌違，實增感戀。但以柅車之始，視職方初，雖云陋邦，粗有人事；加以大暑，遂成病軀。旦夕之間，方思布欵；急遽之至，先以惠音；且承別來，福履清勝。修以衰朽，得以退藏。如夙昔之所聞，皆少過於其實。惟寂寞之爲樂，須漸久而益佳。餘非悉談，更冀多愛！

回寶文呂内翰啓

歐陽修

兹者伏承寶文内翰，被召禁林，陞華内閣。仰惟道德名望之老，久淹言語侍從之流。以望之之忠誠，兼孔光之謹密。豈止典謨潤色，朝廷遂變於斯文；固以朝夕論思，天下獲受其陰賜。雖未正秉鈞之任，而姑副側席之求。凡在縉紳，皆同慶抃，況於庸鄙，最荷知憐。而多病早衰，思乞骸而已久；因閑成懶，顧與世而益疎。豈無嚮慕之私，殊缺寢興之問。敢期惠眷，先辱誨言。世路多虞，方歎風波之惡；歲寒已甚，始知松柏之心。感慰之深，敷陳奚既。清霜戒候，内直方嚴，惟冀珍調，以符瞻詠！

賀呂相公兼樞密啓

宋祁

伏承光膺朝制，兼揔天樞，伏惟慶慰。竊以三公之尊，古無不統。五代多故，職乃有歸。別咨邇臣，以本兵柄。部分諸將，直出於禁中；參決其兵，不關於公府。承流寖失，革弊在權。惟時宗工，克對明命。某官，世基厚德，天畀大猷。熙載之勞，則歌於六府、三事；寵任之美，則詠於《崧高》《烝民》。協濟聖功，丕冠皇極。然德有重徼，運無常安。遼種寒盟，羌酋盜塞。保障四鄙，未使窮追；調發千金，不無煩費。上意尤注，時柄難分，果屈上公，臨判中務。擇清明之便日，布焜煌之册書，百辟歡聞，多方抃愜。方且坐料脆敵，陰伐詭謀，案邊吏之瑣甚精，轉關中之漕相繼。漢皇萬里，決無不見之明；曲逆六奇，遂倚先幾之勝。奮庸有待，訂美無倫。某適綰州章，方遥謁舍；詔文布下，私慶叢矜。

賀吕待制啓

宋祁

伏承祗膺召節，將造昕朝。詔目疾騰，士倫交抃。恭以某官食德雖舊〔一〕，挺世自高。使煩而能，與聖胥會。河朔艱食，縣官乏財。首膺僉求，大經用度。游刃於肯綮之地，遺秉於滅裂之餘。勤勞三年，兵以足食；殿最百吏，察不過條。見效著明〔二〕，清議惟允。用虚前席之待，趣竚追鋒之還。至于邊保盈虚，士夫臧否，料敵人有以進退，繫今日所以安危，必爲上言，以救時弊。然後徐副民望，安步台階。再世司徒，紹鄭人之前美；一門宰相，匪衞公之獨賢。祁素接游從，久棲蔭映；側聞稱促，陰禱延登。慎夏有初，舍祥惟兢。

定州謝到任上兩府啓

宋祁

仰對明綍，俯循華組，地由邊重，帥以儒榮，任不值能，顔無容愧。竊念祁短謀腐學，病質衰年，自應力於藝文，不應強以軍旅。比者承乏真定，臨制中權，率職半朞，無治言狀。方襆被以須去，俄假節而益遷。進領博陵，深控幽朔，營屯沓集，亭鄣蟬聯。列屬九州，有宜得更於事；哀衆十萬，無日不討於師。號爲劇藩，當待賢牧；寧兹鯫儒，再忝僉俞？伏以某官，明揔庶官，輔興邦緯。廣十取五之路，收百有一之長。謂愚可矜，雖拙猶用。遂俾文吏，超攝元戎。所賴虜運百年，天聲萬里；戍餘卧鼓之息，城無早闉之虞。操筆可制豪桀之驕，持籌可期租賦之入。倚國爲重，積日效勤。不然巢林一枝，素省身而斂分；假令入竹萬箇，甘牘罪於曠官。埏冶不私，帡幪知所。

賀參政侍郎啓

宋祁

伏審光奉制書，進知機務，伏惟慶慰。恭以某官，函德之厚，剛中而明。旅力四方，寅亮丕績。邦被風教，用飭民瞻；天賜耆明，俾輔王室。果咨魁壘之彦，入佐調燮之宜。追鋒疾驅，前席延拜。揭日當午，物無斜陰；推雲崇朝，澤有餘潤。赫蹏行下，薦笏懽聞。祁方守塞防，側聆恩册，振襟私喜，詣府莫諧。

鎮府謝兩府啓

宋祁

常山劇部，全趙故封，地聯六州，身擁三綬，任踰于分，榮不償慚。伏念祁爲術空單，稟生尩怯。叨華禁署，謬籍經筵，惟孤拙以自持，無游説而爲助。年將壯邁，疾引衰來，遂丐外除，冀逃多悔。國有賢翰，朝無廢人，料自閑州，受以戎閫。因過都而俾謁，緣重帥而許遷。敢留于行，已踐而職。此蓋伏蒙某官，助邦善育，爲上亟言，齒擢誤加，庸底思報。竊以河朔之地，天下勁兵，分四帥臣，皆一都會。然而狃承平之習，訓練弗精；因流饉之餘，廩帑常乏。馬不充士，官靡值才。幕府欲仰給之饒，度支辭經用之窘，交相爲患，未知所圖。伏惟廟謀，深體邊務。峙隄于未潰之日，投藥於可療之初。誓當悉心，稍期集事。守符云始，趨府方賒。託庇高明，叩矜危戀。

賀司空呂相公啓

李淑

伏審顯奉制書，進開公府，馳郵旁告，望履胥歡。恭惟某官，直德閎材，懿文淵識。感會明聖，奮庸宰衡。陟降三階，綢繆四近。扶掖於帷墻之近，啓發睿謨；燮熙於鼎飪之和，揉正皇度。基於忠直，而其用若晦；發爲經綸，而迭使不煩。士鑒攸歸，王室是賴。固已功輝當世，名高古人。自兵祲之騷邊，屬廟謀之待晝。舉圭趣召，則民識所從；斫案定疑，則師有必克。矯前違而不伐，制勝策以無遺。帝眷攸先，恩章果沛。諗於輿誦，以合賢期。在昔揆路之升，及此歲陽之變。若時拜袞，未曰疇勳。姑以遵漢傑之奇成，遲周時之凱入。諏王體以爲急，非私抃之敢謠。埽門之餘，蔭宇知庇。限有印章之繫，莫造賓館之趍。企戀祈翹，叢集丹悃。

知陳州謝上啓　張方平

大皞之墟，肇自上皇之世；有嬀之後，爰開盛德之封。承京師首善之流，實勳舊均勞之地。祗膺朝命，濫領藩麾。伏念方平，平世爲脩，散財乏用。荐更臺閣之要，久司户牖之嚴。海鳥暫留，亦受太牢之饗；風簫忽過，豈諧雅奏之和？頃解郡章，獲歸里社，冀安末節，遂以窮年。攝迹閑曹，分從於病廢；長民近輔，復被於詔除。此蓋某官，秉國治均，贊時化育。亮采通於百志，燮友周於萬微。大道甚夷，至誠斯格。敢不仰虔存録，自力衰疲，更礪鈆刀，聊施於一割，所憂駑乘，難効於長驅。

上鄭資政啓　劉敞

邈遠符光，亟遷歲籥。睎虹蜺之隆燿，渴江漢之清流，心如旌摇，訊將雨絶。伏惟坐鎮南國，翕寧純禧。恭以某官，禀靈山川，爲世梁棟。邁一德以齊俗，含至誠而協中。往者董正武經，毗参公鉉。折衝出於樽俎，威令被乎夷戎。茂功越成，優詔均逸。雖帝堯四嶽之任，下統諸侯；而姬旦《九罭》之詩，咸思衮服。矧惟注意，固亦匪朝。敞闇於知人，幸守兹土。誠陶鈞之遠及，趨棨戟而無緣。仰冀上爲廟朝，益綏福祉！

知永興軍謝兩府啓　劉敞

雍州上腴，見稱前史；秦地四塞，實雄諸侯。至於人物車甲之饒，風聲謡俗之盛，擇守未易，得人爲難。豈有抱空疎之姿，守樸陋之學，材不洎衆，智非過庸，擢從講闈，假以威節。兼四千石之重，連數十城之封。自視缺然，曷以稱此？此蓋伏遇某官，專運鈞之化，隆作厦之功。至和平分，羣力並用。不愛美錦，曲從庇身之求；申錫介圭，略比元侯之舊。蓋觀國者以處遠爲陋〔三〕，事君者以居中爲榮。揆能苟微，冒寵思過。固當勵斷斷之節，立優優之風。庶幾所長，尚有云補。下塞譏慝之口，上答甄鎔之私。

上郭侍郎啓

王安石

伏蒙過采浮議，使承乏官。藉寵則榮，循涯而懼。願留平聽，得究下情。頑疎之人，滯固於事。席先子之緒業，玷太常之等名。備位于兹，歷年無狀。安全者幸，廢去乃宜，何言誤知，欲觀小試。審處私計，追維舊聞。不越俎以代庖，蓋言有守；未操刀而使割，可必無傷？輒敢用是固辭，誠願易而他使。依違王事，雖名理之未安；妄冒人知，亦生平之不欲。高明在上，悃愊發中。臨啓怔忪，果於得請。

謝王司封啓

王安石

伏念安石孤窮之人，少失所恃。雖勉心竭力，求以合於古人；而固陋顓蒙，動輒乖於時變。以此而遊於世，未嘗見恕於人。而自趍走下風，習聞餘教，慰藉之禮，稱揚之私，忤嚴顔而不加犯上之誅，拂盛指而更以首公爲是。書文報答，騎從見臨。不以先進略後生，不以上官卑下吏。以至其去，重煩送將；又賙其行，使不留滯。爰初就職，甫爾踰旬。乖離雖新，感戀殊甚。伏惟順節自壽，副人所瞻！

謝提刑啓

王安石

叨備一官，甫更三歲，不時罷廢，實賴全安。遭值使車，按臨州郡。頗望風而震恐，將投劾以去歸。敢圖高明，見遇優過，載銜盛德，尤激下情。違離尚新，企仰殊甚〔四〕。茂惟賢雋，善迓福祥；固有神明，陰來輔相。褒陞之寵，倚立以須。伏惟爲上自頤，副人所望。

上韓太尉先狀

王安石

昔者幸以鄙身，託於盛府。無薄才以參籌筴之用，有疏節以累含容之寬。久而再惟，滋以自愧。伏惟某官，憂國愛君之操，仁民恤物之方，賓禮賢豪，包收疵賤。蓋嘗沐浴於餘澤，而且歌舞於下風。孰云去離，遂曰疏斥？徒以地殊南北，勢隔卑尊，小夫竿牘之勤，不足自効，幕府文書之聚，或以爲煩。方隨傳車，得望步履。固願階緣於疇昔，無因鑽仰於緒餘。敢圖高明，先賜勞來。貴以下賤，不矜其行之疵；賢而容愚，不誅其禮之曠。夫惟昔之有道，皆慎所以與人，欲示其自養之污隆，必觀其所遇之能否。深慚固陋，有玷奬成。將次郊闕，即趍墻屏。其爲感喜，豈易談言。

知常州上監司啓

王安石

蒙恩寬裕，得郡便安，諏日造官，以身受察。竊念安石鄙陋之質，拙疏於時。聞先子之緒餘，慕古人之名節。黽勉仕宦，聊盡爲貧之謀；苟簡歲時，亦預在庭之數。來佐郡牧，甫更二年。數求州符，就更幾縣。顧神明之罷耗，當事役之浩穰，慚得其宜，辭得所欲。未遂一身之賤，猥分千里之憂。荷覆露之生成，出雋賢之撫按。竊惟幸會，良用震驚。惟此陋邦，近更數守。吏卒困將迎之密，里閭苦聽斷之煩。自非函容，少賜優假，緩日月之效，使教條之頒，則何以上稱督臨，下寬凋瘵？伏惟某官，逢亨嘉之會，奮將明之材，簡在清衷，久於煩使。體愛養元元之意，樂扶持斷斷之能。庶幾始終，得出芘賴。未期望履，尤切馳情。願順節宜，以需褒寵。

賀韓魏公啓

王安石

伏審判府司徒侍中，寵辭上宰，歸榮故鄉。兼兩鎮之節麾，備三公之典策。貴極富溢，而無亢滿之累；名遂身退，而有褒加之崇。在於觀瞻，孰不慶羡！伏惟某官，受天秀氣，爲世元龜。誠節表於當時，德望冠乎近代。典司密命，揔攬中權〔五〕。毁譽幾至於萬端，夷險常持於一意。故四海以公之用捨，一時爲國之安危。越執鴻樞，遂躋元輔。以人才未用爲大耻，以國本不建爲深憂。言衆人之所未嘗，任大臣之所不敢。及臻變故，果有成功。英宗以哀疾荒迷〔六〕，慈聖以謙冲退託。内揆百官之衆，外當萬事之微。國無危疑，人以静一。周勃、霍光之於漢，能定策而終以致疑；姚崇、宋璟之於唐，善致理而未嘗遭變。記在舊史，號爲元功。未有獨運廟堂，再安社稷，弼亮三世，敉寧四方，崛然在諸公之先，焕乎如今日之懿。若夫進退之當於義，出處之適其時，以彼相方，又爲特美。安石久於芘賴，實預甄收。職在近臣，欲致盡規之義；世當大有，更懷下比之嫌。用自絶於高閎，非敢忘於舊德。遡聞新命，竊仰下風。

賀致政趙少保啓　王安石

竊審抗言辭寵，得謝歸榮。繇西省諫諍之官，序東宫師保之位。殿廷鳴玉，尚仍前日之班；里舍揮金，甫遂高年之樂。伏惟慶慰。資政少保，昭懋賢業，寅亮聖時，伯夷之直惟清，仲山之明且哲。所居之名赫赫，豈獨後思；爾瞻之節巖巖，方當上輔。遂從雅志，實激貪風。未即披陳，徒深欽仰。

賀致政楊侍讀啓　王安石

伏審得謝中楹，戒歸下國。孔戣致仕，議臣雖願其留；疏廣乞身，觀者固榮其去。丁時僉絶，取道阻長。繄盛德之可師，宜明神之實相。茂惟興止，休有福祥。伏惟某官，逢辰清明，取位通顯。義勇不挫，忠精無疵。登備諫工，嘗已告嘉猷于后；奉將使節，則必下膏澤于民。儀儀會朝〔七〕，凜凜侍從。功名之美，既耀于將來；智略之閎，猶嗟于不試。引年去位，循禮得中。唯其養恬，有以鎮薄。安石望塵非數，見器則深。竊冒上官之大知，唯所不欲；推揚後進之美意，云何敢忘。備位于兹，仰高無止。

謝高麗國王啓　王安石

伏以纖疆阻闊，覲止無階〔八〕；道義流聞，瞻言有素。使旃及國，贄寶在庭，逮以好音，中之嘉惠。眷存郎厚，慰感實深。恭惟大王，膺保德名，踐脩猷訓。纂榮懷之舊服，襲壽豈之多祥。冀順節宣，深綏福履。有少儀物，具如別牋。

謝知制誥啓

王　珪

載右史之筆，初冒於清光；典四禁之文，遽更於近職。寵非材稱，幸出意涯。竊思帝廟堂之尊，富家國之盛，而能鼓舞天下之動，神明天下之幾。非典謨文章，號令風采，恐未易講寥廓之治，追醇醲之風。蓋在古二帝之遺書，而大訓之所基本；在天太微之西掖，而元命之所淵微。有如起兩都之隆，致開元之懋。其間詔書之始下，政事之所施，固多高文大册之傳，嘉謀讜議之益，使王言温潤，而主澤汪洋，當時得人，後世載美。有赫昌會，於皇彌文。上有帷幄宗工鉅臣，以經綸風化之源；下有蘭臺鴻儒碩學，以剴靡精祲之際。況名命之所出，而禁嚴之所司，匪肩異倫，實點華序。如珪者，姿禀沉霧，器能枵疎。學承之迂，闇於古今治亂之適；識滯於用，藐無賢知馳騁之奇。偶濫偕於計文，幾躐先於亂級〔九〕。往禪劇治，趣駕屏星之車；還預雋遊，誤對高門之地。未及承明之㕔，已攖司會之繁。一涉丹墀，得識天子之能事；更持紫橐〔一〇〕，媿云史臣之多聞。敢意睠奬之靡遺，乃擢瑣凉于非次。給北宮之札〔一一〕，才奉試言之榮；荅淮南之章，俄參視草之寵。重念去書林之直，有先人手澤之存；即綸闈之趍，仍伯氏詔文之舊。豈容單陋，寖竊高華？茲葢伏會某官，以材猷粹純，覽文雅之望；以風誼高博，主名教之歸。

啓廸當世之事功，樂育四海之豪畯。如大庭之旅萬玉，不以珷玞而卽捐；如匠石之區衆材，不以楩楠而後巧。致繆茲舉，以矜無庸。敢不佩飭訓辭，參祈躰論。矯其一切之習，策所未至之難。慎漢制之頌，期盡追於三代；揚堯言之善，使益誦於四方。或犬馬未衰，冀涓塵有補。庶切君恩之報，敢忘已日之私。愚心區區，未識所措。

謝相府啓

蘇洵

朝廷之士，進而不知休；山林之士，退而不知反。二者交譏於世，學者莫獲其中。洵幼而讀書，固有意於從宦；壯而不仕，豈爲異以矯人？上之則有制策誘之於前，下之則有進士驅之於後。常以措意，晚而自慚。蓋人未之知，而自衒以求用；世未之信，而有望於効官。仰而就之，良亦難矣！以爲欲求於無辱，莫若退聽之自然。有田一廛，足以爲養；行年五十，復將何爲？不意貧賤之姓名，偶自徹聞于朝野。向承再命以就試，固已大異其本心。且召試而審觀其才，則上之人猶未信其可用；未信而有求於上，則洵之意以爲近於強人。遂以再辭，亦既獲命。以匹夫之賤，而必行其私意；豈王命之寵，而敢望其曲加？昨承詔恩，被以休寵。退而自顧，愧其無勞。此蓋昭文相公，左右元君，舒慘百辟，德澤所暢，威刑所加，不暘而熙，不寒而慄。顧惟無似，或謂可收。不忍棄之於庶人，亦使與列於一命。上以慰夫天下賢俊之望，下以解其終身飢寒之憂。仰惟此恩，孰可爲報？昔者孟子不願召見，而孔子不辭小官。夫欲正其所由得之之名，是以謹其所以取之之故。蓋孟子不爲矯，孔子不爲卑。苟窮其心，則各有說。

雖自知其不肖，常願附其下風。區區之心，惟所裁擇！

賀歐陽樞密啓

蘇洵

伏審光奉帝詔，入持國樞。士民讙譁，朝野響動。共惟國家所以設樞密之任，乃是天下未能忘威武之防。雖號百歲之承平，未嘗一日而無事。兵不可去，職爲最難。任文教則損國威，專武事則害民政。伏自近歲，屢更大臣。皆由省府而來，以答勳勞之舊。一歷二府，遂超百官。既無跂足之求，僅若息肩之所。自聞此命，欣賀實深。蓋因物議之所歸，以慰民心之大望。伏惟某官，一時之傑，舉代所推。經世之文，服膺已久；致君之略，至老不衰。顧惟平昔起於小官，曷嘗須臾忘於當世。以爲天下之未大治，蓋自賢者之在下風。自今而言，夫復何難！願因千載之遇，一新四海之瞻。洵受恩至深，爲喜宜倍。嘗謂未死之際，無由知王道之大行；不意臨老之年，猶及見君子之得位。阻以在外，闕於至門。仰祈高明，俯賜亮察！

通倅謝兩府啓

姚闢

書局備員，僅逃於譴謫；海濱貳政，寔賴於奬提。脫去塵埃奔走之勞，遂獲清閑風土之樂。養親有裕，處分亦宜。伏念闢學不知方，才非適用。嘗欲慕古人之節，故窮達去就之粗明；不能當世俗之心，故毀譽是非之相半。向緣一第，偶竊小官。區區於米盐簿書之間，無所增益於舊學；碌碌於繩墨法制之下，固已喪失其本心。適丁先帝之御圖，閔悼太常之廢禮。謂所職者因緣而無責，故其書皆顛錯而不完。歲時凡欲按行，聽於胥吏之所舉；朝廷將大興作，詰之有司而莫知。以國家文物憲章之盛儀，而君后祭祠燕享之大法，遠則迹商周之故事，近則追漢唐之遺風，或革或因，有損有益。苟至於殘脱而不考，將何以依據而奉行？求其本末之並存，莫若簡編之備具。俾有定責，遂立别資。顧惟不才，輒亦被選。然而案牘繁多，而義皆無統；紀綱疏略，而事莫得詳。夫以鄙陋不學之資，而當纂述所難之任。勉焉或局，浩乎無涯。磨精畢力者五年，補闕收殘者百卷。雖未足發揚休美，大本朝制作之方；亦聊以綴緝緒餘，備來者考求之用。然不能秉義以攸處，保職而自安。頃因天變之來，妄以芻言之貢。擊排所至，徒有愛君之苦心，忌諱不知，殆匪謀身之良術。幸賴主上寬仁之厚，明公保庇之全，謂罪雖可戮，而志亦無他；言雖甚危，而事或不妄。特蠲深憲，俾得自新。出於莫大之恩，獲此非常之幸。引身自咎，固絶望於當時；竊禄苟安，諒卜休之有日。惟其沐浴於盛德之際，歌詠於太平之中，凡外物之儻來，皆虚心而順受。過此以往，未知所裁。

校勘記

〔一〕食德　二字原脱，據明抄本、明刻本補。

〔二〕著明　「著」原作「者」，明刻本同，據明抄本改。

〔三〕爲陋　「陋」原作「累」，據明抄本、明刻本改。

〔四〕殊甚　「甚」原作「長」，據明抄本、明刻本改。

〔五〕典司二句　原作「典司密揔，命攬中權」，明刻本同。按「揔」「命」二字誤倒，據明抄本乙。

〔六〕哀疾　「疾」，明抄本作「疢」。

〔七〕儀儀會朝　四字原本脱誤，據明抄本、明刻本補正。

〔八〕伏以二句　原本「畿」誤作「副」，「止」誤作「上」，據明抄本改。

〔九〕亂級　「亂」，原作「辭」，明刻本同，據明抄本改。

〔一〇〕更持　「更」原作「東」，據明抄本、明刻本改。

〔一一〕北宫之札　「札」原作「禮」，據明抄本改。按，此蓋因「札」形近「礼」，再誤爲「禮」。

宋文鑑卷第一百二十二

啓

謝倪評事禮書　陳襄

襄聞古者師氏教女以婦德、婦言、婦容、婦功。祖廟未毁，教于公宫三月；祖廟既毁，教于宗室。然後能修身行禮，循法度，奉祭祀，以配君子，而成室家之道也。襄有先人之子，惷愚弗能教，徒聞古人之大義，而未能志其一二。今足下順先典，貺襄書禮〔一〕，以賢似秀才〔二〕，德成業茂，將卜昏事。惟以襄貧賤之門是擇，實非其宜。既辱嘉命，襄不敢辭。敢不夙夜教戒，以勉承宫事！

代賈内翰答蔡州錢龍圖啓　強至

承即便時，已開尊府。蓋賢者以出處一致，因請宣風；天子恐侍從久勞，遂容均佚。寵之士諫之優秩，付以中京之外邦。未列慶函，首紆榮牘。矧本朝之雋老，寔延閣之真儒。力通聖言，俛膺華選。蚤勸經帷之講，日瞻法座之光。厭事朝游，樂觀藩政。然而公卿要明大誼，自昔推崇；左右思得正人，匪朝升用。伏望爲國自厚，副時所傾。

代王給事回陳待制啓

強　至

伏審茂對制恩，榮躋法從，側聞異數，切抃丹衷。於皇聖辰，若攷古道。繩𥙷朝之遐武，敞二閣以右文。倬彼天漢之昭回，揭爲寶宇之目；坦然帝制之明白，祕厥宸篇之辭。並延儒臣，增重禁職。居則備法座之清問，出則扈德車之順游。唯特傑材，乃稱華選。伏惟某官，氣涵渾厚，道際醇深。蚤踐積星之垣，久提太史之筆。綴應、劉之賓客，方司朱邸之裁牋；聽禹、啓之謳歌，遽際洪圖之纘服。首擢東藩之舊，進陞近侍之聯。矧日月之親逢，有風雲之盛會。弼蓍新政，惟故事之甚明；舒皛元猷，抑輿情之所跂。未脩慶問，先貺珍函。過巽枉辭，益銘謙矩。永言感懌，奚盡鋪論。

謝永興軍知府王龍圖啓

強　至

幕府初開，謂必收於豪畯；辟書𥙷上，終無異於孱庸。自應所知之求，莫如玆舉之確。旋叨成命，增悚懦衷。切以陝服以西，雍都爲劇。帥壓五路，兵雄萬屯。從來長人，得自選士。雖指麾一定，但專委於文書；而綏御兩閒，亦與聞於論議。𥙷是幾事，要之傑才。若至甚愚，無它可采。驅馳州縣，唯簿書期會之是知；生長江湖，何車甲訓齊之曾試。乃冒從軍之選，殊乖責寔之宜。非保任之使然，曷僥慶而及此！斯蓋伏遇知府安撫龍圖，誼無求備，請在必行，存心奬提，極力論置。始奏已光於疏賤，矧至再三；短能絶跂於高明，寧裨萬一？第堅素守，益攷舊聞。持經遠之談，使少知於方略；免陋儒之誚，期自奮於功名。庶幾立身，以報知己。

代問候程密諫啓　強至

被命中宸，效官南服。門牆愈遠，慮遺冗外之蹤；牋牒不時，懼黷高明之聽。仰推坐鎮，俯順生經。恭以某官，亮節在廷，懿文表世，早紓賢業，自結主知。陞諫署之華班，兼樞庭之祕直。中外荐歷，明哲惟均〔三〕。父母一州，猶鬱於清議；領袖百辟，行副於具瞻。俛惟下僚〔四〕，嘗備屬吏。庶終坱圠之造，以就生成之恩。

代謝兩制狀　強至

祇奉明綸，就叨寵寄。京畿近服，邦漕重司，併集茂恩，驟加庸品。切以爲國領計，須官得人。饋輸中都，不朘民而厚上；澄序庶位，不簡賢而附權。具足兼長，乃名宜職。苟容竊位，曷弭公言？效局無堪，瘝官有素。江淮易任，曾靡寧居；金穀主謀，恍迷舊習。豈謂浩繁之委，不遺孤冗之蹤？此蓋伏遇某官，言味借優，褒華引重，振拂污滯，矜憐介愚。寖聞當宸之聽，遽復外臺之命。敢不周旋乃事，恪慎厥脩，永矢捐軀，仰酬知己。

代韓待制到任謝史館相公啓　強至

易甚難之選任，俾總外臺；得嘗失之寵榮，復聯内閣。云初視事，已懼隳官。於皇本朝，分置諸道。惟北土漕權之劇，蓋軍須自昔之尤煩；繇頻年水沴之餘，顧民力至今而未復。加用度之百出，無利源之一遺。宜得衣冠之偉能，老於金穀之要術，因才以授，於職乃安。如某者，器無所容，技有俱短。蚤知忠誼之自勉，晚喜功名之可爲。大河以東，全陝之右，計符連領，固嘗歷董於輸將；治狀絶稱，曾莫少成於績效。既有所試，是云不能。矧惟朔陲，最曰要部，豈宜煩使，乃屬寡才？省其由來，何所自得？復此假人之寵，良繇造物之私。此蓋伏遇史館相公，首贊萬微，更新百度，宰論可否，朝倫慘舒。以後效之足求，靡尤人於既往。雖匪功而亦用，庶勸士於將來。遂俾拙疏，訖叨甄擢。敢不圖講長利，澄清屬封？弗顯聚斂之能，兼拊凋罷之俗。罔有貳事，少酬大鈞。

謝除校勘啓　　強至

祗荷寵擢，不任戰兢。竊以國家右文寖昌，聚書增廣。經始靈蘭之祕，發揮河洛之文。表章著明，淵源深厚。然惟道術分裂，時師異言。下逮九家，猶瘉於野。彼雖小道，亦有可觀。故稗官以芻蕘而弗遺，詞賦比博弈而蒙幸。采獲非一〔五〕，多愛益新。名山之藏爲空，廣内之策加倍。而後實事求是，聚精會神，芟夷複重，筆削譌謬。是以圖書之府，貴比列星之居；校讎之官，寵甚治民之最。自非精力過絶，篤志淵微，言古而能驗今，聞一足以知十，則何以辯雌蜺之爲字，信魯魚之失真？子雲沈思，廑能宿職；安世默識，乃爲得人。伏念某生質晦宴〔六〕，天機黯淺。染人僞而逾久，求俗學以復初。顛冥失圖，荏苒過壯。性不傷物，慨嵇生之怨憎；居甚畏言，慕夷吾之老吃。曩者拔自邊邑，擢處郊庠。經汎爲通，非有專門之效；器不周用，動詒方枘之譏。先皇帝志在育材，詔從試可。白衣不召，徒愴恨於崔駰；賜劍猶存，尚孰何於衛綰。逮禁林之給筆，慚髦士之比肩。所貴莫邪干將，爲其立斷；惟是朽株枯木，獨賴先容。然而地寒者品常後人，數奇者功不中率。顧惟瓠落，甘觸報聞；豈意厖恩，横加弱植。委蜕塵滓，濯質清流。捫心自驚，非萬有一之覬望；屈指默計，儻十失五而在兹。静言伏思，寔有幸會。此蓋伏遇某官，彌綸帝載，斡旋化鈞。大受小知，未始違於精鑒；言揚事舉，蓋曲盡於所長。底是庸虚，冒于甄録。謹當思浚明之成德，勤寮啓之淺聞，砥節礪行以爲脩，臨淵履冰而申誡。桑榆之景，尚冀於晚收；菅蒯之微，無忘於代匱。上酬洪造，次答厚知。

與孫觀文啓　　强至

跼守陋邦，坐睎賓館。誰謂河廣，曾微杭葦之艱；畏此簡書，居積道躋之歎。恭惟節宣時若，啓處用康。伏以某官，德崇國華，智兼人傑。幾深開物以成務，倜儻扶義而濟功。内參帷幄之謀，外膺方面之寄。夫倚伏之效，巧歷猶知其必然；污隆之期，賢者蓋有以無悶。是故稱子文之美，爲其去令尹而弗憂；言仲華之賢，亦曰褫龍章而無愠。矧以全德邁衆，達生徇天。宜其捐芥蔕而何疑，寓逍遥而自得。推數循理，已符傾否之占；求舊記功，方盡樂終之義。勉祈善毓，以副禱詞。

賀致政少傅啓

強至

伏審中詔推恩，上臺得謝。參青宫六傅之貴，保安車賜几之榮。休風穆然，輿情仰止。恭以某官，全德邁種，英猷濟時。士林以師保而允懷，王室繄股肱而是賴。雖《大雅》作誦，老成重於典刑；而高賢所存，功名付之天道。由是辭台鼎之機任，即侯服而偃藩。貌體之隆，固弗遺於黄髮；止足之計，乃獨得於素心。遺塵垢於儻來，即逍遥於物外。揮金之樂，不減於疏公；掛車之榮，足踰於廣德。竹帛所載，今昔同符。跂聞英聲，側深景行。寓高門之地，親長者之謀。瞻仰之誠，一一奚既。

回登州知郡司封啓

蘇頌

嚮者某官，奏南司之課，膺中詔之褒。進左曹於省聯，領奥藩於海裔。蓋切循良之選，爰咨端諒之能。自承擁傳之去東，居悵拊塵之坐隔。懷鉛自窘，未追緘候之儀；占牘不忘，首辱惠存之問。聆布條之伊始，惟善俗之有方。政務多閑，福基衆厚。伏以某官，奥學敏識，峻節孤風。得古人之清通，爲來者之矩矱。郡邑之政，沛然謡於民言；臺蘭之模，凛乎肅於朝著。方倚直繩之用，遽膺半竹之行。昔者由御史而爲省郎，唐官謂之清望；出諫官而補郡守，漢臣因而自陳。矧惟碩哲之謨，允協前良之美。諒兹出守，聊爲外資。詠中和之詩，已宜於主澤；還顧問之列，行奉於帝俞。榮據顯華之塗，允爲孤拙之芘。適臨敲暑，坐遠清言。願遵御於氣冲，冀宜符於善禱。

謝南省主文與歐陽内翰啓

蘇軾

竊以天下之事，難於改爲。自昔五代之餘，文教衰落，風俗靡靡，日以塗地。聖上慨然太息，思有以澄其源，疏其流，明詔天下，曉諭厥旨。於是招來雄俊魁偉、敦厚朴直之士，罷去浮巧輕媚、叢錯綉采之文，將以追兩漢之餘，而漸復三代之故。士大夫不深明天子之心，用意過當〔七〕。求深者或至於迂，務奇者怪僻而不可讀，餘風未殄，新弊復作。大者鏤之金石，以傳久遠；小者轉相模寫，號稱古文，紛紛肆行，莫之或禁。蓋唐之古文，自韓愈始。其後學韓而不至者爲皇甫湜，學皇甫湜而不至者爲孫樵，自樵以降，無足觀矣。伏惟内翰執事，天之所付以收拾先王之遺文，天下之所待以覺悟學者。恭承王命，親執文柄，意其必得天下之奇士，以塞明詔。軾也遠方之鄙人，家居碌碌無所稱道；及來京師，久不知名；將治行西歸，不意執事擢在第二。惟其素所蓄積，無以慰士大夫之心，是以羣嘲而聚罵者，動滿千百。亦惟恃有執事之知，與衆君子之議論，故恬然不以動其心。猶幸御試不爲有司之所排，使得搢笏跪起，謝恩于門下。聞之古人，士無賢愚，惟其所遇。蓋樂毅去燕，不復一戰；而范蠡去越〔八〕，亦終不能有所爲。軾願長在下風，與賓客之末，使區區之心，長有所發。夫豈惟軾之幸，亦執事將有取一二焉。

謝應中制科啓

蘇軾

臨軒策士，方搜絶異之才；隨問獻言，誤占久虚之等〔九〕。忽從佐縣，擢與評刑。内自顧於無堪，凛不知其所措。恭惟制治之要，惟有取人之難。用法者畏有司之不公，故捨其平生〔一〇〕，而論其一日；通變者恐人材之未盡，故詳於採聽，而略於臨時。兹二者之相形，顧兩全而未有。一之於考試，而奄之於倉卒，所以爲無私也；然而才行之迹，無由而深知。委之於察舉，而要之於久長，所以爲無失也；然而請屬之風，或因而滋長。此隋、唐進士之所以爲有弊，魏、晉中正之所以爲多姦。惟是賢良茂異之科，兼用考試察舉之法，每中年輒下明詔，使兩制各舉所聞。在家者能孝而恭，在官者能廉而慎，臨之以患難而能不變〔一一〕，邀之以寵利而能不回，既已得其行己之大方，然後責其當世之要用。學博者又須守約而後取，文麗者或以用寡而見尤。特於萬人之中，求其百全之美。凡與中書之召命，已爲天下之選人。而又有不可測知之論，以觀其默識之能；無所不問之策，以攷其博通之寔。至於此而不去，則其人之可然。猶使御史得以求其疵，諫官得以攷其素，一陷清議，輒爲廢人。是以始由察舉，而無請謁公行之私；終用考試，而無倉卒不審之患。蓋其取人也如此之密，則夫不肖者安得而容？軾才不逮人，少而自信。治經獨傳於家學，爲文不願於世知。特以飢寒之憂，出求斗升之禄。不謂諸公之過聽，使與羣豪而並游。始不自量，欲行其志。遂竊俊良之舉，不知才力之微。論事迂闊而不能動人，讀書疏略而無以應敵。取之甚愧，得之益慚。此蓋伏遇某官，以堯舜之道輔吾君，以伊周之業爲己任。恐一夫不獲自盡，以爲廟堂之憂；思天下所以太平，必用芻蕘之説。亟收末學，以輔大猷。然志卑處高，德薄寵厚。歷觀前輩，由此爲致君之資；敢以微軀，自今爲許國之始。

賀楊龍圖啓

蘇　軾

伏審新改直職，擢司諫垣，傳聞邇遐，竦動觀聽。咸謂國家之鉅福，乃用諫諍之真才，必能深言，以補大化。方今朝廷之上，號爲無諱；而太平之美，終不能全。臺諫之列，歲不乏人；而衆弊之原，猶或未去。豈聽之者徒能容而不能用，言之者但爲名而不爲功。歷觀古人之效忠，皆因當世而用智。不務過直，期於必行。右尹子革，因墳典而道《祈招》之詩；左師觸龍，語饘粥而及長安之質。徒盡拳拳之意，不求赫赫之名。此仁人及物之休功，忠臣愛君之至分。伏自頃歲，所更幾人？席未暖而輒遷，踵相躡而繼去。然一身之譏，固足以免矣；而積歲之病，當使誰去之？恐習慣以爲常，遂因循而不振。雖在僻陋，顧常隱憂。以爲必得樸忠憂國之人，而又加以辯智得君之術。言苟獲用，國其庶幾。伏惟諫院龍圖，才雄於世，而常若不勝；節過於人，而未嘗自異。素練邊事，深知兵驕；頃持銓衡，寔識官冗。必將舉大體而不論小事，務實效而不爲虚名。軾最蒙深知，愧無少補。方傾耳以聽，願續書《諫苑》之篇；若有待而言，或能著《争臣》之論。阻以在外，無由至門。踴躍之懷，實倍倫等。

賀歐陽少師致仕啓

蘇　軾

伏審抗章得謝，釋位言還。天眷雖隆，莫奪已行之志；士流太息，共高難繼之風。凡在庇庥，共增慶慰。伏以懷安天下之公患，去就君子之所難，世靡不知，人更相笑。而道不勝欲，私於爲身。君臣之恩，係縻之於前；妻子之計，推葺之於後。至於山林之士，猶有降志於垂老，而況廟堂之舊，欲使辭福於當年。有其言而無其心，有其心而無其决。愚智共蔽，古今一塗。是以用捨行藏，仲尼獨許於顏子；存亡進退，《周易》不及於賢人。自非智足以周知，仁足以自愛；道足以忘物之得喪，志足以一氣之盛衰；則孰能見幾禍福之先，脱屣塵垢之外？常恐兹世，不見其人。伏惟致政觀文少師，全德難名，巨才不器。事業三朝之望，文章百世之師。功存社稷而人不知，躬履艱難而節乃見。縱使耄期篤老，猶當就見質疑；而乃力辭於未及之年，退託以不能而止。大勇若怯，大智如愚。至貴無軒冕而榮，至仁不導引而壽。較其所得，孰與昔多？軾受知最深，聞道有自，雖外爲天下惜老成之去，而私喜明哲得保身之全。伏暑向闌，台候何似？伏冀爲時自重，少慰輿情！

賀吕副樞啓

蘇　軾

伏審近膺告命，入總樞機，中外聳觀，朝廷增重。伏惟慶慰。竊以古之爲國，權在用人。德厚者輔其才而名益隆，望重者無所爲而人自服。是以淮南叛國，先止謀於長孺；汾陽元老，尚改觀於公權。樽俎可以折衝，藜藿爲之不採。哀此風流之莫繼，久矣寂寥而無聞。天亦厭於凡才，上復思於舊德。恭惟樞密侍郎，性資仁義，世濟忠嘉。豈惟清節以鎮浮，固已直言而中病。出領數郡，若將終身。小人謂之失時，君子意其復用。迨兹顯拜，夫豈偶然？然而荷三朝兩世之恩，當《春秋》賢者之責。推之不去，凛乎其難！進伯玉而退子瑕，人皆望於門下；烹桑羊而斬樊噲，公無愧於古人。莫若盡行疇昔之言，庶幾大慰天下之望！軾登門最舊，稱慶無緣，踊躍之懷，寔倍倫等。

賀文太尉啓

蘇軾

伏審孚號揚庭，臨軒遣使，出節少府，授鉞齋壇，夷夏聳觀，兵民交慶。蓋功業盛大，則極名器而後稱；惟德度宏遠，故處富貴而若無。蔚爲三世之宗臣，豈獨一時之盛事？恭惟留守太尉，道本天合，德爲人師。信及三川之豚魚，威加兩河之草木。身任休戚，言爲重輕。始若留侯弱冠而遇高祖，晚同尚父黄髮而亮武王。既奉册書，益新民聽。方將威懷北虜，係頸長纓；約束何公，軌流故道。然後入調伊、傅之鼎，歸躡松、喬之游。輿論所期，斯言可必。軾謫官有限，趍侍無緣，踊躍之心，宣寫難盡。

登州謝兩府啓

蘇軾

迂愚之守，没齒不移；廢逐之餘，歸田已幸。豈謂承宣之寄，忽爲枯朽之榮。眷此東州，下臨北徼。俗近齊、魯之厚，迹皆秦、漢之陳。賓出日於麗譙，山川炳燿；傳夕烽於海嶠，鼓角清閑。顧静樂之難名，笑妄庸之濫據。此蓋伏遇某官，股肱元聖，師保萬民。才全而德不形，任重而道愈遠。謂使功不如使過，而觀過足以知仁。特藉齒牙，曲成羽翼。軾敢不服勤簿領，祗畏簡書。策蹇磨鈆，少答非常之遇；息黥補劓，漸收無用之材。過此以還，未知所措。

謝中書舍人啓

蘇軾

起於貶所，未及朞年，擢置周行，遽參法從，省躬無有，被寵若驚。竊惟人材進退之間，寔爲風俗隆替之漸。必欲致治，在於得賢。雖一薛居州，齊言不能移楚；而用范武子，晉盜可使奔秦。崔琰進而廉儉成風，楊綰用而滔侈改度。誠國是之先定，雖民散而可收。拔茅茹者，以彙而征；附馬棧者，必先其直。用舍既見，好惡自明。人知所趍，勢有必至。今朝廷方講當世之務，力追前代之隆。雖改定法令，足以便事，而未足以安民；寬弛賦役，足以安民，而未足以成俗。是以登進耆老，搜求雋良。將使士知向方，民亦有耻。如軾者，山林下士，軒冕棄材。少而學文，本聲律雕蟲之技；出而從仕，有狂狷嬰鱗之愚。溝中不顧於青黄，爨下無心於宫徵。誤蒙收拾，已出優恩；荐履禁嚴，殊非素望。此蓋伏遇某官，德配前哲，望隆本朝。名重圭璋，上助廟堂之用；言爲蓍蔡，下同卿士之謀。餘論所加，虚名增重。知丹心之尚在，憐白首之無歸，特藉寵光，以寬衰病。任隆才下，恩重報輕。直道而行，恐非所以安愚不肖之分；充位而已，又不足以解卿大夫之憂。蚤夜以思，進退惟谷。恐懼戰越，不知所裁。

答試館職人啓

蘇　軾

伏承射策玉堂，方觀筆陣；校文天禄，遂秀儒林。黨友增華，縉紳共慶。國家求賢之道，必於閑暇無事之時；賢者報國之功，乃在緩急有爲之際。養之無素，則一旦欲用而何由；待以非常，則臨事欲辭而不可。故納之於英俊相從之地，觀之以世俗不見之書。非獨使之業廣而材成，抑將待其資深而望重。某官，學優而仕，行浮於名，辭令從容，議論慷慨。追還正始，文章爲之一新；傳寫都城，紙墨幾於驟貴。得士之喜，非我敢私。軾衰病侵尋，文思荒落。職在翰苑，當發策而莫辭；識匪通儒，懼品藻之不稱〔三〕。過煩臨貺，寵以書詞。永爲巾笥之珍，愧乏瓊瑶之報。

謝賈朝奉啓　蘇軾

自蜀徂京，幾四千里；携孥去國，蓋二十年。側聞松楸，已中梁柱。過而下馬，空瞻董相之陵；酹以隻雞，誰副橋公之約？官游歲晚，坐念涕流。未報不貲之恩，敢懷盍歸之意？常恐樵牧不禁，行有雍門之悲；雨露既濡，空引太行之望。豈謂通判某官，政先慈孝，義篤友朋。首隆學校之師儒，次訪里閭之耆舊。自嗟來暮，不聞拔薤之規；尚意神交，特致生芻之奠。父老感歎，桑梓光華。深衣練冠，莫克垂涕於墓道；昔襦今袴，尚能鼓舞於民謡。仰佩之深，力占難盡。

賀范端明啓　蘇軾

恭承明詔，追録舊勳。名陞祕殿之嚴，寔遂安車之養。仍推餘澤，以及後昆。聞命以還，有識相慶。竊謂死生之事，聖賢有不能了；父子之際，古今以爲難言。方其犯雷霆於一時，豈意收功名於今日。惟天知我，絕口不言。偉事發之相重，非人謀之所及。恭惟致政端明學士，至誠格物，隱德在人。弼亮四世如畢公，壽考百年如衛武。獨立不懼，舍之則藏。惟有青蒲之言，尚在金縢之匱。白日一照，浮雲自開，坐使遺民，復觀盛事。子孫歸沐，下萬石之里門；君相乞言，授三老之几杖。更延眉壽，永作元龜。

上參政侍郎啓

王安國

伏審參政侍郎，被書法座，贊政台司。龜筮獻祥，縉紳協望。竊以海嶽形勢，非聰明獨運之能安；廟堂經綸，盡聖賢相濟之成效。是繄丞弼之重，以底神人之和。蓋内揆百工，坐弭瘝官之患；而外釐四鄙〔一三〕，默銷猾夏之謀。疇咨命世之豪〔一四〕，仰稱代天之任。幸千齡之胥靮，聳億姓之具瞻。恭惟某人，文妙於古今，行孚於典策。應不測之變，而制作若出間暇；議非常之禮，而利害莫能動摇。凜然名聲，播在夷貊。北門持橐，三朝積潤色之功；東府秉均，多士發稽留之歎。側聞孚號，畢罄歡心。矧憂患之餘生，辱品題之舊賜。病骨未逢於起癈，朽株尚冀於噓枯。引望門闌，但馳悃愊。

賀諫院舍人啓

沈括

伏審外庭拜命，西掖代言，英材蒙知，清論歸美。竊以文章辭令之選，兹寔法度風教之原。惟厚薄邪正之所歸，乃治亂盛衰之攸繫。纂辭深厚，故能通物變之微；贊指坦明，遂可格天順之動〔一五〕。以至諭恩懇惻，隱民疲俗之變心；申制簡武夫悍卒之奪氣。蓋識通於用者，則遇變皆合；言發於性者，則感人易深。豈特經綸之大猷，兹惟鼓舞之盛事。矧欲流風之復古，屬當施惠以趨時。宜席真賢，上副明主。恭以諫院舍人，純賦學敏，深資性原。兼來百善之長，獨收高世之譽。機靈深造於道德，志力久形雅辱卷存，竊盛欣躍。未遑慶覿，先屈眷辭。深惟降挹之謙，祇益感銘之寔。

於功名。潤色鋪張，固歸大手；建明將順，寔稟素心。謇諤霜臺，耻混衆人之諾諾；講摩聖訓，力震大聲之
𠍀𠍀。以樂育，則休有成材之風；以直筆，則刊正後來之法。振翼雲漢，垂光虹蜺。遠近所傳，搢紳交頌。燦然述作，將建一家之言；鋭於討論，庶追三代之業。盛際甫期於登贊，庶休行被於康功。雅辱卷存，竊盛欣躍。未遑慶覿，先屈眷辭。深惟降挹之謙，祇益感銘之寔。

賀蔡密學啓

張載

茲審顯被眷圖，擢陞要近。寵輝之渙，雖儒者至榮；付任所期，蓋朝廷有待。藹傳中外，孰不欣愉。竊以篤寔輝光，日新而不可掩者，德之修；禍福吉凶，人力所不能移者，命之正。今天下謀明守固，功累治勤，浮議不能摇，巨力不能破，未有若明公之盛也！上知之，民信之，所不足獨未施於廟堂之上耳。頃慶卒内嚮，惶駭全陝，府郡晝閉，莫知所爲。士民失措，室家相弔。繼聞爲渭師所敗，潰遁而東，其氣沮摧，十亡八九。雖非盛舉，然應機敏接，使大患遽銷，明識之士，知有望焉。今戎毒日深，而邊兵日弛，後患可悼，而國力既殫。將臣之重，豈特司命王卒，惟是三秦生齒存亡舒慘之本，莫不繫之。旌旆在秦，正猶長城巨防，利兵堅甲，幸少還未召，乃西陲不貲之福。載投迹山荒，所有特一家之衆，檐石之儲，方且仰依兵庇，有恃而生。誠願明公，置懷安危，推夙昔自信之心，宜升不息，以攘患保民爲己任。蓋知浮議强力，不足以勝人心，奪天命，則含識之徒，不勝至幸。引跂門仞，無任歡欣祈俟之極！

謝館閣校勘啓

林希

備員書局，已忝下陳；假職儒林，尤非素望。始甚疑而終信，外彌懼以中慚。撫已何堪，靦顏無措。

恭惟本朝右文之盛，列聖嚮儒之勤，悉聚前世之書，遠侔治古之烈。雖禁中所覽，别貯於太清；而祕閣所藏，頗多於三館。並選髦畯，俾資校讎。百年之間，顧網羅遺逸之不暇；四庫之録，猶品類參差之不齊。固嘗訂正其舛訛，又已撰次其條目。積有朽漬，寖忘本真。爰自嘉祐以來，始詔儒臣更定。就給筆札，增置吏員。悉發廣内之藏，兼訪名山之副。於是有出於閭閻而應募，寫於郡國而送官。其來不窮，所得益廣。互抄以補殘缺，相校而除複重。一新黄卷之風〔一六〕，盡銷白簡之蠹。凡擇諸儒而共處，或容賤士於其間。並列承明之廬，仰給太官之膳。優游職業，得專意以討論〔一七〕；從容歲年，可觀人之能否。遂因奏課，例進職名。方其始時，可謂慎選。至於希者，何足道哉！曩在治平之初，嘗預集賢之召，才踰朞月〔一八〕，遽遘閔凶。餘生僅存，孤養甫迫。比兹再至，功已垂成。計其舊勞，己寔何有！矧以平時著令，先進諸公，必由大臣之薦論，重加禁林之校試，尚須第等，然始推恩。而希憂患早衰，荒唐不學。久游吴市，莫獲異書；未過蜀人，安知奇字？由趍走州縣之賤，登道家之蓬山；脱鉤校簿書之煩，窺上帝之册府。併爲僥倖，徒速嘲譏。退思厥由，何以致此？兹乃伏遇留守司徒侍郎，台衡舊德，社稷元勳。鴻鈞運乎至和，以無棄物；菁莪喜乎樂育，罔有遺才。得由下邑之卑，擢陪諸生之後。良以寅緣之舊，迄兹亨會之成。遂俾陋愚，獲被嘉寵。雖遠施者不以其報，而自知者所以爲明。昔者西漢藏書之多，天禄、石渠號稱其最盛。當時校文之士，劉向、楊雄得久於其中。況今簡帙甚繁，鉛槧未已。願少假以時日，庶得就其編摩。豈惟平生多所未見，寔亦終老庶幾自娱。譬夫就市閲書，委身爲吏，較前賢而已幸，冀夙志之可償。區區之愚，有在於是。過此以往，未知所裁。

謝中制科啓　蘇轍

轍以薄材，親承大問，論議羣起，予奪相乘。不意聖恩之曲加，猶獲從吏之殊寵。伏讀告命，重積震惶。嘉其愛君之心，期以克終之譽。辭不獲命，媿無以堪。轍生於遠方，有似愚直。幼承父兄之餘訓，教以彊己而力行。雖爲朝廷之直臣，常欲挺身而許國。位卑力薄，自許過高；言發讒生，事勢宜爾。追尋策問之微意，實皆安危之大端。自謂不及，則曰「志勤道遠」；開其不諱，則曰「無悼後害」。切以制策之及此，又念利目之謂何〔一九〕？罄其平時之所懷，猶懼不足以仰對。言多迂闊，罪豈容誅？伏以國家取人之科，惟是剛柔適中之士。太剛則惡其猖狂不審，太柔則畏其選愞不勝。將求二者之中，屬之以事；固非一介之賤，所或能當。轍之不才，過乃由此。然而訐切憤悱，爲知士之所不許；因循鹵莽，又有國之所樂聞。使舉世將以從容而自居，則天下誰當以奮發而爲意？此蓋某官，羽翼盛時，冠冕多士。思盡芻蕘之議，以明寬厚之風。羈危之所恃，以爲無憂；紛紜之所恃，以爲定論。顧惟無似，尚辱甄收。感恩至深，求報無所。昔者西漢之盛，莫如文、景、孝武之賢；制策所興，世稱晁、董、公孫之對。然而數子者，頌詠德美，而不及其譏刺；故三帝者，好愛文字，而無聞於寬容。豈其時君不可爲之深言，抑其羣臣亦將有所不悦。轍才雖不逮，時或見容。非懷爵禄之榮，竊喜幸會之至。

賀河陽文侍郎啓　蘇轍

伏審力辭樞務，得請名邦，恩禮便蕃，中外慶慰。伏惟判府司徒侍郎，輔相三世，始終一心。器業崇深，不言而四方自服；道德高妙，無爲而庶務以成。此朝廷所以遲遲於均佚之書，而士民所以睠睠於保釐之命。顧惟出處之義，寔繫功名之終。留侯志於赤松，晉公安於緑野。油然自得，夫豈不懷！矧惟三城，密邇全洛，政獨止於民社，樂有助於林泉。道大難名，信後來之莫繼；民猶思治，恐久安之未遑。

校勘記

〔一〕書禮　「禮」，明刻本同，明抄本作「札」。

〔二〕賢似　「似」，明抄本、明刻本均作「嗣」。按「似」「嗣」字通，《詩·小雅·斯干》傳：「似，嗣也。」

〔三〕惟均　「惟」原作「推」，據明抄本、明刻本改。

〔四〕俛惟　「惟」原作「推」，據明抄本、明刻本改。

〔五〕采獲　「獲」字原脱，據明抄本、明刻本補。

〔六〕伏念某　「某」原作「敚」，據明抄本改。

〔七〕過當　「當」字原脱，明刻本同，據明抄本補。

〔八〕去越　「去」原作「夫」，據明刻本改。

〔九〕隨問二句　上句「隨」原作「通」，下句「占」原作「中」，據明抄本、明刻本改。

〔一〇〕捨其平生　「捨」字原本空白，據明抄本、明刻本補。

〔一一〕而能不變 「不」字原脱，據明抄本、明刻本補。

〔一二〕品藻 「品」原作「摘」，據明抄本改。按，蘇軾爲試官，答試館職人，當云「品藻」。

〔一三〕而外 「而」原作「不」，據明抄本、明刻本改。

〔一四〕命世 「命」原作「中」，據明抄本、明刻本改。

〔一五〕天順 「順」原作「下」，明刻本同，據明抄本改。

〔一六〕一新 「新」原作「所」，據明抄本、明刻本改。

〔一七〕專意 「專」原作「惠」，據明抄本改。

〔一八〕嘗預二句 原作「嘗預集賢之才，召踰旬月」，明刻本同。按「才」「召」二字誤倒，據明抄本乙。

〔一九〕利目 各本同，疑「目」當作「國」。

宋文鑑卷第一百二十三

啓

上韓康公啓

程　頤

竊以朝廷取士，所以爲致治之先；公卿薦賢，固必有知人之實。允諧公議，始厭衆聞。頤也不才，少而從學。致知格物，粗窺聖道之端倪；明善誠身，未得古人之彷彿。徒忘懷於白首，竊有志於斯文。時和歲豐，已足素望；言揚德進，敢有覬心？屬嗣皇訪落之初，乃元老告猷之會。豈虞過聽，猥被明揚。文陛進登，被德音之温厚；西清入侍，密宸扆之輝光。考於近世以來，可謂非常之遇。荷恩爲媿，揣分則逾。若何行爲，可以報稱？惟殫素學，勉副厚知。

定親書

程　頤

伏以古重大昏，蓋將傳萬世之嗣；禮稱至敬，所以合二姓之歡。顧族望之非華，愧聲猷之弗競。不量非偶，妄意高門。以頤第幾男，雖已勝冠，未諧授室。恭承賢閤第幾小娘子，性質甚茂，德容有光。輙緣事契之家，敢有婚姻之願。豈期謙厚，遽賜允從。穆卜良辰，恭伸言定。有少儀物，具如別牋。

賀提刑上官正言狀

曾肇

審奉詔書，改臨淮甸，端人所至，善類交欣。竊以提刑正言，學有本原，行無緇涅。鴻筆麗藻，兼大夫之九能，直道正言，過士師之三黜。少緩追鋒之召，復爲攬轡之行。中願缺然，居常仰止。豈意偷安之跡，獲依善貸之仁。未卽趨風，彌深企德。

謝校勘啓

曾肇

叨榮非據，循分起羞。竊以道有降升，得人則舉；士之貴賤，繫上所行。國家稽古尚賢，因能任職。尊朝廷以待非常之豪傑，虛館閣以收未試之英材。凡預詳延，畢歸遴揀；豈容積累，輒習甄升？如肇者，稟生多艱，受性不敏。幼賴母兄之教育，長聞師友之緒餘。竊玩文辭，居有顓蒙之累；欲追時俗，故無捷給之材。知直道而事人，耻曲學以阿世。因緣干禄，黽勉入官。顧山林獨往之姿，乏左右先容之助。分甘流落，望絶亨嘉。豈圖日月之餘光，不間塵埃之末路。濫姓名於册府，尸友教于上庠。誦陳言于新學之前，處無用於有爲之會。每見譏於疏闊，愈自信於行藏。迨此歲成，亦偕序進。此蓋伏遇史館相公，秉心豈弟，爲世典刑。樂育人材，獎成士類。顧惟弱質，久玷下陳。徒窺夫子之文章，豈識周公之制作？蚤蒙收引，曲荷并包。致葑菲之弗遺，寔陶鎔之有素。敢不紬尋舊學，尊信所聞。不忮不求，肯易終身之守；無適無莫，庶幾惟義之從。非徒成自愛之私，亦以答大公之施。

謝中書舍人啓

曾肇

叨居近著，與典賛書，自顧無堪，將何以稱？歷觀虞、夏、商、周之盛，則有典、謨、訓、誥之傳。列於六藝之文〔一〕，是爲歷代之寶。豈獨一時肆筆矢言之士〔二〕，莫匪聖賢之徒；蓋其四海食味别聲之倫，皆知道德之意。迨夫王迹既熄，流風僅存。射父之作訓辭，安于之贊名命，猶能稱厥前世，行於諸侯。至兩漢之興，文章爲盛；而三王之册，簡牘具存。自兹以還，去古彌遠。然而誦美陽之誥，則文士爲之變風；讀奉天之書，武夫至于垂涕。蓋以用人之得失，繫於斯道之盛衰。豈兹妄庸，可備任使？如肇者，學雖有志，材不逮人。聞《詩》《禮》之緒餘，僅傳糟粕；議帝王之制作，未及門牆。蚤緣雕篆之科，遂齒縉紳之末。越從州縣，入校圖書。陳高密之素心，止希文學；應汝南之自媿，驟玷承明。歲月屢遷，寵靈寖厚。紀三朝之功德，書二聖之勳言。徒竊食於太官，每靦顔於文陛。固啚投身於冗散，豈堪厠跡於凝嚴。冒居四禁之聯，分押六司之事。伶俜弱質，從屬車之清塵；蹇淺寡聞，參外庭之末議。雖云榮耀，更積驚憂。重念出自寒鄉，幸逢聖代。維是一門之内，寔蒙六帝之恩。舉荷造化之仁，亦賴陶鎔之賜。此蓋伏遇某官，輔成世教，協贊人文。欂櫨侏儒，雖小不廢；狶苓雞壅，有用必收。遂令一介之愚，獲出羣賢之後。敢不勉進薄技，力行所知。潤色乾坤之容，辭雖不逮；委輸海岳之廣，志則有餘。冀收效於毫釐，庶酬恩於萬一。

回馮如晦學士啓 曾肇

竊審擢自南宮，進陞東觀。增重藩垣之寄，允爲簪紱之光。伏惟慶慰知府學士，賦性中和，受材閎廓。質直好義，久見推於士林；平易近民，矧兼明於吏道。蘭雖幽而自媚，玉愈久而彌温。騎尉郎潛，乏懷鈆之遞直；黄門久次，微負弩之榮歸。兼是寵光，可稱宦達。未展及門之慶，忽紆憑几之辭。服誼甚高，銘心敢怠。

賀翰林曾學士啓 陳師道

内翰丈丈，召從西掖，入直北門。豈惟儒者之榮，寔繫朝廷之重。恭惟論思獻納之任，必須道德文學之流。不雜用於他材，故專收於夙望。成命既下，歡聲大同。雖圖任未快於羣情，而天下已被其陰賜。兄弟相望，乃平世之榮光；魯衛同升，亦熙朝之故事。顧惟庸妄，早辱知憐。雖老棄諸侯，乃下流之自取；而早親文席，顧遺跡之尚存。側聞新命之傳，倍有輿人之慶。秋陽尚熾，禁直云初，伏冀上爲廟朝，精調寢膳！

謝館職啓 秦觀

法同博士，閲五載而遷官；例比編書，通三年而改秩。寵靈既逮，愧懼寔深。伏念觀，族系單微，器能淺陋。少時好賦，僅成童子之雕蟲；中歲窮經，未究古人之糟粕。始榮名於進士，俄充賦於直言。濫居方物之前，叨被傳車之召。文章末技，固非道義之尊；箕斗虛名，祇取謗傷之速。亟從引避，幾至顛隮。褎未就於衰華，悪已成於瘡痏。三朞之内，王尊乍佞而乍賢；七年之中，魯田一與而一奪。但以偏親垂老，生計屢空，聊復靦顔以居，未能投劾而去。日期沙汰，分絶進升。豈期積日以累勞，輒亦逢年而遇合。束緼還婦，雖蒙假借之私；懲羹吹虀，尚慮譴訶之及。竊觀前史，具見鄙悰。西屬中郎，孔明呼爲學士；東海釣客，建封任以校書。雖爲將相之品題，寔匪朝廷之選用。夫何寡陋，遽有遭逢？此蓋伏遇某官，道欲濟時，仁能錫類。始憐貧女，稍分秦璧之光；終念波臣，爲激越江之水。矧兹奇蹇，亦與甄收。敢不以古人行己之方，爲國士報君之義。千金敝帚，聊依翰墨以自娱；一割鈆刀，或冀事功之可立。

婚書

秦觀

蚤年擁篲，嘗趨大丞相之門；末路紬書，寔佐先翰林之事。重以世母，出於伯姜。既事契之久敦，宜婚姻之申結。敬承佳命，增慰夙心。

答林學士啓

張耒

伏審光膺宸綍，進直蘭堂，榮命始行，儒林增重。竊惟館閣之選，蓋待儒學之臣。既非典領之權，幾于冗散；又無議論之責，少補絲毫。宜非仕者之願居，而爲一世之所尚。蓋學問者，君子之事，職卑而待之不輕；詩書非俗吏所知，禄薄而意則甚厚。雖厭居寂寞，夸者至謂之病坊；而脱落等夷，赤尉均稱於宰相。名既如此，人尤貴之。而況將相之選，踵武相尋。祖宗以來，掄擇爲重。故本朝之寵儒者，雖他官必假此名。伏惟某官，文麗而用長，才周而學富。父子濟美，兄弟有聲。行寔著於家庭，經濟冠於朝右。冠豸彈擊，風霜凛然；攬轡按行，窾竇已解。已進登於卿棘，復宜入於道山。豈專足止之功，寔示超騰之漸。耒淮楚晚進，場屋後來。辱登門牆，嘗備官屬。當趨風於末坐，乃首贄於長牋。爲禮則勤，循分而懼。孔鸞同列，忘魯鈍之卑飛；珠玉藏家，驚輝光於貧屋。永爲好也，何日忘之。

潤州謝執政啓

張　耒

伏以文章爲學者餘事，故先王不以經世；富貴非人力所制，故君子以爲在天。而況脩辭蹇淺，未涉作者之流；趨世闊迂，每在衆人之後。則其投閑置散，疐後跋前，在所當然，夫復何恨？伏念耒，羈孤一介，憔悴餘生。困筆楚者十年，迫饑寒於斗禄。仕已成於漫浪，意何有於功名。始誤寘於成均，復進升於儒館。佐東觀之論著，頗見舊聞；紀先帝之事功，遂游藏室。擢升右史，密侍清光。雖儒學之至榮，豈草茅之素望！而疾病侵耗，心力衰疲。分敢自安？義當引去。尚叨便郡，獲養殘軀。静循此恩，蓋有所自。兹蓋伏遇某官，曲成萬類，器使庶工。直鑄鏐蒙，疾者未嘗遽廢；大宗小桷，施之各以其宜。致此枵虚，未即捐棄。獄訟希簡，職事不廢乎詩書；山林幽深，形骸頗爲之清快。庶餘齡之可養，幸沉痼之有瘳。仰報至恩，將必有在。

賀潘奉議致仕啓

張　耒

伏審親家致政奉議，上還印綬，退卽里閭。已私知止之安，將受永年之福。凡居親舊，寔助忻愉。竊以人之多難，在於儒者尤甚。壯年講學，謂富貴利禄之可期；出試多遺，信功名遇合之有命。加以歲月荏苒，時不待人。目顧響賞，義則當止。彼貪冒無耻者，率皆優佚而老；惟進退顧義者，不免饑寒之憂。未餘漢庭之賜金，復休故社之喬木。追計官游之廩禄，何有一毫；復與平生之簞瓢，相從三徑。莫非命也，謂之何哉！伏惟某官，奥學淵源，懿行金玉〔三〕。久栖遲于末路，遂高退於明時。清譽益隆，多祥有在。耒自憐罪戾，久困泥塗。延企高風，但懷景仰。

謝解啓

李　廌

古之士重，今之士輕，時世使然，風俗乃爾。販牛版築，奚必詩書？釣渭耕莘，曾何科目？蓋君子之學，以道義爲己任；故古之仕者，以卿相爲當然。有三顧五聘而未從，或千駟萬鍾而不受。今以言取士，但愧空文；凡應舉覔官，鄰於自鬻。賓興久廢，法禁益嚴。徒以困窮之身，願入英雄之彀。廌行年二十有九，蚤苦衰殘；著書十萬餘言，常懷忠憤。謀己甚拙，許國惟堅。雖頻待詔於公車，未得爲郎於金馬。屢作逐客，每歎虛生。第恐没世而無名，以累青雲之知己。比緣秋試，偶爾計偕；輒生妄心，竊進脩，上副眷予。

有榮幸。此蓋伏遇某官，久垂教誨，曲賜題評。恩等丘山，義同卵翼。致兹昧陋，有望亨衢。敢不益勵

回永興李待制啓

蔡　肇

取鄜宿師，視故都爲襟要；中宸出命，藉舊德以鎮臨。去湖山清絶之觀，攬関輔浩穰之會。師垣倚重，麾幟有光。雖善奏之屢陳，諒雅懷之難徇。聞齋舲之取道，屬馹騎之按邊。但欣覿德之嘉，已負脩辭之晚。敢圖眷與，先賜拊存。維謙德之光，可以厚俗；然等威之制，誠不遑安。殘律凝寒，脩途匽薄。神明所祐，福履宜臻。將邇趨承，更加調護。以體朝家之眷，用慰邦人之思。

回知河中府宇文學士啓

蔡　肇

單車赴治，喜並川涂；傳舍投閒，屢煩輿衛。屬抗旌之已遠，慚追路之不遑。竊承臨涖之初，首辱緘封之賜。教條孚若，足見餘材；詞義焕然，載加厚禮。茂惟賢哲，休有福祥。恭惟某官，抱識清明，受材宏博。韞以傳經之學，發爲華國之文。自識拔於先朝，久踐揚於要職。中外歷試，休顯有稱〔四〕。暫屈遠圖，請一麾而坐府；即膺寵渥，宜三節而造庭。肇此備官，寔資芘賴。遂將承教，但竊欣愉。

與常州廖明略學士啓

蔡　肇

蒙鄙之姿，頑鈍於事。寸長尺短，素分豈不自知；利後責先，涉世蓋常如此。衆譏不息，公論莫逃。自取斥疏，尚蒙全度。東南佐郡，鄉廬以得爲榮；飽暖荷恩，家人恨降之晚。勿違懷土，竊復依仁。伏惟某官，汪洋之學造微，瑰瑋之文絶衆。久推雅量，素著直聲。早登獻可之班，暫輟承流之寄。顧惟蹇薄，每辱矜憐。賜第西清，早忝同升之義；讎書東觀，晚叨聯事之榮。曁茲索米之窮，亦拜指囷之惠。坐曹同列，暫無畫諾之良；旁舍見容，儻知歌呼之治。愈隆問望，即被褒升。願言其私，預以爲念。

賀陳履常教授啓

晁補之

擢領掾曹，歸臨鄉校。與從遊之良舊，私慰喜以居多。竊惟國之求才，病取捨之膠於法；士之涉世，患進退之失其中。設科舉爵位以誘人，假誦數詞章以干禄。須其出試，則鄉黨自好者耻夫屢獻；不以禮際，則山林長往者豈其肯來？故上安於有司之區區糊名以爲公，而士惑於古人之皇皇載贄以爲辱。莫聞覽德之鳳，率多食餌之魚。恭以某官，行獨而通，志潔而降。不落落以如玉，矧泛泛其若鳧。窮無立錐，術可濟國。至於博覽之學，絶出之文，要其平生，固曰餘事。尚不屑去，安有求聞？聲自籍於諸公，章數騰於當宁〔五〕。拔起閭里，朋類之榮；收還妻孥，親黨所喜。未促公車之詔，聊從泮水之行。庶觀成山，必自累土。辭尊及富，仕何往而非安；有爲與行，志苟存而皆可。貽牋良幸，脩慶獨稽。傾詠之誠，倍於儕等。

答賀李祥改宣德啓

晁補之

延對宸廷，改榮京秩，從游兹舊，慰喜良多。恭以宣德，懿行不羣，令儀可度。粤從幼學，夙有俊聲。下帷未省窺園，持竿寧悟流麥。其精如此，故資之深。珠玉藴含，山川輝媚。自當名世，豈獨傳家！補之氣合相求，心均莫逆。絣繲洸之何取，櫪株枸之自留。臨水送將，牛羊方下；望風懷想，鴻雁欲來。庶幾逢聲子之班荆，且復過孟公而投轄。未遑馳慶，先辱流音。尚阻盍簪，惟期彊飯。

永興提刑謝到任啓

李昭玘

委轡下車，勤吏民之趨走；據桉涉筆，擁文墨之紛紜。將何補於事功，徒有慚於面目。伏念昭玘，迂疎末學，鄙野孤生。賦才不長，聞道最晚。棲遲日月，僅成九轉之功；蹭蹬風塵，未蒙一顧之價。再預充庭之貢，謾爲入格之遊。敢意斐文，偶塵精鑒。初乏青錢之作，宜置下陳；誤經黄絹之評，遽超數等。叨從禄仕，擢備儒官。詎能握管以窒天，良愧奔蜂之化蠋。屬大明之繼照，延舊德以亮功。博收人才，盛集册府。開閤之始，豈乏異能；備員者誰，乃出下客。人共榮於入彀，時皆謂之登瀛。正始諸賢，濫陪武步；石渠祕籍，頓發見聞。惟知反己以自求，敢覬因人而幸進？謂有昭昭之明者，必有冥冥之志；無赫赫之勢者，亦無凛凛之寒。欲寡過而未能，恐修名之不立。以愚自信，曷嘗稱博而毁丹；與世何尤，不暇去嬰而歸蚡。安有本同而末異，奚先嘗病而後瘳？處冲季孟之間，僅知所立；甘陵南北之部，適幸兩忘。能不能各自其人，得不得必尸諸命。洋然迎餌，詎爲宓氏之魚；兀若畏人，反類羊公之鶴。嘆源泉之有本，驚蒲柳之先衰。一傳未終，恍已迷其姓氏；片文屢過，幾不辨其偏旁。但縻廩粟以偷安，何罪書魚之成蠹。久玷外庭之列，聊從别乘之行。迨及更書，復還舊直。竟無他異，莫追終、賈之才名；必有可觀，竊預趙、張之政事。舍丹鉛之點勘，視鞭扑之喧嚣。精神僅見於目前，智慮或遺於意表。蠅紛訴牒，驅即復來；鴈集吏行，守之不置。間關畏罪，黽勉赴功。入水必濡，每憂揭厲；遇風知退，冀免摧頹。雖殫十駕之勞，蔑有尺寸之補。間以私門艱窘，多事侵淩。禄未逮於孤窮，歲已驚於遲暮。田無附郭，久負陶潛之歸；盜不過門，素多張禹之愛。屢申愚懇，願守方州。猥需造物之私，特假祥刑之任。地占河關之勝，道連雍陜之雄。小民尚氣而喜争，巨猾瀕山而爲盜。素稱劇郡，尤藉長才。自非水鏡無疵，權衡不撓，則何以吏知守法，人不稱寃？顧煩闔之無堪，適選掄之誤及。此蓋某官，元功播物，一德亮天。見遠業於有爲，期太平之可致。論事必同於善，使人樂盡其才。引傴僂以升高，徒煩假手；削輪囷而成器，幾誤揮斤。敢不慎守官箴，勉思民事。不近名而邀福，無倚法以作威。概以中平，得之安静。少圖裨報，上副陶成。美蔭方休，曾未虞於巨臂；不才自養，終願託於長年。過此以還，未知所措。

昭雪謝執政啓

劉跂

上聖端臨，羣賢拱輔。萬事罔有勿理，百姓自以不寃。鴻惟累朝，欽慎庶獄。匹夫輒讞，尚戒毫釐之差；大臣見誣，可容白黑之眩？昨以禍起不測，謗加已亡。陷燕桑之謀，聖主覺其書詐；抱田貫之義，志士或以死明。備見不根之情，猶施及嗣之罰。窮海萬里，兩柩弗歸；毒癘三年，一門垂盡。肆龍飛而雲變，聿睍見而雪消。藐是諸孤〔六〕，首蒙拯拔。實雖甚厚，名則未然。且將而必誅，豈容降等之坐；而否則無罪，安用會赦之文。載援疑辭，上求決語。初屏錯於羣枉，又刊落於舊章。詔音一傳，士氣如洗。此蓋某官，房、杜在位，丙、魏有聲。直道以盡大臣之能，虚心以應天下之務。推引人物，不間戚疏；馴致上恩，以及存歿。重惟先正，早預官僚。晚歲《離騷》，魂竟招於異域；平生精爽，夢猶託於故人。幸山公之在朝，痛介侯之無禄。霜露所感，日月有期。然而貶降之秩未還，吊恤之恩尚闕。扶杖以聽，終觀詔令之行；造膝而陳，更賴弼諧之助。言盡于此，涕不自收。

賀同州侍郎啓　　晁詠之

伏審抗疏中山，易符左輔。過家上冢，榮動鄉邦；入境觀風，喜交鄰壤。光塵在望，跂抃載深。恭以某官，識洞高明，材資英博。究觀至理，深達於天人；遊戲斯文，仰參於造化。此古人所以名世，而執事與之同風。故應變則兼文武而有餘，惟守道則貫金石而不屈。姦謀自寢，知汲黯之在朝；正色弗回，識張公之論事。卷舒不失乎正，進退愈見其忠。弭節藩宣，眙三峯而少息；秉鈞廊廟，冠百辟以高騫。詠之固陋無聞，羈孤寡與。未列韓門之弟子，詎先魯國之儒生。欣願執鞭，庶幾發藥。雖精神之每竭，顧奔走以無階。聽益州之詩，獲近陪於歌頌；就河東之賦，寔久侍於欬嘘。罣罣自憐，拳拳罔罄。

謝永興待制啓

晁詠之

竊階奏牘，獲列賓僚。素心每違，玷始平之屢薦；故人獨賀，謂宣州之多賢。與有欣榮，豈徒感激。伏念詠之，少知自信，老迄不逢。惟嗜書之甚愚，更折臂而弗悔。自投筦庫，殆欲半生；力求田園，便期歸老。子平之婚嫁未畢，西華之兄弟皆貧。坐此艱難，猶當黽勉。然而施者積久而既倦，貴或易忘而弗酬。欲冀一官，彌嗟百拙。此蓋伏遇某官，慨然以風義自任，信乎非權勢可移。力拯窮途，如謀己事；凡當辟置，必欲招徠。夫豈徒然，曷以稱此？惟昔人稱幕中之客，豈特專簿書期會之間；而君子報國士之知，亦以事容悦阿諛爲耻。竊執事之所以見賜，與不肖之所以仰從，竊自比於前脩，要不慚於它日。

校勘記

〔一〕列於六藝　四字原作「肆筆矢言」，蓋涉下文而竄亂於此，據明抄本改。

〔二〕肆筆矢言　四字原本空白，據明抄本補。

〔三〕懿行　「行」原作「而」，據明抄本、明刻本改。

〔四〕休顯　「顯」原作「續」，據明抄本、明刻本改。

〔五〕數騰　「騰」原作「勝」，據明抄本、明刻本改。

〔六〕諸孤　「孤」原作「姑」，據明抄本、明刻本改。

宋文鑑卷第一百二十四

策問

策問七首

歐陽修

問：禮、樂治民之具也。王者之愛養斯民，其於教導之方甚勤而備。故禮，防民之欲也周；樂，成民之俗也厚。苟不由焉，則賞不足勸善，刑不足禁非，而政不成。大宋之興，八十餘歲。明天子神聖，思致民太平久矣，而天下之廣，元元之衆，州縣之吏奉法守職，不暇其他；使愚民目不識俎豆，耳不聞弦歌，民俗頑鄙，刑獄不衰，而吏無任責。夫先王之遺文具在，凡歲時吉凶聚會，考古禮樂可施民間者，其別有幾？順民便事，可行於今者，有幾？行之固有次第，其所當先者，又有幾？禮樂興而後臻於富庶歟？將既富而後教之歟？夫政緩而迂，鮮近事實；教不以漸，則或戾民。欲其不迂而政易成，有漸而民不戾者，其術何云？儒者之於禮樂，不徒誦其文，必能通其用；不獨學於古，必將施於今。願悉陳之，無讓！

問：《六經》者，先王之治具，而後世之取法也。《書》載上古，《春秋》紀事，《詩》以微言感刺，《易》道隱而深矣；其切於世者，禮與樂也。自秦之焚書，六經盡矣。至漢出者，皆其殘脱顛倒，或傳之老師昏耄之説，或取之冢墓屋壁之間，是以學者不明，異説紛起。況乎《周禮》，其出最後，然其爲書備矣，其天地萬物之統，制禮、作樂、建國、君民、養生、事死、禁非、道善，所以爲治之法，皆有條理。三代之政美矣，而周之治迹所以比二代而尤詳，見於後世者，《周禮》著之故也。然漢武以爲瀆亂不驗之書，何休亦云六國陰謀之説，何也？然今考之，寔有可疑者。夫内設公、卿、大夫、士，下至府史胥徒，以相副貳；外分九服，建五等，差尊卑以相統理，此周禮之大略也。而六官之屬，略見於經者，五萬餘人，而里閭縣鄙之長，軍師卒伍之徒不與焉。王畿千里之地，爲田幾井？容民幾家？王官王族之國邑幾數？民之貢賦幾何？而又容五萬人者於其間，其人耕而賦乎？如其不耕而賦，則何以給之？夫爲治者，固若是之煩乎？此其一可疑者也。秦既誹古，盡去古制，自漢以後，帝王稱號，官府制度，皆襲秦故，以至於今；雖有因有革，然大抵皆秦制也，未嘗有意於《周禮》者，豈其體大而難行乎？其果不可行乎？夫立法垂制，將以遺後也，使難行而萬世莫能行，與不可行等爾，然則反秦制之不若也。脱有行者，亦莫能興，或因此取亂，王莽、後周是也，則其不可用決矣，此又可疑也。然其祭祀、衣服、車旗似有可採者，豈所謂郁郁之文乎？三代之治，其要如何？《周禮》之經，其失安在？宜於今者，其理安從？其悉陳無隱！

問：古者爲治有繁簡，其施於民也有淺深，各適其宜而已。三代之盛時，地方萬里，而王所自治者千里而已，其餘以建諸侯；至於禮樂刑政，頒其大法，而使守之，則其大體蓋簡如此。諸侯大小國蓋數千，必各立都邑，建宗廟；卿士大夫，朝聘祭祀，訓練農卒，居民度土，自一夫以上，皆有法制，則其於衆務何其繁也？今自京師至於海隅徼障，一尉卒之職，必命於朝，政之大小，皆自朝出，州縣之吏，奉行而已，是舉天下皆所自治，其於大體，則爲繁矣；其州縣大小，邑閭田井，訓農練卒，一夫以上，略無制度，其於衆務，何其忽而簡也？夫禮以治民，而樂以和之，德義仁恩，長養涵澤，此三代之所以深於民者也。政以一民，刑以防之，此其淺者爾。今自宰相，至於州縣之有司，莫不行文書，治吏事，其急在於督賦斂、斷獄訟而已，此特淺者爾。禮樂仁義，吏不知所以爲，而欲望民之被其教，其可得乎？夫治大以簡，則力有餘；治小以繁，則事不遺；制民以淺，則防其僻；漸民以深，則化可成，此三代之所治也。今一切悖古，簡其當繁，繁其可簡，務其淺而忽其深，故爲國百年，而仁政未成，生民未厚者，以此也。然若欲使國體大小，適繁簡之宜；政事弛張，盡淺深之術；諸侯井田，不可卒復，施於今者何宜？禮樂刑政，不可卒成，用於今者何便？悖古之失，其原何自？脩復之方，其術何始？迹治亂，通古今，子大夫之職也，其悉心以陳焉！

問：三王之治，損益不同，而制度文章，惟周爲大備。《周禮》之制，設六官以治萬民，而百事理。夫公卿之事重矣，若乃祭祀天地、日月、宗廟、社稷、四郊、明堂之類，天子大臣，所躬親者，一歲之間有幾？又有巡狩、朝會、師田、射耕、燕饗，凡大事之舉，一歲之間，又有幾？而爲其民者，亦有畋獵、學校、射鄉、飲酒〔一〕，凡大聚會，一歲之間又有幾？又有州黨、族官、歲時、月朔、春秋酺宴、詢事讀法，一歲之間，又有幾？其齋戒供給，期召奔走，廢日幾何？由是而言，疑其官不得安其府，民不得安其居，亦何暇脩政事，治生業乎？何其煩之若是乎？然説者謂周用此以致太平，豈朝廷禮樂文物，萬民富庶愷悌，必如是之勤且詳，然後可以致之歟？後世苟簡，不能備舉，故其未能及於三代之盛歟？然爲治者，果若是之勢乎？用之於今，果安焉而不倦乎？抑其設施有法，而第弗深考之歟？諸君子爲言之！

問：孟子以謂，井地不均，則穀禄不平；經界既正，而分田制禄，可坐而定也。故曰，仁政必自經界始。蓋三代井田之法也。自周衰迄今，田制廢而不復者，千有餘歲，凡爲天下國家者，其善治之迹雖不同，而其文章制度，禮樂刑政，未嘗不法三代，而於井田之制，獨廢而不取，豈其不可用乎？豈憚其難而不爲乎？然亦不害其爲治也。仁政果始於經界乎？不可用與難爲者，果萬世之法乎？王莽嘗依古制，更名田矣，而天下之人愁苦怨叛，卒共起而亡之；莽之惡加于人者雖非一，而更田之制，當時民特爲不便也。嗚呼！孟子之所先者，後世皆不用而治；用之而民特愁苦怨叛，以爲不便；則孟子謂仁政可乎？記曰：「異世殊時，不相沿襲。」《書》又曰：「事不師古〔二〕，匪説攸聞。」書傳之言，其戾如此，而孰從乎？孟子世之所師也，豈其泥於古而不通於後世乎？豈其所謂迂闊者乎？不然將有説也。自三代之後，有天下莫盛漢、唐，漢唐之治，視三代何如？其民田之制，税賦之差，又何如？其可施於今者，又何如？皆願聞其詳也。

問：爲政者徇名乎？襲迹乎？三代之名，正名也；其迹，治迹也。所謂名者，萬世之法也；迹者，萬世之制也。正名立制，言順事成，然後因名迹以考實，而其文章事物，粲然其無不備矣，可謂盛哉！董仲舒以謂「三代質文，有改制之名，而無變道之實」者，是也。自秦肆其虐，滅棄古典，然後三代之名迹，皆變易而喪其實，豈所謂變其道者耶？然自秦迄今，千有餘歲，或治或亂，其廢興長短之勢，各由其人爲之而已；其襲秦之名，不可改也，三代之迹，不可復也。豈其理之自然歟？豈三代之制，止於三代，而不可施於後世歟？王莽求其迹而復井田，宇文求其名而復六官，二者固昏亂敗亡之國也。然則孔子言爲政必也正名，孟子言爲政必始經界，豈虚言哉？然自秦以來，治世之主，幾乎三代者，唐太宗而已；其名迹固未嘗三代之一二，而其治則幾乎三王；豈所謂名迹者非此之謂歟？豈遺名與迹，而直考其實歟？豈孔子之所謂者有旨，而學者弗深考之歟？其酌古今之宜，與其同異者以對！

問：古之取士者，上下交相待以成其美；今之取士者，上下交相害，欲濟于事，可乎？古之士，教養有素，而進取有漸。上之禮其下者厚，故下之自守者重。下非厚禮不能以得士，士非自重不能以見禮於上。故有國者設爵禄、車服、禮樂于朝，以待其下；爲士者脩仁義、忠信、孝悌于家，以待其上。設于朝者，知下之能副其待，則愈厚；居下者知上之不薄于己，故愈重。此豈不交相成其美歟？後世之士則反是。上之待其下也，以謂干利而進爾，雖有爵禄之設，而日爲之防，以革進之濫者；下之視其上也，以謂雖自重，上孰我知，不自進，則不能以達。由是上之待其下也益薄，下之自守者益不重而輕。嗚呼！居上者欲得其人，在下者欲行其道，其可得耶？原夫三代取士之制如何？漢魏迨今，其變制又如何？宜歷道其詳也。制失其本，欲其反古，當自何始？今之士，皆學古通經，稍知自重矣；而上之所以禮之者，未加厚也。噫！由上之厚，然後致下之自重歟？必下之自重，然後上禮之厚歟？二者兩不爲之先，其勢亦奚由而合也？宜具陳其本末，與其可施於今者以對！

策問二首　劉敞

問：唐時歲舉進士，至煩矣，然所取不過三四十人；今國家間四歲乃一舉進士，至簡矣，然取之多或至五六百人。議者甚疾此，欲放唐制，則恐賢士失職者衆；欲仍舊貫，則吏員不可勝紀。夫賢士失職者衆，則怨必興於下；吏員不可勝紀，則力必屈於上。裁此二者，宜奈何？諸生極意畫焉！

問：學者治仁義之術，皆稱孟軻。軻譏宋牼之言利也，曰「號則不可」，是所慎者莫如號也。然而軻教梁、齊之君則曰，好勇不害，好樂不害，好貨不害，好色不害。夫勇之與樂，貨之與色，足爲號乎？軻之譏人甚詳，而自任太略，軻不宜至此者也。試相與辨之！

策問二首

范 鎮

問：律之例有八，以、准、皆、各、其、及、即、若，若《春秋》之凡然，學者不可以不知也。當條八者之意，與夫著于篇者之説，則可以觀從政之能不能也。

問：契、稷同出於嚳，而分治商、周。方堯、舜時，功德俱施於民者，及湯、武有天下，國號曰商，號曰周，以明受之於祖也。高祖起漢中，定秦暴虐，號曰漢，得之自己也。國朝太祖受周禪，平五代之亂，起於宋，號曰宋，得之亦自己也。僖祖嘗遷矣，乃者復還而東向，法商、周乎？抑法漢乎？將前世亦有考乎？其明言之！

策問二首

張 載

問：三代道失而民散；民散，浸淫而盜不勝誅矣。魯之衰也，季康子患盜，孔子謂：「苟子之不欲，雖賞之不竊。〔二〕夫制産厚生，昭節儉，賤貨財，使人安其分，宜若可爲也。今欲使舉世之民厚賞焉不竊，如夫子之言，其亦有道乎？

問：世禄之榮，王者所以録有功，尊有德，愛之厚之，示恩遇之不窮也。爲人後者，所宜樂職勸功，以服勤事任，長廉遠利，以嗣述世風；而近世公卿子孫，方且下比布衣，聲病售有司，爲不得已爲貧之仕，誠何心哉？蓋孤秦以戰力竊攘，滅學法，壞田制〔三〕，使儒者風義寖弊不傳；而士流困窮，有至糟粰不厭；自非學至於不動心之固，不惑之明，莫不降志辱身，起皇皇而爲利矣。求口實而朶其頤，爲身謀而屈其道，習久風變，因不知求任非義，而反羞循理爲不能；不知廕襲爲榮，而反以虚名爲善。繼今欲舉三王教胄之法，使英才知勸而志行脩；阜四方養士之財，使寒俊有歸而衣食足。取充之計，講擢之方，近於古而適於今，必有中制。衆居彊學待問，固將裨起盛明，助朝廷政治。著于篇，覬厥謀之得失！

私試策問一首　蘇軾

問：人主莫不欲安存而惡危亡，然而其國常至於不可救者，何也？所憂者，非其所以亂與亡；而其所以亂與亡者，常出於其所不憂也。請借漢以言之。昔者高帝之世，天下既平矣。當時之所憂者，韓、彭、英、盧而已，此四王者，皆不能終高帝之世，相繼仆滅而不復續。及至吕氏之禍，則由異姓也。吕氏既已滅矣，而吴、楚之憂，幾至於亡國。方韓、彭、吕氏之禍，惟恐同姓之不蕃熾昌大也；然至其爲變，則又過於異姓遠矣。景帝之世，以爲諸侯分裂破弱，則漢可以百世而無憂。至於武帝，諸侯之難以衰，而匈奴之患方熾，則又以爲天下之憂止于此矣。及昭、宣、元、成之世，諸侯王既無足憂者，而匈奴又破滅，臣事於漢，然其所以卒至於中絶而不救，則其所不慮之王氏也。世祖既立，上懲韓、彭之難，中鑒七國之變，而下悼王氏之禍，於是盡侯諸將而不任以事，裁滅同姓之封，而黜三公之權，以爲前世之弊盡去矣。及其衰也，宦官之權盛，而黨錮之難起。士大夫相與搤腕而遊談者，以爲天子一日誅宦官而解黨錮，則天下猶可以無事；於是外召諸侯而内脅其君。宦官既誅無遺類，而董卓、曹操之徒，亦因以亡漢。漢之所憂者凡六變，而其亂與亡輒出於其所不憂，而終不可備。由此觀之，治亂存亡之勢，其皆有以取之歟？抑將不可推，如江河之徙移，其勢自有以相激而不自知歟？其亦可以理推力救，而莫之爲也？今將使事至而應之，患至而爲之謀，則天下之患，不可以勝防，而政化不可以勝變矣。則亦將朝文而莫質，忽寬而驟猛歟？意者亦有可以長守而不變，雖有小患而不足卹者歟？願因論漢而極言其所以然！

國學秋試策問一首　蘇軾

問：所貴乎學士大夫者，以其通古今而考成敗也。昔之人嘗有以是成者，我必襲之；嘗有以是敗者，我必反之。如是其可乎？昔之爲人君者，患不能勤，然而或勤以治，亦或以亂。文王之日昃，漢宣之厲精，始皇之程書，隋文之傳餐，其爲勤一也。昔之爲人君者，患不能斷，然而或斷以興，亦或以衰。

晉武之平吳，憲宗之征蔡，苻堅之南伐，宋文之北侵，其爲斷一也。昔之爲人君者，患不信其臣，然而或信以安，亦或以危。秦穆之於孟明，漢昭之於霍光，燕噲之於子之，德宗之於盧杞，其爲信一也。此三者，皆人君之所難，有志之士所常咨嗟慕望，曠世而不獲者也。然考此數君者，治亂興衰安危之效相反如此，豈可不求其故歟？夫貪慕其成功而爲之，與懲其敗而不爲，此二者皆過也，學者將何取焉？按其已然之迹而爲之也易，推其未然之理而辨之也難。是以未及見其成功，則文王之勤，無以異於始皇；而方其未敗也，苻堅之斷，與晉武何以辨？請舉此數君者得失之源，所以相反之故，將詳觀焉。

省試策問一首

蘇軾

問：孟子曰：「君仁莫不仁，君義莫不義，君正莫不正，一正君而國定。」君子之至于斯也，亦可謂用力省而成功博矣。陛下嗣位，于今四年，未言而民信之，無爲而天助之；雖羣臣有司，不足以識知盛德之所在；然竊意其萬一，殆專以仁孝禮義、好生納諫治天下也。子大夫生於此時，而又以德行道藝賓興于庭，將必有意於孟子之言，正君而國定。願聞所謂一言而興邦，脩身而天下服者。堯、舜尚矣，學者無所復議。自漢以來，道德純備，未有如文帝也。今考其行事，而可疑者三：上林令吏之不才，而虎圈嗇夫，才之過人者也。才者遺而不錄，不才者置而不問，則事之不廢壞者有幾；然則兵偃刑措，何從而致之？南越不臣，寵以使者；吳王不朝，賜以几杖；此與唐之陵夷，藩鎮自立以邀旄鉞者何異，不幾於姑息苟簡之政歟？《傳》曰：「三王臣主俱賢，五霸不及其臣。」文帝不見賈生，自以爲過之，既見不如也，文帝豈霸者歟？帝自以爲不如，而魏文帝乃以爲過之，此又何也？抑過之爲賢歟？將自謂不如爲賢歟？漢文所以爲文，殆以是三者，而可疑如此，願與子大夫論之，以待上問而發焉。

進士策問三首

劉　攽

問：古者藏冰以禦雹災，禁原蠶以蕃馬，四時改火以救民疾，出土牛以送寒氣。夫天人相感，皆以其類，凡此數者，其説謂何？且其説皆《春秋》《周禮》《月令》聖賢之記，非鄙近淺陋所傳述者。諸生毋以不通而輕沮毁之也。

問：古有宗子者，以管領族人，今不知其説如何？爲之者何人？分大小者何故？領族人之狀何若？累世之後，有所斷絶否？今世亦可行之乎？當爲明説焉。

問：古者議事以制，不爲刑辟。今國家憲章完具，毫髮以上，皆存約束，而言治者常曰不盡人情，其爲吏者皆便文自營，無惻隱之實，以故政事多不及古。或以謂宜簡節而疎目，求忠信之士，敦厖之人以付之。夫人不易知，恐未獲議事以制之美，而矯虔吏舞文以害民矣。二者宜何從？願與諸生議之！

私試進士策問二首

蘇　轍

問：君子能盡人之情，而不能盡物之變；盡物之變，惟精者能之。古之君子，專一而無侈心，是以益治鳥獸，棄治稼穡，夔治鍾磬，羲和治曆，皆以聰明睿智之才，而盡於一物，終其身而不去，後世官者至以爲氏。故當此之時，天下之事，無不畢舉。今者四方既平，非有勤勞難治之政，而當世之務，每每廢墜而不理。蓋鍾律之不和，河之不循道，此一二事者，百有餘年而莫能辨之者，是豈非務於速，而恥以一物自盡之過歟？夫古之君子，往往老於小官，終身而不厭，則上之所以使之者誠有道也。安得斯道而由之，以使斯人之復於古也？

問：古之言治者，必曰禮樂。禮樂之於人，譬如飲食，未有一日而不相從者。故士之閑居，無故不去琴瑟，行則有佩玉之音，登車則有和鸞之節，身蹈於禮而耳屬於樂如此，而後邪僻不至。蓋自秦、漢以來，士大夫不師古始，然其朝廷鄉黨之間，起居飲食之際，亦未嘗無禮；而樂獨盡廢，士有終年未嘗聞樂而不知其非者。於是有以疑樂之可去，而以古人爲非矣。不然，請言樂之不立，而士之所以不如古者安在？

私試武學策問一首

蘇轍

問：古稱淮陰侯善用兵，然觀其所以勝者，亦若有天幸焉。淮陰之攻趙也，廣武君請以輕兵絶其糧道，而堅壁以老其師。其攻齊也，人或説龍且以相持不戰，而陰招齊之亡城〔四〕。此二計者，淮陰難之，幸其計之不用，是以能克。然而使此計誠行，淮陰豈坐受縛者耶？其必有以待之，請陳其説。

爲家君作試漢州學策問一首

程頤

問：士之所貴乎人倫者，以明道也。若止于治聲律、爲禄利而已，則與夫工技之事，將何異乎？夫所謂道，固若大路然，人皆可勉而至也。如不可學而至，則古聖人何爲教之勤勤如是，豈其欺後世耶？然學之之道當如何？後之儒者，莫不以爲文章、治經術爲務。文章則華靡其詞，新奇其意，取悦人耳目而已；經術則解釋辭訓，較先儒短長，立異説以爲己工而已；如是之學，果可至於道乎？仲尼之門，獨稱顔子爲好學，則曰「不遷怒，不貳過」也，與今之學不其異乎？或曰，如是則在脩身謹行而已。夫檢於行者，設曰勉彊之可也；通諸心者，姑脩謹而可能乎？況無諸中不能彊於外也。此爲儒之本，諒諸君之所素存也。幸明辨而詳著于篇。

省試策問二首

范祖禹

問：古之士與君言，言使臣；與人臣言，言事君；與幼者言，言孝悌；與居官者言，言忠信。自童子以至於成人，自洒掃應對以入於道德，學不陵節，教不躐等。有非其所問而問者〔五〕，鄉先生君子不以告也〔六〕。譬如拱把之桐梓，長之養之，至於成材，無不適於用。如其未至而曰至，未能而曰能，則是賊夫人之子，非先王長育之意矣。蓋孔子之教曰：「文、行、忠、信。興於詩，立於禮，成於樂。」孟子曰：「謹庠序之教，申之以孝悌之義。」其所教者，皆以明人倫也。以孔子之聖，四十而始不惑，五十而知天命；雖曰知之，猶罕言之。性與天道，自子貢不得而聞，況其下者乎？近世學士大夫，自信至篤，自處甚高，或未從師友，而言天人之際；未多識前言往行，而窮性命之理。其弊浮虚而無實，鍥薄而不敦。雖然，十室之邑，必有忠信，天下之大，豈無豪傑，不待文王而興者？然聖人之教，必爲中人設也。比年以來，朝廷患之，詔禁申、韓、莊、列之學，流風寖息，而猶未絶。夫申、韓本於老子，而李斯出於荀卿，學者失其淵源，其末流將無所不至。故秦之治，文具而無惻隱之實；晉之俗，浮華而無禮法之防，天下靡然，至於大亂。此學者之罪，不可以不戒也！子大夫以文行舉於鄉，羣至於有司，且登進於朝廷，風俗之媺惡，政事之得失，將於此乎在，必有中正之論，以捄斯弊，其悉陳之！

問：二帝三王之道，亦惟仁義而已矣。孔子傳之，《詩》《書》所述，爲萬世法，其要不過曰稽古法天，脩身親親，舉賢而用之。其言甚易知，則宜其事甚易行，然自三代以還，後世之治，終莫能及焉。由漢至于有唐，其間明君賢臣爲不少矣，其治曾不得庶幾於古，何耶？豈其學者論卑而不足有明歟？抑其時君不能勉而行之歟？昔孟子非堯舜之道不敢陳於王前，與王言未嘗不以王道，如其不可行，豈徒爲空言哉？以區區之齊，五十里之滕，孟子猶欲勉之以王，况不爲齊、滕者乎？夫道之不明也，學者不講之過；既明矣，而不行者，在上者之過也。古之學者講而明之，所以待在上者舉而行之，四代養士於學校，盖以此也。子大夫學於此久矣，其茂明之。

策問一首　劉跂

問：工，天下之末作也，不備末則本不立，不制其末，則本焉得而立乎？故先王之法，工之在官者，六分其官而工居一；工之在民者，四分其民而工居一。多寡之數，以是爲稱，猶患其赴之者衆〔七〕，則爲術以權之。不飭宫室，不靡異服；奇技淫巧以疑衆者，殺無赦。當此之時，持規矩繩墨以事上，與游手末利之人，法度之外無敢爲也。今承平歲久，生齒充盛，繡組雕鏤，賈生、董子之所不能道者，尚多有之；而戒禁之令，漢、唐之所能行者，或未舉也。如是而欲事簡財省，風俗樸厚，以成德化之盛，顧不悖哉？今將考古之所可行，擇今之所宜禁，諸君子以謂安從始？

策問一首

晁詠之

問：六卿之職既廢，選舉之法，出於一時，大抵苟簡，或文具易弊。唐太宗嘗欲聽州郡辟召，又將使人自舉，庶幾三代之風，而魏鄭公以謂不可復。鄭公勸太宗行仁義，其治應響答，固有志於古者；至是乃云不可復，何耶？夫賓興之法，著於聖人之經，可攷而知也，彼以爲不可復者，其説果安在耶？今以四海九州之大，士民之繁夥，其選不過三歲之詔，是果能無遺材乎？其進而仕于朝者，非廟堂之灼知，則一限以吏部之格，是果足以觀賢不肖，使各當其位乎？前日嘗詔天下舉經行之士於其鄉矣，然詔下之日，請謁者相屬，其比試于有司已卑矣，而見黜者又十八九，特幸哀憐，與之一官，而其法遂廢不用。辟置之員，歲增於舊，一職之屬，多至十輩，而議者病其太冗，是豈本意哉？是皆近古矣，而其効止如此，又何耶？今欲公天下之選，盡人材之實，兼古今之便，以追成周官人之盛，宜必有術矣。其務終始究陳之！

校勘記

〔一〕射鄉　明刻本同，疑當作「鄉射」。

〔二〕師古　「古」字原脱，據明抄本、明刻本補。

〔三〕壞田制　「壞」原作「壤」，據明抄本、明刻本改。

〔四〕亡城　二字原作「士誠」，明刻本同，據明抄本改。

〔五〕而問　二字原脱，明刻本同，據明抄本補。

〔六〕鄉先生君子　原作「鄉先君子子」，脱「生」字，衍「子」字，據明抄本、明刻本補删。

〔七〕猶患其赴之者衆　原本脱「患」字及「之」字，據明刻本補。明抄本脱「之」字。

宋文鑑卷第一百二十五

雜著

時鑑

柳開

雍熙三年，宜州山夷攻其州，弗克。全之西鄙樂安里峒，有栗氏因之，會其族南劫興安縣，敗入谿峒，連歲不寧。天子擇中貴臣二人，涖全、邵州以静之。明年春，栗氏來歸，魁狡皆奉吏州庭，乃刻時鑑一篇于石，以誡之。

族盛卑邑，邦大下國。違道致殃，干命取亡。居夷鄰德，處險近賊。蜀難通軺，吴莫容舠。嘯萬羣姦，摧壘倒關。象踣圍矣，蛟斃彀已。蠆纖曷存，蟻微何奔？虎猛恃力，逼死罔逸。隼鷙誠捷，懷餌受緤。小人爲美，君子是恥。所失若塵，其治如鈞。寧之弗復，喪乃必覆。習禮可式，翫兵竟慝。怨懼與禍，貪慾生過。徇意成朋，怫心見憎。以畏卒潰，苟悦爰萃。謹政防亂，慎行避患。缺玉不補，積滓非污。來紆往亟，愚睽智暱。跡昭事著，利合勳裕。平原廣野，馳車走馬。高浪深淵，有鮪有鱣。保爾攸宜，胥樂在時。刊文無窮，作誡永終。

敗諭

种放

吴遁字雲交，爲兒童時，不逐嬉戲，而心樂於善。暇日或暝目而坐，或昂目而望，皆若有思於學也。然不幸生於隴西，其地僻界西戎，生民尚佛與鬼。遁若冥行於芥蒼絶跡之境，無所索其途。又覩其父兄所習尚者，惟浮屠之學，於是化爲浮屠氏，而從其法焉。然資識穎寤，於其教獨能抉指端緒，窺窮疵隙，又傍觀列聖之書，見仁義、禮樂、忠孝、人倫之美，君臣、父子、夫婦、宗廟之儀，則羞前之爲，而自歎曰："吾流何異夫井底蛙耳！"於是褫去浮屠之服，而加冠巾，從縉紳之列而問學焉。或有非而告之，曷自敗其道，而反能居吾列乎？生聞而疑，以告予。予歎曰："夫自古聖賢，合天履中，通貫萬化，依仁由義，至公亡私，生民賴焉，萬物順焉，斯可謂道也。如彼浮屠氏，乃夷狄之一法耳，將謂道乎？若能外夷貊偏邪之法，即皇極大中之道，棄怪誕詭雜之跡，由忠孝雅正之途，爲順乎爲不順乎？爾能吐甘肥，食蔬糲；脱綺纊，衣布褐；出廣厦，安窮廬；孜孜伏誦列聖之書，求列聖之心；雖昔之輩流，狺狺然千百其聲，隨而吠之，能挺然不顧。此非有夷、齊獨立自明之才，而能若是者幾希。嗚呼！冠弁其首，褒博其服，學二帝、三王、周公、孔子之道，策名進身，予知其儒也。而浮屠、楊、墨其行者，謂生自敗其道；果孰謂自敗其道者耶？夫百工技能，學之既至，雖不售不用，咸能自信愛而不易他技者，慎其本也。惡有學仁義禮樂，反不能自信愛而爲人蠱惑者也？孟子曰：'吾聞出於幽谷，遷于喬木，未聞下喬木而入幽谷者也。'又楊子云：'在門牆則揮之，在夷狄則進之。'"生方出幽谷，遷喬木矣，故作《敗諭》以進之，亦欲果其志也。

碑解

孫何

進士鮑源以文見借，有碑二十首，與之語頗熟東漢、李唐之故事，惜其安於所習，猶有未變乎俗尚者，作碑解以貺之。碑非文章之名也，蓋後人假以載其銘耳。銘之不能盡者，復前之以序，而編録者通謂之文，斯失矣。陸機曰：「碑披文而相質」，則本末無據焉。銘之所始，蓋始於論譔祖考，稱述器用，因其鐫刻，而垂乎鑒誡也。銘之於嘉量者曰量銘，斯可也；謂其文爲量，不可也。銘之於景鍾，曰鍾銘，斯可矣；謂其文爲鍾，不可也。銘之於廟鼎者，曰鼎銘，斯可矣；謂其文爲鼎，不可也。古者盤盂几杖皆有銘，就而稱之曰盤銘、盂銘、几銘、杖銘，則庶幾乎正，若指其文曰盤、曰盂、曰几、曰杖，則三尺童子皆將笑之。今人之爲碑，亦猶是矣。天下皆踵乎失，故衆不知其非也。蔡邕有《黄鉞銘》，不謂其文爲黄鉞也；崔瑗有《座右銘》，不謂其文爲座右也。《檀弓》曰：「公室視豐碑，三家視桓楹。」釋者曰：「豐碑，斵大木爲之；桓楹者，形如大楹耳，四植謂之桓。」《喪大記》曰：「君葬四綍二碑，大夫葬二綍二碑。」又曰：「凡封用綍去碑。」釋者曰：「碑，桓楹也，樹之於壙之前後，以紼繞之間之，轆轤輓棺而下之。用綍去碑者，縱下之時也。」《祭義》曰：「祭之日，君牽牲，既入廟門，麗于碑。」釋者曰：「麗，繫也，謂牽牲入廟，繫着中庭碑也。或曰，以紖貫碑中也。」《聘禮》曰：「賓自碑内聽命。」又曰：「東面北上，碑南。」釋者曰：「宫必有碑，所以識日景引陰陽也。」考是四説，則古之所謂碑者，乃葬祭饗聘之際所植一大木耳。而其字從石者，將取其堅且久乎？然未聞勒銘于上者也。今喪葬令具螭首龜趺，洎丈尺品秩之制。又易之以石者，後儒所增耳。堯、舜、夏、商、周之盛，六經所載，皆無刻石之事。《管子》稱無懷氏封泰山刻石紀功者，出自寓言，不足傳信。又世稱周宣王蒐于岐陽，命從臣刻石，今謂之石鼓，或曰獵碣，洎《延陵墓表》，俚俗目爲夫子十字碑者，其事皆不經見，吾無取焉。司馬遷著《始皇本紀》者，其登嶧山，上會稽，甚詳，止言「刻石頌德」，或曰「立石紀頌」，亦無勒碑之説。今或謂之嶧山碑者，乃野人之言耳。漢班固有《泗水亭長碑文》，蔡邕有郭有道、陳太丘碑文，其文皆有序冠篇，末則亂之以銘，未嘗斥碑之材，而爲文章之名也。彼士衡未知何從而得之？由魏而下，迄乎李唐，立碑者不可勝數，大抵皆約班、蔡而爲者也。雖失聖人述作之意，然猶髣髴乎古。迨李翺爲《高愍女碑》，羅隱爲《三叔碑》、《梅先生碑》，則所謂序與銘，皆混而不分。集列其目，亦不復曰文。考其實，又未嘗勒之於石。是直以繞緋麗牲之具，而名其文，戾孰甚焉！復古之事，不當如此。貽誤千載，職機之由。今之人爲文揄揚前哲，謂之贊可也；警策官守，謂之箴可也；鍼砭史闕，謂之論可也；辯析政事，謂之議可也；祼獻宗廟，謂之頌可也；陶冶性情，謂之謳詩可也；何必區區於不經之題，而專以碑爲也？設若依違時尚，不欲全咈乎譊譊者，則如班、蔡之作，存序與銘，通謂之文，亦其次也。夫子曰：「必也正名乎！」又曰：「名不正則言不順。」君子之於名，不可斯須而不正也；況歷代之誤，終身之惑，可不革乎？何始寓家於潁，以涉道猶淺，嘗適野，見荀、陳古碑數四〔一〕，皆穴其上，若貫索之爲者。走而問故起居郎張公觀，公曰：「此無足異也？蓋漢實去聖未遠，猶有古豐碑之象耳。後之碑則不然矣。」五載前接柳先生仲塗，仲塗又具道前事，適與何合，且大噱昔人之好爲碑者。久欲發揮其説，以詒同志，自念資望至淺，未必能見信於人。又近世多以是作相高，而夸爲大言，苟從而明之，則謗將叢起，故蓄之而不發。以生力古嗜學，偶泥於衆好；其兄又於何爲進士同年，故爲生一二而辯之。噫！古今之疑，文章之失，尚有大於此者甚衆，吾徒樂因循而憚改作，多謂其事之固然。生第勉而思之，則所得不獨在於碑矣。

書異

丁謂

淳化元年，許夏旱，五月乙卯，震雨雹，大風拔木，屋瓦悉飄。人以爲神龍所經，雖駭而不異，士同其辭。大夫曰：然，吁可憫也！《春秋》書災異，於其國之君膺之；設有流變，則方訪諸史卜，顧其政事，貶往而脩來，以應天之變，以承天之戒。是天不虛謫，人有誠應也。今則不然，都諸侯之位，災異屬之〔二〕，則曰，非吾土也，其天王膺之。又曰，在吾治内，吾將聞之，示吾不政也，於是又止之。民命繫之，都邑倚之，事有善則曰吾之力；及之不祥，則曰，係邦國之歷數，在人主之脩復也。忌人言而恥言於人，曷見其訪卜史也；斷歷數而推之於人主，曷見其顧政事也。人君得聞之而審之，以貶損而應之，斯可矣；矧又畏而不使聞之乎？語曰：「迅雷風烈必變。」畏天怒也，況若此之異耶？苟爲政者見而不顧，則蒼生何恃哉？天之警戒何示哉？仲尼書之於經，蓋垂訓也，況目之乎〔三〕？豈觀書者不取古乎？爲政者將違天乎？嗚呼，欲共理者慎求諸！

責荀

賈同

荀況死舊矣，其言存于書，亦聖人仁義禮樂之談也。然其作《非十二子篇》，則它囂、魏牟首之，陳仲、史鰌次之，墨翟、宋鈃又次之，慎到、田駢又次之，惠施、鄧析又次之，而子思、孟軻亦未其數爲十二焉。而各序其道於下，謂子思、孟軻則曰：「略法先王而不知其統，然而才劇志大〔四〕，聞見雜博，案往舊造説〔五〕，謂之五行。甚僻違而無類〔六〕，幽隱而無説，閉約而不解。案飾其辭而祇敬之曰：此先君子之言也〔七〕。子思唱之，孟軻和之，世俗之講師瞀儒，嚾嚾然不知其非也，遂受而傳之，以爲仲尼、子游爲茲厚于後世，是則子思、孟軻之罪也。」又序其後，以爲道之正者，曰仲尼、子弓之義，以務息十二子説，如是而天下之害除，人之事畢矣。其處子思、孟軻也，何如是之無謂乎？今《禮記·中庸》之篇存者，子思之述也。今孟子十四篇者，孟軻之述也。其言道，則孔氏而下，未有似之者也。今以荀之書比之，而又出其後，則庶幾學之未能似之，微得其具體矣。故唐韓愈但儕之楊子雲而已，今反其若是，吾甚見其無謂也。又上十二子爲六偶者，咸均道而言之也，則子弓者，亦道均于仲尼乎？豈有聖人如仲尼，而獨言不垂于後世，事不顯于當時乎？何仲尼之徒未嘗稱之，而泯滅若是乎？此又甚無謂也。且夫仲尼之道，孟軻學而行之，吾謂未有能出之者也。而荀亦以學仲尼之道，而反以孟比十子爲十二，而復云云，此所謂是堯而非舜者也。荀非舜，則堯亦未足信矣。而曰仲尼、子弓者，吾不知子弓者何如人也？而荀謂仲尼者何如人也？噫！吾觀此是吾不信荀也〔八〕，故作《責荀》以示來者。

禁焚死

賈同

《傳》曰：「孝子事死如事生。」又曰：「父母全而生之，子全而歸之，不亦孝乎？」父母既殁，斂手足形，旋葬，慎護戒潔，奉屍如生，斯之謂事死；身體髮膚，無有毁傷，以没于地，斯之謂歸全：古今達禮也。夫生而或毁傷之，雖不仁，猶有爲也；死而後毁傷之，則其不仁不亦甚矣！故曰：「君子慎終」，此之謂歟！噫，今之多焚其死者，何哉？《禮》曰：「新宫火，有焚其先人之敝廬，三日哭。」夫宫廟之與廬舍猶然，況自執火而焚其屍者乎？惡不容于誅矣。謂縱不仁之子，棄其屍于中野，使烏鳶狐貍食之，不猶愈于自殘之者歟！閭閻既以爲俗，而漸染于士大夫之家，亦多爲之。或以守職徼遠，葬于先祖之塋域，故焚之以苟其便易。嗚呼！先王制禮，士大夫奉以立身，推以化民，如之何其苟便易而棄之也！豈獨棄禮哉？抑亦舉其親而棄之也。設不幸道遠，而貧，未能負而歸；買地而葬之，廬而守之，俟其久也，負骨而歸，不亦可乎？又或以惡疾而死，俗云有種，慮染其後者，而焚之，斯則既不仁矣，又惑之甚者。夫脩短有命，疾病生乎身，豈有例哉？如云世積殃，遺子孫，則雖焚之無益也。根其由，蓋始自桑門之教，西域之胡俗也。夫聖王御世，制禮作樂，布浹仁義，使天下密如，四夷嚮化；如之何使夷俗之法，敗先王之禮經耶？教天下以不仁耶？請禁。

望歲

高弁

高子以民荐飢而望歲。或曰：吾聞之，君子之治民也，不患貧而患不安，是故九年洪水，無害堯之爲聖；七載大旱，無損湯之爲明也。對曰：堯湯水旱，不可以遇於今之世也；遇於今之世，則離也。古之人，一夫不耕，則必受其飢，一婦不織，則必受其寒。三年耕者，有一年之儲。斂之於饒，而民不以爲暴；施之於不足，而官有羨穀。士農工商，各安其業，以相資生。事有不當民務者，皆禁而不行。今則不然，耕織之民，以力不足，或入於工商、髡褐、卒夫，天下無數，皆農所爲也，而未之禁。工商之民，乘法淩遲，或雜于士也；入于農者，萬無一焉。是則耕織之民日耗，而甘食鮮衣者日寖。耕織之民日耗，則田荒而桑枯矣；田荒而桑枯，則雖勤而利薄矣。甘食鮮衣者日寖，則人争之不足，則其斂于民也無時。以荒田枯桑，給無時之斂，雖急，猶將無獲也。其有官守者，其名出於士也，其實在工商也。執人之法，刼民之財，不恤其有亡，曰富國家者我也，我能剥削以悦於上，是非商也哉？畏人之威，奪人之力，不恤其老疾幼弱，曰勤王事者我也，我能曲巧以盡民力，是非工也哉？及其取賞也，苟未如意，則非其上曰，我功倍矣，我勞多矣，而賞不至，雖有禹、稷、周、召何以得盡心也〔九〕。嗚呼！水誠害也，而可罔罟以漁；旱誠灾也，而可爲澆溉以田；倍力爲之，半法而輸之，民且安焉。暴虐之吏，過於水旱遠矣！雖有良田，不得而耕；雖有條桑，不得而蠶。膏雨和風，蓬蒿之茂也；蓬蒿茂，而豺狼寇盗衆焉。豺狼寇盗，不殺人民，不足以止其貪。上有無時之求，中有剥削曲巧之政，下有豺狼寇盗之害，民何所措其手足？是故古之凶歲，民無菜色；今之有年，不免飢寒矣。聚斂之吏，可言而不可見，見之必有悦人之心；可誅而不可賞，賞之必有亂天下之志。何以言之？外無私於民，似清也，是可悦也。内以取君之心，其貪無狀也，是可亂也。彼窮民而實府庫者，猶刎頸血以灌其腹，腹其未滿，而首墮矣。堯湯水旱，不可以遇於今世也；遇於今之世，則離也。

戮鰐魚文

陳堯佐

己亥歲，予於潮州建昌黎先生祠堂，作《招韓辭》，載鰐魚事以旌之，後又圖其魚爲之讚，凡好事者，即以授之，俾天下之人，知韓之道不爲妄也。明年夏，郡之境上地曰萬江，村曰硫黄，張氏子年始十六，與其母濯于江涘，倏忽鰐魚尾去。其母號之，弗能救，泊中流，則食之無餘。予聞而傷之。且念天子聖武，王澤昭洽。刑不僭，賞不濫。海内海外，罔不率俾。昆蟲草木，裕如也。鰐魚何悖焉，而肆毒任虐之如是！是不可不爲之思也。命縣邑李公，詔郡吏楊煦拏小舟〔一〇〕，操巨網，馳往捕之。咸謂予曰：「彼不可捕也，穴深淵，游駭浪，非人力之所能加也。」予謂不然，復之曰：「方今普天率土，靡不臣妾。山川陰陽之神，奉天子威神，晦明風雨，弗敢逾也。鰐魚恃遠與險，毒茲物。律殺人者死，今魚食人也，又何如焉？昔昌黎文公，投之以文，則引而避，是則鰐魚之有知也，若之何而逐之？姑行焉，必有主之者矣。苟不能及，予當請于帝，躬與鰐魚決。」二吏既往，即以予言告之。且曰：「苟遇網〔一一〕，輒止伏不能舉。」繇是左右前後，力者凡百夫，曳之以出，緘其吻，械其足，檻以巨舟，順流而至。闔郡聞之，悉曰：「是必妄也，安有食人之魚，形越數文，而能獲之者焉？」既見之，則駭而喜，且曰：「生於世有百歲者矣，凡上下水中，或見其隆伏鬐鬣之狀，雖相遠百步，尚不敢抗；今二吏捕之，猶拾芥焉，實今古之所未聞也。向非公之義洽于民，公之令嚴於吏，然自誠而不欺也，又安能殲巨害，平大怨，宣王者之威刑焉！」予始慎之，終得之，又意韓愈逐之於前，小子戮之於後，不爲過也。既而鳴鼓召吏，告之以罪，誅其首而烹之。辭曰：水之怪則曰惡兮，魚之悍則曰鰐兮，二者之異，不可度兮。張氏之子，年方弱兮，尾之食之，胡爲虐兮？煢煢母氏，俾何説兮？予實命吏，顔斯怍兮，害而弗去，道將索兮，夙夜思之，哀民瘼兮。赳赳二吏，行斯恪兮。矯矯巨尾，迎而搏兮。獲而獻之，俾人樂兮。鳴鼓召衆，春而斮兮。而今而後，津其廓兮。

州名急就章

歐陽修

叙曰：古者史掌文書，以識天地四方、古今事物、名言字訓，而教學之法，始於童子，謂之小學，君子重焉。《急就章》者，漢世有之，其源蓋出於小學之流，昔顔籀爲史游序之，詳矣。余爲學士，兼職史官，官不坐曹，居多暇日，每自娱於文字筆墨之間，因戲集《州名急就章》一篇，以示兒女，庶幾賢於博塞爾〔二〕。章曰：别州自禹郡於秦，廢置經革難具陳。皇家垂統天下定，疆理萬方承政令。近征遠貢各有宜，或畀吏治或羈縻。九域披圖指可知，分音比類慎訛疑，文差字析極精微。若夫錦、居、遐裔，孤音無比。隰、集、梓泗，劒、陜、涪、幽，駢聲相附，可如類求。則有夔、綏、隨，果、賀、播，滑、達、越，和、何、羅，連三前叶。其四謂何？乃有瓜、沙、嘉、巴，鳳、隴、雍、宋，歙、峽、合、疊，淄、資、思、師，化、雅、華、夏，密、吉、蔚、悉，永、郢、鼎、潁，不宜吃訥。又如保、邵、道、趙，耀、鄆、信、潤，晉、慎，凡五聲而一韻。柳、壽、茂、竇、宥、湊，憲、兖、漢、簡、萬、演，海、岱、解、蔡、泰、愛，欽、潯、金、深、郴、黔，蜀、濮、福、睦、復、睦，乃六律而同音。七言惟一，白、澤、虢、石、益、德、壁。八音相望，廣、象、相、閬句，絳、蔣、黨、宕句，開、來、台、懷句，階、崖、雷、梅句，澧、棣、冀、利句，濟、薊、費、智句，鄭、鄧、定、孟句，慶、應、靜、勝句，廉、潭、儋、南句，嵐、鹽、甘、嵓句。至於許、汝、婺、處句，楚、普、潞、敘、古句，魏、惠、桂、貴句〔一三〕，遂、貝、瑞、嶲、會句，言過乎九，難宜於口。於是有岳、鄂、亳、薄、洛句，莫、涿、朔、廓、拓句，眉、黎、齊、池、蘄句，施、伊、西、夷、溪句，濠、曹、饒、昭、韶句，潮、遼、交、洮、牢句，右皆十。卬、通、龍、洪、蓬、蒙句，邕、同、戎、忠、松、籠句，右十二。連、綿、檀、安、延、丹、端句，宣、檀、驩、蘭、潘、田、巒句，湖、蘇、舒、滁、廬、渝、瀘句，梧、蒲、徐、鹿、扶、儒、禺句，右皆十四。秦、邠、麟、汾句，均、陳、溫、春句，筠、辰、文、循句，銀、雲、勤、珉句，杭、楊、江、黃句，常、漳、康、襄句，房、坊、商、滄句，洋、昌、瀼、長句，右皆十六。并、青、瀛、登、成、明句，衡、彭、英、瓊、邢、洺句〔一四〕，涇、寧、昇、榮、橫、藤句，汀、興、營、平、庭、澄句，右二十四。聯章斷句，不能遽數。真、定、河、源，以諱不舉。若物有疑似，同音異字，則有陵、靈、原、袁，府、撫、乾、虔，濱、賓、融、容，洪、全、泉〔一五〕，繡、秀、易、翼，渠、衢，歸、媯，龔、恭，汴、辯，涼、梁，祁、歧，鄯、單，宿、肅，磁、慈，濰、維，峯、封，暨、豐，沂、宜、及、儀，乃一號而三之。音或不同，相近者，亦備以足之。劍、環、恩、順，鎮、霸、真、雄，又音文之兩同。至于太平、鬱林，萬安、平琴，武安、陽定，建康〔一六〕，二名雖美，遠小不彰。若監若軍，四十有六，保定、信安，廣信、安肅，鎮戎、保安，嵩嵐、火山，順安、寧化，寶控三邊。其餘瑣瑣，皆不足言。其後因檢《九域圖》，有高、富、瀧、當四州，偶遺不録，以文句難移，不復增入也。

儒辱

孫復

《禮》曰：「四郊多壘，此卿大夫之辱也；地廣大，荒而不治，此亦士之辱也。」噫！卿大夫以四郊多壘爲辱；士以地廣大荒而不治爲辱；然則仁義不行，禮樂不作，儒者之辱歟！夫仁義禮樂，治世之本也。王道之所由興，人倫之所由正，捨其本則何所爲哉？噫！儒者之辱，始于戰國，楊朱、墨翟亂之于前，申不害、韓非雜之于後。漢魏而下，則又甚焉。佛老之徒，横乎中國。彼以死生禍福、虚無報應爲事，千萬其端，始我生民〔一七〕，絶滅仁義，以塞天下之耳；屏棄禮樂，以塗天下之目。天下之人，愚衆賢寡，懼其死生禍福報應人之若彼也，莫不争舉而競趨之。觀其相與爲羣，紛紛擾擾，周乎天下，于是其教與儒並驅齊駕，峙而爲三，吁可怪也！且夫君臣、父子、夫婦，人倫之大端也。彼則去君臣之禮，絶父子之親，滅夫婦之義。以之爲國，則亂矣；以之使人，賊作矣。儒者不以仁義禮樂爲心則已，若以爲心，得不鳴鼓而攻之乎？凡今之人，與人争詈，小有所不勝，尚以爲辱，矧彼以夷狄諸子之法，亂我聖人之教耶？其爲辱也大哉！噫，聖人不生，怪亂不平，故楊、墨起而孟子闢之，申、韓出而揚雄距之，佛、老盛而韓文公排之；微三子，則天下之人胥而爲夷狄矣。惜夫三子道有餘而志不足就，力足去而用不克施。若使其志克就，其用克施，則芟夷藴崇，絶其根本矣。嗚呼！後之章甫其冠，縫掖其衣，不知其辱，而反從而尊之者多矣，得不爲罪人乎？由漢、魏而下，迨于兹千餘歲，其源流既深，其本既固，不得其位，不剪其類，其將柰何？其將柰何？故作《儒辱》。

補趙肅兗州學教授詞

宋　祁

士之入學，至大成，必曰夙儒碩生，引而内諸聖賢之域。以君博物多識，求文章法度，今肄業之彦，裒然朋來。君當示以規模棖闑，拂所蒙而光明之。得英材教育，孟軻所樂也，刺史慕焉。今補君州學教授。

校勘記

〔一〕古碑　「碑」字原本空白，據明刻本補。

〔二〕災異屬之　「屬之」原作「之屬」，據明抄本、明刻本乙。

〔三〕況目之乎　「目」字原本空白，據明抄本、明刻本補。

〔四〕才劇　「劇」原作「極」，明刻本同，據明抄本改。

〔五〕造説　「造」原作「道」，明刻本同，據明抄本改。

〔六〕僻違　「違」字原脱，據明抄本補。

〔七〕先君子　「子」字原脱，據明抄本補。

〔八〕是吾　「是」字原本空白，據明抄本、明刻本補。

〔九〕雖有　二字原本空白，據明抄本、明刻本補。

〔一〇〕楊煦　「煦」字原本空白，據明抄本補。

〔一二〕苟遇網　「遇」原作「無」，明刻本同，據明抄本改。

〔一三〕博塞　「塞」原作「識」，明刻本同，據明抄本改。

〔一三〕魏惠桂貴　「惠」字原本空白，據明抄本、明刻本補。

〔一四〕邢洛　「邢」原作「不」，據明抄本、明刻本改。

〔一五〕洪全泉　「洪」下原空一字，各本同。

〔一六〕建康　此二字上原本空白，各本同。

〔一七〕始我生民　「始」，各本同，疑當作「紿」。

宋文鑑卷第一百二十六

雜著

續謚法

劉敞

劉子曰，古者生無字，死無謚。生無字，故名而不諱；死無謚，故上下同之。及至于周，幼而名，冠而字，死而謚。字者，所以貴其名也；謚者，所以成其德也，盛矣文哉！劉子曰，夏商之道，不勝其質；兩周之道，不勝其文，其斯之謂歟！賞罰窮矣。劉子曰，古之爲謚者有取也，取於名，取於號，取於字；賢者取賢稱焉，愚者取愚稱焉。黄帝，號之崇也；舜、禹，名之隆也；桀、紂，名之汙也；尼父，字之珍也。劉子曰，爵而不謚，周也；爵而謚之，魯也；不爵而謚，漢也。由文已哉！由文已哉！嘉魯哀公誄尼父合於謚法、堯舜禹湯之志，作續謚五十，以待後世天爵之君子成德焉耳〔一〕。神化無方曰尼，先覺任重曰摯，述而不作曰彭，信而好古曰彭，隱居求志曰夷，伯夷也仁義庶幾曰淵〔二〕，不幸短命曰淵，和而不流曰惠，柳下也愚智適時曰俞，寧武子進退寡過曰瑗，蘧伯玉恭儉好禮曰嬰，晏子清淨無爲曰聃，耄期稱道曰聃，惠而多愛曰僑，子産直而不撓曰肸，叔向輕爵守節曰札〔三〕，季子居敬行簡曰雍，孝友時格曰騫，尚德慎言曰适，善事父母曰參，使能造命曰貢，子貢在約思純曰憲，原憲伎藝敏給曰求，冉求勇而知義曰由，子路文學博識曰商，子夏容貌矜莊曰張，顓孫師信道輕仕曰開，漆雕開不得中庸曰皙，曾點言合聖人曰若，有子敬慎威儀曰華，公西有德疾憂曰冉，伯牛知德中庸曰伋，子思蹈道知言曰軻，隱居放言曰逸，夷逸反性敦禮曰況，荀卿兼愛上賢曰翟，上同遵儉曰翟，墨子救攻止鬬曰鈃〔四〕，宋鈃獨善爲我曰居，楊子居戹言日出曰周，莊子絜白不汚曰皓，四皓言行軌物曰舒，董仲舒簡易多聞曰向，劉向守死善道曰勝，龔勝覃思寡欲曰雄，楊子審音知化曰曠，巧歷絶倫曰衡，張平子達數知來曰輅，管輅博物多愛曰遷，良史實録曰遷。

責和氏璧

劉敞

楚人和氏得玉璞荆山之中，奉而獻之厲王。厲王使玉人相之，玉人曰：「石也。」王以和爲誑而刖其左足。及厲王薨，武王即位，又奉其璞而獻之武王。武王使玉人相之，又曰：「石也。」王又以和爲誑而刖其右足。武王薨，文王即位，和乃抱其璞，哭於荆山之下，三日三夜，泣盡繼之以血。王聞之，使人問曰：「天下之刖者多矣，何子之怨也？」對曰：「吾非怨己之刖也，哀夫寶玉而題之以石，貞士而名之以誑也。」王使人治其璞，果得寶焉，故命曰：和氏之璧。此世世稱和氏善知寶，而又甚悲其不幸也。吾意善知寶者不然。彼天之生玉也有常質，居上不待以爲益，在下不損以爲少。此人主之所貪也，雖全而鬻之猶辱。今一不免其身，其不知寶也甚矣；至於刖而後哀之，其不知過也甚矣。苟使和寶之，則若勿獻；苟使和哀之，則若勿怨。彼非所明而明之，其刖也猶幸。周人得夏后氏之鼎，藏之太廟，已八百有餘歲矣。周衰，宋太丘之社亡，而鼎入于泗水之中。秦始皇滅周，耻不得其器，於是齋七日，使萬人没水求焉，不獲而後止。楚有良弓，號之曰大屈，傳世之寶也。齊與晉、越聞之，皆欲得之，興兵而圍之。夫興兵者，上有破軍殺將之禍，下有柝交離親之辱；然而不計者，寶之所在，則不憚以安爲危，以存爲亡。彼人之所求，而非求於人也。試使一人負鼎之秦，一人挾弓之晉，則不敢以冀百金之償。豈獨寶哉，雖道亦然。今使天下之賢士，有道之君子，負抱其義，衹飾其辭，不擇趨向，不度可否，號呼於人主之側，以冀萬一焉，甚者殺身捐生，其次刑戮流亡，終無與任其責者。則吴起逐於魯，而韓非死於秦，其欲將與説難爲之禍也，非二君之過也。然而世獨謂和爲不幸，繆矣。夫謂和之不幸，固失其理；而和之自謂貞，又非其名。所謂貞者，必審於輕重之際，榮辱之分。和不哀其身而哀其玉，忘所重而狗所輕，是豎刁之自宫，易牙之殺其子，世主所以厚疑也，吾未知其貞。故爲貴在乎賤，爲遠在乎近，爲大在乎小。古之君子，不外於己而内人，不厚於人而薄身，倡而後應，引而後動。舜陶於深山之中，伊尹耕於有莘之野，傅説築於巖險之下，太公釣於渭水之上；及其大行也，名甚白，居甚安，功甚信。此其離於世俗之患也遠矣。無他，人主者求之也。

君臨臣喪辨

劉　敞

君臨臣喪，以桃茢先，非禮也，周之末造也。事之斯爲臣焉，使之斯爲君焉。君臣之義，非虚加之也，寄社稷焉爾，寄宗廟焉爾，寄人民焉爾。夫若是，其孰輕之？故君有慶，臣亦慶；君有戚，臣亦戚。《書》曰：「元首明哉！股肱良哉！」尊卑異而已矣。雖於其臣亦然，故臣疾，君親問之；臣死，君親哭之，所以致忠愛也。若生也而用，死也而棄；生也而厚，死也而薄；生也而愛，死也而惡；是教之忘生也，是教之背死也。禍莫甚於背死而忘生；苟爲背死而忘生，故不足以託六尺之孤，寄百里之命。施之於人者，不變於存亡，然後人之視其亡猶存矣。則夫桃茢胡爲乎諸臣之廟哉？或曰：於記有之，宜若禮然。曰：否，是固亦周末之記也。昔者仲尼之畜狗死，使子貢埋之〔五〕。曰：「丘聞之也，敝帷不棄，爲埋馬也；敝蓋不弃，爲埋狗也；而丘也貧，無蓋也，亦予之席焉。」夫不以賤而棄之，爲有勞也；夫不以死而欺之，爲有生也。勞雖賤，不棄也；死雖狗，不欺也；而況於君臣乎？吾故曰：君臨臣喪，以桃茢先，非禮也，周之末造也。雖然，必有以也。古者，人君非弔喪問疾，不至乎諸臣之家。非弔喪問疾而至乎諸臣之家，謂之君臣爲謔。故君弔於臣，使巫祝先釋采于廟門〔六〕，然後入。釋采者，告有事也。世或失其義，而謂巫其祓之乎？及魯襄公嘗朝于荆，荆君死，荆人曰：「公必親襚。」魯人辭不得命，則使巫祝以桃茢祓而先，蓋厭之也。由是觀之，則魯襄公爲之也。曰：君臨臣喪，不以桃茢先，則吾信之矣；二人執戈以前也，非惡之乎？曰：豈謂是哉！君之行，固必有衛之者矣，況諸臣之家乎？昔者楚公子圍會諸侯于宋，將升壇，使兩人執戈設服離衛。諸侯之大夫，皆知其爲君也。如苟惡之而已，會于宋，何爲惡之哉？

閔習

王安石

父母死，則燔而捐之水中，其不可，明也。禁使葬之，其可，亦明也〔七〕。然而吏相與非之乎上，民相與怪之乎下〔八〕。蓋其習之久也，則至於戕賊父母而無以爲不可，顧曰禁之不可也。嗚呼！吾是以見先王之道難行也。先王之道不講乎天下，而不勝乎小人之説，非一日之積也。而小人之説，其爲不可，不皆若戕賊父母之易明也。先王之道，不皆若禁使葬之之易行也。嗚呼！吾是以見先王之道難行也。正觀之行其庶矣，惜乎其臣有罪焉，作《閔習》。

許氏世譜

王安石

伯夷〔九〕，神農之後也，佐堯、舜有大功，賜姓曰姜。其後見經者四國：曰申，《詩》所謂申伯者是也；曰吕，《書》所謂吕侯者是也；曰齊，曰許，《春秋》所書齊侯、許男是也。周衰，許男常從大侯征伐會盟，竟於春秋；及後世無復國，而子孫以其封姓。然世傳有許由者，堯以天下讓由，由不受，逃之箕山，箕山上蓋有許由冢焉。其事不見於經，學者疑之。或曰，由亡求於世者耳，雖與之天下，蓋不受也，故好事者以云。而由與伯夷，其生後先，所祖同不同，莫能知也。漢興，許氏侯者六人：柏至侯盎〔一〇〕，宋子侯瘛，嚴侯積，此三侯者，其始以將封，而史不書其州里；平恩侯廣漢，博望侯舜，樂成侯延壽，此三侯者，同産昆弟也，以外戚起於宣、元之世，昌邑人也。盎孫昌，嘗爲丞相；延壽及廣漢弟子嘉，嘗爲大司馬；至王莽敗，許氏始皆失其封云。後漢會稽有許荆者，循吏也。許慎者，以經術顯。許峻者，爲《易林》傳於世。許楊者，治鴻隙陂，有德於汝南之民，報祭焉。許靖者，避地交州，後入蜀，先主以爲太傅，與從弟劭，俱善論人物；劭兄虔，亦知名，世稱平輿淵有二龍焉。慎、峻、楊、靖，皆汝南人也。許褚者，家於譙，以忠力事魏，封侯牟鄉。許慈者，家南陽，入蜀，父子爲博士。司馬晉時，有許孜者，東陽人也，德行高，察孝廉，不起，老於家。其子曰生，亦有至性焉。初，許氏爵邑於周，子孫播散四方，有紀者猶不乏焉。至昌邑始大著，間興於汝南，其後祖高陽者爲最盛。然高陽之族，不見其所始。有據者，仕魏，歷校尉、郡守。生允〔一一〕，爲鎮北將軍〔一二〕。允三子皆仕司馬晉，奇，司隸校尉；猛，幽州刺史；奇子遐，侍中；猛子式，平原太守。自允至武式〔一三〕，皆知名。允後五世洵，司馬晉嘗召官之，不起。洵孫珪，爲旌陽太守於齊；珪生勇慧，齊太子家令；勇慧生懋，篤學以孝聞，卒於梁，爲中庶子。懋生亨，爲陳衛尉卿，嘗領史官，次齊梁時事〔一四〕；有子善心，爲之卒業。是時有許紹者，善心族父也，通守夷陵，治有恩，流户自歸數十萬，卒有勞於唐，爵安陸郡公，圉師、欽寂、欽明，其後也。圉師，紹少子，寬博有器幹，別自封平恩侯，與敬宗俱爲龍朔中宰相。欽寂謂紹曾大父也，萬歲中帥師當契丹，爲所敗〔一五〕，執以如安東，使説守者降，至安東曰：「賊今且破滅，公勉守，無忘忠也！」契丹即殺之。是歲弟欽明亦遇殺，欽明爲涼州都督，按行卒遇突厥〔一六〕，亦執使説降靈州，顧爲廋言告守者所以破賊。兄弟將兵，一旦同以身徇邊鄙，賢者榮之。敬宗者，善心子也，始以公開郡於高陽，與其孫令伯以文稱當世。天寶之亂，敬宗有孫曰遠，與張巡以睢陽抗賊，自以不及巡，推巡爲將，而親爲之下。久之，食乏無助，煮茶紙以食，猶堅守。賊所以不得南向，以睢陽弊其鋒也。卒與俱死者，皆天下豪傑義士云〔一七〕。唐亡，遠孫儒，不義朱梁，自雍州入于江南，終身不出焉。儒生稠，沉毅有信，仕江南李氏，參德化，主軍事。稠生規，好道家言，不以事自慁，嘗羈旅宣、歙間，聞旁舍呻呼，就之，曰：「我某郡人也，察君長者，且死，願以骸骨厲君。」因指橐中黄金十斤曰：「以是交長者。」規許諾，敬負其骨千里，并黄金置死者家。家大驚愧之〔一八〕，因請獻金，如亡兒言，以爲許君壽。規不顧竟去。於是聞者滋以規爲長者。卒，葬池州，後以子故，贈大理評事。生遂、逖、迥三子，遂善事母，里母勵其子，輒曰：「汝獨不慚許伯通乎？」祥符中，天子有事於太山，加恩群臣，逖當遷，讓其兄遂，天子以遂爲將作監主簿。遂子俞，俞字堯言，名能文章，大臣屢薦之；有與不合者，官以故不遂，嘗知興國軍大冶縣，縣人至今稱之。俞兩子，均、埴爲進士。逖字景山，嘗上書江南李氏，歎奇之，以爲崇文館校書郎，歲中拜監察御史。後復上書太宗，論邊事，宰相趙普奇其意，以爲與己合。知興元府，起鄭侯廢堰以利民；治濃、荆、揚三州，爲盜者逃而去。其事兄如事父，使妻事其長姒如事母；故人無後，爲嫁其女如己子。有子五人，恂，黄州録事參軍；恢，尚書虞部員外郎；怡，今爲太子中舍、簽押淮南節度判官廳公事；元，今爲江淮荆湖兩浙制置發運使〔一九〕；平，泰州海陵主簿。五人者，咸孝友如其先人，故士大夫論孝友者歸許氏。元以國子博士發運判官，七年遂爲其使，待制天章閣，自天子大臣莫不以爲材，其勞烈方在史氏記，余故不論，而著其家行云。迥字光遠，其事母如伯通之孝，事其兄如景山之爲弟也，慷慨有大意，少嘗仕李氏〔二〇〕，後不復仕，與其兄俱葬顔村。有子會，爲進士，方壯時，亦慨然好議天下事，今爲太廟齋郎。臨川王安石曰：余譜許氏，自據以下，其緒傳始顯焉〔二一〕。然自許男見於周〔二二〕，其後數封，而有紀之子孫多焉，於是論之。夫伯夷之所以佐其君治民，余讀書未嘗不喟然歎思之也〔二三〕。《傳》曰：「盛德者必百世祀。」若伯夷者，蓋庶幾焉。彼其後世忠孝之良，亦使之遭時沐浴舜、禹之間，以盡其材，而與夫夔、皋、羆、虎之徒，俱出而馳焉，其孰能概之邪？

讀玄

司馬光

余少之時，聞《玄》之名而不獲見，獨觀揚子之自序，稱《玄》盛矣。及班固爲《傳》，則曰：「劉歆嘗觀《玄》，謂雄曰：空自苦，今學者有禄利，然尚不能明《易》，又如《玄》何？吾恐後人用覆醬瓿也。雄笑而不應。諸儒或譏，以爲雄非聖人而作經，猶《春秋》吴楚之君僭號稱王，蓋誅絶之罪也。」固存此言，則固之意雖愈於歆，亦未謂《玄》之善如揚子所云也。余亦私怪揚子不贊《易》，而别爲《玄》。《易》之道，其於天人之藴備矣，揚子豈有以加之，迺更爲一書，且不知其焉所用之，故亦不謂揚子宜爲《玄》也。及長學《易》，苦其幽奥難知，以爲《玄》者賢之書，校於易其義必淺，其文必易。夫登喬山者，必踐於坱坪；適滄海者，必沿於江漢；故願先從事於《玄》，以漸而進於《易》，庶幾乎其可跂而望也。於是求之積年，乃得觀之。初則溟涬曼漶，略不可入；迺研精易慮，屏人事而讀之數十過，參以首尾，稍得窺其梗概；然後喟然置書歎曰：嗚呼，揚子真大儒者耶！孔子既没，學聖人之道者，非揚子而誰，孟與荀殆不足擬，况其餘乎？觀《玄》之書，昭則極於人，幽則盡於神，大則包宇宙，細則入毛髮，合天地人之道以爲一，刮其根本，示人所出，胎育萬物，而兼爲之母。若地，履之而不可窮也；若海，挹之而不可竭也；天下之道，雖有善者，其蔑以易此矣。考渾元之初，而《玄》已生；察之於當今，而《玄》非不行；窮之於天地之末，而《玄》不可亡；叩之以萬物之情而不漏，測之以鬼神之狀而不違，概之以《六經》之言而不悖。藉使聖人復生，視《玄》必釋然而笑，以爲得己之心矣。乃知《玄》者所以贊易也，非別爲書以與《易》競也，何歆、固知之之淺而過之之深也？或曰：《易》之法與《玄》異，揚不遵《易》而自爲之制，安在其贊《易》乎？且如與《易》同道，則既有《易》矣，何以玄爲？曰：夫畋者所以爲禽也，網而得之，與弋而得之，何以異哉？書者所以爲道也，《易》網也，《玄》弋也，何害？不既網而使弋者爲之助乎？子之求道亦膠矣。且揚子作《法言》，所以準《論語》；作《玄》，所以準《易》；子不廢《法言》而欲廢《玄》，不亦惑乎？夫《法言》與《論語》之道，庸有異乎？《玄》之於《易》亦然。大厦將傾，一木扶之，不若衆木扶之之爲固也。大道將晦，一書辯之，不若衆書辯之之爲明也。學者能專精於《易》，誠足矣；然《易》天也，《玄》者所以爲之階也。子將升天而廢其階乎？先儒爲《玄》解者多矣，然揚子爲文，既多訓詁，指趣幽邃，而《玄》又其難知者也，故余疑先儒之解，未能盡契揚子之志。世必有能通之者，老終且學焉〔二四〕。

訓儉示康

司馬光

吾本寒家，世以清白相承。吾性不喜華靡，自爲乳兒，長者加以金银華美之服，輒羞，棄去之。二十忝科名，聞喜宴獨不戴花，同年曰：「君賜不可違也。」乃簪一花。平生衣取蔽寒，食取充腹，亦不敢服垢敝以矯俗干名，但順吾性而已。衆人皆以奢靡爲榮，吾心獨以儉素爲美。人皆嗤吾固陋，吾不以爲病，應之曰，孔子稱：「與其不孫也，寧固。」又曰：「以約失之者，鮮矣。」又曰：「士志於道，而耻惡衣惡食者，未足與議也。」古人以儉爲美德，今人乃以儉相詬病，嘻，異哉！近歲風俗，尤爲侈靡，走卒類士服，農夫躡絲履。吾記天聖中，先公爲郡牧判官，客至未嘗不置酒，或三行、五行，多不過七行。酒酤於市，果止於梨、栗、棗、柿之類，肴止於脯、醢、菜、羹，器用甆漆。當時士大夫家皆然，人不相非也。會數而禮勤，物薄而情厚。近日士大夫家，酒非內法，果肴非遠方珍異，食非多品，器皿非滿桉，不敢會賓友。常數月營聚，然後敢發書；苟或不然，人爭非之，以爲鄙吝，故不隨俗靡者蓋鮮矣。嗟乎！風俗頹敝如是，居位者雖不能禁，忍助之乎？又聞昔李文靖公爲相，治居第於封丘門內，聽事前僅容旋馬，或言其太隘，公笑曰：「居第當傳子孫，此爲宰相聽事誠隘，爲太祝、奉禮聽事，已寬矣。」參政魯公爲諫官，真宗遣使急召之，得於酒家。既入，問其所來，以實對。上曰：「卿爲清望官，奈何飲於酒肆？」對曰：「臣家貧，客至無器皿肴果，故就酒家觴之。」上以無隱，益重之。張文節爲相，自奉養如爲河陽掌書記時，所親或規之，曰：「公今受俸不少，而自奉若此，公雖自信清約，外人頗有公孫布被之譏，公宜少從衆。」公歎曰：「吾今日之俸，雖舉家錦衣玉食，何患不能；顧人之常情，由儉入奢易，由奢入儉難；吾今日之俸，豈能常存，一旦異於今日，家人習奢已久，不能頓儉，必致失所，豈若吾居位去位，身存身亡，常如一日乎？」嗚呼！大賢之深謀遠慮，豈庸人所及哉？御孫曰：「儉，德之共也；侈，惡之大也。」共，同也，言有德者皆由儉來也。夫儉則寡欲，君子寡欲，則不役於物，可以直道而行；小人寡欲，則能謹身節用，遠罪豐家，故曰「儉德之共也」。侈則多欲，君子多欲，則貪慕富貴，枉道速禍；小人多欲，則多求妄用，敗家喪身；是以居官必賄，居鄉必盜，故曰「侈惡之大也」。昔正考父饘粥以餬口，孟僖子知其後必有達人；季文子相三君，妾不衣帛，馬不食粟，君子以爲忠；管仲鏤簋朱紘，山楶藻棁，孔子鄙其小器；公叔文子享衛靈公，史鰌知其及禍，及戌，果以富得罪出亡；何曾日食萬錢，至孫以驕溢傾家；石崇以奢靡誇人，卒以此死東市。近世寇萊公豪侈冠一時，然以功業大，人莫之非，子孫習其家風，今多窮困。其餘以儉立名，以侈自敗者多矣，不可徧數。聊舉數人以訓汝，汝非徒身當服行，當以訓汝子孫，使知前輩之風俗云。

雜識二首

曾 鞏

孫之翰言：慶歷中，上用杜衍、范仲淹、富弼、韓琦任政事，而以歐陽修、蔡襄及甫等爲諫官，欲更張庶事，致太平之功。仲淹等亦皆戮力自効，欲報人主之知，然心好同惡異，不能曠然心無適莫。甫嘗家居，石介過之，問介「適何許來？」介言：「方過富公。」問：「富公何爲？」介曰：「富公以滕宗諒守慶州，用公使錢坐法，杜公必欲致宗諒重法，曰不然則衍不能在此。范公則欲薄其罪，曰不然則仲淹請去。富公欲抵宗諒重法，則恐違范公；欲薄其罪，則懼違杜公，患是不知所決。」甫曰：「守道以謂如何？」介曰：「介亦竊患之。」甫迺嘆曰：「法者人主之操柄，今富公患重罪宗諒則違范公，薄其罪則違杜公，是不知有法也。守道平生好議論，自謂正直，亦安得此言乎？」因曰：「甫少而好學，自度必難用於世，是以退爲《唐史記》以自見，而屬爲諸公牽挽，使備諫官；亦嘗與人自謀去就，而所與謀者，適好進之人，遂見誤在此。今諸公之言如是，甫復何望哉？」自此凡月餘不能寐。慶曆之間，任時事者，其後余多識之，不黨而知其過，如之翰者，則一人而已矣。

廣原州蠻儂智高，以其衆叛，乘南方無備，連邕、賓等七州，至廣州。所至殺吏民，縱略，東南大駭。朝廷遣驍將張忠、蔣偕，馳驛討捕，至州，皆爲智高所摧陷。又遣楊畋、孫沔、余靖招撫，皆久之無功。仁宗憂之，遂遣樞密副使狄青爲宣撫使，率衆擊之。翰林學士曾公亮，問青所以爲方略者，青初不肯言。公亮固問之，青迺曰：「比者軍制不立，又自廣川之敗，賞罰不明，今當立軍制，明賞罰而已。然恐聞青來，以謂所遣者官重，勢必不得見之。」公亮又問：「賊之標牌，殆不可當，如何？」青曰：「此易耳！標牌步兵也，當騎兵則不能施矣。」初張忠、蔣偕之往，率皆自京師六七日馳至廣州，未嘗拊士卒，立行伍；一旦見賊，則疾驅使戰。又偕等所居，不知爲營衞，故士卒見敵，皆望風退走；而忠臨偕居，方卧帳中，爲賊所虜。楊畋、余靖，又所爲紛亂，不能自振。而孫沔大受請託，所與行者，迺朱從道、鄭紓、歐陽乾曜之徒，皆險薄無賴，欲有所避免要求，沔引之自從，遠近莫不嗟異。既至潭州，沔遂稱疾觀望，不敢進。青之受命，有因貴望求從青行者，青延見謂之曰：「君欲從青行，此青之所求也，何必因人言乎？然智高小寇，至遣青行，可以知事急矣。從青之士，能擊賊有功，朝廷有厚望，青不敢不爲之請也；若往而不能擊賊，則軍中法重，青不敢私也。君其思之，願行，則即奏取君矣；非獨君也，君之親戚交遊之士，幸皆以青之此言告之，苟欲行者，皆青之所求也。」於是聞者大駭，無復敢言求從青行者。其所辟取，皆青之素所與，以爲可用者，人望固已歸之矣。及行，率衆日不過一驛，所至州，輒休士一日。至潭州，遂立行伍，明約束，軍行止皆成行列。至於荷鍤嬴糧，持守禦之備，皆有區處。軍人有奪逆旅菜一把者，立斬之以徇，於是一軍肅然，無敢出聲氣。萬餘人行，未嘗聞聲。每青至郵驛，四面嚴兵，每門皆諸司使二人守之，無一人得妄出入，而求見青者，無不即時得通。其野宿皆成營栅，青所居四面陳設弓弩，皆數重。所將精鋭，列布左右，守衛甚嚴。方青之未至，諸將屢走，皆以爲常。至是，知桂州崇儀使陳曙、知英州供備庫使蘇緘，與賊戰，復敗走如常時。青至賓州，悉召陳與裨校凡三十二人，數其罪，按軍法斬之；惟蘇緘在某所，使械繫上聞。於是軍中人人奮勵，有死戰之心。是時智高還守邕州，青懼崑崙關險阨爲所據，乃下令賓州，兵五日糧，休士卒。賊諜知，不爲備。是夜大風雨，青率衆半夜時度崑崙關，既度，喜曰：「賊不知守此，無能爲也。彼謂夜半風雨時，吾不敢來；吾來，所以出其不意也。」已近邕州，賊方覺，逆於歸仁廟。青登高望之，賊據坡上，我軍薄之，裨將孫節中流矢死。青急麾軍進，人人皆殊死戰。先是青已縱蕃落馬軍二千人出賊後，至是前後合擊，賊之標牌軍爲馬軍所衝突，皆不能駐；軍士又從馬上以鐵連加擊之，遂皆披靡相枕藉，遂大敗。智高果焚城遁去。青先爲公亮言，立軍制，明賞罰，賊不可得見，標牌不能當騎兵，皆如其所料。青坐堂户上，以論數千里之外，辭約而慮明，雖古之名將，何以加此，豈特一時武人崛起者乎？方慶曆中，葛懷敏與李元昊戰於廣川，懷敏敗死，而諸校與士卒既敗，多竄山谷間，是時以權宜招納，皆許不死。自此軍多棄其將，不肯死戰，故青云自廣川之敗，賞罰不行云。翰林學士蔡襄，亦言聞於青者如此。

校勘記

〔一〕焉耳　「耳」字原脱，據明抄本、明刻本補。

〔二〕庶幾　「幾」字原本空白，據明抄本補。
〔三〕守節　「節」原作「爵」，據明抄本、明刻本改。
〔四〕止鬭　「止」原作「上」，各本同。按《莊子·天下篇》述宋鈃、尹文之教曰：「見侮不辱，救民之鬭；禁攻寢兵，救世之戰」云云，則字當作「止」，今改。
〔五〕使子貢　「使」字原脱，據明抄本補。
〔六〕釋采　「采」原作「菜」，明抄本、明刻本作「釆」。按，釋采即釋菜，《禮記·月令》作「釋菜」，《周禮·春官》作「釋采」。今從明本改作「采」，使與下文一致。
〔七〕亦明也　原無「亦」字，據明抄本補。
〔八〕怪之　「怪」原作「非」，據明抄本改。
〔九〕伯夷　「夷」原作「陽」，據明抄本改。按《姓源韻譜》：「許，姜姓，堯曰岳伯夷之後，與齊同宗；周武王封其裔孫文叔於許，子孫以國爲氏。」凡下文作「伯陽」者均據明抄本改作「伯夷」。
〔一〇〕柏至　「柏」原作「伯」，明刻本同，據明抄本改。
〔一一〕生允　「生」原作「先」，據明抄本改。
〔一二〕鎮北將軍　「北」字原脱，據明抄本補。
〔一三〕武式　明抄本空「武」字，按上文，「武」當作「退」。
〔一四〕時事　「時」原作「事」，據明抄本、明刻本改。
〔一五〕爲所敗　三字原脱，據明抄本補。

〔一六〕按行　「按」字原脱，據明抄本補。
〔一七〕豪傑　「傑」，明抄本、明刻本俱作「俊」。
〔一八〕家大驚愧之　「家」字原脱，明刻本同，據明抄本補。
〔一九〕發運使　「使」字原脱，明刻本同，據明抄本補。
〔二〇〕仕李氏　原作「仕進」，據明抄本改。
〔二一〕緒傳　「緒」原作「譜」，據明抄本改。
〔二二〕許男見於周　「見」字原脱，據明抄本補。
〔二三〕喟然歎思　「喟然」二字原脱，據明抄本、明刻本補。
〔二四〕老終　「老」原作「比」，據明抄本、明刻本改。

宋文鑑卷第一百二十七

雜著

告友

王　回

古之言天下達道曰：君臣也，父子也，夫婦也，兄弟也，朋友之交也。五者各以其義行，而人倫立；五者義廢，則人倫亦從而亡矣。然而父子、兄弟之親，天性之自然者也；夫婦之合，以人情而然者也；君臣之從，以衆心而然者也；是雖欲自廢，而理勢持之，何能也？惟朋友者，舉天下之人莫不可同，亦舉天下之人莫不可異，同異在我，則義安所卒歸乎？是其漸廢之所繇也。君之於臣也，父之於子也，夫之於婦也，兄之於弟也，過且惡，必亂敗其國家，皆受其難，被其名，而終身不可辭也。故其爲上者不敢不誨，爲下者不敢不諫，世治道行，則人能循義而自得；世衰道微，則人猶顧義而立；剛有不若〔一〕，其亦無害於衆焉耳，此所謂理勢持之，雖百代可知也。親非天性也，合非人情也，從非衆心也，羣而同，别而異，有善不足與榮，有惡不足與辱，大道之行，公於義者可至焉，下斯而言，其能及者鮮矣。是以聖人崇之，以别於君臣、父子、兄弟、夫婦而壹爲達道也。聖人既没，而其義益廢，於今則亡矣。夫人有四支，所以成身，一體不備，則謂之廢疾；而人倫缺焉，何以爲世？嗚呼！處今之時，而望古之道，難矣。姑求其肯告吾過也而樂聞其過者，與之乎！

記客言

王　向

客有語西師者，道劉平、石元孫敗時事。初起鄜延兵十萬入吐谷坂〔二〕，欲與賊遇，乃戰。戰時昏矣，賊多解馬，休勁兵，驅老弱對敵。士卒得利，人人出死力與戰。投夜且息，更三起鬭，會明，老弱略盡，士卒爭獲過當，悉已疲。番軍始徐鼓起士，揭新旗，乘高處，呼漢兵來合〔三〕。軍士氣失，金鼓皆不敢鳴。賊稍出馬，馳略陣上，調呼射軍中，軍人多死。此時特劉、石軍也。前此分萬餘人，屬監軍黄德和，使屯西坡，且以張嚮背爲游聲動賊，幾得相應援〔四〕。及事已急〔五〕，念引去賊必乘之，恐逼險不利，不如合軍決死，幸有所完。兩將方議未熟〔六〕，都監郭應起曰：「太尉決出此謀，應願得善馬，走德和軍，招與俱來。」語未已，平接之曰：「始議固在，舍人呼軍吏，出騎士百人從去。」應曰：「得百人不足爲護，徒自露耳。彼知吾呼旁軍，必出馬遮去路矣，不如獨去便。」平曰：「獨去審易：卽有險，欲誰倚耶？」應曰：「借令覆發，得百人何可倚者！請立表候日，投午不來，應死也，太尉毋相遲。」乃下令軍中，皆完陣自固，敢妄發一箭入敵師斬。應從軍背出，行十里許，至德和軍。軍聞應來，白開壁欲內。德和不肯，促閉壁，使卒將隔壁門問曰：「聞太尉已戰，舍人宜身在行陣，反西來，欲西背與賊耶？」應收馬立陣外，呼卒將前與語，傳太尉令如此如此。卒將還白之，德和愕曰：「審如舍人語，取符驗來。」應曰：「應爲軍都監，得親與議使應來，止爲信耳，安取符？太尉分軍時有符約邪？」曰：「無。雖然，吾事一軍來，繫屬重，敢輕去就〔七〕？必得一事可按，乃去。」應辭索，度德和畏避，本不在符，曰：「執應縛軍中〔八〕，見太尉，一言不如令，死，此可不疑。」德和固怯，聞敵大，殊不敢去。應連促數數，度無以拒，詆應曰：「天子取舍人勇當萬夫，欲以備陷敵破堅使也〔九〕。願乃受一騎任使，欲避兵自完如何？軍歸必以奏。促先自去報太尉，此軍隨至矣，第戰無留待也。」應不敢止，復馳還，白德和語。平等信以爲德和審來，即鼓起士戰，連三北，德和軍竟不來。應獨出入行間，軍稍却，即覆馬以殿，持大鐵矟橫突之，所當盡死，呼入敵軍，軍不敢視，我師將整而止。最後軍北時，賊使人持大索立高處，迎應下索〔一〇〕，下輒爲應所斷，終不能得應。因縱應深入，鼓其旁曰：「急追漢兵！」留十餘弩，連射應馬，馬死，步下行，殺數人，欲歸軍取馬，軍已亂不得入，乃脫身亡去。士卒死者什八，兩太尉失軍不還，邊大警〔一一〕。承受者馳二十驛，比三晝夜，至京師以聞。已而賊遂收去。敗兵散亡，十餘日稍稍出邊旁諸郡，負傷被創，不及四萬，獨德和一軍完。天子使吏治德和，以法死。天子思平等失援不救，人人力死，哀之，下詔曰：「邊鄙有事，卿大夫爲朕率身戎行〔一二〕。朕以不明，信任失職，使中人監軍，卒敗邊事。朕惟一二將帥，失身鼓鼙，終無慰朕西顧惻惻之念。其贈將佐已下官七遷，若子若孫，聽以父兄任爲右職」云。郭應之亡也，走東原，伏大崖下，士卒十餘輩與俱，各解甲吮傷，使一人下崖取雪，手掬食之。息樹旁良久，望見敗馬，行自取之，棄士卒馳去，促後卒。皆呼曰：「舍人捨我徒耶？」應愈促馬，顧謂趨還州來。應及環州，自以失主將，疑未敢見。既而聞黃德和斬，已從坐，死者封，遂匿山中，而時時出部落乞食。而子弟緣應故，多得官，任邊事。王氏曰：「吾久聞郭應死，客獨引延州卒言質之，以語人，人固不謂信。然石元孫敗時，而固已傳死，前年贖歸元孫，而元孫竟不死，應其可知耶？

臨淄尉考詞

黄　庶

尉能捕盜，使盜知不可免，而不敢爲盜，亦去盜之一端也。山東大約號多盜，今臨淄獻一歲之狀，視他縣者，纔幾人而已。前件官爲尉，蓋有助云。

汜水縣尉第一考詞

傅堯俞

夫尉職捕盜，而賞罰最著，唯用得失多少爲差〔一三〕。汜水縣前山溪，而大河横其後，舊多椎埋爲姦，今周歲無盜，非畏尉而不爲乎？顧不賢于得盜多者哉？雖賞不及，尚宜優其課等，可考中上。

濟源縣主簿吕師民考詞

傅堯俞

古者三載考績，今則歲第之，非責吏事嚴切謹密者哉！前件官兩會其課，有勞無疵，亦可謂勤吏矣。可考中中。

録事參軍考詞

傅堯俞

紀綱掾地名右曹，職典諸事，切比他局，宜須得人。前件官檢身廉平，臨吏精敏，載第其課，衆謂爲能。固當少衰，且勸不飭。可考中中。

道旁父老言　王令

道旁父老，臞而黑，瘠甚，天寒，衣破上而露下。王子遇而嗟之。父老曰：「小子何爲嗟？」答曰：「翁老矣，衣食不足以勝寒飢，筋力已疲；不肖竊有志者，故敢嗟。」父曰：「子來前，吾語爾。夫畜牛者求芻，食犬者懷誼，然則尸之者宜若然耶？且不知吾輩又尸之誰也，無乃亦宜馬牛其思歟？」答曰：「太平之世，明天子在上，四民各獲其利，衣食所不及者，游惰之民爾。雖然，翁胡爲至是？」父曰：「天時連凶，有田不足以償租賦；子孫散去，不能見保；然則爲老人者，尚有罪邪？」謝之曰：「翁無多怨，歲飢爾，奈之何？」父怒曰：「飢何罪耶？授人之羊，匪牧是思，十羊其來，九皮而歸，曰羊病死，奚牧之非。然則可乎？小子未可與語也，又何志之有邪？」投其杖而去。追而謝之，不復應。

自訟　劉恕

平生有二十失：佻易卞急，遇事輒發，狷介剛直，忿不思難；泥古非今，不達時變；疑滯少斷，勞而無功；高自標置，擬倫勝己；疾惡太甚，不卹怨怒；事上方簡，御下苛察；直語自信，不遠嫌疑；執守小節，堅確不移；求備於人，不卹咎怨；多言不中、節，高談無畔岸；臧否品藻，不掩人過惡；立事違衆好更革，應事不揣己度德；過望無紀，交淺而言深；戲謔不知止，任性不避禍；論議多譏刺，臨事無機械；行己無規矩；人不忤己，而隨衆毁譽；事非禍患，而憂虞太過；以君子行義，責望小人。非惟二十失，又有十八蔽：言大而智小；好謀而闊論；劇談而不辨；慎密而漏言；尚風義而齷齪；樂善而不能行；與人和而好異議；不畏彊禦而無勇；不貪權利而好躁；儉嗇而徒費；欲速而遲鈍；闇識而强料事；非法家而深刻；樂放縱而拘小禮；易樂而多憂；畏動而惡静；多思而處事乖忤；多疑而數爲人所欺。事往未嘗不悔，它日復然；自咎自笑，亦不自知其所以然也。

東坡酒經

蘇軾

南方之民，以糯與秔，雜以卉藥而爲餅。嗅之香，嚼之辣，揣之枵然而輕，此餅之良者也。吾始取麪而起，肥之和之，以薑液烝之，使十裂，繩穿而風戾之，愈久而益悍，此麴之精者也。米五斗以爲率，而五分之，爲三斗者一，爲五升者四。三斗者以釀，五升者以投，三投而止，尚有五升之贏也。始釀以四兩之餅，而每投以二兩之麴，皆澤以少水，取足以散解而勻停也。釀者必甕按而井泓之，三日而井溢，此吾酒之萌也。酒之始萌也，甚烈而微苦，三投而後平也。凡餅烈而麴和，投者必屢嘗而增損之，以舌爲權衡也。既溢之三日乃投，九日三投，通十有五日而後定也。既定乃注以斗水，凡水必熟而冷者也。凡釀與投，必寒之而後下，此炎州之令也。既水五日乃篘，得二斗有半，此吾酒之正也。先篘半日，取所謂贏者爲粥，米一而水三之，揉以餅麪凡四兩，二物并也。投之糟中，熟撋而再釀之，五日壓得斗有半，此吾酒之少勁者也。勁、正合爲四斗，又五日而飲，則和而力，嚴而不猛也。篘絶不旋踵而粥投之，少留則糟枯中風而酒病也。釀久者酒醇而豐，速者反是，故吾酒三十日而成也。

述醫

龔鼎臣

《周官》載，醫掌養萬民之疾病。蓋凡受疾者，舉可治也。唯久之不治，遂革以死；未見其有始疾而不可治者也。巴楚之地，俗信巫鬼，實自古而然。當五氣相沴，或致癘疫之苦，率以謂天時被是疾，非醫藥所能攻，故請禱鬼神無少暇，雞豚鴨羊之薦，唯恐不豐。迨其不能，則莫不自咎事鬼神之未至。或幸而愈，乃曰由禱之勤也，薦之數也，不然烏能與天時抗乎？又有治之不早，其疾氣之毒，日相薰灼，一家之人，皆至乎病。故雖親友之厚，百步之外，不敢望其門廬。以至得病之家，懼相遷染，子畏其父，婦避其夫。若富財之人，尚得一巫覡守之；其窮匱者，獨僵卧呻吟一室而已。如是則不特絶醫藥之饋，其飲食之給，蓋亦闕如，是以死者未嘗不十八九，而民終不悟。余嘗訪於人，其患非它，繇覡師之勝醫師耳。嗚呼！覡者豈能必勝諸醫哉？其所勝之者，蓋世俗之人，易以邪惑也。夫疾病干諸內，神鬼冥諸外〔一四〕。良藥所以治內也，今不務除疾於內，而專求外福之來；及其甚也，其存卹訊問之宜，不得相通，不其謬歟？夫稼茂田疇，爲螟蚉所害，唯能悉除螟蚉，則稼之秀可實也；家畜高貲〔一五〕，而盜入其門，主人操刃持梃，或殺或捕，則貲之厚可全也。人之身亦然，冒陰陽之氣，輒遇癘疫，當得醫者察聲視色，按脉授藥，使離諸腹心肝膈，然後其體可平；若不醫之用，曷異不除螟蚉而望稼穡之實，不驅盜賊而求家貲之全，決不可得。矧惟國家重醫藥之書，最爲事要，先朝編輯名方，頒布天下郡國，其間述時疫之狀，實爲纖悉。及慶曆中，范文正公建言，俾自京師，以逮四方，學醫之人，皆聚而講習，以精其術。其黜庸謬，救生靈，倬然爲治道之助。而世俗罔識朝廷仁愛之意如此，而徒惑邪誕而夭性命，愚實憫之。今已戒醫博士，日與醫之徒，考神農、子儀、扁鵲、秦和之術，一會於岐伯、俞附之道，以正絀邪，以誠消妄，使可治之疾不終害，是亦濟民之一事也。而慮巴賓之俗，尚安故態，不知醫效之神，倍禱淫祀之鬼，故刻詞以告。嘉祐四年七月二十日述。

吊鎛鍾文

秦觀

嘉魚縣傍湖中，比歲大旱，水皆就涸，而夜常有光怪赫然。屬天鄉人相與誌其處而掘之，得古鎛鍾焉。其形有兩欒，如合兩瓦，面左右九乳，總三十六孔，鼓鉦舞銑衡旋幹之類，考之不與合者無幾。縣令施君識其寶，謀獻之太常，未果，乃輸武昌庫中。會其守解秩，佐攝事見而惡之曰：「郡得背時器，畜之不祥也。」亟命投於兵器之冶。嗚呼，物之不幸，有如是耶！昔九江吏盜忠肅之碑材，寘其所述，歐陽詹聞而吊之以詞。予悲夫鎛鍾古樂之器，先王所以被功德而和人神，審音之士，至有振車鐸於空地而求之者，非若九江碑材因人而貴也，而辱於泥塗，無所自效，遇其非鑒，以觸廢毁，好古之士，焉得默默而已乎？乃作文以吊之，詞曰：嗚呼！衆方之生，謬形殊器。更首迭尾，雌雄相廢。朝爲美姬，夕爲焦萃。或奇偶之相續，或九升而一躓。清餓和黜，刑王眇貴。生犢失明，得駿折髀。洞所遇之參差，莽循還於一氣。《傳》曰：「黄鍾毁棄，瓦缶雷鳴。」余始以爲不然，今乃信之矣。嗚呼鎛鍾，何世所爲？質不呈剛，形不露奇。協律中度，渾如天資。掩抑雖久，不見瑕疵。爰有兩欒，三十六乳。厥音琅然，小大隨叩。曷所挺之瓌偉，而偶沉於幽陋。辱泥塗之污漫，厭鱗鬣之腥臭。嗟筍簴之一辭，遽月弦之幾轂。幸陽愆而水涸，天日悅其復覿。謂庭貢之是充，獲效鳴於金奏。何夜光之暗投，卒按劒而莫售！嗚呼！赤刀大訓，天球河圖，秦璽漢劒，趙璧隋珠，揵爲之磬，汾陽之鼎，曲阜之履，大澤之弧，歷世相傳，以華國都。下至戚斗錯刀，羯鼓之棬，破鏡缺符，遺簪墮珥，信無益於經綸，猶見收於好事。是鍾也，郊廟所薦，樂之紀綱，統和元氣，舞獸儀鳳，令大河而更清，使左角其不芒，變化風俗，返乎羲皇。而乃廢於深淵，出而遇毁，殆藻盤之不如，矧牛鐸之敢企，此義夫志士，所爲疾心而切齒也。然余聞之，險精之純，燥氣之裔，雖從火革，其質不變。一晦一明，昔者既然，僨而復起，可無畢乎？嗚呼鍾乎，今焉在乎？豈復爲激宮流羽，以嗣其故乎？將憑化而遷改，服易制以周於用乎？豈爲錢爲鎛，爲銍爲釜，以供耕稼之職；將爲鼎鼐，以効烹飪之功乎？豈爲浮圖、老子之像，巍然瞻仰於緇流乎？豈爲麟趾褭蹄之形，翕然玩於邦國乎？豈爲干越之劒，氣如虹霓，掃除妖氛於指顧之間乎？將爲百鍊之鑑，湛如止水，別妍醜於高堂之上乎？新故相代，未始云畢，紛然殊途，必有一出，決不泯没，草亡木卒。嗚呼鎛鍾，又將奚卹？

責沈文貽知默姪

陳瓘

適越而北轅，越不可至；徙越人而置於齊里，則越語可易而爲齊；然則氣質一定，而不能自易其習者，非以其不學歟？氣質之用狹，道學之力大，習其所自習者，未嘗察也。天氣而地質，無物不然，人藐乎其間，亦一物耳。物與物奚以相遠？或哲或愚，不係其習乎！思誠之道，莫先於學。務學之要，在於求師。顔子之不遷不貳，得於孔子；希顔之人，將孰師焉？葉公問孔子於子路，子路不對。夫葉公有知人之明，有謀國之忠，愛賢而得民，慎微而憂遠，其事皆有可指，其遺語之記於《緇衣》者，亦可觀焉，楚國之賢，誰出其右。子路非慢賢者也，魯有仲尼而彼不知焉，則於其問也，何足對哉？陳良楚産也，而能使北方之學者，莫或先之，故孟子以良爲豪傑之士，爲其能悦周公、孔子之道而已。不知仲尼，則雖賢如子高，亦孔門之所不對也。爲士而稽古者，可不鑑哉？予元豐乙丑夏，爲禮部貢院點檢官，適與校書郎范公醇夫同舍。公嘗論顔子之不遷不貳，惟伯淳有之。予問公曰："伯淳誰也？"公默然久之曰："不知有程伯淳耶？"予謝曰："生長東南，實未知也。"時予年二十有九矣，自是以來，常以寡陋自愧。得其傳者如楊中立先生，亦未之識也。崇寧之初，兄孫漸就學其門，時予在合浦，始獲通問。予之内訟改過，賴其一言。漸於是時，亦以所聞警予之繆，予始忽其言，久而後知其爲藥石也。今漸來天台，考其學益進，聞其言益可喜，陶染薰鑄，有自來矣。舉脩步於南溟，觀洪瀾於北壑，此可遠之基也。始之不謀，何以得此？古之善學者，心遠而莫禦，然後氣融而無間；物格而不二，然後養熟而道凝。山上有木，其進也漸，合抱之幹，豈一朝一夕之所可俟哉？人之患在不立其基，基立而不勉，亦何以愈於彼乎？物之終始，可不嚴哉！始識而終成，同乎一默，非言語所能究也。予以多言取禍，尚未誅殛，戴恩自幸，不知歲月之久，而生死之有二也。既老且病，手痺目昏，簡編筆硯，殆將捐棄。今於漸之行，不能忘言，作責沈以貽之，喜漸之能謀其始，而篤之使有成也。政和三年八月九日。

校勘記

〔一〕剛有不若　「剛」「若」二字原本空白，據明抄本、明刻本補。

〔二〕入吐谷坂　「入」原作「人」，據明抄本改。

〔三〕來合　「合」，明抄本、明刻本作「門」。

〔四〕幾得相　三字原本空白，據明抄本、明刻本補。

〔五〕及事已急　「及」原作「去」，明刻本同，據明抄本改。

〔六〕兩將　「兩」字原本空白，據明抄本、明刻本補。

〔七〕敢輕去就　「敢」原作「其」，據明抄本改。

〔八〕執應　「應」原作「事」，據明抄本改。

〔九〕陷敵　「陷」字原脱，據明抄本補。

〔一〇〕下索　「索」原作「馬」，據明抄本改。

〔一一〕大警　「大」原作「太」，據明刻本改。

〔一二〕率身戎行　「身戎」二字原脱，據明抄本、明刻本補。

〔一三〕得失多少　「少」原作「失」，據明抄本、明刻本改。

〔一四〕神鬼冥諸外　「冥」字原脱，據明抄本、明刻本補。

〔一五〕高貲　「貲」原作「貨」，明刻本同，據明抄本改。

宋文鑑卷第一百二十八

對問　移文　連珠

對問

應責

柳開

或責曰：子處今之世，好古文與古人之道，其不思乎？苟思之，則子胡能食乎粟，衣乎帛，安于衆哉？衆人所鄙賤之，子獨貴尚之〔一〕，孰從子之化也？忽焉將見子窮餓而死矣。柳子應之曰：於乎！天生德于人，聖賢異代而同出。其出之也，豈以汲汲于富貴，私豐于己之身也；將以區區於仁義，公行乎古之道也。己身之不足，道之足，何患乎不足？道之不足，身之足，則孰與足？今之世與古之世同矣，今之人與古之人亦同矣。古之教民以道德仁義，今之教亦以道德仁義，是今與古胡有異哉？古之教民者，得其位則以言化之，是得其言也，衆從之矣。不得其位，則以書于後，傳授其人，俾知聖人之道易行，尊君敬長，孝乎父，慈乎子。大哉斯道也，非吾一人之私者也，天下之至公者也，是吾行之，豈有過哉？且吾今栖栖草野，位不及身，將己言化于人〔二〕，胡後于吾矣〔三〕。故吾有書自廣，亦將以傳授于人也。子責我以好古文，子之言何謂爲古文？古文者，非在辭澁言苦，使人難誦讀之，在于古其理，高其意，隨言短長，應變作制，同古人之行事，是謂古文也。子不能味吾書，取吾意，今而視之，今而誦之，不以古道觀吾心，不以古道觀吾志，吾文無過矣。吾若從世之文也，安可垂教于民哉？亦自愧于心矣。欲行古人之道，反類今人之文，譬乎游于海者，乘之以驥，可乎哉？苟不可，則吾從于古文，吾以此道化于民，若鳴金石于宫中，衆且曰絲竹之音也，則以金石而聽之矣。食乎粟，衣乎帛，何不能於衆哉？苟不從于吾，非吾不幸也，是衆人之不幸也，吾豈以衆人之不幸易吾之幸乎〔四〕？縱吾窮餓而死，死則死矣，吾之道豈能窮餓而死之哉？吾之道，孔子、孟軻、楊雄、韓愈之道；吾之文，孔子、孟軻、楊雄、韓愈之文也。子不思其言，而妄責于我；責于我也卽可矣，責于吾之文、吾之道也，卽子爲我罪人乎！

答客問　尹源

客謂予曰：敢問人臣不忠，孰爲大？曰：無過爲大。客曰：過之爲言，失中之謂也，爲臣有是，則悖于事而害于治；君子善于無過，而子以爲不忠，惑矣。曰：余所謂無過者，非果能無過；衆人不以爲過，無跡可攻也。何則？自古人臣爲不忠者，未有不外示畏謹，循法度，而能固其寵，久其權，以遂其邪者。內則爲宰相，爲卿大夫，不敢主天下事，與進賢退不肖，曰吾知循故事爾，專則罪也。外則爲郡，爲邑，以至廉察一道，視政之弊不敢革，視民之疾不敢去，曰吾知奉法爾，違迺辟也。若此者，不惟時君以爲無過，天下之人亦以爲無過；苟終不能辨之，使內外相濟，以成其俗，則國日削，民日弊，以至大亂而莫之禦，謂之忠可乎？忠臣則不然，一心公平天下，不以身之安危易其守，其行事也，或犯上之忌，或冒下之謗，若此者，不惟時君以爲過，天下之人亦以爲過矣；苟能辨之，使得行其道，則國享其利，民被其利，謂之不忠可乎？故忠臣本於愛君，奸臣本于愛身，未有愛君而先其身，愛身而先其君者。客曰：如子之說，仲山甫明哲保身，萬石君、霍光忠謹無過，皆不忠乎？曰：若數子皆純乎其忠，非求無過之名以爲己利。故忠臣之過，小而必形；奸臣之過，大而不章；世人徒見形者以爲過也，孔光、張禹所以危漢宗，林甫所以禍唐室。曰：然則人君何以辨之？曰：捨其迹而責其心，術斯得矣。

諭客

劉敞

寶元、康定之間，元昊畔，詔書求材謀之士，於是言事自薦者甚衆。輒下近臣問狀，高者除郡從事，其次補掾吏，日數百人。時予方游吴中，客有相哀者，作《諭客》。客謂公是先生曰：蓋聞賢者不遺利，智者不失時，因形推勢，以事爲機，是以功勳流于竹帛，盛德載于黎庶，歷百世而不衰，掩衆人以獨鶩，此所謂豪傑之士也，而先生亦有意于此乎？先生曰：何以教之？客曰：今西兵距境，崑崙道絶，主上不怡，邊有宿甲，旃裘之貢不入，鍾鼓之娱不勸者，于今三年矣。是以下求賢之詔，開自薦之路，摠擥奇俊，兼聽天下，恩涵于人心，義激于肺腑。故令下之日，坐者泣沾襟，卧者涕交頤，咸欲奮必死之力，蹈難測之機，忘山川之苦，薄戰伐之危，請長纓以繫頸，輸家財以濟師。拜章者交乎公車，獻策者滿乎北闕，起徒步以祈爵，由一言以改列。此亦遭遇之時，變化之契，勇辯之辰，敵國之勢，穰苴所以權軍而西出，蘇秦所以掉舌而東逝也。今先生乃悄乎如不知，藐乎如不聞，名與智寂，迹與世淪，懷書滿腹，不如衆人，意者暗于事勢而然乎？且夫道期于用，不必全潔，功期于成，不必無辱，是以伊尹負鼎，伍員鼓腹，百里食牛，包胥慟哭，乘時因勢，大直細曲，崇如丘山，炳若執燭。今先生乃獨習無用之言，守難行之事，遺棄諸子，專愚六藝，井田雖通，不可以厚財賦之入；鄉飲雖講，不可以助軍旅之急；羽舞雖文，不可以代干戟之執；麻冕雖純，不可以更甲胄之襲；睢盱拳曲，空言少實，不可圖進取之益。則何不卑論儕俗，夜寢夙興，馳騁乎孫、吴之場，揣摩乎蘇、張之營，舌如電流，功如雷行，威名並建，家國兩榮。乃反侈陋巷之處。甘藜藿之食，目無韶曼，耳絶金石，抱甕而汲，不知用力，行身若此，老且奚益？先生曰：吁！客何貌之壯而語之少，何願之大而智之小，信難以議道矣；雖然，不可以不陳也。昔者軒有阪泉之師，堯有丹浦之征，舜有三苗之誅，啓有扈氏之兵，成湯造攻于牧宫，文王收績于崇城。當此之時，覆載侔于天地，文明比于日月，休恩添于時雨，厲威粲於霜雪，跂行喙息，罔有不服。然且干戈未盡戢，弓矢未盡閉，小至俘馘，大至流血，巍巍之功，不爲之差減；赫赫之號，不爲之滅裂；適足以增其休聲，廣其徽烈而已。客以謂有損于盛德邪？夫狂童鴟張，天奪其魄，跳踉顛厖，假命頃刻，親戚不輔，鬼神所殛，狗吠其主，鼠竊疆埸，此亦蚩尤三苗，何以異哉？然而將帥之臣，閲於《詩》《禮》；介胄之卒，奮於貔兕；賞未及懸，刑未及峻，而天下之民，億兆之衆，固已集矣。於是乎虎眄鷹睨，龍行雲起，譬若挽千石之弩，決垂潰之疽，引洪河之流〔五〕，沃殆滅之爝，曾不移息而可見，又何足煩天下之學士？主上所以乾乾夕惕，勞於求賢，通自進之路，開博訪之門者，恐伯高、傅説之流，藏於岩野；伊尹、大師之品，逸於屠鈞；又所以明謙讓之義，恭聽卑之操，使非常之業，與士大夫共有也。此乃三王所不及，五帝所難行，愚陋之人，豈能昭見其情哉？昔燕欲駿馬，乃市朽骨，而千里之駒果至；越欲勇士，乃揖怒蛙，而百夫之勇來萃：主上亦欲致特達之人，是以狂狷者無所咈，排闥者無所忌，高爵重禄，或富或貴，鑒洞乎神明，量配乎天地，豈以爲小醜之未夷，羣兇之尚恣哉？且夫東漸島夷，南及交趾，西奄孤竹，北越鑿齒，受令朝朔，齊一車軌，雷動風行，方百萬里，觀數郡之地，元昊之衆，曾不若黑子之著面，蟻之循穴，而欲以敵國論之，固失類矣。且客獨不聞宋受命之説乎？昔者唐失其御，海水横溢，寰宇之内，分爲六七，不貢不朝，靡所統一，於是蠢蠢之氓，困於戈鋋，積尸爲山，流血成川，糜潰屠剥者蓋五十餘年。上帝眷之，乃命太祖，受禪啓國，方行千里，猶有殘孽，弗率弗祀，太宗平之，真宗成之。至于制作之道，猶或未遑，然亦開籍田，封太山，禮河汾，考百王。皇上率循聖武，靡有遺軼，而勝殘去殺，適底今日，是以往者申訪古樂，叙正郊配，大定六籍，謹敕元會。欲以就一王之法，成必世之期，使後嗣遵其矩，太常肆其儀。參于六經，表于萬年，澤漏于重溟，功陟乎上天，還成、康之俗，儷典、謨之篇，包弓偃革，無得踰焉，此學者所以踴躍，而鄙儒所以拳拳也。何以蘇、張于平世，孫、吴於異類，終無益于王道，空自絶于聖治，客徒笑我暗于事機，我亦悲客躁于富貴，而不知制作之義也。言未畢，客竦而謝曰：荒野之人，溺于所聞，先生幸教之，謹受令矣。

反求齋對

謝逸

李子作齋于聽事之北，求名于余，其名曰反求。李子請曰：「願聞反求之義。」對曰：「子不聞楚國之盜者乎？楚之盜曰支貢者，行若無迹，語若無息，踰垣若鳥，穴土若鼠，居于楚國，人無夜不亡其物焉。國人心知其貢也，而執之無狀，每亡物必罵曰，『是必貢也，其如不可執何？』居一日，貢語其鄰之子曰：『楚之盜不爲寡矣，每亡物必尤貢者何也〔六〕？』鄰之子曰：『子無怒國人尤己也，子能爲盜，故亡物者必尤子；子而不爲盜，其誰尤子哉？』貢曰：『是不難也，吾且闔户不出矣；儻夜有亡物者，亦將以尤貢可乎？』是夜楚人徹衞釋禁，而國中無犬吠之驚。君子曰，人不可不反求諸己也。仁，所以愛人者也；愛人不親，則反諸己曰，仁未至也。智，所以治人者也；治人不治，則反諸己曰，智未至也。敬，所以禮人者也；禮人不答，則反諸己曰，敬未至也。行有不得者，不反求諸己，而唯人之責，則與楚之盜日攘其物，而怒人之尤己也何異哉？反求之義，其在斯乎！」李子憮然爲間曰：「命之矣。」李子名彂，字明服，余表弟也，又從余，故告之以名齋之義，使歸而書諸壁焉。

移文

三山移文

宋白

三山之英，十洲之靈，排煙拂霧，勒移山庭。夫以逍遥玄俗之姿，縹緲飛仙之狀，控白鶴于雲末，驂青鸞于天上，吾方知之矣。若其冥冥帝先，杳杳象外，厭浮世而龍攄，曳天倪而蟬蛻，聆白雪于太虛，挹流霞于上界，固亦有焉。豈其侈靡輕浮，猖狂迅速，習夏癸之奢，用商辛之酷，將大道以爲戲，勦萬民而逞欲，何其謬哉？嗚呼！龍馭不存，鼎湖長往，萬古千秋，英靈肸蠁。世有秦皇，爰及漢帝，既崇既高，益驕益熾。然而貌學希夷，情忘橐籥，竊祀神山，濫封喬嶽。汙吾真風，輕吾上藥。雖篤志于仙材，竟無心于天爵。其始至也，將拍洪崖，挹浮丘，捐百揆，棄諸侯，鼂梁架日，劍氣凌秋。或思玉皇可接，或憶金仙共遊。廢元元以不治，仰蒼蒼而是求。燕昭何足比，子晉不能儔。及其妄説斯行，貪誠彌勇，智刃揮霍，靈臺飛動。乃閱意海隅，窮奢世上，汎樓船而濟重溟，建祈年而侔大壯。蘭橈馥其天風，桂棟凌乎辰象。望仙闕而何極，顧人寰而如喪。至其儼霞冠，垂珠綬。履風雲之舄，列蛟龍之繡。焚百和于筵上，輝九華于坐右。羽旆争聳，瑶壇競開。丹臺紫府在何處，白鳳青鸞猶未來。大寶非貴，三清是屬。恥萬機之瑣屑，隘六合之局促。將紀號于真圖，任銷聲于帝籙。希風七十君，委政三十載。使我徒費步虚，曷嘗輕舉〔七〕？徐福不歸，安期誰侶？文成五利並虚詞，太一上元徒延佇。至于栢梁灰燼，承露飄零。甲帳空兮暮烟怨，羽人去兮秋風驚。昔求長生躋壽域，今見委骨在窮塵。是知碧海汪洋，瀛洲浩渺。方丈争奇，蓬萊竦峭。慨沙丘之云云，悲茂陵而誰弔？故其露慘長寒，風啼自咽。秋草凄凉，春花愁絶。嗟羅綺之皆空，歎池臺之已滅。且夫奄有神器，化育羣生。將天地以合德，與日月而齊明。豈可使鳳扆寂寥，龍圖銷毁，帝道荒蕪，天潢泥滓；遊心于幻路，教臣民而以詭？宜扃玉洞，掩天關；揚大霧，湧驚湍，隔妖風於海上，杜妄魄于雲端。於是瞋波如山，怒雲寡色。斥二主之訛謬，警後王之道德，請爲治世君，無俟賓天客！

跛奚移文

黄庭堅

女弟阿通，歸李安詩；爲置婢無所得，迺得跛奚。蹣跚離疏，不利走趨，頹出屋檐，足達户樞。三嫗挽不來，兩嫗推不去。主人不悦，厨人罵怒。黄子笑之曰：「堯牽羊而舜鞭之，羊不得食，堯、舜俱疲。百羊在谷，牧一童子，草露晞而出，草露降而歸，不亡一羊，在其指撝。故曰，使人也器之。物有所不可，則亦有所宜。警夜偷者不以馬，司晝漏者不以雞。準繩規矩，異用殊施。天傾西北，地缺東南，尺有所不逮，寸有所不覃。子不通之，則屨不可運土，簀不可當屨，坐而睨之，小大俱廢。子如通之，則瞽者之耳，聾者之目，絶利一源，收功十百。事固有精于一則盡善，偏用智則無功，有所不能，乃有所大能焉。呼跛奚來前，吾爲若詔之。汝能與壯士拔距乎？能與羣狙賦矛乎？能與八駿取路乎？能逐三窟狡兔乎？皆曰不能，曰是固不能。閫門之内，固無所事此。今將詔若可爲者：汝無狀于行，當任坐作，不得頑癡，自令謹飭。晨入庖舍，滌鎗瀹釜，料簡蔬茹，留精黜惋。臠肉法欲方，膾魚法欲長。起溲如截肪，煑餅深注湯。和糜勿投醯，齏臼晚用薑。葱渫不欲焦，旋葅不欲黄。飯不欲著牙，揚盆勿駐沙。進火守灶，水沃沸鼎。斟酌薌芼，生熟必告。姨嬭臨食，爬垢撩髮。染指舐杓，嘬胾懷骨。事無小大，盡當關白。食了滌器，三正三反，拭抆蠲潔，寢匙覆椀。陶瓦髹素，視在謹數。兄弟爲行，牡牝相當。日中事閒，浣衣漱穤。器穢器净，謹循其初。素衣當白，染衣增色。梔鬱爲黄，紅螺砑光。挼藍杵草、茅蒐槖皂。漿胰粉白，無不媚好。燥濕處亭，熨帖坦平。來往之役，資它使令。牛羊下來，喚雞栖塒。撑拒門闕，閑護草竊。飲飯猫犬，堙塞鼠穴。凡烏攫肉，猫觸鼎，犬舐鎗，鼠窺甑，皆汝之罪也。春蠶三卧，升簇自裹，七晝七夜，無得停火。紵麻藤葛，蕉絍絺綌〔八〕，錫疎手作，無有停時。紾緝偷工夫，一日得半工，一緵亦有餘。暑時藴蒸，扇凉蜜水。薰艾出蚊，水盤去蠅。果生守樹，果熟守笸。執弓懷彈，驅嚇飛鳥。無得吮嘗，日使殘少。姆嫗駡譏，瘧痢泄嘔。天寒置籠，衣食畢烘。搔痒抑痛，炙手搁涷。無事倚牆，鞵履可作。堂上叫呼，傳聲代諾。截長續短，鳧鶴皆憂；持勤補拙，與巧者儔。凡前之爲，汝能之不？」跛奚對曰：「我缺于足，猶全于手，如前之爲，雖勞何咎。」黄子曰：「若是則不既有用矣乎？」皆應曰然，無不意滿。

連珠

連珠二首

徐　鉉

道不可以權行，終則道喪；情不可以苟合，久則情疎。是以兵諫愛君，君安而忠敬已失；同舟濟險，險夷而取授自殊。

運不常偶，體道者無憂；時不常來，抱器者無滯。是以霜露既降，徂徠不易其貞；弓矢載櫜，薰澤不踰其利。

連珠一首　晏殊

時平德合，秉均者績隱于幾先〔九〕；運極道消，享位者譽隆于事外。是以房、杜之恩勳莫一，無迹可尋；郭、裴之退黜居多，其名益大。郭汾陽、裴晉公也。

連珠一首　宋庠

山有梗梓之材，居山者芟草而舍〔一〇〕；田有禾稷之實，力田者半菽而飽；廄有馳驟之乘，掌廄者羸股而步；此所謂役于物者，智不逮乎物也〔一一〕。無木者有華榱之蔭，無田者有嘉穀之飫〔一二〕，無廄者有上駟之御，此所謂役物者，智包乎物也。故君逸于用德，小人勞于用力。

連珠一首　劉攽

蓋聞詭道取勝，得以暫用；懷惡致討，未有能克。是故以桀詐桀，可容于僥幸；用燕伐燕，不足以相服。

校勘記

〔一〕獨貴　「獨」原作「猶」，據明抄本改。

〔二〕將己　「己」，明抄本、明刻本作「以」。

〔三〕胡後　「後」字原本空白，據明抄本、明刻本補。

〔四〕吾豈以　「豈」原作「非」，明刻本同，據明抄本改。

〔五〕洪河　「河」原作「流」，據明刻本改。

〔六〕何也　原作「也何」，各本同，今乙。

〔七〕曷嘗輕舉　「曷」字原脱，明抄本作「葛」，當係「曷」字之誤，今改補。

〔八〕蕉紝絺綌　「紝」字原脱，據明抄本補。

〔九〕績隱　「績」原作「續」，據明抄本改。

〔一〇〕居山者　「者」字原脱，各本同，按上下文義補。

〔一一〕不逮　「逮」原作「建」，各本同。按字當作「逮」，形近而誤，今改。

〔一二〕嘉穀之飫　「飫」明刻本作「享」。

宋文鑑卷第一百二十九

琴操　上梁文　書判

琴操

懷歸操　劉敞

蟋蟀在堂歲云除，今我不樂欝以紆，豈不懷歸畏簡書。蟋蟀在堂歲云逝，今我不樂濡以滯，豈不懷歸友朋畏。

醉翁操　蘇軾

琅邪幽谷，山水奇麗，泉鳴空澗，若中音會。醉翁喜之，把酒臨聽，輒欣然忘歸。既去十餘年，而好奇之士沈遵聞之，往遊，以琴寫其聲曰《醉翁操》，節奏疏實，而音指華暢，知琴者以爲絶倫。然有其聲而無其辭，雖爲作歌，而與琴聲不合。又依《楚辭》作《醉翁引》，好事者亦倚其詞以製曲，雖粗合均度，而琴聲爲詞所繩約，非天成也。後三十餘年，翁既捐館舍，而遵亦没久矣。有廬山玉澗道人崔閑，特妙於琴，恨此曲之無詞，乃譜其聲，而請於東坡居士以補之云。

琅然清圜誰彈，響應空山無言，惟翁醉中知其天。月明風露娟娟，人未眠，荷蕢過山前，曰有心哉此賢。泛聲同此醉翁嘯詠，聲和流泉。醉翁去後，空有朝吟夜怨。山有時而童巔，水有時而回淵，思翁無歲年。翁今爲飛仙，此意在人間，試聽徽外三兩絃。

於忽操

王令

劉表見龐公，將起之，而公不願也。表曰，然則何謂？公曰，我可歌乎？既歌，命弟子絃之，凡三操。

於忽乎，不可以爲，其又奚爲？離婁之精，夜何有於明？師曠之耳，聾者亦有耳。一本作塞何有于聲。東王良之手兮，後車載之前行，險以既覆兮，後逐逐其猶來。雖目盼而心駭兮，顧其能之安施？委墨繩以聽人兮，雖班輸亦奚以爲？

於忽乎，不可以爲，其又奚爲？椽櫨桷榱之累重，顧柱小之奈何！方風雨之晦陰，行者艱而莫休，居者坐以笑歌，不知壓之忽然兮，其謂安何？

於忽乎，不可以爲，其又奚爲？謂雞斯飛，誰得之？吾方飢而羈。謂豕斯突，何取於縛？是皆以食而得之。吾方飢而後噫雞兮豕兮，死以是兮。

晝操孟子去齊舍于晝作

林希

彼滔滔之天下，余孰從而與歸？來何其然兮，其去何爲？吾行或使兮，止或尼之。毋嗟我行兮，於此遲遲。棄其量齲兮，龠撮安施？鈞石則委兮，亦何用于銖絫？顧瞻咨嗟兮，人曷余疑？嗚呼余歸兮，已而已而！

上梁文

開封府上梁文

楊億

受三靈之眷命，開百世之丕基。居中土以制四方，坐明堂而朝萬國。上觀玄象，設路寢而闢應門；下鑒黄圖，定神州而分赤縣。玉帛駿奔而荐至，舟車輻湊以交馳。居民最處於浩穰，寰宇共瞻於表式。法天崇道，皇帝陛下，道光上聖，仁洽普天。性堯、舜之聰明，體禹、湯之勤儉。垂衣裳而布政，懸法象以授人。旰食視朝，但精求於理本；臨軒遣使，常散採於民謡。物情而煦育如春，王道而坦平若砥。故得五兵不試，邊陲無金革之聲；四序由康，隴畝起倉箱之詠。敦淳反朴，黎民盡致於可封；獻賫輸琛，異域曾無於後至。混車書於一統，頒正朔於四夷。十年遠過於成周，拓土更逾於彊漢。乃眷京畿之千里，旁連魏闕之九重。包括諸華，儀刑列郡。彊理既推於廣斥，閭閻最號於便蕃。豈惟俠少之場，所謂帝王之宅。爰求控壓，實在元良。皇太子道契黄離，位隆蒼震。問安視膳，素彰周寢之勤；主鬯承祧，爰踐漢儲之貴。自春宫而育德，鎮天邑以分憂。誕揚慈惠之風，廣布神明之政。緑林屏息，絶吠犬以堪驚；玉燭均調，無喘牛而可問。於是決斷簿書之暇，經營土木之功。廣棟宇之新規，集班輸之絶藝。揮斤者成市，荷锸者如雲。度楩柟杞梓之材，召丹雘圬墁之匠。百堵皆作，不日而成。梁横螮蝀以蜿蜒，瓦疊鴛鴦而迤邐。皇有煒[一]，廳事斯嚴。廊回合以四周[二]，庭清虚而中敞。制度迭彰於壯麗，形容備極於巍峩。足以明東朝副貳之尊，表南府鎮臨之盛。兒郎偉！今兹吉日，將畢奇功。爰自抛梁，式申犒勞。散金錢而滿地，堆餅餌以如山。巵酒瓮肩，盈樽滿案。極量而飲，應不羡於單醪；實腹而飡，固如填於巨壑。既醉以飽，式舞且歌。同承涣汗之恩，共樂昇平之化。

抛梁東，三韓百濟慕華風。毛車遠涉浮天浪，歡呼鼓舞未央宫。

抛梁西，雪嶺金河路不迷。萬里玉關皆我土，葡萄苜蓿徧高低。

抛梁南，跕鳶浪泊聖恩覃。大貝明珠盈帑藏，崔嵬銅柱拂煙嵐。

抛梁北，匈奴逃遁空沙磧。茫茫絶漠胡無人，待上陰山重刻石。

抛梁上，非烟顥氣何蕭爽。歷歷天邊種白榆，亭亭雲際峩仙掌。

抛梁下，萬井繁華堪大詫。家家樓閣倚晴空，處處絃歌樂皇化。

伏願抛梁已後，風調雨順，時和年豐。聖壽靈長，與大椿而難老；邦家鞏固，將磐石以無窮。少海長浮於厚載，前星永耀於玄穹。濟濟宫庭之僚屬，森森天府之賓從，盡預商山之羽翼，咸依儉幕之芙蓉。將吏奔趨而有幸，軍民撫育以皆同。悉傾心而奉上，並竭節以向公。路絶寇攘，夜户而從兹不閉；

人無争訟，圜扉而自此常空。百姓常躋於壽域，八方悉被於仁風。然後我皇帝之千秋萬歲，長端拱以居中。

英宗殿上梁文

王安石

天都左界，帝室中經。誕惟仙聖之祠，夙有神靈之宅。嗣開宏築，追奉晬容。方將廣舜孝于無窮，豈特尚漢儀之有舊。先皇帝道該五泰，德貫二儀〔三〕。文摛雲漢之章，武布風霆之號。華夏歸仁而砥屬，蠻夷馳義以駿奔。清蹕肅傳，靈輿忽往。超然姑射，山無一物之疵；邈矣壽丘，臺有萬人之畏。已葬鼎湖之弓劒，將游高廟之衣冠。今皇帝孝奉神明，恩涵動植。纂禹之服，期成萬世之功；見堯於羹，未改三年之政。乃眷熏脩之吉壤，載營館御之新宫。考協前彝，述追先志。孝嚴列峙，寢門可象於平居；廣拓旁開，輦路故存於陳迹。官師肅給，斤築隆施。揆吉日以庀徒，舉脩梁而考室。敢申善頌，以相歡謡。

兒郎偉，抛梁東。聖主迎陽坐禁中。明似九天昇曉日，恩如萬國轉春風。

兒郎偉，抛梁西。瀚海兵銷太白低。王母玉環方自執，大宛金馬不須齎。

兒郎偉，抛梁南。丙地星高每歲占。千障滅烽聞嶺徼，萬艘輸賨引江潭。

兒郎偉，抛梁北。邊頭自此無鳴鏑。即看呼韓渭上朝，休誇竇憲燕然勒。

兒郎偉，抛梁上。彷彿神遊今可想。風馬雲車世世來，金輿玉斝年年往。

兒郎偉，抛梁下。萬靈隮祉扶宗社。天垂嘉種已豐年，地產珍符方極化。

伏願上梁之後，聖躬樂豫，寶命靈長。松茂獻兩宫之壽，椒繁占六寢之祥。宗室蕃維之彦，朝廷表幹之良。家傳慶譽，代襲龍光。肩一心而顯相，保饋祝之無疆〔四〕。

披雲樓上梁文

陳師道

夙夜在公，必有燕休之地；上下同樂，孰知興作之勤。惟此東州，稱爲輔郡。遺澤未息，猶有陶、虞之風；王化既成，更同齊、魯之俗。河山千里，枹鼓不鳴；閭巷百年，豪傑間出。地滋豤闢，歲嗣豐穰。里無愁歎之聲，吏絶追呼之擾〔五〕。因此時之暇豫，樂斯地之登臨〔六〕。革故增高，事非過制；斷長續短，費不及民。棟宇靚深，稱吏民之觀望；歲時遊豫，遂老幼之歡娱。爰歷靈辰，用興危架。聽于輿頌，落此成功。

抛梁東，日上雲開四顧中。今代功名歸二老，當年富貴有朱公。

抛梁南，舳艫御尾繫江潭。朝隮已作豐年雨，暑飲行聽抵掌談。

抛梁西，陰陰桃李下成蹊。舉頭更覺長安近，送目長隨落日低。

抛梁北，瑞塔亭亭入雲直。百年戰鬭及明時，千里河山餘故國。

抛梁上，危架岧嶢逮千丈。房心璀璨近簷楹，海岱摧藏但空曠。

抛梁下，割肉成堆酒如瀉。燕雀投人也自忙，鼠蝠旋墻不容罅。

伏願上梁以後，人神同力，暘雨以時。水宿塗行，夜無風露之警；盆繅鎌割，家有囊庾之儲〔七〕。囹圄一空，鞭笞不試。商旅四集，貨賄遂通。據榻以談，不減庾公之興；從遊而賦，尚須韓子之文。

書判

辛捕罪人丁過而不救辭云家有急事救療

余　靖

逋播未擒〔八〕，宜同掩襲，彌留待救，安可邅迴。苟或責其容奸，姑合先於拯患。辛事當祇役，職在追逃。力而拘之，飢鷹之効未展；勢不足者，困獸之鬬方勞。眷彼遵塗之人，式冀執兵之助。備其越逸，此望惠然肯來；憂在族姻，彼乃往而不返。誠或慮其飾詐，謀合原其執心。網恐漏於吞舟〔九〕，固宜并力；病方深於易簣，安得忘情？徒欲詰其圖全，未可罪其爲己。囚其亡命，雖追捕以攸先；人各有親，當患難而自救。縱云行邁，殊匪坐觀。逋逃之黨未除〔一〇〕，遽令讁我；瞑眩之求不濟，則欲怒誰？職且異於追胥，罰難加於行路。是則彼有詞矣，姑合宥而捨之。

丙越度官府垣籬官司罪之辭云隨甲而往

余　靖

協謀抵禁，法有減論；冒度干刑，理無從坐。既投足而同往，豈原心而或殊？丙，德之弗脩，動而有悔。不如己者，方踰數仞之墻；因而從之，遂罹三尺之法。自疏明慎，猶啓薄言；況穴隙以相從，惟荿茨而是履。前王著令，徒攀共犯之條；君子嚮儒，盍守獨行之節？矧府寺之攸設，惟藩屏而是崇。不得其門，同臨蔽惡之地；必求諸道，當蘄由徑之非。雖曰比之匪人，實亦動而過則。原其發慮，遽云職汝之由；詳彼治躬，豈可効人之僻。咎將誰執，咸實己招。視籬落之具存，當跬步而爲過。別冒漢家之網，或異首科；自絕蒲人之袪，諒難降等。三千之條備紀，七十之杖何逃？罪必甘心，詞奚苦訴。

丙爲左僕射門立棨戟其子封國公復請立戟儀曹不許　余靖

位縻王爵，固有彝儀；名列子倫，所宜降禮。既高閎之共處，豈列戟以重施？丙，鵠印傳家，蟬聯襲寵。斗樞踰貴，既升八座之榮；社土啓封，遂及一經之嗣。胡爲令子，罔達宏規？以謂秩視諸公，幸列分茅之位；勳崇三品，請頒立槊之儀。展矣攸司，詳夫大體。且乘軒服冕，雖同列國之權；問寢趨庭，豈有異門之制！縱未該於令式，宜必叶於謀猷。況乎尊有壓卑之文，備存典策；子存避父之禮，綽著章程。國有大焉，古之道也。恩榮沓至，任旌高穎之勳；制度罔愆，宜喜柳彧之見。必當固執，無謂他規。《戴記》傳芳，車馬猶稱於不及；《隋書》勸善，棨戟寧聞於再頒？必採禮卿之詞，勿貽侯氏之過。

乙夜居於外丙往弔之或責其非　余靖

宴安有度，式貴慎儀；出處無容，固宜行弔。既自愆於所止，亦何怒於相隨？乙，德之不脩，動而有悔。安身克謹，當從嫡寢之間；居外尤非，自比遭喪之變。眷惟益友，深達彝章。朝夕四時，既失常於訪問；吉凶五禮，遂矯辭於禍災。縱未盡於嫌疑，抑已陳于規誨。進退可度，燕衣將亂於悲哀；居處以莊，環絰何慚於諷刺？爾惟失節，我豈廢言。所期克舉其儀，孰謂不知而作。衣服宮室，雖弗褻於縗裳；揖讓周旋，固可譏於床第。理既同於事死，問乃比于知生。況彰終夕之嫌，復異致齋之制。改容並進，雖與言偃之非；問疾同詞，宜守仲尼之訓。弔之可也，人其謂何？

乙爲政請隳都城譏其無備辭云都城不過百雉　余靖

政在保民，固宜多備；城苟過制，何謂弱枝？爰啓見機之謀，當許復隍之請。乙，器能高世，忠亮拔羣。方推許國之忠，遽展濟時之略。以謂金湯作固，誠多藩屏之功；控帶相高，必啓寇戎之害。式陳良筭，允協明謀。庇民無假於深池，頹墉願塡於濬洫。且赫連定霸，雖增蒸土之勞；士蔿知權，寧慎寘薪之役。深詳得失，妙識興衰。縱墨翟多能，九攻聞解帶之術；而鄭丹遠識，五大有在邊之譏。蓋虞乎雠必保焉，盍循乎古之制也。今京不度，在百雉以貽憂；夫魯有初，諒三都之必毁。允合仲尼之志，何慚由也之忠。

丁去官而受舊屬饋與或告其違法訴云家口已離本任　余靖

食檗養廉，執心斯可；及瓜受代，改操則非。安得因其去官，遂不思於潔己？丁也才高有立，秩滿將遷。飛鳳御書，亦既榮於寵命；解龜罷政，遂靡讓于好羞。謂行返之有期，曾厭私而不懼。況古之循吏，名列青編。掛府丞之魚，誡在涖官之日；留壽春之犢，實惟去任之晨。何乃肆貪，罔知守節？歌鄧侯之五皷，曾是遵途；持山陰之一錢，當思勵俗。徒欣苟得，豈曰能謀？重耳受飧，蓋當於旅食；叔魚反錦，益愧於公行。如云不爾瑕疵，則恐罔如紀極。推恩布化，未聞畫象之遺風；黷貨啟奸，遽恣貪狼之本性。縱離境壤，終喪廉隅。減三等以定刑，乃九章之垂統。

甲爲縣令乙與其故人丙醉毆乙乙詣縣訟丙令問曰傷乎曰無傷也相識乎曰故人三十年矣嘗相失乎曰未也何爲而毆汝乎曰醉也解之使去有司劾甲故出丙罪甲曰鬪不至傷赦許在村了奪耆長則可縣令顧不可乎

王回

令親民而毆之於善者也，士所以學爲君子也。今釋一醉忿相毆笞四十之過，全其三十年間未嘗相失之交。毆民於善，而責士以君子之道者也。仲尼爲魯司寇，赦父子之訟；漢馮朝韓延壽，不肯決昆弟之爭。篤於親而故舊不遺，其義蓋一耳。甲之所爲，於古爲能教，於今爲應法。不可劾。

甲爲出妻已告其在家嘗出不遜語指斥乘輿有司言雖出妻而所告者未出時事也或疑薄君臣之禮隆夫婦之恩

律不應經

王回

指斥乘輿，臣民之大禁，至死者斬；而旁知不告者，猶得徒一年半；所以申天子之尊於海內，使雖遐遜幽陋之俗，猶無敢竊言訕侮者。然《書》稱商、周之盛，王聞小人怨詈，乃皇自恭德，不以風俗既美，而臣民儼然戴上，不待刑也。則此律所禁，蓋出于秦、漢之苛耳。若妻爲夫服斬衰而降，其義甚重，傳《禮》已來，未之有改也。且挾虐犯法，既許自訴，而七出義絶，和離之類，豈有穴怨？顧恬然藉衽席之所知，喜爲路人，擠之死地，其惡憝矣。宜如有司所論已若夫減所告罪一等，甲同自首。以律附經，竊謂非薄君臣之禮，而隆夫婦之恩也。

校勘記

〔一〕皇有煒　「皇」上原本空白，明抄作「而」字。

〔二〕廊回合　「廊」原作「廓」，據明抄本改。

〔三〕二儀　「二」原作「三」，明刻本同，據明抄本改。

〔四〕保饋祝　「饋」字原本空白，據明抄本補。「祝」字明刻本同，明抄本作「祀」。

〔五〕追呼之擾　「擾」原作「病」，據明抄本、明刻本改。

〔六〕因此二句　「此時」、「斯地」，明抄本、明刻本俱作「斯時」、「此地」。「臨」字原脱，亦據補。

〔七〕囊廩之儲　「儲」，明抄本、明刻本俱作「餘」。

〔八〕逋播未擒　「播」、「擒」二字原本空白，據明抄本補。

〔九〕恐漏　「漏」原作「論」，據明抄本改。

〔一〇〕逋逃　「逋」原作「捕」，據明抄本改。

宋文鑑卷第一百三十

題跋

跋放生池碑　歐陽修

右《放生池碑》，不著書撰人名氏。放生池，唐世處處有之。王者仁澤及於草木昆蟲，使一物必遂其生，而不爲私惠也。惟天地生萬物，所以資於人，然代天而治物者，常爲之節，使其足用，而取之不過。萬物得遂其生而不夭，三代之政，如斯而已。《易·大傳》曰：「庖犧氏之王也，能通神明之德，以類萬物之情，作結繩而爲網罟，以佃以漁。」蓋言其始教民取物資生，而爲萬世之利，此所以爲聖人也。浮屠氏之説，乃謂殺物者有罪，而放生者得福。苟如其言，則庖犧氏遂爲人間之聖人，地下之罪人矣。

跋華嶽題名　歐陽修

右《華嶽題名》，自唐開元二十三年，訖後唐清泰二年，實二百一年，題名者五百人，一人再題者又三十三人，録爲十卷，往往當時知名士也。或兄弟同遊，或子姪並侍，或寮屬將佐之咸在，或山人處士之相携，或奉使奔命，有行役之勞，或窮高望遠極登臨之適。其富貴貧賤，歡樂憂悲，非惟人事百端，而亦世變多故。開元二十三年，歲在丙午，是歲天子耕籍田，肆大赦，羣臣方頌太平，請封禪，蓋有唐極盛之時。清泰二年，歲在乙未，廢帝簒立之明年也。是歲石敬塘以太原召契丹，入自雁門，廢帝自焚于洛陽，而晉高祖入自太原，五代極亂之時也。始終二百年間，或治或亂，或盛或衰，而往者來者，先者後者，雖窮達壽夭參差不齊，而斯五百人者，卒歸于共盡也。其姓名歲月，風霜剥裂，亦或在或亡，其存者有千仞之山石爾。故時録其題刻，每撫卷慨然，何異臨長川而歎逝者也。

跋平泉草木記

歐陽修

右《平泉草木記》，李德裕撰。余嘗讀《鬼谷子》書，見其馳説諸侯之國，必視其爲人材性賢愚，剛柔緩急，而因其好惡、喜懼、憂樂而捭闔之，陽開陰塞，變化無窮，顧天下諸侯無不在其術中者，惟不見其所好者，不可得而説也。以此知君子宜慎其好，蓋泊然無欲，而禍福不能動，利害不能誘，此鬼谷之術所不能爲者，聖賢之高致也。其次簡其所欲，不溺於所好，斯可矣。若德裕者，處富貴，招權利，而好奇貪得之心不已，至或疲弊精神于草木，斯其所以敗也。其遺戒有云：「壞一草一木者，非吾子孫。」此又近乎愚矣。

跋景陽井銘

歐陽修

《景陽井銘》，不著撰人名。述隋滅陳，叔寶與張麗華等投井事，其後有銘以戒。又有唐江寧縣丞王震井記云：井在興嚴寺，其石檻銘有序，稱「余」者，晉王廣也。其文字皆磨滅，僅可識者，其十一二。叔寶事，史書之甚詳，不必見于此。然録之，以見煬帝躬自滅陳，目見叔寶事，又嘗自銘以爲戒如此；及身爲滛亂，則又過之，豈所謂下愚之不移者哉！今其銘文隱隱尚可讀處有云：「前車已傾，負乘將没」者，又可歎也！

跋王獻之法帖

歐陽修

右王獻之法帖。余嘗喜覽魏晉以來筆墨遺迹，而想前人之高致也。所謂法帖者，其事率皆弔哀候病，叙暌離，通訊問，施於家人朋友之間，不過數行而已。蓋其初非用意，而逸筆餘興，淋漓揮灑，或妍或醜，百態横生，披卷發函，爛然在目；使人驟見驚絶，徐而視之，其意態愈無窮盡，故使後世得之，以爲奇翫，而想見其人也。於高文大册，何嘗用此。而今人不然，至或棄百事，滋弊精疲力，以學書爲事業，用此終老而窮年者，是真可笑也。

讀李翺文

歐陽修

予始讀《復性書》三篇，曰此《中庸》之義疏爾。智者識其性，當復中庸〔一〕；愚者雖讀此不曉也，不作可焉。又讀《與韓侍郎薦賢書》，以謂翺特窮，時憤無薦己者，故丁寧如此，使其得志，亦未必然。以翺爲秦、漢間好事行義之一豪儁，亦善諭人者也。最後讀《幽懷賦》，然後置書而歎不已，復讀不自休，恨翺不生于今，不得與之交；又恨予不得生翺時，與翺上下其論也。況迺翺一時有道而能文者，莫若韓愈。愈嘗有賦矣，不過「羨二鳥之光榮，歎一飽而無時」爾。推是心，使光榮而飽，則不復云矣。若翺獨不然，其賦曰：「衆囂囂而雜處兮，咸歎老而嗟卑；視予心之不然兮，慮行道之猶非。」怪神堯以一旅取天下，後世子孫，不能以天下取河北，以爲憂。嗚呼！使當時君子，皆易其歎老嗟卑之心，爲翺所憂之心，則唐之天下豈有亂與亡哉？然翺幸不生今時，見今之事，則憂又甚矣；柰何今之人不憂也？余行天下，見人多矣，脱有一人能知翺憂者，又皆疏遠，與翺無異；其餘光榮而飽者，一聞憂世之言，不以爲狂人，則以爲病子，不怒則笑之矣。嗚呼！在位而不肯自憂，又禁他人使皆不得憂，可歎也矣！

讀封禪書

劉　敞

劉子曰：新垣平候日再中，文帝以建元，言汾陰有寶鼎氣，乃效於後，平之于術，亦可免矣；其卒以詐死，爲世大僇，何哉？彼以其術爲遠，而飾之以巧；以其利爲迂，而益之以諂者也；敗不亦宜乎？是故博學而精擇之，正言而謹守之，不爲頃久變志〔二〕，不以利鈍遷慮，辟此患也。莊周有言：「毋以人狥天，毋以故滅命。」豈新垣平之謂耶？悲夫！

書种放事

王　回

景德二年，右諫議大夫种放，賜假遊嵩山。真宗御資政殿，置酒餞放，侍臣當直者四人預之。時有司不宿戒，宣召既集，皆相顧莫敢就坐。上乃親定其儀：翰林學士晁迥西面侍上，資政殿學士王欽若東面侍上，知制誥朱巽南次迥，待制戚綸南次欽若，放北面對上，示特客之云。酒半，上作七言詩一首賜放，放奉和；侍臣應詔皆作，而欽若最後成二首焉。初放養其母，隱終南山，講經書，著《嗣禹》、《表孟子文》，秦、蜀諸生多從之游。其母好道家言，修辟穀之術。放阿其好，終身不娶婦。世以其能行人之所難，益高之，朝臣屢表薦聞。太宗召之，辭疾不出。上即位，張齊賢以舊相守京兆，又薦焉，乃遣內供奉官周班齎手詔召放。放應召，既至，拜右司諫，直昭文館，賜名第什器，御厨給膳，四遷至工部侍郎，卒。放雖居官，屢請假還山，上輒爲作詩置酒餞之。後賜兩制三館學士等御筵，餞於瓊林苑。常手詔問以政事，欲大用之，放辭乃止。昔堯起舜于畎畝之中，位以司徒；商高宗起傅說于岩野，而位冢宰；彼授受之際，不嫌駭衆如此，而功烈竟立，豈藉其虛名而誕後世哉？竊觀真宗特禮寵放，近世天子蓋未聞也。而放之行，乃叛其所學，以棄人倫爲難，有君而無臣，惜哉！放既正己不足，則其用捨行止之節曷議焉。

書襄城公主事

王　回

唐太宗長女襄城公主，出降太常卿汾州刺史蕭鋭。初公主在女時，篤行好禮，太宗賢之，嘗指以誨諸公主。既降鋭，鋭父宋國公瑀尚無恙。而太宗敕有司爲公主起第，公主辭曰：「婦事舅姑，如子事父，定省朝夕，所以養也；而營別居者，據何理也？」太宗不許，而公主固辭不可奪。太宗乃即瑀之私第，其旁階錫舊番邸，葺以爲襄城公主第。第成，當施公主棨戟於門，公主又辭曰：「禮無以抗於尊者爲榮也，今舅之門既立戟矣，而更于女門施戟，是婦抗於舅而爲禮，豈所以榮女也？」太宗不許，而公主終辭不可奪。太宗乃勑以公主棨戟并施于宋國公之門。昔堯將任舜以天下，以二女嬪之畎畝之中，而不敢留于帝室者，以舜有父母，未順其心，雖與天下，舜必不受也。使舜受之，顧非所以任天下者也。周之王姬，嫁于諸侯，車服不繫其夫，猶執婦道以成肅雝之德。故其詩曰：「曷不肅雝，王姬之車。」自秦以來，祖於申、韓之術，其治務以隆君抑臣爲盛。天子之女，特創其號曰公主，而婿者不得自當其妃匹，曰尚公主。其弊之漸，至于父母不敢畜其子，舅姑不敢畜其婦。原其故，以隆君抑臣爲治也；而使人倫詩于上，風俗壞于下，又豈所以隆君而治哉？嗚呼！以唐太宗之明，常指襄城以誨諸女，可謂知其賢矣。然襄城辭切于禮，而應于治古之効，猶勞于再三而僅從其心，則化公主之有舅姑者，益亦別居耳。蓋弊流于千載者〔三〕，雖顧治之明主，猶不遽變其習也；而一女子卓然出其間，可不謂賢哉！

書洪範傳後

王安石

王安石曰：古之學者，雖問以口而其傳以心，雖聽以耳而其受者意，故爲師者不煩，而學者有得也。孔子曰：「不憤不啓，不悱不發。舉一隅不以三隅反，則不復也。」夫孔子豈敢愛其道，驁天下之學者，而不使蚤有知乎？以謂其問之不切，則其聽之不專；其思之不深，則其取之不固；不專不固，而可入者，口耳而已矣。吾所以教者，非將善其口耳也。孔子没，道日以衰熄。浸淫至于漢，而傳注之家作。爲師則有講而無應，爲弟子則有讀而無問；非不欲問也，以經之意爲盡于此矣，吾可無問而得也。豈特無問，又將無思；非不欲思也，以經之意爲盡于此矣，吾可以無思而得也。夫如此，使其傳注者皆已善矣，固足以善學者之口耳，而不足善其心，況其有不善乎？宜其歷年以千數，而聖人之經，卒于不明，而學者莫能資其言以施于世也。予悲夫《洪範》者，武王之所以虛心而問，與箕子之所以悉意而言，爲傳注者汩之，以至于今冥冥也，于是爲作《傳》以通其意。嗚呼！學者不知古之所以教，而蔽于傳注之學也久矣。當其時，欲其思之深，問之切，而後復正歟？則吾將孰待而言耶？孔子曰：「予欲無言。」然未嘗無言也。其言也，蓋有不得已焉。孟子則天下固以爲好辨，蓋邪説暴行作，而孔子之道幾於熄焉；孟子苟不如是，不足與有明也。故孟子曰：「予豈好辨哉？予不得已也。」夫予豈樂反古之所以教，而重爲此譊譊哉？其亦不得已焉者也。

讀江南録

王安石

故散騎常侍徐公鉉，奉太宗命撰《江南録》，至李氏亡國之際，不言其君之過，但以歷數存亡論之，雖有愧于實録，其於《春秋》之義《春秋》臣子爲君親諱，禮也。箕子之説，周武王克商，問商所以亡，箕子一不忍言商惡，以存亡國且告之〔四〕。徐氏録爲得焉。然吾聞國之將亡，必有大惡。惡者無大于殺忠臣。國君無道，不殺忠臣，雖不至於治，亦不至于亡。紂爲君至暴矣；武王觀兵於孟津，諸侯請伐紂〔五〕，武王曰未可，及聞其殺王子比干，然後知其將亡也，一舉而勝焉。季梁在隨，隨人雖亂，楚人不敢加兵。虞不用宫之奇之言〔六〕，晉人始有納璧假道之謀。然則忠臣國之與也，存與之存，亡與之亡。予自爲兒童時，已聞金陵臣潘佑以直言見殺，當時京師因舉兵來伐，數以殺忠臣之罪。及得佑所上諫李氏表觀之，詞意質直，忠臣之言。予諸父中舊多爲江南官者，其言金陵事頗詳，聞佑所以死，則信。然則李氏之亡，不徒然也。今觀徐氏録，言佑死頗以妖妄，與予舊所聞者甚不類。不止于佑，其它所誅者，皆以罪戾，何也？予甚怪焉。若以商紂及隨、虞二君論之，則李氏亡國之君，必有濫誅，吾知佑之死信爲無罪，是乃徐氏匿之耳。何以知其然？吾以情得之。大凡毁生于嫉，嫉生于不勝，此人之情也。吾聞鉉與佑皆李氏臣，而俱稱有文學，十餘年争名于朝廷。當李氏之危也，佑能切諫，鉉獨無一説。佑見誅，鉉又不能力静，卒使其君有殺忠臣之名，踐亡國之禍，皆鉉之由也。鉉懼此過，而又耻其善及于佑，故匿其忠而汙以它罪，此人情之常也。以佑觀之，其它所誅者，又可知矣。噫！若果有此，吾謂鉉不惟厚誣忠臣，其欺吾君不亦甚乎？

讀孟嘗君傳

王安石

世皆稱孟嘗君能得士，士以故歸之，而卒賴其力，以脱于虎豹之秦。嗟乎，孟嘗君特雞鳴狗盗之雄耳，豈足以言得士〔七〕！不然，擅齊之彊，得一士焉，宜可以南面而制秦；尚何取雞鳴狗盗之力哉〔八〕？夫雞鳴狗盗之出其門，此士之所以不至也。

書刺客傳後

王安石

曹沬將而亡人之城，又刼天下盟主〔九〕，管仲因勿倍以市信，一時可也。予獨怪智伯國士豫讓，豈顧不用其策耶？讓誠國士也，曾不能逆策三晉，救智伯之亡；一死區區，尚足校哉？其亦不欺其意者也。聶政售于嚴仲子，荆軻豢于燕太子丹，此兩人者，汙隱困約之時，自貴其身，不妄願知〔一〇〕，亦曰有待焉。彼挾道德以待世者，何如哉？

讀柳宗元傳

王安石

余觀八司馬，皆天下之奇材也，一爲叔文所誘，遂陷于不義，至今士大夫欲爲君子者，皆羞道而喜攻之。然此八人者既困矣，無所用于世，往往能自彊以求別于後世，而其名卒不廢焉。而所謂欲爲君子者，吾多見其初而已；要其終，能毋與世俛仰以自別于小人者少耳。復何議于彼哉？

書沿淮巡檢廳壁

傅堯俞

巡檢職捕盗，職舉則盗去，如失其職，兵皆盗也。何則？上既不戢，下從而縱，恃賴勢力，侵漁良民，非盗而何！噫，鼠竊狗偷者，逐可去，捕可擒，係縲囚戮，其勢易制；至于士兵，一得縱放，則欺擾公行，使民口膠舌結，噤不敢出聲，是誠盗之巨者〔一一〕。新息腋淮面山，地雖褊隘，實爲咽喉，故置巡檢，提健兵百人，以遏狂寇。官事修舉，民倚之得安存；一非其人，下罹苦害。以區區之邑，若先用百盜縱乎其間，傍與它盜者併力賊之，則雖欲背死趨生，路亦無繇也。曹君德華，受命職捕盜。既至，頗革前弊，約身廉，馭兵嚴，士不敢犯民，則向所謂百盜者固以息矣。于是封域静寧，帖焉亡驚，居日多暇，頗圖燕安。先是，視事廳風頹雨剥，殆不可居；德華醜之，命工新其棟宇。雖有取于民，半出私奉。規模宏偉，數倍平昔，可以示壯大。若益堅其廉，益勵其嚴，雖亡是廳不害，居是廳不愧；苟弛其廉，殆其嚴，則是廳廣豁邃深，軒危瑰琦，更盛于今日，亦奚以爲哉？徒增過，重不德耳！後人至者，其廉與嚴，思有以上曹君可也；若曰某屋未豐于是廳，某屋未華于是廳，思以土木之功加之，則可乎不可也！吾懼來者不知，而務侈以殘吾民，志壁以示之。

書賈偉節廟

傅堯俞

息之滅亡移徙，尚矣。其俗頗好鬼，視正直聰明之神，則反蔑如。先是，邑之南幾十數里，有其故侯之廟，國人事之，簫鼓豆牢，歲時甚謹。而公之祠在新城之北，密邇民閭，不遠數步，門宇不崇，莫享不恭，人之至者，歲無一二。予甚疑，乘間因詢諸故老。僉曰，侯之祠，不信不祀，則禍福時至；賈公之神，雖不祭，不我爲害。予曰，嘻！來，吾語爾。侯爲息之君，不能保有爾衆，至于喪社稷而亡國，其身殞則其靈歇，惡乎能驚動此民，而禍福加于後世？此其怪妖依憑，恐諸愚以倖祀爾！若賈公者，其民之主乎！昔爾之先，有子曰男曰女，皆殺而不育；公爲邑之長，嚴爲制而禁之，賴是生者以千數，非公，息民其遂絶，爾將安出？昔之男，爾民之父也；昔之女，爾民之母也；活爾父母，而不報可乎？況公之英風與靈氣固當未泯，以昔時之人，今日未必無陰相也；反以其不禍，誣以其不能而怠之，罪孰甚焉！爾歸厚報爾之主可也，無爲奔走乎怪妖之庭。況《禮》曰：「有功德于民則祀之。」是公之堂可祀，而侯之廟可廢。惜也吾之賤，而侯之廟在籍，去之不可；爾聽吾言而亟改，則爾之休茂矣〔一二〕。僉曰唯，而心不以爲然，事如初。異日，過公之祠，登公之堂，傷民之過，遂志于壁。活爾父母，莫報不舉，實吾神之侮。爲民禍尤，豆牢是求，則吾神之羞。我瞻公之象，昂昂可仰。我想公之靈，英英如生。厚矣公德，在息之國。嗟哉息民，忘公之仁。嗚呼！怪妖是趨，明靈是誣，爾則無知，神不爾誅！

書魏鄭公傳

曾鞏

予觀太宗嘗屈己以從羣臣之議，而魏鄭公之徒喜遭其時，感知己之遇，事之大小，無不諫諍，雖其忠誠自至〔一三〕，亦得君以然也。則思唐之所以治，太宗之所以稱賢主，而前世之君不及者，其淵源皆出于此也 能知其有此者，以其書存也。及觀鄭公以諫諍事付史官，而太宗怒之，薄其恩禮，失終始之義，則未嘗不反覆嗟惜，恨其不思，而益知鄭公之賢焉。夫君之使臣，與臣之事君者何？大公至正之道而已矣。大公至正之道，非滅人言以掩己過，取小亮以私其君，此其不可者也。又有甚不可者，夫以諫諍爲當掩，是以諫諍爲非美也，則後世誰復當諫諍乎？況前代之君有納諫之美，而後世不見，則非惟失一時之公，又將使後世之君，謂前代無諫諍之事，是啓其怠且忌矣。太宗末年，羣下既知此意而不言，漸不知天下之得失；至于遼東之敗，而始恨鄭公不在世，未嘗知其悔之萌芽出于此也。夫伊尹、周公何如人也？伊尹、周公之諫諍其君者，其言至深，而其事至迫也，筆之于書，未嘗揜焉。至今稱太甲、成王爲賢君，而伊尹、周公爲良相者，以其書可見矣。令當時削而棄之，成區區之小讓，則後世何所據依而諫，又何以知其賢且良與？桀、紂、幽、厲、始皇之亡，則其臣之諫諍無見焉；非其史之遺，乃天下不敢言而然也。則此諫諍之無傳，乃此數君之所以益暴其惡于後世而已矣。或曰：「《春秋》之法，爲尊、親、賢者諱，與此戾也。」「夫《春秋》之所諱者惡也，納諫諍豈惡乎？」「然則焚藁者非歟？」曰：「焚藁者誰歟？非伊尹、周公爲之也；近世取區區之小亮者爲之耳。其事又未善也，何則？以焚其藁爲掩君之過，而使後世傳之，則是使後世不見藁之是非，而必其過常在于君，美常在于己也，豈愛而君之謂歟？孔光之去其藁之所言，其在正邪？未可知也。其焚之而惑後世，庸詎知非謀己之奸計乎？」或曰：「造辟而言，詭辭而出，異乎此。」曰：「此非聖人之所曾言也。今萬一有是理，亦謂君臣之間，議論之際，不欲漏其言于一時之人耳，豈杜其告萬世也。」噫！以誠信待己，而事其君，而不欺乎萬世者，鄭公也。益知其賢云。豈非然哉？豈非然哉？

書資治通鑑外紀後

劉　恕

劉恕曰：孔子作《春秋》，筆削美刺，子游、子夏，聖門之高弟，不能措一辭。魯太史左丘明，以仲尼之言，高遠難繼，而爲之作《傳》，後之君子不敢紹續焉。惟陸長源《唐春秋》吴楚之君僭號稱王，誅絶之罪也。《左氏傳》據魯史，因諸侯國書，繫年敍事，《春秋》所貶損大人、當世君臣、有威權勢力，其事實皆形于《傳》，故隱其書而不宣，以免時難。後漢獻帝，以班固《漢書》文繁難省，命荀悦依《左傳》體爲《漢紀》，言約事詳，大行于世。晉大康初，汲郡人發魏襄王冢，得《紀年》，文似《春秋》，其所記事，多與左氏符同，諸儒乃知古史記之正法。自是袁宏、張璠、孫盛、干寶、習鑿齒以下，爲編年之書。至唐五代，其流不廢。漢、晉《起居注》，梁、唐《實録》，皆其遺制也。《國語》亦左丘明所著，載内傳遺事，或言論差殊，而文詞富美，爲書別行。自周穆王，盡晉知伯、趙襄子，當貞定王時，凡五百餘年，雖事不連屬，于史官蓋有補焉。七國有《戰國策》，晉孔衍作《春秋後語》，並時分國，其後絶不録焉。唐柳宗元採摭片言之失，以爲誣淫，不槩于聖，作《非國語》六十七篇，其説雖存，然不能爲《國語》輕重也。司馬遷始撰本紀、年表、八書、世家、列傳之目，史臣相續，謂之正史。本朝去古益遠，書益煩雜，學者牽于屬文，專尚《西漢書》，博覽者乃及《史記》、《東漢書》，而近代士頗知《唐書》。自三國至隋，下逮五代，懵然莫識，承平日久，人愈怠惰。《莊子》文簡而義明，玄言虚誕，而似理，功省易習，陋儒莫不尚之，史學浸微矣。案歷代國史，其流出于《春秋》。劉歆敍《七略》，王儉撰《七志》，《史記》以下，皆附《春秋》。荀勗分四部，《史記》舊事入内部；阮孝緒《七録》，記傳録記史傳，由是經與史分。夫今之所以知古，後之所以知今，因善惡以明褒貶，察政治以見興衰，《春秋》之法也。使孔子贊《易》，不作《春秋》，則後世以史書爲記事瑣雜之語。《春秋》列于六藝，愚者莫敢異説，而終不能曉也。恕皇祐初舉進士，試于禮部，爲司馬公門生，侍于大儒，得聞餘論。嘉祐中，公嘗謂恕曰：「《春秋》之後，迄今千餘年，《史記》至《五代史》，一千五百卷，諸生歷年莫能竟其篇第，畢世不暇舉其大略，厭煩取易，行將泯絶。予欲託始于周威烈王命韓、魏、趙爲諸侯，下訖五代，因丘明編年之體，倣荀悦簡要之文，網羅衆説，成一家書。」恕曰：「司馬遷以良史之才，敍黄帝至秦、漢，興亡治亂。班固以下，世各名家。李延壽總八朝爲《南北史》，而言詞卑弱，義例煩雜，書無表、志，沿革不完；梁武帝《通史》，唐姚、康復《統史》，近世亡軼，不足稱也。公欲以文章論議，成歷世大典，高勳美德，褒贊流於萬世；元兇宿姦，貶絀甚于誅殛。上可繼仲尼之經，丘明之傳，司馬遷安可比擬，荀悦何足道哉？」治平三年，公以學士爲英宗皇帝侍講，受詔修歷代君臣事迹。恕蒙辟置史局，嘗請于公曰：「公之書不始于上古或堯舜何也？」公曰：「周平王以來，事包《春秋》，孔子之經，不可損益。」曰：「曷不始于獲麟之歲？」曰：「經不可續也。」恕乃知賢人著書，尊避聖人也如是，儒者可以法矣。熙寧三年冬，公出守京兆，明年春移帥潁川，固辭不行，退居洛陽。恕褊狷好議論，不敢居京師，請歸江東養親，又以新書未成，不廢刊削，恕亦遥隷局中。嘗思司馬遷《史記》始于黄帝，而庖犧、神農闕漏不録；公爲歷代書，而不及周威王之前；學者考古，當閲小説，取舍乖異，莫知適從。若魯隱之後，止據《左氏》《國語》《史記》諸子而增損，不及《春秋》，則無與於聖人之經；包犧至未命三晉爲諸侯，比于後事，百無一二，可爲前紀。本朝一祖四宗，一百八年，可請實録國史於朝廷，爲後紀。昔何承天、樂資作《春秋前後傳》，亦其比也。將俟書成，請于公而爲之。熙寧九年，恕罹家禍，悲哀憤鬱，遂中癱痺。右肢既廢，凡欲執筆，口授稚子羲仲書之。常自念平生事業，無一成就，史局十年，俛仰竊禄，因取諸書，以《國語》爲本，編《通鑑前紀》。家貧，書籍不具；南徼僻陋，士人家不藏書；卧病六百日，無一人語及文史。昏亂遺忘，煩簡不當。遠方不可得國書，絕意于後紀，乃更《前紀》曰《外紀》，如《國語》稱《春秋外傳》之義也。自周共和元年庚申，至威烈王二十二年丁丑，四百三十八年，見于外紀。自威烈王二十三年戊寅，至周顯德六年己未，一千三百六十二年，載于《通鑑》，然後一千八百年之興廢大事，坦然可明。昔李弘基用心過苦，積年疾而藥石不繼。盧昇之手足攣廢，著《五悲》而自沉潁水。予病眼病創，不寐不食，才名不逮二子，而疾疹艱苦過之。陶潛豫爲祭文，杜牧自撰墓志，夜臺甫邇，歸心若飛，聊序不能作前後紀，而爲《外紀》焉。它日書成，公爲前後紀，則可删削《外紀》之煩冗，而爲《前紀》，以備古今一家之言。恕雖不及見，亦平生之志也。

校勘記

〔一〕當復中庸　「當」原作「甞」，據明抄本改。

〔二〕頃久　「頃」字原本空白，據明抄本、明刻本補。

〔三〕蓋弊　「蓋」原作「益」，形近而誤，今改。上句「益」字疑亦「蓋」之誤。

〔四〕以存亡國且告之　七字原本空白，據明抄本補。

〔五〕請伐紂　「請」字原脱，據明抄本補。

〔六〕不用　「不」原作「以」，據明抄本改。

〔七〕言得士　「言」字原脱，據明抄本、明刻本補。

〔八〕尚何取　「何」字原脱，據明抄本、明刻本補。
〔九〕又翅　「翅」原作「却」，據明抄本改。
〔一〇〕不妄　「妄」原作「亡」，據明抄本改。
〔一一〕巨者　「巨」原作「臣」，據明抄本、明刻本改。
〔一二〕茂矣　「茂」原作「蔑」，據明抄本、明刻本改。
〔一三〕自至　「至」原作「主」，據明抄本、明刻本改。

宋文鑑卷第一百三十一

題跋

書東皋子傳後

蘇軾

予飲酒終日不過五合，天下之不能飲，無在予下者。然喜人飲酒，見客舉杯徐引，則予胸中爲之浩浩焉，落落焉，酣適之味，乃過於客。閑居未嘗一日無客，客至未嘗不置酒，天下之好飲，亦無在予上者。常以謂人之至樂，莫若身無病而心無憂。我則無是二者矣，然人之有是者接於予前，則予安得全其樂乎？故所至常蓄善藥，有求者則與之。而尤喜釀酒以飲客。或曰：「子無病而多蓄藥，不飲而多釀酒，勞己以爲人，何也？」予笑曰：「病者得藥，吾爲之體輕；飲者困於酒，吾爲之酣適，蓋專以自爲也。」東皋子待詔門下省，日給酒三升。其弟靜問曰：「待詔樂乎？」曰：「待詔何所樂，但美醞三升，殊可戀耳！」今嶺南法不禁酒，予既得自釀，月用米一斛，得酒六斗；而南雄、廣、惠、循、梅五太守，間復以酒遺予；略計其所獲，殆過於東皋子矣。然東皋子自謂五斗先生，則日給三升，救口不暇，安能及客乎？若予者，乃日有三升五合，入野人道士腹中矣。東皋子與仲長子光游，好養性服食，預刻死日，自爲墓誌。予蓋友其人于千載，或庶幾焉。

書黄子思詩集後

蘇　軾

予嘗論書，以謂鍾、王之迹，蕭散簡遠，妙在筆畫之外。至唐顔、柳，始集古今筆法而盡發之〔一〕，極書之變，天下翕然以爲宗師，而鍾、王之法益微。至於詩亦然，蘇、李之天成，曹、劉之自得，陶、謝之超然，蓋亦至矣；而李太白、杜子美以英偉絶世之姿，淩跨百代，古今詩人盡廢，然魏、晉以來，高風絶塵，亦少衰矣。李、杜之後，詩人繼作，雖間有遠韻，而才不逮意，獨韋應物、柳宗元發纖穠於簡古，寄至味於澹泊，非餘子所及也。唐末司空圖，崎嶇亂兵之間，而詩文高雅，猶有承平之遺風。其論詩曰：「梅止於酸，鹽止於鹹，飲食不可無鹽、梅，而其美常在鹹酸之外。」蓋自道其詩之有得於文字之表也。二十四韻，恨當時不識其妙。予三復其言而悲之。閩人黄子思，慶曆、皇祐間，號能文者。予嘗聞前輩詩，每得佳句妙語，反復數四，乃識其所謂。信乎表聖之言，美在鹹酸之外，可以一唱而三歎也。予既與其子幾道、其孫師是游，得窺其家集。而子思篤行高志，爲吏有異材，見於墓誌詳矣，予不復論，評其詩如此。

題唐氏六家書後

蘇　軾

永禪師書，骨氣深穩，體兼衆妙，精能之至，反造疎淡；如觀陶彭澤詩，初若散緩不反，反復不已，乃識其奇趣。今法帖中有云「不具，釋智永白」者，誤收在逸少部中，然亦非禪師書也。云「謹此代申」，此唐末五代流俗之語耳，而書亦不工。歐陽率更書，妍緊拔群，尤工於小楷。高麗遣使購其書，高祖歎曰：「觀其書，以爲魁梧奇偉人也。」此非知書者。凡書象其爲人，率更貌寒，敏悟絶人，今觀其書，勁嶮刻厲，正稱其貌爾。褚河南書，清遠蕭散，微雜隸體。古之論書者，兼論其平生，苟非其人，雖工不貴也。河南固忠臣，但有譖殺劉洎一事，使人怏怏。然余嘗考其實，恐劉洎末年褊忿〔二〕，實有伊霍之語，非譖也。若不然，馬周明其無此語，顧太宗猶誅洎，而不問周，何哉？此殆天后朝許、李所誣，而史官不能辨也。張長史草書，頹然天放，略有點畫處，而意態自足，號稱神逸。今世稱善草書，有或不能真行，此大妄也。真生行，行生草；真如行立，草如走，未有未能行立而能走者也。今長安猶有長史真書《郎中石柱記》，作字簡遠，如晉、宋間人。顔魯公雄秀獨出，其書一變古法，如杜子美詩格尤天縱，奄有漢、魏、晉、宋以來風流，後之作者，殆難復措手。柳少師書，本出于顔，而能自出新意，一字百金，非虛語也。其言「心正則筆正」者，非特諷諫，理固然也。世之小人，書字雖工，而其性情終有睢盱側媚之態。不知人情隨想而見，如列子謂竊斧者乎？抑真爾也。然至使人見其書而猶憎之，則其人可知矣。余謫居黄州，唐林夫自湖口以書遺余云：「吾家有此六人書，子爲我略評之，而書其後。」林夫之書過我遠矣，而反求於余何哉？此又未可曉也。

題逸少帖　蘇軾

逸少爲王述所困，自誓去官，超然於事物之外。常自言吾當卒以樂死。然欲一遊岷嶺，勤勤如此，而至死不果。乃知山水遊放之樂，自是人生難必之事；況於市朝眷戀之徒，而出山林獨往之言，固已疏矣。

書鮮于子駿八詠後

蘇軾

始余過益昌，子駿治漕利路。其後八年，余守膠西，而子駿始移漕京東。自朝廷更法以來，奉法之吏，尤難其人，刻急則傷民，寬厚則廢法，二者其理難通。而山峽地瘠民部〔三〕，以親則害法，以法則傷恩，二者其勢難全〔四〕。是三難者，萃于子駿，而子駿爲之九年，其聲藹然，聞之四方。上不害法，下不傷民，中不廢親，自講議措置，至于立法定制，皆成其手，吏民畢欣欣焉。而子駿亦自治園囿亭榭，賦詩飲酒，雍容有餘，如異時爲監司者，君子以是知其賢。子駿以其所作八詠寄余。余甚愛其詩，欲作而不可及，乃書其末，以遺益昌之人，使刻石以無忘子駿之德。

書鄭玄傳

林希

余嘗謂聖人之教，尤備于禮。自堯舜以來，積于三代，周之所以爲周者，守此也。秦悖人道，書灰于火，學士腐于坑，天下之口，不敢復言仁義，先王之道不亡而存者，幾何也！賴當時耆儒老叟，遺及漢世，口諷手傳；或山巖屋壁之間，收拾缺編折册，朽蠹斷絶之餘，次而成文，猶有篇章，條類明白。蓋其初不經于聖人之手，至後世又遭磨滅，其不能完而少有訛誤，豈能免也。及得鄭氏注，精微通透，鉤聯瀆會〔五〕，故古經益以明。世學者皆知求而易入，識爲人之道者，漢諸儒之功，而成之者鄭氏也。其於法制，更爲章明；獨失之者，緯也。然當大壞之後，聖人不世，以一人之思慮，欲窮萬世之文，豈不難哉？世之人猶指其一二而譏之，遂以鄭爲一家之小學，噫，亦甚愚矣！蓋玩文辭，則薄于經術，抑不思其所爲功者，雖玄猶有所不敢盡，況無玄哉！當漢之末，姦雄競起，玄身出禁錮，四方聘請，不能動其志，脱一身於污濁之世，獨全其道，至使黄巾望玄而拜，不入其境。嗟夫！歷千百年，及此者迺幾人，尚敢輒訕玄哉？若玄者，可謂賢矣。

題論衡後

吕南公

傳言蔡伯喈初得此書，常秘玩以助談，或搜其帳中見之，輒抱以去，邕且丁寧戒以勿廣也。嗟乎！邕不得爲賢儒，豈不宜哉？夫飾小辯以驚俗，充之二十萬言，既自不足多道；邕則欲以獨傳爲過人之功，何繆如之？良金美玉，天下之公寶，爲其貴於可用耳！小夫下人，偶獲寸片，則卧握行懷，如恐人之弗知，又兢兢於或吾寇也，而金玉果非天下所無。信以充書爲果可用乎？孰禦天下之同貴？有如不然也，邕之志慮，曾小夫下人之及耶！

書鄭綮傳

徐積

天下之所恃而爲安危者，誰乎？曰宰相焉耳。故自朝廷百執事，至于州縣之吏，不幸而一非其人，不過敗其一隅之事耳；至于宰相者，其人一非，則天下殆矣。雖亡宗赤族，何益於敗？蓋天子之於天下也，得其術，則其道甚易。宰相佐天子治天下，以一身而當天下之責，雖得其術，其道甚難。《臨》之六五曰：「知臨，大君之宜。」此豈非易乎？《乾》之九三曰：「君子乾乾，夕惕若。」此豈非難乎？然而人皆易之，何也？曰，不知量也。今有馬于此，且其行不過百里也，驅而倍之，則馬且病矣。龠、合、升、㪷之量，各有所受也，以龠合而加之㪷升之上，則溢矣，況㪷升之受一斛之量乎？故一邑之才，施之一郡，則不可也；其以一郡之才，而當天下之責，可乎？此黄霸之所以得令名於前，而見譏于後也；況遠不逮霸乎？甚矣，人之不知量也。《坤》之六五：「黄裳元吉」，盖君子之有諸中，形諸外，如此可也。《大有》之九二曰：「大車以載」，蓋君子以盛德大烈，當天下之責，如此則可也。《乾》之九三曰：「君子終日乾乾」，蓋君子履天下之危，當天下之責，其憂勞如此，可也。忠烈如伊尹，勳勞如周公，而又終以謙。《易》曰：「勞謙，君子有終吉。」嗚呼！其難若此，而人皆易之，何也？曰，好之也。尊官重禄，固人之所好也；不如是，不足充其好，快其欲。彼安肯曰，吾不才也；吾辱其位者，卽有禍敗隨之耶！取天下笑耶！爲萬世之羞耶！甚者亡人之國，危人之天下，不顧也。豈予謂不知量者耶？安得知量者見之乎？予讀陳平傳，嘉平知其任。讀鄭君傳，愛君知其量。嗚呼！如君者，豈易得哉？豈易得哉？

題張唐公香城記後

潘興嗣

唐公，國士也，立朝敢言，名動搢紳，視萬鍾之禄不易其操，一丘一壑，自謂過之。方此時，僕齒髮方少，已無仕宦意，第以琴書爲樂，相視莫逆，至於忘年，可謂以無累之神，合有道之器，不愧於古人矣。每一至此，視公筆蹟於壞壁間，字浸漫滅，惘然于懷。真覺上人好事，次録其言，勒于石。

書王知載昫山雜詠後

黄庭堅

詩者人之情性也〔六〕，非强諫争於廷，怨忿詬於道，怒鄰駡坐之爲也。其人忠信篤敬，抱道而居，與時乖逢，遇物悲喜，同牀而不察，並世而不聞，情之所不能堪，因發於呻吟調笑之聲，胸次釋然，而聞者亦有所勸勉，比律吕而可歌，列干羽而可舞，是詩之美也。其發爲訕謗侵陵，引頸以承戈，披襟而受矢，以快一朝之忿者，人皆以爲詩之禍，是失詩之旨，非詩之過也。故世相後或千歲，地相去或萬里，誦其詩而想見其人所居所養，如旦莫與之期，鄰里與之游也。嘗丘王知載，仕宦在予前。予在江湖浮沉，而知載已没於河外，不及相識也，而得其人於其詩；時不遇而不怒，人不知而獨樂，博物多聞之君子，有文正公家風者耶！惜乎不幸短命，不得發於事業，使予言信於流俗也。雖然，不期於流俗，此所以爲君子者耶！

書贈韓瓊秀才

黄庭堅

讀書欲精不欲博，用心欲純不欲雜。讀書務博，常不盡意；用心不純，訖無全功。治經之法，不獨玩其文章，談説義理而已；一言一句，皆以養心治性。事親處兄弟之間，接物交朋友之際，得失憂樂，一考之於書，然後嘗古人之糟粕而知味矣。讀史之法，考當世之盛衰，與君臣之離合，在朝之士，觀其見危之大節；在野之士，觀其奉身之大義。以其日力之餘，玩其華藻。以此心術，作爲文章，無不如意，何況翰墨與世俗之事哉？

書邢居實南征賦後

黄庭堅

陽夏謝師復景回，年未二十，文章絶不類少年書生語。余嘗序其遺藁云：「方行萬里，出門而車軸折，可爲隕涕！」今觀邢惇夫詩賦，筆墨山立，自爲一家，甚似吾師復也。日者閲國馬，圉人曰：「千里駒往往不及奉輿，斃於皁櫪；駑蹇十百爲群，未嘗求國醫也。」聞之喟然曰：吾惇夫亦足以不朽矣。

書邢居實文卷

黄庭堅

余觀《學記》，論君子之學，有本末等衰。人雖不能自壽百歲，然必不躐等，如水行川，盈科而後進耳。小學之事，雖若糜費日月，要須躬行，必曉所以致大學之精微耳。吾惇夫才性高妙，超出後生千百輩；然慕大略小，初日便爲塗遠之計，則似可恨。後生可畏，當欣慕其才，而鑒其失也。

題濟南伏勝圖

黄庭堅

御史晁大夫，號爲峭直刻深，觀所寫形質，似未至也。然作伏勝，宛然故齊之老書生耳。又作勝女子，儲然是儒家子。此亦丹青之妙。

題摹燕郭尚父圖　黄庭堅

凡書畫當觀韻。往時李伯時爲予作李廣奪胡兒馬，挾兒南馳，取胡兒弓，引滿以擬追騎。觀箭鋒所直，發之人馬皆應弦也。伯時笑曰，使俗子爲之，當作中箭追騎矣。余因此深悟畫格。此與文章同一關紐，但難得人入神會耳。

題陳自然畫　黄庭堅

水意欲遠，鳧鴨欲閑暇，蘆葦風霜中猶有能自持者。予觀李營丘六軸驟雨圖，偶得此意。陳君以佛畫名京師，戲作秋水寒禽，便可觀。因書以遺之。

題徐巨魚　黄庭堅

徐生作魚，庖中物耳，雖復妙於形似，亦何所賞？但令饞獠生涎耳。向若能作砥柱析城，龍門岌嶪，驚濤險壯，使王鮪赤鱓之流，仰波而上泝，或其瑰怪雄傑，乘風霆而龍飛；彼或不自料其能薄乘時射勢，不至乎中流折角點額，窮其變態，亦可以爲天下壯觀也。

題自書卷後　黄庭堅

崇寧三年十一月，余謫處宜州半歲矣。官司謂余不當居關城中，乃以是月甲戌，抱被入宿于城南余所僦舍喧寂齋。雖上雨旁風，無有蓋障，市聲喧憒，人以爲不堪其憂；余以爲家本農耕，使不從進士，則田中廬舍如是，又可不堪其憂耶？既設卧榻，焚香而坐，與西鄰屠牛之機相直。爲資深書此卷，實用三錢買雞毛筆書。

題崔圓傳後

王無咎

天下之郡，無大小遠近，天子皆爲之置賓佐曹掾者，不唯共守境土，行條約，均職務而已，固將有以出謀議、規過失也。故守臣虚躬屈意以事訪于賓佐曹掾〔七〕，而爲賓佐曹掾者，亦專專然不憚舉其守之缺者，乃其勢然也。予觀近世之爲郡者，多不知其勢之如此，故鮮有能盡以事訪于其屬，而爲其屬者，亦鮮有能舉上之缺。設有能然者，則往往驟取譴怒捽辱，甚者蒐方掇拾行事，釀成其禍而去之，以騁己之憤，而遂其非焉。故今天下多不治之郡，而朝廷有不審擇之過。予嘗有憾于此也久矣。每觀韓愈誌韓岌墓，稱其父紳卿爲楊州録事參軍，大衙會日，舉崔圓之過曰：「公與小民狎，至其家，害于政」。圓驚謝曰：「録事言是，圓實過。」乃自署罰錢五十萬。則未嘗不反覆歎慕其賢焉。及讀《唐書》，紳卿則固無傳；圓雖有傳，然是事乃不列于其中，亦可惜也。夫愈以文行賢後世，必不輕其言過譽諸人，其事可信無疑矣。然而史不列之者，豈其有遺者歟？故予輒取其事，書于傳之後以補之。噫！古之遺者良多，予獨區區以補此者，是亦有爲而然也。

書五代郭崇韜卷後

張耒

自古大臣，權勢已極，富貴已亢滿，前無所希，則必退爲身慮。自非大姦雄，包異志，與夫甚庸駑昏闒茸，鮮有不然者。然其爲慮也實難，不憂，思之不深，計之不工。然異日釁之所起，往往自夫至深至工，是故莫若以正。夫正者，操術簡而周；智者，爲緒多而拙。夫正者，無所事計也，行所當然，雖怨仇不敢議之，況繼之者賢乎？郭崇韜於五代，亦聰明權智之士也，佐莊宗，決策滅梁，遂一天下。自見功高權重，姦人議己，而莊宗之昏爲不足賴也，乃爲自安之計。時劉氏有寵，莊宗嬖之，因請立爲后，而中莊宗之欲，又結劉氏之援。此於劉氏爲莫大之恩，而莊宗日以昏湎，內聽婦言，爲計宜無如是之良者。然卒之殺崇韜者，劉氏也。使崇韜繆計，不過劉氏不能有所助而已，豈知身死其手哉？好謀之士敗于謀，好辨之士敗於辨，惟道德之士爲無所窮；而禍福之變，豈思慮能究之哉？

題郇公詩帖

張舜民

我生不及郇公，而家有公選詩十卷，所選皆精，于時已信公之能詩也。追觀此作，爲信然。其文采深潤，與字書故同。當時非特郇公，大抵前輩皆若此。倘與今人語，必曰其文未甚高，其書未甚精。至其自秉筆命語，則鮮不戾者。蓺顧如此，況其大者乎？苟率是求攻堅致遠之效，是以誤成事。

主父之事

張舜民

近歲渭南縣有田父，得宿藏于土中，凡七甕，水銀者二，金銀者五。金銀皆刻主父字。按漢主父偃以金敗，而至於殺其身，滅其家；今日乃知偃之死非謬也。《中庸》曰：「莫見乎隱，莫顯乎微，故君子慎其獨也。」荀卿曰：「聲無遠而不聞，行無微而不彰。」當偃之死，于今久矣。徒觀其事而不見其迹，猶未足以爲信，何以暴其數千年之後？今之人結交於户牖之間，託物于苞苴之内，期于無人之境，投於夜半之時，欲人之不我知，真愚也哉！

龍井題名

秦觀

元豐二年中秋後一日，余自吴興，道杭，東還會稽。龍井有辨才大師，以書邀余入山。比出郭，日已夕，航湖至普寧，遇道人參寥，問龍井所遺籃輿，則曰，以不時至，去矣。是夕天雨開霽，林間月明，可數毫髮。遂棄舟，從參寥策杖，並湖而行。出雷峰，度南屏，濯足于惠因澗，入靈石塢〔八〕，得支徑，上風篁嶺，憩于龍井亭，酌泉據石而飲之。自普寧凡經佛寺十五，皆寂不聞人聲。道旁廬舍，或燈火隱顯，草木深鬱，流水上激悲鳴，殆非人間之境。行二鼓矣，始至壽聖院，謁辨才于潮音堂，明日乃還。

記殘經

李昭玘

南臺有剎，有佛書數百卷，多唐季五代時所書。字畫精勁，歷歷可喜。按大藏經目，凡五千四百卷，今所存纔十一，首尾可讀者又無幾也。《阿含經》四卷，泰寧軍節度使齊克讓造。廣明元年，劉漢宏合黄巢侵揚州，高駢按兵不出，詔克讓屯汝州。會許州部將周公殺其帥薛能，克讓懼不叛，引其軍還衮。十二月，巢攻潼關，克讓復出戰關外。士飢，燒營以譟，克讓遽走入關，勢不能守，賊遂犯京師。昔王縉相代宗，或夷狄入寇，必合衆沙門誦《護國仁王經》爲禳厭。人事不修，而終以賕敗。嗚呼！將相大臣，不能以身任社稷安危，而託浮屠氏以生死，負天下多矣，然辱國喪師，不罹誅殛之禍者，又何幸也！《正法華經》一卷，乾符六年，女弟子牛妙音書。禧宗既立，天下多亂，盜賊羣嘯。王仙芝擂毒於江湖，黄巢磨牙于閩粵，荒墟暴骨，不堪行路。士大夫顧唐將亡，竄匿避禍，如觸罟網，畏死無日。閨門女子，區區媚佛以自救，亦可哀矣。《大涅槃般若經》共三十卷，武寧軍節度使朱友恭造。友恭，全忠養子李彦威也，後爲龍武都統軍，與氏叔琮同殺昭宗〔九〕，全忠亟誅之，以滅天下謗。此經天復三年所書。崔垂休召全忠誅宦官，韓全誨刼天子奔鳳翔，昭宗初不知謀。全忠既至，帝怒諭使還鎮，未幾復引兵薄城下，惡焰赫然，寖逼輿衛。强藩悍鎮，陰虞爛額之禍，進退首鼠，莫肯同出一手，以扶天步。全忠禍心滋大，欺天盜國，人共怨怒；友恭猶詭情佞佛，以厭天下耳目。使世無佛則可，果佛能報應人，則又將欺佛而盜禍，不亦愚乎？《毗柰耶雜事》一卷，德妃伊氏造，唐莊宗次妃。初神閔敬皇后劉氏，以微賤得立，歸賜于佛，性喜聚斂，貨財山積，惟寫佛書，饋賂僧尼，而士卒不得衣食。妃爲此經，豈非畏后所偪耶？後有印章曰「燕國夫人伊氏」，蓋未進封時所制也。唐制，太后、皇后之寶〔一〇〕，皆司寶主之〔一一〕，未嘗用印。凡封令書，即太后用宫官印，皇后用内侍省印，而夫人不聞有用印之禮。是時兩宫交通藩鎮，使者旁午於道，而恬不知禁，則夫人私自鑄，亦不爲僭矣。按《五代史》稱德妃與韓淑妃居太原，晉高祖反時，爲契丹所虜，不知是經何從至也。其餘中斷横裂，蟲鐫鼠齧，雨敗塵腐，無復完綴。想夫飄散蹂藉，炷燈拭案，補壞帷，塞屋漏者，又不勝其數也。釋氏之戒，能爲人寫四句偈，獲福無量；心生不信，罪抵千劫。今其怠棄如此，何頑頓之甚也！不然，禍福自人，不在於黄藤赤軸之間耶？余感其禍亂之迹，殘缺之餘，因書其事，聊寄其一嘆云。

書洛陽名園記後

李格非

洛陽處天下之中，挾殽、黽之阻，當秦、隴之襟喉，而趙魏集，蓋四方必争之地也。天下常無事則已；有事，則洛陽必先受兵。余故嘗曰，洛陽之盛衰也，天下治亂之候也。方唐正觀、開元之間，公卿貴戚，開館列第於東都者，號千有餘邸。及其亂離，繼以五季之酷，其池塘竹樹，兵車蹂蹴，廢而爲丘墟；高亭大樹，煙火焚燎，化而爲灰燼；與唐共滅而俱亡者，無餘處矣。余故曰，園囿之興廢者，洛陽盛衰之候也。且天下之治亂，候於洛陽之盛衰，而知洛陽之盛衰，候於園囿之興廢而得，則名園記之作，余豈徒然哉？嗚呼！公卿大夫，方進於朝，放乎一己之私以自爲，而忘天下之治忽，欲退享此得乎？唐之末路是矣。

跋薛唐卿秦璽文

周行己

李斯篆，世傳爲第一，學者莫不愛之；吾每見其書，幾不疾唾而却走者，何哉？謂夫人善成其君之過也。夫秦之君，其資亦未若桀、紂之甚也。而二三臣釀其君於不善，則又有甚焉者。嗚呼斯乎！是嘗去詩書以愚百姓者乎！是嘗聽趙高以立胡亥者乎！是嘗殺公子扶蘇與蒙恬者乎！是嘗教其君嚴督責而安恣睢者乎！使其璽不得傳者，斯人也，而其刻畫，吾忍觀之哉？顧唐卿猶區區珍藏之者，豈不欲傳百世以爲監歟？吁！是何以監也。

書與賈明叔書後呈崔德符　田晝

此書成，與諸弟讀之，相對悲不自勝。嗟乎！身長七尺，氣塞天地，不能飽一母。富家僮僕，猒飫粱肉。吾道非耶，奚爲而至此？然折節售文章，真鄙夫事，此書遲遲未投，尚惜此也。其勢正如提孤軍，薄堅敵，矢窮力盡，餉道不繼，伏兵又從而乘之；當是時，不折北者鮮矣。公其籌之！

書張主客遺事名咸寧字子安華州人〔二三〕　晁詠之

祖宗以武定天下，至章聖時，益猒兵。澶淵之役，契丹之衆可覆而取也，縱其去，不忍殺。自是不復言兵，封泰山，祀汾陰，天神降格，休祥並至，以文太平。縉紳之士，以此相繼受爵秩于朝；將相大臣，往往列於三公，侍從多至丞郎以上；其以武受賞者，殆無其人。此主客公之功，所以不録也〔二三〕。然公之名，由此以顯，出入中外，爲時名臣。蓋當時廷臣奉使于外者，舉天下三四十人耳。邦之大計，總于三司，而諸道各有轉運使一人。其財賦調度，凡利害之入〔二四〕，悉歸之。其權比今爲甚重，每改使一道，輒推恩官其子若孫一人，其它禮遇稱此。蓋其部吏尊，其使者亦以此進。是時大臣多白首耆艾，加公十年之壽，以馴致公卿必矣。然則朝廷未嘗薄公之功也。論者見公一旦斷河橋，捕朱能，滅其凶燄，而賞不加；不知朝廷所以待士大夫者，固自有在。或比公仲連，辭封不顧，其言美矣；然仲連縱横辨士，眩奇於衰世，非公之所願學。嘗觀景德、祥符以來，風俗淳厚，士大夫人人自重，有長者之風。公之不自言，其所以自處蓋甚厚，非有激而爲者。方其少時，以經明動場屋；其爲吏，以治劇名一時。大臣多薦公者，寇萊公知公尤深，然則公之所養可知。蓋自公繼其父光禄公起家，至公百有餘年，傳六世，世有人，其澤未艾。彼以尺寸之勢，自鬻於一時，過取爵位者，曾不旋踵，輒致隕敗，顧何以傳來世！然則天之所以報公亦甚厚。詠之官長安，公之曾孫介夫爲鄠令，間以事抵府，數相過，愛其温厚儒雅，意其先世必有盛德之士，果得公遺事，爲攷其世而論之。

校勘記

〔一〕始集　「始」原作「姑」，據明刻本改。

〔二〕末年　二字原本空白，據明抄本補。

〔三〕地瘠民部　各本同，「部」疑「鄙」字之誤。

〔四〕其勢難全　原作「難全其勢」，據明抄本、明刻本乙。

〔五〕鉤聯瀆會　「聯」原作「連」，據明抄本、明刻本改。又疑「鉤」當作「溝」。

〔六〕詩者　「者」原作「書」，據明抄本、明刻本改。

〔七〕虚躬　「躬」字原脱，據明抄本補。

〔八〕入靈石塢　「入」字原脱，據明抄本補。

〔九〕氏叔琮　「氏」字原本空白，據明抄本補。

〔一〇〕皇后之寶　「后」字原脱，據明抄本補。

〔一一〕司寶　二字原脱，明刻本同，據明抄本補。

〔一二〕名咸寧字子安華州人　此小注，原本無，據明抄本補。

〔一三〕不録也　「也」字原脱，據明抄本、明刻本補。

〔一四〕利害　「害」字原本空白，據明抄本、明刻本補。

宋文鑑卷第一百三十二

樂語　哀辭

樂語

教坊致語

宋祁

臣聞璿杓東指，披寶典以開年；玉節南馳，重歡鄰而講好。國美春臺之享，朝推宴俎之慈。用洽樂康，式昭熙盛。恭惟尊號皇帝陛下，紹承丕烈，奄宅中邦。坐黄屋以訓恭，擁緑圖而進道。五辰順理，九扈告豐。圓璧方琮，並薦精純之祀；巽風解雨，交流曠蕩之恩。五刑則解網畫冠，一尉則垂櫜卧鼓。鴻休紹至，協氣翔臻。屬歲朔之申儀，加使華之修聘。爰開廣殿，胥慶佳辰。王人捧日以揚輝，方丈移山而獻壽。珍羣肅穆，晬表顒卬。瑞藻躍魚，嘉鎬京之飲酒；翠梧傾鳳，應韶舞之樅金。式均蒙湛之仁，普詠叢雲之旦。臣濫巾法部，旅進神庭。切抃享期，敢進口號。千官星拱侍凝旒，紫殿餘寒已暗收。日湛露華浮宴席，天回春色徧皇州。雲韶三闋翔朱鷺，錦幕千層舞翠虬。拭玉隣邦通使節，萬齡亨會慶洪猷。

勾合曲

玉色凝温，盛慶儀于瑞日；葵心委照，同華宴于需雲。矧韶律以方融，顧群萌之將達。宜陳備奏，用洽太和。徐韻宫商，教坊合曲。

勾小兒隊

綵岫岧嶤，爛仙葩於曉日；霞裾轉炫，疊華鼓于春雷。烏漏未移，鵷鷺在御。宜進游童之列，俾陳逸綴之妍。上奉宸歡，教坊小兒入隊。

隊名

紫殿開慈宴，青衿綴舞行。

問小兒

便娟躡履，皆竹馬之髫齡；蹀躞交竿，盡蘭觿之雅飾。既樂陶姚之化，盍陳象勺之因。進叩天階，雍容敷奏。

小兒致語

臣聞慶朔履端，儼鷺雍而四會；寶隣馳聘，拭虹玉以申歡。嘉乃禮成，眷兹作首。爰詔夏渠之饗，允昭交泰之期。恭惟尊號皇帝陛下，德總右文，功宣下武。順四時之和燭，濟萬世於夷庚。海不揚波，地無愛寶。屬以階蓂肇曆，律鳳回春。順邦令以布和，脩國儀而行慶〔一〕。承雲調露，方諧廣樂之音；醑飲陪飧，普適中衢之賜。洽歡心于苹鹿，暢群抃于山鼇。臣等雖愧妙年，同欣盛際。既造規蒲之地，願陳秉翟之容。未敢自專，伏候進止〔二〕。

勾雜劇〔三〕

回鸞逗節，已遍於餘妍；舒雁分行，聊亭於合奏。天顔益粹，日舍方徐。宜參優孟之滑稽，式助都場之曼衍。童裳却立，雜劇來歟？

放隊

金徒漏改，玉斝巡周。既殫雅舞之容，復罄歡謡之樂。宜遵矩步，歸詠雩風。再拜天階，相將好去。

教坊致語

王　珪

臣聞高廩登秋，美粢盛之已報；需雲命燕，嘉飲食之維時。况寶曆之逢熙，復皇居之乘豫。樂與群臣之飫，僉同萬物之和。恭惟尊號皇帝陛下，德邁前王，仁敷中寓。虎旗犀甲，韜兵武庫之中；桂海冰天，獻賮彤墀之下。邦有休符之應，民躋壽域之康。候爽氣于重霄，置清觴于別殿。下珍群之鵷鷺，發和奏之笙鏞。于時日上扶桑，風生閶闔。度芝蓋于丹城，降金輿于紫闥。百獸感和，來舞帝虞之樂；羣生遂性，如登老氏之臺。固已追平樂之勝遊，掩柏梁之高會。臣謬參法部，獲望清光；靡揆才蕪，敢進口號。翠輦鳴梢下未央，千官齊望赭袍光。霜清玉佩中天響，風轉金爐合殿香。仙路忽驚蓬島近，晝陰偏度漢宮長。年年萬寶登秋後，常與君王獻壽觴。

勾合曲

露泛帝觴，凝九秋之顥氣；星聯朝弁，燦初日之長暉。方魚藻以均歡，宜簫韶之合奏。宸遊正洽，樂節徐行。上悦天顔，教坊合曲。

勾小兒隊

燕觴飛羽，方歌湛露之詩；廣樂摐金，已極鈞天之奏。宜命遊童之綴，來陳舞佾之容。上奉皇慈，教坊小兒入隊。

隊名

紅茵鋪錦帊，絳節引仙童。

問小兒隊

宸庭廣御，仰侔太紫之纏；鈞樂更和，曲盡咸英之奏。何處采髦之侶，輒趨文陛之前。必有所陳，雍容敷奏。

小兒致語

臣聞舜帝深仁，衆極慕羶之樂；周家盛德，時歌在藻之娛。矧逢下武之期，屢洽登年之瑞。張君臣之廣燕，焕今古之多儀。恭惟尊號皇帝陛下，躬神睿之姿，撫休明之運。禮樂兼于三代，文章邁于兩京。矧乃武庫韜戈，戎亭徹候。百蠻犇走，南踰銅鼓之鄉；萬里謳謡，西出玉關之路。今則清商應律，滯穗盈疇。奏肆夏之音，事軼元候之饗；詠《嘉魚之什》，禮交君子之歡。足以崇勝會于難追，騰頌聲於無既。臣等生陶醲化，謬齒伶坊，雖在童髦，嘗習舞干之妙；争趨君陛，願隨樂節之行。未敢自專，伏候進止！

勾雜劇

華旌炫影，覩童舞之成文；蠹鼓收聲，識鈞音之終曲。助以優人之伎，卜爲清晝之歡。上懌宸顔，雜劇來歟？

放小兒隊

銅壺遞箭，屢移宮樹之音；鷺羽充庭，久曳童髦之綵。既闕韶音之奏，難停舞綴之容。再拜天階，相將好去。

勾女弟子隊

華簪照席，再嚴百辟之趨；寶幄更衣，復覩中天之坐。宜度仙韶之曲，更呈舞袖之妍。上奉皇慈，兩軍女弟子入隊？

隊名

宮錦祥鸞下，仙謦采鳳來。

問女弟子隊

金徒綴刻，延麗日於壺中；翠羽飛觴，醉流霞于天上。何仙姿之綽約，叩丹陛以踟蹰。須有剖陳，近前敷奏！

女弟子致語

妾聞候迎霜降，屬百工之告休；歌起《鹿鳴》，見群臣之合好。矧萬機之多豫，復千載之盛期。啓燕良辰，騰歡綿寓。恭惟尊號皇帝，嚮明紫極，儲思巖廊。邁三皇五帝之風，紹一祖二宗之烈。候亭相屬，不齎萬里之糧；年廩屢登，又美曾孫之稼。時及授衣之候，民多擊壤之禧。廣慈惠于前儀，慶升平于兹日。玉觴盈醴，均流湛露之恩；翠虡摐金，合奏洞庭之曲。感福休于靡極，召和樂於無窮。妾等幸遇昌時，預陳法部。舉聽鏗純之節，來參蹈厲之容。未敢自專，伏候進止。

勾雜劇

鸞拂宫茵，極七盤之妙態；鳳儀仙曲，終九奏之和聲。方鎬飲之窮歡，宜秦優之進技。宸顔是奉，雜劇來歟？

放女弟子隊

宫花剪彩，恍疑天上之春；海日啣規，忽覺人間之暮。宜整羽衣之綴，却回雲島之遊。再拜彤庭，相將好去。

集英殿秋宴教坊致語　元絳

臣聞灝氣澄爽，當金飈沆碭之時；岩廊穆清，乃黄屋燕閒之日。肆陳廣會〔四〕，申惠庶工。慶盛世之熙隆，浹輿情而鼓舞。恭惟皇帝陛下，九乾毓粹，三象儲精。丕承累洽之基，茂建大中之治。縱横文武，聲教塞于天淵；出入聖神，威靈震于戎狄。方且輯瑞而朝群后，垂笲而揖三皇。光圖麗史之祥，紛綸而洊至；軼漠踰沙之貢，竭蹷以相趨。運獨化于陶鈞，寘懷生于仁壽。屬商煒之遒暮，方歲物之順成。特御大庭，爰開高宴。動韶蹕于丹禁，集朝簪于赤墀。美樂在陳，下九苞之鳳舞；嘉觴來上，騰萬歲之山聲。續卿雲復旦之歌，合湛露晞陽之雅。臣等叨恭法部，幸對威顔。上瀆聖聰，敢進口號。秋風閶闔九門開，天上鳴鞘步輦來。萬樂筦弦流紫府，千官簪佩集鈞臺。華胥雲霧凝仙仗，南極星辰入壽杯。既醉太平均五福，明良賡載詠康哉。

勾合曲

金飈日爽，慶嘉生登稔之祥；玉座天臨，宣惠宴均懽之澤。宜按鳳韶之奏，載賡魚藻之歌。上奉宸嚴，教坊合曲。

勾小兒隊

簫韶迭奏，通天地以均和；簪組相趨，協君臣之同樂。宜命垂髫之侶，來陳舞象之容。徐韻宮商，教坊小兒入隊。

隊名

舞羽虞庭樂，歌雲沛水童。

問小兒隊

廣樂張庭，華茵匝地。何爾童髫之侶，來瞻宸扆之嚴。必有叙陳，分明敷奏。

小兒致語

臣聞霜氣始肅，登萬寶以順成；金行當期，奄四夷而率服。乘蕭辰之爽澈，開廣宴之光華。親御九宸，均懽百辟。恭惟皇帝陛下，至仁溥博，盛德昭清。獨觀萬化之源，遐踵三皇之武。振張禮樂，垂玉度于區中；摠攬英雄，愶霆威于徼外。神功廣運，聖業永昌。方黄屋之清居，乘素商之令序。肆瑶席于黼帳，下瑀輿于紫闈。壽斝九行，懽聲動而六鼇抃；鈞簫八闋，和氣浹而丹鳳翔。仰屬重熙，誕膺多福。臣等甫當髫髻，幸閱聲明。習戲康衢，嘗爲于蹈舞；進趨文陛，願效於伎能。未敢自專，伏候進止。

勾雜劇

疊鼓凝簫，未已九成之奏；垂髫佩韘，暫分八佾之行。宜陳優戲之容，上奉威顏之樂。再更妙引，雜劇來歟？

放小兒隊

金胥漏緩，玉案香濃。天酒千鍾，眷簪紳之具醉；童衣五綵，促步武以將歸。再拜天階，相將好去。

勾女弟子隊

日轉彤墀，香飄黼座。宜旅陳于舞綴，以仰奉于宸懽。上悦天顔，兩軍女弟子入隊。

隊名

承雲鈞籟合，迴雪舞衣輕。

問女弟子

翠華日麗，玉殿風清。飄然妙舞之容，來此丹塗之地。帝暉在望，晝漏已移。必有叙陳，分明敷奏。

女弟子致語

妾聞周詩既醉，工歌均五福之祥；漢宴無譁，國禮重九儀之序。方戒肅霜之候，特推湛露之恩。百辟相趨，三靈共悦。恭惟皇帝陛下，握樞臨極，秉籙御乾。道昭五聖之光，孝奉兩宫之養。聰文若古，動雲漢之昭回；智武如神，馳雷霆之震赫。羌戎率服，稼穡阜成。當秋籥之澄凝，方政機之暇豫。轉清蹕于黄道，集華簪于赤墀。汎齊千鍾，共享罇尊之美；咸池九奏，具聞天籟之和。維兹燕愷之娱，屬是休嘉之會。妾等叨陪樂府，得踐宫塗。望咫尺之威，實欣于天幸；效蹁躚之舞，願奉于宸懽。未敢自專，伏候進止。

勾雜劇

舞佾徊翔，已奉建章之會；倡俳調笑，宜來平樂之場。上悦天顔，雜劇來歟？

放女弟子隊

香凝黼幄，聽玉漏之頻移；日轉文茵，顧霓裳之久駐。已盡七盤之妙，宜還三洞之遊。再拜天階，相將好去。

集英殿秋宴教坊致語

蘇軾

臣聞：天無言而四時成，聖有作而萬物覩。清淨自化，雖仰則于帝心；愷悌不回，亦俛同于衆樂。屬此九秋之候，粲然萬寶之成。吾王不遊，何以勞農而休老？君子如喜，則必大烹以養賢。恭惟皇帝陛下，孝通神明，仁及草木。行堯、禹之大道，守成、康之小心。華夷來同，天地並應。以謂福莫大于無事，瑞曷加于有年。南極呈祥，候秋分而老人見；西夷慕義，涉流沙而天馬來。嘉與臣工，肅陳燕俎。禮元侯以三夏，諧庶尹於九成。宣示御觴〔三〕，聳近臣之榮觀；臚傳天語，溢兩廡之歡聲。臣等幸覩昌辰，叨塵法部。採謡言于擊壤，助矇瞍之陳詩。仰奉威顔，敢進口號。霜飛碧瓦尚生煙，日泛彤庭已集仙。藹藹四門多吉士，熙熙萬國屢豐年。高秋爽氣明宫殿，元祐和聲入管絃。菊有芳兮蘭有秀，從臣誰和白雲篇？

勾合曲

西風入律，間歌秋報之詩；南籥在庭，備舉德音之器。絃匏一倡，鐘鼓畢陳。上奉宸嚴，教坊合曲。

勾小兒隊

皇慈下逮，磬百執以均歡；衆技畢陳，示四方之同樂。宜進垂髫之侶，來脩秉翟之儀。上奉威顔，教坊小兒入隊。

隊名

登歌依頌磬，下管舞成童。

問小兒隊

大君有命，肆陳管磬之音；童子何知，入簉工師之末。欲詳來意，宜悉奏陳。

小兒致語

臣聞天行有信，正得秋而萬寶成；君德無私，日將旦而群陰伏。清風應律，廣樂在庭。占歲事于金穰，望天顏之玉粹。沐浴膏澤，詠歌太平。恭惟皇帝陛下，天縱聰明，日躋聖知。無一物之失所，得萬國之懽心。雖擊壤之民，固何知于帝力；而後天之祝，亦各抒其下情。臣等幸以齠齔之年，得居仁壽之域。詠舞雩于沂水，久樂聖時；唱銅鞮于漢濱，空慚俚曲。願陳舞綴，少奉宸懽。未敢自專，伏候進止！

勾雜劇

朱絃玉琯，屢進清音；華翟文竿，少停逸綴。宜進詼諧之技，少資色笑之歡。上悅天顏，雜劇來歟？

放小兒隊

回翔丹陛，已陳就日之誠；合散廣庭，曲盡流風之妙。歌鍾告闋，羽籥言旋。再拜天階，相將好去。

勾女童隊

錦薦雲舒，來九成之丹鳳；霞衣鱗集，隱三疊之靈鼉。上奉宸嚴，教坊女童入隊。

隊名

香澐浮繡扆，花浪舞彤庭。

問女童隊

清禁深嚴，方縉紳之雲集；仙音嘽緩，忽簪珥之星陳。徐步香茵，悉陳來意！

女童致語

妾聞鈞天廣樂，空傳帝所之遊；閶闔清風，理絶庶人之共。夫何仙聖，靡隔塵凡！仰瞻八采之威，自慶千齡之遇。恭惟皇帝陛下，乾健而粹，離明而文。規摹六聖之心，人將自化；儀刑文母之德，天且不違。樂茲大有之年，申以示慈之會。虞韶既畢，夏籥將興。妾等分綴以須，審音而作。願俟上歌之闋，少同率舞之歡。未敢自專，伏取進止！

勾雜劇

絃匏迭奏，干羽畢陳。洽聞舜樂之和，稍進齊諧之技。金絲徐韻，雜劇來歟？

放隊

羽觴湛湛，方陳既醉之詩；鼉鼓淵淵，復奏言歸之曲。峨鬟佇立，斂袂却行。再拜天階，相將好去。

會老堂致語　歐陽修

某聞安車以適四方，禮典雖存于往制；命駕而之千里，交情罕見于今人。伏惟致政少師，一德元臣，三朝宿望。挺立始終之節，從容進退之宜。謂青衫早並于俊遊，白首各諧于歸老。已釋軒裳之累，却尋雞黍之期。遠無憚于川塗，信不渝于風雨。幸會北堂之學士，方爲東道之主人。遂令潁水之濱，復見德星之聚。里閈拭目，覺陋巷以生光；風義聳聞，爲一時之盛事。敢進口號，上贊清歡。欲知盛集繼荀、陳，請看當筵主與賓。金馬玉堂三學士，清風明月兩閑人。紅芳已盡鶯猶囀，青杏初嘗酒正醇。

美景難并良會少，乘歡舉首莫辭頻。

哀辭

哭尹舍人詞并序

富弼

亡友河南尹洙，字師魯。嘗爲起居舍人，直龍圖閣，知渭州。乙酉歲，謫官漢東，未幾，稍遷于均。疾且革，訪醫南陽，以託范公；醫不效，遂没焉。時予官汶上，又東徙乎盧，距其没所遠甚，歎師魯之不得見，復不得撫其櫬一祭其神，因追思其平生所可列，恨未有以卒其志，爲辭而哭之。

嗚呼！人皆貴，君實悴焉；人皆富，君實窶焉；人皆老，君實夭焉。吾知君爲深，是三者舉非君之志，則吾焉哭？哭必義。始君作文，世重淫麗，諸家舛殊，大道碎裂，漫漶費詞，不立根柢，號類嘯朋，争相教甚，上翔公卿，下典書制。君于厥時，了不爲意。獨倡古道，以救其敝。時俊化之，識文之詣。今則亡矣，使斯文不能救其源而極其致。吾是以哭之。始君爲學，遭世乖離，掠取章句，屬爲文詞。經有仁義，曾非所治；史有褒貶，亦弗以思。君顧而歎，嫉時之爲。鈎抉六籍，潛心以稽。上下百世，指掌而窺。功不苟進，習無匪彝。今則亡矣，使所學不能信于人而用于時。吾是以哭之。惟文與學，二事既隆，充用而衷，豐于時窮。純深蘊積，資而爲德，行乎己而己必裕，行乎家而家必克。今則亡矣，使賢者之行，不能移人心而化大國。吾是以哭之。積德既成，道隨而生，謀罔不究，動必有經。列于庭則以蹇諤見黜，任于邊則以威懷取寧〔六〕。才望既出，讒嫉以興，酷罰嗣降，愠色不形。今則亡矣，使君子之道，不能被天下而致太平。吾是以哭之。嗚呼師魯！君生于時，實惟恢奇〔七〕，鍾此具美，謂必有光大以奮，康濟是期，胡既厚其稟，而反速其萎？凡粤中藴，百無一施。豈茫茫下土，天亦有所不知耶？將冥冥上穹，人固非其所司耶？何惡不必釁而善不必禔，忠良而夭，險很而耆，汨淆參錯，顛倒乖睽！天其或者世不欲常泰，人不欲常熙？吾疑夫激者之論，差不得而信之。第于師魯，哭無已而！一哭而慟，再哭而咽，三哭而氣離，四哭而腸絶。蘇而復哭，哭又不足，聊以寫吾之哭聲，而寓于辭，庶不泯没于陵谷。

哀穆先生文

蘇舜欽

嗚呼！穆伯長以明道元年夏，客死於淮西道中。友人蘇叔才子美，作詩悼之，遣人馳弔之。痛夫道不光，予又次其一二行事，以鑑于世，爲文哀之。先生字伯長，名脩。幼嗜書，不事章句，必求道之本原，皆記士徒無意處〔八〕，熟習評論之。性剛介，喜于背俗，不肯下與庸人小合，顧交者多固拒之。議事堅明，上下今古，皆可録。然好詆卿弼，斥言時病，譴細後生畏聞之。又獨爲古文，其語深峭宏大，羞爲禮部格詩賦。咸平中，舉進士，得出身，調泰州司法參軍。牧守稱其才，貳郡者惡之，又嘗以言忤貳郡者，守病告，貳者私黠吏，使誣告先生，賂具獄，聚左證，後召先生，使衆參考之，由是貶池州。中道竄詣闕下，叩登聞鼓稱寃。會貳郡者死，復受譴于朝。後累恩得爲蔡州參軍。先生自廢來，讀書益勤，爲文章益根柢于道，然耻以文干有位，以故困甚。張文節守亳，亳之士豪者作佛廟，文節使以騎召先生作記。記成，竟不竄士名，士以白金五斤遺之曰：「枉先生之文，願以此爲壽。」又使周旋者曰：「士所以遺者，乞載名于石，圖不朽耳。」既而亟召士讓之，投金庭下，遂俶裝去郡。士謝之，終不受。嘗語之曰：「寧區區糊口爲旅人，不爲匪人辱吾文也。」天聖末，丞相有欲置爲學官者，耻詣謁之，竟不得。嘗客京師南河邸中，往往醉，暮歸，湯地如不省持者。夜半，邸人猶聞其吟誦喟嘆聲，因隙窺之，則張燈危坐，苦臏執卷亦出曙〔九〕，用是貸其資。母喪，徒跣自負櫬成葬，日誦《孝經》、《喪記》，未嘗覩佛書，飯浮屠氏也。識者哀憐之，或厚遺之，則必爲盜取去，不然且病，或妻子卒。後得柳子厚文，刻貨之，售者甚少。踰年，積得百緡，一子輒死。將還淮西，遇病，氣結塞胸中不下，遂卒。噫吁！天之厭文久矣，先生竟以黜廢窮苦終其身，顧其道宜不容于世然。由賦數奇隻，常罹兵賊惡少輩所辱困，其節行至死不變。有孤懦且幼，遺文散墜不收。伯長之道，竟已矣乎？初先生死，梁堅自解以書走上黨遺予，欲訪其文，俾予集序之。去年赴舉京師，歷問人，終不復得一篇。惟有《任中正尚書家廟碑》、《靜勝亭記》、《徐生墓志》、《蔡州塔記》，皆平昔所爲，又不足成卷。今舅氏守蔡，以書使存其家，且求所著文字。未至間，作文哀之。道不勝于命，命不會于時，吁嗟先生竟何爲！

弔岳二生文并序

劉　敞

今年有詔，州郡皆立學。乃命處士有不受學者勿舉之。其受學者，吏爲設員，程日夜不休，有疾病慶弔，輒書其日，爲後按眎，當償之滿日，如律令，乃可與。岳有兩生，自下邑辭其親，而來爲博士弟子，既久告歸，當渡洞庭時，方大風，不可渡，兩生畏失期而吏黜之，遂渡，溺死。予悲其意而弔之。其文曰：

蓋君子道而不徑，舟而不游，所以爲孝也。彼洞庭之天險兮，夫何二子之乘舟。路幽昧以不顧兮，委死生其若浮。自古皆有死兮，子獨失身乎江流。意有所恨兮，而曾不得其由。寃放蕩而無歸兮，骨沉潛而不收。父母悲于堂上兮，妻子號乎中洲。諒行險之來患兮，信儌幸之爲尤。且使子而無學兮，又安得此之憂？是以君子溺名，小人死利，夸者没權，貪夫踣勢。豈獨二子兮，吾又以悲于今之世。競進之爲悦兮，静退之爲愚。干禄之爲敏兮，守節之爲迂。一世之皆然兮，固若人以喪軀。昔重華之事瞍兮，躬秉耒乎歷山之下。受帝禪而不喜兮，夫孰欣于進取？乘沅湘以南征兮，吾知重華之絶汝。生汎汎而無名兮，死惇惇而終古。故君子審乎自得，安乎幽貞；道德爲爵，仁義爲榮；不以貴故學問，不以賤故自輕。悠悠兮江波，奈何乎二生！

蘇明允哀詞并序

曾鞏

明允姓蘇氏，諱洵，眉山人也。始舉進士，又舉茂才異等，皆不中。歸，焚其所爲文，閉户讀書，居五六年，所有既富矣，乃始復爲文。蓋少或百字，多或千言，其指事析理，引物託諭，侈能盡之約，遠能見之近，大能使之微，小能使之著。煩能不亂，肆能不流。其雄壯俊偉，若決江河而下也；其輝光明白，若引星辰而上也。其略如是。以余之所言，於余之所不言，可推而知也。明允每於其窮達得喪，憂歎哀樂，念有所屬，必發之于此。於古今治亂，興壞是非，可否之際，意有所擇，亦必發之于此。於應接酬酢，萬事之變者〔一〇〕，雖錯出于外，而用心于内者，未嘗不在此也。嘉祐初，始與其二子軾、轍，復去蜀，遊京師。今參知政事歐陽公修爲禮部，又得其二子之文，擢之高等。于是三人之文章，盛傳于世，得而讀之者皆爲之驚，或歎不可及，或慕而效之。自京師至于海隅障徼，學士大夫，莫不人知其名，家有其書。既而明允召試舍人院，不至，特用爲秘書省校書郎。頃之，以爲霸州文安縣主簿，編纂《太常禮書》。而軾、轍又以賢良方正策入等，于是三人者尤見于時，而其名益重于天下。治平三年春，明允上其《禮書》，未報。四月戊申，以疾卒，享年五十有八。自天子輔臣，至閭巷之士，皆聞而哀之。明允所爲文，有集二十卷，行于世。所集《太常因革禮》一百卷，更定《謚法》二卷，藏于有司。又爲《易傳》，未成。讀其書者，則其人之所存可知也。明允爲人聰明辯智，遇人氣和而色温，而好爲策謀，務一出己見，不肯躡故迹，頗喜言兵，慨然有志于功名也。二子，軾爲殿中丞、直史館，轍爲大名府推官。其年以明允之喪，歸葬于蜀也〔一一〕，既請歐陽公爲其銘，又請余爲辭以哀之，曰：「銘將納之于壙中，而辭將刻之冢上也。」余辭不得，乃爲其文，曰：

嗟明允兮邦之良，氣甚夷兮志則彊。閲今古兮辨興亡，驚一世兮擅文章。御六馬兮馳無疆，決大河兮嚙浮桑。粲星斗兮射精光，衆伏玩兮彫肺腸，自京師泊幽荒。矧二子兮與翺翔，唱律吕兮和宫商。羽峨峨兮勢方颺，孰云命兮變不常，奄忽遊汴之陽。維自著兮暐煌煌，在後人兮慶彌長。嗟明允兮庸何傷！

錢君倚哀詞

蘇軾

大江之南兮，震澤之北，吾行四方而無歸兮，逝將此焉止息。豈其土之不足食兮，將其人之難偶。非有食無人之爲病兮，吾何適而不可〔一二〕。獨徘徊而不去兮，眷此邦之多君子。有美一人兮，瞭然而瘦。亮直多聞兮，古之益友。帶規矩而蹈繩墨兮，佩芝蘭而服明月。載而之世之人兮，世捍堅而不答。雖不答其何喪兮〔一三〕，超方揚而自得。吾將觀子之進退以自卜兮〔一四〕，相行止以效清濁。子奄忽而不返兮，世混混吾焉則？升空堂而挹遺象兮，弔凝塵于几席。苟律我者之信亡兮，吾居此其何益！行傍徨而無徒兮，悼捨此而奚嚮？豈存者之舉無其人兮，遼遼如晨星之相望。吾比年而三哭兮〔一五〕，堂堂皆國之英。苟處世之恃友兮，幾如是而吾不亡。臨大江而長歎兮，吾不濟其有命。

鍾子翼哀詞并序

蘇軾

某年始十二，先君宫師歸自江南，曰：「吾南遊至虔，有隱君子鍾君，與其弟槩從吾游，同登馬祖巖，入天竺寺，觀樂天墨迹。吾不飲酒，君常置醴焉。」方是時，先君未爲時所知，旅遊萬里，舍者常争席，而君獨知敬異之。其後五十有五年，某自海南還，過贛上，訪先君遺迹，而故老皆無在者。君之没，蓋三十有一年矣。見其子志仁、志行、志遠，相持而泣。念無以致其哀者，乃追作此詞。

君諱棐，字子翼。博學篤行，爲江南之秀。歐陽永叔、尹師魯、余安道、曾子固皆知之，然卒不遇以没。儂智高叛嶺南，聲揺江西，虔州曹觀，欲籍民財爲戰守備，謀之於君。君曰：「智高必不能過嶺，無事而籍民，民懼且走。」觀曰：「如緩急何？」曰：「同舟遇風，胡越可使爲左右手，況吾民乎？不幸而至于急，則官與民爲一家，夫孰非吾財者，何以籍爲？」觀悟而止，虔人以安。其詞曰：崆峒摩天，章貢激石，致兩確。高深相臨，悍堅相排，汹嶽嶽。是故其民，勇而尚氣，巧蠹齗。而其君子，抗志厲節〔一六〕，敏於學。矯矯鍾君，泳于德淵，自澡濯。貧不怨天，困不求人，老愈慤。嘉言一發，排難解紛，已殘剥。吾先君子，南游萬里，道阻邈。如金未鎔，木未繩墨，玉未琢。君於衆中，一見定交，陳禮樂。曰子不飲，我醪甚甘，釃此濁。覽觀江山，扣歷泉石，步犖确。先君北歸，君老于虔，望南朔。我來易世，池臺既平，墓木握。三子有立，移書問道，過我數。我亦白首，感傷薰心，隕涕渥。是身空虚，俯仰變滅，過電雹。何以寓哀，追頌德人，詔後覺。

哭李仲蒙辭　文同

憯憭栗兮臨清秋，懷坌憒兮紛予憂。拂其弭兮久復留，念將焉適兮升高丘。問胡然兮子之思〔一七〕，緪予心兮不解以繆。謂遐闊兮願如其宫，悵西南兮川塗緬脩。已忽寤兮往嘗以此計。盖子之生于世兮，期爲已休。萬感芸然兮畫予之中，魄榦漂潰兮索其若抽。念子一去兮不可以復見，顧予之于道兮尚胡爲而此謀？欲子似兮取友，但寥寥兮安求？孰識子兮予深，當何人兮與侔〔一八〕？彼徒以文行兮爲子之高，其不爲賤正體而貴餘肱，如刻畫兮安以累子，類神珠兮纍天球。如子之末兮尚可以表世，其不能究者兮彼又何尤？已矣乎，子之存兮在予憶，予之疚兮將何時而可瘳？斂予恨兮暮來歸，煙雲飄蕭兮奉子以愁。

毗陵張先生哀辭并序，代吕侍講作。

汪 革

毗陵有隱君子，曰張先生。孝弟修于家，忠信行于友，而聲名聞于人，達于遠近。當世之鉅公偉人，莫不聞之。有過毗陵而不造先生之門者，人以爲恥。平居蕭然自得，凡世人之所趨而向者，先生不一經意。至接世俗而與之酬酢，則無一毫不中節度。人委之以事，未嘗以難易爲解。有造之者，爲設尊酒，一笑相樂，亦未嘗不欣然也。有勸之仕者，推挽雖甚力，終不應；固非若前世隱遁之士，事詭激，甘槁薄，臞悴于山砠水厓，窮居獨遊，使影響昧昧不聞于人，然後爲高也。而未嘗崇飾小節，要鄉黨宗族之譽。自少力學于古，書無所不窺，而時發于爲詩，語皆清新，出人意表。其善于筆札，天佐也。當世士大夫欲銘述其先人功德，圖不朽于後世者，得先生書，以爲榮。既壯長，益放棄世事，遂以終其身，是可謂君子也已。

先生諱舉，字子厚。用叔祖天章公晶之奏，補郊社齋郎。治平四年甲科，調睦州青溪主簿。先生初無意于仕，又無兄弟之助，獨養其親，故力取科第以慰親志。既得，又不忍舍朝夕之養，而從禄于他郡。朝奉君亦安于小官，不汲汲于世。先生遂不赴青溪，終其身人不能相吏。後用近臣薦，起爲潁州學官，復不就。其後孫莘老、胡完夫、范淳夫及外臺交薦其能，蘇子瞻亦數言于朝，於是勑郡縣以禮遣，蓋將用之也，先生終不屈。嗚呼！今死矣。予以天章公壻，自先生幼時，已異其爲人，而親厚之。先生亦喜從吾兄弟遊，及長且老，凡四五十年間，其相與之意益以篤。有自東南來者，先生未嘗不導之以見予；予與之書，雖寸紙皆藏之。故其死也，予哭之尤哀。曾祖祕，給事中；祖益之，尚書郎；父次道，朝奉郎。其先江南人，給事爲李氏不能用，故亡，隨李氏入朝，以直道受知于祖宗。朝奉君仁孝慈祥，兄死，撫其孤猶己子〔一九〕，不欲遠去，屢以筦庫請于朝，終不大用于時。先生之節，蓋朝奉君成就之爲多。詞曰：維古制行，必中庸兮。出處用舍，道之從兮。降及末世，戾不通兮。首陽、柱下，更拙工兮。山棲木茹，初無庸兮。鳥獸之群，鳥可同兮。偉哉先生，蹈厥中兮。達不苟進，退不窮兮。以仁爲爵，峻且崇兮。禄雖不富，義則豐兮。忠信孝友，施家邦兮。載瞻眉宇，心則降兮。激貪敦薄，助教風兮。固非亂倫，而潔躬兮。惠泉邃遠，山複重兮。窅然其深，如有容兮。桂枝相繚，蒨青葱兮〔二〇〕。先生之廬，今一空兮。目極東南，涕沾胷兮。伸之以詞，寫予衷兮。

王升之誄并序

劉跂

維政和二年五月壬戌，鉅野王君升之卒于京師，七月丙辰，返柩于鄆。鄉人所厚善皆會哭。其孤兒孟博，出臨終書二紙遺余，言：「嗣不幸病且死，妻弱子幼，恐此骨流落，不得下從先人。伏惟哀憐，與諸賢經紀之。」書凡百餘字，語無錯繆。問其家，言：「病甚，棺斂皆自營；將絶，付囑後事，情不悲哽。既授書其子，教以面達余狀，遂奄忽不能言。」余屬皆哭盡哀，因相與定計告其家，以八月乙酉葬先墓之丙穴。囊橐中空無有，賣屋未即售，合凡賻贈，得錢九萬五千，乃使斲石治穿，買椽席灰葦諸下裹物事，皆前爲之期，如期而乏。君，黄州翰林公之元孫，寶文公之子。少不羈，既長學問，尤邃《漢書》，效李長吉爲詩，有致思。葬其親，至破産。雅不喜孅嗇，又體羸多疾，日事藥餌，因積貧窶。得官，未及赴，疾亟，壽財四十有一。惟前悲哀稱述，必借文字，乃作誄以見意，其詞曰：

大鈞無垠，一播萬殊，靡生不遂，條達紛敷。孰戕爾根，隆夏隕枯？哀衆若人，亦孔之辜。偉君高門，一世楷模，遺烈言言，休聲吴吴。爰及穆考，養德豐腴。維君妙齡，孔鸞將雛。踵武前脩，建旆禮輿。逢辰清明，駕言馳驅。疇或柅旃，罔所適徂。機心日灰，驕色自耡。名到仕版，自候里閭。優游卒歲，文史爲娱。毓草蓺木，畦苑躊躇。良朋萃止，肴設醴酺。退察其私，盎不宿儲。寧獨貧攻，亦復病拘。蕭然壁立，副是形癯。休文革帶，計月有餘。幼安絮帽，當暑不除。乳石斷下，糜粥充虚。長爲散人，庶以全軀。云胡遠行，旅舍窘拘。沉痾頓劇，顛倒醫巫。東野後事，孝權遺書，豈無他人，顧以屬余。嗚呼哀哉！壯心兮摧頹，白日兮須臾，永違兮昭代，不淪兮幽墟，大暮兮何晨，冥行兮空居。嫠婦兮嗷嗷，幼子兮呱呱，誰與兮晤歌，譎誑兮夔魖。謂君兮非存？君壘兮猶濡。謂君兮非亡？君屋兮誰廬。折芳馨兮素華，湛玉瀝兮清酤，況思君兮不見，攬涕淚兮欷歔。嗚呼哀哉！蹇物化之徂遷，慨有生之迷途。何神爽之泰定，臨驚懼而弗渝。遵寧宅于先丘，寫幽憤于素旟。庶無愆于遺託，君亦不昧夫所如。

校勘記

〔一〕而行慶　「而」原作「以」，據明抄本、明刻本改。

〔二〕進止　「止」原作「旨」，各本同，據文例改作「止」。

〔三〕勾雜劇　此段原本漏載，按本卷首目録，在「小兒致語」後有「勾雜劇」，今據明刻本補入。

〔四〕廣會　「會」原作「惠」，據明抄本、明刻本改。

〔五〕宣示　「宣」原作「宗」，據明抄本、明刻本改。

〔六〕任於邊　「任」字原本空白，明刻本亦脱，據明抄本補。

〔七〕恢奇　「奇」原作「音」，據抄明本、明刻本改。

〔八〕無意處　「處」字原脱，據抄明本補。

〔九〕亦出　二字原本空白，據明抄本、明刻本補。

〔一〇〕變者　「者」原作「事」，據明抄本、明刻本改。

〔一一〕歸葬　「葬」原作「喪」，據明抄本、明刻本改。

〔一二〕適而　二字原脱，據明抄本補。

〔一三〕雖不答　三字原脱，據明抄本補。

〔一四〕自卜　「卜」原作「小」，據明抄本改。

〔一五〕比年　「比」原作「此」，據明抄本改。

〔一六〕君子　「子」字原脱，據明刻本補。

〔一七〕子之思　「子」原作「予」，據明抄本改。按二字易混，以下均據明抄本酌改。

〔一八〕何人兮　「兮」字原脱，據明刻本補。

〔一九〕撫其孤　「撫」字原脱，據明抄本、明刻本補。

〔二〇〕蒨青葱　「蒨」原作「蓓」，據明抄本改。

宋文鑑卷第一百三十三

祭文

祭薛尚書文

歐陽修

景祐之元，公初解政，雖告于家，而疾未病。若修之鄙，敢辱公知〔一〕？公于此時，欲以女歸。公德方隆，謂當再起，齊大之昏，敢辭以禮。天不慭遺，公薨忽然，其後二年，卒追前言。生死之間，以成公志，掛劍于墓，古人之義。公敏于材，剛毅自勵，不顧不隨，以直而遂。命也在天，位則難期，惟其行己，敢言是師。有罪之身，竄逐囚拘，生不及門，葬不送車。致誠薄奠，因道終初。

祭尹子漸文

歐陽修

嗚呼！天於萬物與吾人，孰愛憎而薄厚，其生未始以一齊，其死宜其有夭壽。苟百年者亦死，則短長之何較。惟善人之可喜，謂宜在世而常存。曰仁者壽兮，是亦愛之者之説；謂善必福兮，得非以己而推天。禍福吉凶，至理難通，雖聖人亦曰命而罕言兮，豈其至此而辭窮。壽夭置之，吾不能問，嗟乎子漸，吾獨有恨。我不見子，於今幾時，自子得懷，始有見期。子不能來，我欲亟往，子今安歸，我往何訪？昔我在朝，諫官侍從，職當薦賢，知子不貢。朋黨之誣，苟避讒諷。兩相知而以心，謂尺書之不用。遂聲音之永隔，哭不聞而徒慟。嗟此奠之一觴，本冀歡言之可共。往莫及兮難追，哀以辭而永送。

祭尹師魯文

歐陽修

嗟乎師魯！辯足以窮萬物，而不能當一獄吏；志可以狹四海，而無所措其一身。窮山之崖，野水之濱，猿猱之窟，麋鹿之羣，猶不容于其間兮，遂卽萬鬼而爲鄰。嗟乎師魯！世之惡子之多，未必若愛子者之衆，何其窮而至此兮，得非命在乎天而不在乎人。方其奔顛斥逐，困厄艱屯，舉世皆冤，而語言未嘗以自及；以窮至死，而妻子不見其悲忻。用捨進退，屈伸語默，夫何能然，乃學之力。至其握手爲訣，隱几待終，顏色不變，笑言從容。死生之間，既已能通於性命；憂患之至，宜其不累于心胸。自子云逝，善人宜哀，子能自達，予又何悲？惟其師友之益，年生之舊，情之難忘，言不可究。嗟乎師魯！自古有死，皆歸無物，惟聖與賢，雖埋不没，尤于文章，焯若星日。子之所爲，後世師法，雖嗣子尚幼，未足以付予，而世人藏之，庶可無虞墜失。子于衆人，最愛予文，寓辭千里，侑此一罇。冀以慰子，聞乎不聞？

祭蘇子美文

歐陽修

哀哀子美，命止斯邪！小人之幸，君子之嗟〔二〕。子之心胸，蟠屈龍蛇，風雲變化，雨雹交加，忽然揮斧，霹靂轟車。人有遭之，心驚膽落，震仆如麻。須臾霽止，而回顧百里，山川草木，開發萌芽。子于文章，雄豪放肆，有如此者，吁可怪邪！嗟乎，世人知此而已，貪悦其外，不窺其內。欲知子心，窮達之際，金石雖堅，尚可破碎。子于窮達，始終仁義，唯人不知，乃窮至此！蘊而不見，遂以没地，獨留文章，照耀後世。嗟世之愚，掩抑毁傷，譬如磨鑑，不滅愈光。一世之短，萬世之長，其間得失，不待較量。哀哀子美，來舉予觴！

祭范公文

歐陽修

嗚呼公乎！學古居今，持方入圓，丘、軻之艱，其道則然。公曰彼惡，公爲好訐；公曰彼善，公爲樹朋；公所勇爲，公則躁進；公有退讓，公爲近名。讒人之言，其何可聽！先事而斥，羣議衆排；有事而思，雖仇謂材。毁不吾傷，譽不吾喜。誰非公徒，讒人豈多。公志不舒，善不勝惡。豈其然乎？成難毁易，理又然歟？嗚呼公乎！欲壞其棟，先摧桷榱，傾巢破鷇，披折傍枝，害一損百，人誰不罹，誰爲黨論，是不仁哉！嗚呼公乎！易名謚行，君子之榮，生也何毁，没也何稱？好死惡生，殆非人情，豈其生有所嫉，而死無所争？自公云亡，謗不待辨，愈久愈明，由今可見。始屈終伸，公其無恨，寫懷平生，寓此薄奠。

祭杜公文

歐陽修

士之進顯于榮禄者，莫不欲安享于豐腴。公爲輔弼，飲食起居，如陋巷之士，環堵之儒。他人不堪，公處愉愉。士之退老而歸休者，所以思自放于閑適。公居于家，心在于國，思慮精深，言辭感激，或達旦不寐，或憂形于色，如在朝廷，而官有責。嗚呼！進不知富貴之爲樂，退不忘天下以爲心。故行于己者老益篤，而信于人者久愈深。人之愛公，寧有厭已，壽胡不多？八十而止。自公之喪，道路嗟咨，況于愚鄙，久辱公知。繫官在朝，心往神馳。送不臨穴，哭不望帷，唧辭寫恨，有涕漣洏。

祭石曼卿文

歐陽修

嗚呼曼卿！生而爲英，死而爲靈。其同乎萬物，生死而復歸于無物者，暫聚之形；不與萬物共盡，而卓然其不朽者，後世之名。此自古聖賢莫不皆然，而著在簡册者，昭如日星。嗚呼曼卿！吾不見子久矣，猶能髣髴子之平生。其軒昂磊落，突兀崢嶸，而埋藏于地下者，意其不化爲朽壤，而爲金玉之精。不然生長松之千尺，産靈芝而九莖。奈何荒烟野蔓，荆棘縱横，風凄露下，走燐飛螢，但見牧童樵叟，歌吟而上下，與夫驚禽駭獸，悲鳴躑躅而咿嚶。今固如此，更千秋而萬歲兮，安知其不穴藏狐貉與鼯鼪？此自古聖賢亦皆然兮，獨不見夫纍纍乎曠野與荒城。嗚呼曼卿！盛衰之理，吾固知其如此，而感念疇昔，悲凉悽愴，不覺臨風而隕涕者，有媿乎太上之忘情。

祭丁學士文

歐陽修

嗚呼元珍！善惡之殊，如火與水，不能相容，其勢然爾。是故鄉人皆好，孔子不然，惡于不善，然後爲賢。子之美才，懿行純恕，誰稱諸朝，當世有識。子之憔悴，遂以湮淪，問孰惡子，可知其人。毁善之言，譬若蠅矢，點彼白玉，濯之而已。小人得志，暫快一時，要其得失，後世方知。受侮被謗，無如仲尼，巍然袞冕，不祀桓魋。孟軻之道，愈久彌光，名尊四子，不數臧倉。是以君子，脩身而俟。擾擾奸愚，經營一世。迨榮華之銷歇，嗟泯没其誰記？是皆生則狐鼠，死爲狗彘。惟一賢之不幸，歷千載而猶傷，自古孰不有死，至今獨弔乎沅湘。彼靈均之事業，初未見于南邦，使不遭羅于放斥，未必功顯而名彰。然則彼讒人之致力，乃借譽而揄揚。嗚呼元珍！道之通塞，有命在天，其如予何？孔孟亦然。何以慰子，聊爲此言。寄哀一奠，有涕漣漣。

祭吴大資文　歐陽修

惟公以孔、孟之學，晁、董之文，佐治三朝，始終一節。顧惟庸謬，敢啓光塵，而金門玉堂，早接儁遊之末；紫樞黄閣，晚陪國論之餘。雖出處之略同，在進退而則異。余實衰病，久思返于田疇；公方盛年，宜復還于廊廟。豈期白首，來哭素帷。飲酒百杯，尚想平生之意氣；寫哀一奠，不知涕淚之縱横。

祭孫僕射文代諸朝賢作　宋祁

嗚呼！圓方相函，有奥有清，稟乎粹靈，賢人挺生。筌宰相期，有睽有遇，值其嘉會，盛烈斯舉。允矣我公，懿德乘時，揔是二美，蔚爲人師。齊風泱泱，洙浴誾誾，弱齡不傳，典學書紳，巾箱襞積，油素紛綸。神宗御天，擢首儒先，所立卓爾，其聲褎然。一命筮仕，十銓密啓，緩玦緇帷，繙經璧水，禮有愛羊，河無渡冢。我冠兩梁，我紱斯皇，進陪朝襘，兼侍藩房。諸家去聖，詆諆奪攘，空言秕稗，異制析楊。公憤若時，毅然含章，層坤發墨，塞路摧楊，詵詵學徒，終知嚮方。章聖臨馭，神庭搆宇，命公待詔，軒然鳳舉。邦實上賢，人榮稽古。鯁亮摩切，優游博裕，距尺是枉，伊柔弗茹。前蹕宸帷，叩頭省户，砥刃以須，袞章輒補，謀之其臧，弊庶遄沮。帝念烝黎，連翩出麾，奉行細札，褰去垂帷。神明樹政，樂職聞詩，居則率俾，去而見思。乃踐諫霤，乃官瑣闈。長君繼明，進階貳卿，追鋒趣召，燕席光亨。宣室清問，華光授經，有猷有爲，弗猥弗并。典常墳大，武戒湯銘，誦言必對，嘉猷是經。白首魁壘〔三〕，與世作程。銀臺崇崇，公閲其封。牧騶耳耳，公專厥使。或司綿蕞，或教國子。惟公得之，異乎求之，截河弗濔，道凝靡虧。大車而載，秋陽以輝。鴻飛冥冥，不慕矰弋。公居法從，志澹慮極〔四〕。抗章引年，闔門謝客。上所固留，願焉弗獲。龍莞納言，得請東藩。奎鉤灑翰，宴餞申恩。亦命四近，賦詩贈言。卧閤踰歲，乞骸去位。春坊傳席，菟裘仙里。疏受揮金，式宴以喜。廣德掛車，貽孫及子。天且佚老，君能知止。嚮用五福，與善則常。公明且哲，宜壽而昌。天乎弗淑，萎哲殲良。莞簀占命，忠言孔彰。玉輝金相，掩此不揚。人彝代矩，今也云亡。士類相弔，朝家惻傷。恤恩告第，賜書密章。高明令終，微公孰當。某等，或奉緒言，或麻大庇。遊藩蒙潤，挹流疏穢。平日函丈，今兹交臂。拘此宿官，永乖薄酎。有李成蹊，有碑墮淚。遐齎令芳，庶展哀愾。嗚呼哀哉！

祭孔中丞文

石介

昔公爲諫議大夫，知兗州。臣僚有以詩千篇獻上者，執政者即請進爲龍圖閣直學士。上曰：「千首詩豈若孔某一言？」即日拜公龍圖閣直學士。公再爲中丞，風格益峻。及公没，劉平戰死于陣，讒賊害忠良，誣奏平非戰屈，乃叛耳。天子怒，將夷平家。平家胥靡，就闕寃號，道途逢騶唱「中丞來」。平家將扣中丞馬言其事。兩街賣販兒以數千，嘆曰：「徒往訴耳，是非孔中丞者。」平家慟哭而止。噫！至尊極者君，至愚暗者民。尊極則不信，愚暗則難開，非公至忠，豈能動尊極耶？非公至誠，豈能感愚暗耶？動乎尊極，感乎愚暗，公之道格乎上下矣。嗚呼！公之生也，君稱之；公之死也，人感之；公之道全于死生矣。夫道格于上下爲著，全于生死爲難，舉是二節，公之道充于天地之間矣。大冬殘臘，風號雲咽，節物慘淡，心肝摧折。爐烟氤氳，樽酒冷烈。享誠不享味，公來降兹！

祭王沂公文

尹洙

景祐初，公臨洛師，某在幕府，公以才敏見目，數被器使。議獄處事，某或依違其言，公必丁寧，勗以正道。及公再秉大政，嘗以身事，有請門下。公莊色厲辭，不少恩假。某始懼中慊，終則大悟。嗚呼！凡公語言，雖因事見誨，然公在大位，默不敢傳。公今薨謝，輒録以自思。一言之誣，天實鑒之。以衰服不獲備故吏之列，情禮莫伸。嗚呼哀哉！

祭梅聖俞文

劉　敞

謹以清酌庶羞，祭于聖俞二十五兄之靈。乃者鄉幾病革，君往問之，退而過我，相對嗟咨。我視君色，異于他時，自爲君診，勸君從醫。君雖我信，其中猶疑。明日大饗，四方來賀，奉觴上壽，嘉客在坐。百辟相趨，敢或私臥？賜食上前，謹懼已過。疾果大作，仆不能起。俗醫控摶，以表爲裏，中涸外乾，翕翕如燬。勢一大跌，不得中止，俯仰晨夕，遂有生死。痛駭驚呼，曷云能已。孰謂旬日，殺二賢士！嗚呼哀哉！物固有生，生固有命，豈曰君子，獨夭其性？君子文學，信于友朋；君子孝友，鄉黨是稱。仕不過榮，壽不百齡，一至于此，何其不平！喪還故鄉，義從此訣，哭送道周，情豈能絕？

告伯父殯文

劉　敞

古者庶人之喪，鄉里執事。其在士，千里赴義，及其送葬，塗潦毋避。焉有至親，而或不至？某獨不幸，受命典城，戎馬是司，匍匐不能。不哭于堂，不祖于庭〔五〕，窆不復土，虞不奉牲。回望萬里，悲號失聲。門外之治，王命寔行。蓋古亦云，不卽人情。於奠陳詞，以昭哀誠。

祭范潁州文

王安石

嗚呼我公！一世之師。由初迄終，名節無疵。明肅之盛，身危志殖。瑶華失位，又隨以斥。治功亟聞，尹帝之都。閉奸興良，稚子歌呼。赫赫之家，萬首俯趨〔六〕。獨繩其私，以走江湖。士爭留公，蹈禍不慄。有危其詞，謁與俱出。風俗之衰，駭正怡邪。蹇蹇我初，人以疑嗟。力行不回，慕者興起。儒先酋酋，以節相侈。公之在貶，愈勇爲忠。稽前引古，誼不營躬。外更三州，施有餘澤。如釃河江，以灌尋尺。宿臧自解，不以刑加。猾盜涵仁，終老無邪。講藝弦歌，慕來千里。溝川障澤，田桑有喜。戎孽猘狂，敢齮我疆。鑄印刻符，公屏一方。取將于伍，後常名顯；收士至佐，維邦之彦。聲之所加，虜不敢瀕；以其餘威，走敵寧鄰。昔也始至，瘡痍滿道，藥之養之，內外完好。既其無爲，飲酒笑歌，百城晏眠，吏士委蛇。上嘉曰材，以副樞密。稽首辭讓〔七〕，至于六七。遂參宰相，釐我典常。扶賢贊傑〔八〕，亂冗除荒。官更于朝，士變于鄉。百治具脩，偷惰勉强。彼閎不遂，歸侍帝側。卒屏于外，身屯道塞。謂宜耇老，尚有以爲；神乎孰忍，使至于斯！蓋公之才，猶不盡試；肆其經綸，功孰與計？自公之貴，廐庫逾空。夷其色辭，傲訐以容。化于婦妾，不靡珠玉。翼翼公子，弊綈惡粟。閔死憐窮，惟是之奢。孤女以嫁，男成厥家。孰堙于深？孰鍥乎厚？其傳其詳，以法永久。碩人今亡，邦國之憂。矧鄙不肖，辱公知尤。承凶萬里，不往而留。涕哭馳辭，以贊醪羞。

祭吴冲卿文

王安石

嗚呼！公命在酉，長我一時，公先我茁，我後公萎。中間仕宦，有合有離，後我所踐，公輒仍之。出則交轡，處則連榱〔九〕，坐肘則並，行肩則差，豈願敢及，天實我貽。公之停蓄，及所設施，有詰有誅，亦有銘詩，又將有史，傳所不疑。我既憊眊，何辭能爲？婚姻之故，唯以告悲。

祭杜待制文

王安石

士耻無材，耻不脩身；身脩而材，自不及民？凡世可願，於公皆有；孰窘其年，不使難老？貴者善防，其有孰窺；公心豁豁，不置牆帷。有挾易驕，不難拒善；公義所在，服之無賤。惟以時施，宜以每成；又況於公，強果以行。物貴於時，常以其少；悲矣子思，我如其久。鍾山北蟠，江落而東，完厚密牢，萬世之宫。其歸孰知，愚與在此，酹公以文，以配銘史。

校勘記

〔一〕敢辱　「敢」原作「散」，據明抄本、明刻本改。

〔二〕君子之嗟　「嗟」原作「歎」，明刻本同，按韻當作「嗟」字，今改。

〔三〕白首　「白」原作「曰」，明刻本同，據明抄本改。

〔四〕慮極　「極」字原本空白，據明抄本補。

〔五〕不祖於庭　原本誤重「不祖於」三字，據明抄本删。

〔六〕萬首　「萬」字原本空白，據明抄本、明刻本補。

〔七〕辭讓　「辭」原作「禮」，據明抄本、明刻本改。

〔八〕扶賢贊傑　「傑」原作「保」，明刻本同，據明抄本改。

〔九〕連褱　「褱」原作「攘」，據明抄本、明刻本改。

宋文鑑卷第一百三十四

祭文

祭韓欽聖文

王安石

嗟爲君兮邦之特，目揚秀兮顏鬓澤。紛百家兮並涉，超獨懷兮道德。博蕩蕩兮無畛，寬恂恂兮莫逆。出當官兮發論，使權彊兮累息。年何尤兮止此？禄不多兮誰嗇？具壺觴兮酹哭，攀喪車兮啓夕。豈獨愁兮吾僚，隱多聞兮諒直。顧笑語兮已矣，冀來嘉兮魂魄！

祭曾博士文

王安石

嗚呼！公以罪廢，實以不幸；卒困以天，亦惟其命。命與才違，人實知之；名之不幸，知者爲誰？公之閭里，宗親黨友，知公之名，於實無有。嗚呼公初，公志如何？孰云不諧，而厄孔多！地大天穹，有時而毁，星日脫敗，山傾谷圮。人居其間，萬物一偏，固有窮通，世數之然。至其壽夭，尚何憂喜，要之百年，一蛻以死。方其生時，窘若囚拘，其死以歸，混合空虚。以生易死，死者不析，唯其不見，生者之悲。公今有子，能隆公後，惟彼生者，可無甚悼。嗟理則然，其情難忘，哭泣馳辭，往侑奠觴。

祭王深甫文

王安石

嗟嗟深甫，真棄我而先乎？孰謂深甫之壯以死，而吾可以長年乎？雖吾昔日，執子之手，歸言子之所爲，實受命于吾母。曰如此人，乃與爲友。吾母知子，過於予初，終子成德，多吾不如。嗚呼天乎！既喪吾母，又奪吾友，雖不卽死，吾何能久？搏胸一慟，心摧志朽，泣涕爲文，以薦食酒。嗟嗟深甫，子尚知否？

祭歐陽少師文

曾鞏

惟公學爲儒宗，材不世出。文章逸發，醇深炳蔚。體備韓、馬，思兼莊、屈。垂光簡編，焯若星日。絶去刀尺，渾然天質。辭窮卷盡，含意未卒。讀者心醒，開蒙愈疾。當代一人，顧無儔匹。諫垣抗議，氣震回遹。鼓行無前，跋疐非恤。世僞難勝，孤堅竟窒。紫微玉堂，獨當大筆。二典三謨，生明藏室。頓挫彌厲，誠純志壹。斟酌損益，論思得失。經體慮萌，沃心造膝。帝曰汝賢，引登輔弼。公在廟堂，尊明道術。清静簡易，仁民愛物。斂不煩苛，令無迫猝。棲置木索，里安户逸。櫝斂兵革，天清地謐。日進昌言，從容密勿。開建國本，情忠力悉。卯未之歲，龍駕飆欻。再拯大艱，垂紳秉笏。乾坤正位，上下有秩。功被社稷，等夷召畢。公在廟堂，總持紀律。一用公直，兩忘猜昵。不挾朋比，不虞訕嫉。獨立不回，其剛仡仡。愛養人材，奬成誘掖。甄拔寒素，振興滯屈。以爲己任，無有廢咈。維公平生，愷悌忠實。內外洞澈，初終若一。年始六十，懇辭冕黻。連章累歲，乃俞所乞。放意丘樊，脱遺羈馽。沉浸圖史，左右琴瑟。氣志浩然，不陋蓬蓽。意謂百齡，重休累吉。還斡鼎軸，贊微計密。云胡傾殂，憖遺則弗。聞訃失聲，皆淚横溢。戆冥不敏，早蒙振拔。言繇公誨，行繇公率。戴德不酬，懷情獨鬱。西望輀車，莫持紖紼。維公犖犖，德義譔述。爲後世法，終天不没。託辭敍心，曷能髣髴。嗚呼哀哉！

祭王平甫文

曾　鞏

嗚呼平甫！決江河不足以爲子之高談雄辯，吞雲夢不足以爲子之博聞强記。至若操紙爲文，落筆千字。徜徉恣肆，如不可窮，祕怪恍惚，亦莫之係。皆足以高視古今，桀出倫類。而況好學不倦，垂老愈專。自信獨立，在約彌厲。而志屈於不伸，材窮於不試。人皆待子以將昌，神胡速子於長逝？嗚呼平甫！余昔相逢，我壯子穉。間託婚姻，相期道義。每心服於超軼，亦情親於樂易。何堂堂而山立，忽泯泯而飆馳？計皎皎而猶疑，淚汍汍而莫制。聊寓薦於一觴，纂斯言而見意。

祭歐陽文忠公文

蘇　軾

嗚呼哀哉！公之生於世，六十有六年。民有父母，國有蓍龜，斯文有傳，學者有師，君子有所恃而不恐，小人有所畏而不爲。譬如大川喬嶽，不見其運動，而功利之及於物者，蓋不可以數計而周知。今公之没也，赤子無所仰庇，朝廷無所稽疑，斯文化爲異端，而學者至於用夷，君子以爲無與爲善，而小人沛然自以爲得時。譬如深淵大澤，龍亡而虎逝，則變怪雜出，舞鰌鱓而號狐貍。昔公之未用也，天下以爲病；而其既用也，則又以爲遲；及其釋位而去也，莫不冀其復用；至其請老而歸也，莫不惆悵失望，而猶庶幾於萬一者，幸公之未衰。孰謂公無復有意於斯世也，奄一去而莫予追。豈厭世溷濁，絜身而逝乎？將民之無禄，而天莫之遺？昔我先君，懷寶遁世，非公則莫能致。而不肖無狀，因緣出入，受教於門下者，十有六年於兹。聞公之喪，義當匍匐往救〔一〕，而懷禄不去，愧古人以忸怩。緘詞千里，以寓一哀而已矣。蓋上以爲天下慟，而下以哭吾私。嗚呼哀哉！

祭魏國韓令公文

蘇　軾

天生元聖，必作之配，有神司之〔二〕，不約而會。既生堯、舜，禹、稷自至。仁宗龍升，公舉進士，妙齡秀發，秉筆入侍，公於是時，仲舒、賈誼。方將登庸，盜起西夏，四方騷然，帝用不赦，授公鈇鉞，往督西旅，公於是時，方叔、召虎。入贊兵政，出殿大邦，恩威並行，春雨秋霜，兵練民安，四夷屈降，公於是時，蕭、曹、魏、邴。臨淮、汾陽。帝在明堂，欲行王政，羣后奏功，罔厎于成，召自北方，付之樞衡，公於是時，二帝山陵，天下悸恟，呼吸之閒，有雷有風，有存有亡，有兵有戎，公於是時，伊尹、周公。功成而退，三鎮偃息，天下嗷然，曷日而復？畢公在外，心在王室；房公且死，征遼是卹。嗚呼哀哉！六月甲寅。人之無禄，喪我宗臣。我有黎民，誰與教之？我有子孫，誰與保之？巍巍堂堂，寧復有之？公之云亡，我無日矣，慟哭涕流，何嗟及矣！昔我先子，没于東京，公爲二詩，以祖其行，文追典誥，論極皇王，公言一出，孰敢改評！施及不肖，待以國士，非我自知，公實見謂。父子昆弟，並出公門，公不責報，我豈懷恩？惟此涕泣，實哀斯人。有肉在俎，有酒在樽，公歸在天，寧聞我言？嗚呼哀哉！

祭任師中文

蘇軾

允義大夫，維蜀之珍。《詩》之老成，《易》之丈人。去我十年，其德日新。庶一見之，遽没元身。惟慥與軾，匪友則親。自丙以降，昔惟州民。旅哭于庭，惻焉酸辛。禍福之來，孰知其因。自壽自夭，自屈自信。天莫爲之，矧凡鬼神？生榮死哀，自昔所難。持此令名，歸于九原。

黄州再祭文與可文

蘇軾

嗚呼哀哉！我官于岐，實始識君。方口秀眉，忠信而文。志氣方剛，談詞如雲。一别五年，君譽日聞。道德爲膏，以自濯薰。藝學之多，蔚如秋蕡。脱口成章，粲莫可耘。馳騁百家，錯落紛紜。使我羞歎，筆硯爲焚。再見京師，默無所云。杳兮清深，落其華芬。昔蓺我黍，今熟其饙〔三〕。啜漓歌呼，得淳而醺。天力自然，不施膠筋。坐了萬事，氣回三軍。笑我皇皇，獨違垢紛。俯仰三州，眷戀桑枌。仁施草木，信及麋麏。昂然來歸，獨立無羣。俛焉復去，初無慼欣。大哉死生，悽愴焄蒿。君没談笑，大鈞徒勤。喪之西歸，我竄江濆。何以薦君？採江之芹。相彼日月，有朝必曛。我在茫茫，凡幾合分。盡此一觴，歸安于墳。嗚呼哀哉！

祭范蜀公文

蘇軾

嗚呼！仁宗在位，四十二年。畦而種之，有得皆賢。既歷三世，悉爲名臣。今如晨星，存者幾人？孰如我公，碩大光明。導日而昇，燦焉長庚。死生契闊，公獨壽考。天實耆之，以殿諸老。二聖嗣位，仁義是施。公昔所言，略行無遺。維樂未和，公寢不寧。樂成而薨，公往則瞑。凡百君子，顧公無極。胡不萬年，以重王國？責難之忠，愛莫助之。嗟我後來，誰復似之？吾先君子，秉德不耀。與公弟兄，一日之少。窮達不齊，歡則無間。豈以閭里，忠義則然。先君之終，公時在陳。有夢告行，晨起訃聞。先友盡矣，我亦白髮。聞公之喪，方食哽咽。堂堂我公，豈其云亡。望公凜然，猶舉我觴。

祭歐陽文忠公夫人文

蘇軾

嗚呼！文忠之薨，十有八年。士無所歸，散而自賢。我是用懼，日登師門。既友諸子，入拜夫人。望之愀然，有穆其言。簡肅之肅，文忠之文。雖無老成，典刑則存。何以嗣之，使世不忘。諸子惟迨，好學而剛。夫人實使，兄弟吾孫。徼福文忠，及我先君。出守東南，往違其顏。病不能見，卒以訃聞。自斂及葬，餽奠莫親。匪愧于今，有靦昔人。寓詞千里，侑此一樽。

潁州祭歐陽文忠公文

蘇軾

嗚呼！軾自齠齔〔四〕，以學爲嬉。童子何知，謂公我師。晝誦其文，夜夢見之。十有五年，乃克見公。

公爲拊掌，歡笑改容。此我輩人，餘子莫羣。我老將休，付子斯文。再拜稽首，過矣公言。雖知其過，不敢不勉。契闊艱難，見公汝陰。多士方譁，而我獨南。公曰子來，實獲我心。我所謂文，必與道俱。見利而遷，則非我徒。又拜稽首，有死無易。公雖云亡，言如皎日。元祐之初，起自南遷。叔季在朝，如見公顔。入拜夫人，羅列諸孫。敢以中子，請婚叔氏。夫人曰然，師友之義。凡二十年，再升公堂。深衣廟門，垂涕失聲。白髮蒼顔，復見潁人。潁人思公，曰此門生。雖無以報，不辱其門。清潁洋洋，東注于淮。我懷先生，豈有涯哉？

祭滕大夫母楊夫人文　蘇軾

嗚呼！士盛慶曆，如漢武、宣。用兵西方，故西多賢。惟時滕公，實顯于西。文武殿邦，尹、范是齊。功名不終，有命有義。我時童子，知爲公嚉。四十餘年，墓木十圍。乃識其子，傾蓋不疑。忠厚且文，前人是似。秉心平反，慈訓則爾。仰止德人，如岡如陵。升堂而拜，猶愧未能。豈其微疾，一慟永已。胡不百年，以慰其子？壽禄在天，考終非亡。鵲巢之應，子孫其昌。

祭柳仲遠文二首　蘇軾

嗚呼哀哉！我生多故，愈老愈艱。親朋幾人，曰代日遷。逝者如風，訃來逾年。一慟海徼，摧胸破肝。痛我令妹，天獨與賢。德如召南，壽甫見孫。矧我仲遠，孝友恭温。天若成之，從政有聞。富以學術，又昌以言。久而不試，理豈其然？崎嶇有求，凡以爲親。雖不負米，實勞且懃。知止于此，不如歸閑。哀我孤甥，生如内顔。銜痛遠訴，誰撫誰存。逝者已矣，存者何寃？愼勿致毁，以全汝門。以慰我仲遠，永歸之魂。嗚呼哀哉！我厄于南，天降罪疾。方之古人，百死有溢。天不我亡，亡其朋戚。如柳氏妹，夫婦連璧。云何兩逝，不慭遺一！我歸自南，宿草再易。哭墮其目，泉壤咫尺。閔也有立，氣貫金石。我窮且老，似舅何益？易其墓側，可置萬室。天定勝人，此語其必。

再祭亡兄端明文

蘇　轍

嗚呼！惟我與兄，出處昔同。幼學無師，先君是從。遊戲圖書，寤寐其中。曰予二人，要如是終。後迫寒飢，出仕于時。鄉舉制策，並驅而馳。猖狂妄行，誤爲世羈。始以是得，終以失之。兄遷于黄，我竄于筠。流落空山，友其野人。命不自知，還復簪紳。俛仰幾何，寵禄遄臻。欲去未遑，禍來盈門。大庾之東，漲海之南。黎蜒雜居，非人所堪。瘴起襲帷，颶來掀簷。卧不得寐，食不暇甘。如是七年，雷雨一覃。兄歸晉陵，我還潁川。願一見之，乃有不然。瘴暑相尋，醫不能痊。嗟兄與我，再起再顛。未嘗不同，今乃獨先。嗚呼我兄，而止斯耶？昔始宦遊，誦韋氏詩。夜雨對床，後勿有違。進不知退，踐此禍機。欲復斯言，而天奪之。先壟在西，老泉之山。歸骨其旁，自昔有言。勢不克從，夫豈不懷？地雖郟鄏，山曰峨眉。天實命之，豈人也哉？我寓此邦，有田一廛。子孫安之，殆不復遷。兄來自西，於是盤桓。卜告孟秋，歸于其阡。潁川有蘇，肇自兄先。

爲家君祭吕申公文

程頤

嗚呼！公稟則異，得天之粹。遘兹昌辰，出爲嘉瑞。生而富貴，處之無累。幼而聰明，充之能至。學既知真，仕則爲道。出入屢更，險夷一操。二聖臨御，人望是從。起藩入輔，命相册公。平日視公，静默恂恂。國論所斷，一言萬鈞。謂公無位，位爲相臣。謂公得志，志存未伸。然公心如權衡，所以無間言於率土；德如山嶽，所以致敬心於人主。從容語默之間，人孰量其所補？胡上天之不弔，不一老之慭遺。淵水無涯，將孰求於攸濟；百身莫贖，爲有識之同悲。嗚呼哀哉！羸老餘生，辱知有素。二男論忘勢之交，不偶無酬知之路。阻臨穴以伸哀，姑託文而披露。想英靈兮如在，監丹誠而來顧。

祭知命弟文

黄庭堅

君殁荆州，我在萬里，殁後四月，始聞訃音。既無孤惸，恃有兄弟。天既喪我，君不能年。自我哭君，頭髪盡白。英風豪氣，窘此一棺。拊棺長號，殆無生意。公私之計，身有所縻。既難以歸，舟車可慮。乃得吉卜，旅殯僧坊。雖遠至親，理則安寘。無驚無恐，扶將上輩。絶慟一觴，君其尚饗。

祭彭江州文

曾肇

嗚呼器資，忽不見，其安之乎？孰爲天生斯人，而止於斯乎？人固忌子之獨立，天亦責子之不詭隨乎？不然何以壽不躋於六十，位不過四品，卒泯默而無施乎？嗚呼器資！凡世可貴，學問文章，言語政事，有一于兹，足高士類。而况居今行古，蹈義依仁。衆人所趨，而視若無有；舉世所背，而仔肩以身。檻穽當前而不避，曾何得喪之足云！此固聖賢之自任，豈止度越於時人？至若孝友著於閨門，信義行於鄉閈，處榮悴而無虧，臨死生而不亂，可謂内外全德，始終一貫。實横流之砥柱，宜大厦之棟幹。奈何道未行於當世，福未及於生靈，忽飄流於下國，遂夭閼於脩齡。去此昭昭，即彼冥冥。有志不就，銜恨泉扃。惟自立之卓偉，亘萬世如日星。彼一時之苟得，譬熠燿之與長庚。嗚呼器資！末俗陵遲，朋友道熄。許與之分，切瑳之益，衆皆訑訑，子獨汲汲。我生昏愚，與世殊適。惟子好我，論心莫逆。我先我後，子爲羽翼。我有過咎，子爲藥石。子今云亡，有善誰責〔五〕？豈無他人？莫如子直。嗚呼器資！念昔太學〔六〕，相從之初。綢繆繾綣，二十年餘。中閒省闥，並典贊書。出入風議，惟予子俱。子如飛黄，豈受羇拘。有言不用，去不須臾。我亦遭讒，自請州符。跡有乖隔，心焉弗殊。去歲京城，子留我北。中情莫宣，相視默默。我行未幾，子亦南遷。孰云契闊，曾不經年。尺書未達，已隔終天。寢門一慟，有淚如泉。嗚呼器資！子訃之來，我適罪逐。相念平生，了然在目。匍匐欲往，身有羈束。千里寓辭，以代號哭。

代范樞密祭温公文

張耒

嗚呼！天祚有邦，畀之元龜。篤生我公，爲世父師。夷、齊之清，淵、騫之德，子産之惠，叔向之直，人擅其一，足以成名，公兼衆德，乾乾不寧。九流百家，金匱石室，鈎索沉隱，裁其失得。根抵治亂，經綸皇極，作爲文章，有書秩秩。玄圭大裘，望之肅然；冬暘夏冰，赴者争先。仁英兩朝，鍠鍠厥聲。國有正人，折姦于萌。荏染柔木，求直於繩。我公盡規，君心則寧。烈烈神考，體貌有德。公獻有可，巖巖翼翼。言有未用，不敢受爵。深衣幅巾，歸休於洛。公則休矣，四方顒顒。君子野人，洎于它邦，聞風懷歸，于父于兄。天施不齊，或怨寒暑。公獨何施，四海一譽。元豐末年，國有大事。穆穆文母，宥我神嗣。爰立作相，媚于神人。我公在庭，其重萬鈞。士賀于朝，民歌于廛，農慶於野，兵休於邊。煥爾慄寒，養其飢孱，無痏于飢，無休于田。培其本根，枝葉則茂。豈曰我作，憲章惟舊。於赫聖考，左右上帝。休公于家，實遺聖子。《卷耳》思賢，夙夜周京，不惑不疑，成此太平。公之去來，人之戚嬉；人之戚嬉，帝之從違。豈人事耶？天實爲之。純仁不才，辱公之深。人之相知，貴相知心。惟公我知，洞達表裏。采其所長，謂或可使。申結義好，丘山不移。匪我則然，公實取之。泚泚清洛，獨樂之園，嘉華春敷，脩竹夏寒。清酌脩然，我招我從，琅琅嘉言，有銘在躬。朝偶乏人〔七〕，備位樞機。入與國論，獲親風規〔八〕。六七年間，爲益不貲。私祈白首，從公以歸。憂勞傷生，公既遘疾。庶幾有瘳，卒相王室。國祠既晢，公以喪聞。我心之悲，不獲至門。入哭于室，公既大斂。終天之情，不一見面。人生有死，如旦夜耳。曾子將没，知免而喜。公身既脩，公志既畢，既壽令終，無有其失。有如公者，古今萬一。任重道遠，税駕兹日。庶幾念此，以紓我悲。猶有鬼神，實聞我辭。

代祭劉貢甫文

張耒

嗚呼！子之强學博敏，超絶一世。肇自載籍，孔、墨百氏，太史所録，俚問野記，延及荒外，險陽鬼神，細大萬殊，一載以身。下至律令，老吏所疑，故事舊章，在廷不知，有問於子，歸如得師。直貫傍穿，水決矢飛。一時書林，衆俊並馳。滿堂賢豪，視子麈揮。逸足奇毛，不受絏羈，擯守列郡，吏民畏思。治盜宛朐，不事誅斬。他嚴見欺，子愛不犯。中斥于南，人憂子怡。歸來白首，晚職訓詞。子之來歸，亦既疾病，惟其精明，猶足以永。誰云如子，竟止斯耶！國失君子，善人之嗟。方其盛時，弛不得張，亦既有遭，而蠱其强。誰與子仇，敗子百世，雖然今日，竟何有亡？惟我與君，同年進士，申以婚媾，兼恩與義。平生笑談，樽席安喜，其當在耶，臨此酒胾！

祭張生文

張舜民

嗚呼！學者所以去鄉里，離父母妻子，甘淡薄，盡勤勞，繼晝夜而不息者，知患其道之不至，而不患乎身之不安也。身安可以學道，知愛其道，以亡其身，亦蔽之深者也。而吾子既死矣，其知之乎否耶？然諫諍之臣，死於朝廷；彊埸之臣，死於敵國；吾子死於庠序，其志一也。有雖凶而無咎者，吾子之謂乎！嗚呼吾子，年猶未壯，敏而好學，死乎數千里之外。母老而失所養，妻寡而失其依，晚節末路，委爲窮人。天道固如何哉？是可悲也已！

祭王樞密文

張舜民

夫物有自小而致大，積卑而致高。唯豫章之材，數年而過百尺；騏驥之足，一日而馳千里。黃河發源而注海，太華拔地而參天。與夫命世之英，特起之士，布衣負公輔之望，小官蘊廊廟之器。一旦遭時遇主，建功立業，奸邪望風而屏息，賢者引類而彙征，朝廷以之治安，禮樂由是興起，則豈特豫章騏驥，黃河太華之比也？其公之謂乎！唯公少而居家，則膺令名；長而出任，則有公望。乘時設施，自州縣之卑，數年之間，致位二府。危言大節，慺動天下之耳目。明而可見者，著以爲甲令；隱而不露者，杜患於未形。披榛攘棘，正路廣開，大奸雄慹，束手竄身。歷觀先世以來，固有以兵武而克禍亂，定策而安邦家者，率皆塗炭驅除，糜爛而後止。曾未若雍容於簾箔之前，啓迪於方幅之内，興利除害，如醫者以毫芒之鍼，刀圭之藥，愈膏肓沉惙之疾，不知其工妙之端也。宜其天下爲之矚目，二聖謂之有功。孟子自謂放淫辭，距詖行，以承三聖。程公之力，較公之才，固不在孟子之下。然才高則多嫉，位隆則招殃。曾不旋踵，讒言遽興；未及中年，百疾交作。二聖方隆之眷，而有云亡之嘆；八十待養之親，而嬰哭子之情。善人堂堂，擯死略盡，爲國家者，將何賴焉？始猶疑之人事，今日乃知天椓自天，復何言哉！嗚呼！公之存，不能共致其力；公之殁，不能一哭其門。徒然予知，有愧古昔。遣詞揮淚，靈乎歆哉！

祭范忠宣公文

陳瓘

昔文正公在仁祖時，忠於謀國，衆正所依。心虚而明，照了不疑。先事而慮，告如蓍龜。兩遭劾榜，益奮不移。外禦元昊，數蹈禍機。國勢既安，奚恤我危？考公行事，允也似之。安不擇地，難不敢辭。至於言兵，則曰不知。豈曰爲異，各遵其時。不述其跡，是乃無違。三年遽改，生事者誰？蔡相南行，公獨救之。一勝一復，其兆在兹。公可以默，又進忼辭。人亦有言，公爾忘私。孰能臨義，捨安取危？一斥四年，盲廢始歸。天子哀憐，拜命涕洟。其心不盲，意有所施。人願公留，爲帝龍、夔。病不能對，人所嘆咨。天子曰吁！疾尚可爲。錫以上劑，臨遣國醫。丁寧訓飭，速療勿遲。云何不淑，竟止於斯。嗚呼哀哉！公果已矣。舉世思公，公不來矣。人之於公，有合有睽。聞公之歿，睽者亦悲。情隔生死，公論乃出。悲公之人，始自今日。臨終不昧，忍死有述。小其一身，大我王室。置小恤大，自初訖終。可使聞者，勸而作忠。太宗征遼，喬死不忘。公之所慮，奚獨一方？願稽生靈，願合朋黨，願爲宣仁，一洗誣謗；願正其事，願辨其人；願以中道，行帝之仁。嗚呼哀哉！言惟心聲，孰無此聲，孰有此誠？神器雖大，如人之形，愛養胃氣，可以保生。陽明之經，徧於四體，呼吸之間，無有不差。左絡連右〔九〕，首脉應趾，中經流行，寧有定位。彼執一者，棄異取同，異我曰偏，同我曰中。語各有心，心各有物，孰能審是，而不彼恤？公獨有言，繼者誰乎？公曩我悲，豈緣葭莩？公昔南遷，我在北陲，側身以望，心往從之。及公之還，我有言責，陳留雖近，欲往不得。平生想慕，獨未識公，見公之心，何必形容！文正殁後，公又亡矣，仲季方興，公復有子。其門益大，其道益光，公可無憾，我亦奚傷！

祭吕申公文

鄒浩

天祐上主，篤生我公，來對休運，爲今人鴻。面槐執璧，啓心而恭，衆方窘迫，公獨從容。爰有因革，論起如蠭，公徐一言，翕然以從。事已而默，終日斂躬，若無所與，莫測胸中。但見百官，上下以功；但見四夷，車書以同；但見田野，年穀以豐。流離者復，憔悴者充，白顛黄馘，端若兒童。爰笑爰語，涵泳時雍。朝廷益尊，勳業益隆，殊尤俊偉，益振家風。人亦有言，孰不薦紳，維公秉國，始爲有臣。人亦有言，孰不是似，維公肯構，始爲有子。竊惟公初，信非凡人，情不聲色，學不空文。西山之清，孟軻之醇，德盛行高，孰與擬倫？如古寶器，如時慶雲，世獲覩者，倍萬懽忻。所以施設，如前所陳。公昔去位，君子怛傷，比登三事，交賀壺觴。宜其昊天，俾壽而康；曷爲不仁，禍降非常？兩楹入夢，中台坼光，歲值龍蛇，遽爾云亡。業岌大厦，摧其棟梁。爰自二聖，遠極八荒，知與不知，失聲霑裳。顧如某者，頃在廣陵，辱公青眼，收之門庭。豈徒應格，薦其姓名；每及人物，猥賜題評。遂令疏賤，聞于公卿。重念參侍，屏息人後，未嘗請閒，敢祈公售？爾來日月，不爲不久，文章工乎？問學正不？公竟不問，不考其有。若爲憐之，久而益厚。仰惟此恩，山嶽在首。吉卜伊邇，將舉神匱，義當捨官，躬設雞酒。顧莫之遂，視古則醜。寓兹一奠，以昭不苟。公騎箕尾，寧來歆受？

祭王和甫文

田晝

惟公心符於跡，實稱其名，包含蘊蓄，見於力行。頃在并府，參訂機務。韓侯于宣，城彼西土，發民四萬，以踵其武，將臣依違，莫敢或牾。公曰不然，深入賊所，師干之用，茲亦焉取？振旅言旋，書可插羽，毋空我師，秪以餌虜。我言有成，帝用嘉止，陟於陪屬，亦既顯仕。士有險膚，寘人危機，媢彼技能，掇於文詞。童膺孺喝，羣舌毛起，公獨營之，卒免於死。明明天子，從諫如流，爰屬星變，直言是求。敢謂臣隣，不臧其謀，厚斂竭作，變則有由。擢尹王畿，剖煩折微，游刃砉騞，風颮霆飛。曾未百日，狴犴告空，夷人駭觀，邦史奏公。遺書上變，蔓延無辜，公摘其姦，弭於須臾。丘封萬計，終以不徙，請師文王，掩骼埋胔。乃發蒐慝，乃治强梗，貴幸側目，權豪斂衽。遂躋丞轄，天子是毗，正人所倚，細民所腓。有夏多罪，天命徂征，鼠奔鳥竄，師老于行。皇帝震怒，載整其旅，簡期授材，恢我疆圉。內焉卿士，噤不一語；外焉方鎮，則惟所舉。公力如虎，公乃有陳，豈不來威，眷此下民。皇帝曰都，汝惟可信，一言罷師，天子神聖。其惠伊何？曰蠲其逋；其恕伊何？曰緩其獄。忠烈允著，仁風載穆，孰是勳庸，而不公屬？法吏沾沾，吹毛刻骨，陵藉衣冠，狐豝豕突。有如公者，致於彈文，竟坐婁墨，廢其終身。粵儁在下，實公貽恥，勿俾堙沉，式穀以位。孅佞截截，心折膽落，嫉公居中，肆是譏謫。出領大邦，曰昇與青，周旋楊、雍，晚殿于井。政尚寬大，存鰥弔惸，肆靖我境，其隱如城。公在帷幄，恩威延延，彼蠢者羌，毋敢犯邊。施及卒伍，以至降虜，祝公百年，稽顙蹈舞。胡爲遇疾，奄見殂殁，疇昔起之，以定王國。於皇聖君，誰適謀矣？哲人云亡，梁木隳矣，蚩蚩之甿，靡所依矣！街祭巷泣，嗟何及矣！維昔不肖，往宦江瀆，龍褒鳳翥，始見偉人。平生知己，世無擬倫，執手上堂，得於逡巡。匪惟知之，抑又存之，保釐我躬，燕及其私。自時契闊，亦復流離，川塗阻越，夢寐懷思。旌旆北來，言適太鹵，迎拜霍丘，笑言如故。恩斯閔斯，公意愈隆，引寘幕府，獻疇從容。謂公壽康，歸相天子；乃今冥冥，聲采頓委。大明在上，品物在下，巍巍堂堂，遽即長夜。我心傷悲，公葬有期。念非古人，懷禄在兹。旐車髣髴，與公永違。致彼薄奠，有愧公知。嗚呼哀哉！

祭范德孺文　畢仲游

曩歲識公，靈武之城。公貌既偉，公氣亦英。黄河瀚海〔一〇〕，間關共行。公矜我戇，我知公誠。遂同夷險，期以死生。其後公顯，鏗鍧有聲。既顯而貴，隱然大名。帥慶帥延，帥熙帥并，武夫悍卒，怖若雷霆。軍師老將，心服其寧，屬鞬聽命，甘從使令。四路十年，不知有兵。及公尹洛，以嚴輔明。下教既悉，擿伏亦精。洛城萬室，千里爲畇。家家畏公，如公是隣。宿姦巨猾，魂褫魄淪。擊斷取捨，莫知其因。遂皆斂手，以公爲神。凡人之情，僥倖苟得；公獨裁之，如穴被塞。凡人之情，好寬喜逸；公獨檢之，規矩繩墨。宜其不懌，而以爲病；乃獨懷公，式歌且詠。豈其施設，遠而難窺？人樂其大，而忘其私。不然則公，不足爲奇。矧公門户，奕世顯榮，太師爲父，相轄爲兄。公又崛起，岌業峥嶸，宜繼三人，秉國之成。而公一廢，十有八齡。公廢于家，匪公匪卿；二邊倚重，猶如長城。人言公復，士夫倏興；人言公用，夷虜震驚。公復之日，萬耳皆傾。復未之用，而公已薨。嗚呼哀哉！吉人今喪矣。胸中之奇，包而往矣。威名氣像，豈可爲矣？予末小生，將何依矣？慟哭于野，出相送矣。追念平昔，恍如夢矣。嗚呼哀哉！

祭陳了翁文

游酢

嗚呼陳公，萬夫之傑。大虚無塵，心凝知徹。經綸大猷，如挈裘領。灼知幾先，眇綿作眪。慮遠而知者疑，言危而弱者讋。蓍龜有稽，可觀而省。嗚呼陳公，知事道而已，不知鼎鑊之臨其顛也；知徇國而已，不知陷穽之横其前也。阨之白首，而氣愈和；蹙之死地，而志愈堅。處約彌久，妻孥裕然。畎畮念忠，頂踵利物，人疑其爲墨；平生拯飢，任重一身，吾知其爲稷。行道之人，聞者心惻。意者天將降之大任，而空乏其身耶？意者吾君將追念其篤誠，發獨斷而收之以澤斯民耶？嗚呼！孰謂流離川途，邅迴萬狀，而淪於淮楚之濱耶？嗚呼！孰謂謀可以託心膂，力可以任股肱，而志願卒不伸耶？浩浩元精，慘不知其因耶？歲首之書，後訃而達。執書一慟，骨驚心折。嗚呼陳公，蓋將有哲人能盡知而賢之，有志士能慷慨而言之，有仁人能經紀其家而存之，有良史能具載其實而傳之。區區鄙詞，曷足以涉其流而泝其源乎？寓奠一觴，聊薦悃愊。東望傷懷，淚落横臆。

祭程伊川文

張繹

嗚呼！利害生于身，禮義根于心。伊此心喪于利害而禮義以爲虚也〔一〕，故先生踽踽獨行於世，衆乃以爲迂也。維尚德者，以爲卓絶之行，而忠信以爲孚也。立義者，以爲不可犯；而達權者，以爲不可拘也。在吾先生，曾何有意，心與道會，冥然無際。無欲可以係羈兮，自克者知其難也。不立意以爲言兮，知言者識其要也。德輶如毛，毛猶有倫，無聲無臭，夫何可親？嗚呼！先生之道，不可得而名也。伊言者反以爲病兮，此心終不可得而形也。維太山以爲高兮，日月以爲明也。春風以爲和兮，嚴霜以爲清也。在昔諸儒，各行其志，或得乎數，或觀乎禮，學者賴之，世濟其美。獨吾先生，淡乎無味，得味之真，死其乃已。自我之見，七年于兹，含孕化育，以蕃以滋。天地其容我兮，父母其生之。君親其臨我兮，夫子其成之。欲報之心，何日忘之？昔先生有言，見乎文字者，有七分之心；繪乎丹青者，有七分之儀。七分之儀，固不可益；七分之心，其猶可推。而今而後，將築室于伊洛之濱，望先生之墓，以畢吾此生也。嗚呼！夫子没而微言絶，則吾固不可得而聞也。然天不言而四時行，地不言而百物生。惟與二三子，洗心去智，格物去意，期默契斯道，在先生爲未亡也。嗚呼！二三子之志，不待物而後見；先生之行，不待誄而後徵。然而山頹梁壞，何以寄情？淒風一奠，敬祖于庭。百年之恨，并此以傾。

祭鄭庭誨文

毛滂

石梁鬱然，上有佳氣，下走清湍。昔聞異人，相携盤桓。寥寥至今，漁樵所安。尚意山間，人必有異。下乃君廬，長廊甲第。記初識君，在稠人中。孤羆傲兀，知不可籠。一見傾蓋，定交尊俎。豈惟姻聯，氣則相許〔一〕。予才闒茸，寡諧於世。所賴得君，差彊人意。奮然高談，氣蓋一座。有非吾曹，瞪目欲唾。君真偉人，秀眉奇狀。使當卒學，仕必人上。退託於酒，日飲亡何。羽衣岸巾，枕麴而哦。小詩立成，晚更婉熟。不樸不圓，元和賸馥。揮金如土，結客如市。遠韻翛然，形骸之外。名利之徒，其隘如髮。敗意苦心，十居七八。開口一笑，人生能幾？君醉不知，笑以没齒。君年不足，行樂則過。胡用百憂，齒拙髮墮？曩子西征，相酌以酒。酣歌悲壯，起舞爲壽。予謂此别，行當來歸。當益釀酒，從君遨嬉。予歸酒熟，君不復臨。有佳風月，如聆車音。薦酒君堂，予目泫然。呼君不聞，是豈醉眠？

校勘記

〔一〕匍匐　「匐」原作「向」，據明刻本改。

〔二〕有神司之　「神」字原本空白，據明刻本補。

〔三〕其饋　「饋」原作「餽」，據明刻本改。

〔四〕齠齔　「齔」原作「齕」，據明刻本改。

〔五〕誰責　「誰」原作「詐」，據明刻本改。

〔六〕念昔　「昔」原作「者」，據明刻本改。

〔七〕乏人　「乏」原作「之」，據明刻本改。

〔八〕風規　「規」原作「親」，據明刻本改。

〔九〕左絡　「左」原作「在」，明刻本同，按文義字當作「左」，今改。

〔一〇〕瀚海　「瀚」原作「澣」，據明刻本改。

〔一一〕伊此心　「伊」下原本空一字，明刻本作「川」，疑淺人妄補。

〔一二〕相許　「許」原作「計」，據明刻本改。按，此卷文字，明抄本多同誤，不出校。

宋文鑑卷第一百三十五

祭文　謚議

祭文

祈雨祭漢景帝文　歐陽修

縣有州帖，祈雨諸祠。縣令至愚，以謂雨澤頗時，民不至於不足，不敢以煩神之視聽。癸丑出於近郊，見民稼之苗者，荒在草間，問之。曰：「待雨而後耘耔。」又行見老父曰：「此月無雨，歲將不成。」然後乃知前所謂雨澤頗時者，徒見於城郭之近，而縣境數百里，山陂田畝之間，蓋未及也。修以有罪，爲令於此，宜勤民事神，以塞其責。令既治民獄訟之不用，又不求民之所急，至去縣十餘里外，凡民之事，皆不能知，頑然慢於事神，此修爲罪又甚於所以來爲令之罪。惟神爲漢明帝，生能惠澤其民，布義行剛，威靈之名，照臨後世，而尤信於此土之人。神其降休，以答此土之民之信！

祭城隍神文　歐陽修

雨之害物多矣，而城者神之所職。不敢及佗，請言城役，用民之力，六萬九千工，食民米一千五百石。衆力方作，雨則止之；城功既成，雨又壞之。敢問雨者，於神誰尸？吏能知人，不能知雨；惟神有靈，可與雨語。吏竭其力，神祐以靈；各供其職，無媿斯民！

祈雨祭漢高皇帝文

歐陽修

吏有常職，來官于滁者，不三四歲而易也。神食于此，無窮已也。神與吏，於滁人孰親且久？孰宜愛其人之深也？滁人敢慢其吏，而犯吏法者有矣；未聞有敢慢神而犯威靈也，其畏信勤事於神也。吏於凡小事猶皆動有法令約束〔一〕，違則有罰；孰若神之變化不測，而能與民轉灾爲福也。吏朝夕拜禱，彌旬越月，而無所感動。神之召呼風雲，開闔陰陽，而役使鬼物，頃刻之間也。今民田待雨急矣，吏知人力不能爲，猶竭其力而不得已；況神之易爲也！況滁人畏信勤事之久而親，神宜愛之，而又有可以轉灾爲福，變化不測之能也！吏誰敢與神較？而某輒以此爲黷者〔二〕，蓋哀民之急辭也。其政不善而召灾旱，又以爲黷，神宜降殃于某，而賜民以雨，使賞罰並行而兩得也。民之幸也，某之願也。

北嶽祈雨文

宋祁

自冬無雪，大寒不效，宿麥枯槁。涉春之仲，土價凍泮。天極愈高，暖氣蚤來。癘鬼挾疫，以中齊人，寒咳僵仆。耤埃蒙田，耒耜弗施。夫家愁嘆，疾首無訴，坐待飢虛。臣荷二千石印綬，克長此邦部，九州軍地，幅員千里，民有不獲，匪臣孰司？臨政不敏，御下弗明〔三〕，事神不虔，怨詛騰布，爲疾爲旱，職臣所召。向者已遣府從事，投訴祠闕，冀蒙嘉生。而涉月跨歲，大和閉鬱，終風連朝，雲合輒披。臣日者自省〔四〕，不知所救。惟身多罪，蔽暗懦愚，非帝所赦，不敢逃誅。斯民何辜，罹此亢厄，孩耋相持，驅就困窮。有仁如帝，而不垂閔？惻聞古諸侯祭境内山川，以山川能出雲，爲風雨，見怪物，福庇其下，而血食之。自侯以降，養犧儲醪，跽伏進薦，或禴或嘗，不敢有貳，以能爲之主也。惟帝所宅，乃州之望，何材不取？何孽不除？然則蓄而泄之，沛潤千里，振洗惔焚，奮張葉牙，滋液流浸，啓侑有年，是岳所以主，而州所以爲望也。人能事神，神能庇人，方窮而訴，必見哀情。物薄請豐，所恃至誠。

祭左丘明文　　黄晞

噫嘻嗚呼！天地何私，鍾才特殊。胷羅萬象，器函八隅。堯形舜骨，禹步湯趨。巍巍左丘，千古德孤。周孱魯愶，玉石混淪。何王何侯，何主何奴？鬼哭朝陽，狐巢國都。丁艱憤辰，閉目涕裾。捉簡磨鉛，申杼踟躕。仲尼經之，神居緯諸。百王千法，雹熠霞鋪。浮忠暴孝，竄姦磔諛。弗官而賞，弗斧而誅。雲龍譎詭，麟鳳怡愉。星紀二十，鱗如爍如。後俗荒醉，履捷迷途。跬步咫尺，荆棘扶疏。鄒、夾、公、穀，不式不謨。侵官盜位，犯禁罹辜。指白爲赤，驚聾駭愚。太陽無色，殘燈有餘。惟聖作古，降聖異區。四子於是，析言厚誣。仲舒、劉向，習異牽拘。病在膏髓，徒信皮膚。有漢後葉，方漏本書。子駿、元凱，怒氣虹舒。赤地申力，横流展圖。大年倏臻，平原罔虞。凜然千祀，清風襲予。時移事遠，迷終反初。陸淳、啖、趙，狺吠空虚〔五〕。黄踵成習，夸紫亂朱。方孩躑躅，作氣趺趺。骨幹葱弱，吻齶乳濡。張脣哆齒，哃嗻囁嚅。狂聖姝厲，齊鏕並驅。蝸口蟬腹，性稟只且。張皇受納，毫芒碎銖。孰先而師，孰後而徒。更唱迭和，蠅喧蠓吁。噫嘻嗚呼！有梟者子，食母含腴。有梟之士，爲儒賊儒。古人有法，磔爾之軀。少宰司寇，木偶屍蛆。拆劍尺鐵，土蝕階除。旁徨觀者，血迸睛枯。歲次庚寅，假道曹墟。秀領參天，苦霧冥紆。寤寐晷刻，肸蠁冥符。驚醒感嗟，肅齋造祠。酌水投文，噫嘻嗚呼？

祭馬當山上水府文

呂誨

惟神道靈水府，雄據長江，濟物利人，載在祀典。然風波重阻，帆檣交會，物貨貿遷者，商人之利也。又如冒官敗墨，侵漁下民，重裝以還者，貪吏之利也。是皆行險儌幸，日進千里，而不知其徑者。利汩於中，豈計於險易，一有傾覆，固其宜矣。至若艫尾相銜，率錘致石，遠奉公上，固有期會，豈得已者。又況忠臣義士，忘軀報國，一言忤時，謫斥萬里，雖葬於魚腹，未厭仇人之欲；與夫徇福，誠異趣爾。意天地設險阻，舟楫濟不通，皆有所謂。神據險阻，受國封爵，濟物利人，福善禍淫，乃其職爾。今狂蛟肆怒，乘風鼓浪，恣其覆没，阽危若是。果威靈不能制耶？彼安濟者，皆其幸耶？某六年中再得罪，沿泝上下者四。移麾晉陽，舟次于是。適值風濤，幾爲淪溺，三日未霽。故具牢醴，禱訴所誠，神其監焉！

諸廟謝雨文

曾鞏

吏之罪大矣，一切從事於謹繩墨，督賦役而已。民之所欲不能與，所惡不能去，自恕以竊食，不知其可媿，安能使陰陽和，風雨時乎？故若某者，任職於外，六年于兹，而無歲不勤於請雨。賴天之仁，鬼神之靈，閔人之窮，輒賜甘澤，以救大旱。吏知其幸而已，其爲酒醴牲餋，以報神之賜，曷敢不虔？維神尚終惠之，使永有年，則神亦無窮，有依于人。

福州鱔溪禱雨文

曾鞏

嗟呼旱也，誰則爲之？芃芃之稼，將槁而萎；嗷嗷之衆，曷望而依？爲閩屬者，寇賊之罹。逮其既附，我士已疲。餘醜成羣，百十睢睢，跳浪出没，負力乘巇。亦有爲渠，諸偷所推，相望棊布，未受羈靮。室家莫寧，遠近以疑。我畜以柔，亦震以威。從有法賞，不從係纍。或擾而序，或就纆徽。逮歲朔易，盪定無遺。山林夜行，笑語追隨。吾人卽安，含糗而嬉。士馬亦奮，桓桓騤騤。天子聖德，海邦是綏。維此海邦，初亦難饑。今宇寧矣，師征始歸。今食足矣，廩實尚微。若歲大熟，如梁如茨，如陵如坻，自公及私。獄無訟繫，里無盜闚。式于永世，方始在兹。今此大毋，既碩而齊，俾不卒成，孰忍爲斯？神有靈蹟，國人所祇；神有顯號，天子所躋。萎能起之，槁能澤之，胡能有餘，斂而不施？我用卜日，蚤駕以馳，卽告潭側，尚其聽之！攘除驕陽，騰雲彍霓，播爲甘液，霈洒淋漓。俾農有秋，百物具宜，熄偷與争，長置刑辟。人於報事，豈有斁思！

始定時薦告廟文

張　載

自周衰禮壞，秦暴學滅，天下不知鬼神之誠，繼孝之厚。致喪祭失節，報享失虔，狃尚浮圖可耻之爲，雜信流俗無稽之論。世代寖久，習爲厥常。載私淑祖考遺訓，聖賢簡書，歲耻月慚，朝儥夕惕。比用瞻拜，愧汗不容自安。竊自去秋以來，稍罷無謂節名，閭閻俗具，一用拜朔之辰，移就新薦。然而四時正祀，尚未講脩。《禮》謂，士有田則祭，無田則薦。祭用四孟，薦用仲月。載於秩命，乃視天子。中士當用四仲，擇日申薦成禮。故議自今春二月爲始，決用四時分至之日，舉行常儀。然尚懼採擇之未明，恬俗之易駭；或財用不足，或時不得爲；未免雜用褻味燕器，參從近事。遽爾變創，要之所安。恭惟考妣恩明，尚賜矜享。間有未盡，仍幸稍益改脩。方歲之初，不敢不告。惟賜鑒諒幸甚！

生擒西蕃鬼章奏告永裕陵祝文

蘇　軾

大獮獲禽，必有指縱之自；豐年高廩，孰知耘耔之勞？憬彼西戎，古稱右臂。自嘉祐末，木征擾邊；至熙寧中，董氈方命。於赫聖考，恭行天誅。非貪尺寸之疆，蓋爲民除蟊賊，遂建長久之策，不以賊遺子孫。而西蕃大首領鬼章，首犯南川，北連拓拔。申命諸將，擇利而行；旋聞徧師，無往不克。吏士用命，争酬未報之恩；聖靈在天，難逃不漏之網。已於八月戊戌，生擒鬼章。顗利成擒，初無渭水之恥；郅支授首，聊報谷吉之寃。譓當推本聖心，益修戎略。務在服近而來遠，期於偃革以息民。仰冀威神，曲垂昭鑒！

禱雨社稷四首

蘇　軾

噫我侯社，我民所恃。祭于北墉，答陰之義。陽亢不反，自春徂秋，迄冬不雨，嗣歲之憂。吏民嗷嗷，謹以病告，錫之雨雪，民敢無報！

右社神

神食于社，蓋數千年。更歷聖王，訖莫能遷。源深流遠，愛民宜厚；雨不時應，亦神之疚。社稷惟神，我神惟人；去我不遠，宜軫我民！

右后土

農民所病，春夏之際，舊穀告窮，新穀未穟。其間有麥，如暍得涼，如行千里，弛擔得漿。今神何心，毖此雨雪？敢求其佗，尚憫此麥！

右稷神

惟神之生，稼穡是力，廑身爲民，尚莫顧惜。矧今在天，與天同功，召呼風雲，孰敢不從？豈惟農田，井竭無水，我求於神，亦云亟矣！

右后稷

祭戰馬文

路振

咸平中，契丹犯高陽關，執大將康保裔，略河朔而去。天子幸魏，遣特將王榮，以五千騎追之。榮無將材，但能走馬，以馳射爲事。受命恇怯，數日不敢行，伺賊渡河而後發。賊有剽淄、齊者數千騎，尚屯泥沽。榮不欲見敵，遂以其騎略界河南岸而還。晝夜急馳，馬不秣而道斃者十有四五。天子憫之，遣使收瘗焉。因作祭文曰：

房駟之精，降爲驪騂。飲泉呀風〔六〕，流沙激霆。虎脊孤聳，龍媒驁獰。丹髦曉霞，的顙秋星。茀方著幹，宜乘旋膺。巉臚角起，方眥珠明。爾其絶塞草荒，八月隕霜。毛縮蹄研〔七〕，筋舒脉張。獸惡恐噬，虬獰欲驤。噴沙散沫，千里飛雪。戎人負紖，武士索鐵。前遮後突，雷動地裂。忽挽一而制百，終伏揭而授紲。戎官劬劬，歲入券書。蹄踵纍纍〔八〕，通乎鬼區。名駒大駉，銜尾入塞。勞其酋長，節以駔儈。蜀錦吴繒，積如丘陵。馬歸於我也重，幣入於彼也輕。於是絡黄金之羈，浴天池之波。皷鬣雲衢，弄影星河。或踶而齧，或鶪而吪。驫蠶申禁，駔駿何多！帝念神物，來經遠道，閑之于内廄，養之于外阜。飲以玉池，秣之瑶草。窮冬虜塵，入我河湑。羽書宵飛，龍馭北巡。選仗下之名馬，屬閫外之武臣。琱戈電燭，禁旅星陳。授以長策，帥以全軍。將士怒兮山可擘，猛馬哮兮虎可咋。何嚶喈之無勇，反遷延而避敵。冰霜淒淒，介甲而馳。不飲不秣，載渴載飢。駿馬餒死，行人嗟咨。委天骨於衢路，返星精於雲霧。報主恩之無及，齊戎力而何誤。生芻致祭，弊帷成禮。瘞于崇岡，全爾具體。馬如有神，知帝之仁。嗚呼！

謚議

贈尚書右僕射孫奭謚議

宋祁

博士宋祁議曰：僕射清明莊重，體柔而用健，暢和吸粹，儲爲英華。在布衣韋帶，有深沈不器之韻。緩玦彈冠，賓于王門。是時宋興四十餘歲，天子上文嚮學，開太平之原。薪櫄髦士，充布臺閣，而未有卓然以儒名家。僕射由經生博貫前載，乃以《詩》之多識，《書》之知遠，《易》之肆而隱，《春秋》之婉而微，《禮》之肅雍，《樂》之易良，參勸講授，爲薦紳倡。始執據聖道，洮汰羣疑。斗杓所建，遂成寒暑；珩璜所觸，自然宫徵。歷官上庠，居爲時宗。既而籍内禁閣，踐諫省駮曹之任，入進其熟，出詭其辭。批鱗罔憚，職衮無闕。在《蹇》王臣匪躬，在《説命》朝夕納誨，惟僕射舉之，愛莫助之。屬今上濬明厥初，物色舊老，實膺丹書之問，進對華光之塗，用階告猷，式克躋聖。桓榮稽古，寬中眇論，惟僕射有之，是以似之。及宸幄歸道，安車稅駕，天文褒餞，士倫嗟挹。俾耆而艾，以歿元身。大君廢朝，行路相弔。賻布所須，一出長府；密章加等，昭飾下泉。信乎令終之高顯，大雅之明哲矣。謹按《謚法》，體和居中曰宣，善問周達曰宣。如僕射處躬彌沖，在醜忘競，不居物累，不爲盜憎。其讓如范宣，其慎如子孺，能體和矣。內治家事，外施邦政，接士無貌言，祝神無媿辭。協用通介，時其進退，能居中矣。行成束脩，節貫華皓，終以碩望，顯升師臣。其所薦士，皆足以經哲秉猷，敷賁皇極。遜遠時譽，常如不及。以年得謝，饗考終之福。生平素守，鮮如晨葩，信善問矣。建白紬次，百餘篇，傳經見義，質聖行遠，藏于册府，副在家楹。推明則董仲舒，博洽則劉向，其周達矣。節惠知行，請謚曰宣。謹議。

張忠定謚議

劉 敞

太常禮院謚故禮部尚書張公曰忠定。太子中允、直集賢院、同判吏部南曹劉敞覆議曰：尚書布衣之時，任俠自喜，破産以奉賓客，而借軀報仇，往往過直。及讀書爲文，折節受學，則爽厲明白，務求道真。至於策名試吏，俶儻奮發，思自見於世，不令己失時，蓋有古賢之風。而神宗聖考，知人善任，使每盡其用，雖專斷於外，而上不疑，此其所以感激慷慨，能成功名者也。夫英偉卓犖之人，固自負其材，可以意氣忠信結，而不可以禄位貨利取也。尚書再在蜀，及佗臨涖，皆朝廷所倚重；或兵荒之餘，而言聽計從，德澤下流，民到于今稱之。蓋君之圖任一，則士之報施重，其不然歟！自宋興以來，且百年，言治者甚衆。其直己以事上，盡心以撫下，生有榮名，死有遺愛者，尚書殆無與並焉。末年以疾，害於朝謁，不至大位，士君子以爲恨。今主上甄德念功，使有司追賜之謚，而曰廉方公正，安民大慮。竊以謂無間然矣。請從博士之論，以充太史之録。謹議。

趙僖質謚議

劉敞

議曰：《春秋》之議，視遠物者，見其形不見其容；聽遠聲者，聞其疾不聞其舒。此褒貶之審也。少傅公歷事三朝，嘗列四輔，謀謨之益，施爲之效，蓋多有矣。然而入則極論，出則詭詞，是以人無聞焉。雖推美讓德，大臣之宜；亦其天性恭愼然也。今太常易名，謂之僖質。稽類揣稱，竊以爲允。謹議。

陳執中謚榮靈議

韓維

執中幸得以公卿子，遭世承平，因緣一時之言，遂至貴顯。皇祐之末，天子以後宮之喪，問所以葬祭之禮。執中位爲上相，不能總率羣司，考正儀典，以承答天問，知治喪皇儀，非嬪御之禮；追册位號，於宮闈有嫌；建廟用樂，踰祖宗舊制。執中白而行之，曾不愧憚，遂使聖朝大典，著非禮之舉。此不忠之大者。閨門之内，禮分不明。夫人正室，疏薄自絀；庶妾賤人，悍逸不制；醜聲流布，行路共知。此又治家無足言者。夫宰相所當秉道率禮，以弼天子；正身齊家，以儀百官。執中不務出此，而方杜門深居，謝絶賓客，曰「我無私也，我不黨也。」豈不陋哉？謹按《謚法》，寵禄光大曰榮，不勤成名曰靈。執中出入將相，以一品就第，可謂寵禄光大矣；得位行政，不爲不逢；死之日，賢士大夫無述焉，可謂不勤成名矣。請合二法，謚曰榮靈。

歐陽文忠公謚議

李清臣

太子太師歐陽公，歸老于其家，以疾不起，將葬，行狀上尚書省，移太常請謚。太常合議曰：公維聖宋賢臣，一世學者之所師法。明于道德，見于文章。究覽六經、羣史、諸子、百氏，馳騁貫穿，述作數十百萬言，以傳先王之遺意。其文卓然自成一家，比司馬遷、揚雄、韓愈，無所不及，而有過之者。方天下溺於末習，爲章句聲律之時，聞公之風，一變爲古文，咸知趨尚根本，使朝廷文明不愧於三代漢唐者，太師之功，于教化治道爲最多。如太師，真可謂文矣。博士李清臣得其議，則閲讀行狀，考按謚法，曰：「文唐韓愈、李翺、權德輿、孫逖，本朝楊億，皆謚文。太師固宜以文謚。」吏持衆議白太常官長。有曰：「文則信然，不可易也。然公平生好諫争，當加獻，爲文獻；無已則忠，爲文忠。」衆相視曰：「其如何？」則又合議曰：「文獻疊犯廟謚，固不可。忠亦太師之大節。太師常參天下政事，進言仁宗，乞早下詔立皇子，使有明名定分，以安人心。及英宗繼體，今上即皇帝位，兩預定策謀，有安社稷功。和裕内外，周旋兩宫間，迄于英宗之視政。蓋太師天性正直，心誠洞達明白，無所欺隱，不肯曲意順俗，以求自便安。好論列是非，分别賢不肖，不避人之怨誹狙疾，亡身履危，以爲朝廷立事。按《謚法》，道德博聞曰文，廉方公正曰忠。今加忠以麗文，宜爲當。」衆以狀授清臣爲謚議。清臣曰：「不改於文，而傳之以忠，議者之盡也，清臣其敢不從？」遂謚文忠。謹議。

范忠宣公謚議

鄧忠臣

伏惟太常寺定開府儀同三司范純仁謚議如前。議曰：《謚法》云：慮國忘家曰忠，善聞周達曰宣。古之慮國忘家者，固嘗有焉；兼之善聞周達者，蓋亦鮮矣。全是二美，得之純仁。太常既易其名，博士又爲之議。移文覆訂，屬于考功。忠臣桉，純仁爲大臣之子，布被脱粟而不以爲非；都上公之司，袞衣繡裳而不以爲泰。要終原始，考實求聲，歷事五朝，堅持一節。厚同宗之族，猶葛藟之庇本根；見慢上之人，如鷹鸇之逐鳥雀。凡言責與官守，皆諫行而計從。讜論嘉謀，確乎其不拔；令名廣譽，闇然而日彰。在畎晦未嘗忘君，思飢溺不獲由己。作《尚書解》以進，如宋璟之爲元龜；抗濮園議以聞，如師丹之爲黄耈。臨公家之利，知無不爲；得小大之情，矜而不喜。每思捐身而開策，所願休兵而息民。秖知扶危而濟傾，寧恤跋前而疐後？文有黄裳之吉而内美，言無白圭之玷而外華。頃緣秉鈞，適丁連茹。方讒言亂國，而明蔡確之無實；洎姦黨投名，而謂大防之可原。當衆人莫敢言之時，在偏州無所用之地，義形於色，憤發至誠。非止救當時正人端士之織羅，直欲戒後世亂臣賊子之迷罔。徇公忘己，爲國惜賢。興言嗟嘆，使人於邑。父母之國，有時而去；股肱之義，於是或虧。放之江湖，忽如草芥。紉蘭澤畔，更甚屈原之忠；占鵩坐隅，已分賈生之死。惟天知善，惟君知臣。適訪落之初年，講圖舊之新政。側席南望，而決浮雲之蔽；擁節東歸，而詠「零雨其濛」。公望益隆，恩數彌渥。法座想見其風采，詔書相望於道塗。欲入覲則未能，願養疾者益懇。改元三日，以不起聞。天子於是震悼輟朝，賻贈加等。告其第，開府儀同三司之府；表其墓，賜世濟忠直之碑。人臣哀榮，無以尚此！古學有訓，阿衡詎專美乎商；君違不忘，臧孫將有後於魯。古之遺直，今也則亡。謚曰忠宣，於義爲允。

校勘記

〔一〕凡小事　「事」原作「且」，據明刻本改。

〔二〕而某　「某」明刻本作「脩」，篇末「某之願也」，「某」亦作「脩」。

〔三〕弗明　「明」字原本空白，據明刻本補。

〔四〕日者　「者」字原本空白，據明刻本補。

〔五〕猖吠　「猖」原作「信」，各本同，今以意改。

〔六〕飲泉呀風　「飲泉」原作「泉水」，據《宋史》四百四十一《文苑》三《路振傳》改。

〔七〕毛縮蹄研　「研」，《宋史》作「堅」，疑當作「趼」。

〔八〕蹄踵　「踵」，《宋史》作「蹴」，較長。

宋文鑑卷第一百三十六

行狀

馮侍講行狀

宋祁

馮元，字道宗，年六十三。公之先始平人。四代祖官廣州，唐末關輔亂，不敢歸，而劉氏據南海，僑斷士人，故三世食其禄。太祖定廣。公之禰本劉氏日御，國除始爲王官，授保章正，老病免，遂占數都內。公少嗜學，保章君不欲公疇其業，使從故僕射孫宣，公授五經大義，又友博士崔頤正。逮冠，彊立博覽，外嗛嗛若不足，中敏力甚。自經典故訓，祖襲師承，穿穴筵楹，皆能駕其説，浸弄翰爲詞章，默而有沉鬱之思。出入服褒衣，習矩步，如大賓祭，鄉人化其謹，至以俚語諺之。不妄交遊，惟樂安孫奭、吴陸參、譙夏侯圭相友善，三人皆直諒而材，故號四友。家貧，盛冬無薪燎，夜輒市瓻酒，與圭對經研摧，一再酌以自温，或達旦不瞑。真宗大中祥符元年，由進士調臨江縣尉，再期罷。會講員缺，詔冬集吏能明經得自言試可。公往應令。時諫議大夫謝泌領選，精果有風鑒，見公儒者，嘻笑曰：「吾聞古治一經至皓首，生能盡善也邪？」對曰：「達者一以貫之可矣。」謝奇其對，因抉經義疑晦者廷問參詰。公條陳詳詣，言簡氣愿。謝抵掌嗟伏，即日聞上，授國子監直講。由是名震京師，公卿大夫家争欲屈公授道者。

久之，遷廷尉平，又兼崇文院檢討。其八年，程覆俊選。公待詔殿中，帝讀《易》至《泰卦》，命説其義。公既道《繇》、《象》云云，因本君臣感會，所以輔相財成者。帝悦，賜五品服，稍親近之。禁中建龍圖閣，庋藏祕册，置學士、待制等員，爲搢紳譽處。時用尚書工部郎中李虚己、兵部員外郎李行簡待制。是時公仕資淺，故以太子中允充直閣，直閣蓋由公始。數召入，與二李賜清問，説《易》盡上下經。帝嘗稱公誦説通而不泥，言外自有餘趣，非專門一經士也。俄改三品服。天禧元年，以諫議大夫，假節使契丹。還，遷太常丞，兼判禮院吏部南曹。先是今上在儲闈，帝欲得肅艾長者，使之勸學，訪於宰相。時太尉文正王公以公對〔一〕。或者謂公年差少〔二〕，罷不用，更用博陵崔遵度。四年遵度卒，帝即擢公左正言，兼太子右諭德，代其任，它職如舊。初，文正聞公名而未之識，一日召至第，先使諸子質經義，密視其人，淹粹亮恪，乃自見之，授其《老子》。它日令詣府與執政衆試，已而爲帝言數矣，故公之顯，文正力焉。公由孤生，挾儒術進，出入十餘年，鞾玉華綏，與諸儒獻歌頌，數得進見。兩宫所以褒禮賜予尤渥，便蕃光明，爲時宗國器，當世休之。今上嗣位，改尚書工部員外郎，升爲直學士，兼侍講。未幾，孫宣公亦入露門，執經遞進。公得孫同列以爲寵，孫得公亦自以知人爲多。兩人提衡諷道，上益嚮學。俄兼會靈觀副使，知通進銀臺司，兼門下封駮事。天聖元年，判登聞檢院，明年判國子監，三年改禮部郎中，五年同知貢舉。時天下階計參倍，公協力程綜，片善必録，雖鉤摭臬平不計其公。未幾正爲學士。當是時，天子念先帝盛烈，裁績信書，爲一王言。故貳卿中山劉公筠、今資政殿學士常山宋公綬、丞相潁川陳公同領史事而已。丞相爲開封府浩穰劇三輔，乃罷史官，諸公亟以公請，詔從之。書閲兩朝，論次筆削者衆，至是襃懲謹嚴，近古風烈矣。其十一月，燎祭南郊，爲鹵簿使。七年，召入翰林，爲學士。凡三禁職，皆天下選，而公兼有，且優爲之。又判尚書都省，俄爲三班院。歲餘，改吏部郎中。八年，以國書成，進諫議大夫，充史館修撰。九年，爲吏部流内銓，兼羣牧使。明道元年十月，既考室謝享宗廟，又爲鹵簿使，以赦令例遷給事中。明年，耕耤田，使任如廟禮。俄爲莊獻、莊懿二太后園陵鹵簿使。前此莊懿之未祔也，塴都城右郊，公嘗假鴻臚護其葬。及梓宮之遷，斥土沮溼〔三〕，近戚詆公監視亡狀。十月解翰林學士及侍講二職，出守河陽。辭得見上，但頓首引咎，自請治郡，滿三年，奉計以報。會太學官屬叩丞相府，上書留公，柄臣悔，欲弗遣。公固願行，到部以清静稱，不作條教。今左僕射王沂公自洛師入覲，爲上言，馮某東朝儁老，不宜以纖芥棄外。上亦意合，卽日馳傳詔公。景祐二年春二月至日，自河陽改禮部侍郎，兼翰林侍講學士，兼知審官院，復判太常禮院、國子監。公既還朝，自以羽翼舊人，身託勸講，宜出入諷議，不苟默而已，乃獻《金華五箴》，弼違告猷，詞兼婉切。上納其戒，優詔答之。會上留意雅樂，閔經文殘缺，規創大典，夏四月，詔公領修《樂書》。俄復爲南郊鹵簿使，管祥源觀事。明年七月書成，上號其書爲《景祐廣樂記》，特遷户部，賞勞也。公素有蹠盭，不堪趨拜。四年春病寖劇，告未滿三月，會小瘳，公自力造朝。未幾，病復甚，氣上遝，害言語。後四月戊戌，終于正寢。上聞訃震悼，以本曹尚書告其柩，賻錢三十萬，絹百匹，醪米牢具稱之。愍賵之所以優加，君臣之際深矣。公之配夫人周氏，封臨汝郡，無息，以兄之子大理評事諲爲嗣。公殁，夫人命諲以衰絰卽次於殯東。會詔到門，問公親屬，夫人卽表公遺命。詔可，擢諲衛尉寺丞；諲子二人釋褐，並爲將作監主簿。卹孤厚忠之恩乃如是，是其德已侈大哉！公自褫巾至捐館，進階及勳各六，詔爵五，封户五，加而再實，其食如今署焉。志閑素，恬於仕進，無表襮之飾，雖當路諸公，率賀弔一與衆往，異時不造也。門無雜賓，惟經生朔望承問，及搢紳道義交數人而已。接士以禮，雖新進後生與之鈞〔四〕，終日談，便便惟謹，無戲言墮色。是以受詔八主戎客於都亭館，由慎恪以得之。不呼僧及道士。嘗執親喪，自括髮至祥練，皆桉禮變服，未始爲世之所爲齋薦者。惟卒哭後，遇祭日，與數門生誦説《孝經》而已。罕語浮屠氏，亦不詆言排訾之。熏蒿禳禋可以動氣啖者，皆不動近。不問家産增損。晝治官事，夜還讀書，瞥御亦簡其面，故能多識博練，自臺閣文書，故新品式，叢夥紛厖，有所咨訪者，咸能記之。太學、禁閣、容臺三局〔五〕，閲二十年，仍其任本，不愆不忘故也。尤精《易》及揚雄方部學。初公七歲，母夫人令授《易》，是夕夢公吞紺蓮。夫人旦而撫公曰：「兒善讀此，後必貴顯。」真宗果以識拔。晚年愈刻志，率三日一讀。又欲爲子雲諸首作章句，且患宋衷、陸績、范叔明、宋惟幹漫漶舛馳，思盡黜之；最後得唐王涯註，以爲差近，先作《釋文》一篇，欲遂因王説而補正之，亦終不果。公嘗預註先帝集，同修《鹵簿記》，校《後漢志》《孟子》及律并義疏，采獲是正，多得其真。同修玉牒，分撰《國朝會要》，未克就。生平著述無編次，家人搜攟，得數百篇，清斂平粹。及在禁署，益遹雅，務爲温純，而采加焉。居三城，作詩百餘章，推己指物，曠而不怨，有雅人餘風。性寬厚多恕，當官下未嘗以罪平鐫吏，吏亦畏其明而安其仁。樂道人之善，好與人爲善，無議事不肯自意出，大者薦之二府，小者與其屬聯請，類多不可紀，公一無建白者，其遠名若此。然内剛有守，不流於衆。初，善音者取上黨黍，縱累爲尺，因裁十二律以獻，遂改大樂鍾石，以合其私。老師宿工者，首鼠不敢議。後有建言其非者，上未有以決，遣中人卽太常下舍問公，新樂以縱黍定尺，寧有非邪？公卽摘班固《律曆志》唐令兩説付中人，因對古者橫黍度寸，今以縱亂橫，其法非是。中人馳入。明日，上坐邇英閣，語公曰：「向考正大樂〔六〕，患其寖高而急，今也下而緩，二者不得其中，失在律，卿言是矣。」因出橫黍新尺示羣臣，比縱尺差二寸一分而弱，以校衡斗，皆不讎當。是時微公言，幾無發其繆者；假有之，果且不能取信於上。《傳》曰：「仁人之言，固博而利歟！」公前歿三日，屬于一二僚執曰，吾仕願素足，今無一私以干縣官，惟是奄穸累諸君。已而得遺禮之文，諄諄納忠，訖無它語，用是中外尤痛惜之。公友隴西李公淑，敕故吏相諗以終事。嗚呼！公有佐王之材，不自顯，雖持囊珥筆，在省戶爲名命訓辭，所出裁十二三；使公當其時而稍自崖異，不難於進，益發素蘊；幸而十四五，且次入衡弼，不爲婆娑連蹇如今，章章矣。雖然，命有屈於公，公無不慊於道，使素槩清埃，奮厲無窮，薄夫敦，夸夫懼，百世之後，呻簡想風者，以輩魯臧文仲、漢賈誼、董仲舒，彼此相易，寧有失得間耶？某曩以胄筵儀蕝，刊綴音典，皆爲公屬，及此緒訓，又參聞之，故公治行之全，頗獲詳究。今日月有期矣，官在三品，法當得謚，謹用第述，上於有司，節諡受名，請遵故實。謹狀。

張文定公行狀

宋祁

張詠，字復之，年七十。惟公稟尊嚴之氣，凝隱正之量。學在羈貫，不偕兒曹，嶷然志嚮，高自標置。就外傅，卽覽羣經。書必味於義根，學乃知於言選。家貧無以本業，往往手疏墳史。每有屬綴，輒据庭樹槁枝而暝，苟不終篇，未嘗就舍。磈磥若多節〔七〕，默表大厦之材，居然晚器，弗示良工之朴。太原王搏名知人，見公慺然異之，獨謂公曰：「唐魏文公本生此鄉，故老有言，後五百年，復出一佳士。元精回復，祭酒當之矣。」公謝不敢當。興國四年，始遊鄴下，與故上谷寇公準，推轂引重。時屬鄉里命秀，方國試言。府將雅欽公名，議爲舉首。夙儒張覃者，悃愊有行，疏略少文，公卽以檄謁府，盛稱其長，覃終得薦，公爲之下。彙茅有吉，爵秖相先，讓夷之風，一變河朔。明年進士及第，釋褐，大理評事，知鄂州崇陽，亢厲風迹。大江之南，民裕文弊。因以手而上下，獄爲人而重輕。公廉知其狀，痛繩以法。精力於職，擿伏如神。洗其鍥薄，鎮之忠厚。吏樂其職，多一笑而歸休；民協攸居，或減年而從役。就改將作監丞，著作佐郎，解秩，授太子中允，關掌麟州軍事。夏臺弗靖，西戎方強。公繕起亭鄣，精明烽火。坐賛叔敖秉羽之策，多參嫖姚穿土之樂，伐謀取勝，西鄙以安。端拱紀元，天田躬籍，轉祕書丞。明年充禮部考試官，已事，復倅相州。一懼之年，始爲親解；百斤之櫝，終以懇辭。乞董濮上市征，以便迎養，詔可其奏。月餘，召賜五品服，知浚儀縣，俄爲荆湖北路轉運使。事不諉上，世咨其清。劾罷太守姦贓疲懦者十數人，悉條所部廢格於弊者百餘事，稜威所振，吏皆股弁。察廉使上其理狀，璽書褒美。三年，遷太常，爲郎中。再旬乘馹赴覲，加錫金紫。翌日，遷虞部，爲郎中。再旬授樞密直學士，賜錢五十萬，判銀臺承進司，門下封駁事，兼三班院。河東大將張永德小校犯法，因笞而死，詔桉其罪。公卽封還制書，白上曰：「永德爲國牙爪，居天下勁兵處，若以一部曲摧辱主帥，臣恐有輕上之心。」不納，因不關銀臺，而下書譙讓。未幾，果有營兵脅訟軍候者。公復爭前事，上輒優容謝之。會賊順緣閈，坤維摇亂，偏師數萬，鼓行而西。太宗以爲潢池弄赤子之兵，荆棘生大軍之後，疇咨上輔〔八〕，崇簡守臣，參豫武功。蘇易簡白上曰：「某甫可屬大事，當一面，若奉將威命，降諭劇賊，陛下高枕，永無西顧之憂矣。」乃命公知益州，揆日占謝，賜白金一百四十斤。鴻卿出郊，不復内御，子顔引道，初無辨嚴。朝家方以大師未集，留之半歲。公潜簿所賜，上還長府。其秋，遂詔赴部，公終不復言。至道二年，改兵部，猶爲郎中。會丁新昌郡太夫人之喪，恩詔奪服，《陽秋》之義，不以家事爲辭；《禮經》所執，亦推順變之文〔九〕。真考嗣曆，邇臣均霈，即拜諫議大夫，歸朝，遷給事中，户部使。七旬，拜御史丞。咸平二年，知貢舉，杜絶書謁，時稱得人。夏改工部侍郎，知杭州。五年，移京兆。明年轉刑部，復爲樞密直學士，再知益州。尋加吏部，猶爲侍郎。景德三年罷歸，領三班登聞檢院，奉朝請。先時生瘍於腦，至是弗損。家第賜告，環中造適，移狀言上，酷請外藩。尋知金陵，兼江南安撫使。岱宗成禮，改尚書左丞。昇人以秩滿願留，即拜工部；汾脽飲至，又進禮部，皆爲尚書。疾劇還臺，求訪高手。荐剡需頭之奏，願遂角巾之遊。魏舒之先行後言，人無知其去位；平津之何恙不已，詔益勉於存神。徜違半年，必於得謝。上不獲已，出公知陳州。以大中祥符八年八月一日，遂終于理下，享年七十。嗚呼！景命弗究，宗工其萎。知仁均哀，殲我何贖？邦人改祠而爲諱，道路舉音以過喪。真宗聞訃震嗟，追贈尚書左僕射。以天禧四年十一月二十七日，權窆於陳州宛丘縣孝悌鄉謝村焉，從宜也。公始娶夫人唐氏卒。繼室以太原郡夫人王氏，即河陽節度使顯之女，允執婦道，以佐君子，後公三年而殁。子從質，以父任累遷至衛尉丞，居公之喪一月，以毁而夭。女一人，適故内相王公禹偁子嘉祐。母弟詵，以公延賞，今爲虞部員外郎。孫四人，曰約、曰綜、曰綽、曰紳，咸以忠厚世其家。公階至正奉大夫，勳上柱國，爵開國公，食封三千七百户，實户四百，其大較也。公姿宇爽邁，謀謨沉敏，道架俗表，氣籠霄極。任節俠，已然諾。不窕不槬，如玉如瑩。脩詞立誠，博見強志。蔀書兼兩，賓蓋成陰。佐郡被邊，遭時右武。入螘封而試馬，回策若縈；張貍步以射侯，捨矢如破。總物纖密，絶人遠甚。及夫司封駁，則詳言粹儀，有任隗之沈正；總臺憲，則摧姦觸佞，有傅咸之剛簡〔一〇〕。治益部也，宿師屯結，縣官乏食，掾史搏手，狂狡啓心。公乃賤售盆鹽，翔貴囷米，貿遷鍾豆，諷告鄉縣。民或妄言沮公，公斬之以徇。自是見糧大集，戰士倍氣矣。自不逞挺亂，重城晏閉。主帥王繼恩、上官正，頓師入保，埋根不進，坐失脱兔之拒，居若賈胡之留。公以爲將不親行，衆不可使，乃勸正自當一隊，以賈羣勇。正許諾，行有日矣，公慮其不進，於是椎牛宿帳，具出餞之禮。中坐酒酣，親舉屬軍尉曰：「爾曹俱有親弱在東，蒙國恩厚，恐無以塞責，此行當直擣寇壘，盡其噍類，平定之日，東向以報，目見朝廷舉萬年之觴，豈不快耶？若猶老師逸囚，疲民曠日，卽此地還爲汝死處也。」正由此車行深入，詭道兼進，殊死鏖戰，盡俘凱旋。公乃出車勞勤，撥金大會，以次論獲，先命行賞，皆伏公氣決，不敢迎視。繼恩帳下卒縋城夜逸，吏執以告。公惡與繼恩不叶，卽命縶投眢井，一府無知者。先時劫掠之際，誣染尤衆，脅從有狀，歸訴無階，各保營壁，共懷猜貳。公以爲鹿不擇陰，既亡生路，蟲入其腹，懼益厲階，亟下符移，鐫説魁宿，宥其枝黨，縱歸田里，譬以大恩，訖無敢桀。及再任也，屬六贏南牧，靈旗薄伐。公慮遠夷爲變，欲出意以勝之，因取盜賊之尤無狀者，磔死於市，凜然人望，遂臻靖嘉。每吏牘便文，久不得判，公率爾署決，人皆厭伏。罰既值罪，案無廋情。蜀中喜事者論次其詞，總爲《誡民集》，鏤墨傳布。雖張敞之爲京兆，黄覇之守潁川，人人咸知上意，無以過之。牧餘杭也，遘民薦飢，方蜡不啓，稻蟹無種，原田苦藝，民挾鹽利，以冒公禁者，日數百輩。公一切笞遣，不徇彝法。邏戍人啓曰：「法亂如是，人將安禁？」公勞之曰：「餘杭十萬户，飢者七八，弗挾鹽利，無復生意；若暴禁之，彼將圜視衡擊，以擾居者，則爲厩大矣。爾曹第忍之，竢其歲定，則太守復以三尺律從事矣。」是年雖歉，人無叛命者。富家子與壻分財不協，詣府廷辯。壻曰：「彼先子有治命，壻七子三」，因出遺札；子不能舉其契。公索酒酹地曰：「彼父智人也，當死之日，子方沖孺，託養於壻，苟子有七分之約，則亦死於壻手矣。今當七分歸子，三分歸壻。」於是二人號慟，以爲神明。公之操決，率是類也。原其遇。二聖也，以功名自任，故力與命偕。顯八座也，以方格見信，故言與行危。本乎直清，貫以忠恕。無乞靈徼福，無人非鬼責。履重剛不險，臨大節不奪。葵藿弗採於猛獸，山川寧捨於騂角？若夫安世之恨謝，翁歸之滅私〔二〕，《大有》之文明，《小雅》之愷悌，公皆兼有其美。惜其未極柄用，遽愆勝理。上欲爲相者數矣，天之不憖也悲夫！公雅好著文，深切驚邁。以不偶俗尚，自號乖崖。公尤善詩筆，必覈情理，故重次薛能詩序之曰：「放言既奇，意在言外。」議者以公自道也。生平論著，仲氏詵集之成十卷，以行於代内外。歸之日，無掐膺之妾，無雜弔之賓。終齊事而乃瞑，取禪書而頌德。漢廷諸老，恨王駿之不侯；天下之人，爲隴西而流涕。斯非遺愛遺直，立功立言之極歟？敢撫令猷，以須史闕。謹狀。

校勘記

〔一〕王文正公　「王」字原脱，據明抄本補。

〔二〕年差少　「年」原作「言」，據明抄本、明刻本改。

〔三〕斥土　「土」原作「上」，據明抄本、明刻本改。

〔四〕後生　「生」原作「世」，據明抄本、明刻本改。

〔五〕容臺　「臺」原作「巨」，據明抄本改。　按，容臺乃禮部之别稱，此指曾爲禮部郎中、侍郎。

〔六〕向考正　「向」原作「尚」，據明刻本改。

〔七〕磈磥　「磈」原作「磚」，各本同，按字當作「磈」，今改。

〔八〕上輔　「輔」原作「輟」，據明抄本改。

〔九〕順變之文　「文」原作「人」，據明抄本改。

〔一〇〕傅咸　「咸」原作「諴」，據明抄本、明刻本改。

〔一一〕翁歸　「翁」原作「公」，明刻本同，據明抄本改。　按，尹翁歸爲漢宣帝時廉吏。

宋文鑑卷第一百三十七

行狀

司馬温公行狀

蘇軾

曾祖政，贈太子太保。曾祖母薛氏，贈温國太夫人。祖炫，試祕書省校書郎，知耀州富平縣事，贈太子太傅。祖母皇甫氏，贈温國太夫人。父池，尚書吏部郎中，充天章閣待制，贈太師，追封温國公。母聶氏，贈温國太夫人。公諱光，字君實，其先河内人，晉安平獻王孚之後。王之裔孫，征東大將軍陽，始葬今陝州夏縣涑水鄉。子孫因家焉。自高祖曾祖，皆以五代衰亂不仕。富平府君，始舉進士，没於縣令，皆以氣節聞於鄉里，而天章公以文學行義，事真宗、仁宗爲轉運使、御史知雜事、三司副使，歷知鳳翔、河中，同杭、虢、晉六州，以清直仁厚聞於天下，號稱一時名臣。公自兒童，凛然如成人。七歲聞講《左氏春秋》，大愛之，退爲家人講，即了其大義。自是手不釋書，至不知飢渴寒暑。年十五，書無所不通，文詞醇深，有西漢風。天章公當任子，次及公，公推與二從兄，然後受。補郊社齋郎，再奏將作監主簿。年二十，舉進士甲科，改奉禮郎。以天章公在杭，辭所遷官，求簽書蘇州判官事，以便親，許之。未上，丁太夫人憂，未除，丁天章公憂，執喪累年，毁瘠如禮。服除，簽書武成軍判官事，改大理評事，爲國子直講，遷本寺丞。故相龐籍，名知人，始與天章公遊，見公而奇之。及是，爲樞密副使，薦公，召試館閣校勘，同知太常禮院。中官麥允言死，詔以允言有軍功，特給鹵簿。公言孔子「不以名器假人」，繁纓以朝，且猶不可，允言近習之臣，非有元勳大勞，而贈以三公之官，給以一品鹵簿，其爲繁纓，不亦大乎？故相夏竦卒，詔賜謚文正，公言，謚之美者，極於文正，竦何人，可以當此？書再上，改謚文莊。遷殿中丞，除史館檢討，修日曆，改集賢校理。龐籍爲鄆州，徙并州，皆辟公通判州事。公感籍知己，爲盡力。天時趙元昊始臣，河東貧甚，官苦貴糴，而民疲於遠輸。麟州窟野，河西多良田，皆故漢地，公私雜耕。天聖中始禁田河西者，虜乃得稍蠶食其地，俯窺麟州，爲河東憂。籍請公桉視。公爲畫五策，宜因州中舊兵，益禁兵三千，廂兵五百，築二堡河西，可使堡外三十里虜不敢田，則州西六十里無虜矣。募民有能耕麟州閑田者，復其税役十五年；能耕窟野河西者，長復之，耕者必衆。官雖無所得，而糴自賤，可以漸紓河東之民。籍移麟州，如公言。而兵官郭恩勇且狂，夜開城門，引千餘人渡河，載酒食，不爲戰備，遇敵死之。議者歸罪於籍，罷節度使，知青州。公守闕，三上書，乞獨坐其事，不報。籍初不以此望公，而公深以自咎。籍既没，升堂拜其妻如母，撫其子如昆弟，時人兩賢之。改太常博士，祠部員外郎，直祕閣，判吏部南曹，遷開封府推官，賜吾品服。交趾貢異獸，謂之麟，公言真僞不可知，使其真，非自然而至，不足爲瑞；若僞，爲遠夷笑；願厚賜其使，而還其獸，因奏賦以諷。遷度支員外郎，判句院，擢修起居注，五辭而後受。判禮部，有司奏六月朔日當食。公言，故事食不滿分，或京師不見，皆賀；臣以爲日食四方見，京師不見，天意人君爲陰邪所蔽，天下皆知而朝廷獨不知，其爲災當益甚，皆不當賀。詔從之，後遂以爲常。遷起居舍人，同知諫院。蘇轍直言策入第四等，而考官以爲不當收。公言轍於同科四人中言最切直，有愛君憂國之心，不可不收。時宰相亦以爲當黜，仁宗不許曰：「求直言，以直棄之，天下其謂朕何？」公遂與諫官王陶同上疏，願爲宗廟社稷自重，卻罷燕飲，安養神氣，後宮嬪御，進見有度；左右小臣，賜予有節；厚味腊毒，無益奉養者，皆不宜數御。上皆納之。初至和三年，仁宗始不豫，國嗣未立，天下寒心，而不敢言，惟諫官范鎮，首發其議。公時爲并州通判，聞而繼之上疏言：「《禮》，大宗無子，則小宗爲之後，爲之後者，爲之子也。願陛下擇宗室賢者，使攝儲貳，以待皇嗣之生，退居藩服；不然則典宿衛，尹京邑，亦足以係天下之望。」疏三上，其一留中，其二付中書。公又與鎮書，此大事，不言則已，言一出豈可復反？願公以死爭之，於是鎮言之益力。及公爲諫官，復上疏，且面言：「臣昔爲并州通判，所上三章，願陛下果斷而力行之。」時仁宗簡默不言，雖執政奏事，首肯而已；聞公言，沉思久之曰：「得非欲選宗室爲繼嗣者乎？此忠臣之言，但人不敢及耳。」公曰：「臣言此自謂必死，不意陛下開納。」上曰：「此何害？古今皆有之。」因令公以所言付中書。公曰：「不可，願陛下自以意喻宰相。」是日公復言江淮鹽事，詣中書白之。宰相韓琦問公今日復何所言？公默計此大事，不可不使琦知，思所以廣上意者，卽曰：「所言宗廟社稷大計也。」琦喻意，不復言。後十餘日，有旨令公與御史裏行陳洙同詳定行户利害。洙與公屏語曰：「日者大饗明堂，韓公攝太尉，洙爲監祭，公從容謂洙曰：『君與司馬君實善，君實近建言立嗣事，恨不以所言送中書，欲發此議，無自發之。』行户利害，非所以煩公也。欲洙見公，達此意爾。」時嘉祐六年閏八月也。至九月，公復上疏，面言：「臣向者進說，陛下欣然無難意，謂卽行矣，今寂無所聞，此必有小人言陛下春秋鼎盛，子孫當千億，何遽爲此不祥之事。小人無遠慮，特欲倉猝之際，援立其所厚善者爾。唐自文宗以後，立嗣皆出於左右之意，至有稱定策國老、門生天子者，此禍豈可勝言哉？」上大感悟，曰：「送中書。」公至中書，見琦等曰：「諸公不及今定議，異日夜半禁中出寸紙，以某人爲嗣，天下莫敢違。」琦等皆唯唯曰：「敢不盡力？」後月餘，詔英宗判宗正寺，固辭不就職，明年遂立爲皇太子，稱疾不入。公復上疏言：「凡人爭絲毫之利，至相爭奪；今皇子辭不貲之富，至三百餘日不受命，其賢於人遠矣。有識聞之，足以知陛下之聖，能爲天下得人。然臣聞父召無諾，君命召不俟駕而行，使者受命不受辭。皇子不當辭避，使者不當徒反。凡召皇子内臣，皆乞責降。且以臣子大義責皇子，宜必入。」英宗遂受命。兗國公主下嫁李瑋，以驕恣聞。公上疏言：「太宗時姚坦爲兗王翊善，有過必諫，左右教王詐疾。踰月，太宗召王乳母入，問起居狀。乳母曰：『王無疾，以姚坦故鬱鬱成疾爾。』太宗怒曰：『王年少，不知爲此，汝輩教之』，杖乳母數十，召坦慰勉之。齊國獻穆大長公主，太宗之子，真宗之妹，陛下之姑，而謙恭率禮，天下稱其賢。願陛下教子，以太宗爲法；公主事夫，以獻穆爲法。」已而公主不安於李氏，詔瑋出如衞州，公主入居禁中，而瑋母楊歸其兄璋，散遣其家人。公言：「陛下追念章懿太后，故使瑋尚主，今乃母子離析，家事流落，陛下獨無雨露之感，悽惻之心乎？瑋既責降，公主亦不得無罪。」上感悟，詔公主降封沂國，待李氏恩禮不衰。判檢院，權判國子監，除知制誥，力辭至八九，改授天章閣待制，兼侍講，賜三品服，仍知諫院。上疏言：「經略安撫使，以便宜從事，出於兵興權制，非永世法。及將相大臣典州者，多以貴倨自恃，凌忽轉運使，使不得舉職。朝廷務省事，專行姑息之政，至於胥史讙譁而逐御史中丞；輦官悖慢而退宰相；衞士凶逆，而獄不窮姦，澤加於舊；軍人詈三司使，而法官以爲非犯皆級，於用法有疑。其餘一夫流言於道路，而爲之變法推恩者多矣。皆陵遲之漸，不可以不正。」充媛董氏薨，追贈婉儀，又贈淑妃，輟朝成服，百官奉慰，定謚行册禮，葬給鹵簿。公言：「董氏秩本微，病革之日，方拜充媛。古者婦人無謚，近制惟皇后有之；鹵簿本以賞軍功，未嘗施於婦人，惟唐平陽公主有舉兵佐高祖定天下之功，乃得給；至韋庶人，始令妃主葬日皆給鼓吹；非令典，不足法。」時有司新定後宮封贈法，皇后與妃皆贈三代。公言：「別嫌明微，妃不當與后同。袁盎引却慎夫人坐，正爲此爾。天聖親郊，太妃止贈二代，而況妃乎？」知嘉祐八年貢舉。仁宗崩，英宗以哀毁致疾，慈聖光獻太后同聽政。公首上疏言：「章獻明肅太后，保佑先帝，進賢退姦，有大功於趙氏，特以親用外戚小人，故負謗天下。今太后初攝大政，大臣忠厚如王曾，清純如張知白，剛正如魯宗道，質直如薛奎者，當信用之；鄙猥如馬季良，讒諂如羅崇勳者，當疎遠之，則天下服。」又上疏英宗，言：「漢宣帝爲昭帝後，終不追尊衞太子、史皇孫。光武起布衣，得天下，自以爲元帝後，亦不追尊鉅鹿都尉南頓君。惟哀、安、桓、靈，皆自旁親入繼大統，追尊其父祖，天下非之，願以爲戒。」時公所得仁宗遺賜珠金直百餘萬，率同列三上章，言國有大憂，中外窘乏，不可專用乾興故事；若遺賜不可辭，則宜許侍從以上進金錢，佐山陵費。不許。公乃以所得珠爲諫院公使金錢，以遺其舅氏，義不藏於家。英宗疾既平，皇太后還政。公上疏言，治身莫先於孝，治國莫先於公，其言切至，皆母子閒人所難言者。時有司立法，皇太后有所取用，有司奏覆，得御寶乃供。公極論以爲不可，當直下合同司，移所屬立供，如上所取。己乃具數奏太后，以防矯僞。曹佾除使相，兩府皆遷，公言俏無功而得使相，陛下以慰母心爾；今兩府皆遷，無名，若以還政爲功，則宿衞將帥，內侍小臣，必有覬望。已而都知任守忠等皆遷，公復争之。因論守忠大姦，陛下爲皇子，非守忠意，沮壞大策，離間百端，賴先帝不聽；及陛下嗣位，反覆革面，交構兩宫，國之大賊，人之巨蠹，乞斬於都市，以謝天下。詔以守忠爲節度副使，蘄州安置，天下快之。時有詔陝西刺民兵號義勇，公上疏極論其害云：「康定、慶曆閒，籍陝西民爲鄉弓手，已而刺爲保捷指揮，民被其毒，兵終不可用，遇敵先北，正兵隨之，每致崩潰，縣官知其坐食無用，汰遣歸農，而惰遊之人，不能復反南畝，强者爲盜，弱者轉死，父老至今流涕也，今義勇何以異此？」章六上，不從。乞罷諫官，不許。王廣淵除直集賢殿。公言：「廣淵姦邪不可近。昔漢景帝爲太子，召上左右飲，衞綰獨稱疾不行。即帝位，待綰有加。周世宗鎮澶淵，張美爲三司吏，掌州之錢穀，世宗私有求假，美悉力應之，及即位，薄其爲人，不用。今廣淵當仁宗之世，私自結於陛下，豈忠臣哉？願黜之以厲天下。」執政建言，濮安懿王，德盛位隆，宜有尊禮。詔太常禮院與兩制議。翰林學士王珪等，相顧不敢先。公獨奮筆立議曰：「爲之後者爲之子，不敢復顧其私親，今日所以崇奉濮安懿王典禮，宜一準先朝封贈期親尊屬故事，高官大爵，極其尊榮。」議成，珪即敕吏以公手藁爲案，至今存焉。時中外誋誋，御史吕誨、傅堯俞、范純仁、吕大防、趙鼎、趙瞻等皆争之，相繼降黜。公上疏乞留之，不可，則乞與之皆貶。初西戎遣使致祭，而延州指使高宜押伴，傲其使者，侮其國主，使者訴於朝廷，公與吕誨乞加宜罪，不從。明年西戎犯邊，殺略吏士。趙滋爲雄州，專以猛悍治邊，公亦論其不可，至是契丹之民，有捕魚界河，伐柳白溝之南者，朝廷以知雄州李中祐爲不材，選將代之。公言：「國家當戎狄附順時，好與之計較末節；及其桀傲，又從而姑息之。近者西戎之禍，生於高宜；北狄之隙，起於趙滋；朝廷方賢此二人，故邊臣皆以生事爲能。今若選將代中祐，則來者必以滋爲法，而以中祐爲戒，漸不可長。宜敕邊吏，疆埸細故，徐以文檄往反，若輕以矢刃相加者，坐之。」京師大水，公上疏論三事，皆盡言無所隱諱。除龍圖閣直學士，判流内銓，改右諫議大夫，知法平四年貢舉。神宗即位，首擢公爲翰林學士，公力辭，不許。上面諭公：「古之君子或學而不文，或文而不學，惟董仲舒、楊雄兼之，卿有文學，何辭焉？」公曰：「臣不能爲四六。」上曰：「如兩漢制詔可也。」公曰：「本朝故事，不可。」上曰：「卿能舉進士，取高等，而云不能四六何也？」公趨出，上遣内臣至閤門彊公受告，拜而不受。趣公入謝，曰：「上坐以待公。」公入至廷中，以告置公懷中，不得已乃受，遂爲御史中丞。初中丞王陶論宰相不押常朝班爲不臣，宰相不從，陶争之力，遂罷。公既繼之，言：「宰相不押班細故也，陶言之過；然愛禮存羊，則不可已。自頃宰相權重，今陶復以言宰相罷，則中丞不可復爲，臣願俟宰相押班，然後就職。」上曰：可。陶既出知陳州，謝章詆宰相不已，執政議再貶陶。公言：「陶誠可罪，然陛下欲廣言語，屈己受陶，而宰相獨不能容乎？」乃已。公上疏論修心之要三，曰仁、曰明、曰武；治國之要三，曰官人、曰信賞、曰必罰，其説甚備。且曰：「臣昔爲諫官，即以此六言獻仁宗，其後以獻英宗，今以獻陛下，平生力學所得，盡在是矣。」公在英宗時，與呂誨同論祖宗之制，勾當御藥院常用供奉官以下，至内殿崇班則出近歲。居此位者，皆暗理官資，食其廩給，非祖宗大意。又故事，年未五十不得爲内侍省押班，今除張茂，則止四十八，不可。至是又言之，因論高居簡姦邪，乞加遠竄，章五上，上爲盡罷寄資内臣，居簡亦補外。未幾，復留陳承禮、劉有方二人，公復争之。又言近者王中正往陝西，知涇州劉涣等諂事中正，而鄜延鈐轄吴舜臣違失其意，已而涣等進擢，舜臣降黜。權歸中正，謗歸陛下，是去一居簡，得一居簡。上手詔問公所從知。公曰：「臣得之賓客，非一人言。事之有無，惟陛下知之；若無，臣不敢避妄言之罪；萬一有之，不可不察。」詔用宮邸直省官郭昭選等四人爲閤門祗候，公言：「國初草創，天步尚艱，故即位之始，必以左右舊人爲腹心耳目，謂之隨龍，非平日法也。閤門祗候，在文臣爲館職，豈可使厮役爲之！」英宗山陵，公爲儀仗使，賜金五十兩，銀合三百兩，三上章辭，從之。邊吏上言，西戎步將嵬名山，欲以横山之衆，取諒祚以降，詔邊臣招納其衆。公上疏極論，以爲名山之衆，未必能制諒祚，幸而勝之，滅一諒祚，生一諒祚，何利之有？若其不勝，必引衆歸我，不知何以待之。臣恐朝廷不獨失信於諒祚，又將失信於名山矣。若名山餘衆尚多，還北不可，入南不受，窮無所歸，必將突據邊城，以救其命，陛下獨不見侯景之事乎？上不聽，遣將种諤，發兵迎之，取綏州，費六十萬萬。西方用兵，蓋自是始矣。兼翰林侍讀學士。登州有不成婚婦，謀殺其夫，傷而不死者，吏疑問，即承。知州事許遵讞之，有司當婦絞，而詔貸之。遵上議，準律因犯殺傷而自首者，得免所因之罪，婦當減二等，不當絞。詔公與王安石議之，安石是遵；公言：「謀殺猶故殺也，皆一事，不可分；若謀爲所因，與殺爲二，則故與殺亦可爲二邪？」自宰相文彦博以下，皆附公議，然卒用安石言，至今天下非之。權知審官院。百官上尊號，公當答詔，上疏言，先帝親郊，不受尊號，天下莫不稱頌。末年有建言者，國家與契丹有往來書信，彼有尊號，而我獨無，以爲深耻，於是羣臣復以非時上尊號。昔漢文帝時，單于自稱天地所生，日月所置，匈奴大單于，不聞文帝復爲大名以加之也。願陛下追用先帝本意，不受此名。」上大悦，手詔答公：「非卿，朕不聞此言，善爲答詞，使中外曉然，知朕至誠，非欺衆邀名者。」遂終身不復受尊號。執政以河朔災傷，國用不足，乞今歲親郊，兩府不賜金帛，送學士院取旨。公言兩府所賜，以匹、兩計止二萬，未足以救災，宜自文臣兩省、武臣宗室刺史以上，皆減半。公與學士王珪、王安石同對。公言救災節用，宜自貴近始，可聽兩府辭賜。安石曰：「常袞辭賜饌，時議以爲袞自知不能，當辭位，不當辭禄；且國用不足，非當今之急務也。」公曰：「袞辭禄，猶賢於持禄固位者。國用不足真急務，安石言非是。」安石曰：「不足者，以未得善理財者故也。」公曰：「善理財者，不過頭會箕斂，以盡民財。民窮爲盜，非國之福。」安石曰：「不然，善理財者，不加賦而上用足。」公曰：「天下安有此理？天地所生，財貨百物，止有此數，不在民則在官。譬如雨澤，夏澇則秋旱。不加賦而上用足，不過設法陰奪民利，其害甚於加賦。此乃桑洪羊欺漢武帝之言，太史公書之，以見武帝不明爾。至其末年，盜賊蠭起，幾至於亂。若武帝不悔禍，昭帝不變法，則漢幾亡。」争議不已。王珪進曰：「救災節用，宜自貴近始，司馬光言是也；然所費無幾，恐傷國體，王安石言亦是。惟明主裁擇！」上曰：「朕意與光同，然姑以不允答之。」會安石當制，遂引常袞事責兩府，兩府亦不復辭。兼史館修撰。上問公可爲諫官者，公薦吕誨，誨以天章閣待制知諫院。詔公與張茂則同相視二股河及土堤利害。公用都水監丞宋昌言策，乞於二股之西置土堤，約水東流。若東流日深，北流自淺。薪芻漸備，乃塞其北。放出御河、胡蘆河下流，以紓恩、冀、深、瀛以西之患。時議者多不同，公於上前反覆論難甚苦，卒從之。後皆如公言，賜詔獎諭。王安石始爲政，創立制置三司條例司，建爲青苗、助役、水利、均輸之政，置提舉官四十餘員，行其法於天下，謂之新法。公上疏逆陳其利害曰，後當如是。行之十餘年，無一不如公言者。天下傳誦，以爲公真宰相，雖田夫野老，皆號公司馬相公，而婦人孺子知其爲君實也。邇英進讀，至蕭何、曹參事。公曰：「參不變何法，得守成之道，故孝惠、高后時，天下晏然，衣食滋殖。」上曰：「漢常守蕭何之法不變可乎？」公曰：「何獨漢也，使三代之君，常守禹、湯、文、武之法，雖至今存可也。武王克商曰：『乃反商政，政由舊。』然則雖周亦用商政也。《書》曰：『無作聰明，亂舊章。』漢武帝用張湯言，取高帝法紛更之，盜賊半天下。元帝改宣帝之政，而漢始衰。由此言之，祖宗之法，不可變也。」後數日，吕惠卿進講，因言：「先王之法，有一年變者，『正月始和，布法象魏』是也；有五年一變者，巡狩考制度是也，有三十年一變者，刑罰世輕世重是也；有百年不變者，父慈、子孝、兄友、弟恭是也。前日光言非是，其意以諷朝廷，且譏臣爲條例司官爾。」上問公惠卿言何如？公曰：布法象魏，布舊法也，何名爲變？若四孟月朔，屬民讀法，爲時變、月變耶？諸侯有變禮易樂者，王巡守則誅之，王不自變也。刑新國用輕典，亂國用重典，平國用中典，是爲世輕世重，非變也。且治天下，譬如居室，弊則修之，非大壞不更造也。大壞而更造，非得良匠美材不成。今二者皆無有，臣恐風雨之不庇也。公卿侍從皆在此，願陛下問之！三司使掌天下財，不才而黜可也，不可使兩府侵其事；今爲制置三司條例司，何也？宰相以道佐人主，安用例；苟用例而已，則胥史足矣；今爲看詳中書條例司，何也？」惠卿不能對，則詆公曰：「光爲侍從何不言，言而不從，何不去？」公作而答曰：「是臣之罪也。」上曰：「相與論是非爾，何至是？」講畢，賜坐户外。將出，上命徙坐户内，左右皆避去。上曰：「朝廷每更一事，舉朝訩訩，何也？王珪曰：「臣疏賤，在闕門之外，朝廷之事，不能盡知；借使聞之道路，又不知其虚實也。」上曰：「聞則言之。」公曰：「青苗出息，平民爲之，尚能以蠶食下户，至饑寒流離，況縣官法度之威乎！」惠卿曰：「青苗法，願取則與之，不願不彊也。」公曰：「愚民知取債之利，不知還債之害，非獨縣官不彊，富民亦不彊也。臣聞『作法於涼，其弊猶貪；作法於貪，弊將若之何？』昔太宗平河東，立和糴法，時米斗十餘錢，草束八錢，民樂與官爲市；其後物貴而和糴不解，遂爲河東世世患。臣恐異日之青苗，猶河東之和糴也。」上曰：「陝西行之久矣，民不以爲病。」公曰：「臣陝西人也，見其病不見其利。朝廷初不許也，而有司尚能以病民，況立法許之乎？」上曰：「坐倉糴米何如？」坐者皆起曰：「不便。上已罷之，幸甚。」上曰：「未罷也。」公曰：「京師有七年之儲，而錢常乏；若坐倉，錢益乏，米益陳，奈何？」惠卿曰：「坐倉得米百萬斛，則省東南百萬之漕，以其錢供京師，何患無錢？」公曰：「東南錢荒而米狼戾，今不糴米而漕錢，棄其有餘，取其所無，農末皆病矣。」侍講吴申起曰：「光言至論也。」公曰：「此皆細事，不足煩人主，但當擇人而任之，有功則賞，有罪則罰，此則陛下職也？」上曰：「然。『文王罔攸兼于庶言、庶獄、庶慎，惟有司之牧夫。』」公趨出，上曰：「卿得無以惠卿之言不樂乎？」公曰：「不敢。」韓琦上疏論青苗之害，上感悟，欲罷其法。安石稱疾求去。會拜公樞密副使，公上章力辭，至六七，曰：「上誠能罷制置條例司，追還提舉官，不行青苗、助役等法，雖不用臣，臣受賜多矣；不然，終不敢受命。」上遣人謂公，樞密兵事也，官各有職，不當以他事爲辭。公言，臣未受命，則猶侍從也，於事無不可言者。安石起視事，青苗法卒不罷，公亦卒不受命。則以書喻安石，三往返，開喻苦至，猶幸安石之聽而改也。且曰：「『巧言令色，鮮矣仁。』彼忠信之士，於今當路時，雖齟齬可憎，後必徐得其力；諂諛之人，於今誠有順適之快，一旦失勢，必有賣公自售者。」意謂呂惠卿。對賓客輒指言之曰：「覆王氏者必惠卿也。小人本以利合，勢傾利移，何所不至。」其後六年，而惠卿叛安石，上書告其罪，苟可以覆王氏者，靡不爲也。由是天下服公先知。公求補外，上猶欲用公，公不可，以端明殿學士，出知永興軍，朝辭進對，猶乞免本路青苗、助役。宣撫使下令，分義勇四番，欲以更戍邊；選諸軍驍勇，募閭里惡少，爲奇兵；調民爲乾糧皺飯；雖內郡不被邊，皆修城池樓櫓如邊郡，且遣兵就糧長安、河中、邠，三輔騷然。公上疏極言：「方凶歲，公私困弊，不可舉事，而永興一路，城池樓櫓皆不急，乾糧皺飯昔常造，後無用腐棄之。宣撫司令，臣皆未敢從，若乏軍興，臣坐之。」於是一路獨得免。頃之，詔移知許州，不赴，遂乞判西京留司御史臺以歸。自是絕口不論事。以祀明堂恩加上柱國。至熙寧七年，上以天下旱蝗，詔求直言。公讀詔泣下，欲默不忍，乃復陳六事：一青苗，二免役，三市易，四邊事，五保甲，六水利，此尤病民也，宜先罷。又以書責宰相吴充：「天子仁聖如此，而公不言，何也？」元豐五年，公忽得語澀疾，自疑當中風，乃豫作遺表，大略如六事，加詳盡感槩。親書，緘封，置卧內，且死，當以授所善范純仁、范祖禹使上之。凡居洛十五年，再任留司御史臺，四任提舉崇福宮，官制行，改太中大夫，加資政殿學士。神宗崩，公赴闕臨，衛士見公入，皆以手加額曰，此司馬相公也。民遮道呼曰，公無歸洛，留相天子，活百姓，所在數千人聚觀之。公懼，會放辭謝，遂徑歸洛。太皇太后聞之，詰問主者，遣使勞公，問所當先者。公言：「近歲士大夫，以言爲諱，閭閻愁苦於下，而上不知；明主憂勤於上，而下無所訴；此罪在羣臣，而愚民無知，歸怨先帝，宜下詔首開言路。從之，下詔榜朝堂。而當時有不欲者，於詔語中設六事以禁切言者曰：「若陰有所懷，犯非其分，或扇搖機事之重，或迎合已行之令，上以觀望朝廷之意，以僥倖希進，下以眩惑流俗之情，以干取虛譽，若此者，必罰無赦。」太皇太后封詔草以問公，公曰：「此非求諫，乃拒諫也。人臣惟不言，言則入六事矣。」時太府少卿宋彭年、水部員外郎王諤皆應詔言事，有欲借此二人以懲天下言者，皆以非職而言，贖銅三十斤。公具論其情，且請改賜詔書，行之天下。從之。於是四方吏民，言新法不便者數千人，公方草具所當行者，而太皇太后已有旨：散遣修京城役夫，罷減皇城内覘者，止御前工作，出近侍之無狀者三十餘人，戒敕中外，無敢苛刻暴斂，廢導洛司、物貨場，及民所養户馬，寬保馬限，皆從中出，大臣不與。公上疏謝：當今急務，陛下略已行之矣，小臣稽慢，罪當萬死。詔除公知陳州，且過闕入見，使者勞問，相望於道。至則拜門下侍郎，公力辭不許。數賜手詔：「先帝新棄天下，天子沖幼，此何時而君辭位耶？」公不敢復辭，以覃恩遷通議大夫。初，神宗皇帝以英偉絶人之資，勵精求治，凜凜乎漢宣帝、唐太宗之上矣，而宰相王安石用心過當，急於功利，小人得乘間而入，吕惠卿之流，以此得志，後者慕之，争先相高，而天下病矣。先帝明聖，獨覺其非，出安石金陵，天下欣然，意法必變，雖安石亦自悔恨。其去而復用也，欲稍自改，而惠卿之流，恐法變身危，持之不肯改。然先帝終疑之，遂退安石，八年不復召，而惠卿亦再逐不用。元豐之末，天下多故，及二聖嗣位，日夜引領，以觀新政，而進説者以爲三年無改於父之道，欲稍損其甚者，毛舉數事，以塞人言。公慨然争之曰：「先帝之法，其善者雖百世不可變也。若安石惠卿等所建，爲天下害，非先帝本意者，改之當如救焚拯溺，猶恐不及。昔漢文帝除肉刑，斬右趾者棄市，笞五百者多死，景帝元年即改之。

武帝作鹽鐵、榷酤、均輸等法，昭帝罷之。唐代宗縱宦官公求賂遺，置客省拘滯四方之人，德宗立未三月，罷之。德宗晚年爲宫市，五坊小兒暴横，鹽鐵月進羨餘，順宗卽位罷之。當時悦服，後世稱頌，未有或非之者也。況太皇太后以母改子，非子改父。」衆議乃定。公以爲治亂之機，在於用人，邪正一分，則消長之勢自定。每論事必以人物爲先，凡所進退，皆天下所謂當然者，然後朝廷清明，人主始得聞天下利害之實。遂罷保甲，團教依義勇法，歲一閲；保馬不復買，見在者還監牧，給諸軍；廢市易法，所儲物皆鬻之，不取息，而民所欠錢，皆除其息；京東鑄鐵錢，河北、江西、福建、湖南鹽，及福建茶法，皆復其舊。獨川陜茶，以邊用未卽罷，遣使相視，去其甚者。户部左右曹錢穀，皆領之尚書。凡昔之三司使事，有散隸五曹及寺監者，皆歸户部。使尚書周知其數，量入以爲出。於是天下釋然曰：「此先帝本意也，非吾君之子，不能行吾君之意。」時獨免役、青苗、將官之法猶在，而西戎之議未決也。山陵畢，遷公正議大夫。公自以不與顧命，不敢當。詔不許。元祐元年正月，公始得疾，詔公與尚書左丞吕公著，朝會與執政異班，再拜而已，不舞蹈。公疾益甚，歎曰，四患未除，吾死不瞑目矣。乃力疾上疏，論免役五害，乞直降敕罷之，率用熙寧以前法；有未便州縣，監司節級以聞，爲一路一州一縣法。詔卽日行之。又論西戎大略，以和戎爲便，用兵爲非時，異議者甚衆，公持之益堅。其後太師文彦博議與公合，衆不能奪。又論將官之害，詔諸將兵皆隸州縣，軍政委守令通決之。又乞廢提舉常平司，以其事歸之轉運使及提點刑獄。公謂監司多新進少年，務爲刻急，天下病之，乞自太中大夫待制以上，於郡守中舉轉運使，提點刑獄，於通判中舉轉運判官。又以文學、德行、吏事、武略等爲十科，求天下遺才。命文臣陞朝以上，歲舉經明行修一人以爲進士高選。皆從之。拜左僕射。疾稍閒，將起視事。詔免朝覲，許以肩輿，三日一入都堂，或門下尚書省。公不敢當，曰不見君，不可以視事。詔公肩輿至內東門，子康扶入對小殿，且曰毋拜。公惶恐，入對延和殿，再拜。遂罷青苗錢，專行常平糴糶法，以歲上中下熟爲三等，穀賤及下等則增價糴，貴及上等，則減價糶，惟中則否；及下等而不糴，及上等而不糶，皆坐之。時二聖恭儉慈孝，視民如傷，虛己以聽公。公知無不爲，以身任天下之責。數月復病，以九月丙辰朔薨于西府，享年六十八。太皇太后聞之，慟；上亦感涕不已。時方躬祀明堂，禮成不賀。二聖皆臨其喪，哭之哀甚，輟視朝。贈太師温國公，襚以一品禮服，賻銀三千兩，絹四千匹，賜龍腦、水銀以斂。命户部侍郎趙瞻、入內內侍省押班馮宗道護其喪，歸葬夏縣，官其親族十人。公忠信孝友，恭儉正直，出於天性。自少及老，語未嘗妄。其好學如饑之嗜食，於財利紛華如惡惡臭。誠心自然，天下信之。退居於洛，往來陝郊，陝洛閒皆化其德，師其學，法其儉。有不善，曰君實得無知之乎？博學無所不通，音樂、律曆、天文、書數皆極其妙。晚節尤好禮，爲冠婚喪祭法，適古今之宜。不喜釋、老，曰其微言不能出吾書，其誕吾不信。不事生産，買第洛中，僅庇風雨。有田三頃，喪其夫人，質田以葬。惡衣菲食，以終其身。自以遭遇聖明，言聽計從，以身徇天下，躬親庶務，不舍晝夜。賓客見其體羸，曰：「諸葛孔明二十罰以上皆親之，以此致疾，公不可以不戒。」公曰：「死生命也。」爲之益力。病革諄諄，不復自覺，如夢中語，然皆朝廷天下事也。既没，其家得遺奏八紙上之，皆手札，論當世要務。京師民畫其像，刻印鬻之，家置一本，飲食必祝焉。四方皆遣人購之京師，時畫工有致富者。有文集八十卷、《資治通鑑》二百九十四卷、《考異》三十卷、《歷年圖》七卷、《通曆》八十卷、《稽古録》二十卷、《本朝百官公卿表》六卷、《翰林詞草》三卷、註古文《孝經》一卷、《易説》三卷、註《繫辭》二卷、註《老子道德論》二卷、集註《太元經》八卷、《大學中庸義》一卷、集註《揚子》十三卷、《文中子傳》一卷、《河外諮目》三卷、《書儀》八卷、《家範》四卷、《續詩話》一卷、《遊山行記》十二卷、《醫問》七篇。其文如金玉穀帛藥石也，必有適於用；無益之文，未嘗一語及之。初公患歷代史繁重，學者不能綜，況於人主，遂約戰國至秦二世，如左氏體，爲《通志》八卷以進。英宗悦之，命公續其書，置局祕閣，以其素所賢者劉攽、劉恕、范祖禹爲屬官，凡十九年而成。起周威烈王，訖五代，上下一千三百六十二載。其是非疑似之閒，皆有辨論，一事而數説者，必考合異同而歸之一，作《考異》以志之。神宗尤重其書，以爲賢於荀悦，親爲製叙，賜名《資治通鑑》，詔邇英讀其書，賜潁邸舊書二千四百二卷。書成，拜資政殿學士，賜金帛甚厚。娶張氏，禮部尚書存之女，封清河郡夫人，先公卒，追封温國夫人。子三人，童、唐皆早亡，康今爲祕書省校書郎。孫二人，植、桓，皆承奉郎。公歷事四朝，皆爲人主所敬，然神宗知公最深，公思有以報之，常誦《孟子》之言曰：「責難於君，謂之恭；陳善閉邪，謂之敬；謂吾君不能，謂之賊。」故雖議論違忤，而神宗識其意，待之愈厚。及拜資政殿學士，蓋有意復用公也。夫復用公者，豈徒然哉？將必行其所言。公亦識其意，故爲政之日，自信而不疑。嗚呼！若先帝可謂知人矣，其知之也深；公可謂不負所知矣，其報之也大。軾從公遊二十年，知公平生爲詳，故録其大者爲行狀，其餘非天下所以治亂安危者，皆不載。

宋文鑑卷第一百三十八

行狀

程伯淳行狀

程頤

曾祖希振，皇任尚書虞部員外郎。妣高密縣君崔氏。祖遹，皇贈開府儀同三司、吏部尚書。妣孝感縣太君張氏，長安縣太君。張氏父珦，見任太中大夫，致仕。母壽安縣君侯氏。先生名顥，字伯淳，姓程氏。其先曰喬伯，爲周大司馬，封於程，後遂以爲氏。先生五世而上，居中山之博野。高祖贈太子少師，諱羽，太宗朝以輔翊功顯，賜第於京師，居再世。曾祖而下，葬河南，今爲河南人。先生生而神氣秀爽，異於常兒。未能言，叔祖母任氏太君抱之行，不覺釵墜，後數日方求之，先生以手指示，隨其所指而往，果得釵，人皆驚異。數歲，誦《詩》《書》，彊記過人。十歲，能爲詩賦。十二三時，羣居庠序中，如老成人，見者無不愛重。故户部侍郎彭公思永，謝客至學舍，一見異之，許妻以女。踰冠，中進士第，調京兆府鄠縣主簿。令以其年少，未知之。民有借其兄宅以居者，發地中藏錢。兄之子訴曰，父所藏也。令曰：「此無證佐，何以決之？」先生曰：「此易辨爾。」問兄之子曰：「爾父藏錢幾何時矣？」曰：「四十年矣。」「彼借宅居幾何時矣？」曰「二十年矣。」卽遣吏取錢十千視之，謂借宅者曰：「今官所鑄錢，不五六年間即遍天下〔一〕，此錢皆爾未藏前數十年所鑄何也？」其人遂服。令大奇之。南山僧舍有石佛，歲傳其首放光，遠近男女聚觀，晝夜雜處，爲政者畏其神，莫敢禁止。先生始至，詰其僧曰：「吾聞石佛歲現光有諸？」曰：然。戒曰：「俟復現，必先白，吾職事不能往，當取其首就觀之。」自是不復有光矣。府境水害，倉卒興役，諸邑率皆狼狽，惟先生所部，飲食茇舍無不安便。時盛暑，泄利大行，死亡甚衆，獨鄠人無死者。先生治役，人不勞而事集。常謂人曰：「吾之董役，乃治軍法也。」當路者欲薦之，多問所欲。先生曰：「薦士當以才之所堪，不當問所欲。」再期，以避親罷。再調江寧府上元縣主簿，田税不均，比他邑尤甚。盖近府美田，爲貴家富室以厚價薄其税而買之；小民苟一時之利，久則不勝其弊。先生爲令畫法，民不知擾，而一邑大均。其始富者不便，多爲浮論，欲摇止其事，既而無一人敢不服者。後諸路行均税法，邑官不足，益以他官，經歲歷時，文案山積，而尚有訴不均者，計其力比上元不啻千百矣。會令罷去，先生攝邑事。上元劇邑，訴訟日不下二百，爲政者疲於省覽，奚暇及治道；先生處之有方，不閱月，民訟遂簡。江南稻田賴陂塘以溉，盛夏塘堤大決，計非萬一作千夫不可塞。法當言之府，府禀於漕司，然後計功調役，非月餘不能興作。先生曰：「比如是，苗槁矣，民將何食？救民獲罪，所不辭也。」遂發民塞之，歲則大熟。江寧當水運之衝，舟卒病者則留之，爲營以處，曰小營子，歲不下數百人，至者輒死。先生察其由，蓋既留然後請於府，給券乃得食，比有司文具，則因於飢已數日矣。先生白漕司，給米貯營中，至者與之食，自是生全者太半。措置於纖微之間，而人已受賜，如此之比，所至多矣。先生常云：「一命之士，苟存心於愛物，於人必有所濟。」仁宗登遐，遺制官吏成服三日而除。三日之朝，府尹率羣官將釋服。先生進曰：「三日除服，遺詔所命，莫敢違也，請盡今日，若朝而除之，所服止二日爾。」尹怒不從。先生曰：「公自除之，某非至夜不敢釋也。」一府相視，無敢除者。茅山有龍池，其龍如蜴蜥而五色。祥符中，中使取二龍，至中途，中使奏一龍飛空而去。自昔嚴奉，以爲神物。先生嘗捕而脯之，使人不惑。其始至邑，見人持竿道旁，以黏飛鳥，取其竿折之，教之使勿爲。及罷官，艤舟郊外，有數人共語，自主簿折黏竿，鄉民子弟不敢畜禽鳥。不嚴而令行，大率如此。再期，就移澤州晉城令。澤人淳厚，尤服先生教命。民以事至邑者，必告之以孝悌忠信，入所以事父兄，出所以事長上。度鄉村遠近爲保伍，使之力役相助，患難相恤，而姦僞無所容。凡孤煢殘廢者，責之親戚鄉黨，使無失所。行旅出於其塗者，疾病皆有所養。諸鄉皆有校，暇則親至，召父老而與之語。兒童所讀書，親爲正句讀，教者不善，則爲易置。俗始甚野，不知爲學，先生擇子弟之秀者，聚而教之，去邑纔十餘年，而服儒服者蓋數百人矣。鄉民爲社會，爲立科條，旌別善惡，使有勸有耻。邑幾萬室，三年之間，無彊盜及鬭死者。秩滿，代者且至，吏夜叩門，稱有殺人者。先生曰：「吾邑安有此？誠有之，必某村某人也。」問之，果然。家人驚異，問何以知之？曰：「吾常疑此人惡少之弗革者也。」河東財賦窘迫，官所科買，歲爲民患，雖至賤之物，至官取之，則其價翔踴，多者至數十倍。先生常度所需，使富家預儲，定其價而出之，富室不失倍息，而鄉民所費，比常歲十不過二三。民稅常移近邊，載往則道遠，就糴則價高。先生擇富民之可任者，預使購粟邊郡，所費大省，民力用舒。縣庫有雜納錢數百千，常借以補助民力，部使者至，則告之曰：「此錢令自用，而不敢私，請一切不問。」使者屢更，無不從者。先時民憚差役，役及則互相糾訴，鄉鄰爲仇。先生盡知民産厚薄，第其先後，按籍而命之，無有辭者。河東義勇，農隙則教以武事，然應文備數而已。先生至，晉城之民遂爲精兵。晉俗尚焚屍，雖孝子慈孫，習以爲安。先生教諭禁止，民始信之。而先生去後，郡官有母死者，憚於遠致，投諸烈火，愚俗視傚，先生之教遂廢，識者恨之。先生爲令，視民如子，欲辨事者，或不持牒，徑至庭下，陳其所以。先生從容告語，諄諄不倦。在邑三年，百姓愛之如父母，去之日，哭聲震野。用薦者改著作佐郎，尋以御史中丞呂公公著薦，授太子中允，權監察御史裏行。神宗素知先生名，召對之日，從容咨訪，比二三見，遂期以大用。每將退，必曰：「頻求對來，欲常相見爾。」一日論議甚久，日官報午正，先生遽求退庭中，中人相謂曰：「御史不知上未食耶？」前後進説甚多，大要以正心窒欲，求賢育材爲先。先生不飾辭辯，獨以誠意感動人主。神宗嘗使推擇人材，先生所薦者數十人，而以父表弟張載暨弟頤爲首。所上章疏，子姪不得窺其藁。嘗言人主當防未萌之欲，神宗俯身拱手曰：「當爲卿戒之。」及因論人才曰：「陛下奈何輕天下士？」神宗曰：「朕何敢如是！」言之至于再三。時王荆公安石日益信用，先生每進見，必爲神宗陳君道以至誠仁愛爲本，未嘗及功利。神宗始疑其迂，而禮貌不衰。嘗極陳治道，神宗曰：「此堯、舜之事，朕何敢當？」先生愀然曰：「陛下此言，非天下之福也。」荆公寖行其説，先生意多不合，事出，必論列，數月之間，章數十上，尤極論者，輔臣不同心，小臣與大計，公論不行，青苗取息，賣祠部牒，差提舉官多非其人，及不經封駮；京東轉運司剥民希寵，不加黜責；興利之臣日進，尚德之風寖衰；等十餘事。荆公與先生雖道不同，而嘗謂先生忠信。先生每與論事，心平氣和，荆公多爲之動；而言路好直者，必欲力攻取勝，由是與言者爲敵矣。先生言既不行，懇求外補。神宗猶重其去，上章及面請至十數，不許，遂闔門待罪。神宗將黜諸言者，命執政除先生監司，差權發遣京西路提點刑獄。復上章曰：「臣言是，願行之；如其妄言，當賜顯責，請罪而獲遷，刑賞混矣。」累請得罷。既而神宗手批，暴白同列之罪，獨於先生無責。改差簽書鎮寧軍節度判官事。爲守者嚴刻多忌，通判而下，莫敢與辨事。始意先生嘗任臺憲，必不盡力職事，而又慮其慢己。既而先生事之甚恭，雖筦庫細務，無不盡心；事小未安，必與之辨，遂無不從者，相與甚歡。屢平反重獄，得不死者，蓋前後以十數。河清卒於法不他役，時中人程昉爲外都水丞，怙勢蔑視州郡，欲盡取諸埽兵治二股河。先生以法拒之。昉請於朝，命以八百人與之。天方大寒，昉肆其虐用，衆逃而歸。州官晨集，城門吏報河清兵潰歸，將入城，衆官相視，畏昉欲弗納。先生曰：「此逃死自歸，弗納必爲亂，昉有言，某自當之。」卽親往開門撫諭，約歸休三日復役，衆懽呼而入，具以事上聞，得不復遣。後昉奏事過州，見先生，言甘而氣懾；既而揚言於衆曰：「澶卒之潰，乃程中允誘之，吾必訴於上。」同列以告，先生笑曰：「彼方憚我，何能爾也。」果不敢言。會曹村埽決，時先生方護小吴，相去百里。州帥劉公涣以事急告，先生一夜馳至，帥俟於河橋，先生謂帥曰：「曹村決，京師可虞，臣子之分，身可塞亦爲之，請盡以厢卒見付，事或不集，公當親率禁兵以繼之。」帥義烈士，遂以本鎮印授先生曰：「君自用之。」先生得印，不暇入城省親，徑走決堤，諭士卒曰：「朝廷養爾輩，正爲緩急爾，爾知曹村決則注京城乎？吾與爾曹以身捍之！」衆皆感激自効。論者皆以爲勢不可塞，徒勞人爾。先生命善泅者，銜細繩以渡決口，水方奔注，達者百一，卒能引大索以濟衆，兩岸並進，晝夜不息，數日而合。其將合也，有大木自中流而下。先生顧謂衆曰：「得彼巨木，横流入口，則吾事濟矣。」語纔已，木遂横，衆以爲至誠所致。其後曹村之下復決，遂久不塞，數路困擾，大爲朝廷憂，人以爲使先生在職，安有是也。郊祀霈恩，先生曰：「吾罪滌矣，可以去矣。」遂求監局，以便親養，得罷歸。自是醜正者競揚避新法之説。歲餘，得監西京洛河竹木務，薦者言其未嘗敍年勞，丐遷秩，改太常丞。神宗猶念先生，會修三經義，嘗語執政曰：「程某可用。」執政不對。又嘗有登對者自洛至，問曰：「程某在彼否？」連言佳士。其後彗見翼軫間，詔求直言。先生應詔，論朝政極切。還朝，執政屢進擬，神宗皆不許，既而手批與府界知縣，差知扶溝縣事。先生詣執政，復求監當，執政諭以上意不可改也。數月，右府同薦，除判武學。新進者言其新法之初，首爲異論，罷復舊任。先生爲治，專尚寬厚，以教化爲先，雖若甚迂，而民實風動。扶溝素多盜，雖樂歲彊盜不減十餘發。先生在官，無彊盜者幾一年。廣濟蔡河出縣境，瀕河不逞之民，不復治生業，專以脇取舟人物爲事，歲必焚舟十數以立威。先生始至，捕得一人，使引其類，得數十人，不復根治舊惡，分地而處之，使以挽舟爲業，且察爲惡者，自是邑境無焚舟之患。畿邑田税重，朝廷歲常蠲除，以爲惠澤，然而良善之民，憚督責而先輸；逋負獲除者，皆頑民也。先生爲約，前料獲免者，今必如期而足，於是惠澤始均。司農建言，天下輸役錢達户四等，而畿内獨止第三；請亦及第四。先生力陳不可。司農奏其議，謂必獲罪，而神宗是之，畿邑皆得免。先生爲政，常權穀價，不使至甚貴甚賤。會大旱，麥苗且枯，先生教人掘井以溉，一井不過數工，而所灌數畝，闔境賴焉。水災民饑，先生請發粟貸之。鄰邑亦請。司農怒，遣使閲實。使至鄰邑，而令遽自陳穀且登，無貸可也。使至，謂先生盍亦自陳？先生不肯。使者遂言不當貸。先生力言民饑，請貸不已，遂得穀六千石，饑者用濟。而司農益怒，視貸籍户同等而所貸不等，檄縣杖主吏。先生言濟飢當以口之衆寡，不當以户之高下，且令實爲之，非吏罪，乃得已。內侍都知王中正巡閱保甲，權寵至盛，所至淩慢縣官，諸邑供帳，競務華鮮，以悅奉之。主吏以請，先生曰：「吾邑貧，安能效它邑？且取於民，法所禁也。今有故青帳，可用之！」先生在邑歲餘，中正往來境上，卒不入。鄰邑有寃訴府，願得先生決之者，前後五六。有犯小盜者，先生謂曰：「汝能改行，吾薄汝罪。」盜叩首，願自新。後數月，復穿窬，捕吏及門，盜告其妻曰：「我與太丞約，不復爲盜，今何面目見之耶？」遂自經。官制改，除奉議郎。朝廷遣官括牧地，民田當没者千頃，往往持累世契券以自明，皆弗用。諸邑已定，而扶溝民獨不服，遂有朝旨，改税作租，不復加益，及聽賣易如私田。民既倦於追呼，又得不加賦，乃皆服。先生以爲不可。括地官至，謂先生曰：「民願服而君不許何也？」先生曰：「民徒知今日不加賦，而不知他日增租奪田，則失業無以生矣。」因爲言仁厚之道，其人感動，謝曰：「寧受責，不敢違公。」遂去之他邑。不踰月，先生罷去。其人復至，謂攝令曰：「程奉議去矣，爾復何恃，而敢稽違朝旨？」督責甚急，數日而事集。鄰邑民犯盜，繫縣獄而逸，既又遇赦，先生坐是以特旨罷。邑人知先生且罷，詣府及司農丐留者千數。去之日不使人知，老穉數百，追及境上，攀挽號泣，遣之不去。以親老求近鄉監局，得監汝州酒税。今上嗣位，覃恩改承議郎。先生雖小官，賢士大夫視其進退，以卜興衰。聖政方新，賢德登進，先生特爲時望所屬，召爲宗正寺丞。未行，以疾終，元豐八年六月十五日也。享年五十有四。士大夫識與不識，莫不哀傷，爲朝廷生民恨惜。先生資稟既異，而充養有道。純粹如精金，温潤如良玉。寬而有制，和而不流。忠誠貫於金石，孝悌通於神明。視其色，其接物也如春陽之温；聽其言，其入人也如時雨之潤。胷懷洞然，徹視無間。測其藴，則浩乎若滄溟之無際；極其德，美言蓋不足以形容。先生行己，内主於敬，而行之以恕。見善若出諸己，不欲弗施於人。居廣居而行大道，言有物而動有常。先生爲學，自十五六時，聞汝南周茂叔論道，遂厭科舉之業，慨然有求道之志。未知其要，泛濫於諸家，出入於老、釋者幾十年，返求諸《六經》而後得之。明於庶物，察於人倫。知盡性至命，必本於孝悌；窮神知化，由通於禮樂。辨異端似是之非，開百代未明之惑。秦、漢而下，未有臻斯理也。謂孟子没而聖學不傳，以興起斯文爲己任。其言曰：「道之不明，異端害之也。昔之害近而易知，今之害深而難辨。昔之惑人也，乘其迷暗；今之入人也，因其高明。自謂之窮神知化，而不足以開物成務。言爲無不周遍，實則外於倫理；窮深極微，而不可以入堯舜之道。天下之學，非淺陋固滯，則必入於此。自道之不明也，邪誕妖異之説競起，塗生民之耳目，溺天下於汙濁，雖高才明智，膠於見聞，醉生夢死，不自覺也。是皆正路之蓁蕪，聖門之蔽塞，闢之而後可以入道。」先生進將覺斯人，退將明諸書，不幸早世，皆未及也。其辨析精微，稍見於世者之所傳爾。先生之門，學者多矣。先生之言平易易知，賢愚皆獲其益，如羣飲於河，各充其量。先生教人，自致知至於知止，誠意至於平天下，洒掃應對至於窮理盡性，循循有序。病世之學者，捨近而趍遠，處下而闚高，所以輕自大而卒無得也。先生接物，辨而不間，感而能通，教人而人易從，怒人而人不怨，賢愚善惡，咸得其心。狡僞者獻其誠，暴慢者致其恭，聞風者誠服，覿德者心醉。雖小人以趍嚮之異，顧於利害，時見排斥，退而省其私，未有不以先生爲君子也。先生爲政，治惡以寬，處煩而裕，當法令繁密之際，未嘗從衆爲應文逃責之事。人皆病於拘礙，而先生處之綽然；衆憂以爲甚難，而先生爲之沛然。雖當倉卒，不動聲色。方監司競爲嚴急之時，其待先生率皆寬厚，施設之際，有所賴焉。先生所爲綱條法度，人可效而爲也；至其道之而從，動之而和，不求物而物應，未施信而民信，則人不可及。彭夫人封仁和縣君，嚴正有禮，奉舅以孝稱，善睦其族，先一年卒。子曰端懿，蔡州汝陽縣主簿；曰端本，治進士業。女適假承務郎朱純之。卜以今年十月乙酉，葬于伊川先塋。謹書家世行業，及歷官行事之大槩，以求誌於作者。

田明之行狀　劉跂

曾祖永孚，故，不仕；祖均，故，不仕；考亮，故，贈左中散大夫；母永嘉縣太君王氏。本貫河南府。姓田氏，諱述古，字明之。田氏本居密州安丘，家世儒者。明之蚤孤，游學京師，甫冠，補太學生，事安定胡先生爲弟子，勤篤好問，先生稱之。娶尹師魯族家子河南縣主簿仲甫之女，遂徙家河南。凡四以鄉薦不中第，嘆曰，得失命也，乃慨然發憤，隱居講誦，積二十餘年不復出。哲宗嗣位，搜訪遺逸，故孫温靖公固，居守西都，以明之名聞，詔除襄州司法參軍。明之曰：「老矣，不任爲吏，然君命不敢辭。」乃即其家廷拜受詔，而不出仕。孫公守鄭，又奏以爲州教授，特詔從其請。居頃之，河陽學官以嫌求對易，命既下，故王公巖叟時守鄭，奏謂述古以處士起，今新進後生援例徙，非是，且無以慰鄭學者，詔又聽終任。未幾，除太學正，改宣德郎，充廣親北宅教授。秩滿，貧不能久留，調簽書通利軍判官事，轉通直郎。今上登極，轉奉議郎。元符三年十二月六日，以疾終，享年七十。夫人後五月亦卒。子男處仁、處訥、處厚、處恭、處約，女嫁進士張安石、太廟齋郎温萬石。明之爲人，淳静簡易，不爲表襮。胸中坦無留閡，與人交傾蓋不疑，既久益親；及其不合，毅然去之，莫能奪。於書無不闚，惟《易》《中庸》《論語》《孟子》《老子》，迺其素所學，申重復熟，造其深旨，餘不甚錯意也。邵先生、二程先生皆居洛陽，明之從之游。司馬温公居相鄰，因徒步造門，問經史大義，語不及他事。范翰林祖禹，以編修《資治通鑑》，日詣温公，温公多召明之與之俱。邵、程、司馬公皆重望，來者率巨公顯人，門無雜賓，而明之獨以白士羈旅預其間，合堂同席，相視莫逆，語必殫竭，未嘗少貶。諸公以是敬愛之。晚歲篤好《易》，古今諸儒訓詁得失，歷歷别白，常稱曰：「道，言之必可行，行之必可言。今學者泥章句，不知妙在日用。」因自爲註。祁寒盛暑，造次顛沛，未嘗廢卷。與賓客言，不事劇談，惟論《易》則亹亹不倦。日暮客欲去，而明之談益勝，意益精。明之所著書未就，客欲索其書上之朝，明之遂不肯出。友人張雲卿以累舉恩當釋褐，貧欲毋行，明之出錢爲助，鄉人争之，乃得去。既去，其妻與子俱病，妻竟死，家無一錢。明之日往護視，又辦喪事，事竟然後歸。昌王薨，假北宅教授官氏撰次行狀，以故事遺白金百兩。明之曰：「他人爲文，而我受其賜，無是也。」使者屢及門，終不受。通利並河，一夕暴漲，守將遽調急夫，明之争曰：「曷不視水勢？今雖漲而平，此將殺也，吾民不可徒擾。」已而果無事。當官不苟，亦不爲已甚。居家廉儉，衣不兼，食不屬，裕如也。樂道自信，以是終身焉。嗚呼！可謂吉德君子也夫。將以建中靖國元年某月葬于某所之原，晉陵鄒浩以明之語謂劉某曰：「『我無稱於時，然賢公卿大夫多知我，今皆亡，晚乃得二人焉，尚何恨！』獨謂吾子與浩耳。今其葬也，其能無言邪？其許諾！」居亡何，其孤自洛抵汶上，持治命來赴，果以文爲請。某外祖母尹夫人，魯郡著姓，與河南之尹宗族也，故於明之有葭莩之好。官於鄭，又嘗同僚，蓋知之詳熟。於其來請，謹敍次爵里伐閱，及其學行大略，以告鄒子爲之銘，庶幾乎明之之意，而二人者亦以是自致焉。

校勘記

〔一〕年間　「間」字原本空白，明抄本作「問」，按當是「間」字，今改。

宋文鑑卷第一百三十九

墓誌

吴王李煜墓誌銘

徐　鉉

盛德百世，善繼者所以主其祀；聖人無外，善守者不能固其存；蓋運曆之所推，亦古今之一貫。其有享蕃錫之寵，保克終之美，殊恩飾壤，懿範流光，傳之金石，斯不誣矣。王諱煜，字重光，隴西人也。昔庭堅贊九德，伯陽恢至道，皇天眷祐，錫祚于唐。祖文宗武，世有顯德。載祀三百，龜玉淪胥。宗子維城，蕃衍萬國。江淮之地，獨奉長安。故我顯祖，用膺推戴。焜燿之烈，載光舊吴。二世承基，克廣其業。皇宋將啓，玄貺冥符。有周開先，太祖歷試。威德所及，寰宇將同。故我舊邦，祇畏天命。貶大號以稟朔，獻地圖而請吏，故得義動元后，風行域中，恩禮有加，綏懷不世。魯用天王之禮，自越常鈞；酈存紀侯之國，曾何足貴！王以世嫡嗣服，以古道馭民。欽若彝倫，率循先志。奉烝嘗，恭色養，必以孝；賓大臣，事耇老，必以禮；居處服御，必以節；言動施舍，必以仁。至於荷全濟之恩，謹藩國之度，勤修九貢，府無虚月；祗奉百役，知無不爲。十五年間，天眷彌渥。然而果於自信，怠於周防。西隣起釁，南箕構禍。投杼致慈親之惑，乞火無里婦之辭。始詟因壘之師，終後涂山之會。太祖至仁之舉，大賚爲懷，録勳王之前効，恢焚謗之廣度，位以上將，爵爲通侯，待遇如初，寵錫斯厚。今上宣猷大麓，敷惠萬方，每侍論思，常存開釋。及飛天在運，麗澤推恩，擢進上公之封，仍加掌武之秩。侍從親禮，勉諭優容。方將度越等彝，登崇名數。嗚呼！閱川無捨，景命不融，太平興國三年秋七月八日遘疾，薨于京師里第，享年四十有二。皇上撫几興悼，投瓜軫悲，痛生之不逮，俾殁而加飾，特詔輟朝三日，贈太師，追封吴王，命中使涖葬。凡喪祭所須，皆從官給。卽其年冬十月日，葬于河南府某縣某鄉某里，禮也。夫人鄭國夫人周氏，勳舊之族，是生邦媛，肅雍之美，流詠《國風》，才實女師，言成閫則。子左千牛衞大將軍某，襟神俊茂，識度淹通，孝悌自表於天資，才略靡由於師訓，日出之學，未易可量。惟王天骨秀穎，神氣清粹，言動有則，容止可觀，精究六經，旁綜百氏。常以爲周、孔之道，不可暫離，經國化民，發號施令，造次於是，始終不渝。酷好文辭，多所述作。一游一豫，必頌宣尼；載笑載言，不忘經義。洞曉音律，精別雅鄭，窮先王制作之意，審風俗淳薄之原，爲文論之，以續《樂記》。所著文集三十卷，雜説百篇，味其文，知其道矣。至於弧矢之善，筆札之工，天縱多能，必造精絶。本以惻隱之性，仍好竺乾之教，草木不殺，禽魚咸遂。賞人之善，常若不及，掩人之過，唯恐其聞，以至法不勝姦，威不克愛。以厭兵之俗，當用武之世。孔明罕應變之略，不成近功；偃王躬仁義之行，終於亡國。道有所在，復何媿歟？嗚呼哀哉！二室南峙，三川東注。瞻上陽之宫闕，望北卬之雲樹。旁寂寂兮迥野，下冥冥兮長暮。寄不朽於金石，庶有傳於竹素。其銘曰：天鑒九德，錫我唐祚。緜緜瓜瓞，茫茫商土。裔孫有慶，舊物重覩。開國承家，彊吴跨楚。喪亂孔棘，我恤疇依？聖人既作，我知所歸。終日靡俟，先天不違。惟藩惟輔，永言固之。道或污隆，時有險易。蝱止于棘，虎遊於市。明明大君，寬仁以濟。嘉爾前哲，釋茲後至。亦覯亦見，乃侯乃公。沐浴玄澤，徊翔景風。如松之茂，如山之崇。奈何不淑，運極化窮！舊國疏封，新阡啓室。人惎之謀，卜云其吉。龍章驥德，蘭言玉質。邈爾何往，此焉終畢。儼青蓋兮䄙䄙，驅素虯兮遲遲。卽隧路兮徒返，望君門兮永辭。庶九原之可作，與緱嶺兮相期。垂斯文於億載，將樂石兮無虧。

穆夫人墓誌銘

柳開

漢開運元年，開叔父諱承贊卒。叔母穆，年二十有七，嫠居四十五年。歲己丑五月，歿於家，後七年，葬叔父墓中。唐季，我先人塋館陶縣北三十里。周廣順中，始葬叔父大名府西南二十里，村曰馮杜。開近歲連上書，天子哀之，賜錢三十萬，使葬先臣之屬。得華州進士王焕襄其事。焕義者也，恭恪弗懈，成開之心。柳宫姓爲地法利坤艮。自叔父墓東下十七步，我皇考之墓；又東下，仲父諱承昫之墓；各以子位從之。又東下，叔父諱承陟之墓。步悉如九數。叔陟無嗣，以季父諱承遠之墓同域焉。故昭義軍節度推官閔，叔母長子也。閔，叔父卒始生次子也。趙氏故婦女也。次病廢老於室。開爲兒時，見我烈考治家孝且嚴，視叔母二子常先開與閏。我母萬年君愛猶己出，勤勤儲儲，常懼有闕。乃叔母至老，我二兄至成人，不類諸孤兒寡婦。月旦望諸叔母拜堂下畢，卽同上手抵面聽奉我皇考誡告之曰：「人之家，兄弟無不義，盡因娶婦入門，異姓相聚，争長競短，漸漬日聞，偏愛私藏，以至背戾，分門割户，患若賊讎，皆汝婦人所作。男子有剛腸者幾人，能不爲婦人言所役。吾見多矣，若等寧是乎？」退卽惴惴閉息，恐然如有大誅責，至死不敢道一語，爲不孝事。抵開輩賴之得全其家也，如此。嗚呼！君子正己，直其言，居上其善也，家國治焉。小人枉己，私爲言，居上不善也，家國亂焉。旨哉君子也。銘曰：昔我叔之去世兮，垂嚴誡之深辭。指穆母而告云兮，惟夫婦之有儀。伊生死之孰免兮，於貞節而勿虧。代厚養以多屬兮，家復貴而偶時。寧不完於安佚兮，胡適彼而亡斯。介如石之克鮮兮，衆猶草之離離。母血涕以奉教兮，哀心以自持。畢考命之惸孤兮，終天地而弗移。噫嚱過此兮，母曷爲知。

徐文質墓誌銘

穆　修

進士徐孝山喪其父，執喪之三日，以其友張生道卿所録父事，拜且泣，復授之張生，并繼以語，俾來請曰："「孝山未即殞生，尚惟喪事不可緩，將卜葬以某日，期日且迫，敢迹其實，託銘於先生，用刻而納之，以光永幽穸。」予既受而閲其始卒，乃謂曰："「是葬也蓋得其禮矣。比是今貴家富族，將葬其先，必惑葬師説，拘以歲月畏忌，大至違禮過時，久而不克葬者多矣。生能葬以其道，正合《士禮》踰月之制，此獨可尚，又安得拒請而勿銘也。」按君諱文質，字處中，其先祖父嘗寓籍并土之文水，逮君之考，猶爲晉人。考生未齓而孤，見教育于季父氏，既而復。會朝廷以兵取太原，太原平，大徙并民入處之京輔。考於時，與其族來至京師，遂家焉。自是得遊太學爲生徒，治《春秋》經傳，前後四舉有司，竟不及禄而終。考始娶潁川陳氏女，亡，再娶清河張氏，生男子二人，女子二人。次子文蔚少卒，獨君爲前室陳氏所生。二女子今皆適京師良族。由君而下，始爲京師里人。凡并人，其俗剛厚而勤嗇，能自節損〔一〕，以立衣食。諸來徙之户，初雖貧極者，居久而皆爲富室；刕其宿有齎者，蓋可知，故考亦用是而殖其家。考之殁，貽其規法於君，君於此益爲之，善守者也。君嘗念陳氏早世，又傷父之不逮，故事後親彌盡其力。無何數年，母張氏又終。初君亦嘗授經於儒官馬龜符，有慕仕進心，至悼親之繼喪，顧門中時無彊子弟可任，懼覆先人遺業，則爲不肖子，因刻力事生於家，非時慶吊大事不出門，如此者蓋有年。天聖八年，適五十，忽得疾，醫累月弗愈，以是年七月十七日卒於居。君凡四娶室，輒有喪，有四男五女。初室李氏無子，長子孝山出次室李氏。景山、德山皆未及娶，五女子亦幼在室。孝山有諸弟妹合族謀葬，得其年八月之二十一日，藏君於東京之祥符縣開封鄉西韓村先墓之次，以次室李氏爲合。初李氏、次苗氏、李氏三室，皆同穴而異棺，斯實禮也。銘曰：惟古之葬，等殺異宜。日月有數，舉無越斯。末代不然，惑於葬師。陰陽拘忌，率常過時。其孰警此，伊徐氏子。以時而葬，順禮之軌。既合既祔，有銘有紀。如君之藏，民亦鮮矣。

种世衡墓誌銘

范仲淹

君諱世衡，字仲平，國之勞臣也。不幸云亡，其子泣血請於予。予嘗經略陝西，知君最爲詳，懼遺其善，不可不從而書之。初康定元年春，夏戎犯延安，我師不利。朝廷以堡障衆多，有分兵之患，其間遠不足守者，卽命罷之。寇驕而貪，益侵吾疆，百姓被其毒。君時爲大理丞，任鄜州從事，建言：延安東北二百里，有故寬州，請因其廢壘而興之，以當寇衝。左可致河東之粟，右固延安之勢，北可圖銀夏之舊，有是三利。朝廷從之，以君董役事。君膽勇過人，雖俯逼戎落，曾不畏憚，與兵民暴露數月，且戰且城。然處險無泉，議不可守，鑿地百有五十尺，始至于石，工徒拱手曰：「是不可井矣。」君曰：「過石而下，將無泉耶？爾攻其石屑而出之，凡一畚償爾百金。」工復致其力，過石數重，泉果沛發，飲甘而不耗。萬人歡呼曰：「神乎！雖虜兵重圍，吾無困渴之患矣。」用是復作數井，兵民馬牛皆大足。自兹西陲堡障患無泉者，悉倣此，大蒙利焉。既而朝廷署故寬州爲青澗城，授君内殿承制知城事，復就遷供備庫副使，旌其勞也。塞下多屬羌，向時漢官不能布恩信，羌皆持兩端。君乃親入部落中，勞問如家人意，多所周給。常自解佩帶，與其酋豪可語者。有得虜中事來告於我，君方與客飲，即取坐中金器以奬之。屬羌愛服，皆願効死。青澗東北一舍而遠，距無定河。河之北有虜寨，虜常濟河爲患。君屢使屬羌擊之，往必破走，前後取首級數百，牛羊萬計，未嘗勞士卒也，故功多而費寡。建營田二千頃，歲取其利，募商賈使通其貨，或先貸之本，速其流轉，歲時間其息十倍。乃建白，凡城中芻糧錢幣，暨軍須城守之具，不煩外計，一請自給。一子專視士卒之疾，調其湯餌，常戒以笞責，期于必瘳，士卒無不感泣。今翰林承旨王公堯臣，安撫陝西，言君治狀，上悦，降詔褒之曰：「邊臣若此，朕復何憂？」二年，就兼鄜延路駐泊兵馬都監制置本路糧草，遷洛苑副使。慶曆二年春，予按巡環州，患屬羌之多，而素不爲用，與夏戎潛連，助爲邊患，乃召蕃官慕恩與諸族酋長，僅八百人，犒于麾下，與之衣物繒綵，以悦其意；又采忠順者，增銀帶馬紱以旌之；然後諭以好惡，立約束，而俾之遵向。然悍猾之性，久失其馭，非智者處之，慮復爲變。時青澗既完，人可循守，乃請于朝，願易君理環。朝廷方以青澗倚君，又延帥上言，人重其去，命予更擇之。予謂夏戎日夜誘吾屬羌，羌愛其類，益以外向，非斯人親之，不能革其心。朝廷始如其請。君既至環，安邊之利害，大要在屬羌難制，懽合夏戎，爲暴發之患。又地瘠穀貴，屯師爲難，聚糧則力屈，損兵則勢危，斯急病也。君乃周行境內，入屬羌聚落，撫以恩意，如青潤焉。有牛家族首奴訛者，屈彊自處，未嘗出見官長，聞君之聲，始來郊迎。君戒曰：「吾詰朝行勞爾族，」奴訛曰：「諾。」是日大雪三尺，左右曰：「此羌兇詐，嘗與高使君繼嵩挑戰，又所處險惡，冰雪非可前。」君曰：「吾方與諸羌樹信，其可失諸？」遂與士衆緣險而進。奴訛初不之信，復會大雪，謂君必不來，方坦卧帳中，已至，蹙而起之。奴訛大驚曰：「我世居此山，漢官無敢至者，公了不疑我耶？」乃與族衆拜伏讙呼曰：「今而後惟父所使！」自是屬羌咸信於君。有兀二族受夏戎僞署，君遣人招之，不聽，卽使慕恩出兵誅之，死者半，歸者半，盡以其地暨牛羊賞諸有功。其偕受僞署如兀二族者百餘帳，咸股慄請命，納其所得文券袍帶。由是屬羌無復敢貳。君戒諸族，各置其烽火，夏戎時來抄掠，則舉烽相告，衆必介馬而待之，破賊者數四。涇原帥葛懷敏定川之敗，戎馬入縱于渭。予領慶州蕃漢兵往扼邠城，又召君分授涇原。君卽時而赴，羌兵從者數千人，屬羌爲吾用，自此始。君曰：「羌兵既可用矣。」乃復教土人習弧矢，以佐官軍。吏民有請某事，辭某事者，君咸使之射，從其中否而與奪之，坐過失者亦用此得贖。吏農工商，無不樂射焉。繇是緣邊諸城，獨環不求增兵，不煩益糧，而武力自振。夏戎聞屬羌不可誘，土人皆善射，烽火相望，無日不備，乃不復以環爲意。前後經略使交薦君之才能，朝廷益知可倚。明年，遷東染院使，充環慶路兵馬鈐轄，仍領環州。西南占原州之疆，有明珠、滅臧、康奴三種，居屬羌之大，素號彊梗，在原爲孽，寖及于環。撫之，很不我信；伐之，險不可入。北有二川，交通于夏戎，朝廷患焉。其二川之間，有古細腰城，復之可斷其交路。又明年，予爲宣撫使，乃諭君與原守蔣偕共幹其事。君久悉利病，即日起兵，會偕于細腰〔二〕，使甲士晝夜築之。夏戎固忌此城，君遣人入虜中，以計欵之，兵遂不至。又召明珠等三族酋長犒撫之，俾以禦寇。彼既出其不意，又亡外援，因而服從，君之謀也。君處細腰月餘，逼以苦寒，城成而疾作。慶曆五年正月七日甲子，啓手足，神志不亂，享年六十一，葬于京兆萬年縣之神和原。君之先，河南洛陽人也。曾祖存啓，河南壽安令。祖仁翊，京兆長安令，贈太常博士。父昭衍，登進士第，累贈職方員外郎。季父放，字明逸，初隱于終南山。君少孤，依之，服勤左右，以力學稱。明逸道高德純，太宗朝再詔，以事親不起。真宗復加聘禮，起拜左司諫，直昭文館，累遷尚書工部侍郎。大中祥符五年，君用工部蔭，得將作監主簿，五遷至太子中舍。初監秦州太平監，以母老求養。又監京兆府渭橋倉、邛州惠民監。知涇之保定、京兆之武功、涇陽三邑。在武功，毁淫祠，崇夫子廟，以來學者。在涇陽，有里胥王知謙者，姦利事露，逃之，過郊禮乃出。君曰：「送府則會恩，益以長惡。」從所坐杖脊于縣庭，而請待罪。府君李公諮奏釋之。自是豪黠莫不斂手，其嫉惡如此。又邑有三白渠，比年浚疏，用數邑力，主者非其才，而勞逸弗等，功利日削。君使勤惰齊其力，故功倍；貧富均其流，故利廣。至今民能言之。歷通判鎮戎軍，環、鳳二州。鳳之守王蒙正，託章憲外姻，以私干君，復欲以賄污君，君正色不納。蒙正大怨之，乃使人諭王知謙訟君，蒙正内爲之助，獄成，流竇州。上親政，量移汝州。君之世材以一宜讓君〔三〕，乃除孟州司馬。龍圖閣直學士李公紘雪于朝，授衛尉丞，主隨州推酤。又禮部尚書宋公綬、工部侍郎狄公棐，皆言君非辜，改知虔州贛縣。君辭，得監京兆軍資庫。以同、鄜交辟，改簽署同州判官事，又移鄜州，因從軍延安，乃有故寬州之請。君少尚氣節，昆弟有欲析其家者，君推資産與之，惟取季父圖書而已。涖官能摘惡庇民，青澗與環人皆畫君之像而享事之。及終，吏民暨屬羌酋長，朝夕臨柩前者數日。朝廷深惜之，賜三子恩。君娶劉氏，封萬年縣君。男八人：長曰詁，文雅純篤，養志不仕，有叔祖明逸之風；次曰診，試將作監主簿；曰詠，同州澄城尉；曰諮，郊社齋郎；曰諤，三班奉職，皆有立；訢、記、誼三子尚幼。一女，適西頭供奉官田守政。君在邊數年，聚貨食，教弧矢，撫養士伍，牢籠羌夷，無賢不肖，皆稱之。又出奇以濟幾事，嘗遣諜者入虜中，凡半歲間，而虜誅握兵用事二三人；諜者還，言某謀得行，會君已没，又天子方懷來，故其績不顯。銘曰：嗚呼种君，出于賢門。吾志必立，吾力是陳。寧以剛折，果由直伸。還自瘴海，試于塞垣。權以從事，意其出人。捍虜之患，乂邊之民。夙夜乃職，星霜厥身。生則有涯，死宜不泯。邊俗祀之，子子孫孫。

范純佑墓誌銘

富　弼

僕天聖初始識范文正公於海陵，未幾公遊文館，僕再舉進士，來京師，又見之。公益厚我。間或造其門，目公傍一童子，方十歲許，神重氣遠，如老成人，僕竊詢焉，即公之長子也。已能誦《詩》《禮》，泛讀諸書，爲文章籍籍有可稱者，所與遊皆一時之俊。時天下庠序未甚興，公典姑蘇，首建郡學，聘安定胡瑗爲先生。瑗條立學規良密，生徒數百，多不率教。公患之。君尚未冠，輒白于庭入學，齒諸生之末，盡行其規約，久之，人皆隨而不敢犯。自是蘇之學遂爲諸郡倡。寶元中，西戎叛，一方盡驚。公連易關陝官，皆不出兵間。君侍行，日與將卒錯處，鉤微擿隱，悉得其良駑，由是公任人無失，而屢有功。公帥環慶也，議城馬鋪寨。寨偪賊境，賊懼城成而扼其衝，故常寇撓之，使我不得城。君率兵馳據其地，賊衆大至，且戰且督役，數日而成，一路恃以安。人又知君材武有足嘉者。後公以讒罷知政事，君亦逡巡於仕進間，從公之鄧，暴得疾，昏不省事，廢卧許昌。僕守淮西，過其家省之，猶能感慨道忠義。問僕之來，「公耶私耶？」僕曰：「公。」曰：「公則可。」噫！人一有疾，已不能自顧其形骸，奚暇他卹；如君病昏，身已棄而尚不忘公忠，豈非根乎至性，第昏於事，而性終不昧耶？兹尤異於人，可貴重而不可學者。病十九年，卒于襄邑弟純仁之官舍，年四十九。君英悟天得，尚節行，事父母盡孝養，未嘗去左右。文正愛之甚，日夕以講求道義爲樂，亦不欲其遠去。君雖文學自富，固不肯應鄉里舉。不得已，以蔭授守將作監主簿。亦蹔爲跂下司竹監，非其好也，卽解去。使君壽且不病，得施其所有於時，良能美業其少諸？君名純佑，字天成。娶長葛李氏。一男正臣，守太常寺太祝。一女嫁故人子進士元殳，早亡。純仁謀歸葬河南萬安山先隴之側，行有日，走京師來乞銘。僕已銘其父，今又銘其子，悲夫！銘曰：君之才之賢，宜有禄有年。一命而晝不復遷，病十九年不復痊，今其云亡報已騫。英名不隱兮何足嘆。

校勘記

〔一〕能自節損　「自」原作「而」，據明抄本改。

〔二〕會偕於細腰　「偕」原作「階」，據明刻本改。按，偕卽指前蔣偕。

〔三〕君之世材以一宜讓君　明抄本「材」作「才」，「宜」作「官」，似仍有脱誤。

宋文鑑卷第一百四十

墓誌

孫明復墓誌銘

歐陽修

先生諱復，字明復，姓孫氏，晉州平陽人也。少舉進士不中，退居泰山之陽，學《春秋》，著《尊王發微》。魯多學者，其尤賢而有道者石介；自介而下，皆以弟子事之。先生年逾四十，家貧不娶。李丞相迪將以其弟之女妻之，先生疑焉。介與羣弟子進曰，公卿不下士久矣，今丞相不以先生貧賤而欲託以子，是高先生之行義也，先生宜因以成丞相之賢名，於是乃許。孔給事道輔，爲人剛直嚴重，不妄與人，聞先生之風，就見之。介執杖屨侍左右，先生坐則立，升降拜則扶之，及其往謝也，亦然。魯人既素高此兩人，由是始識師弟子之禮，莫不歎嗟之。而李丞相、孔給事亦以此見稱於士大夫。其後介爲學官，語于朝曰，先生非隱者也，欲仕而未得其方也。慶曆二年，樞密副使范仲淹、資政殿學士富弼言其道德經術，宜在朝廷，召拜校書郎、國子監直講。嘗召見邇英閣。説《詩》，將以爲侍講，而嫉之者言其講説多異先儒，遂止。七年，徐州人孔直温以狂謀捕治，索其家得詩，有先生姓名，坐貶監虔州商税。徙泗州，又徙知河南府長水縣，簽署應天府判官公事，通判陵州。翰林學士趙槩等十餘人上言，孫某行爲世法〔一〕，經爲人師，不宜棄之遠方，乃復爲國子監直講。居三歲，以嘉祐六年七月某日以疾卒于家，享年六十有六，官至殿中丞。先生在太學時，爲大理評事，天子臨幸，賜以緋衣銀魚。及聞其喪，惻然，予其家錢十萬。而公、卿、大夫、士、友、太學之諸生，相與吊哭賻治其喪。於是以某年某月某日葬先生於鄆州須城縣盧泉之北扈原。先生治《春秋》，不惑傳註，不爲曲説以亂經。其言簡易，於諸侯大夫功罪，以考時之盛衰，而推見王道之治亂，得於經之本義爲多。方其病時，樞密使韓琦言之天子，選書吏，給紙筆，命其門人祖無擇，就其家得其書十有五篇，録之，藏于祕閣。先生一子大年，尚幼。銘曰：

聖人既殁經更焚，逃藏脱亂僅傳存。衆説乘之汨其原，怪迂百出雜僞真。後生牽卑習前聞，有欲患之寡攻羣，往往止燎以膏薪。有勇夫子闢浮雲，刮磨蔽蝕相吐吞，日月卒復光破昏。博哉功利無窮垠，有考其不在斯文！

黄夢升墓誌銘

歐陽修

予友黄君夢升，其先婺州金華人，後徙洪州之分寧。其曾祖諱某，祖諱某，父諱某，皆不仕。黄氏世爲江南大族自其祖父以來，樂以家貲賑鄉里，多聚書以招四方之士。夢升兄弟皆好學，尤以文章意氣自豪〔二〕。予少家隨。夢升從其兄茂宗官于隨。予爲童子，立諸兄側，見夢升年十七八，眉目明秀，善飲酒談笑，予雖幼，心已獨奇夢升。後七年，予與夢升皆舉進士於京師。夢升得丙科，初任興國軍永興主簿，怏怏不得志，以疾去。久之，復調江陵府公安主簿。時予謫夷陵令，遇之于江陵。夢升顔色憔悴，初不可識，久而握手噓嚱，相飲以酒，夜醉起舞，歌呼大噱。予益悲夢升志雖衰而少時意氣尚在也。後二年，予徙乾德令，夢升復調南陽主簿，又遇之于鄧。間常問其平生所爲文章幾何，夢升慨然歎曰：「吾已諱之矣，窮達有命，非世之人不知我，我羞道於世人也。」求之不肯出，遂飲之酒，復大醉起舞歌呼，因笑曰：「子知我者」，乃肯出其文。讀之，博辨雄偉，其意氣奔放，猶不可禦。予又益悲夢升志雖困而獨其文章未衰也。是時謝希深出守鄧州，尤喜稱道天下士。予因手書夢升文一通，欲以示希深，未及而希深卒，予亦去鄧。後之守鄧者皆俗吏，不復知夢升。夢升素剛不苟合，負其所有，常怏怏無所施，卒亦不得志，死于南陽。夢升諱注，以寶元二年四月某日卒，享年四十有二。其平生所爲文曰《破碎集》、《公安集》、《南陽集》，凡若干卷。娶潘氏，生四男二女。將以某年某月某日葬于董坊之先塋。其弟渭泣而來告曰：「吾兄患世之莫吾知，孰可爲其銘？」予素悲夢升者，因爲之銘曰：

予嘗讀夢升之文，至於哭其兄子庠之詞曰：「子之文章，電激雷震，雨雹忽止，闃然滅泯。」未嘗不諷誦歎息而不已。嗟夫！夢升曾不及庠，不震不驚，鬱塞埋藏。孰予其有，不使其施？吾不知所歸咎，徒爲夢升而悲。

尹師魯墓誌銘

歐陽修

師魯河南人，姓尹氏，諱洙，然天下之士，識與不識，皆稱之曰師魯。蓋其名重當世，而世之知師魯者，或推其文學，或高其議論，或多其材能；至其忠義之節，處窮達，臨禍福，無愧於古君子，則天下之稱師魯者，未必盡知之。師魯爲文章，簡而有法，博學彊記，通知古今，長於《春秋》。其與人言，是是非非，務窮盡道理乃已，不爲苟止而妄隨，而人亦罕能過也。遇事無難易，而勇於敢爲，其所以見稱於世者，亦所以取嫉於人，故其卒窮以死。師魯少舉進士及第，爲絳州正平縣主簿，河南府户曹參軍，邵武軍判官，舉書判拔萃，遷山南東道掌書記，知伊陽縣。王文康公薦其才，召試，充館閣校勘，遷太子中允。天章閣待制范公貶饒州，諫官御史不肯言，師魯上書言，仲淹臣之師友，願得俱貶，貶監郢州酒税。又徙唐州，遭父喪，服除，得太子中允，知河南縣。趙元昊反，陝西用兵，大將葛懷敏奏起爲經略判官。師魯雖用懷敏辟，猶爲經略使韓公所深知，其後諸將敗於好水，韓公降知秦州，師魯亦徙通判濠州。久之，韓公奏得通判秦州，遷知涇州，又知渭州，兼涇原路經略部署。坐城水落，與邊臣異議，徙知晉州，又知潞州。爲政有惠愛，潞州人至今思之。累遷官至起居舍人，直龍圖閣。師魯當天下無事時，獨喜論兵，爲《敍燕》《息戍》二篇行于世。自西兵起，凡五六歲，未嘗不在其間，故其論議益精密，而於西事尤習其詳。其爲兵制之説，述戰守勝敗之要，盡當今之利害。又欲訓士兵，代戍卒，以減邊用，爲禦戎長久之策，皆未及施爲，而元昊臣，西兵解嚴，師魯亦去而得罪矣。然則天下之稱師魯者，於其材能亦未必盡知之也。初師魯在渭州，將吏有違其節度者，欲按軍法斬之而不果。其後吏至京師，上書訟師魯以公使錢貸部將，貶崇信軍節度副使，徙監均州酒税。得疾，無醫藥，舁至南陽求醫。疾革，隱几而坐，顧稚子在前，無甚憐之色，與賓客言，終不及其私。享年四十有六以卒。師魯娶張氏某縣君。有兄源，字子漸，亦以文學知名，居前一歲卒。師魯凡十年間三貶官，喪其父，又喪其兄，有子四人，連喪其三女，一適人亦卒，而其身終以貶死。一子三歲，四女未嫁，家無餘貲，客其喪于南陽，不能歸。平生故人，無遠邇皆往賻之。然後妻子得以其柩歸河南，以某年某月某日葬于先塋之次。余與師魯兄弟交，嘗銘其父之墓矣，故不復次其世家焉。銘曰：

藏之深，固之密，石可朽，銘不滅。

蘇子美墓誌銘

歐陽修

故湖州長史蘇君，有賢妻杜氏，自君之喪，布衣蔬食，居數歲，提君之孤子，斂其平生文章，走南京，號泣于其父曰：「吾夫屈於生，猶可伸於死。」其父太子太師，以告於予。予爲集次其文而序之，以著君之大節，與其所以屈伸得失，以深誚世之君子當爲國家樂育賢材者，且悲君之不幸。其妻卜以嘉祐元年十月某日，葬君于潤州丹徒縣義里鄉檀山里石門村，又號泣于其父曰：「吾夫屈於人間，猶可伸於地下。」於是杜公及君之子泌，皆以書來乞銘以葬。君諱舜欽，字子美。其上世居蜀，後徙開封，爲開封人。自君之祖諱易簡，以文章有名，太宗時承旨翰林，爲學士，參知政事，官至禮部侍郎。父諱耆，官至工部郎中，直集賢院。君少以父蔭太廟齋郎，調滎陽尉，非所好也，已而鎖其廳去。舉進士中第，改光禄寺主簿，知蒙城縣。丁父憂，服除，知長垣縣，遷大理評事，監在京樓店務。君狀貌奇偉，慷慨有大志，少好古，工爲文章，所至皆有善政。官于京師，位雖卑，數上疏論朝廷大事，敢道人之所難言。范文正公薦君，召試，得集賢校理。自元昊反，兵出無功，而天下殆於久安，而困兵事。天子奮然，用三四大臣，欲盡革衆弊，以紓民。於是時，范文正公與今富丞相，多所設施，而小人不便，顧人主方信用，思有以撼動，未得其根。以君文正公之所薦，而宰相杜公婿也，乃以事中君，坐監進奏院祠神奏用市故紙錢會客爲自盜，除名。君名重天下，所會客皆一時賢俊，悉坐貶逐。然後中君者喜曰，吾一舉網盡之矣。其後三四大臣繼罷去，天下事卒不復施爲。君携妻子居蘇州，買水石作滄浪亭，日益讀書，大涵肆於《六經》，而時發其憤悶於歌詩，至其所激，往往驚絶。又喜行草書，皆可愛，故其雖短章醉墨，落筆争爲人所傳。天下之士，聞其名而慕，見其所傳而喜，往揖其貌而竦，聽其論而驚以服，久與其居，而不能捨以去也。居數年，復得湖州長史。慶曆八年十二月某日，以疾卒于蘇州，享年四十有一。君先娶鄭氏，後娶杜氏。三子，長曰泌，將作監主簿，次曰液，曰激。二女，長適前進士陳紘，次尚幼。初君得罪時，以奏用錢爲盜，無敢辨其寃者。自君卒後，天子感悟，凡所被逐之臣復召用，皆顯列于朝，而至今無復爲君言者，宜其欲求伸於地下也；宜予述其得罪以死之詳，而使後世知其有以也。既又長言以爲之辭，庶幾并寫予之所以哀君者。其辭曰：

謂爲無力兮，孰擊而去之？謂爲有力兮，胡不反子之歸？豈彼能而此不爲？善百譽而不進兮，一毁終世以顛擠。荒孰問兮，杳難知。嗟子之中兮，有韞而無施。文章發耀兮，星日光輝。雖冥冥以掩恨兮，不昭昭其永垂？

梅聖俞墓誌銘

歐陽修

嘉祐五年，京師大疫，四月乙亥，聖俞得疾，卧城東汴陽坊。明日，朝之賢士大夫往問疾者，騶呼屬路不絶。城東之人，市者廢，行者不得往來，咸驚顧相語曰，兹坊所居大人誰邪？何致客之多也？居八日癸未，聖俞卒。於是賢士大夫又走吊哭，如前日益多，而其尤親且舊者，相與聚而謀其後事。自丞相以下，皆有以賻卹其家。粤六月某日，其孤增載其柩南歸，以某年某月某日葬于某所。聖俞字也，其名堯臣，姓梅氏，宣州宣城人也。自其家世頗能詩，而從父詢以仕顯，至聖俞遂以詩聞。自武夫貴戚，童兒野叟，皆能道其名字，雖妄愚人不能知詩義者，直曰此世所貴也，吾能得之，用以自矜，故求者日踵門，而聖俞詩遂行天下。其初喜爲清麗，閑肆平淡，久則涵演深遠，間亦琢刻以出怪巧，然氣完力餘，益老以勁。其應於人者多，故辭非一體，至於佗文章皆可喜，非如唐諸子號詩人者，僻固而狹陋也。聖俞爲人，仁厚樂易，未嘗忤於物，至其窮愁感憤，有所罵譏笑謔，一發於詩，然用以爲驩而不怨懟，可謂君子者也。初在河南，王文康公見其文，歎曰，二百年無此作矣。其後大臣屢薦宜在館閣，嘗一召試，賜進士出身，餘輒不報。嘉祐元年，翰林學士趙槩等十餘人，列言于朝曰，梅某經行修明，願留與國子諸生講論道德，作爲雅頌，以歌詠聖化，乃得國子監直講。三年冬，祫于太廟，御史中丞韓絳言，天子且親祠，當更制樂章，以薦祖考，惟梅某爲宜，亦不報。聖俞初以從父蔭補太廟齋郎，歷桐城、河南、河陽三縣主簿，以德興縣令，知建德縣，又知襄城縣，監湖州鹽稅，簽署忠武，鎮安兩軍節度判官，監永濟倉，國子監直講，累官至尚書都官員外郎。嘗奏其所撰《唐載》二十六卷，多補正舊史闕繆，乃命編修《唐書》，書成未奏而卒，享年五十有九。曾祖諱某，祖諱某，皆不仕。父諱某，太子中舍，致仕，贈職方郎中。母曰仙游縣太君束氏，又曰清河縣太君張氏。初娶謝氏，再娶刁氏，封某縣君。子男五人，曰增、曰墀、曰垌、曰龜兒，一早卒。女二人，長適太廟齋郎薛通，次尚幼。聖俞學長於《毛氏詩》，爲《小傳》二十卷，其文集四十卷，注《孫子》十三卷。余嘗論其詩曰，世謂詩人少達而多窮，蓋非詩能窮人，殆窮者而後工也〔三〕。聖俞以爲知言。銘曰：

不慼其窮，不困其鳴，不躓于艱，不履于傾。養其和平，以發厥聲，震越渾鍠，衆聽以驚。以揚其清，以播其英，以成其名，以告諸冥。

石守道墓誌銘

歐陽修

徂徠先生姓石氏，名介，字守道，兗州奉符人也。徂徠魯東山，而先生非隱者也，其仕嘗位於朝矣。魯之人，不稱其官，而稱其德，以爲徂徠魯之望，先生魯人之所尊，故因其所居山以配其有德之稱曰徂徠先生者，魯人之志也。先生貌厚而氣完，學篤而志大，雖在畎畝，不忘天下之憂。以謂時無不可爲，爲之無不至。不在其位，則行其言，吾言用，功利施於天下，不必出乎己；吾言不用，雖獲禍咎，至死而不悔。其遇事發憤，作爲文章，極陳古今治亂成敗，以指切當世，賢愚善惡，是是非非，無所諱忌。世俗頗駭其言，由是謗議喧然，而小人尤嫉惡之，相與出力，必擠之死。先生安然，不惑不變，曰吾道固如是，吾勇過孟軻矣。不幸遇疾以卒。既卒，而姦人有欲以奇禍中傷大臣者，猶指先生以起事，謂其詐死而北走契丹矣，請發棺以驗。賴天子仁聖，察其誣，得不發棺，而保全其妻子。先生世爲農家，父諱丙，始以仕進，官至太常博士。先生年二十六，舉進士甲科，爲鄆州觀察推官，南京留守推官，御史臺辟主簿，未至，以上書論赦罷，不召，秩滿，遷某軍節度掌書記。代其父官于蜀，爲嘉州軍事判官。丁內外艱，去官，垢面跣足，躬耕徂徠之下。葬其五世未葬者七十喪。服除，召入國子監直講。是時兵討元昊，久無功，海內重困，天子奮然，思欲振起威德，而進退二三大臣，增置諫官御史，所以求治之意甚鋭。先生躍然喜曰，此盛事也，雅、頌吾職，其可已乎？乃作《慶曆聖德詩》，以褒貶大臣，分别邪正，累數百言。詩出，太山孫明復曰，子禍始於此矣。明復，先生之師友也。其後所謂姦人作奇禍者，乃詩之所斥也。先生自閑居徂徠，後官于南京，常以經術教授，及在太學，益以師道自居，門人弟子從之者甚衆，太學之興，自先生始。其所爲文章曰某集者若干卷，曰某集者若干卷[四]。其斥佛、老、時文，則有《怪説》、《中國論》，曰，去此三者，然後可以有爲。其戒姦臣宦女，則有《唐鑑》，曰，吾非爲一世監也。其餘喜怒哀樂，必見於文，其辭博辯雄偉，而憂思深遠。其爲言曰：「學者，學爲仁義也，惟忠能忘其身，信篤於自信者，乃可以力行也。」以是行於己，亦以是教於人。所謂堯、舜、禹、湯、文、武、周公、孔子、孟軻、揚雄、韓愈氏者，未嘗一日不誦於口，思與天下之士皆爲周孔之徒，以致其君爲堯舜之君，民爲堯舜之民，亦未嘗一日少忘于心。至其違世驚衆，人或笑之，則曰：「吾非狂癡者也。」是以君子察其行而信其言，推其用心而哀其志。先生直講歲餘，杜祁公薦之天子，拜太子中允。今丞相韓公又薦之，乃直集賢院。又歲餘，始去太學，通判濮州，方待次于徂徠。以慶曆五年七月某日卒于家，享年四十有一。友人廬陵歐陽修哭之以詩，以謂待彼謗焰熄，然後先生之道明矣。先生既没，妻子凍餒不自勝。今丞相韓公與河陽富公，分俸買田以活之。後二十一年，其家始克葬先生于某所。將葬，其子師訥，與其門人姜潛、杜默、徐遁等來告曰，謗焰熄矣，可以發先生之光矣，敢請銘。某曰，吾詩不云乎「子道自能久」也，何必吾銘？遁等曰，雖然，魯人之欲也。乃爲之銘曰：

徂徠之巖巖，與子之德兮，魯人之所瞻。汶水之湯湯，與子之道兮，逾遠而彌長。道之難行兮，孔孟遑遑。一世之屯兮，萬世之光。曰吾不有命兮，安在夫桓魋與臧倉？自古聖賢皆然兮，噫，子雖毁其何傷！

蘇明允墓誌銘

歐陽修

有蜀君子曰蘇君，諱洵，字明允，眉州眉山人也。義修於家，信於鄉里，聞於蜀之人久矣。當至和、嘉祐之間，與其二子軾、轍偕至京師。翰林學士歐陽修，得其所著書二十二篇獻諸朝，既出，而公卿士大夫争傳之。其二子舉進士，皆在高等，亦以文學稱於時。眉山在西南數千里外，一日父子隱然名動京師，而蘇氏文章，遂擅天下。君之文博辯宏偉，讀者悚然想見其人；既見，而温温似不能言；及卽之與居，愈久而愈可愛；間而出其所有，愈叩而愈無窮。嗚呼，可謂純明篤實之君子也！曾祖諱某，祖諱某，父諱某，贈尚書職方員外郎，三世皆不顯。職方君三子，曰澹，曰渙，皆以文學舉進士；而君少，獨不喜學，年已壯猶不知書。職方君縱而不問，鄉閭親族皆怪之，或問其故，職方君笑而不答，君亦自如也。年二十七，始大發憤，謝其素所往來少年，閉户讀書爲文辭，歲餘，舉進士再不中，又舉茂材異等不中，退而歎曰，此不足爲吾學也，悉取所爲文數百篇焚之，益閉户讀書，絶筆不爲文辭者五六年，乃大究六經百家之説，以考質古今治亂成敗，聖賢窮達出處之際，得其粹精，涵蓄充溢，抑而不發。久之，慨然曰，可矣，由是下筆頃刻數千言，其縱横上下，出入馳驟，必造於深微而後止。蓋其稟也厚，故發之遲；志也慤，故得之精。自來京師，一時後生學者，皆尊其賢，學其文以爲師法，以其父子俱知名，故號老蘇以別之。初修爲上其書，召試紫微閣，辭不至，遂除試秘書省校書郎。會太常修纂建隆以來禮書，乃以爲霸州文安縣主簿，使食其禄，與陳州項城令姚闢同修禮書，爲《太常因革禮》一百卷。書成，方奏未報，而君以疾卒，實治平三年四月某日也。享年五十有八。天子聞而哀之，特贈光禄寺丞，勑有司具舟載其喪歸于蜀。君娶程氏，大理寺丞文應之女，生三子，曰景，早卒；軾今爲某官，轍某官。三女皆早卒。孫曰邁，曰遲。有文集若干卷，《謚法》三卷。君善與人交，急人患難，死則卹養其孤，鄉人多德之。蓋晚而好《易》，曰《易》之道深矣，汩而不明者，諸儒以附會之説亂之也，去之則聖人之旨見矣，作《易傳》，未成而卒。某年某月某日，葬于彭山之安鎮鄉可龍里。君生於遠方，而學又晚成，常歎曰，知我者惟吾父與歐陽公也。然則非余誰宜銘？銘曰：

蘇顯唐世，實欒城人。以宦留眉，蕃蕃子孫。自其高曾，鄉里稱仁。偉歟明允，大發於文。亦既有文，而又有子。其存不朽，其嗣彌昌。嗚呼明允，可謂不亡。

校勘記

〔一〕孫某　「某」原作「其」，據明抄本、明刻本改。

〔二〕意氣　「意」字原脱，據《歐陽文忠集》補。

〔三〕殆窮者　「殆」原作「始」，據明抄本、明刻本改。

〔四〕若干卷　上句及此句「卷」字原誤作「巷」，據明抄本、明刻本改。

宋文鑑卷第一百四十一

墓誌

南陽郡君謝氏墓誌銘

歐陽修

慶曆四年秋，予友宛陵梅聖俞來自吴興，出其哭内之詩而悲曰，吾妻謝氏亡矣，丐我以銘而葬焉，予未暇作。居一歲中，書七八至，未嘗不以謝氏銘爲言，且曰，吾妻故太子賓客諱濤之女，希深之妹也。希深父子，爲時聞人，而世顯榮。謝氏生於盛族，年二十以歸吾，凡十七年而卒，卒之夕，斂以嫁時之衣，甚矣吾貧可知也。然謝氏怡然處之，治其家有常法，其飲食器皿雖不及豐侈，而必精以旨；其衣無故新，而澣濯縫紉必潔以完；所至官舍雖庳陋，而庭宇洒掃必肅以嚴；其平居語言容止，必怡以和。吾窮於世久矣，其出而幸與賢士大夫遊而樂，入則見吾妻之怡怡而忘其憂，使吾不以富貴貧賤累其心者，抑吾妻之助也。吾甞與士大夫語，謝氏多從户屏竊聽之，間則盡能商搉其人才能賢否，及時事之得失，皆有條理。吾官吴興，或自外歸，必問曰，今日孰與飲而樂乎？聞其賢者也則悦，否則歎曰，君所交皆一時賢儁，今與是人飲而歡邪？是歲南方旱，仰見飛蝗而歎曰，今西兵未解，天下重困，盗賊暴起於兩淮，而天旱且蝗如此，我爲婦人，死而得君葬我幸矣。其所以能安吾貧而不困者，其性識明而知道理多類此。其生也迫吾之貧，而没也又無以厚焉，謂惟文字可以著其不朽；且其平生尤知文章爲可貴，殁而得此，庶幾以慰其魂，且塞予悲，此吾所以請銘於子之懃也。若此，予忍不銘？夫人享年三十七，用夫恩封南陽縣君。二男一女。以某年七月某日卒于高郵。梅氏世葬宛陵，以貧不能歸也，某年某月某日葬于潤州之某縣某原。銘曰：

高崖斷谷兮，京口之原。山蒼水深兮，土厚而堅。居之可樂兮，卜者曰然。骨肉雖土兮，魂氣則天。何必故鄉兮，然後爲安。

張晦之墓誌銘

宋　祁

嗚呼！有宋文人張晦之之墓。晦之名景，江陵公安人。羇丱能言，長嗜學尤力。未冠，涉通藝文，頗班班言當世務。貧不治産，往從崇儀使解人柳開。開以文自名〔一〕，而薦寵士類，一見歡甚，悉出家書畀之，由是屬辭益有法度。開每曰，今日在朝廷挈囊薦笏〔二〕，誰踰晦之者，即厚遺使如京師。時富春孫僅、沛國朱嚴、成紀李庶幾，號爲豪英。晦之弊衣與游，名稱籍籍，美不容口。真聖諒闇，未即聽政，責有司精覆計偕，與者十一二。晦之名在第四，調主大名館陶簿。年少氣鋭，未能以智自將，坐公累爲吏痛詆，貶全州，會赦還。豪長者得罪，并坐所知，繼爲房襄二州文學參軍。晦之中廢不用，則大覃思古今，爲《洪範》、《王覇》二書。常病浮圖氏怪迂誕荒，塔廟日熾，雖服儒衣冠者，皆胡言膜拜，共寵神之憖，寘《六經》反爲外典，故因事見文，爲記傳數十篇而辨析之，雖與世舛馳，而自信不跆云。康肅陳公堯咨，以西臺舍人爲本府，雅聞晦之，爲言於上，復還楚州寶應主簿。最狀應條，監司以聞，改大理評事，知泗州昭信縣。淮島傖雜，馮戾禨巫，晦之剪除傍祀且百所，輸入材瓦，以完吏舍，急病職勞，邑人宜之。轉運使任其能，移掌真州榷茶務，既又請通理州事，可制已報，會遘疾終官下，年四十九，實天禧二年三月十日。噫！世之言材而顯，善而艾，皆若可信；如晦之終始報嚮，獨大謬不然者邪！晦之幼喪二親，有終身之戚，方其間關蓬累，而竭誠盡物，克襄事焉。墓不用甓，既窆，下土實之，曰千歲後無爲狐兔宅，不亦善乎？荆人高之，咸曰，張氏有子矣。事崇儀也，崇儀欲以兄子妻之，未歸而亡。又委禽於唐氏，生二女子，皆有行，一男早夭。晦之卽世，夫人奉柩以如許昌，將便時來南，以歲之不易，久而去室。康定元年，著作佐郎王儀太初，始得襄慌柳〔三〕，以某月日祔塴其先塋，從昭穆之圖，成君志也。三代之諱之行，則渤海胡旦及康肅公爲先壙之誌若表在焉。平生文章，門人萬稱集爲二十五通。太初與晦之再世表，重節義然諾，且少相友善，故哀狀丐文而畢此封樹焉。銘曰：

嚼才章兮懿淳孝，至膴仕兮難老，嗇弗予兮孰天道？蹇皇皇兮晚獲伸，發吾懷兮露珍，甫半道兮摧華輪。倚廬空兮無冢嗣，從藁殯兮二紀，魂煢煢兮何所止。彼戚友兮義弗違，奉輤柩兮來歸，穴虛祔兮人所悲。兄弟鮮兮立後，神茫茫兮安究，尚立言兮參不朽。

呂獻可墓誌銘

司馬光

君諱誨，字獻可。初孤，自力爲學。家于洛陽，性沈厚，不妄交遊，洛陽士人往往不之識。登進士第，調浮梁尉，不之官，歷旌德，扶風主簿，遷雲陽令，改著作佐郎，知翼城縣，從簽書定國軍節度判官，通判梓州事。未至官，遭母喪，服除，知大通監，兼交城縣，召入爲殿中侍御史，彈劾無所避。兗國公主，仁宗之愛女，下嫁李瑋，薄其夫家，嘗因忿恚，〔四〕夜開禁門，入訴於上。獻可奏宿衛不可不嚴，公主夜叩禁門，門者不當聽入，並劾奏公主閤宦者梁懷吉、梁全一竄逐之。會有新除樞密副使者，當時人有疑論，獻可與其僚直以衆言陳上前，謂必不可留，章十七上，卒與之俱罷。獻可得知江州。久之，復召還臺。英宗卽位，改起居舍人，同知諫院。時上有疾，太后權同聽政。內侍都知任守忠久用事於中，上之立非守忠意，乘此與其徒閒構兩宮，造播惡言，中外恟懼。獻可連上兩宮書，開陳大義，辭情切至，由是慈孝益篤，讒言不得行。上疾久未平，獻可請早建東宮，以安人心。既而上小瘳，謙默未可視事。獻可屢乞親萬幾，攬威福，延近臣，通下情。太后間數日一御東殿，漸遠庶務，自謀安佚。會小旱，因請上親出禱雨，使外疑釋然。太后既歸政，獻可復言於上，今雖專聽斷，太后輔佐先帝久，多閱天下事，事之大者，猶宜關白咨訪然後行，示不敢專，以報盛德。任守忠謀不售而懼，乃更巧爲諂諛，求自入於上。獻可曰，是不可使久處左右，亟言上數其前後巨惡，並其黨史昭錫竄於南方。因上言大姦已去，其餘嚮日憑恃無禮者，宜一切縱捨勿念，以安反側。頃之，以兵部員外郎兼侍御史知雜事。執政建言，欲如漢氏故事，推尊濮安懿王。獻可率僚屬極陳其不可，且請治執政之罪，積十餘章不聽，乃求自貶，又十餘章，懷知雜御史勑告納上前曰，臣言不効，不敢居其位。上重違大臣，又嘉臺官敢直言，章留中不下，還其勑告，屢詔令就職。獻可與僚屬具録所上奏草，納中書，稱不敢奉詔，固請卽罪。上不得已，聽以本官出知蘄州。已而徙知晉州。今上卽位，加集賢殿修撰，知河中府，未幾召爲刑部郎中，充鹽鐵副使。上素聞其彊直，擢爲天章閣待制，復知諫院，遷諫議大夫，權御史中丞。是時有侍臣棄官家居者，朝野稱其材，以爲古今少倫，天子引參大政，衆皆喜於得人。獻可獨以爲不然，衆莫不怪之。居無何，新爲政者恃其材，棄衆任己，厭常爲奇，多變更祖宗法，專汲汲斂民財，所愛信引拔，時或非其人，天下失望。獻可屢争不能得，乃抗章悉條其過失，且曰：「誤天下蒼生必此人，如久居廟堂，必無安静之理。」又曰：「天下本無事，但庸人擾之。」上遣使諭解，獻可執之愈堅，乃罷中丞，出知鄧州。雖在外，遇朝廷有大得失，猶言之不置。會疾，奏乞閑官歸鄉里，朝旨未許。乃乞致仕，詔提舉西京崇福宫。到官，又乞致仕，許之。以熙寧四年五月甲午終於家，年五十有八。初正惠公薨，其家日益貧，獻可既仕，常分俸之半，以給宗族孤嫠者，室無餘資，所以自奉養至儉薄。其治民，主於愛利而疾姦暴，大抵概以公平，故所至人安之。屢爲言職，其奏草存可見者凡二百八十有九。歷觀古人，有能得其一二，已可載之列傳，垂示後世，在獻可曾何足道！今特舉其事繫安危者書之，至於進對口陳之語，不可得而聞也。前後三逐，皆以迕犯大臣，所與敵者，莫非秉大權，天子所信嚮，氣勢軋天下；獻可視之，若無所睹，正色直辭，指救其非，不去不已。旁側爲之股慄〔五〕，而獻可處之自如。平居容貌語言，恂恂和易，使之不得位於朝，人不過以謹厚長者名之而已矣；及遇事，苟義所當爲，疾趨徑前，如救焚溺；所不當爲，畏避遠去，如顧陷穽，惟恐墜焉。晚年病卧洛陽，猶旦夕憤嘆，以天下事爲憂，過於在位任其責者，曾不念其身之病、子孫之貧也。嗚呼！今之世，愛君憂民發於心，無所爲而爲之，可已而不已，始終不變，有如獻可者，能幾人耶？故其歿之日，天下識不識，皆咨嗟痛惜，彼其心豈獨私於獻可哉？獻可始娶張氏，故丞相鄧公之孫；後娶時氏，故御史旦之孫，封同安郡君。四男，長曰由庚，金水主簿；次曰由聖、由禮、由誠，皆將作監主簿。六女，長適羅山令鞠丞之，次蚤卒，次適光禄寺丞吴安詩，次適進士姚輝，處者二人。以其年八月二十日，葬於伊闕縣神陰鄉中費里先塋之西。獻可病亟，爲手書命光爲埋文。光往省之，至則目且瞑，光伏呼曰，更有以見屬乎？張目强視曰無。光出門，而獻可殁。噫！如光者，烏足以副獻可之所待耶？顧義不得辭，哭而爲銘曰：

有宋名臣，吕正惠公之孫，以忠直敢言克紹其門。位則不究，道則不負，年則不壽，名則不朽。嗚呼！爲人臣，爲人嗣，始終無愧，能底于是，可謂備矣。

葛源墓誌銘

王安石

葛，公姓也；源，名也；宗聖，字也。處州之麗水，公所生也。明州之鄞，後所遷也。貫，曾大考；遇，大考也；旺，累贈都官郎中，考也。進士，公所起也。洪州左司理參軍，吉州太和縣主簿，江州德化縣令，監興國茶場，威武軍節度推官，知廣州四會縣，著作佐郎，知開封府雍丘縣，祕書丞，知泉州同安縣，太常博士，通判建州，屯田員外郎，知慶成軍，都官員外郎，知南劒州，司封員外郎，祠部郎中，江浙荆湖福建廣南提點銀銅坑冶鑄錢度支郎中，荆湖北路提點刑獄，此公之所閲官也。州將之甥與異母兄毆人，而甥殺之，州將脅公曰，兩人者皆吾甥，而殺人者乃其兄也，我知之，彼大姓也，無爲有司所誤，不然此獄也將必覆，公劾不爲變也。此公之爲司理參軍也。州符徙吉州行令事，佗日令始至，大猾吏輒誘民數百訟庭下，設變詐以動令，如此數日，令厭事，則事當在吏矣。公至，立訟者兩廡下，取其狀，視有如吏所爲者。使自書所訴，不能書者吏受之，往往不能如狀，窮輒曰，我不知爲此，乃某吏教我所爲，悉捕劾致之法，訟以故少，吏亦終不得其意。毛氏寡婦告其子，以恩義説之不得，即使人徼捕得之，與問語者驗其對，乃書寡婦告者也，窮治，具服爲謀私其子孫。距州溪水惡，而歲租幾千萬碩，舟善敗，民以輸爲愁。公始議縣置倉以受輸，則官漕之亦便，州不聽，公論之不已，倉成，至今賴其利。此公之爲主簿也。中貴人擊驛吏，取所給過家，以言府，府不敢劾。公曰，中貴人何憚？爲吾民而有陵之者，吾亦耻之，上書論其事，中貴人坐絀。此公之爲縣於雍丘也。屬吏常有隙於公，同進者因譏之，公察其旨，不聽，以爲舉首。此公之爲州於南劒也。鑄錢歲十六萬，其所施置，後以爲法程。此公之爲銀銅坑冶鑄錢也。鄂州崇陽大姓，與人妻謀而殺其夫，州受賕出之。公使再劾，劾者又受賕，獄如初，而公終以爲不直。其弟訴之轉運使，雖他在事者亦莫不以爲寃，復置之獄，卒得其姦賕狀，論如法。此公之爲提點刑獄也。甲子四百三十五，公所享年也。至和元年六月乙未，卒之年月日也。潤州之丹徒縣長樂鄉顯陽村，公所葬也。嘉祐元年十月壬申，葬之年月日也。鄉邑孫氏，今祔以葬者，公元配也。萬年縣君范陽盧氏，公繼配也。良肱、良佐、良嗣，公子也。妻太常博士黄知良，曰金華縣君，公女也。起進士，爲越州餘姚縣尉，主公之喪，而請銘以葬者，良嗣也。論次其所得於良嗣，而爲之銘者，臨川王安石也。銘曰：

士窾以養交兮，弛官之不忌。維公之所至兮，樂職嗜事。彼能顯闒兮，公則不晰。不銘示後兮，孰勸爲瘁？

蘇安世墓誌銘

王安石

慶曆五年，河北都轉運使、龍圖直學士，信都歐陽修以言事切直，爲權貴人所怒，因其孤甥女子有獄，誣以姦利事。天子使三司户部判官、太常博士、武功蘇君，與中貴人雜治。當是時，權貴人連内外諸怨惡修者，爲惡言，欲傾修鋭甚。天下洶洶，必修不能自脱。蘇君卒白上曰，修無罪，言者誣之耳。於是權貴人大怒，誣君以不直，絀使爲殿中丞、泰州監税。然天子遂寤，言者不得意，而修等皆無恙。蘇君以此名聞天下。嗟乎！以忠爲不忠，而誅不當於有罪，人主之大戒。然古之陷此者相隨屬，以有左右之讒，而無如蘇君之救，是以卒至於敗亡而不寤。然則蘇君一動，其於天下豈小也哉？蘇君既出逐，權貴人更用事，凡五年之間再赦，而君六徙，東西南北，水陸奔走輒萬里，其心恬然，無有怨悔，遇事強果，未嘗少屈，蓋孔子所謂剛者，殆蘇君矣。蘇君之仁與智，又有足稱者。嘗通判陝府，當葛懷敏之敗，邊告急，樞密使取道路戍還之卒再戍，大怨，卽讙聚謀爲變。吏白，閉城，城中無一人敢出。君徐以一騎出卒間，諭止之，而以便宜還使者。戍卒喜曰，微蘇君吾不得生；陝人曰，微蘇君吾其掠死矣。有令刺陝西之民以爲兵，敗亡者死。既而亡者得，有司治之以死，而君輒縱去。言上曰：「令民以死者，爲事不集也。事集矣而亡者猶不赦，恐其衆相聚而爲盗，惟朝廷幸哀憐愚民，使得自反。」天子以君言爲然，而三十州之亡者皆不死。其後知坊州州稅。賦之無歸者，里正代爲之輸，歲弊大家數十。君鈎治使歸其主，坊人不憂爲里正，自蘇君始也。蘇君諱安世，字夢得，其先武功人，後徙蜀，蜀亡歸于京師，今爲開封人也。曾大考進，率府副率。大考諱繼，殿直。考諱咸熙，贈都官郎中。君以進士起，起三十二年，其卒年五十九。爲廣西轉運使，而官止於屯田員外郎者，以君十五年不求磨勘也。君娶南陽葉氏，又娶清河某氏。子四人：台文，永州推官；祥文，太廟齋郎；炳文，試將作監主簿；彦文，未仕。女子五人：適進士會稽江松，單州魚臺縣尉江山趙楊，三人尚幼。君既卒之三年，嘉祐二年十月庚午，其子葬君楊州之江都東興寧鄉馬坊村。而太常博士、知常州軍州事、臨川王安石爲銘曰：

皇有四極，周綏以福。使維蘇君，奠我南服。元元蘇君，不圓其方，不晦其名，君子之剛。其枉在人，我得吾直，誰懟誰愠，祇天之役。日月有丘，其下冥冥，昭君無窮，安石之銘。

許平墓誌銘

王安石

君諱平，字秉之，姓許氏，余嘗譜其世家，所謂今泰州海陵縣主簿者也。君既與兄元相友愛稱天下，而自少卓犖不羈，善辨説，與其兄俱以智略爲當世大人所器。寶元時，朝廷開方略之選，以招天下異能之士，而陝西大帥范文正公、鄭文肅公，争以君所爲書以薦，於是得召試爲太廟齋郎，已而選泰州海陵縣主簿。貴人多薦君有大才，可試以事，不宜棄之州縣；君亦常慨然自許，欲有所爲，然終不得一用其智能以卒。噫！其可哀也已。士固有離世異俗，獨行其意，罵譏笑侮〔六〕，困辱而不悔，彼皆無衆人之求，而有所待於後世者也，其齟齬固宜。若夫智謀功名之士，窺時俯仰，以赴勢物之會，而輒不遇者，乃亦不可勝數。辨足以移萬物而窮於用説之時，謀足以奪三軍而辱於右武之國，此又何説哉？嗟乎！彼有待而不悔者其知之矣。君年五十九，以嘉祐某年某月某甲子，葬真州之楊子縣甘露鄉某所之原。夫人李氏。子男瓌，不仕；璋，真州司户參軍；琦，太廟齋郎；琳，進士。女子五人，已嫁者二人，進士周奉先，泰州泰興縣令陶舜元。銘曰：

有拔而起之，莫擠而止之。嗚呼許君，而已於斯，誰或使之。

陳比部墓誌銘

王安石

陳晉公有子五人，其一人，今宰相是也。公，晉公之中子，而今宰相弟。晉公諱恕，事始卒在史官。公諱某，字某，九歲用晉公恩守祕書省校書郎。晉公薨，恩改太常寺奉禮郎。服除，久之，會封禪，恩改大理評事，監鳳翔府酒税。又會祀汾陰，改衛尉寺丞，歸，以最升知邵武之邵武縣。獻文章，得試學士院，宰相才之，議與科名。公固辭，親在，願得進官職也，不願得科名，從之。通判秀州，改大理寺丞。歸，又獻文章，表乞治劇郡，得淮陽軍，改太子中舍。今上卽位，恩加改殿中丞，是歲賜緋衣銀魚，知臨江軍。還，得睦州。薦者數人。天子以公名屬審官云。徙知遂州。以齊國太夫人疾，辭還，改虞部員外郎。上便宜數事，得引對，因自贊。天子欲稍進用之，而遭齊國太夫人之喪以去。居無何，睦州人王稷上書，斥公赦前數事。服除，猶坐是監虔州税。明道元年，恩改比部員外郎，通判建州，改駕部。用舉者徙知吉州，坐法免。起爲比部，監泗州糧料院，又坐法免。起爲虞部，監饒州錢監，復得比部。歸，羈居京師。久之，乃出監江陰軍酒稅。道疾病，上書自言：「先臣恕得幸先皇帝，至大臣。臣階先臣以得仕，屢進所學，蒙記識。方壯少時，頗汲汲欲自奮，收一日之効，以卒事陛下之分。而孤行單立，無黨友之助。又薄命不幸，數遭小人，以見困躓，負先臣餘教，辱陛下器使之恩。今老矣，念終無以報盛德，其心媿耻，夙夜憂畏，以故得疾。病且死，無田園以歸，無強有力子弟以養。唯男一人世昌，去年爲進士，得嘉慶縣院解，臣兄在中書，奏不得試禮部，今當爲遠官，去臣旁遠甚。陛下憐之，幸聽臣分司，改世昌蘇常間一官，以卒養臣，天地之賜也。臣誠窮，即無自言，誰當爲臣言者乎？」書入未報，竟卒於江寧，得年若干，時某年月也。夫人某氏。子男兩人：世昌，泉之晉江主簿；次世長，前死。女兩人，皆已嫁。主簿將以某年月葬公某處。葬有日，使來乞銘。初公爲臨江軍，先君爲之佐。其後二十五年，安石得主簿於淮南，而兄事之。仍世有好，義不可以辭無銘也。公名臣子，少壯得美仕，間以文藝自進，意自以爲且貴富，世其家。而遭平世，概以文法持臣下，故其材不得有所肆，而卒以齟齬窮。其感激怨懟，往往見於文辭。主簿離其藁爲二十卷，讀之，知其心之所存也。而其求分司語尤悲，因掇其大概而存之。噫，其亦可悲也夫！銘曰：

於此有木焉，一本而中分。其材均，樹之時又均。或斷而焚，或剖以爲犧尊。誰令然耶？其偶然邪？吾又何嗟！

王深甫墓誌銘

王安石

吾友深父，書足以致其言，言足以遂其志，志欲以聖人之道爲己任，蓋非至於命弗止也。故不爲小廉曲謹，以投衆人耳目，而取舍進退去就，必度於仁義。世皆稱其學問文章行治，然真知其人者不多，而多見謂迂闊，不足趨時合變。嗟乎！乃是所以爲深父也。令深父而有以合乎彼，則必無以同乎此矣。嘗獨以謂天之生夫人也，殆將以壽考成其才，使有待而後顯，以施澤於天下；或者誘其言，以明先王之道，覺後世之民。嗚呼！孰以爲道不任於天，德不酬於人，而今死矣。甚哉，聖人君子之難知也。以孟軻之聖，而弟子所願，止於管仲、晏嬰，況餘人乎？至於揚雄，尤當世之所賤簡，其爲門人者，一侯芭而已。芭稱雄書以爲勝《周易》，《易》不可勝也，芭尚不爲知雄者。而人皆曰，古之人生無所遇合，至其没久，而後世莫不知。若軻雄者，其没皆過千歲，讀其書知其意者甚少，則後世所謂知者，未必真也。夫此兩人以老而終，幸能著書，書具在，然尚如此。嗟乎！深父其智雖能知軻，其於爲雄雖幾可以無悔，然其志未就，其書未具，而既早死，豈特無所遇於今，又將無所傳於後；天之生夫人也，而命之如此，蓋非余所能知也。深父諱回，本河南王氏，其後自光州之固始，遷福州之候官，爲候官人者三世。曾祖諱某，某官；祖諱某，某官；考諱某，尚書兵部員外郎。兵部葬潁州之汝陰，故今爲汝陰人。深父嘗以進士補亳州衛真縣主簿，歲餘自免去，有勸之仕者，輒辭以養母。其卒以治平二年七月二十八日，年四十三。於是朝廷用薦者以爲某軍節度推官，知陳州南頓縣事，書下而深父死矣。夫人曾氏，先若干日卒。

子男一人，某。女二人，皆尚幼。諸弟以某年某月某日，葬深父某縣某鄉某里，以曾氏祔。銘曰：

嗚呼深父，維德之仔肩，以迪祖武。厥艱荒遐，力必踐取。莫吾知庸，亦莫吾侮。神則尚友，歸形此土。

趙師旦墓誌銘　王安石

儂智高反廣南，攻破諸州，州將之以義死者二人，而康州趙君，余嘗知其爲賢者也。君用叔祖蔭，試將作監主簿，遷許州陽翟縣主簿，潭州司法參軍，數以公事抗轉運使，連劾奏君，而州將爲君訟於朝，以故得無坐。用舉者爲温州樂清縣令。又用舉者就除寧海軍節度推官，知衢州江山縣。斷治出己，當於民心，而吏不能得民一錢。棄物道上，人無敢取者。余嘗至衢州，而君之去江山蓋已久矣，衢人尚思君之所爲，而稱説之不容口。又用舉者改大理寺丞，知徐州彭城縣。祀明堂，恩改太子右贊善大夫，移知康州。至二月，而儂智高來攻，君悉其卒三百以戰，智高爲之少却。是夜，君顧夫人取州印佩之，使負其子以匿，曰：「明日賊必大至，吾知不敵，然不可以去，汝留死無爲也。」明日，戰不勝，遂抗賊以死，於是君年四十二。兵馬監押馬貴者，與卒三百人亦皆死，而無一人亡者。初君戰時，馬貴惶擾至不能食飲，君獨飽如平時。至夜，貴卧不能著寢，君卽大鼾，比明而后寤。夫死生之故亦大矣，而君所以處之如此，嗚呼，其於義與命可謂能安之矣！君死之後二日，而州司理譚必始爲之棺斂。又百日而君弟至，遂護其喪歸葬至江山。江山人老幼相攜扶祭哭，其迎君喪有數百里者。而康州之人，亦請於安撫使，而爲君置屋以祠。安撫使以君之事聞，天子贈君光禄少卿，官其一子覲右侍禁官，其弟子試將作監主簿，又以其弟潤州録事參軍師陟爲大理寺丞，簽書泰州軍事判官廳公事。君諱師旦，字潛叔，其先單州之成武人。曾祖諱晟，贈太師。祖諱和，尚書比部郎中，贈光禄少卿。考諱應言，太常博士，贈尚書屯田郎中。自君之祖，始去成武而葬楚州之山陽，故今爲山陽人。而君弟以嘉祐五年正月十六日葬君山陽上鄉仁和之原。於是夫人王氏亦卒矣，遂舉其喪以祔。銘曰：

可以無禍，有功於時，玩君安榮，相顧莫爲。誰其視死，高蹈不疑？嗚呼康州，銘以昭之。

校勘記

〔一〕開以文　「開」字原脱，據明抄本補。

〔二〕薦笏　「笏」原作「芴」，據明抄本改。

〔三〕慌柳　「慌」，明抄本作「荒」。

〔四〕忿恚　「恚」原作「惠」，據明刻本改。

〔五〕股慄　「慄」原作「慓」，據明刻本改。

〔六〕罵譏　「罵」原作「勢」，據明抄本改。

宋文鑑卷第一百四十二

墓誌

孔寧極墓誌銘

王安石

先生諱旼，字寧極，睦州桐廬縣尉諱詢之曾孫，贈國子博士諱延滔之孫，尚書都官員外郎諱昭亮之子。自都官而上，至孔子四十五世。先生嘗欲舉進士，已而悔曰，吾豈有不得已於此邪？遂居于汝之龍興山，而上葬其親於汝。汝人争訟之不可平者，不聽有司而聽先生之一言，不羞犯有司之刑而以不得於先生爲恥。慶曆七年，詔求天下行義之士，而守臣以先生應詔。於是朝廷賜之米帛，又勑州縣除其雜賦。嘉祐三年，近臣多言先生有道德可用，而執政度以爲不肯屈，除守祕書省校書郎致仕。四年，近臣又多以爲言，乃召以爲國子監直講。先生辭，乃除守光禄寺丞致仕。五年，大臣有請先生爲其屬縣者，於是天子以知汝州龍興縣事。先生又辭，辭未聽，而六月某日先生終於家，年六十七。大臣有爲之請命者，乃特贈太常丞。至七年月日，弟鳴葬先生於堯山都官之兆，而以夫人李氏祔。李氏故大理評事昌符之女，生一女，嫁爲士人妻，而先物故。先生事父母至孝，居喪如禮。遇人恂恂，雖僕奴不忍以辭氣加焉。衣食與田桑有餘，輒以賙其鄉里；貸而後不能償者，未嘗問也。未嘗疑人，人亦以故不忍欺之。而世之傳先生者多異，學士大夫有知而能言者。蓋先生孝弟忠信，無求於世，足以使其鄉人畏服之如此，而先生未嘗爲異也。先生博學，尤喜《易》，未嘗著書，獨《大衍》一篇傳於世。考其行治，非有得於內，其孰能致此邪？當漢之東徙，高守節之士，而亦以故成俗，故當世處士之間，獨多於後世；乃至於今，知名爲賢而處者，蓋亦無有幾人，豈世之所不尚，遂湮没而無聞，抑士之趨操，亦有待於世邪？若先生固不爲有待於世，而卓然自見於時，豈非所謂豪傑之士者哉？其可銘也已！銘曰：

有入而不出，以身易物。有往而不反，以私其佚。嗚呼先生，好潔而無尤，匪佚之爲私，維志之求。

戚舜臣墓誌銘

曾　鞏

余觀三王所以教天下之士而至於節文之者，知士之出於其時者，皆世其道德，蓋有以然也。去三王千數百年之間，教法既已壞，士之學行世其家，若漢之袁氏、楊氏、陳氏，唐之柳氏，其操義風槩，有以厲天下矯異世否耶？以余所聞，若宋之戚氏，其事可以次叙焉。公其家子也。叙曰，公宋之楚丘人〔一〕。大父諱同文，唐天祐元年生，歷五代入宋，皆不仕，以文學義行爲學者師，殁，其徒相與號爲正素先生，後以子貴，贈兵部侍郎。考諱綸，事太宗、真宗，以賢能爲樞密直學士，與其兄職方郎中維，以友愛聞。祥符天禧之間，學士以論天書紬，而郎中蓋亦舉賢良不就，以爲曹國翊善，不合去。蓋其父子兄弟之出處如此！學士後以子貴，贈司徒。公名舜臣，字世佐，司徒之少子也。恭謹恂恂，舉措必以禮，擇然後出言。與其兄某官舜賓，某官舜舉，復以友愛能帥其家，有先人法度。聞自天祐至今，百有五十餘年，天下六易，士之名一能，守一善，或身不終，或至子孫而失者多矣；而戚氏之世德獨久如此，何其盛也！然世之談者，方多人之嚚子憸孫〔二〕，隆名極位，世世苟得者，以爲能守其業，是本何理哉？

公少以蔭補將作監主簿，然三十猶在司徒之側。司徒終而貧，乃出監雍丘稅，又監衢州酒，遷知舒州太湖縣，兼提舉茶場。治有惠愛，民乞留，從之；後三年，乃得代。獻詩，言賦茶之苛，歲用萬杖，願棄勿採，以感動當世。歸監在京鹽院，言鹽之利，宜通商，聽之。出通判泗州，能使轉運使不能以暴斂侵其民，而民之養父者得以其義貫死。又通判濮州。當王則反於貝，民相驚幾亂，公斬一人搖濮中者，驚乃止。已而提點刑獄以爲功，得改官，公自不言。轉知撫州，其治大方，務除苛去煩。州之詭祠有太常號者，祠至百餘所，公悉除之，民大化服。徙知南安軍，至，未及有所施爲，而公蓋已病矣。皇祐四年六月七日卒於官，年五十有七。自主簿凡十一遷其官，至尚書虞部郎中。公濮州之歸也，以其屬與公之配陳氏，凡十三喪，葬宋之北原。皇祐六年正月八日，公之子師道，遂以公從陳氏葬。戚氏者，衞之大夫孫文子食於河上之邑曰戚，爲姬姓之後。至後世失其所食邑，而更自別曰戚氏。漢有以郎從高祖封臨轅侯者曰戚鰓，鰓侯四世而失。梁有以三禮爲博士，入陳卒者，曰戚衮，衮稱吴郡鹽官人。侍郎之曾祖曰遠，祖曰琮，父曰圭。其譜曰，琮自長豐之戚孫徙居楚丘，故今爲楚丘人。此戚氏之先後可見者也。

觀公之守其業者，可以知其恭；觀公之施於事者，可以知其厚矣。然人亦少有能愛之者。蓋世之爲聰明，立聲威者，雖荒誕悖冒，無不遇於世；至恭讓質直，不能馳騁，而遇困厄者，獨不可稱數。余甚異焉。

夫赴時趨務，則材者固亦重矣；而立人成俗，則潔身積行，豈可輕也哉？然時之取捨若此，亦其不幸不遇，處之各適其理也。銘曰：

隆隆戚宗自姬出，臨轅鹽官耀名實。侍郎家梁自祖琮，違世恬幽樹儒術。司徒郎中藝且賢，詆符繩公事魁崛。恂恂南安得家規，莊容毖辭若遵律。盛哉徽名後宜聞，刻銘方珉告幽室〔三〕。

錢純老墓誌銘

曾鞏

公錢氏也，故爲王家，有吳越之地。五世祖鏐，號武肅王。高祖元瓘，文穆王。曾祖儼，昭化軍節度使。祖昭慈，贈左衛將軍。考順之，左侍禁閤門祗候，贈尚書刑部侍郎。公應説書進士，賢良方正，能直言極諫，皆中其科。歷宣州旌德縣尉，大理寺丞，殿中丞，太常博士，尚書祠部司封，度支員外郎，工部郎中，換朝奉大夫，充國子監直講，編校集賢院書籍，遷祕閣校理，選爲修英宗實録院檢討官，直舍人院，同修起居注，遂知制誥，直學士院，遷樞密直學士，翰林侍讀學士。嘗通判秀州，知婺州，入判尚書考功，改開封府判官，出知鄧州，入判尚書吏部流内銓，兼判集賢院，又兼判軍器監，兼提舉司天監公事。公幼孤，家貧母嫁，既長，還依其族之大人。刻勵就學，并日夜，忘寢食，於書無所不治，已通其大旨。至於分章別句，類數辨名，叢細委曲，無不究盡。其見於文辭，閎放雋偉，故出而與天下之士，挾其所有，較於有司，常出衆上，以其故名動一時。其爲尉，及爲秀、婺、鄧州，皆有治行。秀州擊姦仆彊，果於力行。婺、鄧更革弛壞，理具設張。爲直講，以能教誘，學者歸之。爲校理，屬英宗之初，慈聖光獻皇后聽政，公三上書，請還政天子。爲吏部，謹繩墨，選者稱其平。爲開封，以慈恕簡静爲體，不求智名，以投世取顯。爲公屬者，有不與公合，然公遇之未嘗有厚薄意，士以此多公，而爲公屬者後卒亦心服也。公於衆不矯矯爲異，亦不翕翕爲同，以其故人莫能親疏〔四〕。至於勢利之際，人所競逐，公方隤然，迹與衆遠，故雖有夸者，亦不以公爲可忌也。公之爲判官也，府嘗有獄，或探大臣意，謂欲有所附致，公不爲動，徐論其意而已。公平居樂易無崖岸，及至有所特立，人固有所不能及者，類如此也。公爲人謹畏清約，與人交淡然，久而後知其篤也。公之先既籍疆土歸天子，其後至昭化守和州，十有八年以卒。詔葬和州，子孫因家焉。至公始葬其母於蘇州吴縣龍岡村之天平山，故今又爲蘇州人。公諱藻，字純老，封仁和縣開國伯，賜服金紫。其年六十有一，元豐五年正月庚寅卒于位，某年某月某甲子葬天平山，從其母永嘉郡太君一作夫人丁氏之兆。公妻孫氏，泰興縣君。男曰某曰某，蚤世；曰嶂，某官。孫曰某，某官。公卒，上馳使臨視其家，知其貧，特賜錢五十萬，而官其弟若子孫凡三人。公與余嘗爲僚，相善，其且殁，以遺事屬余，而其家因來乞銘。銘曰：

錢姓武王，五世之孫。開迹東南，以學以文。學則知經，文則能賦。矧曰方聞，揚聲天路。廼校中書，廼掌帝制。廼列禁林，從容諷議。治己伊何？維直而清。治人伊何？維簡而平。人以怒遷，公能自克。人以利回，公能不惑。士夫所望，天子所器。胡不百年？胡不三事？龍岡之宅，考卜維新。公安于此，尚利後人。

孫適墓誌銘

曾鞏

黟縣之孫氏，有起進士，爲尚書工部郎中、廣南西路轉運使以卒者，諱抗，以文學見於世，其葬在黟之上林。有子亦起進士，爲永州軍事推官以卒，卒時年二十有八者，諱適，亦以文學見稱，其葬在其父之左。將葬其弟邈，以告而乞銘於南豐曾鞏。其叙曰，孫氏世家富春，唐有徙歙之黟縣者，諱師睦，始自別爲黟縣之孫氏。師睦生諱延緒，延緒生諱旦，旦生諱遂良，以子恩爲尚書職方員外郎。職方生工部，工部實生君。君年十有四，辭親學問江東，已有聞於人，往從臨川王安石受學；安石稱之。後主越州上虞簿去，以父恩得永州。父卒，萬里致喪，疾不忍廢事。既葬，携扶幼老，將就食淮南，疾益革，卒於池州大安鎮，實至和二年。始工部爲御史，不合而出，及使南方，仆且起，遽卒。君尤自力學行，謂蘊必發，其在君，又止此。君於學問，好其治亂得失之説，不狃近卑。於爲文，以古爲歸，不夸以浮。雖素羸不廢書，雖進不怠以止。既肆而通矣，而不得極其至。其銘曰：

孫世來黟，拔身艱故。爲世聞家，始自工部。工部孰有？有書百篇。永州之學，自其父傳。其果以力，其敏以明。内有其質，外以華英。再以不就，其後當侈。君不有子，君多兄弟。

沈率府墓誌銘

曾鞏

君諱某，字某，姓沈氏。自太子家令約家於吴興，故世爲吴興人。至君之大父諱某，考諱某，始自吴興之東林徙家於錢塘，故今爲錢塘人。君以宗室密州觀察使宗旦恩，即其家得爲太子右清道率府副率致仕。又以祀明堂恩，遷太子右司禦率府副率，兼官檢校國子祭酒，兼監察御史，階銀青光禄大夫勳，武騎尉。蓋密州觀察使宗旦者，今天子之姪，潞王之孫，而其母夫人蓋君之姪也。君爲人質朴無外飾。其居鄉閭，寬然長者也。其事父兄，能力以嚴，眎族人，能愛以均。雖饒財爲大家，而衣服飲食自與尤寡約。至人有急歸我，則推財赴之，無錙銖顧惜意。隣里歲飢，輒發倉以救人。有欺其財者，皆不校。既老，治其家事不肯懈，曰：「吾先人之所以付我也。」處其子孫不以逸，曰：「所以使汝守吾先人之法也。」嘉祐二年三月一日以疾卒于家，享年七十有六。其年十一月十五日，葬錢塘之西城。初娶吴氏，再娶車氏，某縣君。其葬也，吴氏實從。子三人：曰曄，曰晼，曰時。孫八人：曰沔，曰溱，曰沂，曰淑，曰灌，曰湜，曰漸，曰渥。曾孫三人：曰師楊，曰師荀，曰師軻。時沔、沂皆舉進士，餘亦皆有學行，蓋君之教也。銘曰：

赫赫宗子，保藩于密。天子曰嘻，汝惟沈出。予假汝寵，錫其外親。東宫之屬，有長衛軍。命君于家，俾休其老。以偃以側，服章華好。天子命我，匪我有求。隤然順退，媚于林丘。不藴于機，不阻爲畦。曰遠無仇，曰近無疵。里巷之依，惟此令人。流問餘澤，化其子孫。惟身之祥，既壽而康。惟後之祥，宜熾而昌。惟墓有域，其藏有石。刻此銘詩，昭示無極。

校勘記

〔一〕宋之楚丘　「之」原作「皆」，據明刻本改。

〔二〕憸孫　「憸」原作「儉」，據明刻本改。

〔三〕刻銘　「銘」字原脱，據明刻本補。

〔四〕莫能　「莫」字原本空白，據明刻本補。

宋文鑑卷第一百四十三

墓誌

程伯淳墓誌銘

韓維

伯淳，姓程氏，諱顥。其先有爲周大司馬者曰喬伯，封於程，後遂以爲氏。高祖贈太子少師韓羽，有功太宗朝，賜第室京師，居再世，遷河南，今爲河南人。先生生而秀爽，異於常兒，才數歲，誦詩書，强記過絶人。户部侍郎彭公季長一見異之，遂許妻以女。舉進士中第，調京兆鄠縣主簿。南山有石佛像，浮屠歲傳佛首放光，則遠近男女，晝夜集會觀不止。爲縣者畏其神，莫敢禁。先生始至，詰其徒曰：「吾聞石像歲現光，有諸？」曰：然。戒之曰：「光現，必先告我，我當取其首視之。」自是不復有光矣。府境大水，諸縣倉卒興役，皆狼狽失措置，惟先生所治，飲食茇舍，無一不具。時暑甚疫，人病多死，獨鄠人無死者。監司欲薦之，問其所欲，先生答以薦士當以才之所堪，不當問所欲。避親嫌，移江寧上元縣主簿。田税不均，比他邑尤甚，先生爲令畫法，民不知擾，而税遂均。會令罷，攝邑事，牒訴日不減三二百數，先生處之，不閱月民訟遂簡。江南俗種稻，賴塘陂以溉，盛夏塘潰，計非千夫不能塞。故事，當言之府，禀之監司，然後計功調役。先生曰：「比如是，苗槁矣；救民獲罪，所不辭也。」遽發民塞之，歲則大穰。仁宗升遐，遺制官吏成服三日除。三日旦，知府事王贄率郡官將釋服。先生進曰：「請盡今日。」贄怒，不從。先生曰：「公自除之，某非至夜不敢釋。」一府視君，亦莫敢除。移澤州晉城縣令，民以事至庭下者，必教之以事父兄、奉長上之道。暇則親至諸鄉校，召父老與之語；兒童讀書者，爲正其章句；置師不善則易之。初俗甚野，不知爲學，後數年，服儒衣冠者遂衆。鄉里遠近爲伍保，使之力役相助，患難相恤，姦僞無所容。孤煢老疾者，責親黨使毋失所。行旅出於其塗者，疾病皆有所養。三年，盜無剽劫，民無鬬死者。河東路財賦不充，官有科買，則物價騰踴，歲爲民患。先生度所須，使富家預儲其物，定價而出之，富家不失息，而鄉民所費比舊纔十二三。縣庫有雜納錢數百千，常借以補助民力。部使者至，則告以此錢令自用〔一〕，而不敢私。使者亮君之誠，亦不問。先時民憚差役，互相糾訴，鄉鄰往往爲仇。先生盡得民產厚薄，按籍而命之，莫有辭者。義勇常以農隙講事，然但文具而已。先生至，晉城之民，遂爲精兵。用薦者改著作佐郎，尋以御史中丞吕公晦叔薦，授太子中允，權監察御史裏行。神宗素聞先生名，陛對之日，從容咨訪，比二三見，遂期以顯用。前後進說，大要以正心窒欲，求賢育材爲先。嘗爲上陳君道以至誠仁愛爲本，不當及功利，又極陳治道。神宗俯身拱手曰：「當爲卿戒之。」時王荆公爲宰相，多所措置。先生每進見，必言人主當防未萌之欲，神宗曰：「此堯舜之事，朕何敢當？」先生愀然曰：「陛下有此言，非天下之福也。」章數十上，論輔臣不同心，小臣與大計，賣祠部牒，青苗取息，提舉官多非其人。命出不由門下，興利之臣日進，尚德之風寖衰。荆公雖與先生異論，而嘗目君以忠信。言既數不用，懇求外補。神宗猶重其去，上章及面請至十數，不許，遂闔門待罪。差權發遣京西路提點刑獄。復上章曰：「臣言是，願行之；如其妄，當賜顯黜；請罪而獲遷，失刑賞矣。」改差簽書鎮寧軍節度判官事。河清卒法不他役時中貴人程昉爲外都水，怙勢凌轢州郡，欲盡取諸埽兵治二股河，先生拒以法。昉請於朝，命以八百人與之。天方大寒，衆不勝役，潰而歸。城門吏來報，一府相視，畏昉不敢納。先生曰：「此逃死自歸。」休三日而復役。曹村決，先生方護小吴埽，知州軍事劉涣以急告，先生夜馳至州，謂涣曰：「曹村決，京城可虞，臣子之分，身可塞亦爲之，請盡以廂兵見付，事或未集，公當率禁兵繼之。」徑走埽下，諭士卒曰：「朝廷養爾曹，正爲緩急，爾知曹村決則注京城乎？吾與爾以身扞之。」衆皆感激自効。決口將合，有大木自中流而下，先生謂衆曰：「得彼木横流入口，吾事濟矣。」語已，木遂横，衆以謂至誠所致。郊祀霈恩，先生曰：「吾罪滌，可以去矣。」遂求監臨，得西京洛河竹木務。薦者言君未嘗叙年勞遷秩，特改太常丞。其後彗星見，詔求直言，先生極論時政，語甚切直。還，朝廷差知扶溝縣事。廣濟河出縣境，濱河姦民不治生業，專以脅取舟人物爲事，歲必焚舟數十以立威。先生始至，捕一人，使列其黨與，得數十輩，不復根治舊惡，分地而處之，使以挽舟爲業，且察姦不變者，自是焚舟之患遂絶。畿縣民苦税重，歲常以赦獲蠲免，然良農輸率以時，而稽故獲免者皆頑民。先生與之約，前獲免者，後必如期而足，於是惠澤始均。司農建言，天下輸役錢達户四等，而畿内獨止三，請及第四，先生力陳不可，諸邑賴以皆免。水災民飢，先生請發粟貸之。鄰邑亦請，司農怒，遣使閲實，而鄰邑令遽自陳穀且登，可無貸。使至，謂先生曰：「盍亦自陳？」先生請貸不已，遂得穀六千石，飢者以濟。司農亦怒，視貸籍，而所賦不等，檄縣杖主吏。先生言：「濟飢當以口而不當以户之高下，且令實爲之，非吏罪。」乃已。内侍都知王中正，行按保甲，所至官吏多見慢辱，諸邑供帳，競務華潔，以悦其意。主吏以請，先生曰：「吾邑貧，安能効他邑？且取於民，法所禁，今有故青帳，可用之。」先生在邑歲餘，中正往來境上，卒不入。有犯竊盜者，先生謂曰：「汝能改行，吾薄汝過。」盜叩頭，願自新，後數月復穿窬，捕吏及門，盜告其妻曰：「吾與太丞約，不復爲盜，今何面目見之？」遂自縊。官制行，改奉議郎。朝廷遣官括牧地，民田當没者千頃，往往持累世券契自明，皆弗用。詔改税作租，許賣易如私田，民乃服。先生猶不可。括地官至，謂先生曰：「民願服而君不許何也？」先生曰：「民徒知今日不加賦，而不知後日增租奪田，則失業死矣。」因爲言仕者當以仁厚爲心，不可便己以害人。官感動謝曰：「寧受責，不敢違公命。」遂去之他邑。隣邑民犯盜，繫縣獄而逸，更赦，猶以特旨罷先生邑事。邑人詣開封及司農乞留者以千數。先生之去縣，不使人知，老稚追及境上，攀挽號哭不肯去。以親老，求折資便養，得監汝州酒税。今上嗣位，覃恩改承議郎，召爲宗正寺丞。未行，以疾卒，元豐八年六月十五日也。享年五十有四。士大夫識與不識，莫不傷弔，以朝廷失賢者爲恨。父响，太中大夫致仕，時年八十。母侯氏，壽安縣君；妻彭氏，仁和縣君，皆先君以卒。五子：三早卒；曰端懿，蔡州汝陽縣主簿；曰端本，舉進士。四女：三夭；一適假承務郎朱純之。卜得卒之歲十月乙酉，葬于伊川之先塋。先生於書無所不讀，自浮屠《老子》、《莊》、《列》，莫不思索究極，以知其意，而卒宅於吾聖人之道。其持己清峻，若不可及，而與人甚恕而温。論治道卓乎至於無能名，而應世接物，莫不曲盡其宜。苟善於君矣，爵禄可捨也。苟利於民矣，法禁不避也。自元豐以來，論賢士大夫宜在天子左右者，君必與焉。先生之罷扶溝，貧無以家，至潁昌而寓止焉。大夫以清德退居。弟頤正叔樂道不仕。先生與正叔朝夕就養，無違志。閨門之内，雍肅如禮。家無儋石之儲，而愉愉也。予方守潁昌，遂得從先生游，先生不以老耄棄我，周旋啓告，所以爲益良厚，故於其亡也，哭之加哀，而銘不以辭。銘曰：

善乎，孟軻之言義、命也！蓋不知義不足以立命，不知命不足以存義。先生居官，不問内外大小，率所言所事，一出於正。雖貴勢豪力，不爲少變。嗚呼！其處義、命，可謂兼之矣。

邵古墓誌銘

陳繹

河南邵堯夫，執親喪之三月，泣爲書以告其里人陳繹曰，我先君以壽考終，以士禮葬，葬有日，願鑿文以識其墓。余與堯夫游，知堯夫者，從而知其先君亦隱君子也，銘固不讓。君諱古，字天叟。其姓姬，出自召公，别封燕，世爲燕人不絶。祖諱令進，善騎射，歷事太祖皇帝，以軍校尉老歸。范陽戎難，避居上谷，又徙中山，轉衡漳而家焉。父諱德新，讀書爲儒者，早卒。君生衡漳，纔十一歲而孤，能事母孝，力貧且養。長益好學，必求義理之盡，餘二十年，而終母喪於衛。天聖中，嘗登蘇門山，顧謂其子雍曰：「若聞孫登之爲人乎？吾所尚也。」遂卜隱居於山下。異時堯夫侍親往來洛陽，見山川水竹之勝，人情舒暇，始得閑曠之地，架屋竹間，水流其門，浩然其趣也，因自號伊川丈人。忽一日得小疾，逮旬浹，飲水不食，謂其家曰：「吾今七十九矣，逢時太平，而康而壽，有子若孫，貧且自如，没無恨矣。雖然，身無有於物，慎勿爲浮屠事，以薦吾死；惟擇高塏地藏焉，幸速朽爾！」言絶而逝，實治平元年正月朔日也。

君性簡寡，獨喜文字學，用聲律韻類古今切正爲之解，曰《正聲》《正字》《正音》者，合三十篇。先娶李氏，生子雍，即堯夫也。再娶楊氏，次子睦，舉進士。一女適盧氏。孫男三人，皆幼。嗚呼！先生有道者歟！有子而賢，葬之祭之，其可無銘？銘曰：

世范陽，家伊川，卒十月，葬乙未，神陰原，原西南。

范蜀公墓誌銘

蘇軾

熙寧元豐間，士大夫論天下賢者，必曰君實、景仁。其道德風流足以師表當世，其議論可否足以榮辱天下。二公蓋相得歡甚，皆自以爲莫及，曰：「吾與子，生同志，死當同傳。」而天下之人，亦無敢優劣之者。二公既約更相爲傳，而後死者則誌其墓，故君實爲景仁傳，其略曰：「吕獻可之先見，景仁之勇決，皆予所不及也。」軾幸得游二公間，知其平生爲詳，蓋其用捨大節，皆不謀而同。如仁宗時論立皇嗣，英宗時論濮安懿王稱號，神宗時論新法，其言若出一人，相先後如左右手。故君實常謂人曰：「吾與景仁兄弟也，但姓不同耳。」然至於論鍾律，則反復相非，終身不能相一，君子是以知二公非苟同者。君實之没，軾既狀其行事，以授景仁，景仁誌其墓，而軾表其墓道。今景仁之墓，其子孫皆以爲君實既没，非子誰當誌之？且吾先君子之益友也，其可以辭！公姓范氏，諱鎮，字景仁。其先自長安徙蜀，六世祖隆，始葬成都之華陽。曾祖諱昌祐，妣索氏。祖諱璲，妣張氏。累世皆不仕。考諱度，贈開府儀同三司。妣李氏，贈榮國太夫人；龐氏，贈昌國太夫人。開府以文藝節行，爲蜀守張詠所知。有子三人，長曰鎡，終隴城令；次曰錯，終衞尉寺丞；公其季也。四歲而孤，從二兄爲學。薛奎守蜀，道遇鎡，求士可客者，鎡以公對。公時年十八，奎與語奇之，曰：「大范恐不壽，其季廊廟人也。」還朝，與公俱，或問奎入蜀所得，曰：「得一偉人，當以文學名於世。」時故相宋庠與弟祁，名重一時，見公稱之，相與爲布衣交，由是名動場屋。舉進士，爲禮部第一。故事，殿廷唱第過三人，則禮部第一人者，必越次抗聲自陳，因擢置上第。公不肯自言，至第七十九人，乃出拜，退就列，無一言，廷中皆異之。釋褐，爲新安主簿。宋綬留守西京，召置國子監，使教諸生。秩滿，又薦諸朝，爲東監直講。用參知政事王舉正薦，召試學士院，除館閣校勘，充編修《唐書》官。當遷校理，宰相龐籍言公有異材，恬於進取，特除直祕閣，爲開封府推官，擢起居舍人，知諫院，兼管勾國子監。上疏論民力困弊，請約祖宗以來官吏兵數，酌取其中爲定制。以今賦入之數十七爲經費，而儲其三以備水旱非常。又言，古者冢宰制國用，唐以宰相兼鹽鐵轉運，或判户部度支；今中書主民，樞密主兵，三司主財，各不相知，故財已匱而樞密益兵無窮，民已困而三司取財不已，請使中書、樞密通知兵、民、財利大計，與三司同制國用。葬温成皇后，太常議禮，前謂之園，後謂之園陵，宰相劉沆前爲監護使，後爲園陵使。公言，嘗聞法吏舞法矣，未聞禮官舞禮也，請詰問前後議異同狀。又請罷焚瘞錦繡珠玉，以紓國用。從之。時有敕凡内降不如律令者，令中書、樞密院及所屬執奏。未及一月，而内臣無故改官者，一日至五六人，公乞正大臣被詔故違，不執奏之罪。石全斌以護温成葬除觀察使，凡治葬事者，皆遷兩官。公言，章獻、章懿、章惠三太后之葬，推恩皆無此比，乞追還全斌等告敕。文彦博、富弼入相，百官郊迎，時兩制不得詣宰相居第，百官不得間見。公言，隆之以虛禮，不若開之以至誠，乞罷郊迎，而除謁禁，以通天下之情。議減任子，及每歲取士，皆公發之。又乞令宗室屬疏者補外官。仁宗曰：「卿言是也，顧恐天下謂朕不能睦族耳。」公曰：「陛下甄別其賢者顯用之，不没其能，乃所以睦族也。」雖不行，至熙寧初，卒如公言。仁宗性寬容，言事者務訐以爲名，或誣人陰私，公獨引大體，略細故。時陳執中爲相，公嘗論其無學術，非宰相器。及執中嬖妾笞殺婢，御史劾奏，欲逐去之。公言，今陰陽不和，財匱民困，盜賊滋熾，獄犴充斥，執中當任其咎；閨門之私，非所以責宰相，識者韙之。仁宗卽位三十五年，未有繼嗣，嘉祐初得疾，中外危恐，不知所爲。公獨奮曰，天下事尚有大於此乎？卽上疏曰：「太祖捨其子而立太宗，此天下之大公也。周王既薨，真宗取宗室子養之宫中，此天下之大慮也。願陛下以太祖之心，行真宗故事，擇宗室賢者，異其禮物而試之政事，以係天下心。」章累上，不報，因闔門請罪。會有星變，其占爲急兵。公言：「國本未立，若變起倉卒，禍不可以前料，兵孰急於此者乎？今陛下得臣疏，不以留中，而付中書，是欲使大臣奉行也。臣兩至中書，大臣皆設辭以拒臣，是陛下欲爲宗廟社稷計，而大臣不欲也。臣竊原其意，特恐行之而陛下中變耳。中變之禍，不過於死，而國本不立，萬一有如天象所告急兵之憂，則其禍豈獨一死而已哉？夫中變之禍，死而無愧；急兵之憂，死且有罪。願以此示大臣，使自擇而審處焉。」聞者爲之股栗。除兼侍御史知雜事。公以言不從，固辭不受。執政謂公，上之不豫，大臣嘗建此策矣，今間言已入，爲之甚難。公復移書執政曰：「事當論其是非，不當問其難易。速則濟，緩則不及，此聖賢所以貴機會也。諸公言今日難於前日，安知他日不難於今日乎？」凡見上，面陳者三，公泣，上亦泣，曰：「朕知卿忠，卿言是也，當更俟三二年。」凡章十九上，待罪百餘日，鬚髮爲白。朝廷不能奪，乃罷知諫院，改集賢殿修撰，判流内銓，修起居注，除知制誥。公雖罷言職，而無歲不言儲嗣事。以仁宗春秋益高，每因事及之，冀以感動上心。及爲知制誥，正謝，上殿面論之曰：「陛下許臣，今復三年矣，願早定大計。」明年，又因祫享獻賦以諷。其後韓琦卒定策立英宗。遷翰林學士，充史館修撰，改右諫議大夫。英宗即位，遷給事中，充仁宗山陵禮儀使。坐誤遷宰臣官，改翰林侍讀學士，復爲翰林學士。中書奏請追尊濮安懿王，下兩制議，以爲宜稱皇伯，高官大國，極其尊榮；非執政意，更下尚書省集議。已而臺諫争言其不可，乃下詔罷議，令禮官檢詳典禮以聞。公時判太常寺，率禮官上言，漢宣帝於昭帝爲孫，光武於平帝爲祖，則其父容可以稱皇考，然議者猶非之，謂其以小宗合大宗之統也。今陛下既考仁宗，又考濮安懿王，則其失非特漢宣、光武之比矣。凡稱帝若皇若皇考，立寢廟，論昭穆，皆非是。於是具列《儀禮》及漢儒論議、魏明帝詔，爲五篇，奏之。以翰林侍讀學士出知陳州。陳飢，公至三日，發庫廩三萬貫石以貸，不及奏。監司繩之急。公上書自劾，詔原之。是歲大熟，所貸悉還，陳人至今思之。神宗即位，遷禮部侍郎，召還，復爲翰林學士，兼侍讀，群牧使，勾當三班院，知通進銀臺司。公言：「故事，門下封駁制敕，省審章奏，糾舉違滯，著於所授敕，其後刊去，故職寖廢，請復之，使知所守。」從之。糾察在京刑獄。王安石爲政，始變更法令，改常平爲青苗法。公上疏曰：「常平之法，始於漢之盛時，視穀貴賤，發斂以便農末，最爲近古，不可改。而青苗行於唐之衰亂，不足法。且陛下疾富民之多取而少取之，此正百步與五十之間耳。今有二人坐市貿易，一人下其直以相傾奪，則人皆知惡之，其可以朝廷而行市道之所惡乎？」疏三上，不報。邇英閣進讀，與吕惠卿争論上前，因論舊法預買紬絹，亦青苗之比。公曰：「預買亦弊法也。若陛下躬節儉，府庫有餘，當并預買去之，奈何更以爲比乎？」韓琦上疏，極論新法之害，安石使送條例司疏駮之。諫官李常乞罷青苗錢，安石令常分析。公皆封還其詔書。詔五下，公執如初。司馬光除樞密副使，光以所言不行，不敢就職，詔許辭免。公再封還之。上知公不可奪，以詔直付光，不由門下。公奏：「由臣不才，使陛下廢法，有司失職，乞解银臺司。」許之。會有詔舉諫官，公以軾應詔，而御史知雜謝景温彈奏軾罪。公又舉孔文仲爲賢良，文仲對策，極論新法之害。安石怒，罷文仲，歸故官。公上疏争之，不執。時年六十三，即上言，臣言不行，無顔復立於朝，請致仕。疏五上，最後指言安石以喜怒賞罰事曰：「陛下有納諫之資，大臣進拒諫之計；陛下有愛民之性，大臣用殘民之術。」安石大怒，自草制，極口詆公，落翰林學士，以本官致仕，聞者皆爲公懼。公上表謝，其略曰：「雖曰乞身而去，敢忘憂國之心。」又曰：「望陛下集群議爲耳目，以除壅蔽之姦；任老成爲腹心，以養和平之福。」天下聞而壯之。安石雖詆之深，人更以爲榮焉。公既退居，專以讀書賦詩自娱。客至，輒置酒盡歡。或勸公稱疾杜門，公曰：「死生禍福天也，吾其如天何？」同天節乞隨班上壽，許之，遂著爲令。久之，歸蜀，與親舊樂飲，賑施其貧者，期年而後還。軾得罪，下御史臺獄，索公與往來書疏文字甚急，公猶上書救軾不已。朝廷有大事，輒言之。官制行，改正議大夫。今上即位，遷光禄大夫。初英宗即位，祔仁宗主而遷僖祖；及神宗即位，復還僖祖，而遷順祖。公上言太祖起宋州，有天下，與漢高祖同，僖祖不當復還，乞下百官議，不報。及上即位，公又言乞遷僖祖，正太祖東嚮之位，時年幾八十矣。韓維上言，公在仁宗朝，首開建儲之議；其後大臣繼有論奏，先帝追録其言，存没皆推恩，而鎮未嘗以語人，人亦莫爲言者。雖顏子不伐善，介之推不言禄，不能過也。悉以公十九疏上之。拜端明殿學士，特詔長子清平縣令百揆，改宣德郎，且起公兼侍讀，提舉中太一宫。詔語有曰：「西伯善養，二老來歸；漢室卑詞，四臣入侍。爲我强起，無或憚勤！」公固辭不起，天下益高之。改提舉嵩山崇福宫。公仲兄之孫祖禹爲著作郎，謁告，省公子許，因復賜詔，及龍茶一合，存問甚厚。數月，復告老，進銀青光禄大夫，再致仕。初仁宗命李照改定大樂，下王朴樂三律，皇祐中又使胡瑗等考正，公與司馬光皆與。公上疏論律尺之法，又與光往復論難，凡數萬言，自以爲獨得於心。元豐三年，神宗詔公與劉几定樂。公曰：「定樂當先正律。」上曰：「然，雖有師曠之聰，不以六律不能正五音。」公作律尺、龠、合、升、斗、豆、區、鬴、斛，欲圖上之，又乞訪求真黍，以定黄鍾。而劉几即用李照樂，加用四清聲，而奏樂成。詔罷局，賜賚有加。公謝曰：「此劉几樂也，臣何與焉？」及提舉崇福宫，欲造樂獻之，自以爲嫌，乃先請致仕，既得謝，請太府銅爲之，逾年乃成，比李照樂下一律有奇。二聖御延和殿，召執政同觀，賜詔嘉奬，以樂下太常，詔三省侍從臺閣之臣皆往觀焉。時公已屬疾，樂奏三日而薨，實元祐三年閏十二月癸卯朔，享年八十一。訃聞，輟視朝一日，贈右金紫光禄大夫，謚曰忠文。公雖以上壽貴顯，考終於家，無所憾者；而士大夫惜其以道德事明主，閲三世，皆以剛方難合，故雖用而不盡。及上即位，求人如不及，厚禮以起公，而公已老，無意於世矣。故聞其喪，哭之皆哀。公清明坦夷，表裏洞達，遇人以誠，恭儉謹默，口不言人過，及臨大節，決大議，色和而語壯，常欲繼之以死，雖在萬乘前，無所屈。篤於行義，奏補先族人而後子孫。鄉人有不克婚葬者，輒爲主之，客其家者常十餘人，雖僦居陋巷，席地而坐，飲食必均。兄鎡卒于隴城，無子，聞其有遺腹子在外，公時未仕，徒步求之兩蜀間，二年乃得之，曰：「吾兄異於人，體有四乳，是兒亦必然。」已而果然，名之曰百常，以公蔭，今爲承議郎。公少受學於鄉先生龐直温，直温之子昉卒於京師，公娶其女爲孫婦，養其妻子終身。其學本於六經仁義，口不道佛、老、申、韓異端之説。其文清麗簡遠，學者以爲師法。凡三入翰林，知嘉祐二年、六年、八年、及治平二年貢舉，門生滿天下，貴顯者不可勝數。詔修《唐書》、《仁宗實録》、《玉牒》《日曆》《類篇》，凡朝廷有大述作，大議論，未嘗不與。契丹高麗皆知誦公文賦，少時嘗賦《長嘯却胡騎》，及奉使契丹，虜相目曰：「此長嘯公也。」其後兄子百禄亦使虜，虜首問公安否。有文集一百卷，《諫垣集》十卷，《内制集》三十卷，《外制集》十卷，《正言》三卷，《樂書》三卷，《國朝韻對》三卷，《國朝事始》一卷，《東齋記事》十卷，《刀筆》八卷。積勳柱國，累封蜀郡開國公，食邑加至二千六百户，實封五百户。娶張氏，追封清河郡君。再娶李氏，封長安郡君。子男五人：長曰燕孫，未名而卒；次百揆，宣德郎，監中嶽廟；次百嘉，承務郎，先公一年卒；次百歲，太康主簿，先公六年卒；次百慮，承務郎。女一人，嘗適左司諫吴安詩，復歸以卒。孫男十人：祖直，襄州司户參軍；祖朴，長社主簿；祖野、祖平，假承務郎；祖封，右承奉郎；祖耕，承務郎；祖淳、祖舒、祖京、祖恩皆不仕〔三〕。孫女六人，曾孫女三人。公晚家于許，許人愛而敬之，其薨也，里人皆出涕。以元祐四年八月己未，葬于汝之襄城縣汝安鄉推賢里。夫人李氏祔。公始以詩賦爲名進士，及爲館閣侍從，以文學稱。雖屢諫争，及論儲嗣事，朝廷信其忠，然事頗祕，世亦未盡知也。其後議濮安懿王稱號，守禮不回，而名益重。及論熙寧新法，與王安石、吕惠卿辨論，至廢黜不用，然後天下翕然師尊之，無貴賤賢愚，謂之景仁，而不敢名。有爲不義，必畏公知之。公既得謝，軾往賀之，曰：「公雖退而名益重矣。」公愀然不樂，曰：「君子言聽計從，消患於未萌，使天下陰受其賜，無智名，無勇功，吾獨不得爲此，命也夫！使天下受其害，而吾享其名，吾何心哉？」軾以是愧公。銘曰：

凡物之生，莫累於名，人顧趨之，以累爲榮。神人無名，欲知者希，人顧憂之，以希爲悲。熙寧以來，孰擅兹器，嗟二先生，名所不置。君實在洛，公在潁昌，皆欲忘民，民不汝忘。君實既來，遁歸于洛，縶而維之，莫之勝說。爲天相君，爲君牧民，道遠年徂，卒徇以身。公獨堅卧，三詔不起，遂解天刑，竟以樂死。世皆謂公，貴身賤名，孰知其功？聖人之清。貪夫以廉，懦夫以立，不尸其功，無喪無得。君實之用，出而時施，如彼水火，寧除渴飢。公雖不用，亦相其行，如彼山川，出雲相望。公維蜀人，乃葬于汝，子孫不忘，尚告來者。

校勘記

〔一〕以此　二字原作墨丁，據明刻本補。

〔二〕皆不仕　三字原作墨丁，明抄本亦缺，據明刻本補。

宋文鑑卷第一百四十四

墓誌

周茂叔墓誌銘

潘興嗣

吾友周茂叔，諱惇頤，其先營道人。曾祖諱從遠，祖諱智強，皆不仕。考諱輔成，任賀州桂嶺縣令，贈諫議大夫。君幼孤，依舅氏龍圖閣學士鄭向，以君有遠器，愛之如子。龍圖公名子皆用惇字，因以惇名。君景祐中奏補試將作監主簿，授洪州分寧縣。君博學行己，遇事剛果，有古人風，衆交口稱之。部使者以君爲有才，奏舉南安軍司理參軍。轉運使王逵以苛刻莅下，吏無敢可否，君與之辨獄事，不爲屈，因置手版歸，取誥勑納之，投劾而去。逵爲之改容，復薦之，移郴令，改桂陽令，皆有治績。用薦者遷大理寺丞，知洪州南昌縣，其爲治精密嚴恕，務盡道理，民至今思之。改太子中舍簽判，覃恩改虞部員外郎，通判永州。今上卽位，恩改駕部。趙公抃入參大政，奏君爲廣南東路轉運判官，稱其職。遷虞部郎中，提點本路刑獄。君盡心職事，務在矜恕，雖瘴癘僻遠，無所憚勞，竟以此得疾。懇請郡符〔一〕，知南康軍，未幾分司南京。趙公抃復奏起君，而君疾已篤。熙寧六年六月七日卒于九江郡之私第，享年五十七。君篤氣義，以名節自處。郴守李初平最知君，既薦之，又賙其所不給。及初平卒，子尚幼，君護其喪以歸葬之。士大夫聞君之風，識與不識，皆指君曰，是能葬舉主者。君奉養至廉，所得俸禄，分給宗族，其餘以待賓客，不知者以爲好名，君處之裕如也。在南昌時，得疾暴卒，更一日一夜始蘇。視其家服御之物，止一敝篋，錢不滿數百，莫不嘆服，此余之親見也。嘗過潯陽，愛廬山，因築室溪上，名之曰濂溪書堂。每從容爲余言，可止可仕，古人無所必。束髮爲學，將有以設施可澤於斯人者，必不得已，止未晚也。此濂溪者，異時與子相從於其上，歌詠先王之道足矣。此君之志也。尤善談名理，深於《易》學，作《太極圖》、《易説》、《易通》數十篇，詩十卷，今藏於家。母鄭氏，封仙居縣太君。娶陸氏，職方郎中參之女；再娶蒲氏，太常丞師道之女。子二，曰壽，曰燾，皆補太廟齋郎。以其年十一月二十一日，窆于德化縣德化鄉清泉社母夫人之墓左，從遺命也。壽等次列其狀來請銘，乃泣而爲之銘。銘曰：

人之不然，我獨然之，義貫于中，貴于自期。譊譊日甚，風俗之偷，乃如伊人，吾復何求！志固在我，壽則有命，道之不行，斯謂之病。

邵康節先生墓誌銘

程　顥

熙寧丁巳孟秋癸丑，堯夫先生疾終于家。洛之人弔者相屬于塗，其尤親且舊者，又聚謀其所以葬。先生之子泣以告曰：「昔先人有言，誌於墓者，必以屬吾伯淳。」噫！先生知我者，以是命我，我何可辭。謹按，邵本姬姓，系出召公，故世爲燕人。太王父令進，以軍職逮事藝祖，始家衡漳。祖新，父古，皆隱德不仕。母李氏，其繼楊氏。先生之幼，從父徙共城，晚遷河南，葬其親於伊川，遂爲河南人。先生生於祥符辛亥，至是蓋六十七年矣。雍先生之名，而堯夫其字也。娶王氏。伯温、仲良，其二子也。先生之官，初舉遺逸，試將作監主簿。後又以爲潁川團練推官，辭疾不赴。先生始學於百原，勤苦刻厲，冬不爐，夏不扇，夜不就席者數年，衛人賢之。先生歎曰：「昔人尚友於古，而吾未嘗及四方，遽可已乎？」於是走吴適楚，過齊魯〔二〕，客梁，久之而歸，曰：「道其在是矣。」蓋始有定居之意。先生少時，自雄其材，慷慨有大志。既學，力慕高遠，謂先王之事爲可必致。及其學益老，德益劭，玩心高明，觀天地之運化，陰陽之消長，以達乎萬物之變，然後頹然其順，浩然其歸。在洛幾三十年，始也蓬蓽環堵，不蔽風雨，躬爨以養其父母，居之裕如。講學于家，未嘗强以語人，而就問者日衆。鄉里化之，遠近尊之，士人道之，來之洛者，有不之公府，而必之先生之廬。先生之德氣粹然，望之可知其賢，然不事表暴，不設防畛，正而不諒，通而不汙，清明坦夷，洞徹中外。接人無貴賤親疏之間，羣居燕飲，笑語終日，不取甚異于人，顧吾所樂如何耳！病畏寒暑，嘗以春秋時行遊城中，士大夫家聽其車音，倒屣迎致，雖兒童奴隸，皆知歡喜尊奉。其與人言，心依於孝弟忠信，樂道人之善，而未嘗及其惡，故賢者悦其德，不賢者服其化，所以厚風俗成人材者，先生之功多矣。昔七十子學於仲尼，其傳可見者，惟曾子所以告子思、所以授孟子者耳；其餘門人，各以其材之所宜爲學，雖同尊聖人，所因而入者，門户則衆矣。況後此千餘歲，師道不立，學者莫知其從來；獨先生之學爲有傳也。先生得之於李挺之，挺之得之於穆伯長，推其源流，遠有端緒。今穆、李之言及其行事，概可見矣。而先生淳一不雜，汪洋浩大，乃其所自得者多矣。然而名其學者，豈所謂門户之衆，各有所因而入者歟！語成德者，昔難其人，若先生之道，就所至而論之，可謂安且成矣。先生有書六十卷，命曰《皇極經世》，古律詩二千篇，題曰《擊壤集》。先生之葬，祔于先塋，實其終之年孟冬丁酉也。銘曰：

嗚呼先生，志豪力雄，闊步長趨，凌高厲空。探幽索隱，曲暢旁通。在古或難，先生從容。有問有觀，以飫以豐。天不憖遺，哲人之凶。鳴臯在南，伊流在東，有寧一宫，先生所終。

李仲通墓誌銘

程　顥

予友李君仲通，諱敏之，世居北燕。高祖避亂南徙，今爲濮人。丞相文定公迪，乃其世父也。曾祖令珣，祖護，皆以丞相故，贈太師尚書令。考遜，用子貴，贈吏部尚書。仲通生而有賢資，端厚仁恕，見於孩提之時，舉動齊整，不妄言笑，燕居終日泊然，而無惰容，望之者皆知其君子人矣。與人言無隱情，惟聞人之過，則未嘗復出於口。安靖寡欲，居貧守約，裕如也。好古力學，博觀羣書，尤精於《春秋》、《詩》、《易》，其後所得，殊爲高深。方勇厲自進，不幸短命，惜夫！未見其止也。死之日，纔三十耳。仲通之德，蓋完於天成，孝友之性，尤爲絶異。侍太夫人疾，衣不解帶者累月，及居喪，哀毁過甚。中外數百口，上愛下信，人無間言。羣從聚居，臧獲使令昔衆，雖馭之過嚴，不能使之無犯；唯偶爲仲通所責，則其人必慚恨累日，痛自勵。及仲通之亡，濮之人無賢不肖，皆失聲痛惜，或爲隕涕，非至誠及物，其能有是乎？仲通外甚和易，遇物如恐傷人，雖家人未始見其喜怒，及其出辭氣，當事爲，則莊厲果斷，不可以非義回屈。始用蔭補郊社齋郎，調虔州瑞金縣主簿。會劇賊戴小八攻害數邑，朝廷患之，命御史督視。仲通時承尉乏，與其令謀曰：「劉石鶻、石門羅姓者，皆健賊，詔捕之累年矣，小八不能連二盜以自張，吾知其無能爲也，當說使自効，則賊爲不足破矣。」乃遣人諭二盜，皆曰：「我服李君仁信久矣，願爲之死，然召我亦有以爲信乎？」仲通即以其符誥與之，且約曰：「某日當以甲二百來見我于邑中。」衆皆恐懼，仲通曰：「彼欲爲惡，雖不召將至；且吾信于邑人，彼亦吾人也，何憚乎？」乃將二盜，與之周旋，卒得其死，遂斬小八，盡平其黨。朝廷嘉之，遷衞尉寺丞，仍升一任。御史用間者言，將誅劉、羅二黨，仲通以爲失信不義，抗論甚力，久始見從。仲通又自言於朝，請因其立功，縻以冗職，可絶後患，書奏不報。其羅姓者，果復爲害。仲通宰江寧之上元，有古循吏之風。邑之舊田税不均，貧弱受其弊，仲通爲法以平之。豪猾惡其害己，共爲謗語，有借勢於上官以摇其事。人皆爲仲通危，仲通堅處不變。未滿歲而所均者萬七千室。事業雖百未一施，概是二節，則高明之見，剛勇之氣，發於事者，亦可知已。嗚呼！人非有古今之殊，特患夫忽近而慕遠耳。如吾仲通之材之美，古獨可㠯多乎哉？向若天假之年，成就其所學，自當無愧於古人，況使得古之人並，而親炙於聖人之時乎？則吾知其果不後曾、閔之列矣。仲通以治平三年五月終於家，熙寧七年二月庚寅葬于濮州鄄成縣遺直鄉之先塋。夫人王氏祔焉。夫人，太子中舍果之女，賢慧靖淑，雅有法度；及寡居，益自晦重，素衣一食，以終身焉。蓋後仲通六年而亡。仲通嘗生二女，皆夭；卒無子，以兄之子孝和爲嗣。仲通平生相知之深者予，故將葬，其家以誌文來屬，其可辭乎？銘曰：

二氣交運兮，五行順施，剛柔雜糅兮，美惡不齊。稟生之類兮，偏駁其宜；有鍾粹美兮，會元之期。聖雖可學兮，所貴者資，便儇皎厲兮，去道遠而。展矣仲通兮，賦材特奇，進復甚勇兮，其造可知。德何完兮命何虧，秀而不實聖所悲。孰能使我無愧辭，後欲有考觀銘詩。

張天祺墓誌銘

張載

哀哀吾弟，而今而後，戰競免夫！有宋太常博士張天祺，以熙寧九年三月丙辰朔暴疾不祿。越是月，哉生魄，越翌日壬申，歸祔大振社先大夫之塋。其兄載以報葬，不得請銘它人，手疏哀詞十二，各使刊石置壙中，示後人知德者。博士諱戩，世家東都，策名入仕，歷中外二十四年，立朝莅官，才德美厚，未試百一，而天下聳聞樂從，莫不以公輔期許。率己仲尼，踐脩莊篤，雖孔門高弟，有所後先。不幸壽稟不遐，生四十七年而暴終它館，志享交戾〔三〕，命也奈何！治其喪者，外姻侯去惑〔四〕、蓋節賁，及壻李上卿、郭之才，從母弟質京〔五〕，甥宋京，攀號之不足，又屬辭爲之誌。

商瑶墓誌銘

張耒

公諱瑶，淄州人。曾祖重進，祖文俊，皆不仕。父餘政，贈大理寺丞。君登景祐元年進士第，爲萊蕪、單父縣尉，臨沂縣令，知下邳縣，簽書平定軍判官事，以尚書屯田員外郎，知襄邑縣。卒年五十，至和二年正月二十七日也。階至承事郎，勳爲騎都尉。君少博學，爲文詞豪健，貌魁傑，嚴整不可犯，而平居樂易長者也。單父多盜，君以策鉤獵梟絞且盡〔六〕。盜怨毒入骨〔七〕。罷官還鄉，次大澤中，一夕有叟密來語曰：「林中有惡少年十數，操利兵而伏，期今日必殺單父尉，是君非耶？」君從者懼，欲亡去。公執弓矢徐出，有大木去百步許，望之中有空焉，公謂其人曰：「我爲若射彼空者。」再發皆中之。林中惡少年大懼，争先遁。其治下邳，決訟多辨諭勸説之，不盡臨以法，民始鬬怒，中忽喜悟，相與請平者，常十七八。老猾吏旁瞪視，不得刺手。父老戒子弟曰：「若忍犯此令乎？」富韓公守青州，聞其治狀，數委公決難事。始君爲包孝肅公知；韓忠獻心器公，見必訪以世務。而公無所苟合，貴人終不肯出氣力引挈之，其胸中不少概見而死矣。先妻劉夫人，繼室王夫人，封壽昌縣君。三男子，皆已卒。一孫求之，舉進士。女二人，曾孫一人，尚幼。公之從子太學博士倚，以元祐八年十月日將葬公淄州萬年之原，以二夫人祔。而博士又以公之爵里行事告于著作郎張耒曰：「子史官也，凡世有善而無傳，則子有罪。」耒不敢辭，乃爲詩使刻石墓中曰：

天下平治，士無功名，才否一區，之死無聲。或宏其聲，而中乃枵，竅實靡訂，孰味孰昭？有淄商侯，甚蓄不施，時棄其直，則已光輝。彼不人逢〔八〕，位下固宜，嗇不使年，造物則奚？

唐充之墓誌銘

陳瓘

充之姓唐氏，諱廣仁，充之字也。其先幽州人。自石晉割地，至五世祖始得從歸滄州樂陵。咸平中，曾祖克勤被詔試武藝，授三班借職，以天雄軍管界巡檢使卒於官，因家焉，遂爲大名内黄人。祖中立，大名司法參軍。父愈，喜儒士，自充之五六歲時，訓以《詩》《書》，浸長，使從學于外。充之能擇交游，言行謹飭，讀經史，講義理，亦長於科舉之習。中元祐六年進士第，調乾寧軍司法參軍。界河驛有殺略人者，守將械送獄，俾鞫之。疑其誣服，以白守，守不信，方趣決不已，而霸州獲真盜，然後釋無罪者凡四人。後爲常州録事參軍，部使者聞充之在乾寧有審克之譽，部有疑訟，多以屬之。充之所辨正，合人情者，非止一事。改官制，授通仕郎。以薦者及格，當改官，坐元符末上書，命格不下，調監壽州開順口塩礬酒税。未赴，丁母憂，服闋，監蘇州酒税務。郡守李尚書孝壽，治尚峻猛，不任僚屬，充之權幕官，敢與論曲直，蘇人多賴之。後守盛待制章，於充之爲姻家，初與充之善。郡人朱氏有勢焰，守所歆慕，衆皆帖帖屈隨，而充之一切自異，著憎慢之跡，守不能堪，衆或怒置充之於獄，吹毛無實，以酤酒點饒爲罪。充之既廢，貧困不能北歸，居楚之寶應，益以讀書教子爲事。又七年，以疾卒于家，宣和己亥五月丙辰也。以某年某月某日甲子，葬于揚州之某地。充之娶張氏，中散大夫某之女。子男四人：曰激，曰濬，曰潡，曰洪。女四人：長適從事郎趙枋，餘未嫁。初充之之客寓寶應，苟營屋室，而勉竭其力，以擇葬地於維揚。躬詣内黄，啓祖考之殯，迎護以來，將十日厝，蓋犇走自效，服勤累歲，未克遷奉，而充之得疾卒矣。今其子潡等既葬充之，又能率先志，併襄大事，使三世窀穸之事，訖無可憾，亦可以見充之身教之遺美矣。潡等遣人自寶應來南康，以吕本中所狀充之之行，求銘於瓘，書辭慘切，且曰：「先人疾亟時，嘗問曰『居仁約訪我，尚未到？』又嘆曰：『我欲一游廬山，今不能矣。』諸孤不肖，摧割待盡，念欲畢聞餘訓，永不可得。維行狀既獲所屬，而礲石穴土，以需于掩壙之後者，將孰請而可乎？」居仁，本中字也，正獻公之曾孫，言行有家法，其所叙次，皆可考證。其載充之教子之言曰：「涑水文正公嘗謂，平生無以過人，但事無大小，皆可使人知爾。汝曹不可一日忘此語也。」濉陽劉公，嘗謂充之材用有餘，遽聞其死，嗟惜不已。嗚呼！可達可壽，而廢斥夭短，豈非命歟！其所厚善，率皆遲鈍迂闊之士，於其殁也，能相與戚嗟而已，悲夫！銘曰：

木摇難栖，波湧莫濟。穮蓘積勞，未穫而逝。飢穰天也，人豈能違？奄忽不俟，豈唯我悲！

任宗誼墓誌銘

劉　跂

公諱宗誼，字仲宜，姓任氏，贈尚書司封員外郎諱粹之曾孫，尚書工部郎中、直史館、贈吏部尚書諱子輿之孫，太常少卿致仕、贈正議大夫諱粹、南陽郡太夫人尹氏之子。上世故爲博平人，尚書公改葬於鄆，因家焉。公以父任爲太廟齋郎，調隴州隴安、慶州合水二縣尉。親喪，服除，調濱州司户參軍，亳州酇縣令。用薦爲宣德郎、知曹州乘氏縣，不赴。簽書鎮海軍判官事，管句京東轉運司文字，轉通直郎〔九〕，通判南平軍，不赴。監真州轉般倉，轉奉議郎，賜緋魚袋，通判永寧軍，不赴。轉承議郎，通判沂州。今上卽位，恩轉朝奉郎、朝散郎，管勾宫觀。以沂州督捕賊，轉朝請郎，轉朝奉大夫，通判泰州，不赴。除知淄州，借紫，加勳騎都尉。大觀元年七月二十四日寢疾，終於家，享年五十有九。公闊達好義，有氣略，少年浮沉閭里，泛愛下士，人樂從之游。既孤，葬昏仰食貧甚，至鬻其産，暨用遂屈。公曰：「差易耳！」靨力治生，調度纖嗇，居數年，復其産如初。鄉人奇之，宗族賴焉。天性明吏事，在官務核實，不肯便文自營，所臨可紀。鄭有民椎埋剽，及敗則行錢詆讕，數得脱，前令不能制，公因事殺之以徇。有盜羣行入境，微得其處，會尉不在，公部分方略，以授主簿曰：「往取賊授賞，以君有母，故爲公得。」主簿感激，如公教，盡獲之，遂先公改京秩。沂某氏子，坐小法當受笞，公審其可教，争於州將，以贖論，是歲遂預鄉舉。真州倉室屋七百區，費大，莫敢任葺事，歲霖雨，壞米至萬計，吏夜徙棄水中，以滅跡。公大撤而新之，計司吝費。公曰：「倉雖在真，本漕六路聚米，以供京師，則費宜均賦之六路。」衆是公議，上之朝，遂著爲令。在濱，攝滄之樂陵令；在鄆，攝須城令，治行皆如在鄭。凡民訴久不竟，若寃不能自直者，擿其要害，躬爲鐫諭，無不厭服。日所受書檄，與凡小治訟，區處立決，庭無留事，獄户可羅雀。豪惡吏屏氣，竟歲無敢犯。或云：「爲政必鋤猾吏，奈何并容？」公笑曰：「懦令倚吏以辦，又憚其縱，則横掎摭之，是滋使藉以蠹民；且去一猾吏，得一猾吏。今予奪在我〔10〕，吏供筆札奉案牘而已，何謂云云？」前後所辟薦公，皆名士偉人。其與人交，傾蓋不疑，不爲回隱，小不可輒以告。然資樂易，喜賓客，酣飲笑噱，恢然無忤，人更服其長者。晚尤好書，閲古今，評其人得失，以自致其意。領宫觀，歸家，趣供具，召親屬故舊無虚日。嘆曰：「老矣，無所用！如某人治某事，我雖老，尚能兼此人數輩。」雅知公者，亦多以爲信云。方朝廷察公行能優，除便郡，未赴，感疾不起，壽不滿六十。於戲惜哉！娶尹氏，南陽夫人弟之子，封壽安縣君。子男四人，羲之、獻之、允之、延之，皆舉進士。羲之以公遺奏，授假將仕郎。女七人，嫁王譽、郭儔、士廉、張平、張大辨、謝敦頤。儔，右班殿直；敦頤，假承務郎；餘皆舉進士。一未嫁。孫男七人。以大觀二年九月二十六日，葬須城縣黄陂鄉之劉村先塋之次。跂皇妣魯國太夫人正議公中女，篤於同氣之愛，憐公幼，護視之尤厚。南陽君於諸外孫愛某特異，躬自鞠育。跂又少公四歲，相與嬉戲，俱從我先公授書學。丁壯，昏官出處相先後，雖舅甥有昆弟之好焉。諸孤謂知公無如某者，請誌其墓，謹論次如右。爲之銘曰：

服周於身，棺周於服，刳石衺丈〔二〕，以爲之槨。度三之一，得其函深，如函之深，爲之蓋博。其封可隱，其坎可席，從先大夫，歸此真宅。

王公旦墓誌銘

滕宗諒

夫文灼於外，而釣名駕説，重疊于時者，欲其潛愛恕於心術，汰勝尚於意表，亦以鮮矣。道行于官，而欲至心得，光顯當朝者，求其敦潔而耻浮，澹進而勇退，厥惟艱哉！其有體真師常，先行後學，進退蹈道，終始可述，則見之於太原王公焉。公當真宗皇帝世，以縣佐史有文，選入閤下，隸崇文院，典理御書，日以進用。立朝侃侃，居羣以和，人推爲長者。出牧五郡，所至職辦，因俗爲政，不務皦察，時號爲循吏。今天子明道建元之初，抗章引年，朝廷不欲奪其志，許以本官致仕，命一子自布衣試祕書省校書郎，蓋所以享耆德而嘉廉退也。得謝之後，疏林壑以放志，治丹石以佐疾，接鄉里以信順，訓子弟以端孝。嗚呼！昊天不憖，弗報永齡，以景祐二年九月十一日，考終于建陽縣羣玉鄉崇德里之第，享年七十四。明年二月，葬于所居之南山巔也。公諱旦，字公旦，世家于建陽。曾祖磻，祖樞，考綸，皆藴龍德。生值唐季，四海圮裂，葆光全素，羡慶厥後。由公之貴，烈考贈尚書度支郎中，母封南陽縣太君劉氏，繼母丁氏封清河縣太君。公才具夙成，年十八歲，以文行高妙，爲本郡舉首。咸平初，登禮部上第，除舒州桐城縣主簿，陞大理評事，再遷殿中丞，改太常博士，轉尚書屯田度支二曹員外郎，典職崇文院祕閣，知柳州。坐鄰郡大賊奔佚界上，捕之不時，得黜臨江軍，監新徙縣酒稅，內徙楚州監鹽，復知南康軍。召還，隸職中祕。出守潤州，逾年，移牧武昌。再丁內艱，以度支郎復吉，居閣下歲久，以便求知邵武軍，得之，遂老于家。夫人嚴氏早亡，繼室仁和縣君沈氏，左右君子，動循禮則。子四人：長曰楷，前漳州長泰縣令；次曰格，汀州司法參軍；次曰栩，太廟齋郎；次曰杞，今校書也。女三人：長適嚴氏，次適范氏，次尚幼。宗諒接公之德舊矣。嘗宰武陽，居公治下。公晚以少子結義於予。諸孤之將議葬也，使家老狀公之行，千里重趼，且來乞文，以誌神隧，紀信示遠，予不讓也宜矣。晏詹嗣而銘曰：

建水之英，武夷之靈，猗歟王公，才爲時生。賢推仕漢，帝選登瀛，直如朱絃，瑩若壺冰。出守藩方，入趨臺閣，德化優柔，文鋒錯落。播在民謠，賡于聖作，辭絕累句，言無宿諾。致政於君，歸全返真，雅合天道，光昭搢紳。有典有則，不緇不磷，壽鍾五福，慶延後昆。隱隱南山，悠悠東渚，草没新阡，煙昏拱樹。勒砥礎兮〔三〕，識太原君子之墓。

校勘記

〔一〕郡符　「符」原作「苻」，據明抄本改。

〔二〕過齊魯　「過」原作「遇」，據明抄本、明刻本改。

〔三〕志享　「享」原作「亨」，據明抄本、明刻本改。

〔四〕去惑　「惑」原作「感」，據明抄本改。

〔五〕質京　「京」原作「凉」，據明抄本、明刻本改。

〔六〕鉤獵梟絞　「鉤」原作「餉」，「梟」作「整」，據明抄本、明刻本改。

〔七〕入骨　「骨」原作「官」，據明抄本、明刻本改。

〔八〕彼不　「不」原作「下」，據明抄本改。

〔九〕轉通直郎　「轉」下原有「運」字，據明抄本、明刻本删。

〔一〇〕在我　二字原作「我在」，據明抄本乙。

〔一一〕衰丈　二字原作「庡文」，據明抄本改。

〔一二〕碈礎　「碈」，明抄本作「砥」。

宋文鑑卷第一百四十五

墓表　神道碑表

墓表

石曼卿墓表

歐陽修

曼卿諱延年，姓石氏，其上世爲幽州人。幽州入于契丹，其祖自成，始以其族間走南歸。天子嘉其來，將禄之，不可，乃家于宋州之宋城。父諱補之，官至太常博士。幽燕俗勁武，而曼卿少以氣自豪，讀書不治章句，獨參古人奇節偉行非常之功，視世俗屑屑無足動其意者。自顧不合於時，乃一混以酒，然好劇飲大醉，頽然自放，由是益與時不合。而人之從其遊者，皆知愛曼卿落落可奇，而不知其才之有以用也。年四十八，康定二年二月四日，以太子中允祕閣校理卒于京師。曼卿少舉進士不中，真宗推恩，三舉進士，皆補奉職。曼卿初不肯就，張文節公素奇之，謂曰：「母老乃擇禄耶？」曼卿矍然起就之〔一〕，遷殿直。久之，改太常寺太祝，知濟州金鄉縣，歎曰：「此亦可以爲政也。」縣有治聲。通判乾寧軍，丁母永安縣君李氏憂，服除，通判永静軍，皆有能名。充館閣校勘，累遷大理寺丞，通判海州，還爲校理。莊獻明肅太后臨朝，曼卿上書請還政天子。其後太后崩，范諷以言見幸，引嘗言太后事者，遽得顯官，欲引曼卿，曼卿固止之乃已。自契丹通中國，德明盡有河南，而臣屬遂務休兵，養息天下，然内外弛武三十餘年，曼卿上書言十事，不報。已而元昊反，西方用兵，始思其言，召見，稍用其説，籍河北河東陝西之民，得鄉兵數十萬。曼卿奉使籍兵河東，還，稱旨，賜緋衣銀魚。天子方思盡其才，而且病矣。既而聞邊將有欲以鄉兵捍賊者，笑曰：「此得吾粗也。夫不教之兵，勇怯相雜，若怯者見敵而動，則勇者亦牽而潰矣。今或不暇教，不若募其敢于行者，則人人皆勝兵也。」其視世事，蔑若不足爲；及聽其施設之方，雖精思深慮不能過也。狀貌偉然，喜酒自豪，若不可繩以法度；退而質其平生，趣舍大節，無一悖于理者。遇人無賢愚，皆盡忻歡，及間而可否天下，是非善惡，當其意者無幾人。其爲文章，勁健稱其意氣。有子濟、滋。天子聞其喪，官其一子，使禄其家。既卒之三十七日，葬于太清之先塋。其友歐陽脩表於其墓曰：

嗚呼曼卿，寧自混以爲高，不少屈以合世，可謂自重之士矣。士之所負者愈大，則其自顧也愈重，則其合愈難；然欲與共大事，立奇功，非得難合自重之士，不可爲也。古之魁雄之人，未始不負高世之志，故寧或毁身污迹，卒困於無聞，或老且死，而幸一遇，猶克少施於世。若曼卿者，非徒與世難合，而不克所施，亦其不幸，不得至平中壽，其命也夫！其可哀也夫！

太常博士周君墓表

歐陽修

有篤行君子曰周君者，孝於其親，友於其兄弟，居父母喪，與其兄某弟某居于倚廬，不飲酒食肉者三年。其言必戚，其哭必哀，除喪而癯然不能勝人事者，蓋久而後復。自孔子在魯，而魯人不能行三年之喪，其弟子疑以問，則非魯而他國可知也；孔子殁，而其後世又可知也。今世之人，知事其親者多矣；或居喪而不哀者有矣；生能事而死能哀，或不知喪禮者有矣；或知禮而以謂喪主于哀而已，不必合於禮者有矣。如周君者，事生盡孝，居喪盡哀，而以禮者也。禮之失久矣，喪禮尤廢也。今之居喪者，惟仕宦婚嫁，聽樂不爲。此特法令之所禁爾！其衰麻之數，哭泣之節，居處之别，飲食之變，皆莫知夫有禮也。在上位者，不以身率其下；在下者，無以望於其上，其遂廢矣乎！故吾於周君有所取也。君諱某，字某，州某縣人也。天聖二年，舉進士，累官至太常博士，歷連、衡二州司理參軍，桂州司録，知高安、寧化二縣，通判饒州，未行，以慶曆五年六月朔日卒于朝集之舍，享年五十有一。皇祐五年某月日，葬于道州永明縣紫微岡。曾祖諱某，祖諱某，父諱某，贈官某。母唐氏，封某縣太君。娶某氏，封某縣君。君學長於毛鄭《詩》、《左氏春秋》。家貧，不事生産。喜聚居，官禄雖薄，常分俸以賙宗族朋友。人有慢己者，必厚爲禮以愧之。其爲吏，所居皆有能政。有文集二十卷。君有子七人：曰諭，鼎州司理參軍；曰誂，胡州歸安主簿；曰謐，曰諷，曰諲，曰説，曰誼，皆未仕。嗚呼！孝非一家之行也，所以移於事君而忠，仁於宗族而睦，交於朋友而信。始於一鄉，推之四海，表于金石，示之後世。而觀周君之所施者，無不可以書也，豈獨俾其子孫之不隕也哉？

胡翼之墓表

歐陽修

先生諱瑗，字翼之，姓胡氏。其上世爲陵州人，後爲泰州如皋人。先生爲人師，言行而身化之，使誠明者達，昏愚者勵，頑傲者革。故其爲法嚴而信，爲道久而尊。師道廢久矣，自景祐、明道以來，學者有師，惟先生暨泰山孫明復、石守道三人，而先生之徒最盛。其在湖州之學，弟子去來常數百人，各以其經轉相傳授。其教學之法最備，行之數年，東南之士，莫不以仁義禮樂爲學。慶曆四年，天子開天章閣，與大臣講天下事，始慨然詔州縣皆立學。于是建太學於京師，而有司請下湖州取先生之法，以爲太學法，至今爲著令。後十餘年，先生始來居太學。學者自遠而至，太學不能容，取旁官署以爲學舍。禮部貢舉歲所得士，先生弟子十常居四五。其高弟者，知名當時，或取甲科，居顯仕；其餘散在四方，隨其人賢愚，皆循循雅飭，其言談舉止，遇之不問可知爲先生弟子；其學者相語稱先生，不問可知爲胡公也。

先生初以白衣見天子，論樂，拜祕書省校書郎，辟丹州軍事推官，改密州觀察推官。丁父憂去職，服除，爲保寧軍節度推官，遂居湖學。召爲諸王宫教授，以疾免，已而以太子中舍致仕，遷殿中丞於家。皇祐中，驛召至京師議樂，復以爲大理評事，兼太常寺主簿，又以疾辭。歲餘，爲光禄寺丞，國子監直講，迺居太學。遷大理寺丞，賜緋衣銀魚。嘉祐元年，遷太子中允，充天章閣侍講，仍居太學。已而疾不能朝，天子數遣使者存問，又以太常博士致仕。東歸之日，太學之諸生，與朝廷賢士大夫，送之東門，執弟子禮，路人嗟嘆以爲榮。以四年六月六日卒于杭州，享年六十有七。以明年十月五日葬于烏程何山之原。其世次官邑與其行事，莆陽蔡君謨且誌于幽堂。

嗚呼！先生之德在乎人，不待表而見于後世，然非此無以慰學者之思，乃揭于其墓之原。六年八月三日，廬陵歐陽脩述。

瀧岡阡表

歐陽修

嗚呼！惟我皇考崇公，卜吉于瀧之六十年，其子修始克表於其阡，非敢緩也，蓋有待也。修不幸生四歲而孤，太夫人守節自誓，居貧，自力於衣食，以長以教，俾至于成人。太夫人告修曰：「汝父爲吏廉，而好施與，喜賓客，其俸禄雖薄，常不使有餘，曰：『無以是爲我累。』故其亡也，無一瓦之覆，一壠之植，以庇而爲生，吾何恃而能自守耶？吾於汝父知其一二，以有待於汝也。自吾爲汝家婦，不及事吾姑，然知汝父之能養也。汝孤而幼，吾不能知汝之必有立，然知汝父之必將有後也。吾之始歸也，汝父免於母喪方逾年，歲時祭祀，則必涕泣曰：『祭而豐不如養之薄也。』間御酒食，則又涕泣曰：『昔吾不足而今有餘，其何及也！』吾始一二見之，以爲新免於喪，適然耳；既而其後常然，至其終身，未嘗不然。吾雖不及事姑，而以此知汝父之能養也。汝父爲吏，嘗夜燭治官書，屢廢而歎。吾問之，則曰：『此死獄也，我求其生不得爾。』吾曰：『生可求乎？』曰：『求其生而不得，則死者與我皆無恨；矧求而有得耶，以其有得，則是不求而死者恨也。夫常求其生，猶失之死，而況常求其死也！』回顧乳者，抱汝而立于旁，因指而歎曰：『術者謂我歲行在戌將死，使其言然，吾不及見兒之立也，後當以我語告之。』其平居教他子弟，常用此語，吾耳孰焉，故能詳也。其施於外事，吾不能知；其居于家，無所矜飾，而所爲如此。是真發於中者耶！嗚呼，其心厚於仁者耶！此吾知汝父之必將有後也。汝其勉之！夫養不必豐，要于孝；利雖不得，博於物；要其心之厚於仁。吾不能教汝，此汝父之志也。」修泣而志之，不敢忘。先公少孤力學，咸平三年進士及第，爲道州判官，泗、綿二州推官，又爲泰州判官。享年五十有九。葬沙溪之瀧岡。太夫人姓鄭氏，考諱德儀，世爲江南名族。太夫人恭儉仁愛而有禮，初封福昌縣太君，進封樂安、安康、彭城三郡太君。自其家少賤時，治其家以儉約，其後常不使過之，曰：「吾兒不能苟合於世，儉薄所以居患難也。」其後修貶夷陵，太夫人言笑自若，曰：「汝家故貧賤也，吾處之有素矣；汝能安之，吾亦安矣。」自先公之亡三十年，修始得禄而養。又十有二年，列官于朝，始得贈封其親。又十年，修爲龍圖閣直學士、吏部郎中、留守南京，太夫人以疾卒于官舍，享年七十有二。又八年，修以非才，入副樞密，遂參政事，又七年而罷。自登二府，天子推恩，褒其三世。蓋自嘉祐以來，逢國大慶，必加寵賜。皇曾祖府君，累贈金紫光禄大夫，太師，中書令；曾祖妣累封楚國太夫人。皇祖府君，累贈金紫光禄大夫、太師、中書令，兼尚書令；祖妣累封吴國太夫人。皇考崇公，累贈金紫光禄大夫、太師、中書令，兼尚書令；皇妣累封越國太夫人。今上初郊，皇考賜爵爲崇國公，太夫人進號韓國。於是小子修泣而言曰，嗚呼！爲善無不報，而遲速有時，此理之常也。惟我祖考，積善成德，宜享其隆，雖不克有於其躬，而賜爵受封，顯榮褒大，實有三朝之錫命，是足以表見于後世，而庇賴其子孫矣。乃列其世譜，具刻于碑。既又載我皇考崇公之遺訓，太夫人之所以教而待於修者，並揭于阡，俾知小子修之德薄能鮮，遭時竊位，而幸全大節，不辱其先者，其來有自。熙寧三年，歲次庚戌，四月辛酉十五日乙亥，男推誠保德崇位翊戴功臣、觀文殿學士、特進、行兵部尚書、知青州軍州事、兼管内勸農使、充京東東路安撫使、上柱國、樂安郡開國公、食邑四千三百户、實食封壹千二百户，修表。

處士征君墓表

王安石

淮之南有善士三人，皆居于真州之揚子。杜君者，寓于醫，無貧富貴賤，請之輒往；與之財，非義，輒謝而不受。時時窮空，幾不能以自存，而未嘗有不足之色。蓋善言性命之理，而其心曠然，無累於物，而予嘗與之語，久之而不厭也。徐君，忠信篤實，遇人至謹，雖疾病，召筮，不正衣巾不見。寓於筮，日得百數十錢則止，不更筮也。能爲詩，亦好屬文，有集若干卷。兩人者以醫、筮，故多爲賢士大夫所知，而征君獨不聞於世。征君者，諱某，字某，事其母夫人至孝，居鄉里，恂恂恭謹，樂振人之窮急，而未嘗與人校曲直。好蓄書，能爲詩。有子五人，而教其三人爲進士，某今爲某官，某今爲某官，某亦再貢於鄉。征君與兩人者相爲友，至驩而莫逆也。兩人者皆先征君以死，而征君以某年某月甲子終于家，年七十七。噫！古者一鄉之善士，必有以貴於一鄉；一國之善士，必有以貴於一國；此道亡也久矣。余獨私愛夫三人者，而樂爲好事者道之。而征君之子又以請，於是書以遺之，使之鑱諸墓上。杜君諱嬰，字大和。徐君諱仲堅，字某。

外祖母黄夫人墓表

王安石

外祖夫人黄氏，生二十二年歸吴氏，歸五十年而卒，卒三月而葬〔二〕，康定二年十二月也。夫人淵静裕和，不强而安，事舅、姑、夫撫子〔三〕，皆順適。吴氏内外族甚大，朝夕相與居，歲時以辭幣酒食相綴接〔四〕。卒夫人之世，戚疏愚良，一無間言。又喜書史，曉大義，往往引以輔道，處士信厚聞其鄉，子爲士無虧行，繄夫人之助。夫人資寡言笑，聲若不能出，雖族人亦不知其曉書史也。安石，外孫也，故得之詳。明道中，過舅家，夫人春秋高矣，視其禮，猶若女婦然；視其色，不知其有喜愠也。病且革，以薄葬命子，億其可謂以正始終也已。舅蕃既誌其葬，四年，安石還自揚州，復表其墓曰〔五〕：聖人之教，必繇閨門始，後世志於教者，亦未之勤而已。天下相重以戾，相蕩以侈，兟然斁矣。自公卿大夫無完德，豈或女婦然。或者女婦居不識廳屏，笑言不聞隣里，是職然也，置則悖矣。然其死也，聞人傳焉以美之，是亦教之熄也，人人之不能然也，傳焉以美之宜也。矧如夫人者，有不可表耶？於戲！

程伯淳墓表

程頤

先生名顥，字伯淳，葬于伊川，潞國太師題其墓曰：明道先生。弟頤序其所以，而刻之石曰：周公没，聖人之道不行；孟軻死，聖人之學不傳。道不行，百世無善治；學不傳，千載無真儒。無善治，士猶得以明乎善治之道，以淑諸人，以傳諸後；無真儒，天下貿貿焉莫知所之，人欲肆而天理滅矣。先生生千四百年之後，得不傳之學于遺經，志將以斯道覺斯民。天不憖遺，哲人早世。鄉人士大夫相與議曰：「道之不明也久矣，先生出，倡聖學以示人，辨異端，闢邪説，開歷古之沉迷，聖人之道，得先生而後明，爲功大矣。」於是帝師采衆議而爲之稱，以表其墓。學者之於道知所嚮，然後見斯人之爲功；知所至，然後見斯名之稱情。山可夷，谷可堙，明道之名，亘萬世而長存。勒石墓旁，以詔後人。

吕和叔墓表

范　育

元豐五年，歲次壬戌，六月癸酉，吕君和叔卒。九月乙巳，從葬驪山之趾，先大夫之墓。其孤義山，請識以文。惟君明善至學，性之所得者，盡之於心；心之所知者，踐之於身。妻子刑之，朋友信之，鄉黨宗之，可謂至誠敏德者矣。乃表其墓曰「誠德君子」，而系其身行云。君諱大鈞，字和叔，其先汲郡人。皇考鷁，贈司封員外郎。王考通，太常博士，贈兵部侍郎。考蕡，比部郎中，贈左諫議大夫。由兵部葬京兆之藍田，故子孫爲其縣人焉。初諫議學遊未仕，教子六人，後五人相繼登科，知名當世，其季賢而早死。縉紳士大夫，傳其家聲，以爲美談。君其第三子也，中進士乙科，調秦州右司理參軍，監延州折博務，改光禄寺丞，知耀州三原縣。請代親入蜀，移綿州巴西縣。諫議致仕居里，君亦移疾不行。丞相韓公子華，宣撫陝西河東，辟書寫機密文字。府罷，移福州候官縣。故相曾宣靖公鎮京兆，薦涇陽縣。皆不赴。丁諫議憂，服除，獨家居講道。數年，仲兄龍圖閣待制大防，請監鳳翔府造舡務，君起就之。官制改，爲宣義郎。會詔伐西夏，鄜延路轉運司檄君從事，法爲可辭，使者請于朝，君亦以禮際善而得行，乃往從。君亦盡力，不苟以避，使者愈賢之，薦管勾文字。數月，感疾，卒延州官舍，享年五十有二。君性純厚易直，強明正亮，所行不二於心，所知不二于行。其學，以孔子「下學上達」之心立其志，以孟子「集義」之功養其德，以顏子「克己復禮」之用厲其行，其要歸之誠明不息，不爲衆人沮之而疑，小辨奪之而屈，勢利劫之而回，知力窮之而止。其自任以聖賢之重如此。蓋大學之教，不明于世者，千五百年。先是扶風張先生子厚，聞而知之，而學者未知信也。君於先生爲同年友，一言而契，往執弟子禮問焉。君謂：「始學必先行其所知而已，若天道性命之際，正惟躬行禮義，久則至焉。」先生以謂：「學不造約，雖勞而艱於進德，且謂君勉之，當自悟。」君乃信已不疑，設其義，陳其數，倡而行之，將以抗橫流，繼絶學，毅然不恤人之非間己也。先生亦歎其勇爲不可及。始居諫議喪，衰麻斂奠葬祭之事〔六〕，悉捐俗習事尚，一倣諸禮。後乃寖行於冠昏、飲酒、相見、慶弔之間。其文節粲然可觀，人人皆識其義，相與起好矜行，一朝知禮義之可貴。久之，君之志既克少施，而於趣時求中，未能沛然不疑，然後信先生之學本末不可踰，以造約爲先務矣。先生既殁，君益脩明其學，援是道推之以善俗，且必於吾身親見之。既而曰：「有命。不得於今，必得於後世。」其始講脩先生之法曰：「如有用我者，舉而措之而已。」既又知夫君子之德不存焉，雖不信而不悔。始也急於行，既乃至而不迫，優游乎道之可樂。始也嚴於率人，既乃和而不解，使學者趍而不厭〔七〕。嗚呼！非持久不已，孰能與于此？君疾，命掃室正席，默坐，問者至，語未終而殁。其徒聞疾，或自家于官所。及訃至，相率迎其喪，遠至數十百里；貧者位于別館哭之。卒時，夫人种氏治其喪，如君所以治諫議之喪。其孤既葬，而祭于家必以禮。嗚呼！死生之際，安而不惑[八]，可以見養之至。道行乎妻子，善信乎朋友鄉黨，可以見誠之感。君與人語，必因其所可及而喻諸義。治經説德，於身踐而心解。其文章不作於無用，嘗譔次井田、兵制爲圖籍，按之易曷。大臣有薦官邸教授者，法當獻文，君上《天下爲一家、中國爲一人賦》，推是道也，慊乎天下矣。君始娶馬氏，再娶則种夫人也。子義山，能傳其父學。孫男麟、愈、舟。女一。嗚呼！仲尼七十，而變化不息；顏子短命，未見其止；曾子老而德優。先生有言：「樂正子與舜同術，顧其行有未至。」至若君之術，與聖人同，其至足以覿之，惜乎不得見其老，放乎致極，以立乎聖人之門；一朝之遇，措乎天下國家，乃中身而止矣。嗚呼！君之自信其所行，以致其所及，可爲衆人道者也；若信諸己而知乎天者，則又非衆人之所可知，必有君子而知君者矣。安得孔子之門人，與論君之德者乎？

神道碑表

資政殿學士禮部侍郎范文正公神道碑銘

歐陽修

皇祐四年五月甲子，資政殿學士尚書禮部侍郎汝南文正公薨于徐州，以其年十有二月壬申，葬于河南尹樊里之萬安山下。公諱仲淹，字希文。五代之際，世家蘇州，事吴越。太宗皇帝時，吴越獻其地，公之皇考從錢俶朝京師，後爲武寧軍掌書記以卒。公生二歲而孤，母夫人貧無依，再適長山朱氏；既長，知其世家，感泣去之南郡，入學舍，掃一室，晝夜講誦。其起居飲食，人所不堪，而公自刻益苦。居五年，大通六經之旨，爲文章論説，必本於仁義。祥符八年，舉進士，禮部選第一，遂中乙科，爲廣德軍司理參軍，始歸迎其母以養。及公既貴，天子贈公曾祖蘇州糧料判官諱某爲太保，祖祕書監諱某爲太傅，考諱某爲太師，妣謝氏爲吴國夫人。公少有大節，於富貴貧賤毁譽歡戚，不一動其心，而慨然有志於天下。常自誦曰，士當先天下之憂而憂，後天下之樂而樂也。其事上遇人，一以自信，不擇利害爲趨舍。其所有爲，必盡其方，曰爲之自我者當如是，其成與否，有不在我者，雖聖賢不能必，吾豈苟哉？天聖中，晏丞相薦公文學，以大理寺丞爲祕閣校理。以言事忤章獻太后旨，通判河中府。久之，上記其忠，召拜右司諫。當太后臨朝聽政時，以至日大會前殿，上將率百官爲壽，有司已具。公上疏言，天子無北面，且開後世弱人主以彊母后之漸，其事遂已。又上書請還政天子，不報。及太后崩，言事者希旨，多求太后時事，欲深治之。公獨以謂，太后受託先帝，保佑聖躬，始終十年，未見過失，宜掩其小故，以全大德。初太后有遺命，立楊太妃代爲太后。公諫曰：「太后，母號也，自古無代立者。」由是罷其册命。是歲大旱蝗，奉使安撫東南。使還，會郭皇后廢，率諫官御史伏閤争，不能得，貶知睦州，又徙蘇州。歲餘，卽拜禮部員外郎，天章閣待制。召還，益論時政闕失，而大臣權倖多忌惡之，居數月，以公知開封府。開封素號難治，公治有聲，事日益簡，暇則益取古今治亂安危爲上開説，又爲百官圖以獻，曰：「任人各以其材，而百職修，堯舜之治，不過此也。」因指其遷進遲速次序曰：「如此而可以爲公，可以爲私，亦不可以不察。」由是吕丞相怒，至交論上前。公求對辨，語切，坐落職，知饒州。明年，吕公亦罷。公徙潤州，又徙越州。而趙元昊反河西，上復召相吕公，乃以公爲陝西經略安撫副使，遷龍圖閣直學士。是時新失大將，延州危，公請自守鄜延扞賊，乃知延州。元昊遣人遺書以求和，公以謂無事請和難信，且書有僭號，不可以聞，乃自爲書告以逆順敗之説甚辨，坐擅復書，奪一官，知耀州。未逾月，徙知慶州。既而四路置帥，以公爲環慶路經略安撫招討使，兵馬都部署，累遷諫議大夫，樞密直學士。公爲將務持重，不急近功小利。於延州築清澗城，墾營田，復承平、永平廢塞，熟羌歸業者數萬户。於慶州城大順以據要害，又城細腰胡盧，於是明珠、滅戚等大賊，皆去賊爲中國用。自邊壘久隳，至兵與將常不相識，公始分延州兵爲六將，訓練齊整，諸路皆用以爲法。公之所在，賊不敢犯。人或疑公見敵應變爲如何。至其城大順也，一旦引兵出，諸將不知所向，軍至柔遠，始號令告其地處，使往築城，至於版築之用，大小畢具，而軍中初不知。賊以騎三萬來争，公戒諸將戰，而賊走追勿過河。已而賊果走，追者不渡，而河外果有伏賊，失計，乃引去。於有諸將皆服公爲不可及。公待將吏，必使畏法而愛己，所得賜賚，皆以上意分賜諸將，使自爲謝。諸羌質子，縱其出入，無一人逃者。蕃酋來見，召之卧内，屏人徹衛，與語不疑。公居三歲，士勇邊實，恩信大洽，乃決策謀取横山，復靈武。而元昊數遣使稱臣請和，上亦召公歸矣。初西人籍爲鄉兵者十數萬，既而黥以軍，惟公所部，但刺其手，公去兵罷，獨得復爲民。其於兩路，既得熟羌爲用，使以守邊，因徙屯兵就食内地，而紓西人饋輓之勞。其所設施，去而人德之，與守其法不敢變者，至今尤多。自公坐吕公貶，羣士大夫各持二公曲直。吕公患之，凡直公者，皆指爲黨，或坐竄逐。及吕公復相，公亦再起被用，於是二公驩然，相約戮力平賊。天下之士，皆以此多二公，然朋黨之論遂起，而不能止。上既賢公可大用，故卒置羣議而用之。慶曆三年春，召爲樞密副使，五讓不許，乃就道。既至數月，以爲參知政事。每進見，必以太平責之，公歎曰：「上之用我者至矣，然事有先後，而革弊于久安非朝夕可也。」既而上再賜手詔，趣使條天下事，又開天章閣，召見賜坐，授以紙筆，使疏于前。公惶恐避席，始退而條列時所宜先者十數事，上之。其詔天下，興學取士，先德行，不專文辭；革磨勘例遷，以別能否；減任子之數，而除濫官；用農桑考課守宰等。方施行，而磨勘、任子之法，僥倖之人皆不便，因相與騰口，而嫉公者，亦幸外有言，喜爲之佐佑。會邊奏有警，公卽請行，乃以公爲河東陝西宣撫使。至則上書，願復守邊，卽拜資政殿學士、知邠州，兼陝西路安撫使。其知政事，纔一歲而罷，有司悉奏罷公前所施行而復其故〔九〕。其時夏人已稱臣，公因以疾請鄧州，守鄧州三歲，求知杭州，又徙青州。公益病，又求知潁州，肩舁至徐，遂不起，享年六十有四。方公之病，上賜藥存問，既薨，輟朝一日。以其遺表無所請，使就問其家所欲，贈以兵部尚書，所以哀衈之甚厚。公爲人外和內剛，樂善汎愛。喪其母時尚貧，終身非賓客，食不重肉，臨財好施，意豁如也。及退而視其私，妻子僅給衣食。其爲政所至，民多立祠畫像。其行已臨事，自山林處士、里閭田野之人，外至夷狄，莫不知其名字，而樂道其事者甚衆。及其世次官爵，誌于墓，譜于家，藏于有司者，皆不論著，著其繫天下國家之大者，亦公之志也歟。銘曰：

范於吳越，世實陪臣，俶納山川，及其士民。范始來北，中間幾息，公奮自躬，與時偕逢。事有罪功，言有違從，豈公必能，天子用公，其艱其勞，一其始終。夏童跳邊，乘吏殆安，帝命公往，問彼驕頑，有不聽順，鋤其穴根。公居三年，怯勇隳完，兒憐獸擾，卒俾來臣。夏人在廷，其事方議，帝趣公來，以就予治。公拜稽首，茲爲難哉，初匪其難，在其終之。羣言營營，卒壞于成，匪惡其成，惟公是傾，不傾不危，天子之明。存有顯榮，歿有贈謚，藏其子孫〔一〇〕，寵及後世。惟百有位，可勸無怠。

太尉王文正公神道碑銘

歐陽修

至和二年七月乙未，樞密直學士、右諫議大夫王素奏事殿中，已而泣且言曰：「臣之先臣旦，相真宗皇帝十有八年，今臣素又得待罪侍從之臣，惟先臣之訓，其遺業餘烈，臣實無似，不能顯大，而墓碑至今無辭以刻，惟陛下哀憐，不忘先帝之臣，以假寵於王氏，而勗其子孫。」天子曰：「嗚呼！惟汝父旦，事我文考真宗，一德一心，克終厥位，有始有卒，其可謂全德元老矣。汝素以是刻于碑。」素拜稽首，泣而出。明日有詔史館修撰歐陽修曰：「王旦墓碑未立，汝可以銘。」臣修謹按，故推誠保順同德守正翊戴功臣、開府儀同三司、守太尉、充玉清昭應宫使、上柱國、太原郡開國公、贈太師、尚書令、兼中書令、追封魏國公，謚曰文正，王公諱旦，字子明，大名莘人也。皇曾祖諱言，滑州黎陽令，追封許國公。皇祖諱徹，左拾遺，追封魯國公。皇考諱祐，尚書兵部侍郎，追封晉國公。皆累贈太師、尚書令、兼中書令。曾祖妣姚氏，魯國夫人。祖妣田氏，秦國夫人。妣任氏，徐國夫人，邊氏，秦國夫人。公之皇考，以文章自顯漢、周之際，逮事太祖、太宗，爲名臣，嘗諭杜重威使無反漢，拒盧多遜害趙普之謀，以百口明符彦卿無罪，故世多稱王氏有陰德。公之皇考亦自植三槐于庭曰：「吾之後世，必有爲三公者，此其所以志也。」公少好學有文，太平興國五年，進士及第，爲大理評事，知臨江縣，監潭州銀場，再遷著作佐郎，與編《文苑英華》，遷殿中丞，通判鄭、濠二州。王禹偁薦其材，任轉運使，驛召至京師，辭不受。獻其所爲文章，得試直史館，遷右正言，知制誥，知淳化三年禮部貢舉，遷虞部員外郎，同判吏部流内銓，知考課院，右諫議大夫。趙昌言參知政事，公以壻避嫌求解職。太宗嘉之，改禮部郎中，集賢殿脩撰。昌言罷，復知制誥，仍兼脩撰，判院事，召賜金紫。久之，遷兵部郎中，居職。真宗卽位，拜中書舍人，數日，召爲翰林學士，知審官院，通進銀臺封駁事。公爲人嚴重，能任大事，避遠權勢，不可干以私。由是真宗益知其賢。錢若水名能知人，〔二〕常稱公曰：「真宰相器也。」若水爲樞密副使，罷，召對苑中，問誰可大用者。若水言公可用。真宗曰：「吾固已知之矣。」咸平三年，又知禮部貢舉。居數日，拜給事中，同知樞密院事。明年，以工部侍郎，參知政事，再遷刑部侍郎。景德元年，契丹犯邊，真宗幸澶州。雍王元份留守東京，得暴疾，命公馳自行在，代元份留守。二年，遷尚書左丞。三年，拜工部尚書，同中書門下平章事，集賢殿大學士，監脩國史。是時契丹初請盟，趙德明亦納誓約，願守河西故地，二邊兵罷不用。真宗遂欲以無事治天下。公以謂宋興三世，祖宗之法具在，故其爲相，務行故事，慎所改。進退能否，賞罰必當。真宗久而益信之，所言無不聽；雖他宰相大臣有所請，必曰：「王某以謂如何？」事無大小，非公所言不決。公在相位十餘年，外無夷狄之虞，兵革不用，海内富貴，羣工百司，各得其職，故天下至今稱爲賢宰相。公於用人，不以名譽，必求其實。苟賢且材矣，必久其官；而衆以爲宜某職，然後遷。其所薦引，人未嘗知。寇準爲樞密使，當罷，使人私公求爲使相，公大驚曰：「將相之任，豈可求耶？且吾不受私請。」準深恨之。已而制出，除準武勝軍節度使，同中書門下平章事。準入見，泣涕曰：「非陛下知臣，安能至此？」真宗具道公所以薦準者，準始媿歎以爲不可及。故參知政事李穆子行簡，有賢行，以將作監丞居于家。真宗召見，慰勞之，遷太子中允。初遣使者召之，不知其所止，真宗命至中書問王某，然後人知行簡公所薦也。公自知制誥，至爲相，薦士尤多。其後公薨，史官脩《真宗實録》，得內出奏章，乃知朝廷之士，多公所薦者。公與人寡言笑，其語雖簡，而能以理屈人。默然終日，莫能窺其際。及奏事上前，羣臣異同，公徐一言以定。今上爲皇太子，太子諭德見公，稱太子學書有法。公曰：「諭德之職，止於是耶？」趙德明言民飢，求糧百萬斛，大臣皆曰：「德明新納誓而敢違，請以詔書責之。」真宗以問公，請勑有司具粟百萬於京師，詔德明來取。真宗大喜。德明得詔書，慚且拜曰：「朝廷有人。」大中祥符中，天下大蝗，真宗使人於野，得死蝗以示大臣。明日，他宰相有袖死蝗以進者曰：「蝗實死矣，請示于朝，率百官賀。」公獨以爲不可。後數日，方奏事，飛蝗蔽天，真宗顧公曰：「使百官方賀而蝗如此，豈不爲天下笑耶？」宦者劉承規以忠謹得幸，病且死，求爲節度使。真宗以語公曰：「承規待此以瞑目。」公執以爲不可，曰：「他日將有求爲樞密使者奈何？」至今內臣，官不過留後。公任事久，人有謗公於上者，公輒引咎，未嘗自辨。至人有過失，雖人主盛怒，可辨者辨之，必得而後已。榮王宮火，延前殿，有言非天災，請置獄劾火事，當坐死者百餘人。公獨請見曰：「始失火時，陛下以罪己詔天下，而臣等皆上章待罪，今反歸咎于人，何以示信？且火雖有迹，寧知非天譴耶？」由是當坐者皆免。日者上書言宮禁事，坐誅，籍其家，得朝士所與往還占問吉凶之説。真宗怒，欲付御史問狀。公曰：「此人之常情，且語不及朝廷，不足罪。」真宗怒不解，公因自取嘗所占問之書進曰：「臣少賤時，不免爲此，必以爲罪，願并臣付獄。」真宗曰：「此事已發，何可免？」公曰：「臣爲宰相，執國法，豈可自爲之，幸於不發，而以罪人？」真宗意解。公至中書，悉焚所得書。既而真宗悔，復馳取之。公曰：「臣已焚之矣。」由是獲免者衆。公累官至太保，以病求罷，入見滋福殿。真宗曰：「朕方以大事託卿，而卿疾如此。」因命皇太子拜公。公言皇太子盛德，必任陛下事，因薦可爲大臣者十餘人，其後不至宰相者，李及、凌策二人而已，然亦皆爲名臣。公屢以疾請，真宗不得已，拜公太尉，兼侍中，五日一朝視事，遇軍國大事，不以時入參決。公益惶恐，因卧不起，以疾懇辭。册拜太尉，玉清昭應宫使。自公病，使者存問，日常三四。真宗手自和藥賜之，疾亟，遽幸其第，賜以白金五千兩，辭不受。以天禧元年九月癸酉薨于家，享年六十有一。真宗臨哭，輟視朝三日，發哀于苑中。其子弟門人故吏，皆被恩澤。即以其年十一月庚申，葬公於開封府開封縣新里鄉大邊村。公娶趙氏，宋國夫人，後公若干年卒。子男三人：長曰司封郎中雍，次曰賛善大夫冲，次曰素。女四人：長適太子太傅韓億，次適兵部員外郎、直集賢院蘇耆，次適右正言范令孫，次適龍圖閣直學士、兵部郎中吕公弼。公事寡嫂謹，與其弟旭相友悌尤篤，任以家事，一無所問，而務以儉約率勵子弟，使在富貴，不知爲驕侈。兄子睦欲舉進士，公曰：「吾嘗以太盛爲懼，其可與寒士争進？」至其薨也，子素猶未官，遺表不求恩澤。有文集二十卷。乾興元年，詔配享真宗廟。廷臣脩曰：景德祥符之際盛也，觀公之所以相，而先帝之所以用公者，可謂至哉！是以君明臣賢，德顯名尊，生而俱享其榮，殁而長配於廟，可謂有始有卒，如明詔所褒。昔者《烝民》《江漢》，推大臣下之事，所以見任賢使能之功，雖曰山甫、穆公之詩，實歌宣王之德也。臣謹考國史實録，至於縉紳故老之傳，得公終始之節，而録可紀者，輒聲爲銘詩，昭示後世，以彰先帝之明，以稱聖恩褒顯王氏，流澤子孫，與宋無極之意。銘曰：

烈烈魏公，相我真宗。真廟翼翼，魏公配食。公相真宗，不言以躬。時有大事，事有大疑，匪卜匪筮，公爲蓍龜。公在相位，終日如默，問其夷狄，包裹兵革；問其卿士，百工以職；問其庶民，耕織衣食。相有賞罰，功當罪明。相所黜升，惟否惟能。執其權衡，萬物之平。孰不事君，胡能必信？孰不爲相，其誰有終？公薨于位，太尉之崇。天子孝思〔二〕，永薦清廟，侑我聖考，惟時元老。天子念功，報公之隆，春秋從享，萬祀無窮。作爲詩歌，以諗廟工。

校勘記

〔一〕曼卿　「卿」原作「然」，據明抄本、明刻本改。

〔二〕卒三月　「卒」字原脱，據明抄本補。

〔三〕撫子　「子」原作「字」，明刻本同，據明抄本改。

〔四〕辭幣酒食　「幣」原作「弊」，「食」作「夕」，據明抄本改。

〔五〕復表其墓　原作「復其墓復墓」，脱「表」字，衍「復墓」二字，據明抄本補、删。

〔六〕奠葬　二字原本只作「喪」字，據明抄本、明刻本改補。

〔七〕學者　「者」字原脱，據明刻本補。

〔八〕不惑　「惑」原作「感」，各本同，形近而誤，今改。

〔九〕而復其故　原本無「其故」二字，據《歐陽文忠公集》補。其他文字與集異者不具校。
〔一〇〕子孫　二字原本空白，據《歐集》補。
〔一一〕錢若水　「錢」字原本空白，據明抄本、明刻本補。
〔一二〕孝思　「孝」原作「有」，據明抄本、明刻本改。

宋文鑑卷第一百四十六

神道碑銘

晏元獻公神道碑銘

歐陽修

至和元年六月，觀文殿大學士、行兵部尚書、西京留守、臨淄公，以疾歸于京師。八月疾少間，入見天子，曰：「噫，予舊學之臣也。」乃留侍講邇英閣。詔五日一朝前殿。明年正月，疾作不能朝。敕太醫朝夕往視，有司除道，將幸其家。公歎曰：「吾無狀，乃以疾病憂吾君。」即馳奏曰：「臣疾少間，行愈矣。」乃止。其月丁亥，以公薨聞。天子震悼，亟臨其喪，以不即視公爲恨，贈公司空，兼侍中，謚曰元獻。有司請輟視朝一日，特輟二日。以其年三月癸酉，葬公于許州陽翟縣麥秀鄉之北原。既葬，賜其墓隧之碑首曰「舊學之碑」。既又敕史臣修，考次公事，具書于碑下。臣修伏讀國史，見真宗皇帝時，天下無事，天子方推讓功德，祠祀天地山川，講禮樂以文頌聲，而儒學文章，儁賢偉異之人出。公世家江西之臨川，年始十四，一日起田里，進見天子。時方親閱天下貢士，會廷中者千餘人，與夫宮臣衛官，擁列圜視。公不動聲氣，操筆爲文辭，立成以獻。天子嘉賞，賜同進士出身，遂登館閣，掌書命，以文章爲天下所宗。逮陛下養德東宮，先帝選用臣屬，即以公遺陛下，由王官宮臣，卒登宰相。凡所以輔道聖德，憂勤國家，有舊有勞，自始至卒，五十餘年。公既薨，而先帝之名臣，與陛下東宮之舊人，皆無在者，宜其褒寵優異，比公甘盤。臣脩幸得執筆史官，奉明詔，謹昧死上臨淄公事曰：公諱殊，字同叔，姓晏氏。其世次晦顯，徙遷不常。自其高祖諱墉，唐咸通中舉進士，卒官江西，始著籍于高安。其後三世不顯。曾祖諱延白，又徙其籍于臨川。祖諱郜，追封英國公。考諱固，追封秦國公。自曾祖已下，皆用公貴，累贈開府儀同三司、太師、中書令、兼尚書令。曾祖妣張氏，陳國太夫人。祖妣傅氏，許國太夫人。妣吴氏，唐國太夫人。公生七歲，知學問，爲文章，鄉里號爲神童。故丞相張文節公安撫江西，得公以聞。真宗召見，既賜出身，後二日，又召試詩賦論。公徐啓曰：「臣嘗私習此賦，不敢隱。」真宗益嗟異之，因試以他題，以爲祕書省正字，置之祕閣，使得悉讀祕書，命故僕射陳文僖公視其學。明年，獻其所爲文，召試中書，遷太常寺奉禮郎。封祀太山，推恩遷光禄寺丞。數月，充集賢校理。明年，遷著作佐郎。丁父憂去官。已而真宗思之，卽其家起復，命淮南發運使具舟送之京師。從祀太清宫，賜緋衣銀魚，同判太常禮院。又丁母憂，求去官服喪，不許。今天子始封昇王，公以選爲府記室參軍，再遷左正言，直史館。今天子爲皇太子，以户部員外郎，充太子舍人，賜金紫，知制誥，判集賢院，遷翰林學士，充景靈宫判官，太子左庶子，兼判太常寺，知禮儀院。公既以道德文章佐佑東宫，真宗每所諮訪，多以方寸小紙細書問之，由是參與機密。凡所對，必以其稿進，示不洩。其後悉閲真宗閣中遺書，得公所進稿，類爲八十卷，藏之禁中，人莫之見也。初，真宗遺詔，章獻明肅太后權聽軍國事。宰相丁謂、樞密使曹利用，各欲獨見奏事，無敢決其議者。公建言，羣臣奏事太后者，垂簾聽之，皆毋得見，議遂定。乾興元年，拜右諫議大夫，兼侍讀學士，遷給事中，景靈宫副使，判吏部流内銓。以《易》侍講崇政殿，遷禮部侍郎，知審官院，爲樞密副使，遷刑部侍郎。上疏論張耆不可爲樞密使，由是忤太后旨，坐以笏擊其僕，誤折其齒罷。留守南京，大興學校，以教諸生。自五代以來，天下學廢，興自公始。召拜御史中丞，改兵部侍郎，兼祕書監，資政殿學士，翰林侍讀學士，知天聖八年禮部貢舉。明年，爲三司使，復爲樞密副使，未拜，改參知政事，遷尚書左丞。太后謁太廟，有請服衮冕者。太后以問公，公以《周官》后服對。太后崩，大臣執政者皆罷。公爲禮部尚書，知亳州，徙知陳州，遷刑部尚書，復召爲御史中丞，又爲三司使，知樞密院事，拜樞密使，再加檢校太尉，同中書門下平章事。慶曆三年三月，遂以刑部尚書居相位，充集賢殿大學士，兼樞密使。自公復召用，而趙元昊反，師出陜西，天下弊於兵。公數建利害，請罷監軍，無以陣圖授諸將，使得應敵爲攻守；及制財用，爲出入之要，皆有法。天子悉爲施行，自宫禁先，以率天下；而財賦之職，悉歸有司。卒能以謀臣元昊，使聽約束，乃還其王號。公爲人剛簡，遇人必以誠，雖處富貴如寒士，罇酒相對，歡如也。得一善，稱之如己出。當世知名之士，如范仲淹、孔道輔等，皆出其門。及爲相，益務進賢才。當公居相府時，范仲淹、韓琦、富弼皆進用，至於臺閣，多一時之賢。天子既厭西兵，閔天下困弊，奮然有意，遂欲因羣材以更治，數詔大臣，條天下事。方施行，而小人權倖皆不便。明年秋，會公以事罷，而仲淹等相次亦皆去，事遂已。公既罷，以工部尚書知潁州，徙知陳州，又徙許州，三遷户部尚書，拜觀文殿大學士，知永興軍，充一路都部署，安撫使，徙知河南府，西京留守，累進階至開府儀同三司，勳上柱國，爵臨淄公，食邑一萬二千户，實封三千七百户。公享年六十有五。自少篤學，至其病亟，猶手不釋卷。有文集二百四十卷。嘗奉勑脩士訓及《真宗實録》〔一〕，又集類古今文章爲《集選》二百卷。其爲政敏，而務以簡便其民。其於家嚴，子弟之見有時。事寡姊孝謹。未嘗爲子弟求恩澤。其在陳州，上問宰相曰：「晏某居外，未嘗有所請，其亦有所欲邪？」宰相以告公，公自爲表問起居而已。故其薨也，天子尤哀悼之，賜予加等，以其子承裕爲崇文院檢討，孫及甥之未官者九人，皆命以官。公初娶李氏，工部侍郎虚己之女。次孟氏，屯田員外郎虚舟之女，封鉅鹿郡夫人。次王氏，太師尚書令超之女，封榮國夫人。子八人：長曰居厚，大理評事，早卒；次承裕，尚書屯田員外郎；宣禮，贊善大夫；崇讓，著作佐郎；明遠、祗德，皆大理評事；幾道、傅正，皆太常寺太祝。女六人：長適户部侍郎、同中書門下平章事富弼；次適禮部侍郎、三司使楊察；其四尚幼。孫十有二人。公既樂善而稱爲知人，士之顯于朝者，多公所薦達；至擇其女之所從，又得二人者如此，可謂賢也已。銘曰：

有姜之裔，齊爲晏氏。齊在春秋，晏顯諸侯。傳載桓子，嬰稱子丘。其後無聞，不亡僅存。有煒自公，厥聲以振。公之顯聲，實相天子。天子曰噫，予考真宗，唯多名臣，以臻盛隆。汝初事我，王官東官，以暨相予，始卒一躬。輔我以德，有勞于邦。公疾在外，來歸自洛，天子曰留，汝予舊學。凡今在庭，莫如汝舊，孰以畀予，唯予聖考。今既亡矣，孰爲予老？何以贈之，司空侍中。禮則有加，予思何窮！有篆其文，在其碑首。天子之褒，史臣有詔，銘以述之，永昭厥後。

王武恭公神道碑銘

歐陽修

惟王氏之先，爲常山真定人，後世葬河南密縣，而密分入于管城，遂爲鄭州管城人。其封國仍世于魯。武康公事太宗皇帝，秉節治戎，出征入衞。乃受遺詔輔真宗，有勞有勤，報卹追崇，以有兹魯國。是生魯武恭公，少以父任爲西頭供奉官。至道二年，遣五將討李繼遷，公從武康公出鐵門，爲先鋒，殺獲甚衆。軍至烏白池，諸將失期，不得進。公告其父曰：「歸師過險，争必亂。」乃以兵前守隘，號其軍曰：「亂行者斬。」由是士卒無敢先後，雖武康公亦爲之按轡。追兵望其軍整，不敢近。武康公歎曰：「王氏有子矣。」後以御前忠佐，爲軍頭巡檢。邢洛男子張洪霸，聚盜二州間，歷年吏不能捕。公以氈車載勇士，爲婦人服，盛飾誘之邯鄲道中。賊黨争前邀刼，遂皆就擒，由是知名。公以將家子，宿衞真宗，爲内殿直、殿前左班都虞候、捧日左廂都指揮使，累遷英州團練使。今天子卽位，改博州團練使，知廣信軍，徙知冀州，遷康州防禦使，歷龍神衞捧日天武四廂都指揮使，侍衞親軍步軍馬軍殿前都虞候，步軍副都指揮使，桂、福二州觀察使。是時章獻太后猶臨朝，有詔補一軍吏。公曰：「補吏軍政也，敢挾詔書以干吾軍！」亟請罷之。太后固欲與之，公不奉詔，乃止。及太后上僊，有司請衞士坐甲。公以爲故事無爲太后喪坐甲，又不奉詔。於是天子知公可任大事。明道二年，拜檢校太保，簽署樞密院事，遂爲副使。明年，以奉國軍留後同知院事。又明年，領安德軍節度使。又明年，加檢校太尉宣徽南院使。公爲將，善撫士，而識與不識，皆喜爲之稱譽。其狀貌雄偉動人，雖里兒巷婦，外至夷狄，皆知其名氏。御史中丞孔道輔等因事以爲言，乃罷公樞密，拜武寧軍節度使。言者不已，卽以爲右千牛衞上將軍，知隨州。士皆爲之懼，公舉止言色如平時，惟不接賓客而已。久之，徙知曹州。而孔道輔卒，客有謂公曰：「此害公者也。」公愀然曰：「孔公以職言事，豈害我者？可惜朝廷亡一直臣。」於是言者終身以爲愧，而士大夫服公爲有量。慶曆二年，起公爲保静軍留後，知青州，未行，而契丹聚兵幽涿，遣使者有所求，自河以北皆警，乃拜公保静軍節度，知澶州。契丹使者過澶州，見公喜曰：「聞公名久矣，乃得見於此邪！」公爲言已衰老，中國多賢士大夫，因指坐客，歷陳其世家，使者悚聽。是歲徙真定府定州等路都部署，改宣徽南院使，判成德軍，未行，徙判定州，兼三路都部署。公治其軍，無撓其私，亦不貸其過。居頃之，士皆可用。契丹使人覘其軍，或勸公執而戮之。公曰：「吾軍整而和，使覘者得吾實以歸，是屈人兵以不戰也。」明日大閲于郊，公執桴鼓誓師，號令簡明，進退坐作肅然無聲。乃下令曰：「具糗粮，聽鼓聲，視吾旗所鄉。」契丹聞之震恐。會復議和，兵解，徙知陳州。道過京師，天子遣中貴人問公欲見否？公謝曰：「備邊無功，幸得蒙恩徙内地，不敢見。」明年，徙河陽，不行，以宣徽使奉朝請。已而出判相州。六年，拜同中書門下平章事，判澶州。明年，徙鄭州，封祁國公。又明年，乞骸骨，不許，以爲會靈觀使，已而復判鄭州，徙澶州，除集慶軍節度使，徙封冀國公。皇祐三年，遂以太子太師致仕，大朝會許綴中書門下班。居一歲，天子思之起，爲河陽三城節度使，同中書門下平章事，判鄭州。六年以本官爲樞密使，徙封魯國公。既而上以富公弼爲宰相。是歲契丹使者來，公與之射。使者曰：「天子以公典樞密，而用富公爲相，得人矣。」語聞，上喜，賜公御弓一，矢五十。公善射，至老不衰，嘗侍上射，辭曰：「幸得備位大臣，舉止爲天下所視，臣老矣，恐不能勝弓矢。」上再三諭之，乃手二矢，再拜，一發中之，遂將釋復位。上固勉之，再發又中。由是左右皆驩呼，賜以襲衣金帶。自寶元、慶曆之間，元昊叛河西，兵出久無功，士大夫争進計策，多所改作。公笑曰：「奈何紛紛？兵法不如是也。使士知畏愛，而怯者勇，勇者不驕；以吾可勝，因敵而勝之爾，豈多言哉！」其在樞密，亦嘗自請臨邊，不許。凡大謀議，必以咨之。其在外，則遣中貴人詔問，其言多見施用。公自致仕，復起掌樞密，凡三歲，以老求去位至六七。上爲之不得已，以爲景靈宫使，徙忠武軍節度使，又以爲同羣牧制置使。五日一朝，給扶者以子若孫一人。是歲公年七十有八矣。明年二月辛未，以疾薨于家。詔輟視朝二日，發哀于苑中，贈太尉中書令。其遺言曰：「臣有俸禄，足以具死事，不敢復累朝廷；願無遣使者護喪，無厚賻贈！」天子惻然哀其志，以黄金百兩、白金三千兩賜其家，固辭，不許。以其年五月甲申，葬于管城。明年，有詔史臣刻其墓碑。臣愚以謂，自國家西定河隍，北通契丹，罷兵不用，幾四十年。一日元昊叛，幽燕亦犯約，二邊騷動，而老臣宿將無在者。公於是時，屹然爲中國鉅人名將，雖未嘗躬矢石，攻堅摧敵，而恩信已足撫士卒，名聲已足動四夷。遂登朝廷，典掌機密；以老還仕，復起于家；保有富貴，享終壽考；雖古之將帥，及于是者，其幾何人？至於出入勤勞之節，與其進退綢繆，君臣之恩意，可以褒勸後世，如古詩書所載，皆應法可書。

謹按，魯武恭公諱德用，字元輔。曾祖諱方，追封蔣國公；祖諱玄，追封邘國公，皆贈中書令。父諱超，建雄軍節度使，贈尚書令，追封魯國公，謚曰武康。公娶宋氏，武勝軍節度使延渥之女，初爲定安郡夫人，追封榮國夫人。五男，四女。男曰咸熙，東頭供奉官，早卒；次曰咸融，西京左藏庫使，果州團練使；次曰咸庶，内殿崇班，早卒；次曰咸英，供備庫副使；次曰咸康，内殿承制。銘曰：

魯始錫封，以褒武康，爰暨武恭，乃克有邦。桓桓武恭，其容甚飭，偉其名聲，以動夷狄。公治軍旅，不寬不煩，恩均令齊，千萬一人。公在朝廷，出守入衞，乃登大臣，與國謀議。公曰老矣，乞臣之身，帝曰休哉，汝予舊臣，亟其强起，秉我樞鈞。禮不鷸力，老予敢侮，公來在廷，拜毋蹈舞，若子與孫，劭其興俯。凡百有位，誰其敢儔？惟時黄耇，天子之優。富貴之隆，亦有能保，孰享其終，如公壽考。公有世德，載勳旂常，刻銘有詔，俾嗣其芳。

馬正惠公神道碑銘

王安石

推忠保順同德翊戴功臣、彰德軍節度觀察留後、特進、檢校太尉、使持節相州諸軍事、相州刺史兼御史大夫、上柱國、扶風郡開國公、食邑六千六百户、食實封二千二百户正惠馬公，以天禧三年十月戊戌，葬開封祥符縣某鄉某里，至嘉祐七年，公孫慶崇始來請銘，以作公碑。序曰：馬氏故扶風人，至公高祖而徙處雲中。贈太師諱某者，於公爲曾祖；贈太師中書令諱某者，於公爲祖；龍捷左廂都指揮使、江州防禦使、贈太師、中書令、尚書令、蔡公諱某者，於公爲父。蔡公從太祖定天下，力戰有功。當是時雲中已爲契丹所得，故馬氏又徙處浚儀，今開封府祥符也。公諱知節，字子元，蔡公之終也，年七歲，太祖召見禁中，有司言例當補殿直，特授西頭供奉官，而賜以名。開寶五年，年十八，監彭州兵馬，以嚴飭見憚如老將。太平興國三年，領兵戍秦州清水。姦人李飛雄乘驛稱詔捕公及秦隴巡檢劉文裕等，將繫之秦州，因盜庫兵以反。公辨其詐，與文裕執飛雄，治殺之。五年監潭州兵馬，改東頭供奉官。雍熙二年，又監博州兵馬。劉延讓敗於君子驛，而契丹歸矣。公方料丁壯，集芻糧，繕城治械如寇至。吏民初不悦其生事也，已而契丹果至，度不可攻，乃去。四年改西京作坊副使，將屯于冀州。端拱元年，移知定遠軍。時議發河南十三州之民，轉饟河北。公告轉運使樊知古，此軍聚兵少而積粟多，簸其腐尚可得十七，知古用此得粟五十萬斛以罷河南之役。事聞朝廷，太宗嘉之。二年，深州新蹂於契丹，城郭廬舍多壞，而流民衆，乃移公知深州。公至數月，則壞者完，流者復，舉州忘其寇戎之故，而以公爲能撫我。會保州不治，移往代之。淳化二年，又移知慶州。羌萬人以怨程德元來寇，公誘其渠帥，諭以威信，卽皆引去。四年，遷西京作坊使，知梓州。五年，李順爲亂於蜀之西川，以公往討，又以爲先鋒，平劍州，召還，至三泉而復以公與王繼恩討賊。繼恩怒公抗直，使守彭州，盡收其軍，而與之羸卒三百。賊率其衆，至號十萬，公力戰一日，亡其卒太半；乃夜獨出，招救兵復入。賊終不能得城，而以敗去。除成都府兵馬鈐轄，遷洛苑使。五年，除蜀漢九州都巡檢使，已而又兼成都府兵馬鈐轄。真宗卽位，改内苑使。蜀卒劉旴，聚黨數千人爲亂，所攻數州，至輒取之。公以卒三百，追至蜀州與戰，旴走邛州，而招安使上官正召公歸成都計事。公爲正畫曰：「賊破邛州，必乘勝劫掠，度江薄我，既息而戰，我軍雖倍，未易敵也，不如迎其弊急擊，破之必矣。」遂行，次方井，與正合殺旴等無噍類。真宗賜書獎諭，賞以錦袍金帶。咸平元年，加登州刺史，知秦州。諸羌質子，有三十年不釋者，公悉歸之，諸羌德公，訖公去，無一人犯塞。小泉銀坑久不發，掌吏盡産以償歲課，而責之不已。公奏得釋，而歸其産。四年，就除西上閤門使，知成都府，兼本州兵馬鈐轄。有告龍騎士謀爲變者，所引以千數，公捕殺其首七人，而置其餘無所問。自乾德後，歲漕蜀物，以富人爲送吏，多坐漂失，籍其家。公奏擇三班使臣及三司軍大將代之，而課其漕事爲賞罰，至今便之。六年，移鄜延路駐泊兵馬都總管〔二〕，兼知延州。蜀人於公去，皆環以泣。公至延州，羌方以兵闚邊，會上元開門張燈，視以無爲，而羌卒不能爲寇。又移知鎮州，兼本州兵馬都總管。景德元年，契丹入邊〔三〕，民入保城。公與之約，盜一錢者死。有盜錢二百者，公即殺之。於是自澶以北城郭皆晝閉，詔使過，公輒留之，而募人間行送詔，皆得其報以聞。又以便宜，使所至受諸漕輓給邊之物，故契丹欲虜掠無所得。車駕次澶州，大將王超提卒數十萬，逗留不赴。公屢趣之，不爲動；移書譙讓，乃始出師，猶辭以中渡無橋。至則公先已度材〔四〕，一夕而橋就。上聞手詔褒之，且知公果可以屬大事也。二年，移知定州，又除東上閤門使，樞密院都承旨。三年，遂以檢校太保，簽書樞密院事。祥符元年，東封泰山，以爲行宫都總管〔五〕。自此行幸必以公爲都總管，而皆許之專殺。公部分明，約束審，出令肅然，而未嘗輒戮一人。於是邊將言契丹近塞。大臣議，皆請發兵以備。公獨議使邊將移書問狀，從之，契丹解去。遷檢校太傅。四年，加宣徽北院使。五年，除樞密副使。當是時，契丹已盟，中國無爲，大臣方言符瑞，而公每不然之，獨常從容極言，天下雖安，不可忘戰去兵之意，及他争議甚衆。真宗多以公言爲是。七年，除潁州防禦使，知潞州。州之税賦，常移以輸邊，公爲論其害，自是所輸不過鄰州而已。天禧元年，移知大名府，兼駐泊兵馬都總管。使中貴人勞問，賜白金二千兩。居頃之，遂以爲宣徽南院使，知樞密院事，檢校太尉。有足疾，特詔内朝別爲一班，免其蹈舞。二年，疾病，賜告，求去位。

真宗不許，而數使中貴人勞問，又幸其第，賜白金三千兩。已而度公實病，不可强以事，乃罷以爲彰德軍節度使，觀察留後。而公固求外鎮，終不許。居久之，稍閒，入謁。真宗輒使閤門祗候二人，伺公至，即扶以入，因掖其拜起，數屏左右問事，常聽用。三年，又求外鎮，乃以公知貝州，兼本州兵馬都總管。將行矣，召見，又將付以政。公固辭謝，久之乃已，而更以公爲本鎮。至五月，公疾作，詔使公子洵美將太醫往視，而魏、潞二鎮之人，亦皆奔走來問，爲公請禱。已而公疾革，真宗又使公弟之子成美馳傳，召公歸京師，而公以八月壬寅不起矣。享年六十五。真宗爲之震悼罷朝，詔贈侍中，録其子孫，賻賜皆加等。公前夫人丁氏，某郡君。後夫人沈氏，某郡夫人。子男二人，洵美終西京作坊使，英州刺史；之美終内殿承制，閤門祗候。孫十六人，其十四人皆已卒，而慶宗今爲右班殿直，慶崇今爲文思使，知恩州。公少忼慨，以武力智謀自喜；又能好書，賓友儒者，所與善必一時豪傑。有集二十卷，其文長於議論。自始仕以至登用，遇事謇謇，未嘗有所顧憚。王冀公、丁晉公用事，每廷議得其不直，輒面詆之。真宗初或甚忤，然終以此知公，而天下至今稱其正直。銘曰：

在浚西南，誰封誰樹，有宋正惠，馬公之墓。公當太宗、真宗之時，曁曁諤諤，謀行計施。以羸擊强，以少捕衆，以賤抗貴，維公之勇。雖貴雖衆，雖强必克，維公之敏，亦維公直。帝曰直哉，汝予良弼，見國而已，不知家室。内朝十年，典掌機密，曁予一心，綱紀庶物，元功宗謀，莫汝敢匹。公曰孤臣，敢曠于榮，讒説不用，是維帝明。士或困窮，莫知其有，既榮以位，正或見醜。公於可願，兩得其尤，不訖大耄，天爲不謀。德歉於年，孰云耇老，有賚後世，公爲壽考。刻趺篆首，作此銘詩，陳之隧道，永矣其詒。

梅侍讀神道碑銘

王安石

宋翰林侍讀學士、正奉大夫、行給事中、知許州軍州事、兼管内堤堰橋道勸農使、上柱國、南昌郡開國公、食邑二千三百户、食實封六百户、賜紫金魚袋梅公之墓，在宣州宣城縣長安鄉西山里。公有五子：鼎臣、德臣、寶臣、輔臣、清臣。清臣今獨在，爲尚書司門郎中，以公行狀，及樂安歐陽公之銘來請文，以刻墓碑，時熙寧元年八月四日也。銘曰：

公先梅伯，後氏其國，彌周涉秦，不見史策。有鋗有福，著漢名籍。公福之孫，詢字昌言。三世弗仕，陵陽之里。公第廷中，判官利豐。再歲而擢，以丞將作。以宰仁和，人譽用多。主推御史，侍考進士，一見天子，以爲知己。詔曰試哉，遂試中書，館之集賢，賜服緋魚。於時繼遷，兵我西鄙，老弱餽守，丁彊多死。靈州告危，帝視不怡，公請擇人，使潘羅支，兵法所謂，以夷攻夷。帝曰誰可？無如臣者。曰予汝嘉，閉陷奈何？公拜且跪，颺言而起，苟紓西師，臣不愛死。出書授之，往訖爾謀，至彊赦還，會棄靈州。帝察公藝，可書帝制，相或止之，留佐三司。其後羅支，果窘西賊，論將料敵，皆如所策。或從或違，或擠或推，牾合阻夷，神者公尸。黜之倅州，用獄一眚，去杭而蘇，列國東屏。漕輸淛河，就付將領，三年告功，僅得故省。又以譴投，守彼淮州。有僚許公，相得於此，與之欣然，樂以忘徙。使于湖北，遷自濠梁，又奪一官，往裨于襄。坐發驛馬，給奔喪者。于鄂于蘇，剖將之符。握節關中，使總其輸，煌煌金章，厥賜特殊。謀復靈武，度兵葫蘆。秦有將瑋，諾公與俱。會瑋召還，公復淪胥。有反咸陽，能名氏朱，始雖弗察，後捕而誅。自懷徂池，再副戎車。真宗新陟，罪垢皆滌，爲郎度支，以將廣德。外更四州，楚壽陝荆，乃還待制，中糾獄刑。有歸龍圖，其唐殖殖，就以學士，專其閣直。輟之銓衡，乘傳臨并，超遷郎秩，進直樞密。趣歸封駁，考國中失，甲命選事，得權進黜。加職侍讀，改司羣牧，移之審官，審是在服。伐閱積遷，給事于中，告疾出許，鼓歌從容。方公少壯，志立人上，談辭慨然，帝悅而嚮。及後晚出，皆爲將相。公則老矣，將歸田里。康定辛巳，六月十日，公七十八，以其官卒。公開南昌，勳爵第一。夫人曰劉，不及郡封。封君彭城，其卒先公。公卒明年，季秋挾日，于州山西，卜祔而吉。公有四子，伯爲進士，丞于殿中，與仲前死。仲賜科名，叔也皆丞，將作殿中，或廢或興。有顯惟季，時丞衞尉，今爲郎中，論序初終，實來求詩，刻示無窮。

曾子固神道碑銘

韓維

公姓曾氏，諱鞏，字子固。其先魯人，後世遷豫章，因家江南。其四世祖延鐸，始爲建昌軍南豐人。曾祖諱仁旺，贈尚書水部員外郎。祖諱致堯，尚書户部郎中，直史館，贈右諫議大夫。考諱易占，太常博士，贈右銀青光禄大夫。其履閱行實，則有國史若墓銘在。公生而警敏，自幼讀書爲文，卓然有大過人者。嘉祐二年，登進士第，調太平州司法參軍。歲餘，召編校史館書籍，歷館閣校勘，集賢校理，兼判官告院，又爲英宗實録院檢討官。出通判越州，屬歲饑，公與積藏，通有無，老稚怡怡，不出里閭，果腹而嬉。擢知齊州。齊俗悍强，豪宗大姓，抵冒僭濫；其尤無良者，羣行剽劫，光火發塚，吏不敢正視。公屬民爲伍，謹幾察，急追胥，且捕且誘，盜發輒得。市無攫金，室無冗坯，貨委于塗，犬不夜吠。徙知襄州，襄有大獄，久不決，公一閱知其寃，盡釋去，一郡稱其神明。又徙洪州，歲大疫，公儲藥物飲食，在所授病者，民以不夭死。師出安南，道江西者且萬人，公陰計逆具，師至如歸；既去，而市里有不知者。進直龍圖閣，知福州，兼福建兵馬鈐轄，賜五品服。時閩有大盜數千人，朝廷赦其罪，降之，餘黨疑不順，往往屯聚，居人惴恐。瀕海山林阻深，椎埋剽盜，依以爲淵藪。公以方略，禽獲募誘，亡慮數百人。增置巡邏，水行陸宿，坦如在郛郭。召判太常寺，未至，改知明州。有詔完州城。公程工賦，裁省費十六，民不知役，而城具。數月，徙亳州。元豐三年，知滄州，道由京師，召對，神宗察公賢，留勾當三班院。數對便殿，其所言皆安危大計，天子嘉納之。四年，手詔中書門下曰：「曾鞏史學，見稱士類，宜典五朝史事。」遂以爲史館修撰，管勾編修院，判太常寺，兼禮儀事。公入謝曰：「此大事，非臣所敢獨當。」上喻以將用卿之漸耳，毋重辭。五年，大正官名，擢拜中書舍人，賜三品服。時除授日數十百人，公各舉其職以訓丁寧深厚，學者以爲復見三代遺風。今天子爲延安郡王，其牋奏，故事命翰林學士典之，先帝特以屬公。九月以母喪罷。六年四月丙辰，卒于江寧府，年六十有五。七年六月丁酉，葬于南豐從周鄉之源頭，敕在所給其喪事。公剛毅直方，外謹嚴而內和裕。與人交不苟合，朋友有不善，必盡言其過；有善，必推揚其所長。獎誘後進，汲汲唯恐不逮。其爲政嚴而不擾，必去民疾苦，而與所欲者。未嘗按劾官吏，所涖至于今思之。天子且欲大用，而公不幸死矣。自大理寺丞，五遷尚書度支員外郎，换朝散郎，勳累加輕車都尉。母周氏，豫章郡太夫人；吴氏，會稽郡太夫人；朱氏，遂寧郡太夫人。元配晁氏，光禄少卿宗恪之女；繼室李氏，司農少卿禹卿之女。子男三人：綰，瀛州防禦推官，知揚州天長縣事；綜，瀛州防禦推官，知宿州蘄縣事；綱，右承務郎，監常州税務。一女，蚤卒。孫男六人，悊、怘、愈、悬、怤、憩。悊假承務郎，餘未仕。孫女五人。公平生無所好，唯藏書至二萬卷，皆手自讎定。又集古今篆刻爲《金石録》五百卷，出處必與之俱。既没，集其遺稿爲《元豐類稿》五十卷，《續元豐類稿》四十卷，《外集》十卷。自唐衰，天下之文變而不善者數百年，歐陽文忠公始大正其體，一復於雅。其後公與王荆公介甫，相繼而出，爲學者所宗，於是大宋之文章，炳然與漢唐侔盛矣。初光禄公歸，家甚貧，公竭力以養，温凊旨甘，無一不如志者。既孤，奉太夫人如事光禄，教養弟妹，曲有恩意。四弟牟、宰、布、肇，繼登進士第。布、肇以文學論議有聲當世。九妹皆得其所歸。嗟乎子固！而位止於斯〔六〕，而壽止於斯，然其所以自立者，可以爲不亡矣，亦可以無憾矣。銘曰：

猗嗟子固，文與質生，不勤其師，幼則大成。學富行茂，其蓄弸弸，發爲文章，一世大驚。哲人其萎，邪説嗥吠，公不聽瑩，徑前無閡。砭廢藥瘍，扶昏剔聵，波濤沄沄，東入于海。姬淪劉亡，文弊辭靡，引商召羽，儷六駢四，組綉芬葩，不見粉米。公於其間，鷹揚虎視，發揮奥雅，揀斥浮累，巍然高山，爲衆仰止。棲遲掾曹，翱翔書府，如鷙之鶚，如薪之楚。出貳于越，究問疾苦，屬歲大歉，稼荒于畝，興積于民，發藏于庾，既助既補，裹粮含哺，式歌式呼，謂民父母。一麾出守，六上郡計，振張領目，補葺刓弊，庭不留訟，獄無濫繫，勞之來之，鰥寡以遂。公殿海服，有命來覲，帝曰汝賢，毋遠王室，其代予言，汝且輔弼。五聖大典，唯公紬繹，百官正名，唯公訓敕，忠言嘉謨，入則造膝。公用不暨，公志不卒，偉望廣譽，如星如日，石可磷兮，公名不没。

校勘記

〔一〕土訓　「土」，明抄本同，明刻本作「士」，疑「上」字之誤。

〔二〕總管　「總」原作「統」，據明抄本改。

〔三〕入邊　「入」原作「公」，據明抄本、明刻本改。

〔四〕先已度材　「已」原作「以」，「材」作「村」，據明抄本、明刻本改。

〔五〕都總管　「都」原作「覩」，據明抄本、明刻本改。

〔六〕位止於斯　「止」原作「也」。按，字當作「止」，與下「壽止於斯」一例，今改。

宋文鑑卷第一百四十七

神道碑銘

富鄭公神道碑銘

蘇軾

宋興百三十年，四方無虞，人物歲滋，蓋自秦漢以來，未有若此之盛者。雖所以致之非一道，而其要在於兵不用，用不久，常使智者謀之，而仁者守之，雖至於無窮可也。契丹自晉天福以來，踐有幽薊，北鄙之警，略無寧歲，凡六十有九年。至景德元年，舉國來寇，攻定武，圍高陽，不克，遂陷德清，以犯天雄。真宗皇帝用宰相寇準計，決策親征，既次澶淵，諸道兵大會行在。虜既震動，兵始接，射殺其驍將順國王撻覽，虜懼，遂請和。時諸將皆請以兵會界河上，邀其歸，徐以精甲躡其後殲之。虜懼，求哀於上。上曰：「契丹幽薊，皆吾民也，何多以殺爲？」遂詔諸將，按兵勿伐，縱契丹歸國。虜自是通好守約，不復盜邊者三十有九年。及趙元昊叛西方，轉戰連年，兵久不決。契丹之臣，有貪而喜功者，以我爲怯且厭兵，遂教其主設詞以動我，欲得晉高祖所與關南十縣。慶曆二年，聚重兵境上，遣其臣蕭英、劉六符來聘。兵既壓境，而使來非時，中外忩之。仁宗皇帝曰：「契丹，吾兄弟之國，未可棄也，其有以大鎮撫之！」命宰相擇報聘者，時虜情不可測，羣臣皆莫敢行。宰相舉右正言知制誥富公，公即入對便殿，叩頭曰：「主憂臣辱，臣不敢愛其死。」上爲動色，乃以公爲接伴。英等入境上，遣中使勞之，英託足疾不拜。公曰：「吾嘗使北，病卧車中，聞命輒起拜；今中使至而公不起，此何禮也？」英矍然起拜。公開懷與語，不以夷狄待之。英等見公傾蓋，亦不復隱其情，遂去左右，密以其主所欲得者告公，且曰：「可從，從之；不可從，更以一事塞之。」公具以聞。上命御史中丞賈昌朝館伴，不許割地，而許增歲幣，且命公報聘。既至，六符館之，往反十數，皆論割地必不可狀。及見虜主，問故。虜主曰：「南朝違約，塞鴈門，增塘水，治城隍，籍民兵，此何意也？羣臣請舉兵而南，寡人以謂不若遣使求地，求而不獲，舉兵未晚也。」公曰：「北朝忘章聖皇帝之大德乎？澶淵之役，若從諸將言，北兵無得脱者。且北朝與中國通好，則人主專其利，而臣下無所獲；若用兵，則利歸臣下，而人主任其禍，故北朝諸臣，争勸用兵者，此皆其身謀，非國計也。」虜主驚曰：「何謂也？」公曰：「晉高祖欺天叛君，而求助於北，末帝昏亂，神人棄之。是時中國狹小，上下離叛，故契丹全師獨克；雖虜獲金幣，充牣諸臣之家，而壯士健馬，物故太半，此誰任其禍者？今中國提封萬里，所在精兵以百萬計，法令修明，上下一心，北朝欲用兵，能保其必勝乎？」曰：「不能。」公曰：「勝負未可知，就使其勝，所亡士馬，羣臣當之歟？抑人主當之歟？若通好不絶，歲幣盡歸人主；臣下所得，止奉使者歲一二人耳，羣臣何利焉？」虜主大悟，首肯者久之。公又曰：「塞鴈門者，以備元昊也。塘水始於何承矩，事在通好前，地卑水聚，勢不得不增。城隍皆修舊，民兵亦舊籍，特補其缺耳，非違約也。晉高祖以盧龍一道賂契丹，周世宗復伐取關南，皆異代事。宋興已九十年，若各求異代故地，豈北朝之利也哉？本朝皇帝之命使臣，則有詞矣，曰：朕爲祖宗守國，必不敢以其地與人。北朝所欲，不過利其租賦耳；朕不欲以地故多殺兩朝赤子，故屈己增幣以代賦入；若北朝必欲得地，是志在敗盟，假此爲詞耳，朕亦安得獨避用兵乎？澶淵之盟，天地鬼神實臨之。今北朝首發兵端，過不在朕，天地鬼神，豈可欺也哉？」虜大感悟，遂欲求婚。公曰：「婚姻易以生隙，人命脩短不可知，不若歲幣之堅久也。本朝長公主出降，齎送不過十萬緡，豈若歲幣無窮之獲哉？」虜主曰：「卿且歸矣！再來當擇一授之，卿其遂以誓書來！」公歸，復命再聘，受書及口傳之詞于政府。既行次樂壽，謂其副曰：「吾爲使者，而不見國書，萬一書詞與口傳者異，則吾事敗矣。」發書視之，果不同。乃馳還都，以晡入見，宿學士院一夕，易書而行。既至，虜不復求婚，專欲增幣，曰：「南朝遺我書，當曰獻，否則曰納。」公争不可。虜主曰：「南朝既懼我矣，何惜此二字？若我擁兵而南，得無悔乎？」公曰：「本朝皇帝兼愛南北之民，不忍使蹈鋒鏑，故屈己增幣，何名爲懼哉？若不得已，而至於用兵，則南北敵國，當以曲直爲勝負，非使臣之所憂也。」虜主曰：「卿勿固執，古亦有之。」公曰：「自古惟唐高祖借兵於突厥，故臣事之，當時所遺，或稱獻納，則不可知。其後頡利爲太宗所擒，豈復有此禮哉？」公聲色俱厲，虜知不可奪。曰：「吾當自遣人議之。」於是留所許增幣誓書，復使耶律仁先及六符以其國誓書來，且求爲獻納。公奏曰：「臣既以死拒之，虜氣折矣，可勿復許，虜無能爲也。」上從之，增幣二十萬，而契丹平，北方無事，蓋又四十八年矣。契丹君臣，至今誦其語，守其約，不忍敗者，以其心曉然知通好用兵利害之所在也。故臣嘗竊論之，百餘年間，兵不大用者，真宗、仁宗之德，而寇準與公之功也。公諱弼，字彦國，河南人。曾大父内黄令，諱處謙。大父商州馬步使，諱令荀。考尚書都官員外郎，諱言。皆以公貴，贈太師中書令，尚書令，封鄧、韓、秦三國公。曾祖母劉氏，祖母趙氏，母韓氏，封魯、韓、秦三國太夫人。公幼篤學，有大度。范仲淹見而識之曰，此王佐才也，懷其文以示王曾、晏殊，殊即以女妻之。仁宗復制科，仲淹謂公曰，子當以是進。天聖八年，公以茂材異等中第，授將作監丞，知河南府長水縣。用李迪辟，簽書河陽節度判官事。丁秦國公憂，服除。會郭后廢，范仲淹等爭之，貶知睦州。公上言，朝廷一舉而獲二過，縱不能復后，宜還仲淹，以來忠言。通判絳州。景祐四年，召試館職，遷太子中允，直集賢院。從王曾辟，通判鄆州。寶元初，趙元昊反，公上疏陳八事，且言：「元昊遣使求割地，邀金帛，使者部從儀物如契丹，而詞甚倨，此必元昊腹心謀臣自請行者，宜出其不意，斬之都市。」又言：「夏守贇庸人也，平時猶不當用，而況艱難之際，可爲樞密乎？」議者以爲有宰相器，召還，爲開封府推官，擢知諫院。康定元年，日食正旦，公言，請罷燕徹樂，雖虜使在館，亦宜就賜飲食而已。執政以爲不可。公曰：「萬一北虜行之，爲朝廷羞。」後使虜還者云，虜中罷燕如公言。仁宗深悔之。初宰相惡聞忠言，下令禁越職言事。公因論日食，以謂應天變莫若通下情，遂除其禁。元昊寇鄜、延，殺二萬人，破金明，擒李士斌，延帥范雍，鈐轄盧守懃，閉門不救；中貴人黄德和，引兵先走；劉平、石元孫戰死。而雍、守懃歸罪於通判計用章、都監李康伯，皆竄嶺南。德和誣奏平降賊，詔以兵圍守其家。公言：「平自環慶引兵來援，以姦臣不救故敗，竟駡賊不食而死，宜卹其家。守懃、德和皆中官，怙勢誣人，冀以自免，宜竟其獄。」樞密院奏，方用兵，獄不可遂。公言：「大臣附下罔上，獄不可不竟。」時守懃男昭序爲御藥，公奏乞罷之，德和竟坐腰斬。延州民二十人詣闕告急，上召問，具得諸將敗亡狀。執政惡之，命邊郡禁民擅赴闕者。公言：「此非陛下意，宰相惡上知四方有敗耳。民有急，不得訴之朝，則西走元昊，北走契丹矣。」夏守贇爲陝西都總管，又以入内都知王守忠爲都鈐轄。公言：「用守贇既爲天下笑，而守忠鈐轄，乃與唐中官監軍無異，將吏必怨懼。盧守懃、黄德和覆車之轍，可復蹈乎？」詔罷守忠。時又用觀察使魏昭昞爲同州，鄭守忠爲殿前都指揮使，高化爲步軍都指揮使。公言：「昭昞乳臭兒，必敗事；守忠與化故親事官，皆駑才小人，不可用。」詔遣侍御史陳洎往陝西督修城，且城潼關。公言：「天子守在四夷，今城潼關，自關以西爲棄之耶？」語皆侵執政。自用兵以來，吏民上書者甚衆，初不省用。公言：「知制誥本中書屬官，可選二人，置局中書，考其所言，可用用之。」宰相以付學士。公言：「此宰相偷安，欲以天下是非盡付他人，乞與廷辨。」又言：「邊事係國安危，不當專委樞密院。周宰相魏仁浦兼樞密使，國初范質、王溥亦以宰相參知樞密院事，今兵興，宜使宰相以故事兼領。」仁宗曰：「軍國之務，當盡歸中書；樞密非古官，然未欲遽廢。」内降令中書同議樞密院事，且書其檢。宰相以内降納上前曰：「恐樞密院謂臣奪權。」公曰：「此宰相避事耳，非畏奪權也。」時西夏首領吹同乞砂、吹同山乞，各稱僞將相來降，補借奉職，羈置荆湖。公言：「二人之降，其家已族矣，當厚賞以勸來者。」上命以所言送中書。公見宰相論之，宰相初不知也。公嘆曰：「此豈小事，而宰相不知耶？」更極論之，上從公言，以宰相兼樞密使。除鹽鐵判官，遷太常丞，史館修撰，奉使契丹。二年，改右正言，知制誥，糾察在京刑獄。時有用僞牒爲僧者，事覺，乃堂吏爲之，開封按餘人而不及吏，公白執政，請以吏付獄。執政指其坐曰：「公卽居此，無爲近名？」公正色不受其言，曰：「必得吏乃止。」執政滋不悦，故薦公使契丹，欲因事罪之。歐陽脩上書，引顔真卿使李希烈事留公，不報。使還，除吏部郎中，樞密直學士，懇辭不受。始受命〔一〕，聞一女卒；再受命，聞一男生；皆不顧而行，得家書不發，而焚之曰：「徒亂人意。」尋遷翰林學士。公見上辭曰：「增歲幣，非臣本志也。特以朝廷方討元昊，未暇與虜角，故不敢以死争，其敢受賞乎？」慶曆三年三月，遂命公爲樞密副使，辭之愈力，改授資政殿學士，兼翰林侍讀學士。七月，復除樞密副使。公言：「虜既通好，議者便謂無事，邊備漸弛，虜萬一敗盟，臣死且有罪，非獨臣不敢受，亦願陛下思夷狄輕侮中原之耻，坐薪嘗膽，不忘修政。」因以告納上前，而罷。逾月，復除前命。時元昊使辭，羣臣班紫宸殿門上，俟公綴樞密院班乃坐，且使宰相章德象諭公曰：「此朝廷特用，非以使虜故也。」公不得已，乃受。時晏殊爲相，范仲淹爲參知政事，杜衍爲樞密使，韓琦與公副之，歐陽修、余靖、王素、蔡襄爲諫官，皆天下之望。魯人石介作《慶曆聖德詩》，歷頌羣臣，皆得其實，曰：「維仲淹、弼，一夔一契。」天下不以爲過。公既以社稷自任，而仁宗責成於公與仲淹，望太平於朞月之間，數以手詔督公等，條具其事。又開天章閣，召公等坐，且給筆札，使書其所欲爲者。遣中使二人，更往督之。且命仲淹主西事，公主北事。公遂與仲淹各上當世之務十餘條，又自上河北安邊十三策〔二〕，大略以進賢退不肖，止僥倖，去宿弊爲本，欲漸易諸路監司之不才者，使澄汰所部吏。於是小人始不悦矣。元昊遣使以書來，稱男而不臣，公言：「契丹臣元昊，而我不臣，則契丹爲無敵於天下，不可許。」乃却其使，卒臣之。四年七月，契丹來告，舉兵討元昊。十二月，詔册元昊爲夏國主〔三〕，使將行而止之，以俟虜使。公曰：「若虜使未至而行，則事自我出；既至，則恩歸契丹矣。」從之。是歲契丹受禮雲中，且發兵會元昊伐呆兒族，於河東爲近。上問公曰：「虜得無與元昊襲我乎？」公曰：「虜自得幽、薊，不復由河東入寇者，以河北平易富饒，而河東嶮瘠，且虞我出鎮定擣燕薊之虚也。今兵出無名，契丹大國，決不爲此；就使妄動，當出我不意，不應先言受禮雲中也。元昊本與契丹約，相左右以困中國，今契丹背約，結好於我，獨獲重幣，元昊有怨言，故虜築威塞州以備之。呆兒屢殺威塞人，虜疑元昊使之，故爲是役，安能合而寇我哉？」或請調發爲備。公曰：「虜雖不來，猶欲以虚聲困我，若調發正墮其計。臣請任之，虜若入寇，臣爲罔上且誤國。」上乃止，虜卒不動。公謂契丹異日作難，必於河朔，既上十三策，又請守一郡行其事。小人怨公不已，而大臣亦有以飛語讒公者。上雖不信，公懼，因保州賊平，求爲河北宣撫使以避之。使將還，除資政殿學士，知鄆州，兼京東西路安撫使。讒者不已，罷安撫使。歲餘，讒不驗，加給事中，移知青州，兼京東東路安撫使。河朔大水，民流京東，公擇所部豐稔者五州，勸民出粟，得十五萬斛，益以官廩，隨所在貯之，得公私廬舍十餘萬區，散處其人，以便薪水。官吏自前資待闕寄居者，皆給其禄，使卽民所聚，選老弱病瘠者廩之。山林河泊之利，有可取以爲生者，聽流民取之，其主不得禁。官吏皆書其勞，約爲奏請，使他日得以次受賞於朝。率五日，輒遣人以酒肉糗飯勞之，出於至誠，人人爲盡力。流民死者，爲大冢葬之，謂之叢冢，自爲文祭之。明年，麥大熟，流民各以遠近受糧而歸，凡活五十餘萬人；募而爲兵者，又萬餘人。上聞之，遣使勞公，卽拜禮部侍郎。公曰：「救災，守臣職也。」辭不受。前此救災者，皆聚民城郭中，煑粥食之，飢民聚爲疾疫，及相蹈籍死；或待次數日不食，得粥皆僵仆，名爲救之，而實殺之。自公立法，簡便周至，天下傳以爲法，至于今，不知所活者幾千萬人矣。王則據貝州叛，齊州禁兵馬達、張青與姦民張握等，得劍印于妖師，欲以其衆叛，將屠城以應則，握之壻楊俊詣公告之。齊非公所部，恐事泄變生，時中貴人張從訓銜命至青，公度從訓可使，即以事付從訓，使馳至郡，發吏卒取之，無得脱者。且自劾擅遣中使罪。仁宗嘉之，再除禮部侍郎，公又懇辭不受。遷資政殿大學士，以明堂恩，除禮部侍郎，徙知鄭州，又徙蔡州，加觀文殿學士，知河陽，遷户部侍郎，除宣徽南院使，判并州，兼河東經略安撫使。至和二年，召拜同中書門下平章事，集賢殿大學士，與文彦博並命，宣制之日，士大夫相慶於朝。仁宗密覘知之，歐陽脩奏事殿上，上具以語脩，且曰：「古之求相者，或得於夢卜，今朕用二相，人情如此，豈不賢於夢卜也哉！」脩頓首稱賀。仁宗弗豫，大臣不得見，中外憂恐。文彦博與公等直入問疾，内侍止之不可，因以監視禳禱爲名，乞留宿内殿，事皆關白而後行，禁中肅然。嘉祐三年，加禮部尚書，昭文館大學士，監修國史。公之爲相，守格法，行故事，而附以公議，無心於其間，故百官任職，天下無事。以所在民力困弊，賦役不均，遣使分道相視裁減，謂之寬卹民力。又弛茶禁，以通商賈，省刑獄，天下便之。六年，丁秦國太夫人憂，詔爲罷春燕。故事，執政遇喪皆起復，公以謂金革變禮，不可用於平世。仁宗待公而爲政，五遣使起之，卒不從命，天下稱焉。英宗即位，拜樞密使，同中書門下平章事，遷户部尚書。逾年，以足疾求解機務，章二十上，拜鎮海軍節度使，同中書門下平章事，判河陽，封祁國公。公五上章辭使相，且言：「真宗以前，不輕以此授人；仁宗即位之初，執政欲自爲地，故開此例；終仁宗之世，宰相樞密使罷者，皆除使相，至不稱職有罪者亦然，天下非之。今陛下初即位，願立法自臣始。」不從。神宗即位，改鎮武寧軍，進封鄭國公。公又乞罷使相，乃以爲尚書左僕射，觀文殿大學士，集禧觀使。召赴闕，公以足疾固辭，復判河陽。熙寧元年，移汝州，且詔入覲，以公足疾，許肩輿至殿門，上特爲御内東門小殿見之，令男紹隆入扶，且命無拜，坐語從容，至日昃。賜紹隆五品服。再對，上欲留公爲集禧觀使，力辭赴郡。明年二月，除司空，兼侍中，昭文館大學士，賜甲第一區，皆辭不受。復拜左僕射，門下侍郎，同中書門下平章事。公既至，未見，有於上前言災異皆天數，非人事得失所致者。公聞之，歎曰：「人君所畏惟天，若不畏天，何事不可爲者，去亂亡無幾矣。此必姦臣欲進邪説，故先導上以無所畏，使輔拂諫諍之臣，無所復施其力，此治亂之機也，吾不可以不速救。」即上書數千言，雜引《春秋》、《洪範》及古今傳記，人情物理，以明其決不然者。羣臣請上尊號及作樂，上以久旱不許。羣臣固請作樂。公又言：「故事有災變皆徹樂，恐上以同天節虜使當上壽，故未斷其請；臣以爲此盛德事，正當以示夷狄，乞并罷上壽。」從之，即日而雨。公又上疏，願益畏天戒，遠姦佞，近忠良。上親書答詔曰：「義忠言親，理正文直，苟非意在愛君，志存王室，何以臻此？敢不置之枕席，銘諸肺腑，終老是戒！更願公不替今日之志，則天災不難弭，太平可立俟也。」公既上疏謝，復申戒不已，願陛下待羣臣，不以同異爲喜怒，不以喜怒爲用捨。公始見上，上問邊事，公曰：「陛下即位之始，當布德行惠，願二十年口不言兵。」因以九事爲戒。八月，以疾辭位，拜武寧軍節度使，同中書門下平章事，判河南。復以公請，改亳州。時方行青苗息錢法，公以謂，此法行則財聚於上，人散於下；且富民不願請，願請者皆貧民，後不可復得，故持之不行。而提舉常平倉趙濟劾公以大臣格新法，法行當自貴近者始，若置而不問，無以令天下。乃除左僕射，判汝州。公言：「新法臣所不曉，不可以復治郡，願歸洛養疾。」許之。尋請老，拜司空，復武寧節度及平章事，進封韓國公致仕。雖居家，而朝廷有大利害，知無不言。交趾叛，詔郭逵等討之。公言：「海嶠嶮遠，不可以責其必進，顧詔逵等擇利進退，以全王師。」契丹來爭河東地界，上手詔問公，公言：「熙河諸郡，皆不足守，而河東地界，決不可許。」元豐三年，官制行，改授開府儀同三司。是歲，故參知政事王堯臣之子同老上言，至和三年，仁宗弗豫，其父堯臣嘗與文彦博、劉沆及公同決大策，乞立儲嗣，仁宗許之，會翊日有瘳，故緩其事，人無復知者。以其父堯臣所撰詔草上之。上以問彦博，彦博言與同老合。上嘉公等勳績如此，而終不自言，下詔以公爲司徒，且以其子紹京爲閤門祗候。六年閏六月丙申，薨于洛陽私第之正寢，享年八十。手封遺表，使其子上之，世莫知其所言者。上聞訃震悼，爲輟視朝，内出祭文，遣使致奠，所以賻卹其家者甚厚。贈太尉，謚曰文忠。十一月庚申，葬于河南府河南縣金谷鄉南張里。公之配曰周國夫人晏氏，後公四年卒。子男三人：曰紹庭，朝奉郎；曰紹京，供備庫副使，後公一月卒；曰紹隆，光禄寺丞，早卒。女四人：長適保寧軍節度使、北京留守馮京，卒，又以其次繼室，封安化郡夫人；次適承議郎范大琮；次適宣德郎范大珪。孫男三人：定方，承事郎；直清，承奉郎；直亮，假承務郎。公性至孝，恭儉好禮，與人言，雖幼賤必盡敬，氣色穆然，終身不見喜愠。然以單車人不測之虜廷，詰其君臣，折其口而服其心，無一語少屈，所謂大勇者乎！其好善疾惡，蓋出於天資，常言君子小人如冰炭，決不可以同器，若兼收並用，則小人必勝，薰蕕雜處，終必爲臭。其爲宰相，及判河陽，最後請老家居，凡三上章，皆言天子無職事，惟辨君子小人而進退之，此天子之職也。君子與小人並處，其勢必不勝；君子不勝，則奉身而退，樂道無悶；小人不勝，則交結構扇，千歧萬轍，必勝而後已。小人復勝，必遂肆毒於善良，無所不爲，求天下不亂，不可得也。其爲文章，辯而不華，質而不俚，有文集八十卷，《天聖應詔集》十一卷，《諫垣集》三卷，《制草》五卷，《奏議》十三卷，《表章》三十卷，《河北安邊策》一卷，《奉使録》四卷，《青州賑濟策》三卷。平生所薦甚衆，尤知名者十餘人，如王質與其弟素，余靖，張瓌，石介，孫復，吴奎，韓維，陳襄，王鼎，張昷之，杜杞，陳希亮之流，皆有聞於世，世以爲知人。元祐元年六月，有詔以公配享神宗皇帝廟庭。明年，以明堂恩，加贈太師。紹庭請于朝曰：「先臣墓碑未立，願有以寵綏之！」上爲親篆其首曰「顯忠尚德之碑」，且命臣軾撰次其事，謹拜手稽首而獻言曰：世未嘗無賢也，自堯舜三代，以至于今，有是君則有是臣，故仁宗、英宗至于神考，咸有一德，克享天心，則天畀以人，光明偉傑，有如公者。觀公之行事，而味其平生，則三宗之盛德可不問而知也。古之人臣，功高則身危，名重則謗生，故命世之士，罕能以功名終始者。臣觀三宗所以待公，全其功名，而保其終始，蓋可謂至矣。方契丹求割地，上命宰相歷問近臣，孰能爲朕使虜者？皆以事辭免，公獨慨然請行。使事既畢，上欲用公，公逡巡退避不敢居，而向之辭免者自耻其不行，則惟公之怨，比而讒公，無所不至。及石介爲《慶曆聖德詩》，天下傳誦，則大臣疾公如仇，構以飛語，必欲致之死地。仁宗徐而察之，盡辨其誣，卒以公爲相。及英宗、神宗之世，公已老矣，勳在史官，德在生民，天子虚己聽公；西戎北狄，視公進退以爲中國輕重；然一趙濟敢摇之，惟神宗日月之明，知公愈深。公雖請老，有大政事，必手詔訪問〔四〕，又遣論定策之勳，以告天下，寵及其子孫，然後小人不敢復議，雍容進退，卒爲宗臣。古人有言曰「爲君難，爲臣不易」，豈不然哉？公既配食清廟，宜有頌詩，以昭示來世，其詞曰：

五代八姓，十有二君，四十四年，如絲之棼。以人爲嬉，以殺爲偎，兵交兩河，腥聞于天。上帝憎之，命我祖宗，畀爾鑪錘，往銷其鋒。孰謂民遠，我聞其呻，寧爾小忍，無殘我民。六聖受命，維一其心，敕其後人，帝命是承。勿剿刖人，矧敢好兵，百三十年，諱兵與刑。維彼北戎，謂帝我驕，帝聞其言，折其萌芽。篤生萊公，尺箠笞之，既服既馴，則擾綏之。堂堂韓公，與萊相望，再聘于燕，北方以寧。景德元祺，始盟契丹，公生是歲，天命則然。公之在母，秦國寤驚，旌旗鶻鴈，降充其庭。云有天赦，已而生公，天欲赦民，公啓其衷。北至燕然，南至于河，億萬維生，公手撫摩。水潦荐飢，散流而東，五十萬人，仰哺于公。公之在内，自泉流瀕，其在四方，自葉流根。百官維人，百度維正，相我三宗，重華協明。帝謂公來，隕星其堂，有墳其丘，公豈是藏。維嶽降神，今歸不留，臣軾作頌，以配崧高。

校勘記

〔一〕始受命　「始」原作「姑」，據明抄本改。

〔二〕又自　「又」原作「人」，據明刻本改。

〔三〕夏國主　「夏」原作「憂」，據明刻本改。

〔四〕手詔　「手」原作「乎」，據明刻本改。

宋文鑑卷第一百四十八

神道碑

趙清獻公神道碑

蘇軾

故太子少師清獻趙公既薨之三年，其子屼除喪來告于朝曰：「先臣既葬，而墓隧之碑無名與文，無以昭示來世，敢以請。」天子曰：「嘻！茲予先正，以惠術擾民，如鄭子產；以忠言摩上，如晉叔向。」乃以愛直名其碑，而又命臣軾爲之文。臣軾逮事仁宗皇帝，蓋嘗竊觀天地之盛德，而窺日月之末光矣。未嘗行也，而萬事莫不畢舉；未嘗視也，而萬物莫不畢見；非有他術也，善於用人而已。惟清獻公擢自御史，是時將用諫官，御史必取天下第一流，非學術才行備具，爲一世所高者不與。用之至重，故言行計從，有不十年而爲近臣者；言不當，有不旋踵而黜者。是非明辨，而賞罰必信，故士居其官者少安，而天子穆然無爲，坐視其成，姦宄消亡而忠良全安，此則清獻公與其僚之功也。公諱抃，字閱道。其先京兆奉天人，唐德宗世，植爲嶺南節度使；植生隱，爲中書侍郎；隱生光逢、光裔，並掌內外制，皆爲唐聞人。五代之亂，徙家于越。公則植之十世從孫也。魯祖諱曇，深州司户參軍。祖諱湘，廬州廬江尉，始家于衢，遂爲西安人。考諱亞才，廣州南海主簿。公既貴，贈魯祖太子太保；妣陳氏安國太夫人。祖司徒；

妣袁氏，崇國太夫人；俞氏，光國太夫人。考開府儀同三司，封榮國公；妣徐氏，魏國太夫人；徐氏，越國太夫人。公少孤且貧，刻意力學，中景祐元年進士乙科，爲武安軍節度推官。民有僞造印者，吏皆以爲當死。公獨曰：「造在赦前，而用在赦後；赦前不用，赦後不造，法皆不死。」遂以疑讞之，卒免死。一府皆服。閱歲，舉監潭之糧料，歲滿，改著作佐郎，知建州崇安縣，徙通判宜州。卒有殺人當死者，方繫獄，病癰未潰，公使醫療之，得不瘐死，會赦以免。公愛人之周，類如此。未幾以越國喪，廬于墓三年，不宿于家。縣榜其所居里爲孝弟。處士孫處爲作孝子傳。終喪，起知泰州海陵，復知蜀州江原，還，通判泗州。泗守昏不事事，監司欲罷遣之，公獨左右其政，而晦其所以然，使若權不己出者，守得以善去。濠守以廩賜不如法，士卒謀欲爲變，或以告，守恐怖，日未夕，輒閉門不出。轉運使徙公治濠，公至，從容如平日，濠以無事。曾公亮爲翰林學士，未識公，而以臺官薦，召爲殿中侍御史，彈劾不避權幸，京師號爲「鐵面御史」。其言常欲朝廷別白君子小人，以謂小人雖小過，當力排而絶之，後乃無患；君子不幸而有詿誤，當保持愛惜，以成就其德。故言事雖切，而人不厭。温成皇后方葬，始命參知政事劉沆監護其役，及沆爲相，而領事如故。公論其當罷，以全國體。復言宰相陳執中不學無術，且多過失，章十二上，執中卒罷去。王拱辰奉使契丹，還爲宣徽使。公言拱辰平生所爲，及奉使不如法事，命遂寢。復言樞密使王德用、翰林學士李淑不稱職，皆罷去。是時邵必爲開封推官，以前任常州失入徒罪，自舉，遇赦，而猶罷監邵武酒税。吴充、鞠真卿發禮院吏代書事，吏以贖論，而充、真卿皆出知軍。吕景初、馬遵、吴中復彈奏梁適，適以罷相，而景初等隨亦被逐。馮京言吴充、鞠真卿、刁約不當以無罪黜，而京亦奪修起居注。公皆力言其非是，必以復職，知軍；充、真卿、約、景初、遵皆召還；京、中復皆許補故闕。先是吕溱出守徐，蔡襄守泉，吴奎守壽，韓絳守河陽，已而歐陽脩乞蔡，賈黯乞荆南，公即上言，近日正人賢士，紛紛引去，憂國之士，爲之寒心，侍從之賢，如脩輩無幾，今皆欲請郡者，以正色立朝，不能諂事權要，傷之者衆耳。脩等由此不去，一時名臣賴之以安。仁宗晚歲不豫，而太子未定，中外詾懼，及上既康復，公請擇宗室賢子弟教育於宫中，封建任使，以示天下大本。已而求郡，得睦。睦歲爲杭市羊，公爲移文却之。民籍有茶税而無茶地，公爲奏蠲之。民至今稱焉。移充梓州路轉運使，未幾，移益。兩蜀地遠而民弱，吏恣爲不法，州郡以酒食相饋餉，衙前治厨傳，破家相屬也。公身帥以儉，不從者請以違制坐之，蜀風爲之一變。窮城小邑，民或生而不識使者。公行部無所不至，父老驚喜相慰，姦吏亦竦。以右司諫召，論事不折如前。入内副都知鄧保信，引退兵董吉以燒煉出入禁中。公言：「漢文成、五利，唐普思静能、李訓、鄭注，多依宦官以結主，假藥術以市姦者也，其漸不可啓。」宋庠爲樞密使，選用武臣，多不如舊法，至有訴於上前者，公陳其不可。陳升之除樞密副使，公與唐介、吕誨、范師道同言：「升之交結宦官，進不以道。」章二十餘上，不省，即居家待罪。詔强起之，乃乞補外。二人皆相次去位，公與言者亦罷。公得虔州，地遠而民好訟，人謂公不樂，公欣然，過家上冢而去。既至，遇吏民簡易，嚴而不苛，悉召諸縣令告之，爲令當自任事，勿以事委郡，苟事辦而民悦，吾一無所問。令皆喜，争盡力。虔事爲少，獄以屢空。改修鹽法，疏鑿贛石，民賴其利。虔當二廣之衝，行者常自此易舟而北，公間取餘材造舟，得百艘，移二廣諸郡曰「仕宦之家，有父兄没而不能歸者，皆移文以遣，當具舟載之。

至者既悉授以舟，復量給公使物」，歸者相繼於道。朝廷聞公治有餘力，召知御史雜事，不閱月爲度支副使。英宗即位，奉使契丹，還未至，除天章閣待制、河北都轉運使。時賈昌朝以使相判大名府，公欲按視府庫，昌朝遣其屬來告曰：「前此監司未有按視吾事者，公雖欲舉職，恐事有不應法，奈何〔一〕？」公曰：「捨大名，則列郡不服矣。」即往視之。昌朝初不説也。前此有詔募義勇，過期不足者，徒二年，州郡不時辦，官吏當坐者八百餘人。公被旨督其事，奏言：「河朔頻歲豐熟，故募不如數，請寬其罪，以俟農隙。」從之，坐者皆免，而募亦隨足。昌朝乃愧服曰：「名不虛得矣。」旋除龍圖閣直學士，知成都。公以寬治蜀，蜀人安之。初公爲轉運使，言蜀人有以妖祀聚衆爲不法者，其首既死，其爲從者宜特黥配。及爲成都，適有此獄，其人皆懼，意公必盡用法。公察其無他，曰：「是特坐樽酒至此耳！」刑其爲首者，餘皆釋去。蜀人愈愛之。會榮諲除轉運使，陛辭，上面諭曰：「趙某爲成都，中和之政也。」神宗即位，召知諫院。故事，近臣自成都還，將大用，必更省府，不爲諫官，大臣爲言上曰：「用趙某爲諫官，賴其言耳；苟欲用之，何傷？」及謝，上謂公：「聞卿匹馬入蜀，以一琴一龜自隨；爲政簡易，亦稱是耶？」公知上意將用其言，即上疏論呂誨、傅堯俞、范純仁、呂大防、趙瞻、趙鼎、馬默皆骨鯁敢言，久譴不復，無以慰縉紳之望。上納其説。郭逵除簽書樞密院事，公議不允，公力言之，即罷。居三月，擢右諫議大夫，參知政事，感激思奮，面議政事有不盡者，輒密啓聞。上手詔嘉之。公與富弼、曾公亮、唐介同心輔政，率以公議爲主。會王安石用事，議論不協。既而司馬光辭樞密副使，臺諫侍從多以言事求去。公言：「朝廷事有輕重，體有大小，財利於事爲輕，而民心得失爲重；青苗使者於體爲小，而禁近耳目之臣用捨爲大。

今不罷財利而輕失民心，不罷青苗使者而輕棄禁近耳目，去重而取輕，失大而得小，非宗廟社稷之福，臣恐天下自此不安矣。」言入，即求去，四上章，不許。熙寧三年四月，復五上章，除資政殿學士，知杭州。公素號寬厚，杭之無賴子弟以此逆公，皆駢聚爲惡。公知其意，擇重犯者，率黥配佗州，惡黨相帥遁去。未幾，徙青州。因其俗朴厚，臨以清淨。時山東旱蝗，青獨多麥，蝗自淄齊來，及境，遇風退飛，墮水而盡。五年，成都以戍卒爲憂，朝廷擇遣大臣爲蜀人所愛信者，皆莫如公，遂以大學士知成都，然意公必辭。及見，上曰：「近歲無自政府復往者，卿能爲我行乎？」公曰：「陛下有言即法也，豈顧有例哉？」上大喜。公乞以便宜行事，即日辭去。至蜀，默爲經略，而燕勞閑暇如佗日，兵民晏然。一日坐堂上，有卒長在堂下，公好諭之曰：「吾與汝年相若也，吾以一身入蜀，爲天子撫一方；汝亦宜清慎畏戢以帥衆，比戍還，得餘貲持歸爲室家計可也。」人知公有善意，轉相告語，莫敢復爲非者。劍州民李孝忠，集衆二百餘人，私造符牒，度人爲僧，或以謀逆告，獄具。公不畀法吏，以意決之，處孝忠以私造度牒，餘皆得不死。喧傳京師，謂公脱逆黨。朝廷取具獄閱之，卒無以易也。茂州蕃部鹿明玉等，迺聚境上，肆爲剽掠，公亟遣部將帥兵討之，夷人驚潰乞降，願殺婢以盟。公使諭之曰：「人不可用，用三牲可也。」使至，已縶婢，引弓將射心取血，聞公命讙呼以聽。事訖，不殺一人。居二歲，乞守東南，爲歸老計，得越州。吴越大飢，民死者過半。公盡所以救荒之術，發廩勸分，而以家貲先之，民樂從焉。生者得食，病者得藥，死者得藏。下令修城，使民食其力，故越人雖飢而不怨。復徙治杭，杭旱與越等，其民尤病。既而朝廷議欲築其城，公曰：「民未可勞也。」罷之。錢氏納國未及百年，而墳廟堙圮，杭人哀之。公奏因其所在，歲度僧、道士各一人，收其田租，爲歲時獻享營繕之費。從之，且改妙因院爲表忠觀。公年未七十，告老于朝，不許。請之不已，元豐二年二月，加太子少保，致仕，時七十二矣。退居于衢，有溪石松竹之勝，東南高士，多從之游。朝廷有事郊廟，再起公侍祠，不至。屼，通判温州，從公游天台、鴈蕩，吴越間榮之。屼代還，得見上，顧問公甚厚，以屼提舉浙西常平，以便其養。屼復侍公游杭。始公自杭致仕，杭人留公不得行，公曰：「六年當復來。」至是適六歲矣。杭人德公，逆者如見父母。以疾還衢，有大星隕焉，二日而公薨，實七年八月癸巳也。訃聞，天子輟視朝一日，贈太子少師。十二月乙酉，葬于西安蓮華山，謚曰清獻。公娶徐氏，東頭供奉官度之女，封東平郡夫人，先公十年卒。子二人：長曰岏，終杭州於潛縣令；次即屼也，今爲尚書考功員外郎。公平生不治産業，嫁兄弟之女以十數，皆如己女。在官，爲人嫁孤女二十餘人。居鄉，葬暴骨及貧無以歛且葬者，施棺給薪，不知其數。少育於長兄振，振既没，思報其德，將遷侍御史，乞不遷，以贈振大理評事。公爲人和易温厚，周旋曲密，謹繩墨，蹈規矩，與人言如恐傷之。平生不蓄聲伎，晚歲習爲養氣安心之術，翛然有高舉意。將薨，晨起如平時，屼侍側，公與之訣，詞色不亂，安坐而終，不知者以爲無意於世也。然至論朝廷事，分别邪正，慨然不可奪。宰相韓琦嘗稱趙公真世人標表，蓋以爲不可及也。公爲吏，誠心愛人，所至崇學校，禮師儒，民有可與與之，獄有可出出之，治虔與成都，尤爲世所稱道。神宗凡擬二郡守，必曰：「昔趙某治此，最得其術。」馮京相繼守成都，事循其舊，亦曰：「趙公所爲，不可改也。」要之以惠利爲本。然至於治杭，誅鋤强惡，姦民屏迹不敢犯。蓋其學道清心，遇物而應，有過人者矣。銘曰：

蕭望之爲太傅，近古社稷臣，其爲馮翊，民未有聞〔二〕。黄霸爲潁川，治行第一，其爲丞相，名不逭昔。孰如清獻公，無適不宜，邦之司直，民之父師。其在官守，不專於寬，時出猛政，嚴而不殘。其在言責，不專於直，爲國愛人，掩其疵疾。蓋東郭順子之清，孟獻子之賢，鄭子産之政，晉叔向之言，公兼而有之，不幾於全乎！

趙康靖公神道碑銘代張文定公作

蘇軾

宋有天下百二十有五年，六聖相師，專用一道曰仁，不雜他術。刑以不殺爲能，兵以不用爲功，財以不聚爲富，人以不作聰明爲賢。雖有絶人之材，而德不至，終不大用。六聖一心，守之不移。故自建隆以來，至于今，卿相大臣，號多長者，記人之功，忘人之過，含垢匿瑕，犯而不校，以爲常德。是以四方人安，兵革不試，民之戴宋，有死無二，自漢以來，未有如今日之盛者，此六聖之德，而衆長者之助也。《易》曰：「師正丈人吉。」《詩》曰：「雖無老成人，尚有典刑。」《書》曰：「如有一介臣，斷斷猗，無他技，其心休休焉，其如有容。人之有技，若己有之。人之彦聖，其心好之，不啻若自其口出。是能容之，以保我子孫黎民。」故太子少師趙公，服事三朝，四十餘年，其德合於《易》之所謂丈人，《詩》之所謂老成，《書》之所謂一介臣者。公諱槩，字叔平，其先河朔人也，徙於宋之虞城七世矣。曾祖著，後唐國子《毛詩》博士，賜太師中書令；妣劉氏，楚國太夫人。祖惠，宋州楚丘令，贈太師中書令，兼尚書令，韓國公；妣季氏，燕國太夫人。父幹，尚書駕部員外郎，贈太師，中書令，兼尚書令，魯國公；妣張氏，魯國太夫人；高氏，唐國太夫人。公七歲而孤，篤學自力，年十七舉進士。當時聞人劉筠、戚綸、黄宗旦皆稱其文詞必顯於時，而其器識宏遠，則皆自以爲不及。當赴禮部試，楚守胡令儀醵黄金以贈之，公不受。天聖五年，擢進士第三人，授將作監丞，通判海州。歸見父老故人，幅巾徒步，人人至其家。召試學士院，除著作郎，集賢校理，出知漣水軍。公爲進士時，鄧餘慶守漣水，館公於官舍，以教其子餘慶，所爲多不法，公謝去。數月，餘慶以贓敗。及公爲守，將至，或榜其所館曰豹隱堂，賦者三十餘人。歲飢，公勸誘富民，得米萬石，所活不可勝數。漣水有魚池，利入公帑，歲殺魚十餘萬，公始罷之，作放生碑池上。移守通州，入爲開封府推官，奏事殿中，賜五品服，且欲以爲直集賢院。宰相以例不可，出知洪州。屬吏有鄭陶、饒奭者，挾持郡事，肆爲不法，前守莫能制。州有歸化兵，皆故盜賊配流，已而選充者。奭與郡人胡順之共造飛語以動公曰：「歸化兵得廩米陳惡有怨言，不更給善米，且將有變。」公笑不答。會歸化卒有自容州戍所逃還犯夜者，公即斬以徇，收陶下獄，得其姦贓，且奏徙奭歙州，一郡股栗。城西南隅，當大江之衝，水歲爲民患，公建爲石堤，高丈五尺，長二百丈，用石九千段，取之有方，民不以爲勞。明年夏堤成，而水大至，度與城平，恃堤以全，至于今賴之。遷刑部員外郎，同知宗正寺，出知青州，改直集賢院，賦税未入中限，敕縣不得輒催科，是歲夏税先一月辦。坐失舉張諧奪官，罷歸。起監察州酒，徙楚州糧料院，以郊赦還官職，知滁州。山東人賊李小二過境上，告人曰：「我東人也，公嘗爲青州，東人愛之如父母，我不忍犯。」遂寇廬壽，犬牙不入境。召修《起居注》，朝廷欲同修《玉牒》〔三〕。久之，除歐陽脩起居注。朝廷欲驟用脩，而難於躐公。公聞之，乃請郡自便。以爲天章閣待制，賜三品服，糾察在京刑獄。遷兵部員外郎，遂知制誥，句當三班院。會郊禮，當進階封，且任一子京官。乞以母封郡太君。宰相謂公，學士擬封不久矣。公曰：「母年八十二，朝夕不可期，願及今以爲榮！」後遂以爲例。改知審官院，判秘閣，與高若訥同判流内銓。若訥言，往嘗知貢舉，聞母病不得出，幾不能生。公矍然，即請郡以便親。宰相謂公旦夕爲學士，可少待也。公不聽，遂除蘇州。明年，丁母憂，服除，召入翰林爲學士，知貢舉，館伴契丹泛使，遂報聘焉。會獵于興雲山之西，請公賦詩，詩成，契丹主親酌玉盃以勸公，且以素扇授其近臣劉六符寫公詩，置之懷袖。使還，加侍讀學士。歷右司郎中，中書舍人，提舉在京諸司庫務。姦人冷清，詐稱皇子，遷之江南。公曰：「清言不妄，不可遷；若詐，亦不可不誅。」詔公與包拯雜治之，得其實，乃誅清。李參爲河北轉運使，職事辦治，進秩二等，且官其一子。郭申錫爲諫官，争之曰：「參職事所當辦，無功，不可賞。」上怒，欲罪申錫。公言：「陛下始面諭申錫，毋面從吾過，今黜之，何以示天下〔四〕？」乃以龍圖閣學士〔五〕，禮部侍郎，知鄆州，徙南京留守，拜御史中丞。中官鄧保吉，引剩員燒銀禁中，公力言其不可，遂出之。又言張茂實不宜典兵衛。未行。會公拜樞密副使，復言之，乃出茂實知曹州。拜參知政事。方是時，皇嗣未立，天下以爲憂。仁宗命英宗領宗正，公言宗正未足爲重，遂與執政建言，宜立爲皇太子，從之。英宗即位，遷户部侍郎，又遷吏部。熙寧初，遷左丞，公年七十矣，求去位，不許。章數上，乃以爲觀文殿學士，吏部尚書，知徐州。遂請老不已，以太子少師致仕。居睢陽十五年，猶以讀書著文憂國愛君爲事。集古今諫争爲《諫林》一百二十卷奏之。上甚喜，賜詔曰：「士大夫請老而去者，皆以聲問不至朝廷爲高；得卿所奏書，知有志愛君之士，雖退休山林，未嘗一日忘也。當置坐右，以時省閱。」上祠南郊、明堂，率嘗召公陪祀，每辭以老疾。間嘗一至都下，亦以足疾不入見。詔中貴人撫問，二府就所館宴勞之。累階至特進，勳上柱國，封天水郡開國公，賜號推忠保德翊戴功臣。元豐初，省功臣號三年。官制行，改特進。六年正月十五日薨于永安坊里第，享年八十八。輟視朝一日，贈太師，謚康靖。前作遺範，以戒子孫，纖悉必具。以某年月日，葬于宋城縣天巡鄉，地與日皆公所自卜也。娶李氏，封汝陰郡夫人，先公二十五年卒于鄆州。子榮緒，殿中丞；宏緒，將作監主簿，皆早亡；元緒，宣德郎；公緒，校書郎。女二人：長適光禄寺丞王力臣，幼適朝奉大夫程嗣恭。孫男四人：嗣徽，通直郎；嗣真，宣義郎；嗣賢，試校書郎；嗣光，未命。曾孫男六人：韡，太廟齋郎，餘未名。公爲人，樂易深中，恢然偉人也。平生與人實無所怨怒，非特不形於色而已。專務掩惡揚善，以德報怨，出於至誠，非勉强者，天下稱之，庶幾漢劉寬、唐婁師德之徒云。始歐陽脩蹶公爲知制誥，人意公不能平，及脩坐累對詔獄，人莫敢爲言，公獨抗章言脩無罪，爲仇人所中傷，陛下不可以天下法爲人報仇。上感悟，脩以故得全。公既老，脩亦退居汝南，公自睢陽往從之游，樂飲旬日。蘇舜欽爲進奏院，以群飲得罪，公言與會者皆一時名人，若舉而棄之，失士大夫望，非朝廷福。張誥以贓敗，竄海上，公坐貶累年，而憐誥終不襄，間使人至海上勞問賙給之。代馮浩爲鄆州，吏舉按浩侵用公使錢三十萬，當以浩職田租償官。公曰：「浩吾同年也，且知其貧，不可。」以己俸償之。公所爲大略如此，至於敦尚契舊，葬死養孤，蓋不可勝數。余於公爲里人，少相善也，退而老於鄉，日從公游，蓋知之詳矣。元緒以墓碑爲請，義不可以辭，銘曰：

維古任人，仁義是圖，仁近於弱，義近於迂，課其功利，歲計有餘。在漢孝文，發政之初，欲以利口，登進嗇夫，有臣釋之，實矢厥謨，世謂長者，絳侯相如，皆訥於言，有口若無，豈効此子，喋喋巧諛。帝用感悟，老成是親，清淨無爲，鑒于暴秦，歷祀四百，世載其仁。赫赫我宋，以聖繼神，於穆仁宗，如歲之春，招延朴忠，屏遠佞人，豈獨左右，刑于庶民。維時趙公，含德不發[六]，如圭如璧，如金如錫，置之不愠，用之不懌。帝識其心，長者之傑，遂授以政，歷佐三葉，濟于艱難，不疐不跋。公在朝廷，靖恭寡言，不忮不求，孰知其賢。望其容貌，有耻而悛，薄夫以敦，鄙夫以寬。今其亡矣，吾誰與存？作此銘詩，以詔後昆。

校勘記

[一] 奈何　「奈」原作「祭」，據明抄本改。

[二] 民未有聞　「未」原作「禾」，據明抄本、明刻本改。

[三] 朝庭欲　三字原本空白，據明刻本補。

[四] 天下　二字原本空白，據明刻本補。

[五] 乃以　二字原本空白，據明刻本補。

[六] 含德　「含」原作「舍」，據明刻本改。

宋文鑑卷第一百四十九

傳

補亡先生傳

柳開

補亡先生，舊號東郊野夫者也。既著《野史》後，大探六經之旨。已而有包括楊、孟之心，樂與文中子王仲淹齊其述作〔一〕，遂易名曰開，字曰仲塗。其意謂將開古聖賢之道于時也，將開今人之耳目使聰且明也，必欲開之爲其塗矣，使古今由于吾也，故以仲塗字之，表其德焉。咸曰，子前之名，甚休美者也，何復易之？不若無所改矣。先生曰，名以識其身，義以誌其事，從于善而吾惡夫畫昔也。吾既肩且紹矣，斯可已矣，所以吾進其力于道，而遷其名于已耳，庶幾吾欲達於孔子者也。或曰，古者稱已孤不改，若是，無乃不可乎？先生曰，執小禮而妨大義，君子不爾爲也。乃著名解，以袪其未悟者，衆悉以爲然。先生始盡心於《詩》《書》以精其奥，每當卷歎曰：「嗚呼！吾以是識先師之大者也，不幸其有亡逸者哉，吾不得見也；未知聖人之言復加如何耳〔二〕。」尤于餘經，博極其妙，遂各取其亡篇以補之。凡傳有義者，卽據而作之，無之者，復已出辭義焉，故號曰補亡先生也。先生凡作之書，每執筆出其文，當稿若書他人之辭，其敏速有如此，無續功而成之者。苟一舉筆不終其篇，雖十已就其八九，亦棄去不復作矣。衆問之，先生曰：「吾性不喜二三而爲之者，方出而或止之，詞意遽紛亂，縱後强繼以成之，亦心竟若負病矣。」或問之曰：「子之補亡篇，于古不足當其逸，于今不足益其存，無妄爲乎？」先生對曰：「然，縱不能有益于存亡，庶勝乎無心于此者也。」既而詞義有俱亡，不知其可者，慮人之惑，先生卽皆先立論以定其是非，用質其旨要。先生常謂人曰：「夫六經者，夫子所著之文章也，與今之人無異耳。蓋其後之典教不能及之，故大于世矣，吾獨視之與汝異耳。」先生乃手書九經，悉以細字寫之。其卷大者，不過滿幅之紙，古謂其巾箱之者亦不過矣〔三〕。而誦之日盡數萬言，未嘗廢忘。有講書以教後學也，先生或詣其精廬，適當至《虞書·堯典篇》曰：「日中星鳥，以正仲春。」説云：「春分之昏，南方朱鳥之星畢見〔四〕，觀之以正仲春之氣也。」先生乃問曰：「然夫云『日中星鳥以正仲春』者，是仲春觀朱鳥之星以正其候也。且云『朱鳥』者，南方之宿，以主于夏也。既觀其星以正其候，卽龍星乃春之星也；春主于東方，可觀之以正其候也。今何不云是，而反觀朱鳥之星，何謂也？」説者不能對，惟云：「傳疏若是，無他解矣。」先生揮其座者曰〔五〕：「起，前，吾語汝。夫歲周其序，春居其始，四星各復其方；聖人南面而坐，以觀天下，故春之時朱鳥之星當其前，故云觀之以正仲春矣。」四座無不拜而言曰：「先生真達六經者也，所以于補亡不謬矣。」先生于諸經，若此者不可遍紀。先生又以諸家傳解箋注于經者，多未達窮其義理，常曰：「吾他日終悉别爲注解矣。」大以鄭氏箋《詩》爲不可，曰：「吾見玄之爲心，務以異于毛公也；徒欲張己一時之名〔六〕，非能通先師之旨。且《詩》之立言，不執其體，幾與《易·象》同奥，若玄之是箋，皆可削去之耳。」又以《論語集解》闕注者過半，曰：「古之人何若是？吾聞韓文公昔重注之，今吾不得見，吾將下筆〔七〕，又慮與韓犯〔八〕，使吾有斯艱也，天乎哉！」先生每讀《中説》歎曰：「後之夫子也，續六經矣。世故道否，吾家不克有之。甚乎年之始成也逝矣！天適與其時，行之爲事業，堯、舜不能尚也，苟不死，天下何有于唐哉？」先生以房、杜諸子，散居厚位，僞佐其主，遇其君，不能揚其師之道，大其師之名，乃作書以罪之。先生所行事，人咸以爲非可與伍，惟范杲有《復古》之什，以頌其德。以其能復敦于古，故賦《復古》；以其能行仲尼之道，故賦《闕里》；以其章别當世之人，能作野史，故賦《踵孟》；以其能解子雲之書，故賦《先雄》；以其或筆削韓文之繁者，故賦《删韓》；以其將求太常第〔九〕，故賦《多文》；以其必首冠于四科，故賦《高第》；以其後天王俾不家食，故賦《出禄》；以其將果得其位，則指南于吾道，故賦《指南》；末以《釋經》終其篇，謂其章明經旨，永休于世用，故賦《釋經》。先生見之曰，范杲知我矣〔一〇〕，天之未喪斯文哉！天之若喪斯文也，則世無范矣，范無是言矣。開寶中，先生來京師，遂刻石爲記于補亡亭内，以誌其已之事，後從仕于世，而行其道焉。論曰：孔子没，經籍遭秦之焚毁，幾喪以盡，後之收拾煨燼之餘者，得至于今而用之也。其能繼孔氏者，軻之下雖楊雄不敢措一辭，以至亡篇闕什，其名具載，設虚位也，使歷代諸君子徒忿痛而見之矣。故有或作而補之者，大亦不能過其百一，力蓋不足繼也。隋之時，王仲淹于河汾間，務繼孔子，以續六經〔一一〕，大出于世，實爲聖人矣。是以門弟子佐唐，用王霸之道，貞觀稱理首〔一二〕，永十八君之祚，尚非其董常輩之曾及也。嗚呼，知聖人之道者，成聖人之業矣，吾猶不得見王氏之書乎？觀夫補亡先生，能備其六經之闕也，辭訓典正，與孔子之言合而爲一，信其難者哉！若王氏之續六經，蓋自出一家之體裁，比夫補亡篇力少殊耳，所謂後生可畏者，雖經籍尚能補之，矧其餘者哉？不可謂代無其人也。

退士傳

种　放

退士不知孰氏，然常自稱仲山甫之後也，以耕食於南山中，號退士。或云，我惡時之苟進者；又云，鄙好勝者，欲矯其爲，而退居稱病焉。退士性恬易，善自持，常以聖賢方正之言鑑諸己；或未善，則悔恨立遷。平生寡嗜慾，樂遊雲霞空荒間，常自足不顧窮困。幼時拘父兄教，以章句奇偶之學干於時，不遂志。已而盡棄昔之所學，退居空山窮谷中，取九經、六籍、諸史、百家之言，合於道者，恣讀之，然後知皇王大中之要，道德仁義之本，盡在于是矣。然尤好孟軻書，益知聖人之道，尊自戰國；繇漢、唐而下，百氏所説，或有汗漫齟齬不安者，皆擬聖言以證其中。惡司馬遷尊先邪説，叛斥聖道，怪前世明教正道之賢，不摘其説，而竄殛投去，使千古而下，學者無疑，不知尚四顧何待也？著《蒙書》十二篇，大抵務黜邪，反正義，磔姦蠹。又條自古之文精粹者，漢則楊子雲，隋則王仲淹，唐則韓退之，然以退之當子雲而先仲淹。次則蜕之文，樵之經緯，皮氏《文藪》，陸氏藳書〔一三〕，皆句句明白，剔姦塞回，無所忌諱。使學者窺之，則有列聖道德仁義之用。彼刻章斷句，補綴偶屬者，徒爲戲爾！或有稱技術、卜相、候察、浮屠、死生幻化之説者，必正色引經誥以斥之。雅尚山林之居，奉母氏，率季弟，結宇巖阿，貧無所資給，亦不戚戚于心；窮年人亦不知其何謂也。每登高丘，步邃谷，延宴坐，見懸巖瀑流，壽木垂蘿，閟邃岑寂之處，則終日忘返。亦忽忽杜門稱疾，隱几常百餘日，人不知其然。吉凶慶弔之外，平時亦罕接人事，不交權貴，所與朋類，自非道義所在，亦不汲汲而取。遇事感激，亦率爲歌詩箴頌，嘗曰：「幸逢聖人時，見天子禮樂、征伐、車服、旂常、道德之盛，底于太寧，而退固是幸也。時議或誚者則曰：『而退也，退其迹耶？退其名耶？』退士則曰：『不退而迹，庸爲爾直？不退而名，庸爲爾程？於戲〔一四〕！名迹判于時，神心交於機，俾道偷而下欺〔一五〕，義忒而中離，予獨亡退乎？予獨亡退乎？』」

六一居士傳

歐陽修

六一居士，初謫滁山，自號醉翁。既老而衰且病，將退休于潁水之上，則又更號六一居士。客有問曰：「六一何謂也？」居士曰：「吾家藏書一萬卷，集錄三代以來金石遺文一千卷，有琴一張，有碁一局，而常置酒一壺。」客曰：「是爲五一爾，奈何？」居士曰：「以吾一翁，老于此五物之間，是豈不爲六一乎？」客笑曰：「子欲逃名者乎？而屢易其號，此莊生所誚『畏影而走乎日中』者也。今將見子疾走大喘，渴死而名不得逃也。」居士曰：「吾固知名之不可逃，然亦知夫不必逃也。吾爲此名，聊亦志吾之樂爾。」客曰：「其樂如何？」居士曰：「吾之樂可勝道哉！方其得意於五物也，太山在前而不見，疾雷破柱而不驚，雖饗九奏於洞庭之野，閲大戰於涿鹿之源，未足喻其樂且適也。然常患不得極吾樂于其間者，世事之爲吾累者衆也。其大者有二焉：軒裳珪組，勞吾形于外；憂患思慮，勞吾心于內；使吾形不病而已悴，心未老而先衰，尚何暇於五物哉？雖然，吾自乞其身于朝者三年矣。一日天子惻然哀之，賜其骸骨，使得與此五物偕返於田廬，庶幾償其夙願焉，此吾之所以志也。」客復笑曰：「子知軒裳珪組之累其形，而不知五物之累其心乎？」居士曰：「不然。累於彼者已勞矣，又多憂；累於此者既佚矣〔一六〕，幸無患；吾其何擇哉？」于是與客俱起，握手大笑曰：「置之，區區不足較也。」已而歎曰：「夫士少而仕，老而休，蓋有不待七十者矣。吾素慕之，宜去一也。吾嘗用於時矣，而訖無稱焉〔一七〕，宜去二也。壯猶如此，今既老且病矣，乃以難強之筋骸，貪過分之榮祿，是將違其素志而自食其言，宜去三也。吾負三宜去，雖無五物，其去宜矣，復何道哉？」熙寧三年九月七日，六一居士自傳。

桑懌傳

歐陽修

桑懌，開封雍丘人。其兄慥，本舉進士有名；懌亦舉進士，再不中，去遊汝、潁間，得龍城廢田數頃，退而力耕。歲凶，汝旁諸縣多盜，懌曰，願令爲耆長，往來里中，察姦民，因召里中少年戒曰：「盜不可爲也，吾在此，不汝容也。」少年皆諾。里老父子死未斂，盜夜脱其衣，里老父怯，無他子，不敢告縣，羸其屍〔一八〕，不能葬。懌聞而悲之，然疑少年王生者，夜入其家，探其篋，不使之知覺。明日遇之，問曰：「爾諾我不爲盜矣，今又盜里父子屍者，非爾耶？」少年色動，即推仆地縛之，詰共盜者。王生指某少年，懌呼壯丁守王生，又自馳取少年者送縣，皆伏法。又嘗之郟城，遇尉方出捕盜，招懌飲酒，遂與俱行，至賊所藏，尉怯，陽爲不知以過。懌曰〔一九〕：「賊在此，何之乎？」下馬獨格殺數人，因盡縛之。又聞襄城有盜十許人，獨持一劍以往，殺數人，縛其餘。汝旁縣爲之無盜。京西轉運使奏其事，授郟城尉。天聖中，河南諸縣多盜，轉運奏移澠池尉。崤古險地〔二〇〕，多深山，而青灰山尤阻險，爲盜所恃。惡盜王伯者，藏此山，時出爲近縣害。當此時，王伯名聞朝廷，爲巡檢者，皆授兵以捕之。既懌至，巡檢者僞爲宣頭以示懌，將謀招出之。懌信之，不疑其僞也，因謀知伯所在，挺身入賊中招之。與伯同卧起十餘日，信之，乃出。巡檢者反以兵邀於山口，懌幾不自免。懌曰：「巡檢授兵，懼無功爾〔二〕！」即以伯與巡檢，使自爲功，不復自言。巡檢俘獻京師，朝廷知其實，罪黜巡檢。懌爲尉歲餘，改授右班殿直，永安縣巡檢。明道、景祐之交，天下旱蝗，盜賊稍稍起，其間惡賊二十三人，不能捕。懌謀曰：「盜畏吾名，必以潰，潰則難得矣；宜先示之以怯。」至則閉栅，戒軍吏無一人得輒出。居數日，軍吏不知所爲，請出自效，輒不許。既而夜與數卒，變爲盜服以出，迹盜所嘗行處，入民家，民皆走；獨有一媪留，爲作飲食，饋之如盜，乃歸。復閉栅三日，又往，則擕其具就媪饌，而以其餘遺媪。媪待以爲真盜矣，乃稍就媪與語，及羣盜輩。媪曰：「彼聞桑懌來，始畏之，皆遁矣。又聞懌閉營不出，知其不畏，今皆還也，某在某處，某在某所矣。」懌盡鉤得之。復三日，又往，厚遺之，遂以實告曰：「我桑懌也，煩媪爲察其實，而慎勿泄，後三日我復來矣。」後又三日，往媪察其實，審矣。明旦，部分軍士，用甲若干人，於某所取某盜；卒若干人，於某處取某盜；其尤彊者，在某所，則自馳馬以往，士卒不及從，惟四騎追之，遂與賊遇，手殺三人，凡二十三人，一日皆獲。二十八日，復命京師，樞密吏謂曰：「與我銀，爲君致閤職。」懌曰：「用賂得官，非我欲，況貧無銀；有，固不可也。」吏怒，匿其閥，以免短使送三班〔三〕。三班用例，與兵馬監押。未行，會交趾獠叛，海上巡檢昭化諸州皆警〔三〕，往者數輩不能定〔四〕，因命懌往，盡手殺之。還，乃授閤門祗候。懌曰：「是行也，非獨吾功，位有居吾上者，吾乃其佐也。今彼留而我還，我賞厚而彼輕，得不疑我蓋其功而自伐乎？

受之徒慙吾心。」將讓其賞歸己上者，以奏稿示予。予謂曰：「讓之必不聽，徒以好名取詐與譏也。」懌歎曰：「亦思之，然士顧其心何如爾，當自信其心以行，譏何累也？若欲避名，則善皆不可爲也已。」余慙其言。卒讓之，不聽。懌雖舉進士，而不甚知書，然其所爲，皆合道理，多此類。始居雍丘，遭大水，有粟二廩，將以舟載之，見民走避溺者，遂棄其粟，以舟載之。荒歲〔二五〕，聚其里人飼之，粟盡乃止。懌善劍及鐵簡，力過數人，而有謀略，遇人常畏，若不自足。其爲人不甚長大，亦自脩爲威儀，言語如不出其口，卒然遇，人不知其健且勇也。廬陵歐陽脩曰：勇力人所有，而能知用其勇者少矣，若懌可謂義勇之士，其學問不深而能者，蓋天性也。余固喜傳人事，尤愛司馬遷善傳，而其所書皆偉烈奇節士，使人喜讀之，欲學其作，而怪今人如遷所書者何少也！乃疑遷特雄文，善壯其說，而古人未必然也。及得桑懌事，乃知古之人有然焉〔二六〕，遷書不誣也；知今人固有，而但不盡知也。懌所爲壯矣，而不知予文能如遷書使人讀而喜否，姑次第之。

趙延嗣傳　　石介

今三司副相工部郎中劉公隨，嘗稱趙鄰幾舍人死，遺三孤女，一老乳母而已。內無兄弟以御其侮，外無期功強近之親。女稚弱，衣服飲食須人，何怙何恃〔二七〕，不以凍餒死，則爲強梁暴之矣。有趙延嗣者，僕於舍人，顧是諸孤，義不可去，竭力庇養之。舍人死，無一區宅，一廛田，延嗣爲營衣食之資，身爲負擔，霑體塗足，不避寒暑，如是凡數十年如一日，未嘗少有懈倦之色。事三孤女，如舍人生。三孤女自幼至長，使其女與同處；女之院，延嗣未嘗至其門。女皆適人，延嗣終不識其面〔二八〕。初寓于宋，三女俱長，延嗣晨起，白堂前，將西走京師。趙氏始不知，謂捨去，皆哭。延嗣以女長未嫁，將訪舍人之舊，求所以嫁。至京師，見宋翰林白、楊侍郎徽之，因發聲哭，哭止，具道趙氏之孤，且言長將嫁。二公驚媿，謝曰：「吾不及汝，吾被服儒衣冠，讀誦六經，學慕古人，況與舍人友，舍人之孤，吾等不能恤，汝能養之，吾不及汝遠矣。」二公因爲迎入京師，與宅居之，徐相與求良士爲壻。長配樞密直學士戚公綸猶子、職方郎中維之子、太廟齋郎舜卿；次並適屯田員外郎張君文鼎之子、鄉貢進士季倫。三女皆歸，延嗣始去趙氏門。延嗣可以謂之賢僕夫矣。石介曰，若然，則延嗣有古君子之行，古烈士之操，古仁人之心，豈特僕夫之賢，天下之賢也。昔在漢，有爲翟公之客者，翟公免，客皆去。延嗣獨不去，復爲養其孤，雖去千載，客視延嗣，亦當羞於地下矣。魯有顏叔子者，嘗獨居一室中，夜暴風雨，鄰家女投叔子宿，叔子使執燭以達曉，以免其嫌，後人稱其廉。延嗣親養三孤女，長且適人，終不識其面，其節豈下叔子哉？唐韓吏部凡嫁內外及友朋孤子僅十人，天下服其義。延嗣嫁趙氏三女，無少吏部者。噫！翟公之客，皆當時士大夫，視延嗣遠不及也。叔子魯賢者，吏部唐大儒，延嗣爲賤僕夫，其風操凛焉，其行義卓焉，與顏侔韓並，延嗣可謂僕名而儒行者矣。吁！僕名儒行，見之延嗣。夫儒名而僕行者，或有其人焉，得不愧於延嗣哉？延嗣所爲如此，有可以厲天下，因傳之云。延嗣以令終。

范景仁傳

司馬光

范景仁，名鎮，益州華陽人。少舉進士，善文賦，場屋師之。爲人和易脩敕，參知政事薛簡肅公、端明殿學士宋景文公，皆器重之。補國子監生，及貢院奏名〔二九〕，皆第一。故事，殿廷唱第過三人，則爲奏名之首者必抗聲自陳，以祈恩，雖考校在下，天子必擢寘上列，以吴春卿、歐陽永叔之耿介，猶不免從衆。景仁獨不然，左右與並立者屢趣之，使自陳，景仁不應。至七十九人，始唱名及之，景仁出拜，退就列，訖無一言，衆皆服其安恬，自是始以自陳爲恥，舊風遂絕。釋褐新安主簿。到官數旬，時宋宣獻公留守西京，不欲使與下吏共勞辱，召置國子監，使教諸生，秩滿，又薦於朝，爲東監直講。未幾，宋景文公奏同修《唐書》。及用參知政事王公薦，召試學士院，詩用彩霓字，學士以沈約《郊居賦》「雌霓連蜷」，讀霓爲入聲，謂景仁爲失韻，由是除館閣校勘。殊不知約賦特取聲律便美〔三〇〕，非霓字不可讀爲平聲也。當時有學者皆爲景仁憤鬱，而景仁處之晏然，不自辨。爲校勘四年，乃遷校理。丞相龐公薦景仁有美才，不汲汲於進取，詔除直祕閣。未幾，以起居舍人知諫院。仁宗性寬仁，言事競爲激訐以采名，或緣愛憎，污人以帷箔不可明之事。景仁獨引大體，自非關朝廷安危，繫生民利病，皆闊略不言。陳恭公爲相，嬖妾張氏笞殺婢，御史劾奏欲去之，不能得，乃誣之云，私其女。景仁上言，朝廷設臺諫官，使之除讒慝也，審如御史所言，則執中可斬；如其不然，御史亦可斬。御史怒，共劾景仁，以爲阿附宰相。景仁不顧，力爲辨其不然，深救當時之弊，識者韙之。仁宗即位三十五年，未有繼嗣，嘉祐初，暴得疾，旬日不知人，中外大小之臣，無不寒心，而畏避嫌疑，相倚伏莫敢發言〔三〕。獨奮曰：「天下事尚有大於此者乎？捨此不言，顧惟抉擿細微以塞職，是真負國，吾不忍也！」即上言太祖捨其子而立太宗；周王既薨，真宗取宗室子，養之宮中；陛下宜爲宗廟社稷計，早擇宗室賢者，優其禮數，試之以政，與圖天下之事，以系天下人心。章累上，寢不報。景仁因闔門家居，自求誅譴。執政或諭以奈何效干名希進之人？景仁上執政書，言：「繼嗣不定，將有急兵。鎮義當死朝廷之刑，不可死亂兵之下。此乃鎮擇死之時，尚何暇顧干名希進之嫌，而不爲去就之決哉？」又奏稱：「臣竊原大臣之意，恐行之而事有變，故畏避而爲容身之計也。萬一兵起，大臣家族首領顧不可保，其爲身計亦已疏矣；就使事有中變，而死陛下之職，與其死於亂兵，不猶愈乎？乞陛下以臣此章示大臣，使其自擇死所。」聞者爲之股栗。尋除兼侍御史知雜事，景仁因辭不變，乞解言職，就散地。執政復諭以上之不豫，諸大臣亦嘗建此策，今姦言已入，爲之甚難。景仁復上執政書云：「但當論事之是非，不當問其難易。況事早則濟，緩則不及，此聖賢所以貴機會也。諸公謂今日難於前日，安知他日不難於今日乎？謂今日姦言已入，不可弭，他日可弭乎？」凡見上面陳者三，奏章者十有七，朝廷不能奪，乃罷諫職，改集賢殿脩撰。頃之，拜知制誥，遷翰林學士。英宗卽位，中書奏請追尊濮安懿王，事下兩制議，以爲宜稱皇伯，高官大國，極其尊榮。大忤執政意，更下尚書省，集百官議之，意朝士必有迎合者。既而臺諫爭上言，爲人後者爲之子，不得顧私親。今陛下既爲仁宗後，若復推尊濮王，是貳統也，殆非所以報仁宗之盛德。衆論鼎沸，執政欲緩其事，乃下詔罷百官集議，曰，當令禮官檢詳典禮以聞。景仁時判太常寺，卽具列爲人後之禮，及漢魏以來論議得失，悉奏之，與兩制臺諫議合。執政怒，召景仁詰責之曰：「詔書曰當令檢詳，奈何遽列上耶？」景仁曰：「有司得詔書，不敢稽留，即以聞，乃其職也，奈何更以爲罪乎？」會宰相遷官，景仁當草制，坐失於考按，不合故事，加侍讀學士，出知陳州。今上即位，復召還翰林。王介甫參知政事，置三司條例司，變更祖宗法令，專以聚斂爲務，斥逐忠直，引進姦佞。景仁上疏，極言其不可，朝廷不報。景仁時年六十三，因上言，即不用臣言，臣無顔復居位食禄，願聽臣致仕。章累上，語益切直。介甫大怒，自草制書，極口醜詆，使以本官户部侍郎致仕，凡所應得恩例，悉不之與。於是當時在位者皆自愧，景仁名益重於天下。介甫雖詆之深，人更以爲榮焉。景仁既退，居有園第在京師，專以讀書賦詩自娱。客至，無貴賤，皆野服見，不復報謝。故人或爲具召之，雖權貴不拒也；不召，則不往見之。或時乘興出遊，則無遠近皆往。嘗乘籃輿歸蜀，與親舊樂飲，賑施其貧者，周覽江山，窮其勝賞，期年然後返。年益老，而視聽聰明，支體尤堅強。嗚呼！鄉使景仁枉道希世，以得富貴，蒙屈辱，任憂患，豈有今日之樂耶？則景仁所失甚少，所得殊多矣。《詩》云：「愷悌君子，神所勞矣。」又云：「樂只君子，遐不眉壽。」景仁有焉。客有問今世之勇于迂叟者，叟曰：「有范景仁者，其爲勇，人莫之敵。」客曰：「景仁長僅五尺，循循如不勝衣，奚其勇？」叟曰：「何哉爾所謂勇者？而以瞋目裂眥，髮上指冠，力曳九牛，氣陵三軍者爲勇乎？是特匹夫之勇耳，勇于外者也。若景仁，勇於内者也。自唐宣宗以來，不欲聞人言立嗣，萬一有言之者，輒切齒疾之，與倍畔無異；而景仁獨唱言之，十餘章不已，視身與宗族如鴻毛。後人見景仁無恙〔三二〕，而繼爲之者則有矣〔三三〕。然景仁者，冒不測之淵，無勇者能之乎？人之情，孰不畏天子與執政？親愛之至隆者，孰若父子？執政欲尊天子之父，而景仁引古義以争之，無勇者能之乎？禄與位，皆人所貪，或老且病，前無可冀，猶戀戀不忍捨去；況景仁身已通顯有聲望，視公相無跬步之遠，以言不行，年六十三即拂衣歸，終身不復起，無勇者能之乎？」凡人有所不能，而人或能之，無不服焉，如吕獻可之先見，范景仁之勇決，皆余所不及也。余心誠服之，故作范景仁傳。

文中子補傳

司馬光

文中子王通，字仲淹，河東龍門人。六代祖玄則仕宋，歷太僕國子博士。兄玄謨，以將略顯；而玄則用儒術進。玄則生焕，焕生虬，齊高帝將受宋禪，誅袁粲，虬由是北奔魏，魏孝文帝甚重之，累官至并州刺史，封晋陽公，謚曰穆，始家河汾之間。虬生彦，官至同州刺史。彦生傑，官至濟州刺史，封安康公，謚曰獻。傑生隆，字伯高，隋開皇初，以國子博士待詔雲龍門。隋文帝嘗從容謂隆曰：「朕何如主？」隆曰：「陛下聰明神武，得之於天；發號施令，不盡稽古；雖負堯、舜之資，終以不學爲累。」帝默然有間〔三四〕，曰：「先生朕之陸賈也，何以教朕？」隆乃著《興衰要論》七篇奏之，帝雖稱善，亦不甚達也。歷昌樂、猗氏、銅川令，棄官歸，教授，卒於家。隆生通。自玄則以來〔三五〕，世傳儒業。通幼明悟好學，受《書》於東海李育，受《詩》於會稽夏琠，受《禮》於河東關朗〔三六〕，受《樂》於北平霍汲，受《易》於族父仲華。仁壽三年，通始冠，西入長安，獻《太平十二策》。帝召見歎美之，然不能用，罷歸；尋復徵之。煬帝即位，又徵之。皆稱疾不至，專以教授爲事。弟子自遠方至者甚衆，乃著《禮論》二十五篇，《樂論》二十篇，《續書》百有五十篇，《續詩》三百六十篇，《元經》五十篇，《贊易》七十篇，謂之《王氏六經》。司徒楊素重其才行，勸之仕。通曰：「汾水之曲，有先人之弊廬，足以庇風雨，薄田足以具饘粥。願明公正身以治天下，使時和年豐，通也受賜多矣，不願仕也。」或譖通於素曰：「彼實慢公，公何敬焉？」素以問通，通曰：「使公可慢〔三七〕，則僕得矣；不可慢，則僕失矣；得失在僕，公何預焉？」素待之如初。右武侯大將軍賀若弼，嘗示之射，發無不中。通曰：「美哉藝也！君子志道、據德、依仁，然後遊於藝也。」弼不悅而去。通謂門人曰：「夫子矜而愎，難乎免於今之世矣！」納言蘇威，好蓄古器，通曰：「昔之好古者聚道，今之好古者聚物。」太學博士劉炫問《易》，通曰：「聖人之於《易》也，没身而已矣，況吾儕乎？」有仲長子光者，隱於河渚，嘗曰：「在險而運奇，不若宅平而無爲。」通以爲知言，曰：「名愈消，德愈長；身愈退，道愈進，若人知之矣。」通見劉孝標《絶交論》曰：「惜乎舉任公而毁也，任公不可謂知人也。」見《辯命論》曰：「人事廢矣。」弟子薛收問：「恩不害義，儉不傷禮，何如？」通曰：「是漢文之所難也。廢肉刑，害於義，省之可也；衣弋綈，傷於禮，中焉可也。」王孝逸曰：「天下皆争利而棄義，若之何？」通曰：「捨其所争，取其所棄，不亦君子乎？」或問人善，通曰：「知其善則稱之；不善，則對曰：未嘗與久也。」賈瓊問息謗，通曰：「無辨。」問止怨，曰：「不争。故其鄉人皆化之，無争者。」賈瓊問羣居之道，通曰：「同不害正，異不傷物。古之有道者，内不失真，外不殊俗，故全也。」賈瓊請絶人事，通曰：「不可。」瓊曰：「然則奚若？」通曰：「莊以待之，信以應之，來者勿拒，去者勿追，汎如也；則可。」通謂姚義能交，或曰：「簡。」通曰：「兹所以能也。」又曰：「廣。」通曰：「廣而不濫，兹又所以爲能。」又謂薛收善接小人，遠而不疎，近而不狎，頽如也。通嘗曰：「封禪非古也，其秦、漢之侈心乎？」又曰：「美哉，周公之志深矣乎！寧家所以安天下，存我所以厚蒼生也。」又曰：「易樂者必多哀，輕施者必好奪。」又曰：「無赦之國，其刑必平；重斂之國，其財必貧。」又曰：「廉者常樂無求，貪者常憂不足。」又曰：「我未見誹而喜，聞譽而懼者。」又曰：「昏而論財，夷虜之道也。」又曰：「居近而識遠，處今而知古，其唯學乎！」又曰：「輕譽苟毀，好憎尚怒，小人哉！」又曰：「聞謗而怒者，讒之階也；見譽而喜者，佞之媒也；絶階去媒，讒佞遠矣。」通謂北山黄公善醫，先飲食起居，而後鍼藥。謂汾陰侯生善筮，先人事而後爻象。大業十年，尚書召通蜀郡司户；十一年，以著作郎、國子博士徵，皆不至。十四年，病終於家，門人謚曰文中子〔三八〕。二子〔三九〕，福郊、福時。二弟，凝、續。評曰：此皆通之《世家》及《中説》云爾。玄謨仕宋，至開府儀同三司。續及福時之子勔、劇、勃，皆以能文著於唐世，各有列傳。余竊謂先王之六經，不可勝學也，而又奚續焉？續之，庸能出其外乎？出則非經矣；苟無出而續之，則贅也，奚益哉？或曰，彼商、周以往，此漢、魏以還也。曰，漢、魏以還，遷、固之徒，記之詳矣，奚待於續經？然後人知之，必也好大而欺愚乎？則必不愚者，孰肯從之哉？今其六經皆亡；而《中説》亦出於其家，雖云門人薛收、姚義所記，然余觀其書，竊疑唐室既興，凝與福時輩依並時事，從而附益之也。何則？其所稱朋友門人，皆隋、唐之際將相名臣，如蘇威、楊素、賀若弼、李德林、李靖、竇威、房玄齡、杜如晦、王珪、魏徵、陳叔達、薛收之徒，考諸舊史，無一人語及通名者。《隋史》，唐初爲也，亦未嘗載其名於儒林、隱逸之間，豈諸公皆忘師棄舊之人乎？何獨其家以爲名世之聖人，而外人皆莫之知也。福時又云：「凝爲監察御史，劾奏侯君集有反狀；太宗不信之，但黜爲姑蘇令。大夫杜淹奏凝直言非辜，長孫無忌與君集善，由是與淹有隙，王氏兄弟皆抑不用。時陳叔達方撰《隋史》，畏無忌不爲文中子立傳。」按叔達前宰相，與無忌位任相將，何故畏之，至没其師之名，使無聞於世乎？且魏徵實總《隋史》，縱叔達曲避權戚，徵肯聽之乎？此余所以疑也。又淹以貞觀二年卒，十四年君集平高昌，還而下獄，由是怨望，十七年謀反，誅。此其前後參差，不實之尤著者也。如通對李靖聖人之道曰：「無所由，亦不至於彼。彼道之方也，必無至乎？」又對魏徵以聖人有憂疑，退語董常，以聖人無憂，疑曰：「心、迹之判久矣。」皆流入於釋老者也。夫聖人之道，始於正心、脩身，齊家、治國，至於安萬邦，和黎民，格天地，遂萬物，功施當時，法垂後世，安在其無所至乎？聖人所爲，皆發於至誠，而後功業被於四海。至誠心也，功業迹也，奚爲而判哉？如通所言，是聖人作僞以欺天下也，其可哉？又曰：「佛聖人也，西方之教也；中國則泥。」又曰：「《詩》《書》盛而秦世滅，非仲尼之罪也；虚玄長而晋室亂，非老、莊之罪也；齋戒脩而梁國亡，非釋迦之罪也。」苟爲聖人矣，則推而放諸南海而準，推而放諸北海而準，烏有可行於西方，不可行於中國哉？苟非聖人矣，則泥於中國，獨不泥於西方耶？秦焚《詩》《書》之文；《詩》《書》之道，盛於天下，秦安得滅乎？莊、老貴虚無而賤禮法，故王衍、阮籍之徒，乘其風而鼓之，飾談論，恣情欲，以至九州覆没；釋迦稱前生之因果，棄今日之仁義，故梁武帝承其流而信之，嚴齋戒，弛政刑，至于百姓塗炭；發端唱導者，非二家之罪而誰哉？此皆議論不合於聖人者也。唐世文章之士，傳道其書者，蓋獨李翺，以比《太公家教》，乃司空圖、皮日休始重之。宋興，柳開、孫何振而張之，遂大行於世，至有真以爲聖人，可繼孔子者。余讀其書，想其爲人，誠好學篤行之儒；惜也其自任太重，其子弟譽之太過，使後之人莫之敢信也。余恐世人譏其僭而累其美，故采其行事於理可通，而所言切於事情者，著于篇，以補《隋書》之闕。

無名君傳

邵　雍

無名君，生于冀方，老于豫。方年十歲，求學于里人，遂盡里人之情，己之滓十去其一二矣；年二十，求學于鄉人，遂盡鄉人之情，己之滓十去其三四矣；年三十歲，求學于國人，遂盡國人之情，己之滓十去其五六矣；年四十，求學于古今，遂盡古今之情，己之滓十去其八九矣；五十求學于天地，遂盡天地之情，欲求己之滓，無得而去矣。始則里人疑其僻，問于鄉人。曰：「斯人善與人羣，安得謂之僻？」既而鄉人疑其泛，問于國人。曰：「斯人不妄與人交，安得謂之泛？」既而國人疑其陋，問于四方之人。曰：「斯人不能器，安得謂之陋？」既而四方之人又疑之，質之於古今之人，古今之人終始無可與同者。又考之于天地，不對。當時也，四方之人，迷亂不復得知，因號爲無名君。夫無名者，不可得而名也。凡物有形則可器，可器斯可名，然則斯人無體乎？曰有體，有體而無跡者也。斯人無用乎？曰有用，有用而無心者也。夫有跡有心者，斯可得而知也；無跡無心者，雖鬼神亦不可得而知，不可得而名，而況於人乎？故其詩曰：「思慮未起，鬼神莫知，不由乎我，更由乎誰〔四〇〕？」能造萬物者，天地也；能造天地者，太極也；太極者，其可得而知乎？故強名之曰太極，太極者，其無名之謂乎？故嘗自爲之贊曰：「借爾面貌，假爾形骸，弄丸餘暇，閑往閑來。」人告之以脩福，對曰，吾未嘗不爲善人；告之以禳災，對曰，吾未嘗妄祭。故詩曰：「禍如許免人須諂，福若待求天可量。」又曰：「中孚起信寧煩禱，無妄生災未易禳。」性喜飲酒，常命之曰太和。詩曰：「不佞禪伯，不諛方士，不出户庭，直際天地。」家素業爲儒言，身未嘗不行儒行。故其詩曰：「心無妄思，足無妄走，人無妄交，物無妄受。炎炎論之，甘處其陋；綽綽言之，無出其右。羲、軒之書，未嘗去手；堯、舜之談，未嘗虚口。當中和天，同樂易友。吟自在詩，飲歡喜酒。百年升平，不爲不偶。七十康強，不爲不壽。」其無名君之謂乎〔四一〕！

洪渥傳

曾鞏

洪渥，撫州臨川人。爲人和平，與人遊，初不甚歡，久而有味。家貧，以進士從鄉舉，有能賦名。初進於有司，進輒黜，久之，乃得官。官不馳騁，又久不進，卒監黄州麻城之茶場以死。死不能歸葬，亦不能返其孥。里中人聞渥死，無賢愚，皆恨失之。予少與渥相識，而不深知其爲人；渥死，乃聞。有兄年七十餘，渥得官時，兄已老，不可與俱行。渥至官，量口用俸，掇其餘以歸，買田百畝居其兄，復去而之官，則必安焉。渥既死，兄無子，數使人至麻城撫其孥，欲返之，而居以其田。其孥蓋弱，力不能自致，其兄益以老矣，無可奈何，則念輒悲之；其經營之猶不已，忘其老也。渥兄弟如此，無愧矣。渥平居不可任以事，及至赴人之急，早夜不少懈，其與人真有恩者也。予觀古今豪傑士傳，論人行義不列於史者，往往務摭奇以動俗，亦或事高而不可爲繼，或伸一人之善，而誣天下以不及，雖歸之輔教警世，然考之中庸或過矣。如渥之所存，蓋人人之所易到，故載之云。

校勘記

〔一〕欒與　「與」原作「爲」，明刻本同，據明抄本改。

〔二〕如何耳　明抄本作「何如耳」。

〔三〕巾箱之者　「之」字原本空白，據明抄本、明刻本補。

〔四〕朱鳥之星　「星」字原脱，據明抄本、明刻本補。

〔五〕揮其座者　「揮」原作「擇」，據明抄本改。

〔六〕張己一時之名　「張」原作「强」，據明抄本改。

〔七〕下筆　「下」原作「不」，據明抄本改。

〔八〕又慮與韓犯　「犯」原作「既」，據明抄本改。又原本「既」下有「死」字，明抄本空白，疑全句當作「又慮與韓犯，韓既死」云云。

〔九〕將求　「求」原作「來」，據明抄本改。

〔一〇〕范杲　「杲」原作「果」，形近而誤，據本文前「惟范杲有《復古》之什」改。按，《宋史·文苑·柳開傳》：「范杲好古學，尤重開文，世稱爲柳、范。」

〔一一〕以續　「以」原作「曰」，明刻本同，據明抄本改。

〔一二〕理首　「理」字原脱，據明抄本、明刻本補。

〔一三〕藁書　「書」字原脱，據明抄本補。

〔一四〕於戲　「戲」原作「乎」，據明抄本改。

〔一五〕道倫　「倫」原作「牏」，形近而誤，今改。

〔一六〕累於此　「累」原作「患」，據明抄本、明刻本改。

〔一七〕訖無　「訖」原作「説」，據明抄本改。

〔一八〕羸其屍　「羸」原作「羸」，據明抄本改。

〔一九〕懌曰　「懌」字原脱，據明抄本、明刻本補。

〔二〇〕嵴古險地　「古」原作「右」，明刻本同，據明抄本改。

〔二一〕無功　「功」原作「兵」，據明抄本改。

〔二二〕免短　二字原本空白，據明抄本、明刻本補。

〔二三〕皆警　「警」原作「驚」，據明抄本改。

〔二四〕往者　二字原只作「省」字，「省」蓋「者」之誤，又脱「往」字，據明抄本改補。

〔二五〕荒歲　此二字上原有「見民」二字，據明抄本删。

〔二六〕古之人　「人」字原脱，據明抄本補。

〔二七〕何怙　二字原脱，據明抄本補。

〔二八〕其面　「面」原作「而」，據明抄本改。

〔二九〕貢院奏名　「貢院」原作「院貢」，據明抄本乙。

〔三〇〕特取　「特」原作「便」，據明抄本改。

〔三一〕倚伏　「伏」原作「仗」，據明抄本改。

〔三二〕無恙　「恙」字原本空白，據明抄本、明刻本補。
〔三三〕繼爲　「繼」原作「使」，據明抄本、明刻本改。
〔三四〕有間　「間」原作「問」，據明抄本改。
〔三五〕自玄則以來　「則」字原脱，據明抄本補。
〔三六〕闕朗　「朗」原作「郎」，據明抄本改。
〔三七〕使公　原作「公使」，據明抄本乙。
〔三八〕文中子　「中」原作「忠」，據明抄本改。
〔三九〕二子　「子」原作「曰」，據明抄本改。
〔四〇〕更由乎誰　此句上原衍「更由乎我」一句，據明抄本删。
〔四一〕其無名君之謂乎　明抄本、明刻本俱作「此其無名君之行乎」。

宋文鑑卷第一百五十

傳 露布

傳

曹氏女傳

章望之

曹氏者，吾同郡尚書郎脩古之幼女也。公天聖中累更御史，持憲無阿回，言事失職，知閩之興化軍，朞年而卒。曹氏以室居未嫁，父既没，其故僚率吏民錢三十萬致之柩前曰：「以供窆葬之用。」夫人陳氏將受之，女曰：「制家之用，惟其家之酌。初吾父入司朝廷，出莅民政，約於奉身，廉於臨人，今其亡矣，葬之豐儉，請以吾家具之；苟將受斯遺焉，惟它人忍之，我弗忍也。」母因是請，而使辭焉。其故僚復謂之曰：「葬先公弗資，是則亦聞命矣；願以異日嫁公女焉，可無拒也。」女曰：「俾用於喪，尚不敢取；今欲備吾之嫁，是使妾幸父喪而自醜也，人之聞之，謂如何哉？吉凶有常禮，男女有常位，妾有大罰，父没而喪存焉，不以此時哀戚，而遽謀嫁幣，不亦亂常禮乎？以室中而受門外之私賄，不亦亂常位乎？妾不才，以先人之靈，幸而卒有所歸，則有妾之紡績之備，何敢以是自誘哉？願弗聞二三君子之命也。」遂不受。

夫婦人事勤儉恭謹則良矣，曾無賢者之責也，此何特異也？彼貪殘之夫，好財瀆貨，死則已爾，惡復悔悟耶？方朝廷發貪冒之禁，防制執事之人，如維縶之，械繫之，尚以濫狀相望於敗辱者，爲不少矣，卒惟無怍焉。有如曹氏，專脩父志，而不有所累，孰謂曹氏不賢也哉？孟子曰：「聞伯夷之風者，頑夫廉，懦夫有立志。」曹氏近之矣。雖然，厚於義而薄於利者，人之常行也，《詩》《書》不聞，而尚廉篤孝，固賢矣。其里人曾孝基，得斯説來告，則未知其年與名。

方山子傳

蘇　軾

方山子，光黄間隱人也。少時慕朱家、郭解爲人，閭里之俠皆宗之。稍壯，折節讀書，欲以此馳騁當世，然不遇；晚乃遯於光黄間，曰岐亭，庵居蔬食，不與世相聞。棄車馬，毁冠服，徒步往來山中，人莫識也，見其所著帽方聳而高，曰，此豈古方山冠之遺像乎？因謂之方山子。余謫居于黄，過岐亭，適見焉，曰嗚呼！此吾故人陳慥季常也，何爲而在此？方山子亦矍然問余所以至此者。余告之故，俯而不答，仰而笑，呼余宿其家，環堵蕭然，而妻子奴婢皆有自得之意。余既聳然異之，獨念方山子少時，使酒好劍，用財如糞土。前十有九年，余在岐下，見方山子從二騎，挾二矢，游西山，鵲起於前，使騎逐而射之，不獲；方山子怒馬獨出，一發得之。因與余馬上論用兵，及古今成敗，自謂一世豪士；今幾日耳，精悍之色，猶見於眉間，而豈山中之人哉？然方山子世有勳閥，當得官，使從事於其間，今已顯聞；而其家在洛陽，園宅壯麗，與公侯等；河北有田，歲得帛千匹，亦足以富樂，皆棄不取，獨來窮山中，此豈無得而然哉？余聞光黄間多異人，往往陽狂垢汙，不可得而見，方山子儻見之歟！

公默先生傳

王向

公議先生，剛直任氣，好議論，取當世是非辨明。游梁宋間，不得意，去居潁，其徒從者百人。居二年，與其徒謀又去潁。弟子任意對曰：「先生無復念去也，弟子從先生久矣，亦各厭行役。先生舍潁，爲居廬，少有生計，主人公賢，遇先生不淺薄，今又去之，弟子未見先生止處也。先生豈薄潁耶？」公議先生曰：「來，吾語爾，君子貴行道信於世；不信，貴容；不容，貴去，古之避世、避地、避色、避言是也〔一〕。吾行年三十，立節狥名，被服先王，窮究六經。頑鈍晚成，所得無幾，羅籠大綱，漏略零細。校見繩墨，未爲完人，豈敢自忘，冀用於世？予所厭苦，正謂不容，予行世間，波混流同，予譽不至，予毁日隆。小人鑿空，造事形迹，侵排萬端，地隘天側。《詩》不云乎：「讒人罔極。」主人明恕，故未見疑，不幸去我，來者謂誰，讒一日效，我終顛危。智者利身，遠害全德，不如亟行，以適異國。」語已，任意對曰：「先生無以言也。意輩弟子，常切論先生樂取怨憎，爲人所難；不知先生不樂也。今定不樂，先生知所以取之乎？先生聰明，才能過人遠甚，而刺口論世事，立是立非，其間不容毫髮，又以公議名，此人人之怨府也。《傳》曰：『議人者不得其死。』先生憂之是也。意有三事，爲先生計，先生幸聽意，不必行；不能聽，先生雖去，絶海未見先生安也。」公議先生舌强不下，視任意目不轉，移時，卒問。任意對曰：「人之肺肝，安可得視，高出重泉，險不足比。聞善於彼，陽譽陰憎，反背復非，詆笑縱横。得其細過，聲張口播，緣飾百端，德敗行破。自然世人，賤彼賢我。意策之三，此爲最上者也，先生能用之乎？」公議先生曰：「不能，爾試言其次者。」對曰：「捐棄骨肉，佯狂而去，令世人不復顧忌，此策之次者，先生能用之乎？」公議先生曰：「不能，爾試言其又次者。」對曰：「先生之行己，世人所不逮何等也，曾未得稱高世，而詆訶蜂起，幾不得與安庸人偕者，良以口禍也。先生能好默，不好言〔三〕，是非不及口，而心存焉，何病於不容？此策之最下者也，先生能用之乎？」公議先生喟然而嘆曰：「吾爲爾用下策也。」任意乃大笑，顧其徒曰：「宜吾先生之病於世也，吾三策之，卒取其下者矣。」弟子陽思曰：「今日微任意，先生不可得留。」與其徒謝意，更因意請，去公議，爲公默先生。

上谷郡君家傳

程頤

先妣夫人，姓侯氏，太原盂縣人，行第二。世爲河東大姓，曾祖元暠，當五代之亂，以武勇聞。劉氏偏據日，錫土於烏河川，以控寇盜，亡其爵位。父道濟，始以儒學中科第，潤州丹徒縣令，贈尚書比部員外郎。母福昌郡太君刁氏。夫人幼而聰悟過人，女功之事，无所不能，好讀書史，博知古今。丹徒君愛之過於子，每以政事問之，所言雅合其意，常歎曰：「恨汝非男子！」七八歲時，常教以古詩曰：「女人不夜出，夜出秉明燭。」自是日暮則不復出房閤。刁夫人素有風厥之疾，多夜作，不知人者久之，夫人涕泣扶持，常連夕不寐。年十九，歸于我，事舅姑以孝謹稱，與先公相待如賓客。德容之盛，內外親戚，無不敬愛。衆人游觀之所，往往捨所觀而觀夫人。先公賴其內助，禮敬尤至，而夫人謙順自牧，雖小事未嘗專，必稟而後行。仁恕寬厚，撫愛諸庶，不異己出，從叔幼姑，夫人存視，常均己子。治家有法，不嚴而整。不喜笞扑奴婢，視小臧獲如兒女，諸子或加呵責，必戒之曰：「貴賤雖殊，人則一也，汝如是大時，能爲此事否？」道路遺棄小兒，屢收養之。有小商出未還，而其妻死，兒女散逐人去，惟幼者始三歲，人所不取，夫人懼其必死，使抱以歸。時聚族甚衆，人皆有不欲之色，乃別糴以食之。其父歸，謝曰：「幸蒙收養，得全其生，願以爲獻。」夫人曰：「我本以待汝歸，非欲之也。」好爲藥餌，以濟病者，嘗大寒，有負炭而擊者，家人欲呼之，夫人勸止曰：「愼勿爲此，勝則貧者困矣。」先公凡有所怒，必爲之寬解，唯諸兒有過，則不掩也。常曰：「子之所以不肖者，由母蔽其過，而父不知也。」夫人男子六人，所存惟二，其愛慈可謂至矣，然於教之之道，不少絶也。纔數歲，行而或踣，家人走前扶抱，恐其驚啼，夫人未嘗不呵責曰：「汝若安徐，寧至踣乎？」飲食嘗置之坐側，嘗食絮羹，皆叱止之曰：「幼求稱欲，長當如何？」雖使令輩，不得以惡言罵詈之，故頤兄弟平生於飲食衣服無所擇，不能惡言詈人，非性然也，教之使然也。與人爭忿，雖直不右，曰：「患其不能屈，不患其不能伸。」及稍長，常使從善師友游，雖居貧，或欲延客，則善而爲之具。其教女，常以曹大家《女戒》之常教。告家人曰：「見人善，則當如己善，必共成之；視他物如己物，必加愛之。」先公罷尉廬陵赴調〔三〕，寓居歷陽，會叔父亦解掾毗陵，聚口甚衆，儲備不足，夫人經營轉易，得不困乏。先公歸，問其所爲，歎曰：「良轉運使才也。」所居之處，鄰婦里姥，皆願爲之用，雖勞不怨。始寓丹陽，僦葛氏舍以居。守舍王氏翁姥庸狡，前後居者無不苦之，夫人待之有道，遂反柔良。及遷去，王姥涕戀不已。夫人安於貧約，服用儉素，觀親戚間紛華相尚，如無所見。少女方數歲，忽失所在，乳媪輩悲泣叫號。夫人罵止之曰：「在當求得，苟亡失矣，汝如是將何爲？」在廬陵時，公宇多怪，家人告曰：「物弄扇。」夫人曰：「熱爾。」又曰：「物擊鼓。」夫人曰：「有槌乎？可與之。」後家人不復敢言怪，怪亦不復有，遂獲安居。夫人有知人之鑒。姜應明者，中神童第，人競觀之，夫人曰：「非遠器也。」後果以罪廢。頤兄弟幼時，夫人勉之讀書，因書綫帖上曰：「我惜勤讀書兒。」又並書二行前曰：「殿前及第程延壽。」先兄幼時名也。次曰：「處士。」及先兄登第，頤以不才罷應科舉，方悟夫人知於童稚中矣。寶藏手澤，使後世子孫知夫人之精鑒。夫人好文而不爲辭章，見世之婦女以文章筆札傳於人者，深以爲非，平生所爲詩，不過三二篇，皆不存，獨記在歷陽時，先公覲親河朔，夜聞鴻雁至，爲詩曰：「何處驚飛起，雝雝過草堂，早是愁無寐，忽聞意轉傷。」良人沙塞外，羈妾守空房，欲寄迴文信，誰能付汝將？」讀史見姦邪逆亂之事，常掩卷憤歎；見忠孝節義之士，則欽慕不已。嘗稱唐太宗得禦戎之道，其識慮高遠，有英雄之氣。夫人之弟可世，稱名儒，才智甚高，常自謂不如夫人。夫人自少多病，好方餌修養之術，甚效。從先公官嶺外，偶迎凉露寢，遂中瘴癘，及北歸，道中疾革，召醫視脉，曰：「可治。」謂二子曰：「紿爾也。」未終前一日，命頤曰：「今日百五，爲我祀父母，明年不復祀矣。」夫人以景德元年甲辰十月十三日，生于太原，皇祐四年壬辰二月二十八日，終于江寧，享年四十九。始封壽安縣君，追封上谷郡君。

巢谷傳

蘇轍

巢谷，字元修，父中世，眉山農家也。少從士大夫讀書，老爲里校師，幼傳父學，雖朴而博，舉進士京師，見舉武藝者，心好之。谷素多力，遂棄其舊學，畜弓箭，習騎射，久之，業成而不中第。聞西邊多驍勇，騎射擊刺，爲四方冠，去遊秦鳳、涇原間，所至友其秀桀。有韓存寶者，尤與之善，谷教之兵書，二人相與爲金石交。熙寧中，存寶爲河州將，有功，號熙河名將，朝廷稍奇之。會盧州蠻乞弟擾邊，諸郡不能制，乃命存寶出兵討之。存寶不習蠻事，邀谷至軍中問焉。及存寶得罪，將就逮，自料必死，謂谷曰：「我涇原武夫，死非所惜；顧妻子不免寒餓，槖中有銀數百兩，非君莫可使遺之者。」谷許諾，即變姓名，懷銀步行，往授其子，人無知者。存寶死，谷逃避江淮間，會赦乃出。予以鄉閭，故幼而識之，知其志節，緩急可記者也。予之在朝，谷浮沉里中，未嘗一見。紹聖初，予以罪謫，居筠州，自筠徙雷，徙循；予兄子瞻亦自惠再徙昌化。士大夫皆諱與予兄弟遊，平生親友，無復相聞者。谷獨慨然，自眉山誦言，欲徒步訪吾兄弟，聞者皆笑其狂。元符二年春正月，自梅州遺予書曰：「我萬里步行見公，不自意今至梅州矣，不旬日必見，死不恨矣。」予驚喜曰：「此非今世人，古之人也。」既見，握手相泣，已而道平生，逾月不厭。時谷年七十有三矣，瘦瘠多病，非復昔日元脩矣。將復見子瞻于南海，予愍其老且病，止之曰：「君意則善，然自此至儋數千里，復當渡海，非老人事也。」谷曰：「我自視未即死也，公無止我。」留之不可。閱其槖中，無數千錢，予方乏困，亦强資遣之。船行至新會，有蠻隸竊其槖裝以逃，獲於新州，谷從之至新，遂病死。予聞，哭之失聲，恨其不用吾言；然亦奇其不用吾言，而行其志也。昔趙襄子厄於晉陽，知伯率韓、魏決水圍之，城不沒者三板，縣釜而爨，易子而食，羣臣皆懈，惟高恭不失人臣之禮。及襄子用張孟談計，三家之圍解，行賞羣臣，以恭爲先。談曰，晉陽之難，惟恭無功，曷爲先之？襄子曰：

「晉陽之難，羣臣皆懈，惟恭不失人臣之禮，吾是以先之。」谷於朋友之義，實無愧高恭者，惜其不遇襄子，而前遇存寶，後遇予兄弟！予方雜居南夷，與之起居出入，蓋將終焉，雖知其賢，尚何以發之？聞谷有子蒙，在涇原軍中，故爲作傳，異日以授之。谷始名穀，及見之循州，改名谷云。

孫少述傳

林希

孫侔，字少述，世吴興人。父及，仕至尚書都官員外郎，簡州卒。侔方四歲，從其母胡氏家揚州，母親教之。侔雖幼，已惕然能自傷其孤，悲泣力學，七歲能屬文，既長，讀書精識元解，能得聖人深意，多所論譔。慶曆、皇祐間，與臨川王安石、南豐曾鞏，知名於江淮間。侔初名處，字正之，安石自序所謂「淮之南有賢人焉，曰正之，余得而友之」者也。侔内行峭潔，少許可，不妄戲笑，所居人罕識其面，非其所善，造門弗見，雖鄰不與之通。其論曰：「文，氣也。君子之氣正，衆人之氣隨；行之於身而正者，然後爲文，故必見諸行；行不正，則言無以信於世。」故侔之詩文，嚴勁簡古，卓然一出於己，自成法度，如其爲人。嘗舉進士不中，母病且革，頗恨不及見其仕。侔嗚咽自誓床下，終身不求仕進。葬其親蘇州之陽山，廬墓終喪。久之，親友勸復舉進士，皆不聽。從其兄覿往來南方，兄卒，遂客居吴門。徙吴興丹陽，又徙真州。平日閉門讀書，鼓琴以自娱。體素羸，喜親方書，治藥餌。未嘗傳經教授，而學者聞其風指，多所開悟。侔志節剛果，不爲矯激奇詭之行，而氣貌足以動人，所至一坐爲之凜然，視權倖與善宦者，意若奴隸之，以故不能者相與排毁。侔聞，自持愈厲，不少降屈，故所憎嫉者終亦嚴憚云。故相晏殊，頗稱其才，知制誥唐詢、劉敞、錢公輔，尤尊禮之。詢嘉祐中守蘇，表其孝行，詔賜粟帛。又薦之曰：「清不苟名，和不溷俗，履道而常其守，處賤而得其安。」敞爲揚州，論其賢以爲孝弟，仕則忠信；足以矯俗，而不詭俗以干譽；足以扶世，而不偶世以自用；求之朝廷，呂公著、王安石之流也。詔以爲試祕書郎，揚州州學教授，侔凡五辭，卒不赴。敞守永興，奏請侔管安撫司機宜文字，亦以病免。英宗卽位，知制誥沈遘、王陶，薦侔及汝陰王回、常秩三人者，可備侍從，皆除試大理評事、忠武節度推官，且試以縣。侔得滁州來安，又不赴。熙寧三年，翰林學士韓維復薦之，以爲常州團練推官，又不受命。侔初罷舉進士，窮無所歸，天章閣待制王鼎以女妻之，世多稱鼎爲能好賢。王氏早卒，又娶劉氏，生四子，碞、嵩、喬、扃，五女。侔貧，自奉儉約，家人化之，然以病日必食肉，而妻子相對蔬茹而已，閨門雍雍如也。元豐三年，除通直郎致仕。七年十一月二十六日卒，年六十六。有詩四千篇，雜文三百篇。兄覯，亦有學行，仕至太常博士。贊曰：先生天下之剛也，不強顧其所不強，語其所不語，獨貧而足，獨窮而樂，觀於萬物，自信而浄潔已。矯俗以行其志，終身不仕，未有若斯之全德也。古之所謂「求仁而得仁」者，其先生之謂耶！

錢一傳

劉　跂

錢一，字仲陽，上世錢塘人，與吴越王有屬，王俶納土，曾祖贇隨以北，因家於鄆。父顥，善鍼醫，然嗜酒喜游，一旦匿姓名東游海上，不復返。一時三歲，母前亡，父同産嫁醫呂氏，哀其孤，收養爲子。稍長，讀書，從呂君問醫，姑將没，乃告以家世，一號泣請往迹父，凡五六往，乃得所在，又積數歲，乃迎以歸，是時一年三十餘。鄉人感概，爲泣下，多賦詩詠其事。後七年，父以壽終，喪葬如禮。其事呂君，如事其父，呂氏没，無似，爲之收葬行服，嫁其孤女，歲時祭享，皆與親等。一始以顱顖方著名山東，元豐中，長公主女有疾，召使視之，有功，奏授翰林醫學，賜緋。明年，皇子儀國公病瘈瘲，國醫未能治，長公主朝，因言錢一起草野，有異能，立召入，進黄土湯而愈。神宗皇帝召見襃諭，因問黄土所以愈疾狀。一對曰：「以土勝水，水得其平，則風自止；且諸醫所治垂愈，小臣適其愈，惟陛下加察！」天子悦其對，擢太醫丞，賜紫衣金魚。自是戚里貴戚，逮士庶之家，願致之無虚日。其論醫，諸老宿莫能及。俄以病免。哲宗皇帝復召入，宿直禁中，久之，復辭疾，賜告，遂不復起。一本有羸疾，性簡直，嗜酒，疾屢攻，自以意治之，輒愈。最後得疾，憊甚，乃歎曰：「此所謂周痺也，周痺入藏者死，吾其已夫。」已而曰：「吾能移之，使病在末。」因自製藥，日夜飲之，人莫見其方，居無何，左手足攣不能用，乃喜曰：「可矣。」又使所親登東山，視菟絲所生，篝火燭其下，火滅處劚之，果得伏靈，其大踰斗，因以法噉之，閲月而盡，由此雖偏廢，而氣骨堅悍，如無疾者。退居里舍，杜門不冠屨，坐卧一榻上，時時閲史書雜説，客至酌酒劇談，意欲之適，則使二僕夫輿之，出没閭巷，人或邀致，不肯往也。病者日造門，或扶攜襁負，纍纍滿前，近自鄰井，遠或百數十里，皆授之藥，致謝而去。初長公主女病泄利將殆，一方醉曰〔四〕：「當發疹而愈。」駙馬都尉以爲不然，怒責之，不對而退。明日疹果出，尉喜，以詩謝之。廣親宗子病，診之曰：「此可毋藥而愈。」顧其幼曰：「此且暴病驚人。」後三日過午無恙，其家恚曰：「幼何疾？醫貪利動人如此！」

明果發癇甚急，復召一治之，居三日，愈。問：「何以無疾而知？」曰：「火色直視，心與肝俱受邪〔五〕，過午者，心與肝所用時當更也。」宗室王子病嘔泄，醫以藥温之，加喘，一曰：「病本中熱，奈何以剛劑燥之？將不得前後溲。」予石膏湯。王與醫皆不信，謝罷，一曰：「毋庸復召我。」後二日果來召，適有故不時往，王疑且怒，使人十數輩趣之至，曰：「固石膏湯證也。」竟如言而效。有士人病欬，面青而光，其氣哽哽，一曰：「肝乘肺，此逆候也。若秋得之可治，今春不可治。」其家祈哀，彊之予藥。明日，曰：「吾藥再瀉肝而不少却，三補肺而益虚，又加脣白，法當三日死。然安穀者過期，不安穀者不過期；今尚能粥。」居五日而絶。有娠婦得病，醫言胎且墮，一曰：「娠者五藏傅養，率六旬乃更，誠能候其月，偏補之，何必墮。」已而子母俱得全。又乳婦因大恐而病，病雖愈，目張不得瞑，人不能曉，以問一，一曰：「煑郁李酒飲之，使醉則愈，所以然者，目系内連肝膽，恐則氣結，膽衡不下，惟郁李去結，隨酒入膽，結去膽下，目則能瞑矣。」如言而效。一日過所善翁〔六〕，聞兒啼，愕曰：「何等兒聲？」翁曰：「吾家孿生二男子。」一曰：「謹視之，過百日乃可保。」翁不懌，居月餘，皆斃。一爲方博達不名，一所治種種皆通，非但小兒醫也。於書無不窺，他人靳靳守古，獨度越縱舍，卒與法合。尤邃《本草》，多識物理，辨正闕誤。人得異藥若持疑事問之，必爲言出生本末，物色名號，退考之皆中。末年孿痺浸劇，其嗜酒，喜寒食，皆不自禁，自診知不可爲，召親戚訣别，易衣待盡。享年八十二，終于家。所著書有《傷寒論指微》五卷，《嬰孺論》百篇。一子早世，二孫，今見爲醫河間。劉跂曰：一，非獨其醫可稱也；其篤行似儒，其奇節似俠，術行而身隱約，又類夫有道者。數謂余言，曩學六氣五運，夜宿東平王冢巔，觀氣象，至逾月不寐，今老且死，事誠有不在書者，肯以三十日暇從我，當相授。余笑謝弗能，其後遂不復言。嗚呼！斯人也，如欲復得之何可哉〔七〕？没後，余聞其所治驗尤衆，東州人人能言，掇其章章著明者著之篇。異時史家敍方術之士，其將有考焉。

玉友傳

劉　跂

玉友，其先出自后稷，得姓九種，别爲禾氏，居官長子孫。又爲庚氏，有子粲，從儀氏受道家術，術成，一息千日，大寒凝海而不冰，世稱以爲神。其後子孫命氏不一，唯甘氏最著。傳數世，有壺公者，無冬夏隱壺中，人挹之輒出，世謂玉友其後〔八〕。或曰，壺公既仙去，歷千數百歲，時時猶復往來人間，今玉友卽壺公也。爲人精白不雜處，少時帶經就春，方士中黄生、白水真人，一見定交杵臼之間，相與差擇陶汰，復脩儀氏術，烝烝柔和，羣居化之，雖蓬室甕牖，投者如歸，一巾一瓢，意湛如也。好事者或載與俱出，所至爵者避席，一坐盡傾；既去，人思慕若渴。平陽侯爲相，獨親厚之，吏士人人争欲進説，皆不得間。故人徐公爲郎，言於朝曰：「此臣家中聖人也。」去游荆楚，荆州牧虚齋中以館之，使其子伯雅、叔雅、季雅受學焉。嘗得董生《春秋玉杯》書，閲而喜曰：「知吾趣者，不在玉杯中乎？」晚從王公子至山東，山東人聞聲争先交驩〔九〕。河間老人一見心醉〔一〇〕，嘆曰：「吾屬徒知飲其德，莫知名其器。」因命史筮之，遇需☰☵之比☵☷，其占曰：「吉。是謂三益，味道之腴，澤外晬中，冰雪與居。非金非石，其臭如蘭，有孚盈缶，富以其鄰。殆將有出塵之好，得於宴樂之間。」因賀曰：「斯人玉也，諸君其得而友之乎？」老人頓首幸甚，字之曰玉友。初甘氏宗族既衆，仕宦高者，入侍太官，奉祠祭。其在州郡，爲平原督郵，爲青州從事，或封宜城侯，劇陽子，下至斗食丞，甚衆。其餘散居里邑田野，往往衒鬻自售，無老幼賢否，皆得與之交：倡優下俚，狎溺尤甚，號爲驩伯，愛之不容口，由是交道遂濟。縣官既覺之，因著爲令，盡收其財佐公上，毋得藏器于家，清廉之士，至揭表自別。獨玉友不然，瑰意琦行，門無雜賓，私淑諸人，未嘗顯於時，既性所守，亦其勢然也。與人接，初若恬和，而中甚烈，天質醇白，終始一致，炎凉莫能移奪。平居固罕見之，人或望其顏色，皆愕眙，及深味其言，無不心悦誠服，識與未識，以是沾丐所及，人忘其少。譏者或恨其不滿，聞而笑曰：「君子多乎哉？不多也。」他日老人坐草堂，蒼官青士，列侍堂下，風月佳夕，獨玉友與桐君在。桐君方有高山流水之趣，當是時，玉友色愈粹，風味愈勝，相視莫逆，驩然絶倒。老人歎曰：「平生聞高士稱『羲皇上人』，嘗謂虚語，今乃信然，恨不使陶靖節見之！」客有邂逅相遇者，赧然内熱，爽然自失。人怪而問之曰：「見吾玉友耶？」客長歎曰：「閲人多矣，疑其不從人間來。」其爲人心服如此。嘗自言，吾師以寅生，以酉終，故酉日輒隱不見。然出處亦無常度，或對客未竟，人又於他所見之，或同時數家俱見。雖人人自謂良我友，然似是而非者十九，得其緒餘者十五，而得其真者百無一二。至於官府及市肆，若裨販之家，雖願見之，終不往。浮沉于世，莫知其所終。太史公曰：甘氏得姓，尚矣。其後分封，以邑爲姓，有中山氏、青田氏、桑落氏、烏氏、程氏、郫氏，此皆著姓，日以滋盛。而玉友名氏弗章，獨以德稱，其亦有以也夫！其亦有以也夫！或隱或見，莫考其出處，此與薊子訓、左元方何以異？浮沉方外，野人白士，與之忘年，而臣不得獻之君，故余論其行事，未嘗不歎息於斯焉。

露布

嶺南道行營擒劉鋹露布

嶺南道行營都部署潘美，副部署尹崇珂，都監朱憲等，上尚書兵部。臣等聞飛霜激電，上帝所以宣威；伐罪弔民，明王以之耀武。我國家仰稽元象，大啓洪基。將復三代之土疆，永泰萬方之生聚。西平巴蜀，雲雷敷潤物之恩；南定衡湘，江漢鼓朝宗之浪。惟嶺南之獷俗，獨恃遠以偷安。久背照臨，罔遵聲教。僞漢國主劉鋹，性惟凶惡，識本庸愚，以虐害爲化風，以誅戮爲政事。置火床、鐵刷之獄，人不聊生；設剉碓、湯鑊之刑，古未嘗有。恨刀鋒之不快，用鋸解以恣情。臠割刲屠〔二〕，窮彼殘害。一境籲天而無路，生民何地以稱寃？衆心望君，如望皎日。我皇帝仁深恤隱，義切救焚，遂發干戈，拯其塗炭。臣等上憑神武，遥禀睿謀，舉軍未及於半年，乘勝連平於數郡，累逢戰陣，無不掃除。劉鋹遠懼傾危，尋差人使，初則稱臣上表，具陳歸化之心，後乃設詐藏姦，翻作疑兵之計。臣與將士等，仰承睿旨，不敢逗留，於正月二十七日，已到栅口，去廣州只及一程。劉鋹又頻發佐僚，來往商議，漸無憑準，固欲淹留。兼於諸處收到新出僞命文牓，皆是會合逆黨，以拒王師。至二月四日，果遣其弟僞禎王保興等，部領舉國軍兵，併來決戰。臣等憤其反覆，認此狂迷，尋結戰以交鋒，復揮戈而誓衆。行營將士等，感大君之撫御，咸願竭忠；怒逆黨之拒張，争先效命。八十里槍旗競進，數萬人殺戮無遺。尋又分布師徒，徑收賊壘。其劉鋹知城隍之必陷，將府庫以自焚，烈焰連天，更甚崑岡之火，投戈散地，甘從涿野之誅。劉鋹則尋卽生擒，廣州則當時平定。其在州官吏、僧道、軍人、百姓等，乍除苛虐，咸遂生全，無不感帝力以沾衿，望皇都而稽首。此蓋天威遠被，宸筭遐敷，平七十年不道之邦，救百萬户倒懸之命。殊方既乂，長承日月之迴光；鴻祚無疆，永荷乾坤之降祐。其劉鋹并僞署判六軍十二衞禎王劉保興；太師潘崇徹，玉清宫使、左龍虎軍觀軍容使、内太師龔澄樞，列聖宫使、六親觀軍容使、内太師李托，内門使、驃騎大將軍、内侍郎薛崇譽等，朋助劉鋹，旅拒王師，既就生擒，合同俘獻。臣等幸陪戎事，倍樂聖功，無任忭抃歡呼之至！謹奉露布以聞。

昇州行營擒李煜露布

昇州行營馬步軍戰棹都署、宣徽南院使、義成軍節度使臣曹彬等，上尚書兵部。臣等聞天道之生成庶類，不無雷電之威；聖君之統制萬邦，必有干戈之役。所以表陰慘陽舒之義，彰弔民伐罪之功。我國家啓萬世之基，應千年之運，四海盡歸於臨照，八紘皆入於提封。西定巴邛，復五千里升平之地；南收嶺表，除七十年僭僞之邦〔三〕。巍巍而帝道彌光，赫赫而皇威遠被。頃者因緣喪亂，分列土疆，累朝皆遇於暗君，莫能開拓〔一三〕；中夏今逢於英主，無不掃除。惟彼江南，言脩臣禮。外示恭勤之貌，内懷姦詐之謀。況李煜此是騃童，固無遠略，負君親之鞠育〔一四〕，信左右之姦邪，曾無量力之心，但貯欺天之意。脩葺城壘，欲爲固守之謀；招納叛亡，潛萌抵拒之計。我皇帝度深含垢，志在包荒，輟青鑠之近臣〔一五〕，降紫泥之丹詔，曲示推恩之道，俾脩入覲之儀，期暫詣於闕庭，庶盡銷於疑間。示信特開於生路，執迷自履於危途，託疾不朝，堅心背順。士庶咸懷於憤激，君親曲爲於優容，但矜孽豎之愚蒙，慮陷人民於塗炭，累宣明旨，庶俾自新。略無悛悟之心，轉恣陸梁之性。事不獲已，至于用兵。大江特剏於長橋〔一六〕，鋭旅尋圍其逆壘。皇帝陛下，尚垂恩宥，終欲保全，遣親弟從鎰歸，迴降天書，委曲撫喻，務從庇護，無所闕焉。終懷蛇豕之心，不體乾坤之造，送蠟書則勾連逆寇，肆兇徒則劫掠王民，勞我大軍，駐踰周歲。既人神之共怒，復飛走以無門，貔貅竟效其先登，蟣虱自悲於相弔。臣等於十一月二十七日，齊驅戰士，直取孤城。姦臣無漏於網中，李煜生擒於麾下。千里之氛霾頓息，萬家之生聚尋安。其在城官吏、僧道、軍人、百姓等，久在偏方，困於虐政，喜逢盪定，皆遂舒蘇。望天朝而無不涕洟，樂皇化而惟皆鼓舞。有以見穹旻助順，南嶽知歸。當聖明臨御之期，是文軌混同之日。卷甲而兵鋒永戢，垂衣而帝祚無窮。臣等俱乏將材，謬司戎律，遥稟一人之睿略，幸成九伐之微勞。其江南國主李煜，并僞署臣寮已下若干人，既就生擒，合將獻捷。臣等無任歌時樂聖，慶快歡呼之至！謹奉露布以聞。

校勘記

〔一〕避世　二字原脱，據明抄本補。

〔二〕能好默不好言　原作「能不好默」，據明抄本删「不」字，補「不好言」三字。

〔三〕廬陵　「陵」原作「陡」，據明刻本改。

〔四〕一方醉日　「醉」原作「奏」，據明抄本、明刻本改。

〔五〕受邪　「邪」原作「之」，據明抄本、明刻本改。

〔六〕所善翁　「翁」原作「公」，據明抄本、明刻本改。

〔七〕何可哉　「可」字原脱，據明抄本補。

〔八〕其後　「其」字原脱，據明抄本補。

〔九〕山東人聞聲争先交驩　「山東」原作「東山」，據明抄本乙；「人」、「先」原脱，亦據補。

〔一〇〕河間　「間」原作「閒」，據明刻本改。

〔一一〕封屠　「封」原作「封」，據明抄本改。

〔一二〕七十年　「年」字原脱，據明抄本補。

〔一三〕開拓　「拓」原作「托」，據明抄本改。

〔一四〕君親　「親」字原脱，據明抄本補。

〔一五〕轂青鏁　「轂」原作「輒」，據明抄本改。

〔一六〕特邠　「邠」原作「劫」，據明抄本改。按，字當作「邠」。

附録一

一　太史成公編皇朝文鑑始末

淳熙丁酉，孝宗因觀《文海》，下臨安府，今委教官校正畢刊行。其年冬十一月，翰林學士周公必大夜直奏事，語次及之，因奏曰：「此書乃近時江佃類編，殊無倫理，書坊刊行可耳。今降旨校正刻板，事體則重，恐難傳後，莫若委館閣別加詮次，以成一代之書。」上大以爲然。一日，參知政事王公淮、李公彦穎奏事。上顧兩參道周公前語，俾舉其人。李公首以著作佐郎鄭鑑爲對。上默然，顧王公曰：「如何？」淮對：「以臣愚見，非祕書郎吕祖謙不可。」上以首肯之，曰：「卿可卽宣諭朕意，且令專取有益治道者。」王公退，如上旨召太史宣諭。太史承命不辭。卽關祕書集庫所藏，及因昔所記憶，訪求於外，所得文集凡八百家，搜撿編集，手不停披。至次年十月，書乃克成，未及上，而屬疾。上聞之，一日，因王公奏事，問曰：「聞吕某得末疾，朕固憂其太肥。向令其編《文海》，今已成否？」王公對曰：「吕某雖病，此書編類極精，繕寫將畢，方欲繳進，適值有疾，故未果。」上甚喜，曰：「朕欲見諸臣奏議，庶有益於治道，卿可諭令進來。」王公卽使其從具宣聖諭。久之，乃以其書繳申三省投進。書既奏御，上復諭輔臣曰：「朕嘗觀其奏議，甚有益治道，當與恩數。又聞其因此成病，朕當從内府厚錫之。」已而降旨：吕某編類《文海》，採摭精詳，與除直祕閣。又宣賜銀絹三百疋兩。中書舍人陳騤，再上繳章，上皆留中不行，騤尋罷去。既而賜名《皇朝文鑑》，且令周公必大爲之序，下國子監板行。有媢者密奏云：「文鑑所取之詩，多言田里疾苦之事，是乃借舊作以刺今。又所載章疏，皆指祖宗過舉，尤非所宜。」於是上亦以爲鄒浩《諫立劉后疏》語訐，別命他官有所修定，而鋟板之議遂寢。太史之取鄒公諫疏非他。昔鄒公抗疏之後，即遭遠貶。其後還朝，徽宗勞苦之，且問諫草何在。鄒公失於徽奏，同輩曰：「禍在此矣。」既而國論復變，蔡京令人僞撰鄒公諫草，言既鄙俚，加以狂訐，騰播中外，流聞禁中。徽宗果怨，降詔有「姦人造言」之語，鄒公遂再貶。太史得其初疏，故特載之。自太史以病歸里，深知前日紛紛之由，遂絶口不道《文鑑》事，門人亦不敢請，故其去取之意，世罕知者。周益公既被旨作序，序成，書來以封示太史。太史一讀，命子弟藏之。蓋其編次之曲折，益公亦未必知也。今間得於傳聞，以爲太史嘗云：「國初文人尚少，故所取稍寬。仁廟以後，文士輩出，故所取稍嚴，如歐陽公、司馬公、蘇内翰、黄門諸公之文，俱自成一家，以文傳世。今姑擇其尤者，以備篇帙。或其人有聞於時，而其文不爲後進所誦習，如李公擇、孫莘老、李泰伯之類，亦搜求其文，以存其姓氏，使不湮没。或其嘗仕于朝，不爲清議所予，而其文自亦有可觀，如吕惠卿之類，亦取其不悖於理者，而不以人廢言。」又嘗謂：「本朝文士，比之唐人，正少韓退之、杜子美；如柳子厚、李太白，則可與追逐者。如周美成《汴都賦》，亦未能修國家之盛，止是别無作者，不得已而取之。若斷自渡江以前，蓋以其年之已遠，議論之已定，而無去取之嫌也。」其大略若此。太史既病，南軒以書與晦翁，以爲編次《文鑑》，無補治道，何益後學。而晦翁晚歲，嘗語學者，以爲「此書編次，篇篇有意。每卷卷首，必取一大文字作壓卷，如賦則取《五鳳樓賦》之類。其所載奏議，皆係一代政治之大節，祖宗二百年規模，與後來中變之意思，盡在其間，讀者着眼便見，蓋非《經濟録》之比也。《經濟録》，趙公丞相編次。趙丞相謂《文鑑》所取之略，故復編次此書。」豈南軒未見其成書，而朱公則嘗深觀之耶！臨江劉公清之，又以爲此卽删《詩》定《書》，官使衆材之意，蓋亦善觀此書者。故備列之，以俟知者相與審訂焉。從子喬年謹書。

二　沈有開跋

《皇朝文鑑》一書，諸處未見有刊行善本，惟建寧書坊有之，而文字多脱誤，開卷不快人意。新安號出紙墨，乃無佳書，因爲參校訂正，鋟板于郡齋。嘉泰甲子重陽日，郡守梁谿沈有開。

三　趙彦适跋

文以「鑑」名，非爲標題設也。以銅爲鑑，則可以別妍醜；以古爲鑑，則可以審興衰；以人爲鑑，則可以正得失；至於以文爲鑑，則又不可以別妍醜、審興衰、正得失盡之也。新安郡齋，舊有《文鑑》木本，余每惜其脱略謬誤，莫研精華，如涉蓬山而阻弱水，隔雲霧而索豹章，輒嘆曰：「斯文之墜，越漢歷唐，至我皇宋，始還三代之舊，今牴牾訛舛若此，學者何賴焉？」郡博袁君，嘗加訂證。暨嘉定辛巳冬，余領郡事，一日，吏部喻君貽書，以東萊吕文公家本來寄，余喜而不寐，亟併取袁君所校，以相參考，易其謬誤，補其脱略，凡三萬字，命工悉取舊板及漫裂者，刊而新之，遂爲全書。使學者覽表疏而思都、俞、吁、咈之美，觀制册而得盤、誥、誓、命之意，閲賦詠而追《國風》《雅》《頌》之音，續渾金璞玉之體，免覆瓿鏤冰之譏，藻飾皇猷，黼黻治具。俾斯文之作，歷千萬人，如出一手；越千百載，如在一日。則《文鑑》之名爲無負，《文鑑》之利爲甚博矣。嘉定十五禩，壬午夏五月上澣，郡守開封趙彦适跋。

四　劉炳跋

前輩之文，粹然出正，蓋累朝涵養之澤，而師友淵源之所漸也。此書會粹略盡，真足以鳴國家之盛。惜夫鋟木之始，一付之刀筆吏，欠補亡刊誤之功，後雖更定，訛缺猶未能免，思欲就正有道，恨吕成公之不可作也！近於東萊家塾得證誤續本，命郡録事劉君崇卿，參以他集而訂正之。凡删改之字，又三千有奇，與刓缺不可讀者百餘板，併新之，其用心勤矣，其有補於此書多矣。既迄役，將如京，因語之曰：「夫校讎工夫，如拂几上塵，旋拂旋生。去後尋繹，當更有得，録以見寄，抑以覯子日進之學。」端平初元清明，郡守四明劉炳書于黄山堂。

五　吕祖謙奉聖旨銓次劄子

朝奉郎行祕書省著作佐郎兼國史院編修官兼權禮部郎官臣吕祖謙奉聖旨銓次劄子

先於淳熙四年十一月内，承尚書省劄子：勘會已降指揮，令臨安府校正開雕《聖宋文海》。十一月九日，三省同奉聖旨：委吕祖謙專一精加校證。祖謙竊見《文海》元係書坊一時刊行，去取未精，名賢高文大册，尚多遺落，遂具劄子，乞一就增損，仍斷自中興以前銓次，庶幾可以行遠。十一月五日，三省同奉聖旨：依。祖謙尋將祕書省集庫所藏本朝諸家文集，及於士大夫家，宛轉假借，旁采傳記它書，雖不知名氏，擇其文可録者，用《文選・古詩十九首》例，並行編纂。凡本門爲百五十卷，目録四卷。祖謙竊自伏念，本朝文字之盛，衆作相望，誠宜采掇菁華，仰副聖意；而祖謙學問荒涼，知識卑陋，不足以知前輩文字之工拙，黽勉承命，今已經年，簡牘浩繁，取舍繆戾。加以繕寫纔畢，偶嬰末疾，尚恐疏略抵牾，未敢遽以投進。今月二十四日，偶蒙具宣聖諭，緣祖謙已除外任，俯詢所編次第，自懼稽緩，不勝震懼。所有編次到《聖宋文海》一部，共一百五十四册，并臨安府元牒到御前降下《聖宋文海》舊本一部，計二十册，並用黃羅夾複，封作七複，欲望特與敷奏繳進。祖謙不勝皇懼俟罪之至！

六　呂祖謙謝表

朝奉郎行祕書省著作佐郎兼國史院編修官兼權禮部郎官臣呂祖謙奉聖旨所編文鑑精當謝賜銀絹除直祕閣表

右臣今月四日，承中使李裕文宣諭聖旨：所編文鑑精當，賜銀絹三百疋兩者。奏編無取，錫命有加。既叨中祕清切之隆，復拜內府便蕃之賜。人微恩厚，感極涕零。此蓋伏遇皇帝陛下，聖學高明，皇猷淵懿。粲然衆作，思採摭以無遺；蕞爾小臣，懼討論之不稱。已逃罪戾，仍被眷私。抱槧懷鉛，曷副右文之意；賜金增秩，徒慙稽古之榮。臣無任感天荷聖，激切屏營之至！謹録奏聞，謹奏。

附録二

一　宋史吕祖謙傳

〔元〕脱脱

吕祖謙字伯恭，尚書右丞好問之孫也。自其祖始居婺州。祖謙之學本之家庭，有中原文獻之傳。長從林之奇、汪應辰、胡憲游，既又友張栻、朱熹，講索益精。

初，蔭補入官，後舉進士，復中博學宏詞科，調南外宗教。丁内艱，居明招山，四方之士争趨之。除太學博士，時中都官待次者例補外，添差教授嚴州，尋復召爲博士兼國史院編修官、實録院檢討官。輪對，勉孝宗留意聖學。且言：「恢復大事也，規模當定，方略當審。陛下方廣攬豪傑，共集事功，臣願精加考察，使之確指經畫之實，孰爲先後，使嘗試僥倖之説不敢陳於前，然後與一二大臣定成算而次第行之，則大義可伸，大業可復矣。」

召試館職。先是，召試者率前期從學士院求問目，獨祖謙不然，而其文特典美。嘗讀陸九淵文喜之，而未識其人。考試禮部，得一卷，曰：「此必江西小陸之文也。」揭示，果九淵，人服其精鑑。父憂免喪，主管台州崇道觀。

越三年，除祕書郎、國史院編修官、實録院檢討官。以修撰李壽薦，重修徽宗實録。書成進秩，面對，言曰：「夫治道體統，上下内外不相侵奪而後安。鄉者，陛下以大臣不勝任而兼行其事，大臣亦皆親細務而行有司之事，外至監司、守令職任，率爲其上所侵而不能令其下。故豪猾玩官府，郡縣忽省部，掾屬凌長吏，賤人輕柄臣。平居未見其患，一旦有急，誰與指麾而伸縮之邪？如曰臣下權任太重，懼其不能無私，則有給、舍以出納焉，有臺諫以救正焉，有侍從以詢訪焉。儻得端方不倚之人分處之，自無專恣之慮，何必屈至尊以代其勞哉？人之關鬲脈絡少有壅滯，久則生疾。陛下於左右雖不勞操制，苟玩而弗慮，則聲勢浸長，趨附浸多，過咎浸積，內則懼爲陛下所遣而益思壅蔽，外則懼爲公議所疾而益肆詆排。願陛下虛心以求天下之士，執要以總萬事之機。勿以圖任或誤而謂人多可疑，勿以聰明獨高而謂智足偏察，勿詳於小而忘遠大之計，勿忽於近而忘壅蔽之萌。」

又言：「國朝治體，有遠過前代者，有視前代爲未備者。夫以寬大忠厚建立規模，以禮遜節義成就風俗，此所謂遠過前代者也。故於俶擾艱危之後，駐蹕東南踰五十年，無纖豪之虞，則根本之深可知矣。然文治可觀而武績未振，名勝相望而幹略未優，故雖昌熾盛大之時，此病已見。是以元昊之難，范、韓皆一時之選，而莫能平殄，則事功之不競從可知矣。臣謂今日治體視前代未備者，固當激厲而振起；遠過前代者，尤當愛護而扶持。」

遷著作郎，以末疾請祠歸。先是，書肆有書曰《聖宋文海》，孝宗命臨安府校正刊行。學士周必大言《文海》去取差謬，恐難傳後，盍委館職銓擇，以成一代之書。孝宗以命祖謙。遂斷自中興以前，崇雅黜浮，類爲百五十卷，上之，賜名《皇朝文鑑》。

詔除直祕閣。時方重職名，非有功不除，中書舍人陳騤駁之。孝宗批旨云：「館閣之職，文史爲先。

祖謙所進，採取精詳，有益治道，故以寵之，可卽命詞！」騤不得已草制。尋主管沖祐觀。明年，除著作郎兼國史院編修官。卒，年四十五。謚曰成。

祖謙學以關、洛爲宗，而旁稽載籍，不見涯涘。心平氣和，不立崖異，一時英偉卓犖之士皆歸心焉。少卞急，一日，誦孔子言「躬自厚而薄責於人」，忽覺平時忿懥涣然冰釋。朱熹嘗言：「學如伯恭方是能變化氣質。」其所講畫，將以開物成務，既卧病，而任重道遠之意不衰。居家之政，皆可爲後世法。修《讀詩記》、《大事記》，皆未成書。考定《古周易》、《書説》、《閫範》、《官箴》、《辨志録》、《歐陽公本末》，皆行於世。晚年會友之地曰麗澤書院，在金華城中；既殁，郡人卽而祠之。子延年。

以上據中華書局排印本

二　習學記言序目卷第四十七

〔宋〕葉　適

皇朝文鑑一

周必大序

吕祖謙，字伯恭，公著五世孫，中進士第，又中博學弘詞，與張栻、朱熹同時，學者宗之，仕至著作郎，卒年四十五。初，孝宗命知臨安府趙磻老詮校本朝《文海》，磻老辭不能，遂以命祖謙；因盡取渡江前衆作，備加搜擇，成百五十卷，蓋自古類書未有善於此。按上世以道爲治，而文出於其中；戰國至秦，道統放滅，自無可論。後世可論惟漢、唐，然既不知以道爲治，當時見於文者，往往訛雜乖戾，各恣私情，極其所到，便爲雄長；類次者復不能歸一，以爲文正當爾，華忘實，巧傷正，蕩流不反，於義理愈害而治道愈遠矣。此書刊落浩穰，百存一二，苟其義無所考，雖甚文不録；或於事有所該，雖稍質不廢；臣家鴻筆，以浮淺受黜，稀名短句，以幽遠見收。合而論之，大抵欲約一代治體歸之於道，而不以區區虛文爲主。餘以舊所聞於吕氏又推言之，學者可以覽焉。然則謂莊周、相如爲文章宗者，司馬遷、韓愈之過也。

禮部尚書周必大承詔爲序，稱：「建隆、雍熙之間，其文偉；咸平、景德之際，其文博；天聖、明道之辭古；熙寧、元祐之辭達。」按吕氏所次二千餘篇，天聖、明道以前，作者不能十一，其工拙可驗矣。文字之興，萌芽於柳開、穆修，而歐陽修最有力，曾鞏、王安石、蘇洵父子繼之，始大振；故蘇氏謂「雖天聖、景祐，斯文終有愧於古」。此論世所共知，不可改，安得均年析號各擅其美乎？及王氏用事，以周、孔自比，掩絶前作，程氏兄弟發明道學，從者十八九，文字遂復淪壞，則所謂「熙寧、元祐其辭達」，亦豈的論哉！且人主之職，以道出治，形而爲文，堯、舜、禹、湯是也。若所好者文，由文合道，則必深明統紀，洞見本末，使淺知狹好無所行於其間，然後能有助於治，乃侍從之臣相與論思之力也；而此序無一詞不諂，尚何望其開廣德意哉！蓋此書以序而晦，不以序而顯，學者宜審觀也。

賦

賦雖詩人以來有之，而司馬相如始爲廣體，撼動一世，司馬遷至爲備録其文，駭所無也；揚雄喜而效焉，晚則悔之矣。然自班固以後，不惟文浸不及，而義味亦俱盡。然後世猶繼作不已，其虚夸妄説，蓋可鄙厭，故韓愈、歐、王、蘇氏皆絶不爲。今所謂《皇畿》《汴都》《感山》《南都》之類，非於其文有所取，直以一代之制，一方之事，不可不知而已。《皇畿》以事實勝，而《汴都》惟盛稱熙豐興作，遂特被賞識。昔梁孝王、漢武、宣每有所爲，輒令臣下述賦，戲弄文墨，真俳優之雄，而歷代文士，相與沿襲不耻，是可嘆也！自與虜通和，太行皆爲禁山，坐失地利，故此賦感之。然謂「以皇祐之版書，較景德之圖録，雖增田三十四萬餘頃，反減賦七十一萬餘斛」，以爲不用先王之法致然，則非也。夫墾辟衆則利在下，蠲放多則恩在上，何害爲王政，而必欲如宇文融乎？蓋近世之論無不然矣。

《五鳳樓賦》，是時大梁宫室始與西京比，而梁周翰歷陳前代亡國之君淫於木土者爲戒，何止諷也！蓋顯刺必出於明時，「無若丹朱傲」，信其爲舜、禹之盛矣。

《籍田》《大搜》《大酺》不常有，賦頌所以記也；《明堂》未之有，所以兆也。凡此類，以事觀之可也。

張咏《聲賦》，詞近指遠，弘達朗暢，異乎《鳴蟬》《秋聲》之爲，蓋古今奇作，文人不能進也。

晏殊《中園》，叶清臣《松江秋泛》，自謂得窮達奢儉之中，今亦以此録之。然上無補衰拯溺之公義，下無隱居放言之逸想，則其所謂中者，特居處飲食之奉而已，不足道也。

狄遵度《石室》《鑿二江賦》，發明文翁、李冰有功於蜀；其言「民未得所欲，事或有不利，先世所未暇除去，聖人所未及裁制，皆吾人之所事」。有感于斯言也。

聞之呂氏：「讀王深父文字，使人長一格。」《事君》《責難》《愛人》《抱關》諸賦，可以熟玩。自王安石、王回，始有幽遠遺俗之思，異於他文人；而回不志於利，能充其言，殆非安石所及。然若少假不死，及安石之用，未知與曾鞏、常秩何如，士之出處固難言也。

周氏《拙賦》，爲今世講學之要。按《書》稱「作僞心勞日拙」，古人不貴拙也。「大巧若拙」，「巧者勞而智者憂，無能者無所求」，老、莊之學然爾。蓋削世俗纖浮靡薄之巧而歸之於正，則不以拙言也。以拙易巧而不能運道，則拙有時而僞矣，學者所當思也！

初，歐陽氏以文起，從之者雖衆，而尹洙、李覯、王令諸人，各自名家。其後王氏尤衆，而文學大壞矣。獨黄庭堅、秦觀、張耒、晁補之始終蘇氏，陳師道出於曾而客於蘇，蘇氏極力援此數人者，以爲可及古人，世或未能盡信。然聚羣作而驗之，自歐、曾、王、蘇外，非無文人，而其卓然可以名家者，不過此數人而已；邢居實早夭，沈括、劉跂之流，終不近也。黄庭堅言：「屈、宋之後，自鑄偉詞辭。」此語當考。

世多言「太祖嘗議都洛陽以省冗兵，恨後世不能用」，本據《王禹偁遺事》。其載李符、李懷忠之諫，或當有之；至謂「太祖答晉王欲循周、漢故事以安天下」，又謂「不及百年民力必殫」，則其家子孫以當時所聞見增益之，非本語也。冗兵自在真宗、仁宗世，太祖時兵何嘗冗，而預憂其後乎？自唐裂藩鎮養兵，民力固已殫，而士大夫不能知，就有能知者，亦不能改；安得謂本朝百年後民力始殫爲太祖語？且五代時，鹽酒末利皆輒殺人，民命尚不可保，何止殫民力乎？秦、漢及唐，雖都關中，何嘗不以兵强天下？

隋、唐府衞，民半爲兵，而人主歲猶就食東都，何止冗兵爲費哉！歷代帝王，不常厥居，汴無不可都之理。蓋自得太原，即乘勢伐幽州，算畫無素，一時倉猝，幾不自保，國勢由此而弱；契丹侵陵，河北破壞，始堅守和好，而兵因以日增，乃謀國者之謬，非謂必恃兵以爲固也。使太祖臨御得久，其所以處此，要自有道。《遺事》所記，失其實矣。

《天下爲一家賦》，吕大鈞作。大鈞兄弟從張氏學，而大防爲相，程氏與司馬氏善，當時在要地者，多程氏之門，故元祐之政亦有自來。此賦與《西銘》相出入，然其言「昔既有離，則今必有合；彼既可廢，則我亦可舉」。謂井田封建當復也。若存古道，自可如此論；若實欲爲治，當更審詳爾。

律賦

漢以經義造士，唐以詞賦取人。方其假物喻理，聲諧字協，巧者趨之；經義之朴，閣筆而不能措。王安石深惡之，以爲市井小人皆可以得之也；然及其廢賦而用經，流弊至今，斷題析字，破碎大道，反甚於賦。故今日之經義，即昔日之賦；而今日之賦，皆遲鈍拙澀，不能爲經義者然後爲之；蓋不以德而以言，無向而能獲也。諸律賦皆場屋之伎，於理道材品，非有所關。惟王曾、范仲淹有以自見，故當時相傳，有「得我之小者，散而爲草木；得我之大者，聚而爲山川；如令區别妍媸，願爲軒鑒；倘使削平禍亂，請就干將」之句。而歐、蘇二賦，非舉場所作；蓋欲知昔時格律寬暇，人各以意爲之，不拘礙也。

「有物混成，先天地生。」老氏之言道如此。按自古聖人，中天地而立，因天地而教，道可言，未有於天地之先而言道者，有司不考詳，以邪説取士，士亦以邪説應之。既以此得，遂以爲是，豈惟不以德而以言，又并其言失之矣。

詩

按吕氏有《家塾讀詩記》《麗澤集詩》行於世，本朝詩與今篇目不同無幾，乃其素所詮次云爾。孟子言：「王者之迹熄而《詩》亡，《詩》亡然後《春秋》作。」《春秋》作不作，不繫《詩》存亡，此論非是。然孔子時人已不能作詩，其後别爲逐臣憂憤之詞，其體變壞；蓋王道行而後王迹著，王政廢而後王迹熄，詩之廢興，非小故也。自是詩絶不繼數百年。漢中世文字興，人稍爲歌詩，既失舊制，始以意爲五七言，與古詩指趣音節異，而出於人心者實同。然後世儒者，以古詩爲王道之盛，而漢、魏以來乃文人浮靡之作也，棄而不論，諱而不講，至或禁使勿習。上既不能涵濡道德，發舒心術之所存，與古詩庶幾；下復不能抑揚文義，鋪寫物象之所有，爲近詩繩準；塊然朴拙，而謂聖賢之教如是而止，此學者之大患也。吕氏自古樂府至本朝詩人，存其性情之正、哀樂之中者，上接古詩，差不甚異，可與學者共由，而從之尚少，故略爲明其大概如此。

後世詩，《文選》集詩通爲一家，陶潛、杜甫、李白、韋應物、韓愈、歐陽修、王安石、蘇軾各自爲家，唐詩通爲一家，黄庭堅及江西詩通爲一家。人或自謂知古詩，而不能知後世詩，或自謂知近世詩，而不能知古詩；及其皆知，而辭之所至皆不類，則皆非也。韓愈盛稱皋、夔、伊、周、孔子之鳴，其卒歸之於詩，詩之道固大矣，雖以聖賢當之未爲失，然遂謂：「魏晉以來無善鳴者，其聲清以浮，其節數以急，其辭淫以哀，其志弛以肆，其爲言雜亂而無章。」則尊古而陋今太過；而又以孟郊、張籍當之，則尤非也。如郊寒苦孤特，自鳴其私，刻深刺骨，何足以繼古人之統？又況於無本者乎？愈欲以絕識高一世，而不自知其無識至此，重可嘆爾！

張衡《四愁》雖在蘇、李後，得古人意則過之。建安至晉高遠，宋、齊麗密，梁、陳稍放靡，大抵辭意終未盡。唐變爲近體，雖白居易、元稹以多爲能，觀其自論敍，亦未失詩意，而韓愈盡廢之，至有亂雜蟬噪之譏。此語未經昔人評量，或以爲是，而叫呼怒駡之態，濫溢而不可御，所以後世詩去古益遠，雖如愈所謂亂雜蟬噪者尚不能到，況欲求《風》《雅》之萬一乎！孟郊謂：「詩骨聳東野，詩濤洶退之。」而愈亦自謂：「還當三千秋，更起鳴相酬。」嗚呼！以豪氣言詩，凭陵古今，與孔子之論何異指哉！

四言詩

四言自韋孟、司馬遷、相如、班固、束晳、陶潛、韓愈、柳宗元、尹洙、梅堯臣、歐陽脩、王安石、蘇軾，工拙略可見。余嘗怪五言而上，往往世人極其材之所至，而四言雖文詞巨伯輒不能工，何也？按古詩作者，無不以一物立義，物之所在，道則在焉。物有止，道無止也，非知道者不能該物，非知物者不能至道。道雖廣大，理備事足，而終歸之於物，不使散流，此聖賢經世之業，非習爲文詞者所能知也。《詩》既亡，孔子與弟子講習其義，能明之而已，不敢言作；雖如游、夏、子思、孟子之流，皆不敢言作詩也。後世操筆研思，存其體可也。而韓愈便自謂古人復生未肯多讓，或者不知量乎！

樂府歌行

李至《桃花犬歌》，史官書事無大於此犬者乎？

月石硯屏，余頃見之長溪陳氏，云其舊物，莫知是非，然何足道！喜其似而强名之，又爲之窮搜異説以爲博，君子之學所宜慎也。

王禹偁《高錫》詩，言：「文自咸、通後，流蕩不復雅，因仍歷五代，秉筆多艷冶。高公在紫微，濫觴誘學者，自此遂彬彬，不蕩亦不雅。」此文章小氣數，只論用世者；柳開、穆修至歐陽氏，以不用世之文，欲捩回機括，雖不能獨勝，然後世學者要爲有用力處。夫可以自勉而安於自棄，時文誤之爾。

五言古詩

韓氏晝錦堂自爲詩，而歐陽氏爲記，未知與蘇季子、朱買臣所較幾何，而謂伊、周事業可幾而及！《嵩高》《韓奕》，備敍文物之美，使誠得其道，孔子亦不以爲過。不然，則沐猴而冠，顧影愓息，韓生之譏終在爾，未可以言邦家之光也。

歐陽氏《讀書》：「正經首唐、虞，僞説起秦、漢，篇章與句讀，解詁及箋傳，是非自相攻，去取在勇斷。初如兩軍交，乘勝相酣戰，當其旗鼓摧，不覺人馬汗。至哉天下樂，終日在几案。」以經爲正而不汩於章讀箋詁，此歐陽氏讀書法也。然其間節目甚多，蓋未易言，以其學考之，雖能信經，而失事理之實者不少矣。且箋傳雜亂，無所不有，必待戰勝而後得，則迫切而無味，强免而非真，几案之間，徒見其勞而未見其樂也。几案之樂，當默識先覺，迎刃自解，如日月朗耀，雲陰解駁；安在門是非，决勝負哉！

《東州逸黨》，言西晉阮籍、王衍等事，余固辨之。司馬懿父子殺夏侯玄、稽康，遂篡曹氏，天地陰陽爲之顛倒者數百年；使孔子在，何止臨河而返！太初憤逸黨可也，奈何以罪籍、衍乎？

劉敞言多古意，與王安石同，安石爲世所信而敞不能者，敞據科目爲官職故也。蘇軾少年時，便謂其奮臂取兩制，不十餘年，非有汗馬之勞，米鹽之能，大意略可見。堯、舜、文王不作，士無必遇者，因多得於奔走困窮之餘爾。

《日出堂上飲》，欲主人高礎爲去蟻之地，其自任重矣；然不知蚍蜉由己而生，蚍蜉猶惡其漸，而又尋斧焉。余嘗疑其文字言語之工未嘗在小人之列；吕氏云：「既爲小人之事，只是小人。」今人往往未知此。

王令、邢居實，皆少而雄邁，有古人筋骨，略不相上下。然令逆爲憤嫉，不能容人，居實過自摧殘，不能自容，壽夭雖有命，其德之所近或有以取之也。令《采選》詩，韓愈遭駁議最甚。愈年長矣，後生何可畏之甚也！然令謂「安知九列榮，顧是德所累」。按孔子稱「以吾從大夫之後，不可以徒行」。又謂「喜將閭巷好，持與妻子議」。「子疾病，子路使門人爲臣」，曾子曰：「季孫之賜也，我未之能易。」古人亦未至輕鄙富貴，顧其義何如爾！令一至之見，固未能盡道，謂之有志可矣。

蘇氏半字韻詩酬和最工，爲一時所慕，次韻自此盛於天下，失詩本意最多。夫以六義爲詩，猶不足言詩，況以韻爲詩乎？言「今年一線在，那復堪把玩，欲起强持酒，故交雲雨散」。無乃與川上之逝異觀？比於博塞爲歡娱粗勝爾！

《東坡七首》，哀而不傷，放而無怨，高於古人數等；秦、黄諸人欲至而不能，蓋其天之所資，至是而後信爾。

五七言律詩

五七言律詩：按詩自曹、劉至二謝日趨於工，然猶未以聯屬校巧拙；靈運自夸「池塘生春草」，而無偶句亦不計也。及沈約、謝朓競爲浮聲切響，自言「靈均所未覩」，其後寖有聲病之拘，前高後下，左律右吕，匀致麗密，哀思宛轉，極於唐人而古詩廢矣。杜甫强作近體，以功力氣勢掩奪衆作，然當時爲律詩者不服，甚或絶口不道。至本朝初年，律詩大壞，王安石、黄庭堅欲兼用二體，擅其所長，然終不能庶幾唐人；蘇氏但謂七言之偉麗者，則失之尤甚，蓋不考源流所自來，姑因其已成者貌似求之耳。

七言律詩

「初分大道非常道，才有光天未後天。」大道、常道，孔安國語；先天、後天，《易》師傳之辭也。《三墳》今不傳，且不經孔氏，莫知其爲何道。而師傳先後天，乃義理之見於形容者，非有其實；然山人隱士輒以意附益，別爲先天之學。且天不以言命人，所謂卦爻畫象，皆古聖智所自爲，寓之於物以濟世用，未知其於天道孰先孰後，而先後二字亦何繫損益？山人隱士以此玩世自足則可矣，而儒者信之，遂有參用先後天之論。夫天地之道常與人接，顧恐人之所以法象者，不能相爲流通，至其差忒乖戾，則無以輔其不及，而天人交失矣。奈何捨實事而希影象，棄有用而爲無益？此與孟子所謂「毀瓦畫墁」何異，蓋學者之大患也。

邵雍詩以玩物爲道，非是。孔氏之門，惟曾晳直云：「浴乎沂，風乎舞雩，詠而歸。」孔子與之，若言偃觀蜡，樊遲從游，仲由揖觀射者，皆因物以講德，指意不在物也。此亦山人隱士所以自樂，而儒者信之，故有「雲淡風輕，傍花隨柳」之趣，其與「穿花蛺蝶，點水蜻蜓」何以較重輕，而謂道在此不在彼乎！

七言絶句

王安石七言絶句，人皆以爲特工，此亦後人貌似之論爾。七言絶句，凡唐人所謂工者，今人皆不能到，惟杜甫功力氣勢之所掩奪，則不復在其繩墨中；若王氏則徒有纖弱而已。而今人絶句無不祖述王氏，則安能窺唐人之藩牆！況甫之所掩奪者，尚安得至乎！

吕大臨《送劉户曹》：「獨立孔門無一事，惟傳顔氏得心齋。」按顔氏立孔門，其傳具在「博我以文，約我以禮」，「欲罷不能，既竭我才」；雖非杜預之癖，相如之俳，然非無事也。心齋，莊、列之寓言也，其言「若一志，無聽以耳而聽以心，無聽以心而聽以氣」，蓋寓言之無理者，非所以言顔子也。今初學者誦之，深入肺腑，不可抽吐，爲害最甚。

騷

鮮于侁《九誦》，亦爲當時所稱。《清廟》祀文王，蓋無以言其德；而侁祠堯、舜、周、孔，語絶鄙近，不知何故。

詔敕

《通商茶法詔》，按是時富弼、韓琦爲相；《貢舉條制敕》，按是時范仲淹爲參政；本朝治道極盛之日也。余嘗考自慶曆、嘉祐以來，士之有志於當世者不少，顯用於時者亦衆，然不知天下事經隋、唐苟且變壞，古人治法遂不可復。如財賦則天寶之後以税養兵，如取士則開皇、貞觀已爲科舉；以韓、富極力，僅能使茶法通商，以范深思，僅能先試策論，而歐陽氏又謂「欲復訓詁於三代之文者，不過如此，是可悲已！古人治法，從上相承，當其將變而知其不可變者，叔向與孔子而已；既變而以爲當復者，孟子而已。蕭、曹、丙、魏，偶當治法未甚變壞之時，故其行事猶粗有可觀；使其已壞，則一等是收拾不來，韓、范、富亦不足深責也」。歐陽氏言：「古者山澤之利，與民共之。」此謂鹽鐵金錫之類可也，若茶則民所自種，官直禁而奪之耳，何共之有？至韓剌義勇爲兵，則不惟不知所以復而增益，其變壞又甚矣。

敕

《賜陝西招討經略都部署司敕》寬放公用庫錢事：呂氏言：「國初宰相權重，台諫侍從莫敢議，朝士不平，屢有攻擊，如盧多遜、雷德驤、翟馬周、趙昌言、王禹偁、宋湜、胡旦、李昌齡、范諷、孔道輔，更勝迭負，然終不能遜廟堂之勢。至范仲淹空一時所謂賢者而争之，天下議論相因而起，朝廷不能主令，而勢始輕矣。雖賢否邪正不同，要爲以下攻上，爲名節地可也，而未知爲國家計也。」然韓、范既以此取勝，而勢及其自得用，台諫侍從方襲其迹，朝廷每立一事，則是非蜂起，嘩然不安。如滕宗諒、張亢因用公使錢過當，至爲置獄劾治，范始覺其非，以去就争之；雖幸而獄不竟，而小人窺伺間隙，外則尹洙貸部將，内則蘇舜欽賣故紙，方紛紛交作，諸人之身幾不能自保。且元昊反，敗軍殺將，殫困天下，曾不知所以爲謀，乃以公使錢數十百萬持英豪長短而陷之死地耶？鄭子孔爲載書，大夫諸司門子弗順，將殺之，子産止之，又請爲之焚書。子孔曰：「爲書以定國，衆怒而焚之，是衆爲政也，國不亦難乎？」子産以爲「衆怒難犯，專欲難成」，迄焚而後定。然及子産自爲相，却不如此，直云「禮義不愆，何卹於人言」而已。蓋韓、范之所以攻人者，卒其所以受攻而無以處此，是以雖有志而無成也。至如歐陽，先爲諫官，後爲侍從，尤好立論，士之有言者皆依以爲重，遂以成俗。及濮園議起，未知是非所在，而傾國之人反回戈向之，平日盛舉，一朝隳損，善人君子，無不化爲仇敵，至今不定。然則歐陽氏之所以攻人者，亦其所以受攻而不自知也。孔子曰：「天下有道，則政不在大夫；天下有道，則庶人不議。」夫不以道而以言，其末流宜若是矣。

冊

歐陽修《尊皇太后册文》：「昔者明王之以孝治天下者，非家至而日見之也，推所以行於己者爲天下率，盡所以奉其親者爲天下先，而四海靡然其承風矣。」此人臣規諷人主之辭，非人子所以施於其親也。又言：「深鑒漢家母后之失，訖不踐於外朝。」此人臣推美母后之辭，亦非人子所以施於其親也。又言：「歸政冲人，合於《易》之進退不失其正之聖。」且英宗本以荒迷得疾，不能聽斷，故暫請后，非后自欲之，此尤非人子所當言也。曹后還政，世多異説；然以神宗奉承之謹，終始待遇曹氏不少衰，則知宫闈固無間言，而外人妄傳耳。

習學記言序目卷第四十八

皇朝文鑑二

誥

按孔安國稱典、謨、訓、誥、誓、命之文，典、謨且置，訓、誥、誓、命，三代至今通用。三代時，人主至公侯卿大夫皆得爲之，其文則必皆知道德之實而後著見於行事，乃出治之本，經國之要也。周衰，五六百年，命令不復行於天下，雖齊、晉迭霸，文告亦不能施於諸侯。至秦擅事，貴人盡軍吏，而丞史賤官執文墨之權，於是所言非所用，所用非所言，而人主制詔、朝廷命令爲空文矣。《兩漢紀》中摘舉一二，後世祖述，以爲不可及，其視《書》所稱，何啻涇渭之異流，朱紫之殊色也！蓋人主及公卿大夫不知道德，而丞史賤官徒耀文詞，虛實各行，體統分裂，乃爲治之大害，不知者但以古今不同爲解，是可歎已！余嘗考次自秦、漢至唐及本朝景祐以前詞人，雖工拙特殊，而質實近情之意終猶未失。惟歐陽脩欲驅詔令復古，始變舊體。王安石思出修上，未嘗直指正言，但取經史見語錯重組綴，有如自然，謂之典雅，而欲以此求合於三代之文，何其謬也！自是後進相率效之，昔人所謂質實近情，如「高皇帝側室之子」，「即位三十年，百姓怨氣滿腹，吾誰欺，欺天乎！」指笑鋤剔，以爲拙陋，隱映旁出，自謂奇巧；至以「獻公之子九人，重耳尚在」，「歲星吴分，門士晉師」之類，盡爲警切矣。因吕氏載詔誥訓詞，略敍大指如此。蓋大道既廢，等爲虛詞，則今之號稱模擬典雅以求配合復古者，固未必是；而昔之率然突出、質實近情者，亦未必非。且《盤》《誥》皆君上與民庶家人父子之語，而韓愈反以爲佶屈聱牙，則安石之謬，又何怪也！

奏疏

雍熙三年趙普《清班師疏》，此本朝大議論也。蓋太祖平一中國，尚有太原未克，未暇及幽州；太宗既得太原，便欲乘勝取幽州，志既不就，時太平興國四年也，距今七年矣。普《疏》云「旬朔之間，便涉秋序」，當在六月中，而曹彬等以五月敗於岐溝，奏入適相先後。明年，虜求報復河北、山東。取幽州豈有秘計？而浪戰亦安能有獲？必盡擇智勇廉仁者爲將，尺寸守之，虜來使不得氣，去勿追逐，門虜而無門燕民，不計歲月，待其自潰，然後築長城，實塞下，則夷夏分而漢虜安矣。普既不足以知此，王旦、寇準，迄變爲澶淵之和，韓琦、富弼，一一承用；及國難梗棘，河東、河北盡委與之，未聞以爲非者，堯、舜、三代禮義之區，獨江淮而已，其誤皆出於普。然則雖以江淮爲固，守國制虜之道，又未知其孰從。或曰：「今姑憂不能守江淮，遠指幽燕何益？」曰：「守淮堅而虜不可越，所以安江南也；用之山東、河南猶是也，用之河東、河北、關陝猶是也，用之燕、薊猶是也。取天下不可有異説也，守天下不可有異道也，舜、禹不能易也。」

王禹偁言：「聖朝享國四十餘年，邊鄙未甚寧，人民未甚泰，求利不已，設官太多。今陛下治之維新，救之在速。」此真宗初年也。「臣伏慮書生執言，有奏陛下以爲『三年無改于父之道，可謂孝矣。』此不知古今異制，家國殊塗者也。假如帝堯既殂，帝舜在位，堯時有八元未進，四凶未除，舜乃流放舉用，善惡兩分，未聞後之人曰堯不及於舜也，舜不孝於堯也。伏維陛下遏老生之常談，奮英主之獨斷，則天下幸甚！」此設諭也。按哲宗初，司馬光將罷新法，其時真有「三年無改」之論，而光乃謂「宣仁后以母改子，非子改父」，卒爲紹述之禍。禹偁語簡直不回護，光何不逕以爲據依，如魏相引賈誼、晁錯者，豈鄙其朴率故耶？禹偁受知太宗，夫世有直道自有直氣，而爲真宗言此不疑，真宗亦未嘗以爲謗者，直道素明也。自慶曆後，議論浮雜，直氣空多，直道已散，至治平、熙寧，紛爭於言語之末，而直道蕩滅無餘矣。觀此兩節，風俗之變可以考見；今人欲景行前輩，須是於明道、景祐以前，更接上去看方得。

禹偁言：「減冗兵，并冗吏，使山澤之饒稍流於下。」按朱台符以京東運使應詔，亦言：「陛下即位肆赦，臨朝聽政，覃恩而宥罪，施仁而及物，未嘗蠲免殘租，許行榷利，山海之貨，悉歸於上，酒稅之饒，不流於下。」蓋不欲盡山澤之利而與民共。當時雖已無此事，而猶有此論也，其後則此論亦無矣。事之已往猶可追，論之不存深可畏。且使今日有欲言寬山澤之禁者，人不嘻笑而怒罵乎？至言太祖時「東未得江浙漳泉，南未得荆湖交廣，朝廷財賦可謂未豐，然而擊河東，備北虜，國用亦足，兵威亦强，其義安在？所蓄之兵鋭而不衆，所用之將專而不疑故也。自後盡取東南數國，又平河東，土地財賦可謂廣矣，而兵威不振，國用轉急，其義安在？所蓄之兵冗而不盡鋭，所用之將衆而不自專故也」。此事今日固不能行矣，而此論則至今猶在，尚可議也。且太祖精揀兵以嚴教習，專任將以責戰守，其謀不爲難知，其效不爲難繼，而卒無能仿佛其一二以行之者，何耶？若其論則固已腐朽熟爛，五尺童子皆能道之，而以陳於夸新喜奇者之前，雖不至於怒罵，而嘻笑者皆是矣。故余欲及此論之尚存，使明良忠智之士久於其任，悉力畢心，汰疲冗之兵，用廉耻之將，尺捍寸御，敵人無敢逸越，以修太祖之烈；然後考尋已遠不存之論，散利薄征，遺孔餘潤，民得資以衣食，不至於餓窮流徙而無告，以復前代之舊，則豈惟仲禹偁、台符之志而已哉！雖孔、孟不過是也。

楊億《論靈州事宜》，由今而觀，若曉邊事者。然拓跋思恭以來，世有五州，中國不能問，則固已棄地久矣。太祖未暇討一，因而撫之使爲蔽捍，内郡獲安，亦時勢當然也。太宗既取其地，遂反，每戰輒敗，兵窮力屈；繼遷靈州孤外，旦夕淪没，正復棄之，已無及矣。億乃遠引漢武置朔方，公孫弘以爲不便，又以賈捐之棄珠崖爲比，又謂地不過數千里爲堯舜三代之盛；而尤疏闊者，至言燕、薊亦舉而棄之。自是主議論之臣遂以棄地爲常，而蹙國避寇外無餘術矣。其言太祖用姚內斌、董遵誨守環慶有功，亦與當時不合。太祖時，李彝興父子尚爲外臣，故內斌等易於立效。今繼遷猖獗，清遠、靈武皆喪失，邊城沮氣，自保不暇，雖欲專任如內斌等，豈能遽收前人之功哉！《禹貢》：「東漸於海，西被於流沙，朔南暨，聲教迄於四海。」益之戒曰：「無怠無荒，四夷來王。」自古聖賢，雖曰尚德而不務廣地，然亦未有以地不足而爲德之有餘者；況唐嘗以靈武復興矣。億不此之思，獨以公孫弘爲辭，然則見利害不盡，設策畫不精，泛濫綴緝，以空言誤後人，乃今世儒生學士大病也。

寇準《論澶淵事宜》，余舊聞長老重準力贊親征，且言其凡所規慮皆已先定，非一時偶然而爲者，即此疏也。自太宗世，契丹寇邊未嘗寧息。真宗甫終諒闇，虜已大入，親駕戎車，亟用祖宗之舊，而傅潛畏懦不戰，范廷召、康保裔敗死，張齊賢、向敏中、呂端、李沆、呂蒙正、畢士安不能爲謀。及王超、李福、王繼忠又敗，上議復出，羣臣不敢唯諾；至是母子傾國來寇，其勢尤熾，天下震動，則陳堯叟、王欽若避地南遷之請紛紛出矣。寇準初相，倉猝奉上以行，當時相傳，畢士安有「相公交取鶻崙官家」，高瓊有「此處好喚宰相吟兩首詩」之語，其爲策略可見矣。況此疏正是擘移兵馬，寇深則抽那大軍護駕爾，了無奇計，未知諸公何以夸艷如此！前代人主在鞍馬間者固多，然須必勝，不勝則危亡隨之。人主勇於自行，則固不論；若諸將不用命，而大臣將以天子之威壓之，則前傅潛，今王超，終皆不能效死，必求和而後免，辱無大者，而準猶可於肆以爲功伐乎？嗚呼！舉大將者蕭何也，身督戰者裴度也，克合晉、楚之成者向戎也，皆昔事之已驗者也。君子之相其君，視其義與時如何耳，可戰則戰而馮道不敢必戰，當和則和而桑維翰不敢必和，又近事之當監者也。準既不能知人，又不能臨兵，至於委曲調護兩國之間，爲生靈請命，又不能也；而挾萬乘僥幸，然後以和爲功，則余所不敢聞也。

孫奭《論天書》，按此事王旦始終奉行。夫人臣導人主以誣天，而人主能自敬天，此載籍異事也；旦之所行如此，而得爲本朝賢相，尤異事也。奭言：「屈至尊以迎拜，歸秘殿以奉安，上自朝廷，下及閭巷，靡不痛心疾首，反脣腹非，而無敢議者。」蓋指當時之實也。恭惟真宗克自抑畏，無愧古賢主，東封往反獨蔬食，而輔臣皆不能，望其以伊、傅、周、召致君，難矣哉！

范仲淹《應詔十事》，是趙綰、王臧、蕭望之、劉向以後一節次。蓋李固、陳蕃，直以人命争消長，而房、魏值其君自定經制，故不得爲節次也。余嘗疑儒者不得志於時，非特道之難行，蓋其間亦自有考論不審處。如十事中自精貢舉以下，其八皆國家所常行，人情所同願，縱有排阻，易於消復，非利害之要也；惟明黜陟，抑僥幸，最爲庸人重害，而仲淹先行之。古者官職不分，自無職外遷敘之法。唐初急於用人，自小官預大政，其後兵亂，假内職以重外權；流弊及於五代，官職各行，於是有職外之官，敘遷遞進。真宗推恩優幸，三歲一磨勘。彼以爲此人主命會也，固非斜封墨敕之比；而聖節任子，人所歆羡，一朝革去，愠忿自深；故此二事既先行，闢庸人重害之病，開邪諂讒間之門，此其所以排常行與同願者皆不得而伸也。歐陽修云「聖賢相遭，萬世一遇」；而蘇洵以爲「當是之時，毛髮絲粟之材紛然而起，合而爲一，惜哉！惜哉！」仲淹但言石介作頌爲怪，不知我爲其形，彼張其影，何足怪也！幸仁宗寬明，且善人之類已衆，故其遇禍不致如綰、臧、望之之酷；韓琦繼之於前，二事裁其太甚，人亦不以爲過，蓋勢必以漸也。（按歐陽修謂：「仲淹老練世故，必知凡百難猛更張，故其所陳，志在遠大而多若迂緩。」然觀此二事，不可謂不猛矣。）若仲淹先國家之常行，後庸人之重害，庶幾讒間不大作，而基本亦可立矣。故審於考論者，平居師友講習之急務，孔子所謂「如或知爾，則何以哉？」若好行小慧，則固無益也。

韓琦《論時事》，謂西北二虜，禍釁已成，「可晝夜泣血，非直慟哭太息」，其憂懼迫切如此，誠然矣。然所條七事，固國家所常行，未有可以制敵也。若夫陰營洛邑以爲游幸之所，則疏矣。使虜果向汴，而洛陽倉猝，不得爲播遷乎？況奔潰之餘，何由可守？亦書生意貌之論耳。大抵和約既定，中外習安，自無奇策可設。其後王安石經理河北，亦不過欲爲先事之備，而琦又以爲不可行，特静躁有不同耳。

富弼《辭樞密》、《論流民》、《辨邪正》三疏，（又辨災異非人事，皆天數，文意大略類趙普而加諄復。）丁寧反覆，如耳提而告人者。舊傳韓琦與弼議事未合，戲弼曰：「又絮耶？」弼愠曰：「絮是何言耶？」觀此三疏，真絮也。其言邪正和同、君子小人之際，學者皆以爲至論，蓋其主意端爲王安石爾。方神宗以首相命弼，弼審安石不可用，何不正言於上，決其去就，而設此影語？蓋神宗必欲有所改作，弼意不然，而安石助之；神宗去安石非難，而責弼以必更張者，弼之難也。按歐陽脩言弼明敏而果鋭，此初執政時也，作相後則不然矣。弼初執政，更張之意過於范、韓；至作相，乃以一切堅守無所施爲爲是，雖如琦之微有改作，亦不能從也。古之賢相，因憂患而益明，周公是也；弼因憂患益昏，而猶欲自以爲賢，非余所知也。

賈昌朝《論邊事》，言太祖得御將之道，及善用將帥，精於覘候，人所共知；其言削方鎮兵權太甚之弊，則人所不知；雖有知者，亦不敢言也。言訓營卒，謂：「令諸軍毋食肉衣帛，營門有鬻酒肴則逐去，士卒有服繒帛則笞之。」自古用士得死力，未有不先使之温衣飽食者。如後世養兵，衣食不足，怨嗟憤鬱，何以效命？恐此當别論也。昌朝作相當范、韓興廢之時，而朋黨傾壞，皆其力焉；至於事業，則未聞能踐此言，何也？

包拯《論宋庠》：「且云無過，則又不然；……執政大臣不能盡心竭節，灼然樹立，是之謂過。」及「近歲方乃捃拾細故，託以爲名。」并舉權德輿事。此一項論議，雖非卓卓關係，然亦從古流通，至其時未斷絶者，自後無復有矣。歐陽脩謂「拯素少學問」，觀此，是其天資能近大體，不待問學也。余嘗謂堯、舜、禹、皋陶君臣以來，皆素有議論相傳，雖漢、唐偏狹，而其流風餘烈，猶未盡絶。及後世以經術起之，無不欲上繼堯、禹而鄙陋漢、唐；然古人論議斷絶皆盡，而偏歧旁徑，從横百起，莫覺莫知，而皆安之以爲當然也，豈不可歎哉！

歐陽修《論日曆》，雖前引古史，後言日曆、時政記、起居注，并乞更不進本，然不過督趣史院功程爾，未暇論史法也。唐人謂人主不觀史，其説陋矣。後世相因，遂以人主不觀史爲盛節，謂必如是而後史官得其職，此脩所以有乞不進本之説也。不知自古人主何嘗不觀史？彼其所書，善惡不隱，顧省懔然，觀其一日，可以戒其終身矣。若人主赧然諱避，赫然誅戮，則史官亦未嘗畏懦回避，身可殺而史不可改，史法由此而備，故可爲治道之助。惜乎脩之所講未能及此，止於記、注而已。韓愈最喜言史，作

《順宗實録》載韋執誼、王叔文同飯，乃云：「鄭餘慶、珣瑜二公，皆天下重望，相次歸卧。」語類酸文，嗟夫，又在脩下矣！

修《論包拯》：「昔嘗親見朝廷致諫之初甚難，今又獲見朝廷用諫之效已著。」慶曆致諫事，余於前章固論之。按古所謂諫者，以人主之身言之，有責其臣以必諫，已而自成其德者，舜「予違汝弼」是也；有責其君以必受諫，而後德可成者，傅説「后克聖」是也。諫行則人主無過，無過則明，明則用人立政無不得其當而治道舉。夫知人安民，禹以堯爲難者，蓋過不能盡無，而明或有所蔽也。今脩所言用諫之效，不於人主之身焉是求，而區區於臣下争議之末節，故其效有時而窮，修蓋親見之而不能救也。濮邸之争，豈修亦悔之而不敢言乎？脩之學未能進此，而抗然爲争議之主，余懼後世之忘其本也，故重述之。

余屢聞吕氏言宋祁請復唐馱幕法，歎其思慮精密，考驗深遠，非當時所及，後學所宜知。馱幕軍行所必用，但因承苟且不爲耳。按《左氏》載晉、楚遠征，百物修備，及《六韜》聚爲《七書》，《軍用》一篇，習舉業者皆能誦之。祁但近稱唐制，豈其於二書偶未詳耶？然《出車》《東山》《六月》諸詩，敍師役勞苦，意義閎博；而鄭申侯謂齊桓師老，遇敵懼不可用，欲使陳、鄭之間供其資糧屝屨，則尚有彼此一家、通有共無之意，晉文、楚莊所不能也。至諸葛亮耕於敵境，居民錯雜，按堵無私，蓋古之善爲將者，無不皆然。若漢、唐窮追遠討，常以萬里外爲限，用其民如禽獸，雖欲必有馱幕，豈若居室枕席之安耶？恐此祁所未知也。

張方平《論國計》在王安石未用前，《論免役錢》在爲王安石所排後。神宗初始明鋭，果於欲爲，而冗兵厚費一節，最爲慶曆以來大患。若當時大臣公共爲上别白言之，圖其至當而決於必行，事既廣遠，非十數年功緒不就，則人主之志已定，而其他紛紛妄言改作者不復用矣。惜乎韓、富、歐陽不能知，方平雖知而言之不切，就使切論而亦未有以處也。及安石既用，則紛更之禍已成，當時如方平言者甚衆，安能救乎！呂氏言，方平在諸人中名論甚輕，暮年與安石不合，衆方歸重。按方平與善人離合之勢，雖不及文彦博、趙抃，而視夏竦、賈昌朝有間矣；然其著絹、吃羊酒之氣終在，而挾邪不直之意固亦不能無也。蘇氏兄弟乃獨以知道推之，而或又謂「前生寫佛書猶未盡卷」，尤怪妄矣。

司馬光諸疏：按本朝論議行事爲三節：慶曆也，熙寧也，元祐也。光雖不及仲淹之開濟，其灼知國家守成之規模，極始盡末，不增宴安有過之病；王旦不起倉猝無益之患，呂夷簡、韓琦又能補葺其闕損，扶持其顛仆，使之可以長久，則琦與弼皆不及也。且仲淹之志，本欲變通，琦與弼既協同其説，雖羣小不容，仲淹竟去，未久而死；然琦、弼相次爲相，終不能復伸仲淹之志。安石初有盛名，本琦、弼所引用，及其變更諸事，琦嘗一争論，弼與彦博、脩亦皆不附從，然但知退挹自保，終不敢力沮安石之成。推此數人已行，使其居安石既衰之後，當宣仁登進之時，必未能盡廢安石所爲以還祖宗之舊法也。獨光爲侍從，則與安石力辨，又以私書勸之，又以用舍去就之際決之；安石於諸人無所畏，獨畏光及蘇軾者，畏其不止也。宣仁初雖曰「盡用不得志於新法者」，然諸人之論，皆謂「歲遠而利害異，事久而節目多」，且虞父子之間報復之禍，不敢改也。獨光挽回一世之力，以還祖宗之舊，雖竄逐滿天下，而風流相接，故元符末則已稍復；宣和垂三十年矣，欽宗内禪，夷狄方熾横，何暇及羣臣之邪正，則又復，而光實爲贈主後人;秦檜殄滅幾無遺類,然檜死則又復。凡此皆光獨爭力挽之餘效,而琦、弼君子之澤所不能延也。然則光爲宋室守成之規模,豈不甚遠哉!故余謂今日之事,姑無望其能盡正,惟五六十萬之冗兵,能使之各有衣食,固捍邊圉,能使虜不能陵暴,又陰有以制之,使彼請戰不獲,而中原遺民有可復合之理,若是,足以助成前志之未遂矣。若夫内治,則因光之所以守成者,補葺其闕損,扶持其顛仆,而使之可以長久焉,則雖數百千年而常存可也。

孫沔五事:「景祐以來,三黜寵姬,兩犯宸扆」;「上元嘉節,内庭出游,美人才人,無不隨從,飛蓋蔽景,流車激霆,各崇華衛,分道争行,衆目共觀,與后爲并」;又「内降斜封,坦夷若道,免刑要賞,響應如神」。其辭有進無退,似兩漢,非後人語也。又言其時内人請俸及取賜,歲千餘萬緡,不獨用兵爲大費也。其氣剛大,其諍的切如此!沔既受汙蔑,而《實録》遂具載之,若信然者。吕氏云此安石筆也。沔又言:「范仲淹孤寒出身,忠誠報國,統兵邊鄙,終歲勤苦,未嘗有臣寮,乞賜與千百緡,令助清貧之節。」可略見當時事意也。

「本朝享國百年,承平無事。」蓋自仁宗末英宗時,人臣數有此論;其意本欲諷切人主,因歸美以求警懼耳,非以爲國家必當有事,而何爲若是之無事也。且太祖、太宗爲開基受命之君,而三世繼承,皆無失德,則安得不百年而無事?然太宗及真宗初,河北、山東無歲無契丹之患,而李繼遷父子寇横北方;若兵革不已,勝負不分,因之以飢饉,加之以盜賊,播遷之難,何必靖康,割裂之勢,不待紹興,人無智愚,皆所共知也。由此言之,則渡江以前,百六十餘年而無事者,與二虜約和之力也。兩漢及唐,不待與虜和而亦能無事，此其所以加於我一等也。渡江以後，亦且百年而亦無事者，亦約和之力也；一日不和，則不勝其事矣。安危之數，何可預定，存亡之機，必爲厲階，安石所不能知也；而必以紛更亂其俗，以大有爲要其君，以祖宗百年無事爲天幸而不足恃，而不知其一旦有事而不可救者，職安石爲之也。哀哉！周公之詩曰：「迨天之未陰雨，徹彼桑土，綢繆牖户。」夫古人豈不居安而慮危哉，特不喜危而惡安爾！

皇朝文鑑三

奏疏

蘇軾《徐州上皇帝書》，自惜其文，所謂「故紙糊籠篋者，吕氏數語余，歎其抑揚馳驟開闔之妙，天下奇作也。彭城爲齊楚形勝，雄藩重地，從古已然；方其時，積衰累薄乃至於此，以守郡之力而無數十百千可以使人，豈非買昌朝言朘削方鎮太甚而致之乎？然則改法制變，而安危之勢有所激，雖聖人固不能盡其慮也。買燈後所上書，於告君理體，疑若未足；然初學爲文者，無不誦習，安石尤畏之。昔英宗欲以唐故事召軾翰林，韓琦但用近例入館而已；使軾已列侍從，（胡宗愈請令帶館職人赴三館供職，因看琦固欲守此法度而爲熙、豐所變也。）與安石較其輕重，宜不止此，余固言之矣。琦號有名宰相，乃使俊傑異能之人，計尋常，拘尺寸，以爲苟賤委身之地，與絳、灌、馮敬害賈誼，名異而實同也，惜哉！然軾謂：「有始有卒，自可徐徐，十年之後，何事不立？」終不言十年後當立何事。若神宗罷安石而聽軾，非安於不爲而止者，亦未知軾以何道致其君，此不可不素講也。

蘇氏言：「晁、董、公孫之流，皆有科舉之病。」然乃身爲科舉之宗，不止於病而已。獨轍《三冗疏》，過於平生文字，大蘇亦不能及；蓋猶有方略，效之人主可以歲月待，不紛然雜論古今，無所統一也。百萬之兵，省去六七，但欲不復戍邊，死亡勿補；恐此爲難，營房零落，部分銷減，兵費未去，軍律先壞矣。

呂氏不喜諸蘇議論，以爲陰侵陽。程氏《論十事》，當與此並觀。自昔經生通人，各自爲方，不知其偏也。然轍暮年不能守，方爲兵民燕、薊之説，未幾而女真起。然則必真有見而後爲豪傑之士，筆墨誦讀所得者不足據也。

呂氏言劉摯善爲疏，其攻短安石，模寫精妙，情態曲盡，而無迫切噪忿之氣，一時莫能及；然不爲安石所忌惡，但言其妄作，愚而易見爾。蓋名素輕，所予奪不能動俗。神宗嘗問摯從安石學否，可見也，故其受謫亦薄。文彦博後與韓、富齊名，獨摯有駁論，幾成族誅之禍。

程氏爲彭思永議濮邸事，當稱「侄嗣皇帝敢昭告於皇伯父濮國太王」。但兄弟之子稱侄，禮無所據；而本生子以其屬言者，世俗之辭也；以太加於王，又不經也。「爲人後者爲其父母報」，父母不可没也；「持大宗者降於小宗」，小宗不敢齊也。避父稱親，義固無當，舍父稱伯，理將曷宜？以古人之意議禮，而以世俗之名制禮，可乎？夫立後與爲人後，所後父與本生親，皆至公大義所在，而非以私情臆説行於其間也。然則世俗無據之名，不可以制禮也決矣。

程氏《上太皇太后書》，問學職業所欲致之君者，具於此矣；蓋以輔養主德爲大，而以周公之輔養成王爲法，爲《立政》專言「常伯常任，綴衣虎賁」發此論也。今按《立政》歷陳夏、商先君及周文武用人之方；與桀、紂寵任暴逆亡滅之故，乃在成王卽政後，非初立沖幼時也。又按《金縢》，武王既葬，羣叔流言，周公居東，作詩以遺成王，成王悟天變，罷穆卜，迎歸周公；及既作洛，周公復子明辟，成王重留，委國以聽，而周、召復相，遂終周公之身與成王之世。然則非成王之智，不足以知其臣；非成王之明，不足以任其臣；其聖質卓然，周、召蓋爲其所用以致盛治，非如童稚未識，必待封唐叔、撻伯禽以警厲之，若後世俗儒所傳，而後足以進其德，成其材也。當元祐初，母后垂簾，姦邪窺伺，用事者惴惴度日，常不自保，取子、毁室之痛，未知安所寄託，至於流溢橫潰，而人之大倫幾廢矣。輔養之道，豈易言哉！

范祖禹《聽政疏》言：「今四方之民，傾耳而聽，拭目而視，乃宋室隆替之本，社稷安危之基，天下治亂之端，生民休戚之始，君子小人消長進退之際，天命人心去就離合之時也。」此十數語，可爲流涕，蓋國家存亡，從是決矣。余嘗與吕氏極論累日，終無救法。舊傳程顥謂「當令熙豐用事之臣自擇其太甚者變之」，天下至今以爲知言。然小人視民如草芥，何嘗知世間有苦痛事，而利柄在手，亦安肯輕有變易？殆不過一種好語耳。況祖禹所言，亦止能如此，與黍離麥秀事敗而悲者，又何以異？余每思熙、豐小人，特立紹述一條歸罪元祐，以爲不當輕變神宗政事，故其禍蔓延不可復遏；而元祐諸人不能以輕改祖宗政事爲熙豐小人正名定罪，治其尤無良者，倒戈以授仇人，此大失也。自王安石外，凶狡陵肆，必遂其惡者，吕惠卿、章惇、蔡卞、蔡京而已。若元豐末，元祐初，首以輕改祖宗政事爲大罪，重責安石，惠卿與卞自當從坐；惇嘗有簾前悖戾不遜一節，投諸荒裔，人亦何辭！但使九年間尊祖之義常伸，則子孫紹述之論無自而發；況京新進後生，他日何所憑依以爲姦慝之地哉！其後陳瓘與京、卞並馳，方欲以尊私史壓宗廟罪之。夫既以孫屈祖爲是矣，則私史者乃其所教也，又何足以開悟人主乎？

梁燾論欲退吕大防以禮，略見祖宗輔相用舍節目；雖然燾未之思矣。大防雖以禮退，考其時之爻象，可復以禮進乎？蓋守死善道，則當辭而不就，如范鎮；亡身殉國，則當危而不亂，爲司馬光尚庶幾爾！若夫既已冒進於憂危之先，而復求幸免於變移之後者，此元祐是非之論所以至今未決也。且古大臣進退之道，固未可責。蕭何嘗有賜金、置衛、請苑之疑，而爲生乃不治垣屋，買田宅必於窮僻處；鄧禹免相，閉門教子，各授一經；諸葛亮國命在手，不與子弟共禄，但令治耕桑而已。審如燾言，二三年而善去，去而規復來，則何以長慮却顧，爲國家立久大之業乎！

本朝諫諍二事，范仲淹、鄒浩，皆廢后大事也。郭后雖廢，尚美人並斥，而立曹后，嘉祐、治平之間有助焉。浩所論在賢妃既立後，雖已無及，而孟后終復位，號爲建炎再造之祥，與漢成帝、唐高宗，禍福相去遠矣。浩之力難於仲淹。浩本常才而能爲此者，積習見聞之久，源流有自而然也。慶曆諫者禍福雜，元符諫者有禍無福，所遇之時殊也。

陳瓘力拄蔡氏，其言「絶滅史學，一似王衍；重南輕北，分裂有萌」。先見之明，一人而已。至於不恤一身家族之害，别爲「尊堯」之説，欲障蔡氏之横流而止中原之幅裂，惟天知之，人不知也。

表

以《謝知制誥表》考之，得文字之正意，古今如歐陽脩者鮮矣。然《翰林學士表》，則已退落遠甚。若王安石謂「有道德者難於進取」，則不過驕夸大言而已；至蘇軾止於近事，則又衰焉。孟子所稱「有德慧術智常存乎疢疾」，而後世之士，每以所遇之憂樂爲氣之盈虚，則其文安能及古，蓋可悲也！安石《謝宰相表》最工，爲近世第一，而吕氏不録，蓋大言之尤者不可爲後世法故也。

王冕《進珠表》，吕喬年云：「本録無有。」《玉友傳》，余亦疑之。

曾鞏《賀南郊表》，論者謂「鉤陳太微，星緯咸若，昆侖渤澥，波濤不驚」，與韓愈「析木天街，星宿清潤，北岳醫閭，神鬼受職」，可相比方。就其果然，亦何足道！夫文不務與事稱，而納諂以希進，最鄙下矣。《清廟》之詩曰：「於穆清廟，肅雝顯相，濟濟多士，秉文之德，對越在天，駿奔走在廟，不顯不承，無射於人斯。」豈有泛辭拈枝弄葉耶！

范純仁遺表，一時難言者，略已盡言矣，於此見范氏子弟家風非文、富比。或言其家嘗申潁昌府用印，僅免大戮云。

《進尊堯集表》，可惜元豐末、元祐初無能明此義者。或以爲操蔡氏之矛而攻其室，此何足論？乃百世存亡所繫，而天不牖民以智，不導民以言，可重歎也！然瓘當其末流而能及此，壯哉！壯哉！

箴

劉敞《讓箴》言：「資政富公始讓樞密直學士，又讓翰林學士，又讓樞密副使，所讓益尊，所守益堅。」

古人所謂讓者，終身不踐其位，故足以矯世礪俗；弼雖暫讓，然不見聽，已卒受之，但稍異於世俗備禮辭免者爾，況又窮富極貴而不止乎！敞謂：「時豈無人昏夜乞憐？」「時豈無人乘機射利？」然則太伯、伯夷、子臧、季札僅勝於此耶？

程氏《視聽言動箴》，按孔子曰：「克己復禮爲仁。一日克己復禮，天下歸仁焉。爲仁由己，而由人乎哉！」顔淵曰：「回雖不敏，請事斯語矣。」克己，治己也，成己也，立己也；己克而仁至矣，言己之重也，己不能自克，非禮害之也；故曰：「一日克己復禮，天下歸仁焉，爲仁由己，而由人乎哉！」此仁之具體而全用也。視聽言動，無不善者，古人成德未有不由此；其有不善，非禮害之也。故孔子教顔淵以非禮則勿視聽言動。誠使非禮而勿視聽言動，則視聽言動皆由乎禮，其或不由者寡矣，此其所以爲仁也；一日則有一日之效，言功成之速也。程氏箴，其辭緩，其理散，舉雜而病不切，雖欲以此自警，且教學者，然己未必可克，禮未必可復，仁未必可致，非孔、顔之所以講學也。

銘

吕大臨《克己銘》，程氏《四箴》，但緩散耳，固講學中事也。伊尹言：「惟尹躬暨湯咸有一德，克享天心，受天明命。」故孟子謂其「自任以天下之重」；曾子言「仁以爲己任」，故曰：「動容貌，正顔色，出辭氣。」以其養於一身者盡廢百聖之學，雖曰偏狹，然自任固重矣；不如是，何以進道？而大臨方以不仁爲有己所致，其意鄙淺，乃釋老之下者，猶謂道學，可乎？

頌

《慶曆聖德頌》，後世莫能定其是非，按《烝民》《韓奕》《崧高》《江漢》，皆指一人爲一詩，其詞優游，無克厲迫切之意，故曰：「人亦有言，柔則茹之，剛則吐之；惟仲山甫，柔亦不茹，剛亦不吐，不侮鰥寡，不畏强御。」抑揚予奪，至此極矣。仲淹方有盛名，舉世和附，一旦驟用，出人主意，比仲山甫宜若無愧，頌之可也。而介所講未詳，乃以二十年間否泰消長之形，與當時用舍進退之迹，盡於一頌，明發機鍵以示小人，而導之報復，《易》所謂「翩翩不富」，「城復于隍」，若合契符，宜其不足以助治，而徒以自禍也。介死最爲歐陽氏所哀，序《外制》，視頌語不稍異，然則脩所見亦與介同者耶？

贊

蘇轍《管幼安贊》：按轍序《和陶詩》言：「子瞻出仕三十餘年，爲獄吏所折困，終不能悛，以陷大難，乃欲以桑榆之末景自託於淵明，其誰肯信之！」然則轍雖許寧，寧其許轍乎？荀彧以救世爲重，自不計一身；張昭東南之材，爲孫氏用；華歆、許靖，自謀不給；古人出處，豈以責之？轍言「幼安之賢無以過人」，可謂厚誣；「明於知時，審於處己，以能自全」，尤不近理。

記

王禹偁文，簡雅古淡，由上三朝未有及者，而不甚爲學者所稱，蓋無師友論議之故也。柳開、穆修、張景、劉牧，當時號能古文，今所存《來賢》《河南尉廳壁》《法相院鐘》《静虚》《待月》諸篇可見。時以偶儷工巧爲尚，而我以斷散拙鄙爲高，自齊、梁以來言古文者無不如此。韓愈之文，備盡時體，抑不自名，李翺、皇甫湜往往不能知，而況孟郊、張籍乎？古人文字固極天下之麗巧矣，彼怪迂鈍朴，用巧不深，才得其腐敗粗濇而已。

韓愈以來，相承以碑志序記爲文章家大典册；而記，雖愈及宗元，猶未能擅所長也。至歐、曾、王、蘇，始盡其變態，如《吉州學》《豐樂亭》《擬峴臺》《道州山亭》《信州興造》《桂州新城》，後鮮過之矣。若《超然臺》《放鶴亭》《篔簹偃竹》《石鐘山》，奔放四出，其鋒不可當，又關紐繩約之不能齊，而歐、曾不逮也。舊傳曾鞏諸文士爲《吴郡六經閣記》，相顧莫敢先，張伯玉忽題云：「六經閣，諸子百家皆在焉，不書，尊經也。」衆遂閣筆。不知此何以爲工，而流俗夸艷？至其終篇，皆陳語補緝若聚帳狀，無可采。又謂伯玉博涉多聞，每以所短困鞏，如榜曾夫子位戲侮之類，鞏甚苦之；而劉敞亦有「可惜歐九不讀書」之誚；然猶流言，未足憑也。若黄庭堅稱「蘇洵《木假山》似莊周、韓非」，夫舉世俗所以屈莊周之文者，以其雖一切寓言，而能抑縱舒歛，自無入有，殆若天成，而實言者或不及也。玉石異物，竦擢特起似於山，而世貴之。木未嘗似山，就其似山，何足貴，而謂得莊周體？末言三峯，尚未脱凡筆。周言：「六合中有魏，魏中有梁，梁中有王，似稊米之在太倉。」其怪偉殊特至此，三峯何足異哉！二篇偶以流俗所敬而存，讀者不察，坐墮處矣。

蘇轍記閔子祠堂、東軒、遺老齋，轍以知道自許，雖求爲有得之言，然與事不合。按孔子未嘗以舟

楫足恃，不顧而仕；諸子未嘗以陋舟而求試，顏淵未及仕而夭，冉伯牛有疾，獨閔子不爲季氏宰，蓋家臣
其所恥也。孔子使子路復見荷蓧丈人，其言曰「不仕無義」；顏子雖少年，而孔子以成材許之，將同其
進退出處，故曰：「用之則行，舍之則藏，惟我與爾有是夫。」初未嘗必於不仕也。魯男子學柳下惠，蓋非
義理所安，轍不考詳矣。又言：「顏子所以甘心貧賤，不肯求升斗之禄以自給者，良以其害於學。」世固
無不行之道，亦安有不仕之學？而況沈酣勢利，以玉帛子女自厚，在世俗最爲淺下，固非論議所及；而
轍以此較道學之高卑，是其所知未深而然爾。「樂莫善於如意，憂莫慘於不如意」，聖賢無此論，乃莊周
放言也。古人立公意以絶天下之私，捐私意以合天下之公；若夫據勢行權，使物皆自撓以從己，而謂之
如意者，聖賢之所禁也。

范祖禹《布衾銘記》：「其清如水而澄之不已，其直如矢而端之不止，故其居處必有法，其動作必有
禮。」此言有益於學者。所以爲水者，以清也，非清則無澄也；所以爲矢者，以直也，非直則無端也。今
夫澄其汙洳，端其撓節，以求直清之效者多矣；未有已清而澄不已，已直而端不止者也。雖然，郭泰言
「奉高之器，譬諸泛濫，雖清而易挹；叔度汪汪若萬頃之波，澄之不清，淆之不濁」；及直不疑買金償同舍
等事，又不可量也。

序

與契丹和前四十年，劉牧送張損之，后四十年，蘇洵送石揚休，張耒送李之儀，三序就如其所憂，未

足以謀國，而況百年中泰然不知憂者皆是，則安得無靖康之禍！賈誼之言，徒貽笑後世，而董仲舒至謂天下大計莫如和，然則雖如三人亦不復有，是可悲也！

（按，以下有「因范育序《正蒙》，遂總述講學大指」一條，略。）

論

歐陽氏《朋黨論》，舊傳謂其能極小人之情狀，故奸邪忌惡尤深；蘇氏爲《續論》，欲翦戮元惡而撫用其餘。按自古小人害正，比而仇君子，人主必保護愛惜，每加擊逐，使君子恃以自安，小人爲黨，君子不爲黨也。如養鸚鵡孔鸞，貓犬常伺其隙，備禦稍不謹，搏而食之無救矣。孟子言：「魯穆公無人乎子思之側，則不能安子思。」穆公猶然，況舜、文王乎？此論乃言「小人無朋，其暫爲朋者僞也」，必君子而後有朋，欲人主退小人之僞朋，用君子之真朋；是則人主真以爲有黨而不善退，將愈重其蔽，而安能解其惑哉！且君子固未嘗能去小人，安有戮其首惡而不撫用其餘以滋國患者？至引州綽、邢蒯爲比，則是方求免之不暇，而預以得志自處，蘇氏又過矣。始終用元祐，自無可憾；用慶曆不終，乃深可惜耳。歐陽氏迫切之論，失古人意，徒使人悲傷而不足以爲據也。

蘇洵自比賈誼，曾鞏、王安石皆畏其筆，至以爲過之，歐陽氏比於荀卿；嘉祐後，布衣特起，名冠當時而高後世，李覯、王回豈敢望也！《權書》《衡論》幾策，多談兵，論爲將，草野未除，去誼固遠，今所取者一二而已。《六經論》尤失理，皆以爲聖人機權之用，乃異聞也；故家庭所講，不能深造，誤其子矣。

或傳洵自挾一書誦習，二子不得見，他日竊視之，《戰國策》也，洵聞而歎息。此雖未可信，然觀其遺文，大略可見矣。又傳富、韓方欲整齊驕卒，洵始見之，因顯言治兵當用嚴，引李光弼事，二公以爲漏密事，頗駭動，故久而無成。又二子應制舉，洵戒轍用直言對策，得不黜，晚歲力撼宰相，修《因革禮》，未奏卒。古人謂招之不來，況不待其自至而馳騁以求之乎！

敍諸論，舜、禹、臯陶辨析名理，伊、傅、周、召繼之，《典》《誥》所載，論事之始也；至孔、孟折衷大義，無遺憾矣。春秋時，管仲、晏子、子産、叔向、左氏善爲論，漢人賈誼、司馬遷、劉向、楊雄、班固善爲論，後千餘年，無有及者，雖韓愈、柳宗元、歐陽脩、王安石、曾鞏間起，不能仿佛也。蓋道無偏倚，惟精卓簡至者獨造；詞必枝葉，非衍暢條達者難工；此後世所以不逮古人也。獨蘇軾用一語，立一意，架虚行危，縱横倏忽，數千百言，讀者皆如其所欲出，推者莫知其所自來，雖理有未精，而詞之所至莫或過焉，蓋古今論議之傑也。軾自以爲「如萬斛泉源，不擇地而出，在平地一日千里無難，及其與山石曲折，隨物賦形而不可知」。嗟夫！古人豈必有此文而後者此論哉？以文爲論，自蘇氏始，而科舉希世之學，爛漫放逸，無復實理，不可收拾矣！劉敞、王回，好援古義，有深遠之思，學者更試求之。

蘇轍論古之英雄，惟漢高帝不可及。「英雄」二字，先秦無有，乃流俗所稱也。其論北狄，言「當養兵自重，卓然獨立，不聽外國之妄求，而生吾中國之氣，如此數十年間，天下摧折之志復壯，則北狄非吾所當畏」。孔子言「善人爲邦百年，可以勝殘去殺」，或以爲太緩；孟子言深耕易耨之民，「可使制梃以撻秦、楚之堅甲利兵」，或以爲太速；然則安能養兵數十年而後氣可生，志可壯耶？是氣不生而志不壯也。此亦流俗所稱也。夫有貴於儒者，其所立所識，非必高出流俗，要使不墮於流俗，而後可以振俗矣。

以形勢論天下，春秋猶無之，蓋出於戰國辨士揣摩之學。六國初，尚夷狄擯秦，孝公用商鞅變法致富强，未嘗恃關爲固也。及秦亡，而賈誼、司馬遷乃罪子嬰不能守險以自安；且天下方共起而滅秦，就使閉關不出，未知可保歲月否。何去非亦伸其説，以爲章邯、李由不知以攻爲守而以守爲攻，曰此兵家之事。余觀苻堅既敗，亦欲委關東於敵，豈非知兵？然秦地終不能有也。夫形勝必視大勢所歸，勢未離則可以攻，可以守，今雖極揣摩者之論，曾不如孔子順一言；而孟子又稱教人以耕桑，便能與殷、周並興，恐亦當細考。

唐庚《憫俗》：「今四方萬里之國而無恢廣弘遠之風以充之。……百工所造，商賈所鬻，士女所服，日益狹陋。謂崇、觀、宣、政間也，其敝至渡江且百年猶在。淳熙中，上下皆有從窄之論，余甚憂之。邇來服用乃更疏闊，大冠高髻，廣袖滿領，所知所從始，豈庚所言恢廣弘遠者幸會旋復，將以充而壽之，殆天意耶！

策

尹洙早悟先識，言必中慮，同時莫能及，《敍燕息戍兵制》，與賈誼相上下，適會其時，故但爲救敗之策爾。洙亦善論事，非擅所長於空文者也。

救時莫如養力，辨道莫如平氣。石介以其忿嫉不忍之意，發於偏宕太過之辭，激猶可與爲善者之心，堅已陷於邪者之敵，莫不震動警駭，羣而攻之，故回挽無毫髮而傷敗積丘陵矣，哀哉！然自學者言之，則見善明，立志果，殉道重，視身輕，自謂「《大過》上六當其任」，則其節有足取也。今所録皆放此，可以覽觀矣。

蘇氏《勸親睦》，欲復小宗。古稱「繼禰者爲小宗」，其言不詳。夫五世之服已遷，而百年之家未散，則宗道宜若可續矣；必也豫儲其四，使迭進而無窮，則將不勝其宗，而乖争陵犯之患方起；蓋少年鋭於論事，未暇深考也。古者賦禄制田，其權在上，貧富貴賤無大逾越，而爲之宗以維之，故長者不傲，幼者不侮，而和親雍睦之教可行。後世崛起自致，貧富貴賤各極其欲，榮悴異門，交相爲病，於是賢者謝宗以自遠，不肖者挾長以行私，蓋門閱之不暇，而安能善其俗哉！夫宗者，貴而賢者也，富而義者也，非是二者而擁虚器以臨之，教令之所不行也。故貴而賢，富而義，則上禮異之，命爲其宗，爵不必親而疏者可畀也，田不必子而貧者可共也，施舍賙惠，惟族是與，損歌童舞女之奉，厚弔死恤孤之恩，族人依倚，特爲宗主，無犯義，無干刑，相趨於實而不惟其名之徇，此今日立宗之要也。

議

宋祁《祖宗配侑議》，太祖、太宗、真宗三廟不遷及親祠皆侑，仁宗意已定，有司即而言之爾。按周公郊祀后稷以配天，蓋前乎此，周人未知所始，周公特推崇之也。武王雖克殷有天下，周公以爲德莫盛於文王，故宗祀於明堂以配上帝。故孔子曰：「是以四海之内，各以其職來祭。」夫必原其始而不私其功，此周公之所以爲孝，可爲萬世法也。祁之議，因人主之欲而爲典禮可也，故其言曰「自爾有司不敢輕議」，又加多焉爾。昔漢宣帝尊孝武而夏侯勝不從，以爲詔書不可用，得罪幾死。儒生守經，有時而中，專門之學，未可一切以爲陋也。

曾鞏《救災議》，米百萬斛，錢五十萬貫爾，何至懇迫繁縷如此！若大議論，又將安出？豈其時議者真庸奴耶？鞏文雖工，然此議及《鑒湖序》，乃文人之累也。

吕大鈞《世守邊郡議》言：「在商時，古公以皮幣、犬馬、珠玉事獯鬻而商王不知；在周時，晉國拜戎不暇而周室不與；三代御邊之略，蓋可知已。」雖非透底之論，然既封建諸侯，則勢固然矣。今既自有其天下，不以與人，則守邊以衛百姓，安得不自任其責？徒曰是廣遠而不可守，委民命於夷狄，縱其搏食乎？方周衰不能主令，諸侯莫輔，猶且伊川爲戎，荆蠻問鼎。今邊不能禦，坐視入内地，噫，將焉及矣！

制策

孔文仲《制策》，視漢不足，視唐有餘矣；然劉蕡策自較前代十數等。

説書經義

蘇軾説《春秋》，慶曆、嘉祐時文也；張庭堅《書義》，熙、豐時文也；王安石談經，未至悖理，然人情不順者，盡罷詩賦故也。辟廱太學既並設，答義者日競於巧，破題多用四句，相爲儷偶。隆興初有對《易》義破題云：「天地有自然之文，聖人法之以爲出治之本；陰陽有不息之用，聖人體之以收必治之功。」主司大稱賞，以爲得太平文體，擢爲第一。主司所謂太平，則崇、觀、宣、政時也。乾道中，主司欲革四句對偶之弊；答者言「聖人不求其臣之徇己，故其臣無得而議己」，遂據上第。淳熙初，學者厭破題襯貼纖靡，頗復釐改；答者云：「以己體民，而後尊卑之情通；以國觀民，而後安危之理顯。」學官不能奪，卒置首選。然設科斆學，先已雜見《春秋》傳記，其所訓釋，猶未能盡合義理之中，漢加甚焉。今雖以破題分巧拙，要未足病，視義理當否耳。以前三破題言之：天地雖有自然之文，陰陽雖有不息之用，治道之本末或不在此，則其言出治於先而必治於後者，虛詞也。聖人固不求臣之徇己，然使其尚有可議，固當議之，豈以爲無得而議乎？又無得而議，非聖賢事，則其悖理甚矣。至於以己體民，以國觀民，雖其辭甚巧，而其理不謬，則比前作爲勝。誠使知義理者常爲主司，學者不得以悖理之文希合於一時，雖因今之時文不改，亦自足以得士。不然，雖屢變其法，而學者之趨向亦終不能一。豈四句對偶，一冒工拙，可爲損益哉！（俗有「五道不如一道，一道不如一冒」之語。）

書

范質《戒兒侄詩》，向敏中《留别知己序》，晏殊《中園賦》，韓琦《閱古堂記》，文彦博《晁錯論》，富弼《答陳都官書》，本朝名輔相飭己立志之方，可概見也。王曾既中第，或謂「狀元三場，一生吃着不盡」；

王正色拒之，以爲「平生之志不在温飽」，後生學者傳以爲口實。歐陽修既執政，人有賀之者，答以「惟不求而得與既得而不患失」；然余病其侵尋於官職矣，而吕氏嫌余此論太高，余亦不敢竟其説而止。大抵自唐中世，天下治體爲宇文融、李林甫、王鉷之流剥壞皆盡，大變於古，後爲相如李吉甫、裴度、李德裕，皆無救弊起廢之略。獨一陸贄欲有所爲，未幾竄死；至今數百年，終無策以振起之。賢愚同軌，邪正並轍，苟免其身，而復以其敝遺後人。然則雖不求得，不患失，而卒與庸衆人同歸於温飽者，無異以盡民財爲能，以盡民命爲功，至其他刀筆毫末之巧拙而夸競不已也。嗚呼！此有志者之所當深思也。

劉奕與韓、范論岐州中路修山城事，以爲「關中之事所以多失者，上輕之而不思，下隨之而不言，增少而爲多，積小以成大」。余嘗歎天下不幸有倉猝之變起，則舉世紛然，争思其所不當爲，爲其所不及思以病民；夷狄奸雄未至甚害，而執事不肖，驟殘倏虐，上下相驅，以百姓爲芻狗，故其根本不日而蹙亡矣。蓋事決知其無益而不妄爲者，乃救敗扶傾之本，雖賢智憂國之臣，未能行也。

司馬、范氏論鐘律：按律止於寸，固不能生尺，度、律異物，其用各殊，尺又安能生律也！凡物度數必由分寸起，自杪忽有形之可積，十而成毫，毫十而釐，釐十而分，寸尺尋丈皆已具焉，乃自然之數也。故宫繫於分，分不繫於宫；黄鐘繫於寸，寸不繫於黄鐘也。謂度、量、權衡皆生於黄鐘而以黍起分者，獨劉歆妄作新説爾，古無是也。古之製律，自分而九之以爲宫，自寸而九之以爲黄鐘，樂或未和，則反之數術以求於分寸，必得其和而後止，舜所謂「欲聞六律五聲」者，聞此也。今用千二百黍實之管，因其所至，遂以爲律，斷取其三以爲空徑，其説易至是乎？此歆之妄作新説誤後世也。「㮚氏爲量，量之以爲鬴，深尺，内方尺而圓其外，其實一鬴，其臀一寸，其實一豆，其耳三寸，其實一升，重一鈞，其聲中黄鍾之宫。」《考工記》雖非《周官》，然歆以前書也。王莽之量，左耳爲升，右爲合龠，而重二鈞，其説曰「起於黄鍾之龠」，而又謂「千二百黍重十二銖，亦起於黄鍾之龠」，亦歆之妄作新説誤後世也。其他象類諸説，怪妄尤甚，而儒者信之，過矣！舜既考律知聲，樂成而諧，無相奪倫，千有餘年之後，其器尚存，孔子聽之至於忘味，豈惟聖人之聖德，亦足以知其制器之精也。今司馬、范氏，不惟古義是求，而譊譊焉相與論王莽、劉歆之制作，終其身而不已，豈其德與器俱有所未至哉！

按程氏答張載論定性「動亦定，静亦定，無將迎，無内外」；「當在外時，何者爲内？」「天地普萬物而無心，聖人順萬事而無情」；「擴然而大公，物來而順應」；「有爲爲應迹，明覺爲自然」；「内外兩忘，無事則定，定則明」；「喜怒不繫於心而繫於物」；皆老、佛、莊、列常語也。程、張攻斥老、佛至深，然盡用其學而不自知者，以《易·大傳》誤之，而又自於《易》誤解也。子思雖漸失古人本統，然猶未至此；孟子稍萌芽，其後儒者則無不然矣。且佛、老之學所以爲不可入周、孔聖人之道者，蓋周、孔聖人以建德爲本，以勞謙爲用，故其所立能與天地相終始，而吾身之區區不與焉。佛、老則處身過高，而以德業爲應世，其偶可爲者則爲之，所立未毫髮，而自夸甚於丘山。至其敗壞喪失，使中國胥爲夷狄，安存轉爲淪亡而不能救，而亦不以爲己責也。嗟夫！未有自坐佛、老病處，而揭其號曰「我固辨佛、老以明聖人之道者」也。

陳師道在同時四人中，惟詩推敬黄庭堅，若文字識尚，自視非其倫輩，言論未嘗及也。所師獨曾鞏，至與孔子同稱，歐蘇皆不滿也。《與曾布書》，頗詳事情；《擬武舉策》，陳義尤高，誚賈誼「無以自容安能容匈奴」！師道爲此語數十年，有靖康之禍，此非不能容匈奴者所致，乃自容而又容匈奴者致之也。學欲致之捷而守之迂，迂捷同軌，則知德者不貴也；識欲覺之先而持之後，先後一轍，則知務者不許也。惜乎師道見理未盡，而執志甚堅，上不能爲王回、孫侔，下不能爲石延年、尹洙也。

因張舜民《與石司理書》載歐陽氏語：「文學止於潤身，政事可以及物。」修猶爲此言，始悟人之窮力苦心於學問文詞者，徒欲藻飾華澤其身而已，聖賢之事業，非所以責之也。

觀陳師錫《答陳瓘書》，天下不知王安石之罪而尊其聖者皆是也，天下安得不亡？瓘之所知，亦不過蔡京兄弟而已，悲夫！自古而然。仲由不知衞輒，揚雄不知王莽，蔡邕不知董卓，荀彧不知曹操，王導不知王敦，陷其身名，敗其家國者衆矣！安得許劭、郭泰、管寧之流而與之論乎？

策問

歐陽氏策問，爲三代禮樂井田而發者五，似若歎先王之道不得行於後世者。其言則雖以三代爲是，而其意則不以漢、唐爲非；豈特不以爲非，而直謂唐太宗之治能幾乎三王，則三代固不必論矣。故其制度紀綱，儀物名數，皆以唐爲是而詳著之。以余觀太宗之治，曾不能望齊桓之十一也，而何三王之可幾哉！然則歐陽氏之學，非能陋漢唐而復三代，蓋助漢唐而黜三代者也。孔子曰：「名不正則言不順，言不順則事不成，事不成則禮樂不興，禮樂不興則刑罰不中，刑罰不中則民無所措手足。」秦、漢以來，名不正，言不順，而急於事成，故以刑罰持之，使民無以措其手足，而宛轉於鞭笞金鐵之中，則禮樂安得而可興？孔子又曰：「君子之行也，度於禮，施取其厚，事舉其中，歛從其薄，如是，則以丘亦足矣！若不度於禮而貪冒無厭，則雖以田賦，將又不足。」夫三代之井田所以必行者，謂其能度於禮也，後世以貪冒無厭者賦其民，則奚以井爲？而猶諄諄焉議其末乎！

歐陽氏又疑《周禮》六官之屬五萬餘人，不耕而賦，何以給之。按《漢表》宰相至佐史十二萬餘人，而千里之地爲公田者數十餘萬井，此皆淺事，何足疑也！其言天地萬物之統，特綱舉草論，若夫周、召道德性命之要言，經治揆物之成迹，《詩》《書》所不能備，獨《周官》備之，修固未能知也。漢武、何休何足以較是非，而姑謂「其祭祀、衣服、車旗似有可采者」，則尤淺矣。

雜著

劉敞《責何氏璧》：《左氏》：「楚燕魯侯，好以大屈，既而悔之；椒舉以『齊與晉越欲此久矣，君其備御三鄰』，魯侯懼而歸之。」蓋設説者，而敞信之。其言和氏再刖足，抱璞而號，亦辯士設説也，敞又信之；遂按爲的論矣。知自貴而不輕用寶，誠責士之美意；然忽寶不用，自失股肱，無與圖存，乃人主之大諱也。古人於此，未嘗不兢兢焉，故曰：「翕受敷施，九德咸事。」「旁招俊乂，列於庶位。」「人之好我，示我周行。」子貢曰：「有美玉於斯，韞櫝而藏諸？求善賈而沽諸？」子曰：「沽之哉！沽之哉！我待賈者也。」然則謂「和不哀其身而哀其玉」以爲和罪，而吴起、韓非非二君之過者，偏説也。夫敞豈以得於科目者爲進退出處之正，而遽輕天下士也哉？

曾鞏雜識孫甫、狄青事，又記余靖、高居簡事，大抵於當時所謂善人君子多不與，不知其意欲以何爲？狄青拔自卒伍，爲執政矣，能勝儂智高，適當爾，而鞏稱之勤勤，且盡排孫沔諸人。滕宗諒以過用公使錢爲罪，朝廷議罰，意有輕重，調和歸中，亦常理也，孫甫何遽憂憤至欲去諫列，而鞏遂以爲能「不黨而知過」，獨於甫是賢乎？鞏不附王安石，流落外補，汲汲自納於人主，其詞皆諂而哀；及敍漢高帝十不及神宗以爲《優劣論》，非史家體；行韓維詞忤上意坐罰金，雖非其罪，要之鞏文與識皆未達於大道而自許無敵，後生隨和，亦於學有害。

傳

柳開諸文及《補亡先生傳》，邵雍諸詩及《無名君傳》，雖淺深精粗，所造不同，至於尊己陋物，叫呼以自譽，失古人爲學之本意，則其病一也。且開以藩籬未涉之狂氣，安得使人舍其自安之奥室以從我？而雍固山林玩世之異迹也，人亦胡爲因其曠蕩無畛畦之見，遂混而從之？孔子謂「不知而作我無是」，「中庸至德民鮮能」，學者慎其所處而已。

總論

此書二千五百餘篇，綱條大者十數，義類百數，其因文示義，不徒以文，余所謂必約而歸於正道者千餘數，蓋一代之統紀略具焉，後有欲明吕氏之學者，宜於此求之矣。初吕氏没，龍川陳亮祭之曰：「孔氏之家法，儒者世守之，得其粗而遺其精，則流而爲度數刑名；聖人之妙用，英豪竊聞之，徇其流而忘其源，則變而爲權譎縱横；故孝悌忠信常不足以趨天下之變，而材術辯智常不足以定天下之經。雖高明之獨見，猶小智之自營；雖篤厚而守正，猶孤壘之易傾。蓋嘗欲整兩漢而下，庶幾復見三代之英；匪曰自我，成之在兄。方夜半之劇論，歎古來之未曾；兄獨疑其未通，我引數而力争。」夫三代之英及孔氏，豈於家法之外别有妙用，使英豪竊聞之哉？亮嘗言「程氏《易傳》似《桓玄起居注》」，吕氏黽勉答之，所謂「夜半劇論」者，吕氏嘗笑以爲「自知非豪傑，被同甫差排做」，蓋難之也。吕氏既葬明招山，亮與潘景愈使余嗣其學；余顧從游晚，吕氏俊賢衆，辭不敢當。然不幸不死，后四十年，舊人皆盡，吕氏之學未知其孰傳也！并追記於此。

以上據中華書局一九七七年版迻録

三　文獻通考經籍考

〔元〕馬端臨

《建炎以來朝野雜記》：《文鑑》者，吕祖謙被旨所編也。先是臨安書坊有所謂《聖宋文海》者，近歲江鈿所編，孝宗得之，命本府校正刻版，時淳熙四年十一月也。周益公以學士輪當内直，因奏言此編去取差謬，殊無倫理，莫若委館閣官銓擇本朝文章，成一代之書。上大以爲然，曰：「卿可理會！」益公奏乞委館職。後二日，伯恭以祕書郎轉對。上遂令伯恭校正，本府開雕。始趙丞相以西府奏事，上問伯恭文采及爲人如何，趙力薦之，故有是命。伯恭言：「《文海》元係書坊一時刊行，名賢高文大册尚多遺落，乞一就增損，仍斷自中興以前銓次，庶可行遠。許之。又命知臨安府趙磻老并本府教官二員，同伯恭校正。磻老言：臣府事繁委，慮妨本職；兼策府書籍亦難令教官攜出，乞專令祖謙校正。從之。於是伯恭盡取祕府及士大夫所藏本朝諸家文集，旁采傳記他書，悉行編類，凡六十一門，爲百五十卷。既而伯恭再遷著作郎，兼禮部郎官。五年十二月，得中風病；六年正月，引疾求去。有旨予郡。後十三日，乃以書進。二月，上諭輔臣曰：「祖謙編類《文海》，采摭精詳，可除直祕閣。」又宣諭賜銀帛三百匹兩。時方嚴非有功不除職之令，舍人陳叔進駁之。輔臣奏事，上曰：「謂祖謙平日好名則有之，今此編次《文海》，采取精詳，且如奏議之類，有益治道，故以寵之，可即命詞！」叔進不得已，草制曰：「館閣之職，文史爲先。爾編類《文海》，用意甚深，采取精詳，有益治道。寓直中祕，酬寵良多。爾當知恩之有自，省行之不誣，用竭報焉，人斯無議。」時益公爲禮部尚書兼學士，得旨撰《文海序》，奏乞名《皇朝文鑑》，從之。時序既成，將刻版，會有近臣密啓曰：「所采臣僚奏議，有詆及祖宗政事者，不可示後世。」乃命直院崔大雅更定，增損去留凡數十篇，然訖不果刻也。張南軒時在江陵，移書晦庵曰：「伯恭好弊精神於閑文字中，徒自損何益！如編《文海》，何補於治道？何補於後學？徒使精神困於繙閱，亦可憐耳！承當編此等文字，亦非所以承君德也。」今《孝宗實録》書此事頗詳，未知何人當筆。其詞云：「初祖謙得旨校正，蓋上意令校讎差誤而已，祖謙乃奏以爲去取未當，欲乞一就增損。三省取旨，許之。甫數日，上仍命磻老與臨安教官二員同校正，則上意猶如初也。時祖謙已誦言皆當大去取，其實欲自爲一書，非復如上命。議者不以爲可，磻老及校官畏之，不敢與共事，故辭不敢預；而祖謙方自謂得計。及書成，前輩名人之文蒐獮殆盡，有通經而不能文詞者，亦以表奏厠其間，以自矜黨同伐異之功。薦紳公論皆疾之。及推恩除直祕閣，中書舍人陳騤繳還。比再下，騤雖奏命，然頗詆薄之，祖謙不敢辯也。其書上不復降出云。史臣所謂通經而不能文詞，蓋指伊川也。時侂胄方以道學爲禁，故詆伯恭如此，而牽連及於伊川云。然余謂伯恭既爲詞臣醜詆，自當力辭職名，受之非矣。黄直卿亦以余言爲然。

《朱子語録》：伯恭《文鑑》，有止編其文理佳者；有其文且如此，而衆人以爲佳者；有其文雖不甚佳，而其人賢名微，恐其泯没，亦編其一二篇者；有文雖不佳，而理可取者；凡五例，已忘其一。熹與伯恭書云：「《文鑑》條例甚當，今想已有次第。但一種文勝而義理乖僻者，恐不可取；其只爲虚文而不説義理者，却不妨耳。佛老文字，恐須如歐陽公《登真觀記》、曾子固《仙都觀》、《菜園寺記》之屬，乃可入；其他贊邪害正者，文詞雖工，恐皆不可取也。」熹讀《文鑑》曰：「伯恭去取之文，如某平時不熟者，也不敢斷他。有數般皆某熟看底，今揀得無把鼻，如詩好底都不在上面，却載那衰颯底，把作好，句法又無，把作好，意思又無，把作好，勸戒亦無。康節詩如：『天向一中分造化，人從心上起經綸。』却不編入。」

又曰：《文鑑》後來爲人所譖，復令崔敦詩删定，奏議多删改之，如蜀人吕㢸有一文論制師服，此意甚佳，吕止收此一篇；崔云：「㢸多少好文，何獨收此？」遂去之，更無入他文。

又曰：如編得沈存中律曆一篇，説渾天儀，亦好。

又曰：文字總集，各爲流别，始於贄虞，以簡代繁而已，未必有意；然積之既多，則世亦不能久傳，今其遠者，獨一《文選》尚存，以其少也。近世多者至百千卷，今雖尚存，後必淪逸。獨吕氏《文鑑》，去取最爲有意，止百五十卷，得繁簡之中，鮮遺落之患；所可惜者，前代文字源流不能相接，若自本朝至渡江，則粲然矣。

以上據中華書局影印本

四 四庫全書總目

〔清〕紀　昀等

《宋文鑑》一百五十卷，宋呂祖謙編。案李心傳《建炎以來朝野雜記》，稱臨安書坊有所謂《聖宋文海》者，近歲江鈿所編，孝宗得之，命本府校正刻版。周必大言其去取差謬，遂命祖謙校正。於是盡取祕府及士大夫所藏諸家文集，旁採傳記他書，悉行編類，凡六十一門。又稱有近臣密啓，所載臣僚奏議有詆及祖宗政事者，不可示後世，乃命直院崔敦詩更定，增損去留凡數十篇，然訖不果刻也。此本不著爲祖謙原本，爲敦詩改本。《朱子語録》稱《文鑑》收蜀人呂綯《論制師服》一篇，爲敦詩所删；此本六十一卷中仍有此篇，則非敦詩改本確矣。商輅序稱當時臨安府及書肆皆有版，與心傳所記亦不合，蓋宜未刻而其後坊間私刻之，故仍從原本耳。祖謙之爲此書，當時頗鑠於衆口。張端義《貴耳集》稱東萊修《文鑑》成，獨進一本，滿朝皆未得見，惟大璫甘昺有之，公論頗不與。得旨除直祕閣，爲中書陳騤所駁，載於陳之《行狀》。《朝野雜記》又引《孝宗實録》，稱祖謙編《文鑑》，有通經而不能文詞者，亦表奏廁其間，以自矜黨同伐異之功，縉紳公論皆嫉之。又載張栻時在江陵，與朱子書曰：「伯恭好敝精神於閒文字中，何補於治道？何補於後學？承當編此等文字，亦非所以成君德也。」而《朱子語録》記其選録五例，亦微論其去取有未當，蓋一時皆紛紛訾議。案録副本以獻中宫，祖謙似不至是；所謂通經而不能文章者，蓋指伊川，然伊川亦非全不能文。至此書所載論政論學之文，不一而足，安得盡謂之無補？栻殆聞有此舉，未見此書，意其議出周必大，必選詞科之文，故意度而爲此語也。陳振孫《書録解題》記朱子晚年語學者曰：此書編次，篇篇有意；其所載奏議，亦係當時政治大節，祖宗二百年規模與後來中變之意，盡在其間，非選粹比也。然則朱子亦未始非之，殆日久而後論定歟。

以上見中華書局影印本

宋文鑑篇目索引

本索引按四角號碼編排，斜綫前爲卷數，斜綫後爲頁碼，圓括號内爲作者姓名。後附筆畫檢字表。

0464_1 詩

0465_6 諱

0466_0 諸

0468_6 讀

0562_7 請

0864_0 許

0865_1 詳

0865_3 議

0866_1 譜

1010_0 二

1010_1 三

正

1010_3 玉

1010_4 王

1750_7 尹

1760_2 召

1760_7 君

1762_0 司

1762_7 邵

郡

1771_0 乙

1780_6 負

1814_0 致

敢

1865_1 群

1869_4 酴

2010_4 壬

采

2110_0 上

2120_1 步

2610_4 皇

2622_7 偶

2633_0 息

2641_3 魏

2690_0 和

2691_4 程

2692_2 穆

2694_1 釋

2712_7 歸

2721_7 鳧

2790_4 槃

3713_6 漁

3715_6 渾

3716_1 沿

3716_4 洛

3718_0 次

3721_0 祖

3830_4 遊

3830_6 道

3830_9 途

3930_2 逍

4001_7 九

4003_0 大

4690_0 相

4692_7 楊

4722_7 鶴

4740_1 聲

4742_0 朝

4752_0 鞠

4762_0 胡

4762_7 都

4772_7 邯

4780_1 起

4780_6 超

4792_0 桐

4792_3 根

4792_7 柳

4814_0 救

4841_7 乾

4842_7 翰

4843_7 嫌

4844_0 教

5060_3 春

6060_0 回

吕

6060_4 暑

6071_1 昆

6073_2 畏

6080_0 貝

6080_1 異

6080_6 圓

買

6090_6 景

6101_0 毗

6180_8 題

7780_6 賢

7790_4 閑

桑

7821_6 覽

7823_1 陰

7823_2 隊

7829_4 除

7876_6 臨

8000_0 人

八

8010_9 金

8020_7 今

8022_0 介

8022_1 前

8022_7 分

8033_1 無

8033_2 煎

8034_6 尊

8040_0 父

8042_7 禽

8043_0 美

8055_3 義

8060_0 首

8877_7 管

8879_4 餘

8890_2 策

8890_4 築

8896_1 籍

9000_0 小

9001_4 惟

宋文鑑作者索引

爲幫助讀者查找《宋文鑑》中每位作者的文章，特編作者索引，斜線前爲卷數，斜線後爲頁數。每篇文章列一個頁碼，同一頁中有兩篇以上文章時，用數字標出篇數。

3111_0 江

3111_4 汪

3112_7 馮

3128_6 顧

3216_9 潘

3390_4 梁

4439₄ 蘇

4445_6 韓

4480_6 黄

4490_1 蔡

4490_4 葉

4491_0 杜

4499_0 林

7421_4 陸

7529_6 陳

7923_2 滕

8022_1 俞

8060_6 曾

筆畫與四角號碼對照表

對照表以筆畫多寡之順序排列，筆畫相同者，以點起、横起、直起、撇起排列，後面注明四角號碼，四角號碼按從小到大順序排列。

一　畫

横起

乙　1000_0

二　畫

横起

二　1010_0
了　1720_0
九　4001_7
七　4071_0

撇起

儿　7721_0
人　8000_0
八　8000_0

三　畫

横起

三　1010_1
下　1023_0
于　1040_0
子　1740_4
大　4003_0
士　4010_0
土　4010_0

直起

上　2110_0
山　2277_0
小　9000_0

撇起

川　2200_0
女　4040_6
乞　8071_7

四　畫

點起

方　0022_7
文　0040_0
六　0080_0
户　3020_7
心　3300_0

横起

王　1010_4
五　1010_7
元　1021_1
天　1043_0
不　1090_0
孔　1241_0
尹　1750_7
太　4003_0
友　4004_7
木　4090_0
屯　5071_7

直起

水　1223_0
以　2810_0
内　4022_7
中　5000_0
日　6010_0
少　9020_0

撇起

壬　2010_4
毛　2071_0
仁　2121_0
勿　2722_0
勾　2772_0
反　7124_7
今　8020_7
介　8022_0
分　8022_7
父　8040_0
公　8073_0

五　畫

點起

主　0010_4
立　0010_8
永　3023_2
半　9050_0

横起

正　1010_1
玉　1010_3
丙　1022_7
平　1040_9
石　1060_0
示　1090_1
功　1412_7
召　1760_2
司　1762_0
左　4010_1
布　4022_7
古　4060_0
右　4060_0
去　4073_1
世　4471_7
本　5023_0
打　5102_0
母　7750_0
民　7774_7

直起

北　1111_0

出 2277_2
廿 4477_0
旦 6010_0
四 6021_0
甲 6050_0

撇起

仙 2227_0
外 2320_0
代 2324_0
台 2360_0
生 2510_0
白 2600_0
冬 2730_3
包 2771_2
用 7722_0

六　畫

點起

交 0040_8
守 3034_0
宇 3040_1
安 3040_4
江 3111_0
州 3200_0
汝 3414_0
决 3513_0
汜 3711_2
次 3718_0
米 9090_4

橫起

再 1044_7
西 1060_0
列 1220_0
有 4022_7
吉 4060_1
老 4401_1
地 4411_2
考 4420_7
吏 5000_6
臣 7171_2

直起

吊 6022_7
早 6040_0
因 6043_0
回 6060_0
吕 6060_0
光 9021_1

撇起

行 2122_1
任 2221_4
伏 2323_4
伐 2325_0
牟 2325_0
先 2421_1
仲 2520_6
朱 2590_0
自 2600_0
向 2722_0
伊 2725_7
舟 2744_0
成 5320_0
同 7722_0
合 8060_1
竹 8822_0

七　畫

點起

序 0022_2
忘 0033_1
辛 0040_1
言 0060_1
汴 3013_0
良 3073_2
宋 3090_4
汪 3111_4
泛 3213_7
汳 3214_7
沈 3411_4
沐 3419_0

橫起

至 1010_4
豆 1010_8
邢 1742_7
君 1760_7
迂 3130_4
克 4021_6
赤 4033_1
志 4033_1
李 4040_7
杏 4060_9
走 4080_1
求 4313_2
材 4490_0
村 4490_0
杜 4491_0
戒 5340_4
即 7772_0

直起

步 2120_1
呈 6010_4
見 6021_0
吳 6043_0
貝 6080_0
別 6240_0

撇起

何 2122_0
私 2293_0
我 2355_0
告 2460_1
佚 2523_0
免 2741_6
希 4022_7
狄 4928_0
兵 7280_1
余 8090_4

八　畫

點起

兖 0021_2
府 0024_0
夜 0024_7
妾 0040_4
京 0090_6
於 0823_3
放 0824_0
官 3077_7
定 3080_1
河 3112_0
近 3230_2
治 3316_0
法 3413_1
泊 3610_0
沿 3716_1
初 3722_0
祁 3722_7
首 8060_0

橫起

兩 1022_7
雨 1022_7
孤 1243_0
武 1314_0
孟 1710_7
邴 1722_7
承 1723_2
邵 1762_7
幸 4040_1
來 4090_8
杭 4091_7
芳 4422_7
芭 4471_7
林 4499_0
邯 4772_7

字	號碼
事	5000_7
青	5022_7
奉	5050_3
表	5073_2
東	5090_6
拙	5207_2
披	5404_7
抱	5701_2
招	5706_2
長	7173_2
卧	7370_0
門	7722_0
屈	7727_2

直起

字	號碼
虎	2121_7
叔	2794_0
易	6022_7
昇	6044_0
昆	6071_1
呼	6204_9
明	6702_0
阻	7721_2
尚	9022_7
怪	9701_4

撇起

字	號碼
垂	2010_4
往	2021_4
受	2040_7
爭	2050_7
采	2090_4
制	2220_0
侍	2424_1
和	2690_0
鳬	2721_7
牧	2854_0
始	4346_0
岳	7277_2
周	7722_0
朋	7722_0
服	7724_7
金	8010_9
知	8640_0

九畫

點起

字	號碼
度	0024_7
弈	0044_3
哀	0073_2
郊	0742_7
宣	3010_6
祈	3222_1
為	3402_7
洪	3418_1
洞	3712_0
洛	3716_4
郎	3772_7
前	8022_1
美	8043_0

横起

字	號碼
夏	1024_7
研	1164_0
建	1540_0
負	1780_6
述	3330_9
南	4022_7
荆	4240_0
赴	4380_0
封	4410_0
茅	4422_2
茂	4425_3
英	4453_0
相	4690_0
胡	4762_0
柳	4792_7
故	4864_0
奏	5043_0
春	5060_3
咸	5320_0
持	5404_1
拱	5408_1
契	5743_0
馬	7132_7
眉	7726_7

直起

字	號碼
思	6033_0
畏	6073_2
毗	6101_0
昭	6706_2
省	9060_2

撇起

字	號碼
重	2010_4
信	2026_1
看	2060_4
拜	2155_0
後	2224_7
幽	2277_0
待	2424_1
紈	2491_7
种	2590_6
皇	2610_4
秋	2998_0
姪	4141_4
姚	4241_3
風	7721_0
俞	8022_1
食	8073_2
斜	8794_0

十畫

點起

字	號碼
病	0012_7
座	0021_4
高	0022_7
庭	0024_1
唐	0026_4
亳	0071_4
訓	0260_0
記	0761_7
旅	0823_2
家	3023_2
宰	3040_1
浯	3116_1
祕	3320_0
凌	3414_7
神	3520_0
祖	3721_0
海	3815_7
送	3830_3

横起

字	號碼
晉	1060_1
貢	1080_6
孫	1249_3
珠	1519_0
烝	1733_1
郡	1762_7
致	1814_0
退	3730_3
袁	4073_2
桓	4191_6
栖	4196_0
桃	4291_3
范	4411_2
荒	4421_1
恭	4433_8
荔	4442_7
茶	4490_4
桂	4491_4
起	4780_1
桐	4792_0
根	4792_3
栟	4894_1
桄	4991_1
泰	5013_2
書	5060_1

秦 5090$_4$
捕 5302$_7$
原 7129$_6$
陜 7423$_8$
降 7725$_4$
桑 7790$_4$
除 7829$_4$

直起

峽 2473$_8$
晁 6011$_3$
晨 6023$_2$
晏 6040$_4$
畢 6050$_4$
時 6404$_1$
財 6480$_0$
哭 6643$_0$
剛 7220$_0$
悟 9106$_1$

撇起

乘 2091$_1$
師 2172$_7$
紙 2294$_0$
息 2633$_0$
倪 2721$_7$
條 2729$_4$
芻 2742$_7$
徐 2829$_4$
倦 2921$_7$
留 7760$_2$

十一畫

點起

商 0022$_7$
章 0040$_6$
訪 0062$_7$
望 0710$_4$
郭 0742$_7$
許 0864$_0$
淮 3011$_4$
寇 3021$_4$
宿 3026$_1$
寄 3062$_1$
馮 3112$_7$
淨 3215$_7$
梁 3390$_4$
清 3512$_7$

橫起

雪 1017$_7$
張 1123$_2$
飛 1241$_3$
逐 3130$_3$
連 3530$_0$
通 3730$_2$
涉 4412$_9$
莊 4421$_4$
荷 4422$_1$
華 4450$_4$
勘 4472$_7$
黃 4480$_6$
都 4762$_7$
救 4814$_0$
乾 4841$_7$
教 4844$_0$
梅 4895$_7$
接 5004$_4$
晝 5010$_6$
責 5080$_6$
採 5209$_4$
戚 5320$_0$
曹 5560$_6$
陪 7026$_1$
陸 7421$_4$
陳 7529$_6$
陶 7722$_0$
問 7760$_0$
陰 7823$_1$

直起

崔 2221$_4$
將 2724$_2$
逍 3930$_2$
患 5033$_6$
國 6015$_3$
異 6080$_1$
晚 6701$_6$
野 6712$_2$
敗 6884$_0$
惟 9001$_4$
堂 9010$_4$
悼 9104$_6$

撇起

巢 2290$_4$
參 2320$_2$
偶 2622$_7$
假 2724$_7$
祭 2790$_1$
悠 2833$_4$
途 3830$_9$
婚 4246$_4$
兜 7721$_7$

十二畫

點起

詆 0264$_0$
就 0391$_4$
敦 0844$_0$
寓 3022$_7$
寒 3030$_3$
富 3060$_6$
温 3611$_7$
視 3621$_0$
湖 3712$_0$
渾 3715$_6$
游 3814$_7$
祫 3826$_1$
道 3830$_6$
曾 8060$_0$
勞 9942$_7$

橫起

雲 1073$_1$
登 1218$_0$
發 1224$_7$
斑 1111$_4$
悲 1133$_1$
强 1623$_6$
敢 1814$_0$
堯 4021$_1$
喜 4060$_5$
彭 4212$_2$
越 4380$_5$
著 4460$_4$
菊 4492$_7$
賀 4680$_6$
朝 4742$_0$
超 4780$_6$
畫 5010$_6$
揚 5602$_7$
閔 7740$_1$
開 7744$_1$
閑 7790$_4$
隊 7823$_2$

直起

紫 2190$_3$
暑 6060$_4$
買 6080$_6$
景 6090$_6$
跋 6314$_7$
跛 6414$_7$
鄂 6722$_7$

撇起

集 2090$_4$
偃 2121$_4$

傅 2324$_2$
嵇 2397$_2$
備 2422$_7$
程 2691$_4$
御 2722$_7$
絶 2791$_7$
復 2824$_7$
進 3030$_1$
無 8033$_1$
智 8660$_0$
欽 8718$_2$
舒 8762$_2$
答 8860$_1$
策 8890$_2$

十三畫

點起

雍 0071$_4$
新 0292$_1$
詠 0363$_2$
試 0364$_0$
詩 0464$_1$
詳 0865$_1$
塞 3010$_4$
補 3322$_7$
溝 3514$_7$
資 3780$_0$
滄 3816$_7$
滁 3819$_4$
遊 3830$_4$
煎 8033$_2$
義 8055$_3$

橫起

賈 1080$_6$
酬 1260$_0$
聖 1610$_4$
群 1865$_1$
董 4410$_4$
萬 4442$_7$
勢 4442$_7$
葬 4444$_1$
葛 4472$_7$
楚 4480$_1$
禁 4490$_1$
葉 4490$_4$
楊 4692$_7$
感 5320$_0$
閨 7710$_4$
殿 7724$_7$

直起

虞 2123$_4$
歲 2125$_3$
蜀 6012$_7$
圓 6080$_6$
睦 6401$_4$
鳴 6702$_7$
路 6716$_4$
照 6733$_6$
睢 7011$_4$
過 7330$_2$

撇起

舜 2025$_2$
愛 2044$_7$
經 2191$_1$
解 2725$_2$
鄒 2742$_7$
絳 2795$_4$
嫌 4843$_7$
毀 7714$_7$
禽 8042$_7$
會 8060$_6$
頌 8128$_6$
矮 8244$_4$
筠 8812$_7$
管 8877$_7$

十四畫

點起

廖 0022$_2$
齊 0022$_3$
廣 0028$_6$
端 0212$_7$
彰 0242$_2$
漳 3014$_6$
寧 3020$_1$
察 3090$_1$
福 3126$_6$
漢 3413$_4$
漕 3516$_6$
漫 3614$_7$
潤 3712$_0$
漁 3713$_6$

橫起

碑 1664$_0$
酴 1869$_4$
鼎 2222$_1$
遠 3430$_3$
臺 4010$_4$
嘉 4046$_5$
夢 4420$_7$
蒼 4426$_7$
駕 4632$_7$
趙 4982$_2$
輔 5302$_7$
鴈 7122$_7$
駟 7630$_0$
熙 7733$_1$
聞 7740$_1$

直起

頴 2128$_6$
對 3410$_0$
遣 3530$_7$

撇起

種 2291$_4$
槃 2790$_4$
僧 2826$_6$
獄 4323$_4$
與 7780$_1$
銘 8716$_0$

十五畫

點起

廟 0022$_7$
慶 0024$_7$
熟 0433$_1$
諸 0466$_0$
請 0562$_7$
論 0862$_7$
適 3030$_2$
審 3060$_9$
潭 3114$_6$
潘 3216$_9$
澠 3711$_7$
鄭 8742$_7$

橫起

醉 1064$_8$
戮 1325$_0$
鄧 1712$_7$
遷 3130$_1$
蓮 3430$_4$
壺 4010$_7$
樞 4191$_6$
蔣 4424$_7$
暮 4460$_3$
蔡 4490$_1$
撫 5803$_1$
歐 7778$_2$
賢 7780$_6$

直起

戲 2325$_0$
蝸 5712$_7$

墨 6010_4
罷 6021_1
賜 6682_7
鴨 6752_7
賞 9080_6
憫 9702_0

撇起

僻 2024_1
號 2131_7
衡 2143_0
樂 2290_4
稼 2393_2
德 2423_1
穆 2692_2
魯 2760_3
鄱 2762_7
劉 7210_0
滕 7923_2
劍 8280_0
餘 8879_4

十六畫

點起

磨 0026_1
辨 0044_1
龍 0121_1
顏 0128_6
諫 0569_6
謁 0662_7
諭 0862_1
濉 3011_4
澶 3011_6
濂 3013_7
濁 3612_7
鴻 3712_7
遵 8034_6

橫起

霍 1021_4
豫 1723_2
選 3730_8
樵 4093_1
燕 4433_1
輸 4842_7
橄 4894_0
靜 5225_7
擇 5604_1
擊 5750_2
歷 7121_1
曆 7126_9
隨 7422_7

直起

盧 2121_7
嶺 2238_6
遺 3530_8
還 3630_3
縣 6299_3
戰 6355_0

撇起

儒 2122_7
鮑 2791_2
獨 4622_7
錢 8315_3
築 8890_4

十七畫

點起

齋 0022_3
應 0023_1
襄 0073_2
謝 0460_0
諱 0465_6
濟 3012_3
濮 3213_4
瀑 3613_2
燭 9682_7

橫起

霜 1096_3
邁 3430_2
戴 4385_0
蕭 4422_7
獲 4424_7
聲 4740_1
檢 4898_6
擬 5708_1
臨 7876_6

直起

鞠 4752_0

撇起

鮮 2835_1
縱 2898_1
颶 7721_8
輿 7750_8
鍾 8211_4
錄 8713_2

十八畫

點起

謫 0062_7
雜 0091_4
禮 3521_8

橫起

覆 1024_7
韓 4445_6
藥 4490_3
藉 4496_1

直起

豐 2210_8
叢 3214_7
題 6180_8

撇起

雙 2040_7
斷 2272_1
魏 2641_3
歸 2712_7
鎮 8418_1
簡 8822_7

十九畫

點起

廬 0021_7
離 0041_4
譜 0866_1
禱 3424_1

橫起

壠 4111_1
醫 7760_1

直起

難 4051_4
蟻 5803_1
羅 6091_4
贈 6886_6
懷 9002_3
懶 9702_0

撇起

辭 2024_1
織 2395_0
邊 3630_2

二十畫

點起

議 0865_3
竇 3080_6
鶴 4722_7

橫起

蘄 4252_7
勸 4422_7
蘇 4439_4

直起

蟎 5412$_{7}$
嚴 6624$_{8}$

撇起

釋 2694$_{1}$
籍 8896$_{1}$

二十一畫

點起

顧 3128$_{6}$

橫起

屬 7722$_{7}$

撇起

續 2498$_{6}$

二十二畫

點起

讀 0468$_{6}$
龔 0180$_{1}$

橫起

權 4491$_{4}$
覽 7821$_{6}$

撇起

糴 8791$_{4}$

二十三畫

直起

鷺 6732$_{7}$

二十四畫

點起

讓 0063$_{2}$

橫起

靈 1010$_{8}$
蠶 7113$_{6}$
鑿 3710$_{9}$

二十五畫

橫起

觀 4621$_{0}$

三十畫

橫起

驪 7131$_{1}$

三十一畫

點起

灩 3411$_{7}$